ISBN
9782070102259.

BIBLIOTHÈQUE
DE LA PLÉIADE

ANDRÉ GIDE

Romans

RÉCITS ET SOTIES
ŒUVRES LYRIQUES

INTRODUCTION
PAR MAURICE NADEAU

NOTICES ET BIBLIOGRAPHIE
PAR YVONNE DAVET
ET JEAN-JACQUES THIERRY

GALLIMARD

Tous droits de traduction, de reproduction et d'adaptation réservés pour tous les pays.

© *Éditions Gallimard, 1958.*

CE VOLUME CONTIENT :

INTRODUCTION
par Maurice Nadeau

LE TRAITÉ DU NARCISSE
LE VOYAGE D'URIEN
LA TENTATIVE AMOUREUSE
PALUDES
LES NOURRITURES TERRESTRES
LES NOUVELLES NOURRITURES
LE PROMÉTHÉE MAL ENCHAÎNÉ
EL HADJ
L'IMMORALISTE
LE RETOUR DE L'ENFANT PRODIGUE
LA PORTE ÉTROITE
ISABELLE
LES CAVES DU VATICAN
LA SYMPHONIE PASTORALE
LES FAUX-MONNAYEURS
L'ÉCOLE DES FEMMES
ROBERT
GENEVIÈVE
THÉSÉE

NOTICES ET BIBLIOGRAPHIE
par Y. Davet et J.-J. Thierry

INTRODUCTION

Ce volume contient l'œuvre romanesque d'André Gide : la part la plus considérable de son œuvre d'écrivain et d'artiste, de créateur. En dépit de Saül, du Roi Candaule, ou d'Œdipe, il n'a manifesté pour le théâtre qu'un intérêt épisodique. Ses autres écrits relèvent de la confession et de l'autobiographie, du témoignage, de la réflexion sur les hommes, les pays, les mœurs, les idées, ou encore de la critique littéraire.

Il ne nous appartient pas de dire ce que, de cette œuvre diverse et profondément une, dont chaque phrase renvoie à l'homme qui l'a écrite, la postérité retiendra (ou a déjà retenu), mais de constater que dans la mesure où André Gide s'est voulu un artiste, où il a voulu faire œuvre créatrice, prendre sa place dans une littérature qu'il a fortement perturbée par sa présence, il a choisi de s'exprimer par la fiction. Comme tout artiste, il a construit un monde qui lui appartient. Un monde ou peut-être plusieurs, qui se sont moins imposés à lui qu'il ne les a choisis, et qu'à son tour il propose à son lecteur : monde de la ferveur, exalté et grave jusqu'au pathétique, monde de la parodie et du jeu, fondé sur l'ironie, monde de l'engagement moral, à base de franchise et de lucidité. Et peut-être moins des mondes, dans leur gravitation, avec leurs lois et leurs créatures, que ce monde-ci tel qu'il tombe sous le regard d'un moraliste et d'un artiste : débarrassé de certains de ses aspects contingents, valorisé sous certains autres, pourvu de significations nombreuses, diverses, et parfois si contradictoires qu'il postule pour l'appréhender, le connaître, pour en jouir et pour y vivre, la riche gamme des comportements humains. La complexité du monde gidien apparaît comme le fruit de la complexité même des attitudes possibles de l'homme devant la vie.

André Gide n'est pas un romancier dans le sens qu'a revêtu ce mot après Stendhal et Balzac, Dickens et Dostoïevski. Il n'a avoué d'ailleurs qu'un seul roman, avec une solennité

particulière il est vrai. Les autres ouvrages ici rassemblés s'appellent : traités, récits, soties, *tandis que les* Nourritures terrestres *se passent ouvertement d'étiquette et ne relèvent d'aucun genre. Fictions, sans doute, mais où l'invention et l'imagination de l'auteur se taillent la moindre part, deviennent d'une absolue transparence. Avec une efficacité d'autant plus grande qu'ils ont plus naïvement confiance dans leurs moyens, les grands romanciers nous soustraient à notre monde et à nous-mêmes, nous hypnotisent, nous fascinent. On dirait qu'André Gide répugne à ces moyens, qu'il juge indigne de les utiliser. Sa force de conviction vise ailleurs et s'exerce autrement : elle se garde de l'investissement et veut la réaction. On connaît peu d'auteurs qui fassent davantage confiance au lecteur.*

Des décors simples, architecturaux, peu de couleur locale, pas de pittoresque, des évocations ferventes mais rares : des marais et des jardins de fantaisie, la campagne normande, la vallée suisse, l'oasis, le désert. Des personnages séduisants ou pathétiques, comme Lafcadio et Alissa, mais auxquels il est difficile de s'identifier. Si Lafcadio a une postérité, surtout littéraire, il ne saurait rivaliser en complexité et en richesse avec un Julien Sorel. L'inquiétant Ménalque n'a pas le relief d'un Smerdiakov ; il se tient d'ailleurs souvent dans la coulisse. Michel et Marceline, le pasteur de la Symphonie pastorale, *Bernard et Olivier ne s'imposent à nous que durant le temps où nous prenons connaissance de leurs aventures, où nous vivons leurs conflits. Quand nous les quittons ils ont à peu près achevé leur course, menés par l'auteur jusqu'au bout de leurs possibilités, épuisés par lui. Un cordon ombilical parfois visible les lie à leur créateur qui pourrait bien n'être que le seul et véritable héros d'un drame aux actes divers, aux décors changeants, aux personnages multiples.*

Gide n'a pas voulu devenir un romancier. Ses goûts, son esthétique, peut-être son tempérament et sûrement son propos le détournent du genre. Ses premières admirations vont à des poètes : Virgile, Baudelaire, Rimbaud, Laforgue. La découverte de Gœthe oriente sa vie, mais c'est par le Faust *qu'elle s'effectue, les* Élégies romaines, Iphigénie. *Il voue un culte à Flaubert, mais c'est la* Correspondance *qu'il garde à son chevet, avant de confesser, comme un blasphème, que la première partie de* Madame Bovary *lui paraît déplorablement écrite. Le nom de Stendhal revient périodiquement dans son* Journal, *mais c'est le Stendhal d'un autre* Journal *et de*

INTRODUCTION
XI

Henri Brulard. *Sa prédilection va à Montaigne, Pascal, Racine. Il admire Balzac, mais froidement. Répondant en 1913 à une enquête, parmi les meilleurs romans français il cite* la Princesse de Clèves, les Liaisons dangereuses, la Chartreuse de Parme, Dominique, Madame Bovary, Germinal, *avec toutes sortes d'attendus et de restrictions.* « *Qu'est-ce qu'un Lesage auprès d'un Fielding, ou d'un Cervantes ? Qu'un abbé Prévost en regard d'un Defoë, et même : Qu'est-ce qu'un Balzac en face d'un Dostoïevski ?... ou, si l'on préfère : qu'est-ce qu'une* Princesse de Clèves *à côté d'un* Britannicus ? » *La France,* « *pays de moralistes, d'incomparables artistes, de compositeurs et d'architectes, d'orateurs* », *ne lui paraît pas posséder le génie du roman, qui est anglais, ou russe. Il veut se tenir dans cette tradition de cœur, d'intelligence et de langage, quelque volonté qu'il ait de l'enrichir, de la plier à son génie propre, de lui faire découvrir de nouvelles terres.*

Dans le milieu symboliste, autour de Mallarmé, on tient d'ailleurs le roman en piètre estime, comme le lieu du compromis artistique, de la facilité. Quels romanciers répondent à Baudelaire, Rimbaud, Laforgue ? Flaubert, pour ses scrupules et son labeur épuisant. Il n'a cependant pas bousculé les règles du genre, tenté d'en passer les limites, d'en faire un instrument de découverte. Les Goncourt, Maupassant, Loti, Huysmans, Zola, Barrès, Anatole France ont donné au roman des contenus divers sans innover autrement que par des recettes d'école ou des théories périssables. Le jeune Gide ne pressent pas la grandeur de Proust ; il n'imagine ni la venue de Joyce, ni celle de Kafka. Ses premiers amis : Louÿs, Valéry, Jammes, Claudel se veulent poètes. Léautaud taquine la muse avant de passer aux Essais de sentimentalisme. *Valery Larbaud débute par des vers d'inspiration parnassienne. Sans doute il est de mode à cette époque de se faire connaître par un recueil de vers ; cette mode répond à un souci : on se veut d'abord artiste. Gide n'y sacrifie pas tout à fait, par* les Cahiers d'André Walter, *confession exaltée et pathétique d'un adolescent promis à la folie et à la mort ; il éprouve toutefois le besoin de les faire suivre des* Poésies d'André Walter, *vers à la manière de Laforgue, qu'il souffre de ne point voir appréciés. Pendant longtemps encore, quoique écrivant en prose, il se considère comme un poète. La poésie est l'art ; le roman n'est qu'une manière de s'exprimer.*

UNE VOCATION D'ARTISTE

Nous sommes admirablement renseignés sur la vocation juvénile d'André Gide. Elle se fait jour dès les bancs de l'École Alsacienne, près de l'ami Pierre Louis. Elle s'affirme avec la rencontre de Paul Valéry, dans la correspondance qu'échangent les deux apprentis-poètes. Revanche prise sur une enfance « rechignée » et « contrainte », une adolescence inquiète, mystique, enfiévrée. L'enfant, timide et craintif, a connu la mise en quarantaine morale, à Paris comme à Montpellier, pour ne pas savoir partager les rudes jeux de ses camarades, pour ignorer l'émulation dans la vulgarité, pour répugner à répondre aux vexations et aux coups. Au sein de sa famille il ne trouve point d'appui auprès d'un père doux et effacé, d'une mère rigoriste. Il est sujet aux migraines, aux crises nerveuses, qui lui constituent un rempart de défense et le moyen d'appeler sur soi la pitié. Exagérant les effets de son mal il joue la comédie et se donne en spectacle. Un jour, il tombe, brisé, dans les bras de sa mère : « Je ne suis pas pareil aux autres ! » Il lui faut compenser le sentiment de cette différence, de cette infériorité à l'égard de camarades mieux armés pour la vie ou qui se sentent davantage protégés, mettre à profit des dons d'écriture par lesquels il les surclasse. Dans* Si le grain ne meurt *il rappelle avec émotion sa première victoire, quand le professeur de français de l'Alsacienne rendant une dissertation proclame : « 1ᵉʳ André Gide, 2ᵉ Pierre Louis. » Il avait passionnément désiré cette victoire ; il en est ébranlé jusqu'au fond de l'âme. Sur ce terrain il sait qu'il vaut quelque chose. Il s'applique à découvrir ce qui lui manque, à perfectionner ce qu'il possède. Il ne voit pas ce qu'il pourrait être, sinon un écrivain, un artiste.*

Il connaît une adolescence tourmentée. Le réalisme un peu brutal et les plaisanteries de Pierre Louis le heurtent. Corseté dans les commandements et les interdits de la religion qu'on lui a inculquée, il cherche un refuge dans l'exaltation que communique la figure du Christ, « pur amour ». Il partage les effusions mystiques de sa cousine Madeleine. Les récits antiques lui signalent d'autres héros qui mobilisent ses réserves

*. Notamment par Jean DELAY : *la Jeunesse d'André Gide* (2 vol., Gallimard) dont j'ai largement utilisé le travail pour cette présentation.

d'admiration passionnée. *Plus près qu'Homère et Virgile, les exemples de Gœthe et de Baudelaire le transportent. Devenir un artiste ! Souffrir par l'art et vaincre par lui, parvenir à l'harmonie !*

Des souffrances précises le poignent : celles qu'au regard de son puritanisme lui découvrent les exigences de sa chair. Il cherche à les ignorer, à ne point y céder, à les combattre de toutes ses forces, en vain, s'écriant comme son alter ego André Walter après chaque défaite : « *Je suis pur, je suis pur, je suis pur !* » dans le sentiment d'une immense culpabilité. Paradoxalement, ce besoin de pureté le fixera toute sa vie dans l'univers infantile du péché, le condamnant au plaisir solitaire, déterminant sans doute en partie ses goûts homosexuels, lui faisant bâtir cette curieuse théorie selon laquelle l'amour doit être dissocié du plaisir. Emmanuèle n'est pas la femme, suppôt de Satan, mais la sœur vers qui se portent les effusions d'âme, avec qui on rivalise dans l'amour de Dieu. Après le décès de Mme Paul Gide, elle figure la seconde mère dans les bras de laquelle se précipite l'enfant abandonné : le juge et la consolatrice. A quarante ans passés, André Gide se demande s'il a réussi à devenir adulte, se voyant comme un « *enfant vieilli* » qui ne cesse de courir après sa jeunesse frustrée afin de la reconquérir et de la vivre et, ajoute-t-il diaboliquement : « *Pas seulement après la mienne. Plus encore que la beauté, la jeunesse m'attire, et d'un irrésistible attrait. Je crois que la vérité est en elle ; je crois qu'elle a toujours raison contre nous... etc.* » Victime d'une famille étendue jusqu'aux oncles, tantes, cousines, mais étroitement repliée sur elle-même et préservée des revers de la vie, victime d'une éducation puritaine qui lui a fait prendre l'ombre pour la proie, retranché de l'existence commune qui est luttes, émulation, rivalités, affrontements brutaux, quels combats André Gide ne devra-t-il pas mener pour parvenir à l'épanouissement de son être, pour réussir à « *s'accepter* » ! « *Assumer le plus possible d'humanité* » *comme le veut André Walter et comme l'a voulu avant lui Gœthe, n'est-ce pas vouloir simplement cet* « *âge d'homme* » *que manquent tant d'adolescents moins conscients, moins lucides, moins soucieux de perfection qu'André Gide et que pourtant il pensera n'avoir jamais tout à fait atteint ?*

Dur « *passage* » *en effet que celui de l'adolescence à l'âge adulte, et qu'il faut effectuer seul. André Walter trébuche, effrayé par l'abîme de la chair que dissimulent insuffisamment les vapeurs mystiques, l'amour d'âme pour Emmanuèle. Cet*

effroi le mène à un rengrègement de contrainte à l'égard de ses appétits de vie, à une macération qui l'exalte, mais c'est pour sombrer dans la fièvre cérébrale et la mort. Toutefois, le pas qu'il a manqué, son créateur l'effectue, purgé par la mort de son héros d'une partie de son mal. Sans qu'il s'en soit aperçu, cherchant seulement à se poser en artiste pressé de publier son nom, il a trouvé un remède dans la littérature. Elle ne l'a pas toutefois encore conduit à l'existence.

NARCISSE ET LES MIROIRS

Le jeune Gide éprouve le plus grand mal à s'éprouver en tant que vivant. Il a des pertes d'existence comme d'autres des pertes de mémoire. Au cours de longues stations devant les miroirs il cherche à prendre conscience de cette forme unique qu'il habite, de son être qu'il traque, mais c'est pour se demander si l'image que lui renvoie la glace n'est pas plus réelle que lui-même. De même il ne saurait écrire ailleurs que devant ce miroir qui lui renvoie, pour qu'il la décrive, la mimique des émotions qu'il désire éprouver. Sans ce témoin il est réduit à l'impuissance, Narcisse plus exigeant que celui de la fable : c'est son existence même dont il voudrait s'éprendre, à laquelle il voudrait croire.

Détourne-t-il les yeux de lui-même, il n'est pas plus assuré de la réalité du monde. C'est une scène, dit-il, sur laquelle s'agitent pantins ou acteurs qui, tout à l'heure, vont revenir saluer. En quoi ce spectacle le concerne-t-il ? N'est-il pas lui-même un acteur en train « de jouer, dans des décors de fortune, avec des poignards de carton ? » Un accident de voiture en Normandie, un attentat manqué dont il est témoin, le laissent étrangement froid, l'amusent même. Pas un instant il ne s'est vu en victime possible d'un drame, n'a été affecté par lui, tandis que le spectateur agissant qu'il était tout entier devenu s'intéressait prodigieusement à voir se dérouler les événements, puis s'étonnait de cet intérêt même. A la fois acteur et spectateur de cet acteur, comment concilier deux rôles qui, chez le même individu semblent naturellement s'exclure ? Où se trouve le troisième personnage qui les abrite et qui, par cruelle infortune, ne se résout tout à fait ni dans l'un ni dans l'autre ? André Gide cherche un nouveau miroir : les autres, qui lui renverront son image et lui permettront peut-être de faire figure ; mais il lui faut s'accrocher à un rôle.

Il veut être artiste : alors qu'au moins il le paraisse !

INTRODUCTION

Il revêt la cape et prend des airs penchés, oubliant que sous la défroque se laisse voir le jeune puritain aux lèvres droites, la Bible sous le bras. Il n'est plus tout à fait ce jeune puritain ; il n'est pas encore cet artiste. Il est difficile qu'il paraisse vraiment ce qu'il est, avec franchise et naturel. « Il était bien prétentieux et guindé », rapporte en 1926 Henri de Régnier. « Tout semblait aménagé en lui pour le comble de l'anti-naturel. Il parlait d'une voix de fausset. Et paraissait faux malgré lui, à cause de son air rentré, sans jamais le moindre abandon... Je l'ai aussi rencontré chez les Heredia. Il rougissait comme une jeune fille... »

Devant le public qu'il affronte avec terreur, craignant les huées et les sifflets, le rôle s'effrite. Il l'assume mais il sait que c'est un rôle et qui ne l'exprime pas tout entier. Il s'arrange de telle sorte que ce rôle le trahisse, invite quelques perspicaces à découvrir l'homme sous le déguisement. En même temps il sait cette attente vaine : la futilité des salons, la satisfaction des gens de lettres ont bien assez de se contenter des apparences. Il force son jeu, il en remet, montrant par là qu'il joue. Peine perdue. Il s'embarrasse dans ses propres ficelles, perd la face, se retire, honteux et déçu. S'avançant masqué il voulait et craignait en même temps qu'on le démasque. Désirant être vrai il paraît « faux ». Cherchant à être naturel il tombe dans l'affectation. L'image que les autres lui renvoient est aux antipodes de celle qu'il voulait composer. Mauvais acteur ; mauvais miroirs.

Quelle image lui renvoient-ils en effet ? Celle d'un timide, mais « prétentieux et guindé », exagérément concerté, constamment sur ses gardes, d'un timide qui proclame en somme qu'il n'a rien à faire avec eux. Si leur compagnie le gêne jusqu'à le faire rougir c'est peut-être aussi qu'il est gêné par leur futilité, leur complaisance envers eux-mêmes, leur vanité. C'est une modestie qui s'effarouche par le sentiment d'une supériorité qu'il faut se garder de montrer : « Pantin sans doute, je ne ressemble tout de même pas à ces pantins-là ; je vaux plus qu'eux et ils vont s'en apercevoir, peut-être me chasser. Je dois me cacher davantage derrière mon jeu, ou alors battre en retraite. » Et bien entendu ce n'est pas lui qui vaut, mais sa vocation, son désir effréné d'être un artiste.

S'il ne parvient pas à se prendre « tout à fait au sérieux » dans un monde sans contours où il se sent lui-même flotter, il prend d'autant plus au sérieux sa vocation, dont il attend qu'elle le fasse exister, prendre pied dans la réalité. La litté-

rature, l'art, la poésie lui confirment qu'il n'est pas pour lui d'autre chemin à fouler et qui mène plus sûrement à ce terme. Miroir encore que l'œuvre d'art, mais qui ne se contente pas de renvoyer à l'artiste son image, qui possède une existence, une réalité, une durée parfois impérissable, et qui rend au centuple à son créateur la vie qu'il lui a donnée, le transforme, le modèle, lui permet d'exister. Jeune adepte du symbolisme, André Gide a devant les yeux l'exemple de Mallarmé. Il n'en est pas qui révèle plus ouvertement l'existence de cette dialectique d'un sujet presque anonyme avec un objet, son objet, si riche qu'on n'en épuisera vraisemblablement jamais toute la signification. Se portant d'instinct à l'essentiel, Gide n'imite pas une manière, mais une conduite. L'œuvre d'art se suffit à elle-même parce qu'elle est plus qu'elle-même : elle « représente ». Dans la note qu'il adjoint au Traité du Narcisse il formule son credo : « *Nous vivons pour manifester. Les règles de la morale et de l'esthétique sont les mêmes : toute œuvre qui ne manifeste pas est inutile et par cela même mauvaise. Tout homme qui ne manifeste pas est inutile et mauvais.* »

Dans le vocabulaire symboliste, « manifester » c'est « révéler », rendre manifeste. L'artiste « révèle » les vérités qui « demeurent derrière les Formes » ; il tient tout phénomène pour le « symbole d'une Vérité », pour l'incarnation de l'« Idée » que sa mission consiste à découvrir. Par glissement de sens signalant autant de conquêtes successives, « manifester » signifiera bientôt pour Gide davantage : « avertir », « exalter », « instruire », « inquiéter », « gêner ». Le monde de la littérature assistera, grâce à lui, à la naissance de cette idée neuve (devenue, depuis, un lieu commun tant elle paraît aller de soi) : « *J'appelle un livre manqué celui qui laisse intact le lecteur.* » Et davantage manqué celui qui laisse intact son auteur.

Dans cette courte note du Narcisse, décidément révolutionnaire, on peut lire également : « *L'artiste et l'homme vraiment homme, qui vit pour quelque chose, doit avoir fait d'avance le sacrifice de soi-même. Toute sa vie n'est qu'un acheminement vers cela.* » Parlant par référence à Mallarmé, sans doute également à Baudelaire et à Rimbaud, il veut dire que l'artiste doit s'oublier dans son œuvre, ne jamais se préférer à elle, car comment, autrement, s'opérerait la transsubstantiation ? Les mots et expressions qu'il emploie ont été suffisamment pesés et ordonnés pour qu'ils signifient toutefois davantage. Être « vraiment homme », vivre « pour quelque chose », faire « le sacrifice de soi-même » et considérer « toute sa vie »

comme un acheminement vers ce sacrifice, comment ne verrait-on pas là l'annonce d'une éthique nouvelle pour l'artiste ? Elle frappe de nullité les vocations insuffisantes, mal dirigées, orientées vers ce qui n'est pas uniquement ce qui est. L'art repousse ses admirateurs maladroits, plus encore ceux qui le tiennent pour une fabrication. Pour que « toute la vie » s'y abîme il exige des martyrs, mais des martyrs promis au salut.

Cependant l'heure est passée des artistes « maudits ». Gide ne tient nullement à passer pour tel. S'il rompt avec la bourgeoisie, c'est en esprit et en prêtant au mot le sens que lui donnait Flaubert. S'il est prêt à braver l'incompréhension du public, c'est à la façon de Stendhal : en se préparant un public posthume. S'il entend secouer la contrainte où le tient encore son éducation calviniste et faire œuvre qui « manifeste », il ne pense aucunement à se poser en révolté : la révolte serait pour lui attitude négative et façon détournée de se préférer à l'œuvre. Il veut s'élancer au contraire dans le champ qu'il s'ouvre : celui de l'œuvre à bâtir, celui de sa propre vie à construire, et c'est dans un même mouvement de conquête qu'il veut y parvenir. Dans son ciel un astre éclipse tous les autres : Gœthe, modèle parfait selon lui de « ce que peut faire un homme » qui s'est voulu en même temps un artiste. Se détournant des génies souffrants, c'est-à-dire mutilés, il aspire à l'harmonie, à la libération de sa nature, au bonheur.

« BIEN COMPRENDRE QUI L'ON EST »

De toutes ses forces il tend vers cette libération et tout son passé, son éducation, sa famille, voire son amour pour Emmanuèle, en diffèrent la venue. Il la pose comme une « tentation » et comme un « rêve » que démentent la réalité, l'étroite vie qu'il mène, le poids des morales apprises, les impératifs de son milieu. Ce qu'il appelle ses œuvres « ironiques » sont en fait, jusqu'aux Nourritures, *bien mélancoliques. « Madame, cette histoire m'ennuie », déclare le narrateur de la* Tentative amoureuse, *tandis que Tityre s'exalte dérisoirement à contempler les marais, qu'Urien s'égare vers le Pôle et confesse : « Si nous avions su d'abord que c'était cela que nous étions venus voir, peut-être ne nous serions-nous pas mis en route. »*

Cependant l'auteur, qui s'était autrefois confondu avec André Walter, ne s'abîme plus dans ses personnages. Il a

marché plus rapidement qu'eux et les a distancés. Tournant en ridicule leurs piètres aventures, il laisse tomber une à une — comme le serpent ses peaux — les diverses enveloppes où fut contenue sa jeunesse. La Tentative amoureuse, *ou « traité du vain désir », publie moins la vanité du désir que l'exigence où il nous place de l'éprouver, dût-il après lui ne laisser que « cendres ». De « l'Océan pathétique » à la « Mer glaciale »* Urien *n'a pas trop perdu son temps s'il a connu « les plages », les villes aux « hautes terrasses », « la mer azurée », s'il s'est exalté à faire le compte de ses « vaillances ». Quant à Tityre il domine de haut ce qui constitue précisément son histoire, en est déjà libéré : il met, à la conter, trop d'alacrité.*

Ces œuvres de jeunesse d'André Gide, à la grâce un peu surannée, mais dont quelques littérateurs après lui chercheront à imiter l'esprit parodique, à recréer le climat désabusé, résolvent à leur façon, sur le plan de l'imaginaire, les questions que s'est posées le jeune homme impatient de vivre, l'écrivain soucieux de « compter ». Par elles il entre en plein dans cette dialectique selon laquelle vivre pour écrire comporte la réciproque : écrire pour vivre davantage. « J'ai voulu indiquer, dans cette Tentative amoureuse, *écrit-il dans son* Journal, *l'influence du livre sur celui qui l'écrit, et pendant cette écriture même. Car en sortant de nous, il nous change, il modifie la marche de notre vie... Nos actes ont sur nous une rétroaction... Nulle action sur une chose sans rétroaction de cette chose sur le sujet agissant... » Déjà l'auteur d'*André Walter, *certes moins avancé que celui de* Paludes, *prêtait cette remarque à son héros : « Si je savais ce que tu fais, j'imaginerais ce que tu penses », faisant dépendre pensée et action, art et vie, d'une « nature » unique de vivant, quels que soient les moyens qu'elle utilise pour s'exprimer.*

Ce mot de « nature » qui revient si souvent sous la plume d'André Gide, plus encore qu'à une « nature humaine » renvoie aux « natures » individuelles, toutes différentes, multiples, contradictoires, « uniques ». Il s'agit moins de partir en soi-même à la recherche de cette nature (l'examen de conscience protestant comme l'introspection psychologique ne l'ont pas révélée à Gide, amoureux des miroirs) que de la découvrir, c'est-à-dire de faire tomber les voiles qui la dissimulent aux yeux mêmes du sujet, que de la manifester. *L'œuvre d'art figure le lieu de cette manifestation qui surprend jusqu'à l'artiste lui-même, ou, si l'on veut, de cette révélation. Au*

« *connais-toi toi-même* » *antique qui paraît à* Gide *dépourvu de toute vertu elle apporte une réponse qui mène à l'* « *accepte-toi* », « *ose être toi-même* » *ou mieux, puisqu'il s'agit d'obéir à sa pente, mais en la remontant :* « *Obtiens-toi.* » « *S'obtenir* » *ce n'est point parvenir à cette nature d'espèce dont nous sommes tous pourvus et dont la découverte ne nous apprend rien sur nous-mêmes, c'est aboutir à figurer pour soi et pour les autres* « *le plus irremplaçable des êtres* ».

André Gide se découvre lors de son voyage en Algérie avec Jean-Paul Laurens. On a remarqué que, fût-il parti en Islande, comme il en avait eu l'occasion, il eût suivi la même trajectoire, écrivant avant son départ, au cours de l'été 1893 : « *Tous mes efforts ont été portés cette année sur cette tâche difficile : me débarrasser enfin de tout ce qu'une religion transmise avait mis autour de moi d'inutile, de trop étroit et qui limitait trop ma nature...* » *Il parle de ses efforts au passé, comme s'ils avaient déjà abouti. Cependant l'Algérie agit sur lui autrement qu'à la façon d'un catalyseur : c'est un éblouissement, une confirmation éclatante de ce qu'il attendait. Il portait en lui, depuis l'enfance, un rêve oriental qu'avait sans doute suscité la lecture de ces* Mille et une nuits *pour lesquelles il gardera sa vie durant une constante tendresse. Il a vécu les aventures de Sindbad, l'a suivi en ses pérégrinations, s'est exalté à ses découvertes. Dans ses œuvres de jeunesse il part sans cesse en esprit pour l'Orient, pays du soleil, des palmes balancées, des hautes terrasses, de la vie libre et sans entraves, chaude et luxueuse. Et plus encore que l'oasis le désert l'exalte qui satisfait ce qui reste en lui de rigueur calviniste. Sous ses yeux son rêve se matérialise, suscite en lui des élans nouveaux, le pousse à toutes les audaces. Le chaste fiancé d'Emmanuèle, qui se souvient avec terreur des avances d'une prostituée parisienne qui le portèrent à fuir, le rouge aux oreilles, partage sa couche avec Mériem, chaude encore des étreintes de Jean-Paul Laurens. Il trouve dans la compagnie d'Athman d'étranges satisfactions, avant d'oser les caresses, de se perdre avec l'enfant dans le plaisir. Audace suprême : il se dresse contre sa mère, incarnation de la morale protestante, commet presque sous ses yeux le péché par excellence, le péché de chair. Devant ses larmes il retombe à genoux, mais c'est pour se trouver paradoxalement porté dans son sens : il n'aura plus avec les représentantes du sexe, sauf une exception notable, que des* « *fiascos* ». *N'est-ce pas, avec son calvinisme atavique, une étrange voie*

de conciliation qu'il découvre ? *Il fuit la femme, donc le péché, mais pour tomber dans un péché pire et qui conduit droit au scandale. A l'heure où sa nature s'affirme, comment ne se persuaderait-il pas que l'homosexualité en constitue une des caractéristiques qu'il lui faut assumer, publier et bientôt revendiquer ? La seconde rencontre avec Oscar Wilde lui communique l'audace nécessaire pour accomplir ces pas supplémentaires. A prêcher la vérité nouvelle il va déployer un zèle d'évangéliste.*

Sa mère décédée, le mariage avec Emmanuèle effectué dans une exaltation d'âme toujours aussi vive mais un peu, aussi, comme le paiement d'une dette à l'égard de sa jeunesse et de ce meilleur en lui que partage sa cousine, André Gide poursuit sa libération. Paludes *consomme la rupture avec le Symbolisme et le milieu littéraire ;* les Nourritures terrestres, *au titre volontairement agressif (est-il d'autres nourritures, pour un protestant, que spirituelles ?) célèbrent la vie, l'instant, la joie des sens, le dépassement lyrique des limites, et seront tenues par leurs lecteurs pour autre chose qu'une « apologie du dénuement ». Dans le* Prométhée mal enchaîné *on consomme en joyeuse compagnie l'oiseau tortionnaire qui puise dans le flanc de sa victime l'embonpoint et la beauté du plumage : l'horrible conscience protestante qui étriquait les gestes, limitait les pensées, annihilait la ferveur. Le converti récent se fait même prosélyte ; il joue avec le feu de l'Enfer. Ménalque, l'ange du mal, dont l'inquiétante figure se profile en marge, ne paraît pas dénué de pouvoirs séducteurs. Il invite à passer les limites, à connaître des frissons nouveaux, à marcher vers l'inconnu. Il enseigne la curiosité et la désinvolture. Il est puissant et cynique. Il étonne. Prêchant une débauche supérieure, celle de l'esprit, il fait miroiter comme autant de possibilités enivrantes la rupture des attaches, l'évasion, la revendication orgueilleuse de soi, l' « immoralisme ». Il effraie jusqu'à son créateur dont il était une des tentations d'être et qui le renie après lui avoir donné vie, inquiet lui-même de le trouver si inquiétant. Après s'être dépris de l'ascèse du bien le protestant converti à la vie n'entend pas embrasser l'ascèse du mal. C'est toujours, selon son plus grand modèle, Gœthe, à l'harmonie qu'il vise, à l'intégration par l'homme de sa part infernale, au « mariage du ciel et de l'enfer ».*

UNE CONVERSION MATÉRIALISTE

Dans cette conversion héroïque la volonté a joué le plus grand rôle. Elle apparaît moins toutefois comme une libération de forces longtemps et impatiemment contenues que comme une remise en question du monde et de soi à partir de l'étrange sentiment qu'éprouve un homme de ne pas tout à fait exister, de voir le monde comme une scène où s'agitent des acteurs. Prendre pied dans la réalité et dans sa propre existence, André Gide ne le pouvait que par un coup de force, en faisant table rase, en repartant à zéro. En tant qu'âme promise à Dieu il avait vécu dans les nuées; redescendant sur terre, il lui faut découvrir le fait d'exister (qui est exister dans le monde) à travers le « fait de conscience » élémentaire qui assoit dans un unique phénomène le sujet et l'objet : la sensation. C'est à partir de la sensation que, comme pour la statue de Condillac, s'éprouve toute vie, se construit le geste et s'élabore la conscience, comme c'est à partir d'une analyse de la sensation que s'ébauche toute démarche philosophique nouvelle. D'instinct, André Gide est allé au plus pressé et à l'essentiel. Comme l'exprime le titre des Nourritures terrestres *sa conversion est matérialiste.*

Par les sens le monde existe; par la sensation il est préhensible, connaissable, à travers un rapport de participation. L'excitation appelle la réaction qui, à son tour, suscite de nouveaux stimuli. L'être est entraîné dans une ronde (il est beaucoup de « rondes » dans les Nourritures) *et se découvre en même temps qu'il découvre son objet : ils s'établissent du même mouvement. Gide entonne le chant des cinq sens et trouve un contentement éperdu à « nommer » les choses : « Il y a déjà un grand plaisir, Nathanaël, à déjà tout simplement affirmer : le fruit du palmier s'appelle datte et c'est un mets délicieux. » Ce « grand plaisir » équivaut à une nouvelle naissance. Pour la première fois, André Gide s'éprouve comme « existant » dans ce monde désormais pourvu de formes, de couleurs, d'odeurs, de saveurs et enfin de densité. Sa reconnaissance s'exprime sur le mode de l'effusion lyrique. Le Dieu de son enfance lui avait caché le monde; les dieux de son adolescence, ceux de Virgile et d'Homère, contribuent à le lui découvrir. On imagine qu'il aurait pu également écrire une « ronde des dieux » où Jésus aurait tenu sa place.*

Car c'est à Jésus, au christianisme, qu'il doit de posséder cet autre sens qu'on appelle intérieur par quoi la joie se sublimise

en bonheur, se réfléchit en conscience d'être, se métamorphose en ferveur. Sa joie panique n'est pas tout à fait une évasion sans limites, une dissolution. Elle lui revient pour s'éprouver et sans cesse elle demande à être renouvelée, fortifiée. L' « enfant qui s'amuse » ne cessera guère d'être « doublé d'un pasteur protestant qui l'ennuie » et qui donne à son œuvre l'allure d'un prêche pour la libération, la joie de vivre, le bonheur, qu'il faut mériter et conquérir, difficilement, en conscience et dans la responsabilité. C'est un devoir que d'être heureux, le plus grand des devoirs.

Sa conversion s'est également effectuée par le langage. C'est par le langage et à travers lui qu'il a suscité le monde qui, autrement, échappait à sa prise, et c'est sur lui qu'il s'est appuyé pour prendre ses propres mesures. Il se tient à ce langage comme à un roc, voyant en lui les preuves de ses moments d'existence. S'il se détache si facilement de l'œuvre qu'il vient d'écrire, c'est que pour lui elle a joué son rôle, qui était expérience de vie par le langage, désormais expérience morte, tandis que, renaissant de ses cendres, le langage lui offre de nouvelles possibilités et de nouvelles expériences. En faisant confiance à l'art, en lui vouant sa vie (« ce que d'autres appellent la carrière littéraire et que j'appelle ma vie »), il vérifie la parole de l'Évangile qu'il aime à citer : « Car qui veut sauver sa vie... etc. », c'est-à-dire, en termes profanes, que l'œuvre lui est une manière d'exister, la seule.

Comment, par suite, ne parlerait-il pas de lui dans cette œuvre, directement ou par référence ? Mais comment parler de soi sans « se préférer à l'œuvre » ? Il existe là une contradiction que résout une fois de plus l'écriture. On ne peut se préférer à l'œuvre en effet quand, antérieurement à elle, on est privé d'existence, quand cette existence commence avec l'expression, se confond avec elle. Ce n'est pas lui-même que Gide « manifeste », même dans ses écrits intimes, même dans le Journal, *mais ce composé très particulier et d'une saveur unique : Gide pris dans les rets du langage et se révélant à lui-même comme aux autres au terme d'une alchimie dont le langage a constitué la composante et l'agent essentiels. La figure qu'il fait hors de l'œuvre, celle que connaissent les proches et que décrivent les témoins, celle que signale la biographie, est dénuée, comme celle de Montaigne hors des* Essais, *celle de Rousseau hors des* Confessions, *de tout intérêt autre qu'anecdotique. Sa figure vraie c'est son œuvre qui l'exprime, et non tant parce qu'il s'est*

voulu cette *figure* que parce qu'il la découvrait à travers l'expression et qu'elle était la seule dans laquelle, avec franchise et loyauté, avec cette sincérité qui lui vient de ses origines protestantes et qu'il place au-dessus de toutes les valeurs morales, il se reconnaissait. « Je ne suis jamais, je deviens », et il « devient » grâce à l'œuvre hors de laquelle on pourrait le définir comme un bourgeois à la vie préservée, un égoïste (en dépit de quelques traits généreux), un homme de goût et de culture, grand amateur des lettres, au caractère fluctuant, à la sensibilité vaste mais superficielle, en définitive, comme le caractérise un de ses proches, un homme « peu fiable ». Cet homme-là, qui n'emporte pas la sympathie, est celui que ses ennemis ont seulement voulu voir, ignorant l'essentiel : l'être qu'il découvrait et montrait, sans rien vouloir déguiser, à travers l'expression qui lui donnait vie.

L'EXISTENCE, C'EST L'ŒUVRE

Un homme qui s'abîme à ce point dans son œuvre ne saurait relever de l'image naïve qu'on se fait de l'artiste. Dans notre société marchande, mais il est probable qu'il en va de même dans la société qui se donne actuellement pour socialiste, l'artiste est un créateur et un producteur qui, en livrant son œuvre, la fait participer au circuit des échanges, dans le meilleur des cas un homme pressé de s'exprimer et qui, de son œuvre, « se délivre ». On l'imagine propriétaire de richesses qu'il doit faire partager, d'un fonds qu'il a le devoir d'exploiter, de forces à grand-peine contenues qui doivent profiter à tous. S'il n'est pas propriétaire il figure, d'une espèce particulière, l'élément femelle toujours en mal d'enfantement. Et quand il a cessé de produire c'est ou que son fonds est épuisé (il n'a plus rien à dire, son sac est « vidé ») ou qu'il se soumet aux lois biologiques de la nature.

André Gide n'est ni ce producteur ni ce parturient. En quatre-vingts ans de vie il a publié une quantité fort raisonnable d'ouvrages, à des années de distance, au terme d'une longue patience, parfois d'un labeur épuisant. La verve de Paludes est le fruit d'une assez grande peine ; le jaillissement des Nourritures n'est rien moins que spontané : il s'effectue après trois ans d'efforts ; Gide recommence plusieurs fois la Porte étroite dont, en définitive, il n'est pas satisfait (on y voit trop les « jointoiements ») et, d'après son propre aveu, il bâcle la fin de la Symphonie pastorale ; il a travaillé cinq ou

six ans sur les Faux-Monnayeurs *dont il signale l'achèvement avec un ouf! de soulagement ;* Robert *et* Geneviève *sont tirés comme autant de tiroirs de* l'École des Femmes; *à sa dernière œuvre,* Thésée, *il pensait depuis quarante ans. Assurément, dans l'élaboration de ces œuvres jouent à plein ses scrupules d'artiste, son désir de perfection, sa volonté de rejoindre la tradition classique. Il ne peut se dissimuler toutefois, et son* Journal *n'est à ce propos qu'un long gémissement, qu'il lui faut passer et repasser le soc dans les sillons d'une terre sèche et aride, couverte de branches mortes, et dont les fruits sont à longue échéance. Il sait qu'il n'est pas riche, qu'il doit sans cesse économiser, tirer parti de ses moindres sensations et pensées. Afin de ne rien laisser perdre il engrange le moindre épi dans un* Journal *qui lui sert de caisse d'épargne avant de constituer en soi un sérieux capital. Il connaît rarement les grands élans créateurs et n'est point visité par ces visions sublimes qui portent l'artiste au-dessus de lui-même, l'arrachent au monde, le précipitent dans la transe sacrée. Il se méfie au contraire de l'inspiration, toujours tenue en laisse, chez lui, par un génie critique sans défaut. Le point de départ de chacune de ses œuvres est une « idée » que les faits seront chargés de féconder, une vérité psychologique ou esthétique, un problème moral, incarnés dans des personnages qui lui doivent à peu près tout, des situations qui figurent des variantes de ses propres expériences. Il n'écrit pas sous le coup d'une disposition intérieure nouvelle, d'un ébranlement de l'âme ou de l'esprit, attendant au contraire que l'ouvrage en cours modifie ses sentiments et ses pensées, transforme son existence.*

Et la transforme jusque dans sa matérialité. Il écrit les Cahiers d'André Walter, *dans une certaine mesure le* Traité du Narcisse, *également pour mériter l'amour de sa cousine, pour faire tomber les obstacles qu'elle a dressés sur le chemin des fiançailles. Par ce canal il lui fait part de ses souffrances, entend lui communiquer son exaltation, lui révéler son âme. Et ce n'est pas tant son admiration qu'il quête que, par son œuvre, la création d'un climat où tous deux se retrouveront, communieront dans la recherche du bien et du beau, du vrai, de Dieu. Après qu'il l'a gagnée il n'a de cesse de vouloir la gagner davantage et c'est tourné vers elle qu'il écrit une grande partie de son œuvre.*

S'il demeure merveilleusement libre au regard de ce que l'écriture lui révèle, refusant d'incliner ses pensées et ses sentiments, se livrant à toutes les audaces, il désire néanmoins

l'entraîner avec lui, chacune de ses découvertes demeurant lettre morte si elle refuse de la partager. Madeleine tire en arrière, admirative mais effrayée. Il en souffre comme d'une défiance à l'égard de sa personne. Réciproquement les lettres d'amour qu'il lui a envoyées en vingt ans font partie intégrante de son œuvre. Quand elle les brûle après la trahison dont il s'est rendu coupable il brame de douleur « durant une pleine semaine » et pendant des années ne parvient point à se consoler de leur perte. Quand il s'écrie : « Peut-être n'y eut-il jamais plus belle correspondance ! » on sourit, gêné de ce que le littérateur en lui ait dévoré l'homme ; sa souffrance d'écrivain le rend aveugle au chagrin de sa femme. C'est que, dans ces lettres, dit-il, « ma vie s'y tissait devant elle, à mesure et au jour le jour ». Madeleine n'a pas détruit une correspondance d'amour, elle a attenté à l'existence de son mari et elle le savait ; elle a supprimé une partie de sa vie. De ce jour il lui retire sa confiance, se sent seul, se voit en mort vivant. Mais, par exemple, les Faux-Monnayeurs, il les écrit pour Marc, pour conquérir son estime, mériter son amour. Si l'œuvre d'art doit trouver sa fin en elle-même, c'est également par elle qu'il se prouve. Elle fait partie intégrante de lui-même ; elle est lui-même.

Il a souvent dit que, dès ses premiers pas d'écrivain, il s'était attelé à la rédaction de ses œuvres complètes, que le plan en était tout formé dans son esprit, que la direction dans laquelle tirait un ouvrage était immédiatement et au même moment compensée par la direction contraire dans laquelle tirait un autre, et qu'il se désolait de n'avoir pu écrire tous ses livres en même temps. L'affirmation n'est pas à prendre au pied de la lettre : contredite par cette autre que, loin de ressembler à l'arbre dont le fruit mûr se détache, l'écrivain est constamment modifié par son œuvre et au moment même où il l'écrit. Il est vrai, pourtant, qu'après la mue difficile qui l'a conduit aux Nourritures Gide sait où il va et ce qu'il veut faire. Tous les ouvrages auxquels il pense ne seront pas écrits et, d'après les ébauches qu'il en donne dans son Journal, on regrette que beaucoup d'entre eux n'aient pas vu le jour. Qu'aurait été, par exemple, cette « histoire imaginaire d'un peuple, d'un pays, avec des guerres, des révolutions, des changements de régime, des événements exemplaires », pour laquelle il aurait « inventé un art, une littérature apocryphe », sinon peut-être du Jorge Luis Borges avant la lettre ?

Il est hanté par l'idée que « l'histoire de l'homme aurait pu

être différente »; il ne se persuade pas que « *tout ait été dit* » et qu'il n'y ait plus qu'à « *redire* », que « *ce que l'homme a dit jusqu'ici* », c'est « *tout ce qu'il pouvait dire* ». *Avant de* « *revoir pour la première fois Ménalque* », *le Michel de l'*Immoraliste, *sur ce point, au moins, semblable à Gide, exprime sa profession de foi* : « *Ce qui me séparait, me distinguait des autres, importait* ; *ce que personne d'autre que moi ne disait ni ne pouvait dire, c'était ce que j'avais à dire.* » *Tout talent, en art, ne lui paraît signifier* « *qu'en fonction de la personnalité qu'il raconte* ; *n'est plus, sinon, que de la virtuosité* ». *Il reproche aux ouvrages des Tharaud* « *de n'être dictés jamais par aucune nécessité intérieure* ; *ils n'ont pas avec l'auteur de ces rapports profonds et nécessaires où s'engage une destinée* ». *Seules lui importent* « *les œuvres dont la beauté répond à quelque question anxieuse* ».

Les « *questions anxieuses* » *que se pose André Gide sont en rapport étroit avec sa vie, dans l'*Immoraliste *et la* Porte étroite, *avec son expérience amoureuse. On connaît, par lui-même, l'histoire de ses fiançailles, de son mariage, de sa vie conjugale. On sait les reproches qu'il se fit après la mort de Madeleine. Il n'a pas toutefois attendu cette mort pour prendre conscience du drame qu'à cause de lui vivait sa femme, pour se rendre intuitivement compte de l'impasse où, pour le sens commun, ils s'étaient tous deux fourvoyés. La Marceline de l'*Immoraliste *comme l'Alissa de la* Porte étroite *sont des victimes qui se sacrifient à l'homme qu'elles aiment. En mourant Marceline publie le monstrueux égoïsme de Michel, Alissa la niaiserie et l'ignorance confortable de Jérôme. Dans les deux cas c'est sur l'homme, mari ou fiancé, que tombe, avec ou sans circonstances atténuantes, le verdict infamant du lecteur. Cependant que l'ouvrage joue à l'égard de l'auteur son rôle de purgation* : *il équivaut à la promesse que se fait à ce moment André Gide de ne jamais devenir ce monstrueux égoïste non plus que ce niais. Contre l'amour qu'il éprouve pour Emmanuèle ne prévaudront ni le plaisir, pris avec d'autres partenaires, ni la complaisance envers soi. C'est un amour hors du commun, chevaleresque, et qui ne peut trouver ici-bas sa résolution, celui de Dante pour Béatrix. André Gide, au moins une fois, manquera à son serment* ; *c'en sera assez pour que Madeleine devienne peu à peu Alissa. La vie confirme les inventions de l'écrivain.*

A sept ans de distance les deux récits exposent le même problème sous ses faces complémentaires : *dans le premier la lumière est projetée sur le mari, dans le second sur la fiancée,*

sans que ce problème, exposé après coup par le narrateur et résolu dans chaque cas par la mort de l'héroïne, puisse être autrement qu'éclairci dans ses données, précisé dans la logique de son développement. Le drame va son train jusqu'à la catastrophe, nullement infléchi par les circonstances, les lieux, les événements. Le comportement de Michel postule la mort de Marceline, comme celui d'Alissa doit conduire celle-ci à son propre sacrifice. Nous ne sommes pas dans le roman, mais dans la tragédie, et la tragédie de « caractères ». Étant donné ce que sont au départ les caractères forts : Michel et Alissa, ce qu'en face d'eux peut leur comparse : Marceline et Jérôme, il s'agit pour l'auteur de voir ce qui va résulter de leurs rapprochements, de leurs heurts, de leurs incompréhensions réciproques ou de leurs ententes momentanées, en l'absence de toute influence extérieure au drame, de toute « distraction » apportée par la vie. Aussi les résultats de cette véritable expérimentation scientifique ne sauraient-ils être contestés : si Gide écoute trop complaisamment Ménalque et se donne la tentation vulgaire du surhomme, voilà ce qui attend Marceline ; si Emmanuèle n'avait accepté aucun compromis avec sa foi en Dieu, voilà ce qui l'attendait. Bien entendu, Michel n'est pas André, comme Alissa n'est pas Madeleine. Ils ne sont que des possibilités romanesques, créées par l'auteur à partir de ce qu'il connaît le mieux et qu'il « épure » à la façon du chimiste. Ils signalent non ce qui est ou a été, mais ce qui aurait pu être. Emprunter les méthodes habituelles du romancier qui, pour faire vrai, s'attache à peindre les hasards de la vie, ou comme il dit à la restituer, pour André Gide le jeu n'en vaut pas la chandelle. L'événement est dénué de réalité et de signification : il manifeste un caractère. « C'est le caractère qui doit nécessiter l'événement. La suite des événements, c'est le développement du caractère. » Gide invoque à ce propos, dans le premier cas, l'exemple de Coriolan et d'Hamlet, dans le second celui de Macbeth. Après les récits parodiques, après les Nourritures, il aborde le champ du tragique moral que, par la suite, il ne laissera guère en friche. C'est le seul lieu où l'être puisse se trouver porté au sommet de lui-même ou précipité dans les bas-fonds, éprouver sa liberté ou subir la fatalité, se comporter en roi ou en serf, appréhender en lui le sujet ou se faire objet, le lieu du choix par excellence, autrement dit de l'effort possible sur soi pour manifester sa « nature ».

BONNE CONSCIENCE, FAUSSE CONSCIENCE

Cependant, et c'est pourquoi naît la tragédie, nous risquons de prendre connaissance de notre nature après qu'elle s'est manifestée, alors que tout est consommé et qu'il est trop tard pour revenir en arrière. Michel aimait Marceline et se prenait pour un mari attentionné, sujet à quelques faiblesses excusables. Alissa se voyait en marche vers la sainteté et Jérôme vers un amour hors du commun. Isabelle, avant de tomber dans les liaisons sordides, se posait en héroïne romantique, soucieuse de vivre sa vie. Le pasteur de la Symphonie pastorale, aveugle à l'égard des sentiments qui le portent à s'occuper de Gertrude, croit travailler pour la plus grande gloire de Dieu. Les écailles leur tombent des yeux alors que le pire est advenu. Ils se sont trompés sur eux-mêmes et ont vécu dans le malentendu, engendrant autour d'eux souffrances et catastrophes. Leur bonne conscience était un masque, moins destiné à cacher leur visage à autrui qu'à le rendre plaisant pour eux-mêmes. Ils ont failli à ce commandement qui revient comme un leitmotiv dans l'œuvre d'André Gide : « Bien comprendre qui l'on est. » Parce qu'il a lui-même longtemps erré avant de découvrir « qui il était », il a compris que de s'assumer confère à l'homme la seule qualité qui ne le rende pas indigne de vivre, ni de prétendre au bonheur. Être sincère c'est faire rendre à l'âme ce son juste, harmonieux par la composition des vertus et des vices mêlés, et qui, unique, diffère de tous les autres. Le moraliste chez lui, n'est pas un moralisateur.

La bonne conscience (au sens moral) n'est que la fausse conscience (au sens de la perception des réalités). Par elle nous nous blousons sur les autres et sur nous-mêmes, ne voyons que ce qu'il nous plaît de voir. Le crédule Amédée Fleurissoire part pour une croisade ridicule, victime de ses bons sentiments exploités par des escrocs. Anthime Armand-Dubois se fait franc-maçon ou catholique selon l'état de paralysie de sa jambe. Julius de Baraglioul obéit à sa vanité d'homme de lettres. Il annonce le comte de Passavant des Faux-Monnayeurs, retors et hypocrite, que l'intérêt guide. Le juge Profitendieu et son collègue Molinier sont aveugles à ce qui se passe dans leur famille. Le Robert de l'École des Femmes donne le parfait exemple de l'aliénation à laquelle peut conduire le souci du conformisme. On ne peut dire qu'ils s'acceptent tels

INTRODUCTION XXIX

qu'ils sont : ils n'ont pas déterminé en eux la part d'intérêt, de vanité, de crainte, d'égoïsme, qui les mène. Ce qu'ils acceptent ce sont les compromissions ordinaires de la vie, l'ordre des choses, la morale courante, et ce qu'ils cherchent c'est le confort moral, le repos. « Barrès, Barrès ! que ne comprenez-vous que ce dont nous avons besoin, ce n'est pas de confort (et j'entends : du confort de l'esprit), c'est d'héroïsme. »

« L'immoraliste », Michel, n'est pas un héros : il suit trop facilement sa pente. Alissa, qui fait l'admiration des âmes religieuses, n'est pas une sainte, mais une victime : il n'a manqué à Jérôme que d'oser le geste qui l'eût fait tomber dans ses bras. Isabelle n'a rompu qu'en imagination avec son milieu, sa famille : elle s'est dérobée devant l'acte qui l'eût rendue libre et, par sa couardise, est responsable de la mort de son amant. Le pasteur de la Symphonie pastorale, qui se croit désintéressé et charitable, sacrifie sa femme, son fils et Gertrude à une passion sur laquelle il a fermé les yeux. Pourtant, à l'exception d'Isabelle qui déroge, l'opinion publique les absout, la religion leur pardonne. Certes ils ne savent guère « ce qu'ils font ».

L'héroïsme commence avec la lucidité et se tient parfois assez loin de la morale. Il est la volonté d'aller jusqu'au bout d'une pensée ou d'un acte qui nous représentent sans tricherie ni faux-semblant. Rien de moins admirable que le meurtre de Fleurissoire par Lafcadio, mais si Lafcadio ne l'avait pas commis après l'avoir décidé, de même que si, précédemment, il n'avait pas joué les sauveteurs, il perdrait sa propre estime. On peut penser également qu'Édouard débauchant Olivier profite de l'ascendant qu'il exerce sur l'adolescent et que rien, non plus, n'est moins héroïque. Son acte est justifié aux yeux de Gide, certes plus facilement qu'aux nôtres, par l'amour qui ose ici dire son nom. Et si nous pensons que Thésée, trompant Ariane et enlevant le jeune Glaucos au lieu et place de Phèdre, fait preuve d'un peu trop de subtilité grecque, nous savons qu'il est absous à l'avance par les hauts faits dont sa légende est tissée. En définitive, la seule morale qui compte est celle que l'individu se forge et par laquelle il engage dans ses actes toute sa personne. Cette morale vaut ce que vaut l'individu. L'important est de valoir, l'héroïque de vouloir valoir. La leçon de Gide s'adresse aux âmes fortes. Elle est capable, néanmoins, de fortifier celles qui, avant de l'écouter, se croyaient faibles. En cela réside sa vertu qui est, de la part de l'auteur, vertu de moraliste.

UN ROMANCIER CONTRE LE ROMAN

Gide n'a avoué qu'un seul roman. Pourtant il a réfléchi toute sa vie au genre, cherché à en formuler les lois, à en établir la théorie. Et peut-être voulait-il le revêtir d'une si haute dignité artistique qu'à ses yeux seul les Faux-Monnayeurs *pouvait prétendre au titre. Des auteurs moins scrupuleux, ou moins ambitieux, eussent pu le conférer à* l'Immoraliste, *à la* Porte étroite, *à la* Symphonie pastorale, *aux* Caves du Vatican, *voire à l'*École des Femmes. *Qu'est-ce donc qui, hormis les scrupules de l'artiste, empêche André Gide de se tenir, sauf exception, pour un romancier ?*

André Walter, qui écrivait dans son Journal : « *Multiplier les émotions. Ne pas s'enfermer en sa seule vie, en son seul corps ; faire son âme hôtesse de plusieurs. Savoir qu'elle frémisse aux émotions d'autrui comme aux siennes...* » *eût pu devenir un romancier très convenable. André Gide possède cette supériorité sur André Walter d'héberger un génie critique fondé sur la connaissance de ses propres dons et moyens, sur celle des fins qu'il se propose. Ce qu'il veut exprimer c'est lui-même, sans détour, sans bavardage ni complaisance. Il est porté d'une part vers l'effusion lyrique et la confession, d'autre part vers la parodie. Le roman ne s'accommode pas plus de l'une que de l'autre, refusant l'excès de subjectivité comme le détachement critique. Le roman établit un monde imaginaire à l'existence duquel, si éloigné ou si rapproché qu'il soit du monde dans lequel nous vivons, le lecteur doit croire comme y a cru d'abord l'auteur, son créateur. C'est un monde donné que le lecteur est libre d'accepter ou de refuser, mais qui, s'il l'accepte, fait de lui l'habitant d'une autre planète.*

André Gide refuse ce postulat essentiel. Il entend, comme le romancier, s'adresser à la sensibilité, à l'intelligence, à l'imagination du lecteur, mais il veut un lecteur prévenu. Au lieu de lui vendre chat en poche, il l'appelle à la réflexion, à la joute, à la confrontation, voire à la contradiction. Les fables, prises à la mythologie ou à la littérature, les « *problèmes* » *moraux qu'il expose, comportent des illustrations diverses, des solutions variées, possiblement différentes de celle qu'il propose, postulent des attitudes de vie qui supposent des choix préalables pouvant être constamment remis en question. Son recours à l'affabulation, loin de viser à nous étourdir ou à nous fasciner, constitue l'un des moyens artistiques de distribuer ombres et lumières,*

de mettre en relief dans le flot des événements, au sein de notre nature commune, le comportement significatif, les traits qui fondent un caractère. Sa fable éclaire et sa fiction révèle une vérité morale, psychologique ou esthétique. Il est si peu absent de sa peinture qu'on a cru souvent l'y distinguer sous des noms d'emprunt : Michel, Jérôme ou Édouard, qui, si différents qu'ils soient entre eux et si peu qu'il veuille avec eux se confondre, possèdent un air de famille. Si peu didactiques qu'il ait voulu ses récits, ils exposent, illustrent ou démontrent ; ils mènent quelque part.

Le roman se fonde sur une convention qu'André Gide refuse parce qu'elle repose sur une double tricherie. L'auteur feint de restituer la vie, de créer une vie plus vraie que la vie ; le lecteur feint de prendre l'expression de la vie pour la vie même. Or l'art, antinomique à la nature, n'est pas la vie ; il est un style donné à la vie. Pour Édouard, et pour Gide, le roman n'est pas tout à fait un art parce qu'il « n'a jamais connu cette formidable érosion des contours *dont parle Nietzsche, et ce volontaire écartement de la vie, qui permirent le style, aux œuvres des dramaturges grecs par exemple, ou aux tragédies du XVIIe siècle français...* ». Sans doute Édouard se pose-t-il en romancier, mais outre qu'on ne le voit point mener à leur terme ses Faux-Monnayeurs, préférant l'histoire de sa tentative à la tentative elle-même, c'est tout autre chose qu'un roman dans l'acception courante du terme qu'il voudrait écrire : « Je voudrais un roman qui serait à la fois aussi vrai et aussi éloigné de la réalité, aussi particulier et aussi général à la fois, aussi humain et aussi fictif qu'Athalie, que Tartuffe ou que Cinna. » Il voudrait un roman pourvu de toutes les caractéristiques d'un genre qu'on ne peut même pas qualifier de voisin tant ils diffèrent entre eux. Déjà André Walter travaillant à composer son roman, Allain, se donnait des consignes qui l'écartaient du roman et le rapprochaient de la tragédie : « ... L'ordonnance schématique. Réduire tout à L'ESSENTIEL. L'action déterminée, rigoureuse. Le personnel simplifié jusqu'à un seul. Et comme le drame est intime, rien n'en apparaît au-dehors, pas un fait, pas une image, sinon peut-être symbolique : la vie phénoménale absente... Un personnage seulement, et encore un quelconque, ou plutôt son cerveau, n'est que le lieu commun où le drame se livre, le champ clos où les adversaires s'assaillent... etc. » Avant de parler de l'impuissance de Gide en tant que romancier il faut bien se persuader que ce ne sont pas des romans qu'il a voulu écrire.

Son impuissance est ailleurs : dans cette incapacité à croire que le réel existe vraiment. Il admire Balzac, mais comme l'auteur d'un tour de force particulièrement réussi ; il félicite Bourget de ne pas « s'empêtrer » dans la réalité, « comme je ferais sûrement si j'essayais d'y réussir », et il s'emporte contre Théophile Gautier pour cette phrase à laquelle il n'a « jamais pu souscrire » : « L'artiste est un homme pour qui le monde extérieur existe », ajoutant : « Combien plus souvent l'artiste, toujours un peu mystique, n'est-il pas celui qui ne croit pas, pas tout à fait, à la réalité (à la seule réalité, tout au moins) du monde extérieur. » Cependant l'autre réalité à laquelle il fait allusion, et dont il a eu parfois l'intuition, il n'a pas voulu ou n'a pas pu la peindre (le combat de Bernard avec l'ange est un des morceaux les plus faibles des Faux-Monnayeurs), de sorte que cette absence au monde le renvoie aux drames intimes, à la psychologie.

André Walter voulait écrire un roman « à un seul personnage », propos curieux si l'on songe que l'une des vertus du roman consiste à nous faire entrer dans le monde complexe et révélateur des rapports humains, et que ce serait peut-être même là sa vertu essentielle. Moins absolutiste que son alter ego, *André Gide a caressé le même projet sans oser le réaliser, donnant à Michel un partenaire à peu près muet, Marceline, racontant les événements de la* Porte étroite *par la bouche de Jérôme, puis par celle d'Alissa, donnant la parole dans l'École des Femmes successivement aux trois protagonistes. En général, sauf dans les Caves et les Faux-Monnayeurs qui ressemblent davantage à des romans, sur ce plan du moins, il existe sur l'action un point de vue privilégié, celui du « narrateur » (Michel ; Jérôme ; Gérard Lacaze dans* Isabelle; *Éveline, Robert, Geneviève dans l'École des Femmes), celui du héros qui tient devant nous son journal (le pasteur de* la Symphonie pastorale; *Alissa ; Éveline ; dans les* Faux-Monnayeurs *Édouard), l'auteur parvenant parfois à nous donner une multiplicité de points de vue (comme dans les Caves et les Faux-Monnayeurs) mais qui demeurent juxtaposés et comme si l'auteur ne voyait jamais qu'un « seul personnage » à la fois, comme s'il l'envisageait dans l'autonomie de son « caractère ». Michel aime Marceline mais l'auteur échoue à nous rendre cet amour sensible. Les rapports de Jérôme et d'Alissa ne sont compréhensibles qu'après la connaissance que nous en prenons par l'histoire de chacun, etc. Les personnages*

INTRODUCTION

vont, viennent, s'expriment, s'aiment, se haïssent, subissant l'évolution du drame dans lequel ils sont jetés, mais sans que jamais ils soient modifiés par leur commerce même, transformés l'un par l'autre, fût-ce au sein de l'amour. Leurs rapports, parfois complexes, relèvent de la mécanique des passions et s'exercent dans un champ de forces dont les pôles diversement aimantés dessinent des lignes de plus ou moins grande résistance. Ils sont murés dans leur conscience, comme si chacun d'eux était seul au monde.

Cette impuissance à peindre les rapports humains hors des supports qui les fondent répond à cet autre manque d'André Gide : le peu de créance qu'il apporte à l'existence d'autrui. « Objets » un peu effrayants, dont il se gare et qu'il craint, toujours prêt à leur donner raison, à épouser leurs opinions et leurs convictions, modelant son comportement sur le leur jusqu'à s'en étonner lui-même, les autres échappent à sa prise en tant qu'« existants ». C'est à partir de lui-même qu'il les construit, qu'il leur « prête vie », plaçant même en ceux qui diffèrent le plus de lui un peu de lui-même, les condamnant à illustrer ses tentations, ses possibilités, se coulant en eux, après qu'il les a imaginés, jusqu'à s'oublier lui-même. La dépersonnalisation lui est facile, mais elle est un leurre si dans les autres ce n'est jamais que lui qu'il retrouve. Le roman devient, comme il l'a voulu, à la fois la projection des possibles de l'auteur et la découverte de soi, mais le seul personnage auquel il ramène n'est pas même un héros de roman : c'est l'auteur-protée, la conscience unique en laquelle s'abîme le monde. De cette incapacité d'André Gide à sortir de soi sans toutefois paraître jamais s'habiter, un familier, Mme Théo Van Rysselberghe, est persuadé : «... Comment faire comprendre qu'il est certain domaine de la vie où la réalité lui échappait ? Je veux parler du domaine des rapports entre les êtres — j'ai bien dit des rapports. En fait, ce qui était l'intéressait beaucoup moins que ce qui aurait pu être : d'où la tentation de l'expérience toujours présente et le jeu passionnant des possibles, qui servit si admirablement son art et nous vaut l'enrichissement d'un Candaule, d'un Lafcadio. » Elle précise : « Ce monde des conjectures éternelles, c'est celui de la poésie, et c'est par là qu'il était un poète. Mais dans la vie, l'imagination du possible fausse les données du réel et peut ainsi masquer les vraies possibilités... »

De toutes ces impuissances, qui tiennent à sa nature, de tous ces refus, qui tiennent à sa conception de l'art, comment

André Gide est-il parvenu à tirer une force à la fois créatrice et artistique ? En délimitant son champ, volontairement par la puissance de son génie critique, intuitivement par le sentiment de ses possibilités. Et ce champ n'est pas si étroit. Puisqu'il échoue à peindre le réel, il s'applique, approuvant une formule de Thibaudet, « à faire vivre le possible ». Puisqu'il est aveugle aux rapports des êtres entre eux il en imaginera de peu communs ou d'inédits. Puisqu'il ne croit que par éclipses à sa propre existence, il fera de l'œuvre d'art une « expérience » de vie : non point le substitut de la vie ou son expression, mais, à travers l'expression, un « vécu » d'un certain genre qui prend naissance et forme, revient à l'auteur qu'il détermine et modifie, se communique au lecteur, incite par là à vivre autrement, selon d'autres règles, une autre morale, d'autres points de vue. En raison de ses manques mêmes et qui eussent dû le faire échouer, André Gide fonde la littérature en dignité, en vérité, en nécessité. Elle devient le champ « de ces rapports profonds et nécessaires où s'engage une destinée », et pour le lecteur, « un avertissement », une invitation, un encouragement ou une mise en garde. C'est le lieu par excellence où s'engage la confrontation du lecteur avec lui-même.

ROMANCIER QUAND MÊME

Si, presque en dépit de lui-même, André Gide a malgré tout sacrifié au roman, c'est sans doute d'abord pour se prouver qu'il était capable d'en écrire un, souffrant de se voir reprocher son manque d'imagination, d'invention, son incapacité à sortir de soi tout en étant constamment absent de lui-même. La découverte de Dostoïevski lui prouvait en outre qu'un grand romancier peut être un artiste et que ce qu'il appelait la « restitution de la vie » peut se présenter autrement qu'un spectacle. Dans les Possédés ou les Frères Karamazov, il voyait débattre des problèmes métaphysiques, religieux et moraux qui constituaient son propre gibier et il assistait à l'exploration d'abîmes psychologiques où lui-même s'était enfoncé avec plus de prudence. Les conceptions romanesques de Dostoïevski l'« autorisaient » à briser le cadre étroit du récit (« un personnage, deux peut-être » saisis par la lumière qui rayonne d'un seul foyer) pour tenter d'« élargir le champ visuel et présenter non plus un, mais plusieurs foyers ». A côté du récit-théorème il voit la possibilité du roman-polyphonie : plusieurs personnages faisant entendre leur voix en même

temps et menant des vies fort différentes sans qu'ils soient forcément impliqués dans la même action (à l'origine il envisage les Faux-Monnayeurs *comme une suite de « récits séparés » qu'il articule ensuite, assez maladroitement d'ailleurs, sur les conseils de Roger Martin du Gard).*

Cependant il ne peut se résoudre à adopter le point de vue du romancier « objectif » « qui voit d'abord le geste d'autrui, l'événement, et qui l'interprète ». Il ne se reconnaît pas davantage le droit de pénétrer dans les consciences qu'il veut libres et autonomes, s'exprimant par elles-mêmes. Entre l'objectivité du témoin privilégié et l'omniscience du romancier-démiurge il imagine une troisième voie : qui part de l'auteur pour aboutir aux personnages, de ses propres sensations, émotions ou pensées à l'expression des leurs, de ses propres tentations ou possibilités à leur réalisation par eux. Alors il peut s'effacer en les laissant libres de s'exprimer et d'agir à leur guise, sachant que « c'est de lui que tout émane » : « Il est le seul garant de la vérité qu'il révèle, le seul juge. Tout l'enfer et le ciel de ses personnages est en lui. Ce n'est pas lui qui peint, mais ce qu'il peint, il aurait pu le devenir, s'il n'était pas devenu tout lui-même. » Par ce biais il revient à sa préoccupation essentielle : assumer par l'écriture une découverte et une expérience. L'auteur en possédait tous les éléments mais il était impuissant à les faire fructifier d'autre façon, tandis que découverte et expérience se réalisent sous ses yeux comme sous les nôtres selon toutes les garanties de la nécessité et de la vraisemblance. Ses personnages sont autant de projections de lui-même dont pourtant aucune ne lui ressemble ; les rapports qu'ils nouent entre eux, les événements qu'ils traversent sont autant d'« épreuves » ou de tests destinés à les manifester ; leurs existences, si librement qu'elles paraissent se dérouler, obéissent à une logique et portent signification. Si André Walter péchait par idéalisme philosophique en déclarant : « Les choses deviennent vraies ; il suffit qu'on les pense », André Gide romancier rejoint le paradoxe d'Oscar Wilde : les choses deviennent vraies ; il suffit qu'on leur donne vie par l'écriture, par l'art. Le roman cesse du même coup de figurer un compte rendu, voire une exploration du réel ; il est découverte, marche vers l'inconnu, expérimentation du possible, source d'enrichissement psychologique pour l'auteur et son lecteur, ouverture sur un monde sans limites.

Selon cette conception novatrice du roman les Faux-Monnayeurs *auraient dû être non seulement un grand roman mais marquer le début d'une révolution dans le genre. Or, en dépit de toutes les qualités qu'on lui trouve, et assez visibles, c'est un roman manqué : la trame d'un roman, son épure, peut-être moins encore : les ébauches juxtaposées ou entremêlées de plusieurs romans possibles dont les héros pourraient être pour chacun Bernard, Olivier, Édouard, Rachel, le petit Boris. Sans doute ces personnages ne sont-ils pas sans rapports entre eux, mais il est curieux de voir comment, se refusant à privilégier l'un aux dépens des autres, répartissant sur tous une lumière égale, l'auteur les isole chacun dans leur monde propre, crée autour d'eux autant de petites constellations qui, rassemblées, ne forment pas un ciel. Ce qu'André Gide échoue à rendre sensible c'est précisément ce monde des rapports humains dans lequel il évoluait en aveugle et qui, s'il procède de chaque personnage, existe en dehors de lui, colore ses pensées et ses gestes, fait d'un rassemblement une communauté romanesque. Si l'auteur ne nous avait pas dit qu'Édouard avait été amoureux de Laura nous ne nous en serions pas aperçus, de même que c'est par un coup de force qu'il rend le jeune Bernard amoureux de cette même Laura ou amant de Sarah. Là où nous attendions des points de fusion de la matière romanesque nous sommes jetés sur des îlots de glace : auprès de Laura Bernard paraît gentiment ridicule et dans ses ébats d'une nuit avec Sarah presque obscène. L'auteur trop visiblement expérimente ; il ne croit pas à la nécessité de ce qu'il dit.*

C'est là le revers de la médaille pour un romancier qui pense que « ce qu'il peint, il aurait pu le devenir s'il n'était pas devenu tout lui-même » et que « c'est de lui que tout émane ». Si loin qu'il pousse la dépersonnalisation et le mimétisme, si profondément qu'il se coule en ses personnages, si ouvertement qu'il veuille agrandir son horizon, il ne peut s'identifier à ses créatures au point de leur faire accomplir des actes, éprouver des passions pour lesquels il n'a aucun goût et qui même lui répugnent. Dans l'Immoraliste *l'amour de Michel pour Marceline est à base de dévouement, de charité, de scrupules tandis que la sensualité le porte ailleurs ; dans la* Porte étroite *Jérome et Alissa sont liés par le cœur et la tête, nullement par les sens. Dans les* Caves *la sensualité féminine est représentée par une catin, ce qu'est tout près de figurer la jeune Sarah dans les* Faux-Monnayeurs. *Le vaste domaine que constitue la passion amoureuse dite normale échappe à*

André Gide qui ne peut pourtant l'ignorer en tant que romancier et qui refuse d'opérer la géniale transposition de Marcel Proust, « ce grand maître en dissimulation ».

Refusant de « dissimuler », ne cherchant point à cacher ce qu'il appelait, à propos d'Oscar Wilde, « le secret du profond de la chair qui dicte, inspire et décide, parfois à l'insu même de l'artiste », André Gide, dans les Faux-Monnayeurs, s'établit comme romancier lorsque, délaissant les « expériences » trop visibles, il laisse s'exprimer les tendances fondamentales d'une nature fort complexe certes, et difficile à saisir, mais que certains grands thèmes, quelques grandes directions d'un tempérament et d'une philosophie de la vie, manifestent.

D'abord, il est hanté par la jeunesse, cet âge de la vie apparemment le plus libre, le plus dénué de responsabilités, le plus rempli de promesses riches et contradictoires. Monde de l'enfance, à demi-visionnaire, du petit Boris qui trouve en Bronja une sœur selon son cœur avant de tomber victime d'une communauté d'enfants à laquelle il a cherché désespérément à s'agréger, et qui, par bravade, joue son suicide. Monde de l'adolescence dont Bernard, Olivier, Armand, Sarah, figurent des exemplaires divers, typés dans leur indécision même et avant que s'effectuent pour eux des choix fondamentaux. Ils ont rompu, en fait ou en esprit, avec leurs familles ; ils se sont évadés des croyances religieuses ; ils cherchent à vivre pour eux-mêmes selon une morale qui va de la ferveur, pour les meilleurs, au scepticisme, à la révolte ou au cynisme (Strouvilhou). Ils baignent encore dans l'atmosphère du jeu que manifeste la pose théâtrale devant les autres ou sur leur scène particulière, mais c'est un jeu grave et qui déjà les engage, et susceptible de brusques conversions, de retournements subits, d'exaltations sans objet, de timidités sans cause. Ils sont capables de toutes les générosités, de toutes les perversités, de tous les sacrifices et de toutes les folies. Gide, qui aurait voulu préserver en lui cet état d'éternelle jeunesse, peut légitimement passer pour le peintre par excellence de cette saison printanière où tout est promesse pour le meilleur et pour le pire dans une universelle disponibilité, une malléabilité de tous les instants, la fraîcheur exaltante et tragique de l'être en sa fleur. Ils représentent dans leur diversité autant des choix possibles qu'eût pu effectuer André Walter s'il ne s'était pas décidé à devenir un artiste pour qui, précisément, tous les choix à tout instant demeurent possibles.

Romancier, Gide l'est encore dans les Faux-Monnayeurs par l'aveu de ce « secret du profond de sa chair » qui le porte

sensuellement vers les jeunes gens. Il les peint bien parce qu'ils figurent son objet amoureux dont on sait que, dans la vie, rien — ni le souci des convenances, ni la crainte du scandale, ni le simple bon sens — ne pouvait le détourner quand il l'avait rencontré. De façon moins téméraire et plus artiste que dans Corydon *il livre dans les* Faux-Monnayeurs *ses goûts, consciemment ou non mais sans auto-censure et au point que l'ouvrage, surtout dans sa deuxième partie, a pu être tenu à bon droit pour une apologie de la pédérastie. Rien n'approche du bonheur qu'Olivier rencontre dans les bras d'Édouard si ce n'est l'exaltation grave, la félicité inquiète, la plénitude quasi maternelle qu'éprouve au même moment l'amant quadragénaire. L'amour les justifie tous deux, et supplémentairement pour l'auteur qui ne peut tout à fait s'empêcher de prêcher, la conception, toute grecque, qu'il se fait de l'amant tuteur, éveilleur, éducateur. Au mépris de la vraisemblance, mais ce mépris dénonce ici le romancier en proie à ses phantasmes, on voit même la mère d'Olivier résigner ses droits entre les mains du singulier oncle Édouard, autoriser non seulement l'amour qu'il porte à son fils mais s'en féliciter. L'auteur, généralement si concerté et par là même éloigné de l'abandon du romancier, ici ne se contrôle plus : il réalise en imagination cette autorisation que lui refusaient à la fois Emmanuèle et la société ; c'est son propre monde qu'il exprime.*

Qu'il se trouve également un « héros » dans les Faux-Monnayeurs, *en dépit de la volonté de l'auteur, on s'en aperçoit assez vite. Et que ce héros lui ressemble comme un frère, malgré ses dénégations subséquentes, c'est aussi ce qui saute aux yeux. En l'absence du romancier qui ne se voulait ni témoin privilégié ni dieu omniscient, Édouard figure son assez bon substitut, romancier lui-même et par surcroît en train d'écrire un ouvrage qui s'appellera* les Faux-Monnayeurs. *De la part d'André Gide c'est là sans doute une ruse et par laquelle, fidèle à son procédé de composition « en abyme » (« j'aime assez qu'en une œuvre d'art, on retrouve ainsi transposé, à l'échelle des personnages, le sujet même de cette œuvre... »), il entendait donner de la profondeur à son récit. Toutefois cette ruse lui échappe dans la mesure où son personnage exprime des opinions, éprouve des sentiments, manifeste un comportement qui sont ceux d'André Gide, ou pour parler avec plus de prudence, ceux d'un certain André Gide. Dans la mesure également où le projet des*

INTRODUCTION　　xxxix

Faux-Monnayeurs *exposé par Édouard ne serait pas indigne de figurer le projet d'André Gide lui-même et marche en tout cas dans son sens : présenter d'une part la réalité, d'autre part l'effort pour la styliser, montrer la rivalité d'un monde réel et de la représentation que nous nous en faisons, avoir « plus de regard pour ce qui pourrait être, infiniment plus que pour ce qui a été »*, ces ambitions d'Édouard peuvent être portées au compte d'André Gide qui se montre précisément romancier, premièrement en achevant le roman qu'Édouard ne fait qu'élaborer, ensuite et surtout en se laissant submerger, lui-même et son projet didactique, par le hasard (fût-il un hasard ordonné) des événements qu'il rapporte. « *Montrer la rivalité du monde réel et de la représentation que nous nous en faisons* », constitue un excellent projet de romancier que ne parviennent pourtant à réaliser ni Édouard ni André Gide, pour des raisons contradictoires : Édouard préfère l'élaboration du roman au roman lui-même ; André Gide s'abandonne à ses personnages qui le portent loin du projet exprimé par Édouard. Cet abandon fait précisément le romancier. On regrette seulement que cet abandon chez Gide soit encore trop conscient, trop surveillé et que, larguant les amarres, il regarde un peu trop souvent la rive.

C'est pourtant par là qu'Édouard figure un personnage de roman, le vrai héros des Faux-Monnayeurs, et non parce que l'auteur l'a voulu tel (il l'a bien voulu tel en effet) mais parce que, représentant une des possibilités de l'auteur, et une possibilité qui voudrait annuler toutes les autres, il déborde son créateur. Il ne peut se borner à son rôle de deus ex machina, de témoin, de conscience en laquelle se réfléchit toute l'action, et qui font déjà de lui un témoin privilégié : il intervient dans le destin des personnages, l'infléchit et finalement le mène, disposant du petit Boris, de Bernard, d'Olivier, du vieux Lapérouse, suscitant situations et événements, ménageant rapprochements et fuites, prenant la parole pour le compte de l'auteur, directement ou par son journal, tirant lui-même la philosophie de l'histoire. Dans la galerie des personnages inventés par Gide il est un de ceux qui suscitent le plus d'intérêt : il figure la projection romanesque de Gide la plus approchée et la plus vivante. Il est Gide lui-même tel qu'il voulait se voir en romancier.

LE SECRET DE LA DURÉE

Toute l'œuvre d'André Gide renvoie à son auteur, et il n'est peut-être pas d'auteur qui ramène si constamment à une œuvre. Il est impossible de les imaginer l'un en dehors de l'autre, l'un sans l'autre. Ils forment une seule réalité, d'existence à travers un langage, de langage à travers un vécu à son tour générateur de vie. Cette synthèse, dont l'art constitue le moyen et la médiation, se fige moins en réponse donnée une fois pour toutes selon les lieux, l'histoire et les circonstances, qu'elle n'ouvre le vaste éventail d'une question éternellement pendante : comment devenir un homme ? Posée par un écrivain des plus personnels, par un artiste scrupuleux, et vécue par lui sur un mode généralement pathétique, elle donne forme et signification à l'inquiétude anonyme de la conscience qui s'éveille. Elle figure la voix même de cette conscience à partir de laquelle tout doit être remis en doute pour qu'un jour, enfin, un homme nouveau puisse prendre pied dans un monde construit à neuf. Elle postule une grande espérance.

<div style="text-align: right;">Maurice Nadeau.</div>

LE TRAITÉ DU NARCISSE

(THÉORIE DU SYMBOLE)

A PAUL VALÉRY

Nuper me in littore vidi.
VIRGILE.

L ES livres ne sont peut-être pas une chose bien nécessaire; quelques mythes d'abord suffisaient; une religion y tenait tout entière. Le peuple s'étonnait à l'apparence des fables et sans comprendre il adorait; les prêtres attentifs, penchés sur la profondeur des images, pénétraient lentement l'intime sens du hiéroglyphe. Puis on a voulu expliquer; les livres ont amplifié les mythes; — mais quelques mythes suffisaient.

Ainsi le mythe du *Narcisse* : Narcisse était parfaitement beau, — et c'est pourquoi il était chaste; il dédaignait les Nymphes — parce qu'il était amoureux de lui-même. Aucun souffle ne troublait la source, où, tranquille et penché, tout le jour il contemplait son image... — Vous savez l'histoire. Pourtant nous la dirons encore. Toutes choses sont dites déjà; mais comme personne n'écoute, il faut toujours recommencer.

Il n'y a plus de berge ni de source; plus de métamorphose et plus de fleur mirée; — rien que le seul Narcisse, donc, qu'un Narcisse rêveur et s'isolant sur des grisailles. En la monotonie inutile de l'heure il s'inquiète, et son cœur incertain s'interroge. Il veut connaître enfin quelle forme a son âme; elle doit être, il sent, excessivement adorable, s'il en juge par ses longs frémissements; mais son visage! son image! Ah! ne pas savoir si l'on s'aime... ne pas connaître sa beauté! Je me confonds, dans ce paysage sans lignes, qui ne contrarie pas ses plans. Ah! ne pas pouvoir se voir! Un miroir! un miroir! un miroir! un miroir!

Et Narcisse, qui ne doute pas que sa forme ne soit quelque part, se lève et part à la recherche des contours souhaités pour envelopper enfin sa grande âme.

Au bord du fleuve du temps, Narcisse s'est arrêté. Fatale et illusoire rivière où les années passent et s'écoulent. Simples bords, comme un cadre brut où s'enchâsse l'eau, comme une glace sans tain; où rien ne se verrait derrière; où, derrière, le vide ennui s'éploierait. Un morne, un léthargique canal, un presque horizontal miroir; et rien ne distinguerait de l'ambiance

incolorée cette eau terne, si l'on ne sentait qu'elle coule.

De loin, Narcisse a pris le fleuve pour une route, et comme il s'ennuyait, tout seul dans tout ce gris, il s'est approché pour voir passer des choses. Les mains sur le cadre, maintenant, il se penche, dans sa traditionnelle posture. Et voici que, comme il regarde, sur l'eau soudain se diapre une mince apparence. — Fleurs des rives, troncs d'arbres, fragments de ciel bleu reflétés, toute une fuite de rapides images qui n'attendaient que lui pour être, et qui sous son regard se colorent. Puis des collines s'ouvrent et des forêts s'échelonnent au long des pentes des vallées, — visions qui selon le cours des eaux ondulent, et que les flots diversifient. Narcisse regarde émerveillé; — mais ne comprend pas bien, car l'une et l'autre se balancent, si son âme guide le flot, ou si c'est le flot qui la guide.

Où Narcisse regarde, c'est le présent. Du plus lointain futur, les choses, virtuelles encore, se pressent vers l'être; Narcisse les voit, puis elles passent; elles s'écoulent dans le passé. Narcisse trouve bientôt que c'est toujours la même chose. Il interroge; puis médite. Toujours les mêmes formes passent; l'élan du flot, seul les différencie. — Pourquoi plusieurs ? ou bien pourquoi les mêmes ? — C'est donc qu'elles sont imparfaites, puisqu'elles recommencent toujours... et toutes, pense-t-il, s'efforcent et s'élancent vers une forme première perdue, paradisiaque et cristalline.

Narcisse rêve au Paradis.

I

Le Paradis n'était pas grand; parfaite, chaque forme ne s'y épanouissait qu'une fois; un jardin les contenait toutes. — S'il était, ou s'il n'était pas, que nous importe? mais il était tel, s'il était. Tout s'y cristallisait en une floraison nécessaire, et tout était parfaitement ainsi que cela devait être. — Tout demeurait immobile, car rien ne souhaitait d'être mieux. La calme gravitation opérait seule lentement la révolution de l'ensemble.

Et comme aucun élan ne cesse, dans le Passé ni dans l'Avenir, le Paradis n'était pas devenu, — il était simplement depuis toujours.

Chaste Éden! Jardin des Idées! où les formes, rythmiques et sûres, révélaient sans effort leur nombre; où chaque chose était ce qu'elle paraissait; où prouver était inutile.

Éden! où les brises mélodieuses ondulaient en courbes prévues; où le ciel étalait l'azur sur la pelouse symétrique; où les oiseaux étaient couleur du temps et les papillons sur les fleurs faisaient des harmonies providentielles; où la rose était rose parce que la cétoine était verte, qui venait c'est pourquoi s'y poser. Tout était parfait comme un nombre et se scandait normalement; un accord émanait du rapport des lignes; sur le jardin planait une constante symphonie.

Au centre de l'Éden, Ygdrasil, l'arbre logarithmique, plongeait dans le sol ses racines de vie, et promenait sur la pelouse autour, l'ombre épaisse de son feuillage où s'éployait la seule Nuit. Dans l'ombre, contre son tronc, s'appuyait le livre du Mystère — où se lisait la vérité qu'il faut connaître. Et le vent, soufflant dans les feuilles de l'arbre, en épelait, le long du jour, les hiéroglyphes nécessaires.

Adam, religieux, écoutait. Unique, encore insexué, il demeurait assis à l'ombre du grand arbre. L'homme! Hypostase de l'Élohim, suppôt de la Divinité! pour lui, par lui, les formes apparaissent. Immobile et central parmi toute cette féerie, il la regarde qui se déroule.

Mais, spectateur obligé, toujours, d'un spectacle où il n'a d'autre rôle que celui de regarder toujours, il se lasse. — Tout se joue pour lui, il le sait, — mais lui-même... — mais lui-même il ne se voit pas. Que lui fait dès lors tout le reste ? ah ! se voir ! — Certes il est puissant, puisqu'il crée et que le monde entier se suspend après son regard, — mais que sait-il de sa puissance, tant qu'elle reste inaffirmée ? — A force de les contempler, il ne se distingue plus de ces choses : ne pas savoir où l'on s'arrête — ne pas savoir jusqu'où l'on va ! Car c'est un esclavage enfin, si l'on n'ose risquer un geste, sans crever toute l'harmonie. — Et puis, tant pis ! cette harmonie m'agace, et son accord toujours parfait. Un geste ! un petit geste, pour savoir, — une dissonance, que diable ! — Eh ! va donc ! un peu d'imprévu.

Ah ! saisir ! saisir un rameau d'Ygdrasil entre ses doigts infatués, et qu'il le brise...

<div style="text-align:right">C'est fait.</div>

... Une imperceptible fissure d'abord, un cri, mais qui germe, s'étend, s'exaspère, strident siffle et bientôt gémit en tempête. L'arbre Ygdrasil flétri chancelle et craque ; ses feuilles où jouaient les brises, frissonnantes et recroquevillées, se révulsent dans la bourrasque qui se lève et les emporte au loin, — vers l'inconnu d'un ciel nocturne et vers de hasardeux parages, où fuit l'éparpillement aussi des pages arrachées au grand livre sacré qui s'effeuille.

Vers le ciel monte une vapeur, larmes, nuages qui retombent en larmes et qui remonteront en nuées : le temps est né.

Et l'Homme épouvanté, androgyne qui se dédouble, a pleuré d'angoisse et d'horreur, sentant, avec un sexe neuf, sourdre en lui l'inquiet désir pour cette moitié de lui presque pareille, cette femme tout à coup surgie, là, qu'il embrasse, dont il voudrait se ressaisir, — cette femme qui dans l'aveugle effort de recréer à travers soi l'être parfait et d'arrêter là cette engeance, fera s'agiter en son sein l'inconnu d'une race nouvelle, et bientôt poussera dans le temps un autre être, incomplet encore et qui ne se suffira pas.

Triste race qui te disperseras sur cette terre de crépuscule et de prières! le souvenir du Paradis perdu viendra désoler tes extases, du Paradis que tu rechercheras partout — dont viendront te reparler des prophètes — et des poètes, que voici, qui recueilleront pieusement les feuillets déchirés du Livre immémorial où se lisait la vérité qu'il faut connaître.

II

Si Narcisse se retournait, il verrait, je pense, quelque verte berge, le ciel peut-être, l'Arbre, la Fleur — quelque chose de stable enfin, et qui dure, mais dont le reflet tombant sur l'eau se brise et que la fugacité des flots diversifie.

Quand donc cette eau cessera-t-elle sa fuite ? et résignée enfin, stagnant miroir, dira-t-elle en la pureté pareille de l'image, — pareille enfin, jusqu'à se confondre avec elles — les lignes de ces formes fatales, — jusqu'à les devenir, enfin.

Quand donc le temps, cessant sa fuite, laissera-t-il que cet écoulement se repose ? Formes, formes divines et pérennelles! qui n'attendez que le repos pour reparaître, oh! quand, dans quelle nuit, dans quel silence, vous recristalliserez-vous ?

Le Paradis est toujours à refaire; il n'est point en quelque lointaine Thulé. Il demeure sous l'apparence. Chaque chose détient, virtuelle, l'intime harmonie de son être, comme chaque sel, en lui, l'archétype de son cristal; — et vienne un temps de nuit tacite, où les eaux plus denses descendent : dans les abîmes imperturbés fleuriront les trémies secrètes...

Tout s'efforce vers sa forme perdue; elle transparaît, mais salie, gauchie, et qui ne se satisfait pas, car toujours elle recommence; pressée, gênée par les formes voisines qui s'efforcent aussi chacune de paraître, — car, être ne suffit plus : il faut que l'on se prouve, — et l'orgueil infatue chacune. L'heure qui passe bouleverse tout.

Comme le temps ne fuit que par la fuite des choses, chaque chose s'accroche et se crispe pour ralentir un peu cette course et pouvoir apparaître mieux. Il est des

époques alors, où les choses se font plus lentes, où le temps repose, — l'on croit; — et comme le bruit, avec le mouvement, cesse, — tout se tait. On attend; on comprend que l'instant est tragique et qu'il ne faut pas bouger.

« Il se fit dans le ciel un silence »; prélude des apocalypses. — Oui tragiques, tragiques époques, où commencent des ères nouvelles, où le ciel et la terre se recueillent, où le livre aux sept sceaux va s'ouvrir, où tout va se fixer dans une posture éternelle... mais surgit quelque clameur importune; sur les plateaux élus où l'on croit que le temps va finir, — toujours quelques avides soldats qui se partagent des vêtements, et qui jouent aux dés des tuniques, — lorsque l'extase immobilise les saintes femmes, et que le voile qui se déchire va livrer les secrets du temple; quand toute la création contemple le Christ enfin qui se fige en la croix suprême, disant les dernières paroles : « Tout est consommé... »

... Et puis, non! tout est à refaire, à refaire éternellement — parce qu'un joueur de dés n'avait pas arrêté son vain geste, parce qu'un soldat voulait gagner une tunique, parce que quelqu'un ne regardait pas.

Car la faute est toujours la même et qui reperd toujours le Paradis : l'individu qui songe à soi tandis que la Passion s'ordonne, et, comparse orgueilleux, ne se subordonne pas*.

Inépuisables messes, chaque jour, pour remettre le

*. Les Vérités demeurent derrière les Formes — Symboles. Tout phénomène est le Symbole d'une Vérité. Son seul devoir est qu'il la manifeste. Son seul péché : qu'il se préfère.

Nous vivons pour manifester. Les règles de la morale et de l'esthétique sont les mêmes : toute œuvre qui ne manifeste pas est inutile et par cela même, mauvaise. Tout homme qui ne manifeste pas est inutile et mauvais. (En s'élevant un peu, l'on verrait pourtant que tous manifestent — mais on ne doit le reconnaître qu'après.)

Tout représentant de l'Idée tend à se préférer à l'Idée qu'il manifeste. Se préférer — voilà la faute. L'artiste, le savant, ne doit pas se préférer à la Vérité qu'il veut dire : voilà toute sa morale; ni le mot, ni la phrase, à l'Idée qu'ils veulent montrer : je dirais presque, que c'est là toute l'esthétique.

Et je ne prétends pas que cette théorie soit nouvelle; les doctrines de renoncement ne prêchent pas autre chose.

La question morale pour l'artiste, n'est pas que l'Idée qu'il

Christ en agonie, et le public en position de prière...
un public ! — quand il faudrait prosterner l'humanité
entière : alors *une* messe suffirait.

Si nous savions être attentifs et regarder...

III

Le Poète est celui qui regarde. Et que voit-il ? —
Le Paradis.

Car le Paradis est partout ; n'en croyons pas les
apparences. Les apparences sont imparfaites : elles
balbutient les vérités qu'elles recèlent ; le Poète, à demi-
mot, doit comprendre, — puis redire ces vérités. Est-ce
que le Savant fait rien d'autre ? Lui aussi recherche
l'archétype des choses et les lois de leur succession ; il
recompose un monde enfin, idéalement simple, où tout
s'ordonne normalement.

Mais, ces formes premières, le Savant les recherche,
par une induction lente et peureuse, à travers d'innom-
brables exemples : car il s'arrête à l'apparence, et,
désireux de certitude, il se défend de deviner.

Le Poète, lui, qui sait qu'il crée, devine à travers
chaque chose — et une seule lui suffit, symbole, pour
révéler son archétype ; il sait que l'apparence n'en est
que le prétexte, un vêtement qui la dérobe et où s'arrête
l'œil profane, mais qui nous montre qu'Elle est là*.

Le Poète pieux contemple ; il se penche sur les sym-
boles, et silencieux descend profondément au cœur des
choses, — et quand il a perçu, visionnaire, l'Idée,

manifeste soit plus ou moins morale et utile au grand nombre ;
la question est qu'il la manifeste bien. — Car tout doit être
manifesté, même les plus funestes choses : « Malheur à celui par
qui le scandale arrive », mais « Il faut que le scandale arrive ». —
L'artiste et l'homme vraiment homme, qui vit pour quelque
chose, doit avoir d'avance fait le sacrifice de soi-même. Toute
sa vie n'est qu'un acheminement vers cela.

Et maintenant que manifester ? — On apprend cela dans le
silence.

(*Cette note a été écrite en 1890, en même temps que le traité.*)

*. A-t-on compris que j'appelle symbole — *tout ce qui paraît*.

l'intime Nombre harmonieux de son Être, qui soutient la forme imparfaite, il la saisit, puis, insoucieux de cette forme transitoire qui la revêtait dans le temps, il sait lui redonner une forme éternelle, *sa* Forme véritable enfin, et fatale, — paradisiaque et cristalline.

Car l'œuvre d'art est un cristal — paradis partiel où l'Idée refleurit en sa pureté supérieure; où, comme dans l'Éden disparu, l'ordre normal et nécessaire a disposé toutes les formes dans une réciproque et symétrique dépendance, où l'orgueil du mot ne supplante pas la Pensée, — où les phrases rythmiques et sûres, symboles encore, mais symboles purs, où les paroles, se font transparentes et révélatrices.

De telles œuvres ne se cristallisent que dans le silence; mais il est des silences parfois au milieu de la foule, où l'artiste réfugié, comme Moïse sur le Sinaï, s'isole, échappe aux choses, au temps, s'enveloppe d'une atmosphère de lumière au-dessus de la multitude affairée. En lui, lentement, l'Idée se repose, puis lucide s'épanouit hors des heures. Et comme elle n'est pas dans le temps, le temps ne pourra rien sur elle. Disons plus : on se demande si le Paradis, hors du temps lui-même, n'était peut-être jamais que là, c'est-à-dire qu'idéalement...

Narcisse cependant contemple de la rive cette vision qu'un désir amoureux transfigure; il rêve. Narcisse solitaire et puéril s'éprend de la fragile image; il se penche, avec un besoin de caresse, pour étancher sa soif d'amour, sur la rivière. Il se penche et, soudain, voici que cette fantasmagorie disparaît; sur la rivière il ne voit plus que deux lèvres au-devant des siennes, qui se tendent, deux yeux, les siens, qui le regardent. Il comprend que c'est lui, — qu'il est seul — et qu'il s'éprend de son visage. Autour, un azur vide, que ses bras pâles crèvent, tendus par le désir à travers l'apparence brisée, et qui s'enfoncent dans un élément inconnu.

Il se relève alors, un peu; le visage s'écarte. La surface de l'eau, comme déjà, se diapre et la vision reparaît. Mais Narcisse se dit que le baiser est impossible, — il ne faut pas désirer une image; un geste pour la posséder la déchire. Il est seul. — Que faire ? Contempler.

Grave et religieux il reprend sa calme attitude : il demeure — symbole qui grandit — et, penché sur l'apparence du Monde, sent vaguement en lui, résorbées, les générations humaines qui passent.

Ce traité n'est peut-être pas quelque chose de bien nécessaire. Quelques mythes d'abord suffisaient. Puis on a voulu expliquer; orgueil de prêtre qui veut révéler les mystères, afin de se faire adorer, — ou bien vivace sympathie, et cet amour apostolique, qui fait que l'on dévoile et qu'on profane, en les montrant, les plus secrets trésors du temple, parce qu'on souffre d'admirer seul et qu'on voudrait que d'autres adorent.

LE VOYAGE D'URIEN

PRÉLUDE

Quand l'amère nuit de pensée, d'étude et de théologique extase fut finie, mon âme qui depuis le soir brûlait solitaire et fidèle, sentant enfin venir l'aurore, s'éveilla distraite et lassée. Sans que je m'en fusse aperçu, ma lampe s'était éteinte; devant l'aube s'était ouverte ma croisée. Je mouillai mon front à la rosée des vitres, et repoussant dans le passé ma rêverie consumée, les yeux dirigés vers l'aurore, je m'aventurai dans le val étroit des métempsychoses.

Aurores! surprises des mers, lumières orientales, dont le rêve ou le souvenir, la nuit, hantait d'un désir de voyage notre fastidieuse étude! désirs de brises et de musiques, qui dirait ma joie lorsque enfin, après avoir marché longtemps comme en songe dans cette tragique vallée, les hautes roches s'étant ouvertes, une mer azurée s'est montrée!

Sur tes flots! Sur tes flots, pensai-je, voguerons-nous, mer éternelle, vers nos destinées inconnues? nos âmes excessivement jeunes chercheront-elles leur vaillance?

Sur la plage m'attendaient les compagnons de pèlerinage; je les reconnus tous, bien que ne sachant pas si je les avais vus quelque part; mais nos vertus étaient pareilles. Le soleil planait déjà haut sur la mer. Ils étaient arrivés dès l'aube et regardaient monter les vagues. Je m'excusai de m'être fait attendre; eux me pardonnèrent, pensant qu'en chemin m'avaient arrêté encore quelques subtilités dogmatiques et des scrupules; puis me reprochèrent pourtant de ne m'être pas plus simplement laissé venir. Comme j'étais le dernier et qu'ils n'en attendaient plus d'autres, nous nous acheminâmes vers la ville au grand port où appareillent les navires. Des clameurs en venaient vers nous sur la plage.

La ville, où nous devions nous embarquer au soir, éclatait de soleil, de clameurs et de fêtes, sous la blanche

ferveur de midi. Le marbre des quais brûlait les sandales ; la fête était bariolée. Deux navires étaient arrivés la veille, l'un de Norvège, l'autre des merveilleuses Antilles ; et la foule courait pour en voir arriver un troisième, majestueux, entrant au port. Celui-ci venait de Syrie, chargé d'esclaves, de pourpre en balles et de pépites. Tout l'équipage sur le pont se pressait ; l'on entendait les cris des manœuvres. Des matelots, au haut des mâts, détachaient les cordages et d'autres, près des flots, lançaient des câbles ; les plis des voiles dégonflées s'accrochaient aux grandes vergues où s'éployaient des oriflammes. La mer, vers le bord, n'était pas assez profonde pour laisser le navire approcher du quai ; des barques vinrent à lui qui d'abord prirent les esclaves ; et sitôt qu'elles furent descendues, le peuple s'empressa pour les voir ; elles étaient belles et presque nues, mais tristes. Les matelots débarquèrent encore des parfums et des étoffes précieuses, mais ils jetèrent à la mer les balles de pourpre ; c'était là marchandise triviale ; la vague les amenait le long des digues, et des hommes penchés les guidaient vers les escaliers avec des perches. Des Antilles étaient venus les bois rares, des oiseaux diaprés et des coquilles où le bruit des flots sur ces plages heureuses chantait. On se les disputait aux enchères ; les bazars s'encombraient de cages ; certains oiseaux, plus délicats, étaient lâchés dans des volières ; on payait pour entrer ; tous chantaient et des marchands faisaient la foire. Des baraques improvisées montraient des jongleurs et des mimes. Sur une estrade, des baladins à cabrioles se jetaient des poignards et des flammes.

Plus loin étaient les glacières de la ville qu'alimentaient les vaisseaux de Norvège revenus chargés de frimas. Des caves s'étendaient à de grandes profondeurs, mais elles étaient toutes remplies, et ce navire déchargeait son faix sur le port. Une montagne s'élevait, verte, diaphane et enveloppée de fraîcheur ; des marins assoiffés y venaient goûter l'ombre, appliquant sur la paroi mouillée leurs lèvres et leurs mains brûlantes. Des hommes à la peau safranée, vêtus d'un pagne ensanglanté, apportaient encore sans cesse des charretées de neige sur des planches pliantes, et des lingots de pure glace qu'ils avaient ramenés de la mer ; on les y jetait du navire ; ils flottaient, glaçons et neiges, écumes,

avec la pourpre sur l'eau bleue que par vagues la pourpre fondue faisait presque violette.

Et maintenant voici le soir; le soleil cramoisi disparaît entre les cordages; des chants crépusculaires montent; et dans le port tranquillisé le vaisseau fabuleux qui va nous emporter se balance! alors, ayant goûté dans ce jour des promesses de toutes les futures histoires, cessant de regarder le passé, nous tournerons nos yeux vers l'avenir; et l'extraordinaire navire, laissant derrière lui le port, les jeux et le soleil tombé, s'enfonça dans la nuit vers l'aurore.

I

Nuit sur mer. Nous avons causé nos destinées. Nuit pure; l'*Orion* vogue entre des îles. La lune éclaire des falaises. Des récifs bleus se sont montrés : le veilleur les a signalés; le veilleur a signalé des dauphins; ils jouaient au clair de lune; près des récifs, ils ont plongé pour ne plus reparaître; les roches bleues luisent faiblement sous les flots. Des méduses illuminées montent s'épanouir à l'air nocturne, lentement de la mer profonde, fleurs des mers remuées par les flots. Les étoiles rêvent. Nous, penchés à l'avant du navire, près des cordages et sur les flots, tournant le dos aux équipages, aux compagnons, à tout ce qui se fait, nous regardons les flots, les constellations, et les îles. — Nous regardons passer les îles, disent les hommes du bord, qui nous méprisent un peu, lorsqu'en se regardant ils oublient qu'eux sont les passagers et que ces choses-là demeurent — pareilles, derrière notre fuite.

Aspects changeants des massifs de falaises, et les promontoires allongés qui chavirent! berges! métamorphoses des berges! nous savons maintenant que vous restez; c'est en passant que l'on vous voit passantes, et votre aspect change par notre fuite, malgré votre fidélité. — Le veilleur de nuit signale des navires. Nous, penchés sur les flots depuis le soir jusqu'au lever du jour, nous apprenons à discerner les choses qui passent d'entre les îles éternelles.

Cette nuit, nous avons parlé du passé ; nul de nous ne savait comment il avait pu venir jusqu'au navire, mais nul ne regrettait l'amère nuit de pensées.

« De quel obscur sommeil me suis-je éveillé, dit Alain, et de quelle tombe ? Je ne cessais de penser et je suis encore malade. O nuit orientale et calmée, enfin reposeras-tu ma tête lasse de penser Dieu ?

— J'étais tourmenté d'un désir de conquête, dit Paride ; je marchais dans ma chambre plein de vaillance, mais triste et, de rêver toujours des héroïsmes, plus fatigué que de les faire. Qu'allons-nous conquérir maintenant ? quelles seront nos prouesses ? où allons-nous ? dites ! savez-vous où va nous mener ce navire ? Aucun de nous ne le savait, mais tous nous frémissions au sentiment de nos courages.

— Que faisons-nous ici, reprit-il, et qu'est-ce donc que cette vie, si celle d'avant était notre sommeil ?

— Peut-être alors que nous vivons notre rêve, dit Nathanaël, pendant que dans la chambre nous dormons.

— Ou si nous cherchons des pays pour raconter nos belles âmes ? » dit Mélian.

Mais Tradelineau s'écria :

« Sans doute, l'habitude des vaines logiques et cette manie de croire que vous ne ferez bien que ce dont vous connaîtrez bien les causes, vous tient encore et motive cette discussion oiseuse. Qu'importe de savoir comment nous sommes venus ici, et pourquoi chercher à notre présence sur l'*Orion* de très mystérieux motifs ? Nous avons quitté nos livres parce qu'ils nous ennuyaient, parce qu'un souvenir inavoué de la mer et du ciel réel faisait que nous n'avions plus foi dans l'étude ; quelque chose d'autre existait ; et quand les brises balsamiques et tièdes sont venues soulever les rideaux de nos fenêtres, nous sommes descendus malgré nous vers la plaine et nous nous sommes acheminés. Nous étions las de la pensée, nous avions envie d'action ; avez-vous vu comme nos âmes se sont révélées joyeuses lorsque, prenant aux rameurs les lourds avirons, nous avons senti l'azur liquide résister ? Oh ! maintenant, laissons-nous aller ! l'*Orion* saura nous guider vers des plages. Nos vaillances que nous sentons appelleront d'elles-mêmes nos prouesses ; attendons sans penser à tout — attendons venir nos glorieuses destinées. »

Cette nuit, nous avons aussi parlé de la ville tumultueuse où nous nous étions embarqués, de ses foires et de la foule.

« Pourquoi, dit Agloval, penser encore à ces gens-là, dont les yeux ne voyaient que les choses et qui ne s'étonnaient même pas ? Moi j'aimais Bohordin qui sanglotait aux jeux du cirque; on devrait tout faire comme un rite; ces gens regardaient les jeux sans solennité.

— Qu'en pensez-vous, Urien ? » me dit Angaire.

Et je répondis :

« Il faut toujours représenter. »

Puis, comme cette discussion nous devenait à tous insupportable et que penser nous fatiguait, nous promîmes de ne plus nous parler du passé, ni de raisonner sur les choses. Le matin venait; nous nous sommes quittés pour dormir.

Nous avions perdu de vue les côtes et nous voguions depuis trois jours en mer pleine, lorsque nous rencontrâmes ces belles îles flottantes qu'un courant mystérieux longtemps a poussées près de nous. Et cette fuite parallèle au milieu des vagues éternellement agitées nous faisait croire d'abord l'*Orion* immobile, échoué peut-être dans le sable : mais notre erreur n'a pas duré quand nous avons mieux vu les îles. Une barque nous descendit sur l'une d'elles; elles étaient toutes presque pareilles et distantes également. Leur forme régulière nous les fit croire madréporiques, elles eussent été assurément très plates sans cette végétation luxuriante et magnifique qu'elles portaient; elles étaient à l'avant légèrement escarpées, récifs de madrépores, gris comme des pierres volcaniques, où les racines se dénudaient; à l'arrière elles flottaient comme des chevelures, racines par la mer rougies. Des arbres d'essences inconnues, des arbres bizarres pliaient sous les lourdes lianes, et des orchidées maladives mêlaient leurs fleurs à ces feuillages. C'étaient des jardins sur la mer; des vols d'insectes les suivaient; du pollen traînait sur les vagues. — Les impénétrables taillis nous forcèrent de marcher tout au bord des rives, et souvent, lorsque des branches se penchaient vers l'eau, de se glisser sous elles, en rampant, nous accrochant aux racines et aux lianes. — Nous avons voulu rester quelque temps à l'arrière à regarder les

insectes énormes voler, mais les parfums étouffants qui montaient de toute l'île et que le vent rabattait vers nous, les parfums qui déjà nous troublaient de vertige, nous eussent, je crois, fait mourir. Ils étaient si denses qu'on en voyait la poussière arômale tournoyer. — Nous avons regagné l'autre bord; des ibis et des flamants roses qui dormaient se sont envolés. Nous nous sommes assis sur un rocher de madrépores; le vent du large écartait de nous les parfums.

L'île devait être peu épaisse, car, au-dessous d'elle, dans la mer profonde, après l'ombre qu'elle faisait, on revoyait de la lumière. Et nous avons pensé que chacune d'elles s'était détachée, ainsi qu'un fruit mûri de sa tige; — et quand plus rien ne les a retenues profondément au roc natal, alors, comme des actions non sincères, elles ont été au hasard des dérives, emportées par tous les courants.

Le cinquième jour, à notre regret, nous les avons perdues de vue.

Sitôt après que le soleil fut couché, nous nous sommes baignés dans une eau rose et verte; et, comme elle reflétait le ciel, elle est bientôt devenue mordorée. Les flots tièdes et pacifiques pénétraient de leur mollesse. Les rameurs attendaient. Nous sommes remontés dans la barque comme la lune se levait; un peu de vent soufflait; larguant les voiles, nous poussions des bordées. Et l'on voyait tantôt les nuages encore mauves, tantôt la lune. Dans le sillage argenté qu'elle faisait sur la mer calme, les avirons creusaient des remous de lumière; devant nous, l'*Orion* passait, mystérieux, dans le sillage de la lune. On la voyait derrière un mât, — puis solitaire, — puis au matin elle est retombée dans la mer.

II

LE septième jour, nous abordâmes devant une plage sablonneuse, remuée de dunes arides. Cabilor, Agloval, Paride et Morgain descendirent; nous les attendîmes vingt heures, ils nous avaient quittés vers le milieu du jour; le lendemain, au matin, nous les vîmes

revenir en courant et faisant des gestes. Quand ils furent tout près, Paride cria vers nous :

« Fuyons, fuyons, disait-il. Des sirènes habitent l'île et nous les avons vues. »

Lorsqu'ils eurent repris haleine, tandis que l'*Orion* fuyait à toutes voiles, ce fut Morgain qui raconta :

« Nous avions marché tout le jour parmi les chardons bleus, sur les dunes mouvantes. Nous avions marché tout le jour sans rien voir que des collines qui s'avançaient, dont le vent balançait la crête; nos pieds étaient brûlés par le sable, et le flamboiement de l'air sec flétrissait nos lèvres et nos paupières douloureuses. (Qui dira votre pompe et votre plénitude, soleils d'Orient, soleils de midi sur les sables!) Quand vint le soir, étant parvenus au pied d'une colline très haute, nous nous sommes sentis si las... Nous avons dormi dans le sable, sans même attendre que se soit couché le soleil.

» Nous n'avons pas dormi longtemps; le froid de la rosée nous réveilla bien avant l'aube. Pendant la nuit, les sables avaient bougé, et nous ne reconnûmes plus la colline. Nous reprîmes notre marche, montant toujours, sans savoir où nous allions, d'où nous étions venus, où nous avions laissé le navire; mais bientôt derrière nous blanchit l'aube. Nous étions parvenus sur un plateau très large — au moins il nous sembla très large d'abord — et nous ne pensions pas l'avoir encore traversé, lorsque tout à coup, le terrain cessant, s'ouvrit devant nous une vallée pleine de brumes. Nous attendions. Derrière nous commençait l'aurore; et tandis qu'elle montait les brumes s'écartèrent. — C'est alors qu'elle nous apparut, cette prodigieuse cité, non loin de nous, dans une immense plaine. Elle était couleur d'aurore et musulmane, aux minarets fantasques dressés; des escaliers en enfilades menaient vers des jardins suspendus, et, sur des terrasses, des palmiers mauves se penchaient. Au-dessus de la ville flottaient des brouillards en nuages que déchiraient les minarets pointus. Les minarets étaient si hauts que les nuées y restaient prises, et l'on eût dit des oriflammes, des oriflammes tendues, sans un pli, malgré l'air fluide où ne remuait pas une brise.

» Or, telle est notre incertitude : devant les hautes

cathédrales, nous rêvions aux tours des mosquées ; devant les minarets aujourd'hui, nous rêvions aux clochers d'églises, et dans l'air matinal nous attendions les angelus. Mais, par l'aube encore trop fraîche, rien ne bruissait que des frémissements inconnus qui se perdaient dans l'air vide, lorsque soudain, comme le soleil paraissait, un chant partit d'un minaret, du premier vers le soleil qui se lève, un chant pathétique et bizarre, et nous en eussions bien pleuré. La voix vibrait sur une note aiguë. Un nouveau chant jaillit, puis un autre ; et une à une les mosquées se réveillaient mélodieuses sitôt que d'un rayon les avait touchées le soleil. Bientôt toutes chantèrent. C'était un appel inouï que finissait un éclat de rire sitôt qu'un autre appel commençait. Les muezzins dans l'aurore se répondaient comme des alouettes. Ils jetaient des questions auxquelles succédaient d'autres questions, et le plus grand, sur le plus haut minaret, ne disait rien, perdu dans un nuage.

» Cette musique était si merveilleuse, que nous en étions demeurés immobiles, en extase ; puis, comme les voix baissaient et se faisaient plus douces, nous voulûmes nous approcher, insensiblement attirés par la beauté de la ville et par l'ombre mobile des palmes. Les voix baissaient toujours ; mais, comme elles retombaient, voici que la cité s'éloigna, se défit, chancelante avec une strophe ; les minarets, les palmiers grêles s'éperdirent ; l'escalier croula ; derrière les jardins des terrasses décolorées transparurent la mer et le sable. C'était un mirage en allé qui palpitait au gré d'un chant. Le chant se tut ; l'enchantement finit, et la cité miragineuse. Notre cœur affreusement serré s'était cru s'écouter mourir.

» A peine un bout de vision qui danse encore sur un trille, sifflement d'haleines, — et c'est alors que nous les vîmes, couchées dans les algues ; elles dormaient. Alors nous avons fui, si tremblants que nous pouvions à peine courir. Heureusement, nous étions très près du navire ; nous l'avons aperçu derrière un promontoire : seul il vous séparait des sirènes. Quel n'était pas votre danger si elles eussent pu vous entendre — et nous n'avons osé crier que déjà tout près de vous, de peur que le cri les éveille. Je ne sais pas la route que nous avons pu faire la veille pour avoir avancé si peu ; je crois maintenant que nous avons marché sur place et

que ces collines mobiles qui se déplaçaient sous nos pas, que ce plateau, que cette vallée, étaient déjà l'effet de l'enchantement des sirènes. »

Ils discutèrent alors pour savoir combien elles étaient et s'émerveillèrent d'avoir échappé à leurs ruses :

« Mais, dites-nous, dit Odinel, comment étaient-elles ?

— Elles étaient couchées dans les algues, dit Agloval, et leurs cheveux ruisselants qui les couvraient tout entières, verts et bruns, semblaient des herbes de la mer; mais nous avons couru trop vite pour bien les voir.

— Elles avaient des mains palmées, dit Cabilor, et leurs cuisses couleur d'acier luisaient, couvertes d'écailles. Je me suis enfui parce que j'avais grand-peur.

— Je les ai vues comme des oiseaux, dit Paride, comme d'immenses oiseaux de mer au bec rouge. N'est-ce pas qu'elles avaient des ailes ?

— O non! non! dit Morgain. Elles étaient pareilles à des femmes, et très belles. Voilà pourquoi je me suis enfui.

— Mais leur voix, leur voix, dites-nous, leur voix comment était-elle ? (Et chacun souhaitait les avoir entendues.)

— Elle était, dit Morgain, comme une vallée d'ombre et comme l'eau fraîche aux malades. »

Puis chacun parla de la nature des sirènes et de leurs ensorcellements; Morgain se tut et je compris qu'il regrettait les sirènes.

Nous ne nous baignâmes pas ce jour-là, de peur d'elles.

III

C'ÉTAIT le treizième jour; dans cette plaine où nous étions perdus, depuis le matin, marchant toujours et sans jamais savoir sa route, — on commençait à s'ennuyer, lorsqu'on rencontre : une fillette dans un champ d'alfa, brune et qui, sous le soleil de midi toute nue, en attendant la nubilité, gardait de paissants droma-

daires. On lui demande le chemin; elle pleure en indiquant la ville.

... Une heure après, nous avons vu la ville; elle était grande, mais morte. Nous fûmes saisis d'une tristesse solennelle; car les mosquées en ruine, aux minarets cassés, les grands murs effondrés, les colonnes, donnaient à cette cité un aspect morne et monumental. La large rue que nous suivions en escaladant les décombres se perdait enfin dans la campagne, sous des amandiers, auprès des marabouts abandonnés.

Pendant une heure encore, nous avons marché. La plaine cessait; une colline venait, que nous avons gravie. Au haut de la colline, on voyait le nouveau village. Nous avons marché dans les rues; toutes les maisons étaient closes; et, on ne sait pourquoi, l'on ne voyait personne. Angaire dit que, peut-être, les habitants étaient au travail dans les champs. Une intolérable touffeur tombait, dans la rue, des murs jaunes. De grosses mouches, au soleil, vibraient contre les portes blanches. Devant une porte, assis sur les marches du seuil, un enfant tripotait sa hideuse mentule. Nous avons quitté le village.

La campagne de nouveau s'est étendue. Pendant une heure encore, nous avons marché par le soleil et la poussière. Un monument carré, tout à coup, on ne sait pourquoi, dans cette campagne s'est dressé, et des cris qui sortaient par une porte ouverte nous ont attirés d'assez loin. Nous nous hâtions, pensant enfin voir quelque chose. Nous sommes entrés dans une vaste salle. Une foule nombreuse y poussait de tels cris que nous fûmes étourdis d'abord. Nous voulions parler, interroger quelqu'un pour savoir, mais aucun n'écoutait, et tous, avec des gestes forcenés, montraient et regardaient le milieu de la salle.

Nous étant dressés contre le mur, nous avons pu voir, au centre de la foule, deux derviches hurleurs commençant leur extase. Ils tournaient lentement au son d'une musique que faisaient quatre hommes accroupis, mais qu'on n'entendait pas, à cause des cris de la foule; et périodiquement, à la fin d'un couplet des instruments de musique, ils poussaient un hurlement guttural suraigu, auquel la foule répondait par un trépignement enthousiaste. Ils étaient coiffés d'un bonnet, haut comme la

moitié de leur corps, et vêtus seulement d'une robe
longue et très large. Comme la musique les pressait, ils
ont commencé de tourner plus vite; leur robe s'évasait
autour d'eux et laissait voir leurs pieds sautant dans les
sandales; comme ils tournaient plus vite encore, ils ont
rejeté leurs sandales et dansé pieds nus sur la pierre;
leur robe, qui s'élargissait, se soulevant autour d'eux,
découvrait des jambes pivotantes; leur bonnet penché
qui n'était plus dans l'axe, leur barbe devenaient insup-
portables à voir; ils bavaient et leurs yeux étaient blancs
de joie. La foule ne se possédait plus et oscillait comme
en ivresse. Alors ils devinrent frénétiques et, poussant
des cris désordonnés, ils tournèrent si follement vite
que leur robe, toujours plus tendue, devenait presque
horizontale, les découvrait tout nus, obscènes... Nous
partîmes.

Et c'était la campagne encore; ce fut le soir. Pendant
une heure encore nous avons marché, puis nous avons
retrouvé le navire.

Les matelots se sont baignés dans l'eau tiède; l'air
qui brûle a séché leur peau. Le soir est venu, mais sans
la fraîcheur qui repose; mais sans la fraîcheur de la
nuit comme un baiser sur les paupières. La nuit est
maintenant si chaude que nous ne pouvons pas dormir.
Des éclairs silencieux palpitent au bord du ciel, et sur
les flots des fluorescences passent vaguement. A demi
couchés sur le pont rêvent les matelots et les mousses;
et dans la nuit mystérieuse, tendant les bras vers les
rêveurs, ils se sont tordus de désirs. Nous, nous sommes
restés debout, car nous n'osions pas nous étendre, et
nous entendions toute la nuit leurs soupirs se mêler
aux souffles amoureux de la mer. Mais une plus sérieuse
pensée naissait en nous de notre sévère attitude, et
l'apaisement de la nuit descendait sur notre visage.

IV

Le vingt et unième jour, nous nous sommes arrêtés
devant un rivage planté d'arbres. On apercevait,
non loin de la mer, une ville; une avenue d'eucalyptus

y menait, où se promenaient des groupes de femmes; des deux côtés de l'avenue, entre les arbres, étaient dressés pour un marché des tréteaux et des baraques de toile, et du navire on pouvait voir, aux taches rouges et jaunes qu'ils faisaient, les piments doux et les régimes de bananes.

Avant la fin du jour, Mélian, Lambègue et Odinel descendirent à terre, ainsi qu'une partie des gens de l'équipage, pour acheter des vivres et demander la route. Nous les attendîmes tout le soir. Le lendemain, Mélian, Lambègue et Odinel revinrent, mais avec seulement quelques-uns des matelots. Ils étaient pâles et leurs yeux agrandis luisaient d'une douceur inexprimable. Ils rapportaient d'admirables fruits écarlates, saignant comme des blessures, et des gâteaux de farines inconnues; mais, quand nous voulûmes les questionner, ils prétextèrent une grande fatigue et s'étendirent dans les hamacs; alors nous comprîmes qu'ils avaient été auprès des femmes du rivage, et nous en fûmes extrêmement tristes. Comme nous ne voulions pas repartir sans que soient revenus tous les autres, vers le soir Lambègue, Odinel, et Mélian, et ceux des matelots qui les avaient suivis la veille, pensèrent retourner à la ville; nous ne pûmes les en empêcher; et nous ne pûmes empêcher Alfasar et Hector de les suivre. Ils avaient dû causer avec eux de ce qu'ils avaient fait la veille, car nous les avions vu rester longtemps ensemble, près des hamacs mobiles, où balançaient ceux que la nuit avait lassés.

Ils revinrent tous le lendemain, et l'*Orion* put mettre à la voile; ils rapportaient des fruits nouveaux, énormes et violets comme des aubergines; ils avaient l'œil hagard et plein d'insultes; sur leurs lèvres, une ironie mauvaise souriait. Ce fut à propos des beaux fruits que la querelle commença; ils voulaient nous en faire manger, mais leur éclat, leur splendeur même nous faisait nous en défier; quand nous le leur dîmes, ils se moquèrent :

« Voilà les chevaliers courageux! n'oserez-vous goûter même à des fruits, par crainte, et votre stérile vertu ce sera donc de s'abstenir; dans le doute. Doutez-vous donc toujours ? Alors pourquoi ? »

Et sans que nous l'ayons demandé, ils nous racontèrent ce qu'ils avaient fait dans la ville : le marché,

l'achat des fruits, et la langue inconnue que parlaient ces femmes; puis les jardins de plaisir aux lumières, et les lanternes dans les feuillages; longtemps ils étaient restés sans entrer, regardant à travers les clôtures les danses et les girandoles; puis des femmes qui passaient les avaient entraînés avec elles, et ils s'étaient tout à coup sentis sans résistance sitôt que leurs mains s'étaient touchées. Ils avaient eu honte d'abord, puis avaient trouvé ça ridicule. Mais quand ils voulurent nous conter leurs embrassements de la nuit, Angaire s'écria qu'il ne comprenait pas qu'on osât se mettre à deux pour faire ces saloperies indispensables, et qu'en de tels instants lui se cachait même des miroirs. — Mais à sa soudaine franchise, ce fut chez eux une grande huée de scandale. Angaire dit alors qu'il n'aimait les femmes que voilées, mais que même ainsi il craignait qu'elles ne devinssent impudiques et de voir leur tomber la robe dès qu'un peu de tendresse advenait. Alors ils éclatèrent de rire et se détournèrent de nous. A partir de ce jour, nous ne fûmes plus tous unis dans la même pensée — et, sentant très vivement ce que nous ne voulions pas être, nous commençâmes de savoir ce que nous étions.

Ils se sont baignés dans une eau triste et bleue; ils ont nagé dans l'écume saline. Remontés dans la barque, longtemps encore nus, ils regardaient leur peau luire de pâleur insolite et laissaient que la fièvre séchât sur eux la candide mousse marine. Et nous avions honte pour eux, car ils paraissaient très beaux et semblaient plus heureux que des hommes.

Nous n'aimions pas beaucoup Alfasar, car il était emphatique et colère, mais nous regrettions Mélian qui était doux et connaissait les tendresses apitoyées.

V

Les belles berges se déroulèrent tout le jour, devant le navire; des ibis et des flamants roses pêchaient des crabes dans le sable du bord. Un peu loin vers les terres, sur des falaises en terrasses, des forêts sombres venaient finir. Il faisait chaud et nous songions aux

neiges du port où nous nous étions embarqués; tous sur le pont, nous regardions se dérouler les berges. Quand nous passions, les flamants roses s'envolaient, puis revenaient aux mêmes places, sitôt que nous avions passé, se reposer; et le geste de ces oiseaux nous faisait nous défier de ces plages.

Nous attendions; et notre grand cœur désœuvré s'emplissait d'amertume.

Sera-ce ici que nous trouverons un lieu qui devant nous ne se dérobe, ou s'il demeure enfin ne nous attire coupablement ? Ou penchés sur le pont du navire, les regardant se dérouler, devrons-nous toujours errer devant les plages et les plages ?

Vers le milieu du jour nous sommes descendus près d'une ville; elle était étroite et s'allongeait suivant la mer. La mer s'arrondissait en golfe et, devant la ville, découvrait à la marée basse un large îlot madréporique. Des barques de pêcheurs, chaque jour, y venaient chercher le corail, les éponges, et les coquilles perlières. Comme rien ne nous intéressait dans la ville, une des barques nous a menés vers cette île. Elle semblait surgie de la mer, aussitôt autour profonde et transparente; sur le fond des polypiers pâles on voyait les huîtres bâiller; des éponges poussaient le long des roches; des crabes verts couraient, et dans les trous, dans les ombres, des pieuvres étaient cachées. Quand les plongeurs passaient près d'elles, des bras gluants tâchaient de les saisir; mais les plongeurs, avec un couteau tout ouvert, coupaient les bras de la pieuvre, qui restaient collés à leurs membres encore lorsqu'ils remontaient. C'étaient des hommes à la peau safranée; ils étaient nus, mais à leur cou un sac réticulé pendait qu'ils devaient remplir de coquilles. Ils les cueillaient avec leur grand couteau, puis, le sac plein, remontaient vite. Quand ils revenaient à l'air libre, leur poitrine se crispait un peu et un filet de sang, qui coulait de leur bouche, somptueux sur leur peau dorée, les faisait presque évanouir.

Nous avons jeté dans l'eau des monnaies neuves; on voyait leur scintillement s'enfoncer; et quand elles allaient disparaître, les hommes, sautant de la barque et plongeant, les happaient comme on souffle une flamme. Mais si ce n'eût été la joie de regarder le fond de la mer, et de voir le sang de ces hommes, ces jeux

ne nous eussent pas divertis; après quelque temps, nous avons regagné la ville.

Nous nous sommes baignés dans des piscines trop tièdes, où des enfants se poursuivaient en nageant. L'eau verte laissait voir au fond des mosaïques, et deux figures de marbre rose, symétriquement disposées, jetaient des parfums dans des vasques; ils retombaient en cascades fines, avec des bruits légers, dans l'eau. Nous étant rapprochés des statues, nous tendîmes nos mains vers les vasques, et les parfums, coulant le long de nos bras, ruisselèrent sur nos hanches. L'eau, quand on y replongeait, faisait l'effet d'une brûlure. Au plafond translucide une buée odorante montait; elle se figeait en rosée; la lumière en était bleuie, et du plafond, dans l'eau, cette rosée tombait goutte à goutte.

Et comme une torpeur nous prenait, à respirer cette buée tiède, nous demeurâmes immobiles, flottants, abandonnés, vainement évanouis dans l'eau merveilleuse, verte et bleue, où ne glissait plus qu'un jour trouble, où les bras des grêles enfants se coloraient d'azur dans la lumière, et les gouttes tombant du plafond faisaient un clapotement monotone.

... Avec la nuit, la mer est devenue phosphorescente; des flammes sur le bord, avec les vagues, se déchiraient. La nuit est devenue brûlante; les matelots et les faux chevaliers sont allés retrouver des femmes, et la pensée de leurs embrassements nous a tourmentés cette nuit, car elle était vraiment trop amoureuse. Une lune énorme et rougie s'est levée de parmi les vagues, et a promené son reflet sur la mer déjà lumineuse. Dans le sillage de la lune des barques brunes ont passé, regagnant les côtes. L'on n'entendait que le bruit des vagues et des flammes dans la nuit frôlées.

Et venus des forêts, les vampires aux larges ailes, rôdant près des pêcheurs endormis, à leurs pieds nus, à leurs lèvres, suçaient la vie et les accablaient de sommeil au palpitement silencieux de leurs ailes.

VI

Morgain a la fièvre. Il nous a demandés pour mettre sur son front de la neige éternelle.

Nous avons relâché devant une île où se dressait une montagne très élevée. Nous sommes descendus; Nathanaël, Ydier, Alain, Axel et moi, nous avons marché vers les neiges. Longtemps après, nous pensions encore à cette île, car elle était calme et charmante; à cause des glaciers descendus jusqu'en la vallée, un air presque frais circulait. Nous marchions, joyeux de nous sentir si pacifiques.

Nous étions parvenus au pied du glacier translucide, une fontaine claire s'est montrée. Elle stillait doucement de sous la glace : un quartz poli, qu'elle avait creusé en calice, la recueillait. Nous en remplîmes notre fiole de cristal pour en rapporter à·Morgain.

Eau de glace, qui pourra dire ta pureté! Dans les gobelets où nous en bûmes elle était encore azurée. Elle était si limpide et si bleue qu'elle avait toujours l'air profonde. Elle restait fraîche toujours ainsi que les eaux hiémales. Elle était si pure, qu'elle grisait comme l'air très matinal des montagnes. Nous en bûmes, et une allégresse séraphique nous ravit; nous y avons trempé nos mains; nous en avons mouillé nos paupières; elle a lavé la flétrissure des fièvres, et sa délicate vertu a glissé jusqu'à nos pensées, comme d'une eau lustrale. La campagne, après, nous a paru plus belle, et nous nous étonnions de toute chose.

Vers midi, nous avons retrouvé la mer et nous marchions suivant le rivage. Nous récoltions des cailloux d'or dans le sable, les coquilles rares que le flot avait laissées, et les buprestes couleur d'émeraude sur les tamaris de la plage.

Il poussait près de la mer une plante qui portait sur ses fleurs des papillons toujours posés. Les papillons étaient indistincts des pétales, la fleur en paraissait ailée. — Nous savions que les papillons de printemps, les premiers papillons de mai sont blancs et jaunes comme les primevères et les aubépines; les papillons d'été diaprés comme toutes les fleurs, et les papillons de

l'automne de la couleur des feuilles mortes ; mais ceux-ci, sur des fleurs rosées, avaient les ailes transparentes des papillons des hautes cimes, et les corolles des fleurs se voyaient à travers leurs ailes.

Nous avons rencontré, sur le bord de la mer, un enfant mystérieux qui songeait, assis sur le sable. Il avait de grands yeux, bleus comme une mer glaciale ; sa peau luisait comme les lys et ses cheveux étaient comme une nuée que le soleil à l'aube colore*. Il cherchait à comprendre des mots qu'il avait tracés sur le sable. Il parla ; sa voix, de ses lèvres, jaillit, comme s'envole l'oiseau du matin en secouant la rosée ; nous lui eussions volontiers donné nos coquilles, nos insectes et nos pierres, volontiers tout ce que nous avions, tant sa voix charmante était douce. Il souriait avec une tristesse infinie. Nous voulions l'emmener jusqu'au navire, mais s'étant penché sur le sable il reprit sa méditation tranquille.

Nous partîmes. La promenade dans cette île nous avait donné de grandes forces, et quand l'*Orion* remit à la voile, en regardant la mer ouverte devant nous, nous sentions notre cœur tressaillir.

Nous ne nous baignâmes pas ce jour-là.

VII

Pour la septième fois s'arrêta le navire. Dans cette île où nous descendîmes pleins d'espoir et dont nous ne partîmes, longtemps après, que le cœur navré d'une horreur grandiose, pour beaucoup finit le voyage. Nous qui l'avons continué, laissant derrière nous tant de compagnons morts et d'espérances, nous n'avons plus jamais retrouvé les lumières splendides qui nous éveillaient jusqu'alors. Mais, errant sous un ciel morose, nous regrettions la ville, si belle malgré toutes ses voluptés, la ville royale, les palais d'Haïatalnefus aux terrasses qui nous faisaient craindre, lorsque nous nous y promenions, tant elles étaient belles, qu'elles fussent

*. Novalis.

peu sûres. — Terrasses! Miséricordieuses terrasses des Bactrianes, aux soleils levants! jardins suspendus, jardins d'où l'on voit la mer! palais que nous ne verrons plus, et que nous souhaitons encore! — comme nous vous eussions aimés si ce n'eût été dans cette île!

Les vents étaient complètement tombés. Mais craintifs, à cause d'une certaine splendeur qui faisait vibrer l'air des côtes, quatre seulement descendirent d'abord. De l'*Orion* nous les vîmes monter sur un tertre couvert d'oliviers, puis revenir. L'île était large et belle, dirent-ils; de ce tertre on apercevait des plateaux, de hautes montagnes fumantes, et, vers la côte qui se recourbait, les dernières maisons d'une ville. Comme rien de ce qu'ils avaient vu ne justifiait nos premières craintes, tous, et les marins de l'équipage, nous avons quitté le navire et nous sommes acheminés vers la ville.

Les premiers habitants rencontrés puisaient de l'eau près d'une fontaine; ils vinrent à nous dès qu'ils nous aperçurent. Ils étaient vêtus d'une robe très somptueuse, pesante et tombant à plis droits; une coiffure en forme de diadème leur donnait l'air sacerdotal. Ils offrirent leurs lèvres pour des baisers et leurs yeux souriaient de vicieuses promesses. Mais à l'horreur de nos refus, nous voyant étrangers, ignorants des coutumes de l'île, ces femmes, que nous n'avions d'abord pas reconnues, entr'ouvrant leur manteau pourpré, montrèrent leur sein peint de rose. Comme nous les repoussions encore, elles s'étonnèrent; puis, nous ayant pris par la main, nous conduisirent vers la ville.

Dans les rues ne rôdaient que des créatures admirables. Dès leur enfance, celles qui n'étaient pas parfaitement belles s'exilaient, sentant sur elles une réprobation peser. Pourtant de très horribles ou très étranges demeuraient, choyées même, et servaient à des voluptés anormales. Mais nous ne vîmes aucun homme; c'étaient des garçons seulement, aux visages de femme, et des femmes aux faces de garçon; ceux-ci, sentant venir les inquiétudes nouvelles, fuyaient vers les plateaux de l'île que seuls les hommes habitaient. Depuis la mort de Camaralzaman, ils avaient tous quitté la ville. Et toutes ces femmes délaissées, s'affolant au désir des mâles, parfois sortaient dans la campagne, comme celles que nous avions rencontrées; pensant que peut-être quelque

homme descendu des plateaux viendrait, pour le séduire elles se déguisaient. Nous n'apprîmes pas cela d'abord, mais seulement après que, nous ayant conduits dans le palais, la reine vint nous dire qu'elle nous retenait prisonniers.

Captivité délicieuse, plus perfide que les dures geôles. Ces femmes voulaient nos caresses, et nous gardaient pour leurs baisers.

Du premier jour, les matelots furent perdus; puis, un à un, tombèrent les autres; mais nous sommes demeurés douze qui n'avons pas voulu céder.

La reine devint amoureuse de nous; elle nous fit baigner dans des piscines tièdes et nous parfuma de mirbane; elle nous revêtit de manteaux splendides; mais nous dérobant aux caresses, nous ne songions qu'au départ. Elle pensa nous vaincre d'ennui, et les longues journées s'écoulèrent. Nous attendions; mais sur l'Océan monotone ne se promenait aucun souffle; l'air était bleu comme la mer; et nous ne savions pas ce qu'était devenu le navire.

De midi jusqu'au soir nous restions à dormir dans de petites chambres; une porte vitrée s'ouvrait sur un large escalier qui descendait jusqu'à la mer. Quand le soir venait jeter des rayons sur les vitres, nous sortions. L'air alors était plus tranquille; il montait de la mer comme une fraîcheur parfumée; à la respirer, nous restions quelque temps, ravis, avant de descendre; à cette heure du soir le soleil tombait dans la mer; d'obliques rayons sur les marches de marbre les pénétraient de transparences scarlatines. Lentement, tous les douze, alors, majestueux et symétriques, graves à cause de notre somptueuse parure, nous descendions vers le soleil, jusqu'à la dernière marche où la vague brisée mouillait d'écume notre robe.

D'autres heures ou d'autres journées nous restions assis, tous les douze, sur un trône élevé, chacun comme des rois, devant la mer, à regarder monter et redescendre les marées; nous attendions si quelque voile peut-être ne paraîtrait pas sur les vagues, ou dans le ciel quelque nuée que gonflerait un vent propice. Par noblesse, nous ne faisions pas un geste et demeurions silencieux; mais quand, le soir, notre espérance retombée s'en allait avec la lumière, alors un grand sanglot gonflait nos poitrines,

comme un chant de désespoir. Et la reine accourait, pour s'amuser de nos détresses, pour savoir ; mais elle nous retrouvait immobiles, les yeux secs, fixés vers où le soleil avait fui. Elle voyait bien que nous pensions au navire, et nous n'osions lui demander ce qu'il était devenu.

Comme nous ne cédions toujours pas, mais que chaque jour elle nous sentait plus austères, la reine voulut nous distraire, pensant que dans les jeux et les fêtes nous oublierions notre voyage et nos destinées. Elles nous paraissaient très sérieuses et précises ; notre orgueil s'exaltait à cette résistance, et, sous la splendeur des manteaux, nous sentions grandir en nos cœurs un désir excédant d'actions glorieuses.

De fastueux jardins aux terrasses étagées descendaient du palais à la mer. L'eau marine entrait dans des canaux de marbre, et les arbres au-dessus se penchaient ; les lianes puissantes d'un bord à l'autre suspendues formaient des ponts tremblants, des balançoires. A l'entrée des canaux elles flottaient en un réseau si tenace qu'il résistait aux lames les plus hautes ; l'eau des canaux plus loin était à jamais calme. On s'y promenait dans des barques ; on y voyait des poissons nager dans une ombre mystérieuse ; mais nous n'osions nous y baigner, à cause des limules piquantes et des cruelles langoustes.

Sur la côte, presque sous la ville, s'ouvrait une grotte où nous mena la reine. La barque y pénétrait par une très étroite ouverture et qu'on ne voyait plus dès qu'on était entré ; le jour qui passait sous les roches, à travers l'eau bleue, prenait la couleur de la vague, et leur mobilité, sur les parois reflétée, y remuait de pâles flammes. La barque circulait entre deux colonnades basaltiques ; l'air et l'eau diaphane se mêlaient ; on ne distinguait plus l'un de l'autre ; on se perdait dans une lumière azurée. On voyait les colonnes descendre, et du sable, des algues et des roches du fond semblait venir la clarté indécise. L'ombre de la barque au-dessus de nos têtes flottait doucement. Dans les profondeurs de la grotte, du sable faisait plage, où de petites vagues clapotaient. Nous aurions bien aimé nager dans cette océanique féerie, mais nous n'osâmes pas nous baigner de peur des crabes et des chatrouilles.

La reine ainsi nous promena ; nous ne cédions pas ;

mais la vue de ces merveilles qu'elle aurait voulu séductrices ne laissait pas de nous emplir de lyrisme. La nuit, en barque, sur la mer, regardant les astres et des constellations à celles de nos cieux non pareilles, nous chantions : « Reine! reine des îles chimériques, reine aux colliers de corail, vous que nous eussions aimée si vous fussiez venue à l'aube, reine de tous nos désespoirs, belle Haïatalnefus, ah! laissez-nous partir! » Elle disait alors : « Pourquoi faire ? » et nous ne savions que répondre. Elle disait : « Restez avec nous; je suis amoureuse. Une nuit, savez-vous, vous dormiez dans vos chambres; sans bruit je vins vous baiser sur les yeux, et votre âme a été rafraîchie du baiser que je vous ai donné sur les paupières. Restez; les vents sont tombés, et vous n'avez plus de navire. Qu'allez-vous donc chercher ailleurs ? » Et nous ne savions que lui dire, car elle ne pouvait comprendre que tout cela ne remplît pas nos grandes âmes. Nous pleurions d'inquiétude : « Madame, ah! que vous dirais-je ? les noblesses et les grandes beautés toujours nous arrachèrent des larmes. Si belle que vous soyez, Madame, vous n'êtes pas si belle que nos vies; et nos vaillances, dans l'avenir, luisent devant nous comme des étoiles. » Puis, exalté par la nuit et par l'aisance de mes paroles, je déclamai, croyant voir dans le passé un reflet de nos futures vaillances : « Ah! ah, si vous saviez, Madame! nos jeunesses, les ambassades, les cavalcades d'autrefois; les grandes chasses dans la forêt, les délivrances glorieuses et le retour, le soir, par le même sentier, dans la poussière, et cette joie d'avoir accompli nos journées! Et les fatigues, ah! Madame, et l'air triste que nous avions! Comme nos vies sont sérieuses! Et nos courses sur la montagne, quand, à l'heure où le soleil tombait et que dans la vallée montait l'ombre, parfois nous nous sentions si près de saisir nos chimères, que notre cœur en avait des tressaillements d'allégresse!... »

La reine me regardait toujours et ses yeux souriaient un peu, me disant :

« Est-ce vrai ? »

Mais moi j'étais si convaincu, que je lui dis :

« Oh! oui Madame. »

Puis comme la lune passait je m'écriai :

« Si je suis si triste pour elle, c'est à cause de sa pâleur. »

La reine alors :

« Qu'est-ce que cela vous fait ? » me dit-elle. Et cela me parut soudain tellement égal que je fus bien forcé d'en convenir.

Et les jours s'en allaient ainsi; en promenades ou en fêtes.

La reine, de la barque, un soir, avait laissé, par jeu, une de ses bagues tomber de ses doigts dans la mer profonde. C'était une bague sans prix, mais qui lui venait, comme toutes ses bagues de reine, de Camaralzaman, son époux. Elle était ancienne et portait, sur des fils d'or pâle tressés, en chaton, une aventurine. On la voyait encore, quand des herbes se déplaçaient, sur le sable bleu où, pensives et perdues, des anémones roses luisaient. Ayant revêtu des scaphandres, Clarion, Agloval et Morgain descendirent; moi, je ne les suivis pas, — non par ennui, mais par trop grand désir au contraire, tant m'avait toujours attiré le fond mystérieux des ondes. Ils restèrent longtemps sous l'eau; dès qu'ils furent remontés, je les questionnai instamment, mais de grands sommeils les saisirent, et lorsqu'ils s'en furent réveillés ils semblaient ne plus se souvenir de rien, ou ne pas vouloir me répondre :

« Trop d'obscurité m'enveloppait, dit Agloval, pour qu'il me fût possible de rien voir.

— Une torpeur engourdissante, dit Clarion, d'abord assoupit mes pensées, et je ne songeais plus à rien qu'au clair sommeil qu'on dormirait dans cette eau fraîche, couché sur les molles algues. »

Morgain restait silencieux et triste, et comme je le suppliais de raconter ce qu'il avait vu, il répondit que, lorsqu'il le voudrait, il ne savait pas les mots pour le dire.

Puis vinrent de nouvelles fêtes, des illuminations et des danses; ainsi de nouveaux jours passèrent, et nous nous désolions à sentir nos belles vies s'écouler dans des occupations médiocres.

Nous songions au navire, et en nous grandissait un projet de fuite. En face du palais s'étendait la plaine, et le rivage découvert se recourbait en golfe; on voyait bien sur la mer immense que l'*Orion* n'était pas là. Mais de l'autre côté du palais devaient s'ouvrir d'autres plages; là devait être l'*Orion*. Les hauts murs des der-

nières terrasses s'avançaient dans la mer comme pour en interdire l'approche; des allées secrètes devaient y mener, mais seule la reine en savait l'entrée. Par une nuit de mer si basse qu'elle quitta le pied des murs, Ydier, Hélain, Nathanaël et moi nous partîmes furtivement à la recherche du navire.

C'était encore le crépuscule, mais on n'entendait plus de bruits. Après avoir doublé les terrasses, nous nous trouvâmes derrière la ville; de longues murailles s'étendaient, et devant elles un peu de sable où des égouts jetaient d'intolérables puanteurs. Nous nous hâtions à cause de la mer et de la nuit montantes, mais pensant pouvoir peut-être revenir par une autre route, si la marée couvrait celle-ci. Après les murs, ce furent des falaises basses d'argile; l'espace qui les séparait de l'eau devenait toujours plus étroit, et les vagues enfin mouillèrent le pied des falaises. Nous nous sommes arrêtés, incertains, pour savoir ce que faisait la mer. Mais le flot ne montait pas encore; marchant sur les roches émergées, nous avons repris notre route. Un promontoire s'avançait; nous pensions plus loin voir la plage. Nos pieds glissaient sur les herbes molles; l'eau qu'on ne distinguait presque pas, grise et pleine de crépuscule, clapotait faiblement entre les roches; une inquiétude nous prenait, tant cette eau semblait indécise... Et soudain la falaise a cessé; notre cœur s'est empli de crainte, car nous sentions que c'était là. La nuit maintenant était close. Sans bruit, encore quelques pas, et penchés contre l'extrême roche, alors, nous avons regardé.

La lune se levait sur une immense grève; les sables azurés se mouvaient, ondulaient comme des flots. Sur l'eau flottait toute une escadre, formidable, vaporeuse, inconnue; et nous n'osions plus avancer. Des formes mystérieuses passèrent; tout cela nous parut si pâle, si peu sûr, que nous nous sommes enfuis, saisis d'une épouvante misérable, éclairés, affolés par la lune qui se levait par-dessus la falaise et, devant nous, sur les roches, sur l'eau, jetait nos ombres démesurées.

Notre délivrance vint d'une plus tragique manière. Déjà naissait, grandissait dans la ville, mais doucement

d'abord, la peste horrible et lamentable qui laissa toute l'île, après, morne et comme un immense désert. Déjà les fêtes étaient troublées.

... Le matin, ces boissons fraîches que nous buvions sur les terrasses, les fruits, les verres d'eau froide après les marches au soleil; et le soir, las de la fièvre de tout le jour, dans les jardins parfumés qui descendaient jusqu'à la mer, les glaces au cédrat sous les arbres, tout cela, — les bains trop tièdes encore et les rêveries près des robes insidieuses des femmes, — nous eût bientôt donné cette langueur qui précédait la maladie, si la crainte de trop de souffrances ne nous eût prévenus contre tant de plaisirs. Donc nous résistions aux sourires, aux appels qu'on entendait le soir, à ce désir des fruits qui désaltèrent, aux ombres des jardins, aux musiques; même nous ne chantions plus, de peur de défaillir; mais nous descendions au matin vers la mer, avant le lever du soleil, et, trempant nos membres nus dans l'eau saine, nous buvions avec l'air marin la vigueur et le réconfort.

Des égouts cachés, des lavoirs, montait au soir l'exhalaison pestilentielle, à cause des vases qu'y laissait la vaste incurie de la ville; et ces vapeurs paludéennes promenaient des germes de mort. Les marins et les femmes en sentirent leur chair troublée; c'était une naissante inquiétude; ils se lavaient la bouche avec des baumes et l'odeur fade des aromates se mêlait aux chaudes haleines.

Ce soir, les danses et les musiques même étaient retombées trop lasses. Jamais les vents n'avaient soufflé plus tièdes; les flots chantaient et toutes les âmes étaient folles de leur corps. Les corps étaient beaux comme des marbres; ils luisaient dans l'ombre; ils se cherchaient pour des étreintes, mais leur splendeur n'en était pas calmée; leur fièvre en était attisée; ils unissaient leurs deux brûlures. Leurs baisers étaient des morsures; où leurs mains touchaient, ils saignaient.

Jusqu'au matin, ils usèrent leur fièvre dans de fausses étreintes, puis le matin les lava dans un bain d'aurore : alors ils allèrent vers les fontaines blanchir leur tunique empestée. Là, de nouvelles fêtes commencèrent; comme ils étaient légers, ils riaient de fatigue, et les éclats de gaieté vibraient dans leur tête sonore. L'eau du lavoir

s'était salie. Avec de grandes perches ils agitaient au fond la vase; des nuages de boue s'élevaient; des bulles montaient crever; eux, penchés au-dessus des margelles, respiraient ces odeurs de marais sans horreur; ils riaient, parce qu'ils étaient déjà malades. Ils revêtirent leurs tuniques mouillées, et, transis, se réjouissaient à l'illusion de sentir leurs chairs raffermies. Mais le soir leur fièvre changea de nature; ils cessèrent de rire; ils furent accablés de langueur et, couchés sur l'herbe des pelouses, chacun ne songea plus qu'à soi-même...

Des fleurs étaient dans l'île, dont les corolles froissées distillaient l'odeur comme d'une menthe glaciale. La plante poussait dans les sables; ils en cueillirent des tiges fleuries, et les pétales qu'ils mâchaient le long du jour, posés sur leurs chaudes paupières, humectaient leurs yeux secs d'une fraîcheur délicieuse. Cette fraîcheur glissait sur les joues, puis, pénétrant jusqu'au cerveau, l'emplissait de rêves torpides. Ils sommeillaient comme des fakirs. Sitôt qu'ils se reposaient de mâcher, le frais qu'ils en avaient tiré se muait en brûlure, comme il advient d'épices ou d'herbes bénéolentes à la saveur poivrée. Altérés, ils buvaient dans des gobelets de métal une eau teintée de l'aigre jus des groseilles. Ils ne s'arrêtaient de mâcher que pour boire.

Quand leur manteau découvrait leur poitrine, on voyait sous le bras, près du sein, une tache mauve et meurtrie où germinait la maladie; parfois tout leur corps se couvrait de sueurs violettes. Nous, silencieux tous les douze, et trop graves même pour pleurer, nous regardions nos compagnons mourir.

Ah! ce qui fut terrible, ce fut l'arrivée des hommes; ils descendaient de tous les plateaux; ils espéraient trouver des femmes encore vaillantes et profiter de leurs désirs pour leur donner la maladie. Ils arrivaient courants, hideux, livides; mais quand ils virent les femmes si pâles et qu'ils comprirent, pris d'une épouvante désespérée, ils jetèrent des cris dans la ville. Certaines les voulaient encore; et l'assurance de la mort leur redonnant comme une sinistre vaillance, ils s'embrassèrent furieusement, ils sucèrent toute la joie qu'ils purent avec une soif, une rage, une espèce de frénésie, pour nous vraiment terrifiante; il semblait qu'ils voulussent ainsi supprimer le temps de la honte. Et d'autres

femmes sanglotaient parce qu'ils étaient venus trop tard.

Un léger vent commença de s'élever et, rabattant vers la ville la fumée lourde des volcans, jeta sur eux des cendres grises. Épuisés, ils s'étaient dépris pour vomir. Maintenant ils roulaient pêle-mêle sur l'herbe, et leurs entrailles faisaient d'horribles efforts pour sortir. Ils moururent ainsi, sans posture, tordus, affreux, déjà décomposés; et le silence entra dans la ville.

Des nuages alors se levèrent; une pluie froide vers le matin acheva de glacer leur âme, et les couvrit d'un linceul de boue que l'eau faisait avec la cendre.

Et nous avons pensé aux grandes voiles, au départ; mais après l'avoir si longtemps souhaité dans une attente si monotone, maintenant que plus rien n'empêchait, nous nous sommes sentis si las, si troublés, si sérieux de la gravité de nos tâches, si fatigués de tout cela, que nous sommes restés, avant de quitter la grande île, encore douze jours, assis sur la plage, sans une parole, pensifs devant la mer, sentant nos volontés incertaines et trop immenses.

Et ce qui nous a fait partir, c'est plutôt l'odeur insupportable des cadavres.

LA MER DES SARGASSES

Mer des Sargasses; aube en larmes, et clartés tristes sur l'eau grise. Certes, si j'avais pu choisir, je n'aurais pas ramé vers ces parages. L'ennui! pourquoi le dire! Qui ne l'a pas connu ne le comprendra pas; qui l'a connu demande à s'en distraire. L'ennui! c'est donc vous, mornes études de notre âme, quand autour de nous les splendeurs, les rayons défendus se retirent. Les rayons sont partis, les tentations nous abandonnent; rien ne nous occupe plus, hors nous-mêmes, dans les aurores désenchantées.

Sur les soleils décolorés tombent les cendres du crépuscule, et les petites pluies de l'ennui sur les grands souffles du désir.

Psychologie! psychologie! science de toute sa vanité, que l'âme à jamais te résigne! Fruits de cendre où nous eussions mordu; désirs où se fussent flétries nos gencives; ô tentations déplorées, que nous redoutions autrefois; désirs! au moins à résister nos âmes s'occupaient-elles encore; nous n'avons pas cédé; nous souhaitions que les désirs s'en aillent, et quand ils sont partis, maintenant comme l'ennui s'étend sans fin sur la mer grise!

Sur la mer épaissie les fucus gélatineux se dévident. Les longues algues infinies, flottaisons, ligne vers l'horizon enfuie, à peine sinueuse, que, dès l'aube aperçue, nous prîmes d'abord pour un immense reptile; elles n'étaient pas même cela; rien au loin que les longues algues dociles.

Nous avons regardé la boussole, et notre foi diminuée laissait croître notre triste science. En relevant l'indication des latitudes, nous vîmes que nous étions arrivés à ce point de la mer, oléagineuse vraiment, que les marins appellent Pot-au-Noir, à cause de sa tranquillité.

La mer par places s'est prise de varechs, et bientôt nous avons navigué entre deux traînées de sargasses;

d'abord distantes et lâches, elles se sont coagulées; elles se sont peu à peu resserrées, et dans l'étroit chenal que l'eau libre faisait entre elles, peu à peu diminué, l'*Orion* devenait felouque. On ne distinguait plus bientôt les longues branches des fucacées, mais un fouillis touffu de feuilles molles une gelée végétale, une matière encore mobile mais à peine mobile et qui bientôt, comme gonflée, s'est soulevée un peu hors de l'eau moins profonde en basses berges vaseuses. Le chenal ondulait entre leurs courbes.

Le troisième jour parurent les premières plantes fluviatiles; la felouque remontait lentement un faible courant de rivière.

Le quatrième jour, sur les berges, des hérons couleur de fumée cherchèrent des vers dans la vase derrière eux s'étendait une pelouse nivelée. La nuit, sous les nuages reflétés, pâles d'un reste de jour, et à cause de toute l'ombre où les rives étaient cachées, la rivière semblait couler droite, et les rames de la felouque, aux tournants, se prenaient dans les joncs du bord.

Le septième jour nous rencontrâmes ma chère Ellis qui nous attendait sur la pelouse assise sous un pommier. Elle était là depuis quatorze jours, par la route de terre plus vite que nous arrivée : elle avait une robe à pois, une ombrelle couleur cerise; auprès d'elle une petite valise avec des objets de toilette et quelques livres; un châle écossais sur le bras; elle mangeait une salade d'escarole en lisant les *Prolégomènes à toute métaphysique future*. On la fit monter dans la barque.

Le revoir fut assez morne, et comme nous avions cette habitude de ne nous parler que de ce que nous savions ensemble, à cause des routes différentes suivies nous ne trouvions rien à dire, et nous restâmes trois jours à regarder les berges en silence; puis les nouvelles campagnes traversées nous redevinrent une occasion de paroles.

Le ciel était pâle, les campagnes décolorées. Sur les berges de vase glauque aux herbes vertes et cendrées, des cigognes placides étaient revenues de voyage. Ellis trouvait leurs pattes exagérées; ainsi je constatai la

fâcheuse incompréhension de son âme; mais de son ombrelle couleur cerise dans le paysage éploré je ne lui dis pourtant rien, réservant la question des inadéquats pour des causeries ultérieures.

Les rives ternes, vert-de-grisées, si pareilles incessamment, entre lesquelles nous ramions encore, si planes, si calmes, si closes, ne montraient rien en elles qui motivât ici plutôt que là l'arrêt de notre monotone équipée. La barque sur le fleuve tranquille, entre les berges établies, en était l'unique épisode, et comme elle circulait avec nous, nous restions, ne sachant pas, si nous l'avions quittée, où descendre. Et quand un soir nous sommes pourtant descendus, vers une rive indifférente, c'est plutôt à cause de l'heure, du crépuscule qui tombait.

Un brouillard en lambeaux traînait sur l'eau morne et se prenait aux joncs du bord. Nous décidâmes de passer la nuit sur la pelouse; Ellis devait garder la barque; elle s'enveloppa de son châle à cause de l'humidité, mit la valise sous sa tête, et parmi les roseaux froissés s'assoupit, la barque amarrée.

Après une nuit sans rêves vint un réveil sans allégresse; aucune aurore ne colora le ciel que blanchit, au matin seulement, une aube grelottante et navrée. C'était une clarté si noyée que nous attendions encore l'aube, quand le soleil déjà levé transparut derrière un nuage. Nous rejoignîmes Ellis; assise dans la felouque, elle lisait *la Théodicée*. Irrité je lui pris le livre; les autres se taisaient; il y eut un moment de perplexité extrêmement pénible; puis comme aucun devoir précis n'unissait plus nos destinées, dans l'incertitude des routes, nos volontés s'éparpillèrent, et, chacun de notre côté, nous nous aventurâmes vers les terres.

Je n'eus pas le cœur d'aller loin; rien que vers un petit bois de hêtres : encore ne l'atteignis-je même pas, mais dès le premier buisson venu, me laissant choir à son ombre; aucun des autres ne me voyant plus, comme je n'avais plus de forces et que je sentais le passé revenir, la tête dans les mains je pleurai misérablement.

Sur la prairie semée de pimprenelles le soir tomba; alors je fis une petite prière, puis m'étant levé je regagnai la barque délaissée.

Ellis dans la barque lisait le *Traité de la Contingence*;

exaspéré, j'arrachai de ses mains le livre et, l'ayant jeté dans le fleuve :

« Ne sais-tu pas, m'écriai-je, Ellis malheureuse, que le livre est la tentation ? Et nous sommes partis pour des actions glorieuses...

— Glorieuses ? fit Ellis en regardant la morne plaine.

— Oh! je sais qu'il n'y paraît pas; je sais tout ce que tu peux dire; tais-toi! tais-toi! sinon j'aurais pleuré encore; et pour lui cacher mon visage je regardais fixement l'eau du fleuve. »

Les compagnons revinrent un à un, et quand tous dans la barque nous fûmes de nouveau rassemblés, nous sentîmes si bien chacun le désespoir de tous les autres, que nous n'osions pas demander si tel non plus n'avait rien vu; mais chacun, par décence, déguisant d'une vaine phrase l'inanité de sa vision :

« J'ai vu, j'ai vu, dit Aguisel, des bouleaux nains en enfilade sur un tumulus ardoisé.

— Moi, dit Éric, dans une plaine de sable, des sauterelles broutant l'herbe amère.

— Et vous, Urien ? dit Axel.

— Un champ semé de pimprenelles.

— Morgain ?

— Des forêts de pins bleus sur le bord d'une mer.

— Ydier ?

— Des carrières abandonnées... »

Et comme cet interrogatoire n'était plus d'aucun intérêt, la nuit étant close, nous dormîmes.

Le lendemain je m'éveillai tard; tous les autres déjà levés, je les vis assis sur la rive. Tous lisaient. C'étaient des brochures morales qu'Ellis avait distribuées. Je saisis la petite valise : on y trouvait trois agendas; la *Vie de Franklin;* une petite flore des climats tempérés, et *le Devoir présent* de M. Desjardins. Tout en fouillant dans la valise, je préparais une apostrophe; quand tout fut prêt, je jetai la valise. Elle fonça dans la rivière. Deux grosses larmes coulaient sur les joues d'Ellis. Ce ne fut pas que je fusse touché, mais au sentiment de notre commune misère soudain tomba mon irritation, et ce furent au lieu de blâmes des plaintes :

« Ah! certes, m'écriai-je, nous voici très malheureux. Notre voyage est vraiment bien mal composé.

Que signifie notre plaine si morne à ce moment de notre histoire ? ou que signifions-nous dans la plaine ? Si le soupçon nous vient ici de quelque chose d'inutile, nos âmes aussitôt désolées vont laisser leur vertu se répandre. Seigneur! pour quelque chose d'inutile, nous n'aurons plus foi ni courage. Maintenant nous allons défaillir, — ou faudra-t-il tomber dans la piété dévotieuse ? Nous avons vécu par orgueil, et nos noblesses s'exaspéraient à l'âpreté de nos victoires. Notre vertu, Seigneur, est toute faite de résistance; mais autour de nous maintenant tout cède, tout se désagrège, et nous ne sentons plus nos courages. Voici que le tranquille passé en nous comme un regret monte. Nuit majestueuse et profonde où notre extase s'est éperdue; textes de vérité, souvent où frissonnait une flamme métaphysique; algèbres et théodicées, études! nous vous avions quittées pour autre chose, ah! pour autre chose vraiment. On se met en route un matin, parce qu'on a trouvé dans l'étude qu'il faut manifester son essence; on s'en va chercher par le monde des actions révélatrices, — et qui dira quelle ténébreuse vallée joint au monde où l'on vit notre chambre haute où l'on rêve, — vallée si âpre et si mystérieuse que je pensais que j'allais y mourir, si ténébreuse que mes yeux, lorsque je parvins devant la grande mer souhaitée, prirent les flots pour des lumières. Depuis nous avons vu des plages, des végétations insensées, des jardins traversés d'eaux tièdes, des palais, des terrasses dominatrices dont le souvenir fait notre désespoir; nous avons vu tous les sourires, tous les appels, et nous n'avons pas répondu; et la reine fallacieuse Haïatalnefus, parfumée, n'a pas vaincu nos énergies. Nous nous gardions pour autre chose. Par une progression calculée, et dirai-je bien : esthétique, nos courages avec nos désirs s'étaient accrus par l'aliment que leur faisaient nos résistances; et nous attendions, pour finir, une suprême péripétie. Puis voici que notre vaisseau s'en va s'enliser dans la vase. Ah! vraiment notre histoire est mal, est bien mal, bien mal composée. Qu'est-ce qui peut venir ensuite ? tout nous devient indifférent, tant cet ennui sur l'avenir se prolonge; nos grandes âmes vont succomber au désintéressement à leur tâche. Qu'il advienne n'importe quoi, ce sera toujours sans importance. Les enchaînements logiques

sont rompus; nous avons quitté les sentiers salutaires. Souvenons-nous des îles détachées; elles flottaient désemparées sans plus d'attache avec le monde. C'est ce qui peut arriver de plus triste. Sur l'inutile on ne peut pas recommencer le nécessaire. Nous sommes perdus tout à fait. Nous sommes encore bien plus malheureux que ne vous le font sentir mes trop imparfaites paroles; encore bien plus que nous ne le sentons, car l'apathie d'alentour commence à engourdir nos âmes. J'ai parlé beaucoup trop longtemps. A des choses inordonnées il faut des phrases incohérentes; je terminerai par quelques allitérations — et laissant retomber ma voix soudain jusqu'à n'être plus qu'un murmure, je chuchotai pour la cadence :

... Chantera
 la sauterelle
 des sables. »

Tous assis sur la rive avaient écouté jusqu'au bout; mais cette péroraison leur parut incongrue et un rire non dissimulé les secoua; c'était ce que je souhaitais pour réveiller notre torpeur. Ellis n'avait rien compris; je m'en aperçus à l'irritation qui soudain me prit contre elle; mais je n'en laissai rien voir. Elle ouvrait de grands yeux interrogateurs; elle attendait que je continuasse.

« J'ai fini, chère Ellis, lui dis-je; marchons un peu. Vous êtes douce et délicieuse aujourd'hui. L'air des pelouses vous remettra. »

Je croirais fastidieux de raconter la promenade; je parlerais bien d'une grotte dans laquelle nous pénétrâmes, mais une eau stagnante qui la remplissait en partie ne nous permit pas de nous aventurer très loin; on voyait pourtant de hautes voûtes enténébrées, des galeries qu'on supposait fuir vers des profondeurs; par places où les parois, moins verticales, plafonnaient, on voyait, comme des fruits de ces cavernes, pendre les chauves-souris léthargiques. J'en cueillis une pour Ellis, qui n'en avait pas encore vu. Ce que cette grotte eut de meilleur, ce fut, après ces pesantes ténèbres, de nous faire trouver le jour dehors un peu moins triste. Ce fut dans cette grotte qu'Ellis prit les fièvres paludéennes et que me vinrent les premiers doutes affreux sur son identité.

Tandis que les autres rentraient en barque, Ydier, Nathanaël et moi, ayant repris quelque désir de vivre, nous partîmes au soir vers les landes. Alors nous advint cette étrange aventure dont le mystère encore nous tourmente, car elle fut unique dans ce voyage et ne se rattachait à rien d'autre.

La nuit était tombée; le vent glissait sur les joncs de la lande; des feux flottaient sur les tourbières, et par crainte des fondrières nous ne marchions que lentement. Un tintement dans le silence nous fit nous arrêter, surpris. Comme une forme vaporeuse, une blanche femme naissait, se balançait aérienne, s'élevait au-dessus du marais; elle agitait une clochette comme un calice dans sa main. Notre geste d'abord fut de fuir; puis rassurés un peu à cause de sa délicatesse, nous l'eussions peut-être implorée, mais voici qu'elle n'était déjà plus qu'une vapeur défaite, soit plus haute ou soit très lointaine, et la petite sonnerie qu'elle faisait s'en allait se perdre avec elle; mais elle persista toujours, et nous commencions à croire à quelque illusion de fatigue, lorsque marchant de ce côté nous l'entendîmes plus proche, de nouveau précise, rasant la terre, incertaine parfois, promenée, puis hésitante, puis plaintive, un appel, et penchés dans l'ombre pour voir, nous avons trouvé une pauvre brebis perdue sur la lande, perplexe, la laine humide des ténèbres. Elle portait au cou la clochette. Nous recueillîmes la brebis égarée, et lui défîmes sa clochette. — Mais un nouveau bruit s'entendit, et de nouveau se souleva des vases, comme un étoffe mortuaire, une femme lente et voilée; le voile gris traînait sur la jonchaie, comme s'accroche aux joncs de la brouée. La tige de lys inclinée penchait le calice vers terre; les sons tombaient comme des graines. Et, comme elle fuyait, je la vis, baissée vers un repli de l'ombre, au cou d'une brebis venue, suspendre son lys en clochette. Nous recueillîmes la brebis sur la plaine. — Une troisième forme parut; le suaire couvrait son visage; derrière elle flottait sa traîne, comme une étoffe déchirée, parmi les feuilles des roseaux. Et je l'ai vue mettre le lys, tandis qu'elle se défaisait, laisser à la brebis désolée la clochette à la laine attachée avec sa main qui s'évapore. — Ainsi douze femmes sont venues; nous avons recueilli les brebis après elles, et nous guidions ce troupeau par la

main, comme des bergers sans houlette, à travers la nuit sur la route inconnue, parmi les touffes de roseaux et les caïeux de renoncules.

Quand nous revînmes à la barque, l'aube commençait à luire; Ellis était un peu souffrante et délirait légèrement. Je remarquai ce jour-là, pour la première fois je pense, que ses cheveux étaient complètement blonds; blonds — et même il n'y avait rien de plus à en dire.

La felouque recommença de remonter les eaux du fleuve; de longs jours ainsi s'écoulèrent, dont la monotonie ne se raconterait pas. Les rives demeuraient si pareilles qu'on ne pensait pas avancer. Le cours de l'eau insensiblement se ralentit, cessa, et nous ramâmes dans une eau stagnante, profonde et noire. Sur chaque rive une allée de cyprès s'était dressée; de chaque branche tombait une ombre grave, pesante à nos âmes. On entendait en un rythme assourdi tomber nos rames sur le fleuve, puis l'eau par la rame soulevée retomber comme de lourdes larmes; on n'entendait rien d'autre. Penché vers l'eau, chacun voyait sa face agrandie et enveloppée de ténèbres, car, à cause des cyprès qui étaient devenus gigantesques, l'eau ne reflétait plus le ciel. Nous regardions souvent l'eau noire, et souvent nos visages dans l'eau. Ellis divaguait dans le fond de la barque et récitait des prophéties. Nous comprenions que nous étions parvenus au point suprême de notre histoire. Et bientôt en effet les cyprès gigantesques décrurent. Mais nous étions trop accablés par le silence et par l'ombre pour nous étonner beaucoup d'une chose déconcertante : l'eau recommençait de couler, mais de couler dans l'autre sens. Nous redescendions maintenant le cours du mystérieux fleuve. Et comme en une histoire qu'on relit à l'envers, ou comme en le reflet du passé, nous reprenions notre voyage; nous retrouvions les berges anciennes, nous revivions tout notre ennui. Les cigognes placides de nouveau pêchaient les vers de vase... Je ne redirai pas cette monotonie; j'avais déjà trop de peine à la dire. Je ne déplorerai pourtant point le manque de proportions de l'histoire, car si ce fleuve léthargique fut aussi long à remonter qu'à redescendre, je ne m'en aperçus pas; je ne regardais plus les rives et les eaux sans sourires couler; la seule pensée d'Ellis

me distrayait du cours des heures; ou, dans une posture penchée vers ce que l'eau reflétait de moi-même et que je ne connaissais pas, je cherchais dans mes tristes yeux à comprendre mieux mes pensées, et lisais dans le pli de mes lèvres l'amertume du regret qui les plisse. Ellis! ne lisez pas, je n'écris pas pour vous ces lignes! vous ne comprendriez jamais tout le désespoir qu'a mon âme.

Mais le fleuve d'ennui finit; les eaux redevinrent plus claires; les berges basses se défirent, et ce fut de nouveau la mer. Ellis délirait vaguement dans la barque agrandie. L'eau de la mer devint peu à peu si limpide que les roches du fond parurent. Songeant à tout l'ennui d'hier, aux bains parfumés de jadis, je regardais la plaine sous-marine; je me souvenais que Morgain, aux jardins d'Haïatalnefus, était descendu sous ses ondes, et s'était promené dans les algues. J'allais parler, mais j'aperçus, parmi les algues, sur le sable, comme une vision azurée, une cité dans la mer engloutie. Je restais dans l'incertitude; je regardais, n'osant rien dire; la barque avançait lentement. On voyait les murs de la ville; le sable avait empli les rues; pas toutes, certaines restaient, vertes entre les murs élevés, comme de profondes vallées. Toute la ville était verte et bleue. Des algues se penchaient des balcons vers les places où les fucus nains s'allongeaient. On voyait l'ombre de l'église. On voyait l'ombre de la barque flotter sur les tombes du cimetière; calmes, des mousses vertes dormaient. La mer était silencieuse; des poissons jouaient dans les flots.

« Morgain! Morgain, voyez! » m'écriai-je.

Il regardait déjà.

« Allez-vous regretter ? » me dit-il. Je ne répondis pas, par habitude; mais grisé soudain d'un lyrisme excessif qu'il faudrait motiver par l'ennui traversé, la joie de revoir une ville et de la voir silencieuse, je chantai :

« Nous serions, ah! si bien sous l'eau fraîche, au porche de l'église noyée! Goûter l'ombre et l'humidité. Le son des cloches sous la vague. Et la tranquillité, Morgain!... Morgain, vous ne pouvez savoir ce qui me tourmente. Elle attendait, mais je me suis trompé; Ellis n'est pas ce que je pense. Non ce n'est pas Ellis la blonde; je me suis trompé tristement; je me souviens

maintenant que ses cheveux étaient noirs et que ses yeux brillaient aussi clairs que son âme. Son âme était vivace et violente, et sa voix très calme pourtant; car elle était contemplative. Et c'est une frêle éplorée que j'ai recueillie sur la rive. Pourquoi ? Son ombrelle d'abord m'a déplu; puis son châle; puis m'ont irrité tous ses livres. On ne voyage pourtant pas pour retrouver ses vieilles pensées; et puis elle pleurait quand je lui faisais observer ces choses. D'abord je me disais : ah! comme elle a changé! mais je vois bien maintenant que c'est une autre. Et cet épisode est encore le plus saugrenu du voyage. Dès que je l'ai vue sur la rive, j'ai senti qu'elle était déplacée. Mais que faire à présent ? car tout cela distrait du voyage; et je n'aime pas, Morgain, les mélancolies sentimentales. »

Mais Morgain ne paraissait pas me comprendre; alors je repris d'une façon plus douce...

Ce fut ce même jour, et peu de temps après cette conversation si grave, que parurent à l'horizon les premières glaces flottantes. Un courant les menait jusque vers les eaux tempérées; elles venaient des mers glaciales. Elles ne fondaient pas, je suppose, mais se dissolvaient dans l'air bleu, insensiblement plus fluides; elles se subtilisaient comme des brumes. Et les premières rencontrées, à cause des eaux encore presque tièdes, étaient devenues si futiles, diaphanes et déjà diluées, que la barque les eût traversées sans les voir, et nous n'en fûmes avertis que par la très soudaine fraîcheur.

Vers le soir, toujours plus nombreuses, il en vint de beaucoup plus hautes. Nous circulions au travers d'elles; un peu plus denses, la barque y heurtait et ne les perçait plus qu'à peine. La nuit vint, et nous eussions cessé complètement de les voir, si la lumière des étoiles, au travers d'elles, n'eût paru plus large, plus pâle et lavée. C'est ainsi, par une transition insensible, — et qu'un récit bien trop précise, — à travers un climat morose, après les rivages splendides et les jardins sous le soleil, que nous devions enfin, par les mers glacées, aborder aux arides rivages polaires.

Et insensiblement aussi, languissante de maladie, Ellis chaque joue pâlie, plus blonde et comme évaporée, devenait toujours moins réelle et paraissait s'évanouir.

« Ellis, lui dis-je enfin, par manière qui la prépare, vous êtes un obstacle à ma confusion avec Dieu, et je ne pourrai vous aimer que fondue vous aussi en Dieu même. »

Et lorsque la felouque aborda vers une terre boréale, où les cabanes d'Esquimaux faisaient de légères fumées, lorsque nous la laissâmes sur la plage pour voguer aussitôt vers le Pôle, elle n'avait déjà presque plus de réalité.

Et nous y laissâmes aussi Yvon, Hélain, Aguisel et Lambègue, malades d'ennui, et qui semblaient près de mourir de somnolence — pour voguer aussitôt très calmes vers le Pôle.

VOYAGE SUR UNE MER GLACIALE

Un ciel d'aurore un peu tardive; des lueurs pourpres sur la mer où des glaces bleu pâle s'irisent. Un réveil un peu frissonnant à cause de l'air très limpide, où ne jouaient plus de brises tièdes. La terre boréale où nous avions laissé la veille Ellis la pâle et nos quatre compagnons malades, encore à peine visible au loin achevait de disparaître; une buée délicate qui tout à l'horizon liait le ciel aux dernières vagues, semblait la soulever et l'assoupir. Tous les huit assemblés sur le pont pour une matinale prière, sérieux mais non pas triste, un hymne tranquille monta du navire; une allégresse séraphique nous remplit comme le jour où nous avions bu l'eau cristalline de la source. Donc sentant nos volontés joyeuses, pour ne pas laisser qu'elles s'éparpillent, mais bien nous saisir d'elles et le sentir, je leur dis :

« Les dures épreuves sont passées. Maintenant sont loin les berges moroses où nous pensions mourir d'ennui, plus loin encore les plages aux joies défendues; sachons nous dire heureux de les avoir connues. On ne peut arriver ici que par elles; vers les cités les plus altières vont les routes les plus pénibles; nous allons vers la cité divine. Le soleil est un peu rose d'avoir été si terne hier. Dans les résistances d'abord se sont senties nos volontés; et le désœuvrement sur les pelouses grises ne nous fut pas, lui non plus, inutile, car le paysage, en fuyant, laissait nos volontés toutes libres; à cause de l'ennui, nos âmes indéterminées dans les campagnes ont pu se développer très sincères. Et quand nous agirons, maintenant, ce sera certes selon nos voies. »

Le soleil se levait comme nous commencions nos prières; la mer rayonna de splendeurs reflétées; des rayons glissaient sur les vagues, et les banquises illuminées, émues et vibrantes, frémirent.

Vers le milieu du jour quelques baleines parurent; elles nageaient en un troupeau, plongeant devant les banquises; on les voyait reparaître plus loin; mais elles se tinrent distantes du navire.

Il fallait maintenant se garer des montagnes de glace; les vagues pas encore très froides fondaient lentement leur base; soudain on les voyait chavirer, leur cime prismatique croulait, disparaissait dans la mer secouée, remuait l'eau comme un orage, ressortait avec des cascades aux flancs, et dans la vague tumultueuse longtemps oscillait encore, incertaine de sa posture. Le fracas majestueux de leur chute bondissait sur les flots sonores. Parfois des murs de glace tombaient dans des jaillissements d'écume, et toutes ces montagnes mouvantes se transformaient incessamment.

Il en vint vers le soir une si grande qu'elle n'était plus transparente; nous la prîmes d'abord pour une terre nouvelle couverte d'immenses glaciers. Des ruisseaux tombaient de ses cimes; des ours blancs couraient sur ses bords. Le navire passa si près que ses grandes vergues, accrochées à quelque arête surplombante, brisèrent des glaçons fragiles.

Il en vint qui portaient en elles d'énormes pierres, arrachées du glacier natal, et promenaient ainsi sur les flots des fragments de roche inconnue.

Il en vint d'autres qui, rapprochées par une affinité subite, avaient emprisonné des baleines; plus élevées que l'eau elles semblaient nager dans l'air. Penchés sur le pont nous regardions voguer les banquises.

Le soir tomba. Au soleil couchant les montagnes parurent d'opale. Il en arriva de nouvelles; elles apportaient des algues laminées, fines et longues comme des chevelures; on croyait des sirènes captives; puis ce fut un réseau; la lune au travers apparut, comme une méduse au filet, comme une holothurie nacrée; puis dégagée, nageant dans l'air libre, la lune se fit azurée. Des étoiles pensives erraient, tournaient, s'enfonçaient dans la mer.

Vers le milieu de la nuit apparut un vaisseau gigantesque; la lune l'éclairait mystérieusement; ses agrès étaient immobiles; aucune lueur sur le pont. Il passa près de nous; on ne l'entendait pas voguer, et pas un bruit dans l'équipage. Nous comprîmes enfin qu'il était

pris dans de la glace, entre deux banquises qui s'étaient sur lui refermées. Il passait ainsi, tranquille, et disparut.

Vers le matin, peu avant l'aube, à l'heure où la brise fraîchit, vint voguer près de nous un îlot de glace très pure; au milieu, comme un fruit enchâssé, comme un œuf de merveilles luisait une immortelle pierrerie. Étoile du matin sur la vague, nous ne pouvions nous lasser de la voir. Elle était pure comme un rayon de la Lyre; à l'aurore elle vibra comme un chant; mais sitôt que vint le soleil, la glace qui l'enveloppait fondue la laissa tomber à la mer. — Ce jour-là nous avons pêché la baleine.

Ici cessent les temps des souvenirs, commence mon journal sans date.

Dans l'abîme ébloui d'écume et de tempêtes, où nul homme jamais n'effaroucha les fêtes sauvages des albatros et des eiders, — plongeur qu'un câble élastique balance, Éric est descendu, brandissant au bout de son bras nu le large couteau tueur de cygnes. Un souffle humide monte d'en bas où s'agitent les vagues vertes, et le vent chasse de l'écume. Les grands oiseaux effarouchés tournoient et l'étourdissent de coups d'ailes. Nous, penchés, accrochés au roc où le câble tendu s'attache, nous regardons : Éric est au-dessus des nids; il descend au milieu de cette tourmente; dans les plumes couleur de neige et dans le duvet précieux, les petits eiders sommeillent; Éric tueur d'oiseaux pose la main sur la couvée; les petits réveillés s'agitent et pris de peur veulent fuir; mais Éric plonge le couteau dans les plumes et rit de sentir sur ses mains le sang tiède de la couvée. Le sang ruisselle sur les plumes, et les ailes qui se débattent en éclaboussent le rocher. Le sang ruisselle sur la vague, et le duvet éparpillé s'envole, taché d'écarlate. Les grands oiseaux épouvantés veulent protéger la couvée! Éric, que leurs griffes attaquent, d'un coup de couteau les abat. Et alors monte de la vague, emporté par le vent marin, un tourbillon d'écume affolée, entre les parois de falaise, blanc comme le duvet des cygnes, et qui monte, qui monte, qui monte, et chassé désespérément avec les plumes et les plumes, disparaît dans le ciel qu'on voit, gouffre bleu, lorsqu'on lève la tête.

Sur ces falaises schisteuses, les guillemots font leur nid. Les femelles restent perchées; les mâles volent alentour; ils crient d'une façon très aiguë, et les cris et le bruit des ailes assourdissent sitôt que l'on approche d'eux. Ils volent en armée si nombreuse, qu'ils font une nuit lorsqu'ils passent; ils tournoient incessamment. Les femelles rangées les attendent, graves, immobiles et sans cris, en file sur une crête immense où le rocher surplombe un peu. Elles couvent leur œuf unique. Elles l'ont posé là vite, pas même dans un nid, mais sur le roc glissant en pente; elles l'ont fait comme une fiente. Sur l'œuf elles se tiennent assises, rigides et sérieusement, entre leurs pattes et leur queue le maintenant pour qu'il ne roule.

Le navire s'aventura entre deux parois de falaise, dans un fiord étroit, ténébreux; on voyait dans l'eau transparente, à des profondeurs ignorées, les roches s'enfoncer toutes droites; de sorte que parfois il semblait que ce fût le reflet des falaises; mais la profondeur était sombre et la falaise blanche d'oiseaux. Les mâles au-dessus de nos têtes poussaient de tels cris que nous ne pouvions nous entendre. Nous avancions très lentement; eux ne semblaient pas nous voir. Mais sitôt qu'Éric, habile frondeur, eut lancé contre eux quelques pierres et, dans cette opaque nuée, de chaque pierre en eut tué plusieurs qui tombèrent auprès du navire, alors tous les cris redoublés affolèrent sur les roches les femmes; quittant le rocher nuptial, l'espoir de la progéniture, toutes s'envolèrent en poussant des clameurs horriblement stridentes. Ce fut une épouvante d'armée; nous étions honteux du vacarme, et surtout lorsque nous vîmes tous les œufs malheureux délaissés, plus maintenus contre la pierre, dégringoler de la falaise. Cela fit tout le long du roc, les coquilles s'étant brisées, d'horribles traînées blanches et jaunes. Certaines couveuses plus dévouées tentèrent en s'envolant d'emporter l'œuf entre leurs pattes, mais leur œuf bientôt échappé s'était éclos sur la mer bleue. L'eau des vagues s'était salie. Nous étions confus du désordre et nous enfuîmes en grande hâte, car de toutes parts commençait à s'élever l'odeur affreuse des couvées.

... Le soir, à l'heure des prières, Paride n'étant pas de

retour, nous le cherchâmes et l'appelâmes jusqu'à la nuit, mais ne pûmes savoir ce qu'il était devenu.

Les Esquimaux vivent sous des huttes de neige; dans la plaine, à les voir, on croirait des tombeaux; mais l'âme avec le corps est enfermée; un peu de fumée, de la hutte, monte vers le ciel. Les Esquimaux sont laids; ils sont petits; leurs amours n'ont pas de tendresses; ils ne sont pas voluptueux et leur joie est théologique; ils ne sont ni méchants ni bons; leur cruauté n'est pas émue. Le dedans de leur hutte est noir; on peut à peine y respirer. Ils ne travaillent ni ne lisent; ils ne sommeillent pas pourtant; une petite lampe allumée troue un peu la nuit des veillées; comme la nuit est immobile, ils n'ont jamais su ce qu'est l'heure; comme ils n'ont pas à se presser, leurs pensées sont lentes; l'induction leur est inconnue, mais sur trois maigres points posés ils déduisent une métaphysique; et la suite de leurs pensées, jusqu'au bout interrompue, descend de Dieu jusqu'à l'homme, leur vie devient cette suite; ils mesurent l'âge qu'ils ont au point où ils sont parvenus; il en est qui n'ont jamais pu parvenir à leur existence; il en est qui s'en sont aperçus. Ils n'ont pas de langue commune; ils calculent infiniment. Ah! je pourrais encore en dire, car je les ai très bien compris. Ils sont rabougris, leur face est camuse, parce qu'ils n'y font pas attention. Leurs femmes sont sans maladies; ils font l'amour dans les ténèbres.

Je parle des Esquimaux sensés; il en est qui, à l'aube du jour solennel, coupant le cours des syllogismes, s'en vont sur la mer gelée et dans la neige un peu fondue chasser le grand renne et le morse. Ils pêchent aussi des baleines et reviennent avec la nuit, tout chargés de graisses nouvelles.

Chaque climat a ses détresses; chaque terre ses maladies. Nous avions vu dans les îles tièdes la peste; près des marais les maladies de langueur. Une maladie maintenant naissait de l'absence même des voluptés. Les salaisons, le manque d'herbes fraîches et cette résistance assidue où s'exhalait notre fierté; la joie de vivre mal dans les terres méchantes, et cet acharnement du dehors où s'amusait l'âme ravie usait nos forces à la longue,

et tandis que les âmes alors eussent voulu, sereines, s'élancer vers les suprêmes conquêtes, le scorbut dont nous commencions tous à souffrir nous retenait accablés sur le pont du navire, tremblant de la peur de mourir avant d'avoir fini nos tâches. O! tâches élues! les plus chères. Quatre jours nous restâmes ainsi, non loin de la terre attendue dont on voyait les pics de glace plonger dans la mer dégelée; et je crois bien que se fût arrêté là notre voyage, sans l'exquise liqueur qu'Éric dans la hutte des Esquimaux avait prise.

Notre sang était devenu trop fluide; il s'échappait de toutes parts; il suintait des gencives, des narines, des paupières, de sous les ongles; il semblait parfois n'être plus que comme une humeur stagnante et cesser presque de circuler; le moindre mouvement le déversait à flots comme d'une coupe penchée; sous la peau, aux places les plus tendres, il faisait des taches livides. Nous sentions dans la tête, ce vide, ce vertige de la nausée; notre nuque était douloureuse; à cause de nos dents trop faibles qui branlaient dans leurs alvéoles, le biscuit de mer sec nous était une nourriture impossible; cuit dans l'eau il faisait une bouillie épaisse où nos dents se prenaient et restaient. Les grains de riz écorchaient nos gencives; nous ne pouvions presque que boire. Et sur le pont couchés, sans force, tout le jour nous rêvions aux fruits mûrs, aux fraîches pulpes savoureuses, aux fruits des îles de jadis, des îles pernicieuses. Mais même alors je crois que nous eussions refusé d'y goûter. Nous nous réjouissions que Paride ne fût plus là et ne connût pas nos souffrances. Mais la liqueur hémostatique vint à bout de la maladie.

C'était le soir du dernier jour; le soleil de toute une saison avait disparu dans les terres; une lueur crépusculaire demeurait longtemps après lui. Le soleil était tombé sans agonie, sans cette pourpre sur les nuages; il avait disparu lentement; des rayons réfractés nous en venaient encore. Mais déjà les grands froids commençaient; la mer autour de nous regelée avait emprisonné le navire. Les glaces, d'heure en heure plus serrées, menaçaient incessamment de le briser; ce n'était pour nous que le plus tremblant des asiles; nous résolûmes de le quitter. Mais je veux surtout que l'on sache que ce ne fut ni par désespoir ni par prudence timorée, mais bien par

une volonté de folie, car nous pouvions encore, rompant la glace, fuir l'hiver et partir vers où le soleil avait fui; mais c'eût été vers le passé. Donc préférant les rives les plus dures, pourvu qu'elles fussent futures, c'est vers la nuit que nous marchâmes, notre jour étant accompli. Nous savions que le bonheur n'est pas fait de l'abandon de la tristesse; nous allions, fiers et forts, au delà des pires détresses, où trouver la plus pure joie.

Ayant attelé le grand renne au traîneau construit de morceaux du navire, nous commençâmes de le charger de bois, de haches et de câbles. Les derniers rayons s'éteignaient, nous allions monter vers le pôle. Il était un endroit sur le pont du navire, caché par les amas de cordages; nous n'y passions jamais. Ah! triste adieu du jour, lorsque pour quitter le navire, je parcourus le pont tout entier! derrière les enroulements de câbles, lorsque je les défis pour les prendre, hélas! ah! que vis-je? — Paride! — Nous l'avions vainement cherché; je pensai que trop faible pour remuer, et trop malade pour répondre, il s'était caché là comme les chiens qui cherchent un coin pour mourir. Mais était-ce encore Paride? — Il était sans cheveux, sans barbe; on voyait blanches sur le plancher ses dents autour de lui crachées. Sa peau s'était déchiquetée ainsi qu'une étoffe passée; elle était violette et nacrée; rien n'était plus pénible à voir. Ses yeux n'avaient plus de paupières, et je ne compris pas d'abord si c'était nous qu'il regardait car il ne pouvait plus sourire. Comme un fruit sortant de sa bouche, ses gencives énormes, gonflées, tuméfiées et spongieuses repoussaient, déchiraient ses lèvres; on voyait au milieu, dressée, une dent blanche, sa dernière. Il voulut me tendre la main; ses os trop fragiles cassèrent. Je voulus lui serrer la main; elle se défit dans la mienne en me laissant entre les doigts du sang et de la pourriture. Je pense qu'il vit des larmes dans mes yeux, car il sembla comprendre alors que c'était lui que je pleurais, et je pense qu'il gardait encore sur son état quelque espérance que mes pleurs de pitié lui ôtèrent, car soudain il fit un cri rauque et qui devait être un sanglot, et avec la main que je n'avais pas en la lui serrant écrasée, dans un geste de désespoir, tragique et vraiment perdu, saisissant la dent et ses lèvres, ironique

et comme en riant, il s'arracha tout à coup un grand lambeau de figure puis retomba déjà fini.

Ce soir, pour un grand deuil et pour l'adieu, nous avons brûlé le navire. La nuit venait majestueuse, et s'établissait lentement. Les flammes jaillirent en triomphe ; la mer en fut incendiée ; les grands mâts, les poutres brûlèrent, et quand, le vaisseau consumé, les flammes pourpres retombèrent, laissant l'irréparable passé, nous partîmes vers la mer du Pôle.

Silence de la nuit sur la neige. — De la nuit. — Solitude, et c'est toi, tranquille apaisement de la mort. Vaste plaine sans heures ; les rayons du jour se sont retirés. Toutes formes se sont gelées ; c'est le froid sur la calme plaine, et l'immobilité — et l'immobilité. Et la sérénité. O pur ravissement de notre âme ! rien ne s'émeut dans l'air, mais, tant les banquises sont vives, plane un rayonnement figé. Tout est du bleu pâle nocturne — dirai-je, la lune ? — La Lune. — J'ai cherché loin de tout la prière ; et c'est le paysage extasié. Ellis ! toi qui n'es pas celle que j'ai trouvée ; fraîche Ellis, est-ce ici que tu m'as attendu ? J'irais plus loin encore, mais j'attends ta parole, — et tout sera bientôt fini. — J'ai cherché sa forme perdue — et mon âme a dit sa prière. Puis la nuit a repris son silence, et toute sa sérénité.

Pourquoi donc attendre une aurore ? On ne sait plus quand elle viendra. L'heure ne vaut pas qu'on l'attende. Après un peu de sommeil dans la nuit, nous avons marché vers le Pôle.

Gypses purs ! carrières salines ! marbres blancs des sépulcres ! micas ! C'est la blancheur dans les ténèbres. Givres légers, qui seriez au soleil des sourires ; parures de cristal sur la nuit ; touffes de neiges ! avalanches figées ! — dunes de poussière de lune, — plumes d'eiders sur l'écume des flots, — pics de glace aux espérances taciturnes ! — Nous avons marché dans la neige, et sans cette hâte du temps, car les heures sont écoulées ; la lenteur grave de nos gestes en faisait la solennité. Tous les sept — Alain, Axel, Morgain, Nathanaël, Ydier, Éric et moi — nous marchions ainsi vers nos tâches.

Ils dormaient; la hutte était tranquille; dehors, une nuit sans étoiles sur la plaine de givre étendue; au-dessus de la plaine, à cause de sa candeur, la nuit était un peu pâlie; une lueur était éparse sur la terre; je cherchais un lieu pour prier. Comme j'allais m'agenouiller et que je commençais ma prière, je vis Ellis. Elle était assise, pensive, près de moi, sur une roche; sa robe était couleur de neige; ses cheveux plus noirs que la nuit.

« Ellis! c'est donc toi, sanglotai-je; ah! je t'avais bien reconnue. »

Mais elle était silencieuse, et je lui dis :

« Ignores-tu quelle triste histoire j'ai vécue depuis que je t'avais perdue ? quelles campagnes désolées j'ai traversées depuis que ta main plus ne me guide ? Sur une berge, un jour, je pensais t'avoir retrouvée; mais ce n'était qu'une femme : ah! pardonne! je t'ai si longtemps souhaitée. Où me mèneras-tu désormais dans cette nuit proche du Pôle, Ellis! ma sœur ?

— Viens », me dit-elle. Et m'ayant pris par la main elle me conduisit sur une roche haute d'où l'on apercevait la mer. Je regardai, et soudain la nuit se déchira, s'ouvrit, et se déploya sur les flots toute une aurore boréale. Elle se reflétait dans la mer; c'étaient de silencieux ruissellements de phosphore, un calme écroulement de rayons; et le silence de ces splendeurs étourdissait comme la voix de Dieu. Il semblait que les flammes pourpres et roses, incessamment agitées, fussent une palpitation de la Volonté divine. Tout se taisait; mes yeux éblouis se fermèrent; mais Ellis ayant mis un doigt sur ma paupière, j'ouvris les yeux et je ne vis plus qu'elle.

« Urien! Urien, triste frère! que ne m'as-tu toujours rêvée! Souviens-toi de nos jeux de jadis. Pourquoi voulus-tu, dans l'ennui, recueillir ma fortuite image ? Tu savais pourtant bien que ce n'était pas l'heure et que ce n'était pas là-bas que posséder était possible. Je t'attends au delà des temps, où les neiges sont éternelles; ce sont des couronnes de neige, non pas de fleurs que nous aurons. Ton voyage va finir, mon frère. Ne regarde plus vers jadis. Il est encore d'autres terres, et que tu n'auras pas connues; que tu ne connaîtras jamais. Que t'eût servi de les connaître ? Pour chacun la route est unique et chaque route mène à Dieu. Mais

ce n'est pas dès cette vie que tes yeux pourront voir sa gloire. La pauvre enfant que tu croyais me reconnaître, — et comment t'es-tu pu méprendre ? — tu lui disais de cruelles paroles ; et puis tu l'as abandonnée. Elle ne vivait pas ; tu l'as faite ; il te faudra l'attendre maintenant ; car cette âme ne pourrait seule monter vers la cité de Dieu. Ah ! j'aurais souhaité que, tous deux, nous fissions la route étoilée, ensemble, seuls, vers les pures lumières. Il te faudra guider cette autre. Vous finirez votre voyage ; mais cette fin n'est pas la vraie ; rien ne finit qu'en Dieu, mon frère ; donc ne te décourage pas quand tu croiras te pencher sur la mort. Derrière un ciel en est un autre : les fins reculent jusqu'à Dieu. Mon frère bien-aimé, tiens ferme l'Espérance. »

Puis s'étant penchée sur la neige, elle écrivit en lettres embrasées ce que, m'étant agenouillé, je pus lire :

Ils n'ont pas encore obtenu ce que Dieu leur avait promis — afin qu'ils ne parvinssent pas sans nous a la perfection[*].

Je voulais encore lui parler, lui demander de me parler encore, et je tendais les mains vers elle ; mais elle, au milieu de la nuit, me montra de sa main l'aurore, et s'étant lentement relevée, comme un ange chargé de prières, reprit le chemin séraphique. A mesure qu'elle montait sa robe devenait nuptiale ; je voyais qu'elle était tenue à des épingles d'escarboucles ; elle rayonnait de tous les rayons des sept mystiques pierreries ; et bien que leur éclat fût tel qu'il eût consumé les paupières, une si céleste douceur ruisselait de ses mains tendues, que je ne sentais pas la brûlure. Elle ne regarda plus vers moi ; je la voyais toujours plus haute ; elle atteignit les portes enflammées ; derrière une nuée elle allait disparaître... Alors une lumière beaucoup plus blanche m'éblouit, et, la nuée s'étant ouverte, je vis des anges. Ellis était au milieu d'eux, mais je ne pouvais la reconnaître ; chaque ange, de ses deux bras levés, agitait ce que j'avais pris pour l'aurore, qui n'était qu'un rideau retombé devant les clartés immortelles, et chaque flamme c'était un voile où transparaissait la Lumière. De grands rayons glissaient sous les célestes franges — mais les

[*]. *Hébreux* : XI ; 39, 40.

anges ayant écarté le rideau, un tel cri jaillit dans la nue que, la main sur les yeux, je fus prosterné de terreur.

Quand je me relevai, la nuit s'était refermée; on entendait au loin la mer. Étant retourné vers les huttes je trouvai mes compagnons encore endormis; je me couchai près d'eux, accablé de sommeil.

Marche vers le Pôle. De l'excessive blancheur des choses naît une certaine clarté; un rayonnement les entoure. Il souffle une tourmente de neige, et la neige chassée, soulevée, s'étale, circule, se roule, a des ondulements, des courbes d'étoffes ou de chevelures. Notre route sans cesse obstruée faisait notre marche très lente; il fallait tailler dans la glace des couloirs et des escaliers. Je ne veux pas parler de nos travaux; ils étaient si pénibles, si durs, que les raconter semblerait s'en plaindre. Je ne veux non plus parler ni du froid, ni de nos souffrances; — il serait dérisoire de dire : nous avons terriblement souffert, — tant ce qu'on s'imaginerait à ces paroles serait moindre. Je n'arriverais pas, par des mots, à dire cette suprême âcreté de la souffrance; cette souffrance, je n'arriverais pas à la dire assez âcre pour qu'en naisse comme une joie, un orgueil; ni du froid la morsure enragée.

Vers l'extrême nord se dressait une étrange paroi de glace; un bloc énorme et prismatique était posé là comme un mur. Une sorte de route y menait, un ravin de neige profonde, et par-dessus cette muraille, un tourbillon de neige, chassée je pense par un vent monotone, retombait dans cette vallée. Sans les cordes qui nous maintenaient les uns aux autres attachés, nous eussions enfoncé dans la neige. Nous fûmes bientôt si las de marcher dans cette tourmente, que, malgré le danger de se coucher sur la neige, nous nous sommes étendus pour dormir. Nous étions à l'abri derrière un bloc de glace; le vent soufflait la neige par-dessus; la paroi formait une grotte. Nous étions couchés sur les planches du traîneau et sur la peau du renne tué.

Pendant le sommeil des six autres, je sortis seul de la grotte pour voir si la neige cessait. A travers le linceul des neiges, c'est près d'un rocher de blancheur que j'ai cru voir Ellis pensive. Elle ne semblait pas me voir; elle regardait vers le Pôle; ses cheveux étaient dénoués;

le vent les secouait sur elle. Je n'ai pas osé lui parler parce qu'elle semblait trop triste, et je doutais que ce fût elle. Et comme je ne pouvais à la fois être triste et finir ce voyage, je m'en suis retourné dormir.

La neige passe maintenant au-dessus de nos têtes, à cause de la violence même du vent. Nous sommes au pied du grand mur. Un bizarre couloir y mène. Le mur, poli comme un miroir et transparent comme du cristal, en face du couloir s'enfonce. Une place est là, où la neige, trop légère, n'est pas tombée. Le sol est transparent aussi. C'est sur ce mur et c'est alors que, nous étant penchés avec le pressentiment des détresses, nous lûmes, écrit comme avec un diamant sur du verre, et comme la voix d'un tombeau, ces deux mots :

HIC DESPERATVS

et puis une date effacée.

Et c'est sous ces mots que nous vîmes, nous étant d'un commun geste agenouillés — que nous vîmes un cadavre couché dans la transparence de la glace. La glace, sur lui refermée, l'avait pris comme en un sépulcre, le grand froid dont elle l'enveloppait l'avait empêché de pourrir. On voyait sur ses traits, il semblait, une épouvantable fatigue. Il tenait un papier d'une main.

Nous sentions que nous étions arrivés presque à la fin de notre voyage; pourtant nous nous sentions encore assez de forces pour gravir la muraille gelée, nous doutant bien que le but était derrière, mais ne sachant pas ce qu'il était. Et maintenant que nous avions tout fait pour l'atteindre, cela nous devenait presque inutile de le savoir. Nous restions encore à genoux, devant cette tombe inconnue, sans émotion, sans pensée, car nous en étions à ce point où l'on ne peut plus compatir sans pleurer aussi sur soi-même, où l'on détourne les yeux des tristesses parce qu'on a besoin de sa force. Le cœur n'arrive à la vaillance que par un endurcissement. Et c'est pour cela, plus encore que pour ne pas violer la sépulture, que nous n'ouvrîmes pas la glace, malgré notre désir de lire les lignes du papier que le cadavre tenait en main. Après une brève prière nous nous relevâmes et commençâmes de gravir péniblement le mur de glace.

Je ne sais pas comment naissait le vent qui faisait la

tourmente, car, sitôt la muraille franchie, le vent cessa, ce fut une atmosphère presque douce. L'autre côté de la muraille dévalait en colline, pente douce de neige amollie. Puis c'était une ligne d'herbes; puis une petite mer dégelée. Je pense que la muraille autour était parfaitement circulaire, car les pentes s'étageaient régulièrement, et comme plus aucun vent, dans ce cirque clos, ne soufflait, l'eau du lac restait apathique.

Nous pensions bien que c'était la fin; on ne pouvait plus aller plus loin; mais sachant que si nous descendions sur la rive, nous ne saurions plus qu'y faire, pour inventer quelque conclusion, ou quelque geste qui la motive, nous eûmes la pieuse idée de revenir chercher le cadavre inconnu pour l'enterrer sur la rive attendue. Car nous pensions que c'était aussi pour la voir qu'il était venu jusque-là, et déplorions que, si près du but, il n'ait pourtant pas pu l'atteindre.

Donc, étant revenus près de la tombe, nous ouvrîmes la glace pour prendre le cadavre, mais quand nous voulûmes lire le papier qu'il tenait, nous reconnûmes que ce papier était complètement blanc; cette déception nous fut extrêmement pénible, car alors nos curiosités retombaient. Puis ayant transporté ce corps sur la petite rive polaire, nous eûmes, sans parler, ce sentiment qu'il valait mieux peut-être qu'il n'eût pas vu cette rive attendue et qu'une muraille l'ait séparé, vivant encore, de son but, car il eût peut-être, sinon, gravé les mêmes mots sur sa tombe.

Une aube incolore naissait; et dans une dernière action, voulant empêcher nos pensées, nous creusâmes une fosse dans l'herbe, entre la neige et l'eau du lac.

Nous ne sentions plus de désirs de revenir revoir des contrées plus fleuries; c'eût été le passé sans surprises; on ne redescend pas vers la vie. Si nous avions su d'abord que c'était cela que nous étions venus voir, peut-être ne nous serions-nous pas mis en route; aussi nous avons remercié Dieu de nous avoir caché le but, et de l'avoir à ce point reculé que les efforts faits pour l'atteindre nous donnassent déjà quelque joie, seule sûre; et nous avons remercié Dieu de ce que les souffrances si grandes nous faisaient espérer une fin si splendide.

Nous eussions bien voulu inventer à nouveau quelque

frêle et plus pieuse espérance; ayant satisfait notre orgueil et sentant que de nous ne dépendait plus l'accomplissement des destinées, nous attendions maintenant que les choses, autour, nous devinssent un peu plus fidèles.

Et nous étant encore agenouillés, nous avons cherché sur l'eau noire le reflet du ciel que Je rêve.

ENVOI

Madame ! je vous ai trompée :
nous n'avons pas fait ce voyage.
Nous n'avons pas vu les jardins
ni les flamants roses des plages ;
ce n'est pas vers nous que les mains
des sirènes se sont tendues.
Si je n'ai pas mordu les fruits,
ni dormi sous les avenues ;
si je n'ai pas baisé les mains
d'Haïatalnefus parfumée ;
si je croyais aux lendemains ;
si j'ai raconté ces courages ;
c'est que ce n'était que mirages,
c'est que ce n'était que fumées.
Je crois que j'eusse résisté ; j'attendais ;
Mais les tentations ne me sont pas venues.
Ellis ! pardonnez ! J'ai menti.
Ce voyage n'est que mon rêve,
nous ne sommes jamais sortis
de la chambre de nos pensées, —
et nous avons passé la vie
sans la voir. Nous lisions.
Vous veniez au matin
toute lasse de vos prières.
Madame, je vous ai trompée :
Tout ce livre n'est que mensonge.
Au moins n'y ai-je pas crié ;
Mais c'est qu'on est calme en un songe.
Un jour pourtant, vous le savez,
j'ai voulu regarder la vie ;
nous nous penchâmes vers les choses.
Mais je les ai comprises alors
si sérieuses, si terribles,
si responsables de toutes parts,
que je n'ai pas osé les dire ;

je m'en suis détourné — ah ! Madame — pardon ;
j'ai préféré dire un mensonge.
J'avais peur de crier trop fort
et d'abîmer la poésie
si j'avais dit la Vérité,
la Vérité qu'il faut entendre ;
préférant de mentir encore
et d'attendre, — d'attendre, d'attendre...

La Roque. Été 1892.

LA TENTATIVE
AMOUREUSE

OU

LE TRAITÉ DU VAIN DÉSIR

A FRANCIS JAMMES

Le désir est comme une flamme brillante, et ce qu'il a touché n'est plus que de la cendre, — poussière légère qu'un peu de vent disperse — ne pensons donc qu'à ce qui est éternel.

<div style="text-align: right;">

Calderon.
(*La Vie est un songe.*)

</div>

Nos *livres n'auront pas été les récits très véridiques de nous-mêmes, — mais plutôt nos plaintifs désirs, le souhait d'autres vies à jamais défendues, de tous les gestes impossibles. Ici j'écris un rêve qui dérangeait par trop ma pensée et réclamait une existence. Un désir de bonheur, ce printemps, m'a lassé ; j'ai souhaité de moi quelque éclosion plus parfaite. J'ai souhaité d'être heureux, comme si je n'avais rien d'autre à être ; comme si le passé pas toujours sur nous ne triomphe ; comme si la vie n'était pas faite de l'habitude de sa tristesse, et demain la suite d'hier, — comme si ne voici pas qu'aujourd'hui mon âme s'en retourne déjà vers ses études coutumières, sitôt délivrée de son rêve.*

Et chaque livre n'est plus qu'une tentation différée.

Certes, ce ne seront ni les lois importunes des hommes, ni les craintes, ni la pudeur, ni le remords, ni le respect de moi ni de mes rêves, ni toi, triste mort, ni l'effroi d'après tombe, qui m'empêcheront de joindre ce que je désire; ni rien — rien que l'orgueil, sachant une chose si forte, de me sentir plus fort encore et de la vaincre. — Mais la joie d'une si hautaine victoire — n'est pas si douce encore, n'est pas si bonne que de céder à vous, désirs, et d'être vaincu sans bataille.

Lorsque le printemps vint cette année, je fus tourmenté par sa grâce; et comme des désirs faisaient ma solitude douloureuse, je sortis au matin dans les champs. Tout le jour le soleil rayonna sur la plaine; je marchai rêvant au bonheur. Certes, il est, pensais-je, d'autres terres que ces landes désenchantées où je menais paître mon âme. Quand pourrai-je, loin de mes moroses pensées, promener au soleil toute joie, et, dans l'oubli d'hier et de tant de religions inutiles, embrasser le bonheur qui viendra, fortement, sans scrupule et sans crainte ? Et je n'osais rentrer ce soir-là, sachant imaginer trop d'inquiétudes nouvelles : je marchai vers les bois où déjà, jadis et tant de fois, ma tristesse s'était perdue. — La nuit vint et le clair de lune. Le bois se fit tranquille et s'emplit d'ombres merveilleuses; le vent frémit, les oiseaux de nuit s'éveillèrent. J'entrai dans une allée profonde où le sable à mes pieds luisait, et cette blancheur poursuivie me guidait. Entre les branches plus espacées, quand le vent agitait les arbres, on voyait flotter sur l'allée la forme insaisissable des brumes; et, comme au milieu de la nuit la rosée ruissela des feuilles, des parfums s'étant élevés la forêt devint amoureuse. Il y eut des frémissements parmi l'herbe; chaque forme cherchant, trouvant, faisant l'harmonie, les fleurs larges se balancèrent, et le pollen flotta, plus léger que la brume, en poussière. Une joie secrète et pâmée se sentait bruire sous les branches. J'attendais. Les oiseaux nocturnes pleurèrent. Puis tout se tut; c'était le recueillement d'avant l'aube; la joie devint sereine et ma solitude éperdue, sous la nuit pâle et conseillère.

Qualquiera ventio que sopla.
Poussière légère, qu'un peu de
vent disperse.

I

L'AUBE vint. Chargé de fleurs, Luc sortit du bois encore nocturne et transi un peu de fraîcheur matinale, il s'assit au talus de l'orée pour attendre le lever du soleil. Devant lui s'étalait une pelouse humide, de fleurs diaprée et d'eau vaporeuse et brillante. Luc attendait tout le bonheur, confiant, et pensant qu'il viendrait comme un essaim volant se pose et que pour lui déjà tout s'était mis en route. L'aurore frémissait d'une joie infinie et le printemps naissait d'un appel de sourires. Des chants vibrèrent et parut une ronde de jeunes filles.

Folles et par l'herbe trempées, et les cheveux encore défaits de la nuit, elles cueillirent des fleurs toutes, et, levant leur jupe en corbeille, laissèrent danser leurs pieds nus. Puis, de leurs rondes vite lassées, elles descendirent au bas du pré, vers les sources, s'y laver, s'y mirer, s'apprêter pour les plaisirs du jour.

En se quittant, chacune oublia ses compagnes.

Rachel revint seule et songeuse; elle reprit les fleurs tombées et se baissait en geste d'en cueillir de nouvelles, pour ne pas voir approcher Luc. Elle cueillait les boutons d'or, les sauges et les marguerites, et toutes les fleurs des prairies. Luc apportait les digitales des ravins et les jacinthes violettes. Il était tout près de Rachel; maintenant elle tressait les fleurs. Luc voulait, mais n'osait joindre ses fleurs à la guirlande; et soudain, les jetant à ses pieds :

« Ce sont les fleurs sombres des bois, dit-il, et je les ai cueillies dans l'ombre, — pour vous, puisque c'est vous qui parûtes; j'avais cherché toute la nuit. Vous êtes belle comme le printemps cette année, et plus jeune encore que moi-même. J'ai vu ce matin vos pieds nus.

Vous étiez avec vos compagnes et je n'osais pas m'approcher; maintenant vous êtes là seule. Prenez mes fleurs et venez, je vous prie; apprenons-nous des joies charmantes. »

Rachel souriait attentive; Luc l'ayant prise par la main, ce fut ensemble qu'ils rentrèrent.

Le jour passa dans les jeux et les rires. Luc s'en retourna seul au soir. La nuit vint, pour lui, sans sommeil; souvent, quittant son lit trop chaud, il marchait dans sa chambre, ou se penchait dans la fenêtre ouverte. Il souhaitait d'être plus jeune et d'une bien plus grande beauté, pensant qu'entre deux êtres, l'amour a la splendeur de leurs corps. Toute la nuit Luc désira Rachel. Au matin il courut vers elle.

Une allée de lilas menait à sa demeure; puis c'était un jardin plein de roses, enclos d'une barrière basse; dès l'abord, Luc entendit Rachel chanter. Il resta jusqu'au soir, puis il revint le lendemain; — il revint chaque jour; à l'éveil il partait; dans le jardin, Rachel attendait souriante.

Des jours passèrent; Luc n'osait rien; Rachel se livra la première. — Un matin, ne l'ayant pas trouvée sous la charmille accoutumée, Luc décida de monter à sa chambre. Rachel était assise sur le lit, les cheveux défaits, presque nue, couverte seulement d'un châle déjà presque tout retombé; certes elle attendait. Luc arriva, rougit, sourit, — mais ayant vu ses jambes exquises si frêles, il y sentit une fragilité, et s'étant agenouillé devant elle, il baisa ses pieds délicats, puis ramena le pan du châle.

Luc souhaitait l'amour mais s'effrayait de la possession charnelle comme d'une chose meurtrie. Triste éducation que nous eûmes, qui nous fit pressentir sanglotante et navrée ou bien morose et solitaire, la volupté pourtant glorieuse et sereine. Nous ne demanderons plus à Dieu, de nous élever au bonheur. — Puis, non! Luc n'était pas ainsi; car c'est une dérisoire manie que de faire toujours pareil à soi, qui l'on invente. — Donc Luc posséda cette femme.

Comment dirai-je leur joie, à présent, sinon en racontant, autour d'eux, la nature pareille, joyeuse aussi, participante. Leurs pensées n'étaient plus importantes : ne

s'occupant que d'être heureux, leurs questions étaient des souhaits, et des assouvissements les réponses. Ils apprenaient les confidences de la chair et leur intimité devenait chaque jour plus secrète.

Un soir qu'il la quittait selon son habitude : « Pourquoi partez-vous ? lui dit-elle; si c'est pour quelque amour, c'est bien — allez — je ne suis pas jalouse. Sinon restez — venez : ma couche vous convie. »

Il resta dès lors chaque nuit.

L'air était devenu plus tiède, les nuits si belles, qu'ils ne fermaient plus la croisée : ils dormaient ainsi sous la lune — et comme un rosier plein de fleurs montait, entourait la fenêtre, ils en avaient emprisonné des branches; l'odeur des roses se mêlait à celle des bouquets dans la chambre. A cause de l'amour ils s'endormaient très tard; ils avaient des réveils comme ceux de l'ivresse — très tard, encore fatigués de la nuit. Ils se lavaient dans une source claire, qui coulait du jardin, et Luc regardait Rachel se baigner nue sous les feuilles. — Puis ils partaient en promenade.

Souvent ils attendaient le soir, assis dans l'herbe et sans rien faire; ils regardaient le soleil s'abaisser; puis lorsque l'heure enfin s'était faite plus douce, ils regagnaient lentement la demeure. La mer n'était pas loin; par les fortes marées, la nuit, on entendait faiblement le bruit des vagues. Parfois ils descendaient jusqu'à la plage; c'était par une vallée étroite et tortueuse, sans ruisseau; des ajoncs, des genêts y croissaient et le vent y chassait du sable; puis la plage s'ouvrait : c'était un golfe, sans barques, sans navires; pourtant la mer y était calme. L'on voyait, presque en face, sur la côte recourbée et qui semblait au loin former une île, en ce point même, l'on apercevait comme la grille fastueuse d'un parc; au soir elle luisait comme de l'or. — Bientôt, Rachel ne trouvait plus de coquilles dans le sable; ils s'ennuyaient devant la mer.

Non loin aussi était un village, mais ils n'y passaient pas souvent à cause des pauvres.

Lorsqu'il pleuvait ou que, par nonchalance, ils n'allaient même pas dans les prés, Rachel étendue, Luc étant à ses pieds, le priait de lui dire une histoire : Parlez, disait-elle, j'écoute à présent; ne cessez pas si

je sommeille : racontez-moi des jardins au printemps, vous savez bien, et ces hautes terrasses.

Et Luc racontait les terrasses, les marronniers en enfilade, les jardins suspendus sur la plaine ; — au matin, des fillettes y venaient jouer et danser leurs rondes, et le soleil était encore si bas sur la plaine, que les arbres ne faisaient pas d'ombre.

Un peu plus tard, de grandes jeunes filles tranquilles entrèrent parmi les plates-bandes et préparèrent des guirlandes — comme vous en tressiez, Rachel. Vers midi des couples survinrent, — et, le soleil ayant passé sur les arbres, la voûte opaque des ramées fit l'allée, semblait-il, plus fraîche ; ceux qui s'y promenaient ne se parlaient plus qu'à voix basse. Un peu plus tard, comme elle était moins éblouie, on commença de voir la plaine où l'Été semblait épandu. Des promeneurs s'accoudèrent, se penchèrent aux balustrades ; des groupes de femmes s'assirent, les unes dévidaient des écheveaux de laine que d'autres employaient en ouvrages. Les heures s'écoulèrent. Vinrent des écoliers, les écoles finies ; des enfants jouèrent aux billes. Le soir tomba ; les promeneurs devinrent solitaires ; quelques-uns pourtant encore réunis, parlaient déjà du jour comme d'une chose finie. L'ombre de la terrasse descendit sur la plaine, et tout au bout de l'horizon, dans le ciel clair, la lune parut très fine et pure. — Je suis venu, la nuit, errer sur la terrasse déserte... — Luc se tut et regarda Rachel, endormie au bruit des paroles.

Ils firent encore une promenade plus longue ; c'était à la fin du printemps. Ayant gravi la colline où leur maison se trouvait sise, ils trouvèrent à mi-côte, sur le versant opposé, un canal. Une rangée de peupliers le bordait ; un chemin en talus le suivait, puis le terrain continuait sa pente. Ayant pu traverser le canal sur un pont, le soleil qui brûlait les fit suivre le bord de l'eau. De la vallée une chaleur montait par vagues ; l'air vibrait sur les champs ; une grande route au loin poudroyait quand y passait une charrette ; ils virent l'Été sur la plaine. Le chemin, les arbres, le canal suivaient assidûment les courbes de la colline ; eux donc suivaient le canal sur la berge ; vers l'autre berge un petit bois venait finir. — Ce fut tout. Ils marchèrent ainsi très

longtemps; mais voyant que ça continuait indéfiniment, quand ils en eurent assez, ils revinrent.

II

Madame — c'est à vous que je conterai cette histoire. Vous savez que nos tristes amours se sont égarées dans la lande, et c'est vous qui vous plaigniez autrefois que j'eusse tant de peine à sourire. Cette histoire est pour vous : j'y ai cherché ce que donne l'amour; si je n'ai trouvé que l'ennui, c'est ma faute : vous m'aviez désappris d'être heureux. — Que la joie est brève en un livre et qu'elle est vite racontée; combien est banal un sourire sans vice et sans mélancolie! Puis, que nous fait l'amour des autres, l'amour qui leur fait le bonheur. — Tant pis pour eux, Luc et Rachel s'aimèrent; pour l'unité de mon récit, ils ne firent même rien d'autre; ils ne connurent de l'ennui que celui même du bonheur. — La cueillaison des fleurs était leur occupation monotone. Ils n'écartaient pas le désir pour une poursuite plus lointaine, et goûtaient peu les langueurs de l'attente. Ils ignoraient ce geste qui repousse cela même qu'on voudrait étreindre, — comme nous faisions, ah! Madame — par la crainte de posséder et par amour du pathétique. — Ils cueillaient aussitôt toute fleur désirable, sans souci qu'entre leurs mains tièdes, elle ne fût trop vite fanée. — Heureux ceux qui comme eux pourront aimer sans conscience! Ils en étaient à peine fatigués; — car ce n'est pas tant l'amour, et ce n'est pas tant le péché que de s'en repentir, qui fatigue. Donc ils avaient pris cette coutume de regarder bien peu sur les eaux du passé leurs actions flottantes; et leur joie à eux leur venait de l'ignorance de la tristesse; ils ne se souvenaient que de baisers et de prises qu'on peut refaire. Il y eut alors un instant où leurs vies vraiment se fondirent. C'était au solstice d'Été; dans l'air tout bleu, les hautes branches au-dessus d'eux avaient des gracilités souveraines.

Été! Été! Il faudrait chanter cela comme un cantique. — Cinq heures; — je me suis levé (voici l'aube) et je suis sorti par les champs. — S'ils savaient tout ce

qu'il y a de rosée fraîche sur l'herbe, d'eau froide où laveront les pieds frissonnants du matin ; s'ils savaient les rayons sur les champs, et l'étourdissement de la plaine; s'ils savaient l'accueil de sourires que l'aube fait à qui descend vers elle dans l'herbe, — ils ne resteraient pas à dormir, je suppose, — mais Luc et Rachel sont las des baisers de la nuit, et cette lassitude amoureuse met plus de sourires peut-être dans leurs rêves que l'aube n'en a mis dans les champs.

Un matin pourtant ils sortirent; ils gagnèrent cette même vallée et ce canal qu'un jour de printemps ils suivaient; mais, ayant doublé la colline au lieu de la gravir, ils arrivèrent en un lieu où le canal rejoignait une large rivière; le canal servait au halage; ils passèrent l'eau sur une écluse et suivirent le chemin de halage, ayant à droite le canal, à gauche la rivière. Sur l'autre rive, était aussi une route. Et ces cinq routes parallèles dans l'étroite vallée, aussi loin qu'ils voyaient, s'enfonçaient. Leur promenade ce jour-là fut assez longue, mais pas intéressante à raconter.

Ils voulurent revoir la plage; ils redescendirent la valleuse; ils s'assirent devant la mer. Les flots d'une récente tempête avaient amené sur la grève des coquilles des profondeurs, des épaves et des lambeaux d'algue arrachés; les vagues encore gonflées étourdissaient par une clameur continue. Et Rachel soudain eut une inquiétude : elle sentit que Luc commençait à penser. Un vent plus froid soufflait; un frisson les saisit; ils se levèrent. — Luc marcha devant, trop vite, un peu déclamatoire; une poutre était là, déchiquetée et noire, pilotis inconnu, fragment de bateau, bois des Iles... et tous deux devant cela s'arrêtèrent. Après, Luc regarda la mer; Rachel, par besoin, par instinct, s'appuya sur Luc et pencha la tête contre son épaule, sentant confusément en lui l'angoisse et la soif d'aventures. Ils restaient debout. Le soleil s'en allait, s'enfonçait au delà du golfe, après le détroit, où l'on voyait entre les promontoires fuir au loin la ligne infinie de la mer.

Et, tandis que le soleil plongeait, alors, en face d'eux, comme sur une île, les grilles du parc inconnu, recevant les rayons mourants, commencèrent à briller

d'une manière inexplicable et presque surnaturelle : du moins il le leur parut à ceci qu'ils ne se dirent rien l'un à l'autre; chaque barreau, plutôt d'acier que d'or, semblait luire de lui-même, intimement, ou à cause d'une excessive polissure; le plus curieux c'était qu'on croyait voir au delà de la grille, encore que l'on n'aurait su dire quoi. Luc et Rachel sentirent, chacun, que l'autre n'osait pas en parler.

En revenant, Rachel trouva, sur le sable, un œuf de seiche, énorme, noir, élastique, et d'une bizarrerie de forme comme intentionnelle, tellement qu'ils la jugèrent importante pour eux, et en cherchèrent une cause.

Le souvenir de ce jour leur laissa une vague inquiétude, et songeant souvent malgré eux à ce parc, clos devant la mer, attirés, questionneurs, et n'ayant d'ailleurs pas de barque qui les y mène, ils résolurent d'y partir un matin, longeant les côtes, marchant jusqu'à ce qu'ils l'eussent atteint.

Ils se levèrent avant l'aube, et se mirent en route; l'heure était grise et fraîche encore; ils marchèrent comme des pèlerins sérieux, silencieux, préoccupés, ayant un but autre qu'eux-mêmes; et leur curiosité retombée laissait en eux comme le sentiment d'une tâche. — Mais n'en disons pas trop, Madame, car voici presque qu'ils nous plaisent. — Tant pis! pour une fois ils marchèrent sans souci de la chaleur du jour, guidés par une pensée, — car ce n'était plus un désir. Et Rachel ne se plaignait pas des graviers roulants de la route, ou du sable mobile où les pieds appuyés enfonçaient; — tantôt suivant la grève, tantôt à travers champs — une fois remontant la berge d'une rivière jusqu'à ce qu'ils trouvassent un pont, — puis la redescendant ensuite, — puis à travers champs de nouveau. — Ah! les voici enfin qui parvinrent presque au pied du mur; c'était le Parc; — et pour mieux en défendre l'approche, l'eau de la mer amenée dans un fossé garni de pierres, battait le pied du mur, et semblait se fermer sur lui, et ce mur avançait en digue, dans la mer, de sorte qu'on ne voyait rien de ce côté qu'un morne promontoire calcaire. Ils avancèrent. Le fossé cessa. Alors suivant le mur ils marchèrent. Le soleil était lourd; la route devant eux s'allongeait; — c'était l'heure où les

murs des jardins n'ont pas d'ombre. Ils virent, presque sous le lierre et cachée, une petite porte fermée. Insensiblement le mur tournait, et le soleil, tournant aussi tandis que s'achevait le jour, semblait les suivre. Par-dessus le mur, des branches se penchaient, mais sans gestes. Il naissait de l'intérieur du parc, comme un bruit continu de rires, mais souvent les jets d'eau font le bruit même de paroles. Tout d'un coup ils se retrouvèrent devant la mer. Alors ils furent pris par une grande tristesse, et ils s'assirent un peu, avant de se remettre en route pour revenir. Devant eux, ainsi que de l'autre côté un promontoire de pierre s'avançait dans la mer, et continuait le mur dont la mer battait le pied dans une douve infranchissable. Et la tristesse les pénétra, les remplit, entrant toute à la fois par la plus étroite fissure. — Surtout, ils étaient las de la course, et de ce qu'elle eût été vaine. — Le soleil maintenant disparaissait derrière le parc; ils marchaient dans l'ombre envahissante du mur; il leur parut un peu qu'elle avait en elle un mystère. Il leur semblait entendre par instants le bruit comme d'un jeu de doigts sur des vitres, mais ce bruit cessant sitôt qu'ils cessaient de marcher, ils le crurent causé par l'étourdissement de leur marche. Il était nuit déjà depuis longtemps lorsqu'ils rentrèrent.

Le lendemain, dans le repos du jour : « Racontez-moi l'aube d'été, dit Rachel, puisque me tient ici près de vous ma paresse. » Luc commença :

« C'était l'Été, mais avant l'aube; les oiseaux ne chantaient pas encore; la forêt s'éveillait à peine.

— O! pas une forêt, dit-elle; une avenue. L'aube naît, et si les oiseaux ne chantent pas encore, c'est à cause de la vallée trop profonde où la nuit est encore attardée; mais déjà des clartés blanchissent le haut des collines.

— Vers ces clartés supérieures, reprit Luc, deux chevaliers s'aventurèrent, et vers le plateau qui domine, après avoir suivi toute la nuit la vallée. Ils étaient silencieux et graves, ayant marché longtemps dans l'ombre, et les hauts chênes de l'avenue, au-dessus d'eux étendaient leurs branches. Leurs chevaux montaient lentement la route toute droite escarpée. Tandis qu'ils montaient augmentait autour d'eux la lumière.

Sur le plateau le jour parut. — Sur le plateau s'étendait une autre avenue, plus vaste, coupant la première et qui suivait le sommet de la colline. Les deux chevaliers s'arrêtèrent. L'un dit : « Séparons-nous, mon frère; ce » n'est pas la même route qui tous deux nous appelle — et » mon courage suffisant n'a que faire du vôtre à mon aide. » Où l'un vaut, l'autre est inutile. » — Et l'autre dit : « Adieu mon frère. » — Puis, se tournant le dos, chacun d'eux s'en alla vers de solitaires conquêtes. — Alors tous les oiseaux s'éveillèrent. Il y eut des poursuites amoureuses sous les feuilles et des rondes d'insectes dans l'air : on entendait des vols d'abeilles et sur les gazons s'ouvraient les nouvelles fleurs butinées. Des murmures délicieux s'élevèrent.

» Plus loin, où le terrain cessait, l'on ne voyait plus que des feuilles; plus bas, dans la vallée moins ténébreuse, les cimes flottantes des arbres; et plus bas encore, une brume. O! comme nous nous serions penchés, pour voir les cerfs descendre boire!

— Et les deux chevaliers ? dit Rachel.

— Ah! laissons-les, dit Luc — occupons-nous de l'avenue. — Il y vint, vers midi, une assemblée de jeunes femmes; elles marchaient en se donnant la main, comme vous avec vos compagnes; elles riaient; puis vinrent des hommes costumés de soie et de dorures frivoles; s'étant assis, tous ensemble causèrent.

» Le jour passa; eux s'étaient tus et l'ombre s'était allongée sur la mousse; ils se levèrent et s'en allèrent pour voir se coucher le soleil. Et l'avenue s'emplit d'inquiétude et de murmure; tout s'apprêtait à s'endormir; — puis tout se tut; c'était le soir et les branches se balancèrent; les troncs gris paraissaient mystérieux dans l'ombre; il s'éleva un chant d'oiseau crépusculaire. Alors l'on vit dans la nuit commencée deux chevaliers s'en revenir; ils marchaient l'un vers l'autre, à cause de la route suivie, et leurs chevaux étaient comme après une grande fatigue. Eux ils étaient courbés, plus graves qu'au matin à cause de la tâche vaine. Et s'étant rejoints sans un mot ils redescendirent l'allée qui redescendait la colline, s'enfonçant dans la nuit sous les branches.

— Pourquoi partir alors, Luc — dit Rachel; à quoi sert de se mettre en route. N'êtes-vous pas toute ma vie ?

— Mais vous, Rachel, dit Luc — vous n'êtes pas toute la mienne. Il y a d'autres choses encore. »

III

Madame, cette histoire m'ennuie. Vous savez bien que si j'ai fait des phrases, c'est pour les autres et non pour moi. J'ai voulu raconter un rapport de saisons avec l'âme; il nous fallait gagner l'automne : je n'aime pas abandonner n'importe quelle tâche entreprise.

Deux âmes se rencontrent un jour, et, parce qu'elles cueillaient des fleurs, toutes deux se sont crues pareilles. Elles se sont prises par la main, pensant continuer la route. La suite du passé les sépare. Les mains se lâchent et voilà, chacune en vertu du passé continuera seule la route. C'est une séparation nécessaire, car seul un semblable passé pourra faire semblables les âmes. Tout est continu pour les âmes. — Il en est, vous savez, nous le savons, Madame, qui chemineront parallèles, et ne pourront pas s'approcher. — Donc Luc et Rachel se quittèrent; un seul jour, un seul instant d'Été, leurs deux lignes s'étaient mêlées, — un unique point de tangence — et déjà maintenant ils regardaient ailleurs.

Sur le sable assis près des vagues, Luc regardait la mer, et Rachel la contrée. Ils cherchaient par moments à ressaisir l'amour qui se dénoue, mais c'était du plaisir sans surprise; c'était une chose épuisée et Luc était heureux en songeant à partir. Rachel ne le retenait plus. — Quand ils sortaient ensemble encore ils marchaient en songeant — j'allais dire : pensifs; chacun regardait devant lui au lieu de tant regarder l'autre. Luc ne songeait plus à l'amour, mais leur amour laissait en eux comme le souvenir d'une grande douceur, et comme le parfum des belles fleurs fanées — tout ce qui restait des guirlandes — mais sans tristesse, sans tristesse.

Certains jours, ils marchaient ainsi, languissamment et sans paroles. A cause des couleurs splendides qu'avaient prises les feuilles d'automne, d'un si beau reflet dans les eaux, ils préféraient les eaux dormantes et se promenaient lentement sur leurs bords. Les bois étaient glo-

rieux et sonores : les feuilles en tombant découvraient l'horizon. Luc songeait à la vie immense. — Je dis cela parce que moi j'y songe; je crois qu'il devait y songer.
— Luc et Rachel m'ennuient, Madame : que vous dirai-je d'eux encore ?

Ils voulurent retourner voir le parc aux grilles merveilleuses. Ils trouvèrent, en longeant le mur, cette petite porte cachée, jadis très close et sans serrures — ouverte maintenant; ils entrèrent; — c'était un parc abandonné.

Rien ne peindrait la splendeur des allées. L'automne jonchait les pelouses, et des branches étaient brisées; de l'herbe avait couvert les routes, de l'herbe en fleur, des graminées; ils marchaient là dedans en silence, près des buissons pleins de baies rouges, où des rougesgorges chantaient. J'aime la splendeur de l'automne. — Il y avait des bancs de pierre, des statues, puis une grande maison se dressa, aux volets clos et aux portes murées. — Dans le jardin restait le souvenir des fêtes; des fruits trop mûrs pendaient aux espaliers. — Comme le soir tombait ils repartirent...

« Racontez-moi l'automne, dit Rachel.
— L'automne, reprit Luc, ah! c'est la forêt tout entière, et l'étang brun près de l'orée. Les cerfs y viennent et le cor retentit. Taïaut! Taïaut! La meute aboie; — les cerfs se sauvent. Promenons-nous sous les grands bois. — La chasse accourt; — elle est passée; — avez-vous vu les palefrois ? Le son du cor s'éloigne, s'éloigne dans les bois. — Allons revoir l'étang tranquille, où tombe le soir. —
— Votre histoire est stupide, dit Rachel; on ne dit plus : des palefrois; et je n'aime pas le tapage. Dormons. »

Alors Luc la laissa; n'ayant pas encore sommeil.
Ce fut bientôt après qu'ils se quittèrent; adieu sans larmes ni sans sourires; tranquille et naturellement; leur histoire étant achevée. — Ils songeaient aux choses nouvelles.

Voici l'automne ici, Madame; il pleut, les bois sont morts et l'hiver va venir. Je pense à vous; mon âme est brûlante et calmée; je suis assis auprès du feu; près de moi sont mes livres; je suis seul, je pense, j'écoute. — Reprendrons-nous comme autrefois nos beaux amours pleins de mystère ? — Je suis heureux; je vis; j'ai de hautes pensées.

J'ai fini de vous raconter cette histoire qui nous ennuie; de grandes tâches maintenant nous appellent. Je sais que, sur la mer, sur l'océan de la vie, des naufrages glorieux attendent, — et des marins perdus, et des îles à découvrir. — Mais nous restons penchés sur les livres, et nos désirs s'en vont vers des actions plus certaines. C'est cela qui nous fait, je le sais, plus joyeux que les autres hommes. — Parfois cependant, lassé d'une étude trop continue, je descends vers le bois, par la pluie, et je vais voir finir l'automne. — Et je sais qu'après, certains soirs, rentrant de cette promenade, je me suis assis près du feu, comme ivre du bonheur de la vie, et presque sanglotant d'ivresse, sentant en ma pensée des œuvres sérieuses à faire. — J'agirai! j'agirai; je vis. Entre toutes nous aurons aimé les grandes œuvres silencieuses. Ce sera le poème, et l'histoire, et le drame; nous nous pencherons sur la vie, — comme vous le faisiez bien, ma sœur, méditative et soucieuse. Maintenant je pars, mais songez, songez aux bonheurs du voyage...

Pourtant, j'aurais aimé — voici l'hiver — prolonger ce récit ensemble. Nous serions partis seuls un soir vers une ville de Hollande : la neige aurait empli les rues; sur les canaux gelés, on aurait balayé la glace. Vous auriez patiné longtemps, avec moi, jusque dans la campagne, nous aurions été dans les champs où l'on voit se former la neige; elle s'étend infiniment blanche; il fait bon sentir l'air glacé. — La nuit vient, mais où luit la neige; nous rentrons. Maintenant vous seriez près de moi dans la chambre; du feu; les rideaux clos, et toutes nos pensées. — Alors vous me diriez, ma sœur :

Aucunes choses ne méritent de détourner notre route ; embrassons-les toutes en passant ; mais notre but est plus loin

qu'elles — ne nous y méprenons donc pas ; — ces choses
marchent et s'en vont ; que notre but soit immobile — et nous
marcherons pour l'atteindre. Ah! malheur à ces âmes stupides
qui prennent pour des buts les obstacles. Il n'y a pas des buts;
les choses ne sont pas des buts ou des obstacles — non, pas
même des obstacles; il les faut seulement dépasser. Notre but
unique c'est Dieu ; nous ne le perdrons pas de vue, car on le
voit à travers chaque chose. Dès maintenant nous marcherons
vers Lui ; dans une allée grâce à nous seuls splendide,
avec les œuvres d'art à droite, les paysages à gauche, la route
à suivre devant nous ; — et faisons-nous maintenant, n'est-ce
pas, des âmes belles et joyeuses. Car ce sont nos larmes seule-
ment qui font germer autour de nous les tristesses.

Et vous êtes semblables, objets de nos désirs, à ces concrétions périssables qui, sitôt que les doigts les pressent, n'y laissent plus que de la cendre. — *Qualquiera ventio que sopla.*

Levez-vous, vents de ma pensée — qui dissiperez cette cendre.

<div style="text-align:right">Été 1893.
Yport et La Roque.</div>

PALUDES

Pour mon ami
EUGÈNE ROUART
j'écrivis cette satire de quoi.

Dic cur hic.
(L'autre école.)

Avant d'expliquer aux autres mon livre, j'attends que d'autres me l'expliquent. Vouloir l'expliquer d'abord c'est en restreindre aussitôt le sens ; car si nous savons ce que nous voulions dire, nous ne savons pas si nous ne disions que cela. — On dit toujours plus que CELA. — Et ce qui surtout m'y intéresse, c'est ce que j'y ai mis sans le savoir, — cette part d'inconscient, que je voudrais appeler la part de Dieu. — Un livre est toujours une collaboration, et tant plus le livre vaut-il, que plus la part du scribe y est petite, que plus l'accueil de Dieu sera grand. — Attendons de partout la révélation des choses ; du public, la révélation de nos œuvres.

HUBERT

Mardi.

Vers cinq heures le temps fraîchit; je fermai mes fenêtres et je me remis à écrire.

A six heures entra mon grand ami Hubert; il revenait du manège.

Il dit : « Tiens! tu travailles ? »

Je répondis : « J'écris *Paludes*.

— Qu'est-ce que c'est ? — Un livre.

— Pour moi ? — Non.

— Trop savant ?... — Ennuyeux.

— Pourquoi l'écrire alors ? — Sinon qui l'écrirait ?

— Encore des confessions ? — Presque pas.

— Quoi donc ? — Assieds-toi. »

Et quand il fut assis :

« J'ai lu dans Virgile deux vers :

> *Et tibi magna satis quamvis lapis omnia nudus*
> *Limosoque palus obducat pascua junco.*

» Je traduis : — c'est un berger qui parle à un autre; il lui dit que son champ est plein de pierres et de marécages sans doute, mais assez bon pour lui; et qu'il est très heureux de s'en satisfaire. — Quand on ne peut pas changer de champ, nulle pensée ne saurait être plus sage, diras-tu ?... » Hubert ne dit rien. Je repris : « *Paludes* c'est spécialement l'histoire de qui ne peut pas voyager; — dans Virgile il s'appelle Tityre; — *Paludes,* c'est l'histoire d'un homme qui, possédant le champ de Tityre, ne s'efforce pas d'en sortir, mais au contraire s'en contente; voilà... Je raconte : — Le premier jour, il constate qu'il s'en contente, et songe à qu'y faire ? Le second jour, un voilier passant, il tue au matin quatre macreuses ou sarcelles et vers le soir en mange deux qu'il a fait cuire sur un maigre feu de broussailles. Le troisième jour, il se distrait à se construire une hutte de grands roseaux. Le quatrième jour, il mange les deux dernières macreuses. Le cinquième jour, il défait

sa hutte et s'ingénie pour une maison plus savante. Le sixième jour...

— Assez! dit Hubert, — j'ai compris; — cher ami, tu peux écrire. » Il partit.

La nuit était close. Je rangeai mes papiers. Je ne dînai point; je sortis; vers huit heures j'entrai chez Angèle.

Angèle était à table encore, achevant de manger quelques fruits; je m'assis auprès d'elle et commençai de lui peler une orange. On apporta des confitures et, lorsque nous fûmes de nouveau seuls :

« Qu'avez-vous fait aujourd'hui ? » dit Angèle, en me préparant une tartine.

Je ne me souvenais d'aucun acte et je répondis : « Rien », inconsidérément, puis aussitôt, craignant des digressions psychologiques, je songeai à la visite et m'écriai : « Mon grand ami Hubert est venu me voir à six heures.

— Il sort d'ici », reprit Angèle; puis resoulevant à son propos d'anciennes querelles : « Lui du moins fait quelque chose, dit-elle; il s'occupe. »

J'avais dit que je n'avais rien fait; je m'irritai : « Quoi ? Qu'est-ce qu'il fait ? » demandai-je... Elle partit :

« Des masses de choses... D'abord lui monte à cheval... et puis vous savez bien : il est membre de quatre compagnies industrielles; il dirige avec son beau-frère une autre compagnie d'assurances contre la grêle : — je viens de souscrire. Il suit des cours de biologie populaire et fait des lectures publiques tous les mardis soir. Il sait assez de médecine pour se rendre utile dans des accidents. — Hubert fait beaucoup de bien : cinq familles indigentes lui doivent de subsister encore; il place des ouvriers qui manquent d'ouvrage chez des patrons qui manquaient d'ouvriers. Il envoie des enfants chétifs à la campagne, où il y a des établissements. Il a fondé un atelier de rempaillage pour occuper de jeunes aveugles. — Enfin, les dimanches, il chasse. — Et vous! vous, qu'est-ce que vous faites ?

— Moi! répondis-je un peu gêné, — j'écris *Paludes*.

— *Paludes ?* qu'est-ce que c'est ? » dit-elle.

Nous avions fini de manger, j'attendis d'être dans le salon pour reprendre.

Quand nous fûmes tous deux assis au coin du feu :

« *Paludes,* commençai-je, — c'est l'histoire d'un célibataire dans une tour entourée de marais.
— Ah! fit-elle.
— Il s'appelle Tityre.
— Un vilain nom.
— Du tout, repartis-je, — c'est dans Virgile. Et puis je ne sais pas inventer.
— Pourquoi célibataire ?
— Oh!... pour plus de simplicité.
— C'est tout ?
— Non; je raconte ce qu'il fait.
— Et qu'est-ce qu'il fait ?
— Il regarde les marécages...
— Pourquoi écrivez-vous ? reprit-elle après un silence.
— Moi ? — je ne sais pas, — probablement que c'est pour agir.
— Vous me lirez ça, dit Angèle.
— Quand vous voudrez. J'en ai précisément quatre ou cinq feuillets dans ma poche; et les en sortant aussitôt, je lui lus, avec toute l'atonie désirable :

JOURNAL DE TITYRE
OU PALUDES

De ma fenêtre j'aperçois, quand je relève un peu la tête, un jardin que je n'ai pas encore bien regardé ; à droite, un bois qui perd ses feuilles ; au delà du jardin, la plaine ; à gauche un étang dont je reparlerai.
Le jardin, naguère, était planté de passe-roses et d'ancolies, mais mon incurie a laissé les plantes croître à l'aventure ; à cause de l'étang voisin, les joncs et les mousses ont tout envahi ; les sentiers ont disparu sous l'herbe ; il ne reste plus, où je puisse marcher, que la grande allée qui mène de ma chambre à la plaine, et que j'ai prise un jour lorsque je fus me promener. Au soir, les bêtes du bois la traversent pour aller boire l'eau de l'étang ; à cause du crépuscule, je ne distingue que des formes grises, et comme ensuite la nuit est close, je ne les vois jamais remonter.

— Moi, ça m'aurait fait peur, dit Angèle; — mais continuez, — c'est très bien écrit. »
J'étais très contracté par l'effort de cette lecture :

« Oh ! c'est à peu près tout, lui dis-je ; le reste n'est pas achevé.

— Des notes, s'écria-t-elle — ô lisez-les ! c'est le plus amusant ; on y voit ce que l'auteur veut dire bien mieux qu'il ne l'écrira dans la suite. »

Alors je continuai — déçu d'avance et, tant pis, tâchant de donner à ces phrases une apparence inachevée :

Des fenêtres de sa tour, Tityre peut pêcher à la ligne... —
« Encore une fois ce ne sont là que des notes...

— Allez donc !

— *Attentes mornes du poisson ; insuffisance des amorces, multiplication des lignes (symbole) — par nécessité il ne peut rien prendre.*

— Pourquoi ça ?

— Pour la vérité du symbole.

— Mais enfin s'il prenait quelque chose ?

— Alors ce serait un autre symbole et une autre vérité.

— Il n'y a plus de vérité du tout puisque vous arrangez les faits comme il vous plaît.

— J'arrange les faits de façon à les rendre plus conformes à la vérité que dans la réalité ; c'est trop compliqué pour vous expliquer cela maintenant, mais il faut être persuadé que les événements sont appropriés aux caractères ; c'est ce qui fait les bons romans ; rien de ce qui nous arrive n'est fait pour autrui. Hubert aurait déjà fait là une pêche miraculeuse ! Tityre ne prend rien : c'est d'une vérité psychologique.

— Enfin — c'est bien : continuez.

— *Prolongement sous l'eau des mousses de la rive. Indécision des reflets ; algues ; des poissons passent. Éviter, en parlant d'eux, de les appeler des « stupeurs opaques ».*

— Je l'espère bien ! mais pourquoi cette note ?

— Parce que mon ami Hermogène appelle déjà comme ça les carpes.

— Je ne trouve pas ça heureux comme expression.

— Tant pis. Je continue ?

— Je vous en prie ; elles sont très amusantes vos notes.

— *Tityre, à l'aube, aperçoit des cônes blancs s'élever dans la plaine ; salines. Il descend pour voir travailler. — Paysage*

inexistant ; talus très étroits entre deux marais salants. Trop grande blancheur des trémies (symbole) ; on ne peut voir ça que quand il fait du brouillard ; des lunettes de verre fumé préservent des ophtalmies les travailleurs.

Tityre met une poignée de sel dans sa poche, puis rentre dans sa tour. — C'est tout.

— C'est tout ?

— Tout ce que j'ai écrit.

— J'ai peur que ce ne soit un peu ennuyeux, votre histoire » — dit Angèle.

Il y eut un vaste silence — après quoi je m'écriai tout ému : « Angèle, Angèle, quand donc comprendrez-vous, je vous prie, ce qui fait le sujet d'un livre ? — L'émotion que me donna ma vie, c'est celle-là que je veux dire : ennui, vanité, monotonie, — moi, cela m'est égal parce que j'écris *Paludes* — mais celle de Tityre n'est rien; nos vues, je vous assure, Angèle, sont encore bien plus ternes et médiocres. »

— Mais moi je ne trouve pas, dit Angèle.

— C'est parce que vous n'y songez pas. Voilà justement le sujet de mon livre; Tityre n'est pas mécontent de sa vie; il trouve du plaisir à contempler les marécages; un changement de temps les varie; — mais regardez-vous donc! regardez votre histoire! est-elle assez peu variée! Depuis combien de temps habitez-vous cette chambre ? — Petits loyers! petits loyers! — et vous n'êtes pas la seule! des fenêtres sur la rue, sur les cours; devant soi l'on regarde des murs ou d'autres gens qui vous regardent... Mais est-ce que je vais à présent vous faire honte de vos robes — et croyez-vous vraiment que nous ayons su nous aimer ?

— Neuf heures, dit-elle; ce soir Hubert fait sa lecture, et permettez-moi d'y aller.

— Que lit-il ? demandai-je malgré moi.

— Soyez sûr que ce n'est pas *Paludes !* » — Elle partit.

Rentré chez moi je tentai de mettre en vers le début de *Paludes* — j'en écrivis le premier quatrain :

> *De ma fenêtre j'aperçois*
> *Quand je relève un peu la tête*
> *La lisière d'un petit bois*
> *Qui ne s'est jamais mis en fête.*

Et puis je me couchai, ayant achevé ma journée.

ANGÈLE

Mercredi.

Tenir un agenda; écrire pour chaque jour ce que je devrai faire dans la semaine, c'est diriger sagement ses heures. On décide ses actions soi-même; on est sûr, les ayant résolues d'avance et sans gêne, de ne point dépendre chaque matin de l'atmosphère. Dans mon agenda je puise le sentiment du devoir; j'écris huit jours à l'avance, pour avoir le temps d'oublier et pour me créer des surprises, indispensables dans ma manière de vivre; chaque soir ainsi je m'endors devant un lendemain inconnu et pourtant déjà décidé par moi-même.

Dans mon agenda il y a deux parties : sur une feuille j'écris ce que je ferai, et sur la feuille d'en face, chaque soir, j'écris ce que j'ai fait. Ensuite je compare; je soustrais, et ce que je n'ai pas fait, le déficit, devient ce que j'aurais dû faire. Je le récris pour le mois de décembre et cela me donne des idées morales. — J'ai commencé depuis trois jours. — Ainsi ce matin, en face de l'indication : tâcher de se lever à six heures, j'écrivis : levé à sept — puis entre parenthèses : imprévu négatif. — Suivaient sur l'agenda diverses notes :

Écrire à Gustave et à Léon.
S'étonner de ne pas recevoir de lettre de Jules.
Aller voir Gontran.
Penser à l'individualité de Richard.
S'inquiéter à propos des relations de Hubert et d'Angèle.
Tâcher d'avoir le temps d'aller au Jardin des Plantes; y étudier les variétés du petit Potamogéton pour *Paludes*.
Passer la soirée chez Angèle.
Suivait cette pensée (j'en écris à l'avance une pour chaque jour; elles décident de ma tristesse ou de ma joie) :

« Il y a des choses que l'on recommence chaque jour, simplement parce qu'on n'a rien de mieux à faire; il n'y a là ni progrès, ni même entretien — mais on ne peut pourtant pas ne rien faire... C'est dans le temps le mouvement dans l'espace des fauves prisonniers ou celui des marées sur les plages. » — Je me souviens que cette

idée m'est venue, passant devant un restaurant à terrasse, à voir les garçons servir et desservir les plats. — J'écrivis dessous : « Bon pour *Paludes*. » Et je m'apprêtai à penser à l'individualité de Richard. Dans un petit secrétaire je serre mes réflexions et incidences sur mes quelques meilleurs amis; un tiroir pour chacun; je pris la liasse et je relus :

RICHARD

Feuille I.
Excellent homme; mérite toute mon estime.

Feuille II.
Par une application perpétuelle, est parvenu à sortir de la grande misère où la mort de ses parents le laissait. La mère de ses parents vit encore; il l'entoure de ces soins pieux et tendres qu'on a souvent pour la vieillesse; depuis bien des années pourtant elle est retombée en enfance. Il a épousé une femme plus pauvre que lui, par vertu, et lui fait un bonheur de sa fidélité. — Quatre enfants. Je suis parrain d'une petite fille qui boite.

Feuille III.
Richard avait pour mon père une vénération très grande; c'est le plus sûr de mes amis. Il prétend parfaitement me connaître, bien qu'il ne lise jamais rien de ce que j'écris; c'est ce qui me permet d'écrire *Paludes*; je songe à lui quand je songe à Tityre; je voudrais ne l'avoir jamais connu. — Angèle et lui ne se connaissent pas; ils ne sauraient pas se comprendre.

Feuille IV.
J'ai le malheur d'être très estimé de Richard; cela est cause que je n'ose rien faire. On ne se débarrasse pas aisément d'une estime tant qu'on ne cesse pas d'y tenir. Souvent Richard m'affirme avec émotion que je suis incapable d'une action mauvaise, et cela me retient quand parfois je voudrais me décider à agir. Richard prise fort en moi cette passivité qui me maintient dans les sentiers de la vertu, où d'autres, pareils à lui, m'ont poussé. Il appelle souvent vertu l'acceptation, parce que cela la permet aux pauvres.

Feuille V.

Travail de bureau tout le jour; le soir, auprès de sa femme, Richard lit le journal afin de pouvoir causer. « Avez-vous vu, me demandait-il, la nouvelle pièce de Pailleron au Français ? » Il se tient au courant de tous les arrivages. « Vous allez voir les nouveaux gorilles ? » demande-t-il quand il sait que je vais au Jardin des Plantes. Richard me traite en grand enfant; moi, cela m'est insupportable; ce que je fais n'est pas sérieux pour lui; je lui raconterai *Paludes*.

Feuille VI.

Sa femme s'appelle Ursule.

Je pris une feuille VII et j'écrivis :
« Toutes les carrières sans profit pour soi sont horribles, — celles qui ne rapportent que de l'argent, — et si peu qu'il faut recommencer sans cesse. Quelles stagnations ! Au moment de la mort qu'auront-ils fait ? Ils auront rempli leur place. — Je crois bien ! ils l'ont prise aussi petite qu'eux. » Moi cela m'est égal, parce que j'écris *Paludes,* mais sinon je penserais de moi comme d'eux. Il faut vraiment tâcher de varier un peu notre existence.

Mon domestique à ce moment apporta ma collation et des lettres, — une de Jules précisément, et je cessai de m'étonner de son silence; — je me pesai, par hygiène, ainsi que chaque autre matin; j'écrivis à Léon et à Gustave quelques phrases, puis tout en prenant mon bol de lait quotidien (à la façon de quelques lakistes) je pensai : — Hubert n'a rien compris à *Paludes ;* il ne peut se persuader qu'un auteur n'écrive pas pour distraire, dès qu'il n'écrit plus pour renseigner. Tityre l'ennuie; il ne comprend pas un état qui n'est pas un état social; il s'en croit loin parce qu'il s'agite; — je me serai mal expliqué. Tout va pour le mieux, pense-t-il, puisque Tityre est content; mais c'est parce que Tityre est content que moi je veux cesser de l'être. Il faut qu'on s'indigne au contraire. Je vais rendre Tityre méprisable à force de résignation... — J'allais recommencer de penser à l'individualité de Richard quand j'entendis sonner et lui-même, faisant passer sa carte,

entra. J'étais légèrement ennuyé, ne pouvant pas bien penser aux gens en leur présence.

« Ah! cher ami! criai-je en l'embrassant, précisément quelle coïncidence! J'allais penser à vous ce matin.

— Je viens, dit-il, vous demander un service — oh! presque rien; mais comme vous, vous n'avez rien à faire, j'ai pensé que vous pourriez me céder quelques instants; — une simple signature à donner; une présentation; il me faut un parrain; vous répondrez de moi; — je vous expliquerai tout en route; hâtons-nous : je dois être aux bureaux à dix heures. »

J'ai horreur de paraître désœuvré; je répondis :
« Heureusement il n'est pas neuf heures; nous avons le temps; mais sitôt après, j'ai moi-même affaire au Jardin des Plantes.

— Ah! Ah! commença-t-il, vous allez voir les nouveaux...

— Non, cher Richard, interrompis-je avec une apparente aisance — je ne vais pas voir les gorilles; il faut que j'aille étudier là-bas quelques variétés de petits potamogétons pour *Paludes*. »

Puis aussitôt j'en voulus à Richard de ma stupide réponse. Lui se tut, craignant notre ignorance. Je pensai : il devrait éclater de rire. Il n'ose pas. Sa pitié m'est insupportable. Évidemment il me trouve absurde. Il me cache ses sentiments pour m'empêcher d'en manifester à son égard de semblables. Mais nous savons que nous les avons. Nos réciproques estimes se maintiennent en respect, l'une contre l'autre accotée; il n'ose pas m'enlever la sienne, craignant qu'aussitôt la mienne ne retombe. Il a pour moi des affabilités protectrices... Ah! tant pis; je raconte *Paludes* — et je commençai doucement :

« Comment va votre femme ? »

Richard aussitôt racontant tout seul continua :

« Ursule ? Ah! la pauvre amie! Ce sont ses yeux à présent qui sont fatigués — par sa faute; — vous raconterai-je, cher ami, ce que je n'aurais dit à personne ? — Mais je connais votre discrète amitié. — Voici l'histoire tout entière. Édouard, mon beau-frère, avait un grand besoin d'argent; il fallait en trouver. Ursule savait tout, car Jeanne sa belle-sœur était venue

la trouver le même jour. Donc mes tiroirs restaient à peu près vides, et pour payer la cuisinière il fallait priver Albert de ses leçons de violon. J'en étais désolé, car ce sont les seules distractions de sa longue convalescence. Je ne sais comment, la cuisinière eut vent de la chose; cette pauvre fille nous est très attachée; — vous la connaissez bien, c'est Louise. Elle vint nous trouver en pleurant, disant qu'elle se priverait de manger plutôt que de peiner Albert. Il n'y avait qu'à accepter, pour ne pas froisser cette brave fille; mais je pris la résolution de me relever deux heures chaque nuit, lorsque ma femme me croit endormi, et de ramasser, à l'aide de quelques traductions d'articles anglais que je sais où placer, l'argent dont nous privions la bonne Louise.

» La première nuit tout alla bien; Ursule dormait profondément. La seconde nuit, à peine étais-je installé, qui vois-je arriver ?... Ursule! — Elle avait eu la même idée : pour payer Louise, elle préparait de petits écrans, qu'elle sait où placer; — vous savez qu'elle possède un certain talent pour l'aquarelle... des choses charmantes, mon ami... Nous étions tous deux très émus; nous nous sommes embrassés en pleurant. J'ai vainement tâché de la persuader de se coucher, — elle qui est si vite fatiguée pourtant — elle n'a jamais voulu; — elle m'a supplié, comme une preuve de l'amitié la plus grande, de la laisser travailler près de moi; — j'ai dû consentir, — mais elle se fatigue. Nous faisons ainsi tous les soirs. Cela nous fait des veillées un peu longues — seulement nous avons trouvé inutile de nous coucher d'abord, puisque nous ne nous cachions plus l'un de l'autre.

— Mais c'est excessivement touchant, ce que vous me racontez là », m'écriai-je, — et je pensai : non, jamais je ne pourrai lui parler de *Paludes ;* au contraire — et je murmurai : « Cher Richard! croyez que je comprends très bien vos tristesses — vous êtes vraiment bien malheureux. »

— Non, mon ami, me dit-il, je ne suis pas malheureux. Peu de choses me sont accordées, mais j'ai fait mon bonheur de peu de choses; croyez-vous que je vous aie raconté pour vous apitoyer, mon histoire ? — Autour de soi l'amour et l'estime, le travail près d'Ursule le soir... je ne changerais pas ces joies... »

Il y eut un assez long silence, je demandai : — Et les enfants ?

« Pauvres enfants! dit-il, voilà pourtant bien qui m'attriste : ce qu'il leur faudrait, c'est le grand air, les jeux au soleil; on s'étiole dans ces pièces trop étroites. Moi, cela m'est égal; je suis vieux; j'ai pris mon parti de ces choses — mais mes enfants ne sont pas joyeux et j'en souffre.

— Il est vrai, repartis-je, que chez vous cela sent un peu le renfermé; — mais quand on ouvre trop la fenêtre les odeurs de la rue montent toutes... Enfin, il y a le Luxembourg... C'est même le sujet de... » Mais aussitôt je pensai : Non, décidément je ne peux pas lui parler de *Paludes,* — et j'eus l'air, en fin d'aparté, de tomber dans une méditation profonde.

Au bout d'un peu de temps, j'allais éperdument demander des nouvelles de la grand-mère, quand Richard me fit signe que nous étions arrivés.

« Hubert est déjà là, dit-il. — Au fait je ne vous ai rien expliqué... il me fallait deux garants, — tant pis, — vous comprendrez — on lira les papiers.

— Je crois que vous vous connaissez — ajouta Richard, comme je serrais la main de mon grand ami. Celui-ci commençait déjà : « Eh bien! et *Paludes ?* » — je lui serrai la main plus fort et à voix basse : « Chut! fis-je; pas maintenant! tantôt tu me suivras; nous causerons. »

Et sitôt les papiers signés, ayant pris congé de Richard, Hubert et moi nous nous acheminâmes. — Un cours d'accouchement pratique l'appelait précisément du côté du Jardin des Plantes.

« Eh bien, commençai-je — voilà : Tu te souviens des macreuses; — Tityre en tuait quatre, disais-je. Du tout! — il ne peut pas : la chasse est défendue. Aussitôt de venir un prêtre : l'Église, dit-il à Tityre, eût avec bien de la tristesse vu Tityre manger des sarcelles; c'est un gibier peccamineux; on ne sait trop se mettre en garde; le péché nous attend partout; dans le doute autant l'abstinence; — préférons la macération; — l'Église en connaît d'excellentes et dont l'efficace est certaine. — Oserai-je conseiller un frère : — mangez, mangez des vers de vase.

» Sitôt le prêtre parti, c'est un médecin qui s'amène : Vous alliez manger des sarcelles! mais ne saviez-vous

pas que c'est très dangereux! Dans ces marais la fièvre maligne est à craindre; il faut adapter votre sang; *similia similibus,* Tityre! mangez des vers de vase *(lumbriculi limosi)* — l'essence des marais s'y concentre et c'est de plus un aliment fort nourrissant.

— Pouah! fit Hubert.

— N'est-ce pas ? repartis-je; et tout cela c'est affreusement faux; tu penses bien qu'il n'y a là qu'une question de garde-chasse! Mais le plus étonnant, — c'est que Tityre y goûte; au bout de peu de jours il s'y fait; il va les trouver excellents. — Dis! est-il répugnant, Tityre! ?

— C'est un bienheureux, dit Hubert.

— Alors, parlons d'autres choses », m'écriai-je — impatienté. Et me souvenant tout à coup que je devais m'inquiéter des rapports d'Hubert et d'Angèle, je tâchai de l'inciter à parler :

« Quelle monotonie! recommençai-je — après un silence. Pas un événement! — Il faudrait tâcher de remuer un peu notre existence. Mais on n'invente pas ses passions! — D'ailleurs je ne connais qu'Angèle; — elle et moi nous ne nous sommes jamais aimés d'une façon bien décisive : — Ce que je lui dirai ce soir, j'aurais aussi bien pu le lui dire la veille; il n'y a pas d'acheminement... »

J'attendais entre chaque phrase. Il se taisait. Alors je continuai machinalement :

« Moi, cela m'est égal, parce que j'écris *Paludes,* — mais ce qui m'est insupportable c'est qu'elle ne comprenne pas cet état... C'est même ce qui m'a donné l'idée d'écrire *Paludes.* »

Hubert à la fin s'excita : « Pourquoi veux-tu donc la troubler, si elle est heureuse comme cela ?

— Mais elle n'est pas heureuse, mon cher ami; elle croit l'être parce qu'elle ne se rend pas compte de son état; tu penses bien que si à la médiocrité se joint la cécité, c'est encore plus triste.

— Et quand tu ouvrirais ses yeux; quand tu aurais tant fait que de la rendre malheureuse ?

— Ce serait déjà bien plus intéressant; au moins elle ne serait plus satisfaite; — elle chercherait. » — Mais, je ne pus rien savoir de plus, car Hubert à ce moment haussa les épaules et se tut.

Il reprit au bout d'un instant : « Je ne savais pas que tu connusses Richard. »

C'était presque une question ; — j'aurais pu lui dire que Richard c'était Tityre, mais, comme je ne connaissais à Hubert aucun droit à mépriser Richard, je lui dis simplement : « C'est un garçon très estimable. » Et je me promis, par compensation, d'en parler le soir à Angèle.

« Allons, adieu, dit Hubert, comprenant que nous ne parlerions pas ; je suis pressé — tu ne marches pas assez vite. — À propos, ce soir à six heures je ne pourrai pas venir te voir.

— Allons, tant mieux, répondis-je ; ça nous changera. »

Il partit. J'entrai seul au jardin ; je me dirigeai lentement vers les plantes. J'aime ces lieux ; j'y viens souvent ; tous les jardiniers me connaissent ; ils m'ouvrent les enclos réservés et me croient un homme de science parce que, près des bassins, je m'assieds. Grâce à des surveillances continuelles ces bassins ne sont pas soignés ; de l'eau coulant sans bruit les alimente. Il y pousse les plantes qu'on y laisse pousser ; il y nage beaucoup d'insectes. Je m'occupe à les regarder ; c'est même un peu cela qui m'a donné l'idée d'écrire *Paludes* ; le sentiment d'une inutile contemplation, l'émotion que j'ai devant les délicates choses grises. — Ce jour-là j'écrivis pour Tityre :

— *Entre tous, les grands paysages plats m'attirent, — les landes monotones, — et j'aurais fait de longs voyages pour trouver des pays d'étangs, mais j'en trouve ici qui m'entourent. — Ne croyez pas à cela que je sois triste ; je ne suis même pas mélancolique ; je suis Tityre et solitaire et j'aime un paysage ainsi qu'un livre qui ne me distrait pas de ma pensée. Car elle est triste, ma pensée ; elle est sérieuse, et, même près des autres, morose ; je l'aime plus que tout, et c'est parce que je l'y promène que je cherche surtout les plaines, les étangs sans sourires, les landes. Je l'y promène doucement.*

Pourquoi ma pensée est-elle triste ? — Si j'en avais souffert je me le serais plus souvent demandé. Si vous ne me l'aviez pas fait remarquer, je ne l'aurais peut-être pas su, car souvent elle s'amuse à beaucoup de choses qui ne vous intéressent pas du tout. Ainsi elle se plaît à relire ces lignes ; elle prend sa joie à de toutes petites besognes qu'il est inutile que je vous dise parce que vous ne les reconnaîtriez pas...

Un air presque tiède soufflait; au-dessus de l'eau, de frêles gramens se penchaient que firent ployer des insectes. Une poussée germinative disjoignait les marges de pierres; un peu d'eau s'enfuyait, humectait les racines. Des mousses, jusqu'au fond descendues, faisaient une profondeur avec l'ombre : des algues glauques retenaient des bulles d'air pour la respiration des larves. Un hydrophile vint à passer. Je ne pus retenir une pensée poétique et, sortant un nouveau feuillet de ma poche, j'écrivis :
Tityre sourit.

Après quoi j'eus faim et, réservant l'étude des potamogétons pour un autre jour, je cherchai sur le quai le restaurant dont m'avait parlé Pierre. Je pensais être seul. J'y rencontrai Léon, qui me parla d'Edgar. Après midi je visitai quelques littérateurs. Vers cinq heures commença de tomber une petite averse; je rentrai; j'écrivis les définitions de vingt vocables de l'école et trouvai pour le mot *blastoderme* jusqu'à huit épithètes nouvelles.

J'étais un peu las vers le soir et, après mon dîner, je m'en fus coucher chez Angèle. Je dis chez et non avec elle, n'ayant jamais fait avec elle que de petits simulacres anodins.

Elle était seule. Comme j'entrai elle jouait avec exactitude une sonatine de Mozart sur un piano fraîchement accordé. Il était déjà tard, et l'on n'entendait pas d'autre bruit. Elle avait allumé toutes les bougies des candélabres et mis une robe à petits carreaux.

« Angèle, dis-je en entrant, nous devrions tâcher de varier un peu notre existence! Allez-vous me demander encore ce que je viens de faire aujourd'hui ? »

Elle ne comprit sans doute pas bien l'amertume de ma phrase, car aussitôt elle me demanda :

« Eh bien, qu'avez-vous fait aujourd'hui ? »

Alors et malgré moi, je répondis :

« J'ai vu mon grand ami Hubert.

— Il sort d'ici, reprit Angèle.

— Mais ne pourrez-vous donc, chère Angèle, jamais nous recevoir ensemble ? m'écriai-je.

— Il n'y tient peut-être pas tant que ça, dit-elle. —

Enfin, si vous, vous y tenez beaucoup, venez dîner chez moi vendredi soir, il y sera : vous nous lirez des vers... A propos, — demain soir; vous ai-je invité ? je reçois quelques littérateurs; vous en serez. — On se réunit à neuf heures.

— J'en ai vu plusieurs aujourd'hui, répondis-je, parlant des littérateurs. — J'aime ces existences tranquilles. Ils travaillent toujours et pourtant on ne les dérange jamais; il semble, lorsqu'on va les voir, que ce n'était que pour vous qu'ils travaillent et qu'ils préfèrent vous parler. Leurs amabilités sont charmantes; ils les composent à loisir. J'aime ces gens dont la vie est occupée sans cesse mais peut être occupée avec nous. Et comme ils ne font rien qui vaille on n'a pas de remords de leur prendre leur temps. Mais à propos : J'ai vu Tityre.

— Le célibataire ?

— Oui — mais dans la réalité il est marié, — père de quatre enfants. Il s'appelle Richard... ne me dites pas qu'il sort d'ici, vous ne le connaissez pas. »

Angèle, un peu froissée, me dit alors : « Vous voyez bien qu'elle n'était pas vraie, votre histoire!

— Pourquoi, pas vraie ? — parce qu'ils sont six au lieu d'un! — J'ai fait Tityre seul, pour concentrer cette monotonie; c'est un procédé artistique; vous ne voudriez pourtant pas que je les fasse pêcher tous les six à la ligne ?

— Je suis tellement sûre que dans la réalité ils ont des occupations différentes!

— Si je les décrivais, elles paraîtraient trop différentes; les événements racontés ne conservent pas entre eux les valeurs qu'ils avaient dans la vie. Pour rester vrai on est obligé d'arranger. L'important c'est que j'indique l'émotion qu'ils me donnent.

— Mais si cette émotion est fausse ?

— L'émotion, chère amie, n'est jamais fausse; n'avez-vous donc point lu parfois que l'erreur vient à partir du jugement ? Mais pourquoi raconter six fois ? mais puisque l'impression qu'ils donnent est la même — précisément, six fois... Voulez-vous savoir ce qu'ils font — dans la réalité ?

— Parlez, dit Angèle; vous avez l'air exaspéré.

— Du tout, criai-je... Le père fait des écritures; la mère tient la maison; un grand garçon donne des leçons

chez les autres; un autre en reçoit; la première fille boite; la dernière, trop petite, ne fait rien. — Il y a aussi la cuisinière... La femme s'appelle Ursule... Et remarquez que tous, ils font la même chose exactement tous les jours!!!

— Peut-être qu'ils sont pauvres, dit Angèle.

— Nécessairement! Mais comprenez-vous *Paludes?* — Richard, sitôt sorti des bancs, a perdu son père, — un veuf. Il a dû travailler; il n'avait que peu de fortune, qu'un frère plus âgé lui a prise; mais travailler à des besognes ridicules, songez donc! celles qui ne rapportent que de l'argent! dans les bureaux, de la copie à tant la page! au lieu de voyager! Il n'a rien vu; sa conversation est devenue insipide; il lit les journaux afin de pouvoir causer — quand il a le temps — toutes ses heures sont prises. — Il n'est pas dit qu'il pourra jamais rien faire d'autre avant de mourir. — Il a épousé une femme plus pauvre que lui, par dignité, sans amour. Elle s'appelle Ursule. — Ah! je vous l'avais dit. — Ils ont fait du mariage un lent apprentissage de l'amour; ils sont arrivés à s'aimer beaucoup, et à me le dire. Ils aiment beaucoup leurs enfants, les enfants les aiment beaucoup... il y a aussi la cuisinière. — Le dimanche soir tout le monde joue au loto... j'allais oublier la grand-mère; — elle joue aussi, mais comme elle ne voit plus les jetons, on dit tout bas qu'elle compte pour du beurre. Ah! Angèle! Richard! tout dans sa vie a été inventé pour boucher des trous, pour combler des lacunes trop creuses, — tout! sa famille aussi. — Il est né veuf; — ce sont chaque jour les mêmes pis-aller lamentables, les substituts de toutes les choses meilleures. — Et maintenant n'en pensez pas de mal, — il est extrêmement vertueux. D'ailleurs il se trouve heureux.

— Mais quoi! vous sanglotez? dit Angèle.

— Ne faites pas attention — c'est nerveux. — Angèle, chère amie, — ne trouvez-vous pas à la fin que notre vie manque de réelle aventure?

— Qu'y faire? — reprit-elle doucement — voulez-vous que tous deux nous partions pour un petit voyage? — Tenez — samedi — n'avez-vous rien à faire?

— Mais vous n'y songez pas, Angèle, — après-demain!

— Pourquoi pas? Nous partirions de bon matin

ensemble; vous auriez dîné chez moi la veille — avec Hubert; vous resteriez à coucher près de moi... Et maintenant, adieu, dit Angèle; je m'en vais dormir; il est tard et vous m'avez un peu fatiguée. — La bonne a préparé votre chambre.

— Non, je ne resterai pas, chère amie, — pardonnez-moi; je suis très excité. Avant de me coucher j'ai besoin de beaucoup écrire. A demain. Je rentre chez moi. »

Je voulais consulter mon agenda. Je partis en courant presque, d'autant plus qu'il pleuvait et que je n'avais pas de parapluie. Sitôt rentré j'écrivis, pour un jour d'une prochaine semaine, cette pensée, pas seulement à propos de Richard.

« Vertu des humbles — acceptation; et cela leur va si bien, à certains, qu'on croit comprendre que leur vie est faite à la mesure de leur âme. Surtout ne pas les plaindre : leur état leur convient; déplorable! Ils ne s'aperçoivent plus de la médiocrité, sitôt que ce n'est plus une médiocrité de fortune. — Ce que je disais à Angèle en sursaut est pourtant vrai : les événements arrivent à chacun selon les affinités appropriatives. Chacun trouve ce qui lui convient. Donc si l'on se contente du médiocre que l'on a, l'on prouve qu'il est à votre taille et rien d'autre n'arrivera. Destinées faites sur mesure. Nécessité de faire craquer ses vêtements comme le platane ou l'eucalyptus, en s'agrandissant, ses écorces. »

« J'en écris beaucoup trop, me dis-je; il suffisait de quatre mots. — Mais je n'aime pas les formules. A présent, examinons la proposition prodigieuse d'Angèle. »

J'ouvris l'agenda au premier samedi, et sur la feuille de ce jour je pus lire :

« Tâcher de se lever à six heures. — Varier ses émotions.

— Écrire à Lucien et à Charles.

— Trouver l'équivalent du *nigra sed formosa* pour Angèle.

— Espérer que je pourrai finir Darwin.

— Rendre visites — à Laure (expliquer *Paludes*), à Noémi, à Bernard; — bouleverser Hubert (important).

— Vers le soir tâcher de passer sur le pont Solférino.

— Chercher des épithètes pour *fongosités*. » — C'était

tout. Je repris la plume ; je biffai tout cela et j'écrivis simplement à sa place :

« Faire avec Angèle un petit voyage d'agrément. » Puis j'allai me coucher.

LE BANQUET

Jeudi.

Ce matin, après une nuit très agitée, je me levai un peu souffrant ; au lieu de mon bol de lait, pour varier, je pris un peu de tisane. Sur l'agenda la feuille était blanche ; — cela voulait dire : *Paludes*. Je garde ainsi pour le travail les jours où je n'ai rien avisé d'autre. J'écrivis toute la matinée. J'écrivis :

JOURNAL DE TITYRE

J'ai traversé de grandes landes, de vastes plaines, d'interminables étendues ; même en les collines très basses, la terre à peine soulevée y semblait encore endormie. J'aime errer au bord des tourbières ; des sentiers y sont faits où la terre tassée, moins spongieuse, est plus solide. Partout ailleurs le terrain cède et sous les pieds l'amas des mousses s'enfonce ; pleines d'eau les mousses sont molles ; des drainages secrets, par places, les assèchent ; il pousse alors dessus de la bruyère et une espèce de pin trapu ; il y rampe des lycopodes ; et l'eau par places est cantonnée en flaques brunes et croupies. J'habite les bas-fonds et ne songe pas trop à me hisser sur les collines, d'où je sais bien qu'on ne verrait rien d'autre. Je ne regarde pas au loin, bien que le ciel trouble ait son charme.

Parfois, à la surface des eaux croupies, s'étale une irisation merveilleuse, et les papillons les plus beaux n'ont rien de pareil sur leurs ailes ; la pellicule qui s'y diapre est formée de matières décomposées. Sur les étangs, la nuit éveille des phosphorescences, et les feux des marais qui s'élèvent semblent celles-là mêmes sublimées.

Marais ! qui donc raconterait vos charmes ? Tityre !

Nous ne montrerons pas ces pages à Angèle, pensai-je : Tityre y paraîtrait heureux.

Je pris encore ces quelques notes :
Tityre achète un aquarium ; il le place au milieu de sa chambre la plus verte et se réjouit à l'idée que tout le paysage du dehors s'y retrouve. Il n'y met que de la vase et de l'eau ; en la vase est un peuple inconnu qui se débrouille et qui l'amuse ; dans cette eau toujours trouble, où l'on ne voit que ce qui vient près de la vitre, il aime qu'une alternance de soleil et d'ombre y paraisse plus jaune et plus grise — lumières qui, venues par les fentes du volet clos, la traversent. — Eaux toujours plus vivantes qu'il ne croyait...

A ce moment Richard entra; il m'invitait à déjeuner pour samedi. Je fus heureux de pouvoir lui répondre que précisément ce jour-là j'avais affaire en province. — Il parut très surpris et partit sans rien ajouter.

Je sortis, bientôt après, moi-même, après mon succinct déjeuner. J'allai voir Étienne qui corrigeait les épreuves de sa pièce. Il me dit que j'avais bien raison d'écrire *Paludes*, parce que, selon lui, je n'étais pas né pour les drames. Je le quittai. Dans la rue je croisai Roland qui m'accompagna chez Abel. Là je trouvai Claudius et Urbain les poètes; ils étaient en train d'affirmer qu'on ne pouvait plus faire de drames; chacun n'approuva pas les raisons que l'autre en donnait, mais ils s'accordèrent pour supprimer le théâtre. Ils me dirent aussi que je faisais bien de ne plus écrire de vers, parce que je les réussissais mal. Théodore entra, puis Walter que je ne peux pas sentir; je sortis, Roland sortit avec moi. Sitôt dans la rue, je commençai :

« Quelle existence intolérable! La supportez-vous, cher ami ?

— Assez bien, me dit-il — mais intolérable pourquoi ?

— Il suffit qu'elle puisse être différente et qu'elle ne le soit pas. Tous nos actes sont si connus qu'un suppléant pourrait les faire et, répétant nos mots d'hier, former nos phrases de demain. C'est le jeudi qu'Abel reçoit; il eût eu le même étonnement à ne pas voir venir Urbain, Claudius, Walter et vous, que nous tous à ne pas le trouver chez lui! Oh! ce n'est pas que je me plaigne; mais je n'y pouvais plus tenir : — Je pars — je pars en voyage.

— Vous, dit Roland. Bah! où, et quand ?

— Après-demain — où? je ne sais pas... mais, cher

ami, vous comprenez que si je savais où je vais, et pour qu'y faire, je ne sortirais pas de ma peine. Je pars simplement pour partir; la surprise même est mon but — l'imprévu — comprenez-vous ? — l'imprévu! Je ne vous propose pas de m'accompagner, parce que j'emmène Angèle — mais que ne partez-vous donc vous-même, de votre côté, n'importe où, laissant stagner les incurables.

— Permettez, dit Roland, je ne suis pas comme vous; j'aime bien, quand je pars, à savoir où je vais.

— Donc l'on choisit alors! que vous dirais-je ? — l'Afrique! connaissez-vous Biskra ? Songez au soleil sur les sables! et les palmiers. Roland! Roland! les dromadaires! — Songez que ce même soleil que nous entrevoyons si misérable, entre les toits, derrière la poussière et la ville, luit déjà, luit déjà là-bas, et que tout est partout disponible. Attendrez-vous toujours ? Ah! Roland. Le manque d'air ici, autant que l'ennui, fait bâiller; partez-vous ?

— Cher ami, dit Roland, il se peut que m'attendent là-bas de très agréables surprises; — mais trop d'occupations me retiennent — j'aime mieux ne pas désirer. Je ne peux pas aller à Biskra.

— Mais c'est pour les lâcher, précisément, repris-je, ces occupations qui vous tiennent. — Accepterez-vous donc d'y être astreint toujours ? Moi, cela m'est égal, comprenez : je pars pour un autre voyage; — mais songez que peut-être on ne vit qu'une fois, et combien est petit le cercle de votre manège!

— Ah! cher ami, dit-il, n'insistez plus — j'ai des raisons très sérieuses, et votre argumentation me lasse. Je ne peux pas aller à Biskra.

— Alors laissons cela — lui dis-je; aussi bien voilà ma demeure, — allons! adieu pour quelque temps — et de mon départ, s'il vous plaît, veuillez informer tous les autres. »

Je rentrai.

A six heures vingt mon grand ami Hubert; il sortait d'un comité de choses mutuelles. Il dit :

« On m'a parlé de *Paludes* !

— Qui donc ? demandai-je excité.

— Des amis... Tu sais : ça n'a pas beaucoup plu; on m'a même dit que tu ferais mieux d'écrire autre chose.

— Alors tais-toi.

— Tu sais, reprit-il, moi je ne m'y connais pas; j'écoute; du moment que ça t'amuse d'écrire *Paludes*...

— Mais ça ne m'amuse pas du tout, criai-je; j'écris *Paludes* parce que... Et puis parlons d'autre chose... Je pars en voyage.

— Bah! fit Hubert.

— Oui, dis-je, on a besoin parfois de sortir un peu de la ville. Je pars après-demain; et pour je ne sais où... J'emmène Angèle.

— Comment, à ton âge!

— Mais, cher ami, c'est elle qui m'a invité. Je ne te propose pas de venir avec nous, parce que je sais que tu es très occupé...

— Et puis vous préférez être seuls... Suffit. Vous restez longtemps loin ?

— Pas trop; le temps et l'argent nous limitent; mais l'important c'est de quitter Paris; on ne sort des cités que par des moyens énergiques, des express; le difficile, c'est de franchir les banlieues. » Je me levai pour marcher et pour m'exciter : « Que de stations avant la vraie campagne! A chacune, du monde descend; c'est comme s'ils tombaient au début de la course; les wagons se vident. — Voyageurs! où sont les voyageurs ? — Ceux qui restent encore, ils vont à des affaires; et les chauffeurs et les mécaniciens, eux, qui vont jusqu'au bout, ils restent aux locomotives. D'ailleurs, au bout, il y a une autre ville. — Campagnes! où sont les campagnes ?

— Cher ami, dit Hubert marchant aussi, tu exagères : les campagnes commencent où finissent les villes, simplement. »

Je repris :

« Mais, cher ami, précisément, elles n'en finissent pas, les villes; puis, après elles, c'est la banlieue... Tu me parais oublier la banlieue — tout ce qu'on trouve entre deux villes. Maisons diminuées, espacées, quelque chose de plus laid encore... de la ville en traînasses; des potagers! Et des talus bordent la route. La route! c'est là qu'il faut qu'on aille, et tous, et tous ailleurs...

— Tu devrais mettre cela dans *Paludes* », dit Hubert.

Du coup je m'irritai tout à fait :

« N'aurais-tu jamais rien compris, pauvre ami, aux

raisons d'être d'un poème ? à sa nature ? à sa venue ? Un livre... mais un livre, Hubert, est clos, plein, lisse comme un œuf. On n'y saurait faire entrer rien, pas une épingle, que par force, et sa forme en serait brisée.

— Alors ton œuf est plein ? reprit Hubert.

— Mais, cher ami, criai-je, les œufs ne se remplissent pas : les œufs naissent pleins... D'ailleurs ça y est déjà dans *Paludes*... et puis je trouve stupide de dire que je ferais mieux d'écrire autre chose... stupide! entends-tu ?... autre chose! d'abord je ne demanderais pas mieux; mais comprends donc qu'ici c'est bordé de talus comme ailleurs; nos routes sont forcées, nos travaux de même. Je me tiens ici parce qu'il ne s'y tenait personne; je choisis un sujet par exhaustion, et *Paludes* parce que je suis bien sûr qu'il ne se trouvera personne d'assez déshérité pour venir travailler sur ma terre; c'est ce que j'ai tâché d'exprimer par ces mots : *Je suis Tityre et solitaire*. — Je t'ai lu ça, mais tu ne l'as pas remarqué. Et puis combien de fois t'ai-je déjà prié de ne jamais me parler de littérature! A propos — continuai-je par manière de diversion — iras-tu ce soir chez Angèle ? elle reçoit.

— Des littérateurs... Non, me répondit-il, je n'aime pas, tu le sais, ces réunions nombreuses où l'on ne fait que causer; et je croyais que toi, de même y étouffais.

— Il est vrai, repartis-je, mais je ne veux pas désobliger Angèle; elle m'a conviée. D'ailleurs, j'y veux retrouver Amilcar pour lui faire observer qu'on étouffe. Le salon d'Angèle est beaucoup trop petit pour ces soirées; je tâcherai de le lui dire; j'emploierai même le mot *exigu ;*... puis j'ai besoin d'y parler à Martin.

— A ton aise, dit Hubert, je te quitte; adieu. »

Il partit.

Je rangeai mes papiers; je dînai; tout en mangeant je pensais au voyage; je me répétais : « Plus qu'un jour! »
— Vers la fin du repas je fus si ému par cette proposition d'Angèle que je crus devoir lui écrire ces quelques mots :
« *La perception commence au changement de sensation ; d'où la nécessité du voyage.* »

Puis, la lettre enveloppée, je m'acheminai docilement chez elle.

Angèle habite au quatrième.

Les jours où elle reçoit, Angèle place devant sa porte une banquette, et une autre au second palier, devant la porte de Laure; on y fait souffle; on se prépare à manquer d'air; stations; donc essoufflé je m'assis sur la première; et, sortant de ma poche un feuillet, je tentai de formuler des arguments à l'usage de Martin. J'écrivis:

On ne sort pas; c'est un tort. D'ailleurs on ne peut pas sortir; mais c'est parce qu'on ne sort pas. — Non! pas cela! Recommençons. Je déchirai. — *Ce qu'il faut indiquer c'est que chacun, quoique enfermé, se croit dehors.* Misère de ma vie! Un exemple. — A ce moment quelqu'un monta; c'était Martin. Il dit:

« Tiens! tu travailles! »

Je répondis :

« Mon cher, bonsoir. Je suis en train de t'écrire; ne me dérange pas. Tu m'attendras là-haut sur la banquette. »

Il monta.

J'écrivis :

« *On ne sort pas ;* — *c'est un tort. D'ailleurs on ne peut pas sortir ;* — *mais c'est parce que l'on ne sort pas.* — *On ne sort pas parce que l'on se croit déjà dehors. Si l'on se savait enfermé, on aurait du moins l'envie de sortir.*

» Non! pas cela! pas cela! Recommençons. Je déchirai. — *Ce qu'il faut indiquer, c'est que chacun se croit dehors parce qu'il ne regarde pas.* — D'ailleurs il ne regarde pas parce qu'il est aveugle. Misère de ma vie! Je n'y comprends plus rien... Mais aussi l'on est horriblement mal ici pour produire. » Je pris un autre feuillet. A ce moment quelqu'un monta; c'était le philosophe Alexandre. Il dit :

« Tiens! Vous travaillez ? »

Je répondis, absorbé :

« Bonsoir; j'écris à Martin; il est là-haut sur la banquette. — Asseyez-vous; j'ai bientôt fini... Ah! il n'y a plus de place ?...

— Ça ne fait rien, dit Alexandre, car j'ai ma canne à reposoir. » Et dépliant son instrument, il attendit.

« A présent, j'ai fini, repris-je. Et me penchant sur la rampe : Martin! criai-je, es-tu là-haut ?

— Oui! cria-t-il. J'attends. Apporte ta banquette. »

Or, comme chez Angèle je suis presque chez moi, je trimbalai mon siège; et là-haut, tous trois installés,

Martin et moi nous échangeâmes nos feuilles, tandis qu'Alexandre attendait.

Sur ma feuille on lisait :
Être aveugle pour se croire heureux. Croire qu'on y voit clair pour ne pas chercher à y voir puisque :
L'on ne peut se voir que malheureux.

Sur sa feuille on lisait :
Être heureux de sa cécité. Croire qu'on y voit clair pour ne pas chercher à y voir puisque :
L'on ne peut être que malheureux de se voir.

« Mais, m'écriai-je, c'est précisément ce qui te réjouit que je déplore ; — et il faut bien que j'aie raison puisque je déplore que tu t'en réjouisses, tandis que toi tu ne peux pas te réjouir de ce que je le déplore. — Recommençons. »

Alexandre attendait.

« C'est bientôt fini, lui dis-je — on vous expliquera. »

Nous reprîmes nos feuilles.

J'écrivis :
Tu me rappelles ceux qui traduisent Numero Deus impare gaudet *par :* « *Le numéro Deux se réjouit d'être impair* » *et qui trouvent qu'il a bien raison.* — *Or s'il était vrai que l'imparité porte en elle quelque promesse de bonheur* — *je dis de liberté, on devrait dire au nombre Deux :* « *Mais, pauvre ami, vous ne l'êtes pas, impair ; pour vous satisfaire de l'être tâchez au moins de le devenir.* »

Il écrivit :
Tu me rappelles ceux qui traduisent : Et dona ferentes *par :* « *Je crains les Grecs.* » — *Et qui ne s'aperçoivent plus des présents.* — *Or, s'il était vrai que chaque présent cache un Grec qui tout aussitôt nous captive ;* — *je dirais au Grec :* « *Gentil Grec, donne et prends ; nous serons quittes. Je suis ton homme, il est vrai, mais sinon tu ne m'aurais rien donné.* » *Où je dis Grec, entends Nécessité. Elle ne prend qu'autant qu'elle donne.*

Nous échangeâmes. Un peu de temps passa.

Au-dessous de mon feuillet, il écrivit :

Plus j'y réfléchis, plus je trouve ton exemple stupide, car enfin...

Au-dessous de son feuillet j'écrivis :
Plus j'y réfléchis, plus je trouve ton exemple stupide, car enfin...
— ... Ici la feuille étant remplie, chacun de nous la tourna — mais au verso de la sienne on lisait déjà :
— *Du bonheur dans la règle. Être joyeux. Recherche d'un menu type.*
1º *Potage (selon Monsieur Huysmans)* ;
2º *Beefsteck (selon Monsieur Barrès)* ;
3º *Choix de légumes (selon Monsieur Gabriel Trarieux)* ;
4º *Bonbonne d'eau d'Évian (selon Monsieur Mallarmé)* ;
5º *Chartreuse vert doré (selon Monsieur Oscar Wilde).*

Sur ma feuille on lisait simplement ma poétique pensée du Jardin des Plantes :
Tityre sourit.
Martin dit : « Qui c'est, Tityre ? »
Je répondis : — « C'est moi.
— Donc tu souris parfois ! reprit-il.
— Mais, cher ami, attends un peu que je t'explique — (pour une fois qu'on se laisse aller !...) Tityre, c'est moi et ce n'est pas moi ; — Tityre, c'est l'imbécile ; c'est moi, c'est toi — c'est nous tous... Et ne rigole donc pas comme ça — tu m'agaces ; — je prends imbécile dans le sens d'impotent ; il ne se souvient pas toujours de sa misère ; c'est ce que je te disais tout à l'heure. On a ses moments d'oubli ; mais comprends donc que ce n'est là rien qu'une pensée poétique... »
Alexandre lisait les papiers. Alexandre est un philosophe ; de ce qu'il dit je me méfie toujours ; à ce qu'il dit je ne réponds jamais. — Il sourit et, se tournant vers moi, commença :
« Il me semble, Monsieur, que ce que vous appelez acte libre, ce serait, d'après vous, un acte ne dépendant de rien ; suivez-moi : détachable — remarquez ma progression : supprimable, — et ma conclusion : sans valeur. Rattachez-vous à tout, Monsieur, et ne demandez pas la contingence ; d'abord vous ne l'obtiendriez pas — et puis : à quoi ça vous servirait-il ? »
Je ne dis rien, par habitude ; quand un philosophe

vous répond, on ne comprend plus du tout ce qu'on lui avait demandé. — On entendait monter; c'était Clément, Prosper et Casimir. — « Alors, dirent-ils en voyant Alexandre avec nous installé — vous devenez stoïciens ?
— Entrez donc, Messieurs du Portique. »

Leur plaisanterie me parut prétentieuse, de sorte que je crus devoir n'entrer qu'après eux.

Le salon d'Angèle était déjà plein de monde; au milieu de tous Angèle circulait, souriait, offrait du café, des brioches. Sitôt qu'elle m'aperçut elle accourut :
« Ah! vous voilà, dit-elle à voix basse; — j'ai un peu peur qu'on ne s'ennuie; vous nous réciterez des vers.
— Mais, répondis-je, on s'ennuiera tout autant, — et puis vous savez que je n'en sais pas.
— Mais si, mais si; vous venez toujours d'écrire quelque chose... »

A ce moment Hildebrant s'approcha :
« Ah! Monsieur, dit-il en me prenant la main — enchanté de vous voir. Je n'ai pas eu le plaisir de lire votre dernier ouvrage, mais mon ami Hubert m'en a dit le plus grand bien... Et il paraît que vous nous ferez ce soir la faveur de nous lire des vers... »

Angèle s'était éclipsée.

Ildevert s'amena :
« Alors, Monsieur, dit-il, vous écrivez *Paludes* ?
— Comment savez-vous ? m'écriai-je.
— Mais, reprit-il (exagérant) — il n'est plus question que de cela; — il paraît même que ça ne ressemblera pas à votre dernier ouvrage — que je n'ai pas eu le plaisir de lire, mais dont mon ami Hubert m'a beaucoup parlé. — Vous nous lirez des vers, n'est-ce pas ?
— Pas des vers de vase, dit Isidore bêtement — il paraît que c'en est plein dans *Paludes,* — à ce que raconte Hubert. Ah! çà, cher ami, — *Paludes,* qu'est-ce que c'est ? »

Valentin s'approcha, et, comme plusieurs écoutaient à la fois, je m'embrouillai.

« *Paludes* — commençai-je — c'est l'histoire du terrain neutre, celui qui est à tout le monde... — mieux : de l'homme normal, celui sur qui commence chacun; — l'histoire de la troisième personne, celle dont on

parle — qui vit en chacun, et qui ne meurt pas avec nous. — Dans Virgile il s'appelle Tityre — et il nous est dit expressément qu'il est *couché* — « *Tityre recubans* ». — *Paludes,* c'est l'histoire de l'homme couché.

— Tiens, dit Patras — je croyais que c'était l'histoire d'un marais.

— Monsieur, dis-je, les avis différent — le fond permane. — Mais comprenez, je vous prie, que la seule façon de raconter la même chose à chacun, — la même chose, entendez-moi bien, c'est d'en changer la forme selon chaque nouvel esprit. — En ce moment, *Paludes* c'est l'histoire du salon d'Angèle.

— Enfin, je vois que vous n'êtes pas encore bien fixé », dit Anatole.

Philoxène s'approcha :

« Monsieur, dit-il, tout le monde attend vos vers.

— Chut! chut! fit Angèle; — il va réciter. »

Tout le monde se tut.

« Mais, Messieurs, criai-je exaspéré, je vous assure que je n'ai rien qui vaille. Pour ne pas me faire prier, je vais être forcé de vous lire une toute petite pièce sans...

— Lisez! Lisez! dirent plusieurs.

— Enfin, Messieurs, si vous y tenez... »

Je sortis un feuillet de ma poche, et sans posture, j'y lus d'une manière atone :

PROMENADE

Nous nous sommes promenés dans la lande.
Ah ! que Dieu enfin nous entende !
Nous avons erré sur la lande
Et quand est descendu le soir
Nous avons voulu nous asseoir
Tant notre fatigue était grande.

... Tout le monde continuait de se taire; évidemment on ne comprenait pas que c'était fini; on attendait.

« C'est fini », dis-je.

Alors, au milieu du silence, on entendit la voix d'Angèle :

« Ah! Charmant! — Vous devriez mettre cela dans *Paludes.* Et comme on se taisait toujours : — N'est-ce

pas, Messieurs, qu'il devrait mettre cela dans *Paludes* ? »

Alors, pendant un instant il se fit une espèce de tumulte, car les uns demandaient : « *Paludes ? Paludes ?* — qu'est-ce que c'est ? » — et les autres expliquaient ce que c'était que *Paludes* — mais ce que c'était d'une manière encore peu sûre.

Je ne pouvais rien dire, mais à ce moment le savant physiologiste Carolus, par manie de remonter aux sources, s'approcha de moi, interrogatif.

« *Paludes ?* commençai-je aussitôt. — Monsieur, c'est l'histoire des animaux vivant dans les cavernes ténébreuses, et qui perdent la vue à force de ne pas s'en servir. — Et puis laissez-moi, j'ai horriblement chaud. »

Cependant Évariste, le fin critique, argua :

« J'ai peur que ce ne soit un peu spécial comme sujet.

— Mais, Monsieur, dus-je dire, il n'y a pas de sujet trop particulier. *Et tibi magna satis,* écrit Virgile, et c'est même précisément là mon sujet — je le déplore.

— L'art est de peindre un sujet particulier avec assez de puissance pour que la généralité dont il dépendait s'y comprenne. En termes abstraits cela se dit très mal parce que c'est déjà une pensée abstraite ; — mais vous me comprendrez assurément en songeant à tout l'énorme paysage qui passe à travers le trou d'une serrure dès que l'œil se rapproche suffisamment de la porte. Tel, qui ne voit ici qu'une serrure, verrait le monde entier au travers s'il savait seulement se pencher. Il suffit qu'il y ait possibilité de généralisation ; la généralisation, c'est au lecteur, au critique de la faire.

— Monsieur, dit-il, vous facilitez singulièrement votre tâche.

— Et sinon je supprime la vôtre », répondis-je, étouffant. Il s'éloigna. « Ah ! pensais-je, je vais respirer ! »

Précisément alors Angèle me prit par la manche :

« Venez, me dit-elle, que je vous montre. »

Et m'attirant près du rideau, elle le souleva discrètement afin de me laisser voir sur la vitre une grosse tache noire qui faisait du bruit.

« Pour que vous ne vous plaigniez pas qu'il fasse trop chaud, j'ai fait mettre un ventilateur, dit-elle.

— Ah ! chère Angèle.

— Seulement, continua-t-elle, comme il faisait du bruit j'ai dû ramener le rideau par-dessus.

— Ah! c'est donc ça! Mais, chère amie, c'est beaucoup trop petit!

— Le marchand m'a dit que c'était le format pour littérateurs. La taille au-dessus c'était pour réunions politiques; mais on ne se serait plus entendu. »

A ce moment Barnabé le moraliste vint me tirer par la manche et dit :

« Divers de vos amis m'ont parlé de *Paludes* suffisamment pour que je voie assez clairement ce que vous voulez faire; je viens vous avertir que cela me paraît inutile et fâcheux. — Vous voulez forcer les gens à agir parce que vous avez horreur du stagnant — les forcer à agir sans considérer que plus vous intervenez, avant leurs actes, moins ces actes dépendent d'eux. Votre responsabilité s'en augmente; la leur en est d'autant diminuée. Or la responsabilité seule des actes fait pour chacun leur importance — et leur apparence n'est rien. Vous n'apprendrez pas à vouloir : *velle non discitur ;* simplement vous influencez; la belle avance alors si vous pouvez à la fin procréer quelques actions sans valeur! »

Je lui dis :

« Vous voulez donc, Monsieur, que l'on se désintéresse des autres puisque vous niez que l'on puisse s'occuper d'eux.

— Au moins, s'en occuper est-il très difficile, et notre rôle à nous qui nous en occupons n'est pas d'engendrer plus ou moins médiatement de grands actes, mais bien de faire la responsabilité des petits actes de plus en plus grande.

— Pour augmenter les craintes d'agir n'est-ce pas ? — Ce n'est pas les responsabilités que vous faites grandir, ce sont les scrupules. Ainsi vous réduisez encore la liberté. L'acte comme il faut responsable, c'est l'acte libre; nos actes ne le sont plus; ce n'est pas des actes que je veux faire naître, c'est de la liberté que je veux dégager... »

Il sourit alors finement pour donner de l'esprit à ce qu'il allait dire, et ce fut :

« Enfin — si je vous comprends bien, Monsieur — vous voulez contraindre les gens à la liberté...

— Monsieur, m'écriai-je, quand je vois près de moi des gens malades, je m'inquiète — et si je ne cherche pas

à les guérir, de peur, comme vous diriez, de diminuer la valeur de leur guérison, du moins je cherche à leur montrer qu'ils sont malades — à le leur dire. »

Galéas s'approcha pour glisser seulement cette ineptie :

« Ce n'est pas en montrant au malade sa maladie qu'on le guérit, c'est en lui donnant le spectacle de la santé. Il faut peindre un homme normal au-dessus de chaque lit d'hôpital et fourrer des Hercules Farnèse dans les corridors. »

Alors Valentin survenu dit :

« L'homme normal d'abord ne s'appelle pas Hercule... » L'on fit aussitôt « Chutt! Chutt! le grand Valentin Knox va parler. »

Il disait :

« La santé ne me paraît pas un bien à ce point enviable. Ce n'est qu'un équilibre, une médiocrité de tout; c'est l'absence d'hypertrophies. Nous ne valons que par ce qui nous distingue des autres; l'idiosyncrasie est notre maladie de valeur; — ou en d'autres termes : ce qui importe en nous, c'est ce que nous seuls possédons, ce qu'on ne peut trouver en aucun autre, ce que n'a pas votre *homme normal,* — donc ce que vous appelez maladie.

» Car cessez à présent de regarder la *maladie* comme un manque; c'est quelque chose de plus, au contraire; un bossu, c'est un homme plus la bosse, et je préfère que vous regardiez la santé comme un manque de maladies.

» L'*homme normal* nous importe peu; j'aimerais dire qu'il est supprimable — car on le retrouve partout. C'est le plus grand commun diviseur de l'humanité, et qu'en mathématiques, étant donné des nombres on peut enlever à chaque chiffre sans lui faire perdre sa *vertu personnelle.* L'*homme normal* (ce mot m'exaspère), c'est ce résidu, cette matière première, qu'après la fonte où les particularités se subtilisent, on retrouve au fond des cornues. C'est le pigeon primitif qu'on réobtient par le croisement des variétés rares — un pigeon gris — les plumes de couleur sont tombées; il n'a plus rien qui le distingue. »

Moi, saisi d'enthousiasme parce qu'il parlait de pigeons gris, je voulus lui serrer la main et je fis :

« Ah! Monsieur Valentin. »

Il dit simplement :

« Littérateur, tais-toi. D'abord je ne m'intéresse qu'aux fous, et vous êtes affreusement raisonnable. Puis continua : « L'homme normal c'est celui que je rencontrai dans la rue et que j'appelai par mon nom, le prenant d'abord pour moi-même ; je m'écriai lui tendant la main : « Mon pauvre Knox, comme te voilà terne aujourd'hui ! » Qu'as-tu donc fait de ton monocle ? » et ce qui me surprit c'est que Roland, qui se promenait avec moi, l'appelant aussi par son nom, lui disait en même temps que moi : « Pauvre Roland ! où donc avez-vous laissé » votre barbe ? » Puis cet individu nous ennuyant, nous le supprimâmes, sans remords, puisqu'il ne présentait rien de nouveau. Lui, ne dit rien d'ailleurs, car il était piteux. Lui, l'homme normal, savez-vous qui c'est : c'est la troisième personne, celle dont on parle... »

Il se tournait vers moi ; je me tournai vers Ildevert et Isidore et leur dis :

« Hein ! qu'est-ce que je vous disais ? »

Valentin continua, très haut, me regardant :

« Dans Virgile, elle s'appelle Tityre ; c'est celle qui ne meurt pas avec nous, et vit à l'aide de chacun. » — Et il ajouta en éclatant de rire, sur moi : « C'est pourquoi il importe peu qu'on la tue. » Et Ildevert et Isidore s'esclaffant aussi s'écrièrent :

« Mais, Monsieur, supprimez Tityre !!! »

Alors, n'y tenant plus, exaspéré, je fis à mon tour :

« Chutt ! Chutt ! je vais parler ! » Et je commençai n'importe comment :

« Si, Messieurs, si ! Tityre a sa maladie !!! — Tous ! tous, nous sommes, et durant toute notre vie, comme durant ces périodes détériorées où nous prend la manie du doute : — a-t-on fermé sa porte à clef, cette nuit ? on reva voir ; a-t-on mis sa cravate ce matin ? on tâte ; boutonné sa culotte, ce soir ? on s'assure. Tenez ! regardez donc Madruce qui n'était pas encore rassuré ! Et Borace ! — Vous voyez bien. Et remarquez que nous savions la chose parfaitement faite ; — on la refait par maladie — la maladie de la rétrospection. On refait parce que l'on a fait ; chacun de nos actes d'hier semble nous réclamer aujourd'hui ; il semble que ce soit un enfant à qui nous avons donné vie et que dorénavant nous devions faire vivre... »

J'étais épuisé et je m'entendais parler mal...

« Tout ce que nous suscitons, il semble que nous le devions entretenir; de là la crainte de commettre trop d'actes de peur de dépendre par trop, — car chaque acte, au lieu, sitôt fait, de devenir pour nous un repoussoir, devient la couche creuse où l'on retombe — *recubans*.

— Ce que vous dites là est assez curieux, commença Ponce...

— Mais non, Monsieur, ce n'est pas curieux du tout — et je ne devrais pas du tout le mettre dans *Paludes*... Je disais que notre personnalité ne se dégage plus de la façon dont nous agissons — elle gît dans l'acte même — dans les deux actes que nous faisons (un trille) — dans les trois. Qui est Bernard ? C'est celui qu'on voit le jeudi chez Octave. — Qui est Octave ? C'est celui qui reçoit le jeudi Bernard. — Mais encore ? C'est lui qui va le lundi chez Bernard. — Qui est... qui sommes-nous tous, Messieurs ? Nous sommes ceux qui vont tous les vendredis soir chez Angèle.

— Mais, Monsieur, dit Lucien par politesse, d'abord c'est tant mieux; puis soyez sûr que c'est là notre seul point de tangence!

— Eh! parbleu, Monsieur, repris-je, je pense bien que lorsque Hubert vient me voir tous les jours à six heures, il ne peut pas être en même temps chez vous; mais qu'est-ce que cela change si, qui vous recevez tous les jours, c'est Brigitte ? — Qu'importe même si Joachim ne la reçoit que tous les trois jours ? — Est-ce que je fais de la statistique ? — Non! mais j'aimerais mieux marcher *aujourd'hui* sur les mains, plutôt que de marcher sur les pieds — *comme hier !*

— Il me semble pourtant que c'est ce que vous faites, dit Tullius bêtement.

— Mais, Monsieur, c'est précisément ce dont je me plains; je dis « j'aimerais mieux » remarquez! d'ailleurs je tâcherais de le faire à présent, dans la rue, qu'on m'enfermerait comme un fou. Et c'est justement là ce qui m'irrite — c'est que tout le dehors, les lois, les mœurs, les trottoirs aient l'air de décider nos récidives et de s'attribuer notre monotonie, — quand, au fond, tout s'entend si bien avec notre amour des reprises.

— Alors de quoi vous plaignez-vous ? s'exclamèrent Tancrède et Gaspard.

— Mais précisément de ce que personne ne se plaigne ! l'acceptation du mal l'aggrave, — cela devient du vice, Messieurs, puisque l'on finit par s'y plaire. Ce dont je me plains, Monsieur — c'est qu'on ne regimbe pas ; c'est qu'on ait l'air de bien dîner quand on mange des ratatouilles et qu'on ait belle mine après un repas de quarante sous. C'est qu'on ne se révolte pas contre...

— Oh ! oh ! oh ! firent plusieurs — vous voilà révolutionnaire ?

— Mais pas du tout, Messieurs, je ne le suis pas, révolutionnaire ! vous ne me laissez pas achever, — je dis qu'on ne se révolte pas... en dedans. Ce n'est pas des répartitions que je me plains ; c'est de nous ; c'est des mœurs...

— Enfin Monsieur, fit un tumulte — vous reprochez aux gens de vivre comme ils font, — d'autre part vous niez qu'ils puissent vivre autrement, et vous leur reprochez d'être heureux de vivre comme ça — mais si ça leur plaît — mais... mais enfin, Monsieur : Qu'est-ce-que-vous-vou-lez ? ? ? »

J'étais en eau et complètement ahuri ; je répondis éperdument :

« Ce que je veux ? Messieurs, ce que je veux — moi, personnellement — c'est terminer *Paludes*. »

Alors Nicodème s'élançant du groupe vint me serrer la main en criant :

« Ah ! Monsieur, comme vous ferez bien ! Tous les autres avaient du coup tourné le dos.

— Comment, dis-je, vous connaissez ?

— Non, Monsieur, reprit-il, mais mon ami Hubert m'en a beaucoup parlé.

— Ah ! il vous a dit...

— Oui, Monsieur, l'histoire du pêcheur à la ligne qui trouve les vers de vase si bons qu'il les mange au lieu d'en amorcer ses lignes ; — alors il ne prend rien... naturellement. Moi je trouve ça très drôle ! »

Il n'avait rien compris. — Tout est à recommencer, encore. Ah ! je suis éreinté ! Et dire que c'est justement ça que je voudrais leur faire comprendre, qu'il faut recommencer — toujours — à faire comprendre ; on s'y perd ; je n'en peux plus ; ah ! je l'ai déjà dit...

Et comme chez Angèle je suis presque chez moi,

m'approchant d'elle et sortant ma montre, je criai très fort :

« Mais, chère amie, il est horriblement tard! »

Alors chacun dans un seul temps tira sa montre de sa poche et s'écria : « Comme il est tard! »

Seul Lucien insinua, par politesse : « Vendredi dernier, il était encore plus tard! » — Mais on ne fit aucune attention à sa remarque (je lui dis simplement : « C'est que votre montre retarde »); chacun courait chercher son pardessus; Angèle serrait des mains, souriait encore, offrait les dernières brioches. Et puis elle se pencha pour voir descendre. — Je l'attendais, ruiné sur un pouf. Quand elle revint :

« Un vrai cauchemar votre soirée! — commençai-je. O! ces littérateurs! ces littérateurs, Angèle!!! Tous insupportables!!!

— Mais vous ne disiez pas cela l'autre jour, reprit-elle.

— C'est, Angèle, que je ne les avais pas vus chez vous. — Et puis c'est effrayant ce qu'il y en avait! — Chère amie, on n'en reçoit pas tant que ça à la fois!

— Mais, dit-elle, je ne les avais pas tous invités; c'est chacun qui en a amené plusieurs autres.

— Au milieu d'eux tous vous paraissiez si ahurie... Vous auriez dû dire à Laure de monter; vous vous seriez prêté contenance.

— Mais, reprit-elle, c'est que je vous voyais tellement excité; je croyais que vous alliez avaler les chaises.

— Chère Angèle, c'est que sinon l'on se serait tellement ennuyé... Mais étouffait-on dans votre salle! — La prochaine fois on n'entrera qu'avec une carte. — Je vous demande un peu ce que signifiait votre petit ventilateur! D'abord rien ne m'agace comme ce qui tourne sur place; vous devriez savoir cela, depuis le temps! — Et puis en fait-il un vilain bruit quand il tourne! On entendait ça sous le rideau sitôt qu'on arrêtait de causer. Et tout le monde se demandait : « Qu'est-ce que c'est ? » — Vous pensez bien que je ne pouvais pas leur dire : « C'est le ventilateur d'Angèle! » Tenez, l'entendez-vous à présent, comme il grince. Oh! c'est insupportable, chère amie; arrêtez-le, je vous en prie.

— Mais, dit Angèle, on ne peut pas l'arrêter.

— Ah! lui aussi, criai-je; — alors parlons très haut, chère amie. — Quoi! vous pleurez?
— Du tout, fit-elle, très colorée.
— Tant pis! — Et je vociférai, pris de lyrisme pour couvrir le petit bruit de crécelle : — Angèle! Angèle! il en est temps! quittons ces lieux intolérables! — Entendrons-nous soudain, belle amie, le grand vent de la mer sur les plages? — Je sais que l'on n'a près de vous rien que de petites pensées, mais ce vent parfois les soulève... Adieu! j'ai besoin de marcher; plus que demain, songez! puis le voyage. Songez donc, chère Angèle, songez!
— Allons, adieu, fit-elle; allez dormir. Adieu. »

Je la quittai. Je revins chez moi presque en courant; je me déshabillai; je me couchai; non pour dormir; quand je vois les autres prendre du café, cela m'agite. Or je me sentais en détresse et me disais : « Pour les persuader, ai-je bien fait ce que je pouvais faire? J'aurais dû trouver pour Martin quelques arguments plus puissants... Et Gustave! — Ah! il n'aime que les fous, Valentin! — m'appeler « raisonnable » — si c'est possible! moi qui n'ai fait rien que d'absurde tout ce jour. Je sais bien que ça n'est pas la même chose... Ici, ma pensée, pourquoi t'arrêter et me fixer comme une chouette hagarde? — Révolutionnaire, peut-être que je le suis, après tout, à force de l'horreur du contraire. Comme l'on se sent misérable pour avoir voulu cesser de l'être! — Ne pas pouvoir se faire entendre... C'est pourtant vrai, cela que je leur dis — puisque j'en souffre. — Est-ce que j'en souffre? — Ma parole! à de certains moments, je ne comprends plus du tout ni ce que je veux ni à qui j'en veux; — il me semble alors que je me débats contre mes propres fantômes et que je... Mon Dieu! mon Dieu, c'est là vraiment chose pesante, et la pensée d'autrui est plus inerte encore que la matière. Il semble que chaque idée, dès qu'on la touche, vous châtie; elles ressemblent à ces goules de nuit qui s'installent sur vos épaules, se nourrissent de vous et pèsent d'autant plus qu'elles vous ont rendu plus faible... A présent que j'ai commencé de chercher les équivalents des pensées, pour les rendre aux autres plus claires — je ne peux cesser; rétrospections; — voilà

des métaphores ridicules ; — je me sens prendre peu à peu, à mesure que je les dépeins, par toutes les maladies que je reproche aux autres, et je garde pour moi toute la souffrance que je ne parviens pas à leur donner. — Il me semble à présent que le sentiment que j'en ai augmente encore ma maladie, et que les autres, après tout, peut-être ne sont pas malades. — Mais alors, ils ont raison de ne pas souffrir — et je n'ai pas raison de le leur reprocher ; — pourtant je vis comme eux, et c'est de vivre ainsi que je souffre... Ah ! ma tête est au désespoir ! — Je veux inquiéter — je me donne pour cela bien du mal — et je n'inquiète que moi-même... Tiens ! une phrase ! notons cela. » Je sortis un feuillet de dessous mon oreiller, je rallumai ma bougie et j'écrivis ces simples mots :

« S'éprendre de son inquiétude. »

Je soufflai ma bougie.

« ... Mon dieu, mon Dieu ! avant de m'endormir, il y a un petit point que je voudrais scruter encore... On tient une petite idée — on aurait aussi bien pu la laisser tranquille... — hein !... Quoi ?... Rien, c'est moi qui parle ; — je disais qu'on aurait aussi bien pu la laisser tranquille... hein !... Quoi ?... Ah ! j'allais m'endormir... — non, je voulais encore penser à cette petite idée qui grandit ; — je ne saisis pas bien la progression ; — maintenant l'idée est énorme — et qui m'a pris — pour en vivre ; oui, je suis son moyen d'existence ; — elle est lourde — il faut que je la présente, que je la représente dans le monde. — Elle m'a pris pour la trimbaler dans le monde. — Elle est pesante comme Dieu... Malheur ! encore une phrase ! » — Je sortis un autre feuillet ; j'allumai ma bougie et j'écrivis :

« Il faut qu'elle croisse et que je diminue. »

— C'est dans saint Jean... Ah ! pendant que j'y suis » : — Je sortis un troisième feuillet...

.

« Je ne sais plus ce que je voulais dire... ah ! tant pis ; j'ai mal à la tête... Non, la pensée serait perdue, — perdue... et j'y aurais mal comme à une jambe de bois... jambe de bois... Elle n'y est plus : on la sent, la pensée... la pensée... — Quand on répète ses mots, c'est qu'on va dormir ; — je vais répéter encore : jambe de bois, —

jambe de bois... jambe de... Ah! je n'ai pas soufflé ma
bougie... Si. — Est-ce que j'ai soufflé ma bougie ?...
Oui, puisque je dors. — D'ailleurs quand Hubert est
rentré, elle n'était pas encore éteinte;... mais Angèle
prétendait que si;... c'est même alors que je lui ai parlé
de la jambe de bois; — parce qu'elle piquait dans la
tourbe; je lui faisais observer que je ne pourrais jamais
courir assez vite; ce terrain, disais-je, est horriblement
élastique!... la maraischaussée — non pas cela!... Tiens!
où est Angèle ? Je commence à courir un peu plus vite.
— Misère! on enfonce horriblement... je ne pourrai
jamais courir assez vite... Où est le bateau ? Est-ce que
j'y suis ?... Je vais sauter — ouf! houp. — Quelàs!...

« Alors si vous voulez, Angèle, nous allons faire en
cette barque un petit voyage d'agrément. Je vous faisais
observer simplement, chère amie, qu'il n'y a là rien
que des carex et des lycopodes — des petits potamogé-
tons — et moi je n'ai rien dans les poches — un tout
petit peu de mie de pain pour les poissons... Tiens ?
où est Angèle ?... Enfin, chère amie, pourquoi est-ce
que vous êtes ce soir toute fondue ?... — mais vous vous
dissolvez complètement, ma chère! — Angèle! Angèle!
entendez-vous — voyons, entendez-vous ? Angèle!...
et ne restera-t-il plus de vous que cette branche de nym-
phéa botanique (et j'emploie ce mot dans un sens bien
difficile à apprécier aujourd'hui) — que je vais récolter
sur le fleuve... Mais c'est absolument du velours! un
tapis tout à fait; — c'est une moquette élastique!...
Alors pourquoi rester assis dessus ? avec entre les
mains ces deux pieds de chaise. Il faut chercher enfin à
sortir de dessous les meubles! — On va recevoir
Monseigneur... d'autant plus qu'on étouffe ici!... Voici
donc le portrait d'Hubert. Il est en fleur... Ouvrons la
porte; il fait trop chaud. Cette autre salle m'a l'air
d'être encore un peu plus pareille à ce que je m'attendais
à la trouver; — seulement le portrait d'Hubert y est
mal fait; j'aimais mieux l'autre; il a l'air d'un ventila-
teur; — ma parole! d'un ventilateur tout craché.
Pourquoi rigole-t-il ?... Allons-nous-en. Venez, ma
chère amie... tiens! où est Angèle ? — Je la tenais très
fort par la main tout à l'heure; elle a dû s'enfiler dans le
corridor, pour aller préparer sa valise. Elle aurait pu
laisser l'indicateur... Mais ne courez donc pas si vite, je

ne pourrai jamais vous suivre. — Ah! misère! encore une porte fermée... Heureusement qu'elles sont très faciles à ouvrir; je les claque derrière moi pour que Monseigneur ne puisse pas m'attraper. — Je crois qu'il a mis tout le salon d'Angèle à mes trousses... Y en a-t-il! Y en a-t-il! des littérateurs... Paf! encore une porte fermée. — Paf! — Oh! nous n'en sortirons donc jamais, du corridor! — Paf! — quelle enfilade! Je ne sais plus du tout où j'en suis... Comme je cours vite à présent!... Miséricorde! ici il n'y a plus de portes du tout. Le portrait d'Hubert est mal accroché; — il va tomber; — il a l'air d'un rigolateur... Cette pièce est beaucoup trop étroite — j'emploierai même le mot : exigu; on ne pourra jamais y tenir tous. Ils vont venir... J'étouffe! — Ah! par la fenêtre. — Je vais la refermer derrière moi; — je vais voleter désolément jusqu'au balcon de sur la rue. — Tiens! c'est un corridor! Ah! les voilà : — Mon Dieu, mon Dieu! Je deviens fou... J'étouffe! »

Je m'éveillai trempé de sueur; les couvertures trop bordées me sanglaient comme des ligatures; leur tension me semblait un poids horrible sur la poitrine; je fis un grand effort, les soulevai, puis d'un coup les rejetai toutes. L'air de la chambre m'entoura; je respirai avec méthode. — Fraîcheur — petit matin — vitres pâles... il faudra noter tout cela. — aquarium, — il se confond avec le reste de la chambre... A cet instant je frissonnai; — je vais me refroidir, pensai-je; — certainement je me refroidis. — Et grelottant, je me levai pour rattraper les couvertures, et les ramenant sur le lit je me rebordai docilement pour dormir.

HUBERT

OU LA CHASSE AU CANARD

Vendredi.

Sur l'agenda, sitôt levé je pus lire : tâcher de se lever à six heures. Il était huit heures; je pris ma plume; je biffai; j'écrivis au lieu : Se lever à onze heures. — Et je me recouchai, sans lire le reste.

Après la nuit horrible, me sentant souffrant, je pris au lieu de lait, pour varier, un peu de tisane; et même je la pris dans mon lit, où me l'apporta mon domestique. Mon agenda m'exaspérant, ce fut sur une feuille vraiment volante que j'écrivis : « Ce soir, acheter une bonbonne d'eau d'Évian » — puis j'épinglai cette feuille au mur.

— Pour goûter cette eau, je resterai chez moi, je n'irai point dîner avec Angèle; Hubert y va d'ailleurs; peut-être que je les gênerais; — mais j'irai sitôt après dans la soirée pour voir si je les aurais gênés.

Je pris ma plume et j'écrivis :

« Chère amie; j'ai la migraine; je ne viendrai pas pour souper; d'ailleurs Hubert viendra, et je ne voudrais pas vous gêner; mais je viendrai sitôt après dans la soirée. J'ai fait un cauchemar assez curieux que je vous raconterai. »

J'enveloppai la lettre; pris une autre feuille et tout doucement j'écrivis :

Tityre au bord des étangs va cueillir les plantes utiles. Il trouve des bourraches, des guimauves efficaces et des centaurées très amères. Il revient avec une gerbe de simples. A cause de la vertu des plantes, il cherche des gens à soigner. Autour des étangs, personne. Il pense : c'est dommage. — Alors il va vers les salines où sont fièvres et ouvriers. Il va vers eux, leur parle, les exhorte et leur prouve leur maladie ; — mais un dit qu'il n'est pas malade ; un autre, à qui Tityre donne une fleur médicinale, la plante dans un vase et va la regarder pousser ; un autre enfin sait bien qu'il a la fièvre, mais croit qu'elle est utile à sa santé.

Et comme aucun enfin ne souhaitait guérir et que les fleurs s'en fussent fanées, Tityre prend lui-même la fièvre pour pouvoir au moins se soigner...

A dix heures on sonna; c'était Alcide. Il dit : « Couché! — Malade ? »

Je dis : « Non. Bonjour, mon ami. — Mais je ne peux me lever qu'à onze heures. — C'est une décision que j'ai prise. — Tu voulais ?

— Te dire adieu; on m'a dit que tu partais en voyage... C'est pour longtemps ?

— Pas pour très très longtemps... Tu comprends qu'avec les moyens dont je dispose... Mais l'important c'est de partir. — Hein ? Je ne dis pas ça pour te ren-

voyez ; — mais j'ai beaucoup à écrire avant de... enfin, tu es bien gentil d'être venu; — au revoir. » Il partit.

Je pris un nouveau feuillet et j'écrivis :

Tityre semper recubans

puis je me rendormis jusqu'à midi.

C'est une chose curieuse à noter, cela, combien une résolution importante, la décision d'un grand changement dans l'existence, fait paraître futiles les petites obligations du jour, les besognes, et donne donc de force pour les envoyer au diable.

C'est ainsi que j'eus contre Alcide, dont la visite m'importunait, le courage d'une impolitesse que je n'eusse pas osé sans cela. — De même, ayant vu, par hasard sur l'agenda, que malgré moi je regardai, l'indication :

« Dix heures. Aller expliquer à Magloire pourquoi je le trouve si bête. » — j'eus la force de me réjouir de n'y avoir pas été.

— L'agenda a du bon, pensai-je, car si je n'eusse pas marqué pour ce matin ce que j'eusse dû faire, j'aurais pu l'oublier, et je n'aurais pu me réjouir de ne l'avoir point fait. C'est toujours là le charme qu'a pour moi ce que j'appelai si joliment l'*imprévu négatif ;* je l'aime assez car il nécessite peu d'apport, de sorte qu'il me sert pour les jours ordinaires.

Le soir, après le dîner, donc je me rendis chez Angèle. Elle était assise au piano; elle aidait Hubert à chanter le grand duo de *Lohengrin,* que je fus heureux d'interrompre.

« Angèle, chère amie, dis-je en entrant, je n'apporte pas de valise; pourtant je reste ici toute la nuit, selon votre gracieuse invite, attendant avec vous, n'est-ce pas, l'heure du matinal départ. — J'ai dû laisser ici depuis longtemps divers objets que vous aurez mis dans ma chambre : chaussures rustiques, tricot, ceinture, toque imperméable... Nous trouverons tout ce qu'il faut. Je ne retourne plus chez moi. — Il faut, ce dernier soir, s'ingénier, songer au départ de demain, ne rien faire qui ne le prépare; il faut le motiver, l'amener, le rendre en tous points désirable. Hubert devra nous allécher, par le récit de quelque ancienne aventure.

— Je n'ai guère de temps, dit Hubert; il est tard déjà

et je dois aller à ma société d'assurances toucher quelques papiers avant la fermeture des bureaux. — Puis je ne sais pas raconter, et ce ne sont toujours que des souvenirs de mes chasses. — Celui-ci remonte à mon grand voyage en Judée; — mais il est terrible, Angèle, et je ne sais...

— O! racontez, je vous en prie.

— Vous la voulez, — voici l'histoire :

» Je voyageais avec Bolbos, — que vous deux n'aurez point connu; c'était un grand ami d'enfance; — ne cherchez point, Angèle, il est mort, — et c'est sa fin que je raconte.

» Il était comme moi grand chasseur, chasseur de tigres dans les jungles. Il était vaniteux d'ailleurs, et s'était fait faire, avec la peau d'un de ces tigres qu'il avait lui-même tués, une pelisse de mauvais goût qu'il portait même les jours chauds, et toujours toute grande ouverte. — Il la portait encore ce dernier soir... avec plus de raison d'ailleurs, car on n'y voyait presque plus et le froid déjà vif s'accentuait. Vous savez qu'en ces climats les nuits sont froides, et c'est durant la nuit qu'on chasse la panthère. On la chasse en escarpolette — et c'est même assez amusant. Dans ces montagnes d'Idumée, on connaît les couloirs rocheux où la bête, à ses heures, passe; rien n'est plus régulier dans ses habitudes qu'une panthère — et c'est même ce qui permet de la chasser. — La panthère se tue de haut en bas, — pour des raisons anatomiques. De là, l'usage de l'escarpolette, mais qui ne présente vraiment tous ses avantages que lorsqu'on manque la panthère. En effet, le contre-coup de la détente est une impulsion assez vive pour balancer l'escarpolette; celles-ci sont choisies à cet usage très légères; elles s'élancent aussitôt, vont et viennent, et la panthère exaspérée bondit mais ne peut les atteindre, — ce qu'elle ferait certainement si l'on demeurait immobile. — Que dis-je, ferait ?... ce qu'elle a fait! ce qu'elle a fait, Angèle!

» ... Ces balançoires se suspendent d'un bord à l'autre du ravin; nous avions donc chacun la nôtre; il était tard; nous attendions. — La panthère devait passer au-dessous de nous entre minuit et une heure. J'étais jeune encore, un peu poltron, et tout à la fois téméraire, — je veux dire précipité. Bolbos plus vieux était plus sage;

lui qui connaissait cette chasse, par excellente amitié, m'avait cédé la bonne place d'où l'on devait voir le premier.

— Quand tu fais des vers, ils ne valent rien du tout, lui dis-je; tâche donc de parler en prose. »

Il reprit sans m'avoir compris :

« A minuit, j'armai mon fusil. A minuit et quart la pleine lune passa les roches.

— Comme ça devait être beau! dit Angèle.

— Bientôt on entendit non loin ce léger frôlement, si particulier, que font les fauves quand ils marchent. A minuit et demie je vis s'avancer en rampant une forme allongée — c'était elle! j'attendis encore qu'elle fut bien sous moi. — Je tirai... Chère Angèle, que vous dirai-je ? Je me sentis du coup projeté sur l'escarpolette, en arrière, — il me sembla que je m'envolais; aussitôt je fus hors de prise — la tête perdue, mais pas assez pour... Bolbos ne tirait pas! — Qu'attendait-il ? c'est ce que je n'ai pas pu comprendre; — mais ce que j'ai compris, c'est qu'il est peu prudent dans ces chasses d'être deux : Supposez, en effet, chère Angèle, que l'un tire, ne fût-ce qu'un instant après l'autre; — la panthère irritée voit ce point immobile — a le temps de sauter — et pourtant celui qu'elle attrape, c'est précisément celui qui n'a pas tiré. — Je crois, lorsqu'à présent j'y pense, que Bolbos a voulu tirer, mais que son coup n'a pas voulu partir. De ces défections arrivent même avec les meilleurs fusils. — Quand, cessant mon aller en arrière, je commençai de revenir en avant, je distinguai Bolbos sous la panthère, et tous deux sur la balançoire à présent vivement agitée; — en effet, rien de plus preste que ces bêtes.

» Je dus, chère Angèle, — songez! je dus assister à ce drame — j'allais, je venais, je balançais toujours; — lui maintenant balançait aussi, sous la panthère — et je n'y pouvais rien! — Me servir du fusil ? — Impossible : comment viser ? — J'aurais du moins voulu partir car ce mouvement me donnait horriblement mal au cœur...

— Comme ça devait être émouvant! dit Angèle.

— Maintenant, adieu, chers amis, — je vous laisse. Je suis pressé. Bon voyage; amusez-vous bien; ne rentrez pas trop tard. — Je reviendrai vous voir dimanche. »

Hubert partit.

Il y eut un vaste silence. Si j'avais parlé, j'aurais dit : « Hubert a bien mal raconté. J'ignorais son voyage en Judée. Est-ce que c'est vrai, cette histoire ? — Vous aviez l'air quand il en parlait d'immodérément l'admirer. » — Mais je ne disais rien; je regardais le foyer, la flamme de la lampe, Angèle auprès de moi, tous deux auprès du feu — la table — la pénombre exquise de la chambre — tout ce qu'il nous fallait quitter... On apporta le thé. Il était plus de onze heures; il semblait que chacun de nous deux sommeillât.

Quand minuit eut achevé de sonner :

« Moi aussi, j'ai chassé... » commençai-je.

L'étonnement sembla l'éveiller; elle dit :

« Vous! chasser! Chasser quoi ?

— Le canard, Angèle. Et ce fut même avec Hubert; ce fut jadis... Mais chère Angèle, pourquoi pas ? — Ce qui me déplaît, c'est le fusil, non pas la chasse; j'ai les détonations en horreur. Vous vous méprenez, je vous assure, dans vos jugements sur moi-même. J'ai le tempérament très actif; ce sont les instruments qui me gênent... Mais Hubert, toujours au courant des inventions les plus récentes, m'avait procuré pour l'hiver, par l'entremise d'Amédée, un fusil à air comprimé.

— O racontez-moi tout! dit Angèle.

— Ce n'était pas, continuai-je — ce n'était pas, vous pensez bien, un de ces fusils extraordinaires comme on n'en voit qu'aux grandes expositions; — d'ailleurs, je ne l'avais que loué, car ces instruments coûtent horriblement cher; puis je n'aime pas garder chez moi des armes. — Un petit réservoir à air faisait manœuvrer la détente, — au moyen d'un tube élastique que l'on se passait sous l'aisselle; on tenait dans sa main une poire un peu fatiguée, — car c'était un vieux appareil; — à la moindre pression, la poire en caoutchouc faisait partir la balle... Votre ignorance de la technique m'empêche de vous expliquer mieux.

— Vous auriez dû me montrer cela, dit Angèle.

— Chère amie, ces instruments ne peuvent être touchés qu'avec une toute particulière adresse, — puis, je vous l'ai dit, je ne le gardai point. D'ailleurs cette seule nuit de chasse suffit, tant elle fut fructifère, à user définitivement la poire, — comme je vais vous raconter :

— C'était une brumeuse nuit de décembre. — Hubert alors me dit : « Viens-tu ? »

» Je lui répondis : « Je suis prêt. »

» Il décrocha sa carabine; moi mon fusil; il prit ses pipeaux et ses bottes; nous prîmes nos patins nickelés. Puis, avec ce flair particulier des chasseurs, nous nous avançâmes dans l'ombre. Hubert connaissait le chemin qui devait conduire à la hutte, où, près de l'étang giboyeux, un feu de tourbe préparé couvait depuis le soir sous la cendre. D'ailleurs, sitôt sortis du parc que les sapins noirs encombraient, la nuit nous parut plutôt claire. Une lune à peu près gonflée se montrait indistinctement à travers la brume éthérée. On ne la voyait pas comme parfois, tantôt et tantôt, puis cachée, puis ruisseler sur les nuages; la nuit n'était pas agitée; — ce n'était pas non plus une nuit pacifique; — elle était muette, inemployée, humide, et m'eussiez-vous compris si j'eusse dit : involontaire. Le ciel était sans autre aspect; on l'eût retourné sans surprise. — Si j'insiste ainsi, calme amie, c'est pour bien vous faire comprendre à quel point cette nuit était ordinaire.

» Les chasseurs expérimentés savent, pour l'affût du canard, que ce sont ces nuits les meilleures. — Nous approchâmes du canal dont, entre les roseaux fanés, nous distinguions l'eau gelée, à son reflet de polissure. Nous adaptâmes nos patins et, sans dire un mot, nous allâmes. Plus l'on approchait de l'étang, plus l'eau bourbeuse, diminuée, mêlée de mousses et de terre et de neige à moitié fondue, rendait la course difficile. Le canal allait se perdant; nos patins enfin nous gênèrent. Nous marchâmes. Hubert entre se chauffer dans la hutte; moi je n'y pus tenir à cause de l'épaisse fumée... Ce que je vais vous raconter, Angèle, c'est une chose horrible! — car, écoutez : — Sitôt que Hubert fut chauffé, il s'engagea dans l'eau vaseuse; — je sais bien qu'il avait ses bottes et son vêtement goudronné — mais, amie, il ne s'enfonça pas jusqu'aux genoux — ni jusqu'à la ceinture : il s'enfonça là-dedans tout entier! — Ne frémissez pas trop; c'était exprès! Pour se cacher mieux des canards, il voulait complètement disparaître; c'était abject, allez-vous dire... N'est-ce pas ? Je le trouvais aussi : mais de là vint le gibier en abondance. Les dispositions étaient prises; assis au fond d'une

barque amarrée, j'attendais le vol approcher. — Hubert, quand il fut bien caché, commença d'appeler le canard. Il employait à cet effet deux pipeaux : l'un d'appel, l'autre de réponse. Le voilier lointain entendait; il entendait cette réponse : le canard est si bête qu'il la croyait de lui; de sorte qu'il arrivait vite — pour l'avoir faite, chère Angèle. — Hubert imitait parfaitement. Le ciel au-dessus de nous s'assombrit de leur nuage triangulaire; puis le bruit de leurs ailes s'accrut de ce qu'alors ils descendirent; et lorsqu'ils furent assez près, moi je commençai de tirer.

» Ils vinrent bientôt si nombreux, qu'à vrai dire je ne visais qu'à peine; je me contentais de presser un peu plus, à chaque coup nouveau, la poire, — tant la détente était facile; — elle ne faisait pas d'autre bruit que celui, dans les airs, d'une chandelle d'artifice à l'instant de son éclosion — ou que le son plutôt de « *Palmes !* » dans un vers de Monsieur Mallarmé. Encore souvent ne l'entendait-on même pas, et lorsque je n'approchais pas mon oreille, n'étais-je averti du départ de la balle que par la chute d'un autre oiseau. N'entendant pas de bruit, les canards longtemps s'arrêtèrent. Ils tombaient, tournoyant sur l'eau brune qu'une croûte boueuse étouffait, et, crispés, déchiraient des feuilles de leur aile mal refermée. Ils voulaient, avant de mourir, gagner un abri de broussailles, les roseaux ne les cachant pas. Des plumes s'attardaient et, flottant sur les eaux, dans les airs, semblaient, autant que les brouillards, légères... Moi je me demandais : Quand ça va-t-il finir ? — Enfin, au petit jour, les derniers survivants partirent; il se fit tout à coup un grand bruit d'ailes, que les derniers mourants comprirent. — Alors enfin revint Hubert, couvert de feuilles et de vase. Nous démarrâmes le canot plat et, le poussant avec des gaules au travers des tiges froissées, dans l'horrible clarté d'avant l'aube, nous recueillîmes nos victuailles. — J'en avais tué plus de quarante; — toutes sentaient le marécage... Mais quoi! vous dormez, chère Angèle ? »

La lampe baissait faute d'huile; le feu se mourait tristement, et la vitre se lavait d'aube. Un peu d'espoir enfin des réserves du ciel semblait en grelottant descendre... Ah! que vienne enfin jusqu'à nous un peu de céleste rosée et, dans cette chambre si close où si longtemps

nous sommeillâmes, fût-ce à travers la vitre et pluviale, qu'une aube enfin paraisse, et qu'elle apporte jusqu'à nous, à travers l'ombre accumulée, un peu de blancheur naturelle...

Angèle sommeillait à demi; n'entendant plus parler elle s'éveilla doucement — murmura :

« Vous devriez mettre cela...

— ... Ah! par pitié n'achevez pas, chère amie — et ne me dites pas que je devrais mettre cela dans *Paludes*. — D'abord ça y est déjà — et puis vous n'avez pas écouté — mais je ne vous en veux pas — non, je vous en supplie, ne croyez pas que je vous en veuille. Aussi bien je veux être joyeux aujourd'hui. L'aube naît, Angèle! voyez! Voyez les toits gris de la ville et ces blancheurs sur la banlieue... Sera-ce... Ah! de quelle morne grisaille et de quelle vieille effritée, cendre amère ah! pensée — sera-ce ta candeur, et qui se glisse inespérée, aube, qui nous délivrera? — La vitre où le matin ruisselle... non... le matin où pâlit la vitre... Angèle — laverait... laverait...

Nous partirons! je sens que des oiseaux sont ivres!

Angèle! c'est un vers de Monsieur Mallarmé! — je le cite assez mal — il est au singulier — mais vous partez aussi — ah! chère amie, je vous emmène! — Valises! — hâtons-nous; — je veux un havresac bondé! Pourtant ne prenons pas trop de choses : « Tout ce qu'on ne peut pas mettre dans sa valise est » insupportable! » — Le mot est de Monsieur Barrès — Barrès, vous savez bien, le député, ma chère! — Ah! l'on étouffe ici; ouvrons, voulez-vous, la fenêtre! Je suis extrêmement agité. Allez vite dans la cuisine. En voyage on ne sait jamais où l'on dîne. Emportons quatre pains fourrés, des œufs, du cervelas et la longe de veau qu'hier au souper nous laissâmes. »

Angèle s'éloigna; je demeurai seul un instant.

Or, de cet instant que dirais-je? — Pourquoi n'en parler pas autant que de l'instant qui suivit : savons-nous quelles sont les choses importantes? Quelle arrogance dans le *choix !* — Regardons tout avec une égale insistance, et, qu'avant le départ excité, j'aie encore une calme méditation. Regardons! Regardons! — que vois-je?

— Trois marchands de légumes passent.
— Un omnibus déjà.
— Un portier balaie devant sa porte.
— Les boutiquiers rafraîchissent leur devanture.
— La cuisinière part pour le marché.
— Des collégiens vont à l'école.
— Les kiosques reçoivent les journaux; des messieurs pressés les achètent.
— On pose les tables d'un café...
Mon Dieu! Mon Dieu, qu'Angèle n'entre pas à présent, voici que de nouveau je sanglote... c'est nerveux, je crois; — cela me prend à chaque énumération. — Et puis je grelotte à présent! — Ah! pour l'amour de moi fermons cette fenêtre. Cet air du matin m'a transi. — La vie — la vie des autres! — cela, la vie? — voir la vie! Ce que c'est pourtant que de vivre!!... Et qu'est-ce qu'on en pourrait dire d'autre? Exclamations.
— A présent, j'éternue; oui, sitôt que la pensée s'arrête et que la contemplation me commence, je prends froid.
— Mais j'entends Angèle — hâtons-nous.

ANGÈLE

OU LE PETIT VOYAGE

Samedi.

Ne noter du voyage rien que les moments poétiques — parce qu'ils rentrent plus dans le caractère de ce que je le désirais.

Dans la voiture qui nous mène à la gare, je déclamai :

Des chevreaux au bord des cascades ;
Des ponts jetés sur des ravins ;
Des mélèzes en enfilades...
Où monte avec nous, j'imagine,
L'excellente odeur de résine
Des mélèzes et des sapins.

« Oh! dit Angèle — quels beaux vers!
— Vous trouvez, chère amie, lui dis-je. — Mais non, mais non, je vous assure; — je ne dis pas qu'ils soient mauvais, mauvais... Mais enfin, je n'y tiens pas; —

j'improvisais. — Puis, vous avez peut-être raison; — il se peut en effet qu'ils soient bons. L'auteur ne sait jamais bien lui-même... »

Nous arrivâmes à la gare beaucoup trop tôt. Il y eut, dans la salle d'attente, une attente, ah! vraiment longue. C'est alors qu'assis auprès d'Angèle je crus devoir lui dire une gracieuseté :
« Amie — mon amie, — commençais-je; il y a dans votre sourire une douceur que je ne puis pas bien comprendre. Viendrait-elle de votre sensibilité ?
— Je ne sais pas, répondit-elle.
— Douce Angèle! je ne vous avais jamais aussi bien appréciée qu'aujourd'hui. »

Je lui dis aussi : « Charmante amie, que les associations de vos pensées sont délicates! » et quelque chose encore que je ne peux pas me rappeler.

Chemin bordé d'aristoloches.

Vers trois heures — à propos de rien, commença de tomber une petite averse.
« Ce ne sera qu'un grain, dit Angèle.
— Pourquoi, lui dis-je — chère amie, par un ciel toujours incertain, n'avoir emporté qu'une ombrelle ?
— C'est un en-tout-cas », me dit-elle.
Pourtant, comme il pleuvait plus fort et que je crains l'humidité, nous rentrâmes nous abriter sous le toit du pressoir que nous avions à peine quitté.

Du haut des pins, lentement descendues, une à une, en file brune, l'on voyait les chenilles processionnaires — qu'au bas des pins, longuement attendues, boulottaient les gros calosomes.
« Je n'ai pas vu les calosomes! dit Angèle (car je lui montrai cette phrase).
— Moi non plus, chère Angèle, — ni les chenilles.
— Du reste, ça n'est pas la saison; mais cette phrase, n'est-il pas vrai — rend excellemment l'impression de notre voyage...
» Il est assez heureux, après tout, que ce petit voyage ait raté — pouvant ainsi mieux vous instruire.

— Oh! pourquoi dites-vous cela? reprit Angèle.
— Mais chère amie — comprenez donc que le plaisir que nous peut procurer un voyage, n'est qu'accessoire. On voyage pour l'éducation... Eh quoi! — Vous pleurez, chère amie?...
— Du tout! fit-elle.
— Allons! Tant pis. — Du moins vous êtes colorée. »

DIMANCHE

Sur l'agenda :
Dix heures : culte.
Visite à Richard.
Vers cinq heures aller visiter avec Hubert l'indigente famille Rosselange et le petit fouisseur Grabu.
Faire remarquer à Angèle combien j'ai la plaisanterie sérieuse.
Finir *Paludes*. — Gravité.
Il était neuf heures. De cette journée je sentis la solennité à ma recrudescente agonie. Je posai doucement ma tête sur ma main; j'écrivis :
« Toute la vie j'aurai tendu vers une un peu plus grande lumière. J'ai vu, ah! tout autour de moi, des tas d'êtres languir dans les pièces trop étroites; le soleil n'y pénétrait point; de grandes plaques décolorantes en amenaient vers midi des reflets. C'était l'heure où, dans les ruelles, on étouffait de la chaleur sans souffles; des rayons ne trouvant pas où se répandre concentraient entre les murailles une malsaine pâmoison. Ceux qui les avaient vues pensaient aux étendues, aux rayons sur l'écume des vagues et sur les céréales des plaines... »
Angèle entra :
Je m'écriai : « Vous! chère Angèle! »
Elle me dit : « Vous travaillez? Vous êtes triste, ce matin. Je l'ai senti. Je suis venue.
— Chère Angèle!... Mais — asseyez-vous. — Pourquoi serais-je plus triste ce matin?
— Oh! vous êtes triste, n'est-ce pas? — Et ce n'était pas vrai ce que vous me disiez hier... Vous ne pouvez vous réjouir de ce que n'ait pas été tel que nous le souhaitions notre voyage.

— Douce Angèle!... Je suis vraiment touché par vos paroles... Oui, je suis triste, chère amie; — j'ai vraiment ce matin l'âme bien désolée.

— Je viens la consoler, dit-elle.

— Comme nous retombons, ma chère! Tout est bien plus triste à présent. — Je comptais, je l'avoue, beaucoup sur ce voyage, je croyais qu'il allait donner à mon talent une direction nouvelle. C'est vous qui me le proposâtes, il est vrai, mais j'y pensais depuis bien des années. — Je sens mieux à présent tout ce que j'aurais voulu quitter, à voir tout ce que je retrouve.

— Peut-être, dit Angèle, que nous n'avons pas été assez loin. — Mais il fallait deux jours pour voir la mer, et nous voulions être rentrés dimanche pour le culte.

— Nous n'avions pas assez pensé, Angèle, à cette coïncidence; — et puis, jusqu'où nous fallait-il aller? Comme nous retombons, chère Angèle! — Lorsqu'on y repense, à présent : comme il fut triste notre voyage! — le mot « aristoloche » exprime quelque chose de ça. — Vous souviendrez-vous bien longtemps de ce petit repas dans le pressoir humide, et comme, après, ne disant rien, nous frissonnâmes. — Restez — restez ici tout ce matin, ah! je vous prie. — Je sens que je vais sangloter tout à l'heure. Il me semble que je porte toujours *Paludes* avec moi. — *Paludes* n'ennuiera personne autant que moi-même...

— Si vous le laissiez, me dit-elle.

— Angèle! Angèle, vous ne comprenez pas! Je le laisse ici; je le retrouve là; je le retrouve partout; la vue des autres m'en obsède et ce petit voyage ne m'en aura pas délivré. — Nous n'usons pas notre mélancolie, à refaire chaque jour nos hiers nous n'usons pas nos maladies, nous n'y usons rien que nous-mêmes, et perdons chaque jour de la force. — Quelles prolongations du passé! — J'ai peur de la mort, chère Angèle. — Ne pourrons-nous jamais poser rien hors du temps — que nous ne soyons pas obligés de refaire. — Quelque œuvre enfin qui n'ait plus besoin de nous pour durer. — Mais de tout ce que nous faisons, rien ne dure sitôt que nous ne l'entretenons plus. Et pourtant tous nos actes subsistent horriblement et pèsent. Ce qui pèse sur nous, c'est la nécessité de les refaire; il y a là quelque

chose que je ne comprends plus bien. — Pardonnez — un instant... »

Et prenant un papier j'écrivis : *Nous devons entretenir nos actions lorsqu'elles ne sont pas sincères.*

Je repris : « Mais comprenez-vous, chère Angèle, que c'est cela qui fit rater notre voyage... Rien qu'on puisse laisser derrière soi, disant : « Cela est. » De sorte que nous revînmes pour voir si tout y était encore. — Ah! misère de notre vie, n'aurons-nous donc rien fait faire aux autres! rien fait! que remorquer ainsi ces flottantes dérives... — Et nos relations, chère Angèle! sont-elles assez transitoires! C'est même ça qui nous permet, vous comprenez, de les continuer si longtemps.

— O! vous êtes injuste, dit-elle.

— Non, chère amie — non, ce n'est pas cela, — mais je tiens à vous faire constater l'impression de stérilité qui s'en dégage. »

Alors Angèle courba le front, et souriant un peu, par convenance :

« Ce soir, je resterai, dit-elle; — voulez-vous ? »

Je m'écriai : « O! voyons, chère amie! — Si maintenant l'on ne peut plus vous parler de ces choses, sans que tout de suite... — Avouez d'ailleurs que vous n'en avez pas grande envie; — puis vous êtes, je vous assure, délicate, et c'est en pensant à vous que j'écrivais, vous en souvenez-vous, cette phrase : « *elle craignait la volupté comme une chose trop forte et qui l'eût peut-être tuée.* » Vous m'affirmiez que c'était exagéré... Non, chère amie, — non — nous pourrions en être gênés; — j'ai même fait à ce sujet quelques vers :

. .

Nous ne sommes pas,
Chère, de ceux-là
Par qui naissent les fils des hommes.

» (Le reste de la pièce est pathétique, mais trop long pour être cité maintenant.) — D'ailleurs je ne suis pas bien robuste moi-même et c'est ce que j'ai tâché d'exprimer dans ces vers, dont vous vous souviendrez désormais (ils sont un peu exagérés) :

... Mais toi, le plus débile des êtres
Que peux-tu faire ? Que veux-tu faire ?

> *Est-ce que c'est ta passion :*
> *Qui va te donner de la force*
> *Ou de rester à la maison*
> *A te dorloter de la sorte ?*

» Et vous voyez bien à cela que j'avais envie de sortir... »
Il est vrai que j'ajoutais d'une façon encore plus triste
— et, dirai-je même, découragée :

> *Si tu sors, ah ! prends garde à quoi ?*
> *Si tu restes, le mal est pire.*
> *La mort te suit — la mort est là*
> *Qui t'emportera sans rien dire.*

» ... La suite se rapporte à vous et n'est pas achevée. —
Mais si vous y tenez... Invitez plutôt Barnabé !

— O ! vous êtes cruel ce matin, dit Angèle ; — elle
ajouta : « Il sent mauvais. »

— Mais précisément, chère Angèle ; les hommes forts
sentent tous mauvais. — C'est ce que mon jeune ami
Tancrède a tâché d'exprimer dans ces vers :

> Les capitaines vainqueurs ont une odeur forte !

» (Je sais ce qui vous étonne : c'est la césure.) — Mais
comme vous êtes colorée !... Et puis je tenais seulement
à vous faire constater. — Ah ! je voulais encore, délicate
amie, vous faire remarquer combien j'ai la plaisanterie
sérieuse... Angèle ! je suis affreusement las ! — je m'en
vais bientôt sangloter... Mais, d'abord, laissez-moi vous
dicter quelques phrases ; vous écrivez plus vite que moi ;
— puis je marche en parlant ; cela m'aide. Voici le
crayon, le papier. Ah ! douce amie ! que vous fîtes bien
de venir ! — Écrivez, écrivez en hâte ; d'ailleurs c'est
à propos de notre pauvre voyage :

» ... Il y a des gens qui sont dehors tout de suite. La
nature frappe à leur porte : elle ouvre sur l'immense
plaine, où, sitôt qu'ils sont descendus, s'oublie et se
perd leur demeure. Ils la retrouvent au soir, quand ils
en ont besoin pour dormir ; ils la retrouvent aisément.
Ils pourraient, s'ils voulaient, s'endormir à la belle
étoile, laisser leur maison tout un jour, — l'oublier
même pour longtemps. — Si vous trouvez cela naturel,
c'est que vous ne me comprenez pas bien. Étonnez-vous
plus de ces choses... Je vous assure que, quant à nous,

si nous envions ces habitants si libres, c'est parce que, chaque fois que nous avons bâti dans la peine quelque toit pour nous abriter, ce toit nous a suivis, s'est placé dès lors sur nos têtes; nous a préservés de la pluie, il est vrai, mais nous a caché le soleil. Nous avons dormi à son ombre; nous avons travaillé, dansé, baisé, pensé à son ombre; — parfois, tant la splendeur de l'aurore était grande, nous avons cru pouvoir nous échapper au matin; nous avons voulu l'oublier; nous nous sommes glissés, comme des voleurs sous du chaume, non pour entrer, nous, mais pour sortir — subrepticement — et nous avons couru vers la plaine. Et le toit courait après nous. Il bondissait à la façon de cette cloche des légendes après ceux qui tentaient d'échapper au culte. Nous ne cessions d'en sentir le poids sur nos têtes. Nous en avions, pour le faire, porté déjà tous les matériaux; nous jaugions le poids de l'ensemble. Il courbait notre front, il voûtait nos épaules, — comme faisait à Sindbad tout le poids du Vieillard de la Mer. — On n'y prend pas garde d'abord; puis, c'est horrible; cela s'attache à nous par la seule vertu du poids. On ne s'en débarrasse pas. Il faut porter jusqu'à la fin toutes les idées qu'on soulève...

— Ah! dit Angèle, malheureux — malheureux ami — pourquoi commençâtes-vous *Paludes?* — quand il est tant d'autres sujets — et même de plus poétiques.

— Précisément, Angèle! Écrivez! Écrivez! — (Mon Dieu! vais-je enfin pouvoir être sincère aujourd'hui?)

» Je ne comprends plus du tout ce que vous voulez dire avec votre plus ou moins grande poésie. — Toutes les angoisses d'un poitrinaire dans une chambre trop petite, d'un mineur qui veut remonter vers le jour, et du pêcheur de perles qui sent peser sur lui tout le poids des sombres ondes de la mer! toute l'oppression de Plaute ou de Samson tournant la meule, de Sisyphe roulant le rocher; tout l'étouffement d'un peuple en esclavage — entre autres peines, celles-là, toutes, je les ai toutes connues.

— Vous dictez trop vite, dit Angèle. — Je ne peux pas vous suivre...

— Alors tant pis! — n'écrivez plus; — écoutez, Angèle! Écoutez — car mon âme est désespérée. Que

de fois, que de fois j'ai fait ce geste, comme en un cauchemar affreux où j'imaginais le ciel de mon lit détaché, tomber, m'envelopper, peser sur ma poitrine — et presque debout, lorsque je me réveillais — pour repousser de moi, à bras tendus, quelques parois invisibles — ce geste d'écarter quelqu'un dont je sentais trop près de moi l'impure haleine — de retenir à bras tendus des murs qui toujours se rapprochent, ou dont la pesante fragilité branle et chancelle au-dessus de nos têtes; ce geste aussi, de rejeter des vêtements trop lourds, des manteaux, de dessus nos épaules. Que de fois, cherchant un peu d'air, suffocant, j'ai connu le geste d'ouvrir des fenêtres — et je me suis arrêté, sans espoir, parce qu'une fois, les ayant ouvertes...

— Vous aviez pris froid ? dit Angèle.

— ... Parce qu'une fois, les ayant ouvertes, j'ai vu qu'elles donnaient sur des cours — ou sur d'autres salles voûtées — sur des cours misérables, sans soleil et sans air — et qu'alors, ayant vu cela, par détresse, je criai de toutes mes forces : Seigneur! Seigneur! nous sommes terriblement enfermés! — et que ma voix me revint tout entière de la voûte. — Angèle! Angèle! que ferons-nous à présent ? Tenterons-nous encore de soulever ces oppressants suaires — ou nous accoutumerons-nous à ne plus respirer qu'à peine — à prolonger ainsi notre vie dans cette tombe ?

— Nous n'avons jamais vécu plus, dit Angèle. Peut-on, dites-moi vraiment, vivre plus ? Où prîtes-vous le sentiment d'une plus grande exubérance ? Qui vous a dit que cela soit possible ? — Hubert ? — Vit-il plus parce qu'il s'agite ?

— Angèle! Angèle! voyez comme je sanglote à présent! Auriez-vous donc un peu compris mon angoisse ? En votre sourire aurais-je mis peut-être enfin quelque amertume ? — Eh! quoi! vous pleurez maintenant. — C'est bien! Je suis heureux! J'agis! — Je m'en vais terminer *Paludes !* »

Angèle pleurait, pleurait et ses longs cheveux se défirent.

Ce fut alors que Hubert entra. En nous voyant échevelés : « Pardon! — je vous dérange, » dit-il, en faisant mine de ressortir.

Cette discrétion me toucha beaucoup; de sorte que je m'écriai :

« Entre! Entre, cher Hubert! On ne nous dérange jamais! — puis tristement j'ajoutai : — N'est-ce pas, Angèle ? »

Elle répondit : « Non, nous causions.

— Je ne venais qu'en passant, dit Hubert — et pour quelques mots seulement. — Je pars pour Biskra dans deux jours; — j'ai décidé Roland à m'y accompagner. »

Brusquement je m'indignai :

« Outrecuidant Hubert — c'est moi, moi qui l'y ai décidé. Nous sortions de chez Abel tous deux — je me souviens — quand je lui dis qu'il devrait faire ce voyage. »

Hubert éclata de rire; il dit :

« Toi ? mais mon pauvre ami, réfléchis un peu que tu en as eu assez pour être allé jusqu'à Montmorency! comment peux-tu prétendre ?... Au reste il se peut bien que ce soit toi qui en aies parlé le premier; mais à quoi ça sert-il, je te prie, de mettre des idées dans la tête des gens ? penses-tu que ce soit là ce qui les fasse agir ? Et même laisse-moi t'avouer ici que tu manques étrangement de force impulsive... Tu ne peux donner aux autres que ce que tu as. — Enfin, veux-tu venir avec nous ?... — non ? Eh bien! alors ?... Donc, chère Angèle, adieu — je repasserai vous voir. »

Il sortit.

« Vous le voyez, benoîte Angèle — dis-je — je reste auprès de vous;... mais ne croyez pas que ce soit par amour...

— O non! je sais... répondit-elle.

— ... Mais, Angèle, voyez! m'écriai-je avec un peu d'espoir : onze heures presque! Oh! comme l'heure du culte est passée! »

Alors, en soupirant, elle dit :

« Nous irons à celui de quatre heures. »

Et tout retomba de nouveau.

Angèle eut à sortir.

— Regardant par hasard l'agenda j'y vis l'indication de la visite aux pauvres, je m'élançai vers le bureau de poste et télégraphiai :

« Oh! Hubert! — et les pauvres! »

Puis rentré j'attendis la réponse en relisant le Petit Carême.

— A deux heures je reçus la dépêche. — On lisait : « Merde, lettre suit. »

— Alors m'envahit plus complètement la tristesse.

— Car, si Hubert s'en va, gémis-je — qui viendra me voir à six heures ? — *Paludes* terminé, Dieu sait ce que je m'en vais pouvoir faire. — Je sais que ni les vers ni les drames... je ne les réussis pas bien — et mes principes esthétiques s'opposent à concevoir un roman. — J'avais pensé déjà à reprendre mon ancien sujet de POLDERS — qui continuerait bien *Paludes,* et ne me contredirait pas...

A trois heures, un exprès m'apporta la lettre de Hubert; on y lisait : « Je remets à tes soins mes cinq familles indigentes; un papier qui viendra te donnera leurs noms et les indications suffisantes; — pour les autres diverses affaires, je les confie à Richard et à son beau-frère, car toi tu n'y connaîtrais rien. Adieu — je t'écrirai de là-bas. »

— Alors je rouvris mon agenda et sur la feuille du lundi, j'écrivis : « Tâcher de se lever à six heures. »

... A trois heures et demie, j'allai prendre Angèle; — nous allâmes ensemble au culte de l'Oratoire.

A cinq heures — j'allai voir mes pauvres. — Puis, le temps fraîchissant, je rentrai — je fermai mes fenêtres et me mis à écrire...

A six heures, entra mon grand ami Gaspard.

Il revenait de l'escrime. Il dit :

« Tiens ! Tu travailles ? »

Je répondis : « J'écris *Polders*... »

. .

ENVOI

> Oh! que le jour eut donc de peine
> Ce matin à laver la plaine.

Nous vous avons joué de la flûte
Vous ne nous avez pas écouté.

Nous avons chanté
Vous n'avez pas dansé

Et quand nous avons bien voulu danser
Plus personne ne jouait de la flûte.

Aussi depuis notre infortune
Moi je préfère la bonne lune

Elle fait se désoler les chiens
Et chanter les crapauds musiciens.

Au fond des étangs bénévoles
Elle se répand sans paroles ;

Sa tiède nudité
Saigne à perpétuité.

Nous avons guidé sans houlettes
Les troupeaux vers nos maisonnettes.

Mais les moutons voulaient qu'on les mène à des fêtes
Et nous aurons été d'inutiles prophètes.

Eux mènent comme à l'abreuvoir
Les troupeaux blancs à l'abattoir.

Nous avons bâti sur le sable
Des cathédrales périssables.

ALTERNATIVE

— Où d'aller encore une fois, ô forêt pleine de mystère, — jusqu'à ce lieu que je connais, où, dans une eau morte et brunie, trempent et s'amollissent encore les feuilles des ans passés, les feuilles des printemps adorables.

C'est là que se reposent le mieux mes résolutions inutiles, et que se réduit à la fin, à peu de chose, ma pensée.

FIN

TABLE DES PHRASES
LES PLUS REMARQUABLES
DE *PALUDES*

Page 91. — *Il dit : « Tiens ! Tu travailles ? »*

Page 143. — *Il faut porter jusqu'à la fin toutes les idées qu'on soulève.*

Page* .

. .

* Pour respecter l'idiosyncrasie de chacun, nous laissons à chaque lecteur le soin de remplir cette feuille.

LES NOURRITURES
TERRESTRES

A MON AMI MAURICE QUILLOT

> Voici les fruits dont nous nous sommes nourris sur la terre.
>
> Le Koran, II, 23.

Ne te méprends pas, Nathanaël, au titre brutal qu'il m'a plu de donner à ce livre ; j'eusse pu l'appeler Ménalque, mais Ménalque n'a jamais, non plus que toi-même, existé. Le seul nom d'homme est le mien propre, dont ce livre eût pu se couvrir, mais alors comment eussé-je osé le signer ?

Je m'y suis mis sans apprêts, sans pudeur ; et si parfois j'y parle de pays que je n'ai point vus, de parfums que je n'ai point sentis, d'actions que je n'ai point commises — ou de toi, mon Nathanaël, que je n'ai pas encore rencontré, — ce n'est point par hypocrisie, et ces choses ne sont pas plus des mensonges que ce nom, Nathanaël qui me liras, que je te donne, ignorant le tien à venir.

Et quand tu m'auras lu, jette ce livre, — et sors. Je voudrais qu'il t'eût donné le désir de sortir — sortir de n'importe où, de ta ville, de ta famille, de ta chambre, de ta pensée. N'emporte pas mon livre avec toi. Si j'étais Ménalque, pour te conduire j'aurais pris ta main droite, mais ta main gauche l'eût ignoré, et cette main au plus tôt je l'eusse lâchée, dès qu'on eût été loin des villes, et je t'eusse dit : oublie-moi.

Que mon livre t'enseigne à t'intéresser plus à toi qu'à lui-même, — puis à tout le reste plus qu'à toi.

PREMIER LIVRE

> Mon paresseux bonheur qui longtemps sommeilla
> S'éveille.
>
> <div style="text-align:right">HAFIZ.</div>

I

Ne souhaite pas, Nathanaël, trouver Dieu ailleurs que partout.

Chaque créature indique Dieu, aucune ne le révèle.
Dès que notre regard s'arrête à elle, chaque créature nous détourne de Dieu.

Tandis que d'autres publient ou travaillent, j'ai passé trois années de voyage à oublier au contraire tout ce que j'avais appris par la tête. Cette désinstruction fut lente et difficile; elle me fut plus utile que toutes les instructions imposées par les hommes, et vraiment le commencement d'une éducation.

Tu ne sauras jamais les efforts qu'il nous a fallu faire pour nous intéresser à la vie; mais maintenant qu'elle nous intéresse, ce sera comme toute chose — passionnément.

Je châtiais allégrement ma chair, éprouvant plus de volupté dans le châtiment que dans la faute — tant je me grisais d'orgueil à ne pas pécher simplement.

Supprimer en soi l'idée de *mérite ;* il y a là un grand achoppement pour l'esprit.

... L'incertitude de nos voies nous tourmenta toute la vie. Que te dirais-je ? Tout choix est effrayant, quand on y songe : effrayante une liberté que ne guide plus un

devoir. C'est une route à élire dans un pays de toutes
parts inconnu, où chacun fait *sa* découverte et, remarque-
le bien, ne la fait que pour soi; de sorte que la plus
incertaine trace dans la plus ignorée Afrique est moins
douteuse encore... Des bocages ombreux nous attirent;
des mirages de sources pas encore taries... Mais plutôt
les sources seront où les feront couler nos désirs; car
le pays n'existe qu'à mesure que le forme notre approche,
et le paysage à l'entour, peu à peu, devant notre marche
se dispose; et nous ne voyons pas au bout de l'horizon;
et même près de nous ce n'est qu'une successive et
modifiable apparence.

Mais pourquoi des comparaisons dans une matière
si grave ? Nous croyons tous devoir découvrir Dieu.
Nous ne savons hélas, en attendant de Le trouver, où
nous devons adresser nos prières. Puis on se dit enfin
qu'il est partout, n'importe où, l'Introuvable, et on
s'agenouille au hasard.

Et tu seras pareil, Nathanaël, à qui suivrait pour se
guider une lumière que lui-même tiendrait en sa main.

Où que tu ailles, tu ne peux rencontrer que Dieu.
— Dieu, disait Ménalque : c'est ce qui est devant nous.

Nathanaël, tu regarderas tout en passant, et tu ne
t'arrêteras nulle part. Dis-toi bien que Dieu seul n'est
pas provisoire.

Que l'*importance* soit dans ton regard, non dans la
chose regardée.

Tout ce que tu gardes en toi de connaissances *distinctes*
restera distinct de toi jusques à la consommation des
siècles. Pourquoi y attaches-tu tant de prix ?

Il y a profit aux désirs, et profit au rassasiement des
désirs — parce qu'ils en sont augmentés. Car, je te le
dis en vérité, Nathanaël, chaque désir m'a plus enrichi
que la possession toujours fausse de l'objet même de
mon désir.

Pour bien des choses délicieuses, Nathanaël, je me suis
usé d'amour. Leur splendeur venait de ceci que j'ardais

sans cesse pour elles. Je ne pouvais pas me lasser. Toute ferveur m'était une usure d'amour, une usure délicieuse.

Hérétique entre les hérétiques, toujours m'attirèrent les opinions écartées, les extrêmes détours des pensées, les divergences. Chaque esprit ne m'intéressait que par ce qui le faisait différer des autres. J'en arrivai à bannir de moi la sympathie, n'y voyant plus que la reconnaissance d'une émotion commune.

Non point la sympathie, Nathanaël, — l'amour.

Agir sans *juger* si l'action est bonne ou mauvaise. Aimer sans s'inquiéter si c'est le bien ou le mal.

Nathanaël, je t'enseignerai la ferveur.

Une existence pathétique, Nathanaël, plutôt que la tranquillité. Je ne souhaite pas d'autre repos que celui du sommeil de la mort. J'ai peur que tout désir, toute énergie que je n'aurais pas satisfaits durant ma vie, pour leur survie ne me tourmentent. J'*espère*, après avoir exprimé sur cette terre tout ce qui attendait en moi, satisfait, mourir complètement *désespéré*.

Non point la sympathie, Nathanaël, l'amour. Tu comprends, n'est-ce pas, que ce n'est pas la même chose. C'est par peur d'une perte d'amour que parfois j'ai pu sympathiser avec des tristesses, des ennuis, des douleurs que sinon je n'aurais qu'à peine endurés. Laisse à chacun le soin de sa vie.

(Je ne peux écrire aujourd'hui parce qu'une roue tourne en la grange. Hier je l'ai vue ; elle battait du colza. La balle s'envolait ; le grain roulait à terre. La poussière faisait suffoquer. Une femme tournait la meule. Deux beaux garçons, pieds nus, récoltaient le grain.

Je pleure parce que je n'ai rien de plus à dire.

Je sais qu'on ne commence pas à écrire quand on n'a rien de plus à dire que ça. Mais j'ai pourtant écrit et j'écrirai encore d'autres choses sur le même sujet.)

Nathanaël, j'aimerais te donner une joie que ne t'aurait donnée encore aucun autre. Je ne sais comment

te la donner, et pourtant, cette joie, je la possède. Je
voudrais m'adresser à toi plus intimement que ne l'a
fait encore aucun autre. Je voudrais arriver à cette
heure de nuit où tu auras successivement ouvert puis
fermé bien des livres cherchant dans chacun d'eux plus
qu'il ne t'avait encore révélé; où tu attends encore; où
ta ferveur va devenir tristesse, de ne pas se sentir sou-
tenue. Je n'écris que pour toi; je ne t'écris que pour
ces heures. Je voudrais écrire tel livre d'où toute pensée,
toute émotion personnelle te semblât absente, où tu
croirais ne voir que la projection de ta propre ferveur.
Je voudrais m'approcher de toi et que tu *m'aimes*.

La mélancolie n'est que de la ferveur retombée.

Tout être est capable de nudité; toute émotion de
plénitude.

Mes émotions se sont ouvertes comme une religion.
Peux-tu comprendre cela : toute sensation est d'une
présence infinie.

Nathanaël, je t'enseignerai la ferveur.
Nos actes s'attachent à nous comme sa lueur au
phosphore. Ils nous consument, il est vrai, mais ils
nous font notre splendeur.
Et si notre âme a valu quelque chose, c'est qu'elle
a brûlé plus ardemment que quelques autres.
Je vous ai vus, grands champs, baignés de la blancheur
de l'aube; lacs bleus, je me suis baigné dans vos flots
— et que chaque caresse de l'air riant m'ait fait sourire,
voilà ce que je ne me lasserai pas de te redire, Nathanaël.
Je t'enseignerai la ferveur.
Si j'avais su des choses plus belles, c'est celles-là que
je t'aurais dites — celles-là, certes, et non pas d'autres.

Tu ne m'as pas enseigné la sagesse, Ménalque. Pas la
sagesse, mais l'amour.

J'eus pour Ménalque plus que de l'amitié, Nathanaël,
et à peine moins que de l'amour. Je l'aimais aussi
comme un frère.

Ménalque est dangereux; crains-le; il se fait réprouver par les sages, mais ne se fait pas craindre par les enfants. Il leur apprend à n'aimer plus seulement leur famille et, lentement, à la quitter; il rend leur cœur malade d'un désir d'aigres fruits sauvages et soucieux d'étrange amour. Ah! Ménalque, avec toi j'aurais voulu courir encore sur d'autres routes. Mais tu haïssais la faiblesse et prétendais m'apprendre à te quitter.

Il y a d'étranges possibilités dans chaque homme. Le présent serait plein de tous les avenirs, si le passé n'y projetait déjà une histoire. Mais hélas! un unique passé propose un unique avenir — le projette devant nous, comme un point infini sur l'espace.

On est sûr de ne jamais faire que ce que l'on est incapable de comprendre. Comprendre, c'est se sentir capable de faire. ASSUMER LE PLUS POSSIBLE D'HUMANITÉ, voilà la bonne formule.

Formes diverses de la vie, toutes vous me parûtes belles. (Ce que je te dis là, c'est ce que me disait Ménalque.)

J'espère bien avoir connu toutes les passions et tous les vices; au moins les ai-je favorisés. Tout mon être s'est précipité vers toutes les croyances; et j'étais si fou certains soirs que je croyais presque à mon âme, tant je la sentais près de s'échapper de mon corps, — me disait encore Ménalque.

Et notre vie aura été devant nous comme ce verre plein d'eau glacée, ce verre humide que tiennent les mains d'un fiévreux, qui veut boire, et qui boit tout d'un trait, sachant bien qu'il devrait attendre, mais ne pouvant pas repousser ce verre délicieux à ses lèvres, tant est fraîche cette eau, tant l'altère la cuisson de la fièvre.

II

Ah! comme j'ai donc respiré l'air froid de la nuit, ah! croisées! et, tant les pâles rayons coulaient de la lune, à cause des brouillards, comme des sources — on semblait boire.

Ah! croisées! que de fois mon front s'est venu rafraîchir à vos vitres, et que de fois mes désirs, lorsque je courais de mon lit trop brûlant vers le balcon, à voir l'immense ciel tranquille, se sont évaporés comme des brumes.

Fièvres des jours passés, vous étiez à ma chair une mortelle usure; mais comme l'âme s'épuise quand rien ne la distrait de Dieu!

La fixité de mon adoration était effrayante; je m'y décontenançais tout entier.

Tu chercherais encore longtemps, me dit Ménalque, le bonheur impossible des âmes.

Les premiers jours de douteuses extases passés — mais avant d'avoir rencontré Ménalque — ce fut une période inquiète d'attente et comme une traversée de marais. Je sombrais en des accablements de sommeil dont dormir ne me guérissait pas. Je me couchais après le repas; je dormais, je me réveillais plus las encore, l'esprit engourdi comme pour une métamorphose.

Obscures opérations de l'être; travail latent, genèses d'inconnu, parturitions laborieuses; somnolences, attentes; comme les chrysalides et les nymphes, je dormais; je laissais se former en moi le nouvel être que je serais, qui ne me ressemblait déjà plus. Toute lumière me parvenait comme au travers de couches d'eaux verdies, à travers feuilles et ramures; perceptions confuses, indolentes, analogues à celles des ivresses et des grands étourdissements. — Ah! que vienne enfin, suppliais-je, la crise aiguë, la maladie, la douleur vive! Et mon cerveau se comparait aux ciels d'orages, de nuages pesants encombrés, où l'on respire à peine, où tout attend l'éclair pour déchirer ces outres fuligineuses, pleines d'humeur et cachant l'azur.

Combien durerez-vous, attentes? et finies, nous restera-t-il de quoi vivre? — Attentes! attentes de quoi? criais-je. Que pouvait-il advenir qui ne naîtrait pas de nous-mêmes? Et que se pouvait-il de nous que nous ne connussions déjà?

La naissance d'Abel, mes fiançailles, la mort d'Éric, le bouleversement de ma vie, loin de finir cette apathie, semblèrent m'y prolonger davantage, tant il semblait que cette torpeur vînt de la complexité même de mes pensées, et de mes volontés indécises. J'eusse voulu

dormir, infiniment, dans l'humidité de la terre et comme une végétation. Parfois je me disais que la volupté viendrait à bout de ma peine, et je cherchais dans l'épuisement de la chair une libération de l'esprit. Puis de nouveau je dormais de longues heures, ainsi que les petits enfants que l'on couche au milieu du jour, assoupis de chaleur, dans la maison vivante.

Puis je me réveillais de très loin, en sueur, le cœur battant, la tête somnolente. La lumière qui s'infiltrait d'en bas, entre les fentes des volets clos, et renvoyait au plafond blanc des reflets verts de la pelouse, cette clarté du soir m'était la seule chose délicieuse, pareille à la clarté qui paraît douce et charmante, venue entre les feuilles et les eaux, et qui tremble, au seuil des grottes, après qu'on a longtemps senti vous envelopper leurs ténèbres.

Les bruits de la maison arrivaient vaguement. Je renaissais lentement à la vie. Je me lavais avec de l'eau tiède et j'allais plein d'ennui vers la plaine, jusqu'au banc du jardin où j'attendais venir le soir sans rien faire. Pour parler, pour écouter, pour écrire, j'étais perpétuellement fatigué. Je lisais :

> ... Il voit devant lui
> Les routes désertes,
> Les oiseaux de la mer qui se baignent,
> Étendant leurs ailes...
> Il faut que j'habite ici...
> ... On me contraint à demeurer
> Sous les feuillages de la forêt
> Sous le chêne, dans cette caverne souterraine.
> Froide est cette maison de terre ;
> J'en suis tout lassé.
> Obscurs sont les vallons
> Et hautes les collines,
> Triste enceinte de rameaux,
> Couvertes de ronces, —
> Séjour sans joie*.

Le sentiment d'une plénitude de vie, possible, mais non encore obtenue, se laissait parfois entrevoir, puis revenait encore, de plus en plus obsédante. Ah ! qu'une

*. *The Exile's song* — cité et traduit par Taine, *Littérature anglaise*, I, 30.

baie de jour s'ouvre enfin, criais-je, qu'elle éclate au milieu de ces perpétuelles représailles !

Il semblait que tout mon être eût comme un immense besoin de se retremper dans le neuf. J'attendais une seconde puberté. Ah ! refaire à mes yeux une vision neuve, les laver de la salissure des livres, les rendre plus pareils à l'azur qu'ils regardent — aujourd'hui complètement clarifié par les récentes pluies...

Je tombai malade ; je voyageai, je rencontrai Ménalque, et ma convalescence merveilleuse fut une palingénésie. Je renaquis avec un être neuf, sous un ciel neuf et au milieu de choses complètement renouvelées.

III

NATHANAËL, je te parlerai des attentes. J'ai vu la plaine, pendant l'été, attendre ; attendre un peu de pluie. La poussière des routes était devenue trop légère et chaque souffle la soulevait. Ce n'était même plus un désir ; c'était une appréhension. La terre se gerçait de sécheresse comme pour plus d'accueil de l'eau. Les parfums des fleurs de la lande devenaient presque intolérables. Sous le soleil tout se pâmait. Nous allions chaque après-midi nous reposer sous la terrasse, abrités un peu de l'extraordinaire éclat du jour. C'était le temps où les arbres à cônes, chargés de pollen, agitent aisément leurs branches pour répandre au loin leur fécondation. Le ciel s'était chargé d'orage et toute la nature attendait. L'instant était d'une solennité trop oppressante, car tous les oiseaux s'étaient tus. Il monta de la terre un souffle si brûlant que l'on sentit tout défaillir ; le pollen des conifères sortit comme une fumée d'or des branches. — Puis il plut.

J'ai vu le ciel frémir de l'attente de l'aube. Une à une les étoiles se fanaient. Les prés étaient inondés de rosée ; l'air n'avait que des caresses glaciales. Il sembla quelque temps que l'indistincte vie voulût s'attarder au sommeil, et ma tête encore lassée s'emplissait de torpeur. Je montai jusqu'à la lisière du bois ; je m'assis ; chaque bête reprit son travail et sa joie dans la certitude que le jour va venir, et le mystère de la vie recommença

de s'ébruiter par chaque échancrure des feuilles. — Puis le jour vint.

J'ai vu d'autres aurores encore. — J'ai vu l'attente de la nuit...

Nathanaël, que chaque attente, en toi, ne soit même pas un désir, mais simplement une disposition à l'accueil. Attends tout ce qui vient à toi; mais ne désire que ce qui vient à toi. Ne désire que ce que tu as. Comprends qu'à chaque instant du jour tu peux posséder Dieu dans sa totalité. Que ton désir soit de l'amour, et que ta possession soit amoureuse. Car qu'est-ce qu'un désir qui n'est pas efficace ?

Eh quoi! Nathanaël, tu possèdes Dieu et tu ne t'en étais pas aperçu! Posséder Dieu, c'est le voir; mais on ne le regarde pas. Au détour d'aucun sentier, Balaam, n'as-tu vu Dieu, devant qui s'arrêtait ton âme ? parce que toi tu te l'imaginais autrement.

Nathanaël, il n'y a que Dieu que l'on ne puisse pas attendre. Attendre Dieu, Nathanaël, c'est ne comprendre pas que tu le possèdes déjà. Ne distingue pas Dieu du bonheur et place tout ton bonheur dans l'instant.

J'ai porté tout mon bien en moi, comme les femmes de l'Orient, pâle, sur elles, leur complète fortune. A chaque petit instant de ma vie, j'ai pu sentir en moi la totalité de mon bien. Il était fait, non par l'addition de beaucoup de choses particulières, mais par mon unique adoration. J'ai constamment tenu tout mon bien en tout mon pouvoir.

Regarde le soir comme si le jour y devait mourir; et le matin comme si toute chose y naissait.
Que ta vision soit à chaque instant nouvelle.
Le sage est celui qui s'étonne de tout.

Toute la fatigue de tête vient, ô Nathanaël, de la diversité de tes biens. Tu ne sais même pas lequel *entre tous* tu préfères et tu ne comprends pas que l'unique bien c'est la vie. Le plus petit instant de vie est plus fort que la mort, et la nie. La mort n'est que la permission d'autres vies, pour que tout soit sans cesse renouvelé;

afin qu'aucune forme de vie ne détienne *cela* plus de temps qu'il ne lui en faut pour se dire. Heureux l'instant où ta parole retentit. Tout le reste du temps, écoute; mais quand tu parles, n'écoute plus.

Il faut, Nathanaël, que tu brûles en toi tous les livres.

RONDE
POUR ADORER CE QUE J'AI BRULÉ

Il y a des livres qu'on lit, assis sur une petite planchette.
Devant un pupitre d'écolier.

Il y a des livres qu'on lit en marche
(Et c'est aussi à cause de leur format) ;
Tels sont pour les forêts, tels pour d'autres campagnes,
Et nobiscum rusticantur, dit Cicéron.
Il y en a que je lus en diligence ;
D'autres couché au fond des greniers à foin.
Il y en a pour faire croire qu'on a une âme ;
D'autres pour la désespérer.
Il y en a où l'on prouve l'existence de Dieu ;
D'autres où l'on ne peut pas y arriver.
Il y en a que l'on ne saurait admettre
Que dans les bibliothèques privées.
Il y en a qui ont reçu les éloges
De beaucoup de critiques autorisés.

Il y en a où il n'est question que d'apiculture
Et que certains trouvent un peu spéciaux.
D'autres où il est tellement question de la nature,
Qu'après ce n'est plus la peine de se promener.

Il y en a que méprisent les sages hommes
Mais qui excitent les petits enfants.

Il y en a qu'on appelle des anthologies
Et où l'on a mis tout ce qu'on a dit de mieux sur n'im-
porte quoi.
Il y en a qui voudraient vous faire aimer la vie ;
D'autres après lesquels l'auteur s'est suicidé.
Il y en a qui sèment la haine
Et qui récoltent ce qu'ils ont semé.

*Il y en a qui, lorsqu'on les lit, semblent luire,
Chargés d'extase, délicieux d'humilité.
Il y en a que l'on chérit comme des frères
Plus purs et qui ont vécu mieux que nous.
Il y en a dans d'extraordinaires écritures
Et qu'on ne comprend pas, même quand on les a beaucoup étudiées.*

Nathanaël, quand aurons-nous brûlé tous les livres!

*Il y en a qui ne valent pas quatre sous ;
D'autres qui valent des prix considérables.*

*Il y en a qui parlent de rois et de reines,
Et d'autres, de très pauvres gens.*

*Il y en a dont les paroles sont plus douces
Que le bruit des feuilles à midi.
C'est un livre que mangea Jean à Patmos,
Comme un rat ; mais moi j'aime mieux les framboises,
Ça lui a rempli d'amertume les entrailles
Et après il a eu beaucoup de visions.*

Nathanaël. Quand aurons-nous brûlé tous les livres!!!

Il ne me suffit pas de *lire* que les sables des plages sont doux ; je veux que mes pieds nus le sentent... Toute connaissance que n'a pas précédée une sensation m'est inutile.

Je n'ai jamais rien vu de doucement beau dans ce monde, sans désirer aussitôt que toute ma tendresse le touche. Amoureuse beauté de la terre, l'effloraison de ta surface est merveilleuse. O paysage où mon désir s'est enfoncé! Pays ouvert où ma recherche se promène ; allée de papyrus qui se referme sur de l'eau ; roseaux courbés sur la rivière ; ouvertures des clairières ; apparition de la plaine dans l'embrasure des branchages, de la promesse illimitée. Je me suis promené dans les couloirs de roches ou de plantes. J'ai vu se dérouler des printemps.

VOLUBILITÉ DES PHÉNOMÈNES
Dès ce jour chaque instant de ma vie prit pour moi

la saveur de nouveauté d'un don absolument ineffable. Ainsi je vécus dans une presque perpétuelle stupéfaction passionnée. J'arrivais très vite à l'ivresse et me plaisais à marcher dans une sorte d'étourdissement.

Certes, tout ce que j'ai rencontré de rire sur les lèvres, j'ai voulu l'embrasser; de sang sur les joues, de larmes dans les yeux, j'ai voulu le boire; mordre à la pulpe de tous les fruits que vers moi penchèrent des branches. A chaque auberge me saluait une faim; devant chaque source m'attendait une soif — une soif, devant chacune, particulière; — et j'aurais voulu d'autres mots pour marquer mes désirs
 de marche, où s'ouvrait une route;
 de repos, où l'ombre invitait;
 de nage, au bord des eaux profondes;
 d'amour ou de sommeil au bord de chaque lit.
J'ai porté hardiment ma main sur chaque chose et me suis cru des droits sur chaque objet de mes désirs. (Et d'ailleurs, ce que nous souhaitons, Nathanaël, ce n'est point tant la possession que l'amour.) Devant moi, ah! que toute chose s'irise; que toute beauté se revête et se diapre de mon amour.

SECOND LIVRE

Nourritures.
Je m'attends à vous, nourritures !
Ma faim ne se posera pas à mi-route ;
Elle ne se taira que satisfaite ;
Des morales n'en sauraient venir à bout
Et de privations je n'ai jamais pu nourrir que mon âme.

Satisfactions ! je vous cherche.
Vous êtes belles comme les aurores d'été.

Sources plus délicates au soir, délicieuses à midi ; eaux du petit matin glacées ; souffles au bord des flots ; golfes encombrés de mâtures ; tiédeur des rives cadencées...
Oh ! S'il est encore des routes vers la plaine ; les touffeurs de midi ; les breuvages des champs, et pour la nuit le creux des meules ;
s'il est des routes vers l'Orient ; des sillages sur les mers aimées ; des jardins à Mossoul ; des danses à Touggourt ; des chants de pâtre en Helvétie ;
s'il est des routes vers le Nord ; des foires à Nijni ; des traîneaux soulevant la neige ; des lacs gelés ; certes, Nathanaël, ne s'ennuieront pas nos désirs.
Des bateaux sont venus dans nos ports apporter les fruits mûrs de plages ignorées.
Déchargez-les de leur faix un peu vite, que nous puissions enfin y goûter.

Nourritures !
Je m'attends à vous, nourritures !
Satisfactions, je vous cherche ;
Vous êtes belles comme les rires de l'été.
Je sais que je n'ai pas un désir
Qui n'ait déjà sa réponse apprêtée.
Chacune de mes faims attend sa récompense.
Nourritures !

Je m'attends à vous, nourritures!
Par tout l'espace je vous cherche,
Satisfactions de tous mes désirs.

Ce que j'ai connu de plus beau sur la terre,
Ah! Nathanaël! c'est ma faim.
Elle a toujours été fidèle
A tout ce qui toujours l'attendait.
Est-ce de vin que se grise le rossignol?
L'aigle, de lait? ou non point de genièvre les grives?
L'aigle se grise de son vol. Le rossignol s'enivre des nuits d'été. La plaine tremble de chaleur. Nathanaël, que toute émotion sache te devenir une ivresse. Si ce que tu manges ne te grise pas, c'est que tu n'avais pas assez faim.

Chaque action parfaite s'accompagne de volupté. A cela tu connais que tu devais la faire. Je n'aime point ceux qui se font un mérite d'avoir péniblement œuvré. Car si c'était pénible, ils auraient mieux fait de faire autre chose. La joie que l'on y trouve est signe de l'appropriation du travail et la sincérité de mon plaisir, Nathanaël, m'est le plus important des guides.

Je sais ce que mon corps peut désirer de volupté chaque jour et ce que ma tête en supporte. Et puis commencera mon sommeil. Terre et ciel ne me valent plus rien au delà.

Il y a des maladies extravagantes
Qui consistent à vouloir ce que l'on n'a pas.
— Nous aussi, dirent-ils, nous aussi, nous aurons connu le lamentable ennui de notre âme! De la caverne d'Adullam, tu soupirais, David, après l'eau des citernes. Tu disais : — Oh! qui m'apportera l'eau fraîche qui jaillit du pied des murs de Bethléem. Enfant, je m'y désaltérais; mais maintenant elle est captive, cette eau que ma fièvre désire.

Ne désire jamais, Nathanaël, regoûter les eaux du passé.

Nathanaël, ne cherche pas, dans l'avenir, à retrouver jamais le passé. Saisis de chaque instant la nouveauté

irressemblable et ne prépare pas tes joies, ou sache qu'en son lieu préparé te surprendra une joie *autre*.

Que n'as-tu donc compris que tout bonheur est de rencontre et se présente à toi dans chaque instant comme un mendiant sur ta route. Malheur à toi si tu dis que ton bonheur est mort parce que tu n'avais pas rêvé pareil à cela ton bonheur — et que tu ne l'admets que conforme à tes principes et à tes vœux.

Le rêve de demain est une joie, mais la joie de demain en est une autre, et rien heureusement ne ressemble au rêve qu'on s'en était fait; car c'est *différemment* que vaut chaque chose.

Je n'aime pas que vous me disiez : viens, je t'ai préparé telle joie; je n'aime plus que les joies de rencontre, et celles que ma voix fait jaillir du rocher; elles couleront ainsi pour nous, neuves et fortes, comme les vins nouveaux abondent du pressoir.

Je n'aime pas que ma joie soit parée, ni que la Sulamite ait passé par des salles; pour l'embrasser je n'ai pas essuyé de ma bouche les taches que les grappes avaient laissées; après les baisers, j'ai bu du vin doux sans avoir rafraîchi ma bouche; et j'ai mangé du miel de ruche avec sa cire.

Nathanaël, n'apprête aucune de tes joies.

Où tu ne peux pas dire : *tant mieux,* dis : *tant pis*. Il y a là de grandes promesses de bonheur.

Il y en a qui regardent les instants de bonheur comme donnés par Dieu — et les autres comme donnés par Qui d'autre ?...

Nathanaël, ne distingue pas Dieu de ton bonheur.

— Je ne peux pas plus être reconnaissant à « Dieu » de m'avoir créé que je ne pourrais lui en vouloir de ne pas être, — si je n'étais pas.

Nathanaël, il ne faut parler de Dieu que naturellement.

Je veux bien que, l'existence une fois admise, celle de la terre et de l'homme et de moi paraisse naturelle,

mais ce qui confond mon intelligence, c'est la stupeur de m'en apercevoir.

Certes j'ai chanté moi aussi des cantiques et j'ai écrit la

RONDE DES BELLES PREUVES
DE L'EXISTENCE DE DIEU

Nathanaël, je t'enseignerai que les plus beaux mouvements poétiques sont ceux sur les mille et une preuves de l'existence de Dieu. Tu comprends, n'est-ce pas, qu'il ne s'agit pas ici de les redire, ni surtout de les redire simplement ; — et puis il y en a qui ne prouvent que l'existence — et ce qu'il nous faut c'est aussi sa permanéité.

Je sais bien, ah ! oui, qu'il y a l'argument de saint Anselme,
Et l'apologue des parfaites îles Fortunées,
Mais hélas ! hélas, Nathanaël, tout le monde ne peut pas y habiter.
Je sais qu'il y a l'assentiment du plus grand nombre,
Mais tu crois, toi, au petit nombre des élus.

Il y a bien la preuve par deux et deux font quatre,
Mais, Nathanaël, tout le monde ne sait pas bien calculer.

Il y a la preuve du premier moteur,
Mais il y a celui qui était encore avant celui-là.
Nathanaël, c'est fâcheux que nous n'ayons pas été là.
On aurait vu créer l'homme et la femme.
Eux s'étonner de n'être pas nés petits enfants ;
Les cèdres de l'Elbrouz fatigués d'être nés déjà séculaires
Et sur des monts déjà ravinés par les eaux.
Nathanaël ! avoir été là pour l'aurore ! Par quelle paresse n'étions-nous pas déjà levés ? Est-ce que toi tu ne demandais pas à vivre ? ah ! moi je le demandais certainement... Mais, dans ce temps, l'esprit de Dieu s'éveillait à peine, après avoir dormi hors du temps, sur les eaux. Si j'eusse été là, Nathanaël, je lui eusse demandé de faire tout un peu plus vaste ; et ne me réponds pas, toi, qu'alors rien ne s'en serait aperçu.*

*. « Je peux parfaitement concevoir un autre monde, dit Alcide, où deux et deux ne feraient point quatre.

— Parbleu, je vous en défie bien », dit Ménalque.

*Il y a la preuve par les causes finales,
Mais tous ne trouvent pas que la fin justifie les moyens.*

Il y en a qui prouvent Dieu par l'amour que l'on sent pour Lui. Voilà pourquoi, Nathanaël, j'ai nommé Dieu tout ce que j'aime, et pourquoi j'ai voulu tout aimer. Ne crains pas que je t'énumère ; d'ailleurs je ne commencerais pas par toi ; j'ai préféré bien des choses aux hommes et ce ne seront pas eux que j'ai surtout aimés sur la terre. Car ne t'y méprends pas, Nathanaël : ce que j'ai de plus fort en moi, ce n'est certes pas la bonté, ni je crois non plus de meilleur ; et ce n'est pas non plus la bonté que j'estime surtout chez les hommes. Nathanaël, préfère-leur ton Dieu. Moi aussi j'ai su louer Dieu, j'ai chanté pour Lui des cantiques, — et je crois même, ce faisant, l'avoir parfois un peu surfait.

« Cela t'amuse-t-il tant, me dit-il, d'édifier ainsi des systèmes ?

— Rien ne m'amuse plus qu'une éthique, répondis-je, et je m'y contente l'esprit. Je ne goûte pas une joie que je ne m'y veuille attachée.

— Cela l'augmente-t-il ?

— Non, dis-je, cela me la légitime. »

Certes, il m'a plu souvent qu'une doctrine et même qu'un système complet de pensées ordonnées justifiât à moi-même mes actes ; mais parfois je ne l'ai plus pu considérer que comme l'abri de ma sensualité.

Toute chose vient en son temps, Nathanaël ; chacune naît de son besoin, et n'est pour ainsi dire qu'un besoin extériorisé.

J'avais besoin d'un poumon, m'a dit l'arbre : alors ma sève est devenue feuille, afin d'y pouvoir respirer. Puis quand j'eus respiré, ma feuille est tombée, et je n'en suis pas mort. Mon fruit contient toute ma pensée sur la vie.

Nathanaël, ne crains pas que j'abuse de cette forme

d'apologue, car je ne l'approuve pas beaucoup. Je ne veux t'enseigner d'autre sagesse que la vie. Car c'est un grand souci que de penser. Je me suis fatigué quand j'étais jeune à suivre au loin les suites de mes actes et je n'étais sûr de ne plus pécher qu'à force de ne plus agir.

Puis j'écrivis : Je ne dus le salut de ma chair qu'à l'irrémédiable empoisonnement de mon âme. Puis je ne compris plus du tout ce que j'avais voulu dire par là.

Nathanaël, je ne crois plus au péché.

Mais tu comprendras que ce n'est qu'avec beaucoup de joie qu'un peu de droit à la pensée s'achète. L'homme qui se dit heureux et qui pense, celui-là sera appelé vraiment fort.

Nathanaël, le malheur de chacun vient de ce que c'est toujours chacun qui regarde et qu'il subordonne à lui ce qu'il voit. Ce n'est pas pour nous, c'est pour elle que chaque chose est importante. Que ton œil soit la chose regardée.

Nathanaël ! je ne peux plus commencer un seul vers, sans que ton nom délicieux y revienne.

Nathanaël, je voudrais te faire naître à la vie.

Nathanaël, est-ce que tu comprends assez le pathétique de mes paroles ? Je voudrais m'approcher de toi plus encore.

Et comme, pour le ressusciter, Élisée, sur le fils de la Sunamite — « la bouche sur sa bouche, et les yeux sur ses yeux, et les mains sur ses mains, s'étendit » — mon grand cœur rayonnant contre ton âme encore ténébreuse, m'étendre sur toi tout entier, ma bouche sur ta bouche, et mon front sur ton front, tes mains froides dans mes mains brûlantes, et mon cœur palpitant... (« Et la chair de l'enfant se réchauffa », est-il écrit...) afin que dans la volupté tu t'éveilles — *puis me laisses* — pour une vie palpitante et déréglée.

Nathanaël, voici toute la chaleur de mon âme — emporte-la.

Nathanaël, je veux t'apprendre la ferveur.

Nathanaël, car ne demeure pas auprès de ce qui te ressemble; ne *demeure* jamais, Nathanaël. Dès qu'un environ a pris ta ressemblance, ou que toi tu t'es fait semblable à l'environ, il n'est plus pour toi profitable. Il te faut le quitter. Rien n'est plus dangereux pour toi que *ta* famille, que *ta* chambre, que *ton* passé. Ne prends de chaque chose que l'éducation qu'elle t'apporte; et que la volupté qui en ruisselle la tarisse.

Nathanaël, je te parlerai des *instants*. As-tu compris de quelle force est leur *présence ?* Une pas assez constante pensée de la mort n'a donné pas assez de prix au plus petit instant de ta vie. Et ne comprends-tu pas que chaque instant ne prendrait pas cet éclat admirable, sinon détaché pour ainsi dire sur le fond très obscur de la mort ?

Je ne chercherais plus à rien faire, s'il m'était dit, s'il m'était prouvé, que j'ai tout le temps pour le faire. Je me reposerais d'abord d'avoir voulu commencer quelque chose, ayant le temps de faire *aussi* toutes les autres. Ce que je ferais ne serait jamais que n'importe quoi, si je ne savais que cette forme de vie doit finir — et que je m'en reposerai, l'ayant vécue, dans un sommeil un peu plus profond, un peu plus oublieux que celui que j'attends de chaque nuit...

Et je pris ainsi l'habitude de *séparer* chaque instant de ma vie, pour une totalité de joie, isolée; pour y concentrer subitement toute une particularité de bonheur; de sorte que je ne me reconnaissais plus dès le plus récent souvenir.

Il y a un grand plaisir, Nathanaël, à déjà tout simplement affirmer :

Le fruit du palmier s'appelle datte, et c'est un mets délicieux.

Le vin du palmier s'appelle lagmy; c'en est la sève fermentée; les Arabes s'en grisent et je ne l'aime pas beaucoup. C'est une coupe de lagmy que m'offrit ce berger kabyle dans les beaux jardins de Ouardi.

J'ai trouvé ce matin, dans une allée des *Sources,* m'y promenant, un champignon étrange.

C'était, enveloppé d'une gaine blanche, comme un fruit de magnolia rouge orange, avec de réguliers dessins gris de cendre qu'on comprenait formés de poussière sporagineuse, issue de l'intérieur. Je l'ouvris; il était plein d'une matière boueuse, au centre formant gelée claire; il en sortait une nauséabonde odeur.

Autour de lui, d'autres champignons plus ouverts, n'étaient plus que comme ces fongosités aplaties qu'on voit sur le tronc des vieux arbres.

(J'écrivais cela avant de partir pour Tunis; et je te le copie ici pour te montrer quelle importance prenait pour moi chaque chose, aussitôt que je la regardais.)

<div style="text-align:right">Honfleur (dans la rue).</div>

Et par moments il me semblait que les autres autour de moi, ne s'agitaient que pour augmenter en moi le sentiment de la vie personnelle.

> *Hier j'étais ici ; aujourd'hui je suis là ;*
> *Mon Dieu ! que me font tous ceux-là*
> *Qui disent, qui disent, qui disent :*
> *Hier j'étais ici, aujourd'hui je suis là...*

Je sais des jours où me répéter que deux et deux faisaient encore quatre suffisait à m'emplir d'une *certaine* béatitude — et la seule vue de *mon* poing sur la table...

et d'autres jours où cela m'était complètement égal.

TROISIÈME LIVRE

Villa Borghèse.

Dans cette vasque... (pénombre)... chaque goutte, chaque rayon, chaque être, s'y mourait avec volupté.

Volupté! Ce mot, je voudrais le redire sans cesse; je le voudrais synonyme de *bien-être,* et même qu'il suffît de dire *être,* simplement.

Ah! que Dieu n'ait pas créé le monde en vue simplement de cela, c'est ce qu'on ne parvient à comprendre qu'en se disant... etc.

C'est un lieu de fraîcheur exquise, où le charme de dormir est si grand qu'il semblait jusqu'alors inconnu.

Et là, des nourritures délicieuses attendaient que nous en eussions faim.

Adriatique (3 heures du matin).

Le chant de ces marins dans les cordages m'importune.

Oh! si tu savais, si tu savais, terre excessivement vieille et si jeune, le goût amer et doux, le goût délicieux qu'a la vie si brève de l'homme!

Si tu savais, éternelle idée de l'apparence, ce que la proche attente de la mort donne de valeur à l'instant!

O printemps! les plantes qui ne vivent qu'un an ont leurs fragiles fleurs plus pressées. L'homme n'a qu'un printemps dans la vie et le souvenir d'une joie n'est pas une nouvelle approche du bonheur.

Colline de Fiesole.

Belle Florence, ville d'étude grave, de luxe et de fleurs; surtout sérieuse; grain de myrte et couronne de « svelte laurier ».

Colline de Vincigliata. Là j'ai vu pour la première

fois les nuages, dans l'azur, se dissoudre ; je m'en étonnai beaucoup ne pensant pas qu'ils pussent ainsi se résorber dans le ciel, croyant qu'ils duraient jusqu'à la pluie et ne pouvaient que s'épaissir. Mais non : j'en observais tous les flocons un à un disparaître ; il ne restait plus que de l'azur. C'était une mort merveilleuse ; un évanouissement en plein ciel.

<div style="text-align: right">Rome, Monte Pincio.</div>

Ce qui fit ma joie ce jour-là, c'est quelque chose comme l'amour — et ce n'est pas l'amour — ou du moins pas celui dont parlent et que cherchent les hommes. — Et ce n'est pas non plus le sentiment de la beauté. Il ne venait pas d'une femme ; il ne venait pas non plus de ma pensée. Écrirai-je, et me comprendras-tu si je dis que ce n'était là que la simple exaltation de la LUMIÈRE ?

J'étais assis dans ce jardin ; je ne voyais pas le soleil ; mais l'air brillait de lumière diffuse comme si l'azur du ciel devenait liquide et pleuvait. Oui, vraiment, il y avait des ondes, des remous de lumière ; sur la mousse des étincelles comme des gouttes ; oui vraiment, dans cette grande allée on eût dit qu'il coulait de la lumière, et des écumes dorées restaient au bout des branches parmi ce ruissellement de rayons.

.

Naples ; petite boutique du coiffeur devant la mer et le soleil. Quais de chaleur ; stores qu'on soulève pour entrer. On s'abandonne. Est-ce que cela va durer longtemps ? Quiétude. Gouttes de sueur aux tempes. Frisson de la mousse de savon sur les joues. Et lui qui raffine après qu'il a rasé, rase encore avec un rasoir plus habile et s'aidant à présent d'une petite éponge imbibée d'eau tiède, qui amollit la peau, relève la lèvre. Puis, avec une douce eau parfumée, il lave la brûlure laissée ! puis, avec un onguent, calme encore. Et pour ne bouger pas encore, je me fais couper les cheveux.

<div style="text-align: right">Amalfi (dans la nuit).</div>

Il y a des attentes nocturnes
d'on ne sait encore quel amour.

Petite chambre au-dessus de la mer; m'a réveillé la trop grande clarté de la lune, de la lune au-dessus de la mer.

Quand je m'approchai de la fenêtre, je croyais que c'était l'aube et que j'allais voir se lever le soleil... Mais non... chose déjà pleine et parfaitement accomplie, — LA LUNE — douce, douce, douce comme pour l'accueil d'Hélène au *Second Faust*. Mer déserte. Village mort. Un chien hurle dans la nuit... Loques à des fenêtres.

Pas de place pour l'homme. Ne plus comprendre comment tout cela va se réveiller. Désolation excessive du chien. Le jour n'aura plus lieu. Impossibilité de dormir. Est-ce que tu feras... (ceci ou cela) :

sortiras-tu dans le jardin désert ?

descendras-tu vers la plage, t'y laver ?

iras-tu cueillir des oranges, qui semblent grises sous la lune ?

D'une caresse, consoleras-tu le chien ?

(Tant de fois j'ai senti la nature réclamer de moi un geste, et je n'ai pas su lequel lui donner.)

Attendre le sommeil qui ne va pas venir...

Un enfant m'a suivi dans ce jardin entouré de murs, s'accrochant à la branche qui frôlait l'escalier. L'escalier menait à des terrasses longeant ce jardin; l'on n'y paraissait pas pouvoir entrer.

O petite figure que j'ai caressée sous les feuilles! jamais assez d'ombre n'aura pu voiler ton éclat, et l'ombre des boucles sur ton fruit paraît toujours encore plus sombre.

Je descendrai dans ce jardin, me pendant aux lianes et aux branches, et sangloterai de tendresse sous ces bosquets plus pleins de chants qu'une volière — jusqu'à l'approche du soir, jusqu'à l'annonce de la nuit qui dorera, puis approfondira l'eau mystérieuse des fontaines.

Et les corps délicats épousés sous les branches.
J'ai touché d'un doigt délicat sa peau nacrée.
Je voyais ses pieds délicats
qui posaient sans bruit sur le sable.

Syracuse.

Barque à fond plat; ciel bas, qui parfois descendait jusqu'à nous en pluie tiède; odeur de vase des plantes d'eau, froissement des tiges.

La profondeur de l'eau dissimule l'abondant jaillissement de cette source bleue. Aucun bruit; c'est dans cette campagne solitaire, dans cette naturelle vasque évasée, comme une éclosion d'eau entre les papyrus.

Tunis.

Dans tout l'azur, rien que ce qu'il fallait de blanc pour une voile, de vert pour son ombre dans l'eau.

La nuit. Bagues qui luisent dans l'ombre.

Clartés de la lune, où l'on erre. Pensées différentes de celles du jour.

Néfaste clarté de la lune au désert. Les démons rôdeurs des cimetières. Les pieds nus sur les dalles bleues.

Malte.

Extraordinaire ivresse des crépuscules d'été sur les places, quand il fait encore très clair et que pourtant on n'a plus d'ombres. Exaltation très spéciale.

Nathanaël, je te raconterai les plus beaux jardins que j'ai vus :

A Florence, on vendait des roses : certains jours la ville tout entière embaumait. Je me promenais chaque soir aux Cascine et le dimanche aux jardins Boboli sans fleurs.

A Séville, il y a, près de la Giralda, une ancienne cour de mosquée; des orangers y poussent par places, symétriques; le reste de la cour est dallé; les jours de grand soleil, on n'y a qu'une petite ombre restreinte; c'est une cour carrée, entourée de murs; elle est d'une grande beauté; je ne sais pas t'expliquer pourquoi.

Hors de la ville, dans un énorme jardin clos de grilles, croissent beaucoup d'arbres des pays chauds; je n'y suis pas entré, mais, à travers les grilles, j'ai regardé;

j'ai vu courir des pintades et j'ai pensé qu'il y avait là beaucoup d'animaux apprivoisés.

Que te dirais-je de l'Alcazar ? jardin semblant de merveille persane; je crois, en t'en parlant, que je le préfère à tous les autres. J'y pense, en relisant Hafiz :

> Apportez-moi du vin
> Que je tache ma robe,
> Car je chancelle d'amour
> Et l'on m'appelle sage.

Des jeux d'eau sont préparés dans les allées; les allées sont dallées de marbre, bordées de myrtes et de cyprès. Des deux côtés sont des bassins de marbre où les amantes du roi se lavaient. On n'y voit d'autres fleurs que des roses, des narcisses et des fleurs de laurier. Au fond du jardin, il y a un arbre gigantesque, où l'on se figure un bulbul épinglé. Près du palais, d'autres bassins de très mauvais goût rappellent ceux des cours de la Résidence à Munich, où il y a des statues faites tout en coquilles.

C'est dans les jardins royaux de Munich que j'allai, un printemps, goûter les glaces à l'herbe de mai, près d'une obstinée musique militaire. Un public inélégant, mais mélomane. Le soir s'enchantait de pathétiques rossignols. Leur chant m'alanguissait, comme celui d'une poésie allemande. Il est une certaine intensité de délices que l'homme peut à peine dépasser et non sans larmes. Les délices mêmes de ces jardins me faisaient presque douloureusement songer que j'aurais aussi bien pu être ailleurs. C'est pendant cet été que j'appris à jouir plus particulièrement des *températures*. Les paupières sont admirablement aptes à cela. Je me souviens d'une nuit en wagon, que je passai devant la fenêtre ouverte, uniquement occupé à goûter l'attouchement du souffle plus frais; je fermais les yeux, non pour dormir, mais pour *cela*. La chaleur avait été, durant tout le jour, étouffante et, ce soir, l'air encore tiède pourtant paraissait frais et limpide à mes paupières enflammées.

A Grenade, les terrasses du Généraliffe, plantées de lauriers-roses, n'étaient pas fleuries lorsque je les vis; ni le Campo Santo de Pise; ni le petit cloître de Saint-Marc, que j'aurais souhaité plein de roses. Mais à Rome,

le Monte Pincio, je l'ai vu dans la plus belle saison. Durant les après-midi accablantes, on y venait chercher de la fraîcheur. Demeurant auprès, je m'y promenais chaque jour. J'étais malade et ne pouvais penser à rien; la nature me pénétrait; aidé par un trouble des nerfs, je ne sentais parfois plus à mon corps de limites; il se continuait plus loin; ou parfois, voluptueusement, devenait poreux comme un sucre; je fondais. Du banc de pierre où j'étais assis, l'on cessait de voir Rome qui m'exténuait; on dominait les jardins Borghèse, dont le contre-bas mettait au niveau de mes pas les cimes un peu lointaines des plus hauts pins. O terrasses! Terrasses, d'où l'espace s'est élancé. O navigation aérienne!...

J'aurais voulu, la nuit, rôder dans les jardins Farnèse; mais on n'y laisse pas pénétrer. Admirable végétation sur ces ruines dissimulées.

A Naples, il y a des jardins bas qui suivent la mer comme un quai et laissent entrer le soleil;

à Nîmes, la Fontaine, pleine d'eaux claires canalisées;

à Montpellier, le jardin botanique. Je me souviens qu'avec Ambroise, un soir, comme aux jardins d'Académus, nous nous assîmes sur une tombe ancienne, qui est tout entourée de cyprès; et nous causions lentement en mâchant des pétales de roses.

Nous avons, une nuit, vu, du Peyrou, la mer lointaine et que la lune argentait; auprès de nous s'ébruitaient les cascades du château d'eau de la ville; des cygnes noirs frangés de blanc nageaient sur le bassin tranquille.

A Malte, dans les jardins du résident, je vins lire; il y avait à Cita Vecchia un bois très petit de citronniers; on l'appelait « il Boschetto »; nous nous y plûmes; et nous mordîmes des citrons mûrs, dont la saveur première est d'une acidité intolérable, mais qui laisse après dans la bouche un arôme rafraîchissant. Nous en avons mordu aussi, à Syracuse, dans les cruelles Latomies.

Dans le parc de La Haye circulent des daims point trop sauvages.

Du jardin d'Avranches, on voit le Mont-Saint-Michel, et les sables lointains, au soir, semblent une matière embrasée. Il y a de très petites villes qui ont des jardins charmants; on oublie la ville; on oublie son nom; on souhaite revoir le jardin, mais on ne sait plus y revenir.

Je rêve aux jardins de Mossoul; on m'a dit qu'ils

sont pleins de roses. Ceux de Nashpur, Omar les a chantés, et Hafiz les jardins de Shiraz; nous ne verrons jamais les jardins de Nashpur.

Mais à Biskra je connais les jardins de Ouardi. Des enfants y gardent les chèvres.

A Tunis, il n'y a pas d'autre jardin que le cimetière. A Alger, au jardin d'Essai (des palmiers de toute espèce), j'ai mangé des fruits que je n'avais auparavant jamais vus. Et de Blidah! Nathanaël, que te dirais-je?

Ah! douce est l'herbe du Sahel; et tes fleurs d'orangers! et tes ombres! suaves les odeurs de tes jardins. Blidah! Blidah! petite rose! au début de l'hiver, je t'avais méconnue. Ton bois sacré n'avait de feuilles que celles qu'un printemps ne renouvelle pas; et tes glycines et tes lianes semblaient des sarments pour la flamme. La neige descendue des montagnes t'approchait; je ne pouvais me réchauffer dans ma chambre et moins encore dans tes jardins pluvieux. Je lisais la *Doctrine de la Science* de Fichte et me sentais redevenir religieux. J'étais doux; je disais qu'il faut se résigner à sa tristesse et je tâchais de faire de tout cela de la vertu. Maintenant, j'ai secoué là-dessus la poussière de mes sandales; qui sait où le vent l'a portée? Poussière du désert où j'ai rôdé comme un prophète; pierre trop aride effritée; à mes pieds elle fut brûlante (car le soleil l'avait énormément chauffée). Dans l'herbe du Sahel, à présent, que mes pieds se reposent! Que toutes nos paroles soient d'amour!

Blidah! Blidah! fleur du Sahel! petite rose! Je t'ai vue tiède et parfumée, pleine de feuilles et de fleurs. La neige de l'hiver avait fui. Dans ton Ward sacré luisait mystiquement ta mosquée blanche et la liane ployait sous les fleurs. Un olivier disparaissait sous les guirlandes qu'une glycine lui faisait. L'air suave apportait le parfum qui s'élevait des fleurs d'orangers et même les mandariniers grêles embaumaient. Du plus haut de leurs hautes branches, les eucalyptus délivrés laissaient tomber leur vieille écorce; elle pendait, protection usée, comme un habit que le soleil rend inutile, comme ma vieille morale qui ne valait que pour l'hiver.

Blidah.

Les tiges énormes du fenouil (l'éclat de leur floraison d'or verdi, sous la lumière d'or ou sous les feuilles azurées des eucalyptus immobiles) ce matin de premier été, sur la route que nous suivions dans le Sahel, elles étaient d'une splendeur incomparable.

Et les eucalyptus étonnés ou tranquilles.

Participation de chaque chose à la nature; impossibilité d'en sortir. Lois physiques enveloppantes. Wagon s'élançant dans la nuit; au matin il se couvre de rosée.

A bord.

Que de nuits, ah! vitre ronde de ma cabine, hublot fermé, — que de nuits j'ai regardé vers toi, de ma couchette, en me disant : Voici, quand cet œil blanchira, ce sera l'aube; alors je me lèverai et je secouerai mon malaise; et l'aube lavera la mer; et nous aborderons à la terre inconnue. L'aube est venue sans que la mer en soit calmée, la terre était encore lointaine et sur la face mobile des eaux chancelait ma pensée.

Le malaise des flots dont toute la chair se souvient. Accrocherai-je une pensée à cette hune vacillante? pensai-je. Lames, ne verrai-je que l'eau s'éparpiller au vent du soir? Je sème mon amour sur la vague; ma pensée sur la stérile plaine des flots. Mon amour plonge dans les flots qui se suivent et se ressemblent. Ils passent et l'œil ne les reconnaît plus. — Mer informe et toujours agitée; loin des hommes, tes flots se taisent; rien ne s'oppose à leur fluidité; mais nul ne peut entendre leur silence; sur la plus frêle chaloupe, déjà se heurtent-ils, et leur bruit nous fait croire que la tempête est bruyante. Les grandes vagues avancent et se succèdent sans aucun bruit. Elles se suivent, et chacune soulève à son tour la même goutte d'eau, sans presque la déplacer. Seule leur forme se promène; l'eau se prête, et les quitte, et ne les accompagne jamais. Toute forme ne prend que pour bien peu d'instants le même être; à travers chacun, elle continue, puis le laisse. Mon âme! ne t'attache à aucune pensée. Jette chaque pensée au vent du large

qui te l'enlève; tu ne la porteras jamais toi-même jusqu'aux cieux.

Mobilité des flots, c'est vous qui fîtes si chancelante ma pensée! Tu ne bâtiras rien sur la vague. Elle s'échappe sous chaque poids.

Le doux port viendra-t-il, après ces décourageantes dérives, ces errements de-ci, de-là ? où mon âme enfin reposée, sur une solide jetée près du phare tournant, regardera la mer.

QUATRIÈME LIVRE

I

> Dans un jardin — sur la colline de Florence (celle qui fait face à Fiesole) — où nous étions ce soir assemblés.

MAIS vous ne savez pas, vous ne pouvez savoir, Angaire, Ydier, Tityre, dit Ménalque (et je te le redis à présent en mon nom, Nathanaël), la passion qui brûla ma jeunesse. J'enrageais de la fuite des heures. La nécessité de l'option me fut toujours intolérable; choisir m'apparaissait non tant élire, que repousser ce que je n'élisais pas. Je comprenais épouvantablement l'étroitesse des heures, et que le temps n'a qu'une dimension; c'était une ligne que j'eusse souhaitée spacieuse, et mes désirs en y courant empiétaient nécessairement l'un sur l'autre. Je ne faisais jamais que *ceci* ou que *cela*. Si je faisais ceci, cela m'en devenait aussitôt regrettable, et je restais souvent sans plus oser rien faire, éperdument et comme les bras toujours ouverts, de peur, si je les refermais pour la prise, de n'avoir saisi *qu'une* chose. L'erreur de ma vie fut dès lors de ne continuer longtemps aucune étude, pour n'avoir su prendre mon parti de renoncer à beaucoup d'autres. N'importe quoi s'achetait trop cher à ce prix-là, et les raisonnements ne pouvaient venir à bout de ma détresse. Entrer dans un marché de délices, en ne disposant (grâce à Qui ?) que d'une somme trop minime. En disposer! choisir, c'était renoncer pour toujours, pour jamais, à tout le reste et la quantité nombreuse de ce *reste* demeurait préférable à n'importe quelle unité.

De là me vint d'ailleurs un peu de cette aversion pour n'importe quelle *possession* sur la terre; la peur de n'aussitôt plus posséder que cela.

Marchandises! provisions! tas de trouvailles! que ne vous donnez-vous sans conteste ? Et je sais que les biens de la terre s'épuisent (encore qu'ils soient inépuisablement remplaçables) et que la coupe que j'ai vidée reste vide pour toi, mon frère (bien que la source soit voisine). Mais vous! vous, immatérielles idées! formes de vie non détenues, sciences, et connaissances de Dieu, coupes de vérités, coupes intarissables, pourquoi marchander votre ruissellement à nos lèvres ? quand toute notre soif ne suffirait à vous tarir et que votre eau déborderait toujours fraîche pour chaque nouvelle lèvre tendue. — J'ai compris maintenant que toutes les gouttes de cette grande source divine s'équivalent; que la moindre suffit à notre ivresse et nous révèle la plénitude et la totalité de Dieu. Mais, en ce temps, que n'eût point souhaité ma folie ? J'enviais toute forme de vie, tout ce que je voyais *faire* par quelque autre, j'eusse aimé le faire moi-même; non l'avoir fait, le faire — entendez-moi — car je ne craignais que très peu la fatigue, la souffrance, et les croyais instruites de la vie. Je fus jaloux de Parménide trois semaines parce qu'il apprenait le turc; deux mois plus tard de Théodose qui découvrait l'astronomie. Ainsi ne traçai-je de moi que la plus vague et la plus incertaine figure, à force de ne la vouloir point limiter.

« Raconte-nous ta vie, Ménalque », dit Alcide, — et Ménalque reprit :

« A dix-huit ans, quand j'eus fini mes premières études, l'esprit las de travail, le cœur inoccupé, languissant de l'être, le corps exaspéré par la contrainte, je partis sur les routes, sans but, usant ma fièvre vagabonde. Je connus tout ce que vous savez : le printemps, l'odeur de la terre, la floraison des herbes dans les champs, les brumes du matin sur la rivière, et la vapeur du soir sur les prairies. Je traversai des villes, et ne voulus m'arrêter nulle part. Heureux, pensais-je, qui ne s'attache à rien sur la terre et promène une éternelle ferveur à travers les constantes mobilités. Je haïssais les foyers, les familles, tous lieux où l'homme pense trouver un repos; et les affections continues, et les fidélités amoureuses, et les attachements aux idées — tout ce qui compromet la justice; je disais que chaque

nouveauté doit nous trouver tout entiers disponibles.

» Des livres m'avaient montré chaque liberté provisoire et qu'elle n'est jamais que de choisir son esclavage, ou du moins sa dévotion, comme la graine des chardons vole et rôde, cherchant le sol fécond où fixer des racines, — et qu'elle ne fleurit qu'immobile. Mais ayant appris dans les classes que les raisonnements ne mènent pas les hommes et qu'à chacun s'en peut opposer un adverse qu'il ne s'agit que de trouver, je m'occupais à le chercher, parfois, dans le milieu des longues routes.

» Je vivais dans la perpétuelle attente, délicieuse, de n'importe quel avenir. Je m'appris, comme des questions devant les attendantes réponses, à ce que la soif d'en jouir, née devant chaque volupté, en précédât d'aussitôt la jouissance. Mon bonheur venait de ce que chaque source me révélait une soif, et que, dans le désert sans eau, où la soif est inapaisable, j'y préférais encore la ferveur de ma fièvre sous l'exaltation du soleil. Il y avait, au soir, des oasis merveilleuses, plus fraîches encore d'avoir été souhaitées tout le jour. J'ai, sur l'étendue sablonneuse, au soleil accablée et comme un immense sommeil — mais tant la chaleur était grande, et dans la vibration même de l'air, — j'ai senti la palpitation encore de la vie qui ne pouvait pas s'endormir, à l'horizon trembler de défaillance, à mes pieds se gonfler d'amour.

» Chaque jour, d'heure en heure, je ne cherchais plus rien qu'une pénétration toujours plus simple de la nature. Je possédais le don précieux de n'être pas trop entravé par moi-même. Le souvenir du passé n'avait de force sur moi que ce qu'il en fallait pour donner à ma vie l'unité : c'était comme le fil mystérieux qui reliait Thésée à son amour passé, mais ne l'empêchait pas de marcher à travers les plus nouveaux paysages. Encore ce fil dut-il être rompu... Palingénésies merveilleuses ! Je savourais souvent, dans mes courses du matin, le sentiment d'un nouvel être, la tendresse de ma perception. — « Don du poète, m'écriais-je, tu es le don de perpétuelle rencontre » — et j'accueillais de toutes parts. Mon âme était l'auberge ouverte au carrefour ; ce qui voulait entrer, entrait. Je me suis fait ductile, à l'amiable, disponible par tous mes sens, attentif, écouteur jusqu'à n'avoir plus *une* pensée personnelle, capteur

de toute émotion en passage, et réaction si minime que je ne tenais plus rien pour mal plutôt que de protester devant rien. Au reste je remarquai bientôt de combien peu de haine du laid s'étayait mon amour du beau.

» Je haïssais la lassitude, que je savais faite d'ennui, et prétendais que l'on tablât sur la diversité des choses. Je me reposais n'importe où. J'ai dormi dans les champs. J'ai dormi dans les plaines. J'ai vu l'aube frémir entre les grandes gerbes de blé; et sur les hêtraies s'éveiller les corneilles. Au matin je me lavais dans l'herbe et le soleil naissant séchait mes vêtements mouillés. Qui dira si jamais la campagne fut plus belle, que ce jour où je vis les riches moissons rentrer parmi les chants, et les bœufs attelés aux pesantes charrettes!

» Il y eut un temps où ma joie devint si grande, que je la voulus communiquer, enseigner à quelqu'un ce qui dans moi la faisait vivre.

» Au soir, je regardais dans d'inconnus villages les foyers, dispersés durant le jour, se reformer. Le père rentrait, las de travail; les enfants revenaient de l'école. La porte de la maison s'entrouvrait un instant sur un accueil de lumière, de chaleur et de rire, puis se refermait pour la nuit. Rien de toutes les choses vagabondes n'y pouvait plus rentrer, du vent grelottant du dehors. — Familles, je vous hais! foyers clos; portes refermées; possessions jalouses du bonheur. — Parfois, invisible de nuit, je suis resté penché vers une vitre, à longtemps regarder la coutume d'une maison. Le père était là, près de la lampe; la mère cousait; la place d'un aïeul restait vide; un enfant, près du père, étudiait; — et mon cœur se gonfla du désir de l'emmener avec moi sur les routes.

» Le lendemain je le revis, comme il sortait de l'école; le surlendemain je lui parlai; quatre jours après il quitta tout pour me suivre. Je lui ouvris les yeux devant la splendeur de la plaine; il comprit qu'elle était ouverte pour lui. J'enseignai donc son âme à devenir plus vagabonde, joyeuse enfin — puis à se détacher même de moi, à connaître sa solitude.

» Seul, je goûtai la violente joie de l'orgueil. J'aimais me lever avant l'aube; j'appelais le soleil sur les chaumes; le chant de l'alouette était ma fantaisie et la rosée était ma lotion d'aurore. Je me plaisais à d'excessives fruga-

lités, mangeant si peu que ma tête en était légère et que toute sensation me devenait une sorte d'ivresse. J'ai bu de bien des vins depuis, mais aucun ne donnait, je sais, cet étourdissement du jeûne, au grand matin ce vacillement de la plaine, avant que, le soleil venu, je ne dorme au creux d'une meule.

» Le pain que j'emportais avec moi, je le gardais parfois jusqu'à la demi-défaillance; alors il me semblait sentir moins étrangement la nature et qu'elle me pénétrait mieux; c'était un afflux du dehors; par tous mes sens ouverts j'accueillais sa présence; tout, en moi, s'y trouvait convié.

» Mon âme enfin s'emplissait de lyrisme, qu'exaspérait ma solitude et qui me fatiguait vers le soir. Je me soutenais par orgueil, mais regrettais alors Hilaire qui me départissait l'an d'avant de ce que mon humeur avait sinon de trop farouche.

» Avec lui, vers le soir, je parlais; il était lui-même poète; il comprenait toutes les harmonies. Chaque effet naturel nous devenait comme un langage ouvert où l'on pouvait lire sa cause; nous apprenions à reconnaître les insectes à leur vol, les oiseaux à leur chant, et la beauté des femmes aux traces de leurs pas sur le sable. Le dévorait aussi une soif d'aventures; sa force le rendait audacieux. Certes jamais aucune gloire ne vous vaudra, adolescence de nos cœurs! Aspirant tout avec délices, en vain cherchions-nous à lasser nos désirs; chacune de nos pensées était une ferveur; sentir avait pour nous une âcreté singulière. Nous usions nos splendides jeunesses, attendant le bel avenir, et la route y menant ne paraissait jamais assez interminable, où nous marchions à grands pas, mordant les fleurs des haies qui remplissent la bouche d'un goût de miel et d'exquise amertume.

» Parfois, retraversant Paris, je retrouvais pour quelques jours ou quelques heures l'appartement où s'était écoulée ma studieuse enfance; tout y était silencieux; des soins de femme absente avaient jeté des linges sur les meubles. Tenant à la main une lampe, j'allais de pièce en pièce sans rouvrir les volets clos depuis plusieurs années, ni soulever les rideaux pleins de camphre. L'air y était pesant, saturé d'odeur. Ma chambre seule continuait d'être apprêtée. Dans la bibliothèque, la

plus sombre et la plus silencieuse des pièces, les livres sur les rayons et sur les tables gardaient l'ordre où je les avais placés; parfois j'en ouvrais un, et, devant la lampe allumée bien que ce fût le jour, j'étais heureux d'oublier l'heure; parfois aussi, rouvrant le grand piano, je cherchais dans ma mémoire le rythme d'anciens airs; mais je ne m'en souvenais que de façon trop imparfaite et, plutôt que de m'y attrister, je cessais. Le jour suivant, j'étais de nouveau loin de Paris.

» Mon cœur naturellement aimant et comme liquide se répandait de toutes parts; aucune joie ne me semblait appartenir à moi-même; j'y invitais chacun de rencontre, et lorsque j'étais seul à jouir, ce n'était qu'à force d'orgueil.

» Certains m'accusèrent d'égoïsme; je les accusai de sottise. J'avais la prétention de n'aimer point quelqu'un, homme ou femme, mais bien l'amitié, l'affection ou l'amour. En le donnant à l'un, je n'eusse pas voulu l'enlever à quelque autre, et ne faisais que me prêter. Pas plus je ne voulais accaparer le corps ou le cœur d'aucun autre; nomade ici comme envers la nature, je ne m'arrêtais nulle part. Toute préférence me semblait injustice; voulant rester à tous, je ne me donnais pas à quelqu'un.

» Au souvenir de chaque ville j'attachai le souvenir d'une débauche. A Venise, je pris ma part des mascarades; un concert d'altos et de flûtes accompagna la barque où je goûtais l'amour. D'autres barques suivaient, pleines de jeunes femmes et d'hommes. Nous allâmes vers le Lido attendre l'aube, mais nous dormions, lassés, lorsque le soleil se leva, car les musiques s'étaient tues. Mais j'aimais jusqu'à cette fatigue que nous laissent ces fausses joies, et ce vertige du réveil, par quoi nous les sentons fanées. — Dans d'autres ports je sus aller avec les matelots des grands navires; je descendis dans les ruelles mal éclairées; mais je blâmais chez moi le désir de l'expérience, notre unique tentation; et laissant les marins près des bouges, je regagnais le port tranquille, où le conseil taciturne des nuits s'interprétait du souvenir de ces ruelles dont l'étrange et pathétique rumeur parvenait à travers l'extase. J'aimais mieux les trésors des champs.

» Pourtant, à vingt-cinq ans, non lassé de voyages,

mais tourmenté par l'excessif orgueil que cette vie nomade avait fait croître, je compris ou me persuadai que j'étais mûr enfin pour une forme nouvelle.

» Pourquoi ? pourquoi, leur disais-je, me parlez-vous de partir encore sur les routes; je sais bien que de nouvelles fleurs, au bord de toutes, ont fleuri; mais c'est vous, à présent, qu'elles attendent. Les abeilles ne butinent qu'un temps; après se font trésorières. — Je rentrai dans l'appartement délaissé. J'enlevai le linge de sur les meubles : j'ouvris les fenêtres; et, profitant des économies que, comme malgré moi, vagabond j'avais dû faire, je m'entourai de tout ce que je pus me procurer d'objets précieux ou fragiles, de vases ou de livres rares et surtout de tableaux que la connaissance que j'ai de la peinture me permettait d'avoir à très bas prix. Durant quinze ans, je thésaurisai comme un avare; je m'enrichis de toutes mes forces; je m'instruisis; j'appris à jouer de divers instruments; chaque heure de chaque journée était donnée à quelque étude fructueuse; l'histoire et la biologie m'occupèrent particulièrement. Je connus les littératures. J'accumulai les amitiés que mon grand cœur et ma légitime noblesse me permirent de ne pas dérober; elles me furent, plus que tout le reste, précieuses, et pourtant, même à elles, je ne m'attachai point.

» A cinquante ans, l'heure étant venue, je vendis tout, et, comme mon goût sûr et ma connaissance de chaque objet ne m'avait fait possesseur de rien dont la valeur n'eût augmenté, je réalisai en deux jours une fortune considérable. Je plaçai cette fortune tout entière de façon que j'en pusse perpétuellement disposer. Je vendis absolument tout, ne voulant rien garder de *personnel* sur cette terre; pas le moindre souvenir d'antan.

» Je disais à Myrtil, qui m'accompagnait dans les champs : « Combien de ce matin charmant, de cette
» brume et de cette lumière, de cette fraîcheur aérée, de
» cette pulsation de ton être, la sensation te donnerait
» plus de délices encore, si tu savais t'y donner tout entier.
» Tu crois y être, mais la meilleure partie de ton être est
» cloîtrée; ta femme et tes enfants, tes livres et ton étude
» la détiennent et te la dérobent à Dieu.

» Crois-tu pouvoir, en cet instant précis, goûter la
» sensation puissante, complète, immédiate de la vie, —
» sans l'oubli de ce qui n'est pas elle ? L'habitude de ta

» pensée te gêne ; tu vis dans le passé, dans le futur et tu
» ne perçois rien spontanément. Nous ne sommes rien,
» Myrtil, que dans l'instantané de la vie ; tout le passé s'y
» meurt avant que rien d'à venir y soit né. Instants! Tu
» comprendras, Myrtil, de quelle force est leur *présence* !
» car chaque instant de notre vie est essentiellement
» irremplaçable : sache parfois t'y concentrer uniquement.
» Si tu voulais, si tu savais, Myrtil, en cet instant, sans
» plus de femme ni d'enfants, tu serais seul devant Dieu
» sur la terre. Mais tu te souviens d'eux, et portes avec
» toi, comme par une peur de les perdre, tout ton passé,
» toutes tes amours, et toutes les préoccupations de la
» terre. Pour moi, tout mon amour m'attend à tout
» instant et pour une nouvelle surprise ; je le connais tou-
» jours et ne le reconnais jamais. Tu ne soupçonnes pas,
» Myrtil, toutes les formes que prend Dieu ; de trop
» regarder l'une et t'en éprendre, tu t'aveugles. La fixité
» de ton adoration me peine ; je la voudrais bien diffusée.
» Derrière toutes tes portes fermées, Dieu se tient. Toutes
» formes de Dieu sont chérissables, et tout est la forme
» de Dieu. »

» ... Avec ma fortune réalisée, je frétai d'abord un navire,
emmenant avec moi sur la mer trois amis, des hommes
d'équipe et quatre mousses. Je m'épris du moins beau
d'entre eux. Mais même à la douceur de ses caresses,
je préférais la contemplation des grands flots. J'entrai
dans des ports fabuleux, au soir, et les quittais avant
l'aurore ayant parfois cherché toute la nuit de l'amour.
Je connus à Venise une courtisane extrêmement belle ;
je l'aimai trois nuits, car auprès j'oubliais, tant elle
était belle, les délices de mes autres amours. Ce fut à
elle que je vendis ou que je donnai mon navire.

» J'habitai quelques mois dans un palais du lac de Côme,
où les musiciens les plus doux s'assemblèrent. J'y
réunis aussi de belles femmes, discrètes et habiles à
parler ; et nous causions, le soir, tandis que les musiciens
nous charmaient ; puis, descendant le perron de marbre
dont les dernières marches trempaient, nous allions
dans les barques errantes endormir nos amours au
rythme reposé des rames. Il y avait des retours assoupis ;
la barque accostée tout à coup s'éveillait, et Idoine,
à mon bras se pendant, remontait le perron, silencieuse.

» L'an d'après j'étais dans un immense parc de Vendée, non loin des plages. Trois poètes ont chanté l'accueil que je leur fis en ma demeure; ils parlaient aussi des étangs avec les poissons et les plantes, des avenues de peupliers, des chênes isolés et des bouquets de frênes, de la belle ordonnance du parc. Lorsque l'automne vint, je fis abattre les plus grands arbres, et me plus à dévaster ma demeure. Rien ne dira l'aspect du parc où vaguait notre société nombreuse, errant dans les allées où j'avais laissé l'herbe croître. On entendait d'un bout à l'autre des avenues les coups de hache des bûcherons. Les robes s'accrochaient aux branches en travers des routes. L'automne s'éployant sur les arbres couchés fut splendide. Une telle magnificence s'y posait, que longtemps après je ne pus plus penser à rien d'autre, et je reconnus là ma vieillesse.

» J'ai depuis occupé un chalet dans les Hautes-Alpes; un palais blanc à Malte, près du bois parfumé de Cita Vecchia, où les citrons ont l'acide douceur des oranges; une calèche errante en Dalmatie; et ce jardin présentement, sur la colline de Florence, celle qui fait face à Fiesole, où je vous ai ce soir assemblés.

» Ne me dites pas trop que je dois aux événements mon bonheur; évidemment ils me furent propices, mais je ne me suis pas servi d'eux. Ne croyez pas que mon bonheur soit fait à l'aide de richesses; mon cœur sans nulle attache sur la terre est resté pauvre, et je mourrai facilement. Mon bonheur est fait de ferveur. A travers indistinctement toute chose, j'ai éperdument adoré. »

II

La terrasse monumentale où nous étions (des escaliers tournants y menaient) dominait toute la ville et semblait au-dessus des feuillages profonds, une nef immense amarrée; parfois elle semblait avancer sur la ville. Sur le haut pont de ce navire imaginaire, cet été, je montais quelquefois goûter, après le tumulte des rues, l'apaisement contemplatif du soir. Toute rumeur en montant s'épuisant, il semblait que ce fussent des vagues et qu'elles déferlassent ici. Elles venaient encore

et par ondes majestueuses, montaient, s'élargissaient contre les murs. Mais je montais plus haut, là où les vagues n'atteignaient plus. Sur la terrasse extrême, on n'entendait plus rien que le frémissement des feuillages et l'appel éperdu de la nuit.

Des chênes verts et des lauriers immenses, plantés en régulières avenues, venaient finir au bord du ciel, où la terrasse même finissait; pourtant, des balustrades arrondies, par instants, s'avançaient encore, surplombant et formant comme des balcons dans l'azur. Là, je venais m'asseoir, je m'enivrais de ma pensée; là je croyais voguer. Au-dessus des collines sombres, qui s'élevaient de l'autre côté de la ville, le ciel était de la couleur de l'or : des ramures légères, parties de la terrasse où j'étais, penchaient vers le couchant splendide, ou s'élançaient, presque sans feuilles, vers la nuit. De la ville montait ce qui semblait une fumée; c'était de la poussière illuminée qui flottait, s'élevait à peine au-dessus des places où plus de lumière brillait. Et parfois jaillissait comme spontanément, dans l'extase de cette nuit trop chaude, une fusée, lancée on ne sait d'où, qui filait, suivait comme un cri dans l'espace, vibrait, tournait, et retombait défaite, au bruit de sa mystérieuse éclosion. J'aimais celles surtout dont les étincelles d'or pâle tombent si lentement et si négligemment s'éparpillent, qu'on croit, après, tant les étoiles sont merveilleuses, qu'elles aussi sont nées de cette subite féerie, et que, de les voir, après les étincelles, demeurantes, l'on s'étonne... puis, lentement, on reconnaît chacune à sa constellation attachée, — et l'extase en est prolongée.

« Les événements, reprit Josèphe, ont disposé de moi d'une façon que je n'ai pas approuvée.
— Tant pis! reprit Ménalque. Je préfère me dire que ce qui n'est pas, c'est ce qui ne pouvait pas être. »

III

Et cette nuit ce furent les fruits qu'ils chantèrent. Devant Ménalque, Alcide et quelques autres assemblés, Hylas chanta la

RONDE DE LA GRENADE

> Certes trois grains de grenade
> suffirent à faire s'en souvenir
> Proserpine.

Vous chercheriez encore longtemps
 Le bonheur impossible des âmes.
Joies de la chair et joies des sens
Qu'un autre s'il lui plaît vous condamne,
Amères joies de la chair et des sens —
Qu'il vous condamne — moi je n'ose.

— Certes, Didier, philosophe fervent, je t'admire
Si la croyance en ta pensée te fait à la joie de l'esprit
Croire aucune autre préférable.
Mais non pas dans tous les esprits se peuvent de telles amours.

Et certes, aussi moi je vous aime,
Mortels tressaillements de mon âme,
Joies du cœur, joies de l'esprit —
Mais c'est vous, plaisirs, que je chante.

Joies de la chair, tendres comme l'herbe,
Charmantes comme les fleurs des haies.
Fanées plus vite, ou fauchées, que les luzernes des prairies,
Que les désolantes spirées qui s'effeuillent dès qu'on les touche.

La vue — le plus désolant de nos sens...
Tout ce que nous ne pouvons pas toucher nous désole ;
L'esprit saisit plus aisément la pensée
Que notre main ce que notre œil convoite.
Oh ! que ce soit ce que tu peux toucher que tu désires,
Nathanaël, et ne cherche pas une possession plus parfaite,
Les plus douces joies de mes sens
Ont été des soifs étanchées.

Certes, délicieuse est la brume, au soleil levant sur les plaines
Et délicieux le soleil ;
Délicieuse à nos pieds nus la terre humide
Et le sable mouillé par la mer ;

Délicieuse à nous baigner fut l'eau des sources ;
A baiser les inconnues lèvres que mes lèvres touchèrent dans l'ombre...
Mais des fruits — des fruits — Nathanaël, que dirai-je ?
Oh ! que tu ne les aies pas connus,
Nathanaël, c'est bien là ce qui me désespère.
Leur pulpe était délicate et juteuse,
Savoureuse comme la chair qui saigne,
Rouge comme le sang qui sort d'une blessure.
Ceux-ci ne réclamaient, Nathanaël, aucune soif particulière,
On les servait dans des corbeilles d'or ;
Leur goût écœurait tout d'abord, étant d'une fadeur incomparable ;
Il n'évoquait celui d'aucun fruit de nos terres ;
Il rappelait le goût des goyaves trop mûres,
Et la chair en semblait passée ;
Elle laissait, après, l'âpreté dans la bouche ;
On ne la guérissait qu'en remangeant un fruit nouveau ;
A peine bientôt si seulement durait leur jouissance
L'instant d'en savourer le suc ;
Et cet instant en paraissait tant plus aimable
Que la fadeur après devenait plus nauséabonde.
La corbeille fut vite vidée
Et le dernier nous le laissâmes
Plutôt que de le partager.
Hélas ! après, Nathanaël, qui dira de nos lèvres
Quelle fut l'amère brûlure ?
Aucune eau ne les put laver.
Le désir des ces fruits nous tourmenta jusque dans l'âme.
Trois jours durant, dans les marchés, nous les cherchâmes ;
La saison en était finie.
Où sont, Nathanaël, dans nos voyages
De nouveaux fruits pour nous donner d'autres désirs ?

Il y en a que nous mangeons sur des terrasses.
Devant la mer et devant le soleil couchant.
Il y en a que l'on confit dans de la glace
Sucrée avec un peu de liqueur dedans.

Il y en a que l'on cueille sur les arbres
De jardins réservés, enclos de murs,

Et que l'on mange à l'ombre dans la saison estivale.
On disposera de petites tables ;
Les fruits tomberont tout autour de nous
Dès qu'on agitera les branches
Où les mouches engourdies se réveilleront.
Les fruits tombés, on les recueillera dans des jattes
Et leur parfum déjà suffirait à nous charmer.

Il y en a dont l'écorce tache les lèvres et que l'on ne mange que lorsqu'on a très soif.
Nous les avons trouvés le long des routes sablonneuses ;
Ils brillaient à travers le feuillage épineux
Qui déchira nos mains lorsque nous voulûmes les prendre ;
Et notre soif n'en fut pas beaucoup étanchée.

Il y en a dont on ferait des confitures
Rien qu'à les laisser cuire au soleil.
Il y en a dont la chair malgré l'hiver demeure sure ;
De les avoir mordus les dents sont agacées.
Il y en a dont la chair paraît toujours froide, même l'été.
On les mange accroupi sur des nattes,
Au fond de petits cabarets.

Il y en a dont le souvenir vaut une soif
Dès qu'on ne peut plus les trouver.

Nathanaël, te parlerai-je des grenades ?
On les vendait pour quelques sous, à cette foire orientale,
Sur des claies de roseaux où elles s'étaient éboulées.
On en voyait qui roulaient dans la poussière
Et que des enfants nus ramassaient.
Leur jus est aigrelet comme celui des framboises pas mûres.
Leur fleur semble faite de cire ;
Elle est de la couleur du fruit.

Trésor gardé, cloisons de ruches,
Abondance de la saveur,
Architecture pentagonale.
L'écorce se fend ; les grains tombent,
Grains de sang dans des coupes d'azur ;

Et d'autres, gouttes d'or, dans des plats de bronze émaillé.

— Chante à présent la figue, Simiane,
Parce que ses amours sont cachées.

— Je chante la figue, dit-elle,
Dont les belles amours sont cachées,
Sa floraison est repliée.
Chambre close où se célèbrent des noces ;
Aucun parfum ne les conte en dehors.
Comme rien ne s'en évapore,
Tout le parfum devient succulence et saveur.
Fleur sans beauté ; fruit de délices ;
Fruit qui n'est que sa fleur mûrie.

J'ai chanté la figue, dit-elle,
Chante à présent toutes les fleurs.

« Certes, reprit Hylas, nous n'avons pas chanté tous les fruits. »

Don du poète : celui d'être ému pour des prunes.
(La fleur ne vaut pour moi que comme une promesse de fruit).

Tu n'as pas parlé de la prune.

Et l'acide prunelle des haies
Que la neige froide rend douce.
La nèfle qui ne se mange que pourrie ;
Et la châtaigne de la couleur des feuilles mortes
Qu'on fait éclater près du feu.

« Je me souviens de ces myrtilles des montagnes que je cueillis un jour de grand froid dans la neige.

— Je n'aime pas la neige, dit Lothaire ; c'est une matière toute mystique et qui n'a pas encore pris son parti de la terre. Je hais son insolite blancheur où s'arrête le paysage. Elle est froide et se refuse à la vie ; je sais qu'elle la couve et la protège, mais la vie n'en surnaît qu'en la fondant. Ainsi je la veux grise et sale, à demi fondue et déjà presque en eau pour les plantes.

— Ne parle pas ainsi de la neige, car elle aussi peut être belle, dit Ulrich. Elle n'est triste et douloureuse que là où trop d'amour la fera fondre ; et toi qui préfères

l'amour, la préfères à demi fondue. Elle est belle où elle triomphe.

— Là nous n'irons pas, dit Hylas. Et où je dis : tant mieux, tu n'as pas à dire : tant pis. »

Et cette nuit chacun de nous chanta, sous forme de ballades : Mœlibée la

BALLADE DES PLUS CÉLÈBRES AMANTS

Suléika ! pour vous je m'arrêtais de boire
Le vin que me versait l'échanson.
C'est pour vous que, Boabdil, à Grenade,
J'arrosai les lauriers-roses du Généraliffe.

Je fus Soleiman quand, Balkis, vous vîntes des provinces du Sud pour me proposer des énigmes.

Tamar, je fus Ammon votre frère, qui se mourait de ne pouvoir vous posséder.

Bethsabée, quand, suivant une colombe d'or jusque sur la plus haute terrasse de mon palais, je vous vis, prête au bain, descendre nue, je fus David qui fit se tuer pour moi votre mari.

J'ai chanté pour vous, Sulamite, des chants tels qu'on les croit presque religieux.

Fornarine, je suis celui qui criait d'amour dans tes bras.

Zobéide, je suis l'esclave que vous rencontrâtes au matin, dans la rue qui menait à la place publique; je portais un panier vide sur ma tête, et vous me le fîtes emplir, vous suivant, de cédrats, de limons, de concombres, d'épices variées et de diverses friandises ; puis, comme je vous plus et que je me plaignais de ma fatigue, vous voulûtes me garder la nuit, près de vos deux sœurs, et des trois kalendars fils de roi. Et nous nous occupâmes chacun tour à tour, à écouter les autres, chacun racontant son histoire. Quand vint mon tour de raconter : Avant de vous avoir rencontrée, Zobéide, dis-je, je n'avais pas d'histoire en ma vie ; maintenant comment en aurais-je ? N'êtes-vous pas toute ma vie ? — Et ce disant le porteur se bourrait de fruits. (Je me souviens que, tout enfant, je rêvais des confitures sèches dont il est tant question dans les Mille et une Nuits. J'en ai mangé depuis, qui sont à l'essence de roses, et un ami m'a parlé de celles qu'on fait avec les letchis.)

*Ariane, je suis le passager Thésée
Qui vous abandonne à Bacchus
Pour pouvoir continuer ma route.*

*Eurydice, ma belle, je suis pour vous Orphée
Qui, d'un regard, dans les enfers, vous répudie,
Importuné d'être suivi ;*

puis Mopsus chanta la

BALLADE DES BIENS IMMEUBLES

*Q*UAND *la rivière commença à monter,
 Il y en eut qui se réfugièrent sur la montagne ;
D'autres qui se dirent : le limon engraissera nos champs,
D'autres qui se dirent : c'est la ruine ;
D'autres qui ne se dirent rien du tout.*

*Quand la rivière eut bien monté,
Il y avait des endroits où l'on voyait encore des arbres,
D'autres où l'on voyait des toits de maisons,
Des clochers, des murs, et plus loin des collines ;
D'autres endroits où l'on ne voyait plus rien du tout.
Il y avait des paysans qui firent monter leurs troupeaux sur les collines ;
D'autres qui emportèrent dans un bateau leurs petits enfants ;
Il y en eut qui emportèrent de la bijouterie,
Des mangeailles, des papiers écrits, et tout ce qui pouvait flotter d'argent.
Il y en eut qui n'emportèrent rien du tout.
Ceux-ci, qui avaient fui dans des barques entraînées,
Se réveillèrent dans des terres qu'ils ne connaissaient pas du tout.
Il y en eut qui se réveillèrent en Amérique ;
D'autres en Chine, et d'autres sur les rives du Pérou.
Il y en eut qui ne se réveillèrent pas du tout.*

Puis Guzman chanta la

RONDE DES MALADIES

dont je ne rapporterai que la fin :

... A Damiette, je pris les fièvres.
A Singapore, je vis mon corps s'orner d'efflorescences blanches et mauves.
A la Terre de Feu, toutes mes dents tombèrent.
Sur le Congo, un caïman me mangea un pied.
Dans les Indes, me prit une maladie de langueur,
Qui fit ma peau admirablement verte et comme transparente ;
Mes yeux semblaient sentimentalement agrandis.

Je vivais dans une cité lumineuse ; tous les soirs il s'y commettait tous les crimes et pourtant, non loin du port, continuaient de flotter des galères que l'on ne parvenait pas à remplir. Un matin je partis sur l'une d'elles, le gouverneur de la ville ayant mis à ma fantaisie la force de quarante rameurs. Quatre jours et trois nuits nous naviguâmes ; ils usèrent pour moi leurs forces admirables. Cette fatigue monotone endormait leur turbulente vigueur ; ils se lassaient à remuer sans fin l'eau des vagues ; ils devenaient plus beaux, rêveurs, et leurs souvenirs du passé s'en allaient sur la mer immense. Et nous entrâmes vers le soir dans une ville sillonnée de canaux, une ville couleur de l'or ou de la cendre et qu'on nommait Amsterdam ou Venise, suivant qu'elle était brune ou dorée.

IV

L E soir, dans les jardins qui sont au pied de la colline de Fiesole, à mi-chemin entre Florence et Fiesole, dans ces mêmes jardins où, du temps de Boccace, Pamphile et Fiametta chantaient — le jour trop lumineux achevé — dans la nuit point ténébreuse, Simiane, Tityre, Ménalque, Nathanaël, Hélène, Alcide et quelques autres étaient assemblés.

Après un demi-repas de friandises que la grande chaleur nous avait permis de prendre sur la terrasse, nous étions descendus dans les allées et maintenant, après des musiques, nous errions sous les lauriers et

les chênes, attendant l'heure où nous étendre sur l'herbe, près des sources qu'un bosquet de chênes verts abritait, et nous reposer longuement de la fatigue du grand jour.

J'allais de groupe en groupe, et n'entendais que des propos sans suite, encore que tous parlassent de l'amour.

« Toute volupté, disait Eliphas, est bonne, et a besoin d'être goûtée.

— Mais non toutes par tous, disait Tibulle; il faut opter. »

Plus loin, à Phèdre et à Bachir, c'était Térence qui racontait :

« J'aimais, disait-il, une enfant de race kabyle, à la peau noire, de chair parfaite, à peine mûre. Elle gardait dans la volupté la plus mièvre et déjà la plus retombée une gravité déconcertante. Elle était l'ennui de mes jours et les délices de mes nuits. »

Et Simiane avec Hylas :

« C'est un petit fruit qui demande à être souvent mangé. »

Hylas chantait :

— *Il y a de petites voluptés qui ont été pour nous, comme, sur les bords des routes, ces petits fruits de maraude, aigres, et qu'on aurait voulu plus sucrés.*

Sur l'herbe, près des sources, nous nous assîmes :
... un chant d'oiseau de nuit, près de moi, m'occupa pendant un instant plus que leurs paroles; quand je recommençai d'écouter, Hylas parlait :

... Et chacun de mes sens a eu ses désirs. Quand j'ai voulu rentrer en moi, j'ai trouvé mes serviteurs et mes servantes à ma table; je n'ai plus eu la plus petite place où m'asseoir. La place d'honneur était occupée par la Soif; d'autres soifs lui disputaient la belle place. Toute la table était querelleuse, mais ils s'entendaient contre moi. Quand j'ai voulu m'approcher de la table, ils se sont tous levés contre moi, déjà ivres; ils m'ont chassé de chez moi; ils m'ont traîné dehors, et je suis ressorti pour aller leur cueillir des grappes.

Désirs! Beaux désirs, je vous apporterai des grappes écrasées; j'emplirai de nouveau vos énormes coupes; mais

laissez-moi rentrer dans ma demeure — et que je puisse encore, quand vous dormirez dans l'ivresse, me couronner de pourpre et de lierre, — couvrir le souci de mon front sous une couronne de lierre.

L'ivresse s'emparait de moi-même, et je ne pouvais plus bien écouter; par instants, quand le chant de l'oiseau se taisait, la nuit semblait devenir silencieuse comme si j'eusse été seul à la contempler; par instants il me semblait de partout entendre des voix jaillissantes qui se mêlaient à celles de notre nombreuse société :

Nous aussi, nous aussi, disaient-elles, nous avons connu les lamentables ennuis de nos âmes.
 Les désirs ne nous laissent pas tranquillement travailler.
 — ... Cet été, tous mes désirs eurent soif.
 Il semblait qu'ils eussent traversé des déserts.
 Et je me refusais à leur donner à boire,
 Tant je les savais malades pour avoir bu.

(Il y avait des grappes où dormait de l'oubli ; il y en avait où mangeaient des abeilles ; il y en avait où du soleil semblait s'attarder.)
 Un désir s'est assis à mon chevet tous les soirs.
 Je l'y retrouve à chaque aurore.
 Il a veillé sur moi toute la nuit.
 J'ai marché ; j'ai voulu lasser mon désir ;
 Je n'ai pu fatiguer que mon corps.

Chante à présent, Cléodalise, la

RONDE DE TOUS MES DÉSIRS

J E *ne sais ce que j'avais pu rêver cette nuit.*
 A mon réveil tous mes désirs avaient soif.
Il semblait qu'en dormant, ils eussent traversé des déserts.
Entre le désir et l'ennui
Notre inquiétude balance.
Désirs ! Est-ce que vous ne vous lasserez pas ?
Oh ! oh ! oh ! oh ! cette petite volupté qui passe ! — et qui sera bientôt passée ! —

Hélas ! Hélas ! je sais comment prolonger ma souffrance ; mais mon plaisir je ne sais comment l'apprivoiser.

Entre le désir et l'ennui notre inquiétude balance.

Et l'humanité tout entière m'a paru comme un malade qui se retourne dans son lit pour dormir — qui cherche le repos et ne trouve même pas le sommeil.

Nos désirs ont déjà traversé bien des mondes ;
Ils ne se sont jamais rassasiés.
Et la nature entière se tourmente,
Entre soif de repos et soif de volupté.

Nous avons crié de détresse
Dans les appartements déserts.
Nous sommes montés sur des tours
D'où l'on ne voyait que la nuit.
Chiennes, nous avons hurlé de douleur
Le long des berges desséchées ;
Lionnes, nous avons rugi dans l'Aurès ; et nous avons brouté, chamelles, le varech gris des chotts, sucé le suc des tiges creuses ; car l'eau n'abonde pas au désert.
Nous avons traversé, hirondelles,
De vastes mers sans nourriture ;
Sauterelles, pour nous nourrir nous avons dû tout dévaster.
Algues, nous ont ballottées les orages ;
Flocons, nous avons été roulés par les vents.

Oh ! pour un immense repos, je souhaite la mort salutaire ; et qu'enfin mon désir exténué ne puisse plus fournir à de nouvelles métempsychoses. Désir ! je t'ai traîné sur les routes ; je t'ai désolé dans les champs ; je t'ai soûlé dans les grand-villes ; je t'ai soûlé sans te désaltérer ; — je t'ai baigné dans les nuits pleines de lune ; je t'ai promené partout ; je t'ai bercé sur les vagues ; j'ai voulu t'endormir sur les flots... Désir ! Désir ! que te ferais-je ? que veux-tu donc ? Est-ce que tu ne te lasseras pas ?

La lune parut entre les branches des chênes, monotone mais belle autant que les autres fois. Par groupes, à présent ils causaient et je n'entendais que des phrases éparses ; il me sembla que chacun parlait à tous les autres

de l'amour et sans s'inquiéter s'il n'était par aucun autre écouté.

Puis les conversations se défirent, et, comme la lune disparaissait derrière les branches plus épaisses des chênes, ils restèrent couchés les uns près des autres, dans les feuilles, écoutant sans plus les comprendre les parleurs ou les parleuses attardés, mais dont les voix plus discrètes ne parvinrent bientôt plus à nous que mêlées au chuchotement du ruisseau sur les mousses.

Simiane, alors se levant, se fit une couronne de lierre et je sentis l'odeur des feuilles déchirées. Hélène dénoua ses cheveux qui retombèrent sur sa robe et Rachel s'en alla recueillir de la mousse humide pour en mouiller ses yeux et les apprêter au sommeil.

La clarté même de la lune disparut. Je restais étendu, lourd de charme et grisé jusqu'à la tristesse. Je ne parlai pas de l'amour. J'attendais le matin pour partir et courir au hasard des routes. Déjà depuis longtemps sommeillait ma tête lassée. Je dormis quelques heures; — puis quand vint l'aube, je partis.

CINQUIÈME LIVRE

I

> Pluvieuse terre de Normandie;
> campagne domestiquée...

Tu disais : nous nous posséderons au printemps, sous telles branches que je connais; tel lieu couvert et plein de mousses; il sera telle heure du jour; il fera telle douceur de l'air, et l'oiseau qui l'an dernier y chantait chantera. — Mais le printemps vint tard cette année; l'air trop frais proposait une joie différente.

L'été fut languissant et tiède — mais tu comptais sur une femme qui ne vint pas. Et tu disais : cet automne du moins compensera ces mécomptes et consolera mes ennuis. Elle n'y viendra pas, je suppose — mais du moins rougiront les grands bois. Certaines journées encore douces, j'irai m'asseoir au bord de l'étang, où, l'an passé, tant de feuilles mortes tombèrent. J'attendrai l'approche du soir... D'autres soirs, je descendrai sur les lisières où les derniers rayons se reposeront. — Mais l'automne fut pluvieux cette année; les bois pourris ne se colorèrent qu'à peine, et sur les bords de l'étang débordé tu ne pouvais venir t'asseoir.

Cette année, je fus sans cesse occupé sur les terres. J'assistais aux récoltes et aux labours. Je pus voir l'automne avancer. La saison était incomparablement tiède, mais pluvieuse. Vers la fin de septembre, une effroyable bourrasque, qui n'arrêta pas de souffler durant douze heures, sécha les arbres d'un seul côté. Peu de temps après, les feuilles qui étaient restées à l'abri du vent se dorèrent. Je vivais si loin des hommes

que cela me parut aussi important à dire que n'importe quel événement.

Il y a des jours et d'autres jours encore. Il y a des matins et des soirs.

Il y a des matins où l'on se lève avant l'aube, plein de torpeur. — O gris matin d'automne! où l'âme s'éveille non reposée, si lasse et d'une si brûlante veillée, qu'elle souhaite dormir encore et suppute le goût de la mort. — Demain je quitte cette campagne qui grelotte; l'herbe est pleine de givre. Je sais, comme les chiens qui, dans des cachettes de terre, ont gardé du pain et des os pour leur faim, je sais où me trouver telles voluptés réservées. Je sais, au tournant creux du ruisseau, un peu d'air tiède; au-dessus de la barrière du bois, un tilleul d'or pas encore dépouillé; un sourire et une caresse au petit garçon de la forge, sur le chemin de son école; l'odeur, plus loin, d'une abondance de feuilles tombées; une femme à qui je puis sourire : près de la hutte, un baiser à son petit enfant; le bruit des marteaux de la forge qui, l'automne, s'entend de très loin... Est-ce tout ? — Ah! dormons! — c'est trop peu de chose — et je suis trop las d'espérer...

Départs horribles dans la demi-clarté d'avant l'aube. Grelottement de l'âme et de la chair. Vertige. On cherche ce qu'on pourrait bien emporter encore. — Qu'aimes-tu tant dans les départs, Ménalque ? Il répondit : — L'avant-goût de la mort.

Non certes ce n'est pas tant voir autre chose que me séparer de tout ce qui ne m'est pas indispensable. Ah! de combien de choses, Nathanaël, on aurait encore pu se passer! Ames jamais suffisamment dénuées pour être enfin suffisamment emplies d'amour — d'amour, d'attente et d'espérance, qui sont nos seules vraies possessions.

Ah! tous ces lieux où l'on aurait tout aussi bien pu vivre! Lieux où foisonnerait le bonheur. Fermes laborieuses; travaux inestimables des champs; fatigue; immense sérénité du sommeil...

Partons! et ne nous arrêtons que n'importe où!...

II

LE VOYAGE EN DILIGENCE

J'ai quitté mes vêtements de la ville qui m'obligeaient à garder trop de dignité.

Il était là, contre moi ; je sentais aux battements de son cœur que c'était une créature vivante, et la chaleur de son petit corps me brûlait. Il dormait contre mon épaule ; je l'entendais respirer. J'étais gêné par la tiédeur de son haleine, mais je ne bougeais point de peur de l'éveiller. Sa tête délicate ballottait aux grands cahots de la voiture où nous étions horriblement entassés ; les autres aussi dormaient encore, épuisant un reste de la nuit.
Certes oui, j'ai connu l'amour, l'amour encore et beaucoup d'autres ; mais de cette tendresse d'alors est-ce que je ne pourrai rien dire ?
Certes oui, j'ai connu l'amour.

Je me suis fait rôdeur pour pouvoir frôler tout ce qui rôde : je me suis épris de tendresse pour tout ce qui ne sait où se chauffer, et j'ai passionnément aimé tout ce qui vagabonde.

Il y a quatre ans, je me souviens, je passai la fin d'un jour dans cette petite ville que je retraverse à présent ; la saison était, comme à présent, l'automne ; ce n'était non plus pas un dimanche et l'heure chaude était passée.
Je me promenais, je me souviens, comme à présent, dans les rues, jusqu'à ce que sur le bord de la ville s'ouvrît un jardin en terrasse dominant la belle contrée.
Je suis la même route et je reconnais tout.
Je remets mes pas sur mes pas et mes émotions...

Il y avait un banc de pierre où je m'assis. — Voici. — J'y lisais. Quel livre ? — Ah! : Virgile. — Et j'entendais monter le bruit des battoirs des laveuses. — Je l'entends. — L'air était calme, — comme aujourd'hui.

Les enfants sortent de l'école; je m'en souviens. Des passants passent, comme ils passèrent. Le soleil se couchait; voici le soir; et les chants du jour vont se taire...

C'est tout.

« Mais, dit Angèle, cela ne suffit pas pour faire une poésie...

— Alors laissons cela », répondis-je.

Nous avons connu le lever hâtif d'avant l'aube.

Le postillon attelle les chevaux dans la cour.

Des seaux d'eau lavent le pavé. Bruit de la pompe.

Tête enivrée de qui n'a pu dormir à force de pensées. Lieux que l'on doit quitter; petite chambre; ici, pendant un instant, j'ai posé ma tête; j'ai senti; j'ai pensé; j'ai veillé. — Qu'on meure! et qu'importe où (dès qu'on ne vit plus, c'est n'importe où et nulle part). Vivant, je fus ici.

Chambres quittées! Merveille des départs que je n'ai jamais voulu tristes. Une exaltation me vint toujours de la possession présente de CECI.

A CETTE fenêtre, penchons-nous donc encore un instant... Il vient un instant de partir. Celui-ci je le veux immédiatement qui le précède... pour me pencher encore dans cette nuit presque achevée, vers l'infinie possibilité du bonheur.

Instant charmant, verse à l'immense azur un flot d'aurore...

La diligence est prête. Partons! que tout ce que je viens de penser se perde comme moi dans l'étourdissement de la fuite...

Passage de forêt. Zone de températures parfumées. Les plus tièdes ont l'odeur de la terre; les plus froides, l'odeur des feuilles rouies. — J'avais les yeux fermés; je les rouvre. Oui : voilà les feuilles; voici le terreau remué...

Strasbourg.

O « folle cathédrale! » — avec ta tour aérienne! — du sommet de ta tour, comme d'une nacelle balancée, on voyait sur les toits les cigognes
>> orthodoxes et compassées
>> avec leurs longues pattes,
lentement, — parce que c'est très difficile de s'en servir.

Auberges.

La nuit, j'allais dormir au fond des granges;
Le postillon venait me retrouver dans le foin.

Auberges.

... à mon troisième verre de kirsch, un sang plus chaud commença de circuler sous mon crâne;
à mon quatrième verre, je commençai de ressentir cette légère ivresse qui, rapprochant tous les objets, les mettait à portée de ma prise;
au cinquième, la salle où j'étais, le monde me sembla prendre enfin des proportions plus sublimes, où mon sublime esprit, plus librement, évoluait; au sixième verre, en étant un peu fatigué, je m'endormis.
(Toutes les joies de nos sens ont été imparfaites comme des mensonges.)

Auberges.

J'ai connu le vin lourd des auberges, qui revient avec un goût de violette et procure le sommeil épais de midi. J'ai connu l'ivresse du soir, quand il semble que toute terre vacille sous le poids de votre puissante pensée.
Nathanaël, je te parlerai de l'ivresse.
Nathanaël, souvent le plus simple assouvissement me fut une ivresse, tant, avant, j'étais ivre déjà de désirs. Et ce que je cherchais sur les routes, ce n'était pas d'abord tant une auberge que ma faim.
Ivresses — du jeûne, quand on a marché de très bon matin, et que la faim n'est plus un appétit mais un vertige. Ivresse de la soif, lorsqu'on a marché jusqu'au soir.

Le plus frugal repas me devenait alors excessif comme une débauche et je goûtais lyriquement l'intense sensation de ma vie. Alors, l'apport voluptueux de mes sens faisait, de chaque objet qui les touchait, comme mon palpable bonheur.

J'ai connu l'ivresse qui déforme légèrement les pensées. Je me souviens d'un jour où elles se déduisaient comme des tuyaux de lorgnette; l'avant-dernière semblait toujours déjà la plus fine; et puis il en sortait toujours une plus fine encore. Je me souviens d'un jour où elles devenaient si rondes que vraiment il n'y avait plus qu'à les laisser rouler. Je me souviens d'un jour où elles étaient si élastiques que chacune prenait successivement les formes de toutes, et réciproquement. D'autres fois c'en était deux qui, parallèles, semblaient vouloir croître ainsi jusqu'au fond de l'éternité.

J'ai connu l'ivresse qui vous fait croire meilleur, plus grand, plus respectable, plus vertueux, plus riche, etc. — que l'on n'est.

<div align="right">Automnes.</div>

Il y avait de grands labours dans les plaines. Les sillons fumaient dans le soir; et les chevaux lassés prenaient une allure plus lente. Chaque soir m'enivrait comme si j'y sentais pour la première fois l'odeur de la terre. J'aimais alors m'asseoir au talus de l'orée, parmi les feuilles mortes; écoutant les chants des labours, regardant le soleil exténué s'endormir au fond de la plaine.

Saison humide; pluvieuse terre normande...

Promenades. — Landes, mais sans âpreté. — Falaises. — Forêts. — Ruisseau glacé. Repos à l'ombre; causeries. — Fougères rousses.

— Ah! pensions-nous, que ne te rencontrâmes-nous en voyage, prairie, et que nous eussions voulu traverser à cheval. (Elle était complètement entourée de forêts.)

Promenades le soir.
Promenades la nuit. —

<div align="right">Promenades.</div>

... *Être* me devenait énormément voluptueux. J'eusse voulu goûter toutes les formes de la vie; celles des

poissons et des plantes. Entre toutes les joies des sens j'enviais celles du toucher.

Un arbre isolé, dans une plaine, à l'automne, environné d'ondée; ses feuilles roussies tombaient; je pensais que l'eau abreuvait pour longtemps ses racines, dans la terre profondément imbibée.

A cet âge, mes pieds nus étaient friands du contact de la terre mouillée, du clapot des flaques, de la fraîcheur ou de la tiédeur de la boue. Je sais pourquoi j'aimais tant l'eau et surtout les choses mouillées; c'est que l'eau plus que l'air nous donne la sensation immédiatement différente de ses températures variées. J'aimais les souffles mouillés de l'automne... Pluvieuse terre de Normandie.

<div style="text-align:right">La Roque.</div>

Les chariots sont rentrés chargés de moissons odorantes.

Les greniers se sont emplis de foin.

Chariots pesants, heurtés aux talus, cahotés aux ornières; que de fois vous me ramenâtes des champs, couché sur les tas d'herbes sèches, parmi les rudes garçons faneurs!

Quand pourrais-je, ah! couché sur les meules, attendre encore le soir venir?...

Le soir venait; on atteignait les granges — dans la cour de la ferme où les derniers rayons s'attardaient.

III

LA FERME

Fermier!
Fermier! chante ta ferme.

Je veux m'y reposer un instant — et rêver, auprès de tes granges, à l'été que les parfums des foins me rappelleront.

Prends tes clefs; une à une; ouvre=moi chaque porte...

La première est celle des granges...

Ah ! que si les temps sont fidèles !... ah ! que dans la chaleur des foins ne reposé-je près de la grange !... au lieu de vagabond, à force de ferveur, vaincre l'aridité du désert !... J'écouterais les chants des moissonneurs, et je verrais, tranquille, rassuré, les moissons, provisions inestimables, rentrer sur les chariots accablés — comme d'attendantes réponses aux questions de mes désirs. Je n'irais plus chercher de quoi les rassasier dans la plaine ; ici je les gorgerais à loisir.

Il est un temps de rire — et il est un temps d'avoir ri.

Il est un temps de rire, certes — puis de se souvenir d'avoir ri.

Certainement, Nathanaël, c'était moi-même, moi, pas un autre, qui regardais ces mêmes herbes s'agiter — ces herbes maintenant qui pour l'odeur des foins sont flétries, comme toutes les choses coupées — ces herbes vivre, être vertes et blondes, se balancer au vent du soir. — Ah ! que ne revenir au temps où, couchés au bord des pelouses... l'herbe profonde accueillait notre amour.

Le gibier circulait sous les feuilles ; chacune de ses sentes était une avenue ; et quand je me penchais et regardais de près la terre, de feuille en feuille, de fleur en fleur, je voyais une multitude d'insectes.

Je connaissais l'humidité du sol à l'éclat du vert et à la nature des fleurs ; tel pré se constellait de marguerites ; mais les pelouses que nous préférions et dont profitait notre amour étaient toutes blanchies d'ombelles, les unes légères, les autres, celles de la grande berce, opaques et considérablement élargies. Vers le soir, elles semblaient, dans l'herbe devenue plus profonde, flotter, comme des méduses luisantes, libres, détachées de leur tige, soulevées par la brume montante.

La seconde porte est celle des greniers.

Monceaux de grains, je vous louerai. Céréales ; blés roux ; richesse dans l'attente ; inestimable provision.

Que notre pain s'épuise ! Greniers, j'ai votre clef. Monceaux de grains, vous êtes là. Serez-vous tous mangés avant que ma faim ne se lasse ? Dans les champs les oiseaux du ciel, dans les greniers les rats ; et tous les pauvres à nos tables... En reste-t-il jusqu'au bout de ma faim... ?

Grains, je garde de vous une poignée ; je la sème en mon

champ fertile ; je la sème en la bonne saison ; un grain en produit cent, un autre mille...

Grains ! où ma faim abonde, grains ! vous aurez surabondé !

Blés qui poussez d'abord comme une petite herbe verte, dites quel épi jaunissant portera votre tige courbée !

Chaume d'or, aigrettes et gerbes — poignée de grains que j'ai semés...

La troisième porte est celle de la laiterie :

Repos ; silence ; égouttement sans fin des claies où les fromages se rétrécissent ; tassement des mottes dans les manchons de métal ; par les jours de grande chaleur de juillet, l'odeur du lait caillé paraissait plus fraîche et plus fade... non, pas fade : mais d'une âcreté si discrète et si délavée qu'on ne la sentait qu'au fond des narines et déjà plutôt goût que parfum.

Baratte qu'on entretient de la plus grande propreté. Petits pains de beurre sur des feuilles de choux. Mains rouges de la fermière. Fenêtres toujours ouvertes, mais tendues de toiles de métal pour empêcher les chats et les mouches d'entrer.

Les jattes sont alignées, pleines de lait toujours plus jaune jusqu'à ce que toute la crème en soit montée. La crème affleure lentement ; elle se boursoufle et se ride et le petit lait s'en dépouille. Quand il s'en est complètement appauvri on enlève... (Mais, Nathanaël, je ne peux te raconter tout cela. J'ai un ami qui fait de l'agriculture et qui pourtant en parle merveilleusement ; il m'explique l'utilité de chaque chose et m'enseigne comme quoi même le petit lait n'est pas perdu.) (En Normandie on le donne aux porcs, mais il paraît qu'il y a mieux à en faire que ça.)

La quatrième porte ouvre sur l'étable :

Elle est intolérablement tiède, mais les vaches sentent bon. Ah ! que ne suis-je au temps où, avec les enfants du fermier dont la chair en sueur sentait bon, au temps où nous courions entre les jambes des vaches ; nous cherchions des œufs dans les coins des râteliers ; nous regardions pendant des heures les vaches ; nous regardions choir, éclater les bouses ; on pariait

à celle qui fienterait la première, et un jour je m'enfuis terrifié parce que je crus qu'il y en avait une qui allait tout d'un coup faire un veau.

La cinquième porte est celle du fruitier :

Devant une baie de soleil, les raisins sont pendus à des ficelles ; chaque grain médite et mûrit, rumine en secret la lumière ; il élabore un sucre parfumé.
Poires. Amoncellement des pommes. Fruits ! j'ai mangé votre pulpe juteuse. J'ai rejeté les pépins sur la terre ; qu'ils germent ! pour nous redonner le plaisir.
Amande délicate ; promesse de merveille ; nucléole ; petit printemps qui dort en attendant. Graine entre deux étés ; graine par l'été traversée.
Nous songerons ensuite, Nathanaël, à la germination douloureuse (l'effort de l'herbe pour sortir du grain est admirable).
Mais émerveillons-nous à présent de ceci : chaque fécondation s'accompagne de volupté. Le fruit s'enveloppe de saveur ; et de plaisir toute persévérance à la vie.
Pulpe du fruit, preuve sapide de l'amour.

La sixième porte est celle du pressoir :

Ah ! que ne suis-je étendu, maintenant, sous le hangar — où la chaleur défaille — près de toi, parmi la pressure des pommes, parmi les âcres pommes pressurées. Nous chercherions, ah ! Sulamite ! si la volupté de nos corps, sur les pommes mouillées, est moins prompte à tarir, plus prolongée, sur les pommes, — soutenue par leur odeur sucrée...
Le bruit de la meule berce mon souvenir.

La septième porte ouvre sur la distillerie :

Pénombre ; foyer ardent ; machines ténébreuses. Le cuivre des bassines surgit.
Alambic ; sa suppuration mystérieuse précieusement recueillie. (J'ai vu de même recueillir la résine des pins, la gomme

maladive des merisiers, le lait des figuiers élastiques, le vin des palmiers étêtés.) Fiole étroite ; toute une vague d'ivresse, en toi, se concentre, déferle ; l'essence, avec tout ce qu'il y avait de délicieux, de puissant dans le fruit ; de délicieux et de parfumé dans la fleur.

Alambic : ah ! goutte d'or qui va suinter. (*Il y en a de plus sapides que le jus concentré des cerises ; d'autres odorantes comme les prés.*) Nathanaël ! c'est là vraiment une vision miraculeuse ; il semble que tout un printemps se soit ici tout concentré... Ah ! que mon ivresse à présent théâtralement le déploie. Que je boive, enfermé dans cette salle très obscure et dont je ne m'apercevrai plus — que je boive de quoi redonner à ma chair — et pour libérer mon esprit, — la vision de tout l'ailleurs que je souhaite...

La huitième porte est celle des remises :

Ah ! j'ai brisé ma coupe d'or — je me réveille. L'ivresse n'est jamais qu'une substitution du bonheur. Calèches ! toute fuite est possible ; traîneaux, pays glacé, j'attelle à vous mes désirs.

Nathanaël, nous irons vers les choses : nous atteindrons successivement à tout. J'ai de l'or dans les fontes de ma selle ; dans mes coffres, des fourrures qui feraient presque aimer le froid. Roues, qui compterait vos tours dans la fuite ? Calèches, maisons légères, pour nos délices suspendues, que notre fantaisie vous enlève ! Charrues, que des bœufs sur nos champs vous promènent ! Creusez la terre comme un boutoir : le soc inemployé dans le hangar se rouille, et tous ces instruments... Vous toutes, possibilités oisives de nos êtres, en souffrance, attendant — attendant que s'attelle à vous un désir, — pour qui veut des plus belles contrées...

Qu'une poussière de neige nous suive, que soulèvera notre rapidité ! Traîneaux ! j'attelle à vous tous mes désirs...

La dernière porte ouvrait sur la plaine.

. .

SIXIÈME LIVRE

LYNCÉUS

> *Zum sehen geboren*
> *Zum schauen bestellt.*
> GŒTHE (*Faust*, II).

Commandements de Dieu, vous avez endolori mon âme.
 Commandements de Dieu, serez-vous dix ou vingt ?
 Jusqu'où rétrécirez-vous vos limites ?
 Enseignerez-vous qu'il y a toujours plus de choses défendues ?
 De nouveaux châtiments promis à la soif de tout ce que j'aurai trouvé beau sur la terre ?
 Commandements de Dieu, vous avez rendu malade mon âme,
 Vous avez entouré de murs les seules eaux pour me désaltérer.

... Mais je me sens à présent, Nathanaël, plein de pitié pour
 les fautes délicates des hommes.

Nathanaël, je t'enseignerai que toutes choses sont divinement naturelles.

Nathanaël, je te parlerai de tout.

Je mettrai dans tes mains, petit pâtre, une houlette sans métal, et nous guiderons doucement, en tous lieux, des brebis qui n'ont encore suivi aucun maître.

Pâtre, je guiderai tes désirs vers tout ce qu'il y a de beau sur la terre.

Nathanaël, je veux enflammer tes lèvres d'une soif nouvelle, et puis approcher d'elles des coupes pleines de fraîcheur. J'ai bu; je sais les sources où les lèvres se désaltèrent.

Nathanaël, je te raconterai les sources :

Il y a des sources qui jaillissent des rochers;
Il y en a qu'on voit sourdre de sous les glaciers;
Il y en a de si bleues qu'elles en ont l'air plus profondes.
(A Syracuse, la Cyané, merveilleuse à cause de cela.
Source azurée; vasque abritée; éclosion d'eau des papyrus; nous nous sommes penchés de la barque; sur un gravier qui semblait de saphirs, des poissons d'azur naviguaient.
A Zaghouan, de la Nymphée jaillissent les eaux qui jadis abreuvaient Carthage.
A Vaucluse, l'eau sort de la terre, abondante comme si elle coulait depuis longtemps; c'est déjà presque un fleuve, et qu'on peut remonter sous la terre; il traverse des grottes et s'imprègne de nuit. La lumière des torches vacille, est oppressée; puis il y a un endroit tellement sombre qu'on se dit : Non jamais je ne pourrai remonter plus avant.)
Il y a des sources ferrugineuses, qui colorent somptueusement les rochers.
Il y a des sources sulfureuses, dont l'eau verte et chaude paraît d'abord empoisonnée; mais, Nathanaël, lorsqu'on s'y baigne, la peau devient si suavement douce, qu'après elle est encore plus délicieuse à toucher.
Il y a des sources d'où s'essorent des brumes, au soir; brumes qui flottent autour dans la nuit et qui, le matin, lentement se dissipent.
Petites sources très simples, étiolées entre les mousses et les joncs.
Sources où viennent laver les laveuses et qui font tourner les moulins.
Inépuisable provision! jaillissement des eaux. Abondance de l'eau sous les sources; réservoirs cachés; vases déclos. La roche dure éclatera. La montagne se couvrira d'arbustes; les pays arides se réjouiront et toute l'amertume du désert fleurira.

Plus de sources jaillissent de la terre que nous n'avons de soifs pour les boire.
Eaux sans cesse renouvelées; vapeurs célestes qui retombent;

Si l'on manque d'eaux dans la plaine, que la plaine vienne boire aux montagnes — ou que des canaux souterrains portent l'eau des monts vers la plaine. — Irrigations prodigieuses de Grenade. — Réservoirs; Nymphées. — Certes, il y a d'extraordinaires beautés dans les sources — d'extraordinaires délices à s'y baigner. Piscines! Piscines! nous sortirons de vous purifiés.

> Comme le soleil dans l'aurore,
> La lune dans la rosée de la nuit,
> Dans votre humidité courante
> Nous laverons nos membres fatigués.

Il y a d'extraordinaires beautés dans les sources; et les eaux qui filtrent sous la terre. Elles apparaissent après aussi claires que si elles avaient traversé du cristal; il y a d'extraordinaires délices à les boire : elles sont pâles comme l'air, incolores comme si elles n'étaient pas, et sans goût; on ne s'aperçoit d'elles que par leur excessive fraîcheur et c'est comme leur vertu cachée. Nathanaël, as-tu compris qu'on puisse désirer les boire ?
Les plus grandes joies de mes sens
Ç'ont été des soifs étanchées.

Je te dirai maintenant, Nathanaël, la

RONDE DE MES SOIFS ÉTANCHÉES

*C*AR *nous avons eu pour approcher des coupes pleines*
 Des lèvres plus tendues que vers des baisers ;
Coupes pleines, si vite vidées.

Les plus grandes joies de mes sens
Ç'ont été des soifs étanchées....

Il est des boissons qu'on prépare
Avec le jus des oranges pressurées,
 Des citrons, des limons,
Et qui rafraîchissent parce qu'elles sont
 A la fois acides et douceâtres.

J'ai bu dans des verres si minces
Qu'on pensait les briser avec sa bouche
Avant même que les dents ne les touchent ;
Et les boissons semblent meilleures là dedans,
Car presque rien de nos lèvres ne les sépare.
J'ai bu dans des gobelets élastiques
Qu'on pressait entre ses deux mains
Pour en faire monter le vin jusqu'à ses lèvres.

J'ai bu des sirops lourds dans de grossiers verres d'auberges,
Aux soirs des jours où j'avais marché sous le soleil ;
Et parfois l'eau très froide des citernes
Me faisait mieux sentir, après, l'ombre du soir.
J'ai bu de l'eau qu'on avait gardée dans des outres
Et qui sentait la peau de chèvre goudronnée.

J'ai bu des eaux presque couché sur la rive
Des ruisseaux où j'aurais voulu me baigner,
Les deux bras nus plongeant dans l'eau vive
Jusqu'au fond, où l'on voit les cailloux blancs s'agiter...
Et la fraîcheur m'entrait aussi par les épaules.

Les bergers buvaient l'eau dans leurs mains ;
Je leur appris à l'aspirer avec des pailles.
Certains jours je marchais au grand soleil,
L'été, durant les heures les plus chaudes,
Cherchant de grandes soifs à pouvoir étancher.

Et vous souvenez-vous, mon ami, qu'une nuit, durant notre affreux voyage, nous nous sommes relevés, transpirant, pour boire, à la cruche de terre, l'eau qu'elle avait faite glacée ?

Citernes, puits cachés où descendent des femmes. Eaux qui n'ont jamais vu la lumière ; goût de l'ombre. Eaux très aérées.
Eaux anormalement transparentes, et que je souhaitais azurées, ou mieux vertes, pour qu'elles me parussent plus gelées — et légèrement anisées.
Les plus grandes joies de mes sens
Ç'ont été des soifs étanchées.

Non! tout ce que le ciel a d'étoiles, tout ce qu'il y a

de perles dans la mer, de plumes blanches au bord des golfes, je ne les ai pas encore toutes comptées.

Ni tous les murmures des feuilles; ni tous les sourires de l'aurore; ni tous les rires de l'été. Et maintenant encore que dirai-je? Parce que ma bouche se tait, pensez-vous que mon cœur repose?

> O champs baignés d'azur!
> O champs trempés de miel!

Les abeilles viendront, lourdes de cire...
J'ai vu des ports obscurs où l'aube était cachée derrière le treillis des vergues et des voiles; le départ furtif des barques, au matin, entre les coques des grands navires. On se courbait pour passer sous les câbles tendus des amarres.

La nuit, j'ai vu partir des galions sans nombre s'enfonçant dans la nuit, s'enfonçant vers le jour.

Ils ne sont pas si brillants que les perles; ils ne sont pas si luisants que l'eau; les cailloux du sentier pourtant brillent. Réceptions douces de la lumière dans les sentiers couverts où je marchais.

Mais de la phosphorescence, Nathanaël, ah! que dirai-je? La matière est infiniment poreuse à l'esprit, acceptante de toutes lois, obéissante! transparente de part en part. Tu n'as pas vu les murs de cette cité musulmane rougir le soir, s'éclairer faiblement la nuit. Murs profonds où la lumière, durant le jour, s'est déversée; murs blancs comme le métal, à midi la lumière s'y thésaurise; dans la nuit vous sembliez la redire, la raconter très faiblement. — Cités, vous m'avez semblé transparentes! vues de la colline, de là-bas, dans la grande ombre de la nuit enveloppante, vous luisiez, pareilles à ces creuses lampes d'albâtre, images d'un cœur religieux — pour la clarté qui les emplit, comme poreuses, et dont la lueur suppure autour, comme du lait.

Cailloux blancs des routes dans l'ombre; réceptacles de clarté. Bruyères blanches dans les crépuscules des landes; dalles de marbre des mosquées; fleurs des

grottes de mers, actinies... Toute blancheur est de la clarté réservée.

J'appris à juger tous les êtres à leur capacité de réception lumineuse; certains qui dans le jour surent accueillir le soleil, m'apparurent ensuite, la nuit, comme des cellules de clarté. — J'ai vu des eaux coulant à midi dans la plaine qui, plus loin, sous les roches opaques glissées, y firent ruisseler des trésors amassés de dorures.
Mais, Nathanaël, je ne veux te parler ici que des *choses,* — non point de
L'INVISIBLE RÉALITÉ — car
... comme ces algues merveilleuses, lorsqu'on les sort de l'eau, ternissent...
ainsi... etc.
— L'infinie variété des paysages nous démontrait sans cesse que nous n'avions pas encore connu toutes les formes du bonheur, de méditation ou de tristesse qu'elles pouvaient envelopper. Je sais que, certains jours d'enfance, lorsque j'étais encore parfois triste, dans les landes de la Bretagne, ma tristesse parfois s'est soudain échappée de moi, tant elle se sentait comprise et reçue en le paysage — et qu'ainsi, devant moi, je la pouvais délicieusement regarder.

La perpétuelle nouveauté.

Il fait quelque chose de très simple, puis dit :
Je compris que *cela* n'avait jamais été ni fait, ni pensé, ni dit. — Et soudain, tout me parut d'une virginité parfaite. (Tout le passé du monde complètement absorbé dans le moment présent.)

20 juillet, 2 heures du matin.

Lever. — Dieu est ce qu'il faut le moins faire attendre, criais-je en me lavant; si tôt levé qu'on soit, on voit toujours de la vie qui circule; plus tôt couchée, elle s'était moins que nous fait attendre.

Aurores vous étiez nos plus chères délices.
Printemps, aurores des étés!

Printemps de tous les jours, aurores !
Nous n'étions pas encore levés
Lorsque les arcs-en-ciel parurent...
* ... et jamais assez matinales,*
Ou pas vespérales alors
Autant qu'il faudrait pour la lune...

<div style="text-align: right;">Sommeils.</div>

J'ai connu les sommeils de midi, l'été — les sommeils du milieu du jour — après le travail commencé de trop bonne heure; les sommeils accablés.

Deux heures. — Enfants couchés. Silence étouffant. Possibilité de musique, mais n'en pas faire. Odeur des rideaux de cretonne. Jacinthes et tulipes. Lingerie.

Cinq heures. — Réveils en sueur; cœur battant; frissons; tête légère; disponibilité de la chair; chair poreuse et que semble envahir trop délicieusement chaque chose. Soleil bas; pelouses jaunes; yeux éclos dans la fin du jour. O liqueur de la pensée vespérale! Déroulement des fleurs du soir. Se laver le front d'eau tiède; sortir... Espaliers; jardins enclos de murs au soleil. Route; animaux revenant des pâtis; coucher de soleil inutile à voir — admiration déjà suffisante.

Rentrer. Reprendre le travail près de la lampe.

Nathanaël, que te dirai-je des couches ?

J'ai dormi sur les meules; j'ai dormi dans les sillons des champs de blé; j'ai dormi dans l'herbe, au soleil; dans les greniers à foin, la nuit. J'accrochais mon hamac aux branches des arbres; j'ai dormi balancé par les flots; couché sur le pont des navires; ou sur les couchettes étroites des cabines, en face de l'œil stupide du hublot. Il y eut des couches où m'attendaient des courtisanes; d'autres où j'attendais de jeunes garçons. Il y en avait tendues d'étoffes tellement molles qu'elles semblaient s'instrumenter, ainsi que mon corps, pour l'amour. J'ai dormi dans des camps, sur des planches, où le sommeil était comme une perdition. J'ai dormi dans les wagons en marche, sans me départir un instant du sentiment du mouvement.

Nathanaël, il y a d'admirables préparatifs au sommeil;

il y a d'admirables réveils; mais il n'y a pas d'admirables sommeils, et je n'aime le rêve que tant que je le crois réalité. Car le plus beau sommeil ne vaut pas
 le moment où l'on se réveille.

Je pris l'habitude de dormir en face de ma fenêtre grande ouverte, et comme immédiatement sous le ciel. Dans les trop chaudes nuits de juillet, j'ai dormi complètement nu sous la lune; dès l'aube le chant des merles me réveillait; je me plongeais tout entier dans l'eau froide et m'enorgueillissais de commencer très tôt ma journée. Dans le Jura, ma fenêtre s'ouvrait au-dessus d'un vallon qui bientôt s'est empli de neige; de mon lit, je voyais la lisière d'un bois; des corbeaux y volaient, ou des corneilles; de bon matin me réveillaient les clochettes des troupeaux; près de ma maison était la fontaine où des vachers les menaient boire. Je me souviens de tout cela.

J'aimais, dans les auberges de Bretagne, le contact des draps rudes et de lessive qui sentait bon. A Belle-Isle, les chants des marins m'éveillaient; je courais à ma fenêtre et voyais les barques s'éloigner; puis je descendais vers la mer.

Il y a des habitations merveilleuses; dans aucune je n'ai voulu longtemps demeurer. Peur des portes qui se referment, des traquenards. Cellules qui se reclosent sur de l'esprit. La vie nomade est celle des bergers. — (Nathanaël, je mettrai dans tes mains ma houlette et tu garderas mes brebis à ton tour. Je suis las. Toi tu partiras maintenant; les pays sont tout grands ouverts et les troupeaux jamais rassasiés bêlent toujours après de nouvelles pâtures.)

Nathanaël, parfois me retinrent d'étranges demeures. Il y en eut au milieu des forêts; il y en eut au bord des eaux; il y en eut de spacieuses. Mais sitôt que, par habitude, je cessais de les remarquer, que je n'étais plus étonné d'elles, requis par l'offre des fenêtres, et que j'allais commencer à penser, je les quittais.

(Je ne peux t'expliquer, Nathanaël, ce désir exaspéré de nouveauté; il ne me semblait point effleurer, déflorer aucune chose; mais sa subite sensation était du premier coup si intense qu'elle ne s'augmentait ensuite par aucune répétition; de sorte que, s'il m'arriva souvent

de retourner aux mêmes villes, aux mêmes lieux, c'était pour y sentir un changement de jour ou de saison, plus sensible en des lignes connues; et si, lorsque je vivais à Alger, je passai chaque fin de jour dans le même petit café maure, c'était pour percevoir l'imperceptible changement, d'un soir à l'autre, de chaque être, pour regarder le temps modifier, mais lentement, un même tout petit espace.)

A Rome, près du Pincio, au ras de la rue, par ma fenêtre grillée, pareille à celle d'une prison, des vendeuses de fleurs venaient me proposer des roses; l'air en était tout embaumé. A Florence, je pouvais, sans quitter ma table, voir le jaune Arno débordé. Sur les terrasses de Biskra, Meriem venait au clair de lune, dans l'immense silence de la nuit. Elle était enveloppée tout entière d'un grand haïk blanc déchiré qu'elle laissait tomber en riant sur le pas de la porte vitrée; dans ma chambre l'attendaient des friandises. A Grenade, ma chambre avait, sur la cheminée, au lieu de flambeaux, deux pastèques. A Séville, il y a des *patios*; ce sont des cours de marbre pâle, pleines d'ombre et de fraîcheur d'eau; d'eau qui coule, ruisselle et fait au milieu de la cour un clapotis dans une vasque.

Un mur épais, contre le vent du nord, poreux à la lumière du Midi; une maison roulante, voyageuse, transparente à toutes les faveurs du Midi... Que serait une chambre pour nous, Nathanaël? Un abri dans un paysage.

Je te parlerai des fenêtres encore : à Naples, des causeries sur les balcons, des rêveries, le soir, près des robes claires des femmes; les rideaux à moitié retombés nous isolaient de la société bruyante du bal. Il y eut des paroles échangées, d'une si désolante délicatesse qu'après on restait quelque temps sans parler; puis montait du jardin l'intolérable parfum des fleurs d'oranges, et le chant des oiseaux des nuits d'été; et puis ces oiseaux mêmes, par instants, se taisaient; alors on entendait très faiblement le bruit des vagues.

Balcons; corbeilles de glycines et de roses; repos du soir; tiédeur.

(Ce soir une bourrasque lamentable sanglote et ruisselle contre ma vitre; je m'efforce de la préférer à tout.)

Nathanaël, je te parlerai des villes :
J'ai vu Smyrne dormir comme une petite fille couchée; Naples, comme une lascive baigneuse, et Zaghouan, comme un berger kabyle, dont l'approche de l'aube a fait rougir les joues. Alger tremble d'amour au soleil, et se pâme d'amour dans la nuit.

J'ai vu, dans le Nord, des villages endormis au clair de lune; les murs des maisons étaient alternativement bleus et jaunes; autour d'eux s'étendait la plaine; dans les champs traînaient d'énormes meules de foin. On sort dans la campagne déserte; on rentre dans le village endormi.

Il y a des villes et des villes; parfois on ne sait pas ce qui a pu les bâtir là. — Oh! villes d'Orient, du Midi; villes aux toits plats, blanches terrasses, où, la nuit, les folles femmes viennent rêver. Plaisirs; fêtes d'amour; lampadaires des places, qui font, quand on les voit des collines voisines, comme une phosphorescence dans la nuit.

Villes d'Orient! fête embrasée; rues qu'on appelle là-bas des *rues saintes,* où les cafés sont pleins de courtisanes et où des musiques trop aiguës les font danser. Les Arabes vêtus de blanc y circulent, et des enfants — qui me semblaient beaucoup trop jeunes, dis ? pour connaître déjà l'amour. (Il y en eut dont les lèvres étaient plus chaudes que les petits oiseaux couvés.)

Villes du Nord! débarcadères; usines; villes dont la fumée cache le ciel. Monuments; tours mobiles; présomption des arcs. Cortèges cavalcadants dans les avenues; foule empressée. Asphalte luisante après la pluie; boulevard où les marronniers s'alanguissent; femmes toujours vous attendant. Il y avait des nuits, des nuits tellement molles qu'au moindre appel je me serais senti défaillir.

Onze heures. — Clôture; strident bruit des volets de fer. Cités. La nuit, dans les rues solitaires, quand j'y

passais, des rats, très vite, regagnaient les égouts. On voyait, par les soupiraux des caves, des hommes à moitié nus faire le pain.

— O cafés! — où notre démence s'est continuée très avant dans la nuit; l'ivresse des boissons et des paroles enfin venait à bout du sommeil. Cafés! il y en avait de pleins de peintures et de glaces, riches, et où l'on ne voyait rien que des gens très élégants; d'autres, petits, où l'on chantait des couplets comiques et où des femmes, pour danser, relevaient très haut leurs jupons.
En Italie, il y en avait qui se répandaient sur les places, les soirs d'été, et où l'on prenait de bonnes glaces au citron. En Algérie, il y en avait un où l'on fumait du kief et où je faillis me faire assassiner; l'an d'après, il était fermé par la police; car il n'y venait que des gens suspects.

Cafés encore... Oh! cafés maures! — parfois un poète conteur y raconte longuement une histoire; que de nuits suis-je venu, sans le comprendre, l'écouter!... Mais à tous, certes, je te préfère, lieu de silence et de fin de journées, petit café de Bab el Derb, hutte de terre, à la limite de l'Oasis, car, plus loin, tout le désert commençait — d'où je voyais, après un jour plus haletant une nuit plus pacifique descendre. Près de moi, s'extasiait un monotone jeu de flûte. — Et je songe à toi, petit café de Shiraz, café que célébrait Hafiz; Hafiz, ivre du vin de l'échanson et d'amour, silencieux, sur la terrasse où l'atteignent des roses, Hafiz qui, près de l'échanson endormi, attend, en composant des vers, attend le jour toute la nuit.
(Je voudrais être né dans un temps où n'avoir à chanter, poète, que, simplement en les dénombrant, toutes les choses. Mon admiration se serait posée successivement sur chacune et sa louange l'eût démontrée; c'en eût été la raison suffisante.)

Nathanaël, nous n'avons pas encore ensemble regardé les feuilles. Toutes les courbes des feuilles...

Feuillages des arbres; grottes vertes, percées d'issues; fonds déplaçables aux moindres brises; mouvance; remous des branches; balancement arrondi; lamellicules et alvéoles...

Branches inégalement agitées... c'est parce que l'élasticité diverse des brindilles, faisant diverse leur force de résistance au vent, fait diverse aussi l'impulsion que le vent leur donne... etc. — Passons à un autre sujet... Lequel ? — Puisque pas de composition, il ne faudrait ici pas de choix... Disponible! Nathanaël, disponible! — et par une attention subite, *simultanée* de tous les sens, arriver à faire (c'est difficile à dire) du sentiment même de sa vie, la sensation concentrée de tout l'attouchement du dehors... (ou réciproquement). — J'y suis; là, j'occupe ce trou, où s'enfoncent :

dans mon oreille : ce bruit continu de l'eau, grossi, puis apaisé, de ce vent dans ces pins; intermittent, des sauterelles, etc.
dans mes yeux : l'éclat de ce soleil dans le ruisseau; le mouvement de ces pins... (tiens, un écureuil)... de mon pied, qui fait un trou dans cette mousse, etc.
dans ma chair : (la sensation) de cette humidité; de cette mollesse de mousse (ah! quelle branche me pique ?...); de mon front dans ma main; de ma main sur mon front, etc.
dans mes narines : ...(chut! l'écureuil s'approche), etc.

Et tout cela *ensemble,* etc., en un petit paquet; — c'est la vie; — est-ce tout ? — Non! il y a toujours d'autres choses encore.

Crois-tu donc que je ne suis qu'un rendez-vous de sensations ? — Ma vie c'est toujours : CELA, plus moi-même. — Une autre fois je te parlerai de *moi-même.* Je ne te dirai pas non plus aujourd'hui la

RONDE
DES DIFFÉRENTES FORMES DE L'ESPRIT

ni la

RONDE DES MEILLEURS AMIS

et ni la

BALLADE DE TOUTES LES RENCONTRES

où se trouvaient ces phrases entre autres :

A Côme, à Lecco, les raisins étaient mûrs. Je montais sur une énorme colline où d'anciens châteaux s'effondraient. Là, les raisins avaient une odeur si sucrée qu'elle m'en était incommode ; elle pénétrait comme un goût jusqu'à l'arrière-fond des narines, et d'en manger après ne m'était plus d'aucune révélation particulière — mais j'avais si soif et si faim que quelques grappes suffirent à m'enivrer.

... Mais dans cette ballade je parlais surtout des hommes et des femmes, et si je ne te la dis pas maintenant c'est que, dans ce livre, je ne veux pas faire de personnalités. Car, as-tu remarqué que dans ce livre il n'y avait *personne*. Et même moi, je n'y suis rien que Vision. Nathanaël, je suis le gardien de la tour, Lyncéus. Assez longtemps avait duré la nuit. Du haut de la tour je criais tant vers vous, aurores! jamais trop radieuses aurores!

J'ai gardé jusqu'à la fin de la nuit l'espoir d'une nouveauté de lumière; maintenant je n'y vois pas encore, mais j'espère; je sais de quel côté l'aube poindra.

Certes, tout un peuple s'apprête : du haut de la tour j'entends une rumeur dans les rues. Le jour naîtra! le peuple en fête déjà marche au-devant du soleil.

— Que dis-tu de la nuit ? Que dis-tu de la nuit, sentinelle ?

— Je vois une génération qui monte, et je vois une génération qui descend. Je vois une énorme génération qui monte, qui monte tout armée, tout armée de joie vers la vie.

Du haut de la tour que vois-tu ? Que vois-tu, Lyncéus, mon frère ?

Hélas! Hélas! laisse pleurer l'autre prophète; la nuit vient et le jour aussi.

Leur nuit vient, notre jour aussi. Et que qui veut dormir s'endorme. Lyncéus! Descends de ta tour, à présent. Le jour naît. Descends dans la plaine. Regarde de plus près chaque chose. Lyncéus, viens! approche-toi. Voici le jour et nous y croyons.

SEPTIÈME LIVRE

Quid tum si fuscus Amyntas.
 VIRGILE.

Traversée. Février 1895.

Départ de Marseille.
Vent violent; air splendide. Tiédeur précoce; balancement des mâts.

Mer glorieuse, empanachée. Vaisseau conspué par les flots. Impression dominante de gloire. Souvenir de tous les départs passés.

Traversée.

Que de fois ai-je attendu l'aube...
... sur une mer découragée...
et j'ai vu venir l'aube, sans que la mer en soit calmée.

Sueur aux tempes. Faiblesses. Abandons.

Nuit sur mer.

Mer acharnée. Ruissellements sur le pont. Trépignements de l'hélice...

O! sueur d'angoisse!

Un oreiller sous ma tête brisée...

Ce soir la lune sur le pont était pleine et splendide — et je n'étais pas là pour la voir.

— Attente de la vague. — Éclat subit de la masse d'eau; suffocations; regonflements; rechutes. — Inertie de moi; qu'y suis-je? — Un bouchon — un pauvre bouchon sur les flots.

Abandon à l'oubli des vagues; volupté du renoncement; être une chose.

Fin de la nuit.

On lave le pont dans le matin trop frais, avec l'eau de la mer qu'on hisse dans des seaux; aération. — De ma cabine j'entends le bruit des brosses de chiendent sur le bois. Chocs énormes. — J'ai voulu ouvrir le hublot. Bouffée trop forte d'air marin sur le front et les tempes en sueur. J'ai voulu refermer le hublot... Couchette; y retomber. Ah! tous ces chavirements horribles avant le port! Carrousel des reflets des ombres sur la paroi de la cabine blanche. Exiguïté.

Mon œil lassé de voir...

Avec une paille, je suce cette limonade glacée...

Se réveiller après sur la terre nouvelle, comme d'une convalescence... — Des choses non rêvées.

Alger.

Se réveiller au matin sur une plage ;
Avoir été bercé toute la nuit par les flots.

Les plateaux où viennent se reposer les collines ;
Les couchants où s'évanouissent les jours ;
Les plages où viennent déferler les marines ;
Les nuits où viennent s'endormir nos amours...
La nuit viendra vers nous comme une rade immense ;
Les pensers, les rayons, les oiseaux mélancoliques
Viendront s'y reposer de la clarté du jour ;
Dans les halliers où se tranquillise toute l'ombre...
Et l'eau calme des prés, les sources pleines d'herbes.

... Puis, au retour des longs voyages.
Les rivages calmés, — les navires au port.
Nous verrons sur les flots qui se sont apaisés
Dormir l'oiseau nomade et la barque amarrée —
Le soir venu vers nous ouvrir sa rade immense
De silence et d'amitié.
— Voici l'heure où tout dort. —

Mars, 1895.

Blidah ! Fleur du Sahel ! dans l'hiver sans grâce et fanée, au printemps tu m'as paru belle. Ce fut un matin pluvieux ; un ciel indolent, doux et triste ; et les parfums de tes arbres en fleurs erraient dans tes longues allées. Jet d'eau de ton calme bassin ; au loin les clairons des casernes.

Voici l'autre jardin, bois délaissé, où luit faiblement sous les oliviers la mosquée blanche. — Bois sacré ! ce matin vient s'y reposer ma pensée infiniment lasse, et ma chair épuisée d'inquiétude d'amour. De vous avoir vues l'autre hiver, je n'avais pas idée, lianes, de vos floraisons merveilleuses. Glycines violettes entre les branches balancées, grappes comme des encensoirs penchées, et pétales tombés sur l'or du sable de l'allée. Bruits de l'eau ; bruits mouillés, clapotis au bord du bassin ; oliviers géants, spirées blanches, bosquets de lilas, touffes d'épines, buissons de roses ; y venir seul et s'y souvenir de l'hiver, et s'y sentir si las que le printemps, hélas ! même ne vous étonne ; et même désirer plus de sévérité, car tant de grâce, hélas ! invite et rit au solitaire, et ne se peuple que de désirs, cortèges obséquieux dans les vides allées. Et malgré les bruits d'eau dans ce bassin trop calme, autour, le silence attentif indique par trop les absences.

Je sais la source où j'irai rafraîchir mes paupières,
 Le bois sacré ; je connais le chemin,
Les feuilles, la fraîcheur de cette clairière ;
J'irai, le soir, quand tout saura s'y taire
Et que déjà la caresse de l'air
Nous invitera plus au sommeil qu'à l'amour.
Source froide où toute la nuit va descendre.
Eau de glace où le matin transparaîtra
Grelottant de blancheur. Source de pureté.
N'est-ce pas que je vais retrouver dans l'aurore
Lorsqu'elle paraîtra
La saveur qu'elle avait quand j'y voyais encore
Avec étonnement les clartés et les choses ?
Quand j'y viendrai laver mes paupières brûlées.

SEPTIÈME LIVRE

Lettre à Nathanaël.

Tu n'imagines pas, Nathanaël, ce que peut devenir enfin cet abreuvement de lumière; et la sensuelle extase que donne cette persistante chaleur... Une branche d'olivier dans le ciel; le ciel au-dessus des collines; un chant de flûte à la porte d'un café... Alger semblait si chaude et pleine de fêtes que j'ai voulu la quitter pour trois jours; mais à Blidah, où je me réfugiais, j'ai trouvé les orangers tout en fleurs...

Je sors dès le matin; je me promène; je ne regarde rien et vois tout; une symphonie merveilleuse se forme et s'organise en moi des sensations inécoutées. L'heure passe; mon émoi s'alentit, comme la marche du soleil moins verticale se fait plus lente. Puis je choisis, être ou chose, de quoi m'éprendre, — mais je le veux mouvant, car mon émotion, sitôt fixée, n'est plus vivante. Il me semble alors à chaque instant nouveau n'avoir encore rien vu, rien goûté. Je m'éperds dans une désordonnée poursuite de choses fuyantes. Je courus hier au haut des collines qui dominent Blidah, pour voir un peu plus longtemps le soleil; pour voir se coucher le soleil et les nuages ardents colorer les terrasses blanches. Je surprends l'ombre et le silence sous les arbres; je rôde dans la clarté de la lune; j'ai la sensation souvent de nager, tant l'air lumineux et chaud m'enveloppe et mollement me soulève.

... Je crois que la route que je suis est *ma* route et que je la suis comme il faut. Je garde l'habitude d'une vaste confiance qu'on appellerait de la foi, si elle était assermentée.

Biskra.

Des femmes attendaient sur le pas des portes; derrière elles un escalier droit grimpait. Elles étaient assises, là, sur le pas des portes, graves, peintes comme des idoles, coiffées d'un diadème de pièces de monnaie. La nuit, cette rue s'animait. Au haut des escaliers brûlaient des lampes; chaque femme restait assise dans cette niche de lumière que la cage de l'escalier lui faisait; leur visage restait dans l'ombre sous l'or du diadème qui brillait; et chacune semblait m'attendre, m'attendre spécialement; pour monter, on ajoutait une piécette d'or au

diadème; en passant, la courtisane éteignait les lampes; on entrait dans son étroit appartement; on buvait du café dans de petites tasses; puis on forniquait sur des espèces de divans bas.

Jardins de Biskra.

Tu m'écrivais, Athman : « Je garde les troupeaux sous les palmiers qui vous attendent. Vous reviendrez! le printemps sera dans les branches : nous nous promènerons et nous n'aurons plus de pensées... »
— Tu n'iras plus, Athman, sous les palmiers, gardeur de chèvres, m'attendre et voir si n'arrive pas le printemps. Je suis venu; le printemps a paru dans les branches; nous nous promenons et nous n'avons plus de pensées.

Jardins de Biskra.

Le temps gris d'aujourd'hui; mimosas parfumés. Tiédeur mouillée. Des gouttes épaisses ou larges, flottantes, et comme en formation dans l'air... Elles s'arrêtent aux feuilles, les chargent, puis tombent brusquement.

... Je me souviens d'une pluie d'été; — mais était-ce encore de la pluie ? — ces gouttes tièdes qui tombèrent, si larges et pesantes, sur ce jardin de palmes et de jour vert et rose, si lourdes que des feuilles et des fleurs et des branches roulèrent comme un don amoureux de guirlandes défaites à foison sur les eaux. Les ruisseaux entraînaient les pollens pour des fécondations lointaines; leurs eaux étaient troubles et jaunes. Dans les bassins les poissons se pâmaient. On entendait au ras de l'eau l'éclosion de la bouche des carpes.

Avant la pluie, le vent du midi qui râlait avait enfoncé dans la terre une très profonde brûlure, et les allées maintenant s'emplissaient de vapeur sous les branches; les mimosas ployaient, comme abritant les bancs où s'étalait la fête. — C'était un jardin de délices; et les hommes vêtus de lainages, les femmes de haïks rayés, attendaient que l'humidité les pénétrât. Ils restaient comme auparavant sur les bancs, mais toutes les voix s'étaient tues, et chacun écoutait les gouttes de l'averse, laissant l'eau, passagère au milieu de l'été, alourdir les étoffes et laver les chairs proposées. — La moiteur de

l'air, l'importance des feuilles étaient telles que je restais assis sur ce banc auprès d'eux, sans résistance pour l'amour. — Et quand, la pluie passée, les branches seules ruisselèrent, alors chacun ôtant ses souliers, ses sandales, palpa de ses pieds nus cette terre mouillée dont la mollesse était voluptueuse.

Entrer dans un jardin où ne se promène personne; deux enfants vêtus de laine blanche m'y conduisent. Jardin très long au fond duquel une porte s'ouvre. Arbres plus grands; le ciel plus bas s'accroche aux arbres. — Les murs. — Villages entiers sous la pluie. — Et là-bas, les montagnes; ruisseaux en formation; nourriture des arbres; fécondation grave et pâmée; arômes voyageurs.

Ruisseaux couverts; canaux (feuilles et fleurs mêlées) — qu'on appelle « seghias » parce que les eaux y sont lentes.

Piscines de Gafsa aux charmes dangereux : — *Nocet cantantibus umbra.* — La nuit est maintenant sans nuages, profonde, à peine vaporeuse.

(L'enfant très beau, vêtu de laine blanche à la manière des Arabes, s'appelait « Azous », ce qui veut dire : le bien-aimé. Un autre s'appelait « Ouardi », ce qui veut dire qu'il était né dans la saison des roses.)

> — *Et des eaux tièdes comme l'air,*
> *Où nos lèvres se sont trempées...*

Une eau sombre, qui dans la nuit ne nous paraissait pas distincte — jusqu'à ce que la lune l'argentât. Elle sembla naître entre les feuilles, et des bêtes de nuit s'y agitèrent.

Biskra — au matin.

Dès l'aube, sortir — jaillir, — dans l'air tout renouvelé.
Une branche de laurier-rose vibrera dans le matin frissonnant.

Biskra — au soir.

Dans cet arbre il y avait des oiseaux qui chantaient. Ils chantaient, ah! plus fort qu'oiseaux, eussé-je cru, pussent chanter. Il semblait que l'arbre même criât — qu'il criât de toutes ses feuilles, — car on ne voyait pas les oiseaux. Je pensais : ils vont en mourir; c'est une passion trop forte; mais qu'est-ce qu'ils ont donc ce soir ? Est-ce donc qu'ils ne savent point qu'après la nuit un nouveau matin va renaître ? Ont-ils peur de dormir toujours ? Veulent-ils s'épuiser d'amour en un soir ? comme si dans une nuit infinie il fallait après qu'ils demeurent. Courte nuit de la fin du printemps! — ah! joie que l'aube d'été les réveille, et tellement qu'ils ne se souviendront de leur sommeil que juste assez pour, le soir suivant, avoir un peu moins peur d'y mourir.

Biskra — la nuit.

Buissons silencieux; mais le désert autour vibre du chant d'amour des sauterelles.

Chetma.

Allongement des jours. — S'étendre là. Les feuilles des figuiers se sont encore élargies; elles parfument les mains qui les froissent; leur tige pleure du lait.

Recrudescence de la chaleur. — Ah! voici venir le troupeau de mes chèvres; j'entends la flûte du berger que j'aime. Viendra-t-il ? Ou si c'est moi qui m'approcherai ?

Lenteur des heures. — Encore une grenade sèche de l'an passé pend à la branche; elle est complètement éclatée, racornie; à cette même branche déjà des boutons de fleurs nouvelles se gonflent. Des tourterelles passent entre les palmes. Les abeilles s'activent dans la prairie.

(Je me souviens, près de l'Enfida, d'un puits où descendaient de belles femmes; non loin, un immense rocher gris et rose; sa cime, m'a-t-on dit, est hantée des abeilles; oui, des peuples d'abeilles y bourdonnent; leurs ruches sont dans le rocher. Quand vient l'été, les ruches, crevées de chaleur, abandonnent le miel qui, le long du rocher, s'épanche; les hommes de l'Enfida

le recueillent.) — Berger, viens! — (Je mâche une feuille de figue.)

Été! coulure d'or; profusion; splendeur de la lumière accrue; immense débordement de l'amour! Qui veut goûter du miel? Les cellules de cire ont fondu.

Et ce que je vis de plus beau ce jour-là, ce fut un troupeau de brebis que l'on ramenait à l'étable. Leurs petits pieds pressés faisaient le grésillement d'une averse; le soleil se couchait au désert et elles soulevaient de la poussière.

Oasis! Elles flottaient sur le désert comme des îles; de loin, la verdeur des palmiers promettait la source où leurs racines s'abreuvaient; parfois elle était abondante et des lauriers-roses s'y penchaient. — Ce jour-là, vers dix heures, lorsque nous y arrivâmes, je refusai d'abord d'aller plus loin; le charme des fleurs de ces jardins était tel que je ne voulais plus les quitter. — Oasis! (Ahmet me dit : La suivante est beaucoup plus belle.)

Oasis. La suivante était beaucoup plus belle, plus pleine de fleurs et de bruissements. Des arbres plus grands se penchaient sur de plus abondantes eaux. C'était midi. Nous nous baignâmes. — Puis il nous fallut aussi la quitter.

Oasis. De la suivante que dirai-je? Elle était encore plus belle et nous y attendîmes le soir.

Jardins! je redirai pourtant quelles étaient avant le soir vos accalmies délicieuses. Jardins! Il y en eut où l'on aurait cru se laver; il y en eut qui n'étaient plus que comme un verger monotone où mûrissaient des abricots; d'autres, pleins de fleurs et d'abeilles, où des parfums rôdaient, si forts qu'ils eussent tenu lieu de mangeaille et nous grisaient autant que des liqueurs.
Le lendemain je n'aimai plus que le désert.

 Oumach.

Il y eut cette oasis dans la roche et le sable, où nous entrâmes à midi, et par des flammes tellement chaudes que le village exténué ne semblait même pas nous attendre. Les palmiers ne se penchèrent point. Les vieillards causaient au creux des portes; les hommes étaient assoupis; les enfants jasaient à l'école; les femmes, on ne les voyait pas.

Rues de ce village de terre, roses au jour, violettes au coucher; désertes à midi, vous vous animerez au soir; alors les cafés vont s'emplir, les enfants sortir de l'école, les vieillards causer encore au pas des portes, les rayons s'assoupir et les femmes, montées sur les terrasses et dévoilées, comme des fleurs, se raconter longuement leur ennui.

Cette rue d'Alger, vers midi, s'emplissait d'une odeur d'anisette et d'absinthe. Dans les cafés maures de Biskra l'on ne buvait que du café, de la limonade ou du thé. Thé arabe; douceur poivrée; gingembre; boisson évoquant un Orient plus excessif encore et plus extrême — et fade; — impossible de boire jusqu'au fond des tasses.

Sur la place de Touggourt il y avait des marchands d'aromates. Nous leur achetâmes différentes sortes de résines. On reniflait les unes. On mâchait les autres; les autres se brûlaient. Celles qui se brûlaient avaient souvent la forme de pastilles; elles répandaient, allumées, une abondance de fumée âcre où se mêlait un très subtil parfum; leur fumée aide à provoquer les extases religieuses et ce sont elles que l'on brûle dans les cérémonies des mosquées. Celles que l'on mâchait emplissaient aussitôt la bouche d'amertume et poissaient désagréablement les dents; longtemps après qu'on les avait crachées la saveur en durait encore. Celles que l'on sentait, se sentaient simplement.

Chez le marabout de Témassine, à la fin du repas on nous offrit des gâteaux aux parfums. Ils étaient ornés de feuilles d'or, gris ou roses, et semblaient faits de mie de pain tripotée. Ils s'effritaient comme du sable dans

la bouche; mais j'y trouvais pourtant un certain agrément. Les uns sentaient la rose; les autres la grenade, d'autres semblaient complètement éventés. — Dans ces repas il était impossible d'arriver à l'ivresse autrement qu'à force de fumer. On passait des plats en quantité fastidieuse et la conversation variait à chaque détour des plats. — Ensuite, un nègre versait sur vos doigts l'eau aromatisée d'une aiguière; l'eau retombait dans un bassin. Et c'est aussi ainsi que les femmes là-bas, vous lavent après l'amour.

<div style="text-align: right;">Touggourt.</div>

Arabes campés sur la place; feux qui s'allument; fumées presque invisibles dans le soir.

— Caravanes! — Caravanes venues le soir; caravanes parties le matin; caravanes horriblement lasses, ivres de mirages, et maintenant désespérées! Caravanes! que ne puis-je partir avec vous, caravanes!

Il y en avait qui partaient vers l'Orient, chercher le santal et les perles, les gâteaux au miel de Bagdad, les ivoires, les broderies.

Il y en avait qui partaient vers le Sud chercher l'ambre et le musc, la poudre d'or et les plumes d'autruches.

Il y en avait vers l'Occident, qui partaient le soir, et qui se perdaient dans l'éblouissement dernier du soleil.

J'ai vu revenir les caravanes harassées; les chameaux s'agenouillaient sur les places; on déchargeait enfin leur fardeau. C'était des ballots en toile épaisse et on ne savait pas ce qu'il pouvait y avoir dedans. D'autres chameaux portaient des femmes, cachées dans une sorte de palanquin. D'autres portaient le matériel des tentes et on déployait cela pour le soir. — O fatigues splendides, immenses, dans l'incommensurable désert! — Des feux s'allument sur les places pour le repos du soir.

Que de fois, ah! levé dès l'aube et vers l'Orient empourpré, plus plein de rayons qu'une gloire — que de fois, à la limite de l'oasis, où les derniers palmiers s'étiolaient, la vie ne triomphant plus du désert — comme penché vers cette source de lumière, déjà trop éclatante et insoutenable aux regards, ai-je tendu vers

toi mes désirs, vaste plaine de lumière tout inondée — de torride chaleur... quelle extase assez exaltée, quel assez violent amour, assez ardent pour vaincre l'ardeur du désert ?

Apre terre; terre sans bonté, sans douceur; terre de passion, de ferveur; terre aimée des prophètes — ah! douloureux désert, désert de gloire, je t'ai passionnément aimé.

J'ai vu, sur les chotts pleins de mirages, la croûte de sel blanc prendre l'apparence de l'eau. — Que l'azur du ciel s'y reflète, je le comprends — chotts azurés comme la mer — mais pourquoi — touffes de joncs, et plus loin falaises de schiste en ruine — pourquoi ces apparences flottantes de barque et plus loin ces apparences de palais ? — toutes ces choses déformées et sur cette imaginaire profondeur d'eau suspendues. (L'odeur du bord du chott était nauséabonde; c'était une marne horrible, mêlée de sel et brûlante.)

J'ai vu sous l'oblique rayon du matin les monts d'Amar Khadou devenir roses et sembler une matière embrasée.

J'ai vu le vent soulever du fond de l'horizon le sable et faire haleter l'oasis. Elle paraissait n'être plus qu'un navire épouvanté par l'orage; elle était bouleversée par le vent. Et, dans les rues du petit village, d'intense soif de fièvre les maigres hommes nus se tordaient.

J'ai vu, le long des routes désolées, des carcasses de chameaux blanchir; chameaux abandonnés des caravanes, trop las et qui ne pouvaient plus se traîner, qui pourrissaient d'abord, couverts de mouches, en dégageant d'épouvantables puanteurs.

J'ai vu des soirs qui ne racontaient pas d'autres chants que le crissement aigu des insectes.

— Je veux parler encore du désert :

Désert d'alfa, plein de couleuvres : plaine verte ondulant au vent.

Désert de pierre; aridité; des schistes brillent; des cicindèles volètent; des joncs sèchent; tout crépite au soleil.

Désert d'argile; ici tout pourrait vivre si seulement coulait un peu d'eau. Dès la pluie, tout verdit; encore que la terre trop sèche semble déshabituée du sourire, l'herbe y semble plus tendre et plus embaumante qu'ailleurs. Elle se hâte encore plus de fleurir, d'embaumer, par crainte que le soleil ne la fane avant qu'elle ait atteint sa graine; ses amours sont précipitées. Le soleil revient; la terre se craquelle, s'effrite, laisse s'échapper l'eau de toutes parts; terre affreusement crevassée; aux grandes pluies toute l'eau fuit dans les ravines; terre narguée et impuissante à retenir; terre désespérément altérée.

Désert de sable. — Sables mouvants comme les flots de la mer; dunes sans cesse déplacées; des espèces de pyramides guident de loin en loin les caravanes; monté sur le sommet de l'une, au bout de l'horizon on aperçoit le sommet d'une autre.

Quand le vent souffle, la caravane s'arrête; les chameliers se mettent à l'abri des chameaux.

Désert de sable — vie exclue; il n'y a plus là que la palpitation du vent, de la chaleur. Le sable se veloute délicatement dans l'ombre; s'embrase au soir et paraît de cendre au matin. Il y a des vallées toutes blanches entre les dunes; nous y passions à cheval; le sable se refermait après nos pas; de fatigue, à chaque dune nouvelle, on pensait qu'on ne pourrait pas la franchir.

Je t'aurai passionnément aimé, désert de sable. Ah! que ta plus petite poussière redise en son seul lieu une totalité de l'univers! — De quelle vie te souviens-tu, poussière? désagrégée de quel amour? — La poussière veut qu'on la loue.

Mon âme, qu'avez-vous vu sur le sable?
Des os blanchis — des coquilles vidées...
Un matin, nous arrivâmes près d'une dune assez haute pour nous abriter du soleil. Nous nous assîmes. L'ombre était presque fraîche et les joncs y croissaient avec délicatesse.
Mais de la nuit, de la nuit, que dirai-je?

C'est une navigation lente.
Les flots sont moins bleus que les sables; ils étaient plus lumineux que le ciel. — Je sais tel soir où chaque étoile, une à une, m'a paru particulièrement belle.

> Saül, dans le désert, à la recherche des ânesses — tu ne les retrouvas pas, tes ânesses — mais bien la royauté que tu ne cherchais pas.

Joie d'alimenter sur soi de la vermine.

La vie était pour nous

SAUVAGE ET DE SAVEUR SUBITE

et j'aime que le bonheur soit ici
comme une efflorescence sur de la mort.

HUITIÈME LIVRE

> Nos actes s'attachent à nous comme sa lueur au phosphore; ils font notre splendeur il est vrai, mais ce n'est que par notre usure.

Mon esprit, vous vous êtes extraordinairement exalté, durant vos fabuleuses promenades!
O mon cœur! Je vous ai largement abreuvé.
Ma chair, je vous ai soûlée d'amour.

C'est en vain que maintenant, reposé, je tâche de compter ma fortune. Je n'en ai point.

Je cherche parfois dans le passé quelque groupe de souvenirs, pour m'en former enfin une histoire, mais je m'y méconnais, et ma vie en déborde. Il me semble ne vivre aussitôt que dans un toujours neuf instant. Ce que l'on appelle : se recueillir, m'est une contrainte impossible; je ne comprends plus le mot : *solitude;* être seul en moi, c'est n'être plus personne; je suis peuplé. — D'ailleurs je ne suis chez moi que partout; et toujours le désir m'en chasse. Le plus beau souvenir ne m'apparaît que comme une épave du bonheur. La moindre goutte d'eau, fût-ce une larme, dès qu'elle mouille ma main, me devient d'une plus précieuse réalité.

Je songe, à toi, Ménalque!
Dis! sur quelles mers va voguer ton vaisseau qu'a sali l'écume des vagues?

Ne reviendras-tu pas maintenant, Ménalque, chargé d'insolent luxe, heureux d'en réassoiffer mes désirs? Si je me repose à présent, ce n'est pas dans ton abondance... Non; — tu m'appris à ne jamais me reposer. — Est-ce que tu n'es pas encore las de cette vie horriblement errante? Pour moi, j'ai pu crier parfois de douleur,

mais je ne suis de rien fatigué; — et quand mon corps est las, c'est ma faiblesse que j'accuse; mes désirs m'avaient espéré plus vaillant. — Certes, si je regrette aujourd'hui quelque chose, c'est d'avoir laissé, sans y mordre, se gâter, s'éloigner de moi bien des fruits, des fruits que tu m'as présentés, Dieu d'amour qui nous alimentes. — Car, ce dont on se prive aujourd'hui me lisait-on dans l'Évangile, plus tard on le retrouve au centuple... Ah! qu'ai-je à faire de plus de biens que mon désir n'en appréhende? — Car j'ai connu déjà des voluptés si fortes qu'un peu plus et je n'aurais plus pu les goûter.

> On a dit au loin que je faisais pénitence... mais qu'ai-je à faire avec le repentir?
>
> SAADI.

Certes oui! ténébreuse fut ma jeunesse:
Je m'en repens.
Je ne goûtais pas le sel de la terre
Ni celui de la grande mer salée.
Je croyais que j'étais le sel de la terre.
Et j'avais peur de perdre ma saveur.

Le sel de la mer ne perd point sa saveur; mais mes lèvres sont déjà vieilles pour la sentir. Ah! que n'ai-je respiré l'air marin quand mon âme en était avide? Quel vin va suffire à présent à me griser?

Nathanaël, ah! satisfais ta joie quand ton âme en est souriante — et ton désir d'amour quand tes lèvres sont encore belles à baiser, et quand ton étreinte est joyeuse.

Car tu penseras, tu diras: — Les fruits étaient là; leur poids courbait, lassait déjà les branches; — ma bouche était là et elle était pleine de désirs; — mais ma bouche est restée fermée, et mes mains n'ont pu se tendre parce qu'elles étaient jointes pour la prière; — et mon âme et ma chair sont restées désespérément assoiffées. — L'heure est désespérément passée.

(Serait-il vrai? serait-il vrai, Sulamite? —
Vous m'attendiez et je ne le savais point!
Vous m'avez cherché et je n'ai pas entendu votre approche.)

Ah! jeunesse — l'homme ne la possède qu'un temps et le reste du temps la rappelle.

(Le plaisir frappait à ma porte; le désir lui répondait dans mon cœur; je restais à genoux, sans ouvrir.)

L'eau qui passe peut certes arroser encore bien des champs, et beaucoup de lèvres s'y désaltèrent. Mais que puis-je connaître d'elle ? — Qu'a-t-elle pour moi que sa fraîcheur qui passe ? — et qui brûle quand elle est passée. — Apparences de mon plaisir, vous vous écoulerez comme l'eau. Que si l'eau se renouvelle ici, ce soit pour une constante fraîcheur.

Intarissable fraîcheur des rivières, jaillissement sans fin des ruisseaux, vous n'êtes pas ce peu d'eau captée où naguère mes mains trempèrent, et qu'on jette après parce qu'elle n'a plus de fraîcheur. Eau captée, vous êtes comme la sagesse des hommes. Sagesse des hommes, vous n'avez pas l'intarissable fraîcheur des rivières.

Insomnies

Attentes. Attentes; fièvre; heures de jeunesse en allées... Une ardente soif pour tout ce que vous appelez : péché.

Un chien hurlait désolément après la lune.
Un chat semblait un petit enfant qui vagit.
La ville allait enfin goûter un peu de calme, pour, le lendemain, trouver tous ses espoirs rajeunis.

Je me souviens des heures en allées; pieds nus sur les dalles; j'appuyais mon front au fer mouillé du balcon; sous la lune, l'éclat de ma chair comme un fruit merveilleux à cueillir. Attentes! vous étiez pour notre flétrissure... Fruits trop mûrs! nous vous avons mordus seulement lorsque notre soif était devenue trop affreuse et que nous n'en supportions plus la brûlure. Fruits gâtés! vous avez rempli notre bouche d'une fadeur empoisonnée et vous avez profondément troublé mon âme. — Heureux qui, jeune encore, a mordu votre chair encore sure et sucé votre lait parfumé d'amour, sans plus attendre... pour courir après, rafraîchi, sur la route — où nous achèverons nos pénibles journées.

(Certes j'ai fait ce que j'ai pu pour empêcher l'usure atroce de mon âme; mais ce ne fut que par l'usure de

mes sens que je pus la distraire de son Dieu; elle s'en occupait toute la nuit et tout le jour; elle s'ingéniait à de difficiles prières; elle se consumait de ferveur.)

De quel tombeau me suis-je évadé ce matin ? — (Les oiseaux de la mer se baignent, étendant leurs ailes.) Et l'image de la vie, ah! Nathanaël, est pour moi : un fruit plein de saveur sur des lèvres pleines de désir.

Il y a des nuits où l'on ne pouvait pas s'endormir.

Il y avait de grandes attentes — des attentes on ne savait souvent pas de quoi — sur le lit où je cherchais en vain le sommeil, les membres fatigués et comme déjetés par l'amour. Et parfois je cherchais, par delà la volupté de la chair, comme une seconde volupté plus cachée.

... Ma soif augmentait d'heure en heure, à mesure que je buvais. A la fin elle devint si véhémente, que j'en aurais pleuré de désir.

... Mes sens s'étaient usés jusqu'à la transparence, et quand je descendis au matin vers la ville, l'azur du ciel entra en moi.

... Les dents horriblement agacées d'arracher les peaux de mes lèvres — et comme tout usées du bout. Et les tempes rentrées comme par une succion intérieure. — L'odeur des champs d'oignons en fleurs, pour un rien m'aurait fait vomir.

Insomnies.

... Et l'on entendait dans la nuit une voix qui criait et pleurait : ah! pleurait-elle, voilà le fruit de ces fleurs empestées : il est doux. J'irai dorénavant promener sur les routes l'ennui vague de mon désir. Tes chambres abritées m'étouffent et tes lits ne me satisfont plus. — Ne cherche plus de but désormais à tes interminables errances...

Notre soif était devenue si intense, que, cette eau, j'en avais déjà bu tout un verre avant de percevoir, hélas ! comme elle était nauséabonde.

... O Sulamite ! vous aurez été pour moi comme ces fruits mûris à l'ombre et dans d'étroits jardins fermés. —

Ah! pensais-je, toute l'humanité se lasse entre soif de sommeil et soif de volupté. — Après l'effrayante tension, concentration ardente, puis retombement de la chair, on ne songe plus qu'à dormir — ah! sommeil! — ah! que si ne nous en réveillait pas vers la vie, un nouveau sursaut de désirs. —

Et l'humanité tout entière ne s'agite que comme un malade qui se retourne dans son lit pour moins souffrir. —

... Puis, après quelques semaines de labeur, des éternités de repos.

... Comme si l'on pouvait garder aucun vêtement dans la mort! (Simplification.) Et nous mourrons — comme quelqu'un qui se dépouille pour dormir.

Ménalque! Ménalque, je songe à toi! —
Je disais, oui, je sais : Que m'importe? — ici — là — nous serons également bien.

... Maintenant, là-bas, tombait le soir...

... Oh! si le temps pouvait remonter vers sa source! et si le passé revenir! Nathanaël, je voudrais t'emmener avec moi vers ces heures amoureuses de ma jeunesse, où la vie coulait en moi comme du miel. — D'avoir goûté tant de bonheur, l'âme sera-t-elle jamais consolée? Car là j'étais, là-bas, dans ces jardins, moi, non un autre; j'écoutais ce chant de roseau; je respirais ces fleurs, je regardais, je touchais cet enfant — et certes de chacun de ces jeux chaque nouveau printemps s'accompagne, — mais celui que j'étais, cet *autre,* ah! comment le redeviendrais-je! — (Maintenant sur les toits de la ville, il pleut; ma chambre est solitaire.) C'est l'heure où là-bas les troupeaux de Lossif rentraient; ils revenaient de la montagne; le désert était plein d'or au couchant; tranquillité du soir... maintenant (maintenant).

<div style="text-align: right;">Paris — Nuit de juin.</div>

Athman, je songe à toi; Biskra, je songe à tes palmiers, — Touggourt, à tes sables... — Le vent aride du désert agite-t-il encore là-bas, oasis, vos palmes bruissantes? De chaleur grenades éclatées, laissez-vous choir vos grains acerbes?

Chetma, je me souviens de tes courants d'eaux

fraîches, et de ta source chaude près de laquelle on transpirait. — El Kantara, pont d'or, je me souviens de tes matins sonores et de tes soirs extasiés. — Zaghouan, je revois tes figuiers et tes lauriers-roses; Kairouan, tes nopals; Sousse, tes oliviers. — Je rêve à ta désolation, Oumach, ville effondrée, murs entourés de marécages — et à la tienne, morne Droh, hanté des aigles, village atroce, ravin rauque.

Chegga la haute, contemples-tu toujours le désert ? — M'rayer, trempes-tu tes grêles tamaris dans le chott ? — Mégarine, t'abreuves-tu bien d'eau salée ? — Témassine, flétris-tu toujours au soleil ?

Je me souviens, auprès de l'Enfida, d'un stérile rocher, d'où coulait au printemps du miel; auprès était un puits, où des femmes très belles venaient puiser l'eau, presque nues.

Es-tu toujours là-bas, et maintenant au clair de lune, petite maison d'Athman, toujours à demi ruinée ? — où ta mère tissait; où ta sœur, la femme d'Amhour, chantait ou contait des histoires; où la nichée de tourterelles jubilait tout bas dans la nuit — près de l'eau grise et somnolente.

O désir! que de nuits je n'ai pu dormir, tant je me penchais sur un rêve qui me remplaçait le sommeil! Oh! s'il est des brumes, au soir, des sons de flûte sous les palmes, de blancs vêtements dans les profondeurs des sentiers, de l'ombre douce auprès de l'ardente lumière... j'irai!...

Petite lampe de terre et d'huile! le vent de la nuit tourmente ta flamme; fenêtre disparue; simple embrasure de ciel; nuit calme sur les toits; la lune.

On entend, dans le fond des rues délivrées, parfois un omnibus rouler, une voiture; et tout au loin, quittant la ville, les trains siffler, les trains fuir; la grande ville attendre le réveil...

Ombre du balcon sur le plancher de la chambre, vacillement de la flamme sur la page blanche du livre. Respiration.

La lune est à présent cachée; le jardin devant moi semble un bassin de verdure... Sanglot; lèvres serrées; convictions trop grandes; angoisses de la pensée. Que dirai-je ? *choses véritables*. — AUTRUI — importance de *sa* vie; lui parler...

HYMNE
EN GUISE DE CONCLUSION

A M.A.G.

ELLE tourna les yeux vers les naissantes étoiles. — « Je connais tous leurs noms, dit-elle; chacune en a plusieurs; elles ont des vertus différentes. Leur marche qui nous paraît calme, est rapide et les rend brûlantes. Leur inquiète ardeur est cause de la violence de leur course, et leur splendeur en est l'effet. Une intime volonté les pousse et les dirige; un zèle exquis les brûle et les consume; c'est pour cela qu'elles sont radieuses et belles.

» Elles se tiennent l'une à l'autre toutes attachées, par des liens qui sont des vertus et des forces, de sorte que l'une dépend de l'autre et que l'autre dépend de toutes. La route de chacune est tracée et chacune trouve sa route. Elle ne saurait en changer sans en distraire chacune autre, chacune étant de chaque autre occupée. Et chacune choisit sa route selon qu'elle *devait* la suivre; ce qu'elle doit, il faut qu'elle le veuille, et cette route, qui nous paraît fatale, est à chacune la route préférée, chacune étant de volonté parfaite. Un amour ébloui les guide; leur choix fixe des lois, et nous dépendons d'elles; nous ne pouvons pas nous sauver. »

ENVOI

Nathanaël, à présent, jette mon livre. Émancipe-t-en. Quitte-moi. Quitte-moi ; maintenant tu m'importunes ; tu me retiens ; l'amour que je me suis surfait pour toi m'occupe trop. Je suis las de feindre d'éduquer quelqu'un. Quand ai-je dit que je te voulais pareil à moi ? — C'est parce que tu diffères de moi que je t'aime ; je n'aime en toi que ce qui diffère de moi. — Éduquer ! Qui donc éduquerais-je, que moi-même ? Nathanaël, te le dirai-je ? je me suis interminablement éduqué. Je continue. Je ne m'estime jamais que dans ce que je pourrais faire.

Nathanaël, jette mon livre ; ne t'y satisfais point. Ne crois pas que ta vérité puisse être trouvée par quelque autre ; plus que de tout, aie honte de cela. Si je cherchais tes aliments, tu n'aurais pas de faim pour les manger ; si je te préparais ton lit, tu n'aurais pas sommeil pour y dormir.

Jette mon livre ; dis-toi bien que ce n'est là qu'une des mille postures possibles en face de la vie. Cherche la tienne. Ce qu'un autre aurait aussi bien fait que toi, ne le fais pas. Ce qu'un autre aurait aussi bien dit que toi, ne le dis pas, aussi bien écrit que toi, ne l'écris pas. — Ne t'attache en toi qu'à ce que tu sens qui n'est nulle part ailleurs qu'en toi-même, et crée de toi, impatiemment ou patiemment, ah ! le plus irremplaçable des êtres.

PRÉFACE
DE L'ÉDITION DE 1927

*C*E *manuel d'évasion, de délivrance, il est d'usage qu'on m'y enferme. Je profite de la réimpression que voici pour présenter à de nouveaux lecteurs quelques réflexions, qui permettront de réduire son importance, en le situant et en le motivant d'une manière plus précise.*

1º Les Nourritures terrestres *sont le livre, sinon d'un malade, du moins d'un convalescent, d'un guéri — de quelqu'un qui a été malade. Il y a, dans son lyrisme même, l'excès de celui qui embrasse la vie comme quelque chose qu'il a failli perdre.*

2º *J'écrivais ce livre à un moment où la littérature sentait furieusement le factice et le renfermé ; où il me paraissait urgent de la faire à nouveau toucher terre et poser simplement sur le sol un pied nu.*
A quel point ce livre heurtait le goût du jour, c'est ce que laissa voir son insuccès total. Aucun critique n'en parla. En dix ans, il s'en vendit tout juste cinq cents exemplaires.

3º *J'écrivais ce livre au moment où, par le mariage, je venais de fixer ma vie ; où j'aliénais volontairement une liberté que mon livre, œuvre d'art, revendiquait aussitôt d'autant plus. Et j'étais en l'écrivant, il va sans dire, parfaitement sincère ; mais sincère également dans le démenti de mon cœur.*

4º *J'ajoute que je prétendais ne pas m'arrêter à ce livre. L'état flottant et disponible que je peignais, j'en fixais les traits comme un romancier fixe ceux d'un héros qui lui ressemble, mais qu'il invente ; et même il me paraît aujourd'hui que, ces traits, je ne les fixais pas sans les détacher de moi, pour ainsi dire, ou, si l'on préfère, sans me détacher d'eux.*

5º *L'on me juge d'ordinaire d'après ce livre de jeunesse, comme si l'éthique des* Nourritures *avait été celle même de*

toute ma vie, comme si, moi tout le premier, je n'avais point suivi le conseil que je donne à mon jeune lecteur : « *Jette mon livre et quitte-moi.* » *Oui, j'ai tout aussitôt quitté celui que j'étais quand j'écrivais* les Nourritures; *au point que, si j'examine ma vie, le trait dominant que j'y remarque, bien loin d'être l'inconstance, c'est au contraire la fidélité. Cette fidélité profonde du cœur et de la pensée, je la crois infiniment rare. Ceux qui, devant que de mourir, peuvent voir accompli ce qu'ils s'étaient proposé d'accomplir, je demande qu'on me les nomme, et je prends ma place auprès d'eux.*

6° *Un mot encore : Certains ne savent voir dans ce livre, ou ne consentent à y voir, qu'une glorification du désir et des instincts. Il me semble que c'est une vue un peu courte. Pour moi, lorsque je le rouvre, c'est plus encore une apologie du dénuement, que j'y vois. C'est là ce que j'en ai retenu, quittant le reste, et c'est à quoi précisément je demeure encore fidèle. Et c'est à cela que j'ai dû, comme je le raconterai par la suite, de rallier plus tard la doctrine de l'Évangile, pour trouver dans l'oubli de soi la réalisation de soi la plus parfaite, la plus haute exigence, et la plus illimitée permission de bonheur.*

« *Que mon livre t'enseigne à t'intéresser plus à toi qu'à lui-même, puis à tout le reste plus qu'à toi.* » *Voici ce que déjà tu pouvais lire dans l'avant-propos et dans les dernières phrases des* Nourritures. *Pourquoi me forcer à le répéter ?*

Juillet 1926.

LES NOUVELLES
NOURRITURES

LIVRE PREMIER

I

Toi *qui viendras lorsque je n'entendrai plus les bruits de la terre et que mes lèvres ne boiront plus sa rosée — toi qui, plus tard, peut-être me liras — c'est pour toi que j'écris ces pages ; car tu ne t'étonnes peut-être pas assez de vivre ; tu n'admires pas comme il faudrait ce miracle étourdissant qu'est ta vie. Il me semble parfois que c'est avec ma soif que tu vas boire, et que ce qui te penche sur cet autre être que tu caresses, c'est déjà mon propre désir.*

(J'admire combien le désir, dès qu'il se fait amoureux, s'imprécise. Mon amour enveloppait si diffusement et si tout à la fois, tout son corps, que, Jupiter, je me serais mué en nuée, sans même m'en apercevoir.)

> *La brise vagabonde*
> *A caressé les fleurs.*
> *Je t'écoute de tout mon cœur,*
> *Chant du premier matin du monde.*
>
> *Ivresse matinale,*
> *Rayons naissants, pétales*
> *Tout poissés de liqueur...*
>
> *Cède sans trop attendre*
> *Au conseil le plus tendre*
> *Et laisse l'avenir*
> *Doucement t'envahir.*
>
> *Voici que se fait si furtive*
> *La tiède caresse du jour*
> *Que l'âme la plus craintive*
> *S'abandonnerait à l'amour.*

> Que l'homme est né pour le bonheur,
> Certes toute la nature l'enseigne.

Une éparse joie baigne la terre, et que la terre exsude à l'appel du soleil — comme elle fait cette atmosphère émue où l'élément déjà prend vie et, soumis encore, échappe à la rigueur première... On voit des complexités ravissantes naître de l'enchevêtrement des lois : saisons ; agitation des marées ; distraction, puis retour en ruissellement, des vapeurs ; tranquille alternance des jours ; retours périodiques des vents ; tout ce qui s'anime déjà, un rythme harmonieux le balance. Tout se prépare à l'organisation de la joie et que voici bientôt qui prend vie, qui palpite inconsidérément dans la feuille, qui prend nom, se divise et devient parfum dans la fleur, saveur dans le fruit, conscience et voix dans l'oiseau. De sorte que le retour, l'information, puis la disparition de la vie imitent le détour de l'eau qui s'évapore dans le rayon, puis se rassemble à nouveau dans l'ondée.

Chaque animal n'est qu'un paquet de joie.

Tout aime d'être et tout être se réjouit. C'est de la joie que tu appelles fruit quand elle se fait succulence ; et, quand elle se fait chant, oiseau.

Que l'homme est né pour le bonheur, certes toute la nature l'enseigne. C'est l'effort vers la volupté qui fait germer la plante, emplit de miel la ruche, et le cœur humain de bonté.

Le ramier qui exulte parmi les branches, — Les rameaux qui se balancent dans le vent, — Le vent qui penche les barques blanches, — Sur la mer luisant à travers les branches, — Les flots dont la crête blanchit, — Et le rire, et l'azur et la clarté de tout ceci, — Ma sœur, c'est mon cœur qui se raconte, — Qui raconte au tien son bonheur.

Je ne sais trop qui peut m'avoir mis sur la terre. On m'a dit que c'est Dieu ; et si ce n'était pas lui, qui serait-ce ?

Il est vrai que j'éprouve à exister joie si vive, que parfois je

doute si déjà je n'avais envie d'être, alors même que je n'étais pas.
Mais nous réserverons pour l'hiver la discussion théologique, car il y a de quoi se faire beaucoup de mauvais sang là-dessus.

Table rase. J'ai tout balayé. C'en est fait ! Je me dresse nu sur la terre vierge, devant le ciel à repeupler.
Bah ! Je te reconnais, Phoibos ! Au-dessus du gazon givré tu répands ta chevelure opulente. Viens avec l'arc libérateur. A travers ma paupière fermée, ton trait d'or pénètre, atteint l'ombre ; il triomphe, et le monstre intérieur est vaincu. Apporte à ma chair la couleur et l'ardeur, à ma lèvre la soif, et l'éblouissement à mon cœur. De toutes les échelles de soie que tu lances du zénith à la terre, je saisirai la plus charmante. Je ne tiens plus au sol ; je me balance à l'extrémité d'un rayon.
O toi que j'aime, enfant ! je te veux entraîner dans ma fuite. D'une main prompte saisis le rayon ; voici l'astre ! Déleste-toi. Ne laisse plus le poids du plus léger passé t'asservir.

Ne plus attendre ! Ne plus attendre ! O route encombrée ! je passe outre. C'est mon tour. Le rayon m'a fait signe ; mon désir m'est le plus sûr des guides et je suis amoureux de tout, ce matin.
Mille fils lumineux se croisent et se viennent nouer sur mon cœur. De mille aperceptions fragiles, je tisse un vêtement miraculeux. Le dieu rit au travers, et je souris au dieu. Qui donc disait que le grand Pan est mort ? A travers la buée de mon haleine, je l'ai vu. Vers lui se tend ma lèvre. N'est-ce pas lui que j'entendais murmurer, ce matin : Qu'attends-tu ?
J'écarte, de l'esprit et de la main, tous les voiles, jusqu'à n'avoir plus devant moi rien que de brillant et de nu.

Printemps plein d'indolence,
J'implore ta clémence.

A toi plein de langueur
J'abandonne mon cœur.

Ma pensée indécise
Flotte au gré de la brise.

*Un ruissellement tendre
Me pénètre de miel.
Ah ! ne voir, ah ! n'entendre
Qu'à travers le sommeil.*

*A travers ma paupière
J'accueille ta lumière,*

*Soleil qui me caresse ;
Pardonne à ma paresse...*

*Bois mon cœur sans défense,
Soleil plein d'indulgence.*

Adam neuf, c'est moi qui baptise aujourd'hui. Cette rivière, c'est ma soif ; cette ombre bocagère, c'est mon sommeil ; cet enfant nu, c'est mon désir. Par le chant de l'oiseau, mon amour prend voix. Mon cœur bourdonne dans cette ruche d'abeilles. Déplaçable horizon, sois ma limite ; sous l'oblique rayon, tu t'écartes encore, tu t'imprécises, tu bleuis.

De l'amour et de la pensée, c'est ici le confluent subtil.
La page blanche luit devant moi.
Et de même que le Dieu se fait homme, ainsi vient se soumettre aux lois du rythme mon idée.
Image de mon parfait bonheur, j'étale ici, peintre recréateur, la couleur la plus tremblante et la plus vive.
Je ne saisirai plus les mots que par les ailes. Est-ce toi, ramier de ma joie ? Ah ! vers le ciel, ne t'envole pas encore. Ici, pose ; repose-toi.
Je suis couché contre la terre. Près de moi, la branche, chargée de fruits éclatants, ploie jusqu'à l'herbe ; elle touche l'herbe ; elle frôle et caresse le plus tendre épi du gazon. Le poids d'un roucoulement la balance.

J'écris pour qu'un adolescent, plus tard, pareil à celui que j'étais à seize ans, mais plus libre, plus accompli, trouve

ici réponse à son interrogation palpitante. Mais quelle sera sa question ?

Je n'ai pas grand contact avec l'époque et les jeux de mes contemporains ne m'ont jamais beaucoup diverti. Je me penche par delà le présent. Je passe outre. Je pressens un temps où l'on ne comprendra plus qu'à peine ce qui nous paraît vital aujourd'hui.

Je rêve à de nouvelles harmonies. Un art des mots, plus subtil et plus franc ; sans rhétorique ; et qui ne cherche à rien prouver.

Ah ! qui délivrera mon esprit des lourdes chaînes de la logique ? Ma plus sincère émotion, dès que je l'exprime, est faussée.

La vie peut être plus belle que ne la consentent les hommes. La sagesse n'est pas dans la raison, mais dans l'amour. Ah ! j'ai vécu trop prudemment jusqu'à ce jour. Il faut être sans lois pour écouter la loi nouvelle. O délivrance ! O liberté ! Jusqu'où mon désir peut s'étendre, là j'irai. O toi que j'aime, viens avec moi ; je te porterai jusque-là ; que tu puisses plus loin encore.

RENCONTRES

Nous nous amusions le long du jour, d'accomplir les divers actes de notre vie comme une danse, à la manière des gymnastes parfaits dont le propos serait de ne rien faire que d'harmonieux et de rythmé. Sur un rythme étudié, Marc allait chercher de l'eau à la pompe, pompait et remontait le seau. Nous connaissions tous les mouvements qu'il fallait pour quérir un flacon dans la cave, le déboucher, le boire ; nous les avions décomposés. Nous trinquions en cadence. Nous inventâmes aussi des pas pour se tirer d'affaire dans les circonstances difficiles de la vie ; d'autres pour accuser les troubles intimes ; d'autres pour les dissimuler. Il y avait le passepied des condoléances, et celui des congratulations. Il y avait le rigodon du fol espoir et le menuet dit : des légitimes aspirations. Il y avait, comme dans les ballets célèbres, le pas de la bisbille, le pas de la brouille et celui de la réconciliation. Nous excellions dans les mouvements d'ensemble ; mais le pas du parfait copain se dansait

seul. Le plus amusant que nous avions inventé était celui de la descente vers le bain, ensemble, le long de la grande prairie : c'était un mouvement très rapide, car on voulait arriver en sueur; il se faisait par bonds et la pente du pré favorisait nos enjambées énormes, une main tendue en avant comme font ceux qui courent après le tramway, et soutenant de l'autre le flottant peignoir qui nous couvrait; on arrivait à l'eau tout essoufflé et nous plongions aussitôt avec de grands rires, en récitant du Mallarmé.

Mais tout cela, direz-vous, pour être lyrique manquait un peu de laisser-aller... Ah! j'oubliais : nous avions aussi l'entrechat subit de la spontanéité.

Du jour où je parvins à me persuader que je n'avais pas besoin d'être heureux, commença d'habiter en moi le bonheur ; oui, du jour où je me persuadai que je n'avais besoin de rien pour être heureux. Il semblait, après avoir donné le coup de pioche à l'égoïsme, que j'avais fait jaillir aussitôt de mon cœur une telle abondance de joie que j'en pusse abreuver tous les autres. Je compris que le meilleur enseignement est d'exemple. J'assumai mon bonheur comme une vocation.

Eh quoi! pensais-je alors, si ton âme avec ton corps doit se dissoudre, réalise au plus tôt ta joie. Si peut-être elle est immortelle, n'auras-tu pas l'éternité pour t'occuper à ce qui ne saurait intéresser tes sens ? Ce beau pays que tu traverses, vas-tu le dédaigner, te refuser à ses blandices, à cause qu'elles te seront bientôt enlevées ? Plus rapide est la traversée, plus avide soit ton regard ; plus précipitée est ta fuite, plus subite soit ton étreinte ! Pourquoi donc, amant d'un instant, embrasserais-je moins amoureusement ce que je sais que je ne pourrai pas retenir ? Ame inconstante, hâte-toi ! Sache que la fleur la plus belle est aussi la plus tôt fanée. Sur son parfum penche-toi vite. L'immortelle n'a pas d'odeur.

Ame naturellement joyeuse, ne redoute plus rien que ce qui pourrait ternir la limpidité de ton chant.
Mais j'ai compris à présent que, permanent à tout ce qui passe, Dieu n'habite pas l'objet, mais l'amour ; et je sais à présent goûter la quiète éternité dans l'instant.

Cet état de joie, si tu ne sais t'y maintenir, ne cherche pas trop à l'atteindre.

> *Éblouissement tendre*
> *Accueille mon réveil !*
> *Je suis loin de prétendre*
> *A l'immatériel ;*
>
> *Mais t'aime, azur sans tache.*
> *Léger comme Ariel*
> *Je meurs si je m'attache*
> *A quelque coin du ciel.*
>
> *Il n'est rien, que je sache,*
> *De plus substantiel.*
> *T'écouter c'est t'entendre.*
>
> *Pour goûter à ce miel*
> *Je ne veux plus attendre.*

Semblable, ce matin, à celui qui, de sa plume qu'il sait d'un peu trop d'encre chargée, par crainte d'une tache trace une guirlande de mots.

II

C'EST la reconnaissance de mon cœur qui me fait inventer Dieu chaque jour. Dès l'éveil je m'étonne d'être et m'émerveille incessamment. Pourquoi la levée d'une douleur apporte-t-elle moins de joie que la fin d'une joie ne cause de peine ? C'est que dans le chagrin tu songes au bonheur dont il te prive, tandis qu'au sein du bonheur, il ne t'arrive point de songer aux douleurs qui te sont épargnées ; c'est qu'il t'est naturel d'être heureux.

Une somme de bonheur est due, à chaque créature, selon que ses sens et son cœur en supportent. Si peu que l'on m'en prive, je suis volé. Je ne sais point si je réclamais la vie, avant d'être ; mais à présent que je vis, tout m'est dû. Mais la

reconnaissance est si douce et il m'est si nécessairement *doux d'aimer*, que la moindre caresse de l'air éveille un merci dans mon cœur. Le besoin de reconnaissance m'enseigne à faire de tout ce qui vient à moi du bonheur.

La peur de trébucher cramponne notre esprit à la rampe de la logique. Il y a la logique et il y a ce qui échappe à la logique. (L'illogisme m'irrite, mais l'excès de logique m'exténue.) Il y a ceux qui raisonnent et il y a ceux qui laissent les autres avoir raison. (Mon cœur, si ma raison lui donne tort de battre, c'est à lui que je donne raison.) Il y a ceux qui se passent de vivre et ceux qui se passent d'avoir raison. C'est au défaut de la logique que je prends conscience de moi. O ma plus chère et ma plus riante pensée ! qu'ai-je affaire de chercher plus longtemps à légitimer ta naissance ? N'ai-je pas lu ce matin dans Plutarque, au seuil des Vies de Romulus et de Thésée, que ces deux grands fondateurs de cités, pour être nés « secrètement et d'une union clandestine » ont passé pour des fils de dieux ?...

Me voici tout contraint par mon passé. Pas un geste, aujourd'hui, que ce que j'étais hier ne détermine. Mais celui que je suis en cet instant, subit, fugace, irremplaçable, échappe...

Ah ! pouvoir échapper à moi-même ! Je bondirais par-dessus la contrainte où le respect de moi m'a soumis. Ma narine est ouverte aux vents. Ah ! lever l'ancre, et pour la plus téméraire aventure... Et que cela ne tirât pas à conséquence pour demain.

Mon esprit s'achoppe à ce mot : conséquence. La conséquence de nos actes ; la conséquence avec soi-même. N'attendrai-je plus de moi qu'une suite ? Conséquence ; compromission ; cheminement tracé par avance. Je veux ne plus marcher, mais bondir ; d'un coup de jarret repousser, renier mon passé ; n'avoir plus à tenir de promesses : j'en ai trop fait ! Avenir, que je t'aimerais, infidèle !

Quel vent de mer ou de montagne emportera ton essor, ma pensée ? Oiseau bleu, frémissant et battant de l'aile, tu restes sur cette extrême roche escarpée ; aussi loin que peut te porter le présent, tu t'avances, et de tout ton regard déjà tu t'élances, tu t'évades dans l'avenir.

O inquiétudes nouvelles ! Questions pas encore posées !... Mon tourment d'hier m'a lassé ; j'en ai surépuisé l'amertume ; je n'y crois plus ; et je me penche sur le gouffre avenir sans vertige. Vents de l'abîme, emportez-moi !

III

C'est dans l'abnégation que chaque affirmation s'achève. Tout ce que tu résignes en toi prendra vie. Tout ce qui cherche à s'affirmer se nie ; tout ce qui se renonce s'affirme. La possession parfaite ne se prouve que par le don. Tout ce que tu ne sais pas donner te possède. Sans sacrifice il n'est pas de résurrection. Rien ne s'épanouit que par offrande. Ce que tu prétends protéger en toi s'atrophie.

A quoi reconnais-tu que le fruit est mûr ? — A ceci, qu'il quitte la branche. Tout mûrit pour le don et se parachève en offrande.

O fruit plein de saveur, qu'enveloppe la volupté, je sais qu'il te faut faire abandon de toi pour germer. Qu'elle meure donc ! qu'elle meure, cette douceur autour de toi. Cette abondante chair exquise et sucrée, qu'elle meure ! car elle appartient à la terre. Qu'elle meure afin que tu vives. Je sais que « si le fruit ne meurt, il reste seul ».

Seigneur ah ! donnez-moi de n'attendre pas la mort pour mourir.

C'est en se renonçant que toute vertu se parachève. C'est à la germination que prétend l'extrême succulence du fruit.

La vraie éloquence résigne l'éloquence ; l'individu ne s'affirme jamais plus que lorsqu'il s'oublie. Qui songe à soi s'empêche. Je n'admire jamais tant la beauté que lorsqu'elle ne sait plus qu'elle est belle. La ligne la plus émouvante est aussi la plus résignée. C'est en renonçant à sa divinité que le Christ vraiment devient Dieu. Et, réciproquement, en se renonçant dans le Christ Dieu se crée.

RENCONTRES

à Jean-Paul Allégret.

I

Ce jour-là, nous promenant au hasard dans la ville et suivant notre fantaisie, nous avons rencontré rue de Seine — t'en souvient-il — un pauvre nègre que nous avons longuement contemplé. C'était à la hauteur de la devanture de la librairie Fischbacher. Je dis cela parce que pour être plus lyrique, on finit quelquefois par ne plus être précis du tout. Et par prétexte pour nous arrêter, nous feignions de regarder la devanture; mais c'était lui, le nègre, que nous regardions. Pauvre, il l'était assurément, et cela paraissait d'autant plus qu'il tâchait de le moins paraître; car c'était un nègre très soucieux de sa dignité. Il était coiffé d'un chapeau haut de forme, vêtu d'une correcte redingote; mais le chapeau était pareil à ceux des cirques et la redingote était affreusement élimée; il avait du linge assurément, mais qui peut-être ne paraissait blanc que sur un nègre; sa misère se voyait surtout à ses souliers crevés. Il marchait à tout petits pas comme quelqu'un qui n'a plus de but et qui bientôt ne pourra plus avancer; et tous les quatre pas s'arrêtait, soulevait son tuyau de poêle, et s'éventait avec, bien qu'il fît froid, puis sortait un sordide foulard de sa poche et s'épongeait le front avec, puis le rentrait; il avait un grand front découvert sous une tignasse argentée; son regard était vague comme de ceux qui n'attendent plus rien de la vie, et il paraissait ne pas voir les passants qu'il croisait; mais, quand ceux-ci s'arrêtaient à le regarder, vite il se recouvrait, par dignité, et recommençait de marcher. Certainement il venait de faire une visite à quelqu'un de qui il attendait ce qui venait de lui être refusé. Il avait l'air de ceux qui n'ont plus d'espérance. Il avait l'air de quelqu'un qui meurt de faim, mais qui se laissera mourir plutôt que de condescendre à de nouveau redemander.

Assurément, il voulait montrer et se prouver à lui-même que pour consentir à l'humiliation il ne suffit pas

d'être nègre. Ah! j'aurais voulu le suivre et savoir où il allait; mais il n'allait nulle part. Ah! j'aurais voulu l'aborder, mais je ne savais pas comment faire pour ne pas froisser sa susceptibilité. Et puis je ne savais pas jusqu'à quel point, toi qui m'accompagnais alors, tout ce qui est de la vie et tout ce qui est vivant t'intéresse.

... Ah! tout de même j'aurais dû l'aborder.

II

Et c'est ce même jour, un peu plus tard, que, revenant par le métro, nous vîmes ce petit homme si sympathique qui trimbalait un bocal avec des poissons. Le bocal était habillé d'étoffe avec une ouverture sur le côté qui permît de voir, et le tout enveloppé de papier. On ne comprenait pas d'abord ce que c'était, mais il abritait cela si soigneusement que je lui dis en riant :

« C'est une bombe ? »

Alors, il m'attira près de la lumière et mystérieusement :

« C'est des poissons. »

Et tout de suite, car il était de naturel affable et sentait que nous ne demandions qu'à causer :

« Je les couvre pour ne pas attirer l'attention; mais si vous aimez les jolies choses (et vous êtes artiste assurément) je m'en vais vous les montrer. »

Et tout en découvrant le bocal soigneusement, avec des gestes de mère qui change les langes d'un poupon, il continuait :

« C'est mon commerce; je suis éleveur de poissons. Tenez! ces petits-là, ça vaut dix francs la pièce. C'est tout petit; mais vous n'avez pas idée de ce que c'est rare. Et c'est joli! Regardez seulement quand ça vous accroche un rayon. Là! C'est vert, c'est bleu, c'est rose; ça n'a pas de couleur à soi, ça les prend toutes. »

Il n'y avait dans l'eau du bocal qu'une douzaine d'agiles aiguilles, qui tour à tour, en passant devant l'échancrure de l'étoffe se diapraient.

« Et c'est vous qui les élevez ?

— J'en élève bien d'autres! Mais les autres je ne les promène pas. C'est trop délicat. Songez donc! J'en ai qui me coûtent à moi des cinquante, des soixante francs pièce. On vient les voir chez moi et je ne les sors

que vendus. La semaine dernière un riche amateur m'en a acheté un de cent vingt. C'était un cyprin de la Chine : il avait trois queues comme un pacha... Si on a du mal à les élever ? Pour sûr ! C'est difficile pour la nourriture et ça prend tout le temps des maladies de foie. Une fois par semaine il faut les mettre dans l'eau de Vichy. Ça revient cher. Sans quoi, non : ça peuple comme des lapins. Vous êtes amateur, Monsieur ? Vous devriez venir me voir. »

A présent j'ai perdu son adresse. Ah ! je regrette de ne pas y être allé.

III

« Il faut partir de ce point, me dit-il, que les plus importantes inventions restent encore à découvrir. Elles seront la mise en lumière, simplement, d'une constatation des plus simples, car tous les secrets de la nature gisent à découvert et frappent nos regards chaque jour sans que nous y fassions attention. Les peuples auront pitié de nous plus tard lorsqu'ils auront tiré parti de la lumière et de la chaleur du soleil, pitié de nous qui extrayons si péniblement notre éclairage et notre combustible des entrailles du sol et qui gaspillons le charbon sans souci des générations à venir. Quand donc l'homme, industrieusement économe, apprendra-t-il à capter, à canaliser sur tous les points ardents du globe la chaleur intempestive ou superflue ? On y viendra ! On y viendra, continuait-il sentencieusement. On y viendra quand le globe commencera de se refroidir, car c'est alors aussi que l'on commencera à manquer de charbon.

— Mais, lui dis-je, pour le détourner de la morne méditation où je voyais qu'il allait retomber, vous parlez avec trop de sagacité pour n'être pas vous-même un inventeur ?

— Les plus grands, reprit-il aussitôt, ne sont pas, Monsieur, les plus connus. Qu'est-ce qu'un Pasteur, je vous en prie, qu'un Lavoisier, qu'un Pouchkine auprès de l'inventeur de la roue, de l'aiguille, de la toupie et celui qui le premier remarqua que le cerceau que l'enfant fait rouler devant lui, se tient droit ! Savoir voir, tout est là. Mais nous vivons sans regarder. Ainsi

tenez : quelle admirable invention que la poche! Eh bien! y avez-vous songé? Et pourtant tout le monde s'en sert. Il suffit d'observer, vous dis-je. Ah! tenez! méfiez-vous de celui qui vient d'entrer, fit-il en changeant de ton brusquement et en me tirant de côté par la manche. C'est un vieux daim qui n'a jamais rien découvert, mais qui voudrait piller les autres. Pas un mot devant lui, je vous prie (c'était mon ami C..., médecin en chef de l'hospice). Voyez comme il interroge ce pauvre abbé; car bien que sous un costume civil, ce gentleman là-bas, c'est un prêtre. Un grand inventeur, lui aussi. C'est fâcheux que nous ne puissions pas nous entendre, je crois que nous aurions pu faire ensemble de grandes choses; quand je lui parle, c'est comme s'il me répondait en chinois. D'ailleurs, depuis quelque temps il me fuit. Vous irez le trouver tout à l'heure, quand le vieux daim l'aura quitté. Vous verrez : il sait des choses curieuses; et s'il ne manquait pas de suite dans les idées... Tenez, le voici seul à présent. Allez-y.

— Pas avant que vous ne m'ayez dit ce que vous avez inventé.

— Vous voulez le savoir? »

Il se pencha vers moi d'abord, puis rejeta brusquement le torse en arrière et à voix basse, sur un ton d'étrange gravité :

« Je suis l'inventeur du bouton. »

Mon ami C... s'étant écarté, je me dirigeai vers le banc où « le gentleman » restait assis, les coudes sur les genoux et le front entre les mains.

« Ne vous ai-je pas déjà rencontré quelque part? lui dis-je en manière d'introduction.

— Il me semble aussi, fit-il après m'avoir dévisagé. Mais, rappelez-moi donc : n'est-ce pas vous qui causiez tout à l'heure avec ce pauvre ambassadeur? Oui, là, qui se promène tout seul à présent et qui va nous tourner le dos... Comment va-t-il? Nous étions bons amis dans le temps; mais c'est un caractère jaloux. Il ne peut plus me souffrir depuis qu'il a compris qu'il ne peut pas se passer de moi.

— Comment expliquez-vous cela? hasardai-je.

— Vous allez comprendre tout de suite, cher Monsieur. Il a inventé le bouton, il a dû vous le dire. Mais c'est moi l'inventeur de la boutonnière.

— Alors, vous êtes brouillés ?
— Nécessairement ».

IV

Je ne trouve pas précisément de défenses et de prohibitions dans la lettre de l'Évangile. Mais il s'agit de contempler Dieu du regard le plus clair possible et j'éprouve que chaque objet de cette terre, que je convoite, se fait opaque, par cela même que je le convoite, et que le monde entier perd aussitôt sa transparence, ou que mon regard perd sa clarté, de sorte que Dieu cesse d'être sensible à mon âme, et qu'abandonnant le Créateur pour la créature mon âme cesse de vivre dans l'éternité et perd possession du royaume de Dieu.

Je reviens à vous, Seigneur Christ, comme à Dieu dont vous êtes la forme vivante. Je suis las de mentir à mon cœur. C'est vous que je retrouve partout, alors que je croyais vous fuir, ami divin de mon enfance. Je crois bien qu'il n'y a plus que vous dont mon cœur exigeant se contente. Le démon seul en moi nie que votre enseignement soit parfait, et que je puisse renoncer à tout, fors à vous, puisque, dans le renoncement à tout, je vous retrouve.

> *Seuil de la vraie jeunesse,*
> *Porche du paradis,*
> *De nouvelle allégresse*
> *Mon âme est étourdie...*
> *Seigneur ! augmentez mon ivresse.*

> *Aplanissez l'espace*
> *Qui sépare de Vous*
> *Mon âme en sa disgrâce*
> *Qui se souvient de Vous...*
> *Seigneur ! aggravez mon extase.*

> *Sable aride où s'imprime*
> *La trace du pied nu,*
> *Mon poème ingénu*
> *N'élude pas la rime.*

Ivre d'insouciance
Et d'oubli du passé,
Sur des flots cadencés
Mon âme se balance.

Quand rit l'arbuste riche
De ses premières fleurs,
Dans le vieux chêne en pleurs
Un peuple d'oiseaux niche.

Agitez les feuillages,
Rires, rythmes divins !
J'ai goûté d'un breuvage
Plus puissant que le vin.

O trop claire lumière
Transperce mes paupières !
Ta vérité, Seigneur,
M'a blessé jusqu'au cœur.

RENCONTRES

C'était à Florence, un jour de fête. Quelle fête ? Je ne sais plus. De ma fenêtre, qui donnait sur un quai de l'Arno, entre le Ponte San Trinitâ et le Ponte Vecchio, je contemplais la foule, attendant le désir d'y plonger, vers le soir, quand elle deviendrait plus fervente. Et, tandis que je regardais en amont, une rumeur, des gens qui courent et, sur le Ponte Vecchio, à cet endroit précisément où le décor des maisons qui ourlent le haut du pont cède et, tout au milieu du pont, laisse un espace à découvert, je vis la foule s'empresser, se pencher sur le parapet, et des bras s'allonger et des mains tendues désigner, dans l'eau limoneuse du fleuve, un petit objet qui flottait, disparaissait dans un remous, reparaissait, et que le courant emportait. Je descendis. Les passants que j'interrogeai me dirent qu'une petite fille était tombée à l'eau; sa jupe ballonnée l'avait maintenue quelque temps à la surface; à présent elle avait disparu. Des barques se décrochèrent du rivage;

jusqu'au soir des hommes armés de gaffes, fouillèrent l'eau du fleuve; en vain.

Eh quoi! Dans cette foule épaisse, personne n'avait su remarquer cette enfant; la retenir?... Je gagnai le Ponte Vecchio. A l'endroit même où venait de se précipiter la fillette, un garçon d'une quinzaine d'années répondait aux questions des passants. Il racontait qu'il avait vu cette petite fille enjamber tout à coup la balustrade; il s'était élancé, avait pu lui saisir le bras et, quelque temps, l'avait maintenue au-dessus du vide; la foule derrière lui passait sans se douter de rien; il voulait appeler à l'aide, n'ayant pas la force à lui seul de ramener l'enfant sur le pont; mais elle lui avait dit alors : « Non, laisse-moi aller », et cela d'une voix si plaintive qu'à la fin il avait lâché prise. Il sanglotait en racontant cela.

(Lui-même était un de ces pauvres enfants qui, peut-être, seraient moins malheureux, sans famille. Il était vêtu de haillons. Et j'imaginais que, dans l'instant qu'il tenait par le bras cette fillette et la disputait à la mort, il avait pu, sentant et partageant son désespoir, s'éprendre d'un amour désespéré comme elle et qui leur ouvrait le ciel à tous deux. C'est par pitié qu'il avait lâché prise. « Prego... lasciatemi ».)

On lui demanda s'il la connaissait; mais non, il la voyait pour la première fois; personne ne savait qui c'était et toutes les enquêtes que l'on fit les jours suivants furent vaines. On retrouva le corps. C'était celui d'une enfant de quatorze ans; très maigre et couverte de vêtements très misérables. Que n'eussé-je donné pour en savoir davantage! et si son père avait une maîtresse, ou sa mère un amant, et ce qui tout à coup devant elle avait cédé, sur quoi elle s'appuyait pour vivre...

« *Mais pourquoi ce récit, me demanda Nathanaël, dans un livre que tu consacres à la joie?*
— *Ce récit, j'aurais voulu le faire en termes plus simples encore. En vérité, le bonheur qui prend élan sur la misère, je n'en veux pas. Une richesse qui prive un autre, je n'en veux pas. Si mon vêtement dénude autrui, j'irai nu. Ah! tu tiens table ouverte, Seigneur Christ! et ce qui fait la beauté de ce festin de ton royaume, c'est que tous y sont conviés.* »

Il y a sur terre de telles immensités de misère, de détresse, de gêne et d'horreur, que l'homme heureux n'y peut songer sans prendre honte de son bonheur. Et pourtant ne peut rien pour le bonheur d'autrui celui qui ne sait être heureux lui-même. Je sens en moi l'impérieuse obligation d'être heureux. Mais tout bonheur me paraît haïssable qui ne s'obtient qu'aux dépens d'autrui et par des possessions dont on le prive. Un pas de plus et nous abordons la tragique question sociale. Tous les arguments de ma raison ne me retiendront pas sur la pente du communisme. Et ce qui me paraît une erreur, c'est d'exiger de celui qui possède la distribution de ses biens ; mais quelle chimère que d'attendre, de celui qui possède, un renoncement volontaire à des biens auxquels son âme reste attachée. Pour moi j'ai pris en aversion toute possession exclusive ; c'est de don qu'est fait mon bonheur, et la mort ne me retirera des mains pas grand-chose. Ce dont elle me privera le plus c'est des biens épars, naturels, échappant à la prise et communs à tous ; d'eux surtout je me suis soûlé. Quant au reste, je préfère le repas d'auberge à la table la mieux servie, le jardin public au plus beau parc enclos de murs, le livre que je ne crains pas d'emmener en promenade à l'édition la plus rare, et, si je devais être seul à pouvoir contempler une œuvre d'art, plus elle serait belle et plus l'emporterait sur la joie ma tristesse.*

Mon bonheur est d'augmenter celui des autres. J'ai besoin du bonheur de tous pour être heureux.

J'admirais, je n'ai pas fini d'admirer, dans l'Évangile un effort surhumain vers la joie. Le premier mot qui nous est rapporté du Christ, c'est « Heureux... » Son premier miracle, la métamorphose de l'eau en vin. (Le vrai chrétien est celui que suffit à enivrer l'eau pure. C'est en lui-même que se répète

* Sur cette pente, qui m'apparaît une montée, ma raison a rejoint mon cœur. Que dis-je ? Ma raison aujourd'hui l'y précède. Et si parfois je souffre de voir certains communistes n'être que des théoriciens, me paraît aujourd'hui tout aussi grave cette autre erreur qui tend à faire du communisme une affaire de sentiment. (*Mars 1935.*)

le miracle de Cana.) Il a fallu l'abominable interprétation des hommes, pour établir sur l'Évangile un culte, une sanctification de la tristesse et de la peine. Parce que le Christ a dit : « Venez à moi, vous tous qui êtes travaillés et chargés, et je vous soulagerai », on a cru qu'il fallait se travailler et se charger pour aller à lui ; et le soulagement qu'il apportait, on en a fait des « indulgences ».

Il m'a depuis longtemps paru que la joie était plus rare, plus difficile et plus belle que la tristesse. Et quand j'eus fait cette découverte, la plus importante sans doute qui se puisse faire durant cette vie, la joie devint pour moi non seulement (ce qu'elle était) un besoin naturel — mais bien encore une obligation morale. Il me parut que le meilleur et plus sûr moyen de répandre autour de soi le bonheur était d'en donner soi-même l'image, et je résolus d'être heureux.

J'avais écrit : « Celui qui est heureux et qui pense, celui-là sera dit vraiment fort »; — car que m'importe un bonheur édifié sur l'ignorance ? La première parole du Christ est pour embrasser la tristesse même dans la joie : Heureux ceux qui pleurent. *Et comprend bien mal cette parole, celui qui n'y voit qu'un encouragement à pleurer !*

LIVRE DEUXIÈME

Je pense, donc je suis —
 C'est à ce donc que je m'achoppe.
 Je pense *et* Je suis ; *il y aurait plus de vérité dans :*
 Je sens, donc je suis — ou même : Je crois, donc je suis — car cela revient à dire :
 Je pense que je suis.
 Je crois que je suis.
 Je sens que je suis.
 Or de ces trois propositions, la dernière m'apparaît la plus vraie, la seule vraie ; car enfin, je pense que je suis n'implique peut-être pas que je sois. Non plus le : je crois que je suis. Il y a autant de hardiesse à passer de l'un à l'autre qu'à faire du « Je crois que Dieu est » une preuve de l'existence de Dieu. Tandis que : « Je sens que je suis.., » — Ici je suis juge et partie. Comment ici me tromperais-je ?

Je pense donc que je suis — Je pense que je suis *donc je suis*. — Car je ne puis penser qu'à quelque chose —
 Ex. : Je pense que Dieu est ou
 Je pense que les angles d'un triangle sont égaux à deux droits, donc je suis. — Alors c'est le Je qui est impossible à établir ; ... donc cela est — je reste dans le neutre.
 Je pense : donc je suis.
 Tout aussi bien : je souffre, je respire, je sens : donc je suis. Car si l'on ne peut penser sans être, l'on peut bien être sans penser.
 Mais tant que je ne fais que sentir, je suis sans penser que je suis. Par cet acte pensant je prends conscience de mon être ; mais du même coup, je cesse d'être simplement : je suis pensant.
 Je pense donc je suis *équivaut à* : je pense que je suis et ce *donc qui semble le fléau de la balance ne pèse rien*. Il n'y a dans chacun des deux plateaux que ce que j'y ai mis, c'est-à-dire la même chose. X = X. J'ai beau retourner les termes, il n'en sort rien, qu'au bout de quelque temps, un grand mal de tête et le désir d'aller me promener.

Certains des « problèmes » qui nous agitent sont, non point certes insignifiants, mais parfaitement insolubles — et suspendre notre décision à leur solution est folie. Donc passons outre.

— Mais avant d'agir, j'ai besoin de savoir pourquoi je suis sur cette terre, si Dieu existe et s'il nous voit, car dès lors il m'est indispensable qu'il m'aperçoive ; j'ai besoin d'abord de savoir si...

— Cherchez, cherchez. Cependant vous n'agirez point.

Déposons vite ce bagage encombrant à la consigne ; et, comme Édouard, égarons aussitôt le reçu.

Il est bien plus difficile qu'on ne croit de ne pas croire à Dieu. Il faudrait n'avoir jamais vraiment regardé la nature. La moindre agitation de la matière... Pourquoi se soulèverait-elle ? Et vers quoi ? Mais cette information ne m'écarte pas moins de votre credo que de l'athéisme. Que la matière soit pénétrable et ductile et dispose à l'esprit ; que l'esprit ait partie liée avec la matière jusqu'à se confondre avec elle —, je veux bien appeler religieux mon étonnement devant cela. Sur cette terre tout m'étonne. Appelons adoration ma stupeur, j'y consens. La belle avance ! Non seulement je ne puis voir votre Dieu dans tout cela ; mais au contraire, je vois, je découvre partout qu'il ne saurait y être, qu'il n'y est pas.

Je suis prêt à appeler Divin tout ce à quoi Dieu lui-même ne pourrait rien changer.

Cette formule, qui s'inspire (pour les derniers mots tout au moins) d'une phrase de Gœthe, a ceci d'excellent qu'elle n'implique point tant la croyance en un Dieu, que l'impossibilité d'admettre un Dieu qui s'opposerait aux lois naturelles (c'est-à-dire, somme toute, à lui-même) un Dieu qui ne se confondrait pas avec elles.*

— Je ne vois pas en quoi ceci se distingue du Spinozisme.

— Je ne tiens pas à l'en distinguer. Déjà je citais Gœthe qui reconnaissait volontiers ce qu'il devait à Spinoza. Chacun ainsi doit toujours un peu de soi-même à quelque autre. Certains

* *Dichtung und Wahrheit.* — Livre XVI.

esprits, auxquels je me rattache et m'apparente, j'ai la joie de les pouvoir vénérer autant que vous vénérez les « pères » mêmes de votre Église. Mais, tandis que votre tradition se reporte à une révélation divine et s'interdit par là même toute liberté de pensée, cette autre tradition tout humaine, non seulement laisse à ma pensée sa vertu, mais l'encourage, et m'engage à n'accepter rien pour vrai que je ne l'aie vérifié *moi-même tout d'abord ou ne le puisse vérifier — ce qui du reste n'implique nul orgueil, ce qui même peut comporter une humilité de pensée très patiente, et prudente et même craintive, mais répugne à cette fausse modestie de croire l'homme incapable d'atteindre à rien de vrai par lui-même et sinon par l'intervention miraculeuse d'une divine révélation.*

RENCONTRES

« On a beaucoup parlé de moi ces derniers temps, m'a dit Dieu. Il me revient ici des tas d'échos. Même c'en est un peu gênant. Oui, je sais, je suis à la mode. Mais tout ce que l'on dit de moi, le plus souvent ne me plaît guère; et même il arrive que je ne le comprenne pas du tout. Mais, tenez! vous qui êtes de la partie (car vous vous piquez, n'est-ce pas, de littérature?) vous devriez bien me dire de qui est cette petite phrase, laquelle, parmi tant d'insanités, m'a plu : « On ne devrait » parler de Dieu que naturellement »... ?

— La petite phrase est de moi, dis-je en rougissant.

— C'est bien. Alors, écoute-moi, dit Dieu, qui, depuis ce moment me tutoie. Certains voudraient toujours que j'intervienne et dérange pour eux l'ordre établi. Ce serait compliquer trop les choses, et tricher, que de ne point rester fidèle à mes lois. Que ceux-là donc apprennent un peu mieux à s'y soumettre; qu'ils comprennent que c'est ainsi qu'ils en pourront le mieux tirer parti. L'homme peut beaucoup plus qu'il ne croit.

— L'homme est dans le pétrin, dis-je.

— Qu'il en sorte, reprit alors Dieu; c'est pour lui marquer mon estime que je le laisse se débrouiller. »

Puis encore :
« Entre nous soit dit, cela ne m'a pas donné si grand

mal. C'est venu tout naturellement. Tout est né, comme malgré moi, des quelques données premières. De sorte que le moindre bourgeon, en se développant, m'explique mieux à moi-même que toutes les ratiocinations des théologiens. Diffus dans ma création, tout à la fois, je m'y dissimule et m'y perds, et je m'y retrouve sans cesse, au point que je me confonds avec elle et doute si, sans elle, j'existerais vraiment; je m'y prouve à moi-même mes propres possibilités. Mais, plutôt encore, c'est dans le cerveau de l'homme que tout l'épars prend nombre; car sons, couleurs, parfums, n'existent que dans leur relation avec l'homme; et l'aurore la plus suave, le chant du vent le plus mélodieux, et les reflets du ciel sur les eaux, et les frémissements des ondes, ne sont que vains propos en l'air, tant que non recueillis par l'homme et aussi longtemps que les sens de l'homme n'en ont point fait de l'harmonie. C'est sur ce sensible miroir que ma création tout entière infléchie se colore et s'émeut...

— Je dois t'avouer, me dit-il encore, que je suis grandement déçu par les hommes. Ceux-ci qui se disent le plus mes enfants, sous prétexte de m'adorer mieux, tournent le dos à tout ce que j'ai préparé pour eux sur la terre. Oui, ceux précisément qui me nomment leur père, comment peuvent-ils supposer que je puisse me plaire à les voir, par amour pour moi, maigrir, souffrir et se priver ?... Cela me fait une belle jambe!

J'ai caché mes plus beaux secrets, comme vous faites, pour vos enfants, sous les buissons, les œufs de Pâques. J'aime surtout ceux-là qui se donnent un peu de peine à chercher. »

Lorsque je considère et pèse ce mot Dieu *que j'emploie, je suis forcé de constater qu'il est à peu près vide de substance; et c'est bien là ce qui me permet d'en user si commodément. C'est un vase informe, à parois indéfiniment extensibles, qui contient ce qu'il plaît à chacun d'y mettre, mais qui ne contient que ce que chacun de nous y a mis. Si j'y verse la toute-puissance, comment n'aurais-je pas pour ce récipient de la crainte; et de l'amour si je l'emplis d'attention pour moi-même et, pour chacun de nous, de bonté ? Si je lui prête la foudre, si j'attache*

à son côté l'éclair-glaive, ce n'est plus devant l'orage que je tremble et m'effraie, c'est devant Dieu.

Prudence, conscience, bonté, il ne m'est point possible d'imaginer rien de tout cela, n'était l'homme. <u>Que l'homme, détachant tout cela de soi, imagine tout cela, très vaguement, à l'état pur, c'est-à-dire abstraitement, en façonne Dieu, il le peut</u> ; il peut même imaginer que Dieu commence, que l'être absolu précède, et que la réalité soit motivée par lui, pour le motiver à son tour ; enfin que le Créateur a besoin de la créature ; car s'il ne créait rien il ne serait plus créateur du tout. De sorte que l'un et l'autre demeurent en relation et dépendance si parfaites que l'on peut dire que l'un ne serait pas sans l'autre, le créateur sans la chose créée, et que l'homme ne saurait avoir plus grand besoin de Dieu, que Dieu de l'homme, et que l'on peut plus aisément imaginer rien du tout, que l'un sans l'autre.

Dieu me tient ; je le tiens ; nous sommes. Mais en pensant ceci, je ne fais qu'un avec la création entière ; je me fonds et m'absorbe dans la prolixe humanité.

RENCONTRES

« Le Bon Dieu, passe encore, me dit cette charmante enfant. Ah! tenez, je vous l'abandonne ; car je sens qu'avec vous, il est bien inutile de discuter. Et puis Dieu, lui, s'y retrouve toujours et, comme on dit, retrouvera toujours les siens. Vous êtes de ceux-ci, que vous le vouliez ou non. Le curé me le redisait encore hier : Dieu vous sauvera malgré vous. Car vous êtes bon. Mais alors comment pouvez-vous dire que vous n'aimez pas le Bon Dieu ? Si seulement vous n'étiez pas si têtu, vous auriez vite fait de reconnaître que votre propre bonté fait partie de la sienne et que tout ce que vous avez en vous de bon vient de lui... Mais c'est de la Sainte Vierge que je suis venue vous parler. Ah! par exemple, ici je ne vous tiens pas quitte! Et je voudrais bien savoir comment vous, poète, vous pourriez faire pour ne pas l'aimer ? Au fond, vous l'aimez sans le savoir ; ou, plutôt : sans consentir à vous

l'avouer, à cause de votre orgueil. Non, tout de même, ce qu'il faut que vous soyez cabochard !... Pourquoi ne pas consentir à reconnaître, tout simplement, que la brume d'argent qui flotte au matin sur les prairies encore ensommeillées, c'est sa robe ? Ses pieds purs, vainqueurs du serpent, ce calme soudain qui s'impose aux flots agités ? Ce rayon que vous admirez, qui tombe en tremblant des étoiles, fait, dans l'ombre des nuits, scintiller l'eau de la source et se reflète en votre cœur, c'est son regard; et le bruissement mélodieux du feuillage qu'un doux vent agite et qui pénètre votre cœur, c'est sa voix. Elle-même, seule une âme sans autre désir que de pureté peut la voir; et c'est pour pouvoir se mirer dans le cœur des hommes qu'elle protège en eux la pureté. Je ne l'ai jamais aperçue; non, pas encore; mais je sais bien que c'est elle, et mon amour pour elle, qui écartent de moi tout ce qui pourrait me souiller... Allons ! voyons, soyez gentil : consentez à la reconnaître, et à l'aimer, car c'est tout un. Vous me feriez tant de plaisir !... Et même, elle est si généreuse, la Sainte Vierge, qu'elle admet que, moi, ce soit le petit Jésus que je préfère. Ah ! celui-là !... Mais, tout en l'aimant, jamais je n'oublie qu'il est son fils. Du reste on ne peut aimer l'un sans l'autre; et à la fois le Saint-Esprit. Non, tenez, plus j'y pense, moins je comprends votre résistance. Et, si j'osais dire toute ma pensée... : là-dedans, je vous trouve un peu sot.

— Alors, parlons d'autre chose », lui dis-je.

Je reconnais que je me suis longtemps servi du mot Dieu comme d'une sorte de dépotoir où verser mes concepts les plus imprécis. Cela finit par former quelque chose de fort peu semblable au bon Dieu à barbe blanche de Francis Jammes, mais de guère plus existant. Et, comme il advient que les vieillards perdent successivement cheveux et dents, vue, mémoire et enfin la vie, mon Dieu perdit en vieillissant (ce n'est pas lui qui vieillissait, c'est moi) tous les attributs dont je l'avais revêtu naguère ; à commencer (ou à finir) par l'existence, ou, si l'on veut, par la réalité. Cessé-je de le penser, il cessait d'être. Seule mon adoration le créait. Elle pouvait se passer de lui ; Lui ne pouvait se passer d'elle. Ce devenait un jeu

de glaces, où je cessai de m'amuser quand j'eus compris que j'en faisais seul tous les frais. Et quelque temps encore ce reliquat divin tenta de se réfugier, sans plus d'attributs personnels, dans l'esthétique, l'harmonie du nombre, le conatus vivendi de la nature... A présent je ne vois même plus trop l'intérêt d'en parler.

Mais, tout de même, ce que j'appelais Dieu, jadis, ce confus amas de notions, de sentiments, d'appels, et de réponses à ces appels qui, je le sais aujourd'hui, n'existaient que par et qu'en moi, tout ceci me paraît aujourd'hui, quand j'y songe, beaucoup plus digne d'intérêt que le reste du monde, et que moi-même et que toute l'humanité.

Quelle absurde conception du monde et de la vie parvient à causer les trois quarts de notre misère, et par attachement au passé se refuse à comprendre que la joie de demain n'est possible que si celle d'aujourd'hui cède la place, que chaque vague ne doit la beauté de sa courbe qu'au retrait de celle qui la précède, que chaque fleur se doit de faner pour son fruit, que celui-ci, s'il ne tombe et meurt, ne saurait assurer des floraisons nouvelles, de sorte que le printemps même prend appui sur le seuil de l'hiver.

Les considérations ci-dessus m'engagent, m'ont toujours engagé, à écouter plus volontiers les enseignements de l'histoire naturelle, que ceux de l'histoire humaine. Je tiens ces derniers pour de bien moindre profit. Ils restent toujours aléatoires.

Le développement de l'herbe la plus modeste obéit à de constantes lois, lesquelles échappent à la logique humaine, ou du moins ne s'y réduisent point. L'expérience, ici, peut être recommencée et si l'erreur y est possible, une observation plus rigoureuse et plus sagacement contrariée permet enfin toujours plus d'approche d'une vérité permanente, d'un Dieu qui, comprenant ma raison, la surpasse, que ma raison ne peut nier.

D'un Dieu sans charité. Mais le Vôtre n'en a pas davantage, que celle que vous Lui prêtez. Rien qui ne soit inhumain, fors l'homme même. Il faut en prendre son parti ; et c'est de là qu'il faut partir. Il faut partir.

Je crois plus facilement aux dieux grecs qu'au Bon Dieu. Mais ce polythéisme, je suis bien forcé de le reconnaître tout poétique. Il équivaut à un athéisme foncier. C'est pour son athéisme que l'on condamnait Spinoza. Pourtant il s'inclinait devant le Christ avec plus d'amour, de respect, de piété même, que ne font bien souvent les catholiques, et je parle des plus soumis ; mais un Christ sans divinité.

L'hypothèse chrétienne... inadmissible.

Qu'elle ne peut pourtant se laisser ébranler par les constatations matérialistes.

Devons-nous trouver Dieu en faute, pour avoir surpris et dénoncé un de ses trucs ?

Dépouillerons-nous Dieu de sa foudre pour avoir compris la formation de l'éclair ?

— Trop d'étoiles, trop de mondes, pense X..., qui croit que peut-être il croirait s'il ne découvrait dans le ciel que juste ce qu'il faudrait d'astres autour de la terre pour la suspendre, motiver sa gravitation, la chauffer, l'éclairer et donner à rêver aux poètes. Mais il sait qu'il ne peut considérer notre globe comme le centre de l'Univers ; partant, la rédemption non plus — dit-il. Et le Christ ne m'est plus de rien, s'il n'est plus central, s'il n'est tout.

Et pourtant, c'est l'un ou l'autre — mais je n'ai jamais pu décider lequel m'est le plus impossible à concevoir : Un espace infini peuplé d'une infinité de mondes. Un monde limité à tant d'astres et pas un de plus, où, passé l'espace où ils gravitent, on trouve quoi ? Une borne où mon esprit se cogne. Un vide où il ne puisse plus voler. Une présence-obstacle ; ou une absence prohibitive — une absence à la fois de sujet et d'objet — une absence progressive, ou qui commence où ? une absence qui serait une lente diminution de présence ; ou une subitement complète suppression ?

Non. Rien de tout cela. Mais, de même, l'on s'étonnait jadis : comment et où pouvait finir la terre ? Jusqu'à ce jour où l'on comprit enfin sa rondeur et que le point de départ de sa parfaite circonférence se rejoignait à l'arrivée.

Je me passai fort bien de certitude dès lors que j'acquis celle-ci, que l'esprit de l'homme ne peut en avoir. Ceci reconnu que reste-t-il à faire ? S'en créer ou en accepter de factices et s'efforcer de ne les point tenir pour mensongères ?... ou apprendre à s'en passer. C'est à quoi je travaillai de tout mon cœur. Je n'admettais point que ce sevrage dût mener l'homme au désespoir.

LIVRE TROISIÈME

I

C'est vers la volupté que s'efforce toute la nature. Elle fait croître le brin d'herbe, se développer le bourgeon et le bouton s'épanouir. C'est elle qui dispose aux baisers des rayons la corolle, invite aux noces tout ce qui vit, l'obtuse larve à la nymphose et de la prison chrysalide fait s'échapper le papillon. Guidé par elle, tout aspire au plus grand bien-être, à plus de conscience, au progrès... C'est pourquoi j'ai trouvé plus d'instruction dans la volupté que dans les livres; pourquoi j'ai trouvé dans les livres plus d'obscurcissement que de clarté.

Il n'y eut là délibération ni méthode. C'est inconsidérément que je plongeai dans cet océan de délices, tout surpris d'y nager, de ne m'y sentir pas engloutir. C'est dans la volupté que prend conscience de soi tout notre être.

Tout cela se passa de résolution ; c'est tout naturellement que je m'abandonnai. J'avais bien entendu dire que la nature humaine est mauvaise, mais je souhaitais l'éprouver. Au demeurant je me sentais moins curieux de moi que d'autrui, ou plutôt : le désir charnel travaillait sourdement vers une confusion charmante, et me précipitait hors de moi.

La recherche d'une morale ne me paraissait pas très habile, ni même possible, aussi longtemps que je ne savais point qui j'étais. Cessant de me chercher, c'était pour me retrouver dans l'amour.

Il fallait, pour un temps, accepter le rejet de toute morale et ne résister plus aux désirs. Eux seuls étaient capables de m'instruire. J'y cédai.

RENCONTRES

« Oh! me disait ce pauvre infirme... ne fût-ce qu'une fois! Pouvoir une fois enlacer de mes bras « qui que

» ce soit pour qui je brûle », ainsi que dit Virgile... Il me semble qu'après avoir connu cette joie, je me résignerais plus facilement à n'en plus jamais goûter d'autres; que je me résignerais plus facilement à mourir.

— Cette joie, malheureux! lui dis-je, pour l'avoir une fois goûtée, tu ne la souhaiterais que bien davantage. Si poète que tu puisses être, l'imagination, en ces sortes de choses, tourmente moins que ne le fait le souvenir.

— Penses-tu me consoler ainsi ? » reprit-il.

Et pourtant, que de fois, sur le point de cueillir une joie, m'en suis-je soudain détourné comme aurait pu faire un ascète. Il n'y avait point là renoncement, mais une expectation si parfaite de ce que cette félicité pouvait être, une anticipation si accomplie, que la réalisation ne pourrait plus en rien m'instruire, qu'il n'y avait déjà plus qu'à passer outre, sachant bien que la préparation d'un plaisir ne l'assure qu'en le déflorant et que le ravissement le plus exquis saisit l'être entier par surprise. Mais du moins avais-je su bannir de moi toutes réticences, pudeurs, réserves de la décence, hésitations timorées, qui font la volupté craintive et prédisposent l'âme aux remords après le retombement de la chair. J'étais tout habité par le printemps intérieur dont ne me paraissaient que des échos les reflets, toutes les éclosions, et les floraisons que je rencontrais sur ma route. J'ardais si fort qu'il me semblait pouvoir communiquer à tout autrui ma ferveur comme on donne le feu de sa cigarette, et celle-ci n'en est qu'attisée. Je secouais de moi toute cendre. Dans mes regards riait un amour épars, éperdu. Je pensais : la bonté n'est qu'une irradiation du bonheur; et mon cœur se donnait à tous par le simple effet d'être heureux.

Puis, plus tard... Non, ce ne fut ni diminution de désirs, ni satiété, que je sentis venir avec l'âge; mais, souvent, escomptant sur mes lèvres avides l'épuisement trop prompt du plaisir, la possession me paraissait de moindre prix que la poursuite et j'en venais de plus en plus à préférer à l'étanchement la soif même, à la volupté sa promesse, à la satisfaction l'élargissement sans fin de l'amour.

RENCONTRES

J'allai le voir, dans ce village du Valais où il achevait censément sa convalescence, où, en réalité, il se préparait à mourir. La maladie l'avait à ce point changé que je le reconnus à peine.

« Eh bien, non; cela ne va plus; plus du tout, me dit-il. Chaque organe se prend, à présent, l'un après l'autre : le foie, les reins, la rate... Quant à mon genou!... Par curiosité, regarde-le. »

Et, relevant à demi ses couvertures, ramenant sa maigre jambe en avant, il découvrit une sorte de boule énorme à l'endroit de l'articulation. Comme il transpirait beaucoup, sa chemise était collée au corps et laissait paraître sa maigreur. Je tâchai de sourire, pour dissimuler ma tristesse.

« De toute manière tu savais que tu en avais pour longtemps avant de te remettre, lui dis-je. Mais tu es bien, ici, n'est-ce pas ? L'air est bon. La nourriture... ?

— Excellente. Et ce qui me sauve, c'est que je digère encore bien. Depuis quelques jours, j'ai même repris du poids. J'ai moins de fièvre. Oh! somme toute, je vais sensiblement mieux. »

Un semblant de sourire tira ses traits et je compris qu'il n'avait peut-être pas perdu tout espoir.

« Du reste voici le printemps, ajoutai-je vite, en détournant mon visage vers la fenêtre, car des larmes, que je voulais lui cacher, emplissaient mes yeux. Tu vas pouvoir t'installer dans le jardin.

— J'y descends déjà pour quelques instants chaque jour, après le repas de midi. Car ce n'est que le dîner que je fais monter dans ma chambre. Le déjeuner, je me force à le prendre dans la salle commune et jusqu'à présent je n'y ai manqué que trois jours. C'est un peu pénible ensuite de remonter les deux étages; mais je prends mon temps : pas plus de quatre marches à la fois, puis un arrêt pour reprendre souffle. En tout, il faut bien compter vingt minutes. Mais cela me fait prendre un peu d'exercice; et je suis si content, ensuite, de retrouver mon lit! Puis cela laisse le temps de faire

la chambre. Mais surtout, j'ai peur de me laisser aller...
Tu regardes mes livres ?... Oui, ce sont tes *Nourritures
terrestres*. Ce petit livre ne me quitte pas. Tu ne peux
pas savoir la consolation et l'encouragement que j'y
trouve. »

Ceci me toucha plus qu'aucun compliment qu'on eût
jamais pu me faire ; car je craignais, je l'avoue, que
mon livre ne pût trouver crédit qu'auprès des forts.

« Oui, reprit-il, même dans mon état, quand je suis
dans le jardin près de fleurir, je voudrais, comme Faust,
dire à la minute qui passe : « Tu es si belle !... Arrête-
toi. » Tout me paraît alors harmonieux, suave... Ce qui
me gêne, c'est de faire moi-même comme une fausse
note dans ce concert, comme une tache dans ce tableau...
J'aurais tant voulu être beau ! »

Il demeura quelque temps sans plus rien dire, les
regards tournés vers le bleu du ciel qu'on pouvait voir
par la fenêtre grande ouverte. Puis, à voix plus basse
et, semblait-il, craintivement :

« Je voudrais bien que tu donnes de mes nouvelles
à mes parents. Moi j'en suis à ne plus oser leur écrire ;
ni surtout leur dire la vérité. A chaque lettre qu'elle
reçoit de moi, ma mère me répond aussitôt que, si je
suis malade, c'est pour mon bien ; que c'est pour mon
salut que Dieu me gratifie de ces souffrances ; que je
devrais m'en instruire pour m'amender et que, seule-
ment ensuite, je mériterai de guérir. Alors je lui dis
invariablement que je vais mieux, pour éviter ces
considérations... qui m'emplissent le cœur de blasphème.
Écris-lui, toi.

— Ce matin même ce sera fait, lui dis-je en prenant
sa main moite.

— Oh ! ne serre pas trop fort ; tu me fais mal. »

Il souriait.

II

Notre *littérature, et singulièrement la romantique, a
louangé, cultivé, propagé la tristesse ; et non point cette
tristesse active et résolue qui précipite l'homme aux actions
les plus glorieuses ; mais une sorte d'état flasque de l'âme,
qu'on appelait mélancolie, qui pâlissait avantageusement le*

front du poète et chargeait de nostalgie son regard. Il entrait là-dedans de la mode et de la complaisance. La joie paraissait vulgaire, signe d'une trop bonne et bête santé ; et le rire faisait grimacer le visage. La tristesse se réservait le privilège de la spiritualité, et, partant, de la profondeur.

Pour moi qui toujours préférai Bach et Mozart à Beethoven, je tiens pour impie le vers de Musset tant prôné :

« *Les plus désespérés sont les chants les plus beaux* », *et n'admets pas que l'homme sous les coups de l'adversité se laisse abattre.*

Oui, je sais qu'il entre là-dedans plus de résolution que d'abandon au naturel. Je sais que Prométhée souffre, enchaîné sur le Caucase, et que le Christ meurt crucifié, l'un et l'autre pour avoir aimé les hommes. Je sais que, seul parmi les demi-dieux, Hercule garde sur son front le souci d'avoir triomphé des monstres, des hydres, de toutes ces forces affreuses qui maintenaient l'humanité courbée. Je sais qu'il est bien des dragons à vaincre, encore et peut-être toujours... Mais il y a, dans le renoncement à la joie, de la faillite et comme une sorte d'abdication, de lâcheté.

Que l'homme, jusqu'aujourd'hui, n'ait pu s'élever au bien-être, celui même qui permet le bonheur, qu'aux dépens des autres, qu'en s'installant sur eux, voilà ce que nous ne devons plus admettre. Je n'admets pas davantage que le grand nombre doive renoncer sur cette terre à ce bonheur qui naît naturellement de l'harmonie.

Mais ce que les hommes ont fait de la terre promise — de la terre accordée... il y a de quoi faire rougir les dieux. L'enfant qui brise un jouet n'est pas plus bête, ni l'animal qui saccage le pâtis où il doit trouver nourriture, trouble la source où il va boire, ou l'oiseau qui souille son nid. O triste abord des villes ! laideur, désharmonie, puanteur... Avec un peu d'entente et d'amour, je songe aux jardins que vous pouviez être, ceintures des cités, protection de tout ce que la végétation proposait de plus luxuriant et de plus tendre — réprimé le moindre attentat de quelqu'un à la joie de tous.

Je songe à ce que vous pourriez être, loisirs ! O jeux spirituels dans la bénédiction de la joie ! Et le travail, le travail même, racheté, réchappé d'une malédiction impie.

Quel évolutionniste irait supposer quelque rapport que ce soit entre chenille et papillon — si l'on ne savait que c'est précisément le même être. La filiation paraît impossible ; et il y a identité. Il me semble que, naturaliste, j'aurais dirigé vers cette énigme toutes les forces, toutes les interrogations de mon esprit.

S'il n'avait été donné qu'à très peu de gens d'assister à ces métamorphoses, si celles-ci étaient plus rares, peut-être nous surprendraient-elles davantage. Mais on cesse de s'étonner devant un miracle constant.

Et ce n'est pas seulement la forme qui change ; les mœurs, les appétits...

Connais-toi toi-même. *Maxime aussi pernicieuse que laide. Quiconque s'observe arrête son développement. La chenille qui chercherait à « bien se connaître » ne deviendrait jamais papillon.*

Je sens bien, à travers ma diversité, une constance ; ce que je sens divers c'est toujours moi. *Mais précisément parce que je sais et sens qu'elle existe, cette constance, pourquoi chercher à l'obtenir ? Je me suis, tout le long de ma vie, refusé de chercher à me connaître ; c'est-à-dire : refusé de me chercher. Il m'a paru que cette recherche, ou plus exactement sa réussite, entraînait quelque limitation et appauvrissement de l'être, ou que seules arrivaient à se trouver et se comprendre quelques personnalités assez pauvres et limitées ; ou plutôt encore : que cette connaissance que l'on prenait de soi limitait l'être, son développement ; car tel qu'on s'était trouvé l'on restait, soucieux de ressembler ensuite à soi-même, et que mieux valait protéger sans cesse l'expectative, un perpétuel insaisissable devenir. L'inconséquence me déplaît moins que certaine conséquence résolue, que certaine volonté de demeurer fidèle à soi-même et que la crainte de se couper. Je crois du reste que cette inconséquence n'est qu'apparente et qu'elle répond à quelque continuité plus cachée. Je crois aussi qu'ici, comme partout, les phrases nous trompent, car le langage nous impose plus de logique qu'il n'en est souvent dans la vie, et que le plus précieux de nous-même est ce qui reste informulé.*

III

J'AI parfois, j'ai souvent, par malignité, dit d'autrui plus de mal que je ne pensais et, par lâcheté, dit plus de bien que je ne pensais de beaucoup d'œuvres, livres ou tableaux, par crainte d'indisposer contre moi leurs auteurs. J'ai parfois souri à des gens que je ne trouvais pas du tout drôles et feint de trouver spirituels des propos niais. J'ai feint de m'amuser, parfois, alors que je m'embêtais à mort et que je n'avais pas la force de m'en aller parce que l'on me disait : Reste encore... J'ai trop souvent permis à ma raison d'arrêter l'élan de mon cœur. Et, par contre, alors que mon cœur se taisait, j'ai trop souvent parlé quand même. J'ai parfois, pour être approuvé, fait des sottises. Et, par contre, je n'ai pas toujours osé faire ce que je pensais devoir faire mais savais ne devoir être pas approuvé.

Le regret « temporis acti » est la plus vaine occupation du vieillard. Je me le dis ; pourtant j'y cède. Vous m'y encouragez, estimant ce regret de nature à ramener insensiblement l'âme à Dieu. Mais vous vous méprenez sur la nature de mes regrets, de mes remords. C'est le regret du « non acti » qui me tourmente, de tout ce que durant ma jeunesse j'aurais pu faire, j'aurais dû faire, et qu'empêcha votre morale, cette morale à laquelle je ne crois plus ; à laquelle je croyais bon de me soumettre alors qu'elle était pour moi le plus gênante, de sorte que je donnais à l'orgueil cette satisfaction que je refusais à ma chair. Car c'est à l'âge où l'âme et le corps sont les plus dispos à l'amour, les plus dignes d'aimer, d'être aimés, où l'étreinte est la plus puissante, la curiosité la plus vive et la plus instructive, la volupté du plus grand prix, c'est à cet âge que l'âme et le corps trouvent également le plus de force pour résister aux sollicitations de l'amour.

Ce que vous appeliez, que j'appelais avec vous : tentations, ce sont elles que je regrette ; et, si je me repens aujourd'hui, ce n'est pas d'avoir cédé à quelques-unes, c'est d'avoir résisté à tant d'autres, après lesquelles j'ai couru, plus tard, lorsqu'elles étaient déjà moins charmantes et de moindre profit pour ma pensée.

Je me repens d'avoir assombri ma jeunesse, d'avoir préféré l'imaginaire au réel, de m'être détourné de la vie.

Oh ! tout ce que nous n'avons point fait et que pourtant nous aurions pu faire... penseront-ils, sur le point de quitter la vie. — Tout ce que nous aurions dû faire et que pourtant nous n'avons point fait ! par souci des considérants, par temporisation, par paresse, et pour s'être trop dit : « Bah ! nous aurons toujours le temps. » Pour n'avoir pas saisi le chaque jour irremplaçable, l'irretrouvable chaque instant. Pour avoir remis à plus tard la décision, l'effort, l'étreinte...
L'heure qui passe est bien passée.
— Oh ! toi qui viendras, penseront-ils, sois plus habile : Saisis l'instant !

Je m'installe dans ce point de l'espace que j'occupe, dans ce moment précis de la durée. Je n'admets point qu'il ne soit point crucial. J'étends mes bras de toute leur longueur. Je dis : Voici le sud, le nord... Je suis effet ; je serai cause. Cause déterminante ! Une occasion qui ne se représentera jamais plus. Je suis ; mais je veux trouver raison d'être. Je veux savoir pour quoi je vis.

La peur du ridicule obtient de nous les pires lâchetés. Combien de jeunes velléités qui se croyaient pleines de vaillance et qu'a dégonflées tout à coup ce seul mot d'« Utopie » appliqué à leurs convictions, et la crainte de passer pour chimérique aux yeux des gens sensés. Comme si tout grand progrès de l'humanité n'était pas dû à de l'utopie réalisée ! Comme si la réalité de demain ne devait pas être faite de l'utopie d'hier et d'aujourd'hui — si l'avenir consent à n'être point la seule répétition du passé, ce qui serait la considération la mieux capable de m'enlever toute joie de vivre. Oui, sans l'idée d'un progrès possible, la vie ne m'est plus d'aucun prix — et je fais miennes ces paroles que je prêtais à l'Alissa de ma Porte Étroite :
« Si bienheureux qu'il soit, je ne puis souhaiter un état sans progrès... et ferais fi d'une joie qui ne serait pas progressive. »

Il est bien peu de monstres qui méritent la peur que nous en avons.

Monstres enfantés par la peur — peur de la nuit et peur de la clarté; peur de la mort et peur de la vie; peur des autres et peur de soi; peur du diable et peur de Dieu — vous ne nous en imposerez plus. Mais nous vivons encore sous le règne des croquemitaines. Qui donc a dit que la crainte de Dieu était le commencement de la Sagesse. Imprudente sagesse, la vraie, tu commences où finit la crainte, et tu nous enseignes la vie.

D'apporter partout où se peut la confiance, l'aisance et la joie, devint bientôt mon exigence et la réclamation de mon indispensable bonheur. Comme si du bonheur d'autrui seulement je dusse former le mien propre, n'en connaissant plus d'autre moi-même que celui que je pouvais goûter par sympathie, et par procuration pour ainsi dire. Et tout ceci me parut, par là même, haïssable, qui pouvait empêcher ce bonheur: les timidités, les découragements, les incompréhensions, les médisances, le complaisant portrait de détresses imaginaires, les vains assoiffements d'irréel, et les divisions des partis, des classes, des nations ou des races, et tout ce qui tend à faire de l'homme un ennemi de soi-même ou d'autrui, les semailles de discorde, les oppressions, les intimidations, les dénis.

L'écureuil n'admet pas le rampement de la couleuvre. Le lièvre fuit quand la tortue et le hérisson se replient. Tu retrouveras toute cette diversité chez les hommes. Cesse donc de blâmer ce qui diffère de toi. Une société d'hommes ne saurait être parfaite que si elle nécessite l'emploi de maintes formes d'activité, que si elle favorise l'éclosion de maintes formes de bonheur.

Me devinrent ennemis personnels: pervertisseurs, assombrisseurs, affaiblisseurs, rétrogrades, tardigrades et plaisantins.

J'en veux à tout ce qui diminue l'homme; à tout ce qui tend à le rendre moins sage, moins confiant ou moins prompt. Car

je n'accepte pas que la sagesse s'accompagne toujours de lenteur et de méfiance. C'est bien aussi pourquoi je crois qu'il y a souvent plus de sagesse dans l'enfant que dans le vieillard.

Leur sagesse ?... Ah! leur sagesse, mieux vaut n'en pas faire grand cas.

Elle consiste à vivre le moins possible, se méfiant de tout, se garant.

Il y a toujours, dans leurs conseils, je ne sais quoi de rassis, de stagnant.

Ils sont comparables à certaines mères de familles qui abrutissent de recommandations leurs enfants :

— « Ne te balance pas si fort, la corde va craquer;
Ne te mets pas sous cet arbre, il va tonner;
Ne marche pas où c'est mouillé, tu vas glisser;
Ne t'assieds pas sur l'herbe, tu vas te tacher;
A ton âge, tu devrais être plus raisonnable;
Combien de fois faudra-t-il te le répéter :
On ne met pas ses coudes sur la table.
Cet enfant est insupportable! »

— Ah! Madame, pas tant que vous.

A la fois surprenante et très attendue, je compare la joie à cette vaste jatte de lait frais que nous trouvâmes au gîte d'étape, un soir d'accablante chaleur, après avoir marché dans l'aridité tout le jour. Nous étions restés sans revoir de lait depuis des semaines, car la contrée que nous traversions alors, où sévissait la maladie du sommeil, ne pouvait convenir au bétail. Mais, sans nous en douter, rentrés depuis quelques heures dans une région préservée où l'élevage était possible ; et, si les herbes eussent été moins hautes, ou si notre chevauchée les eût dominées de plus haut, nous eussions pu, de-ci, de-là, distinguer des troupeaux dans la brousse. Et nous n'espérions ce soir-là, pour étancher notre soif, qu'une eau tiède et suspecte, que par prudence nous eussions fait bouillir d'abord, et dont le goût nauséabond reparaît à travers l'alcool ou le vin dont on la colore, contentement forcé des jours précédents. Mais ce soir-là, dans l'ombre de la case, avec quel ravissement nous découvrîmes cette jatte pleine d'un lait qu'on avait trait pour

nous. Une fine couche de sable gris en avait terni la surface. Nos gobelets déchirèrent ce film fragile et le lait, au-dessous, semblait plus candide et plus frais, de toute la chaleur du jour. Malgré sa blancheur, c'est de l'ombre que l'on croyait boire, du repos et du réconfort...

LIVRE QUATRIÈME

I

Je ne me plais qu'à ce qui respire et peut vivre. C'est à organiser que mon esprit, en fin de compte, travaille ; à construire. Mais je ne peux édifier rien que, d'abord, les matériaux dont je dois me servir, je ne les éprouve. Les notions reconnues, les principes, mon esprit ne les admet point qu'il ne les ait reconnus lui-même ; je sais du reste que les mots les plus sonores sont aussi les plus creux. Je me méfie des déclamateurs, des bien-pensants, des bons apôtres, et commence par dégonfler leurs discours. Je veux savoir ce qui se cache d'outrecuidance dans ta vertu, d'intérêt dans ton patriotisme, d'appétit charnel et d'égoïsme dans ton amour. Non, mon ciel n'est pas assombri si je ne reconnais plus les lanternes pour des étoiles ; ma volonté pas affaiblie pour ne plus consentir à se laisser guider par des fantômes, pour n'aimer plus que la réalité.

Mais cette certitude : que l'homme n'a pas toujours été ce qu'il est, permet aussitôt cet espoir : il ne le sera pas toujours.
Moi aussi, parbleu, j'ai pu sourire, ou rire avec Flaubert, devant l'idole du Progrès ; mais c'est qu'on nous présentait le progrès comme une divinité dérisoire. Progrès du commerce et de l'industrie ; des beaux-arts surtout, quelle sottise ! Progrès de la connaissance, oui certes. Mais ce qui m'importe c'est le progrès de l'Homme même.

Que l'homme n'ait pas toujours été ce qu'il est ; qu'il se soit lentement obtenu, voici qui ne me paraît plus contestable, en dépit des mythologies. Notre regard, borné à un petit nombre de siècles, peut reconnaître dans le passé l'homme toujours pareil à lui-même, admirer qu'il n'ait point changé depuis le temps des pharaons ; mais plus s'il plonge dans les

« *gouffres de la préhistoire* ». Et s'il n'a toujours été tel qu'il est, comment penser qu'il le demeurera toujours ? L'homme devient.

Mais, eux, ils imaginent et voudraient me faire croire l'humanité semblable à ce damné de Dante, que son éternelle immobilité désespère et qui s'écrie : « Si seulement je pouvais avancer d'un pas tous les mille ans, je me serais déjà mis en route. »

Cette idée de progrès s'est fait sa place dans mon esprit, s'apparentant à toutes autres ou se les soumettant.
(Illusion de l'homme accompli, qu'a pu donner toute période classique en raison de l'équilibre momentanément obtenu.) Que l'état actuel de l'humanité doive nécessairement être surpassé, c'est une idée transportante et qu'accompagne aussitôt la haine de tout ce qui peut empêcher ce progrès (comparable à la haine du mal chez le chrétien).

Tout cela sera balayé. Ce qui mérite de l'être, et aussi ce qui mériterait de ne pas l'être. Car comment séparer ceci de cela ? Vous voulez chercher le salut de l'humanité dans le rattachement au passé, et ce n'est qu'en repoussant le passé, qu'en repoussant dans le passé ce qui a cessé de servir, que progresser devient possible. Mais vous ne voulez point croire au progrès. « Ce qui a été, c'est ce qui sera », dites-vous. Je veux penser que ce qui a été, c'est ce qui ne saurait plus être. L'homme se dégagera peu à peu de ce qui le protégeait naguère ; de ce qui désormais l'asservit.

Ce n'est pas seulement le monde qu'il s'agit de changer ; mais l'homme. D'où surgira-t-il, cet homme neuf ? Non du dehors. Camarade, sache le découvrir en toi-même, et, comme du minerai l'on extrait un pur métal sans scories, exige-le de toi, cet homme attendu. Obtiens-le de toi. Ose devenir qui tu es. Ne te tiens pas quitte à bon compte. Il y a d'admirables possibilités dans chaque être. Persuade-toi de ta force et de ta jeunesse. Sache te redire sans cesse : « Il ne tient qu'à moi. »

On n'obtient rien de bon par le mélange.
Quand j'étais jeune, j'avais le cerveau plein de croisements, de mulets, de caméléopards.
Vertu de la sélection.

Vertu première : la patience.
Rien à voir avec la simple attente. Elle se confond plutôt avec l'obstination.

RENCONTRES

I

J'ai connu dans le Bourbonnais une aimable vieille demoiselle
 Qui conservait dans une armoire quantité de vieux médicaments ;
 De sorte qu'il ne restait presque plus de place pour rien y mettre ;
 Et, comme la demoiselle allait à présent tout à fait bien,
 Je me permis de lui dire qu'il n'était peut-être pas bien utile
 De garder ainsi ce qui ne lui servait décidément plus à rien.
 Alors la vieille demoiselle est devenue très rouge.
 Et j'ai cru qu'elle allait se mettre à pleurer.
 Elle a sorti les fioles et les boîtes et les tubes l'un après l'autre
 En disant : — « Ceci m'a sauvée d'une colique et cela d'une esquinancie ;
 Cet onguent m'a guérie d'un abcès à l'aine
 Qui pourrait peut-être bien, sait-on jamais, recommencer ;
 Et ces pilules me procuraient de l'aisance
 Du temps que j'étais un peu constipée.
 Quant à cet instrument, ce devait être un inhalateur
 Mais qui, je le crains, est à peu près complètement détraqué... »

Enfin elle m'avoua que, dans le temps, tous ces médicaments lui avaient coûté très cher

Et je compris que c'était surtout cela qui la retenait de les balancer.

II

Puis le temps vient où il nous faut quitter tout cela.

Ce « tout cela », que sera-ce ? — Pour quelques êtres

Un tas de biens thésaurisés, des propriétés, des bibliothèques,

Des divans où trouver plaisir

A simplement déguster le loisir;

Pour beaucoup d'autres, ce sera peine et labeur.

Quitter famille et amis, enfants qui grandissent;

Travail commencé, œuvre à faire,

Rêve sur le point de devenir réalité;

Des livres qu'on voulait encore lire;

Des parfums qu'on n'avait jamais respirés;

Des curiosités mal satisfaites;

Des indigents qui comptaient sur votre appui;

Une paix, une sérénité qu'on espérait atteindre...

Et puis soudain les jeux sont faits; rien ne va plus.

Alors, un beau jour, on entend dire :

— Vous savez... Gontran; je viens de le revoir. Il est fichu.

Depuis huit jours, il ne battait plus que d'une aile.

Il répétait : « Je sens, je sens que je m'en vais. »

Pourtant on espérait encore. Mais c'en est fait.

— Qu'est-ce qu'il a ?

— On croit que ça vient des endocrines,

Mais il avait le cœur en très mauvais état.

Une espèce d'empoisonnement par l'insuline, dit le docteur.

— C'est curieux, ce que vous me racontez-là.

— On dit qu'il laisse une assez importante fortune,

Une collection de médailles et de tableaux.

Rapport au fisc, les collatéraux n'en toucheront pas un centime.

— Des médailles! Je ne comprends pas comment on peut s'intéresser à ça.

Ne fais donc pas le malin. Tu as vu mourir ; ça n'avait rien de si comique. Tu t'efforces de plaisanter, pour cacher ta peur ; mais ta voix tremble et ton pseudo-poème est affreux.

— Il se peut... Oui, j'ai vu mourir... Il y a le plus souvent, m'a-t-il paru, précédant la mort et passé l'angoisse, une sorte d'émoussement de l'aiguillon. La mort met des gants fourrés pour nous prendre. Elle n'étrangle pas sans assoupir ; et ce dont elle nous sépare a perdu déjà sa netteté, sa présence et comme sa réalité. Un univers si décoloré que de le quitter ne fait plus grand-peine et qu'il n'y a plus matière à regrets.

Alors, je me dis que ça ne doit pas être si difficile de mourir, puisque, en fin de compte, tous y parviennent. Et ce ne serait peut-être, après tout, qu'une habitude à prendre, si seulement on ne mourait pas rien qu'une fois.

Mais la mort est atroce à qui n'a pas rempli sa vie. A celui-ci la religion n'a que trop beau jeu pour lui dire : « Ne t'en fais pas. C'est de l'autre côté que ça commence, et tu seras récompensé. »

C'est dès « ici-bas » qu'il faut vivre.

Camarade, ne crois à rien ; n'accepte rien sans preuve. N'a jamais rien prouvé le sang des martyrs. Il n'est pas religion si folle qui n'ait eu les siens et qui n'ait suscité des convictions ardentes. C'est au nom de la foi que l'on meurt ; et c'est au nom de la foi que l'on tue. L'appétit de savoir naît du doute. Cesse de croire et instruis-toi. L'on ne cherche jamais d'imposer qu'à défaut de preuves. Ne t'en laisse pas accroire. Ne te laisse pas imposer.

Traumatisme — endort la douleur...

Se souvenir de l'admirable récit de Montaigne, où il parle de son évanouissement à la suite de sa chute de cheval. Et Rousseau, racontant l'accident qui faillit lui coûter la vie : « Je ne sentis ni le coup, ni la chute, ni rien de ce qui s'ensuivit, jusqu'au moment où je revins à moi... La nuit s'avançait. J'aperçus le ciel, quelques étoiles, et un peu de verdure. Cette première sensation fut un moment délicieuse. Je ne me sentais encore que par là. Je naissais dans cet instant à la vie, et il me semblait que je remplissais de ma légère existence tous les objets que j'apercevais. Tout entier au moment présent, je ne

me souvenais de rien... Je ne sentais ni mal, ni crainte, ni inquiétude... »

Ce petit livre d'histoire naturelle, que j'égarai quand vint la guerre, que depuis j'ai cherché vainement, dont je ne sais plus ni le titre ni le nom de l'auteur (c'était un livre anglais de petit format, illustré, à livrée de toile grenat), dont je n'avais encore lu que l'introduction, une sorte d'invitation à l'étude des sciences dites naturelles. Il y était dit, dans cette introduction (et de ceci je me souviens fort bien) que la souffrance était, à rondement parler, une invention humaine, et que tout concourait, dans la nature, à l'éviter ; et qu'elle serait réduite à peu, n'était l'intervention de l'homme. Non point que chaque être vivant ne fût capable de souffrir ; mais que d'abord tout être malingre et mal venu était comme automatiquement supprimé. Puis des exemples fort éloquents étaient donnés : entre autres celui de la poule, échappée des serres du faucon, qui tout aussitôt se remet à picorer le grain, aussi insouciante que d'abord. Car, disait l'auteur, et je le pense avec lui : l'animal vit dans le présent, de sorte que le plus grand nombre de nos maux, imaginaires, habitant la représentation du passé (regrets, remords) ou l'appréhension de l'avenir, lui sont épargnés. L'auteur, poursuivant sa thèse hardie, mais à quoi se ralliait aussitôt ma pensée, soutenait que le lièvre ou le cerf poursuivi (non par l'homme, mais par un autre animal) trouve joie dans sa course et ses bonds et ses feintes. Enfin ceci, que nous savons vrai : c'est que le coup de patte du fauve, comme tout traumatisme violent, engourdit, de sorte que la proie, le plus souvent, succombe avant d'avoir éprouvé la douleur. Je vois du reste ce qui, dans cette thèse poussée trop loin, pourrait paraître paradoxal ; mais je le crois, dans son ensemble, parfaitement juste et que le bonheur d'être, dans toute la nature jusqu'à l'homme, l'emporte de beaucoup sur la peine. Mais que ceci s'arrête à lui. Et par sa faute.

Il pouvait, moins fou, s'épargner les maux causés par la guerre et, moins féroce pour autrui, ceux causés par la misère, de beaucoup les plus nombreux. Il n'y a pas là d'utopie ; mais la simple constatation que la plupart de nos maux n'ont rien de fatal, de nécessaire, et ne sont dûs qu'à nous. Pour ce qui est de ceux que nous ne pouvons encore éviter, si nous avons les maladies, nous avons aussi les remèdes. Rien ne m'empêchera de croire que l'humanité pourrait être plus vigoureuse, plus saine, partant plus joyeuse ; et que nous sommes responsables d'à peu près tous les maux dont nous souffrons.

II

Si donc j'appelle Dieu la nature, c'est pour plus de simplicité, et parce que cela irrite les théologiens. Car tu remarqueras que ceux-ci ferment les yeux sur la nature, ou, lorsqu'il advient qu'ils la contemplent, ils ne savent pas l'observer.

Plutôt que de chercher à te laisser instruire par les hommes, cherche ton enseignement près de Dieu. L'homme est contrefait ; son histoire est celle même de ses faux-fuyants, de ses feintes. J'écrivais naguère : « Une voiture de maraîcher charrie plus de vérités que les plus belles périodes de Cicéron. » Il y a l'histoire des hommes et celle qu'on appelle si justement la naturelle. Dans l'Histoire naturelle, sache écouter la voix de Dieu. Et ne te contente pas de l'écouter vaguement ; pose à Dieu des questions précises et force-le à te répondre précisément. Ne te contente pas de contempler : observe.

Alors tu remarqueras que tout ce qui est jeune est tendre ; et de combien de gaines ne s'enveloppe pas tout bourgeon ! Mais tout ce qui d'abord protégeait le tendre germe le gêne aussitôt que la germination s'accomplit ; et aucune croissance n'est possible qu'en faisant éclater ces gaines, ce qui l'emmaillotait d'abord.

L'humanité chérit ses langes ; mais elle ne pourra grandir qu'elle ne sache s'en délivrer. L'enfant sevré n'est pas ingrat s'il repousse le sein de sa mère. Ce n'est plus du lait qu'il lui faut. Tu ne consentiras plus, camarade, à chercher aliment dans ce lait de la tradition, distillé, filtré par les hommes. Tes dents sont là pour mordre et mâcher, et c'est dans la réalité que tu dois trouver nourriture. Dresse-toi nu, vaillant ; fais craquer les gaines ; écarte de toi les tuteurs ; pour croître droit tu n'as plus besoin que de l'élan de ta sève et que de l'appel du soleil.

Tu remarqueras que toute plante propulse au loin ses graines ; ou bien que celles-ci, tout enveloppées de saveur, invitant l'appétit de l'oiseau, sont emportées par lui où sinon elles ne pourraient atteindre ; ou douées d'hélices, d'aigrettes, s'abandonnent aux vents voyageurs. Car, à nourrir trop longtemps la même sorte de plantes, le sol s'appauvrit, s'empoisonne, et la nouvelle génération ne saurait trouver aliment au même lieu que la première. Ne cherche pas à remanger ce qu'ont

*digéré tes ancêtres. Vois s'envoler les grains ailés du platane
ou du sycomore, comme s'ils comprenaient que l'ombre paternelle ne leur promet qu'étiolement et qu'atrophie.*

*Et tu remarqueras de même que tout l'élan de la sève gonfle
de préférence les bourgeons de la fine extrémité des branches
et les plus éloignés du tronc. Sache comprendre et t'éloigner le
plus possible du passé.*

*Sache comprendre la fable grecque : Elle nous enseigne
qu'Achille était invulnérable, sauf en cet endroit de son corps
qu'attendrissait le souvenir du contact des doigts maternels.*

*Tu n'auras pas raison de moi, tristesse ! J'écoute un chant
suave à travers les lamentations, les sanglots. Un chant dont
j'invente à mon gré les paroles, qui raffermit mon cœur lorsque
je le sens près de céder. Un chant que j'emplis de ton nom,
camarade, et d'un appel à ceux qui d'un cœur vaillant
répondront :*

*Redressez-vous donc, fronts courbés ! Regards inclinés vers
les tombes, relevez-vous ! Levez-vous non vers le ciel creux,
mais vers l'horizon de la terre. Vers où te porteront tes pas,
camarade, régénéré, vaillant, prêt à quitter ces lieux tout
empuantis par les morts, laisse t'emporter en avant ton espoir.
Ne permets pas qu'aucun amour du passé te retienne. Vers
l'avenir élance-toi. La poésie, cesse de la transférer dans le
rêve ; sache la voir dans la réalité. Et si elle n'y est pas encore,
mets l'y.*

*Les soifs non étanchées, les appétits insatisfaits, les frissons,
les attentes vaines, les fatigues, les insomnies... que tout cela
te soit épargné, ah ! combien je le voudrais, camarade ! Incliner
vers tes mains, tes lèvres, les branches de tous les arbres à
fruits. Faire crouler les murs, abattre devant toi les barrières
sur lesquelles l'accaparement jaloux vient écrire : « Défense
d'entrer. Propriété privée. » Obtenir enfin que te revienne
l'intégrale récompense de ton labeur. Relever ton front et
permettre enfin que ton cœur s'emplisse non plus de haine et
d'envie, mais d'amour. Oui, permettre enfin que t'atteignent
toutes les caresses de l'air, les rayons du soleil et toutes les
invitations au bonheur.*

Éperdument penché à l'avant du navire, je regarde venir à moi les flots sans nombre, les îles, les aventures du pays inconnu dont déjà...

— Non, me dit-il ; ton image est trompeuse. Tu vois ces flots ; tu vois ces îles ; nous ne pouvons voir l'avenir. Seul, le présent. Je vois ce que l'instant apporte ; songe à ce qu'il m'enlève et que je ne verrai jamais plus. <u>Qui se tient à l'avant du navire ne voit devant lui, métaphoriquement, qu'un vide immense...</u>

— <u>Qu'emplit la possibilité.</u> Ce qui a été m'importe moins que ce qui est ; ce qui est, moins que ce qui peut être et qui sera. Je confonds possible et futur. Je crois que tout le possible s'efforce vers l'être ; que tout ce qui peut être sera, si l'homme y aide.

— Et tu te défends d'être mystique ! Tu sais pourtant bien que, de toutes ces possibilités, une seule, pour parvenir à l'être, doit refouler dans le néant toutes les autres, et que ce qui aurait pu être ne nous invite qu'aux regrets.

— Je sais surtout que l'on n'avance qu'en repoussant derrière soi le passé. L'on raconte que la femme de Loth, pour avoir voulu regarder en arrière, fut changée en statue de sel, c'est-à-dire : de larmes figées. Tourné vers l'avenir, Loth couche alors avec ses filles. Ainsi soit-il.

O toi pour qui j'écris — que j'appelais autrefois d'un nom qui me paraît aujourd'hui trop plaintif : Nathanaël, que j'appelle aujourd'hui : camarade — n'admets plus rien de plaintif en ton cœur.

Sache obtenir de toi ce qui rende la plainte inutile. N'implore plus d'autrui ce que, toi, tu peux obtenir.

J'ai vécu ; maintenant c'est ton tour. C'est en toi désormais que se prolongera ma jeunesse. Je te passe pouvoir. Si je te sens me succéder, j'accepterai mieux de mourir. Je reporte sur toi mon espoir.

De te sentir vaillant me permet de quitter sans regrets la vie. Prends ma joie. Fais ton bonheur d'augmenter celui de tous. Travaille et lutte et **n'accepte de mal rien de ce que tu pourrais changer**. Sache te **répéter sans cesse** : il ne tient qu'à

moi. On ne prend point son parti sans lâcheté de tout le mal qui dépend des hommes. Cesse de croire, si tu l'as jamais cru, que la sagesse est dans la résignation ; ou cesse de prétendre à la sagesse.

Camarade, n'accepte pas la vie telle que te la proposent les hommes. Ne cesse point de te persuader qu'elle pourrait être plus belle, la vie ; la tienne et celle des autres hommes ; non point une autre, future, qui nous consolerait de celle-ci et qui nous aiderait à accepter sa misère. N'accepte pas. Du jour où tu commenceras à comprendre que le responsable de presque tous les maux de la vie, ce n'est pas Dieu, ce sont les hommes, tu ne prendras plus ton parti de ces maux.

Ne sacrifie pas aux idoles.

LE PROMÉTHÉE
MAL ENCHAINÉ

A PAUL-ALBERT LAURENS

Je te dédie ce livre, cher ami, parce que tu voulus bien le louer.

Quelques rares pareils à toi puissent-ils, en cette gerbe de folle ivraie, trouver, comme tu fis, du bon grain.

A. G.

Au mois de mai 189., deux heures après midi, on vit ceci qui put paraître étrange :

Sur le boulevard qui mène de la Madeleine à l'Opéra, un monsieur gras, entre deux âges, et que rien ne signalait d'ailleurs que sa peu commune corpulence, fut abordé par un monsieur maigre, qui, souriant, et sans songer à mal croyons-nous, remit au premier un mouchoir que celui-ci venait de laisser tomber. Le monsieur corpulent remercia sans phrases et allait continuer sa route quand, se ravisant, il se pencha vers le maigre et dut lui demander un renseignement, que celui-ci dut lui donner, car sortant aussitôt de sa poche une encre portative et des plumes le monsieur gras les tendit sans plus de façons au monsieur maigre, ainsi qu'une enveloppe qu'il tenait jusqu'alors à la main. Et ceux qui passaient purent voir l'homme maigre y écrire aussitôt une adresse. — Mais ici commence l'étrangeté de l'histoire, qu'aucun journal pourtant ne consigna : le monsieur maigre, après avoir rendu la plume et l'enveloppe, n'avait pas eu le temps de sourire un adieu, que le monsieur gras, en guise de remerciement, lui colla brusquement sa main sur la joue; puis sauta dans un fiacre et disparut, avant qu'aucun des spectateurs attirés (j'en étais), revenu de sa surprise, n'ait eu l'idée de l'arrêter.

J'ai su depuis que c'était Zeus, le banquier.

Le monsieur maigre, visiblement gêné par l'attention que lui prodiguait le public, affirmait qu'il avait à peine senti la gifle, bien que le sang sortît de ses narines et de sa lèvre déchirée. Il suppliait qu'on voulût bien le laisser tranquille, et devant son insistance les promeneurs finirent par s'écarter. Le lecteur nous permettra donc de ne pas nous occuper plus, à présent, de quelqu'un qu'il reverra suffisamment dans la suite.

CHRONIQUE DE LA MORALITÉ PRIVÉE

I

Je ne parlerai pas de la moralité publique, parce qu'il n'y en a pas. Mais à ce propos une anecdote :

Quand, du haut du Caucase, Prométhée eut bien éprouvé que les chaînes, tenons, camisoles, parapets et autres scrupules, somme toute, l'ankylosaient, pour changer de pose il se souleva du côté gauche, étira son bras droit et, entre quatre et cinq heures d'automne, descendit le boulevard qui mène de la Madeleine à l'Opéra.

Diverses célébrités parisiennes passèrent à l'envi devant ses yeux. Où vont-ils ? se demandait Prométhée, et s'attablant à un café devant un bock il demanda : « Garçon ? où vont-ils ? »

HISTOIRE DU GARÇON ET DU MIGLIONNAIRE

« Si Monsieur les voyait repasser comme moi tous les jours, dit le garçon, il pourrait tout aussi bien demander d'où ils viennent. Ça doit être tout un puisqu'ils repassent tous les jours. Je me dis : puisqu'ils repassent c'est qu'ils n'ont pas trouvé. J'attends maintenant que Monsieur me demande : Que cherchent-ils, parce que Monsieur va voir ce que je vais lui répondre. »

Alors Prométhée demanda :

« Que cherchent-ils ? »

Le garçon reprit :

« Puisqu'ils n'y restent pas, ça n'est donc pas le bonheur. Monsieur me croira s'il veut, et, s'approchant, il dit plus bas : — Ce qu'ils cherchent, c'est leur personnalité. Monsieur n'est pas d'ici ?

— Non, dit Prométhée.

— Au reste, ça se voit, dit le garçon. Oui : personnalité ; ce que nous appelons ici, idiosyncrasie. Ainsi moi (un exemple), tel que vous me voyez, vous jureriez que je suis garçon de café. Eh bien ! Monsieur, non ;

c'est par goût. Vous me croirez si vous voulez : j'ai une vie intime : j'observe. Les personnalités, il n'y a que cela d'intéressant; et puis les relations entre personnalités. C'est très bien arrangé ici, le restaurant; par tables de trois; je vous expliquerai le maniement tout à l'heure. Vous allez bientôt dîner, n'est-ce pas ? on vous présentera... »

Prométhée était un peu fatigué. Le garçon reprit :
« Des tables de trois, oui, c'est ce que j'ai trouvé de plus commode. Trois messieurs arrivent; on les présente (quand ils le demandent naturellement) parce qu'à mon restaurant, avant le dîner on doit dire son nom; et puis ce qu'on fait; tant pis si on se trompe. Alors on s'assied (pas moi) on cause (pas moi non plus) — mais je mets en relation; j'écoute; je scrute, je dirige la conversation. A la fin du dîner je connais trois êtres intimes, trois personnalités! Eux, pas. Moi, vous comprenez, j'écoute, je relate; eux subissent la relation. Vous me demanderez : qu'est-ce que tout cela me rapporte ? Oh! rien du tout. Mon goût à moi, c'est de créer des relations... Oh! pas pour moi... C'est là comme qui dirait une action absolument gratuite. »

Prométhée paraissait un peu fatigué. Le garçon reprit :
« Une action gratuite! ça ne vous dit rien, à vous ? Moi ça me paraît extraordinaire. J'ai longtemps pensé que c'était là ce qui distinguait l'homme des animaux : une action gratuite. J'appelais l'homme : l'animal capable d'une action gratuite. Et puis après j'ai pensé le contraire : que c'était le seul être incapable d'agir gratuitement. Gratuitement! songez donc : sans raison — oui, je vous entends — mettons : sans motif; incapable! Alors ça a commencé à m'embêter. Je me disais : pourquoi fait-il ci ? pourquoi fait-il ça ?... Ça n'est pas pourtant que je sois déterministe... Mais, à ce propos, une anecdote :

» J'ai un ami, Monsieur, vous ne le croiriez pas, qui est Miglionnaire. Il est intelligent aussi. Il s'est dit : une action gratuite ? comment faire ? Et comprenez qu'il ne faut pas entendre là une action qui ne rapporte rien, car sans cela... Non, mais gratuit : un acte qui n'est motivé par rien. Comprenez-vous ? intérêt, passion, rien. L'acte désintéressé; né de soi; l'acte aussi sans but; donc sans maître; l'acte libre; l'Acte autochtone ?

— Hein ? fit Prométhée.
— Suivez-moi bien, dit le garçon. Mon ami descend, le matin, avec, sur lui, un billet de cinq cents francs dans une enveloppe et une gifle prête dans sa main.
» Il s'agit de trouver quelqu'un dans le choisir. Donc, dans la rue, il laisse tomber son mouchoir, et, à celui qui le ramasse (débonnaire puisqu'il a ramassé), le Miglionnaire :
« Pardon, Monsieur, vous ne connaîtriez pas quel-
» qu'un ? »
» L'autre : « Si, plusieurs. »
» Le Miglionnaire : « Alors, Monsieur, vous aurez je pense l'obligeance d'écrire son nom sur cette enveloppe; voici des plumes, de l'encre, du crayon... »
» L'autre écrit comme un débonnaire, puis : « Maintenant m'expliquerez-vous, Monsieur... ? »
» Le Miglionnaire répond : « C'est par principe » puis (j'ai oublié de dire qu'il est très fort) lui colle sur la joue le soufflet qu'il avait en main; puis hèle un fiacre et disparaît.
» Comprenez-vous ? deux actions gratuites d'un seul coup : ce billet de cinq cents francs à une adresse pas choisie par lui, et une gifle à quelqu'un qui s'est choisi tout seul, pour lui ramasser son mouchoir. — Non! mais est-ce assez gratuit ? Et la relation! Je parie que vous ne scrutez pas assez la relation. Car, parce que l'acte est gratuit, il est ce que nous appelons ici : réversible. Un qui a reçu cinq cents francs pour un soufflet, l'autre qui a reçu un soufflet pour cinq cents francs..., et puis on ne sait plus... on s'y perd. — Songez donc! une action gratuite! il n'y a rien de plus démoralisant.
— Mais Monsieur commence à avoir faim; je demande pardon à Monsieur; on se laisse aller à causer... Monsieur va bien vouloir me dire son nom, — pour présenter...
— Prométhée, dit Prométhée simplement.
— Prométhée! Je disais bien que Monsieur ne devait pas être d'ici... et Monsieur fait ?
— Rien, dit Prométhée.
— Oh! non. Non, dit le garçon avec un doux sourire.
— Rien qu'à voir Monsieur, on voit bien qu'il a fait quelque chose.
— Il y a si longtemps, balbutia Prométhée.
— Tant pis, tant pis, reprit le garçon. D'ailleurs, que

Monsieur se rassure; dans les présentations, je dis bien les noms, quand on veut; mais ce qu'on fait, jamais. — Voyons, voyons : Monsieur faisait...

— Des allumettes », murmura Prométhée rougissant.

Alors il y eut un silence un peu pénible, le garçon comprenant qu'il avait eu tort d'insister, et Prométhée qu'il avait eu tort de répondre. D'un ton consolateur :

« Enfin! Monsieur n'en fait plus... reprit le garçon. Mais alors, quoi ? Il faut pourtant bien que j'inscrive quelque chose, je ne peux pas mettre comme ça : Prométhée, tout court. Monsieur a bien une petite profession, une spécialité... Enfin, qu'est-ce que Monsieur sait faire ?

— Rien, recommença Prométhée.

— Alors mettons : homme de lettres. Maintenant, si Monsieur veut bien rentrer dans la salle; je ne peux pas servir dehors. Et il cria : — Une table de trois! une!... »

Par deux portes deux messieurs entrèrent. On les vit donner leur nom au garçon; mais, la présentation n'ayant pas été réclamée, sans plus tarder tous deux s'assirent.

Et quand ils furent assis :

II

« Messieurs, dit l'un — si je suis venu dans ce restaurant, attendu qu'on y mange fort mal, c'est uniquement afin de pouvoir causer. J'ai horreur des repas solitaires, et le système des tables de trois m'agrée, car à deux l'on pourrait s'y disputer... Mais vous avez l'air taciturne ?

— C'est malgré moi, dit Prométhée.

— Je continue ?

— Je vous en prie.

— J'estime donc que, pendant une heure de repas, trois inconnus ont le temps de se faire connaître, — en ne mangeant pas trop, — ici c'est facile; en parlant peu; et en évitant les points communs; je veux dire en ne racontant que ce qui leur est strictement individuel. Je ne prétends pas que cette conversation soit indispensable, mais, si elle ne nous plaît pas, attendu qu'on y mange fort mal, qu'êtes-vous venu faire dans ce restaurant ? »

Prométhée était très fatigué; le garçon se penchant vers lui, dit tout bas :

« C'est Coclès. Celui qui va parler, c'est Damoclès. »
Damoclès dit :

HISTOIRE DE DAMOCLÈS

« Monsieur, vous m'eussiez dit cela il y a un mois, que je n'eusse exactement rien pu répondre; mais, d'après ce qui m'est advenu le mois passé, plus rien de ce que je pensais avant ne subsiste. Je ne dirais donc pas mes anciennes pensées si leur connaissance ne devait servir à vous faire comprendre ce par quoi mes nouvelles en diffèrent. Or, Messieurs, depuis trente jours, je sens que je suis un être original, unique, répondant à une vraiment singulière destinée. Donc, Messieurs, induisez qu'avant je sentais précisément le contraire. Je menais une vie parfaitement ordinaire et me faisais un devoir de cette formule : ressembler au plus commun des hommes. Maintenant je reconnais certes qu'un homme commun ne saurait exister, et j'affirme que c'est une vaine ambition que de tâcher de ressembler à tout le monde, puisque tout le monde est composé de chacun et que chacun ne ressemble à personne. N'importe; je m'ingéniais; je faisais de la statistique, je supputais le juste milieu — sans comprendre que les extrêmes se touchent, que qui se couche très tard rencontre qui se lève très tôt, et que qui choisit pour siéger le juste milieu, risque de s'asseoir entre deux chaises.

» Je me couchais chaque jour à dix heures. Je dormais huit heures et demie. J'avais soin en chacun de mes actes d'imiter toujours le plus grand nombre, et pour chacune de mes pensées d'adopter l'opinion la plus commune. Je me dispenserai donc d'insister.

» Mais voici que m'advint un matin une aventure personnelle. L'importance de ceci dans la vie d'un homme posé ne se pourra comprendre que par la suite.

III

» Donc figurez-vous qu'un matin je reçus une lettre. — Messieurs, je vois à l'absence de votre étonnement

que je vous raconte mal mon histoire. J'aurais dû vous dire d'abord que, de lettres, je n'en attendais point. De lettres, j'en reçois trois par an : une de mon propriétaire pour réclamer le terme; une de mon banquier pour m'annoncer que je suis en mesure de le faire; une, au premier janvier, ... je préfère ne pas vous dire de qui. L'adresse était d'une écriture inconnue. Le manque complet de caractère qu'elle m'a révélé dans la suite par l'entremise des graphologues consultés ne m'a permis de rien apprendre. Ils n'y trouvèrent d'autre indice que celui d'une grande bonté; encore certains y virent-ils plutôt de la faiblesse. Ils ne purent rien préciser. L'écriture... je ne parle, remarquez bien, que de celle de l'enveloppe, car dans l'enveloppe il n'y en avait point; oui, point — pas une ligne, pas un mot. Dans l'enveloppe il n'y avait rien qu'un billet de cinq cents francs.

» J'allais prendre mon chocolat; mais mon étonnement fut si grand que je le laissai refroidir. Je cherchais... Personne ne me devait rien. J'ai des revenus fixes, Messieurs, et mes petites économies de chaque an compensent à peu près la baisse régulière de la rente. Je n'attendais rien, je l'ai dit. Je n'ai jamais rien demandé. L'habitude de ma très régulière existence m'empêchait même de rien souhaiter. Je réfléchis beaucoup, d'après la meilleure méthode : *cur, unde, quo, qua ?* — D'où, pour où, par où, pourquoi ? Et ce billet n'était réponse à rien, puisque j'interrogeais pour la première fois.

» Je pensai : c'est sans doute une erreur; je vais pouvoir la réparer. A quelque autre de même nom était destinée cette somme. Je cherchai donc dans le bottin un homonyme, qui peut-être attendait déjà. Mais mon nom n'est plus très porté; je vis, en feuilletant l'énorme livre, qu'il ne désignait plus que moi seul. Je pensai, par la suscription de l'enveloppe, arriver à un résultat meilleur, et retrouver l'expéditeur à défaut du destinataire. C'est alors que j'eus recours aux graphologues. Mais rien — non, ils ne purent rien me dire; je ne parvins à rien qu'à grossir encore mon ennui. Ces cinq cents francs chaque jour plus me pesèrent; je voudrais m'en débarrasser et je ne sais pas comment faire. Car enfin... Ou si quelqu'un me les a donnés sans erreur, au moins mérite-t-il une reconnaissance. Reconnaissant, je voudrais l'être, — mais je ne sais pas envers qui.

» Dans l'espoir d'un nouveau hasard qui me tirerait de ma peine, je porte sur moi le billet. Ni jour ni nuit je ne le quitte. J'y suis acquis. — Avant j'étais banal mais libre. A présent j'appartiens à lui. Cette aventure me détermine ; j'étais quelconque, je suis quelqu'un.

» Depuis cette aventure, je me dérange ; je cherche à qui pouvoir causer, et si, très souvent, pour manger, c'est à ce restaurant que je m'attable, c'est que, par ces tables de trois, des deux compagnons proposés, j'espère un jour en trouver un qui reconnaîtra l'écriture de l'enveloppe que voici... »

En achevant ces mots, Damoclès tira de sa poitrine un soupir et de sa redingote une enveloppe jaune et salie. Son nom s'y étalait en toutes lettres, écrit d'une médiocre écriture. Alors il se passa ce fait étrange : Coclès, qui jusqu'alors était demeuré silencieux, continua de l'être, — mais brusquement leva sur Damoclès une main que le garçon n'eut que le temps d'arrêter au vol. Coclès put donc se ressaisir et dire tristement ces paroles, qui ne furent comprises que plus tard :

« Au reste, cela vaut mieux, car si je vous avais rendu la gifle vous eussiez cru devoir me rendre ce billet, et... il ne m'appartient pas. — Puis, comme Damoclès semblait attendre quelque explication de son geste : — C'est moi, ajouta-t-il en désignant l'enveloppe, qui écrivis ci-dessus votre adresse.

— Mais comment saviez-vous mon nom, dit Damoclès, qui voulait prendre mal l'aventure.

— Fortuitement — dit doucement Coclès : — d'ailleurs cela n'a pas grande importance en cette histoire. La mienne est plus curieuse encore que la vôtre ; souffrez que je la dise en quelques mots :

HISTOIRE DE COCLÈS

» Je n'ai pas grandes relations sur la terre ; et même, avant ce que je vais vous raconter, je ne m'en savais pas encore. Je ne sais qui m'a mis au monde et j'ai longtemps cherché quelque raison de continuer ma vie. Je suis descendu dans la rue, quêtant une détermination du dehors. Je pensais que d'un premier apport devait dépendre ma destinée ; car je ne me suis pas fait moi-même, trop naturellement bon pour cela. Un pre-

mier acte, je le savais, allait me motiver l'existence. Naturellement bon, je l'ai dit, cet acte fut de ramasser à terre un mouchoir. Celui qui le laissait tomber n'avait pu s'écarter que de trois pas encore; moi, courant après lui, le lui remis. Il le prit sans paraître surpris; non — la surprise fut la mienne quand je le vis me tendre une enveloppe, celle-là même que voici. — Veuillez, dit-il en souriant, écrire ci-dessus une adresse. — Laquelle ? dis-je. — Celle, reprit-il, de quelqu'un. — Ce disant il approcha de moi tout ce qu'il fallait pour écrire. — Mon désir n'étant point de me soustraire à une motivation extérieure, je me soumis. Mais, je vous l'ai bien dit, je n'ai pas grandes relations sur la terre. Le nom que j'inscrivis, et qui vint je ne sais comment dans ma tête, était pour moi celui d'un inconnu. Puis, ceci fait, je le saluai, me croyant quitte, et j'allais m'écarter enfin, lorsque je reçus sur la joue un épouvantable soufflet.

» L'étonnement qu'il me causa ne me permit point de voir ce que devenait mon gifleur. Quand je revins à moi, j'étais entouré d'une foule. Tous parlaient. Certains s'étant saisis de moi me voulaient emporter jusqu'à la pharmacie voisine. Je ne pus m'arracher de leurs soins qu'en affirmant que je n'avais aucun mal, bien que mon nez saignât et que je souffrisse cruellement de la mâchoire.

» La tuméfaction de ma joue me retint huit jours à la chambre.
» Je les passai à méditer :
» Pourquoi m'a-t-il donné cette gifle ?
» Sans doute ce sera par erreur. Pourquoi m'en voudrait-il ?
» Je n'ai fait de mal à personne; personne ne m'en peut souhaiter; le mal est quelque chose qu'on rend.
» Et si ce n'est pas par erreur — pensai-je, car pour la première fois je pensais; si ce soufflet m'était bien destiné! D'ailleurs j'ajoutais : Eh! qu'importe! par erreur ou non je l'ai reçu, et... et le rendrai-je ? — Je vous l'ai dit, j'ai le naturel bon; et puis une chose me gêne : celui qui m'a giflé était plus fort que moi.
» Quand ma joue fut calmée et que je pus enfin sortir, je recherchai bien mon gifleur; oui, mais ce fut pour

l'éviter. D'ailleurs, je ne le rencontrai point, et si je l'évitai, ce fut sans le savoir.

» Mais — et ce disant il s'inclinait vers Prométhée, voyez comme aujourd'hui tout s'enchaîne, tout se complique au lieu de s'expliquer : — J'apprends que, grâce à mon soufflet, Monsieur a reçu cinq cents francs...

— Ah! mais permettez! dit Damoclès.

— Je suis Coclès, Monsieur, dit-il saluant Damoclès; Coclès! et je vous dis mon nom, Damocle, certain que vous serez heureux de savoir à qui vous devez votre aubaine...

— Mais...

— Oui. — Je sais : ne disons pas à qui; disons : à la souffrance de qui... Car sachez et n'oubliez pas que votre gain prenait sur ma misère...

— Mais...

— N'ergotez pas, je vous en prie. Entre votre gain et ma peine il y a une relation; je ne sais pas laquelle, — mais il y a une relation...

— Mais, Monsieur...

— Ne m'appelez pas Monsieur.

— Mais, cher Coclès.

— Dites-moi : Cocle — simplement...

— Mais encore une fois, mon bon Cocle...

— Non, Monsieur — non, Damocle — et vous aurez beau dire, car je porte à la joue la marque du soufflet encore... c'est une cicatrice que je vais aussitôt vous montrer. »

La conversation devenait désagréablement personnelle. C'est ici que le tact du garçon se fit jour.

IV

Par une habile manœuvre, — simplement en renversant une assiette pleine sur Prométhée, il détourna vers celui-ci l'attention brusque des deux autres. Prométhée ne put retenir une exclamation, et sa voix, après celle des autres, parut aussitôt si profonde que l'on comprit que jusqu'alors il s'était tu.

L'irritation de Damoclès et de Coclès se réunit.

« Mais vous ne dites rien », s'écrièrent-ils.

PROMÉTHÉE PARLE

« Messieurs, ce que je pourrais dire a si peu de rapport... Je ne vois même pas comment... Et même, plus j'y songe... Non vraiment, je ne saurais rien dire. Vous avez chacun votre histoire; je n'en ai pas. Excusez-moi. Croyez que c'est avec un intérêt sans mélange que j'entends raconter à chacun de vous une aventure que je voudrais... pouvoir... Mais je ne peux même pas aisément m'exprimer. Non vraiment il faut que vous veuilliez bien m'excuser, chers Messieurs : je ne suis à Paris que depuis à peine deux heures. Rien encore n'a pu m'advenir — que votre inappréciable rencontre, qui me fait sentir bien ce que peut devenir une conversation parisienne, lorsque des gens d'esprit la...

— Mais, avant de venir ici, dit Coclès.

— Vous étiez quelque part, ajouta Damoclès.

— Oui, je l'avoue, dit Prométhée... mais, encore une fois, cela n'a aucune espèce de rapport...

— N'importe, dit Coclès, nous sommes venus ici pour causer. Tous deux, Damocle et moi, avons déjà sorti notre histoire; vous seul n'apportez rien; vous écoutez; ce n'est pas juste. Il est temps de parler, Monsieur... »

Le garçon sentit de tout son tact qu'il était temps de présenter, et, glissant le nom comme pour compléter l'autre phrase :

« Prométhée — dit-il simplement.

— Prométhée, reprit Damoclès. — Excusez-moi, Monsieur, mais il me semble que ce nom, déjà...

— Oh! interrompit aussitôt Prométhée, cela n'a aucune espèce d'importance.

— Mais, si rien n'en a, s'impatientèrent les deux autres, pourquoi êtes-vous venu ici, cher Monsieur... Monsieur... ?

— Prométhée, redit Prométhée simplement.

— Cher Monsieur Prométhée — car enfin, je l'ai fait remarquer tout à l'heure, continua Coclès, ce restaurant invite à la parole, et d'ailleurs, rien ne me fera croire que le nom bizarre que vous portez soit la seule chose qui vous distingue; si vous n'avez rien fait, vous allez faire; qu'êtes-vous capable de faire ? montrez votre

trait distinctif : qu'avez-vous que n'a personne autre ?
Pourquoi vous appelle-t-on Prométhée ? »

Sous ce flot de questions, Prométhée noyé baissa la
tête, et doucement et sur un ton plus grave encore il
dut répondre, encore que confusément :

« Ce que j'ai, Messieurs ? — Ce que j'ai, moi — ah !
c'est un aigle.

— Un quoi ?

— Un aigle — ou vautour peut-être... on hésite.

— Un aigle ! Elle est bien bonne ! — un aigle... où donc ?

— Vous tenez donc bien à le voir, dit Prométhée.

— Oui, dirent-ils, si cela n'est pas indiscret. »

Alors, oubliant trop les lieux, Prométhée brusquement dressé fit un grand cri, un cri d'appel vers son grand aigle. Et il se passa cette chose stupéfiante :

HISTOIRE DE L'AIGLE

Un oiseau qui de loin paraît énorme, mais qui n'est, vu de près, pas du tout si grand que cela, obscurcit un instant le ciel du boulevard — fond comme un tourbillon vers le café, brise la devanture, et s'abat crevant l'œil de Coclès d'un coup d'aile, et avec force pépiements, tendres oui mais impérieux, s'abat sur le flanc droit de Prométhée.

Celui-ci ouvrant aussitôt son gilet offre un morceau de son foie à l'oiseau.

V

La rumeur dans le café fut grande.

Les voix sans plus d'entente aucune se diversifièrent, — car d'autres étaient survenus.

« Mais faites donc attention ! » disait Coclès.

Son objection était couverte par la plus importante rumeur qui disait :

« Ça ! un aigle ! allons donc !! — regardez-le ce pauvre oiseau râpé ! Ça... un aigle ! Allons donc !! tout au plus une conscience. »

Le fait est que le grand aigle était piteux ; maigre, battant de l'aile et dépenné, à voir comme il s'acharnait goulûment sur sa douloureuse pitance, le pauvre oiseau semblait n'avoir pas mangé de trois jours.

D'autres cependant s'empressèrent, et plus bas insi-

nuaient à Prométhée : « Mais Monsieur, ne croyez donc pas que cet aigle en rien vous distingue. Un aigle, au fond, vous l'avouerai-je ? un aigle, nous en avons tous.
— Mais, disait l'un...
— Mais nous ne le portons pas à Paris — continuait l'autre. — A Paris c'est très mal porté. L'aigle gêne. Voyez un peu ce qu'il a fait! Si cela vous amuse de lui donner à manger votre foie, libre à vous; mais je vous affirme que pour ceux qui voient cela, c'est pénible. Quand vous le faites, cachez-vous. »

Et Prométhée confus murmurait : « Excusez-moi, Messieurs, — oh! je suis vraiment désolé. Comment faire ?

— Mais on s'en débarrasse avant d'entrer, Monsieur. »
Et les uns disaient : « On l'étouffe. »
Les autres disaient : « On le vend. — Les bureaux des journaux ne sont là pour rien d'autre, Monsieur. »

Et dans le tumulte grossi aucun ne remarqua Damoclès, qui brusquement demandait au garçon la note.
Le garçon lui remit ceci :

Trois déjeuners complets (avec conversation) 30, — fr.
Une glace de devanture 450, — fr.
Un œil de verre pour Coclès 3,50 fr.

« ... et gardez le reste pour vous », dit Damoclès en glissant son billet au garçon. Puis il s'enfuit béatifié.

La fin de ce chapitre ne présente qu'un intérêt beaucoup moindre. Simplement, le restaurant peu à peu se vida. En vain Prométhée et Coclès réclamèrent leur part de note : Damoclès avait tout payé.

Prométhée prit congé du garçon, de Coclès, et, regagnant lentement le Caucase, il méditait : « Le vendre ? — l'étouffer ?... L'apprivoiser peut-être ?... »

LA DÉTENTION DE PROMÉTHÉE

I

A QUELQUES jours de là, Prométhée, dénoncé par les soins amicaux du garçon, se vit emprisonné comme fabricant d'allumettes sans brevet.

La prison, isolée du reste du monde ne donnait vue que sur le ciel; du dehors elle présentait l'aspect d'une tour; au-dedans s'ennuyait Prométhée.

Le garçon vint lui rendre visite.

« Oh! lui dit en souriant Prométhée, que je suis heureux de vous voir! Je languissais. Parlez, vous qui venez du dehors; le mur de ce cachot m'en sépare et je ne sais plus rien des autres. Que font-ils? — Et vous d'abord, que faites-vous?

— Depuis votre scandale, répondit le garçon, presque rien; il n'est venu chez nous presque personne. On a perdu beaucoup de temps à réparer la devanture.

— J'en suis tout désolé, dit Prométhée; — mais Damoclès du moins? Avez-vous revu Damoclès? Il est sorti du restaurant si vite l'autre jour; je n'ai pas pu lui dire adieu. Je le regrette. Ce semblait un homme très doux, plein de décence et de scrupules; il disait sa peine sans art et me touchait. Au moins, quittant la table, était-il bien rasséréné?

— Cela n'a pas duré, dit le garçon. Je l'ai revu le lendemain et son inquiétude était pire. En me parlant il a pleuré. Ce qui l'inquiète surtout, c'est l'état de santé de Coclès.

— Va-t-il donc mal? demanda Prométhée.

— Coclès? — Mais non, répondit le garçon. Je dirai plus. Il y voit mieux depuis qu'il n'y voit plus que d'un œil. Il montre à tous son œil de verre et se fait un bonheur qu'on l'en plaigne. Quand vous le reverrez, dites-lui que son nouvel œil lui va bien; qu'il ne le porte pas sans grâce; mais ajoutez qu'il a dû bien souffrir...

— Il souffre donc?

— De ce qu'on ne le lui dise pas — oui, peut-être.

— Mais alors, si Coclès va bien et si même il ne souffre pas, de quoi s'inquiète Damoclès?

— De ce que Coclès aurait dû souffrir.

— Vous me recommandez précisément de le dire...

— Le dire, oui, mais Damoclès le pense, lui; et ça le tue.

— Que fait-il d'autre?

— Rien. Cette unique préoccupation l'accapare. Entre nous, c'est un homme absorbé. — Il dit que

sans ses cinq cents francs Coclès ne serait pas misérable.

— Et Coclès ?

— Il le dit aussi... Mais il est devenu très riche.

— Comment donc ?

— Oh! je ne sais pas bien; — mais on l'a beaucoup plaint dans les journaux; on a ouvert pour lui une souscription de faveur.

— Et qu'en fait-il ?

— C'est un roublard. Avec l'argent que lui rapporte la collecte, il songe à fonder un hospice.

— Un hospice ?

— Un petit, oui; rien que pour les borgnes. Il s'en est nommé directeur.

— Ah bah! s'écria Prométhée; vous m'intéressez vivement.

— Je l'espérais, dit le garçon...

— Et, dites encore... le Miglionnaire ?

— Oh! lui, c'est un lapin! — Si vous croyez que tout ça le tourmente!! C'est comme moi : il observe... Si ça vous amuse, je vous présenterai — quand vous serez sorti d'ici...

— Au fait, et pourquoi suis-je ici ? commença enfin Prométhée. De quoi m'accuse-t-on ? Le savez-vous, garçon, qui savez tant de choses ?

— Ma foi non, feignit le garçon. Ce que je sais, du moins, c'est que ce n'est que de la prison préventive. Après qu'on vous aura condamné vous saurez.

— Allons, tant mieux! dit Prométhée; je préfère toujours savoir.

— Adieu, dit alors le garçon; il se fait tard. Avec vous, c'est étonnant ce que le temps passe... Mais dites : votre aigle ? Que devient-il ?

— Tiens, je n'y pensais plus », dit Prométhée. Et, le garçon parti, Prométhée commença de penser à son aigle.

« IL FAUT QU'IL CROISSE ET QUE JE DIMINUE »

Et, comme Prométhée s'ennuyait, au soir il appela son aigle. — L'aigle vint.

« Je t'attendais depuis longtemps, dit Prométhée.

— Que ne m'appelais-tu donc plus tôt ? » répondit l'aigle.

Pour la première fois Prométhée regarda son aigle, sommairement perché sur les barreaux tordus du cachot. Dans la dorure du couchant il paraissait d'autant plus terne; il était gris, laid, rabougri, rechigné, résigné, misérable; il paraissait trop faible pour voler; ce que voyant, Prométhée pleura de pitié sur son aigle.

« Oiseau fidèle, lui dit-il, tu sembles souffrir — dis : qu'as-tu ?

— J'ai faim, dit l'aigle.

— Mange », dit Prométhée en découvrant son foie. L'oiseau mangea.

« Tu me fais mal », dit Prométhée.

Mais l'aigle ne dit rien d'autre ce jour-là.

II

Le lendemain, dès l'aube, Prométhée souhaita son aigle; il l'appela du fond des rougeurs de l'aurore et, comme le soleil paraissait, l'aigle vint. Il avait trois plumes de plus. Prométhée sanglotait de tendresse.

« Comme tu viens tard, dit-il en caressant les plumes.

— C'est que je ne vole pas encore vite, dit l'oiseau. Je rase terre...

— Pourquoi ?

— Je suis si faible.

— Que te faut-il pour voler vite ?

— Ton foie.

— Tiens; mange. »

Le lendemain l'aigle avait huit plumes de plus; et quelques jours après il devançait l'aurore. Prométhée, lui, maigrissait.

« Parle-moi du dehors, lui disait Prométhée, que deviennent les autres ?

— Oh! maintenant je plane, répondait l'aigle; je ne sais plus rien que le ciel et que toi. »

Ses ailes lentement s'étaient accrues.

« Bel oiseau, que racontes-tu ce matin ?

— J'ai promené ma faim dans l'espace.

— Aigle! tu ne seras jamais moins cruel ?

— Non! Mais je peux devenir très beau. »

Prométhée, s'éprenant de la beauté future de son aigle, lui donnait chaque jour davantage à manger.

Un soir, l'aigle ne partit pas.
Le lendemain non plus.
Il occupait de ses morsures le prisonnier qui l'occupait de ses caresses, qui maigrissait et s'épuisait d'amour, tout le jour caressant ses plumes, sommeillant la nuit sous son aile et le repaissant à loisir. — L'aigle ne le quittait plus ni la nuit ni le jour.

« Doux aigle! qui l'eût cru?
— Que quoi?
— Que nos amours seraient charmantes.
— Ah! Prométhée...
— Tu le sais, dis, toi, mon doux aigle! pourquoi suis-je enfermé?
— Que t'importe? Ne suis-je donc pas avec toi?
— Oui; peu m'importe! Au moins es-tu content de moi, bel aigle?
— Oui, si tu me trouves très beau. »

III

Le printemps vint; autour des barreaux de la tour, d'embaumées glycines fleurirent.

« Un jour nous partirons, dit l'aigle.
— Vrai? s'écria Prométhée.
— Car je suis devenu très fort; toi, maigre; et je puis t'emporter.
— Aigle, mon aigle... emporte-moi. »
Et l'aigle enleva Prométhée.

CHAPITRE POUR FAIRE ATTENDRE LE SUIVANT

Ce soir-là Coclès et Damocle se rencontrèrent. Ils causèrent; mais certainement une gêne était entre eux.

« Que voulez-vous? disait Coclès, nos points de vue sont opposés.
— Croyez-vous? répondit Damocle. Je ne demande qu'à nous entendre.
— Vous dites cela, mais vous n'entendez que vous seul.
— Et vous, vous ne m'écoutez même pas. Dites-le donc, si vous le savez.
— Vous prétendez le savoir mieux que moi.
— Hélas! Coclès, vous vous fâchez; — mais, pour l'amour du ciel, dites: que dois-je faire? »

— Ah! rien de plus pour moi, je vous en prie; vous m'avez fait un œil de verre...

— De verre, faute de mieux, mon Coclès.

— Oui — après m'avoir éborgné.

— Mais ce n'est pas moi, cher Coclès.

— C'était bien le moins; et d'ailleurs vous aviez de quoi le payer — grâce à ma gifle.

— Coclès! oublions le passé!...

— Certes! il vous plaît de l'oublier.

— Ce n'est pas là ce que je veux dire.

— Mais que voulez-vous dire alors? Allons, parlez!

— Vous ne m'écoutez pas.

— C'est que je sais ce que vous allez dire! »

La discussion, faute d'aliment neuf, allait prendre une fâcheuse allure lorsque tous deux brusquement furent heurtés par une affiche ambulante. On y lisait :

CE SOIR A HUIT HEURES

DANS LA

SALLE DES NOUVELLES LUNES

PROMÉTHÉE DÉLIVRÉ

PARLERA DE

SON AIGLE

A huit heures et demi

L'Aigle, présenté, fera quelques tours

A neuf heures

Une quête sera faite par le garçon, en faveur de l'asile de Coclès

« Il faut voir cela, dit Coclès.

— J'y vais avec vous », dit Damoclès.

IV

Dans la salle des Nouvelles Lunes, à huit heures précises, la foule entra.

Coclès s'assit au centre gauche; Damoclès au centre droit; le reste du public au milieu.

Un tonnerre d'applaudissements salua l'entrée de Prométhée; il gravit les degrés de l'estrade, posa son aigle à côté de lui, se reprit. Dans la salle un frémissant silence...

LA PÉTITION DE PRINCIPES

« Messieurs, commença Prométhée, n'ayant point la prétention, hélas! de vous intéresser par ce que je vais dire, j'ai eu soin d'amener cet aigle avec moi. Après chaque passage ennuyeux de mon discours, il voudra bien nous faire quelques tours. J'ai aussi sur moi des photographies obscènes et des fusées volantes; aux moments les plus graves de mon discours j'aurai soin de distraire avec elles le public. J'ose donc espérer, Messieurs, quelque attention.

» A chaque nouveau point du discours, j'aurai l'honneur, Messieurs, de vous faire assister à un repas de l'aigle, — car, Messieurs, mon discours a trois points; (je n'ai pas cru devoir repousser cette forme qui plaît à mon esprit classique). — Et ceci pouvant servir d'exorde, je dirai maintenant, d'avance et sans fard, les deux premiers points du discours :

» Premier point : il faut avoir un aigle.

» Deuxième point : D'ailleurs, nous en avons tous un.

» Craignant que vous m'accusiez de parti pris, Messieurs, craignant aussi de nuire à la liberté de ma pensée, je n'ai préparé mon discours que jusque-là; le troisième point découlera naturellement des deux autres; j'y laisse à la passion tout son jeu. — En guise de conclusion, l'aigle, Messieurs, fera la quête.

— Bravo! Bravo! » cria Coclès.

Prométhée but une gorgée d'eau. L'aigle fit, en pirouettant, trois fois le tour de Prométhée, puis salua. Prométhée regarda dans la salle, sourit à Damoclès, à Coclès, et comme aucun signe d'ennui ne se montrait encore, il remit à plus tard ses fusées et reprit :

V

« Quelque habileté rhétorique que j'y mette, je ne saurais, Messieurs, devant vos esprits clairvoyants,

escamoter la fatale pétition de principes qui me guette au début de mon discours.

» Messieurs, nous aurons beau faire, nous n'échapperons pas à la pétition de principes. Qu'est-ce qu'une pétition de principes ? Messieurs, j'ose le dire : toute pétition de principes est une affirmation de tempérament; car, où les principes manquent, là s'affirme le tempérament.

» Quand je déclare : il faut avoir un aigle, vous pourriez tous vous écrier : Pourquoi ? — Or, que voulez-vous que je réponde, qui ne puisse se ramener à cette formule où s'affirme mon tempérament : Je n'aime pas les hommes; j'aime ce qui les dévore.

» Le tempérament, Messieurs, est ce qui se doit affirmer. Nouvelle pétition de principes, direz-vous. Mais je viens de déclarer que toute pétition de principes est une affirmation de tempérament; et comme je dis qu'il faut affirmer son tempérament, je répète : je n'aime pas l'homme; j'aime ce qui le dévore. — Or qui dévore l'homme ? — Son aigle. Donc, Messieurs, il faut avoir un aigle. Je pense que voilà qui est suffisamment démontré.

» ... Hélas! je vois, Messieurs, que je vous ennuie; certains bâillent. Je pourrais, il est vrai, placer ici quelques plaisanteries; mais vous les sentiriez factices; j'ai l'esprit irrémédiablement sérieux. — Je préfère laisser circuler quelques photographies libertines; elles feront tenir tranquilles ceux que mes paroles ennuient : ce qui me permettra de continuer. »

Prométhée but une gorgée d'eau. L'aigle fit en pirouettant trois fois le tour de Prométhée, puis salua. Prométhée reprit :

SUITE DU DISCOURS DE PROMÉTHÉE

« Messieurs, je n'ai pas toujours connu mon aigle. C'est là ce qui me fait induire, par un raisonnement qui porte un nom particulier dont je ne me souviens plus, dans la logique, que je n'étudie d'ailleurs que depuis huit jours, — ce qui me fait induire, disais-je, bien que le seul aigle ici présent soit le mien, que, Messieurs, un aigle, vous en avez tous un.

» J'ai tu jusqu'à présent mon histoire; d'ailleurs jusqu'à

présent je ne la comprenais pas bien. Et si je me décide à vous en parler, maintenant, c'est que, grâce à mon aigle, elle m'apparaît maintenant merveilleuse.

VI

» Messieurs, je vous l'ai dit, je n'ai pas toujours vu mon aigle. Avant lui j'étais inconscient et beau, heureux et nu sans le savoir. Jours charmants! Sur les flancs ruisselants du Caucase, heureuse et nue aussi la lascive Asia m'embrassait. Ensemble nous roulions dans les vallées; nous sentions l'air chanter, l'eau rire, les plus simples fleurs embaumer. Souvent nous nous couchions sous les larges ramures, parmi des fleurs où les essaims murmurants se rôlaient. Asia m'épousait, pleine de rires; puis doucement les bruissements d'essaims, de feuillages où celui des ruisseaux nombreux se fondait, nous invitaient au plus doux des sommeils. Autour de nous tout permettait, tout protégeait notre inhumaine solitude. — Soudain, un jour, Asia me dit : « tu devrais » t'occuper des hommes. »

» Il me fallut d'abord les chercher.

» Je voulus bien m'occuper d'eux; mais c'était en avoir pitié.

» Ils étaient très peu éclairés; j'inventai pour eux quelques feux; et dès lors commença mon aigle. C'est depuis ce jour que je m'aperçois que je suis nu. »

A ces mots des applaudissements partirent de divers points de la salle. Brusquement Prométhée éclata en sanglots. L'aigle battit des ailes, roucoula. D'un geste atroce Prométhée ouvrit son gilet et tendit son foie douloureux à l'oiseau. Les applaudissements redoublèrent. Puis l'aigle fit en pirouettant trois fois le tour de Prométhée; celui-ci but une gorgée d'eau, se reprit et continua son discours en ces termes :

VII

« Messieurs, ma modestie l'emportait; excusez-moi : c'est la première fois que je parle en public. Mais à présent l'emporte ma franchise : Messieurs, je me suis occupé des hommes beaucoup plus que je ne le disais. Messieurs, j'ai beaucoup fait pour les hommes.

Messieurs, j'ai passionnément, éperdument et déplorablement aimé les hommes. — Et j'ai tant fait pour eux qu'autant dire que je les ai faits eux-mêmes; car auparavant qu'étaient-ils ? — Ils étaient, mais n'avaient pas conscience d'être. — Comme un feu pour les éclairer, cette conscience, Messieurs, de tout mon amour pour eux je la fis. — La première conscience qu'ils eurent, ce fut celle de leur beauté. C'est ce qui permit la propagation de l'espèce. L'homme se prolongea dans sa postérité. La beauté des premiers se redit, égale, indifférente, et sans histoire. Cela aurait pu durer longtemps. — Soucieux alors, portant en moi déjà, sans le savoir, l'œuf de mon aigle, je voulus plus ou mieux. Cette propagation, cette prolongation morcelée me parut indiquer chez eux une attente — tandis qu'en vérité mon aigle seulement attendait. Moi je ne savais pas; cette attente, je la croyais en l'homme; cette attente je la plaçais dans l'homme. D'ailleurs, ayant fait l'homme à mon image, je comprends à présent qu'en chaque homme quelque chose d'inéclos attendait; en chacun d'eux était l'œuf d'aigle... Et puis je ne sais pas; je ne peux expliquer cela. — Ce que je sais, c'est que, non satisfait de leur donner la conscience de leur être, je voulus leur donner aussi raison d'être. Je leur donnai le feu, la flamme et tous les arts dont une flamme est l'aliment. Échauffant leurs esprits, en eux je fis éclore la dévorante croyance au progrès. Et je me réjouissais étrangement que la santé de l'homme s'usât à le produire. — Non plus croyance au bien, mais malade espérance du mieux. La croyance au progrès, Messieurs, c'était leur aigle. Notre aigle est notre raison d'être, Messieurs.

» Le bonheur de l'homme décrut, décrut, et ce me fut égal : l'aigle était né. Je n'aimais plus les hommes, c'était ce qui vivait d'eux que j'aimais. C'en était fait pour moi d'une humanité sans histoire... L'histoire de l'homme, c'est l'histoire des aigles, Messieurs. »

VIII

Ici quelques applaudissements éclatèrent. Prométhée confus s'excusa :

« Messieurs, je mentais : pardonnez-moi : cela n'a

pas été si vite : non je n'ai pas toujours aimé les aigles : j'ai préféré l'homme longtemps; son bonheur lésé m'était cher, car, y ayant touché, je m'en croyais devenu responsable, et, chaque fois que j'y pensais, au soir, triste comme un remords venait manger mon aigle.

» Il était en ce temps maigre et gris, soucieux, morose; il était laid comme un vautour. — Messieurs, voyez-le maintenant, et comprenez pourquoi je parle; pourquoi je vous assemble ici, pourquoi je vous supplie de m'entendre : c'est que j'ai découvert ceci : l'aigle peut devenir très beau. — Or chacun de vous a un aigle; je viens bien de vous l'affirmer. Un aigle ? — Hélas! vautour peut-être! non, non! pas de vautour, Messieurs! — Messieurs, il faut avoir un aigle...

» Et maintenant je touche à la grave question : — pourquoi l'aigle! Ah! pourquoi ? — qu'il le dise. Voici le mien, Messieurs, je vous l'apporte... Aigle! répondras-tu, maintenant ?... »

Anxieux, Prométhée se tournait vers son aigle. L'aigle était immobile et demeura silencieux... Prométhée reprit d'une voix désolée :

« Messieurs, j'ai vainement interrogé mon aigle... Aigle! parle à présent : tous t'écoutent... Qui t'envoie ? — Pourquoi m'as-tu choisi ? D'où viens-tu ? Où vas-tu ? Dis : quelle est ta nature ?... (L'aigle restait silencieux.) — Non, rien! pas un mot! pas un cri! Je pensais qu'il allait vous parler, à vous autres; voilà pourquoi je l'amenais... Parlerai-je donc seul ici. Tout se tait! tout se tait! — Qu'est-ce à dire!... J'ai vainement interrogé. »

Puis se tournant vers l'assemblée :

« Oh! j'espérais, Messieurs, que vous alliez aimer mon aigle, que votre amour allait donner une raison d'être à sa beauté. — Voilà pourquoi je me livrais à lui, le gonflais du sang de mon âme... mais je vois que je suis seul à l'admirer... Oh! ne vous suffit-il pas qu'il soit beau ? — ou me contestez-vous sa beauté ? — Regardez-le du moins... moi je n'ai vécu pour rien d'autre — et maintenant je vous l'apporte : le voici! — Moi, je vivais pour lui — mais lui, pourquoi vit-il ? — Aigle! que j'ai nourri de mon sang, de mon âme, que de tout mon amour j'ai caressé... (ici les sanglots

interrompirent Prométhée) — devrai-je donc quitter la terre sans savoir pourquoi je t'aimais ? ni ce que tu feras, ni ce que tu seras, après moi, sur la terre... sur la terre, j'ai vainement... j'ai vainement interrogé. »

La phrase s'étranglait dans sa gorge; les larmes empêchaient sa voix de porter.

« Pardonnez-moi, Messieurs, reprit-il, un peu plus calme; — pardonnez-moi de vous dire des choses si graves; mais si j'en savais de plus graves, c'est celles-là que je dirais. »

En sueur, Prométhée s'épongea, but une gorgée d'eau, ajouta :

FIN DU DISCOURS DE PROMÉTHÉE

« Ce n'est que jusqu'ici que j'ai préparé... »

A ces mots il se fit un grand remous dans la salle; plusieurs qui s'ennuyaient trop voulaient sortir.

« Messieurs, s'écria Prométhée, — je vous en supplie, demeurez; ce ne sera plus très long; mais le plus important reste à dire, si je ne vous ai pas encore persuadés... Messieurs ! — de grâce... Allons ! vite : quelques fusées; et je garde les plus riches pour la fin...

» Messieurs ! rasseyez-vous, par pitié; regardez : croyez-vous que j'économise ? J'en allume six à la fois. — D'ailleurs, garçon, faites fermer les portes. »

Les fusées firent assez bon effet. Presque tous ceux qui s'étaient levés se rassirent.

« Mais maintenant où en étais-je ? reprit Prométhée. Je comptais sur l'élan acquis; votre mouvement l'a rompu...

— Allons, tant mieux, cria quelqu'un.

— Ah ! je sais.... continua Prométhée — je voulais vous dire encore...

(— Assez ! Assez !! — cria-t-on de toutes parts.)

» ... Qu'il vous fallait aimer votre aigle. »

Quelques « pourquoi » ironiques s'élevèrent.

« J'entends, Messieurs, qu'on me demande « pourquoi ». Je réponds : parce qu'alors il deviendra beau.

— Mais si nous en devenons laids.

— Messieurs, ce que j'apporte ici, ce ne sont pas des paroles d'intérêt...

— On le voit bien.

— Ce sont des paroles de dévouement. Messieurs, il faut se dévouer à son aigle... (Agitation; beaucoup se lèvent.) Messieurs! ne vous levez donc pas : je vais faire des personnalités... Inutile de rappeler ici l'histoire de Coclès et de Damoclès. Vous tous ici la connaissez; eh bien! je le leur dis en face : le secret de leur vie est dans le dévouement à leur dette; toi, Coclès, à ta gifle; toi, Damoclès, à ton billet. Coclès, il te fallait creuser ta cicatrice et ton orbite vide, ô Coclès; toi, Damoclès, garder tes cinq cents francs, continuer de les devoir sans honte, d'en devoir plus encore, de devoir avec joie. Voilà votre aigle à vous; il en est d'autres; il en est de plus glorieux. Mais je vous dis ceci : l'aigle de toute façon, nous dévore, vice ou vertu, devoir ou passion; cessez d'être quelconque, et vous n'y échapperez pas. Mais... »

(Ici la voix de Prométhée disparut presque dans le tumulte) « mais si vous ne repaissez pas avec amour votre aigle, il restera gris, misérable, invisible à tous et sournois; c'est lui qu'alors on appellera conscience, indigne des tourments qu'il cause; sans beauté. — Messieurs, il faut aimer son aigle, l'aimer pour qu'il devienne beau; car c'est parce qu'il sera beau que vous devez aimer votre aigle... A présent j'ai fini, Messieurs; mon aigle va faire la quête; Messieurs, il faut aimer mon aigle. — Cependant je lance quelques fusées. »

. .
. .

Grâce à la diversion pyrotechnique, la réunion s'acheva sans trop d'encombre; mais Damoclès prit froid en sortant de la salle.

LA MALADIE DE DAMOCLÈS

I

« Vous savez qu'il va mal, dit le garçon, revoyant Prométhée quelques jours après.
— Qui?

— Damoclès — oh! très mal : — c'est en sortant de votre conférence qu'il a pris cela...
— Mais quoi, cela ?
— Les médecins hésitent ; — c'est une maladie si rare... ils parlent d'un rétrécissement de la colonne...
— De la colonne ?
— De la colonne. — A moins d'un salut brusque et miraculeux, le mal ne peut que s'aggraver. Il est très bas, je vous assure, et vous devriez l'aller voir.
— Vous l'allez voir souvent ?
— Moi ? Tous les jours. Il s'inquiète de Coclès ; je lui porte de ses nouvelles.
— Que n'y va-t-il lui-même ?
— Coclès ? — Il est trop occupé. Votre discours, l'ignorez-vous ? a fait sur lui un effet extraordinaire. Il ne parle plus que de se dévouer et passe tout son temps à chercher partout dans les rues une nouvelle gifle qui vaille quelque argent à quelque nouveau Damoclès. Il tend en vain son autre joue.
— Prévenez le Miglionnaire.
— Je le renseigne chaque jour. C'est même pour cela que je vais chaque jour voir Damocle.
— Que n'y va-t-il lui-même ?
— C'est ce que je lui dis, mais il refuse. Il ne veut pas être connu. Damoclès guérirait pourtant s'il connaissait son bienfaiteur : je le lui dis, mais il persiste, veut garder son incognito — et je comprends bien maintenant que c'est, non Damoclès, mais bien sa maladie qui l'intéresse.
— Vous parliez de me présenter... ?
— Dès maintenant, si vous voulez. »
Du même pas ils y allèrent.

II

Ne l'ayant pas connu nous-mêmes, nous nous sommes promis de ne parler que peu de Zeus, l'ami du garçon.
Rapportons simplement ces quelques phrases.

INTERVIEW DU MIGLIONNAIRE

LE GARÇON. « N'est-ce pas que vous êtes très riche ? »
LE MIGLIONNAIRE, à demi tourné vers Prométhée. — « Je suis riche, bien plus que l'on ne peut imaginer. Tu

es à moi; il est à moi; tout est à moi. — Vous me croyez banquier; je suis bien autre chose. Mon action sur Paris est cachée, mais n'est pas moins considérable. Elle est cachée parce que je ne la poursuis pas. Oui, j'ai surtout l'esprit d'initiative. Je lance. Puis, une fois une affaire lancée, je la laisse; je n'y touche plus.

Le Garçon. — N'est-ce pas que vos actions sont gratuites ?

Le Miglionnaire. — Moi seul, celui-là seul dont la fortune est infinie peut agir avec un désintéressement absolu; l'homme pas. De là vient mon amour du jeu; non pas du gain, comprenez-moi — du jeu; que pourrais-je gagner que je n'aie pas d'avance ? Le temps même... Savez-vous quel âge j'ai ?

Prométhée et le Garçon. — Monsieur paraît encore jeune.

Le Miglionnaire. — Donc ne m'interrompez pas, Prométhée. Oui, j'ai la passion du jeu. Mon jeu c'est de prêter aux hommes. — Je prête, mais c'est en me jouant. Je prête, mais c'est à fonds perdus; je prête, mais c'est avec l'air de donner. — J'aime qu'on ne sache pas que je prête. Je joue, mais je cache mon jeu. J'expérimente; je joue comme un Hollandais sème; comme il plante un secret oignon. Ce que je prête aux hommes, ce que je plante en l'homme, je m'amuse à ce que cela pousse; je m'amuse à le voir pousser. L'homme sans quoi serait si vide ! — Laissez-moi vous narrer ma plus récente expérience. Vous m'aiderez à l'observer. Écoutez-moi d'abord, vous comprendrez ensuite. Vous comprendrez.

» Je suis descendu dans la rue, cherchant le moyen de faire souffrir quelqu'un du don que j'allais faire à quelque autre; de faire jouir cet autre du mal que j'allais faire à cet un. Une gifle et un billet de cinq cents francs me suffisent. A l'un la gifle, à l'autre le billet. Est-ce clair ? Ce qui l'est moins, c'est la façon de les donner.

— Je la connais, interrompit Prométhée.

— Eh quoi ! vous connaissez, dit Zeus.

— J'ai rencontré Damoclès et Coclès; c'est d'eux précisément que je viens vous parler : Damoclès vous cherche et vous appelle; il s'inquiète; il est malade; par pitié, montrez-vous à lui.

— Monsieur, brisons là — dit Zeus — je n'ai de conseils à recevoir de personne. »

Prométhée s'en allait, mais brusquement se ravisant encore : « Monsieur, pardonnez-moi. Excusez une indiscrète demande. Oh ! montrez-le, je vous en prie ! J'aimerais tant le voir...

— Quoi ?

— Votre aigle.

— Mais je n'ai pas d'aigle, Monsieur.

— Pas d'aigle ? Il n'a pas d'aigle !! Mais...

— Pas plus que dans le creux de ma main. Les aigles (et Zeus riait), les aigles, c'est moi qui les donne. »

La stupeur de Prométhée était grande.

« Savez-vous ce qu'on dit ? demanda le garçon au banquier.

— Qu'est-ce qu'on dit ?

— Que vous êtes le Bon Dieu !

— Je me le suis laissé dire », fit l'autre.

III

Prométhée alla voir Damoclès ; puis l'alla voir souvent. Il ne lui parlait pas chaque fois ; mais du moins le garçon lui donnait des nouvelles. Un jour il emmena Coclès.

Le garçon les reçut.

« Eh bien ! comment va-t-il ? demanda Prométhée.

— Mal. Très mal, répondit le garçon. Depuis trois jours le malheureux n'a rien pu prendre. Le sort de son billet le tourmente ; il le cherche partout et ne le revoit nulle part ; il croit l'avoir mangé, se purge et pense le trouver dans ses selles. Lorsque la raison lui revient, qu'il se souvient de l'aventure, c'est pour se désoler encore plus. Il vous en veut à vous, Coclès, parce qu'il prétend que vous compliquez sa dette et qu'il ne s'y reconnaît plus. La plupart du temps, il délire. La nuit nous sommes trois à le veiller, mais il fait des bonds sur son lit, qui nous empêchent de dormir.

— Est-ce qu'on peut le voir ? dit Coclès.

— Oui, mais vous le trouverez changé. L'inquiétude le dévore. Il est maigri, maigri, maigri. Le reconnaîtrez-vous seulement ? — Et lui, vous reconnaîtra-t-il ? »

Sur la pointe des pieds ils entrèrent.

LES DERNIERS JOURS DE DAMOCLÈS

La chambre à coucher de Damoclès était empuantie par les remèdes. Elle était basse de plafond et très étroite. Elle était éclairée lugubrement par deux veilleuses. Dans une alcôve, sous un amas affreux de couvertures, on voyait confusément Damoclès s'agiter. Il s'adressait à quelqu'un au hasard, bien qu'il ne fût écouté de personne; sa voix était rauque et voilée. Pleins d'horreur, Prométhée et Coclès se regardèrent; Damoclès, ne les entendant pas approcher, continua, comme s'il était seul :

« Et de ce jour-là, disait-il, il me sembla tout à la fois et que ma vie prenait un sens, et que je ne pouvais plus vivre! Ces cinq cents francs, haïs, exécrés, je croyais les devoir à tous et n'osais les donner à aucun — j'en aurais privé tous les autres. Je ne songeais qu'à m'en débarrasser — mais où ? — La Caisse d'épargne! c'était là grossir mon ennui; ma dette s'aggravait de tous les intérêts de ma dette; et l'idée d'autre part de laisser stagner cette somme m'était intolérable; de sorte que je croyais devoir faire circuler cette somme; je la portais toujours sur moi; régulièrement tous les huit jours je changeais le billet contre des pièces, les pièces contre un autre billet. On ne perd ni ne gagne au change; c'est une folie circulaire, simplement. Et s'ajoutait à cela cette torture : c'est grâce à la gifle d'un autre que je tiens là ces cinq cents francs! — Un jour, vous le savez, je vous rencontre au restaurant...

— C'est de vous qu'il parle, dit le garçon.

— L'aigle de Prométhée brise une devanture, crève l'œil de Coclès... Sauvé!! Gratuitement, fortuitement, providentiellement, vais-je glisser ma somme dans l'interstice de ces événements. Plus de dette! Sauvé! — Ah! Messieurs! quelle erreur... C'est de ce jour que j'agonise. Comment vous expliquer ceci? Comprendrez-vous jamais mon angoisse? Ces cinq cents francs, je les dois toujours et je ne les possède même plus! J'ai tenté lâchement de me débarrasser de ma dette, mais je ne l'ai pas acquittée. Dans les cauchemars de mes nuits, je me réveille en sueur, m'agenouille, crie à voix haute : « Seigneur! Seigneur! à qui devais-je? —

» Seigneur ! à qui devais-je ? » Je n'en sais rien, mais je devais. — Le devoir, Messieurs, c'est une chose horrible ; moi, j'ai pris le parti d'en mourir. — Et maintenant ce qui me tourmente le plus, c'est que cette dette, je vous l'ai passée : à toi Coclès... Coclès ! il ne t'appartient pas, ton œil, puisque ne m'appartenait pas la somme avec quoi je te l'ai donné. « Qu'as-tu donc que
» tu n'aies reçu », dit l'Écriture... reçu de qui ? de qui ? ? de Qui ? ? — Ma détresse est intolérable. »

La voix du malheureux se hachait, se mouillait, s'étranglait dans les hoquets, dans les sanglots et dans les larmes. Anxieux, Prométhée et Coclès écoutaient ; ils s'étaient pris la main et tremblaient. Damoclès disait, paraissant les voir :

« Le devoir est horrible, Messieurs..., mais combien plus horrible le remords d'avoir voulu se décharger d'un devoir... Comme si pouvait exister moins la dette, pour être endossée par un autre... Mais ton œil te brûle, Coclès ! — Coclès ! — j'en suis sûr, il te brûle, ton œil de verre ; arrache-le ! — S'il ne te brûle pas, il devrait te brûler. — Mais il n'est pas à toi, ton œil... Et s'il n'est pas à toi, il est donc à ton frère... Il est à qui ? à qui ? ? à Qui ? ? »

Le malheureux pleurait ; il perdait tête et forces ; parfois fixait Coclès et Prométhée, semblait les reconnaître et leur criait :

« Mais comprenez-moi donc, par pitié ! La pitié que je réclame de vous ce n'est pas une compresse sur mon front, un bol d'eau fraîche, une tisane ; c'est de me comprendre. Aidez-moi donc à me comprendre, par pitié ! — J'ai *ceci,* qui m'est venu je ne sais d'où et que je dois à qui ? à qui ? ? à Qui ? ? — et pour cesser un jour de le devoir, croyant le pouvoir, je vais avec *ceci* faire des dons aux autres ! Aux autres !! — à Coclès, la charité d'un œil !! mais il n'est pas à toi cet œil, Coclès ! Coclès !! rends-le. Rends-le à qui ? à qui ? à Qui ? ? »

N'y tenant plus, Coclès et Prométhée sortirent.

IV

« Voilà bien, dit Coclès descendant l'escalier, le sort de qui s'est enrichi par la souffrance d'un autre.

LA MALADIE DE DAMOCLÈS

— Mais au moins souffrez-vous ? demanda Prométhée.
— De mon œil parfois, dit Coclès, mais de la gifle plus guère; la brûlure s'en est calmée. Et je ne voudrais pas ne pas l'avoir reçue : elle m'a révélé ma bonté. J'en suis flatté; j'en suis fort aise. Je ne cesse pas de songer que ma douleur servit à mon prochain de provende et qu'elle lui valut cinq cents francs.
— Mais ce prochain en meurt, Coclès, dit Prométhée.
— Ne lui disiez-vous pas qu'il faut nourrir son aigle ?
— Que voulez-vous ? Damoclès et moi, nous n'avons jamais pu nous entendre; nos points de vue sont diamétralement opposés. »

Prométhée prit congé de Coclès et courut chez Zeus le banquier.
« Par pitié, montrez-vous! lui dit-il; ou du moins faites-vous connaître. Le malheureux meurt dans l'angoisse. Je comprends que vous le tuiez, puisque c'est pour votre plaisir; mais qu'il sache au moins Qui le tue — qu'il s'y repose. »
Le Miglionnaire répondit : « Je ne veux pas perdre mon prestige. »

V

La fin de Damoclès fut admirable; il eut, peu avant sa dernière heure, de ces paroles qui arrachent des larmes aux plus impies, font dire aux bien-pensants qu'elles étaient édifiantes. Le plus notable sentiment fut celui qu'expriment si bien ces mots : « J'espère au moins que ça ne l'aura pas privé.
— Qui donc ? demanda-t-on.
— *Celui*, dit Damocle expirant — celui qui m'a donné... quelque chose.
— Non! — c'était le Bon Dieu », riposta habilement le garçon.
Damoclès mourut sur cette bonne parole.

LES FUNÉRAILLES

« Oh! disait Prométhée à Coclès, quittant la chambre mortuaire — tout cela est horrible! La fin de Damoclès me bouleverse. Est-il vrai que ma conférence soit cause de sa maladie ?

— Je ne puis l'affirmer, dit le garçon, mais je sais tout au moins qu'il fut très remué par ce que vous disiez de votre aigle.

— De notre aigle, reprit Coclès.

— J'étais si convaincu, dit Prométhée.

— C'est pourquoi vous le convainquîtes... Votre discours était très vif...

— Je pensais qu'on n'écoutait pas... J'insistais... Si j'avais su qu'il écoutait...

— Qu'eussiez-vous dit ?

— La même chose, balbutia Prométhée.

— Mais alors ?

— Mais je ne le dirais plus à présent.

— N'êtes-vous donc plus convaincu ?

— Damoclès l'était trop. J'ai d'autres idées sur mon aigle.

— Au fait, où donc est-il ?

— N'ayez crainte, Coclès, j'ai l'œil sur lui.

— Adieu. Moi je prends le deuil, dit Coclès. Quand nous reverrons-nous ?

— Mais... à l'enterrement, je suppose. J'y parlerai, dit Prométhée. J'y dois réparer quelque chose. Et puis je vous invite après ; j'offre le repas mortuaire, et dans le restaurant précisément où nous avons pour la première fois vu Damoclès. »

VI

A l'heure de l'enterrement, il n'y eut pas grande affluence ; Damoclès était peu connu ; sa mort passait inaperçue pour tous ceux que n'intéressa pas cette histoire. Prométhée, le garçon et Coclès se retouvèrent au cimetière ainsi que quelques désœuvrés écouteurs de la conférence. Chacun regardait Prométhée ; on savait qu'il allait parler ; on se disait « que va-t-il dire ? » car on se souvenait de ce qu'il avait dit. L'étonnement précédait sa parole et venait de ceci qu'on ne reconnaissait pas Prométhée ; il était gras, frais, souriant ; souriant à ce point que sa conduite fut jugée presque peu décente quand, souriant toujours, il s'avança sur le bord de la tombe, puis, y tournant le dos, prononça ces simples paroles :

HISTOIRE DE TITYRE

« Messieurs, qui voulez bien m'écouter, les paroles de l'Écriture qui serviront de texte à mon bref discours d'aujourd'hui sont celles-ci :

— *Laissez les morts ensevelir les morts.* Nous ne nous occuperons donc plus de Damoclès. — La dernière fois que je vous vis réunis c'était pour m'entendre parler de mon aigle; Damoclès en est mort; laissons les morts... C'est à cause de lui pourtant, ou plutôt c'est grâce à sa mort qu'à présent j'ai tué mon aigle...

— Tué son aigle!!! s'écria chacun.

— A ce propos, une anecdote... Mettons que je n'ai rien dit.

I

Au commencement était Tityre.

Et Tityre seul s'ennuyait, complètement entouré de marais. — Or, Ménalque vint à passer, qui mit une idée dans le cerveau de Tityre, une graine dans le marais devant lui. Et cette idée était la graine, et cette graine était l'Idée. Et avec l'aide de Dieu la graine germa et devint une petite plante, et Tityre, soir et matin, s'agenouillant devant elle, remerciait Dieu de la lui avoir donnée. Et cette plante grandit, et comme elle était de racines puissantes, elle eut bientôt complètement asséché la terre autour d'elle, de sorte que Tityre eut un sol ferme où poser ses pieds, reposer sa tête et fortifier l'ouvrage de ses mains.

Quand cette plante eut atteint la hauteur de Tityre, Tityre put goûter quelque joie à dormir étendu dans son ombre. Or cet arbuste étant un chêne devait énormément grandir; tellement que bientôt l'ouvrage des mains de Tityre ne suffit plus pour sarcler et biner la terre autour du chêne, pour arroser le chêne, l'émonder, l'astiquer, l'épiler, l'écheniller, et pour assurer en la bonne saison la récolte de ses fruits à la fois nombreux et divers. Il s'adjoignit donc un sarcleur, un bineur, un arroseur, un émondeur, un astiqueur, un épileur, un échenilleur et quelques garçons fruitiers. Et comme chacun devait s'en tenir strictement à sa spécialité, il y

avait quelque chance pour que la besogne de chacun fût bien faite.

Pour régler les paiements de chacun, Tityre eut besoin d'un comptable qui partagea bientôt avec un caissier le souci de la fortune de Tityre; celle-ci croissait comme le chêne.

Quelques conflits s'étant élevés entre l'astiqueur et l'épileur au sujet des limites répartitives de leurs fonctions, Tityre comprit la nécessité d'un arbitre, qui se flanqua de deux avocats pour et contre; Tityre prit un secrétaire pour consigner leurs jugements, et comme on ne les consignait que pour qu'ils pussent documenter l'avenir, il y eut un garde des arrêts. Du sol cependant les maisons peu à peu s'élevèrent; et il fallut une police des rues, des agents contre leur licence.

Tityre, surchargé d'occupations, commença de tomber malade; il fit venir un médecin qui conseilla de prendre femme — et comme au milieu de tant de gens Tityre ne pouvait suffire, il fut forcé de se choisir un adjoint, ce qui fit qu'on le nomma maire. Dès lors il ne lui resta que trop peu de loisir où pouvoir pêcher à la ligne, des fenêtres de sa maison qui continuaient d'ouvrir continuellement sur les marais.

Alors Tityre institua des jours de fête pour que son peuple pût s'amuser; mais comme les amusements coûtaient cher et qu'aucun d'eux n'avait beaucoup d'argent, pour pouvoir leur en prêter à tous, Tityre commença par en prélever sur chacun.

Or le chêne, au milieu de la plaine (car malgré la ville, malgré l'effort de tant d'hommes, ce n'avait jamais pu cesser d'être la plaine), ce chêne, dis-je, au milieu de la plaine, n'avait aucune peine à être placé de telle sorte que l'un de ses côtés était à l'ombre, l'autre au soleil. Sous ce chêne donc, du côté de l'ombre, Tityre rendait la justice; du côté du soleil, il faisait ses besoins naturels.

Et Tityre était heureux, car il sentait sa vie utile aux autres, excessivement occupée.

II

L'effort de l'homme est cultivable. L'activité de Tityre, encouragée, semblait s'accroître; son ingéniosité naturelle lui proposant d'autres emplois, on le vit

travailler à meubler, tapisser et aménager sa demeure. On admira l'appropriation des tentures et la commodité de chaque objet. Industrieux, il excellait dans l'empirisme ; il inventa même, pour accrocher ses éponges au mur, une petite patère acrostiche, qu'au bout de quatre jours il ne trouva plus commode du tout.

Et Tityre, à côté de sa chambre, fit bâtir une chambre pour les intérêts de la nation ; les deux chambres avaient même entrée, pour tâcher d'indiquer que les intérêts étaient les mêmes ; mais, à cause de l'entrée commune qui donnait même air aux deux pièces, les deux cheminées ne pouvaient tirer ensemble, et, par les temps froids, quand on faisait du feu dans l'une, on faisait de la fumée dans l'autre. Les jours où il voulait faire du feu, Tityre prit donc l'habitude d'ouvrir sa fenêtre.

Comme Tityre protégeait tout et travaillait à la propagation des espèces, un temps vint que les limaces se promenèrent dans les allées de son jardin en si grande abondance que, de peur d'en écraser une, il ne savait où poser pied, et finit par se résigner à moins sortir.

Il fit venir une bibliothèque circulante, avec une loueuse de livres, chez qui il prit un abonnement. Et comme elle s'appelait Angèle, il prit coutume d'aller tous les trois jours passer chez elle ses soirées. C'est ainsi que Tityre apprit la métaphysique, l'algèbre et la théodicée. Tityre et Angèle commencèrent de cultiver ensemble avec succès différents beaux-arts d'agrément, et Angèle ayant manifesté des goûts particuliers pour la musique, ils louèrent un piano à queue, sur lequel Angèle exécutait les petits airs qu'entre temps il composait pour elle.

Tityre disait à Angèle : « Tant d'occupations me tueront ; je n'en puis plus ; je sens l'usure ; ces solidarités activent mes scrupules ; s'ils augmentent, je diminue. Que faire ?

— Si nous partions ? lui dit Angèle.

— Je ne peux pas, moi : j'ai mon chêne.

— Si vous le laissiez, dit Angèle.

— Laisser mon chêne ! y pensez-vous ?

— N'est-il pas assez grand bientôt pour pousser seul ?

— Mais c'est que j'y suis attaché.

— Détachez-vous », reprit Angèle.

Et peu de temps après, ayant bien éprouvé que,

somme toute, les occupations, responsabilités et divers scrupules, non plus que le chêne, ne le tenaient, Tityre sourit, prit le vent, partit, enlevant la caisse et Angèle et vers la fin du jour descendit avec elle le boulevard qui mène de la Madeleine à l'Opéra.

III

Ce soir-là l'aspect du boulevard était étrange. On sentait que quelque chose d'insolite, de solennel se préparait. Une foule énorme, sérieuse, anxieuse, se pressait, encombrant le trottoir et débordant presque sur la chaussée qu'à grand-peine maintenaient libre des gardes de Paris échelonnés. Devant les restaurants, les terrasses, disproportionnément élargies par le déploiement des chaises et des tables, faisaient l'obstruction plus complète et rendaient la circulation impossible. Parfois un regardeur impatient se juchait sur sa chaise un instant, le temps qu'on le priât d'en descendre. Évidemment tous attendaient; on sentait à n'en pas douter qu'entre les berges du trottoir, sur la chaussée protégée, allait descendre quelque chose. A grand-peine ayant pu trouver une table, et la louant à très haut prix, Angèle et Tityre s'installèrent devant deux bocks et demandèrent au garçon :

« Qu'attend-on ?

— D'où Monsieur revient-il ? dit le garçon. Monsieur ne sait-il pas qu'on attend Mœlibée ? C'est entre cinq et six qu'il passe... et tenez — écoutez : il me semble déjà que l'on entend ses flûtes. »

Du fond du boulevard un son frêle de chalumeau s'éleva. La foule plus attentive encore palpita. Le son grossit, se rapprocha.

« Oh que c'est émouvant ! » dit Angèle.

Le soleil déclinant envoyait ses rayons d'un bout à l'autre du boulevard. Et, comme issu des splendeurs du couchant, on vit enfin s'avancer Mœlibée, précédé du simple son de sa flûte. On ne distinguait bien d'abord que son allure, mais quand il fut plus près :

« Oh ! comme il est charmant ! » dit Angèle.

Mœlibée cependant, arrivé devant Tityre, cessa son chant de flûte, brusquement s'arrêta, vit Angèle, et chacun s'aperçut qu'il était nu.

HISTOIRE DE TITYRE

« Oh! dit Angèle, penchée sur Tityre, qu'il est beau! que ses reins sont dispos! que ses flûtes sont adorables! »

Tityre était un peu gêné.

« Demandez-lui donc où il va, dit Angèle.
— Où allez-vous ? » questionna Tityre.

Mœlibée répondit : « *Eo Romam*.
— Qu'est-ce qu'il dit ? » reprit Angèle.

Tityre : « Vous ne comprendrez pas, chère amie.
— Mais vous m'expliquerez, dit Angèle.
— *Romam*, insista Mœlibée, — *urbem quam dicunt Romam*. »

Angèle : « Oh! que c'est délicieux, ce qu'il dit! — Qu'est-ce que cela veut dire ? »

Tityre : « Mais, chère Angèle, je vous assure que cela n'est pas si délicieux que ça; cela veut dire tout simplement qu'il va à Rome.

— Rome! dit Angèle songeuse — oh! j'aimerais tant voir Rome! »

Mœlibée, reprenant ses pipeaux, recommençait sa primitive mélodie. A ces sons, Angèle exaltée se souleva, se leva, s'approcha, et comme Mœlibée arrondissait son bras, elle le prit, et tous deux continuant ainsi le boulevard s'éloignèrent, s'éperdirent, disparurent dans le définitif crépuscule.

La foule à présent défrénée s'agitait très tumultueuse. De toutes parts on entendait questionner : « Qu'a-t-il dit ? — Qu'a-t-il fait ? — Quelle était cette femme ? » Et quand, quelques instants après, les gazettes du soir parurent, une féroce curiosité les enleva comme dans un cyclone; et l'on apprit soudain que cette femme était Angèle, et que ce Mœlibée était quelqu'un de nu qui s'en allait en Italie.

Alors, toute curiosité retombée, la foule s'écoula comme une eau libre, désertant les grands boulevards. — Et Tityre se retrouva seul complètement entouré de marais.

Mettons que je n'ai rien dit. »

Un rire irrépressible secoua quelques instants l'auditoire.

« Messieurs, je suis heureux que mon histoire vous divertisse, dit en riant également Prométhée. Depuis la

mort de Damoclès, j'ai trouvé le secret du rire. — A présent j'ai fini, Messieurs; laissons les morts ensevelir les morts et allons vite déjeuner. »

Il prit le garçon par le bras, Coclès par l'autre; tous sortirent du cimetière. Passé les portes, le reste de l'assemblée se dispersa.

« Pardonnez-moi, dit Coclès, — votre récit était charmant et vous nous avez bien diverti... mais je ne saisis pas le rapport...

— S'il y en eût eu plus, vous n'eussiez pas tant ri, dit Prométhée; ne cherchez pas à tout cela trop grand sens; — je voulais surtout vous distraire, et suis heureux d'y être parvenu; vous devais-je cela ? Je vous avais tant ennuyés l'autre fois. »

Ils regagnèrent les boulevards.

« Où allons-nous ? dit le garçon.

— A votre restaurant, si vous le voulez bien, en souvenir de notre première rencontre.

— Vous le passez, dit le garçon.

— Je ne reconnais pas la devanture.

— C'est qu'elle est toute neuve, à présent.

— J'oubliais que mon aigle... Soyez tranquilles : il ne recommencera plus.

— C'est donc vrai, dit Coclès, ce que vous disiez ?

— Quoi ?

— Que vous l'avez tué ?

— Et que nous allons le manger... En doutez-vous ? dit Prométhée : vous ne m'avez donc pas regardé ? De son temps est-ce que j'osais rire ? N'étais-je pas maigre affreusement ?

— Assurément.

— Il me mangeait depuis assez longtemps; j'ai trouvé que c'était mon tour.

» A table! Allons! à table, Messieurs! — Garçon... ne servez pas : en dernier souvenir de lui, prenez la place de Damocle. »

Le repas fut plus gai qu'il n'est permis ici de le redire, et l'aigle fut trouvé délicieux.

« Il n'aura donc servi à rien ? demanda-t-on.

— Ne dites donc pas cela, Coclès! — Sa chair nous a nourris. — Quand je l'interrogeais, il ne répondait

rien... Mais je le mange sans rancune : s'il m'eût fait moins souffrir il eût été moins gras; moins gras il eût été moins délectable.

— De sa beauté d'hier que reste-t-il ?
— J'en ai gardé toutes les plumes. »

C'est avec l'une d'elles que j'écris ce petit livre ; puissiez-vous, rare ami, ne pas le trouver trop mauvais.

ÉPILOGUE

Pour tacher de faire croire au lecteur que si ce livre est tel ce n'est pas la faute de l'auteur

<div style="text-align: right">

On n'écrit pas les livres qu'on veut.
Journal des Goncourt.

</div>

L'histoire de Léda avait fait tant de bruit, couvert Tyndare de tant de gloire, que Minos ne s'inquiétait pas trop d'entendre Pasiphaë lui dire : « <u>Que veux-tu</u> ? Moi, je n'aime pas les hommes. »

Mais plus tard : « *C'est assez vexant (et ça n'a pas été facile !) j'espérais qu'un Dieu s'y cachait. — Si Zeus s'en fût mêlé, j'eusse accouché d'un Dioscure ; grâce à cet animal je n'ai mis au monde qu'un veau.* »

EL HADJ

OU

LE TRAITÉ DU FAUX PROPHÈTE

A FRÉDÉRIC ROSENBERG

O prophète! fais connaître tout ce qui est descendu sur toi à cause de ton Prince; car si tu ne le fais pas, tu n'as pas rempli son message.
 Le Koran, V, 71.

Qu'êtes-vous allés voir au désert ? Un roseau secoué par le vent ? — Mais qu'êtes-vous donc allés voir ? Un homme couvert d'habits précieux ? — Mais qu'êtes-vous allés voir ? Un prophète ? — Oui, vous dis-je, et plus qu'un prophète...
 Matthieu, XI, 7-9.

Maintenant que, près du soleil couchant, les minarets aimés réapparaissent, de la ville enfin regagnée; que le peuple épuisé rit de désirs et vers elle se précipite... Allah! ma tâche est-elle terminée? Ce n'est plus ma voix qui les guide.

Ah! qu'ils puissent crier d'amour ce soir au seuil de leur maison, puisque leur repos s'y retrouve! — je veux m'attarder au désert. Mon secret je l'ai tu durant les jours et les nuits; j'ai porté sans appui le fardeau de mon épouvantable mensonge, et j'ai fait semblant jusqu'au bout; de peur que, ne cherchant un but en vain à notre longue errance, n'en trouvant point ils ne s'abandonnassent aux douleurs et ne pussent plus avancer.

Maintenant, parlons! je suis seul. Mais de désespoir que crierai-je?

Car je sais maintenant qu'il y a des prophètes, cachant pendant le jour aux peuples qu'ils conduisent l'inquiétude, hélas! et l'égarement de leur âme, simulant leur ferveur passée pour dissimuler qu'elle est morte — qui sanglotent quand vient la nuit, quand ils se retrouvent tout seuls — et ne sont éclairés plus qu'à peine par les étoiles innombrées et par la trop lointaine Idée, peut-être — à qui pourtant ils ont cessé de croire.

Mais vous, prince, vous êtes bien mort; moi-même je vous ai couché dans la mobilité des sables; le vent a soufflé; les sables ont coulé comme les vagues des grands fleuves; et qui sait à présent le lieu de votre errante sépulture? — Est-ce vous qui meniez votre peuple au désert? Ou étiez-vous mené vous-même par quelque autre? Qu'avez-vous rencontré dans la plaine? — Il n'y a rien. N'est-ce pas que vous n'avez rien vu dans la plaine? Mais vous alliez plus loin sans la mort. — Prince, j'ai ramené le peuple de la plaine.

Certes je ne me croyais pas prophète, d'abord; je ne me sentais pas né pour cela. Je n'étais qu'un conteur des places, El Hadj, et l'on m'a pris parce que je savais des chansons. On m'a dit que j'avais ce signe sur le dos, par quoi Dieu marque ses apôtres; mais je n'en étais pas averti; je n'aurais point sinon quitté la ville;

par peur de Dieu, je ne les aurais point suivis. Mais pouvais-je supposer mon histoire ? Prophète; c'est aux autres seuls que j'ai prédit. — On partait en troupe pressée, on ne savait ni pour quoi, ni pour où. Ils me payèrent afin de les distraire; ainsi je me joignis à eux; je leur chantais des chants d'amour dans l'ennui de la longue route et pleurais avec eux les femmes que nous n'avions pas emmenées; ainsi je me fis aimer d'eux. Nous avancions vers le désert. Devant nous cheminait le prince, porté sur une litière fermée; nul de nous ne pouvait le voir. La nuit il dormait seul sous sa tente et nul de nous n'en approchait; des esclaves muets en protégeaient la solitude. Comment nous traînait-il à sa suite ? C'était une mystérieuse dépendance; on eût dit que sa décision s'imposait immédiatement sur nous tous. Car nul ne transmettait de lui nul ordre; nous n'avions d'autres chefs que lui et qui gardait toujours le silence; ou peut-être parlait-il à ses porteurs, mais sa voix ne nous était jamais parvenue. De sorte que tous semblions suivre lui qui ne paraissait pas guider. Mais c'était une chose étrange, et je m'en étonnai dès lors, que notre marche semblât prévue et la route déjà précisée, comme si, passant avant nous, d'autres l'avaient déjà tracée. Nous n'étonnions rien sur la route, et dans les villes approchées, tant aisément l'on nous trouvait des vivres et tant l'on nous admirait peu, il semblait que l'attente de nous, nous avait déjà précédés. Pourtant l'on voyait bien que nous n'étions pas de ces caravanes marchandes qui repassent de ville en ville et que l'on a coutume de recevoir. L'on nous eût pris plutôt pour une troupe belliqueuse, si nous avions porté plus d'armes — mais même avant d'avoir compris notre intention pacifique, de loin encore, aucun ne s'effrayait.

Sitôt quitté les états du prince, par façon, nous ne campâmes plus dans les villes, mais au pied de leurs murs et du côté de l'orient. Quand la ville était entourée d'oasis nous n'entrions plus sous les arbres sitôt que la nuit approchait. Il y régnait une fraîcheur pernicieuse; nous campions à la limite des jardins, et notre âme s'accoutumait à n'avoir devant soi qu'une interminable étendue.

Parfois dans ces jardins, avant la fin du jour, je marchais, accompagnant nos envoyés chercher des pro-

visions sur les places, où à peine si les vendeurs nous questionnaient; d'ailleurs nous cessâmes bientôt de comprendre aisément leur langue; c'était la nôtre encore, mais trop différemment prononcée. Et qu'eussions-nous pu leur répondre ? Sinon que nous venions d'une capitale du Sud, et que, par notre longue marche vers le nord nous voyions chaque jour le pays devenir plus désert. Parfois, plus pour les nôtres que pour ces étrangers qui me comprenaient mal, et que pour les petits enfants qui, lorsque notre camp n'était pas trop distant de leur ville, nous y suivaient et restaient dans le soir, silencieux ou chuchotant autour de nos feux de broussailles, mais que ni notre appareil de voyage, ni les étoffes richement brodées pendant au cou des dromadaires ne paraissaient étonner beaucoup plus que pour s'en assurer du bout des doigts, — je chantais et prolongeais mon chant dans la nuit jusqu'à l'approche du sommeil :

> *La ville que nous avons quittée*
> *Est, était, riche, grande et belle.*
> *Si nous ne l'avions pas quittée,*
> *Nous ne l'eussions jamais nommée,*
> *Car nous n'en connaissions point d'autres.*
> *Maintenant nous l'appellerons Bâb-el-Khoûr,*
> *Pour pouvoir en parler entre nous,*
> *Et pour en porter le renom*
> *Avec nous à travers les terres.*
> *Notre ville est plus belle*
> *Que toutes celles que nous avons traversées.*
> *J'y sais des cafés où l'on cause, le soir,*
> *Et où dansent de belles femmes.*
> *Les femmes que nous avons laissées,*
> *Pleurent d'amour à nous attendre.*
> *Chacun de nous en a plusieurs,*
> *Et la moindre est encor très belle.*
> *Hors de la ville il y a du maïs et du blé :*
> *La terre est riche en céréales.*
> *Notre prince est puissant entre tous les princes ;*
> *Personne ne peut l'approcher ;*
> *Nul n'a jamais vu son visage.*
> *Ah ! bienheureuse l'épousée*
> *Qui pourra contempler sa face.*

> *D'assez riche pour lui, qu'aura-t-elle ?*
> *Quel parfum mouillera ses cheveux ?*
> *Où l'attend-elle pour des fêtes ?*
> *Là nous irons.*
> *Elle languit d'ennui dans l'attente*
> *Au bord des eaux dans de vastes jardins.*
> *Nul ne pourra la voir que le prince,*
> *Mais le soir des noces il y aura pour nous*
> *Du lait de palmes en abondance*
> *Et du vin doux.*

Ainsi, devant les autres, chantions-nous les louanges de notre ville, par vanité — et nous prédisions-nous des destinées fastueuses pour ne pas être méprisés. Mais dans la nuit, quand nous avaient laissés tous les autres, nous n'avions plus cette assurance et nous disions : Certes, il est vrai que notre ville est grande et belle, celle que nous avons quittée; mais depuis fut longue la route et, quant au reste, qu'en savons-nous ? Il faut suivre le prince, sans doute mais jusques à quand ? et jusqu'où ? — Pourquoi faire est-ce qu'il nous mène ? Sans doute le prince le sait; mais à qui parlerait le prince ?

Et, bien qu'à leur triste question ils n'espérassent pas de réponse :

« À moi, leur dis-je, il parlera.

— Comment ferais-tu ? dirent-ils; on ne le laisse pas approcher.

— Sachons attendre, répondis-je. Celui qui marche dans la nuit, peut pendant le jour goûter l'ombre. »

Et moi-même en disant cela j'espérais.

Le lendemain, tandis que nous avancions dans la plaine et que les dernières ombres disparaissaient, je pensais : que me sert de chanter, si je ne chante pas pour le prince ? — Cette nuit, non loin de sa tente, j'irai; eux tous fatigués dormiront; le prince qui n'a pas peiné doit peu dormir; il m'entendra, et je chanterai si suavement qu'il voudra de nouveau m'entendre. A cela durant tout le jour je songeai; une ferveur soutint ma marche, et le désir de cette nuit me la faisait lente à venir, que j'allais emplir de mon chant.

Quand vint la nuit :

« O nuit! » chantai-je — et dans le camp tout se

taisait. La tente du prince, hors du camp, faisait un isolé promontoire, puis le vaste désert s'étendait.

« O nuit! » et je rompais mon chant de pauses, comme si du vent l'emportait qui ferait regretter au prince de ne l'entendre pas tout entier...

« Une tente sur le désert.
Une felouque sur les flots! »

Mais des sables, El Hadj, que dirais-je ?... et je citais mon nom de pèlerin, pensant, ce qui ne manqua pas d'arriver, que le prince s'en souviendrait, ensuite, et pourrait me faire appeler. Puis, comme alors la grosse lune se décomposait en silence et que, pris d'angoisse à la voir, j'admirais ce qu'après la chaleur du jour les sables conservaient encore de lumière qui les faisait paraître azurés, je chantai :

> *Ils sont plus bleus que les flots de la mer.*
> *Ils étaient plus lumineux que le ciel...*

Et tout à coup, comme quelqu'un qui se lamente, je criai :

« Depuis combien de jours as-tu dit : voici que les collines du pays s'éloignent et que nous n'avons plus, pour soutenir nos fidélités que de trop lointains souvenirs ? Depuis, qu'avons-nous vu dans la plaine ? La plaine! El Hadj! que raconteras-tu de la plaine ? Il n'y a rien. N'est-ce pas que tu n'as rien vu dans la plaine ?

— J'ai vu des fleuves, des grands fleuves, disparaître entiers dans le sable; ils ne s'y jetaient pas, je suppose; ils s'y enfonçaient lentement; ils y disparaissaient, comme des espérances. — Parfois ils reparaissaient plus loin; ils ne surgissaient pas, je suppose; ils ressortaient simplement du sable en une eau plus fine et filtrée, reparaissaient comme des espérances. Plus loin, il n'y avait plus que du sable; on ne savait même plus ce qu'eux ils étaient devenus. — Fleuves, grands fleuves, ce n'est pas vous que nous sommes venus voir.

> *Dites! qu'avez-vous vu dans la plaine ?*
> *La caravane immense y a passé.*
> *Qu'est-ce qu'elle aura vu sur le sable ?*
> *Des os blanchis ; des coquilles vidées ;*
> *Des traces ; des traces ; des traces,*
> *Que le vent du désert effaçait.*

L'immense vent du désert a passé.
Ah ! qu'avez-vous été voir dans la plaine ?
Est-ce un roseau tourmenté par le vent ?
Mais qu'avez-vous été voir dans la plaine ?
N'avez-vous donc rien été voir ?... »

Quand le jour revint, je craignis qu'à cause de mon chant ne m'importunassent les autres; mais ils ne l'avaient même pas entendu.

Nous avançâmes dans le désert.

Quand la nuit revint, je m'approchai de nouveau de la tente et quand au-dessus du désert surgit la lune cramoisie :

« O nuit! grande nuit!... » m'écriai-je; puis je repris beaucoup plus bas :

« Comme une barque sur les flots, prince, une tente te promène. Elle te promène jusqu'où ? » Et puisque cette nuit j'avais pris ma viole, de pause en pause j'en simulai une réponse aux questions.

« Au soleil, devant nous, morne plaine, t'es-tu suffisamment pâmée ?

Désert! Quand vient la nuit, ne t'arrêtes-tu toujours pas ?

Oh! si le vent m'emportait sur ses ailes, à l'autre bord de cette mer embrasée.

Oh! que ce soit où la saignante lune, berger du ciel, avant de paître va se laver.

Au bord des eaux, dans de vastes jardins, comme une amante au soir des noces, elle se pare; elle se regarde dans l'eau.

L'amant attend le soir des noces, prince, au bord des sources cachées. »

Ainsi s'enhardissaient mes paroles presque jusqu'à l'affirmative; et pourtant, pourtant qu'en savais-je ? était-ce là prophétiser ?... et je chantais avec l'accent toujours plus tendre, plus pathétique ou plus lassé :

« Prince ? où finira ce voyage ?

Est-ce dans le repos de la mort ?

Sans doute il est d'autres jardins dans le Nord,

Sous le ciel doux, où s'étiolent les palmes.

A quoi songes-tu ? prince, est-ce que tu dors ?

Prince! quand jamais te verrai-je ? afin qu'à quels petits enfants, puissé-je, et dans combien de soirs,

répondre : — Oui c'était cela, lorsqu'ils me demanderont : El Hadj ! El Hadj ! que t'a-t-on mené voir dans la plaine ? Est-ce un prince couvert de vêtements somptueux ?

Prince ! toute mon âme soupire ; mon âme languit après toi... »

Et de lui peu à peu je me sentais m'éprendre au gré même de mes paroles, de sorte que, dans la troisième nuit, quand, dès mon chant, je le vis sortir de sa tente, à la clarté du ciel, couvert de vêtements somptueux, mais la face cachée d'un voile — et, comme encore je demandais et pensais demander en vain : Prince ! qu'êtes-vous allé voir au désert ? — lorsque, d'une voix plus subtile qu'aucun chant que j'eusse entendu, je l'ouïs inespérément me répondre :

« Un prophète — et plus qu'un prophète — El Hadj ! bon pèlerin, c'est toi ! demain tu viendras dans ma tente, » — je me tus et jusqu'à l'aurore sanglotai d'amour dans la nuit.

Mais le lendemain, le désert se couvrit de mirages ; depuis longtemps les oasis avaient cessé ; à peine, où de l'eau croupissait, montait un maigre bois de palmes, par le mirage foisonné tellement qu'il apparaissait de loin comme une oasis merveilleuse. Et rien je vous assure — villes hautes, palmes et eaux — n'était pour nous, Allah ! plus décevant que ces mirages. Parfois, dès l'aube, nous marchions vers eux, et jusqu'au soir, pour nous désoler de les voir, d'abord lentement écartés, dans l'effacement du soleil, se dissoudre. « Ainsi de vertu en vertu marcherons-nous, El Hadj, jusqu'à la mort, dans l'espérance, et nous soutiendrons-nous jusqu'au bout par la vision miragineuse d'on ne sait quelle félicité — comme qui, pour s'y endormir, préparerait assidûment un rêve à son irrévocable sommeil. — O prince mort ! dans ton sommeil sans visions, as-tu toujours soif d'eau des sources ? — O visions du paradis ! heureux celui chez qui seule la noire mort peut vous éteindre. Allah ! vous êtes seul véritable. » Je sais bien qu'il en est qui disent que ce ne sont point là des irréalités, et que les objets sont ailleurs, et qu'on finira bien par trouver, — dont voici la flottante apparence, d'eux par quelle chaleur détachée, — qui se propose, plus voisine, fallacieusement à nos prises. Mais

puisque nous ne pouvions la saisir, Allah! pourquoi la proposer ? — Et nous nous déconcertions au matin, quand devant nous l'horizon paraissait se franger, — et même le passé ne nous paraissait plus avoir d'inévitable certitude, tant, lorsqu'on se retournait vers le soleil, tout semblait fondre et presque se fluidifier. — Mais ce que j'admire à présent, ce qui m'emplit de patience, c'est de songer, ah! pauvre peuple! qu'elle était grande ta confiance! d'où naquit ma compassion... Car enfin que connaissait-il de ce qu'on attendait de lui ? et qu'en attendait-il lui-même ? — Il leur suffisait, pour marcher, de croire que c'était vers un but, et que le prince au moins le connaissant, les menait avec assurance. Combien docilement ils suivaient sans savoir; — car de ce que le prince me dit, je ne crus rien pouvoir leur révéler; d'ailleurs ils n'auraient pas compris. Et quelle certitude d'ailleurs avait-il, lui-même, de l'avenir dont il parlait ? S'il croyait maintenant à ces noces, n'était-ce pas depuis qu'il m'avait entendu les chanter ? Mais il parlait alors d'une manière si douce, si crédule et si assurée, de l'enfant qui devait en naître et porterait son nom rajeuni, ce nom que nul n'a pu connaître et par qui tout le peuple serait gagné; il en parlait avec une assurance si grave que, malgré le passé et à cause de mon incompréhension même, j'y croyais.

« El Hadj! alors me disait-il, il te faut, comprends, croire à moi de toutes tes forces; l'avenir a besoin de cela pour arriver.

— Prince, à force d'amour, je t'ai cru.

— Chante, El Hadj! chante maintenant les jardins où m'attend l'amante — mais d'elle ne me parle pas. »

Songeant à la monomorphie des palmes : pour faire rêver l'habitant du désert, me disais-je, il faut parler des nombreuses ramures du Nord et des troncs variés des arbres; et je chantais les profondes forêts, les ravins, l'odeur des feuilles et des mousses, les brumes du matin, du soir, la fraîcheur de la nuit, l'aménité du jour et sur les prés l'humidité délicieuse. Le prince m'écoutait lentement. Je disais les travaux plus aisés; la volupté plus souriante; l'azur plus clair, l'air moins brûlant, la nuit moins enflammée.

« Y serons-nous bientôt ? demandait-il.

— Nous y serons bientôt, répondais-je.

— Chante encore, El Hadj bien aimé !

— Là-bas, chantais-je, coulent des eaux non plus salées. Ah ! que seront doux à nos pieds les cailloux glacés des rivières... »

A chanter, la moitié de la nuit se passait.

Je ne sais si mon chant donnait de l'assurance au prince, mais moi j'en étais extraordinairement fortifié. Ce que je chantais devenait ; après l'avoir chanté j'y croyais. Devant le peuple, le plus souvent je m'enveloppais de silence ; il suffisait qu'il crût que le prince guidait. Et quand je parlais, je disais :

« Le prince vous mène ; il sait où il lui plaît d'aller. Mais de cela que vous dirais-je ? Que suis-je devant lui, moi-même ? Devant vous, il est vrai, prophète ; devant le prince, un serviteur. » Et je me prosternais vers sa tente en exemple de soumission.

Cependant chaque après-midi devenait un peu plus accablant. Quand les mirages n'y germaient pas, on ne voyait exactement devant soi que les sables roux de la plaine qui se levaient en dunes par instants. Pour occuper, j'imaginais des pratiques plus rigoureuses et de singulières privations. A peine dans le camp avions-nous emmené quelques femmes, mais je fixai des heures pour les toucher ; pourtant ils n'avaient point comme moi le cœur rempli d'amour pour le prince. Devant eux je montrais de la suffisance et pour qu'ils ne m'interrogent plus, je n'affirmais que des choses incohérentes : aux soumis des promesses de récompense, aux révoltés des menaces de châtiment. Puis je m'en retournais près de la tente où le prince ne me laissait entrer que le soir — et jusqu'au soir je sentais se défaire mon assurance, qui près du prince renaissait. — Mais je ne sais comment, lorsque j'avais faibli pendant le jour, au soir le prince le savait.

« El Hadj ! disait-il alors d'une voix toujours amoindrie, c'est en ta foi que je repose ; en ta croyance en moi je puise la certitude de ma vie. »

Je ne comprenais pas alors, mais, après chaque jour de doute, au soir je le trouvais un peu plus affaibli. Hélas ! et c'est pourquoi chaque matin ma foi s'en réveillait plus faible ; puis, quand auprès de lui toute la nuit je refaisais ma confiance, lui n'était point par là fortifié.

« El Hadj ! disait-il alors, douteux prophète ! comme ton amour est petit ! Vaut-il la peine que j'en vive ?

— Oh ! répondais-je, je vous aime, prince, autant que je peux vous aimer. C'est à midi que tout chancelle ; la nuit je m'assieds près de vous et me consume de ferveur. Que ne suis-je sous votre tente tout le jour ? nous nous consolerions longuement ; durant le jour aussi je vous aime ; j'attends la nuit et pleure que vous ne m'apparaissiez pas. Que ne vous laissez-vous mieux connaître ? Je ne souhaite connaître que vous. Ah ! si je pouvais voir ton visage, prince, j'en serais tout fortifié. » Alors le prince me prit la main, et j'en fus atrocement troublé... Ma tendresse en fut augmentée, mais ma confiance navrée — tant cette main brûlait de fièvre.

Le lendemain entre les marches du long du jour, près de sa tente encore déployée, espérant qu'il m'entendrait, je chantais :

Ma tente vogue sur le désert
Comme sur une mer embrasée.
Portes de toile, que le vent vous soulève !
Portes de ma tente, vous êtes de lumière pénétrées.
Soulevez-vous, portes de toile
Et laissez entrer mon désir.

Mais à peine si le vent faisait claquer la toile comme la voile d'un navire. Le prince dormait tout le jour et ne m'entendait pas chanter. Alors je reprenais d'une façon plus murmurée :

Mon doux ami dort sous la tente.
C'est pour qu'il dorme que je veille.
Quand je suis seul c'est que j'attends mon ami.
Je ne vais à lui que le soir.
C'est maintenant l'heure de tous les feux du Midi ;
Toute la terre flétrit de soif et de crainte et d'attente ;
C'est l'heure où la volonté des hommes vaillants s'épouvante,
Où la pensée des sages se déconcerte,
Où la vertu des purs s'altère, —
Tant la soif est désir d'amour
Et l'amour est soif de toucher, —
Où tout ce qui n'est pas de feu
Sous cette ardeur se décolore.

*Il en est qui, le soir venu, n'ont plus retrouvé leur courage
 et que tant de chaleur a lassés ;
Il en est qui, le long du désert, ont cherché, toute la nuit après
 en vain leur pensée égarée ; —*

*A cause de mon ami
J'attends la douce nuit sans crainte.
Quand le soir vient, mon ami se réveille ;
Je vais à lui ; nous nous consolons longuement.
Il promène mes yeux dans le jardin des étoiles.
Je lui parle des grands arbres du Nord
Et des froids bassins où la lune,
Berger du ciel, comme une amante, va se laver ;
Il m'explique que les seules choses périssables
Ont inventé les seules paroles
Et que celles qui ne doivent point périr
Se taisent toujours, ayant tout le temps pour parler —
Et que leur éternité les raconte.*

Comprenant à peine pourquoi, je m'effrayais, ainsi chantant, à cause du silence même du désert, de ces étranges paroles du prince, que je rapportais dans mon chant.

Cette nuit, quand, sous la tente à peine éclairée, je le revis, il était las :

« Prince, lui dis-je, il faut un gage d'alliance, de ton alliance avec moi ; qu'à défaut de toi je possède et dans le cours du jour je puisse regarder.

— Comment, répondait-il, El Hadj, ne comprends-tu pas que toi-même es gage d'alliance entre le peuple et moi ? et qu'entre toi et moi il ne peut y avoir aucun signe, puisque à toi je ne suis point caché. Que veux-tu d'autre, que moi-même ? Tu t'occupes de moi, je le sais, mais pas suffisamment de ton peuple; et pourtant lui ne connaît de moi que toi-même ; c'est par ta face que je parais devant lui et par ta voix que je lui parle. Tu ne lui parles pas assez ; comment dès lors veux-tu qu'il m'aime ? » Puis, presque tristement me parut-il, et d'une voix un peu changée il ajouta : « Certes je te montrerai mon visage ; mais à le voir ton amour ne sera pas rassasié. » — Et, sorti de son lit, chancelant comme un convalescent très faible, il souleva la toile

de la tente et devant la face pâle des cieux découvrit son pâle visage. Il était beau d'une beauté surnaturelle, il semblait d'une autre race que nous, — mais pâle inexprimablement et d'expression si lassée que voici que ma foi s'en allait disparaître, tandis que je sentais en son lieu un amour tout humain m'envahir. Et je restais devant lui sans geste et sans parole, jusqu'à ce que, tombant à ses pieds, je saisis de mes bras ses genoux frêles, puis pensai m'évanouir de tendresse, de doute et de désolation en sentant sur mon front trop brûlant sa main trop tiède se poser.

Ce fut le lendemain, au soir, qu'après la longue marche, une suprême dune ayant été franchie, apparut devant nos désirs hors d'haleine, d'un lac ou d'une mer la plaine doucement azurée. Alors, dans tout le peuple, les cris délirants des premiers faisant se hâter tous les autres, ce fut un mouvement sans nom; comme si la vue d'une très prochaine fraîcheur, assouvissant déjà leur âme en espérance, suffisait pour un soir à les désaltérer; — prosternés ainsi qu'en prière, ils criaient vers les eaux, et leur soif, à se sentir bientôt devoir être étanchée, en devenait voluptueuse. C'étaient des chants, des cris d'une sensualité reconnaissante et délivrée; d'autres dansaient. Aucun ne songeait plus à avancer; comme si suffisaient des promesses au lieu de satisfactions; comme si jamais soif avait pu s'étancher d'eau salée, l'amour de visions, ou d'illusions l'espérance. — A peine une lieue nous séparait encore du rivage, mais, après notre immense fatigue, cette immense joie les brisait. Certainement, de son lit fermé qui précédait toujours la marche, le prince entendit les cris délirants de son peuple. Les porteurs, au versant de la dune, s'arrêtèrent et la tente royale fut dressée. Le soleil déclinait vers un soulèvement de brume ou de poussière que son rayonnement oblique rougissait; l'horizon derrière la mer se fondait en une adorable dorure; un instant au reflet du ciel les eaux parurent embrasées, puis brusquement, l'astre disparu, la nuit vint complète et fermée.

Je savais que parfois les marées sur un sol plan peuvent beaucoup s'étendre et que dangereuses souvent sont les plages des mers inconnues — et donc j'étais heureux

que nous nous arrêtassions là, encore loin et haut sur la colline. Le camp se forma; les feux du soir brillèrent. La tente du prince, presque inéclairée, faisait avant le camp comme un isolé promontoire; la mer semblait avoir empli la nuit. — Je m'approchai de la tente du prince.

Il était debout, penché hors de la tente, soulevant la porte de toile; il était sans voile sur sa face et ses yeux cherchaient dans la nuit. Lorsqu'il me vit :

« Je ne vois point la mer, dit-il, El Hadj! — Il parlait mystérieusement; à l'entendre prononcer mon nom, je trouvais une presque amoureuse douceur.

— C'est que la nuit est close, répondis-je; bientôt la lune paraîtra.

— Je n'entends point la mer, El Hadj.

— Ah! prince, c'est qu'elle est très calme et c'est que nous en sommes trop loin.

— El Hadj! reprit-il lentement, c'est sur l'autre bord de cette eau que mes noces sont préparées et que grandit pour nous l'attente. El Hadj! malgré la nuit, dans la nuit, où personne ne puisse te voir, il faut que vers la mer tu descendes; la lune se lèvera quand tu parviendras sur la rive; regarde si l'on voit l'autre bord; ce que l'on voit sur l'autre bord; si l'on distingue enfin les arbres, les grands arbres dont tu me parlais dans tes chants. Va, mon El Hadj! El Hadj bien-aimé, vas-y vite, puis recours aussitôt vers moi. »

Je partis; j'allai, malgré ma lassitude. Je descendis les pentes de la dune et me sentis bientôt lourdement enveloppé par la nuit. M'étant retourné vers le camp je n'en vis plus aucune flamme; un brouillard presque opaque me les cachait, dans lequel je pénétrais plus avant tandis que je descendais vers la plage. J'avais confiance en la lune pour guider mes pas au retour. J'étais las; las au point d'en oublier mon espérance. Je m'étonnai, je m'en souviens, de l'odeur trop fade de l'air; l'humidité qui le chargeait n'était point, comme il eût fallu, âpre de la salure marine, mais rappelait plutôt les exhalaisons des marais. Et soudain, devant moi qui marchais, cette vapeur frémit, chancela, s'argenta, s'ouvrit, et, comme un pâtre aux bergeries, s'occupa gravement la lune.

Elle flottait au-dessus d'une plaine d'une quiétude

inconnue. J'étais au bord d'un étendu mystère où ne remuait pas un flot, mais sur quoi riait et brillait la belle image de la lune, indéfiniment élargie. Le terrain cessait sans secousse; le sable plat se prolongeait simplement en autre chose, qui reflétait la solitude, et que je comprenais ne pas être de l'eau. J'avançai; j'entrai; c'était comme dans une matière incréée, ni tout à fait solide, ni tout à fait liquide, mobile sous mon pied, sinon tranquille, mais comme imparfaitement figée. À ma gauche un élan de sable y gagnait, persistait, mince promontoire où des joncs débiles croissaient. J'y marchai... après, ce n'était plus, non, ni de la terre, ni de l'eau... une espèce de limon, de vase, qu'une mince croûte de sel recouvrait, qu'argentait faiblement la lune. Je voulus m'avancer encore; cette croûte fragile crevait; j'enfonçai dans une abominable fange molle. M'accrochant aux joncs, à genoux ou couché, je revins reposer sur le sable. Je m'y assis; je regardai; mon étonnement était si grand devant cette mer désolée, de boue dissimulée sous le sel, où mon poids avait fait un trou — que je ne sentais plus en moi, plus même, ma désespérance. Accablé de lassitude et de stupeur, je regardais la lune sereine, au-dessus de la claire étendue, qui semblait rire et qui brillait sur cette morne plaine insondée, plus morne encore que le désert.

Et maintenant, voici que la lune plus haute, éclairant plus fort l'horizon, montrait de l'autre côté de la mer une autre rive non lointaine; et il semblait que de grands arbres s'y penchassent... Mais le sable où j'étais assis fléchissait; je dus quitter le promontoire, revenir en arrière, à la berge où cette mer finissait. Là je me couchai contre terre, et sentis maintenant si complètement ma solitude et l'environ de cette immensité... et cette mer, pour être étroite, me disais-je, n'en serait pas plus franchissable... et toute ma vertu soudain m'abandonna; elle ne s'enfuyait pas, je suppose; elle disparaissait comme de l'eau qui se perd dans le sable; elle disparaissait complètement. Soudain je me sentis sans courage et quelqu'un que sa foi a complètement abandonné. Il me semblait que m'envahît, qu'en moi s'étendît, s'ouvrît une désolation sans larmes, plus vaste encore et aussi morne que le désert.

J'étais trop las pour regagner aussitôt les tentes, et

qu'eussé-je pu dire au prince ? Et, malgré tout, l'éclat de cette nuit était si pur, si délectable, que mon esprit désemparé s'y complaisait. Pourtant, ivre de nuit avant l'aube, pour n'en point rencontrer déjà qui, descendant du camp vers la mer et s'apercevant qu'elle est fausse, importunassent ma douleur par de piètres lamentations, dès que je vis la nuit enfin dolente chavirer sur la dune où la blancheur naissait, je me remis en route vers les tentes.

Clartés naissant de tous côtés du ciel! O genoux fléchissants, mains tendues, inquiète étreinte de l'ombre... Prophète, je le suis; c'est moi. — Prince! à ton peuple j'ai su parler dès que toi tu n'as plus rien pu dire. Ah! longues marches dans le désert? attentes d'on ne sait plus quoi; genoux rompus; soif augmentée; fuite des heures sans surprises; langueur des nuits, longueur des jours; oasis au soir défaillantes. — Arbres du Nord; rameaux vaguement désirés; ah! promontoires! promontoires lancés vers le ciel, où l'on s'avance, où l'on s'avance; après lesquels on ne peut plus... Blancheurs de lune sur les tentes! nuit finie; clartés naissant de tous côtés du ciel... Puis, ô porte de toile soulevée; mystérieuse tente où j'entrai! Porte de toile retombée, comme sur un secret se reclôt du silence; couche où je me penchai, qu'une mourante flamme éclairait; couche horriblement creuse et qui semblait vidée, où le prince gisait sans vie.

Prince, tu t'es trompé; je te hais. Car je n'étais pas né prophète; c'est par ta mort que je le suis devenu; c'est parce que tu ne parlais plus, que moi j'ai dû parler au peuple... Peuples abandonnés dans le désert, c'est sur vous seulement que je pleure. — Toi, prince disparu, que je te haïsse, le sais-je?... mais je languis d'ennui, de faim, de lassitude, pour t'avoir tellement aimé; et le souvenir de tes nuits me fait sentir plus désolée ma solitude.

Je n'aimais point le peuple jusqu'alors, mais dès lors j'eus pitié de lui. L'aimais-tu? Pour quel bien est-ce donc que tu le menais loin des villes? Car le bruit de tes noces n'a pas retenti jusqu'à nous. Nous n'avons pas entendu les chants de flûtes et les cymbales. Mes oreilles sont pleines d'attente. Où se sont-elles célébrées,

que déjà leur rumeur soit éteinte ? Prince, je ne le dirai pas... nul ne sait que c'est dans la mort qu'elles sont si silencieuses.

Prince j'ai dû tromper le peuple, parce que tu l'avais déjà trompé et parce que je connaissais et que j'avais pris en pitié ton mensonge. Prince, j'ai prolongé ta misère, jusqu'à par-delà ta mort. J'ai redéfait toute ta route. Tu menais le peuple au désert; je l'ai ramené vers la ville; je l'ai guidé vers les rassasiements, en rémunération des faims qu'au long des sables d'aridité, pâtre indolent, tu nous fit paître...

Le petit matin frémissait; c'était l'heure où, les autres jours, j'avais coutume de quitter le prince. Je sortis de la tente, les yeux secs, et le visage composé. Nul encore n'était descendu vers la plage. Je voulus préparer leur prochain désespoir; donner pour châtiment leur déboire effroyable lorsqu'ils approcheraient de la mer : inventer donc une certaine faute; tendre au peuple comme l'occasion d'un péché qui motivât ce châtiment — de sorte qu'ils pussent considérer comme un peu méritée leur histoire, et, par cela, sinon s'en attrister moins, du moins m'en devenir soumis et me craindre. Moi que n'avait mené que l'amour, je ne les pouvais ramener que par la crainte. Et donc, malgré l'impatience de leur soif, ou mieux à cause d'elle, je leur dis :

« Le prince met vos fidélités à l'épreuve. Il n'entend pas descendre après vous vers la plage tant attendue. Ne suis-je pas le premier ? a-t-il dit; ne dois-je pas le premier m'y laver, m'y baigner et y boire ? Malheur à qui descendrait vers la mer avant moi; il paierait cruellement cet outrage, et ne serait pas seul châtié. Lorsqu'il n'y en aurait qu'un à pécher, vous tous supporteriez la récompense de sa faute. Car mon courroux dépassera toute attente et semblera déborder le péché. J'ai besoin, m'a-t-il dit, que le peuple me craigne et j'espère de lui la soumission complète; or, cette faute me serait signe, même commise par un seul, comme d'une complète insoumission. Mais écoutez : mon intention n'est pas de descendre aujourd'hui sur la plage, ni demain, mais seulement le matin après le second jour; et c'est en cela que consistera l'épreuve : malgré votre soif, attendez. Il faut, avant de s'approcher de l'eau, élever un autel à Dieu, en signe d'action de

grâces, et pour y pouvoir sacrifier. C'est à quoi vous emploierez ces deux jours. Vous élèverez cet autel à une très petite distance de la plage, sans vous inquiéter que ce soit du sable mouvant. Vous trouverez du gypse pour du plâtre et, au pied de la dune, des blocs de sable conglutiné. Vous creuserez l'autel, dessous, comme une cave. Allez. Je veux que tous y travaillent. J'ai hâte de pouvoir sacrifier. »

Dans l'ennui des deux jours et malgré la contrainte, le travail avança rapidement. Je ne sais si peut-être déjà quelqu'un d'eux avait secrètement enfreint mon ordre. Cela n'importait point. Quand tous obéiraient, pensais-je, la mer n'en serait pas moins telle. On en pouvait toujours supposer un, pécheur, pour qui les autres pâtiraient, tous ne pouvant savoir ce qu'un seul d'entre eux aurait fait.

Dans l'ennui des deux jours la mer fut azurée; l'autre rive se révélait vaguement et se couronnait de mirages que le cours des heures variait. Je restais auprès de la tente du prince pour faciliter leur péché. La nuit, je descendais jusqu'à la plage dont je connaissais la traîtrise. Je m'asseyais non loin du bord, uniquement épris de regarder. La lune se levait, plus pleine que la veille; moins étonné je la pouvais mieux contempler. Il semblait que le silence était, là, vraiment et chose réelle, et que c'était mon adoration. Car je ne savais pas, auparavant, qu'une nuit pût être si belle; et je sentais en moi, plus profondément que je n'eusse pensé trouver profondeur en moi-même, un autre amour, plus fervent mille fois, plus doux, plus reposé que l'amour que j'avais pour le prince, et auquel il semblait que cet immense calme répondît.

De sorte que, plus pacifique encore, cette nuit la troisième, lorsque la lune vint éclairer mes pas vers la berge, lorsque, pèlerin fatigué, comme un voleur de nuit j'eus porté, j'eus traîné par le pan du manteau qui revenait sur son visage, le prince, dont j'aurais pu voir la nudité, maintenant, mais cadavre et qui ne valait plus qu'on y pensât, lorsque je l'eus posé sous l'autel où le lendemain par pénitence dérisoire tout le peuple sacrifierait — quand je l'eus étendu dans cette cave étroite que j'avais fait creuser pour cela... alors, de l'amour de mon âme enfin désolément délivré, seul

dans la nuit je pus crier ma joie et, repoussant le passé mort, laisser chanter mon espérance. Je ne me doutais pas, auparavant, de combien j'étais las de ce pèlerinage ; mais ce soir, m'avançant une dernière fois sur la plage, je contemplai sans plus de frayeur cette mer — après tout pour celui-là seul effrayante qui croyait la devoir traverser — et je la vis alors si belle que je sentis ma foi de la veille très lentement se déplacer ; mon adoration toujours vive, mais, depuis que le prince était mort, éperdue, s'élargir puissamment jusqu'aux limites mêmes de l'infini désert ; et, parce que mon âme plus grave se pénétrait de majesté, je croyais que c'était le bonheur.

Maintenant que je crois qu'il est impossible, je doute si je parvins vraiment au bonheur. Je me souviens que je voulus chanter, que je ne pus, puisque ce n'était plus pour personne, de sorte qu'en moi-même et seulement je disais, et redisais sans plus comprendre ma pensée : Prince ! qui donc est mort ? D'où vient que je suis si vivant ?

Joie ? peut-être ; je ne comprenais pas alors combien, en l'instant même, lui triomphait ; car il n'était mort que pour moi et qui précisément seul l'aimais. Devant le peuple sa litière vidée devait toujours marcher comme emplie ; je devais incessamment témoigner que je l'avais vu, et je ne parlais plus que pour rapporter ses paroles. Je ne comprenais pas d'abord de quel poids me serait cette réalité de mon mensonge, et que le prince mort, dans mon mensonge survivait. Car, à l'imaginer sans cesse, mon amour était attisé. Je ne le savais rien que mort ; je ne pouvais l'imaginer que vivant. Parfois, la nuit, dans sa tente, tout seul à présent, je dormais ; et mon sommeil sans rêves me devenait comme une représentation de sa mort ; mais parfois, à cause des autres, près de sa tente, je faisais semblant de chanter pour lui ; alors je me souvenais de nos nuits et m'attristais d'avoir vu son visage. Ma douleur s'acharnait à simuler jusqu'au bout sa présence. Comme aux vivants, on lui portait chaque jour à manger ; tout ce que je faisais pour le représenter aux autres m'aidait à constater mieux son absence. Plus je sentais qu'il eût dû être, mieux je savais qu'il n'était pas.

Et dès lors m'habita cette pensée, lassante et puissante comme un désir : certes je goûterai le bonheur de mon

âme, déjà prêt, mais quand elle sera, du peuple et de l'amour et complètement, délivrée.

Maintenant le peuple m'a quitté; il est enfin rentré dans la ville. Je l'ai ramené du désert. Il ne m'a pas aimé, parce que je prophétisais sans douceur, ayant peur de m'apitoyer; et il n'a pas aimé le prince, car je ne lui prêtais que des paroles de rudesse. Je ne pouvais parler d'amour puisque c'était pour un mensonge. Il fallait l'imposer jusqu'au bout; ne pas autoriser ma défaillance. Puisque je n'avais pas de force, ne devais-je pas simuler ?... Mais je sais maintenant, s'il y a des prophètes, que c'est parce qu'ils ont perdu leur Dieu. Car si Lui ne se taisait pas, que serviraient alors nos paroles ?

Certes aussi j'ai fait de faux miracles; j'ai fait jaillir l'eau du rocher; j'ai fait douces des sources amères, et quand est venu le vol des cailles j'ai dit que c'était parce que j'avais prié. Quand Boubaker s'est soulevé je ne sais pas comment j'ai pu maîtriser sa révolte, sinon que j'agissais en désespéré. J'ai menacé. Après, plus aucun d'eux n'a douté de ma force; il n'y avait que moi qui n'en étais pas convaincu.

Ma tâche de pâtre est finie; mon âme est enfin délivrée. Maintenant de joie que crierai-je ? Je ne peux plus ne plus chanter que des chansons. Je ne peux plus, baigné d'amour, le soir, crier des vers au bord des places, ni plus faire danser les enfants. Je ne peux plus n'avoir rien connu de la ville; n'avoir pas traversé le désert. — Maintenant, El Hadj, que ferai-je ? Que le prince soit mort — le sais-je ? Je me souviens des noces qui l'attendent, comme si rien de lui n'était mort... Voici, voici dans l'intérieur du palais de la Ville, je sais qu'un jeune frère du prince grandit... Attend-il que ma voix le guide ? et recommencerai-je avec lui, avec un nouveau peuple, une nouvelle histoire, que je reconnaîtrai pas à pas... ou si, comme ces esprits pleins de deuil et nourris de cendres amères, je m'en irai tout seul — comme ceux cachant un secret, qui rôdent autour des cimetières, et qui cherchent sans le trouver leur repos dans les lieux déserts.

L'IMMORALISTE

A HENRI GHÉON
son franc camarade.

Je te loue, ô mon Dieu! de ce que tu m'as fait créature si admirable.
Psaume CXXXIX, 14.

PRÉFACE

JE donne ce livre pour ce qu'il vaut. C'est un fruit plein de cendre amère ; il est pareil aux coloquintes du désert qui croissent aux endroits calcinés et ne présentent à la soif qu'une plus atroce brûlure, mais sur le sable d'or ne sont pas sans beauté.

Que si j'avais donné mon héros pour exemple, il faut convenir que j'aurais bien mal réussi ; les quelques rares qui voulurent bien s'intéresser à l'aventure de Michel, ce fut pour le honnir de toute la force de leur bonté. Je n'avais pas en vain orné de tant de vertus Marceline ; on ne pardonnait pas à Michel de ne pas la préférer à soi.

Que si j'avais donné ce livre pour un acte d'accusation contre Michel, je n'aurais guère réussi davantage, car nul ne me sut gré de l'indignation qu'il ressentait contre mon héros ; cette indignation, il semblait qu'on la ressentît malgré moi ; de Michel elle débordait sur moi-même ; pour un peu l'on voulait me confondre avec lui.

Mais je n'ai voulu faire en ce livre non plus acte d'accusation qu'apologie, et me suis gardé de juger. Le public ne pardonne plus aujourd'hui que l'auteur, après l'action qu'il peint, ne se déclare pas pour ou contre ; bien plus, au cours même du drame on voudrait qu'il prît parti, qu'il se prononçât nettement soit pour Alceste, soit pour Philinte, pour Hamlet ou pour Ophélie, pour Faust ou pour Marguerite, pour Adam ou pour Jéhovah. Je ne prétends pas, certes, que la neutralité (j'allais dire : l'indécision) soit signe sûr d'un grand esprit ; mais je crois que maints grands esprits ont beaucoup répugné à... conclure — et que bien poser un problème n'est pas le supposer d'avance résolu.

C'est à contre-cœur que j'emploie ici le mot « problème ». A vrai dire, en art, il n'y a pas de problèmes — dont l'œuvre d'art ne soit la suffisante solution.

Si par « problème » on entend « drame », dirai-je que celui que ce livre raconte, pour se jouer en l'âme même de mon héros, n'en est pas moins trop général pour rester circonscrit dans sa singulière aventure. Je n'ai pas la prétention d'avoir

inventé ce « *problème* » ; *il existait avant mon livre ; que Michel triomphe ou succombe, le* « *problème* » *continue d'être, et l'auteur ne propose comme acquis ni le triomphe, ni la défaite.*

Que si quelques esprits distingués n'ont consenti de voir en ce drame que l'exposé d'un cas bizarre, et en son héros qu'un malade ; s'ils ont méconnu que quelques idées très pressantes et d'intérêt très général pussent cependant l'habiter — la faute n'en est pas à ces idées ou à ce drame, mais à l'auteur, et j'entends : à sa maladresse — encore qu'il ait mis dans ce livre toute sa passion, toutes ses larmes et tout son soin. Mais l'intérêt réel d'une œuvre et celui que le public d'un jour y porte, ce sont deux choses très différentes. On peut sans trop de fatuité, je crois, préférer risquer de n'intéresser point le premier jour, avec des choses intéressantes — que passionner sans lendemain un public friand de fadaises.

Au demeurant, je n'ai cherché de rien prouver, mais de bien peindre et d'éclairer bien ma peinture.

A MONSIEUR D. R.
Président du Conseil

Sidi b. M. 30 juillet 189.

Oui, tu le pensais bien : Michel nous a parlé, mon cher frère. Le récit qu'il nous fit, le voici. Tu l'avais demandé; je te l'avais promis; mais à l'instant de l'envoyer, j'hésite encore, et plus je le relis et plus il me paraît affreux. Ah! que vas-tu penser de notre ami? D'ailleurs qu'en pensé-je moi-même?... Le réprouverons-nous simplement, niant qu'on puisse tourner à bien des facultés qui se manifestent cruelles? — Mais il en est plus d'un aujourd'hui, je le crains, qui oserait en ce récit se reconnaître. Saura-t-on inventer l'emploi de tant d'intelligence et de force — ou refuser à tout cela droit de cité?

En quoi Michel peut-il servir l'État? J'avoue que je l'ignore... Il lui faut une occupation. La haute position que t'ont value tes grands mérites, le pouvoir que tu tiens, permettront-ils de la trouver? — Hâte-toi. Michel est dévoué : il l'est encore; il ne le sera bientôt plus qu'à lui-même.

Je t'écris sous un azur parfait; depuis les douze jours que Denis, Daniel et moi sommes ici, pas un nuage, pas une diminution de soleil. Michel dit que le ciel est pur depuis deux mois.

Je ne suis ni triste, ni gai; l'air d'ici vous emplit d'une exaltation très vague et vous fait connaître un état qui paraît aussi loin de la gaieté que de la peine; peut-être que c'est le bonheur.

Nous restons auprès de Michel; nous ne voulons pas le quitter; tu comprendras pourquoi si tu veux bien lire ces pages; c'est donc ici, dans sa demeure, que nous attendons ta réponse; ne tarde pas.

Tu sais quelle amitié de collège, forte déjà, mais chaque année grandie, liait Michel à Denis, à Daniel, à moi. Entre nous quatre une sorte de pacte fut conclu : au moindre appel de l'un devaient répondre les trois

autres. Quand donc je reçus de Michel ce mystérieux cri d'alarme, je prévins aussitôt Daniel et Denis, et tous trois, quittant tout, nous partîmes.

Nous n'avions pas revu Michel depuis trois ans. Il s'était marié, avait emmené sa femme en voyage; et, lors de son dernier passage à Paris, Denis était en Grèce, Daniel en Russie, moi retenu, tu le sais, auprès de notre père malade. Nous n'étions pourtant pas restés sans nouvelles; mais celles que Silas et Will, qui l'avaient revu, nous donnèrent, n'avaient pu que nous étonner. Un changement se produisait en lui, que nous n'expliquions pas encore. Ce n'était plus le puritain très docte de naguère, aux gestes maladroits à force d'être convaincus, aux regards si clairs que devant eux souvent nos trop libres propos s'arrêtèrent. C'était... mais pourquoi t'indiquer déjà ce que son récit va te dire.

Je t'adresse donc ce récit, tel que Denis, Daniel et moi l'entendîmes : Michel le fit sur sa terrasse où près de lui nous étions étendus dans l'ombre et dans la clarté des étoiles. A la fin du récit nous avons vu le jour se lever sur la plaine. La maison de Michel la domine, ainsi que le village dont elle n'est distante que peu. Par la chaleur, et toutes les moissons fauchées, cette plaine ressemble au désert.

La maison de Michel, bien que pauvre et bizarre, est charmante. L'hiver on souffrait du froid, car pas de vitres aux fenêtres; ou plutôt pas de fenêtres du tout, mais de vastes trous dans les murs. Il fait si beau que nous couchons dehors sur des nattes.

Que je te dise encore que nous avions fait bon voyage. Nous sommes arrivés ici le soir, exténués de chaleur, ivres de nouveauté, nous étant arrêtés à peine à Alger, puis à Constantine. De Constantine un nouveau train nous emmenait jusqu'à Sidi b. M. où une carriole attendait. La route cesse loin du village. Celui-ci perche au haut d'un roc comme certains bourgs de l'Ombrie. Nous montâmes à pied; deux mulets avaient pris nos valises. Quand on y vient par ce chemin, la maison de Michel est la première du village. Un jardin fermé de murs bas, ou plutôt un enclos l'entoure, où croissent trois grenadiers déjetés et un superbe laurier-rose. Un enfant kabyle était là, qui s'est enfui dès notre approche, escaladant le mur sans façon.

Michel nous a reçus sans témoigner de joie; très simple, il semblait craindre toute manifestation de tendresse; mais sur le seuil, d'abord, il embrassa chacun de nous trois gravement.

Jusqu'à la nuit nous n'échangeâmes pas dix paroles. Un dîner presque tout frugal était prêt dans un salon dont les somptueuses décorations nous étonnèrent, mais que t'expliquera le récit de Michel. Puis il nous servit le café qu'il prit soin de faire lui-même. Puis nous montâmes sur la terrasse d'où la vue à l'infini s'étendait, et tous trois, pareils aux trois amis de Job, nous attendîmes, admirant sur la plaine en feu le déclin brusque de la journée.

Quand ce fut la nuit, Michel dit :

PREMIÈRE PARTIE

I

Mes chers amis, je vous savais fidèles. A mon appel vous êtes accourus, tout comme j'eusse fait au vôtre. Pourtant voici trois ans que vous ne m'aviez vu. Puisse votre amitié, qui résiste si bien à l'absence, résister aussi bien au récit que je veux vous faire. Car si je vous appelai brusquement, et vous fis voyager jusqu'à ma demeure lointaine, c'est pour vous voir, uniquement, et pour que vous puissiez m'entendre. Je ne veux pas d'autre secours que celui-là : vous parler. — Car je suis à tel point de ma vie que je ne peux plus dépasser. Pourtant ce n'est pas lassitude. Mais je ne comprends plus. J'ai besoin... J'ai besoin de parler, vous dis-je. Savoir se libérer n'est rien; l'ardu, c'est savoir être libre. — Souffrez que je parle de moi; je vais vous raconter ma vie, simplement, sans modestie et sans orgueil, plus simplement que si je parlais à moi-même. Ecoutez-moi :

La dernière fois que nous nous vîmes, c'était, il m'en souvient, aux environs d'Angers, dans la petite église de campagne où mon mariage se célébrait. Le public était peu nombreux, et l'excellence des amis faisait de cette cérémonie banale une cérémonie touchante. Il me semblait que l'on était ému, et cela m'émouvait moi-même. Dans la maison de celle qui devenait ma femme, un court repas, sans rires et sans cris, vous réunit à nous au sortir de l'église; puis la voiture commandée nous emmena, selon l'usage qui joint en nos esprits, à l'idée d'un mariage, la vision d'un quai de départ.

Je connaissais très peu ma femme et pensais, sans en trop souffrir, qu'elle ne me connaissait pas plus. Je l'avais épousée sans amour, beaucoup pour complaire à mon père, qui, mourant, s'inquiétait de me laisser seul.

J'aimais mon père tendrement; occupé par son agonie, je ne songeai, en ces tristes moments, qu'à lui rendre sa fin plus douce; et ainsi j'engageai ma vie sans savoir ce que pouvait être la vie. Nos fiançailles au chevet du mourant furent sans rires, mais non sans grave joie, tant la paix qu'en obtint mon père fut grande. Si je n'aimais pas, dis-je, ma fiancée, du moins n'avais-je jamais aimé d'autre femme. Cela suffisait à mes yeux pour assurer notre bonheur; et, m'ignorant encore moi-même, je crus me donner tout à elle. Elle était orpheline aussi et vivait avec ses deux frères. Elle s'appelait Marceline; elle avait à peine vingt ans; j'en avais quatre de plus qu'elle.

J'ai dit que je ne l'aimais point — du moins n'éprouvais-je pour elle rien de ce qu'on appelle amour, mais je l'aimais, si l'on veut entendre par là de la tendresse, une sorte de pitié, enfin une estime assez grande. Elle était catholique et je suis protestant... mais je croyais l'être si peu! le prêtre m'accepta; moi j'acceptai le prêtre : cela se joua sans impair.

Mon père était, comme l'on dit, « athée », — du moins je le suppose, n'ayant, par une sorte d'invincible pudeur que je crois bien qu'il partageait, jamais pu causer avec lui de ses croyances. Le grave enseignement huguenot de ma mère s'était, avec sa belle image, lentement effacé en mon cœur; vous savez que je la perdis jeune. Je ne soupçonnais pas encore combien cette première morale d'enfant nous maîtrise, ni quels plis elle laisse à l'esprit. Cette sorte d'austérité dont ma mère m'avait laissé le goût en m'en inculquant les principes, je la reportai toute à l'étude. J'avais quinze ans quand je perdis ma mère; mon père s'occupa de moi, m'entoura et mit sa passion à m'instruire. Je savais déjà bien le latin et le grec; avec lui j'appris vite l'hébreu, le sanscrit, et enfin le persan et l'arabe. Vers vingt ans j'étais si chauffé qu'il osait m'associer à ses travaux. Il s'amusait à me prétendre son égal et voulut m'en donner la preuve. L'*Essai sur les cultes phrygiens,* qui parut sous son nom, fut mon œuvre; à peine l'avait-il revu; rien jamais ne lui valut tant d'éloges. Il fut ravi. Pour moi, j'étais confus de voir cette supercherie réussir. Mais désormais je fus lancé. Les savants les plus érudits me traitaient comme leur collègue. Je souris

maintenant de tous les honneurs qu'on me fit... Ainsi j'atteignis vingt-cinq ans, n'ayant presque rien regardé que des ruines ou des livres, et ne connaissant rien de la vie; j'usais dans le travail une ferveur singulière. J'aimais quelques amis (vous en fûtes), mais plutôt l'amitié qu'eux-mêmes, mon dévouement pour eux était grand, mais c'était besoin de noblesse; je chérissais en moi chaque beau sentiment. Au demeurant, j'ignorais mes amis, comme je m'ignorais moi-même. Pas un instant ne me survint l'idée que j'eusse pu mener une existence différente ni qu'on pût vivre différemment.

A mon père et à moi des choses simples suffisaient; nous dépensions si peu tous deux, que j'atteignis mes vingt-cinq ans sans savoir que nous étions riches. J'imaginais, sans y songer souvent, que nous avions seulement de quoi vivre; et j'avais pris, près de mon père, des habitudes d'économie telles, que je fus presque gêné quand je compris que nous possédions beaucoup plus. J'étais à ce point distrait de ces choses, que ce ne fut même pas après le décès de mon père, dont j'étais unique héritier, que je pris conscience un peu plus nette de ma fortune, mais seulement lors du contrat de mon mariage, et pour m'apercevoir du même coup que Marceline ne m'apportait presque rien.

Une autre chose que j'ignorais, plus importante encore peut-être, c'est que j'étais d'une santé très délicate. Comment l'eussé-je su, ne l'ayant pas mise à l'épreuve ? J'avais des rhumes de temps à autre, et les soignais négligemment. La vie trop calme que je menais m'affaiblissait et me préservait à la fois. Marceline, au contraire, semblait robuste, — et qu'elle le fût plus que moi, c'est ce que nous devions bientôt savoir.

Le soir même de nos noces nous couchions dans mon appartement de Paris, où l'on nous avait préparé deux chambres. Nous ne restâmes à Paris que le temps qu'il fallut pour d'indispensables emplettes, puis gagnâmes Marseille, d'où nous nous embarquâmes aussitôt pour Tunis.

Les soins urgents, l'étourdissement des derniers événements trop rapides, l'indispensable émotion des noces venant sitôt après celle plus réelle de mon deuil, tout cela m'avait épuisé. Ce ne fut que sur le bateau que je

pus sentir ma fatigue. Jusqu'alors chaque occupation, en l'accroissant, m'en distrayait. Le loisir obligé du bord me permettait enfin de réfléchir. C'était, me semblait-il, pour la première fois.

Pour la première fois aussi je consentais d'être privé longtemps de mon travail. Je ne m'étais accordé jusqu'alors que de courtes vacances. Un voyage en Espagne avec mon père, peu de temps après la mort de ma mère, avait, il est vrai, duré plus d'un mois; un autre, en Allemagne, six semaines; d'autres encore — mais c'étaient des voyages d'études; mon père ne s'y distrayait point de ses recherches très précises; moi, sitôt que je ne l'y suivais plus, je lisais. Et pourtant, à peine avions-nous quitté Marseille, divers souvenirs de Grenade et de Séville me revinrent, de ciel plus pur, d'ombres plus franches, de fêtes, de rires et de chants. Voilà ce que nous allons retrouver, pensai-je. Je montai sur le pont du navire et regardai Marseille s'écarter.

Puis, brusquement, je songeai que je délaissais un peu Marceline.

Elle était assise à l'avant; je m'approchai, et, pour la première fois vraiment, la regardai.

Marceline était très jolie. Vous le savez; vous l'avez vue. Je me reprochai de ne m'en être pas d'abord aperçu. Je la connaissais trop pour la voir avec nouveauté; nos familles de tout temps étaient liées; je l'avais vue grandir; j'étais habitué à sa grâce... Pour la première fois je m'étonnai, tant cette grâce me parut grande.

Sur un simple chapeau de paille noire elle laissait flotter un grand voile; elle était blonde, mais ne paraissait pas délicate. Sa jupe et son corsage pareils étaient faits d'un châle écossais que nous avions choisi ensemble. Je n'avais pas voulu qu'elle s'assombrît de mon deuil.

Elle sentit que je la regardais, se retourna vers moi... jusqu'alors je n'avais eu près d'elle qu'un empressement de commande; je remplaçais, tant bien que mal, l'amour par une sorte de galanterie froide qui, je le voyais bien, l'importunait un peu; Marceline sentit-elle à cet instant que je la regardais pour la première fois d'une manière différente? A son tour elle me regarda fixement; puis, très tendrement, me sourit. Sans parler, je m'assis près d'elle. J'avais vécu pour moi ou du moins selon

moi jusqu'alors ; je m'étais marié sans imaginer en ma femme autre chose qu'un camarade, sans songer bien précisément que, de notre union, ma vie pourrait être changée. Je venais de comprendre enfin que là cessait le monologue.

Nous étions tous deux seuls sur le pont. Elle tendit son front vers moi ; je la pressai doucement contre moi ; elle leva les yeux ; je l'embrassai sur les paupières, et sentis brusquement, à la faveur de mon baiser, une sorte de pitié nouvelle ; elle m'emplit si violemment, que je ne pus retenir mes larmes.

« Qu'as-tu donc ? » me dit Marceline.

Nous commençâmes à parler. Ses propos charmants me ravirent. Je m'étais fait, comme j'avais pu, quelques idées sur la sottise des femmes. Près d'elle, ce soir-là, ce fut moi qui me parus gauche et stupide.

Ainsi donc celle à qui j'attachais ma vie avait sa vie propre et réelle ! L'importance de cette pensée m'éveilla plusieurs fois cette nuit ; plusieurs fois je me dressai sur ma couchette pour voir, sur l'autre couchette, plus bas, Marceline, ma femme, dormir.

Le lendemain le ciel était splendide ; la mer calme à peu près. Quelques conversations point pressées diminuèrent encore notre gêne. Le mariage vraiment commençait. Au matin du dernier jour d'octobre nous débarquâmes à Tunis.

Mon intention était de n'y rester que peu de jours. Je vous confesserai ma sottise : rien dans ce pays neuf ne m'attirait que Carthage et quelques ruines romaines : Timgad, dont Octave m'avait parlé, les mosaïques de Sousse et surtout l'amphithéâtre d'El Djem, où je me proposais de courir sans retard. Il fallait d'abord gagner Sousse, puis de Sousse prendre la voiture des postes ; je voulais que rien d'ici là ne fût digne de m'occuper.

Pourtant Tunis me surprit fort. Au toucher de nouvelles sensations s'émouvaient telles parties de moi, des facultés endormies qui, n'ayant pas encore servi, avaient gardé toute leur mystérieuse jeunesse. J'étais plus étonné, ahuri, qu'amusé, et ce qui me plaisait surtout, c'était la joie de Marceline.

Ma fatigue cependant devenait chaque jour plus grande ; mais j'eusse trouvé honteux d'y céder. Je

toussais et sentais au haut de la poitrine un trouble étrange. Nous allons vers le sud, pensais-je ; la chaleur me remettra.

La diligence de Sfax quitte Sousse le soir à huit heures ; elle traverse El Djem à une heure du matin. Nous avions retenu les places du coupé. Je m'attendais à trouver une guimbarde inconfortable ; nous étions au contraire assez commodément installés. Mais le froid !... Par quelle puérile confiance en la douceur d'air du Midi, légèrement vêtus tous deux, n'avions-nous emporté qu'un châle ? Sitôt sortis de Sousse et de l'abri de ses collines, le vent commença de souffler. Il faisait de grands bonds sur la plaine, hurlait, sifflait, entrait par chaque fente des portières ; rien ne pouvait en préserver. Nous arrivâmes tout transis ; moi, de plus, exténué par les cahots de la voiture, et par une horrible toux qui me secouait encore plus. Quelle nuit ! — Arrivés à El Djem, pas d'auberge ; un affreux bordj en tenait lieu. Que faire ? La diligence repartait. Le village était endormi ; dans la nuit qui paraissait immense on entrevoyait vaguement la masse lugubre des ruines ; des chiens hurlaient. Nous rentrâmes dans une salle terreuse où deux lits misérables étaient dressés. Marceline tremblait de froid, mais là du moins le vent ne nous atteignait plus.

Le lendemain fut un jour morne. Nous fûmes surpris, en sortant, de voir un ciel uniformément gris. Le vent soufflait toujours, mais moins impétueusement que la veille. La diligence ne devait repasser que le soir... Ce fut, vous dis-je, un jour lugubre. L'amphithéâtre, en quelques instants parcouru, me déçut ; même il me parut laid, sous ce ciel terne. Peut-être ma fatigue aidait-elle, augmentait-elle mon ennui. Vers le milieu du jour, par désœuvrement, j'y revins, cherchant en vain quelques inscriptions sur les pierres. Marceline, à l'abri du vent, lisait un livre anglais qu'elle avait par bonheur emporté. Je revins m'asseoir auprès d'elle.

« Quel triste jour ! Tu ne t'ennuies pas trop ? lui dis-je.

— Non : tu vois : je lis.

— Que sommes-nous venus faire ici ? Tu n'as pas froid, au moins.

— Pas trop. Et toi ? C'est vrai ! tu es tout pâle.

— Non... »

La nuit, le vent reprit sa force... Enfin la diligence arriva. Nous repartîmes.

Dès les premiers cahots je me sentis brisé. Marceline très fatiguée, s'endormit vite sur mon épaule. Mais ma toux va la réveiller, pensai-je, et doucement, doucement, me dégageant, je l'inclinai vers la paroi de la voiture. Cependant je ne toussais plus, non : je crachais ; c'était nouveau ; j'amenais cela sans effort ; cela venait par petits coups, à intervalles réguliers ; c'était une sensation si bizarre que d'abord je m'en amusai presque, mais je fus bien vite écœuré par le goût inconnu que cela me laissait dans la bouche. Mon mouchoir fut vite hors d'usage. Déjà j'en avais plein les doigts. Vais-je réveiller Marceline ?... Heureusement je me souvins d'un grand foulard qu'elle passait à sa ceinture. Je m'en emparai doucement. Les crachats que je ne retins plus vinrent avec plus d'abondance. J'en étais extraordinairement soulagé. C'est la fin du rhume, pensais-je. Soudain je me sentis très faible ; tout se mit à tourner et je crus que j'allais me trouver mal. Vais-je la réveiller ?... ah ! fi !... (J'ai gardé, je crois, de mon enfance puritaine la haine de tout abandon par faiblesse ; je le nomme aussitôt lâcheté.) Je me repris, me cramponnai, finis par maîtriser mon vertige... Je me crus sur mer de nouveau, et le bruit des roues devenait le bruit de la lame... Mais j'avais cessé de cracher.

Puis, je roulai dans une sorte de sommeil.

Quand j'en sortis, le ciel était déjà plein d'aube ; Marceline dormait encore. Nous approchions. Le foulard que je tenais à la main était sombre, de sorte qu'il n'y paraissait rien d'abord ; mais, quand je ressortis mon mouchoir, je vis avec stupeur qu'il était plein de sang.

Ma première pensée fut de cacher ce sang à Marceline. Mais comment ? — J'en étais tout taché ; j'en voyais partout, à présent ; mes doigts surtout... — J'aurai saigné du nez... C'est cela ; si elle interroge, je lui dirai que j'ai saigné du nez.

Marceline dormait toujours. On arriva. Elle dut descendre d'abord et ne vit rien. On nous avait gardé deux chambres. Je pus m'élancer dans la mienne, laver, faire disparaître le sang. Marceline n'avait rien vu.

Pourtant je me sentais très faible et fis monter du thé

pour nous deux. Et tandis qu'elle l'apprêtait, très calme, un peu pâle elle-même, souriante, une sorte d'irritation me vint de ce qu'elle n'eût rien su voir. Je me sentais injuste, il est vrai, me disais : si elle n'a rien vu c'est que je cachais bien; n'importe; rien n'y fit; cela grandit en moi comme un instinct, m'envahit... à la fin cela fut trop fort; je n'y tins plus; comme distraitement je lui dis :

« J'ai craché le sang, cette nuit. »

Elle n'eut pas un cri; simplement elle devint beaucoup plus pâle, chancela, voulut se retenir, et tomba lourdement sur le plancher.

Je m'élançai vers elle avec une sorte de rage : « Marceline! Marceline! » — Allons bon! qu'ai-je fait! Ne suffisait-il pas que *moi* je sois malade ? — Mais j'étais, je l'ai dit, très faible; peu s'en fallut que je ne me trouvasse mal à mon tour. J'ouvris la porte; j'appelai; on accourut.

Dans ma valise se trouvait, je m'en souvins, une lettre d'introduction auprès d'un officier de la ville; je m'autorisai de ce mot pour envoyer chercher le major.

Marceline cependant s'était remise; à présent elle était au chevet de mon lit, dans lequel je tremblais de fièvre. Le major arriva, nous examina tous les deux : Marceline n'avait rien, affirma-t-il, et ne se ressentait pas de sa chute; moi j'étais atteint gravement; même il ne voulut pas se prononcer et promit de revenir avant le soir.

Il revint, me sourit, me parla et me donna divers remèdes. Je compris qu'il me condamnait. — Vous l'avouerai-je ? Je n'eus pas un sursaut. J'étais las. Je m'abandonnai, simplement. — « Après tout, que m'offrait la vie ? J'avais bien travaillé jusqu'au bout, fait résolument et passionnément mon devoir. Le reste... ah! que m'importe ? » pensais-je, en trouvant suffisamment beau mon stoïcisme. Mais ce dont je souffrais, c'était de la laideur du lieu. « Cette chambre d'hôtel est affreuse » — et je la regardai. Brusquement, je songeai qu'à côté, dans une chambre pareille, était ma femme, Marceline; et je l'entendis qui parlait. Le docteur n'était pas parti; il s'entretenait avec elle; il s'efforçait de parler bas. — Un peu de temps passa; je dus dormir...

Quand je me réveillai, Marceline était là. Je compris

qu'elle avait pleuré. Je n'aimais pas assez la vie pour avoir pitié de moi-même ; mais la laideur de ce lieu me gênait ; presque avec volupté mes yeux se reposaient sur elle.

À présent, près de moi, elle écrivait. Elle me paraissait jolie. Je la vis fermer plusieurs lettres. Puis elle se leva, s'approcha de mon lit, tendrement prit ma main :

« Comment te sens-tu maintenant ? » me dit-elle. Je souris, lui dis tristement :

« Guérirai-je ? » Mais, aussitôt, elle me répondit : « Tu guériras ! », avec une si passionnée conviction que, presque convaincu moi-même, j'eus comme un confus sentiment de tout ce que la vie pouvait être, de son amour à elle, la vague vision de si pathétiques beautés, — que les larmes jaillirent de mes yeux et que je pleurai longuement sans pouvoir ni vouloir m'en défendre.

Par quelle violence d'amour elle put me faire quitter Sousse ; entouré de quels soins charmants, protégé, secouru, veillé... de Sousse à Tunis, puis de Tunis à Constantine, Marceline fut admirable. C'est à Biskra que je devais guérir. Sa confiance était parfaite ; son zèle ne retomba pas un instant. Elle préparait tout, dirigeait les départs et s'assurait des logements. Elle ne pouvait faire, hélas ! que ce voyage fût moins atroce. Je crus plusieurs fois devoir m'arrêter et finir. Je suais comme un moribond, j'étouffais, par moments perdais connaissance. — À la fin du troisième jour, j'arrivai à Biskra comme mort.

II

Pourquoi parler des premiers jours ? Qu'en reste-t-il ? Leur affreux souvenir est sans voix. Je ne savais plus ni qui, ni où j'étais. Je revois seulement, au-dessus de mon lit d'agonie, Marceline, ma femme, ma vie, se pencher. Je sais que ses soins passionnés, que son amour seul, me sauvèrent. Un jour enfin, comme un marin perdu qui aperçoit la terre, je sentis qu'une lueur de vie se réveillait ; je pus sourire à Marceline. — Pourquoi raconter tout cela ? L'important, c'était que la mort m'eût touché, comme l'on dit, de son aile.

L'important, c'est qu'il devînt pour moi très étonnant que je vécusse, c'est que le jour devînt pour moi d'une lumière inespérée. Avant, pensais-je, je ne comprenais pas que je vivais. Je devais faire de la vie la palpitante découverte.

Le jour vint où je pus me lever. Je fus complètement séduit par notre home. Ce n'était presque qu'une terrasse. Quelle terrasse! Ma chambre et celle de Marceline y donnaient; elle se prolongeait sur des toits. L'on voyait, lorsqu'on en avait atteint la partie la plus haute, par-dessus les maisons, des palmiers; par-dessus les palmiers, le désert. L'autre côté de la terrasse touchait aux jardins de la ville; les branches des dernières cassies l'ombrageaient; enfin elle longeait la cour, une petite cour régulière, plantée de six palmiers réguliers, et finissait à l'escalier qui la reliait à la cour. Ma chambre était vaste, aérée; murs blanchis à la chaux, rien aux murs; une petite porte menait à la chambre de Marceline; une grande porte vitrée ouvrait sur la terrasse.

Là coulèrent des jours sans heures. Que de fois, dans ma solitude, j'ai revu ces lentes journées!... Marceline est auprès de moi. Elle lit; elle coud; elle écrit. Je ne fais rien. Je la regarde. O Marceline!... Je regarde. Je vois le soleil; je vois l'ombre; je vois la ligne de l'ombre se déplacer; j'ai si peu à penser, que je l'observe. Je suis encore très faible; je respire mal; tout me fatigue, même lire; d'ailleurs que lire? Être, m'occupe assez.

Un matin Marceline entre en riant :

« Je t'amène un ami, dit-elle; et je vois entrer derrière elle un petit Arabe au teint brun. Il s'appelle Bachir, a de grands yeux silencieux qui me regardent. Je suis plutôt un peu gêné, et cette gêne déjà me fatigue; je ne dis rien, parais fâché. L'enfant, devant la froideur de mon accueil, se déconcerte, se retourne vers Marceline, et, avec un mouvement de grâce animale et câline, se blottit contre elle, lui prend la main, l'embrasse avec un geste qui découvre ses bras nus. Je remarque qu'il est tout nu sous sa mince gandourah blanche et sous son burnous rapiécé.

— Allons! assieds-toi là, lui dit Marceline qui voit ma gêne. Amuse-toi tranquillement. »

Le petit s'assied par terre, sort un couteau du capuchon de son burnous, un morceau de djerid, et commence à le travailler. C'est un sifflet, je crois, qu'il veut faire.

Au bout d'un peu de temps, je ne suis plus gêné par sa présence. Je le regarde; il semble avoir oublié qu'il est là. Ses pieds sont nus; ses chevilles sont charmantes, et les attaches de ses poignets. Il manie son mauvais couteau avec une amusante adresse... Vraiment, vais-je m'intéresser à cela ?... Ses cheveux sont rasés à la manière arabe; il porte une pauvre chéchia qui n'a qu'un trou à la place du gland. La gandourah, un peu tombée, découvre sa mignonne épaule. J'ai le besoin de la toucher. Je me penche; il se retourne et me sourit. Je fais signe qu'il doit me passer son sifflet, le prends et feins de l'admirer beaucoup. — A présent il veut partir. Marceline lui donne un gâteau, moi deux sous.

Le lendemain, pour la première fois, je m'ennuie; j'attends; j'attends quoi ? je me sens désœuvré, inquiet. Enfin je n'y tiens plus :

« Bachir ne vient donc pas, ce matin ?

— Si tu veux, je vais le chercher. »

Elle me laisse, descend; au bout d'un instant, rentre seule. Qu'a fait de moi la maladie ? Je suis triste à pleurer de la voir revenir sans Bachir.

« Il était trop tard, me dit-elle; les enfants ont quitté l'école et se sont dispersés partout. Il y en a de charmants, sais-tu. Je crois que maintenant tous me connaissent.

— Au moins, tâche qu'il soit là demain. »

Le lendemain Bachir revint. Il s'assit comme l'avant-veille, sortit son couteau, voulut tailler un bois trop dur, et fit si bien qu'il s'enfonça la lame dans le pouce. J'eus un frisson d'horreur; il en rit, montra la coupure brillante et s'amusa de voir couler son sang. Quand il riait, il découvrait des dents très blanches; il lécha plaisamment sa blessure; sa langue était rose comme celle d'un chat. Ah! qu'il se portait bien! C'était là ce dont je m'éprenais en lui : la santé. La santé de ce petit corps était belle.

Le jour suivant il apporta des billes. Il voulut me faire jouer. Marceline n'était pas là; elle m'eût retenu. J'hésitai, regardai Bachir; le petit me saisit le bras, me

mit les billes dans la main, me força. Je m'essoufflais beaucoup à me baisser, mais j'essayai de jouer quand même. Enfin je n'en pus plus. J'étais en nage. Je rejetai les billes et me laissai tomber dans un fauteuil. Bachir, un peu troublé, me regardait.

« Malade ? » dit-il gentiment ; le timbre de sa voix était exquis. Marceline rentra.

« Emmène-le, lui dis-je ; je suis fatigué, ce matin. »

Quelques heures après j'eus un crachement de sang. C'était comme je marchais péniblement sur la terrasse ; Marceline était occupée dans sa chambre ; heureusement elle n'en put rien voir. J'avais fait, par essoufflement, une aspiration plus profonde, et tout à coup c'était venu. Cela m'avait empli la bouche... Mais ce n'était plus du sang clair, comme lors des premiers crachements ; c'était un gros affreux caillot que je crachai par terre avec dégoût.

Je fis quelques pas, chancelant. J'étais horriblement ému. Je tremblais. J'avais peur ; j'étais en colère. — Car jusqu'alors j'avais pensé que, pas à pas, la guérison allait venir et qu'il ne restait qu'à l'attendre. Cet accident brutal venait de me rejeter en arrière. Chose étrange, les premiers crachements ne m'avaient pas fait tant d'effet ; je me souvenais à présent qu'ils m'avaient laissé presque calme. D'où venait donc ma peur, mon horreur, à présent ? C'est que je commençais, hélas ! d'aimer la vie.

Je revins en arrière, me courbai, retrouvai mon crachat, pris une paille et, soulevant le caillot, le déposai sur mon mouchoir. Je regardai. C'était un vilain sang presque noir, quelque chose de gluant, d'épouvantable... Je songeai au beau sang rutilant de Bachir... Et soudain me prit un désir, une envie, quelque chose de plus furieux, de plus impérieux que tout ce que j'avais ressenti jusqu'alors : vivre ! je veux vivre. Je veux vivre. Je serrai les dents, les poings, me concentrai tout entier éperdument, désolément, dans cet effort vers l'existence.

J'avais reçu la veille une lettre de T... ; en réponse à d'anxieuses questions de Marceline, elle était pleine de conseils médicaux ; T... avait même joint à sa lettre quelques brochures de vulgarisation médicale et un livre plus spécial, qui pour cela me parut plus sérieux. J'avais lu négligemment la lettre et point du tout les

imprimés ; d'abord parce que la ressemblance de ces brochures avec les petits traités moraux dont on avait agacé mon enfance, ne me disposait pas en leur faveur ; parce qu'aussi tous les conseils m'importunaient ; puis je ne pensais pas que ces « Conseils aux tuberculeux », « Cure pratique de la tuberculose » pussent s'appliquer à mon cas. Je ne me croyais pas tuberculeux. Volontiers j'attribuais ma première hémoptysie à une cause différente ; ou plutôt, à vrai dire, je ne l'attribuais à rien, évitais d'y penser, n'y pensais guère, et me jugeais, sinon guéri, du moins près de l'être... Je lus la lettre ; je dévorai le livre, les traités. Brusquement, avec une évidence effarante, il m'apparut que je ne m'étais pas soigné comme il fallait. Jusqu'alors je m'étais laissé vivre, me fiant au plus vague espoir ; — brusquement ma vie m'apparut attaquée, attaquée atrocement à son centre. Un ennemi nombreux, actif, vivait en moi. Je l'écoutai : je l'épiai ; je le sentis. Je ne le vaincrais pas sans lutte... et j'ajoutais à demi-voix, comme pour mieux m'en convaincre moi-même : C'est une affaire de volonté.

Je me mis en état d'hostilité.

Le soir tombait : j'organisai ma stratégie. Pour un temps, seule ma guérison devait devenir mon étude ; mon devoir c'était ma santé ; il fallait juger bon, nommer *Bien,* tout ce qui m'était salutaire, oublier, repousser tout ce qui ne me guérissait pas. — Avant le repas du soir, pour la respiration, l'exercice, la nourriture, j'avais pris des résolutions.

Nous prenions nos repas dans une sorte de petit kiosque que la terrasse enveloppait de toutes parts. Seuls, tranquilles, loin de tout, l'intimité de nos repas était charmante. D'un hôtel voisin, un vieux nègre nous apportait une passable nourriture. Marceline surveillait les menus, commandait un plat, en repoussait tel autre.... N'ayant pas très grand-faim d'ordinaire, je ne souffrais pas trop des plats manqués, ni des menus insuffisants. Marceline, habituée elle-même à ne pas beaucoup se nourrir, ne savait pas, ne se rendait pas compte que je ne mangeais pas suffisamment. Manger beaucoup était, de toutes mes résolutions, la première. Je prétendais la mettre à exécution dès ce soir. — Je ne pus. Nous avions je ne sais quel salmis immangeable, puis un rôti ridiculement trop cuit.

Mon irritation fut si vive, que, la reportant sur Marceline, je me répandis devant elle en paroles immodérées. Je l'accusai; il semblait, à m'entendre, qu'elle eût dû se sentir responsable de la mauvaise qualité de ces mets. Ce petit retard au régime que j'avais résolu d'adopter devenait de la plus grave importance; j'oubliais les jours précédents; ce repas manqué gâtait tout. Je m'entêtai. Marceline dut descendre en ville chercher une conserve, un pâté de n'importe quoi.

Elle revint bientôt avec une petite terrine que je dévorai presque entière, comme pour nous prouver à tous deux combien j'avais besoin de manger davantage.

Ce même soir nous arrêtâmes ceci : Les repas seraient beaucoup meilleurs : plus nombreux aussi, un toutes les trois heures; le premier dès six heures et demie. Une abondante provision de conserves de toutes sortes suppléerait les médiocres plats de l'hôtel...

Je ne pus dormir cette nuit, tant le pressentiment de mes nouvelles vertus me grisait. J'avais, je pense, un peu de fièvre; une bouteille d'eau minérale était là; j'en bus un verre, deux verres; à la troisième fois, buvant à même, j'achevai toute la bouteille d'un coup. Je repassais ma volonté comme une leçon; j'apprenais mon hostilité, la dirigeais sur toutes choses; je devais lutter contre tout : mon salut dépendait de moi seul.

Enfin, je vis la nuit pâlir; le jour parut.

Ç'avait été ma veillée d'armes.

Le lendemain, c'était dimanche. Je ne m'étais jusqu'alors pas inquiété, l'avouerai-je, des croyances de Marceline; par indifférence ou pudeur, il me semblait que cela ne me regardait pas; puis je n'y attachais pas d'importance. Ce jour-là Marceline se rendit à la messe. J'appris au retour qu'elle avait prié pour moi. Je la regardai fixement, puis, avec le plus de douceur que je pus :

« Il ne faut pas prier pour moi, Marceline.

— Pourquoi ? dit-elle, un peu troublée.

— Je n'aime pas les protections.

— Tu repousses l'aide de Dieu ?

— Après, il aurait droit à ma reconnaissance. Cela crée des obligations; je n'en veux pas. »

Nous avions l'air de plaisanter, mais ne nous méprenions nullement sur l'importance de nos paroles.

« Tu ne guériras pas tout seul, pauvre ami, soupira-t-elle.

— Alors, tant pis... » Puis, voyant sa tristesse, j'ajoutai moins brutalement : « Tu m'aideras. »

III

JE vais parler longuement de mon corps. Je vais en parler tant, qu'il vous semblera tout d'abord que j'oublie la part de l'esprit. Ma négligence, en ce récit, est volontaire; elle était réelle là-bas. Je n'avais pas de force assez pour entretenir double vie; l'esprit et le reste, pensais-je, j'y songerai plus tard, quand j'irai mieux.

J'étais encore loin d'aller bien. Pour un rien j'étais en sueur et pour un rien je prenais froid; j'avais, comme disait Rousseau, « la courte haleine »; parfois un peu de fièvre; souvent, dès le matin, un sentiment d'affreuse lassitude, et je restais, alors, prostré dans un fauteuil, indifférent à tout, égoïste, m'occupant très uniquement à tâcher de bien respirer. Je respirais péniblement, avec méthode, soigneusement; mes expirations se faisaient avec deux saccades, que ma volonté surtendue ne pouvait complètement retenir; longtemps après encore, je ne les évitais qu'à force d'attention.

Mais ce dont j'eus le plus à souffrir, ce fut de ma sensibilité maladive à tout changement de température. Je pense, quand j'y réfléchis aujourd'hui, qu'un trouble nerveux général s'ajoutait à la maladie; je ne puis expliquer autrement une série de phénomènes, irréductibles, me semble-t-il, au simple état tuberculeux. J'avais toujours ou trop chaud ou trop froid; me couvrais aussitôt avec une exagération ridicule, ne cessais de frissonner que pour suer, me découvrais un peu, et frissonnais sitôt que je ne transpirais plus. Des parties de mon corps se glaçaient, devenaient, malgré la sueur, froides au toucher comme un marbre; rien ne les pouvait plus réchauffer. J'étais sensible au froid à ce point qu'un peu d'eau tombée sur mon pied, lorsque je faisais ma toilette, m'enrhumait; sensible au chaud de même... Je gardai cette sensibilité, la garde

encore, mais, aujourd'hui, c'est pour voluptueusement en jouir. Toute sensibilité très vive peut, suivant que l'organisme est robuste ou débile, devenir, je le crois, cause de délice ou de gêne. Tout ce qui me troublait naguère m'est devenu délicieux.

Je ne sais comment j'avais fait jusqu'alors pour dormir avec les vitres closes; sur les conseils de T... j'essayai donc de les ouvrir la nuit; un peu, d'abord; bientôt je les poussai toutes grandes; bientôt ce fut une habitude, un besoin tel que, dès que la fenêtre était refermée, j'étouffais. Avec quelles délices plus tard sentirai-je entrer vers moi le vent des nuits, le clair de lune...

Il me tarde enfin d'en finir avec ces premiers bégaiements de santé. Grâce à des soins constants en effet, à l'air pur, à la meilleure nourriture, je ne tardai pas d'aller mieux. Jusqu'alors, craignant l'essoufflement de l'escalier, je n'avais pas osé quitter la terrasse; dans les derniers jours de janvier, enfin, je descendis, m'aventurai dans le jardin.

Marceline m'accompagnait, portant un châle. Il était trois heures du soir. Le vent, souvent violent dans ce pays, et qui m'avait beaucoup gêné depuis trois jours, était tombé. La douceur d'air était charmante.

Jardin public... Une très large allée le coupait, ombragée par deux rangs de cette espèce de mimosas très hauts qu'on appelle là-bas des cassies. Des bancs, à l'ombre de ces arbres. Une rivière canalisée, je veux dire plus profonde que large, à peu près droite, longeant l'allée; puis d'autres canaux plus petits, divisant l'eau de la rivière, la menant, à travers le jardin, vers les plantes; l'eau lourde est couleur de la terre, couleur d'argile rose ou grise. Presque pas d'étrangers, quelques Arabes; ils circulent, et, dès qu'ils ont quitté le soleil, leur manteau blanc prend la couleur de l'ombre.

Un singulier frisson me saisit quand j'entrai dans cette ombre étrange; je m'enveloppai de mon châle; pourtant aucun malaise; au contraire... Nous nous assîmes sur un banc. Marceline se taisait. Des Arabes passèrent; puis survint une troupe d'enfants. Marceline en connaissait plusieurs et leur fit signe; ils s'approchèrent. Elle me dit des noms; il y eut des questions, des réponses, des sourires, des moues, de petits jeux. Tout cela m'agaçait quelque peu et de nouveau revint

mon malaise; je me sentis las et suant. Mais ce qui me gênait, l'avouerai-je, ce n'étaient pas les enfants, c'était elle. Oui, si peu que ce fût, j'étais gêné par sa présence. Si je m'étais levé, elle m'aurait suivi; si j'avais enlevé mon châle, elle aurait voulu le porter; si je l'avais remis ensuite, elle aurait dit : « Tu n'as pas froid ? » Et puis, parler aux enfants, je ne l'osais pas devant elle; je voyais qu'elle avait ses protégés; malgré moi, mais par parti pris, moi je m'intéressais aux autres. — Rentrons, lui dis-je; et je résolus à part moi de retourner seul au jardin.

Le lendemain, elle avait à sortir vers dix heures; j'en profitai. Le petit Bachir, qui manquait rarement de venir le matin, prit mon châle; je me sentais alerte, le cœur léger. Nous étions presque seuls dans l'allée; je marchais lentement, m'asseyais un instant, repartais. Bachir suivait, bavard; fidèle et souple comme un chien. Je parvins à l'endroit du canal où viennent laver les laveuses; au milieu du courant une pierre plate est posée; dessus, une fillette couchée et le visage penché vers l'eau, la main dans le courant, y jetait ou y rattrapait des brindilles. Ses pieds nus avaient plongé dans l'eau; ils gardaient de ce bain la trace humide, et là sa peau paraissait plus foncée. Bachir s'approcha d'elle et lui parla; elle se retourna, me sourit, répondit à Bachir en arabe. — C'est ma sœur, me dit-il; puis il m'expliqua que sa mère allait venir laver du linge, et que sa petite sœur l'attendait. Elle s'appelait Rhadra, ce qui voulait dire Verte, en arabe. Il disait tout cela d'une voix charmante, claire, enfantine autant que l'émotion que j'en avais.

« Elle demande que tu lui donnes deux sous », ajouta-t-il.

Je lui en donnai dix et m'apprêtais à repartir, lorsque arriva la mère, la laveuse. C'était une femme admirable, pesante, au grand front tatoué de bleu, qui portait un panier de linge sur la tête, pareille aux canéphores antiques, et, comme elles, voilée simplement d'une large étoffe bleu sombre qui se relève à la ceinture et retombe d'un coup jusqu'aux pieds. Dès qu'elle vit Bachir, elle l'apostropha rudement. Il répondit avec violence; la petite fille s'en mêla; entre eux trois s'engagea une discussion des plus vives. Enfin, Bachir, comme vaincu,

me fit comprendre que sa mère avait besoin de lui ce matin; il me tendit mon châle tristement et je dus repartir tout seul.

Je n'eus pas fait vingt pas que mon châle me parut d'un poids insupportable; tout en sueur, je m'assis au premier banc que je trouvai. J'espérais qu'un enfant surviendrait qui me déchargerait de ce faix. Celui qui vint bientôt, ce fut un grand garçon de quatorze ans, noir comme un Soudanais, pas timide du tout, qui s'offrit de lui-même. Il se nommait Ashour. Il m'aurait paru beau s'il n'avait été borgne. Il aimait à causer, m'apprit d'où venait la rivière, et qu'après le jardin public elle fuyait dans l'oasis et la traversait en entier. Je l'écoutais, oubliant ma fatigue. Quelque plaisant que me parût Bachir, je le connaissais trop à présent, et j'étais heureux de changer. Même, je me promis, un autre jour, de descendre tout seul au jardin et d'attendre, assis sur un banc, le hasard d'une rencontre heureuse...

Après m'être arrêté plusieurs instants encore, nous arrivâmes, Ashour et moi, devant ma porte. Je désirais l'inviter à monter, mais n'osai point, ne sachant ce qu'en aurait pensé Marceline.

Je la trouvai dans la salle à manger, occupée près d'un enfant très jeune, si malingre et d'aspect si chétif, que j'eus pour lui d'abord plus de dégoût que de pitié. Un peu craintivement, Marceline me dit :

« Le pauvre petit est malade.

— Ce n'est pas contagieux, au moins ? Qu'est-ce qu'il a ?

— Je ne sais pas encore au juste. Il se plaint de partout un peu. Il parle assez mal le français; quand Bachir sera là demain, il lui servira d'interprète... Je lui fais prendre un peu de thé... »

Puis, comme pour s'excuser, et parce que je restais là, moi, sans rien dire :

« Voilà longtemps, ajouta-t-elle, que je le connais; je n'avais pas encore osé le faire venir; je craignais de te fatiguer, ou peut-être de te déplaire.

— Pourquoi donc? m'écriai-je; amène ici tous les enfants que tu veux, si ça t'amuse! » Et je songeai, m'irritant un peu de ne l'avoir point fait, que j'aurais fort bien pu faire monter Ashour.

Je regardais ma femme cependant; elle était maternelle

et caressante. Sa tendresse était si touchante que le petit partit bientôt tout réchauffé. — Je parlai de ma promenade et fis comprendre sans rudesse à Marceline pourquoi je préférais sortir seul.

Mes nuits à l'ordinaire étaient encore coupées de sursauts qui m'éveillaient glacé ou trempé de sueur. Cette nuit fut très bonne et presque sans réveils. Le lendemain matin j'étais prêt à sortir dès neuf heures. Il faisait beau; je me sentais bien reposé, point faible, joyeux, ou plutôt amusé. L'air était calme et tiède, mais je pris mon châle pourtant, comme prétexte à lier connaissance avec celui qui me le porterait. J'ai dit que le jardin touchait notre terrasse; j'y fus donc aussitôt. J'entrai avec ravissement dans son ombre. L'air était lumineux. Les cassies, dont les fleurs viennent très tôt avant les feuilles, embaumaient — à moins que ne vînt de partout cette sorte d'odeur légère inconnue qui me semblait entrer en moi par plusieurs sens et m'exaltait. Je respirais plus aisément d'ailleurs; ma marche en était plus légère; pourtant au premier banc je m'assis, mais plus grisé, plus étourdi que las. Je regardai. L'ombre était mobile et légère; elle ne tombait pas sur le sol, et semblait à peine y poser. O lumière! — J'écoutai. Qu'entendis-je? Rien; tout; je m'amusais de chaque bruit. — Je me souviens d'un arbuste, dont l'écorce, de loin, me parut de consistance si bizarre que je dus me lever pour aller la palper. Je la touchai comme on caresse; j'y trouvais un ravissement. Je me souviens... Était-ce enfin ce matin-là que j'allais naître?

J'avais oublié que j'étais seul, n'attendais rien, oubliai l'heure. Il me semblait avoir jusqu'à ce jour si peu senti pour tant penser, que je m'étonnais à la fin de ceci : ma sensation devenait aussi forte qu'une pensée.

Je dis : Il me semblait — car du fond du passé de ma première enfance se réveillaient enfin mille lueurs, de mille sensations égarées. La conscience que je prenais à nouveau de mes sens m'en permettait l'inquiète reconnaissance. Oui, mes sens, réveillés désormais, se retrouvaient toute une histoire, se recomposaient un passé. Ils vivaient! ils vivaient! n'avaient jamais cessé de vivre, se découvraient, même à travers mes ans d'étude, une vie latente et rusée.

Je ne fis aucune rencontre ce jour-là, et j'en fus aise;

je sortis de ma poche un petit Homère que je n'avais pas rouvert depuis mon départ de Marseille, relus trois phrases de l'*Odyssée,* les appris, puis, trouvant un aliment suffisant dans leur rythme et m'en délectant à loisir, fermai le livre et demeurai, tremblant, plus vivant que je n'aurais cru qu'on pût être, et l'esprit engourdi de bonheur...

IV

Marceline, cependant, qui voyait avec joie ma santé enfin revenir, commençait depuis quelques jours à me parler des merveilleux vergers de l'oasis. Elle aimait le grand air et la marche. La liberté que lui valait ma maladie lui permettait de longues courses dont elle revenait éblouie; jusqu'alors elle n'en parlait guère, n'osant m'inciter à l'y suivre et craignant de me voir m'attrister au récit de plaisirs dont je n'aurais pu jouir déjà. Mais, à présent que j'allais mieux, elle comptait sur leur attrait pour achever de me remettre. Le goût que je reprenais à marcher et à regarder m'y portait. Et dès le lendemain nous sortîmes ensemble.

Elle me précéda dans un chemin bizarre et tel que dans aucun pays je n'en vis jamais de pareil. Entre deux assez hauts murs de terre il circule comme indolemment; les formes des jardins, que ces hauts murs limitent, l'inclinent à loisir; il se courbe ou brise sa ligne; dès l'entrée, un détour vous perd; on ne sait plus ni d'où l'on vient, ni où l'on va. L'eau fidèle de la rivière suit le sentier, longe un des murs; les murs sont faits avec la terre même de la route, celle de l'oasis entière, une argile rosâtre ou gris tendre, que l'eau rend un peu plus foncée, que le soleil ardent craquelle et qui durcit à la chaleur, mais qui mollit dès la première averse et forme alors un sol plastique où les pieds nus restent inscrits.
— Par-dessus les murs, des palmiers. A notre approche, des tourterelles y volèrent. Marceline me regardait.

J'oubliais ma fatigue et ma gêne. Je marchais dans une sorte d'extase, d'allégresse silencieuse, d'exaltation des sens et de la chair. A ce moment, des souffles légers s'élevèrent; toutes les palmes s'agitèrent et nous vîmes les palmiers les plus hauts s'incliner; — puis l'air entier

redevint calme, et j'entendis distinctement, derrière le mur, un chant de flûte. — Une brèche au mur; nous entrâmes.

C'était un lieu plein d'ombre et de lumière; tranquille, et qui semblait comme à l'abri du temps; plein de silences et de frémissements, bruit léger de l'eau qui s'écoule, abreuve les palmiers, et d'arbre en arbre fuit, appel discret des tourterelles, chant de flûte dont un enfant jouait. Il gardait un troupeau de chèvres; il était assis, presque nu, sur le tronc d'un palmier abattu; il ne se troubla pas à notre approche, ne s'enfuit pas, ne cessa qu'un instant de jouer.

Je m'aperçus, durant ce court silence, qu'une autre flûte au loin répondait. Nous avançâmes encore un peu, puis :

« Inutile d'aller plus loin, dit Marceline; ces vergers se ressemblent tous; à peine, au bout de l'oasis, deviennent-ils un peu plus vastes... Elle étendit le châle à terre :

— Repose-toi. »

Combien de temps nous y restâmes ? je ne sais plus; — qu'importait l'heure ? Marceline était près de moi; je m'étendis, posai sur ses genoux ma tête. Le chant de flûte coulait encore, cessait par instants, reprenait; le bruit de l'eau... Par instants une chèvre bêlait. Je fermai les yeux; je sentis se poser sur mon front la main fraîche de Marceline; je sentais le soleil ardent doucement tamisé par les palmes; je ne pensais à rien; qu'importait la pensée ? je sentais extraordinairement...

Et par instants, un bruit nouveau; j'ouvrais les yeux; c'était le vent léger dans les palmes; il ne descendait pas jusqu'à nous, n'agitait que les palmes hautes...

Le lendemain matin, dans ce même jardin je revins avec Marceline; le soir du même jour j'y allai seul. Le chevrier qui jouait de la flûte était là. Je m'approchai de lui, lui parlai. Il se nommait Lassif, n'avait que douze ans, était beau. Il me dit le nom de ses chèvres, me dit que les canaux s'appellent *séghias ;* toutes ne coulent pas tous les jours, m'apprit-il; l'eau, sagement et parcimonieusement répartie, satisfait à la soif des plantes, puis leur est aussitôt retirée. Au pied de chacun des palmiers un étroit bassin est creusé qui tient l'eau pour

abreuver l'arbre ; un ingénieux système d'écluses que l'enfant, en les faisant jouer, m'expliqua, maîtrise l'eau, l'amène où la soif est trop grande.

Le jour suivant je vis un frère de Lassif : il était un peu plus âgé, moins beau ; il se nommait Lachmi. A l'aide de la sorte d'échelle que fait, le long du fût, la cicatrice des anciennes palmes coupées, il grimpa tout au haut d'un palmier étêté ; puis descendit agilement, laissant, sous son manteau flottant, voir une nudité dorée. Il rapportait du haut de l'arbre, dont on avait fauché la cime, une petite gourde de terre : elle était appendue là-haut, près de la récente blessure, pour recueillir la sève du palmier dont on fait un vin doux qui plaît fort aux Arabes. Sur l'invite de Lachmi j'y goûtai ; mais ce goût fade, âpre et sirupeux me déplut.

Les jours suivants j'allai plus loin ; je vis d'autres jardins, d'autres bergers et d'autres chèvres. Ainsi que Marceline l'avait dit, ces jardins étaient tous pareils ; et pourtant chacun différait.

Parfois Marceline m'accompagnait encore ; mais, plus souvent, dès l'entrée des vergers, je la quittais, lui persuadant que j'étais las, que je voulais m'asseoir, qu'elle ne devait pas m'attendre, car elle avait besoin de marcher plus ; de sorte qu'elle achevait sans moi la promenade. — Je restais auprès des enfants. Bientôt j'en connus un grand nombre ; je causais avec eux longuement ; j'apprenais leurs jeux, leur en indiquais d'autres, perdais au *bouchon* tous mes sous. Certains m'accompagnaient au loin (chaque jour j'allongeais mes marches), m'indiquaient, pour rentrer, un passage nouveau, se chargeaient de mon manteau et de mon châle quand parfois j'emportais les deux ; avant de les quitter je leur distribuais des piécettes ; parfois ils me suivaient, toujours jouant, jusqu'à ma porte ; parfois enfin ils la passèrent.

Puis Marceline en amena de son côté. Elle amenait ceux de l'école, qu'elle encourageait au travail ; à la sortie des classes, les sages et les doux montaient ; ceux que moi j'amenais étaient autres ; mais des jeux les réunissaient. Nous eûmes soin d'avoir toujours prêts des sirops et des friandises. Bientôt d'autres vinrent d'eux-mêmes, même plus invités par nous. Je me souviens de chacun d'eux ; je les revois...

Vers la fin de janvier, le temps se gâta brusquement ; un vent froid se mit à souffler et ma santé aussitôt s'en ressentit. Le grand espace découvert, qui sépare l'oasis de la ville, me redevint infranchissable, et je dus de nouveau me contenter du jardin public. Puis il plut ; une pluie glacée, qui tout à l'horizon, au nord, couvrit de neige les montagnes.

Je passai ces tristes jours près du feu, morne, luttant rageusement contre la maladie qui, par ce mauvais temps, triomphait. Jours lugubres : je ne pouvais lire ni travailler ; le moindre effort amenait des transpirations incommodes ; fixer mon attention m'exténuait ; dès que je ne veillais pas à soigneusement respirer, j'étouffais.

Les enfants, durant ces tristes jours, furent pour moi la seule distraction possible. Par la pluie, seuls les très familiers entraient ; leurs vêtements étaient trempés ; ils s'asseyaient devant le feu, en cercle. De longs temps se passaient sans rien dire. J'étais trop fatigué, trop souffrant pour autre chose que les regarder ; mais la présence de leur santé me guérissait. Ceux que Marceline choyait étaient faibles, chétifs, et trop sages ; je m'irritai contre elle et contre eux et finalement les repoussai. A vrai dire, ils me faisaient peur.

Un matin j'eus une curieuse révélation sur moi-même : Moktir, le seul des protégés de ma femme qui ne m'irritât point (peut-être parce qu'il était beau), était seul avec moi dans ma chambre ; jusqu'alors je l'aimais médiocrement, mais son regard brillant et sombre m'intriguait. Une curiosité que je ne m'expliquais pas bien me faisait surveiller ses gestes. J'étais debout auprès du feu, les deux coudes sur la cheminée, devant un livre, et je paraissais absorbé, mais pouvais voir se refléter dans la glace les mouvements de l'enfant à qui je tournais le dos. Moktir ne se savait pas observé et me croyait plongé dans la lecture. Je le vis s'approcher sans bruit d'une table où Marceline avait posé, près d'un ouvrage, une paire de petits ciseaux, s'en emparer furtivement, et d'un coup les engouffrer dans son burnous. Mon cœur battit avec force un instant, mais les plus sages raisonnements ne purent faire aboutir en moi le moindre sentiment de révolte. Bien plus ! je ne parvins pas à me

prouver que le sentiment qui m'emplit alors fût autre chose que de la joie. Quand j'eus laissé à Moktir tout le temps de me bien voler, je me tournai de nouveau vers lui et lui parlai comme si rien ne s'était passé. Marceline aimait beaucoup cet enfant; pourtant ce ne fut pas, je crois, la peur de la peiner qui me fit, quand je la revis, plutôt que dénoncer Moktir, imaginer je ne sais quelle fable pour expliquer la perte des ciseaux. A partir de ce jour, Moktir devint mon préféré.

V

Notre séjour à Biskra ne devait pas se prolonger longtemps encore. Les pluies de février passées, la chaleur éclata trop forte. Après plusieurs pénibles jours, que nous avions vécus sous l'averse, un matin, brusquement, je me réveillai dans l'azur. Sitôt levé je courus à la terrasse la plus haute. Le ciel, d'un horizon à l'autre était pur. Sous le soleil, ardent déjà, des buées s'élevaient; l'oasis fumait tout entière; on entendait gronder au loin l'Oued débordé. L'air était si pur et si beau qu'aussitôt je me sentis aller mieux. Marceline vint; nous voulûmes sortir, mais la boue ce jour-là nous retint.

Quelques jours après nous rentrions au verger de Lassif; les tiges semblaient lourdes, molles et gonflées d'eau. Cette terre africaine, dont je ne connaissais pas l'attente, submergée durant de longs jours, à présent s'éveillait de l'hiver, ivre d'eau, éclatant de sèves nouvelles; elle riait d'un printemps forcené dont je sentais le retentissement et comme le double en moi-même. Ashour et Moktir nous accompagnèrent d'abord; je savourais encore leur légère amitié qui ne coûtait qu'un demi-franc par jour; mais bientôt, lassé d'eux, n'étant plus moi-même si faible que j'eusse encore besoin de l'exemple de leur santé et ne trouvant plus dans leurs jeux l'aliment qu'il fallait pour ma joie, je retournai vers Marceline l'exaltation de mon esprit et de mes sens. A la joie qu'elle en eut, je m'aperçus qu'avant elle était restée triste. Je m'excusai comme un enfant de l'avoir souvent délaissée, mis sur le compte

de ma faiblesse mon humeur fuyante et bizarre, affirmai que jusqu'à présent j'avais été trop las pour aimer, mais que je sentirais désormais croître avec ma santé mon amour. Je disais vrai; mais sans doute j'étais bien faible encore, car ce ne fut que plus d'un mois après que je désirai Marceline.

Chaque jour cependant augmentait la chaleur. Rien ne nous retenait à Biskra — que ce charme qui devait m'y rappeler ensuite. Notre résolution de partir fut subite. En trois heures nos paquets furent prêts. Le train partait le lendemain à l'aube...

Je me souviens de la dernière nuit. La lune était à peu près pleine; par ma fenêtre grande ouverte elle entrait en plein dans ma chambre. Marceline dormait, je pense. J'étais couché, mais ne pouvais dormir. Je me sentais brûler d'une sorte de fièvre heureuse, qui n'était autre que la vie... Je me levai, trempai dans l'eau mes mains et mon visage, puis, poussant la porte vitrée, je sortis.

Il était tard déjà; pas un bruit; pas un souffle; l'air même paraissait endormi. A peine, au loin, entendait-on les chiens arabes, qui, comme des chacals, glapissent tout le long de la nuit. Devant moi, la petite cour; la muraille, en face de moi, y portait un pan d'ombre oblique; les palmiers réguliers, sans plus de couleur ni de vie, semblaient immobilisés pour toujours... Mais on retrouve dans le sommeil encore une palpitation de vie, — ici rien ne semblait dormir; tout semblait mort. Je m'épouvantai de ce calme; et brusquement m'envahit de nouveau, comme pour protester, s'affirmer, se désoler dans le silence, le sentiment tragique de ma vie, si violent, douloureux presque, et si impétueux que j'en aurais crié, si j'avais pu crier comme les bêtes. Je pris ma main, je me souviens, ma main gauche dans ma main droite; je voulus la porter à ma tête et le fis. Pourquoi? pour m'affirmer que je vivais et trouver cela admirable. Je touchai mon front, mes paupières. Un frisson me saisit. Un jour viendra — pensai-je, — un jour viendra où même pour porter à mes lèvres même l'eau dont j'aurai le plus soif, je n'aurai plus assez de forces... Je rentrai, mais ne me recouchai pas encore; je voulais fixer cette nuit, en imposer le souvenir à ma pensée, la

retenir; indécis de ce que je ferais, je pris un livre sur ma table, — la Bible, — la laissai s'ouvrir au hasard; penché dans la clarté de la lune je pouvais lire; je lus ces mots du Christ à Pierre, ces mots, hélas! que je ne devais plus oublier : « Maintenant tu te ceins toi-même et tu vas où tu veux aller; mais quand tu seras vieux, tu étendras les mains... » Tu étendras les mains...

Le lendemain, à l'aube, nous partîmes.

VI

JE ne parlerai pas de chaque étape du voyage. Certaines n'ont laissé qu'un souvenir confus; ma santé, tantôt meilleure et tantôt pire, chancelait encore au vent froid, s'inquiétait de l'ombre d'un nuage, et mon état nerveux amenait des troubles fréquents; mais mes poumons du moins se guérissaient. Chaque rechute était moins longue et moins sérieuse; son attaque était aussi vive, mais mon corps devenait contre elle mieux armé.

Nous avions, de Tunis, gagné Malte, puis Syracuse; je rentrais sur la classique terre dont le langage et le passé m'étaient connus. Depuis le début de mon mal, j'avais vécu sans examen, sans loi, m'appliquant simplement à vivre, comme fait l'animal ou l'enfant. Moins absorbé par le mal à présent, ma vie redevenait certaine et consciente. Après cette longue agonie, j'avais cru renaître le même et rattacher bientôt mon présent au passé; en pleine nouveauté d'une terre inconnue je pouvais ainsi m'abuser; ici, plus; tout m'y apprenait ce qui me surprenait encore : j'étais changé.

Quand, à Syracuse et plus loin, je voulus reprendre mes études, me replonger comme jadis dans l'examen minutieux du passé, je découvris que quelque chose en avait, pour moi, sinon supprimé, du moins modifié le goût; c'était le sentiment du présent. L'histoire du passé prenait maintenant à mes yeux cette immobilité, cette fixité terrifiante des ombres nocturnes dans la petite cour de Biskra, l'immobilité de la mort. Avant je me plaisais à cette fixité même qui permettait la précision de mon esprit; tous les faits de l'histoire m'apparaissaient

comme les pièces d'un musée, ou mieux les plantes d'un herbier, dont la sécheresse définitive m'aidât à oublier qu'un jour, riches de sève, elles avaient vécu sous le soleil. A présent, si je pouvais me plaire encore dans l'histoire, c'était en l'imaginant au présent. Les grands faits politiques devaient donc m'émouvoir beaucoup moins que l'émotion renaissante en moi des poètes, ou de certains hommes d'action. A Syracuse je relus Théocrite, et songeai que ses bergers au beau nom étaient ceux mêmes que j'avais aimés à Biskra.

Mon érudition qui s'éveillait à chaque pas m'encombrait, empêchant ma joie. Je ne pouvais voir un théâtre grec, un temple, sans aussitôt le reconstruire abstraitement. A chaque fête antique, la ruine qui restait en son lieu me faisait me désoler qu'elle fût morte; et j'avais horreur de la mort.

J'en vins à fuir les ruines; à préférer aux plus beaux monuments du passé ces jardins bas qu'on appelle les Latomies, où les citrons ont l'acide douceur des oranges, et les rives de la Cyané qui, dans les papyrus, coule encore aussi bleue que le jour où ce fut pour pleurer Proserpine.

J'en vins à mépriser en moi cette science qui d'abord faisait mon orgueil; ces études, qui d'abord étaient toute ma vie, ne me paraissaient plus avoir qu'un rapport tout accidentel et conventionnel avec moi. Je me découvrais autre et j'existais, ô joie! en dehors d'elles. En tant que spécialiste, je m'apparus stupide. En tant qu'homme, me connaissais-je ? je naissais seulement à peine et ne pouvais déjà savoir qui je naissais. Voilà ce qu'il fallait apprendre.

Rien de plus tragique, pour qui crut mourir, qu'une lente convalescence. Après que l'aile de la mort a touché, ce qui paraissait important ne l'est plus; d'autres choses le sont, qui ne paraissaient pas importantes, ou qu'on ne savait même pas exister. L'amas sur notre esprit de toutes connaissances acquises s'écaille comme un fard et, par places, laisse voir à nu la chair même, l'être authentique qui se cachait.

Ce fut dès lors *celui* que je prétendis découvrir : l'être authentique, le « vieil homme », celui dont ne voulait plus l'Evangile; celui que tout, autour de moi, livres, maîtres, parents, et que moi-même avions tâché

d'abord de supprimer. Et il m'apparaissait déjà, grâce aux surcharges, plus fruste et difficile à découvrir mais d'autant plus utile à découvrir et valeureux. Je méprisai dès lors cet être secondaire, appris, que l'instruction avait dessiné par-dessus. Il fallait secouer ces surcharges.

Et je me comparais aux palimpsestes; je goûtais la joie du savant, qui, sous les écritures plus récentes, découvre, sur un même papier, un texte très ancien infiniment plus précieux. Quel était-il, ce texte occulté ? Pour le lire, ne fallait-il pas tout d'abord effacer les textes récents ?

Aussi bien n'étais-je plus l'être malingre et studieux à qui ma morale précédente, toute rigide et restrictive, convenait. Il y avait ici plus qu'une convalescence; il y avait une augmentation, une recrudescence de vie, l'afflux d'un sang plus riche et plus chaud qui devait toucher mes pensées, les toucher une à une, pénétrer tout, émouvoir, colorer les plus lointaines, délicates et secrètes fibres de mon être. Car, robustesse ou faiblesse, on s'y fait; l'être, selon les forces qu'il a, se compose; mais, qu'elles augmentent, qu'elles permettent de pouvoir plus, et... Toutes ces pensées je ne les avais pas alors, et ma peinture ici me fausse. A vrai dire, je ne pensais point, ne m'examinais point; une fatalité heureuse me guidait. Je craignais qu'un regard trop hâtif ne vînt à déranger le mystère de ma lente transformation. Il fallait laisser le temps, aux caractères effacés, de reparaître, ne pas chercher à les former. Laissant donc mon cerveau, non pas à l'abandon, mais en jachère, je me livrai voluptueusement à moi-même, aux choses, au tout, qui me parut divin. Nous avions quitté Syracuse et je courais sur la route escarpée qui joint Taormine à La Môle, criant, pour l'appeler en moi : Un nouvel être! Un nouvel être!

Mon seul effort, effort constant alors, était donc de systématiquement honnir ou supprimer tout ce que je croyais ne devoir qu'à mon instruction passée et à ma première morale. Par dédain résolu pour ma science, par mépris pour mes goûts de savant, je refusai de voir Agrigente, et, quelques jours plus tard, sur la route qui mène à Naples, je ne m'arrêtai point près du beau temple de Pæstum où respire encore la Grèce, et où j'allai, deux ans plus tard, prier je ne sais plus quel dieu.

Que parlé-je d'unique effort ? Pouvais-je m'intéresser à moi, sinon comme à un être perfectible ? Cette perfection inconnue et que j'imaginais confusément, jamais ma volonté n'avait été plus exaltée que pour y tendre; j'employais cette volonté tout entière à fortifier mon corps, à le bronzer. Près de Salerne, quittant la côte, nous avions gagné Ravello. Là, l'air plus vif, l'attrait des rocs pleins de retraits et de surprises, la profondeur inconnue des vallons, aidant à ma force, à ma joie, favorisèrent mon élan.

Plus rapproché du ciel qu'écarté du rivage, Ravello, sur une abrupte hauteur, fait face à la lointaine et plate rive de Pœstum. C'était, sous la domination normande, une cité presque importante; ce n'est plus qu'un étroit village où nous étions, je crois, seuls étrangers. Une ancienne maison religieuse, à présent transformée en hôtel, nous hébergea; sise à l'extrémité du roc, ses terrasses et son jardin semblaient surplomber dans l'azur. Après le mur chargé de pampres, on ne voyait d'abord rien que la mer; il fallait s'approcher du mur pour pouvoir suivre le dévalement cultivé qui, par des escaliers plus que par des sentiers, joignait Ravello au rivage. Au-dessus de Ravello, la montagne continuait. Des oliviers, des caroubiers énormes; à leur ombre des cyclamens; plus haut, des châtaigniers en grand nombre, un air frais, des plantes du Nord; plus bas, des citronniers près de la mer. Ils sont rangés par petites cultures que motive la pente du sol; ce sont jardins en escalier, presque pareils; une étroite allée, au milieu, d'un bout à l'autre les traverse; on y entre sans bruit, en voleur. On rêve, sous cette ombre verte; le feuillage est épais, pesant; pas un rayon franc ne pénètre; comme des gouttes de cire épaisse, les citrons pendent, parfumés; dans l'ombre ils sont blancs et verdâtres; ils sont à portée de la main, de la soif; ils sont doux, âcres; ils rafraîchissent.

L'ombre était si dense, sous eux, que je n'osais m'y arrêter après la marche qui me faisait encore transpirer. Pourtant les escaliers ne m'exténuaient plus; je m'exerçais à les gravir la bouche close; j'espaçais toujours plus mes haltes, me disais : j'irai jusque-là sans faiblir; puis, arrivé au but, trouvant dans mon orgueil content ma récompense, je respirais longuement, puissamment, et

de façon qu'il me semblât sentir l'air pénétrer plus efficacement ma poitrine. Je reportais à tous ces soins du corps mon assiduité de naguère. Je progressais.

Je m'étonnais parfois que ma santé revînt si vite. J'en arrivais à croire que je m'étais d'abord exagéré la gravité de mon état; à douter que j'eusse été très malade, à rire de mon sang craché, à regretter que ma guérison ne fût pas demeurée plus ardue.

Je m'étais soigné d'abord fort sottement, ignorant les besoins de mon corps. J'en fis la patiente étude et devins, quant à la prudence et aux soins, d'une ingéniosité si constante que je m'y amusai comme à un jeu. Ce dont encore je souffrais le plus, c'était ma sensibilité maladive au moindre changement de la température. J'attribuais, à présent que mes poumons étaient guéris, cette hyperesthésie à ma débilité nerveuse, reliquat de la maladie. Je résolus de vaincre cela. La vue des belles peaux hâlées et comme pénétrées de soleil, que montraient, en travaillant aux champs, la veste ouverte, quelques paysans débraillés, m'incitait à me laisser hâler de même. Un matin, m'étant mis à nu, je me regardai; la vue de mes trop maigres bras, de mes épaules, que les plus grands efforts ne pouvaient rejeter suffisamment en arrière, mais surtout la blancheur ou plutôt la décoloration de ma peau, m'emplit et de honte et de larmes. Je me rhabillai vite, et, au lieu de descendre vers Amalfi, comme j'avais accoutumé de faire, me dirigeai vers des rochers couverts d'herbe rase et de mousse, loin des habitations, loin des routes, où je savais ne pouvoir être vu. Arrivé là, je me dévêtis lentement. L'air était presque vif, mais le soleil ardent. J'offris tout mon corps à sa flamme. Je m'assis, me couchai, me tournai. Je sentais sous moi le sol dur; l'agitation des herbes folles me frôlait. Bien qu'à l'abri du vent, je frémissais et palpitais à chaque souffle. Bientôt m'enveloppa une cuisson délicieuse; tout mon être affluait vers ma peau.

Nous demeurâmes à Ravello quinze jours; chaque matin je retournais vers ces rochers, faisais ma cure. Bientôt l'excès de vêtement dont je me recouvrais encore devint gênant et superflu; mon épiderme tonifié cessa de transpirer sans cesse et sut se protéger par sa propre chaleur.

Le matin d'un des derniers jours (nous étions au milieu d'avril) j'osai plus. Dans une anfractuosité des rochers dont je parle, une source claire coulait. Elle retombait ici même en cascade, assez peu abondante, il est vrai, mais elle avait creusé sous la cascade un bassin plus profond où l'eau très pure s'attardait. Par trois fois j'y étais venu, m'étais penché, m'étais étendu sur la berge, plein de soif et plein de désirs; j'avais contemplé longuement le fond de roc poli, où l'on ne découvrait pas une salissure, pas une herbe, où le soleil, en vibrant et en se diaprant, pénétrait. Ce quatrième jour, j'avançai, résolu d'avance, jusqu'à l'eau plus claire que jamais, et, sans plus réfléchir, m'y plongeai d'un coup tout entier. Vite transi, je quittai l'eau, m'étendis sur l'herbe, au soleil. Là, des menthes croissaient, odorantes; j'en cueillis, j'en froissai les feuilles, j'en frottai tout mon corps humide mais brûlant. Je me regardai longuement, sans plus de honte aucune, avec joie. Je me trouvais, non pas robuste encore, mais pouvant l'être, harmonieux, sensuel, presque beau.

VII

Ainsi me contentais-je pour toute action, tout travail, d'exercices physiques qui, certes, impliquaient ma morale changée, mais qui ne m'apparaissaient déjà plus que comme un entraînement, un moyen, et ne me satisfaisaient plus pour eux-mêmes.

Un autre acte pourtant, à vos yeux ridicule peut-être, mais que je redirai, car il précise en sa puérilité le besoin qui me tourmentait de manifester au-dehors l'intime changement de mon être : A Amalfi, je m'étais fait raser.

Jusqu'à ce jour j'avais porté toute ma barbe, avec les cheveux presque ras. Il ne me venait pas à l'idée qu'aussi bien j'aurais pu porter une coiffure différente. Et, brusquement, le jour où je me mis pour la première fois nu sur la roche, cette barbe me gêna; c'était comme un dernier vêtement que je n'aurais pu dépouiller; je la sentais comme postiche; elle était soigneusement taillée, non pas en pointe, mais en une forme carrée, qui me parut aussitôt très déplaisante et ridicule. Rentré dans

la chambre d'hôtel, je me regardai dans la glace et me déplus; j'avais l'air de ce que j'avais été jusqu'alors : un chartiste. Sitôt après le déjeuner, je descendis à Amalfi, ma résolution prise. La ville est très petite : je dus me contenter d'une vulgaire échoppe sur la place. C'était jour de marché; la boutique était pleine; je dus attendre interminablement; mais rien, ni les rasoirs douteux, le blaireau jaune, l'odeur, les propos du barbier, ne put me faire reculer. Sentant sous les ciseaux tomber ma barbe, c'était comme si j'enlevais un masque. N'importe! quand, après, je m'apparus, l'émotion qui m'emplit et que je réprimai de mon mieux, ne fut pas la joie, mais la peur. Je ne discute pas ce sentiment; je le constate. Je trouvais mes traits assez beaux... non, la peur venait de ce qu'il me semblait qu'on voyait à nu ma pensée et de ce que, soudain, elle me paraissait redoutable.

Par contre, je laissai pousser mes cheveux.

Voilà tout ce que mon être neuf, encore désœuvré, trouvait à faire. Je pensais qu'il naîtrait de lui des actes étonnants pour moi-même; mais plus tard; plus tard, me disais-je, — quand l'être serait plus formé. Forcé de vivre en attendant, je conservais, comme Descartes, une façon provisoire d'agir. Marceline ainsi put s'y tromper. Le changement de mon regard, il est vrai, et, surtout le jour où j'apparus sans barbe, l'expression nouvelle de mes traits, l'auraient inquiétée peut-être, mais elle m'aimait trop déjà pour me bien voir; puis je la rassurais de mon mieux. Il importait qu'elle ne troublât pas ma reconnaissance; pour la soustraire à ses regards, je devais donc dissimuler.

Aussi bien celui que Marceline aimait, celui qu'elle avait épousé, ce n'était pas mon « nouvel être ». Et je me redisais cela, pour m'exciter à le cacher. Ainsi ne lui livrai-je de moi qu'une image qui, pour être constante et fidèle au passé, devenait de jour en jour plus fausse.

Mes rapports avec Marceline demeurèrent donc, en attendant, les mêmes — quoique plus exaltés de jour en jour, par un toujours plus grand amour. Ma dissimulation même (si l'on peut appeler ainsi le besoin de préserver de son jugement ma pensée), ma dissimulation l'augmentait. Je veux dire que ce jeu m'occupait de Marceline sans cesse. Peut-être cette contrainte au mensonge me coûta-t-elle un peu d'abord; mais j'arrivai

vite à comprendre que les choses réputées les pires (le mensonge, pour ne citer que celle-là) ne sont difficiles à faire que tant qu'on ne les a jamais faites ; mais qu'elles deviennent chacune, et très vite, aisées, plaisantes, douces à refaire, et bientôt comme naturelles. Ainsi donc, comme à chaque chose pour laquelle un premier dégoût est vaincu, je finis par trouver plaisir à cette dissimulation même, à m'y attarder, comme au jeu de mes facultés inconnues. Et j'avançais chaque jour, dans une vie plus riche et plus pleine, vers un plus savoureux bonheur.

VIII

La route de Ravello à Sorrente est si belle que je ne souhaitais ce matin rien voir de plus beau sur la terre. L'âpreté chaude de la roche, l'abondance de l'air, les senteurs, la limpidité, tout m'emplissait du charme adorable de vivre et me suffisait à ce point que rien d'autre qu'une joie légère ne semblait habiter en moi ; souvenirs ou regrets, espérance ou désir, avenir et passé se taisaient ; je ne connaissais plus de la vie que ce qu'en apportait, en emportait l'instant. — O joie physique ! m'écriais-je ; rythme sûr de mes muscles ! santé !...

J'étais parti de grand matin, précédant Marceline dont la trop calme joie eût tempéré la mienne, comme son pas eût ralenti le mien. Elle me rejoindrait en voiture, à Positano, où nous devions déjeuner.

J'approchais de Positano lorsqu'un bruit de roues, formant basse à un chant bizarre, me fit tout à coup retourner. Et d'abord je ne pus rien voir, à cause d'un tournant de la route qui borde en cet endroit la falaise ; puis brusquement une voiture surgit, à l'allure désordonnée ; c'était celle de Marceline. Le cocher chantait à tue-tête, faisait de grands gestes, se dressait debout sur son siège, fouettait férocement le cheval affolé. Quelle brute ! Il passa devant moi qui n'eus que le temps de me ranger, n'arrêta pas à mon appel... Je m'élançai : mais la voiture allait trop vite. Je tremblais à la fois et d'en voir sauter brusquement Marceline, et de l'y voir rester ; un sursaut du cheval pouvait la précipiter dans la mer... Soudain le cheval s'abat. Marce-

line descend, veut fuir; mais déjà je suis auprès d'elle. Le cocher, sitôt qu'il me voit, m'accueille avec d'horribles jurons. J'étais furieux contre cet homme; à sa première insulte je m'élançai et brutalement le jetai bas de son siège. Je roulai par terre avec lui, mais ne perdis pas l'avantage; il semblait étourdi par sa chute, et bientôt le fut plus encore par un coup de poing que je lui allongeai en plein visage quand je vis qu'il voulait me mordre. Pourtant je ne le lâchai point, pesant du genou sur sa poitrine et tâchant de maîtriser ses bras. Je regardais sa figure hideuse que mon poing venait d'enlaidir davantage; il crachait, bavait, saignait, jurait, ah! l'horrible être! Vrai! l'étrangler paraissait légitime — et peut-être l'eussé-je fait... du moins je m'en sentis capable; et je crois bien que seule l'idée de la police m'arrêta.

Je parvins, non sans peine, à ligoter solidement l'enragé. Comme un sac je le jetai dans la voiture.

Ah! quels regards après, et quels baisers nous échangeâmes. Le danger n'avait pas été grand; mais j'avais dû montrer ma force, et cela pour la protéger. Il m'avait aussitôt semblé que je pourrais donner ma vie pour elle... et la donner toute avec joie... Le cheval s'était relevé. Laissant le fond de la voiture à l'ivrogne, nous montâmes sur le siège tous deux, et, conduisant tant bien que mal, pûmes gagner Positano, puis Sorrente.

Ce fut cette nuit-là que je possédai Marceline.

Avez-vous bien compris ou dois-je vous redire que j'étais comme neuf aux choses de l'amour? Peut-être est-ce à sa nouveauté que notre nuit de noces dut sa grâce... Car il me semble, à m'en souvenir aujourd'hui, que cette première nuit fut la seule, tant l'attente et la surprise de l'amour ajoutaient à la volupté de délices, — tant une seule nuit suffit au plus grand amour pour se dire, et tant mon souvenir s'obstine à me la rappeler uniquement. Ce fut un rire d'un moment, où nos âmes se confondirent... Mais je crois qu'il est un point de l'amour, unique, et que l'âme plus tard, ah! cherche en vain à dépasser; que l'effort qu'elle fait pour ressusciter son bonheur, l'use; que rien n'empêche le bonheur comme le souvenir du bonheur. Hélas! je me souviens de cette nuit...

Notre hôtel était hors de la ville, entouré de jardins, de

vergers ; un très large balcon prolongeait notre chambre ;
des branches le frôlaient. L'aube entra librement par
notre croisée grande ouverte. Je me soulevai douce-
ment, et tendrement je me penchai sur Marceline. Elle
dormait ; elle semblait sourire en dormant. Il me sembla,
d'être plus fort, que je la sentais plus délicate, et que
sa grâce était une fragilité. De tumultueuses pensées
vinrent tourbillonner en ma tête. Je songeai qu'elle ne
mentait pas, disant que j'étais tout pour elle ; puis
aussitôt : « Qu'est-ce que je fais donc pour sa joie ?
Presque tout le jour et chaque jour je l'abandonne ; elle
attend tout de moi, et moi je la délaisse !... ah ! pauvre,
pauvre Marceline !... » Des larmes emplirent mes yeux.
En vain cherchai-je en ma débilité passée comme une
excuse ; qu'avais-je affaire maintenant de soins constants
et d'égoïsme ? n'étais-je pas plus fort qu'elle à présent ?...

Le sourire avait quitté ses joues ; l'aurore, malgré
qu'elle dorât chaque chose, me la fit voir soudain triste
et pâle ; — et peut-être l'approche du matin me dispo-
sait-elle à l'angoisse : « Devrai-je un jour, à mon tour, te
soigner ? m'inquiéter pour toi, Marceline ? » m'écriai-je
au-dedans de moi. Je frissonnai ; et, tout transi d'amour,
de pitié, de tendresse, je posai doucement entre ses yeux
fermés le plus tendre, le plus amoureux et le plus pieux
des baisers.

IX

Les quelques jours que nous vécûmes à Sorrente
furent des jours souriants et très calmes. Avais-je
jamais goûté tel repos, tel bonheur ? En goûterais-je
pareil désormais ?... J'étais près de Marceline sans cesse ;
m'occupant moins de moi, je m'occupais plus d'elle et
trouvais à causer avec elle la joie que je prenais les
jours précédents à me taire.

Je pus être étonné d'abord de sentir que notre vie
errante, où je prétendais me satisfaire pleinement, ne
lui plaisait que comme un état provisoire ; mais tout
aussitôt le désœuvrement de cette vie m'apparut ;
j'acceptai qu'elle n'eût qu'un temps et pour la première
fois, un désir de travail renaissant de l'inoccupation
même où me laissait enfin ma santé rétablie — je parlai

sérieusement de retour ; à la joie qu'en montra Marceline, je compris qu'elle y songeait depuis longtemps.

Cependant les quelques travaux d'histoire auxquels je recommençais de songer n'avaient plus pour moi même goût. Je vous l'ai dit : depuis ma maladie, la connaissance abstraite et neutre du passé me semblait vaine, et si naguère j'avais pu m'occuper à des recherches philologiques, m'attachant par exemple à préciser la part de l'influence gothique dans la déformation de la langue latine, et négligeant, méconnaissant les figures de Théodoric, de Cassiodore, d'Amalasonthe et leurs passions admirables pour ne m'exalter plus que sur des signes et sur le résidu de leur vie, à présent ces mêmes signes, et la philologie tout entière, ne m'étaient plus que comme un moyen de pénétrer mieux dans ce dont la sauvage grandeur et la noblesse m'apparurent. Je résolus de m'occuper de cette époque davantage, de me limiter pour un temps aux dernières années de l'empire des Goths, et de mettre à profit notre prochain passage à Ravenne, théâtre de son agonie.

Mais, l'avouerai-je, la figure du jeune roi Athalaric était ce qui m'y attirait le plus. J'imaginais cet enfant de quinze ans, sourdement excité par les Goths, se révolter contre sa mère Amalasonthe, regimber contre son éducation latine, rejeter la culture comme un cheval entier fait un harnais gênant, et, préférant la société des Goths impolicés à celle du trop sage et vieux Cassiodore, goûter quelques années, avec de rudes favoris de son âge, une vie violente, voluptueuse et débridée, pour mourir à dix-huit ans, tout gâté, soûlé de débauches. Je retrouvais dans ce tragique élan vers un état plus sauvage et intact quelque chose de ce que Marceline appelait en souriant « ma crise ». Je cherchais un consentement à y appliquer au moins mon esprit, puisque je n'y occupais plus mon corps ; et, dans la mort affreuse d'Athalaric, je me persuadais de mon mieux qu'il fallait lire une leçon.

Avant Ravenne, où nous nous attarderions donc quinze jours, nous verrions rapidement Rome et Florence, puis, laissant Venise et Vérone, brusquerions la fin du voyage pour ne nous arrêter plus qu'à Paris. Je trouvais un plaisir tout neuf à parler d'avenir avec Marceline ; une certaine indécision restait encore au

sujet de l'emploi de l'été ; las de voyages l'un et l'autre, nous voulions ne pas repartir ; je souhaitais pour mes études la plus grande tranquillité ; et nous pensâmes à une propriété de rapport entre Lisieux et Pont-l'Évêque, en la plus verte Normandie, — propriété que possédait jadis ma mère, où j'avais avec elle passé quelques étés de mon enfance, mais où, depuis sa mort, je n'étais pas retourné. Mon père en avait confié l'entretien et la surveillance à un garde, âgé maintenant, qui touchait pour lui puis nous envoyait régulièrement les fermages. Une grande et très agréable maison, dans un jardin coupé d'eaux vives, m'avait laissé des souvenirs enchantés ; on l'appelait La Morinière ; il me semblait qu'il ferait bon y demeurer.

L'hiver prochain, je parlais de le passer à Rome — en travailleur, non plus en voyageur cette fois... Mais ce dernier projet fut vite renversé : dans l'important courrier qui, depuis longtemps, nous attendait à Naples, une lettre m'apprenait brusquement que, se trouvant vacante une chaire au Collège de France, mon nom avait été plusieurs fois prononcé ; ce n'était qu'une suppléance, mais qui précisément, pour l'avenir, me laisserait une plus grande liberté ; l'ami qui m'instruisait de ceci m'indiquait, si je voulais bien accepter, quelques faciles démarches à faire, — et me pressait fort d'accepter. J'hésitai, voyant surtout d'abord un esclavage ; puis songeai qu'il pourrait être intéressant d'exposer, en un cours, mes travaux sur Cassiodore... Le plaisir que j'allais faire à Marceline, en fin de compte me décida. Et, sitôt ma décision prise, je n'en vis plus que l'avantage.

Dans le monde savant de Rome et de Florence, mon père entretenait diverses relations avec qui j'étais moi-même entré en correspondance. Elles me donnèrent tous moyens de faire les recherches que je voudrais, à Ravenne et ailleurs ; je ne songeais plus qu'au travail. Marceline s'ingéniait à le favoriser par mille soins charmants et mille prévenances.

Notre bonheur, durant cette fin de voyage, fut si égal, si calme, que je n'en peux rien raconter. Les plus belles œuvres des hommes sont obstinément douloureuses. Que serait le récit du bonheur ? Rien que ce qui le prépare, puis ce qui le détruit, ne se raconte. Et je vous ai dit maintenant tout ce qui l'avait préparé.

DEUXIÈME PARTIE

I

Nous arrivâmes à La Morinière dans les premiers jours de juillet, ne nous étant arrêtés à Paris que le temps strictement nécessaire pour nos approvisionnements et pour quelques rares visites.

La Morinière, je vous l'ai dit, est située entre Lisieux et Pont-l'Évêque, dans le pays le plus ombreux, le plus mouillé que je connaisse. De multiples vallonnements, étroits et mollement courbés, aboutissent non loin à la très large vallée d'Auge qui s'aplanit d'un coup jusqu'à la mer. Nul horizon; des bois-taillis pleins de mystère; quelques champs, mais des prés surtout, des pacages aux molles pentes, dont l'herbe épaisse est deux fois l'an fauchée, où des pommiers nombreux, quand le soleil est bas, joignent leur ombre, où paissent de libres troupeaux; dans chaque creux, de l'eau, étang, mare ou rivière; on entend des ruissellements continus.

Ah! comme je reconnus bien la maison! ses toits bleus, ses murs de briques et de pierre, ses douves, les reflets dans les dormantes eaux... C'était une vieille maison où l'on aurait logé plus de douze; Marceline, trois domestiques, moi-même parfois y aidant, nous avions fort à faire d'en animer une partie. Notre vieux garde, qui se nommait Bocage, avait déjà fait apprêter de son mieux quelques pièces : de leur sommeil de vingt années les vieux meubles se réveillèrent; tout était resté tel que mon souvenir le voyait, les lambris point trop délabrés, les chambres aisément habitables. Pour nous mieux accueillir, Bocage avait rempli de fleurs tous les vases qu'il avait trouvés. Il avait fait sarcler, ratisser la grand-cour et du parc les plus proches allées. La maison, quand nous arrivâmes, recevait le dernier rayon du soleil, et de la vallée devant elle une immobile brume était montée qui voilait et qui révélait la rivière. Dès avant d'arriver, je reconnus soudain

l'odeur de l'herbe ; et quand j'entendis de nouveau tourner autour de la maison les cris aigus des hirondelles, tout le passé soudain se souleva, comme s'il m'attendait et, me reconnaissant, voulait se refermer sur mon approche.

Au bout de quelques jours, la maison devint à peu près confortable ; j'aurais pu me mettre au travail ; je tardais, écoutant encore se rappeler à moi minutieusement mon passé, puis bientôt occupé par une émotion trop nouvelle : Marceline, une semaine après notre arrivée, me confia qu'elle était enceinte.

Il me sembla dès lors que je lui dusse des soins nouveaux, qu'elle eût droit à plus de tendresse ; tout au moins dans les premiers temps qui suivirent sa confidence je passai donc près d'elle presque tous les moments du jour. Nous allions nous asseoir près du bois, sur le banc où jadis j'allais m'asseoir avec ma mère ; là, plus voluptueusement se présentait à nous chaque instant, plus insensiblement coulait l'heure. De cette époque de ma vie, si nul souvenir distinct ne se détache, ce n'est point que j'en garde une moins vive reconnaissance — mais bien parce que tout s'y mêlait, s'y fondait en un uniforme bien-être, où le soir s'unissait au matin sans saccades, où les jours se liaient les uns aux autres sans surprises.

Je repris lentement mon travail, l'esprit calme, dispos, sûr de sa force, regardant le futur avec confiance et sans fièvre, la volonté comme adoucie, et comme écoutant le conseil de cette terre tempérée.

Nul doute, pensais-je, que l'exemple de cette terre, où tout s'apprête au fruit, à l'utile moisson, ne doive avoir sur moi la plus excellente influence. J'admirais quel tranquille avenir promettaient ces robustes bœufs, ces vaches pleines dans ces opulentes prairies. Les pommiers en ordre plantés aux favorables penchants des collines annonçaient cet été des récoltes superbes ; je rêvais sous quelle riche charge de fruits allaient bientôt ployer leurs branches. De cette abondance ordonnée, de cet asservissement joyeux, de ces souriantes cultures, une harmonie s'établissait, non plus fortuite mais dictée, un rythme, une beauté tout à la fois humaine et naturelle, où l'on ne savait plus ce que l'on admirait, tant étaient confondus en une très parfaite entente

l'éclatement fécond de la libre nature, l'effort savant de l'homme pour la régler. Que serait cet effort, pensais-je, sans la puissante sauvagerie qu'il domine ? Que serait le sauvage élan de cette sève débordante sans l'intelligent effort qui l'endigue et l'amène en riant au luxe ? — Et je me laissais rêver à telles terres où toutes forces fussent si bien réglées, toutes dépenses si compensées, tous échanges si stricts, que le moindre déchet devînt sensible; puis, appliquant mon rêve à la vie, je me construisais une éthique qui devenait une science de la parfaite utilisation de soi par une intelligente contrainte.

Où s'enfonçaient, où se cachaient alors mes turbulences de la veille ? Il semblait, tant j'étais calme, qu'elles n'eussent jamais été. Le flot de mon amour les avait recouvertes toutes...

Cependant le vieux Bocage autour de nous faisait du zèle; il dirigeait, surveillait, conseillait; on sentait à l'excès son besoin de se paraître indispensable. Pour ne pas le désobliger, il fallut examiner ses comptes, écouter tout au long ses explications infinies. Cela même ne lui suffit point; je dus l'accompagner sur les terres. Sa sentencieuse prud'homie, ses continuels discours, l'évidente satisfaction de lui-même, la montre qu'il faisait de son honnêteté, au bout de peu de temps m'exaspérèrent; il devenait de plus en plus pressant, et tous moyens m'eussent parus bons, pour reconquérir mes aises — lorsqu'un événement inattendu vint donner à mes relations avec lui un caractère différent : Bocage, un certain soir, m'annonça qu'il attendait pour le lendemain son fils Charles.

Je dis : « Ah! » presque indifférent, ne m'étant, jusqu'alors, pas beaucoup soucié des enfants que pouvait bien avoir Bocage; puis, voyant que mon indifférence l'affectait, qu'il attendait de moi quelque marque d'intérêt et de surprise :

« Où donc était-il à présent ? demandai-je.

— Dans une ferme modèle, près d'Alençon, répondit Bocage.

— Il doit bien avoir à présent près de... continuai-je, supputant l'âge de ce fils dont j'avais ignoré jusqu'alors l'existence, et parlant assez lentement pour lui laisser le temps de m'interrompre...

— Dix-sept ans passés, reprit Bocage. Il n'avait pas

beaucoup plus de quatre ans quand Madame votre mère est morte. Ah! c'est un grand gars maintenant; bientôt il en saura plus que son père... » Et Bocage une fois lancé, rien ne pouvait plus l'arrêter, si visible que je fisse paraître ma lassitude.

Le lendemain je ne pensais plus à cela, quand Charles, vers la fin du jour, frais arrivé, vint présenter à Marceline et à moi ses respects. C'était un beau gaillard, si riche de santé, si souple, si bien fait, que les affreux habits de ville qu'il avait mis en notre honneur ne parvenaient pas à le rendre trop ridicule; à peine sa timidité ajoutait-elle encore à sa belle rougeur naturelle. Il semblait n'avoir que quinze ans, tant la clarté de son regard était demeurée enfantine; il s'exprimait bien clairement, sans fausse honte, et, contrairement à son père, ne parlait pas pour ne rien dire. Je ne sais plus quels propos nous échangeâmes ce premier soir; occupé de le regarder, je ne trouvais rien à lui dire et laissais Marceline lui parler. Mais le jour suivant, pour la première fois, je n'attendis pas que le vieux Bocage vînt me prendre pour monter sur la ferme, où je savais qu'étaient commencés des travaux.

Il s'agissait de réparer une mare. Cette mare, grande comme un étang, fuyait; on connaissait le lieu de cette fuite et l'on devait la cimenter. Il fallait pour cela commencer par vider la mare, ce qu'on n'avait pas fait depuis quinze ans. Carpes et tanches y abondaient, quelques-unes très grosses, qui ne quittaient plus les bas-fonds. J'étais désireux d'en acclimater dans les eaux des douves et d'en donner aux ouvriers, de sorte que la partie de plaisir d'une pêche s'ajoutait cette fois au travail, ainsi que l'annonçait l'extraordinaire animation de la ferme; quelques enfants des environs étaient venus, s'étaient mêlés aux travailleurs. Marceline elle-même devait un peu plus tard nous rejoindre.

L'eau baissait depuis longtemps déjà quand j'arrivai. Parfois un grand frémissement en ridait soudain la surface, et les dos bruns des poissons inquiets transparaissaient. Dans les flaques du bord, des enfants pataugeurs capturaient un fretin brillant qu'ils jetaient dans des seaux pleins d'eau claire. L'eau de la mare, que l'émoi des poissons achevait de troubler, était terreuse et devenait d'instant en instant plus opaque. Les

poissons abondaient au-delà de toute espérance; quatre valets de ferme en ramenaient en plongeant la main au hasard. Je regrettais que Marceline se fît attendre et je me décidais à courir la chercher lorsque quelques cris annoncèrent les premières anguilles. On ne réussissait pas à les prendre; elles glissaient entre les doigts. Charles, qui jusqu'alors était resté près de son père sur la rive, n'y tint plus; il ôta brusquement ses souliers, ses chaussettes, mit bas sa veste et son gilet, puis relevant très haut son pantalon et les manches de sa chemise, il entra dans la vase résolument. Tout aussitôt je l'imitai.

« Eh bien! Charles! criai-je, avez-vous bien fait de revenir hier ? »

Il ne répondit rien, mais me regarda tout riant, déjà fort occupé à sa pêche. Je l'appelai bientôt pour m'aider à cerner une grosse anguille; nous unissions nos mains pour la saisir... Puis, après celle-là, ce fut une autre; la vase nous éclaboussait au visage; parfois on enfonçait brusquement et l'eau nous montait jusqu'aux cuisses; nous fûmes bientôt tout trempés. A peine dans l'ardeur du jeu échangions-nous quelques cris, quelques phrases; mais, à la fin du jour, je m'aperçus que je tutoyais Charles, sans bien savoir quand j'avais commencé. Cette action commune nous en avait appris plus l'un sur l'autre que n'aurait pu le faire une longue conversation. Marceline n'était pas encore venue et ne vint pas, mais déjà je ne regrettais plus son absence; il me semblait qu'elle eût un peu gêné notre joie.

Dès le lendemain je sortis retrouver Charles sur la ferme. Nous nous dirigeâmes tous deux vers les bois.

Moi qui connaissais mal mes terres et m'inquiétais peu de ne les pas connaître, je fus fort étonné de voir que Charles les connaissait fort bien, ainsi que les répartitions des fermages; il m'apprit, ce dont je me doutais à peine, que j'avais six fermiers, que j'eusse pu toucher seize à dix-huit mille francs de fermages, et que si j'en touchais à grand-peine la moitié c'est que presque tout s'absorbait en réparations de toutes sortes et en paiement d'intermédiaires. Certains sourires qu'il avait en examinant les cultures me firent bientôt douter que l'exploitation de mes terres fût aussi excellente que j'avais pu le croire d'abord et que me le donnait à entendre Bocage; je poussai Charles sur ce sujet, et

cette intelligence toute pratique, qui m'exaspérait en
Bocage, en cet enfant sut m'amuser. Nous reprîmes jour
après jour nos promenades ; la propriété était vaste, et
quand nous eûmes bien fouillé tous les coins nous
recommençâmes avec plus de méthode. Charles ne me
dissimulait point l'irritation que lui causait la vue de
certains champs mal cultivés, d'espaces pris de genêts,
de chardons, d'herbes sures ; il sut me faire partager
cette haine pour la jachère et rêver avec lui de cultures
mieux ordonnées.

« Mais, lui disais-je d'abord, de ce médiocre entretien, qui en souffre ? Le fermier tout seul, n'est-ce pas ?
Le rapport de sa ferme, s'il varie, ne fait pas varier le
prix d'affermage. »

Et Charles s'irritait un peu : — Vous n'y connaissez
rien, se permettait-il de répondre — et je souriais
aussitôt. — Ne considérant que le revenu, vous ne
voulez pas remarquer que le capital se détériore. Vos
terres, à être imparfaitement cultivées, perdent lentement leur valeur.

« Si elles pouvaient, mieux cultivées, rapporter
plus, je doute que le fermier ne s'y attelle ; je le sais
trop intéressé pour ne pas récolter tant qu'il peut.

— Vous comptez, continuait Charles, sans l'augmentation de main-d'œuvre. Ces terres sont parfois loin des
fermes. A être cultivées elles ne rapporteraient rien ou
presque, mais au moins ne s'abîmeraient pas...

Et la conversation continuait. Parfois pendant une
heure et tout en arpentant les champs nous semblions
ressasser les mêmes choses ; mais j'écoutais et, petit à
petit, m'instruisais.

« Après tout, cela regarde ton père, lui dis-je un
jour, impatienté. Charles rougit un peu :

— Mon père est vieux, dit-il ; il a déjà beaucoup à
faire de veiller à l'exécution des baux, à l'entretien des
bâtiments, à la bonne rentrée des fermages. Sa mission
ici n'est pas de réformer.

— Quelles réformes proposerais-tu, toi ? continuais-je.
Mais alors il se dérobait, prétendait ne pas s'y connaître ;
ce n'est qu'à force d'insistances que je le contraignais à
s'expliquer :

— Enlever aux fermiers toutes terres qu'ils laissent
incultivées, finissait-il par conseiller. Si les fermiers

laissent une partie de leurs champs en jachère, c'est preuve qu'ils ont trop du tout pour vous payer; ou s'ils prétendent garder tout, hausser le prix de leurs fermages. — Ils sont tous paresseux, dans ce pays », ajoutait-il.

Des six fermes que je me trouvais avoir, celle où je me rendais le plus volontiers était située sur la colline qui dominait La Morinière; on l'appelait La Valterie; le fermier qui l'occupait n'était pas déplaisant; je causais volontiers avec lui. Plus près de La Morinière, une ferme dite « la ferme du Château » était louée à demi par un système de demi-métayage qui laissait Bocage, à défaut du propriétaire absent, possesseur d'une partie du bétail. À présent que ma défiance était née, je commençais à soupçonner l'honnête Bocage lui-même, sinon de me duper, du moins de me laisser duper par plusieurs. On me réservait, il est vrai, une écurie et une étable, mais il me parut bientôt qu'elles n'étaient inventées que pour permettre au fermier de nourrir ses vaches et ses chevaux avec mon avoine et mon foin. J'avais écouté bénévolement jusqu'alors les plus invraisemblables nouvelles que Bocage, de temps à autre, m'en donnait : mortalités, malformations et maladies, j'acceptais tout. Qu'il suffît qu'une des vaches du fermier tombât malade pour devenir une de mes vaches, je n'avais pas encore pensé que cela fût possible; ni qu'il suffît qu'une de mes vaches allât très bien pour devenir vache du fermier; cependant quelques remarques imprudentes de Charles, quelques observations personnelles commencèrent à m'éclairer; puis mon esprit, une fois en éveil, alla vite.

Marceline avertie par moi vérifia minutieusement tous les comptes, mais n'y put relever aucune erreur; l'honnêteté de Bocage s'y réfugiait. — Que faire ? — Laisser faire. — Mais au moins, sourdement irrité, surveillai-je à présent les bêtes, sans pourtant trop le laisser voir.

J'avais quatre chevaux et dix vaches; c'était assez pour bien me tourmenter. De mes quatre chevaux, il en était un qu'on nommait encore « le poulain », malgré qu'il eût trois ans passés; on s'occupait alors de le dresser; je commençais à m'y intéresser lorsqu'un beau jour on vint me déclarer qu'il était parfaitement intraitable, qu'on n'en pourrait jamais rien faire et que le

mieux était de m'en débarrasser. Comme si j'en eusse voulu douter, on l'avait fait briser le devant d'une petite charrette et s'y ensanglanter les jarrets.

J'eus, ce jour-là, peine à garder mon calme, et ce qui me retint ce fut la gêne de Bocage. Après tout, il y avait chez lui plus de faiblesse que de mauvais vouloir, pensai-je, la faute en est aux serviteurs; mais ils ne se sentent pas dirigés.

Je sortis dans la cour, voir le poulain. Dès qu'il m'entendit approcher, un serviteur qui le frappait le caressa; je fis comme si je n'avais rien vu. Je ne connaissais pas grand-chose aux chevaux, mais ce poulain me semblait beau; c'était un demi-sang bai clair, aux formes remarquablement élancées; il avait l'œil très vif, la crinière, ainsi que la queue, presque blonde. Je m'assurai qu'il n'était pas blessé, exigeai qu'on pansât ses écorchures et repartis sans ajouter un mot.

Le soir, dès que je revis Charles, je tâchai de savoir ce que lui pensait du poulain.

« Je le crois très doux, me dit-il; mais ils ne savent pas s'y prendre; ils vous le rendront enragé.

— Comment t'y prendrais-tu, toi ?

— Monsieur veut-il me le confier pour huit jours ? j'en réponds.

— Et que lui feras-tu ?

— Vous verrez... »

Le lendemain Charles emmena le poulain dans un recoin de prairie qu'ombrageait un noyer superbe et que contournait la rivière; je m'y rendis accompagné de Marceline. C'est un de mes plus vifs souvenirs. Charles avait attaché le poulain, par une corde de quelques mètres, à un pieu solidement fiché dans le sol. Le poulain, trop nerveux, s'était, paraît-il, fougueusement débattu quelque temps; à présent, assagi, lassé, il tournait en rond d'une façon plus calme; son trot, d'une élasticité surprenante, était aimable à regarder et séduisait comme une danse. Charles, au centre du cercle, évitant à chaque tour la corde d'un saut brusque, l'excitait ou le calmait de la parole; il tenait à la main un grand fouet, mais je ne le vis pas s'en servir. Tout, dans son air et dans ses gestes, par sa jeunesse et par sa joie, donnait à ce travail le bel aspect fervent du plaisir. Brusquement et je ne sais comment, il enfourcha

la bête; elle avait ralenti son allure, puis s'était arrêtée; il l'avait caressée un peu, puis soudain je le vis à cheval, sûr de lui, se maintenant à peine à la crinière, riant, penché, prolongeant sa caresse. A peine le poulain avait-il un instant regimbé; à présent il reprenait son trot égal, si beau, si souple, que j'enviai Charles et le lui dis.

« Encore quelques jours de dressage et la selle ne le chatouillera plus; dans deux semaines, Madame elle-même osera le monter : il sera doux comme une agnelle. »

Il disait vrai; quelques jours après, le cheval se laissa caresser, habiller, mener, sans défiance; et Marceline même l'eût monté si son état lui eût permis cet exercice.

« Monsieur devrait bien l'essayer », me dit Charles.

C'est ce que je n'eusse jamais fait seul; mais Charles proposa de seller pour lui-même un autre cheval de la ferme; le plaisir de l'accompagner m'emporta.

Que je fus reconnaissant à ma mère de m'avoir conduit au manège durant ma première jeunesse! Le lointain souvenir de ces premières leçons me servit. Je ne me sentis pas trop étonné d'être en selle; au bout de peu d'instants j'étais sans crainte aucune et à mon aise. Le cheval que montait Charles était plus lourd, sans race, mais point désagréable à voir; surtout, Charles le montait bien. Nous prîmes l'habitude de sortir un peu chaque jour; de préférence nous partions de grand matin, dans l'herbe claire de rosée; nous gagnions la limite des bois; des coudres ruisselants, secoués au passage, nous trempaient; l'horizon tout à coup s'ouvrait; c'était la vaste vallée d'Auge; au loin on soupçonnait la mer. Nous restions un instant, sans descendre; le soleil naissant colorait, écartait, dispersait les brumes; puis nous repartions au grand trot; nous nous attardions sur la ferme; le travail commençait à peine; nous savourions cette joie fière, de précéder et dominer les travailleurs; puis brusquement nous les quittions; je rentrais à La Morinière, au moment que Marceline se levait.

Je rentrais ivre d'air, étourdi de vitesse, les membres engourdis un peu d'une voluptueuse lassitude, l'esprit plein de santé, d'appétit, de fraîcheur. Marceline approuvait, encourageait ma fantaisie. En rentrant, encore tout guêtré, j'apportais, vers le lit où elle s'attardait à

m'attendre, une odeur de feuilles mouillées qui lui plaisait, me disait-elle. Et elle m'écoutait raconter notre course, l'éveil des champs, le recommencement du travail... Elle prenait autant de joie, semblait-il, à me sentir vivre, qu'à vivre. — Bientôt de cette joie aussi j'abusai; nos promenades s'allongèrent, et parfois je ne rentrais plus que vers midi.

Cependant je réservais de mon mieux la fin du jour et la soirée à la préparation de mon cours. Mon travail avançait; j'en étais satisfait et ne considérais pas comme impossible qu'il valût la peine plus tard de réunir mes leçons en volume. Par une sorte de réaction naturelle, tandis que ma vie s'ordonnait, se réglait et que je me plaisais autour de moi à régler et à ordonner toutes choses, je m'éprenais de plus en plus de l'éthique fruste des Goths, et, tandis qu'au long de mon cours je m'occupais, avec une hardiesse que l'on me reprocha suffisamment dans la suite, d'exalter l'inculture et d'en dresser l'apologie, je m'ingéniais laborieusement à dominer sinon à supprimer tout ce qui la pouvait rappeler autour de moi comme en moi-même. Cette sagesse, ou bien cette folie, jusqu'où ne la poussai-je pas ?

Deux de mes fermiers, dont le bail expirait à la Noël, désireux de le renouveler vinrent me trouver; il s'agissait de signer, selon l'usage, la feuille dite « promesse de bail ». Fort des assurances de Charles, excité par ses conversations quotidiennes, j'attendais résolument les fermiers. Eux, forts de ce qu'un fermier se remplace malaisément, réclamèrent d'abord une diminution de loyer. Leur stupeur fut d'autant plus grande lorsque je leur lus les « promesses » que j'avais rédigées moi-même, où non seulement je me refusais à baisser le prix des fermages, mais encore leur retirais certaines pièces de terre dont j'avais constaté qu'ils ne faisaient aucun usage. Ils feignirent d'abord le prendre en riant : Je plaisantais. Qu'avais-je affaire de ces terres ? Elles ne valaient rien; et s'ils n'en faisaient rien, c'était qu'on n'en pouvait rien faire... Puis, voyant mon sérieux, ils s'obstinèrent; je m'obstinai de mon côté. Ils crurent m'effrayer en me menaçant de partir. Moi qui n'attendais que ce mot :

« Eh! partez donc si vous voulez! Je ne vous retiens

pas », leur dis-je. Je pris les promesses de bail et les déchirai devant eux.

Je restai donc, avec plus de cent hectares sur les bras. Depuis quelque temps déjà je projetais d'en confier la haute direction à Bocage, pensant bien qu'indirectement c'est à Charles que je la donnais; je prétendais aussi m'en occuper beaucoup moi-même; d'ailleurs je ne réfléchis guère : le risque même de l'entreprise me tentait. Les fermiers ne délogeaient qu'à la Noël; d'ici là nous pouvions bien nous retourner. Je prévins Charles; sa joie aussitôt me déplut; il ne put la dissimuler; elle me fit sentir encore plus sa beaucoup trop grande jeunesse. Le temps pressait déjà; nous étions à cette époque de l'année où les premières récoltes laissent libres les champs pour les premiers labours. Par une convention établie, les travaux du fermier sortant et ceux du nouveau se côtoient, le premier abandonnant son bien pièce après pièce et sitôt les moissons rentrées. Je redoutais, comme une sorte de vengeance, l'animosité des deux fermiers congédiés; il leur plut au contraire de feindre à mon égard une parfaite complaisance (je ne sus que plus tard l'avantage qu'ils y trouvaient). J'en profitai pour courir le matin et le soir sur leurs terres qui devaient donc me revenir bientôt. L'automne commençait; il fallut embaucher plus d'hommes pour hâter les labours, les semailles; nous avions acheté herses, rouleaux, charrues; je me promenais à cheval, surveillant, dirigeant les travaux, prenant plaisir à commander moi-même, à dominer.

Cependant, dans les prés voisins, les fermiers récoltaient les pommes; elles tombaient, roulaient dans l'herbe épaisse, abondantes comme à nulle autre année; les travailleurs n'y pouvaient point suffire; il en venait des villages voisins; on les embauchait pour huit jours; Charles et moi, parfois nous amusions à les aider. Les uns gaulaient les branches pour en faire tomber les fruits tardifs; on récoltait à part les fruits tombés d'eux-mêmes, trop mûrs, souvent talés, écrasés dans les hautes herbes; on ne pouvait marcher sans en fouler. L'odeur montant du pré était âcre et douceâtre et se mêlait à celle des labours.

L'automne s'avançait. Les matins des derniers beaux jours sont les plus frais, les plus limpides. Parfois

l'atmosphère mouillée bleuissait les lointains, les reculait encore, faisait d'une promenade un voyage; le pays semblait agrandi; parfois, au contraire, la transparence anormale de l'air rendait les horizons tout proches; on les eût atteints d'un coup d'aile; et je ne sais ce qui des deux emplissait de plus de langueur. Mon travail était à peu près achevé; du moins je le disais afin d'oser mieux m'en distraire. Le temps que je ne passais plus à la ferme, je le donnais à Marceline. Ensemble nous sortions dans le jardin; nous marchions lentement, elle languissamment et pesant à mon bras; nous allions nous asseoir sur un banc, d'où l'on dominait le vallon que le soir emplissait de lumière. Elle avait une tendre façon de s'appuyer sur mon épaule; et nous restions ainsi jusqu'au soir, sentant fondre en nous la journée, sans gestes, sans paroles... De combien de silence déjà savait s'envelopper notre amour! C'est que déjà l'amour de Marceline était plus fort que les mots pour le dire, et que j'étais parfois presque angoissé par cet amour. Comme un souffle parfois plisse une eau très tranquille, la plus légère émotion sur son front se laissait lire; en elle, mystérieusement, elle écoutait frémir une nouvelle vie; je me penchais sur elle comme sur une profonde eau pure, où, si loin qu'on voyait, on ne voyait que de l'amour. Ah! si c'était encore le bonheur, je sais que j'ai voulu dès lors le retenir, comme on veut retenir dans ses mains rapprochées, en vain, une eau fuyante; mais déjà je sentais, à côté du bonheur, quelque autre chose que le bonheur, qui colorait bien mon amour, mais comme colore l'automne.

L'automne s'avançait. L'herbe, chaque matin plus trempée, ne séchait plus au revers de l'orée; à la fine aube elle était blanche. Les canards, sur l'eau des douves, battaient de l'aile; ils s'agitaient sauvagement; on les voyait parfois se soulever, faire avec de grands cris, dans un vol tapageur, tout le tour de La Morinière. Un matin nous ne les vîmes plus; Bocage les avait enfermés. Charles me dit qu'on les enferme ainsi chaque automne, à l'époque de la migration. Et, peu de jours après, le temps changea. Ce fut, un soir, tout à coup, un grand souffle, une haleine de mer, forte, non divisée, amenant le nord et la pluie, emportant les oiseaux nomades. Déjà l'état de Marceline, les soins d'une

installation nouvelle, les premiers soucis de mon cours nous eussent rappelés en ville. La mauvaise saison, qui commençait tôt, nous chassa.

Les travaux de la ferme, il est vrai, devaient me rappeler en novembre. J'avais été fort dépité d'apprendre les dispositions de Bocage pour l'hiver; il me déclara son désir de renvoyer Charles sur la ferme modèle où il avait, prétendait-il, encore passablement à apprendre; je causai longuement, employai tous les arguments que je trouvai mais ne pus le faire céder; tout au plus accepta-t-il d'écourter un peu ces études pour permettre à Charles de revenir un peu plus tôt. Bocage ne me dissimulait pas que l'exploitation des deux fermes ne se ferait pas sans grand-peine; mais il avait en vue, m'apprit-il, deux paysans très sûrs qu'il comptait prendre sous ses ordres; ce seraient presque des fermiers, presque des métayers, presque des serviteurs; la chose était, pour le pays, trop nouvelle pour qu'il en augurât rien de bon; mais c'était, disait-il, moi qui l'avais voulu. — Cette conversation avait lieu vers la fin d'octobre. Aux premiers jours de novembre, nous nous installions à Paris.

II

Ce fut dans la rue S..., près de Passy, que nous nous installâmes. L'appartement que nous avait indiqué un des frères de Marceline, et que nous avions pu visiter lors de notre dernier passage à Paris, était beaucoup plus grand que celui que m'avait laissé mon père, et Marceline put s'inquiéter quelque peu, non point seulement du loyer plus élevé, mais aussi de toutes les dépenses auxquelles nous allions nous laisser entraîner. A toutes ses craintes j'opposais une factice horreur du provisoire; je me forçais moi-même d'y croire et l'exagérais à dessein. Certainement les divers frais d'installation excéderaient nos revenus, cette année, mais notre fortune déjà belle devait s'accroître encore; je comptais pour cela sur mon cours, sur la publication de mon livre et même, avec quelle folie! sur les nouveaux rendements de mes fermes. Je ne m'arrêtai donc

devant aucune dépense, me disant, à chacune, que je me liais d'autant plus et prétendant supprimer du même coup toute humeur vagabonde que je pouvais sentir, ou craindre de sentir en moi.

Les premiers jours, et du matin au soir, notre temps se passa en courses; et bien que le frère de Marceline, très obligeamment, s'offrît pour nous en épargner plusieurs, Marceline ne tarda pas à se sentir très fatiguée. Puis, au lieu du repos qui lui eût été nécessaire, il lui fallut, aussitôt installée, recevoir visites sur visites; l'éloignement où nous avions vécu jusqu'alors les faisait à présent affluer, et Marceline, déshabituée du monde, ni ne savait les abréger, ni n'osait condamner sa porte; je la trouvais, le soir, exténuée; et si je ne m'inquiétai pas d'une fatigue dont je savais la cause naturelle, du moins m'ingéniai-je à la diminuer, recevant souvent à sa place, ce qui ne m'amusait guère, et parfois rendant les visites, ce qui m'amusait moins encore.

Je n'ai jamais été brillant causeur; la frivolité des salons, leur esprit, est chose à quoi je ne pouvais me plaire; j'en avais pourtant bien fréquenté quelques-uns naguère — mais que ce temps était donc loin! Que s'était-il passé depuis? Je me sentais, auprès des autres, terne, triste, fâcheux, à la fois gênant et gêné... Par une singulière malchance, vous, que je considérais déjà comme mes seuls amis véritables, n'étiez pas à Paris et n'y deviez pas revenir de longtemps. Eussé-je pu mieux vous parler? M'eussiez-vous peut-être compris mieux que je ne faisais moi-même? Mais de tout ce qui grandissait en moi et que je vous dis aujourd'hui, que savais-je? L'avenir m'apparaissait tout sûr, et jamais je ne m'en étais cru plus maître.

Et quand bien même j'eusse été plus perspicace, quel recours contre moi-même pouvais-je trouver en Hubert, Didier, Maurice, en tant d'autres, que vous connaissez et jugez comme moi. Je reconnus bien vite, hélas! l'impossibilité de me faire entendre d'eux. Dès les premières causeries que nous eûmes, je me vis comme contraint par eux de jouer un faux personnage, de ressembler à celui qu'ils croyaient que j'étais resté, sous peine de paraître feindre; et, pour plus de commodité, je feignis donc d'avoir les pensées et les goûts qu'on me prêtait. On ne peut à la fois être sincère et le paraître.

Je revis un peu plus volontiers les gens de ma partie, archéologues et philologues, mais ne trouvai à causer avec eux guère plus de plaisir et pas plus d'émotion qu'à feuilleter de bons dictionnaires d'histoire. Tout d'abord je pus espérer trouver une compréhension un peu plus directe de la vie chez quelques romanciers et chez quelques poètes; mais s'ils l'avaient, cette compréhension, il faut avouer qu'ils ne la montraient guère; il me parut que la plupart ne vivaient point, se contentaient de paraître vivre et, pour un peu, eussent considéré la vie comme un fâcheux empêchement d'écrire. Et je ne pouvais pas les en blâmer; et je n'affirme pas que l'erreur ne vînt pas de moi... D'ailleurs qu'entendais-je par : vivre? — C'est précisément ce que j'aurais voulu qu'on m'apprît. — Les uns et les autres causaient habilement des divers événements de la vie, jamais de ce qui les motive.

Quant aux quelques philosophes, dont le rôle eût été de me renseigner, je savais depuis longtemps ce qu'il fallait attendre d'eux; mathématiciens ou néocriticistes, ils se tenaient aussi loin que possible de la troublante réalité et ne s'en occupaient pas plus que l'algébriste de l'existence des quantités qu'il mesure.

De retour près de Marceline, je ne lui cachai point l'ennui que ces fréquentations me causaient.

« Ils se ressemblent tous, lui disais-je. Chacun fait double emploi. Quand je parle à l'un d'eux, il me semble que je parle à plusieurs.

— Mais, mon ami, répondait Marceline, vous ne pouvez demander à chacun de différer de tous les autres.

— Plus ils se ressemblent entre eux et plus ils diffèrent de moi. »

Et puis je reprenais plus tristement :

« Aucun n'a su être malade. Ils vivent, ont l'air de vivre et de ne pas savoir qu'ils vivent. D'ailleurs, moi-même, depuis que je suis auprès d'eux, je ne vis plus. Entre autres jours, aujourd'hui, qu'ai-je fait ? J'ai dû vous quitter dès neuf heures : à peine avant de partir ai-je eu le temps de lire un peu; c'est le seul bon moment du jour. Votre frère m'attendait chez le notaire, et après le notaire il ne m'a pas lâché; j'ai dû voir avec lui le tapissier; il m'a gêné chez l'ébéniste et je ne l'ai laissé

que chez Gaston; j'ai déjeuné dans le quartier avec Philippe, puis j'ai retrouvé Louis qui m'attendait au café : entendu avec lui l'absurde cours de Théodore que j'ai complimenté à la sortie; pour refuser son invitation du dimanche, j'ai dû l'accompagner chez Arthur; avec Arthur, été voir une exposition d'aquarelles; été déposer des cartes chez Albertine et chez Julie... Exténué, je rentre et vous trouve aussi fatiguée que moi-même, ayant vu Adeline, Marthe, Jeanne, Sophie... et quand le soir, maintenant, je repasse toutes ces occupations du jour, je sens ma journée si vaine et elle me paraît si vide, que je voudrais la ressaisir au vol, la recommencer heure après heure et que je suis triste à pleurer. »

Pourtant je n'aurais pas su dire ni ce que j'entendais par *vivre,* ni si le goût que j'avais pris d'une vie plus spacieuse et aérée, moins contrainte et moins soucieuse d'autrui, n'était pas le secret très simple de ma gêne; ce secret me semblait bien plus mystérieux : un secret de ressuscité, pensais-je; car je restais un étranger parmi les autres, comme quelqu'un qui revient de chez les morts. Et d'abord je ne ressentis qu'un assez douloureux désarroi; mais bientôt un sentiment très neuf se fit jour. Je n'avais éprouvé nul orgueil, je l'affirme, lors de la publication des travaux qui me valurent tant d'éloges. Était-ce de l'orgueil, à présent ? Peut-être; mais du moins aucune nuance de vanité ne s'y mêlait. C'était, pour la première fois, la conscience de ma valeur propre : ce qui me séparait, me distinguait des autres, importait; ce que personne d'autre que moi ne disait ni ne pouvait dire, c'était ce que j'avais à dire.

Mon cours commença tôt après; le sujet m'y portant, je gonflai ma première leçon de toute ma passion nouvelle. A propos de l'extrême civilisation latine, je peignais la culture artistique, montant à fleur de peuple, à la manière d'une sécrétion, qui d'abord indique pléthore, surabondance de santé, puis aussitôt se fige, se durcit, s'oppose à tout parfait contact de l'esprit avec la nature, cache sous l'apparence persistante de la vie la diminution de la vie, forme gaine où l'esprit gêné languit et bientôt s'étiole, puis meurt. Enfin, poussant à bout ma pensée, je disais la Culture, née de la vie, tuant la vie.

Les historiens blâmèrent une tendance, dirent-ils, aux

généralisations trop rapides. D'autres blâmèrent ma méthode; et ceux qui me complimentèrent furent ceux qui m'avaient le moins compris.

Ce fut à la sortie de mon cours que je revis pour la première fois Ménalque. Je ne l'avais jamais beaucoup fréquenté, et, peu de temps avant mon mariage, il était reparti pour une de ces explorations lointaines qui nous privaient de lui parfois plus d'une année. Jadis il ne me plaisait guère; il semblait fier et ne s'intéressait pas à ma vie. Je fus donc étonné de le voir à ma première leçon. Son insolence même, qui m'écartait de lui d'abord, me plut, et le sourire qu'il me fit me parut plus charmant de ce que je le savais plus rare. Récemment, un absurde, un honteux procès à scandale avait été pour les journaux une commode occasion de le salir; ceux que son dédain et sa supériorité blessaient s'emparèrent de ce prétexte à leur vengeance; et ce qui les irritait le plus, c'est qu'il n'en parût pas affecté.

« Il faut, répondait-il aux insultes, laisser les autres avoir raison, puisque cela les console de n'avoir pas autre chose. »

Mais la « bonne société » s'indigna et ceux qui, comme l'on dit, « se respectent » crurent devoir se détourner de lui et lui rendre ainsi son mépris. Ce me fut une raison de plus : attiré vers lui par une secrète influence, je m'approchai et l'embrassai amicalement devant tous.

Voyant avec qui je causais, les derniers importuns se retirèrent; je restai seul avec Ménalque.

Après les irritantes critiques et les ineptes compliments, ses quelques paroles au sujet de mon cours me reposèrent.

« Vous brûlez ce que vous adoriez, dit-il. Cela est bien. Vous vous y prenez tard; mais la flamme est d'autant plus nourrie. Je ne sais encore si je vous entends bien; vous m'intriguez. Je ne cause pas volontiers, mais voudrais causer avec vous. Dînez donc avec moi ce soir.

— Cher Ménalque, lui répondis-je, vous semblez oublier que je suis marié.

— Oui, c'est vrai, reprit-il; à voir la cordiale franchise avec laquelle vous osiez m'aborder, j'avais pu vous croire plus libre. »

Je craignis de l'avoir blessé; plus encore de paraître faible, et lui dis que je le rejoindrais après dîner.

A Paris, toujours en passage, Ménalque logeait à l'hôtel; il s'y était, pour ce séjour, fait aménager plusieurs pièces en manière d'appartement; il avait là ses domestiques, mangeait à part, vivait à part, avait étendu sur les murs, sur les meubles dont la banale laideur l'offusquait, quelques étoffes de haut prix qu'il avait rapportées du Népal et qu'il achevait, disait-il, de ternir avant de les offrir à un musée. Ma hâte à le rejoindre avait été si grande, que je le surpris encore à table quand j'entrai; et comme je m'excusais de troubler son repas :

« Mais, me dit-il, je n'ai pas l'intention de l'interrompre et compte bien que vous me le laisserez achever. Si vous étiez venu dîner, je vous aurais versé du chiraz, de ce vin que chantait Hafiz, mais il est trop tard à présent; il faut être à jeûn pour le boire; prendrez-vous du moins des liqueurs ? »

J'acceptai, pensant qu'il en prendrait aussi; puis, voyant qu'on n'apportait qu'un verre, je m'étonnai :

« Excusez-moi, dit-il, mais je n'en bois presque jamais.

— Craindriez-vous de vous griser ?

— Oh! répondit-il, au contraire! Mais je tiens la sobriété pour une plus puissante ivresse; j'y garde ma lucidité.

— Et vous versez à boire aux autres... »

Il sourit.

« Je ne peux, dit-il, exiger de chacun mes vertus. C'est déjà beau si je retrouve en eux mes vices...

— Du moins fumez-vous ?

— Pas davantage. C'est une ivresse impersonnelle, négative, et de trop facile conquête; je cherche dans l'ivresse une exaltation et non une diminution de la vie.
— Laissons cela. Savez-vous d'où je viens ? — De Biskra. — Sachant que vous veniez d'y passer, j'ai voulu rechercher vos traces. Qu'était-il donc venu faire à Biskra, cet aveugle érudit, ce liseur ? — Je n'ai coutume d'être discret que pour ce que l'on me confie; pour ce que j'apprends par moi-même, ma curiosité, je l'avoue, est sans bornes. J'ai donc cherché, fouillé,

questionné partout où j'ai pu. Mon indiscrétion m'a servi, puisqu'elle m'a donné désir de vous revoir; puisqu'au lieu du savant routinier que je voyais en vous naguère, je sais que je dois voir à présent... c'est à vous de m'expliquer quoi. »

Je sentis que je rougissais.

« Qu'avez-vous donc appris sur moi, Ménalque ?

— Vous voulez le savoir ? Mais n'ayez donc pas peur! Vous connaissez assez vos amis et les miens pour savoir que je ne peux parler de vous à personne. Vous avez vu si votre cours était compris!

— Mais, dis-je avec une légère impatience, rien ne me montre encore que je puisse vous parler plus qu'aux autres. Allons! qu'est-ce que vous avez appris sur moi ?

— D'abord, que vous aviez été malade.

— Mais cela n'a rien de...

— Oh! c'est déjà très important. Puis on m'a dit que vous sortiez volontiers seul, sans livre (et c'est là que j'ai commencé d'admirer), ou, lorsque vous n'étiez plus seul, accompagné moins volontiers de votre femme que d'enfants... Ne rougissez donc pas, ou je ne vous dis pas la suite.

— Racontez sans me regarder.

— Un des enfants — il avait nom Moktir s'il m'en souvient — beau comme peu, voleur et pipeur comme aucun, me parut en avoir long à dire; j'attirai, j'achetai sa confiance, ce qui, vous le savez, n'est pas facile, car je crois qu'il mentait encore en disant qu'il ne mentait plus... Ce qu'il m'a raconté de vous, dites-moi donc si c'est véritable. »

Ménalque cependant s'était levé et avait sorti d'un tiroir une petite boîte qu'il ouvrit.

« Ces ciseaux étaient-ils à vous ? dit-il en me tendant quelque chose d'informe, de rouillé, d'épointé, de faussé; je n'eus pas grand-peine pourtant à reconnaître là les petits ciseaux qu'avait escamotés Moktir.

— Oui; ce sont ceux, c'étaient ceux de ma femme.

— Il prétend vous les avoir pris pendant que vous tourniez la tête, un jour que vous étiez seul avec lui dans une chambre; mais l'intéressant n'est pas là; il prétend qu'à l'instant qu'il les cachait dans son burnous, il a compris que vous le surveilliez dans une glace et

surpris le reflet de votre regard l'épier. Vous aviez vu le vol et vous n'avez rien dit! Moktir s'est montré fort surpris de ce silence... moi aussi.

— Je ne le suis pas moins de ce que vous me dites. Comment! il savait donc que je l'avais surpris!

— Là n'est pas l'important; vous jouiez au plus fin; à ce jeu, ces enfants nous rouleront toujours. Vous pensiez le tenir et c'était lui qui vous tenait... Là n'est pas l'important. Expliquez-moi votre silence.

— Je voudrais qu'on me l'expliquât. »

Nous restâmes pendant quelque temps sans parler. Ménalque, qui marchait de long en large dans la pièce, alluma distraitement une cigarette, puis tout aussitôt la jeta.

« Il y a là, reprit-il, un « sens », comme disent les autres, un « sens » qui semble vous manquer, cher Michel.

— Le « sens moral », peut-être, dis-je en m'efforçant de sourire.

— Oh! simplement celui de la propriété.

— Il ne me paraît pas que vous l'ayez beaucoup vous-même.

— Je l'ai si peu, qu'ici, voyez, rien n'est à moi; pas même ou surtout pas, le lit où je me couche. J'ai l'horreur du repos; la possession y encourage et dans la sécurité l'on s'endort; j'aime assez vivre pour prétendre vivre éveillé, et maintiens donc, au sein de mes richesses mêmes, ce sentiment d'état précaire par quoi j'exaspère, ou du moins j'exalte ma vie. Je ne peux pas dire que j'aime le danger, mais j'aime la vie hasardeuse et veux qu'elle exige de moi, à chaque instant, tout mon courage, tout mon bonheur et toute ma santé...

— Alors que me reprochez-vous? interrompis-je.

— Oh! que vous me compreniez mal, cher Michel; pour un coup que je fais la sottise d'essayer de professer ma foi!... Si je me soucie peu, Michel, de l'approbation ou de la désapprobation des hommes, ce n'est pas pour venir approuver ou désapprouver à mon tour; ces mots n'ont pour moi pas grand sens. J'ai parlé beaucoup trop de moi tout à l'heure; de me croire compris m'entraînait... Je voulais simplement vous dire que, pour quelqu'un qui n'a pas le sens de la propriété, vous semblez posséder beaucoup; c'est grave.

— Que possédé-je tant ?

— Rien, si vous le prenez sur ce ton... Mais n'ouvrez-vous pas votre cours ? N'êtes-vous pas propriétaire en Normandie ? Ne venez-vous pas de vous installer, et luxueusement, à Passy ? Vous êtes marié. N'attendez-vous pas un enfant ?

— Eh bien! dis-je impatienté, cela prouve simplement que j'ai su me faire une vie plus « dangereuse » (comme vous dites) que la vôtre.

— Oui, simplement, redit ironiquement Ménalque; puis, se retournant brusquement, et me tendant la main :

— Allons, adieu; voilà qui suffit pour ce soir, et nous ne dirions rien de mieux. Mais, à bientôt. »

Je restai quelque temps sans le revoir.

De nouveaux soins, de nouveaux soucis m'occupèrent; un savant italien me signala des documents nouveaux qu'il mit au jour et que j'étudiai longuement pour mon cours. Sentir ma première leçon mal comprise avait éperonné mon désir d'éclairer différemment et plus puissamment les suivantes; je fus par là porté à poser en doctrine ce que je n'avais fait d'abord que hasarder à titre d'ingénieuse hypothèse. Combien d'affirmateurs doivent leur force à cette chance de n'avoir pas été compris à demi-mot! Pour moi je ne peux discerner, je l'avoue, la part d'entêtement qui, peut-être, vint se mêler au besoin d'affirmation naturelle. Ce que j'avais de neuf à dire me parut d'autant plus urgent que j'avais plus de mal à le dire, et surtout à le faire entendre.

Mais combien les phrases, hélas! devenaient pâles près des actes! La vie, le moindre geste de Ménalque, n'était-il pas plus éloquent mille fois que mon cours ? Ah! que je compris bien, dès lors, que l'enseignement presque tout moral des grands philosophes antiques ait été d'exemple autant et plus encore que de paroles!

Ce fut chez moi que je revis Ménalque, près de trois semaines après notre première rencontre. Ce fut presque à la fin d'une réunion trop nombreuse. Pour éviter un dérangement quotidien, Marceline et moi préférions laisser nos portes grandes ouvertes le jeudi soir; nous les fermions ainsi plus aisément les autres jours. Chaque jeudi, ceux qui se disaient nos amis venaient donc; la

belle dimension de nos salons nous permettait de les recevoir en grand nombre et la réunion se prolongeait fort avant dans la nuit. Je pense que les attirait surtout l'exquise grâce de Marceline et le plaisir de converser entre eux, car, pour moi, dès la seconde de ces soirées, je ne trouvai plus rien à écouter, rien à dire, et dissimulai mal mon ennui. J'errais du fumoir au salon, de l'antichambre à la bibliothèque, accroché parfois par une phrase, observant peu, mais regardant comme au hasard.

Antoine, Étienne et Godefroy discutaient le dernier vote de la Chambre, vautrés sur les délicats fauteuils de ma femme. Hubert et Louis maniaient sans précaution et froissaient d'admirables eaux-fortes de la collection de mon père. Dans le fumoir, Mathias, pour écouter mieux Léonard, avait posé son cigare ardent sur une table en bois de rose. Un verre de curaçao s'était répandu sur le tapis. Les pieds boueux d'Albert, impudemment couché sur un divan, salissaient une étoffe. Et la poussière qu'on respirait était faite de l'horrible usure des choses... Il me prit une furieuse envie de pousser tous mes invités par les épaules. Meubles, étoffes, estampes, à la première tache perdaient pour moi toute valeur; choses tachées, choses atteintes de maladie et comme désignées par la mort. J'aurais voulu tout protéger, mettre tout sous clef pour moi seul. Que Ménalque est heureux, pensai-je, qui n'a rien! Moi, c'est parce que je veux conserver que je souffre. Que m'importe au fond tout cela?... — Dans un petit salon moins éclairé, séparé par une glace sans tain, Marceline ne recevait que quelques intimes; elle était à demi étendue sur des coussins; elle était affreusement pâle, et me parut si fatiguée que j'en fus effrayé soudain et me promis que cette réception serait la dernière. Il était déjà tard. J'allais regarder l'heure à ma montre quand je sentis dans la poche de mon gilet les petits ciseaux de Moktir.

— Et pourquoi les avait-il volés, celui-là, si c'était aussitôt pour les abîmer, les détruire? — A ce moment quelqu'un frappa sur mon épaule; je me retournai brusquement : c'était Ménalque.

Il était, presque le seul, en habit. Il venait d'arriver. Il me pria de le présenter à ma femme; je ne l'eusse

certes pas fait de moi-même. Ménalque était élégant, presque beau ; d'énormes moustaches tombantes, déjà grises, coupaient son visage de pirate ; la flamme froide de son regard indiquait plus de courage et de décision que de bonté. Il ne fut pas plutôt devant Marceline que je compris qu'il ne lui plaisait pas. Après qu'il eut avec elle échangé quelques banales phrases de politesse, je l'entraînai dans le fumoir.

J'avais appris le matin même la nouvelle mission dont le ministère des Colonies le chargeait ; divers journaux rappelant à ce sujet son aventureuse carrière semblaient oublier leurs basses insultes de la veille et ne trouvaient pas de termes assez vifs pour le louer. Ils exagéraient à l'envi les services rendus au pays, à l'humanité tout entière par les étranges découvertes de ses dernières explorations, tout comme s'il n'entreprenait rien que dans un but humanitaire ; et l'on vantait de lui des traits d'abnégation, de dévouement, de hardiesse, tout comme s'il eût dû trouver une récompense en ces éloges.

Je commençais de le féliciter ; il m'interrompit dès les premiers mots :

« Eh quoi ! vous aussi, cher Michel ; vous ne m'aviez pourtant pas d'abord insulté, dit-il. Laissez donc aux journaux ces bêtises. Ils semblent s'étonner aujourd'hui qu'un homme de mœurs décriées puisse pourtant avoir encore quelques vertus. Je ne sais faire en moi les distinctions et les réserves qu'ils prétendent établir, et n'existe qu'en totalité. Je ne prétends à rien qu'au naturel, et, pour chaque action, le plaisir que j'y prends m'est signe que je devais la faire.

— Cela peut mener loin, lui dis-je.

— J'y compte bien, reprit Ménalque. Ah ! si tous ceux qui nous entourent pouvaient se persuader de cela. Mais la plupart d'entre eux pensent n'obtenir d'eux-mêmes rien de bon que par la contrainte ; ils ne se plaisent que contrefaits. C'est à soi-même que chacun prétend le moins ressembler. Chacun se propose un patron, puis l'imite ; même il ne choisit pas le patron qu'il imite ; il accepte un patron tout choisi. Il y a pourtant, je le crois, d'autres choses à lire, dans l'homme. On n'ose pas. On n'ose pas tourner la page. — Lois de l'imitation ; je les appelle : lois de la peur. On a

peur de se trouver seul; et l'on ne se trouve pas du tout. Cette agoraphobie morale m'est odieuse; c'est la pire des lâchetés. Pourtant c'est toujours seul qu'on invente. Mais qui cherche ici d'inventer ? Ce que l'on sent en soi de différent, c'est précisément ce que l'on possède de rare, ce qui fait à chacun sa valeur — et c'est là ce que l'on tâche de supprimer. On imite. Et l'on prétend aimer la vie! »

Je laissais Ménalque parler; ce qu'il disait c'était précisément ce que le mois d'avant, moi, je disais à Marceline; et j'aurais donc dû l'approuver. Pourquoi, par quelle lâcheté l'interrompis-je, et lui dis-je, imitant Marceline, la phrase mot pour mot par laquelle elle m'avait alors interrompu :

« Vous ne pouvez pourtant, cher Ménalque, demander à chacun de différer de tous les autres... »

Ménalque se tut brusquement, me regarda d'une façon bizarre, puis, comme Eusèbe précisément s'approchait pour prendre congé de moi, il me tourna le dos sans façon et alla s'entretenir avec Hector de choses insignifiantes.

Aussitôt dite, ma phrase m'avait paru stupide; et je me désolai surtout qu'elle pût faire croire à Ménalque que je me sentais attaqué par ses paroles. Il était tard; mes invités partaient. Quand le salon fut presque vide, Ménalque revint à moi :

« Je ne puis vous quitter ainsi, me dit-il. Sans doute j'ai mal compris vos paroles. Laissez-moi du moins l'espérer...

— Non; répondis-je. Vous ne les avez pas mal comprises... mais elles n'avaient aucun sens; et je ne les eus pas plus tôt dites que je souffris de leur sottise, — et surtout de sentir qu'elles allaient me ranger à vos yeux précisément parmi ceux dont vous faisiez le procès tout à l'heure, et qui, je vous l'affirme, me sont odieux comme à vous. Je hais tous les gens à principes.

— Ils sont, reprit Ménalque en riant, ce qu'il y a de plus détestable en ce monde. On ne saurait attendre d'eux aucune espèce de sincérité; car ils ne font jamais que ce que leurs principes ont décrété qu'ils devaient faire, ou, sinon, ils regardent ce qu'ils font comme mal fait. Au seul soupçon que vous pouviez être un des leurs, j'ai senti la parole se glacer sur mes lèvres. Le

chagrin qui m'a pris aussitôt m'a révélé combien mon affection pour vous est vive ; j'ai souhaité m'être mépris — non dans mon affection mais dans le jugement que je portais.

— En effet, votre jugement était faux.

— Ah ! n'est-ce pas, dit-il en me prenant la main brusquement. Écoutez ; je dois partir bientôt, mais je voudrais vous voir encore. Mon voyage sera, cette fois, plus long et hasardeux que tous les autres ; je ne sais quand je reviendrai. Je dois partir dans quinze jours ; ici, chacun ignore que mon départ est si proche ; je vous l'annonce secrètement. Je pars dès l'aube. La nuit qui précède un départ est pour moi chaque fois une nuit d'angoisses affreuses. Prouvez-moi que vous n'êtes pas homme à principes ; puis-je compter que vous voudrez bien passer cette dernière nuit près de moi ?

— Mais nous nous reverrons avant, lui dis-je, un peu surpris.

— Non. Durant ces quinze jours je n'y serai plus pour personne ; et ne serai même pas à Paris. Demain je pars pour Budapest ; dans six jours je dois être à Rome. Ici et là sont des amis que je veux embrasser avant de quitter l'Europe. Un autre m'attend à Madrid...

— C'est entendu, je passerai cette nuit de veille avec vous.

— Et nous boirons du vin de Chiraz. »

Quelques jours après cette soirée, Marceline commença d'aller moins bien. J'ai déjà dit qu'elle était souvent fatiguée ; mais elle évitait de se plaindre, et comme j'attribuais à son état cette fatigue, je croyais celle-ci naturelle et j'évitais de m'inquiéter. Un vieux médecin assez sot, ou insuffisamment renseigné, nous avait tout d'abord rassurés à l'excès. Cependant des troubles nouveaux, accompagnés de fièvre, me décidèrent à appeler le docteur Tr... qui passait alors pour le plus avisé spécialiste. Il s'étonna que je ne l'eusse pas appelé plus tôt, et prescrivit un régime strict que, depuis quelque temps déjà, elle eût dû suivre. Par un très imprudent courage, Marceline s'était jusqu'à ce jour surmenée ; jusqu'à la délivrance, qu'on attendait vers la fin de janvier, elle devait garder la chaise longue. Sans doute un peu inquiète et plus dolente qu'elle ne

voulait l'avouer, Marceline se plia très doucement aux prescriptions les plus gênantes. Une courte révolte pourtant l'agita lorsque Tr... lui ordonna de la quinine, à des doses dont elle savait que son enfant pouvait souffrir. Durant trois jours, elle refusa obstinément d'en prendre; puis, la fièvre augmentant, à cela aussi elle dut se soumettre; mais ce fut cette fois avec une grande tristesse et comme un douloureux renoncement à l'avenir; une sorte de résignation religieuse rompit la volonté qui la soutenait jusqu'alors, de sorte que son état empira brusquement durant les quelques jours qui suivirent.

Je l'entourai de plus de soins encore et la rassurai de mon mieux, me servant des paroles mêmes de Tr... qui ne voyait en son état rien de bien grave; mais la violence de ses craintes finit par m'alarmer à mon tour. Ah! combien dangereusement déjà notre bonheur se reposait sur l'espérance! et sur quel futur incertain. Moi qui d'abord ne trouvais de goût qu'au passé, la subite saveur de l'instant m'a pu griser un jour, pensai-je, mais le futur désenchante l'heure présente, plus encore que le présent ne désenchanta le passé; et depuis notre nuit de Sorrente déjà tout mon amour, toute ma vie se projettent sur l'avenir.

Cependant le soir vint que j'avais promis à Ménalque; et malgré mon ennui d'abandonner toute une nuit d'hiver Marceline, je lui fis accepter de mon mieux la solennité du rendez-vous, la gravité de ma promesse. Marceline allait un peu mieux ce soir-là, et pourtant j'étais inquiet; une garde me remplaça près d'elle. Mais, sitôt dans la rue, mon inquiétude prit une force nouvelle; je la repoussai, luttai contre elle, m'irritant contre moi de ne pas mieux m'en libérer. Je parvins ainsi peu à peu à un état de surtension, d'exaltation singulière, très différente et très proche à la fois de l'inquiétude douloureuse qui l'avait fait naître, mais plus proche encore du bonheur. Il était tard; je marchais à grands pas; la neige commença de tomber en abondance; j'étais heureux de respirer enfin un air plus vif, de lutter contre le froid, heureux contre le vent, la nuit, la neige; je savourais mon énergie.

Ménalque, qui m'entendit venir, parut sur le palier de l'escalier. Il m'attendait sans patience. Il était pâle

et paraissait un peu crispé. Il me débarrassa de mon manteau, et me força de changer mes bottes mouillées contre de molles pantoufles persanes. Sur un guéridon, près du feu, étaient posées des friandises. Deux lampes éclairaient la pièce, moins que ne le faisait le foyer. Ménalque, dès l'abord, s'informa de la santé de Marceline ; pour simplifier, je répondis qu'elle allait très bien.

« Votre enfant, vous l'attendez bientôt ? reprit-il.

— Dans un mois. »

Ménalque s'inclina vers le feu, comme s'il eût voulu cacher son visage. Il se taisait. Il se tut si longtemps que j'en fus à la fin tout gêné, ne sachant non plus que lui dire. Je me levai, fis quelques pas, puis, m'approchant de lui, posai ma main sur son épaule. Alors, comme s'il continuait sa pensée :

« Il faut choisir, murmura-t-il. L'important, c'est de savoir ce que l'on veut...

— Eh ! ne voulez-vous pas partir ? lui demandai-je, incertain du sens que je devais donner à ses paroles.

— Il paraît.

— Hésiteriez-vous donc ?

— A quoi bon ? — Vous qui avez femme et enfant, restez... Des mille formes de la vie chacun ne peut connaître qu'une. Envier le bonheur d'autrui, c'est folie ; on ne saurait pas s'en servir. Le bonheur ne se veut pas tout fait, mais sur mesure. — Je pars demain ; je sais : j'ai tâché de tailler ce bonheur à ma taille... gardez le bonheur calme du foyer.

— C'est à ma taille aussi que j'avais taillé mon bonheur, m'écriai-je ; mais j'ai grandi ; à présent mon bonheur me serre ; parfois, j'en suis presque étranglé...

— Bah ! vous vous y ferez ! dit Ménalque ; puis il se campa devant moi, plongea son regard dans le mien et, comme je ne trouvais rien à dire, il sourit un peu tristement : — On croit que l'on possède, et l'on est possédé, reprit-il. — Versez-vous du chiraz, cher Michel ; vous n'en goûterez pas souvent ; et mangez de ces pâtes roses que les Persans prennent avec. Pour ce soir je veux boire avec vous, oublier que je pars demain, et causer comme si cette nuit était longue... Savez-vous ce qui fait de la poésie aujourd'hui et de la philosophie surtout, lettres mortes ? C'est qu'elles se sont séparées de la vie. La Grèce, elle, idéalisait à même la vie ; de

sorte que la vie de l'artiste était elle-même déjà une réalisation poétique ; la vie du philosophe, une mise en action de sa philosophie ; de sorte aussi que, mêlées à la vie, au lieu de s'ignorer, la philosophie alimentant la poésie, la poésie exprimant la philosophie, cela était d'une persuasion admirable. Aujourd'hui la beauté n'agit plus ; l'action ne s'inquiète plus d'être belle ; et la sagesse opère à part.

— Pourquoi, dis-je, vous qui vivez votre sagesse, n'écrivez-vous pas vos mémoires ? — ou simplement, repris-je en le voyant sourire, les souvenirs de vos voyages ?

— Parce que je ne veux pas me souvenir, répondit-il. Je croirais, ce faisant, empêcher d'arriver l'avenir et faire empiéter le passé. C'est du parfait oubli d'hier que je crée la nouvelleté de chaque heure. Jamais, d'avoir été heureux, ne me suffit. Je ne crois pas aux choses mortes, et confonds n'être plus, avec n'avoir jamais été. »

Je m'irritais enfin de ces paroles, qui précédaient trop ma pensée ; j'eusse voulu tirer arrière, l'arrêter ; mais je cherchais en vain à contredire ; et d'ailleurs m'irritais contre moi-même plus encore que contre Ménalque. Je restai donc silencieux. Lui, tantôt allant et venant à la façon d'un fauve en cage, tantôt se penchant vers le feu, tantôt se taisait longuement, puis tantôt, brusquement, disait :

« Si encore nos médiocres cerveaux savaient bien embaumer les souvenirs ! Mais ceux-ci se conservent mal ; les plus délicats se dépouillent, les plus voluptueux pourrissent ; les plus délicieux sont les plus dangereux dans la suite. Ce dont on se repent était délicieux d'abord. »

De nouveau, long silence ; et puis il reprenait :

« Regrets, remords, repentirs, ce sont joies de naguère, vues de dos. Je n'aime pas regarder en arrière, et j'abandonne au loin mon passé comme l'oiseau, pour s'envoler, quitte son ombre. Ah ! Michel, toute joie nous attend toujours, mais veut toujours trouver la couche vide, être la seule, et qu'on arrive à elle comme un veuf. — Ah ! Michel ! toute joie est pareille à cette manne du désert qui se corrompt d'un jour à l'autre ; elle est pareille à l'eau de la source Amélès qui, raconte

Platon, ne se pouvait garder dans aucun vase... Que chaque instant emporte tout ce qu'il avait apporté. »

Ménalque parla longtemps encore; je ne puis rapporter ici toutes ses phrases; beaucoup pourtant se gravèrent en moi, d'autant plus fortement que j'eusse désiré les oublier plus vite; non qu'elles m'apprissent rien de bien neuf — mais elles mettaient à nu brusquement ma pensée; une pensée que je couvrais de tant de voiles, que j'avais presque pu l'espérer étouffée. Ainsi s'écoula la veillée.

Quand, au matin, après avoir conduit Ménalque au train qui l'emporta, je m'acheminai seul pour rentrer près de Marceline, je me sentis plein d'une tristesse abominable, de haine contre la joie cynique de Ménalque; je voulais qu'elle fût factice; je m'efforçais de la nier. Je m'irritais de n'avoir rien su lui répondre; je m'irritais d'avoir dit quelques mots qui l'eussent fait douter de mon bonheur, de mon amour. Et je me cramponnais à mon douteux bonheur, à mon « calme bonheur », comme disait Ménalque; je ne pouvais, hélas! en écarter l'inquiétude, mais prétendais que cette inquiétude servît d'aliment à l'amour. Je me penchais vers l'avenir où déjà je voyais mon petit enfant me sourire; pour lui se reformait et se fortifiait ma morale... Décidément je marchais d'un pas ferme.

Hélas! quand je rentrai, ce matin-là, un désordre inaccoutumé me frappa dès la première pièce. La garde vint à ma rencontre et m'apprit, à mots tempérés, que d'affreuses angoisses avaient saisi ma femme dans la nuit, puis des douleurs, bien qu'elle ne se crût pas encore au terme de sa grossesse; que se sentant très mal, elle avait envoyé chercher le docteur; que celui-ci, bien qu'arrivé en hâte dans la nuit, n'avait pas encore quitté la malade; puis, voyant ma pâleur je pense, elle voulut me rassurer, me disant que tout allait déjà bien mieux, que... Je m'élançai vers la chambre de Marceline.

La chambre était peu éclairée; et d'abord je ne distinguai que le docteur qui, de la main, m'imposa silence; puis, dans l'ombre, une figure que je ne connaissais pas. Anxieusement, sans bruit, je m'approchai du lit. Marceline avait les yeux fermés; elle était si terriblement pâle que d'abord je la crus morte; mais, sans ouvrir les yeux,

elle tourna vers moi la tête. Dans un coin sombre de la pièce, la figure inconnue rangeait, cachait divers objets; je vis des instruments luisants, de l'ouate; je vis, crus voir, un linge taché de sang... Je sentis que je chancelais. Je tombai presque vers le docteur; il me soutint. Je comprenais; j'avais peur de comprendre...

« Le petit ? » demandai-je anxieusement.

Il eut un triste haussement d'épaules. — Sans plus savoir ce que je faisais, je me jetai contre le lit, en sanglotant. Ah! subit avenir! Le terrain cédait brusquement sous mon pas; devant moi n'était plus qu'un trou vide où je trébuchais tout entier.

Ici tout se confond en un ténébreux souvenir. Pourtant Marceline sembla d'abord assez vite se remettre. Les vacances du début de l'année me laissant un peu de répit, je pus passer près d'elle presque toutes les heures du jour. Près d'elle je lisais, j'écrivais, ou lui faisais doucement la lecture. Je ne sortais jamais sans lui rapporter quelques fleurs. Je me souvenais des tendres soins dont elle m'avait entouré alors que moi j'étais malade, et l'entourais de tant d'amour que parfois elle en souriait, comme heureuse. Pas un mot ne fut échangé au sujet du triste accident qui meurtrissait nos espérances...

Puis la phlébite se déclara : et quand elle commença de décliner, une embolie, soudain, mit Marceline entre la vie et la mort. C'était la nuit; je me revois penché sur elle, sentant, avec le sien, mon cœur s'arrêter ou revivre. Que de nuits la veillai-je ainsi! le regard obstinément fixé sur elle, espérant, à force d'amour, insinuer un peu de ma vie en la sienne. Et si je ne songeais plus beaucoup au bonheur, ma seule triste joie était de voir parfois sourire Marceline.

Mon cours avait repris. Où trouvai-je la force de préparer mes leçons, de les dire ?... Mon souvenir se perd et je ne sais comment se succédèrent les semaines.

— Pourtant un petit fait que je veux vous redire :

C'est un matin, peu de temps après l'embolie; je suis auprès de Marceline; elle semble aller un peu mieux, mais la plus grande immobilité lui est encore prescrite; elle ne doit même pas remuer les bras. Je me penche pour la faire boire, et lorsqu'elle a bu et que je suis

encore penché près d'elle, d'une voix que son trouble
rend plus faible encore, elle me prie d'ouvrir un coffret que son regard me désigne. Le coffret est là sur
la table; je l'ouvre; il est plein de rubans, de chiffons,
de petits bijoux sans valeur; — que veut-elle ? J'apporte
près du lit la boîte; je sors un à un chaque objet. Est-ce
ceci ? cela ?... non; pas encore; et je la sens qui s'inquiète un peu. « Ah! Marceline! c'est ce petit chapelet
que tu veux! » Elle s'efforce de sourire.

« Tu crains donc que je ne te soigne pas assez ?
— Oh! mon ami! » murmure-t-elle. — Et je me souviens de notre conversation de Biskra, de son craintif
reproche en m'entendant repousser ce qu'elle appelle
« l'aide de Dieu ». Je reprends un peu rudement :

« J'ai bien guéri tout seul.
— J'ai tant prié pour toi, répond-elle. — Elle dit
cela tendrement, tristement; je sens dans son regard
une anxiété suppliante... Je prends le chapelet et le
glisse dans sa main affaiblie qui repose sur le drap,
contre elle. Un regard chargé de larmes et d'amour me
récompense — mais auquel je ne puis répondre; un
instant encore je m'attarde, ne sais que faire, reste gêné;
enfin, n'y tenant plus :

— Adieu », lui dis-je — et je quitte la chambre, hostile,
et comme si l'on m'en avait chassé.

Cependant l'embolie avait amené des désordres assez
graves; l'affreux caillot de sang, que le cœur avait
rejeté, fatiguait et congestionnait les poumons, obstruait
la respiration, la rendait difficile et sifflante. Je pensais
ne plus la voir guérir. La maladie était entrée en Marceline, l'habitait désormais, la marquait, la tachait. C'était
une chose abîmée.

III

LA saison devenait clémente. Dès que mon cours fut
terminé, je transportai Marceline à La Morinière,
le docteur affirmant que tout danger pressant était passé
et que, pour achever de la remettre, il ne fallait rien
tant qu'un air meilleur. J'avais moi-même grand besoin
de repos. Ces veilles que j'avais tenu à supporter

presque toutes moi-même, cette angoisse prolongée, et surtout cette sorte de sympathie physique qui, lors de l'embolie de Marceline, m'avait fait ressentir en moi les affreux sursauts de son cœur, tout cela m'avait fatigué comme si j'avais moi-même été malade.

J'eusse préféré emmener Marceline dans la montagne ; mais elle me montra le désir le plus vif de retourner en Normandie, prétendit que nul climat ne lui serait meilleur, et me rappela que j'avais à revoir ces deux fermes, dont je m'étais un peu témérairement chargé. Elle me persuada que je m'en étais fait responsable, et que je me devais d'y réussir. Nous ne fûmes pas plus tôt arrivés qu'elle me poussa donc de courir sur les terres... Je ne sais si, dans son amicale insistance, beaucoup d'abnégation n'entrait pas ; la crainte que, sinon, me croyant retenu près d'elle par les soins qu'il fallait encore lui donner, je ne sentisse pas assez grande ma liberté... Marceline pourtant allait mieux ; du sang recolorait ses joues ; et rien ne me reposait plus que de sentir moins triste son sourire ; je pouvais la laisser sans crainte.

Je retournai donc sur les fermes. On y faisait les premiers foins. L'air chargé de pollens, de senteurs, m'étourdit tout d'abord comme une boisson capiteuse. Il me sembla que, depuis l'an passé, je n'avais plus respiré, ou respiré que des poussières, tant pénétrait mielleusement en moi l'atmosphère. Du talus où je m'étais assis, comme grisé, je dominais La Morinière ; je voyais ses toits bleus, les eaux dormantes de ses douves ; autour, des champs fauchés, d'autres pleins d'herbes ; plus loin, la courbe du ruisseau ; plus loin, les bois où l'automne dernier je me promenais à cheval avec Charles. Des chants que j'entendais depuis quelques instants se rapprochèrent ; c'étaient des faneurs qui rentraient, la fourche ou le râteau sur l'épaule. Ces travailleurs, que je reconnus presque tous, me firent fâcheusement souvenir que je n'étais point là en voyageur charmé, mais en maître. Je m'approchai, leur souris, leur parlai, m'enquis de chacun longuement. Déjà Bocage le matin m'avait pu renseigner sur l'état des cultures ; par une correspondance régulière, il n'avait d'ailleurs pas cessé de me tenir au courant des moindres incidents des fermes. L'exploitation n'allait pas mal, beaucoup mieux que

Bocage ne me le laissait d'abord espérer. Pourtant on m'attendait pour quelques décisions importantes, et, durant quelques jours, je dirigeai tout de mon mieux, sans plaisir, mais raccrochant à ce semblant de travail ma vie défaite.

Dès que Marceline fut assez bien pour recevoir, quelques amis vinrent habiter avec nous. Leur société affectueuse et point bruyante sut plaire à Marceline, mais fit que je quittai d'autant plus volontiers la maison. Je préférais la société des gens de la ferme; il me semblait qu'avec eux je trouvais mieux à apprendre — non point que je les interrogeasse beaucoup — non, et je sais à peine exprimer cette sorte de joie que je ressentais auprès d'eux : il me semblait sentir à travers eux — et tandis que la conversation de nos amis, avant qu'ils commençassent de parler, m'était déjà toute connue, la seule vue de ces gueux me causait un émerveillement continuel.

Si d'abord l'on eût dit qu'ils missent à me répondre toute la condescendance que j'évitais de mettre à les interroger, bientôt ils supportèrent mieux ma présence. J'entrais toujours plus en contact avec eux. Non content de les suivre au travail, je voulais les voir à leurs jeux; leurs obtuses pensées ne m'intéressaient guère, mais j'assistais à leurs repas, j'écoutais leurs plaisanteries, surveillais amoureusement leurs plaisirs. C'était, dans une sorte de sympathie, pareille à celle qui faisait sursauter mon cœur aux sursauts de celui de Marceline, c'était un immédiat écho de chaque sensation étrangère — non point vague, mais précis, aigu. Je sentais en mes bras la courbature du faucheur; j'étais las de sa lassitude; la gorgée de cidre qu'il buvait me désaltérait; je la sentais glisser dans sa gorge; un jour, en aiguisant sa faux, l'un s'entailla profondément le pouce; je ressentis sa douleur, jusqu'à l'os.

Il me semblait, ainsi, que ma vue ne fût plus seule à m'enseigner le paysage, mais que je le sentisse encore par une sorte d'attouchement qu'illimitait cette bizarre sympathie.

La présence de Bocage me gênait; il me fallait, quand il venait, jouer au maître, et je n'y trouvais plus aucun goût. Je commandais encore, il le fallait, et dirigeais à ma façon les travailleurs; mais je ne montais plus

à cheval, par crainte de les dominer trop. Mais, malgré les précautions que je prenais pour qu'ils ne souffrissent plus de ma présence et ne se contraignissent plus devant moi, je restais devant eux, comme avant, plein de curiosité mauvaise. L'existence de chacun d'eux me demeurait mystérieuse. Il me semblait toujours qu'une partie de leur vie se cachait. Que faisaient-ils, quand je n'étais plus là ? Je ne consentais pas qu'ils ne s'amusassent pas plus. Et je prêtais à chacun d'eux un secret que je m'entêtais à désirer connaître. Je rôdais, je suivais, j'épiais. Je m'attachais aux plus frustes natures, comme si, de leur obscurité, j'attendais, pour m'éclairer, quelque lumière.

Un surtout m'attirait : il était assez beau, grand, point stupide, mais uniquement mené par l'instinct; il ne faisait jamais rien que de subit, et cédait à toute impulsion de passage. Il n'était pas de ce pays; on l'avait embauché par hasard. Excellent travailleur deux jours, il se soûlait à mort le troisième. Une nuit j'allai furtivement le voir dans la grange; il était vautré dans le foin; il dormait d'un épais sommeil ivre. Que de temps je le regardai!... Un beau jour il partit comme il était venu. J'eusse voulu savoir sur quelles routes... J'appris le soir même que Bocage l'avait renvoyé.

Je fus furieux contre Bocage; le fis venir.

« Il paraît que vous avez renvoyé Pierre, commençai-je. Voulez-vous me dire pourquoi ? »

Un peu interloqué par ma colère, que pourtant je tempérais de mon mieux :

« Monsieur ne voulait pas garder chez lui un sale ivrogne, qui débauchait les meilleurs ouvriers...

— Je sais mieux que vous ceux que je désire garder.

— Un galvaudeur! On ne sait même pas d'où qu'il vient. Dans le pays, ça ne faisait pas bon effet... Quand, une nuit, il aurait mis le feu à la grange, Monsieur aurait peut-être été content.

— Mais enfin cela me regarde, et la ferme est à moi, je suppose; j'entends la diriger comme il me plaît. A l'avenir, vous voudrez bien me faire part de vos motifs, avant d'exécuter personne. »

Bocage, je l'ai dit, m'avait connu tout enfant; quelque blessant que fût le ton de mes paroles, il m'aimait trop pour beaucoup s'en fâcher. Et même il ne me prit pas

suffisamment au sérieux. Le paysan normand demeure trop souvent sans créance pour ce dont il ne pénètre pas le mobile, c'est-à-dire pour ce que ne conduit pas l'intérêt. Bocage considérait simplement comme une lubie cette querelle.

Pourtant je ne voulus pas rompre l'entretien sur un blâme, et, sentant que j'avais été trop vif, je cherchais ce que je pourrais ajouter.

« Votre fils Charles ne doit-il pas bientôt revenir ? me décidai-je à demander après un instant de silence.

— Je pensais que Monsieur l'avait oublié, à voir comme il s'inquiétait peu après lui, dit Bocage encore blessé.

— Moi, l'oublier ! Bocage, et comment le pourrais-je, après tout ce que nous avons fait ensemble l'an passé ? Je compte même beaucoup sur lui pour les fermes...

— Monsieur est bien bon. Charles doit revenir dans huit jours.

— Allons, j'en suis heureux, Bocage », — et je le congédiai.

Bocage avait presque raison : je n'avais certes pas oublié Charles, mais je ne me souciais plus de lui que fort peu. Comment expliquer qu'après une camaraderie si fougueuse, je ne sentisse plus à son égard qu'une chagrine incuriosité ? C'est que mes occupations et mes goûts n'étaient plus ceux de l'an passé. Mes deux fermes, il me fallait me l'avouer, ne m'intéressaient plus autant que les gens que j'y employais; et pour les fréquenter, la présence de Charles allait être gênante. Il était bien trop raisonnable et se faisait trop respecter. Donc, malgré la vive émotion qu'éveillait en moi son souvenir, je voyais approcher son retour avec crainte.

Il revint. — Ah ! que j'avais raison de craindre et que Ménalque faisait bien de renier tout souvenir ! — Je vis entrer, à la place de Charles, un absurde Monsieur, coiffé d'un ridicule chapeau melon. Dieu ! qu'il était changé ! Gêné, contraint, je tâchai pourtant de ne pas répondre avec trop de froideur à la joie qu'il montrait de me revoir; mais même cette joie me déplut; elle était gauche et ne me parut pas sincère. Je l'avais reçu dans le salon, et, comme il était tard, je ne distinguais pas bien son visage; mais quand on apporta la lampe, je vis avec dégoût qu'il avait laissé pousser ses favoris.

L'entretien, ce soir-là, fut plutôt morne; puis, comme je savais qu'il serait sans cesse sur les fermes, j'évitai, durant près de huit jours, d'y aller, et je me rabattis sur mes études et sur la société de mes hôtes. Puis, sitôt que je recommençai de sortir, je fus requis par une occupation très nouvelle :

Des bûcherons avaient envahi les bois. Chaque année on en vendait une partie; partagés en douze coupes égales, les bois fournissaient chaque année, avec quelques baliveaux dont on n'espérait plus de croissance, un taillis de douze ans qu'on mettait en fagots.

Ce travail se faisait à l'hiver, puis, avant le printemps, selon les clauses de la vente, les bûcherons devaient avoir vidé la coupe. Mais l'incurie du père Heurtevent, le marchand de bois qui dirigeait l'opération, était telle, que parfois le printemps entrait dans la coupe encore encombrée; on voyait alors de nouvelles pousses fragiles s'allonger au travers des ramures mortes, et lorsque enfin les bûcherons faisaient vidange, ce n'était point sans abîmer bien des bourgeons.

Cette année la négligence du père Heurtevent, l'acheteur, passa nos craintes. En l'absence de toute surenchère, j'avais dû lui laisser la coupe à très bas prix; aussi, sûr d'y trouver toujours son compte, se pressait-il fort peu de débiter un bois qu'il avait payé si peu cher. Et de semaine en semaine il différait le travail, prétextant une fois l'absence d'ouvriers, une autre fois le mauvais temps, puis un cheval malade, des prestations, d'autres travaux... que sais-je ? Si bien qu'au milieu de l'été rien n'était encore enlevé.

Ce qui, l'an précédent, m'eût irrité au plus haut point, cette année me laissait assez calme; je ne me dissimulais pas le tort que Heurtevent me faisait; mais ces bois ainsi dévastés étaient beaux, et je m'y promenais avec plaisir, épiant, surveillant le gibier, surprenant les vipères, et parfois, m'asseyant longuement sur un des troncs couchés qui semblait vivre encore et par ses plaies jetait quelques vertes brindilles.

Puis, tout à coup, vers le milieu de la première quinzaine d'août, Heurtevent se décida à envoyer ses hommes. Ils vinrent six à la fois, prétendant achever tout l'ouvrage en dix jours. La partie des bois exploitée touchait presque à La Valterie; j'acceptai, pour faciliter

l'ouvrage des bûcherons, qu'on apportât leur repas de la ferme. Celui qui fut chargé de ce soin était un loustic nommé Bute, que le régiment venait de nous renvoyer tout pourri — j'entends quant à l'esprit, car son corps allait à merveille; c'était un de ceux de mes gens avec qui je causais volontiers. Je pus donc ainsi le revoir sans aller pour cela sur la ferme. Car c'est précisément alors que je recommençai de sortir. Et durant quelques jours, je ne quittai guère les bois, ne rentrant à La Morinière que pour les heures des repas, et souvent me faisant attendre. Je feignais de surveiller le travail, mais en vérité ne voyais que les travailleurs.

Il se joignait parfois, à cette bande de six hommes, deux fils Heurtevent; l'un âgé de vingt ans, l'autre de quinze, élancés, cambrés, les traits durs. Il semblaient de type étranger, et j'appris plus tard, en effet, que leur mère était espagnole. Je m'étonnai d'abord qu'elle eût pu venir jusqu'ici, mais Heurtevent, un vagabond fieffé dans sa jeunesse, l'avait, paraît-il, épousée en Espagne. Il était pour cette raison assez mal vu dans le pays. La première fois que j'avais rencontré le plus jeune des fils, c'était, il m'en souvient, sous la pluie; il était seul, assis sur une très haute charrette au plus haut d'un entassement de fagots; et là, tout renversé parmi les branches, il chantait ou plutôt gueulait une espèce de chant bizarre et tel que je n'en avais jamais ouï dans le pays. Les chevaux qui traînaient la charrette, connaissant le chemin, avançaient sans être conduits. Je ne puis dire l'effet que ce chant produisit sur moi; car je n'en avais entendu de pareil qu'en Afrique... Le petit, exalté, paraissait ivre; quand je passai, il ne me regarda même pas. Le lendemain j'appris que c'était un fils de Heurtevent. C'était pour le revoir, ou du moins pour l'attendre que je m'attardais ainsi dans la coupe. On acheva bientôt de la vider. Les garçons Heurtevent n'y vinrent que trois fois. Ils semblaient fiers, et je ne pus obtenir d'eux une parole.

Bute, par contre, aimait à raconter; je fis en sorte que bientôt il comprît ce qu'avec moi l'on pouvait dire; dès lors il ne se gêna guère et déshabilla le pays. Avidement je me penchai sur son mystère. Tout à la fois il dépassait mon espérance, et ne me satisfaisait pas. Était-ce là ce qui grondait sous l'apparence ? ou peut-

être n'était-ce encore qu'une nouvelle hypocrisie ?
N'importe ! Et j'interrogeais Bute, comme j'avais fait
les informes chroniques des Goths. De ses récits sortait
une trouble vapeur d'abîme qui déjà me montait à la
tête et qu'inquiètement je humais. Par lui j'appris
d'abord que Heurtevent couchait avec sa fille. Je
craignais, si je manifestais le moindre blâme, d'arrêter toute confidence ; je souris donc ; la curiosité me poussait.

« Et la mère ? Elle ne dit rien ?

— La mère ! voilà douze ans pleins qu'elle est morte...
Il la battait.

— Combien sont-ils dans la famille ?

— Cinq enfants. Vous avez vu l'aîné des fils et le
plus jeune. Il y en a encore un de seize ans, qui n'est
pas fort, et qui veut se faire curé. Et puis la fille aînée
a déjà deux enfants du père... »

Et j'appris peu à peu bien d'autres choses, qui faisaient
de la maison Heurtevent un lieu brûlant, à l'odeur
forte, autour duquel, quoi que j'en eusse, mon imagination, comme une mouche à viande, tournoyait : — Un
soir, le fils aîné tenta de violer une jeune servante ; et
comme elle se débattait, le père intervenant aida son
fils, et de ses mains énormes la contint ; cependant que
le second fils, à l'étage au-dessus, continuait tendrement
ses prières, et que le cadet, témoin du drame, s'amusait.
Pour ce qui est du viol, je me figure qu'il n'avait pas
été bien difficile, car Bute racontait encore que, peu
de temps après, la servante, y ayant pris goût, avait
tenté de débaucher le petit prêtre.

« Et l'essai n'a pas réussi ? demandai-je.

— Il tient encore, mais plus bien dru, répondit Bute.

— N'as-tu pas dit qu'il y avait une autre fille ?

— Qui en prend bien tant qu'elle en trouve ; et
encore sans demander rien. Quand ça la tient, c'est elle
qui paierait plutôt. Par exemple, faudrait pas coucher
chez le père ; il cognerait. Il dit comme ça qu'en famille
on a le droit de faire ce qui vous plaît, mais que ça ne
regarde pas les autres. Pierre, le gars de la ferme que
vous avez fait renvoyer, ne s'en est pas vanté, mais,
une nuit, il n'en est pas sorti sans un trou dans la tête.
Depuis ce temps-là, c'est dans le bois du château qu'on
s'amuse. »

Alors, et l'encourageant du regard :

« Tu en as essayé ? » demandai-je.

Il baissa les yeux pour la forme et dit en rigolant :

« Quelquefois. Puis, relevant vite les yeux : — Le petit au père Bocage aussi.

— Quel petit au père Bocage ?

— Alcide, celui qui couche sur la ferme. Monsieur ne le connaît donc pas ? »

J'étais absolument stupéfait d'apprendre que Bocage avait un autre fils.

« C'est vrai, continua Bute, que, l'an passé, il était encore chez son oncle. Mais c'est bien étonnant que Monsieur ne l'ait pas déjà rencontré dans les bois; presque tous les soirs il braconne. »

Bute avait dit ces derniers mots plus bas. Il me regarda bien et je compris qu'il était urgent de sourire. Alors Bute, satisfait, continua :

« Monsieur sait parbleu bien qu'on le braconne. Bah! les bois sont si grands que ça n'y fait pas bien du tort. »

Je m'en montrai si peu mécontent que, bien vite, Bute enhardi et, je pense aujourd'hui, heureux de desservir un peu Bocage, me montra dans tel creux des collets tendus par Alcide, puis m'enseigna tel endroit de la haie où je pouvais être à peu près sûr de le surprendre. C'était, sur le haut d'un talus, un étroit pertuis dans la haie qui formait lisière, et par lequel Alcide avait accoutumé de passer vers six heures. Là, Bute et moi, fort amusés, nous tendîmes un fil de cuivre, très joliment dissimulé. Puis, m'ayant fait jurer que je ne le dénoncerais pas, Bute partit, ne voulant pas se compromettre. Je me couchai contre le revers du talus; j'attendis.

Et trois soirs j'attendis en vain. Je commençais à croire que Bute m'avait joué... Le quatrième soir, enfin, j'entends un très léger pas approcher. Mon cœur bat et j'apprends soudain l'affreuse volupté de celui qui braconne... Le collet est si bien posé qu'Alcide y vient donner tout droit. Je le vois brusquement s'étaler, la cheville prise. Il veut se sauver, retombe, et se débat comme un gibier. Mais déjà je le tiens. C'est un méchant galopin, à l'œil vert, aux cheveux filasse, à l'expression chafouine. Il me lance des coups de pied; puis, immobilisé, tâche de mordre, et comme il n'y peut parvenir

commence à me jeter au nez les plus extraordinaires
injures que j'aie jusqu'alors entendues. A la fin je n'y
puis plus tenir; j'éclate de rire. Alors lui s'arrête soudain,
me regarde et, d'un ton plus bas :

« Espèce de brutal, vous m'avez estropié.

— Fais voir. »

Il fait glisser son bas sur ses galoches et montre sa
cheville où l'on distingue à peine une légère trace un
peu rose. « Ce n'est rien. » — Il sourit un peu, puis,
sournoisement :

« J'm'en vas le dire à mon père que c'est vous qui
tendez les collets.

— Parbleu! c'est un des tiens.

— Ben sûr que c'est pas vous qui l'avez posé, c'ti là.

— Pourquoi donc pas ?

— Vous n'sauriez pas si bien. Montrez-moi comment
que vous faites.

— Apprends-moi... »

Ce soir je ne rentrai que bien tard pour le dîner, et,
comme on ne savait où j'étais, Marceline était inquiète.
Je ne lui racontai pourtant pas que j'avais posé six
collets et que, loin de gronder Alcide, je lui avais donné
dix sous.

Le lendemain, allant relever ces collets avec lui, j'eus
l'amusement de trouver deux lapins pris aux pièges;
naturellement je les lui laissai. La chasse n'était pas
encore ouverte. Que devenait donc ce gibier, qu'on ne
pouvait montrer sans se commettre ? C'est ce qu'Alcide
se refusait à m'avouer. Enfin j'appris, par Bute encore,
que Heurtevent était un maître recéleur, et qu'entre
Alcide et lui le plus jeune des fils commissionnait.
Allais-je donc ainsi pénétrer plus avant dans cette
famille farouche ? Avec quelle passion je braconnai!

Je retrouvais Alcide chaque soir; nous prîmes des
lapins en grand nombre, et même une fois un chevreuil;
il vivait faiblement encore. Je ne me souviens pas sans
horreur de la joie qu'eut Alcide à le tuer. Nous mîmes
le chevreuil en lieu sûr, où le fils Heurtevent pût venir
le chercher dans la nuit.

Dès lors je ne sortis plus si volontiers le jour, où les
bois vidés m'offraient moins d'attraits. Je tâchai même
de travailler; triste travail sans but — car j'avais dès la
fin de mon cours refusé de continuer ma suppléance —

travail ingrat, et dont me distrayait soudain le moindre chant, le moindre bruit dans la campagne ; tout cri me devenait appel. Que de fois ai-je ainsi bondi de ma lecture à ma fenêtre, pour ne voir rien du tout passer ! Que de fois, sortant brusquement... La seule attention dont je fusse capable, c'était celle de tous mes sens.

Mais quand la nuit tombait, — et la nuit à présent déjà, tombait vite — c'était notre heure, dont je ne soupçonnais pas jusqu'alors la beauté ; et je sortais comme entrent les voleurs. Je m'étais fait des yeux d'oiseau de nuit. J'admirais l'herbe plus mouvante et plus haute, les arbres épaissis. La nuit creusait tout, éloignait, faisait le sol distant et toute surface profonde. Le plus uni sentier paraissait dangereux. On sentait s'éveiller partout ce qui vivait d'une existence ténébreuse.

« Où ton père te croit-il à présent ?
— A garder les bêtes, à l'étable. »

Alcide couchait là, je le savais, tout près des pigeons et des poules ; comme on l'y enfermait le soir, il sortait par un trou du toit ; il gardait dans ses vêtements une chaude odeur de poulaille...

Puis brusquement, et sitôt le gibier récolté, il fonçait dans la nuit comme dans une trappe, sans un geste d'adieu, sans même me dire : à demain. Je savais qu'avant de rentrer dans la ferme où les chiens, pour lui, se taisaient, il retrouvait le petit Heurtevent et lui remettait sa provende. Mais où ? C'est ce que mon désir ne pouvait arriver à surprendre ; menaces, ruses échouèrent ; les Heurtevent ne se laissaient pas approcher. Et je ne sais où triomphait le plus ma folie : poursuivre un médiocre mystère qui reculait toujours devant moi ? peut-être même inventer le mystère, à force de curiosité ? — Mais que faisait Alcide en me quittant ? Couchait-il vraiment à la ferme ? ou seulement le faisait-il croire au fermier ? Ah ! j'avais beau me compromettre, je n'arrivais à rien qu'à diminuer encore son respect sans augmenter sa confiance ; et cela m'enrageait et me désolait à la fois...

Lui disparu, soudain, je restais affreusement seul ; et je rentrais à travers champs, dans l'herbe lourde de rosée, ivre de nuit, de vie sauvage et d'anarchie, trempé, boueux, couvert de feuilles. De loin, dans La Morinière endormie, semblait me guider, comme un paisible

phare, la lampe de la chambre de Marceline à qui j'avais persuadé que, sans sortir ainsi la nuit, je n'aurais pas pu m'endormir. C'était vrai : je prenais en horreur mon lit, et j'eusse préféré la grange.

Le gibier abondait cette année. Lapins, lièvres, faisans, se succédèrent. Voyant tout marcher à souhait, Bute, au bout de trois soirs, prit le goût de se joindre à nous.

Le sixième soir de braconnage, nous ne retrouvâmes plus que deux collets sur douze; une rafle avait été faite pendant le jour. Bute me demanda cent sous pour racheter du fil de cuivre, le fil de fer ne valant rien.

Le lendemain j'eus le plaisir de voir mes dix collets chez Bocage, et je dus approuver son zèle. Le plus fort c'est que, l'an passé, j'avais inconsidérément promis dix sous pour chaque collet saisi; j'en dus donc donner cent à Bocage. Cependant, avec ses cent sous, Bute rachète du fil de cuivre. Quatre jours après, même histoire; dix nouveaux collets sont saisis. C'est de nouveau cent sous à Bute; de nouveau cent sous à Bocage. Et comme je le félicite :

« Ce n'est pas moi, dit-il, qu'il faut féliciter. C'est Alcide.
— Bah! »

Trop d'étonnement peut nous perdre; je me contiens.

« Oui, continue Bocage; que voulez-vous, Monsieur, je me fais vieux, et suis trop requis par la ferme. Le petit court les bois pour moi; il les connaît; il est malin, et il sait mieux que moi où chercher et trouver les pièges.

— Je le crois sans effort, Bocage.
— Alors, sur les dix sous que Monsieur donne, je lui laisse cinq sous par piège.
— Certainement il les mérite. Parbleu! Vingt collets en cinq jours! Il a bien travaillé. Les braconniers n'ont qu'à bien se tenir. Il vont se reposer, je parie.
— Oh! Monsieur, tant plus qu'on en prend, tant plus qu'on en trouve. Le gibier se vend cher cette année, et pour quelques sous que ça leur coûte... »

Je suis si bien joué que pour un peu je croirais Bocage de mèche. Et ce qui me dépite en cette affaire, ce n'est pas le triple commerce d'Alcide, c'est de le voir ainsi me tromper. Et puis que font-ils de l'argent, Bute et lui? Je ne sais rien; je ne saurai rien de tels êtres. Ils mentiront toujours; me tromperont pour me tromper. Ce

soir ce n'est pas cent sous, c'est dix francs que je donne à Bute; je l'avertis que c'est pour la dernière fois et que, si les collets sont repris, c'est tant pis.

Le lendemain je vois venir Bocage; il semble très gêné; je le deviens aussitôt plus que lui. Que s'est-il donc passé ? Et Bocage m'apprend que Bute n'est rentré qu'au petit matin sur la ferme; Bute est soûl comme un Polonais; aux premiers mots que lui a dits Bocage, Bute l'a salement insulté, puis s'est jeté sur lui, l'a frappé...

« Enfin, me dit Bocage, je venais savoir si Monsieur m'autorise (il reste un instant sur le mot), m'autorise à le renvoyer.

— Je vais y réfléchir, Bocage. Je suis très désolé qu'il vous ait manqué de respect. Je vois... Laissez-moi seul y réfléchir; et revenez ici dans deux heures. »

Bocage sort.

Garder Bute, c'est manquer péniblement à Bocage; chasser Bute, c'est le pousser à se venger. Tant pis; advienne que pourra; aussi bien suis-je le seul coupable... Et dès que Bocage revient :

« Vous pouvez dire à Bute qu'on ne veut plus le voir ici. »

Puis j'attends. Que fait Bocage ? Que dit Bute ? Et le soir seulement j'ai quelques échos du scandale. Bute a parlé. Je le comprends d'abord par les cris que j'entends chez Bocage; c'est le petit Alcide qu'on bat. — Bocage va venir; il vient; j'entends son vieux pas approcher, et mon cœur bat plus fort encore qu'il ne battait pour le gibier. L'insupportable instant! Tous les grands sentiments seront de mise; je vais être forcé de le prendre au sérieux. Quelles explications inventer ? Comme je vais jouer mal! Ah! je voudrais rendre mon rôle... Bocage entre. Je ne comprends strictement rien à ce qu'il dit. C'est absurde : je dois le faire recommencer. À la fin je distingue ceci : Il croit que Bute est seul coupable; l'incroyable vérité lui échappe; que j'aie donné dix francs à Bute, et pour quoi faire ? il est trop Normand pour l'admettre. Les dix francs, Bute les a volés, c'est sûr; en prétendant que je les ai donnés, il ajoute au vol le mensonge; histoire d'abriter son vol; ce n'est pas à Bocage qu'on en fait accroire... Du braconnage il n'en est plus question. Si Bocage battait Alcide, c'est parce que le petit découchait.

Allons ! je suis sauvé ; devant Bocage au moins tout va bien. Quel imbécile que ce Bute ! Certes, ce soir je n'ai pas grand désir de braconner.

Je croyais déjà tout fini, mais une heure après voici Charles. Il n'a pas l'air de plaisanter ; de loin déjà il paraît plus rasant encore que son père. Dire que l'an passé...

« Eh bien ! Charles, voilà longtemps qu'on ne t'a vu.

— Si Monsieur tenait à me voir, il n'avait qu'à venir sur la ferme. Ce n'est parbleu ni des bois ni de la nuit que j'ai affaire.

— Ah ! ton père t'a raconté...

— Mon père ne m'a rien raconté parce que mon père ne sait rien. Qu'a-t-il besoin d'apprendre, à son âge, que son maître se fiche de lui ?

— Attention, Charles ! tu vas trop loin...

— Oh ! parbleu, vous êtes le maître ! et vous faites ce qui vous plaît.

— Charles, tu sais parfaitement que je ne me suis moqué de personne, et si je fais ce qui me plaît c'est que cela ne nuit qu'à moi. »

Il eut un léger haussement d'épaules.

« Comment voulez-vous qu'on défende vos intérêts, quand vous les attaquez vous-même ? Vous ne pouvez protéger à la fois le garde et le braconnier.

— Pourquoi ?

— Parce qu'alors... ah ! tenez, Monsieur, tout cela c'est trop malin pour moi, et simplement cela ne me plaît pas de voir mon maître faire bande avec ceux qu'on arrête, et défaire avec eux le travail qu'on a fait pour lui. »

Et Charles dit cela d'une voix de plus en plus assurée. Il se tient presque noblement. Je remarque qu'il a fait couper ses favoris. Ce qu'il dit est d'ailleurs assez juste. Et comme je me tais (que lui dirais-je ?), il continue :

« Qu'on ait des devoirs envers ce qu'on possède, Monsieur me l'enseignait l'an dernier, mais semble l'avoir oublié. Il faut prendre ces devoirs au sérieux et renoncer à jouer avec... ou alors c'est qu'on ne méritait pas de posséder. »

Un silence.

« C'est tout ce que tu avais à dire ?

— Pour ce soir, oui Monsieur ; mais un autre soir,

si Monsieur m'y pousse, peut-être viendrai-je dire à Monsieur que mon père et moi quittons La Morinière. »

Et il sort en me saluant très bas. A peine si je prends le temps de réfléchir :

« Charles ! » — Il a parbleu raison... Mais si c'est là ce qu'on appelle posséder !... Charles ! Je cours après lui ; je le rattrape dans la nuit, et, très vite, comme pour assurer ma décision subite :

« Tu peux annoncer à ton père que je mets La Morinière en vente. »

Charles salue gravement et s'éloigne sans dire un mot.

Tout cela est absurde.

Marceline, ce soir, ne peut descendre pour dîner et me fait dire qu'elle est souffrante. Je monte en hâte et plein d'anxiété dans sa chambre. Elle me rassure aussitôt. « Ce n'est qu'un rhume », espère-t-elle. Elle a pris froid.

« Tu ne pouvais donc pas te couvrir ?

— Pourtant, dès le premier frisson, j'ai mis mon châle.

— Ce n'est pas après le frisson qu'il fallait le mettre ; c'est avant. »

Elle me regarde, essaye de sourire... Ah ! peut-être une journée si mal commencée me dispose-t-elle à l'angoisse — elle m'aurait dit à haute voix : « Tiens-tu donc tant à ce que je vive ? » je ne l'aurais pas mieux entendue. Décidément tout se défait autour de moi ; de tout ce que ma main saisit, ma main ne sait rien retenir... Je m'élance vers Marceline et couvre de baisers ses tempes pâles. Alors, elle ne se retient plus et sanglote sur mon épaule.

« Oh ! Marceline ! Marceline ! partons d'ici. Ailleurs je t'aimerai comme je t'aimais à Sorrente. Tu m'as cru changé, n'est-ce pas ? Mais ailleurs, tu sentiras bien que rien n'a changé notre amour... »

Et je ne guéris pas encore sa tristesse, mais déjà, comme elle se raccroche à l'espoir !

La saison n'était pas avancée, mais il faisait humide et froid, et déjà les derniers boutons des rosiers pourrissaient sans pouvoir éclore. Nos invités nous avaient quittés depuis longtemps. Marceline n'était pas si souffrante qu'elle ne pût s'occuper de fermer la maison, et cinq jours après nous partîmes.

TROISIÈME PARTIE

Je tâchai donc, et encore une fois, de refermer ma main sur mon amour. Mais qu'avais-je besoin de tranquille bonheur ? Celui que me donnait et que représentait pour moi Marceline, était comme un repos pour qui ne se sent pas fatigué. — Mais comme je sentais qu'elle était lasse et qu'elle avait besoin de mon amour, je l'en enveloppai et feignis que ce fût par le besoin que j'en avais moi-même. Je sentais intolérablement sa souffrance; c'était pour l'en guérir que je l'aimais.

Ah! soins passionnés, tendres veilles! Comme d'autres ravivent leur foi en en exagérant les pratiques, ainsi développai-je mon amour. Et Marceline se reprenait, vous dis-je, aussitôt à l'espoir. En elle il y avait encore tant de jeunesse; en moi tant de promesses, croyait-elle. — Nous nous enfuîmes de Paris comme pour de nouvelles noces. Mais, dès le premier jour du voyage, elle commença d'aller beaucoup plus mal; dès Neuchâtel il nous fallut nous arrêter.

Combien j'aimai ce lac aux rives glauques! sans rien d'alpestre, et dont les eaux, comme celles d'un marécage, longtemps se mêlent à la terre et filtrent entre les roseaux. Je pus trouver pour Marceline, dans un hôtel très confortable, une chambre ayant vue sur le lac; je ne la quittai pas de tout le jour.

Elle allait si peu bien que, dès le lendemain, je fis venir un docteur de Lausanne. Il s'inquiéta, bien inutilement, de savoir si déjà, dans la famille de ma femme, je connaissais d'autres cas de tuberculose. Je répondis que oui; pourtant je n'en connaissais pas; mais il me déplaisait de dire que moi-même j'avais été presque condamné pour cela et qu'avant de m'avoir soigné Marceline n'avait jamais été malade. Et je rejetai tout sur l'embolie, bien que le médecin n'y voulût voir rien qu'une cause occasionnelle et m'affirmât que le mal datait de plus loin. Il nous conseilla vivement le grand air des hautes Alpes, où Marceline, affirmait-il, guérirait;

et, comme précisément mon désir était de passer tout l'hiver en Engadine, sitôt que Marceline fut assez bien pour pouvoir supporter le voyage, nous repartîmes.

Je me souviens comme d'événements de chaque sensation de la route. Le temps était limpide et froid; nous avions emporté les plus chaudes fourrures... A Coire, le vacarme incessant de l'hôtel nous empêcha presque complètement de dormir. J'aurais pris gaiement mon parti d'une nuit blanche dont je ne me serais pas senti fatigué; mais Marceline... Et je ne m'irritai point tant contre ce bruit que de ce qu'elle n'eût su trouver, et malgré ce bruit, le sommeil. Elle en eût eu si grand besoin! — Le lendemain nous partîmes dès avant l'aube; nous avions retenu les places du coupé dans la diligence de Coire; les relais bien organisés permettent de gagner Saint-Moritz en un jour.

Tiefenkasten, le Julier, Samaden... je me souviens de tout, heure par heure; de la qualité très nouvelle et de l'inclémence de l'air; du son des grelots des chevaux; de ma faim; de la halte à midi devant l'auberge; de l'œuf cru que je crevai dans la soupe, du pain bis et de la froideur du vin aigre. — Ces mets grossiers convenaient mal à Marceline; elle ne put manger à peu près rien que quelques biscuits secs qu'heureusement j'avais eu soin de prendre pour la route. — Je revois la tombée du jour, la rapide ascension de l'ombre contre les pentes des forêts; puis une halte encore. L'air devient toujours plus vif et plus cru. Quand la diligence s'arrête, on plonge jusqu'au cœur dans la nuit et dans le silence limpide; limpide... il n'y a pas d'autre mot. Le moindre bruit prend sur cette transparence étrange sa qualité parfaite et sa pleine sonorité. On repart dans la nuit. Marceline tousse... Oh! n'arrêtera-t-elle pas de tousser? Je resonge à la diligence de Sousse. Il me semble que je toussais mieux que cela : Elle fait trop d'efforts... Comme elle paraît faible et changée; dans l'ombre, ainsi, je la reconnaîtrais à peine. Que ses traits sont tirés! Est-ce que l'on voyait ainsi les deux trous noirs de ses narines ? — Oh! elle tousse affreusement. C'est le plus clair résultat de ses soins. J'ai horreur de la sympathie; toutes les contagions s'y cachent; on ne devrait sympathiser qu'avec les forts. — Oh! vraiment elle n'en peut plus! N'arriverons-nous pas bientôt ?... Que fait-elle ?...

Elle prend son mouchoir; le porte à ses lèvres; se détourne... Horreur! est-ce qu'elle aussi va cracher le sang? — Brutalement j'arrache le mouchoir de ses mains. Dans la demi-clarté de la lanterne, je regarde... Rien. Mais j'ai trop montré mon angoisse; Marceline tristement s'efforce de sourire et murmure :

« Non; pas encore. »

Enfin nous arrivons. Il n'est que temps; elle se tient à peine. Les chambres qu'on nous a préparées ne me satisfont pas; nous y passons la nuit, puis demain nous changerons. Rien ne me paraît assez beau ni trop cher. Et comme la saison d'hiver n'est pas encore commencée, l'immense hôtel se trouve à peu près vide; je peux choisir. Je prends deux chambres spacieuses, claires et simplement meublées; un grand salon y attenant, se terminant en large bow-window d'où l'on peut voir et le hideux lac bleu, et je ne sais quel mont brutal, aux pentes trop boisées ou trop nues. C'est là qu'on nous servira nos repas. L'appartement est hors de prix, mais que m'importe! Je n'ai plus mon cours, il est vrai, mais fais vendre La Morinière. Et puis nous verrons bien... D'ailleurs, qu'ai-je besoin d'argent? Qu'ai-je besoin de tout cela?... Je suis devenu fort, à présent... Je pense qu'un complet changement de fortune doit éduquer autant qu'un complet changement de santé... Marceline, elle, a besoin de luxe; elle est faible; ah! pour elle je veux dépenser tant et tant que... Et je prenais tout à la fois l'horreur et le goût de ce luxe. J'y lavais, j'y baignais ma sensualité, puis la souhaitais vagabonde.

Cependant Marceline allait mieux, et mes soins constants triomphaient. Comme elle avait peine à manger, je commandais, pour stimuler son appétit, des mets délicats, séduisants; nous buvions les vins les meilleurs. Je me persuadais qu'elle y prenait grand goût, tant m'amusaient ces crus étrangers que nous expérimentions chaque jour. Ce furent d'âpres vins du Rhin; des Tokay presque sirupeux qui m'emplirent de leur vertu capiteuse. Je me souviens d'un bizarre barbagrisca, dont il ne restait plus qu'une bouteille, de sorte que je ne pus savoir si le goût saugrenu qu'il avait se serait retrouvé dans les autres.

Chaque jour nous sortions en voiture; puis en traî-

neau, lorsque la neige fut tombée, enveloppés jusqu'au cou de fourrures. Je rentrais le visage en feu, plein d'appétit, puis de sommeil. — Cependant je ne renonçais pas à tout travail et trouvais chaque jour plus d'une heure où méditer sur ce que je sentais devoir dire. D'histoire il n'était plus question; depuis longtemps déjà mes études historiques ne m'intéressaient plus que comme un moyen d'investigation psychologique. J'ai dit comment j'avais pu m'éprendre à nouveau du passé, quand j'y avais cru voir de troubles ressemblances; j'avais osé prétendre, à force de presser les morts, obtenir d'eux quelque secrète indication sur la vie... A présent le jeune Athalaric lui-même pouvait pour me parler, se lever de sa tombe; je n'écoutais plus le passé. — Et comment une antique réponse eût-elle satisfait à ma nouvelle question : — Qu'est-ce que l'homme peut encore ? Voilà ce qu'il m'importait de savoir. Ce que l'homme a dit jusqu'ici, est-ce tout ce qu'il pouvait dire ? N'a-t-il rien ignoré de lui ? Ne lui reste-t-il qu'à redire ?... Et chaque jour croissait en moi le confus sentiment de richesses intactes, que couvraient, cachaient, étouffaient les cultures, les décences, les morales.

Il me semblait alors que j'étais né pour une sorte inconnue de trouvailles; et je me passionnais étrangement dans ma recherche ténébreuse, pour laquelle je sais que le chercheur devait abjurer et repousser de lui culture, décence et morale.

J'en venais à ne goûter plus en autrui que les manifestations les plus sauvages, à déplorer qu'une contrainte quelconque les réprimât. Pour un peu je n'eusse vu dans l'honnêteté que restrictions, conventions ou peur. Il m'aurait plu de la chérir comme une difficulté rare; nos mœurs en avaient fait la forme mutuelle et banale d'un contrat. En Suisse, elle fait partie du confort. Je comprenais que Marceline en eût besoin; mais ne lui cachais pourtant pas le cours nouveau de mes pensées. A Neuchâtel déjà, comme elle louangeait cette honnêteté qui transpire là-bas des murs et des visages :

« La mienne me suffit amplement, repartis-je; j'ai les honnêtes gens en horreur. Si je n'ai rien à craindre d'eux, je n'ai non plus rien à apprendre. Et eux n'ont d'ailleurs rien à dire... Honnête peuple suisse! Se porter bien ne lui vaut rien... sans crimes, sans histoire,

sans littérature, sans arts... un robuste rosier, sans épines ni fleurs... »

Et que ce pays honnête m'ennuyât, c'est ce que je savais d'avance, mais, au bout de deux mois, cet ennui devenant une sorte de rage, je ne songeai plus qu'à partir.

Nous étions à la mi-janvier. Marceline allait mieux, beaucoup mieux : la petite fièvre continue qui lentement la minait s'était éteinte; un sang plus frais recolorait ses joues; elle marchait de nouveau volontiers, quoique peu; n'était plus comme avant constamment lasse. Je n'eus pas trop grand-peine à la persuader que tout le bénéfice de cet air tonique était acquis, que rien ne lui serait meilleur à présent que de descendre en Italie où la tiède faveur du printemps achèverait de la guérir — et surtout je n'eus pas grand-peine à m'en persuader moi-même, tant j'étais las de ces hauteurs.

Et pourtant, à présent que, dans mon désœuvrement, le passé détesté reprend sa force, entre tous, ces souvenirs m'obsèdent. Courses rapides en traîneau; cinglement joyeux de l'air sec, éclaboussement de la neige, appétit; — marche incertaine dans le brouillard, sonorités bizarres des voix, brusque apparition des objets; — lectures dans le salon bien calfeutré, paysage à travers la vitre, paysage glacé; — tragique attente de la neige; — disparition du monde extérieur, voluptueux blottissement des pensées... Oh! patiner encore avec elle, là-bas, seuls, sur ce petit lac pur, entouré de mélèzes, perdu; puis rentrer avec elle, le soir...

Cette descente en Italie eut pour moi tous les vertiges d'une chute. Il faisait beau. A mesure que nous enfoncions dans l'air plus tiède et plus dense, les arbres rigides des sommets, mélèzes et sapins réguliers, faisaient place à une végétation riche de molle grâce et d'aisance. Il me semblait quitter l'abstraction pour la vie, et bien que nous fussions en hiver, j'imaginais partout des parfums. Depuis trop longtemps nous n'avions plus ri qu'à des ombres. Ma privation me grisait, et c'est de soif que j'étais ivre, comme d'autres sont ivres de vin. L'épargne de ma vie était admirable; au seuil de cette terre tolérante et prometteuse, tous mes appétits éclataient. Une énorme réserve d'amour me gonflait; parfois elle affluait du fond de ma chair vers ma tête et dévergondait mes pensées.

Cette illusion de printemps dura peu. Le brusque changement d'altitude m'avait pu tromper un instant, mais, dès que nous eûmes quitté les rives abritées des lacs, Bellagio, Côme où nous nous attardâmes quelques jours, nous retrouvâmes l'hiver et la pluie. Le froid que nous supportions bien en Engadine, non plus sec et léger comme sur les hauteurs, mais humide à présent et maussade, commença de nous faire souffrir. Marceline se remit à tousser. Alors, pour fuir le froid, nous descendîmes plus au sud; nous quittâmes Milan pour Florence, Florence pour Rome, Rome pour Naples qui, sous la pluie d'hiver, est bien la plus lugubre ville que je connaisse. Je traînais un ennui sans nom. Nous revînmes à Rome, chercher, à défaut de chaleur, un semblant de confort. Sur le Monte Pincio nous louâmes un appartement trop vaste, mais admirablement situé. A Florence déjà, mécontents des hôtels, nous avions loué pour trois mois une exquise villa sur le Viale dei Colli. Un autre y aurait souhaité toujours vivre... Nous n'y restâmes pas vingt jours. A chaque nouvelle étape pourtant, j'avais soin d'aménager tout comme si nous ne devions plus repartir. Un démon plus fort me poussait... Ajoutez à cela que nous n'emportions pas moins de huit malles. Il y en avait une, uniquement pleine de livres, et que, durant tout le voyage, je n'ouvris pas même une fois.

Je n'admettais pas que Marceline s'occupât de nos dépenses, ni tentât de les modérer. Qu'elles fussent excessives, certes, je le savais, et qu'elles ne pourraient durer. Je cessai de compter sur l'argent de La Morinière; elle ne rapportait plus rien et Bocage écrivait qu'il ne trouvait pas d'acquéreur. Mais toute considération d'avenir n'aboutissait qu'à me faire dépenser davantage. Ah! qu'aurais-je besoin de tant, une fois seul!... pensais-je et j'observais, plein d'angoisse et d'attente, diminuer, plus vite encore que ma fortune, la frêle vie de Marceline.

Bien qu'elle se reposât sur moi de tous les soins, ces déplacements précipités la fatiguaient; mais ce qui la fatiguait plus, j'ose bien à présent me l'avouer, c'était la peur de ma pensée.

« Je vois bien, me dit-elle un jour, je comprends bien votre doctrine — car c'est une doctrine à présent.

Elle est belle, peut-être, — puis elle ajouta plus bas, tristement : mais elle supprime les faibles.

— C'est ce qu'il faut », répondis-je aussitôt malgré moi.

Alors il me parut sentir, sous l'effroi de ma brutale parole, cet être délicat se replier et frissonner... Ah ! peut-être allez-vous penser que je n'aimais pas Marceline. Je jure que je l'aimais passionnément. Jamais elle n'avait été et ne m'avait paru si belle. La maladie avait subtilisé et comme extasié ses traits. Je ne la quittais presque plus, l'entourais de soins continus, protégeais, veillais chaque instant et de ses jours et de ses nuits. Si léger que fût son sommeil, j'exerçai mon sommeil à rester plus léger encore; je la surveillais s'endormir et je m'éveillais le premier. Quand, parfois, la quittant une heure, je voulais marcher seul dans la campagne ou dans les rues, je ne sais quel souci d'amour et la crainte de son ennui me rappelaient vite auprès d'elle; et parfois j'appelais à moi ma volonté, protestais contre cette emprise, me disais : n'est-ce que cela que tu vaux, faux grand homme! et me contraignais à faire durer mon absence; mais je rentrais alors les bras chargés de fleurs, fleurs de jardin précoce ou fleurs de serre... Oui, vous dis-je; je la chérissais tendrement. Mais comment exprimer ceci... à mesure que je me respectais moins, je la vénérais davantage; — et qui dira combien de passions et combien de pensées ennemies peuvent cohabiter en l'homme ?...

Depuis longtemps déjà le mauvais temps avait cessé; la saison s'avançait; et brusquement les amandiers fleurirent. — C'était le premier mars. Je descends au matin sur la place d'Espagne. Les paysans ont dépouillé de ses rameaux blancs la campagne, et les fleurs d'amandiers chargent les paniers des vendeurs. Mon ravissement est tel que j'en achète tout un bouquet. Trois hommes me l'apportent. Je rentre avec tout ce printemps. Les branches s'accrochent aux portes, des pétales neigent sur le tapis. J'en mets partout, dans tous les vases; j'en blanchis le salon, dont Marceline pour l'instant, est absente. Déjà je me réjouis de sa joie... Je l'entends venir. La voici. Elle ouvre la porte. Elle chancelle... Elle éclate en sanglots.

« Qu'as-tu ? ma pauvre Marceline. »

Je m'empresse auprès d'elle; la couvre de tendres

caresses. Alors, comme pour s'excuser de ses larmes :
« L'odeur de ces fleurs me fait mal », dit-elle...

Et c'était une fine, fine, une discrète odeur de miel...
Sans rien dire, je saisis ces innocentes branches fragiles,
les brise, les emporte, les jette, exaspéré, le sang aux
yeux. — Ah ! si déjà ce peu de printemps elle ne le
peut plus supporter !...

Je repense souvent à ces larmes et je crois maintenant
que, déjà se sentant condamnée, c'est du regret d'autres
printemps qu'elle pleurait. — Je pense aussi qu'il est de
fortes joies pour les forts, et de faibles joies pour les
faibles que les fortes joies blesseraient. Elle, un rien de
plaisir la soûlait ; un peu d'éclat de plus, et elle ne le
pouvait plus supporter. Ce qu'elle appelait le bonheur,
c'est ce que j'appelais le repos, et moi je ne voulais ni
ne pouvais me reposer.

Quatre jours après nous repartîmes pour Sorrente.
Je fus déçu de n'y trouver pas plus de chaleur. Tout
semblait grelotter. Le vent qui n'arrêtait pas de souffler
fatiguait beaucoup Marceline. Nous avions voulu descendre au même hôtel qu'à notre précédent voyage ;
nous retrouvions la même chambre... Nous regardions
avec étonnement, sous le ciel terne, tout le décor désenchanté, et le morne jardin de l'hôtel qui nous paraissait
si charmant quand s'y promenait notre amour.

Nous résolûmes de gagner par mer Palerme dont on
nous vantait le climat ; nous rentrâmes à Naples où nous
devions nous embarquer et où nous nous attardâmes
encore. Mais à Naples du moins je ne m'ennuyais pas.
Naples est une ville vivante où ne s'impose pas le passé.

Presque tous les instants du jour je restais près de
Marceline. La nuit, elle se couchait tôt, étant lasse ;
je la surveillais s'endormir, et parfois me couchais moi-
même, puis, quand son souffle plus égal m'avertissait
qu'elle dormait, je me relevais sans bruit, je me rhabillais
sans lumière ; je me glissais dehors comme un voleur.

Dehors ! oh ! j'aurais crié d'allégresse. Qu'allais-je
faire ? Je ne sais pas. Le ciel, obscur le jour, s'était
délivré des nuages ; la lune presque pleine luisait. Je
marchais au hasard, sans but, sans désir, sans contrainte.
Je regardais tout d'un œil neuf ; j'épiais chaque bruit,
d'une oreille plus attentive ; je humais l'humidité de la
nuit ; je posais ma main sur des choses ; je rôdais.

Le dernier soir que nous restions à Naples je prolongeai jusqu'au matin cette débauche vagabonde. En rentrant je trouvai Marceline en larmes. Elle avait eu peur, me dit-elle, s'étant brusquement réveillée et ne m'ayant plus senti là. Je la tranquillisai, expliquai de mon mieux mon absence et promis de ne plus la quitter.
— Mais, dès la première nuit de Palerme, je n'y pus tenir; je sortis... Les premiers orangers fleurissaient; le moindre souffle en apportait l'odeur...

Nous ne restâmes à Palerme que cinq jours; puis, par un grand détour, regagnâmes Taormine que tous deux désirions revoir. Ai-je dit que le village est assez haut perché dans la montagne; la gare est au bord de la mer. La voiture qui nous conduisit à l'hôtel dut me ramener aussitôt vers la gare où j'allais réclamer nos malles. Je m'étais mis debout dans la voiture pour causer avec le cocher. C'était un petit Sicilien de Catane, beau comme un vers de Théocrite, éclatant, odorant, savoureux comme un fruit.

« Com'è bella la Signora! dit-il d'une voix charmante en regardant s'éloigner Marceline.
— Anche tu sei bello, ragazzo, répondis-je; et, comme j'étais penché vers lui, je n'y pus tenir et, bientôt, l'attirant contre moi, l'embrassai. Il se laissa faire en riant.
— I Francesi sono tutti amanti, dit-il.
— Ma non tutti gli Italiani amati », repartis-je, en riant aussi... Je le cherchai les jours suivants, mais je ne pus parvenir à le revoir.

Nous quittâmes Taormine pour Syracuse. Nous redéfaisions pas à pas notre premier voyage, remontions vers le début de notre amour. Et de même que, de semaine en semaine lors de notre premier voyage, je marchais vers la guérison, de semaine en semaine à mesure que nous avancions vers le sud, l'état de Marceline empirait.

Par quelle aberration, quel aveuglement obstiné, quelle volontaire folie, me persuadai-je, et surtout tâchai-je de lui persuader qu'il lui fallait plus de lumière encore et de chaleur, invoquai-je le souvenir de ma convalescence à Biskra... L'air s'était attiédi pourtant; la baie de Palerme est clémente et Marceline s'y plaisait. Là, peut-être, elle aurait... Mais étais-je maître de choisir mon vouloir ? de décider de mon désir ?

A Syracuse l'état de la mer et le service irrégulier des bateaux nous força d'attendre huit jours. Tous les instants que je ne passai pas près de Marceline, je les passai dans le vieux port. O petit port de Syracuse! odeurs de vin suri, ruelles boueuses, puante échoppe où roulaient débardeurs, vagabonds, mariniers avinés. La société des pires gens m'était compagnie délectable. Et qu'avais-je besoin de comprendre bien leur langage, quand toute ma chair le goûtait. La brutalité de la passion y prenait encore à mes yeux un hypocrite aspect de santé, de vigueur. Et j'avais beau me dire que leur vie misérable ne pouvait avoir pour eux le goût qu'elle prenait pour moi... Ah! j'eusse voulu rouler avec eux sous la table et ne me réveiller qu'au frisson triste du matin. Et j'exaspérais auprès d'eux ma grandissante horreur du luxe, du confort, de ce dont je m'étais entouré, de cette protection que ma neuve santé avait su me rendre inutile, de toutes ces précautions que l'on prend pour préserver son corps du contact hasardeux de la vie. J'imaginais plus loin leur existence. J'eusse voulu plus loin les suivre, et pénétrer dans leur ivresse... Puis soudain je revoyais Marceline. Que faisait-elle en cet instant? Elle souffrait, pleurait peut-être... Je me levais en hâte; je courais; je rentrais à l'hôtel, où semblait écrit sur la porte : Ici les pauvres n'entrent pas.

Marceline m'accueillait toujours de même; sans un mot de reproche ou de doute, et s'efforçant malgré tout de sourire. — Nous prenions nos repas à part; je lui faisais servir tout ce que le médiocre hôtel pouvait réserver de meilleur. Et pendant le repas je pensais : un morceau de pain, de fromage, un pied de fenouil leur suffit et me suffirait comme à eux. Et peut-être que là, là tout près, il en est qui ont faim et qui n'ont même pas cette maigre pitance... Et voici sur ma table de quoi les soûler pour trois jours! J'eusse voulu crever les murs, laisser affluer les convives... Car sentir souffrir de la faim me devenait angoisse affreuse. Et je regagnais le vieux port où je répandais au hasard les menues pièces dont j'avais les poches remplies.

La pauvreté de l'homme est esclave; pour manger elle accepte un travail sans plaisir; tout travail qui n'est pas joyeux est lamentable, pensais-je, et je payais le repos de plusieurs. Je disais : — Ne travaille donc

pas : ça t'ennuie. Je rêvais pour chacun ce loisir sans lequel ne peut s'épanouir aucune nouveauté, aucun vice, aucun art.

Marceline ne se méprenait pas sur ma pensée; quand je revenais du vieux port, je ne lui cachais pas quels tristes gens m'y entouraient. — Tout est dans l'homme. Marceline entrevoyait bien ce que je m'acharnais à découvrir; et comme je lui reprochais de croire trop souvent à des vertus qu'elle inventait à mesure en chaque être :

« Vous, vous n'êtes content, me dit-elle, que quand vous leur avez fait montrer quelque vice. Ne comprenez-vous pas que notre regard développe, exagère en chacun le point sur lequel il s'attache ? et que nous le faisons devenir ce que nous prétendons qu'il est. »

J'eusse voulu qu'elle n'eût pas raison, mais devais bien m'avouer qu'en chaque être, le pire instinct me paraissait le plus sincère. — Puis, qu'appelais-je sincérité ?

Nous quittâmes enfin Syracuse. Le souvenir et le désir du Sud m'obsédaient. Sur mer, Marceline alla mieux... Je revois le ton de la mer. Elle est si calme que le sillage du navire semble y durer. J'entends les bruits d'égouttement, les bruits liquides; le lavage du pont, et sur les planches le claquement des pieds nus des laveurs. Je revois Malte toute blanche; l'approche de Tunis... Comme je suis changé !

Il fait chaud. Il fait beau. Tout est splendide. Ah ! je voudrais qu'en chaque phrase, ici, toute une moisson de volupté se distille... En vain chercherais-je à présent à imposer à mon récit plus d'ordre qu'il n'y en eut dans ma vie. Assez longtemps j'ai cherché de vous dire comment je devins qui je suis. Ah ! désembarrasser mon esprit de cette insupportable logique !... Je ne sens rien que de noble en moi.

Tunis. Lumière plus abondante que forte. L'ombre en est encore emplie. L'air lui-même semble un fluide lumineux où tout baigne, où l'on plonge, où l'on nage. Cette terre de volupté satisfait mais n'apaise pas le désir, et toute satisfaction l'exalte.

Terre en vacance d'œuvres d'art. Je méprise ceux qui ne savent reconnaître la beauté que transcrite déjà et toute interprétée. Le peuple arabe a ceci d'admirable que, son art, il le vit, il le chante et le dissipe au jour le

jour; il ne le fixe point et ne l'embaume en aucune œuvre. C'est la cause et l'effet de l'absence de grands artistes... J'ai toujours cru les grands artistes ceux qui osent donner droit de beauté à des choses si naturelles qu'elles font dire après, à qui les voit : « Comment n'avais-je pas compris jusqu'alors que cela aussi était beau... »

A Kairouan, que je ne connaissais pas encore, et où j'allai sans Marceline, la nuit était très belle. Au moment de rentrer dormir à l'hôtel, je me souvins d'un groupe d'Arabes couchés en plein air sur les nattes d'un petit café. Je m'en fus dormir tout contre eux. Je revins couvert de vermine.

La chaleur moite de la côte affaiblissant beaucoup Marceline, je lui persuadai que ce qu'il nous fallait, c'était gagner Biskra au plus vite. Nous étions au début d'avril.

Ce voyage est très long. Le premier jour nous gagnons d'une traite Constantine; le second jour, Marceline est très lasse et nous n'allons que jusqu'à El Kantara. — Là nous avons cherché et nous avons trouvé vers le soir une ombre plus délicieuse et plus fraîche que la clarté de la lune, la nuit. Elle était comme un breuvage intarissable; elle ruisselait jusqu'à nous. Et du talus où nous étions assis, on voyait la plaine embrasée. Cette nuit Marceline ne peut dormir; l'étrangeté du silence et les moindres bruits l'inquiètent. Je crains qu'elle n'ait un peu de fièvre. Je l'entends se remuer sur son lit. Le lendemain je la trouve plus pâle. Nous repartons.

Biskra. C'est donc là que je veux en venir... Oui; voici le jardin public; le banc... je reconnais le banc où je m'assis aux premiers jours de ma convalescence. Qu'y lisais-je donc ?... Homère; depuis je ne l'ai pas rouvert. — Voici l'arbre dont j'allai palper l'écorce. Que j'étais faible, alors !... Tiens ! voici des enfants... Non; je n'en reconnais aucun. Que Marceline est grave ! Elle est aussi changée que moi. Pourquoi tousse-t-elle, par ce beau temps ? — Voici l'hôtel. Voici nos chambres; nos terrasses. Que pense Marceline ? Elle ne m'a pas dit un mot. Sitôt arrivée dans sa chambre, elle s'étend sur le lit; elle est lasse et dit vouloir dormir un peu. Je sors.

Je ne reconnais pas les enfants, mais les enfants me

reconnaissent. Prévenus de mon arrivée, tous accourent. Est-il possible que ce soient eux ? Quelle déconvenue ! Que s'est-il donc passé ? Ils ont affreusement grandi. En à peine un peu plus de deux ans, — cela n'est pas possible... quelles fatigues, quels vices, quelles paresses, ont déjà mis tant de laideur sur ces visages, où tant de jeunesse éclatait ? Quels travaux vils ont déjeté si tôt ces beaux corps ? Il y a là comme une banqueroute... Je questionne. Bachir est garçon plongeur d'un café ; Ashour gagne à grand-peine quelques sous à casser les cailloux des routes ; Hammatar a perdu un œil. Qui l'eût cru ? Sadeck s'est rangé ; il aide un frère aîné à vendre des pains au marché ; il semble devenu stupide. Agib s'est établi boucher près de son père ; il engraisse ; il est laid ; il est riche ; il ne veut plus parler à ses compagnons déclassés... Que les carrières honorables abêtissent ! Vais-je donc retrouver chez eux ce que je haïssais parmi nous ? — Boubaker ? — Il s'est marié. Il n'a pas quinze ans. C'est grotesque. — Non, pourtant ; je l'ai revu le soir. Il s'explique : son mariage n'est qu'une frime. C'est, je crois, un sacré débauché. Mais il boit, se déforme... Et voilà donc tout ce qui reste ? Voilà donc ce qu'en fait la vie ! — Je sens à mon intolérable tristesse que c'était beaucoup eux que je venais revoir. — Ménalque avait raison : le souvenir est une invention de malheur.

Et Moktir ? — Ah ! celui-là sort de prison. Il se cache. Les autres ne fraient plus avec lui. Je voudrais le revoir. Il était le plus beau d'eux tous ; va-t-il me décevoir aussi ?... On le retrouve. On me l'amène. Non ! celui-là n'a pas failli. Même mon souvenir ne me le représentait pas si superbe. Sa force et sa beauté sont parfaites... En me reconnaissant il sourit.

« Et que faisais-tu donc avant d'être en prison ?
— Rien.
— Tu volais ? »
Il proteste.
« Que fais-tu maintenant ? »
Il sourit.
« Eh ! Moktir ! si tu n'as rien à faire, tu nous accompagneras à Touggourt. » — Et je suis pris soudain du désir d'aller à Touggourt.

Marceline ne va pas bien ; je ne sais pas ce qui se passe en elle. Quand je rentre à l'hôtel ce soir-là, elle

se presse contre moi sans rien dire, les yeux fermés. Sa manche large, qui se relève, laisse voir son bras amaigri. Je la caresse et la berce longtemps, comme un enfant que l'on veut endormir. Est-ce l'amour, ou l'angoisse, ou la fièvre qui la fait trembler ainsi ?... Ah! peut-être il serait temps encore... Est-ce que je ne m'arrêterai pas ? — J'ai cherché, j'ai trouvé ce qui fait ma valeur : une espèce d'entêtement dans le pire. — Mais comment arrivé-je à dire à Marceline que demain nous partons pour Touggourt ?...

A présent elle dort dans la chambre voisine. La lune, depuis longtemps levée, inonde à présent la terrasse. C'est une clarté presque effrayante. On ne peut pas s'en cacher. Ma chambre a des dalles blanches, et là surtout elle paraît. Son flot entre par la fenêtre grande ouverte. Je reconnais sa clarté dans la chambre, et l'ombre qu'y dessine la porte. Il y a deux ans elle entrait plus avant encore... oui, là, précisément où elle avance maintenant — quand je me suis levé renonçant à dormir. J'appuyais mon épaule contre le montant de cette porte-là. Je reconnais l'immobilité des palmiers... Quelle parole avais-je donc lue ce soir-là ?... Ah! oui; les mots du Christ à Pierre : « Maintenant tu te ceins toi-même, et tu vas où tu veux aller... » Où vais-je ? Où veux-je aller ?... Je ne vous ai pas dit que, de Naples, cette dernière fois, j'avais gagné Pœstum, un jour, seul... ah! j'aurais sangloté devant ces pierres! L'ancienne beauté paraissait, simple, parfaite, souriante — abandonnée. L'art s'en va de moi, je le sens. C'est pour faire place à quoi d'autre ? Ce n'est plus, comme avant, une souriante harmonie... Je ne sais plus le dieu ténébreux que je sers. O Dieu neuf! donnez-moi de connaître encore des races nouvelles, des types imprévus de beauté.

Le lendemain, dès l'aube, la diligence nous emmène. Moktir est avec nous. Moktir est heureux comme un roi.

Chegga; Kefeldorh'; M'reyer... mornes étapes sur la route plus morne encore, interminable. J'aurais cru pourtant, je l'avoue, plus riantes ces oasis. Mais plus rien que la pierre et le sable; puis quelques buissons nains bizarrement fleuris; parfois quelque essai de palmiers qu'alimente une source cachée... A l'oasis je préfère à présent le désert... ce pays de mortelle gloire

et d'intolérable splendeur. L'effort de l'homme y paraît laid et misérable. Maintenant toute autre terre m'ennuie.

« Vous aimez l'inhumain », dit Marceline. Mais comme elle regarde elle-même! et avec quelle avidité!

Le temps se gâte un peu, le second jour; c'est-à-dire que le vent s'élève et que l'horizon se ternit. Marceline souffre; le sable qu'on respire, brûle, irrite sa gorge; la surabondante lumière fatigue son regard; ce paysage hostile la meurtrit. — Mais à présent il est trop tard pour revenir. Dans quelques heures nous serons à Touggourt.

C'est de cette dernière partie du voyage, pourtant si proche encore, que je me souviens le moins bien. Impossible, à présent, de revoir les paysages du second jour et ce que je fis d'abord à Touggourt. Mais ce que je me rappelle encore, c'est quelles étaient mon impatience et ma précipitation.

Il avait fait très froid le matin. Vers le soir, un simoun ardent s'élève. — Marceline, exténuée par le voyage, s'est couchée sitôt arrivée. J'espérais trouver un hôtel un peu plus confortable; notre chambre est affreuse; le sable, le soleil et les mouches ont tout terni, tout sali, défraîchi. N'ayant presque rien mangé depuis l'aurore, je fais servir aussitôt le repas; mais tout paraît mauvais à Marceline et je ne peux la décider à rien prendre. Nous avons emporté de quoi faire du thé. Je m'occupe à ces soins dérisoires. Nous nous contentons, pour dîner, de quelques gâteaux secs et de ce thé, auquel l'eau salée du pays a donné son goût détestable.

Par un dernier semblant de vertu, je reste jusqu'au soir près d'elle. Et soudain je me sens comme à bout de forces moi-même. O goût de cendres! O lassitude! Tristesse du surhumain effort! J'ose à peine la regarder; je sais trop que mes yeux, au lieu de chercher son regard, iront affreusement se fixer sur les trous noirs de ses narines; l'expression de son visage souffrant est atroce. Elle non plus ne me regarde pas. Je sens, comme si je la touchais, son angoisse. Elle tousse beaucoup; puis s'endort. Par moments un frisson brusque la secoue.

La nuit pourrait être mauvaise et, avant qu'il ne soit trop tard, je veux savoir à qui je pourrais m'adresser. Je sors. Devant la porte de l'hôtel, la place de Touggourt, les rues, l'atmosphère même sont étranges au

point de me faire croire que ce n'est pas moi qui les vois. — Après quelques instants, je rentre. Marceline dort tranquillement. Je m'effrayais à tort ; sur cette terre bizarre, on suppose un péril partout ; c'est absurde. Et, suffisamment rassuré, je ressors.

Étrange animation nocturne sur la place ; circulation silencieuse ; glissement clandestin des burnous blancs. Le vent déchire par instants des lambeaux de musique étrange et les apporte je ne sais d'où. Quelqu'un vient à moi... C'est Moktir. Il m'attendait, dit-il, et pensait bien que je ressortirais. Il rit. Il connaît bien Touggourt, y vient souvent et sait où il m'emmène. Je me laisse entraîner par lui.

Nous marchons dans la nuit ; nous entrons dans un café maure ; c'est de là que venait la musique. Des femmes arabes y dansent — si l'on peut appeler une danse ce monotone glissement. — Une d'elles me prend par la main ; je la suis ; c'est la maîtresse de Moktir ; il accompagne... Nous entrons tous les trois dans l'étroite et profonde chambre où l'unique meuble est un lit... Un lit très bas, sur lequel on s'assied. Un lapin blanc, enfermé dans la chambre, s'effarouche d'abord puis s'apprivoise et vient manger dans la main de Moktir. On nous apporte du café. Puis, tandis que Moktir joue avec le lapin, cette femme m'attire à elle, et je me laisse aller à elle comme on se laisse aller au sommeil...

Ah ! je pourrais ici feindre ou me taire — mais que m'importe à moi ce récit, s'il cesse d'être véritable ?...

Je retourne seul à l'hôtel, Moktir restant là-bas pour la nuit. Il est tard. Il souffle un sirocco aride ; c'est un vent tout chargé de sable, et torride malgré la nuit. Au bout de quatre pas, je suis en nage ; mais j'ai soudain trop hâte de rentrer, et c'est presque en courant que je reviens. — Elle s'est réveillée peut-être... peut-être elle a besoin de moi ?... Non ; la croisée de la chambre est sombre. J'attends un court répit du vent pour ouvrir ; j'entre très doucement dans le noir. — Quel est ce bruit ?... Je ne reconnais pas sa toux... J'allume.

Marceline est assise à demi sur son lit ; un de ses maigres bras se cramponne aux barreaux du lit, la tient dressée ; ses draps, ses mains, sa chemise, sont inondés d'un flot de sang ; son visage en est tout sali ; ses yeux

sont hideusement agrandis; et n'importe quel cri d'agonie m'épouvanterait moins que son silence. — Je cherche sur son visage transpirant une petite place où poser un affreux baiser; le goût de sa sueur me reste aux lèvres. Je lave et rafraîchis son front, ses joues... Contre le lit, quelque chose de dur sous mon pied : je me baisse, et ramasse le petit chapelet qu'elle réclamait naguère à Paris, et qu'elle a laissé tomber; je le passe à sa main ouverte, mais sa main aussitôt s'abaisse et le laisse tomber de nouveau. — Je ne sais que faire : je voudrais demander du secours... Sa main s'accroche à moi désespérément, me retient; ah! croit-elle donc que je veux la quitter ? Elle me dit :

« Oh! tu peux bien attendre encore. » Elle voit que je veux parler : « Ne me dis rien, ajouta-t-elle; tout va bien. » — De nouveau je ramasse le chapelet; je le lui remets dans la main, mais de nouveau elle le laisse — que dis-je ? elle le fait tomber. Je m'agenouille auprès d'elle et presse sa main contre moi.

Elle se laisse aller, moitié contre le traversin et moitié contre mon épaule, semble dormir un peu, mais ses yeux restent grands ouverts.

Une heure après elle se redresse; sa main se dégage des miennes, se crispe à sa chemise et en déchire la dentelle. Elle étouffe. — Vers le petit matin, un nouveau vomissement de sang...

J'ai fini de vous raconter mon histoire. Qu'ajouterais-je de plus ? — Le cimetière français de Touggourt est hideux, à moitié dévoré par les sables... Le peu de volonté qui me restait, je l'ai tout employé à l'arracher de ces lieux de détresse. C'est à El Kantara qu'elle repose, dans l'ombre d'un jardin privé qu'elle aimait. Il y a de tout cela trois mois à peine. Ces trois mois ont éloigné cela de dix ans.

Michel resta longtemps silencieux. Nous nous taisions aussi, pris chacun d'un étrange malaise. Il nous semblait hélas! qu'à nous la raconter, Michel avait rendu son action plus légitime. De ne savoir où la désapprouver, dans la lente explication qu'il en donna, nous en faisait presque complices. Nous y étions comme engagés. Il avait achevé ce récit sans un tremblement dans la voix,

sans qu'une inflexion ni qu'un geste témoignât qu'une émotion quelconque le troublât, soit qu'il mît un cynique orgueil à ne pas nous paraître ému, soit qu'il craignît, par une sorte de pudeur, de provoquer notre émotion par ses larmes, soit enfin qu'il ne fût pas ému. Je ne distingue pas en lui, même à présent, la part d'orgueil, de force, de sécheresse ou de pudeur. — Au bout d'un instant, il reprit :

Ce qui m'effraie c'est, je l'avoue, que je suis encore très jeune. Il me semble parfois que ma vraie vie n'a pas encore commencé. Arrachez-moi d'ici à présent, et donnez-moi des raisons d'être. Moi je ne sais plus en trouver. Je me suis délivré, c'est possible; mais qu'importe ? je souffre de cette liberté sans emploi. Ce n'est pas, croyez-moi, que je sois fatigué de mon crime, s'il vous plaît de l'appeler ainsi, — mais je dois me prouver à moi-même que je n'ai pas outre-passé mon droit.

J'avais, quand vous m'avez connu d'abord, une grande fixité de pensée, et je sais que c'est là ce qui fait les vrais hommes; — je ne l'ai plus. Mais ce climat, je crois, en est cause. Rien ne décourage autant la pensée que cette persistance de l'azur. Ici toute recherche est impossible, tant la volupté suit de près le désir. Entouré de splendeur et de mort, je sens le bonheur trop présent et l'abandon à lui trop uniforme. Je me couche au milieu du jour pour tromper la longueur morne des journées et leur insupportable loisir.

J'ai là, voyez, des cailloux blancs que je laisse tremper à l'ombre, puis que je tiens longtemps dans le creux de ma main, jusqu'à ce qu'en soit épuisée la calmante fraîcheur acquise. Alors je recommence, alternant les cailloux, remettant à tremper ceux dont la froideur est tarie. Du temps s'y passe, et vient le soir... Arrachez-moi d'ici; je ne puis le faire moi-même. Quelque chose en ma volonté s'est brisé; je ne sais même où j'ai trouvé la force de m'éloigner d'El Kantara. Parfois j'ai peur que ce que j'ai supprimé ne se venge. Je voudrais recommencer à neuf. Je voudrais me débarrasser de ce qui reste de ma fortune; voyez, ces murs en sont encore couverts... Ici je vis de presque rien. Un aubergiste mi-français m'apprête un peu de nourriture. L'enfant, que vous avez fait fuir en entrant, me l'apporte soir et matin, en échange de quelques sous et de caresses. Cet

enfant qui, devant les étrangers, se fait sauvage, est avec moi tendre et fidèle comme un chien. Sa sœur est une Ouled-Naïl qui, chaque hiver, regagne Constantine où elle vend son corps aux passants. Elle est très belle et je souffrais, les premières semaines, que parfois elle passât la nuit près de moi. Mais, un matin, son frère, le petit Ali, nous a surpris couchés ensemble. Il s'est montré fort irrité et n'a pas voulu revenir de cinq jours. Pourtant il n'ignore pas comment ni de quoi vit sa sœur; il en parlait auparavant d'un ton qui n'indiquait aucune gêne... Est-ce donc qu'il était jaloux ? — Du reste, ce farceur en est arrivé à ses fins; car moitié par ennui, moitié par peur de perdre Ali, depuis cette aventure je n'ai plus retenu cette fille. Elle ne s'en est pas fâchée; mais chaque fois que je la rencontre, elle rit et plaisante de ce que je lui préfère l'enfant. Elle prétend que c'est lui qui surtout me retient ici. Peut-être a-t-elle un peu raison...

LE RETOUR
DE L'ENFANT PRODIGUE

A ARTHUR FONTAINE

J'AI *peint ici, pour ma secrète joie, comme on faisait dans les anciens triptyques, la parabole que Notre Seigneur Jésus-Christ nous conta. Laissant éparse et confondue la double inspiration qui m'anime, je ne cherche à prouver la victoire sur moi d'aucun dieu — ni la mienne. Peut-être cependant, si le lecteur exige de moi quelque piété, ne la chercherait-il pas en vain dans ma peinture, où, comme un donateur dans le coin du tableau, je me suis mis à genoux, faisant pendant au fils prodigue, à la fois comme lui souriant et le visage trempé de larmes.*

L'ENFANT PRODIGUE

Lorsque, après une longue absence, fatigué de sa fantaisie et comme désépris de lui-même, l'enfant prodigue, du fond de ce dénuement qu'il cherchait, songe au visage de son père, à cette chambre point étroite où sa mère au-dessus de son lit se penchait, à ce jardin abreuvé d'eau courante, mais clos et d'où toujours il désirait s'évader, à l'économe frère aîné qu'il n'a jamais aimé, mais qui détient encore dans l'attente cette part de ses biens que, prodigue, il n'a pu dilapider — l'enfant s'avoue qu'il n'a pas trouvé le bonheur, ni même su prolonger bien longtemps cette ivresse qu'à défaut de bonheur il cherchait. — Ah! pense-t-il, si mon père, d'abord irrité contre moi, m'a cru mort, peut-être, malgré mon péché, se réjouirait-il de me revoir; ah! revenant à lui bien humblement, le front bas et couvert de cendre, si, m'inclinant devant lui, lui disant : « Mon père, j'ai péché contre le ciel et contre toi », que ferai-je si, de sa main me relevant, il me dit : « Entre dans la maison, mon fils » ?... Et l'enfant déjà pieusement s'achemine.

Lorsque au défaut de la colline il aperçoit enfin les toits fumants de la maison, c'est le soir; mais il attend les ombres de la nuit pour voiler un peu sa misère. Il entend au loin la voix de son père; ses genoux fléchissent; il tombe et couvre de ses mains son visage, car il a honte de sa honte, sachant qu'il est le fils légitime pourtant. Il a faim; il n'a plus, dans un pli de son manteau crevé, qu'une poignée de ces glands doux dont il faisait, pareil aux pourceaux qu'il gardait, sa nourriture. Il voit les apprêts du souper. Il distingue s'avancer sur le perron sa mère... il n'y tient plus, descend en courant la colline, s'avance dans la cour, aboyé par son chien qui ne le reconnaît pas. Il veut parler aux serviteurs, mais ceux-ci méfiants s'écartent, vont prévenir le maître; le voici.

Sans doute il attendait le fils prodigue, car il le reconnaît aussitôt. Ses bras s'ouvrent; l'enfant alors devant lui s'agenouille et, cachant son front d'un bras, crie à lui, levant vers le pardon sa main droite :

« Mon père! mon père, j'ai gravement péché contre le

ciel et contre toi; je ne suis plus digne que tu m'appelles; mais du moins, comme un de tes serviteurs, le dernier, dans un coin de notre maison, laisse-moi vivre... »

Le père le relève et le presse :

« Mon fils! que le jour où tu reviens à moi soit béni! » — et sa joie, qui de son cœur déborde, pleure; il relève la tête de dessus le front de son fils qu'il baisait, se tourne vers les serviteurs :

« Apportez la plus belle robe; mettez des souliers à ses pieds, un anneau précieux à son doigt. Cherchez dans nos étables le veau le plus gras, tuez-le; préparez un festin de joie, car le fils que je disais mort est vivant. »

Et comme la nouvelle déjà se répand, il court; il ne veut pas laisser un autre dire :

« Mère, le fils que nous pleurions nous est rendu. »

La joie de tous montant comme un cantique fait le fils aîné soucieux. S'assied-il à la table commune, c'est que le père en l'y invitant et en le pressant l'y contraint. Seul entre tous les convives, car jusqu'au moindre serviteur est convié, il montre un front courroucé : Au pécheur repenti, pourquoi plus d'honneur qu'à lui-même, qu'à lui qui n'a jamais péché? Il préfère à l'amour le bon ordre. S'il consent à paraître au festin, c'est que, faisant crédit à son frère, il peut lui prêter joie pour un soir; c'est aussi que son père et sa mère lui ont promis de morigéner le prodigue, demain, et que lui-même il s'apprête à le sermonner gravement.

Les torches fument vers le ciel. Le repas est fini. Les serviteurs ont desservi. A présent, dans la nuit où pas un souffle ne s'élève, la maison fatiguée, âme après âme, va s'endormir. Mais pourtant, dans la chambre à côté de celle du prodigue, je sais un enfant, son frère cadet, qui toute la nuit jusqu'à l'aube va chercher en vain le sommeil.

LA RÉPRIMANDE DU PÈRE

Mon Dieu, comme un enfant je m'agenouille devant vous aujourd'hui, le visage trempé de larmes. Si je me remémore et transcris ici votre pressante parabole,

c'est que je sais quel était votre enfant prodigue; c'est qu'en lui je me vois; c'est que j'entends en moi, parfois et répète en secret ces paroles que, du fond de sa grande détresse, vous lui faites crier :

« Combien de mercenaires de mon père ont chez lui le pain en abondance; et moi je meurs de faim! »

J'imagine l'étreinte du Père; à la chaleur d'un tel amour mon cœur fond. J'imagine une précédente détresse, même; ah! j'imagine tout ce qu'on veut. Je crois cela; je suis celui-là même dont le cœur bat quand, au défaut de la colline, il revoit les toits bleus de la maison qu'il a quittée. Qu'est-ce donc que j'attends pour m'élancer vers la demeure; pour entrer ? — On m'attend. Je vois déjà le veau gras qu'on apprête... Arrêtez! ne dressez pas trop vite le festin! — Fils prodigue, je songe à toi; dis-moi d'abord ce que t'a dit le Père, le lendemain, après le festin du revoir. Ah! malgré que le fils aîné vous souffle, Père, puissé-je entendre votre voix, parfois, à travers ses paroles!

« Mon fils, pourquoi m'as-tu quitté ?

— Vous ai-je vraiment quitté ? Père! n'êtes-vous pas partout ? Jamais je n'ai cessé de vous aimer.

— N'ergotons pas. J'avais une maison qui t'enfermait. Elle était élevée pour toi. Pour que ton âme y puisse trouver un abri, un luxe digne d'elle, du confort, un emploi, des générations travaillèrent. Toi, l'héritier, le fils, pourquoi t'être évadé de la Maison ?

— Parce que la Maison m'enfermait. La Maison, ce n'est pas Vous, mon Père.

— C'est moi qui l'ai construite, et pour toi.

— Ah! Vous n'avez pas dit cela, mais mon frère. Vous, vous avez construit toute la terre, et la Maison et ce qui n'est pas la Maison. La Maison, d'autres que vous l'ont construite; en votre nom, je sais, mais d'autres que vous.

— L'homme a besoin d'un toit sous lequel reposer sa tête. Orgueilleux! Penses-tu pouvoir dormir en plein vent ?

— Y faut-il tant d'orgueil ? de plus pauvres que moi l'ont bien fait.

— Ce sont les pauvres. Pauvre, tu ne l'es pas. Nul ne peut abdiquer sa richesse. Je t'avais fait riche entre tous.

— Mon Père, vous savez bien qu'en partant j'avais emporté tout ce que j'avais pu de mes richesses. Que m'importent les biens qu'on ne peut emporter avec soi ?

— Toute cette fortune emportée, tu l'as dépensée follement.

— J'ai changé votre or en plaisirs, vos préceptes en fantaisie, ma chasteté en poésie, et mon austérité en désirs.

— Était-ce pour cela que tes parents économes s'employèrent à distiller en toi tant de vertu ?

— Pour que je brûle d'une flamme plus belle, peut-être, une nouvelle ferveur m'allumant.

— Songe à cette pure flamme que vit Moïse, sur le buisson sacré : elle brillait mais sans consumer.

— J'ai connu l'amour qui consume.

— L'amour que je veux t'enseigner rafraîchit. Au bout de peu de temps, que t'est-il resté, fils prodigue ?

— Le souvenir de ces plaisirs.

— Et le dénuement qui les suit.

— Dans ce dénuement, je me suis senti près de vous, Père.

— Fallait-il la misère pour te pousser à revenir à moi ?

— Je ne sais ; je ne sais. C'est dans l'aridité du désert que j'ai le mieux aimé ma soif.

— Ta misère te fit mieux sentir le prix des richesses.

— Non, pas cela ! Ne m'entendez-vous pas, mon Père ? Mon cœur, vidé de tout, s'emplit d'amour. Au prix de tous mes biens, j'avais acheté la ferveur.

— Étais-tu donc heureux loin de moi ?

— Je ne me sentais pas loin de vous.

— Alors qu'est-ce qui t'a fait revenir ? Parle.

— Je ne sais. Peut-être la paresse.

— La paresse, mon fils ! Eh quoi ! Ce ne fut pas l'amour ?

— Père, je vous l'ai dit, je ne vous aimai jamais plus qu'au désert. Mais j'étais las, chaque matin, de poursuivre ma subsistance. Dans la Maison, du moins, on mange bien.

— Oui, des serviteurs y pourvoient. Ainsi, ce qui t'a ramené, c'est la faim.

— Peut-être aussi la lâcheté, la maladie... A la longue cette hasardeuse nourriture m'affaiblit ; car je me nourrissais de fruits sauvages, de sauterelles et de miel. Je

supportais de plus en plus mal l'inconfort qui d'abord
attisait ma ferveur. La nuit, quand j'avais froid, je
songeais que mon lit était bien bordé chez mon Père;
quand je jeûnais, je songeais que, chez mon Père,
l'abondance des mets servis outrepassait toujours ma
faim. J'ai fléchi; pour lutter plus longtemps, je ne me
sentais plus assez courageux, assez fort, et cependant...

— Donc le veau gras d'hier t'a paru bon ? »

Le fils prodigue se jette en sanglotant le visage contre terre :

« Mon Père! mon Père! Le goût sauvage des glands
doux demeure malgré tout dans ma bouche. Rien n'en
saurait couvrir la saveur.

— Pauvre enfant! — reprend le Père qui le relève, —
je t'ai parlé peut-être durement. Ton frère l'a voulu;
ici c'est lui qui fait la loi. C'est lui qui m'a sommé de
te dire : « Hors la Maison, point de salut pour toi. »
Mais écoute : C'est moi qui t'ai formé; ce qui est en
toi, je le sais. Je sais ce qui te poussait sur les routes;
je t'attendais au bout. Tu m'aurais appelé... j'étais là.

— Mon Père! j'aurais donc pu vous retrouver sans
revenir ?...

— Si tu t'es senti faible, tu as bien fait de revenir.
Va maintenant; rentre dans la chambre que j'ai fait
préparer pour toi. Assez pour aujourd'hui; repose-toi :
demain tu pourras parler à ton frère. »

LA RÉPRIMANDE DU FRÈRE AÎNÉ

L'ENFANT prodigue tâche d'abord de le prendre de
haut.

« Mon grand frère, commence-t-il, nous ne nous ressemblons guère. Mon frère nous ne nous ressemblons pas. »

Le frère aîné :

« C'est **ta** faute.

— Pourquoi la mienne ?

— Parce que moi je suis dans l'ordre; tout ce qui s'en
distingue est fruit ou semence d'orgueil.

— Ne puis-je avoir de distinctif que des défauts ?

— N'appelle qualité que ce qui te ramène à l'ordre,
et tout le reste, réduis-le.

— C'est cette mutilation que je crains. Ceci aussi que tu vas supprimer, vient du Père.

— Eh! non pas supprimer : réduire, t'ai-je dit.

— Je t'entends bien. C'est tout de même ainsi que j'avais réduit mes vertus.

— Et c'est aussi pourquoi maintenant je les retrouve. Il te les faut exagérer. Comprends-moi bien : ce n'est pas une diminution, c'est une exaltation de toi que je propose, où les plus divers, les plus insubordonnés éléments de ta chair et de ton esprit doivent symphoniquement concourir, où le pire de toi doit alimenter le meilleur, où le meilleur doit se soumettre à...

— C'est une exaltation aussi que je cherchais, que je trouvais dans le désert — et peut-être pas très différente de celle que tu me proposes.

— A vrai dire, c'est te l'imposer que je voudrais.

— Notre Père ne parlait pas si durement.

— Je sais ce que t'a dit le Père. C'est vague. Il ne s'explique plus très clairement; de sorte qu'on lui fait dire ce qu'on veut. Mais moi je connais bien sa pensée. Auprès des serviteurs j'en reste l'unique interprète et qui veut comprendre le Père doit m'écouter.

— Je l'entendais très aisément sans toi.

— Cela te semblait; mais tu comprenais mal. Il n'y a pas plusieurs façons de comprendre le Père; il n'y a pas plusieurs façons de l'écouter. Il n'y a pas plusieurs façons de l'aimer; afin que nous soyons unis dans son amour.

— Dans sa Maison.

— Cet amour y ramène; tu le vois bien, puisque te voici de retour. Dis-moi, maintenant : qu'est-ce qui te poussait à partir ?

— Je sentais trop que la Maison n'est pas tout l'univers. Moi-même je ne suis pas tout entier dans celui que vous vouliez que je fusse. J'imaginais malgré moi d'autres cultures, d'autres terres, et des routes pour y courir, des routes non tracées; j'imaginais en moi l'être neuf que je sentais s'y élancer. Je m'évadai.

— Songe à ce qui serait advenu si j'avais comme toi délaissé la Maison du Père. Les serviteurs et les bandits auraient pillé tout notre bien.

— Peu m'importait alors, puisque j'entrevoyais d'autres biens...

— Que s'exagérait ton orgueil. Mon frère, l'indiscipline a été. De quel chaos l'homme est sorti, tu l'apprendras si tu ne le sais pas encore. Il en est mal sorti; de tout son poids naïf il y retombe dès que l'Esprit ne le soulève plus au-dessus. Ne l'apprends pas à tes dépens : les éléments bien ordonnés qui te composent n'attendent qu'un acquiescement, qu'un affaiblissement de ta part pour retourner à l'anarchie... Mais ce que tu ne sauras jamais, c'est la longueur de temps qu'il a fallu à l'homme pour élaborer l'homme. A présent que le modèle est obtenu, tenons-nous-y. « Tiens ferme ce que tu as », dit l'Esprit à l'Ange de l'Église*, et il ajoute : « Afin que personne ne prenne ta couronne. » *Ce que tu as*, c'est ta couronne, c'est cette royauté sur les autres et sur toi-même. Ta couronne, l'usurpateur la guette; il est partout; il rôde autour de toi, en toi. *Tiens ferme,* mon frère! Tiens ferme.

— J'ai depuis trop longtemps lâché prise; je ne peux plus refermer ma main sur mon bien.

— Si, si; je t'aiderai. J'ai veillé sur ce bien durant ton absence.

— Et puis, cette parole de l'Esprit, je la connais; tu ne la citais pas tout entière.

— Il continue ainsi, en effet : « Celui qui vaincra, j'en ferai une colonne dans le temple de mon Dieu, et il n'en sortira plus. »

— « Il n'en sortira plus. » C'est là précisément ce qui me fait peur.

— Si c'est pour son bonheur.

— Oh! j'entends bien. Mais dans ce temple, j'y étais...

— Tu t'es mal trouvé d'en sortir, puisque tu as voulu y rentrer.

— Je sais; je sais. Me voici de retour; j'en conviens.

— Quel bien peux-tu chercher ailleurs, qu'ici tu ne trouves en abondance ? ou mieux : c'est ici seulement que sont tes biens.

— Je sais que tu m'as gardé des richesses.

— Ceux de tes biens que tu n'as pas dilapidés, c'est-à-dire cette part qui nous est commune, à nous tous : les biens fonciers.

* *Apoc.,* III, 11.

— Ne possédé-je donc plus rien en propre ?

— Si ; cette part spéciale de dons que notre Père consentira peut-être encore à t'accorder.

— C'est à cela seul que je tiens ; je consens à ne posséder que cela.

— Orgueilleux ! Tu ne seras pas consulté. Entre nous, cette part est chanceuse ; je te conseille plutôt d'y renoncer. Cette part de dons personnels, c'est elle déjà qui fit ta perte ; ce sont ces biens que tu dilapidas aussitôt.

— Les autres, je ne les pouvais pas emporter.

— Aussi vas-tu les retrouver intacts. Assez pour aujourd'hui. Entre dans le repos de la Maison.

— Cela va bien parce que je suis fatigué.

— Bénie soit ta fatigue, alors ! A présent dors. Demain ta mère te parlera. »

LA MÈRE

PRODIGUE enfant, dont l'esprit, aux propos de ton frère, regimbe encore, laisse à présent ton cœur parler. Qu'il t'est doux, à demi couché aux pieds de ta mère assise, le front caché dans ses genoux, de sentir sa caressante main incliner ta nuque rebelle !

« Pourquoi m'as-tu laissée si longtemps ? »

Et comme tu ne réponds que par des larmes :

« Pourquoi pleurer à présent, mon fils ? Tu m'es rendu. Dans l'attente de toi j'ai versé toutes mes larmes.

— M'attendiez-vous encore ?

— Jamais je n'ai cessé de t'espérer. Avant de m'endormir, chaque soir, je pensais : S'il revient cette nuit, saura-t-il bien ouvrir la porte ? et j'étais longue à m'endormir. Chaque matin, avant de m'éveiller tout à fait, je pensais : Est-ce pas aujourd'hui qu'il revient ? Puis je priais. J'ai tant prié, qu'il te fallait bien revenir.

— Vos prières ont forcé mon retour.

— Ne souris pas de moi, mon enfant.

— O mère ! je reviens à vous très humble. Voyez comme je mets mon front plus bas que votre cœur ! Il n'est plus une de mes pensées d'hier qui ne devienne vaine aujourd'hui. A peine si je comprends, près de vous, pourquoi j'étais parti de la maison.

— Tu ne partiras plus ?
— Je ne puis plus partir.
— Qu'est-ce qui t'attirait donc au-dehors ?
— Je ne veux plus y songer : Rien... Moi-même.
— Pensais-tu donc être heureux loin de nous ?
— Je ne cherchais pas le bonheur.
— Que cherchais-tu ?
— Je cherchais... qui j'étais.
— Oh! fils de tes parents, et frère entre tes frères.
— Je ne ressemblais pas à mes frères. N'en parlons plus; me voici de retour.
— Si; parlons-en encore : Ne crois pas si différents de toi, tes frères.
— Mon seul soin désormais c'est de ressembler à vous tous.
— Tu dis cela comme avec résignation.
— Rien n'est plus fatigant que de réaliser sa dissemblance. Ce voyage à la fin m'a lassé.
— Te voici tout vieilli, c'est vrai.
— J'ai souffert.
— Mon pauvre enfant! Sans doute ton lit n'était pas fait tous les soirs, ni pour tous tes repas la table mise ?
— Je mangeais ce que je trouvais et souvent ce n'était que fruits verts ou gâtés dont ma faim faisait nourriture.
— N'as-tu souffert du moins que de la faim ?
— Le soleil du milieu du jour, le vent froid du cœur de la nuit, le sable chancelant du désert, les broussailles où mes pieds s'ensanglantaient, rien de tout cela ne m'arrêta, mais — je ne l'ai pas dit à mon frère — j'ai dû servir...
— Pourquoi l'avoir caché ?
— De mauvais maîtres qui malmenaient mon corps, exaspéraient mon orgueil, et me donnaient à peine de quoi manger. C'est alors que j'ai pensé : Ah! servir pour servir!... En rêve j'ai revu la maison; je suis rentré. »

Le fils prodigue baisse à nouveau le front que tendrement sa mère caresse.

« Qu'est-ce que tu vas faire à présent ?
— Je vous l'ai dit : m'occuper de ressembler à mon grand frère; régir nos biens; comme lui prendre femme...
— Sans doute tu penses à quelqu'un, en disant cela.

— Oh! n'importe laquelle sera la préférée, du moment que vous l'aurez choisie. Faites comme vous avez fait pour mon frère.

— J'eusse voulu la choisir selon ton cœur.

— Qu'importe! mon cœur avait choisi. Je résigne un orgueil qui m'avait emporté loin de vous. Guidez mon choix. Je me soumets, vous dis-je. Je soumettrai de même mes enfants; et ma tentative ainsi ne me paraîtra plus si vaine.

— Écoute; il est à présent un enfant dont tu pourrais déjà t'occuper.

— Que voulez-vous dire, et de qui parlez-vous?

— De ton frère cadet, qui n'avait pas dix ans quand tu partis, que tu n'as reconnu qu'à peine, et qui pourtant...

— Achevez, mère; de quoi vous inquiéter, à présent?

— En qui pourtant tu aurais pu te reconnaître, car il est tout pareil à ce que tu étais en partant.

— Pareil à moi?

— A celui que tu étais, te dis-je, non pas encore hélas! à celui que tu es devenu.

— Qu'il deviendra.

— Qu'il faut le faire aussitôt devenir. Parle-lui; sans doute il t'écoutera, toi, prodigue. Dis-lui bien quel déboire était sur la route; épargne-lui...

— Mais qu'est-ce qui vous fait vous alarmer ainsi sur mon frère? Peut-être simplement un rapport de traits...

— Non, non; la ressemblance entre vous deux est plus profonde. Je m'inquiète à présent pour lui de ce qui ne m'inquiétait d'abord pas assez pour toi-même. Il lit trop, et ne préfère pas toujours les bons livres.

— N'est-ce donc que cela?

— Il est souvent juché sur le plus haut point du jardin, d'où l'on peut voir le pays, tu sais, par-dessus les murs.

— Je m'en souviens. Est-ce là tout?

— Il est bien moins souvent auprès de nous que dans la ferme.

— Ah! qu'y fait-il?

— Rien de mal. Mais ce n'est pas les fermiers, c'est les goujats les plus distants de nous qu'il fréquente, et ceux qui ne sont pas du pays. Il en est un surtout, qui vient de loin, qui lui raconte des histoires.

— Ah ! le porcher.
— Oui. Tu le connaissais ?... Pour l'écouter, ton frère chaque soir le suit dans l'étable des porcs ; il ne revient que pour dîner, sans appétit, et les vêtements pleins d'odeur. Les remontrances n'y font rien ; il se raidit sous la contrainte. Certains matins, à l'aube, avant qu'aucun de nous ne soit levé, il court accompagner jusqu'à la porte ce porcher quand il sort paître son troupeau.
— Lui, sait qu'il ne doit pas sortir.
— Tu le savais aussi ! Un jour il m'échappera, j'en suis sûre. Un jour il partira...
— Non, je lui parlerai, mère. Ne vous alarmez pas.
— De toi, je sais qu'il écoutera bien des choses. As-tu vu comme il te regardait le premier soir ? De quel prestige tes haillons étaient couverts ! puis la robe de pourpre dont le père t'a revêtu. J'ai craint qu'en son esprit il ne mêle un peu l'un à l'autre, et que ce qui l'attire ici, ce ne soit d'abord le haillon. Mais cette pensée à présent me paraît folle ; car enfin, si toi, mon enfant, tu avais pu prévoir tant de misère, tu ne nous aurais pas quittés, n'est-ce pas ?
— Je ne sais plus comment j'ai pu vous quitter, vous, ma mère.
— Eh bien ! tout cela, dis-le lui.
— Tout cela je le lui dirai demain soir. Embrassez-moi maintenant sur le front comme lorsque j'étais petit enfant et que vous me regardiez m'endormir. J'ai sommeil.
— Va dormir. Je m'en vais prier pour vous tous. »

DIALOGUE AVEC LE FRÈRE PUINÉ

C'EST, à côté de celle du prodigue, une chambre point étroite aux murs nus. Le prodigue, une lampe à la main, s'avance près du lit où son frère puîné repose, le visage tourné vers le mur. Il commence à voix basse, afin, si l'enfant dort, de ne pas le troubler dans son sommeil.

« Je voudrais te parler, mon frère.

« — Qu'est-ce qui t'en empêche ?
— Je croyais que tu dormais.
— On n'a pas besoin de dormir pour rêver.
— Tu rêvais; à quoi donc ?
— Que t'importe! Si déjà moi je ne comprends pas mes rêves, ce n'est pas toi, je pense, qui me les expliqueras.
— Ils sont donc bien subtils ? Si tu me les racontais, j'essaierais.
— Tes rêves, est-ce que tu les choisis ? Les miens sont ce qu'ils veulent, et plus libres que moi... Qu'est-ce que tu viens faire ici ? Pourquoi me déranger dans mon sommeil ?
— Tu ne dors pas, et je viens te parler doucement.
— Qu'as-tu à me dire ?
— Rien, si tu le prends sur ce ton.
— Alors adieu. »
Le prodigue va vers la porte, mais pose à terre la lampe qui n'éclaire plus que faiblement la pièce, puis, revenant, s'assied au bord du lit et, dans l'ombre caresse longuement le front détourné de l'enfant.

« Tu me réponds plus durement que je ne fis jamais à ton frère. Pourtant je protestais aussi contre lui. »

L'enfant rétif s'est redressé brusquement.

« Dis, c'est le frère qui t'envoie ?
— Non, petit; pas lui, mais notre mère.
— Ah! Tu ne serais pas venu de toi-même.
— Mais je viens pourtant en ami. »

A demi soulevé sur son lit, l'enfant regarde fixement le prodigue.

« Comment quelqu'un des miens saurait-il être mon ami ?
— Tu te méprends sur notre frère...
— Ne me parle pas de lui! Je le hais... Tout mon cœur, contre lui, s'impatiente. Il est cause que je t'ai répondu durement.
— Comment cela ?
— Tu ne comprendrais pas.
— Dis cependant... »

Le prodigue berce son frère contre lui, et déjà l'enfant adolescent s'abandonne :

« Le soir de ton retour, je n'ai pas pu dormir. Toute la nuit je songeais : J'avais un autre frère, et je ne le savais pas... C'est pour cela que mon cœur a battu si

fort, quand, dans la cour de la maison, je t'ai vu t'avancer couvert de gloire.

— Hélas ! j'étais couvert alors de haillons.

— Oui ; je t'ai vu ; mais déjà glorieux. Et j'ai vu ce qu'a fait notre père : il a mis à ton doigt un anneau, un anneau tel que n'en a pas notre frère. Je ne voulais interroger à ton sujet personne ; je savais seulement que tu revenais de très loin, et ton regard, à table...

— Étais-tu du festin ?

— Oh ! je sais bien que tu ne m'as pas vu ; durant tout le repas tu regardais au loin sans rien voir. Et, que le second soir tu aies été parler au père, c'était bien, mais le troisième...

— Achève.

— Ah ! ne fût-ce qu'un mot d'amour tu aurais pourtant bien pu me le dire !

— Tu m'attendais donc ?

— Tellement ! Penses-tu que je haïrais à ce point notre frère si tu n'avais pas été causer et si longuement avec lui ce soir-là ? Qu'est-ce que vous avez pu vous dire ? Tu sais bien, si tu me ressembles, que tu ne peux rien avoir de commun avec lui.

— J'avais eu de graves torts envers lui.

— Se peut-il ?

— Du moins envers notre père et notre mère. Tu sais que j'avais fui de la maison.

— Oui, je sais. Il y a longtemps n'est-ce pas ?

— A peu près quand j'avais ton âge.

— Ah !... Et c'est là ce que tu appelles tes torts ?

— Oui, ce fut là mon tort, mon péché.

— Quand tu partis, sentais-tu que tu faisais mal ?

— Non ; je sentais en moi comme une obligation de partir.

— Que s'est-il donc passé depuis ? pour changer ta vérité d'alors en erreur.

— J'ai souffert.

— Et c'est cela qui te fait dire : J'avais tort ?

— Non, pas précisément : c'est cela qui m'a fait réfléchir.

— Auparavant tu n'avais donc pas réfléchi ?

— Si, mais ma débile raison s'en laissait imposer par mes désirs.

— Comme plus tard par la souffrance. De sorte qu'aujourd'hui, tu reviens... vaincu.

— Non, pas précisément; résigné.
— Enfin, tu as renoncé à être celui que tu voulais être.
— Que mon orgueil me persuadait d'être. »

L'enfant reste un instant silencieux, puis brusquement sanglote et crie :

« Mon frère! je suis celui que tu étais en partant. Oh! dis : n'as-tu donc rencontré rien que de décevant sur la route? Tout ce que je pressens au-dehors, de différent d'ici, n'est-ce donc que mirage? tout ce que je sens en moi de neuf, que folie? Dis, qu'as-tu rencontré de désespérant sur ta route? Oh! qu'est-ce qui t'a fait revenir?

— La liberté que je cherchais, je l'ai perdue; captif, j'ai dû servir.
— Je suis captif ici.
— Oui, mais servir de mauvais maîtres; ici, ceux que tu sers sont tes parents.
— Ah! servir pour servir, n'a-t-on pas cette liberté de choisir du moins son servage?
— Je l'espérais. Aussi loin que mes pieds m'ont porté, j'ai marché, comme Saül à la poursuite de ses ânesses, à la poursuite de mon désir; mais, où l'attendait un royaume, c'est la misère que j'ai trouvée. Et pourtant...
— Ne t'es-tu pas trompé de route?
— J'ai marché devant moi.
— En es-tu sûr? Et pourtant il y a d'autres royaumes, encore, et des terres sans roi, à découvrir.
— Qui te l'a dit?
— Je le sais. Je le sens. Il me semble déjà que j'y domine.
— Orgueilleux!
— Ah! ah! ça c'est ce que t'a dit notre frère. Pourquoi, toi, me le redis-tu maintenant? Que n'as-tu gardé cet orgueil! Tu ne serais pas revenu.
— Je n'aurais donc pas pu te connaître.
— Si, si, là-bas, où je t'aurais rejoint, tu m'aurais reconnu pour ton frère; même il me semble encore que c'est pour te retrouver que je pars.
— Que tu pars?
— Ne l'as-tu pas compris? Ne m'encourages-tu pas toi-même à partir?
— Je voudrais t'épargner le retour; mais en t'épargnant le départ.

— Non, non, ne me dis pas cela; non, ce n'est pas cela que tu veux dire. Toi aussi, n'est-ce pas, c'est comme un conquérant que tu partis.

— Et c'est ce qui me fit paraître plus dur le servage.

— Alors, pourquoi t'es-tu soumis ? Étais-tu si fatigué déjà ?

— Non, pas encore; mais j'ai douté.

— Que veux-tu dire ?

— Douté de tout, de moi; j'ai voulu m'arrêter, m'attacher enfin quelque part; le confort que me promettait ce maître m'a tenté... oui, je le sens bien à présent; j'ai failli. »

Le prodigue incline la tête et cache son regard dans ses mains.

« Mais d'abord ?

— J'avais marché longtemps à travers la grande terre indomptée.

— Le désert ?

— Ce n'était pas toujours le désert.

— Qu'y cherchais-tu ?

— Je ne le comprends plus moi-même.

— Lève-toi de mon lit. Regarde, sur la table, à mon chevet, là, près de ce livre déchiré.

— Je vois une grenade ouverte.

— C'est le porcher qui me la rapporta l'autre soir, après n'être pas rentré de trois jours.

— Oui, c'est une grenade sauvage.

— Je le sais; elle est d'une âcreté presque affreuse; je sens pourtant que, si j'avais suffisamment soif, j'y mordrais.

— Ah ! je peux donc te le dire à présent : c'est cette soif que dans le désert je cherchais.

— Une soif dont seul ce fruit non sucré désaltère...

— Non; mais il fait aimer cette soif.

— Tu sais où le cueillir ?

— C'est un petit verger abandonné, où l'on arrive avant le soir. Aucun mur ne le sépare plus du désert. Là coulait un ruisseau; quelques fruits demi mûrs pendaient aux branches.

— Quels fruits ?

— Les mêmes que ceux de notre jardin; mais sauvages. Il avait fait très chaud tout le jour.

— Écoute; sais-tu pourquoi je t'attendais ce soir ?

C'est avant la fin de la nuit que je pars. Cette nuit; cette nuit, dès qu'elle pâlira... J'ai ceint mes reins, j'ai gardé cette nuit mes sandales.

— Quoi! ce que je n'ai pas pu faire, tu le feras?...
— Tu m'as ouvert la route, et de penser à toi me soutiendra.
— A moi de t'admirer; à toi de m'oublier, au contraire. Qu'emportes-tu?
— Tu sais bien que, puîné, je n'ai point part à l'héritage. Je pars sans rien.
— C'est mieux.
— Que regardes-tu donc à la croisée?
— Le jardin où sont couchés nos parents morts.
— Mon frère... (et l'enfant, qui s'est levé du lit, pose, autour du cou du prodigue, son bras qui se fait aussi doux que sa voix) — Pars avec moi.
— Laisse-moi! laisse-moi! je reste à consoler notre mère. Sans moi tu seras plus vaillant. Il est temps à présent. Le ciel pâlit. Pars sans bruit. Allons! embrasse-moi, mon jeune frère : tu emportes tous mes espoirs. Sois fort; oublie-nous; oublie-moi. Puisses-tu ne pas revenir... Descends doucement. Je tiens la lampe...
— Ah! donne-moi la main jusqu'à la porte.
— Prends garde aux marches du perron... »

LA PORTE ÉTROITE

A M. A. G.

> Efforcez-vous d'entrer par la porte étroite.
> Luc., XIII, 24.

I

D'AUTRES en auraient pu faire un livre; mais l'histoire que je raconte ici, j'ai mis toute ma force à la vivre et ma vertu s'y est usée. J'écrirai donc très simplement mes souvenirs, et s'ils sont en lambeaux par endroits, je n'aurai recours à aucune invention pour les rapiécer ou les joindre; l'effort que j'apporterais à leur apprêt gênerait le dernier plaisir que j'espère trouver à les dire.

Je n'avais pas douze ans lorsque je perdis mon père. Ma mère, que plus rien ne retenait au Havre, où mon père avait été médecin, décida de venir habiter Paris, estimant que j'y finirais mieux mes études. Elle loua, près du Luxembourg, un petit appartement que Miss Ashburton vint occuper avec nous. Miss Flora Ashburton, qui n'avait plus de famille, avait été d'abord l'institutrice de ma mère, puis sa compagne et bientôt son amie. Je vivais auprès de ces deux femmes à l'air également doux et triste, et que je ne puis revoir qu'en deuil. Un jour, et, je pense, assez longtemps après la mort de mon père, ma mère avait remplacé par un ruban mauve le ruban noir de son bonnet du matin :

« O maman! m'étais-je écrié, comme cette couleur te va mal! »

Le lendemain elle avait remis un ruban noir.

J'étais de santé délicate. La sollicitude de ma mère et de Miss Ashburton, tout occupée à prévenir ma fatigue, si elle n'a pas fait de moi un paresseux, c'est que j'ai vraiment goût au travail. Dès les premiers beaux jours, toutes deux se persuadent qu'il est temps pour moi de quitter la ville, que j'y pâlis; vers la mi-juin, nous partons pour Fongueusemare, aux environs du Havre, où mon oncle Bucolin nous reçoit chaque été.

Dans un jardin pas très grand, pas très beau, que rien de bien particulier ne distingue de quantité d'autres jardins normands, la maison des Bucolin, blanche, à deux étages, ressemble à beaucoup de maisons de campagne du siècle avant-dernier. Elle ouvre une vingtaine

de grandes fenêtres sur le devant du jardin, au levant; autant par derrière; elle n'en a pas sur les côtés. Les fenêtres sont à petits carreaux : quelques-uns, récemment remplacés, paraissent trop clairs parmi les vieux qui, auprès, paraissent verts et ternis. Certains ont des défauts que nos parents appellent des « bouillons »; l'arbre qu'on regarde au travers se dégingande; le facteur, en passant devant, prend une bosse brusquement.

Le jardin, rectangulaire, est entouré de murs. Il forme devant la maison une pelouse assez large, ombragée, dont une allée de sable et de gravier fait le tour. De ce côté, le mur s'abaisse pour laisser voir la cour de ferme, qui enveloppe le jardin et qu'une avenue de hêtres limite, à la manière du pays.

Derrière la maison, au couchant, le jardin se développe plus à l'aise. Une allée, riante de fleurs, devant les espaliers au midi, est abritée contre les vents de mer par un épais rideau de lauriers du Portugal et par quelques arbres. Une autre allée, le long du mur du nord, disparaît sous les branches. Mes cousines l'appelaient « l'allée noire » et, passé le crépuscule du soir, ne s'y aventuraient pas volontiers. Ces deux allées mènent au potager, qui continue en contre-bas le jardin, après qu'on a descendu quelques marches. Puis, de l'autre côté du mur que troue, au fond du potager, une petite porte à secret, on trouve un bois-taillis où l'avenue de hêtres, de droite et de gauche, aboutit. Du perron du couchant le regard, par-dessus ce bosquet retrouvant le plateau, admire la moisson qui le couvre; à l'horizon pas très distant, l'église d'un petit village et, le soir, quand l'air est tranquille, les fumées de quelques maisons.

Chaque beau soir d'été, après dîner, nous descendions dans « le bas jardin ». Nous sortions par la petite porte secrète et gagnions un banc de l'avenue d'où l'on domine un peu la contrée; là, près du toit de chaume d'une marnière abandonnée, mon oncle, ma mère et Miss Ashburton s'asseyaient; devant nous, la petite vallée s'emplissait de brume et le ciel se dorait au-dessus du bois plus lointain. Puis nous nous attardions au fond du jardin déjà sombre. Nous rentrions; nous retrouvions au salon ma tante qui ne sortait presque jamais avec

nous... Pour nous, enfants, là se terminait la soirée; mais bien souvent nous étions encore à lire dans nos chambres, quand, plus tard, nous entendions monter nos parents.

Presque toutes les heures du jour que nous ne passions pas au jardin, nous les passions dans « la salle d'étude », le bureau de mon oncle où l'on avait disposé des pupitres d'écoliers. Mon cousin Robert et moi, nous travaillions côte à côte; derrière nous, Juliette et Alissa. Alissa a deux ans de plus, Juliette un an de moins que moi; Robert est, de nous quatre, le plus jeune.

Ce ne sont pas mes premiers souvenirs que je prétends écrire ici, mais ceux-là seuls qui se rapportent à cette histoire. C'est vraiment l'année de la mort de mon père que je puis dire qu'elle commence. Peut-être ma sensibilité, surexcitée par notre deuil et, sinon par mon propre chagrin, du moins par la vue du chagrin de ma mère, me prédisposait-elle à de nouvelles émotions : j'étais précocement mûri; lorsque, cette année, nous revînmes à Fongueusemare, Juliette et Robert m'en parurent d'autant plus jeunes, mais, en revoyant Alissa, je compris brusquement que tous deux nous avions cessé d'être enfants.

Oui, c'est bien l'année de la mort de mon père; ce qui confirme ma mémoire, c'est une conversation de ma mère avec Miss Ashburton, sitôt après notre arrivée. J'étais inopinément entré dans la chambre où ma mère causait avec son amie; il s'agissait de ma tante; ma mère s'indignait qu'elle n'eût pas pris le deuil ou qu'elle l'eût déjà quitté. (Il m'est, à vrai dire, aussi impossible d'imaginer ma tante Bucolin en noir, que ma mère en robe claire.) Ce jour de notre arrivée, autant qu'il m'en souvient, Lucile Bucolin portait une robe de mousseline. Miss Ashburton, conciliante comme toujours, s'efforçait de calmer ma mère; elle arguait craintivement :

« Après tout, le blanc aussi est de deuil.

— Et vous appelez aussi « de deuil » ce châle rouge qu'elle a mis sur ses épaules ? Flora, vous me révoltez! » s'écriait ma mère.

Je ne voyais ma tante que durant les mois de vacances et sans doute la chaleur de l'été motivait ces corsages légers et largement ouverts que je lui ai toujours connus; mais, plus encore que l'ardente couleur des écharpes

que ma tante jetait sur ses épaules nues, ce décolletage scandalisait ma mère.

Lucile Bucolin était très belle. Un petit portrait d'elle que j'ai gardé me la montre telle qu'elle était alors, l'air si jeune qu'on l'eût prise pour la sœur aînée de ses filles, assise de côté, dans cette pose qui lui était coutumière : la tête inclinée sur la main gauche au petit doigt mièvrement replié vers la lèvre. Une résille à grosses mailles retient la masse de ses cheveux crêpelés à demi croulés sur la nuque; dans l'échancrure du corsage pend, à un lâche collier de velours noir, un médaillon de mosaïque italienne. La ceinture de velours noir au large nœud flottant, le chapeau de paille souple à grands bords qu'au dossier de la chaise elle a suspendu par la bride, tout ajoute à son air enfantin. La main droite, tombante, tient un livre fermé.

Lucile Bucolin était créole; elle n'avait pas connu ou avait perdu très tôt ses parents. Ma mère me raconta, plus tard, qu'abandonnée ou orpheline elle fut recueillie par le ménage du pasteur Vautier qui n'avait pas encore d'enfants et qui, bientôt après quittant la Martinique, amena celle-ci au Havre où la famille Bucolin était fixée. Les Vautier et les Bucolin se fréquentèrent; mon oncle était alors employé dans une banque à l'étranger, et ce ne fut que trois ans plus tard, lorsqu'il revint auprès des siens, qu'il vit la petite Lucile; il s'éprit d'elle et aussitôt demanda sa main, au grand chagrin de ses parents et de ma mère. Lucile avait alors seize ans. Entre-temps, Mme Vautier avait eu deux enfants; elle commençait à redouter pour eux l'influence de cette sœur adoptive dont le caractère s'affirmait plus bizarrement de mois en mois; puis les ressources du ménage étaient maigres... tout ceci, c'est ce que me dit ma mère pour m'expliquer que les Vautier aient accepté la demande de son frère avec joie. Ce que je suppose, au surplus, c'est que la jeune Lucile commençait à les embarrasser terriblement. Je connais assez la société du Havre pour imaginer aisément le genre d'accueil qu'on fit à cette enfant si séduisante. Le pasteur Vautier, que j'ai connu plus tard doux, circonspect et naïf à la fois, sans ressources contre l'intrigue et complètement désarmé devant le mal — l'excellent homme devait être aux abois. Quant à Mme Vautier, je n'en puis rien dire; elle mourut en

couches à la naissance d'un quatrième enfant, celui qui, de mon âge à peu près, devait devenir plus tard mon ami...

Lucile Bucolin ne prenait que peu de part à notre vie; elle ne descendait de sa chambre que passé le repas de midi; elle s'allongeait aussitôt sur un sofa ou dans un hamac, demeurait étendue jusqu'au soir et ne se relevait que languissante. Elle portait parfois à son front, pourtant parfaitement mat, un mouchoir comme pour essuyer une moiteur; c'était un mouchoir dont m'émerveillaient la finesse et l'odeur qui semblait moins un parfum de fleur que de fruit; parfois elle tirait de sa ceinture un minuscule miroir à glissant couvercle d'argent, qui pendait à sa chaîne de montre avec divers objets; elle se regardait, d'un doigt touchait sa lèvre, cueillait un peu de salive et s'en mouillait le coin des yeux. Souvent elle tenait un livre, mais un livre presque toujours fermé; dans le livre, une liseuse d'écaille restait prise entre les feuillets. Lorsqu'on approchait d'elle, son regard ne se détournait pas de sa rêverie pour vous voir. Souvent, de sa main ou négligente ou fatiguée, de l'appui du sofa, d'un repli de sa jupe, le mouchoir tombait à terre, ou le livre, ou quelque fleur, ou le signet. Un jour, ramassant le livre, — c'est un souvenir d'enfant que je vous dis — en voyant que c'étaient des vers, je rougis.

Le soir, après dîner, Lucile Bucolin ne s'approchait pas à notre table de famille, mais, assise au piano, jouait avec complaisance de lentes mazurkas de Chopin; parfois rompant la mesure, elle s'immobilisait sur un accord...

J'éprouvais un singulier malaise auprès de ma tante, un sentiment fait de trouble, d'une sorte d'admiration et d'effroi. Peut-être un obscur instinct me prévenait-il contre elle; puis je sentais qu'elle méprisait Flora Ashburton et ma mère, que Miss Ashburton la craignait et que ma mère ne l'aimait pas.

Lucile Bucolin, je voudrais ne plus vous en vouloir, oublier un instant que vous avez fait tant de mal... du moins j'essaierai de parler de vous sans colère.

Un jour de cet été — ou de l'été suivant, car, dans ce

décor toujours pareil, parfois mes souvenirs superposés se confondent — j'entre au salon chercher un livre; elle y était. J'allais me retirer aussitôt; elle qui, d'ordinaire, semble à peine me voir, m'appelle :

« Pourquoi t'en vas-tu si vite ? Jérôme! est-ce que je te fais peur ? »

Le cœur battant, je m'approche d'elle; je prends sur moi de lui sourire et de lui tendre la main. Elle garde ma main dans l'une des siennes et de l'autre caresse ma joue.

« Comme ta mère t'habille mal, mon pauvre petit !... »

Je portais alors une sorte de vareuse à grand col, que ma tante commence de chiffonner.

« Les cols marins se portent beaucoup plus ouverts! » dit-elle en faisant sauter un bouton de chemise. — « Tiens, regarde si tu n'es pas mieux ainsi! » — et, sortant son petit miroir, elle attire contre le sien mon visage, passe autour de mon cou son bras nu, descend sa main dans ma chemise entrouverte, demande en riant si je suis chatouilleux, pousse plus avant... J'eus un sursaut si brusque que ma vareuse se déchira; le visage en feu, et tandis qu'elle s'écriait :

« Fi! le grand sot! » — je m'enfuis; je courus jusqu'au fond du jardin; là, dans un petit citerneau du potager, je trempai mon mouchoir, l'appliquai sur mon front, lavai, frottai mes joues, mon cou, tout ce que cette femme avait touché.

Certains jours, Lucile Bucolin avait « sa crise ». Cela la prenait tout à coup et révolutionnait la maison. Miss Ashburton se hâtait d'emmener et d'occuper les enfants; mais on ne pouvait pas, pour eux, étouffer les cris affreux qui partaient de la chambre à coucher ou du salon. Mon oncle s'affolait, on l'entendait courir dans les couloirs, cherchant des serviettes, de l'eau de Cologne, de l'éther; le soir, à table, où ma tante ne paraissait pas encore, il gardait une mine anxieuse et vieillie.

Quand la crise était à peu près passée, Lucile Bucolin appelait ses enfants auprès d'elle; du moins Robert et Juliette; jamais Alissa. Ces tristes jours, Alissa s'enfermait dans sa chambre, où parfois son père venait la retrouver; car il causait souvent avec elle.

Les crises de ma tante impressionnaient beaucoup les

domestiques. Un soir que la crise avait été particulièrement forte et que j'étais resté avec ma mère, consigné dans sa chambre d'où l'on percevait moins ce qui se passait au salon, nous entendîmes la cuisinière courir dans les couloirs en criant :

« Que Monsieur descende vite, la pauvre Madame est en train de mourir ! »

Mon oncle était monté dans la chambre d'Alissa ; ma mère sortit à sa rencontre. Un quart d'heure après, comme tous deux passaient sans y faire attention devant les fenêtres ouvertes de la chambre où j'étais resté, me parvint la voix de ma mère :

« Veux-tu que je te dise, mon ami : tout cela, c'est de la comédie. » — Et plusieurs fois, séparant les syllabes : « de la co-mé-die. »

Ceci se passait vers la fin des vacances, et deux ans après notre deuil. Je ne devais plus revoir longtemps ma tante. Mais avant de parler du triste événement qui bouleversera notre famille, et d'une petite circonstance qui, précédant de peu le dénouement, réduisit en pure haine le sentiment complexe et indécis encore que j'éprouvais pour Lucile Bucolin, il est temps que je vous parle de ma cousine.

Qu'Alissa Bucolin fût jolie, c'est ce dont je ne savais m'apercevoir encore ; j'étais requis et retenu près d'elle par un charme autre que celui de la simple beauté. Sans doute, elle ressemblait beaucoup à sa mère ; mais son regard était d'expression si différente que je ne m'avisai de cette ressemblance que plus tard. Je ne puis décrire un visage ; les traits m'échappent, et jusqu'à la couleur des yeux ; je ne revois que l'expression presque triste déjà de son sourire et que la ligne de ses sourcils, si extraordinairement relevés au-dessus des yeux, écartés de l'œil en grand cercle. Je n'ai vu les pareils nulle part... si pourtant : dans une statuette florentine de l'époque du Dante ; et je me figure volontiers que Béatrix enfant avait des sourcils très largement arqués comme ceux-là. Ils donnaient au regard, à tout l'être, une expression d'interrogation à la fois anxieuse et confiante, — oui, d'interrogation passionnée. Tout, en elle, n'était que question et qu'attente... Je vous dirai comment cette interrogation s'empara de moi, fit ma vie.

Juliette cependant pouvait paraître plus belle; la joie et la santé posaient sur elle leur éclat; mais sa beauté, près de la grâce de sa sœur, semblait extérieure et se livrer à tous d'un seul coup. Quant à mon cousin Robert, rien de particulier ne le caractérisait. C'était simplement un garçon à peu près de mon âge; je jouais avec Juliette et avec lui; avec Alissa je causais; elle ne se mêlait guère à nos jeux; si loin que je replonge dans le passé, je la vois sérieuse, doucement souriante et recueillie. — De quoi causions-nous ? De quoi peuvent causer deux enfants ? Je vais bientôt tâcher de vous le dire, mais je veux d'abord, et pour ne plus ensuite reparler d'elle, achever de vous raconter ce qui a trait à ma tante.

Deux ans après la mort de mon père, nous vînmes, ma mère et moi, passer les vacances de Pâques au Havre. Nous n'habitions pas chez les Bucolin qui, en ville, étaient assez étroitement logés, mais chez une sœur aînée de ma mère, dont la maison était plus vaste. Ma tante Plantier, que je n'avais que rarement l'occasion de voir, était veuve depuis longtemps; à peine connaissais-je ses enfants, beaucoup plus âgés que moi et de nature très différente. La « maison Plantier », comme on disait au Havre, n'était pas dans la ville même, mais à mi-hauteur de cette colline qui domine la ville et qu'on appelle « la Côte ». Les Bucolin habitaient près du quartier des affaires; un raidillon menait assez rapidement de l'une à l'autre maison; je le dégringolais et le regravissais plusieurs fois par jour.

Ce jour-là je déjeunai chez mon oncle. Peu de temps après le repas, il sortit; je l'accompagnai jusqu'à son bureau, puis remontai à la maison Plantier chercher ma mère. Là j'appris qu'elle était sortie avec ma tante et ne rentrerait que pour dîner. Aussitôt je redescendis en ville, où il était rare que je pusse librement me promener. Je gagnai le port, qu'un brouillard de mer rendait morne; j'errai une heure ou deux sur les quais. Brusquement le désir me saisit d'aller surprendre Alissa que pourtant je venais de quitter... Je traverse la ville en courant, sonne à la porte des Bucolin; déjà je m'élançais dans l'escalier. La bonne qui m'a ouvert m'arrête :

« Ne montez pas, Monsieur Jérôme! ne montez pas : Madame a sa crise. »

Mais je passe outre :

« Ce n'est pas ma tante que je viens voir... »

La chambre d'Alissa est au troisième étage. Au premier, le salon et la salle à manger; au second, la chambre de ma tante d'où jaillissent des voix. La porte est ouverte, devant laquelle il faut passer; un rais de lumière sort de la chambre et coupe le palier de l'escalier; par crainte d'être vu, j'hésite un instant, me dissimule, et, plein de stupeur, je vois ceci : au milieu de la chambre aux rideaux clos, mais où les bougies de deux candélabres répandent une clarté joyeuse, ma tante est couchée sur une chaise longue; à ses pieds, Robert et Juliette; derrière elle, un inconnu jeune homme en uniforme de lieutenant. La présence de ces deux enfants m'apparaît aujourd'hui monstrueuse; dans mon innocence d'alors, elle me rassura plutôt. Ils regardent en riant l'inconnu qui répète d'une voix flûtée :

« Bucolin! Bucolin!... Si j'avais un mouton, sûrement je l'appellerais Bucolin. »

Ma tante elle-même rit aux éclats. Je la vois tendre au jeune homme une cigarette qu'il allume et dont elle tire quelques bouffées. La cigarette tombe à terre. Lui s'élance pour la ramasser, feint de se prendre les pieds dans une écharpe, tombe à genoux devant ma tante... A la faveur de ce ridicule jeu de scène, je me glisse sans être vu.

Me voici devant la porte d'Alissa. J'attends un instant. Les rires et les éclats de voix montent de l'étage inférieur; et peut-être ont-ils couvert le bruit que j'ai fait en frappant, car je n'entends pas de réponse. Je pousse la porte, qui cède silencieusement. La chambre est déjà si sombre que je ne distingue pas aussitôt Alissa; elle est au chevet de son lit, à genoux, tournant le dos à la croisée d'où tombe un jour mourant. Elle se retourne, sans se relever pourtant, quand j'approche; elle murmure :

« Oh! Jérôme, pourquoi reviens-tu ? »

Je me baisse pour l'embrasser; son visage est noyé de larmes...

Cet instant décida de ma vie; je ne puis encore aujourd'hui le remémorer sans angoisse. Sans doute je ne comprenais que bien imparfaitement la cause de la

détresse d'Alissa, mais je sentais intensément que cette détresse était beaucoup trop forte pour cette petite âme palpitante, pour ce frêle corps tout secoué de sanglots.

Je restais debout près d'elle, qui restait agenouillée; je ne savais rien exprimer du transport nouveau de mon cœur; mais je pressais sa tête contre mon cœur et sur son front mes lèvres par où mon âme s'écoulait. Ivre d'amour, de pitié, d'un indistinct mélange d'enthousiasme, d'abnégation, de vertu, j'en appelais à Dieu de toutes mes forces et m'offrais, ne concevant plus d'autre but à ma vie que d'abriter cette enfant contre la peur, contre le mal, contre la vie. Je m'agenouille enfin plein de prière; je la réfugie contre moi; confusément je l'entends dire :

« Jérôme! ils ne t'ont pas vu, n'est-ce pas? Oh! va-t'en vite! Il ne faut pas qu'ils te voient. »

Puis, plus bas encore :

« Jérôme, ne raconte à personne... mon pauvre papa ne sait rien... »

Je ne racontai donc rien à ma mère; mais les interminables chuchoteries que ma tante Plantier tenait avec elle, l'air mystérieux, affairé et peiné de ces deux femmes, le : « Mon enfant, va jouer plus loin! » avec lequel elles me repoussaient chaque fois que je m'approchais de leurs conciliabules, tout me montrait qu'elles n'ignoraient pas complètement le secret de la maison Bucolin.

Nous n'étions pas plus tôt rentrés à Paris qu'une dépêche rappelait ma mère au Havre : ma tante venait de s'enfuir.

« Avec quelqu'un? » demandai-je à Miss Ashburton, auprès de qui ma mère me laissait.

« Mon enfant, tu demanderas cela à ta mère; moi je ne peux rien te répondre », disait cette chère vieille amie, que cet événement consternait.

Deux jours après, nous partions, elle et moi, rejoindre ma mère. C'était un samedi. Je devais retrouver mes cousines le lendemain, au temple, et cela seul occupait ma pensée; car mon esprit d'enfant attachait une grande importance à cette sanctification de notre revoir. Après

tout, je me souciais peu de ma tante, et mis un point
d'honneur à ne pas questionner ma mère.

Dans la petite chapelle, il n'y avait, ce matin-là, pas
grand monde. Le pasteur Vautier, sans doute inten-
tionnellement, avait pris pour texte de sa méditation
ces paroles du Christ : *Efforcez-vous d'entrer par la porte
étroite.*

Alissa se tenait à quelques places devant moi. Je
voyais de profil son visage; je la regardais fixement,
avec un tel oubli de moi qu'il me semblait que j'enten-
dais à travers elle ces mots que j'écoutais éperdument.
Mon oncle était assis à côté de ma mère et pleurait.

Le pasteur avait d'abord lu tout le verset : *Efforcez-
vous d'entrer par la porte étroite, car la porte large et le
chemin spacieux mènent à la perdition, et nombreux
sont ceux qui y passent ; mais étroite est la porte et resserrée la
voie qui conduisent à la Vie, et il en est peu qui les trouvent.*
Puis, précisant les divisions du sujet, il parlait d'abord
du chemin spacieux. L'esprit perdu, et comme en rêve,
je revoyais la chambre de ma tante; je revoyais ma tante
étendue, riante; je revoyais le brillant officier rire aussi...
et l'idée même du rire, de la joie, se faisait blessante,
outrageuse, devenait comme l'odieuse exagération du
péché.

Et nombreux sont ceux qui y passent, reprenait le pasteur
Vautier; puis il peignait et je voyais une multitude
parée, riant et s'avançant folâtrement, formant cortège
où je sentais que je ne pouvais, que je ne voulais pas
trouver place, parce que chaque pas que j'eusse fait
avec eux m'aurait écarté d'Alissa. — Et le pasteur
ramenait le début du texte, et je voyais cette porte
étroite par laquelle il fallait s'efforcer d'entrer. Je me
la représentais, dans le rêve où je plongeais, comme
une sorte de laminoir, où je m'introduisais avec effort,
avec une douleur extraordinaire où se mêlait pourtant
un avant-goût de la félicité du ciel. Et cette porte
devenait encore la porte même de la chambre d'Alissa;
pour entrer je me réduisais, me vidais de tout ce qui
subsistait en moi d'égoïsme... *Car étroite est la voie qui
conduit à la Vie,* continuait le pasteur Vautier. Et par-
delà toute macération, toute tristesse, j'imaginais, je
pressentais une autre joie, pure, mystique, séraphique

et dont mon âme déjà s'assoiffait. Je l'imaginais, cette joie, comme un chant de violon à la fois strident et tendre, comme une flamme aiguë où le cœur d'Alissa et le mien s'épuisaient. Tous deux nous avancions, vêtus de ces vêtements blancs dont nous parlait l'Apocalypse, nous tenant par la main et regardant un même but... Que m'importe si ces rêves d'enfant font sourire! je les redis sans y changer. La confusion qui peut-être y paraît n'est que dans les mots et dans les imparfaites images pour rendre un sentiment très précis.

« *Il en est peu qui la trouvent* », achevait le pasteur Vautier. Il expliquait comment trouver la porte étroite... « *Il en est peu.* » — Je serais de ceux-là...

J'étais parvenu vers la fin du sermon à un tel état de tension morale que, sitôt le culte fini, je m'enfuis sans chercher à voir ma cousine — par fierté, voulant déjà mettre mes résolutions (car j'en avais pris) à l'épreuve, et pensant la mieux mériter en m'éloignant d'elle sitôt.

II

Cet enseignement austère trouvait une âme préparée, naturellement disposée au devoir, et que l'exemple de mon père et de ma mère, joint à la discipline puritaine à laquelle ils avaient soumis les premiers élans de mon cœur, achevait d'incliner vers ce que j'entendais appeler : la vertu. Il m'était aussi naturel de me contraindre qu'à d'autres de s'abandonner, et cette rigueur à laquelle on m'asservissait, loin de me rebuter, me flattait. Je quêtais de l'avenir non tant le bonheur que l'effort infini pour l'atteindre, et déjà confondais bonheur et vertu. Sans doute, comme un enfant de quatorze ans, je restais encore indécis, disponible; mais bientôt mon amour pour Alissa m'enfonça délibérément dans ce sens. Ce fut une subite illumination intérieure à la faveur de laquelle je pris conscience de moi-même : je m'apparus replié, mal éclos, plein d'attente, assez peu soucieux d'autrui, médiocrement entreprenant, et ne rêvant d'autres victoires que celles qu'on obtient sur soi-même. J'aimais l'étude; parmi les jeux, ne m'éprenais que pour ceux qui demandent ou recueillement ou

effort. Avec les camarades de mon âge, je frayais peu et ne me prêtais à leurs amusements que par affection ou complaisance. Je me liai pourtant avec Abel Vautier, qui, l'an suivant, vint me rejoindre à Paris, dans ma classe. C'était un garçon gracieux, indolent, pour qui je me sentais plus d'affection que d'estime, mais avec qui du moins je pouvais parler du Havre et de Fongueusemare, vers où revolait sans cesse ma pensée.

Quant à mon cousin Robert Bucolin, qu'on avait mis pensionnaire au même lycée que nous, mais deux classes au-dessous, je ne le retrouvais que les dimanches. S'il n'avait été frère de mes cousines, auxquelles du reste il ressemblait peu, je n'aurais pris aucun plaisir à le voir.

J'étais alors tout occupé par mon amour et ce ne fut qu'éclairées par lui que ces deux amitiés prirent pour moi quelque importance. Alissa était pareille à cette perle de grand prix dont m'avait parlé l'Évangile; j'étais celui qui vend tout ce qu'il a pour l'avoir. Si enfant que je fusse encore, ai-je tort de parler d'amour et de nommer ainsi le sentiment que j'éprouvais pour ma cousine ? Rien de ce que je connus ensuite ne me paraît mieux digne de ce nom, — et d'ailleurs, lorsque je devins d'âge à souffrir des plus précises inquiétudes de la chair, mon sentiment ne changea pas beaucoup de nature : je ne cherchai pas plus directement à posséder celle que, tout enfant, je prétendais seulement mériter. Travail, efforts, actions pies, mystiquement j'offrais tout à Alissa, inventant un raffinement de vertu, à lui laisser souvent ignorer ce que je n'avais fait que pour elle. Je m'enivrais ainsi d'une sorte de modestie capiteuse et m'habituais, hélas! consultant peu ma plaisance, à ne me satisfaire à rien qui ne m'eût coûté quelque effort.

Cette émulation n'éperonnait-elle que moi ? Il ne me paraît pas qu'Alissa y fût sensible et fît rien à cause de moi, ou pour moi, qui ne m'efforçais que pour elle. Tout, dans son âme sans apprêt, restait de la plus naturelle beauté. Sa vertu gardait tant d'aisance et de grâce qu'elle semblait un abandon. A cause de son sourire enfantin, la gravité de son regard était charmante; je revois ce regard si doucement, si tendrement interrogateur se lever et comprends que mon oncle ait, dans son désarroi, cherché près de sa fille aînée soutien, conseil

et réconfort. Souvent, dans l'été qui suivit, je le vis causer avec elle. Son chagrin l'avait beaucoup vieilli; il ne parlait guère aux repas, ou parfois montrait brusquement une sorte de joie de commande, plus pénible que son silence. Il restait à fumer dans son bureau jusqu'à l'heure du soir où venait le retrouver Alissa; il se faisait prier pour sortir; elle l'emmenait comme un enfant, dans le jardin. Tous deux, descendant l'allée aux fleurs, allaient s'asseoir dans le rond-point, près l'escalier du potager, où nous avions porté des chaises.

Un soir que je m'attardais à lire, étendu sur le gazon à l'ombre d'un des grands hêtres pourpres, séparé de l'allée aux fleurs simplement par la haie de lauriers qui empêchait les regards, point les voix, j'entendis Alissa et mon oncle. Sans doute ils venaient de parler de Robert; mon nom fut alors prononcé par Alissa, et, comme je commençais à distinguer leurs paroles, mon oncle s'écria :

« Oh ! lui, il aimera toujours le travail. »

Écouteur malgré moi, je voulus m'en aller, tout au moins faire quelque mouvement qui leur signalât ma présence; mais quoi ? tousser ? crier : je suis là ! je vous entends !... et ce fut bien plutôt la gêne et la timidité, que la curiosité d'en entendre davantage, qui me tinrent coi. Du reste ils ne faisaient que passer et je n'entendais que très imparfaitement leurs propos... Mais ils avançaient lentement; sans doute, comme elle avait accoutumé, Alissa, un léger panier au bras, enlevait les fleurs fanées et ramassait au pied des espaliers les fruits encore verts que les fréquents brouillards de mer faisaient choir. J'entendis sa claire voix :

« Papa, est-ce que mon oncle Palissier était un homme remarquable ? »

La voix de mon oncle Bucolin était sourde et voilée; je ne distinguai pas sa réponse. Alissa insista :

« Très remarquable, dis ? »

De nouveau trop confuse réponse; puis Alissa de nouveau :

« Jérôme est intelligent, n'est-ce pas ? »

Comment n'eussé-je pas tendu l'oreille ?... Mais non, je ne pus rien distinguer. Elle reprit :

« Est-ce que tu crois qu'il deviendra quelqu'un de remarquable ? »

Ici la voix de l'oncle se haussa :

« Mais, mon enfant, je voudrais d'abord savoir ce que tu entends par ce mot : remarquable! Mais on peut être très remarquable sans qu'il y paraisse, du moins aux yeux des hommes... très remarquable aux yeux de Dieu.

— C'est bien ainsi que je l'entends, dit Alissa.

— Et puis... est-ce qu'on peut savoir ? Il est trop jeune... Oui, certainement, il promet beaucoup; mais cela ne suffit pas pour réussir...

— Qu'est-ce qu'il faut encore ?

— Mais, mon enfant, que veux-tu que je te dise ? Il faut de la confiance, du soutien, de l'amour...

— Qu'appelles-tu du soutien ? interrompit Alissa.

— L'affection et l'estime qui m'ont manqué », répondit tristement mon oncle; puis leur voix définitivement se perdit.

Au moment de ma prière du soir, j'eus des remords de mon indiscrétion involontaire, et me promis de m'en accuser à ma cousine. Peut-être que cette fois la curiosité d'en savoir un peu plus s'y mêlait.

Aux premiers mots que je lui dis le lendemain :

« Mais, Jérôme, c'est très mal d'écouter ainsi. Tu devais nous avertir ou t'en aller.

— Je t'assure que je n'écoutais pas... que j'entendais sans le vouloir. Puis vous ne faisiez que passer.

— Nous marchions lentement.

— Oui, mais je n'entendais qu'à peine. J'ai cessé de vous entendre aussitôt... Dis, que t'a répondu mon oncle quand tu lui as demandé ce qu'il fallait pour réussir ?

— Jérôme, dit-elle en riant, tu l'as parfaitement entendu! Tu t'amuses à me le faire redire.

— Je t'assure que je n'ai entendu que le commencement, quand il parlait de confiance et d'amour.

— Il a dit, après, qu'il fallait beaucoup d'autres choses.

— Mais toi, qu'est-ce que tu avais répondu ? »

Elle devint tout à coup très grave :

« Quand il a parlé de soutien dans la vie, j'ai répondu que tu avais ta mère.

— Oh! Alissa, tu sais bien que je ne l'aurai pas toujours... Et puis ce n'est pas la même chose... »

Elle baissa le front :

« C'est aussi ce qu'il m'a répondu. »

Je lui pris la main en tremblant.

« Tout ce que je serai plus tard, c'est pour toi que je le veux être.

— Mais, Jérôme, moi aussi je peux te quitter. »

Mon âme entrait dans mes paroles :

« Moi, je ne te quitterai jamais. »

Elle haussa un peu les épaules :

« N'es-tu pas assez fort pour marcher seul ? C'est tout seul que chacun de nous doit gagner Dieu.

— Mais c'est toi qui me montres la route.

— Pourquoi veux-tu chercher un autre guide que le Christ ?... Crois-tu que nous soyons jamais plus près l'un de l'autre que lorsque, chacun de nous oubliant l'autre, nous prions Dieu ?

— Oui, de nous réunir, interrompis-je ; c'est ce que je lui demande chaque matin et chaque soir.

— Est-ce que tu ne comprends pas ce que peut être la communion en Dieu ?

— Je le comprends de tout mon cœur : c'est se retrouver éperdument dans une même chose adorée. Il me semble que c'est précisément pour te retrouver que j'adore ce que je sais que tu adores aussi.

— Ton adoration n'est point pure.

— Ne m'en demande pas trop. Je ferais fi du ciel si je ne devais pas t'y retrouver. »

Elle mit un doigt sur ses lèvres et un peu solennellement :

« *Recherchez premièrement le royaume de Dieu et sa justice.* »

En transcrivant nos paroles, je sens bien qu'elles paraîtront peu enfantines à ceux qui ne savent pas combien sont volontiers graves les propos de certains enfants. Qu'y puis-je ? Chercherai-je à les excuser ? Pas plus que je ne veux les farder pour les faire paraître plus naturelles.

Nous nous étions procuré les Évangiles dans le texte de la Vulgate et en savions par cœur de longs passages. Sous prétexte d'aider son frère, Alissa avait appris avec moi le latin ; mais plutôt, je suppose, pour continuer de me suivre dans mes lectures. Et, certes, à peine osais-je prendre goût à une étude où je savais qu'elle ne m'accompagnerait pas. Si cela m'empêcha parfois, ce

ne fut pas, comme on pourrait croire, en arrêtant l'élan de mon esprit; au contraire, il me semblait qu'elle me précédât partout librement. Mais mon esprit choisissait ses voies selon elle, et ce qui nous occupait alors, ce que nous appelions : pensée, n'était souvent qu'un prétexte à quelque communion plus savante, qu'un déguisement du sentiment, qu'un revêtement de l'amour.

Ma mère avait pu s'inquiéter d'abord d'un sentiment dont elle ne mesurait pas encore la profondeur; mais, à présent qu'elle sentait ses forces décliner, elle aimait à nous réunir dans un même embrassement maternel. La maladie de cœur dont elle souffrait depuis longtemps lui causait de plus en plus fréquents malaises. Au cours d'une crise particulièrement forte, elle me fit approcher d'elle :

« Mon pauvre petit, tu vois que je vieillis beaucoup, me dit-elle; un jour je te laisserai brusquement. »

Elle se tut, très oppressée. Irrésistiblement, alors je m'écriai, ce qu'il semblait qu'elle attendît que je lui disse :

« Maman..., tu sais que je veux épouser Alissa. »

Et ma phrase faisait suite sans doute à ses plus intimes pensées, car elle reprit aussitôt :

« Oui; c'est de cela que je voulais te parler, mon Jérôme.

— Maman! dis-je en sanglotant : tu crois qu'elle m'aime, n'est-ce pas ?

— Oui, mon enfant ». Elle répéta plusieurs fois tendrement : « Oui, mon enfant. » Elle parlait péniblement. Elle ajouta : « Il faut laisser faire au Seigneur. » Puis, comme j'étais incliné près d'elle, elle posa sa main sur ma tête, dit encore :

« Que Dieu vous garde, mes enfants! Que Dieu vous garde tous les deux », puis tomba dans une sorte d'assoupissement dont je ne cherchai pas à la tirer.

Cette conversation ne fut jamais reprise; le lendemain, ma mère se sentit mieux; je repartis pour mes cours, et le silence se referma sur cette demi-confidence. Du reste, qu'eussé-je appris davantage ? Qu'Alissa m'aimât, je n'en pouvais douter un instant. Et quand je l'eusse fait jusqu'alors, le doute eût disparu pour jamais de mon cœur lors du triste événement qui suivit.

Ma mère s'éteignit très doucement un soir, entre Miss Ashburton et moi. La dernière crise qui l'enleva

ne semblait d'abord pas plus forte que les précédentes; elle ne prit un caractère alarmant que vers la fin, avant laquelle aucun de nos parents n'eut le temps d'accourir. C'est près de la vieille amie de ma mère que je restai à veiller la chère morte, la première nuit. J'aimais profondément ma mère et m'étonnais malgré mes larmes de ne point sentir en moi de tristesse; lorsque je pleurais, c'était en m'apitoyant sur Miss Ashburton, qui voyait son amie, plus jeune qu'elle de beaucoup d'années, la précéder ainsi devant Dieu. Mais la secrète pensée que ce deuil allait précipiter vers moi ma cousine dominait immensément mon chagrin.

Le lendemain, arriva mon oncle. Il me tendit une lettre de sa fille qui ne vint, avec ma tante Plantier, que le jour suivant.

... *Jérôme, mon ami, mon frère,* y disait-elle..., *combien je me désole de n'avoir pas pu lui dire avant sa mort les quelques mots qui lui eussent donné ce grand contentement qu'elle attendait. A présent, qu'elle me pardonne! et que Dieu seul nous guide tous deux désormais! Adieu, mon pauvre ami. Je suis, plus tendrement que jamais, ton Alissa.*

Qu'eût pu signifier cette lettre ? Quels étaient donc ces mots qu'elle se désolait de n'avoir pas prononcés, sinon ceux par lesquels elle eût engagé notre avenir ? J'étais si jeune encore que je n'osais pourtant demander aussitôt sa main. Du reste, avais-je besoin de sa promesse ? N'étions-nous pas déjà comme fiancés ? Notre amour n'était plus un secret pour nos proches; mon oncle, pas plus que ma mère, n'y apportait d'obstacles; au contraire, il me traitait déjà comme son fils.

Les vacances de Pâques, qui vinrent quelques jours après, je les passai au Havre, logeant chez ma tante Plantier, et prenant presque tous mes repas chez mon oncle Bucolin.

Ma tante Félicie Plantier était la meilleure des femmes, mais ni mes cousines ni moi n'avions avec elle grande intimité. Un affairement continu l'essoufflait; ses gestes étaient sans douceur, sa voix était sans mélodie; elle nous bousculait de caresses, prise, à n'importe quel moment du jour, d'un besoin d'effusion où son affection pour nous débordait. Mon oncle Bucolin l'aimait beaucoup, mais rien qu'au son de sa voix, lorsqu'il lui

parlait, il nous était aisé de sentir combien il avait préféré ma mère.

« Mon pauvre enfant, commença-t-elle un soir, je ne sais ce que tu as l'intention de faire cet été, mais j'attendrai de connaître tes projets avant de décider de ce que je ferai moi-même; si je peux t'être utile...

— Je n'y ai pas encore beaucoup pensé, lui répondis-je. Peut-être essaierai-je de voyager. »

Elle reprit :

« Tu sais que, chez moi comme à Fongueusemare, tu seras toujours le bienvenu. Tu feras plaisir à ton oncle et à Juliette en allant là-bas...

— Vous voulez dire à Alissa.

— C'est vrai! Pardon... Croirais-tu que je m'étais figuré que c'était Juliette que tu aimais! jusqu'à ce que ton oncle m'eût parlé... il n'y a pas un mois... Tu sais, moi, je vous aime bien, mais je ne vous connais pas beaucoup; j'ai si peu l'occasion de vous voir!... et puis je ne suis guère observatrice; je n'ai pas le temps de m'arrêter à regarder ce qui ne me regarde pas. C'est toujours avec Juliette que je t'avais vu jouer... j'avais pensé... elle est si jolie, si gaie.

— Oui, je joue encore volontiers avec elle; mais c'est Alissa que j'aime...

— Très bien! très bien, libre à toi... moi, tu sais, autant te dire que je ne la connais pas; elle parle moins que sa sœur; je pense que, si tu l'as choisie, tu as eu quelque bonne raison pour cela.

— Mais, ma tante, je n'ai pas choisi de l'aimer et je ne me suis jamais demandé quelles raisons j'avais de...

— Ne te fâche pas, Jérôme; moi je te parle sans malice... Tu m'as fait oublier ce que je voulais te dire... Ah! voici : Je pense, bien entendu, que tout cela finira par un mariage; mais, à cause de ton deuil, tu ne peux pas te fiancer déjà, décemment... et puis, tu es encore bien jeune... J'ai pensé que ta présence à Fongueusemare, à présent que tu y serais sans ta mère, pourrait être mal vue...

— Mais, ma tante, c'est précisément pour cela que je parlais de voyager.

— Oui. Eh bien! mon enfant, j'ai pensé que ma présence à moi pourrait faciliter les choses et je me suis arrangée de manière à être libre une partie de l'été.

— Pour peu que je l'en eusse priée, Miss Ashburton serait venue volontiers.

— Je sais déjà qu'elle viendra. Mais cela ne suffit pas! J'irai également... Oh! je n'ai pas la prétention de remplacer ta pauvre mère, ajouta-t-elle, en sanglotant subitement; — mais je m'occuperai du ménage... et enfin ni toi, ni ton oncle, ni Alissa n'aurez à vous sentir gênés. »

Ma tante Félicie s'abusait sur l'efficacité de sa présence. A vrai dire, nous ne fûmes gênés que par elle. Ainsi qu'elle l'avait annoncé, elle s'installa, dès juillet, à Fongueusemare, où Miss Ashburton et moi ne tardâmes pas à la rejoindre. Sous prétexte d'aider Alissa dans les soins de la maison, elle emplissait cette maison si tranquille d'une rumeur continue. L'empressement qu'elle mettait à nous être agréable, et comme elle disait, à « faciliter les choses », était si épais que nous restions le plus souvent, Alissa et moi, contraints et quasi muets devant elle. Elle dut nous trouver bien froids... — Et quand nous ne nous serions pas tus, aurait-elle pu comprendre la nature de notre amour? Le caractère de Juliette, par contre, s'accommodait assez de cette exubérance; et peut-être quelque ressentiment gênait-il mon affection pour ma tante, à la voir manifester pour la cadette de ses nièces une prédilection très marquée.

Un matin, après l'arrivée du courrier, elle me fit venir :

« Mon pauvre Jérôme, je suis absolument désolée; ma fille est souffrante et m'appelle; je vais être forcée de vous quitter... »

Gonflé d'inutiles scrupules, j'allai trouver mon oncle, ne sachant plus si j'oserais rester à Fongueusemare après le départ de ma tante. Mais dès les premiers mots :

« Qu'est-ce que ma pauvre sœur vient encore imaginer pour compliquer les choses les plus naturelles? Eh! pourquoi nous quitterais-tu, Jérôme? s'écria-t-il. N'es-tu pas déjà presque mon enfant? »

Ma tante n'était guère restée à Fongueusemare que quinze jours. Dès qu'elle fut partie, la maison put se recueillir; cette sérénité de nouveau l'habita qui ressem-

blait beaucoup au bonheur. Mon deuil n'avait pas assombri, mais comme aggravé notre amour. Une vie au monotone cours commença où, comme en un milieu très sonore, le moindre mouvement de nos cœurs s'entendait.

Quelques jours après le départ de ma tante, un soir, à table, nous parlâmes d'elle, je me souviens :
« Quelle agitation! disions-nous. Se peut-il que les flots de la vie ne laissent pas plus de répit à son âme ? Belle apparence de l'amour, que devient ici ton reflet ? » ... Car nous nous souvenions du mot de Gœthe qui, parlant de Mme de Stein, écrivait : « Il serait beau de voir se réfléchir le monde dans cette âme. » Et nous établissions aussitôt je ne sais quelle hiérarchie, estimant surtout les facultés contemplatives. Mon oncle, qui s'était tu jusqu'alors, nous reprit en souriant tristement :
« Mes enfants, dit-il, même brisée Dieu reconnaîtra son image. Gardons-nous de juger les hommes d'après un seul moment de leur vie. Tout ce qui vous déplaît en ma pauvre sœur, elle le doit à des événements que je connais trop pour pouvoir la critiquer aussi sévèrement que vous faites. Il n'y a pas qualité si plaisante de la jeunesse qui ne puisse, à vieillir, se gâter. Ce que vous appelez : agitation, chez Félicie, n'était d'abord qu'élan charmant, prime-saut, abandon à l'instant et grâce... Nous n'étions pas bien différents, je vous assure, de ce que vous paraissez aujourd'hui. J'étais assez pareil à toi, Jérôme; plus peut-être que je ne le sais. Félicie ressemblait beaucoup à ce qu'est à présent Juliette... oui, physiquement même — et brusquement je la retrouve, ajouta-t-il en se tournant vers sa fille, dans certains éclats de ta voix; elle avait ton sourire — et ce geste, qu'elle a bientôt perdu, de rester comme toi, parfois, sans rien faire, assise, les coudes en avant, le front buté dans les doigts croisés de ses mains. »
Miss Ashburton se tourna vers moi, et presque à voix basse :
« Ta mère, c'est Alissa qui la rappelle. »

L'été, cette année, fut splendide. Tout semblait pénétré d'azur. Notre ferveur triomphait du mal, de la mort; l'ombre reculait devant nous. Chaque matin

j'étais éveillé par ma joie; je me levais dès l'aurore, à la rencontre du jour m'élançais... Quand je rêve à ce temps, je le revois plein de rosée. Juliette, plus matinale que sa sœur qui prolongeait très tard ses veillées, descendait avec moi dans le jardin. Entre sa sœur et moi elle se faisait messagère; je lui racontais interminablement notre amour et elle ne semblait pas se lasser de m'entendre. Je lui disais ce que je n'osais dire à Alissa devant qui, par excès d'amour, je devenais craintif et contraint. Alissa semblait se prêter à ce jeu, s'amuser que je parlasse si gaiement à sa sœur, ignorant ou feignant d'ignorer qu'au demeurant nous ne parlions que d'elle.

O feinte exquise de l'amour, de l'excès même de l'amour, par quel secret chemin tu nous menas du rire aux pleurs et de la plus naïve joie à l'exigence de la vertu!

L'été fuyait si pur, si lisse que, de ses glissantes journées, ma mémoire aujourd'hui ne peut presque rien retenir. Les seuls événements étaient des conversations, des lectures...

« J'ai fait un triste rêve, me dit Alissa, au matin d'un de mes derniers jours de vacances. Je vivais et tu étais mort. Non : je ne te voyais pas mourir. Simplement il y avait ceci : tu étais mort. C'était affreux; c'était tellement impossible que j'obtenais que simplement tu sois absent. Nous étions séparés et je sentais qu'il y avait moyen de te rejoindre; je cherchais comment, et, pour y arriver, j'ai fait un tel effort que cela m'a réveillée.

» Ce matin, je crois que je restais sous l'impression de ce rêve; c'était comme si je le continuais. Il me semblait encore que j'étais séparée de toi, que j'allais rester séparée de toi longtemps, longtemps — et très bas elle ajouta : toute ma vie — et que toute la vie il faudrait faire un grand effort...

— Pour quoi ?

— Chacun, un grand effort pour nous rejoindre. »

Je ne prenais pas au sérieux ou craignais de prendre au sérieux ces paroles. Comme pour y protester, mon cœur battant beaucoup, dans un soudain courage je lui dis :

« Eh bien, moi, ce matin, j'ai rêvé que j'allais t'épouser si fort que rien, rien ne pourrait nous séparer — que la mort.

— Tu crois que la mort peut séparer ? reprit-elle.
— Je veux dire...
— Je pense qu'elle peut rapprocher, au contraire....
oui, rapprocher ce qui a été séparé pendant la vie.... »
 Tout cela entrait en nous si avant que j'entends encore
jusqu'à l'intonation de nos paroles. Pourtant je ne
compris toute leur gravité que plus tard.

 L'été fuyait. Déjà la plupart des champs étaient vides,
où la vue plus inespérément s'étendait. La veille, non :
l'avant-veille de mon départ, au soir, je descendais avec
Juliette vers le bosquet du bas-jardin.
 « Qu'est-ce que tu récitais hier à Alissa ? me dit-elle.
— Quand donc ?
— Sur le banc de la marnière, quand nous vous
avons laissés derrière nous...
— Ah !... quelques vers de Baudelaire, je crois...
— Lesquels ?... Tu ne veux pas me le dire ?
— *Bientôt nous plongerons dans les froides ténèbres,* commençai-je d'assez mauvaise grâce ; mais elle, m'interrompant aussitôt, continua d'une voix tremblante et changée :
— *Adieu, vive clarté de nos étés trop courts !*
— Eh quoi ! tu les connais ? m'écriai-je, extrêmement
surpris. Je croyais que tu n'aimais pas les vers...
— Pourquoi donc ? Est-ce que tu ne m'en
récites pas ? dit-elle en riant, mais un peu contrainte...
Par moments tu sembles me croire complètement
stupide.
— On peut être très intelligent et n'aimer pas les
vers. Jamais je ne t'en ai entendu dire ou tu ne m'as
demandé d'en réciter.
— Parce qu'Alissa s'en charge... Elle se tut quelques
instants, puis brusquement :
— C'est après-demain que tu pars ?
— Il le faut bien.
— Qu'est-ce que tu vas faire cet hiver ?
— Ma première année de Normale.
— Quand penses-tu épouser Alissa ?
— Pas avant mon service militaire. Pas même avant
de savoir un peu mieux ce que je veux faire ensuite.
— Tu ne le sais donc pas encore ?
— Je ne veux pas encore le savoir. Trop de choses

m'intéressent. Je diffère le plus que je peux le moment où il me faudra choisir et ne plus faire que cela.

— Est-ce aussi la crainte de te fixer qui te fait différer tes fiançailles ? »

Je haussai les épaules sans répondre. Elle insista :

« Alors, qu'est-ce que vous attendez pour vous fiancer ? Pourquoi est-ce que vous ne vous fiancez pas tout de suite ?

— Mais pourquoi nous fiancerions-nous ? Ne nous suffit-il pas de savoir que nous sommes et que nous resterons l'un à l'autre, sans que le monde en soit informé ? S'il me plaît d'engager toute ma vie pour elle, trouverais-tu plus beau que je lie mon amour par des promesses ? Pas moi. Des vœux me sembleraient une injure à l'amour... Je ne désirerais me fiancer que si je me défiais d'elle.

— Ce n'est pas d'elle que je me défie... »

Nous marchions lentement. Nous étions parvenus à ce point du jardin d'où j'avais naguère involontairement entendu la conversation qu'Alissa avait eue avec son père. Il me vint brusquement à la pensée que peut-être Alissa, que j'avais vue sortir dans le jardin, était assise dans le rond-point et qu'elle pouvait également bien nous entendre; la possibilité de lui faire écouter ce que je n'osais lui dire directement me séduisit aussitôt; amusé par mon artifice, haussant la voix :

« Oh! m'écriai-je, avec cette exaltation un peu pompeuse de mon âge, et prêtant trop d'attention à mes paroles pour entendre à travers celles de Juliette tout ce qu'elle ne disait pas... Oh! si seulement nous pouvions, nous penchant sur l'âme qu'on aime, voir en elle, comme en un miroir, quelle image nous y posons! lire en autrui comme en nous-mêmes, mieux qu'en nous-mêmes! Quelle tranquillité dans la tendresse! Quelle pureté dans l'amour!... »

J'eus la fatuité de prendre pour un effet de mon médiocre lyrisme le trouble de Juliette. Elle cacha brusquement sa tête sur mon épaule :

« Jérôme! Jérôme! Je voudrais être sûre que tu la rendras heureuse! Si par toi aussi elle devait souffrir, je crois que je te détesterais.

— Mais, Juliette, m'écriai-je, l'embrassant et relevant son front, je me détesterais moi-même. Si tu savais!...

mais c'est pour mieux ne commencer qu'avec elle ma vie que je ne veux pas encore décider de ma carrière! mais je suspends tout mon avenir après elle! mais, tout ce que je pourrais être sans elle, je n'en veux pas...

— Qu'est-ce qu'elle dit lorsque tu lui parles de cela?

— Mais je ne lui parle jamais de cela! Jamais; c'est aussi pour cela que nous ne nous fiançons pas encore; jamais il n'est question de mariage entre nous, ni de ce que nous ferons ensuite. O Juliette! la vie avec elle m'apparaît tellement belle que je n'ose pas... comprends-tu cela? que je n'ose pas lui en parler.

— Tu veux que le bonheur la surprenne.

— Non! ce n'est pas cela. Mais j'ai peur... de lui faire peur, comprends-tu?... J'ai peur que cet immense bonheur, que j'entrevois, ne l'effraie! — Un jour, je lui ai demandé si elle souhaitait voyager. Elle m'a dit qu'elle ne souhaitait rien, et qu'il lui suffisait de savoir que ces pays existent, qu'ils sont beaux, qu'il est permis à d'autres d'y aller...

— Toi, Jérôme, tu désires voyager?

— Partout! la vie tout entière m'apparaît comme un long voyage — avec elle, à travers les livres, les hommes, les pays... Songes-tu à ce que signifient ces mots: lever l'ancre?

— Oui; j'y pense souvent, murmura-t-elle. Mais moi qui l'écoutais à peine et qui laissais tomber à terre ses paroles comme de pauvres oiseaux blessés, je reprenais:

— Partir la nuit; se réveiller dans l'éblouissement de l'aurore: se sentir tous deux seuls sur l'incertitude des flots...

— Et l'arrivée dans un port que, tout enfant déjà, l'on avait regardé sur les cartes; où tout est inconnu... Je t'imagine sur la passerelle, descendant du bateau avec Alissa appuyée à ton bras.

— Nous irions vite à la poste, ajoutai-je en riant, réclamer la lettre que Juliette nous aurait écrite...

— ...de Fongueusemare, où elle serait restée, et qui vous apparaîtrait tout petit, tout triste et tout loin... »

Sont-ce là précisément ses paroles? je ne puis l'affirmer, car, je vous le dis, j'étais si plein de mon amour qu'à peine entendais-je, auprès, quelque autre expression que la sienne.

Nous arrivions près du rond-point; nous allions

revenir sur nos pas, quand, sortant de l'ombre, Alissa se montra tout à coup. Elle était si pâle que Juliette se récria :

« En effet, je ne me sens pas très bien, balbutia hâtivement Alissa. L'air est frais. Je crois que je ferais mieux de rentrer. Et tout aussitôt nous quittant, elle s'en retourna d'un pas rapide, vers la maison.

— Elle a entendu ce que nous disions, s'écria Juliette dès qu'Alissa se fut un peu éloignée.

— Mais nous n'avons rien dit qui puisse la peiner. Au contraire...

— Laisse-moi », dit-elle en s'élançant à la poursuite de sa sœur.

Cette nuit, je ne pus dormir. Alissa avait paru au dîner, puis s'était retirée aussitôt après, se plaignant de migraine. Qu'avait-elle entendu de notre conversation ? Et je me remémorais inquiètement nos paroles. Puis je songeais que peut-être j'avais eu tort, marchant trop près de Juliette, d'abandonner mon bras autour d'elle; mais c'était habitude d'enfant; et maintes fois déjà Alissa nous avait vus marchant ainsi. Ah! triste aveugle que j'étais, cherchant mes torts en tâtonnant, de n'avoir pas songé un instant que les paroles de Juliette, que j'avais si mal écoutées et dont je me souvenais si mal, Alissa les avait peut-être mieux entendues. N'importe! égaré par mon inquiétude, épouvanté à l'idée qu'Alissa pût douter de moi, et n'imaginant pas d'autre péril, je me résolus, malgré ce que j'en avais pu dire à Juliette, je me résolus à vaincre mes scrupules, mon appréhension et à me fiancer le lendemain.

C'était la veille de mon départ. Je pouvais attribuer à cela sa tristesse. Il me parut qu'elle m'évitait. Le jour passait sans que j'eusse pu la rencontrer seule; la crainte de devoir partir avant de lui avoir parlé me poussa jusque dans sa chambre peu de temps avant le dîner; elle mettait un collier de corail et pour l'attacher levait les bras et se penchait, tournant le dos à la porte et regardant par-dessus son épaule, dans un miroir entre deux flambeaux allumés. C'est dans le miroir qu'elle me vit d'abord et qu'elle continua de me regarder quelques instants sans se retourner.

« Tiens ! Ma porte n'était donc pas fermée ? dit-elle.
— J'ai frappé ; tu n'as pas répondu. Alissa, tu sais que je pars demain ? »

Elle ne répondit rien, mais posa sur la cheminée le collier qu'elle ne parvenait pas à agrafer. Le mot : fiançailles me paraissait trop nu, trop brutal, j'employai je ne sais quelle périphrase à la place. Dès qu'Alissa me comprit, il me parut qu'elle chancela, s'appuya contre la cheminée... mais j'étais moi-même si tremblant que craintivement j'évitais de regarder vers elle.

J'étais près d'elle et, sans lever les yeux, lui pris la main ; elle ne se dégagea pas, mais, inclinant un peu son visage et soulevant un peu ma main, elle y posa ses lèvres et murmura, appuyée à demi contre moi :

« Non, Jérôme ; non ; ne nous fiançons pas, je t'en prie... »

Mon cœur battait si fort que je crois qu'elle le sentit ; elle reprit plus tendrement : — Non ; pas encore...

Et comme je lui demandais :

« Pourquoi ?
— Mais c'est moi qui peux te demander : pourquoi ? pourquoi changer ? »

Je n'osais lui parler de la conversation de la veille, mais sans doute elle sentit que j'y pensais, et, comme une réponse à ma pensée, dit en me regardant fixement :

« Tu te méprends, mon ami : je n'ai pas besoin de tant de bonheur. Ne sommes-nous pas heureux ainsi ? »

Elle s'efforçait en vain à sourire.

« Non, puisque je dois te quitter.
— Écoute, Jérôme, je ne puis te parler ce soir... Ne gâtons pas nos derniers instants... Non ; non. Je t'aime autant que jamais ; rassure-toi. Je t'écrirai ; je t'expliquerai. Je te promets de t'écrire, dès demain... dès que tu seras parti. Va maintenant ! Tiens, voici que je pleure... laisse-moi. »

Elle me repoussait, m'arrachait d'elle doucement — et ce furent là nos adieux, car ce soir je ne pus plus rien lui dire, et le lendemain, au moment de mon départ, elle s'enferma dans sa chambre. Je la vis à sa fenêtre me faire signe d'adieu en regardant s'éloigner la voiture qui m'emportait.

III

Je n'avais presque pas pu voir Abel Vautier cette année ; devançant l'appel, il s'était engagé, tandis que je préparais ma licence en redoublant une rhétorique. De deux ans moins âgé qu'Abel, j'avais remis mon service à la sortie de l'École normale, où tous deux nous devions entrer cette année.

Nous nous revîmes avec plaisir. Au sortir de l'armée, il avait voyagé plus d'un mois. Je craignais de le trouver changé ; simplement il avait pris plus d'assurance, mais sans rien perdre de sa séduction. L'après-midi qui précéda la rentrée, et que nous passâmes au Luxembourg, je ne pus retenir ma confidence et lui parlai longuement de mon amour, que, du reste, il connaissait déjà. Il avait, cette année, acquis quelque pratique des femmes, ce qui lui permettait un air de supériorité un peu fat, mais dont je ne m'offensai point. Il me plaisanta pour ce que je n'avais pas su poser mon dernier mot, comme il disait, émettant en axiome qu'il ne faut jamais laisser une femme se ressaisir. Je le laissai dire, mais pensai que ses excellents arguments n'étaient bons ni pour moi ni pour Alissa et qu'il montrait tout simplement qu'il ne nous comprenait pas bien.

Le lendemain de notre arrivée, je reçus cette lettre :

Mon cher Jérôme,

J'ai beaucoup réfléchi à ce que tu me proposais (ce que je proposais ! appeler ainsi nos fiançailles !). J'ai peur d'être trop âgée pour toi. Cela ne te paraît peut-être pas encore parce que tu n'as pas encore eu l'occasion de voir d'autres femmes ; mais je songe à ce que je souffrirais plus tard, après m'être donnée à toi, si je vois que je ne puis plus te plaire. Tu vas t'indigner beaucoup, sans doute, en me lisant ; je crois entendre tes protestations ; pourtant je te demande d'attendre encore que tu sois un peu plus avancé dans la vie.

Comprends que je ne parle ici que pour toi-même, car pour moi je crois bien que je ne pourrai jamais cesser de t'aimer.

<p style="text-align:right;">*Alissa.*</p>

Cesser de nous aimer! Mais pouvait-il être question de cela! — J'étais encore plus étonné qu'attristé, mais si bouleversé que je courus aussitôt montrer cette lettre à Abel.

« Eh bien! que comptes-tu faire ? » dit celui-ci, après avoir lu la lettre en hochant la tête, et les lèvres serrées. Je soulevai les bras, plein d'incertitude et de désolation.

« J'espère au moins que tu ne vas pas répondre! Quand on commence à discuter avec une femme, on est perdu... Écoute : en couchant au Havre, samedi, nous pouvons être à Fongueusemare dimanche matin et rentrer ici pour le premier cours de lundi. Je n'ai pas revu tes parents depuis mon service; c'est un prétexte suffisant et qui me fait honneur. Si Alissa voit que ce n'est qu'un prétexte, tant mieux! Je m'occuperai de Juliette pendant que tu causeras avec sa sœur. Tu tâcheras de ne pas faire l'enfant... A vrai dire, il y a dans ton histoire quelque chose que je ne m'explique pas bien; tu n'as pas dû tout me raconter... N'importe! J'éclaircirai ça... Surtout n'annonce pas notre arrivée : il faut surprendre ta cousine et ne pas lui laisser le temps de s'armer. »

Le cœur me battait fort en poussant la barrière du jardin. Juliette aussitôt vint à notre rencontre en courant. Alissa, occupée à la lingerie, ne se hâta pas de descendre. Nous causions avec mon oncle et Miss Ashburton lorsque enfin elle entra dans le salon. Si notre brusque arrivée l'avait troublée, du moins sut-elle n'en rien laisser voir; je pensais à ce que m'avait dit Abel et que c'était précisément pour « s'armer » contre moi qu'elle était restée si longtemps sans paraître. L'extrême animation de Juliette faisait paraître encore plus froide sa réserve. Je sentis qu'elle désapprouvait mon retour; du moins cherchait-elle à montrer dans son air une désapprobation derrière laquelle je n'osais chercher une secrète émotion plus vive. Assise assez loin de nous, dans un coin, près d'une fenêtre, elle paraissait tout absorbée dans un ouvrage de broderie, dont elle repérait les points en remuant les lèvres. Abel parlait; heureusement! car, pour moi, je ne m'en sentais pas la force, et, sans les récits qu'il faisait de son année de service et de son voyage, les premiers instants de ce

revoir eussent été mornes. Mon oncle lui-même semblait particulièrement soucieux.

Sitôt après le déjeuner, Juliette me prit à part et m'entraîna dans le jardin :

« Figure-toi qu'on me demande en mariage ! s'écria-t-elle dès que nous fûmes seuls. La tante Félicie a écrit hier à papa pour lui faire part des avances d'un viticulteur de Nîmes ; quelqu'un de très bien, affirme-t-elle, qui s'est épris de moi pour m'avoir rencontrée quelquefois dans le monde ce printemps.

— Tu l'as remarqué, ce Monsieur ? interrogeai-je avec une involontaire hostilité contre le prétendant.

— Oui, je vois bien qui c'est. Une espèce de don Quichotte bon enfant, sans culture, très laid, très vulgaire, assez ridicule et devant qui la tante ne pouvait garder son sérieux.

— Est-ce qu'il a... des chances ? dis-je, sur un ton moqueur.

— Voyons, Jérôme ! Tu plaisantes ! Un négociant !... Si tu l'avais vu, tu ne m'aurais pas posé la question.

— Et... qu'est-ce que mon oncle a répondu ?

— Ce que j'ai répondu moi-même : que j'étais trop jeune pour me marier... Malheureusement, ajouta-t-elle en riant, ma tante avait prévu l'objection ; dans un postscriptum elle dit que M. Édouard Teissières, c'est son nom, consent à attendre, qu'il se déclare aussitôt simplement pour « prendre rang »... C'est absurde ; mais qu'est-ce que tu veux que j'y fasse ? Je ne peux pourtant pas lui faire dire qu'il est trop laid !

— Non, mais que tu ne veux pas épouser un viticulteur. »

Elle haussa les épaules :

« Ce sont des raisons qui n'ont pas cours dans l'esprit de ma tante... Laissons cela. Alissa t'a écrit ? »

Elle parlait avec une volubilité extrême et semblait dans une grande agitation. Je lui tendis la lettre d'Alissa, qu'elle lut en rougissant beaucoup. Je crus distinguer un accent de colère dans sa voix quand elle me demanda :

« Alors, qu'est-ce que tu vas faire ?

— Je ne sais plus, répondis-je. A présent que je suis ici, je sens que j'aurais plus facilement fait d'écrire, et je me reproche déjà d'être venu. Tu comprends ce qu'elle a **voulu dire** ?

— Je comprends qu'elle veut te laisser libre.

— Mais est-ce que j'y tiens, moi, à ma liberté! Et tu comprends pourquoi elle m'écrit cela ? »

Elle me répondit : Non, si sèchement que, sans du tout pressentir la vérité, du moins me persuadai-je dès cet instant que Juliette n'en était peut-être pas ignorante. Puis, brusquement, tournant sur elle-même à un détour de l'allée que nous suivions :

« A présent laisse-moi. Ce n'est pas pour causer avec moi que tu es venu. Nous sommes depuis bien trop longtemps ensemble. »

Elle s'enfuit en courant vers la maison et un instant après je l'entendis au piano.

Quand je rentrai dans le salon, elle causait, sans arrêter de jouer, mais indolemment à présent et comme improvisant au hasard, avec Abel qui était venu la rejoindre. Je les laissai. J'errai assez longtemps dans le jardin à la recherche d'Alissa.

Elle était au fond du verger, cueillant au pied d'un mur les premiers chrysanthèmes qui mêlaient leur parfum à celui des feuilles mortes de la hêtraie. L'air était saturé d'automne. Le soleil ne tiédissait plus qu'à peine les espaliers, mais le ciel était orientalement pur. Elle avait le visage encadré, caché presque au fond d'une grande coiffe zélandaise qu'Abel lui avait rapportée de voyage et qu'elle avait mise aussitôt. Elle ne se retourna pas d'abord à mon approche, mais un léger tressaillement qu'elle ne put réprimer m'avertit qu'elle avait reconnu mon pas; et déjà je me raidissais, m'encourageais contre ses reproches et la sévérité qu'allait faire peser sur moi son regard. Mais lorsque je fus assez près, comme, craintivement, je ralentissais déjà mon allure, elle, sans d'abord tourner le front vers moi, mais le gardant baissé comme fait un enfant boudeur, tendit vers moi, presque en arrière, la main qu'elle avait pleine de fleurs, semblant m'inviter à venir. Et comme, au contraire, par jeu, à ce geste je m'arrêtais, elle, se retournant enfin, fit vers moi quelques pas, relevant son visage, et je le vis plein de sourire. Éclairé par son regard, tout me parut soudain de nouveau simple, aisé, de sorte que, sans effort et d'une voix non changée, je **commençai** :

« C'est ta lettre qui m'a fait revenir.

— Je m'en suis bien doutée, dit-elle, puis, émoussant par l'inflexion de sa voix l'aiguillon de sa réprimande : — et c'est bien là ce qui me fâche. Pourquoi as-tu mal pris ce que je disais ? C'était pourtant bien simple... (Et déjà tristesse et difficulté ne m'apparaissaient plus en effet qu'imaginaires, n'existaient plus qu'en mon esprit). Nous étions heureux ainsi, je te l'avais bien dit, pourquoi t'étonner que je refuse lorsque tu me proposes de changer ? »

En effet, je me sentais heureux auprès d'elle, si parfaitement heureux que ma pensée allait chercher à ne différer plus en rien de la sienne; et déjà je ne souhaitais plus rien au-delà de son sourire, et que de marcher avec elle, ainsi, dans un tiède chemin bordé de fleurs, en lui donnant la main.

« Si tu le préfères, lui dis-je gravement, résignant d'un coup tout autre espoir et m'abandonnant au parfait bonheur de l'instant, — si tu le préfères, nous ne nous fiancerons pas. Quand j'ai reçu ta lettre, j'ai bien compris du même coup que j'étais heureux en effet, et que j'allais cesser de l'être. Oh! rends-moi ce bonheur que j'avais; je ne puis pas m'en passer. Je t'aime assez pour t'attendre toute ma vie; mais, que tu doives cesser de m'aimer ou que tu doutes de mon amour, Alissa, cette pensée m'est insupportable.

— Hélas! Jérôme, je n'en puis pas douter. »

Et sa voix en me disant cela était à la fois calme et triste; mais le sourire qui l'illuminait restait si sereinement beau que je prenais honte de mes craintes et de mes protestations; il me semblait alors que d'elles seules vînt cet arrière-son de tristesse que je sentais au fond de sa voix. Sans aucune transition, je commençai à parler de mes projets, de mes études et de cette nouvelle forme de vie de laquelle je me promettais tant de profit. L'École normale n'était pas alors ce qu'elle est devenue depuis peu; une discipline assez rigoureuse ne pesait qu'aux esprits indolents ou rétifs; elle favorisait l'effort d'une volonté studieuse. Il me plaisait que cette habitude quasi monacale me préservât d'un monde qui, du reste, m'attirait peu et qu'il m'eût suffi qu'Alissa pût craindre pour m'apparaître haïssable aussitôt. Miss Ashburton gardait à Paris l'appartement qu'elle occupait

d'abord avec ma mère. Ne connaissant guère qu'elle à Paris, Abel et moi passerions quelques heures de chaque dimanche auprès d'elle; chaque dimanche j'écrirais à Alissa et ne lui laisserais rien ignorer de ma vie.

Nous étions assis à présent sur le cadre des châssis ouverts qui laissaient déborder au hasard d'énormes tiges de concombre dont les derniers fruits étaient cueillis. Alissa m'écoutait, me questionnait; jamais encore je n'avais senti sa tendresse plus attentive, ni son affection plus pressante. Crainte, souci, même le plus léger émoi s'évaporait dans son sourire, se résorbait dans cette intimité charmante, comme les brumes dans le parfait azur du ciel.

Puis, sur un banc de la hêtraie où Juliette et Abel étaient venus rejoindre, nous occupâmes la fin du jour à relire le *Triomphe du Temps,* de Swinburne, chacun de nous en lisant à tour une strophe. Le soir vint.

« Allons! » dit Alissa en m'embrassant, au moment de notre départ, plaisantant à demi, mais pourtant avec cet air de sœur aînée que peut-être ma conduite inconsidérée l'invitait à prendre et qu'elle prenait volontiers :

« Promets-moi maintenant de n'être plus si romanesque désormais...

— Eh bien! Es-tu fiancé ? me demanda Abel dès que nous fûmes seuls de nouveau.

— Mon cher, il n'en est plus question, répondis-je, ajoutant aussitôt, d'un ton qui coupait court à toute nouvelle question : — Et cela vaut beaucoup mieux ainsi. Jamais je n'ai été plus heureux que ce soir.

— Moi non plus, s'écria-t-il; puis, brusquement, me sautant au cou : — Je m'en vais te dire quelque chose d'admirable, d'extraordinaire! Jérôme, je suis amoureux fou de Juliette! Déjà je m'en doutais un peu l'an dernier; mais j'ai vécu depuis, et je n'avais rien voulu te dire avant d'avoir revu tes cousines. A présent, c'en est fait; ma vie est prise.

» *J'aime, que dis-je aimer — j'idolâtre Juliette!*

» Depuis longtemps il me semblait bien que j'avais pour toi une espèce d'affection de beau-frère... »

Puis, riant et jouant, il m'embrassait à tour de bras et se roulait comme un enfant sur les coussins du wagon qui nous ramenait à Paris. J'étais tout suffoqué par son aveu, et quelque peu gêné par l'appoint de littérature

que je sentais s'y mêler; mais le moyen de résister à
tant de véhémence et de joie ?...

« Enfin quoi! t'es-tu déclaré ? parvins-je à lui
demander entre deux effusions.

— Mais non! mais non, s'écria-t-il; je ne veux pas
brûler le plus charmant chapitre de l'histoire.

» *Le meilleur moment des amours*
» *N'est pas quand on a dit : Je t'aime...*

» Voyons! tu ne vas pas me reprocher cela, toi, le
maître de la lenteur.

— Mais enfin, repris-je un peu agacé, penses-tu
qu'elle, de son côté...

— Tu n'as donc pas remarqué son trouble en me
revoyant! Et tout le temps de notre visite, cette agita-
tion, ces rougeurs, cette profusion de paroles!... Non,
tu n'as rien remarqué, naturellement; parce que tu es
tout occupé d'Alissa... Et comme elle me questionnait!
comme elle buvait mes paroles! Son intelligence s'est
rudement développée, depuis un an. Je ne sais où tu
avais pu prendre qu'elle n'aimait pas la lecture; tu crois
toujours qu'il n'y en a que pour Alissa... Mais mon
cher, c'est étonnant tout ce qu'elle connaît! Sais-tu
à quoi nous nous sommes amusés avant le dîner ?
A nous remémorer une *Canzone* du Dante; chacun de
nous récitait un vers; et elle me reprenait quand je me
trompais. Tu sais bien :

» *Amor che nella mente mi ragiona.*

» Tu ne m'avais pas dit qu'elle avait appris l'italien.

— Je ne le savais pas moi-même, dis-je assez surpris.

— Comment! Au moment de commencer la *Canzone*,
elle m'a dit que c'était toi qui la lui avais fait connaître.

— Elle m'aura sans doute entendu la lire à sa sœur,
un jour qu'elle cousait ou brodait auprès de nous,
comme elle fait souvent; mais du diable si elle a laissé
paraître qu'elle comprenait.

— Vrai! Alissa et toi, vous êtes stupéfiants d'égoïsme.
Vous voilà tout confits dans votre amour, et vous
n'avez pas un regard pour l'éclosion admirable de cette
intelligence, de cette âme! Ce n'est pas pour me faire
un compliment, mais tout de même il était temps que
j'arrive... Mais non, mais non, je ne t'en veux pas, tu
vois bien, disait-il en m'embrassant encore. Seulement,
promets-moi : pas un mot de tout ça à Alissa. Je pré-

tends mener mon affaire tout seul. Juliette est prise, c'est certain, et assez pour que j'ose la laisser jusqu'aux prochaines vacances. Je pense même ne pas lui écrire d'ici là. Mais, le congé du nouvel an, toi et moi nous irons le passer au Havre, et alors...

— Et alors ?...

— Eh bien! Alissa apprendra tout d'un coup nos fiançailles. Je compte mener ça rondement. Et sais-tu ce qui va se passer ? Ce consentement d'Alissa, que tu n'es pas capable de décrocher, je te l'obtiendrai par la force de notre exemple. Nous lui persuaderons qu'on ne peut célébrer notre mariage avant le vôtre... »

Il continuait, me submergeait sous un intarissable flux de paroles qui ne s'arrêta même pas à l'arrivée du train à Paris, même pas à notre rentrée à Normale, car bien que nous eussions fait à pied le chemin de la gare à l'École, et malgré l'heure avancée de la nuit, Abel m'accompagna dans ma chambre, où nous prolongeâmes la conversation jusqu'au matin.

L'enthousiasme d'Abel disposait du présent et de l'avenir. Il voyait, racontait déjà nos doubles noces; imaginait, peignait la surprise et la joie de chacun; s'éprenait de la beauté de notre histoire, de notre amitié, de son rôle dans mes amours. Je me défendais mal contre une si flatteuse chaleur, m'en sentais enfin pénétrer et cédais doucement à l'attrait de ses propositions chimériques. A la faveur de notre amour, se gonflaient notre ambition et notre courage; à peine au sortir de l'École, notre double mariage béni par le pasteur Vautier, nous partions tous les quatre en voyage; puis nous nous lancions dans d'énormes travaux, où nos femmes devenaient volontiers nos collaboratrices. Abel, que le professorat attirait peu et qui se croyait né pour écrire, gagnait rapidement, au moyen de quelques pièces à succès, la fortune qui lui manquait; pour moi, plus attiré par l'étude que par le profit qui peut en revenir, je pensais m'adonner à celle de la philosophie religieuse, dont je projetais d'écrire l'histoire... Mais que sert de rappeler ici tant d'espoirs ?

Le lendemain nous nous plongeâmes dans le travail.

IV

Le temps, jusqu'aux vacances du nouvel an, était si court que, tout exaltée par mon dernier entretien avec Alissa, ma foi put ne pas défaillir un instant. Ainsi que je me l'étais promis, je lui écrivais très longuement chaque dimanche; les autres jours, me tenant à l'écart de mes camarades et ne fréquentant guère qu'Abel, je vivais avec la pensée d'Alissa et couvrais mes livres favoris d'indications à son usage, soumettant à l'intérêt qu'elle y pourrait prendre l'intérêt que moi-même y cherchais. Ses lettres ne laissaient pas de m'inquiéter; encore qu'elle répondît assez régulièrement aux miennes, je croyais voir plutôt, dans son zèle à me suivre, un souci d'encourager mon travail, qu'un entraînement de son esprit; et même il me semblait, tandis qu'appréciations, discussions, critiques ne m'étaient qu'un moyen d'exprimer ma pensée, qu'au contraire elle s'aidât de tout cela pour me cacher la sienne. Parfois je doutais si elle ne s'en faisait pas un jeu... N'importe! bien résolu à ne me plaindre de rien, je ne laissais dans mes lettres rien percer de mon inquiétude.

Vers la fin de décembre, nous partîmes donc pour Le Havre, Abel et moi.

Je descendis chez ma tante Plantier. Elle n'était pas à la maison quand j'arrivai. Mais à peine avais-je eu le temps de m'installer dans ma chambre qu'un domestique vint m'avertir qu'elle m'attendait dans le salon.

Elle ne se fut pas plus tôt informée de ma santé, de mon installation, de mes études que, se laissant aller sans plus de précautions à son affectueuse curiosité :

« Tu ne m'as pas encore dit, mon enfant, si tu avais été content de ton séjour à Fongueusemare ? As-tu pu avancer un peu tes affaires ? »

Il fallait endurer la maladroite bonhomie de ma tante; mais, pour pénible qu'il me fût d'entendre traiter si sommairement des sentiments que les mots les plus purs et les plus doux me semblaient brutaliser encore, cela était dit sur un ton si simple et si cordial qu'il eût

été stupide de s'en fâcher. Néanmoins je me rebiffai d'abord quelque peu :

« Ne m'avez-vous pas dit au printemps que vous considériez des fiançailles comme prématurées ?

— Oui, je sais bien ; on dit cela d'abord, repartit-elle en s'emparant d'une de mes mains qu'elle pressa pathétiquement dans les siennes. Et puis, à cause de tes études, de ton service militaire, vous ne pouvez pas vous marier avant nombre d'années, je sais bien. D'ailleurs, moi, personnellement, je n'approuve pas beaucoup les longues fiançailles ; cela fatigue les jeunes filles... Mais c'est quelquefois bien touchant... Au reste, il n'est pas nécessaire de rendre les fiançailles officielles... seulement cela permet de faire comprendre — oh! discrètement — qu'il n'est plus nécessaire de chercher pour elles ; et puis cela autorise votre correspondance, vos rapports ; et enfin, si quelque autre parti se présentait de lui-même — et cela pourrait bien arriver, insinuat-elle avec un sourire pertinent, — cela permet de répondre délicatement que... non ; que ce n'est pas la peine. Tu sais qu'on est venu demander la main de Juliette ! Elle a été très remarquée cet hiver. Elle est encore un peu jeune ; et c'est aussi ce qu'elle a répondu ; mais le jeune homme propose d'attendre ; — ce n'est plus précisément un jeune homme... bref, c'est un excellent parti ; quelqu'un de très sûr ; du reste tu le verras demain ; il doit venir à mon arbre de Noël. Tu me diras ton impression.

— Je crains, ma tante, qu'il n'en soit pour ses frais et que Juliette n'ait quelqu'un d'autre en tête, dis-je en faisant un grand effort pour ne pas nommer Abel aussitôt.

— Hum ? fit ma tante interrogativement, avec une moue sceptique et portant sa tête de côté. Tu m'étonnes ! Pourquoi ne m'en aurait-elle rien dit ? »

Je me mordis les lèvres pour ne pas parler davantage.

« Bah! nous le verrons bien... Elle est un peu souffrante, Juliette, ces derniers temps, reprit-elle... D'ailleurs, ce n'est pas d'elle qu'il s'agit à présent... Ah! Alissa est bien aimable aussi... Enfin, oui ou non, lui as-tu fait ta déclaration ? »

Bien que regimbant de tout mon cœur contre ce mot : déclaration, qui me semblait si improprement brutal, je répondis confusément :

« Oui — et sentis mon visage s'embraser.
— Et qu'a-t-elle dit ? »
Je baissai la tête; j'aurais voulu ne pas répondre. Plus confusément encore et comme malgré moi :
« Elle a refusé de se fiancer.
— Eh bien! elle a raison, cette petite! s'écria ma tante. Vous avez tout le temps, parbleu...
— Oh! ma tante, laissons cela, dis-je en tâchant en vain de l'arrêter.
— D'ailleurs, cela ne m'étonne pas d'elle; elle m'a paru toujours plus raisonnable que toi, ta cousine. »
Je ne sais ce qui me prit alors; énervé sans doute par cet interrogatoire, il me sembla soudain que mon cœur crevait; comme un enfant, je laissai rouler mon front sur les genoux de la bonne tante, et, sanglotant :
« Ma tante, non, vous ne comprenez pas, m'écriai-je. Elle ne m'a pas demandé d'attendre...
— Quoi donc! Elle t'aurait repoussé ? dit-elle avec un ton de commisération très doux en me relevant le front de la main.
— Non plus... non, pas précisément. »
Je secouais la tête tristement.
« As-tu peur qu'elle ne t'aime plus ?
— Oh! non; ce n'est pas cela que je crains.
— Mon pauvre enfant, si tu veux que je te comprenne, il faut t'expliquer un peu plus clairement. »
J'étais honteux et désolé de m'être laissé aller à ma faiblesse; ma tante restait sans doute incapable d'apprécier les raisons de mon incertitude; mais, si quelque motif précis se cachait derrière le refus d'Alissa, ma tante, en l'interrogeant doucement, m'aiderait peut-être à le découvrir. Elle y vint d'elle-même bientôt :
« Écoute, reprit-elle : Alissa doit venir demain matin arranger avec moi l'arbre de Noël; je verrai bien vite de quoi il retourne; je te le ferai savoir au déjeuner, et tu comprendras, j'en suis sûre, qu'il n'y a pas de quoi t'alarmer. »

J'allai dîner chez les Bucolin. Juliette, souffrante en effet depuis quelques jours, me parut changée; son regard avait pris une expression un peu farouche et presque dure, qui la faisait différer encore plus qu'auparavant de sa sœur. A aucune d'elles deux je ne pus

parler en particulier ce soir-là; je ne le souhaitais point, du reste et, comme mon oncle se montrait fatigué, je me retirai peu de temps après le repas.

L'arbre de Noël que préparait ma tante Plantier réunissait chaque année un grand nombre d'enfants, de parents et d'amis. Il se dressait dans un vestibule formant cage d'escalier et sur lequel ouvraient une première antichambre, un salon et les portes vitrées d'une sorte de jardin d'hiver où l'on avait dressé un buffet. La toilette de l'arbre n'était pas achevée et, le matin de la fête, lendemain de mon arrivée, Alissa, ainsi que me l'avait annoncé ma tante, vint d'assez bonne heure l'aider à accrocher aux branches les ornements, les lumières, les fruits, les friandises et les jouets. J'aurais pris moi-même grand plaisir auprès d'elle à ces soins, mais il fallait laisser ma tante lui parler. Je partis donc sans l'avoir vue et tâchai toute la matinée d'occuper mon inquiétude.

J'allai d'abord chez les Bucolin, désireux de revoir Juliette; j'appris qu'Abel m'avait devancé auprès d'elle, et, craignant d'interrompre une conversation décisive, je me retirai aussitôt, puis j'errai sur les quais et dans les rues jusqu'à l'heure du déjeuner.

« Gros bêta! s'écria ma tante quand je rentrai, est-il permis de se gâter ainsi la vie! Il n'y a pas un mot de raisonnable dans tout ce que tu m'as conté ce matin... Oh! je n'y ai pas été par quatre chemins : j'ai envoyé promener Miss Ashburton qui se fatiguait à nous aider et, dès que je me suis trouvée seule avec Alissa, je lui ai demandé tout simplement pourquoi elle ne s'était pas fiancée cet été. Tu crois peut-être qu'elle a été embarrassée? — Elle ne s'est pas troublée un instant, et, tout tranquillement, m'a répondu qu'elle ne voulait pas se marier avant sa sœur. Si tu le lui avais demandé franchement, elle t'aurait répondu comme à moi. Il y a bien là de quoi se tourmenter, n'est-ce pas? Vois-tu, mon enfant, il n'y a rien de tel que la franchise... Pauvre Alissa, elle m'a parlé aussi de son père qu'elle ne pouvait quitter!... Oh! nous avons beaucoup causé. Elle est très raisonnable, cette petite; elle m'a dit aussi qu'elle n'était pas encore bien convaincue d'être celle qui te convenait; qu'elle craignait d'être trop âgée pour toi et souhaiterait plutôt quelqu'un de l'âge de Juliette... »

Ma tante continuait; mais je n'écoutais plus; une seule chose m'importait : Alissa refusait de se marier avant sa sœur. — Mais Abel n'était-il pas là! il avait donc raison, ce grand fat : du même coup, comme il disait, il allait décrocher nos deux mariages...

Je cachai de mon mieux à ma tante l'agitation dans laquelle cette révélation pourtant si simple me plongeait. Sitôt après déjeuner je la quittai sous je ne sais quel prétexte et courus retrouver Abel.

« Hein! » qu'est-ce que je te disais! s'écria-t-il en m'embrassant, dès que je lui eus fait part de ma joie. « Mon cher, je peux déjà t'annoncer que la conversation que j'ai eue ce matin avec Juliette a été presque décisive, bien que nous n'ayons presque parlé que de toi. Mais elle paraissait fatiguée, nerveuse... J'ai craint de l'agiter en allant trop loin et de l'exalter en demeurant trop longtemps. Après ce que tu m'apprends, c'en est fait! Mon cher, je bondis sur ma canne et mon chapeau. Tu m'accompagnes jusqu'à la porte des Bucolin, pour me retenir si je m'envole en route : je me sens plus léger qu'Euphorion... Quand Juliette saura que ce n'est qu'à cause d'elle que sa sœur te refuse son consentement; quand, aussitôt, je ferai ma demande.. Ah! mon ami, je vois déjà mon père, ce soir, devant l'arbre de Noël, louant le Seigneur en pleurant de bonheur et étendant sa main pleine de bénédictions sur les têtes des quatre fiancés prosternés. Miss Ashburton s'évaporera dans un soupir, la tante Plantier fondra dans son corsage et l'arbre tout en feu chantera la gloire de Dieu et battra des mains à la manière des montagnes de l'Écriture. »

Ce n'était que vers la fin du jour qu'on devait illuminer l'arbre de Noël et qu'enfants, parents et amis allaient se réunir autour. Désœuvré, plein d'angoisse et d'impatience, après avoir laissé Abel, pour tromper mon attente, je me lançai dans une longue course sur la falaise de Sainte-Adresse, m'égarai, fis si bien que, lorsque je rentrai chez ma tante Plantier, la fête était depuis quelque temps commencée.

Dès le vestibule, j'aperçus Alissa; elle semblait m'attendre et vint aussitôt vers moi. Elle portait au cou, dans l'échancrure de son corsage clair, une ancienne

petite croix d'améthystes que je lui avais donnée en souvenir de ma mère, mais que je ne lui avais pas encore vu mettre. Ses traits étaient tirés et l'expression douloureuse de son visage me fit mal.

« Pourquoi viens-tu si tard ? me dit-elle d'une voix oppressée et rapide. J'aurais voulu te parler.

— Je me suis perdu sur la falaise... Mais tu es souffrante... Oh! Alissa, qu'est-ce qu'il y a ? »

Elle resta un instant devant moi comme interdite et les lèvres tremblantes; une telle angoisse m'étreignait que je n'osais l'interroger; elle posa sa main sur mon cou comme pour attirer mon visage. Je voyais qu'elle voulait parler; mais à ce moment des invités entrèrent; sa main découragée retomba.

« Il n'est plus temps », murmura-t-elle. Puis, voyant mes yeux s'emplir de larmes, et, comme si cette dérisoire explication eût pu suffire à me calmer, répondant à l'interrogation de mon regard :

« Non... rassure-toi : simplement j'ai mal de tête; ces enfants font un tel vacarme... j'ai dû me réfugier ici... Il est temps que je retourne auprès d'eux maintenant. »

Elle me quitta brusquement. Du monde entra qui me sépara d'elle. Je pensais la rejoindre dans le salon; je l'aperçus à l'autre extrémité de la pièce, entourée d'une bande d'enfants dont elle organisait les jeux. Entre elle et moi je reconnaissais diverses personnes auprès de qui je n'aurais pu m'aventurer sans risquer d'être retenu; politesses, conversations, je ne m'en sentais pas capable; peut-être qu'en me glissant le long du mur... J'essayai.

Comme j'allais passer devant la grande porte vitrée du jardin, je me sentis saisir par le bras. Juliette était là, à demi cachée dans l'embrasure, enveloppée par le rideau.

« Allons dans le jardin d'hiver, dit-elle précipitamment. Il faut que je te parle. Va de ton côté; je t'y retrouve aussitôt. » Puis, entrouvrant un instant la porte, elle s'enfuit dans le jardin.

Que s'était-il passé ? J'aurais voulu revoir Abel. Qu'avait-il dit ? Qu'avait-il fait ?... Revenant vers le vestibule je gagnai la serre où Juliette m'attendait.

Elle avait le visage en feu; le froncement de ses

sourcils donnait à son regard une expression dure et douloureuse; ses yeux luisaient comme si elle eût eu la fièvre; sa voix même semblait rêche et crispée. Une sorte de fureur l'exaltait; malgré mon inquiétude, je fus étonné, presque gêné par sa beauté. Nous étions seuls.

« Alissa t'a parlé ? me demanda-t-elle aussitôt.

— Deux mots à peine : je suis rentré très tard.

— Tu sais qu'elle veut que je me marie avant elle ?

— Oui. »

Elle me regardait fixement.

« Et tu sais qui elle veut que j'épouse ? »

Je restai sans répondre.

« Toi, reprit-elle dans un cri.

— Mais c'est de la folie!

— N'est-ce pas! » Il y avait à la fois du désespoir et du triomphe dans sa voix. Elle se redressa, ou plutôt se rejeta en arrière...

« Maintenant je sais ce qui me reste à faire », ajouta-t-elle confusément en ouvrant la porte du jardin, qu'elle referma violemment derrière elle.

Tout chancelait dans ma tête et dans mon cœur. Je sentais le sang battre à mes tempes. Une seule pensée résistait à mon désarroi : retrouver Abel; lui pourrait m'expliquer peut-être les bizarres propos des deux sœurs... Mais je n'osais rentrer dans le salon où je pensais que chacun verrait mon trouble. Je sortis. L'air glacé du jardin me calma; j'y restai quelque temps. Le soir tombait et le brouillard de mer cachait la ville; les arbres étaient sans feuilles, la terre et le ciel paraissaient immensément désolés... Des chants s'élevèrent; sans doute un chœur des enfants réunis autour de l'arbre de Noël. Je rentrai par le vestibule. Les portes du salon et de l'antichambre étaient ouvertes; j'aperçus, dans le salon maintenant désert, mal dissimulée derrière le piano, ma tante, qui parlait avec Juliette. Dans l'antichambre, autour de l'arbre en fête, les invités se pressaient. Les enfants avaient achevé leur cantique; il se fit un silence, et le pasteur Vautier, devant l'arbre, commença une manière de prédication. Il ne laissait échapper aucune occasion de ce qu'il appelait « semer le bon grain ». Les lumières et la chaleur m'incommodaient; je voulus ressortir; contre la

porte je vis Abel; sans doute il était là depuis quelque temps. Il me regardait hostilement et haussa les épaules quand nos regards se rencontrèrent. J'allai à lui.

« Imbécile! fit-il à demi-voix; puis, soudain : — Ah! tiens! sortons; j'en ai soupé de la bonne parole! Et dès que nous fûmes dehors : — Imbécile! fit-il de nouveau, comme je le regardais anxieusement sans parler. — Mais c'est toi qu'elle aime, imbécile! Tu ne pouvais donc pas me le dire ? »

J'étais atterré. Je me refusais à comprendre.

« Non, n'est-ce pas! tu ne pouvais même pas t'en apercevoir tout seul! »

Il m'avait saisi le bras et me secouait furieusement. Sa voix, entre ses dents serrées, se faisait tremblante et sifflante.

« Abel, je t'en supplie, lui dis-je après un instant de silence, d'une voix qui tremblait aussi, et tandis qu'il m'entraînait à grands pas au hasard, — au lieu de t'emporter ainsi, tâche de me raconter ce qui s'est passé. J'ignore tout. »

A la lueur d'un réverbère, il m'arrêta soudain, me dévisagea; puis, m'attirant vivement contre lui, il posa sa tête sur mon épaule et murmura dans un sanglot :

« Pardon! je suis stupide, moi aussi, et n'ai pas su y voir plus clair que toi, mon pauvre frère. »

Ses pleurs parurent un peu le calmer; il releva la tête, se remit à marcher et reprit :

« Ce qui s'est passé ?... A quoi sert à présent d'y revenir ? J'avais parlé à Juliette le matin, je te l'ai dit. Elle était extraordinairement belle et animée; je croyais que c'était à cause de moi; c'était parce que nous parlions de toi, simplement.

— Tu n'as pas su t'en rendre compte alors ?...

— Non; pas précisément; mais maintenant les plus petits indices m'éclairent...

— Es-tu sûr de ne pas te tromper ?

— Me tromper! Mais, mon cher, il faut être aveugle pour ne pas voir qu'elle t'aime.

— Alors Alissa...

— Alors Alissa se sacrifie. Elle avait surpris le secret de sa sœur et voulait lui céder la place. Voyons, mon vieux! ce n'est pas difficile à comprendre, pourtant... J'ai voulu reparler à Juliette; aux premiers mots que je

lui ai dits, ou plutôt dès qu'elle a commencé à me comprendre, elle s'est levée du canapé où nous étions assis, a répété pusieurs fois : « J'en étais sûre », du ton d'une personne qui n'en était pas sûre du tout...

— Ah! ne plaisante donc pas!

— Pourquoi? Je trouve ça bouffon, cette histoire... Elle s'est élancée dans la chambre de sa sœur. J'ai surpris des éclats de voix impétueux qui m'alarmaient. J'espérais revoir Juliette, mais au bout d'un instant c'est Alissa qui est sortie. Elle avait son chapeau sur la tête, a paru gênée de me voir, m'a dit rapidement bonjour, en passant... C'est tout.

— Tu n'as pas revu Juliette? »

Abel hésita quelque peu :

« Si. Après qu'Alissa fut partie, j'ai poussé la porte de la chambre. Juliette était là, immobile, devant la cheminée, les coudes sur le marbre, le menton dans les mains; elle se regardait fixement dans la glace. Quand elle m'a entendu, elle ne s'est pas retournée, mais a frappé du pied en criant : « Ah! laissez-moi! » d'un ton si dur que je suis reparti sans demander mon reste. Voilà tout.

— Et maintenant?

— Ah! de t'avoir parlé m'a fait du bien... Et maintenant? Eh bien! tu vas tâcher de guérir Juliette de son amour, car, ou je connais bien mal Alissa, ou elle ne te reviendra pas auparavant. »

Nous marchâmes assez longtemps silencieux.

« Rentrons! dit-il enfin. Les invités sont partis à présent. J'ai peur que mon père ne m'attende. »

Nous rentrâmes. Le salon en effet était vide; il ne restait dans l'antichambre, auprès de l'arbre dépouillé, presque éteint, que ma tante et deux de ses enfants, mon oncle Bucolin, Miss Ashburton, le pasteur, mes cousines et un assez ridicule personnage que j'avais vu causer longuement avec ma tante, mais que je ne reconnus qu'à ce moment pour le prétendant dont m'avait parlé Juliette. Plus grand, plus fort, plus coloré qu'aucun de nous, à peu près chauve, d'autre rang, d'autre milieu, d'autre race, il semblait se sentir étranger parmi nous; il tirait et tordait nerveusement, sous une énorme moustache, un pinceau d'impériale grisonnante. Le vesti-

bule, dont les portes restaient ouvertes, n'était plus éclairé; rentrés tous deux sans bruit, personne ne s'apercevait de notre présence. Un pressentiment affreux m'étreignit :

« Halte! » fit Abel en me saisissant par le bras.

Nous vîmes alors l'inconnu s'approcher de Juliette, et prendre la main que celle-ci lui abandonna sans résistance, sans tourner vers lui son regard. La nuit se fermait dans mon cœur...

« Mais, Abel, que se passe-t-il? murmurai-je, comme si je ne comprenais pas encore ou espérant que je comprenais mal.

— Parbleu! La petite fait de la surenchère, dit-il d'une voix sifflante. Elle ne veut pas rester au-dessous de sa sœur. Pour sûr que les anges applaudissent là-haut! »

Mon oncle vint embrasser Juliette, que Miss Ashburton et ma tante entouraient. Le pasteur Vautier s'approcha... Je fis un mouvement en avant. Alissa m'aperçut, courut à moi, frémissante :

« Mais, Jérôme, cela ne se peut pas. Mais elle ne l'aime pas! Mais elle me l'a dit ce matin même. Tâche de l'empêcher, Jérôme! Oh! qu'est-ce qu'elle va devenir?... »

Elle se pendait à mon épaule dans une supplication désespérée; j'aurais donné ma vie pour diminuer son angoisse.

Un cri soudain près de l'arbre; un mouvement confus... Nous accourons, Juliette est tombée sans connaissance dans les bras de ma tante. Chacun s'empresse, se penche vers elle, et je peux à peine la voir; ses cheveux défaits semblent tirer en arrière sa face affreusement pâlie. Il paraissait, aux sursauts de son corps, que ce n'était point là un évanouissement ordinaire.

« Mais non! mais non », dit à haute voix ma tante, pour rassurer mon oncle Bucolin qui s'effare et que déjà le pasteur Vautier console, l'index dirigé vers le ciel, « mais non! ce ne sera rien. C'est l'émotion; une simple crise de nerfs. Monsieur Teissières, aidez-moi donc, vous qui êtes fort. Nous allons la monter dans ma chambre; sur mon lit... sur mon lit... Puis elle se penche vers l'aîné de ses fils, lui dit une phrase à l'oreille, et je vois celui-ci qui part aussitôt, sans doute chercher un médecin. »

Ma tante et le prétendant maintiennent Juliette sous les épaules, à demi renversée dans leurs bras. Alissa soulève les pieds de sa sœur et les embrasse tendrement. Abel soutient la tête qui retomberait en arrière, — et je le vois, courbé, couvrir de baisers ces cheveux abandonnés qu'il rassemble.

Devant la porte de la chambre je m'arrête.

On étend Juliette sur le lit; Alissa dit à M. Teissières et à Abel quelques mots que je n'entends point; elle les accompagne jusqu'à la porte, nous prie de laisser reposer sa sœur, auprès de qui elle veut rester avec ma tante Plantier...

Abel me saisit par le bras et m'entraîne au-dehors, dans la nuit où nous marchons longtemps, sans but, sans courage et sans pensée.

V

Je ne trouvais d'autre raison à ma vie que mon amour, me raccrochais à lui, n'attendais rien, et ne voulais plus rien attendre qui ne me vînt de mon amie.

Le lendemain, comme je m'apprêtais à l'aller voir, ma tante m'arrêta et me tendit cette lettre, qu'elle venait de recevoir :

... La grande agitation de Juliette n'a cédé que vers le matin aux potions prescrites par le docteur. Je supplie Jérôme de ne pas venir d'ici quelques jours. Juliette pourrait reconnaître son pas ou sa voix, et le plus grand calme lui est nécessaire...

Je crains que l'état de Juliette ne me retienne ici. Si je ne parviens pas à recevoir Jérôme avant son départ, dis-lui, chère tante, que je lui écrirai...

La consigne ne visait que moi. Libre à ma tante, libre à tout autre de sonner chez les Bucolin; et ma tante comptait y aller ce matin même. Le bruit que je pouvais faire ? Quel médiocre prétexte... N'importe!

« C'est bien. Je n'irai pas. »

Il m'en coûtait beaucoup de ne pas revoir aussitôt Alissa; mais pourtant je craignais ce revoir; je craignais qu'elle ne me tînt pour responsable de l'état de sa sœur et supportais plus aisément de ne pas la revoir que de la revoir irritée.

Du moins voulus-je revoir Abel.

A sa porte, une bonne me remit un billet :

Je laisse ce mot pour que tu ne t'inquiètes pas. Rester au Havre, si près de Juliette, m'était intolérable. Je me suis embarqué pour Southampton hier soir, presque aussitôt après t'avoir quitté. C'est à Londres, chez S..., que j'achèverai ces vacances. Nous nous retrouverons à l'École.

... Tout secours humain m'échappait à la fois. Je ne prolongeai pas plus longtemps un séjour qui ne me réservait rien que de douloureux, et regagnai Paris, devançant la rentrée. C'est vers Dieu que je tournai mes regards, vers Celui « de qui découle toute consolation réelle, toute grâce et tout don parfait ». C'est à Lui que j'offris ma peine. Je pensais qu'Alissa se réfugiait aussi vers Lui, et, de penser qu'elle priait, encourageait, exaltait ma prière.

Un long temps passa, de méditation et d'étude, sans autres événements que les lettres d'Alissa et celles que je lui écrivais. J'ai gardé toutes ses lettres ; mes souvenirs, dorénavant confus, s'y repèrent...

Par ma tante — et par elle seule d'abord — j'eus des nouvelles du Havre ; j'appris par elle quelles inquiétudes le pénible état de Juliette avait données les premiers jours. Douze jours après mon départ, enfin, je reçus ce billet d'Alissa :

Pardonne-moi, mon cher Jérôme, si je ne t'ai pas écrit plus tôt. L'état de notre pauvre Juliette ne m'en a guère laissé le temps. Depuis ton départ je ne l'ai presque pas quittée. J'avais prié ma tante de te donner de nos nouvelles et je pense qu'elle l'aura fait. Tu sais donc que depuis trois jours Juliette va mieux. Je remercie Dieu déjà, mais n'ose encore me réjouir.

Robert également, dont jusqu'à présent je ne vous ai qu'à peine parlé, avait pu, rentrant à Paris quelques jours après moi, me donner des nouvelles de ses sœurs. A cause d'elles je m'occupais de lui plus que la pente de mon caractère ne m'y eût naturellement porté ; chaque fois que l'école d'agriculture où il était entré le laissait libre, je me chargeais de lui et m'ingéniais à le distraire.

C'est par lui que j'avais appris ce que je n'osais demander à Alissa ni à ma tante : Édouard Teissières était venu très assidûment prendre des nouvelles de

Juliette ; mais, quand Robert avait quitté Le Havre, elle ne l'avait pas encore revu. J'appris aussi que Juliette, depuis mon départ, avait gardé devant sa sœur un obstiné silence que rien n'avait pu vaincre.

Puis, par ma tante, peu après, je sus que ces fiançailles de Juliette, qu'Alissa, je le pressentais, espérait voir aussitôt rompues, Juliette elle-même avait demandé qu'on les rendît le plus tôt possible officielles. Cette détermination contre laquelle conseils, injonctions, supplications se brisaient, barrait son front, bandait ses yeux et la murait dans son silence...

Du temps passa. Je ne recevais d'Alissa, à qui du reste je ne savais quoi écrire, que les plus décevants billets. L'épais brouillard d'hiver m'enveloppait ; ma lampe d'étude, et toute la ferveur de mon amour et de ma foi écartaient mal, hélas ! la nuit et le froid de mon cœur. Du temps passa.

Puis, un matin de printemps subit, une lettre d'Alissa à ma tante, absente du Havre en ce moment — que ma tante me communiqua — d'où je copie ce qui peut éclairer cette histoire :

... Admire ma docilité ; ainsi que tu m'y engageais, j'ai reçu M. Teissières ; j'ai causé longuement avec lui. Je reconnais qu'il s'est montré parfait, et j'en viens presque à croire, je l'avoue, que ce mariage pourra n'être pas si malheureux que je le craignais d'abord. Certainement Juliette ne l'aime pas ; mais lui me paraît, de semaine en semaine, moins indigne d'être aimé. Il parle de la situation avec clairvoyance et ne se méprend pas au caractère de ma sœur ; mais il a grande confiance dans l'efficacité de son amour à lui, et se flatte qu'il n'y ait rien que sa constance ne pourra vaincre. C'est te dire qu'il est fort épris.

En effet, je suis extrêmement touchée de voir Jérôme s'occuper ainsi de mon frère. Je pense qu'il ne fait cela que par devoir, car le caractère de Robert a peu de rapports avec le sien — et peut-être aussi pour me plaire — mais sans doute il a déjà pu reconnaître que, plus le devoir qu'on assume est ardu, plus il éduque l'âme et l'élève. Voilà des réflexions bien sublimes ! Ne souris pas trop de ta grande nièce, car ce sont ces pensées qui me soutiennent et qui m'aident à tâcher d'envisager le mariage de Juliette comme un bien.

. .

Que ton affectueuse sollicitude m'est douce, ma chère tante !... Mais ne crois pas que je sois malheureuse ; je puis presque

dire : au contraire — car l'épreuve qui vient de secouer Juliette a eu son contre-coup en moi. Ce mot de l'Écriture que je répétais sans trop le comprendre s'est éclairé soudain pour moi : « Malheur à l'homme qui met sa confiance dans l'homme. » Bien avant de le retrouver dans ma Bible, j'avais lu cette parole sur une petite image de Noël que Jérôme m'a envoyée lorsqu'il n'avait pas douze ans et que je venais d'en prendre quatorze. Il y avait, sur cette image, à côté d'une gerbe de fleurs qui nous paraissaient alors très jolies, ces vers, d'une paraphrase de Corneille :

> *Quel charme vainqueur du monde*
> *Vers Dieu m'élève aujourd'hui ?*
> *Malheureux l'homme qui fonde*
> *Sur les hommes son appui!*

auxquels j'avoue que je préfère infiniment le simple verset de Jérémie. Sans doute, Jérôme avait alors choisi cette carte sans faire grande attention au verset. Mais, si j'en juge d'après ses lettres, ses dispositions aujourd'hui sont assez semblables aux miennes, et je remercie Dieu chaque jour de nous avoir du même coup rapprochés tous deux de Lui.

Me souvenant de notre conversation, je ne lui écris plus aussi longuement que par le passé, pour ne pas le troubler dans son travail. Tu vas trouver sans doute que je me dédommage en parlant de lui d'autant plus ; de peur de continuer, j'arrête vite ma lettre ; pour cette fois, ne me gronde pas trop.

Quelles réflexions me suggéra cette lettre! Je maudis l'indiscrète intervention de ma tante (qu'était-ce que cette conversation à laquelle Alissa faisait allusion et qui me valait son silence ?), la maladroite attention qui la poussait à me communiquer ceci. Si déjà je supportais mal le silence d'Alissa, ah! ne valait-il pas mieux mille fois me laisser ignorer que, ce qu'elle ne me disait plus, elle l'écrivait à quelque autre! Tout m'irritait ici : et de l'entendre raconter si facilement à ma tante les menus secrets d'entre nous, et le ton naturel, et la tranquillité, le sérieux, l'enjouement...

« Mais non, mon pauvre ami! rien ne t'irrite, dans cette lettre, que de savoir qu'elle ne t'est pas adressée, me dit Abel, mon compagnon quotidien, Abel à qui seul je pouvais parler et vers qui, dans ma solitude, me repenchaient sans cesse faiblesse, besoin plaintif de

sympathie, défiance de moi, et, dans mon embarras, crédit que j'attachais à son conseil, malgré la différence de nos natures, ou à cause d'elle plutôt...

« Étudions ce papier », dit-il en étalant la lettre sur son bureau.

Trois nuits avaient déjà passé sur mon dépit, que j'avais su garder par-devers moi quatre jours! J'en venais presque naturellement à ce que mon ami sût me dire :

« La partie Juliette-Teissières, nous l'abandonnons au feu de l'amour, n'est-ce pas? Nous savons ce qu'en vaut la flamme. Parbleu! Teissières me paraît bien le papillon qu'il faut pour s'y brûler...

— Laissons cela, lui dis-je, offusqué par ses plaisanteries. Venons au reste.

— Le reste? fit-il... Tout le reste est pour toi. Plains-toi donc! Pas une ligne, pas un mot que ta pensée n'emplisse. Autant dire que la lettre entière t'est adressée; tante Félicie, en te la renvoyant, n'a fait que la retourner à son véritable destinataire; c'est faute de toi qu'Alissa s'adresse à cette brave femme comme au premier pis-aller; qu'est-ce que peuvent bien lui faire, à ta tante, les vers de Corneille! — qui, entre parenthèses, sont de Racine; — c'est avec toi qu'elle cause, te dis-je; c'est à toi qu'elle dit tout cela. Tu n'es qu'un niais si ta cousine, avant quinze jours, ne t'écrit pas tout aussi longuement, aisément, agréablement...

— Elle n'en prend guère le chemin.

— Il ne tient qu'à toi qu'elle le prenne! Tu veux mon conseil ? — Ne souffle plus mot, d'ici... longtemps, d'amour ni de mariage entre vous; ne vois-tu pas que depuis l'accident de sa sœur, c'est à cela qu'elle en veut? Travaille sur la fibre fraternelle et parle-lui de Robert inlassablement — puisque tu trouves la patience de t'occuper de ce crétin. Continue simplement d'amuser son intelligence; tout le reste suivra. Ah! si c'était à moi de lui écrire!

— Tu ne serais pas digne de l'aimer. »

Je suivis néanmoins le conseil d'Abel; et bientôt en effet les lettres d'Alissa recommencèrent de s'animer; mais je ne pouvais espérer de vraie joie de sa part, ni d'abandon sans réticences avant que la situation, sinon le bonheur, de Juliette fût assurée.

Les nouvelles qu'Alissa me donnait de sa sœur devenaient cependant meilleures. Son mariage devait se célébrer en juillet. Alissa m'écrivit qu'elle pensait bien qu'à cette date Abel et moi serions retenus par nos études... Je compris qu'elle jugeait préférable que nous ne parussions pas à la cérémonie, et, prétextant quelque examen, nous nous contentâmes d'envoyer nos vœux.

Quinze jours environ après ce mariage, voici que ce m'écrivit Alissa :

Mon cher Jérôme,

Juge de ma stupeur, hier, en ouvrant au hasard le joli Racine que tu m'as donné, d'y retrouver les quatre vers de ton ancienne petite image de Noël, que je garde depuis bientôt dix ans dans ma Bible.

> Quel charme vainqueur du monde
> Vers Dieu m'élève aujourd'hui ?
> Malheureux l'homme qui fonde
> Sur les hommes son appui !

Je les croyais extraits d'une paraphrase de Corneille, et j'avoue que je ne les trouvais pas merveilleux. Mais, continuant la lecture du IV^e Cantique spirituel, je tombe sur des strophes tellement belles que je ne puis me retenir de te les copier. Sans doute tu les connais déjà, si j'en juge d'après les indiscrètes initiales que tu as mises en marge du volume (j'avais pris l'habitude, en effet, de semer mes livres et ceux d'Alissa de la première lettre de son nom, en regard de chacun des passages que j'aimais et voulais lui faire connaître). N'importe ! c'est pour mon plaisir que je les transcris. J'étais un peu vexée d'abord de voir que tu m'offrais ce que j'avais cru découvrir, puis ce vilain sentiment a cédé devant ma joie de penser que tu les aimais comme moi. En les copiant, il me semble que je les relis avec toi.

> De la sagesse immortelle
> La voix tonne et nous instruit.
> « Enfants des hommes, dit-elle,
> De vos soins quel est le fruit ?
> Par quelle erreur, âmes vaines,
> Du plus pur sang de vos veines
> Achetez-vous si souvent,

> Non un pain qui vous repaisse,
> Mais une ombre qui vous laisse
> Plus affamés que devant ?
>
> Le pain que je vous propose
> Sert aux anges d'aliment :
> Dieu lui-même le compose
> De la fleur de son froment.
> C'est ce pain si délectable
> Que ne sert point à sa table
> Le monde que vous suivez.
> Je l'offre à qui veut me suivre.
> Approchez. Voulez-vous vivre ?
> Prenez, mangez et vivez. »
>
>
> L'âme heureusement captive
> Sous ton joug trouve la paix,
> Et s'abreuve d'une eau vive
> Qui ne s'épuise jamais.
> Chacun peut boire en cette onde ;
> Elle invite tout le monde :
> Mais nous courons follement
> Chercher des sources bourbeuses
> Ou des citernes trompeuses
> D'où l'eau fuit à tout moment.

Est-ce beau ! Jérôme, est-ce beau ! Vraiment trouves-tu cela aussi beau que moi ? Une petite note de mon édition dit que Mme de Maintenon, entendant chanter ce cantique par Mlle d'Aumale, parut dans l'admiration, « jeta quelques larmes » et lui fit répéter une partie du morceau. Je le sais à présent par cœur et ne me lasse pas de le réciter. Ma seule tristesse, ici, est de ne pas te l'avoir entendu lire.

Les nouvelles de nos voyageurs continuent à être fort bonnes. Tu sais déjà combien Juliette a joui de Bayonne et de Biarritz, malgré l'épouvantable chaleur. Ils ont depuis visité Fontarabie, se sont arrêtés à Burgos, ont traversé deux fois les Pyrénées... Elle m'écrit à présent du Monserrat une lettre enthousiaste. Ils pensent s'attarder dix jours encore à Barcelone avant de regagner Nîmes, où Édouard veut rentrer avant septembre, afin de tout organiser pour les vendanges.

Depuis une semaine, nous sommes, père et moi, à Fongueusemare, où Miss Ashburton doit venir nous rejoindre demain et Robert dans quatre jours. Tu sais que le pauvre garçon s'est

*fait refuser à son examen ; non point que ce fût difficile, mais
l'examinateur lui a posé des questions si baroques qu'il s'est
troublé ; je ne puis croire que Robert ne fût pas prêt, après ce
que tu m'avais écrit de son zèle, mais cet examinateur, paraît-il,
s'amuse à déconcerter ainsi les élèves.*

*Quant à tes succès, cher ami, je puis à peine dire que je t'en
félicite, tant ils me paraissent naturels. J'ai si grande confiance
en toi, Jérôme ! Dès que je pense à toi, mon cœur s'emplit
d'espoir. Vas-tu pouvoir commencer dès maintenant le travail
dont tu m'avais parlé ?...*

*... Ici rien n'est changé dans le jardin ; mais la maison
paraît bien vide ! Tu auras compris, n'est-ce pas, pourquoi je
te priais de ne pas venir cette année ; je sens que cela vaut
mieux ; je me le redis chaque jour, car il m'en coûte de rester
si longtemps sans te voir... Parfois, involontairement je te
cherche ; j'interromps ma lecture, je tourne la tête brusquement... il me semble que tu es là !*

*Je reprends ma lettre. Il fait nuit ; tout le monde dort ;
je m'attarde à t'écrire, devant la fenêtre ouverte ; le jardin est
tout embaumé ; l'air est tiède. Te souviens-tu, du temps que
nous étions enfants, dès que nous voyions ou entendions quelque
chose de très beau, nous pensions : Merci, mon Dieu, de l'avoir
créé... Cette nuit, de toute mon âme je pensais : Merci, mon
Dieu, d'avoir fait cette nuit si belle ! Et tout à coup, je t'ai
souhaité là, senti là, près de moi, avec une violence telle que
tu l'auras peut-être senti.*

*Oui, tu le disais bien dans ta lettre : l'admiration, « chez
les âmes bien nées », se confond en reconnaissance... Que de
choses je voudrais t'écrire encore ! — Je songe à ce radieux
pays dont me parle Juliette. Je songe à d'autres pays plus
vastes, plus radieux encore, plus déserts. Une étrange confiance
m'habite qu'un jour, je ne sais comment, ensemble, nous verrons
je ne sais quel grand pays mystérieux...*

Sans doute imaginez-vous aisément avec quels transports de joie je lus cette lettre, et avec quels sanglots
d'amour. D'autres lettres suivirent. Certes Alissa me
remerciait de ne point venir à Fongueusemare, certes
elle m'avait supplié de ne point chercher à la revoir
cette année, mais elle regrettait mon absence, elle me
souhaitait à présent ; de page en page retentissait le

même appel. Où pris-je la force d'y résister ? Sans doute dans les conseils d'Abel, dans la crainte de ruiner tout à coup ma joie, et dans un raidissement naturel contre l'entraînement de mon cœur.

Je copie, des lettres qui suivirent, tout ce qui peut instruire ce récit :

Cher Jérôme,

Je fonds de joie en te lisant. J'allais répondre à ta lettre d'Orvieto, quand, à la fois, celle de Pérouse et celle d'Assise sont arrivées. Ma pensée se fait voyageuse ; mon corps seul fait semblant d'être ici ; en vérité, je suis avec toi sur les blanches routes d'Ombrie ; avec toi je pars au matin, regarde avec un œil tout neuf l'aurore... Sur la terrasse de Cortone m'appelais-tu vraiment ? je t'entendais... On avait terriblement soif dans la montagne au-dessus d'Assise ! mais que le verre d'eau du Franciscain m'a paru bon ! O mon ami ! je regarde à travers toi chaque chose. Que j'aime ce que tu m'écris à propos de saint François ! Oui, n'est-ce pas, ce qu'il faut chercher, c'est une exaltation et non point une émancipation de la pensée. Celle-ci ne va pas sans un orgueil abominable. Mettre son ambition non à se révolter, mais à servir...

... Les nouvelles de Nîmes sont si bonnes qu'il me paraît que Dieu me permet de m'abandonner à la joie. La seule ombre de cet été, c'est l'état de mon pauvre père ; malgré mes soins il reste triste, ou plutôt il retrouve sa tristesse dès l'instant que je l'abandonne à lui-même et il s'en laisse toujours moins aisément tirer. Toute la joie de la nature parle autour de nous une langue qui lui devient étrangère ; il ne fait même plus effort pour l'entendre. — Miss Ashburton va bien. Je leur lis à tous deux tes lettres ; chacune nous donne de quoi causer pour trois jours ; alors arrive une lettre nouvelle...

... Robert nous a quittés avant-hier ; il va passer la fin des vacances chez son ami R..., dont le père dirige une ferme modèle. Certainement la vie que nous menons ici n'est pas bien gaie pour lui. Je n'ai pu que l'encourager dans son projet, lorsqu'il a parlé de partir...

... J'ai tant à te dire ; j'ai soif d'une si inépuisable causerie ! parfois je ne trouve plus de mots, d'idées distinctes, — ce soir j'écris comme en rêvant — gardant seulement la sensation

presque oppressante d'une infinie richesse à donner et à recevoir.
Comment avons-nous fait, durant de si longs mois, pour nous taire ? Nous hivernions sans doute. Oh ! qu'il soit fini pour jamais, cet affreux hiver de silence ! Depuis que te voilà retrouvé, la vie, la pensée, notre âme, tout me paraît beau, adorable, fertile inépuisablement...

<p style="text-align:right">12 septembre.</p>

J'ai bien reçu ta lettre de Pise. Nous aussi nous avons un temps splendide ! jamais encore la Normandie ne m'avait paru si belle. J'ai fait avant-hier, seule, à pied, une énorme promenade à travers champs, au hasard ; je suis rentrée plus exaltée que lasse, tout ivre de soleil et de joie. Que les meules, sous l'ardent soleil, étaient belles ! Je n'avais pas besoin de me croire en Italie pour trouver tout admirable.

Oui, mon ami, c'est une exhortation à la joie, comme tu dis, que j'écoute et comprends dans « l'hymne confus » de la nature. Je l'entends dans chaque chant d'oiseau ; je la respire dans le parfum de chaque fleur, et j'en viens à ne comprendre plus que l'adoration comme seule forme de la prière — redisant avec saint François : Mon Dieu ! Mon Dieu ! « e non altro », le cœur rempli d'un inexprimable *amour.*

Ne crains pas toutefois que je tourne à l'ignorantisme ! J'ai beaucoup lu ces derniers temps ; quelques jours de pluie aidant, j'ai comme replié mon adoration dans les livres... Achevé Malebranche et tout aussitôt pris les Lettres à Clarke, *de Leibniz. Puis, pour me reposer, ai lu* Les Cenci, *de Shelley — sans plaisir ! lu* La Sensitive *aussi... Je vais peut-être t'indigner : je donnerais presque tout Shelley, tout Byron, pour les quatre odes de Keats que nous lisions l'été passé ; de même que je donnerais tout Hugo pour quelques sonnets de Baudelaire. Le mot :* grand poète, *ne veut rien dire : c'est être un pur poète, qui importe... O mon frère ! merci pour m'avoir fait connaître et comprendre et aimer tout ceci.*

... Non, n'écourte pas ton voyage pour le plaisir de quelques jours de revoir. Sérieusement, il vaut mieux que nous ne nous revoyions pas encore. Crois-moi : quand tu serais près de moi, je ne pourrais penser à toi davantage. Je ne voudrais pas te peiner, mais j'en suis venue à ne plus souhaiter — maintenant — ta présence. Te l'avouerais-je ? je saurais que tu viens ce soir... je fuirais.

Oh ! ne me demande pas de t'expliquer ce... sentiment, je

t'en prie. Je sais seulement que je pense à toi sans cesse (ce qui doit suffire à ton bonheur) et que je suis heureuse ainsi.

. .

Peu de temps après cette dernière lettre, et dès mon retour d'Italie, je fus pris par le service militaire et envoyé à Nancy. Je n'y connaissais âme vive, mais je me réjouissais d'être seul, car il apparaissait ainsi plus clairement à mon orgueil d'amant et à Alissa que ses lettres étaient mon seul refuge, et son souvenir, comme eût dit Ronsard, « ma seule entéléchie ».

A vrai dire, je supportai fort allègrement la discipline assez dure à laquelle on nous soumettait. Je me raidissais contre tout et, dans les lettres que j'écrivais à Alissa, ne me plaignais que de l'absence. Et même nous trouvions dans la longueur de cette séparation une épreuve digne de notre vaillance. — « Toi qui ne te plains jamais, m'écrivait Alissa ; toi que je ne peux imaginer défaillant... » Que n'eussé-je enduré en témoignage de ses paroles ?

Un an s'était presque écoulé depuis notre dernier revoir. Elle semblait ne pas y songer, mais faire commencer d'à présent seulement son attente. Je le lui reprochai.

— *N'étais-je pas avec toi en Italie ? répondit-elle. Ingrat ! Je ne te quittai pas un seul jour. Comprends donc qu'à présent, pour un temps, je ne peux plus te suivre, et c'est cela, cela seulement que j'appelle séparation. J'essaie bien, il est vrai, de t'imaginer en militaire... Je n'y parviens pas. Tout au plus te retrouvé-je, le soir, dans la petite chambre de la rue Gambetta, écrivant ou lisant... et même, non ; en vérité, je ne te retrouve qu'à Fongueusemare ou au Havre dans un an.*

Un an ! Je ne compte pas les jours déjà passés ; mon espoir fixe ce point à venir qui se rapproche lentement, lentement. Tu te rappelles, tout au fond du jardin, le mur bas, au pied duquel on abritait les chrysanthèmes, et sur lequel nous nous risquions ; Juliette et toi vous marchiez là-dessus hardiment comme des musulmans qui vont tout droit au paradis ; — pour moi, le vertige me prenait aux premiers pas et tu me criais, d'en bas : « Ne regarde donc pas à tes pieds !... Devant toi ! avance toujours ! fixe le but ! » Puis enfin — et cela valait mieux que tes paroles — tu grimpais à l'autre extrémité du

mur et m'attendais. Alors je ne tremblais plus. Je ne sentais
plus le vertige : je ne regardais plus que toi ; je courais jusque
dans tes bras ouverts...

*Sans confiance en toi, Jérôme, que deviendrais-je ? J'ai besoin
de te sentir fort ; besoin de m'appuyer sur toi. Ne faiblis pas.*

Par une sorte de défi, prolongeant comme à plaisir
notre attente — par crainte aussi d'un imparfait revoir,
nous convînmes que je passerais à Paris, près de Miss
Ashburton, mes quelques jours de permission aux
approches du nouvel an...

Je vous l'ai dit : je ne transcris point toutes ces lettres.
Voici celle que je reçus vers le milieu de février :

*Grande émotion, en passant rue de Paris, avant-hier, de
voir, à la devanture de M..., bien indiscrètement étalé, le livre
d'Abel que tu m'avais annoncé, mais à la réalité duquel je
ne parvenais pas à croire. Je n'ai pu y tenir ; je suis entrée ;
mais le titre m'en paraissait si ridicule que j'hésitais à le dire
au commis ; j'ai même vu l'instant où j'allais ressortir de la
boutique avec n'importe quel autre ouvrage. Heureusement une
petite pile de* Privautés *attendait le client, près du comptoir —
où j'ai jeté cent sous, après m'être emparée d'un exemplaire,
et sans avoir eu besoin de parler.*

*Je sais gré à Abel de ne pas m'avoir envoyé son livre. Je
n'ai pu le feuilleter sans honte ; honte non tant à cause du livre
même — où je vois, après tout, plus de sottise encore que
d'indécence — mais honte à songer qu'Abel, Abel Vautier,
ton ami, l'avait écrit. En vain, j'ai cherché de page en page ce
« grand talent » que le critique du* Temps *y découvre. Dans
notre petite société du Havre, où l'on parle souvent d'Abel,
j'apprends que le livre a beaucoup de succès. J'entends appeler
« légèreté » et « grâce » l'incurable futilité de cet esprit ;
naturellement j'observe une prudente réserve et je ne parle qu'à
toi de ma lecture. Le pauvre pasteur Vautier, que j'ai vu
d'abord justement désolé, finit par se demander s'il n'y aurait
pas là plutôt raison d'être fier ; chacun autour de lui travaille
à le lui faire croire. Hier, chez tante Plantier, Mme V...
lui ayant dit tout brusquement : — Vous devez être bien
heureux, Monsieur le pasteur, du beau succès de votre fils !
Il a répondu, un peu confus : — Mon Dieu, je n'en suis pas
encore là... — Mais vous y venez ! vous y venez ! a dit la
tante, sans malice certainement, mais d'un ton si encourageant
que tout le monde s'est mis à rire, même lui.*

Que sera-ce donc lorsqu'on jouera le Nouvel Abailard, *que j'apprends qu'il prépare pour je ne sais quel théâtre des Boulevards et dont il paraît que les journaux parlent déjà !... Pauvre Abel ! Est-ce vraiment là le succès qu'il désire et dont il se contentera ?*

*Je lisais hier ces paroles de l'*Internelle Consolacion *: « Qui vrayement désire la gloire vraye et perdurable ne tient compte de la temporelle ; qui ne la mesprise en son cueur, il se monstre vrayement qu'il n'ayme pas la célestielle », et j'ai pensé : Merci, mon Dieu, d'avoir élu Jérôme pour cette gloire célestielle auprès de laquelle l'autre n'est rien.*

Les semaines, les mois s'écoulaient dans des occupations monotones; mais, ne pouvant raccrocher ma pensée qu'à des souvenirs ou qu'à des espoirs, à peine m'apercevais-je de la lenteur du temps, de la longueur des heures.

Mon oncle et Alissa devaient aller, en juin, rejoindre, aux environs de Nîmes, Juliette, qui attendait un enfant vers cette époque. Des nouvelles un peu moins bonnes les firent précipiter leur départ.

Ta dernière lettre, adressée au Havre, m'écrivit Alissa, *est arrivée lorsque nous venions d'en partir. Comment expliquer qu'elle ne m'ait rejointe ici que huit jours après ? Toute la semaine j'ai eu une âme incomplète, transie, douteuse, diminuée. O mon frère ! je ne suis vraiment moi, plus que moi, qu'avec toi...*

Juliette va de nouveau bien : nous attendons sa délivrance d'un jour à l'autre, et sans trop d'inquiétude. Elle sait que je t'écris ce matin; le lendemain de notre arrivée à Aigues-Vives elle m'a demandé : — Et Jérôme, que devient-il... Il t'écrit toujours ?... et comme je n'ai pu lui mentir : Quand tu lui écriras, dis-lui que... elle a hésité un instant, puis, en souriant très doucement : ... je suis guérie. — Je craignais un peu, dans ses lettres toujours gaies, qu'elle ne me jouât la comédie du bonheur et qu'elle-même ne s'y laissât prendre... Ce dont elle fait son bonheur aujourd'hui reste si différent de ce qu'elle rêvait et dont il semblait que son bonheur dût dépendre !... Ah ! que ce qu'on appelle bonheur est chose peu étrangère à l'âme et que les éléments qui semblent le composer du dehors importent peu ! Je t'épargne quantité de réflexions que j'ai pu faire dans mes promenades solitaires sur la « garrigue », où ce qui m'étonne le plus c'est de ne pas me sentir plus joyeuse;

*le bonheur de Juliette devrait me combler... pourquoi mon
cœur cède-t-il à une mélancolie incompréhensible, dont je ne
parviens pas à me défendre ? La beauté même de ce pays, que
je sens, que je constate du moins, ajoute encore à mon inexpli-
cable tristesse... Quand tu m'écrivais d'Italie, je savais voir
à travers toi toute chose ; à présent mon il semble que je te
dérobe tout ce que je regarde sans toi. Enfin, je m'étais fait,
à Fongueusemare et au Havre, une vertu de résistance à l'usage
des jours de pluie ; ici cette vertu n'est plus de mise, et je reste
inquiète de la sentir sans emploi. Le rire des gens et du pays
m'offusque ; peut-être que j'appelle « être triste » simplement
n'être pas aussi bruyant qu'eux... Sans doute, auparavant, il
entrait quelque orgueil dans ma joie, car, à présent, parmi
cette gaieté étrangère, c'est quelque chose comme de l'humiliation
que j'éprouve.*

*A peine ai-je pu prier, depuis que je suis ici : j'éprouve le
sentiment enfantin que Dieu n'est plus à la même place. Adieu ;
je te quitte bien vite ; j'ai honte de ce blasphème, de ma fai-
blesse, de ma tristesse, et de l'avouer, et de t'écrire tout ceci que
je déchirerais demain, si le courrier ne l'emportait ce soir...*

La lettre suivante ne parlait que de la naissance de
sa nièce, dont elle devait être marraine, de la joie de
Juliette, de celle de mon oncle... mais de ses sentiments
à elle, il n'était plus question.

Puis ce furent des lettres datées de Fongueusemare
de nouveau, où Juliette vint la rejoindre en juillet.

*Édouard et Juliette nous ont quittés ce matin. C'est ma
petite filleule surtout que je regrette ; quand je la reverrai,
dans six mois, je ne reconnaîtrai plus tous ses gestes ; elle n'en
avait encore presque pas un que je ne lui eusse vu inventer. Les
formations sont toujours si mystérieuses et surprenantes ;
c'est par défaut d'attention que nous ne nous étonnons pas plus
souvent. Que d'heures j'ai passées, penchée sur ce petit berceau
plein d'espérance. Par quel égoïsme, quelle suffisance, quelle
inappétence du mieux, le développement s'arrête-t-il si vite,
et toute créature se fixe-t-elle encore si distante de Dieu ? Oh !
si pourtant nous pouvions, nous voulions nous rapprocher de
Lui davantage... quelle émulation ce serait !*

*Juliette paraît très heureuse. Je m'attristais d'abord de la
voir renoncer au piano et à la lecture ; mais Édouard Teissières
n'aime pas la musique et n'a pas grand goût pour les livres ;
sans doute Juliette agit-elle sagement en ne cherchant pas ses*

joies où lui ne pourrait pas la suivre. Par contre, elle prend intérêt aux occupations de son mari, qui la tient au courant de toutes ses affaires. Elles ont pris beaucoup d'extension cette année ; il s'amuse à dire que c'est à cause de son mariage, qui lui a valu une importante clientèle au Havre. Robert l'a accompagné dans son dernier voyage d'affaires ; Édouard est plein d'attentions pour lui, prétend comprendre son caractère et ne désespère pas de le voir prendre sérieusement goût à ce genre de travail.

Père va beaucoup mieux ; de voir sa fille heureuse le rajeunit ; il s'intéresse de nouveau à la ferme, au jardin, et tantôt m'a demandé de reprendre la lecture à voix haute que nous avions commencée avec Miss Ashburton et que le séjour des Teissières avait interrompue ; ce sont les voyages du baron de Hübner que je leur lis ainsi ; moi-même j'y prends grand plaisir. Je vais maintenant avoir plus de temps pour lire aussi de mon côté ; mais j'attends de toi quelques indications ; j'ai, ce matin, pris l'un après l'autre plusieurs livres sans me sentir de goût pour un seul !...

Les lettres d'Alissa devinrent à partir de ce moment, plus troubles et plus pressantes :

La crainte de t'inquiéter ne me laisse pas te dire combien je t'attends, m'écrivait-elle vers la fin de l'été. Chaque jour à passer avant de te revoir pèse sur moi, m'oppresse. Deux mois encore ! Cela me paraît plus long que tout le temps déjà passé loin de toi ! Tout ce que j'entreprends pour tâcher de tromper mon attente me paraît dérisoirement provisoire et je ne puis m'astreindre à rien. Les livres sont sans vertu, sans charme, les promenades sans attrait, la nature entière sans prestige, le jardin décoloré, sans parfums. J'envie tes corvées, ces exercices obligatoires et non choisis par toi, qui t'arrachent sans cesse à toi-même, te fatiguent, dépêchent tes journées, et, le soir, te précipitent, plein de fatigue, dans le sommeil. L'émouvante description que tu m'as faite des manœuvres m'a hantée. Ces dernières nuits où je dormais mal, plusieurs fois je me suis réveillée en sursaut à l'appel de la diane ; positivement, je l'entendais. J'imagine si bien cette sorte d'ivresse légère dont tu parles, cette allégresse matinale, ce demi-vertige... Dans l'éblouissement glacé de l'aube, que ce plateau de Malzéville devait être beau !...

Je vais un peu moins bien depuis quelque temps ; oh ! rien de grave. Je crois que je t'attends un peu trop fort, simplement.

Et six semaines plus tard :

Voici ma dernière lettre, mon ami. Si peu fixé que tu sois encore sur la date de ton retour, elle ne peut beaucoup tarder ; je ne pourrais plus rien t'écrire. C'est à Fongueusemare que j'aurais désiré te revoir, mais la saison est devenue mauvaise, il fait très froid et père ne parle plus que de rentrer en ville. A présent que Juliette ni Robert ne sont plus avec nous, nous pourrions aisément te loger, mais il vaut mieux que tu descendes chez tante Félicie, qui sera heureuse de te recevoir.

A mesure que le jour de notre revoir se rapproche, mon attente devient plus anxieuse ; c'est presque de l'appréhension ; ta venue tant souhaitée, il me semble, à présent, que je la redoute ; je m'efforce de n'y plus penser ; j'imagine ton coup de sonnette, ton pas dans l'escalier, et mon cœur cesse de battre ou me fait mal... Surtout ne t'attends pas à ce que je puisse te parler... Je sens s'achever là mon passé ; au-delà je ne vois rien ; ma vie s'arrête...

Quatre jours après, c'est-à-dire une semaine avant ma libération, je reçus pourtant encore une lettre très brève :

Mon ami, je t'approuve entièrement de ne pas chercher à prolonger outre mesure ton séjour au Havre et le temps de notre premier revoir. Qu'aurions-nous à nous dire que nous ne nous soyons déjà écrit ? Si donc des inscriptions à prendre te rappellent à Paris dès le 28, n'hésite pas, ne regrette même pas de ne pouvoir nous donner plus de deux jours. N'aurons-nous pas toute la vie ?

VI

C'EST chez la tante Plantier qu'eut lieu notre première rencontre. Je me sentais soudain alourdi, épaissi par mon service... J'ai pu penser ensuite qu'elle m'avait trouvé changé. Mais que devait importer entre nous cette première impression mensongère ? — Pour moi, craignant de ne plus parfaitement la reconnaître, j'osais d'abord à peine la regarder... Non; ce qui nous décontenança plutôt, c'était ce rôle absurde de fiancés qu'on nous contraignait d'assumer, cet empressement de

chacun à nous laisser seuls, à se retirer devant nous :
« Mais, tante, tu ne nous gênes nullement; nous n'avons rien de secret à nous dire, s'écriait enfin Alissa devant les indiscrets efforts de cette femme pour s'effacer.

— Mais si! mais si, mes enfants! je vous comprends très bien; quand on est resté longtemps sans se revoir, on a des tas de petites choses à se raconter...

— Je t'en prie, tante; tu nous désobligerais beaucoup en partant; — et cela était dit d'un ton presque irrité où je reconnaissais à peine la voix d'Alissa.

— Tante, je vous assure que nous ne nous dirons plus un seul mot si vous partez! » ajoutai-je en riant, mais envahi moi-même d'une certaine appréhension à l'idée de nous trouver seuls. Et la conversation reprenait entre nous trois, faussement enjouée, banale, fouettée par cette animation de commande derrière laquelle chacun de nous cachait son trouble. Nous devions nous retrouver le lendemain, mon oncle m'ayant invité à déjeuner, de sorte que nous nous quittâmes sans peine ce premier soir, heureux de mettre fin à cette comédie.

J'arrivai bien avant l'heure du repas, mais trouvai Alissa causant avec une amie qu'elle n'eut pas la force de congédier et qui n'eut pas la discrétion de partir. Quand enfin elle nous eut laissés seuls, je feignis de m'étonner qu'Alissa ne l'eût pas retenue à déjeuner. Nous étions énervés tous deux, fatigués par une nuit sans sommeil. Mon oncle vint. Alissa sentit que je le trouvais vieilli. Il était devenu dur d'oreille, entendait mal ma voix; l'obligation de crier pour me faire comprendre abrutissait mes propos.

Après le déjeuner, la tante Plantier, ainsi qu'il avait été convenu, vint nous prendre dans sa voiture; elle nous emmenait à Orcher, avec l'intention de nous laisser, Alissa et moi, faire à pied, au retour, la plus agréable partie de la route.

Il faisait chaud pour la saison. La partie de la côte où nous marchions était exposée au soleil et sans charme; les arbres dépouillés ne nous étaient d'aucun abri. Talonnés par le souci de rejoindre la voiture où nous attendait la tante, nous pressions incommodément notre pas. De mon front que barrait la migraine je n'extrayais

pas une idée ; par contenance, ou parce que ce geste pouvait tenir lieu de paroles, j'avais pris, tout en marchant, la main qu'Alissa m'abandonnait. L'émotion, l'essoufflement de la marche et le malaise de notre silence nous chassaient le sang au visage ; j'entendais battre mes tempes ; Alissa était déplaisamment colorée ; et bientôt la gêne de sentir accrochées l'une à l'autre nos mains moites nous les fit laisser se déprendre et retomber chacune tristement.

Nous nous étions trop hâtés et arrivâmes au carrefour bien avant la voiture que, par une autre route et pour nous laisser le temps de causer, la tante faisait avancer très lentement. Nous nous assîmes sur le talus ; le vent froid qui soudain s'éleva nous transit, car nous étions en nage ; alors nous nous levâmes pour aller à la rencontre de la voiture... Mais le pire fut encore la pressante sollicitude de la pauvre tante, convaincue que nous avions abondamment parlé, prête à nous questionner sur nos fiançailles. Alissa, n'y pouvant tenir et dont les yeux s'emplissaient de larmes, prétexta un violent mal de tête. Le retour s'acheva silencieusement.

Le jour suivant, je me réveillai courbaturé, grippé, si souffrant que je ne me décidai qu'après midi à retourner chez les Bucolin. Par malchance, Alissa n'était pas seule. Madeleine Plantier, une des petites-filles de notre tante Félicie, était là — avec qui je savais qu'Alissa prenait souvent plaisir à causer. Elle habitait pour quelques jours chez sa grand-mère et s'écria lorsque j'entrai :

« Si tu retournes à la Côte en sortant d'ici, nous pourrons y monter ensemble. »

Machinalement j'acquiesçai ; de sorte que je ne pus voir Alissa seule. Mais la présence de cette enfant aimable nous servit sans doute ; je ne retrouvai pas la gêne intolérable de la veille ; la conversation s'établit bientôt aisément entre nous trois et beaucoup moins futile que je ne l'aurais d'abord pu craindre. Alissa sourit étrangement lorsque je lui dis adieu ; il me parut qu'elle n'avait pas compris jusqu'alors que je partais le lendemain. Du reste, la perspective d'un très prochain revoir enlevait à mon adieu ce qu'il eût pu avoir de tragique.

Pourtant, après dîner, poussé par une vague inquiétude, je redescendis en ville, où j'errai près d'une heure

avant de me décider à sonner de nouveau chez les
Bucolin. Ce fut mon oncle qui me reçut. Alissa, se
sentant souffrante, était déjà montée dans sa chambre et
sans doute s'était aussitôt couchée. Je causai quelques
instants avec mon oncle, puis repartis...

Si fâcheux que fussent ces contretemps, en vain les
accuserais-je. Quand bien même tout nous eût secondés,
nous eussions inventé notre gêne. Mais qu'Alissa, elle
aussi, le sentît, rien ne pouvait me désoler davantage.
Voici la lettre que, sitôt de retour à Paris, je reçus :

*Mon ami, quel triste revoir ! tu semblais dire que la faute
en était aux autres, mais tu n'as pu t'en persuader toi-même.
Et maintenant je crois, je sais qu'il en sera toujours ainsi.
Ah ! je t'en prie, ne nous revoyons plus !*

*Pourquoi cette gêne, ce sentiment de fausse position, cette
paralysie, ce mutisme, quand nous avons tout à nous dire ?
Le premier jour de ton retour j'étais heureuse de ce silence
même, parce que je croyais qu'il se dissiperait, que tu me dirais
des choses merveilleuses : tu ne pouvais partir auparavant.*

*Mais quand j'ai vu s'achever silencieuse notre lugubre promenade à Orcher et surtout quand nos mains se sont déprises l'une
de l'autre et sont retombées sans espoir, j'ai cru que mon cœur
défaillait de détresse et de peine. Et ce qui me désolait le plus,
ce n'était pas que ta main eût lâché la mienne, mais de sentir
que, si elle ne l'eût point fait, la mienne eût commencé —
puisque non plus elle ne se plaisait plus dans la tienne.*

*Le lendemain — c'était hier — je t'ai follement attendu
toute la matinée. Trop inquiète pour demeurer à la maison,
j'avais laissé un mot qui t'indiquât où me rejoindre, sur la
jetée. Longtemps j'étais restée à regarder la mer houleuse,
mais je souffrais trop de regarder sans toi ; je suis rentrée,
m'imaginant soudain que tu m'attendais dans ma chambre.
Je savais que l'après-midi je ne serais pas libre ; Madeleine,
la veille, m'avait annoncé sa visite et comme je comptais te
voir le matin, je l'avais laissée venir. Mais peut-être n'est-ce
qu'à sa présence que nous devons les seuls bons moments de ce
revoir. J'eus l'étrange illusion, quelques instants, que cette
conversation aisée allait durer longtemps, longtemps... Et quand
tu t'es approché du canapé où j'étais assise avec elle et que,
te penchant vers moi, tu m'as dit adieu, je n'ai pu te répondre ;
il m'a semblé que tout finissait : brusquement, je venais de
comprendre que tu partais.*

Tu n'étais pas plus tôt sorti avec Madeleine que cela m'a

*paru impossible, intolérable. Sais-tu que je suis ressortie ?...
je voulais te parler encore, te dire enfin tout ce que je ne t'avais
point dit ; déjà je courais chez les Plantier... il était tard ;
je n'ai pas eu le temps, pas osé... Je suis rentrée, désespérée,
t'écrire... que je ne voulais plus t'écrire... une lettre d'adieu...
parce qu'enfin je sentais trop que notre correspondance tout
entière n'était qu'un grand mirage, que chacun de nous n'écrivait,
hélas ! qu'à soi-même et que... Jérôme ! Jérôme ! ah ! que
nous restions toujours éloignés !*

*J'ai déchiré cette lettre, il est vrai ; mais je te la récris à
présent, presque la même. Oh ! je ne t'aime pas moins, mon
ami ! au contraire je n'ai jamais si bien senti, à mon trouble
même, à ma gêne dès que tu t'approchais de moi, combien
profondément je t'aimais ; mais désespérément, vois-tu, car il
faut bien me l'avouer : de loin je t'aimais davantage. Déjà je
m'en doutais, hélas ! Cette rencontre tant souhaitée achève de
m'en instruire, et c'est de quoi, toi aussi, mon ami, il importe
de te convaincre. Adieu, mon frère tant aimé ; que Dieu te
garde et te dirige : de Lui seul on peut impunément se rapprocher.*

Et comme si cette lettre ne m'était pas déjà suffisamment douloureuse, elle y avait, le lendemain, ajouté ce post-scriptum :

*Je ne voudrais pas laisser partir cette lettre sans te demander
un peu plus de discrétion en ce qui nous concerne tous deux.
Maintes fois tu m'as blessée en entretenant Juliette ou Abel
de ce qui eût dû rester entre toi et moi, et c'est bien là ce qui,
longtemps avant que tu t'en doutes, m'a fait penser que ton
amour était surtout un amour de tête, un bel entêtement
intellectuel de tendresse et de fidélité.*

La crainte que je ne montre cette lettre à Abel en avait indubitablement dicté les dernières lignes. Quelle défiante perspicacité l'avait donc mise en garde ? Avait-elle surpris naguère dans mes paroles quelque reflet des conseils de mon ami ?

Je me sentais bien distant de lui désormais ! Nous suivions deux voies divergentes ; et cette recommandation était bien superflue pour m'apprendre à porter seul le tourmentant fardeau de mon chagrin.

Les trois jours suivants furent uniquement occupés par ma plainte ; je voulais répondre à Alissa ; je craignais, par une discussion trop pressée, par une protestation trop véhémente, par le moindre mot maladroit, d'aviver

incurablement notre blessure; vingt fois je recommençai la lettre où se débattait mon amour. Je ne puis relire aujourd'hui sans pleurer ce papier lavé de larmes, double de celui qu'enfin je me décidai à envoyer :

Alissa! aie pitié de moi, de nous deux !... Ta lettre me fait mal. Que j'aimerais pouvoir sourire à tes craintes ! Oui, je sentais tout ce que tu m'écris ; mais je craignais de me le dire. Quelle affreuse réalité tu donnes à ce qui n'est qu'imaginaire et comme tu l'épaissis entre nous !

Si tu sens que tu m'aimes moins... Ah ! loin de moi cette supposition cruelle que toute ta lettre dément ! Mais alors qu'importent tes appréhensions passagères ? Alissa ! dès que je veux raisonner, ma phrase se glace; je n'entends plus que le gémissement de mon cœur. Je t'aime trop pour être habile, et, plus je t'aime, moins je sais te parler. « Amour de tête... » que veux-tu que je réponde à cela ? Quand c'est de mon âme entière que je t'aime, comment saurais-je distinguer entre mon intelligence et mon cœur ? Mais puisque notre correspondance est cause de ton imputation offensante, puisque, soulevés par elle, la chute dans la réalité ensuite nous a si durement meurtris, puisque tu croirais à présent, si tu m'écris, n'écrire plus qu'à toi-même, puisque aussi, pour endurer une nouvelle lettre pareille à cette dernière, je suis sans force : je t'en prie, arrêtons pour un temps toute correspondance entre nous.

Dans la suite de ma lettre, protestant contre son jugement, j'interjetais appel, la suppliais de nous faire crédit d'une nouvelle entrevue. Celle-ci avait eu tout contre elle : décor, comparses, saison — et jusqu'à notre correspondance exaltée qui nous y avait si peu prudemment préparés. Le silence seul précéderait cette fois notre rencontre. Je la souhaitais au printemps, à Fongueusemare, où je pensais que plaiderait en ma faveur le passé, et où mon oncle voudrait bien me recevoir, pendant les vacances de Pâques, autant de jours ou aussi peu qu'elle-même le jugerait bon.

Ma résolution était bien arrêtée, et, sitôt ma lettre partie, je pus me plonger dans le travail.

Je devais revoir Alissa dès avant la fin de l'année. Miss Ashburton, dont la santé depuis quelques mois déclinait, mourut quatre jours avant Noël. Depuis mon

retour du service, j'habitais avec elle de nouveau ; je ne la quittais guère, et pus assister à ses derniers instants. Une carte d'Alissa me témoigna qu'elle prenait à cœur notre vœu de silence plus encore que mon deuil : elle viendrait entre deux trains, seulement pour l'inhumation, à laquelle mon oncle ne pourrait assister.

Nous fûmes presque seuls, elle et moi, à la funèbre cérémonie, puis à suivre la bière ; marchant à côté l'un de l'autre, à peine échangeâmes-nous quelques phrases ; mais, à l'église, où elle s'était assise auprès de moi, je sentis à plusieurs reprises son regard se poser sur moi tendrement.

« C'est bien convenu, me dit-elle, sur le moment de me quitter : rien avant Pâques.
— Oui ; mais à Pâques...
— Je t'attends. »

Nous étions à la porte du cimetière. Je proposai de la reconduire à la gare ; mais elle fit signe à une voiture et sans un mot d'adieu me laissa.

VII

« Alissa t'attend dans le jardin », me dit mon oncle, après m'avoir embrassé paternellement lorsque, à la fin d'avril, j'arrivai à Fongueusemare. Si d'abord je fus déçu de ne pas la trouver prompte à m'accueillir, tout aussitôt après je lui sus gré de nous épargner à tous deux l'effusion banale des premiers instants du revoir.

Elle était au fond du jardin. Je m'acheminai vers ce rond-point, étroitement entouré de buissons, à cette époque de l'année tout en fleurs, lilas, sorbiers, cytises, weigelias ; pour ne point l'apercevoir de trop loin, ou pour qu'elle ne me vît pas venir, je suivis, de l'autre côté du jardin, l'allée sombre où l'air était frais sous les branches. J'avançais lentement ; le ciel était comme ma joie, chaud, brillant, délicatement pur. Sans doute elle m'attendait venir par l'autre allée ; je fus près d'elle, derrière elle, sans qu'elle m'eût entendu approcher ; je m'arrêtai... Et comme si le temps eût pu s'arrêter avec moi : Voici l'instant, pensai-je, l'instant le plus délicieux

peut-être, quand il précéderait le bonheur même, et que le bonheur même ne vaudra pas...

Je voulais tomber à genoux devant elle; je fis un pas, qu'elle entendit. Elle se dressa soudain, laissant rouler à terre la broderie qui l'occupait, tendit les bras vers moi, posa ses mains sur mes épaules. Quelques instants nous demeurâmes ainsi, elle, les bras tendus, la tête souriante et penchée, me regardant tendrement sans rien dire. Elle était vêtue tout en blanc. Sur son visage presque trop grave, je retrouvais son sourire d'enfant...

« Écoute, Alissa, m'écriai-je tout d'un coup : j'ai douze jours libres devant moi. Je n'en resterai pas un de plus qu'il ne te plaira. Convenons d'un signe qui voudra dire : c'est demain qu'il faut quitter Fongueusemare. Le lendemain, sans récriminations, sans plaintes, je partirai. Consens-tu ? »

N'ayant point préparé mes phrases, je parlais plus aisément. Elle réfléchit un moment, puis :

« Le soir où, descendant pour dîner, je ne porterai pas à mon cou la croix d'améthystes que tu aimes... comprendras-tu ?

— Que ce sera mon dernier soir.

— Mais sauras-tu partir, reprit-elle, sans larmes, sans soupirs...

— Sans adieux. Je te quitterai ce dernier soir comme je l'aurais fait la veille, si simplement que tu te demanderas d'abord : n'aurait-il pas compris ? Mais quand tu me chercheras, le lendemain matin, simplement je ne serai plus là.

— Le lendemain je ne te chercherai plus. »

Elle me tendit la main; comme je la portais à mes lèvres :

« D'ici le soir fatal, dis-je encore, pas une allusion qui me fasse rien pressentir.

— Toi, pas une allusion à la séparation qui suivra. »

Il fallait à présent rompre la gêne que la solennité de ce revoir risquait d'élever entre nous.

« Je voudrais tant, repris-je, que ces quelques jours près de toi nous paraissent pareils à d'autres jours... Je veux dire : ne pas sentir, tous deux, qu'ils sont exceptionnels. Et puis... si nous pouvions ne pas trop chercher à causer d'abord... »

Elle se mit à rire. J'ajoutai :

« N'y a-t-il rien à quoi nous puissions nous occuper ensemble ? »

De tout temps nous avions pris plaisir au jardinage. Un jardinier sans expérience remplaçait l'ancien depuis peu, et le jardin, abandonné durant deux mois, offrait beaucoup à faire. Des rosiers étaient mal taillés ; certains, à végétation puissante, restaient encombrés de bois mort ; d'autres, grimpants, croulaient, mal soutenus ; des gourmands en épuisaient d'autres. La plupart avaient été greffés par nous ; nous reconnaissions nos élèves ; les soins qu'ils réclamaient nous occupèrent longuement et nous permirent, les trois premiers jours, de beaucoup parler sans rien dire de grave, et, lorsque nous nous taisions, de ne point sentir peser le silence.

C'est ainsi que nous reprîmes l'habitude l'un de l'autre. Je comptais sur cette accoutumance plus que sur n'importe quelle explication. Le souvenir même de notre séparation déjà s'effaçait entre nous, et déjà diminuaient cette crainte que souvent je sentais en elle, cette contraction de l'âme qu'elle craignait en moi. Alissa, plus jeune qu'à ma triste visite d'automne, ne m'avait jamais paru plus jolie. Je ne l'avais pas encore embrassée. Chaque soir je revoyais sur son corsage, retenue par une chaînette d'or, la petite croix d'améthystes briller. En confiance, l'espoir renaissait dans mon cœur ; que dis-je : espoir ? c'était déjà de l'assurance, et que j'imaginais sentir également chez Alissa ; car je doutais si peu de moi que je ne pouvais plus douter d'elle. Peu à peu nos propos s'enhardirent.

« Alissa, lui dis-je un matin que l'air charmant riait et que notre cœur s'ouvrait comme les fleurs, — à présent que Juliette est heureuse, ne nous laisseras-tu pas, nous aussi... »

Je parlais lentement, les yeux sur elle ; elle devint soudain pâle si extraordinairement que je ne pus achever ma phrase.

« Mon ami ! commença-t-elle, et sans tourner vers moi son regard — je me sens plus heureuse auprès de toi que je n'aurais cru qu'on pût l'être... mais crois-moi : nous ne sommes pas nés pour le bonheur.

— Que peut préférer l'âme au bonheur ? » m'écriai-je impétueusement. Elle murmura :

« La sainteté... » si bas que, ce mot, je le devinai plutôt que je ne pus l'entendre.

Tout mon bonheur ouvrait les ailes, s'échappait de moi vers les cieux.

« Je n'y parviendrai pas sans toi », dis-je, et le front dans ses genoux, pleurant comme un enfant, mais d'amour et non point de tristesse, je repris : « pas sans toi; pas sans toi! »

Puis ce jour s'écoula comme les autres jours. Mais au soir Alissa parut sans le petit bijou d'améthystes. Fidèle à ma promesse, le lendemain, dès l'aube, je partis.

Je reçus le surlendemain l'étrange lettre que voici, portant en guise d'épigraphe ces quelques vers de Shakespeare :

> *That strain again, — it had a dying fall :*
> *O, it came o'er my ear like the sweet south,*
> *That breathes upon a bank of violets,*
> *Stealing and giving odour. — Enough ; no more,*
> *'T is not so sweet now as it was before...*

Oui ! malgré moi je t'ai cherché tout le matin, mon frère. Je ne pouvais te croire parti. Je t'en voulais d'avoir tenu notre promesse. Je pensais : c'est un jeu. Derrière chaque buisson, j'allais te voir apparaître. — Mais non ! ton départ est réel. Merci.

J'ai passé le reste du jour obsédée par la constante présence de certaines pensées, que je voudrais te communiquer — et la crainte bizarre, précise, que, si je ne te les communiquais pas, j'aurais plus tard le sentiment d'avoir manqué envers toi, mérité ton reproche...

Je m'étonnais, aux premières heures de ton séjour à Fongueusemare, je m'inquiétai vite ensuite de cet étrange contentement de tout mon être que j'éprouvais près de toi ; « un contentement tel, me disais-tu, que je ne souhaite rien au-delà ! » Hélas ! c'est cela même qui m'inquiète.

Je crains, mon ami, de me faire mal comprendre. Je crains surtout que tu ne voies un raisonnement subtil (oh ! combien il serait maladroit) dans ce qui n'est que l'expression du plus violent sentiment de mon âme.

« S'il ne suffisait pas, ce ne serait pas le bonheur » m'avais-tu dit, t'en souviens-tu ? Et je n'avais su que répondre. — Non,

Jérôme, il ne nous suffit pas. Jérôme, il ne doit pas nous suffire. Ce contentement plein de délices, je ne puis le tenir pour véritable. N'avons-nous pas compris cet automne quelle détresse il recouvrait ?...

Véritable ! ah ! Dieu nous garde qu'il le soit ! nous sommes nés, pour un autre bonheur...

Ainsi que notre correspondance naguère gâta notre revoir de l'automne, le souvenir de ta présence d'hier désenchante ma lettre aujourd'hui. Qu'est devenu ce ravissement que j'éprouvais à t'écrire ? Par les lettres, par la présence, nous avons épuisé tout le pur de la joie à laquelle notre amour peut prétendre. Et maintenant, malgré moi, je m'écrie comme Orsino du Soir des Rois : « *Assez ! pas davantage ! Ce n'est déjà plus aussi suave que tout à l'heure.* »

Adieu mon ami. Hic incipit amor Dei. *Ah ! sauras-tu jamais combien je t'aime ?... Jusqu'à la fin je serai ton*

ALISSA.

Contre le piège de la vertu, je restais sans défense. Tout héroïsme, en m'éblouissant, m'attirait — car je ne le séparais pas de l'amour... La lettre d'Alissa m'enivra du plus téméraire enthousiasme. Dieu sait que je ne m'efforçais vers plus de vertu, que pour elle. Tout sentier, pourvu qu'il montât, me mènerait où la rejoindre. Ah! le terrain ne se rétrécirait jamais trop vite, pour ne supporter plus que nous deux! Hélas! je ne soupçonnais pas la subtilité de sa feinte, et j'imaginais mal que ce fût par une cime qu'elle pourrait de nouveau m'échapper.

Je lui répondis longuement. Je me souviens du seul passage à peu près clairvoyant de ma lettre.

« Il me paraît souvent, lui disais-je, que mon amour est ce que je garde en moi de meilleur; que toutes mes vertus s'y suspendent; qu'il m'élève au-dessus de moi, et que sans quoi je retomberais à cette médiocre hauteur d'un naturel très ordinaire. C'est par l'espoir de te rejoindre que le sentier le plus ardu m'apparaîtra toujours le meilleur. »

Qu'ajoutai-je qui pût la pousser à me répondre ceci :

Mais, mon ami, la sainteté n'est pas un choix : c'est une OBLIGATION *(le mot était souligné trois fois dans sa lettre). Si tu es celui que j'ai cru, toi non plus tu ne pourras pas t'y soustraire.*

C'était tout. Je compris, pressentis plutôt, que là s'arrêterait notre correspondance, et que le conseil le plus retors, non plus que la volonté la plus tenace, n'y pourrait rien.

Je récrivis pourtant, longuement, tendrement. Après ma troisième lettre, je reçus ce billet :

Mon ami,

Ne crois point que j'aie pris quelque résolution de ne plus t'écrire ; simplement je n'y ai plus de goût. Tes lettres cependant m'amusent encore, mais je me reproche de plus en plus d'occuper à ce point ta pensée.

L'été n'est plus loin. Renonçons pour un temps à correspondre et viens passer à Fongueusemare les quinze derniers jours de septembre près de moi. Je prendrai ton silence pour un assentiment et souhaite donc que tu ne me répondes pas.

Je ne répondis pas. Sans doute ce silence n'était qu'une épreuve dernière à laquelle elle me soumettait. Quand, après quelques mois de travail, puis quelques semaines de voyage, je revins à Fongueusemare, ce fut avec la plus tranquille assurance.

Comment, par un simple récit, amènerais-je à comprendre aussitôt ce que je m'expliquai d'abord si mal ? Que puis-je peindre ici que l'occasion de la détresse à laquelle je cédai dès lors tout entier ? Car si je ne trouve aujourd'hui nul pardon en moi pour moi-même de n'avoir su sentir, sous le revêtement de la plus factice apparence, palpiter encore l'amour, je ne pus voir que cette apparence d'abord et, ne retrouvant plus mon amie, l'accusai... Non, même alors je ne vous accusai pas, Alissa! mais pleurai désespérément de ne plus vous reconnaître. A présent que je mesure la force de votre amour à la ruse de son silence et à sa cruelle industrie, dois-je vous aimer d'autant plus que vous m'aurez plus atrocement désolé ?...

Dédain ? Froideur ? Non; rien qui se pût vaincre; rien contre quoi je pusse même lutter; et parfois j'hésitais, doutais si je n'inventais pas ma misère, tant la cause en restait subtile et tant Alissa se montrait habile à feindre de ne la comprendre pas. De quoi donc me

fussé-je plaint ? Son accueil fut plus souriant que jamais; jamais elle ne s'était montrée plus empressée, plus prévenante; le premier jour je m'y laissai presque tromper... Qu'importait, après tout, qu'une nouvelle façon de coiffure, plate et tirée, durcît les traits de son visage comme pour en fausser l'expression; qu'un malséant corsage, de couleur morne, d'étoffe laide au toucher, gauchît le rythme délicat de son corps... ce n'était rien à quoi elle ne pût porter remède, et dès le lendemain, pensai-je aveuglément, d'elle-même ou sur ma requête... Je m'affectai davantage de ces prévenances, de cet empressement, si peu coutumiers entre nous, et où je craignais de voir plus de résolution que d'élan, et j'ose à peine dire : plus de politesse que d'amour.

Le soir, entrant dans le salon, je m'étonnai de ne plus retrouver le piano à sa place accoutumée; à mon exclamation désappointée :

« Le piano est à regarnir, mon ami, répondit Alissa, et de sa voix la plus tranquille.

— Je te l'ai pourtant répété, mon enfant, dit mon oncle sur un ton de reproche presque sévère : puisqu'il t'avait suffi jusqu'à présent, tu aurais pu attendre le départ de Jérôme pour l'expédier; ta hâte nous prive d'un grand plaisir...

— Mais, père, dit-elle en se détournant pour rougir, je t'assure que, ces derniers temps, il était devenu si creux que Jérôme lui-même n'aurait pu rien en tirer.

— Quand tu en jouais, reprit mon oncle, il ne paraissait pas si mauvais. »

Elle resta quelques instants, penchée vers l'ombre, comme occupée à relever les mesures d'une housse de fauteuil, puis quitta brusquement la pièce et ne reparut que plus tard, apportant sur un plateau la tisane que mon oncle avait accoutumé de prendre chaque soir.

Le lendemain elle ne changea ni de coiffure, ni de corsage; assise près de son père sur un banc devant la maison, elle reprit l'ouvrage de couture, de rapiéçage plutôt qui l'avait occupée déjà dans la soirée. A côté d'elle, sur le banc ou sur la table, elle puisait dans un grand panier plein de bas et de chaussettes usés. Quelques jours après, ce furent des serviettes et des

draps... Ce travail l'absorbait complètement, semblait-il, au point que ses lèvres en perdissent toute expression et ses yeux toute lueur.

« Alissa ! m'écriai-je le premier soir, presque épouvanté par la dépoétisation de ce visage qu'à peine pouvais-je reconnaître et que je fixais depuis quelques instants sans qu'elle parût sentir mon regard.

— Quoi donc ? fit-elle en levant la tête.

— Je voulais voir si tu m'entendrais. Ta pensée semblait si loin de moi.

— Non ; je suis là ; mais ces reprises demandent beaucoup d'attention.

— Pendant que tu couds, ne veux-tu pas que je te fasse la lecture ?

— Je crains de ne pas pouvoir très bien écouter.

— Pourquoi choisis-tu un travail si absorbant ?

— Il faut bien que quelqu'un le fasse.

— Il y a tant de pauvres femmes pour qui ce serait un gagne-pain. Ce n'est pourtant pas par économie que tu t'astreins à ce travail ingrat ? »

Elle m'affirma tout aussitôt qu'aucun ouvrage ne l'amusait davantage, que depuis longtemps elle n'en avait plus fait d'autres, pour quoi sans doute elle avait perdu toute habileté... Elle souriait en parlant. Jamais sa voix n'avait été plus douce que pour ainsi me désoler. « Je ne dis là rien que de naturel, semblait exprimer son visage, pourquoi t'attristerais-tu de cela ? » — Et toute la protestation de mon cœur ne montait même plus à mes lèvres, m'étouffait.

Le surlendemain, comme nous avions cueilli des roses, elle m'invita à les lui porter dans sa chambre où je n'étais pas encore entré cette année. De quel espoir aussitôt me flattai-je ! Car j'en étais encore à me reprocher ma tristesse ; un mot d'elle eût guéri mon cœur.

Je n'entrais jamais sans émotion dans cette chambre ; je ne sais de quoi s'y formait une sorte de paix mélodieuse où je reconnaissais Alissa. L'ombre bleue des rideaux aux fenêtres et autour du lit, les meubles de luisant acajou, l'ordre, la netteté, le silence, tout racontait à mon cœur sa pureté et sa pensive grâce.

Je m'étonnai, ce matin-là, de ne plus voir au mur, près de son lit, deux grandes photographies de Masaccio

que j'avais rapportées d'Italie; j'allais lui demander ce qu'elles étaient devenues, quand mon regard tomba tout auprès sur l'étagère où elle rangeait ses livres de chevet. Cette petite bibliothèque s'était lentement formée moitié par les livres que je lui avais donnés, moitié par d'autres que nous avions lus ensemble. Je venais de m'apercevoir que ces livres étaient tous enlevés, remplacés uniquement par d'insignifiants petits ouvrages de piété vulgaire pour lesquels j'espérais qu'elle n'avait que du mépris. Levant les yeux soudain, je vis Alissa qui riait — oui, qui riait en m'observant.

« Je te demande pardon, dit-elle aussitôt; c'est ton visage qui m'a fait rire; il s'est si brusquement décomposé en apercevant ma bibliothèque... »

J'étais bien peu d'humeur à plaisanter.

« Non vraiment, Alissa, est-ce là ce que tu lis à présent?
— Mais oui. De quoi t'étonnes-tu?
— Je pensais qu'une intelligence habituée à de substantielles nourritures ne pouvait plus goûter à de semblables fadeurs sans nausée.
— Je ne te comprends pas, dit-elle. Ce sont là d'humbles âmes qui causent avec moi simplement, s'exprimant de leur mieux, et dans la société desquelles je me plais. Je sais d'avance que nous ne céderons, ni elles à aucun piège du beau langage, ni moi, en les lisant, à aucune profane admiration.
— Ne lis-tu donc plus que cela?
— A peu près. Oui, depuis quelques mois. Du reste je ne trouve plus beaucoup de temps pour lire. Et je t'avoue que, tout récemment, ayant voulu reprendre quelqu'un de ces grands auteurs que tu m'avais appris à admirer, je me suis fait l'effet de celui dont parle l'Écriture, qui s'efforce d'ajouter une coudée à sa taille.
— Quel est ce « grand auteur » qui t'a donné si bizarre opinion de toi?
— Ce n'est pas lui qui me l'a donnée; mais c'est en le lisant que je l'ai prise... C'était Pascal. J'étais peut-être tombée sur quelque moins bon passage... »

Je fis un geste d'impatience. Elle parlait d'une voix claire et monotone, comme elle eût récité une leçon, ne levant plus les yeux de dessus ses fleurs, qu'elle n'en finissait pas d'arranger. Un instant elle s'interrompit devant mon geste, puis continua du même ton :

« Tant de grandiloquence étonne, et tant d'effort; et pour prouver si peu. Je me demande parfois si son intonation pathétique n'est pas l'effet plutôt du doute que de la foi. La foi parfaite n'a pas tant de larmes ni de tremblement dans la voix.

— C'est ce tremblement, ce sont ces larmes qui font la beauté de cette voix — essayai-je de repartir, mais sans courage, car je ne reconnaissais dans ces paroles rien de ce que je chérissais dans Alissa. Je les transcris telles que je m'en souviens et sans y apporter après coup art ni logique.

— S'il n'avait pas d'abord vidé la vie présente de sa joie, reprit-elle, elle pèserait plus lourd dans la balance que...

— Que quoi ? fis-je, interdit par ses étranges propos.

— Que l'incertaine félicité qu'il propose.

— N'y crois-tu donc pas ? m'écriai-je.

— Qu'importe! reprit-elle; je veux qu'elle demeure incertaine afin que tout soupçon de marché soit écarté. C'est par noblesse naturelle, non par espoir de récompense, que l'âme éprise de Dieu va s'enfoncer dans la vertu.

— De là ce secret scepticisme où se réfugie la noblesse d'un Pascal.

— Non scepticisme : jansénisme, dit-elle en souriant. Qu'avais-je affaire de cela ? Les pauvres âmes que voici — et elle se retournait vers ses livres — seraient bien embarrassées de dire si elles sont jansénistes, quiétistes ou je ne sais quoi de différent. Elles s'inclinent devant Dieu comme des herbes qu'un vent presse, sans malice, sans trouble, sans beauté. Elles se tiennent pour peu remarquables et savent qu'elles ne doivent quelque valeur qu'à leur effacement devant Dieu.

— Alissa! m'écriai-je, pourquoi t'arraches-tu les ailes ? »

Sa voix restait si calme et naturelle que mon exclamation m'en parut d'autant plus ridiculement emphatique.

Elle sourit de nouveau, en secouant la tête.

« Tout ce que j'ai retenu de cette dernière visite à Pascal...

— Quoi donc ? demandai-je, car elle s'arrêtait.

— C'est ce mot du Christ : « Qui veut sauver sa vie

» la perdra. » Pour le reste, reprit-elle en souriant plus fort et en me regardant bien en face, en vérité je ne l'ai presque plus compris. Quand on a vécu quelque temps dans la société de ces petits, c'est extraordinaire combien vite la sublimité des grands vous essouffle. »

Dans mon désarroi n'allais-je trouver rien à répondre ?...

« S'il me fallait aujourd'hui lire avec toi tous ces sermons, ces méditations...

— Mais, interrompit-elle, je serais désolée de te les voir lire ! Je crois en effet que tu es né pour beaucoup mieux que cela. »

Elle parlait tout simplement et sans paraître se douter que ces mots qui séparaient ainsi nos deux vies pussent me déchirer le cœur. J'avais la tête en feu ; j'aurais voulu parler encore et pleurer ; peut-être eût-elle été vaincue par mes larmes ; mais je restais sans plus rien dire, les coudes appuyés sur la cheminée et le front dans les mains. Elle continuait tranquillement d'arranger ses fleurs, ne voyant rien de ma douleur, ou faisant semblant de n'en rien voir...

A ce moment retentit la première cloche du repas.

« Jamais je ne serai prête pour le déjeuner, dit-elle. Laisse-moi vite. » Et comme s'il ne s'était agi que d'un jeu :

« Nous reprendrons cette conversation plus tard. »

Cette conversation ne fut pas reprise. Alissa m'échappait sans cesse ; non qu'elle parût jamais se dérober ; mais toute occupation de rencontre s'imposait aussitôt en devoir de beaucoup plus pressante importance. Je prenais rang ; je ne venais qu'après les soins toujours renaissants du ménage, qu'après la surveillance des travaux qu'on avait dû faire à la grange, qu'après les visites aux fermiers, les visites aux pauvres dont elle s'occupait de plus en plus. J'avais ce qui restait de temps, bien peu ; je ne la voyais jamais qu'affairée, — mais c'est peut-être encore à travers ces menus soins et renonçant à la poursuivre que je sentais le moins combien j'étais dépossédé. La moindre conversation m'en avertissait davantage. Quand Alissa m'accordait quelques instants, c'était en effet pour une conversation des plus gauches, à laquelle elle se prêtait comme on

fait au jeu d'un enfant. Elle passait rapidement près de moi, distraite et souriante, et je la sentais devenue plus lointaine que si je ne l'eusse jamais connue. Même je croyais voir parfois dans son sourire quelque défi, du moins quelque ironie, et qu'elle prît amusement à éluder ainsi mon désir... Puis aussitôt je retournais contre moi tout grief, ne voulant pas me laisser aller au reproche et ne sachant plus bien ce que j'aurais attendu d'elle, ni ce que je pouvais lui reprocher.

Ainsi s'écoulèrent les jours dont je m'étais promis tant de félicité. J'en contemplais avec stupeur la fuite, mais n'en eusse voulu ni augmenter le nombre ni ralentir le cours, tant chacun aggravait ma peine. L'avant-veille de mon départ pourtant, Alissa m'ayant accompagné jusqu'au banc de la marnière abandonnée — c'était par un clair soir d'automne où jusqu'à l'horizon sans brume on distinguait bleui chaque détail, dans le passé jusqu'au plus flottant souvenir — je ne pus retenir ma plainte, montrant du deuil de quel bonheur mon malheur d'aujourd'hui se formait.

« Mais que puis-je à ceci, mon ami ? dit-elle aussitôt : tu tombes amoureux d'un fantôme.

— Non, point d'un fantôme, Alissa.

— D'une figure imaginaire.

— Hélas ! je ne l'invente pas. Elle était mon amie. Je la rappelle. Alissa ! Alissa ! vous étiez celle que j'aimais. Qu'avez-vous fait de vous ? Que vous êtes-vous fait devenir ? »

Elle demeura quelques instants sans répondre, effeuillant lentement une fleur et gardant la tête baissée. Puis enfin :

« Jérôme, pourquoi ne pas avouer tout simplement que tu m'aimes moins ?

— Parce que ce n'est pas vrai ! parce que ce n'est pas vrai, m'écriai-je avec indignation; parce que je ne t'ai jamais plus aimée.

— Tu m'aimes... et pourtant tu me regrettes ! dit-elle en tâchant de sourire et en haussant un peu les épaules.

— Je ne peux mettre au passé mon amour. »

Le sol cédait sous moi; et je me raccrochais à tout...

« Il faudra bien qu'il passe avec le reste.

— Un tel amour ne passera qu'avec moi.

— Il s'affaiblira lentement. L'Alissa que tu prétends aimer encore n'est déjà plus que dans ton souvenir; un jour viendra où tu te souviendras seulement de l'avoir aimée.

— Tu parles comme si rien la pouvait remplacer dans mon cœur, ou comme si mon cœur devait cesser d'aimer. Ne te souviens-tu plus de m'avoir aimé toi-même, que tu puisses ainsi te plaire à me torturer ? »

Je vis ses lèvres pâles trembler; d'une voix presque indistincte elle murmura :

« Non, non; ceci n'a pas changé dans Alissa.

— Mais alors rien n'aurait changé, dis-je en lui saisissant le bras... »

Elle reprit, plus assurée :

« Un mot expliquerait tout; pourquoi n'oses-tu pas le dire ?

— Lequel ?

— J'ai vieilli.

— Tais-toi... »

Je protestai tout aussitôt que j'avais vieilli moi-même autant qu'elle, que la différence d'âge entre nous restait la même... mais elle s'était ressaisie; l'instant unique était passé et, me laissant aller à discuter, j'abandonnais tout avantage : je perdis pied.

Je quittai Fongueusemare deux jours après, mécontent d'elle et de moi-même, plein d'une haine vague contre ce que j'appelais encore « vertu » et de ressentiment contre l'ordinaire occupation de mon cœur. Il semblait qu'en ce dernier revoir, et par l'exagération même de mon amour, j'eusse usé toute ma ferveur; chacune des phrases d'Alissa, contre lesquelles je m'insurgeais d'abord, restait en moi vivante et triomphante après que mes protestations s'étaient tues. Eh! sans doute elle avait raison! je ne chérissais plus qu'un fantôme; l'Alissa que j'avais aimée, que j'aimais encore n'était plus... Eh! sans doute nous avions vieilli! cette dépoétisation affreuse, devant quoi tout mon cœur se glaçait, n'était rien, après tout, que le retour au naturel; lentement si je l'avais surélevée, si je m'étais formé d'elle une idole, l'ornant de tout ce dont j'étais épris, que restait-il de mon travail, que ma fatigue ?... Sitôt abandonnée à elle-même, Alissa était revenue à son niveau,

médiocre niveau, où je me retrouvais moi-même, mais où je ne la désirais plus. Ah! combien cet effort épuisant de vertu m'apparaissait absurde et chimérique, pour la rejoindre à ces hauteurs où mon unique effort l'avait placée. Un peu moins orgueilleux, notre amour eût été facile... mais que signifiait désormais l'obstination dans un amour sans objet; c'était être entêté, ce n'était plus être fidèle. Fidèle à quoi ? — à une erreur. Le plus sage n'était-il pas de m'avouer que je m'étais trompé ?...

Proposé cependant pour l'École d'Athènes, j'acceptai d'y entrer aussitôt, sans ambition, sans goût, mais souriant à l'idée de départ comme à celle d'une évasion.

VIII

Pourtant je revis encore Alissa... Ce fut trois ans plus tard, vers la fin de l'été. Dix mois auparavant j'avais appris par elle la mort de mon oncle. Une assez longue lettre que je lui écrivis aussitôt de Palestine, où je voyageais alors, était demeurée sans réponse...

J'oublie sous quel prétexte, me trouvant au Havre, par un acheminement naturel, je gagnai Fongueusemare. Je savais y trouver Alissa, mais craignais qu'elle n'y fût point seule. Je n'avais pas annoncé ma venue; répugnant à l'idée de me présenter comme une visite ordinaire, j'avançais incertain : entrerais-je ? ou ne repartirais-je pas plutôt sans l'avoir vue, sans avoir cherché à la voir ?... Oui, sans doute; je me promènerais seulement dans l'avenue, m'assiérais sur le banc où peut-être elle venait s'asseoir encore... et je cherchais déjà quel signe je pourrais laisser après moi qui l'instruirait de mon passage, après que je serais reparti... Ainsi songeant, je marchais à pas lents et, depuis que j'avais résolu de ne pas la voir, la tristesse un peu âpre qui m'étreignait le cœur cédait à une mélancolie presque douce. J'avais atteint déjà l'avenue, et, par crainte d'être surpris, je marchais sur un des bas-côtés, longeant le talus qui limitait la cour de la ferme. Je connaissais un point du talus d'où le regard pouvait plonger dans le jardin; là je montai; un jardinier que je ne reconnus pas ratissait une allée et bientôt s'écarta de ma vue. Une

barrière neuve fermait la cour. Le chien en m'entendant passer aboya. Plus loin, où l'avenue finissait, je tournai à droite, retrouvant le mur du jardin, et j'allais gagner cette partie de la hêtraie parallèle à l'avenue quittée lorsque, passant devant la petite porte du potager, l'idée brusque d'entrer par là dans le jardin me saisit.

La porte était close. Le verrou intérieur n'opposait toutefois qu'une résistance assez faible et que d'un coup d'épaule j'allais briser... A cet instant j'entendis un bruit de pas; je me dissimulai dans le retrait du mur.

Je ne pus voir qui sortait du jardin; mais j'entendis, je sentis que c'était Alissa. Elle fit trois pas en avant, appela faiblement :

« Est-ce toi, Jérôme ?... »

Mon cœur, qui battait violemment, s'arrêta, et, comme de ma gorge serrée ne pouvait sortir une parole, elle répéta plus fort :

« Jérôme ! Est-ce toi ? »

A l'entendre ainsi m'appeler, l'émotion qui m'étreignit fut si vive qu'elle me fit tomber à genoux. Comme je ne répondais toujours pas, Alissa fit quelques pas en avant, tourna le mur, et je la sentis soudain contre moi — contre moi qui cachais de mon bras mon visage, comme par peur de la voir aussitôt. Elle resta quelques instants penchée vers moi, tandis que je couvrais de baisers ses mains frêles.

« Pourquoi te cachais-tu ? me dit-elle, aussi simplement que si ces trois ans de séparation n'eussent duré que quelques jours.

— Comment as-tu compris que c'était moi ?

— Je t'attendais.

— Tu m'attendais ? dis-je, si surpris que je ne pouvais que répéter interrogativement ses paroles... Et comme je restais agenouillé :

— Allons jusqu'au banc, reprit-elle. Oui, je savais que je devais encore une fois te revoir. Depuis trois jours, je reviens ici chaque soir et je t'appelle comme j'ai fait ce soir... Pourquoi ne répondais-tu pas ?

— Si tu n'étais pas venue me surprendre, je repartais sans t'avoir vue, dis-je, me raidissant contre l'émotion qui d'abord m'avait trouvé défaillant. — Simplement, passant au Havre, j'allais me promener dans l'avenue, tourner à l'entour du jardin, me reposer quelques

instants sur ce banc de la marnière où je pensais que tu venais encore t'asseoir, puis...

— Vois ce que depuis trois soirs j'y viens lire », dit-elle en m'interrompant, et elle me tendit un paquet de lettres; je reconnus celles que je lui écrivais d'Italie. A ce moment je levai les yeux vers elle. Elle était extraordinairement changée; sa maigreur, sa pâleur me serrèrent le cœur affreusement. S'appuyant et pesant à mon bras, elle se pressait contre moi comme si elle eût eu peur ou froid. Elle était encore en grand deuil, et sans doute la dentelle noire qu'elle avait mise en guise de coiffure et qui lui encadrait le visage ajoutait à sa pâleur. Elle souriait, mais semblait défaillir. Je m'inquiétai de savoir si elle était seule en ce moment à Fongueusemare. Non; Robert y vivait avec elle; Juliette, Édouard et leurs trois enfants étaient venus passer près d'eux le mois d'août... Nous étions parvenus au banc; nous nous assîmes, et la conversation quelques instants encore traîna le long d'informations banales. Elle s'enquit de mon travail. Je répondis de mauvaise grâce. J'aurais voulu qu'elle sentît que mon travail ne m'intéressait plus. J'aurais voulu la décevoir, comme elle aussi m'avait déçu. Je ne sais si j'y parvins, mais elle n'en laissa rien paraître. Pour moi, plein à la fois de ressentiment et d'amour, je m'efforçais de lui parler de la manière la plus sèche et m'en voulais de l'émotion qui parfois faisait trembler ma voix.

Le soleil déclinant, que cachait depuis quelques instants un nuage, reparut au ras de l'horizon, presque en face de nous, envahissant d'un luxe frémissant les champs vides et comblant d'une profusion subite l'étroit vallon qui s'ouvrait à nos pieds; puis, disparut. Je demeurais, ébloui, sans rien dire; je sentais m'envelopper encore, me pénétrer cette sorte d'extase dorée où mon ressentiment s'évaporait, et je n'entendais plus en moi que l'amour. Alissa, qui restait penchée, appuyée contre moi, se redressa; elle sortit de son corsage un menu paquet enveloppé de papier fin, fit mine de me le tendre, s'arrêta, semblant indécise, et, comme je la regardais surpris :

« Écoute, Jérôme, c'est ma croix d'améthystes que j'ai là; depuis trois soirs je l'apporte parce que je voulais depuis longtemps te la donner.

— Que veux-tu que j'en fasse ? fis-je assez brusquement.

— Que tu la gardes en souvenir de moi, pour ta fille.

— Quelle fille ? m'écriai-je en regardant Alissa sans la comprendre.

— Écoute-moi bien calmement, je t'en prie; non, ne me regarde pas ainsi; ne me regarde pas; déjà j'ai beaucoup de mal à te parler; mais ceci, je veux absolument te le dire. Écoute, Jérôme, un jour, tu te marieras ?... Non, ne me réponds pas; ne m'interromps pas, je t'en supplie. Je voudrais tout simplement que tu te souviennes que je t'aurai beaucoup aimé et... depuis longtemps déjà... depuis trois ans... j'ai pensé que cette petite croix que tu aimais, une fille de toi la porterait un jour en souvenir de moi, oh! sans savoir de qui... et peut-être pourrais-tu aussi lui donner... mon nom... »

Elle s'arrêta, la voix étranglée; je m'écriai presque hostilement :

« Pourquoi ne pas la lui donner toi-même ? »

Elle essaya de parler encore. Ses lèvres tremblaient comme celles d'un enfant qui sanglote; elle ne pleurait pas toutefois; l'extraordinaire éclat de son regard inondait son visage d'une surhumaine, d'une angélique beauté.

« Alissa! qui donc épouserais-je ? Tu sais pourtant que je ne puis aimer que toi... et tout à coup, la serrant éperdument, presque brutalement dans mes bras, j'écrasai de baisers ses lèvres. Un instant comme abandonnée je la tins à demi renversée contre moi; je vis son regard se voiler; puis ses paupières se fermèrent, et d'une voix dont rien n'égalera pour moi la justesse et la mélodie :

— Aie pitié de nous, mon ami! Ah! n'abîme pas notre amour. »

Peut-être dit-elle encore : N'agis pas lâchement! ou peut-être me le dis-je moi-même, je ne sais plus, mais soudain, me jetant à genoux devant elle et l'enveloppant pieusement de mes bras :

« Si tu m'aimais ainsi, pourquoi m'as-tu toujours repoussé ? Vois! j'attendais d'abord le mariage de Juliette; j'ai compris que tu attendisses aussi son bonheur; elle est heureuse; c'est toi-même qui me l'as dit. J'ai cru longtemps que tu voulais continuer à vivre

près de ton père; mais à présent nous voici tous deux seuls.

— Oh! ne regrettons pas le passé, murmura-t-elle. A présent j'ai tourné la page.

— Il est temps encore, Alissa.

— Non, mon ami, il n'est plus temps. Il n'a plus été temps du jour où, par amour, nous avons entrevu l'un pour l'autre mieux que l'amour. Grâce à toi, mon rêve était monté si haut que tout contentement humain l'eût fait déchoir. J'ai souvent réfléchi à ce qu'eût été notre vie l'un avec l'autre; dès qu'il n'eût plus été parfait, je n'aurais plus pu supporter... notre amour.

— Avais-tu réfléchi à ce que serait notre vie l'un sans l'autre?

— Non! jamais.

— A présent, tu le vois! Depuis trois ans sans toi, j'erre péniblement... »

Le soir tombait.

« J'ai froid, dit-elle en se levant et s'enveloppant de son châle trop étroitement pour que je pusse reprendre son bras. Tu te souviens de ce verset de l'Écriture, qui nous inquiétait et que nous craignions de ne pas bien comprendre : « Ils n'ont pas obtenu ce qui leur avait été » promis, Dieu les ayant réservés pour quelque chose de » meilleur... »

— Crois-tu toujours à ces paroles?

— Il le faut bien. »

Nous marchâmes quelques instants l'un près de l'autre, sans plus rien dire. Elle reprit :

« Imagines-tu cela, Jérôme : le meilleur! » Et brusquement les larmes jaillirent de ses yeux, tandis qu'elle répétait encore : « le meilleur! »

Nous étions de nouveau parvenus à la petite porte du potager par où, tout à l'heure, je l'avais vue sortir. Elle se retourna vers moi :

« Adieu! fit-elle. Non, ne viens pas plus loin. Adieu, mon ami bien-aimé. C'est maintenant que va commencer... le meilleur. »

Un instant elle me regarda, tout à la fois me retenant et m'écartant d'elle, les bras tendus et les mains sur mes épaules, les yeux emplis d'un indicible amour...

Dès que la porte fut refermée, dès que je l'eus entendue

tirer le verrou derrière elle, je tombai contre cette porte, en proie au plus excessif désespoir et restai longtemps pleurant et sanglotant dans la nuit.

Mais la retenir, mais forcer la porte, mais pénétrer n'importe comment dans la maison, qui pourtant ne m'eût pas été fermée, non, encore aujourd'hui que je reviens en arrière pour revivre tout ce passé... non, cela ne m'était pas possible, et ne m'a point compris jusqu'alors celui qui ne me comprend pas à présent.

Une intolérable inquiétude me fit écrire à Juliette quelques jours plus tard. Je lui parlai de ma visite à Fongueusemare et lui dis combien m'alarmaient la pâleur et la maigreur d'Alissa ; je la suppliai d'y prendre garde et de me donner les nouvelles que je ne pouvais plus attendre d'Alissa elle-même.

Moins d'un mois après, je reçus la lettre que voici :

Mon cher Jérôme,

Je viens t'annoncer une bien triste nouvelle : notre pauvre Alissa n'est plus... Hélas ! les craintes qu'exprimait ta lettre n'étaient que trop fondées. Depuis quelques mois, sans être précisément malade, elle dépérissait ; pourtant, cédant à mes supplications, elle avait consenti à voir le Dr A..., du Havre, qui m'avait écrit qu'elle n'avait rien de grave. Mais trois jours après la visite que tu lui as faite, elle a brusquement quitté Fongueusemare. C'est par une lettre de Robert que j'ai appris son départ ; elle m'écrit si rarement que, sans lui, j'aurais tout ignoré de sa fuite, car je ne me serais pas vite alarmée de son silence. J'ai fait de vifs reproches à Robert de l'avoir ainsi laissée partir, de ne pas l'avoir accompagnée à Paris. Croirais-tu que, depuis ce moment, nous sommes restés dans l'ignorance de son adresse. Tu juges de mon angoisse ; impossible de la voir, impossible même de lui écrire. Robert a bien été à Paris quelques jours plus tard, mais n'a rien pu découvrir. Il est si indolent que nous avons douté de son zèle. Il fallait aviser la police ; nous ne pouvions rester dans cette cruelle incertitude. Édouard est parti, a si bien fait qu'enfin il a découvert la petite maison de santé où Alissa s'était réfugiée. Hélas ! trop tard. Je recevais en même temps une lettre du directeur de la maison m'annonçant sa mort, et une dépêche d'Édouard qui n'a même pas pu la revoir. Le dernier jour elle avait écrit notre adresse

sur une enveloppe afin que nous fussions prévenus, et, dans une autre enveloppe, mis le double d'une lettre qu'elle avait envoyée à notre notaire du Havre, et qui contenait ses dernières volontés. Je crois qu'un passage de cette lettre te concerne ; je te le ferai connaître prochainement. Édouard et Robert ont pu assister à l'inhumation qui a eu lieu avant-hier. Ils n'étaient pas seuls à suivre la bière. Quelques malades de la maison de santé avaient tenu à assister à la cérémonie et à accompagner le corps au cimetière. Pour moi, qui attends mon cinquième enfant d'un jour à l'autre, je n'ai malheureusement pas pu me déplacer.

Mon cher Jérôme, je sais le profond chagrin que te causera ce deuil, et je t'écris le cœur navré. J'ai dû m'aliter depuis deux jours et j'écris difficilement, mais ne voulais laisser personne d'autre, pas même Édouard ou Robert, te parler de celle que nous avons été sans doute tous deux seuls à connaître. Maintenant que me voici une presque vieille mère de famille et que beaucoup de cendres ont recouvert le brûlant passé, je puis souhaiter te revoir. Si quelque jour tes occupations ou ton agrément t'appelaient vers Nîmes, viens jusqu'à Aigues-Vives. Édouard serait heureux de te connaître et tous deux nous pourrions parler d'Alissa. Adieu, mon cher Jérôme. Je t'embrasse bien tristement.

Quelques jours après, j'appris qu'Alissa laissait Fongueusemare à son frère, mais demandait que tous les objets de sa chambre et quelques meubles qu'elle indiquait fussent envoyés à Juliette. Je devais recevoir prochainement des papiers qu'elle avait mis sous pli cacheté à mon nom. J'appris encore qu'elle avait demandé qu'on lui mît au cou la petite croix d'améthystes que j'avais refusée à ma dernière visite, et je sus par Édouard que cela avait été fait.

Le pli cacheté que le notaire me renvoya contenait le journal d'Alissa. J'en transcris ici nombre de pages. — Je les transcris sans commentaires. Vous imaginerez suffisamment les réflexions que je fis en les lisant et le bouleversement de mon cœur que je ne pourrais que trop imparfaitement indiquer.

JOURNAL D'ALISSA

Aigues-Vives.

*A*VANT-HIER, *départ du Havre, hier, arrivée à Nîmes ; mon premier voyage ! N'ayant aucun souci du ménage ni de la cuisine, dans le léger désœuvrement qui s'ensuit, ce 23 mai 188., jour anniversaire de mes vingt-cinq ans, je commence un journal — sans grand amusement, un peu pour me tenir compagnie ; car, pour la première fois de ma vie peut-être, je me sens seule — sur une terre différente, étrangère presque, et avec qui je n'ai pas encore lié connaissance. Ce qu'elle a à me dire est sans doute pareil à ce que me racontait la Normandie, et que j'écoute infatigablement à Fongueusemare — car Dieu n'est différent de soi nulle part — mais elle parle, cette terre méridionale, une langue que je n'ai pas encore apprise et que j'écoute avec étonnement.*

24 mai.

Juliette sommeille sur une chaise longue près de moi — dans la galerie ouverte qui fait le charme de cette maison à l'italienne, de plain-pied avec la cour sablée qui continue le jardin... Juliette, sans quitter sa chaise longue, peut voir la pelouse se vallonner jusqu'à la pièce d'eau où s'ébat un peuple de canards bariolés et où naviguent deux cygnes. Un ruisseau que ne tarit, dit-on, aucun été l'alimente, puis fuit à travers le jardin qui devient bosquet toujours plus sauvage, resserré de plus en plus entre la garrigue sèche et les vignobles, et bientôt complètement étranglé.

... Édouard Teissières a fait visiter hier, à mon père, le jardin, la ferme, les celliers, les vignobles, pendant que je restais auprès de Juliette, — de sorte que ce matin, de très bonne heure, j'ai pu faire, seule, ma première promenade de découverte dans le parc. Beaucoup de plantes et d'arbres inconnus dont pourtant j'aurais voulu savoir le nom. De chacun d'eux je cueille une ramille pour me les faire nommer, au déjeuner. Je reconnais en ceux-ci les chênes verts qu'admirait Jérôme à la villa Borghèse ou Doria-Pamphili... si lointains parents de nos arbres du nord — d'expression si différente ;

ils abritent, presque à l'extrémité du parc, une clairière étroite, mystérieuse et se penchent au-dessus d'un gazon doux aux pieds, invitant le chœur des nymphes. Je m'étonne, m'effarouche presque de ce qu'ici mon sentiment de la nature, si profondément chrétien à Fongueusemare, malgré moi devienne un peu mythologique. Pourtant elle était encore religieuse la sorte de crainte qui de plus en plus m'oppressait. Je murmurais ces mots : hic nemus. L'air était cristallin : il faisait un silence étrange. Je songeais à Orphée, à Armide, lorsque tout à coup un chant d'oiseau, unique, s'est élevé, si près de moi, si pathétique, si pur qu'il me sembla soudain que toute la nature l'attendait. Mon cœur battait très fort ; je suis restée un instant appuyée contre un arbre, puis suis rentrée avant que personne encore ne fût levé.

26 mai.

Toujours sans nouvelles de Jérôme. Quand il m'aurait écrit au Havre, sa lettre m'aurait été renvoyée... Je ne puis confier qu'à ce cahier mon inquiétude ; ni la course d'hier aux Baux, ni la prière, depuis trois jours, n'ont pu m'en distraire un instant. Aujourd'hui, je ne peux écrire ici rien d'autre : l'étrange mélancolie dont je souffre depuis mon arrivée à Aigues-Vives n'a peut-être pas d'autre cause ; — pourtant je la sens à une telle profondeur en moi-même qu'il me semble maintenant qu'elle était là depuis longtemps et que la joie dont je me disais fière ne faisait que la recouvrir.

27 mai.

Pourquoi me mentirais-je à moi-même ? C'est par un raisonnement que je me réjouis du bonheur de Juliette. Ce bonheur que j'ai tant souhaité, jusqu'à offrir de lui sacrifier mon bonheur, je souffre de le voir obtenu sans peine, et différent de ce qu'elle et moi nous imaginions qu'il dût être. Que cela est compliqué ! Si... je discerne bien qu'un affreux retour d'égoïsme s'offense de ce qu'elle ait trouvé son bonheur ailleurs que dans mon sacrifice — qu'elle n'ait pas eu besoin de mon sacrifice pour être heureuse.

Et je me demande à présent, à sentir quelle inquiétude me cause le silence de Jérôme : ce sacrifice était-il réellement consommé dans mon cœur ? Je suis comme humiliée que Dieu ne l'exige plus de moi. N'en étais-je donc point capable ?

JOURNAL D'ALISSA

28 mai.

Combien cette analyse de ma tristesse est dangereuse ! Déjà je m'attache à ce cahier. La coquetterie, que je croyais vaincue, reprendrait-elle ici ses droits ? Non ; que ce journal ne soit pas le complaisant miroir devant lequel mon âme s'apprête ! Ce n'est pas par désœuvrement, comme je le croyais d'abord, que j'écris, mais par tristesse. La tristesse est un état de péché, que je ne connaissais plus, que je hais, dont je veux décompliquer mon âme. Ce cahier doit m'aider à réobtenir en moi le bonheur.

La tristesse est une complication. Jamais je ne cherchais à analyser mon bonheur.

À Fongueusemare j'étais bien seule aussi, plus seule encore... pourquoi donc ne le sentais-je pas ? Et quand Jérôme m'écrivait d'Italie, j'acceptais qu'il vît sans moi, qu'il vécût sans moi, je le suivais par la pensée et faisais de sa joie la mienne. Je l'appelle à présent malgré moi ; sans lui tout ce que je vois de neuf m'importune...

10 juin.

Longue interruption de ce journal à peine commencé ; naissance de la petite Lise ; longues veillées auprès de Juliette ; tout ce que je peux écrire à Jérôme, je n'ai nul plaisir à l'écrire ici. Je voudrais me garder de cet insupportable défaut commun à tant de femmes : le trop écrire. Considérer ce cahier comme un instrument de perfectionnement.

Suivaient plusieurs pages de notes prises au cours de lectures, passages copiés, etc. Puis, datée de Fongueusemare de nouveau :

16 juillet.

Juliette est heureuse ; elle le dit, le paraît ; je n'ai pas le droit, pas de raison d'en douter... D'où me vient à présent, auprès d'elle, ce sentiment d'insatisfaction, de malaise ? — Peut-être à sentir cette félicité si pratique, si facilement obtenue, si parfaitement « sur mesure » qu'il semble qu'elle enserre l'âme et l'étouffe...

Et je me demande à présent si c'est bien le bonheur que je souhaite ou plutôt l'acheminement vers le bonheur. Ô Seigneur ! Gardez-moi d'un bonheur que je pourrais trop vite atteindre ! Enseignez-moi à différer, à reculer jusqu'à Vous mon bonheur.

De nombreuses feuilles ensuite avaient été arrachées; sans doute relataient-elles notre pénible revoir du Havre. Le journal ne reprenait que l'an suivant; feuillets non datés, mais certainement écrits au moment de mon séjour à Fongueusemare.

Parfois en l'écoutant parler je crois me regarder penser. Il m'explique et me découvre à moi-même. Existerais-je sans lui ? Je ne suis qu'avec lui...

Parfois j'hésite si ce que j'éprouve pour lui c'est bien ce que l'on appelle de l'amour — tant la peinture que d'ordinaire on fait de l'amour diffère de celle que je pourrais en faire. Je voudrais que rien n'en fût dit et l'aimer sans savoir que je l'aime. Surtout je voudrais l'aimer sans qu'il le sût.

De tout ce qu'il me faut vivre sans lui, rien ne m'est plus d'aucune joie. Toute ma vertu n'est que pour lui plaire et pourtant, près de lui, je sens ma vertu défaillante.

J'aimais l'étude du piano parce qu'il me semblait que je pouvais y progresser un peu chaque jour. C'est peut-être aussi le secret du plaisir que je prends à lire un livre en langue étrangère ; non certes que je préfère quelque langue que ce soit à la nôtre ou que ceux de nos écrivains que j'admire me paraissent le céder en rien aux étrangers — mais la légère difficulté dans la poursuite du sens et de l'émotion, l'inconsciente fierté peut-être de la vaincre et de la vaincre toujours mieux, ajoute au plaisir de l'esprit je ne sais quel contentement de l'âme, dont il me semble que je ne puisse me passer.

Si bienheureux qu'il soit, je ne puis souhaiter un état sans progrès. Je me figure la joie céleste non comme une confusion en Dieu, mais comme un rapprochement infini, continu... et si je ne craignais de jouer sur un mot, je dirais que je ferais fi d'une joie qui ne serait pas progressive.

Ce matin nous étions assis tous deux sur le banc de l'avenue ; nous ne disions rien et n'éprouvions le besoin de rien dire... Tout à coup, il m'a demandé si je croyais à la vie future.

« *Mais, Jérôme, me suis-je écriée aussitôt, c'est mieux pour moi qu'une espérance : c'est une certitude...* »

Et brusquement il m'a semblé que toute ma foi s'était comme vidée dans ce cri.

« *Je voudrais savoir ?* » *a-t-il ajouté... il s'est arrêté quelques instants, puis :* « *Agirais-tu différemment, sans ta foi ?*

— *Comment puis-je le savoir, ai-je répondu ; et j'ajoutai :*
— *Mais toi-même, et malgré toi, mon ami, tu ne peux plus agir autrement que tu ne ferais animé par la foi la plus vive. Et je ne t'aimerais pas, différent.* »

Non, Jérôme, non, ce n'est pas la récompense future vers quoi s'efforce notre vertu : ce n'est pas la récompense que cherche notre amour. L'idée d'une rémunération de sa peine est blessante à l'âme bien née. La vertu n'est pas non plus pour elle une parure : non, c'est la forme de sa beauté.

Papa va de nouveau moins bien ; rien de grave, j'espère, mais il a dû se remettre au lait depuis trois jours.

Hier au soir, Jérôme venait de monter dans sa chambre ; papa, qui prolongeait avec moi la veillée, m'a laissée seule quelques instants. J'étais assise sur le canapé, ou plutôt — ce qui ne m'arrive presque jamais — je m'étais étendue, je ne sais pourquoi. L'abat-jour abritait de la lumière mes yeux et le haut de mon corps ; je regardais machinalement la pointe de mes pieds, qui dépassait un peu ma robe et qu'un reflet de lampe accrochait. Quand papa est rentré, il est resté quelques instants debout devant la porte à me dévisager d'une manière étrange, à la fois souriante et triste. Vaguement confuse, je me suis levée ; alors il m'a fait signe :

« *Viens t'asseoir près de moi* », *m'a-t-il dit ; et, bien qu'il fût déjà tard, il a commencé à me parler de ma mère, ce qu'il n'avait jamais fait depuis leur séparation. Il m'a raconté comment il l'avait épousée, combien il l'aimait et ce que d'abord elle avait été pour lui.*

« *Papa, lui ai-je dit enfin, je te supplie de me dire pourquoi tu me racontes cela ce soir, ce qui te fait me raconter cela précisément ce soir...*

— *Parce que, tout à l'heure, quand je suis rentré dans le salon, et que je t'ai vue, comme tu étais étendue sur le canapé, un instant j'ai cru revoir ta mère.* »

Si j'insistais ainsi, c'est que, ce même soir... Jérôme lisait par-dessus mon épaule, debout, appuyé contre mon fauteuil, penché sur moi. Je ne pouvais le voir mais je sentais son haleine et comme la chaleur et le frémissement de son corps. Je feignais de continuer ma lecture, mais je ne comprenais plus ; je ne distinguais même plus les lignes ; un trouble si étrange s'était emparé de moi que j'ai dû me lever de ma chaise, en hâte, tandis que je le pouvais encore. J'ai pu quitter quelques instants

la pièce sans qu'heureusement il se soit rendu compte de rien... Mais quand, un peu plus tard, seule dans le salon, je m'étais étendue sur ce canapé où papa trouvait que je ressemblais à ma mère, précisément alors c'est à elle que je pensais.

J'ai très mal dormi cette nuit, inquiète, oppressée, misérable, obsédée par le souvenir du passé qui remontait en moi comme un remords. Seigneur, enseignez-moi l'horreur de tout ce qui a quelque apparence de mal.

Pauvre Jérôme ! Si pourtant il savait que parfois il n'aurait qu'un geste à faire, et que ce geste parfois je l'attends...

Lorsque j'étais enfant, c'est à cause de lui déjà que je souhaitais d'être belle. Il me semble à présent que je n'ai jamais « tendu à la perfection » que pour lui. Et que cette perfection ne puisse être atteinte que sans lui, c'est, ô mon Dieu ! celui d'entre tous vos enseignements qui déconcerte le plus mon âme.

Combien heureuse doit être l'âme pour qui vertu se confondrait avec amour ! Parfois je doute s'il est d'autre vertu que d'aimer, d'aimer le plus possible et toujours plus... Mais certains jours, hélas ! la vertu ne m'apparaît plus que comme une résistance à l'amour. Eh quoi ! oserais-je appeler vertu le plus naturel penchant de mon cœur ! O sophisme attrayant ! invitation spécieuse ! mirage insidieux du bonheur !

Je lis ce matin dans La Bruyère :

« Il y a quelquefois, dans le cours de la vie, de si chers plaisirs et de si tendres engagements que l'on nous défend, qu'il est naturel de désirer du moins qu'ils fussent permis : de si grands charmes ne peuvent être surpassés que par celui de savoir y renoncer par vertu. »

Pourquoi donc inventai-je ici la défense ? Serait-ce que m'attire en secret un charme plus puissant encore, plus suave que celui de l'amour ? Oh ! pouvoir entraîner à la fois nos deux âmes, à force d'amour, au-delà de l'amour !...

Hélas ! Je ne le comprends que trop bien à présent : entre Dieu et lui, il n'est pas d'autre obstacle que moi-même. Si, peut-être, comme il me le dit, son amour pour moi l'inclina vers Dieu tout d'abord, à présent cet amour l'empêche ; il s'attarde à moi, me préfère, et je deviens l'idole qui le retient de s'avancer plus loin dans la vertu. Il faut que l'un de nous deux y parvienne ; et désespérant de surmonter dans mon

lâche cœur mon amour, permettez-moi, mon Dieu, accordez-moi la force de lui apprendre à ne m'aimer plus ; de manière qu'au prix des miens, je vous apporte ses mérites infiniment préférables... et si mon âme aujourd'hui sanglote de le perdre, n'est-ce pas pour que, plus tard, je le retrouve en Vous...

Dites, ô mon Dieu ! quelle âme vous mérita jamais davantage ? N'est-il pas né pour mieux que pour m'aimer ? Et l'aimerais-je autant, s'il devait s'arrêter à moi-même ? Combien se rétrécit dans le bonheur tout ce qui pourrait être héroïque !...

Dimanche.

« *Dieu nous ayant gardés pour quelque chose de meilleur.* »

Lundi, 3 mai.

Que le bonheur soit là, tout près, qu'il se propose... n'avoir qu'à allonger la main pour s'en saisir...
Ce matin, causant avec lui, j'ai consommé le sacrifice.

Lundi soir.

Il part demain...
Cher Jérôme, je t'aime toujours de tendresse infinie ; mais jamais plus je ne pourrai te le dire. La contrainte que j'impose à mes yeux, à mes lèvres, à mon âme, est si dure que te quitter m'est délivrance et amère satisfaction.

Je m'efforce d'agir avec raison, mais au moment de l'action, les raisons qui me faisaient agir m'échappent, ou me paraissent folles ; je n'y crois plus...
Les raisons qui me font le fuir ? Je n'y crois plus... Et je le fuis pourtant, avec tristesse, et sans comprendre pourquoi je le fuis.
Seigneur ! nous avancer vers vous, Jérôme et moi, l'un avec l'autre, l'un par l'autre ; marcher tout le long de la vie comme deux pèlerins dont l'un parfois dise à l'autre : « Appuie-toi sur moi, frère, si tu es las », et dont l'autre réponde : « Il me suffit de te sentir près de moi... » Mais non ! la route que vous nous enseignez, Seigneur, est une route étroite — étroite à n'y pouvoir marcher deux de front.

4 juillet.

Voilà plus de six semaines que je n'ai pas rouvert ce cahier.

Le mois dernier, en en relisant quelques pages, j'y avais surpris un absurde, un coupable souci de bien écrire... que je lui dois...

Comme si, dans ce cahier que je n'ai commencé que pour m'aider à me passer de lui, je continuais à lui écrire.

J'ai déchiré toutes les pages qui m'ont paru bien écrites. (Je sais ce que j'entends par là.) J'aurais dû déchirer toutes celles où il est question de lui. J'aurais dû tout déchirer... Je n'ai pas pu.

Et déjà d'avoir arraché ces quelques pages, j'ai ressenti un peu d'orgueil... un orgueil dont je rirais, si mon cœur n'était si malade.

Vraiment il semblait que j'eusse là du mérite et que ce que je supprimais fût grand-chose !

<p style="text-align:right">6 juillet.</p>

J'ai dû bannir de ma bibliothèque...

De livre en livre je le fuis et le retrouve. Même la page que sans lui je découvre, j'entends sa voix encore me la lire. Je n'ai goût qu'à ce qui l'intéresse, et ma pensée a pris la forme de la sienne au point que je ne sais les distinguer pas plus qu'au temps où je pouvais me plaire à les confondre.

Parfois je m'efforce d'écrire mal, pour échapper au rythme de ses phrases ; mais lutter contre lui, c'est encore m'occuper de lui. Je prends la résolution de ne plus lire pour un temps que la Bible (l'Imitation aussi, peut-être) et de ne plus écrire dans ce carnet que, chaque jour, le verset marquant de ma lecture.

Suivait une sorte de « pain quotidien », où la date de chaque jour, à partir du premier juillet, était accompagnée d'un verset. Je ne transcris ici que ceux qu'accompagnait aussi quelque commentaire.

<p style="text-align:right">20 juillet.</p>

« *Vends tout ce que tu as et le donne aux pauvres.* » *Je comprends qu'il faudrait donner aux pauvres ce cœur dont je ne dispose que pour Jérôme. Et du même coup n'est-ce pas lui enseigner à faire de même ?... Seigneur, donnez-moi ce courage.*

<p style="text-align:right">24 juillet.</p>

*J'ai cessé de lire l'*Internelle Consolacion. *Cette ancienne langue m'amusait fort, mais me distrayait et la joie quasi*

payenne que j'y goûte n'a rien à voir avec l'édification que je me proposais d'y chercher.

Repris l'*Imitation*; et non point même dans le texte latin, que je suis trop vaine de comprendre. J'aime que ne soit pas même signée la traduction où je la lis — protestante il est vrai, mais « appropriée à toutes les communions chrétiennes », dit le titre.

« Oh ! si tu savais quelle paix tu acquerrais, et quelle joie tu donnerais aux autres en t'avançant dans la vertu, je m'assure que tu y travaillerais avec plus de soin. »

<div style="text-align:right">10 août.</div>

Quand je crierais vers vous, mon Dieu, avec l'élan de la foi d'un enfant et la voix surhumaine des anges...

Tout cela, je le sais, me vient non de Jérôme, mais de Vous. Mais pourquoi, entre Vous et moi, posez-vous partout son image ?

<div style="text-align:right">14 août.</div>

Plus que deux mois pour parachever cet ouvrage... O Seigneur, aidez-moi !

<div style="text-align:right">20 août.</div>

Je le sens bien, je le sens à ma tristesse, que le sacrifice n'est pas consommé dans mon cœur. Mon Dieu, donnez-moi de ne devoir qu'à Vous cette joie que lui seul me faisait connaître.

<div style="text-align:right">28 août.</div>

A quelle médiocre, triste vertu je parviens ! Exigé-je donc trop de moi ? — N'en plus souffrir.

Par quelle lâcheté toujours implorer de Dieu sa force ! A présent toute ma prière est plaintive.

<div style="text-align:right">29 août.</div>

« Regardez les lys des champs... »

Cette parole si simple m'a plongée ce matin dans une tristesse dont rien ne pouvait me distraire. Je suis sortie dans la campagne et ces mots que malgré moi je répétais sans cesse emplissaient de larmes mon cœur et mes yeux. Je contemplais la vaste plaine vide où le laboureur penché sur la charrue peinait... « Les lys des champs... » Mais, Seigneur, où sont-ils ?...

16 septembre, 10 heures du soir.

Je l'ai revu. Il est là, sous ce toit. Je vois sur le gazon la clarté qu'y porte sa fenêtre. Pendant que j'écris ces lignes, il veille ; et peut-être qu'il pense à moi. Il n'a pas changé ; il le dit ; je le sens. Saurai-je me montrer à lui telle que j'ai résolu d'être, afin que son amour me désavoue ?...

24 septembre.

Oh ! conversation atroce où j'ai su feindre l'indifférence, la froideur, lorsque mon cœur au-dedans de moi se pâmait... Jusqu'à présent, je m'étais contentée de le fuir. Ce matin j'ai pu croire que Dieu me donnerait la force de vaincre, et que me dérober sans cesse à la lutte n'allait pas sans lâcheté. Ai-je triomphé ? Jérôme m'aime-t-il un peu moins ?... Hélas ! c'est ce que j'espère, et que je crains tout à la fois... Je ne l'ai jamais aimé davantage.

Et s'il vous faut, Seigneur, pour le sauver de moi, que je me perde, faites !...

« Entrez dans mon cœur et dans mon âme pour y porter mes souffrances et pour continuer d'endurer en moi ce qui vous reste à souffrir de votre Passion. »

Nous avons parlé de Pascal... Qu'ai-je pu lui dire ? Quels honteux, absurdes propos ! si je souffrais en les disant déjà, ce soir je m'en repens comme d'un blasphème. J'ai repris le livre pesant des Pensées, *qui de lui-même s'est ouvert à ce passage des lettres à Mlle de Roannez :*

« On ne sent pas son lien quand on suit volontairement celui qui entraîne ; mais quand on commence à résister et à marcher en s'éloignant on souffre bien. »

Ces paroles me touchaient si directement que je n'ai pas eu la force de continuer ma lecture ; mais rouvrant le livre à un autre endroit, ce fut pour trouver un passage admirable que je ne connaissais pas et que je viens de copier.

Ici s'achevait le premier cahier de ce journal. Sans doute un cahier suivant fut détruit ; car, dans les papiers laissés par Alissa, le journal ne reprenait que trois ans plus tard, à Fongueusemare encore — en septembre — c'est-à-dire peu de temps avant notre dernier revoir.

Les phrases qui suivent ouvrent ce dernier cahier.

17 septembre.

Mon Dieu, vous savez bien que j'ai besoin de lui pour vous aimer.

20 septembre.

Mon Dieu, donnez-le-moi, afin que je vous donne mon cœur.
Mon Dieu, faites-le-moi revoir seulement.
Mon Dieu, je m'engage à vous donner mon cœur ; accordez-moi ce que mon amour vous demande. Je ne donnerai plus qu'à Vous ce qui me restera de vie...
Mon Dieu, pardonnez-moi cette méprisable prière, mais je ne puis écarter son nom de mes lèvres, ni oublier la peine de mon cœur.
Mon Dieu, je crie à Vous ; ne m'abandonnez pas dans ma détresse.

21 septembre.

« Tout ce que vous demanderez à mon père en mon nom... »
Seigneur ! en votre nom je n'ose...
Mais si je ne formule plus ma prière, en connaîtrez-vous moins pour cela le délirant souhait de mon cœur ?

27 septembre.

Depuis ce matin un grand calme. Passé presque toute la nuit en méditation, en prière. Soudain il m'a semblé que m'entourait, que descendait en moi une sorte de paix lumineuse, pareille à l'imagination qu'enfant je me faisais du Saint-Esprit. Je me suis aussitôt couchée, craignant de ne devoir ma joie qu'à une exaltation nerveuse ; je me suis endormie assez vite, sans que cette félicité m'eût quittée. Elle est là ce matin tout entière. J'ai maintenant la certitude qu'il viendra.

30 septembre.

Jérôme ! mon ami, toi que j'appelle encore : mon frère, mais que j'aime infiniment plus qu'un frère... Combien de fois ai-je crié ton nom dans la hêtraie !... Sortant chaque soir, vers la tombée du jour, par la petite porte du potager, je descends l'avenue déjà sombre... Tu me répondrais soudain, tu m'apparaîtrais, là, derrière le talus pierreux qu'avait hâte de contourner mon regard, ou bien je te verrais de loin, assis sur le banc,

à m'attendre, mon cœur n'aurait pas un sursaut... au contraire, je m'étonne de ne pas te voir.

<p style="text-align:right">1^{er} octobre.</p>

Rien encore. Le soleil s'est couché dans un ciel incomparablement pur. J'attends. Je sais que bientôt, sur ce même banc, je serai assise avec lui... J'écoute déjà sa parole. J'aime tant à l'entendre prononcer mon nom... Il sera là ! Je mettrai ma main dans sa main. Je laisserai mon front s'appuyer contre son épaule. Je respirerai près de lui. Hier déjà, j'avais emporté quelques-unes de ses lettres pour les relire ; mais je ne les ai pas regardées, trop occupée par sa pensée. J'avais également pris sur moi la croix d'améthystes qu'il aimait et que je portais chaque soir, un des étés passés, aussi longtemps que je ne voulais pas qu'il partît.

Je voudrais lui remettre cette croix. Il y a longtemps déjà je faisais ce rêve : lui marié, moi, marraine de sa première fille, une petite Alissa, à qui je donnais ce bijou... Pourquoi n'ai-je jamais osé le lui dire ?

<p style="text-align:right">2 octobre.</p>

Mon âme est légère et joyeuse aujourd'hui comme un oiseau qui aurait fait son nid dans le ciel. C'est aujourd'hui qu'il doit venir ; je le sens, je le sais ; je voudrais le crier à tous ; j'ai besoin de l'écrire ici. Je ne peux plus cacher ma joie. Même Robert, si distrait d'ordinaire et si indifférent à moi, l'a remarquée. Ses questions m'ont troublée et je n'ai su quoi lui répondre. Comment vais-je attendre à ce soir ?...

Je ne sais quel transparent bandeau me présente partout agrandie son image et concentre tous les rayons de l'amour sur un seul point brûlant de mon cœur.

Oh ! que l'attente me fatigue !...

Seigneur ! entrouvrez un instant devant moi les larges vantaux du bonheur !

<p style="text-align:right">3 octobre.</p>

Tout s'est éteint. Hélas ! il s'est échappé d'entre mes bras, comme une ombre. Il était là ! Il était là ! Je le sens encore. Je l'appelle. Mes mains, mes lèvres le cherchent en vain dans la nuit...

Je ne puis ni prier, ni dormir. Je suis ressortie dans le jardin sombre. Dans ma chambre, dans toute la maison,

j'avais peur ; ma détresse m'a ramenée jusqu'à la porte derrière laquelle je l'avais laissé ; j'ai rouvert cette porte avec une folle espérance ; s'il était revenu ! J'ai appelé. J'ai tâtonné dans les ténèbres. Je suis rentrée pour lui écrire. Je ne peux accepter mon deuil.

Que s'est-il donc passé ? Que lui ai-je dit ? Qu'ai-je fait ? Quel besoin devant lui d'exagérer toujours ma vertu ? De quel prix peut être une vertu que mon cœur tout entier renie ; je mentais en secret aux paroles que Dieu proposait à mes lèvres... De tout ce qui gonflait mon cœur, rien n'est sorti. Jérôme ! Jérôme, mon ami douloureux près de qui mon cœur se déchire, et loin de qui je meurs, de tout ce que je te disais tantôt, n'écoute rien que ce qui te racontait mon amour.

Déchiré ma lettre ; puis récrit... Voici l'aube ; grise, mouillée de pleurs, aussi triste que ma pensée... J'entends les premiers bruits de la ferme, et tout ce qui dormait reprend vie... « *A présent levez-vous. Voici l'heure...* »
Ma lettre ne partira pas.

5 octobre.

Dieu jaloux, qui m'avez dépossédée, emparez-vous donc de mon cœur. Toute chaleur désormais l'abandonne et rien ne l'intéressera plus. Aidez-moi donc à triompher de ce triste restant de moi-même. Cette maison, ce jardin encouragent intolérablement mon amour. Je veux fuir en un lieu où je ne verrai plus que Vous.

Vous m'aiderez à disposer pour vos pauvres de ce que je possédais de fortune ; laissez-moi disposer, en faveur de Robert, de Fongueusemare que je ne puis vendre aisément. J'ai bien écrit un testament, mais j'ignore la plupart des formalités nécessaires, et hier je n'ai pu causer suffisamment avec le notaire, craignant qu'il ne soupçonnât la décision que j'ai prise et n'avertît Juliette ou Robert... Je compléterai cela à Paris.

10 octobre.

Suis arrivée ici si fatiguée que j'ai dû rester couchée les deux premiers jours. Le médecin qu'on a fait venir contre mon gré parle d'une opération qu'il juge nécessaire. A quoi bon protester ? mais je lui ai fait aisément croire que cette opération m'effrayait

et que je préférais attendre d'avoir « repris quelques forces ».

J'ai pu cacher mon nom, mon adresse. J'ai déposé au bureau de la maison suffisamment d'argent pour qu'on ne fît point difficulté de me recevoir et de me garder autant de temps que Dieu va le juger encore nécessaire.

Cette chambre me plaît. La parfaite propreté suffit à l'ornement des murs. J'étais tout étonnée de me sentir presque joyeuse. C'est que je n'espère plus rien de la vie. C'est qu'il faut à présent que je me contente de Dieu, et que son amour n'est exquis que s'il occupe en nous toute la place...

Je n'ai pris avec moi d'autre livre que la Bible ; mais aujourd'hui, plus haut que les paroles que j'y lis, résonne en moi ce sanglot éperdu de Pascal :

« Tout ce qui n'est pas Dieu ne peut pas remplir mon attente. »

O trop humaine joie que mon cœur imprudent souhaitait... Est-ce pour obtenir ce cri, Seigneur ! que vous m'avez désespérée ?

12 octobre.

Que votre règne vienne ! Qu'il vienne en moi ; de sorte que vous seul régniez sur moi ; et régniez sur moi tout entière. Je ne veux plus vous marchander mon cœur.

Fatiguée comme si j'étais très vieille, mon âme garde une étrange puérilité. Je suis encore la petite fille que j'étais, qui ne pouvait pas s'endormir que tout ne fût en ordre dans sa chambre, et bien pliés au chevet du lit les vêtements quittés...

C'est ainsi que je voudrais me préparer à mourir.

13 octobre.

Relu mon journal avant de le détruire. « Il est indigne des grands cœurs de répandre le trouble qu'ils ressentent. » Elle est de Clotilde de Vaux, je crois, cette belle parole.

A l'instant de jeter au feu ce journal, une sorte d'avertissement m'a retenue ; il m'a paru qu'il ne m'appartenait déjà plus à moi-même ; que je n'avais pas le droit de l'enlever à Jérôme ; que je ne l'avais jamais écrit que pour lui. Mes inquiétudes, mes doutes, me paraissent si dérisoires aujourd'hui que je ne puis plus y attacher d'importance ni croire que Jérôme puisse en être troublé. Mon Dieu, laissez qu'il y sur-

prenne parfois l'accent malhabile d'un cœur désireux jusqu'à la folie de le pousser jusqu'à ce sommet de vertu que je désespérais d'atteindre.

« Mon Dieu, conduisez-moi sur ce rocher que je ne puis atteindre. »

15 octobre.

« Joie, joie, joie, pleurs de joie... »

Au-dessus de la joie humaine et par-delà toute douleur, oui, je pressens cette joie radieuse. Ce rocher où je ne puis atteindre, je sais bien qu'il a nom : bonheur... Je comprends que toute ma vie est vaine sinon pour aboutir au bonheur... Ah ! pourtant vous le promettiez, Seigneur, à l'âme renonçante et pure. « *Heureux* dès à présent, *disait votre sainte parole, heureux dès à présent ceux qui meurent dans le Seigneur.* » Dois-je attendre jusqu'à la mort ? C'est ici que ma foi chancelle. Seigneur ! Je crie à vous de toutes mes forces. Je suis dans la nuit ; j'attends l'aube. Je crie à Vous jusqu'à mourir. Venez désaltérer mon cœur. De ce bonheur j'ai soif aussitôt... Ou dois-je me persuader de l'avoir ? Et comme l'impatient oiseau qui crie par-devant l'aurore, appelant plus qu'annonçant le jour, dois-je n'attendre pas le pâlissement de la nuit pour chanter ?

16 octobre.

Jérôme, je voudrais t'enseigner la joie parfaite.

Ce matin une crise de vomissements m'a brisée. Je me suis sentie, sitôt après, si faible qu'un instant j'ai pu espérer de mourir. Mais non ; il s'est d'abord fait dans tout mon être un grand calme ; puis une angoisse s'est emparée de moi, un frisson de la chair et de l'âme ; c'était comme l'éclaircissement brusque et désenchanté de ma vie. Il me semblait que je voyais pour la première fois les murs atrocement nus de ma chambre. J'ai pris peur. A présent encore j'écris pour me rassurer, me calmer. O Seigneur ! puissé-je atteindre jusqu'au bout sans blasphème.

J'ai pu me lever encore. Je me suis mise à genoux comme un enfant...

Je voudrais mourir à présent, vite, avant d'avoir compris de nouveau que je suis seule.

J'ai revu Juliette l'an passé. Plus de dix ans s'étaient écoulés depuis sa dernière lettre, celle qui m'annonçait la mort d'Alissa. Un voyage en Provence me fut une occasion de m'arrêter à Nîmes. Avenue de Feuchères, au centre bruyant de la ville, les Teissières habitent une maison d'assez belle apparence. Bien que j'eusse écrit pour annoncer ma venue, j'étais passablement ému en franchissant le seuil.

Une bonne me fit monter dans le salon où, quelques instants après, Juliette vint me rejoindre. Je crus voir la tante Plantier : même démarche, même carrure, même cordialité essoufflée. Elle me pressa tout aussitôt de questions dont elle n'attendait pas les réponses, sur ma carrière, mon installation à Paris, mes occupations, mes relations ; qu'est-ce que je venais faire dans le Midi ? pourquoi n'irais-je pas jusqu'à Aigues-Vives où Édouard serait si heureux de me voir ?... Puis elle me donnait des nouvelles de tous, parlait de son mari, de ses enfants, de son frère, de la dernière récolte, de la mévente... J'apprenais que Robert avait vendu Fongueusemare, pour venir habiter Aigues-Vives ; qu'il était maintenant l'associé d'Édouard, ce qui permettait à celui-ci de voyager et de s'occuper plus spécialement de la partie commerciale de l'affaire, tandis que Robert restait sur les terres, améliorant et étendant les plants.

Cependant je cherchais des yeux, inquiètement, ce qui pouvait rappeler le passé. Je reconnaissais bien, parmi le mobilier neuf du salon, quelques meubles de Fongueusemare ; mais ce passé qui frémissait en moi, il semblait que Juliette à présent l'ignorât ou prît à tâche de nous en distraire.

Deux garçons de douze et treize ans jouaient dans l'escalier ; elle les appela pour me les présenter. Lise, l'aînée de ses enfants, avait accompagné son père à Aigues-Vives. Un autre garçon de dix ans allait rentrer de promenade ; c'est celui dont Juliette m'avait annoncé la naissance prochaine en m'annonçant aussi notre deuil. Cette dernière grossesse ne s'était pas terminée sans peine ; Juliette en était restée longtemps éprouvée ; puis, l'an passé, comme se ravisant, elle avait donné le jour à une petite fille qu'il semblait, à l'entendre parler, qu'elle préférât à ses autres enfants.

« Ma chambre, où elle dort, est à côté, dit-elle ; viens

la voir. Et comme je la suivais : — Jérôme, je n'ai pas osé te l'écrire... consentirais-tu à être parrain de cette petite ?

— Mais j'accepte volontiers, si cela doit t'être agréable dis-je, un peu surpris, en me penchant vers le berceau. Quel est le nom de ma filleule ?

— Alissa... répondit Juliette à voix basse. Elle lui ressemble un peu, ne trouves-tu pas ? »

Je serrai la main de Juliette sans répondre. La petite Alissa, que sa mère soulevait, ouvrit les yeux; je la pris dans mes bras.

« Quel bon père de famille tu ferais! dit Juliette en essayant de rire. Qu'attends-tu pour te marier ?

— D'avoir oublié bien des choses; — et je la regardai rougir.

— Que tu espères oublier bientôt ?

— Que je n'espère pas oublier jamais.

— Viens par ici, dit-elle brusquement, en me précédant dans une pièce plus petite et déjà sombre, dont une porte ouvrait sur sa chambre et l'autre sur le salon. C'est là que je me réfugie quand j'ai un instant; c'est la pièce la plus tranquille de la maison; je m'y sens presque à l'abri de la vie. »

La fenêtre de ce petit salon n'ouvrait pas, comme celle des autres pièces, sur les bruits de la ville, mais sur une sorte de préau planté d'arbres.

« Asseyons-nous, dit-elle en se laissant tomber dans un fauteuil. Si je te comprends bien, c'est au souvenir d'Alissa que tu prétends rester fidèle. »

Je fus un instant sans répondre.

« Peut-être plutôt à l'idée qu'elle se faisait de moi... Non, ne m'en fais pas un mérite. Je crois que je ne puis faire autrement. Si j'épousais une autre femme, je ne pourrais faire que semblant de l'aimer.

— Ah! fit-elle, comme indifférente, puis détournant de moi son visage, qu'elle penchait à terre comme pour chercher je ne sais quoi de perdu : — Alors tu crois qu'on peut garder si longtemps dans son cœur un amour sans espoir ?

— Oui, Juliette.

— Et que la vie peut souffler dessus chaque jour sans l'éteindre ?... »

Le soir montait comme une marée grise, atteignant,

noyant chaque objet qui, dans cette ombre, semblait revivre et raconter à mi-voix son passé. Je revoyais la chambre d'Alissa, dont Juliette avait réuni là tous les meubles. A présent elle ramenait vers moi son visage, dont je ne distinguais plus les traits, de sorte que je ne savais pas si ses yeux n'étaient pas fermés. Elle me paraissait très belle. Et tous deux nous restions à présent sans rien dire.

« Allons! fit-elle enfin; il faut se réveiller... »

Je la vis se lever, faire un pas en avant, retomber comme sans force sur une chaise voisine; elle passa ses mains sur son visage et il me parut qu'elle pleurait...

Une servante entra, qui apportait la lampe.

ISABELLE

A ANDRÉ RUYTERS

Gérard Lacase, chez qui nous nous retrouvâmes au mois d'août 189., nous mena, Francis Jammes et moi, visiter le château de la Quartfourche dont il ne restera bientôt plus que des ruines, et son grand parc délaissé où l'été fastueux s'éployait à l'aventure. Rien plus n'en défendait l'entrée : le fossé à demi comblé, la haie crevée, ni la grille descellée qui céda de travers à notre premier coup d'épaule. Plus d'allées; sur les pelouses débordées quelques vaches pâturaient librement l'herbe surabondante et folle : d'autres cherchaient le frais au creux des massifs éventrés; à peine distinguait-on de-ci, de-là, parmi la profusion sauvage, quelque fleur ou quelque feuillage insolite, patient reste des anciennes cultures, presque étouffé déjà par les espèces plus communes. Nous suivions Gérard sans parler, oppressés par la beauté du lieu, de la saison, de l'heure, et parce que nous sentions aussi tout ce que cette excessive opulence pouvait cacher d'abandon et de deuil. Nous parvînmes devant le perron du château, dont les premières marches étaient noyées dans l'herbe, celles d'en haut disjointes et brisées; mais, devant les portes-fenêtres du salon, les volets résistants nous arrêtèrent. C'est par un soupirail de la cave que, nous glissant comme des voleurs, nous entrâmes; un escalier montait aux cuisines; aucune porte intérieure n'était close... Nous avancions de pièce en pièce, précautionneusement car le plancher par endroits fléchissait et faisait mine de se rompre; étouffant nos pas, non que quelqu'un pût être là pour les entendre, mais, dans le grand silence de cette maison vide, le bruit de notre présence retentissait indécemment, nous effrayait presque. Aux fenêtres du rez-de-chaussée plusieurs carreaux manquaient; entre les lames des contrevents un bignonia poussait d'énormes tiges blanches et molles, dans la pénombre de la salle à manger.

Gérard nous avait quittés; nous pensâmes qu'il préférait revoir seul ces lieux dont il avait connu les hôtes, et nous continuâmes sans lui notre visite. Sans doute nous avait-il précédés au premier étage, à travers la désolation des chambres nues; dans l'une d'elles une

branche de buis pendait encore au mur, retenue à une sorte d'agrafe par une faveur décolorée; il me parut qu'elle se balançait faiblement au bout de son lien, et je me persuadai que Gérard en passant venait d'en détacher une ramille.

Nous le retrouvâmes au second étage, près de la fenêtre dévitrée d'un corridor par laquelle on avait ramené vers l'intérieur une corde tombant du dehors; c'était la corde d'une cloche, et je l'allais tirer doucement, quand je me sentis saisir le bras par Gérard; son geste, au contraire d'arrêter le mien, l'amplifia : soudain retentit un glas rauque, si proche de nous, si brutal, qu'il nous fit péniblement tressaillir; puis, lorsqu'il semblait déjà que se fût refermé le silence, deux notes pures tombèrent encore, espacées, déjà lointaines. Je m'étais retourné vers Gérard et je vis que ses lèvres tremblaient.

« Allons-nous-en, fit-il. J'ai besoin de respirer un autre air. »

Sitôt dehors il s'excusa de ne pouvoir nous accompagner : il connaissait quelqu'un dans les environs, dont il voulait aller prendre des nouvelles. Comprenant au ton de sa voix qu'il serait indiscret de le suivre, nous rentrâmes seuls, Jammes et moi, à La R... où Gérard nous rejoignit dans la soirée.

« Cher ami, lui dit bientôt Jammes, apprenez que je suis résolu à ne plus raconter la moindre histoire, que vous ne nous ayez sorti celle qu'on voit qui vous tient au cœur. »

Or les récits de Jammes faisaient les délices de nos veillées.

« Je vous raconterais volontiers le roman dont la maison que vous vîtes tantôt fut le théâtre, commença Gérard, mais, outre que je ne sus le découvrir, ou le reconstituer, qu'en partie, je crains de ne pouvoir apporter quelque ordre dans mon récit qu'en dépouillant chaque événement de l'attrait énigmatique dont ma curiosité le revêtait naguère...

— Apportez à votre récit tout le désordre qu'il vous plaira, reprit Jammes.

— Pourquoi chercher à recomposer les faits selon leur ordre chronologique, dis-je; que ne nous les présentez-vous comme vous les avez découverts ?

— Vous permettrez alors que je parle beaucoup de moi, dit Gérard.

— Chacun de nous fait-il jamais rien d'autre! repartit Jammes. »

C'est le récit de Gérard que voici.

I

J'AI presque peine à comprendre aujourd'hui l'impatience qui m'élançait alors vers la vie. A vingt-cinq ans je n'en connaissais à peu près rien, que par les livres; et c'est pourquoi sans doute je me croyais romancier; car j'ignorais encore avec quelle malignité les événements dérobent à nos yeux le côté par où ils nous intéresseraient davantage, et combien peu de prise ils offrent à qui ne sait pas les forcer.

Je préparais alors, en vue de mon doctorat, une thèse sur la chronologie des sermons de Bossuet; non que je fusse particulièrement attiré par l'éloquence de la chaire : j'avais choisi ce sujet par révérence pour mon vieux maître Albert Desnos, dont l'importante *Vie de Bossuet* achevait précisément de paraître. Aussitôt qu'il connut mon projet d'études, M. Desnos s'offrit à m'en faciliter les abords. Un de ses plus anciens amis, Benjamin Floche, membre correspondant de l'Académie des inscriptions et belles-lettres, possédait divers documents qui sans doute pourraient me servir; en particulier une Bible couverte d'annotations de la main même de Bossuet. M. Floche s'était retiré depuis une quinzaine d'années à la Quartfourche, qu'on appelait plus communément : le Carrefour, propriété de famille aux environs de Pont-l'Évêque, dont il ne bougeait plus, où il se ferait un plaisir de me recevoir et de mettre à ma disposition ses papiers, sa bibliothèque et son érudition que M. Desnos me disait être inépuisable.

Entre M. Desnos et M. Floche des lettres furent échangées. Les documents s'annoncèrent plus nombreux que ne me l'avait d'abord fait espérer mon maître; il ne fut bientôt plus question d'une simple visite : c'est un séjour au château de la Quartfourche que, sur la recommandation de M. Desnos, l'amabilité de M. Floche me

proposait. Bien que sans enfants, M. et Mme Floche n'y vivaient pas seuls : quelques mots inconsidérés de M. Desnos, dont mon imagination s'empara, me firent espérer de trouver là-bas une société avenante, qui tout aussitôt m'attira plus que les documents poudreux du Grand Siècle ; déjà ma thèse n'était plus qu'un prétexte ; j'entrais dans ce château non plus en scolar, mais en Nejdanof, en Valmont ; déjà je le peuplais d'aventures. La Quartfourche ! je répétais ce nom mystérieux : c'est ici, pensais-je, qu'Hercule hésite... Je sais de reste ce qui l'attend sur le sentier de la vertu ; mais l'autre route ?... l'autre route...

Vers le milieu de septembre, je rassemblai le meilleur de ma modeste garde-robe, renouvelai mon jeu de cravates, et partis.

Quand j'arrivai à la station du Breuil-Blangy, entre Pont-l'Évêque et Lisieux, la nuit était à peu près close. J'étais seul à descendre du train. Une sorte de paysan en livrée vint à ma rencontre, prit ma valise et m'escorta vers la voiture qui stationnait de l'autre côté de la gare. L'aspect du cheval et de la voiture coupa l'essor de mon imagination ; on ne pouvait rêver rien de plus minable. Le paysan-cocher repartit pour dégager la malle que j'avais enregistrée ; sous son poids les ressorts de la calèche fléchirent. A l'intérieur, une odeur de poulailler suffocante... Je voulus baisser la vitre de la portière, mais la poignée de cuir me resta dans la main. Il avait plu dans la journée ; la route était tirante ; au bas de la première côte, une pièce du harnais céda. Le cocher sortit de dessous son siège un bout de corde et se mit en posture de rafistoler le trait. J'avais mis pied à terre et m'offris à tenir la lanterne qu'il venait d'allumer ; je pus voir que la livrée du pauvre homme, non plus que le harnachement, n'en était pas à son premier rapiéçage.

« Le cuir est un peu vieux », hasardai-je.

Il me regarda comme si je lui avais dit une injure, et presque brutalement :

« Dites donc : c'est tout de même heureux qu'on ait pu venir vous chercher.

— Il y a loin, d'ici le château ? questionnai-je de ma voix la plus douce. Il ne répondit pas directement, mais :

— Pour sûr qu'on ne fait pas le trajet tous les jours !

Puis au bout d'un instant : — Voilà peut-être bien six mois qu'elle n'est pas sortie, la calèche...

— Ah!... Vos maîtres ne se promènent pas souvent ? repris-je par un effort désespéré d'amorcer la conversation.

— Vous pensez! Comme si l'on n'avait pas autre chose à faire! »

Le désordre était réparé : d'un geste il m'invita à remonter dans la voiture, qui repartit.

Le cheval peinait aux montées, trébuchait aux descentes et tricotait affreusement en terrain plat; parfois, tout inopinément, il stoppait. — Du train dont nous allons, pensais-je, nous arriverons au Carrefour longtemps après que mes hôtes se seront levés de table; et même (nouvel arrêt du cheval) après qu'ils se seront couchés. J'avais grand-faim; ma bonne humeur tournait à l'aigre. J'essayai de regarder le pays : sans que je m'en fusse aperçu, la voiture avait quitté la grande route et s'était engagée dans une route plus étroite et beaucoup moins bien entretenue; les lanternes n'éclairaient de droite et de gauche qu'une haie continue, touffue et haute; elle semblait nous entourer, barrer la route, s'ouvrir devant nous à l'instant de notre passage, puis, aussitôt après, se refermer.

Au bas d'une montée plus raide, la voiture s'arrêta de nouveau. Le cocher vint à la portière et l'ouvrit, puis, sans façons :

« Si Monsieur voulait bien descendre. La côte est un peu dure pour le cheval. » — Et lui-même fit la montée en tenant par la bride la haridelle. A mi-côte il se retourna vers moi, qui marchais en arrière :

« On est bientôt rendu, dit-il sur un ton radouci. Tenez : voilà le parc. » Et je distinguai devant nous, encombrant le ciel découvert, une sombre masse d'arbres. C'était une avenue de grands hêtres, sous laquelle enfin nous entrâmes. Le cocher m'invita à remonter dans la voiture, qui parvint bientôt à la grille; nous pénétrâmes dans le jardin.

Il faisait trop sombre pour que je pusse rien distinguer de la façade du château; la voiture me déposa devant un perron de trois marches, que je gravis, un peu ébloui par le flambeau qu'une femme sans âge, sans grâce

épaisse et médiocrement vêtue tenait à la main et dont elle rabattait vers moi la lumière. Elle me fit un salut un peu sec. Je m'inclinai devant elle, incertain...

« Madame Floche, sans doute ?...

— Mademoiselle Verdure simplement. Monsieur et Madame Floche sont couchés. Ils vous prient d'excuser s'ils ne sont pas là pour vous recevoir; mais on dîne de bonne heure ici.

— Vous-même, Mademoiselle, je vous aurai fait veiller bien tard.

— Oh! moi, j'y suis faite, dit-elle sans se retourner. Elle m'avait précédé dans le vestibule. — Vous serez peut-être content de prendre quelque chose ?

— Ma foi, je vous avoue que je n'ai pas dîné. »

Elle me fit entrer dans une vaste salle à manger où se trouvait préparé un médianoche confortable.

« A cette heure, le fourneau est éteint; et à la campagne il faut se contenter de ce que l'on trouve.

— Mais tout cela m'a l'air excellent, » dis-je en m'attablant devant un plat de viande froide. Elle s'assit de biais sur une autre chaise près de la porte, et pendant tout le temps que je mangeai, resta les yeux baissés, les mains croisées sur les genoux, délibérément subalterne. A plusieurs reprises, comme la morne conversation retombait, je m'excusai de la retenir; mais elle me donna à entendre qu'elle attendait que j'eusse fini pour desservir :

« Et votre chambre, comment feriez-vous pour la trouver tout seul ?... »

Je me dépêchais, mettant bouchées doubles, lorsque la porte du vestibule s'ouvrit; un abbé entra, à cheveux gris, de figure rude mais agréable. Il vint à moi la main tendue :

« Je ne voulais pas remettre à demain le plaisir de saluer notre hôte. Je ne suis pas descendu plus tôt parce que je savais que vous causiez avec Mademoiselle Olympe Verdure », dit-il, en tournant vers elle un sourire qui pouvait être malicieux, cependant qu'elle pinçait les lèvres et faisait visage de bois : « Mais à présent que vous avez achevé de manger, continua-t-il tandis que je me levais de table, nous allons laisser Mademoiselle Verdure remettre ici un peu d'ordre; elle trouvera plus décent, je le présume, de laisser un homme accompagner

Monsieur Lacase jusqu'à sa chambre à coucher, et de résigner ici ses fonctions. »

Il s'inclina cérémonieusement devant Mlle Verdure, qui lui fit une révérence écourtée.

« Oh! je résigne; je résigne... Monsieur l'abbé, devant vous, vous le savez, je résigne toujours... » Puis revenant à nous brusquement : « Vous allez me faire oublier de demander à Monsieur Lacase ce qu'il prend à son premier déjeuner.

— Mais, ce que vous voudrez, Mademoiselle... Que prend-on d'ordinaire ici ?

— De tout. On prépare du thé pour ces dames, du café pour Monsieur Floche, un potage pour Monsieur l'abbé, et du racahout pour Monsieur Casimir.

— Et vous, Mademoiselle, vous ne prenez rien ?

— Oh! moi, du café au lait, simplement.

— Si vous le permettez, je prendrai du café au lait avec vous.

— Eh! eh! tenez-vous bien, Mademoiselle Verdure, dit l'abbé en me prenant par le bras; Monsieur Lacase m'a tout l'air de vous faire la cour! »

Elle haussa les épaules, puis me fit un rapide salut, tandis que l'abbé m'entraînait.

Ma chambre était au premier étage, presque à l'extrémité d'un couloir.

« C'est ici, dit l'abbé en ouvrant la porte d'une pièce spacieuse qu'illuminait un grand brasier. — Dieu me pardonne! on vous a fait du feu!... Vous vous en seriez peut-être bien passé... Il est vrai que les nuits de ce pays sont humides, et la saison, cette année, est anormalement pluvieuse... »

Il s'était approché du foyer vers lequel il tendit ses larges paumes tout en écartant le visage, comme un dévot qui repousse la tentation. Il semblait disposé à causer plutôt qu'à me laisser dormir.

« Oui, commença-t-il, en avisant ma malle et mon sac de nuit, Gratien vous a monté vos colis.

— Gratien, c'est le cocher qui m'a conduit? demandai-je.

— Et c'est aussi le jardinier; car ses fonctions de cocher ne l'occupent guère.

— Il m'a dit en effet que la calèche ne sortait pas souvent.

— Chaque fois qu'elle sort c'est un événement historique. D'ailleurs Monsieur de Saint-Auréol n'a depuis longtemps plus d'écurie; dans les grandes occasions, comme ce soir, on emprunte le cheval du fermier.

— Monsieur de Saint-Auréol ? répétai-je surpris.

— Oui, dit-il, je sais que c'est Monsieur Floche que vous venez voir; mais la Quartfourche appartient à son beau-frère. Demain vous aurez l'honneur d'être présenté à Monsieur et à Madame de Saint-Auréol.

— Et qui est Monsieur Casimir ? dont je ne sais qu'une chose, c'est qu'il prend du racahout le matin.

— Leur petit-fils et mon élève. Dieu me permet de l'instruire depuis trois ans. Il avait dit ces mots en fermant les yeux et avec une componction modeste, comme s'il s'était agi d'un prince du sang.

— Ses parents ne sont pas ici ? demandai-je.

— En voyage. Il serra les lèvres fortement puis reprit aussitôt : — Je sais, Monsieur, quelles nobles et saintes études vous amènent...

— Oh! ne vous exagérez pas leur sainteté, interrompis-je aussitôt en riant, c'est en historien seulement qu'elles m'occupent.

— N'importe, fit-il, écartant de la main toute pensée désobligeante; l'histoire a bien aussi ses droits. Vous trouverez en Monsieur Floche le plus aimable et le plus sûr des guides.

— C'est ce que m'affirmait mon maître, Albert Desnos.

— Ah! Vous êtes l'élève d'Albert Desnos ? Il serra les lèvres de nouveau. J'eus l'imprudence de demander :

— Vous avez suivi ses cours ?

— Non! fit-il rudement. Ce que je sais de lui m'a mis en garde... C'est un aventurier de la pensée. A votre âge on est assez facilement séduit par ce qui sort de l'ordinaire... Et, comme je ne répondais rien : — Ses théories ont d'abord pris quelque ascendant sur la jeunesse; mais on en revient déjà, m'a-t-on dit. »

J'étais beaucoup moins désireux de discuter que de dormir. Voyant qu'il n'obtiendrait pas de réplique :

« Monsieur Floche vous sera de conseil plus tranquille », reprit-il; puis, devant un bâillement que je ne dissimulai point :

« Il se fait assez tard : demain, si vous le permettez,

nous trouverons loisir pour reprendre cet entretien. Après ce voyage vous devez être fatigué.

— Je vous avoue, Monsieur l'abbé, que je croule de sommeil. »

Dès qu'il m'eut quitté, je relevai les bûches du foyer, j'ouvris la fenêtre toute grande, repoussant les volets de bois. Un grand souffle obscur et mouillé vint incliner la flamme de ma bougie, que j'éteignis pour contempler la nuit. Ma chambre ouvrait sur le parc, mais non sur le devant de la maison comme celles du grand couloir qui devaient sans doute jouir d'une vue plus étendue; mon regard était aussitôt arrêté par des arbres; au-dessus d'eux, à peine restait-il la place d'un peu de ciel où le croissant venait d'apparaître, recouvert par les nuages presque aussitôt. Il avait plu de nouveau; les branches larmoyaient encore.

« Voici qui n'invite guère à la fête », pensai-je, en refermant fenêtre et volets. Cette minute de contemplation m'avait transi, et l'âme encore plus que la chair; je rabattis les bûches, ranimai le feu, et fus heureux de trouver dans mon lit une cruche d'eau chaude, que sans doute l'attentionnée Mlle Verdure y avait glissée.

Au bout d'un instant je m'avisai que j'avais oublié de mettre à la porte mes chaussures. Je me relevai et sortis un instant dans le couloir; à l'autre extrémité de la maison, je vis passer Mlle Verdure. Sa chambre était au-dessus de la mienne, comme me l'indiqua son pas lourd qui, peu de temps après, commença d'ébranler le plafond. Puis il se fit un grand silence et, tandis que je plongeais dans le sommeil, la maison leva l'ancre pour la traversée de la nuit.

II

Je fus réveillé d'assez bon matin par les bruits de la cuisine dont une porte ouvrait précisément sous ma fenêtre. En poussant mes volets j'eus la joie de voir un ciel à peu près pur; le jardin, mal ressuyé d'une récente averse, brillait; l'air était bleuissant. J'allais refermer ma fenêtre, lorsque je vis sortir du potager et accourir vers la cuisine un grand enfant, d'âge incertain

car son visage marquait trois ou quatre ans de plus
que son corps; tout contrefait, il portait de guingois;
ses jambes torses lui donnaient une allure extraordi-
naire; il avançait obliquement, ou plutôt procédait par
bonds, comme si, à marcher pas à pas, ses pieds eussent
dû s'entraver... C'était évidemment l'élève de l'abbé,
Casimir. Un énorme chien de Terre-Neuve gambadait
à ses côtés, sautait de conserve avec lui, lui faisait fête;
l'enfant se défendait tant bien que mal contre sa
bousculante exubérance; mais au moment qu'il allait
atteindre la cuisine, culbuté par le chien, soudain je le
vis rouler dans la boue. Une maritorne épaisse s'élança,
et tandis qu'elle relevait l'enfant :

« Ah ben! vous v'là beau! Si c'est Dieu permis de
s'met' dans des états pareils! On vous l'a pourtant
répété bien des fois d'quitter l'Terno dans la remise!...
Allons! v'nez-vous-en par ici qu'on vous essuie... »

Elle l'entraîna dans la cuisine. À ce moment j'entendis
frapper à ma porte; une femme de chambre m'apportait
de l'eau chaude pour ma toilette. Un quart d'heure après,
la cloche sonna pour le premier déjeuner.

Comme j'entrais dans la salle à manger :
« Madame Floche, je crois que voici notre aimable
hôte », dit l'abbé en s'avançant à ma rencontre.

Mme Floche s'était levée de sa chaise, mais ne paraissait
pas plus grande debout qu'assise; je m'inclinai profondé-
ment devant elle; elle m'honora d'un petit plongeon
brusque; elle avait dû recevoir à un certain âge quelque
formidable événement sur la tête; celle-ci en était restée
irrémédiablement enfoncée entre les épaules; et même
un peu de travers. M. Floche s'était mis tout à côté
d'elle pour me tendre la main. Les deux petits vieux
étaient exactement de même taille, de même habit,
paraissaient de même âge, de même chair... Durant
quelques instants nous échangeâmes des compliments
vagues, parlant tous les trois à la fois. Puis, il y eut un
noble silence, et Mlle Verdure arriva portant la théière.

« Mademoiselle Olympe, dit enfin Mme Floche, qui,
ne pouvant tourner la tête, s'adressait à vous de tout
le buste — Mademoiselle Olympe, notre amie, s'inquié-
tait beaucoup de savoir si vous aviez bien dormi et si
le lit était à votre convenance. »

Je protestai que j'y avais reposé on ne pouvait mieux et que la cruche chaude que j'y avais trouvée en me couchant m'avait fait tout le bien du monde.

Mlle Verdure, après m'avoir souhaité le bonjour, ressortit.

« Et, le matin, les bruits de la cuisine ne vous ont pas trop incommodé ? »

Je renouvelai mes protestations.

« Il faut vous plaindre, je vous en prie, parce que rien ne serait plus aisé que de vous préparer une autre chambre... »

M. Floche, sans rien dire lui-même, hochait la tête obliquement et, d'un sourire, faisait sien chaque propos de sa femme.

« Je vois bien, dis-je, que la maison est très vaste; mais je vous certifie que je ne saurais être installé plus agréablement.

— Monsieur et Madame Floche, dit l'abbé, se plaisent à gâter leurs hôtes. »

Mlle Olympe apportait sur une assiette des tranches de pain grillé; elle poussa devant elle le petit stropiat que j'avais vu culbuter tout à l'heure. L'abbé le saisit par le bras :

« Allons, Casimir! Vous n'êtes plus un bébé; venez saluer Monsieur Lacase comme un homme. Tendez la main... Regardez en face!... Puis, se tournant vers moi comme pour l'excuser : — Nous n'avons pas encore grand usage du monde... »

La timidité de l'enfant me gênait :

« C'est votre petit-fils ? demandai-je à Mme Floche, oublieux des renseignements que l'abbé m'avait fournis la veille.

— Notre petit-neveu, répondit-elle; vous verrez un peu plus tard mon beau-frère et ma sœur, ses grands-parents.

— Il n'osait pas rentrer parce qu'il avait empli de boue ses vêtements en jouant avec Terno, expliqua Mlle Verdure.

— Drôle de façon de jouer, dis-je, en me tournant affablement vers Casimir; j'étais à la fenêtre quand il vous a culbuté... Il ne vous a pas fait mal ?

— Il faut dire à Monsieur Lacase, expliqua l'abbé à son tour, que l'équilibre n'est pas notre fort... »

Parbleu! je m'en apercevais de reste, sans qu'il fût nécessaire de me le signaler. Ce grand gaillard d'abbé, aux yeux vairons, me devint brusquement antipathique.

L'enfant ne m'avait pas répondu, mais son visage s'était empourpré. Je regrettai ma phrase et qu'il y eût pu sentir quelque allusion à son infirmité. L'abbé, son potage pris, s'était levé de table et arpentait la pièce; dès qu'il ne parlait plus, il gardait les lèvres si serrées que celle de dessus formait un bourrelet, comme celle des vieillards édentés. Il s'arrêta derrière Casimir, et comme celui-ci vidait son bol :

« Allons! Allons, jeune homme, Avenzoar nous attend! »

L'enfant se leva; tous deux sortirent.

Sitôt que le déjeuner fut achevé, M. Floche me fit signe.

« Venez avec moi dans le jardin, mon jeune hôte, et me donnez des nouvelles du Paris penseur. »

Le langage de M. Floche fleurissait dès l'aube. Sans trop écouter mes réponses, il me questionna sur Gaston Boissier son ami, et sur plusieurs autres savants que je pouvais avoir eus pour maîtres et avec qui il correspondait encore de loin en loin; il s'informa de mes goûts, de mes études... Je ne lui parlai naturellement pas de mes projets littéraires et ne laissai voir de moi que le sorbonnien; puis il entreprit l'histoire de la Quartfourche, dont il n'avait à peu près pas bougé depuis près de quinze ans, l'histoire du parc, du château; il réserva pour plus tard l'histoire de la famille qui l'habitait précédemment, mais commença de me raconter comment il se trouvait en possession des manuscrits du XVIIe siècle qui pouvaient intéresser ma thèse... Il marchait à petits pas pressés, ou, plus exactement, il trottinait auprès de moi; je remarquai qu'il portait son pantalon si bas que la fourche en restait à mi-cuisse; sur le devant du pied, l'étoffe retombait en nombreux plis, mais par-derrière restait au-dessus de la chaussure, suspendue à l'aide de je ne sais quel artifice; je ne l'écoutais plus que d'une oreille distraite, l'esprit engourdi par la molle tiédeur de l'air et par une sorte de torpeur végétale. En suivant une allée de très hauts marronniers qui formaient voûte au-dessus de nos têtes,

nous étions parvenus presque à l'extrémité du parc. Là, protégé contre le soleil par un buisson d'arbres-à-plumes, se trouvait un banc où M. Floche m'invita à m'asseoir. Puis tout à coup :

« L'abbé Santal vous a-t-il dit que mon beau-frère est un peu... ? » Il n'acheva pas, mais se toucha le front de l'index.

Je fus trop interloqué pour pouvoir trouver rien à répondre. Il continua :

« Oui, le baron de Saint-Auréol, mon beau-frère; l'abbé ne vous l'a peut-être pas dit plus qu'à moi... mais je sais néanmoins qu'il le pense; et je le pense aussi. Et de moi, l'abbé ne vous a pas dit que j'étais un peu... ?

— Oh! Monsieur Floche, comment pouvez-vous croire ?...

— Mais, mon jeune ami, dit-il en me tapant familièrement sur la main, je trouverais cela tout naturel. Que voulez-vous ? nous avons pris ici des habitudes, à nous enfermer loin du monde, un peu... en dehors de la circulation. Rien n'apporte ici de... diversion; comment dirais-je ? oui. Vous êtes bien aimable d'être venu nous voir — et comme j'essayais un geste : — je le répète : bien aimable, et je le récrirai ce soir à mon excellent ami Desnos; mais vous vous aviseriez de me raconter ce qui vous tient au cœur, les questions qui vous troublent, les problèmes qui vous intéressent... je suis sûr que je ne vous comprendrais pas. »

Que pouvais-je répondre ? Du bout de ma canne je grattais le sable.

« Voyez-vous, reprit-il, ici nous avons un peu perdu le contact. Mais non, mais non! ne protestez donc pas; c'est inutile. Le baron est sourd comme une calebasse; mais il est si coquet qu'il tient surtout à ne pas le paraître; il feint d'entendre, plutôt que de faire hausser la voix. Pour moi, quant aux idées du jour, je me fais l'effet d'être tout aussi sourd que lui; et du reste je ne m'en plains pas. Je ne fais même pas grand effort pour entendre. A fréquenter Massillon et Bossuet, j'ai fini par croire que les problèmes qui tourmentaient ces grands esprits sont tout aussi beaux et importants que ceux qui passionnaient ma jeunesse... problèmes que ces grands esprits n'auraient pas pu comprendre sans doute... non plus que moi je ne puis comprendre ceux

qui vous passionnent aujourd'hui. Alors, si vous le voulez bien, mon futur collègue, vous me parlerez de préférence de vos études, puisque ce sont les miennes également, et vous m'excuserez si je ne vous interroge pas sur les musiciens, les poètes, les orateurs que vous aimez, ni sur la forme de gouvernement que vous croyez la préférable. »

Il regarda l'heure à un oignon attaché à un ruban noir.

« Rentrons à présent, dit-il en se levant. Je crois avoir perdu ma journée quand je ne suis pas au travail à dix heures. »

Je lui offris mon bras qu'il accepta, et comme, à cause de lui, parfois, je ralentissais mon allure :

« Pressons! Pressons! me disait-il. Les pensées sont comme les fleurs : celles qu'on cueille le matin se conservent le plus longtemps fraîches. »

La bibliothèque de la Quartfourche est composée de deux pièces que sépare un simple rideau : une, très exiguë et surhaussée de trois marches, où travaille M. Floche, à une table devant une fenêtre. Aucune vue; des rameaux d'orme ou d'aulne viennent battre les carreaux; sur la table, une antique lampe à réservoir, que coiffe un abat-jour de porcelaine vert; sous la table, une énorme chancelière; un petit poêle dans un coin; dans l'autre coin, une seconde table chargée de lexiques; entre deux, une armoire aménagée en cartonnier. La seconde pièce est vaste; des livres tapissent le mur jusqu'au plafond; deux fenêtres; une grande table au milieu de la pièce.

« C'est ici que vous vous installerez, me dit M. Floche; et, comme je me récriais : — Non, non; moi je suis accoutumé au réduit; à dire vrai, je m'y sens mieux; il me semble que ma pensée s'y concentre. Occupez la grande table sans vergogne; et, si vous y tenez, pour que nous ne nous dérangions pas, nous pourrons baisser le rideau.

— Oh! pas pour moi, protestai-je; jusqu'à présent, si pour travailler j'avais eu besoin de solitude, je ne...

— Eh bien! reprit-il en m'interrompant, nous le laisserons donc relevé. J'aurai, pour ma part, grand plaisir à vous apercevoir du coin de l'œil. » (Et, de fait, les jours suivants, je ne levais point la tête de dessus mon travail sans rencontrer le regard du bonhomme,

qui me souriait en hochant la tête, ou qui, vite, par crainte de m'importuner, détournait les yeux et feignait d'être plongé dans sa lecture.)

Il s'occupa tout aussitôt de mettre à ma facile disposition les livres et les manuscrits qui pouvaient m'intéresser; la plupart se trouvaient serrés dans le cartonnier de la petite pièce; leur nombre et leur importance dépassait tout ce que m'avait annoncé M. Desnos; il m'allait falloir au moins une semaine pour relever les précieuses indications que j'y trouverais. Enfin M. Floche ouvrit, à côté du cartonnier, une très petite armoire et en sortit la fameuse Bible de Bossuet, sur laquelle l'Aigle de Meaux avait inscrit, en regard des versets pris pour textes, les dates des sermons qu'ils avaient inspirés. Je m'étonnai qu'Albert Desnos n'eût pas tiré parti de ces indications dans ses travaux; mais ce livre n'était tombé que depuis peu entre les mains de M. Floche.

« J'ai bien entrepris, continua-t-il, un mémoire à son sujet; et je me félicite aujourd'hui de n'en avoir encore donné connaissance à personne, puisqu'il pourra servir à votre thèse en toute nouveauté. »

Je me défendis de nouveau :

« Tout le mérite de ma thèse, c'est à votre obligeance que je le devrai. Au moins en accepterez-vous la dédicace, Monsieur Floche, comme une faible marque de ma reconnaissance ? »

Il sourit un peu tristement :

« Quand on est si près de quitter la terre, on sourit volontiers à tout ce qui promet quelque survie. »

Je crus malséant de surenchérir à mon tour.

« A présent, reprit-il, vous allez prendre possession de la bibliothèque, et vous ne vous souviendrez de ma présence que si vous avez quelque renseignement à me demander. Emportez les papiers qu'il vous faut... Au revoir !... » et comme en descendant les trois marches, je retournais vers lui mon sourire, il agita sa main devant ses yeux : « A tantôt ! »

J'emportai dans la grande pièce les quelques papiers qui devaient faire l'objet de mon premier travail. Sans m'écarter de la table devant laquelle j'étais assis, je pouvais distinguer M. Floche dans sa portioncule : il s'agita quelques instants; ouvrant et refermant des

tiroirs, sortant des papiers, les rentrant, faisant mine d'homme affairé... Je soupçonnais en vérité qu'il était fort troublé, sinon gêné par ma présence et que, dans cette vie si rangée, le moindre ébranlement risquait de compromettre l'équilibre de la pensée. Enfin il s'installa, plongea jusqu'à mi-jambe dans la chancelière, ne bougea plus...

De mon côté je feignais de m'absorber dans mon travail; mais j'avais grand-peine à tenir en laisse ma pensée; et je n'y tâchais même pas; elle tournait autour de la Quartfourche, ma pensée, comme autour d'un donjon dont il faut découvrir l'entrée. Que je fusse subtil, c'est ce dont il m'importait de me convaincre. Romancier, mon ami, me disais-je, nous allons donc te voir à l'œuvre. Décrire! Ah, fi! ce n'est pas de cela qu'il s'agit, mais bien de découvrir la réalité sous l'aspect. En ce court laps de temps qu'il t'est permis de séjourner à la Quartfourche, si tu laisses passer un geste, un tic, sans pouvoir t'en donner bientôt l'explication psychologique, historique et complète, c'est que tu ne sais pas ton métier.

Alors je reportais mes yeux sur M. Floche; il s'offrait à moi de profil; je voyais un grand nez mou, inexpressif, des sourcils buissonnants, un menton ras sans cesse en mouvement comme pour mâcher une chique... et je pensais que rien ne rend plus impénétrable un visage que le masque de la bonté.

La cloche du second déjeuner me surprit au milieu de ces réflexions.

III

C'EST à ce déjeuner que, sans précaution oratoire, brusquement, M. Floche m'amena en présence du ménage Saint-Auréol. L'abbé du moins, la veille au soir, aurait bien pu m'avertir. Je me souviens d'avoir éprouvé la même stupeur, jadis, quand, pour la première fois, au Jardin des Plantes, je fis connaissance avec le *phœnicopterus antiquorum* ou flamant à spatule *. Du baron

* Gérard fait erreur : le *phœnicopterus antiquorum* n'a pas le bec en spatule.

ou de la baronne je n'aurais su dire lequel était le plus baroque; ils formaient un couple parfait; tout comme les deux Floche, du reste : au Muséum on les eût mis sous vitrine l'un contre l'autre sans hésiter; près des « espèces disparues ». J'éprouvai devant eux d'abord cette sorte d'admiration confuse qui, devant les œuvres d'art accompli ou devant les merveilles de la Nature, nous laisse, aux premiers instants, stupides et incapables d'analyse. Ce n'est que lentement que je parvins à décomposer mon impression...

Le baron Narcisse de Saint-Auréol portait culottes courtes, souliers à boucle très apparente, cravate de mousseline et jabot. Une pomme d'Adam, aussi proéminente que le menton, sortait de l'échancrure du col et se dissimulait de son mieux sous un bouillon de mousseline; le menton, au moindre mouvement de la mâchoire faisait un extraordinaire effort pour rejoindre le nez qui, de son côté, y mettait de la complaisance. Un œil restait hermétiquement clos; l'autre, vers qui remontait le coin de la lèvre et tendaient tous les plis du visage, brillait clair, embusqué derrière la pommette et semblait dire : Attention! je suis seul, mais rien ne m'échappe.

Mme de Saint-Auréol disparaissait toute dans un flot de fausses dentelles. Tapies au fond des manches frissonnantes, tremblaient ses longues mains, chargées d'énormes bagues. Une sorte de capote en taffetas noir doublé de lambeaux de dentelles blanches enveloppait tout le visage; sous le menton se nouaient deux brides de taffetas, blanchies par la poudre que le visage effroyablement fardé laissait choir. Quand je fus entré, elle se campa devant moi de profil, rejeta la tête en arrière, et, d'une voix de tête assez forte et non infléchie :

« Il y eut un temps, ma sœur, où l'on témoignait au nom de Saint-Auréol plus d'égards... »

A qui en avait-elle ? Sans doute tenait-elle à me faire sentir, et à faire sentir à sa sœur, que je n'étais pas ici chez les Floche; car elle continua, inclinant la tête de côté, minaudière et levant vers moi sa main droite :

« Le baron et moi, nous sommes heureux, Monsieur, de vous recevoir à notre table. »

Je donnai de la lèvre contre une bague, et me relevai du baise-main en rougissant, car ma position entre les Saint-Auréol et les Floche s'annonçait gênante. Mais

Mme Floche ne semblait avoir prêté aucune attention à la sortie de sa sœur. Quant au baron, sa réalité me paraissait problématique, bien qu'il fît avec moi l'aimable et le sucré. Durant tout mon séjour à la Quartfourche, on ne put le persuader de m'appeler autrement que Monsieur de Las Cases; ce qui lui permettait d'affirmer qu'il avait beaucoup vu mes parents aux Tuileries... un mien oncle principalement qui faisait avec lui son piquet :

« Ah! C'était un original! Chaque fois qu'il abattait atout, il criait très fort : Domino!... »

Les propos du baron étaient à peu près tous de cette envergure. A table il n'y avait presque que lui qui parlât; puis, sitôt après le repas, il s'enfermait dans un silence de momie.

Au moment que nous quittions la salle à manger, Mme Floche s'approcha de moi, et, à voix basse :

« Peut-être Monsieur Lacase sera-t-il assez aimable pour m'accorder un petit entretien ? » — Entretien qu'elle ne voulait pas, apparemment, qu'on entendît, car elle commença par m'entraîner du côté du jardin potager, en disant très haut qu'elle voulait me montrer les espaliers.

« C'est au sujet de mon petit-neveu, commença-t-elle dès qu'elle se fut assurée que l'on ne pouvait nous entendre... Je ne voudrais pas vous paraître critiquer l'enseignement de l'abbé Santal... mais, vous qui plongez aux sources mêmes de l'instruction (ce fut sa phrase) vous pourrez peut-être nous être de bon conseil.

— Parlez, Madame; mon dévouement vous est acquis.

— Voici : je crains que le sujet de sa thèse, pour un enfant si jeune encore, ne soit un peu spécial.

— Quelle thèse ? fis-je, légèrement inquiet.

— La thèse pour son baccalauréat.

— Ah! parfaitement, — résolu désormais à ne m'étonner plus de rien. — Sur quel sujet ? repris-je.

— Voici : Monsieur l'abbé craint que les sujets littéraires ou proprement philosophiques ne flattent le vague d'un jeune esprit déjà trop enclin à la rêverie... (C'est du moins ce que trouve Monsieur l'abbé.) Il a donc poussé Casimir à choisir un sujet d'histoire.

qu'il garda dans la sienne, clopinant à côté de moi tandis que je ralentissais mon allure.

« C'est votre seul travail, cette thèse ?

— Oh! non », fit-il aussitôt; mais, en poussant plus loin mes questions, je compris que le reste se réduisait à peu de chose; et sans doute fut-il sensible à mon étonnement :

— « Je lis beaucoup, ajouta-t-il, comme un pauvre dirait : j'ai d'autres habits!

— Et qu'est-ce que vous aimez lire ?

— Les grands voyages »; puis, tournant vers moi un regard où déjà l'interrogation faisait place à la confiance : « L'abbé, lui, a été en Chine; vous saviez ?... » et le ton de sa voix exprimait pour son maître une admiration, une vénération sans limites.

Nous étions parvenus à cet endroit du parc que Mme Floche appelait « la carrière »; abandonnée depuis longtemps, elle formait à flanc de coteau une sorte de grotte dissimulée derrière les broussailles. Nous nous assîmes sur un quartier de roche que tiédissait le soleil déjà bas. Le parc s'achevait là sans clôture; nous avions laissé à notre gauche un chemin qui descendait obliquement et que coupait une petite barrière; le dévalement, partout ailleurs assez abrupt, servait de protection naturelle.

« Vous, Casimir, avez-vous déjà voyagé ? » demandai-je.

Il ne répondit pas; baissa le front... A nos pieds le vallon s'emplissait d'ombre; déjà le soleil touchait la colline qui fermait le paysage devant nous. Un bosquet de châtaigniers et de chênes y couronnait un tertre crayeux criblé des trous d'une garenne; le site un peu romantique tranchait sur la mollesse uniforme de la contrée.

« Regardez les lapins », s'écria tout à coup Casimir; puis, au bout d'un instant, il ajouta, indiquant du doigt le bosquet :

« Un jour, avec Monsieur l'abbé, j'ai monté là. »

En rentrant nous passâmes auprès d'une mare couverte de conferves. Je promis à Casimir de lui apprêter une ligne et de lui montrer comment on pêchait les grenouilles.

Cette première soirée, qui ne se prolongea guère au delà de neuf heures, ne différa point de celles qui

— Mais, Madame, voici qui peut très bien se défendre. Et, le sujet choisi, c'est ?

— Excusez-moi; j'ai peur d'estropier le nom... : Averrhoès.

— Monsieur l'abbé a sans doute eu ses raisons pour choisir ce sujet... qui, à première vue, peut, en effet, paraître un peu particulier.

— Ils l'ont choisi tous deux ensemble. Quant aux raisons que l'abbé fait valoir, je suis prête à m'y ranger : Ce sujet présente, m'a-t-il dit, un intérêt anecdotique particulièrement propre à fixer l'attention de Casimir, qui est souvent un peu flottante; puis (et il paraît que ces Messieurs les examinateurs attachent à cela la plus grande importance) le sujet n'a jamais été traité.

— Il ne me souvient pas en effet...

— Et, naturellement, pour trouver un sujet qui n'ait encore jamais été traité, on est forcé de chercher un peu en dehors des chemins battus.

— Évidemment.

— Seulement, je vais vous avouer ma crainte... mais j'abuse peut-être ?

— Madame, je vous supplie de croire que ma bonne volonté et mon désir de vous servir sont inépuisables.

— Eh bien ! voici : je ne mets pas en doute que Casimir ne soit à même bientôt de passer sa thèse assez brillamment, mais je crains que, par désir de spécialiser... par un désir un peu prématuré... l'abbé ne néglige un peu l'instruction générale, le calcul par exemple, ou l'astronomie...

— Que pense Monsieur Floche de tout cela ? demandai-je éperdu.

— Oh ! Monsieur Floche approuve tout ce que fait et ce que dit l'abbé.

— Les parents ?

— Ils nous ont confié l'enfant, dit-elle après une hésitation légère; puis, s'arrêtant de marcher : — Par effet de votre complaisance, cher Monsieur Lacase, j'aurais aimé que vous vous causiez avec Casimir, pour vous rendre compte; sans avoir l'air de l'interroger directement... et surtout pas devant Monsieur l'abbé qui pourrait en prendre quelque ombrage. Je suis sûre qu'ainsi vous pourriez...

— Le plus volontiers du monde, Madame. Il ne me

sera sans doute pas difficile de trouver un prétexte pour sortir avec votre petit-neveu. Il me fera visiter quelque endroit du parc...

— Il se montre d'abord un peu timide avec ceux qu'il ne connaît pas encore, mais sa nature est confiante.

— Je ne mets pas en doute que nous ne devenions promptement bons amis. »

Un peu plus tard, le goûter nous ayant de nouveau rassemblés :

« Casimir, tu devrais montrer la carrière à Monsieur Lacase; je suis sûre que cela l'intéressera. » Puis s'approchant de moi : « Partez vite avant que l'abbé ne descende; il voudrait vous accompagner. »

Je ressortis aussitôt dans le parc; l'enfant clopin-clopant me guidait.

« C'est l'heure de la récréation », commençai-je.

Il ne répondit rien. Je repris :

« Vous ne travaillez jamais après goûter ?

— Oh! si; mais aujourd'hui je n'avais plus rien à copier.

— Qu'est-ce que vous copiez ainsi ?

— La thèse.

— Ah!... »

Après quelques tâtonnements je parvins à comprendre que cette thèse était un travail de l'abbé, que l'abbé faisait remettre au net et copier par l'enfant dont l'écriture était correcte. Il en tirait quatre grosses, dans quatre cahiers cartonnés dont chaque jour il noircissait quelques pages. Casimir m'affirma du reste qu'il se plaisait beaucoup à « copier ».

« Mais pourquoi quatre fois ?

— Parce que je retiens difficilement.

— Vous comprenez ce que vous écrivez ?

— Quelquefois. D'autres fois l'abbé m'explique; ou bien il dit que je comprendrai quand je serai plus grand. »

L'abbé avait tout bonnement fait de son élève une manière de secrétaire-copiste. Est-ce ainsi qu'il entendait ses devoirs ? Je sentais mon cœur se gonfler et me proposai d'avoir incessamment avec lui une conversation tragique. L'indignation m'avait fait presser le pas inconsciemment; Casimir prenait peine à me suivre; je m'aperçus qu'il était en nage. Je lui tendis une main

qu'il garda dans la sienne, clopinant à côté de moi tandis que je ralentissais mon allure.

« C'est votre seul travail, cette thèse ?

— Oh! non », fit-il aussitôt; mais, en poussant plus loin mes questions, je compris que le reste se réduisait à peu de chose; et sans doute fut-il sensible à mon étonnement :

— « Je lis beaucoup, ajouta-t-il, comme un pauvre dirait : j'ai d'autres habits!

— Et qu'est-ce que vous aimez lire ?

— Les grands voyages »; puis, tournant vers moi un regard où déjà l'interrogation faisait place à la confiance :

« L'abbé, lui, a été en Chine; vous saviez ?... » et le ton de sa voix exprimait pour son maître une admiration, une vénération sans limites.

Nous étions parvenus à cet endroit du parc que Mme Floche appelait « la carrière »; abandonnée depuis longtemps, elle formait à flanc de coteau une sorte de grotte dissimulée derrière les broussailles. Nous nous assîmes sur un quartier de roche que tiédissait le soleil déjà bas. Le parc s'achevait là sans clôture; nous avions laissé à notre gauche un chemin qui descendait obliquement et que coupait une petite barrière; le dévalement, partout ailleurs assez abrupt, servait de protection naturelle.

« Vous, Casimir, avez-vous déjà voyagé ? » demandai-je.

Il ne répondit pas; baissa le front... A nos pieds le vallon s'emplissait d'ombre; déjà le soleil touchait la colline qui fermait le paysage devant nous. Un bosquet de châtaigniers et de chênes y couronnait un tertre crayeux criblé des trous d'une garenne; le site un peu romantique tranchait sur la mollesse uniforme de la contrée.

« Regardez les lapins », s'écria tout à coup Casimir; puis, au bout d'un instant, il ajouta, indiquant du doigt le bosquet :

« Un jour, avec Monsieur l'abbé, j'ai monté là. »

En rentrant nous passâmes auprès d'une mare couverte de conferves. Je promis à Casimir de lui apprêter une ligne et de lui montrer comment on pêchait les grenouilles.

Cette première soirée, qui ne se prolongea guère au delà de neuf heures, ne différa point de celles qui

suivirent, ni, je pense, de celles qui l'avaient précédée, car, pour moi, mes hôtes eurent le bon goût de ne se point mettre en dépense. Sitôt après dîner, nous rentrions dans le salon où, pendant le repas, Gratien avait allumé du feu. Une grande lampe, posée à l'extrémité d'une table de marqueterie, éclairait à la fois la partie de jacquet que le baron engageait avec l'abbé à l'autre extrémité de la table, et le guéridon où ces dames menaient une sorte de bésigue oriental et mouvementé.

« Monsieur Lacase qui est habitué aux distractions de Paris, va sans doute trouver notre amusement un peu terne... » avait d'abord dit Mme de Saint-Auréol.

Cependant, M. Floche, au coin du feu, somnolait dans une bergère; Casimir, les coudes sur la table, la tête entre les mains, lèvre tombante et salivant, progressait dans un « Tour du Monde ». Par contenance et politesse j'avais fait mine de prendre un vif intérêt au bésigue de ces dames; on le pouvait mener, comme le whist, avec un mort, mais on le jouait de préférence à quatre, de sorte que Mme de Saint-Auréol, avec empressement, m'avait accepté pour partenaire, dès que je m'étais proposé. Les premiers soirs, mes impairs firent la ruine de notre camp et mirent en joie Mme Floche qui, après chaque victoire, se permettait sur mon bras une discrète taloche de sa maigre main mitainée. Il y avait des témérités, des ruses, des délicatesses. Mlle Olympe jouait un jeu serré, concerté. Au début de chaque partie, on pointait, on hasardait la surenchère selon le jeu que l'on avait; cela laissait un peu de marge au bluff; Mme de Saint-Auréol s'aventurait effrontément, les yeux luisants, les pommettes vermeilles et le menton frémissant; quand elle avait vraiment beau jeu, elle me lançait un grand coup de pied sous la table; Mlle Olympe essayait de lui tenir tête, mais elle était désarçonnée par la voie aiguë de la vieille qui tout à coup, au lieu d'un nouveau chiffre, criait :

« Verdure, vous mentez! »

A la fin de la première partie, Mme Floche tirait sa montre, et, comme si, précisément, c'était l'heure :

« Casimir! Allons, Casimir; il est temps. »

L'enfant semblait sortir péniblement de léthargie, se levait, tendait aux messieurs sa main molle, à ces dames son front, puis sortait en traînant un pied.

Tandis que Mme de Saint-Auréol nous invitait à la revanche, le premier jacquet finissait; parfois alors M. Floche prenait la place de son beau-frère; ni M. Floche, ni l'abbé n'annonçaient les coups; on n'entendait de leur côté que le roulement des dés dans le cornet et sur la table; M. de Saint-Auréol, dans la bergère, monologuait ou chantonnait à demi-voix, et parfois, tout à coup, flanquait un énorme coup de pincettes au travers du feu, si impertinemment qu'il en éclaboussait au loin la braise; Mlle Olympe accourait précipitamment et exécutait sur le tapis ce que Mme de Saint-Auréol appelait élégamment « la danse des étincelles ». Le plus souvent M. Floche laissait le baron aux prises avec l'abbé et ne quittait pas son fauteuil; de ma place je pouvais le voir, non point dormant comme il disait, mais hochant la tête dans l'ombre; et, le premier soir, un sursaut de flamme ayant éclairé brusquement son visage, je pus distinguer qu'il pleurait.

À neuf heures et quart, le bésigue terminé, Mme Floche éteignait la lampe, tandis que Mlle Verdure allumait deux flambeaux qu'elle posait des deux côtés du jacquet.

« L'abbé, ne le faites pas veiller trop tard », recommandait Mme de Saint-Auréol, en donnant un coup d'éventail sur l'épaule de son mari.

J'avais cru décent, dès le premier soir, d'obéir au signal de ces dames, laissant aux prises les jacqueteurs et à sa méditation M. Floche qui ne montait que le dernier. Dans le vestibule, chacun se saisissait d'un bougeoir; ces dames me souhaitaient le bonsoir qu'elles accompagnaient des mêmes révérences que le matin. Je rentrais dans ma chambre; j'entendais bientôt monter ces messieurs. Bientôt tout se taisait. Mais de la lumière filtrait encore longtemps sous certaines portes. Mais plus d'une heure après si, pressé par quelque besoin, l'on sortait dans le corridor, l'on risquait d'y rencontrer Mme Floche ou Mlle Verdure, en toilette de nuit, vaquant à de derniers rangements. Plus tard encore, et quand on eût cru tout éteint, au carreau d'un petit cagibi, qui prenait jour mais non accès sur le couloir, on pouvait voir, à son ombre chinoise, Mme de Saint-Auréol ravauder.

IV

Ma seconde journée à la Quartfourche fut très sensiblement pareille à la première; d'heure en heure; mais la curiosité que d'abord j'avais pu avoir quant aux occupations de mes hôtes était complètement retombée. Une petite pluie fine emplissait le ciel depuis le matin. La promenade devenant impossible et la conversation de ces dames se faisant de plus en plus insignifiante, j'occupai donc au travail à peu près toutes les heures du jour. A peine pus-je échanger quelques propos avec l'abbé; c'était après le déjeuner; il m'invita à venir fumer une cigarette à quelques pas du salon, dans une sorte de hangar vitré que l'on appelait un peu pompeusement : l'orangerie, où l'on avait rentré pour la mauvaise saison les quelques bancs et chaises du jardin.

« Mais, cher Monsieur, dit-il, lorsqu'un peu nerveusement j'abordai la question de l'éducation de l'enfant, — je n'aurais pas demandé mieux que d'éclairer Casimir de toutes mes faibles lumières; ce n'est pas sans regrets que j'ai dû y renoncer. Est-ce que, claudicant comme il est, vous m'approuveriez si j'allais me mettre en tête de le faire danser sur la corde roide ? J'ai vite dû rétrécir mes visées. S'il s'occupe avec moi d'Averrhoès, c'est parce que je me suis chargé d'un travail sur la philosophie d'Aristote et que, plutôt que d'ânonner avec l'enfant sur je ne sais quels rudiments, j'ai pris quelque plaisir de cœur à l'entraîner dans mon travail. Autant ce sujet-là qu'un autre; l'important c'est d'occuper Casimir trois ou quatre heures par jour; aurais-je pu me défendre d'un peu d'aigreur s'il avait dû me faire perdre le même temps ? et sans profit pour lui, je vous le certifie... Suffit sur ce sujet, n'est-ce pas. » — Là-dessus, jetant la cigarette qu'il avait laissé éteindre, il se leva pour rentrer dans le salon.

Le mauvais temps m'empêchait de sortir avec Casimir; nous dûmes remettre au lendemain la partie de pêche projetée; mais, devant la déception de l'enfant, je m'ingéniai à lui procurer quelque autre plaisir; ayant mis la main sur un échiquier, je lui appris le jeu des poules et du renard, qui le passionna jusqu'au souper.

La soirée commença toute pareille à la précédente; mais déjà je n'écoutais ni ne regardais plus personne; un ennui sans nom commençait de peser sur moi.

Sitôt après dîner, il s'éleva une espèce de rafale; à deux reprises Mlle Verdure interrompit le bésigue pour aller voir dans les chambres d'en haut « si la pluie ne chassait pas ». Nous dûmes prendre la revanche sans elle; le jeu manquait d'entrain. Au coin du feu, dans un fauteuil bas qu'on appelait communément « la berline », M. Floche, bercé par le bruit de l'averse, s'était positivement endormi; dans la bergère, le baron qui lui faisait face se plaignait de ses rhumatismes et grognonnait.

« La partie de jacquet vous distrairait », répétait vainement l'abbé qui, faute d'adversaire, finit par se retirer, emmenant coucher Casimir.

Quand, ce soir-là, je me retrouvai seul dans ma chambre, une angoisse intolérable m'étreignit l'âme et le corps; mon ennui devenait presque de la peur. Un mur de pluie me séparait du reste du monde, loin de toute passion, loin de la vie, m'enfermait dans un cauchemar gris, parmi d'étranges êtres à peine humains, à sang froid, décolorés et dont le cœur depuis longtemps ne battait plus. J'ouvris ma valise et saisis mon indicateur : Un train! A quelque heure que ce soit, du jour ou de la nuit... qu'il m'emporte! J'étouffe ici...

L'impatience empêcha longtemps mon sommeil.

Lorsque je m'éveillai le lendemain, ma décision n'était peut-être pas moins ferme, mais il ne me paraissait plus possible de fausser politesse à mes hôtes et de partir sans inventer quelque excuse à l'étranglement de mon séjour. N'avais-je pas imprudemment parlé de m'attarder une semaine au moins à la Quartfourche? Bah! de mauvaises nouvelles me rappelleront brusquement à Paris... Heureusement j'avais donné mon adresse; on devait me renvoyer à la Quartfourche tout mon courrier; c'est bien miracle, pensai-je, s'il ne me parvient pas dès aujourd'hui n'importe quelle enveloppe dont je puisse habilement me servir... et je reportai mon espoir dans l'arrivée du facteur. Celui-ci s'amenait peu après midi, à l'heure où finissait le déjeuner; nous ne nous serions pas levés de table avant que Delphine n'eût apporté à Mme Floche le maigre paquet de lettres et d'imprimés qu'elle distribuait aux convives. Par

malheur il arriva que ce jour-là l'abbé Santal était convié à déjeuner par le doyen de Pont-l'Évêque, vers onze heures il vint prendre congé de M. Floche et de moi qui ne m'avisai pas aussitôt qu'il me soufflait ainsi cheval et carriole.

Au déjeuner je jouai donc la petite comédie que j'avais préméditée :

« Allons bon ! Quel ennui !... » murmurai-je en ouvrant une des enveloppes que m'avait tendues Mme Floche; et comme, par discrétion, aucun de mes hôtes ne relevait mon exclamation, je repris de plus belle : « Quel contretemps ! » en jouant la surprise et la déconvenue, tandis que mes yeux parcouraient un anodin billet. Enfin Mme Floche se hasarda à me demander d'une voix timide :

« Quelque fâcheuse nouvelle, cher Monsieur?

— Oh ! rien de très grave, répondis-je aussitôt. Mais hélas ! je vois qu'il va me falloir rentrer à Paris sans retard, et de là vient ma contrariété. »

D'un bout à l'autre de la table la stupeur fut générale, dépassant mon attente au point que je me sentis rougir de confusion. Cette stupeur se traduisit d'abord par un morne silence, puis enfin M. Floche, d'une voix un peu tremblante :

« Est-il vraiment possible, cher jeune ami ? Mais votre travail ! Mais notre... »

Il ne put achever. Je ne trouvais rien à répondre, rien à dire, et, ma foi, me sentais passablement ému moi-même. Mes yeux se fixaient sur le sommet de la tête de Casimir qui, le nez dans son assiette, coupait une pomme en petits morceaux. Mlle Verdure était devenue pourpre d'indignation.

« Je croirais indiscret d'insister pour vous retenir, hasarda faiblement Mme Floche.

— Pour les distractions que peut offrir la Quartfourche ! dit aigrement Mme de Saint-Auréol...

— Oh ! Madame, croyez bien que rien ne... essayai-je de protester; mais, sans m'écouter, la baronne criait à tue-tête dans l'oreille de son mari assis à côté d'elle :

— C'est Monsieur Lacase qui veut déjà nous quitter.

— Charmant ! Charmant ! très sensible », fit le sourd en souriant vers moi.

Cependant Mme Floche, vers Mlle Verdure :

« Mais comment allons-nous pouvoir faire...? la jument qui vient de partir avec l'abbé. »

Ici je rompis d'une semelle :

« Pourvu que je sois à Paris demain matin à la première heure... Au besoin le train de cette nuit suffirait.

— Que Gratien aille tout de suite voir si le cheval de Bouligny peut servir. Dites qu'il faudrait mener quelqu'un pour le train de... et se tournant vers moi :

— Vraiment le train de sept heures suffirait ?

— Oh! Madame, je suis désolé de vous causer tant d'embarras... »

Le déjeuner s'acheva dans le silence. Sitôt après, le petit père Floche m'entraîna, et, dès que nous fûmes seuls dans le couloir qui menait à la bibliothèque...

« Mais, cher Monsieur... cher ami... je ne puis croire encore... mais il vous reste à prendre connaissance d'un tas de... Se peut-il vraiment ? quel contretemps! quel fâcheux contretemps! Justement j'attendais la fin de votre premier travail pour mettre entre vos mains d'autres papiers que j'ai ressortis hier soir : je comptais sur eux, je l'avoue, pour vous intéresser à neuf et pour vous retenir davantage. Il va donc me falloir vous montrer cela tout de suite. Venez avec moi; vous avez encore un peu de temps jusqu'au soir; car je n'ose, n'est-ce pas, vous demander de revenir... ? »

Devant la déconvenue du vieillard je prenais honte de ma conduite. J'avais travaillé d'arrache-pied toute la journée de la veille et cette dernière matinée, de sorte qu'en réalité il ne me restait plus beaucoup à glaner sur les premiers papiers que m'avait confiés M. Floche; mais, sitôt que nous fûmes montés dans sa retraite, le voici qui, du fond d'un tiroir, sortit avec un geste mystérieux un paquet enveloppé de toiles et ficelé; une fiche passée sous la ficelle portait, en manière de table, la nomenclature des papiers et leur provenance.

« Emportez tout le paquet, dit-il; tout n'y est sans doute pas bien fameux; mais vous aurez plus vite fait que moi de démêler là-dedans ce qui vous intéresse. »

Tandis qu'il ouvrait puis refermait d'autres tiroirs et s'affairait, je descendis dans la bibliothèque avec la liasse que je développai sur la grande table.

Certains papiers effectivement se rapportaient à mon travail, mais ils étaient en petit nombre et d'importance

médiocre; la plupart, de la main même de M. Floche, avaient trait à la vie de Massillon, et, partant, ne me touchaient guère.

En vérité le pauvre Floche comptait-il là-dessus pour me retenir ? Je le regardai; il s'était à présent renfoncé dans sa chancelière et s'occupait à déboucher minutieusement avec une épingle chacun des trous d'un petit instrument qui versait de la sandaraque. L'opération finie, il leva la tête et rencontra mon regard. Un sourire si amical l'éclaira que je me dérangeai pour causer avec lui, et, appuyé sur le linteau, à l'entrée de sa portioncule :

« Monsieur Floche, lui dis-je, pourquoi ne venez-vous jamais à Paris ? On serait si heureux de vous y voir.

— A mon âge, les déplacements sont difficiles et coûteux.

— Et vous ne regrettez pas trop la ville ?

— Bah! fit-il en soulevant les mains, je m'apprêtais à la regretter davantage. Les premiers temps, la solitude de la campagne paraît un peu sévère à quiconque aime beaucoup causer; puis on s'y fait.

— Ce n'est donc pas par goût que vous êtes venu vous installer à la Quartfourche ? »

Il se dégagea de sa chancelière, se leva, puis posant sa main familièrement sur ma manche :

« J'avais à l'Institut quelques collègues que j'affectionne, dont votre cher maître Albert Desnos; et je crois bien que j'étais en passe de prendre bientôt place auprès d'eux... »

Il semblait vouloir parler davantage; pourtant je n'osais poser question trop directe :

« Est-ce Madame Floche qu'attirait à ce point la campagne ?

— N... on. C'est pourtant pour Madame Floche que j'y suis venu; mais elle-même y était appelée par un petit événement de famille. »

Il était descendu dans la grande salle et aperçut la liasse que j'avais déjà reficelée.

« Ah! vous avez déjà tout regardé, dit-il tristement. Sans doute aurez-vous trouvé là peu de provende. Que voulez-vous ? les moindres miettes je les ramasse; parfois je me dis que je perds mon temps à collectionner des broutilles; mais peut-être faut-il des hommes comme moi pour épargner ces menus travaux à d'autres qui,

comme vous, en sauront tirer un brillant parti. Quand je lirai votre thèse je serai heureux de me dire que ma peine vous aura un tout petit peu profité. »

La cloche du goûter nous appela.

Comment arriver à connaître quel « petit événement de famille », pensais-je, a suffi pour décider ainsi ces deux vieux ? L'abbé le connaît-il ? Au lieu de me buter contre lui, j'aurais dû l'apprivoiser. N'importe ! Trop tard à présent. Il n'en reste pas moins que M. Floche est un digne homme et dont je garderai bon souvenir...

Nous arrivâmes dans la salle à manger.

« Casimir n'ose pas vous demander si vous ne feriez pas encore un petit tour de jardin avec lui; je sais qu'il en a grande envie, dit Mme Floche; mais le temps vous manquera peut-être ? »

L'enfant qui plongeait le visage dans un bol de lait s'engoua.

« J'allais lui proposer de m'accompagner; j'ai pu mettre au pair mon travail et vais être libre jusqu'au départ. Précisément il ne pleut plus... » Et j'entraînai l'enfant dans le parc.

Au premier détour de l'allée, l'enfant qui tenait une de mes mains dans les deux siennes, longuement la pressa contre son visage brûlant :

« Vous aviez dit que vous resteriez huit jours....

— Mon pauvre petit ! je ne peux pas rester plus longtemps.

— Vous vous ennuyez.

— Non ! mais il faut que je parte.

— Où allez-vous ?

— A Paris. Je reviendrai. »

A peine eus-je lâché ce mot qu'il me regarda anxieusement.

« C'est bien vrai ? Vous le promettez ? »

L'interrogation de cet enfant était si confiante que je n'eus pas le cœur de me dédire :

« Veux-tu que je te l'écrive sur un petit papier que tu garderas ?

— Oh! oui, fit-il en embrassant ma main bien fort et manifestant sa joie par des bondissements frénétiques.

— Sais-tu ce qui serait gentil, maintenant ? Au lieu d'aller pêcher, nous devrions cueillir des fleurs pour ta

tante ; on irait tous les deux lui porter un gros bouquet dans sa chambre pour lui faire une belle surprise. »

Je m'étais promis de ne point quitter la Quartfourche sans avoir visité la chambre d'une des vieilles dames ; comme elles circulaient continuellement d'un bout à l'autre de la maison, je risquais fort d'être dérangé dans mon investigation indiscrète ; je comptais sur l'enfant pour autoriser ma présence ; si peu naturel qu'il pût paraître que je pénétrasse à sa suite dans la chambre de sa grand-mère ou de sa tante, grâce au prétexte du bouquet trouverais-je, en cas de surprise, une facile contenance.

Mais cueillir des fleurs à la Quartfourche n'était pas aussi aisé que je le supposais. Gratien exerçait sur tout le jardin une surveillance farouche ; non seulement il indiquait les fleurs qui supportaient d'être cueillies, mais encore était-il jalousement regardant sur la manière de les cueillir. Il y fallait sécateur ou serpette, et de plus, quelles précautions ! C'est ce que Casimir m'expliquait. Gratien nous accompagna jusqu'au bord d'une corbeille de dahlias superbes où l'on pouvait prélever maints bouquets sans que seulement il y parût.

« Au-dessus de l'œil. Monsieur Casimir, combien de fois faut-il qu'on vous le répète ? coupez toujours au-dessus de l'œil.

— En cette fin de saison, cela n'a plus aucune importance », m'écriai-je impatiemment.

Il répondit en grommelant que « ça a toujours de l'importance » et que « il n'y a pas de saison pour mal faire ». J'ai horreur des bougons sentencieux...

L'enfant me précéda, portant la gerbe. En passant dans le vestibule je m'étais emparé d'un vase...

Dans la chambre régnait une paix religieuse ; les volets étaient clos ; près du lit enfoncé dans une alcôve, un prie-Dieu d'acajou et de velours grenat au pied d'un petit crucifix d'ivoire et d'ébène ; contre le crucifix, le cachant à demi, un mince rameau de buis suspendu à une faveur rose et maintenu sous un bras de la croix. Le recueillement de l'heure appelait la prière ; j'oubliais ce que j'étais venu faire et la vaine curiosité qui m'avait attiré en ce lieu ; je laissais Casimir apprêter à son gré les fleurs sur une commode, et je ne regardais plus rien dans la chambre : C'est ici, dans ce grand lit, pensais-je,

que la bonne vieille Floche achèvera bientôt de s'éteindre, à l'abri des souffles de la vie... O barques qui souhaitez la tempête! que tranquille est ce port!

Casimir cependant s'impatientait contre les fleurs; les capitules pesants des dahlias l'emportaient; tout le bouquet cabriolait à terre.

« Si vous m'aidiez », dit-il enfin.

Mais tandis que je m'évertuais à sa place, il courait à l'autre bout de la pièce vers un secrétaire qu'il ouvrait :

« Je vais vous faire le billet où vous promettez de revenir.

— C'est cela, repartis-je, me prêtant à la simagrée. Dépêche-toi. Ta tante serait très fâchée si elle te voyait fouiller dans son secrétaire.

— Oh! ma tante est occupée à la cuisine; et puis elle ne me gronde jamais. »

De son écriture la plus appliquée il couvrit une feuille de papier à lettre.

« A présent venez signer. »

Je m'approchai :

« Mais Casimir, tu n'avais pas à signer toi-même! » dis-je en riant. L'enfant, pour donner plus de poids, sans doute, à cet engagement, et pour qu'il lui parût y engager lui-même sa parole, avait cru bon d'écrire aussi son nom au bas de la feuille où je lus :

Monsieur Lacase promet de revenir l'année prochaine à la Quartfourche.
 CASIMIR DE SAINT-AURÉOL.

Un instant il resta tout déconcerté par ma remarque et par mon rire : il y allait de tout son cœur, lui! Ne le prenais-je donc pas au sérieux? Il était bien près de pleurer.

« Laisse-moi me mettre à ta place pour que je signe. »

Il se leva puis, quand j'eus signé le billet, sauta de joie et couvrit ma main de baisers. J'allais partir : il me retint par la manche et, penché sur le secrétaire :

« Je vais vous montrer quelque chose », dit-il en faisant jouer un ressort et glisser un tiroir dont il connaissait le secret; puis, ayant fouillé parmi des rubans et des quittances, il me tendit une fragile miniature encadrée :

« Regardez. »

Je m'approchai de la fenêtre.

Quel est ce conte où le héros tombe amoureux du seul portrait de la princesse ? Ce devait être de ce portrait-là. Je n'entends rien à la peinture et me soucie peu du métier; sans doute un connaisseur eût-il jugé cette miniature affétée : sous trop de complaisante grâce s'effaçait presque le caractère; mais cette pure grâce était telle qu'on ne la pût oublier.

Peu m'importaient vous dis-je les qualités ou les défauts de la peinture : la jeune femme que j'avais devant moi et dont je ne voyais que le profil, une tempe à demi cachée par une lourde boucle noire, un œil languide et tristement rêveur, la bouche entrouverte et comme soupirante, le col fragile autant qu'une tige de fleur, cette femme était de la plus troublante, de la plus angélique beauté. A la contempler j'avais perdu conscience du lieu, de l'heure; Casimir qui d'abord s'était éloigné, achevant d'apprêter les fleurs, revint à moi, se pencha :

« C'est maman... Elle est bien jolie n'est-ce pas ! J'étais gêné devant l'enfant de trouver sa mère si belle.

— Où est-elle à présent, ta maman ?

— Je ne sais pas.

— Pourquoi n'est-elle pas ici ?

— Elle s'ennuie ici.

— Et ton papa ? »

Un peu confusément, baissant la tête et comme honteux il répondit :

« Mon papa est mort. »

Mes questions l'importunaient; mais j'étais résolu à pousser plus avant.

« Elle vient bien te voir quelquefois, ta maman ?

— Oh ! oui, souvent ! dit-il avec conviction, en relevant soudain la tête. Il ajouta un peu plus bas :

— Elle vient causer avec ma tante.

— Mais avec toi, elle cause bien aussi ?

— Oh ! moi, je ne sais pas lui parler... Et puis, quand elle vient, je suis couché.

— Couché !

— Oui, elle vient la nuit... » Puis, cédant à sa confiance (il avait pris ma main, car j'avais reposé le portrait) **tendrement et comme en secret :**

« La dernière fois elle est venue m'embrasser dans mon lit.

— Elle ne t'embrasse donc pas d'ordinaire ?

— Oh! si, beaucoup.

— Alors pourquoi dis-tu « la dernière fois » ?

— Parce qu'elle pleurait.

— Elle était avec ta tante ?

— Non; elle était entrée toute seule dans le noir; elle croyait que je dormais.

— Elle t'a réveillé ?

— Oh! je ne dormais pas. Je l'attendais.

— Tu savais donc qu'elle était là. »

Il baissa la tête de nouveau, sans répondre. J'insistai : « Comment savais-tu qu'elle était là ? »

Pas de réponse. Je repris :

— Dans le noir, comment as-tu pu voir qu'elle pleurait ?

— Oh! j'ai senti.

— Tu ne lui as pas demandé de rester ?

— Oh! si. Elle était penchée sur mon lit; je la tenais par les cheveux...

— Et qu'est-ce qu'elle disait ?

— Elle riait; elle disait que je la décoiffais; mais qu'il fallait qu'elle s'en aille.

— Elle ne t'aime donc pas ?

— Oh! si; elle m'aime beaucoup », cria-t-il, brusquement écarté de moi et le visage empourpré plus encore, d'une voix si passionnée que je pris honte de ma question.

La voix de Mme Floche retentit au bas de l'escalier : « Casimir! Casimir! va dire à Monsieur Lacase qu'il serait temps de s'apprêter. La voiture sera là dans une demi-heure. »

Je m'élançai, dégringolai l'escalier, rejoignis la vieille dans le vestibule.

« Madame Floche! quelqu'un pourrait-il porter une dépêche ? J'ai trouvé un expédient qui me permettra je crois de passer quelques jours de plus près de vous. »

Elle prit mes deux mains dans les siennes :

« Ah! Que c'est improbable! cher Monsieur... » Et comme son émotion ne trouvait rien d'autre à dire, elle répétait : « Que c'est improbable!... » puis, courant sous la fenêtre de Floche :

« Bon ami! Bon ami! (c'est ainsi qu'elle l'appelait) Monsieur Lacase consent à rester. »

La faible voix sonnait comme un grelot fêlé, mais parvint cependant; je vis la fenêtre s'ouvrir, M. Floche se pencher un instant; puis, aussitôt qu'il eut compris :

« Je descends! Je descends! »

Casimir se joignait à lui; durant quelques instants je dus faire face aux gratulations de chacun; on eût dit que j'étais de la famille.

Je rédigeai je ne sais plus quel fantaisiste texte de dépêche que je fis expédier à une adresse imaginaire.

« J'ai peur, à déjeuner, d'avoir été un peu indiscrète en vous priant trop fort, dit Mme Floche; puis-je espérer que, si vous restez, vos affaires de Paris n'en souffriront pas trop ?

— J'espère que non, chère Madame. Je prie un ami de prendre soin de mes intérêts. »

Mme de Saint-Auréol était survenue; elle s'éventait et tournait dans la pièce en criant de sa voix la plus aiguë : « Qu'il est aimable! Ah! mille grâces... Qu'il est aimable! » puis disparut, et le calme se rétablit.

Peu avant le dîner l'abbé rentra de Pont-l'Évêque; comme il n'avait pas eu connaissance de ma velléité de départ, il ne put être surpris d'apprendre que je restais.

« Monsieur Lacase, dit-il assez affablement, j'ai rapporté de Pont-l'Évêque quelques journaux; pour moi je ne suis pas grand amateur des racontars de gazettes, mais j'ai pensé qu'ici vous étiez un peu privé de nouvelles et que ces feuilles pourraient vous intéresser. »

Il fouillait sa soutane : « Allons! Gratien les aura montés dans ma chambre avec mon sac. Attendez un instant; je m'en vais les quérir.

— N'en faites rien, Monsieur l'abbé; c'est moi qui monterai les chercher. »

Je l'accompagnai jusqu'à sa chambre; il me pria d'entrer. Et tandis qu'il brossait sa soutane et s'apprêtait pour le dîner :

« Vous connaissiez la famille de Saint-Auréol avant de venir à la Quartfourche ? demandai-je après quelques propos vagues.

— Non, me dit-il.

— Ni monsieur Floche ?

— J'ai passé brusquement des missions à l'enseigne-

ment. Mon supérieur avait été en relations avec Monsieur Floche, et m'a désigné pour les fonctions que je remplis présentement ; non, avant de venir ici je ne connaissais ni mon élève ni ses parents.

— De sorte que vous ignorez quels événements ont brusquement poussé Monsieur Floche à quitter Paris il y a quelque quinze ans, au moment qu'il allait entrer à l'Institut.

— Revers de fortune, grommela-t-il.

— Eh quoi ! Monsieur et Madame Floche vivraient ici aux crochets des Saint-Auréol !

— Mais non, mais non, fit-il impatienté ; ce sont les Saint-Auréol qui sont ruinés ou presque ; toutefois la Quartfourche leur appartient ; les Floche, qui sont dans une situation aisée, habitent avec eux pour les aider ; ils subviennent au train de maison et permettent ainsi aux Saint-Auréol de conserver la Quartfourche, qui doit revenir plus tard à Casimir ; c'est je crois tout ce que l'enfant peut espérer...

— La belle-fille est sans fortune ?

— Quelle belle-fille ? La mère de Casimir n'est pas la bru, c'est la propre fille des Saint-Auréol.

— Mais alors, le nom de l'enfant ? — Il feignit de ne point comprendre. — Ne s'appelle-t-il pas Casimir de Saint-Auréol ?

— Vous croyez ! dit-il ironiquement. Eh bien ! il faut supposer que Mademoiselle de Saint-Auréol aura épousé quelque cousin du même nom.

— Fort bien ! » fis-je, comprenant à demi, hésitant pourtant à conclure. Il avait achevé de brosser sa soutane ; un pied sur le rebord de la fenêtre, il flanquait de grands coups de mouchoir pour épousseter ses souliers.

« Et vous la connaissez... Mademoiselle de Saint-Auréol ?

— Je l'ai vue deux ou trois fois ; mais elle ne vient ici qu'en courant.

— Où vit-elle ? »

Il se releva, jeta dans un coin de la chambre le mouchoir empoussiéré :

« Alors c'est un interrogatoire ?... puis se dirigeant vers sa toilette : — On va sonner pour le dîner et je ne serai pas prêt ! »

C'était une invite à le laisser ; ses lèvres serrées

certainement en gardaient gros à dire, mais pour l'instant ne laisseraient plus rien échapper.

V

Quatre jours après j'étais encore à la Quartfourche; moins angoissé qu'au troisième jour, mais plus las. Je n'avais rien surpris de nouveau, ni dans les événements de chaque jour, ni dans les propos de mes hôtes; d'inanition déjà je sentais ma curiosité se mourir. Il faut donc renoncer à en découvrir davantage, pensais-je, apprêtant de nouveau mon départ; autour de moi tout se refuse à m'instruire; l'abbé fait le muet depuis que j'ai laissé paraître combien ce qu'il sait m'intéresse; à mesure que Casimir me marque plus de confiance, je me sens devant lui plus contraint; je n'ose plus l'interroger et du reste je connais à présent tout ce qu'il aurait à me dire : rien de plus que le jour où il me montrait le portrait.

Si pourtant : l'enfant innocemment m'avait appris le prénom de sa mère. Sans doute j'étais fou de m'exalter ainsi sur une flatteuse image vraisemblablement vieille de plus de quinze ans; et si même Isabelle de Saint-Auréol, durant mon séjour à la Quartfourche, risquait une de ces fugitives apparitions dont je savais à présent qu'elle était coutumière, sans doute je ne pourrais, n'oserais me trouver sur son passage. N'importe! ma pensée, soudain tout occupée d'elle, échappait à l'ennui; ces derniers jours avaient fui d'une fuite ailée et je m'étonnais que s'achevât déjà cette semaine. Il n'avait pas été question que je restasse plus longtemps chez les Floche et mon travail ne m'offrait plus aucune raison de m'attarder, mais, ce dernier matin encore, je parcourais le parc que l'automne rendait plus vaste et sonore, appelant à demi-voix, puis à voix haute : Isabelle!... et ce nom qui m'avait déplu tout d'abord, se revêtait à présent pour moi d'élégance, se pénétrait d'un charme clandestin... Isabelle de Saint-Auréol! Isabelle! J'imaginais sa robe blanche fuir au détour de chaque allée; à travers l'inconstant feuillage, chaque rayon rappelait son regard, son sourire mélancolique,

et comme encore j'ignorais l'amour, je me figurais que j'aimais et, tout heureux d'être amoureux, m'écoutais avec complaisance.

Que le parc était beau! et qu'il s'apprêtait noblement à la mélancolie de cette saison déclinante. J'y respirais avec enivrement l'odeur des mousses et des feuilles pourrissantes. Les grands marronniers roux, à demi dépouillés déjà, ployaient leurs branches jusqu'à terre; certains buissons pourprés rutilaient à travers l'averse; l'herbe, auprès d'eux, prenait une verdeur aiguë; il y avait quelques colchiques dans les pelouses du jardin; un peu plus bas, dans le vallon, une prairie en était rose, que l'on apercevait de la carrière où, quand la pluie cessait, j'allais m'asseoir — sur cette même pierre où je m'étais assis le premier jour avec Casimir; où, rêveuse, Mlle de Saint-Auréol s'était assise naguère, peut-être... et je m'imaginais assis près d'elle.

Casimir m'accompagnait souvent, mais je préférais marcher seul. Et presque chaque jour la pluie me surprenait dans le jardin; trempé, je rentrais me sécher devant le feu de la cuisine. Ni la cuisinière, ni Gratien ne m'aimaient; mes avances réitérées n'avaient pu leur arracher trois paroles. Du chien non plus, caresses ou friandises n'avaient pu me faire un ami; Terno passait presque toutes les heures du jour couché dans l'âtre vaste, et quand j'en approchais il grognait. Casimir que je retrouvais souvent, assis sur la margelle du foyer, épluchant des légumes ou lisant, y allait alors d'une tape, s'affectant que son chien ne m'accueillît pas en ami. Prenant le livre des mains de l'enfant je poursuivais à haute voix sa lecture; lui, restait appuyé contre moi; je le sentais m'écouter de tout son corps.

Mais ce matin-là l'averse me surprit si brusque et si violente que je ne pus songer à rentrer au château; je courus m'abriter au plus proche; c'était ce pavillon abandonné que vous avez pu voir à l'autre extrémité du parc, près de la grille; il était à présent délabré; pourtant une première salle assez vaste restait élégamment lambrissée comme le salon d'un pavillon de plaisance; mais les boiseries vermoulues crevaient au moindre choc...

Quand j'entrai, poussant la porte mal close, quelques chauves-souris tournoyèrent, puis s'élancèrent au-dehors

par la fenêtre dévitrée. J'avais cru l'averse passagère, mais, tandis que je patientais, le ciel acheva de s'assombrir. Me voici bloqué pour longtemps! Il était dix heures et demie; on ne déjeunait qu'à midi. J'attendrai jusqu'au premier coup de cloche, que l'on entend d'ici certainement, pensai-je. J'avais sur moi de quoi écrire et, comme ma correspondance était en retard, je prétendis me prouver à moi-même qu'il n'est pas moins aisé d'occuper bien une heure qu'une journée. Mais ma pensée incessamment me ramenait à mon inquiétude amoureuse : ah! si je savais que quelque jour elle dût reparaître en ce lieu, j'incendierais ces murs de déclarations passionnées... Et lentement m'imbibait un ennui douloureux, lourd de larmes. Je restais effondré dans un coin de la pièce, n'ayant trouvé siège où m'asseoir, et comme un enfant perdu je pleurais.

Certes le mot Ennui est bien faible pour exprimer ces détresses intolérables à quoi je fus sujet de tout temps; elles s'emparent de nous tout à coup; la qualité de l'heure les déclare; l'instant auparavant tout vous riait et l'on riait à toute chose; tout à coup une vapeur fuligineuse s'essore du fond de l'âme et s'interpose entre le désir et la vie; elle forme un écran livide, nous sépare du reste du monde dont la chaleur, l'amour, la couleur, l'harmonie ne nous parviennent plus que réfractés en une transposition abstraite : on constate, on n'est plus ému; et l'effort désespéré pour crever l'écran isolateur de l'âme nous mènerait à tous les crimes, au meurtre ou au suicide, à la folie...

Ainsi rêvais-je en écoutant ruisseler la pluie. Je gardais à la main le canif que j'avais ouvert pour tailler mon crayon, mais la feuille de mon carnet restait vide; à présent, de la pointe de ce canif, sur le panneau voisin je tâchais de sculpter son nom; sans conviction mais parce que je savais que les amants transis ont accoutumé d'ainsi faire; à tout instant le bois pourri cédait; un trou venait en place de la lettre; bientôt, sans plus d'application, par désœuvrement, imbécile besoin de détruire, je commençai de taillader au hasard. Le lambris que j'abîmais se trouvait immédiatement sous la fenêtre; le cadre en était disjoint à la partie supérieure, de sorte que le panneau tout entier pouvait glisser de bas en haut dans les rainures latérales; c'est ce que je remarquai

lorsque l'effort de mon couteau inopinément le souleva.

Quelques instants après j'achevais d'émietter le lambris. Avec les débris de bois, une enveloppe tomba sur le plancher, tachée, moisie, elle avait pris le ton de la muraille, au point que tout d'abord elle n'étonna point mon regard; non, je ne m'étonnai pas de la voir; il ne me paraissait pas surprenant qu'elle fût là et telle était mon apathie que je ne cherchai pas aussitôt à l'ouvrir. Laide, grise, souillée, on eût dit un plâtras vous dis-je. C'est par désœuvrement que je la pris; c'est machinalement que je la déchirai. J'en sortis deux feuillets couverts d'une grande écriture désordonnée, pâlie, presque effacée par endroits. Que venait faire là cette lettre ? Je regardai la signature et j'eus un éblouissement : le nom d'Isabelle était au bas de ces feuillets.

Elle occupait à ce point mon esprit... j'eus un instant l'illusion qu'elle m'écrivait à moi-même :

Mon amour, voici ma dernière lettre..., disait-elle. *Vite ces quelques mots encore, car je sais que ce soir je ne pourrai plus rien te dire ; mes lèvres, près de toi, ne sauront plus trouver que des baisers. Vite, pendant que je puis parler encore ; écoute :*

Onze heures c'est trop tôt ; mieux vaut minuit. Tu sais que je meurs d'impatience et que l'attente m'exténue, mais pour que je m'éveille à toi il faut que toute la maison dorme. Oui, minuit ; pas avant. Viens à ma rencontre jusqu'à la porte de la cuisine (en suivant le mur du potager qui est dans l'ombre et ensuite il y a des buissons), attends-moi là et non pas devant la grille, non que j'aie peur de traverser seule le jardin, mais parce que le sac où j'emporte un peu de vêtements sera très lourd et que je n'aurai pas la force de le porter longtemps.

En effet il vaut mieux que la voiture reste en bas de la ruelle où nous la retrouverons facilement. A cause des chiens de la ferme qui pourraient aboyer et donner l'éveil, c'est plus prudent.

Mais non, mon ami, il n'y avait pas moyen, tu le sais, de nous voir davantage et de convenir de tout ceci de vive voix. Tu sais qu'ici je vis captive et que les vieux ne me laissent pas plus sortir qu'ils ne te permettent à toi de rentrer. Ah ! de quel cachot je m'échappe... Oui j'aurai soin de prendre des souliers de rechange que je mettrai sitôt que nous serons dans la voiture, car l'herbe du bas du jardin est trempée.

Comment peux-tu me demander encore si je suis résolue et prête ? Mais mon amour, voici des mois que je me prépare et que je me tiens prête ! des années que je vis dans l'attente de cet instant ! — Et si je ne vais rien regretter ? — Tu n'as donc pas compris que j'ai pris tous ceux qui s'attachent à moi en horreur, tous ceux qui m'attachent ici. Est-ce vraiment la douce et la craintive Isa qui parle ? Mon ami, mon amant, qu'avez-vous fait de moi, mon amour ?...

J'étouffe ici ; je songe à tout l'ailleurs qui s'entrouvre... J'ai soif...

J'allais oublier de te dire qu'il n'y a pas eu moyen d'enlever les saphirs de l'écrin, parce que ma tante n'a plus laissé ses clefs dans sa chambre ; aucune de celles que j'ai essayées n'a pu aller au tiroir... Ne me gronde pas ; j'ai le bracelet de maman, la chaîne émaillée et deux bagues — qui n'ont sans doute pas grande valeur puisqu'elle ne les met pas ; mais je crois que la chaîne est très belle. Pour de l'argent... je ferai mon possible ; mais tu feras tout de même bien de t'en procurer.

À toi de toutes mes prières. A bientôt, ton

ISA.

Ce 22 octobre, anniversaire de ma vingt-deuxième année et veille de mon évasion.

Je songe avec terreur, si j'avais à cuisiner en roman cette histoire, aux quatre ou cinq pages de développements qu'il siérait ici de gonfler : réflexions après lecture de cette lettre, interrogations, perplexités... En vérité, comme après un très violent choc, j'étais tombé dans un état semi-léthargique. Quand enfin parvint à mon oreille, à travers la confuse rumeur de mon sang, un son de cloche, qui redoubla : c'est le second appel du déjeuner, pensai-je ; comment n'ai-je pas entendu le premier ? Je tirai ma montre : midi ! Aussitôt, bondissant au-dehors, l'ardente lettre pressée contre mon cœur, je m'élançai tête nue sous l'averse.

Les Floche déjà s'inquiétaient de moi et, quand j'arrivai tout soufflant :

« Mais vous êtes trempé ! complètement trempé, cher Monsieur ! ». Puis ils protestèrent que personne ne se mettrait à table que je n'eusse changé de vêtements : et dès que je fus redescendu, ils questionnèrent avec sollicitude ; je dus raconter que, retenu dans le pavillon,

j'attendais en vain un répit de l'averse; alors ils s'excusèrent du mauvais temps, de l'affreux état des allées, de ce que l'on avait sans doute sonné le second coup plus tôt, le premier coup moins fort qu'à l'ordinaire... Mlle Verdure avait été chercher un châle dont on me supplia de couvrir mes épaules, parce que j'étais encore en sueur et que je risquais de prendre mal. L'abbé cependant m'observait sans mot dire, les lèvres serrées jusqu'à la grimace; et j'étais si nerveux que, sous l'investigation de son regard, je me sentais rougir et me troubler comme un enfant fautif. Il importe pourtant de l'amadouer, pensais-je, car désormais je n'apprendrai rien que par lui seul; lui seul peut m'éclairer le détour de cette ténébreuse histoire où m'achemine déjà moins de curiosité que d'amour.

Après le café, la cigarette que j'offrais à l'abbé servait de prétexte au dialogue; pour ne point incommoder la baronne, nous allions fumer dans l'orangerie.

« Je croyais que vous ne deviez rester ici que huit jours ? commença-t-il sur un ton d'ironie.

— Je comptais sans l'amabilité de nos hôtes.

— Alors, les documents de Monsieur Floche... ?

— Assimilés... Mais j'ai trouvé de quoi m'occuper davantage. »

J'attendais une interrogation; rien ne vint.

« Vous devez connaître dans les coins le double fond de ce château », repartis-je impatiemment.

Il ouvrit de grands yeux, plissa son front, prit un air de candeur stupide.

« Pourquoi Madame ou Mademoiselle de Saint-Auréol, la mère de votre élève, n'est-elle pas ici, près de nous, à partager ses soins entre son fils infirme et ses vieux parents ? »

Pour mieux jouer l'étonnement il jeta sa cigarette et ouvrit ses mains en parenthèses des deux côtés de son visage.

« Sans doute que ses occupations la retiennent ailleurs... marmonna-t-il. Quelle insidieuse question est-ce là ?

— En souhaitez-vous une plus précise : Qu'a fait Madame ou Mademoiselle de Saint-Auréol, la mère de votre élève, certaine nuit du 22 octobre que devait venir l'enlever son amant ? »

Il campa ses poings sur ses hanches :

« Eh là ! Eh là ! Monsieur le romancier — (par vanité, par faiblesse, je m'étais laissé aller précédemment à ce genre de confidences que devrait n'inspirer jamais qu'une profonde sympathie ; et depuis qu'il savait mes prétentions il s'amusait de moi d'une manière qui déjà me devenait insupportable). — N'allez-vous pas un peu trop vite ?... Et puis-je vous demander à mon tour comment vous êtes si bien renseigné ?

— Parce que la lettre qu'Isabelle de Saint-Auréol écrivait à son amant ce jour-là, ce n'est pas lui qui l'a reçue : c'est moi. »

Décidément il fallait compter avec moi ; l'abbé à ce moment aperçut une petite tache sur la manche de sa soutane et commença de la gratter du bout de l'ongle ; il entrait en composition.

« J'admire ceci... que dès qu'on se croit né romancier on s'accorde aussitôt tous les droits. Un autre y regarderait à deux fois avant de prendre connaissance d'une lettre qui ne lui est pas adressée.

— J'espère plutôt, Monsieur l'abbé, qu'il n'en prendrait pas connaissance du tout. »

Je le considérais fixement ; mais il grattait toujours, les yeux baissés.

« Je ne suppose pourtant pas qu'on vous l'ait donnée à lire.

— Cette lettre est tombée dans mes mains par hasard ; l'enveloppe, vieille, sale, à demi déchirée, ne portait aucune trace d'écriture ; en l'ouvrant j'ai vu une lettre de Mademoiselle de Saint-Auréol ; mais adressée à qui ?... Allons ! Monsieur l'abbé, secondez-moi : qui était, il y a quatorze ans, l'amant de Mademoiselle de Saint-Auréol ? »

L'abbé s'était levé ; il commença de marcher à petits pas de long en large, la tête basse, les mains croisées dans le dos ; repassant derrière ma chaise, il s'arrêta ; et brusquement je sentis ses mains s'abattre sur mes épaules :

« Montrez-moi cette lettre.

— Parlerez-vous ? »

Je sentis frémir d'impatience son étreinte.

« Ah ! pas de conditions, je vous en prie ! Montrez-moi cette lettre... simplement.

— Laissez que j'aille la chercher, dis-je en essayant de me dégager.

— Vous l'avez là dans votre poche. »

Ses yeux visaient au bon endroit, comme si ma veste eût été transparente; il n'allait pourtant pas me fouiller!...

J'étais très mal posé pour me défendre, et contre un grand gaillard plus fort que moi; puis, quel moyen, ensuite, de le décider à parler ? Je me retournai pour voir presque contre le mien son visage; un visage gonflé, congestionné, où se marquaient subitement deux grosses veines sur le front et de vilaines poches sous les yeux. Alors, me forçant de rire par crainte de voir tout se gâter :

« Parbleu l'abbé, avouez que vous aussi vous savez ce que c'est que la curiosité! »

Il lâcha prise; je me levai tout aussitôt et fis mine de sortir.

« Si vous n'aviez pas eu ces manières de brigand, je vous l'aurais déjà montrée; puis, le prenant par le bras : — mais rapprochons-nous du salon, que je puisse appeler au secours. »

Par grand effort de volonté je gardais un ton enjoué, mais mon cœur battait fort.

« Tenez : lisez-la devant moi, dis-je en tirant la lettre de ma poche; je veux apprendre de quel œil un abbé lit une lettre d'amour. »

Mais, de nouveau maître de lui, il ne laissait paraître son émotion qu'à l'irrépressible titillement d'un petit muscle de sa joue. Il lut; puis huma le papier, renifla, en fronçant âprement les sourcils de manière qu'il semblait que ses yeux s'indignassent de la gourmandise de son nez; puis, repliant le papier et me le rendant, dit d'un ton un peu solennel :

« Ce même 22 octobre mourait le vicomte Blaise de Gonfreville, victime d'un accident de chasse.

— Vous me faites frémir! (mon imagination aussitôt construisait un drame épouvantable). Sachez que j'ai trouvé cette lettre derrière une boiserie du pavillon où certainement il aurait dû venir la chercher. »

L'abbé m'apprit alors que le fils aîné des Gonfreville, dont la propriété touchait à celle des Saint-Auréol, avait été retrouvé sans vie au pied d'une barrière qu'apparemment il s'apprêtait à franchir lorsqu'un

mouvement maladroit avait fait partir son fusil. Pourtant, dans le canon du fusil ne se trouvait pas de cartouche. Aucun renseignement ne put être donné par personne; le jeune homme était sorti seul et personne ne l'avait vu; mais, le lendemain, un chien de la Quartfourche fut surpris, près du pavillon, léchant une flaque de sang.

« Je n'étais pas encore à la Quartfourche, continuat-il, mais, d'après les renseignements que j'ai pu recueillir, il me semble avéré que le crime a été commis par Gratien, qui sans doute avait surpris les relations de sa maîtresse avec le vicomte, et peut-être avait éventé son projet de fuite (projet que j'ignorais moi-même avant d'avoir lu cette lettre); c'est un vieux serviteur buté, butor même au besoin, qui pour défendre le bien de ses maîtres ne croit devoir reculer devant rien.

— Comment ne l'a-t-on pas arrêté ?

— Personne n'avait intérêt à le poursuivre, et les deux familles de Gonfreville et de Saint-Auréol craignaient également le bruit autour de cette fâcheuse histoire; car, quelques mois après, Mademoiselle de Saint-Auréol mettait au monde un malheureux enfant. On attribue l'infirmité de Casimir aux soins que sa mère avait pris pour dissimuler sa grossesse; mais Dieu nous enseigne que c'est souvent sur les enfants que retombe le châtiment des pères. Venez avec moi jusqu'au pavillon; je suis curieux de voir l'endroit où vous avez trouvé la lettre. »

Le ciel s'était éclairci; nous nous acheminâmes ensemble.

Tout alla fort bien à l'aller; l'abbé m'avait pris le bras; nous marchions d'un même pas et causions sans heurts. Mais au retour tout se gâta. Sans doute restions-nous passablement exaltés l'un et l'autre par l'étrangeté de l'aventure; mais chacun très différemment; moi, vite désarmé par la complaisance souriante que l'abbé finalement avait mise à me renseigner, déjà j'oubliais sa soutane, ma retenue, je me laissais aller à lui parler comme à un homme... Voici je crois comment la brouille commença :

« Qui nous racontera, disais-je, ce que fit Mademoiselle de Saint-Auréol cette nuit-là ? Sans doute elle

n'apprit que le lendemain la mort du comte ? L'attendit-elle, et jusqu'à quand, dans le jardin ? Que pensait-elle en ne le voyant pas venir ? »

L'abbé se taisait, complètement insensible à mon lyrisme psychologique; je reprenais :

« Imaginez cette délicate jeune fille, le cœur lourd d'amour et d'ennui, la tête folle : Isabelle la passionnée...

— Isabelle la dévergondée », soufflait l'abbé à demi-voix.

Je continuais comme si je n'avais pas entendu, mais déjà prenant élan pour riposter à l'interjection prochaine :

« Songez à tout ce qu'il a fallu d'espérance et de désespoir, de...

— Pourquoi songer à tout cela ? interrompit-il sèchement : Nous n'avons pas à connaître d'un événement plus que ce qui peut nous instruire.

— Mais suivant que nous en connaissons plus ou moins, il nous instruit différemment...

— Que prétendez-vous dire ?

— Que la connaissance superficielle d'un événement ne concorde pas toujours, pas souvent même, avec la connaissance profonde que nous en pouvons prendre ensuite, et que l'enseignement que l'on en peut tirer n'est pas le même; qu'il est bon d'examiner avant de conclure...

— Mon jeune ami, faites attention que l'esprit d'examen et de curiosité critique est la larve de l'esprit de révolte. Le grand homme que vous avez pris pour modèle aurait bien pu vous avertir que...

— Celui sur qui j'écris ma thèse, voulez-vous dire...

— Quel ergoteur vous faites! C'est avec un pareil esprit que...

— Mais enfin, cher Monsieur l'abbé, j'aimerais bien savoir si ce n'est pas cette même curiosité qui vous fait m'accompagner, à cette heure, qui vous penchait il y a quelques instants sur ce lambris crevé, et qui vous a lentement poussé à connaître de cette histoire tout ce que vous m'en avez rapporté... »

Son pas se faisait plus saccadé, sa voix plus brève; avec sa canne il frappait le sol impatiemment.

« Sans chercher comme vous des explications d'explications, quand j'ai connu le fait, je m'y tiens. Les événements lamentables que je vous ai dits m'enseigneraient,

s'il en était encore besoin, l'horreur du péché de la chair; ils sont la condamnation du divorce et de tout ce que l'homme a inventé pour essayer de pallier aux conséquences de ses fautes. Voici qui suffit, n'est-ce pas ?

— Voici qui ne me suffit pas. Le fait ne m'est de rien tant que je ne pénètre pas sa cause. Connaître la vie secrète d'Isabelle de Saint-Auréol; savoir par quels chemins parfumés, pathétiques et ténébreux...

— Jeune homme, méfiez-vous! vous commencez à en devenir amoureux!

— Ah! j'attendais cela! Parce que l'apparence ne me suffit pas, que je ne me paie pas de mots, ni de gestes... Êtes-vous sûr de ne pas méjuger cette femme ?

— Une gourgandine! »

L'indignation chauffait mon front; je ne la contenais plus qu'à grand-peine.

« Monsieur l'abbé, de tels mots surprennent dans votre bouche. Il me semble que le Christ nous enseigne plus à pardonner qu'à sévir.

— De l'indulgence à la complaisance il n'y a qu'un pas.

— Lui du moins ne l'eût pas condamnée comme vous faites.

— D'abord, ça vous n'en savez rien. Puis Celui qui est sans péché peut se permettre pour le péché d'autrui plus d'indulgence que celui dont... je veux dire que nous autres pécheurs nous n'avons pas à chercher plus ou moins d'excuse au péché, mais tout simplement à nous en détourner avec horreur.

— Après l'avoir bien reniflé comme vous avez fait cette lettre.

— Vous êtes un impertinent. » — Et quittant l'allée brusquement, il partit à pas précipités par un petit chemin de traverse, jetant encore à la manière des Parthes des phrases acérées où je ne distinguais que les mots : « enseignement moderne... sorbonnard... socinien...! »

Quand nous nous retrouvâmes au dîner, il gardait un air renfrogné, mais en sortant de table il vint à moi en souriant et me tendit une main qu'en souriant aussi je serrai.

La soirée me parut plus morne encore qu'à l'ordinaire. Le baron geignait doucement au coin du feu; M. Floche

et l'abbé poussaient leurs pions sans mot dire. Du coin de l'œil je voyais Casimir, la tête enfouie dans ses mains, saliver lentement sur son livre que par instants il épongeait d'un coup de mouchoir. Je ne prêtais à la partie de bésigue que ce qu'il fallait d'attention pour ne pas faire perdre trop ignominieusement ma partenaire; Mme Floche s'apercevait et s'inquiétait de mon ennui; elle faisait de grands efforts pour animer un peu la partie :

« Allons, Olympe! c'est à vous de jouer. Vous dormez? »

Non ce n'était pas le sommeil, mais la mort dont je sentais déjà le ténébreux engourdissement glacer mes hôtes; et moi-même, une angoisse, une sorte d'horreur m'étreignait. O printemps! ô vents du large, parfums voluptueux, musiques aérées, jusqu'ici vous ne parviendrez plus jamais! me disais-je; et je songeais à vous, Isabelle. De quelle tombe aviez-vous su vous évader! vers quelle vie? Là, dans le calme clarté de la lampe, je vous imaginais, sur vos doigts délicats, laissant peser votre front pâle; une boucle de cheveux noirs touche, caresse votre poignet. Comme vos yeux regardent loin! de quel ennui sans nom de votre chair et de votre âme, raconte-t-il la plainte, ce soupir qu'ils n'entendent pas? Et de moi-même, à mon insu, s'échappait un soupir énorme qui tenait du bâillement, du sanglot, de sorte que Mme de Saint-Auréol, jetant son dernier atout sur la table, s'écriait :

« Je crois que Monsieur Lacase a grande envie de s'en aller coucher. » — Pauvre femme!

Cette nuit je fis un rêve absurde; un rêve qui n'était d'abord que la continuation de la réalité :

La soirée n'était pas achevée; j'étais encore dans le salon, près de mes hôtes, mais à eux s'adjoignait une société dont le nombre incessamment croissait, bien que je ne visse point précisément arriver de personnes nouvelles; je reconnaissais Casimir assis à la table devant un jeu de patience vers lequel trois ou quatre figures se penchaient. On parlait à voix basse, de sorte que je ne distinguais aucune phrase, mais je comprenais que chacun signalait à son voisin quelque chose d'extraordinaire et dont le voisin à son tour s'étonnait; l'attention se portait vers un point, là près de Casimir, où tout

à coup, je reconnus, assise à table (comment ne l'avais-je pas distinguée plus tôt ?) Isabelle de Saint-Auréol. Seule parmi les costumes sombres, elle était vêtue tout en blanc. D'abord elle m'apparut charmante, assez semblable à ce que la montrait le médaillon; mais au bout d'un instant j'étais frappé par l'immobilité de ses traits, la fixité de son regard, et soudain je comprenais ce que l'on se chuchotait à l'oreille : ce n'était pas là la véritable Isabelle, mais une poupée à sa ressemblance, qu'on mettait à sa place durant l'absence de la vraie. Cette poupée à présent me paraissait affreuse; j'étais gêné jusqu'à l'angoisse par son air de prétentieuse stupidité; on l'eût dite immobile, mais, tandis que je la regardais fixement, je la voyais lentement pencher de côté, pencher... elle allait chavirer, quand Mlle Olympe, s'élançant de l'autre extrémité du salon, se courba jusqu'à terre, souleva la housse du fauteuil et remonta je ne sais quel rouage qui faisait un grincement bizarre et remettait le mannequin d'aplomb en communiquant à ses bras une grotesque gesticulation d'automate. Puis chacun se leva, l'heure étant sonnée du couvre-feu; on allait laisser la fausse Isabelle là seule; en partant chacun la saluait à la turque, excepté le baron qui s'approcha irrévérencieusement, lui saisit à pleines mains la perruque et lui appliqua sur le sinciput deux gros baisers sonores en rigolant. Dès que la société avait achevé de déserter le salon — et j'avais vu sortir une foule — dès que l'obscurité s'était faite, je voyais, oui, dans l'obscurité, je voyais la poupée pâlir, frémir et prendre vie. Elle se soulevait lentement, et c'était Mlle de Saint-Auréol elle-même; elle glissait à moi sans bruit; tout à coup je sentais autour de mon cou ses bras tièdes, et je me réveillais dans la moiteur de son haleine au moment qu'elle me disait :

« Pour eux je fais l'absente, mais pour toi je suis là. »

Je ne suis ni superstitieux ni craintif; si je rallumai ma bougie, ce fut pour chasser de mes yeux et de mon cerveau cette obsédante image; j'y eus du mal. Malgré moi j'épiais tous les bruits. Si elle était là pourtant! En vain je m'efforçai de lire; je ne pouvais prêter attention à rien d'autre; c'est en pensant à elle que je me rendormis au matin.

VI

Ainsi retombaient les sursauts de ma curiosité amoureuse. Je ne pouvais pourtant différer plus longtemps un départ que de nouveau j'avais annoncé à mes hôtes, et ce jour était le dernier que je devais passer à la Quartfourche. Ce jour-là...

Nous sommes à déjeuner. L'on attend le courrier que Delphine, la femme de Gratien, reçoit du facteur et nous apporte d'ordinaire peu d'instants avant le dessert. C'est à Mme Floche, je vous l'ai dit, qu'elle le remet; puis celle-ci répartit les lettres et tend le *Journal des Débats* à M. Floche, qui disparaît derrière jusqu'à ce que nous nous levions de table. Ce jour-là, une enveloppe mauve, prise à demi dans la bande du journal, s'échappe du paquet et va voler sur la table près de l'assiette de Mme Floche; j'ai juste le temps de reconnaître la grande écriture dégingandée qui, la veille, m'avait fait déjà battre le cœur; Mme Floche aussi, apparemment, l'a reconnue; elle fait un geste précipité pour couvrir l'enveloppe avec son assiette; l'assiette s'en va cogner un verre, qui se brise et répand du vin sur la nappe; tout cela fait un grand vacarme et la bonne Mme Floche profite de la confusion générale pour subtiliser l'enveloppe dans sa mitaine.

« J'ai voulu écraser une araignée, dit-elle gauchement comme un enfant qui s'excuse. (Elle appelle indifféremment : araignées, les cloportes et les perce-oreilles qui s'échappent parfois de la corbeille de fruits.)

— Et je parie que vous l'avez manquée, dit Mme de Saint-Auréol d'un ton aigre, en se levant et jetant sa serviette non pliée sur la table. Vous viendrez dans le salon me rejoindre, ma sœur. Ces Messieurs m'excuseront : j'ai ma crampe de nombril. »

Le repas s'achève en silence. M. Floche n'a rien vu, M. de Saint-Auréol rien compris ; Mlle Verdure et l'abbé gardent les yeux fixés sur leur assiette; si Casimir ne se mouchait pas, je crois qu'on le verrait pleurer...

Il fait presque tiède. On a porté le café sur la petite terrasse que forme le perron du salon. Je suis seul à en prendre avec Mlle Verdure et l'abbé; du salon où sont

enfermées ces deux dames, des éclats de voix nous parviennent; puis plus rien : ces dames sont montées.

C'est alors, s'il me souvient bien, qu'éclata la castille du hêtre-à-feuille-de-persil.

Mlle Verdure et l'abbé vivaient en état de guerre. Les combats n'étaient pas bien sérieux et l'abbé ne faisait qu'en rire; mais rien n'irritait tant Mlle Verdure que le ton persifleur qu'il prenait alors; elle se découvrait à tous les coups et l'abbé tirait dans le vif. Presque aucun jour ne passait sans qu'éclatât entre eux quelqu'une de ces escarmouches que l'abbé nommait des « castilles ». Il prétendait que la vieille fille en avait besoin pour sa santé; il la faisait monter à l'arbre comme on emmène un chien faire un tour. Il n'y apportait peut-être pas de méchanceté, mais certainement de la malice et s'y montrait assez provoquant. Cela les occupait tous deux et assaisonnait leur journée.

Le petit incident du dessert nous avait laissés nerveux. Je cherchais une diversion et, tandis que l'abbé versait le café, ma main rencontra dans la poche de mon veston un paquet de feuilles, ramille d'un arbre bizarre qui croissait près de la grille d'entrée et que j'avais cueillie le matin pour en demander le nom à Mlle Verdure; non que je fusse bien curieux de le connaître, mais elle se trouvait flattée qu'on fît appel à son savoir.

Car elle s'occupait de botanique. Certains jours elle partait herboriser, portant en bandoulière sur ses robustes épaules une boîte verte qui lui donnait l'aspect bizarre d'une cantinière; elle passait entre son herbier et sa « loupe montée » le temps que lui laissaient les soins domestiques... Donc Mlle Olympe prit la ramille et sans hésiter :

« Ceci, déclara-t-elle, c'est du hêtre-à-feuille-de-persil.

— Curieuse appellation! hasardai-je; ces feuilles lancéolées n'ont pourtant aucun rapport avec celles du... »

L'abbé depuis un instant souriait avec pertinence :

« C'est ainsi qu'on appelle à la Quartfourche le *fagus persicifolia* », fit-il comme négligemment.

Mlle Verdure soubresauta :

« Je ne vous savais pas si fort en botanique.

— Non; mais j'entends un peu le latin. Puis, incliné vers moi : Ces dames sont victimes d'un involontaire

calembour. *Persicus,* chère Mademoiselle, *persicus* veut
dire pêcher, non persil. Le *fagus persicifolia* dont Monsieur Lacase remarquait les feuilles qu'il appelle si
justement lancéolées, le *fagus persicifolia* est un « hêtre
à feuilles de pêcher ».

Mlle Olympe était devenue cramoisie : le calme
qu'affectait l'abbé achevait de la décomposer.

« La vraie botanique ne s'occupe pas des anomalies
et des monstruosités », sut-elle trouver à dire sans tourner
un regard vers l'abbé; puis, vidant sa tasse d'un trait,
elle partit en coup de vent.

L'abbé avait froncé sa bouche en cul de poule, d'où
s'échappaient des manières de petits pets. J'avais grand-peine à retenir mon rire.

« Seriez-vous méchant, Monsieur l'abbé ?

— Mais non! mais non... Cette bonne demoiselle,
qui ne prend pas assez d'exercice, a besoin qu'on lui
fouette le sang. Elle est très combative, croyez-moi;
quand je reste trois jours sans pousser ma pointe c'est
elle qui vient ferrailler. A la Quartfourche les distractions
ne sont pas si nombreuses!... »

Et tous deux alors, sans parler, nous commençâmes
de penser à la lettre du déjeuner.

« Vous avez reconnu cette écriture ? » me hasardai-je
à demander enfin.

Il haussa les épaules :

« Un peu plus tôt, un peu plus tard, c'est la lettre
qu'on reçoit à la Quartfourche deux fois par an, après
le paiement des fermages, et par laquelle elle annonce
à Madame Floche sa venue.

— Elle va venir ? m'écriai-je.

— Calmez-vous! Calmez-vous : vous ne la verrez pas.

— Et pourquoi ne la pourrai-je point voir ?

— Parce qu'elle vient au milieu de la nuit, qu'elle
repart presque aussitôt, qu'elle fuit les regards et...
méfiez-vous de Gratien. »

Son regard me scrutait; je ne bronchai point; il reprit
sur un ton irrité :

« Vous ne tiendrez aucun compte de ce que je vous
en dis; je le vois à votre air; mais vous êtes averti.
Allez! faites à votre guise; demain matin vous m'en
donnerez des nouvelles. »

Il se leva, me laissa, sans que j'aie pu démêler s'il

cherchait à refréner ma curiosité ou s'il ne s'amusait pas à l'éperonner au contraire.

Jusqu'au soir mon esprit, dont je renonce à peindre le désordre, fut uniquement occupé par l'attente. Pouvais-je aimer vraiment Isabelle ? Non sans doute, mais, amusé jusqu'au cœur par une excitation si violente, comment ne me fussé-je pas mépris ? reconnaissant à ma curiosité toute la frémissante ardeur, la fougue, l'impatience de l'amour. Les dernières paroles de l'abbé n'avaient servi qu'à me stimuler davantage; que pouvait contre moi Gratien ? J'aurais traversé fourrés d'épines et brasiers!

Certainement quelque chose d'anormal se préparait. Ce soir-là personne ne proposa de partie. Sitôt après souper, Mme de Saint-Auréol commença de se plaindre de ce qu'elle appelait « sa gastérite » et se retira sans façons, tandis que Mlle Verdure lui préparait une infusion. Peu d'instants après, Mme Floche envoya se coucher Casimir; puis, sitôt que l'enfant fut parti :

« Je crois que Monsieur Lacase a grande envie d'en faire autant; il a l'air de tomber de sommeil. »

Et comme je ne répondais pas assez promptement à son invite :

« Ah! je crois qu'aucun de nous ne va prolonger bien tard la veillée. »

Mlle Verdure se leva pour allumer les bougeoirs; l'abbé et moi nous la suivîmes; je vis Mme Floche se pencher sur l'épaule de son mari qui sommeillait au coin du feu dans la berline; il se leva tout aussitôt, puis entraîna par le bras le baron qui se laissa faire, comme s'il comprenait ce que cela signifiait. Sur le palier du premier étage, où chacun, muni d'un bougeoir, se retirait de son côté :

« Bonne nuit! Dormez bien » me dit l'abbé avec un sourire ambigu.

Je refermai la porte de ma chambre; puis j'attendis. Il n'était encore que neuf heures. J'entendis monter Mme Floche, puis Mlle Verdure. Il y eut sur le palier, entre Mme Floche et Mme de Saint-Auréol qui était ressortie de sa chambre, reprise d'une querelle assez vive, trop loin de moi pour que j'en pusse distinguer les paroles; puis un bruit de portes claquées; puis rien.

Je m'étendis sur mon lit pour mieux réfléchir. Je

songeais à l'ironique souhait de bon sommeil dont l'abbé avait accompagné sa dernière poignée de main ; j'aurais voulu savoir si lui, de son côté, s'apprêtait au somme, ou si cette curiosité qu'il se défendait d'avoir devant moi, il allait lui lâcher la bride ?... mais il couchait dans une autre partie du château, faisant pendant à celle que j'occupais, et où aucun motif plausible ne m'appelait. Pourtant, qui de nous deux serait le plus penaud, si nous nous surprenions l'un l'autre dans le couloir ?... Ainsi méditant il m'advint quelque chose d'inavouable, d'absurde, de confondant : je m'endormis.

Oui, moins surexcité sans doute qu'épuisé par l'attente et fatigué en outre par la mauvaise nuit de la veille, je m'endormis profondément.

Le crépitement de la bougie qui achevait de se consumer m'éveilla ; ou, peut-être, vaguement perçu à travers mon sommeil, un ébranlement sourd du plancher : certainement quelqu'un avait marché dans le couloir. Je me dressai sur mon séant. Ma bougie à ce moment s'éteignit ; je demeurai, dans le noir, tout pantois. Je n'avais plus pour m'éclairer que quelques allumettes ; j'en grattai une afin de regarder à ma montre : il était près d'onze heures et demie ; j'écarquillai l'oreille... plus un bruit. A tâtons je gagnai la porte et l'ouvris.

Non, le cœur ne me battait point ; je me sentais de corps agile, impondérable ; d'esprit calme, subtil, résolu.

A l'autre extrémité du couloir, une grande fenêtre versait jusqu'à moi une clarté non point égale comme celle des nuits tranquilles, mais palpitante et défaillante par instants, car le ciel était pluvieux et, devant la lune, le vent charriait d'épais nuages. Je m'étais déchaussé ; j'avançais sans bruit... Je n'avais pas besoin d'y voir davantage pour gagner le poste d'observation que je m'étais ménagé ; c'était, à côté de celle de Mme Floche, où vraisemblablement se tiendrait le conciliabule, une petite chambre inhabitée, qu'avait occupée d'abord M. Floche (il préférait à présent le voisinage de ses livres à celui de sa femme) ; la porte de communication, dont j'avais soigneusement tiré le verrou pour me mettre à l'abri d'une surprise, avait un peu fléchi, et je m'étais assuré qu'immédiatement sous le chambranle je pouvais glisser mon regard ; il me fallait, pour y atteindre, me

jucher sur une commode que j'avais poussée tout auprès.

A présent passait par cette fente un peu de lumière qui, renvoyée par le plafond blanc, me permettait de me guider. Je retrouvai tout comme je l'avais laissé dans le jour. Je me hissai sur la commode, plongeai mes regards dans la chambre voisine...

Isabelle de Saint-Auréol était là.

Elle était devant moi, à quelques pas de moi... Elle était assise sur un de ces disgracieux sièges bas sans dossier, qu'on appelait je crois des « poufs », dont la présence étonnait un peu dans cette chambre ancienne et que je ne me souvenais point d'y avoir vu lorsque j'étais entré porter des fleurs. Mme Floche se tenait enfoncée dans un grand fauteuil en tapisserie ; une lampe posée sur un guéridon près du fauteuil les éclairait discrètement toutes deux. Isabelle me tournait le dos ; elle s'inclinait en avant, presque couchée sur les genoux de sa vieille tante, de sorte que d'abord je ne vis pas son visage ; bientôt elle releva la tête. Je m'attendais à la trouver davantage vieillie ; pourtant je reconnaissais à peine en elle la jeune fille du médaillon ; non moins belle sans doute, elle était d'une beauté très différente, plus terrestre et comme humanisée ; l'angélique candeur de la miniature le cédait à une langueur passionnée, et je ne sais quel dégoût froissait le coin de ses lèvres que le peintre avait dessinées entrouvertes. Un grand manteau de voyage, une sorte de waterproof, d'une étoffe assez commune semblait-il, la recouvrait, mais, relevé de côté, laissait voir une jupe noire de taffetas luisant sur lequel sa main dégantée, qu'elle laissait pendre et qui tenait un mouchoir chiffonné, paraissait extraordinairement pâle et fragile. Une petite capote de feutre et de plumes moirées, à brides de taffetas, la coiffait ; une boucle de cheveux très noirs, repassait par-dessus la bride et, dès qu'elle baissait la tête, revenait en avant cacher la tempe. On l'aurait dite en deuil sans un ruban vert scarabée qu'elle portait autour du cou. Mme Floche ni elle ne disait rien ; mais, de sa main droite, Isabelle caressait le bras, la main de Mme Floche et l'attirait à elle, et puis la couvrait de baisers.

A présent elle secouait la tête et ses boucles flottaient

de gauche à droite ; alors, comme si elle reprenait une phrase :

« Tous les moyens, dit-elle ; j'ai vraiment essayé tous les moyens ; je te jure que...

— Ne jurez point, ma pauvre enfant ; je vous crois sans cela », interrompit la pauvre vieille en lui posant la main sur le front. Toutes deux parlaient à voix très basse comme si elles eussent craint d'être entendues.

Mme Floche se redressa, repoussa doucement sa nièce, et, s'appuyant sur les deux bras de son fauteuil, se leva. Mlle de Saint-Auréol se leva pareillement, et tandis que sa tante se dirigeait vers le secrétaire d'où Casimir, avant-hier, avait sorti le médaillon, elle fit quelques pas dans le même sens, s'arrêta devant une console qui supportait un grand miroir et, pendant que la vieille fouillait dans un tiroir, s'avisant à son reflet du ruban émeraude qu'elle portait autour du cou, elle le détacha prestement, le roula autour de son doigt... Avant que Mme Floche ne se fût retournée, le ruban vif avait disparu, Isabelle avait pris une attitude méditative, les mains retombées et croisées devant elle, le regard perdu...

La pauvre vieille Floche tenait encore d'une main son trousseau de clefs, de l'autre la maigre liasse qu'elle avait été quérir dans le tiroir ; elle allait se rasseoir dans son fauteuil, quand la porte, en face de celle où j'étais posté, s'ouvrit brusquement toute grande — et je faillis crier de stupeur. La baronne apparaissait dans l'embrasure, guindée, décolletée, fardée, en grand costume d'apparat et le chef surmonté d'une sorte de plumeau-marabout gigantesque. Elle brandissait de son mieux un grand candélabre à six branches, toutes bougies allumées, qui la baignait d'une tremblotante lumière, et répandait des pleurs de cire sur le plancher. A bout de forces sans doute, elle commença par courir poser le candélabre sur la console devant la glace ; puis reprenant en quatre petits bonds sa position dans l'embrasure, elle s'avança de nouveau, à pas rythmés, solennelle, portant loin devant elle étendue sa main chargée d'énormes bagues. Au milieu de la chambre elle s'arrêta, se tourna tout d'une pièce du côté de sa fille, le geste toujours tendu, et, avec une voix aiguë à percer les murailles :

« Arrière de moi, fille ingrate ! Je ne me laisserai

plus émouvoir par vos larmes, et vos protestations ont perdu pour jamais le chemin de mon cœur. »

Tout cela était débité, crié sur le même fausset sans nuances. Isabelle cependant s'était jetée aux pieds de sa mère, dont elle avait saisi la jupe et la tirait, découvrant deux ridicules petits escarpins de satin blanc, cependant que de son front elle heurtait le plancher qu'un tapis recouvrait à cet endroit. Mme de Saint-Auréol ne baissa pas les yeux un instant, continua de lancer droit devant elle des regards aigus et glacés comme sa voix :

« Ne vous aura-t-il pas suffi d'apporter au foyer de vos parents la misère; prétendez-vous poursuivre plus loin les... »

Ici brusquement la voix lui manqua; alors se tournant vers Mme Floche qui se faisait toute petite et qui tremblait dans son fauteuil :

« Et quant à vous ma sœur, si vous avez encore la faiblesse... — puis se reprenant : — Si vous avez la coupable faiblesse de céder encore à ses supplications, fût-ce pour un baiser, fût-ce pour une obole, aussi vrai que je suis votre sœur aînée, je vous quitte, je recommande à Dieu mes pénates, et je ne vous revois de ma vie. »

J'étais comme au spectacle. Mais puisqu'elles ne se savaient pas observées, pour qui ces deux marionnettes jouaient-elles la tragédie? Les attitudes et les gestes de la fille me paraissaient aussi exagérés, aussi faux que ceux de la mère... Celle-ci me faisait face, de sorte que je voyais de dos Isabelle qui, prosternée, gardait sa pose d'Esther suppliante; tout à coup je remarquai ses pieds : ils étaient chaussés en pou-de-soie couleur prune, autant qu'il me sembla et que l'on en pouvait juger encore sous la couche de boue qui recouvrait les bottines; au-dessus, un bas blanc, où le volant de la jupe, en se relevant, mouillé, fangeux, avait fait une traînée sale... Et soudain, plus haut que la déclamation de la vieille, retentit en moi tout ce que ces pauvres objets racontaient d'aventureux, de misérable. Un sanglot m'étreignit la gorge; et je me promis, quand Isa quitterait la maison, de la suivre à travers le jardin.

Mme de Saint-Auréol cependant avait fait trois pas vers le fauteuil de Mme Floche :

« Allons! donnez-moi ces billets! Pensez-vous que

sous votre mitaine, je ne voie pas se froisser le papier ? Me croyez-vous aveugle, ou folle ? Donnez-moi cet argent, vous dis-je ! » — Et, mélodramatiquement, approchant les billets, dont elle s'était emparée, de la flamme d'une des bougies du candélabre :

« Je préférerais brûler le tout (faut-il dire qu'elle n'en faisait rien) plutôt que de lui donner un liard. »

Elle glissa les billets dans sa poche et reprit son geste déclamatoire :

« Fille ingrate ! Fille dénaturée ! Le chemin qu'ont pris mes bracelets et mes colliers, vous saurez l'apprendre à mes bagues ! » Ce disant, d'un geste habile de sa main étendue, elle en fit tomber deux ou trois sur le tapis. Comme un chien affamé se jette sur un os, Isabelle s'en saisit.

« Partez, à présent : nous n'avons plus rien à nous dire, et je ne vous reconnais plus. »

Puis ayant été prendre un éteignoir sur la table de nuit, elle en coiffa successivement chaque bougie du candélabre, et partit.

La pièce à présent paraissait sombre. Isabelle cependant s'était relevée ; elle passait ses doigts sur ses tempes, rejetait en arrière ses boucles éparses et rajustait son chapeau. D'une secousse elle remonta son manteau qui avait un peu glissé de ses épaules, et se pencha vers Mme Floche pour lui dire adieu. Il me parut que la pauvre femme cherchait à lui parler, mais c'était d'une voix si faible que je ne pus rien distinguer. Isabelle sans rien dire pressa une des tremblantes mains de la vieille contre ses lèvres. Un instant après je m'élançais à sa poursuite dans le couloir.

Au moment de descendre l'escalier, un bruit de voix m'arrêta. Je reconnus celle de Mlle Verdure qu'Isabelle avait déjà rejointe dans le vestibule, et je les aperçus toutes deux en me penchant par-dessus la rampe. Olympe Verdure tenait une petite lanterne à la main.

« Tu vas partir sans l'embrasser ? disait-elle, — et je compris qu'il s'agissait de Casimir. — Tu ne veux donc pas le voir ?

— Non, Loly ; je suis trop pressée. Il ne doit pas savoir que je suis venue. »

Il y eut un silence, une pantomime que d'abord je ne

compris pas bien. La lanterne s'agita projetant des ombres bondissantes. Mlle Verdure s'avançant, Isabelle se reculant, toutes deux se déplacèrent de quelques pas; puis j'entendis :

« Si, si; en souvenir de moi. Je le gardais depuis longtemps. A présent que je suis vieille, qu'est-ce que je ferais de cela ?

— Loly! Loly! Vous êtes ce que je laisse ici de meilleur. »

Mlle Verdure la pressait entre ses bras :

« Ah! pauvrette! comme elle est trempée!

— Mon manteau seulement... ce n'est rien... Laisse-moi partir vite.

— Prends un parapluie au moins.

— Il ne pleut plus.

— La lanterne.

— Qu'est-ce que j'en ferais ? La voiture est tout près. Adieu.

— Allons! Adieu, ma pauvre enfant! Que Dieu te... » le reste se perdit dans un sanglot. Mlle Verdure resta quelques instants penchée dans la nuit, et une bouffée d'air humide monta du dehors dans la cage de l'escalier; puis, sur la porte refermée, je l'entendis pousser les verrous...

Je ne pouvais passer devant Mlle Verdure. Gratien emportait chaque soir la clef de la porte de la cuisine. Une autre porte ouvrait de l'autre côté de la maison, par où facilement j'eusse pu sortir, mais c'était un détour énorme. Avant que je ne l'aie retrouvée, Isabelle aurait déjà rejoint sa voiture. Ah! si de ma fenêtre je l'appelais... Je courus à ma chambre. La lune était de nouveau recouverte; guettant un bruit de pas j'attendis un instant; un souffle puissant s'éleva et, tandis que Gratien rentrait par la cuisine, à travers la chuchotante agitation des arbres, j'entendis la voiture d'Isabelle de Saint-Auréol s'éloigner.

VII

JE m'étais mis fort en retard, et, sitôt de retour à Paris, s'emparèrent de moi mille soucis qui déroutèrent enfin mes pensées. La résolution que j'avais

prise de retourner l'été suivant à la Quartfourche tempérait mes regrets de n'avoir su pousser plus loin une aventure que je commençais d'oublier lorsque, vers la fin de janvier, je reçus un double faire-part. Les époux Floche avaient tous deux exhalé vers Dieu leur âme tremblante et douce, à quelques jours d'intervalle. Je reconnus sur l'enveloppe du faire-part l'écriture de Mlle Verdure; mais c'est à Casimir que j'envoyai l'expression banale de mes regrets et de ma sympathie. Deux semaines après je reçus cette lettre :

Mon cher Monsieur Gérard,

(L'enfant n'avait jamais pu se décider à m'appeler par mon nom de famille.

« Comment vous appelez-vous, vous ? m'avait-il demandé dans une promenade, précisément le jour où j'avais commencé à le tutoyer.

— Mais tu le sais bien, Casimir; je m'appelle Lacase.

— Non; pas ce nom-là; l'autre ? » réclamait-il.)

Vous êtes bien bon de m'avoir écrit, et votre lettre a été bien bonne parce qu'à présent la Quartfourche est bien triste. Ma grand-maman avait eu jeudi une attaque et ne pouvait plus quitter sa chambre ; alors maman est revenue à la Quartfourche et l'abbé est parti parce qu'il avait été nommé curé du Breuil. C'est après ça que mon oncle et ma tante sont morts. D'abord mon oncle est mort, qui vous aimait bien, et puis dimanche après ma tante qui a été malade trois jours. Maman n'était plus là. J'étais tout seul avec Loly et Delphine la femme de Gratien, qui m'aime bien ; et ça a été très triste parce que ma tante ne voulait pas me quitter. Mais il a bien fallu. Alors maintenant je couche dans la chambre à côté de Delphine, parce que Loly a été rappelée dans l'Orne par son frère. Gratien aussi est très bon pour moi. Il m'a montré à faire des boutures et des greffes ce qui est très amusant, et puis j'aide à abattre les arbres.

Vous savez, votre petit papier ousque vous avez écrit votre promesse, il faut l'oublier parce qu'il n'y aurait plus personne ici pour vous recevoir. Mais ça me fait beaucoup de chagrin de ne pas vous revoir parce que je vous aimais bien. Mais je ne vous oublie pas.

Votre petit ami.

CASIMIR.

La mort de M. et Mme Floche m'avait laissé assez indifférent, mais cette lettre maladroite et dépourvue me remua. Je n'étais pas libre en ce moment, mais je me promis, dès les vacances de Pâques, de pousser une reconnaissance jusqu'à la Quartfourche. Que m'importait qu'on ne pût m'y recevoir ? Je descendrais à Pont-l'Évêque et louerais une voiture. Ai-je besoin d'ajouter que la pensée d'y retrouver peut-être la mystérieuse Isabelle m'y attirait autant que ma grande pitié pour l'enfant ? Certains passages de cette lettre me restaient incompréhensibles ; j'enchaînais mal les faits... L'attaque de la vieille, l'arrivée d'Isabelle à la Quartfourche, le départ de l'abbé, la mort des vieux à laquelle leur nièce n'assistait point, le départ de Mlle Verdure... ne fallait-il voir là qu'une suite forfuite d'événements, ou chercher entre eux quelque rapport ? Ni Casimir n'aurait su, ni l'abbé voulu m'en instruire. Force était d'attendre avril. Dès mon second jour de liberté, je partis.

A la station du Breuil, j'aperçus l'abbé Santal qui s'apprêtait à prendre mon train ; je le hélai :

« Vous revoilà dans le pays, fit-il.

— Je ne pensais pas en effet y revenir si tôt. »

Il monta dans mon compartiment. Nous étions seuls.

« Eh bien ! Il y a eu du nouveau depuis votre visite.

— Oui ; j'ai appris que vous desserviez à présent la cure du Breuil.

— Ne parlons pas de cela ; et il étendit la main d'un geste que je reconnus. Vous avez reçu un faire-part ?

— Et j'ai envoyé aussitôt mes condoléances à votre élève ; c'est par lui que j'ai eu ensuite des nouvelles ; mais il m'a peu renseigné. J'ai failli vous écrire pour vous demander quelques détails.

— Il fallait le faire.

— J'ai pensé que vous ne me renseigneriez pas volontiers », ajoutai-je en riant.

Mais, sans doute tenu à moins de discrétion que du temps où il était à la Quartfourche, l'abbé semblait disposé à parler.

« Croyez-vous que c'est malheureux, ce qui se passe là-bas ? dit-il. Toutes les avenues vont y passer ! »

Je ne comprenais point d'abord ; puis la phrase de Casimir me revint à la mémoire : « J'aide à abattre des arbres... »

« Pourquoi fait-on cela ? demandai-je naïvement.

— Pourquoi ? mon bon Monsieur. Allez donc le demander aux créanciers. Au reste ça n'est pas eux que ça regarde, et tout se fait derrière leur dos. La propriété est couverte d'hypothèques. Mademoiselle de Saint-Auréol enlève tout ce qu'elle peut.

— Elle est là-bas ?

— Comme si vous ne le saviez pas !

— Je le supposais simplement d'après quelques mots de...

— C'est depuis qu'elle est là-bas que tout va mal. Il se ressaisit un instant; mais cette fois le besoin de parler l'emporta; il n'attendait même plus mes questions et je jugeai plus sage de n'en point faire, il reprit :

— Comment a-t-elle appris la paralysie de sa mère ? c'est ce que je n'ai pas pu m'expliquer. Quand elle a su que la vieille baronne ne pouvait plus quitter son fauteuil, elle s'est amenée avec son bagage, et Madame Floche n'a pas eu le courage de la mettre dehors. C'est alors que moi je suis parti.

— Il est très triste que vous ayez ainsi laissé Casimir.

— C'est possible, mais ma place n'est pas auprès d'une créature... J'oublie que vous la défendiez !...

— Je le ferais peut-être encore, Monsieur l'abbé.

— Allez toujours. Oui, oui; Mademoiselle Verdure aussi la défendait. Elle l'a défendue jusqu'au temps qu'elle ait vu mourir ses maîtres. »

J'admirais que l'abbé eût à peu près complètement dépouillé cette élégance de langage qu'il revêtait à la Quartfourche; il avait adopté déjà le geste et le parler propre aux curés des villages normands. Il reprit, poursuivant son propos :

« A elle aussi ça a paru drôle de les voir mourir tous les deux à la fois.

— Est-ce que... ?

— Je ne dis rien; — et il gonflait sa lèvre supérieure par vieille habitude, mais repartait tout aussitôt :

— N'empêche que dans le pays on jasait. Ça déplaisait de voir hériter la nièce. Et vous voyez qu'elle aussi, la Verdure, a jugé préférable de s'en aller.

— Qui reste auprès de Casimir ?

— Ah ! vous avez tout de même compris que sa mère n'est pas une société pour l'enfant. Eh bien !

passe presque tout son temps chez les Chointreuil, vous savez bien : le jardinier et sa femme.
— Gratien ?
— Oui, Gratien; qui voulait s'opposer à ce qu'on abattît des arbres dans le parc; mais il n'a pu empêcher rien du tout. C'est la misère.
— Les Floche n'étaient pourtant pas sans argent.
— Mais tout était mangé, du premier jour, mon bon Monsieur. Sur trois fermes de la Quartfourche, Madame Floche en possédait deux qu'on a vendues, il y a beau temps, aux fermiers. La troisième, la petite ferme des Fonds, appartient encore à la baronne; elle n'était plus affermée, Gratien en surveillait le faire-valoir; mais elle sera bientôt mise en vente avec le reste.
— La Quartfourche va être mise en vente!
— Par adjudication. Mais ça ne pourra pas se faire avant la fin de l'été. En attendant je vous prie de croire que la demoiselle profite. Il lui faudra bien finir par mettre les pouces; quand on aura déjà enlevé la moitié des arbres...
— Comment se trouve-t-il quelqu'un pour les lui acheter, si elle n'a pas le droit de les vendre ?
— Ah! vous êtes jeune encore. Quand on vend à vil prix on trouve toujours acquéreur.
— Le moindre huissier peut empêcher cela.
— L'huissier s'entend avec l'homme d'affaires des créanciers, qui s'est installé là-bas et — et il se pencha vers mon oreille — qui couche avec elle, puisqu'il vous plaît de tout savoir.
— Les livres et les papiers de Monsieur Floche ? demandai-je, sans paraître ému par sa dernière phrase.
— Le mobilier du château et la bibliothèque feront l'effet d'une vente prochaine; ou pour parler mieux : d'une saisie. Là-bas, personne heureusement ne se doute de la valeur de certains ouvrages; sans quoi ceux-ci auraient disparu depuis longtemps.
— Un coquin peut surgir...
— A présent les scellés sont posés; n'ayez crainte; on ne les lèvera qu'à l'occasion de l'inventaire.
— Que dit de tout cela la baronne ?
— Elle ne se doute de rien; on lui porte à manger dans sa chambre; elle ne sait seulement pas que sa fille est là.

— Vous ne dites rien du baron ?

— Il est mort il y a trois semaines, à Caen, dans une maison de retraite où nous venions de le faire accepter. »

Nous arrivions à Pont-l'Évêque. Un prêtre était venu à la rencontre de l'abbé Santal, qui prit congé de moi après m'avoir indiqué un hôtel et un loueur de voitures.

La voiture que je louai le lendemain me déposa à l'entrée du parc de la Quartfourche; il fut convenu qu'elle viendrait me reprendre dans une couple d'heures, après que les chevaux se seraient reposés dans l'écurie d'une des fermes.

Je trouvai la grille du parc grande ouverte; le sol de l'allée était abîmé par les charrois. Je m'attendais au plus affreux saccage et fus joyeusement surpris, à l'entrée, de reconnaître bourgeonnant le « hêtre à feuilles de pêcher », connaissance illustre; je ne réfléchis pas que sans doute il ne devait la vie qu'à la médiocre qualité de son bois; en avançant, je constatai que la hache avait déjà frappé les plus beaux arbres. Avant de m'enfoncer dans le parc, je voulus revoir le petit pavillon où j'avais découvert la lettre d'Isabelle; mais, suppléant la serrure brisée, un cadenas maintenait la porte; (j'appris ensuite que les bûcherons serraient dans ce pavillon des outils et des vêtements). Je m'acheminai vers le château. L'allée que je suivais était droite, bordée de buissons bas; elle ne donnait pas sur la façade, mais sur le côté des communs; elle menait à la cuisine et, presque vis-à-vis de celle-ci, s'ouvrait la petite barrière du jardin potager; j'en étais encore assez éloigné lorsque je vis sortir du potager Gratien avec un panier de légumes; il m'aperçut, mais ne me reconnut pas d'abord; je le hélai; il vint à ma rencontre, et brusquement :

« Ah ben, Monsieur Lacase! pour sûr qu'on ne vous attendait pas à cette heure! » Il restait à me regarder, hochant la tête et ne dissimulant pas la contrariété que lui causait ma présence; pourtant il ajouta, plus doucement :

« Tout de même le petit sera content de vous revoir. »

Nous avions fait quelques pas sans parler, du côté de la cuisine; il me fit signe de l'attendre et entra poser son panier.

« Alors vous êtes venu voir ce qui se passe à la Quartfourche, dit-il, en revenant à moi, plus civilement.
— Et il paraît que ça n'y va pas bien fort ? »

Je le regardai; son menton tremblait; il restait sans me répondre; brusquement il me saisit par le bras et m'entraîna vers la pelouse qui s'étendait devant le perron du salon. Là gisait le cadavre d'un chêne énorme, sous lequel je me souvins de m'être abrité de la pluie à l'automne : autour de lui s'entassaient en bûches et en fagots ses branches dont, avant de l'abattre, on l'avait dépouillé.

« Savez-vous combien ça vaut, un arbre comme ça ? me dit-il : Douze pistoles. Et savez-vous combien ils l'ont payé ? — Celui-là tout comme les autres... Cent sous.

Je ne savais pas que dans ce pays ils appelaient pistoles les écus de dix francs; mais ce n'était pas le moment de demander un éclaircissement. Gratien parlait d'une voix contractée. Je me tournai vers lui; il essuya du revers de sa main, sur son visage, larmes ou sueur puis, serrant les poings :

« Oh! les bandits! les bandits! Quand je les entends taper du couperet ou de la hache, Monsieur, je deviens fou; leurs coups me portent sur la tête; j'ai envie de crier au secours! au voleur! j'ai envie de cogner à mon tour; j'ai envie de tuer. Avant-hier j'ai passé la moitié du jour dans la cave; j'entendais moins... Au commencement, le petit, ça l'amusait de voir travailler les bûcherons; quand l'arbre était près de tomber, on l'appelait pour tirer sur la corde; et puis, quand ces brigands se sont approchés du château, abattant toujours, le petit a commencé à trouver ça moins drôle; il disait : ah! pas celui-ci! pas celui-là! — Mon pauvre gars que je lui ai dit, celui-là ou un autre, c'est toujours pas pour toi qu'on les laisse. Je lui ai bien dit qu'il ne pourrait pas demeurer à la Quartfourche; mais c'est trop jeune; il ne comprend pas que rien n'est déjà plus à lui. Si seulement on pouvait nous garder sur la petite ferme; je l'y prendrais bien volontiers avec nous, pour sûr; mais qui sait seulement qui va l'acheter, et le gredin qu'on va vouloir y mettre à notre place!... Voyez-vous, Monsieur, je ne suis pas encore bien vieux, mais j'aurais mieux aimé mourir avant d'avoir vu tout cela.

— Qui est-ce qui habite au château, maintenant ?

— Je ne veux pas le savoir. Le petit mange avec nous à la cuisine; ça vaut mieux. Madame la baronne ne quitte plus sa chambre; heureusement pour elle, la pauvre dame... C'est Delphine qui lui porte ses repas, en passant par l'escalier de service, rapport à ceux qu'elle ne veut pas croiser. Les autres ont quelqu'un qui les sert et à qui nous ne parlons pas.

— Est-ce qu'on ne doit pas bientôt faire une saisie du mobilier ?

— Alors on tâchera d'emmener Madame la baronne sur la ferme, en attendant qu'on mette la ferme en vente avec le château.

— Et Made... et sa fille ? demandai-je en hésitant, car je ne savais comment la nommer.

— Elle peut bien aller où il lui plaira; mais pas chez nous. C'est pourtant à cause d'elle, tout ce qui arrive. »

Sa voix tremblait d'une si grave colère que je compris à ce moment comment cet homme avait pu aller jusqu'au crime pour protéger l'honneur de ses maîtres.

« Elle est dans le château, maintenant ?

— A l'heure qu'il est, elle doit se promener dans le parc. Paraît que ça ne lui fait pas de mal, à elle; elle regarde les ébrancheurs; il y a même des jours qu'elle cause avec eux, sans honte. Mais quand il pleut, elle ne quitte pas sa chambre; tenez, celle qui fait le coin; elle se tient tout contre la vitre et regarde dans le jardin. Si son homme n'était pas à Lisieux pour le quart d'heure, je ne sortirais pas comme je fais. Ah! on peut dire que c'est du beau monde, Monsieur Lacase; pour sûr! Si seulement nos pauvres vieux maîtres revenaient pour voir ça chez eux, ils retourneraient bien vite où ils reposent.

— Casimir est par là ?

— Je pense qu'il se promène dans le parc lui aussi. Voulez-vous que je l'appelle ?

— Non; je saurai bien le trouver. A tantôt. Je vous reverrai sans doute, Delphine et vous, avant de partir. »

Le saccage des bûcherons paraissait plus atroce encore à ce moment de l'année où tout s'apprêtait à revivre. Dans l'air attiédi les rameaux déjà se gonflaient; des bourgeons éclataient et, coupée, chaque branche pleurait sa sève. J'avançais lentement, non point tant triste moi-

même qu'exalté par la douleur du paysage, grisé peut-être un peu par la puissante odeur végétale que l'arbre mourant et la terre en travail exhalaient. A peine étais-je sensible au contraste de ces morts avec le renouveau du printemps; le parc, ainsi, s'ouvrait plus largement à la lumière qui baignait et dorait également mort et vie; mais cependant, au loin, le chant tragique des cognées, occupant l'air d'une solennité funèbre, rythmait secrètement les battements heureux de mon cœur, et la vieille lettre d'amour, que j'avais emportée, dont je m'étais promis de ne me point servir, mais que par instants je pressais sur mon cœur, le brûlait. Rien plus ne saurait m'empêcher aujourd'hui, me redisais-je, et je souriais de sentir mes pas se presser à la seule pensée d'Isabelle; ma volonté n'y pouvait; mais une force intérieure m'activait. J'admirais par quel excès de vie cet accent de sauvagerie que la dépradation apportait à la beauté du paysage en aiguisait pour moi la jouissance; j'admirais que les médisances de l'abbé eussent si peu fait pour me détacher d'Isabelle et que tout ce que je découvrais d'elle avivât inavouablement mon désir... Qu'est-ce qui l'attachait encore à ces lieux, peuplés de hideux souvenirs ? De la Quartfourche vendue, je le savais, rien ne devait lui rester ni lui revenir. Que ne s'enfuyait-elle ? Et je rêvais de l'enlever ce soir dans ma voiture; je précipitais mon allure; je courais presque, quand soudain, loin devant moi, je l'aperçus. C'était elle, à n'en pas douter, en deuil et nu-tête, assise sur le tronc d'un arbre abattu en travers de l'allée. Mon cœur battit si fort que je dus m'arrêter quelques instants; puis, vers elle, lentement j'avançai, tranquille et indifférent promeneur.

« Excusez-moi, Madame... je suis bien ici à la Quartfourche ? »

Un petit panier à ouvrage était posé sur le tronc d'arbre à côté d'elle plein de bobines, d'instruments de couture, de morceaux de crêpe enroulés sur eux-mêmes ou défaits, et elle s'occupait à en disposer quelques lambeaux sur une modeste capote de feutre qu'elle tenait à la main; un ruban vert, que sans doute elle venait d'en arracher, traînait à terre. Un très court mantelet de drap noir couvrait ses épaules, et, quand elle leva la tête, je remarquai l'agrafe vulgaire qui en retenait le

col clos. Sans doute m'avait-elle aperçu de loin, car ma voix ne parut pas la surprendre.

« Vous veniez pour acheter la propriété ? dit-elle, et sa voix que je reconnus me fit battre le cœur. Que son front découvert était beau!

— Oh! je venais en simple visiteur. Les grilles étaient ouvertes et j'ai vu des gens circuler. Mais peut-être était-il indiscret d'entrer ?

— A présent, peut bien entrer qui veut! »

Elle soupira profondément, mais se reprit à son ouvrage comme si nous ne pouvions avoir rien de plus à nous dire.

Ne sachant comment continuer un entretien qui peut-être serait unique, qui devait être décisif, mais que le temps ne me paraissait pas venu de brusquer; soucieux d'y apporter quelque précaution, et la tête et le cœur uniquement pleins d'attente et de questions que je n'osais encore poser, je demeurais devant elle, chassant du bout de ma canne de menus éclats de bois, si gêné, si impertinent à la fois et si gauche, qu'à la fin elle releva les yeux, me dévisagea et je crus qu'elle allait éclater de rire; mais elle me dit simplement, sans doute parce qu'alors je portais un chapeau mou sur des cheveux longs, et parce que ne me pressait apparemment aucune occupation pratique :

« Vous êtes artiste ?

— Hélas! non, répliquai-je en souriant; mais qu'à cela ne tienne; je sais goûter la poésie. Et sans oser la regarder encore, je sentais son regard m'envelopper. (L'hypocrite banalité de nos propos m'est odieuse et je souffre à les rapporter...)

— Comme ce parc est beau », reprenais-je.

Il me parut qu'elle ne demandait qu'à causer et n'était embarrassée, ainsi que moi, que de savoir comment engager l'entretien; car elle se récria que je ne pouvais malheureusement juger en cette saison de ce que pouvait devenir à l'automne ce parc, encore grelottant et mal réveillé de l'hiver — du moins ce qu'il avait pu devenir, reprit-elle; qu'en restera-t-il désormais après l'affreux travail des bûcherons ?...

« Ne pouvait-on les empêcher ? m'écriai-je.

— Les empêcher! répéta-t-elle ironiquement en levant très haut les épaules; et je crus qu'elle me montrait son

misérable chapeau de feutre pour témoigner de sa détresse, mais elle le levait pour le reposer sur sa tête, rejeté en arrière et laissant découvert son front; puis elle commença de ranger ses morceaux de crêpe comme si elle s'apprêtait à partir. Je me baissai, ramassai à ses pieds le ruban vert, le lui tendis.

— Qu'en ferais-je, à présent ? dit-elle sans le prendre. Vous voyez que je suis en deuil. »

Aussitôt je l'assurai de la tristesse avec laquelle j'avais appris la mort de M. et Mme Floche, puis enfin celle du baron; et comme elle s'étonnait que j'eusse connu ses parents, je lui laissai savoir que j'avais vécu auprès d'eux douze jours du dernier octobre.

« Alors pourquoi tout à l'heure avez-vous feint de ne savoir où vous étiez ? repartit-elle brusquement.

— Je ne savais comment vous aborder. Puis, sans trop me découvrir encore, je commençai de lui raconter quelle passionnée curiosité m'avait retenu de jour en jour à la Quartfourche dans l'espoir de la rencontrer et (car je ne lui parlai pas de la nuit où mon indiscrétion l'avait surprise) mes regrets enfin de regagner Paris sans l'avoir vue.

— Qu'est-ce donc qui vous avait donné si grand désir de me connaître ? »

Elle ne faisait plus mine de partir. J'avais traîné jusqu'en face d'elle, près d'elle, un épais fagot où je m'étais assis; plus bas qu'elle, je levais les yeux pour la voir; elle s'occupait enfantinement à pelotonner des rubans de crêpe et je ne saisissais plus son regard. Je lui parlais de sa miniature et m'inquiétai de ce qu'avait pu devenir ce portrait dont j'étais amoureux; mais elle ne le savait point :

— Sans doute le retrouvera-t-on en levant les scellés... Et il sera mis en vente avec le reste, ajouta-t-elle avec un rire dont la sécheresse me fit mal. — Pour quelques sous vous pourrez l'acquérir, si le cœur vous en dit toujours. »

Je protestai de mon chagrin de la voir ne prendre pas au sérieux un sentiment dont l'expression seule était brusque, mais qui depuis longtemps m'occupait; mais à présent elle demeurait impassible et semblait résolue à ne plus écouter rien de moi. Le temps pressait. N'avais-je pas sur moi de quoi violenter son silence ?

L'ardente lettre frémissait sous mes doigts. J'avais préparé je ne sais quelle histoire d'anciennes relations de ma famille avec celle de Gonfreville, pensant l'amener incidemment à parler ; mais à ce moment je ne sentis plus que l'absurdité de ce mensonge et commençai de raconter tout simplement par quel mystérieux hasard cette lettre — et je la lui tendis — était tombée entre mes mains.

« Ah ! je vous en conjure, Madame ! ne déchirez pas ce papier ! Rendez-le-moi... »

Elle était devenue mortellement pâle et garda quelques instants sans la lire la lettre ouverte sur ses genoux ; le regard vague, les paupières battantes, elle murmurait :

« Oublié de la reprendre ! Comment avais-je pu l'oublier ?

— Sans doute aurez-vous cru qu'elle lui était parvenue, qu'il était venu la chercher... »

Elle ne m'écoutait toujours pas. Je fis un mouvement pour me ressaisir de la lettre ; mais elle se méprit à mon geste :

« Laissez-moi », cria-t-elle en repoussant brutalement ma main. Elle se souleva, voulut fuir. A genoux devant elle, je la retins.

« N'ayez pas peur de moi, Madame ; vous voyez bien que je ne vous veux aucun mal ; et comme elle se rasseyait, ou plutôt retombait sans force, je la suppliai de ne pas m'en vouloir si le hasard m'avait choisi pour confident involontaire, mais de me continuer une confiance que je jurai de ne point trahir ; ah ! que ne me parlait-elle à présent comme à un ami véritable et comme si je ne savais rien d'elle qu'elle-même ne m'eût appris ? »

Les larmes que je répandais en parlant firent peut-être plus pour la convaincre que mes paroles.

« Hélas ! repris-je, je sais quelle mort misérable enlevait, ce même soir, votre amant... Mais comment avez-vous appris votre deuil ? Cette nuit que vous l'attendiez, prête à fuir avec lui, que pensiez-vous ? que fîtes-vous en ne le voyant pas apparaître ?

— Puisque vous savez tout, dit-elle d'une voix désolée, vous savez bien que je n'avais plus à l'attendre, après que j'avais averti Gratien. »

J'eus de l'affreuse vérité une intuition si subite que ces mots m'échappèrent comme un cri :

« Quoi! c'est vous qui l'avez fait tuer ? »

Alors laissant tomber à terre la lettre et le panier dont les menus objets se répandirent, elle courba son front dans ses mains et commença de sangloter éperdument. Je me penchai vers elle et tentai de prendre une de ses mains dans les miennes.

« Non! vous êtes ingrat et brutal. »

Mon imprudente exclamation coupait court à sa confidence; elle se raidissait à présent contre moi; cependant je restais assis devant elle, bien résolu à ne la quitter point qu'elle ne se fût expliquée davantage. Ses sanglots enfin s'apaisèrent; je lui persuadai doucement qu'elle avait déjà trop parlé pour pouvoir impunément se taire, mais qu'une confession sincère ne saurait la diminuer à mes yeux et qu'aucun aveu ne me serait plus pénible que son silence. Les coudes sur les genoux, ses mains croisées cachant son front, voici ce qu'elle me raconta :

La nuit qui précéda celle qu'elle avait fixée pour sa fuite, dans l'amoureuse exaltation de la veillée, elle avait écrit cette lettre; le lendemain, elle l'avait portée au pavillon, glissée en cet endroit secret que Blaise de Gonfreville connaissait et où elle savait que bientôt il viendrait la prendre. Mais sitôt de retour au château, lorsqu'elle s'était retrouvée dans cette chambre qu'elle voulait quitter pour jamais, une angoisse indicible l'avait saisie, la peur de cette liberté inconnue qu'elle avait si sauvagement désirée, la peur de cet amant qu'elle appelait encore, de soi-même et de ce qu'elle craignait d'oser. Oui la résolution était prise, oui le scrupule refoulé, la honte bue, mais à présent que rien ne la retenait plus, devant la porte ouverte pour sa fuite, le cœur brusquement lui manquait. L'idée de cette fuite devenait odieuse, intolérable; elle courait dire à Gratien que le baron de Gonfreville avait projeté de l'enlever aux siens cette nuit même, qu'on le trouverait rôdant avant le soir auprès du pavillon de la grille, dont il fallait déjà l'empêcher d'approcher.

Je m'étonnai qu'elle ne fût point allée simplement rechercher elle-même cette lettre et la remplacer par une autre où, d'une si folle entreprise, elle eût découragé

son amant. Mais aux questions que je lui posais elle se dérobait sans cesse, répétant en pleurant qu'elle savait bien que je ne la pouvais comprendre et qu'elle-même ne se pouvait mieux expliquer, mais qu'elle ne se sentait alors non plus capable de rebuter son amant que de le suivre ; que la peur l'avait à ce point paralysée, qu'il devenait au-dessus de ses forces de retourner au pavillon ; que d'ailleurs, à cette heure du jour, ses parents redoutés la surveillaient, et que c'est pour cela qu'elle avait dû recourir à Gratien.

« Pouvais-je supposer qu'il prendrait au sérieux des paroles échappées à mon délire ? Je pensais qu'il l'écarterait seulement... J'eus un sursaut en entendant, une heure après, un coup de fusil du côté de la grille ; mais ma pensée se détourna d'une supposition horrible et que je me refusais d'envisager ; au contraire, depuis que j'avais averti Gratien, l'esprit et le cœur dégagés, je me sentais presque joyeuse... Mais quand la nuit vint, mais quand approcha l'heure qui eût dû être celle de ma fuite, ah ! malgré moi je recommençai d'attendre, je recommençai d'espérer ; du moins une sorte de confiance, et que je savais mensongère, se mêlait à mon désespoir ; je ne pouvais réaliser que la lâcheté, la défaillance d'un moment eussent ruiné d'un coup mon long rêve ; je n'en étais pas réveillée ; oui, comme en rêve, je suis descendue dans le jardin, épiant chaque bruit, chaque ombre ; j'attendais ; j'attendais encore... »

Elle recommença de sangloter :

« Non, je n'attendais plus, reprit-elle ; je cherchais à me tromper moi-même, et par pitié pour moi j'imitais celle qui attend. Je m'étais assise devant la pelouse, sur la plus basse marche du perron, le cœur sec à ne pouvoir verser une larme, et je ne pensais plus à rien, ne savais plus qui j'étais, ni où j'étais, ni ce que j'étais venu faire. La lune qui tout à l'heure éclairait le gazon disparut ; alors un frisson me saisit ; j'aurais voulu qu'il m'engourdît jusqu'à la mort. Le lendemain je tombai gravement malade et le médecin qu'on appela révéla ma grossesse à ma mère. »

Elle s'arrêta quelques instants.

« Vous savez à présent ce que vous désiriez savoir. Si je continuais mon histoire, ce serait celle d'une autre femme où vous ne reconnaîtriez plus l'Isabelle du médaillon. »

Déjà je reconnaissais assez mal celle dont mon imagination s'était éprise. Elle coupait ce récit d'interjections, il est vrai, récriminant contre le destin, et elle déplorait que, dans ce monde, la poésie et le sentiment eussent toujours tort; mais je m'attristais de ne distinguer point dans la mélodie de sa voix les chaudes harmoniques du cœur. Pas un mot de regret que pour elle! Quoi! pensais-je, est-ce là comme elle savait aimer?...

A présent je ramassais les menus objets de la corbeille renversée, qui s'étaient éparpillés sur le sol. Je ne me sentais plus aucun désir de la questionner davantage; subitement incurieux de sa personne et de sa vie, je restais devant elle comme un enfant devant un jouet qu'il a brisé pour en découvrir le mystère; et même l'attrait physique dont encore elle se revêtait n'éveillait plus en ma chair aucun trouble, ni le battement voluptueux de ses paupières, qui tantôt me faisait tressaillir. Nous causions de son dénuement; et comme je lui demandais ce qu'elle se proposait de faire:

« Je chercherai à donner des leçons, répondit-elle; des leçons de piano; ou de chant. J'ai une très bonne méthode.

— Ah! vous chantez?

— Oui; et je joue du piano. Dans le temps j'ai beaucoup travaillé. J'étais élève de Thalberg... J'aime aussi beaucoup la poésie. »

Et comme je ne trouvais rien à lui dire:

« Je suis sûre que vous en savez par cœur! Vous ne voudriez pas m'en réciter? »

Le dégoût, l'écœurement de cette trivialité poétique achevait de chasser l'amour de mon âme. Je me levai pour prendre congé d'elle.

« Quoi! vous partez déjà?

— Hélas! vous sentez bien vous aussi qu'il vaut mieux maintenant que je vous quitte. Figurez-vous qu'auprès de vos parents, à l'automne dernier, dans la torpeur de la Quartfourche, je m'étais endormi, que je m'étais épris d'un rêve, et que je viens de m'éveiller. Adieu. »

Une petite forme claudicante apparut à l'extrémité tournante de l'allée.

« Je crois que j'aperçois Casimir, qui sera content de me revoir.

— Il vient. Attendez-le. »

L'enfant se rapprochait à petits bonds; il portait un râteau sur l'épaule.

« Permettez-moi d'aller à sa rencontre. Il serait peut-être gêné de me retrouver près de vous. Excusez-moi... » Et brusquant mon adieu de la manière la plus gauche, je saluai respectueusement et partis.

Je ne revis plus Isabelle de Saint-Auréol et n'appris rien de plus sur elle. Si pourtant : lorsque je retournai à la Quartfourche l'automne suivant, Gratien me dit que, la veille de la saisie du mobilier, abandonnée par l'homme d'affaires, elle s'était enfuie avec un cocher.

« Voyez-vous, Monsieur Lacase, ajoutait-il sentencieusement, — elle n'a jamais pu rester seule; il lui en a toujours fallu un. »

La bibliothèque de la Quartfourche fut vendue au milieu de l'été. Malgré les instructions que j'avais laissées, je ne fus point averti; et je crois que le libraire de Caen qui fut appelé à présider la vente se souciait fort peu de m'y inviter, non plus qu'aucun autre sérieux amateur. J'appris ensuite avec une stupeur indignée que la Bible fameuse avait été vendue soixante-dix francs à un bouquiniste du pays; puis revendue trois cents francs aussitôt après, je ne pus savoir à qui. Quant aux manuscrits du XVII[e] siècle, ils n'étaient même pas mentionnés dans la vente et furent adjugés comme vieux papiers.

J'eusse voulu du moins assister à la vente du mobilier, car je me proposais d'acheter quelques menus objets en souvenir des Floche; mais, prévenu trop tard, je ne pus arriver à Pont-l'Évêque que pour la vente des fermes et de la propriété. La Quartfourche fut acquise à vil prix par le marchand de biens Moser-Schmidt, qui se disposait à convertir le parc en prairies, lorsqu'un amateur américain la lui racheta; je ne sais trop pourquoi, car il n'est pas revenu dans le pays, et laisse parc et château dans l'état que vous avez pu voir.

Peu fortuné comme j'étais alors, je pensais n'assister à la vente qu'en curieux, mais, dans la matinée, j'avais revu Casimir, et, tandis que j'écoutais les enchères, une telle angoisse me prit à songer à la détresse de ce petit que, soudain je résolus de lui assurer l'existence sur la

ferme que souhaitait occuper Gratien. Vous ne saviez pas que j'en étais devenu propriétaire ? Presque sans m'en rendre compte j'avais poussé l'enchère; c'était folie; mais combien me récompensa la triste joie du pauvre enfant...

J'allai passer les vacances de Pâques et celles de l'été suivant dans cette petite ferme, chez Gratien, près de Casimir. La vieille Saint-Auréol vivait encore; nous nous étions arrangés tant bien que mal pour lui laisser la meilleure chambre; elle était tombée en enfance, mais pourtant elle me reconnut et se souvint à peu près de mon nom :

« Que c'est aimable, Monsieur de Las Cases! Que c'est aimable à vous, répétait-elle quand elle me revit d'abord. » Car elle s'était flatteusement persuadée que j'étais revenu dans le pays uniquement pour lui rendre visite.

« Ils font des réparations au château. Cela sera très beau ! » me disait-elle confidentiellement, comme pour m'expliquer son dénuement, ou se l'expliquer à elle-même.

Le jour de la vente du mobilier, on l'avait d'abord sortie sur le perron du salon, dans son grand fauteuil à oreillettes; l'huissier lui fut présenté comme un célèbre architecte venu de Paris tout exprès pour surveiller les travaux à entreprendre (elle croyait sans peine tout ce qui la flattait); puis Gratien, Casimir et Delphine l'avaient transportée jusque dans cette chambre qu'elle ne devait plus quitter, et où elle vécut encore près de trois ans.

C'est pendant ce premier été de villégiature sur ma ferme, que je fis connaissance avec les B... dont j'épousai plus tard la fille aînée. La R..., qui, depuis la mort de mes beaux-parents, nous appartient, n'est pas, vous l'avez vu, très distante de la Quartfourche; deux ou trois fois par an, je retourne causer avec Gratien et Casimir, qui cultivent fort bien leurs terres et me versent régulièrement le montant de leur modeste fermage. C'est là que je m'en fus tantôt après que je vous eus quittés.

La nuit était bien avancée lorsque Gérard acheva son récit. C'est pourtant cette même nuit que Jammes, avant de s'endormir, écrivit sa quatrième élégie :

Quand tu m'as demandé de faire une élégie
Sur ce domaine abandonné où le grand vent...

LES CAVES DU VATICAN

A JACQUES COPEAU

A JACQUES COPEAU

Cuverville, 29 août 1913.

J'AI plaisir à écrire votre nom sur le premier feuillet de ce livre. Il a toujours été à vous ; du moins, depuis le jour qu'il a commencé de prendre forme. Vous souvient-il de cette promenade où je vous le racontai ; (date) c'était à Cuverville ; il faisait grand vent et nous allions à Étretat voir la mer pleine. L'intérêt que vous avez bien voulu prendre à mon récit m'a beaucoup soutenu tout le temps que j'ai mis à l'écrire.

Le premier projet de ce livre est plus ancien encore. Vous m'avez rappelé que je vous en parlai déjà le premier jour que vous êtes venu me voir au retour de votre voyage en Danemark.

Il y a combien d'années de cela ?...

Par ce temps de production hâtive et de parturitions étranglées je persuaderai difficilement, je le sais, que j'aie pu porter si longtemps ce livre en tête avant de m'efforcer d'en accoucher.

Pourquoi j'intitule ce livre Sotie ? Pourquoi Récits les trois précédents ? C'est pour manifester que ce ne sont pas à proprement parler des romans.

Au reste, peu m'importe qu'on les prenne pour tels, pourvu qu'ensuite on ne m'accuse pas de faillir aux règles du « genre » ; et de manquer par exemple de désordre et de confusion.

Récits, soties... il m'apparaît que je n'écrivis jusqu'aujourd'hui que des livres ironiques (ou critiques, si vous le préférez), dont sans doute voici le dernier.

Je tiens que le défaut des œuvres d'aujourd'hui vient de ce qu'elles naissent avant terme, et que l'artiste ne se donne plus le temps de les porter. Mais qu'Apollon me garde de faire le procès de l'époque ! On grimace à être mécontent. Ce que j'en dis ici est simplement pour mettre en garde ceux qui prétendraient découvrir dans Les Caves un retour, une palinodie, tracer la courbe de ma carrière, en dénoncer l'évolution...

La seule question de métier m'importe et je n'aspire qu'à être bon artisan.

LIVRE PREMIER

ANTHIME ARMAND-DUBOIS

> Pour ma part, mon choix est fait.
> J'ai opté pour l'athéisme social.
> Cet athéisme, je l'ai exprimé depuis
> une quinzaine d'années, dans une
> série d'ouvrages...
> Georges PALANTE.
>
> *Chronique philosophique* du
> Mercure de France (déc.
> 1912).

I

L'AN 1890, sous le pontificat de Léon XIII, la renommée du docteur X..., spécialiste pour maladies d'origine rhumatismale, appela à Rome Anthime Armand-Dubois, franc-maçon.

« Eh quoi ? s'écriait Julius de Baraglioul, son beau-frère, c'est votre corps que vous en allez soigner à Rome ! Puissiez-vous reconnaître là-bas combien votre âme est plus malade encore ! »

A quoi répondait Armand-Dubois sur un ton de commisération renchérie :

« Mon pauvre ami, regardez donc mes épaules. »

Le débonnaire Baraglioul levait les yeux malgré lui vers les épaules de son beau-frère; elles se trémoussaient, comme soulevées par un rire profond, irrépressible; et c'était certes grand-pitié que de voir ce vaste corps à demi perclus occuper à cette parodie le reliquat de ses disponibilités musculaires. Allons ! décidément leurs positions étaient prises, l'éloquence de Baraglioul n'y pourrait rien changer. Le temps peut-être ? le secret conseil des saints lieux... D'un air immensément découragé, Julius disait seulement :

« Anthime, vous me faites beaucoup de peine (les épaules aussitôt s'arrêtaient de danser, car Anthime aimait son beau-frère). Puissé-je, dans trois ans, à l'époque du jubilé, lorsque je viendrai vous rejoindre, puissé-je vous trouver amendé! »

Du moins Véronique accompagnait-elle son époux dans des dispositions d'esprit bien différentes : pieuse autant que sa sœur Marguerite et que Julius, ce long séjour à Rome répondait à l'un des chers entre ses vœux; elle meublait de menues pratiques pieuses sa monotone vie déçue, et, bréhaigne, donnait à l'idéal les soins que ne réclamait d'elle aucun enfant. Hélas! elle ne gardait pas grand espoir de ramener à Dieu son Anthime. Elle savait depuis longtemps de quel entêtement était capable ce large front barré de quel déni. L'abbé Flons l'avait avertie :

« Les plus inébranlables résolutions, lui disait-il, madame, ce sont les pires. N'espérez plus que d'un miracle. »

Même, elle avait cessé de s'attrister. Dès les premiers jours de leur installation à Rome, chacun des deux époux, de son côté, avait réglé son existence retirée : Véronique dans les occupations du ménage et dans les dévotions, Anthime dans ses recherches scientifiques. Ils vivaient ainsi l'un près de l'autre, l'un contre l'autre, se supportant en se tournant le dos. Grâce à quoi régnait entre eux une manière de concorde, planait sur eux une sorte de demi-félicité, chacun d'eux trouvant dans le support de l'autre l'emploi discret de sa vertu.

L'appartement qu'ils avaient loué par l'entremise d'une agence présentait, comme la plupart des logements italiens, joints à d'imprévus avantages, de remarquables inconvénients. Occupant tout le premier étage du palais Forgetti, via in Lucina, il jouissait d'une assez belle terrasse, où tout aussitôt Véronique s'était mis en tête de cultiver des aspidistras, qui réussissent si mal dans les appartements de Paris; mais, pour se rendre sur la terrasse, force était de traverser l'orangerie dont Anthime avait fait aussitôt son laboratoire, et dont il avait été convenu qu'il livrerait passage de telle heure à telle heure du jour.

Sans bruit, Véronique poussait la porte, puis glissait

furtivement, les yeux au sol, comme passe un convers devant des *graffiti* obscènes ; car elle dédaignait de voir, tout au fond de la pièce, débordant du fauteuil où s'accotait une béquille, l'énorme dos d'Anthime se voûter au-dessus d'on ne sait quelle maligne opération. Anthime, de son côté, affectait de ne la point entendre. Mais, sitôt qu'elle avait repassé, il se soulevait lourdement de son siège, se traînait vers la porte et, plein de hargne, les lèvres serrées, d'un coup d'index autoritaire, vlan ! poussait le loquet.

C'était l'heure bientôt où, par l'autre porte, Beppo le procureur entrait prendre les commissions.

Galopin de douze ans ou treize, en haillons, sans parents, sans gîte, Anthime l'avait remarqué peu de jours après son arrivée à Rome. Devant l'hôtel où le couple était d'abord descendu via di Bocca di Leone, Beppo sollicitait l'attention du passant au moyen d'un criquet blotti sous une pincée d'herbe dans une petite nasse de jonc. Anthime avait donné six sous pour l'insecte, puis, avec le peu d'italien qu'il savait, tant bien que mal avait fait entendre à l'enfant que, dans l'appartement où il devait emménager le lendemain, via in Lucina, il aurait bientôt besoin de quelques rats. Tout ce qui rampait, nageait, trottait ou volait servait à le documenter. Il travaillait sur la chair vive.

Beppo, procureur-né, aurait fourni l'aigle ou la louve du Capitole. Ce métier lui plaisait qui flattait son goût de maraude. On lui donnait dix sous par jour ; il aidait, d'autre part, au ménage. Véronique d'abord le regardait d'un mauvais œil ; mais du moment qu'elle le vit se signer en passant devant la Madone à l'angle nord de la maison, elle lui pardonna ses guenilles et lui permit de porter jusqu'à la cuisine l'eau, le charbon, le bois, les sarments ; il portait même le panier quand il accompagnait Véronique au marché — le mardi et le vendredi, jours où Caroline, la bonne qu'ils avaient amenée de Paris, était trop occupée par le ménage.

Beppo n'aimait pas Véronique ; mais il s'était épris du savant, qui bientôt, au lieu de descendre péniblement dans la cour prendre livraison des victimes, permit à l'enfant de monter au laboratoire. On y accédait directement par la terrasse, qu'un escalier dérobé reliait

à la cour. Dans sa revêche solitude, le cœur d'Anthime battait un peu lorsque approchait le faible claquement des pieds nus sur les dalles. Il n'en laissait rien voir : rien ne le dérangeait de son travail.

L'enfant ne frappait pas à la porte vitrée : il grattait; et, comme Anthime restait courbé devant sa table sans répondre, il avançait de quatre pas et jetait de sa voix fraîche un « permesso ? » qui remplissait d'azur la pièce. A la voix on eût dit un ange : c'était un aide-bourreau. Dans ce sac qu'il posait sur la table à supplice, quelle nouvelle victime apportait-il ? Souvent, trop absorbé, Anthime n'ouvrait pas le sac aussitôt; il y jetait un rapide coup d'œil; du moment que la toile tremblait, c'était bien : rat, souris, passereau, grenouille, tout était bon pour le Moloch. Parfois Beppo n'apportait rien; il entrait tout de même : il savait qu'Armand-Dubois l'attendait, fût-ce les mains vides; et, tandis que l'enfant silencieux aux côtés du savant se penchait vers quelque abominable expérience, je voudrais pouvoir assurer que le savant ne goûtait pas un vaniteux plaisir de faux dieu à sentir le regard étonné du petit se poser, tour à tour, plein d'épouvante sur l'animal, plein d'admiration sur lui-même.

En attendant de s'attaquer à l'homme, Anthime Armand-Dubois prétendait simplement réduire en « tropismes » toute l'activité des animaux qu'il observait. Tropismes ! Le mot n'était pas plus tôt inventé que déjà l'on ne comprenait plus rien d'autre; toute une catégorie de psychologues ne consentit plus qu'aux *tropismes*. Tropismes ! Quelle lumière soudaine émanait de ces syllabes ! Évidemment l'organisme cédait aux mêmes incitations que l'héliotrope lorsque la plante involontaire tourne sa fleur face au soleil (ce qui est aisément réductible à quelques simples lois de physique et de thermo-chimie). Le cosmos enfin se douait d'une bénignité rassurante. Dans les plus surprenants mouvements de l'être on pouvait uniquement reconnaître une parfaite obéissance à l'agent.

Pour servir à ses fins, pour obtenir de l'animal maté l'aveu de sa simplicité, Anthime Armand-Dubois venait d'inventer un compliqué système de boîtes à couloirs, à trappes, à labyrinthes, à compartiments contenant les uns la nourriture, les autres rien, ou quelque poudre

sternutatoire, à portes de couleurs ou de formes différentes : instruments diaboliques qui tôt après firent fureur en Allemagne et qui, sous le nom de *Vexierkasten,* servirent à la nouvelle école psycho-physiologique à faire un pas de plus dans l'incrédulité. Et pour agir distinctement sur l'un ou l'autre sens de l'animal, sur l'une ou l'autre partie du cerveau, il aveuglait ceux-ci, assourdissait ceux-là, les châtrait, les décortiquait, les écervelait, les dépouillait de tel ou tel organe que vous eussiez juré indispensable, dont l'animal, pour l'instruction d'Anthime, se passait.

Son *Communiqué sur les « réflexes conditionnels »* venait de révolutionner l'Université d'Upsal; d'âpres discussions s'étaient élevées, auxquelles avait pris part l'élite des savants étrangers. Dans l'esprit d'Anthime, cependant, s'ameutaient les questions nouvelles; laissant donc ergoter ses collègues, il poussait ses investigations dans d'autres voies, prétendant forcer Dieu dans de plus secrets retranchements.

Que toute activité entraînait une usure, il ne lui suffisait pas de l'admettre *grosso modo,* ni que l'animal, par le seul exercice de ses muscles ou de ses sens, dépensât. Après chaque dépense, il demandait : combien ? Et le patient exténué cherchait-il à récupérer, Anthime, au lieu de le nourrir, le pesait. L'apport de nouveaux éléments eût compliqué par trop l'expérience que voici : six rats jeûnants et ligotés entraient quotidiennement en balance; deux aveugles, deux borgnes, deux y voyant; de ces derniers un petit moulin mécanique fatiguait sans cesse la vue. Après cinq jours de jeûne, dans quels rapports étaient les pertes respectives ? Sur de petits tableaux *ad hoc,* Armand-Dubois, chaque jour, à midi, ajoutait de nouveaux chiffres triomphaux.

II

Le jubilé était tout proche. Les Armand-Dubois attendaient les Baraglioul d'un jour à l'autre. Le matin que parvint la dépêche annonçant leur arrivée pour le soir, Anthime sortit pour s'acheter une cravate.

Anthime sortait peu; le moins souvent possible, se

remuant malaisément; Véronique faisait volontiers pour lui ses emplettes, ou amenait à lui les fournisseurs, qui prenaient commande d'après modèle. Anthime ne se souciait plus des modes; mais, pour simple qu'il désirât sa cravate (modeste nœud de surah noir), encore la voulait-il choisir. Le plastron en satin carmélite, qu'il avait acheté pour le voyage et mis durant son séjour à l'hôtel, s'échappait constamment du gilet, qu'il avait accoutumé de porter très ouvert; Marguerite de Baraglioul trouverait certainement trop négligé le foulard crème qui l'avait remplacé, et que maintenait, monté sur épingle, un vieux gros camée sans valeur; il avait eu bien tort de quitter les petits nœuds noirs tout faits qu'il portait à Paris communément, et surtout de n'en pas garder un pour modèle. Quelles formes allait-on lui proposer ? Il ne se déciderait pas avant d'avoir visité plusieurs chemisiers du Corso et de la via dei Condotti. Les coques, pour un homme de cinquante ans, étaient trop libres; décidément c'était un nœud tout droit, d'un noir bien mat, qui convenait...

Le déjeuner n'était que pour une heure. Anthime rentra vers midi avec l'emplette, à temps pour peser ses animaux.

Ce n'était pas qu'il fût coquet, mais Anthime éprouva le besoin d'essayer sa cravate avant de se mettre au travail. Un débris de miroir gisait là, qui lui servait naguère à provoquer des tropismes; il le posa de champ contre une cage et se pencha vers son propre reflet.

Anthime portait en brosse des cheveux encore épais, jadis roux, aujourd'hui de cet inconstant jaune grisâtre que prennent les vieux objets d'argent doré; ses sourcils avançaient en broussaille au-dessus d'un regard plus gris, plus froid qu'un ciel d'hiver; ses favoris, arrêtés haut et coupés court, avaient conservé le ton fauve de sa moustache bourrue. Il passa le revers de la main sur ses joues plates, sous son large menton carré :

— Oui, oui, marmonna-t-il, je me raserai tantôt.

Il sortit l'enveloppe la cravate, la posa devant lui; enleva l'épingle-camée, puis le foulard. Sa nuque était puissante, qu'encerclait un col demi-haut, échancré par devant et dont il rabattait les pointes. Ici, malgré tout mon désir de ne relater que l'essentiel, je ne puis passer sous silence la loupe d'Anthime Armand-Dubois. Car,

tant que je n'aurai pas plus sûrement appris à démêler l'accidentel du nécessaire, qu'exigerais-je de ma plume sinon exactitude et rigueur ? Qui pourrait affirmer en effet que cette loupe n'avait joué aucun rôle, qu'elle n'avait pesé d'aucun poids dans les décisions de ce qu'Anthime appelait sa *libre* pensée ? Plus volontiers il passait outre sa sciatique; mais cette mesquinerie, il ne la pardonnait pas au Bon Dieu.

Ça lui était venu il ne savait comment, peu de temps après son mariage; et d'abord il n'y avait eu, au sud-est de son oreille gauche, où le cuir devient chevelu, qu'un cicer sans autre importance; longtemps, sous l'abondant cheveu qu'il ramenait en boucle par-dessus, il put dissimuler l'excroissance; Véronique, elle-même, ne l'avait pas encore remarquée, lorsque, dans une caresse nocturne, sa main soudain la rencontrant :

« Tiens ! qu'est-ce que tu as là ? » s'était-elle écriée.

Et comme si, démasquée, la grosseur n'avait plus à garder de retenue, elle prit en peu de mois les dimensions d'un œuf de perdrix, puis de pintade, puis de poule et s'en tint là, tandis que le cheveu plus rare se partageait à l'entour d'elle et l'exposait. À quarante-six ans, Anthime Armand-Dubois n'avait plus à songer à plaire; il coupa ras ses cheveux et adopta cette forme de faux cols demi-hauts dans lesquels une sorte d'alvéole réservée cachait la loupe et la révélait à la fois. Suffit pour la loupe d'Anthime.

Il passa la cravate autour de son cou. Au centre de la cravate, à travers un petit couloir de métal, devait glisser le ruban d'attache, que s'apprêtait à coincer un bec en levier. Ingénieux appareil, mais qui n'attendait que la visite du ruban pour abandonner la cravate; celle-ci retomba sur la table d'opération. Force était de recourir à Véronique; elle accourut à l'appel.

« Tiens, recouds-moi ça, dit Anthime.

— Travail à la machine : ça ne vaut rien, murmura-t-elle.

— Il est de fait que ça ne tient pas. »

Véronique portait toujours, piquées à son caraco d'intérieur, sous le sein gauche, deux aiguilles tout enfilées, l'une de blanc, l'autre de noir. Près de la porte-fenêtre, sans même s'asseoir, elle commença la réparation. Anthime cependant la regardait. C'était une assez

forte femme, aux traits marqués; entêtée comme lui, mais accorte après tout, et la plupart du temps souriante, au point qu'un peu de moustache ne durcissait pas trop son visage.

« Elle a du bon, pensait Anthime en la voyant tirer l'aiguille. J'aurais pu épouser une coquette qui m'eût trompé, une volage qui m'eût planté là, une bavarde qui m'eût rompu la tête, une bécasse qui m'eût fait sortir de mes gonds, une grinchue comme ma belle-sœur... »

Et sur un ton moins rogue que de coutume :

« Merci », dit-il, comme Véronique, son travail achevé, repartait.

La cravate neuve à son cou, Anthime à présent est tout à ses pensées. Plus aucune voix ne s'élève, ni au-dehors, ni dans son cœur. Il a déjà pesé les rats aveugles. Qu'est-ce à dire ? Les rats borgnes sont stationnaires. Il va peser le couple intact. Tout à coup un sursaut si brusque que la béquille roule à terre. Stupeur! les rats intacts... il les repèse à neuf; mais non, il faut bien s'en convaincre : les rats intacts, depuis hier, *ont augmenté !* Une lueur traverse son cerveau :

« Véronique! »

Avec un grand effort, ayant ramassé sa béquille, il se rue vers la porte :

« Véronique! »

Elle accourt de nouveau, obligeante. Alors lui, sur le pas de la porte, solennellement :

« Qui est-ce qui a touché à mes rats ? »

Pas de réponse. Il reprend lentement, détachant chaque mot, comme si Véronique avait cessé de comprendre facilement le français :

« Pendant que j'étais sorti, quelqu'un leur a donné à manger. Est-ce vous ? »

Alors elle, qui retrouve un peu de courage, se retourne vers lui presque agressive :

« Tu les laissais mourir de faim, ces pauvres bêtes. Je n'ai pas dérangé ton expérience; simplement je leur ai... »

Mais il l'a saisie par la manche et, clopinant, la mène jusqu'à la table où, désignant les tableaux d'observations :

« Vous voyez bien ces feuilles — où depuis quinze jours je consigne mes remarques sur ces bêtes : ce sont celles mêmes qu'attend mon collègue Potier pour en donner lecture à l'Académie des Sciences en sa séance du 17 mai prochain. Ce 15 avril, jour où nous sommes, à la suite de ces colonnes de chiffres, que puis-je écrire ? que dois-je écrire ?... »

Et comme elle ne souffle mot, du bout carré de son index, comme avec un stylet, grattant l'espace blanc du papier :

« Ce jour-là, reprend-il, Madame Armand-Dubois, épouse de l'observateur, n'écoutant que son tendre cœur, commit la... qu'est-ce que vous voulez que je mette ? la maladresse ? l'imprudence ? la sottise ?...

— Écrivez plutôt : eut pitié de ces pauvres bêtes, victimes d'une curiosité saugrenue. »

Il se redresse, très digne :

« Si c'est ainsi que vous le prenez, vous comprendrez, Madame, que désormais je doive vous prier de passer par l'escalier de la cour pour aller soigner vos plantations.

— Croyez-vous que j'entre jamais dans votre galetas pour mon plaisir ?

— Épargnez-vous la peine d'y entrer à l'avenir. »

Puis, joignant à ces mots l'éloquence du geste, il saisit les feuilles d'observations et les déchire en petits morceaux.

« Depuis quinze jours », a-t-il dit : en vérité ses rats ne jeûnent que depuis quatre. Et son irritation sans doute s'est exténuée dans cette exagération du grief, car à table il peut montrer un front serein; même, il pousse la philosophie jusqu'à tendre à sa moitié une dextre conciliatrice. Car, moins encore que Véronique, il ne se soucie de donner à ce ménage si bien pensant des Baraglioul le spectacle de dissensions dont ceux-ci ne manqueraient pas de faire les opinions d'Anthime responsables.

Vers cinq heures Véronique change son caraco d'intérieur contre une jaquette de drap noir et part à la rencontre de Julius et de Marguerite, qui doivent entrer en gare de Rome à six heures. Anthime va se raser; il a bien voulu remplacer son foulard par un nœud droit : voici qui doit suffire; il répugne à la

cérémonie et prétend ne pas désavouer devant sa belle-sœur une veste d'alpaga, un gilet blanc chiné de bleu, un pantalon de coutil et de confortables pantoufles de cuir noir sans talons, qu'il garde même pour sortir, et qu'excuse sa claudication.

Il ramasse les feuilles déchirées, remet bout à bout les fragments, et recopie soigneusement tous les chiffres, en attendant les Baraglioul.

III

La famille de Baraglioul (le *gl* se prononce en *l* mouillé, à l'italienne, comme dans *Broglie* (duc de) et dans *miglionnaire*) est originaire de Parme. C'est un Baraglioli (Alessandro) qu'épousait en secondes noces Filippa Visconti, en 1514, peu de mois après l'annexion du duché aux États de l'Église. Un autre Baraglioli (Alessandro également) se distingua à la bataille de Lépante et mourut assassiné en 1580, dans des circonstances qui demeurent mystérieuses. Il serait aisé, mais sans grand intérêt, de suivre les destinées de la famille jusqu'en 1807, époque où Parme fut réuni à la France, et où Robert de Baraglioul, grand-père de Julius, vint s'installer à Pau. En 1828, il reçut de Charles X la couronne de comte — couronne que devait porter si noblement un peu plus tard Juste-Agénor, son troisième fils (les deux premiers moururent en bas âge), dans les ambassades où brillait son intelligence subtile et triomphait sa diplomatie.

Le deuxième enfant de Juste-Agénor de Baraglioul, Julius, qui depuis son mariage vivait complètement rangé, avait eu quelques passions dans sa jeunesse. Mais, du moins, pouvait-il se rendre cette justice que son cœur n'avait jamais dérogé. La distinction foncière de sa nature et cette sorte d'élégance morale qui respirait dans ses moindres écrits avaient toujours empêché ses désirs sur la pente où sa curiosité de romancier leur eût sans doute lâché bride. Son sang coulait sans turbulence, mais non pas sans chaleur, ainsi qu'en eussent pu témoigner plusieurs aristocratiques beautés... Et je n'en parlerais pas ici, si ses premiers romans ne l'avaient

clairement laissé entendre; à quoi ils durent en partie le grand succès mondain qu'ils remportèrent. La haute qualité du public susceptible de les admirer leur permit de paraître : l'un dans *Le Correspondant,* deux autres dans *La Revue des deux-mondes.* C'est ainsi que, comme malgré lui, encore jeune, il se trouva tout porté vers l'Académie : déjà semblaient l'y destiner sa belle allure, la grave onction de son regard et la pâleur pensive de son front.

Anthime professait grand mépris pour les avantages du rang, de la fortune et de l'aspect, ce qui ne laissait pas de mortifier Julius; mais il appréciait chez Julius certain bon naturel, et une grande maladresse dans la discussion, qui souvent laissait à la libre pensée l'avantage.

A six heures, Anthime entend stopper devant la porte la voiture de ses hôtes. Il sort à leur rencontre sur le palier. Julius monte le premier. Avec son chapeau cronstadt, son pardessus droit à revers de soie, on le dirait en tenue de visite, non de voyage, n'était le châle écossais qu'il porte sur l'avant-bras; la longueur du trajet ne l'a nullement éprouvé. Marguerite de Baraglioul suit, au bras de sa sœur; elle, très défaite au contraire, capote et chignon de travers, trébuchant aux marches, un quartier de visage caché par son mouchoir qu'elle tient en compresse... Comme elle approche d'Anthime :

« Marguerite a un charbon dans l'œil », glisse Véronique.

Julie, leur fille, gracieuse enfant de neuf ans, et la bonne, qui ferment la marche, gardent un silence consterné.

Avec le caractère de Marguerite, il ne s'agit pas de prendre la chose en riant : Anthime propose d'envoyer quérir un oculiste; mais Marguerite connaît de réputation les médicastres italiens, et ne veut « pour rien au monde » en entendre parler; elle souffle d'une voix mourante :

« De l'eau fraîche. Un peu d'eau fraîche, simplement. Ah!

— Ma chère sœur, effectivement, reprend Anthime, l'eau fraîche pourra vous soulager un instant en décongestionnant votre œil; mais elle n'enlèvera pas le mal. »

Puis, se tournant vers Julius :

« Avez-vous pu voir ce que c'était ?

— Pas très bien. Dès que le train s'arrêtait et que je me proposais d'examiner, Marguerite commençait de s'énerver...

— Mais ne dis donc pas cela, Julius! Tu as été horriblement maladroit. Pour me soulever la paupière, tu as commencé par me retourner tous les cils...

— Voulez-vous que j'essaie à mon tour, dit Anthime : je serai peut-être plus habile ? »

Une facchino montait les malles. Caroline alluma une lampe à réflecteur.

« Voyons, mon ami, tu ne vas pas faire cette opération dans le passage », dit Véronique, et elle mène les Baraglioul à leur chambre.

L'appartement des Armand-Dubois se développait autour de la cour intérieure où prenaient jour les fenêtres d'un couloir qui, partant du vestibule, rejoignait l'orangerie. Sur ce couloir ouvraient les portes de la salle à manger d'abord, puis du salon (énorme pièce d'angle, mal meublée, dont ne se servaient pas les Anthime), de deux chambres d'amis préparées, la première pour le couple Baraglioul, la seconde plus petite pour Julie, auprès de la dernière chambre, celle du couple Armand-Dubois. Toutes ces pièces, d'autre part communiquaient entre elles intérieurement. La cuisine et deux chambres de bonnes donnaient sur l'autre côté du palier...

« Je vous en prie, ne soyez pas tous autour de moi, gémit Marguerite; Julius, occupe-toi donc des bagages. »

Véronique a fait asseoir sa sœur dans un fauteuil et tient la lampe, tandis qu'Anthime s'attentionne :

« Le fait est qu'il est enflammé. Si vous retiriez votre chapeau. »

Mais Marguerite, craignant peut-être que sa coiffure en désordre ne laisse paraître ses éléments d'emprunt, déclare qu'elle ne le retirera que plus tard; un chapeau cabriolet à brides ne l'empêchera pas d'appuyer sa nuque au dossier.

« Alors vous m'invitez à sortir la paille de votre œil avant d'ôter la solive qui est dans le mien, dit Anthime avec une sorte de ricanement. Voilà qui me paraît bien contraire aux préceptes évangéliques!

« — Ah! je vous en prie, ne me faites pas trop chèrement payer vos soins.

— Je ne dis plus rien... Avec le coin d'un mouchoir propre... je vois ce que c'est... n'ayez pas peur, cré nom! regardez au ciel!... la voici. »

Et Anthime enlève à la pointe du mouchoir une escarbille imperceptible.

« Merci! merci. Laissez-moi, maintenant; j'ai une affreuse migraine. »

Tandis que Marguerite repose, que Julius déballe avec la bonne et que Véronique surveille les préparatifs du repas, Anthime s'occupe de Julie qu'il a emmenée dans sa chambre. Il avait quitté sa nièce toute petite et reconnaît mal cette grande fillette au sourire déjà gravement ingénu. Au bout d'un peu de temps, comme il la tient près de lui, causant des menues puérilités qu'il espérait pouvoir lui plaire, son regard s'accroche à une mince chaînette d'argent que l'enfant porte au cou et à laquelle il flaire qu'il doivent être suspendues des médailles. D'un glissement indiscret de son gros index il ramène celles-ci sur le devant du corsage et, cachant sa maladive répugnance sous un masque d'étonnement :

« Qu'est-ce que c'est que ces machinettes-là ? »

Julie comprend fort bien que la question n'est pas sérieuse; mais pourquoi s'offusquerait-elle ?

« Comment, mon oncle! vous n'avez jamais vu des médailles ?

— Ma foi non, ma petite, ment-il; ça n'est pas joli-joli, mais je pense que cela sert à quelque chose. »

Et comme la sereine piété ne répugne pas à quelque espièglerie innocente, l'enfant avise, contre la glace au-dessus de la cheminée, une photographie qui la représente et, la désignant du doigt :

« Vous avez là, mon oncle, le portrait d'une petite fille qui n'est pas non plus joli-joli. A quoi donc peut-il vous servir ? »

Surpris de trouver chez une cagotine un si malicieux esprit de repartie, et sans doute tant de bon sens, l'oncle Anthime est momentanément désarçonné. Avec une fillette de neuf ans, il ne peut pourtant pas engager une discussion métaphysique! Il sourit. La petite aussitôt se saisissant de l'avantage et montrant les piécettes saintes :

« Voici, dit-elle, celle de sainte Julie, ma patronne, et celle du Sacré-Cœur de Notre...

— Du bon Dieu, tu n'en as pas une ? » interrompt absurdement Anthime.

L'enfant répond très naturellement :

« Non; du bon Dieu, on n'en fait pas... Mais voici la plus jolie : c'est celle de Notre-Dame de Lourdes, que m'a donnée la tante Fleurissoire; elle l'a rapportée de Lourdes; je l'ai mise à mon cou le jour où petit père et maman m'ont offerte à la Sainte Vierge. »

C'en est trop pour Anthime. Sans chercher à comprendre un instant ce qu'évoquent d'ineffablement gracieux ces images, le mois de mai, le blanc et le bleu cortège des enfants, il cède à un maniaque besoin de blasphème :

« Elle n'a donc pas voulu de toi, la bonne Sainte Vierge, que tu es encore avec nous ? »

La petite ne répond rien. Se rend-elle compte déjà qu'à de certaines impertinences le plus sage est de ne rien répondre ? Au reste, qu'est-ce à dire ? après cette question saugrenue, ce n'est pas Julie, c'est le francmaçon qui rougit, — trouble léger, compagnon inavoué de l'indécence, confusion passagère que l'oncle cachera en déposant sur le front candide de sa nièce un respectueux baiser réparateur.

« Pourquoi faites-vous le méchant, l'oncle Anthime ? »

La petite ne se méprend pas : au fond, ce savant impie est sensible.

Alors pourquoi cette résistance obstinée ?

A ce moment Adèle ouvre la porte :

« Madame réclame Mademoiselle. »

Apparemment Marguerite de Baraglioul redoute l'influence de son beau-frère et se soucie peu de laisser longtemps sa fille avec lui. C'est ce qu'il osera lui dire, à demi-voix, un peu plus tard, tandis que la famille se rend à table. Mais Marguerite lèvera sur Anthime un œil encore légèrement enflammé :

« Peur de vous ? Mais, cher ami, Julie aurait converti douze de vos pareils avant que vos moqueries aient pu remporter le plus petit succès sur son âme. Non, non, nous sommes plus solides que cela, nous autres. Tout de même, songez que c'est une enfant... Elle sait tout ce qu'on peut attendre de blasphème d'une époque aussi

corrompue et dans un pays aussi honteusement gouverné que le nôtre. Mais il est triste que les premiers motifs de scandale lui soient offerts par vous, son oncle, que nous voudrions lui apprendre à respecter. »

IV

Ces paroles si mesurées, si sages, sauront-elles calmer Anthime ?

Oui, pendant les deux premiers services (au reste le dîner, bon mais simple, n'a que trois plats) et tandis que la conversation familiale musardera le long de sujets non épineux. Par égard pour l'œil de Marguerite, on parlera d'abord oculistique (les Baraglioul feignent de ne point voir que la loupe d'Anthime a grossi), puis de la cuisine italienne, par gentillesse pour Véronique, avec allusions à l'excellence de son dîner. Puis Anthime demandera des nouvelles des Fleurissoire que les Baraglioul ont été voir dernièrement à Pau, et de la comtesse de Saint-Prix, la sœur de Julius, qui villégiature dans les environs; de Geneviève enfin, l'exquise fille aînée des Baraglioul, que ceux-ci auraient souhaité emmener avec eux à Rome, mais qui jamais n'avait consenti à s'éloigner de l'hôpital des Enfants-Malades, où chaque matin, rue de Sèvres, elle va panser les plaies des petits malheureux. Puis Julius jettera sur le tapis la grave question de l'expropriation des biens d'Anthime : il s'agit de terrains qu'Anthime avait achetés en Égypte lors d'un premier voyage qu'il fit, jeune homme, dans ce pays; mal situés, ces terrains n'avaient pas acquis jusqu'à présent grande valeur; mais il était question, depuis peu, que la nouvelle ligne de chemin de fer du Caire à Héliopolis les traversât : certes la bourse des Armand-Dubois, qu'ont surmenée de hasardeuses spéculations, a grand besoin de cette aubaine; pourtant Julius, avant son départ, a pu parler à Maniton, l'ingénieur-expert commis à l'étude de la ligne, et conseille à son beau-frère de ne point trop dorer son espérance : il pourrait bien rester Gros-Jean. Mais ce qu'Anthime ne dit pas, c'est que l'affaire est entre les mains de la Loge, qui n'abandonne jamais les siens.

Anthime à présent parle à Julius de sa candidature à l'Académie, de ses chances : il en parle en souriant, parce qu'il n'y croit guère; et Julius, lui-même, feint une indifférence tranquille et comme renoncée : à quoi bon raconter que sa sœur, la comtesse Guy de Saint-Prix, tient le cardinal André dans sa manche et, partant, les quinze immortels qui toujours votent avec lui ? Anthime esquisse un compliment, très léger, sur le dernier roman de Baraglioul : *L'Air des Cimes*. Le fait est qu'il a trouvé le livre exécrable; et Julius, qui ne s'y méprend pas, se hâte de dire, pour mettre son amour-propre à couvert :

« Je pensais bien qu'un tel livre ne pourrait pas vous plaire. »

Anthime consentirait encore à excuser le livre, mais cette allusion à ses opinions le chatouille; il proteste que celles-ci n'inclinent en rien les jugements qu'il porte sur les œuvres d'art en général, et sur les livres de son beau-frère en particulier. Julius sourit avec une accommodante condescendance et, pour changer de sujet, demande à son beau-frère des nouvelles de sa sciatique, qu'il appelle par erreur : son lumbago. Ah! pourquoi Julius ne s'est-il pas plutôt enquis de ses recherches scientifiques ? On aurait eu beau jeu de lui répondre. Son lumbago! Pourquoi pas sa loupe, bientôt ? Mais ses recherches scientifiques, apparemment son beau-frère les ignore; il préfère les ignorer... Anthime, tout échauffé déjà et que précisément le « lumbago » fait souffrir, ricane et répond hargneux :

« Si je vais mieux ?... Ah! ah! ah! vous en seriez bien fâché! »

Julius s'étonne et prie son beau-frère de lui apprendre ce qui lui vaut le prêt d'aussi peu charitables sentiments.

« Parbleu! vous aussi vous savez appeler le médecin sitôt qu'un des vôtres est malade; mais, quand votre malade guérit, la médecine n'y est plus pour rien : c'est à cause des prières que vous avez faites pendant que le médecin vous soignait. Celui-là qui n'a point fait ses Pâques, parbleu! vous trouveriez bien impertinent qu'il guérît!

— Plutôt que de prier, vous préférez rester malade ? » dit d'un ton pénétré Marguerite.

De quoi vient-elle se mêler ? D'ordinaire elle ne prend

jamais part aux conversations d'intérêt général et fait la supprimée dès que Julius ouvre la bouche. C'est entre hommes qu'ils causent; foin des ménagements! Il se tourne abruptement vers elle :

« Ma charmante, sachez que si la guérison était là, là, vous m'entendez bien, — et il désigne éperdument la salière — tout près, mais que je dusse, pour avoir le droit de m'en saisir, implorer Monsieur le principal (c'est ainsi qu'il s'amuse, dans ses jours d'humeur, à appeler l'Être Suprême) ou le prier d'intervenir de renverser pour moi l'ordre établi, l'ordre naturel des effets et des causes, l'ordre vénérable, eh bien! je n'en voudrais pas, de sa guérison; je lui dirais, au principal : Fichez-moi la paix avec votre miracle : je n'en veux pas. »

Il scande les mots, les syllabes; il a haussé la voix au diapason de sa colère; il est affreux.

« Vous n'en voudriez pas... pourquoi ? demanda Julius très calme.

— Parce que cela me forcerait de croire à Celui qui n'existe pas. »

Ce disant, il donne du poing sur la table.

Marguerite et Véronique, inquiètes, ont échangé un clin d'œil, puis toutes deux reporté le regard vers Julie.

« Je crois qu'il est temps d'aller se coucher, ma fillette, dit la mère. Fais vite; nous viendrons te dire adieu dans ton lit. »

L'enfant, que les atroces propos et l'aspect démoniaque de son oncle épouvantent, s'enfuit.

« Je veux, si je guéris, n'en être obligé qu'à moi-même. Suffit.

— Eh bien! et le médecin alors ? hasarda Marguerite.

— Je paie ses soins, et je suis quitte. »

Mais Julius, sur son registre le plus grave :

« Tandis que de la reconnaissance envers Dieu vous lierait...

— Oui, mon frère; et voilà pourquoi je ne prie pas.

— D'autres ont prié pour toi, mon ami. »

C'est Véronique qui parle; elle n'avait jusqu'à présent rien dit. Au son de cette douce voix trop connue, Anthime sursaute, perd toute retenue. Des propositions contradictoires se bousculent sur ses lèvres : D'abord on n'a pas le droit de prier pour quelqu'un contre son gré, de demander une faveur pour lui sans qu'il en

sache; c'est une trahison. Elle n'a rien obtenu; tant mieux! ça lui apprendra ce qu'elles valent, ses prières! Il y a de quoi être fier!... Mais peut-être, après tout, qu'elle n'a pas prié suffisamment?

« Soyez tranquille : je continue », reprend, aussi doucement que devant, Véronique. Puis toute souriante, et comme hors du vent de cette colère, elle raconte à Marguerite que, chaque soir, et sans en manquer un, elle brûle, au nom d'Anthime, deux cierges, aux côtés de la Madone triviale, à l'angle nord de la maison, celle-là même devant qui Véronique avait jadis surpris Beppo se signant. L'enfant gîtait, nichait tout auprès, dans un renfoncement du mur, où Véronique était sûre de le trouver à heure dite. Elle n'eût pu atteindre à la niche, placée hors de la portée des passants; Beppo (c'était à présent un svelte adolescent de quinze ans), s'agrippant aux pierres et à un anneau de métal, posait les cierges tout flambants devant la sainte image... Et la conversation insensiblement se détournait d'Anthime, se refermait par-dessus lui, les deux sœurs à présent parlant de la piété populaire si touchante, par quoi la plus fruste statue est aussi la plus honorée... Anthime était tout submergé. Quoi! ne suffisait-il pas que, ce matin déjà, derrière son dos, Véronique eût nourri ses rats? A présent, elle brûle des cierges! pour lui! sa femme! et compromet Beppo dans cette inepte simagrée... Ah! nous allons bien voir!...

Le sang monte au cerveau d'Anthime; il étouffe; à ses tempes bat un tocsin. Dans un immense effort il se dresse en culbutant sa chaise; il renverse sur sa serviette un verre d'eau, il éponge son front... Va-t-il se trouver mal? Véronique s'empresse : il la repousse d'une main brutale, s'échappe vers la porte qu'il claque; et déjà dans le corridor on entend sa marche inégale s'éloigner avec l'accompagnement de la béquille sourd et clopant.

Ce départ brusque laisse nos convives attristés et perplexes. Quelques instants ils demeurent silencieux.

« Ma pauvre amie! » dit enfin Marguerite. Mais à cette occasion s'affirme une fois de plus la différence entre le caractère des deux sœurs. L'âme de Marguerite est taillée dans cette étoffe admirable dont Dieu fait proprement ses martyrs. Elle le sait et aspire à souffrir. La vie malheureusement ne lui accorde aucun dommage;

comblée de toutes parts, sa faculté de bon support en est réduite à chercher dans de menues vexations son emploi; elle met à profit les moindres choses pour en tirer égratignure; elle s'accroche et se raccroche à tout. Certes elle sait s'arranger de manière à ce qu'on lui manque; mais Julius semble travailler à désœuvrer toujours plus sa vertu; comment s'étonner, dès lors, qu'elle se montre auprès de lui toujours insatisfaite et quinteuse ? Avec un mari comme Anthime, quelle belle carrière ! Elle se pique à voir sa sœur savoir en profiter si peu; Véronique, en effet, se dérobe aux griefs; sur son indéfectible onction souriante tout glisse, sarcasme, moquerie — et sans doute elle a pris son parti depuis longtemps de l'isolement de sa vie; Anthime au demeurant n'est pas méchant pour elle, et peut bien dire ce qu'il veut! Elle explique que s'il parle fort, c'est qu'il est empêché de remuer; il s'emporterait moins s'il était plus ingambe; et comme Julius demande où il peut être allé :

« A son laboratoire », répond-elle; et à Marguerite qui demande si l'on ne ferait pas bien d'y passer voir — car il pourrait être souffrant, après une telle colère ! — elle assure qu'il vaut mieux le laisser se calmer tout seul et ne pas prêter trop d'attention à sa sortie.

« Achevons de dîner tranquillement », conclut-elle.

V

NON, ce n'est pas à son laboratoire que s'est arrêté l'oncle Anthime.

Il a traversé rapidement cette officine où achèvent de souffrir les six rats. Que ne s'attarde-t-il sur la terrasse qu'inonde une occidentale lueur ? Le séraphique éclairement du soir, apaisant son âme rebelle, l'inclinerait peut-être... Mais non : il échappe au conseil. Par l'incommode escalier tournant, il a gagné la cour, qu'il traverse. Cette hâte infirme est tragique pour nous qui connaissons au prix de quel effort il achète chaque enjambée, au prix de quelle douleur chaque effort. Quand verrons-nous dépenser pour le bien une aussi sauvage énergie ? Parfois un gémissement échappe à ses

lèvres tordues; ses traits se convulsent. Où le mène sa rage impie?

La Madone — qui, de ses mains offertes laissant couler la grâce et le reflet des célestes rayons sur le monde, veille sur la maison et peut-être intercède même pour le blasphémateur — n'est pas une de ces statues modernes comme en fabrique de nos jours, avec le carton-romain plastique de Blafaphas, la maison d'art Fleurissoire-Lévichon. Image naïve, expression de l'adoration populaire, elle n'en sera que plus belle et plus éloquente à nos yeux. Éclairant la face exsangue, les rayonnantes mains, le manteau bleu, une lanterne, en face de la statue, mais assez loin en avant d'elle, pend à un toit de zinc qui déborde la niche et abrite à la fois les ex-voto accrochés aux côtés des murs. A portée de la main du passant, une petite porte de métal, dont le bedeau de la paroisse a la clef, protège l'enroulement de la corde au bout de quoi la lanterne pend. En plus, deux cierges brûlent jour et nuit devant la statue, qu'a portés tantôt Véronique. A la vue de ces cierges, qu'il sait brûler pour lui, le franc-maçon sent se ranimer sa fureur. Beppo qui, dans le retrait du mur où il niche, achevait de croquer un croûton et quelques griffes de fenouil, est accouru à sa rencontre. Sans répondre à son accorte salutation, Anthime l'a saisi par l'épaule; penché sur lui, que dit-il, qui fasse tressaillir l'enfant? — Non! non! le petit proteste. De la poche de son gilet, Anthime sort un billet de cinq lires; Beppo s'indigne.... Plus tard il volera peut-être; il tuera même; qui sait de quelle éclaboussure sordide la misère tachera son front? Mais lever la main contre la Vierge qui le protège, vers qui, chaque soir, avant de s'endormir il soupire, à qui chaque matin, au premier réveil, il sourit!... Anthime peut essayer de l'exhortation, de la corruption, du rudoiement, de la menace, il n'obtiendra de lui que refus.

Au demeurant ne nous y méprenons pas. Anthime n'en veut point précisément à la Vierge; c'est spécialement aux cierges de Véronique qu'il en a. Mais l'âme simple de Beppo ne consent pas à ces nuances; et, du reste, ces cierges, à présent consacrés, nul n'a le droit de les souffler...

Anthime que cette résistance exaspère a repoussé l'enfant. Il agira tout seul. Accoté contre la muraille,

il empoigne sa béquille par le bras, prend un terrible élan en balançant le manche en arrière et, de toutes ses forces, il la lance contre le ciel. Le bois carambole contre la paroi de la niche, retombe à terre avec fracas, entraînant il ne sait quel débris, quel plâtras. Il ramasse sa béquille et recule pour voir la niche... Par l'enfer! les deux cierges brûlent toujours. Mais qu'est-ce à dire? La statue, à la place de la main droite, ne présente plus qu'une tige de métal noir.

Il contemple un instant, dégrisé, le triste résultat de son geste : aboutir à ce dérisoire attentat... ah! fi donc! Il cherche des yeux Beppo; l'enfant a disparu. La nuit se clôt; Anthime est seul; il avise sur le pavé le débris que tout à l'heure avait décroché sa béquille, le recueille : c'est une petite main de stuc, qu'avec un haussement d'épaules il glisse dans la poche de son gilet.

La honte au front, la rage au cœur, l'iconoclaste à présent remonte à son laboratoire; il voudrait travailler, mais cet effort abominable l'a brisé; il n'a plus de cœur qu'à dormir. Certes, il va se mettre au lit sans souhaiter bonsoir à personne... A l'instant d'entrer dans sa chambre un bruit de voix pourtant l'arrête. La porte de la chambre voisine est ouverte; dans l'ombre du couloir il se glisse...

Semblable à quelque angelet familier, la petite Julie, en chemise, est sur son lit agenouillée; au chevet du lit, baignant dans la clarté de la lampe, Véronique et Marguerite à genoux toutes deux; un peu reculé, debout au pied du lit, Julius, une main sur son cœur, l'autre couvrant ses yeux, dans une attitude à la fois dévote et virile : ils écoutent l'enfant prier. Un grand silence enveloppe la scène et tel qu'il fait souvenir le savant de certain soir tranquille et d'or, au bord du Nil, où, comme cette prière enfantine s'élève, s'élevait une fumée bleue, toute droite vers un ciel tout pur.

Sans doute, la prière touche à sa fin; l'enfant, à présent, laissant les formules apprises, prie d'abondance, selon la dictée de son cœur; elle prie pour les petits orphelins, pour les malades et pour les pauvres, pour sa sœur Geneviève, pour sa tante Véronique, pour son papa; pour que l'œil de sa chère maman soit vite guéri... Cependant le cœur d'Anthime se contracte; du pas de la porte, très haut, sur un ton qu'il voudrait ironique, on l'entend à l'autre bout de la pièce qui dit :

« Et pour l'oncle, on ne lui demande rien, au bon Dieu ? »

L'enfant alors, d'une voix extraordinairement assurée, reprend, au grand étonnement de chacun :

« Et je Vous prie également, mon Dieu, pour les péchés de l'oncle Anthime. »

Ces mots atteignent l'athée en plein cœur.

VI

Cette nuit Anthime eut un songe. On frappait à la petite porte de sa chambre; non point à la porte du couloir, ni à celle de la chambre voisine : on frappait à une autre porte, une porte dont, à l'état de veille, il ne s'était pas jusqu'alors avisé et qui donnait droit sur la rue. C'est là ce qui fit qu'il eut peur et d'abord, pour toute réponse, se tint coi. Une demi-clarté lui permettait de distinguer les menus objets dans sa chambre, une douce et douteuse clarté pareille à celle qu'eût répandue une veilleuse; pourtant aucune flamme ne veillait. Comme il cherchait à s'expliquer d'où provenait cette lumière, on heurta une seconde fois.

« Qu'est-ce que vous voulez ? » cria-t-il d'une voix tremblante.

A la troisième fois une extraordinaire mollesse l'engourdit, une mollesse telle que tout sentiment de peur s'y fondit (ce qu'il appelait plus tard : une tendresse résignée); soudain il sentit à la fois qu'il était sans résistance et que la porte allait céder. Elle s'ouvrit sans bruit, et durant un instant il ne vit qu'une obscure embrasure, mais où, comme dans une niche, voici que la Sainte Vierge apparut. C'était une courte forme blanche, qu'il prit d'abord pour sa petite nièce Julie, telle qu'il venait de la laisser, les pieds nus dépassant un peu sa chemise; mais, un instant après, il reconnut Celle qu'il avait offensée; je veux dire qu'elle avait l'aspect de la statue du carrefour; et même il distingua la blessure de l'avant-bras droit; pourtant le pâle visage était plus beau, plus souriant encore que de coutume. Sans qu'il la vît précisément marcher, elle avança vers lui comme en glissant, et quand elle fut tout contre son chevet :

« Crois-tu donc, toi qui m'as blessée, lui dit-elle, que j'aie besoin de ma main pour te guérir ? » — et cependant elle levait sur lui sa manche vide.

Il lui semblait à présent que cette étrange clarté émanait d'Elle. Mais, quand la tige de métal entra tout à coup dans son flanc, une atroce douleur le perça et il s'éveilla dans le noir.

Anthime resta peut-être un quart d'heure avant de reprendre ses sens. Il sentait par tout le corps une sorte de torpeur étrange, d'hébétude, puis un fourmillement presque agréable, de sorte que la douleur aiguë à son flanc, il doutait maintenant s'il l'avait vraiment éprouvée ; il ne comprenait plus où commençait, où s'arrêtait son rêve, ni si maintenant il veillait, ni s'il avait rêvé tout à l'heure. Il se palpa, se pinça, se vérifia, sortit un bras du lit, et enfin gratta une allumette. Véronique à ses côtés dormait la face tournée vers le mur.

Alors, débordant les draps, et rejetant les couvertures, il se laissa glisser jusqu'à reposer la pointe des pieds nus sur ses pantoufles. La béquille était là, dressée contre la table de nuit ; sans la prendre, il se souleva sur les mains, repoussant le lit en arrière ; puis enfonça ses pieds dans le cuir ; puis se dressa tout droit sur ses jambes ; puis, incertain encore, un bras étendu en avant, l'autre en arrière, il fit un pas, deux pas le long du lit, trois pas, puis à travers la chambre... Sainte Vierge ! était-il... ? — Sans bruit il enfila ses culottes, repassa son gilet, sa veste... Arrête, ô ma plume imprudente ! Où palpite déjà l'aile d'une âme qui se délivre, qu'importe l'agitation malhabile d'un corps paralysé qui guérit ?

Lorsqu'un quart d'heure après, Véronique, avertie par je ne sais quel pressentiment, s'éveilla, elle s'inquiéta d'abord de ne plus sentir Anthime auprès d'elle ; elle s'inquiéta plus encore lorsque, ayant gratté une allumette, elle aperçut au chevet du lit la béquille, compagne obligée de l'infirme. L'allumette acheva de se consumer entre ses doigts, car Anthime en sortant avait emporté la bougie ; Véronique, à tâtons, se vêtit sommairement, puis, quittant la pièce à son tour, fut aussitôt guidée par le fil de lumière qui glissait sous la porte du galetas.

« Anthime ! Es-tu là, mon ami ? »

Pas de réponse. Cependant Véronique aux écoutes percevait un bruit singulier. Avec angoisse, alors, elle poussa la porte ; ce qu'elle vit la cloua sur le seuil :

Son Anthime était là, en face d'elle ; il n'était assis, ni debout ; le sommet de sa tête, à hauteur de la table, recevait en plein la lumière de la bougie qu'il avait posée sur le bord ; Anthime le savant, l'athée, celui dont le jarret perclus, non plus que la volonté insoumise, depuis des ans n'avait jamais fléchi (car il est à remarquer combien chez lui l'esprit allait de pair avec le corps), Anthime était agenouillé.

Il était à genoux, Anthime ; il tenait à deux mains un petit débris de stuc qu'il trempait de larmes, qu'il couvrait de frénétiques baisers. Il ne se dérangea pas d'abord, et Véronique, devant ce mystère, interdite, n'osant ni reculer ni entrer, déjà pensait à s'agenouiller elle-même, sur le seuil, en face de son mari, quand celui-ci se relevant sans effort, ô miracle ! marcha vers elle d'un pas sûr, en la saisissant à pleins bras :

« Désormais, lui dit-il en la pressant contre son cœur et le visage penché vers elle, — désormais, mon amie, c'est avec moi que tu prieras. »

VII

La conversion du franc-maçon ne pouvait demeurer longtemps secrète. Julius de Baraglioul n'attendit pas un jour pour en faire part au cardinal André, qui l'ébruita dans le parti conservateur et dans le haut clergé français, tandis que Véronique l'annonçait au père Anselme, de sorte que la nouvelle en parvenait bientôt aux oreilles du Vatican.

Sans doute Armand-Dubois avait été l'objet d'une faveur insigne. Que la Vierge lui fût réellement apparue, c'est ce qu'il était peut-être imprudent d'affirmer ; mais quand bien même il l'aurait vue seulement en rêve, sa guérison du moins était là, indéniable, démontrable, miraculeuse assurément.

Or, s'il suffisait peut-être à Anthime d'être guéri, cela ne suffisait pas à l'Église, qui réclama une

abjuration manifeste, prétendant l'entourer d'un insolite éclat.

« Eh quoi! lui disait à quelques jours de là le père Anselme, vous auriez, au cours de vos erreurs, propagé par tous les moyens l'hérésie, et vous vous déroberiez aujourd'hui à l'enseignement supérieur que le ciel entend tirer de vous-même? Combien d'âmes les fausses lueurs de votre vaine science n'ont-elles pas détournées de la lumière! Il vous appartient de les rallier aujourd'hui, et vous hésiteriez à le faire? Que dis-je : il vous appartient? C'est votre strict devoir; et je ne vous ferai point cette injure de supposer que vous ne le sentiez pas. »

Non, Anthime ne se dérobait pas à ce devoir; toutefois il ne laissait pas d'en redouter les conséquences. De gros intérêts qu'il avait en Égypte étaient, nous l'avons dit, entre les mains des francs-maçons. Que pouvait-il sans l'assistance de la Loge? Et comment espérer qu'elle continuerait à soutenir celui qui précisément la reniait. Comme il avait attendu d'elle sa fortune, il se voyait à présent tout ruiné.

Il s'en ouvrit au père Anselme. Celui-ci, qui ne connaissait pas le haut grade d'Anthime, s'en réjouit fort, en pensant que l'abjuration en serait d'autant remarquée. Deux jours après, le haut grade d'Anthime n'était plus un secret pour aucun des lecteurs de l'*Osservatore* ni de la *Santa Croce*.

« Vous me perdez, disait Anthime.

— Eh! mon fils, au contraire, répondait le père Anselme; nous vous apportons le salut. Quant à ce qui est des besoins matériels, n'en ayez cure : l'Église y subviendra. J'ai longuement entretenu de votre cas le cardinal Pazzi qui doit en référer à Rampolla; vous dirai-je enfin que, déjà, votre abjuration n'est pas ignorée de notre Saint-Père; l'Église saura reconnaître ce que vous sacrifiez pour elle et n'entend pas que vous soyez frustré. Au demeurant, ne pensez-vous pas que vous vous exagérez l'efficace (il souriait) des francs-maçons dans l'occurrence? Ce n'est pas que je ne sache qu'il faut trop souvent compter avec eux!... Enfin avez-vous fait l'estimation de ce que vous craignez que leur hostilité ne vous fasse perdre? Dites-nous la somme, à peu près et... (il leva l'index de la main gauche à hauteur

du nez, avec une bénignité malicieuse) et ne craignez rien. »

Dix jours après les fêtes du Jubilé, l'abjuration d'Anthime se fit au Gesu, entouré d'une pompe excessive. Je n'ai pas à relater cette cérémonie dont s'occupèrent tous les journaux italiens de l'époque. Le père T..., socius du général des Jésuites, prononça à cette occasion un de ses plus remarquables discours : Certainement l'âme du franc-maçon était tourmentée jusqu'à la folie, et l'excès même de sa haine était un présage d'amour. L'orateur sacré rappelait Saül de Tarse, découvrait entre le geste iconoclaste d'Anthime et la lapidation de saint Étienne de surprenantes analogies. Et pendant que l'éloquence du révérend père se gonflait et roulait à travers la nef comme roule dans une grotte sonore la houle épaisse des marées, Anthime songeait à la frêle voix de sa nièce, et dans le secret de son cœur remerciait l'enfant d'avoir appelé sur les péchés de l'oncle impie l'attention miséricordieuse de Celle qu'il voulait uniquement servir désormais.

A partir de ce jour, empli de préoccupations plus hautes, c'est à peine si Anthime s'aperçut du bruit qui se faisait autour de son nom. Julius de Baraglioul prenait soin d'en souffrir pour lui, et n'ouvrait pas les journaux sans battements de cœur. Au premier enthousiasme des feuilles orthodoxes répondaient à présent les huées des organes libéraux : à l'important article de l'*Osservatore*, « Une nouvelle victoire de l'Église », faisait pendant la diatribe du *Tempo Felice*, « Un imbécile de plus ». Enfin, dans *La Dépêche de Toulouse*, la chronique d'Anthime, envoyée l'avant-veille de sa guérison, parut précédée d'une notice gouailleuse; Julius répondit au nom de son beau-frère une lettre à la fois digne et sèche pour avertir *La Dépêche* qu'elle n'aurait plus désormais à compter « le converti » parmi ses collaborateurs. La *Zukunft* prit les devants et remercia poliment Anthime. Celui-ci acceptait les coups de ce visage serein qu'apprête l'âme vraiment dévote.

« Heureusement *Le Correspondant* va vous être ouvert; ça, j'en réponds, disait Julius d'une voix sifflante.

— Mais, cher ami, que voulez-vous que j'y écrive? objectait bénévolement Anthime; rien de ce qui m'occupait hier ne m'intéresse plus aujourd'hui. »

Puis le silence s'était fait. Julius avait dû rentrer à Paris.

Anthime cependant, pressé par le père Anselme, avait docilement quitté Rome. Sa ruine matérielle avait vite suivi le retrait de l'appui des Loges; et les visites auxquelles Véronique, confiante dans l'appui de l'Église, le poussait, n'ayant pas eu d'autre résultat que de lasser et finalement d'indisposer le haut clergé, amicalement il avait été conseillé d'aller attendre à Milan la compensation naguère promise et les reliefs d'une faveur céleste éventée.

LIVRE DEUXIÈME

JULIUS DE BARAGLIOUL

> ... puisqu'il ne faut jamais ôter
> le retour à personne.
> RETZ, VIII, p. 93.

I

Le 30 mars, à minuit, les Baraglioul rentrèrent à Paris et réintégrèrent leur appartement de la rue de Verneuil.

Tandis que Marguerite s'apprêtait pour la nuit, Julius, une petite lampe à la main et des pantoufles aux pieds, pénétra dans son cabinet de travail, qu'il ne retrouvait jamais sans plaisir. La décoration de la pièce était sobre; quelques Lépine et un Boudin pendaient aux murs; dans un coin, sur un socle tournant, un marbre, le buste de sa femme par Chapu, faisait une tache un peu crue; au milieu de la pièce, une table Renaissance énorme où, depuis son départ, s'amoncelaient livres, brochures et prospectus; sur un plateau d'émail cloisonné quelques cartes de visite cornées, et à l'écart du reste, appuyée bien en évidence contre un bronze de Barye, une lettre où Julius reconnut l'écriture de son vieux père. Il déchira tout aussitôt l'enveloppe et lut :

Mon cher fils,

Mes forces ont beaucoup diminué ces derniers jours. A de certains avertissements qui ne trompent pas, je comprends qu'il est temps de plier bagage ; aussi bien n'ai-je plus grand profit à attendre d'une station plus prolongée.

Je sais que vous rentrez à Paris cette nuit et je compte que vous voudrez bien me rendre sans tarder un service. En vue de quelques dispositions dont je vous aviserai tôt ensuite, j'ai

besoin de savoir si un jeune homme, du nom de Lafcadio Wluiki (on prononce Louki, le W et l'i se font à peine sentir), habite encore au 12 de l'impasse Claude-Bernard.

Je vous serais obligé de bien vouloir vous rendre à cette adresse et de demander à voir le susdit. (Vous trouverez facilement, romancier que vous êtes, un prétexte pour vous introduire.) Il m'importe de connaître :

1° Ce que fait le jeune homme ;

2° Ce qu'il compte faire (a-t-il de l'ambition ? de quel ordre ?) ;

3° Enfin vous m'indiquerez quels vous paraissent être ses ressources, ses facultés, ses appétits, ses goûts...

Ne cherchez pas à me voir pour l'instant : je suis d'humeur chagrine. Ces renseignements aussi bien pouvez-vous me les écrire en quelques mots. S'il me prend désir de causer, ou si je me sens près du grand départ, je vous ferai signe.

Je vous embrasse.

JUSTE-AGÉNOR DE BARAGLIOUL.

P.-S. — *Ne laissez point paraître que vous venez de ma part ; le jeune homme m'ignore et doit continuer de m'ignorer.*

Lafcadio Wluiki a présentement dix-neuf ans. Sujet roumain. Orphelin.

J'ai parcouru votre dernier livre. Si, après cela, vous n'entrez pas à l'Académie, vous êtes impardonnable d'avoir écrit ces sornettes.

On ne pouvait le nier : le dernier livre de Julius avait mauvaise presse. Bien qu'il fût fatigué, le romancier parcourut les découpures des journaux où l'on citait son nom sans bienveillance. Puis il ouvrit une fenêtre et respira l'air brumeux de la nuit. Les fenêtres du cabinet de Julius donnaient sur des jardins d'ambassade, bassins d'ombre lustrale où les yeux et l'esprit se lavaient des vilenies du monde et de la rue. Il écouta quelques instants le chant pur d'un merle invisible. Puis rentra dans la chambre où Marguerite reposait déjà.

Comme il redoutait l'insomnie il prit sur la commode un flacon de fleur d'oranger dont il faisait fréquent usage. Soucieux des prévenances conjugales, il avait pris cette précaution de poser en contre-bas de la dormeuse la lampe à la mèche baissée; mais un léger tintement du cristal, lorsque, ayant bu, il reposa le verre, atteignit au

profond de son engourdissement Marguerite qui, poussant un gémissement animal, se tourna du côté du mur. Julius, heureux de la tenir pour éveillée, s'approcha d'elle et, tout en se déshabillant :

« Veux-tu savoir comment mon père parle de mon livre ?

— Mon cher ami, ton pauvre père n'a aucun sentiment littéraire, tu me l'as dit cent fois », murmura Marguerite qui ne demandait qu'à dormir. Mais Julius avait trop gros cœur :

« Il dit que je suis inqualifiable d'avoir écrit ces sornettes. »

Il y eut un assez long silence où Marguerite plongea, perdant de vue toute littérature; et déjà Julius prenait son parti d'être seul; mais elle fit, par amour pour lui, un grand effort, et revenant à la surface :

« J'espère que tu ne vas pas te faire du mauvais sang.

— Je prends la chose très froidement, tu le vois bien, reprit aussitôt Julius. Mais ce n'est tout de même pas à mon père, je trouve, qu'il convient de s'exprimer ainsi; à mon père moins qu'à tout autre; et précisément à propos de ce livre, qui n'est, à proprement parler, qu'un monument en son honneur. »

N'était-ce pas, précisément, en effet, la carrière si représentative du vieux diplomate que Julius avait retracée dans ce livre ? En regard des turbulences romantiques, n'y avait-il pas magnifié la digne, calme, classique, à la fois politique et familiale existence de Juste-Agénor ?

« Tu n'as heureusement pas écrit ce livre pour qu'il t'en sache gré.

— Il me fait entendre que j'ai écrit *L'Air des Cimes* pour entrer à l'Académie.

— Et quand cela serait! Et quand tu entrerais à l'Académie pour avoir écrit un beau livre! puis sur un ton de pitié : — Enfin! espérons que les journaux et les revues sauront l'instruire. »

Julius éclata :

« Les journaux! parlons-en!... les revues! » et furieusement, vers Marguerite, comme s'il y allait de sa faute à elle, avec un rire amer : « On m'éreinte de toutes parts. »

Du coup Marguerite se réveilla complètement.

« Tu as reçu beaucoup de critiques ? demanda-t-elle avec sollicitude.

— Et des éloges, d'une émouvante hypocrisie.

— Comme tu faisais bien de les mépriser, ces journalistes ! Mais souviens-toi de ce que t'a écrit avant-hier M. de Vogüé : « Une plume comme la vôtre défend » la France comme une épée. »

— « Une plume comme la vôtre, contre la barbarie » qui nous menace, défend la France mieux qu'une épée », rectifia Julius.

— Et le cardinal André, en te promettant sa voix, t'a affirmé dernièrement encore que tu avais derrière toi toute l'Église.

— Voilà qui me fait une belle jambe !

— Mon ami !...

— Nous venons de voir avec Anthime ce que valait la haute protection du clergé.

— Julius, tu deviens amer. Tu m'as souvent dit que tu ne travaillais pas en vue de la récompense ; ni de l'approbation des autres, et que la tienne te suffisait ; tu as même écrit là-dessus de très belles pages.

— Je sais, je sais », fit Julius impatienté.

Son tourment profond n'avait que faire de ces tisanes. Il passa dans le cabinet de toilette.

Pourquoi se laissait-il aller devant sa femme à ce débordement pitoyable ? Son souci, qui n'est point de la nature de ceux que les épouses savent dorloter et complaindre, par fierté, par vergogne, il devrait l'enfermer en son cœur. « Sornettes ! » Le mot, tandis qu'il se lavait les dents, battait ses tempes, bousculait ses plus nobles pensées. Et qu'importait son dernier livre ! Il oubliait la phrase de son père : du moins il oubliait que cette phrase vînt de son père... Une interrogation affreuse, pour la première fois de sa vie, se soulevait en lui — en lui qui n'avait jamais rencontré jusqu'alors qu'approbation et sourires, — un doute sur la sincérité de ces sourires, sur la valeur de cette approbation, sur la valeur de ses ouvrages, sur la réalité de sa pensée, sur l'authenticité de sa vie.

Il rentra dans la chambre, tenant distraitement d'une main le verre à dents, de l'autre la brosse ; il posa le verre, à demi plein d'une eau rose, sur la commode, la brosse dans le verre, et s'assit devant un petit bonheur-

du-jour en érable où Marguerite avait accoutumé d'écrire sa correspondance. Il saisit le porte-plume de son épouse; sur un papier violâtre et délicatement parfumé commença :

Mon cher père,

Je trouve votre mot ce soir en rentrant. Dès demain je m'acquitterai de cette mission que vous me confiez et que j'espère mener à votre satisfaction, désireux de vous prouver ainsi mon dévouement.

Car Julius est une de ces nobles natures qui, sous le froissement, manifestent leur vraie grandeur. Puis, rejetant le haut du corps en arrière, il demeura quelques instants, balançant sa phrase, la plume levée :
Il m'est dur de voir suspecter précisément par vous un désintéressement qui...
Non. Plutôt :
Pensez-vous que j'attache moins de prix à cette probité littéraire que...
La phrase ne venait pas. Julius était en costume de nuit; il sentit qu'il allait prendre froid, froissa le papier, reprit le verre à dents et l'alla reposer dans le cabinet de toilette, tandis qu'il jetait le papier froissé dans le seau.

Sur le point de monter au lit, il toucha l'épaule de sa femme.

« Et toi, qu'est-ce que tu en penses, de mon livre ? »

Marguerite entrouvrit un œil morne. Julius dut répéter sa question. Marguerite, se retournant à demi, le regarda. Les sourcils relevés sous un amas de rides, les lèvres contractées, Julius faisait pitié.

« Mais qu'est-ce que tu as, mon ami ? Quoi! tu crois donc vraiment que ton dernier livre est moins bon que les autres ? »

Ce n'était pas une réponse, cela; Marguerite se dérobait.

« Je crois que les autres ne sont pas meilleurs que celui-ci; na!

— Oh! alors!... »

Et Marguerite, devant ces excès, perdant cœur et sentant ses tendres arguments inutiles, se retourna vers l'ombre et se rendormit.

II

Malgré certaine curiosité professionnelle et la flatteuse illusion que rien d'humain ne lui devait demeurer étranger, Julius était peu descendu jusqu'à présent hors des coutumes de sa classe et n'avait guère eu de rapports qu'avec des gens de son milieu. L'occasion, plutôt que le goût, lui manquait. Sur le point de sortir pour cette visite, Julius se rendit compte qu'il n'avait point non plus tout à fait le costume qu'il y fallait. Son pardessus, son plastron, son chapeau cronstadt même, présentaient je ne sais quoi de décent, de restreint et de distingué... Mais peut-être, après tout, valait-il mieux que sa mise n'invitât pas à trop brusque familiarité le jeune homme. C'est par les propos, pensait-il, qu'il sied de l'amener à confiance. Et, tout en se dirigeant vers l'impasse Claude-Bernard, Julius imaginait, avec quelles précautions, sous quel prétexte, s'introduire et pousser son inquisition.

Que pouvait bien avoir affaire avec ce Lafcadio le comte Juste-Agénor de Baraglioul ? La question bourdonnait autour de Julius, importune. Ce n'est pas maintenant qu'il venait d'achever d'écrire la vie de son père, qu'il allait se permettre des questions à son sujet. Il n'en voulait savoir que ce que son père voudrait lui dire. Ces dernières années le comte était devenu taciturne, mais il n'avait jamais été cachottier. Une averse surprit Julius tandis qu'il traversait le Luxembourg.

Impasse Claude-Bernard, devant la porte du 12, un fiacre stationnait où Julius, en passant, put distinguer, sous un trop grand chapeau, une dame à toilette un peu tapageuse.

Son cœur battit tandis qu'il jetait le nom de Lafcadio Wluiki au portier de la maison meublée ; il semblait au romancier qu'il s'enfonçât dans l'aventure ; mais tandis qu'il montait l'escalier, la médiocrité du lieu, l'insignifiance du décor le rebutèrent ; sa curiosité, qui ne trouvait où s'alimenter, fléchissait et cédait à la répugnance.

Au quatrième étage le couloir sans tapis, qui ne

recevait de jour que par la cage d'escalier, à quelques
pas du palier faisait coude; de droite et de gauche, des
portes closes y donnaient, celle du fond, entrouverte,
laissait passer un mince rais de jour. Julius frappa; en
vain; timidement poussa la porte un peu plus; personne
dans la chambre. Julius redescendit.

« S'il n'est pas là, il ne tardera pas à rentrer », avait
dit le portier.

La pluie tombait à flots. Dans le vestibule, en face de
l'escalier, ouvrait un salon d'attente où Julius allait
pénétrer; l'odeur poisseuse, l'aspect désespéré du lieu
le reculèrent jusqu'à penser qu'il eût aussi bien pu
pousser la porte, là-haut, et de pied ferme attendre le
jeune homme dans la chambre. Julius remonta.

Comme il tournait à nouveau le corridor, une femme
sortit de la chambre voisine de celle du fond. Julius
donna contre elle et s'excusa.

« Vous désirez ?...
— Monsieur Wluiki, c'est bien ici ?
— Il est sorti.
— Ah! fit Julius, sur un ton de contrariété si vive
que la femme lui demanda :
— C'est pressé, ce que vous aviez à lui dire ? »

Julius, uniquement armé pour affronter l'inconnu
Lafcadio, restait décontenancé; pourtant l'occasion était
belle; cette femme, peut-être, en savait long sur le
jeune homme; s'il savait la faire parler...

« C'est un renseignement que je voulais lui demander.
— De la part de qui ? »

Me croirait-elle de la police ? pensa Julius.

« Je suis le comte Julius de Baraglioul, dit-il d'une
voix un peu solennelle, en soulevant légèrement son
chapeau.
— Oh! Monsieur le comte... Je vous demande bien
pardon de ne pas vous avoir... Dans ce couloir il fait si
sombre! Donnez-vous la peine d'entrer. (Elle poussa
la porte du fond.) Lafcadio ne doit pas tarder à... Il a
seulement été jusque chez le... Oh! permettez!... »

Et, comme Julius allait entrer, elle s'élança d'abord
dans la pièce, vers un pantalon de femme, indiscrètement
étalé sur une chaise, que, ne parvenant pas à dissimuler,
elle s'efforça du moins de réduire.

« C'est dans un tel désordre ici...

— Laissez! laissez! Je suis habitué », disait complaisamment Julius.

Carola Venitequa était une jeune femme assez forte, ou mieux : un peu grasse, mais bien faite et saine d'aspect, de traits communs mais non vulgaires et passablement engageants, au regard animal et doux, à la voix bêlante. Comme elle était prête à sortir, un petit feutre mou la coiffait; sur son corsage en forme de blouse, qu'un nœud marin coupait par le milieu, elle portait un col d'homme et des poignets blancs.

« Il y a longtemps que vous connaissez Monsieur Wluiki ?

— Je pourrais peut-être lui faire votre commission ? reprenait-elle sans répondre.

— Voilà... J'aurais voulu savoir s'il est très occupé pour le moment !

— Ça dépend des jours.

— Parce que, s'il avait eu un peu de temps de libre, je pensais lui demander de... s'occuper pour moi d'un petit travail.

— Dans quel genre ?

— Eh bien! précisément, voilà... j'aurais voulu d'abord connaître un peu le genre de ses occupations. »

La question était sans astuce, mais l'apparence de Carola n'invitait guère aux subtilités. Cependant le comte de Baraglioul avait recouvré son assurance; il était assis à présent sur la chaise qu'avait débarrassée Carola, et celle-ci, près de lui, accotée contre la table, déjà commençait de parler, lorsqu'un grand bruit se fit dans le corridor : la porte s'ouvrit avec fracas et cette femme parut, que Julius avait aperçue dans la voiture.

« J'en étais sûre, dit-elle; quand je l'ai vu monter... »

Et Carola, tout aussitôt, s'écartant un peu de Julius :

« Mais pas du tout, ma chère... nous causions. Mon amie Bertha Grand-Marnier; Monsieur le comte... pardon! voilà que j'ai oublié votre nom!

— Peu importe, fit Julius, un peu contraint, en serrant la main gantée que Bertha lui tendait.

— Présente-moi aussi, dit Carola.

— Écoute, ma petite : voilà une heure qu'on nous attend, reprit l'autre, après avoir présenté son amie. Si tu veux causer avec Monsieur, emmène-le : j'ai une voiture.

— Mais ce n'est pas moi qu'il venait voir.
— Alors viens ! Vous dînerez ce soir avec nous ?...
— Je regrette beaucoup.
— Excusez-moi, Monsieur, dit Carola rougissante, et pressée à présent d'emmener son amie. Lafcadio va rentrer d'un moment à l'autre. »

Les deux femmes en sortant avaient laissé la porte ouverte ; sans tapis, le couloir était sonore ; le coude qu'il faisait empêchait qu'on ne vît venir ; mais on entendait approcher.

« Après tout, mieux que la femme encore, la chambre me renseignera, j'espère », se dit Julius. Tranquillement il commença d'examiner.

Presque rien dans cette banale chambre meublée ne se prêtait hélas ! à sa curiosité malexperte :

Pas de bibliothèque, pas de cadres aux murs. Sur la cheminée, la *Moll Flanders* de Daniel Defoe, en anglais, dans une vile édition coupée seulement aux deux tiers, et les *Novelle* d'Anton Francesco Grazzini, dit le Lasca, en italien. Ces deux livres intriguèrent Julius. A côté d'eux, derrière un flacon d'alcool de menthe, une photographie ne l'inquiéta pas moins : sur une plage de sable, une femme, non plus très jeune, mais étrangement belle, penchée au bras d'un homme de type anglais très accusé, élégant et svelte, en costume de sport ; à leurs pieds, assis sur une périssoire renversée, un robuste enfant d'une quinzaine d'années, aux épais cheveux clairs en désordre, l'air effronté, rieur, et complètement nu.

Julius prit la photographie et l'approcha du jour pour lire, au coin de droite, quelques mots pâlis : *Duino ; juillet 1886*, — qui ne lui apprirent pas grand-chose, bien qu'il se souvînt que Duino est une petite bourgade sur le littoral autrichien de l'Adriatique. Hochant la tête de haut en bas et les lèvres pincées, il reposa la photographie. Dans l'âtre froid de la cheminée se réfugiaient une boîte de farine d'avoine, un sac de lentilles et un sac de riz ; dressé contre le mur, un peu plus loin, un échiquier. Rien ne laissait entrevoir à Julius le genre d'études ou d'occupations auxquelles ce jeune homme employait ses journées.

Lafcadio venait apparemment de déjeuner ; sur une

table, dans une petite casserole, au-dessus d'un réchaud à essence, trempait encore ce petit œuf creux, en métal perforé, dont se servent pour préparer leur thé les touristes soucieux du moindre bagage; et des miettes autour d'une tasse salie. Julius s'approcha de la table; la table avait un tiroir et le tiroir avait sa clef...

Je ne voudrais pas qu'on se méprît sur le caractère de Julius, à ce qui va suivre : Julius n'était rien moins qu'indiscret; il respectait, de la vie de chacun, ce revêtement qu'il plaît à chacun de lui donner; il tenait en grand respect les décences. Mais, devant l'ordre de son père, il devait plier son humeur. Il attendit encore un instant, prêtant l'oreille, puis, n'entendant rien venir — contre son gré, contre ses principes, mais avec le sentiment délicat du devoir — il amena le tiroir de la table dont la clef n'était pas tournée.

Un carnet relié en cuir de Russie se trouvait là; que prit Julius et qu'il ouvrit. Il lut sur la première page ces mots, de la même écriture que ceux de la photographie :

A Cadio, pour qu'il y inscrive ses comptes,
A mon loyal compagnon, son vieux oncle,

FABY.

et presque sans intervalle, au-dessous, d'une écriture un peu enfantine, sage, droite et régulière :

Duino. Ce matin, 10 juillet 86, lord Fabian est venu nous rejoindre ici. Il m'apporte une périssoire, une carabine et ce beau carnet.

Rien d'autre sur cette première page.
Sur la troisième page, à la date du *29 août,* on lisait :

Rendu 4 brasses à Faby. — Et le lendemain :
Rendu 12 brasses...

Julius comprit qu'il n'y avait là qu'un carnet d'entraînement. La liste des jours, toutefois, s'interrompait bientôt, et, après une page blanche, on lisait :

20 septembre : Départ d'Alger pour l'Aurès.

Puis quelques indications de lieux et de dates; et, enfin cette dernière indication :

5 octobre : Retour à El Kantara. 50 kilom. on horseback, sans arrêt.

Julius tourna quelques feuillets blancs; mais un peu plus loin le carnet semblait reprendre à neuf. En manière de nouveau titre, au chef d'une page était écrit en caractères plus grands et appliqués :

QUI INCOMINCIA IL LIBRO
DELLA NOVA ESIGENZA
E
DELLA SUPREMA VIRTU.

Tanto quanto se ne taglia.
BOCCACIO.

Devant l'expression d'idées morales l'intérêt de Julius s'éveillait brusquement; c'était gibier pour lui.

Mais dès la page suivante il fut déçu : on retombait dans la comptabilité. Pourtant c'était une comptabilité d'un autre ordre. On lisait, sans plus d'indication de dates ni de lieux :

Pour avoir gagné Protos aux échecs — 1 punta.
Pour avoir laissé voir que je parlais italien — 3 punte.
Pour avoir répondu avant Protos — 1 p.
Pour avoir eu le dernier mot — 1 p.
Pour avoir pleuré en apprenant la mort de Faby — 4 p.

Julius, qui lisait hâtivement, prit « punta » pour une pièce de monnaie étrangère et ne vit dans ces comptes qu'un puéril et mesquin marchandage de mérites et de rétributions. Puis, de nouveau, les comptes cessaient. Julius tournait encore la page, lisait :

Ce 4 avril, conversation avec Protos :
« *Comprends-tu ce qu'il y a dans ces mots :* PASSER OUTRE ? »

Là s'arrêtait l'écriture.

Julius haussa les épaules, serra les lèvres, hocha la tête et remit en place le cahier. Il tira sa montre, se leva, s'approcha de la fenêtre, regarda dehors; la pluie avait cessé. Il se dirigea vers le coin de la chambre où, en entrant, il avait posé son parapluie; c'est à ce moment

qu'il vit, appuyé un peu en retrait, dans l'embrasure de la porte, un beau jeune homme blond qui l'observait en souriant.

III

L'ADOLESCENT de la photographie avait à peine mûri; Juste-Agénor avait dit : dix-neuf ans; on ne lui en eût pas donné plus de seize. Certainement Lafcadio venait seulement d'arriver; en remettant à sa place le carnet, Julius avait déjà levé les yeux vers la porte et n'avait vu personne; mais comment ne l'avait-il pas entendu approcher ? alors, instinctivement, regardant les pieds du jeune homme, Julius vit qu'en guise de bottines il avait chaussé des caoutchoucs.

Lafcadio souriait d'un sourire qui n'avait rien d'hostile; il semblait plutôt amusé, mais ironique; il avait gardé sur la tête une casquette de voyage, mais, dès qu'il rencontra le regard de Julius, se découvrit et s'inclina cérémonieusement.

« Monsieur Wluiki ? » demanda Julius.

Le jeune homme s'inclina de nouveau sans répondre.

« Pardonnez-moi de m'être installé dans votre chambre à vous attendre. A vrai dire, je n'aurais pas osé y entrer de moi-même et si l'on ne m'y avait introduit. »

Julius parlait plus vite et plus haut que de coutume, pour se prouver qu'il n'était point gêné. Le front de Lafcadio se fronça presque insensiblement; il alla vers le parapluie de Julius; sans mot dire, le prit et le mit à ruisseler dans le couloir; puis, rentrant dans la chambre, fit signe à Julius de s'asseoir.

« Sans doute vous étonnez-vous de me voir ? »

Lafcadio tira tranquillement une cigarette d'un étui d'argent et l'alluma.

« Je m'en vais vous expliquer en peu de mots les raisons qui m'amènent, et que vous allez comprendre très vite... »

Plus il parlait, plus il sentait se volatiliser son assurance.

« Voici... Mais permettez d'abord que je me nomme; » — puis, comme gêné d'avoir à prononcer son nom, il

tira de son gilet une carte et la tendit à Lafcadio, qui la posa, sans la regarder, sur la table.

« Je suis... Je viens d'achever un travail assez important; c'est un petit travail que je n'ai pas le temps de mettre au net moi-même. Quelqu'un m'a parlé de vous comme ayant une excellente écriture, et j'ai pensé que, d'autre part — ici le regard de Julius circula éloquemment à travers le dénuement de la pièce — j'ai pensé que vous ne seriez peut-être pas fâché de...

— Il n'y a personne à Paris, interrompit alors Lafcadio, personne qui ait pu vous parler de mon écriture. — Il porta alors les yeux sur le tiroir où Julius avait, sans s'en douter, fait sauter un imperceptible sceau de cire molle, puis tournant violemment la clef dans la serrure et la mettant ensuite dans sa poche — personne qui ait le droit d'en parler, reprit-il en regardant Julius rougir. — D'autre part (il parlait très lentement, comme bêtement, sans intonation aucune), je ne discerne pas encore nettement les raisons que peut avoir Monsieur... (il regarda la carte), que peut avoir de s'intéresser particulièrement à moi le comte Julius de Baraglioul. Cependant (et sa voix soudain, à l'instar de celle de Julius, se fit onctueuse et flexible), votre proposition mérite d'être prise en considération par quelqu'un qui a besoin d'argent, ainsi qu'il ne vous a pas échappé. (Il se leva.) — Permettez-moi, Monsieur, de venir vous porter ma réponse demain matin. »

L'invite à sortir était nette. Julius se sentait en trop mauvaise posture pour insister; il prit son chapeau, hésita un instant :

« J'aurais voulu causer avec vous davantage, dit-il gauchement. Permettez-moi d'espérer que demain... Je vous attendrai dès dix heures. »

Lafcadio s'inclina.

Sitôt que Julius eut tourné le couloir, Lafcadio repoussa la porte et tira le verrou. Il courut au tiroir, sortit son cahier, l'ouvrit à la dernière page indiscrète et, juste au point où, depuis bien des mois, il l'avait laissé, il écrivit au crayon, d'une grande écriture, cabrée, très différente de la première :

Pour avoir laissé Olibrius fourrer son sale nez dans ce carnet — 1 punta.

Il tira de sa poche un canif, dont une lame très effilée ne formait plus qu'une sorte de court poinçon, la flamba sur une allumette et, à travers la poche de sa culotte, d'un coup, se l'enfonça dans la cuisse. Il ne put réprimer une grimace. Mais cela ne lui suffit pas. Au-dessous de sa phrase, sans s'asseoir, penché sur la table, il récrivit :

Et pour lui avoir montré que je le savais — 2 punte.

Cette fois il hésita; détacha sa culotte et la rabattit de côté. Il regarda sa cuisse où la petite blessure qu'il venait de faire saignait; il examina d'anciennes cicatrices qui, tout autour, laissaient comme des traces de vaccin. Il flamba la lame à nouveau, puis, très vite, par deux fois, l'enfonça derechef dans sa chair.

« Je ne prenais pas tant de précautions autrefois, » se dit-il en allant au flacon d'alcool de menthe, dont il versa quelques gouttes sur les plaies.

Sa colère était un peu calmée, lorsque, en reposant le flacon, il remarqua que la photographie qui le représentait avec sa mère n'était plus tout à fait à la même place. Alors il la saisit, la contempla une dernière fois avec une sorte de détresse, puis, tandis qu'un flot de sang lui montait au visage, la déchira rageusement. Il voulut mettre le feu aux morceaux; mais ceux-ci prenaient mal la flamme; alors, débarrassant la cheminée des sacs qui l'encombraient, il posa dans le foyer, en guise de chenets, ses deux seuls livres, dépeça, lacéra, chiffonna son carnet, jeta, par-dessus, son image et alluma le tout.

Le visage contre la flamme, il se persuadait que, ces souvenirs, il les voyait brûler avec un contentement indicible; mais quand il se releva, après que tout fût en cendre, la tête lui tournait un peu. La chambre était pleine de fumée. Il alla à sa toilette et s'épongea le front.

A présent, il considérait la petite carte de visite d'un œil plus clair.

« *Comte Julius de Baraglioul,* répétait-il. Dapprima importa sapere chi é. »

Il arracha le foulard qu'il portait en guise de cravate et de col, défit à demi sa chemise et, devant la fenêtre ouverte, laissa l'air frais baigner ses flancs. Puis, soudain

pressé de sortir, promptement chaussé, cravaté, coiffé d'un décent feutre gris — apaisé et civilisé dans la mesure du possible, — Lafcadio ferma derrière lui la porte de sa chambre et s'achemina vers la place Saint-Sulpice. Là, en face de la mairie, à la bibliothèque Cardinal, il trouverait sans doute les renseignements qu'il souhaitait.

IV

En passant sous l'Odéon, le roman de Julius, exposé, frappa ses regards; c'était un livre à couverture jaune, dont l'aspect seul eût fait bâiller Lafcadio tout autre jour. Il tâta son gousset et jeta un écu de cent sous sur le comptoir.

« Quel beau feu pour ce soir! » pensa-t-il, en emportant livre et monnaie.

A la bibliothèque, un « dictionnaire des contemporains » retraçait en peu de mots la carrière amorphe de Julius, donnait les titres de ses ouvrages, les louait en termes convenus, propres à rebuter tout désir.

Pouah! fit Lafcadio... Il allait refermer le dictionnaire, quand trois mots de l'article précédent entrevus le firent sursauter. Quelques lignes au-dessus de :
Julius de Baraglioul (Vmte), dans la biographie de *Juste-Agénor,* Lafcadio lisait : « *Ministre à Bucharest en 1873* ». Qu'avaient ces simples mots à faire ainsi battre son cœur?

Lafcadio, à qui sa mère avait donné cinq oncles, n'avait jamais connu son père; il acceptait de le tenir pour mort et s'était toujours abstenu de questionner à son sujet. Quant aux oncles (chacun de nationalité différente, et trois d'entre eux dans la diplomatie), il s'était assez vite avisé qu'ils n'avaient avec lui d'autre parenté que celle qu'il plaisait à la belle Wanda de leur prêter. Or Lafcadio venait de prendre dix-neuf ans. Il était né à Bucharest en 1874, précisément à la fin de la seconde année où le comte de Baraglioul y avait été retenu par ses fonctions.

Mis en éveil par cette visite mystérieuse de Julius, comment n'aurait-il pas vu là plus qu'une fortuite coïncidence? Il fit un grand effort pour lire l'article

Juste-Agénor ; mais les lignes tourbillonnaient devant ses yeux ; tout au moins comprit-il que le comte de Baraglioul, père de Julius, était un homme considérable.

Une joie insolente éclata dans son cœur, y menant un tel tapage qu'il pensa qu'on allait l'entendre au-dehors ! Mais non ! ce vêtement de chair était décidément solide, imperméable. Il considéra sournoisement ses voisins, habitués de la salle de lecture, tous absorbés dans leur travail stupide... Il calculait : « Né en 1821, le comte aurait soixante-douze ans. *Ma chi sa se vive ancora ?...* » Il remit en place le dictionnaire et sortit.

L'azur se dégageait de quelques nuages légers que bousculait une brise assez vive. « *Importa di domesticare questo nuovo proposito* », se dit Lafcadio, qui prisait par-dessus tout la libre disposition de soi-même ; et, désespérant de mettre au pas cette turbulente pensée, il résolut de la bannir pour un moment de sa cervelle. Il tira de sa poche le roman de Julius et fit un grand effort pour s'y distraire ; mais le livre était sans détour ni mystère, et rien n'était moins propre à lui permettre de s'échapper.

« C'est pourtant chez l'auteur de *cela* que demain je m'en vais jouer au secrétaire ! » se répétait-il malgré lui.

Il acheta le journal à un kiosque, et entra dans le Luxembourg. Les bancs étaient trempés ; il ouvrit le livre, s'assit dessus et déploya le journal pour lire les faits divers. Tout de suite, comme s'il avait su devoir les trouver là, ses yeux tombèrent sur ces lignes :

La santé du comte Juste-Agénor de Baraglioul, qui, comme l'on sait, avait donné de graves inquiétudes ces derniers jours, semble devoir se remettre ; son état reste néanmoins encore précaire et ne lui permet de recevoir que quelques intimes.

Lafcadio bondit de dessus le banc ; en un instant sa résolution fut prise. Oubliant le livre, il s'élança vers une papeterie de la rue Médicis où il se souvenait d'avoir vu, à la devanture, promettre des *cartes de visite à la minute, à trois francs le cent.* Il souriait en marchant ; la hardiesse de son projet subit l'amusait, car il était en mal d'aventure.

« Combien de temps pour me livrer un cent de cartes ? demanda-t-il au marchand.

— Vous les aurez avant la nuit.

— Je paie double si vous les livrez dès deux heures. »

Le marchand feignit de consulter son livre de commandes.

« Pour vous obliger... oui, vous pourrez passer les prendre à deux heures. A quel nom ? »

Alors, sur la feuille que lui tendit l'homme, sans trembler, sans rougir, mais le cœur un peu sursautant, il signa :

LAFCADIO DE BARAGLIOUL

« Ce faquin ne me prend pas au sérieux », se dit-il en partant, piqué de ne recevoir pas un salut plus profond du fournisseur. Puis, comme il passait devant la glace d'une devanture : « Il faut reconnaître que je n'ai guère l'air Baraglioul! Nous tâcherons d'ici tantôt de nous faire plus ressemblant. »

Il n'était pas midi. Lafcadio, qu'une exaltation fantasque emplissait, ne se sentait point d'appétit encore.

« Marchons un peu, d'abord, ou je vais m'envoler, pensait-il. Et gardons le milieu de la chaussée; si je m'approche d'eux, ces passants vont s'apercevoir que je les dépasse énormément de la tête. Une supériorité de plus à cacher. On n'a jamais fini de parfaire un apprentissage. »

Il entra dans un bureau de poste.

« Place Malesherbes... ce sera pour tantôt! se dit-il en relevant dans un annuaire l'adresse du comte Juste-Agénor. — Mais qui m'empêche ce matin de pousser une reconnaissance jusqu'à la rue de Verneuil ? (c'était l'adresse inscrite sur la carte de Julius). »

Lafcadio connaissait ce quartier et l'aimait; quittant les rues trop fréquentées, il fit détour par la tranquille rue Vaneau où sa plus jeune joie pourrait respirer mieux à l'aise. Comme il tournait la rue de Babylone il vit des gens courir; près de l'impasse Oudinot un attroupement se formait devant une maison à deux étages d'où sortait une assez maussade fumée. Il se força de ne point allonger le pas malgré qu'il l'eût très élastique...

« Lafcadio, mon ami, vous donnez dans un fait divers et ma plume vous abandonne. N'attendez pas que je rapporte les propos interrompus d'une foule, les cris... »

Pénétrant, traversant cette tourbe comme une anguille,

Lafcadio parvint au premier rang. Là sanglotait une pauvresse agenouillée.

« Mes enfants! mes petits enfants! » disait-elle.

Une jeune fille la soutenait, dont la mise simplement élégante dénonçait qu'elle n'était point sa parente; très pâle, et si belle qu'aussitôt attiré par elle Lafcadio l'interrogea.

« Non, Monsieur, je ne la connais pas. Tout ce que j'ai compris, c'est que ses deux petits enfants sont dans cette chambre au second, où bientôt vont atteindre les flammes; elles ont conquis l'escalier; on a prévenu les pompiers, mais, le temps qu'ils viennent, la fumée aura étouffé ces petits... Dites, Monsieur, ne serait-il pourtant pas possible d'atteindre au balcon par ce mur, et, voyez, en s'aidant de ce mince tuyau de descente? C'est un chemin qu'ont déjà pris une fois des voleurs, disent ceux-ci; mais ce que d'autres ont fait pour voler, aucun ici, pour sauver des enfants, n'ose le faire. En vain j'ai promis cette bourse. Ah! que ne suis-je un homme!... »

Lafcadio n'en écouta pas plus long. Posant sa canne et son chapeau aux pieds de la jeune fille, il s'élança. Pour agripper le sommet du mur il n'eut recours à l'aide de personne; une traction le rétablit; à présent, tout debout, il avançait sur cette crête, évitant les tessons qui la hérissaient par endroits.

Mais l'ébahissement de la foule redoubla lorsque, saisissant le conduit vertical, on le vit s'élever à la force des bras, prenant à peine appui, de-ci de-là, du bout des pieds aux pitons de support. Le voici qui touche au balcon, dont il empoigne d'une main la grille; la foule admire et ne tremble plus, car vraiment son aisance est parfaite. D'un coup d'épaule, il a fait voler en éclats les carreaux; il disparaît dans la pièce... Moment d'attente et d'angoisse indicible... Puis on le voit reparaître, tenant un marmot pleurant dans ses bras. D'un drap de lit qu'il a déchiré et dont il a noué bout à bout les deux lés, il a fait une sorte de corde; il attache l'enfant, le descend jusqu'aux bras de sa mère éperdue. Le second a le même sort...

Quand Lafcadio descendit à son tour, la foule l'acclamait comme un héros :

« On me prend pour un clown », pensa-t-il, exaspéré de se sentir rougir, et repoussant l'ovation avec une

mauvaise grâce brutale. Pourtant, lorsque la jeune fille, de laquelle il s'était de nouveau rapproché, lui tendit confusément, avec sa canne et son chapeau, cette bourse qu'elle avait promise, il la prit en souriant et, l'ayant vidée des soixante francs qu'elle contenait, tendit l'argent à la pauvre mère qui maintenant étouffait ses fils de baisers.

« Me permettez-vous de garder la bourse en souvenir de vous, Mademoiselle ? »

C'était une petite bourse brodée, qu'il baisa. Tous deux se regardèrent un instant. La jeune fille semblait émue, plus pâle encore et comme désireuse de parler. Mais brusquement s'échappa Lafcadio, fendant la foule à coups de canne, l'air si froncé qu'on s'arrêta presque aussitôt de l'acclamer et de le suivre.

Il regagna le Luxembourg, puis, après un sommaire repas au *Gambrinus* voisin de l'Odéon, remonta prestement dans sa chambre. Sous une latte du plancher, il dissimulait ses ressources; trois pièces de vingt francs et une de dix sortirent de la cachette. Il calcula :

Cartes de visite : six francs.

Une paire de gants : cinq francs.

Une cravate : cinq francs (et qu'est-ce que je trouverai de propre pour ce prix-là ?)

Une paire de chaussures : trente-cinq francs (je ne leur demanderai pas long usage).

Reste dix-neuf francs pour le fortuit.

(Par horreur du devoir Lafcadio payait toujours comptant.)

Il alla vers une armoire et sortit un complet de souple cheviote sombre, de coupe parfaite, point fatigué :

« Le malheur c'est que j'ai grandi, depuis... » se dit-il en se ressouvenant de la brillante époque, non lointaine, où le marquis de Gesvres, son dernier oncle, l'emmenait tout fringant chez ses fournisseurs.

La malséance d'un vêtement était pour Lafcadio choquante autant que pour le calviniste un mensonge.

« Au plus pressé d'abord. Mon oncle de Gesvres disait qu'on reconnaît l'homme aux chaussures. »

Et par égard pour les souliers qu'il allait essayer, il commença par changer de chaussettes.

V

Le comte Juste-Agénor de Baraglioul n'avait plus quitté depuis cinq ans son luxueux appartement de la place Malesherbes. C'est là qu'il se préparait à mourir, errant pensivement dans ces salles encombrées de collections, ou, plus souvent, confiné dans sa chambre et prêtant ses épaules et ses bras douloureux au bienfait des serviettes chaudes et des compresses sédatives. Un énorme foulard couleur madère enveloppait sa tête admirable en manière de turban, dont une extrémité restait flottante et rejoignait la dentelle de son col et l'épais gilet justaucorps de laine havane sur lequel sa barbe en cascade d'argent s'épandait. Ses pieds gantés de babouches en cuir blanc posaient sur un coussin d'eau chaude. Il plongeait tour à tour l'une et l'autre de ses mains exsangues dans un bain de sable brûlant, au-dessous duquel une lampe à alcool veillait. Un châle gris couvrait ses genoux. Certainement il ressemblait à Julius; mais davantage encore à quelque portrait du Titien; et Julius ne donnait de ses traits qu'une réplique affadie, comme il n'avait donné dans *L'Air des Cimes* qu'une image édulcorée de sa vie, et réduite à l'insignifiance.

Juste-Agénor de Baraglioul buvait une tasse de tisane en écoutant une homélie du père Avril, son confesseur, qu'il avait pris l'habitude de consulter fréquemment; à ce moment, on frappa à la porte et le fidèle Hector, qui depuis vingt ans remplissait auprès de lui les fonctions de valet de pied, de garde-malade et au besoin de conseiller, apporta sur un plateau de laque une petite enveloppe fermée.

« Ce Monsieur espère que Monsieur le comte voudra bien le recevoir. »

Juste-Agénor posa sa tasse, déchira l'enveloppe et en tira la carte de Lafcadio. Il la froissa nerveusement dans sa main :

« Dites que... puis, se maîtrisant : Un Monsieur ? tu veux dire : un jeune homme ? Enfin quel genre de personne est-ce ?

— Quelqu'un que Monsieur peut recevoir.

— Mon cher abbé, dit le comte en se tournant vers le père Avril, excusez-moi s'il me faut vous prier d'arrêter là notre entretien; mais ne manquez pas de revenir demain; sans doute aurai-je du nouveau à vous apprendre, et je pense que vous serez satisfait. »

Il garda le front dans la main, tandis que le père Avril se retirait par la porte du salon; puis, relevant enfin la tête :

« Fais entrer. »

Lafcadio s'avança dans la pièce le front haut, avec une mâle assurance; arrivé devant le vieillard, il s'inclina gravement. Comme il s'était promis de ne parler point avant d'avoir pris temps de compter jusqu'à douze, ce fut le comte qui commença :

« D'abord sachez, Monsieur, qu'il n'y a pas de Lafcadio de Baraglioul, dit-il en déchirant la carte; et veuillez avertir Monsieur Lafcadio Wluiki, puisqu'il est de vos amis, que s'il s'avise de jouer de ces cartons, s'il ne les déchire pas tous comme je fais celui-ci (il le réduisit en très petits morceaux qu'il jeta dans sa tasse vide), je signale aussitôt à la police et le fais arrêter comme un vulgaire flibustier. Vous m'avez compris ?... Maintenant venez au jour, que je vous regarde.

— Lafcadio Wluiki vous obéira, Monsieur. (Sa voix très déférente tremblait un peu.) Pardonnez le moyen qu'il a pris pour s'introduire auprès de vous; dans son esprit il n'est entré aucune intention malhonnête. Il voudrait vous convaincre qu'il mérite... au moins votre estime.

— Vous êtes bien bâti. Mais cet habit vous va mal, reprit le comte qui ne voulait avoir rien entendu.

— Je ne m'étais donc pas mépris ? dit, en hasardant un sourire, Lafcadio qui se prêtait complaisamment à l'examen.

— Dieu merci! c'est à sa mère qu'il ressemble », murmura le vieux Baraglioul.

Lafcadio prit son temps, puis, à voix presque basse et regardant le comte fixement :

« Si je ne laisse pas trop paraître, m'est-il tout à fait défendu de ressembler aussi à...

— Je parlais du physique. Quand vous ne tiendriez pas de votre mère seulement, Dieu ne me laissera pas le temps de le reconnaître. »

A ce moment le châle gris glissa de ses genoux à terre.

Lafcadio s'élança, et, tandis qu'il était courbé, sentit la main du vieux peser doucement sur son épaule.

« Lafcadio Wluiki, reprit Juste-Agénor quand il fut redressé, mes instants sont comptés; je ne lutterai pas de finesse avec vous; cela me fatiguerait. Je consens que vous ne soyez pas bête; il me plaît que vous ne soyez pas laid. Ce que vous venez de risquer annonce un peu de braverie, qui ne vous messied pas; j'ai d'abord cru à de l'impudence, mais votre voix, votre maintien me rassurent. Pour le reste, j'avais demandé à mon fils Julius de m'en instruire; mais je m'aperçois que cela ne m'intéresse pas beaucoup, et m'importe moins que de vous avoir vu. Maintenant, Lafcadio, écoutez-moi : Aucun acte civil, aucun papier ne témoigne de votre identité. J'ai pris soin de ne vous laisser les possibilités d'aucun recours. Non, ne protestez pas de vos sentiments, c'est inutile; ne m'interrompez pas. Votre silence jusqu'aujourd'hui m'est garant que votre mère avait su garder sa promesse de ne point vous parler de moi. C'est bien. Ainsi que j'en avais pris l'engagement vis-à-vis d'elle, vous connaîtrez l'effet de ma reconnaissance. Par l'entremise de Julius, mon fils, nonobstant les difficultés de la loi, je vous ferai tenir cette part d'héritage que j'ai dit à votre mère que je vous réserverais. C'est-à-dire que, sur mon autre enfant, la comtesse Guy de Saint-Prix, j'avantagerai mon fils Julius dans la mesure où la loi m'y autorise, et précisément de la somme que je voudrais, à travers lui, vous laisser. Cela s'élèvera, je pense, à... mettons quarante mille livres de rente; je dois voir mon notaire tantôt et j'examinerai ces chiffres avec lui... Asseyez-vous, si vous devez être mieux pour m'entendre. (Lafcadio venait de s'appuyer au bord de la table.) Julius peut s'opposer à tout cela; il a la loi pour lui; je compte sur son honnêteté pour n'en rien faire; je compte sur la vôtre pour ne jamais troubler la famille de Julius, non plus que votre mère n'avait jamais troublé la mienne. Pour Julius et les siens, Lafcadio Wluiki seul existe. Je ne veux pas que vous portiez mon deuil. Mon enfant, la famille est une grande chose fermée; vous ne serez jamais qu'un bâtard. »

Lafcadio ne s'était pas assis malgré l'invitation de son père qui l'avait surpris chancelant; déjà maîtrisé le vertige, il s'appuyait au rebord de la table où posaient la tasse et les réchauds; il gardait une posture très déférente.

« Dites-moi, maintenant : vous avez donc vu ce matin mon fils Julius. Il vous a dit...

— Il n'a rien dit précisément; j'ai deviné.

— Le maladroit!... oh! c'est de l'autre que je parle... Devez-vous le revoir ?

— Il m'a prié en qualité de secrétaire.

— Vous avez accepté ?

— Cela vous déplaît-il ?

— ... Non. Mais je crois qu'il vaut mieux que vous ne vous... reconnaissiez pas.

— Je le pensais aussi. Mais, sans le reconnaître précisément, je voudrais le connaître un peu.

— Vous n'avez pourtant pas l'intention, je suppose, de demeurer longtemps dans ces fonctions subalternes ?

— Le temps de me retourner, simplement.

— Et après, qu'est-ce que vous comptez faire, maintenant que vous voici fortuné ?

— Ah! Monsieur, hier j'avais à peine de quoi manger; laissez-moi le temps de connaître ma faim. »

A ce moment Hector frappa à la porte :

« C'est Monsieur le vicomte qui demande à voir Monsieur. Dois-je faire entrer ? »

Le front du vieux se rembrunit; il garda le silence un instant, mais comme Lafcadio discrètement s'était levé et faisait mine de se retirer :

« Restez! cria Juste-Agénor avec une violence qui conquit le jeune homme; puis, se tournant vers Hector :

— Ah! tant pis! Je lui avais pourtant bien recommandé de ne pas chercher à me voir... Dis-lui que je suis occupé, que... je lui écrirai. »

Hector s'inclina et sortit.

Le vieux comte garda quelques instants les yeux clos; il semblait dormir, mais, à travers sa barbe, on pouvait voir ses lèvres remuer. Enfin il releva ses paupières, tendit la main à Lafcadio et, d'une voix toute changée, adoucie et comme rompue :

« Touchez-là, mon enfant. Vous devez me laisser, maintenant.

— Il me faut vous faire un aveu, dit Lafcadio en hésitant; pour me présenter décemment devant vous, j'ai vidé mes dernières ressources. Si vous ne m'aidez pas, je ne sais trop comment je dînerai ce soir; et pas du tout comment demain... à moins que Monsieur votre fils...

— Prenez toujours ceci, dit le comte en sortant cinq cents francs d'un tiroir. — Eh bien! qu'attendez-vous?

— J'aurais voulu vous demander encore... si je ne puis espérer de vous revoir?

— Ma foi! j'avoue que ça ne serait pas sans plaisir. Mais les révérendes personnes qui s'occupent de mon salut m'entretiennent dans une humeur à faire passer mon plaisir en second. Quant à ma bénédiction, je m'en vais vous la donner tout de suite » — et le vieux ouvrit ses bras pour l'accueillir. Lafcadio, au lieu de se jeter dans les bras du comte, s'agenouilla pieusement devant lui, et, la tête dans ses genoux, sanglotant, tout tendresse aussitôt sous l'étreinte, sentit fondre son cœur aux résolutions farouches.

« Mon enfant, mon enfant, balbutiait le vieux, je suis en retard avec vous. »

Quand Lafcadio se releva, son visage était plein de larmes.

Comme il allait partir et mettait dans sa poche le billet qu'il n'avait pas pris aussitôt, Lafcadio retrouva les cartes de visite et, les tendant au comte :

« Tenez, voici tout le paquet.

— J'ai confiance en vous; vous le déchirerez vous-même. Adieu!

— Ç'aurait fait le meilleur des oncles, pensait Lafcadio en regagnant le quartier Latin; — et même avec quelque chose en plus, ajoutait-il avec un rien de mélancolie. — Bah! » — Il sortit le paquet de cartes, l'ouvrit en éventail et le déchira d'un coup sans effort.

« Je n'ai jamais eu de confiance dans les égouts », murmura-t-il en jetant « Lafcadio » dans une bouche; et il ne jeta que deux bouches plus loin « de Baraglioul ».

« N'importe, Baraglioul ou Wluiki, occupons-nous à liquider notre passé. »

Il connaissait, boulevard Saint-Michel, un bijoutier devant lequel Carola le forçait de s'arrêter chaque jour.

A l'insolente devanture elle avait distingué, l'avant-veille, une paire de boutons de manchettes singuliers. Ils présentaient — reliés deux à deux par une agrafe d'or et taillés dans un quartz étrange, sorte d'agate embrouillardée, qui ne laissait rien voir au travers d'elle, bien qu'elle parût transparente — quatre têtes de chat encerclées. Comme Venitequa portait — avec cette forme de corsage masculin qu'on appelle costume tailleur, ainsi que je l'ai déjà dit — des manchettes et comme elle avait le goût saugrenu, elle convoitait ces boutons.

Ils n'étaient point tant amusants que bizarres; Lafcadio les trouvait affreux; il se fût irrité de les voir sur sa maîtresse; mais du moment qu'il la quittait... Entrant dans la boutique il paya cent vingt francs ces boutons.

« Un bout de papier s'il vous plaît. » Et, sur la feuille que le marchand lui tendit, penché vers le comptoir, il écrivit :

A Carola Venitequa
Pour la remercier d'avoir introduit l'inconnu dans ma chambre, et en la priant de ne plus y remettre les pieds.

Le papier plié, il le glissa dans la boîte où le marchand empaqueta le bijou.

« Ne précipitons rien, se dit-il, au moment de remettre la boîte au concierge. Passons encore la nuit sous ce toit, et contentons-nous pour ce soir de fermer notre porte à Mademoiselle Carola. »

VI

Julius de Baraglioul vivait sous le régime prolongé d'une morale provisoire, cette même morale à laquelle se soumettait Descartes en attendant d'avoir bien établi les règles d'après lesquelles vivre et dépenser désormais. Mais ni le tempérament de Julius ne parlait avec une telle intransigeance, ni sa pensée avec une telle autorité qu'il eût été jusqu'à présent beaucoup gêné pour se régler aux convenances. Il n'exigeait, tout compte fait, que du confort, dont ses succès d'homme

de lettres faisaient partie. Au décri de son dernier livre, pour la première fois il ressentait de la piqûre.

Il n'avait pas été peu mortifié en se voyant refuser accès auprès de son père; il l'eût été bien davantage s'il avait pu savoir qui venait de le devancer près du vieux. Et s'en retournant rue de Verneuil, il repoussait de plus en plus faiblement l'impertinente supposition qui déjà l'avait importuné tandis qu'il se rendait chez Lafcadio. Lui aussi rapprochait faits et dates; lui aussi se refusait désormais à ne voir qu'une simple coïncidence dans cette étrange conjonction. Au reste la jeune grâce de Lafcadio l'avait séduit, et bien qu'il se doutât que son père, en faveur de ce frère bâtard, l'allait frustrer d'une parcelle de patrimoine, il ne se sentait à son égard aucune malveillance; même il l'attendait ce matin avec une assez tendre et prévenante curiosité.

Quant à Lafcadio, si ombrageux qu'il fût et réticent, cette rare occasion de parler le tentait; et le plaisir d'incommoder un peu Julius. Car même avec Protos il n'avait jamais été bien avant dans la confidence. Quel chemin il avait fait, depuis! Julius après tout ne lui déplaisait pas, si fantoche qu'il lui parût; il était amusé de se savoir son frère.

Comme il s'acheminait vers la demeure de Julius ce matin, lendemain du jour qu'il avait reçu sa visite, il lui advint une assez bizarre aventure : Par amour du détour, poussé peut-être par son génie, aussi pour fatiguer certaine turbulence de son esprit et de sa chair, et désireux de se présenter maître de soi chez son frère, Lafcadio prenait par le plus long; il avait suivi le boulevard des Invalides, était repassé près du théâtre de l'incendie, puis continuait par la rue de Bellechasse.

« Trente-quatre rue de Verneuil, se répétait-il en marchant; quatre et trois, sept : le chiffre est bon. »

Il débouchait rue Saint-Dominique, à l'endroit où cette rue coupe le boulevard Saint-Germain, lorsque, de l'autre côté du boulevard, il vit et crut aussitôt reconnaître cette jeune fille qui, depuis la veille, ne laissait pas d'occuper un peu sa pensée. Il pressa le pas aussitôt... C'était elle! Il la rejoignit à l'extrémité de la courte rue de Villersexel, mais estimant qu'il serait peu Baraglioul de l'aborder, se contenta de lui sourire en s'inclinant un peu et soulevant discrètement son

chapeau; puis, passant rapidement, il trouva fort expédient de se jeter dans un bureau de tabac, tandis que la jeune fille, prenant de nouveau les devants, tournait dans la rue de l'Université.

Quand Lafcadio ressortit du bureau et entra dans ladite rue à son tour, il regarda de droite et de gauche : la jeune fille avait disparu. — Lafcadio, mon ami, vous donnez dans le plus banal; si vous devez tomber amoureux, ne comptez pas sur ma plume pour peindre le désarroi de votre cœur... Mais non : il eût trouvé malséant de commencer une poursuite; aussi bien ne voulait-il pas se présenter en retard chez Julius, et le détour qu'il venait de faire ne lui laissait plus le temps de muser. La rue de Verneuil heureusement était proche; la maison qu'occupait Julius, au premier coin de rue. Lafcadio jeta le nom du comte au concierge et s'élança dans l'escalier.

Cependant Geneviève de Baraglioul, — car c'était elle, la fille aînée du comte Julius, qui revenait de l'hôpital des Enfants-Malades, où elle allait tous les matins, — bien plus troublée que Lafcadio par cette nouvelle rencontre, avait regagné en grande hâte la demeure paternelle; entrée sous la porte cochère précisément à l'instant où Lafcadio tournait la rue, elle atteignait le second étage lorsque des bonds pressés, derrière elle, la firent retourner; quelqu'un montait plus vite qu'elle; elle s'effaçait pour laisser passer, mais, reconnaissant tout à coup Lafcadio qui s'arrêtait interdit, en face d'elle :

« Est-il digne de vous, Monsieur, de me poursuivre? dit-elle du ton le plus courroucé qu'elle put.

— Hélas! Mademoiselle, qu'allez-vous penser de moi? s'écria Lafcadio. Vous ne me croirez pas si je vous dis que je ne vous avais pas vue entrer dans cette maison, où je suis on ne peut plus surpris de vous retrouver. N'est-ce donc pas ici qu'habite le comte Julius de Baraglioul?

— Quoi! fit Geneviève en rougissant, vous seriez le nouveau secrétaire qu'attend mon père? Monsieur Lafcadio Wlou... vous portez un nom si bizarre que je ne sais comment le prononcer. — Et comme Lafcadio rougissant à son tour, s'inclinait : — Puisque je vous retrouve ici, Monsieur, puis-je vous demander en grâce

de ne point parler à mes parents de cette aventure d'hier, que je crois qu'ils ne goûteraient guère ; ni surtout de la bourse que je leur ai dit avoir perdue.

— J'allais, Mademoiselle, vous supplier également de garder le silence sur le rôle absurde que vous m'avez vu jouer. Je suis comme vos parents : je ne le comprends guère, et je ne l'approuve pas du tout. Vous avez dû me prendre pour un terre-neuve. Je n'ai pu me retenir... Excusez-moi. J'ai à apprendre encore... Mais j'apprendrai, je vous assure... Voulez-vous me donner la main ? »

Geneviève de Baraglioul, qui ne s'avouait pas à elle-même qu'elle trouvait Lafcadio très beau, n'avoua pas à Lafcadio que, loin de lui paraître ridicule, il avait pris pour elle figure de héros. Elle lui tendit une main qu'il porta fougueusement à ses lèvres ; alors, souriant amplement, elle le pria de redescendre quelques marches et d'attendre qu'elle fût rentrée et eût refermé la porte pour sonner à son tour, de sorte qu'on ne les vît point ensemble ; et surtout de ne point montrer, dans la suite, qu'ils s'étaient précédemment rencontrés.

Quelques minutes plus tard, Lafcadio était introduit dans le cabinet du romancier.

L'accueil de Julius fut engageant ; Julius ne savait pas s'y prendre ; l'autre se défendit aussitôt :

« Monsieur, je dois vous avertir d'abord : j'ai grande horreur de la reconnaissance ; autant que des dettes ; et quoi que vous fassiez pour moi, vous ne pourrez m'amener à me sentir votre obligé. »

Julius à son tour se rebiffa :

« Je ne cherche pas à vous acheter, Monsieur Wluiki », commençait-il déjà de son haut... Mais tous deux voyant qu'ils allaient se couper les ponts, ils s'arrêtèrent net et, après un moment de silence :

« Quel est donc ce travail que vous vouliez me confier ? » commença Lafcadio d'un ton plus souple.

Julius se déroba, prétextant que le texte n'en était pas encore au point ; il ne pouvait être mauvais d'ailleurs qu'ils fissent auparavant plus ample connaissance.

« Avouez, Monsieur, reprit Lafcadio d'un ton enjoué, qu'hier vous ne m'avez pas attendu pour la faire, et que vous avez favorisé de vos regards certain carnet... ? »

Julius perdit pied, et, quelque peu confusément :

« J'avoue que je l'ai fait, dit-il; puis dignement :
— je m'en excuse. Si la chose était à refaire, je ne la
recommencerais pas.

— Elle n'est plus à faire : j'ai brûlé le carnet. »

Les traits de Julius se désolèrent :

« Vous êtes très fâché ?

— Si j'étais encore fâché, je ne vous en parlerais pas.
Excusez le ton que j'ai pris tout à l'heure en entrant,
continua Lafcadio résolu à pousser sa pointe. Tout de
même je voudrais bien savoir si vous avez également
lu un bout de lettre qui se trouvait dans le carnet ? »

Julius n'avait point lu le bout de lettre, pour la
raison qu'il ne l'avait point trouvé; mais il en profita
pour protester de sa discrétion. Lafcadio s'amusait de
lui et s'amusait à le laisser paraître.

« J'ai pris déjà quelque peu de revanche sur votre
dernier livre, hier.

— Il n'est guère fait pour vous intéresser, se hâta
de dire Julius.

— Oh! je ne l'ai pas lu tout entier. Il faut que je
vous avoue que je n'ai pas grand goût pour la lecture.
En vérité je n'ai jamais pris de plaisir qu'à *Robinson*...
Si, *Aladdin* encore... A vos yeux, me voici bien dis-
qualifié. »

Julius leva la main doucement :

« Simplement je vous plains : vous vous privez de
grandes joies.

— J'en connais d'autres.

— Qui ne sont peut-être pas d'aussi bonne qualité.

— Soyez-en sûr! — Et Lafcadio riait avec passable-
ment d'impertinence.

— Ce dont vous souffrirez un jour, reprit Julius un
peu chatouillé par la gouaille.

— Quand il sera trop tard, acheva sentencieusement
Lafcadio; puis brusquement : — Cela vous amuse
beaucoup, d'écrire ? »

Julius se redressa :

« Je n'écris pas pour m'amuser, dit-il noblement.
Les joies que je goûte en écrivant sont supérieures à
celles que je pourrais trouver à vivre. Du reste l'un
n'empêche pas l'autre...

— Cela se dit. — Puis, élevant brusquement le ton
qu'il avait laissé retomber comme par négligence :

— Savez-vous ce qui me gâte l'écriture ? Ce sont les corrections, les ratures, les maquillages qu'on y fait.

— Croyez-vous donc qu'on ne se corrige pas, dans la vie ? demanda Julius allumé.

— Vous ne m'entendez pas : Dans la vie, on se corrige, à ce qu'on dit, on s'améliore; on ne peut corriger ce qu'on a fait. C'est ce droit de retouche qui fait de l'écriture une chose si grise et si... (il n'acheva pas). Oui; c'est là ce qui me paraît si beau dans la vie; c'est qu'il faut peindre dans le frais. La rature y est défendue.

— Y aurait-il à raturer dans votre vie ?

— Non... pas encore trop... Et puisqu'on ne peut pas... Lafcadio se tut un instant, puis : — C'est tout de même par désir de rature que j'ai jeté au feu mon carnet !... Trop tard, vous voyez bien... Mais avouez que vous n'y avez pas compris grand-chose. »

Non; cela Julius ne l'avouerait point.

« Me permettez-vous quelques questions ? » dit-il en guise de réponse.

Lafcadio se leva si brusquement que Julius crut qu'il voulait fuir; mais il alla seulement vers la fenêtre et, soulevant le rideau d'étamine :

« C'est à vous ce jardin ?

— Non, fit Julius.

— Monsieur, je n'ai laissé jusqu'à présent personne lorgner si peu que ce soit dans ma vie, reprit Lafcadio sans se retourner. Puis revenant à Julius qui ne voyait déjà plus en lui qu'un gamin : — Mais aujourd'hui c'est jour férié; je m'en vais me donner vacances, pour une unique fois dans ma vie. Posez vos questions, je m'engage à répondre à toutes... Ah! que je vous dise d'abord que j'ai flanqué à la porte la fille qui hier vous l'avait ouverte. »

Par convenance Julius prit un air consterné.

« A cause de moi! Croyez que...

— Bah! depuis quelque temps je cherchais comment m'en défaire.

— Vous... viviez avec elle ? demanda gauchement Julius.

— Oui; par hygiène... Mais le moins possible; et en souvenir d'un ami qui avait été son amant.

— Monsieur Protos, peut-être ? » hasarda Julius, bien décidé à ravaler ses indignations, ses dégoûts, ses

réprobations et à ne laisser paraître de son étonnement, ce premier jour, que ce qu'il en faudrait pour animer un peu ses répliques.

« Oui, Protos, répondit Lafcadio tout riant. Vous voudriez savoir qui est Protos ?

— De connaître un peu vos amis m'apprendrait peut-être à vous connaître.

— C'était un Italien, du nom de... ma foi, je ne sais plus, et peu importe ! Ses camarades, ses maîtres même ne l'appelèrent plus que par ce surnom, à partir du jour où il décrocha brusquement la première place de thème grec.

— Je ne me souviens pas d'avoir jamais été premier moi-même, dit Julius pour aider à la confidence ; mais j'ai toujours aimé, moi aussi, me lier avec les premiers. Donc, Protos...

— Oh ! c'était à la suite d'un pari qu'il avait fait. Auparavant il restait l'un des derniers de notre classe, bien qu'un des plus âgés ; tandis que j'étais l'un des plus jeunes ; mais, ma foi, je n'en travaillais pas mieux pour ça. Protos marquait un grand mépris pour ce que nous enseignaient nos maîtres ; pourtant, après qu'un de nos forts-en-thèmes, qu'il détestait, lui eût dit un jour : il est commode de dédaigner ce dont on ne serait pas capable (ou je ne sais quoi dans ce goût), Protos se piqua, s'entêta quinze jours durant, fit si bien qu'à la composition qui suivit il passa par-dessus la tête de l'autre, premier ! à la grande stupeur de nous tous. Je devrais dire : d'eux tous. Quant à moi je tenais Protos en considération trop haute pour que cela pût beaucoup m'étonner. Il m'avait dit : je leur montrerai que ça n'est pas si difficile ! Je l'avais cru.

— Si je vous entends bien, Protos a eu sur vous de l'influence.

— Peut-être. Il m'imposait. A vrai dire, je n'ai eu avec lui qu'une seule conversation intime ; mais elle fut pour moi si persuasive que, le lendemain, je m'enfuis de la pension où je me blanchissais comme une salade sous une tuile, et je regagnai à pied Baden où ma mère vivait alors en compagnie de mon oncle le marquis de Gesvres... Mais nous commençons par la fin. Je pressens que vous me questionneriez très mal. Tenez ! laissez-moi vous raconter ma vie, tout simplement.

Vous apprendrez ainsi beaucoup plus que vous n'auriez su demander, et peut-être même souhaité d'apprendre... Non, merci, je préfère les miennes », dit-il en sortant son étui et jetant la cigarette que lui avait d'abord offerte Julius et qu'en discourant il avait laissé éteindre.

VII

« Je suis né à Bucharest, en 1874, commença-t-il avec lenteur, et, comme vous le savez, je crois, perdis mon père peu de mois après ma naissance. La première personne que je distinguai aux côtés de ma mère, c'est un Allemand, mon oncle, le baron Heldenbruck. Mais comme je le perdis à l'âge de douze ans, je n'ai gardé de lui qu'un assez indistinct souvenir. C'était, paraît-il, un financier remarquable. Il m'enseigna sa langue, et le calcul par de si habiles détours que j'y pris aussitôt un amusement extraordinaire. Il avait fait de moi ce qu'il appelait complaisamment son caissier, c'est-à-dire qu'il me confiait une fortune de menue monnaie et que partout où je l'accompagnai j'étais chargé de la dépense. Quoi que ce fût qu'il achetât (et il achetait beaucoup) il prétendait que je susse faire l'addition, le temps de sortir argent ou billet de ma poche. Parfois il m'embarrassait de monnaies étrangères et c'étaient des questions de change; puis d'escompte, d'intérêt, de prêt; enfin même de spéculation. A ce métier je devins promptement assez habile à faire des multiplications, et même des divisions de plusieurs chiffres, sans papier. Rassurez-vous (car il voyait les sourcils de Julius se froncer), cela ne m'a donné le goût ni de l'argent ni du calcul. Ainsi je ne tiens jamais de comptes, si cela vous amuse de le savoir. A vrai dire, cette première éducation est demeurée toute pratique et positive, et n'a touché en moi aucun ressort... Puis Heldenbruck s'entendait merveilleusement à l'hygiène de l'enfance; il persuada ma mère de me laisser vivre tête et pieds nus, par quelque temps qu'il fît, au grand air le plus souvent possible; il me plongeait lui-même dans l'eau froide, hiver comme été; j'y prenais grand plaisir... Mais vous n'avez que faire de ces détails.

— Si, si !
— Puis ses affaires l'appelèrent en Amérique. Je ne l'ai plus revu.

» A Bucharest, les salons de ma mère s'ouvraient à la société la plus brillante, et, autant que j'en puis juger de souvenir, la plus mêlée ; mais dans l'intimité fréquentaient surtout, alors, mon oncle le prince Wladimir Bielkowski et Ardengo Baldi que je ne sais pourquoi je n'appelai jamais mon oncle. Les intérêts de la Russie (j'allais dire de la Pologne) et de l'Italie les retinrent à Bucharest trois ou quatre ans. Chacun des deux m'apprit sa langue ; c'est-à-dire l'italien et le polonais, car pour le russe, si je le lis et le comprends sans trop de peine, je ne l'ai jamais parlé couramment. A cause de la société que recevait ma mère, et où j'étais choyé, il ne se passait point de jour que je n'eusse l'occasion d'exercer quatre ou cinq langues, qu'à l'âge de treize ans déjà je parlais sans accent aucun, à peu près indifféremment ; mais le français pourtant de préférence, parce que c'était la langue de mon père et que ma mère avait tenu à ce que je l'apprisse d'abord.

» Bielkowski s'occupait beaucoup de moi, comme tous ceux qui voulaient plaire à ma mère ; c'est à moi qu'il semblait que l'on fît la cour ; mais ce qu'il en faisait lui, c'était, je crois, sans calcul, car il cédait toujours à sa pente, qu'il avait prompte et de plus d'un côté. Il s'occupait de moi, même en dehors de ce qu'en connaissait ma mère : et je ne laissais pas d'être flatté de l'attachement particulier qu'il me montrait. Cet homme bizarre transforma du jour au lendemain notre existence un peu rassise en une sorte de fête éperdue. Non, il ne suffit pas de dire qu'il s'abandonnait à sa pente : il s'y précipitait, s'y ruait ; il apportait à son plaisir une espèce de frénésie.

» Il nous emmena trois étés dans une villa, ou plutôt un château, sur le versant hongrois des Karpathes, près d'Eperjès, où nous allions fréquemment en voiture. Mais plus souvent encore nous montions à cheval ; et rien n'amusait plus ma mère que de parcourir à l'aventure la campagne et la forêt des environs, qui sont fort belles. Le poney que m'avait donné Wladimir fut pendant plus d'un an ce que j'aimai le plus au monde.

» Au second été, Ardengo Baldi vient nous rejoindre ;

c'est alors qu'il m'apprit les échecs. Rompu par Heldenbruck aux calculs de tête, je pris assez vite l'habitude de jouer sans regarder l'échiquier.

» Baldi faisait avec Bielkowski bon ménage. Le soir, dans une tour solitaire, noyés dans le silence du parc et de la forêt, tous quatre nous prolongions assez tard les veillées à battre et rebattre les cartes; car, bien que je ne fusse encore qu'un enfant — j'avais treize ans — Baldi m'avait, par horreur du « mort », appris le whist et à tricher.

» Jongleur, escamoteur, prestidigitateur, acrobate; les premiers temps que celui-ci vint chez nous, mon imagination sortait à peine du long jeûne à quoi l'avait soumise Heldenbruck; j'étais affamé de merveilles, crédule et de tendre curiosité. Plus tard Baldi m'instruisit de ses tours; mais de pénétrer leur secret ne put effacer la première impression du mystère lorsque, le premier soir, je le vis tout tranquillement allumer à l'ongle de son petit doigt sa cigarette, puis, comme il venait de perdre au jeu, extraire de mon oreille et de mon nez autant de roubles qu'il fallut, ce qui me terrifia littéralement, mais amusa beaucoup la galerie, car il disait, toujours de ce même air tranquille : « Heureusement que » cet enfant est une mine inépuisable ! »

» Les soirs qu'il se trouvait seul avec ma mère et moi, il inventait toujours quelque jeu nouveau, quelque surprise ou quelque farce; il singeait tous nos familiers, grimaçait, se départait de toute ressemblance avec lui-même, imitait toutes les voix, les cris d'animaux, les bruits d'instruments, tirait de lui des sons bizarres, chantait en s'accompagnant sur la guzla, dansait, cabriolait, marchait sur les mains, bondissait par-dessus tables ou chaises, et, déchaussé, jonglait avec les pieds, à la manière japonaise, faisant pirouetter le paravent ou le guéridon du salon sur la pointe de son orteil; il jonglait avec les mains mieux encore; d'un papier chiffonné, déchiré, faisait éclore maints papillons blancs que je pourchassais de mon souffle et qu'il maintenait suspendus en l'air au-dessus des battements d'un éventail. Ainsi les objets près de lui perdaient poids et réalité, présence même, ou bien prenaient une signification nouvelle, inattendue, baroque, distante de toute utilité : « Il y a bien peu de choses avec quoi il ne soit pas

» amusant de jongler », disait-il. Avec cela si drôle que je pâmais de rire et que ma mère s'écriait : « Arrêtez-» vous, Baldi ! Cadio ne pourra plus dormir. » Et le fait est que mes nerfs étaient solides pour résister à de pareilles excitations.

» J'ai beaucoup profité de cet enseignement ; à Baldi même, sur plus d'un tour, au bout de quelques mois, j'aurais rendu des points, et même...

— Je vois, mon enfant, que vous avez reçu une éducation très soignée », interrompit à ce moment Julius.

Lafcadio se mit à rire, extrêmement amusé par l'air consterné du romancier.

« Oh ! rien de tout cela ne pénétra bien avant ; n'ayez crainte ! Mais il était temps, n'est-ce pas, que l'oncle Faby arrivât. C'est lui qui vint près de ma mère lorsque Bielkowski et Baldi furent appelés à de nouveaux postes.

— Faby ? c'est lui dont j'ai vu l'écriture sur la première page de votre carnet ?

— Oui. Fabian Taylor, lord Gravensdale. Il nous emmena, ma mère et moi, dans une villa qu'il avait louée près de Duino, sur l'Adriatique, où je me suis beaucoup fortifié. La côte en cet endroit formait une presqu'île rocheuse que la propriété occupait toute. Là, sous les pins, parmi les roches, au fond des criques, ou dans la mer nageant et pagayant, je vivais en sauvage tout le jour. C'est de cette époque que date la photographie que vous avez vue ; que j'ai brûlée aussi.

— Il me semble, dit Julius, que, pour la circonstance, vous auriez bien pu vous présenter plus décemment.

— Précisément, je ne le pouvais pas, reprit en riant Lafcadio ; sous prétexte de me bronzer, Faby gardait sous clef tous mes costumes, mon linge même...

— Et Madame votre mère, que disait-elle ?

— Elle s'en amusait beaucoup ; elle disait que si nos invités se scandalisaient, ils n'avaient qu'à partir ; mais cela n'empêchait de rester aucun de ceux que nous recevions.

— Pendant tout ce temps-là, votre instruction, mon pauvre enfant !...

— Oui, j'apprenais si facilement que ma mère jusqu'alors l'avait un peu négligée ; j'avais seize ans bientôt ; ma mère sembla s'en apercevoir brusquement et, après un merveilleux voyage en Algérie que je fis

avec l'oncle Faby (ce fut là, je crois, le meilleur temps de ma vie), je fus envoyé à Paris et confié à une espèce de geôlier imperméable, qui s'occupa de mes études.

— Après cette excessive liberté, je comprends en effet que ce temps de contrainte ait pu vous paraître un peu dur.

— Je ne l'aurais jamais supporté, sans Protos. Il vivait à la même pension que moi; pour apprendre le français, disait-on; mais il le parlait à merveille, et je n'ai jamais compris ce qu'il faisait là; non plus que ce que j'y faisais moi-même. Je languissais; je n'avais pas précisément de l'amitié pour Protos, mais je me tournais vers lui comme s'il avait dû m'apporter la délivrance. Passablement plus âgé que moi, il paraissait encore plus que son âge, sans plus rien d'enfantin dans la démarche ni dans les goûts. Ses traits étaient extraordinairement expressifs, quand il voulait, et pouvaient exprimer n'importe quoi; mais, au repos, il prenait l'air d'un imbécile. Un jour que je l'en plaisantais, il me répondit que, dans ce monde, il importait de n'avoir pas trop l'air de ce qu'on était.

» Il ne se tenait point pour satisfait tant qu'il ne paraissait que modeste; il tenait à passer pour sot. Il s'amusait à dire que ce qui perd les hommes c'est de préférer la parade à l'exercice et de ne pas savoir cacher leurs dons; mais il ne disait cela qu'à moi seul. Il vivait à l'écart des autres; et même de moi, le seul de la pension qu'il ne méprisât point. Dès que je l'amenais à parler, il devenait d'une éloquence extraordinaire; mais, taciturne le plus souvent, il semblait ruminer alors de noirs projets, que j'aurais voulu connaître. Quand je lui demandais : qu'est-ce que vous faites ici ? (aucun de nous ne le tutoyait) il répondait : je prends mon élan. Il prétendait que, dans la vie, l'on se tire des pas les plus difficiles en sachant se dire à propos : qu'à cela ne tienne! C'est ce que je me suis dit au point de m'évader.

» Parti avec dix-huit francs, j'ai gagné Baden à petites journées, mangeant je ne sais quoi, couchant n'importe où... J'étais un peu défait quand j'arrivai; mais, somme toute, content de moi, car j'avais encore trois francs dans ma poche; il est vrai qu'en route, j'en avais récolté cinq ou six. Je trouvai là-bas ma mère avec mon oncle de Gesvres, qui s'amusa beaucoup de ma fugue, et

résolut de me ramener à Paris; il ne se consolait pas, disait-il, que Paris m'eût laissé mauvais souvenir. Et le fait est que, lorsque j'y revins avec lui, Paris m'apparut sous un jour un peu meilleur.

» Le marquis de Gesvres aimait frénétiquement la dépense; c'était un besoin continu, une fringale; on eût dit qu'il me savait gré de l'aider à la satisfaire et de doubler du mien son appétit. Tout au contraire de Faby, lui m'apprit le goût du costume; je crois que je le portais assez bien; avec lui j'étais à bonne école; son élégance était parfaitement naturelle, comme une seconde sincérité. Je m'entendis très bien avec lui. Ensemble nous passions des matinées chez les chemisiers, les bottiers, les tailleurs, il prêtait une attention particulière aux chaussures, par quoi se reconnaissent les gens, disait-il, aussi sûrement et plus secrètement que par le reste du vêtement et que par les traits du visage... Il m'apprit à dépenser sans tenir de comptes et sans m'inquiéter par avance si j'aurais de quoi suffire à ma fantaisie, à mon désir ou à ma faim. Il émettait en principe qu'il faut toujours satisfaire celle-ci la dernière, car (je me souviens de ses paroles) désir ou fantaisie, disait-il, sont de sollicitation fugitive, tandis que la faim toujours se retrouve et n'est que plus impérieuse pour avoir attendu plus longtemps. Il m'apprit enfin à ne pas jouir d'une chose davantage, selon qu'elle coûtait plus cher, ni moins si, par chance, elle n'avait coûté rien du tout.

» J'en étais là quand je perdis ma mère. Un télégramme me rappela brusquement à Bucharest; je ne la pus revoir que morte : j'appris là-bas que, depuis le départ du marquis, elle avait fait beaucoup de dettes que sa fortune suffisait tout juste à payer, de sorte que je n'avais à espérer pas un copeck, pas un pfennig, pas un groschen. Aussitôt après la cérémonie funèbre, je regagnai Paris où je pensais retrouver l'oncle de Gesvres; mais il était parti brusquement pour la Russie, sans laisser d'adresse.

» Je n'ai point à vous dire toutes les réflexions que je fis. Parbleu, j'avais certaines habiletés dans mon sac, moyennant quoi l'on se tire toujours d'affaire; mais plus j'en aurais eu besoin, plus il me répugnait d'y recourir. Heureusement, certaine nuit que je battais le trottoir, un peu perplexe, j'y retrouvai cette Carola

Venitequa que vous avez vue, l'ex-maîtresse à Protos, qui m'hospitalisa décemment. A quelques jours de là je fus averti qu'une maigre pension, assez mystérieusement, me serait versée tous les premiers du mois chez un notaire; j'ai l'horreur des éclaircissements et touchai sans chercher plus avant. Puis vous êtes venu... Vous savez à présent à peu près tout ce qu'il me plaisait de vous dire.

— Il est heureux, dit solennellement Julius, il est heureux, Lafcadio, qu'il vous revienne aujourd'hui quelque argent : sans métier, sans instruction, condamné à vivre d'expédients... tel que je vous connais à présent, vous étiez prêt à tout.

— Prêt à rien, au contraire, reprit Lafcadio en regardant Julius gravement. Malgré tout ce que je vous ai dit, je vois que vous me connaissez mal encore. Rien ne m'empêche autant que le besoin; je n'ai jamais recherché que ce qui ne peut pas me servir.

— Les paradoxes, par exemple. Et vous croyez cela nourrissant ?

— Cela dépend des estomacs. Il vous plaît d'appeler paradoxes ce qui rebute au vôtre... Pour moi je me laisserais mourir de faim devant ce ragoût de logique dont j'ai vu que vous alimentez vos personnages.

— Permettez...

— Du moins le héros de votre dernier livre. Est-ce vrai que vous y avez peint votre père ? Le souci de le maintenir, partout, toujours, conséquent avec vous et avec soi-même, fidèle à ses devoirs, à ses principes, c'est-à-dire à vos théories... vous jugez ce que, moi précisément, j'en puis dire!... Monsieur de Baraglioul, acceptez ceci qui est vrai : je suis un être d'inconséquence. Et voyez combien je viens de parler! moi qui, hier encore, me considérait comme le plus silencieux, le plus fermé, le plus retrait des êtres. Mais il était bon que nous fissions promptement connaissance; et qu'il n'y ait plus lieu d'y revenir. Demain, ce soir, je rentrerai dans mon secret. »

Le romancier, que ces propos désarçonnaient, fit effort pour se remettre en selle :

« Persuadez-vous d'abord qu'il n'y a pas d'inconséquence, non plus en psychologie qu'en physique, commença-t-il. Vous êtes un être en formation et... »

Des coups frappés à la porte l'interrompirent. Mais comme personne ne se montrait, ce fut Julius qui sortit. Par la porte qu'il laissait ouverte, un bruit de voix confus parvenait jusqu'à Lafcadio. Puis il y eut un grand silence. Lafcadio, après dix minutes d'attente, déjà se disposait à partir, quand un domestique en livrée vint à lui :

« Monsieur le comte fait dire à Monsieur le secrétaire qu'il ne le retient plus. Monsieur le comte a reçu à l'instant de mauvaises nouvelles de Monsieur son père et s'excuse de ne pouvoir prendre congé de Monsieur. »

Au ton dont tout cela était dit, Lafcadio se douta bien qu'on venait d'annoncer que le vieux comte était mort. Il maîtrisa son émotion.

« Allons ! se disait-il en regagnant l'impasse Claude-Bernard, le moment est venu. *It is time to launch the ship*. D'où que vienne le vent désormais, celui qui soufflera sera le bon. Puisque je ne puis être tout près du vieux, arrêtons-nous à nous éloigner de lui davantage. »

En passant devant la loge il remit au portier de l'hôtel la petite boîte qu'il portait sur lui depuis la veille.

« Vous remettrez ce paquet à Mademoiselle Venitequa, ce soir, quand elle rentrera, dit-il. Et veuillez préparez ma note. »

Une heure après, sa malle faite, il envoyait chercher un fiacre. Il partit sans donner d'adresse. Celle de son notaire suffisait.

LIVRE TROISIÈME

AMÉDÉE FLEURISSOIRE

I

La comtesse Guy de Saint-Prix, sœur puînée de Julius, que la mort du comte Juste-Agénor avait brusquement appelée à Paris, n'était pas depuis longtemps de retour dans le coquet château de Pezac, à quatre kilomètres de Pau, que depuis son veuvage elle ne quittait guère, et moins encore depuis le mariage et l'établissement de ses enfants — lorsqu'elle y reçut une visite singulière.

Elle rentrait d'une de ces promenades matinales qu'elle avait accoutumé de faire dans un léger dogcar conduit par elle-même; on vint l'avertir qu'un capucin l'attendait depuis une heure dans le salon. L'inconnu se recommandait du cardinal André, ainsi que l'attestait la carte de celui-ci qu'on remit à la comtesse; la carte était sous enveloppe; on y lisait, au-dessous du nom du cardinal, de sa fine et presque féminine écriture, ces mots :

Recommande à la toute spéciale attention de la comtesse de Saint-Prix, l'abbé J.-P. Salus, chanoine de Virmontal.

C'était tout; et cela suffisait : la comtesse recevait volontiers les gens d'Église; de plus, le cardinal André tenait l'âme de la comtesse en main. Elle ne fit qu'un bond jusqu'au salon et s'excusa de s'être fait attendre.

Le chanoine de Virmontal était bel homme; sur son noble visage éclatait une mâle énergie qui jurait (si j'ose dire) étrangement avec l'hésitante précaution de ses gestes et de sa voix, comme étonnaient ses cheveux presque blancs, près de la carnation jeune et fraîche de son visage.

Malgré l'affabilité de la comtesse, la conversation

s'engageait mal et traînait en phrases de convenance sur le deuil récent de la comtesse, la santé du cardinal André, le nouvel échec de Julius à l'Académie. Cependant la voix de l'abbé se faisait de plus en plus lente et sourde, et l'expression de son visage désolée. Il se levait enfin, mais au lieu de prendre congé :

« J'aurais voulu, Madame la comtesse, et de la part du cardinal, vous entretenir d'un sujet grave. Mais la pièce est sonore; le nombre des portes m'effraie; je crains qu'on nous puisse entendre. »

La comtesse adorait confidences et simagrées; elle fit entrer le chanoine dans un boudoir étroit auquel on n'accédait que par le salon, ferma la porte :

« Ici nous sommes à l'abri, dit-elle. Parlez sans crainte. »

Mais au lieu de parler, l'abbé qui, en face de la comtesse avait pris place sur un petit fauteuil bas, tira un foulard de sa poche et y étouffa des sanglots convulsifs. Perplexe, la comtesse atteignit sur un guéridon près d'elle un panier à ouvrage, chercha dans le panier un flacon de sels, hésita à l'offrir à son hôte, et prit enfin le parti de le respirer elle-même.

« Excusez-moi, dit enfin l'abbé, sortant du foulard une face congestionnée. Je vous sais trop bonne catholique, Madame la comtesse, pour ne pas bientôt me comprendre et partager mon émotion. »

La comtesse avait horreur des effusions; elle réfugia sa bienséance derrière un face-à-main. L'abbé se ressaisit aussitôt, et rapprochant un peu son fauteuil :

« Il m'a fallu, Madame la comtesse, la solennelle assurance du cardinal pour me décider à venir vous parler; oui, l'assurance qu'il m'a donnée que votre foi n'était point de ces fois mondaines, simples revêtements de l'indifférence...

— Venons au fait, Monsieur l'abbé.

— Le cardinal m'a donc assuré que je pouvais avoir en votre discrétion une confiance parfaite; une discrétion de confesseur, si j'ose ainsi dire...

— Mais, Monsieur l'abbé, pardonnez-moi : s'il s'agit d'un secret dont le cardinal soit averti, d'un secret d'une telle gravité, comment ne m'en a-t-il pas parlé lui-même ? »

Le seul sourire de l'abbé eût déjà fait comprendre à la comtesse l'incongruité de sa question.

« Une lettre ! Mais, Madame, à la poste, de nos jours, toutes les lettres des cardinaux sont ouvertes.

— Il pouvait vous confier cette lettre.

— Oui, Madame ; mais qui sait ce que peut devenir un papier ? Nous sommes tellement surveillés. Il y a plus : le cardinal préfère ignorer ce que je m'apprête à vous dire, n'y être pour rien... Ah ! Madame, au dernier moment mon courage m'abandonne et je ne sais si...

— Monsieur l'abbé, vous ne me connaissez pas, et je ne puis donc m'offenser si votre confiance en moi n'est pas plus grande, dit tout doucement la comtesse en détournant la tête et laissant retomber son face-à-main. J'ai pour les secrets que l'on me confie le plus grand respect. Dieu sait si j'ai jamais trahi le moindre. Mais jamais il ne m'est arrivé de solliciter une confidence... »

Elle fit un léger mouvement comme pour se lever, l'abbé étendit le bras vers elle.

« Vous m'excuserez, Madame, en daignant considérer que vous êtes la première femme, la première, j'ai dit, qui ait été jugée digne, par ceux qui m'ont confié l'effrayante mission de vous avertir, digne de recevoir et de conserver par devers elle ce secret. Et je m'effraie, je l'avoue, à sentir cette révélation bien pesante, bien encombrante, pour l'intelligence d'une femme.

— On se fait de grandes illusions sur le peu de capacité de l'intelligence des femmes », dit presque sèchement la comtesse ; puis, les mains un peu soulevées, elle cacha sa curiosité sous un air absent, résigné et vaguement extatique, qu'elle jugeait propre à accueillir une importante confidence de l'Église. L'abbé rapprocha de nouveau son fauteuil.

Mais le secret que l'abbé Salus s'apprêtait à confier à la comtesse m'apparaît encore aujourd'hui trop déconcertant, trop bizarre, pour que j'ose le rapporter ici sans plus ample précaution :

Il y a le roman, et il y a l'histoire. D'avisés critiques ont considéré le roman comme de l'histoire qui aurait pu être, l'histoire comme un roman qui avait eu lieu. Il faut bien reconnaître, en effet, que l'art du romancier souvent emporte la créance, comme l'événement parfois la défie. Hélas ! certains sceptiques esprits nient le fait dès qu'il tranche sur l'ordinaire. Ce n'est pas pour eux que j'écris.

Que le représentant de Dieu sur terre ait pu être enlevé du Saint-Siège, et, par l'opération du Quirinal, volé en quelque sorte à la chrétienté entière — c'est un problème très épineux que je n'ai point la témérité de soulever. Mais il est de fait *historique* que, vers la fin de l'année 1893, le bruit en courut; il est patent que nombre d'âmes dévotes s'en émurent. Quelques journaux en parlèrent craintivement; on les fit taire. Une brochure sur ce sujet parut à Saint-Malo*; qu'on fit saisir. C'est que, non plus le parti franc-maçon ne tenait à ce que s'ébruitât le récit d'une si abominable forfaiture, que le parti catholique n'osait appuyer ou ne se résignait à couvrir les collectes extraordinaires qu'on entreprit aussitôt à ce sujet. Et sans doute nombre d'âmes pieuses se saignèrent (on estime à près d'un demi-million les sommes recueillies ou dispersées à cette occasion), mais il restait douteux si tous ceux qui recevaient les fonds étaient de vrais dévots, ou parfois des escrocs peut-être. Toujours est-il qu'il fallait pour mener à bien cette quête, à défaut de religieuse conviction, une audace, une habileté, un tact, une éloquence, une connaissance des êtres et des faits, une santé, que seuls pouvaient se piquer d'avoir quelques gaillards tels que Protos, l'ancien copain de Lafcadio. J'avertis honnêtement le lecteur : c'est lui qui se présente aujourd'hui sous l'aspect et le nom emprunté du chanoine de Virmontal.

La comtesse, résolue à n'ouvrir plus les lèvres, à ne plus changer d'attitude, ni même d'expression avant complet épuisement du secret, écoutait imperturbablement le faux prêtre dont peu à peu l'assurance s'affermissait. Il s'était levé et marchait à grands pas. Pour meilleure préparation, il reprenait l'affaire, sinon précisément à ses débuts (le conflit entre la Loge et l'Église, essentiel, n'avait-il pas toujours existé?), du moins remontait-il à certains faits où s'était déclarée l'hostilité flagrante. Il avait d'abord invité la comtesse à se souvenir des deux lettres adressées par le pape en décembre 92, l'une au peuple italien, l'autre plus spécialement aux

* *Compte rendu de la Délivrance de Sa Sainteté Léon XIII emprisonné dans les cachots du Vatican* (Saint-Malo, Imprimerie Y. Billois, rue de l'Orme, 4), 1893.

évêques, prémunissant les catholiques contre les agissements des francs-maçons; puis, comme la mémoire faisait défaut à la comtesse, il avait dû remonter plus en arrière, rappeler l'érection de la statue de Giordano Bruno, décidée, présidée par Crispi derrière qui jusqu'alors s'était dissimulée la Loge. Il avait dit Crispi outré de ce que le pape eût repoussé ses avances, eût refusé de négocier avec lui (et par : négocier, ne fallait-il pas entendre : entrer en composition, se soumettre!). Il avait retracé cette journée tragique : les camps prenant position; les francs-maçons enfin levant le masque, et — tandis que le corps diplomatique accrédité près du Saint-Siège se rendait au Vatican, manifestant par cet acte, en même temps que son mépris pour Crispi, sa vénération pour notre Saint-Père ulcéré — la Loge, enseignes déployées, sur la place *Campo dei Fiori* où se dressait la provocante idole, acclamant l'illustre blasphémateur.

« Au consistoire qui suivit bientôt après, le 30 juin 1889, continua-t-il (toujours debout, il s'appuyait à présent sur le guéridon, les deux bras en avant, penché vers la comtesse), Léon XIII laissa s'élever son indignation véhémente. Sa protestation fut entendue de la terre entière; et toute la chrétienté trembla en l'entendant parler de quitter Rome! Quitter Rome j'ai dit!... Tout ceci, Madame la comtesse, vous le savez déjà, vous en avez souffert et vous en souvenez comme moi. »

Il reprit sa marche.

« Enfin Crispi fut déchu du pouvoir. L'Église allait-elle respirer ? En décembre 1892 le pape écrivait donc ses deux lettres. Madame... »

Il se rassit, approcha brusquement son fauteuil du canapé et saisissant le bras de la comtesse :

« Un mois après le pape était emprisonné. »

La comtesse s'obstinant à demeurer coite, le chanoine lâcha son bras, reprit sur un ton plus posé :

« Je ne chercherai pas, Madame, à vous apitoyer sur les souffrances d'un captif : le cœur des femmes est toujours prompt à s'émouvoir au spectacle des infortunes. Je m'adresse à votre intelligence, comtesse, et vous invite à considérer le désarroi où, chrétiens, la disparition de notre chef spirituel nous a plongés. »

Un léger pli se marqua sur le front pâle de la comtesse.

« Plus de pape est affreux, Madame. Mais, qu'à cela ne tienne : un faux pape est plus affreux encore. Car pour dissimuler son crime, que dis-je ? pour inviter l'Église à se démanteler et à se livrer elle-même, la Loge a installé sur le trône pontifical, en place de Léon XIII, je ne sais quel suppôt du Quirinal, quel mannequin à l'image de leur sainte victime, quel imposteur, auquel, par crainte de nuire au vrai, il nous faut feindre de nous soumettre, devant lequel, enfin, ô honte ! au jubilé s'est incliné la tout entière chrétienté. »

A ces mots le mouchoir qu'il tordait dans ses mains se déchira.

« Le premier acte du faux pape fut cette encyclique trop fameuse, l'encyclique à la France, dont le cœur de tout Français digne de ce nom saigne encore. Oui, oui, je sais, Madame, combien votre grand cœur de comtesse a souffert d'entendre la Sainte Église renier la sainte cause de la royauté; le Vatican, j'ai dit, applaudit à la République. Hélas! rassurez-vous, Madame! vous vous étonniez à bon droit. Rassurez-vous, Madame la comtesse! mais songez à ce que le Saint-Père captif a souffert, entendant ce suppôt imposteur le proclamer républicain ! »

Puis, se rejetant en arrière, avec un rire sanglotant :

« Et qu'avez-vous pensé, comtesse de Saint-Prix, et qu'avez-vous pensé, comme corollaire à cette cruelle encyclique, de l'audience accordée par notre Saint-Père au rédacteur du *Petit Journal ?* Du *Petit Journal*, Madame la comtesse, ah ! fi donc ! Léon XIII au *Petit Journal !* Vous sentez bien que c'est impossible. Votre noble cœur vous a déjà crié que c'est faux !

— Mais, s'écria la comtesse, n'y pouvant plus tenir, c'est ce qu'il faut crier à toute la terre.

— Non, Madame, c'est ce qu'il faut taire ! tonitrua l'abbé, formidable; c'est ce qu'il faut taire d'abord; c'est ce que nous devons taire pour agir. »

Puis s'excusant, d'une voix subitement éplorée :

« Vous voyez que je vous parle comme à un homme.

— Vous avez raison, Monsieur l'abbé. Agir, disiez-vous. Vite : qu'avez-vous résolu ?

— Ah ! je savais trouver chez vous cette noble impatience virile, digne du sang des Baraglioul. Mais rien n'est davantage à craindre, en l'occurrence, hélas! qu'un

zèle intempestif. De ces abominables forfaits, si quelques élus aujourd'hui sont avertis, il nous est indispensable, Madame, de compter sur leur discrétion parfaite, sur leur pleine et entière soumission à l'indication qui leur sera donnée en temps opportun. Agir sans nous, c'est agir contre nous. Et, en plus de la désapprobation ecclésiastique qui pourra entraîner... qu'à cela ne tienne : l'excommunication, toute initiative individuelle se heurtera aux démentis catégoriques et formels de notre parti. Il s'agit ici, Madame, d'une croisade; oui, mais d'une croisade cachée. Excusez-moi d'insister sur ce point, mais je suis chargé tout spécialement de vous en avertir par le cardinal, qui veut tout ignorer de cette histoire et qui ne comprendra même pas ce dont il est question si on lui en parle. Le cardinal ne veut pas m'avoir vu; et de même, plus tard, si les événements nous remettent en rapport, qu'il soit bien convenu que, vous et moi, nous ne nous sommes jamais parlé. Notre Saint-Père saura bientôt reconnaître ses vrais serviteurs. »

Un peu déçue la comtesse argua timidement :

« Mais alors ?

— On agit, Madame la comtesse; on agit, n'ayez crainte. Et je suis même autorisé à vous révéler une partie de notre plan de campagne. »

Il se carra dans son fauteuil, bien en face de la comtesse; celle-ci, maintenant, avait levé ses mains à son visage, et restait, le buste en avant, les coudes aux genoux, le menton dans les paumes.

Il commença de raconter que le pape n'était pas enfermé dans le Vatican, mais vraisemblablement dans le Château Saint-Ange, qui, comme le savait certainement la comtesse, communiquait avec le Vatican par un corridor souterrain; qu'il ne serait sans doute point trop malaisé de l'enlever de cette geôle, n'était la crainte quasi superstitieuse que chacun des serviteurs gardait en face de la franc-maçonnerie, bien que de cœur avec l'Église. Et c'était là-dessus que comptait la Loge; l'exemple du Saint-Père séquestré maintenait les âmes dans la terreur. Aucun des serviteurs ne consentait à prêter son concours qu'après qu'on l'avait mis à même de s'en aller au loin vivre à l'abri des persécuteurs. D'importantes sommes avaient été consenties à cet

usage par des personnes dévotes et de discrétion reconnue. Il ne restait plus à lever qu'un seul obstacle, mais qui réclamait plus que tous les autres réunis. Car cet obstacle était un prince, geôlier en chef de Léon XIII.

« Vous souvient-il, Madame la comtesse, de quel mystère reste enveloppée la double mort de l'archiduc Rodolphe, prince héritier d'Autriche-Hongrie, et de sa jeune épouse, trouvée râlante à ses côtés — Maria Wettsyera, la nièce de la princesse Grazioli, qu'il venait d'épouser... ? Suicide, a-t-on dit! Le pistolet n'était là que pour donner le change à l'opinion publique : la vérité c'est qu'ils étaient tous deux empoisonnés. Éperdument amoureux, hélas! de Maria Wettsyera, un cousin du grand-duc son mari, grand-duc lui-même, n'avait point supporté de la voir à un autre... Après cet abominable forfait, Jean-Salvador de Lorraine, fils de Marie-Antoinette, grande-duchesse de Toscane, quittait la cour de son parent, l'empereur François-Joseph. Se sachant découvert à Vienne, il allait se dénoncer au pape, l'implorer, le fléchir. Il obtint le pardon. Mais sous prétexte de pénitence, Monaco — le cardinal Monaco La Valette — l'enferma dans le Château Saint-Ange où il gémit depuis trois ans. »

Le chanoine avait débité tout cela d'une voix à peu près égale; il prit un temps, puis, avec un petit appel du pied :

« C'est lui que Monaco a établi geôlier en chef de Léon XIII.

— Eh! quoi! le cardinal! s'écria la comtesse; un cardinal peut-il donc être franc-maçon?

— Hélas! dit le chanoine pensivement, la Loge a fortement entamé l'Église. Vous pensez bien, Madame la comtesse, que si l'Église avait mieux su se défendre elle-même, rien de tout cela ne serait arrivé. La Loge n'a pu se saisir de la personne de notre Saint-Père qu'avec la connivence de quelques compagnons très haut placés.

— Mais c'est affreux!

— Que vous dire de plus, Madame la comtesse? Jean-Salvador croyait être prisonnier de l'Église, quand il l'était des francs-maçons. Il ne consent à travailler aujourd'hui à l'élargissement de notre Saint-Père que si on lui permet du même coup de s'enfuir lui-même; et il

ne peut s'enfuir que très loin, dans un pays d'où l'extradition n'est pas possible. Il exige deux cent mille francs. »

A ces mots Valentine de Saint-Prix, qui depuis quelques instants reculait et laissait retomber ses bras, rejetant la tête en arrière, poussa un faible gémissement et perdit connaissance. Le chanoine s'élança :

« Rassurez-vous, Madame la comtesse — il lui tapait dans les mains : — Qu'à cela ne tienne! — il lui portait le flacon de sels aux narines : — Sur ces deux cent mille francs, nous en avons déjà cent quarante — et comme la comtesse ouvrait un œil : — La duchesse de Lectoure n'en a consenti que cinquante; il en reste soixante à verser.

— Vous les aurez, murmura presque indistinctement la comtesse.

— Comtesse, l'Église ne doutait pas de vous. »

Il se leva, très grave, presque solennel, prit un temps, puis :

« Comtesse de Saint-Prix, dit-il, j'ai dans votre généreuse parole la confiance la plus entière; mais songez aux difficultés sans nom qui vont accompagner, gêner, empêcher peut-être la remise de cette somme; somme, j'ai dit, que vous-même devrez oublier de m'avoir donnée, que moi-même je dois être prêt à nier d'avoir touchée, pour laquelle il ne me sera même point permis de vous faire tenir un reçu... Je ne puis guère prudemment la recevoir que de la main à la main, de votre main à la mienne. Nous sommes surveillés. Ma présence au château peut être commentée. Sommes-nous jamais sûrs du domestique? Songez à l'élection du comte de Baraglioul! Il ne faut point que je revienne ici. »

Et comme après ces mots il restait là, planté sur le parquet sans plus bouger ni parler, la comtesse comprit :

« Mais, Monsieur l'abbé, vous pensez bien pourtant que je n'ai pas sur moi cette somme énorme. Et même... »

L'abbé s'impatientait légèrement; elle n'osa donc pas ajouter qu'il lui faudrait sans doute quelque temps pour la réunir (car elle espérait bien n'avoir pas à débourser toute seule). Elle murmura :

« Comment faire?... »

Puis comme le sourcil du chanoine menaçait de plus en plus :

« J'ai bien là-haut quelques bijoux...
— Ah! fi, Madame! les bijoux sont des souvenirs. Me voyez-vous faisant métier de brocanteur? Et pensez-vous que je veuille donner l'éveil en en cherchant le meilleur prix? Je risquerais de compromettre du même coup et vous-même et notre entreprise. »

Sa voix grave, insensiblement se faisait âpre et violente. Celle de la comtesse tremblait légèrement.

« Attendez un instant, Monsieur le chanoine : je vais voir ce que j'ai dans mes tiroirs. »

... Elle redescendit bientôt. Sa main crispée froissait des billets bleus.

« Heureusement, je viens de toucher des fermages. Je puis vous remettre déjà six mille cinq cents francs. »

Le chanoine eut un haussement d'épaules.

« Qu'est-ce que vous voulez que je fasse avec ça? »

Et avec un mépris attristé, d'un geste noble, il écartait de lui la comtesse :

« Non, Madame; non! je ne prendrai pas ces billets. Je ne les prendrai qu'avec les autres. Les gens intègres exigent l'intégralité. Quand pourrez-vous me remettre toute la somme?

— Combien de temps me laissez-vous?... Huit jours...? demanda la comtesse qui songeait à collecter.

— Comtesse de Saint-Prix, l'Église se serait-elle méprise? Huit jours! Je ne dirai qu'un mot :

LE PAPE ATTEND.

Puis levant les bras au ciel :

— Quoi! vous avez l'insigne honneur de tenir entre vos mains sa délivrance, et vous tardez! Craignez, Madame, craignez que le Seigneur, au jour de votre délivrance à vous, ne fasse également attendre et languir votre âme insuffisante, au seuil du Paradis! »

Il devenait menaçant, terrible; puis, brusquement, porta à ses lèvres le crucifix d'un chapelet et s'absenta dans une rapide prière.

« Mais le temps que j'écrive à Paris? gémit la comtesse éperdue.

— Télégraphiez! Que votre banquier verse les soixante mille francs au Crédit foncier de Paris, qui télégraphiera au Crédit foncier de Pau d'avoir à vous verser incontinent la somme. C'est enfantin.

— J'ai de l'argent à Pau, en dépôt, hasarda-t-elle.
— Chez un banquier ?
— Au Crédit foncier, précisément. »
Alors il s'indigna tout à fait.

« Ah ! Madame, pourquoi vous faut-il ce détour pour me l'apprendre ? Est-ce là l'empressement que vous marquez ? Que diriez-vous à présent si je repoussais votre concours ?... »

Puis, marchant à travers la pièce, les mains croisées derrière le dos, et comme indisposé désormais contre tout ce qu'il pourrait entendre :

« Il y a là plus que de la tiédeur (et il faisait avec la langue de petits claquements propres à manifester son dégoût) et presque de la duplicité.

— Monsieur l'abbé, je vous en supplie... »

Durant quelques instants l'abbé continua sa marche, les sourcils bas, inflexible. Puis enfin :

« Vous connaissez, je le sais, l'abbé Boudin, avec qui je déjeune ce matin même (il tira sa montre)... et que je vais mettre en retard. Écrivez un chèque à son nom ; il touchera pour moi les soixante billets, qu'il pourra tout aussitôt me remettre. Quand vous le reverrez, dites-lui simplement que c'était « pour la chapelle expiatoire »; c'est un homme discret, qui sait vivre et qui n'insistera pas. Eh bien ! qu'attendez-vous encore ? »

La comtesse, prostrée sur le canapé, se souleva, se traîna vers un petit secrétaire qu'elle ouvrit, sortit un carnet oblong, vert olive, dont elle couvrit une feuille de son écriture allongée.

« Excusez-moi de vous avoir un peu brusquée tout à l'heure, Madame la comtesse, dit l'abbé d'une voix adoucie et prenant le chèque qu'elle lui tendait. — Mais de tels intérêts sont en jeu ! »

Puis glissant le chèque dans une poche intérieure :

« Il serait impie de vous remercier, n'est-ce pas ? fût-ce au nom de Celui entre les mains de qui je ne suis qu'un instrument très indigne. »

Il eut un bref sanglot qu'il étouffa dans son foulard : mais, se ressaisissant aussitôt, avec un coup de talon rétif, il murmura rapidement une phrase dans une langue étrangère.

« Vous êtes Italien ? demanda la comtesse.

— Espagnol ! La sincérité de mes sentiments le trahit.
— Pas votre accent. Vraiment vous parlez le français avec une pureté...
— Vous êtes trop aimable, Madame la comtesse, excusez-moi de vous quitter abruptement. Grâce à notre petite combinaison, je vais pouvoir gagner Narbonne ce soir même, où l'archevêque m'attend avec une grande impatience. Adieu ! »

Il avait pris les mains de la comtesse dans les siennes et la regardait fixement, le buste reculé :

« Adieu, comtesse de Saint-Prix — puis un doigt sur ses lèvres : — Et souvenez-vous qu'un mot de vous peut tout perdre. »

Il n'était pas plus tôt sorti que la comtesse courait à son cordon de sonnette.

« Amélie, dites à Pierre qu'il ait à tenir la calèche toute prête, sitôt après le déjeuner, pour aller en ville. Ah ! un instant encore... Que Germain enfourche sa bicyclette et porte immédiatement à Madame Fleurissoire le mot que je vais vous donner. »

Et, penchée sur le secrétaire qu'elle n'avait point refermé, elle écrivit :

Chère Madame,

Je passerai vous voir tantôt. Attendez-moi vers deux heures. J'ai quelque chose de très grave à vous dire. Arrangez-vous de manière que nous soyons seules.

Elle signa, cacheta, puis tendit l'enveloppe à Amélie.

II

Madame Amédée Fleurissoire, née Péterat, sœur cadette de Véronique Armand-Dubois et de Marguerite de Baraglioul, répondait au nom baroque d'Arnica. Philibert Péterat, botaniste assez célèbre, sous le second Empire, par ses malheurs conjugaux, avait, dès sa jeunesse, promis des noms de fleurs aux enfants qu'il pourrait avoir. Certains amis trouvèrent un peu par-

ticulier le nom de Véronique dont il baptisa le premier ; mais, lorsque au nom de Marguerite, il entendit insinuer qu'il en rabattait, cédait à l'opinion, rejoignait le banal, il résolut, brusquement rebiffé, de gratifier son troisième produit d'un nom si délibérément botanique qu'il fermerait le bec à tous les médisants.

Peu après la naissance d'Arnica, Philibert, dont le caractère s'était aigri, se sépara d'avec sa femme, quitta la capitale et s'alla fixer à Pau. L'épouse s'attardait à Paris l'hiver, mais aux premiers beaux jours regagnait Tarbes, sa ville natale, où elle recevait ses deux aînées dans une vieille maison de famille.

Véronique et Marguerite mi-partissaient l'année entre Tarbes et Pau. Quant à la petite Arnica, inconsidérée par ses sœurs et par sa mère, un peu niaise, il est vrai, et plus touchante que jolie, elle demeurait, été comme hiver, près du père.

La plus grande joie de l'enfant était d'aller herboriser avec son père dans la campagne ; mais souvent le maniaque, cédant à son humeur chagrine, la plantait là, partait tout seul pour une énorme randonnée, rentrait fourbu et, sitôt après le repas, se fourrait au lit sans faire à sa fille l'aumône d'un sourire ou d'un mot. Il jouait de la flûte à ses heures de poésie, rabâchant insatiablement les mêmes airs. Le reste du temps il dessinait de minutieux portraits de fleurs.

Une vieille bonne, surnommée Réséda, qui s'occupait de la cuisine et du ménage, avait la garde de l'enfant ; elle lui enseigna le peu qu'elle connaissait elle-même. A ce régime, Arnica savait à peine lire à dix ans. Le respect humain avertit enfin Philibert : Arnica entra en pension chez Madame veuve Semène qui inculquait des rudiments à une douzaine de fillettes et à quelques très jeunes garçons.

Arnica Péterat, sans défiance et sans défense, n'avait jamais imaginé jusqu'à ce jour que son nom pût porter à rire. Elle eut, le jour de son entrée dans la pension, la brusque révélation de son ridicule ; le flot des moqueries la courba comme une algue lente ; elle rougit, pâlit, pleura ; et Madame Semène, en punissant d'un coup toute la classe pour tenue indécente, eut l'art maladroit de charger aussitôt d'animosité un esclaffement d'abord sans malveillance.

Longue, flasque, anémique, hébétée, Arnica restait les bras ballants au milieu de la petite classe, et quand Madame Semène indiqua :

« Sur le troisième banc de gauche, Mademoiselle Péterat », la classe repartit de plus belle en dépit des admonitions.

Pauvre Arnica! la vie n'apparaissait déjà plus devant elle que comme une morne avenue bordée de quolibets et d'avanies. Madame Semène, heureusement, ne resta pas insensible à sa détresse, et bientôt la petite put trouver dans le giron de la veuve un abri.

Volontiers Arnica s'attardait à la pension après les classes plutôt que de ne point trouver son père au foyer; Madame Semène avait une fille, de sept ans plus âgée qu'Arnica, un peu bossue, mais obligeante; dans l'espoir de lui décrocher un mari, Madame Semène recevait le dimanche soir, et même organisait deux fois l'an de petites matinées dominicales, avec récitations et sauterie; y venaient, par reconnaissance, quelques-unes de ses anciennes élèves escortées de leurs parents, et par désœuvrement, quelques adolescents dépourvus et sans avenir. Arnica fut de toutes ces réunions; fleur sans éclat, discrète, jusqu'à l'effacement, mais qui, pourtant, ne devait pas rester inaperçue.

Lorsque à quatorze ans, Arnica perdit son père, Madame Semène recueillit l'orpheline, que ses sœurs, passablement plus âgées, ne vinrent plus voir que rarement. C'est au cours d'une de ces courtes visites, pourtant, que Marguerite rencontra pour la première fois celui qui, deux ans plus tard, devait devenir son mari : Julius de Baraglioul, alors âgé de vingt-huit ans — en villégiature chez son grand-père Robert de Baraglioul qui, comme nous l'avons dit précédemment, était venu s'établir aux environs de Pau, peu après l'annexion du duché de Parme à la France.

Le brillant mariage de Marguerite (au demeurant ces demoiselles Péterat n'étaient pas absolument sans fortune) faisait, aux yeux éblouis d'Arnica sa sœur encore plus distante; elle se doutait que jamais, penché sur elle, un comte, un Julius, ne viendrait respirer son parfum. Elle enviait sa sœur enfin d'avoir pu s'évader de ce nom désobligeant : Péterat. Le nom de *Marguerite* était charmant. Qu'il sonnait bien avec *de Baraglioul !*

Hélas ! avec quel autre nom marié, celui d'*Arnica* ne resterait-il pas ridicule ?

Rebutée par le positif, son âme inéclose et froissée essayait de la poésie. Elle portait, à seize ans, des deux côtés de son blême visage, ces tombantes boucles que l'on nommait des « repentirs », et ses yeux bleus rêveurs s'étonnaient près de ses cheveux noirs. Sa voix sans timbre n'était point rude ; elle lisait des vers et s'évertuait à en écrire. Elle tenait pour poétique tout ce qui l'échappait de la vie.

Aux soirées de Madame Semène, deux jeunes gens fréquentaient, qu'une tendre amitié avait comme associés dès l'enfance ; l'un, déjeté sans être grand, non tant maigre qu'efflanqué, aux cheveux plus déteints que blonds, au nez fier, au regard timide : c'était Amédée Fleurissoire. L'autre, gras et courtaud, aux durs cheveux noirs plantés bas, portait, par étrange habitude, la tête constamment inclinée sur l'épaule gauche, la bouche ouverte et la main droite en avant tendue : j'ai dépeint Gaston Blafaphas. Le père d'Amédée était marbrier, entrepreneur de monuments funéraires et marchand de couronnes mortuaires ; Gaston était le fils d'un important pharmacien.

(Pour étrange que cela puisse paraître, ce nom de Blafaphas est très répandu dans les villages des contreforts pyrénéens ; encore qu'écrit parfois de manières assez différentes. C'est ainsi que dans le seul bourg de Sta... où l'appelait un examen, celui qui écrit ces lignes a pu voir un Blaphaphas, notaire, un Blafafaz coiffeur, un Blaphaface charcutier, qui, interrogés, ne se reconnaissaient aucune origine commune et dont chacun considérait avec un certain mépris le nom au graphisme inélégant des deux autres. — Mais ces remarques philologiques ne sauraient intéresser qu'une classe assez restreinte de lecteurs.)

Qu'eussent été Fleurissoire et Blafaphas l'un sans l'autre ? On a peine à l'imaginer. Dans les récréations du lycée, on les voyait toujours ensemble ; brimés sans cesse, se consolant, se prêtant patience, renfort. On les nommait *les Blafafoires*. Leur amitié semblait à chacun l'arche unique, l'oasis dans l'impitoyable désert de la vie. L'un ne goûtait pas une joie qu'il ne la voulût aussitôt partagée ; ou, pour mieux dire, rien n'était joie pour l'un que ce qu'il goûtait avec l'autre.

doigt sur ses lèvres et lui fait signe de se lever. En hâte
l'enfant passe la robe de chambre qu'il revêt au sortir
du bain, que son oncle a prise au dos d'une chaise et lui
tend; tout cela, les sourcils roulés et d'un air à ne point
plaisanter. Mais Cadio a si grande confiance en Wladi
qu'il n'a pas peur un seul instant; il enfile ses pantoufles
et le suit, fort intrigué par ses manières et, comme
toujours, en appétit d'amusement.

Ils sortent dans le couloir; Wladimir avance gravement, mystérieusement, portant loin devant lui la lanterne; on dirait qu'ils accomplissent un rite ou qu'ils
suivent une procession; Cadio chancelle un peu car il
est encore ivre de rêves; mais la curiosité bientôt a
nettoyé son cerveau. Devant la porte de sa mère, tous
deux s'arrêtent un instant, prêtant l'oreille : pas un bruit;
la maison dort. Arrivés sur le palier, ils entendent le
ronflement d'un valet dont la chambre ouvre près du
grenier. Ils descendent. Wladi pose des pieds de coton
sur les marches; au moindre craquement il se retourne,
d'un air si furieux que Cadio a peine à ne pas rire. Il
indique une marche en particulier, faisant signe de la
franchir, aussi sérieusement que s'il y eût péril. Cadio
ne gâte point son plaisir à se demander si ces précautions sont nécessaires, non plus que rien de ce qu'ils
font; il se prête au jeu, et, glissant le long de la rampe,
franchit le degré... Il est si prodigieusement amusé par
Wladi qu'il traverserait du feu pour le suivre.

Quand ils ont atteint le rez-de-chaussée, sur l'avant-
dernière marche tous deux s'asseoient pour souffler un
instant; Wladi hoche la tête et fait entendre un petit
soupir du nez, comme pour dire : ah! nous l'avons
échappé belle. Ils repartent. Quelles précautions devant
la porte du salon! La lanterne, qu'à présent tient Cadio,
éclaire la pièce si bizarrement que l'enfant la reconnaît
à peine; elle lui paraît démesurée; un peu de lune glisse
par l'entrebâillement d'un volet; tout baigne dans une
tranquillité surnaturelle; on dirait un étang où l'on va
jeter clandestinement l'épervier; et il reconnaît bien
et à sa place chaque chose, mais, pour la première fois,
il en comprend l'étrangeté.

Wladi s'approche du piano, l'entrouvre, caresse du
bout du doigt quelques touches qui répondent très
faiblement. Tout à coup le couvercle échappe et fait

mis ! Son regard est candide. Quel repos ce sera de dépouiller ma défiance ! S'il savait le français je lui parlerais volontiers... »

Il s'assit en face de lui, dans un coin près de la portière. Lafcadio releva le bord de son castor et commença de le considérer d'un œil morne, indifférent en apparence.

« Entre ce sale magot et moi, quoi de commun ? songeait-il. On dirait qu'il se croit malin. Qu'a-t-il à me sourire ainsi ? Pense-t-il que je vais l'embrasser ! Se peut-il qu'il y ait des femmes pour caresser encore les vieillards !... Il serait bien surpris sans doute d'apprendre que je sais lire écriture ou imprimé, couramment, à l'envers ou par transparence, au verso, dans les glaces ou sur les buvards ; trois mois d'études et deux années d'apprentissage ; et cela pour l'amour de l'art. Cadio, mon petit, le problème se pose : faire accroc à cette destinée. Mais par où ?... Tiens ! Je vais lui offrir du cachou. Qu'il accepte ou non, nous verrons toujours bien dans quelle langue.

— Grazio ! grazio ! — dit Fleurissoire en refusant.

— Rien à faire avec le tapir. Dormons ! » reprend à part soi Lafcadio, et rabattant son castor sur ses yeux, il tâche à faire un rêve d'un souvenir de sa jeunesse :

Il se revoit, du temps qu'on l'appelait Cadio, dans ce château perdu des Karpathes, qu'ils occupèrent, sa mère et lui, deux étés, en compagnie de Baldi l'Italien, et du prince Wladimir Bielkowski. Sa chambre est à l'extrémité d'un couloir ; c'est la première année qu'il couche loin de sa mère... La poignée de cuivre de sa porte, en forme de tête de lion, est retenue par un gros clou... Ah ! que les souvenirs de ses sensations sont précis !... Une nuit il est tiré du plus profond de son sommeil et croit rêver encore en voyant au chevet de son lit l'oncle Wladimir, qui lui paraît plus gigantesque encore que de coutume, fait comme un cauchemar, drapé dans un vaste cafetan couleur rouille, la moustache retombée et coiffé d'un extravagant bonnet de nuit dressé comme un bonnet persan, qui l'allonge jusqu'à n'en plus finir. Il tient à la main une lanterne sourde qu'il pose sur la table, près du lit, à côté de la montre de Cadio en repoussant un peu un sac de billes. La première pensée de Cadio c'est que sa mère est morte, ou malade ; il va questionner Bielkowski, quand celui-ci pose un

vers l'Amérique. Il n'estimait, prétendait-il, que les barbares de Chicago... Pas assez voluptueux pour mon goût, ces loups : je suis de nature féline. Passons.

» Le curé de Covigliajo, si débonnaire, ne se montrait pas d'humeur à dépraver beaucoup l'enfant avec lequel il causait. Assurément il en avait la garde. Volontiers j'en aurais fait mon camarade; non du curé, parbleu! mais du petit... Quels beaux yeux il levait vers moi! qui cherchaient aussi inquiètement mon regard que mon regard cherchait le sien; mais que je détournais aussitôt... Il n'avait pas cinq ans de moins que moi. Oui : quatorze à seize ans, pas plus... Qu'est-ce que j'étais à cet âge ? Un *stripling* plein de convoitise, que j'aimerais rencontrer aujourd'hui; je crois que je me serais beaucoup plu... Faby, les premiers temps, était confus de se sentir épris de moi; il a bien fait de s'en confesser à ma mère : après quoi son cœur s'est senti plus léger. Mais combien sa retenue m'agaçait!... Quand plus tard, dans l'Aurès, je lui ai raconté cela sous la tente, nous en avons bien ri... Volontiers, je le reverrais aujourd'hui; c'est fâcheux qu'il soit mort. Passons.

» Le vrai, c'est que j'espérais déplaire au curé. Je cherchais ce que je pourrais lui dire de désagréable : je n'ai rien su trouver que de charmant... Que j'ai de mal à ne paraître pas séduisant! Je ne peux pourtant pas passer au brou de noix mon visage, comme me le conseillait Carola; ou me mettre à manger de l'ail... Ah! ne pensons plus à cette pauvre fille! Les plus médiocres de mes plaisirs, c'est à elle que je les dois... Oh!!! d'où sort cet étrange vieillard ? »

Par la porte à coulisse du couloir, Amédée Fleurissoire venait d'entrer.

Fleurissoire avait voyagé seul dans son compartiment, jusqu'à la station de Frosinone. A cet arrêt du train, un Italien entre deux âges était monté dans le wagon, s'était assis non loin de lui et avait commencé à le dévisager d'un air sombre qui promptement invita Fleurissoire à déguerpir.

Dans le compartiment voisin, la jeune grâce de Lafcadio, tout au contraire, l'attira :

« Ah! l'aimable garçon! presque un enfant encore, pensa-t-il. — En vacances sans doute. Qu'il est bien

assez large pour embrasser l'entière humanité; ou l'étrangler peut-être... Que peu de chose la vie humaine! Et que je risquerais la mienne agilement, si seulement s'offrait quelque belle prouesse un peu joliment téméraire à oser!... Je ne peux tout de même pas me faire alpiniste ou aviateur... Qu'est-ce que me conseillerait ce claquemuré de Julius ? Fâcheux qu'il soit si empoté! ça m'aurait plu d'avoir un frère.

» Pauvre Julius! Tant de gens qui écrivent et si peu de gens qui lisent! C'est un fait : on lit de moins en moins... si j'en juge par moi, comme disait l'autre. Ça finira par une catastrophe; quelque belle catastrophe, tout imprégnée d'horreur! on foutra l'imprimé par-dessus bord; et ce sera miracle si le meilleur ne rejoint pas au fond le pire.

» Mais la curiosité, c'est de savoir ce que la vieille aurait dit si j'avais commencé de serrer... On imagine *ce qui arriverait si,* mais il reste toujours un petit laps par où l'imprévu se fait jour. Rien ne se passe jamais tout à fait comme on aurait cru... C'est là ce qui me porte à agir... On fait si peu!... « Que tout ce qui peut être soit! » c'est comme ça que je m'explique la Création... Amoureux de ce qui pourrait être... Si j'étais l'État, je me ferais enfermer.

» Pas très étourdissante, la correspondance de ce M. Gaspard Flamand que j'ai été réclamer comme mienne, à la poste restante de Bologne. Rien qui valût la peine de lui être envoyé.

» Dieu! qu'on rencontre peu de gens dont on souhaiterait fouiller les valises!... Et pourtant qu'il en est peu dont on n'obtiendrait avec tel mot, tel geste, quelque bizarre réaction!... Belle collection de marionnettes; mais les fils sont trop apparents, par ma foi! On ne croise plus dans les rues que jean-foutre et paltoquets. Est-ce le fait d'un honnête homme, Lafcadio, je vous le demande, de prendre cette farce au sérieux ?... Allons! plions bagage; il est temps! En fuite vers un nouveau monde; quittons l'Europe en imprimant notre talon sur le sol!... S'il est encore à Bornéo, au profond des forêts, quelque anthropopithèque attardé, là-bas, nous irons supputer les ressources d'une possible humanité!...

» J'aurais voulu revoir Protos. Sans doute il a cinglé

notes, et paya comptant les nouveaux vêtements. Même aventure chez le bottier. Quant au chemisier, Lafcadio jugea plus prudent de s'adresser à un autre.

« L'oncle de Gesvres, si seulement je savais son adresse! j'aurais plaisir à lui renvoyer acquittées ses factures, pensait Lafcadio. Cela me vaudrait son mépris; mais je suis Baraglioul et désormais, coquin de marquis, je te débarque de mon cœur. »

Rien ne le retenait à Paris, ni ailleurs; traversant l'Italie à petites journées, il gagnait Brindisi d'où il pensait s'embarquer sur quelque Lloyd, pour Java.

Tout seul dans le wagon qui l'éloignait de Rome, il avait, malgré la chaleur, jeté en travers de ses genoux un moelleux plaid couleur de thé, sur lequel il se plaisait à contempler ses mains gantées couleur de cendre. A travers la souple et floconneuse étoffe de son complet, il respirait le bien-être par tous ses pores; le cou non serré dans un col presque haut mais peu empesé, d'où s'échappait, mince comme un orvet, une cravate en foulard bronzé, sur la chemise à plis. Il se sentait bien dans sa peau, bien dans ses vêtements, bien dans ses bottes — de souples mocassins taillés dans le même daim que ses gants; dans cette prison molle, son pied se tendait, se cambrait, se sentait vivre. Son chapeau de castor, rabattu devant ses yeux, le séparait du paysage; il fumait une pipette de genièvre et abandonnait ses pensées à leur mouvement naturel. Il pensait:

« La vieille, avec un petit nuage blanc au-dessus de sa tête et qui me le montrait en disant : la pluie, ça ne sera pas encore pour aujourd'hui!... cette vieille dont j'ai chargé le sac sur mes épaules (par fantaisie il avait fait à pied, en quatre jours, la traversée des Apennins entre Bologne et Florence, couchant à Covigliajo) et que j'ai embrassée au haut de la côte... ça faisait partie de ce que le curé de Covigliajo appelait : les bonnes actions. — Je l'aurais tout aussi bien serrée à la gorge — d'une main qui ne tremble pas — quand j'ai senti cette sale peau ridée sous mon doigt... Ah! comme elle caressait le col de ma veste, pour en enlever la poussière! en disant : figlio mio! carino!... D'où me venait cette intense joie quand, après et encore en sueur, à l'ombre de ce grand châtaignier, et pourtant sans fumer, je me suis étendu sur la mousse? Je me sentais d'étreinte

LIVRE CINQUIÈME

LAFCADIO

> — *There is only one remedy. One thing alone can cure us from being ourselves.*
> — *Yes; strictly speaking, the question is not how to get cured, but how to live.*
>
> Joseph CONRAD, *Lord Jim.*

I

Après que, par l'intermédiaire de Julius et l'assistance du notaire, Lafcadio fut entré en possession des quarante mille livres de rente que feu le comte Juste-Agénor de Baraglioul lui laissait, son grand souci fut de n'en laisser rien paraître.

« Dans de la vaisselle d'or peut-être, s'était-il dit alors, mais tu mangeras des mêmes plats. »

Il ne prenait pas garde à ceci, ou ne savait pas encore, que pour lui, désormais, le goût des mets allait changer. Ou du moins, comme il trouvait égal plaisir à lutter contre l'appétit, à céder à la gourmandise, maintenant que ne le pressait plus le besoin, sa résistance se relâchait. Parlons sans images : d'aristocratique nature, il n'avait permis à la nécessité de lui imposer aucun geste — qu'il se fût permis à présent, par malice, par jeu, et par l'amusement de préférer à son intérêt son plaisir.

Se conformant aux volontés du comte, il n'avait donc pas pris le deuil. Une mortifiante déconvenue l'attendait chez les fournisseurs du marquis de Gesvres, son dernier oncle, lorsqu'il se présenta pour monter sa garde-robe. Comme il se recommandait de celui-ci, le tailleur sortit quelques factures que le marquis avait négligé de payer. Lafcadio répugnait aux filouteries; il feignit aussitôt d'être venu précisément pour régler ces

son châle, ses affaires de toilette et de nuit; mais avouer à Baraglioul la via dei Vecchierelli!....

« Oh! pour une nuit!... fit-il lestement. Du reste nous n'avons pas le temps de passer à mon hôtel.

— Au fait, où donc êtes-vous descendu ?

— Derrière le Colisée », répondit l'autre à tout hasard. C'était comme s'il avait dit : Sous les ponts.

Julius encore une fois le regarda.

« Quel drôle d'homme vous faites! »

Paraissait-il vraiment si bizarre ? Fleurissoire s'épongea le front. Ils firent quelques pas en silence, devant la gare, où ils étaient arrivés.

« Allons! il faut nous séparer, dit Baraglioul en lui tendant la main.

— Vous ne... vous ne viendriez pas avec moi ? balbutia craintivement Fleurissoire. Je ne sais trop pourquoi, ça m'inquiète un peu de partir seul...

— Vous êtes bien venu seul jusqu'à Rome. Que voulez-vous qu'il vous advienne ? Excusez-moi de vous quitter avant le quai, mais la vue du train qui s'en va me cause une tristesse inexprimable. Adieu! Bon voyage! et demain rapportez-moi au Grand Hôtel mon billet de retour pour Paris. »

« Eh bien! que vous disais-je? reprit Amédée à voix basse, plutôt soulagé par l'incident.

— En effet, voici qui n'est pas ordinaire. Comment diable sait-on mon nom? et que je suis en relation avec le Crédit commercial.

— Ces gens-là savent tout, je vous dis.

— Le ton de ce billet ne me plaît pas. Celui qui l'écrivit aurait du moins pu s'excuser de nous interrompre.

— A quoi bon? Il sait bien que ma mission passe avant tout... C'est un chèque à toucher... Non; impossible de vous en parler ici; vous voyez bien qu'on nous surveille. — Puis tirant sa montre : En effet, nous n'avons que le temps. »

Il sonna le garçon.

« Laissez! laissez, dit Julius : c'est moi qui vous invite. Le Crédit n'est pas loin; au besoin nous prendrons un fiacre. Ne vous affolez pas... Ah! je voulais vous dire encore : si vous allez à Naples ce soir, disposez donc de ce billet circulaire. Il est à mon nom; mais qu'importe. (Car Julius aimait d'obliger.) Je l'ai pris inconsidérément à Paris, pensant descendre plus au sud. Mais me voici retenu par un congrès. Combien de temps pensez-vous rester là-bas?

— Le moins possible. J'espère être de retour dès demain.

— Je vous attendrai donc pour dîner. »

Au Crédit commercial, grâce à la présentation du comte de Baraglioul, on remit à Fleurissoire, sans difficultés, contre le chèque, six billets qu'il glissa dans la poche intérieure de son veston. Cependant, il avait raconté, tant bien que mal, à son beau-frère, l'histoire du chèque, du cardinal et de l'abbé; Baraglioul, qui l'accompagna jusqu'à la gare, ne l'écoutait que d'une oreille distraite.

Entre-temps Fleurissoire entra chez un chemisier pour s'acheter un faux col, mais qu'il ne mit pas aussitôt, par crainte de faire trop attendre Julius qui patientait devant la boutique.

« Vous n'emportez pas de valise? » demanda celui-ci lorsque l'autre l'eut rejoint.

Certes Fleurissoire fût bien volontiers passé prendre

« La fièvre ! vous l'avez dit : j'ai la fièvre. Une fièvre dont on ne guérit point, et dont on ne veut pas guérir. Une fièvre, je l'avoue, dont j'espérais que vous seriez saisi tout de même lorsque vous viendriez à connaître ce que je vous ai révélé ; une fièvre que j'espérais vous communiquer, je l'avoue, afin qu'ensemble nous brûlions, mon frère... Mais non ! je le sens bien à présent, c'est solitaire que s'enfonce l'obscur sentier que je suis, que je dois suivre ; et même ce que vous m'avez dit m'y oblige... Eh quoi ! Julius, serait-il vrai ? Alors on ne LE voit pas ? On ne parvient pas à le voir ?...

— Mon ami, reprit Julius, en se dégageant de l'étreinte de Fleurissoire qui s'exaltait, et lui posant à son tour une main sur le bras : — Mon ami, je m'en vais vous avouer quelque chose que je n'osais vous dire tout à l'heure : Quand je me suis trouvé en présence du Saint-Père... eh bien ! j'ai été pris d'une distraction.

— D'une distraction ! répéta Fleurissoire abasourdi.

— Oui : brusquement je me suis surpris pensant à autre chose.

— Dois-je croire à ce que vous dites ?

— Car c'est précisément alors que j'ai eu ma révélation. Mais, me disais-je, poursuivant ma première idée, — mais, à le supposer gratuit, l'acte mauvais, le crime, le voici tout inimputable ; et imprenable celui qui l'a commis.

— Quoi ! vous y revenez, soupira désespérément Amédée.

— Car le mobile, le motif du crime, c'est l'anse par où saisir le criminel. Et si, comme le juge prétendra : *Is fecit cui prodest*... vous avez fait votre droit, n'est-ce pas ?

— Excusez-moi », dit Amédée dont la sueur emperlait le front.

Mais à ce moment, tout brusquement, le dialogue se rompit : le chasseur du restaurant apportait sur une assiette une enveloppe où le nom de Fleurissoire était inscrit. Celui-ci plein de stupeur ouvrit l'enveloppe, et, sur le billet qu'elle contenait lut ces mots :

Vous n'avez pas une minute à perdre. Le train de Naples part à trois heures. Demandez à Monsieur de Baraglioul de vous accompagner au Crédit commercial où il est connu et pourra témoigner de votre identité. Cave.

— Et qui se sent toujours en reste avec Dieu », ajouta benoîtement Fleurissoire qui tâchait de se maintenir à hauteur.

Julius était manifestement irrité par les interruptions de son beau-frère ; elles lui paraissaient saugrenues.

« Certainement le mépris de ce qui peut servir, reprit-il, est signe d'une certaine aristocratie de l'âme... Donc échappée au catéchisme, à la complaisance, au calcul, admettrons-nous une âme qui ne tienne plus de comptes du tout ? »

Baraglioul attendait un assentiment ; mais :

« Non, non ! mille fois non : nous ne l'admettrons pas ! s'écria véhémentement Fleurissoire ; puis soudain effrayé par l'éclat de sa propre voix, il se pencha vers Baraglioul.

— Parlons plus bas ; l'on nous écoute.

— Bah ! Qui voulez-vous que ce que nous disons intéresse ?

— Ah ! mon ami, je vois que vous ne savez pas comment ils sont dans ce pays. Pour moi, je commence à les connaître. Depuis quatre jours que je vis parmi eux, je ne sors pas des aventures ! et qui m'ont inculqué de vive force, je vous jure, une précaution que je n'avais pas naturelle. On est traqué.

— Vous vous imaginez tout cela.

— Je le voudrais, hélas ! et que tout cela n'existât que dans mon cerveau. Mais, que voulez-vous ? lorsque le faux prend la place du vrai, il faut bien que le vrai se dissimule. Chargé de la mission que je vous dirai tout à l'heure, entre la Loge et la Société de Jésus, c'en est fait de moi. Je suis suspect à tous ; tout m'est suspect. Mais si je vous avouais, mon ami, que tout à l'heure, et devant cette moquerie que vous opposiez à ma peine, j'ai pu douter si c'était au vrai Julius que je parlais, ou non plutôt à quelque contrefaçon de vous-même... Mais si je vous disais que, ce matin, avant de vous avoir rencontré, j'ai pu douter de ma propre réalité, douter d'être moi-même ici, à Rome, ou si plutôt je rêvais simplement d'y être et n'allais pas bientôt me réveiller à Pau, doucement couché près d'Arnica, au milieu de mon ordinaire.

— Mon ami, vous aviez la fièvre. »

Fleurissoire lui saisit la main, et d'une voix pathétique :

que les suivants seront meilleurs. Car il me tarde de vous parler de choses sérieuses. Vous déjeunez avec moi, n'est-ce pas ?

— Volontiers ; mais je vous quitterai de bonne heure. On m'attend à Naples ce soir... oui, pour affaires dont je vous parlerai. Vous ne m'emmenez pas au Grand Hôtel, j'espère.

— Non ; nous irons au Colonna. »

De son côté, Julius se souciait peu d'être vu au Grand Hôtel en compagnie d'un débris tel que Fleurissoire ; et celui-ci, qui se sentait pâle et défait, souffrait déjà de la pleine lumière où l'avait fait asseoir son beau-frère, à cette table de restaurant, bien en face de lui et sous son regard scrutateur. Si encore ce regard avait cherché le sien : mais non, il le sentait qui s'adressait, au ras du foulard amarante, à cet endroit honteux de son cou où le bouton suspect bourgeonnait, et qu'il sentait à découvert. Et tandis que le garçon apportait les hors-d'œuvre :

« Vous devriez prendre des bains sulfureux, dit Baraglioul.

— Ce n'est pas ce que vous croyez, protesta Fleurissoire.

— Tant mieux, reprit Baraglioul, qui du reste ne croyait rien ; je vous donnais ce conseil en passant. Puis, se campant en arrière, et sur un ton professoral :

— Eh bien ! voici, cher Amédée : M'est avis que, depuis La Rochefoucauld, et à sa suite, nous nous sommes fourrés dedans ; que le profit n'est pas toujours ce qui mène l'homme ; qu'il y a des actions désintéressées...

— Je l'espère bien, interrompit candidement Fleurissoire.

— Ne me comprenez pas si vite, je vous en prie. Par *désintéressé*, j'entends : gratuit. Et que le mal, ce que l'on appelle : le mal, peut être aussi gratuit que le bien.

— Mais, dans ce cas, pourquoi le faire ?

— Précisément ! par luxe, par besoin de dépense, par jeu. Car je prétends que les âmes les plus désintéressées ne sont pas nécessairement les meilleures — au sens catholique du mot ; au contraire, à ce point de vue catholique, l'âme la mieux dressée est celle qui tient le mieux ses comptes.

quelque chose de terrible : Julius, mon ami, celui que vous avez vu ce matin...

— Que je n'ai pas vu, voulez-vous dire.

— Précisément... n'est pas *le vrai*.

— Vous dites ?

— Je dis que vous n'avez pas pu voir le pape, pour cette monstrueuse raison que... je le tiens de source clandestine et certaine : le vrai pape est confisqué. »

Cette étonnante révélation eut sur Julius l'effet le plus inattendu : il quitta soudain le bras d'Amédée et trottant par-devant, tout au travers du vicolo, il criait :

— « Ah! non. Ah! ça, par exemple, non, non, non! »

Puis se rapprochant d'Amédée :

« Comment! J'arrive, et à grand-peine, à me purger l'esprit de tout cela; je me convaincs qu'il n'y a rien à attendre de là, rien à espérer, rien à admettre; qu'Anthime a été joué, que tous nous sommes joués, que ce sont là des pharmacies! et qu'il ne reste plus qu'à en rire... Eh quoi! je me libère; et je n'en suis pas plus tôt consolé que vous venez me dire : Halte-là! Il y a maldonne : Recommencez! Ah! non, par exemple! Ah! ça : non jamais! Je m'en tiens là. Si celui-là n'est pas le vrai : Tant pis! »

Fleurissoire était consterné.

« Mais, disait-il, l'Église... et il déplorait que son enrouement ne lui permît pas d'éloquence. — Mais, si l'Église elle-même est jouée ? »

Julius se mit de biais devant lui, lui coupant à demi la route, et, sur un ton persifleur et tranchant qu'il n'avait pas accoutumé :

« Eh bien! qu'est-ce-que-ce-la-vous-fait ? »

Alors Fleurissoire eut un doute; un doute neuf, informe, atroce et qui vaguement se fondait dans l'épaisseur de son malaise : Julius, Julius lui-même, ce Julius auquel il parlait, Julius à quoi se raccrochait son attente et sa bonne foi désolée, ce Julius non plus n'était pas le vrai Julius.

« Quoi! c'est vous qui parlez ainsi! Vous sur qui je comptais! Vous Julius! Comte de Baraglioul, dont les écrits...

— Ne me parlez pas de mes écrits, je vous en prie. Vrai ou faux, j'ai assez de ce que m'en a dit ce matin votre pape! Et je compte bien, grâce à ma découverte,

— Vous dites ?
— Je parlerai tantôt.
— D'abord j'ai dû complètement renoncer à lui faire tenir ma supplique. Je la gardais en main ; c'était un décent rouleau de papier ; mais, dès la seconde antichambre (ou la troisième ; je ne me souviens plus bien), un grand gaillard, costumé de noir et de rouge, me l'a poliment enlevée. »

A petit bruit, Amédée commençait à rire comme quelqu'un de renseigné et qui sait ce qu'il sait.

« Dans l'antichambre suivante on m'a débarrassé de mon chapeau, qu'on a posé sur une table. Dans la cinquième ou la sixième, où j'attendis longtemps en compagnie de deux dames et de trois prélats, une sorte de chambellan est venu me chercher et m'a introduit dans la salle voisine où, sitôt en face du Saint-Père (il était, autant que j'ai pu m'en rendre compte, juché sur une sorte de trône que protégeait une sorte de baldaquin), il m'a invité à me prosterner, ce que j'ai fait ; de sorte que j'ai cessé de voir.

— Vous n'êtes pourtant pas resté si longtemps incliné, et ni le front si bas que vous n'ayez...

— Mon cher Amédée, vous en parlez à votre aise ; vous ne savez donc pas quels aveugles fait de nous le respect ? Et, outre que je n'osais pas relever la tête, une façon de majordome, avec une espèce de règle, chaque fois que je commençais à parler d'Anthime, me donnait sur la nuque des manières de petits coups, qui m'inclinaient à neuf.

— Du moins *Lui,* vous a-t-il parlé.

— Oui, de mon livre, qu'il m'a avoué n'avoir pas lu.

— Mon cher Julius, reprit Amédée après un moment de silence, ce que vous me dites là est de la plus haute importance. Ainsi vous ne l'avez pas vu : et de tout votre récit je retiens qu'il est étrangement malaisé de le voir. Ah ! tout ceci confirme hélas ! l'appréhension la plus cruelle. Julius, je dois vous le dire à présent... mais venez par ici ; cette rue si fréquentée... »

Il entraîna dans un vicolo presque désert Julius, amusé plutôt, qui se laissait faire :

« Ce que je vais vous confier est si grave... Surtout n'en laissez rien voir au-dehors. Ayons l'air de parler de matières indifférentes et préparez-vous à entendre

laquelle je ne verrais peut-être pas aussi clair dans ce qui nous occupe aujourd'hui, et dont je suis pressé de vous entretenir. Voici : *un être d'inconséquence !* c'est beaucoup dire... et sans doute cette apparente inconséquence cache-t-elle une séquence plus subtile et cachée ; l'important c'est que ce qui le fasse agir, ce ne soit plus une simple raison d'intérêt ou, comme vous dites ordinairement : qu'il n'obéisse plus à des motifs intéressés.

— Je ne vous suis plus bien, dit Amédée.

— C'est vrai, pardonnez-moi : je m'écartais de ma visite. J'avais donc résolu de prendre en main l'affaire d'Anthime... Ah ! mon ami, si vous aviez vu l'appartement qu'il occupe à Milan ! — Vous ne pouvez pas rester ici, lui ai-je dit tout de suite. Et quand je pense à cette malheureuse Véronique ! Mais lui tourne à l'ascète, au capucin ; il ne permet pas qu'on le plaigne ; ni surtout qu'on accuse le clergé ! — Mon ami, lui ai-je dit encore : je consens que le haut clergé ne soit pas coupable, mais alors c'est qu'il n'est pas averti. Permettez-moi d'aller l'instruire.

— Je croyais que le cardinal Pazzi... glissa Fleurissoire.

— Oui. Ça n'avait pas réussi. Vous comprenez, ces hauts dignitaires, chacun a peur de se commettre. Il fallait pour se saisir de l'affaire quelqu'un qui ne fût pas de la partie ; moi par exemple. Car admirez la manière dont se font les découvertes ! et j'entends : les plus importantes : on croirait à une illumination soudaine : au fond on n'arrêtait pas d'y penser. C'est ainsi que depuis longtemps, je m'inquiétais tout à la fois de l'excès de logique de mes personnages et de leur insuffisante détermination.

— Je crains, dit doucement Amédée, que vous ne vous écartiez de nouveau.

— Nullement, reprit Julius, c'est vous qui ne suivez pas ma pensée. Bref, c'est à notre Saint-Père lui-même que je résolus d'adresser la supplique ; et j'allai la lui porter ce matin.

— Alors ? dites vite : vous l'avez vu ?

— Mon cher Amédée, si vous m'interrompez tout le temps... Eh bien ! on n'imagine pas ce que c'est difficile de le voir.

— Parbleu ! fit Amédée.

carnet, puis remit son crayon dans sa poche et, se levant brusquement, donna du nez contre Amédée.

— Par le Saint-Père, que faites-vous ici ? »

Amédée, tremblant d'émotion, bégayait et ne pouvait dire; il pressait convulsivement une main de Julius dans les deux siennes. Julius cependant l'examinait :

« Mon pauvre ami, comme vous voilà fait! »

La Providence avait bien mal loti Julius : des deux beaux-frères qui lui restaient, l'un tournait au cagot; l'autre était marmiteux. Depuis moins de trois ans qu'il n'avait revu Amédée, il le trouvait vieilli de plus de douze; ses joues étaient rentrées, sa pomme d'Adam ressortie; l'amarante de son foulard exagérait encore sa pâleur; son menton tremblait; ses yeux vairons roulaient d'une manière qui eût dû être pathétique et n'était que bouffonne; il avait rapporté de son voyage de la veille un enrouement mystérieux, de sorte que semblaient venir de loin ses paroles. Tout occupé par sa pensée :

« Alors, vous l'avez vu ? » dit-il.

Et tout occupé par la sienne :

« Qui ? » demanda Julius.

Ce *qui ?* retentit en Amédée comme un glas et comme un blasphème. Il précisa discrètement :

« Je croyais que vous sortiez du Vatican ?

— En effet. Excusez-moi : je n'y pensais plus... Si vous saviez ce qui m'arrive! »

Ses yeux brillaient; on eût cru qu'il allait jaillir de lui-même.

« Oh! s'il vous plaît, supplia Fleurissoire : vous me direz cela ensuite; parlez-moi d'abord de votre visite. Je suis si impatient de savoir...

— Cela vous intéresse ?

— Bientôt vous comprendrez combien. Parlez! parlez, je vous en prie.

— Eh bien! voilà! » commença Julius, empoignant par un bras Fleurissoire et l'entraînant loin de Saint-Pierre : « Peut-être aurez-vous su dans quel dénuement sa conversion avait laissé notre Anthime : C'est en vain qu'il attend encore ce que lui promettait l'Église, en récompense de ce que lui ont ravi les francs-maçons. Anthime a été joué : il faut le reconnaître... Mon cher ami, vous prendrez comme vous voudrez cette aventure : moi je la tiens pour une farce qualifiée; mais sans

Fleurissoire se sentait ineffablement tonifié par cette lettre, et que la perspective de reprendre contact avec un des siens, avec sa vie passée, brusquement remettait à leur place les monstres enfantés par son imagination de voyageur. Carola, l'abbé Cave, le cardinal, tout cela flottait devant lui comme un rêve qu'interrompt tout à coup le chant du coq. Pourquoi donc avait-il quitté Pau ? Que signifiait cette fable absurde qui l'avait dérangé de son bonheur ? Parbleu ! Il y avait un pape ; et dans quelques instants Julius allait pouvoir déclarer : je l'ai vu ! Un pape et cela suffisait. Dieu pouvait-il autoriser sa substitution monstrueuse, à laquelle lui, Fleurissoire, n'aurait certes point cru, sans cet absurde orgueil d'avoir à jouer un rôle dans l'affaire ?

Amédée marchait à petits pas pressés ; il avait peine à se retenir de courir. Il reprenait enfin confiance, tandis que tout, autour de lui, reprenait poids rassurant, mesure, position naturelle et vraisemblable réalité. Il tenait son chapeau de paille à la main ; quand il arriva devant la basilique, il fut pris d'une si noble ivresse qu'il commença par faire le tour de la fontaine de droite ; et, tandis qu'il passait sous le vent du jet d'eau, se laissant humecter le front, il souriait à l'arc-en-ciel.

Tout à coup, il stoppa. Là, près de lui, assis sur le soubassement du quatrième pilier de la colonnade, n'apercevait-il pas Julius ? Il hésitait à le reconnaître, tant si sa mise était décente, sa tenue l'était peu : le comte de Baraglioul avait posé son cronstadt de paille noire à côté de lui, sur le bec en corbin de sa canne fichée entre deux pavés, et, tout insoucieux de la solennité du lieu, le pied droit sur le genou gauche, tel un prophète de la Sixtine, il maintenait sur son genou droit un cahier ; par instants, abattant tout à coup sur les feuilles un crayon haut levé, il écrivait, attentif si uniquement à la dictée d'une inspiration si pressante qu'Amédée devant lui aurait pu faire la buciloque sans qu'il le vît. Tout en écrivant il parlait ; et si le froissement du jet d'eau couvrait le bruit de ses paroles, du moins distinguait-on ses lèvres s'agiter.

Amédée s'approcha, contournant discrètement le pilier. Comme il allait toucher l'autre à l'épaule :

« Et dans ce cas, que nous importe ! déclama Julius, qui consigna ces mots, en fin de page, dans son

penchée vers lui, allait enfin lui demander : — Avez-vous bien dormi, mon ami ?

A la poste l'employé le reconnut, et ne fit point difficulté pour lui remettre une nouvelle lettre de son épouse.

... Je viens d'apprendre par Valentine de Saint-Prix, lui disait Arnica, *que Julius lui aussi est à Rome, appelé par un congrès. Comme je me réjouis en songeant que tu vas pouvoir le rencontrer ! Malheureusement Valentine n'a pas pu me donner son adresse. Elle croit qu'il est descendu au Grand Hôtel, mais elle n'en est pas sûre. Elle sait seulement qu'il doit être reçu au Vatican jeudi matin ; il a écrit à l'avance au cardinal Pazzi pour obtenir une audience. Il vient de Milan où il a été voir Anthime qui est très malheureux parce qu'il n'obtient pas ce que lui avait promis l'Église après son procès ; alors Julius veut aller trouver notre Saint-Père pour lui demander justice ; car naturellement il ne sait rien encore. Il te racontera sa visite et toi tu pourras l'éclairer.*

J'espère que tu prends bien des précautions contre le mauvais air et que tu ne te fatigues pas trop. Gaston vient me voir tous les jours ; tu nous manques beaucoup. Comme je serai contente quand tu nous annonceras ton retour... Etc.

Et griffonnés en travers, au crayon, sur la quatrième page, ces quelques mots de Blafaphas :

Si tu vas à Naples, tu devrais t'informer comment ils font le trou dans le macaroni. Je suis sur le chemin d'une nouvelle découverte.

Une claironnante joie envahit le cœur d'Amédée, mêlée d'une certaine gêne : Ce jeudi, jour de l'audience, c'était le jourd'hui même. Il n'osait donner à blanchir et le linge allait lui manquer. Il le craignait du moins. Il avait remis ce matin son faux col de la veille ; mais qui cessa tout aussitôt de lui paraître suffisamment propre quand il apprit qu'il pourrait rencontrer Julius. La joie qu'il eût eue de cette conjonction en fut contrariée. Repasser via dei Vecchierelli, il n'y fallait songer, s'il voulait surprendre son beau-frère à la sortie de l'audience ; et cela ne le troublait point tant que de le relancer au Grand Hôtel. Du moins prit-il soin de retourner ses manchettes ; quant au col, il le recouvrit de son foulard, ce qui présentait en outre cet avantage de cacher à peu près son bouton.

Mais qu'importaient ces vétilles ? Le vrai c'est que

— Eh bien... elle hésita encore ; le regarda, le vit si pâle, qu'elle continua, dans un élan : — Eh bien! défie-toi de lui. Crois-moi, ma pauvre poule, il va te plumer. Je ne devrais pas te dire ça, mais... défie-toi de lui. »

Amédée s'apprêtait à sortir, complètement bouleversé par ces derniers propos; il était déjà dans l'escalier, elle le rappela :

« Surtout, si tu le revois, ne lui dis pas que je t'ai parlé. Ce serait comme si tu me tuais. »

La vie devenait décidément trop compliquée pour Amédée. Au surplus il se sentait les pieds gelés, le front brûlant, et les idées fort mal en place. Comment s'y reconnaître à présent, si l'abbé Cave lui-même n'était qu'un farceur ?... Alors, le cardinal aussi peut-être ?... Mais ce chèque, pourtant! Il sortit le papier de sa poche, le palpa, rassura sa réalité. Non! non, ce n'était pas possible! Carola se trompait. Et puis, que savait-elle des intérêts mystérieux qui forçaient ce pauvre Cave à jouer double jeu ? Sans doute fallait-il voir là, plutôt, quelque mesquine rancune de Baptistin, contre qui précisément le bon abbé l'avait mis en garde... N'importe! il ouvrirait l'œil encore plus : il se défierait désormais de Cave, comme il se défiait déjà de Baptistin; et qui sait si, de Carola même... ?

« Voilà bien, se disait-il, à la fois la conséquence et la preuve de ce vice initial, de ce trébuchement du Saint-Siège : tout le reste à la fois chavirait. A qui se fier, sinon au pape ? et dès que cette pierre angulaire cédait, sur laquelle posait l'Église, rien ne méritait plus d'être vrai. »

Amédée marchait à petits pas pressés, dans la direction de la poste; car il espérait bien trouver quelques nouvelles du pays, honnêtes, où rasseoir enfin sa confiance fatiguée. Le brouillard léger du matin et cette profuse lumière où s'évaporait et s'irréalisait chaque objet favorisaient encore son vertige; il avançait comme en un rêve, doutant de la solidité du sol, des murs, et de la sérieuse existence des passants qu'il croisait; doutant surtout de sa présence à Rome... Il se pinçait alors pour s'arracher d'un mauvais rêve, se retrouver à Pau, dans son lit, près d'Arnica déjà levée, qui, selon sa coutume,

entendit Carola circuler sur le palier, il l'appela et la pria d'examiner le mal. Elle approcha Fleurissoire de la fenêtre et affirma dès le premier coup d'œil :

« Ça n'est pas ce que tu crois. »

A vrai dire Amédée ne songeait pas bien particulièrement à *cela,* mais l'effort de Carola pour le rassurer l'inquiéta au contraire. Car enfin, du moment qu'elle affirmait que ce n'était pas *cela,* c'était donc que ç'aurait pu l'être. Après tout, était-elle bien sûre que ça ne l'était pas ? Et que ce fût *cela,* lui le trouvait tout naturel; car enfin il avait péché; il méritait que ça le fût. Ça devait l'être. Un frisson lui coula le long du dos.

« Comment t'es-tu fait ça ? » demanda-t-elle.

Ah! qu'importait la cause occasionnelle, coupure du rasoir ou salive du pharmacien : la cause profonde, celle qui lui méritait ce châtiment, pouvait-il décemment la lui dire ? Et la comprendrait-elle ? Sans doute elle en rirait... Comme elle répétait sa question :

« C'est un barbier, répondit-il.

— Tu devrais mettre quelque chose dessus. »

Cette sollicitude balaya ses derniers doutes; ce qu'elle en avait dit d'abord n'était que pour le rassurer; il se voyait déjà le visage et le corps mangés de pustules, objet d'horreur pour Arnica; ses yeux s'emplirent de larmes.

« Alors tu crois que...

— Mais non, ma petite biche; il ne faut pas te frapper comme ça; tu as l'air d'une pompe funèbre. D'abord, si c'était ça, on n'en pourrait rien savoir encore.

— Si! si... Ah! c'est bien fait pour moi! C'est bien fait! » reprenait-il.

Elle s'attendrit :

« Et puis, ça n'est jamais comme ça que ça commence; veux-tu que j'appelle la patronne, qui te le dira ?... Non ? Eh bien! tu devrais sortir un peu pour te distraire : et boire un coup de marsala. — Elle garda le silence un instant. Enfin n'y tenant plus :

— Écoute, reprit-elle : j'ai à te parler de choses sérieuses : Tu n'as pas fait la rencontre, hier, d'une espèce de curé à cheveux blancs ? »

Comment savait-elle cela ? Stupéfait Fleurissoire demanda :

« Pourquoi ?

besogne plus relevée... Non, mon fils, ne baisez pas ma main; vous voyez bien qu'elle est sans bague. »

Il toucha le front d'Amédée à demi prosterné devant lui, et Protos qui le prenait par le bras le secouant doucement :

« Allons! buvez un coup avant de vous mettre en route. Je regrette bien de ne pouvoir vous raccompagner à Rome; mais divers soins me retiennent ici; et mieux vaut qu'on ne nous voie pas ensemble. Adieu. Embrassons-nous, cher Fleurissoire, Dieu vous garde! et je le remercie de m'avoir mis à même de vous connaître. »

Il raccompagna Fleurissoire jusqu'à la porte, et le quittant :

« Ah! Monsieur, disait-il encore, que pensez-vous du cardinal? N'est-il pas pénible de voir ce qu'ont fait les persécutions, d'une si noble intelligence! »

Puis revenant auprès du pseudo :

« Abruti! c'est malin ce que tu as inventé là! de faire endosser ton chèque par un maladroit qui n'a même pas de passeport et que je vais devoir tenir à l'œil. »

Mais Bardolotti, lourd de somnolence, laissait rouler sa tête sur la table en murmurant :

« Il faut occuper les vieillards. »

Protos alla dans une chambre de la villa dépouiller sa perruque et son costume de paysan; il reparut bientôt après, rajeuni de trente ans, sous les traits d'un employé de magasin ou de banque, de l'aspect le plus subalterne. Il n'avait pas trop de temps pour attraper le train qu'il savait devoir emporter aussi Fleurissoire, et partit sans prendre congé de Bardolotti qui dormait.

VII

FLEURISSOIRE regagna Rome et la via dei Vecchierelli le soir même. Il était extrêmement fatigué et obtint de Carola qu'elle le laissât dormir.

Le lendemain, dès l'éveil, son bouton, au palper, lui parut bizarre; il l'examina dans une glace et constata qu'une squame jaunâtre en recouvrait l'écorniflure; le tout avait un méchant aspect. Comme, à ce moment, il

puisque vous en appelez à nous, nous voulons vous présenter le moyen de vous racheter. (Vous vous y prenez mal. Laissez-moi vous aider.)

— Oh! ne vous donnez pas la peine. Merci! merci, faisait Fleurissoire; et Bardolotti, tout en le nettoyant, continuait :

— Toutefois je comprends vos scrupules; et, pour les respecter, je vous offrirai tout d'abord une petite besogne sans éclat, qui vous fournira l'occasion de vous relever et mettra votre dévouement à l'épreuve.

— C'est tout ce que j'attends.

— Voyons, cher abbé Cave, vous avez sur vous ce petit chèque ? »

Protos sortit un papier de la poche intérieure de son sayon.

« Circonvenus comme nous sommes, reprenait le cardinal, nous avons parfois quelque mal à toucher les espèces des offrandes que quelques bonnes âmes secrètement sollicitées nous envoient. Surveillés à la fois par les francs-maçons et par les jésuites, par la police et par les bandits, il ne convient pas qu'on nous voie présenter des chèques ou des mandats aux guichets des postes et des banques où notre personne pourrait être reconnue. Les aigrefins dont vous parlait tantôt l'abbé Cave ont jeté sur les collectes un tel discrédit! (Protos cependant pianotait impatiemment sur la table.) Bref, voici un modeste petit chèque de six mille francs que je vous prie, mon fils, de bien vouloir toucher à notre place; il est tiré sur le Credito Commerciale de Rome par la duchesse de Ponte-Cavallo; bien qu'adressé à l'archevêque, le nom du destinataire par prudence est laissé en blanc, de manière que le puisse toucher n'importe quel porteur; vous le signerez sans scrupule de votre vrai nom, qui n'éveillera pas les soupçons. Veillez bien à ne pas vous le laisser voler, ni... Qu'avez-vous, mon cher abbé Cave ? Vous semblez nerveux.

— Allez toujours.

— Ni la somme, que vous me rapporterez dans... voyons, vous rentrez à Rome cette nuit; vous pourrez reprendre demain soir le train rapide de six heures; à dix heures vous arriverez à Naples de nouveau et me trouverez sur le quai de la gare à vous attendre. Après quoi nous verrons à vous occuper à quelque

— C'est-à-dire, gémit Fleurissoire, qu'on ne sait plus où se tenir ; je ne vois que danger partout.

— Vous étonnerez-vous encore, après cela, des excès de notre prudence ? dit Bardolotti.

— Et comprendrez-vous, continua Protos, que nous n'hésitions pas, par instants, à revêtir la livrée du péché et à feindre quelque complaisance en face des plus coupables joies !

— Hélas ! balbutia Fleurissoire, vous du moins, vous vous en tenez à la feinte, et c'est pour cacher vos vertus que vous simulez le péché. Mais moi... Et comme les fumées du vin se mêlaient aux nuages de la tristesse et les rots de l'ivresse aux hoquets des sanglots, penché du côté de Protos, il commença par rendre son déjeuner, puis raconta confusément la soirée avec Carola et le deuil de son pucelage. Bardolotti et l'abbé Cave avaient grand mal à ne pas s'esclaffer.

— Enfin, mon fils, vous vous êtes confessé ? demanda le cardinal plein de sollicitude.

— Le lendemain matin.

— Le prêtre vous a donné l'absolution ?

— Beaucoup trop facilement. C'est précisément là ce qui me tourmente... Mais pouvais-je lui confier qu'il n'avait pas affaire à un pèlerin ordinaire ; révéler ce qui m'amenait dans ce pays ?... Non, non ! c'en est fait à présent ; cette mission de choix réclamait un serviteur sans tache. J'étais tout désigné. A présent, c'en est fait. J'ai déchu ! Et de nouveau le secouaient les sanglots, tandis que, se frappant la poitrine à petits coups, il répétait : — Je ne suis plus digne ! Je ne suis plus digne ! puis reprenait dans une sorte de mélopée : — Ah ! vous qui m'écoutez à présent et qui connaissez ma détresse, jugez-moi, condamnez-moi, punissez-moi... Dites-moi quelle extraordinaire pénitence me lavera de ce crime extraordinaire ? quel châtiment ? »

Protos et Bardolotti se regardaient. Le dernier enfin, se levant, commença de tapoter Amédée sur l'épaule :

« Voyons, voyons ! mon fils. Il ne faut pourtant pas se laisser aller comme ça. Eh bien, oui ! vous avez péché. Mais, que diable ! on n'en a pas moins besoin de vous. (Vous êtes tout sali ; tenez, prenez cette serviette ; frottez !) Toutefois, je comprends votre angoisse, et

— Ah! que j'étais heureux quand je ne savais rien, gémit Fleurissoire. Hélas! jamais plus, à présent, je ne pourrai ne pas savoir!...

— Il ne vous dit pas tout encore, continua Protos en lui touchant doucement l'épaule. Préparez-vous au plus terrible... puis, se penchant, à voix basse : — Malgré toutes les précautions, le secret a suinté; quelques aigrefins en profitent qui, dans les départements pieux, vont quêtant de famille en famille, et, toujours au nom de la Croisade, récoltent pour eux l'argent qui devrait nous revenir.

— Mais c'est affreux!

— Ajoutez à cela, dit Bardolotti, qu'ils jettent le discrédit et la suspicion sur nous-mêmes, et nous forcent à redoubler d'astuce et de circonspection.

— Tenez! lisez ceci, dit Protos en tendant à Fleurissoire un numéro de *La Croix ;* le journal est d'avant-hier. Ce simple entrefilet en dit long!

« *Nous ne saurions trop mettre en garde,* lut Fleurissoire, *les âmes dévotes, contre les agissements de faux ecclésiastiques, et particulièrement d'un pseudo-chanoine qui se prétend chargé de mission secrète et qui, abusant de la crédulité, arrive à soutirer de l'argent pour une œuvre qui se baptise :* CROISADE POUR LA DÉLIVRANCE DU PAPE. *Le titre seul de cette œuvre en dénonce l'absurdité.* »

Fleurissoire sentait le sol mouvoir et céder sous ses pieds.

« A qui se fier, pourtant! Mais si je vous disais à mon tour, Messieurs, que c'est peut-être à cause de ce filou — je veux dire : le faux chanoine — que je suis présentement parmi vous! »

L'abbé Cave regarda gravement le cardinal, puis frappant du poing sur la table :

« Eh bien! je m'en doutais, s'écria-t-il.

— Tout me porte à craindre à présent, continua Fleurissoire, que la personne par qui je suis au courant de l'affaire, n'ait été victime elle-même des agissements de ce bandit.

— Cela ne m'étonnerait pas, dit Protos.

— Vous voyez dès lors, reprit Bardolotti, combien notre position est difficile, entre ces aigrefins qui s'emparent de notre rôle, et la police qui, voulant les saisir, risque de nous prendre pour eux.

— Vous ne l'entendez point, dit Protos. Entre le cardinal San-Felice et le modeste Bardolotti, vous restez, je le dis devant Dieu, un des seuls qui puissiez vous vanter d'établir quelque ressemblance. Mais, comprendrez-vous ceci : leurs ennemis ne sont pas les mêmes ! et tandis que le cardinal, du fond de son archevêché, contre les francs-maçons doit se défendre, le chapelain Bardolotti se voit guetté par...

— Les jésuites ! interrompit éperdument le chapelain.

— C'est ce que je ne lui avais pas encore appris, ajoutait Protos.

— Ah ! si nous avons les jésuites aussi contre nous, ajoutait Protos.

— Ah ! si nous avons les jésuites aussi contre nous, sanglota Fleurissoire. Mais qui l'eût supposé ? Les jésuites ! En êtes-vous sûr ?

— Réfléchissez un peu ; cela vous paraîtra tout naturel. Comprenez que cette nouvelle politique du Saint-Siège, toute de conciliation, d'accommodements, est bien faite pour leur plaire, et qu'ils trouvent leur compte dans les dernières encycliques. Et peut-être ils ne savent pas que le pape qui les promulgue n'est pas le *vrai ;* mais ils seraient désolés qu'*il* changeât.

— Si je vous comprends bien, reprit Fleurissoire, les jésuites seraient alliés aux francs-maçons dans cette affaire.

— Où prenez-vous cela ?

— Mais ce que Monsieur Bardolotti me révèle à présent...

— Ne lui faites pas dire d'absurdité.

— Excusez-moi ; j'entends si peu la politique.

— C'est pourquoi ne cherchez pas plus loin que ce qu'on vous en dit : Deux grands partis sont en présence : La Loge et la Compagnie de Jésus ; et comme nous, qui sommes du secret, ne pouvons sans nous découvrir réclamer appui de l'un ni de l'autre, nous les avons tous contre nous.

— Hein ! qu'est-ce que vous pensez de ça ? » demanda le cardinal.

Fleurissoire ne pensait plus rien ; il se sentait complètement abasourdi.

« Tous contre soi ! reprit Protos, il en va toujours ainsi quand on possède la vérité.

« Çà! qu'on nous laisse seuls! Non : vous desservirez plus tard. Allez-vous-en. Via! Via! »

Il s'assura que Dorino ni Assunta ne s'attardaient aux écoutes, et revint avec la mine subitement grave, allongée, tandis que le cardinal, en se passant la main sur le visage, en dépouilla d'un coup la profane et factice gaieté.

« Vous voyez, Monsieur de la Fleurissoire, mon enfant, vous voyez à quoi nous en sommes réduits! Ah! cette comédie! cette honteuse comédie!

— Elle nous fait prendre en horreur, reprit Protos, jusqu'à la joie la plus honnête et jusqu'à la plus pure gaieté.

— Dieu vous saura gré, pauvre cher abbé Cave, reprenait le cardinal en se tournant vers Protos, — Dieu vous récompensera de m'aider à vider cette coupe; — et, par symbole, il achevait d'un coup son verre à demi plein, tandis que sur ses traits le dégoût le plus douloureux se peignait.

— Quoi! s'écriait Fleurissoire penché, se peut-il que même dans cette retraite et sous ce vêtement d'emprunt Votre Éminence doive...

— Mon fils, appelez-moi Monsieur, simplement.

— Excusez : entre nous...

— Je tremble même seul.

— Ne pouvez-vous choisir vos serviteurs?

— On les choisit pour moi; et ces deux que vous avez vus...

— Ah! si je lui disais, interrompit Protos, où ils vont de ce pas rapporter nos moindres paroles!

— Se peut-il qu'à l'archevêché...

— Chut! pas de ces grands mots! Vous nous feriez prendre. N'oubliez pas que c'est au chapelain Ciro Bardolotti que vous parlez.

— Je suis à leur merci », gémissait Ciro.

Et Protos, se penchant en avant sur la table où croisaient ses coudes, tourné de trois quarts vers Ciro :

« Si pourtant je lui disais qu'on ne vous laisse seul pas une heure de jour ou de nuit!

— Oui, quelque déguisement que je revête, reprenait le faux cardinal, je ne suis jamais sûr de n'avoir pas quelque police secrète à mes trousses.

— Quoi! l'on sait qui vous êtes, ici?

Fleurissoire eut un fin clin d'œil. S'il l'entendait à demi-mot! oui certes, et point n'était besoin de le redire; mais en vain cherchait-il quelque phrase qui pût à la fois ne rien dire et tout signifier.

« Parlez! Parlez! soufflait Protos. Faites des calembours : ils comprennent très bien le français.

— Allons! Asseyez-vous, dit Ciro. Mon cher Cave, éventrez-nous cette pastèque et taillez-y des croissants turcs. Êtes-vous de ceux, Monsieur de la Fleurissoire, qui préfèrent les prétentieux melons du Nord, les sucrins, les prescots, que sais-je, les cantaloups, à nos ruisselants melons d'Italie?

— Rien ne vaut celui-ci, j'en suis sûr; mais permettez-moi de m'abstenir : j'ai le cœur un peu barbouillé, dit Amédée qui se gonflait de répugnance au souvenir du pharmacien.

— Des figues alors tout au moins! Dorino vient de les cueillir.

— Excusez-moi : pas davantage.

— Mauvais, cela! Mauvais! Faites des calembours, lui glissa Protos à l'oreille; puis, à voix haute : Débarbouillons ce petit cœur avec le vin, et préparons-le pour la dinde. Assunta, verse à notre aimable invité. »

Amédée dut trinquer et boire plus qu'il n'avait accoutumé. La chaleur et la fatigue aidant, il commença bientôt d'y voir trouble. Il plaisantait avec moins d'effort. Protos le fit chanter; sa voix était grêle, mais on s'extasia; Assunta voulut l'embrasser. Cependant du fond de sa foi délabrée s'élevait une angoisse indéfinissable; il riait pour ne pas pleurer. Il admirait cette aisance de Cave, ce naturel... Qui d'autre que Fleurissoire et que le cardinal eût jamais pu penser qu'il feignait? Bardolotti, du reste, en force de dissimulation, en possession de soi ne le cédait en rien à l'abbé et riait, et applaudissait, et bousculait paillardement Dorino, lorsque Cave, tenant Assunta renversée dans ses bras, s'écrasait le museau contre elle; et, comme Fleurissoire penché vers Cave, le cœur à demi crevé, murmurait : « Comme vous devez souffrir! » Cave dans le dos d'Assunta lui prenait la main et la lui pressait sans rien dire, la face détournée et les regards levés au ciel.

Puis, brusquement dressé, Cave frappa dans ses mains :

turé... Puis avec éclat : — Que vois-je ? on t'a coupé ! Tu saignes ! Dorino ! cours à la grange ; rapporte une toile d'araignée : c'est souverain pour les blessures... »

Ainsi bouffonnant, il poussait Fleurissoire au travers du vestibule, vers un jardin intérieur formant terrasse où, sous la treille, un repas était préparé.

« Mon cher Bardolotti, je vous présente Monsieur de la Fleurissoire, mon cousin, le luron dont je vous ai parlé.

— Soyez le bienvenu, notre hôte, dit Bardolotti avec un grand geste, mais sans se lever du fauteuil dans lequel il était assis, puis, montrant ses pieds nus plongés dans un baquet d'eau claire :

— Le pédiluve ouvre mon appétit et me tire le sang de la tête. »

C'était un drôle de petit homme tout replet et dont le glabre visage n'accusait âge ni sexe. Il était vêtu d'alpaga ; rien dans son aspect ne dénonçait le haut dignitaire ; il fallait être bien perspicace, ou averti autant que l'était Fleurissoire, pour découvrir sous la jovialité de son air, une discrète onction cardinalice. Il s'appuyait de côté sur la table et s'éventait nonchalamment avec une sorte de chapeau pointu fait d'une feuille de journal.

« Ah ! je suis très sensible !... Ah ! le plaisant jardin !... balbutiait Fleurissoire également embarrassé pour parler et pour ne rien dire.

— Assez trempé ! cria le cardinal. Çà ! qu'on m'enlève ce bol ! Assunta ! »

Une jeune servante accorte et rebondie s'empressa, prit le baquet et l'alla vider contre une plate-bande ; ses tétons jaillis du corset frissonnaient sous sa chemisette ; elle riait et s'attardait près de Protos, et Fleurissoire était gêné par l'éclat de ses bras nus. Dorino posa des fiaschi sur la table. Le soleil batifolait à travers le pampre chatouillant d'une lumière inégale les plats sur la table sans nappe.

« Ici, pas de cérémonie, dit Bardolotti, et il se coiffa du journal, vous m'entendez à demi-mot, cher Monsieur. »

Sur un ton autoritaire, scandant les syllabes et frappant du poing sur la table, l'abbé Cave à son tour reprit :

« Ici, pas de cérémonie. »

d'une main distraite et, d'un franc coup de lame, vlan! écornifla le bouton.

Amédée fit un cri, voulut porter la main à l'écorchure où perlait une goutte de sang :

« Niente! niente! » dit le barbier qui lui retint le bras, puis, d'abondance, prit au fond d'un tiroir une pincée d'ouate jaunie qu'il trempa dans l'Antiseptic et appliqua sur le bobo.

Sans plus s'inquiéter s'il faisait retourner les passants, où courut Fleurissoire en redescendant vers la ville? Au premier pharmacien qu'il rencontre le voici qui montre son mal. L'homme de l'art sourit, vieillard verdâtre, d'aspect malsain, qui cueille dans une boîte un petit rond de taffetas, passe dessus sa large langue et...

Jaillissant hors de la boutique, Fleurissoire cracha de dégoût, arracha le taffetas gluant et pressant entre deux doigts son bouton, le fit saigner le plus possible. Puis, avec son mouchoir imbibé de salive, de sa propre salive cette fois, frotta. Puis regardant sa montre il s'affola, remonta la rue au pas de course et arriva devant la porte du cardinal, suant, soufflant, saignant, congestionné, avec un quart d'heure de retard.

VI

Protos le reçut un doigt sur les lèvres :
« Nous ne sommes pas seuls, dit-il rapidement. Tant que les serviteurs seront là, rien qui puisse donner l'éveil; ils parlent tous français; pas un mot, pas un geste qui puisse rien trahir; n'allez pas lui bailler du cardinal, au moins : c'est Ciro Bardolotti, le chapelain, qui vous reçoit. Moi, je ne suis pas « l'abbé Cave »; je suis « Cave » tout court. C'est compris ? — Et brusquement changeant de ton, à voix très forte et lui claquant l'épaule : — C'est lui, parbleu! C'est Amédée! Eh bien! mon colon, on peut dire que tu y as mis du temps, à ta barbe! Encore quelques minutes, et, per Baccho, nous nous mettions à table sans toi. Le dindon qui tourne à la broche déjà roussit comme un soleil couchant. — Puis tout bas : — Ah! cher Monsieur, qu'il m'est donc pénible de feindre! J'ai le cœur tor-

La devanture du barbier n'était pas particulièrement attrayante ; mais pour désigner cette boutique l'abbé Cave avait sans doute ses raisons ; Fleurissoire aurait dû, d'ailleurs, retourner loin en arrière pour en trouver une autre et sans doute non plus engageante que celle-ci. La porte, à cause de l'excessive chaleur restait ouverte ; un rideau de grosse étamine retenait les mouches et laissait passer l'air ; on le soulevait pour entrer ; il entra.

Certes c'était un homme expert, ce barbier qui, précautionneux, d'un coin de serviette, après avoir savonné le menton d'Amédée, écartait la mousse et remettait à jour le bouton rougeoyant que son client craintif lui signalait. O somnolence ! engourdissement chaleureux de cette petite échoppe tranquille ! Amédée, la tête en arrière, à demi couché dans le fauteuil de cuir, s'abandonnait. Ah ! pour un court instant tout au moins, oublier ! ne plus penser au pape, aux moustiques, à Carola ! Se croire à Pau, près d'Arnica ; se croire ailleurs ; ne plus bien savoir où l'on est... Il fermait les yeux, puis, les rentrouvrant, distinguait comme dans un rêve, en face de lui, sur le mur, une femme aux cheveux défaits, issue de la mer napolitaine et rapportant du fond des flots, avec une voluptueuse sensation de fraîcheur, un étincelant flacon de lotion philocapillaire. Au-dessous de cette pancarte, d'autres flacons, sur une plaque de marbre, étaient rangés auprès d'un bâton de cosmétique, d'une houppe à poudre de riz, d'un davier, d'un peigne, d'une lancette, d'un pot de pommade, d'un bocal où naviguaient indolemment quelques sangsues, d'un second bocal qui renfermait le ruban d'un ver solitaire, d'un troisième enfin, sans couvercle, à demi plein d'une substance gélatineuse et sur le transparent cristal duquel une étiquette était collée où, écrit à la main en majuscules fantaisistes, on pouvait lire : Antiseptic.

A présent le barbier, pour mener à perfection son ouvrage, étalait à nouveau sur le visage déjà rasé une mousse onctueuse et, du clair d'un second rasoir qu'il affilait au creux de sa main droite, raffinait. Amédée ne songeait plus qu'on l'attendait ; il ne songeait plus à partir, s'endormait... C'est alors qu'un Sicilien à voix forte entra dans la boutique, crevant cette tranquillité ; que le barbier, tout causant aussitôt, ne rasa plus que

— Comme je vous comprends! dit Protos. Moi de même, je vous l'ai dit, depuis que je suis à Rome j'ai passé tout mon temps entre le Vatican et le Château Saint-Ange.

— C'est dommage. Mais vous, vous connaissiez Rome déjà. »

Ainsi causaient nos voyageurs.

A Caserte ils descendirent, allant chacun de son côté manger un peu de charcuterie et boire.

« De même à Naples, dit Protos, quand nous approcherons de sa villa, nous nous séparerons s'il vous plaît. Vous me suivrez de loin; comme il me faudra quelque temps, surtout s'il n'est point seul, pour lui expliquer qui vous êtes et le but de votre visite, vous n'entrerez qu'un quart d'heure après moi.

— J'en profiterai pour me faire raser. Je n'ai pu trouver le temps ce matin. »

Un tram les mena piazza Dante.

« A présent quittons-nous, dit Protos. La route est encore assez longue, mais il vaut mieux ainsi. Marchez à cinquante pas en arrière; et ne me regardez pas tout le temps comme si vous aviez peur de me perdre; et ne vous retournez pas non plus; vous vous feriez suivre. Ayez l'air gai. »

Il partit de l'avant. Les yeux demi-baissés suivait Fleurissoire. La rue étroite était en pente raide; le soleil dardait; on suait; on était bousculé par une foule effervescente qui braillait, gesticulait, chantait et ahurissait Fleurissoire. Devant un piano mécanique des enfants demi nus dansaient. A deux sous le billet, une loterie spontanée s'organisait autour d'un gros dindon plumé qu'à bout de bras levait une espèce de saltimbanque; pour plus de naturel, en passant, Protos prenait un billet et disparaissait dans la foule; empêché d'avancer Fleurissoire un instant crut tout de bon l'avoir perdu; puis le retrouvait, passé l'encombrement, qui continuait à petits pas la montée, emportant sous son bras le dindon.

Les maisons enfin s'espaçaient, devenaient plus basses, et le peuple se raréfiait, Protos alentissait sa marche. Il s'arrêta devant l'échoppe d'un barbier et, retourné vers Fleurissoire, cligna de l'œil; puis, à vingt pas plus loin, arrêté de nouveau devant une petite porte basse, sonna.

la présence des gens dans la rue est rarement justifiable. Il n'en est pas quatre sur douze dont l'occupation saute aux yeux. Ah! l'on peut dire que vous m'avez fait réfléchir! Vous savez : pour une âme naturellement crédule comme était la mienne, la défiance n'est pas facile; c'est un apprentissage...

— Bah! vous vous y ferez; et vite; vous verrez; au bout de quelque temps, cela devient une habitude. Hélas! j'ai dû la prendre... l'important est de garder l'air gai. Ah! pour votre gouverne : quand vous craignez d'être suivi, ne vous retournez pas; simplement laissez tomber à terre votre canne, ou votre parapluie, suivant le temps qu'il fait, ou votre mouchoir, et, tout en ramassant l'objet, la tête en bas, regardez entre les jambes, derrière vous, par un mouvement naturel. Je vous conseille de vous exercer. Mais dites-moi comment vous me trouvez dans ce costume ? J'ai peur que le curé n'y reparaisse par endroits.

— Rassurez-vous, dit candidement Fleurissoire : personne d'autre que moi, j'en suis sûr, ne reconnaîtrait qui vous êtes. — Puis l'observant bienveillamment, et la tête un peu inclinée : Évidemment je retrouve à travers votre déguisement, en y regardant bien, je ne sais quoi d'ecclésiastique, et sous la jovialité de votre ton l'angoisse qui tous deux nous tourmente; mais quel empire il faut que vous ayez sur vous, pour en laisser si peu paraître! Quant à moi, j'ai fort à faire encore, je le vois bien; vos conseils...

— Quels curieux boutons de manchettes vous avez, interrompit Protos, amusé de reconnaître sur Fleurissoire les boutons de Carola.

— C'est un cadeau », dit l'autre en rougissant.

Il faisait une chaleur torride. Protos regardant à la portière :

« Le Monte Cassino, dit-il. Vous distinguez là-haut le couvent célèbre ?

— Oui; je l'aperçois, dit Fleurissoire d'un air distrait.

— Vous n'êtes pas, je vois, très sensible aux paysages.

— Mais si, mais si, protesta Fleurissoire, je suis sensible! Mais à quoi voulez-vous que je prenne intérêt tant que durera mon inquiétude ? C'est comme à Rome avec les monuments; je n'ai rien vu; je n'ai pu chercher à rien voir.

Carola, un instant après, à Protos qui, tout costumé déjà, passait par la porte secrète; et, comme il s'était mis en retard, ayant attendu pour paraître que Fleurissoire soit parti, il dut se faire conduire à la gare en voiture.

Sous son nouvel aspect, avec son sayon, ses braies brunes, ses sandales lacées par-dessus ses bas bleus, son brûle-gueule, son chapeau roux à petits bords plats, il faut reconnaître qu'il avait l'air moins d'un curé que d'un parfait brigand des Abruzzes. Fleurissoire qui faisait les cent pas devant le train hésitait à le reconnaître lorsqu'il le vit venir, un doigt sur la lèvre comme saint Pierre martyr, puis passer sans faire mine de le voir et disparaître dans un wagon en tête du train. Mais, au bout d'un instant, il reparut à la portière et, regardant dans la direction d'Amédée, fermant l'œil à demi, lui fit de la main, subrepticement, signe d'approcher; et comme celui-ci s'apprêtait à monter :

« Veuillez vous assurer qu'il n'y a personne à côté », chuchota l'autre.

Personne; et leur compartiment était à l'extrémité du wagon.

« Je vous suivais de loin dans la rue, reprit Protos, mais je n'ai pas voulu vous aborder, de crainte que l'on ne nous surprît ensemble.

— Comment se fait-il que je ne vous aie pas vu ? dit Fleurissoire. Je me suis retourné maintes fois, précisément pour m'assurer que je n'étais pas suivi. Votre conversation d'hier m'a plongé dans de telles alarmes! Je vois des espions partout.

— Il y paraît malheureusement beaucoup trop. Croyez-vous qu'il soit naturel de se retourner tous les vingt pas ?

— Quoi! vraiment, j'avais l'air... ?

— Soupçonneux. Hélas! disons le mot : soupçonneux. C'est l'air compromettant par excellence.

— Et avec cela je n'ai même pas pu découvrir que vous me suiviez!... Par contre, depuis notre conversation, tous les passants que je rencontre, je leur trouve je ne sais quoi de louche dans l'allure. Je m'inquiète s'ils me regardent; et ceux qui ne me regardent pas, on dirait qu'ils font semblant de ne pas me voir. Je ne m'étais point rendu compte jusqu'aujourd'hui combien

long du dos. Cela ne dura qu'un instant; l'abbé Cave avait déjà repris son ton affable, et, tendant à Fleurissoire l'enveloppe où il venait d'inscrire l'adresse apocryphe du cardinal :

« Voudrez-vous la mettre à la poste vous-même; c'est plus prudent : les lettres des curés sont ouvertes. Et maintenant, séparons-nous; il ne faut pas qu'on nous voie davantage ensemble. Convenons de nous retrouver demain matin dans le train pour Naples de sept heures trente. Troisième classe, n'est-ce pas. Naturellement je ne serai pas dans ce costume (y songez-vous!). Vous me retrouverez en simple campagnard calabrais. (C'est à cause de mes cheveux que je voudrais bien n'être pas forcé de couper.) Adieu! adieu! »

Il s'éloignait, en faisant avec la main, de petits signes.

« Que béni soit le ciel qui m'a fait rencontrer ce digne abbé! murmurait en s'en retournant Fleurissoire. Qu'eussé-je fait sans lui ? »

Et Protos, en s'en allant, murmurait :

« On t'en donnera, du cardinal!... C'est que, tout seul, il était fichu d'aller trouver *le vrai !* »

V

FLEURISSOIRE se plaignant d'une grande fatigue, Carola cette nuit l'avait laissé dormir, malgré l'intérêt qu'elle lui portait et la tendresse apitoyée dont aussitôt elle s'était éprise lorsqu'il lui eut avoué son peu d'expérience en matière d'amour; dormir du moins autant que le lui permettait l'insupportable démangeaison, tout le long du corps, d'une grande quantité de morsures, tant de puces que de moustiques :

« Tu as tort de gratter comme ça! lui dit-elle le lendemain matin. Tu irrites. Oh! ce qu'il est enflammé, celui-ci! et elle touchait le bouton du menton. Puis, tandis qu'il s'apprêtait à partir : — Tiens! garde ça en souvenir de moi; et elle ajustait aux manchettes du *pèlerin* ces bijoux saugrenus que Protos se fâchait de voir sur elle. Amédée promit de revenir le soir même, ou au plus tard le lendemain.

— Tu me jures de ne pas lui faire de mal », répétait

prêt à nous accueillir vers midi; même, sans doute, pourrons-nous déjeuner avec lui. »

Ils s'assirent. Protos sortit un carnet de sa poche et sur une feuille vierge commença, sous les yeux hagards d'Amédée :

Ma vieille...

Puis, amusé de la stupeur de l'autre, il sourit, très calme :

« Alors, c'est au cardinal que vous auriez écrit, si on vous avait laissé faire ? »

Et sur un ton plus amical il voulut bien renseigner Amédée : Une fois par semaine le cardinal San-Felice quittait l'archevêché clandestinement, en costume de simple abbé, devenait le chapelain Bardolotti, se rendait sur les pentes du Vomero et, dans une modeste villa, recevait quelques rares intimes et les lettres secrètes que les initiés lui adressaient sous ce faux nom. Mais même sous ce déguisement vulgaire il ne se sentait pas à l'abri; il n'était pas bien sûr que les lettres qui lui parvenaient par la poste ne fussent pas ouvertes, et suppliait que, dans la lettre, rien de significatif ne fût dit, que, dans le ton de la lettre, rien ne laissât pressentir son éminence, ne respirât, si peu que ce soit, le respect.

A présent qu'il était de mèche, Amédée souriait à son tour.

« *Ma vieille...* Voyons! qu'est-ce qu'on va lui dire, à cette chère vieille ? plaisantait l'abbé, hésitant du bout du crayon : — Ah! : *Je t'amène un vieux rigolo.* (Si! si! laissez : je sais le ton qu'il y faut!) *Sors une bouteille ou deux de falerne, que demain nous viendrons siffler avec toi. On rira.* — Tenez : signez aussi.

— Je ferais peut-être mieux de ne pas mettre mon vrai nom.

— Vous, cela n'a pas d'importance, reprit Protos qui, à côté du nom d'Amédée Fleurissoire, écrivit : *Cave.*

— Oh! très habile!

— Quoi! cela vous étonne que je signe de ce nom-là : Cave ? Vous n'avez que celle du Vatican dans la tête. Apprenez ceci, mon bon Monsieur Fleurissoire : *Cave* est un mot latin qui veut aussi dire : Prends garde! »

Le tout était dit sur un ton si supérieur et si bizarre que le pauvre Amédée sentit un frisson lui descendre le

— N'importe qui pourra me renseigner, je suppose. A Naples chacun le connaît.

— Certes! Mais vous n'avez pas l'intention, il va sans dire, de mettre tout Naples au courant de votre visite? Il ne se peut faire du reste, que l'on vous ait instruit de sa participation dans... ce que nous savons, et peut-être confié pour lui quelque message, sans vous avoir enseigné du même coup la manière de l'aborder.

— Excusez-moi, dit craintivement Fleurissoire, à qui Arnica n'avait transmis aucune indication de ce genre.

— Quoi! votre intention pourrait-elle être de l'aller trouver tout de go? même à l'archevêché peut-être! — l'abbé se mit à rire — et de vous ouvrir à lui sans détour!

— Je vous avoue que...

— Mais savez-vous bien, Monsieur, reprit l'autre d'un ton sévère, savez-vous bien que vous risquez de le faire emprisonner à son tour? »

Il marquait une contrariété si vive que Fleurissoire n'osait parler.

« Une cause si rare confiée à de tels imprudents! murmurait Protos, qui sortit de sa poche l'extrémité d'un rosaire, puis le rentra, puis se signa fébrilement; puis, se retournant vers son compagnon :

— Mais enfin, Monsieur, qui vous a prié de vous mêler de cette affaire? De qui suivez-vous les instructions?

— Pardonnez-moi, Monsieur l'abbé, dit confusément Fleurissoire, je n'ai reçu d'instruction de personne : je suis une pauvre âme pleine d'angoisse et qui cherche de son côté. »

Ces humbles paroles semblèrent désarmer le curé; il tendit la main à Fleurissoire :

« Je vous ai parlé durement... mais c'est que de tels dangers nous entourent! Puis, après une courte hésitation : Tenez! Voulez-vous m'accompagner demain? Nous irons voir ensemble mon ami... et levant les yeux au ciel : Oui, j'ose l'appeler : mon ami, reprit-il d'un ton pénétré. — Arrêtons-nous un instant sur ce banc. Je vais écrire un mot que nous signerons tous les deux, par lequel nous le préviendrons de notre visite. Mis à la poste avant six heures (dix-huit heures, comme ils disent ici), il le recevra demain matin et se tiendra

— Juste ciel! fit le curé plein d'épouvante; avait-il nom peut-être : Baptistin?

— Baptistin : c'est lui! gémit Amédée qui sentit ses genoux fléchir.

— Malheureux! que lui avez-vous dit? — Le curé lui pressait le bras.

— Rien dont il me souvienne.

— Cherchez! cherchez! Rappelez-vous; au nom du ciel!...

— Non vraiment, balbutiait Amédée terrifié; je ne crois pas lui avoir rien dit.

— Qu'aurez-vous laissé voir?

— Non, rien, vraiment, je vous assure. Mais vous faites très bien de m'avertir.

— Dans quel hôtel vous a-t-il emmené?

— Je ne suis pas à l'hôtel; j'ai pris chambre particulière.

— Qu'à cela ne tienne. Enfin où êtes-vous descendu?

— Dans une petite rue que certainement vous ne pouvez pas connaître, bredouilla Fleurissoire extrêmement gêné. — Peu importe : je n'y resterai pas.

— Faites bien attention : si vous partez trop vite, vous aurez l'air de vous défier.

— Oui, peut-être. Vous avez raison : il vaut mieux que je n'en parte pas tout de suite.

— Mais combien je remercie le ciel qui vous a fait arriver à Rome aujourd'hui! Un jour plus tard et je vous manquais! Demain, pas plus tard que demain, je dois aller à Naples voir une sainte et importante personne qui, en secret, s'occupe beaucoup de l'affaire.

— Ne serait-ce pas le cardinal San-Felice? » demanda Fleurissoire tout tremblant d'émotion.

Le curé stupéfait fit deux pas en arrière :

« Comment le savez-vous? Puis, se rapprochant : — Mais pourquoi m'étonner? Seul à Naples il est dans le secret de ce qui nous occupe.

— Vous... le connaissez bien?

— Si je le connais! Hélas! mon bon Monsieur, c'est à lui que je dois... Mais peu importe. Vous pensiez l'aller voir?

— Sans doute; s'il le faut.

— C'est l'homme le meilleur... D'un geste brusque, il s'essuya le coin de l'œil. — Naturellement vous savez où l'aller trouver?

avertissement d'en-haut, m'a fait reconnaître pour sœur de la mienne votre... Attention ! quelqu'un vient. Pour l'amour du ciel, feignez une grande insouciance. »

Un porteur de légumes avançait sur le quai en sens inverse. Aussitôt, comme semblant poursuivre une phrase, sans changer de ton, mais sur un temps plus animé :

« Voilà pourquoi ces *Virginias,* si appréciés de certains fumeurs, ne s'allument jamais qu'à la flamme d'une bougie, après qu'on a retiré de leur intérieur cette fine paille qui a pour but de réserver à travers le cigare un petit conduit par où puisse circuler la fumée. Un *Virginia* qui ne tire pas bien n'est bon qu'à jeter. J'ai vu des fumeurs délicats en allumer, Monsieur, jusqu'à six avant d'en trouver un à leur convenance... »

Et dès que l'autre fut dépassé :

« Avez-vous vu comme il nous regardait ? Il fallait à tout prix donner le change.

— Quoi ! s'écria Fleurissoire ahuri, se pourrait-il que ce vulgaire maraîcher soit un de ceux, lui aussi, dont nous devions nous défier ?

— Monsieur, je ne le saurais affirmer ; mais je le suppose. Les alentours de ce château sont particulièrement surveillés ; des agents d'une police spéciale sans cesse y rôdent. Pour ne point éveiller les soupçons, ils se présentent sous les revêtements les plus divers. Ces gens sont si habiles, si habiles ! et nous si crédules, si naturellement confiants ! Mais si je vous disais, Monsieur, que j'ai failli tout compromettre en ne me méfiant pas d'un facchino sans apparence, à qui j'ai simplement, le soir de mon arrivée, laissé porter mon modeste bagage, de la gare au logement où je suis descendu ! Il parlait français, et bien que je parle l'italien couramment depuis mon enfance... vous auriez éprouvé sans doute vous-même cette émotion, contre laquelle je n'ai pas su me défendre, en entendant sur terre étrangère parler ma langue maternelle... Eh bien ! ce facchino...

— Il en était ?

— Il en était. J'ai pu, à peu près, m'en convaincre. Heureusement, je n'avais que très peu parlé.

— Vous me faites trembler, dit Fleurissoire ; moi aussi, le soir de mon arrivée, c'est-à-dire hier soir, je suis tombé entre les mains d'un guide à qui j'ai confié ma valise et qui parlait français.

Même il était spécifié qu'ils devaient être accompagnés d'un gardien...

Certes ces précautions excessives confirmaient les soupçons d'Amédée; mais aussi bien lui permettaient-elles de mesurer l'extravagante difficulté de l'entreprise. Sur le quai à peu près désert à cette fin du jour, le long du mur extérieur qui défendait l'approche du château, Fleurissoire errait donc, enfin débarrassé de Baptistin. Devant le pont-levis de l'entrée, il passait, repassait, l'âme sombre et découragée, puis s'écartait jusqu'au bord du Tibre et tâchait, par-dessus cette première enceinte, d'en apercevoir un peu plus.

Il n'avait pas prêté jusqu'à présent attention à un prêtre (ils sont à Rome si nombreux!) assis non loin de là sur un banc, en apparence plongé dans son bréviaire, mais qui depuis longtemps l'observait. Le digne ecclésiastique portait long un abondant cheveu d'argent, et son teint jeune et frais, indice d'une vie pure, contrastait avec cet apanage de la vieillesse. Rien qu'au visage on aurait reconnu le prêtre, et à je ne sais quoi de décent qui le caractérise : le prêtre français. Comme Fleurissoire, pour la troisième fois, allait passer devant le banc, brusquement l'abbé se leva, vint à lui et, d'une voix qui tenait du sanglot :

« Quoi! je ne suis pas seul! Quoi! vous aussi vous le cherchez! »

Ainsi disant, il cacha son visage dans ses mains où ses sanglots, trop longtemps contenus, éclatèrent. Puis, tout à coup se ressaisissant :

« Imprudent! imprudent! cache tes larmes! Étouffe tes soupirs!... Et saisissant Amédée par le bras : — Ne restons pas ici, Monsieur, l'on nous observe. Déjà l'émotion dont je n'ai pu me défendre est remarquée. »

Amédée à présent emboîtait le pas, stupéfait.

« Mais comment, — put-il enfin trouver à dire — mais comment avez-vous pu deviner pourquoi je suis ici ?

— Veuille le ciel n'avoir permis qu'à moi de le surprendre! Mais votre inquiétude, mais les tristes regards avec lesquels vous inspectiez ces lieux, pouvaient-ils échapper à celui qui depuis trois semaines les hante le jour et la nuit ? Hélas, Monsieur! aussitôt que je vous ai vu, je ne sais quel pressentiment, quel

— Tu sais bien qui me les a donnés.
— Précisément.
— Tu serais jaloux, toi ?
— Grosse bête ! »

A ce moment Baptistin frappa à la porte et entra.

« Tiens ! tâche à te remonter d'un cran dans l'échelle, lui dit Protos, en montrant, sur la chaise, la veste, le col et la cravate qu'il avait rapportés d'outre-mur. — Tu vas accompagner ton client à travers la ville. Je ne te le prendrai que vers le soir. D'ici là ne le perds pas de vue. »

C'est à Saint-Louis-des-Français qu'alla se confesser Amédée, de préférence à Saint-Pierre dont l'énormité l'écrasait. Baptistin le guidait ; qui le mena ensuite à la poste. Comme il fallait s'y attendre, le *Mille-Pattes* y comptait des affidés. La petite carte de visite clouée sur le couvercle de la valise avait appris le nom de Fleurissoire à Baptistin ; qui l'avait appris à Protos ; celui-ci n'avait eu aucun mal à se faire remettre par un employé complaisant une lettre d'Arnica, ni aucun scrupule à la lire.

« C'est curieux ! s'écria Fleurissoire, lorsqu'une heure plus tard il vint à son tour réclamer son courrier — c'est curieux ! on dirait que l'enveloppe a été ouverte.
— Ici cela arrive souvent », dit flegmatiquement Baptistin.

Heureusement la prudente Arnica ne risquait que des allusions très discrètes. La lettre était du reste très courte ; elle recommandait simplement, sur les conseils de l'abbé Mure, d'aller voir à Naples le cardinal San-Felice S. B. « avant de rien essayer ». On ne pouvait souhaiter termes plus vagues et, partant, moins compromettants.

IV

Devant le Mausolée d'Adrien, qu'on appelle Château Saint-Ange, Fleurissoire éprouva une âcre déconvenue. La masse énorme de l'édifice s'élevait au milieu d'une cour intérieure, interdite au public, et dans laquelle seuls les voyageurs munis de cartes pouvaient entrer.

Je ne sais trop que penser de Carola Venitequa. Ce cri qu'elle vient de pousser me laisse supposer que le cœur, chez elle, n'est pas encore trop profondément corrompu. Ainsi parfois, au sein même de l'abjection, tout à coup se découvrent d'étranges délicatesses sentimentales, comme croît une fleur azurée au milieu d'un tas de fumier. Essentiellement soumise et dévouée, Carola, ainsi que tant d'autres femmes, avait besoin d'un directeur. Abandonnée de Lafcadio, elle s'était aussitôt lancée à la recherche de son premier amant, Protos, — par défi, par dépit, pour se venger. Elle avait de nouveau connu de dures heures — et Protos ne l'avait pas plus tôt retrouvée qu'il en avait fait sa chose, de nouveau. Car Protos aimait dominer.

Un autre que Protos aurait pu relever, réhabiliter cette femme. Il eût fallu d'abord le vouloir. On eût dit, au contraire, que Protos prenait à tâche de l'avilir. Nous avons vu les services honteux que ce bandit réclamait d'elle; il semblait, à vrai dire, que ce fût sans trop de reluctance que cette femme s'y pliait; mais, une âme qui se révolte contre l'ignominie de son sort, souvent ses premiers sursauts demeurent inaperçus d'elle-même; ce n'est qu'à la faveur de l'amour que le regimbement secret se révèle. Carola s'éprenait-elle d'Amédée ? Il serait téméraire de le prétendre; mais, au contact de cette pureté, sa corruption s'était émue; et le cri que j'ai rapporté, indubitablement, avait jailli du cœur.

Protos rentra. Il n'avait pas changé de costume. Il tenait à la main un paquet de hardes qu'il posa sur une chaise.

« Eh bien quoi ? dit-elle.

— J'ai réfléchi. Il faut d'abord que je passe à la poste et que j'examine son courrier. Je ne me changerai qu'à midi. Passe-moi ton miroir. »

Il s'approcha de la fenêtre, et, penché sur son reflet, ajusta une paire de moustaches châtaines, à peine un peu plus claires que ses cheveux, coupées au ras de la lèvre.

« Appelle Baptistin. »

Carola achevait de s'apprêter. Elle alla tirer, près de la porte, une ficelle.

« Je t'ai déjà dit que je ne voulais plus te voir avec ces boutons de manchettes. Ça te fait remarquer.

appréhension que le clergé, le vrai, ne devînt instruit de l'affaire, et dépensait à protéger ses derrières autant d'ingéniosité qu'à pousser de l'avant; mais il était divers, et, de plus, admirablement secondé; d'un bout à l'autre de la bande (elle avait nom le *Mille-Pattes*) régnaient une entente et une discipline merveilleuses.

Averti le même soir par Baptistin de l'arrivée de l'étranger et passablement alarmé d'apprendre que celui-ci venait de Pau, Protos, dès sept heures du matin, s'amena le lendemain chez Carola. Elle était encore couchée.

Les renseignements qu'il obtint d'elle, le confus récit qu'elle fit des événements de la nuit, de l'angoisse du « pèlerin » (c'est ainsi qu'elle surnommait Amédée), de ses protestations, de ses larmes, ne pouvaient lui laisser de doutes. Décidément la prédication de Pau portait fruit; mais non point précisément la sorte de fruits qu'eût pu souhaiter Protos; il fallait tenir l'œil ouvert sur ce croisé naïf qui, par ses maladresses, pourrait bien éventer la mèche...

« Allons! laisse-moi passer », dit-il brusquement à Carola.

Cette phrase pouvait paraître bizarre, car Carola restait couchée; mais le bizarre n'arrêtait point Protos. Il mit un genou sur le lit; passa l'autre par-dessus la femme, et pirouetta si habilement que, repoussant un peu le lit, il se trouva d'un coup entre le lit et la muraille. Sans doute Carola était-elle habituée à ce manège, car elle demanda simplement :

« Qu'est-ce que tu vas faire ?

— Me mettre en curé, répondit Protos, non moins simplement.

— Tu ressors par ce côté ? »

Protos hésita un instant, puis :

« Tu as raison; c'est plus naturel. »

Ainsi disant, il se baissa, fit jouer une porte secrète, dissimulée dans le revêtement du mur, et si basse que le lit la cachait complètement. Au moment qu'il passait sous la porte, Carola lui saisit l'épaule :

« Écoute, lui dit-elle avec une sorte de gravité : — à celui-ci je ne veux pas que tu fasses de mal.

— Puisque j't'dis que j'me mets en curé! »

Dès qu'il eut disparu, Carola se leva et commença de s'habiller.

Comme la sueur tantôt, les larmes à présent lavaient sa face et se mêlaient à la poussière du wagon; elles jaillissaient sans bruit, sans arrêt, à petit flot, du fond de lui, comme d'une source cachée. Il songeait à Arnica, à Blafaphas, hélas! Ah! s'ils l'avaient pu voir! Jamais plus il n'oserait, à présent, reprendre sa place auprès d'eux... Puis il songeait à sa mission auguste, désormais compromise; il gémissait à demi-voix :

« C'en est fait! Je ne suis plus digne... Ah! c'en est fait! C'en est bien fait! »

L'accent étrange de ses soupirs cependant avait réveillé Carola. A présent, à genoux au pied du lit, il martelait à petits coups de poings sa débile poitrine, et Carola stupéfaite l'entendait claquer des dents et, parmi ses sanglots, répéter :

« Sauve qui peut! L'Église croule... »

A la fin n'y tenant plus :

« Mais qu'est-ce qui te prend, mon pauvre vieux? Tu deviens fou? »

Il se tourna vers elle :

« Je vous en prie, Madame Carola, laissez-moi... Il faut absolument que je reste seul. Je vous reverrai demain matin. »

Puis comme, somme toute, il n'en voulait qu'à lui, il l'embrassa doucement sur l'épaule.

« Ah! ce que nous avons fait là, vous ne savez pas combien c'est grave. Non, non! Vous ne savez pas. Vous ne pourrez jamais savoir. »

III

Sous le nom pompeux de *Croisade pour la délivrance du Pape,* l'entreprise d'escroquerie étendait sur plus d'un département français ses ramifications ténébreuses; Protos, le faux chanoine de Virmontal, n'en était pas le seul agent, non plus que la comtesse de Saint-Prix n'en était la seule victime. Et toutes les victimes ne présentaient pas une égale complaisance, si bien encore tous les agents eussent fait preuve d'une égale dextérité. Même Protos, l'ancien ami de Lafcadio, après opération, devait garder à carreau; il vivait dans une continuelle

— Vous venez pour affaires.
— Oui.
— C'est beau, Rome. Il y a beaucoup à voir.
— Oui... Mais ce soir je suis un peu fatigué, hasardait-il ; et, comme pour s'excuser : — Je voyage depuis trois jours.
— C'est long pour venir ici.
— Et je n'ai pas dormi depuis trois nuits. »

A ces mots Madame Carola, avec cette subite familiarité italienne qui ne laissait pas d'interloquer encore Fleurissoire, lui pinçant le menton :

« Polisson ! » fit-elle.

Ce geste ramena quelque peu de sang au visage d'Amédée qui, soucieux d'écarter aussitôt l'insinuation désobligeante, parla puces, punaises, moustiques, longuement.

« Ici tu n'auras rien de tout cela. Tu vois comme c'est propre.
— Oui ; j'espère que je vais bien dormir. »

Mais elle ne partait toujours pas. Il se souleva péniblement du fauteuil, porta la main aux premiers boutons de son gilet, en hasardant :

« Je crois que je vais me coucher. »

Madame Carola comprit la gêne de Fleurissoire.

« Tu veux que je te laisse un peu, je vois », dit-elle avec tact.

Aussitôt qu'elle fut sortie, Fleurissoire donna un tour de clef à la porte, sortit sa chemise de nuit de sa valise et se mit au lit. Mais apparemment le pène de la serrure ne mordait pas, car il n'avait pas encore soufflé sa bougie, que la tête de Carola reparut dans la porte entrebâillée, derrière le lit, tout près du lit, souriante...

Une heure plus tard, quand il se ressaisit, Carola gisait contre lui, couchée entre ses bras, toute nue.

Il dégagea de dessous elle son bras gauche qui s'aigrissait, puis s'écarta. Elle dormait. Une faible lueur, montée de la ruelle, emplissait la chambre, et l'on n'entendait d'autre bruit que celui de la respiration égale de cette femme. Alors Amédée Fleurissoire, qui ressentait tout le long du corps et dans l'âme un alanguissement insolite, sortit d'entre les draps ses jambes maigres, et, assis sur le bord du lit, il pleura.

— Je l'ai mis dehors parce qu'il fuyait », expliqua la femme, en français.

La porte du seize était ouverte ; sur une table, une bougie allumée éclairait la chambre et jetait un peu de clarté dans le corridor où, devant la porte du quinze, autour d'un seau de toilette en métal, luisait sur le dallage une flaque, que Fleurissoire enjamba. Une odeur âcre en émanait. La valise était là, en évidence, sur une chaise. Sitôt dans l'atmosphère étouffée de la chambre, Amédée sentit la tête lui tourner, et, jetant sur le lit son parapluie, son châle et son chapeau, se laissa tomber dans un fauteuil. Son front ruisselait ; il crut qu'il allait se trouver mal.

« C'est Madame Carola, qui cause le français », dit Baptistin.

Tous deux étaient entrés dans la chambre.

« Ouvrez un peu la fenêtre, soupira Fleurissoire, incapable de se lever.

— Oh ! ce qu'il a chaud ! disait Madame Carola en épongeant le visage blême et suant avec un petit mouchoir parfumé qu'elle sortit de son corsage.

— On va le pousser près de la croisée. »

En soulevant à eux deux le fauteuil dans lequel Amédée balancé, aux trois quarts évanoui, se laissait faire, ils le mirent à même de respirer, au lieu des relents du couloir, les puanteurs variées de la rue. La fraîcheur cependant le ranima. Fouillant dans son gousset il en sortit le tortillon de cinq lires qu'il avait préparé pour Baptistin :

« Je vous remercie bien. A présent laissez-moi. »

Le facchino sortit.

« Tu n'aurais pas dû lui donner tant », dit Carola.

Amédée acceptait le tutoiement pour une coutume italienne ; il ne songeait plus à présent qu'à se coucher ; mais Carola ne semblait point prête à partir ; alors, emporté par la politesse, il causa.

« Vous parlez français aussi bien qu'une Française.

— C'est pas étonnant ; je suis de Paris. Et vous ?

— Moi je suis du Midi.

— J'avais deviné ça. En vous voyant, je me disais : ce Monsieur doit être de la province. C'est la première fois que vous venez en Italie ?

— La première.

Il monta, reprenant haleine et courage à chaque palier, car il était rendu et l'escalier sordide travaillait à le désespérer. Les paliers se succédaient toutes les dix marches, l'escalier hésitant, biaisant, s'y reprenant à trois fois avant de parvenir à l'étage. Au plafond du premier palier, faisant face à l'entrée, une cage à serin était suspendue que l'on pouvait voir de la rue. Sur le second palier un chat rogneux avait traîné une peau de merluche qu'il s'apprêtait à déglutir. Sur le troisième palier donnaient les cabinets d'aisance, dont la porte grande ouverte laissait voir, à côté du siège, un vase haut de forme en terre jaune, du calice duquel sortait le manche d'un petit balai ; sur ce palier Amédée ne s'arrêta point.

Au premier étage, un quinquet à la gazoline fumait à côté d'une large porte vitrée sur laquelle, en caractères dépolis, le mot *Salone* était inscrit ; mais la pièce était sombre : à travers le verre, Amédée ne distinguait qu'à peine, sur le mur qui lui faisait face, une glace au cadre doré.

Il atteignait le septième palier, lorsqu'un nouveau militaire, un artilleur cette fois, sorti d'une des chambres du second, le heurta, descendant très vite, puis passa, bredouillant en riant quelque excuse italienne, après l'avoir remis en équilibre ; car Fleurissoire paraissait ivre et, de fatigue, ne tenait plus qu'à peine debout. Rassuré par le premier uniforme, il fut plutôt inquiété par le second.

« Ces militaires vont faire bien du train, pensa-t-il. Heureusement que ma chambre est au troisième ; j'aime mieux les avoir au-dessous. »

Il n'avait pas plus tôt dépassé le second étage qu'une femme en peignoir béant, aux cheveux défaits, accourue du fond du couloir, le héla.

« Elle me prend pour quelque autre », se dit-il, et il se pressa de monter en détournant les yeux pour ne point la gêner d'avoir été surprise peu vêtue.

Au troisième étage il arriva tout essoufflé et retrouva Baptistin ; celui-ci parlait italien avec une femme d'âge indécis, qui lui rappela extraordinairement, mais en moins gras, la cuisinière des Blafaphas.

« Votre valise est au numéro seize, la troisième porte. Faites attention, en passant, au seau qui est dans le couloir.

connaissait une maison tranquille (des fenêtres du troisième, en se penchant un peu, on aperçoit le Mausolée), où des dames très complaisantes parlent toutes les langues, et une en particulier le français.

« Si Monsieur est fatigué on peut prendre une voiture; c'est loin... Oui, l'air est plus frais ce soir; il a plu; un peu de marche après le long trajet fait du bien... Non, la valise n'est pas trop lourde; je la porterai bien jusque-là... Pour la première fois à Rome! Monsieur vient de Toulouse peut-être?... Non; de Pau. J'aurais dû reconnaître l'accent. »

Ainsi causant ils cheminaient. Ils prirent la via Viminale; puis la via Agostino Depretis, qui joint le Viminale au Pincio; puis, par la via Nazionale, ils gagnèrent le Corso, qu'ils traversèrent; à partir de quoi ils progressèrent à travers un labyrinthe de ruelles sans nom. La valise n'était pas si lourde qu'elle ne permît au facchino un pas très allongé que Fleurissoire n'emboîtait qu'à grand-peine. Il trottinait derrière Baptistin, recru de fatigue et fondu de chaleur.

« Nous y voici », dit enfin Baptistin, alors que l'autre allait demander grâce.

La rue, ou plutôt : la ruelle des Vecchierelli, était étroite et ténébreuse, au point que Fleurissoire hésitait à s'y engager. Baptistin cependant était entré dans la seconde maison de droite, dont la porte ouvrait à quelques mètres du coin du quai; au même instant Fleurissoire vit un *bersagliere* en sortir; l'uniforme élégant, qu'il avait déjà remarqué à la frontière, le rassura; car il avait confiance dans l'armée. Il avança de quelques pas. Une dame parut sur le seuil, la patronne de l'auberge apparemment, qui lui sourit d'un air affable. Elle portait un tablier de satin noir, des bracelets, un ruban de taffetas céruléen autour du cou; ses cheveux noir de jais, ramenés en édifice sur le sommet de la tête, pesaient sur un énorme peigne d'écaille.

« Ta valise est montée au troisième, dit-elle à Amédée, qui dans le tutoiement surprit une coutume italienne, ou la connaissance insuffisante du français.

— Grazia! » répondit-il en souriant à son tour. Grazia! C'était : *merci*, le seul mot italien qu'il sût dire et qu'il jugeait poli de mettre au féminin quand il remerciait une dame.

Après quoi il eut l'idée de se couvrir la tête de son foulard, ce qui gêna considérablement sa volupté respiratoire, et ne l'empêcha pas d'être piqué au menton.

Alors le moustique, repu sans doute, se tint coi; du moins Amédée, vaincu par le sommeil, cessa-t-il de l'entendre; il avait enlevé le foulard et dormait d'un sommeil enfiévré; il se grattait tout en dormant. Le lendemain matin son nez, qu'il avait naturellement aquilin, ressemblait à un nez d'ivrogne; le bouton du jarret bourgeonnait comme un clou et celui du menton avait pris un aspect volcanique — qu'il recommanda à la sollicitude du barbier lorsque, avant de quitter Gênes, il se fit raser, pour arriver décent à Rome.

II

A Rome, comme il lanternait devant la gare, sa valise à la main, si fatigué, si désorienté, si perplexe qu'il ne se décidait à rien et ne se sentait plus de force que pour repousser les avances des portiers d'hôtels, Fleurissoire eut la fortune de rencontrer un facchino qui parlait français. Baptistin était un jeune natif de Marseille, presque glabre encore, à l'œil vif, qui, reconnaissant en Fleurissoire un pays, s'offrit à le guider et à lui porter sa valise.

Fleurissoire, durant la longueur du voyage avait potassé son *Baedeker*. Une sorte d'instinct, de pressentiment, d'avertissement intérieur, détourna presque aussitôt du Vatican sa pieuse sollicitude, pour la concentrer sur le Château Saint-Ange, l'ancien Mausolée d'Adrien, cette geôle célèbre qui, dans de secrets cachots, avait jadis abrité maints prisonniers illustres, et qu'un corridor souterrain relie, paraît-il, au Vatican.

Il contemplait le plan. — « C'est là qu'il faut trouver à se loger », avait-il décidé, posant l'index sur le quai di Tordinona, en face du Château Saint-Ange. Et, par une conjoncture providentielle, c'est aussi là que se proposait de l'entraîner Baptistin; non sur le quai précisément, qui n'est à proprement parler qu'une chaussée, mais tout auprès : via dei Vecchierelli, c'est-à-dire : des petits vieillards, la troisième rue, en partant du Ponte Umberto, qui vient buter sur le remblai; il

tonnement vint lui remémorer cette précaution, qu'il n'avait point prise, de n'ouvrir la fenêtre qu'après avoir éteint; car la lumière attire les moustiques. Il lui souvint aussi d'avoir lu quelque part des remerciements au Bon Dieu pour avoir doué l'insecte volatile d'une petite musique particulière, propre à avertir le dormeur à l'instant qu'il allait être piqué. Puis, il fit retomber tout autour de lui la mousseline infranchissable. « Combien cela ne vaut-il pas mieux, après tout, pensait-il en s'assoupissant, que ces petits cônes en feutre d'herbe sèche, que, sous le nom baroque de *fidibus,* débite le père Blafaphas; on les allume sur une soucoupe de métal; ils se consument en répandant une grande abondance de fumée narcotique; mais devant que d'engourdir les moustiques, ils asphyxient à demi le dormeur. Fidibus! quel drôle de nom! Fidibus... » Il s'endormait déjà quand, soudain, à l'aile gauche du nez, une vive piqûre. Il y porta la main; et tandis qu'il palpait le cuisant soulèvement de sa chair : piqûre au poignet. Puis, contre son oreille un zézaiement narquois... Horreur! il avait enfermé l'ennemi dans la place! Il atteignit la chevillette et rétablit le courant.

Oui! le moustique était là, posé, tout en haut de la moustiquaire. Un peu presbyte, Amédée le distinguait fort bien, fluet jusqu'à l'absurde, campé sur quatre pieds et portant rejetée en arrière la dernière paire de pattes, longue et comme bouclée; l'insolent! Amédée se dressa debout sur son lit. Mais comment écraser l'insecte contre un tissu fuyant, vaporeux?... N'importe! il donna du plat de la main, si fort, si vite, qu'il crut avoir crevé la moustiquaire. A coup sûr le moustique y était; il chercha des yeux le cadavre; ne vit rien; mais sentit une nouvelle piqûre au jarret.

Alors, pour protéger du moins le plus possible de sa personne, il rentra dans son lit; puis resta peut-être un quart d'heure, hébété, n'osant plus éteindre. Puis, tout de même rassuré, ne voyant ni n'entendant plus d'ennemi, éteignit. Et tout de suite la musique recommença.

Alors il ressortit un bras, gardant la main près du visage, et, par instants, quand il en croyait sentir un, bien posé, sur son front ou sa joue, appliquait une vaste claque. Mais, sitôt après, il entendait de nouveau l'insecte chanter.

avait acheté à Toulon, le matin, une boîte de poudre insecticide et, dût-il payer cher, pensait-il, il n'hésiterait pas, ce soir-là, à descendre dans un des meilleurs hôtels; car si cette nuit il ne dormait pas davantage, dans quel état de misère physiologique arriverait-il à Rome ? à la merci du moindre franc-maçon.

Devant la gare de Gênes stationnaient les omnibus des principaux hôtels; il alla droit à l'un des plus cossus, sans se laisser intimider par la morgue du laquais qui s'empara de sa piteuse valise; mais Amédée ne s'en voulait point séparer; il refusa de la laisser poser sur le dessus de la voiture, exigea qu'on la mît, là, près de lui, sur le coussin de la banquette. Dans le vestibule de l'hôtel le portier en parlant français le mit à l'aise; alors il se lança et, non content de demander « une très bonne chambre », s'enquit des prix de celles qu'on lui proposait, résolu, au-dessous de douze francs, à ne rien trouver à sa convenance.

La chambre de dix-sept francs pour laquelle il se décida, après en avoir visité plusieurs, était vaste, propre, élégante sans excès; le lit avançait dans la pièce, un lit de cuivre, et, assurément inhabité, à qui le pyrèthre eût fait injure. Dans une sorte d'armoire énorme, la toilette était dissimulée. Deux larges fenêtres ouvraient sur un jardin; Amédée, penché vers la nuit, contempla d'indistincts et sombres feuillages, longuement, laissant l'air tiède lentement calmer sa fièvre et le persuader au sommeil. Au-dessus du lit, un voile de tulle retombait en brouillard exactement de trois côtés; de petits cordonnets, semblables aux ris d'une voile, le relevaient par-devant dans une courbe gracieuse. Fleurissoire reconnut là ce qu'on appelle : moustiquaire — dont il avait toujours dédaigné d'user.

Après s'être lavé, il s'étendit avec délices dans les draps frais. Il laissait la fenêtre ouverte; non toute grande assurément, par crainte du rhume et de l'ophtalmie, mais un des battants rabattu de manière que ne lui parvinssent pas directement les effluves; fit ses comptes et ses prières, puis éteignit. (L'éclairage était électrique, qu'on arrêtait en chavirant la chevillette d'un interrupteur de courant.)

Fleurissoire allait s'endormir lorsqu'un mince chan-

A Toulon ce furent les puces.

Sans doute les avait-il récoltées en wagon. Toute la nuit il se gratta, tourna et retourna sans dormir. Il les sentait qui lui couraient le long des jambes, lui chatouillaient les reins, l'enfiévraient. Comme il était de peau délicate, d'exubérants boutons se soulevaient sous leurs morsures, qu'il enflammait en se grattant comme à plaisir. Il ralluma plusieurs fois sa bougie ; il se relevait, enlevait sa chemise, la remettait, sans avoir pu en tuer une ; à peine les apercevait-il un instant : elles échappaient à sa prise, et, même s'il parvenait à les saisir, lorsqu'il les croyait mortes, aplaties sous son doigt, elles se regonflaient à l'instant même, repartaient sitôt sauves et bondissaient comme devant. Il en venait à regretter les punaises. Il enrageait, et dans l'énervement de ce pourchas inutile acheva de compromettre son sommeil.

Et toute la journée du lendemain ses boutons de la nuit le démangèrent, tandis que des chatouillements neufs l'avertissaient qu'il était toujours fréquenté. L'excessive chaleur augmentait considérablement son malaise. Le wagon regorgeait d'ouvriers qui buvaient, fumaient, crachaient, rotaient, et mangeaient un cervelas d'une senteur tellement forte que Fleurissoire, à plus d'un coup, pensa vomir. Il n'osa cependant quitter ce compartiment qu'à la frontière, de crainte que les ouvriers, le voyant monter dans un autre, n'allassent supposer qu'ils le gênaient ; dans le compartiment où ensuite il monta, une volumineuse nourrice changeait les couches de son poupon. Il tâcha néanmoins de dormir mais il était alors gêné par son chapeau. C'était un de ces chapeaux plats, de paille blanche à ruban noir, de l'espèce de ceux qu'on appelle communément : canotiers. Quand Fleurissoire le laissait dans sa position ordinaire, le bord rigide écartait sa tête de la cloison ; si, pour s'appuyer, il relevait un peu le chapeau, la cloison le précipitait en avant ; lorsque, au contraire, il réprimait le chapeau en arrière, le bord se coinçait alors entre la cloison et sa nuque et le canotier au-dessus de son front se levait comme une soupape. Il prit le parti de l'enlever complètement et de se couvrir le chef de son foulard que, par crainte du jour, il laissait retomber devant ses yeux. Du moins il s'était précautionné pour la nuit : il

se joignait à l'atrocité de l'urticaire la gêne d'un col de chemise trempé; qu'il trempait aussi de ses larmes. Et tout à coup il sursauta d'horreur : des punaises! ce sont des punaises!... Il s'étonna de n'y avoir pas pensé plus tôt; mais il ne connaissait l'insecte que de nom, et comment aurait-il assimilé l'effet d'une morsure précise à cette brûlure indéfinie ? Il jaillit hors du lit; pour la troisième fois ralluma la bougie.

Théorique et nerveux, il se faisait, comme beaucoup de gens, des idées fausses sur les punaises, et, glacé de dégoût, commença par les chercher sur lui; n'en vit mie; pensa s'être trompé; déjà se recroyait malade. Rien sur les draps non plus; mais, avant de se recoucher, l'idée lui vint pourtant de soulever son traversin. Il aperçut alors trois minuscules pastilles noirâtres, qui prestement se muchèrent dans un repli de drap. C'étaient elles!

Posant sa bougie sur le lit, il les traqua, ouvrit le pli, en surprit cinq, que, par dégoût, n'osant escarbouiller contre son ongle, il précipita dans son pot de chambre et compissa. Quelques instants il les regarda se débattre, content, féroce, et du coup se sentit un peu soulagé. Se recoucha; souffla.

Les démangeaisons presque aussitôt redoublèrent; de nouvelles, sur la nuque, à présent. Exaspéré il ralluma, se releva, enleva cette fois sa chemise pour en examiner le col à loisir. Enfin il distingua, au ras de la couture, courir d'imperceptibles points rouge clair, qu'il écrasa contre la toile, où ils firent une marque de sang; sales bêtes, si petites, il avait peine à croire que ce fussent déjà des punaises; mais, peu après, soulevant de nouveau son traversin, il en dénicha une énorme : leur mère assurément; alors encouragé, excité, amusé presque, il enleva le traversin, défit ses draps, et commença de fouiller avec méthode. A présent il se figurait partout en voir; mais somme toute n'en prit que quatre; se recoucha et put goûter une heure de calme.

Puis les brûlures recommencèrent. Il partit à la chasse une fois encore; puis enfin, excédé, se laissa faire et remarqua que la cuisson, s'il n'y touchait pas, se calmait somme toute assez vite. A l'aube les dernières, repues, le laissèrent. Il dormait d'un sommeil profond quand le **garçon vint le réveiller pour son train.**

Au demeurant il s'amusait de ce voyage, et de le faire seul, enfin; à quarante-sept ans n'ayant encore jamais vécu que sous tutelle, escorté partout par sa femme ou par son ami Blafaphas. Calé dans son coin de wagon, il souriait avec un air de chèvre, du bout des dents, souhaitant bénigne aventure. Tout alla bien jusqu'à Marseille.

Le second jour il fit un faux départ. Tout absorbé dans la lecture du *Baedeker* de l'Italie centrale qu'il venait d'acheter, il se trompa de train et fila droit sur Lyon, ne s'en aperçut qu'à Arles, au moment où le train repartait, et dut poursuivre jusqu'à Tarascon; il dut redéfaire la route; puis prit un train du soir qui le porta jusqu'à Toulon, plutôt que de coucher une nouvelle nuit à Marseille où les punaises l'avaient gêné.

La chambre n'avait pourtant pas mauvais aspect, qui donnait sur la Cannebière; ni le lit, ma foi! dans lequel il s'était étendu en confiance après avoir plié ses vêtements, fait ses comptes et ses prières. Il tombait de sommeil et s'était endormi aussitôt.

Les punaises ont des mœurs particulières; elles attendent que la bougie soit soufflée, et, sitôt dans le noir, s'élancent. Elles ne se dirigent pas au hasard; vont droit au cou, qu'elles prédilectionnent; s'adressent parfois aux poignets; quelques rares préfèrent les chevilles. On ne sait trop pourquoi elles infusent sous la peau du dormeur une subtile huile urticante dont la virulence à la moindre friction exaspère...

La démangeaison qui réveilla Fleurissoire était si vive qu'il ralluma sa bougie et courut au miroir contempler, sous le maxillaire inférieur, une rougeur confuse semée d'indistincts petits points blancs; mais la camoufle éclairait mal; la glace était de tain sali, son regard brouillé de sommeil... Il se recoucha, frottant toujours; éteignit de nouveau; ralluma cinq minutes après, la cuisson devenant intolérable; bondit à sa toilette, mouilla dans le broc son mouchoir et l'appliqua sur la zone enflammée; celle-ci, toujours plus étendue, atteignait à présent la clavicule. Amédée crut qu'il tombait **malade et pria**; puis éteignit encore. Le répit apporté **par la fraîcheur** de la compresse fut de trop courte **durée pour** laisser le patient se rendormir; à présent

LIVRE QUATRIÈME

LE MILLE-PATTES

> Et je ne puis approuver que ceux qui cherchent en gémissant.
> PASCAL.

I

Amédée Fleurissoire avait quitté Pau avec cinq cents francs dans sa poche, qui certainement devaient suffire à son voyage, malgré les faux frais où l'entraînerait sans doute la malignité de la Loge. Puis, si la somme ne suffisait pas, s'il se voyait contraint de prolonger davantage son séjour, il ferait appel à Blafaphas qui tenait à sa disposition une petite réserve.

Personne à Pau ne devant savoir où il allait, il n'avait pris billet que pour Marseille. De Marseille à Rome le billet de troisième ne coûtait que trente-huit francs quarante et lui laissait la faculté de s'arrêter en cours de route; ce dont il pensait profiter pour satisfaire, non point à la curiosité des lieux étranges qu'il n'avait jamais eue vive, mais à son besoin de sommeil qu'il avait extraordinairement exigeant. C'est-à-dire qu'il redoutait par-dessus tout l'insomnie; et, comme il importait à l'Église qu'il arrivât à Rome bien gaillard, il ne regarderait pas à la remise de deux jours, à quelques frais d'hôtel en sus... Qu'était-ce que cela auprès d'une nuit en wagon, blanche à n'en pas douter, et malsaine particulièrement à cause des exhalaisons des autres voyageurs; puis, si l'un d'eux désireux de renouveler l'air, s'avisait d'ouvrir une fenêtre, alors c'était le rhume assuré... Il coucherait donc une première nuit à Marseille, une seconde à Gênes, dans quelqu'un de ces hôtels point fastueux mais confortables, comme on en trouve facilement dans le voisinage des gares; et n'arriverait à Rome que le surlendemain soir.

— J'ai relu ces jours derniers *L'Air des Cimes* et trouvé ça meilleur qu'il ne m'avait paru d'abord.

— Tant pis pour vous! C'est un livre manqué; je vous expliquerai pourquoi quand vous serez en état de m'entendre et d'apprécier les étranges préoccupations qui m'habitent. J'ai trop à dire. Motus pour aujourd'hui. »

Il quitta les Armand-Dubois leur ayant souhaité bon espoir.

irrité (elle naguère si souriante!) : — Si ce n'est pas une honte! quand on songe à ce qu'il gagnait à *La Dépêche* avec ses articles impies : Et les quelques rotins que lui verse aujourd'hui *Le Pèlerin* pour ses prônes, il trouve encore moyen d'en laisser les trois quarts aux pauvres.

— Alors c'est un saint tout à fait!... s'écriait Julius consterné.

— Ah! ce qu'il m'agace avec sa sainteté!... Tenez : savez-vous ce que c'est que ça ? — et elle allait dans un coin sombre de la pièce, quérir une cage à poulets : — Ce sont deux rats auxquels Monsieur le savant a crevé les yeux, dans le temps.

— Hélas! Véronique, pourquoi revenez-vous là-dessus ? Vous les nourrissiez bien, du temps que j'expérimentais sur eux; et je vous le reprochais alors... Oui, Julius, du temps de mes forfaits, j'avais, par vaine curiosité scientifique, aveuglé ces pauvres animaux; j'en ai charge à présent; ce n'est que naturel.

— Je voudrais bien que l'Église trouvât également naturel de faire pour vous ce que vous faites pour ces rats, après vous avoir aveuglé tout de même.

— Aveuglé, dites-vous! Est-ce vous qui parlez ainsi ? Illuminé, mon frère; illuminé.

— Je vous parle du positif. L'état dans lequel on vous abandonne est pour moi chose inadmissible. L'Église a pris des engagements envers vous; il est de nécessité qu'elle les tienne; pour son honneur, et pour notre foi. — Puis se tournant vers Véronique : — Si vous n'avez rien obtenu, adressez-vous plus haut encore, toujours plus haut. Que parlais-je de Rampolla ? C'est au pape lui-même à présent que je veux porter une supplique; au pape qui n'ignore pas votre conversion. Un tel déni de justice mérite qu'il en soit instruit. Dès demain je retourne à Rome.

— Vous nous resterez bien à dîner, hasarda craintivement Véronique.

— Excusez-moi; je n'ai pas l'estomac très solide (et Julius, dont les ongles étaient soignés, remarquait les gros doigts courts, carrés du bout, d'Anthime); à mon retour de Rome, je vous verrai plus longuement, et je vous entretiendrai, cher Anthime, du nouveau livre que je prépare.

— Mais depuis que vous êtes ici, n'en avez-vous appelé à personne ?

— J'ai failli voir le cardinal Pazzi qui m'avait marqué de l'attention, et à qui j'avais récemment écrit; il a bien passé par Milan, mais m'a fait dire par son valet...

— Qu'une crise de goutte regrettait de le tenir à la chambre, interrompit Véronique.

— Mais c'est abominable! Il faut en aviser Rampolla, s'écria Julius.

— L'aviser de quoi, cher ami ? il est de fait que je suis un peu dénué; mais qu'avons-nous besoin davantage ? J'errais, du temps de ma prospérité; j'étais pécheur; j'étais malade. A présent, me voici guéri. Jadis vous aviez beau jeu de me plaindre. Vous le savez, pourtant : les faux biens détournent de Dieu.

— Mais enfin ces faux biens vous sont dus. Je consens que l'Église vous enseigne à les mépriser, mais non point qu'elle vous en frustre.

— Voilà parler, dit Véronique. Avec quel soulagement je vous écoute, Julius. Ses résignations, à lui, me font bouillir; pas moyen de l'amener à se défendre; il s'est laissé plumer comme un oison, disant merci à tous ceux qui voulaient bien prendre, et prenaient au nom du Seigneur.

— Véronique, il m'est pénible de t'entendre parler ainsi; tout ce qu'on fait au nom du Seigneur est bien fait.

— Si vous trouvez plaisant d'être jobard...

— Dans jobard il y a Job, mon ami. »

Alors Véronique, se tournant vers Julius :

« Vous l'entendez ? Eh bien! il est pareil à cela tous les jours; il n'a plus en bouche que des capucinades; et quand j'ai bien trimé, faisant marché, cuisine et ménage, Monsieur cite son Évangile, trouve que je m'agite pour bien des choses et me conseille de regarder les lys des champs.

— Je t'aide de mon mieux, mon amie, reprit Anthime, d'une voix séraphique; je t'ai maintes fois proposé, puisque je suis ingambe à présent d'aller au marché ou de faire le ménage à ta place.

— Ce n'est point là affaire aux pantalons. Contente-toi d'écrire tes homélies, et tâche seulement à te les faire payer un peu plus. Puis sur un ton toujours plus

IV

Vers cette époque, un important congrès de sociologie rappelait à Rome le comte Julius de Baraglioul. Il n'était peut-être pas spécialement convoqué (ayant sur les questions sociales plutôt des convictions que des compétences), mais il se réjouissait de cette occasion d'entrer en rapport avec quelques illustres sommités. Et comme Milan se trouvait tout naturellement sur sa route, Milan, où, comme l'on sait, sur les conseils du père Anselme, les Armand-Dubois étaient allés demeurer, il en profiterait pour revoir un peu son beau-frère.

Le jour même que Fleurissoire quittait Pau, Julius sonnait à la porte d'Anthime.

On l'introduisit dans un misérable appartement de trois pièces — si l'on peut compter pour une pièce l'obscure soupente où Véronique faisait elle-même cuire quelques légumes, ordinaire de leurs repas. Un hideux réflecteur de métal renvoyait blafard le jour étroit d'une courette; Julius, gardant à la main son chapeau plutôt que de le poser sur la douteuse toile cirée qui recouvrait une table ovale, et restant debout par horreur de la molesquine, saisit le bras d'Anthime et s'écria :

« Vous ne pouvez rester ici, mon pauvre ami.

— De quoi me plaignez-vous ? » dit Anthime.

Au bruit des voix Véronique était accourue :

« Croiriez-vous, mon cher Julius, qu'il ne trouve rien d'autre à dire, devant les passe-droits et les abus de confiance dont vous nous voyez victimes.

— Qui vous a fait partir pour Milan ?

— Le père Anselme; de toute façon nous ne pouvions garder l'appartement in Lucina.

— Qu'en avions-nous besoin ? dit Anthime.

— Là n'est point la question. Le père Anselme vous promettait compensation. A-t-il connu votre misère ?

— Il feint de l'ignorer, dit Véronique.

— Il faut vous plaindre à l'évêque de Tarbes.

— C'est ce qu'Anthime a fait.

— Qu'a-t-il dit ?

— C'est un excellent homme; il m'a vivement encouragé dans ma foi.

— Tu verras cela, ma petite. Je vous raconterai mes aventures, disait-il avec un gentil petit ricanement qui lui secouait la pomme d'Adam.

— Tu vas t'enrhumer, c'est certain.

— Je mettrai ton foulard. »

Il s'arrêtait dans sa marche, pour soulever du bout de l'index le menton d'Arnica, comme on fait aux poupons que l'on veut amener à sourire. Gaston gardait une attitude réservée. Amédée s'approcha de lui :

« Je compte sur toi pour consulter l'indicateur. Tu me diras quand j'ai un bon train pour Marseille; avec des troisièmes. Si, si, je tiens à prendre des troisièmes. Enfin prépare-moi un horaire détaillé, avec les endroits où il faut que je change; et les buffets; jusqu'à la frontière; après, je serai lancé, je me débrouillerai et Dieu me guidera jusqu'à Rome. Vous m'écrirez là-bas, poste restante. »

L'importance de sa mission lui surchauffait périlleusement la cervelle. Après que Gaston fut reparti il arpentait toujours la pièce; il murmurait :

« Qu'à moi soit réservé cela! plein d'une admiration et d'une reconnaissance attendrie : il avait donc enfin sa raison d'être. Ah! par pitié, Madame, ne le retenez pas! Il est si peu d'êtres sur terre qui savent trouver leur emploi. »

Tout ce qu'obtint Arnica c'est qu'il passât encore cette nuit auprès d'elle, Gaston ayant d'ailleurs marqué sur l'horaire, qu'il apporta dans la soirée, le train de huit heures du matin comme le plus pratique.

Ce matin-là, il pleuvait dru. Amédée ne consentit point à ce qu'Arnica ni Gaston l'accompagnassent à la gare. Et personne n'eut un regard d'adieu pour le cocasse voyageur aux yeux d'alose, au col caché par un foulard grenat, qui tenait à la main droite une valise de toile grise où sa carte de visite était clouée, à la main gauche un vieux riflard, sur le bras un châle à carreaux verts et bruns — qu'emporta le train vers Marseille.

qu'il faut donner ici : c'est soi-même. Je vais consulter Blafaphas; nous verrons ce qu'il me dira.

— Valentine de Saint-Prix m'a bien fait promettre de ne point parler de cela à personne, hasarda timidement Arnica.

— Blafaphas n'est pas quelqu'un; et nous lui recommanderons de garder cela pour lui seul, strictement.

— Comment veux-tu partir sans qu'on le sache ?

— On saura que je pars, mais on ne saura pas où je vais. Puis, se tournant vers elle, sur un ton pathétique, il implorait : Arnica, ma chérie... laissez-moi y aller. »

Elle sanglotait. A présent c'était elle qui réclamait l'appui de Blafaphas. Amédée l'allait quérir, quand, de lui-même, l'autre s'amena, frappant à la vitre du salon d'abord, selon son habitude.

« Voilà bien la plus curieuse histoire que j'aie entendue de ma vie, s'écria-t-il dès qu'on l'eut mis au fait! Non! mais en vérité, qui se serait attendu à rien de pareil ? — Et brusquement, avant que Fleurissoire eût rien dit de ses intentions : — Mon ami, nous n'avons qu'une chose à faire : partir.

— Tu vois, dit Amédée, c'est sa première pensée.

— Moi, malheureusement, je suis retenu par la santé de mon pauvre père, fut la seconde.

— Après tout, il vaut mieux que je sois seul, reprit Amédée. A deux, nous nous ferions remarquer.

— Vas-tu seulement savoir comment t'y prendre ? »

Alors Amédée levait le haut du corps et les sourcils avec l'air de dire : Je ferai de mon mieux, que veux-tu! Blafaphas continuait :

« Vas-tu savoir à qui t'adresser ? Où aller ?... Au juste qu'est-ce que tu vas faire là-bas ?

— D'abord reconnaître ce qui en est.

— Car enfin, si rien de tout cela n'était vrai ?

— Précisément, je ne peux pas rester dans le doute. »

Et Gaston s'écriait aussitôt :

« Moi non plus.

— Mon ami, réfléchis encore, essayait Arnica.

— C'est tout réfléchi : Je pars secrètement, mais je pars.

— Quand ? Tu n'as rien de prêt.

— Dès ce soir. Que me faut-il tant ?

— Mais tu n'as jamais voyagé. Tu ne vas pas savoir.

quelque chose d'excessivement triste. Le pauvre Saint-Père est emprisonné.

— Pas possible! » fit Amédée comme il aurait dit : Bah!

Alors Arnica, éclatant en sanglots :

« Je savais bien, je savais bien que tu ne me croirais pas.

— Mais voyons, voyons, ma chérie... reprenait Amédée en dépouillant le pardessus sans lequel il ne sortait pas volontiers, par crainte des changements brusques de température. Songes-tu! Tout le monde saurait cela, si on avait touché au Saint-Père. Ça se lirait dans les journaux... Et qui est-ce qui aurait pu l'emprisonner ?

— Valentine dit que c'est la Loge. »

Amédée regarda Arnica avec l'idée qu'elle était devenue folle. Il dit pourtant :

« La Loge!... Quelle Loge ?

— Mais comment veux-tu que je sache ? Valentine a promis de ne pas en parler.

— Qui est-ce qui lui a raconté tout cela ?

— Elle m'a défendu de le dire... Un chanoine, qui est venu de la part d'un cardinal, avec sa carte... »

Arnica n'entendait rien aux affaires publiques et, de ce que lui avait raconté Madame de Saint-Prix, ne se faisait qu'une représentation confuse. Les mots *captivité, emprisonnement* levaient devant ses yeux des images ténébreuses et semi-romantiques; le mot *croisade* l'exaltait infiniment, et lorsque, enfin ébranlé, Amédée parla de partir, elle le vit soudain en cuirasse et en heaume, à cheval... Lui marchait à présent à grands pas à travers la pièce; il disait :

« D'abord, de l'argent, nous n'en avons pas... Et tu crois que cela me suffirait, d'en donner! Tu crois, parce que je me serais privé de quelques billets, que je pourrais reposer tranquille ?... Mais, chère amie, si ce que tu me dis est vrai, c'est une chose épouvantable, et qui ne nous permet pas de nous reposer. Épouvantable, tu comprends.

— Oui, je sens bien, épouvantable... Mais tout de même explique-moi un peu... pourquoi ?

— Oh! s'il faut à présent que je t'explique!... et Amédée, la sueur aux tempes, levait des bras découragés.

— Non! non, reprenait-il; ce n'est pas de l'argent

Arnica revenait avec la théière, le sucre et une tasse sur un plateau.

« Je vous donne beaucoup de mal.

— Oh! je vous en prie!... Seulement je préfère que ce soit avant; parce qu'après je n'aurais plus la force.

— Eh bien! voilà, commença Valentine après qu'Arnica se fut assise : Le pape...

— Non! Ne me dites pas! ne me dites pas! fit aussitôt Madame Fleurissoire, étendant la main devant elle; puis poussant un faible cri elle retomba en arrière, les yeux clos.

— Ma pauvre amie! ma pauvre chère amie, disait la comtesse en lui tapotant le poignet. Je savais bien que ce secret serait au-dessus de vos forces. »

Enfin Arnica ouvrit un œil et murmura tristement :

« Il est mort ? »

Alors Valentine, se penchant vers elle, lui glissa dans l'oreille :

« Emprisonné. »

La stupeur fit revenir à elle Madame Fleurissoire; et Valentine commença son long récit, trébuchant sur les dates, s'embrouillant dans la chronologie; mais le fait était là, certain, indiscutable : notre Saint-Père était tombé entre les mains des infidèles; on organisait secrètement, pour le délivrer, une croisade; et il fallait d'abord, pour mener à bien celle-ci, beaucoup d'argent.

« Qu'est-ce que va dire Amédée ? » gémissait Arnica consternée.

Il ne devait rentrer que le soir, parti en promenade avec son ami Blafaphas...

« Surtout recommandez-lui bien le secret, répéta plusieurs fois Valentine, en prenant congé d'Arnica. — Embrassons-nous, ma chère amie; bon courage! — Arnica, confuse, tendait à la comtesse son front moite. — Demain je passerai savoir ce que vous pensez pouvoir faire. Consultez Monsieur Fleurissoire; mais songez qu'il y va de l'Église!... Et c'est bien entendu : à votre mari seulement! Vous me le promettez : pas un mot; n'est-ce pas ? pas un mot. »

La comtesse de Saint-Prix avait laissé Arnica dans un état de dépression très voisin de la défaillance. Lorsque Amédée rentra de promenade :

« Mon ami, lui dit-elle aussitôt, je viens d'apprendre

III

« Chère Madame ! Qu'y a-t-il ? Votre lettre m'a bien fait peur. »

La comtesse se laissa tomber dans le fauteuil qu'avançait vers elle Arnica.

« Ah ! Madame Fleurissoire... tenez, laissez-moi vous appeler : chère amie... Cette peine, qui vous touche aussi, nous rapproche. Ah ! si vous saviez !...

— Parlez ! parlez ! ne me laissez pas plus longtemps dans l'attente.

— Mais ce que je viens d'apprendre, et que je vais vous dire, doit rester un secret entre nous.

— Je n'ai jamais trahi la confiance de personne, dit dolemment Arnica, à qui personne encore n'avait confié aucun secret.

— Vous n'allez pas y croire.

— Si ! si, gémissait Arnica.

— Ah ! gémissait la comtesse. Tenez, serez-vous assez bonne pour me préparer une tasse de n'importe quoi... Je sens que je m'en vais.

— Voulez-vous de la verveine ? du tilleul ? de la camomille ?

— N'importe quoi... Du thé plutôt... Je refusais d'y croire d'abord.

— Il y a de l'eau bouillante à la cuisine. Ce sera l'affaire d'un instant. »

Et tandis qu'Arnica s'affairait, l'œil intéressé de la comtesse expertisait le salon. Il y régnait une modestie décourageante. Des chaises de reps vert, un fauteuil en velours grenat, un autre en vulgaire tapisserie, dans lequel elle était assise ; une table, une console d'acajou ; devant le foyer, un tapis en chenilles de laine ; sur la cheminée, des deux côtés d'une pendule en albâtre, sous globe, deux grands vases d'albâtre ajouré, sous globes, pareillement ; sur la table, un album de photographies de famille ; sur la console, une image de Notre-Dame de Lourdes dans sa grotte, en carton-romain, modèle réduit — tout déconseillait la comtesse, qui sentait le cœur lui manquer.

Après tout, c'étaient peut-être des faux pauvres, des **avaricieux**...

L'affaire s'élançait avec un capital de soixante mille francs déclarés, sur lesquels les Blafafoires s'inscrivaient à eux deux modestement pour dix mille. Lévichon fournissait généreusement les cinquante autres, n'ayant point supporté que ses deux amis s'obérassent. Il est vrai que, sur ces cinquante mille francs, quarante étaient prêtés par Fleurissoire, prélevés sur la dot d'Arnica, remboursables en dix ans, avec un intérêt cumulatif de quatre et demi pour cent — ce qui était plus qu'Arnica n'avait jamais espéré, et ce qui mettait la petite fortune d'Amédée à l'abri des grands risques que cette entreprise ne pouvait manquer de courir. Les Blafafoires, par contre, apportaient l'appui de leurs relations et de celles des Baraglioul, c'est-à-dire, après que le carton-romain eût fait ses preuves, la protection de maints membres influents du clergé; ceux-ci (en plus de quelques importantes commandes) persuadèrent maintes petites paroisses de s'adresser à la maison F.B.L. pour répondre aux besoins grandissants des fidèles, l'éducation artistique de plus en plus perfectionnée exigeant des œuvres plus exquises que celles dont la fruste foi des ancêtres s'était jusqu'à présent contentée. A cet effet quelques artistes, de mérite reconnu par l'Église, enrôlés dans l'œuvre du Carton-Romain, obtinrent de voir enfin leurs œuvres acceptées par le jury du Salon. Laissant à Pau les Blafafoires, Lévichon s'établit à Paris, où comme il avait de l'entregent, la maison avait bientôt pris une extension considérable.

Que la comtesse Valentine de Saint-Prix cherchât, à travers Arnica, à intéresser la maison Blafaphas et C[ie] à la secrète cause de la délivrance du pape, quoi de plus naturel ? et qu'elle eût confiance dans la grande piété des Fleurissoire pour rentrer dans une partie de son avance. Par malheur, les Blafafoires, en raison de la minime somme engagée par eux au début de l'entreprise, ne touchaient que très peu : deux douzièmes sur les revenus avoués et absolument rien sur les autres. C'est ce que la comtesse ignorait, Arnica ayant, de même qu'Amédée, grande pudeur à l'endroit du porte-monnaie.

reste, et sans doute entraîné par le piano de Mademoiselle Semène qui rythmait l'atmosphère en ce moment), et ce nom d'Arnica, son propre nom, aussitôt lui était apparu riche d'une musique imprévue, capable lui aussi d'exprimer poésie, amour... Ils étaient tous deux seuls dans un petit parloir à côté du salon, et si près l'un de l'autre que, lorsque Arnica défaillante laissa pencher sa tête lourde de reconnaissance, son front toucha l'épaule d'Amédée qui, très grave, prit alors la main d'Arnica et lui baisa le bout des doigts.

Quand, au retour, Amédée annonça son bonheur à son ami, Gaston, contre son habitude, ne dit rien et, quand ils passèrent devant une lanterne, il parut à Fleurissoire qu'il pleurait. Si grande que fût la naïveté d'Amédée, pouvait-il vraiment supposer que son ami partagerait jusqu'à ce dernier point son bonheur ? Tout décontenancé, tout penaud, il prit Blafaphas dans ses bras (la rue était déserte) et lui jura que, pour grand que fût son amour, son amitié l'emportait de beaucoup encore, qu'il n'entendait pas que, par son mariage, elle fût en rien diminuée et qu'enfin, plutôt que de sentir Blafaphas souffrant de quelque jalousie, il était prêt à lui promettre, sur son honneur, de ne jamais user de ses droits conjugaux.

Ni Blafaphas ni Fleurissoire n'étaient de tempérament bien fougueux; pourtant Gaston, que sa virilité occupait un peu davantage, se tut et laissa promettre Amédée.

Peu de temps après le mariage d'Amédée, Gaston qui, pour se consoler, s'était plongé dans le travail, découvrit le *Carton Plastique*. Cette invention qui d'abord n'avait l'air de rien, eut pour premier résultat de revigorer l'amitié quelque peu retombée de Lévichon pour les Blafafoires. Eudoxe Lévichon pressentit aussitôt le parti que la statuaire religieuse pourrait tirer de cette nouvelle matière, qu'il baptisa d'abord, avec un remarquable sentiment des contingences : *Carton-Romain**. La maison Blafaphas, Fleurissoire et Lévichon fut fondée.

* Le *Carton-Romain-Plastique,* annonçait le catalogue, d'invention relativement récente, de fabrication spéciale, dont la maison Blafaphas, Fleurissoire et Lévichon garde le secret, remplace fort avantageusement le carton-pierre, le papier-stuc et autres compositions analogues, dont l'usage n'a que trop bien établi toute la défectuosité. (Suivaient les descriptions des différents modèles.)

sérieuses, qui l'occupèrent dans la suite, et dont le premier résultat fut l'invention de cette « pipe fumivore hygiénique, pour fumeurs délicats de la poitrine et autres », qui resta longtemps exposée à la devanture du pharmacien.

Amédée Fleurissoire et Gaston Blafaphas s'éprirent ensemble d'Arnica; c'était fatal. Chose admirable, cette naissante passion, qu'aussitôt l'un à l'autre ils s'avouèrent, loin de les diviser, ne fit que resserrer leur couture. Et certes Arnica ne leur donna d'abord, à l'un non plus qu'à l'autre, de grands motifs de jalousie. Aucun d'eux du reste ne s'était déclaré; et jamais Arnica n'eût été supposer leur flamme, malgré le tremblement de leur voix lorsque, à ces petites soirées du dimanche chez Madame Semène dont ils étaient les familiers, elle leur offrait le sirop, la verveine ou la camomille. Et tous deux, s'en retournant le soir, célébraient sa décence et sa grâce, s'inquiétaient de sa pâleur, s'enhardissaient...

Ils convinrent de se déclarer l'un et l'autre le même soir, ensemble, puis de s'abandonner à son choix. Arnica, toute neuve devant l'amour, remercia le ciel dans la surprise et la simplicité de son cœur. Elle pria les deux soupirants de lui laisser le temps de réfléchir.

A vrai dire elle ne penchait non plus vers l'un que vers l'autre, et ne s'intéressait à eux que parce qu'eux s'intéressaient à elle, alors qu'elle avait résigné l'espoir d'intéresser jamais personne. Six semaines durant, perplexe de plus en plus, elle s'enivra doucement des hommages de ses prétendants parallèles. Et tandis que dans leurs promenades nocturnes, supputant mutuellement leurs progrès, les Blafafoires se racontaient longuement l'un à l'autre, sans détours, les moindres mots, les regards, les sourires, dont *elle* les avait gratifiés, Arnica, retirée dans sa chambre, écrivait sur des bouts de papier qu'elle brûlait soigneusement ensuite à la flamme de sa bougie, et répétait inlassablement tour à tour : Arnica Blafaphas ?... Arnica Fleurissoire ? incapable de décider entre l'atrocité de ces deux noms.

Puis brusquement, certain jour de sauterie, elle avait choisi Fleurissoire; Amédée ne venait-il pas de l'appeler *Arnica*, en accentuant la pénultième de son nom d'une manière qui lui parut italienne ? (inconsidérément du

Médiocres élèves, malgré leur désarmante assiduité, et foncièrement réfractaires à toute espèce de culture, les Blafafoires seraient restés toujours les derniers de leur classe, sans l'assistance d'Eudoxe Lévichon qui, moyennant de petites redevances, corrigeait, faisait même leurs devoirs. Ce Lévichon était le fils cadet d'un des principaux bijoutiers de la ville. (Vingt ans auparavant, peu de temps après son mariage avec la fille unique du bijoutier Cohen, — au moment où, par suite de la prospérité de ses affaires, il quittait le bas quartier de la ville pour aller s'établir non loin du casino, — le bijoutier Albert Lévy avait jugé désirable de réunir et d'agglutiner les deux noms, comme il réunissait les deux maisons.)

Blafaphas était endurant, mais Fleurissoire de complexion délicate. Aux approches de la puberté le faciès de Gaston s'obombra, on eût dit que la sève allait empoiler tout son corps; cependant l'épiderme plus susceptible d'Amédée se rebiffait, s'enflammait, boutonnait, comme si le poil eût fait des façons pour sortir. Blafaphas père conseilla des dépuratifs, et chaque lundi Gaston apportait dans sa serviette une fiole de sirop antiscorbutique qu'il remettait en cachette à son ami. Ils usèrent également de pommades.

Vers cette époque Amédée prit son premier rhume; rhume qui malgré l'amène climat de Pau ne céda point de tout l'hiver, et laissa derrière lui une fâcheuse délicatesse du côté des bronches. Ce fut pour Gaston l'occasion de nouveaux soins; il comblait son ami de réglisse, de pâtes au jujube, au lichen et de pastilles pectorales à base d'eucalyptus que le père Blafaphas fabriquait lui-même, d'après la recette d'un vieux curé. Amédée, facilement catarrheux, dut se résigner à ne sortir jamais sans foulard.

Amédée n'avait d'autre ambition que de succéder à son père. Gaston cependant, malgré son apparence indolente, ne manquait pas d'initiative; dès le lycée il s'ingéniait à de menues inventions, à vrai dire plutôt récréatives : une trappe-à-mouches, un pèse-billes, un verrou de sûreté pour son pupitre, qui du reste ne contenait pas plus de secrets que son cœur. Si innocentes que fussent les premières applications de son industrie, elles devaient néanmoins l'amener à des recherches plus

en retombant un boucan formidable (Lafcadio sursaute encore en y songeant). Wladi se précipite sur la lanterne, qu'il aveugle, puis s'écroule dans un fauteuil; Cadio glisse sous une table; tous deux restent longtemps dans le noir, sans remuer, aux écoutes... mais rien; rien n'a bougé dans la maison; au loin, un chien jappe à la lune. Alors, doucement, lentement, Wladi redonne un peu de lumière.

Dans la salle à manger, de quel air il tourne la clef du buffet! L'enfant sait bien que ce n'est là qu'un jeu, mais l'oncle y semble pris lui-même. Il renifle comme pour flairer où cela sent le meilleur; s'empare d'une bouteille de tokay; en verse deux petits verres où tremper des biscuits; il invite à trinquer, un doigt sur les lèvres; le cristal sonne imperceptiblement... La collation nocturne terminée, Wladi s'occupe à tout remettre en ordre, il va rincer avec Cadio les verres dans le baquet de l'office, les essuie, rebouche la bouteille, referme la boîte aux biscuits, époussette méticuleusement les miettes, regarde une dernière fois le tout bien à sa place dans l'armoire... Ni vu, ni connu.

Wladi réaccompagne Cadio jusqu'à sa chambre et le quitte avec un profond salut. Cadio reprend son somme où il l'avait laissé, et se demandera le lendemain s'il n'a pas rêvé tout cela.

Drôle de jeu pour un enfant! Qu'eût pensé de cela Julius?...

Lafcadio, bien que les yeux fermés, ne dort pas; il ne parvient pas à dormir.

« Le petit vieux, que je sens là, croit que je dors, pensait-il. Si j'entrouvrais les yeux, je le verrais qui me regarde. Protos prétendait qu'il est particulièrement difficile de feindre de dormir tout en prêtant attention; il se faisait fort de reconnaître le faux sommeil à ce léger petit tremblement des paupières... que je réprime en ce moment. Protos lui-même y serait pris... »

Le soleil cependant s'était couché; déjà s'atténuaient les reflets derniers de sa gloire, que Fleurissoire ému contemplait. Tout à coup, au plafond voûté du wagon, l'électricité jaillit dans le lustre; éclairage trop brutal, auprès de ce crépuscule attendri; et, par crainte aussi qu'il ne troublât le sommeil de son voisin, Fleurissoire

tourna le commutateur : ce qui n'amena point l'obscurité complète, mais dériva le courant du lustre central au profit d'une lampe veilleuse azurée. Au gré de Fleurissoire cette ampoule bleue versait trop de lumière encore; il donna un tour de plus à la clavette; la veilleuse s'éteignit, mais s'allumèrent aussitôt deux appliques pariétales, plus désobligeantes que le lustre du milieu; un tour encore, et la veilleuse de nouveau : il s'y tint.

« A-t-il bientôt fini de jouer avec la lumière ? pensait Lafcadio impatienté. Que fait-il à présent ? (Non, je ne lèverai pas les paupières.) Il est debout... Serait-il attiré par ma valise ? Bravo! Il constate qu'elle est ouverte. Pour en perdre la clef aussitôt, c'était bien adroit d'y avoir fait mettre, à Milan, une serrure compliquée qu'on a dû crocheter à Bologne! Un cadenas du moins se remplace... Dieu me damne : il enlève sa veste ? Ah! tout de même regardons. »

Sans attention pour la valise de Lafcadio, Fleurissoire, occupé à son nouveau faux col, avait mis bas sa veste pour pouvoir le boutonner plus aisément; mais le madapolam empesé, dur comme du carton, résistait à tous ses efforts.

« Il n'a pas l'air heureux, reprenait à part soi Lafcadio. Il doit souffrir d'une fistule, ou de quelque affection cachée. L'aiderai-je! Il n'y parviendra pas tout seul... »

Si pourtant! le col enfin admit le bouton. Fleurissoire reprit alors, sur le coussin où il l'avait posée près de son chapeau, de sa veste et de ses manchettes, sa cravate et, s'approchant de la portière, chercha comme Narcisse sur l'onde, sur la vitre, à distinguer du paysage son reflet.

« Il n'y voit pas assez. »

Lafcadio redonna de la lumière. Le train longeait alors un talus, qu'on voyait à travers la vitre, éclairé par cette lumière de chaque compartiment projetée; cela formant une suite de carrés clairs qui dansaient le long de la voie et se déformaient tour à tour selon chaque accident du terrain. On apercevait au milieu de l'un d'eux, danser l'ombre falote de Fleurissoire; les autres carrés étaient vides.

« Qui le verrait ? pensait Lafcadio. Là, tout près de ma main, sous ma main, cette double fermeture, que je peux faire jouer aisément; cette porte qui, cédant tout

à coup, le laisserait crouler en avant ; une petite poussée suffirait ; il tomberait dans la nuit comme une masse ; même on n'entendrait pas un cri... Et demain, en route pour les îles !... Qui le saurait ? »

La cravate était mise, un petit nœud marin tout fait ; à présent Fleurissoire avait repris une manchette et l'assujettissait au poignet droit ; et, ce faisant, il examinait, au-dessus de la place où il était assis tout à l'heure, la photographie (une des quatre qui décoraient le compartiment) de quelque palais près de la mer.

« Un crime immotivé, continuait Lafcadio : quel embarras pour la police ! Au demeurant, sur ce sacré talus, n'importe qui peut, d'un compartiment voisin, remarquer qu'une portière s'ouvre, et voir l'ombre du chinois cabrioler. Du moins les rideaux du couloir sont tirés... Ce n'est pas tant des événements que j'ai curiosité, que de soi-même. Tel se croit capable de tout, qui, devant que d'agir, recule... Qu'il y a loin, entre l'imagination et le fait !... Et pas plus le droit de reprendre son coup qu'aux échecs. Bah ! qui prévoirait tous les risques, le jeu perdrait tout intérêt !... Entre l'imagination d'un fait et... Tiens ! le talus cesse. Nous sommes sur un pont, je crois ; une rivière... »

Sur le fond de la vitre, à présent noire, les reflets apparaissaient plus clairement. Fleurissoire se pencha pour rectifier la position de sa cravate.

« Là, sous ma main, cette double fermeture — tandis qu'il est distrait et regarde au loin devant lui — joue, ma foi ! plus aisément encore qu'on eût cru. Si je puis compter jusqu'à douze, sans me presser, avant de voir dans la campagne quelque feu, le tapir est sauvé. Je commence : Une ; deux, trois ; quatre ; (lentement ! lentement !) cinq ; six ; sept ; huit ; neuf... Dix, un feu !... »

II

FLEURISSOIRE ne poussa pas un cri. Sous la poussée de Lafcadio et en face du gouffre brusquement ouvert devant lui, il fit pour se retenir un grand geste, sa main gauche agrippa le cadre lisse de la portière, tandis qu'à demi retourné il rejetait la droite loin en

arrière par-dessus Lafcadio, envoyant rouler sous la banquette, à l'autre extrémité du wagon, la seconde manchette qu'il était au moment de passer.

Lafcadio sentit s'abattre sur sa nuque une griffe affreuse, baissa la tête et donna une seconde poussée plus impatiente que la première; les ongles lui raclèrent le col; et Fleurissoire ne trouva plus où se raccrocher que le chapeau de castor qu'il saisit désespérément et qu'il emporta dans sa chute.

« A présent, du sang-froid, se dit Lafcadio. Ne claquons pas la portière : on pourrait entendre à côté. »

Il tira la portière à lui, contre le vent, avec effort, puis la referma doucement.

« Il m'a laissé son hideux chapeau plat; qu'un peu plus, d'un coup de pied, j'allais envoyer le rejoindre; mais il m'a pris le mien, qui lui suffit. Bonne précaution que j'ai eue d'en enlever les initiales!... Mais, sur la coiffe, reste la marque du chapelier, à qui l'on ne commande pas des feutres de castor tous les jours... Tant pis, c'est joué... Qu'on puisse croire à un accident... Non, puisque j'ai refermé la portière... Faire stopper le train?... Allons, allons! Cadio, pas de retouches : tout est comme tu l'as voulu.

» Preuve que je me possède parfaitement : je vais d'abord regarder tranquillement ce que représente cette photographie que le vieux contemplait tout à l'heure... *Miramar!* Aucun désir d'aller voir ça... On manque d'air ici. »

Il ouvrit la fenêtre.

« L'animal m'a griffé... Je saigne... Il m'a fait très mal. Un peu d'eau là-dessus; la toilette est au bout du couloir, à gauche. Emportons un second mouchoir. »

Il atteignit, dans le filet au-dessus de lui, sa valise et l'ouvrit sur le coussin de la banquette, à l'endroit où il était précédemment assis.

« Si je croise quelqu'un dans le couloir : du calme... Non, mon cœur ne bat plus. Allons-y!... Ah! sa veste; aisément je la peux cacher sous la mienne. Des papiers dans la poche : de quoi nous occuper pendant le reste du trajet. »

C'était un pauvre veston élimé, couleur réglisse, de drap mince, rêche et vulgaire, et qui le dégoûtait un peu, que Lafcadio suspendit à une patère, dans l'étroit

cabinet-toilette où il s'enferma; puis, penché sur le lavabo, il commença de s'examiner dans le miroir.

Son cou, à deux endroits, était assez vilainement balafré; une étroite traînée rouge partait de derrière la nuque et, tournant vers la gauche, venait mourir au-dessous de l'oreille; une autre, plus courte, franche écorchure celle-là, deux centimètres au-dessus de la première, montant droit vers l'oreille dont elle avait atteint et un peu décollé le lobe. Cela saignait; mais moins qu'il n'aurait pu craindre; par contre, la douleur qu'il n'avait pas sentie d'abord, s'éveillait assez vive. Il trempa son mouchoir dans la cuvette, étancha le sang, puis lava le mouchoir.

« Pas de quoi tacher un faux col, pensa-t-il en se rajustant; tout va bien. »

Il allait ressortir; à ce moment la locomotive siffla; une file de lumières passa derrière la vitre dépolie du closet. C'était Capoue. A cette station si proche de l'accident, descendre et courir dans la nuit se ressaisir de son castor... cette pensée surgit éblouissante. Il regrettait beaucoup son chapeau souple, léger, soyeux, tiède et frais à la fois, infroissable, d'une élégance si discrète. Pourtant il n'écoutait jamais tout entier son désir et n'aimait pas céder, fût-ce à lui-même. Mais par-dessus tout il avait l'indécision en horreur, et gardait depuis nombre d'années, comme un fétiche, le dé d'un jeu de tric trac que dans le temps lui avait donné Baldi; il le portait toujours sur lui; il l'avait là, dans le gousset de son gilet.

« Si j'amène six, se dit-il en sortant le dé, je descends! »

Il amena cinq.

« Je descends quand même. Vite! le veston du sinistré!... A présent, ma valise... »

Il courut à son compartiment.

Ah! combien, devant l'étrangeté d'un fait, l'exclamation semble inutile! Plus surprenant est l'événement, et plus mon récit sera simple. Je dirai donc tout net ceci : Quand Lafcadio rentra dans le compartiment pour y reprendre sa valise, la valise n'y était plus.

Il crut d'abord s'être trompé, ressortit dans le couloir... Si fait! c'est bien ici qu'il était tantôt. Voici la vue de Miramar... mais alors ?... Il bondit à la fenêtre et crut rêver : sur le quai de la gare, non loin encore

du wagon, sa valise s'en allait tranquillement, en compagnie d'un grand gaillard qui l'emportait à petits pas.

Lafcadio voulut s'élancer; le geste qu'il fit pour ouvrir la portière laissa couler le veston réglisse à ses pieds.

« Diable! diable! Un peu plus et je m'enferrais!... Tout de même le farceur s'en irait un peu plus vite s'il pensait que je lui puisse courir après. Aurait-il vu?... »

A ce moment, comme il restait penché en avant, une goutte de sang ruissela le long de sa joue.

« Tant pis pour la valise! Le dé l'avait bien dit : je ne dois pas descendre ici. »

Il referma la portière et se rassit.

« Pas de papiers dans la valise; et mon linge n'est pas marqué; que risqué-je?... N'importe : m'embarquer le plus tôt possible; ce sera peut-être un peu moins amusant; mais, à coup sûr, beaucoup plus sage. »

Le train cependant repartait.

« Ce n'est pas tant la valise que je regrette... mais mon castor, que j'aurais bien voulu repêcher. N'y pensons plus. »

Il bourra une nouvelle pipette, l'alluma, puis plongeant la main dans la poche intérieure de l'autre veston il en sortit d'un coup une lettre d'Arnica, un carnet de l'agence Cook et une enveloppe de papier bulle qu'il ouvrit.

« Trois, quatre, cinq, six billets de mille! N'intéresse pas les gens honnêtes. »

Il remit les billets dans l'enveloppe et l'enveloppe dans la poche du veston.

Mais quand, un instant après, il examina le carnet Cook, Lafcadio eut un éblouissement. Sur la première feuille, le nom *Julius de Baraglioul* était inscrit.

« Est-ce que je deviens fou? pensa-t-il. Quel rapport avec Julius?... billet volé?... non; pas possible. Billet prêté sans aucun doute. Diable! diable! J'ai peut-être fait du gâchis : ces vieillards sont mieux ramifiés qu'on ne croit... »

Puis, en tremblant d'interrogation il ouvrit la lettre d'Arnica. L'événement apparaissait trop étrange; il avait peine à fixer son attention; sans doute, il ne parvenait pas bien à démêler quelle parenté ou quels rapports entre Julius et ce vieux, mais il saisit ceci du moins : que Julius était à Rome. Aussitôt sa résolution

fut prise : un urgent désir de revoir son frère l'envahit, une curiosité débridée d'assister au retentissement de cette affaire sur ce calme et logique esprit :

« C'est dit! Ce soir je couche à Naples; je dégage ma malle et demain je retourne à Rome par le premier train. Ce sera sûrement beaucoup moins sage, mais peut-être un peu plus amusant. »

III

A Naples, Lafcadio descendit dans un hôtel voisin de la gare; il eut soin de prendre sa malle avec lui, parce que sont suspects les voyageurs sans bagages et qu'il prenait garde de n'attirer point sur lui l'attention; puis courut se procurer les quelques objets de toilette qui lui manquaient et un chapeau pour remplacer l'odieux canotier (et du reste étroit à son front) que lui avait laissé Fleurissoire. Il désirait également acheter un revolver, mais dut remettre au lendemain cette emplette; déjà les magasins fermaient.

Le train qu'il voulait prendre le lendemain partait de bonne heure; on arrivait à Rome pour déjeuner...

Son intention était de n'aborder Julius qu'après que les journaux auraient parlé du « crime ». Le *crime !* Ce mot lui semblait plutôt bizarre; et tout à fait impropre, s'adressant à lui, celui de *criminel*. Il préférait celui d'*aventurier,* mot aussi souple que son castor, et dont il pouvait relever les bords à son gré.

Les journaux du matin ne parlaient pas encore de l'*aventure*. Il attendait patiemment ceux du soir, pressé de revoir Julius et de sentir s'engager la partie; comme l'enfant à la cligne-musette, qui certes ne veut pas qu'on le trouve, mais qui veut du moins qu'on le cherche, en attendant il s'ennuyait. C'était un vague état qu'il ne connaissait pas encore; et les gens qu'il coudoyait dans la rue lui paraissaient particulièrement médiocres, désagréables et hideux.

Quand vint le soir, il acheta le *Corriere* à un crieur sur le Corso; puis entra dans un restaurant, mais par une sorte de défi et comme pour aviver son désir, il se força d'abord de dîner, laissant le journal tout plié,

posé là, à côté de lui, sur la table; puis ressortit, et dans le Corso de nouveau, s'arrêtant à la clarté d'une devanture, il déploya le journal et, en seconde page, vit ces mots, en titre d'un des faits divers :

CRIME, SUICIDE... OU ACCIDENT

Puis lut ceci que je traduis :

En gare de Naples, les employés de la Compagnie ont ramassé dans le filet d'un compartiment de première classe du train venu de Rome, une veste de couleur sombre. Dans la poche intérieure de ce veston une enveloppe jaune tout ouverte contenait six billets de mille francs; aucun autre papier qui permît d'identifier le propriétaire du vêtement. S'il y a eu crime, on s'explique malaisément qu'une somme aussi importante ait été laissée sur le vêtement de la victime; cela semble indiquer tout au moins que le crime n'aurait pas eu le vol pour mobile.

Aucune trace de lutte n'a pu être relevée dans le compartiment; mais on a retrouvé, sous une banquette, une manchette avec un double bouton qui figure deux têtes de chat, reliées l'une à l'autre par une chaînette d'argent doré et taillées dans un quartz semi-transparent, dit : agate nébuleuse à reflets, de l'espèce que les bijoutiers appellent : pierre de lune.

Des recherches sont faites activement le long de la voie.

Lafcadio froissa le journal.

« Quoi! les boutons de Carola maintenant! Ce vieillard est un carrefour. »

Il tourna la page et vit en dernière heure :

RÉCENTISSIME
UN CADAVRE LE LONG DE LA VOIE

Sans lire plus avant, Lafcadio courut au Grand Hôtel.

Il mit dans une enveloppe sa carte où ces mots inscrits sous son nom :

Lafcadio Wluiki

vient voir si le comte Julius de Baraglioul n'a pas besoin d'un secrétaire.

Puis fit passer.

Un laquais enfin vint le prendre dans le hall où il patientait, le guida le long des couloirs, l'introduisit.

Au premier coup d'œil Lafcadio distingua, jeté dans un coin de la chambre, le *Corriere della Sera*. Sur la table, au milieu de la pièce, un grand flacon d'eau de Cologne débouché répandait sa forte senteur. Julius ouvrit les bras.

« Lafcadio ! Mon ami... que je suis donc heureux de vous voir ! »

Ses cheveux soulevés flottaient et s'agitaient sur ses tempes ; il semblait dilaté ; il tenait un mouchoir à pois noirs à la main et s'éventait avec. « Vous êtes bien une des personnes que j'attendais le moins ; mais celle au monde avec qui je souhaitais le plus pouvoir causer ce soir... C'est Madame Carola qui vous a dit que j'étais ici ?

— Quelle bizarre question !

— Ma foi ! comme je viens de la rencontrer... Du reste, je ne suis pas sûr qu'elle m'ait vu.

— Carola ! Elle est à Rome ?

— Ne le saviez-vous pas ?

— J'arrive de Sicile à l'instant et vous êtes la première personne que je vois ici. Je ne tiens pas à revoir l'autre.

— Elle m'a paru bien jolie.

— Vous n'êtes pas difficile.

— Je veux dire : bien mieux qu'à Paris.

— C'est de l'exotisme ; mais si vous êtes en appétit...

— Lafcadio, de tels propos ne sont pas de mise entre nous. »

Julius voulut prendre un air sévère, ne réussit qu'une grimace, puis reprit :

« Vous me voyez très agité. Je suis à un tournant de ma vie. J'ai la tête en feu et ressens à travers tout le corps une espèce de vertige, comme si j'allais m'évaporer. Depuis trois jours que je suis à Rome, appelé par un congrès de sociologie, je cours de surprise en surprise. Votre arrivée m'achève... Je ne me connais plus. »

Il marchait à grands pas ; il s'arrêta devant la table, saisit le flacon, versa sur son mouchoir un flot d'odeur, appliqua sur son front la compresse, l'y laissa.

« Mon jeune ami... vous permettez que je vous appelle ainsi... Je crois que je tiens mon nouveau livre ! La manière, encore qu'excessive, dont vous me parlâtes, à Paris, de *L'Air des Cimes,* me laisse supposer qu'à celui-ci vous ne demeurerez pas insensible. »

Ses pieds esquissèrent une sorte d'entrechat; le mouchoir tomba à terre; Lafcadio s'empressa pour le ramasser et tandis qu'il était courbé, il sentit la main de Julius doucement se poser sur son épaule comme avait fait précisément la main du vieux Juste-Agénor. Lafcadio sourit en se relevant.

« Voilà si peu de temps que je vous connais, dit Julius; mais ce soir je ne me retiens pas de vous parler comme à un... »

Il s'arrêta.

« Je vous écoute comme un frère, Monsieur de Baraglioul, reprit Lafcadio enhardi, — puisque vous voulez bien m'y inviter.

— Voyez-vous, Lafcadio, dans le milieu où je vis à Paris, parmi tous ceux que je fréquente : gens du monde, gens d'Église, gens de lettres, académiciens, je ne trouve à vrai dire personne à qui parler; je veux dire : à qui confier les nouvelles préoccupations qui m'agitent. Car je dois vous avouer que, depuis notre première rencontre, mon point de vue a complètement changé.

— Allons, tant mieux! dit impertinemment Lafcadio.

— Vous ne sauriez croire, vous qui n'êtes pas du métier, combien une éthique erronée empêche le libre développement de la faculté créatrice. Aussi rien n'est plus éloigné de mes anciens romans que celui que je projette aujourd'hui. La logique, la conséquence, que j'exigeais de mes personnages, pour la mieux assurer je l'exigeais d'abord de moi-même; et cela n'était pas naturel. Nous vivons contrefaits, plutôt que de ne pas ressembler au portrait que nous avons tracé de nous d'abord : c'est absurde; ce faisant, nous risquons de fausser le meilleur. »

Lafcadio souriait toujours, attendant venir et s'amusant à reconnaître l'effet lointain de ses premiers propos.

« Que vous dirais-je, Lafcadio? Pour la première fois je vois devant moi le champ libre... Comprenez-vous ce que veulent dire ces mots : le champ libre ?... Je me dis qu'il l'était déjà; je me répète qu'il l'est toujours, et que seules jusqu'à présent m'obligeaient d'impures considérations de carrière, de public, et de juges ingrats dont le poète espère en vain récompense. Désormais je n'attends plus rien que de moi. Désormais j'attends

tout de moi; j'attends tout de l'homme sincère; et j'exige n'importe quoi; puisque aussi bien je pressens à présent les plus étranges possibilités en moi-même. Puisque ce n'est que sur le papier, j'ose leur donner cours. Nous verrons bien! »

Il respirait profondément, rejetait l'épaule en arrière, soulevait l'omoplate à la manière presque d'une aile déjà, comme si l'étouffaient à demi de nouvelles perplexités. Il poursuivait confusément, à voix plus basse :

« Et puisqu'ils ne veulent pas de moi, ces Messieurs de l'Académie, je m'apprête à leur fournir de bonnes raisons de ne pas m'admettre; car ils n'en avaient pas. Ils n'en avaient pas. »

Sa voix devenait brusquement presque aiguë, scandant ces derniers mots; il s'arrêtait, puis reprenait, plus calme :

« Donc, voici ce que j'imagine... Vous m'écoutez ?

— Jusque dans l'âme, dit en riant toujours Lafcadio.

— Et me suivez ?

— Jusqu'en enfer. »

Julius humecta de nouveau son mouchoir, s'assit dans un fauteuil; en face de lui, Lafcadio se mit à fourchon sur une chaise :

« Il s'agit d'un jeune homme, dont je veux faire un criminel.

— Je n'y vois pas difficulté.

— Eh! eh! fit Julius, qui prétendait à la difficulté.

— Mais, romancier, qui vous empêche ? et du moment qu'on imagine, d'imaginer tout à souhait ?

— Plus ce que j'imagine est étrange, plus j'y dois apporter de motif et d'explication.

— Il n'est pas malaisé de trouver des motifs de crime.

— Sans doute... mais précisément, je n'en veux point. Je ne veux pas de motif au crime; il me suffit de motiver le criminel. Oui; je prétends l'amener à commettre gratuitement le crime; à désirer commettre un crime parfaitement immotivé. »

Lafcadio commençait à prêter une oreille plus attentive.

« Prenons-le tout adolescent : je veux qu'à ceci se reconnaisse l'élégance de sa nature, qu'il agisse surtout par jeu, et qu'à son intérêt il préfère couramment son plaisir.

— Ceci n'est pas commun peut-être... hasarda Lafcadio.

— N'est-ce pas! dit Julius tout ravi. Ajoutons-y qu'il prend plaisir à se contraindre...

— Jusqu'à la dissimulation.

— Inculquons-lui l'amour du risque.

— Bravo! fit Lafcadio toujours plus amusé : — S'il sait prêter l'oreille au démon de la curiosité, je crois que votre élève est à point. »

Ainsi tour à tour bondissant et dépassant, puis dépassé, on eût dit que l'un jouait à saute-mouton avec l'autre :

Julius. — Je le vois d'abord qui s'exerce; il excelle aux menus larcins.

Lafcadio. — Je me suis maintes fois demandé comment il ne s'en commettait pas davantage. Il est vrai que les occasions ne s'offrent d'ordinaire qu'à ceux-là seuls, à l'abri du besoin, qui ne se laissent pas solliciter.

Julius. — A l'abri du besoin; il est de ceux-là, je l'ai dit. Mais ces seules occasions le tentent qui exigent de lui quelque habileté, de la ruse...

Lafcadio. — Et sans doute l'exposent un peu.

Julius. — Je disais qu'il se plaît au risque. Au demeurant il répugne à l'escroquerie; il ne cherche point à s'approprier, mais s'amuse à déplacer subrepticement tels objets. Il y apporte un vrai talent d'escamoteur.

Lafcadio. — Puis l'impunité l'encourage...

Julius. — Mais elle le dépite à la fois. S'il n'est pas pris, c'est qu'il se proposait jeu trop facile.

Lafcadio. — Il se provoque au plus risqué.

Julius. — Je le fais raisonner ainsi...

Lafcadio. — Êtes-vous bien sûr qu'il raisonne?

Julius, *poursuivant*. — C'est par le besoin qu'il avait de le commettre que se livre l'auteur du crime.

Lafcadio. — Nous avons dit qu'il était très adroit.

Julius. — Oui; d'autant plus adroit qu'il agira la tête froide. Songez donc : un crime que ni la passion, ni le besoin ne motive. Sa raison de commettre le crime, c'est précisément de le commettre sans raison.

Lafcadio. — C'est vous qui raisonnez son crime; lui, simplement, le commet.

Julius. — Aucune raison pour supposer criminel celui qui a commis le crime sans raison.

Lafcadio. — Vous êtes trop subtil. Au point où vous l'avez porté, il est ce qu'on appelle : un homme libre.

Julius. — A la merci de la première occasion.

Lafcadio. — Il me tarde de le voir à l'œuvre. Qu'allez-vous bien lui proposer ?

Julius. — Eh bien, j'hésitais encore. Oui; jusqu'à ce soir, j'hésitais... Et tout à coup, ce soir, le journal, aux dernières nouvelles, m'apporte tout précisément l'exemple souhaité. Une aventure providentielle! C'est affreux : figurez-vous qu'on vient d'assassiner mon beau-frère!

Lafcadio. — Quoi! le petit vieux du wagon, c'est...

Julius. — C'était Amédée Fleurissoire, à qui j'avais prêté mon billet, que je venais de mettre dans le train. Une heure auparavant il avait pris six mille francs à ma banque, et, comme il les portait sur lui, il ne me quittait pas sans craintes; il nourrissait des idées grises, des idées noires, que sais-je ? des pressentiments. Or, dans le train... Mais vous avez lu le journal!

Lafcadio. — Le titre simplement du « fait divers ».

Julius. — Écoutez, que je vous le lise. (Il déploya le *Corriere* devant lui.) Je traduis :

La police qui faisait d'actives recherches le long de la voie ferrée, entre Rome et Naples, a découvert, cet après-midi, dans le lit à sec du Volturne, à cinq kilomètres de Capoue, le corps de la victime à laquelle appartenait sans doute la veste retrouvée hier soir dans un wagon. C'est un homme d'apparence modeste, d'une cinquantaine d'années environ. (Il paraissait plus âgé qu'il n'était.) *On n'a trouvé sur lui aucun papier qui permette d'établir son identité.* (Cela me donne heureusement le temps de respirer.) *Il a apparemment été projeté du wagon, assez violemment pour passer par-dessus le parapet du pont, en réparation à cet endroit et remplacé simplement par des poutres.* (Quel style!) *Le pont est élevé de plus de quinze mètres au-dessus de la rivière ; la mort a dû suivre la chute, car le corps ne porte pas la trace de blessures. Il est en bras de chemise ; au poignet droit, une manchette, semblable à celle que l'on a retrouvée dans le wagon, mais à laquelle le bouton manque...* (Qu'avez-vous ? — Julius s'arrêta : Lafcadio n'avait pu réprimer un sursaut, car l'idée

traversa son esprit que le bouton avait été enlevé depuis le crime. — Julius reprit :) *Sa main gauche est restée crispée sur un chapeau de feutre mou...*

— De feutre mou ! les rustres ! murmura Lafcadio.

Julius releva le nez de dessus le journal.

— Qu'est-ce qui vous étonne ?

— Rien, rien ! Continuez.

... de feutre mou, beaucoup trop large pour sa tête et qui paraît être plutôt celui de l'agresseur ; la marque de provenance a été soigneusement découpée dans le cuir de la coiffe, où il manque un morceau, de la forme et de la dimension d'une feuille de laurier... »

Lafcadio se leva, se pencha derrière Julius pour lire par-dessus son épaule et peut-être pour dissimuler sa pâleur. Il n'en pouvait plus douter à présent : le crime avait été retouché ; quelqu'un avait passé par là-dessus ; avait découpé cette coiffe ; sans doute l'inconnu qui s'était emparé de sa valise.

Julius cependant continuait :

« ... *ce qui semble indiquer la préméditation de ce crime.* (Pourquoi précisément de *ce* crime ? Mon héros avait peut-être pris ses précautions à tout hasard...) *Sitôt après les constatations policières, le cadavre a été transporté à Naples pour permettre son identification.* (Oui, je sais qu'ils ont là-bas les moyens et l'habitude de conserver les corps très longtemps...)

— Êtes-vous bien sûr que ce soit lui ? (La voix de Lafcadio tremblait un peu.)

— Parbleu ! je l'attendais ce soir pour dîner.

— Vous avez renseigné la police ?

— Pas encore. J'ai besoin d'abord de mettre un peu d'ordre dans mes idées. En deuil déjà, de ce côté du moins (j'entends : celui du vêtement), je suis tranquille ; mais vous comprenez que, sitôt divulgué le nom de la victime, il faudra que j'avertisse toute ma famille, que j'envoie des dépêches, que j'écrive des lettres, que je m'occupe des faire-part, de l'inhumation, que j'aille à Naples réclamer le corps, que... Oh ! mon cher Lafcadio, à cause de ce congrès auquel je vais être tenu d'assister, accepteriez-vous, par procuration, de chercher le corps à ma place ?...

— Nous verrons cela tout à l'heure.

— Si toutefois cela ne vous impressionne pas trop.

En attendant j'épargne à ma pauvre belle-sœur des heures cruelles; d'après les vagues renseignements des journaux, comment irait-elle supposer?... Je reviens à mon sujet : Quand j'ai donc lu ce *fait divers,* je me suis dit : ce crime-ci, que j'imagine si bien, que je reconstitue, que je vois — je connais, moi, je connais la raison qui l'a fait commettre; et sais que, s'il n'y eût pas eu cet appât des six mille francs, le crime n'eût pas été commis.

— Mais supposons pourtant que...

— Oui, n'est-ce pas : supposons un instant qu'il n'y ait pas eu ces six mille francs, ou mieux : que le criminel ne les ait pas pris : c'est mon homme. »

Lafcadio cependant s'était levé; il avait ramassé le journal que Julius avait laissé tomber, et l'ouvrant à la seconde page :

« Je vois que vous n'avez pas lu la dernière heure : le... criminel, précisément, n'a pas pris les six mille francs, — dit-il du plus froid qu'il put. Tenez, lisez : « *Cela semble indiquer tout au moins que le crime n'aurait* » *pas eu le vol pour mobile.* »

Julius saisit la feuille que Lafcadio lui tendait, lut avidement; puis se passa la main sur les yeux; puis s'assit; puis se releva brusquement, s'éleva sur Lafcadio et l'empoignant par les deux bras :

« Pas le vol pour mobile! cria-t-il, et comme saisi d'un transport, il secouait Lafcadio furieusement. — Pas le vol pour mobile! Mais alors... — Il repoussait Lafcadio, courait à l'autre extrémité de la chambre, et s'éventait, et se frappait le front, et se mouchait :

— Alors, je sais, parbleu! je sais pourquoi ce bandit l'a tué... Ah! malheureux ami! ah! pauvre Fleurissoire! C'est donc qu'il disait vrai! Et moi qui le croyais déjà fou... Mais alors c'est épouvantable. »

Lafcadio s'étonnait, attendait la fin de la crise; il s'irritait un peu; il lui semblait que n'avait pas le droit d'échapper ainsi Julius :

« Je croyais que précisément vous...

— Taisez-vous! vous ne savez rien. Et moi qui perds mon temps près de vous dans des échafaudements ridicules... Vite! ma canne, mon chapeau.

— Où courez-vous?

— Prévenir la police, parbleu! »

Lafcadio se mit en travers de la porte.

« Expliquez-moi d'abord, dit-il impérativement. Ma parole, on dirait que vous devenez fou.

— C'est tout à l'heure que j'étais fou. Je me réveille de ma folie... Ah! pauvre Fleurissoire! ah! malheureux ami! Sainte victime! A temps sa mort m'arrête sur le chemin de l'irrespect, du blasphème. Son sacrifice me ramène. Moi qui riais de lui!... »

Il avait recommencé de marcher; puis s'arrêtant net et posant sa canne et son chapeau près du flacon, sur la table, il se campa devant Lafcadio :

« Vous voulez savoir pourquoi le bandit l'a tué ?

— Je croyais que c'était sans motif. »

Julius alors furieusement :

« D'abord il n'y a pas de crime sans motif. On s'est débarrassé de lui parce qu'il détenait un secret... qu'il m'avait confié, un secret considérable; et d'ailleurs beaucoup trop important pour lui. On avait peur de lui, comprenez-vous ? Voilà... Oh! cela vous est facile de rire, à vous qui n'entendez rien aux choses de la foi. — Puis tout pâle et se redressant : — Le secret, c'est moi qui l'hérite.

— Méfiez-vous! c'est de vous qu'ils vont avoir peur maintenant.

— Vous voyez bien qu'il faut que je prévienne aussitôt la police.

— Encore une question, dit Lafcadio, l'arrêtant de nouveau.

— Non. Laissez-moi partir. Je suis horriblement pressé. Cette surveillance continue, qui tant affolait mon pauvre frère, vous pouvez tenir pour certain que c'est contre moi qu'ils l'exercent; qu'ils l'exercent dès à présent. Vous ne sauriez croire combien ces gens-là sont habiles. Ces gens-là savent tout, je vous dis... Il devient plus opportun que jamais que vous alliez rechercher le corps à ma place... Surveillé comme je le suis à présent, on ne sait pas ce qui pourrait bien m'advenir. Je vous demande cela comme un service, Lafcadio, mon cher ami. — Il joignait les mains, implorait. — Je n'ai pas la tête à moi pour l'instant, mais je prendrai des informations à la questure, de manière à vous munir d'une procuration bien en règle. Où pourrai-je vous l'adresser ?

— Pour plus de commodité, je prendrai chambre à cet hôtel. A demain. Courez vite. »

Il laissa Julius s'éloigner. Un grand dégoût montait en lui, et presque une espèce de haine contre lui-même et contre Julius; contre tout. Il haussa les épaules, puis sortit de sa poche le carnet Cook inscrit au nom de Baraglioul qu'il avait pris dans le veston de Fleurissoire, le posa sur la table, en évidence, accoté contre le flacon de parfum; éteignit la lumière et sortit.

IV

Malgré toutes les précautions qu'il avait prises, malgré les recommandations à la questure, Julius de Baraglioul n'avait pu empêcher les journaux ni de divulguer ses liens de parenté avec la victime, ni même de désigner en toutes lettres l'hôtel où il était descendu.

Certes, la veille au soir, il avait traversé des minutes de rare angoisse, lorsque au retour de la questure, vers minuit, il avait trouvé dans sa chambre, exposé bien en évidence, le billet Cook inscrit à son nom et dont s'était servi Fleurissoire. Il avait aussitôt sonné et, ressorti blême et tremblant dans le couloir, avait prié le garçon de regarder sous son lit; car il n'osait regarder lui-même. Une espèce d'enquête qu'il poussa séance tenante n'aboutit à aucun résultat; mais comment se fier au personnel de grands hôtels ?... Pourtant, après une nuit de bon sommeil derrière une porte solidement verrouillée, Julius s'était réveillé plus à l'aise; la police à présent le protégeait. Il écrivit nombre de lettres et de dépêches, qu'il alla porter lui-même à la poste.

Comme il rentrait, on le vint avertir qu'une dame était venue le demander; elle n'avait pas dit son nom, attendait dans le reading-room. Julius s'y rendit et ne fut pas peu surpris de retrouver là Carola.

Non dans la première salle, mais dans une autre plus retraite, plus petite et peu éclairée, elle s'était assise de biais, au coin d'une table reculée, et, pour se prêter contenance, feuilletait distraitement un album. En voyant entrer Julius elle se leva, plus confuse que souriante. Le manteau noir qui la recouvrait s'ouvrait sur un corsage sombre, simple, presque de bon goût; par

contre, son chapeau tumultueux quoique noir la signalait d'une manière désobligeante.

« Vous allez me trouver bien osée, Monsieur le comte. Je ne sais pas comment j'ai trouvé le courage d'entrer dans votre hôtel et de vous y demander; mais vous m'avez saluée si gentiment hier... Et puis ce que j'ai à vous dire est trop important. »

Elle restait debout derrière la table; ce fut Julius qui s'approcha; par-dessus la table il lui tendit la main sans façon :

« Qu'est-ce qui me vaut le plaisir de votre visite ? »

Carola baissa le front :

« Je sais que vous venez d'être bien éprouvé. »

Julius ne comprit pas d'abord; mais comme Carola sortait un mouchoir et le passait devant ses yeux :

« Quoi! c'est une visite de condoléance ?
— Je connaissais Monsieur Fleurissoire, reprit-elle.
— Bah!
— Oh! pas depuis bien longtemps. Mais je l'aimais bien. Il était si gentil, si bon... C'est même moi qui lui avais donné ses boutons de manchettes; vous savez, ceux qu'on a lu leur description dans le journal; c'est ça qui m'a permis de le reconnaître. Mais je ne savais pas que c'était Monsieur votre beau-frère. J'ai été bien surprise, et vous pensez si ça m'a fait plaisir... Oh! pardon; ça n'est pas ça que je voulais dire.
— Ne vous troublez pas, chère Mademoiselle, vous voulez dire sans doute que vous êtes heureuse de cette occasion de me revoir. »

Sans répondre Carola enfouit son visage dans son mouchoir; des sanglots la secouèrent et Julius crut devoir lui prendre la main :

« Moi aussi, disait-il d'un ton pénétré, moi aussi, chère demoiselle, croyez bien que...
— Le matin même, avant qu'il ne parte, je lui disais bien de se méfier. Mais ça n'était pas dans sa nature... il était trop confiant, vous savez.
— Un saint, Mademoiselle; c'était un saint, fit Julius avec élan et sortant son mouchoir à son tour.
— C'est bien ça que j'avais compris, s'écria Carola. La nuit, quand il croyait que je dormais, il se relevait, il se mettait à genoux au pied du lit, et... »

Cet inconscient aveu acheva de troubler Julius, il

remit son mouchoir en poche et, s'approchant encore :
« Otez votre chapeau, chère demoiselle.
— Merci; il ne me gêne pas.
— C'est moi qu'il gêne... Permettez... »
Mais comme Carola se reculait sensiblement, il se ressaisit.
« Permettez-moi de vous demander : vous avez quelque raison particulière de craindre ?
— Moi ?
— Oui; quand vous avez dit à mon beau-frère de se méfier, je vous demande si vous aviez des raisons de supposer... Parlez à cœur ouvert : il ne vient personne ici le matin et l'on ne peut pas nous entendre. Vous soupçonnez quelqu'un ? »
Carola baissa la tête.
« Comprenez que cela m'intéresse particulièrement, continua Julius volubile, et mettez-vous en face de ma situation. Hier soir, en rentrant de la questure où j'avais été déposer, je trouve dans ma chambre, sur la table, au beau milieu de ma table, le billet de chemin de fer avec lequel ce pauvre Fleurissoire avait voyagé. Il était inscrit à mon nom; ces billets circulaires sont strictement personnels, c'est entendu; j'avais eu tort de le prêter; mais là n'est pas la question... Dans ce fait de me rapporter mon billet, cyniquement, dans ma chambre, en profitant d'un instant où j'en suis sorti, je dois voir un défi, une fanfaronnade, et presque une insulte... qui ne me troublerait pas, cela va sans dire, si je n'avais de bonnes raisons de me croire à mon tour visé, voici pourquoi : Ce pauvre Fleurissoire, votre ami, était possesseur d'un secret... d'un secret abominable... d'un secret très dangereux... que je ne lui demandais pas... que je ne me souciais nullement de savoir... qu'il avait eu la plus fâcheuse imprudence de me confier. Et maintenant, je vous le demande : celui qui pour étouffer ce secret n'a pas craint d'aller jusqu'au crime... vous savez qui c'est ?
— Rassurez-vous, Monsieur le comte : hier soir je l'ai dénoncé à la police.
— Mademoiselle Carola, je n'attendais pas moins de vous.
— Il m'avait promis de ne pas lui faire de mal; il n'avait qu'à tenir sa promesse, j'aurais tenu la mienne.

A présent j'en ai assez; il peut bien me faire ce qu'il voudra. »

Carola s'exaltait, Julius passa derrière la table et s'approchant d'elle de nouveau :

« Nous serions peut-être mieux dans ma chambre pour causer.

— Oh! Monsieur, dit Carola, je vous ai dit maintenant tout ce que j'avais à vous dire; je ne voudrais pas vous retenir plus longtemps. »

Comme elle s'écartait encore, elle acheva de contourner la table et se retrouva près de la sortie.

« Il vaut mieux que nous nous quittions à présent, Mademoiselle, reprit dignement Julius qui, de cette résistance, prétendait garder le mérite. Ah! je voulais dire encore : si, après-demain, vous aviez l'idée de venir à l'inhumation, il vaut mieux que vous ne me reconnaissiez pas. »

C'est sur ces mots qu'ils se quittèrent, sans avoir prononcé le nom de l'insoupçonné Lafcadio.

V

Lafcadio ramenait de Naples la dépouille de Fleurissoire. Un fourgon mortuaire la contenait, qu'on avait accroché en queue du train, mais dans lequel Lafcadio n'avait pas cru indispensable de monter lui-même. Toutefois, par décence, il s'était installé dans le compartiment non pas absolument le plus proche, car le dernier wagon était un wagon de seconde, du moins aussi près du corps que les « premières » le permettaient. Parti le matin de Rome, il devait y rentrer le soir du même jour. Il s'avouait mal volontiers le sentiment nouveau qui bientôt envahit son âme, car il ne tenait rien en si grand-honte que l'ennui, ce mal secret dont les beaux appétits insouciants de sa jeunesse, puis la dure nécessité, l'avaient préservé jusqu'alors. Et quittant son compartiment le cœur vide d'espoir et de joie, d'un bout à l'autre du wagon-couloir, il rôdait, harcelé par une curiosité indécise et cherchant douteusement il ne savait quoi de neuf et d'absurde à tenter. Tout

paraissait insuffisant à son désir. Il ne songeait plus à s'embarquer, reconnaissait à contre-cœur que Bornéo ne l'attirait guère; non plus le reste de l'Italie : même il se désintéressait des suites de son aventure; elle lui paraissait aujourd'hui compromettante et saugrenue. Il en voulait à Fleurissoire de ne s'être pas mieux défendu; il protestait contre cette piteuse figure, eût voulu l'effacer de son esprit.

Par contre il eût revu volontiers le gaillard qui s'était emparé de sa valise; un fameux farceur celui-là !... Et, comme s'il l'eût dû retrouver, à la station de Capoue, il se pencha à la portière, fouillant des yeux le quai désert. Mais le reconnaîtrait-il seulement ? Il ne l'avait vu que de dos, distant déjà et s'éloignant dans la pénombre... Il le suivait en imagination à travers la nuit, regagnant le lit du Volturne, retrouvant le cadavre hideux, le détroussant et, par une sorte de défi, découpant dans la coiffe du chapeau, de son chapeau à lui, Lafcadio, ce morceau de cuir « de la forme et de la dimension d'une feuille de laurier » comme disait élégamment le journal. Cette petite pièce à conviction où figurait l'adresse de son fournisseur, Lafcadio, après tout, était fort reconnaissant à son dévaliseur de l'avoir soustraite à la police. Sans doute, ce détrousseur de morts avait tout intérêt lui-même à n'attirer point sur soi l'attention; et s'il prétendait malgré tout se servir de sa découpure, ma foi ! ça pourrait être assez plaisant d'entrer en composition avec lui.

La nuit à présent était close. Un garçon de wagon-restaurant, circulant d'un bout à l'autre du train, vint avertir les voyageurs de première et de seconde classe que le dîner les attendait. Sans appétit, mais du moins sauvé de son désœuvrement pour une heure, Lafcadio s'achemina à la suite de quelques autres, mais assez loin derrière eux. Le restaurant était en tête du train. Les wagons au travers desquels Lafcadio passait étaient vides; de-ci de-là divers objets, sur les banquettes, indiquaient et réservaient les places des dîneurs : châles, oreillers, livres, journaux. Une serviette d'avocat accrocha son regard. Sûr d'être le dernier, il s'arrêta devant le compartiment, puis entra. Cette serviette au demeurant ne l'attirait guère; ce fut proprement par acquit de conscience qu'il fouilla.

Sur un soufflet intérieur, en discrètes lettres d'or, la serviette portait cette indication :

>DEFOUQUEBLIZE.
>*Faculté de droit de Bordeaux*

Elle contenait deux brochures sur le droit criminel et six numéros de *La Gazette des Tribunaux*.

« Encore quelque détail pour le congrès. Pouah! » pensa Lafcadio qui remit le tout à sa place, puis se hâta de rejoindre la petite file des voyageurs qui se rendaient au restaurant.

Une frêle fillette et sa mère fermaient la marche, toutes deux en grand deuil; les précédait immédiatement un monsieur en redingote, coiffé d'un chapeau haut de forme, à cheveux longs et plats et à favoris grisonnants; apparemment Monsieur Defouqueblize, le possesseur de la serviette. On avançait lentement, en titubant aux cahots du train. Au dernier coude du couloir, à l'instant que le professeur s'allait élancer dans cette sorte d'accordéon qui relie un wagon à l'autre, une secousse plus forte le chavira; pour recouvrer son équilibre il fit un brusque mouvement, qui précipita son pince-nez, toute attache rompue, dans le coin de l'étroit vestibule que forme le couloir devant la porte des commodités. Tandis qu'il se courbait à la recherche de sa vue, la dame et la fillette passèrent. Lafcadio, quelques instants, se divertit à contempler les efforts du savant; piteusement désemparé, il lançait au hasard d'inquiètes mains à fleur de sol; il nageait dans l'abstrait; on eût dit la danse informe d'un plantigrade, ou que, de retour en enfance, il jouât à « Savez-vous planter les choux ? » — Allons! Lafcadio, un bon mouvement! Cède à ton cœur, qui n'est pas corrompu. Viens en aide à l'infirme. Tends-lui ce verre indispensable; il ne l'atteindra pas tout seul. Il y tourne le dos. Un peu plus, il va l'écraser... A ce moment un nouveau cahot projeta le malheureux, tête baissée contre la porte du closet; le haut-de-forme amortit le choc, en se défonçant à demi et s'enfonçant sur les oreilles. Monsieur Defouqueblize fit un gémissement; se redressa; se découvrit. Lafcadio cependant, estimant que la farce avait assez duré, ramassa le pince-nez, le déposa dans le chapeau du quêteur, puis s'enfuit, éludant les remerciements.

Le repas était commencé. A côté de la porte vitrée, à droite du passage, Lafcadio s'assit à une table de deux couverts; la place en face de lui restait vide. A gauche du passage, à même hauteur que lui, la veuve occupait, avec sa fille, une table de quatre couverts dont deux restaient inoccupés.

« Quel ennui règne dans ces lieux! se disait Lafcadio, dont le regard indifférent glissait au-dessus des convives sans trouver figure où poser. — Tout ce bétail s'acquitte comme d'une corvée monotone de ce divertissement qu'est la vie, à la bien prendre... Qu'ils sont donc mal vêtus! Mais, nus, qu'ils seraient laids! Je meurs avant le dessert si je ne commande pas du champagne. »

Entra le professeur. Apparemment il venait de se laver les mains qu'avait souillées du bout sa recherche; il examinait ses ongles. En face de Lafcadio un garçon de restaurant le fit asseoir. Le sommelier passait de table en table. Lafcadio, sans mot dire, indiqua sur la carte un montebello Grand-Crémant de vingt francs, tandis que Monsieur Defouqueblize demandait une bouteille d'eau de Saint-Galmier. A présent, tenant entre deux doigts son pince-nez, il haletait dessus doucement, puis, du coin de sa serviette, il en clarifiait les verres. Lafcadio l'observait, s'étonnait de ses yeux de taupe clignotant sous d'épaisses paupières rougies.

« Heureusement il ne sait pas que c'est moi qui viens de lui rendre la vue! S'il commence à me remercier, à l'instant je lui fausserai compagnie. »

Le sommelier revint avec la Saint-Galmier et le champagne, qu'il déboucha d'abord et posa entre les deux convives. Cette bouteille ne fut pas plus tôt sur la table, Defouqueblize s'en saisit, sans distinguer quelle elle était, s'en versa un plein verre qu'il avala d'un trait... Le sommelier déjà faisait un geste, que Lafcadio retint en riant.

« Oh! qu'est-ce que je bois là ? s'écria Defouqueblize avec une grimace affreuse.

— Le montebello de Monsieur votre voisin, dit le sommelier dignement. La voilà, votre eau de Saint-Galmier. Tenez. »

Il posa la seconde bouteille.

« Mais je suis désolé, Monsieur... J'y vois si mal... Absolument confus, croyez bien...

— Quel plaisir vous me feriez, Monsieur, interrompit Lafcadio, en ne vous excusant pas; et même en acceptant un second verre, si ce premier-là vous a plu.

— Hélas! Monsieur, je vous avouerai que j'ai trouvé cela détestable; et je ne comprends pas comment, dans ma distraction, j'ai pu en avaler un plein verre; j'avais si soif... Dites-moi, Monsieur, je vous prie; c'est extrêmement fort, ce vin-là?... parce que, je m'en vais vous dire... je ne bois jamais que de l'eau... la moindre goutte d'alcool me porte infailliblement à la tête... Mon Dieu! mon Dieu! qu'est-ce que je vais devenir?... Si je retournais tout de suite à mon compartiment?... Je ferais sans doute bien de m'étendre. »

Il fit geste de se lever.

« Restez! restez donc, cher Monsieur, dit Lafcadio qui commençait à s'amuser. Vous feriez bien de manger au contraire, sans vous inquiéter de ce vin. Je vous ramènerai tout à l'heure si vous avez besoin qu'on vous soutienne; mais n'ayez crainte : ce que vous en avez bu ne griserait pas un enfant.

— J'en accepte l'augure. Mais, vraiment, je ne sais comment vous... Vous offrirai-je un peu d'eau de Saint-Galmier?

— Je vous remercie beaucoup; mais permettez-moi de préférer mon champagne.

— Ah! vraiment, c'était du champagne! Et... vous allez boire tout cela?

— Pour vous rassurer.

— Vous êtes trop aimable; mais, à votre place, je...

— Si vous mangiez un peu », interrompit Lafcadio, mangeant lui-même, et que Defouqueblize embêtait. Son attention à présent se portait sur la veuve :

Certainement une Italienne. Veuve d'officier sans doute. Quelle décence dans son geste! quelle tendresse dans son regard! Comme son front est pur! Que ses mains sont intelligentes! Quelle élégance dans sa mise, pourtant si simple... Lafcadio, quand tu n'entendras plus en ton cœur les harmoniques d'un tel accord, puisse ton cœur avoir cessé de battre! Sa fille lui ressemble; et de quelle noblesse déjà, un peu sérieuse et même presque triste, se tempère l'excès de grâce de l'enfant! Vers elle avec quelle sollicitude la mère se penche! Ah! devant de tels êtres le démon céderait;

pour de tels êtres, Lafcadio, ton cœur se dévouerait sans doute...

A ce moment le garçon passa changer les assiettes. Lafcadio laissa partir la sienne à demi pleine, car ce qu'il voyait à présent l'emplissait soudain de stupeur : la veuve, la délicate veuve se courbait en dehors, vers le passage, et, relevant lestement sa jupe, du mouvement le plus naturel, découvrait un bas écarlate et le mollet le mieux formé.

Si inopinément cette note ardente éclatait dans cette grave symphonie... rêvait-il ? Cependant le garçon apportait un nouveau plat. Lafcadio s'allait servir; ses yeux se reportèrent sur son assiette, et ce qu'il vit alors l'acheva :

Là, devant lui, à découvert, au milieu de l'assiette tombé l'on ne sait d'où, hideux et reconnaissable entre mille... n'en doute pas, Lafcadio : c'est le bouton de Carola! Celui des deux boutons qui manquait à la seconde manchette de Fleurissoire. Voici qui tourne au cauchemar... Mais le garçon se penche vers le plat. D'un coup de main, Lafcadio nettoie l'assiette, faisant glisser le vilain bijou sur la nappe; il replace l'assiette par-dessus, se sert abondamment, emplit son verre de champagne, qu'il vide aussitôt, puis remplit. Car maintenant si l'homme à jeun a déjà des visions ivres... Non, ce n'était pas une hallucination : il entend le bouton crisser sous l'assiette; il soulève l'assiette, s'empare du bouton; le glisse à côté de sa montre dans le gousset de son gilet; tâte encore, s'assure : le bouton est là, bien en sûreté... Mais qui dira comment il est venu dans l'assiette ? Qui l'y a mis ?... Lafcadio regarde Defouqueblize : le savant mange innocemment, le nez bas. Lafcadio veut penser à autre chose : il regarde de nouveau la veuve; mais dans son geste et dans sa mise tout est redevenu décent, banal; il la trouve à présent moins jolie. Il tâche d'imaginer à neuf le geste provocant, le bas rouge; il ne peut pas. Il tâche de revoir sur son assiette le bouton, et s'il ne le sentait pas là, dans sa poche, certes il douterait... Mais, au fait, pourquoi l'a-t-il pris, ce bouton ?... qui n'était pas à lui. Par ce geste instinctif, absurde, quel aveu! quelle reconnaissance! Comme il se désigne à lui, quel qu'il soit, et de la police peut-être, qui l'observe sans doute, le guette...

Dans ce piège grossier il a donné tout droit comme un sot. Il se sent blêmir. Il se retourne brusquement : derrière la porte vitrée du passage, personne... Mais quelqu'un tout à l'heure peut-être l'aura vu! Il se force à manger encore; mais de dépit ses dents se serrent. Le malheureux! ce n'est pas son crime affreux qu'il regrette, c'est ce geste malencontreux... Qu'a donc à présent le professeur à lui sourire?...

Defouqueblize avait achevé de manger. Il s'essuya les lèvres, puis, les deux coudes sur la table et chiffonnant nerveusement sa serviette, commença de regarder Lafcadio; un bizarre rictus agitait ses lèvres; à la fin, comme n'y tenant plus :

« Oserais-je, Monsieur, vous en redemander un petit peu ? »

Il avança son verre craintivement vers la bouteille presque vide.

Lafcadio distrait de son inquiétude et tout heureux de la diversion, lui versa les dernières gouttes :

« Je serais embarrassé de vous en donner beaucoup... Mais voulez-vous que j'en redemande?

— Alors je crois qu'une demi-bouteille suffirait. »

Defouqueblize, déjà sensiblement éméché, avait perdu le sentiment des convenances. Lafcadio, que n'effrayait pas le vin sec et que la naïveté de l'autre amusait, fit déboucher un second montebello.

« Non! non! ne m'en versez pas trop! disait Defouqueblize en levant son vacillant verre que Lafcadio achevait de remplir. C'est curieux que cela m'ait paru si mauvais d'abord. On se fait ainsi des monstres de bien des choses, tant qu'on ne les connaît pas. Simplement je croyais boire de l'eau de Saint-Galmier; alors je trouvais que, pour de l'eau de Saint-Galmier, elle avait un drôle de goût, vous comprenez. C'est comme si l'on vous versait de l'eau de Saint-Galmier quand vous croyez boire du champagne, vous diriez, n'est-ce pas : pour du champagne, je trouve qu'il a un drôle de goût!... »

Il riait à ses propres paroles, puis se penchait par-dessus la table vers Lafcadio qui riait aussi, et, à demi-voix :

« Je ne sais pas ce que j'ai à rire comme ça; c'est certainement la faute à votre vin. Je le soupçonne tout de même d'être un peu plus chaud que vous ne dites.

Eh! eh! eh! Mais vous me ramenez dans mon wagon, c'est convenu, n'est-ce pas. Nous y serons seuls, et si je suis indécent vous saurez pourquoi.

— En voyage, hasarda Lafcadio, cela ne tire pas à conséquence.

— Ah! Monsieur, reprit l'autre aussitôt, tout ce qu'on ferait dans cette vie, si seulement on pouvait être bien certain que cela ne tire pas à conséquence, comme vous dites si justement! Si seulement on était assuré que cela n'engage à rien... Tenez; rien que ça, que je vous dis là, maintenant, et qui n'est pourtant qu'une pensée bien naturelle, croyez-vous que je l'oserais exprimer sans plus de détours, si seulement nous étions à Bordeaux ? Je dis Bordeaux, parce que c'est Bordeaux que j'habite. J'y suis connu, respecté; bien que pas marié, j'y mène une petite vie tranquille, j'y exerce une profession considérée : professeur à la faculté de droit; oui : criminologie comparée, une chaire nouvelle... Vous comprenez que, là, je n'ai pas la permission, ce qui s'appelle : la permission de m'enivrer, fût-ce un jour par hasard. Ma vie doit être respectable. Songez donc : un de mes élèves me rencontrerait saoul dans la rue!... Respectable; et sans que ça ait l'air contraint; c'est là le hic; il ne faut pas donner à penser : Monsieur Defouqueblize (c'est mon nom) fait rudement bien de se retenir!... Il faut non seulement ne rien faire d'insolite, mais encore persuader autrui qu'on ne ferait rien d'insolite, même avec toute licence; qu'on n'a rien d'insolite en soi, qui demanderait à sortir. Reste-t-il encore un peu de vin ? Quelques gouttes seulement, mon cher complice, quelques gouttes... Une pareille occasion ne se retrouve pas deux fois dans la vie. Demain, à Rome, à ce congrès qui nous rassemble, je retrouverai quantité de collègues, graves, apprivoisés, retenus, aussi compassés que je le redeviendrai moi-même dès que j'aurai recouvré ma livrée. Des gens de la société, comme vous ou moi, se doivent de vivre contrefaits. »

Le repas cependant s'achevait; un garçon passait, récoltant, avec le dû, les pourboires.

A mesure que la salle se vidait, la voix de Defouqueblize devenait plus sonore; par instants, ses éclats inquiétaient un peu Lafcadio. Il continuait :

« Et quand il n'y aurait pas la société pour nous contraindre, ce groupe y suffirait de parents et d'amis auxquels nous ne savons pas consentir à déplaire. Ils opposent à notre sincérité incivile une image de nous, de laquelle nous ne sommes qu'à demi responsables, qui ne nous ressemble que fort peu, mais qu'il est indécent, je vous dis, de déborder. En ce moment, c'est un fait : j'échappe à ma figure, je m'évade de moi... O vertigineuse aventure! ô périlleuse volupté!... Mais je vous romps la tête ?

— Vous m'intéressez étrangement.

— Je parle! je parle... Que voulez-vous! même ivre on reste professeur; et le sujet me tient à cœur... Mais, si vous avez fini de manger, peut-être voulez-vous bien m'offrir votre bras pour m'aider à regagner mon compartiment tandis que je me soutiens encore. Je crains, si je m'attarde un peu davantage, de n'être plus en état de me lever. »

Defouqueblize, à ces mots, prit une sorte d'élan comme pour abandonner sa chaise, mais retombant tout aussitôt et s'affalant à demi sur la table desservie, le haut du corps jeté vers Lafcadio, il reprit d'une voix adoucie et quasi confidentielle.

« Voici ma thèse : Savez-vous ce qu'il faut pour faire de l'honnête homme un gredin ? Il suffit d'un dépaysement, d'un oubli! Oui, Monsieur, un trou dans la mémoire, et la sincérité se fait jour!... La cessation d'une continuité; une simple interruption de courant. Naturellement je ne dis pas cela dans mes cours... Mais, entre nous, quel avantage pour le bâtard! Songez donc : celui dont l'être même est le produit d'une incartade, d'un crochet dans la droite ligne... »

La voix du professeur de nouveau s'était haussée; il fixait à présent sur Lafcadio des yeux bizarres, dont le regard tantôt vague et tantôt perçant commençait à l'inquiéter. Lafcadio se demandait à présent si la myopie de cet homme n'était pas feinte, et, presque, il reconnaissait ce regard. A la fin, plus gêné qu'il n'eût voulu en convenir, il se leva et, brusquement :

« Allons! Prenez mon bras, Monsieur Defouqueblize, dit-il. Levez-vous. Assez bavardé. »

Defouqueblize, fort incommodément, quitta sa chaise. Tous deux s'acheminèrent, en titubant le long du

couloir, vers le compartiment où la serviette du professeur était restée. Defouqueblize entra le premier; Lafcadio l'installa, prit congé. Il n'avait pas plus tôt tourné le dos pour repartir, que sur son épaule s'abattit une poigne puissante. Il fit volte-face aussitôt. Defouqueblize d'un bond s'était dressé... mais était-ce encore Defouqueblize — qui, d'une voix à la fois moqueuse, autoritaire et jubilante, s'écriait :

« Faudrait voir à ne pas abandonner si vite un ami, Monsieur Lafcadio Lonnesaitpluski!... Alors quoi! c'est donc vrai! on avait voulu s'évader ? »

Du funambulesque professeur éméché de tout à l'heure plus rien ne subsistait dans le grand gaillard vert et dru, en qui Lafcadio n'hésitait plus à reconnaître Protos. Un Protos grandi, élargi, magnifié, et qui s'annonçait redoutable.

« Ah! c'est vous, Protos, dit-il simplement. J'aime mieux cela. Je n'en finissais pas de vous reconnaître. »

Car, pour terrible qu'elle fût, Lafcadio préférait une *réalité* au saugrenu cauchemar dans lequel il se débattait depuis une heure.

« J'étais pas mal grimé, hein ?... Pour vous, je m'étais mis en frais... Mais, tout de même, c'est vous qui devriez porter des lunettes, mon garçon; ça vous jouera de mauvais tours, si vous ne reconnaissez pas mieux que ça les subtils. »

Que de souvenirs mal endormis ce mot de *subtil* faisait lever dans l'esprit de Cadio! Un subtil, dans l'argot dont Protos et lui se servaient du temps qu'ils étaient en pension ensemble, un subtil, c'était un homme qui, pour quelque raison que ce fût, ne présentait pas à tous ou en tous lieux même visage. Il y avait, d'après leur classement, maintes catégories de subtils, plus ou moins élégants et louables, à quoi répondait et s'opposait l'unique grande famille des *crustacés,* dont les représentants, du haut en bas de l'échelle sociale, se carraient.

Nos copains tenaient pour admis ces axiomes : 1º Les subtils se reconnaissent entre eux; 2º Les crustacés ne reconnaissent pas les subtils. — Lafcadio se souvenait maintenant de tout cela; comme il était de ces natures qui se prêtent à tous les jeux, il sourit. Protos reprit :

« Tout de même, l'autre jour, heureux que je me

sois trouvé là, hein ?... Ça n'était peut-être pas tout à fait par hasard. J'aime à surveiller les novices : c'est imaginatif, c'est entreprenant, c'est coquet... Mais ça s'imagine un peu trop facilement pouvoir se passer de conseils. Votre travail avait fameusement besoin de retouches, mon garçon !... A-t-on idée de se coiffer d'un galurin pareil quand on se met à la besogne ? Avec l'adresse du fournisseur sur cette pièce à conviction, on vous coffrait avant huit jours. Mais pour les vieux amis, moi j'ai du cœur; et je le prouve. Savez-vous que je vous ai beaucoup aimé, Cadio ? J'ai toujours pensé qu'on ferait quelque chose de vous. Beau comme vous étiez, on aurait fait marcher pour vous toutes les femmes, et chanter, qu'à cela ne tienne, plus d'un homme par-dessus le marché. Que j'ai été heureux d'avoir enfin de vos nouvelles et d'apprendre que vous veniez en Italie! Ma parole! il me tardait de savoir ce que vous étiez devenu depuis le temps qu'on fréquentait chez notre ancienne. Vous n'êtes pas mal encore, savez-vous! Ah! elle ne se mouchait pas du pied, Carola! »

L'irritation de Lafcadio devenait toujours plus manifeste, et son effort pour la cacher; tout cela amusait grandement Protos, qui feignait de n'en rien voir. Il avait tiré de la poche de son gilet une petite rondelle de cuir et l'examinait.

« J'ai proprement découpé ça ? hein! »

Lafcadio l'aurait étranglé; il serrait les poings et ses ongles entraient dans sa chair. L'autre continuait, gouailleur :

« Mince de service! Ça vaut bien les six billets de mille... que, voulez-vous me dire pourquoi, vous n'avez pas empochés ? »

Lafcadio sursauta :

« Me prenez-vous pour un voleur ?

— Écoutez, mon petit, reprit tranquillement Protos, je n'aime pas beaucoup les amateurs; mieux vaut que je vous le dise tout de suite franchement. Et puis, avec moi, vous savez, il ne s'agit pas de faire le fanfaron, ni l'imbécile. Vous montrez des dispositions, c'est entendu, de brillantes dispositions, mais...

— Cessez de persifler, interrompit Lafcadio qui ne retenait plus sa colère. — Où prétendez-vous en venir ? J'ai fait un pas de clerc l'autre jour; pensez-vous que

j'aie besoin qu'on me l'apprenne ? Oui, vous avez une arme contre moi ; je ne vais pas examiner s'il serait bien prudent pour vous-même de vous en servir. Vous désirez que je rachète ce petit bout de cuir. Allons, parlez ! Cessez de rire et de me dévisager ainsi. Vous voulez de l'argent. Combien ? »

Le ton était si décidé que Protos avait fait un petit retrait en arrière ; il se ressaisit aussitôt.

« Tout beau ! tout beau ! dit-il. Que vous ai-je dit de malhonnête ? On discute entre amis, posément. Pas de quoi s'emballer. Ma parole, vous avez rajeuni, Cadio ! »

Mais comme il lui caressait légèrement le bras, Lafcadio se dégagea dans un sursaut.

« Asseyons-nous, reprit Protos ; nous serons mieux pour causer. »

Il se cala dans un coin, à côté de la portière du couloir, et posa ses pieds sur l'autre banquette.

Lafcadio pensa qu'il prétendait barrer l'issue. Sans doute Protos était armé. Lui, présentement, ne portait aucune arme. Il réfléchit que dans un corps à corps il aurait sûrement le dessous. Puis, s'il avait un instant pu souhaiter de fuir, la curiosité déjà l'emportait, cette curiosité passionnée contre quoi rien, même sa sécurité personnelle, n'avait pu jamais prévaloir. Il s'assit.

« De l'argent ? Ah ! fi donc ! dit Protos. Il sortit un cigare d'un étui, en offrit un à Lafcadio qui refusa. — La fumée vous gêne peut-être ?... Eh bien, écoutez-moi. Il tira quelques bouffées de son cigare, puis, très calme :

— Non, non, Lafcadio, mon ami, non ce n'est pas de l'argent que j'attends de vous ; mais de l'obéissance. Vous ne paraissez pas, mon garçon (excusez ma franchise), vous rendre un compte bien exact de votre situation. Il vous faut hardiment vous dresser en face d'elle ; permettez-moi de vous y aider.

» Ainsi, de ces cadres sociaux qui nous enserrent, un adolescent a voulu s'échapper ; un adolescent sympathique ; et même tout à fait comme je les aime ; naïf et gracieusement primesautier ; car il n'apportait à cela, je présume, pas grand calcul... Je me souviens, Cadio, combien, dans le temps, vous étiez ferré sur les chiffres, mais que, pour vos propres dépenses, jamais vous ne

consentiez à compter... Bref, le régime des crustacés vous dégoûte ; je laisse quelque autre s'en étonner... Mais ce qui m'étonne, moi, c'est que, intelligent comme vous êtes, vous ayez cru, Cadio, qu'on pouvait si simplement que ça sortir d'une société, et sans tomber du même coup dans une autre ; ou qu'une société pouvait se passer de lois.

» *Lawless,* vous vous souvenez ; nous avions lu cela quelque part : *Two hawks in the air, two fishes swimming in the sea not more lawless than we...* Que c'est beau la littérature ! Lafcadio ! mon ami, apprenez la loi des subtils.

— Vous pourriez peut-être avancer.

— Pourquoi se presser ? Nous avons du temps devant nous. Je ne descends qu'à Rome. Lafcadio, mon ami, il arrive qu'un crime échappe aux gendarmes ; je m'en vais vous expliquer pourquoi nous sommes plus malins qu'eux : c'est que nous, nous jouons notre vie. Où la police échoue, nous réussissons quelquefois. Parbleu ! vous l'avez voulu, Lafcadio ; la chose est faite et vous ne pouvez plus échapper. Je préférerais que vous m'obéissiez, parce que, voyez-vous, je serais vraiment désolé de devoir livrer un vieil ami comme vous à la police ; mais qu'y faire ? Désormais vous dépendez d'elle — ou de nous.

— Me livrer, c'est vous livrer vous-même...

— J'espérais que nous parlions sérieusement. Comprenez donc ceci, Lafcadio : La police coffre les insoumis, mais, en Italie, volontiers elle compose avec les subtils. « Compose », oui, je crois que c'est le mot. Je suis un peu de la police, mon garçon. J'ai l'œil. J'aide au bon ordre. Je n'agis pas : je fais agir.

» Allons ! cessez de regimber, Cadio. Ma loi n'a rien d'affreux. Vous vous faites des exagérations sur ces choses ; si naïf, et si spontané ! Pensez-vous que ce n'est pas déjà par obéissance, et parce que je le voulais ainsi, que vous avez repris sur l'assiette, à dîner, le bouton de Mademoiselle Venitequa ? Ah ! geste imprévoyant ! geste idyllique ! Mon pauvre Lafcadio ! Vous en êtes-vous assez voulu de ce petit geste, hein ? L'emmerdant, c'est que je n'ai pas été seul à le voir. Bah ! ne vous frappez pas ; le garçon, la veuve et l'enfant sont de mèche. Charmants. Il ne tient qu'à vous de vous en

faire des amis. Lafcadio, mon ami, soyez raisonnable; vous soumettrez-vous ? »

Par excessif embarras peut-être, Lafcadio avait pris le parti de ne rien dire. Il restait, le torse raidi, les lèvres serrées, les yeux fixés droit devant lui. Protos reprit avec un haussement d'épaules :

« Drôle de corps! Et, en réalité, si souple!... Mais déjà vous auriez acquiescé, peut-être, si j'avais d'abord dit ce que nous attendons de vous. Lafcadio, mon ami, ôtez-moi d'un doute : Vous que j'avais quitté si pauvre, ne pas ramasser six billets de mille que le hasard jette à vos pieds, vous trouvez cela naturel ?... Monsieur de Baraglioul père vint à mourir, m'a dit Mademoiselle Venitequa, le lendemain du jour où le comte Julius, son digne fils, est venu vous faire visite; et le soir de ce jour vous plaquiez Mademoiselle Venitequa. Depuis, vos relations avec le comte Julius sont devenues, ma foi, bien intimes; voudriez-vous m'expliquer pourquoi ?... Lafcadio, mon ami, dans le temps je vous avais connu de nombreux oncles; votre pedigree, depuis lors, me paraît s'être un peu bien embaraglioullé!... Non! ne vous fâchez pas; je plaisante. Mais que voulez-vous qu'on suppose ?... à moins pourtant que vous ne deviez directement à Monsieur Julius votre présente fortune; ce qui (permettez-moi de vous le dire), séduisant comme vous l'êtes, Lafcadio, me paraîtrait sensiblement scandaleux. D'une manière comme d'une autre, et quoi que vous nous laissiez supposer, Lafcadio, mon ami, l'affaire est claire et votre devoir est tracé : vous ferez chanter Julius. Ne vous rebiffez pas, voyons! Le chantage est une sainte institution, nécessaire au maintien des mœurs. Eh! quoi! vous me quittez ?... »

Lafcadio s'était levé.

« Ah! laissez-moi passer, enfin! » cria-t-il, enjambant le corps de Protos; en travers du compartiment, étalé de l'une à l'autre des deux banquettes, celui-ci ne fit aucun geste pour le saisir. Lafcadio, étonné de ne se sentir point retenu, ouvrit la porte du couloir et, s'écartant :

« Je ne me sauve pas, n'ayez crainte. Vous pouvez me garder à vue; mais tout, plutôt que de vous écouter plus longtemps... Excusez-moi de vous préférer la police. Allez l'avertir : je l'attends. »

VI

Ce même jour, le train du soir amenait de Milan les Anthime; comme ils voyageaient en troisième, ils ne virent qu'à l'arrivée la comtesse de Baraglioul et sa fille aînée qu'amenait de Paris le sleeping-car du même train.

Peu d'heures avant la dépêche de deuil, la comtesse avait reçu une lettre de son mari; le comte y parlait éloquemment de l'abondant plaisir apporté par la rencontre inopinée de Lafcadio; et sans doute n'y flottait aucune allusion à cette demi-fraternité qui, aux yeux de Julius, ornait d'un si perfide attrait le jeune homme. (Julius, fidèle à l'ordre de son père, ne s'en était ouvertement expliqué avec sa femme, pas plus qu'il n'avait fait avec l'autre), mais certaines allusions, certaines réticences, avertissaient suffisamment la comtesse; même je ne suis pas bien sûr que Julius à qui l'amusement manquait dans le trantran de sa vie bourgeoise, ne se fît pas un jeu de tourner autour du scandale et de s'y brûler le bout des doigts. Je ne suis pas sûr non plus que la présence à Rome de Lafcadio, l'espoir de le revoir, ne fût pas pour quelque chose, pour beaucoup, dans la décision que prit Geneviève d'accompagner là-bas sa mère.

Julius était à leur rencontre à la gare. Il les emmena rapidement au Grand Hôtel, ayant quitté presque aussitôt les Anthime qu'il devait retrouver parmi le funèbre cortège, le lendemain. Ceux-ci regagnèrent, via di Bocca di Leone, l'hôtel où ils étaient descendus à leur premier séjour.

Marguerite apportait au romancier d'heureuses nouvelles : son élection ne faisait plus un pli; l'avant-veille, le cardinal André l'avait officieusement avertie : le candidat n'aurait même plus à recommencer ses visites; d'elle-même l'Académie venait à lui, portes ouvertes : on l'attendait.

« Tu vois bien! disait Marguerite. Qu'est-ce que je te disais à Paris ? Tout vient à point. Dans ce monde, il suffit d'attendre.

— Et de ne pas changer, reprenait avec componction

Julius en portant la main de son épouse à ses lèvres, et sans voir le regard de sa fille, fixé sur lui, se charger de mépris. — Fidèle à vous, à mes pensées, à mes principes. La persévérance est la plus indispensable vertu. »

Déjà s'éloignaient de lui le souvenir de sa plus récente embardée, et toute autre pensée qu'orthodoxe, et tout autre projet que décent. A présent renseigné, il se ressaisissait sans effort. Il admirait cette conséquence subtile par quoi son esprit s'était un instant dérouté. Lui n'avait pas changé : c'était le pape.

« Quelle constance de ma pensée, tout au contraire, se disait-il; quelle logique! Le difficile, c'est de savoir à quoi s'en tenir. Ce pauvre Fleurissoire en est mort, d'avoir pénétré les coulisses. Le plus simple, quand on est simple, c'est de s'en tenir à ce qu'on sait. Ce hideux secret l'a tué. La connaissance ne fortifie jamais que les forts... N'importe! je suis heureux que Carola ait pu prévenir la police; ça me permet de méditer plus librement... Tout de même, s'il savait que ce n'est pas au VRAI Saint-Père qu'il doit son infortune et son exil, quelle consolation pour Armand-Dubois! quel encouragement dans sa foi! quel soulas!... Demain, après la cérémonie funèbre, je ferai bien de lui parler. »

Cette cérémonie n'attira pas grande affluence. Trois voitures suivaient le corbillard. Il pleuvait. Dans la première voiture Blafaphas accompagnait amicalement Arnica (dès que le deuil aura pris fin, il l'épousera sans nul doute); tous deux partis de Pau l'avant-veille (abandonner la veuve à son chagrin, la laisser seule entreprendre ce long voyage, Blafaphas n'en supportait pas la pensée; et quand bien même! Pour n'être pas de la famille, il n'en avait pas moins pris le deuil; quel parent valait un tel ami ?), mais arrivés à Rome depuis quelques heures à peine, par suite d'un ratage de train.

Dans la dernière voiture avait pris place Madame Armand-Dubois avec la comtesse et sa fille; dans la seconde le comte avec Anthime Armand-Dubois.

Sur la tombe de Fleurissoire, il ne fut fait aucune allusion à sa malchanceuse aventure. Mais, au retour du cimetière, Julius de Baraglioul, de nouveau seul avec Anthime, commença :

« Je vous avais promis d'intercéder pour vous près du Saint-Père.

— Dieu m'est témoin que je ne vous en avais pas prié.

— Il est vrai : outré du dénuement où vous abandonnait l'Église, je n'avais écouté que mon cœur.

— Dieu m'est témoin que je ne me plaignais point.

— Je sais!... Je sais!... M'avez-vous assez agacé avec votre résignation! Et même, puisque vous m'invitez à y revenir, je vous avouerai, mon cher Anthime, que je reconnaissais là moins de sainteté que d'orgueil et que l'excès de cette résignation, la dernière fois que je vous vis à Milan, m'avait paru beaucoup plus près de la révolte que de la véritable piété, et m'avait grandement incommodé dans ma foi. Dieu ne vous en demandait pas tant, que diable! Parlons franc : votre attitude m'avait choqué.

— La vôtre, je puis donc aussi vous l'avouer, m'avait attristé, mon cher frère. N'est-ce pas vous, précisément, qui m'incitiez à la révolte, et... »

Julius qui s'échauffait l'interrompit :

« J'avais suffisamment éprouvé par moi-même, et donné à entendre aux autres dans tout le cours de ma carrière, qu'on peut être parfait chrétien sans pourtant faire fi des légitimes avantages que nous offre le rang où Dieu a trouvé sage de nous placer. Ce que je reprochais à votre attitude, c'était précisément par son affectation, de sembler prendre avantage sur la mienne.

— Dieu m'est témoin que...

— Ah! ne protestez pas toujours! interrompit de nouveau Julius. — Dieu n'a que faire ici. Je vous explique précisément, quand je dis que votre attitude était tout près de la révolte... j'entends : de ma révolte à moi; et c'est là précisément ce que je vous reproche : c'est, en acceptant l'injustice, de laisser autrui se révolter pour vous. Car je n'admettais pas, moi, que l'Église fût dans son tort; et votre attitude, sans avoir l'air d'y toucher, l'y mettait. J'avais donc résolu de me plaindre à votre place. Vous allez voir bientôt combien j'avais raison de m'indigner. »

Julius dont le front s'emperlait posa sur ses genoux son haut-de-forme.

« Voulez-vous que je donne un peu d'air? » et Anthime, complaisamment, baissa la vitre de son côté.

— Sitôt à Rome, reprit Julius, je sollicitai donc une audience. Je fus reçu. Un étrange succès devait couronner ma démarche...

— Ah! fit indifféremment Anthime.

— Oui, mon ami. Car si je n'obtins en l'espèce rien de ce que j'étais venu réclamer, je remportai du moins de ma visite une assurance... qui mettait notre Saint-Père à l'abri de toutes les suppositions injurieuses que nous formions à son endroit.

— Dieu m'est témoin que je n'ai jamais rien formulé d'injurieux à l'endroit de notre Saint-Père.

— Je formulais pour vous. Je vous voyais lésé; je m'indignais.

— Arrivez au fait, Julius : vous avez vu le pape ?

— Eh bien, non! je n'ai pas vu le pape, éclata enfin Julius — mais je me suis saisi d'un secret; secret douteux d'abord, mais qui bientôt, par la mort de notre cher Amédée, devait trouver une confirmation soudaine; secret effroyable, déconcertant, mais où votre foi, cher Anthime, saura puiser du réconfort. Car sachez que de ce déni de justice dont vous fûtes victime, le pape est innocent...

— Eh! je n'en ai jamais douté.

— Anthime, écoutez bien : Je n'ai pas vu le pape parce que personne ne peut le voir; celui qui présentement est assis sur le trône pontifical et que l'Église écoute et qui promulgue; celui qui m'a parlé, le pape qu'on voit au Vatican, le pape que j'ai vu n'est pas le vrai. »

Anthime, à ces mots, commença d'être secoué tout entier d'un gros rire.

« Riez! riez! reprit Julius piqué. Moi aussi je riais d'abord. Eussé-je un peu moins ri, on n'eût pas assassiné Fleurissoire. Ah! saint ami! tendre victime!... Sa voix expira dans les sanglots.

— Dites donc! c'est sérieux ce que vous nous baillez là ?... Ah mais!... Ah mais!... Ah mais!... fit Armand-Dubois que le pathos de Julius inquiétait. — C'est que tout de même il faudrait savoir...

— C'est pour avoir voulu savoir qu'il est mort.

— Parce qu'enfin, si j'ai fait bon marché de mes biens, de ma situation, de ma science, si j'ai consenti qu'on me jouât... continuait Anthime qui peu à peu à son tour se montait.

— Je vous le dis : de tout cela *le vrai* n'est en rien responsable; celui qui vous jouait, c'est un suppôt du Quirinal...

— Dois-je croire à ce que vous dites ?

— Si vous ne me croyez pas, croyez-en ce pauvre martyr. »

Tous deux demeurèrent quelques instants silencieux. Il avait cessé de pleuvoir; un rayon écartait la nue. La voiture avec de lents cahots rentrait dans Rome.

« Dans ce cas, je sais ce qui me reste à faire, reprit Anthime, de sa voix la mieux décidée : Je vends la mèche. »

Julius sursauta.

« Mon ami, vous m'épouvantez. Sûr, vous allez vous faire excommunier.

— Par qui ? Si c'est par un faux pape, on s'en fout.

— Et moi qui pensais vous aider à goûter dans ce secret quelque vertu consolatrice, reprit Julius consterné.

— Vous plaisantez ?... Et qui me dira si Fleurissoire en arrivant au paradis n'y découvre pas tout de même que son Bon Dieu non plus n'est pas *le vrai* ?

— Voyons! mon cher Anthime, vous divaguez. Comme s'il pouvait y en avoir deux! comme s'il pouvait y en avoir UN AUTRE.

— Non, mais vraiment vous en parlez trop à votre aise, vous qui n'avez pour *lui* rien délaissé; vous à qui, vrai ou faux, tout profite... Ah! tenez, j'ai besoin de m'aérer. »

Penché sur la portière il toucha du bout de sa canne l'épaule du cocher et fit arrêter la voiture. Julius s'apprêtait à descendre avec lui.

« Non! laissez-moi. J'en sais assez pour me conduire. Gardez le reste pour un roman. Pour moi, j'écris au grand Maître de l'Ordre ce soir même, et dès demain je reprends mes chroniques scientifiques de *La Dépêche*. On rira bien.

— Quoi! vous boitez, dit Julius, surpris de le voir de nouveau clopiner.

— Oui, depuis quelques jours, mes douleurs m'ont repris.

— Ah! vous m'en direz tant! » fit Julius qui, sans le regarder s'éloigner, se rencogna dans la voiture.

VII

Protos était-il dans l'intention de livrer Lafcadio à la police, ainsi qu'il l'en avait menacé ?

Je ne sais : l'événement prouva du reste qu'il ne comptait point, parmi ces Messieurs de la police, rien que des amis. Ceux-ci, prévenus la veille par Carola, avaient dressé, vicolo dei Vecchierelli, leur souricière; ils connaissaient de longue date la maison et savaient qu'elle offrait, à l'étage supérieur, de faciles communications avec la maison voisine, dont ils gardèrent également les issues.

Protos ne craignait point les argousins; l'accusation ne lui faisait point peur, ni l'appareil de la justice; il se savait peu facile à saisir, coupable en réalité d'aucun crime, et rien que de délits si menus qu'ils échapperaient à la prise. Donc il ne s'effraya pas à l'excès lorsqu'il comprit qu'il était cerné et c'est ce qu'il comprit très vite, ayant un flair particulier pour reconnaître, sous n'importe quel déguisement, ces Messieurs.

A peine un peu perplexe, il s'enferma d'abord dans la chambre de Carola, attendant le retour de celle-ci qu'il n'avait pas revue depuis l'assassinat de Fleurissoire; il était désireux de lui demander conseil et laisser quelques indications, au cas probable où il ferait du bloc.

Carola cependant, déférant aux volontés de Julius, n'avait point paru au cimetière; nul ne sut que, cachée derrière un mausolée et sous un parapluie, elle assistait de loin à la triste cérémonie. Elle attendit patiemment, humblement, que fussent désertés les abords de la tombe fraîche; elle vit se reformer le cortège, Julius remonter avec Anthime, et les voitures, sous la pluie fine, s'éloigner. Alors elle s'approcha de la tombe à son tour, sortit de dessous son fichu un gros bouquet d'asters qu'elle posa, loin à l'écart des couronnes de la famille : puis resta longuement sous la pluie, ne regardant rien, ne pensant à rien, et pleurant faute de prières.

Lorsqu'elle revint vicolo dei Vecchierelli, elle distingua bien, sur le seuil, deux figures insolites; ne comprit point pourtant que la maison était gardée. Il lui tardait

de rejoindre Protos; ne doutant point que ce fût lui l'assassin, elle le haïssait à présent...

Quelques instants plus tard la police accourait à ses cris; trop tard, hélas! Exaspéré de se savoir livré par elle, Protos venait d'étrangler Carola.

Ceci se passait vers midi. Les journaux du soir en publiaient déjà la nouvelle, et comme on avait trouvé sur Protos la découpure de la coiffe du chapeau, sa double culpabilité ne laissait de doute pour personne.

Lafcadio cependant avait vécu jusqu'au soir dans une attente ou une crainte vague, non point peut-être de la police dont l'avait menacé Protos, mais de Protos lui-même ou de je ne sais quoi dont il ne cherchait plus à se défendre. Une incompréhensible torpeur pesait sur lui, qui n'était peut-être que de la fatigue : il renonçait.

La veille il n'avait revu Julius qu'un instant, lorsque celui-ci, à l'arrivée du train de Naples, était allé prendre livraison du cadavre; puis il avait longtemps marché au travers de la ville, au hasard, pour user cette exaspération que lui laissait, après la conversation du wagon, le sentiment de sa dépendance.

Et pourtant la nouvelle de l'arrestation de Protos n'apporta pas à Lafcadio le soulagement qu'il eût pu croire. On eût dit qu'il était déçu. Bizarre être! D'autant qu'il n'avait plus délibérément repoussé tout profit matériel du crime, il ne se dessaisissait volontiers d'aucun des risques de la partie. Il n'admettait pas qu'elle fût aussitôt finie. Volontiers, comme il faisait naguère aux échecs, il eût donné la tour à l'adversaire, et, comme si l'événement tout à coup lui faisait le gain trop facile et désintéressait tout son jeu, il sentait qu'il n'aurait de cesse qu'il n'eût poussé plus loin le défi.

Il dîna dans une trattoria voisine, pour n'avoir pas à se mettre en habit. Sitôt après, rentrant à l'hôtel, il aperçut, à travers la porte vitrée du restaurant, le comte Julius, attablé en compagnie de sa femme et de sa fille. Il fut frappé par la beauté de Geneviève qu'il n'avait pas revue depuis sa première visite. Il s'attardait dans le fumoir, attendant la fin du repas, lorsqu'on vint l'avertir que le comte était remonté dans sa chambre et l'attendait.

Il entra. Julius de Baraglioul était seul ; il s'était remis en veston.

« Eh bien ! l'assassin est coffré », dit-il aussitôt en lui tendant la main.

Mais Lafcadio ne la prit pas. Il restait dans l'embrasure de la porte.

« Quel assassin ? demanda-t-il.

— L'assassin de mon beau-frère, parbleu !

— L'assassin de votre beau-frère, c'est moi. »

Il dit cela sans trembler, sans changer de ton, sans baisser la voix, sans un geste, et d'une voix si naturelle que Julius d'abord ne comprit pas. Lafcadio dut se répéter :

« On n'a pas arrêté, vous dis-je, l'assassin de Monsieur votre beau-frère, pour cette raison que l'assassin de Monsieur votre beau-frère, c'est moi. »

Lafcadio aurait été d'aspect farouche, que peut-être Julius aurait pris peur ; mais son air était enfantin. Même il paraissait plus jeune encore que la première fois que l'avait rencontré Julius ; son regard était aussi limpide, sa voix aussi claire. Il avait refermé la porte, mais restait accoté contre elle. Julius, près de la table, s'affala dans un fauteuil.

« Mon pauvre enfant ! dit-il d'abord, parlez plus bas !... Qu'est-ce qui vous a pris ? Comment auriez-vous fait cela ? »

Lafcadio baissait la tête, déjà regrettant d'avoir parlé.

« Est-ce qu'on sait ? J'ai fait ça très vite, pendant que j'avais envie de le faire.

— Qu'aviez-vous contre Fleurissoire, ce digne homme si plein de vertus ?

— Je ne sais pas... Il n'avait pas l'air heureux... Comment voulez-vous que je vous explique ce que je ne puis m'expliquer à moi-même ? »

Un pénible silence croissait entre eux, que leurs paroles rompaient par saccades, puis qui se refermait plus profond ; on entendait alors les vagues d'une banale musique napolitaine monter du grand hall de l'hôtel. Julius grattait du bout de l'ongle de son petit doigt, qu'il portait en pointe et fort long, une petite tache de bougie, sur le tapis de la table. Soudain il s'aperçut que ce bel ongle était cassé. C'était une froissure transversale qui ternissait dans toute sa largeur

le ton carné du cabochon. Comment avait-il fait cela ? Et comment ne s'en était-il pas aussitôt aperçu ? Quoi qu'il en fût, le mal était irréparable; Julius n'avait plus rien à faire qu'à couper. Il en éprouva une contrariété très vive, car il prenait grand soin de ses mains et de cet ongle en particulier qu'il avait lentement formé et qui faisait valoir le doigt dont il accusait l'élégance. Les ciseaux étaient dans le tiroir de la table de toilette et Julius allait se lever pour les prendre, mais il eût fallu passer devant Lafcadio; plein de tact, il remit à plus tard la délicate opération.

« Et... qu'est-ce que vous comptez faire à présent ? dit-il.

— Je ne sais pas. Peut-être me livrer. Je me donne la nuit pour réfléchir. »

Julius laissa retomber son bras contre le fauteuil; il contempla quelques instants Lafcadio, puis, sur un ton tout découragé, soupira :

« Et moi qui commençais de vous aimer !... »

C'était dit sans méchante intention. Lafcadio ne s'y pouvait méprendre. Mais, pour inconsciente, cette phrase n'en était pas moins cruelle, et l'atteignit au cœur. Il releva la tête, raidi contre l'angoisse qui brusquement l'étreignit. Il regarda Julius : — Est-ce là vraiment celui dont hier je me sentais presque le frère ? se disait-il. Il promena ses regards dans cette pièce où, l'avant-veille, malgré son crime, il avait pu causer si joyeusement; le flacon de parfum était encore sur la table, presque vide...

« Écoutez, Lafcadio, reprit Julius : votre situation ne me paraît pas absolument désespérée. L'auteur présumé de ce crime...

— Oui, je sais qu'on vient de l'arrêter, interrompit Lafcadio sèchement : Allez-vous me conseiller de laisser accuser à ma place un innocent ?

— Celui que vous appelez : un innocent, vient d'assassiner une femme; et même que vous connaissiez...

— Cela me met à l'aise, n'est-ce pas ?

— Je ne dis pas précisément cela, mais...

— Ajoutons qu'il est le seul précisément qui pouvait me dénoncer.

— Tout n'est pas sans espoir, vous voyez bien. »

Julius se leva, se dirigea vers la fenêtre, rectifia les

plis du rideau, revint sur ses pas, puis, penché en avant, les bras croisés sur le dos du fauteuil qu'il venait de quitter :

« Lafcadio, je ne voudrais pas vous laisser partir sans un conseil : Il ne tient qu'à vous, j'en suis convaincu, de redevenir un honnête homme, et de prendre rang dans la société, autant du moins que votre naissance le permet... L'Église est là pour vous aider. Allons ! mon garçon : un peu de courage : allez vous confesser. »

Lafcadio ne put réprimer un sourire :

« Je vais réfléchir à vos obligeantes paroles. — Il fit un pas en avant, puis : — Sans doute préférez-vous ne pas toucher une main d'assassin. Je voudrais pourtant vous remercier de votre...

— C'est bien ! c'est bien, fit Julius, avec un geste cordial et distant. — Adieu, mon garçon. Je n'ose vous dire : au revoir. Pourtant, si, dans la suite, vous...

— Pour le moment, vous ne voyez plus rien à me dire ?

— Plus rien pour le moment.

— Adieu, Monsieur. »

Lafcadio salua gravement et sortit.

Il regagna sa chambre, à l'étage au-dessus. Il se dévêtit à demi, se jeta sur son lit. La fin du jour avait été très chaude ; la nuit n'avait pas apporté de fraîcheur. Sa fenêtre était large ouverte, mais aucun souffle n'agitait l'air ; les lointains globes électriques de la place des Thermes, dont le séparaient les jardins, emplissaient sa chambre d'une bleuâtre et diffuse clarté qu'on eût cru venir de la lune. Il voulait réfléchir, mais une torpeur étrange engourdissait désespérément sa pensée ; il ne songeait ni à son crime, ni aux moyens de s'échapper ; il essayait seulement de ne plus entendre ces mots atroces de Julius : « Je commençais de vous aimer »... Si lui n'aimait pas Julius, ces mots méritaient-ils ses larmes ? Était-ce vraiment pour cela qu'il pleurait ?... La nuit était si douce, il lui semblait qu'il n'aurait eu qu'à se laisser aller pour mourir. Il atteignit une carafe d'eau près de son lit, trempa un mouchoir et l'appliqua sur son cœur qui lui faisait mal.

« Nulle boisson de ce monde ne rafraîchira plus désormais ce cœur sec ! » se disait-il, laissant couler ses

larmes jusqu'à ses lèvres pour en savourer l'amertume. Des vers chantent à son oreille, lus il ne savait où, dont il ne savait pas se souvenir :

> *My heart aches ; a drowsy numbness pains*
> *My senses...*

Il s'assoupit.

Rêve-t-il ? N'a-t-il pas entendu frapper à sa porte ? La porte, que jamais il ne ferme la nuit, doucement s'ouvre, pour laisser une frêle forme blanche avancer. Il entend appeler faiblement :

« Lafcadio... Êtes-vous ici, Lafcadio ? »

À travers son demi-sommeil, Lafcadio reconnaît pourtant cette voix. Mais doute-t-il encore de la réalité d'une apparition si plaisante ? Craint-il qu'un mot, qu'un geste ne la mette en fuite ?... Il se tait.

Geneviève de Baraglioul, dont la chambre était à côté de celle de son père, avait tout entendu, malgré elle, de la conversation entre son père et Lafcadio. Une intolérable angoisse l'avait poussée jusqu'à la chambre de celui-ci, et puisque à présent son appel restait sans réponse, persuadée que Lafcadio venait de se tuer, elle se jeta vers le chevet du lit et tomba à genoux sanglotante.

Comme elle restait ainsi, Lafcadio se souleva, se pencha, tout entier rassemblé vers elle, sans pourtant oser encore poser ses lèvres sur le beau front que dans l'ombre il voyait luire. Geneviève de Baraglioul sentit alors toute sa volonté se défaire; rejetant en arrière ce front que déjà l'haleine de Lafcadio caressait, et ne sachant plus en appeler contre lui, qu'à lui-même :

« Ayez pitié de moi, mon ami », dit-elle.

Lafcadio se ressaisit aussitôt, et s'écartant d'elle et la repoussant à la fois :

« Relevez-vous, Mademoiselle de Baraglioul! Retirez-vous! Je ne suis pas... je ne peux plus être votre ami. »

Geneviève se releva, mais ne s'écarta pas du lit où restait à demi couché celui qu'elle avait cru mort et, touchant tendrement le front brûlant de Lafcadio comme pour s'assurer qu'il vivait :

« Mais, mon ami, j'ai tout entendu de ce que vous

avez dit ce soir à mon père. Ne comprenez-vous pas que c'est pour cela que je viens ? »

Lafcadio, se redressant à demi, la regarda. Ses cheveux dénoués retombaient autour d'elle ; tout son visage était dans l'ombre, de sorte qu'il ne distinguait pas ses yeux, mais sentait l'envelopper son regard. Comme s'il n'en pouvait supporter la douceur, cachant sa face dans ses mains :

« Ah ! pourquoi vous ai-je rencontrée si tard ? gémit-il. Qu'ai-je fait pour que vous m'aimiez ? Pourquoi me parlez-vous ainsi, quand déjà je ne suis plus libre et plus digne de vous aimer. »

Elle protesta tristement :

« C'est vers vous que je viens, Lafcadio, non vers un autre. C'est vers vous criminel, Lafcadio ! que de fois j'ai soupiré votre nom, depuis ce premier jour où vous m'êtes apparu en héros, et même un peu trop téméraire... Il faut que vous le sachiez maintenant : en secret je m'étais promise à vous dès l'instant où je vous ai vu vous dévouer d'une manière si magnanime. Que s'est-il donc passé depuis ? Se peut-il que vous ayez tué ? Que vous êtes-vous laissé devenir ? »

Et comme Lafcadio sans répondre secouait la tête :

« N'ai-je pas entendu mon père dire qu'un autre était arrêté ? reprit-elle ; un bandit qui venait de tuer... Lafcadio ! tandis qu'il en est temps encore, sauvez-vous ; dès cette nuit, partez ! Partez. »

Alors Lafcadio :

« Je ne peux plus, murmura-t-il. Et comme les cheveux défaits de Geneviève touchaient ses mains, il les saisit, les pressa passionnément sur ses yeux, sur ses lèvres : — Fuir ! est-ce là ce que vous me conseillez ? Mais où voulez-vous maintenant que je fuie ? Quand bien même j'échapperais à la police, je n'échapperais pas à moi-même... Et puis vous me mépriseriez d'échapper.

— Moi ! vous mépriser, mon ami...

— Je vivais inconscient ; j'ai tué comme dans un rêve ; un cauchemar où, depuis, je me débats...

— Dont je veux vous arracher, cria-t-elle.

— Pourquoi me réveiller ? si c'est pour me réveiller criminel. Il lui saisit le bras : — Ne comprenez-vous pas que j'ai l'impunité en horreur ? Que me reste-il à faire à présent ? sinon, quand le jour paraîtra, me livrer.

— C'est à Dieu qu'il faut vous livrer, non aux hommes. Si mon père ne vous l'avait point dit, je vous le dirais à présent : Lafcadio, l'Église est là pour vous prescrire votre peine et pour vous aider à retrouver la paix, par-delà votre repentir. »

Geneviève a raison; et certes Lafcadio n'a rien de mieux à faire qu'une commode soumission; il l'éprouvera tôt ou tard, et que les autres issues sont bouchées... Fâcheux que ce soit cette andouille de Julius qui lui ait conseillé cela d'abord!

« Quelle leçon me récitez-vous là ? dit-il hostilement. Est-ce vous qui me parlez ainsi ? »

Il laisse aller le bras qu'il retenait, le repousse; et tandis que Geneviève s'écarte, il sent grandir en lui, avec je ne sais quelle rancune contre Julius, le besoin de détourner Geneviève de son père, de l'amener plus bas, plus près de lui; comme il baisse les yeux, il distingue chaussés de petites mules de soie, ses pieds nus.

« Ne comprenez-vous pas que ce n'est pas le remords que je crains, mais... »

Il a quitté son lit; il se détourne d'elle; il va vers la fenêtre ouverte; il étouffe; il appuie son front à la vitre et ses paumes brûlantes sur le fer glacé du balcon; il voudrait oublier qu'elle est là, qu'il est près d'elle...

« Mademoiselle de Baraglioul, vous avez fait pour un criminel tout ce qu'une jeune fille de bonne famille peut tenter; même presque un peu plus : je vous en remercie de tout mon cœur. Il vaut mieux que vous me laissiez à présent. Retournez à votre père, à vos coutumes, à vos devoirs... Adieu. Qui sait si je vous reverrai ? Songez que c'est pour être un peu moins indigne de l'affection que vous me témoignez, que j'irai me livrer demain. Songez que... Non! ne m'approchez pas... Pensez-vous qu'une poignée de main me suffirait ? »

Geneviève braverait le courroux de son père, l'opinion du monde et ses mépris, mais devant ce ton glacé de Lafcadio, le cœur lui manque. N'a-t-il donc pas compris que pour venir ainsi, la nuit, lui parler, lui faire ainsi l'aveu de son amour, elle non plus n'est pas sans résolution ni courage et que son amour vaut peut-être mieux qu'un merci ?... Mais comment lui dirait-elle qu'elle aussi, jusqu'à ce jour, s'agitait comme dans un rêve — un rêve dont elle n'échappait par instants qu'à

l'hôpital où, parmi les pauvres enfants et pansant leurs plaies véritables, il lui semblait prendre parfois contact, enfin, avec quelque réalité — un médiocre rêve où s'agitaient à ses côtés ses parents et se dressaient toutes les conventions saugrenues de leur monde, et qu'elle ne parvenait pas à prendre leurs gestes non plus que leurs opinions, leurs ambitions, leurs principes, non plus que leur personne même, au sérieux. Quoi d'étonnant si Lafcadio n'avait pas pris au sérieux Fleurissoire!... Se peut-il qu'ils se séparent ainsi ? L'amour la pousse, l'élance vers lui. Lafcadio la saisit, la presse, couvre son pâle front de baisers...

Ici commence un nouveau livre.

O vérité palpable du désir! tu repousses dans la pénombre les fantômes de mon esprit.

Nous quitterons nos deux amants à cette heure du chant du coq où la couleur, la chaleur et la vie vont triompher enfin de la nuit. Lafcadio, au-dessus de Geneviève endormie, se soulève. Pourtant ce n'est pas le beau visage de son amante, ce front que trempe une moiteur, ces paupières nacrées, ces lèvres chaudes entrouvertes, ces seins parfaits, ces membres las, non, ce n'est rien de tout cela qu'il contemple — mais, par la fenêtre grande ouverte, l'aube où frissonne un arbre du jardin.

Il sera bientôt temps que Geneviève le quitte; mais il attend encore; il écoute, penché sur elle, à travers son souffle léger, la vague rumeur de la ville qui déjà secoue sa torpeur. Au loin, dans les casernes, le clairon chante. Quoi! va-t-il renoncer à vivre ? et pour l'estime de Geneviève, qu'il estime un peu moins depuis qu'elle l'aime un peu plus, songe-t-il encore à se livrer ?

LA SYMPHONIE PASTORALE

A JEAN SCHLUMBERGER

PREMIER CAHIER

10 février 189.

La neige, qui n'a pas cessé de tomber depuis trois jours, bloque les routes. Je n'ai pu me rendre à R... où j'ai coutume depuis quinze ans de célébrer le culte deux fois par mois. Ce matin trente fidèles seulement se sont rassemblés dans la chapelle de La Brévine.

Je profiterai des loisirs que me vaut cette claustration forcée, pour revenir en arrière et raconter comment je fus amené à m'occuper de Gertrude.

J'ai projeté d'écrire ici tout ce qui concerne la formation et le développement de cette âme pieuse, qu'il me semble que je n'ai fait sortir de la nuit que pour l'adoration et l'amour. Béni soit le Seigneur pour m'avoir confié cette tâche.

Il y a deux ans et six mois, comme je remontais de la Chaux-de-Fonds, une fillette que je ne connaissais point vint me chercher en toute hâte pour m'emmener à sept kilomètres de là, auprès d'une pauvre vieille qui se mourait. Le cheval n'était pas dételé; je fis monter l'enfant dans la voiture, après m'être muni d'une lanterne, car je pensai ne pas pouvoir être de retour avant la nuit.

Je croyais connaître admirablement tous les entours de la commune; mais, passé la ferme de la Saudraie, l'enfant me fit prendre une route où jusqu'alors je ne m'étais jamais aventuré. Je reconnus pourtant, à deux kilomètres de là, sur la gauche, un petit lac mystérieux où jeune homme j'avais été quelquefois patiner. Depuis quinze ans je ne l'avais plus revu, car aucun devoir pastoral ne m'appelle de ce côté; je n'aurais plus su dire où il était et j'avais à ce point cessé d'y penser qu'il me sembla, lorsque tout à coup, dans l'enchantement rose et doré du soir, je le reconnus, ne l'avoir d'abord vu qu'en rêve.

La route suivait le cours d'eau qui s'en échappait,

coupant l'extrémité de la forêt, puis longeant une tourbière. Certainement je n'étais jamais venu là.

Le soleil se couchait et nous marchions depuis longtemps dans l'ombre, lorsque enfin ma jeune guide m'indiqua du doigt, à flanc de coteau, une chaumière qu'on eût pu croire inhabitée, sans un mince filet de fumée qui s'en échappait, bleuissant dans l'ombre, puis blondissant dans l'or du ciel. J'attachai le cheval à un pommier voisin, puis rejoignis l'enfant dans la pièce obscure où la vieille venait de mourir.

La gravité du paysage, le silence et la solennité de l'heure m'avaient transi. Une femme encore jeune était à genoux près du lit. L'enfant, que j'avais prise pour la petite-fille de la défunte mais qui n'était que sa servante alluma une chandelle fumeuse, puis se tint immobile au pied du lit. Durant la longue route, j'avais essayé d'engager la conversation, mais n'avais pu tirer d'elle quatre paroles.

La femme agenouillée se releva. Ce n'était pas une parente ainsi que je le supposais d'abord, mais simplement une voisine, une amie, que la servante avait été chercher lorsqu'elle vit s'affaiblir sa maîtresse, et qui s'offrit pour veiller le corps. La vieille, me dit-elle, s'était éteinte sans souffrance. Nous convînmes ensemble des dispositions à prendre pour l'inhumation et la cérémonie funèbre. Comme souvent déjà, dans ce pays perdu, il me fallait tout décider. J'étais quelque peu gêné, je l'avoue, de laisser cette maison, si pauvre que fût son apparence, à la seule garde de cette voisine et de cette servante enfant. Toutefois il ne paraissait guère probable qu'il y eût dans un recoin de cette misérable demeure, quelque trésor caché... Et qu'y pouvais-je faire ? Je demandai néanmoins si la vieille ne laissait aucun héritier.

La voisine prit alors la chandelle, qu'elle dirigea vers un coin du foyer, et je pus distinguer, accroupi dans l'âtre, un être incertain, qui paraissait endormi; l'épaisse masse de ses cheveux cachait presque complètement son visage.

« Cette fille aveugle; une nièce, à ce que dit la servante; c'est à quoi la famille se réduit, paraît-il. Il faudra la mettre à l'hospice; sinon je ne sais pas ce qu'elle pourra devenir. »

Je m'offusquai d'entendre ainsi décider de son sort devant elle, soucieux du chagrin que ces brutales paroles pourraient lui causer.

« Ne la réveillez pas, dis-je doucement, pour inviter la voisine, tout au moins, à baisser la voix.

— Oh! je ne pense pas qu'elle dorme; mais c'est une idiote; elle ne parle pas et ne comprend rien à ce qu'on dit. Depuis ce matin que je suis dans la pièce, elle n'a pour ainsi dire pas bougé. J'ai d'abord cru qu'elle était sourde; la servante prétend que non, mais que simplement la vieille, sourde elle-même, ne lui adressait jamais la parole, non plus qu'à quiconque, n'ouvrant plus la bouche depuis longtemps, que pour boire ou manger.

— Quel âge a-t-elle ?

— Une quinzaine d'années, je suppose : au reste je n'en sais pas plus long que vous... »

Il ne me vint pas aussitôt à l'esprit de prendre soin moi-même de cette pauvre abandonnée; mais après que j'eus prié — ou plus exactement pendant la prière que je fis, entre la voisine et la petite servante, toutes deux agenouillées au chevet du lit, agenouillé moi-même, — il m'apparut soudain que Dieu plaçait sur ma route une sorte d'obligation et que je ne pouvais pas sans quelque lâcheté m'y soustraire. Quand je me relevai, ma décision était prise d'emmener l'enfant le même soir, encore que je ne me fusse pas nettement demandé ce que je ferais d'elle par la suite, ni à qui je la confierais. Je demeurai quelques instants encore à contempler le visage endormi de la vieille, dont la bouche plissée et rentrée semblait tirée comme par les cordons d'une bourse d'avare, instruite à ne rien laisser échapper. Puis me retournant du côté de l'aveugle, je fis part à la voisine de mon intention.

« Mieux vaut qu'elle ne soit point là demain, quand on viendra lever le corps », dit-elle. Et ce fut tout.

Bien des choses se feraient facilement, sans les chimériques objections que parfois les hommes se plaisent à inventer. Dès l'enfance, combien de fois sommes-nous empêchés de faire ceci ou cela que nous voudrions faire, simplement parce que nous entendons répéter autour de nous : il ne pourra pas le faire...

L'aveugle s'est laissée emmener comme une masse

involontaire. Les traits de son visage étaient réguliers, assez beaux, mais parfaitement inexpressifs. J'avais pris une couverture sur la paillasse où elle devait reposer d'ordinaire dans un coin de la pièce, au-dessous d'un escalier intérieur qui menait au grenier.

La voisine s'était montrée complaisante et m'avait aidé à l'envelopper soigneusement, car la nuit très claire était fraîche; et après avoir allumé la lanterne du cabriolet, j'étais reparti, emmenant blotti contre moi ce paquet de chair sans âme et dont je ne percevais la vie que par la communication d'une ténébreuse chaleur. Tout le long de la route, je pensais : dort-elle ? et de quel sommeil noir... Et en quoi la veille diffère-t-elle ici du sommeil ? Hôtesse de ce corps opaque, une âme attend sans doute, emmurée, que vienne la toucher enfin quelque rayon de votre grâce, Seigneur! Permettrez-vous que mon amour, peut-être, écarte d'elle l'affreuse nuit ?...

J'ai trop souci de la vérité pour taire le fâcheux accueil que je dus essuyer à mon retour au foyer. Ma femme est un jardin de vertus; et même dans les moments difficiles qu'il nous est arrivé parfois de traverser, je n'ai pu douter un instant de la qualité de son cœur; mais sa charité naturelle n'aime pas à être surprise. C'est une personne d'ordre qui tient à ne pas aller au-delà, non plus qu'à rester en deçà du devoir. Sa charité même est réglée comme si l'amour était un trésor épuisable. C'est là notre seul point de conteste...

Sa première pensée, lorsqu'elle m'a vu revenir ce soir-là avec la petite, lui échappa dans ce cri :

« De quoi encore est-ce que tu as été te charger ? »

Comme chaque fois qu'il doit y avoir une explication entre nous, j'ai commencé par faire sortir les enfants, qui se tenaient là, bouche bée, pleins d'interrogation et de surprise. Ah! combien cet accueil était loin de celui que j'eusse pu souhaiter. Seule ma chère petite Charlotte a commencé de danser et de battre les mains quand elle a compris que quelque chose de nouveau, quelque chose de vivant allait sortir de la voiture. Mais les autres, qui sont déjà stylés par la mère, ont vite fait de la refroidir et de lui faire prendre le pas.

Il y eut un moment de grande confusion. Et comme

ni ma femme, ni les enfants ne savaient encore qu'ils eussent affaire à une aveugle, ils ne s'expliquaient pas l'attention extrême que je prenais pour guider ses pas. Je fus moi-même tout décontenancé par les bizarrres gémissements que commença de pousser la pauvre infirme sitôt que ma main abandonna la sienne, que j'avais tenue durant tout le trajet. Ses cris n'avaient rien d'humain; on eût dit les jappements plaintifs d'un petit chien. Arrachée pour la première fois au cercle étroit de sensations coutumières qui formaient tout son univers, ses genoux fléchissaient sous elle; mais lorsque j'avançai vers elle une chaise, elle se laissa crouler à terre, comme quelqu'un qui ne saurait pas s'asseoir; alors je la menai jusqu'auprès du foyer, et elle reprit un peu de calme lorsqu'elle put s'accroupir, dans la position où je l'avais vue d'abord auprès du foyer de la vieille, accotée au manteau de la cheminée. En voiture déjà elle s'était laissé glisser au bas du siège et avait fait tout le trajet blottie à mes pieds. Ma femme cependant m'aidait, dont le mouvement le plus naturel est toujours le meilleur; mais sa raison sans cesse lutte et souvent l'emporte contre son cœur.

« Qu'est-ce que tu as l'intention de faire de ça ? » reprit-elle, après que la petite fut installée.

Mon âme frissonna en entendant l'emploi de ce neutre et j'eus peine à maîtriser un mouvement d'indignation. Cependant encore tout imbu de ma longue et paisible méditation je me contins, et tourné vers eux tous qui de nouveau faisaient cercle, une main posée sur le front de l'aveugle :

« Je ramène la brebis perdue », dis-je avec le plus de solennité que je pus.

Mais Amélie n'admet pas qu'il puisse y avoir quoi que ce soit de déraisonnable ou de surraisonnable dans l'enseignement de l'Évangile. Je vis qu'elle allait protester, et c'est alors que je fis un signe à Jacques et à Sarah qui, habitués à nos petits différends conjugaux, et du reste peu curieux de leur nature (souvent même insuffisamment à mon gré), emmenèrent les deux petits. Puis, comme ma femme restait encore interdite et un peu exaspérée, me semblait-il, par la présence de l'intruse :

« Tu peux parler devant elle, ajoutai-je; la pauvre enfant ne comprend pas. »

Alors Amélie commença de protester que certainement elle n'avait rien à me dire — ce qui est le prélude habituel des plus longues explications — et qu'elle n'avait qu'à se soumettre comme toujours à ce que je pouvais inventer de moins pratique et de plus contraire à l'usage et au bon sens. J'ai déjà écrit que je n'étais nullement fixé sur ce que je comptais faire de cette enfant. Je n'avais pas encore entrevu, ou que très vaguement, la possibilité de l'installer à notre foyer et je puis presque dire que c'est Amélie qui d'abord m'en suggéra l'idée lorsqu'elle me demanda si je pensais que nous n'étions pas « déjà assez dans la maison ». Puis elle déclara que j'allais toujours de l'avant sans jamais m'inquiéter de la résistance de ceux qui suivent, que pour sa part elle estimait que cinq enfants suffisaient, que depuis la naissance de Claude (qui précisément à ce moment, et comme en entendant son nom, se mit à hurler dans son berceau) elle en avait « son compte » et qu'elle se sentait à bout.

Aux premières phrases de sa sortie, quelques paroles du Christ me remontèrent du cœur aux lèvres, que je retins pourtant, car il me paraît toujours malséant d'abriter ma conduite derrière l'autorité du livre saint. Mais dès qu'elle argua de sa fatigue je demeurai penaud, car je reconnus qu'il m'est arrivé plus d'une fois de laisser peser sur ma femme les conséquences d'élans inconsidérés de mon zèle. Cependant ces récriminations m'avaient instruit sur mon devoir; je suppliai donc très doucement Amélie d'examiner si à ma place elle n'eût pas agi de même et s'il lui eût été possible de laisser dans la détresse un être qui manifestement n'avait plus sur qui s'appuyer; j'ajoutai que je ne m'illusionnais point sur la somme de fatigues nouvelles que le soin de cette hôtesse infirme ajouterait aux soucis du ménage, et que mon regret était de ne l'y pouvoir plus souvent seconder. Enfin je l'apaisai de mon mieux, la suppliant aussi de ne point faire retomber sur l'innocente un ressentiment que celle-ci n'avait en rien mérité. Puis je lui fis observer que Sarah désormais était en âge de l'aider davantage, Jacques de se passer de ses soins. Bref, Dieu mit en ma bouche les paroles qu'il fallait pour l'aider à accepter ce que je m'assure qu'elle eût assumé volontiers si l'événement lui eût

laissé le temps de réfléchir et si je n'eusse point ainsi disposé de sa volonté par surprise.

Je croyais la partie à peu près gagnée, et déjà ma chère Amélie s'approchait bienveillamment de Gertrude; mais soudain son irritation rebondit de plus belle lorsque, ayant pris la lampe pour examiner un peu l'enfant, elle s'avisa de son état de saleté indicible.

« Mais c'est une infection, s'écria-t-elle. Brosse-toi; brosse-toi vite. Non, pas ici. Va te secouer dehors. Ah! mon Dieu! les enfants vont en être couverts. Il n'y a rien au monde que je redoute autant que la vermine. »

Indéniablement la pauvre petite en était peuplée : et je ne pus me défendre d'un mouvement de dégoût en songeant que je l'avais si longuement pressée contre moi dans la voiture.

Quand je rentrai deux minutes plus tard, après m'être nettoyé de mon mieux, je trouvai ma femme effondrée dans un fauteuil, la tête dans les mains, en proie à une crise de sanglots.

« Je ne pensais pas soumettre ta constance à une pareille épreuve, lui dis-je tendrement. Quoi qu'il en soit, ce soir il est tard, et l'on n'y voit pas suffisamment. Je veillerai pour entretenir le feu auprès duquel dormira la petite. Demain nous lui couperons les cheveux et la laverons comme il faut. Tu ne commenceras à t'occuper d'elle que quand tu pourras la regarder sans horreur. » Et je la priai de ne point parler de cela aux enfants.

Il était l'heure de souper. Ma protégée, vers laquelle notre vieille Rosalie, tout en nous servant, jetait force regards hostiles, dévora goulûment l'assiette de soupe que je lui tendis. Le repas fut silencieux. J'aurais voulu raconter mon aventure, parler aux enfants, les émouvoir en leur faisant comprendre et sentir l'étrangeté d'un dénuement si complet, exciter leur pitié, leur sympathie pour celle que Dieu nous invitait à recueillir; mais je craignis de raviver l'irritation d'Amélie. Il semblait que l'ordre eût été donné de passer outre et d'oublier l'événement encore qu'aucun de nous ne pût assurément penser à rien d'autre.

Je fus extrêmement ému quand, plus d'une heure après que tous furent couchés et qu'Amélie m'eût laissé seul dans la pièce, je vis ma petite Charlotte entrouvrir

la porte, avancer doucement, en chemise et pieds nus, puis se jeter à mon cou et m'étreindre sauvagement en murmurant :

« Je ne t'avais pas bien dit bonsoir. »

Puis, tout bas, désignant du bout de son petit index l'aveugle qui reposait innocemment et qu'elle avait eu curiosité de revoir avant de se laisser aller au sommeil :

« Pourquoi est-ce que je ne l'ai pas embrassée ?

— Tu l'embrasseras demain. A présent laissons-la. Elle dort », lui dis-je en la raccompagnant jusqu'à la porte.

Puis je revins me rasseoir et travaillai jusqu'au matin, lisant ou préparant mon prochain sermon.

Certainement, pensai-je (il m'en souvient), Charlotte se montre beaucoup plus affectueuse aujourd'hui que ses aînés ; mais chacun d'eux, à cet âge, ne m'a-t-il pas d'abord donné le change ; mon grand Jacques lui-même, aujourd'hui si distant, si réservé... On les croit tendres, ils sont cajoleurs et câlins.

<p style="text-align:right">27 février.</p>

La neige est tombée encore abondamment cette nuit. Les enfants sont ravis parce que bientôt, disent-ils, on sera forcé de sortir par les fenêtres. Le fait est que ce matin la porte est bloquée et que l'on ne peut sortir que par la buanderie. Hier, je m'étais assuré que le village avait des provisions en suffisance, car nous allons sans doute demeurer quelque temps isolés du reste de l'humanité. Ce n'est pas le premier hiver que la neige nous bloque, mais je ne me souviens pas d'avoir jamais vu son empêchement si épais. J'en profite pour continuer ce récit que je commençai hier.

J'ai dit que je ne m'étais point trop demandé, lorsque j'avais ramené cette infirme, quelle place elle allait pouvoir occuper dans la maison. Je connais le peu de résistance de ma femme ; je savais la place dont nous pouvions disposer et nos ressources, très limitées. J'avais agi, comme je le fais toujours, autant par disposition naturelle que par principes, sans nullement chercher à calculer la dépense où mon élan risquait de m'entraîner (ce qui m'a toujours paru antiévangélique). Mais autre chose est d'avoir à se reposer sur Dieu ou à se décharger sur autrui. Il m'apparut bientôt que

j'avais déposé sur les bras d'Amélie une lourde tâche, si lourde que j'en demeurai d'abord confondu.

Je l'avais aidée de mon mieux à couper les cheveux de la petite, ce que je voyais bien qu'elle ne faisait déjà qu'avec dégoût. Mais quand il s'agit de la laver et de la nettoyer je dus laisser faire ma femme ; et je compris que les plus lourds et les plus désagréables soins m'échappaient.

Au demeurant, Amélie n'éleva plus la moindre protestation. Il semblait qu'elle eût réfléchi pendant la nuit et pris son parti de cette charge nouvelle ; même elle y semblait prendre quelque plaisir et je la vis sourire après qu'elle eut achevé d'apprêter Gertrude. Un bonnet blanc couvrait la tête rase où j'avais appliqué de la pommade ; quelques anciens vêtements à Sarah et du linge propre remplacèrent les sordides haillons qu'Amélie venait de jeter au feu. Ce nom de Gertrude fut choisi par Charlotte et accepté par nous tous aussitôt, dans l'ignorance du nom véritable que l'orpheline ne connaissait point elle-même et que je ne savais où retrouver. Elle devait être un peu plus jeune que Sarah, de sorte que les vêtements que celle-ci avait dû laisser depuis un an lui convenaient.

Il me faut avouer ici la profonde déception où je me sentis sombrer les premiers jours. Certainement je m'étais fait tout un roman de l'éducation de Gertrude, et la réalité me forçait par trop d'en rabattre. L'expression indifférente, obtuse de son visage, ou plutôt son inexpressivité absolue glaçait jusqu'à sa source mon bon vouloir. Elle restait tout le long du jour, auprès du feu, sur la défensive, et dès qu'elle entendait nos voix, surtout dès que l'on s'approchait d'elle, ses traits semblaient durcir ; ils ne cessaient d'être inexpressifs que pour marquer l'hostilité ; pour peu que l'on s'efforçât d'appeler son attention elle commençait à geindre, à grogner comme un animal. Cette bouderie ne cédait qu'à l'approche du repas, que je lui servais moi-même et sur lequel elle se jetait avec une avidité bestiale des plus pénibles à observer. Et de même que l'amour répond à l'amour, je sentais un sentiment d'aversion m'envahir, devant le refus obstiné de cette âme. Oui vraiment, j'avoue que les dix premiers jours j'en étais venu à désespérer, et même à me désintéresser d'elle

au point que je regrettais mon élan premier et que j'eusse voulu ne l'avoir jamais emmenée. Et il advenait ceci de piquant, c'est que, triomphante un peu devant ces sentiments que je ne pouvais pas bien lui cacher, Amélie prodiguait ses soins d'autant plus et de bien meilleur cœur, semblait-il, depuis qu'elle sentait que Gertrude me devenait à charge et que sa présence parmi nous me mortifiait.

J'en étais là quand je reçus la visite de mon ami le docteur Martins, du Val Travers, au cours d'une de ses tournées de malades. Il s'intéressa beaucoup à ce que je lui dis de l'état de Gertrude, s'étonna grandement d'abord de ce qu'elle fût restée à ce point arriérée, n'étant somme toute qu'aveugle ; mais je lui expliquai qu'à son infirmité s'ajoutait la surdité de la vieille qui seule jusqu'alors avait pris soin d'elle, et qui ne lui parlait jamais, de sorte que la pauvre enfant était demeurée dans un état d'abandon total. Il me persuada que, dans ce cas, j'avais tort de désespérer; mais que je ne m'y prenais pas bien.

« Tu veux commencer de construire, me dit-il, avant de t'être assuré d'un terrain solide. Songe que tout est chaos dans cette âme et que même les premiers linéaments n'en sont pas encore arrêtés. Il s'agit, pour commencer, de lier en faisceau quelques sensations tactiles et gustatives et d'y attacher, à la manière d'une étiquette, un son, un mot, que tu lui rediras, à satiété, puis tâcheras d'obtenir qu'elle redise.

« Surtout ne cherche pas d'aller trop vite; occupe-toi d'elle à des heures régulières, et jamais très longtemps de suite...

» Au reste cette méthode, ajouta-t-il, après me l'avoir minutieusement exposée, n'a rien de bien sorcier. Je ne l'invente point et d'autres l'ont appliquée déjà. Ne t'en souviens-tu pas ? du temps que nous faisions ensemble notre philosophie, nos professeurs, à propos de Condillac et de sa statue animée, nous entretenaient déjà d'un cas analogue à celui-ci.... A moins, fit-il en se reprenant, que je n'aie lu cela plus tard, dans une revue de psychologie... N'importe; cela m'a frappé et je me souviens même du nom de cette pauvre enfant, encore plus déshéritée que Gertrude, car elle était aveugle et sourde-muette, qu'un docteur de je ne sais

plus quel comté d'Angleterre recueillit, vers le milieu du siècle dernier. Elle avait nom Laura Bridgeman. Ce docteur avait tenu journal, comme tu devrais faire, des progrès de l'enfant, ou du moins, pour commencer, de ses efforts à lui pour l'instruire. Durant des jours et des semaines, il s'obstina à lui faire toucher et palper alternativement deux petits objets, une épingle, puis une plume, puis toucher sur une feuille imprimée à l'usage des aveugles le relief des deux mots anglais : *pin* et *pen*. Et durant des semaines, il n'obtint aucun résultat. Le corps semblait inhabité. Pourtant il ne perdait pas confiance. Je me faisais l'effet de quelqu'un, racontait-il, qui, penché sur la margelle d'un puits profond et noir, agiterait désespérément une corde dans l'espoir qu'enfin une main la saisisse. Car il ne douta pas un instant que quelqu'un ne fût là, au fond du gouffre, et que cette corde à la fin ne soit saisie. Et un jour, enfin, il vit cet impassible visage de Laura s'éclairer d'une sorte de sourire ; je crois bien qu'à ce moment des larmes de reconnaissance et d'amour jaillirent de ses yeux et qu'il tomba à genoux pour remercier le Seigneur. Laura venait tout à coup de comprendre ce que le docteur voulait d'elle ; sauvée ! A partir de ce jour elle fit attention ; ses progrès furent rapides ; elle s'instruisit bientôt elle-même, et par la suite devint directrice d'un institut d'aveugles — à moins que ce ne fût une autre... car d'autres cas se présentèrent récemment, dont les revues et les journaux ont longuement parlé, s'étonnant à qui mieux mieux, un peu sottement à mon avis, que de telles créatures pussent être heureuses. Car c'est un fait : chacune de ces emmurées était heureuse, et sitôt qu'il leur fut donné de s'exprimer, ce fut pour raconter leur *bonheur*. Naturellement les journalistes s'extasiaient, en tiraient un enseignement pour ceux qui, « jouissant » de leurs cinq sens, ont pourtant le front de se plaindre... »

Ici s'engage une discussion entre Martins et moi, qui regimbais contre son pessimisme, et n'admettais point que les sens, comme il semblait l'admettre, ne servissent en fin de compte qu'à nous désoler.

« Ce n'est point ainsi que je l'entends, protesta-t-il, je veux dire simplement que l'âme de l'homme imagine plus facilement et plus volontiers la beauté, l'aisance

et l'harmonie que le désordre et le péché qui partout ternissent, avilissent, tachent et déchirent ce monde et sur quoi nous renseignent et tout à la fois nous aident à contribuer nos cinq sens. De sorte que, plus volontiers, je ferais suivre le « *Fortunatos nimium* » de Virgile, de « *si sua mala nescient* », que du « *si sua bona norint* » qu'on nous enseigne : Combien heureux les hommes, s'ils pouvaient ignorer le mal! »

Puis il me parla d'un conte de Dickens, qu'il croit avoir été directement inspiré par l'exemple de Laura Bridgeman et qu'il promit de m'envoyer aussitôt. Et quatre jours après je reçus en effet *Le Grillon du foyer,* que je lus avec un vif plaisir. C'est l'histoire un peu longue, mais pathétique par instants, d'une jeune aveugle que son père, pauvre fabricant de jouets, entretient dans l'illusion du confort, de la richesse et du bonheur; mensonge que l'art de Dickens s'évertue à faire passer pour pieux, mais dont, Dieu merci! je n'aurai pas à user avec Gertrude.

Dès le lendemain du jour où Martins était venu me voir, je commençai de mettre en pratique sa méthode et m'y appliquai de mon mieux. Je regrette à présent de n'avoir point pris note, ainsi qu'il me le conseillait, des premiers pas de Gertrude sur cette route crépusculaire, où moi-même je ne la guidais d'abord qu'en tâtonnant. Il y fallut, dans les premières semaines, plus de patience que l'on ne saurait croire, non seulement en raison du temps que cette première éducation exigeait, mais aussi des reproches qu'elle me fit encourir. Il m'est pénible d'avoir à dire que ces reproches me venaient d'Amélie; et du reste, si j'en parle ici, c'est que je n'en ai conservé nulle animosité, nulle aigreur — je l'atteste solennellement pour le cas où plus tard ces feuilles seraient lues par elle. (Le pardon des offenses ne nous est-il pas enseigné par le Christ immédiatement à la suite de la parabole sur la brebis égarée?) Je dirai plus : au moment même où j'avais le plus à souffrir de ses reproches, je ne pouvais lui en vouloir de ce qu'elle désapprouvât ce long temps que je consacrais à Gertrude. Ce que je lui reprochais plutôt c'était de n'avoir pas confiance que mes soins pussent remporter quelque succès. Oui, c'est ce manque de foi qui me

peinait ; sans me décourager du reste. Combien souvent j'eus à l'entendre répéter : « Si encore tu devais aboutir à quelque résultat... » Et elle demeurait obtusement convaincue que ma peine était vaine ; de sorte que naturellement il lui paraissait mal séant que je consacrasse à cette œuvre un temps qu'elle prétendait toujours qui serait mieux employé différemment. Et chaque fois que je m'occupais de Gertrude elle trouvait à me représenter que je ne sais qui ou quoi attendait cependant après moi, et que je distrayais pour celle-ci un temps que j'eusse dû donner à d'autres. Enfin je crois qu'une sorte de jalousie maternelle l'animait, car je lui entendis plus d'une fois me dire : « Tu ne t'es jamais autant occupé d'aucun de tes propres enfants. » Ce qui était vrai ; car si j'aime beaucoup mes enfants, je n'ai jamais cru que j'eusse beaucoup à m'occuper d'eux.

J'ai souvent éprouvé que la parabole de la brebis égarée reste une des plus difficiles à admettre pour certaines âmes, qui pourtant se croient profondément chrétiennes. Que chaque brebis du troupeau, prise à part, puisse aux yeux du berger être plus précieuse à son tour que tout le reste du troupeau pris en bloc, voici ce qu'elles ne peuvent s'élever à comprendre. Et ces mots : « Si un homme a cent brebis et que l'une d'elles s'égare, ne laisse-t-il pas les quatre-vingt-dix-neuf autres sur les montagnes, pour aller chercher celle qui s'est égarée ? » — ces mots tout rayonnants de charité, si elles osaient parler franc, elles les déclareraient de la plus révoltante injustice.

Les premiers sourires de Gertrude me consolaient de tout et payaient mes soins au centuple. Car « cette brebis, si le pasteur la trouve, je vous le dis en vérité, elle lui cause plus de joie que les quatre-vingt-dix-neuf autres qui ne se sont jamais égarées ». Oui, je le dis en vérité, jamais sourire d'aucun de mes enfants ne m'a inondé le cœur d'une aussi séraphique joie que fit celui que je vis poindre sur ce visage de statue certain matin où brusquement elle sembla commencer à comprendre et à s'intéresser à ce que je m'efforçais de lui enseigner depuis tant de jours.

Le 5 mars. J'ai noté cette date comme celle d'une naissance. C'était moins un sourire qu'une transfiguration. Tout à coup ses traits *s'animèrent ;* ce fut comme

un éclairement subit, pareil à cette lueur purpurine dans les Hautes-Alpes qui, précédant l'aurore, fait vibrer le sommet neigeux qu'elle désigne et sort de la nuit; on eût dit une coloration mystique; et je songeai également à la piscine de Bethesda au moment que l'ange descend et vient réveiller l'eau dormante. J'eus une sorte de ravissement devant l'expression angélique que Gertrude put prendre soudain, car il m'apparut que ce qui la visitait en cet instant, n'était point tant l'intelligence que l'amour. Alors un tel élan de reconnaissance me souleva, qu'il me sembla que j'offrais à Dieu le baiser que je déposai sur ce beau front.

Autant ce premier résultat avait été difficile à obtenir, autant les progrès sitôt après furent rapides. Je fais effort aujourd'hui pour me remémorer par quels chemins nous procédâmes; il me semblait parfois que Gertrude avançât par bonds comme pour se moquer des méthodes. Je me souviens que j'insistai d'abord sur les qualités des objets plutôt que sur la variété de ceux-ci : le chaud, le froid, le tiède, le doux, l'amer, le rude, le souple, le léger... puis les mouvements : écarter, rapprocher, lever, croiser, coucher, nouer, disperser, rassembler, etc. Et bientôt, abandonnant toute méthode, j'en vins à causer avec elle sans trop m'inquiéter si son esprit toujours me suivait; mais lentement, l'invitant et la provoquant à me questionner à loisir. Certainement un travail se faisait en son esprit durant le temps que je l'abandonnais à elle-même : car chaque fois que je la retrouvais, c'était avec une nouvelle surprise et je me sentais séparé d'elle par une moindre épaisseur de nuit. C'est tout de même ainsi, me disais-je, que la tiédeur de l'air et l'insistance du printemps triomphent peu à peu de l'hiver. Que de fois n'ai-je pas admiré la manière dont fond la neige : on dirait que le manteau s'use par en dessous, et son aspect reste le même. A chaque hiver Amélie y est prise et me déclare : La neige n'a toujours pas changé; on la croit épaisse encore, quand déjà la voici qui cède et tout à coup, de place en place, laisse reparaître la vie.

Craignant que Gertrude ne s'étiolât à demeurer auprès du feu sans cesse, comme une vieille, j'avais commencé de la faire sortir. Mais elle ne consentait

à se promener qu'à mon bras. Sa surprise et sa crainte d'abord, dès qu'elle avait quitté la maison, me laissèrent comprendre, avant qu'elle n'eût su me le dire, qu'elle ne s'était encore jamais hasardée au-dehors. Dans la chaumière où je l'avais trouvée, personne ne s'était occupé d'elle autrement que pour lui donner à manger et l'aider à ne point mourir, car je n'ose point dire : à vivre. Son univers obscur était borné par les murs mêmes de cette unique pièce qu'elle n'avait jamais quittée; à peine se hasardait-elle, les jours d'été, au bord du seuil, quand la porte restait ouverte sur le grand univers lumineux. Elle me raconta plus tard, qu'entendant le chant des oiseaux elle l'imaginait alors un pur effet de la lumière, ainsi que cette chaleur même qu'elle sentait caresser ses joues et ses mains, et que, sans du reste y réfléchir précisément, il lui paraissait tout naturel que l'air chaud se mît à chanter, de même que l'eau se met à bouillir près du feu. Le vrai c'est qu'elle ne s'en était point inquiétée, qu'elle ne faisait attention à rien et vivait dans un engourdissement profond, jusqu'au jour où je commençai de m'occuper d'elle. Je me souviens de son inépuisable ravissement lorsque je lui appris que ces petites voix émanaient de créatures vivantes, dont il semble que l'unique fonction soit de sentir et d'exprimer l'éparse joie de la nature. (C'est de ce jour qu'elle prit l'habitude de dire : Je suis joyeuse comme un oiseau.) Et pourtant l'idée que ces chants racontaient la splendeur d'un spectacle qu'elle ne pouvait point contempler avait commencé par la rendre mélancolique.

« Est-ce que vraiment, disait-elle, la terre est aussi belle que le racontent les oiseaux ? Pourquoi ne le dit-on pas davantage ? Pourquoi, vous, ne me le dites-vous pas ? Est-ce par crainte de me peiner en songeant que je ne puis la voir ? Vous auriez tort. J'écoute si bien les oiseaux ; je crois que je comprends tout ce qu'ils disent.

— Ceux qui peuvent y voir ne les entendent pas si bien que toi, ma Gertrude, lui dis-je en espérant la consoler.

— Pourquoi les autres animaux ne chantent-ils pas ? » reprit-elle. Parfois ses questions me surprenaient et je demeurais un instant perplexe, car elle me forçait de réfléchir à ce que jusqu'alors j'avais accepté sans m'en

étonner. C'est ainsi que je considérai, pour la première fois, que, plus l'animal est attaché de près à la terre et plus il est pesant, plus il est triste. C'est ce que je tâchai de lui faire comprendre ; et je lui parlai de l'écureuil et de ses jeux.

Elle me demanda alors si les oiseaux étaient les seuls animaux qui volaient.

« Il y a aussi les papillons, lui dis-je.

— Est-ce qu'ils chantent ?

— Ils ont une autre façon de raconter leur joie, repris-je. Elle est inscrite en couleur sur leurs ailes... » Et je lui décrivis la bigarrure des papillons.

<div style="text-align: right;">28 février.</div>

Je reviens en arrière ; car hier je m'étais laissé entraîner.

Pour l'enseigner à Gertrude j'avais dû apprendre moi-même l'alphabet des aveugles ; mais bientôt elle devint beaucoup plus habile que moi à lire cette écriture où j'avais assez de peine à me reconnaître, et qu'au surplus, je suivais plus volontiers avec les yeux qu'avec les mains. Du reste, je ne fus point le seul à l'instruire. Et d'abord je fus heureux d'être secondé dans ce soin, car j'ai fort à faire sur la commune, dont les maisons sont dispersées à l'excès de sorte que mes visites de pauvres et de malades m'obligent à des courses parfois assez lointaines. Jacques avait trouvé le moyen de se casser le bras en patinant pendant les vacances de Noël qu'il était venu passer près de nous — car entre-temps il était retourné à Lausanne où il avait fait déjà ses premières études, et entré à la Faculté de théologie. La fracture ne présentait aucune gravité et Martins que j'avais aussitôt appelé put aisément la réduire sans l'aide d'un chirurgien ; mais les précautions qu'il fallut prendre obligèrent Jacques à garder la maison quelque temps. Il commença brusquement de s'intéresser à Gertrude, que jusqu'alors il n'avait point considérée, et s'occupa de m'aider à lui apprendre à lire. Sa collaboration ne dura que le temps de sa convalescence, trois semaines environ, mais durant lesquelles Gertrude fit de sensibles progrès. Un zèle extraordinaire la stimulait à présent. Cette intelligence hier encore engourdie, il semblait que, dès les premiers pas et presque avant de

savoir marcher, elle se mettait à courir. J'admire le peu de difficulté qu'elle trouvait à formuler ses pensées, et combien promptement elle parvint à s'exprimer d'une manière, non point enfantine, mais correcte déjà, s'aidant pour imager l'idée, et de la manière la plus inattendue pour nous et la plus plaisante, des objets qu'on venait de lui apprendre à connaître, ou de ce dont nous lui parlions et que nous lui décrivions, lorsque nous ne le pouvions mettre directement à sa portée; car nous nous servions toujours de ce qu'elle pouvait toucher ou sentir pour expliquer ce qu'elle ne pouvait atteindre, procédant à la manière des télémétreurs.

Mais je crois inutile de noter ici tous les échelons premiers de cette instruction qui, sans doute, se retrouvent dans l'instruction de tous les aveugles. C'est ainsi que, pour chacun d'eux, je pense, la question des couleurs a plongé chaque maître dans un même embarras. (Et à ce sujet je fus appelé à remarquer qu'il n'est nulle part question de couleurs dans l'Évangile.) Je ne sais comment s'y sont pris les autres; pour ma part je commençai par lui nommer les couleurs du prisme dans l'ordre où l'arc-en-ciel nous les présente; mais aussitôt s'établit une confusion dans son esprit entre couleur et clarté; et je me rendais compte que son imagination ne parvenait à faire aucune distinction entre la qualité de la nuance et ce que les peintres appellent je crois « la valeur ». Elle avait le plus grand mal à comprendre que chaque couleur à son tour pût être plus ou moins foncée, et qu'elles pussent à l'infini se mélanger entre elles. Rien ne l'intriguait davantage et elle revenait sans cesse là-dessus.

Cependant il me fut donné de l'emmener à Neufchâtel où je pus lui faire entendre un concert. Le rôle de chaque instrument dans la symphonie me permit de revenir sur cette question des couleurs. Je fis remarquer à Gertrude les sonorités différentes des cuivres, des instruments à cordes et des bois, et que chacun d'eux à sa manière est susceptible d'offrir, avec plus ou moins d'intensité, toute l'échelle des sons, des plus graves aux plus aigus. Je l'invitai à se représenter de même, dans la nature, les colorations rouges et orangées analogues aux sonorités des cors et des trombones, les jaunes et les verts à celles des violons, des violoncelles

et des basses; les violets et les bleus rappelés ici par les flûtes, les clarinettes et les hautbois. Une sorte de ravissement intérieur vint dès lors remplacer ses doutes :

« Que cela doit être beau! » répétait-elle.

Puis, tout à coup :

« Mais alors : le blanc ? Je ne comprends plus à quoi ressemble le blanc... »

Et il m'apparut aussitôt combien ma comparaison était précaire.

« Le blanc, essayai-je pourtant de lui dire, est la limite aiguë où tous les tons se confondent, comme le noir en est la limite sombre. — Mais ceci ne me satisfit pas plus qu'elle, qui me fit aussitôt remarquer que les bois, les cuivres et les violons restent distincts les uns des autres dans le plus grave aussi bien que dans le plus aigu. Que de fois, comme alors, je dus demeurer d'abord silencieux, perplexe et cherchant à quelle comparaison je pourrais faire appel.

— Eh bien! lui dis-je enfin, représente-toi le blanc comme quelque chose de tout pur, quelque chose où il n'y a plus aucune couleur, mais seulement de la lumière; le noir, au contraire, comme chargé de couleur, jusqu'à en être tout obscurci... »

Je ne rappelle ici ce débris de dialogue que comme un exemple des difficultés où je me heurtais trop souvent. Gertrude avait ceci de bien qu'elle ne faisait jamais semblant de comprendre, comme font si souvent les gens, qui meublent ainsi leur esprit de données imprécises ou fausses, par quoi tous leurs raisonnements ensuite se trouvent viciés. Tant qu'elle ne s'en était point fait une idée nette, chaque notion demeurait pour elle une cause d'inquiétude et de gêne.

Pour ce que j'ai dit plus haut, la difficulté s'augmentait de ce que, dans son esprit, la notion de lumière et celle de chaleur s'étaient d'abord étroitement liées, de sorte que j'eus le plus grand mal à les dissocier par la suite.

Ainsi j'expérimentais sans cesse à travers elle combien le monde visuel diffère du monde des sons et à quel point toute comparaison que l'on cherche à tirer de l'un pour l'autre est boiteuse.

Tout occupé par mes comparaisons, je n'ai point dit encore l'immense plaisir que Gertrude avait pris à ce concert de Neufchâtel. On y jouait précisément *La Symphonie pastorale*. Je dis « précisément », car il n'est, on le comprend aisément, pas une œuvre que j'eusse pu davantage souhaiter de lui faire entendre. Longtemps après que nous eûmes quitté la salle de concert Gertrude restait encore silencieuse et comme noyée dans l'extase.

« Est-ce que vraiment ce que vous voyez est aussi beau que cela ? dit-elle enfin.

— Aussi beau que quoi ? ma chérie.

— Que cette « *scène au bord du ruisseau* ».

Je ne lui répondis pas aussitôt, car je réfléchissais que ces harmonies ineffables peignaient, non point le monde tel qu'il était, mais bien tel qu'il aurait pu être, qu'il pourrait être sans le mal et sans le péché. Et jamais encore je n'avais osé parler à Gertrude, du mal, du péché, de la mort.

« Ceux qui ont des yeux, dis-je enfin, ne connaissent pas leur bonheur.

— Mais moi qui n'en ai point, s'écria-t-elle aussitôt, je connais le bonheur d'entendre. »

Elle se serrait contre moi tout en marchant et elle pesait à mon bras comme font les petits enfants :

« Pasteur, est-ce que vous sentez combien je suis heureuse ? Non, non, je ne dis pas cela pour vous faire plaisir. Regardez-moi : est-ce que cela ne se voit pas sur le visage, quand ce que l'on dit n'est pas vrai ? Moi, je le reconnais si bien à la voix. Vous souvenez-vous du jour où vous m'avez répondu que vous ne pleuriez pas, après que ma tante (c'est ainsi qu'elle appelait ma femme) vous avait reproché de ne rien savoir faire pour elle; je me suis écriée : Pasteur, vous mentez ! Oh ! je l'ai senti tout de suite à votre voix, que vous ne me disiez pas la vérité ; je n'ai pas eu besoin de toucher vos joues, pour savoir que vous aviez pleuré. Et elle répéta très haut : non, je n'avais pas besoin de toucher vos joues — ce qui me fit rougir, parce que nous étions encore dans la ville et que des passants se retournèrent. Cependant elle continuait :

— Il ne faut pas chercher à m'en faire accroire,

voyez-vous. D'abord parce que ça serait très lâche de chercher à tromper une aveugle... Et puis parce que ça ne prendrait pas, ajouta-t-elle en riant. Dites-moi, Pasteur, vous n'êtes pas malheureux, n'est-ce pas ? »

Je portai sa main à mes lèvres, comme pour lui faire sentir sans le lui avouer que partie de mon bonheur venait d'elle, tout en répondant :

« Non, Gertrude, non, je ne suis pas malheureux. Comment serais-je malheureux ?

— Vous pleurez quelquefois, pourtant ?

— J'ai pleuré quelquefois.

— Pas depuis la fois que j'ai dite ?

— Non, je n'ai plus repleuré, depuis.

— Et vous n'avez plus eu envie de pleurer ?

— Non, Gertrude.

— Et dites... est-ce qu'il vous est arrivé, depuis, d'avoir envie de mentir ?

— Non, chère enfant.

— Pouvez-vous me promettre de ne jamais chercher à me tromper ?

— Je le promets.

— Eh bien! dites-moi tout de suite : Est-ce que je suis jolie ? »

Cette brusque question m'interloqua, d'autant plus que je n'avais point voulu jusqu'à ce jour accorder attention à l'indéniable beauté de Gertrude; et je tenais pour parfaitement inutile, au surplus, qu'elle en fût elle-même avertie.

« Que t'importe de le savoir ? lui dis-je aussitôt.

— Cela, c'est mon souci, reprit-elle. Je voudrais savoir si je ne... comment dites-vous cela ?... si je ne détone pas trop dans la symphonie. A qui d'autre demanderais-je cela, Pasteur ?

— Un pasteur n'a pas à s'inquiéter de la beauté des visages, dis-je me défendant comme je pouvais.

— Pourquoi ?

— Parce que la beauté des âmes lui suffit.

— Vous préférez me laisser croire que je suis laide, dit-elle alors avec une moue charmante; de sorte que, n'y tenant plus, je m'écriai :

— Gertrude, vous savez bien que vous êtes jolie. »

Elle se tut et son visage prit une expression très grave dont elle ne se départit plus jusqu'au retour.

Aussitôt rentrés, Amélie trouva le moyen de me faire sentir qu'elle désapprouvait l'emploi de ma journée. Elle aurait pu me le dire auparavant; mais elle nous avait laissés partir, Gertrude et moi, sans mot dire, selon son habitude de laisser faire et de se réserver ensuite le droit de blâmer. Du reste elle ne me fit point précisément des reproches; mais son silence même était accusateur; car n'eût-il pas été naturel qu'elle s'informât de ce que nous avions entendu, puisqu'elle savait que je menais Gertrude au concert ? La joie de cette enfant n'eût-elle pas été augmentée par le moindre intérêt qu'elle eût senti que l'on prenait à son plaisir ? Amélie du reste ne demeurait pas silencieuse, mais elle semblait mettre une sorte d'affectation à ne parler que des choses les plus indifférentes; et ce ne fut que le soir, après que les petits furent allés se coucher, que l'ayant prise à part et lui ayant demandé sévèrement :

« Tu es fâchée de ce que j'ai mené Gertrude au concert ? » j'obtins cette réponse :

« Tu fais pour elle ce que tu n'aurais fait pour aucun des tiens. »

C'était donc toujours le même grief, et le même refus de comprendre que l'on fête l'enfant qui revient, mais non point ceux qui sont demeurés, comme le montre la parabole; il me peinait aussi de ne la voir tenir aucun compte de l'infirmité de Gertrude, qui ne pouvait espérer d'autre fête que celle-là. Et si, providentiellement, je m'étais trouvé libre de mon temps ce jour-là, moi qui suis si requis d'ordinaire, le reproche d'Amélie était d'autant plus injuste qu'elle savait bien que chacun de mes enfants avait soit un travail à faire, soit quelque occupation qui le retenait, et qu'elle-même, Amélie, n'a point de goût pour la musique, de sorte que, lorsqu'elle disposerait de tout son temps, jamais il ne lui viendrait à l'idée d'aller au concert, lors même que celui-ci se donnerait à notre porte.

Ce qui me chagrinait davantage, c'est qu'Amélie eût osé dire cela devant Gertrude; car bien que j'eusse pris ma femme à l'écart, elle avait élevé la voix assez pour que Gertrude l'entendît. Je me sentais moins triste qu'indigné, et quelques instants plus tard, comme Amélie nous avait laissés, m'étant approché de Gertrude,

je pris sa petite main frêle et la portant à mon visage :
« Tu vois ! cette fois je n'ai pas pleuré.

— Non : cette fois, c'est mon tour », dit-elle, en s'efforçant de me sourire ; et son beau visage qu'elle levait vers moi, je vis soudain qu'il était inondé de larmes.

<div style="text-align: right">8 mars.</div>

Le seul plaisir que je puisse faire à Amélie, c'est de m'abstenir de faire les choses qui lui déplaisent. Ces témoignages d'amour tout négatifs sont les seuls qu'elle me permette. A quel point elle a déjà rétréci ma vie, c'est ce dont elle ne peut se rendre compte. Ah ! plût à Dieu qu'elle réclamât de moi quelque action difficile ! Avec quelle joie j'accomplirais pour elle le téméraire, le périlleux ! Mais on dirait qu'elle répugne à tout ce qui n'est pas coutumier ; de sorte que le progrès dans la vie n'est pour elle que d'ajouter de semblables jours au passé. Elle ne souhaite pas, elle n'accepte même pas de moi des vertus nouvelles, ni même un accroissement des vertus reconnues. Elle regarde avec inquiétude, quand ce n'est pas avec réprobation, tout effort de l'âme qui veut voir dans le christianisme autre chose qu'une domestication des instincts.

Je dois avouer que j'avais complètement oublié, une fois à Neufchâtel, d'aller régler le compte de notre mercière, ainsi qu'Amélie m'en avait prié, et de lui rapporter une boîte de fil. Mais j'en étais ensuite beaucoup plus fâché contre moi qu'elle ne pouvait être elle-même ; et d'autant plus que je m'étais bien promis de n'y pas manquer, sachant de reste que « celui qui est fidèle dans les petites choses le sera aussi dans les grandes », — et craignant les conclusions qu'elle pouvait tirer de mon oubli. J'aurais même voulu qu'elle m'en fît quelque reproche, car sur ce point certainement j'en méritais. Mais comme il advient surtout, le grief imaginaire l'emportait sur l'imputation précise : ah ! que la vie serait belle et notre misère supportable, si nous nous contentions des maux réels sans prêter l'oreille aux fantômes et aux monstres de notre esprit... Mais je me laisse aller à noter ici ce qui ferait plutôt le sujet d'un sermon (MAT. XII, 29. « N'ayez point l'esprit inquiet. ») C'est l'histoire du développement intellectuel

et moral de Gertrude que j'ai entrepris de tracer ici. J'y reviens.

J'espérais pouvoir suivre ici ce développement pas à pas, et j'avais commencé d'en raconter le détail. Mais outre que le temps me manque pour en noter minutieusement toutes les phases, il m'est extrêmement difficile aujourd'hui d'en retrouver l'enchaînement exact. Mon récit m'entraînant, j'ai rapporté d'abord des réflexions de Gertrude, des conversations avec elle, beaucoup plus récentes, et celui qui par aventure lirait ces pages s'étonnera sans doute de l'entendre s'exprimer aussitôt avec tant de justesse et raisonner si judicieusement. C'est aussi que ses progrès furent d'une rapidité déconcertante : j'admirais souvent avec quelle promptitude son esprit saisissait l'aliment intellectuel que j'approchais d'elle et tout ce dont il pouvait s'emparer, le faisant sien par un travail d'assimilation et de maturation continuel. Elle me surprenait, précédant sans cesse ma pensée, la dépassant, et souvent d'un entretien à l'autre je ne reconnaissais plus mon élève.

Au bout de peu de mois il ne paraissait plus que son intelligence avait sommeillé si longtemps. Même elle montrait plus de sagesse déjà que n'en ont la plupart des jeunes filles, que le monde extérieur dissipe et dont maintes préoccupations futiles absorbent la meilleure attention. Au surplus elle était, je crois, sensiblement plus âgée qu'il ne nous avait paru d'abord. Il semblait qu'elle prétendît tourner à profit sa cécité, de sorte que j'en venais à douter si, sur beaucoup de points, cette infirmité ne lui devenait pas un avantage. Malgré moi je la comparais à Charlotte et lorsque parfois il m'arrivait de faire répéter à celle-ci ses leçons, voyant son esprit tout distrait par la moindre mouche qui vole je pensais : « Tout de même, comme elle m'écouterait mieux, si seulement elle n'y voyait pas ! »

Il va sans dire que Gertrude était très avide de lectures ; mais, soucieux d'accompagner le plus possible sa pensée, je préférais qu'elle ne lût pas beaucoup — ou du moins pas beaucoup sans moi — et principalement la Bible, ce qui peut paraître bien étrange pour un protestant. Je m'expliquerai là-dessus ; mais, avant que d'aborder une question si importante, je veux relater un petit fait qui a rapport à la musique et qu'il

faut situer, autant qu'il m'en souvient, peu de temps après le concert de Neuchâtel.

Oui, ce concert avait eu lieu, je crois, trois semaines avant les vacances d'été qui ramenèrent Jacques près de nous. Entre temps il m'était arrivé plus d'une fois d'asseoir Gertrude devant le petit harmonium de notre chapelle, que tient d'ordinaire Mlle de La M... chez qui Gertrude habite à présent. Louise de La M... n'avait pas encore commencé l'instruction musicale de Gertrude. Malgré l'amour que j'ai pour la musique, je n'y connais pas grand-chose et ne me sentais guère capable de rien lui enseigner lorsque je m'asseyais devant le clavier auprès d'elle.

« Non, laissez-moi, m'a-t-elle dit, dès les premiers tâtonnements. Je préfère essayer seule. »

Et je la quittais d'autant plus volontiers que la chapelle ne me paraissait guère un lieu décent pour m'y enfermer seul avec elle, autant par respect pour le saint lieu, que par crainte des racontars — encore qu'à l'ordinaire je m'efforce de n'en point tenir compte; mais il s'agit ici d'elle et non plus seulement de moi. Lorsqu'une tournée de visites m'appelait de ce côté, je l'emmenais jusqu'à l'église et l'abandonnais donc, durant de longues heures, souvent, puis allais la reprendre au retour. Elle s'occupait ainsi, patiemment, à découvrir des harmonies, et je la retrouvais vers le soir, attentive, devant quelque consonance qui la plongeait dans un ravissement prolongé.

Un des premiers jours d'août, il y a à peine un peu plus de six mois de cela, n'ayant point trouvé chez elle une pauvre veuve à qui j'allais porter quelque consolation, je revins pour prendre Gertrude à l'église où je l'avais laissée; elle ne m'attendait point sitôt et je fus extrêmement surpris de trouver Jacques auprès d'elle. Ni l'un ni l'autre ne m'avait entendu entrer, car le peu de bruit que je fis fut couvert par les sons de l'orgue. Il n'est point dans mon naturel d'épier, mais tout ce qui touche à Gertrude me tient à cœur : amortissant donc le bruit de mes pas, je gravis furtivement les quelques marches de l'escalier qui mène à la tribune; excellent poste d'observation. Je dois dire que, tout le temps que je demeurai là, je n'entendis pas une parole que l'un et l'autre n'eussent aussi bien dite devant moi.

Mais il était contre elle et, à plusieurs reprises, je le vis qui prenait sa main pour guider ses doigts sur les touches. N'était-il pas étrange déjà qu'elle acceptât de lui des observations et une direction dont elle m'avait dit précédemment qu'elle préférait se passer ? J'en étais plus étonné, plus peiné que je n'aurais voulu me l'avouer à moi-même et déjà je me proposais d'intervenir lorsque je vis Jacques tout à coup tirer sa montre.

« Il est temps que je te quitte, à présent, dit-il; mon père va bientôt revenir. »

Je le vis alors porter à ses lèvres la main qu'elle lui abandonna; puis il partit. Quelques instants après, ayant redescendu sans bruit l'escalier, j'ouvris la porte de l'église de manière qu'elle pût l'entendre et croire que je ne faisais que d'entrer.

« Eh bien, Gertrude! Es-tu prête à rentrer ? L'orgue va bien ?

— Oui, très bien, me dit-elle de sa voix la plus naturelle; aujourd'hui j'ai vraiment fait quelques progrès. »

Une grande tristesse emplissait mon cœur, mais nous ne fîmes l'un ni l'autre aucune allusion à ce que je viens de raconter.

Il me tardait de me trouver seul avec Jacques. Ma femme, Gertrude et les enfants se retiraient d'ordinaire assez tôt après le souper, nous laissant tous deux prolonger studieusement la veillée. J'attendais ce moment. Mais devant que de lui parler je me sentis le cœur si gonflé et par des sentiments si troubles que je ne savais ou n'osais aborder le sujet qui me tourmentait. Et ce fut lui qui brusquement rompit le silence en m'annonçant sa résolution de passer toutes les vacances auprès de nous. Or, peu de jours auparavant, il nous avait fait part d'un projet de voyage dans les Hautes-Alpes, que ma femme et moi avions grandement approuvé; je savais que son ami T... qu'il choisissait pour compagnon de route, l'attendait; aussi m'apparut-il nettement que ce revirement subit n'était point sans rapport avec la scène que je venais de surprendre. Une grande indignation me souleva d'abord, mais craignant, si je m'y laissais aller, que mon fils ne se fermât à moi définitivement, craignant aussi d'avoir à regretter des paroles

trop vives, je fis un grand effort sur moi-même et du ton le plus naturel que je pus :

« Je croyais que T... comptait sur toi, lui dis-je.

— Oh! reprit-il, il n'y comptait pas absolument, et du reste il ne sera pas en peine de me remplacer. Je me repose aussi bien ici que dans l'Oberland et je crois vraiment que je peux employer mon temps mieux qu'à courir les montagnes.

— Enfin, dis-je, tu as trouvé ici de quoi t'occuper ? »

Il me regarda, percevant dans le ton de ma voix quelque ironie, mais, comme il n'en distinguait pas encore le motif, il reprit d'un air dégagé :

« Vous savez que j'ai toujours préféré le livre à l'alpenstock.

— Oui, mon ami, fis-je en le regardant à mon tour fixement; mais ne crois-tu pas que les leçons d'accompagnement à l'harmonium présentent pour toi encore plus d'attrait que la lecture ? »

Sans doute il se sentit rougir, car il mit sa main devant son front, comme pour s'abriter de la clarté de la lampe. Mais il se ressaisit presque aussitôt, et d'une voix que j'aurais souhaitée moins assurée :

« Ne m'accusez pas trop, mon père. Mon intention n'était pas de vous rien cacher, et vous devancez de bien peu l'aveu que je m'apprêtais à vous faire. »

Il parlait posément, comme on lit un livre, achevant ses phrases avec autant de calme, semblait-il, que s'il ne se fût pas agi de lui-même. L'extraordinaire possession de soi dont il faisait preuve achevait de m'exaspérer. Sentant que j'allais l'interrompre, il leva la main, comme pour me dire : non, vous pourrez parler ensuite, laissez-moi d'abord achever; mais je saisis son bras et le secouant :

« Plutôt que de te voir porter le trouble dans l'âme pure de Gertrude, m'écriai-je impétueusement, ah! je préférerais ne plus te revoir. Je n'ai pas besoin de tes aveux! Abuser de l'infirmité, de l'innocence, de la candeur, c'est une abominable lâcheté dont je ne t'aurais jamais cru capable; et de m'en parler avec ce détestable sang-froid !... Écoute-moi bien : J'ai charge de Gertrude et je ne supporterai pas un jour de plus que tu lui parles, que tu la touches, que tu la voies.

— Mais, mon père, reprit-il sur le même ton tran-

quille et qui me mettait hors de moi, croyez bien que je respecte Gertrude autant que vous pouvez faire vous-même. Vous vous méprenez étrangement si vous pensez qu'il entre quoi que ce soit de répréhensible, je ne dis pas seulement dans ma conduite, mais dans mon dessein même et dans le secret de mon cœur. J'aime Gertrude, et je la respecte, vous dis-je, autant que je l'aime. L'idée de la troubler, d'abuser de son innocence et de sa cécité me paraît aussi abominable qu'à vous. » Puis il protesta que ce qu'il voulait être pour elle, c'était un soutien, un ami, un mari; qu'il n'avait pas cru devoir m'en parler avant que sa résolution de l'épouser ne fût prise; que cette résolution Gertrude elle-même ne la connaissait pas encore et que c'était à moi qu'il en voulait parler d'abord. — « Voici l'aveu que j'avais à vous faire, ajouta-t-il, et je n'ai rien d'autre à vous confesser, croyez-le. »

Ces paroles m'emplissaient de stupeur. Tout en les écoutant j'entendais mes tempes battre. Je n'avais préparé que des reproches, et, à mesure qu'il m'enlevait toute raison de m'indigner, je me sentais plus désemparé, de sorte qu'à la fin de son discours je ne trouvais plus rien à dire.

« Allons nous coucher, fis-je enfin, après un assez long silence. Je m'étais levé et lui posai la main sur l'épaule. Demain je te dirai ce que je pense de tout cela.

— Dites-moi du moins que vous n'êtes plus irrité contre moi.

— J'ai besoin de la nuit pour réfléchir. »

Quand je retrouvai Jacques le lendemain, il me sembla vraiment que je le regardais pour la première fois. Il m'apparut tout à coup que mon fils n'était plus un enfant, mais un jeune homme; tant que je le considérais comme un enfant, cet amour que j'avais surpris pouvait me sembler monstrueux. J'avais passé la nuit à me persuader qu'il était tout naturel et normal au contraire. D'où venait que mon insatisfaction n'en était que plus vive ? C'est ce qui ne devait s'éclairer pour moi qu'un peu plus tard. En attendant je devais parler à Jacques et lui signifier ma décision. Or un instinct aussi sûr que celui de la conscience m'avertissait qu'il fallait empêcher ce mariage à tout prix.

J'avais entraîné Jacques dans le fond du jardin; c'est là que je lui demandai d'abord :

« T'es-tu déclaré à Gertrude ?

— Non, me dit-il. Peut-être sent-elle déjà mon amour; mais je ne le lui ai point avoué.

— Eh bien! tu vas me faire la promesse de ne pas lui en parler encore.

— Mon père, je me suis promis de vous obéir; mais ne puis-je connaître vos raisons ? »

J'hésitais à lui en donner, ne sachant trop si celles qui me venaient d'abord à l'esprit étaient celles mêmes qu'il importait le plus de mettre en avant. A dire vrai la conscience bien plutôt que la raison dictait ici ma conduite.

« Gertrude est trop jeune, dis-je enfin. Songe qu'elle n'a pas encore communié. Tu sais que ce n'est pas une enfant comme les autres, hélas! et que son développement a été beaucoup retardé. Elle ne serait sans doute que trop sensible, confiante comme elle est, aux premières paroles d'amour qu'elle entendrait; c'est précisément pourquoi il importe de ne pas les lui dire. S'emparer de ce qui ne peut se défendre, c'est une lâcheté; je sais que tu n'es pas un lâche. Tes sentiments, dis-tu, n'ont rien de répréhensible; moi je les dis coupables parce qu'ils sont prématurés. La prudence que Gertrude n'a pas encore, c'est à nous de l'avoir pour elle. C'est une affaire de conscience. »

Jacques a ceci d'excellent, qu'il suffit, pour le retenir, de ces simples mots : « Je fais appel à ta conscience » dont j'ai souvent usé lorsqu'il était enfant. Cependant je le regardais et pensais que, si elle pouvait y voir, Gertrude ne laisserait pas d'admirer ce grand corps svelte, à la fois si droit et si souple, ce beau front sans rides, ce regard franc, ce visage enfantin encore, mais que semblait ombrer une soudaine gravité. Il était nu-tête et ses cheveux cendrés, qu'il portait alors assez longs, bouclaient légèrement à ses tempes et cachaient ses oreilles à demi.

« Il y a ceci que je veux te demander encore, repris-je en me levant du banc où nous étions assis : tu avais l'intention, disais-tu, de partir après-demain; je te prie de ne pas différer ce départ. Tu devais rester absent tout un mois; je te prie de ne pas raccourcir d'un jour ce voyage. C'est entendu ?

— Bien, mon père, je vous obéirai. »

Il me parut qu'il devenait extrêmement pâle, au point que ses lèvres mêmes étaient décolorées. Mais je me persuadai que, pour une soumission si prompte, son amour ne devait pas être bien fort; et j'en éprouvai un soulagement indicible. Au surplus, j'étais sensible à sa docilité.

« Je retrouve l'enfant que j'aimais », lui dis-je doucement, et, le tirant à moi, je posai mes lèvres sur son front. Il y eut de sa part un léger recul; mais je ne voulus pas m'en affecter.

<p style="text-align: right;">10 mars.</p>

Notre maison est si petite que nous sommes obligés de vivre un peu les uns sur les autres, ce qui est assez gênant parfois pour mon travail, bien que j'aie réservé au premier une petite pièce où je puisse me retirer et recevoir mes visites; gênant surtout lorsque je veux parler à l'un des miens en particulier, sans pourtant donner à l'entretien une allure trop solennelle, comme il adviendrait dans cette sorte de parloir que les enfants appellent en plaisantant : le lieu saint, où il leur est défendu d'entrer; mais ce même matin Jacques était parti pour Neuchâtel, où il devait acheter ses chaussures d'excursionniste, et, comme il faisait très beau, les enfants, après déjeuner, sortirent avec Gertrude, que tout à la fois ils conduisent et qui les conduit. (J'ai plaisir à remarquer ici que Charlotte est particulièrement attentionnée avec elle.) Je me trouvai donc tout naturellement seul avec Amélie à l'heure du thé, que nous prenons toujours dans la salle commune. C'était ce que je désirais, car il me tardait de lui parler. Il m'arrive si rarement d'être en tête à tête avec elle que je me sentais comme timide, et l'importance de ce que j'avais à lui dire me troublait, comme s'il se fût agi, non des aveux de Jacques, mais des miens propres. J'éprouvais aussi, devant que de parler, à quel point deux êtres, vivant somme toute de la même vie, et qui s'aiment, peuvent rester (ou devenir) l'un pour l'autre énigmatiques et emmurés; les paroles, dans ce cas, soit celles que nous adressons à l'autre, soit celles que l'autre nous adresse, sonnent plaintivement comme des coups de sonde pour nous avertir de la résistance de cette cloison

séparatrice et qui, si l'on n'y veille, risque d'aller s'épaississant...

« Jacques m'a parlé hier soir et ce matin, commençai-je, tandis qu'elle versait le thé ; et ma voix était aussi tremblante que celle de Jacques hier était assurée. Il m'a parlé de son amour pour Gertrude.

— Il a bien fait de t'en parler, dit-elle sans me regarder et en continuant son travail de ménagère, comme si je lui annonçais une chose toute naturelle, ou plutôt comme si je ne lui apprenais rien.

— Il m'a dit son désir de l'épouser ; sa résolution...

— C'était à prévoir, murmura-t-elle en haussant légèrement les épaules.

— Alors tu t'en doutais ? fis-je, un peu nerveusement.

— On voyait venir cela depuis longtemps. Mais c'est un genre de choses que les hommes ne savent pas remarquer. »

Comme il n'eût servi à rien de protester, et que du reste il y avait peut-être un peu de vrai dans sa repartie, j'objectai simplement :

« Dans ce cas, tu aurais bien pu m'avertir. »

Elle eut ce sourire un peu crispé du coin de la lèvre, par quoi elle accompagne parfois et protège ses réticences, et en hochant la tête obliquement :

« S'il fallait que je t'avertisse de tout ce que tu ne sais pas remarquer ! »

Que signifiait cette insinuation ? C'est ce que je ne savais, ni ne voulais chercher à savoir, et passant outre :

« Enfin, je voulais entendre ce que toi tu penses de cela. »

Elle soupira, puis :

« Tu sais, mon ami, que je n'ai jamais approuvé la présence de cette enfant parmi nous. »

J'avais du mal à ne pas m'irriter en la voyant revenir ainsi sur le passé.

« Il ne s'agit pas de la présence de Gertrude, repris-je ; mais Amélie continuait déjà :

— J'ai toujours pensé qu'il n'en pourrait rien résulter que de fâcheux. »

Par grand désir de conciliation je saisis au bond la phrase :

« Alors tu considères comme fâcheux un tel mariage. Eh bien ! c'est ce que je voulais t'entendre dire ; heureux

que nous soyons du même avis. J'ajoutai que du reste Jacques s'était docilement soumis aux raisons que je lui avais données, de sorte qu'elle n'avait plus à s'inquiéter : qu'il était convenu qu'il partirait demain pour ce voyage qui devrait durer tout un mois.

— Comme je ne me soucie pas plus que toi qu'il retrouve Gertrude ici à son retour, dis-je enfin, j'ai pensé que le mieux serait de la confier à Mlle de La M... chez qui je pourrai continuer de la voir; car je ne me dissimule pas que j'ai contracté de véritables obligations envers elle. J'ai tantôt été pressentir la nouvelle hôtesse, qui ne demande qu'à nous obliger. Ainsi tu seras délivrée d'une présence qui t'est pénible. Louise de La M... s'occupera de Gertrude; elle se montre enchantée de l'arrangement; elle se réjouit déjà de lui donner des leçons d'harmonie. »

Amélie semblant décidée à demeurer silencieuse, je repris :

« Comme il faut éviter que Jacques n'aille retrouver Gertrude là-bas en dehors de nous, je crois qu'il sera bon d'avertir Mlle de La M... de la situation, ne penses-tu pas ? »

Je tâchais par cette interrogation d'obtenir un mot d'Amélie; mais elle gardait les lèvres serrées, comme s'étant juré de ne rien dire. Et je continuai, non qu'il me restât rien à ajouter, mais parce que je ne pouvais supporter son silence :

« Au reste, Jacques reviendra de ce voyage peut-être déjà guéri de son amour. A son âge, est-ce qu'on connaît seulement ses désirs ?

— Oh! même plus tard on ne les connaît pas toujours », fit-elle enfin bizarrement.

Son ton énigmatique et sentencieux m'irritait, car je suis de naturel trop franc pour m'accommoder aisément du mystère. Me tournant vers elle, je la priai d'expliquer ce qu'elle sous-entendait par là.

« Rien, mon ami, reprit-elle tristement. Je songeais seulement que tantôt tu souhaitais qu'on t'avertisse de ce que tu ne remarquais pas.

— Et alors ?

— Et alors je me disais qu'il n'est pas aisé d'avertir. »

J'ai dit que j'avais horreur du mystère et, par principe, je me refuse aux sous-entendus.

« Quand tu voudras que je te comprenne, tu tâcheras de t'exprimer plus clairement, repartis-je d'une manière peut-être un peu brutale, et que je regrettai tout aussitôt; car je vis un instant ses lèvres trembler. Elle détourna la tête puis, se levant, fit quelques pas hésitants et comme chancelants dans la pièce.

— Mais enfin, Amélie, m'écriai-je, pourquoi continues-tu à te désoler, à présent que tout est réparé ? »

Je sentais que mon regard la gênait, et c'est le dos tourné, m'accoudant à la table et la tête appuyée contre la main, que je lui dis :

« Je t'ai parlé durement tout à l'heure. Pardon. »

Alors je l'entendis s'approcher de moi, puis je sentis ses doigts se poser doucement sur mon front, tandis qu'elle disait d'une voix tendre et pleine de larmes :

« Mon pauvre ami ! »

Puis aussitôt elle quitta la pièce.

Les phrases d'Amélie, qui me paraissaient alors mystérieuses, s'éclairèrent pour moi peu ensuite; je les ai rapportées telles qu'elles m'apparurent d'abord; et ce jour-là je compris seulement qu'il était temps que Gertrude partît.

12 mars.

Je m'étais imposé ce devoir de consacrer quotidiennement un peu de temps à Gertrude; c'était, suivant les occupations de chaque jour, quelques heures ou quelques instants. Le lendemain du jour où j'avais eu cette conversation avec Amélie, je me trouvais assez libre, et, le beau temps y invitant, j'entraînai Gertrude à travers la forêt, jusqu'à ce repli du Jura où, à travers le rideau des branches et par delà l'immense pays dominé, le regard, quand le temps est clair, par-dessus une brume légère, découvre l'émerveillement des Alpes blanches. Le soleil déclinait déjà sur notre gauche quand nous parvînmes à l'endroit où nous avions coutume de nous asseoir. Une prairie à l'herbe à la fois rase et drue dévalait à nos pieds; plus loin pâturaient quelques vaches; chacune d'elles, dans ces troupeaux de montagne porte une cloche au cou.

« Elles dessinent le paysage », disait Gertrude en écoutant leur tintement.

Elle me demanda, comme à chaque promenade, de lui décrire l'endroit où nous nous arrêtions.

« Mais, lui dis-je, tu le connais déjà ; c'est l'orée d'où l'on voit les Alpes.

— Est-ce qu'on les voit bien aujourd'hui ?

— On voit leur splendeur tout entière.

— Vous m'avez dit qu'elles étaient chaque jour un peu différentes.

— A quoi les comparerai-je aujourd'hui ? A la soif d'un plein jour d'été. Avant ce soir elles auront achevé de se dissoudre dans l'air.

— Je voudrais que vous me disiez s'il y a des lys dans la grande prairie devant nous ?

— Non, Gertrude ; les lys ne croissent pas sur ces hauteurs ; ou seulement quelques espèces rares.

— Pas ceux que l'on appelle les lys des champs ?

— Il n'y a pas de lys dans les champs.

— Même pas dans les champs des environs de Neuchâtel ?

— Il n'y a pas de lys des champs.

— Alors pourquoi le Seigneur nous dit-il : « Regardez les lys des champs ? »

— Il y en avait sans doute de son temps, pour qu'il le dise ; mais les cultures des hommes les ont fait disparaître.

— Je me rappelle que vous m'avez dit souvent que le plus grand besoin de cette terre est de confiance et d'amour. Ne pensez-vous pas qu'avec un peu plus de confiance l'homme recommencerait de les voir ? Moi, quand j'écoute cette parole, je vous assure que je les vois. Je vais vous les décrire, voulez-vous ? — On dirait des cloches de flamme, de grandes cloches d'azur emplies du parfum de l'amour et que balance le vent du soir. Pourquoi me dites-vous qu'il n'y en a pas, là devant nous ? Je le sens ! J'en vois la prairie toute emplie.

— Ils ne sont pas plus beaux que tu les vois, ma Gertrude.

— Dites qu'ils ne sont pas moins beaux.

— Ils sont aussi beaux que tu les vois.

— « Et je vous dis en vérité que Salomon même, dans toute sa gloire, n'était pas vêtu comme l'un d'eux », dit-elle, citant les paroles du Christ, et d'entendre sa voix si mélodieuse, il me sembla que j'écoutais ces

mots pour la première fois. « Dans toute sa gloire », répéta-t-elle pensivement, puis elle demeura quelque temps silencieuse, et je repris :

— Je te l'ai dit, Gertrude : ceux qui ont des yeux sont ceux qui ne savent pas regarder. Et du fond de mon cœur j'entendais s'élever cette prière : « Je te rends grâces, ô Dieu, de révéler aux humbles ce que tu caches aux intelligents! »

— Si vous saviez, s'écria-t-elle alors dans une exaltation enjouée, si vous pouviez savoir combien j'imagine aisément tout cela. Tenez! voulez-vous que je vous décrive le paysage?... Il y a derrière nous, au-dessus et autour de nous, les grands sapins, au goût de résine, au tronc grenat, aux longues sombres branches horizontales qui se plaignent lorsque veut les courber le vent. A nos pieds, comme un livre ouvert, incliné sur le pupitre de la montagne, la grande prairie verte et diaprée, que bleuit l'ombre, que dore le soleil, et dont les mots distincts sont des fleurs, — des gentianes, des pulsatilles, des renoncules, et les beaux lys de Salomon — que les vaches viennent épeler avec leurs cloches, et où les anges viennent lire, puisque vous dites que les yeux des hommes sont clos. Au bas du livre, je vois un grand fleuve de lait fumeux, brumeux, couvrant tout un abîme de mystère, un fleuve immense, sans autre rive que, là-bas, tout au loin devant nous, les belles Alpes éblouissantes... C'est là-bas que doit aller Jacques. Dites : est-ce vrai qu'il part demain ?

— Il doit partir demain. Il te l'a dit ?

— Il ne me l'a pas dit; mais je l'ai compris. Il doit rester longtemps absent ?

— Un mois... Gertrude, je voulais te demander... Pourquoi ne m'as-tu pas raconté qu'il venait te retrouver à l'église ?

— Il est venu m'y retrouver deux fois. Oh! je ne veux rien vous cacher; mais je craignais de vous faire de la peine.

— Tu m'en ferais en ne le disant pas.

Sa main chercha la mienne.

— Il était triste de partir.

— Dis-moi, Gertrude... t'a-t-il dit qu'il t'aimait ?

— Il ne me l'a pas dit; mais je sens bien cela sans qu'on le dise. Il ne m'aime pas tant que vous.

— Et toi, Gertrude, tu souffres de le voir partir ?
— Je pense qu'il vaut mieux qu'il parte. Je ne pourrais pas lui répondre.
— Mais, dis : tu souffres, toi, de le voir partir ?
— Vous savez bien que c'est vous que j'aime, Pasteur... Oh! pourquoi retirez-vous votre main ? Je ne vous parlerais pas ainsi si vous n'étiez pas marié. Mais on n'épouse pas une aveugle. Alors pourquoi ne pourrions-nous pas nous aimer ? Dites, Pasteur, est-ce que vous trouvez que c'est mal ?
— Le mal n'est jamais dans l'amour.
— Je ne sens rien que de bon dans mon cœur. Je ne voudrais pas faire souffrir Jacques. Je voudrais ne faire souffrir personne... Je voudrais ne donner que du bonheur.
— Jacques pensait à demander ta main.
— Me laisserez-vous lui parler avant son départ ? Je voudrais lui faire comprendre qu'il doit renoncer à m'aimer. Pasteur, vous comprenez, n'est-ce pas, que je ne peux épouser personne ? Vous me laisserez lui parler, n'est-ce pas ?
— Dès ce soir.
— Non, demain; au moment même de son départ... »
Le soleil se couchait dans une splendeur exaltée. L'air était tiède. Nous nous étions levés et tout en parlant nous avions repris le sombre chemin du retour.

DEUXIÈME CAHIER

25 avril.

J'AI dû laisser quelque temps ce cahier.

La neige avait fondu, et sitôt que les routes furent redevenues praticables, il m'a fallu m'acquitter d'un grand nombre d'obligations que j'avais été forcé de remettre pendant le long temps que notre village était resté bloqué. Hier seulement, j'ai pu retrouver quelques instants de loisir.

La nuit dernière j'ai relu tout ce que j'avais écrit ici...

Aujourd'hui que j'ose appeler par son nom le sentiment si longtemps inavoué de mon cœur, je m'explique à peine comment j'ai pu jusqu'à présent m'y méprendre; comment certaines paroles d'Amélie, que j'ai rapportées, ont pu me paraître mystérieuses; comment, après les naïves déclarations de Gertrude, j'ai pu douter encore si je l'aimais. C'est que, tout à la fois, je ne consentais point alors à reconnaître d'amour permis en dehors du mariage, et que, dans le sentiment qui me penchait si passionnément vers Gertrude, je ne consentais pas à reconnaître quoi que ce soit de défendu.

La naïveté de ses aveux, leur franchise même me rassurait. Je me disais : c'est une enfant. Un véritable amour n'irait pas sans confusion, ni rougeurs. Et de mon côté je me persuadais que je l'aimais comme on aime un enfant infirme. Je la soignais comme on soigne un malade, — et d'un entraînement j'avais fait une obligation morale, un devoir. Oui, vraiment, ce soir même où elle me parlait comme j'ai rapporté, je me sentais l'âme si légère et si joyeuse que je me méprenais encore, et encore en transcrivant ces propos. Et parce que j'eusse cru répréhensible l'amour, et que j'estimais que tout ce qui est répréhensible courbe l'âme, ne me sentant point l'âme chargée je ne croyais pas à l'amour.

J'ai rapporté ces conversations non seulement telles qu'elles ont eu lieu, mais encore les ai-je transcrites dans une disposition d'esprit toute pareille; à vrai dire ce n'est qu'en les relisant cette nuit que j'ai compris...

Sitôt après le départ de Jacques — auquel j'avais laissé Gertrude parler, et qui ne revint que pour les derniers jours de vacances, affectant ou de fuir Gertrude ou de ne lui parler plus que devant moi, — notre vie avait repris son cours très calme. Gertrude, ainsi qu'il était convenu, avait été loger chez Mlle Louise, où j'allais la voir chaque jour. Mais, par peur de l'amour encore, j'affectais de ne plus parler avec elle de rien qui nous pût émouvoir. Je ne lui parlais plus qu'en pasteur, et le plus souvent en présence de Louise, m'occupant surtout de son instruction religieuse et la préparant à la communion qu'elle vient de faire à Pâques.

Le jour de Pâques j'ai, moi aussi, communié.

Il y a de cela quinze jours. A ma surprise, Jacques, qui venait de passer une semaine de vacances près de nous, ne m'a pas accompagné auprès de la Table sainte. Et j'ai le grand regret de devoir dire qu'Amélie, pour la première fois depuis notre mariage, s'est également abstenue. Il semblait qu'ils se fussent tous deux donné le mot et eussent résolu, par leur défection à ce rendez-vous solennel, de jeter l'ombre sur ma joie. Ici encore je me félicitai que Gertrude ne pût y voir, de sorte que je fusse seul à supporter le poids de cette ombre. Je connais trop bien Amélie pour n'avoir pas su voir tout ce qu'il entrait de reproche indirect dans sa conduite. Il ne lui arrive jamais de me désapprouver ouvertement, mais elle tient à me marquer son désaveu par une sorte d'isolement.

Je m'affectai profondément de ce qu'un grief de cet ordre — je veux dire : tel que je répugne à le considérer — pût incliner l'âme d'Amélie au point de la détourner de ses intérêts supérieurs. Et de retour à la maison je priai pour elle dans toute la sincérité de mon cœur.

Quant à l'abstention de Jacques, elle était due à de tout autres motifs et qu'une conversation, que j'eus avec lui peu de temps après, vint éclairer.

<p style="text-align:right">3 mai.</p>

L'instruction religieuse de Gertrude m'a amené à relire l'Évangile avec un œil neuf. Il m'apparaît de

plus en plus que nombre des notions dont se compose notre foi chrétienne relèvent non des paroles du Christ mais des commentaires de saint Paul.

Ce fut proprement le sujet de la discussion que je viens d'avoir avec Jacques. De tempérament un peu sec, son cœur ne fournit pas à sa pensée un aliment suffisant; il devient traditionaliste et dogmatique. Il me reproche de choisir dans la doctrine chrétienne « ce qui me plaît ». Mais je ne choisis pas telle ou telle parole du Christ. Simplement, entre le Christ et saint Paul, je choisis le Christ. Par crainte d'avoir à les opposer, lui se refuse à dissocier l'un de l'autre, se refuse à sentir de l'un à l'autre une différence d'inspiration, et proteste si je lui dis qu'ici j'écoute un homme tandis que là j'entends Dieu. Plus il raisonne, plus il me persuade de ceci : qu'il n'est point sensible à l'accent uniquement divin de la moindre parole du Christ.

Je cherche à travers l'Évangile, je cherche en vain commandement, menace, défense... Tout cela n'est que de saint Paul. Et c'est précisément de ne le trouver point dans les paroles du Christ, qui gêne Jacques. Les âmes semblables à la sienne se croient perdues, dès qu'elles ne sentent plus auprès d'elles tuteurs, rampes et garde-fous. De plus elles tolèrent mal chez autrui une liberté qu'elles résignent, et souhaitent d'obtenir par contrainte tout ce qu'on est prêt à leur accorder par amour.

« Mais, mon père, me dit-il, moi aussi je souhaite le bonheur des âmes.

— Non, mon ami; tu souhaites leur soumission.

— C'est dans la soumission qu'est le bonheur. »

Je lui laisse le dernier mot par ce qu'il me déplaît d'ergoter; mais je sais bien que l'on compromet le bonheur en cherchant à l'obtenir par ce qui doit au contraire n'être que l'effet du bonheur — et que s'il est vrai de penser que l'âme aimante se réjouit de sa soumission volontaire, rien n'écarte plus du bonheur qu'une soumission sans amour.

Au demeurant, Jacques raisonne bien, et si je ne souffrais de rencontrer, dans un si jeune esprit, déjà tant de raideur doctrinale, j'admirerais sans doute la qualité de ses arguments et la constance de sa logique. Il me paraît souvent que je suis plus jeune que lui;

plus jeune aujourd'hui que je n'étais hier, et je me redis cette parole : « Si vous ne devenez semblables à des petits enfants, vous ne sauriez entrer dans le Royaume. »

Est-ce trahir le Christ, est-ce diminuer, profaner l'Évangile que d'y voir surtout une *méthode pour arriver à la vie bienheureuse* ? L'état de joie, qu'empêchent notre doute et la dureté de nos cœurs, pour le chrétien est un état obligatoire. Chaque être est plus ou moins capable de joie. Chaque être doit tendre à la joie. Le seul sourire de Gertrude m'en apprend plus là-dessus, que mes leçons ne lui enseignent.

Et cette parole du Christ s'est dressée lumineusement devant moi. « Si vous étiez aveugles, vous n'auriez point de péché. » Le péché, c'est ce qui obscurcit l'âme, c'est ce qui s'oppose à sa joie. Le parfait bonheur de Gertrude, qui rayonne de tout son être, vient de ce qu'elle ne connaît point le péché. Il n'y a en elle que de la clarté, de l'amour.

J'ai mis entre ses mains vigilantes les quatre Évangiles, les psaumes, l'Apocalypse et les trois épîtres de Jean où elle peut lire : « Dieu est lumière et il n'y a point en lui de ténèbres » comme déjà dans son évangile elle pouvait entendre le Sauveur dire : « Je suis la lumière du monde; celui qui est avec moi ne marchera pas dans les ténèbres. » Je me refuse à lui donner les épîtres de Paul, car si, aveugle, elle ne connaît point le péché, que sert de l'inquiéter en la laissant lire : « Le péché a pris de nouvelles forces par le commandement » (Romains, VII, 13) et toute la dialectique qui suit, si admirable soit-elle ?

<p style="text-align:right">8 mai.</p>

Le docteur Martins est venu hier de la Chaux-de-Fond. Il a longuement examiné les yeux de Gertrude à l'ophtalmoscope. Il m'a dit avoir parlé de Gertrude au docteur Roux, le spécialiste de Lausanne, à qui il doit faire part de ses observations. Leur idée à tous deux c'est que Gertrude serait opérable. Mais nous avons convenu de ne lui parler de rien tant qu'il n'y aurait pas plus de certitude. Martins doit venir me renseigner après consultation. Que servirait d'éveiller en Gertrude un espoir qu'on risque de devoir éteindre aussitôt ? — Au surplus, n'est-elle pas heureuse ainsi ?...

 10 mai.

 A Pâques, Jacques et Gertrude se sont revus, en ma
présence — du moins Jacques a reçu Gertrude et lui a
parlé, mais rien que de choses insignifiantes. Il s'est
montré moins ému que je n'aurais pu craindre, et je me
persuade à nouveau que, vraiment ardent, son amour
n'aurait pas été si facile à réduire, malgré que Gertrude
lui ait déclaré, avant son départ l'an passé, que cet
amour devait demeurer sans espoir. J'ai constaté qu'il
voussoie Gertrude à présent, ce qui est certainement
préférable; je ne le lui avais pourtant pas demandé, de
sorte que je suis heureux qu'il ait compris cela de
lui-même. Il y a incontestablement beaucoup de bon
en lui.
 Je soupçonne néanmoins que cette soumission de
Jacques n'a pas été sans débats et sans luttes. Le
fâcheux, c'est que la contrainte qu'il a dû imposer à son
cœur, à présent lui paraît bonne en elle-même; il la
souhaiterait voir imposer à tous; je l'ai senti dans cette
discussion que je viens d'avoir avec lui et que j'ai
rapportée plus haut. N'est-ce pas La Rochefoucauld
qui disait que l'esprit est souvent la dupe du cœur ?
Il va sans dire que je n'osai le faire remarquer à Jacques
aussitôt, connaissant son humeur et le tenant pour un
de ceux que la discussion ne fait qu'obstiner dans son
sens; mais le soir même, ayant retrouvé, et dans saint
Paul précisément (je ne pouvais le battre qu'avec ses
armes), de quoi lui répondre, j'eus soin de laisser dans
sa chambre un billet où il a pu lire : « Que celui qui ne
mange pas ne juge pas celui qui mange, car Dieu a
accueilli ce dernier. » (Romains, xiv, 2.)
 J'aurais aussi bien pu copier la suite : « Je sais et je
suis persuadé par le Seigneur Jésus que rien n'est impur
en soi et qu'une chose n'est impure que pour celui qui
la croit impure » — mais je n'ai pas osé, craignant que
Jacques n'allât supposer en mon esprit, à l'égard de
Gertrude, quelque interprétation injurieuse, qui ne doit
même pas effleurer son esprit. Évidemment il s'agit ici
d'aliments; mais à combien d'autres passages de l'Écri-
ture n'est-on pas appelé à prêter double et triple sens ?
(« Si ton œil... »; multiplication des pains; miracle aux
noces de Cana, etc.). Il ne s'agit pas ici d'ergoter; la

signification de ce verset est large et profonde : la restriction ne doit pas être dictée par la loi, mais par l'amour, et saint Paul, aussitôt ensuite, s'écrie : « Mais si, pour un aliment, ton frère est attristé, tu ne marches pas selon l'amour. » C'est au défaut de l'amour que nous attaque le Malin. Seigneur ! enlevez de mon cœur tout ce qui n'appartient pas à l'amour... Car j'eus tort de provoquer Jacques : le lendemain je trouvai sur ma table le billet même où j'avais copié le verset : sur le dos de la feuille, Jacques avait simplement transcrit cet autre verset du même chapitre : « Ne cause point par ton aliment la perte de celui pour lequel Christ est mort. » (Romains, XIV, 15.)

Je relis encore une fois tout le chapitre. C'est le départ d'une discussion infinie. Et je tourmenterais de ces perplexités, j'assombrirais de ces nuées, le ciel lumineux de Gertrude ? — Ne suis-je pas plus près du Christ et ne l'y maintiens-je point elle-même, lorsque je lui enseigne et la laisse croire que le seul péché est ce qui attente au bonheur d'autrui, ou compromet notre propre bonheur ?

Hélas ! certaines âmes demeurent particulièrement réfractaires au bonheur; inaptes, maladroites... Je songe à ma pauvre Amélie. Je l'y invite sans cesse, l'y pousse et voudrais l'y contraindre. Oui, je voudrais soulever chacun jusqu'à Dieu. Mais elle se dérobe sans cesse, se referme comme certaines fleurs que n'épanouit aucun soleil. Tout ce qu'elle voit l'inquiète et l'afflige.

« Que veux-tu, mon ami, m'a-t-elle répondu l'autre jour, il ne m'a pas été donné d'être aveugle. »

Ah ! que son ironie m'est douloureuse, et quelle vertu me faut-il pour ne point m'en laisser troubler ! Elle devrait comprendre pourtant, il me semble, que cette allusion à l'infirmité de Gertrude est de nature à particulièrement me blesser. Elle me fait sentir, du reste, que ce que j'admire surtout en Gertrude, c'est sa mansuétude infinie : je ne l'ai jamais entendue formuler le moindre grief contre autrui. Il est vrai que je ne lui laisse rien connaître de ce qui pourrait la blesser.

Et de même que l'âme heureuse, par l'irradiation de l'amour, propage le bonheur autour d'elle, tout se fait à l'entour d'Amélie sombre et morose. Amiel écrirait que son âme émet des rayons noirs. Lorsque après une

journée de luttes, visites aux pauvres, aux malades, aux affligés, je rentre à la nuit tombée, harassé parfois, le cœur plein d'un exigeant besoin de repos, d'affection, de chaleur, je ne trouve le plus souvent à mon foyer que soucis, récriminations, tiraillements, à quoi mille fois je préférerais le froid, le vent et la pluie du dehors. Je sais bien que notre vieille Rosalie prétend n'en faire jamais qu'à sa tête; mais elle n'a pas toujours tort, ni surtout Amélie toujours raison quand elle prétend la faire céder. Je sais bien que Charlotte et Gaspard sont horriblement turbulents; mais Amélie n'obtiendrait-elle point davantage en criant un peu moins fort et moins constamment après eux ? Tant de recommandations, d'admonestations, de réprimandes perdent tout leur tranchant, à l'égal des galets des plages; les enfants en sont beaucoup moins dérangés que moi. Je sais bien que le petit Claude fait ses dents (c'est du moins ce que soutient sa mère chaque fois qu'il commence à hurler), mais n'est-ce pas l'inviter à hurler que d'accourir aussitôt, elle ou Sarah, et de le dorloter sans cesse ? Je demeure persuadé qu'il hurlerait moins souvent si on le laissait, quelques bonnes fois, hurler tout son soûl quand je ne suis point là. Mais je sais bien que c'est surtout alors qu'elles s'empressent.

Sarah ressemble à sa mère, ce qui fait que j'aurais voulu la mettre en pension. Elle ressemble non point, hélas! à ce que sa mère était à son âge, quand nous nous sommes fiancés, mais bien à ce que l'ont fait devenir les soucis de la vie matérielle, et j'allais dire la culture des soucis de la vie (car certainement Amélie les cultive). Certes j'ai bien du mal à reconnaître en elle aujourd'hui, l'ange qui souriait naguère à chaque noble élan de mon cœur, que je rêvais d'associer indistinctement à ma vie, et qui me paraissait me précéder et me guider vers la lumière — ou l'amour en ce temps-là me blousait-il ?... Car je ne découvre en Sarah d'autres préoccupations que vulgaires; à l'instar de sa mère elle se laisse affairer uniquement par des soucis mesquins; les traits mêmes de son visage, que ne spiritualise aucune flamme intérieure, sont mornes et comme durcis. Aucun goût pour la poésie, ni plus généralement pour la lecture; je ne surprends jamais, entre elle et sa mère, de conversation à quoi je puisse souhaiter prendre part, et je sens mon

isolement plus douloureusement encore auprès d'elles que lorsque je me retire dans mon bureau, ainsi que je prends coutume de faire de plus en plus souvent.

J'ai pris aussi cette habitude, depuis l'automne et encouragé par la rapide tombée de la nuit, d'aller chaque fois que me le permettent mes tournées, c'est-à-dire quand je peux rentrer assez tôt, prendre le thé chez Mlle de La M... Je n'ai point dit encore que, depuis le mois de novembre dernier, Louise de La M... hospitalise avec Gertrude trois petites aveugles que Martins a proposé de lui confier; à qui Gertrude à son tour apprend à lire et à exécuter divers menus travaux, où déjà ces fillettes se montrent assez habiles.

Quel repos, quel réconfort pour moi, chaque fois que je rentre dans la chaude atmosphère de *La Grange,* et combien il me prive si parfois il me faut rester deux ou trois jours sans y aller. Mlle de La M... est à même, il va sans dire, d'héberger Gertrude et ses trois petites pensionnaires, sans avoir à se gêner ou à se tourmenter pour leur entretien; trois servantes l'aident avec un grand dévouement et lui épargnent toute fatigue. Mais peut-on dire que jamais fortune et loisirs furent mieux mérités? De tout temps Louise de La M... s'est beaucoup occupée des pauvres; c'est une âme profondément religieuse, qui semble ne faire que se prêter à cette terre et n'y vivre que pour aimer; malgré ses cheveux presque tout argentés déjà qu'encadre un bonnet de guipure, rien de plus enfantin que son sourire; rien de plus harmonieux que son geste, de plus musical que sa voix. Gertrude a pris ses manières, sa façon de parler, une sorte d'intonation, non point seulement de la voix, mais de la pensée, de tout l'être — ressemblance dont je plaisante l'une et l'autre, mais dont aucune des deux ne consent à s'apercevoir. Qu'il m'est doux, si j'ai le temps de m'attarder un peu près d'elles, de les voir, assises l'une auprès de l'autre et Gertrude soit appuyant son front sur l'épaule de son amie, soit abandonnant une de ses mains dans les siennes, m'écouter lire quelques vers de Lamartine ou de Hugo; qu'il m'est doux de contempler dans leurs deux âmes limpides le reflet de cette poésie! Même les petites élèves n'y demeurent pas insensibles. Ces enfants, dans cette atmosphère de paix et d'amour, se développent étrangement et font de

remarquables progrès. J'ai souri d'abord lorsque Mlle Louise a parlé de leur apprendre à danser, par hygiène autant que par plaisir; mais j'admire aujourd'hui la grâce rythmée des mouvements qu'elles arrivent à faire et qu'elles ne sont pas, hélas! capables elles-mêmes d'apprécier. Pourtant Louise de La M... me persuade que, de ces mouvements qu'elles ne peuvent voir, elles perçoivent musculairement l'harmonie. Gertrude s'associe à ces danses avec une grâce et une bonne grâce charmantes, et du reste y prend l'amusement le plus vif. Ou parfois c'est Louise de La M... qui se mêle au jeu des petites, et Gertrude s'assied alors au piano. Ses progrès en musique ont été surprenants; maintenant elle tient l'orgue de la chapelle chaque dimanche et prélude au chant des cantiques par de courtes improvisations.

Chaque dimanche elle vient déjeuner chez nous; mes enfants la revoient avec plaisir, malgré que leurs goûts et les siens diffèrent de plus en plus. Amélie ne marque pas trop de nervosité et le repas s'achève sans accroc. Toute la famille ensuite ramène Gertrude et prend le goûter à *La Grange*. C'est une fête pour mes enfants que Louise prend plaisir à gâter et comble de friandises. Amélie elle-même, qui ne laisse pas d'être sensible aux prévenances, se déride enfin et paraît toute rajeunie. Je crois qu'elle se passerait désormais malaisément de cette halte dans le train fastidieux de sa vie.

<div style="text-align:right">18 mai.</div>

A présent que les beaux jours reviennent, j'ai de nouveau pu sortir avec Gertrude, ce qui ne m'était pas arrivé depuis longtemps (car dernièrement encore il y a eu de nouvelles chutes de neige et les routes sont demeurées jusqu'à ces derniers jours dans un état épouvantable), non plus qu'il ne m'était arrivé depuis longtemps de me retrouver seul avec elle.

Nous marchions vite; l'air vif colorait ses joues et ramenait sans cesse sur son visage ses cheveux blonds. Comme nous longions une tourbière je cueillis quelques joncs en fleurs, dont je glissai les tiges sous son béret, puis que je tressai avec ses cheveux pour les maintenir.

Nous ne nous étions encore presque pas parlé, tout

étonnés de nous retrouver seuls ensemble, lorsque Gertrude, tournant vers moi sa face sans regards, me demanda brusquement :

« Croyez-vous que Jacques m'aime encore ?

— Il a pris son parti de renoncer à toi, répondis-je aussitôt.

— Mais croyez-vous qu'il sache que vous m'aimez ? » reprit-elle.

Depuis la conversation de l'été dernier que j'ai rapportée, plus de six mois s'étaient écoulés sans que (je m'en étonne) le moindre mot d'amour ait été de nouveau prononcé entre nous. Nous n'étions jamais seuls, je l'ai dit, et mieux valait qu'il en fût ainsi. La question de Gertrude me fit battre le cœur si fort que je dus ralentir un peu notre marche.

« Mais tout le monde, Gertrude, sait que je t'aime, m'écriai-je. Elle ne prit pas le change :

— Non, non ; vous ne répondez pas à ma question. »

Et après un moment de silence, elle reprit, la tête baissée :

« Ma tante Amélie sait cela ; et moi je sais que cela la rend triste.

— Elle serait triste sans cela, protestai-je d'une voix mal assurée. Il est de son tempérament d'être triste.

— Oh ! vous cherchez toujours à me rassurer, dit-elle avec une sorte d'impatience. Mais je ne tiens pas à être rassurée. Il y a bien des choses, je le sais, que vous ne me faites pas connaître, par peur de m'inquiéter ou de me faire de la peine ; bien des choses que je ne sais pas, de sorte que parfois... »

Sa voix devenait de plus en plus basse ; elle s'arrêta comme à bout de souffle. Et comme, reprenant ses derniers mots, je demandais :

« Que parfois ?...

— De sorte que parfois, reprit-elle tristement, tout le bonheur que je vous dois me paraît reposer sur de l'ignorance.

— Mais, Gertrude...

— Non, laissez-moi vous dire : Je ne veux pas d'un pareil bonheur. Comprenez que je ne... Je ne tiens pas à être heureuse. Je préfère savoir. Il y a beaucoup de choses, de tristes choses assurément, que je ne puis pas voir, mais que vous n'avez pas le droit de me laisser

ignorer. J'ai longtemps réfléchi durant ces mois d'hiver; je crains, voyez-vous, que le monde entier ne soit pas si beau que vous me l'avez fait croire, Pasteur, et même qu'il ne s'en faille de beaucoup.

— Il est vrai que l'homme a souvent enlaidi la terre », arguai-je craintivement, car l'élan de ses pensées me faisait peur et j'essayais de le détourner tout en désespérant d'y réussir. Il semblait qu'elle attendît ces quelques mots, car, s'en emparant aussitôt comme d'un chaînon grâce à quoi se fermait la chaîne :

« Précisément, s'écria-t-elle : je voudrais être sûre de ne pas ajouter au mal. »

Longtemps nous continuâmes de marcher très vite, en silence. Tout ce que j'aurais pu lui dire se heurtait d'avance à ce que je sentais qu'elle pensait; je redoutais de provoquer quelque phrase dont notre sort à tous deux dépendait. Et songeant à ce que m'avait dit Martins, que peut-être on pourrait lui rendre la vue, une grande angoisse étreignait mon cœur.

« Je voulais vous demander, reprit-elle enfin — mais je ne sais comment le dire... »

Certainement, elle faisait appel à tout son courage, comme je faisais appel au mien pour l'écouter. Mais comment eussé-je pu prévoir la question qui la tourmentait :

« Est-ce que les enfants d'une aveugle naissent aveugles nécessairement ? »

Je ne sais qui de nous deux cette conversation oppressait davantage; mais à présent il nous fallait continuer.

« Non, Gertrude, lui dis-je; à moins de cas très spéciaux. Il n'y a même aucune raison pour qu'ils le soient. »

Elle parut extrêmement rassurée. J'aurais voulu lui demander à mon tour pourquoi elle me demandait cela; je n'en eus pas le courage et continuai maladroitement :

« Mais, Gertrude, pour avoir des enfants, il faut être mariée.

— Ne me dites pas cela, Pasteur. Je sais que cela n'est pas vrai.

— Je t'ai dit ce qu'il était décent de te dire, protestai-je. Mais en effet les lois de la nature permettent ce qu'interdisent les lois des hommes et de Dieu.

— Vous m'avez dit souvent que les lois de Dieu étaient celles mêmes de l'amour.

— L'amour qui parle ici n'est plus celui qu'on appelle aussi : charité.

— Est-ce par charité que vous m'aimez ?

— Tu sais bien que non, ma Gertrude.

— Mais alors vous reconnaissez que notre amour échappe aux lois de Dieu ?

— Que veux-tu dire ?

— Oh! vous le savez bien, et ce ne devrait pas être à moi de parler. »

En vain je cherchais à biaiser; mon cœur battait la retraite de mes arguments en déroute. Éperdument je m'écriai :

« Gertrude... tu penses que ton amour est coupable ? »

Elle rectifia :

« Que *notre* amour... Je me dis que je devrais le penser.

— Et alors ?... »

Je surpris comme une supplication dans ma voix, tandis que, sans reprendre haleine, elle achevait :

« Mais que je ne peux pas cesser de vous aimer. »

Tout cela se passait hier. J'hésitais d'abord à l'écrire... Je ne sais plus comment s'acheva la promenade. Nous marchions à pas précipités, comme pour fuir, et je tenais son bras étroitement serré contre moi. Mon âme avait à ce point quitté mon corps — il me semblait que le moindre caillou sur la route nous eût fait tous deux rouler à terre.

<p style="text-align:right">19 mai.</p>

Martins est revenu ce matin. Gertrude est opérable. Roux l'affirme et demande qu'elle lui soit confiée quelque temps. Je ne puis m'opposer à cela, et pourtant, lâchement, j'ai demandé à réfléchir. J'ai demandé qu'on me laissât la préparer doucement... Mon cœur devrait bondir de joie, mais je le sens peser en moi, lourd d'une angoisse inexprimable. A l'idée de devoir annoncer à Gertrude que la vue pourrait lui être rendue, le cœur me faut.

Nuit du 19 mai.

J'ai revu Gertrude et je ne lui ai point parlé. A *La Grange*, ce soir, comme personne n'était dans le salon, je suis monté jusqu'à sa chambre. Nous étions seuls.

Je l'ai longuement pressée contre moi. Elle ne faisait pas un mouvement pour se défendre, et comme elle levait le front vers moi, nos lèvres se sont rencontrées...

21 mai.

Est-ce pour nous, Seigneur, que vous avez fait la nuit si profonde et si belle ? Est-ce pour moi ? L'air est tiède et par ma fenêtre ouverte la lune entre et j'écoute le silence immense des cieux. O confuse adoration de la création tout entière où fond mon cœur dans une extase sans paroles. Je ne peux plus prier qu'éperdument. S'il est une limitation dans l'amour, elle n'est pas de Vous, mon Dieu, mais des hommes. Pour coupable que mon amour paraisse aux yeux des hommes, oh ! dites-moi qu'aux vôtres il est saint.

Je tâche à m'élever au-dessus de l'idée de péché; mais le péché me semble intolérable, et je ne veux point abandonner le Christ. Non, je n'accepte pas de pécher, aimant Gertrude. Je ne puis arracher cet amour de mon cœur qu'en arrachant mon cœur même, et pourquoi ? Quand je ne l'aimerais pas déjà, je devrais l'aimer par pitié pour elle; ne plus l'aimer, ce serait la trahir : elle a besoin de mon amour...

Seigneur, je ne sais plus... Je ne sais plus que Vous. Guidez-moi. Parfois il me paraît que je m'enfonce dans les ténèbres et que la vue qu'on va lui rendre m'est enlevée.

Gertrude est entrée hier à la clinique de Lausanne, d'où elle ne doit sortir que dans vingt jours. J'attends son retour avec une appréhension extrême. Martins doit nous la ramener. Elle m'a fait promettre de ne point chercher à la voir d'ici-là.

22 mai.

Lettre de Martins : l'opération a réussi. Dieu soit loué !

24 mai.

L'idée de devoir être vu par elle, qui jusqu'alors m'aimait sans me voir — cette idée me cause une gêne intolérable. Va-t-elle me reconnaître ? Pour la première fois de ma vie j'interroge anxieusement les miroirs. Si je sens son regard moins indulgent que n'était son cœur, et moins aimant, que deviendrai-je ? Seigneur, il m'apparaît parfois que j'ai besoin de son amour pour vous aimer.

27 mai.

Un surcroît de travail m'a permis de traverser ces derniers jours sans trop d'impatience. Chaque occupation qui peut m'arracher de moi-même est bénie; mais tout le long du jour, à travers tout, son image me suit.

C'est demain qu'elle doit revenir. Amélie, qui durant cette semaine ne m'a montré que les meilleurs côtés de son humeur et semble avoir pris à tâche de me faire oublier l'absente, s'apprête avec les enfants à fêter son retour.

28 mai.

Gaspard et Charlotte ont été cueillir ce qu'ils ont pu trouver de fleurs dans les bois et dans les prairies. La vieille Rosalie confectionne un gâteau monumental que Sarah agrémente de je ne sais quels ornements de papier doré. Nous l'attendons pour ce midi.

J'écris pour user cette attente. Il est onze heures. A tout moment je relève la tête et regarde vers la route par où la voiture de Martins doit approcher. Je me retiens d'aller à leur rencontre : mieux vaut, et par égard pour Amélie, ne pas séparer mon accueil. Mon cœur s'élance... ah ! les voici !

28 au soir.

Dans quelle abominable nuit je plonge !

Pitié, Seigneur, pitié ! Je renonce à l'aimer, mais, Vous, ne permettez pas qu'elle meure !

Que j'avais donc raison de craindre ! Qu'a-t-elle fait ? Qu'a-t-elle voulu faire ? Amélie et Sarah m'ont dit

l'avoir accompagnée jusqu'à la porte de *La Grange,* où Mlle de La M... l'attendait. Elle a donc voulu ressortir... Que s'est-il passé ?

Je cherche à mettre un peu d'ordre dans mes pensées. Les récits qu'on me fait sont incompréhensibles, ou contradictoires. Tout se brouille en ma tête... Le jardinier de Mlle de La M... vient de la ramener sans connaissance à *La Grange ;* il dit l'avoir vue marcher le long de la rivière, puis franchir le pont du jardin, puis se pencher, puis disparaître ; mais n'ayant pas compris d'abord qu'elle tombait, il n'est pas accouru comme il aurait dû le faire ; il l'a retrouvée près de la petite écluse, où le courant l'avait portée. Quand je l'ai revue un peu plus tard, elle n'avait pas repris connaissance ; ou du moins l'avait reperdue, car un instant elle était revenue à elle, grâce aux soins prodigués aussitôt. Martins, qui Dieu merci n'était pas encore reparti, s'explique mal cette sorte de stupeur et d'indolence où la voici plongée ; en vain l'a-t-il interrogée ; on eût dit qu'elle n'entendait rien, ou qu'elle avait résolu de se taire. Sa respiration reste très oppressée et Martins craint une congestion pulmonaire ; il a posé des sinapismes et des ventouses et promis de revenir demain. L'erreur a été de la laisser trop longtemps dans ses vêtements trempés tandis qu'on s'occupait d'abord à la ranimer ; l'eau de la rivière est glacée. Mlle de La M... qui seule a pu obtenir d'elle quelques mots, soutient qu'elle a voulu cueillir des myosotis qui croissent en abondance de ce côté de la rivière, et que, malhabile encore à mesurer les distances, ou prenant pour de la terre ferme le flottant tapis de fleurs, elle a perdu pied brusquement... Si je pouvais le croire ! me convaincre qu'il n'y eut là qu'un accident, quel poids affreux serait levé de sur mon âme ! Durant tout le repas, si gai pourtant, l'étrange sourire, qui ne la quittait pas, m'inquiétait ; un sourire contraint que je ne lui connaissais point mais que je m'efforçais de croire celui même de son nouveau regard ; un sourire qui semblait ruisseler de ses yeux sur son visage comme des larmes, et près de quoi la vulgaire joie des autres m'offensait. Elle ne se mêlait pas à la joie ; on eût dit qu'elle avait découvert un secret, que sans doute elle m'eût confié si j'eusse été seul avec elle. Elle ne disait presque rien ; mais on ne

s'en étonnait pas, car près des autres, et plus ils sont exubérants, elle est souvent silencieuse.

Seigneur, je vous implore : permettez-moi de lui parler. J'ai besoin de savoir, ou sinon comment continuerais-je à vivre ?... Et pourtant, si tant est qu'elle a voulu cesser de vivre, est-ce précisément pour avoir *su* ? Su quoi ? Mon amie, qu'avez-vous donc appris d'horrible ? Que vous avais-je donc caché de mortel, que soudain vous aurez pu voir ?

J'ai passé plus de deux heures à son chevet, ne quittant pas des yeux son front, ses joues pâles, ses paupières délicates recloses sur un indicible chagrin, ses cheveux encore mouillés et pareils à des algues, étalés autour d'elle sur l'oreiller — écoutant son souffle inégal et gêné.

29 mai.

Mlle Louise m'a fait appeler ce matin, au moment où j'allais me rendre à *La Grange*. Après une nuit à peu près calme, Gertrude est enfin sortie de sa torpeur. Elle m'a souri lorsque je suis entré dans la chambre et m'a fait signe de venir m'asseoir à son chevet. Je n'osais pas l'interroger et sans doute craignait-elle mes questions, car elle m'a dit tout aussitôt et comme pour prévenir toute effusion :

« Comment donc appelez-vous ces petites fleurs bleues, que j'ai voulu cueillir sur la rivière — qui sont de la couleur du ciel ? Plus habile que moi, voulez-vous m'en faire un bouquet ? Je l'aurai là, près de mon lit... »

L'artificiel enjouement de sa voix me faisait mal; et sans doute le comprit-elle, car elle ajouta plus gravement :

« Je ne puis vous parler ce matin; je suis trop lasse. Allez cueillir ces fleurs pour moi, voulez-vous ? Vous reviendrez tantôt. »

Et comme, une heure après, je rapportais pour elle un bouquet de myosotis, Mlle Louise me dit que Gertrude reposait de nouveau et ne pourrait me recevoir avant le soir.

Ce soir je l'ai revue. Des coussins entassés sur son lit la soutenaient et la maintenaient presque assise. Ses cheveux à présent rassemblés et tressés au-dessus de

son front étaient mêlés aux myosotis que j'avais rapportés pour elle.

Elle avait certainement de la fièvre et paraissait très oppressée. Elle garda dans sa main brûlante la main que je lui tendis : je restais debout près d'elle :

« Il faut que je vous fasse un aveu, Pasteur; car ce soir j'ai peur de mourir, dit-elle. Je vous ai menti ce matin. Ce n'était pas pour cueillir des fleurs... Me pardonnerez-vous si je vous dis que j'ai voulu me tuer ? »

Je tombai à genoux près de son lit, tout en gardant sa frêle main dans la mienne; mais elle, se dégageant, commença de caresser mon front, tandis que j'enfonçais dans les draps mon visage pour lui cacher mes larmes et pour y étouffer mes sanglots.

« Est-ce que vous trouvez que c'est très mal ? reprit-elle alors tendrement; puis comme je ne répondais rien :

— Mon ami, mon ami, vous voyez bien que je tiens trop de place dans votre cœur et votre vie. Quand je suis revenue près de vous, c'est ce qui m'est apparu tout de suite; ou du moins que la place que j'occupais était celle d'une autre et qui s'en attristait. Mon crime est de ne pas l'avoir senti plus tôt; ou du moins — car je le savais bien déjà — de vous avoir laissé m'aimer quand même. Mais lorsque m'est apparu tout à coup son visage, lorsque j'ai vu sur son pauvre visage tant de tristesse, je n'ai plus pu supporter l'idée que cette tristesse fût mon œuvre... Non, non, ne vous reprochez rien; mais laissez-moi partir et rendez-lui sa joie. »

La main cessa de caresser mon front; je la saisis et la couvris de baisers et de larmes. Mais elle la dégagea impatiemment et une angoisse nouvelle commença de l'agiter.

« Ce n'est pas là ce que je voulais dire; non, ce n'est pas cela que je veux dire, répétait-elle; et je voyais la sueur mouiller son front. Puis elle baissa les paupières et garda les yeux fermés quelque temps, comme pour concentrer sa pensée, ou retrouver son état de cécité première; et d'une voix d'abord traînante et désolée, mais qui bientôt s'éleva tandis qu'elle rouvrait les yeux, puis s'anima jusqu'à la véhémence :

— Quand vous m'avez donné la vue, mes yeux se sont ouverts sur un monde plus beau que je n'avais

rêvé qu'il pût être ; oui vraiment, je n'imaginais pas le jour si clair, l'air si brillant, le ciel si vaste. Mais non plus je n'imaginais pas si soucieux le front des hommes ; et quand je suis entrée chez vous, savez-vous ce qui m'est apparu tout d'abord... Ah ! il faut pourtant bien que je vous le dise : ce que j'ai vu d'abord, c'est notre faute, notre péché. Non, ne protestez pas : « Si vous étiez aveugle, vous n'auriez point de péché. » Mais à présent j'y vois... Relevez-vous, Pasteur. Asseyez-vous là, près de moi. Écoutez-moi sans m'interrompre. Dans le temps que j'ai passé à la clinique, j'ai lu, ou plutôt je me suis fait lire, des passages de la Bible que je ne connaissais pas encore, que vous ne m'aviez jamais lus. Je me souviens d'un verset de saint Paul, que je me suis répété tout un jour : « Pour moi, étant autrefois » sans loi, je vivais, mais quand le commandement vint, » le péché reprit vie, et moi je mourus. »

Elle parlait dans un état d'exaltation extrême, à voix très haute et cria presque ces derniers mots, de sorte que je fus gêné à l'idée qu'on la pourrait entendre du dehors ; puis elle referma les yeux et répéta, comme pour elle-même, ces derniers mots dans un murmure :

« Le péché reprit vie — et moi je mourus. »

Je frissonnai, le cœur glacé d'une sorte de terreur. Je voulus détourner sa pensée.

« Qui t'a lu ces versets ? demandai-je.

— C'est Jacques, dit-elle en rouvrant les yeux et en me regardant fixement. Vous saviez qu'il s'est converti ? »

C'en était trop ; j'allais la supplier de se taire, mais elle continuait déjà :

« Mon ami, je vais vous faire beaucoup de peine ; mais il ne faut pas qu'il reste aucun mensonge entre nous. Quand j'ai vu Jacques, j'ai compris soudain que ce n'était pas vous que j'aimais ; c'était lui. Il avait exactement votre visage ; je veux dire celui que j'imaginais que vous aviez... Ah ! pourquoi m'avez-vous fait le repousser ? J'aurais pu l'épouser...

— Mais, Gertrude, tu le peux encore, m'écriai-je avec désespoir.

— Il entre dans les ordres, dit-elle impétueusement. Puis des sanglots la secouèrent : Ah ! je voudrais me confesser à lui... gémissait-elle dans une sorte d'extase... Vous voyez bien qu'il ne me reste qu'à mourir. J'ai

soif. Appelez quelqu'un, je vous en prie. J'étouffe. Laissez-moi seule. Ah! de vous parler ainsi, j'espérais être plus soulagée. Quittez-moi. Quittons-nous. Je ne supporte plus de vous voir. »

Je la laissai. J'appelai Mlle de La M... pour me remplacer auprès d'elle; son extrême agitation me faisait tout craindre mais il me fallait bien me convaincre que ma présence aggravait son état. Je priai qu'on vînt m'avertir s'il empirait.

<div style="text-align:right">30 mai.</div>

Hélas! Je ne devais plus la revoir qu'endormie. C'est ce matin, au lever du jour, qu'elle est morte, après une nuit de délire et d'accablement. Jacques, que, sur la demande dernière de Gertrude, Mlle de La M... avait prévenu par dépêche, est arrivé quelques heures après la fin. Il m'a cruellement reproché de n'avoir pas fait appeler un prêtre tandis qu'il était temps encore. Mais comment l'eussé-je fait, ignorant encore que, pendant son séjour à Lausanne, pressée par lui évidemment, Gertrude avait abjuré. Il m'annonça du même coup sa propre conversion et celle de Gertrude. Ainsi me quittaient à la fois ces deux êtres; il semblait que, séparés par moi durant la vie, ils eussent projeté de me fuir et tous deux de s'unir en Dieu. Mais je me persuade que dans la conversion de Jacques entre plus de raisonnement que d'amour.

« Mon père, m'a-t-il dit, il ne sied pas que je vous accuse; mais c'est l'exemple de votre erreur qui m'a guidé. »

Après que Jacques fut reparti, je me suis agenouillé près d'Amélie, lui demandant de prier pour moi, car j'avais besoin d'aide. Elle a simplement récité « Notre Père... » mais en mettant entre les versets de longs silences qu'emplissait notre imploration.

J'aurais voulu prier, mais je sentais mon cœur plus aride que le désert.

LES FAUX-MONNAYEURS

A ROGER MARTIN DU GARD

*je dédie mon premier roman
en témoignage d'amitié profonde.*
A. G.

PREMIÈRE PARTIE

PARIS

I

C'est le moment de croire que j'entends des pas dans le corridor, se dit Bernard. Il releva la tête et prêta l'oreille. Mais non : son père et son frère aîné étaient retenus au Palais; sa mère en visite; sa sœur à un concert; et quant au puîné, le petit Caloub, une pension le bouclait au sortir du lycée chaque jour. Bernard Profitendieu était resté à la maison pour potasser son bachot; il n'avait plus devant lui que trois semaines. La famille respectait sa solitude; le démon pas. Bien que Bernard eût mis bas sa veste, il étouffait. Par la fenêtre ouverte sur la rue n'entrait rien que de la chaleur. Son front ruisselait. Une goutte de sueur coula le long de son nez, et s'en alla tomber sur une lettre qu'il tenait en main :

« Ça joue la larme, pensa-t-il. Mais mieux vaut suer que de pleurer. »

Oui, la date était péremptoire. Pas moyen de douter : c'est bien de lui, Bernard, qu'il s'agissait. La lettre était adressée à sa mère; une lettre d'amour vieille de dix-sept ans; non signée.

« Que signifie cette initiale ? Un V, qui peut aussi bien être un N... Sied-il d'interroger ma mère ?... Faisons crédit à son bon goût. Libre à moi d'imaginer que c'est un prince. La belle avance si j'apprends que je suis le fils d'un croquant! Ne pas savoir qui est son père, c'est ça qui guérit de la peur de lui ressembler. Toute recherche oblige. Ne retenons de ceci que la délivrance. N'approfondissons pas. Aussi bien j'en ai mon suffisant pour aujourd'hui. »

Bernard replia la lettre. Elle était de même format que les douze autres du paquet. Une faveur rose les attachait, qu'il n'avait pas eu à dénouer; qu'il refit

glisser pour ceinturer comme auparavant la liasse. Il remit la liasse dans le coffret et le coffret dans le tiroir de la console. Le tiroir n'était pas ouvert; il avait livré son secret par en haut. Bernard rassujettit les lames disjointes du plafond de bois, que devait recouvrir une lourde plaque d'onyx. Il fit doucement, précautionneusement, retomber celle-ci, replaça par-dessus deux candélabres de cristal et l'encombrante pendule qu'il venait de s'amuser à réparer.

La pendule sonna quatre coups. Il l'avait remise à l'heure.

« Monsieur le juge d'instruction et Monsieur l'avocat son fils ne seront pas de retour avant six heures. J'ai le temps. Il faut que Monsieur le juge, en rentrant, trouve sur son bureau la belle lettre où je m'en vais lui signifier mon départ. Mais avant de l'écrire, je sens un immense besoin d'aérer un peu mes pensées — et d'aller retrouver mon cher Olivier, pour m'assurer, provisoirement du moins, d'un perchoir. Olivier, mon ami, le temps est venu pour moi de mettre ta complaisance à l'épreuve et pour toi de me montrer ce que tu vaux. Ce qu'il y avait de beau dans notre amitié, c'est que, jusqu'à présent, nous ne nous étions jamais servis l'un de l'autre. Bah! un service amusant à rendre ne saurait être ennuyeux à demander. Le gênant, c'est qu'Olivier ne sera pas seul. Tant pis! je saurai le prendre à part. Je veux l'épouvanter par mon calme. C'est dans l'extraordinaire que je me sens le plus naturel. »

La rue de T..., où Bernard Profitendieu avait vécu jusqu'à ce jour, est toute proche du jardin du Luxembourg. Là, près de la fontaine Médicis, dans cette allée qui la domine, avaient coutume de se retrouver, chaque mercredi entre quatre et six, quelques-uns de ses camarades. On causait art, philosophie, sports, politique et littérature. Bernard avait marché très vite; mais en passant la grille du jardin il aperçut Olivier Molinier et ralentit aussitôt son allure.

L'assemblée ce jour-là était plus nombreuse que de coutume, sans doute à cause du beau temps. Quelques-uns s'y étaient adjoints que Bernard ne connaissait pas encore. Chacun de ces jeunes gens, sitôt qu'il était devant les autres, jouait un personnage et perdait presque tout naturel.

Olivier rougit en voyant approcher Bernard et, quittant assez brusquement une jeune femme avec laquelle il causait, s'éloigna. Bernard était son ami le plus intime, aussi Olivier prenait-il grand soin de ne paraître point le rechercher; il feignait même parfois de ne pas le voir.

Avant de le rejoindre, Bernard devait affronter plusieurs groupes, et, comme lui de même affectait de ne pas rechercher Olivier, il s'attardait.

Quatre de ses camarades entouraient un petit barbu à pince-nez, sensiblement plus âgé qu'eux, qui tenait un livre. C'était Dhurmer.

« Qu'est-ce que tu veux, disait-il en s'adressant plus particulièrement à l'un des autres, mais manifestement heureux d'être écouté par tous. J'ai poussé jusqu'à la page trente sans trouver une seule couleur, un seul mot qui peigne. Il parle d'une femme; je ne sais même pas si sa robe était rouge ou bleue. Moi, quand il n'y a pas de couleurs, c'est bien simple, je ne vois rien. » — Et par besoin d'exagérer, d'autant plus qu'il se sentait moins pris au sérieux, il insistait : « Absolument rien. »

Bernard n'écoutait plus le discoureur; il jugeait malséant de s'écarter trop vite, mais déjà prêtait l'oreille à d'autres qui se querellaient derrière lui et qu'Olivier avait rejoints après avoir laissé la jeune femme; l'un de ceux-ci, assis sur un banc, lisait l'*Action française*.

Combien Olivier Molinier, parmi tous ceux-ci, paraît grave! Il est l'un des plus jeunes pourtant. Son visage presque enfantin encore et son regard révèlent la précocité de sa pensée. Il rougit facilement. Il est tendre. Il a beau se montrer affable envers tous, je ne sais quelle secrète réserve, quelle pudeur, tient ses camarades à distance. Il souffre de cela. Sans Bernard, il en souffrirait davantage.

Molinier s'était un instant prêté, comme fait Bernard à présent, à chacun des groupes; par complaisance, mais rien de ce qu'il entend ne l'intéresse.

Il se penchait par-dessus l'épaule du lecteur. Bernard, sans se retourner, l'entendait dire :

« Tu as tort de lire les journaux; ça te congestionne. »

Et l'autre repartir d'une voix aigre :

« Toi, dès qu'on parle de Maurras, tu verdis. »

Puis un troisième, sur un ton goguenard, demander :

« Ça t'amuse, les articles de Maurras ? »

Et le premier répondre :

« Ça m'emmerde ; mais je trouve qu'il a raison. »

Puis un quatrième, dont Bernard ne reconnaissait pas la voix :

« Toi, tout ce qui ne t'embête pas, tu crois que ça manque de profondeur. »

Le premier ripostait :

« Si tu crois qu'il suffit d'être bête pour être rigolo !

— Viens, dit à voix basse Bernard, en saisissant brusquement Olivier par le bras. Il l'entraîna quelques pas plus loin :

— Réponds vite ; je suis pressé. Tu m'as bien dit que tu ne couchais pas au même étage que tes parents ?

— Je t'ai montré la porte de ma chambre ; elle donne droit sur l'escalier, un demi-étage avant d'arriver chez nous.

— Tu m'as dit que ton frère couchait là aussi ?

— Georges, oui.

— Vous êtes seuls tous les deux ?

— Oui.

— Le petit sait se taire ?

— S'il le faut. Pourquoi ?

— Écoute. J'ai quitté la maison ; ou du moins je vais la quitter ce soir. Je ne sais pas encore où j'irai. Pour une nuit, peux-tu me recevoir ? »

Olivier devint très pâle. Son émotion était si vive qu'il ne pouvait regarder Bernard.

« Oui, dit-il ; mais ne viens pas avant onze heures. Maman descend nous dire adieu chaque soir, et fermer notre porte à clef.

— Mais alors... »

Olivier sourit :

« J'ai une autre clef. Tu frapperas doucement pour ne pas réveiller Georges s'il dort ?

— Le concierge me laissera passer ?

— Je l'avertirai. Oh ! je suis très bien avec lui. C'est lui qui m'a donné l'autre clef. A tantôt. »

Ils se quittèrent sans se serrer la main. Et tandis que Bernard s'éloignait, méditant la lettre qu'il voulait écrire et que le magistrat devait trouver en rentrant, Olivier, qui ne voulait pas qu'on ne le vît s'isoler qu'avec Bernard, alla retrouver Lucien Bercail que les

autres laissent un peu à l'écart. Olivier l'aimerait beaucoup s'il ne lui préférait Bernard. Autant Bernard est entreprenant, autant Lucien est timide. On le sent faible; il semble n'exister que par le cœur et par l'esprit. Il ose rarement s'avancer, mais devient fou de joie dès qu'il voit qu'Olivier s'approche. Que Lucien fasse des vers, chacun s'en doute; pourtant Olivier est, je crois bien, le seul à qui Lucien découvre ses projets. Tous deux gagnèrent le bord de la terrasse.

« Ce que je voudrais, disait Lucien, c'est raconter l'histoire, non point d'un personnage, mais d'un endroit, — tiens, par exemple, d'une allée de jardin, comme celle-ci, raconter ce qui s'y passe — depuis le matin jusqu'au soir. Il y viendrait d'abord des bonnes d'enfants, des nourrices avec des rubans... Non, non... d'abord des gens tout gris, sans sexe ni âge, pour balayer l'allée, arroser l'herbe, changer les fleurs, enfin la scène et le décor avant l'ouverture des grilles, tu comprends? Alors l'entrée des nourrices. Des mioches font des pâtés de sable, se chamaillent; les bonnes les giflent. Ensuite il y a la sortie des petites classes — et puis les ouvrières. Il y a des pauvres qui viennent manger sur un banc. Plus tard des jeunes gens qui se cherchent; d'autres qui se fuient; d'autres qui s'isolent, des rêveurs. Et puis la foule, au moment de la musique et de la sortie des magasins. Des étudiants, comme à présent. Le soir, des amants qui s'embrassent; d'autres qui se quittent en pleurant. Enfin, à la tombée du jour, un vieux couple... Et, tout à coup, un roulement de tambour; on ferme. Tout le monde sort. La pièce est finie. Tu comprends : quelque chose qui donnerait l'impression de la fin de tout, de la mort... mais sans parler de la mort, naturellement.

— Oui, je vois ça très bien, dit Olivier qui songeait à Bernard et n'avait pas écouté un mot.

— Et ça n'est pas tout; ça n'est pas tout! reprit Lucien avec ardeur. Je voudrais, dans une espèce d'épilogue, montrer cette même allée, la nuit, après que tout le monde est parti, déserte, beaucoup plus belle que pendant le jour; dans le grand silence, l'exaltation de tous les bruits naturels : le bruit de la fontaine, du vent dans les feuilles, et le chant d'un oiseau de nuit. J'avais pensé d'abord à y faire circuler des ombres, peut-être

des statues... mais je crois que ça serait plus banal; qu'est-ce que tu en penses ?

— Non, pas de statues, pas de statues, protesta distraitement Olivier; puis, sous le regard triste de l'autre : Eh bien, mon vieux, si tu réussis cela, ce sera épatant », s'écria-t-il chaleureusement.

II

> Il n'y a point de trace, dans les lettres de Poussin, d'aucune obligation qu'il aurait eue à ses parents. Jamais dans la suite il ne marqua de regrets de s'être éloigné d'eux. Transplanté volontairement à Rome, il perdit tout désir de retour, on dirait même tout souvenir.
>
> Paul DESJARDINS *(Poussin)*.

Monsieur Profitendieu était pressé de rentrer et trouvait que son collègue Molinier, qui l'accompagnait le long du boulevard Saint-Germain, marchait bien lentement. Albéric Profitendieu venait d'avoir au Palais une journée particulièrement chargée : il s'inquiétait de sentir une certaine pesanteur au côté droit; la fatigue, chez lui, portait sur le foie, qu'il avait un peu délicat. Il songeait au bain qu'il allait prendre; rien ne le reposait mieux des soucis du jour qu'un bon bain; en prévision de quoi il n'avait pas goûté ce jourd'hui, estimant qu'il n'est prudent d'entrer dans l'eau, fût-elle tiède, qu'avec un estomac non chargé. Après tout, ce n'était peut-être là qu'un préjugé; mais les préjugés sont les pilotis de la civilisation.

Oscar Molinier pressait le pas tant qu'il pouvait et faisait effort pour suivre Profitendieu, mais il était beaucoup plus court que lui et de moindre développement crural; de plus, le cœur un peu capitonné de graisse, il s'essoufflait facilement. Profitendieu, encore vert à cinquante-cinq ans, de coffre creux et de démarche alerte, l'aurait plaqué volontiers; mais il était très soucieux des convenances; son collègue était plus âgé que lui, plus avancé dans la carrière : il lui devait le

respect. Il avait, de plus, à se faire pardonner sa fortune qui, depuis la mort des parents de sa femme, était considérable, tandis que monsieur Molinier n'avait pour tout bien que son traitement de président de chambre, traitement dérisoire et hors de proportion avec la haute situation qu'il occupait avec une dignité d'autant plus grande qu'elle palliait sa médiocrité. Profitendieu dissimulait son impatience; il se retournait vers Molinier et regardait celui-ci s'éponger; au demeurant ce que lui disait Molinier l'intéressait fort; mais leur point de vue n'était pas le même et la discussion s'échauffait.

« Faites surveiller la maison, disait Molinier. Recueillez les rapports du concierge et de la fausse servante, tout cela va fort bien. Mais faites attention que, pour peu que vous poussiez un peu trop avant cette enquête, l'affaire vous échappera... Je veux dire qu'elle risque de vous entraîner beaucoup plus loin que vous ne pensiez tout d'abord.

— Ces préoccupations n'ont rien à voir avec la justice.

— Voyons! Voyons, mon ami; nous savons vous et moi ce que devrait être la justice, et ce qu'elle est. Nous faisons pour le mieux, c'est entendu; mais, si bien que nous fassions, nous ne parvenons à rien que d'approximatif. Le cas qui vous occupe aujourd'hui est particulièrement délicat : sur quinze inculpés, ou qui, sur un mot de vous pourront l'être demain, il y a neuf mineurs. Et certains de ces enfants, vous le savez, sont fils de très honorables familles. C'est pourquoi je considère en l'occurrence le moindre mandat d'arrêt comme une insigne maladresse. Les journaux de parti vont s'emparer de l'affaire, et vous ouvrez la porte à tous les chantages, à toutes les diffamations. Vous aurez beau faire : malgré toute votre prudence vous n'empêcherez pas que des noms propres soient prononcés... Je n'ai pas qualité pour vous donner un conseil, et vous savez combien plus volontiers j'en recevrais de vous dont j'ai toujours reconnu et apprécié la hauteur de vue, la lucidité, la droiture... Mais, à votre place, voici comment j'agirais : je chercherais le moyen de mettre fin à cet abominable scandale en m'emparant des quatre ou cinq instigateurs... Oui, je sais qu'ils sont de prise difficile; mais que diable, c'est notre métier.

Je ferais fermer l'appartement, le théâtre de ces orgies, et je m'arrangerais de manière à prévenir les parents de ces jeunes effrontés, doucement, secrètement, et simplement de manière à empêcher les récidives. Ah! par exemple, faites coffrer les femmes! ça, je vous l'accorde volontiers; il me paraît que nous avons affaire ici à quelques créatures d'une insondable perversité et dont il importe de nettoyer la société. Mais, encore une fois, ne vous saisissez pas des enfants; contentez-vous de les effrayer, puis couvrez tout cela de l'étiquette « ayant agi sans discernement » et qu'ils restent longtemps étonnés d'en être quittes pour la peur. Songez que trois d'entre eux n'ont pas quatorze ans et que les parents sûrement les considèrent comme des anges de pureté et d'innocence. Mais, au fait, cher ami, voyons, entre nous, est-ce que nous songions déjà aux femmes à cet âge ? »

Il s'était arrêté, plus essoufflé par son éloquence que par la marche, et forçait Profitendieu, qu'il tenait par la manche, de s'arrêter aussi..

« Ou si nous y pensions, reprenait-il, c'était idéalement, mystiquement, religieusement si je puis dire. Ces enfants d'aujourd'hui, voyez-vous, ces enfants n'ont plus d'idéal... A propos, comment vont les vôtres ? Bien entendu, je ne disais pas tout cela pour eux. Je sais qu'avec eux, sous votre surveillance, et grâce à l'éducation que vous leur avez donnée, de tels égarements ne sont pas à craindre. »

En effet Profitendieu n'avait eu jusqu'à présent qu'à se louer de ses fils; mais il ne se faisait pas d'illusion : la meilleure éducation du monde ne prévalait pas contre les mauvais instincts; Dieu merci, ses enfants n'avaient pas de mauvais instincts, non plus que les enfants de Molinier sans doute; aussi se garaient-ils d'eux-mêmes des mauvaises fréquentations et des mauvaises lectures. Car que sert d'interdire ce qu'on ne peut pas empêcher ? Les livres qu'on lui défend de lire, l'enfant les lit en cachette. Lui, son système est bien simple : les mauvais livres, il n'en défendait pas la lecture; mais il s'arrangeait de façon que ses enfants n'aient aucune envie de les lire. Quant à l'affaire en question, il y réfléchirait encore et promettait en tout cas de ne rien faire sans en aviser Molinier. Simplement on continuerait à exercer une

discrète surveillance et, puisque le mal durait déjà depuis trois mois, il pouvait bien continuer quelques jours ou quelques semaines encore. Au surplus, les vacances se chargeraient de disperser les délinquants. Au revoir.

Profitendieu put enfin presser le pas.

Sitôt rentré, il courut à son cabinet de toilette et ouvrit les robinets de la baignoire. Antoine guettait le retour de son maître et fit en sorte de le croiser dans le corridor.

Ce fidèle serviteur était dans la maison depuis quinze ans; il avait vu grandir les enfants. Il avait pu voir bien des choses; il en soupçonnait beaucoup d'autres, mais faisait mine de ne remarquer rien de ce qu'on prétendait lui cacher. Bernard ne laissait pas d'avoir de l'affection pour Antoine. Il n'avait pas voulu partir sans lui dire adieu. Et peut-être par irritation contre sa famille se plaisait-il à mettre un simple domestique dans la confidence de ce départ que ses proches ignoraient; mais il faut dire à la décharge de Bernard qu'aucun des siens n'était alors à la maison. De plus Bernard n'aurait pu leur dire adieu sans qu'ils cherchassent à le retenir. Il redoutait les explications. A Antoine il pouvait dire simplement : « Je m'en vais. » Mais ce faisant il lui tendait la main d'une façon si solennelle que le vieux serviteur s'étonna.

« Monsieur Bernard ne rentre pas dîner ?

— Ni pour coucher, Antoine. Et comme l'autre restait indécis ne sachant trop ce qu'il devait comprendre, ni s'il devait interroger davantage, Bernard répéta plus intentionnellement : « Je m'en vais », puis il ajouta :

— J'ai laissé une lettre sur le bureau de... Il ne put se résoudre à dire : de papa, il se reprit : ... sur la table du bureau. Adieu. »

En serrant la main d'Antoine, il était ému comme s'il prenait congé du même coup de son passé; il répéta bien vite adieu, puis partit, avant de laisser éclater le gros sanglot qui montait à sa gorge.

Antoine doutait si ce n'était point une grave responsabilité que de le laisser partir ainsi — mais comment eût-il pu le retenir ?

Que ce départ de Bernard fût pour toute la famille un événement inattendu, monstrueux, Antoine le sentait

de reste, mais son rôle de parfait serviteur était de ne paraître pas s'en étonner. Il n'avait pas à savoir ce que monsieur Profitendieu ne savait pas. Sans doute aurait-il pu lui dire simplement : « Monsieur sait-il que monsieur Bernard est parti ? » mais il perdait ainsi tout avantage et cela n'était pas plaisant du tout. S'il attendait son maître avec tant d'impatience, c'était pour lui glisser, sur un ton neutre, déférent, et comme un simple avis que l'eût chargé de transmettre Bernard, cette phrase qu'il avait longuement préparée :

« Avant de s'en aller, monsieur Bernard a laissé une lettre pour Monsieur dans le bureau. Phrase si simple qu'elle risquait de demeurer inaperçue; il avait vainement cherché quelque chose de plus gros, sans rien trouver qui fût à la fois naturel. Mais comme il n'arrivait jamais à Bernard de s'absenter, monsieur Profitendieu, qu'Antoine observait du coin de l'œil, ne put réprimer un sursaut :

— Comment ! avant de... »

Il se ressaisit aussitôt; il n'avait pas à laisser paraître son étonnement devant un subalterne; le sentiment de sa supériorité ne le quittait point. Il acheva d'un ton très calme, magistral vraiment :

« C'est bien. »

Et tout en gagnant son cabinet :

« Où dis-tu qu'elle est, cette lettre ?
— Sur le bureau de Monsieur. »

Profitendieu, sitôt entré dans la pièce, vit en effet une enveloppe posée d'une manière bien apparente en face du fauteuil où il avait coutume de s'asseoir pour écrire; mais Antoine ne lâchait pas prise si vite, et monsieur Profitendieu n'avait pas lu deux lignes de la lettre, qu'il entendait frapper à la porte.

« J'oubliais de dire à Monsieur qu'il y a deux personnes qui attendent dans le petit salon.
— Quelles personnes ?
— Je ne sais pas.
— Elles sont ensemble ?
— Il ne paraît pas.
— Qu'est-ce qu'elles me veulent ?
— Je ne sais pas. Elles voudraient voir Monsieur. »

Profitendieu sentit que la patience lui échappait.

« J'ai déjà dit et répété que je ne voulais pas qu'on

vienne me déranger ici — surtout à cette heure; j'ai mes jours et mes heures de réception au Palais... Pourquoi les as-tu introduites ?

— Elles ont dit toutes deux qu'elles avaient quelque chose de pressé à dire à Monsieur.

— Elles sont ici depuis longtemps ?

— Depuis bientôt une heure. »

Profitendieu fit quelques pas dans la pièce et passa une main sur son front; de l'autre il tenait la lettre de Bernard. Antoine restait devant la porte, digne, impassible. Enfin il eut la joie de voir le juge perdre son calme et l'entendre, pour la première fois de sa vie, frappant du pied, gronder :

« Qu'on me fiche la paix! Qu'on me fiche la paix! Dis-leur que je suis occupé. Qu'elles reviennent un autre jour. »

Antoine n'était pas plus tôt sorti que Profitendieu courut à la porte :

« Antoine! Antoine!... Et puis, va fermer les robinets de la baignoire. »

Il était bien question d'un bain! Il s'approcha de la fenêtre et lut :

« Monsieur,

» J'ai compris, à la suite de certaine découverte que j'ai faite par hasard cet après-midi, que je dois cesser de vous considérer comme mon père, et c'est pour moi un immense soulagement. En me sentant si peu d'amour pour vous, j'ai longtemps cru que j'étais un fils dénaturé; je préfère savoir que je ne suis pas votre fils du tout. Peut-être estimez-vous que je vous dois la reconnaissance pour avoir été traité par vous comme un de vos enfants; mais d'abord j'ai toujours senti entre eux et moi votre différence d'égards, et puis tout ce que vous en avez fait, je vous connais assez pour savoir que c'était par horreur du scandale, pour cacher une situation qui ne vous faisait pas beaucoup honneur — et enfin parce que vous ne pouviez faire autrement. Je préfère partir sans revoir ma mère, parce que je craindrais, en lui faisant mes adieux définitifs, de m'attendrir et aussi parce que devant moi, elle pourrait se sentir dans une fausse situation — ce qui me serait désagréable. Je doute que son affection pour moi soit bien vive; comme

j'étais le plus souvent en pension, elle n'a guère eu le temps de me connaître, et comme ma vue lui rappelait sans cesse quelque chose de sa vie qu'elle aurait voulu effacer, je pense qu'elle me verra partir avec soulagement et plaisir. Dites-lui, si vous en avez le courage, que je ne lui en veux pas de m'avoir fait bâtard; qu'au contraire, je préfère ça à savoir que je suis né de vous. (Excusez-moi de parler ainsi; mon intention n'est pas de vous écrire des insultes; mais ce que j'en dis va vous permettre de me mépriser, et cela vous soulagera.)

» Si vous désirez que je garde le silence sur les secrètes raisons qui m'ont fait quitter votre foyer, je vous prie de ne point chercher à m'y faire revenir. La décision que je prends de vous quitter est irrévocable. Je ne sais ce qu'a pu vous coûter mon entretien jusqu'à ce jour; je pouvais accepter de vivre à vos dépens tant que j'étais dans l'ignorance, mais il va sans dire que je préfère ne rien recevoir de vous à l'avenir. L'idée de vous devoir quoi que ce soit m'est intolérable et je crois que, si c'était à recommencer, je préférerais mourir de faim plutôt que de m'asseoir à votre table. Heureusement il me semble me souvenir d'avoir entendu dire que ma mère, quand elle vous a épousé, était plus riche que vous. Je suis donc libre de penser que je n'ai vécu qu'à sa charge. Je la remercie, la tiens quitte de tout le reste, et lui demande de m'oublier. Vous trouverez bien un moyen d'expliquer mon départ auprès de ceux qui pourraient s'en étonner. Je vous permets de me charger (mais je sais bien que vous n'attendrez pas ma permission pour le faire).

» Je signe du ridicule nom qui est le vôtre, que je voudrais pouvoir vous rendre, et qu'il me tarde de déshonorer.

<div style="text-align:right">Bernard Profitendieu.</div>

» *P.-S.* — Je laisse chez vous toutes mes affaires qui pourront servir à Caloub plus légitimement, je l'espère pour vous. »

Monsieur Profitendieu gagna, en chancelant, un fauteuil. Il eût voulu réfléchir, mais les idées tourbillonnaient confusément dans sa tête. De plus, il ressentait un petit pincement au côté droit, là, sous les

côtes; il n'y couperait pas : c'était la crise de foie. Y avait-il seulement de l'eau de Vichy à la maison ? Si au moins son épouse était rentrée! Comment allait-il l'avertir de la fuite de Bernard ? Devait-il lui montrer la lettre ? Elle est injuste, cette lettre, abominablement injuste. Il devrait s'en indigner surtout. Il voudrait prendre pour de l'indignation sa tristesse. Il respire fortement et à chaque expiration exhale un « ah! mon Dieu! » rapide et faible comme un soupir. Sa douleur au côté se confond avec sa tristesse, la prouve et la localise. Il lui semble qu'il a du chagrin au foie. Il se jette dans un fauteuil et relit la lettre de Bernard. Il hausse tristement les épaules. Certes elle est cruelle pour lui, cette lettre; mais il y sent du dépit, du défi, de la jactance. Jamais aucun de ses autres enfants, de ses vrais enfants, n'aurait été capable d'écrire ainsi, non plus qu'il n'en aurait été capable lui-même; il le sait bien, car il n'est rien en eux qu'il n'ait connu de reste en lui-même. Certes il a toujours cru qu'il devait blâmer ce qu'il sentait en Bernard de neuf, de rude, et d'indompté; mais il a beau le croire encore, il sent bien que c'est précisément à cause de cela qu'il l'aimait comme il n'avait jamais aimé les autres.

Depuis quelques instants on entendait dans la pièce d'à côté Cécile qui, rentrée du concert, s'était mise au piano et répétait avec obstination la même phrase d'une barcarolle. A la fin Albéric Profitendieu n'y tint plus. Il entrouvrit la porte du salon et, d'une voix plaintive, quasi suppliante, car la colique hépatique commençait à le faire cruellement souffrir (au surplus il a toujours été quelque peu timide avec elle) :

« Ma petite Cécile, voudrais-tu t'assurer qu'il y a de l'eau de Vichy à la maison; et s'il n'y en a pas, en envoyer chercher. Et puis tu serais gentille d'arrêter un peu ton piano.

— Tu es souffrant ?

— Mais non, mais non. Simplement j'ai besoin de réfléchir un peu jusqu'au dîner et ta musique me dérange. »

Et, par gentillesse, car la souffrance le rend doux, il ajoute :

« C'est bien joli ce que tu jouais là. Qu'est-ce que c'est ? »

Mais il sort sans avoir entendu la réponse. Du reste

sa fille qui sait qu'il n'entend rien à la musique et confond *Viens Poupoule* avec la marche de Tannhaüser (du moins c'est elle qui le dit), n'a pas l'intention de lui répondre. Mais voici qu'il rouvre la porte :

« Ta mère n'est pas rentrée ?

— Non, pas encore. »

C'est absurde. Elle allait rentrer si tard qu'il n'aurait pas le temps de lui parler avant le dîner. Qu'est-ce qu'il pourrait inventer pour expliquer provisoirement l'absence de Bernard ? Il ne pouvait pourtant pas raconter la vérité, livrer aux enfants le secret de l'égarement passager de leur mère. Ah ! tout était si bien pardonné, oublié, réparé. La naissance d'un dernier fils avait scellé leur réconciliation. Et soudain ce spectre vengeur qui ressort du passé, ce cadavre que le flot ramène...

Allons ! qu'est-ce que c'est encore ? La porte de son bureau s'est ouverte sans bruit ; vite, il glisse la lettre dans la poche intérieure de son veston ; la portière tout doucement se soulève. C'est Caloub.

« Papa, dis... Qu'est-ce que ça veut dire, cette phrase latine. Je n'y comprends rien...

— Je t'ai déjà dit de ne pas entrer sans frapper. Et puis je ne veux pas que tu viennes me déranger comme ça à tout bout de champ. Tu prends l'habitude de te faire aider et de te reposer sur les autres, au lieu de donner un effort personnel. Hier, c'était ton problème de géométrie, aujourd'hui c'est une... de qui est-elle ta phrase latine ? »

Caloub tend son cahier :

« Il ne nous a pas dit ; mais, tiens, regarde : toi tu vas reconnaître. Il nous l'a dictée, mais j'ai peut-être mal écrit. Je voudrais savoir au moins si c'est correct... »

Monsieur Profitendieu prend le cahier, mais il souffre trop. Il repousse doucement l'enfant :

« Plus tard. On va dîner. Charles est-il rentré ?

— Il est redescendu à son cabinet. (C'est au rez-de-chaussée que l'avocat reçoit sa clientèle.)

— Va lui dire qu'il vienne me trouver. Va vite. »

Un coup de sonnette ! Madame Profitendieu rentre enfin, elle s'excuse d'être en retard ; elle a dû faire beaucoup de visites. Elle s'attriste de trouver son mari souffrant. Que peut-on faire pour lui ? C'est vrai qu'il

a très mauvaise mine. — Il ne pourra manger. Qu'on se mette à table sans lui. Mais qu'après le repas elle vienne le retrouver avec les enfants. — Bernard ? — Ah! c'est vrai; son ami... tu sais bien, celui avec qui il prenait des répétitions de mathématiques, est venu l'emmener dîner.

Profitendieu se sentait mieux. Il avait d'abord eu peur d'être trop souffrant pour pouvoir parler. Pourtant il importait de donner une explication de la disparition de Bernard. Il savait maintenant ce qu'il devait dire, si douloureux que cela fût. Il se sentait ferme et résolu. Sa seule crainte, c'était que sa femme ne l'interrompît par des pleurs, par un cri; qu'elle ne se trouvât mal...

Une heure plus tard, elle entre avec les trois enfants; s'approche. Il la fait asseoir près de lui contre son fauteuil.

« Tâche de te tenir, lui dit-il à voix basse, mais sur un ton impérieux; et ne dis pas un mot, tu m'entends. Nous causerons ensuite tous les deux. »

Et tandis qu'il parle, il garde une de ses mains à elle dans les siennes.

« Allons; asseyez-vous, mes enfants. Cela me gêne de vous sentir là, debout devant moi comme pour un examen. J'ai à vous dire quelque chose de très triste. Bernard nous a quittés et nous ne le reverrons plus... d'ici quelque temps. Il faut que je vous apprenne aujourd'hui ce que je vous ai caché d'abord, désireux que j'étais de vous voir aimer Bernard comme un frère; car votre mère et moi nous l'aimions comme notre enfant. Mais il n'était pas notre enfant... et un oncle à lui, un frère de sa vraie mère qui nous l'avait confié en mourant... est venu ce soir le reprendre. »

Un pénible silence suit ses paroles et l'on entend renifler Caloub. Chacun attend, pensant qu'il va parler davantage. Mais il fait un geste de la main :

« Allez maintenant, mes enfants. J'ai besoin de causer avec votre mère. »

Après qu'ils sont partis, monsieur Profitendieu reste longtemps sans rien dire. La main que madame Profitendieu a laissée dans les siennes est comme morte. De l'autre, elle a porté son mouchoir à ses yeux. Elle

s'accoude à la grande table, et se détourne pour pleurer. A travers les sanglots qui la secouent, Profitendieu l'entend murmurer :

« Oh! vous êtes cruel... Oh! vous l'avez chassé... »

Tout à l'heure, il avait résolu de ne pas lui montrer la lettre de Bernard; mais devant cette accusation si injuste, il la lui tend :

« Tiens : lis.

— Je ne peux pas.

— Il faut que tu lises. »

Il ne songe plus à son mal. Il la suit des yeux, tout le long de la lettre, ligne après ligne. Tout à l'heure en parlant, il avait peine à retenir ses larmes; à présent l'émotion même l'abandonne; il regarde sa femme. Que pense-t-elle ? De la même voix plaintive, à travers les mêmes sanglots, elle murmure encore :

« Oh! pourquoi lui as-tu parlé... Tu n'aurais pas dû lui dire.

— Mais tu vois bien que je ne lui ai rien dit... Lis mieux sa lettre.

— J'ai bien lu... Mais alors comment a-t-il découvert ? Qui lui a dit ?... »

Quoi! c'est à cela qu'elle songe! C'est là l'accent de sa tristesse! Ce deuil devrait les réunir. Hélas! Profitendieu sent confusément leurs pensées à tous deux prendre une direction divergente. Et tandis qu'elle se plaint, qu'elle accuse, qu'elle revendique, il essaye d'incliner cet esprit rétif vers des sentiments plus pieux :

« Voilà l'expiation », dit-il.

Il s'est levé, par instinctif besoin de dominer; il se tient à présent tout dressé, oublieux et insoucieux de sa douleur physique, et pose gravement, tendrement, autoritairement la main sur l'épaule de Marguerite. Il sait bien qu'elle ne s'est jamais que très imparfaitement repentie de ce qu'il a toujours voulu considérer comme une défaillance passagère; il voudrait lui dire à présent que cette tristesse, cette épreuve pourra servir à son rachat; mais il cherche en vain une formule qui le satisfasse et qu'il puisse espérer faire entendre. L'épaule de Marguerite résiste à la douce pression de sa main. Marguerite sait si bien que toujours, insupportablement, quelque enseignement moral doit sortir, accouché par lui, des moindres événements de la vie; il interprète

et traduit tout selon son dogme. Il se penche vers elle. Voici ce qu'il voudrait lui dire :

« Ma pauvre amie, vois-tu : il ne peut naître rien de bon du péché. Il n'a servi de rien de chercher à couvrir ta faute. Hélas! j'ai fait ce que j'ai pu pour cet enfant; je l'ai traité comme le mien propre. Dieu nous montre à présent que c'était une erreur, de prétendre... »

Mais dès la première phrase il s'arrête.

Et sans doute comprend-elle ces quelques mots si chargés de sens; sans doute ont-ils pénétré dans son cœur, car elle est reprise de sanglots, encore plus violents que d'abord, elle qui depuis quelques instants ne pleurait plus; puis elle se plie comme prête à s'agenouiller devant lui, qui se courbe vers elle et la maintient. Que dit-elle à travers ses larmes ? Il se penche jusqu'à ses lèvres. Il entend :

« Tu vois bien... Tu vois bien... Ah! pourquoi m'as-tu pardonné... ? Ah! je n'aurais pas dû revenir! »

Presque il est obligé de deviner ses paroles. Puis elle se tait. Elle non plus ne peut exprimer davantage. Comment lui eût-elle dit qu'elle se sentait emprisonnée dans cette vertu qu'il exigeait d'elle; qu'elle étouffait; que ce n'était pas tant sa faute qu'elle regrettait à présent, que de s'en être repentie. Profitendieu s'était redressé :

« Ma pauvre amie, dit-il sur un ton digne et sévère, je crains que tu ne sois un peu butée ce soir. Il est tard. Nous ferions mieux d'aller nous coucher. »

Il l'aide à se relever, puis l'accompagne jusqu'à sa chambre, pose ses lèvres sur son front, puis retourne dans son bureau et se jette dans un fauteuil. Chose étrange, sa crise de foie s'est calmée; mais il se sent brisé. Il reste le front dans les mains, trop triste pour pleurer. Il n'entend pas frapper à la porte, mais, au bruit de la porte qui s'ouvre, lève la tête : c'est son fils Charles :

« Je venais te dire bonsoir. »

Charles s'approche. Il a tout compris. Il veut le donner à entendre à son père. Il voudrait lui témoigner sa pitié, sa tendresse, sa dévotion, mais, qui le croirait d'un avocat : il est on ne peut plus maladroit à s'exprimer; ou peut-être devient-il maladroit précisément lorsque ses sentiments sont sincères. Il embrasse son

père. La façon insistante qu'il a de poser, d'appuyer sa tête sur l'épaule de son père et de l'y laisser quelque temps, persuade celui-ci qu'il a compris. Il a si bien compris que le voici qui, relevant un peu la tête, demande, gauchement, comme tout ce qu'il fait, — mais il a le cœur si tourmenté qu'il ne peut se retenir de demander :

« Et Caloub ? »

La question est absurde, car, autant Bernard différait des autres enfants, autant chez Caloub l'air de famille est sensible. Profitendieu tape sur l'épaule de Charles :

« Non; non; rassure-toi. Bernard seul. »

Alors Charles, sentencieusement :

« Dieu chasse l'intrus pour... »

Mais Profitendieu l'arrête; qu'a-t-il besoin qu'on lui parle ainsi ?

« Tais-toi. »

Le père et le fils n'ont plus rien à se dire. Quittons-les. Il est bientôt onze heures. Laissons madame Profitendieu dans sa chambre, assise sur une petite chaise droite peu confortable. Elle ne pleure pas; elle ne pense à rien. Elle voudrait, elle aussi, s'enfuir; mais elle ne le fera pas. Quand elle était avec son amant, le père de Bernard, que nous n'avons pas à connaître, elle se disait : Va, tu auras beau faire; tu ne seras jamais qu'une honnête femme. Elle avait peur de la liberté, du crime, de l'aisance; ce qui fit qu'au bout de dix jours elle rentrait repentante au foyer. Ses parents autrefois avaient bien raison de lui dire : Tu ne sais jamais ce que tu veux. Quittons-la. Cécile dort déjà. Caloub considère avec désespoir sa bougie; elle ne durera pas assez pour lui permettre d'achever un livre d'aventures, qui le distrait du départ de Bernard. J'aurais été curieux de savoir ce qu'Antoine a pu raconter à son amie la cuisinière; mais on ne peut tout écouter. Voici l'heure où Bernard doit aller retrouver Olivier. Je ne sais pas trop où il dîna ce soir, ni même s'il dîna du tout. Il a passé sans encombre devant la loge du concierge; il monte en tapinois l'escalier...

III

*Plenty and peace breeds cowards ; hardness ever
Of hardiness is mother.*
 SHAKESPEARE.

OLIVIER s'était mis au lit pour recevoir le baiser de sa mère, qui venait embrasser ses deux derniers enfants dans leur lit tous les soirs. Il aurait pu se rhabiller pour recevoir Bernard, mais il doutait encore de sa venue et craignait de donner l'éveil à son jeune frère. Georges d'ordinaire s'endormait vite et se réveillait tard; peut-être même ne s'apercevrait-il de rien d'insolite.

En entendant une sorte de grattement discret à la porte, Olivier bondit de son lit, enfonça ses pieds hâtivement dans des babouches et courut ouvrir. Point n'était besoin d'allumer; le clair de lune illuminait suffisamment la chambre. Olivier serra Bernard dans ses bras.

« Comme je t'attendais! Je ne pouvais pas croire que tu viendrais. Tes parents savent que tu ne couches pas chez toi ce soir ? »

Bernard regardait tout droit devant lui, dans le noir. Il haussa les épaules.

« Tu trouves que j'aurais dû leur demander la permission, hein ? »

Le ton de sa voix était si froidement ironique qu'Olivier sentit aussitôt l'absurdité de sa question. Il n'a pas encore compris que Bernard est parti « pour de bon »; il croit qu'il n'a l'intention de découcher que ce seul soir et ne s'explique pas bien le motif de cette équipée. Il l'interroge : — Quand Bernard compte-t-il rentrer ? — Jamais! — Le jour se fait dans l'esprit d'Olivier. Il a grand souci de se montrer à la hauteur des circonstances et ne se laisser surprendre par rien; pourtant un : « C'est énorme, ce que tu fais là » lui échappe.

Il ne déplaît pas à Bernard d'étonner un peu son ami; il est surtout sensible à ce qui perce d'admiration dans cette interjection; mais il hausse de nouveau les

épaules. Olivier lui a pris la main; il est très grave; il demande anxieusement :

« Mais... pourquoi t'en vas-tu ?

— Ah! ça, mon vieux, c'est des affaires de famille. Je ne peux pas te le dire. Et pour ne pas avoir l'air trop sérieux, il s'amuse, du bout de son soulier, à faire tomber la babouche qu'Olivier balance au bout de son pied, car ils se sont assis au bord du lit.

— Alors où vas-tu vivre ?
— Je ne sais pas.
— Et avec quoi ?
— On verra ça.
— Tu as de l'argent ?
— De quoi déjeuner demain.
— Et ensuite ?
— Ensuite il faudra chercher. Bah! je trouverai bien quelque chose. Tu verras; je te raconterai. »

Olivier admire immensément son ami. Il le sait de caractère résolu; pourtant, il doute encore; à bout de ressources et pressé par le besoin bientôt, ne va-t-il pas chercher à rentrer ? Bernard le rassure : il tentera n'importe quoi plutôt que de retourner près des siens. Et comme il répète à plusieurs reprises et toujours plus sauvagement : n'importe quoi — une angoisse étreint le cœur d'Olivier. Il voudrait parler, mais il n'ose. Enfin, il commence, en baissant la tête et d'une voix mal assurée :

« Bernard... tout de même, tu n'as pas l'intention de... Mais il s'arrête. Son ami lève les yeux et, sans bien voir Olivier, distingue sa confusion.

— De quoi ? demande-t-il. Qu'est-ce que tu veux dire ? Parle. De voler ? »

Olivier remue la tête. Non, ce n'est pas cela. Soudain il éclate en sanglots; il étreint convulsivement Bernard.

« Promets que tu ne te... »

Bernard l'embrasse, puis le repousse en riant. Il a compris :

« Ça, je te le promets. Non, je ne ferai pas le marlou. Et il ajoute : — Avoue tout de même que ça serait le plus simple. Mais Olivier se sent rassuré; il sait bien que ces derniers mots ne sont dits que par affectation de cynisme.

— Ton examen ?

— Oui; c'est ça qui m'embête. Je ne voudrais tout de même pas le rater. Je crois que je suis prêt; c'est plutôt une question de ne pas être fatigué ce jour-là. Il faut que je me tire d'affaire très vite. C'est un peu risqué; mais... je m'en tirerai; tu verras. »

Ils restent un instant silencieux. La seconde babouche est tombée. Bernard :

« Tu vas prendre froid. Recouche-toi.

— Non, c'est toi qui vas te coucher.

— Tu plaisantes! Allons, vite — et il force Olivier à rentrer dans le lit défait.

— Mais toi? Où vas-tu dormir?

— N'importe où. Par terre. Dans un coin. Il faut bien que je m'habitue.

— Non, écoute. Je veux te dire quelque chose, mais je ne pourrai pas si je ne te sens pas tout près de moi. Viens dans mon lit. Et après que Bernard, qui s'est en un instant dévêtu, l'a rejoint : — Tu sais, ce que je t'avais dit l'autre fois... Ça y est. J'y ai été. »

Bernard comprend à demi-mot. Il presse contre lui son ami, qui continue :

« Eh bien! mon vieux, c'est dégoûtant. C'est horrible... Après, j'avais envie de cracher, de vomir, de m'arracher la peau, de me tuer.

— Tu exagères.

— Ou de la tuer, elle...

— Qui était-ce? Tu n'as pas été imprudent, au moins?

— Non, c'est une gonzesse que Dhurmer connaît bien; à qui il m'avait présenté. C'est surtout sa conversation qui m'écœurait. Elle n'arrêtait pas de parler. Et ce qu'elle est bête! Je ne comprends pas qu'on ne se taise pas à ces moments-là. J'aurais voulu la bâillonner, l'étrangler...

— Mon pauvre vieux! Tu devais pourtant bien penser que Dhurmer ne pouvait t'offrir qu'une idiote... Était-elle belle, au moins?

— Si tu crois que je l'ai regardée!

— Tu es un idiot. Tu es un amour. Dormons... Est-ce qu'au moins tu as bien...

— Parbleu! C'est bien ça qui me dégoûte le plus : c'est que j'aie pu tout de même... tout comme si je la désirais.

— Eh bien! mon vieux, c'est épatant.

— Tais-toi donc. Si c'est ça l'amour, j'en ai soupé pour longtemps.

— Quel gosse tu fais!

— J'aurais voulu t'y voir.

— Oh! moi, tu sais, je ne cours pas après. Je te l'ai dit : j'attends l'aventure. Comme ça, froidement, ça ne me dit rien. N'empêche que si je...

— Que si tu...?

— Que si elle... Rien; dormons. Et brusquement il tourne le dos, s'écartant un peu de ce corps dont la chaleur le gêne. Mais Olivier, au bout d'un instant :

— Dis... tu crois que Barrès sera élu?

— Parbleu!... Ça te congestionne?

— Je m'en fous! Dis... Écoute un peu... Il pèse sur l'épaule de Bernard qui se retourne. — Mon frère a une maîtresse.

— Georges? »

Le petit, qui fait semblant de dormir, mais qui écoute tout, l'oreille tendue dans le noir, en entendant son nom, retient son souffle.

« Tu es fou! Je te parle de Vincent. (Plus âgé qu'Olivier, Vincent vient d'achever ses premières années de médecine.)

— Il te l'a dit?

— Non. Je l'ai appris sans qu'il s'en doute. Mes parents n'en savent rien.

— Qu'est-ce qu'ils diraient, s'ils apprenaient?

— Je ne sais pas. Maman serait au désespoir. Papa lui demanderait de rompre ou d'épouser.

— Parbleu! les bourgeois honnêtes ne comprennent pas qu'on puisse être honnête autrement qu'eux. Comment l'as-tu appris, toi?

— Voici : depuis quelque temps Vincent sort la nuit, après que mes parents sont couchés. Il fait le moins de bruit qu'il peut en descendant, mais je reconnais son pas dans la rue. La semaine dernière, mardi je crois, la nuit était si chaude que je ne pouvais pas rester couché. Je me suis mis à la fenêtre pour respirer mieux. J'ai entendu la porte d'en bas s'ouvrir et se refermer. Je me suis penché, et quand il a passé près du réverbère, j'ai reconnu Vincent. Il était minuit passé. C'était la première fois. Je veux dire : la première

fois que je le remarquais. Mais, depuis que je suis averti, je surveille — oh! sans le vouloir... et presque chaque nuit je l'entends sortir. Il a sa clef et mes parents lui ont arrangé notre ancienne chambre, à Georges et à moi, en cabinet de consultation, pour quand il aura de la clientèle. Sa chambre est à côté, à gauche du vestibule, tandis que le reste de l'appartement est à droite. Il peut sortir et rentrer quand il veut, sans qu'on le sache. D'ordinaire je ne l'entends pas rentrer, mais avant-hier, lundi soir, je ne sais ce que j'avais; je songeais au projet de revue de Dhurmer... Je ne pouvais pas m'endormir. J'ai entendu des voix dans l'escalier; j'ai pensé que c'était Vincent.

— Il était quelle heure ? demande Bernard, non tant par désir de le savoir que pour marquer son intérêt.

— Trois heures du matin, je pense. Je me suis levé et j'ai mis mon oreille contre la porte. Vincent causait avec une femme. Ou plutôt c'était elle seule qui parlait.

— Alors comment savais-tu que c'était lui ? Tous les locataires passent devant ta porte.

— C'est même rudement gênant quelquefois : plus il est tard, plus ils font de chahut en montant; ce qu'ils se fichent des gens qui dorment!... Ça ne pouvait être que lui; j'entendais la femme répéter son nom. Elle lui disait... oh! ça me dégoûte de redire ça...

— Va donc.

— Elle lui disait : « Vincent, mon amant, mon amour, ah! ne me quittez pas! »

— Elle lui disait vous ?

— Oui. N'est-ce pas que c'est curieux ?

— Raconte encore.

— « Vous n'avez plus le droit de m'abandonner à présent. Que voulez-vous que je devienne ? Où voulez-vous que j'aille ? Dites-moi quelque chose. Oh! parlez-moi. » — Et elle l'appelait de nouveau par son nom et répétait : « Mon amant, mon amant », d'une voix de plus en plus triste et de plus en plus basse. Et puis j'ai entendu un bruit (ils devaient être sur les marches) — un bruit comme de quelque chose qui tombe. Je pense qu'elle s'est jetée à genoux.

— Et lui, il ne répondait rien ?

— Il a dû monter les dernières marches; j'ai entendu la porte de l'appartement qui se refermait. Et ensuite

elle est restée longtemps, tout près, presque contre ma porte. Je l'entendais sangloter.

— Tu aurais dû lui ouvrir.

— Je n'ai pas osé. Vincent serait furieux s'il savait que je suis au courant de ses affaires. Et puis j'ai eu peur qu'elle ne soit très gênée d'être surprise en train de pleurer. Je ne sais pas ce que j'aurais pu lui dire. »

Bernard s'était retourné vers Olivier.

« A ta place, moi, j'aurais ouvert.

— Oh! parbleu, toi tu oses toujours tout. Tout ce qui te passe par la tête, tu le fais.

— Tu me le reproches?

— Non, je t'envie.

— Tu vois qui ça pouvait être, cette femme?

— Comment veux-tu que je sache? Bonne nuit.

— Dis... tu es sûr que Georges ne nous a pas entendus? chuchote Bernard à l'oreille d'Olivier. Ils restent un moment aux aguets.

— Non, il dort, reprend Olivier de sa voix naturelle; et puis il n'aurait pas compris. Sais-tu ce qu'il a demandé, l'autre jour, à papa?... Pourquoi les... »

Cette fois Georges n'y tient plus; il se dresse à demi sur son lit et coupant la parole à son frère :

« Imbécile, crie-t-il; tu n'as donc pas vu que je faisais exprès?... Parbleu oui, j'ai entendu tout ce que vous avez dit tout à l'heure; oh! c'est pas la peine de vous frapper. Pour Vincent je savais ça déjà depuis longtemps. Seulement, mes petits, tâchez maintenant de parler plus bas, parce que j'ai sommeil. Ou taisez-vous. »

Olivier se tourne du côté du mur. Bernard, qui ne dort pas, contemple la pièce. Le clair de lune la fait paraître plus grande. Au fait, il la connaît à peine. Olivier ne s'y tient jamais dans la journée; les rares fois qu'il a reçu Bernard, ç'a été dans l'appartement du dessus. Le clair de lune touche à présent le pied du lit où Georges enfin s'est endormi; il a presque tout entendu de ce qu'a raconté son frère; il a de quoi rêver. Au-dessus du lit de Georges, on distingue une petite bibliothèque à deux rayons où sont des livres de classe. Sur une table, près du lit d'Olivier, Bernard aperçoit un livre de plus grand format; il étend le bras, le saisit pour regarder le titre : — *Tocqueville ;* mais quand il

veut le reposer sur la table, le livre tombe et le bruit réveille Olivier.

« Tu lis du Tocqueville, à présent ?
— C'est Dubac qui m'a prêté ça.
— Ça te plaît ?
— C'est un peu rasoir. Mais il y a des choses très bien.
— Écoute. Qu'est-ce que tu fais demain ? »

Le lendemain, jeudi, les lycéens sont libres. Bernard songe à retrouver peut-être son ami. Il a l'intention de ne plus retourner au lycée; il prétend se passer des derniers cours et préparer son examen tout seul.

« Demain, dit Olivier, je vais à onze heures et demie à la gare Saint-Lazare, pour l'arrivée du train de Dieppe, à la rencontre de mon oncle Édouard qui revient d'Angleterre. L'après-midi, à trois heures, j'irai retrouver Dhurmer au Louvre. Le reste du temps il faut que je travaille.
— Ton oncle Édouard ?
— Oui, c'est un demi-frère de maman. Il est absent depuis six mois, et je ne le connais qu'à peine; mais je l'aime beaucoup. Il ne sait pas que je vais à sa rencontre et j'ai peur de ne pas le reconnaître. Il ne ressemble pas du tout au reste de ma famille; c'est quelqu'un de très bien.
— Qu'est-ce qu'il fait ?
— Il écrit. J'ai lu presque tous ses livres; mais voici longtemps qu'il n'a plus rien publié.
— Des romans ?
— Oui; des espèces de romans.
— Pourquoi est-ce que tu ne m'en as jamais parlé ?
— Parce que tu aurais voulu les lire; et si tu ne les avais pas aimés...
— Eh bien ! achève.
— Eh bien, ça m'aurait fait de la peine. Voilà.
— Qu'est-ce qui te fait dire qu'il est très bien ?
— Je ne sais pas trop. Je t'ai dit que je ne le connais presque pas. C'est plutôt un pressentiment. Je sens qu'il s'intéresse à beaucoup de choses qui n'intéressent pas mes parents, et qu'on peut lui parler de tout. Un jour, c'était peu de temps avant son départ, il avait déjeuné chez nous; tout en causant avec mon père, je sentais qu'il me regardait constamment et ça commençait à me gêner; j'allais sortir de la pièce — c'était la salle

à manger, où l'on s'attardait après le café — mais il a commencé à questionner mon père à mon sujet, ce qui m'a gêné encore bien plus; et tout d'un coup papa s'est levé pour aller chercher des vers que je venais de faire et que j'avais été idiot de lui montrer.

— Des vers de toi?

— Mais si; tu connais; c'est cette pièce de vers que tu trouvais qui ressemblait au *Balcon*. Je savais qu'ils ne valaient rien ou pas grand-chose, et j'étais extrêmement fâché que papa sortît ça. Un instant, pendant que papa cherchait ces vers, nous sommes restés tous les deux seuls dans la pièce, l'oncle Édouard et moi, et j'ai senti que je rougissais énormément; je ne trouvais rien à lui dire; je regardais ailleurs — lui aussi du reste; il a commencé par rouler une cigarette; puis, sans doute pour me mettre un peu à l'aise, car certainement il a vu que je rougissais, il s'est levé et s'est mis à regarder par la fenêtre. Il sifflotait. Tout à coup il m'a dit : « Je suis bien plus gêné que toi. » Mais je crois que c'était par gentillesse. A la fin papa est rentré; il a tendu mes vers à l'oncle Édouard, qui s'est mis à les lire. J'étais si énervé que, s'il m'avait fait des compliments, je crois que je lui aurais dit des injures. Évidemment, papa en attendait, — des compliments; et comme mon oncle ne disait rien, il a demandé : « Eh bien? qu'est-ce que tu en penses? » Mais mon oncle lui a dit en riant : « Ça me gêne de lui en parler devant toi. » Alors papa est sorti en riant aussi. Et quand nous nous sommes trouvés de nouveau seuls, il m'a dit qu'il trouvait mes vers très mauvais; mais ça m'a fait plaisir de le lui entendre dire; et ce qui m'a fait plus de plaisir encore c'est que, tout d'un coup, il a piqué du doigt deux vers, les deux seuls qui me plaisaient dans le poème; il m'a regardé en souriant et a dit : « Ça c'est bon. » N'est-ce pas que c'est bien? Et tu savais de quel ton il m'a dit ça! Je l'aurais embrassé. Puis il m'a dit que mon erreur était de partir d'une idée, et que je ne me laissais pas assez guider par les mots. Je ne l'ai pas bien compris d'abord; mais je crois que je vois à présent ce qu'il voulait dire — et qu'il a raison. Je t'expliquerai ça une autre fois.

— Je comprends maintenant que tu veuilles te trouver à son arrivée.

— Oh! ce que je te raconte là n'est rien, et je ne sais pas pourquoi je te le raconte. Nous nous sommes dit encore beaucoup d'autres choses.

— A onze heures et demie, tu dis ? Comment sais-tu qu'il arrive par ce train ?

— Parce qu'il l'a écrit à maman sur une carte postale; et puis j'ai vérifié sur l'indicateur.

— Tu déjeuneras avec lui ?

— Oh! non, il faut que je sois de retour ici pour midi. J'aurai juste le temps de lui serrer la main; mais ça me suffit... Ah! dis encore, avant que je ne m'endorme : quand est-ce que je te revois ?

— Pas avant quelques jours. Pas avant que je ne me sois tiré d'affaire.

— Mais tout de même... si je pouvais t'aider.

— Si tu m'aidais ? — Non. Ça ne serait pas de jeu. Il me semblerait que je triche. Dors bien. »

IV

> Mon père était une bête, mais ma mère avait de l'esprit; elle était quiétiste; c'était une petite femme douce qui me disait souvent : Mon fils, vous serez damné. Mais cela ne lui faisait point de peine.
>
> FONTENELLE.

Non, ce n'était pas chez sa maîtresse que Vincent Molinier s'en allait ainsi chaque soir. Encore qu'il marche vite, suivons-le. Du haut de la rue Notre-Dame-des-Champs où il habite, Vincent descend jusqu'à la rue Saint-Placide qui la prolonge; puis rue du Bac où quelques bourgeois attardés circulent encore. Il s'arrête rue de Babylone devant une porte cochère, qui s'ouvre. Le voici chez le comte de Passavant. S'il ne venait pas ici souvent il n'entrerait pas si crânement dans ce fastueux hôtel. Le laquais qui lui ouvre sait très bien ce qui se cache de timidité sous cette feinte assurance. Vincent affecte de ne pas lui tendre son chapeau que, de loin, il jette sur un fauteuil. Pourtant, il n'y a pas longtemps que Vincent vient ici. Robert de Passavant, qui

se dit maintenant son ami, est l'ami de beaucoup de monde. Je ne sais trop comment Vincent et lui se sont connus. Au lycée sans doute, encore que Robert de Passavant soit sensiblement plus âgé que Vincent; ils s'étaient perdus de vue quelques années, puis, tout dernièrement, rencontrés de nouveau, certain soir que, par extraordinaire, Olivier accompagnait son frère au théâtre; pendant l'entracte Passavant leur avait à tous deux offert des glaces; il avait appris ce soir-là que Vincent venait d'achever son externat, qu'il était indécis, ne sachant pas s'il se présenterait comme interne; les sciences naturelles, à dire vrai, l'attiraient plus que la médecine; mais la nécessité de gagner sa vie... Bref, Vincent avait accepté volontiers la proposition rémunératrice que lui fit peu de temps après Robert de Passavant, de venir chaque nuit soigner son vieux père, qu'une opération assez grave laissait fort ébranlé : il s'agissait de pansements à renouveler, de délicats sondages, de piqûres, enfin de je ne sais trop quoi qui exigeait des mains expertes. Mais, en plus de ceci, le vicomte avait de secrètes raisons pour se rapprocher de Vincent; et celui-ci en avait d'autres encore pour accepter. La raison secrète de Robert, nous tâcherons de la découvrir par la suite; quant à celle de Vincent, la voici : un grand besoin d'argent le pressait. Lorsqu'on a le cœur bien en place, et qu'une saine éducation vous a inculqué de bonne heure le sens des responsabilités, on ne fait pas un enfant à une femme sans se sentir quelque peu engagé vis-à-vis d'elle, surtout lorsque cette femme a quitté son mari pour vous suivre. Vincent avait mené jusqu'alors une vie assez vertueuse. Son aventure avec Laura lui paraissait, suivant les heures du jour, ou monstrueuse ou toute naturelle. Il suffit, bien souvent, de l'addition d'une quantité de petits faits très simples et très naturels chacun pris à part, pour obtenir un total monstrueux. Il se redisait cela tout en marchant et cela ne le tirait pas d'affaire. Certes il n'avait jamais songé à prendre cette femme définitivement à sa charge, à l'épouser après divorce ou à vivre avec elle sans l'épouser; il était bien forcé de s'avouer qu'il ne ressentait pas pour elle un grand amour; mais il la savait à Paris sans ressources; il avait causé sa détresse : il lui devait, à tout le moins, cette première assistance précaire qu'il

se sentait fort en peine de lui assurer — aujourd'hui moins qu'hier encore, moins que ces jours derniers. Car, la semaine dernière, il possédait encore les cinq mille francs que sa mère avait patiemment et péniblement mis de côté pour faciliter le début de sa carrière; ces cinq mille francs eussent suffi sans doute pour les couches de sa maîtresse, sa pension dans une clinique, les premiers soins donnés à l'enfant. De quel démon alors avait-il écouté le conseil ? La somme, déjà remise en pensée à cette femme, cette somme qu'il lui vouait, lui consacrait, et dont il se fût trouvé bien coupable de rien distraire, quel démon lui souffla, certain soir, qu'elle serait probablement insuffisante ? Non, ce n'était pas Robert de Passavant. Robert jamais n'avait rien dit de semblable; mais sa proposition d'emmener Vincent dans un salon de jeu, tomba précisément ce soir-là. Et Vincent avait accepté.

Ce tripot avait ceci de perfide, que tout s'y passait entre gens du monde, entre amis. Robert présenta son ami Vincent aux uns et aux autres. Vincent, pris au dépourvu, ne put pas jouer gros jeu ce premier soir. Il n'avait presque rien sur lui et refusa les quelques billets que proposa de lui avancer le vicomte. Mais, comme il gagnait, il regretta de n'avoir point risqué davantage et promit de revenir le lendemain.

« A présent, tout le monde ici vous connaît; ce n'est plus la peine que je vous accompagne », lui dit Robert.

Ceci se passait chez Pierre de Brouville, qu'on appelait plus communément Pedro. A partir de ce premier soir, Robert de Passavant avait mis son auto à la disposition de son nouvel ami. Vincent s'amenait vers onze heures, causait un quart d'heure avec Robert en fumant une cigarette, puis montait au premier, et s'attardait auprès du comte plus ou moins de temps suivant l'humeur de celui-ci, sa patience et l'exigence de son état; puis l'auto l'emmenait rue Saint-Florentin, chez Pedro, d'où elle le ramenait une heure plus tard et le reconduisait, non pas précisément chez lui, car il eût craint d'attirer l'attention, mais au plus prochain carrefour.

La nuit avant-dernière, Laura Douviers, assise sur les marches de l'escalier qui mène à l'appartement des Molinier, avait attendu Vincent jusqu'à trois heures;

c'est alors seulement qu'il était rentré. Cette nuit-là, du reste, Vincent n'était pas allé chez Pedro. Il n'avait plus rien à y perdre. Depuis deux jours, il ne lui restait des cinq mille francs plus un sou. Il en avait avisé Laura; il lui avait écrit qu'il ne pouvait plus rien pour elle; qu'il lui conseillait de retourner auprès de son mari, ou de son père; d'avouer tout. Mais l'aveu paraissait désormais impossible à Laura, et même elle ne le pouvait envisager de sang-froid. Les objurgations de son amant ne soulevaient en elle qu'indignation et cette indignation ne la quittait que pour l'abandonner au désespoir. C'est dans cet état que l'avait retrouvée Vincent. Elle avait voulu le retenir; il s'était arraché d'entre ses bras. Certes, il avait dû se raidir, car il était de cœur sensible; mais, plus voluptueux qu'aimant, il s'était fait facilement, de la dureté même, un devoir. Il n'avait rien répondu à ses supplications, à ses plaintes; et, comme Olivier qui les entendit le racontait ensuite à Bernard, elle était restée, après que Vincent eût refermé sa porte sur elle, effondrée sur les marches, à sangloter longtemps, dans le noir.

Depuis cette nuit, plus de quarante heures s'étaient écoulées. Vincent, la veille, n'était pas allé chez Robert de Passavant dont le père semblait se remettre; mais ce soir un télégramme l'avait rappelé. Robert voulait le revoir. Quand Vincent entra dans cette pièce qui servait à Robert de cabinet de travail et de fumoir, où il se tenait le plus souvent et qu'il avait pris soin d'aménager et d'orner à sa guise, Robert lui tendit la main, négligemment, par-dessus son épaule, sans se lever.

Robert écrit. Il est assis devant un bureau couvert de livres. Devant lui, la porte-fenêtre qui donne sur le jardin est grande ouverte au clair de lune. Il parle sans se retourner.

« Savez-vous ce que je suis en train d'écrire ? Mais vous ne le direz pas... hein! vous me promettez... Un manifeste pour ouvrir la revue de Dhurmer. Naturellement, je ne le signe pas... d'autant plus que j'y fais mon éloge... Et puis, comme on finira bien par découvrir que c'est moi qui la commandite, cette revue, je préfère qu'on ne sache pas trop vite que j'y collabore. Ainsi : motus! Mais j'y songe : ne m'avez-vous pas dit que votre jeune frère écrivait ? Comment donc l'appelez-vous ?

— Olivier, dit Vincent.

— Olivier, oui, j'avais oublié... Ne restez donc pas debout comme cela. Prenez un fauteuil. Vous n'avez pas froid ? Voulez-vous que je ferme la fenêtre ?... Ce sont des vers qu'il fait, n'est-ce pas ? Il devrait bien m'en apporter. Naturellement, je ne promets pas de les prendre... mais tout de même cela m'étonnerait qu'ils fussent mauvais. Il a l'air très intelligent, votre frère. Et puis, on sent qu'il est très au courant. Je voudrais causer avec lui. Dites-lui de venir me voir. Hein ? je compte sur vous. Une cigarette ? — et il tend son étui d'argent.

— Volontiers.

— Maintenant écoutez, Vincent ; il faut que je vous parle très sérieusement. Vous avez agi comme un enfant l'autre soir... et moi aussi, du reste. Je ne dis pas que j'ai eu tort de vous emmener chez Pedro ; mais je me sens responsable, un peu, de l'argent que vous avez perdu. Je me dis que c'est moi qui vous l'ai fait perdre. Je ne sais pas si c'est ça qu'on appelle des remords, mais ça commence à me troubler le sommeil et les digestions, ma parole ! et puis je songe à cette pauvre femme dont vous m'avez parlé... Mais ça, c'est un autre département ; n'y touchons pas ; c'est sacré. Ce que je veux vous dire, c'est que je désire, que je veux, oui, absolument, mettre à votre disposition une somme équivalente à celle que vous avez perdue. C'était cinq mille francs, n'est-ce pas ? et que vous allez risquer de nouveau. Cette somme, encore une fois, je considère que c'est moi qui vous l'ai fait perdre ; que je vous la dois ; vous n'avez pas à m'en remercier. Vous me la rendrez si vous gagnez. Sinon, tant pis ! nous serons quittes. Retournez chez Pedro ce soir, comme si de rien n'était. L'auto va vous conduire, puis viendra me chercher ici pour me mener chez lady Griffith, où je vous prie de venir ensuite me retrouver. J'y compte, n'est-ce pas. L'auto retournera vous prendre chez Pedro. »

Il ouvre un tiroir, en sort cinq billets qu'il remet à Vincent :

« Allez vite.

— Mais votre père...

— Ah ! j'oubliais de vous dire : il est mort, il y a... »

Il tira sa montre et s'écrie : « Sapristi, qu'il est tard ! bientôt minuit... Partez vite. — Oui, il y a environ quatre heures. »

Tout cela dit sans précipitation aucune, mais au contraire avec une sorte de nonchaloir.

« Et vous ne restez pas à le...

— A le veiller ? interrompit Robert. Non; mon petit frère s'en charge; il est là-haut avec sa vieille bonne, qui s'entendait avec le défunt mieux que moi... »

Puis, comme Vincent ne bouge pas, il reprend :

« Écoutez, cher ami, je ne voudrais pas vous paraître cynique, mais j'ai horreur des sentiments tout faits. J'avais confectionné dans mon cœur pour mon père, un amour filial sur mesure, mais qui, dans les premiers temps, flottait un peu et que j'avais été amené à rétrécir. Le vieux ne m'a jamais valu dans la vie que des ennuis, des contrariétés, de la gêne. S'il lui restait un peu de tendresse au cœur, ce n'est à coup sûr pas à moi qu'il l'a fait sentir. Mes premiers élans vers lui, du temps que je ne connaissais pas la retenue, ne m'ont valu que des rebuffades, qui m'ont instruit. Vous avez vu vous-même, quand on le soigne... Vous a-t-il jamais dit merci ? Avez-vous obtenu de lui le moindre regard, le plus fugitif sourire ? Il a toujours cru que tout lui était dû. Oh! c'était ce qu'on appelle un caractère. Je crois qu'il a fait beaucoup souffrir ma mère, que pourtant il aimait, si tant est qu'il ait jamais aimé vraiment. Je crois qu'il a fait souffrir tout le monde autour de lui, ses gens, ses chiens, ses chevaux, ses maîtresses; ses amis non, car il n'en avait pas un seul. Sa mort fait dire ouf! à chacun. C'était, je crois, un homme de grande valeur « dans sa partie », comme on dit; mais je n'ai jamais pu découvrir laquelle. Il était très intelligent, c'est sûr. Au fond j'avais pour lui, je garde encore, une certaine admiration. Mais quant à jouer du mouchoir... quant à extraire de moi des pleurs... non, je ne suis plus assez gosse pour cela. Allons! filez vite et dans une heure venez me retrouver chez Lilian. — Quoi? ça vous gêne de ne pas être en smoking ? Comme vous êtes bête! Pourquoi ? Nous serons seuls. Tenez, je vous promets de rester en veston. Entendu. Allumez un cigare avant de sortir. Et renvoyez-moi vite l'auto; elle ira vous reprendre ensuite. »

Il regarda Vincent sortir, haussa les épaules, puis alla

dans sa chambre pour passer son habit, qui l'attendait tout étalé sur un sofa.

Dans une chambre du premier, le vieux comte repose sur le lit mortuaire. On a posé un crucifix sur sa poitrine mais omis de lui joindre les mains. Une barbe de quelques jours adoucit l'angle de son menton volontaire. Les rides transversales qui coupent son front, sous ses cheveux gris relevés en brosse, semblent moins profondes, et comme détendues. L'œil est rentré sous l'arcade sourcilière qu'enfle un buisson de poils. Précisément parce que nous ne devons plus le revoir, je le contemple longuement. Un fauteuil est au chevet du lit dans lequel Séraphine, la vieille bonne, était assise. Mais elle s'est levée. Elle s'approche d'une table où une lampe à huile d'ancien modèle éclaire imparfaitement la pièce; la lampe a besoin d'être remontée. Un abat-jour ramène la clarté sur le livre que lit le jeune Gontran...

« Vous êtes fatigué, monsieur Gontran. Vous feriez mieux d'aller vous coucher. »

Gontran lève un regard très doux sur Séraphine. Ses cheveux blonds, qu'il écarte de son front, flottent sur ses tempes. Il a quinze ans; son visage presque féminin n'exprime que de la tendresse encore, et de l'amour.

« Eh bien! et toi, dit-il. C'est toi qui devrais aller dormir, ma pauvre Fine. Déjà la nuit dernière tu es restée debout presque tout le temps.

— Oh! moi, j'ai l'habitude de veiller; et puis j'ai dormi pendant le jour, tandis que vous...

— Non, laisse. Je ne me sens pas fatigué; et ça me fait du bien de rester ici à méditer et à lire. J'ai si peu connu papa; je crois que je l'oublierais tout à fait si je ne le regardais pas bien maintenant. Je vais veiller auprès de lui jusqu'à ce qu'il fasse jour. Voilà combien de temps, Fine, que tu es chez nous?

— J'y suis depuis l'année d'avant votre naissance; et vous avez bientôt seize ans.

— Tu te souviens bien de maman?

— Si je m'en souviens de votre maman? En voilà une question! c'est comme si vous me demandiez si je me souviens de comment je m'appelle. Pour sûr que je m'en souviens de votre maman.

— Moi aussi je m'en souviens un peu, mais pas très

bien... je n'avais que cinq ans quand elle est morte... Dis... est-ce que papa lui parlait beaucoup ?

— Ça dépendait des jours. Il n'a jamais été très causeur, votre papa ; et il n'aimait pas beaucoup qu'on lui adressât la parole le premier. Mais tout de même, il parlait un peu plus que dans ces derniers temps. — Et puis tenez, il vaut mieux ne pas trop remuer les souvenirs et laisser au Bon Dieu le soin de juger tout ça.

— Tu crois vraiment que le Bon Dieu va s'occuper de tout ça, ma bonne Fine ?

— Si ce n'était pas le Bon Dieu, qui voudriez-vous que ça soit ? »

Gontran pose ses lèvres sur la main rougie de Séraphine.

« Sais-tu ce que tu devrais faire ? — Aller dormir. Je te promets de te réveiller dès qu'il fera clair ; et alors moi, j'irai dormir à mon tour. Je t'en prie. »

Dès que Séraphine l'a laissé seul, Gontran se jette à genoux au pied du lit ; il enfonce son front dans les draps, mais il ne parvient pas à pleurer ; aucun élan ne soulève son cœur. Ses yeux désespérément restent secs. Alors il se relève. Il regarde ce visage impassible. Il voudrait, en ce moment solennel, éprouver je ne sais quoi de sublime et de rare, écouter une communication de l'au-delà, lancer sa pensée dans des régions éthérées, suprasensibles — mais elle reste accrochée, sa pensée, au ras du sol. Il regarde les mains exsangues du mort, et se demande combien de temps encore les ongles continueront à pousser. Il est choqué de voir ces mains disjointes. Il voudrait les rapprocher, les unir, leur faire tenir le crucifix. Ça, c'est une bonne idée. Il songe que Séraphine sera bien étonnée quand elle reverra le mort aux mains jointes, et d'avance il s'amuse de son étonnement ; puis, aussitôt ensuite, il se méprise de s'en amuser. Tout de même, il se penche en avant sur le lit. Il saisit le bras du mort le plus éloigné de lui. Le bras est déjà raide et refuse de se prêter. Gontran veut le forcer à plier, mais il fait bouger tout le corps. Il saisit l'autre bras ; celui-ci paraît un peu plus souple. Gontran a presque amené la main à la place qu'il eût fallu ; il prend le crucifix, tâche de le glisser et de le maintenir entre le pouce et les autres doigts ; mais le contact de cette chair froide le fait faiblir. Il croit qu'il va se trouver mal.

Il a envie de rappeler Séraphine. Il abandonne tout — le crucifix de travers sur le drap chiffonné, le bras qui retombe inerte à sa place première; et, dans le grand silence funèbre, il entend soudain un brutal « Nom de Dieu », qui l'emplit d'effroi, comme si quelqu'un d'autre... Il se retourne; mais non : il est seul. C'est bien de lui qu'a jailli ce juron sonore, du fond de lui qui n'a jamais juré. Puis, il va se rasseoir et se replonge dans sa lecture.

V

> C'était une âme et un corps où
> n'entre jamais l'aiguillon.
> SAINTE-BEUVE.

LILIAN, se redressant à demi, toucha du bout de ses doigts les cheveux châtains de Robert :

« Vous commencez à vous dégarnir, mon ami. Faites attention : vous n'avez que trente ans à peine. La calvitie vous ira très mal. Vous prenez la vie trop au sérieux. »

Robert relève son visage vers elle et la regarde en souriant.

« Pas près de vous, je vous assure.
— Vous avez dit à Molinier de venir nous retrouver ?
— Oui; puisque vous me l'aviez demandé.
— Et... vous lui avez prêté de l'argent ?
— Cinq mille francs, je vous l'avais dit — qu'il va de nouveau perdre chez Pedro.
— Pourquoi voulez-vous qu'il les perde ?
— C'est couru. Je l'ai vu le premier soir. Il joue tout de travers.
— Il a eu le temps d'apprendre... Voulez-vous parier que ce soir il va gagner ?
— Si vous voulez.
— Oh! mais je vous prie de ne pas accepter cela comme une pénitence. J'aime qu'on fasse volontiers ce qu'on fait.
— Ne vous fâchez pas. C'est convenu. S'il gagne, c'est à vous qu'il rendra l'argent. Mais s'il perd, vous me rembourserez. Ça vous va ? »

Elle pressa un bouton de sonnerie :

« Apportez-nous du tokay et trois verres. — Et s'il revient avec les cinq mille francs seulement, on les lui laissera, n'est-ce pas ? S'il ne perd ni ne gagne...

— Ça n'arrive jamais. C'est curieux comme vous vous intéressez à lui.

— C'est curieux que vous ne le trouviez pas intéressant.

— Vous le trouvez intéressant parce que vous êtes amoureuse de lui.

— Ça c'est vrai, mon cher ! On peut vous dire ça, à vous. Mais ce n'est pas pour cela qu'il m'intéresse. Au contraire : quand quelqu'un me prend par la tête, d'ordinaire ça me refroidit. »

Un serviteur reparut, portant sur un plateau le vin et les verres.

« Nous allons boire d'abord pour le pari, puis nous reboirons avec le gagnant. »

Le serviteur versa du vin et ils trinquèrent.

« Moi, je le trouve rasoir, votre Vincent, reprit Robert.

— Oh ! « mon » Vincent !... Comme si ça n'était pas vous qui l'aviez amené ! Et puis je vous conseille de ne pas répéter partout qu'il vous ennuie. On comprendrait trop vite pourquoi vous le fréquentez. »

Robert, se détournant un peu, posa ses lèvres sur le pied nu de Lilian, que celle-ci ramena vers elle aussitôt et cacha sous son éventail.

« Dois-je rougir ? dit-il.

— Avec moi ce n'est pas la peine d'essayer. Vous ne pourriez pas. »

Elle vida son verre, puis :

« Voulez-vous que je vous dise, mon cher. Vous avez toutes les qualités de l'homme de lettres : vous êtes vaniteux, hypocrite, ambitieux, versatile, égoïste...

— Vous me comblez.

— Oui, tout cela c'est charmant. Mais vous ne ferez jamais un bon romancier.

— Parce que ?

— Parce que vous ne savez pas écouter.

— Il me semble que je vous écoute fort bien.

— Bah ! Lui, qui n'est pas littérateur, il m'écoute encore bien mieux. Mais quand nous sommes ensemble, c'est bien plutôt moi qui écoute.

— Il ne sait presque pas parler.

— C'est parce que vous discourez tout le temps. Je vous connais : vous ne le laissez pas placer deux mots.

— Je sais d'avance tout ce qu'il pourrait dire.

— Vous croyez ? Vous connaissez bien son histoire avec cette femme ?

— Oh! les affaires de cœur, c'est ce que je connais au monde de plus ennuyeux!

— J'aime aussi beaucoup quand il parle d'histoire naturelle.

— L'histoire naturelle, c'est encore plus ennuyeux que les affaires de cœur. Alors il vous a fait un cours ?...

— Si je pouvais vous redire ce qu'il m'a dit... C'est passionnant, mon cher. Il m'a raconté des tas de choses sur les animaux de la mer. Moi j'ai toujours été curieuse de tout ce qui vit dans la mer. Vous savez que maintenant ils construisent des bateaux, en Amérique, avec des vitres sur le côté, pour voir tout autour, au fond de l'Océan. Il paraît que c'est merveilleux. On voit du corail vivant, des... des... comment appelez-vous cela ? — des madrépores, des éponges, des algues, des bancs de poissons. Vincent dit qu'il y a des espèces de poissons qui crèvent quand l'eau devient plus salée, ou moins, et qu'il y en a d'autres au contraire qui supportent des degrés de salaison variée, et qui se tiennent au bord des courants, là où l'eau devient moins salée, pour manger les premiers quand ils faiblissent. Vous devriez lui demander de vous raconter... Je vous assure que c'est très curieux. Quand il en parle, il devient extraordinaire. Vous ne le reconnaîtriez plus... Mais vous ne savez pas le faire parler... C'est comme quand il raconte son histoire avec Laura Douviers... Oui, c'est le nom de cette femme... Vous savez comment il l'a connue ?

— Il vous l'a dit ?

— A moi l'on dit tout. Vous le savez bien, homme terrible! Et elle lui caressa le visage avec les plumes de son éventail refermé. — Vous doutez-vous qu'il est venu me voir tous les jours, depuis le soir où vous me l'avez amené ?

— Tous les jours! Non, vrai, je ne m'en doutais pas.

— Le quatrième, il n'a plus pu y tenir; il a tout raconté. Mais chaque jour ensuite, il ajoutait quelque détail.

— Et cela ne vous ennuyait pas ! Vous êtes admirable.
— Je t'ai dit que je l'aime. Et elle lui saisit le bras emphatiquement.
— Et lui... il aime cette femme ? »
Lilian se mit à rire :
« Il l'aimait. — Oh ! il a fallu d'abord que j'aie l'air de m'intéresser vivement à elle. J'ai même dû pleurer avec lui. Et cependant j'étais affreusement jalouse. Maintenant, plus. Écoute comment ça a commencé ; ils étaient à Pau tous les deux, dans une maison de santé, un sanatorium, où on les avait envoyés l'un et l'autre parce qu'on prétendait qu'ils étaient tuberculeux. Au fond, ils ne l'étaient vraiment ni l'un ni l'autre. Mais ils se croyaient très malades tous les deux. Ils ne se connaissaient pas encore. Ils se sont vus pour la première fois, étendus l'un à côté de l'autre sur une terrasse de jardin, chacun sur une chaise longue, près d'autres malades qui restent étendus tout le long du jour en plein air pour se soigner. Comme ils se croyaient condamnés, ils se sont persuadés que tout ce qu'ils feraient ne tirerait plus à conséquence. Il lui répétait à tout instant qu'ils n'avaient plus l'un et l'autre qu'un mois à vivre ; et c'était au printemps. Elle était là-bas toute seule. Son mari est un petit professeur de français en Angleterre. Elle l'avait quitté pour venir à Pau. Elle était mariée depuis trois mois. Il avait dû se saigner à blanc pour l'envoyer là-bas. Il lui écrivait tous les jours. C'est une jeune femme de très honorable famille ; très bien élevée, très réservée, très timide. Mais là-bas... Je ne sais pas trop ce que Vincent a pu lui dire, mais le troisième jour elle lui avouait que, bien que couchant avec son mari et possédée par lui, elle ne savait pas ce que c'était que le plaisir.
— Et lui, alors, qu'est-ce qu'il a dit ?
— Il lui a pris la main qu'elle laissait pendre au côté de sa chaise longue et l'a longuement pressée sur ses lèvres.
— Et vous, quand il vous a raconté cela, qu'avez-vous dit ?
— Moi ! c'est affreux... figurez-vous qu'alors j'ai été prise d'un fou rire. Je n'ai pas pu me retenir et je ne pouvais plus m'arrêter... Ça n'était pas tant ce qu'il me disait, qui me faisait rire ; c'était l'air intéressé et

consterné que j'avais cru devoir prendre pour l'engager à continuer. Je craignais de paraître trop amusée. Et puis, au fond, c'était très beau et très triste. Il était tellement ému en m'en parlant! Il n'avait jamais raconté rien de tout cela à personne. Ses parents, naturellement, n'en savent rien.

— C'est vous qui devriez écrire des romans.

— Parbleu, mon cher, si seulement je savais dans quelle langue!... Mais entre le russe, l'anglais et le français, jamais je ne pourrai me décider. — Enfin la nuit suivante, il est venu retrouver sa nouvelle amie dans sa chambre et là il lui a révélé tout ce que son mari n'avait pas su lui apprendre, et que, je pense, il lui enseigna fort bien. Seulement, comme ils étaient convaincus qu'ils n'avaient plus que très peu de temps à vivre, ils n'ont pris naturellement aucune précaution, et, naturellement, peu de temps après, l'amour aidant, ils ont commencé d'aller beaucoup mieux l'un et l'autre. Quand elle s'est rendu compte qu'elle était enceinte, ils ont été tous les deux consternés. C'était le mois dernier. Il commençait à faire chaud. Pau, l'été, n'est plus tenable. Ils sont rentrés ensemble à Paris. Son mari croit qu'elle est chez ses parents qui dirigent un pensionnat près du Luxembourg; mais elle n'a pas osé les revoir. Les parents, eux, la croient à Pau; mais tout finira bientôt par se découvrir. Vincent jurait d'abord de ne pas l'abandonner; il lui proposait de partir n'importe où avec elle, en Amérique, en Océanie. Mais il leur fallait de l'argent. C'est précisément alors qu'il a fait votre rencontre et qu'il a commencé à jouer.

— Il ne m'avait rien raconté de tout ça.

— Surtout, n'allez pas lui dire que je vous ai parlé!... » Elle s'arrêta, tendit l'oreille :

« Je croyais que c'était lui... Il m'a dit que pendant le trajet de Pau à Paris, il a cru qu'elle devenait folle. Elle venait seulement de comprendre qu'elle commençait une grossesse. Elle était en face de lui dans le compartiment du wagon; ils étaient seuls. Elle ne lui avait rien dit depuis le matin; il avait dû s'occuper de tout, pour le départ; elle se laissait faire; elle semblait n'avoir plus conscience de rien. Il lui a pris les mains; mais elle regardait fixement devant elle, hagarde, comme sans le voir, et ses lèvres s'agitaient. Il s'est penché vers elle.

Elle disait : « Un amant! Un amant! J'ai un amant. »
Elle répétait cela sur le même ton; et toujours le même
mot revenait, comme si elle n'en connaissait plus
d'autres... Je vous assure, mon cher, que quand il m'a
fait ce récit, je n'avais plus envie de rire du tout. De ma
vie, je n'ai entendu rien de plus pathétique. Mais tout
de même, à mesure qu'il parlait, je comprenais qu'il se
détachait de tout cela. On eût dit que son sentiment
s'en allait avec ses paroles. On eût dit qu'il savait gré
à mon émotion de relayer un peu la sienne.

— Je ne sais pas comment vous diriez cela en russe
ou en anglais, mais je vous certifie qu'en français, c'est
très bien.

— Merci. Je le savais. C'est à la suite de cela qu'il
m'a parlé d'histoire naturelle; et j'ai tâché de le per-
suader qu'il serait monstrueux de sacrifier sa carrière
à son amour.

— Autrement dit, vous lui avez conseillé de sacrifier
son amour. Et vous vous proposez de lui remplacer
cet amour ? »

Lilian ne répondit rien.

« Cette fois-ci, je crois que c'est lui, reprit Robert
en se levant... Vite encore un mot avant qu'il n'entre.
Mon père est mort tantôt.

— Ah! fit-elle simplement.

— Cela ne vous dirait rien de devenir comtesse
de Passavant ? »

Lilian, du coup, se renversa en arrière en riant aux
éclats.

« Mais, mon cher... c'est que je crois bien me souve-
nir que j'ai oublié un mari en Angleterre. Quoi! je ne
vous l'avais pas déjà dit ?

— Peut-être pas.

— Un lord Griffith existe quelque part. »

Le comte de Passavant, qui n'avait jamais cru à
l'authenticité du titre de son amie, sourit. Celle-ci reprit :

« Dites un peu. Est-ce pour couvrir votre vie que
vous imaginez de me proposer cela ? Non, mon cher,
non. Restons comme nous sommes. Amis, hein ? » et elle
lui tendit une main qu'il baisa.

« Parbleu, j'en étais sûr, s'écria Vincent en entrant.
Il s'est mis en habit, le traître.

— Oui, je lui avais promis de rester en veston pour ne pas faire honte au sien, dit Robert. Je vous demande bien pardon, cher ami, mais je me suis souvenu tout d'un coup que j'étais en deuil. »

Vincent portait la tête haute; tout en lui respirait le triomphe, la joie. A son arrivée, Lilian avait bondi. Elle le dévisagea un instant, puis s'élança joyeusement sur Robert dont elle bourra le dos de coups de poings en sautant, dansant et criant (Lilian m'agace un peu lorsqu'elle fait ainsi l'enfant) :

« Il a perdu son pari! Il a perdu son pari!
— Quel pari? demanda Vincent.
— Il avait parié que vous alliez de nouveau perdre. Allons, dites vite : gagné combien ?
— J'ai eu le courage extraordinaire, la vertu, d'arrêter à cinquante mille, et de quitter le jeu là-dessus. »

Lilian poussa un rugissement de plaisir.

« Bravo! Bravo! Bravo! » criait-elle. Puis elle sauta au cou de Vincent, qui sentit tout le long de son corps la souplesse de ce corps brûlant à l'étrange parfum de santal, et Lilian l'embrassa sur le front, sur les joues, sur les lèvres. Vincent, en chancelant, se dégagea. Il sortit de sa poche une liasse de billets de banque.

« Tenez, reprenez votre avance, dit-il en en tendant cinq à Robert.
— C'est à lady Lilian que vous les devez à présent. »

Robert lui passa les billets, qu'elle jeta sur le divan. Elle était haletante. Elle alla jusqu'à la terrasse pour respirer. C'était l'heure douteuse où s'achève la nuit, et où le diable fait ses comptes. Dehors, on n'entendait pas un bruit. Vincent s'était assis sur le divan. Lilian se retourna vers lui, et, pour la première fois, le tutoyant :

« Et maintenant, qu'est-ce que tu vas faire ? »

Il prit sa tête dans ses mains et dit dans une sorte de sanglot :

« Je ne sais plus. »

Lilian s'approcha de lui et posa sa main sur son front qu'il releva; ses yeux étaient secs et ardents.

« En attendant, nous allons trinquer tous les trois », dit-elle, et elle remplit de tokay les trois verres.

Après qu'ils eurent bu :

« Maintenant, quittez-moi. Il est tard, et je n'en puis plus. Elle les accompagna vers l'antichambre, puis,

comme Robert passait devant, glissa dans la main de Vincent un petit objet de métal et chuchota :

« Sors avec lui, tu reviendras dans un quart d'heure. »

Dans l'antichambre sommeillait un laquais, qu'elle secoua par le bras.

« Éclairez ces messieurs jusqu'en bas. »

L'escalier était sombre; où il eût été simple, sans doute, de faire jouer l'électricité; mais Lilian tenait à ce qu'un domestique, toujours, vît sortir ses hôtes.

Le laquais alluma les bougies d'un grand candélabre qu'il tint haut devant lui, précédant Robert et Vincent dans l'escalier. L'auto de Robert attendait devant la porte que le laquais referma sur eux.

« Je crois que je vais rentrer à pied. J'ai besoin de marcher un peu pour retrouver mon équilibre », dit Vincent, comme l'autre ouvrait la portière de l'auto et lui faisait signe de monter.

« Vous ne voulez vraiment pas que je vous raccompagne ? » Brusquement, Robert saisit la main gauche de Vincent, que celui-ci tenait fermée. « Ouvrez la main. Allons! montrez ce que vous avez là. »

Vincent avait cette naïveté de craindre la jalousie de Robert. Il rougit en desserrant les doigts. Une petite clef tomba sur le trottoir. Robert la ramassa tout aussitôt, la regarda; en riant, la rendit à Vincent.

« Parbleu! » fit-il; et il haussa les épaules. Puis, entrant dans l'auto, il se pencha en arrière vers Vincent qui demeurait penaud :

« C'est jeudi. Dites à votre frère que je l'attends ce soir dès quatre heures » — et vite il referma la portière, sans laisser à Vincent le temps de répliquer.

L'auto partit. Vincent fit quelques pas sur le quai, traversa la Seine, gagna cette partie des Tuileries qui se trouve en dehors des grilles, s'approcha d'un petit bassin et trempa dans l'eau son mouchoir qu'il appliqua sur son front et ses tempes. Puis, lentement, il revint vers la demeure de Lilian. Laissons-le, tandis que le diable amusé le regarde glisser sans bruit la petite clef dans la serrure....

C'est l'heure où, dans une triste chambre d'hôtel, Laura, sa maîtresse d'hier, après avoir longtemps pleuré, longtemps gémi, va s'endormir. Sur le pont du navire qui le ramène en France, Édouard, à la première clarté

de l'aube, relit la lettre qu'il a reçue d'elle, lettre plaintive et où elle appelle au secours. Déjà, la douce rive de son pays natal est en vue, mais, à travers la brume, il faut un œil exercé pour la voir. Pas un nuage au ciel, où le regard de Dieu va sourire. La paupière de l'horizon rougissant déjà se soulève. Comme il va faire chaud dans Paris! Il est temps de retrouver Bernard. Voici que dans le lit d'Olivier il s'éveille.

VI

> *We are all bastards;*
> *And that most venerable man which I*
> *Did call my father, was I know not where*
> *When I was stamp'd.*
>
> SHAKESPEARE.

Bernard a fait un rêve absurde. Il ne se souvient pas de ce qu'il a rêvé. Il ne cherche pas à se souvenir de son rêve, mais à en sortir. Il rentre dans le monde réel pour sentir le corps d'Olivier peser lourdement contre lui. Son ami, pendant leur sommeil, ou du moins pendant le sommeil de Bernard, s'était rapproché, et du reste l'étroitesse du lit ne permet pas beaucoup de distance; il s'était retourné; à présent, il dort sur le flanc et Bernard sent son souffle chaud chatouiller son cou. Bernard n'a qu'une courte chemise de jour; en travers de son corps, un bras d'Olivier opprime indiscrètement sa chair. Bernard doute un instant si son ami dort vraiment. Doucement il se dégage. Sans éveiller Olivier, il se lève, se rhabille et revient s'étendre sur le lit. Il est encore trop tôt pour partir. Quatre heures. La nuit commence à peine à pâlir. Encore une heure de repos, d'élan pour commencer vaillamment la journée. Mais c'en est fait du sommeil. Bernard contemple la vitre bleuissante, les murs gris de la petite pièce, le lit de fer où Georges s'agite en rêvant.

« Dans un instant, se dit-il, j'irai vers mon destin. Quel beau mot : l'aventure! Ce qui doit advenir. Tout le surprenant qui m'attend. Je ne sais pas si d'autres sont comme moi, mais dès que je suis réveillé, j'aime

à mépriser ceux qui dorment. Olivier, mon ami, je partirai sans ton adieu. Houst! Debout, valeureux Bernard! Il est temps. »

Il frotte son visage d'un coin de serviette trempée; se recoiffe; se rechausse. Il ouvre la porte, sans bruit. Dehors!

Ah! que paraît salubre à tout l'être l'air qui n'a pas encore été respiré! Bernard suit la grille du Luxembourg; il descend la rue Bonaparte, gagne les quais, traverse la Seine. Il songe à sa nouvelle règle de vie, dont il a trouvé depuis peu la formule : « Si tu ne fais pas cela, qui le fera ? Si tu ne le fais pas aussitôt, quand sera-ce ? » — Il songe : « De grandes choses à faire »; il lui semble qu'il va vers elles. « De grandes choses », se répète-t-il en marchant. Si seulement il savait lesquelles!... En attendant, il sait qu'il a faim : le voici près des halles. Il a quatorze sous dans sa poche, pas un liard de plus. Il entre dans un bar; prend un croissant et un café au lait sur le zinc. Coût : dix sous. Il lui en reste quatre; crânement, il en abandonne deux sur le comptoir, tend les deux autres à un va-nu-pieds qui fouille une boîte à ordures. Charité ? Défi ? Peu importe. A présent, il se sent heureux comme un roi. Il n'a plus rien : tout est à lui! — « J'attends tout de la Providence, songe-t-il. Si seulement elle consent vers midi à servir devant moi quelque beau rosbif saignant, je composerai bien avec elle » (car hier soir, il n'a pas dîné). Le soleil s'est levé depuis longtemps. Bernard rejoint le quai. Il se sent léger; s'il court, il lui semble qu'il vole. Dans son cerveau bondit voluptueusement sa pensée. Il pense :

« Le difficile dans la vie, c'est de prendre au sérieux longtemps de suite la même chose. Ainsi, l'amour de ma mère pour celui que j'appelais mon père — cet amour, j'y ai cru quinze ans; j'y croyais hier encore. Elle non plus, parbleu! n'a pu prendre longtemps au sérieux son amour. Je voudrais bien savoir si je la méprise, ou si je l'estime davantage, d'avoir fait de son fils un bâtard ?... Et puis, au fond, je ne tiens pas tant que ça à le savoir. Les sentiments pour les progéniteurs, ça fait partie des choses qu'il vaut mieux ne pas chercher trop à tirer au clair. Quant au cocu, c'est bien simple : d'aussi loin que je m'en souvienne, je l'ai toujours haï;

il faut bien que je m'avoue aujourd'hui que je n'y avais pas grand mérite — et c'est tout ce que je regrette ici. Dire que si je n'avais pas forcé ce tiroir, j'aurais pu croire toute ma vie que je nourrissais à l'égard d'un père des sentiments dénaturés! Quel soulagement de savoir!... Tout de même, je n'ai pas précisément forcé le tiroir; je ne songeais même pas à l'ouvrir... Et puis il y avait des circonstances atténuantes : d'abord je m'ennuyais effroyablement ce jour-là. Et puis cette curiosité, cette « fatale curiosité » comme dit Fénelon, c'est ce que j'ai le plus sûrement hérité de mon vrai père, car il n'y en a pas trace dans la famille Profitendieu. Je n'ai jamais rencontré moins curieux que Monsieur le mari de ma mère; si ce n'est les enfants qu'il lui a faits. Il faudra que je repense à eux quand j'aurai dîné... Soulever la plaque de marbre d'un guéridon et s'apercevoir que le tiroir bâille, ce n'est tout de même pas la même chose que de forcer une serrure. Je ne suis pas un crocheteur. Ça peut arriver à n'importe qui, de soulever le marbre d'un guéridon. Thésée devait avoir mon âge quand il souleva le rocher. Ce qui empêche pour le guéridon, d'ordinaire, c'est la pendule. Je n'aurais pas songé à soulever la plaque de marbre du guéridon si je n'avais pas voulu réparer la pendule... Ce qui n'arrive pas à n'importe qui, c'est de trouver là-dessous des armes; ou des lettres d'un amour coupable! Bah! l'important c'était que j'en fusse instruit. Tout le monde ne peut pas se payer, comme Hamlet, le luxe d'un spectre révélateur. Hamlet! C'est curieux comme le point de vue diffère, suivant qu'on est le fruit du crime ou de la légitimité. Je reviendrai là-dessus quand j'aurai dîné... Est-ce que c'était mal à moi de lire ces lettres? Si ç'avait été mal... non, j'aurais des remords. Et si je n'avais pas lu ces lettres, j'aurais dû continuer à vivre dans l'ignorance, le mensonge et la soumission. Aérons-nous. Gagnons le large! « Bernard! Bernard, cette verte jeunesse... » comme dit Bossuet; assieds-la sur ce banc, Bernard. Qu'il fait beau ce matin! Il y a des jours où le soleil vraiment a l'air de caresser la terre. Si je pouvais me quitter un peu, sûrement, je ferais des vers. »

Étendu sur le banc, il se quitta si bien qu'il dormit.

VII

Le soleil déjà haut, par la fenêtre ouverte, vient caresser le pied nu de Vincent, sur le large lit où près de Lilian il repose. Celle-ci, qui ne le sait pas réveillé, se soulève, le regarde et s'étonne à lui trouver l'air soucieux.

Lady Griffith aimait Vincent peut-être; mais elle aimait en lui le succès. Vincent était grand, beau, svelte, mais il ne savait ni se tenir, ni s'asseoir, ni se lever. Son visage était expressif, mais il se coiffait mal. Surtout elle admirait la hardiesse, la robustesse de sa pensée; il était certainement très instruit, mais il lui paraissait inculte. Elle se penchait avec un instinct d'amante et de mère au-dessus de ce grand enfant qu'elle prenait à tâche de former. Elle en faisait son œuvre, sa statue. Elle lui apprenait à soigner ses ongles, à séparer sur le côté ses cheveux qu'il rejetait d'abord en arrière, et son front, à demi caché par eux, paraissait plus pâle et plus haut. Enfin, elle avait remplacé par des cravates seyantes, les modestes petits nœuds tout faits qu'il portait. Décidément lady Griffith aimait Vincent; mais elle ne le supportait pas taciturne, ou « maussade » comme elle disait.

Sur le front de Vincent elle promène doucement son doigt, comme pour effacer une ride, double pli qui, parti des sourcils, creuse deux barres verticales et semble presque douloureux.

« Si tu dois m'apporter ici des regrets, des soucis, des remords, autant vaut ne pas revenir », murmure-t-elle en se penchant vers lui.

Vincent ferme les yeux comme devant une clarté trop vive. La jubilation des regards de Lilian l'éblouit.

« Ici, c'est comme dans les mosquées; on se déchausse en entrant pour ne pas apporter la boue du dehors. Si tu crois que je ne sais pas à qui tu penses! » — Puis, comme Vincent veut lui mettre la main devant la bouche, elle se débat mutinement :

« Non, laisse-moi te parler sérieusement. J'ai beaucoup réfléchi à ce que tu me disais l'autre jour. On croit toujours que les femmes ne savent pas réfléchir, mais

tu verras que cela dépend desquelles... Ce que tu me disais sur les produits de croisement... et qu'on n'obtenait rien de fameux par le mélange, mais plutôt par sélection... Hein! j'ai bien retenu ta leçon ?... Eh bien! ce matin, je crois que tu nourris un monstre, quelque chose de tout à fait ridicule et que tu ne pourras jamais sevrer : un hybride de bacchante et de Saint-Esprit. Pas vrai ?... Tu te dégoûtes d'avoir plaqué Laura : je lis ça dans le pli de ton front. Si tu veux retourner auprès d'elle, dis-le tout de suite et quitte-moi; c'est que je me serais trompée sur ton compte, et je te laisserais partir sans regrets. Mais, si tu prétends rester avec moi, quitte cette figure d'enterrement. Tu me rappelles certains Anglais : plus leur pensée s'émancipe, plus ils se raccrochent à la morale; c'est au point qu'il n'y a pas plus puritain que certains de leurs libres penseurs... Tu me prends pour une sans-cœur? Tu te trompes : Je comprends très bien que tu aies pitié de Laura. Mais alors, qu'est-ce que tu fais ici ? »

Puis, comme Vincent se détournait d'elle :

« Écoute : tu vas passer dans la salle de bains et tâcher de laisser tes regrets sous la douche. Je sonne pour le thé, hein ? Et quand tu reparaîtras, je t'expliquerai quelque chose que tu n'as pas l'air de bien comprendre. »

Il s'était levé. Elle bondit à sa suite.

« Ne te rhabille pas tout de suite. Dans l'armoire, à droite du chauffe-bain, tu trouveras des burnous, des haïks, des pyjamas... enfin tu choisiras. »

Vincent reparaît vingt minutes plus tard, couvert d'une djellabah de soie vert pistache.

« Oh! attends! attends que je t'arrange, s'écria Lilian ravie. Elle sortit d'un coffre oriental deux larges écharpes aubergine, ceintura Vincent de la plus sombre, l'enturbanna de l'autre.

— Mes pensées sont toujours de la couleur de mon costume (elle avait revêtu un pyjama pourpre lamé d'argent). Je me souviens d'un jour, quand j'étais toute petite, à San Francisco; on a voulu me mettre en noir, sous prétexte qu'une sœur de ma mère venait de mourir; une vieille tante que je n'avais jamais vue. Toute la journée j'ai pleuré; j'étais triste, triste; je me suis figuré que j'avais beaucoup de chagrin, que je

regrettais immensément ma tante... rien qu'à cause du noir. Si les hommes sont aujourd'hui plus sérieux que les femmes, c'est qu'ils sont vêtus plus sombrement. Je parie que déjà tu n'as plus les mêmes idées que tout à l'heure. Assieds-toi là, au bord du lit; et quand tu auras bu un gobelet de vodka, une tasse de thé, et mangé deux ou trois sandwiches, je te raconterai une histoire. Tu me diras quand je peux commencer... »

Elle s'est assise, sur la descente de lit, entre les jambes de Vincent, pelotonnée comme une stèle égyptienne, le menton sur les genoux. Après avoir elle-même bu et mangé, elle commence :

« J'étais sur la *Bourgogne,* tu sais, le jour où elle a fait naufrage. J'avais dix-sept ans. C'est te dire mon âge aujourd'hui. J'étais excellente nageuse; et pour te prouver que je n'ai pas le cœur trop sec, je te dirai que, si ma première pensée a été de me sauver moi-même, ma seconde a été de sauver quelqu'un. Même je ne suis pas bien sûre que ce n'ait pas été la première. Ou plutôt, je crois que je n'ai pensé à rien du tout; mais rien ne me dégoûte autant que ceux qui, dans ces moments-là, ne songent qu'à eux-mêmes; si : les femmes qui poussent des cris. Il y eut un premier canot de sauvetage qu'on avait empli principalement de femmes et d'enfants; et certaines de celles-ci poussaient de tels hurlements qu'il y avait de quoi faire perdre la tête. La manœuvre fut si mal faite que le canot, au lieu de poser à plat sur la mer, piqua du nez et se vida de tout son monde avant même de s'être empli d'eau. Tout cela se passait à la lumière de torches, de fanaux et de projecteurs. Tu n'imagines pas ce que c'était lugubre. Les vagues étaient assez fortes, et tout ce qui n'était pas dans la clarté disparaissait de l'autre côté de la colline d'eau, dans la nuit. Je n'ai jamais vécu d'une vie plus intense; mais j'étais aussi incapable de réfléchir qu'un terre-neuve, je suppose, qui se jette à l'eau. Je ne comprends même plus bien ce qui a pu se passer; je sais seulement que j'avais remarqué, dans le canot, une petite fille de cinq ou six ans, un amour; et tout de suite, quand j'ai vu chavirer la barque, c'est elle que j'ai résolu de sauver. Elle était d'abord avec sa mère; mais celle-ci ne savait pas bien nager; et puis elle était gênée,

comme toujours dans ces cas-là, par sa jupe. Pour moi, j'ai dû me dévêtir machinalement; on m'appelait pour prendre place dans le canot suivant. J'ai dû y monter puis sans doute j'ai sauté à la mer de ce canot même; je me souviens seulement d'avoir nagé assez longtemps avec l'enfant cramponnée à mon cou. Elle était terrifiée et me serrait la gorge si fort que je ne pouvais plus respirer. Heureusement, on a pu nous voir du canot et nous attendre, ou ramer vers nous. Mais ce n'est pas pour ça que je te raconte cette histoire. Le souvenir qui est demeuré le plus vif, celui que jamais rien ne pourra effacer de mon cerveau ni de mon cœur : dans ce canot, nous étions, entassés, une quarantaine, après avoir recueilli plusieurs nageurs désespérés, comme on m'avait recueillie moi-même. L'eau venait presque à ras du bord. J'étais à l'arrière et je tenais pressée contre moi la petite fille que je venais de sauver, pour la réchauffer et pour l'empêcher de voir ce que, moi, je ne pouvais pas ne pas voir : deux marins, l'un armé d'une hache et l'autre d'un couteau de cuisine; et sais-tu ce qu'ils faisaient ?... Ils coupaient les doigts, les poignets de quelques nageurs qui, s'aidant des cordes, s'efforçaient de monter dans notre barque. L'un de ces deux marins (l'autre était un nègre) s'est retourné vers moi qui claquais des dents de froid, d'épouvante et d'horreur : « S'il en monte un seul de plus, nous sommes tous » foutus. La barque est pleine. » Il a ajouté que dans tous les naufrages on est forcé de faire comme ça; mais que naturellement on n'en parle pas.

» Alors, je crois que je me suis évanouie; en tout cas, je ne me souviens plus de rien, comme on reste sourd assez longtemps après un bruit trop formidable. Et quand, à bord du X... qui nous a recueillis, je suis revenue à moi, j'ai compris que je n'étais plus, que je ne pourrais plus jamais être la même, la sentimentale jeune fille d'auparavant; j'ai compris que j'avais laissé une partie de moi sombrer avec la *Bourgogne,* qu'à un tas de sentiments délicats, désormais, je couperais les doigts et les poignets pour les empêcher de monter et de faire sombrer mon cœur. »

Elle regarda Vincent du coin de l'œil, et, cambrant le torse en arrière :

« C'est une habitude à prendre. »

Puis, comme ses cheveux mal retenus s'étaient défaits et retombaient sur ses épaules, elle se leva, s'approcha d'un miroir, et, tout en parlant, s'occupa de sa coiffure.

« Quand j'ai quitté l'Amérique, peu de temps après, il me semblait que j'étais la toison d'or et que je partais à la recherche d'un conquérant. J'ai pu parfois me tromper; j'ai pu commettre des erreurs... et peut-être que j'en commets une aujourd'hui en te parlant comme je fais. Mais toi, ne va pas t'imaginer, parce que je me suis donnée à toi, que tu m'as conquise. Persuade-toi de ceci : j'abomine les médiocres et ne puis aimer qu'un vainqueur. Si tu veux de moi, que ce soit pour t'aider à vaincre. Mais si c'est pour te faire plaindre, consoler, dorloter..., autant te le dire tout de suite : non, mon vieux Vincent, ce n'est pas moi qu'il te faut : c'est Laura. »

Elle dit tout cela sans se retourner, tout en continuant d'arranger ses cheveux rebelles; mais Vincent rencontra son regard dans la glace.

« Tu permettras que je ne te réponde que ce soir, dit-il en se levant et quittant ses vêtements orientaux pour reprendre ceux de la ville. A présent, il faut que je rentre vite avant que mon frère Olivier soit sorti; j'ai quelque chose d'urgent à lui dire. »

Il dit cela en manière d'excuse et pour colorer son départ; mais quand il s'approcha de Lilian, celle-ci se retourna, souriante et si belle qu'il hésita :

« A moins que je ne lui laisse un mot qu'il trouve à déjeuner, reprit-il.

— Vous vous parlez beaucoup ?

— Presque pas. Non, c'est une invitation pour ce soir, que j'ai à lui transmettre.

— De la part de Robert... *Oh! I see...* dit-elle en souriant bizarrement. De celui-là aussi il faudra que nous reparlions... Alors, pars vite. Mais reviens à six heures, car, à sept, son auto nous prendra pour nous emmener dîner au Bois. »

Vincent, tout en marchant, médite; il éprouve que **du** rassasiement des désirs peut naître, accompagnant la joie et comme s'abritant derrière elle, une sorte de désespoir.

VIII

> Il faut choisir d'aimer les femmes,
> ou de les connaître; il n'y a pas de
> milieu.
>
> CHAMFORT.

Dans le rapide de Paris, Édouard lit le livre de Passavant : *La Barre fixe* — frais paru, et qu'il vient d'acheter en gare de Dieppe. Sans doute ce livre l'attend à Paris; mais Édouard est impatient de le connaître. On en parle partout. Jamais aucun de ses livres à lui n'a eu l'honneur de figurer aux bibliothèques des gares. On lui a bien parlé de telle démarche qu'il suffirait de faire pour en obtenir le dépôt; mais il n'y tient pas. Il se redit qu'il se soucie fort peu que ses livres soient exposés aux bibliothèques des gares, mais il a besoin de se le redire en y voyant le livre de Passavant. Tout ce que fait Passavant l'indispose, et tout ce qui se fait autour de Passavant : les articles, par exemple, où l'on porte son livre aux nues. Oui, c'est comme un fait exprès : chacun des trois journaux qu'il achète, à peine débarqué, contient un éloge de *La Barre fixe*. Un quatrième contient une lettre de Passavant, protestation à un article un peu moins louangeur que les autres, paru précédemment dans ce journal; Passavant y défend son livre et l'explique. Cette lettre irrite Édouard plus encore que les articles. Passavant prétend éclairer l'opinion; c'est-à-dire qu'habilement il l'incline. Jamais aucun des livres d'Édouard n'a fait lever tant d'articles; aussi bien Édouard n'a jamais rien fait pour s'attirer les bonnes grâces des critiques. Si ceux-ci le battent froid, peu lui importe. Mais en lisant les articles sur le livre de son rival, il a besoin de se redire que peu lui importe.

Ce n'est pas qu'il déteste Passavant. Il l'a rencontré parfois et l'a trouvé charmant. Passavant s'est du reste toujours montré pour lui des plus aimables. Mais les livres de Passavant lui déplaisent; Passavant lui paraît moins un artiste qu'un faiseur. Assez penser à lui...

Édouard sort de la poche de son veston la lettre de

Laura, cette lettre qu'il relisait sur le pont du navire ; il la relit encore :

« Mon ami,

» La dernière fois que je vous ai vu — c'était, vous en souvenez-vous, à St. James Park, le 2 avril, la veille de mon départ pour le Midi — vous m'avez fait promettre de vous écrire si je me trouvais dans l'embarras. Je tiens ma promesse. A qui d'autre que vous en appellerais-je ? Ceux sur qui je voudrais pouvoir m'appuyer, c'est à eux surtout que je dois cacher ma détresse. Mon ami, je suis dans une grande détresse. Ce qu'a été ma vie depuis que j'ai quitté Félix, je vous le raconterai peut-être un jour. Il m'a accompagnée jusqu'à Pau, puis a regagné seul Cambridge, rappelé par son cours. Ce que je suis devenue là-bas, seule et abandonnée à moi-même, à la convalescence, au printemps... Vais-je oser vous avouer à vous ce qu'à Félix je ne puis dire ? Le moment est venu que je devrais le rejoindre. Hélas, je ne suis plus digne de le revoir. Les lettres que je lui écris depuis quelque temps sont menteuses et celles que je reçois de lui ne parlent que de sa joie de me savoir mieux portante. Que ne suis-je demeurée malade ! que ne suis-je morte là-bas !... Mon ami, j'ai dû me rendre à l'évidence : je suis enceinte ; et l'enfant que j'attends n'est pas de lui. J'ai quitté Félix il y a plus de trois mois ; de toute manière, à lui du moins je ne pourrai donner le change. Je n'ose retourner près de lui. Je ne peux pas. Je ne veux pas. Il est trop bon. Il me pardonnerait sans doute et je ne mérite pas, je ne veux pas qu'il me pardonne. Je n'ose retourner près de mes parents qui me croient encore à Pau. Mon père, s'il apprenait, s'il comprenait, serait capable de me maudire. Il me repousserait. Comment affronterais-je sa vertu, son horreur du mal, du mensonge, de tout ce qui est impur ? J'ai peur aussi de désoler ma mère et ma sœur. Quant à celui qui... mais je ne veux pas l'accuser ; lorsqu'il m'a promis de m'aider, il était en état de le faire. Mais pour être mieux à même de m'aider, il s'est malheureusement mis à jouer. Il a perdu la somme qui devait servir à mon entretien, à mes couches. Il a tout perdu. J'avais d'abord pensé partir

avec lui, n'importe où, vivre avec lui, quelque temps
du moins, car je ne voulais pas le gêner, ni lui être à
charge; j'aurais bien fini par trouver à gagner ma vie;
mais je ne peux pas tout de suite. Je vois bien qu'il
souffre de m'abandonner et qu'il ne peut pas faire autre-
ment, aussi je ne l'accuse pas, mais il m'abandonne tout
de même. Je suis ici sans argent. Je vis à crédit, dans un
petit hôtel. Mais cela ne peut pas durer. Je ne sais
plus que devenir. Hélas! des chemins si délicieux ne
pouvaient mener qu'aux abîmes. Je vous écris à cette
adresse de Londres que vous m'avez donnée, mais
quand cette lettre vous parviendra-t-elle? Et moi qui
souhaitais tant d'être mère! Je ne fais que pleurer tout
le jour. Conseillez-moi, je n'espère plus rien que de
vous. Secourez-moi, si cela vous est possible, et sinon...
Hélas, en d'autres temps j'aurais eu plus de courage,
mais à présent ce n'est plus moi seule qui meurs. Si
vous n'arrivez pas, si vous m'écrivez : « Je ne puis
rien », je n'aurai contre vous pas un reproche. En vous
disant adieu, je tâcherai de ne pas trop regretter la vie,
mais je crois que vous n'avez jamais très bien compris
que l'amitié que vous eûtes pour moi reste ce que j'aurai
connu de meilleur — pas bien compris que ce que
j'appelais mon amitié pour vous portait un autre nom
dans mon cœur.

» LAURA FÉLIX DOUVIERS.

» *P.-S.* — Avant de jeter cette lettre à la poste, je
vais le revoir une dernière fois. Je l'attendrai chez lui
ce soir. Si vous recevez ceci, c'est donc vraiment que...
adieu, adieu, je ne sais plus ce que j'écris. »

Édouard a reçu cette lettre le matin même de son
départ. C'est-à-dire qu'il s'est décidé à partir aussitôt
après l'avoir reçue. De toute manière, il n'avait pas
l'intention de prolonger beaucoup son séjour en Angle-
terre. Je ne prétends point insinuer qu'il n'eût pas été
capable de revenir à Paris spécialement pour secourir
Laura; je dis qu'il est heureux de revenir. Il a été terrible-
ment sevré de plaisir, ces temps derniers, en Angleterre;
à Paris, la première chose qu'il fera, c'est d'aller dans
un mauvais lieu; et, comme il ne veut pas emporter
là-bas de papiers personnels, il atteint dans le filet du

compartiment sa valise, l'ouvre pour y glisser la lettre de Laura.

La place de cette lettre n'est pas entre un veston et des chemises; il atteint, sous les vêtements, un cahier cartonné à demi rempli de son écriture; y recherche, tout au commencement du cahier, tels feuillets, écrits l'an passé, qu'il relit, entre lesquels la lettre de Laura prendra place.

JOURNAL D'ÉDOUARD

18 octobre.

« Laura ne semble pas se douter de sa puissance; pour moi qui pénètre dans le secret de mon cœur, je sais bien que jusqu'à ce jour, je n'ai pas écrit une ligne qu'elle n'ait indirectement inspirée. Près de moi, je la sens enfantine encore, et toute l'habileté de mon discours, je ne la dois qu'à mon désir constant de l'instruire, de la convaincre, de la séduire. Je ne vois rien, je n'entends rien, sans penser aussitôt : qu'en dirait-elle ? J'abandonne mon émotion et ne connais plus que la sienne. Il me paraît même que si elle n'était pas là pour me préciser, ma propre personnalité s'éperdrait en contours trop vagues; je ne me rassemble et ne me définis qu'autour d'elle. Par quelle illusion ai-je pu croire jusqu'à ce jour que je la façonnais à ma ressemblance ? Tandis qu'au contraire c'est moi qui me pliais à la sienne; et je ne le remarquais pas ! Ou plutôt : par un étrange croisement d'influences amoureuses, nos deux êtres, réciproquement, se déformaient. Involontairement, inconsciemment, chacun des deux êtres qui s'aiment se façonne à cette idole qu'il contemple dans le cœur de l'autre... Quiconque aime vraiment renonce à la sincérité.

» C'est ainsi qu'elle m'a donné le change. Sa pensée accompagnait partout la mienne. J'admirais son goût, sa curiosité, sa culture et je ne savais pas que ce n'était que par amour pour moi qu'elle s'intéressait si passionnément à tout ce dont elle me voyait m'éprendre. Car elle ne savait rien découvrir. Chacune de ses admirations, je le comprends aujourd'hui, n'était pour elle qu'un lit de repos où allonger sa pensée contre la mienne; rien

ne répondait en ceci à l'exigence profonde de sa nature. « Je ne m'ornais et ne me parais que pour toi », dira-t-elle. Précisément, j'aurais voulu que ce ne fût que pour elle et qu'elle cédât, ce faisant, à quelque intime besoin personnel. Mais de tout cela, qu'elle ajoutait à elle pour moi, rien ne restera, pas même un regret, pas même le sentiment d'un manque. Un jour vient où l'être vrai reparaît, que le temps lentement déshabille de tous ses vêtements d'emprunt; et, si c'est de ces ornements que l'autre est épris, il ne presse plus contre son cœur qu'une parure déshabitée, qu'un souvenir... que du deuil et du désespoir.

» Ah! de combien de vertus, de combien de perfections l'ai-je ornée!

» Que cette question de la sincérité est irritante! *Sincérité !* Quand j'en parle, je ne songe qu'à sa sincérité à elle. Si je me retourne vers moi, je cesse de comprendre ce que ce mot veut dire. Je ne suis jamais que ce que je crois que je suis — et cela varie sans cesse, de sorte que souvent, si je n'étais là pour les accointer, mon être du matin ne reconnaîtrait pas celui du soir. Rien ne saurait être plus différent de moi, que moi-même. Ce n'est que dans la solitude que parfois le substrat m'apparaît et que j'atteins à une certaine continuité foncière; mais alors il me semble que ma vie s'alentit, s'arrête et que je vais proprement cesser d'être. Mon cœur ne bat que par sympathie; je ne vis que par autrui; par procuration, pourrais-je dire, par épousaille, et ne me sens jamais vivre plus intensément que quand je m'échappe à moi-même pour devenir n'importe qui.

« Cette force antiégoïste de décentralisation est telle qu'elle volatilise en moi le sens de la propriété — et, partant, de la responsabilité. Un tel être n'est pas de ceux qu'on épouse. Comment faire comprendre cela à Laura ?

<div style="text-align: right;">26 octobre.</div>

» Rien n'a pour moi d'existence, que *poétique* (et je rends à ce mot son plein sens) — à commencer par moi-même. Il me semble parfois que je n'existe pas vraiment, mais simplement que j'imagine que je suis. Ce à quoi je parviens le plus difficilement à croire c'est à ma

propre réalité. Je m'échappe sans cesse et ne comprends pas bien, lorsque je me regarde agir, que celui que je vois agir soit le même que celui qui regarde, et qui s'étonne, et doute qu'il puisse être acteur et contemplateur à la fois.

» L'analyse psychologique a perdu pour moi tout intérêt du jour où je me suis avisé que l'homme éprouve ce qu'il s'imagine éprouver. De là à penser qu'il s'imagine éprouver ce qu'il éprouve... Je le vois bien avec mon amour : entre aimer Laura et m'imaginer que je l'aime — entre m'imaginer que je l'aime moins, et l'aimer moins, quel dieu verrait la différence ? Dans le domaine des sentiments, le réel ne se distingue pas de l'imaginaire. Et, s'il suffit d'imaginer qu'on aime, pour aimer, ainsi suffit-il de se dire qu'on imagine aimer, quand on aime, pour aussitôt aimer un peu moins, et même pour se détacher un peu de ce qu'on aime — ou pour en détacher quelques cristaux. Mais pour se dire cela ne faut-il pas déjà aimer un peu moins ?

» C'est par un tel raisonnement que X, dans mon livre, s'efforcera de se détacher de Z — et surtout s'efforcera de la détacher de lui.

28 octobre.

» On parle sans cesse de la brusque cristallisation de l'amour. La lente *décristallisation,* dont je n'entends jamais parler, est un phénomène psychologique qui m'intéresse bien davantage. J'estime qu'on le peut observer, au bout d'un temps plus ou moins long, dans tous les mariages d'amour. Il n'y aura pas à craindre cela pour Laura, certes (et c'est tant mieux), si elle épouse Félix Douviers, ainsi que le lui conseillent la raison, sa famille, et moi-même. Douviers est un très honnête professeur, plein de mérites, et très capable dans sa partie (il me revient qu'il est très apprécié par ses élèves) — en qui Laura va découvrir, à l'usage, d'autant plus de vertus qu'elle s'illusionnera moins par avance ; quand elle parle de lui, je trouve même que, dans la louange, elle reste plutôt en deçà. Douviers vaut mieux que ce qu'elle croit.

» Quel admirable sujet de roman : au bout de quinze ans, de vingt ans de vie conjugale, la décristallisation

progressive et réciproque des conjoints ! Tant qu'il aime et veut être aimé, l'amoureux ne peut se donner pour ce qu'il est vraiment, et, de plus, il ne voit pas l'autre — mais bien, en son lieu, une idole qu'il pare, et qu'il divinise, et qu'il crée.

» J'ai donc mis en garde Laura, et contre elle, et contre moi-même. J'ai tâché de lui persuader que notre amour ne saurait nous assurer à l'un ni à l'autre de durable bonheur. J'espère l'avoir à peu près convaincue. »

Édouard hausse les épaules, referme le journal sur la lettre et remet le tout dans la valise. Il y dépose également son portefeuille après y avoir prélevé un billet de cent francs qui lui suffira certainement jusqu'au moment où il ira reprendre sa valise, qu'il compte laisser à la consigne en arrivant. L'embêtant c'est qu'elle ne ferme pas à clef, sa valise; ou du moins qu'il n'a plus la clef pour la fermer. Il perd toujours les clefs de ses valises. Bah! les employés de la consigne sont trop affairés durant le jour, et jamais seuls. Il la dégagera, cette valise, vers quatre heures; la portera chez lui; puis ira consoler et secourir Laura; il tâchera de l'emmener dîner.

Édouard somnole; ses pensées insensiblement prennent un autre cours. Il se demande s'il aurait deviné, à la seule lecture de la lettre de Laura, qu'elle a les cheveux noirs ? Il se dit que les romanciers, par la description trop exacte de leurs personnages, gênent plutôt l'imagination qu'ils ne la servent et qu'ils devraient laisser chaque lecteur se représenter chacun de ceux-ci comme il lui plaît. Il songe au roman qu'il prépare, qui ne doit ressembler à rien de ce qu'il a écrit jusqu'alors. Il n'est pas assuré que *Les Faux-Monnayeurs* soit un bon titre. Il a eu tort de l'annoncer. Absurde, cette coutume d'indiquer les « en préparation », afin d'allécher les lecteurs. Cela n'allèche personne et cela vous lie... Il n'est pas assuré non plus que le sujet soit très bon. Il y pense sans cesse et depuis longtemps mais il n'en a pas écrit encore une ligne. Par contre, il transcrit sur un carnet ses notes et ses réflexions.

Il sort de sa valise ce carnet. De sa poche, il sort un stylo. Il écrit :

« Dépouiller le roman de tous les éléments qui n'appartiennent pas spécifiquement au roman. De même que la photographie, naguère, débarrassa la peinture du souci de certaines exactitudes, le phonographe nettoiera sans doute demain le roman de ses dialogues rapportés, dont le réaliste souvent se fait gloire. Les événements extérieurs, les accidents, les traumatismes, appartiennent au cinéma ; il sied que le roman les lui laisse. Même la description des personnages ne me paraît point appartenir proprement au genre. Oui vraiment, il ne me paraît pas que le roman *pur* (et en art, comme partout, la pureté seule m'importe) ait à s'en occuper. Non plus que ne fait le drame. Et qu'on ne vienne point dire que le dramaturge ne décrit pas ses personnages parce que le spectateur est appelé à les voir portés tout vivants sur la scène ; car combien de fois n'avons-nous pas été gênés au théâtre, par l'acteur, et souffert de ce qu'il ressemblât si mal à celui que, sans lui, nous nous représentions si bien. — Le romancier, d'ordinaire, ne fait point suffisamment crédit à l'imagination du lecteur. »

Quelle station vient de passer en coup de vent ? Asnières. Il remet le carnet dans la valise. Mais décidément le souvenir de Passavant le tourmente. Il ressort le carnet. Il y écrit encore :

« Pour Passavant, l'œuvre d'art n'est pas tant un but qu'un moyen. Les convictions artistiques dont il fait montre, ne s'affirment si véhémentes que parce qu'elles ne sont pas profondes ; nulle secrète exigence de tempérament ne les commande ; elles répondent à la dictée de l'époque ; leur mot d'ordre est : opportunité.

» *La Barre fixe*. Ce qui paraîtra bientôt le plus vieux, c'est ce qui d'abord aura paru le plus moderne. Chaque complaisance, chaque affectation est la promesse d'une ride. Mais c'est par là que Passavant plaît aux jeunes. Peu lui chaut l'avenir. C'est à la génération d'aujourd'hui qu'il s'adresse (ce qui vaut certes mieux que de s'adresser à celle d'hier) — mais comme il ne s'adresse qu'à elle, ce qu'il écrit risque de passer avec elle. Il le sait et ne se promet pas la survie ; et c'est là ce qui fait qu'il se défend si âprement, non point seulement quand on l'attaque, mais qu'il proteste même à chaque restric-

tion des critiques. S'il sentait son œuvre durable, il la laisserait se défendre elle-même et ne chercherait pas sans cesse à la justifier. Que dis-je ? Il se féliciterait des mécompréhensions, des injustices. Autant de fil à retordre pour les critiques de demain. »

Il consulte sa montre. Onze heures trente-cinq. On devrait être arrivé. Curieux de savoir si par impossible Olivier l'attend à la sortie du train ? Il n'y compte absolument pas. Comment supposer même qu'Olivier ait pu prendre connaissance de la carte où il annonçait aux parents d'Olivier son retour — et où incidemment, négligemment, distraitement en apparence, il précisait le jour et l'heure — comme on tendrait un piège au sort, et par amour des embrasures.

Le train s'arrête. Vite, un porteur! Non; sa valise n'est pas si lourde, et la consigne n'est pas si loin... A supposer qu'il soit là sauront-ils seulement, dans la foule, se reconnaître ? Ils se sont si peu vus. Pourvu qu'il n'ait pas trop changé!.... Ah! juste ciel! serait-ce lui ?

IX

Nous n'aurions à déplorer rien de ce qui arriva par la suite, si seulement la joie qu'Édouard et Olivier eurent à se retrouver eût été plus démonstrative; mais une singulière incapacité de jauger son crédit dans le cœur et l'esprit d'autrui leur était commune et les paralysait tous deux; de sorte que chacun se croyant seul ému, tout occupé par sa joie propre et comme confus de la sentir si vive, n'avait souci que de ne point trop en laisser paraître l'excès.

C'est là ce qui fit qu'Olivier, loin d'aider à la joie d'Édouard en lui disant l'empressement qu'il avait mis à venir à sa rencontre, crut séant de parler de quelque course que précisément il avait eu à faire dans le quartier ce matin même, comme pour s'excuser d'être venu. Scrupuleuse à l'excès, son âme était habile à se persuader que peut-être Édouard trouvait sa présence importune. Il n'eut pas plus tôt menti, qu'il rougit. Édouard surprit cette rougeur, et, comme d'abord il avait saisi

le bras d'Olivier, d'une étreinte passionnée, crut, par scrupule également, que c'était là ce qui le faisait rougir.

Il avait dit d'abord :

« Je m'efforçais de croire que tu ne serais pas là ; mais au fond j'étais sûr que tu viendrais. »

Il put croire qu'Olivier voyait de la présomption dans cette phrase. En l'entendant répondre d'un air dégagé : — « J'avais justement une course à faire dans ce quartier », il lâcha le bras d'Olivier, et son exaltation tout aussitôt retomba. Il eût voulu demander à Olivier s'il avait compris que cette carte adressée à ses parents, c'était pour lui qu'il l'avait écrite ; sur le point de l'interroger, le cœur lui manquait. Olivier, craignant d'ennuyer Édouard ou de se faire méjuger en parlant de soi, se taisait. Il regardait Édouard et s'étonnait d'un certain tremblement de sa lèvre, puis aussitôt baissait les yeux. Édouard tout à la fois souhaitait ce regard et craignait qu'Olivier ne le jugeât trop vieux. Il roulait nerveusement entre ses doigts un bout de papier. C'était le bulletin qu'on venait de lui remettre à la consigne, mais il n'y faisait pas attention.

« Si c'était son bulletin de consigne, — se disait Olivier, en le lui voyant froisser ainsi, puis jeter distraitement, — il ne le jetterait pas ainsi. » Et il ne se retourna qu'un instant pour voir le vent emporter ce bout de papier loin derrière eux sur le trottoir. S'il avait regardé plus longtemps, il aurait pu voir un jeune homme le ramasser. C'était Bernard qui, depuis leur sortie de la gare, les suivait... Cependant, Olivier se désolait de ne rien trouver à dire à Édouard, et le silence entre eux lui devenait intolérable.

« Quand nous arriverons devant Condorcet, se répétait-il, je lui dirai : « A présent, il faut que je rentre ; » au revoir. » Puis, devant le lycée, il se donna jusqu'au coin de la rue de Provence. Mais Édouard, à qui ce silence pesait également, ne pouvait admettre qu'ils se quittassent ainsi. Il entraîna son compagnon dans un café. Peut-être le porto qu'on leur servit les aiderait-il à triompher de leur gêne.

Ils trinquèrent.

« A tes succès, dit Édouard, en levant son verre. Quand est l'examen ?

— Dans dix jours.

— Et tu te sens prêt ? »
Olivier haussa les épaules.
« Est-ce qu'on sait jamais. Il suffit d'être mal en train ce jour-là. »
Il n'osait répondre : « Oui », par crainte de montrer trop d'assurance. Ce qui le gênait aussi, c'était à la fois le désir et la crainte de tutoyer Édouard; il se contentait de donner à chacune de ses phrases un tour indirect d'où, du moins, le « vous » était exclu, de sorte qu'il enlevait par cela même à Édouard l'occasion de solliciter un tutoiement qu'il souhaitait; qu'il avait obtenu pourtant, il s'en souvenait bien, quelques jours avant son départ.
« As-tu bien travaillé ?
— Pas mal. Mais pas si bien que j'aurais pu.
— Les bons travailleurs ont toujours le sentiment qu'ils pourraient travailler davantage », dit Édouard sentencieusement.
Il avait dit cela malgré lui; puis, aussitôt, avait trouvé sa phrase ridicule.
« Fais-tu toujours des vers ?
— De temps en temps... J'aurais grand besoin de conseils. Il levait les yeux vers Édouard; c'est « de vos conseils » qu'il voulait dire; « de tes conseils ». Et le regard, à défaut de la voix, le disait si bien qu'Édouard crut qu'il disait cela par déférence ou par gentillesse. Mais quel besoin eut-il de répondre, et avec tant de brusquerie :
— Oh! les conseils, il faut savoir se les donner à soi-même ou les chercher auprès de camarades; ceux des aînés ne valent rien. »
Olivier pensa : « Je ne lui en ai pourtant pas demandé; pourquoi proteste-t-il ? »
Chacun d'eux se dépitait à ne sortir de soi rien que de sec, de contraint; et chacun d'eux, sentant la gêne et l'agacement de l'autre, s'en croyait l'objet et la cause. De tels entretiens ne peuvent donner rien de bon, si rien ne vient à la rescousse. Rien ne vint.

Olivier s'était mal levé ce matin. La tristesse qu'il avait eue à son réveil, de ne plus voir Bernard à son côté, de l'avoir laissé partir sans adieu, cette tristesse, un instant dominée par la joie de retrouver Édouard, montait en lui comme un flot sombre, submergeait

toutes ses pensées. Il eût voulu parler de Bernard, raconter à Édouard tout et je ne sais quoi, l'intéresser à son ami.

Mais le moindre sourire d'Édouard l'eût blessé, et l'expression eût trahi les sentiments passionnés et tumultueux qui l'agitaient, si elle n'eût risqué de paraître exagérée. Il se taisait; il sentait ses traits se durcir; il eût voulu se jeter dans les bras d'Édouard et pleurer. Édouard se méprenait à ce silence, à l'expression de ce visage contracté; il aimait beaucoup trop pour ne point perdre toute aisance. A peine s'il osait regarder Olivier, qu'il eût voulu serrer dans ses bras et dorloter comme un enfant; et quand il rencontrait son regard morne :

« C'est cela, pensait-il. Je l'ennuie... Je le fatigue, je l'excède. Pauvre petit! il n'attend qu'un mot de moi pour partir. » Et ce mot, irrésistiblement, Édouard le dit, par pitié pour l'autre :

« A présent tu dois me quitter. Tes parents t'attendent pour déjeuner, j'en suis sûr. »

Olivier, qui pensait de même, se méprit à son tour. Il se leva précipitamment, tendit la main. Du moins voulait-il dire à Édouard : « Quand te reverrai-je ? Quand vous reverrai-je ? Quand est-ce qu'on se revoit ? ... » Édouard attendait cette phrase. Rien ne vint. Qu'un banal : — Adieu.

X

Le soleil avait réveillé Bernard. Il s'était levé de son banc avec un violent mal de tête. Sa belle vaillance du matin l'avait quitté. Il se sentait abominablement seul et le cœur tout gonflé de je ne sais quoi de saumâtre qu'il se refusait à appeler de la tristesse, mais qui remplissait de larmes ses yeux. Que faire ? et où aller ?... S'il s'achemina vers la gare Saint-Lazare, à l'heure où il savait que devait s'y rendre Olivier, ce fut sans intention précise, et sans autre désir que de retrouver son ami. Il se reprochait son brusque départ au matin : Olivier pouvait en avoir été peiné. N'était-il pas l'être que Bernard préférait sur terre ?... Quand il le vit au bras d'Édouard, un sentiment bizarre tout à la fois lui fit suivre le couple, et le retint de se montrer. Pénible-

ment il se sentait de trop, et pourtant eût voulu se glisser entre eux. Édouard lui paraissait charmant; à peine un peu plus grand qu'Olivier, l'allure à peine un peu moins jeune. C'est lui qu'il résolut d'aborder; il attendait pour cela qu'Olivier l'eût quitté. Mais l'aborder sous quel prétexte ?

C'est à ce moment qu'il vit le petit bout de papier froissé s'échapper de la main distraite d'Édouard. Quand il l'eut ramassé, qu'il eut vu que c'était un bulletin de consigne... parbleu, le voilà bien le prétexte cherché !

Il vit entrer les deux amis dans le café; demeura perplexe un instant; puis, reprenant son monologue :

« Un adipeux normal n'aurait rien de plus pressé que de lui rapporter ce papier », se dit-il.

> *How weary, stale, flat and unprofitable*
> *Seems to me all the uses of this world !*

ai-je entendu dire à Hamlet. Bernard, Bernard, quelle pensée t'effleure ? Hier déjà tu fouillais un tiroir. Sur quel chemin t'engages-tu ? Fais bien attention, mon garçon... Fais bien attention qu'à midi l'employé de la consigne à qui Édouard a eu affaire, va déjeuner, et qu'il est remplacé par un autre. Et n'as-tu pas promis à ton ami de tout oser ?

Il réfléchit pourtant que trop de précipitation risquait de tout compromettre. Surpris au débotté, l'employé pouvait trouver suspect cet empressement; consultant le registre du dépôt, il pouvait trouver peu naturel qu'un bagage, mis à la consigne quelques minutes avant midi, en fût retiré sitôt après. Enfin, si tel passant, tel fâcheux, l'avait vu ramasser le papier... Bernard prit sur lui de redescendre jusqu'à la Concorde, sans se presser; le temps qu'eût mis un autre à déjeuner. Cela se fait souvent, n'est-ce pas, de mettre sa valise à la consigne durant le temps que l'on déjeune et d'aller la reprendre ensuite ? Il ne sentait plus sa migraine. En passant devant une terrasse de restaurant, il s'empara sans façon d'un cure-dents (ils étaient en petits faisceaux sur les tables), qu'il allait grignoter devant le bureau de consigne, pour avoir l'air rassasié. Heureux d'avoir pour lui sa bonne mine, l'élégance de son costume, la distinction de sa tenue, la franchise de son sourire et de son

regard, enfin ce je ne sais quoi dans l'allure où l'on sent ceux qui, nourris dans le bien-être, n'ont besoin de rien, ayant tout. Mais tout cela se fripe, à dormir sur les bancs.

Il eut une soûleur, quand l'employé lui demanda dix centimes de garde. Il n'avait plus un sou. Que faire ? La valise était là, sur le buttoir. Le moindre manque d'assurance allait donner l'éveil; et aussi le manque d'argent. Mais le démon ne permettra pas qu'il se perde; il glisse sous les doigts anxieux de Bernard, qui vont fouillant de poche en poche, dans un simulacre de recherche désespérée, une petite pièce de dix sous oubliée depuis on ne sait quand, là, dans le gousset de son gilet. Bernard la tend à l'employé. Il n'a rien laissé paraître de son trouble. Il s'empare de la valise et d'un geste simple et honnête, empoche les sous qu'on lui rend. Ouf ! Il a chaud. Où va-t-il aller ? Ses jambes se dérobent sous lui et la valise lui paraît lourde. Que va-t-il en faire ?... Il songe tout à coup qu'il n'en a pas la clef. Et non; et non; et non; il ne forcera pas la serrure; il n'est pas un voleur, que diable !... Si du moins il savait ce qu'il y a dedans. Elle pèse à son bras. Il est en nage. Il s'arrête un instant; pose son faix sur le trottoir. Certes, il entend bien la rendre, cette valise; mais il voudrait l'interroger d'abord. Il presse à tout hasard la serrure. Oh ! miracle ! les valves s'entrouvrent, laissant entrevoir cette perle : un portefeuille, qui laisse entrevoir des billets. Bernard s'empare de la perle et referme l'huître aussitôt.

Et maintenant qu'il a de quoi, vite ! un hôtel. Rue d'Amsterdam, il en sait un tout près. Il meurt de faim. Mais avant de s'asseoir à table, il veut mettre la valise à l'abri. Un garçon qui la porte le précède dans l'escalier. Trois étages; un couloir; une porte, qu'il ferme à clef sur son trésor... Il redescend.

Attablé devant un beefsteak, Bernard n'osait tirer le portefeuille de sa poche (Sait-on jamais qui vous observe ?) mais, dans le fond de cette poche intérieure, sa main gauche amoureusement le palpait.

« Faire comprendre à Édouard que je ne suis pas un voleur, se disait-il, voilà le hic. Quel genre de type est Édouard ? La valise nous renseignera peut-être. Séduisant, c'est un fait acquis. Mais il y a des tas de

types séduisants qui comprennent fort mal la plaisanterie. S'il croit sa valise volée, il ne laissera pas sans doute d'être content de la revoir. Il me sera reconnaissant de la lui rapporter, ou n'est qu'un mufle. Je saurai l'intéresser à moi. Prenons vite un dessert et remontons examiner la situation. L'addition; et laissons un émouvant pourboire au garçon. »

Quelques instants plus tard, il était de nouveau dans la chambre.

« Maintenant, valise, à nous deux !... Un complet de rechange; à peine un peu trop grand pour moi, sans doute. L'étoffe en est seyante et de bon goût. Du linge; des affaires de toilette. Je ne suis pas bien sûr de lui rendre jamais tout cela. Mais ce qui prouve que je ne suis pas un voleur, c'est que les papiers que voici vont m'occuper bien davantage. Lisons d'abord ceci. »

C'était le cahier dans lequel Édouard avait serré la triste lettre de Laura. Nous en connaissons déjà les premières pages; voici ce qui suivait :

XI

JOURNAL D'ÉDOUARD

1er novembre.

« Il y a quinze jours... — j'ai eu tort de ne pas noter cela aussitôt. Ce n'est pas que le temps m'ait manqué, mais j'avais le cœur encore plein de Laura — ou plus exactement je voulais ne point distraire d'elle ma pensée; et puis je ne me plais à noter ici rien d'épisodique, de fortuit, et il ne me paraissait pas encore que ce que je vais raconter pût avoir une suite, ni comme l'on dit : tirer à conséquence; du moins, je me refusais à l'admettre et c'était pour me le prouver, en quelque sorte, que je m'abstenais d'en parler dans mon journal; mais je sens bien, et j'ai beau m'en défendre, que la figure d'Olivier aimantant aujourd'hui mes pensées, qu'elle incline leur cours et que, sans tenir compte de lui, je ne pourrais ni tout à fait bien m'expliquer, ni tout à fait bien me comprendre.

» Je revenais au matin de chez Perrin, où j'allais

surveiller le service de presse pour la réédition de mon vieux livre. Comme le temps était beau, je flânais le long des quais en attendant l'heure du déjeuner.

» Un peu avant d'arriver devant Vanier, je m'arrêtai près d'un étalage de livres d'occasion. Les livres ne m'intéressaient point tant qu'un jeune lycéen, de treize ans environ, qui fouillait les rayons en plein vent sous l'œil placide d'un surveillant assis sur une chaise de paille dans la porte de la boutique. Je feignais de contempler l'étalage, mais, du coin de l'œil, moi aussi je surveillais le petit. Il était vêtu d'un pardessus usé jusqu'à la corde et dont les manches trop courtes laissaient passer celles de la veste. La grande poche de côté restait bâillante, bien qu'on sentît qu'elle était vide; dans le coin l'étoffe avait cédé. Je pensai que ce pardessus avait déjà dû servir à plusieurs frères, ou que ses frères et lui avaient l'habitude de mettre beaucoup trop de choses dans leurs poches. Je pensai aussi que sa mère était bien négligente, ou bien occupée, pour n'avoir pas réparé cela. Mais, à ce moment, le petit s'étant un peu tourné, je vis que l'autre poche était toute reprisée, grossièrement, avec un gros solide fil noir. Aussitôt, j'entendis les admonestations maternelles : « Ne mets donc pas deux livres à la fois dans ta poche;
» tu vas ruiner ton pardessus. Ta poche est encore
» déchirée. La prochaine fois, je t'avertis que je n'y ferai
» pas de reprises. Regarde-moi de quoi tu as l'air!... »
Toutes choses que me disait également ma pauvre mère, et dont je ne tenais pas compte non plus. Le pardessus, ouvert, laissait voir la veste, et mon regard fut attiré par une sorte de petite décoration, un bout de ruban, ou plutôt une rosette jaune qu'il portait à la boutonnière. Je note tout cela par discipline, et précisément parce que cela m'ennuie de le noter.

» A un certain moment, le surveillant fut appelé à l'intérieur de la boutique; il n'y resta qu'un instant, puis revint s'asseoir sur sa chaise; mais cet instant avait suffi pour permettre à l'enfant de glisser dans la poche de son manteau le livre qu'il tenait en main; puis, tout aussitôt, il se remit à fouiller les rayons, comme si de rien n'était. Pourtant il était inquiet; il releva la tête, remarqua mon regard et comprit que je l'avais vu. Du moins, il se dit que j'avais pu le voir; il n'en était

sans doute pas bien sûr; mais, dans le doute, il perdit toute assurance, rougit et commença de se livrer à un petit manège, où il tâchait de se montrer tout à fait à son aise, mais qui marquait une gêne extrême. Je ne le quittais pas des yeux. Il sortit de la poche le livre dérobé; l'y renfonça; s'écarta de quelques pas; tira de l'intérieur de son veston un pauvre petit portefeuille élimé, où il fit mine de chercher l'argent qu'il savait fort bien ne pas y être; fit une grimace significative, une moue de théâtre, à mon adresse évidemment, qui voulait dire : « Zut! je n'ai pas de quoi », avec cette petite nuance en surplus : « C'est curieux, je croyais » avoir de quoi », tout cela un peu exagéré, un peu gros, comme un acteur qui a peur de ne pas se faire entendre. Puis enfin, je puis presque dire : sous la pression de mon regard, il se rapprocha de nouveau de l'étalage, sortit enfin le livre de sa poche et brusquement le remit à la place que d'abord il occupait. Ce fut fait si naturellement que le surveillant ne s'aperçut de rien. Puis l'enfant releva la tête de nouveau, espérant cette fois être quitte. Mais non; mon regard était toujours là; comme l'œil de Caïn; seulement mon œil à moi souriait. Je voulais lui parler; j'attendais qu'il quittât la devanture pour l'aborder; mais il ne bougeait pas et restait en arrêt devant les livres, et je compris qu'il ne bougerait pas tant que je le fixerais ainsi. Alors, comme on fait à « quatre coins » pour inviter le gibier fictif à changer de gîte, je m'écartai de quelques pas, comme si j'en avais assez vu. Il partit de son côté; mais il n'eut pas plus tôt gagné le large que je le rejoignis.

« Qu'est-ce que c'était que ce livre ? » lui demandai-je à brûle-pourpoint, en mettant toutefois dans le ton de ma voix et sur mon visage le plus d'aménité que je pus.

» Il me regarda bien en face et je sentis tomber sa méfiance. Il n'était peut-être pas beau, mais quel joli regard il avait! J'y voyais toute sorte de sentiments s'agiter comme des herbes au fond d'un ruisseau.

« C'est un guide d'Algérie. Mais ça coûte trop cher. Je ne suis pas assez riche.

» — Combien ?

» — Deux francs cinquante.

» — N'empêche que si tu n'avais pas vu que je te regardais, tu filais avec le livre dans ta poche.

» Le petit eut un mouvement de révolte, et se rebiffant, sur un ton très vulgaire :

» — Non, mais, des fois... que vous me prendriez pour un voleur ?... — avec une conviction, à me faire douter de ce que j'avais vu. Je sentis que j'allais perdre prise si j'insistais. Je sortis trois pièces de ma poche :

» — Allons! va l'acheter. Je t'attends.

» Deux minutes plus tard, il ressortait de la boutique, feuilletant l'objet de sa convoitise. Je le lui pris des mains. C'était un vieux guide Joanne, de 71.

» — Qu'est-ce que tu veux faire avec ça ? dis-je en le lui rendant. C'est trop vieux. Ça ne peut plus servir. »

» Il protesta que si; que, du reste, les guides plus récents coûtaient beaucoup trop cher, et que « pour ce qu'il en ferait » les cartes de celui-ci pourraient tout aussi bien lui servir. Je ne cherche pas à transcrire ses propres paroles, car elles perdraient leur caractère, dépouillées de l'extraordinaire accent faubourien qu'il y mettait et qui m'amusait d'autant plus que ses phrases n'étaient pas sans élégance.

. .

» Nécessaire d'abréger beaucoup cet épisode. La précision ne doit pas être obtenue par le détail du récit, mais bien, dans l'imagination du lecteur, par deux ou trois traits, exactement à la bonne place. Je crois du reste qu'il y aurait intérêt à faire raconter tout cela par l'enfant; son point de vue est plus significatif que le mien. Le petit est à la fois gêné et flatté de l'attention que je lui porte. Mais la pesée de mon regard fausse un peu sa direction. Une personnalité trop tendre et inconsciente encore se défend et dérobe derrière une attitude. Rien n'est plus difficile à observer que les êtres en formation. Il faudrait pouvoir ne les regarder que de biais, de profil.

» Le petit déclara soudain que « ce qu'il aimait le mieux » c'était « la géographie ». Je soupçonnai que derrière cet amour se dissimulait un instinct de vagabondage.

« Tu voudrais aller là-bas ? lui demandai-je.

» — Parbleu! » fit-il en haussant un peu les épaules.

» L'idée m'effleura qu'il n'était pas heureux auprès des siens. Je lui demandai s'il vivait avec ses parents.

— Oui. — Et s'il ne se plaisait pas avec eux ? — Il protesta mollement. Il paraissait quelque peu inquiet de s'être trop découvert tout à l'heure. Il ajouta :

« Pourquoi est-ce que vous me demandez ça ?

— Pour rien, dis-je aussitôt; puis, touchant du bout du doigt le ruban jaune de sa boutonnière :

» Qu'est-ce que c'est que ça ?

» — C'est un ruban; vous le voyez bien. »

» Mes questions manifestement l'importunaient. Il se tourna brusquement vers moi, comme hostilement, et sur un ton gouailleur et insolent, dont je ne l'aurais jamais cru capable et qui proprement me décomposa :

» — Dites donc... ça vous arrive souvent de reluquer les lycéens ? »

» Puis, tandis que je balbutiais confusément un semblant de réponse, il ouvrit la serviette d'écolier qu'il portait sous son bras, pour y glisser son emplette. Là se trouvaient des livres de classe et quelques cahiers recouverts uniformément de papier bleu. J'en pris un; c'était celui d'un cours d'histoire. Le petit avait écrit, dessus, son nom en grosses lettres. Mon cœur bondit en y reconnaissant le nom de mon neveu :

« Georges Molinier. »

(Le cœur de Bernard bondit également en lisant ces lignes, et toute cette histoire commença de l'intéresser prodigieusement.)

» Il sera difficile, dans *Les Faux-Monnayeurs,* de faire admettre que celui qui jouera ici mon personnage ait pu, tout en restant en bonnes relations avec sa sœur, ne connaître point ses enfants. J'ai toujours eu le plus grand mal à maquiller la vérité. Même changer la couleur des cheveux me paraît une tricherie qui rend pour moi le vrai moins vraisemblable. Tout se tient et je sens, entre tous les faits que m'offre la vie, des dépendances si subtiles qu'il me semble toujours qu'on n'en saurait changer un seul sans modifier tout l'ensemble. Je ne puis pourtant pas raconter que la mère de cet enfant n'est que ma demi-sœur, née d'un premier mariage de mon père; que je suis resté sans la voir aussi longtemps que mes parents ont vécu; que des affaires de succession ont forcé nos rapports... Tout cela est pourtant indispensable et je ne vois pas ce que je pourrais

inventer d'autre pour éluder l'indiscrétion. Je savais que ma demi-sœur avait trois fils; je ne connaissais que l'aîné, étudiant en médecine; encore n'avais-je fait que l'entrevoir, car, atteint de tuberculose, il avait dû interrompre ses études et se soignait quelque part dans le Midi. Les deux autres n'étaient jamais là aux heures où j'allais voir Pauline; celui que j'avais devant moi était assurément le dernier. Je ne laissai rien paraître de mon étonnement, mais, quittant le petit Georges brusquement, après avoir appris qu'il rentrait déjeuner chez lui, je sautai dans un taxi, pour le devancer rue Notre-Dame-des-Champs. Je pensai qu'arrivant à cette heure, Pauline me retiendrait pour déjeuner, ce qui ne manqua pas d'arriver; mon livre, dont j'emportais de chez Perrin un exemplaire, et que je pourrais lui offrir, servirait de prétexte à cette visite intempestive.

» C'était la première fois que je prenais un repas chez Pauline. J'avais tort de me méfier de mon beau-frère. Je doute qu'il soit un bien remarquable juriste, mais il sait ne parler pas plus de son métier que je ne parle du mien quand nous sommes ensemble, de sorte que nous nous entendons fort bien.

» Naturellement, quand j'arrivai ce matin-là, je ne soufflai mot de la rencontre que je venais de faire :

« Ça me permettra, j'espère, de faire la connaissance de mes neveux, dis-je quand Pauline me pria de rester à déjeuner. Car vous savez qu'il y en a deux que je ne connais pas encore.

» — Olivier, me dit-elle, ne rentrera qu'un peu tard, car il a une répétition; nous nous mettrons à table sans lui. Mais je viens d'entendre rentrer Georges. Je vais l'appeler. Et, courant à la porte de la pièce voisine :

» — Georges! Viens dire bonjour à ton oncle. »

» Le petit s'approcha, me tendit la main; je l'embrassai... J'admire la force de dissimulation des enfants : il ne laissa paraître aucune surprise; c'était à croire qu'il ne me reconnaissait pas. Simplement, il rougit beaucoup; mais sa mère put croire que c'était par timidité. Je pensai que peut-être il était gêné de retrouver le limier de tout à l'heure, car il nous quitta presque aussitôt et retourna dans la pièce voisine; c'était la salle à manger, qui, je le compris, sert de salle d'étude aux enfants, entre les repas. Il reparut pourtant bientôt

après, lorsque son père entra dans le salon, et profita de l'instant où l'on allait passer dans la salle à manger, pour s'approcher de moi et me saisir la main sans être vu de ses parents. Je crus d'abord à une marque de camaraderie, qui m'amusa; mais non : il m'ouvrit la main que je refermais sur la sienne, y glissa un petit billet que certainement il venait d'écrire, puis replia mes doigts par-dessus, en serrant le tout très fort. Il va sans dire que je me prêtai au jeu; je cachai le petit billet dans une poche, d'où je ne le pus sortir qu'après le repas. Voici ce que j'y lus :

» *Si vous racontez à mes parents l'histoire du livre, je* (il avait barré : *vous détesterai*) *dirai que vous m'avez fait des propositions.*

» Et plus bas :

» *Je sors quotidie du lycée à dix h.* »

» Interrompu hier par la visite de X... Sa conversation m'a laissé dans un état de malaise.

» Beaucoup réfléchi à ce que m'a dit X... Il ne connaît rien de ma vie, mais je lui ai exposé longuement mon plan des *Faux-Monnayeurs*. Son conseil m'est toujours salutaire; car il se place à un point de vue différent du mien. Il craint que je ne verse dans le factice et que je ne lâche le vrai sujet pour l'ombre de ce sujet dans mon cerveau. Ce qui m'inquiète, c'est de sentir la vie (ma vie) se séparer ici de mon œuvre, mon œuvre s'écarter de ma vie. Mais, ceci, je n'ai pas pu le lui dire. Jusqu'à présent, comme il sied, mes goûts, mes sentiments, mes expériences personnelles alimentaient tous mes écrits; dans mes phrases les mieux construites, encore sentais-je battre mon cœur. Désormais, entre ce que je pense et ce que je sens, le lien est rompu. Et je doute si précisément ce n'est pas l'empêchement que j'éprouve à laisser parler aujourd'hui mon cœur qui précipite mon œuvre dans l'abstrait et l'artificiel. En réfléchissant à ceci, la signification de la fable d'Apollon et de Daphné m'est brusquement apparue : heureux, ai-je pensé, qui peut saisir dans une seule étreinte le laurier et l'objet même de son amour.

» J'ai raconté ma rencontre avec Georges si longuement que j'ai dû m'arrêter au moment où Olivier entrait en scène. Je n'ai commencé ce récit que pour parler de

lui, et je n'ai su parler que de Georges. Mais, au moment de parler d'Olivier, je comprends que le désir de différer ce moment était cause de ma lenteur. Dès que je le vis, ce premier jour, dès qu'il se fut assis à la table de famille, dès mon premier regard, ou plus exactement dès *son* premier regard, j'ai senti que ce regard s'emparait de moi et que je ne disposais plus de ma vie.

» Pauline insiste pour que je vienne la voir plus souvent. Elle me prie instamment de m'occuper un peu de ses enfants. Elle me laisse entendre que leur père les connaît mal. Plus je cause avec elle et plus elle me paraît charmante. Je ne comprends plus comment j'ai pu rester si longtemps sans la fréquenter. Les enfants sont élevés dans la religion catholique; mais elle se souvient de sa première éducation protestante, et bien qu'elle ait quitté le foyer de notre père commun au moment où ma mère y est entrée, je découvre entre elle et moi maints traits de ressemblance. Elle a mis ses enfants en pension chez les parents de Laura, où j'ai moi-même si longtemps habité. La pension Azaïs, du reste, se pique de n'avoir pas de couleur confessionnelle particulière (de mon temps, on y voyait jusqu'à des Turcs), encore que le vieil Azaïs, l'ancien ami de mon père, qui l'a fondée et qui la dirige encore, ait été d'abord pasteur.

» Pauline reçoit d'assez bonnes nouvelles du sanatorium où Vincent achève de se guérir. Elle lui parle de moi, m'a-t-elle dit, dans ses lettres, et voudrait que je le connaisse mieux; car je n'ai fait que l'entrevoir. Elle fonde sur son fils aîné de grands espoirs; le ménage se saigne pour lui permettre bientôt de s'établir — je veux dire : d'avoir un logement indépendant pour recevoir la clientèle. En attendant, elle a trouvé le moyen de lui réserver une partie du petit appartement qu'ils occupent, en installant Olivier et Georges, au-dessous de leur appartement, dans une chambre isolée, qui se trouvait vacante. La grande question est de savoir si, pour raison de santé, Vincent va devoir renoncer à l'internat.

» A vrai dire, Vincent ne m'intéresse guère et, si je parle beaucoup de lui avec sa mère, c'est par complaisance pour elle, et pour pouvoir sitôt ensuite nous occuper plus longuement d'Olivier. Quant à Georges, il me bat froid, me répond à peine quand je lui parle

et jette sur moi, quand il me croise, un regard indéfinissablement soupçonneux. Il semble qu'il m'en veuille de n'être pas allé l'attendre à la porte de son lycée — ou qu'il s'en veuille de ses avances.

» Je ne vois pas Olivier davantage. Quand je vais chez sa mère, je n'ose le retrouver dans la pièce où je sais qu'il travaille ; le rencontré-je par hasard, je suis si gauche et si confus que je ne trouve rien à lui dire, et cela me rend si malheureux que je préfère aller voir sa mère aux heures où je sais qu'il n'est pas à la maison. »

XII

JOURNAL D'ÉDOUARD
(Suite)

2 novembre.

« Longue conversation avec Douviers, qui sort avec moi de chez les parents de Laura et m'accompagne jusqu'à l'Odéon à travers le Luxembourg. Il prépare une thèse de doctorat sur Wordsworth, mais aux quelques mots qu'il m'en dit, je sens bien que les qualités les plus particulières de la poésie de Wordsworth lui échappent. Il aurait mieux fait de choisir Tennyson. Je sens je ne sais quoi d'insuffisant chez Douviers, d'abstrait et de jobard. Il prend toujours les choses et les êtres pour ce qu'ils se donnent ; c'est peut-être parce que lui se donne toujours pour ce qu'il est.

« Je sais, m'a-t-il dit, que vous êtes le meilleur ami de Laura. Je devrais sans doute être un peu jaloux de vous. Je ne puis pas. Au contraire, tout ce qu'elle m'a dit de vous m'a fait à la fois la comprendre mieux, et souhaiter de devenir votre ami. Je lui ai demandé l'autre jour si vous ne m'en vouliez pas trop de l'épouser ? Elle m'a répondu qu'au contraire vous lui aviez conseillé de le faire (je crois bien qu'il m'a dit cela aussi platement). — Je voudrais vous en remercier — et que vous ne trouviez pas cela ridicule, car je le fais très sincèrement » — a-t-il ajouté, en s'efforçant de sourire, mais d'une voix tremblante et avec les larmes aux yeux.

» Je ne savais que lui dire, car je me sentais beaucoup

moins ému que j'aurais dû l'être et complètement incapable d'une effusion réciproque. J'ai dû lui paraître un peu sec; mais il m'agaçait. J'ai néanmoins serré le plus chaleureusement que j'ai pu la main qu'il me tendait. Ces scènes où l'un offre plus de son cœur qu'on ne lui demande, sont toujours pénibles. Sans doute pensait-il forcer ma sympathie. S'il eût été plus perspicace, il se fût senti volé; mais déjà je le voyais reconnaissant de son propre geste, dont il croyait surprendre le reflet dans mon cœur. Comme je ne disais rien, et gêné peut-être par mon silence :

« Je compte, a-t-il ajouté bientôt, sur le dépaysement de sa vie à Cambridge pour empêcher des comparaisons de sa part, qui seraient à mon désavantage. »

» Qu'entendait-il par là ? Je m'efforçais de ne pas comprendre. Peut-être espérait-il une protestation; mais qui n'eût fait que nous engluer davantage. Il est de ces gens dont la timidité ne peut supporter les silences et qui croient devoir les meubler par une avance exagérée; de ceux qui vous disent ensuite : « J'ai toujours été franc avec vous. » Eh! parbleu, l'important n'est pas tant d'être franc que de permettre à l'autre de l'être. Il aurait dû se rendre compte que sa franchise précisément empêchait la mienne.

» Mais si je ne puis devenir son ami, du moins je crois qu'il fera un excellent mari pour Laura; car, somme toute, ce sont ici surtout ses qualités que je lui reproche. Ensuite, nous avons parlé de Cambridge, où j'ai promis d'aller les voir.

» Quel absurde besoin Laura a-t-elle eu de lui parler de moi ?

» Admirable propension au dévouement, chez la femme. L'homme qu'elle aime n'est, le plus souvent, pour elle, qu'une sorte de patère à quoi suspendre son amour. Avec quelle sincère facilité Laura opère la substitution! Je comprends qu'elle épouse Douviers; j'ai été un des premiers à le lui conseiller. Mais j'étais en droit d'espérer un peu de chagrin. Le mariage a lieu dans trois jours.

» Quelques articles sur mon livre. Les qualités qu'on me reconnaît le plus volontiers sont de celles précisé-

ment que je prends le plus en horreur... Ai-je eu raison de laisser rééditer ces vieilleries ? Elles ne répondent plus à rien de ce que j'aime à présent. Mais je ne m'en aperçois qu'à présent. Il ne me paraît pas que précisément j'aie changé; mais bien que, seulement maintenant, je prenne conscience de moi-même; jusqu'à présent, je ne savais pas qui j'étais. Se peut-il que j'aie toujours besoin qu'un autre être fasse office, pour moi, de révélateur! Ce livre avait cristallisé selon Laura, et c'est pourquoi je ne veux plus m'y reconnaître.

» Cette perspicacité, faite de sympathie, nous est-elle interdite, qui nous permettrait de devancer les saisons ? Quels problèmes inquiéteront demain ceux qui viennent ? C'est pour eux que je veux écrire. Fournir un aliment à des curiosités encore indistinctes, satisfaire à des exigences qui ne sont pas encore précisées, de sorte que celui qui n'est aujourd'hui qu'un enfant, demain s'étonne à me rencontrer sur sa route.

» Combien j'aime à sentir chez Olivier tant de curiosité, d'impatiente insatisfaction du passé...

« Il me paraît parfois que la poésie est la seule chose qui l'intéresse. Et je sens, à les relire à travers lui, combien rares sont ceux de nos poètes qui se soient laissés guider plus par le sentiment de l'art que par le cœur ou par l'esprit. Le bizarre c'est que, lorsque Oscar Molinier m'a montré des vers d'Olivier, j'ai donné à celui-ci le conseil de chercher plus à se laisser guider par les mots qu'à les soumettre. Et maintenant, il me semble que c'est lui qui, par contrecoup, m'en instruit.

» Combien tout ce que j'ai écrit précédemment me paraît aujourd'hui tristement, ennuyeusement et ridiculement raisonnable!

<p style="text-align:right">5 novembre.</p>

» La cérémonie a eu lieu. Dans la petite chapelle de la rue Madame où je n'étais pas retourné depuis longtemps. Famille Vedel-Azaïs au complet : grand-père, père et mère de Laura, ses deux sœurs et son jeune frère, plus nombre d'oncles, de tantes et de cousins. Famille Douviers représentée par trois tantes en grand deuil, dont le catholicisme eût fait trois nonnes, qui, d'après ce que l'on m'a dit, vivent ensemble, et avec qui vivait

également Douviers depuis la mort de ses parents. Dans la tribune, les élèves de la pension. D'autres amis de la famille achevaient de remplir la salle, au fond de laquelle je suis resté ; non loin de moi, j'ai vu ma sœur avec Olivier ; Georges devait être dans la tribune avec des camarades de son âge. Le vieux La Pérouse à l'harmonium ; son visage vieilli, plus beau, plus noble que jamais, mais son œil sans plus cette flamme admirable qui me communiquait sa ferveur, du temps de ses leçons de piano. Nos regards se sont croisés et j'ai senti, dans le sourire qu'il m'adressait, tant de tristesse que je me suis promis de le retrouver à la sortie. Des personnes ont bougé et une place auprès de Pauline s'est trouvée libre. Olivier m'a tout aussitôt fait signe, a poussé sa mère pour que je puisse m'asseoir à côté de lui ; puis m'a pris la main et l'a longuement retenue dans la sienne. C'est la première fois qu'il agit aussi familièrement avec moi. Il a gardé les yeux fermés pendant presque toute l'interminable allocution du pasteur, ce qui m'a permis de le contempler longuement ; il ressemble à ce pâtre endormi d'un bas-relief du musée de Naples, dont j'ai la photographie sur mon bureau. J'aurais cru qu'il dormait lui-même, sans le frémissement de ses doigts ; sa main palpitait comme un oiseau dans la mienne.

» Le vieux pasteur a cru devoir retracer l'histoire de toute la famille, à commencer par celle du grand-père Azaïs, dont il avait été camarade de classe à Strasbourg avant la guerre, puis condisciple à la Faculté de théologie. J'ai cru qu'il ne viendrait pas à bout d'une phrase compliquée où il tentait d'expliquer qu'en prenant la direction d'une pension et se dévouant à l'éducation de jeunes enfants, son ami n'avait pour ainsi dire pas quitté le pastorat. Puis l'autre génération a eu son tour. Il a parlé également avec édification de la famille Douviers, dont il apparaissait qu'il ne connaissait pas grand-chose. L'excellence des sentiments palliait les défaillances oratoires et l'on entendait se moucher nombre de membres de l'assistance. J'aurais voulu savoir ce que pensait Olivier ; je songeai qu'élevé en catholique, le culte protestant devait être nouveau pour lui et qu'il venait sans doute pour la première fois dans ce temple. La singulière faculté de dépersonnalisation qui me permet

d'éprouver comme mienne l'émotion d'autrui, me forçait presque d'épouser les sensations d'Olivier, celles que j'imaginais qu'il devait avoir; et, bien qu'il tînt les yeux fermés, ou peut-être à cause de cela même, il me semblait que je voyais à sa place et pour la première fois ces murs nus, l'abstraite et blafarde lumière où baignait l'auditoire, le détachement cruel de la chaire sur le mur blanc du fond, la rectitude des lignes, la rigidité des colonnes qui soutiennent les tribunes, l'esprit même de cette architecture anguleuse et décolorée dont m'apparaissaient pour la première fois la disgrâce rébarbative, l'intransigeance et la parcimonie. Pour n'y avoir point été sensible plus tôt, il fallait que j'y fusse habitué dès l'enfance... Je repensai soudain à mon éveil religieux et à mes premières ferveurs; à Laura et à cette école du dimanche où nous nous retrouvions, moniteurs tous deux, pleins de zèle et discernant mal, dans cette ardeur qui consumait en nous tout l'impur, ce qui appartenait à l'autre et ce qui revenait à Dieu. Et je me pris tout aussitôt à me désoler qu'Olivier n'eût point connu ce premier dénuement sensuel qui jette l'âme si périlleusement loin au-dessus des apparences, qu'il n'eût pas de souvenirs pareils aux miens; mais, de le sentir étranger à tout ceci, m'aidait à m'en évader moi-même. Passionnément, je serrai cette main qu'il abandonnait toujours dans la mienne, mais qu'à ce moment il retira brusquement. Il rouvrit les yeux pour me regarder, puis avec un sourire d'une espièglerie toute enfantine, que tempérait l'extraordinaire gravité de son front, il chuchota, penché vers moi — tandis que le pasteur précisément, rappelant les devoirs de tous les chrétiens, prodiguait aux nouveaux époux conseils, préceptes et pieuses objurgations :

« Moi, je m'en fous : je suis catholique. »

» Tout en lui m'attire et me demeure mystérieux.

» A la porte de la sacristie, j'ai retrouvé le vieux La Pérouse. Il m'a dit un peu tristement, mais sur un ton où n'entrait nul reproche :

« Vous m'oubliez un peu, je crois. »

» Prétexté je ne sais quelles occupations pour m'excuser d'être resté si longtemps sans le voir; promis pour après-demain ma visite. J'ai cherché à l'entraîner chez les Azaïs, convié moi-même au thé qu'ils donnent après

la cérémonie; mais il m'a dit qu'il se sentait d'humeur trop sombre et craignait de rencontrer trop de gens avec qui il eût dû, mais n'eût pu, causer.

» Pauline a emmené Georges; m'a laissé avec Olivier :

« Je vous le confie », m'a-t-elle dit en riant; ce qui a paru agacer un peu Olivier, dont le visage s'est détourné. Il m'a entraîné dans la rue :

« Je ne savais pas que vous connaissiez si bien les Azaïs ? »

» Je l'ai beaucoup surpris en lui disant que j'avais pris pension chez eux pendant deux ans.

« Comment avez-vous pu préférer cela à n'importe quel autre arrangement de vie indépendante ?

» — J'y trouvais quelque commodité, ai-je répondu vaguement, ne pouvant lui dire qu'en ce temps Laura occupait ma pensée et que j'aurais accepté les pires régimes pour le contentement de les supporter auprès d'elle.

» — Et vous n'étouffiez pas dans l'atmosphère de cette boîte ? »

» Puis, comme je ne répondais rien :

« Au reste, je ne sais pas trop comment je la supporte moi-même, ni comment il se fait que j'y suis... Mais demi-pensionnaire seulement. C'est déjà trop. »

» J'ai dû lui expliquer l'amitié qui liait au directeur de cette « boîte » son grand-père, dont le souvenir dicta le choix de sa mère plus tard.

« D'ailleurs, ajouta-t-il, je manque de points de comparaison; et sans doute tous ces chauffoirs se valent; je crois même volontiers, d'après ce qu'on m'a dit, que la plupart des autres sont pires. N'empêche que je serai content d'en sortir. Je n'y serais pas entré du tout si je n'avais pas eu à rattraper le temps où j'ai été malade. Et depuis longtemps, je n'y retourne plus que par amitié pour Armand. »

» J'appris alors que ce jeune frère de Laura était son condisciple. Je dis à Olivier que je ne le connaissais presque pas.

« C'est pourtant le plus intelligent et le plus intéressant de la famille.

» — C'est-à-dire celui auquel tu t'es le plus intéressé.

» — Non, non; je vous assure qu'il est très curieux.

Si vous voulez, nous irons causer un peu avec lui dans sa chambre. J'espère qu'il osera parler devant vous. »

» Nous étions arrivés devant la pension.

» Les Vedel-Azaïs avaient remplacé le traditionnel repas de noces par un simple thé moins dispendieux. Le parloir et le bureau du pasteur Vedel étaient ouverts à la foule des invités. Seuls quelques rares intimes avaient accès dans l'exigu salon particulier de la pastoresse; mais, pour éviter l'envahissement, on avait condamné la porte entre le parloir et ce salon, ce qui faisait Armand répondre à ceux qui lui demandaient par où l'on pouvait rejoindre sa mère :

« Par la cheminée. »

» Il y avait foule. On crevait de chaleur. A part quelques « membres du corps enseignant », collègues de Douviers, société presque exclusivement protestante. Odeur puritaine très spéciale. L'exhalaison est aussi forte, et peut-être plus asphyxiante encore, dans les meetings catholiques ou juifs, dès qu'entre eux ils se laissent aller; mais on trouve plus souvent parmi les catholiques une appréciation, parmi les juifs une dépréciation de soi-même, dont les protestants ne me semblent capables que bien rarement. Si les juifs ont le nez trop long, les protestants, eux, ont le nez bouché; c'est un fait. Et moi-même je ne m'aperçus point de la particulière qualité de cette atmosphère aussi longtemps que j'y demeurai plongé. Je ne sais quoi d'ineffablement alpestre, paradisiaque et niais.

» Dans le fond de la salle, une table dressée en buffet; Rachel, sœur aînée de Laura, et Sarah, sa sœur cadette, secondées par quelques jeunes filles à marier, leurs amies, offraient le thé...

» Laura, dès qu'elle m'a vu, m'a entraîné dans le bureau de son père, où se tenait déjà tout un synode. Réfugiés dans l'embrasure d'une fenêtre, nous avons pu causer sans être entendus. Sur le bord du chambranle, nous avions jadis inscrit nos deux noms.

« Venez voir. Ils y sont toujours, me dit-elle. Je crois bien que personne ne les a remarqués. Quel âge aviez-vous alors ? »

» Au-dessus des noms, nous avions inscrit une date. Je calculai :

« Vingt-huit ans.

» — Et moi seize. Il y a dix ans de cela. »

» Le moment n'était pas bien choisi pour remuer ces souvenirs ; je m'efforçais d'en détourner nos propos, tandis qu'elle m'y ramenait avec une inquiète insistance ; puis tout à coup, comme craignant de s'attendrir, elle me demanda si je me souvenais encore de Strouvilhou ?

» Strouvilhou était un pensionnaire libre, qui tourmentait beaucoup les parents de Laura à cette époque. Il était censé suivre des cours, mais, quand on lui demandait : lesquels ? ou quels examens il préparait, il répondait négligemment :

« Je varie. »

» On affectait, les premiers temps, de prendre pour des plaisanteries ses insolences, comme pour en émousser le tranchant, et lui-même les accompagnait d'un gros rire ; mais ce rire devint bientôt plus sarcastique, tandis que ses sorties se faisaient plus agressives, et je ne comprenais pas bien comment et pourquoi le pasteur tolérait un tel pensionnaire, si ce n'était pour des raisons financières, et parce qu'il conservait pour Strouvilhou une sorte d'affection, mêlée de pitié, et peut-être un vague espoir qu'il arriverait à le convaincre, je veux dire : à le convertir. Et je ne comprenais pas davantage pourquoi Strouvilhou continuait d'habiter la pension, quand il aurait si bien pu aller ailleurs ; car il ne semblait pas retenu comme moi par une raison sentimentale ; mais peut-être bien par le plaisir qu'évidemment il prenait à ces tournois avec le pauvre pasteur, qui se défendait mal et lui laissait toujours le beau rôle.

« Vous vous souvenez du jour où il a demandé à papa si, quand il prêchait, il gardait son veston sous sa robe ?

» — Parbleu ! il demandait cela si doucement que votre pauvre père n'y voyait pas malice. C'était à table ; je revois tout si bien...

» — Et papa qui lui a répondu candidement que la robe n'était pas bien épaisse, et qu'il craignait de prendre froid sans son veston.

» — Et l'air navré qu'a pris alors Strouvilhou ! Et comme il a fallu le presser pour le faire déclarer enfin que « cela n'avait évidemment pas grande importance », mais que, lorsque votre père faisait de grands gestes, les manches du veston réapparaissaient sous la

robe, et que cela était d'un fâcheux effet sur certains fidèles.

« — A la suite de quoi ce pauvre papa a prononcé tout un sermon les bras collés au corps et raté tous ses effets d'éloquence.

» — Et, le dimanche suivant, il est rentré avec un gros rhume, pour avoir dépouillé le veston. Oh! et la discussion sur le figuier stérile de l'Évangile et les arbres qui ne portent pas de fruits... « Je ne suis pas un arbre » fruitier, moi. De l'ombre, c'est ça que je porte, » Monsieur le pasteur : je vous couvre d'ombre. »

» — Ça encore, c'était dit à table.

» — Naturellement : on ne le voyait jamais qu'aux repas.

» — Et c'était dit d'un ton si hargneux. C'est alors que grand-père l'a mis à la porte. Vous vous souvenez comme il s'est dressé tout d'un coup, lui qui d'ordinaire restait le nez sur son assiette; et, le bras étendu : « Sortez! »

» — Il paraissait énorme, effrayant; il était indigné. Je crois vraiment que Strouvilhou a eu peur.

» — Il a jeté sa serviette sur la table et a disparu. Il est parti sans nous payer; et depuis on ne l'a jamais revu.

» — Curieux de savoir ce qu'il a pu devenir.

» — Pauvre grand-père, a repris Laura un peu tristement, comme il m'a paru beau ce jour-là. Il vous aime bien, vous savez. Vous devriez monter le retrouver dans son bureau, un instant. Je suis sûre que vous lui feriez beaucoup de plaisir. »

» Je transcris tout cela aussitôt, ayant éprouvé combien il est difficile par la suite de retrouver la justesse de ton d'un dialogue. Mais à partir de ce moment j'ai commencé d'écouter Laura plus distraitement. Je venais d'apercevoir, assez loin de moi il est vrai, Olivier, que j'avais perdu de vue depuis que Laura m'avait entraîné dans le bureau de son père. Il avait les yeux brillants et les traits extraordinairement animés. J'ai su plus tard que Sarah s'était amusée à lui faire boire coup sur coup six coupes de champagne. Armand était avec lui, et tous deux, à travers les groupes, poursuivaient Sarah et une jeune Anglaise de l'âge de Sarah, pensionnaire chez les Azaïs depuis plus d'un an. Sarah

et son amie quittèrent enfin la pièce et, par la porte ouverte, je vis les deux garçons s'élancer à leur poursuite, dans l'escalier. J'allais sortir à mon tour, cédant aux injonctions de Laura, mais elle fit un mouvement vers moi :

« Écoutez, Édouard, je voudrais vous dire encore... — et brusquement sa voix devint très grave — nous allons peut-être rester longtemps sans nous revoir. Je voudrais que vous me redisiez... Je voudrais savoir si je puis encore compter sur vous... comme sur un ami. »

» Jamais je n'eus plus envie de l'embrasser qu'à ce moment-là ; mais je me contentai de baiser sa main tendrement et impétueusement, en murmurant :

« Quoi qu'il advienne. » — Et pour lui cacher les larmes que je sentais monter à mes yeux, je m'enfuis vite à la recherche d'Olivier.

» Il guettait ma sortie, assis près d'Armand sur une marche de l'escalier. Il était certainement un peu ivre. Il se leva, me tira par le bras :

« Venez, me dit-il. On va fumer une cigarette dans la chambre de Sarah. Elle nous attend.

» — Dans un instant. Il faut d'abord que j'aille voir Azaïs. Mais je ne pourrai jamais trouver la chambre.

» — Parbleu, vous la connaissez bien ; c'est l'ancienne chambre de Laura, s'écria Armand. Comme c'était une des meilleures chambres de la maison, on y a fait coucher la pensionnaire ; mais comme elle ne paie pas assez, elle partage la chambre avec Sarah. On leur a mis deux lits pour la forme ; mais c'était assez inutile...

» — Ne l'écoutez pas, dit Olivier en riant et en le bousculant ; il est soûl.

» — Je te conseille de parler, repartit Armand. Alors vous venez, n'est-ce pas ? On vous attend. »

» Je promis de les y rejoindre.

» Depuis qu'il porte les cheveux en brosse, le vieux Azaïs ne ressemble plus du tout à Whitman. Il a laissé à la famille de son gendre le premier et le second étage de l'immeuble. De la fenêtre de son bureau (acajou, reps et moleskine), il domine de haut la cour et surveille les allées et venues des élèves.

« Voyez comme on me gâte », m'a-t-il dit, en me montrant sur sa table un énorme bouquet de chrysan-

thèmes, que la mère d'un des élèves, vieille amie de la famille, venait de laisser. L'atmosphère de la pièce était si austère qu'il semblait que des fleurs y dussent faner aussitôt. « J'ai laissé un instant la société. Je me fais vieux et le bruit des conversations me fatigue. Mais ces fleurs vont me tenir compagnie. Elles parlent à leur façon et savent raconter la gloire du Seigneur mieux que les hommes » (ou quelque chose de cette farine).

» Le digne homme n'imagine pas combien il peut raser les élèves avec des propos de ce genre; chez lui si sincères qu'ils découragent l'ironie. Les âmes simples comme celles d'Azaïs sont assurément celles qu'il m'est le plus difficile de comprendre. Dès qu'on est un peu moins simple soi-même, on est contraint, en face d'elles, à une espèce de comédie; peu honnête; mais qu'y faire ? On ne peut discuter, mettre au point; on est contraint d'acquiescer. Azaïs impose autour de lui l'hypocrisie, pour peu qu'on ne partage pas sa croyance. Je m'indignais, les premiers temps que je fréquentais la famille, de voir ses petits-enfants lui mentir. J'ai dû me mettre au pas.

» Le pasteur Prosper Vedel est trop occupé; Mme Vedel, un peu niaise, enfoncée dans une rêverie poético-religieuse où elle perd tout sens du réel; c'est le grand-père qui a pris en main l'éducation aussi bien que l'instruction des jeunes. Une fois par mois, du temps que j'habitais chez eux, j'assistais à une explication orageuse qui s'achevait sur de pathétiques effusions :

« Désormais on se dira tout. Nous entrons dans une ère nouvelle de franchise et de sincérité. (Il emploie volontiers plusieurs mots pour dire la même chose — vieille habitude qui lui reste de son temps de pastorat.) On ne gardera pas d'arrière-pensées, de ces vilaines pensées de derrière la tête. On va pouvoir se regarder bien en face, et les yeux dans les yeux. N'est-ce pas ? C'est convenu. »

» Après quoi l'on s'enfonçait un peu plus avant, lui dans la jobarderie, et ses enfants dans le mensonge.

» Ces propos s'adressaient en particulier à un frère de Laura, d'un an plus jeune qu'elle, que tourmentait la sève et qui s'essayait à l'amour. (Il a été faire du commerce dans les colonies et je l'ai perdu de vue.) Un soir que le vieux avait redit de nouveau cette

phrase, je m'en fus le retrouver dans son bureau; je tâchai de lui faire comprendre que cette sincérité qu'il exigeait de son petit-fils, son intransigeance la rendait d'autre part impossible. Azaïs s'est alors presque fâché :

« Il n'a qu'à ne rien faire qu'il doive être honteux d'avouer », s'est-il écrié, d'un ton qui n'admettait pas de réplique.

» C'est du reste un excellent homme; même mieux que cela : un parangon de vertu et ce qu'on appelle : un cœur d'or; mais ses jugements sont enfantins. Sa grande estime pour moi vient de ce qu'il ne me connaît pas de maîtresse. Il ne m'a pas caché qu'il avait espéré me voir épouser Laura; il doute que Douviers soit le mari qui lui convienne, et m'a répété plusieurs fois : « Son choix m'étonne »; puis a ajouté : « Enfin, je
» crois que c'est un honnête garçon... Que vous en
» semble ?... » A quoi j'ai dit :

« Certainement. »

» A mesure qu'une âme s'enfonce dans la dévotion, elle perd le sens, le goût, le besoin, l'amour de la réalité. J'ai également observé cela chez Vedel, si peu que j'aie pu lui parler. L'éblouissement de leur foi les aveugle sur le monde qui les entoure, et sur eux-mêmes. Pour moi qui n'ai rien tant à cœur que d'y voir clair, je reste ahuri devant l'épaisseur de mensonge où peut se complaire un dévôt.

» J'ai voulu faire parler Azaïs sur Olivier, mais il s'intéresse surtout au petit Georges.

« Ne lui laissez pas voir que vous savez ce que je vais vous dire, a-t-il commencé; du reste, c'est tout à son honneur... Figurez-vous que votre jeune neveu et quelques-uns de ses camarades ont constitué une sorte de petite association, une ligue d'émulation mutuelle; ils n'y admettent que ceux qu'ils en jugent dignes et qui ont donné des preuves de vertu; une espèce de Légion d'honneur enfantine. Est-ce que vous ne trouvez pas cela charmant ? Chacun d'eux porte à la boutonnière un petit ruban — assez peu apparent, il est vrai, mais que-j'ai tout de même remarqué. J'ai fait venir l'enfant dans mon bureau, et quand je lui ai demandé l'explication de cet insigne, il s'est d'abord troublé. Le cher petit s'attendait à une réprimande. Puis, très rouge et avec beaucoup de confusion, il m'a raconté la formation de

ce petit club. Ce sont des choses, voyez-vous, dont il faut se garder de sourire ; on risquerait de froisser des sentiments très délicats... Je lui ai demandé pourquoi lui et ses camarades ne faisaient pas cela tout ouvertement, au grand jour ? Je lui ai dit quelle admirable force de propagande, de prosélytisme ils pourraient avoir, quel beau rôle ils pourraient jouer... Mais à cet âge on aime le mystère... Pour le mettre en confiance, je lui ai dit à mon tour que, de mon temps, c'est-à-dire quand j'avais son âge, je m'étais enrôlé dans une association de ce genre, dont les membres portaient le beau nom de « chevaliers du devoir » ; chacun de nous recevait du président de la ligue un carnet où il inscrivait ses défaillances, ses manquements, avec une absolue sincérité. Il s'est mis à sourire et j'ai bien vu que cette histoire des carnets lui donnait une idée ; je n'ai pas insisté, mais je ne serais pas étonné qu'il introduisît ce système de carnets parmi ses émules. Voyez-vous, ces enfants il faut savoir les prendre ; et c'est d'abord en leur montrant qu'on les comprend. Je lui ai promis de ne point souffler mot de cela à ses parents ; tout en l'engageant à en parler à sa mère que cela rendrait si heureuse. Mais il paraît qu'avec ses camarades, ils se sont engagés d'honneur à n'en rien dire. J'aurais été maladroit d'insister. Mais, avant de nous quitter, nous avons ensemble prié Dieu de bénir leur ligue. »

» Pauvre cher vieux père Azaïs ! Je suis convaincu que le petit l'a fourré dedans et qu'il n'y a pas un mot de vrai dans tout cela. Mais comment Georges eût-il pu répondre différemment ?.... Nous tâcherons de tirer cela au clair.

» Je ne reconnus pas d'abord la chambre de Laura. On avait retapissé la pièce ; l'atmosphère était toute changée. Sarah de même me paraissait méconnaissable. Pourtant je croyais bien la connaître. Elle s'est toujours montrée très confiante avec moi. De tout temps, j'ai été pour elle celui à qui on peut tout dire. Mais j'étais resté de longs mois sans retourner chez les Vedel. Sa robe découvrait ses bras et son cou. Elle paraissait grandie, enhardie. Elle était assise sur un des deux lits, à côté d'Olivier, contre lui, qui s'était étendu sans façons et qui semblait dormir. Certainement il était ivre ; et

certainement je souffrais de le voir ainsi; mais il me paraissait plus beau que jamais. Ivres, ils l'étaient plus ou moins tous les quatre. La petite Anglaise éclatait de rire, d'un rire aigu qui me faisait mal aux oreilles, aux plus absurdes propos d'Armand. Celui-ci disait n'importe quoi, excité, flatté par ce rire et rivalisant avec lui de bêtise et de vulgarité; feignant de vouloir allumer sa cigarette à la pourpre des joues de sa sœur ou de celles d'Olivier, également ardentes, ou de s'y brûler les doigts lorsque, d'un geste effronté, il rapprochait et forçait de se rencontrer leurs deux fronts. Olivier et Sarah se prêtaient à ce jeu et cela m'était extrêmement pénible. Mais j'anticipe...

» Olivier faisait encore semblant de dormir lorsque Armand me demanda brusquement ce que je pensais de Douviers. Je m'étais assis dans un fauteuil bas, à la fois amusé, excité et gêné par leur ivresse et leur sans-gêne; au demeurant, flatté qu'ils m'eussent demandé de venir, alors précisément qu'il semblait si peu que ma place fût auprès d'eux.

« Ces demoiselles ici présentes... » continua-t-il, comme je ne trouvais rien à répondre et me contentais de sourire complaisamment pour paraître au ton. A ce moment, l'Anglaise voulut l'empêcher de parler et le poursuivit pour lui mettre sa main sur la bouche; il se débattit et cria : « Ces demoiselles s'indignent à l'idée que Laura devra coucher avec lui. »

» L'Anglaise le lâcha et avec une feinte fureur :

« Oh! Il ne faut pas croire ce qu'il dit. C'est un menteur.

» — J'ai tâché de leur faire comprendre, reprit Armand plus calme, que, pour vingt mille francs de dot, on ne pouvait guère espérer trouver mieux, et que, en vraie chrétienne, elle devait tenir compte surtout des qualités de l'âme, comme dit notre père le pasteur. Oui, mes enfants. Et puis qu'est-ce que deviendrait la repopulation, s'il fallait condamner au célibat tous ceux qui ne sont pas des Adonis... ou des Oliviers, dirons-nous pour nous reporter à une époque plus récente.

» — Quel idiot! murmura Sarah. Ne l'écoutez pas; il ne sait plus ce qu'il dit.

» — Je dis la vérité. »

» Jamais je n'avais entendu Armand parler de la

sorte; je le croyais, je le crois encore de nature fine et sensible; sa vulgarité me paraissait toute affectée, due en partie à l'ivresse et plus encore au besoin d'amuser l'Anglaise. Celle-ci, jolie indéniablement, devait être bien sotte pour se plaire à de telles incongruités; quelle sorte d'intérêt Olivier pouvait-il trouver là?... Je me promis, sitôt de nouveau seul avec lui, de ne pas lui cacher mon dégoût.

« Mais vous, reprit Armand en se tournant vers moi brusquement, vous qui ne tenez pas à l'argent et qui en avez assez pour vous payer des sentiments nobles, consentirez-vous à nous dire pourquoi vous n'avez pas épousé Laura? alors que vous l'aimiez, paraît-il, et que, au su de tous, elle se languissait après vous. »

» Olivier qui, jusqu'à ce moment, avait fait semblant de dormir, ouvrit les yeux, nos regards se croisèrent et certainement si je ne rougis point, c'est qu'aucun des autres n'était en état de m'observer.

« Armand, tu es insupportable », dit Sarah, comme pour me mettre à l'aise, car je ne trouvais rien à répondre. Puis, sur ce lit où d'abord elle était assise, s'étendit tout de son long contre Olivier, de sorte que leurs deux têtes se touchèrent. Armand tout aussitôt bondit, s'empara d'un grand paravent replié au pied du lit contre la muraille et, comme un pitre, le déploya de manière à cacher le couple, puis, toujours bouffonnant, penché vers moi, mais à voix haute :

« Vous ne saviez peut-être pas que ma sœur était une putain? »

» C'en était trop. Je me levai; bousculai le paravent derrière lequel Olivier et Sarah se redressèrent aussitôt. Elle avait les cheveux défaits. Olivier se leva, alla vers la toilette et se passa de l'eau sur le visage.

« Venez par ici. Je veux vous montrer quelque chose », dit Sarah en me prenant par le bras.

» Elle ouvrit la porte de la chambre et m'entraîna sur le palier.

« J'ai pensé que cela pourrait intéresser un romancier. C'est un carnet que j'ai trouvé par hasard; un journal intime de papa; je ne comprends pas comment il l'a laissé traîner. N'importe qui pouvait le lire. Je l'ai pris pour ne pas qu'Armand le voie. Ne lui en parlez

pas. Il n'y en a pas très long. Vous pouvez le lire en dix minutes et me le rendre avant de partir.

» — Mais Sarah, dis-je en la regardant fixement, c'est affreusement indiscret. »

» Elle haussa les épaules.

« Oh! si vous croyez cela, vous allez être bien déçu. Il n'y a qu'un moment où ça devient intéressant... et encore. Tenez : je vais vous montrer. »

» Elle avait sorti de son corsage un très petit agenda, vieux de quatre ans, qu'elle feuilleta un instant, puis me rendit tout ouvert en me désignant un passage.

« Lisez vite. »

» Je vis d'abord, au-dessous d'une date et entre guillemets, cette citation de l'Évangile :

« Celui qui est fidèle dans les petites choses le sera » aussi dans les grandes », puis : « Pourquoi toujours » remettre au lendemain cette décision que je veux » prendre de ne plus fumer. Quand ce ne serait que pour » ne pas contrister Mélanie (c'est la pastoresse). Mon » Dieu, donnez-moi la force de secouer le joug de ce » honteux esclavage. » (Je crois que je cite exactement.) — Suivait la notation de luttes, de supplications, de prières, d'efforts, assurément bien vains, car ils se répétaient de jour en jour. On tournait encore une page et, tout à coup, il était question d'autre chose.

« C'est assez touchant, n'est-ce pas ? » fit Sarah avec une imperceptible moue d'ironie, après que j'eus achevé la lecture.

« C'est beaucoup plus curieux que vous ne pensez, ne pus-je me retenir de lui dire, tout en me reprochant de lui parler. Figurez-vous qu'il n'y a pas dix jours, j'ai demandé à votre père s'il avait jamais essayé de ne plus fumer. Je trouvais que je me laissais aller à beaucoup trop fumer moi-même et... Bref, savez-vous ce qu'il m'a répondu ? Il m'a dit d'abord qu'il pensait qu'on exagérait beaucoup les effets pernicieux du tabac, que, pour sa part, il ne les avait jamais ressentis sur lui-même; et, comme j'insistais : « Oui, m'a-t-il dit enfin; » j'ai bien décidé deux ou trois fois d'interrompre pour » un temps. — Et vous avez réussi ? — Mais naturelle- » ment, m'a-t-il dit comme s'il allait de soi, — puisque » je l'avais décidé. » C'est prodigieux! Peut-être après tout qu'il ne se souvenait pas, ajoutai-je, ne voulant

pas laisser paraître devant Sarah tout ce que je soupçonnais là d'hypocrisie.

» — Ou peut-être bien, reprit Sarah, cela prouve que « fumer » était mis là pour autre chose. »

» Était-ce vraiment Sarah qui parlait ainsi ? J'étais abasourdi. Je la regardai, osant à peine la comprendre... A ce moment, Olivier sortit de la chambre. Il s'était peigné, avait remis de l'ordre à ses vêtements et paraissait plus calme.

« Si on s'en allait ? dit-il sans façons devant Sarah. Il est tard. »

» Nous descendîmes, et dès que nous fûmes dans la rue :

« J'ai peur que vous ne vous mépreniez, me dit-il. Vous pourriez croire que j'aime Sarah. Mais non... Oh! je ne la déteste pas non plus... Mais je ne l'aime pas. »

» J'avais pris son bras et le serrai sans rien dire.

« Il ne faut pas non plus que vous jugiez Armand d'après ce qu'il a pu vous dire aujourd'hui, reprit-il. C'est une espèce de rôle qu'il joue... malgré lui. Au fond il est très différent de cela... Je ne peux pas vous expliquer. Il a une espèce de besoin d'abîmer tout ce à quoi il tient le plus. Il n'y a pas longtemps qu'il est comme ça. Je crois qu'il est très malheureux et que c'est pour cacher cela qu'il se moque. Il est très fier. Ses parents ne le comprennent pas du tout. Ils voulaient en faire un pasteur. »

« Épigraphe pour un chapitre des *Faux-Monnayeurs* :

« La famille..., cette cellule sociale. »
Paul BOURGET *(passim)*.

» Titre du chapitre : LE RÉGIME CELLULAIRE.

» Certes, il n'est pas de geôle (intellectuelle) dont un vigoureux esprit ne s'échappe; et rien de ce qui pousse à la révolte n'est définitivement dangereux — encore que la révolte puisse fausser le caractère (elle le replie, le retourne ou le cabre et conseille une ruse impie); et l'enfant qui ne cède pas à l'influence familiale, use à s'en délivrer la primeur de son énergie. Mais encore l'éducation qui contrarie l'enfant, en le gênant le fortifie. Les plus lamentables victimes sont celles de l'adulation.

Pour détester ce qui vous flatte, quelle force de caractère ne faut-il pas ? Que de parents j'ai vus (la mère surtout), se plaire à reconnaître chez leurs enfants, encourager chez eux, leurs répugnances les plus niaises, leurs partis-pris les plus injustes, leurs incompréhensions, leurs phobies... A table : « Laisse donc ça; tu vois bien que » c'est du gras. Enlève la peau. Ça n'est pas assez cuit... » Dehors, le soir : « Oh! Une chauve-souris... Couvre- » toi vite; elle va venir dans tes cheveux. » Etc. Avec eux, les hannetons mordent, les sauterelles piquent, les vers de terre donnent des boutons. Équivalentes absurdités dans tous les domaines, intellectuel, moral, etc.

» Dans le train de ceinture qui me ramenait d'Auteuil avant-hier, j'entendais une jeune mère chuchoter à l'oreille d'une petite fille de dix ans, qu'elle cajolait :

« Toi et moi; moi et toi; les autres, on s'en fout. »

» (Oh! je sais bien que c'étaient des gens du peuple; mais le peuple aussi a droit à notre indignation. Le mari, dans un coin du wagon, lisait le journal, tranquille, résigné, peut-être même pas cocu.)

» Imagine-t-on poison plus perfide ?

» L'avenir appartient aux bâtards. — Quelle signification dans ce mot : « *Un enfant naturel !* » Seul le bâtard a droit au naturel.

» L'égoïsme familial... à peine un peu moins hideux que l'égoïsme individuel.

6 novembre.

» Je n'ai jamais rien pu inventer. Mais je suis devant la réalité comme le peintre avec son modèle, qui lui dit : donnez-moi tel geste, prenez telle expression qui me convient. Les modèles que la société me fournit, si je connais bien leurs ressorts, je peux les faire agir à mon gré; ou du moins je peux proposer à leur indécision tels problèmes qu'ils résoudront à leur manière, de sorte que leur réaction m'instruira. C'est en romancier que me tourmente le besoin d'intervenir, d'opérer sur leur destinée. Si j'avais plus d'imagination, j'affabulerais des intrigues; je les provoque, observe les acteurs, puis travaille sous leur dictée.

7 novembre.

» De tout ce que j'écrivais hier, rien n'est vrai. Il reste ceci : que la réalité m'intéresse comme une matière plastique; et j'ai plus de regard pour ce qui pourrait être, infiniment plus que pour ce qui a été. Je me penche vertigineusement sur les possibilités de chaque être et pleure tout ce que le couvercle des mœurs atrophie. »

Bernard dut interrompre sa lecture un instant. Son regard se brouillait. Il perdait souffle, comme s'il avait oublié de respirer tout le temps qu'il lisait, tant son attention était vive. Il ouvrit la fenêtre et s'emplit les poumons, avant une nouvelle plongée.

Son amitié pour Olivier était évidemment des plus vives; il n'avait pas de meilleur ami et n'aimait personne autant sur la terre, puisqu'il ne pouvait aimer ses parents; même, son cœur se raccrochait provisoirement à ceci d'une façon presque excessive; mais Olivier et lui ne comprenaient pas tout à fait de même l'amitié. Bernard, à mesure qu'il avançait dans sa lecture, s'étonnait toujours plus, admirait toujours plus, mais un peu douloureusement, de quelle diversité se montrait capable cet ami qu'il croyait connaître si bien. Olivier ne lui avait rien dit de tout ce que racontait ce journal. D'Armand et de Sarah, à peine soupçonnait-il l'existence. Comme Olivier se montrait différent avec eux, de ce qu'il se montrait avec lui!... Dans cette chambre de Sarah, sur ce lit, Bernard aurait-il reconnu son ami? A l'immense curiosité qui précipitait sa lecture, se mêlait un trouble malaise : dégoût ou dépit. Un peu de ce dépit qu'il avait ressenti tout à l'heure à voir Olivier au bras d'Édouard : un dépit de ne pas en être. Cela peut mener loin ce dépit-là, et faire faire bien des sottises; comme tous les dépits, d'ailleurs.

Passons. Tout ce que j'ai dit ci-dessus n'est que pour mettre un peu d'air entre les pages de ce *journal*. A présent que Bernard a bien respiré, retournons-y. Le voici qui se replonge dans sa lecture.

XIII

> On tire peu de service des vieillards.
>
> VAUVENARGUES.

JOURNAL D'ÉDOUARD
(Suite)

8 novembre.

« Le vieux couple La Pérouse a déménagé de nouveau.
« Leur nouvel appartement, que je ne connaissais pas encore, est à l'entresol, dans ce petit renfoncement que forme le faubourg Saint-Honoré avant de couper le boulevard Haussmann. J'ai sonné. La Pérouse est venu m'ouvrir. Il était en bras de chemise et portait sur la tête une sorte de bonnet blanc jaunâtre, où j'ai fini par reconnaître un vieux bas (de madame de La Pérouse sans doute) dont le pied noué ballottait comme le gland d'une toque contre sa joue. Il tenait à la main un tisonnier recourbé. Évidemment, je le surprenais dans une occupation de fumiste; et comme il semblait un peu gêné :

« Voulez-vous que je revienne plus tard ? lui ai-je dit.

» — Non, non... Entrez ici. — Et il m'a poussé dans une pièce étroite et oblongue dont les deux fenêtres ouvrent sur la rue, juste à hauteur de réverbère. — J'attendais une élève précisément à cette heure-ci (il était six heures); mais elle m'a télégraphié qu'elle ne viendrait pas. Je suis si heureux de vous voir. »

» Il a posé son tisonnier sur un guéridon, et, comme pour excuser sa tenue :

« La bonne de madame La Pérouse a laissé éteindre le poêle; elle ne vient que le matin; j'ai dû le vider...

» — Voulez-vous que je vous aide à le rallumer ?

» — Non, non... C'est salissant... Mais permettez-moi d'aller passer une veste. »

» Il est sorti en trottant à petits pas, puis est revenu presque aussitôt, couvert d'un mince veston d'alpaga, aux boutons arrachés, aux manches crevées, si élimé

qu'on n'eût osé le donner à un pauvre. Nous nous sommes assis.

« Vous me trouvez changé, n'est-ce pas ? »

» J'aurais voulu protester, mais ne trouvais rien à lui dire, péniblement affecté par l'expression harassée de ce visage que j'avais connu si beau. Il continua :

« Oui, j'ai beaucoup vieilli ces derniers temps. Je commence à perdre un peu la mémoire. Quand je repasse une fugue de Bach, il me faut recourir au cahier...

» — Combien de jeunes se contenteraient de ce que vous en avez encore. »

» Il reprit en hochant la tête :

« Oh! ce n'est pas la mémoire seulement qui faiblit. Tenez : quand je marche, il me semble à moi que je vais encore assez vite; mais, dans la rue, à présent tous les gens me dépassent.

» — C'est, lui dis-je, qu'on marche beaucoup plus vite aujourd'hui.

» — Ah! n'est-ce pas ?... C'est comme pour les leçons que je donne : les élèves trouvent que mon enseignement les retarde; elles veulent aller plus vite que moi. Elles me lâchent... Aujourd'hui, tout le monde est pressé. »

» Il ajouta à voix si basse que je l'entendis à peine :

« Je n'en ai presque plus. »

» Je sentais en lui une telle détresse que je n'osais l'interroger. Il reprit :

« Madame de La Pérouse ne veut pas comprendre cela. Elle me dit que je ne m'y prends pas comme il faut; que je ne fais rien pour les garder et encore moins pour en avoir de nouvelles.

» — Cette élève que vous attendiez... ai-je demandé gauchement.

» — Oh! celle-là, c'en est une que je prépare pour le Conservatoire. Elle vient travailler ici tous les jours.

» — Cela veut dire qu'elle ne vous paie pas.

» — Madame de La Pérouse me le reproche assez! Elle ne comprend pas qu'il n'y a que ces leçons qui m'intéressent; oui, celles que j'ai vraiment plaisir à... donner. Je réfléchis beaucoup depuis quelque temps. Tenez... il y a quelque chose que je voulais vous demander : pourquoi est-il si rarement question des vieillards dans les livres ?... Cela vient, je crois, de ce

que les vieux ne sont plus capables d'en écrire et que, lorsqu'on est jeune, on ne s'occupe pas d'eux. Un vieillard ça n'intéresse plus personne... Il y aurait pourtant des choses très curieuses à dire sur eux. Tenez : il y a certains actes de ma vie passée que je commence seulement à comprendre. Oui, je commence seulement à comprendre qu'ils n'ont pas du tout la signification que je croyais jadis, en les faisant... C'est maintenant seulement que je comprends que toute ma vie j'ai été dupe. Madame de La Pérouse m'a roulé; mon fils m'a roulé; tout le monde m'a roulé; le Bon Dieu m'a roulé... »

» Le soir tombait. Je ne distinguais déjà presque plus les traits de mon vieux maître; mais soudain a jailli la lueur du réverbère voisin, qui m'a montré sa joue luisante de larmes. Je m'inquiétais d'abord d'une bizarre tache à sa tempe, comme un creux, comme un trou; mais, à un petit mouvement qu'il a fait, la tache s'est déplacée et j'ai compris que ce n'était que l'ombre portée par un fleuron de la balustrade. J'ai posé ma main sur son bras décharné; il frissonnait.

« Vous allez prendre froid, lui ai-je dit. Vraiment vous ne voulez pas que nous rallumions votre feu ?... Allons-y.

» — Non... Il faut s'aguerrir.

» — Quoi! C'est du stoïcisme ?

» — Un peu. C'est parce que j'avais la gorge délicate que je n'ai jamais voulu porter de foulard. J'ai toujours lutté contre moi-même.

» — Cela va bien tant qu'on a la victoire; mais si le corps succombe... »

» Il a pris ma main, et d'un ton très grave, comme s'il m'avait dit un secret :

« Alors ce serait la vraie victoire. »

» Sa main avait lâché la mienne; il continuait :

« J'avais peur que vous ne partiez sans être venu me voir.

» — Partir pour où ? ai-je demandé.

» — Je ne sais pas. Vous êtes si souvent en voyage. Il y a quelque chose que je voulais vous dire... Je compte partir bientôt, moi aussi.

» — Quoi! Vous avez l'intention de voyager ? ai-je dit maladroitement, en feignant de ne le pas comprendre,

malgré la gravité mystérieuse et solennelle de sa voix. Il hochait la tête :

» — Vous comprenez très bien ce que je veux dire... Si, si; je sais qu'il sera temps bientôt. Je commence à gagner moins que je ne coûte; et cela m'est insupportable. Il est un certain point que je me suis promis de ne pas dépasser. »

» Il parlait sur un ton un peu exalté qui m'inquiéta :
« Est-ce que vous trouvez, vous aussi, que c'est mal ? Je n'ai jamais pu comprendre pourquoi la religion nous défendait cela. J'ai beaucoup réfléchi ces derniers temps. Quand j'étais jeune, je menais une vie très austère; je me félicitais de ma force de caractère chaque fois que je repoussais une sollicitation. Je ne comprenais pas qu'en croyant me libérer, je devenais de plus en plus esclave de mon orgueil. Chacun de ces triomphes sur moi-même, c'était un tour de clef que je donnais à la porte de mon cachot. C'est ce que je voulais dire tout à l'heure, quand je vous disais que Dieu m'a roulé. Il m'a fait prendre pour de la vertu mon orgueil. Dieu s'est moqué de moi. Il s'amuse. Je crois qu'il joue avec nous comme un chat avec une souris. Il nous envoie des tentations auxquelles il sait que nous ne pourrons pas résister; et, quand pourtant nous résistons, il se venge de nous plus encore. Pourquoi nous en veut-il ? Et pourquoi... Mais je vous ennuie avec ces questions de vieillard. »

» Il se prit la tête dans les mains, à la manière d'un enfant qui boude et resta silencieux si longtemps que j'en vins à douter si même il n'avait pas oublié ma présence. Immobile en face de lui, je craignais de troubler sa méditation. Malgré le bruit voisin de la rue, le calme de cette petite pièce me paraissait extraordinaire; malgré la lueur du réverbère qui nous éclairait fantastiquement de bas en haut à la manière d'une rampe de théâtre, les pans d'ombre, aux deux côtés de la fenêtre, semblaient gagner et les ténèbres, autour de nous, se figer, comme par un grand froid se fige une eau tranquille; se figer jusque dans mon cœur. Je voulus enfin secouer mon angoisse, respirai bruyamment et, songeant à partir, prêt à prendre congé, demandai, par politesse et pour rompre l'enchantement :

« Madame de La Pérouse va bien ? »

» Le vieux sembla se réveiller. Il répéta d'abord :
« Madame de La Pérouse... interrogativement; on eût dit que ces syllabes avaient perdu pour lui toute signification; puis, soudain, se penchant vers moi :

» — Madame de La Pérouse traverse une crise terrible... et qui me fait beaucoup souffrir.

» — Une crise de quoi ?... demandai-je.

» — Oh! de rien, dit-il en haussant les épaules, comme s'il allait de soi. Elle devient complètement folle. Elle ne sait plus quoi inventer. »

» Je soupçonnais depuis longtemps la profonde désunion de ce vieux ménage, mais désespérais d'obtenir plus de précisions :

« Mon pauvre ami, fis-je en m'apitoyant. Et... depuis combien de temps ? »

» Il réfléchit un instant, comme s'il ne comprenait pas bien ma question.

« Oh! depuis très longtemps... depuis que je la connais. Mais se reprenant presque aussitôt : — Non; à vrai dire c'est seulement avec l'éducation de mon fils que cela a commencé à se gâter. »

» Je fis un geste d'étonnement, car je croyais le ménage La Pérouse sans enfants. Il releva son front, qu'il avait gardé dans ses mains, et, sur un ton plus calme :

« Je ne vous ai jamais parlé de mon fils ?... Écoutez, je veux tout vous dire. Il faut aujourd'hui que vous sachiez tout. Ce que je vais vous raconter, je ne puis le dire à personne... Oui, c'est avec l'éducation de mon fils; vous voyez qu'il y a longtemps de cela. Les premiers temps de notre ménage avaient été charmants. J'étais très pur quand j'avais épousé madame de La Pérouse. Je l'aimais avec innocence... oui, c'est le meilleur mot, et je ne consentais à lui reconnaître aucun défaut. Mais nos idées n'étaient pas les mêmes sur l'éducation des enfants. Chaque fois que je voulais morigéner mon fils, madame de La Pérouse prenait son parti contre moi; à l'entendre, il aurait fallu tout lui passer. Ils se concertaient contre moi. Elle lui apprenait à mentir... A peine âgé de vingt ans, il a pris une maîtresse. C'était une élève à moi, une jeune Russe, très bonne musicienne, à qui je m'étais beaucoup attaché. Madame de La Pérouse était au courant; mais, à moi,

on cachait tout, comme toujours. Et naturellement, je ne me suis pas aperçu qu'elle était enceinte. Rien, vous dis-je ; je ne me doutais de rien. Un beau jour, on me fait savoir que mon élève est souffrante ; qu'elle restera quelque temps sans venir. Quand je parle d'aller la voir, on me dit qu'elle a changé d'adresse, qu'elle est en voyage... Ce n'est que beaucoup plus tard que j'ai appris qu'elle était allée en Pologne pour ses couches. Mon fils était parti la rejoindre... Ils ont vécu plusieurs années ensemble ; mais il est mort avant de l'avoir épousée.

» — Et... elle, l'avez-vous revue ? »

» On eût dit qu'il butait du front contre un obstacle :

« Je n'ai pas pu lui pardonner de m'avoir trompé. Madame de La Pérouse reste en correspondance avec elle. Quand j'ai su qu'elle était dans une grande misère, je lui ai envoyé de l'argent... à cause du petit. Mais de cela, madame de La Pérouse n'en sait rien. Elle-même, l'autre, n'a pas su que cet argent venait de moi.

» — Et votre petit-fils... ? »

» Un étrange sourire passa sur son visage ; il se leva.

« Attendez un instant ; je vais vous montrer sa photographie. » Et de nouveau il sortit en courant à petits pas, la tête en avant. Quand il revint, ses doigts tremblaient en cherchant l'image dans un gros portefeuille. Il se pencha vers moi en me la tendant, et tout bas :

« Je l'ai prise à madame de La Pérouse sans qu'elle s'en doute. Elle croit l'avoir perdue.

» — Quel âge a-t-il ? ai-je demandé.

» — Treize ans. Il paraît plus âgé, n'est-ce pas ? Il est très délicat. »

» Ses yeux s'étaient de nouveau remplis de larmes ; il tendait la main vers la photographie, comme désireux de la reprendre vite. Je me penchai vers la clarté insuffisante du réverbère ; il me parut que l'enfant lui ressemblait ; je reconnaissais le grand front bombé, les yeux rêveurs du vieux La Pérouse. Je crus lui faire plaisir en le lui disant ; il protesta :

« Non, non, c'est à mon frère qu'il ressemble ; à un frère que j'ai perdu... »

» L'enfant était bizarrement vêtu d'une blouse russe à broderies.

« Où vit-il ?

» — Mais comment voulez-vous que je le sache ? s'écria La Pérouse dans une sorte de désespoir. Je vous dis qu'on me cache tout. »

» Il avait repris la photographie, et, après l'avoir un instant regardée, l'avait remise dans son portefeuille, qu'il glissa dans sa poche.

» Quand sa mère vient à Paris, elle ne voit que madame de La Pérouse, qui me répond, si je l'interroge : « Vous n'avez qu'à le lui demander. » Elle dit cela mais, au fond, elle serait désolée que je la voie. Elle a toujours été jalouse. Tout ce qui s'attachait à moi, elle a toujours voulu me l'enlever... Le petit Boris fait son éducation en Pologne ; dans un collège de Varsovie, je crois. Mais il voyage souvent avec sa mère. — Puis, dans un grand transport : — Dites ! auriez-vous cru qu'il était possible d'aimer un enfant qu'on n'a jamais vu ?... Eh bien ! ce petit c'est aujourd'hui ce que j'ai de plus cher au monde... Et il n'en sait rien ! »

» De grands sanglots entrecoupaient ses phrases. Il se souleva de sa chaise et se jeta, tomba presque, entre mes bras. J'aurais fait je ne sais quoi pour apporter un soulagement à sa détresse ; mais que pouvais-je ? Je me levai, car je sentais son corps maigre glisser contre moi et je crus qu'il allait tomber à genoux. Je le soutins, le pressai, le berçai comme un enfant. Il s'était ressaisi. Madame de La Pérouse appelait dans la pièce voisine.

« Elle va venir... Vous ne tenez pas à la voir, n'est-ce pas ?... D'ailleurs, elle est devenue complètement sourde. Partez vite. — Et comme il m'accompagnait sur le palier : — Ne restez pas trop longtemps sans venir (il y avait de la supplication dans sa voix). Adieu ; adieu. »

<p style="text-align: right">9 novembre.</p>

» Une sorte de tragique a jusqu'à présent, me semble-t-il, échappé presque à la littérature. Le roman s'est occupé des traverses du sort, de la fortune bonne ou mauvaise, des rapports sociaux, du conflit des passions, des caractères, mais point de l'essence même de l'être.

» Transporter le drame sur le plan moral, c'était pourtant l'effort du christianisme. Mais il n'y a pas, à proprement parler, de romans chrétiens. Il y a ceux

qui se proposent des fins d'édification; mais cela n'a rien à voir avec ce que je veux dire. Le tragique moral — qui, par exemple, fait si formidable la parole évangélique : « Si le sel perd sa saveur, avec quoi la lui rendra- » t-on ? » C'est ce tragique-là qui m'importe.

10 novembre.

» Olivier va passer ses examens. Pauline voudrait qu'il se présentât ensuite à Normale. Sa carrière est toute tracée... Que n'est-il sans parents, sans appui; j'en aurais fait mon secrétaire. Mais il ne se soucie pas de moi, ne s'aperçoit même pas de l'intérêt que je lui porte; et je le gênerais en le lui faisant remarquer. Précisément pour ne le gêner point, j'affecte devant lui une sorte d'indifférence, d'ironique détachement. Ce n'est que lorsqu'il ne me voit pas que j'ose le contempler à loisir. Je le suis parfois dans la rue sans qu'il le sache. Hier, je marchais ainsi derrière lui; il est brusquement revenu sur ses pas et je n'ai pas eu le temps de me cacher :

« Où donc vas-tu si vite ? lui ai-je demandé.

» — Oh! nulle part. Je ne parais jamais si pressé que lorsque je n'ai rien à faire. »

» Nous avons fait quelques pas ensemble, mais sans trouver rien à nous dire. Certainement il était ennuyé d'avoir été rencontré.

12 novembre.

» — Il a ses parents, un frère aîné, des camarades... Je me redis cela le long du jour, et que je n'ai que faire ici. De tout ce qui lui manquerait, je saurais lui tenir lieu sans doute; mais rien ne lui manque. Il n'a besoin de rien; et si sa gentillesse m'enchante, rien en elle ne me permet de me méprendre... Ah! phrase absurde, que j'écris malgré moi, et où se livre la duplicité de mon cœur... Je m'embarque demain pour Londres. J'ai pris soudain la résolution de partir. Il est temps.

» Partir parce que l'on a trop grande envie de rester!... Un certain amour de l'ardu, et l'horreur de la complaisance (j'entends celle envers soi) c'est peut-être, de ma première éducation puritaine, ce dont j'ai le plus de mal à me nettoyer.

» Acheté hier, chez Smith, un cahier déjà tout anglais,

qui fera suite à celui-ci, sur lequel je ne veux plus rien écrire. Un cahier neuf...

» Ah! si je pouvais ne pas m'emmener! »

XIV

> Il arrive quelquefois des accidents dans la vie, d'où il faut être un peu fou pour se bien tirer.
> LA ROCHEFOUCAULD.

C'EST par la lettre de Laura, insérée dans le journal d'Édouard, que Bernard acheva sa lecture. Il eut un éblouissement : il ne pouvait douter que celle qui criait ici sa détresse, ne fût cette amante éplorée dont Olivier lui parlait la veille au soir, la maîtresse abandonnée de Vincent Molinier. Et il apparaissait à Bernard tout d'un coup qu'il était seul encore, grâce à la double confidence de son ami et du journal d'Édouard, à connaître la double face de l'intrigue. C'était un avantage qu'il ne conserverait pas longtemps; il s'agissait de jouer vite, et serré. Son parti fut pris aussitôt : sans oublier du reste rien de ce qu'il avait lu d'abord, Bernard n'eut plus d'attention que pour Laura.

« Ce matin, ce que je dois faire m'apparaissait encore incertain; à présent je n'ai plus de doute, se dit-il en s'élançant hors de la pièce. L'impératif est, comme dit l'autre, catégorique : sauver Laura. Mon devoir n'était peut-être pas de m'emparer de la valise, mais, l'ayant prise, il est certain que j'ai puisé dans la valise un vif sentiment du devoir. L'important, c'est de surprendre Laura avant qu'Édouard ne l'ait revue, et de me présenter à elle, et de m'offrir d'une manière qui ne puisse lui laisser croire que je puisse être un chenapan. Le reste ira tout seul. J'ai dans mon portefeuille, à présent, de quoi soulager l'infortune aussi magnifiquement que le plus généreux et le plus compatissant des Édouard. La seule chose qui m'embarrasse, c'est la manière. Car, née Vedel, et bien qu'enceinte en dépit des lois, Laura doit être délicate. Je l'imagine volontiers de ces femmes qui se rebiffent, vous crachent

au front leur mépris et déchirent en petits morceaux les billets qu'on leur tend bienveillamment, mais dans une insuffisante enveloppe. Comment lui présenter ces billets ? Comment me présenter moi-même ? Voilà le hic. Dès qu'on sort du légal et des chemins battus, quel maquis ! Pour m'introduire dans une intrigue aussi corsée, je suis décidément un peu jeune. Mais, parbleu ! c'est ce qui m'aidera. Inventons un aveu candide; une histoire à me faire plaindre et à intéresser à moi. Le gênant, c'est que cette histoire va devoir servir également pour Édouard; la même, et ne me couper point. Bah ! nous trouverons bien. Comptons sur l'inspiration du moment... »

Il avait atteint, rue de Beaune, l'adresse que donnait Laura. L'hôtel était des plus modestes, mais propre et de décent aspect. Sur l'indication du portier, il monta trois étages. Devant la porte du 16 il s'arrêta, voulut préparer son entrée, chercha des phrases; rien ne vint; alors, brusquant son courage, il frappa. Une voix, douce comme celle d'une sœur, et craintive un peu lui sembla-t-il, dit :

« Entrez. »

Laura était vêtue très simplement, tout de noir; on l'eût dite en deuil. Depuis quelques jours qu'elle était à Paris, elle attendait confusément quelque chose ou quelqu'un qui vînt la tirer de l'impasse. Elle avait fait fausse route, à n'en pas douter; elle se sentait fourvoyée. Elle avait la triste habitude de compter sur l'événement plus que sur elle-même. Elle n'était pas sans vertu, mais se sentait sans force aucune, abandonnée. A l'entrée de Bernard, elle leva une main vers son visage, comme fait celui qui retient un cri ou qui veut préserver ses yeux d'une trop vive lumière. Elle était debout, recula d'un pas, et, se trouvant tout près de la fenêtre, de son autre main saisit le rideau.

Bernard attendait qu'elle l'interrogeât; mais elle se taisait, attendant qu'il parlât. Il la regardait; il tâchait en vain de sourire, le cœur battant.

« Excusez-moi, Madame, dit-il enfin, de venir vous troubler ainsi. Édouard X..., que je sais que vous connaissez, est arrivé à Paris ce matin même. J'ai quelque chose d'urgent à lui communiquer; j'ai pensé

que vous pourriez me donner son adresse, et... excusez-moi de venir ainsi sans façon vous la demander. »

Bernard aurait été moins jeune, Laura sans doute aurait été très effrayée. Mais c'était un enfant encore ; aux yeux si francs, au front si clair, au geste si craintif, à la voix si mal assurée, que devant lui déjà cédait la crainte à la curiosité, à l'intérêt et à cette irrésistible sympathie qu'éveille un être naïf et très beau. La voix de Bernard, cependant qu'il parlait, reprenait un peu d'assurance.

« Mais je ne la sais pas, son adresse, dit Laura. S'il est à Paris, il viendra me voir sans tarder, j'espère. Dites-moi qui vous êtes. Je lui dirai. »

C'est le moment de tout risquer, pensa Bernard. Quelque chose de fou passa devant ses yeux. Il regarda Laura bien en face :

« Qui je suis ?... L'ami d'Olivier Molinier... — Il hésitait, doutant encore ; mais la voyant pâlir à ce nom, il osa : — D'Olivier, frère de Vincent, votre amant, qui lâchement vous abandonne... »

Il dut s'arrêter : Laura chancelait. Ses deux mains rejetées en arrière cherchaient anxieusement un appui. Mais ce qui bouleversa par-dessus tout Bernard, ce fut le gémissement qu'elle poussa ; une sorte de plainte à peine humaine, semblable plutôt à celle d'un gibier blessé (et soudain le chasseur prend honte en se sentant bourreau), cri si bizarre, si différent de tout ce que Bernard pouvait attendre, qu'il frissonna. Il comprenait soudain qu'il s'agissait ici de vie réelle, d'une véritable douleur, et tout ce qu'il avait éprouvé jusqu'alors ne lui parut plus que parade et que jeu. Une émotion se soulevait en lui, si nouvelle qu'il ne la pouvait pas maîtriser ; elle montait à sa gorge... Eh quoi ! le voici qui sanglote ? est-ce possible ? Lui, Bernard !... Il s'élance pour la soutenir, et s'agenouille devant elle, et murmure à travers ses sanglots :

« Ah ! pardon... Pardon ; je vous ai blessée... J'ai su que vous étiez sans ressources, et... j'aurais voulu vous aider. »

Mais Laura, haletante, se sent défaillir. Elle cherche des yeux où s'asseoir. Bernard, qui tient les yeux levés vers elle, a compris son regard. Il bondit vers un petit fauteuil au pied du lit ; d'un geste brusque, il l'amène

jusque auprès d'elle, qui s'y laisse lourdement choir.

Ici intervint un incident grotesque, et que j'hésite à raconter; mais ce fut lui qui décida des relations de Bernard et de Laura, les tirant inopinément d'embarras. Je ne chercherai donc pas à ennoblir artificiellement cette scène :

Pour le prix de pension que payait Laura (je veux dire : pour celui que l'aubergiste réclamait d'elle), on ne pouvait s'attendre à ce que les meubles de la chambre fussent bien élégants; mais on était en droit de les espérer solides. Or, le petit fauteuil bas, que Bernard poussait vers Laura, boitait un peu; c'est-à-dire qu'il avait une grande propension à replier un de ses pieds, comme fait l'oiseau sous son aile, ce qui est naturel à l'oiseau mais insolite et regrettable pour un fauteuil; aussi celui-ci cachait-il de son mieux cette infirmité sous une frange épaisse. Laura connaissait son fauteuil et savait qu'il ne le fallait manier qu'avec une précaution extrême; mais, elle n'y pensait plus, dans son trouble, et ne s'en souvint qu'en le sentant sous elle basculer. Elle poussa soudain un petit cri, tout à fait différent du long gémissement de tout à l'heure, glissa de côté, et l'instant d'après se trouva assise sur le tapis entre les bras de Bernard qui s'empressait. Confus, mais amusé pourtant, il avait dû mettre genou à terre. Le visage de Laura se trouva donc tout près du sien; il la regarda rougir. Elle fit effort pour se relever. Il l'aida.

« Vous ne vous êtes pas fait mal ?

— Non, merci; grâce à vous. Ce fauteuil est ridicule, on l'a déjà réparé deux fois... Je crois qu'en remettant le pied bien droit, il tiendra.

— Je vais l'arranger, dit Bernard. — Là!... Voulez-vous l'essayer ? — Puis se reprenant : — Ou permettez... C'est plus prudent que je l'essaye d'abord. Vous voyez qu'il tient très bien, maintenant. Je puis remuer les jambes (ce qu'il fit en riant). Puis, se levant : « Rasseyez-vous; et, si vous me permettez de rester encore un instant, je vais prendre une chaise. Je m'assieds près de vous et vous empêcherai bien de tomber; n'ayez pas peur... Je voudrais faire quelque chose d'autre pour vous. »

Il y avait tant de flamme dans ses propos, tant de réserve dans ses manières, et dans ses gestes tant de grâce, que Laura ne put s'empêcher de sourire :

« Vous ne m'avez pas dit votre nom.
— Bernard.
— Oui ; mais votre nom de famille ?
— Je n'ai pas de famille.
— Enfin, le nom de vos parents.
— Je n'ai pas de parents. C'est-à-dire : je suis ce que sera cet enfant que vous attendez : un bâtard. »

Le sourire quitta soudain les traits de Laura ; outrée par cette insistance à entrer dans l'intimité de sa vie et à violer son secret :

« Mais enfin, comment savez-vous ?... Qui vous a dit ?... Vous n'avez pas le droit de savoir... »

Bernard était lancé ; il parlait à présent à voix haute et hardie :

« Je sais à la fois ce que sait mon ami Olivier et ce que sait votre ami Édouard. Mais chacun d'eux ne connaît encore qu'une moitié de votre secret. Je suis probablement le seul avec vous à le connaître tout entier... Vous voyez bien qu'il faut que je devienne votre ami, ajouta-t-il plus doucement.

— Comme les hommes sont indiscrets, murmura Laura tristement. — Mais... si vous n'avez pas vu Édouard, il n'a pu vous parler. Vous a-t-il donc écrit ?... Est-ce que c'est lui qui vous envoie ?... »

Bernard s'était coupé ; il avait parlé trop vite, cédant au plaisir de fanfaronner un peu. Il remuait négativement la tête. Le visage de Laura s'assombrissait de plus en plus. A ce moment, on entendit frapper à la porte.

Qu'ils le veuillent ou non, une émotion commune crée un lien entre deux êtres. Bernard se sentait pris au piège ; Laura se dépitait d'être surprise en compagnie. Ils se regardèrent tous deux comme se regardent deux complices. On frappa de nouveau. Tous deux ensemble dirent :

« Entrez. »

Depuis quelques instants déjà, Édouard écoutait derrière la porte, étonné d'entendre des voix dans la chambre de Laura. Les dernières phrases de Bernard l'avaient instruit. Il ne pouvait douter de leur sens ; il ne pouvait douter que celui qui parlait ainsi fût le voleur de sa valise. Son parti fut pris aussitôt. Car Édouard est un de ces êtres dont les facultés, qui dans

le tran-tran coutumier s'engourdissent, sursautent et se bandent aussitôt devant l'imprévu. Il ouvrit donc la porte, mais resta sur le seuil, souriant et regardant tour à tour Bernard et Laura, qui tous deux s'étaient levés.

« Permettez, chère amie, dit-il à Laura, avec un geste comme pour remettre les effusions à plus tard. J'ai tout d'abord quelques mots à dire à Monsieur, s'il veut bien venir un instant dans le couloir. »

Le sourire devint plus ironique sitôt que Bernard l'eut rejoint.

« Je pensais bien vous trouver ici. »

Bernard comprit qu'il était brûlé. Il ne lui restait plus qu'à payer d'audace; ce qu'il fit, et sentant qu'il jouait son va-tout :

« J'espérais vous y rencontrer.

— D'abord, et si vous ne l'avez déjà fait (car je veux croire que vous êtes venu pour cela), vous allez descendre et régler au bureau la note de madame Douviers avec l'argent que vous avez trouvé dans ma valise et que vous devez avoir sur vous. Ne remontez que dans dix minutes. »

Tout cela était dit assez gravement, mais sur un ton qui n'avait rien de comminatoire. Cependant Bernard reprenait son aplomb.

« J'étais en effet venu pour cela. Vous ne vous êtes pas trompé. Et je commence à croire que je ne m'étais pas trompé non plus.

— Qu'entendez-vous par là ?

— Que vous êtes bien celui que j'espérais. »

Édouard tâchait en vain de prendre un air sévère. Il s'amusait énormément. Il fit une sorte de léger salut moqueur :

« Je vous remercie. Reste à examiner la réciproque. Je pense, puisque vous êtes ici, que vous avez lu mes papiers ? »

Bernard qui, sans sourciller, soutenait le regard d'Édouard, sourit à son tour avec audace, amusement, impertinence, et s'inclinant :

« N'en doutez pas. Je suis ici pour vous servir. »
Puis, comme un elfe, il s'élança dans l'escalier.

Lorsque Édouard rentra dans la chambre, Laura sanglotait. Il s'approcha. Elle posa le front sur son épaule.

La manifestation de l'émotion le gênait, lui était presque insupportable. Il se surprit à lui taper doucement dans le dos, comme on fait à un enfant qui tousse :

« Ma pauvre Laura, disait-il; voyons, voyons... Soyez raisonnable.

— Oh! laissez-moi pleurer un peu; cela me fait du bien.

— Il s'agit tout de même de savoir ce que vous allez faire à présent.

— Mais que voulez-vous que je fasse ? Où voulez-vous que j'aille ? A qui voulez-vous que je parle ?

— Vos parents...

— Mais vous les connaissez... Ce serait les mettre au désespoir. Ils ont tout fait pour mon bonheur.

— Douviers ?...

— Jamais je n'oserai le revoir. Il est si bon. Ne croyez pas que je ne l'aime pas... Si vous saviez... Si vous saviez... Oh! dites que vous ne me méprisez pas trop.

— Mais au contraire, ma petite Laura; au contraire. Comment pouvez-vous croire ? — Et il recommençait à lui taper dans le dos.

— C'est vrai que près de vous je n'ai plus honte.

— Il y a combien de jours que vous êtes ici ?

— Je ne sais plus. J'ai vécu seulement pour vous attendre. Par moments, je n'en pouvais plus. A présent, il me semble que je ne pourrai pas rester ici un jour de plus. »

Et elle redoublait de sanglots en criant presque, mais d'une voix tout étranglée.

« Emmenez-moi. Emmenez-moi. »

Édouard était de plus en plus gêné.

« Écoutez, Laura... Calmez-vous. Le... l'autre... je ne sais même pas comment il s'appelle...

— Bernard, murmura Laura.

— Bernard va remonter dans un instant. Allons, relevez-vous. Il ne faut pas qu'il vous voie ainsi. Du courage. Nous allons inventer quelque chose, je vous le promets. Voyons! séchez vos yeux. Cela n'avance à rien de pleurer. Regardez-vous dans la glace. Vous êtes toute congestionnée. Passez un peu d'eau sur votre visage. Quand je vous vois pleurer, je ne peux plus penser à rien... Tenez! le voici; je l'entends. »

Il alla à la porte et l'ouvrit pour faire rentrer Bernard; et tandis que Laura, tournant le dos à la scène, s'occupait devant sa toilette à ramener le calme sur ses traits :

« Et maintenant, Monsieur, puis-je vous demander quand il me sera permis de rentrer en possession de mes affaires ? »

Ceci était dit en regardant Bernard bien en face, avec, sur les lèvres, toujours le même pli d'ironie souriante.

« Sitôt qu'il vous plaira, Monsieur; mais il faut bien que je vous avoue que ces affaires qui vous manquent, vous font sûrement moins défaut qu'à moi. C'est ce que vous comprendriez, j'en suis sûr, si seulement vous connaissiez mon histoire. Sachez seulement que, depuis ce matin, je suis sans gîte, sans foyer, sans famille, et prêt à me jeter à l'eau si je ne vous avais pas rencontré. Je vous ai longtemps suivi ce matin, quand vous causiez avec Olivier, mon ami. Il m'avait tant parlé de vous! J'aurais voulu vous aborder. Je cherchais un biais, un moyen... Quand vous avez jeté votre bulletin de consigne, j'ai béni le sort. Oh! ne me prenez pas pour un voleur. Si j'ai levé votre valise, c'était surtout pour entrer en rapports. »

Bernard avait débité tout cela presque d'une haleine. Une flamme extraordinaire animait son discours et ses traits; on aurait dit de la bonté. Il paraissait au sourire d'Édouard que celui-ci le trouvait charmant.

« Et maintenant ?... » fit-il.

Bernard comprit qu'il gagnait du terrain :

« Et maintenant, n'aviez-vous pas besoin d'un secrétaire ? Je ne puis croire que je remplirais mal ces fonctions, quand ce serait avec tant de joie. »

Cette fois Édouard se mit à rire. Laura les regardait tous deux, amusée.

« Ouais!... C'est à voir, et nous allons y réfléchir. Venez me retrouver, demain, à la même heure, ici même, si madame Douviers le permet... car avec elle également j'aurai à décider de bien des choses. Vous êtes à un hôtel, je suppose ? Oh! je ne tiens pas à savoir où. Peu m'importe. A demain. »

Il lui tendit la main.

« Monsieur, dit Bernard, avant de vous quitter, me permettrez-vous peut-être de vous rappeler qu'il habite,

au faubourg Saint-Honoré, un pauvre vieux professeur de piano, du nom, je crois bien, de La Pérouse, à qui, si vous l'alliez revoir, vous feriez un bien grand plaisir.

— Parbleu, pour un début, voici qui n'est pas mal, et vous entendez vos futures fonctions comme il faut.

— Alors... Vraiment, vous consentiriez ?

— Nous en reparlerons demain. Adieu. »

Édouard, après s'être attardé quelques instants près de Laura, s'en alla chez les Molinier. Il espérait revoir Olivier, à qui il aurait voulu parler de Bernard. Il ne vit que Pauline, malgré qu'il prolongeât désespérément sa visite.

Olivier, cette même fin de jour, cédant à la pressante invitation que venait de lui transmettre son frère, se rendait chez l'auteur de *La Barre fixe,* chez le comte de Passavant.

XV

« JE craignais que votre frère ne vous eût pas fait la commission, dit Robert de Passavant en voyant entrer Olivier.

— Suis-je en retard ? dit celui-ci, qui s'avançait timidement et presque sur la pointe des pieds. Il avait gardé à la main son chapeau, que Robert lui prit.

— Posez donc ça. Mettez-vous à votre aise. Tenez : dans ce fauteuil, je crois que vous ne serez pas trop mal. Pas en retard du tout, si j'en juge par la pendule ; mais mon désir de vous voir était en avance sur elle. Fumez-vous ?

— Merci, dit Olivier en repoussant l'étui que le comte de Passavant lui tendait. Il refusait par timidité, bien que très désireux de goûter à ces fines cigarettes ambrées, russes sans doute, qu'il voyait rangées dans l'étui.

— Oui, je suis heureux que vous ayez pu venir. Je craignais que vous ne fussiez accaparé par la préparation de votre examen. Quand passez-vous ?

— Dans dix jours l'écrit. Mais je ne travaille plus beaucoup. Je crois que je suis prêt et crains surtout de me présenter fatigué.

— Vous refuseriez pourtant de vous occuper dès à présent d'autre chose ?

— Non... si ce n'était pas trop astreignant.

— Je m'en vais vous dire pourquoi je vous ai demandé de venir. D'abord, le plaisir de vous revoir. Nous avions ébauché une conversation, l'autre soir, au foyer du théâtre, pendant l'entracte... Ce que vous m'avez dit m'avait beaucoup intéressé. Vous ne vous en souvenez pas, sans doute ?

— Si, si, dit Olivier, qui croyait n'avoir sorti que des balourdises.

— Mais aujourd'hui, j'ai quelque chose de précis à vous dire... Vous connaissez, je crois, un certain youpin du nom de Dhurmer ? Est-ce que ce n'est pas un de vos camarades ?

— Je le quitte à l'instant.

— Ah ! vous vous fréquentez ?

— Oui, nous devions nous retrouver au Louvre pour parler d'une revue dont il doit être le directeur. »

Robert partit d'un rire haut et affecté.

« Ah ! ah ! ah ! le directeur... Il va fort ! Il va vite... C'est vrai qu'il vous a dit cela ?

— Voilà déjà longtemps qu'il m'en parle.

— Oui, j'y pense depuis assez longtemps. L'autre jour, je lui ai demandé incidemment s'il accepterait de lire avec moi les manuscrits ; c'est ce qu'il a tout de suite appelé : être rédacteur en chef ; je l'ai laissé dire, et, tout de suite... C'est bien de lui, trouvez pas ? quel type ! Il a besoin qu'on le remouche un peu... C'est vrai que vous ne fumez pas ?

— Tout de même, si, dit Olivier, en acceptant cette fois. Merci.

— Permettez-moi de vous dire, Olivier... vous voulez bien que je vous appelle Olivier ? Je ne peux pourtant pas vous traiter en « Monsieur » ; vous êtes beaucoup trop jeune, et je suis trop lié avec votre frère Vincent pour vous appeler Molinier. Eh bien, Olivier, permettez-moi de vous dire que j'ai infiniment plus de confiance dans votre goût qu'en celui de Sidi Dhurmer. Accepteriez-vous d'assumer cette direction littéraire ? Sous ma surveillance un peu, naturellement ; dans les premiers temps tout au moins. Mais je préfère que mon nom ne figure pas sur la couverture. Je vous expliquerai

pourquoi, plus tard... Vous prendriez peut-être un verre de porto, hein ? J'en ai d'excellent. »

Il atteignit sur une sorte de petit buffet, à portée de sa main, une bouteille et deux verres qu'il emplit.

« Eh bien, qu'en pensez-vous ?

— Il est excellent, en effet.

— Je ne vous parle pas du porto, protesta Robert en riant; mais de ce que je vous disais tout à l'heure. »

Olivier avait feint de ne pas comprendre. Il craignait d'accepter trop vite et de laisser trop paraître sa joie. Il rougit un peu et balbutia confusément :

« Mon examen ne me...

— Vous venez de me dire qu'il ne vous occupait pas beaucoup, interrompit Robert. Et puis la revue ne paraîtra pas tout de suite. Je me demande même s'il ne vaudra pas mieux en remettre le lancement à la rentrée. Mais, de toute manière, il importait de vous pressentir. Il faudrait tenir plusieurs numéros tout préparés avant octobre et il serait nécessaire de beaucoup nous voir cet été, pour en parler. Qu'est-ce que vous comptez faire pendant ces vacances ?

— Oh! je ne sais pas trop. Mes parents vont probablement aller en Normandie, comme tous les étés.

— Et il faudra que vous les accompagniez ?... Accepteriez-vous de vous laissez un peu décrocher ?...

— Ma mère ne consentira pas.

— Je dois dîner ce soir avec votre frère; me permettez-vous de lui en parler ?

— Oh! Vincent, lui, ne viendra pas avec nous. — Puis, se rendant compte que cette phrase ne correspondait pas à la question, il ajouta : — Et puis cela ne servirait à rien.

— Pourtant, si l'on trouve de bonnes raisons à donner à la maman ? »

Olivier ne répondit rien. Il aimait tendrement sa mère et le ton persifleur que Robert avait pris en parlant d'elle lui avait déplu. Robert comprit qu'il était allé un peu trop vite.

« Alors, vous appréciez mon porto, dit-il par manière de diversion. En voulez-vous encore un verre ?

— Non, non, merci... Mais il est excellent.

— Oui, j'ai été très frappé de la maturité et de la sûreté de votre jugement, l'autre soir. Vous n'avez pas l'intention de faire de la critique ?

— Non.
— Des vers ?... Je sais que vous faites des vers.
Olivier rougit de nouveau.
— Oui, votre frère vous a trahi. Et vous connaissez sans doute d'autres jeunes qui seraient tout prêts à collaborer... Il faut que cette revue devienne une plate-forme de ralliement pour la jeunesse. C'est sa raison d'être. Je voudrais que vous m'aidiez à rédiger une espèce de prospectus-manifeste qui indiquerait, sans les préciser trop, les nouvelles tendances. Nous en reparlerons. Il faut faire choix de deux ou trois épithètes; pas des néologismes; de vieux mots très usagés, qu'on chargera d'un sens tout neuf et qu'on imposera. Après Flaubert, on a eu : « Nombreux et rythmé »; après Leconte de Lisle : « Hiératique et définitif »... Tenez, qu'est-ce que vous penseriez de : « Vital ». Hein ?... « Inconscient et vital »... Non ?... « Élémentaire, robuste et vital ? »
— Je crois qu'on pourrait encore trouver mieux, s'enhardit à dire Olivier, qui souriait sans sembler approuver beaucoup.
— Allons, encore un verre de porto...
— Pas tout à fait plein, je vous prie.
— Voyez-vous, la grande faiblesse de l'école symboliste, c'est de n'avoir apporté qu'une esthétique; toutes les grandes écoles ont apporté, avec un nouveau style, une nouvelle éthique, un nouveau cahier des charges, de nouvelles tables, une nouvelle façon de voir, de comprendre l'amour, et de se comporter dans la vie. Le symboliste, lui, c'est bien simple : il ne se comportait pas du tout dans la vie; il ne cherchait pas à la comprendre; il la niait; il lui tournait le dos. C'était absurde, trouvez pas ? C'étaient des gens sans appétit, et même sans gourmandise. Pas comme nous autres... hein ? »
Olivier avait achevé son second verre de porto et sa seconde cigarette. Il fermait à demi les yeux, à demi couché dans son confortable fauteuil, et, sans rien dire, marquait son assentiment par de légers mouvements de tête. A ce moment, on entendit sonner et presque aussitôt un domestique entra, qui présenta à Robert une carte. Robert prit la carte, y jeta les yeux et la posa près de lui sur son bureau :
« C'est bien. Priez-le d'attendre un instant. — Le

domestique sortit. — Écoutez, mon petit Olivier, je vous aime bien et je crois que nous pourrons très bien nous entendre. Mais voici quelqu'un qu'il me faut absolument recevoir et qui tient à me voir seul. »

Olivier s'était levé.

« Je vais vous faire sortir par le jardin, si vous permettez... Ah! pendant que j'y pense : ça vous ferait-il plaisir d'avoir mon nouveau livre ? J'en ai précisément ici un exemplaire sur hollande...

— Je n'ai pas attendu de le recevoir de vous pour le lire », dit Olivier qui n'aimait pas beaucoup le livre de Passavant et tâchait de s'en tirer sans flagornerie tout en restant aimable. Passavant surprit-il dans le ton de la phrase, une légère nuance de dédain ? Il reprit bien vite :

« Oh! ne cherchez pas à m'en parler. Si vous me disiez que vous l'aimez, je serais forcé de mettre en doute ou votre goût ou votre sincérité. Non; je sais mieux que personne ce qui lui manque, à ce livre. Je l'ai écrit beaucoup trop vite. A vrai dire, pendant tout le temps que je l'écrivais, je songeais à mon livre suivant. Ah! celui-là, par exemple, j'y tiens. J'y tiens beaucoup. Vous verrez; vous verrez... Je suis désolé, mais à présent, il faut absolument que vous me laissiez... A moins que... Mais non; mais non; nous ne nous connaissons pas encore assez, et vos parents vous attendent sûrement pour dîner. Allons, au revoir. A bientôt... Je vais écrire votre nom sur le livre; permettez. »

Il s'était levé; il s'approcha de son bureau. Pendant qu'il se penchait pour écrire, Olivier fit un pas en avant et regarda du coin de l'œil la carte que le domestique venait d'apporter :

Victor Strouvilhou

Ce nom ne lui dit rien.

Passavant tendit à Olivier l'exemplaire de *La Barre fixe,* et comme Olivier s'apprêtait à lire la dédicace :

« Vous regarderez cela plus tard », dit Passavant en lui glissant le livre sous le bras.

Ce ne fut que dans la rue qu'Olivier prit connaissance de cette épigraphe manuscrite, extraite du livre même

qu'elle ornait, et que le comte de Passavant venait d'inscrire en manière de dédicace :

> « De grâce, Orlando, quelques pas de plus. Je ne suis pas encore bien sûr d'oser parfaitement vous comprendre. »

au-dessous de laquelle il avait ajouté :

> « A Olivier Molinier
> son ami présomptif
> Comte Robert de Passavant. »

Épigraphe ambiguë qui rendit Olivier songeur, mais qu'il était bien libre, après tout, d'interpréter comme il voudrait.

Olivier rentra chez lui comme Édouard venait d'en partir, las de l'attendre.

XVI

La culture positive de Vincent le retenait de croire au surnaturel; ce qui donnait au démon de grands avantages. Le démon n'attaquait pas Vincent de front; il s'en prenait à lui d'une manière retorse et furtive. Une de ses habiletés consiste à nous bailler pour triomphantes nos défaites. Et ce qui disposait Vincent à considérer sa façon d'agir avec Laura comme une victoire de sa volonté sur ses instincts affectifs, c'est que, naturellement bon, il avait dû se forcer, se raidir, pour se montrer dur envers elle.

A bien examiner l'évolution du caractère de Vincent dans cette intrigue, j'y distingue divers stades, que je veux indiquer, pour l'édification du lecteur :

1º La période du bon motif. Probité. Consciencieux besoin de réparer une faute commise. En l'espèce : l'obligation morale de consacrer à Laura la somme que ses parents ont péniblement économisée pour subvenir aux premiers frais de sa carrière. N'est-ce pas là se sacrifier ? Ce motif n'est-il pas décent, généreux, charitable ?

2º La période de l'inquiétude. Scrupules. Douter si

cette somme consacrée sera suffisante, n'est-ce pas s'apprêter à céder, lorsque le démon fera miroiter devant les yeux de Vincent la possibilité de la grossir ?

3º Constance et force d'âme. Besoin, après la perte de cette somme, de se sentir « au-dessus de l'adversité ». C'est cette « force d'âme » qui lui permet d'avouer ses pertes de jeu à Laura; et qui lui permet, par la même occasion, de rompre avec elle.

4º Renoncement au bon motif, considéré comme une duperie, à la lueur de la nouvelle éthique que Vincent se trouve devoir inventer, pour légitimer sa conduite; car il reste un être moral, et le diable n'aura raison de lui, qu'en lui fournissant des raisons de s'approuver. Théorie de l'immanence, de la totalité dans l'instant; de la joie gratuite, immédiate et immotivée.

5º Griserie du gagnant. Dédain de la réserve. Suprématie.

A partir de quoi, le démon a partie gagnée.

A partir de quoi, l'être qui se croit le plus libre, n'est plus qu'un instrument à son service. Le démon n'aura donc de cesse, que Vincent n'ait livré son frère à ce suppôt damné qu'est Passavant.

Vincent n'est pas mauvais, pourtant. Tout ceci, quoi qu'il en ait, le laisse insatisfait, mal à l'aise. Ajoutons encore quelques mots :

On appelle « exotisme », je crois, tout repli diapré de la Maya, devant quoi notre âme se sent étrangère; qui la prive de points d'appui. Parfois telle vertu résisterait, que le diable avant d'attaquer, dépayse. Sans doute, s'ils n'eussent été sous de nouveaux cieux, loin de leurs parents, des souvenirs de leur passé, de ce qui les maintenait dans la conséquence d'eux-mêmes, ni Laura n'eût cédé à Vincent, ni Vincent tenté de la séduire. Sans doute leur apparaissait-il que cet acte d'amour, là-bas, n'entrait plus en ligne de comptes... Il resterait beaucoup à dire; mais ce que dessus suffit déjà à mieux nous expliquer Vincent.

Près de Lilian, également, il se sentait dépaysé.

« Ne ris pas de moi, Lilian, lui disait-il ce même soir. Je sais que tu ne me comprendras pas, et pourtant j'ai besoin de te parler comme si tu devais me comprendre, car il m'est impossible désormais de te sortir de ma pensée. »

A demi couché aux pieds de Lilian étendue sur le divan bas, il laissait sur les genoux de sa maîtresse amoureusement poser sa tête qu'elle caressait amoureusement.

« Ce qui me rendait soucieux ce matin... oui, peut-être que c'est la peur. Peux-tu rester grave un instant ? Peux-tu oublier un instant, pour me comprendre, non pas ce que tu crois, car tu ne crois à rien; mais, précisément, oublier que tu ne crois à rien ? Moi aussi, je ne croyais à rien, tu le sais; je croyais que je ne croyais plus à rien; plus à rien qu'à nous-mêmes, qu'à toi, qu'à moi, et qu'à ce que je puis être avec toi; qu'à ce que, grâce à toi, je serai...

— Robert vient à sept heures, interrompit Lilian. Ce n'est pas pour te presser; mais si tu n'avances pas plus vite, il nous interrompra juste au moment où tu commenceras à devenir intéressant. Car je suppose que tu préféreras ne pas continuer devant lui. C'est curieux que tu croies prendre aujourd'hui tant de précautions. Tu as l'air d'un aveugle qui d'abord touche avec son bâton chaque endroit où il veut mettre le pied. Tu vois pourtant que je garde mon sérieux. Pourquoi n'as-tu pas confiance ?

— J'ai, depuis que je te connais, une confiance extraordinaire, reprit Vincent. Je puis beaucoup, je le sens; et, tu vois, tout me réussit. Mais c'est précisément là ce qui m'épouvante. Non, tais-toi... J'ai songé tout le jour à ce que tu me racontais ce matin du naufrage de la *Bourgogne,* et des mains qu'on coupait à ceux qui voulaient monter dans la barque. Il me semble que quelque chose veut monter dans ma barque — c'est pour que tu me comprennes que je me sers de ton image — quelque chose que je veux empêcher d'y monter...

— Et tu veux que je t'aide à le noyer, vieux lâche!... »

Il continua sans la regarder :

« Quelque chose que je repousse, mais dont j'entends la voix... une voix que tu n'as jamais entendue; que j'écoutais dans mon enfance...

— Et qu'est-ce qu'elle dit, cette voix ? Tu n'oses pas le répéter. Ça ne m'étonne pas. Je parie qu'il y a du catéchisme là-dedans. Hein ?

— Mais, Lilian, comprends-moi : le seul moyen pour

moi de me délivrer de ces pensées, c'est de te les dire. Si tu en ris je les garderai pour moi seul; et elles m'empoisonneront.

— Alors, parle, dit-elle avec un air résigné. Puis, comme il se taisait, et, puérilement, cachait son front dans la jupe de Lilian : — Allons! qu'attends-tu ? »

Elle le saisit par les cheveux et le força à relever la tête :

« Mais c'est qu'il prend cela vraiment au sérieux, ma parole! Il est tout pâle. Écoute, mon petit, si tu veux faire l'enfant, ça ne me va pas du tout. Il faut vouloir ce que l'on veut. Et puis, tu sais : je n'aime pas les tricheurs. Quand tu cherches à faire monter dans ta barque, sournoisement, ce qui n'a que faire d'y monter, tu triches. Je veux bien jouer avec toi; mais franc jeu; et, je t'en avertis : c'est pour te faire réussir. Je crois que tu peux devenir quelqu'un de très important, de considérable; je sens en toi une grande intelligence et une grande force. Je veux t'aider. Il y a assez de femmes qui font rater la carrière de ceux dont elles s'éprennent; moi, je veux que ce soit le contraire. Tu m'as déjà parlé de ton désir de lâcher la médecine pour des travaux de sciences naturelles; tu regrettais de ne pas avoir assez d'argent pour cela... D'abord, tu viens de gagner au jeu; cinquante mille francs, c'est déjà quelque chose. Mais promets que tu ne joueras plus. Je mettrai à ta disposition tout l'argent qu'il faudra, à condition, si on dit que tu te fais entretenir, que tu aies la force de hausser les épaules. »

Vincent s'était relevé. Il s'approcha de la fenêtre. Lilian reprit :

« D'abord, et pour en finir avec Laura, je trouve qu'on pourrait bien lui envoyer les cinq mille francs que tu lui avais promis. Maintenant que tu as de l'argent, pourquoi ne tiens-tu pas ta parole ? Est-ce par besoin de te sentir encore plus coupable envers elle ? Ça ne me plaît pas du tout. J'ai horreur des goujateries. Tu ne sais pas couper les mains proprement. Ceci fait, nous irons passer l'été là où ce sera le plus profitable pour tes travaux. Tu m'as parlé de Roscoff; moi je préférerais Monaco, parce que je connais le prince, qui pourra nous emmener en croisière et t'occuper à son institut. »

Vincent se taisait. Il lui déplaisait de dire à Lilian, et il ne le lui raconta que plus tard, qu'avant de venir la retrouver, il était passé à l'hôtel où Laura l'avait si désespérément attendu. Soucieux de se sentir enfin quitte, il avait glissé dans une enveloppe ces quelques billets sur lesquels elle ne comptait plus. Il avait confié cette enveloppe à un garçon, puis attendu dans le vestibule l'assurance que le garçon l'aurait remise en mains propres. Peu d'instants après, le garçon était redescendu, rapportant l'enveloppe, en travers de laquelle Laura avait écrit : « *Trop tard.* »

Lilian sonna; demanda qu'on apportât son manteau. Quand la servante fut sortie :

« Ah! je voulais te dire, avant qu'il n'arrive : Si Robert te propose un placement pour tes cinquante mille francs, méfie-toi. Il est très riche, mais il a toujours besoin d'argent. Regarde donc : je crois que j'entends la corne de son auto. Il est en avance d'une demi-heure; mais tant mieux... Pour ce que nous disions... »

« Je viens plus tôt, dit Robert en entrant, parce que j'ai pensé qu'il serait amusant d'aller dîner à Versailles. Ça vous va ?

— Non, dit lady Griffith; les Réservoirs m'assomment. Allons plutôt à Rambouillet; on a le temps. Nous y mangerons moins bien, mais nous y causerons mieux. Je veux que Vincent te raconte ses histoires de poissons. Il en connaît d'étonnantes. Je ne sais pas si ce qu'il dit est vrai, mais c'est plus amusant que les plus beaux romans du monde.

— Ce ne sera peut-être pas l'avis du romancier », dit Vincent.

Robert de Passavant tenait un journal du soir à la main :

« Savez-vous que Brugnard vient d'être pris comme chef de cabinet à la Justice ? C'est le moment de faire décorer votre père », dit-il en se tournant vers Vincent. Celui-ci haussa les épaules.

« Mon cher Vincent, reprit Passavant, permettez-moi de vous dire que vous le froisserez beaucoup en ne lui demandant pas ce petit service — qu'il sera si heureux de vous refuser.

— Si vous commenciez par le lui demander pour vous-même ? » riposta Vincent.

Robert fit une sorte de moue affectée :

« Non; moi, je mets ma coquetterie à ne pas rougir, fût-ce de la boutonnière. » Puis, se tournant vers Lilian : « Savez-vous qu'ils sont rares, de nos jours, ceux qui atteignent la quarantaine sans vérole et sans décorations ! »

Lilian sourit en haussant les épaules :

« Pour faire un mot, il consent à se vieillir !... Dites donc : c'est une citation de votre prochain livre ? Il sera frais... Descendez toujours; je prends mon manteau et je vous rejoins. »

« Je croyais que vous ne vouliez plus le revoir ? demanda Vincent à Robert, dans l'escalier.

— Qui ? Brugnard ?

— Vous le trouviez si bête...

— Cher ami, — répondit Passavant en prenant son temps, arrêté sur une marche et retenant Molinier le pied levé, car il voyait venir lady Griffith et souhaitait qu'elle l'entendît, — apprenez qu'il n'est pas un de mes amis qui, à la suite d'une fréquentation un peu longue, ne m'ait donné des gages d'imbécillité. Je vous certifie que Brugnard a résisté à l'épreuve plus longtemps que beaucoup d'autres.

— Que moi, peut-être ? reprit Vincent.

— Ce qui ne m'empêche pas de rester votre meilleur ami; vous voyez bien.

— Et c'est là ce qu'à Paris on appelle de l'esprit, dit Lilian qui les avait rejoints. Faites attention, Robert : il n'y a rien qui fane plus vite !

— Rassurez-vous, ma chère : les mots ne se fanent que quand on les imprime ! »

Ils prirent place dans l'auto, qui les emmena. Comme leur conversation continua d'être très spirituelle, il est inutile que je la rapporte ici. Ils s'attablèrent sur la terrasse d'un hôtel, devant un jardin que la nuit qui tombait emplissait d'ombre. A la faveur du soir, les propos peu à peu s'alourdirent; poussé par Lilian et Robert, il n'y eut enfin plus que Vincent qui parlât.

XVII

« Je m'intéresserais davantage aux animaux, si je m'intéressais moins aux hommes », avait dit Robert. Et Vincent répondait :

« Peut-être que vous croyez les hommes trop différents d'eux. Il n'est pas de grande découverte en zootechnie qui n'ait eu son retentissement dans la connaissance de l'homme. Tout cela se touche et se tient; et je crois que ce n'est jamais impunément qu'un romancier, qui se pique d'être psychologue, détourne les yeux du spectacle de la nature et reste ignorant de ses lois. Dans le *Journal* des Goncourt, que vous m'avez donné à lire, je suis tombé sur le récit d'une visite aux galeries d'histoire naturelle du Jardin des Plantes, où vos charmants auteurs déplorent le peu d'imagination de la Nature, ou du Bon Dieu. Par ce pauvre blasphème, se manifeste la sottise et l'incompréhension de leur petit esprit. Quelle diversité, tout au contraire! Il semble que la nature ait essayé tour à tour toutes les façons d'être vivante, de se mouvoir, usé de toutes les permissions de la matière et de ses lois. Quelle leçon dans l'abandon progressif de certaines entreprises paléontologiques, irraisonnables et inélégantes! Quelle économie a permis la subsistance de certaines formes! La contemplation de celles-ci m'explique le délaissement des autres. Même la botanique peut nous instruire. Quand j'examine un rameau, je remarque qu'à l'aisselle de chacune de ses feuilles, il abrite un bourgeon, capable, l'an suivant, de végéter à son tour. Quand j'observe que, de tant de bourgeons, deux tout au plus se développent, condamnant à l'atrophie, par leur croissance même, tous les autres, je ne me retiens pas de penser qu'il en va de même pour l'homme. Les bourgeons qui se développent naturellement sont toujours les bourgeons terminaux — c'est-à-dire : ceux qui sont les plus éloignés du tronc familial. Seule la taille, ou l'arcure, en refoulant la sève, la force d'animer les germes voisins du tronc, qui fussent demeurés dormants. Et c'est ainsi qu'on mène à fruit les espèces les plus

rétives, qui, les eût-on laissées tracer à leur gré, n'eussent sans doute produit que des feuilles. Ah! quelle bonne école qu'un verger, qu'un jardin! et quel bon pédagogue, souvent, on ferait d'un horticulteur! On apprend plus de choses, souvent, pour peu que l'on sache observer, dans une basse-cour, un chenil, un aquarium, une garenne ou une étable, que dans les livres, et même, croyez-moi, que dans la société des hommes, où tout est plus ou moins sophistiqué. »

Puis Vincent parla de la sélection. Il exposa la méthode ordinaire des obtenteurs pour avoir les plus beaux semis; leur choix des spécimens les plus robustes, et cette fantaisie expérimentale d'un horticulteur audacieux qui, par horreur de la routine, l'on dirait presque : par défi, s'avisa d'élire au contraire les individus les plus débiles — et les floraisons incomparables qu'il obtint.

Robert, qui d'abord n'écoutait que d'une oreille, comme qui n'attend que de l'ennui, ne cherchait plus à interrompre. Son attention ravissait Lilian, comme un hommage à son amant.

« Tu devrais nous parler, lui dit-elle, de ce que tu me racontais l'autre jour des poissons et de leur accommodation aux degrés de salaison de la mer... C'est bien cela, n'est-ce pas ?

— A part certaines régions, reprit Vincent, ce degré de salaison est à peu près constant; et la faune marine ne supporte d'ordinaire que des variations de densité très faibles. Mais les régions dont je parlais ne sont pourtant pas inhabitées; ce sont celles sujettes à d'importantes évaporations, qui réduisent la quantité de l'eau par rapport à la proportion de sel, ou celles au contraire où un apport constant d'eau douce dilue le sel et, pour ainsi dire, dessale la mer — celles voisines des embouchures des grands fleuves, ou de tels énormes courants comme celui que l'on appelle le Gulf Stream. Dans ces régions, les animaux dits *sténohalins* languissent et en viennent à périr; et, comme ils sont alors incapables de se défendre contre les animaux dits *euryhalins*, dont ils deviennent inévitablement la proie, les *euryhalins* vivent de préférence sur les confins des grands courants, où la densité des eaux change, là où viennent agoniser les *sténohalins*. Vous avez compris, n'est-ce pas, que les

sténo sont ceux qui ne supportent que toujours le même degré de salaison. Tandis que les *eury*...

— Sont les dessalés, interrompit Robert, qui rapportait à lui toute idée et ne considérait dans une théorie que ce dont il pourrait faire usage.

— La plupart d'entre eux sont féroces, ajouta Vincent gravement.

— Quand je te disais que cela valait tous les romans », s'écria Lilian enthousiasmée.

Vincent, comme transfiguré, restait insensible au succès. Il était extraordinairement grave et reprit sur un ton plus bas, comme s'il se parlait à lui-même :

« La plus étonnante découverte de ces temps derniers — du moins celle qui m'a le plus instruit — c'est celle des appareils photogéniques des animaux des basfonds.

— Oh! raconte-nous cela, dit Lilian, qui laissait éteindre sa cigarette et fondre la glace que l'on venait de leur servir.

— La lumière du jour, vous le savez sans doute, ne pénètre pas très avant dans la mer. Ses profondeurs sont ténébreuses... abîmes immenses, que longtemps on a pu croire inhabités; puis les dragages qu'on a tentés ont ramené de ces enfers quantité d'animaux étranges. Ces animaux étaient aveugles, pensait-on. Qu'est-il besoin du sens de la vue, dans le noir ? Évidemment, ils n'avaient point d'yeux; ils ne pouvaient pas, ils ne devaient pas en avoir. Pourtant on les examine, et l'on constate, avec stupeur, que certains ont des yeux; qu'ils en ont presque tous, sans compter, parfois même en sus, des antennes d'une sensibilité prodigieuse. On veut douter encore; on s'émerveille : pourquoi des yeux, pour ne rien voir ? des yeux sensibles, mais sensibles à quoi ?... Et voici qu'on découvre enfin que chacun de ces animaux, que d'abord on voulait obscurs, émet et projette devant soi, à l'entour de soi, *sa* lumière. Chacun d'eux éclaire, illumine, irradie. Quand la nuit, ramenés du fond de l'abîme, on les versait sur le pont du navire, la nuit était tout éblouie. Feux mouvants, vibrants, versicolores, phares tournants, scintillements d'astres, de pierreries, dont rien, nous disent ceux qui les ont vus, ne saurait égaler la splendeur. »

Vincent se tut. Ils demeurèrent longtemps sans parler.

« Rentrons; j'ai froid », dit soudain Lilian.

Lady Lilian s'assit à côté du chauffeur, abritée quelque peu par le paravent de cristal. Dans le fond de la voiture ouverte, les deux hommes continuèrent de causer entre eux. Durant presque tout le repas, Robert avait gardé le silence, écoutant Vincent discourir; à présent, c'était son tour.

« Des poissons comme nous, mon vieux Vincent, agonisent dans les eaux calmes, dit-il d'abord, avec une bourrade sur l'épaule de son ami. Il se permettait, avec Vincent, quelques familiarités, mais n'eût pas supporté la réciproque; Vincent du reste n'y était pas enclin. — Savez-vous que je vous trouve étourdissant! Quel conférencier vous feriez! Parole, vous devriez lâcher la médecine. Je ne vous vois vraiment pas prescrivant des laxatifs et faisant votre compagnie des malades. Une chaire de biologie comparée, ou je ne sais quoi dans ce goût, voilà ce qu'il vous faudrait...

— J'y ai déjà pensé, dit Vincent.

— Lilian devrait pouvoir vous obtenir cela, en intéressant à vos recherches son ami le prince de Monaco, qui est, je crois, de la partie... Il faudra que je lui en parle.

— Elle m'en a déjà parlé.

— Alors, pas moyen, décidément, de vous rendre service? fit-il en affectant d'être vexé; moi qui précisément avais à vous en demander un.

— Ce sera votre tour d'être mon obligé. Vous me croyez la mémoire bien courte.

— Quoi! Vous pensez encore aux cinq mille francs? Mais vous me les avez rendus, cher! Vous ne me devez plus rien... qu'un peu d'amitié, peut-être. Il ajoutait ceci sur un ton presque tendre, une main posée sur le bras de Vincent. — C'est à celle-ci que je viens faire appel.

— J'écoute », dit alors Vincent.

Mais aussitôt, Passavant se récria, prêtant à Vincent son impatience :

« Comme vous êtes pressé! D'ici Paris nous avons le temps je suppose. »

Passavant était particulièrement habile à faire endosser par autrui ses humeurs propres, et tout ce qu'il préférait désavouer. Puis, semblant quitter son sujet, comme ces

pêcheurs de truite qui, par crainte d'effaroucher leur proie, jettent l'appât très loin puis insensiblement le ramènent :

« A propos, je vous remercie de m'avoir envoyé votre frère. Je craignais que vous n'eussiez oublié. »

Vincent fit un geste. Robert reprit :

« L'avez-vous revu depuis ?... Pas eu le temps, hein ?... Alors c'est curieux que vous ne m'ayez pas encore demandé des nouvelles de cet entretien. Au fond, cela vous est indifférent. Vous vous désintéressez complètement de votre frère. Ce que pense Olivier, ce qu'il sent, ce qu'il est et ce qu'il voudrait être, vous ne vous en inquiétez jamais...

— Ce sont des reproches ?

— Parbleu oui. Je ne comprends pas, je n'admets pas votre apathie. Quand vous étiez malade, à Pau, passe encore; vous deviez ne penser qu'à vous; l'égoïsme faisait partie du traitement. Mais, à présent... Quoi! vous avez près de vous cette jeune nature frémissante, cette intelligence en éveil, pleine de promesses, qui n'attend qu'un conseil, qu'un appui... »

Il oubliait, à cet instant, que lui de même il avait un frère.

Vincent pourtant n'était point sot; l'exagération de cette sortie l'avertissait qu'elle n'était pas très sincère, que l'indignation ne venait là que pour amener autre chose. Il se taisait, attendant venir. Mais Robert s'arrêta net; il venait de surprendre, à la lueur de la cigarette que fumait Vincent, un étrange pli sur la lèvre de celui-ci, où il crut voir de l'ironie; or, il craignait la moquerie par-dessus tout au monde. Était-ce bien là pourtant ce qui le fit changer de ton ? Je me demande si, plutôt, l'intuition brusque d'une sorte de connivence, entre Vincent et lui... Il reprit donc, jouant au parfait naturel et sur l'air de « point n'est besoin de feindre avec vous » :

« Eh bien! j'ai eu avec le jeune Olivier une conversation des plus agréables. Il me plaît tout à fait ce garçon. »

Passavant tâchait de cueillir le regard de Vincent (la nuit n'était pas très obscure); mais celui-ci regardait fixement devant lui.

« Et voici, mon cher Molinier, le petit service que je voulais vous demander... »

Mais, ici encore, il éprouva le besoin de mettre un temps et pour ainsi dire : de quitter un instant son rôle, à la manière d'un acteur bien assuré de tenir son public, désireux de se prouver et de lui prouver qu'il le tient. Il se pencha donc en avant vers Lilian, et à voix très haute, comme pour faire ressortir le caractère confidentiel de ce qu'il avait dit et de ce qu'il allait dire :

« Chère amie, vous êtes bien sûre que vous ne prenez pas froid ? Nous avons ici un plaid qui ne fait rien... »

Puis, sans attendre la réponse, rencogné dans le fond de l'auto, près de Vincent, à voix de nouveau basse :

« Voici : je voudrais emmener cet été votre frère. Oui, je vous le dis tout simplement; à quoi bon des circonlocutions, entre nous ?... Je n'ai pas l'honneur d'être connu de vos parents, qui naturellement ne laisseront pas Olivier partir avec moi, si vous n'intervenez pas activement. Sans doute trouverez-vous le moyen de les disposer en ma faveur. Vous les connaissez bien, je suppose, et devez savoir comment les prendre. Vous voudrez bien faire cela pour moi ? »

Il attendit un instant, puis, comme Vincent se taisait, reprit :

« Écoutez, Vincent... Je quitte Paris bientôt... pour je ne sais encore où. J'ai absolument besoin d'emmener un secrétaire... Vous savez que je fonde une revue. J'en ai parlé à Olivier. Il me paraît avoir toutes les qualités requises... Mais je ne veux pas me placer seulement à mon point de vue égoïste : je dis que toutes ses qualités à lui me paraissent trouver ici leur emploi. Je lui ai proposé la place de rédacteur en chef... Rédacteur en chef d'une revue, à son âge!... Avouez que ça n'est pas ordinaire.

— C'est si peu ordinaire que je crains que ça n'effraie un peu mes parents, dit Vincent, tournant enfin vers lui les yeux et le regardant fixement.

— Oui; vous devez avoir raison. Il vaut peut-être mieux ne pas leur parler de cela. Simplement, vous pourriez mettre en avant l'intérêt et le profit d'un voyage que je lui ferais faire, hein ? Vos parents doivent comprendre qu'à son âge, on a besoin de voir du pays. Enfin vous vous arrangerez avec eux, pas ? »

Il reprit souffle, alluma une nouvelle cigarette, puis continua sans changer de ton :

« Et puisque vous voulez bien être gentil, je vais tâcher de faire quelque chose pour vous. Je crois pouvoir vous faire profiter de quelques avantages qu'on m'offre dans une affaire tout à fait exceptionnelle... qu'un ami à moi, qui est dans la haute banque, réserve pour quelques privilégiés. Mais, je vous en prie, que ceci reste entre nous; pas un mot à Lilian. De toute manière, je ne dispose que d'un nombre de parts très restreint; je ne puis offrir de souscrire à elle et à vous à la fois... Vos cinquante mille francs d'hier soir ?...

— J'en ai déjà disposé », lança Vincent un peu sèchement, car il se souvenait de l'avertissement de Lilian.

« C'est bien, c'est bien... repartit aussitôt Robert, comme s'il se piquait. Je n'insiste pas. — Puis, sur l'air de « je ne saurais vous en vouloir » : — Si vous vous ravisiez peut-être, vite un mot... parce que, passé demain cinq heures, il sera trop tard. »

Vincent admirait le comte de Passavant beaucoup plus depuis qu'il ne le prenait plus au sérieux.

XVIII

JOURNAL D'ÉDOUARD

2 heures.

« Perdu ma valise. C'est bien fait. De tout ce qu'elle contient, je ne tenais à rien qu'à mon journal. Mais j'y tenais trop. Au fond, fort amusé par l'aventure. En attendant, j'aimerais ravoir mes papiers. Qui les lira ?... Peut-être, depuis que je les ai perdus, m'exagéré-je leur importance. Ce journal s'arrêtait à mon départ pour l'Angleterre. Là-bas j'ai tout noté sur un autre carnet; que je laisse, à présent que je suis de retour en France. Le nouveau, sur quoi j'écris ceci, ne quittera pas de sitôt ma poche. C'est le miroir qu'avec moi je promène. Rien de ce qui m'advient ne prend pour moi d'existence réelle, tant que je ne l'y vois pas reflété. Mais depuis mon retour, il me semble que je m'agite dans un rêve. Que cette conversation avec Olivier fut pénible! Et je

m'en promettais tant de joie... Puisse-t-elle l'avoir laissé aussi peu satisfait que moi-même; aussi peu satisfait de lui que de moi. Je n'ai su pas plus parler moi-même, hélas! que le faire parler. Ah! qu'il est difficile, le moindre mot, quand il entraîne l'assentiment complet de tout l'être! Le cœur, dès qu'il s'en mêle, engourdit et paralyse le cerveau.

<div style="text-align:right">7 heures.</div>

» Ma valise est retrouvée; ou du moins celui qui me l'a prise. Qu'il soit l'ami le plus intime d'Olivier, voilà qui tisse entre nous un réseau, dont il ne tient qu'à moi de resserrer les mailles. Le danger, c'est que je prends à tout événement inattendu un amusement si vif qu'il me fait perdre de vue le but à atteindre.

» Revu Laura. Mon désir d'obliger s'exaspère dès qu'il s'y mêle quelque difficulté, dès qu'il doit s'insurger contre le convenu, le banal et le coutumier.

» Visite au vieux La Pérouse. C'est madame de La Pérouse qui est venue m'ouvrir. Il y avait plus de deux ans que je ne l'avais revue; elle m'a pourtant aussitôt reconnu. (Je ne pense pas qu'ils reçoivent beaucoup de visites.) Du reste, très peu changée elle-même; mais (est-ce parce que je suis prévenu contre elle), ses traits m'ont paru plus durs, son regard plus aigre, son sourire plus faux que jamais.

« Je crains que monsieur de La Pérouse ne soit pas en état de vous recevoir, m'a-t-elle dit aussitôt, manifestement désireuse de m'accaparer; puis, usant de sa surdité pour répondre sans que je l'aie questionnée :

» — Mais non, mais non, vous ne me dérangez pas du tout. Entrez seulement. »

» Elle m'introduisit dans la pièce où La Pérouse a coutume de donner ses leçons, qui ouvre ses deux fenêtres sur la cour. Et dès que je fus chambré :

« Je suis particulièrement heureuse de pouvoir vous parler un instant seul à seule. L'état de monsieur de La Pérouse, pour qui je connais votre vieille et fidèle amitié, m'inquiète beaucoup. Vous qu'il écoute, ne pourriez-vous pas lui persuader qu'il se soigne ? Pour moi, tout ce que je lui répète, c'est comme si je chantais Malborough. »

« Et elle entra là-dessus dans des récriminations

infinies : Le vieux refuse de se soigner par seul besoin de la tourmenter. Il fait tout ce qu'il ne devrait pas faire, et ne fait rien de ce qu'il faudrait. Il sort par tous les temps, sans jamais consentir à mettre un foulard. Il refuse de manger aux repas : « Monsieur n'a pas faim », et elle ne sait quoi inventer pour stimuler son appétit; mais, la nuit, il se relève et met sens dessus dessous la cuisine pour se fricoter on ne sait quoi.

» La vieille, à coup sûr, n'inventait rien; je comprenais, à travers son récit, que l'interprétation de menus gestes innocents seule leur conférait une signification offensante, et quelle ombre monstrueuse la réalité projetait sur la paroi de cet étroit cerveau. Mais le vieux de son côté ne mésinterprétait-il pas tous les soins, toutes les attentions de la vieille, qui se croyait martyre, et dont il se faisait un bourreau ? Je renonce à les juger, à les comprendre; ou plutôt, comme il advient toujours, mieux je les comprends et plus mon jugement sur eux se tempère. Il reste que voici deux êtres, attachés l'un à l'autre pour la vie, et qui se font abominablement souffrir. J'ai souvent remarqué, chez des conjoints, quelle intolérable irritation entretient chez l'un la plus petite protubérance du caractère de l'autre, parce que la « vie commune » fait frotter celle-ci toujours au même endroit. Et si le frottement est réciproque, la vie conjugale n'est plus qu'un enfer.

» Sous sa perruque à bandeaux noirs qui durcit les traits de son visage blafard, avec ses longues mitaines noires d'où sortent des petits doigts comme des griffes, madame de La Pérouse prenait un aspect de harpie.

« Il me reproche de l'espionner, continua-t-elle. Il a toujours eu besoin de beaucoup de sommeil; mais la nuit, il fait semblant de se coucher, et, quand il me croit bien endormie, il se relève; il farfouille dans de vieux papiers et parfois s'attarde jusqu'au matin à relire en pleurant d'anciennes lettres de feu son frère. Il veut que je supporte tout cela sans rien dire! »

» Puis elle se plaignit que le vieux voulût la faire entrer dans une maison de retraite; ce qui lui serait d'autant plus pénible, ajoutait-elle, qu'il était parfaitement incapable de vivre seul et de se passer de ses soins. Ceci était dit sur un ton apitoyé qui respirait l'hypocrisie.

» Tandis qu'elle poursuivait ses doléances, la porte du salon s'est doucement ouverte derrière elle et La Pérouse, sans qu'elle l'entendît, a fait son entrée. Aux dernières phrases de son épouse, il m'a regardé en souriant ironiquement et a porté une main à son front, signifiant qu'elle était folle. Puis, avec une impatience, une brutalité même, dont je ne l'aurais pas cru capable et qui semblait justifier les accusations de la vieille (mais due aussi au diapason qu'il devait prendre pour se faire entendre d'elle) :

« Allons, Madame ! vous devriez comprendre que vous fatiguez Monsieur avec vos discours. Ce n'est pas vous que mon ami venait voir. Laissez-nous. »

» La vieille alors a protesté du fauteuil sur lequel elle restait assise à elle, et qu'elle ne quitterait pas.

« Dans ce cas, reprit La Pérouse en ricanant, si vous le permettez, c'est nous qui sortirons. Puis, tourné vers moi et sur un ton tout radouci :

» — Venez ! laissons-la. »

» J'ai ébauché un salut gêné et l'ai suivi dans la pièce voisine, celle même où il m'avait reçu la dernière fois.

« Je suis heureux que vous ayez pu l'entendre, m'a-t-il dit. Eh bien ! c'est comme cela tout le long du jour. »

» Il alla fermer les fenêtres :

« Avec le vacarme de la rue, on ne s'entend plus. Je passe mon temps à refermer ces fenêtres, que madame de La Pérouse passe son temps à rouvrir. Elle prétend qu'elle étouffe. Elle exagère toujours. Elle refuse de se rendre compte qu'il fait plus chaud dehors que dedans. J'ai là pourtant un petit thermomètre ; mais, quand je le lui montre, elle me dit que les chiffres ne prouvent rien. Elle veut avoir raison, même quand elle sait qu'elle a tort. La grande affaire pour elle, c'est de me contrarier. »

» Il me parut, cependant qu'il parlait, qu'il n'était pas en parfait équilibre lui-même ; il reprit, dans une exaltation croissante :

« Tout ce qu'elle fait de travers dans la vie, c'est à moi qu'elle en fait grief. Ses jugements sont tous faussés. Ainsi, tenez ; je m'en vais vous faire comprendre : Vous savez que les images du dehors arrivent renversées dans notre cerveau, où un appareil nerveux les

redresse. Eh bien, madame de La Pérouse, elle, n'a pas d'appareil rectificateur. Chez elle, tout reste à l'envers. Vous jugez si c'est pénible. »

» Il éprouvait certainement un soulagement à s'expliquer, et je me gardais de l'interrompre. Il continuait :

« Madame de La Pérouse a toujours beaucoup trop mangé. Eh bien, elle prétend que c'est moi qui mange trop. Tout à l'heure, si elle me voit avec un morceau de chocolat (c'est ma principale nourriture), elle va murmurer : — Toujours en train de grignoter!... Elle me surveille. Elle m'accuse de me relever la nuit pour manger en cachette, parce qu'une fois elle m'a surpris en train de me préparer une tasse de chocolat, à la cuisine... Que voulez-vous ? De la voir à table, en face de moi, se jeter sur les plats, cela m'enlève tout appétit. Alors elle prétend que je fais le difficile par besoin de la tourmenter.

» Il prit un temps, et dans une sorte d'élan lyrique :

« — Je suis dans l'admiration des reproches qu'elle me fait!... Ainsi, lorsqu'elle souffre de sa sciatique, je la plains. Alors elle m'arrête; elle hausse les épaules : « Ne faites donc pas semblant d'avoir du cœur. » Et tout ce que je fais ou dis, c'est pour la faire souffrir. »

» Nous nous étions assis; mais il se relevait, puis se rasseyait aussitôt, en proie à une maladive inquiétude :

« Imagineriez-vous que, dans chacune de ces pièces, il y a des meubles qui sont à elle et d'autres qui sont à moi ? Vous l'avez vue tout à l'heure avec son fauteuil. Elle dit à la femme de journée, lorsque celle-ci fait le ménage : « Non; ceci est à Monsieur; n'y touchez pas. » Et comme, l'autre jour, par mégarde, j'avais posé un cahier de musique relié sur un guéridon qui est à elle, Madame l'a flanqué à terre. Les coins se sont cassés... Oh! cela ne pourra plus durer longtemps... Mais, écoutez... »

» Il m'a saisi le bras et, baissant la voix :

« J'ai pris mes mesures. Elle me menace continuellement, « si je continue », d'aller chercher refuge dans une maison de retraite. J'ai mis de côté une certaine somme qui doit suffire à payer sa pension à Sainte-Périne; on dit que c'est ce qu'il y a de mieux. Les quelques leçons que je donne encore ne me rapportent presque plus. Dans quelque temps mes ressources seront

à bout; je me verrais forcé d'entamer cette somme; je ne veux pas. Alors j'ai pris une résolution... Ce sera dans un peu plus de trois mois. Oui; j'ai marqué la date. Si vous saviez quel soulagement j'éprouve à songer que chaque heure désormais m'en rapproche. »

» Il s'était penché vers moi; il se pencha plus encore :

« J'ai également mis de côté un titre de rentes. Oh! ce n'est pas grand-chose; mais je ne pouvais pas faire plus. Madame de La Pérouse ne le sait pas. Il est dans mon secrétaire, sous une enveloppe à votre nom, avec les instructions nécessaires. Puis-je compter sur vous pour m'aider? Je ne connais rien aux affaires, mais un notaire à qui j'ai parlé m'a dit que la rente en pourrait être versée directement à mon petit-fils jusqu'à sa majorité et qu'alors il entrerait en possession du titre. J'ai pensé que ce ne serait pas trop demander à votre amitié de veiller à ce que cela soit exécuté. Je me méfie tellement des notaires!... Et même, si vous vouliez me tranquilliser, vous accepteriez de prendre aussitôt avec vous cette enveloppe... Oui, n'est-ce pas?... Je vais vous la chercher. »

» Il sortit en trottinant selon son habitude et reparut avec une grande enveloppe à la main.

« Vous m'excuserez de l'avoir cachetée; c'est pour la forme. Prenez-la. »

» J'y jetai les yeux et lus, au-dessous de mon nom, en caractères calligraphiés : « A OUVRIR APRÈS MA MORT. »

« Mettez-la vite dans votre poche, que je la sache en sûreté. Merci... Ah! je vous attendais tellement!... »

» J'ai souvent éprouvé qu'en un instant aussi solennel, toute émotion humaine peut, en moi, faire place à une transe quasi mystique, une sorte d'enthousiasme, par quoi mon être se sent magnifié; ou plus exactement : libéré de ses attaches égoïstes, comme dépossédé de lui-même et dépersonnalisé. Celui qui n'a pas éprouvé cela ne saurait certes me comprendre. Mais je sentais que La Pérouse le comprenait. Toute protestation de ma part eût été superflue, m'eût paru mal séante et je me contentai de serrer fortement la main qu'il abandonna dans la mienne. Ses yeux brillaient d'un étrange éclat. Dans l'autre main, celle qui d'abord tenait l'enveloppe, il gardait un autre papier :

« J'ai inscrit ici son adresse. Car je sais où il est, maintenant. « Saas-Fée. » Connaissez-vous cela ? C'est en Suisse. J'ai cherché sur la carte, mais je n'ai pu trouver.

» — Oui, dis-je. C'est un petit village près du Cervin.

» — Est-ce que c'est très loin ?

» — Pas si loin que je n'y puisse aller, peut-être.

» — Quoi! vous feriez cela ?... Oh! que vous êtes bon, dit-il. Pour moi, je suis trop vieux. Et puis je ne peux pas, à cause de la mère... Pourtant il me semble que je... Il hésita, cherchant le mot; reprit : — que je m'en irais plus facilement, si seulement j'avais pu le voir.

» — Mon pauvre ami... Tout ce qu'il est humainement possible de faire pour vous l'amener, je le ferai... Vous verrez le petit Boris, je vous le promets.

» — Merci... Merci... »

» Il me serrait convulsivement dans ses bras.

« Mais promettez-moi de ne plus penser à...

» — Oh! cela c'est autre chose, dit-il en m'interrompant brusquement. Puis tout aussitôt et comme pour m'empêcher d'insister, en détournant mon attention :

» — Figurez-vous que, l'autre jour, la mère d'une de mes anciennes élèves a voulu m'emmener au théâtre! Il y a un mois environ. C'était à une matinée des Français. Depuis plus de vingt ans, je n'avais plus remis les pieds dans une salle de spectacles. On jouait *Hernani*, de Victor Hugo. Vous connaissez ? Il paraît que c'était très bien joué. Tout le monde s'extasiait. Pour moi, j'ai souffert d'une manière indicible. Si la politesse ne m'avait retenu, jamais je n'aurais pu rester... Nous étions dans une loge. Mes amis cherchaient à me calmer. J'aurais interpellé le public. Oh! comment peut-on ? Comment peut-on ? »

» Ne comprenant pas bien d'abord à quoi il en avait, je demandai :

« Vous trouviez les acteurs détestables ?

» — Évidemment. Mais comment ose-t-on présenter de pareilles turpitudes sur la scène ?... Et le public applaudissait! Et il y avait des enfants dans la salle; des enfants que les parents avaient amenés là, connaissant la pièce... C'est monstrueux. Et cela, sur un théâtre que l'État subventionne! »

» L'indignation de cet excellent homme m'amusait. A présent, je riais presque. Je protestai qu'il ne se pouvait d'art dramatique sans peinture des passions. A son tour, il protesta que la peinture des passions était fatalement d'un fâcheux exemple. La discussion continua ainsi quelque temps; et comme je comparais alors cet événement pathétique à tel déchaînement des instruments de cuivre dans un orchestre :

« Par exemple, à cette entrée de trombones, que vous admirez dans telle symphonie de Beethoven...

» — Mais je ne l'admire pas du tout, moi, cette entrée de trombones, s'est-il écrié avec une véhémence extraordinaire. Pourquoi voulez-vous me faire admirer ce qui me trouble ? »

» Il tremblait de tout son corps. L'accent d'indignation, d'hostilité presque, de sa voix, me surprit et parut l'étonner lui-même car il reprit sur un ton plus calme :

« Avez-vous remarqué, que tout l'effort de la musique moderne est de rendre supportables, agréables même, certains accords que nous tenions d'abord pour discordants ?

» — Précisément, ripostai-je; tout doit enfin se rendre et se réduire à l'harmonie.

» — A l'harmonie! répéta-t-il en haussant les épaules. Je ne vois là qu'une accoutumance au mal, au péché. La sensibilité s'émousse; la pureté se ternit; les réactions se font moins vives; on tolère, on accepte...

» — A vous entendre, on n'oserait même plus sevrer les enfants. »

» Mais il continuait sans m'entendre :

« Si l'on pouvait recouvrer l'intransigeance de la jeunesse, ce dont on s'indignerait le plus c'est de ce qu'on est devenu. »

» Il était trop tard pour nous lancer dans une discussion théologique; je tentai de le ramener sur son terrain :

« Vous ne prétendez pourtant pas restreindre la musique à la seule expression de la sérénité ? Dans ce cas, un seul accord suffirait : un accord parfait continu. »

» Il me prit les deux mains et, comme en extase, le regard perdu dans une adoration, répéta plusieurs fois :

« Un accord parfait continu; oui, c'est cela : un accord parfait continu... Mais tout notre univers est en proie à la discordance », a-t-il ajouté tristement.

» Je pris congé de lui. Il m'accompagna jusqu'à la porte et, m'embrassant, murmura encore :
« Ah! comme il faut attendre pour la résolution de l'accord! »

SECONDE PARTIE

SAAS-FÉE

I

DE BERNARD A OLIVIER

Lundi.

« Cher Vieux,

» Que je te dise d'abord que j'ai séché le bachot. Tu l'auras compris sans doute en ne m'y voyant pas. Je me présenterai en octobre. Une occasion unique s'est offerte à moi de partir en voyage. J'ai sauté dessus; et je ne m'en repens pas. Il fallait se décider tout de suite; je n'ai pas pris le temps de réfléchir, pas même de te dire adieu. A ce propos, je suis chargé de t'exprimer tous les regrets de mon compagnon de voyage d'être parti sans te revoir. Car sais-tu qui m'emmenait ? Tu le devines déjà... c'est Édouard, c'est ton fameux oncle, que j'ai rencontré le soir même de son arrivée à Paris, dans des circonstances assez extraordinaires et sensationnelles, que je te raconterai plus tard. Mais tout est extraordinaire dans cette aventure et, quand j'y repense, la tête me tourne. Encore aujourd'hui j'hésite à croire que c'est vrai, que c'est bien moi qui t'écris ceci, qui suis ici en Suisse avec Édouard et... Allons, il faut bien tout te dire, mais surtout déchire ma lettre et garde tout cela pour toi.

» Imagine-toi que cette pauvre femme abandonnée par ton frère Vincent, celle que tu entendais sangloter, une nuit, près de ta porte (et à qui tu as été bien idiot de ne pas ouvrir, permets-moi de te le dire), se trouve être une grande amie d'Édouard, la propre fille de Vedel, la sœur de ton ami Armand. Je ne devrais pas te raconter tout cela, car il y va de l'honneur d'une femme, mais je crèverais si je ne le racontais à personne... Encore une fois : garde cela pour toi. Tu sais déjà qu'elle venait de

se marier ; tu sais peut-être que, peu de temps après son mariage, elle est tombée malade et qu'elle est allée se soigner dans le Midi. C'est là qu'elle a fait la connaissance de Vincent, à Pau. Tu sais peut-être encore cela. Mais ce que tu ne sais pas, c'est que cette rencontre a eu des suites. Oui, mon vieux ! Ton sacré maladroit de frère lui a fait un enfant. Elle est revenue enceinte à Paris, où elle n'a plus osé reparaître devant ses parents ; encore moins osait-elle rentrer au foyer conjugal. Cependant ton frère la plaquait dans les conditions que tu sais. Je t'épargne les commentaires, mais puis te dire que Laura Douviers n'a pas eu un mot de reproches et de ressentiment contre lui. Au contraire, elle invente tout ce qu'elle peut pour excuser sa conduite. Bref, c'est une femme très bien, une tout à fait belle nature. Et quelqu'un qui est décidément très bien aussi, c'est Édouard. Comme elle ne savait plus que faire, ni où aller, il lui a proposé de l'emmener en Suisse ; et du même coup il m'a proposé de les accompagner, parce que ça le gênait de voyager en tête à tête avec elle, vu qu'il n'a pour elle que des sentiments d'amitié. Nous voici donc partis tous les trois. Ça s'est décidé en cinq sec ; juste le temps de faire ses valises et de me nipper (car tu sais que j'avais quitté la maison sans rien). Ce qu'Édouard a été gentil en la circonstance, tu ne peux t'en faire une idée ; et de plus il me répétait tout le temps que c'était moi qui lui rendais service. Oui, mon vieux, tu ne m'avais pas menti : ton oncle est un type épatant.

» Le voyage a été assez pénible parce que Laura était très fatiguée et que son état (elle commence son troisième mois de grossesse) exigeait beaucoup de ménagements ; et que l'endroit où nous avions résolu d'aller (pour des raisons qu'il serait trop long de te dire) est d'accès assez difficile. Laura du reste compliquait souvent les choses en refusant de prendre des précautions ; il fallait l'y forcer ; elle répétait tout le temps qu'un accident était ce qui pourrait lui arriver de plus heureux. Tu penses si nous étions aux petits soins avec elle. Ah ! mon ami, quelle femme admirable ! Je ne me sens plus le même qu'avant de l'avoir connue et il y a des pensées que je n'ose plus formuler, des mouvements de mon cœur que je refrène, parce que j'aurais honte de ne pas

être digne d'elle. Oui, vraiment, près d'elle, on est comme forcé de penser noblement. Cela n'empêche pas que la conversation entre nous trois est très libre, car Laura n'est pas bégueule du tout — et nous parlons de n'importe quoi ; mais je t'assure que, devant elle, il y a des tas de choses que je n'ai plus du tout envie de blaguer et qui me paraissent aujourd'hui très sérieuses.

» Tu vas croire que je suis amoureux d'elle. Eh bien ! mon vieux, tu ne te tromperais pas. C'est fou, n'est-ce pas ? Me vois-tu amoureux d'une femme enceinte, que naturellement je respecte, et n'oserais pas toucher du bout du doigt ? Tu vois que je ne tourne pas au noceur...

» Quand nous sommes arrivés à Saas-Fée, après des difficultés sans nombre (nous avions pris une chaise à porteurs pour Laura, car les voitures ne parviennent pas jusqu'ici), l'hôtel n'a pu nous offrir que deux chambres, une grande à deux lits et une petite, qu'il a été convenu devant l'hôtelier que je prendrais — car, pour cacher son identité, Laura passe pour la femme d'Édouard ; mais chaque nuit c'est elle qui occupe la petite chambre et je vais retrouver Édouard dans la sienne. Chaque matin c'est tout un trimbalement pour donner le change aux domestiques. Heureusement, les deux chambres communiquent, ce qui simplifie.

» Voilà six jours que nous sommes ici ; je ne t'ai pas écrit plus tôt parce que j'étais d'abord trop désorienté et qu'il fallait que je me mette d'accord avec moi-même. Je commence seulement à m'y reconnaître.

» Nous avons déjà fait, Édouard et moi, quelques petites courses de montagne, très amusantes ; mais à vrai dire, ce pays ne me plaît pas beaucoup ; à Édouard non plus. Il trouve le paysage « déclamatoire ». C'est tout à fait ça.

» Ce qu'il y a de meilleur ici, c'est l'air qu'on y respire ; un air vierge et qui vous purifie les poumons. Et puis nous ne voulons pas laisser Laura trop longtemps seule, car il va sans dire qu'elle ne peut pas nous accompagner. La société de l'hôtel est assez divertissante. Il y a des gens de toutes les nationalités. Nous fréquentons surtout une doctoresse polonaise, qui passe ici ses vacances avec sa fille et un petit garçon qu'on lui a confié. C'est même pour retrouver cet enfant que nous sommes venus jusqu'ici. Il a une sorte de maladie nerveuse que la

doctoresse soigne selon une méthode toute nouvelle. Mais ce qui fait le plus de bien au petit, très sympatique ma foi, c'est d'être amoureux fou de la fille de la doctoresse, de quelques années plus âgée que lui et qui est bien la plus jolie créature que j'aie vue de ma vie. Du matin au soir ils ne se quittent pas. Ils sont si gentils tous les deux ensemble que personne ne songe à les blaguer.

» Je n'ai pas beaucoup travaillé, et pas ouvert un livre depuis mon départ; mais beaucoup réfléchi. La conversation d'Édouard est d'un intérêt prodigieux. Il ne me parle pas beaucoup directement, bien qu'il affecte de me traiter en secrétaire; mais je l'écoute causer avec les autres; avec Laura surtout, à qui il aime raconter ses projets. Tu ne peux pas te rendre compte de quel profit cela est pour moi. Certains jours je me dis que je devrais prendre des notes; mais je crois que je retiens tout. Certains jours je te souhaite éperdument; je me dis que c'est toi qui devrais être ici; mais je ne puis regretter ce qui m'arrive, ni souhaiter y rien changer. Du moins dis-toi bien que je n'oublie pas que c'est grâce à toi que je connais Édouard, et que je te dois mon bonheur. Quand tu me reverras, je crois que tu me trouveras changé; mais je ne demeure pas moins et plus profondément que jamais ton ami.

<p style="text-align:right">Mercredi.</p>

» *P.-S.* — Nous rentrons à l'instant d'une course énorme. Ascension de l'Hallalin — guides encordés avec nous, glaciers, précipices, avalanches, etc. Couchés dans un refuge au milieu des neiges, empilés avec d'autres touristes; inutile de te dire que nous n'avons pas fermé l'œil de la nuit. Le lendemain, départ avant l'aube... Eh bien ! mon vieux, je ne dirai plus de mal de la Suisse : quand on est là-haut, qu'on a perdu de vue toute culture, toute végétation, tout ce qui rappelle l'avarice et la sottise des hommes, on a envie de chanter, de rire, de pleurer, de voler, de piquer une tête en plein ciel ou de se jeter à genoux. Je t'embrasse.

<p style="text-align:right">» BERNARD. »</p>

Bernard était beaucoup trop spontané, trop naturel, trop pur, il connaissait trop mal Olivier, pour se douter du flot de sentiments hideux que cette lettre allait soulever chez celui-ci; une sorte de raz-de-marée où se mêlait du dépit, du désespoir et de la rage. Il se sentait à la fois supplanté dans le cœur de Bernard et dans celui d'Édouard. L'amitié de ses deux amis évinçait la sienne. Une phrase surtout de la lettre de Bernard le torturait, que Bernard n'aurait jamais écrite s'il avait pressenti tout ce qu'Olivier pourrait y voir : « Dans la même chambre », se répétait-il — et l'abominable serpent de la jalousie se déroulait et se tordait en son cœur. « Ils couchent dans la même chambre!... » Que n'imaginait-il pas aussitôt ? Son cerveau s'emplissait de visions impures qu'il n'essayait même pas de chasser. Il n'était jaloux particulièrement ni d'Édouard, ni de Bernard; mais des deux. Il les imaginait tour à tour l'un et l'autre ou simultanément, et les enviait à la fois. Il avait reçu la lettre à midi. « Ah! c'est ainsi... », se redisait-il tout le restant du jour. Cette nuit, les démons de l'enfer l'habitèrent. Le lendemain matin il se précipita chez Robert. Le comte de Passavant l'attendait.

II

JOURNAL D'ÉDOUARD

« Je n'ai pas eu de mal à trouver le petit Boris. Le lendemain de notre arrivée, il s'est amené sur la terrasse de l'hôtel et a commencé de regarder les montagnes à travers une longue-vue montée sur pivot, mise à la disposition des voyageurs. Je l'ai reconnu tout de suite. Une fillette un peu plus grande que Boris l'a bientôt rejoint. J'étais installé tout auprès, dans le salon dont la porte-fenêtre restait ouverte, et ne perdais pas un mot de leur conversation. J'avais grande envie de lui parler, mais j'ai cru plus prudent d'entrer d'abord en relations avec la mère de la petite fille, une doctoresse polonaise à qui Boris a été confié, et qui le surveille de très près. La petite Bronja est exquise; elle doit avoir quinze ans. Elle porte en nattes d'épais cheveux blonds

qui descendent jusqu'à sa taille; son regard et le son de sa voix semblent plutôt angéliques qu'humains. Je transcris les propos de ces deux enfants :

« Boris, maman préfère que nous ne touchions pas à la lorgnette. Tu ne veux pas venir te promener ?

» — Oui, je veux bien. Non, je ne veux pas. »

» Les deux phrases contradictoires étaient dites d'une seule haleine. Bronja ne retint que la seconde et reprit :

« Pourquoi ?

» — Il fait trop chaud, il fait trop froid. (Il avait laissé la lorgnette.)

« Voyons, Boris, sois gentil. Tu sais que cela ferait plaisir à maman que nous sortions ensemble. Où as-tu mis ton chapeau ?

» — Vibroskomenopatof. Blaf blaf.

» — Qu'est-ce que ça veut dire ?

» — Rien.

» — Alors pourquoi le dis-tu ?

» — Pour que tu ne comprennes pas.

» — Si ça ne veut rien dire, ça m'est égal de ne pas comprendre.

» — Mais si ça voulait dire quelque chose, tu ne comprendrais tout de même pas.

» — Quand on parle, c'est pour se faire comprendre.

» — Veux-tu, nous allons jouer à faire des mots pour nous deux seulement le comprendre.

» — Tâche d'abord de bien parler français.

» — Ma maman, elle, parle le français, l'anglais, le romain, le russe, le turc, le polonais, l'italoscope, l'espagnol, le perruquoi et le xixitou. »

» Tout ceci dit très vite, dans une sorte de fureur lyrique.

» Bronja se mit à rire.

« Boris, pourquoi est-ce que tu racontes tout le temps des choses qui ne sont pas vraies ?

» — Pourquoi est-ce que tu ne crois jamais ce que je te raconte ?

» — Je crois ce que tu me dis, quand c'est vrai.

» — Comment sais-tu quand c'est vrai ? Moi je t'ai bien crue l'autre jour, quand tu m'as parlé des anges. Dis, Bronja : tu crois que si je priais très fort, moi aussi je les verrais ?

» — Tu les verras peut-être, si tu perds l'habitude de

mentir et si Dieu veut bien te les montrer ; mais Dieu ne te les montrera pas si tu le pries seulement pour les voir. Il y a beaucoup de choses très belles que nous verrions si nous étions moins méchants.

» — Bronja, toi, tu n'es pas méchante, c'est pour ça que tu peux voir les anges. Moi je serai toujours un méchant.

» — Pourquoi est-ce que tu ne cherches pas à ne plus l'être ? Veux-tu que nous allions tous les deux jusqu'à (ici l'indication d'un lieu que je ne connaissais pas) et là tous les deux nous prierons Dieu et la Sainte Vierge de t'aider à ne plus être méchant.

» — Oui. Non ; écoute : on va prendre un bâton ; tu tiendras un bout et moi l'autre. Je vais fermer les yeux et je te promets de ne les rouvrir que quand nous serons arrivés là-bas. »

» Ils s'éloignèrent un peu ; et, tandis qu'ils descendaient les marches de la terrasse, j'entendis encore Boris :

« Oui, non, pas ce bout-là. Attends que je l'essuie.

» — Pourquoi ?

» — J'y ai touché. »

» Mme Sophroniska s'est approchée de moi, comme j'achevais seul mon déjeuner du matin et que précisément je cherchais le moyen de l'aborder. Je fus surpris de voir qu'elle tenait mon dernier livre à la main ; elle m'a demandé, en souriant de la manière la plus affable, si c'était bien à l'auteur qu'elle avait le plaisir de parler ; puis aussitôt s'est lancée dans une longue appréciation de mon livre. Son jugement, louanges et critiques, m'a paru plus intelligent que ceux que j'ai coutume d'entendre, encore que son point de vue ne soit rien moins que littéraire. Elle m'a dit s'intéresser presque exclusivement aux questions de psychologie et à ce qui peut éclairer d'un jour nouveau l'âme humaine. Mais combien rares, a-t-elle ajouté, les poètes, dramaturges ou romanciers qui savent ne point se contenter d'une psychologie toute faite (la seule, lui ai-je dit, qui puisse contenter les lecteurs).

» Le petit Boris lui a été confié pour les vacances par sa mère. Je me suis gardé de laisser paraître les raisons que j'avais de m'intéresser à lui. « Il est très

délicat, m'a dit Mme Sophroniska. La société de sa mère ne lui vaut rien. Elle parlait de venir à Saas-Fée avec nous; mais je n'ai accepté de m'occuper de l'enfant que si elle l'abandonnait complètement à mes soins; sinon je n'aurais pu répondre de ma cure. — Songez, Monsieur, a-t-elle continué, qu'elle entretient ce petit dans un état d'exaltation continuelle, qui favorise chez lui l'éclosion des pires troubles nerveux. Depuis la mort du père, cette femme doit gagner sa vie. Elle n'était que pianiste et je dois dire : une exécutante incomparable; mais son jeu trop subtil ne pouvait plaire au gros public. Elle s'est décidée à chanter dans les concerts, dans les casinos, à monter sur les planches. Elle emmenait Boris dans sa loge; je crois que l'atmosphère factice du théâtre a beaucoup contribué à déséquilibrer cet enfant. Sa mère l'aime beaucoup; mais à vrai dire, il serait souhaitable qu'il ne vécût plus avec elle.

« Qu'a-t-il au juste ? » ai-je demandé.

» Elle se mit à rire :

« C'est le nom de sa maladie que vous voulez savoir ? Ah! vous serez bien avancé quand je vous aurai dit un beau nom savant.

» — Dites-moi simplement ce dont il souffre.

» — Il souffre d'une quantité de petits troubles, de tics, de manies, qui font dire : c'est un enfant nerveux, et que l'on soigne d'ordinaire par le repos au grand air et par l'hygiène. Il est certain qu'un organisme robuste ne laisserait pas à ces troubles la licence de se produire. Mais si la débilité les favorise, elle ne les cause pas précisément. Je crois qu'on peut toujours trouver leur origine dans un premier ébranlement de l'être dû à quelque événement qu'il importe de découvrir. Le malade, dès qu'il devient conscient de cette cause, est à moitié guéri. Mais cette cause le plus souvent échappe à son souvenir; on dirait qu'elle se dissimule dans l'ombre de la maladie; c'est derrière cet abri que je la cherche, pour la ramener en plein jour, je veux dire dans le champ de la vision. Je crois qu'un regard clair nettoie la conscience comme un rayon de lumière purifie une eau infectée. »

» Je racontai à Sophroniska la conversation que j'avais surprise la veille et d'après laquelle il me paraissait que Boris était loin d'être guéri.

» C'est aussi que je suis loin de connaître du passé de Boris tout ce que j'aurais besoin de connaître. Il n'y a pas longtemps que j'ai commencé mon traitement.

» — En quoi consiste-t-il ?

» — Oh! simplement à le laisser parler. Chaque jour je passe près de lui une ou deux heures. Je le questionne, mais très peu. L'important est de gagner sa confiance. Déjà je sais beaucoup de choses. J'en pressens beaucoup d'autres. Mais le petit se défend encore, il a honte; si j'insistais trop vite et trop fort, si je voulais brusquer sa confidence, j'irais à l'encontre de ce que je souhaite obtenir : un complet abandon. Il se rebifferait. Tant que je ne serai pas parvenue à triompher de sa réserve, de sa pudeur... »

» L'inquisition dont elle me parlait me parut à ce point attentatoire que j'eus peine à retenir un mouvement de protestation; mais ma curiosité l'emportait.

« Serait-ce à dire que vous attendez de ce petit quelques révélations impudiques ? »

» Ce fut à elle de protester.

« Impudiques ? Il n'y a pas là plus d'impudeur qu'à se laisser ausculter. J'ai besoin de tout savoir et particulièrement ce que l'on a plus grand souci de cacher. Il faut que j'amène Boris jusqu'à l'aveu complet; avant cela je ne pourrai pas le guérir.

» — Vous soupçonnez donc qu'il a des aveux à vous faire ? Êtes-vous bien certaine, excusez-moi, de ne pas lui suggérer ce que vous voudriez qu'il avoue ?

» — Cette préoccupation ne doit pas me quitter et c'est elle qui m'enseigne tant de lenteur. J'ai vu des juges d'instruction maladroits souffler sans le vouloir à un enfant un témoignage inventé de toutes pièces et l'enfant, sous la pression d'un interrogatoire, mentir avec une parfaite bonne foi, donner créance à des méfaits imaginaires. Mon rôle est de laisser venir et surtout de ne rien suggérer. Il y faut une patience extraordinaire.

» — Je pense que la méthode, ici, vaut ce que vaut l'opérateur.

» — Je n'osais le dire. Je vous assure qu'après quelque temps de pratique on arrive à une extraordinaire habileté, une sorte de divination, d'intuition si vous préférez. Du reste on peut parfois se lancer sur de

fausses pistes; l'important c'est de ne pas s'y obstiner. Tenez : savez-vous comment débutent tous nos entretiens ? Boris commence par me raconter ce qu'il a rêvé pendant la nuit.

» — Qui vous dit qu'il n'invente pas ?

» — Et quand il inventerait ?... Toute invention d'une imagination maladive est révélatrice. »

» Elle se tut quelques instants, puis :

« *Invention, imagination maladive...* Non! ce n'est pas cela. Les mots nous trahissent. Boris, devant moi, rêve à voix haute. Il accepte tous les matins de demeurer, une heure durant, dans cet état de demi-sommeil où les images qui se proposent à nous échappent au contrôle de notre raison. Elles se groupent et s'associent, non plus selon la logique ordinaire, mais selon des affinités imprévues; surtout, elles répondent à une mystérieuse exigence intérieure, celle même qu'il m'importe de découvrir; et ces divagations d'un enfant m'instruisent bien plus que ne saurait faire la plus intelligente analyse du plus conscient des sujets. Bien des choses échappent à la raison, et celui qui, pour comprendre la vie, y applique seulement la raison, est semblable à quelqu'un qui prétendrait saisir une flamme avec des pincettes. Il n'a plus devant lui qu'un morceau de bois charbonneux, qui cesse aussitôt de flamber. »

» Elle s'arrêta de nouveau et commença à feuilleter mon livre.

« Comme vous entrez donc peu avant dans l'âme humaine, s'écria-t-elle; puis elle ajouta brusquement en riant : — Oh! je ne parle pas de vous spécialement; quand je dis : vous, j'entends : les romanciers. La plupart de vos personnages semblent bâtis sur pilotis; ils n'ont ni fondation, ni sous-sol. Je crois vraiment qu'on trouve plus de vérité chez les poètes; tout ce qui n'est créé que par la seule intelligence est faux. Mais je parle ici de ce qui ne me regarde pas... Savez-vous ce qui me désoriente dans Boris ? C'est que je le crois d'une très grande pureté.

» — Pourquoi dites-vous que cela vous désoriente ?

» — Parce qu'alors je ne sais plus où chercher la source du mal. Neuf fois sur dix on trouve à l'origine d'un dérangement semblable un gros secret honteux.

» — On le trouve en chacun de nous, peut-être,

dis-je, mais il ne nous rend pas tous malades, Dieu merci. »

» A ce moment, Mme Sophroniska se leva; elle venait de voir à la fenêtre passer Bronja.

« Tenez, dit-elle en me la montrant; le voilà, le vrai médecin de Boris. Elle me cherche; il faut que je vous quitte; mais je vous reverrai, n'est-ce pas ? »

» Je comprends de reste ce que Sophroniska reproche au roman de ne point lui offrir; mais ici certaines raisons d'art, certaines raisons supérieures, lui échappent qui me font penser que ce n'est pas d'un bon naturaliste qu'on peut faire un bon romancier.

» J'ai présenté Laura à Mme Sophroniska. Elles semblent s'entendre et j'en suis heureux. J'ai moins scrupule à m'isoler lorsque je sais qu'elles bavardent ensemble. Je regrette que Bernard ne trouve ici aucun compagnon de son âge; mais du moins son examen à préparer l'occupe de son côté plusieurs heures par jour. J'ai pu me remettre à mon roman. »

III

Malgré la première apparence, et encore que chacun, comme l'on dit, « y mît du sien », cela n'allait qu'à moitié bien entre l'oncle Édouard et Bernard. Laura non plus ne se sentait pas satisfaite. Et comment eût-elle pu l'être ? Les circonstances l'avaient forcée d'assumer un rôle pour lequel elle n'était point née; son honnêteté l'y gênait. Comme ces créatures aimantes et dociles qui font les épouses les plus dévouées elle avait besoin, pour prendre appui, des convenances, et se sentait sans force depuis qu'elle était désencadrée. Sa situation vis-à-vis d'Édouard lui paraissait de jour en jour plus fausse. Ce dont elle souffrait surtout et qui, pour peu que s'y attardât sa pensée, lui devenait insupportable, c'était de vivre aux dépens de ce protecteur, ou mieux : de ne lui donner rien en échange; ou plus exactement encore : c'était qu'Édouard ne lui demandât rien en échange, alors qu'elle se sentait prête à tout lui accorder. « Les bienfaits, dit Tacite à travers Mon-

taigne, ne sont agréables que tant que l'on peut s'acquitter »; et sans doute cela n'est vrai que pour les âmes nobles, mais Laura certes était de celles-ci. Alors qu'elle eût voulu donner, c'était elle qui recevait sans cesse, et ceci l'irritait contre Édouard. De plus, lorsqu'elle se remémorait le passé, il lui paraissait qu'Édouard l'avait trompée en éveillant en elle un amour qu'elle sentait encore vivace, puis en se dérobant à cet amour et en le laissant sans emploi. N'était-ce pas là le secret motif de ses erreurs, de son mariage avec Douviers, auquel elle s'était résignée, auquel Édouard l'avait conduite; puis de son laisser-aller, sitôt ensuite, aux sollicitations du printemps? Car, elle devait bien se l'avouer, dans les bras de Vincent, c'était Édouard encore qu'elle cherchait. Et, ne s'expliquant pas cette froideur de son amant, elle s'en faisait responsable, se disait qu'elle l'eût pu vaincre, si plus belle ou si plus hardie; et, ne parvenant pas à le haïr, elle s'accusait elle-même, se dépréciait, se déniait toute valeur, et supprimait sa raison d'être, et ne se reconnaissait plus de vertu.

Ajoutons encore que cette vie de campement, imposée par la disposition des chambres, et qui pouvait paraître si plaisante à ses compagnons, froissait en elle mainte pudeur. Et elle n'entrevoyait aucune issue à cette situation, pourtant difficilement prolongeable.

Laura ne puisait un peu de réconfort et de joie qu'en s'inventant vis-à-vis de Bernard de nouveaux devoirs de marraine ou de sœur aînée. Elle était sensible à ce culte que lui vouait cet adolescent plein de grâce; l'adoration dont elle était l'objet la retenait sur la pente de ce mépris de soi-même, de ce dégoût, qui peut mener à des résolutions extrêmes les êtres les plus irrésolus. Bernard chaque matin, quand une excursion en montagne ne l'entraînait pas avant l'aube (car il aimait se lever tôt), passait deux pleines heures auprès d'elle à lire de l'anglais. L'examen auquel il devait se présenter en octobre était un prétexte commode.

On ne pouvait vraiment pas dire que ses fonctions de secrétaire lui prissent beaucoup de temps. Elles étaient mal définies. Bernard, lorsqu'il les avait assumées, s'imaginait déjà assis devant une table de travail, écrivant sous la dictée d'Édouard, mettant au net des manuscrits. Édouard ne dictait rien; les manuscrits, si

tant est qu'il y en eût, restaient enfermés dans la malle ; à toute heure du jour, Bernard avait sa liberté ; mais comme il ne tenait qu'à Édouard d'utiliser davantage un zèle qui ne demandait qu'à s'employer, Bernard ne se faisait point trop souci de sa vacance et de ne gagner point cette vie assez large que grâce à la munificence d'Édouard il menait. Il était bien résolu à ne se laisser point embarrasser par les scrupules. Il croyait, je n'ose dire à la providence, mais bien du moins à son étoile, et qu'un certain bonheur lui était dû tout comme l'air aux poumons qui le respirent ; Édouard en était le dispensateur au même titre que l'orateur sacré, selon Bossuet, celui de la sagesse divine. Au surplus, le régime présent, Bernard le tenait pour provisoire, pensant bien se pouvoir acquitter un jour, et dès qu'il aurait monnayé les richesses dont il soupesait en son cœur l'abondance. Ce qui le dépitait plutôt, c'est qu'Édouard ne fît point appel à certains dons qu'il sentait en lui et qu'il ne retrouvait pas dans Édouard. « Il ne sait pas m'utiliser », pensait Bernard, qui ravalait son amour-propre et, sagement, ajoutait aussitôt : « Tant pis. »

Mais alors, entre Édouard et Bernard, d'où pouvait provenir la gêne ? Bernard me paraît être de cette sorte d'esprits qui trouvent dans l'opposition leur assurance. Il ne supportait pas qu'Édouard prît ascendant sur lui, et, devant que de céder à l'influence, il regimbait. Édouard, qui ne songeait aucunement à le plier, tour à tour s'irritait et se désolait à le sentir rétif, prêt à se défendre sans cesse, ou du moins à se protéger. Il en venait donc à douter s'il n'avait pas fait un pas de clerc en emmenant avec lui ces deux êtres qu'il n'avait réunis, semblait-il, que pour les liguer contre lui. Incapable de pénétrer les sentiments secrets de Laura, il prenait pour de la froideur son retrait et ses réticences. Il eût été bien gêné d'y voir clair et c'est ce que Laura comprenait ; de sorte que son amour dédaigné n'employait plus sa force qu'à se cacher et à se taire.

L'heure du thé les rassemblait à l'ordinaire tous trois dans la grande chambre ; il arrivait souvent que, sur leur invite, Mme Sophroniska se joignait à eux ; principalement les jours où Boris et Bronja étaient partis en promenade. Elle les laissait très libres malgré

leur jeune âge; elle avait parfaite confiance en Bronja, la connaissait pour très prudente, et particulièrement avec Boris, qui se montrait particulièrement docile avec elle. Le pays était sûr; car il n'était pas question pour eux, certes, de s'aventurer en montagne, ni même d'escalader les rochers proches de l'hôtel. Certain jour que les deux enfants avaient obtenu la permission d'aller jusqu'au pied du glacier, à condition de ne s'écarter point de la route, Mme Sophroniska, conviée au thé, et encouragée par Bernard et par Laura, s'enhardit jusqu'à oser prier Édouard de leur parler de son futur roman, si toutefois cela ne lui était pas désagréable.

« Nullement; mais je ne puis vous le raconter. »

Pourtant il sembla presque se fâcher, lorsque Laura lui demanda (question évidemment maladroite) « à quoi ce livre ressemblerait ».

« A rien, s'était-il écrié; puis aussitôt, et comme s'il n'avait attendu que cette provocation : — Pourquoi refaire ce que d'autres que moi ont déjà fait, ou ce que j'ai déjà fait moi-même, ou ce que d'autres que moi pourraient faire ? »

Édouard n'eut pas plutôt proféré ces paroles qu'il en sentit l'inconvenance et l'outrance et l'absurdité; du moins, ces paroles lui parurent-elles inconvenantes et absurdes; ou du moins craignait-il qu'elles n'apparussent telles au jugement de Bernard.

Édouard était très chatouilleux. Dès qu'on lui parlait de son travail, et surtout dès qu'on l'en faisait parler, on eût dit qu'il perdait la tête.

Il tenait en parfait mépris la coutumière fatuité des auteurs; il mouchait de son mieux la sienne propre; mais il cherchait volontiers dans la considération d'autrui un renfort à sa modestie; cette considération venait-elle à manquer, la modestie tout aussitôt faisait faillite. L'estime de Bernard lui importait extrêmement. Était-ce pour la conquérir qu'Édouard, aussitôt devant lui, laissait son Pégase piaffer ? Le meilleur moyen pour la perdre, Édouard le sentait bien; il se le disait et se le répétait; mais, en dépit de toute résolution, sitôt devant Bernard, il agissait tout autrement qu'il eût voulu, et parlait d'une manière qu'il jugeait tout aussitôt absurde (et qui l'était en vérité). A quoi l'on aurait pu penser qu'il l'aimait ?... Mais non; je ne crois pas. Pour

obtenir de nous de la grimace, aussi bien que beaucoup d'amour, un peu de vanité suffit.

« Est-ce parce que, de tous les genres littéraires, discourait Édouard, le roman reste le plus libre, le plus *lawless*..., est-ce peut-être pour cela, par peur de cette liberté même (car les artistes qui soupirent le plus après la liberté, sont les plus affolés souvent, dès qu'ils l'obtiennent) que le roman, toujours, s'est si craintivement cramponné à la réalité ? Et je ne parle pas seulement du roman français. Tout aussi bien que le roman anglais, le roman russe, si échappé qu'il soit de la contrainte, s'asservit à la ressemblance. Le seul progrès qu'il envisage, c'est de se rapprocher encore plus du naturel. Il n'a jamais connu, le roman, cette « formidable érosion des contours », dont parle Nietzsche, et ce volontaire écartement de la vie, qui permirent le style, aux œuvres des dramaturges grecs par exemple, ou aux tragédies du xviie siècle français. Connaissez-vous rien de plus parfait et de plus profondément humain que ces œuvres ? Mais précisément, cela n'est humain que profondément ; cela ne se pique pas de le paraître, ou du moins de paraître réel. Cela demeure une œuvre d'art. »

Édouard s'était levé, et, par grande crainte de paraître faire un cours, tout en parlant il versait le thé, puis allait et venait, puis pressait un citron dans sa tasse, mais tout de même continuait :

« Parce que Balzac était un génie, et parce que tout génie semble apporter à son art une solution définitive et exclusive, l'on a décrété que le propre du roman était de faire « concurrence à l'état civil ». Balzac avait édifié son œuvre ; mais il n'avait jamais prétendu codifier le roman ; son article sur Stendhal le montre bien. Concurrence à l'état civil ! Comme s'il n'y avait pas déjà suffisamment de magots et de paltoquets sur la terre ! Qu'ai-je affaire à l'état civil ! L'état c'est moi, l'artiste ; civile ou pas, mon œuvre prétend ne concurrencer rien. »

Édouard qui se chauffait, un peu facticement peut-être, se rassit. Il affectait de ne regarder point Bernard ; mais c'était pour lui qu'il parlait. Seul avec lui, il n'aurait rien su dire ; il était reconnaissant à ces deux femmes de le pousser.

« Parfois il me paraît que je n'admire en littérature rien tant que, par exemple, dans Racine, la discussion entre Mithridate et ses fils ; où l'on sait parfaitement bien que jamais un père et des fils n'ont pu parler de la sorte, et où néanmoins (et je devrais dire : d'autant plus) tous les pères et tous les fils peuvent se reconnaître. En localisant et en spécifiant, l'on restreint. Il n'y a de vérité psychologique que particulière, il est vrai ; mais il n'y a d'art que général. Tout le problème est là, précisément ; exprimer le général par le particulier ; faire exprimer par le particulier le général. Vous permettez que j'allume ma pipe ?

— Faites donc, faites donc, dit Sophroniska.

— Eh bien ! je voudrais un roman qui serait à la fois aussi vrai, et aussi éloigné de la réalité, aussi particulier et aussi général à la fois, aussi humain et aussi fictif qu'*Athalie*, que *Tartuffe* ou que *Cinna*.

— Et... le sujet de ce roman ?

— Il n'en a pas, repartit Édouard brusquement ; et c'est là ce qu'il a de plus étonnant peut-être. Mon roman n'a pas de sujet. Oui, je sais bien ; ça a l'air stupide ce que je dis là. Mettons si vous préférez qu'il n'y aura pas *un* sujet... « Une tranche de vie », disait l'école naturaliste. Le grand défaut de cette école, c'est de couper sa tranche toujours dans le même sens ; dans le sens du temps, en longueur. Pourquoi pas en largeur ? ou en profondeur ? Pour moi, je voudrais ne pas couper du tout. Comprenez-moi : je voudrais tout y faire entrer, dans ce roman. Pas de coup de ciseaux pour arrêter, ici plutôt que là, sa substance. Depuis plus d'un an que j'y travaille, il ne m'arrive rien que je n'y verse, et que je n'y veuille faire entrer : ce que je vois, ce que je sais, tout ce que m'apprend la vie des autres et la mienne...

— Et tout cela stylisé ? dit Sophroniska, feignant l'attention la plus vive, mais sans doute avec un peu d'ironie. Laura ne put réprimer un sourire. Édouard haussa légèrement les épaules et reprit :

— Et ce n'est même pas cela que je veux faire. Ce que je veux, c'est présenter d'une part la réalité, présenter d'autre part cet effort pour la styliser, dont je vous parlais tout à l'heure.

— Mon pauvre ami, vous ferez mourir d'ennui vos

lecteurs, dit Laura; ne pouvant plus cacher son sourire, elle avait pris le parti de rire vraiment.

— Pas du tout. Pour obtenir cet effet, suivez-moi, j'invente un personnage de romancier, que je pose en figure centrale; et le sujet du livre, si vous voulez, c'est précisément la lutte entre ce que lui offre la réalité et ce que, lui, prétend en faire.

— Si, si; j'entrevois, dit poliment Sophroniska, que le rire de Laura était bien près de gagner. — Ce pourrait être assez curieux. Mais, vous savez, dans les romans, c'est toujours dangereux de présenter des intellectuels. Ils assomment le public; on ne parvient à leur faire dire que des âneries, et, à tout ce qui les touche, ils communiquent un air abstrait.

— Et puis je vois très bien ce qui va arriver, s'écria Laura : dans ce romancier, vous ne pourrez faire autrement que de vous peindre. »

Elle avait pris, depuis quelque temps, en parlant à Édouard, un ton persifleur qui l'étonnait elle-même, et qui désarçonnait Édouard d'autant plus qu'il en surprenait un reflet dans les regards malicieux de Bernard. Édouard protesta :

« Mais non; j'aurai soin de le faire très désagréable. » Laura était lancée :

« C'est cela : tout le monde vous y reconnaîtra, dit-elle en éclatant d'un rire si franc qu'il entraîna celui des trois autres.

— Et le plan de ce livre est fait ? demanda Sophroniska, en tâchant de reprendre son sérieux.

— Naturellement pas.

— Comment! naturellement pas ?

— Vous devriez comprendre qu'un plan, pour un livre de ce genre, est essentiellement inadmissible. Tout y serait faussé si j'y décidais rien par avance. J'attends que la réalité me le dicte.

— Mais je croyais que vous vouliez vous écarter de la réalité.

— Mon romancier voudra s'en écarter; mais moi je l'y ramènerai sans cesse. A vrai dire, ce sera là le sujet : la lutte entre les faits proposés par la réalité, et la réalité idéale. »

L'illogisme de son propos était flagrant, sautait aux yeux d'une manière pénible. Il apparaissait clairement

que, sous son crâne, Édouard abritait deux exigences inconciliables, et qu'il s'usait à les vouloir accorder.

« Et c'est très avancé ? demanda poliment Sophroniska.

— Cela dépend de ce que vous entendez par là. A vrai dire, du livre même, je n'ai pas encore écrit une ligne. Mais j'y ai déjà beaucoup travaillé. J'y pense chaque jour et sans cesse. J'y travaille d'une façon très curieuse, que je m'en vais vous dire : sur un carnet, je note au jour le jour l'état de ce roman dans mon esprit; oui, c'est une sorte de journal que je tiens, comme on ferait celui d'un enfant... C'est-à-dire qu'au lieu de me contenter de résoudre, à mesure qu'elle se propose, chaque difficulté (et toute œuvre d'art n'est que la somme ou le produit des solutions d'une quantité de menues difficultés successives), chacune de ces difficultés, je l'expose, je l'étudie. Si vous voulez, ce carnet contient la critique continue de mon roman; ou mieux : du roman en général. Songez à l'intérêt qu'aurait pour nous un semblable carnet tenu par Dickens, ou Balzac; si nous avions le journal de *L'Éducation sentimentale,* ou des *Frères Karamazov* ! l'histoire de l'œuvre, de sa gestation! Mais ce serait passionnant... plus intéressant que l'œuvre elle-même... »

Édouard espérait confusément qu'on lui demanderait de lire ces notes. Mais aucun des trois autres ne manifesta la moindre curiosité. Au lieu de cela :

« Mon pauvre ami, dit Laura avec un accent de tristesse; ce roman, je vois bien que jamais vous ne l'écrirez.

— Eh bien! je vais vous dire une chose, s'écria dans un élan impétueux Édouard : ça m'est égal. Oui, si je ne parviens pas à l'écrire, ce livre, c'est que l'histoire du livre m'aura plus intéressé que le livre lui-même; qu'elle aura pris sa place; et ce sera tant mieux.

— Ne craignez-vous pas, en quittant la réalité, de vous égarer dans des régions mortellement abstraites et de faire un roman, non d'êtres vivants, mais d'idées ? demanda Sophroniska craintivement.

— Et quand cela serait! cria Édouard avec un redoublement de vigueur. A cause des maladroits qui s'y sont fourvoyés, devons-nous condamner le roman d'idées ? En guise de romans d'idées, on ne nous a

servi jusqu'à présent que d'exécrables romans à thèses. Mais il ne s'agit pas de cela, vous pensez bien. Les idées..., les idées, je vous l'avoue, m'intéressent plus que les hommes; m'intéressent par-dessus tout. Elles vivent; elles combattent; elles agonisent comme les hommes. Naturellement on peut dire que nous ne les connaissons que par les hommes, de même que nous n'avons connaissance du vent que par les roseaux qu'il incline; mais tout de même le vent importe plus que les roseaux.

— Le vent existe indépendamment des roseaux », hasarda Bernard.

Son intervention fit rebondir Édouard, qui l'attendait depuis longtemps.

« Oui, je sais : les idées n'existent que par les hommes; mais, c'est bien là le pathétique : elles vivent aux dépens d'eux. »

Bernard avait écouté tout cela avec une attention soutenue; il était plein de scepticisme et peu s'en fallait qu'Édouard ne lui parût un songe-creux; dans les derniers instants pourtant, l'éloquence de celui-ci l'avait ému; sous le souffle de cette éloquence, il avait senti s'incliner sa pensée; mais, se disait Bernard, comme un roseau après que le vent a passé, celle-ci bientôt se redresse. Il se remémorait ce qu'on leur enseignait en classe : les passions mènent l'homme, non les idées. Cependant Édouard continuait :

« Ce que je voudrais faire, comprenez-moi, c'est quelque chose qui serait comme l'*Art de la fugue*. Et je ne vois pas pourquoi ce qui fut possible en musique, serait impossible en littérature... »

A quoi Sophroniska ripostait que la musique est un art mathématique, et qu'au surplus, à n'en considérer exceptionnellement plus que le chiffre, à en bannir le pathos et l'humanité, Bach avait réussi le chef-d'œuvre abstrait de l'ennui, une sorte de temple astronomique, où ne pouvaient pénétrer que de rares initiés. Édouard protestait aussitôt, qu'il trouvait ce temple admirable, qu'il y voyait l'aboutissement et le sommet de toute la carrière de Bach.

« Après quoi, ajouta Laura, on a été guéri de la fugue pour longtemps. L'émotion humaine, ne trouvant plus à s'y loger, a cherché d'autres domiciles. »

La discussion se perdait en arguties. Bernard, qui jusqu'à ce moment avait gardé le silence, mais qui commençait à s'impatienter sur sa chaise, à la fin n'y tint plus ; avec une déférence extrême, exagérée même, comme chaque fois qu'il adressait la parole à Édouard, mais avec cette sorte d'enjouement qui semblait faire de cette déférence un jeu :

« Pardonnez-moi, Monsieur, dit-il, de connaître le titre de votre livre, puisque c'est par une indiscrétion, mais sur laquelle vous avez bien voulu, je crois, passer l'éponge. Ce titre pourtant semblait annoncer une histoire... ?

— Oh ! dites-nous ce titre, dit Laura.

— Ma chère amie, si vous voulez... Mais je vous avertis qu'il est possible que j'en change. Je crains qu'il ne soit un peu trompeur... Tenez, dites-le leur, Bernard.

— Vous permettez ?... *Les Faux-Monnayeurs,* dit Bernard. Mais maintenant, à votre tour, dites-nous : ces faux-monnayeurs... qui sont-ils ?

— Eh bien ! je n'en sais rien », dit Édouard.

Bernard et Laura se regardèrent, puis regardèrent Sophroniska ; on entendit un long soupir ; je crois qu'il fut poussé par Laura.

A vrai dire, c'est à certains de ses confrères qu'Édouard pensait d'abord, en pensant aux faux-monnayeurs ; et singulièrement au vicomte de Passavant. Mais l'attribution s'était bientôt considérablement élargie ; suivant que le vent de l'esprit soufflait ou de Rome ou d'ailleurs, ses héros tour à tour devenaient prêtres ou francs-maçons. Son cerveau, s'il l'abandonnait à sa pente, chavirait vite dans l'abstrait, où il se vautrait tout à l'aise. Les idées de change, de dévalorisation, d'inflation, peu à peu envahissaient son livre, comme les théories du vêtement le *Sartor Resartus* de Carlyle — où elles usurpaient la place des personnages. Édouard ne pouvant parler de cela, se taisait de la manière la plus gauche, et son silence, qui semblait un aveu de disette, commençait à gêner beaucoup les trois autres.

« Vous est-il arrivé déjà de tenir entre les mains une pièce fausse ? demanda-t-il enfin.

— Oui, dit Bernard ; mais le « non » des deux femmes couvrit sa voix.

— Eh bien! imaginez une pièce d'or de dix francs qui soit fausse. Elle ne vaut en réalité que deux sous. Elle vaudra dix francs tant qu'on ne reconnaîtra pas qu'elle est fausse. Si donc je pars de cette idée que...

— Mais pourquoi partir d'une idée? interrompit Bernard impatienté. Si vous partiez d'un fait bien exposé, l'idée viendrait l'habiter d'elle-même. Si j'écrivais *Les Faux-Monnayeurs,* je commencerais par présenter la pièce fausse, cette petite pièce dont vous parliez à l'instant... et que voici. »

Ce disant, il saisit dans son gousset une petite pièce de dix francs, qu'il jeta sur la table.

« Écoutez comme elle sonne bien. Presque le même son que les autres. On jurerait qu'elle est en or. J'y ai été pris ce matin, comme l'épicier qui me la passait y fut pris, m'a-t-il dit, lui-même. Elle n'a pas tout à fait le poids, je crois; mais elle a l'éclat et presque le son d'une vraie pièce; son revêtement est en or, de sorte qu'elle vaut pourtant un peu plus de deux sous; mais elle est en cristal. A l'usage, elle va devenir transparente. Non, ne la frottez pas; vous me l'abîmeriez. Déjà l'on voit presque au travers. »

Édouard l'avait saisie et la considérait avec la plus attentive curiosité.

« Mais de qui l'épicier la tient-il?

— Il ne sait plus. Il croit qu'il l'a depuis plusieurs jours dans son tiroir. Il s'amusait à me la passer, pour voir si j'y serais pris. J'allais l'accepter, ma parole! mais, comme il est honnête, il m'a détrompé; puis me l'a laissée pour cinq francs. Il voulait la garder pour la montrer à ce qu'il appelle « les amateurs ». J'ai pensé qu'il ne saurait y en avoir de meilleur que l'auteur des *Faux-Monnayeurs;* et c'est pour vous la montrer que je l'ai prise. Mais maintenant que vous l'avez examinée, rendez-la-moi! Je vois, hélas! que la réalité ne vous intéresse pas.

— Si, dit Édouard; mais elle me gêne.

— C'est dommage », reprit Bernard.

JOURNAL D'ÉDOUARD

Ce même soir.

« Sophroniska, Bernard et Laura m'ont questionné sur mon roman. Pourquoi me suis-je laissé aller à parler ? Je n'ai dit que des âneries. Interrompu heureusement par le retour des deux enfants; rouges, essoufflés, comme s'ils avaient beaucoup couru. Sitôt entrée, Bronja s'est précipitée sur sa mère; j'ai cru qu'elle allait sangloter.

« Maman, s'écria-t-elle, gronde un peu Boris. Il voulait se coucher tout nu dans la neige. »

» Sophroniska a regardé Boris qui se tenait sur le pas de la porte, le front bas et avec un regard fixe qui semblait presque haineux; elle a semblé ne pas s'apercevoir de l'expression insolite de cet enfant, mais, avec un calme admirable :

« Écoute, Boris, a-t-elle dit, il ne faut pas faire cela le soir. Si tu veux, nous irons là-bas demain matin; et, d'abord, tu essaieras d'y aller nu-pieds... »

» Elle caressait doucement le front de sa fille; mais celle-ci, brusquement, est tombée à terre et s'est roulée dans des convulsions. Nous étions assez inquiets. Sophroniska l'a prise et l'a étendue sur le sopha. Boris, sans bouger, regardait avec de grands yeux hébétés cette scène.

» Je crois les méthodes d'éducation de Sophroniska excellentes en théorie, mais peut-être s'abuse-t-elle sur la résistance de ces enfants.

« Vous agissez comme si le bien devait toujours triompher du mal, lui ai-je dit un peu plus tard, quand je me suis trouvé seul avec elle. (Après le repas, j'étais allé demander des nouvelles de Bronja qui n'avait pu descendre dîner.)

» — En effet, m'a-t-elle dit. Je crois fermement que le bien doit triompher. J'ai confiance.

» — Pourtant, par excès de confiance, vous pouvez vous tromper...

» — Chaque fois que je me suis trompée, c'est que ma confiance n'a pas été assez forte. Aujourd'hui, en laissant sortir ces enfants, je m'étais laissée aller à leur

montrer un peu d'inquiétude ; ils l'ont sentie. Tout le reste est venu de là. »

» Elle m'a pris la main :

« Vous n'avez pas l'air de croire à la vertu des convictions... je veux dire : à leur force agissante.

» — En effet, ai-je dit en riant, je ne suis pas mystique.

» — Eh bien ! moi, s'est-elle écriée, dans un élan admirable, je crois de toute mon âme que, sans mysticisme, il ne se fait ici-bas rien de grand, rien de beau. »

» Découvert sur le registre des voyageurs le nom de Victor Strouvilhou. D'après les renseignements du patron de l'hôtel, il a dû quitter Saas-Fée l'avant-veille de notre arrivée, après être resté ici près d'un mois. J'aurais été curieux de le revoir. Sophroniska l'a sans doute fréquenté. Il faudra que je l'interroge. »

IV

« Je voulais vous demander, Laura, dit Bernard : pensez-vous qu'il y ait rien, sur cette terre, qui ne puisse être mis en doute ?... C'est au point que je doute si l'on ne pourrait prendre le doute même comme point d'appui ; car enfin, lui du moins je pense, ne nous fera jamais défaut. Je puis douter de la réalité de tout, mais pas de la réalité de mon doute. Je voudrais... Excusez-moi si je m'exprime d'une manière pédante ; je ne suis pas pédant de ma nature, mais je sors de philosophie, et vous ne sauriez croire le pli que la dissertation fréquente imprime bientôt à l'esprit ; je m'en corrigerai, je vous jure.

— Pourquoi cette parenthèse ? Vous voudriez... ?

— Je voudrais écrire l'histoire de quelqu'un qui d'abord écoute chacun, et qui va, consultant chacun, à la manière de Panurge, avant de décider quoi que ce soit ; après avoir éprouvé que les opinions des uns et des autres, sur chaque point, se contredisent, il prendrait le parti de n'écouter plus rien que lui, et du coup deviendrait très fort.

— C'est un projet de vieillard, dit Laura.

— Je suis plus mûr que vous ne croyez. Depuis quelques jours, je tiens un carnet, comme Édouard ;

sur la page de droite j'écris une opinion, dès que, sur la page de gauche, en regard, je peux inscrire l'opinion contraire. Tenez, par exemple, l'autre soir, Sophroniska nous a dit qu'elle faisait dormir Boris et Bronja avec la fenêtre grande ouverte. Tout ce qu'elle nous a dit à l'appui de ce régime nous paraissait, n'est-il pas vrai, parfaitement raisonnable et probant. Mais voici qu'hier, au fumoir de l'hôtel, j'ai entendu ce professeur allemand qui vient d'arriver, soutenir une théorie opposée, qui m'a paru, je l'avoue, plus raisonnable encore et mieux fondée. L'important, disait-il, c'est, durant le sommeil, de restreindre le plus possible les dépenses et ce trafic d'échanges qu'est la vie; ce qu'il appelait la carburation; c'est alors seulement que le sommeil devient vraiment réparateur. Il donnait en exemple les oiseaux qui se mettent la tête sous l'aile, tous les animaux qui se blottissent pour dormir, de manière à ne respirer plus qu'à peine; ainsi les races les plus proches de la nature, disait-il, les paysans les moins cultivés se calfeutrent dans des alcôves; les Arabes, forcés de coucher en plein air, du moins ramènent sur leur visage le capuchon de leur burnous. Mais, revenant à Sophroniska et aux deux enfants qu'elle éduque, j'en viens à penser qu'elle n'a tout de même pas tort, et que ce qui est bon pour d'autres serait préjudiciable à ces petits, car, si j'ai bien compris, ils ont en eux des germes de tuberculose. Bref, je me dis... Mais je vous ennuie.

— Ne vous inquiétez donc pas de cela. Vous vous disiez ?...

— Je ne sais plus.

— Allons! le voilà qui boude. N'ayez point honte de vos pensées.

— Je me disais que rien n'est bon pour tous, mais seulement par rapport à certains; que rien n'est vrai pour tous, mais seulement par rapport à qui le croit tel; qu'il n'est méthode ni théorie qui soit applicable indifféremment à chacun; que si, pour agir, il nous faut choisir, du moins nous avons libre choix; que si nous n'avons pas libre choix, la chose est plus simple encore; mais que ceci me devient vrai (non d'une manière absolue sans doute, mais par rapport à moi) qui me permet le meilleur emploi de mes forces, la mise en œuvre de mes vertus. Car tout à la fois je ne puis retenir

mon doute, et j'ai l'indécision en horreur. Le « mol et doux oreiller » de Montaigne, n'est pas fait pour ma tête, car je n'ai pas sommeil encore et ne veux pas me reposer. La route est longue, qui mène de ce que je croyais être à ce que peut-être je suis. J'ai peur parfois de m'être levé trop matin.

— Vous avez peur ?

— Non, je n'ai peur de rien. Mais savez-vous que j'ai déjà beaucoup changé ; ou du moins mon paysage intérieur n'est déjà plus du tout le même que le jour où j'ai quitté la maison ; depuis, je vous ai rencontrée. Tout aussitôt, j'ai cessé de chercher par-dessus tout ma liberté. Peut-être n'avez-vous pas bien compris que je suis à votre service.

— Que faut-il entendre par là ?

— Oh ! vous le savez bien. Pourquoi voulez-vous me le faire dire ? Attendez-vous de moi des aveux ?... Non, non, je vous en prie, ne voilez pas votre sourire, ou je prends froid.

— Voyons, mon petit Bernard, vous n'allez pourtant pas prétendre que vous commencez à m'aimer.

— Oh ! je ne commence pas, dit Bernard. C'est vous qui commencez à le sentir, peut-être ; mais vous ne pouvez pas m'empêcher.

— Ce m'était si charmant de n'avoir pas à me méfier de vous. Si maintenant je ne dois plus vous approcher qu'avec précaution, comme une matière inflammable... Mais songez à la créature difforme et gonflée que bientôt je vais être. Mon seul aspect saura bien vous guérir.

— Oui, si je n'aimais de vous que l'aspect. Et puis d'abord, je ne suis pas malade ; ou si c'est être malade que de vous aimer, je préfère ne pas guérir. »

Il disait tout cela gravement, tristement presque ; il la regardait plus tendrement que n'avaient jamais fait Édouard ni Douviers, mais si respectueusement qu'elle n'en pouvait point prendre ombrage. Elle tenait sur ses genoux un livre anglais dont ils avaient interrompu la lecture, et qu'elle feuilletait distraitement ; on eût dit qu'elle n'écoutait point, de sorte que Bernard continuait sans trop de gêne :

« J'imaginais l'amour comme quelque chose de volcanique ; du moins celui que j'étais né pour éprouver.

Oui, vraiment je croyais ne pouvoir aimer que d'une manière sauvage, dévastatrice, à la Byron. Comme je me connaissais mal! C'est vous, Laura, qui m'avez fait me connaître; si différent de celui que je croyais que j'étais! Je jouais un affreux personnage, m'efforçais de lui ressembler. Quand je songe à la lettre que j'écrivais à mon faux père avant de quitter la maison, j'ai grand-honte, je vous assure. Je me prenais pour un révolté, un outlaw, qui foule aux pieds tout ce qui fait obstacle à son désir; et voici que, près de vous, je n'ai même plus de désirs. J'aspirais à la liberté comme à un bien suprême, et je n'ai pas plus tôt été libre que je me suis soumis à vos... Ah! si vous saviez ce que c'est enrageant d'avoir dans la tête des tas de phrases de grands auteurs, qui viennent irrésistiblement sur vos lèvres quand on veut exprimer un sentiment sincère. Ce sentiment est si nouveau pour moi qu'il n'a pas encore su inventer son langage. Mettons que ce ne soit pas de l'amour, puisque ce mot-là vous déplaît; que ce soit de la dévotion. On dirait qu'à cette liberté, qui me paraissait jusqu'alors infinie, vos lois ont tracé des limites. On dirait que tout ce qui s'agitait en moi de turbulent, d'informe, danse une ronde harmonieuse autour de vous. Si quelqu'une de mes pensées vient à s'écarter de vous, je la quitte... Laura, je ne vous demande pas de m'aimer; je ne suis rien encore qu'un écolier; je ne vaux pas votre attention; mais tout ce que je veux faire à présent, c'est pour mériter un peu votre... (ah! le mot est hideux...) votre estime. »

Il s'était mis à genoux devant elle, et bien qu'elle eût un peu reculé sa chaise d'abord, Bernard touchait du front sa robe, les bras rejetés en arrière comme en signe d'adoration; mais quand il sentit sur son front la main de Laura se poser, il saisit cette main sur laquelle il pressa ses lèvres.

« Quel enfant vous êtes, Bernard! Moi non plus je ne suis pas libre, dit-elle en retirant sa main. Tenez, lisez ceci. »

Elle sortit de son corsage un papier froissé qu'elle tendit à Bernard.

Bernard vit d'abord la signature. Ainsi qu'il le craignait, c'était celle de Félix Douviers. Un instant il garda la lettre dans sa main sans la lire; il levait les

yeux vers Laura. Elle pleurait. Bernard sentit alors en son cœur encore une attache se rompre, un de ces liens secrets qui relient chacun de nous à soi-même, à son égoïste passé. Puis il lut :

« Ma Laura bien-aimée,
» Au nom de ce petit enfant qui va naître, et que je fais serment d'aimer autant que si j'étais son père, je te conjure de revenir. Ne crois pas qu'aucun reproche puisse accueillir ici ton retour. Ne t'accuse pas trop, car c'est de cela surtout que je souffre. Ne tarde pas. Je t'attends de toute mon âme qui t'adore et se prosterne devant toi. »

Bernard était assis à terre, devant Laura, mais c'est sans la regarder qu'il lui demanda :
« Quand avez-vous reçu cette lettre ?
— Ce matin.
— Je croyais qu'il ignorait tout. Vous lui avez écrit ?
— Oui ; je lui ai tout avoué.
— Édouard le sait-il ?
— Il n'en sait rien. »
Bernard resta silencieux quelque temps, la tête basse ; puis, retourné vers elle de nouveau :
« Et... que comptez-vous faire à présent ?
— Me le demandez-vous vraiment ?... Retourner près de lui. C'est à côté de lui qu'est ma place. C'est avec lui que je dois vivre. Vous le savez.
— Oui », dit Bernard.
Il y eut un très long silence. Bernard reprit :
« Est-ce que vous croyez qu'on peut aimer l'enfant d'un autre autant que le sien propre, vraiment ?
— Je ne sais pas si je le crois ; mais je l'espère.
— Pour moi, je le crois. Et je ne crois pas, au contraire, à ce qu'on appelle si bêtement « la voix du sang ». Oui, je crois que cette fameuse voix n'est qu'un mythe. J'ai lu que, chez certaines peuplades des îles de l'Océanie, c'est la coutume d'adopter les enfants d'autrui, et que ces enfants adoptés sont souvent préférés aux autres. Le livre disait, je m'en souviens fort bien, « plus choyés ». Savez-vous ce que je pense à présent ?... Je pense que celui qui m'a tenu lieu de père n'a jamais rien dit ni rien fait qui laissât soupçonner que je n'étais

pas son vrai fils; qu'en lui écrivant, comme j'ai fait, que j'avais toujours senti la différence, j'ai menti; qu'au contraire il me témoignait une sorte de prédilection, à laquelle j'étais sensible; de sorte que mon ingratitude envers lui est d'autant plus abominable; que j'ai mal agi envers lui. Laura, mon amie, je voudrais vous demander... Est-ce que vous trouvez que je devrais implorer son pardon, retourner près de lui ?

— Non, dit Laura.

— Pourquoi ? Si vous, vous retournez près de Douviers...

— Vous me le disiez tout à l'heure, ce qui est vrai pour l'un ne l'est pas pour un autre. Je me sens faible; vous êtes fort. Monsieur Profitendieu peut vous aimer; mais, si j'en crois ce que vous m'avez dit de lui, vous n'êtes pas faits pour vous entendre... Ou du moins, attendez encore. Ne revenez pas à lui défait. Voulez-vous toute ma pensée ? C'est pour moi, non pour lui, que vous vous proposez cela; pour obtenir ce que vous appeliez : mon estime. Vous ne l'aurez, Bernard, que si je ne vous sens pas la chercher. Je ne peux vous aimer que naturel. Laissez-moi le repentir; il n'est pas fait pour vous, Bernard.

— J'en viens presque à aimer mon nom, quand je l'entends sur votre bouche. Savez-vous ce dont j'avais le plus horreur, là-bas ? C'est du luxe. Tant de confort, tant de facilités... Je me sentais devenir anarchiste. A présent, au contraire, je crois que je tourne au conservateur. J'ai compris brusquement cela, l'autre jour, à cette indignation qui m'a pris en entendant le touriste de la frontière parler du plaisir qu'il avait à frauder la douane. « Voler l'État, c'est ne voler personne », disait-il. Par protestation, j'ai compris tout à coup ce que c'était que l'État. Et je me suis mis à l'aimer, simplement parce qu'on lui faisait du tort. Je n'avais jamais réfléchi à cela. « L'État, ce n'est qu'une convention », disait-il encore. Quelle belle chose ce serait, une convention qui reposerait sur la bonne foi de chacun... si seulement il n'y avait que des gens probes. Tenez, on me demanderait aujourd'hui quelle vertu me paraît la plus belle, je répondrais sans hésiter : la probité. Oh ! Laura ! Je voudrais, tout le long de ma vie, au moindre choc, rendre un son pur, probe, authentique. Presque tous

les gens que j'ai connus sonnent faux. Valoir exactement ce qu'on paraît; ne pas chercher à paraître plus qu'on ne vaut... On veut donner le change, et l'on s'occupe tant de paraître, qu'on finit par ne plus savoir qui l'on est... Excusez-moi de vous parler ainsi. Je vous fais part de mes réflexions de la nuit.

— Vous pensiez à la petite pièce que vous nous montriez hier. Lorsque je partirai... »

Elle ne put achever sa phrase; les larmes montaient à ses yeux, et, dans l'effort qu'elle fit pour les retenir, Bernard vit ses lèvres trembler.

« Alors, vous partirez, Laura... reprit-il tristement. J'ai peur, lorsque je ne vous sentirai plus près de moi, de ne plus rien valoir, ou que si peu... Mais, dites, je voudrais vous demander : ... est-ce que vous partiriez, auriez-vous écrit ces aveux, si Édouard... je ne sais comment dire... (et tandis que Laura rougissait) si Édouard valait davantage ? Oh! ne protestez pas. Je sais si bien ce que vous pensez de lui.

— Vous dites cela parce que hier vous avez surpris mon sourire, tandis qu'il parlait; vous vous êtes aussitôt persuadé que nous le jugions pareillement. Mais non; détrompez-vous. A vrai dire, je ne sais pas ce que je pense de lui. Il n'est jamais longtemps le même. Il ne s'attache à rien; mais rien n'est plus attachant que sa fuite. Vous le connaissez depuis trop peu de temps pour le juger. Son être se défait et se refait sans cesse. On croit le saisir... c'est Protée. Il prend la forme de ce qu'il aime. Et lui-même, pour le comprendre, il faut l'aimer.

— Vous l'aimez. Oh! Laura, ce n'est pas de Douviers que je me sens jaloux, ni de Vincent; c'est d'Édouard.

— Pourquoi jaloux ? J'aime Douviers; j'aime Édouard; mais différemment. Si je dois vous aimer, ce sera d'un autre amour encore.

— Laura, Laura, vous n'aimez pas Douviers. Vous avez pour lui de l'affection, de la pitié, de l'estime : mais cela n'est pas de l'amour. Je crois que le secret de votre tristesse (car vous êtes triste, Laura) c'est que la vie vous a divisée; l'amour n'a voulu de vous qu'incomplète; vous répartissez sur plusieurs ce que vous auriez voulu donner à un seul. Pour moi, je me sens indivisible; je ne puis me donner qu'en entier.

— Vous êtes trop jeune pour parler ainsi. Vous ne pouvez savoir déjà, si, vous aussi, la vie ne vous « divisera » pas, comme vous dites. Je ne puis accepter de vous que cette... dévotion, que vous m'offrez. Le reste aura ses exigences, qui devront bien se satisfaire ailleurs.

— Serait-il vrai ? Vous allez me dégoûter par avance et de moi-même et de la vie.

— Vous ne connaissez rien de la vie. Vous pouvez tout attendre d'elle. Savez-vous quelle a été ma faute ? De ne plus en attendre rien. C'est quand j'ai cru, hélas! que je n'avais plus rien à attendre, que je me suis abandonnée. J'ai vécu ce printemps, à Pau, comme si je ne devais plus en voir d'autres; comme si plus rien n'importait. Bernard, je puis vous le dire, à présent que j'en suis punie : ne désespérez jamais de la vie. »

Que sert de parler ainsi à un jeune être plein de flamme ? Aussi bien ce que disait Laura ne s'adressait point à Bernard. A l'appel de sa sympathie, elle pensait devant lui, malgré elle, à voix haute. Elle était inhabile à feindre, inhabile à se maîtriser. Comme elle avait cédé d'abord à cet élan qui l'emportait dès qu'elle pensait à Édouard, et où se trahissait son amour, elle s'était laissée aller à certain besoin de sermonner qu'elle tenait assurément de son père. Mais Bernard avait horreur des recommandations, des conseils, dussent-ils venir de Laura; son sourire avertit Laura, qui reprit sur un ton plus calme :

« Pensez-vous demeurer le secrétaire d'Édouard, à votre retour à Paris ?

— Oui, s'il consent à m'employer; mais il ne me donne rien à faire. Savez-vous ce qui m'amuserait ? C'est d'écrire avec lui ce livre, que, seul, il n'écrira jamais; vous le lui avez bien dit hier. Je trouve absurde cette méthode de travail qu'il nous exposait. Un bon roman s'écrit plus naïvement que cela. Et d'abord, il faut croire à ce que l'on raconte, ne pensez-vous pas ? et raconter tout simplement. J'ai d'abord cru que je pourrais l'aider. S'il avait eu besoin d'un détective, j'aurais peut-être satisfait aux exigences de l'emploi, il aurait travaillé sur les faits qu'aurait découverts ma police... Mais avec un idéologue, rien à faire. Près de lui, je me sens une âme de reporter. S'il s'entête dans

son erreur, je travaillerai de mon côté. Il me faudra gagner ma vie. J'offrirai mes services à quelque journal. Entre-temps, je ferai des vers.

— Car près des reporters, assurément, vous vous sentirez une âme de poète.

— Oh! ne vous moquez pas de moi. Je sais que je suis ridicule; ne me le faites pas trop sentir.

— Restez avec Édouard; vous l'aiderez, et laissez-vous aider par lui. Il est bon.

On entendit la cloche du déjeuner. Bernard se leva. Laura lui prit la main :

— Dites encore : cette petite pièce que vous nous montriez hier... en souvenir de vous, lorsque je partirai — elle se raidit et cette fois put achever sa phrase — voudriez-vous me la donner ?

— Tenez; la voici; prenez-la », dit Bernard.

V

JOURNAL D'ÉDOUARD

> C'est ce qui arrive de presque toutes les maladies de l'esprit humain qu'on se flatte d'avoir guéries. On les répercute seulement, comme on dit en médecine, et on leur en substitue d'autres.
> SAINTE-BEUVE (*Lundis*, I, p. 19).

« Je commence à entrevoir ce que j'appellerais le « sujet profond » de mon livre. C'est, ce sera sans doute la rivalité du monde réel et de la représentation que nous nous en faisons. La manière dont le monde des apparences s'impose à nous et dont nous tentons d'imposer au monde extérieur notre interprétation particulière, fait le drame de notre vie. La résistance des faits nous invite à transporter notre construction idéale dans le rêve, l'espérance, la vie future, en laquelle notre croyance s'alimente de tous nos déboires dans celle-ci. Les réalistes partent des faits, accommodent aux faits leurs idées. Bernard est un réaliste. Je crains de ne pouvoir m'entendre avec lui.

» Comment ai-je pu acquiescer lorsque Sophroniska m'a dit que je n'avais rien d'un mystique ? Je suis tout prêt à reconnaître avec elle que, sans mysticisme, l'homme ne peut réussir rien de grand. Mais n'est-ce pas précisément mon mysticisme qu'incrimine Laura, lorsque je lui parle de mon livre ?... Abandonnons-leur ce débat.

» Sophroniska m'a reparlé de Boris, qu'elle est parvenue, croit-elle, à confesser entièrement. Le pauvre enfant n'a plus en lui le moindre taillis, le moindre touffe où s'abriter des regards de la doctoresse. Il est tout débusqué. Sophroniska étale au grand jour, démontés, les rouages les plus intimes de son organisme mental, comme un horloger les pièces de la pendule qu'il nettoie. Si, après cela, le petit ne sonne pas à l'heure, c'est à y perdre son latin. Voici ce que Sophroniska m'a raconté :
» Boris, vers l'âge de neuf ans, a été mis au collège, à Varsovie. Il s'est lié avec un camarade de classe, un certain Baptistin Kraft, d'un ou deux ans plus âgé que lui, qui l'a initié à des pratiques clandestines, que ces enfants, naïvement émerveillés, croyaient être « de la magie ». C'est le nom qu'ils donnaient à leur vice, pour avoir entendu dire, ou lu, que la magie permet d'entrer mystérieusement en possession de ce que l'on désire, qu'elle illimite la puissance, etc. Ils croyaient de bonne foi avoir découvert un secret qui consolât de l'absence réelle par la présence illusoire, et s'hallucinaient à plaisir et s'extasiaient sur un vide que leur imagination surmenée bondait de merveilles, à grand renfort de volupté. Il va sans dire que Sophroniska ne s'est pas servie de ces termes ; j'aurais voulu qu'elle me rapportât exactement ceux de Boris, mais elle prétend qu'elle n'est parvenue à démêler ce que dessus, dont elle m'a pourtant certifié l'exactitude, qu'à travers un fouillis de feintes, de réticences et d'imprécisions.

« J'ai trouvé là l'explication que je cherchais depuis longtemps, a-t-elle ajouté, d'un bout de parchemin que Boris gardait toujours sur lui, enfermé dans un sachet qui pendait sur sa poitrine à côté des médailles de sainteté que sa mère le force à porter — et sur lequel étaient cinq mots, en caractères majuscules,

enfantins et soignés, cinq mots dont je lui demandais en vain la signification :

> GAZ. TÉLÉPHONE. CENT MILLE ROUBLES.

« Mais ça ne veut rien dire. C'est de la magie », me répondait-il toujours quand je le pressais. C'est tout ce que je pouvais obtenir. Je sais à présent que ces mots énigmatiques sont de l'écriture du jeune Baptistin, grand maître et professeur de magie, et qu'ils étaient pour ces enfants, ces cinq mots, comme une formule incantatoire, le « Sésame ouvre-toi » du paradis honteux où la volupté les plongeait. Boris appelait ce parchemin : son *talisman*. J'avais eu déjà beaucoup de mal à le décider à me le montrer, et plus encore à s'en défaire (c'était au début de notre séjour ici); car je voulais qu'il s'en défît, comme je sais à présent qu'il s'était déjà précédemment libéré de ses mauvaises habitudes. J'avais l'espoir qu'avec ce *talisman* allaient disparaître les tics et les manies dont il souffre. Mais il s'y raccrochait, et la maladie s'y raccrochait comme à un dernier refuge.

« Vous dites pourtant qu'il s'était délivré de ses habitudes...

» — La maladie nerveuse n'a commencé qu'ensuite. Elle est née sans aucun doute de la contrainte que Boris à dû exercer sur lui-même pour se libérer. J'ai su par lui que sa mère l'avait surpris un jour en train de « faire de la magie » comme il dit. Pourquoi ne m'a-t-elle jamais parlé de cela ?... Par pudeur ?...

» — Et sans doute parce qu'elle le savait corrigé.

» — C'est absurde... et cela est cause que j'ai tâtonné si longtemps. Je vous ai dit que je croyais Boris parfaitement pur.

» — Vous m'avez même dit que c'était cela qui vous gênait.

» — Vous voyez si j'avais raison !... La mère aurait dû m'avertir. Boris serait déjà guéri, si j'avais pu aussitôt y voir clair.

» — Vous disiez que ces malaises n'ont commencé qu'ensuite...

» — Je dis qu'ils sont nés par protestation. Sa mère l'a grondé, supplié, sermonné, j'imagine. La mort du père est survenue. Boris s'est persuadé que ses pratiques

secrètes, qu'on lui peignait comme si coupables, avaient reçu leur châtiment ; il s'est tenu pour responsable de la mort de son père ; il s'est cru criminel, damné. Il a pris peur ; et c'est alors que, comme un animal traqué, son organisme débile a inventé cette quantité de petits subterfuges où se purge sa peine intime, et qui sont comme autant d'aveux.

» — Si je vous comprends bien, vous estimez qu'il eût été moins préjudiciable pour Boris de continuer à se livrer tranquillement à la pratique de sa « magie » ?

» — Je crois qu'il n'était pas nécessaire, pour l'en guérir, de l'effrayer. Le changement de vie, qu'entraînait la mort de son père, eût suffi sans doute à l'en distraire, et le départ de Varsovie à le soustraire à l'influence de son ami. On n'obtient rien de bon par l'épouvante. Quand j'ai su ce qui en était, lui reparlant de tout cela et revenant sur le passé, je lui ai fait honte d'avoir pu préférer la possession de biens imaginaires à celle des biens véritables, qui sont, lui ai-je dit, la récompense d'un effort. Loin de chercher à noircir son vice, je le lui ai représenté simplement comme une des formes de la paresse ; et je crois en effet que c'en est une ; la plus subtile, la plus perfide... »

» Je me souvins, à ces mots, de quelques lignes de La Rochefoucauld, que je voulus lui montrer, et, bien que j'eusse pu les lui citer de mémoire, j'allai chercher le petit livre des *Maximes,* sans lequel je ne voyage jamais. Je lui lus :

« De toutes les passions, celle qui est la plus inconnue à nous-mêmes, c'est la paresse ; elle est la plus ardente et la plus maligne de toutes, quoique sa violence soit insensible et que les dommages qu'elle cause soient très cachés... Le repos de la paresse est un charme secret de l'âme qui suspend soudainement les plus ardentes poursuites et les plus opiniâtres résolutions. Pour donner enfin la véritable idée de cette passion, il faut dire que la paresse est comme une béatitude de l'âme, qui la console de toutes ses pertes et qui lui tient lieu de tous les biens. »

« Prétendez-vous, me dit alors Sophroniska, que La Rochefoucauld, en écrivant ceci, ait voulu insinuer ce que nous disions ?

» — Il se peut ; mais je ne le crois pas. Nos auteurs

classiques sont riches de toutes les interprétations qu'ils permettent. Leur précision est d'autant plus admirable qu'elle ne se prétend pas exclusive. »

» Je lui ai demandé de me montrer ce fameux talisman de Boris. Elle m'a dit qu'elle ne l'avait plus, qu'elle l'avait donné à quelqu'un qui s'intéressait à Boris et qui lui avait demandé de le lui laisser en souvenir. — « Un certain M. Strouvilhou, que j'ai rencontré ici quelque temps avant votre arrivée. »

» J'ai dit à Sophroniska que j'avais vu ce nom sur le registre de l'hôtel; que j'avais connu dans le temps un Strouvilhou, et que j'aurais été curieux de savoir si c'était le même. A la description qu'elle m'a faite de lui on ne pouvait pas s'y tromper; mais elle n'a rien su me dire à son sujet qui satisfît ma curiosité. J'ai su seulement qu'il était très aimable, très empressé, qu'il lui paraissait fort intelligent mais un peu paresseux lui-même, « si j'ose encore employer ce mot », a-t-elle ajouté en riant. Je lui ai raconté à mon tour ce que je savais de Strouvilhou, et cela m'a amené à lui parler de la pension où nous nous étions rencontrés, des parents de Laura (qui de son côté lui avait fait ses confidences), du vieux La Pérouse enfin, des liens de parenté qui l'attachaient au petit Boris, et de la promesse que je lui avais faite en le quittant de lui amener cet enfant. Comme Sophroniska m'avait dit précédemment qu'elle ne croyait pas souhaitable que Boris continuât à vivre avec sa mère : « Que ne le mettez-vous en pension chez les Azaïs ? » ai-je demandé. En lui suggérant cela, je songeais surtout à l'immense joie du grand-père à savoir Boris tout près de lui, chez des amis, où il pourrait le voir à son gré; mais je ne puis croire que, de son côté, le petit n'y soit bien. Sophroniska m'a dit qu'elle allait y réfléchir; au demeurant, extrêmement intéressée par tout ce que je venais de lui apprendre.

» Sophroniska va répétant que le petit Boris est guéri; cette cure doit corroborer sa méthode; mais je crains qu'elle n'anticipe un peu. Naturellement je ne veux pas la contredire; et je reconnais que les tics, les gestes-repentirs, les réticences du langage, ont à peu près disparu; mais il me semble que la maladie s'est simplement réfugiée dans une région plus profonde de l'être,

comme pour échapper au regard inquisiteur du médecin ; et que c'est à présent l'âme même qui est atteinte. De même qu'à l'onanisme avaient succédé les mouvements nerveux, ceux-ci cèdent à présent à je ne sais quelle transe invisible. Sophroniska s'inquiète, il est vrai, de voir Boris, à la suite de Bronja, précipité dans une sorte de mysticisme puéril ; elle est trop intelligente pour ne comprendre point que cette nouvelle « béatitude de l'âme » que recherche à présent Boris, n'est pas très différente après tout, de celle qu'il provoquait d'abord par artifice, et que, pour être moins dispendieuse, moins ruineuse pour l'organisme, elle ne le détourne pas moins de l'effort et de la réalisation. Mais, lorsque je lui en parle, elle me répond que des âmes comme celles de Boris et de Bronja ne peuvent se passer d'un aliment chimérique et que, s'il leur était enlevé, elles succomberaient, Bronja dans le désespoir, et Boris dans un matérialisme vulgaire ; elle estime, en outre, qu'elle n'a pas le droit d'abîmer la confiance de ces petits, et, bien que tenant leur croyance pour mensongère, elle veut y voir une sublimation des instincts bas, une postulation supérieure, une incitation, une préservation, que sais-je ?... Sans croire elle-même aux dogmes de l'Église, elle croit à l'efficacité de la foi. Elle parle avec émotion de la piété de ces deux enfants, qui lisent ensemble l'Apocalypse, et s'exaltent, et conversent avec les anges et revêtent leur âme de suaires blancs. Comme toutes les femmes, elle est pleine de contradictions. Mais elle avait raison : je ne suis décidément pas un mystique... non plus qu'un paresseux. Je compte beaucoup sur l'atmosphère de la pension Azaïs et de Paris pour faire de Boris un travailleur ; pour le guérir enfin de la recherche des « biens imaginaires ». C'est là, pour lui, qu'est le salut. Sophroniska se fait, je crois, à l'idée de me le confier ; mais sans doute l'accompagnera-t-elle à Paris, désireuse de veiller elle-même à son installation chez les Azaïs, et, par là, de rassurer la mère, dont elle se fait fort de remporter l'assentiment. »

VI

D'OLIVIER A BERNARD

> Il y a de certains défauts qui, bien mis en œuvre, brillent plus que la vertu même.
> LA ROCHEFOUCAULD.

« Cher vieux,

» Que je te dise d'abord que j'ai bien passé mon bachot. Mais ceci n'a pas d'importance. Une occasion unique s'offrait à moi de partir en voyage. Je balançais encore; mais après lecture de ta lettre, j'ai sauté dessus. Une légère résistance de ma mère, d'abord; mais dont a vite triomphé Vincent, qui s'est montré d'une gentillesse que je n'espérais pas de lui. Je ne puis croire que, dans la circonstance à laquelle ta lettre fait allusion, il ait agi comme un mufle. Nous avons, à notre âge, une fâcheuse tendance à juger les gens trop sévèrement et à condamner sans appel. Bien des actes nous apparaissent répréhensibles, odieux même, simplement parce que nous n'en pénétrons pas suffisamment les motifs. Vincent n'a pas... Mais ceci m'entraînerait trop loin et j'ai trop de choses à te dire.

» Sache que c'est le rédacteur en chef de la nouvelle revue *Avant-Garde,* qui t'écrit. Après quelques délibérations, j'ai accepté d'assumer ces fonctions, dont le comte Robert de Passavant m'a jugé digne. C'est lui qui commandite la revue, mais il ne tient pas trop à ce qu'on le sache et, sur la couverture, c'est mon nom seul qui figurera. Nous commencerons à paraître en octobre; tâche de m'envoyer quelque chose pour le premier numéro; je serais désolé que ton nom ne brillât pas à côté du mien, dans le premier sommaire. Passavant voudrait que, dans le premier numéro, paraisse quelque chose de très libre et d'épicé, parce qu'il estime que le plus mortel reproche que puisse encourir une jeune revue, c'est d'être pudibonde; je suis assez de son avis. Nous en causons beaucoup. Il m'a demandé d'écrire

cela et m'a fourni le sujet assez risqué d'une courte nouvelle; ça m'ennuie un peu à cause de ma mère, que cela risque de peiner; mais tant pis. Comme dit Passavant : plus on est jeune, moins le scandale est compromettant.

» C'est de Vizzavone que je t'écris. Vizzavone est un petit patelin à mi-flanc d'une des plus hautes montagnes de la Corse, enfoui dans une épaisse forêt. L'hôtel où nous habitons est assez loin du village et sert aux touristes comme point de départ pour des excursions. Il n'y a que quelques jours que nous y sommes. Nous avons commencé par nous installer dans une auberge, non loin de l'admirable baie de Porto, absolument déserte, où nous descendions nous baigner le matin et où l'on peut vivre à poil tout le long du jour. C'était merveilleux; mais il faisait trop chaud et nous avons dû gagner la montagne.

» Passavant est un compagnon charmant; il n'est pas du tout entiché de son titre; il veut que je l'appelle Robert; et il a inventé de m'appeler : Olive. Dis, si ce n'est pas charmant ? Il fait tout pour me faire oublier son âge et je t'assure qu'il y parvient. Ma mère était un peu effrayée de me voir partir avec lui, car elle le connaissait à peine. J'hésitais, par crainte de la chagriner. Avant ta lettre, j'avais même presque renoncé. Vincent l'a persuadée et ta lettre m'a brusquement donné du courage. Nous avons passé les derniers jours, avant le départ, à courir les magasins. Passavant est si généreux qu'il voulait toujours tout m'offrir et que je devais sans cesse l'arrêter. Mais il trouvait mes pauvres nippes affreuses; chemises, cravates, chaussettes, rien de ce que j'avais ne lui plaisait; il répétait que, si je devais vivre quelque temps avec lui, il souffrirait trop de ne pas me voir vêtu comme il faut — c'est-à-dire : comme il lui plaît. Naturellement, on faisait envoyer chez lui toutes les emplettes, par crainte d'inquiéter maman. Il est lui-même d'une élégance raffinée; mais surtout il a très bon goût, et beaucoup de choses qui me paraissaient supportables me sont devenues odieuses aujourd'hui. Tu n'imagines pas comme il pouvait être amusant chez les fournisseurs. Il est tellement spirituel! Je voudrais t'en donner une idée : nous nous trouvions chez Brentano, où il avait donné à réparer son stylo. Il y

avait derrière lui un énorme Anglais qui voulait passer avant son tour et qui, comme Robert le repoussait un peu brusquement, a commencé à baragouiner je ne sais quoi à son adresse; Robert s'est retourné et, très calme :

« Ce n'est pas la peine. Je ne comprends pas l'anglais. »

» L'autre, furieux, a reparti, en pur français :

« Vous devriez le savoir, Monsieur. »

» Alors Robert, en souriant très poliment :

« Vous voyez bien que ce n'est pas la peine. »

» L'Anglais bouillonnait, mais n'a plus su que dire. C'était roulant.

» Un autre jour, nous étions à l'Olympia. Pendant l'entracte, nous nous promenions dans le hall où circulait grande abondance de putains. Deux d'entre elles, d'aspect plutôt minable, l'ont accosté :

« Tu paies un bock, chéri ? »

» Nous nous sommes assis avec elles, à une table.

« Garçon ! Un bock pour ces dames.

» — Et pour ces Messieurs ?

» — Nous ?... Oh ! nous prendrons du champagne », a-t-il dit tout négligemment. Et il a commandé une bouteille de moët, que nous avons sifflée à nous deux. Si tu avais vu la tête des pauvres filles !... Je crois qu'il a horreur des putains. Il m'a confié qu'il n'était jamais entré dans un bordel et m'a laissé entendre qu'il serait très fâché contre moi si j'y allais. Tu vois que c'est quelqu'un de très propre, malgré ses airs et ses propos cyniques — comme lorsqu'il dit qu'en voyage, il appelle « journée morne » celle où il n'a pas rencontré *before lunch* au moins cinq personnes avec qui désirer coucher. Je dois te dire entre parenthèses que je n'ai pas recommencé... — tu m'entends.

» Il a une façon de moraliser qui est tout à fait amusante et particulière. Il m'a dit l'autre jour :

« Vois-tu, mon petit, l'important, dans la vie, c'est de ne pas se laisser entraîner. Une chose en amène une autre et puis on ne sait plus où l'on va. Ainsi, j'ai connu un jeune homme très bien qui devait épouser la fille de ma cuisinière. Une nuit, il est entré par hasard chez un petit bijoutier. Il l'a tué. Et après, il a volé. Et après, il a dissimulé. Tu vois où ça mène. La dernière fois que je l'ai revu, il était devenu menteur. Fais attention. »

» Et il est tout le temps comme ça. C'est te dire que je ne m'embête pas. Nous étions partis avec l'intention de travailler beaucoup, mais jusqu'à présent nous n'avons guère fait que nous baigner, nous laisser sécher au soleil et bavarder. Il a sur tout des opinions et des idées extrêmement originales. Je le pousse tant que je peux à écrire certaines théories tout à fait neuves qu'il m'a exposées sur les animaux marins des bas-fonds et ce qu'il appelle les « lumières personnelles », qui leur permet de se passer de la lumière du soleil, qu'il assimile à celle de la grâce et à la « révélation ». Exposé en quelques mots comme je fais, ça ne peut rien dire, mais je t'assure que, lorsqu'il en parle, c'est intéressant comme un roman. On ne sait pas, d'ordinaire, qu'il est très calé en histoire naturelle; mais il met une sorte de coquetterie à cacher ses connaissances. C'est ce qu'il appelle ses bijoux secrets. Il dit qu'il n'y a que les rastas qui se plaisent à étaler aux yeux de tous leur parure, et surtout quand celle-ci est en toc.

» Il sait admirablement se servir des idées, des images, des gens, des choses; c'est-à-dire qu'il met tout à profit. Il dit que le grand art de la vie, ce n'est pas tant de jouir que d'apprendre à tirer parti.

» J'ai écrit quelques vers, mais je n'en suis pas assez content pour te les envoyer.

» Au revoir, mon vieux. En octobre. Tu me trouveras changé, moi aussi. Je prends chaque jour un peu plus d'assurance. Je suis heureux de te savoir en Suisse, mais tu vois que je n'ai rien à t'envier.

» Olivier. »

Bernard tendit cette lettre à Édouard qui la lut sans laisser rien paraître des sentiments qu'elle agitait en lui. Tout ce qu'Olivier racontait si complaisamment de Robert l'indignait et achevait de le lui faire prendre en haine. Surtout il s'affectait de n'être même pas nommé dans cette lettre et qu'Olivier semblât l'oublier. Il fit de vains efforts pour déchiffrer, sous une épaisse rature, les trois lignes, écrites en post-scriptum, et que voici :

« Dis à l'oncle É... que je pense à lui constamment; que je ne puis pas lui pardonner de m'avoir plaqué et que j'en garde au cœur une blessure mortelle. »

Ces lignes étaient les seules sincères de cette lettre de

parade, toute dictée par le dépit. Olivier les avait barrées.

Édouard avait rendu à Bernard l'affreuse lettre, sans souffler mot; sans souffler mot, Bernard l'avait reprise. J'ai dit qu'ils ne se parlaient pas beaucoup; une sorte de contrainte étrange, inexplicable, pesait sur eux aussitôt qu'ils se trouvaient seuls. (Je n'aime pas ce mot « inexplicable », et ne l'écris ici que par insuffisance provisoire.) Mais ce soir, retirés dans leur chambre, et tandis qu'ils s'apprêtaient pour la nuit, Bernard, dans un grand effort, et la gorge un peu contractée, demanda :

« Laura vous a montré la lettre qu'elle a reçue de Douviers ?

— Je ne pouvais douter que Douviers ne prît la chose comme il faut, dit Édouard en se mettant au lit. C'est quelqu'un de très bien. Un peu faible peut-être; mais tout de même très bien. Il va adorer cet enfant, j'en suis sûr. Et le petit sera sûrement plus robuste qu'il n'aurait su le faire lui-même. Car il ne m'a pas l'air bien costaud. »

Bernard aimait Laura beaucoup trop pour n'être pas choqué par la désinvolture d'Édouard; il n'en laissa néanmoins rien paraître.

« Allons! reprit Édouard en éteignant sa bougie, je suis heureux de voir se terminer pour le mieux cette histoire, qui paraissait sans autre issue que le désespoir. Ça arrive à n'importe qui de faire un faux départ. L'important, c'est de ne pas s'entêter...

— Évidemment, dit Bernard pour éluder la discussion.

— Il faut bien que je vous avoue, Bernard, que je crains d'en avoir fait un avec vous...

— Un faux départ ?

— Ma foi, oui. Malgré toute l'affection que j'ai pour vous, je me persuade depuis quelques jours que nous ne sommes pas faits pour nous entendre et que... (il hésita quelques instants, chercha ses mots), de m'accompagner plus longtemps vous fourvoie. »

Bernard pensait de même, aussi longtemps qu'Édouard n'avait pas parlé; mais Édouard ne pouvait certes rien dire de plus propre à ressaisir Bernard. L'instinct de contradiction l'emportant, celui-ci protesta.

« Vous ne me connaissez pas bien, et je ne me

connais pas bien moi-même. Vous ne m'avez pas mis à l'épreuve. Si vous n'avez aucun grief contre moi, puis-je vous demander d'attendre encore ? J'admets que nous ne nous ressemblons guère; mais je pensais, précisément, qu'il valait mieux, pour chacun de nous deux, que nous ne nous ressemblions pas trop. Je crois que, si je puis vous aider, c'est surtout par mes différences et par ce que je vous apporterais de neuf. Si je m'abuse, il sera toujours temps de m'en avertir. Je ne suis pas type à me plaindre, ni à récriminer jamais. Mais, écoutez, voici ce que je vous propose; c'est peut-être idiot... Le petit Boris, si j'ai bien compris, doit entrer à la pension Vedel-Azaïs. Sophroniska ne vous exprimait-elle pas ses craintes qu'il ne s'y sentît un peu perdu ? Si je m'y présentais moi-même, avec la recommandation de Laura, ne puis-je espérer d'y trouver un emploi, de surveillant, de pion, que sais-je ? J'ai besoin de gagner ma vie. Pour ce que je ferais là-bas, je ne demanderais pas grand-chose; le vivre et le couvert me suffiraient... Sophroniska me témoigne de la confiance, et Boris s'entend bien avec moi. Je le protégerais, l'aiderais, me ferais son précepteur, son ami. Je resterais à votre disposition cependant, travaillerais pour vous entre temps, et répondrais au moindre signe. Dites, que pensez-vous de cela ? »

Et comme pour donner à « cela » plus de poids, il ajouta :

« J'y pense depuis deux jours. »

Ce qui n'était pas vrai. S'il ne venait pas d'inventer ce beau projet à l'instant même, il en eût déjà parlé à Laura. Mais ce qui était vrai, et qu'il ne disait pas, c'est que depuis son indiscrète lecture du journal d'Édouard et depuis la rencontre de Laura, il songeait souvent à la pension Vedel; il souhaitait de connaître Armand, cet ami d'Olivier, dont Olivier ne lui parlait jamais; il souhaitait plus encore de connaître Sarah, la sœur cadette; mais sa curiosité demeurait secrète; par égard pour Laura, il ne se l'avouait pas à lui-même.

Édouard ne disait rien; pourtant le projet que lui soumettait Bernard lui plaisait, s'il l'assurait d'un domicile. Il se souciait peu d'avoir à l'héberger. Bernard souffla sa bougie, puis reprit :

« N'allez pas croire que je n'ai rien compris à ce

que vous racontiez de votre livre et du conflit que vous imaginez entre la réalité brute et la...

— Je ne l'imagine pas, interrompit Édouard; il existe.

— Mais précisément, ne serait-il pas bon que je rabatte vers vous quelques faits, pour vous permettre de lutter contre ? J'observerais pour vous. »

Édouard doutait si l'autre ne se moquait pas un peu. Le vrai, c'est qu'il se sentait humilié par Bernard. Celui-ci s'exprimait trop bien...

« Nous y réfléchirons », dit Édouard.

Un long temps passa. Bernard essayait en vain de dormir. La lettre d'Olivier le tourmentait. A la fin, n'y tenant plus, et comme il entendait Édouard s'agiter dans son lit, il murmura :

« Si vous ne dormez pas, je voudrais vous demander encore... Qu'est-ce que vous pensez du comte de Passavant ?

— Parbleu, vous le supposez bien, dit Édouard. Puis, au bout d'un instant : — Et vous ?

— Moi, dit Bernard sauvagement..! je le tuerais. »

VII

LE voyageur, parvenu au haut de la colline, s'assied et regarde avant de reprendre sa marche, à présent déclinante; il cherche à distinguer où le conduit enfin ce chemin sinueux qu'il a pris, qui lui semble se perdre dans l'ombre et, car le soir tombe, dans la nuit. Ainsi l'auteur imprévoyant s'arrête un instant, reprend souffle, et se demande avec inquiétude où va le mener son récit.

Je crains qu'en confiant le petit Boris aux Azaïs, Édouard ne commette une imprudence. Comment l'en empêcher ? Chaque être agit selon sa loi, et celle d'Édouard le porte à expérimenter sans cesse. Il a bon cœur, assurément, mais souvent je préférerais, pour le repos d'autrui, le voir agir par intérêt; car la générosité qui l'entraîne n'est souvent que la compagne d'une curiosité qui pourrait devenir cruelle. Il connaît la pension Azaïs; il sait l'air empesté qu'on y respire, sous l'étouffant couvert de la morale et de la religion. Il

connaît Boris, sa tendresse, sa fragilité. Il devrait prévoir à quels froissements il l'expose. Mais il ne consent plus à considérer que la protection, le renfort et l'appui que la précaire pureté de l'enfant peut trouver dans l'austérité du vieil Azaïs. A quels sophismes prête-t-il l'oreille ? Le diable assurément les lui souffle, car il ne les écouterait pas, venus d'autrui.

Édouard m'a plus d'une fois irrité (lorsqu'il parle de Douviers, par exemple), indigné même; j'espère ne l'avoir pas trop laissé voir; mais je puis bien le dire à présent. Sa façon de se comporter avec Laura, si généreuse parfois, m'a paru parfois révoltante.

Ce qui ne me plaît pas chez Édouard, ce sont les raisons qu'il se donne. Pourquoi cherche-t-il à se persuader, à présent, qu'il conspire au bien de Boris ? Mentir aux autres, passe encore; mais à soi-même! Le torrent qui noie un enfant prétend-il lui porter à boire ?... Je ne nie pas qu'il y ait, de par le monde, des actions nobles, généreuses, et même désintéressées; je dis seulement que derrière le plus beau motif, souvent se cache un diable habile et qui sait tirer gain de ce qu'on croyait lui ravir.

Profitons de ce temps d'été qui disperse nos personnages, pour les examiner à loisir. Aussi bien sommes-nous à ce point médian de notre histoire, où son allure se ralentit et semble prendre un élan neuf pour bientôt précipiter son cours. Bernard est assurément beaucoup trop jeune encore pour prendre la direction d'une intrigue. Il se fait fort de préserver Boris; il pourra l'observer tout au plus. Nous avons déjà vu Bernard changer; des passions peuvent le modifier plus encore. Je retrouve sur un carnet quelques phrases où je notais ce que je pensais de lui précédemment :

« J'aurais dû me méfier d'un geste aussi excessif que celui de Bernard au début de son histoire. Il me paraît, à en juger par ses dispositions subséquentes, qu'il y a comme épuisé toutes ses réserves d'anarchie, qui sans doute se fussent trouvées entretenues s'il avait continué de végéter, ainsi qu'il sied, dans l'oppression de sa famille. A partir de quoi il a vécu en réaction et comme en protestation de ce geste. L'habitude qu'il a prise de la révolte et de l'opposition, le pousse à se révolter contre sa révolte même. Il n'est sans doute pas un de

mes héros qui m'ait davantage déçu, car il n'en était peut-être pas un qui m'eût fait espérer davantage. Peut-être s'est-il laissé aller à lui-même trop tôt. »

Mais ceci ne me paraît déjà plus très juste. Je crois qu'il faut lui faire encore crédit. Beaucoup de générosité l'anime. Je sens en lui de la virilité, de la force; il est capable d'indignation. Il s'écoute un peu trop parler; mais c'est aussi qu'il parle bien. Je me défie des sentiments qui trouvent leur expression trop vite. C'est un très bon élève, mais les sentiments neufs ne se coulent pas volontiers dans les formes apprises. Un peu d'invention le forcerait à bégayer. Il a trop lu déjà, trop retenu, et beaucoup plus appris par les livres que par la vie.

Je ne puis point me consoler de la passade qui lui a fait prendre la place d'Olivier près d'Édouard. Les événements se sont mal arrangés. C'est Olivier qu'aimait Édouard. Avec quel soin celui-ci ne l'eût-il pas mûri ? Avec quel amoureux respect ne l'eût-il pas guidé, soutenu, porté jusqu'à lui-même ? Passavant va l'abîmer, c'est sûr. Rien n'est plus pernicieux pour lui que cet enveloppement sans scrupules. J'espérais d'Olivier qu'il aurait mieux su s'en défendre; mais il est de nature tendre et sensible à la flatterie. Tout lui porte à la tête. De plus j'ai cru comprendre, à certains accents de sa lettre à Bernard, qu'il était un peu vaniteux. Sensualité, dépit, vanité, quelle prise sur lui cela donne! Quand Édouard le retrouvera, il sera trop tard, j'en ai peur. Mais il est jeune encore et l'on est en droit d'espérer.

Passavant... autant n'en point parler, n'est-ce pas ? Rien n'est à la fois plus néfaste et plus applaudi que les hommes de son espèce, sinon pourtant les femmes semblables à lady Griffith. Dans les premiers temps, je l'avoue, celle-ci m'imposait assez. Mais j'ai vite fait de reconnaître mon erreur. De tels personnages sont taillés dans une étoffe sans épaisseur. L'Amérique en exporte beaucoup; mais n'est point seule à en produire. Fortune, intelligence, beauté, il semble qu'ils aient tout, fors une âme. Vincent, certes, devra s'en convaincre bientôt. Ils ne sentent peser sur eux aucun passé, aucune astreinte; ils sont sans lois, sans maîtres, sans scrupules; libres et spontanés, ils font le désespoir du romancier, qui n'obtient d'eux que des réactions sans valeur. J'espère ne pas revoir lady Griffith d'ici longtemps.

Je regrette qu'elle nous ait enlevé Vincent, qui, lui, m'intéressait davantage, mais qui se banalise à la fréquenter; roulé par elle, il perd ses angles. C'est dommage : il en avait d'assez beaux.

S'il m'arrive jamais d'inventer encore une histoire, je ne la laisserai plus habiter que par des caractères trempés, que la vie, loin d'émousser, aiguise. Laura, Douviers, La Pérouse, Azaïs... que faire avec tous ces gens-là ? Je ne les cherchais point; c'est en suivant Bernard et Olivier que je les ai trouvés sur ma route. Tant pis pour moi; désormais, je me dois à eux.

TROISIÈME PARTIE

PARIS

> Lorsque nous posséderons encore quelques bonnes monographies régionales nouvelles — alors, mais seulement alors, en groupant leurs données, en les comparant, en les confrontant minutieusement, on pourra reprendre la question d'ensemble, lui faire faire un pas nouveau et décisif. Procéder autrement, ce serait partir, muni de deux ou trois idées simples et grosses, pour une sorte de rapide excursion. Ce serait passer, dans la plupart des cas, à côté du particulier, de l'individuel, de l'irrégulier — c'est-à-dire, somme toute, du plus intéressant.
> Lucien FEBVRE :
> *La Terre et l'Évolution humaine.*

I

> Son retour à Paris ne lui causa point de plaisir.
> FLAUBERT : *L'Éducation sentimentale.*

JOURNAL D'ÉDOUARD

<p align="right">22 septembre.</p>

« CHALEUR; ennui. Rentré à Paris huit jours trop tôt. Ma précipitation toujours me fera devancer l'appel. Curiosité plutôt que zèle; désir d'anticipation. Je n'ai jamais su composer avec ma soif.

» Mené Boris chez son grand-père. Sophroniska, qui l'avait été prévenir la veille, m'a appris que madame de La Pérouse était entrée à la maison de retraite. Ouf!

» J'avais quitté le petit sur le palier, après avoir sonné, estimant qu'il serait plus discret de ne pas assister au premier tête-à-tête; je craignais les remerciements du vieux. Questionné le petit, ensuite, mais n'ai rien pu

obtenir. Sophroniska, que j'ai revue, m'a dit que l'enfant ne lui a pas parlé davantage. Quand, une heure plus tard, elle a été le rechercher comme il était convenu, une servante lui a ouvert; Sophroniska a trouvé le vieux assis devant une partie de dames; l'enfant, dans un coin, à l'autre bout de la pièce, boudait.

« C'est curieux, a dit La Pérouse tout déconfit; il avait l'air de s'amuser; mais il en a eu assez tout à coup. Je crains qu'il ne manque un peu de patience... »

» C'était une erreur de les laisser seuls trop longtemps.

27 septembre.

» Ce matin, rencontré Molinier, sous l'Odéon. Pauline et Georges ne rentrent qu'après-demain. Seul à Paris depuis hier, si Molinier s'ennuyait autant que moi, rien d'étonnant à ce qu'il ait paru ravi de me voir. Nous avons été nous asseoir au Luxembourg, en attendant l'heure du déjeuner, que nous avons convenu de prendre ensemble.

» Molinier affecte avec moi un ton plaisantin, parfois même égrillard, qu'il pense sans doute de nature à plaire à un artiste. Certain souci de se montrer encore vert.

« Au fond, je suis un passionné, m'a-t-il déclaré. » J'ai compris qu'il voulait dire : un libidineux. J'ai souri, comme on ferait en entendant une femme déclarer qu'elle a de très belles jambes; un sourire qui signifie : « Croyez » bien que je n'en ai jamais douté. » Jusqu'à ce jour, je n'avais vu de lui que le magistrat; l'homme enfin écartait la toge.

» J'ai attendu que nous fussions attablés chez Foyot pour lui parler d'Olivier; lui ai dit que j'avais eu récemment de ses nouvelles par un de ses camarades et que j'avais appris qu'il voyageait en Corse avec le comte de Passavant.

« Oui, c'est un ami de Vincent, qui lui a proposé de l'emmener. Comme Olivier venait de passer son bachot assez brillamment, sa mère n'a pas cru devoir lui refuser ce plaisir... C'est un littérateur, ce comte de Passavant. Vous devez le connaître. »

» Je ne lui ai point caché que je n'aimais beaucoup ni ses livres ni sa personne.

« Entre confrères, on se juge quelquefois un peu sévèrement, a-t-il riposté. J'ai tâché de lire son dernier

roman, dont certains critiques font grand cas. Je n'y ai pas vu grand-chose ; mais, vous savez, je ne suis pas de la partie... » Puis, comme j'exprimais mes craintes sur l'influence que Passavant pourrait avoir sur Olivier :

« A vrai dire, a-t-il ajouté pâteusement, moi, personnellement, je n'approuvais pas ce voyage. Mais il faut bien se rendre compte qu'à partir d'un certain âge, les enfants nous échappent. C'est dans la règle, et il n'y a rien à faire à cela. Pauline voudrait rester penchée sur eux. Elle est comme toutes les mères. Je lui dis parfois : « Mais tu les embêtes, tes fils. Laisse-les donc tranquilles. C'est toi qui leur donnes des idées, avec toutes tes questions... » Moi, je tiens que cela ne sert à rien de les surveiller trop longtemps. L'important, c'est qu'une première éducation leur inculque quelques bons principes. L'important, c'est surtout qu'ils aient de qui tenir. L'hérédité, voyez-vous, mon cher, ça triomphe de tout. Il y a certains mauvais sujets que rien n'amende ; ceux que nous appelons : les prédestinés. Il est nécessaire, ceux-là, de les tenir très serrés. Mais quand on a affaire à de bonnes natures, on peut lâcher la bride un peu.

» — Vous me disiez pourtant, poursuivis-je, que cet enlèvement d'Olivier n'avait pas votre assentiment.

» — Oh ! mon assentiment... mon assentiment, a-t-il dit, le nez dans son assiette, on s'en passe parfois, de mon assentiment. Il faut se rendre compte que dans les ménages, et je parle des plus unis, ce n'est pas toujours le mari qui décide. Vous n'êtes pas marié, cela ne vous intéresse pas...

» — Pardonnez-moi, fis-je en riant ; je suis romancier.

» — Alors vous avez pu remarquer sans doute que ce n'est pas toujours par faiblesse de caractère qu'un homme se laisse mener par sa femme.

» — Il est en effet, concédai-je en manière de flatterie, des hommes fermes, et même autoritaires, qu'on découvre, en ménage, d'une docilité d'agneau.

» — Et savez-vous à quoi cela tient ? reprit-il... Neuf fois sur dix, le mari qui cède à sa femme, c'est qu'il a quelque chose à se faire pardonner. Une femme vertueuse, mon cher, prend avantage de tout. Que l'homme courbe un instant le dos, elle lui saute sur les épaules. Ah ! mon ami, les pauvres maris sont parfois

bien à plaindre. Quand nous sommes jeunes, nous souhaitons de chastes épouses, sans savoir tout ce que nous coûtera leur vertu. »

» Les coudes sur la table et le menton dans les mains, je contemplais Molinier. Le pauvre homme ne se doutait pas combien la position courbée dont il se plaignait paraissait naturelle à son échine; il s'épongeait le front fréquemment, mangeait beaucoup, non tant comme un gourmet que comme un goinfre, et semblait apprécier particulièrement le vieux bourgogne que nous avions commandé. Heureux de se sentir écouté, compris, et, pensait-il sans doute, approuvé, il débordait d'aveux.

« En tant que magistrat, continuait-il, j'en ai connu qui ne se prêtaient à leur mari qu'à contrecœur, qu'à contresens... et qui pourtant s'indignent lorsque le malheureux rebuté va chercher ailleurs sa provende. »

» Le magistrat avait commencé sa phrase au passé; le mari l'achevait au présent, dans un indéniable rétablissement personnel. Il ajouta sentencieusement, entre deux bouchées :

« Les appétits d'autrui paraissent facilement excessifs, dès qu'on ne les partage pas. But un grand coup de vin, puis : — Et ceci vous explique, cher ami, comment un mari perd la direction de son ménage. »

» J'entendais de reste et découvrais, sous l'incohérence apparente de ses propos, son désir de faire retomber sur la vertu de sa femme la responsabilité de ses faillites. Des êtres aussi disloqués que ce pantin, me disais-je, n'ont pas trop de tout leur égoïsme pour tenir reliés entre eux les éléments disjoints de leur figure. Un peu d'oubli d'eux-mêmes, et ils s'en iraient en morceaux. Il se taisait. Je sentis le besoin de verser quelques réflexions, comme on verse de l'huile à une machine qui vient de fournir une étape, et, pour l'inviter à repartir, je hasardai :

« Heureusement, Pauline est intelligente. »

» Il fit un : « Oui... », prolongé jusqu'au dubitatif, puis :

« Mais il y a pourtant des choses qu'elle ne comprend pas. Si intelligente que soit une femme, vous savez... Du reste, je reconnais qu'en la circonstance, je n'ai pas été très adroit. J'avais commencé à lui parler d'une petite aventure, alors que je croyais, que j'étais

convaincu moi-même, que l'histoire n'irait pas plus loin. L'histoire a été plus loin... et les soupçons de Pauline également. J'avais eu tort de lui mettre, comme on dit, la puce à l'oreille. Il m'a fallu dissimuler, mentir... Voilà ce que c'est que d'avoir eu d'abord la langue trop longue. Que voulez-vous ? Je suis d'un naturel confiant... Mais Pauline est d'une jalousie redoutable et vous n'imaginez pas combien j'ai dû ruser.

» — Il y a longtemps de cela ? demandai-je.

» — Oh! ça dure depuis cinq ans environ; et j'estime que je l'avais complètement rassurée. Mais tout va être à recommencer. Figurez-vous qu'avant-hier, en rentrant chez moi... Si on demandait un second pommard, hein ?

» — Pas pour moi, je vous en prie.

» — Ils en ont peut-être des demi-bouteilles. Ensuite je rentrerai dormir un peu. La chaleur m'éprouve... Je vous disais donc qu'avant-hier, en rentrant chez moi, j'ouvre mon secrétaire pour y ranger des papiers. J'amène le tiroir où j'avais caché les lettres de... la personne en question. Jugez de ma stupeur, mon cher : le tiroir était vide. Oh! parbleu, je ne vois que trop ce qui se sera passé : Il y a une quinzaine de jours, Pauline s'est amenée à Paris avec Georges pour le mariage de la fille d'un de mes collègues, auquel il ne m'était pas possible d'assister; vous savez que j'étais en Hollande... et puis, ces cérémonies-là, c'est plutôt l'affaire des femmes. Désœuvrée, dans cet appartement vide, sous prétexte de mettre de l'ordre, vous savez comment sont les femmes, toujours un peu curieuses... elle aura commencé à fureter... oh! sans songer à mal. Je ne l'accuse pas. Mais Pauline a toujours eu un sacré besoin de ranger... Alors, qu'est-ce que vous voulez que je lui dise, à présent qu'elle tient en main les preuves ? Si encore la petite ne m'appelait pas par mon nom! Un ménage si uni! Quand je songe à ce que je vais prendre... »

» Le pauvre homme pataugeait dans sa confidence. Il se tamponna le front, s'éventa. J'avais beaucoup moins bu que lui. Le cœur ne fournit pas de la compassion sur commande; je n'éprouvais pour lui que du dégoût. Je l'acceptais père de famille (encore qu'il me fût pénible de me dire qu'il était père d'Olivier), bourgeois rangé, honnête, retraité; amoureux, je ne l'imaginais que ridicule. J'étais surtout gêné par la maladresse et la

trivialité de ses propos, de sa mimique; les sentiments qu'il m'exprimait, ni son visage ni sa voix ne me paraissaient faits pour les rendre; on eût dit une contrebasse s'essayant à des effets d'alto; son instrument n'obtenait que des couacs.

« Vous me disiez que Georges était avec elle...

» — Oui; elle n'avait pas voulu le laisser seul. Mais naturellement, à Paris, il n'était pas toujours sur son dos... Si je vous disais, mon cher, que depuis vingt-six ans de ménage, je n'ai jamais eu avec elle la moindre scène, pas la plus petite altercation... Quand je songe à celle qui se prépare... car Pauline rentre dans deux jours... Ah! tenez, parlons d'autre chose. Eh bien! qu'est-ce que vous dites de Vincent? Le prince de Monaco, une croisière... Peste!... Comment, vous ne saviez pas?... Oui, le voilà parti pour surveiller des sondages et des pêches près des Açores. Ah! celui-là, je n'ai pas à m'inquiéter de lui, je vous assure! Il fera bien son chemin tout seul.

» — Sa santé ?

» — Complètement rétablie. Intelligent comme il l'est, je le crois en route pour la gloire. Le comte de Passavant ne m'a pas caché qu'il le tenait pour un des hommes les plus remarquables qu'il eût rencontrés. Il disait même : le plus remarquable... mais il faut faire la part de l'exagération... »

» Le repas s'achevait; il alluma un cigare.

« Puis-je vous demander, reprit-il, quel est cet ami d'Olivier qui vous a donné de ses nouvelles? Je vous dirai que j'attache une particulièrement grande importance aux fréquentations de mes enfants. J'estime qu'on ne saurait trop y prendre garde. Les miens ont heureusement une tendance naturelle à ne se lier qu'avec ce qu'il y a de mieux. Voyez, Vincent avec son prince; Olivier avec le comte de Passavant... Georges, lui, a retrouvé à Houlgate un petit camarade de classe, un jeune Adamanti, qui va du reste rentrer à la pension Vedel-Azaïs avec lui; un garçon de tout repos; son père est sénateur de la Corse. Mais regardez comme il faut se méfier : Olivier avait un ami qui semblait de très bonne famille : un certain Bernard Profitendieu. Il faut vous dire que Profitendieu père est mon collègue; un homme des plus remarquables et que j'estime tout

particulièrement. Mais... (que ceci reste entre nous) ... voici que j'apprends qu'il n'est pas le père de l'enfant qui porte son nom! Qu'est-ce que vous dites de ça?

» — C'est précisément ce jeune Bernard Profitendieu qui m'a parlé d'Olivier », dis-je.

» Molinier tira de grosses bouffées de son cigare et, relevant très haut les sourcils, ce qui couvrit son front de rides :

« Je préfère qu'Olivier ne fréquente pas trop ce garçon. J'ai sur lui des renseignements déplorables; qui du reste ne m'ont pas beaucoup étonné. Disons-nous bien qu'il n'y a lieu d'attendre rien de bon d'un enfant né dans ces tristes conditions. Ce n'est pas qu'un enfant naturel ne puisse avoir de grandes qualités, des vertus même; mais le fruit du désordre et de l'insoumission porte nécessairement en lui des germes d'anarchie... Oui, mon cher; ce qui devait arriver est arrivé. Le jeune Bernard a brusquement quitté le foyer familial, où il n'aurait jamais dû entrer. Il est allé « vivre sa vie », comme disait Émile Augier; vivre on ne sait comment, et on ne sait où. Le pauvre Profitendieu, qui m'a mis lui-même au courant de cette frasque, s'en montrait d'abord extrêmement affecté. Je lui ai fait comprendre qu'il ne devait pas prendre la chose tellement à cœur. Somme toute, le départ de ce garçon fait rentrer les choses dans l'ordre. »

» Je protestai que je connaissais Bernard assez pour me porter garant de sa gentillesse et de son honnêteté (me gardant, il va sans dire, de parler de l'histoire de la valise); mais Molinier, rebondissant aussitôt :

« Allons! je vois qu'il faut que je vous en raconte davantage. »

» Puis se penchant en avant, et à demi-voix :

« Mon collègue Profitendieu s'est vu chargé d'instruire une affaire extrêmement scabreuse et gênante, tant en elle-même que par le retentissement et les suites qu'elle peut avoir. C'est une histoire invraisemblable et à laquelle on voudrait bien pouvoir ne pas ajouter foi... Il s'agit, mon cher, d'une véritable entreprise de prostitution, d'un... non, je ne voudrais pas employer de vilains mots; mettons d'une maison de thé, qui présente ceci de particulièrement scandaleux que les habitués de ses salons sont pour la plupart, et presque

exclusivement, des lycéens encore très jeunes. Je vous dis que c'est à ne pas le croire. Ces enfants ne se rendent certainement pas compte de la gravité de leurs actes, car c'est à peine s'ils cherchent à se cacher. Cela se passe à la sortie des classes. On goûte, on cause, on s'amuse avec ces dames; et les jeux vont se poursuivre dans des chambres attenantes aux salons. Naturellement, n'entre pas là qui veut. Il faut être présenté, initié. Qui fait les frais de ces orgies ? Qui paie le loyer de l'appartement ? c'est ce qu'il ne paraissait pas malaisé de découvrir; mais on ne pouvait pousser les investigations qu'avec une extrême prudence, par crainte d'en apprendre trop, de se laisser entraîner, d'être forcé de poursuivre et de compromettre enfin des familles respectables dont on soupçonnait les enfants d'être parmi les principaux clients. J'ai donc fait ce que j'ai pu pour modérer le zèle de Profitendieu qui se lançait comme un taureau dans cette affaire, sans se douter que de son premier coup de corne... (ah! pardonnez-moi; je ne l'ai pas dit exprès; ah! ah! ah! c'est drôle; ça m'a échappé)... il risquait d'embrocher son fils. Par bonheur, les vacances ont licencié tout le monde; les collégiens se sont disséminés, et j'espère que toute cette affaire va s'en aller en eau de boudin, être étouffée après quelques avertissements et sanctions sans esclandre.

» — Vous êtes bien certain que Bernard Profitendieu avait trempé là-dedans ?

» — Pas absolument, mais...

» — Qu'est-ce qui vous porte à le croire ?

» — D'abord, le fait que c'est un enfant naturel. Vous pensez bien qu'un garçon de son âge ne fiche pas le camp de chez lui sans avoir toute honte bue... Et puis je crois bien que Profitendieu a été pris de quelques soupçons, car son zèle s'est brusquement ralenti; que dis-je, il a paru faire machine arrière, et la dernière fois que je lui ai demandé où cette affaire en était, il s'est montré gêné : « Je crois que, finalement, cela ne va rien donner », m'a-t-il dit, et il a vite détourné la conversation. Pauvre Profitendieu! Eh bien! vous savez, il ne mérite pas ce qui lui arrive. C'est un honnête homme, et, ce qui est peut-être plus rare : un brave garçon. Ah! par exemple, sa fille vient de faire un bien beau mariage. Je n'ai pas pu y assister parce que j'étais

en Hollande, mais Pauline et Georges étaient revenus pour cela. Je vous l'ai dit déjà? Il est temps que j'aille dormir... Quoi, vraiment! vous voulez tout payer? Laissez donc! Entre garçons, en camarades, on partage... Pas moyen? Allons, adieu. N'oubliez pas que Pauline rentre dans deux jours. Venez nous voir. Et puis ne m'appelez donc plus Molinier; dites donc : Oscar, simplement!... Je voulais vous demander cela depuis longtemps. »

» Ce soir un billet de Rachel, la sœur de Laura :

» *J'ai de graves choses à vous dire. Pouvez-vous, sans trop vous déranger, passer à la pension demain après-midi? Vous me rendriez grand service.*

» Si c'était pour me parler de Laura, elle n'aurait pas tant attendu. C'est la première fois qu'elle m'écrit. »

II

JOURNAL D'ÉDOUARD
(Suite)

28 septembre.

« J'AI trouvé Rachel sur le seuil de la grande salle d'études, au rez-de-chaussée de la pension. Deux domestiques nettoyaient le plancher. Elle-même, en tablier de servante, un torchon à la main.

« Je savais que je pouvais compter sur vous, m'a-t-elle dit en me tendant la main, avec une expression de tristesse tendre, résignée, et malgré tout souriante, plus touchante que la beauté. — Si vous n'êtes pas trop pressé, le mieux serait que vous montiez d'abord faire une petite visite à grand-père, puis à maman. S'ils apprenaient que vous êtes venu sans les voir, cela leur ferait de la peine. Mais réservez un peu de temps; il faut absolument que je vous parle. Vous me rejoindrez ici; vous voyez, je surveille le travail. »

» Par une sorte de pudeur, elle ne dit jamais : je travaille. Rachel s'est effacée toute sa vie, et rien n'est plus discret, plus modeste que sa vertu. L'abnégation lui est si naturelle qu'aucun des siens ne lui sait gré de son perpétuel sacrifice. C'est la plus belle âme de femme que je connaisse.

« Monté au second, chez Azaïs. Le vieux ne quitte plus guère son fauteuil. Il m'a fait asseoir près de lui et presque aussitôt m'a parlé de La Pérouse.

« Je m'inquiète de le savoir seul et voudrais le persuader de venir habiter la pension. Vous savez que nous sommes de vieux amis. J'ai été le voir dernièrement. Je crains que le départ de sa chère femme pour Sainte-Périne, ne l'ait beaucoup affecté. Sa servante m'a dit qu'il ne se nourrissait presque plus. J'estime que d'ordinaire nous mangeons trop; mais en toute chose, il faut observer une mesure et il peut y avoir excès dans les deux sens. Il trouve inutile qu'on fasse de la cuisine pour lui tout seul; mais en prenant ses repas avec nous, de voir manger les autres l'entraînerait. Il serait ici près de son charmant petit-fils, qu'il n'aurait sinon guère l'occasion de voir; car de la rue Vavin au faubourg Saint-Honoré, c'est tout un voyage. Au surplus, je n'aimerais pas trop laisser l'enfant sortir seul dans Paris. Je connais Anatole de La Pérouse depuis longtemps. Il a toujours été original. Ce n'est pas un reproche; mais il est de naturel un peu fier et n'accepterait peut-être pas l'hospitalité que je lui offre, sans payer un peu de sa personne. J'ai donc pensé que je pourrais lui proposer de surveiller les classes d'études, ce qui ne le fatiguerait guère, et aurait au surplus le bon effet de le distraire, de le sortir un peu de lui-même. Il est bon mathématicien et pourrait au besoin donner des répétitions de géométrie ou d'algèbre. A présent qu'il n'a plus d'élèves, ses meubles et son piano ne lui servent plus à rien; il devrait donner congé; et comme de venir ici lui économiserait un loyer, j'ai pensé qu'au surplus, nous pourrions convenir d'un petit prix de pension, pour le mettre plus à son aise et qu'il ne se sente pas trop mon obligé. Vous devriez tâcher de le convaincre, et cela sans trop tarder, car avec son mauvais régime, je crains qu'il ne s'affaiblisse vite. Au surplus, la rentrée a lieu dans deux jours; il serait utile de savoir à quoi s'en tenir et si l'on peut compter sur lui... comme lui peut compter sur nous. »

» Je promis d'aller parler à La Pérouse dès le lendemain. Aussitôt, comme soulagé :

« Eh! quel brave garçon, dites-moi, que votre jeune protégé, Bernard. Il s'est aimablement offert pour rendre ici de petits services; il parlait de surveiller la

petite étude; mais je crains qu'il ne soit lui-même un peu jeune et ne sache pas se faire respecter. J'ai causé longuement avec lui et l'ai trouvé bien sympathique. C'est avec les caractères de cette trempe qu'on forge les meilleurs chrétiens. Il est assurément regrettable que la direction de cette âme ait été faussée par son éducation première. Il m'a avoué qu'il n'avait pas la foi; mais il m'a dit cela sur un ton qui m'a donné bon espoir. Je lui ai répondu que j'espérais trouver en lui toutes les qualités qu'il fallait pour former un brave petit soldat du Christ, et qu'il devait se préoccuper de songer à faire valoir les talents que Dieu lui avait confiés. Nous avons relu ensemble la parabole, et je crois que la bonne semence n'est pas tombée sur un mauvais terrain. Il s'est montré remué par mes paroles et m'a promis d'y réfléchir. »

» Bernard m'avait déjà parlé de cet entretien avec le vieux; je savais ce qu'il en pensait, de sorte que la conversation me devenait assez pénible. Déjà je m'étais levé pour partir, mais lui, gardant la main que je lui tendais dans les siennes :

« Eh! dites-moi; j'ai revu notre Laura! Je savais que cette chère enfant avait passé tout un mois avec vous dans la belle montagne; elle semble s'y être fait beaucoup de bien. Je suis heureux de la savoir de nouveau près de son mari, qui devait commencer à souffrir de sa longue absence. Il est regrettable que son travail ne lui ait pas permis de vous rejoindre là-bas. »

» Je tirais pour partir, de plus en plus gêné, car j'ignorais ce que Laura avait pu lui dire, mais d'un geste brusque et autoritaire, il m'attira contre lui, et, se penchant en avant vers mon oreille :

« Laura m'a confié qu'elle avait des espérances; mais chut!... Elle préfère qu'on ne le sache pas encore. Je vous dis cela à vous, parce que je sais que vous êtes au courant, et que nous sommes discrets l'un et l'autre. La pauvre enfant était toute confuse en me parlant, et rougissante; elle est si réservée. Comme elle s'était mise à genoux devant moi, nous avons ensemble remercié Dieu d'avoir bien voulu bénir cette union. »

» Il me semble que Laura aurait mieux fait de différer cette confidence, à laquelle son état ne la forçait pas encore. M'eût-elle consulté, je lui aurais conseillé

d'attendre d'avoir revu Douviers avant de rien dire. Azaïs n'y voit que du feu; mais tous les siens ne seront pas aussi jobards.

» Le vieux a exécuté encore quelques variations sur divers thèmes pastoraux, puis m'a dit que sa fille serait heureuse de me revoir, et je suis redescendu à l'étage des Vedel.

» Je relis ce que dessus. En parlant ainsi d'Azaïs, c'est moi que je rends odieux. Je l'entends bien ainsi; et j'ajoute ces quelques lignes à l'usage de Bernard, pour le cas où sa charmante indiscrétion le pousserait à fourrer de nouveau son nez dans ce cahier. Pour peu qu'il continue à fréquenter le vieux, il comprendra ce que je veux dire. J'aime beaucoup le vieux et, « au surplus » comme il dit, je le respecte; mais dès que je suis près de lui, je ne peux plus me sentir; cela me rend sa société assez pénible.

» J'aime beaucoup sa fille, la pastoresse. Madame Vedel ressemble à l'Elvire de Lamartine; une Elvire vieillie. Sa conversation n'est pas sans charme. Il lui arrive assez souvent de ne pas achever ses phrases, ce qui donne à sa pensée une sorte de flou poétique. Elle fait de l'infini avec l'imprécis et l'inachevé. Elle attend de la vie future tout ce qui lui manque ici-bas; ceci lui permet d'élargir indéfiniment ses espoirs. Elle prend élan sur le rétrécissement de son sol. De ne voir que très peu Vedel lui permet de s'imaginer qu'elle l'aime. Le digne homme est incessamment en partance, requis par mille soins, mille soucis, sermons, congrès, visites de pauvres et de malades. Il ne vous serre la main qu'en passant, mais d'autant plus cordialement.

« Trop pressé pour causer aujourd'hui.

» — Bah! l'on se retrouvera dans le ciel, lui dis-je; mais il n'a pas le temps de m'entendre.

» — Plus un instant à lui, soupire madame Vedel. Si vous saviez tout ce qu'il se laisse mettre sur les bras depuis que... Comme on sait qu'il ne se refuse jamais, tout le monde lui... Quand il rentre le soir, il est si fatigué parfois que je n'ose presque pas lui parler de peur de le... Il se donne tellement aux autres qu'il ne lui reste plus rien pour les siens. »

» Et tandis qu'elle me parlait, je me souvenais de

certains retours de Vedel, du temps que j'habitais la pension. Je le voyais se prendre la tête dans les mains et bramer après un peu de répit. Mais, alors déjà, je pensais que, ce répit, il le redoutait peut-être plus encore qu'il ne le souhaitait, et que rien ne pourrait lui être donné de plus pénible qu'un peu de temps pour réfléchir.

« Vous prendrez bien une tasse de thé ? me demanda madame Vedel, tandis qu'une petite bonne apportait un plateau chargé.

» — Madame, il n'y a plus de sucre.

» — Je vous ai déjà dit que c'est à mademoiselle Rachel que vous devez en demander. Allez vite... Est-ce que vous avez prévenu ces Messieurs ?

» — Monsieur Bernard et monsieur Boris sont sortis.

» — Eh bien ! et monsieur Armand ?... Dépêchez-vous. »

» Puis, sans attendre que la bonne soit sortie :

« Cette pauvre fille arrive de Strasbourg. Elle n'a aucune... On est obligé de tout lui dire... Eh bien ! qu'est-ce que vous attendez ? »

» La servante se retourna comme un serpent à qui l'on aurait marché sur la queue :

« Il y a en bas le répétiteur, qui voulait monter. Il dit qu'il ne s'en ira pas avant d'être payé. »

» Les traits de madame Vedel exprimèrent un ennui tragique.

« Combien de fois devrai-je encore répéter que ce n'est pas moi qui m'occupe des affaires de règlements. Dites-lui qu'il s'adresse à Mademoiselle. Allez !... Pas une heure tranquille ! Je ne sais vraiment pas à quoi pense Rachel.

» — Nous ne l'attendons pas pour le thé ?

» — Elle n'en prend jamais... Ah ! cette rentrée nous donne bien du souci. Les maîtres répétiteurs qui se proposent demandent des prix exorbitants; ou, quand leurs prix sont acceptables, c'est eux-mêmes qui ne le sont pas. Papa a eu à se plaindre du dernier ; il s'est montré beaucoup trop faible avec lui ; à présent, c'est lui qui menace. Vous avez entendu ce que disait la petite. Tous ces gens ne songent qu'à l'argent... comme s'il n'y avait rien de plus important au monde... En attendant, nous ne savons pas comment le remplacer.

Prosper croit toujours qu'il n'y a qu'à prier Dieu pour que tout s'arrange...

» La bonne rentrait avec le sucre.

« Vous avez prévenu monsieur Armand ?

» — Oui, Madame; il va venir tout de suite.

» — Et Sarah ? demandai-je.

» — Elle ne rentre que dans deux jours. Elle est chez des amis, en Angleterre; chez les parents de cette jeune fille que vous avez vue chez nous. Ils ont été très aimables, et je suis heureuse que Sarah puisse un peu se... C'est comme Laura. Je lui ai trouvé bien meilleure mine. Ce séjour en Suisse, après le Midi, lui a fait beaucoup de bien, et vous êtes très aimable de l'avoir décidée. Il n'y a que ce pauvre Armand qui n'a pas quitté Paris de toutes les vacances.

» — Et Rachel ?

» — Oui; c'est vrai; elle aussi. Elle a été sollicitée de divers côtés, mais elle a préféré rester à Paris. Et puis grand-père avait besoin d'elle. D'ailleurs, dans cette vie, on ne fait pas toujours ce qu'on veut. C'est ce que, de temps en temps, je suis forcée de redire aux enfants. Il faut aussi songer aux autres. Est-ce que vous croyez que, moi aussi, cela ne m'aurait pas amusée d'aller me promener à Saas-Fée ? Et Prosper, lui, quand il voyage est-ce que vous croyez que c'est pour son plaisir ? Armand, tu sais bien que je n'aime pas que tu viennes ici sans faux col, ajouta-t-elle en voyant entrer son fils.

» — Ma chère mère, vous m'avez religieusement enseigné à n'attacher point d'importance à ma mise, dit-il en me tendant la main; et très opportunément, car la blanchisseuse ne revient que mardi, et les cols qui me restent sont déchirés. »

» Je me souvenais de ce qu'Olivier m'avait dit de son camarade, et il me parut en effet qu'une expression de souci profond se cachait derrière sa méchante ironie. Le visage d'Armand s'était affiné; son nez se pinçait, se busquait sur ses lèvres amincies et décolorées. Il continuait :

« Avez-vous avisé Monsieur votre noble visiteur que nous avons adjoint à notre troupe ordinaire et engagé, pour l'ouverture de notre saison d'hiver, quelques vedettes sensationnelles : le fils d'un sénateur

bien-pensant, et le jeune vicomte de Passavant, frère d'un auteur illustre ? Sans compter deux recrues que vous connaissez déjà, mais qui n'en sont pour cela que plus honorables : le prince Boris, et le marquis de Profitendieu; plus quelques autres dont les titres et les vertus restent à découvrir.

» — Vous voyez qu'il ne change pas », dit la pauvre mère, qui souriait à ces plaisanteries.

» J'avais si grand peur qu'il ne commençât à parler de Laura, que j'écourtai ma visite et descendis au plus vite retrouver Rachel.

» Elle avait relevé les manches de son corsage pour aider au rangement de la salle d'étude; mais les rabaissa précipitamment en me voyant approcher.

« Il m'est extrêmement pénible d'avoir recours à vous, commença-t-elle en m'entraînant dans une petite salle voisine qui sert aux leçons particulières. J'aurais voulu m'adresser à Douviers, qui m'en avait priée; mais depuis que j'ai revu Laura, j'ai compris que je ne pouvais plus le faire... »

» Elle était très pâle, et, comme elle disait ces derniers mots, son menton et ses lèvres furent agités d'un tremblement convulsif qui l'empêcha quelques instants de parler. Dans la crainte de la gêner, je détournais d'elle mon regard. Elle s'appuya contre la porte qu'elle avait refermée. Je voulus lui prendre la main, mais elle l'arracha d'entre les miennes. Elle reprit enfin, la voix comme contractée par un immense effort :

» — Pouvez-vous me prêter dix mille francs ? La rentrée s'annonce assez bonne et j'espère pouvoir vous les rendre bientôt.

» — Quand vous les faut-il ? »

» Elle ne répondit pas.

« Je me trouve avoir un peu plus de mille francs sur moi, repris-je. Dès demain matin, je compléterai la somme... Dès ce soir, s'il est nécessaire.

» — Non; demain suffira. Mais si vous pouvez sans vous priver me laisser mille francs tout de suite... »

» Je les sortis de mon portefeuille et les lui tendis.

« Voulez-vous quatorze cents francs ? »

» Elle baissa la tête et fit un « oui » si faible que je l'entendis à peine, puis gagna en chancelant un banc d'écolier sur lequel elle se laissa tomber et, les deux

coudes appuyés sur le pupitre devant elle, resta quelques
instants le visage dans les mains. Je pensai qu'elle pleurait
mais, quand je posai ma main sur son épaule, elle releva
le front et je vis que ses yeux étaient restés secs.

« Rachel, lui dis-je, ne soyez pas confuse d'avoir
à me demander cela. Je suis heureux de pouvoir vous
obliger. »

» Elle me regarda gravement :

« Ce qui m'est pénible, c'est de devoir vous prier
de n'en parler ni à grand-père, ni à maman. Depuis qu'ils
m'ont confié les comptes de la pension, je leur laisse
croire que... enfin ils ne savent pas. Ne leur dites rien,
je vous en supplie. Grand-père est vieux, et maman se
donne tant de mal.

» — Rachel, ce n'est pas elle qui se donne tout ce
mal... C'est vous.

» — Elle s'est donné beaucoup de mal. A présent elle
est fatiguée. C'est mon tour. Je n'ai rien d'autre à faire. »

» Elle disait tout simplement ces mots tout simples.
Je ne sentais dans sa résignation nulle amertume, mais
au contraire une sorte de sérénité.

« Mais n'allez pas croire que cela aille très mal,
reprit-elle. Simplement c'est un moment difficile, parce
que certains créanciers se montrent impatients.

» — J'ai entendu tout à l'heure la bonne parler d'un
maître répétiteur qui réclamait son dû.

» — Oui; il est venu faire à grand-père une scène très
pénible, que malheureusement je n'ai pas pu empêcher.
C'est un homme brutal et vulgaire. Il faut que j'aille le
payer.

« — Souhaitez-vous que j'aille à votre place ? »

» Elle hésita un instant, s'efforçant en vain de sourire.

» — Merci. Mais non; mieux vaut que ce soit moi...
Mais sortez avec moi, voulez-vous. J'ai un peu peur de
lui. S'il vous voit, il n'osera sans doute rien dire.

» La cour de la pension domine de quelques marches
le jardin qui y fait suite et dont une balustrade la sépare,
contre laquelle le répétiteur s'appuyait, les deux coudes
rejetés en arrière. Il était coiffé d'un énorme feutre mou
et fumait la pipe. Tandis que Rachel parlementait avec
lui, Armand vint me rejoindre.

« Rachel vous a tapé, dit-il cyniquement. Vous
venez à pic pour la tirer d'une sale angoisse. C'est

encore Alexandre, mon cochon de frère, qui a fait des dettes dans les colonies. Elle a voulu cacher cela à mes parents. Déjà elle avait abandonné la moitié de sa dot pour grossir un peu celle de Laura; mais cette fois tout le reste y a passé. Elle ne vous en a rien dit, je parie. Sa modestie m'exaspère. C'est une des plus sinistres plaisanteries de ce bas monde : chaque fois que quelqu'un se sacrifie pour les autres, on peut être certain qu'il vaut mieux qu'eux... Tout ce qu'elle a fait pour Laura! Celle-ci l'a bien récompensée, la garce!...

» — Armand, m'écriai-je indigné, vous n'avez pas le droit de juger votre sœur. »

» Mais il reprit d'une voix saccadée et sifflante :

« C'est au contraire parce que je ne suis pas meilleur qu'elle, que je la juge. Je m'y connais. Rachel, elle, ne nous juge pas. Elle ne juge jamais personne... Oui, la garce, la garce... Ce que je pense d'elle, je ne le lui ai pas envoyé dire, je vous jure... Et vous qui avez couvert, qui avez protégé tout cela! Vous qui saviez... Grand-père, lui, n'y voit que du feu. Maman s'efforce de ne rien comprendre. Quant à papa, il s'en remet au Seigneur; c'est plus commode. A chaque difficulté, il tombe en prière et laisse Rachel se débrouiller. Tout ce qu'il demande, c'est de ne pas y voir clair. Il court; il se démène; il n'est presque jamais à la maison. Je comprends qu'il étouffe ici; moi, j'y crève. Il cherche à s'étourdir, parbleu! Pendant ce temps, maman fait des vers. Oh! je ne la blague pas; j'en fais bien, moi. Mais, du moins, je sais que je ne suis qu'un salaud; et je n'ai jamais cherché à poser pour autre chose. Dites si ce n'est pas dégoûtant : grand-père qui « fait le charitable » avec La Pérouse, parce qu'il a besoin d'un répétiteur... Et tout à coup : — Qu'est-ce que ce cochon, là-bas, ose dire à ma sœur ? S'il ne la salue pas en partant, je lui fous mon poing sur la gueule... »

» Il s'élança vers le bohème, et je crus qu'il allait cogner. Mais l'autre, à son approche, se fendit d'un grand coup de chapeau déclamatoire et ironique, puis s'enfonça sous la voûte. A ce moment, la porte cochère s'ouvrit pour laisser entrer le pasteur. Il était en redingote, tuyau de poêle et gants noirs, comme qui reviendrait de baptême ou d'enterrement. L'ex-répétiteur et lui échangèrent un salut cérémonieux.

» Rachel et Armand se rapprochaient. Quand Vedel les eut rejoints près de moi :

« Tout est arrangé », dit Rachel à son père.

» Celui-ci la baisa sur le front :

« Tu vois bien ce que je te disais, mon enfant : Dieu n'abandonne jamais celui qui se confie en lui. »

» Puis, me tendant la main :

« Vous partez déjà ?... A un de ces jours, n'est-ce pas ? »

III

JOURNAL D'ÉDOUARD
(Suite)

29 septembre.

« Visite à La Pérouse. La bonne hésitait à me laisser entrer. « Monsieur ne veut voir personne. » J'ai tant insisté qu'elle m'a introduit dans le salon. Les volets étaient clos; dans la pénombre, je distinguais à peine mon vieux maître, enfoncé dans un grand fauteuil droit. Il ne s'est pas levé. Sans me regarder, il m'a tendu de côté sa main molle, qui est retombée après que je l'eus pressée. Je me suis assis à côté de lui, de sorte que je ne le voyais que de profil. Ses traits restaient durs et figés. Par instants ses lèvres s'agitaient, mais il ne disait rien. J'en venais à douter s'il me reconnaissait. La pendule a sonné quatre heures; alors, comme mû par un rouage d'horlogerie, il a tourné la tête lentement et d'une voix solennelle, forte mais atone et comme d'outre-tombe :

« Pourquoi vous a-t-on fait entrer ? J'avais recommandé à la bonne de dire, à qui viendrait me demander, que Monsieur de La Pérouse est mort. »

» Je m'affectai péniblement, non tant de ces paroles absurdes que de leur ton; un ton déclamatoire, indiciblement affecté, auquel mon vieux maître, si naturel avec moi d'ordinaire et si confiant, ne m'avait pas habitué.

« Cette fille n'a pas voulu mentir, ai-je enfin répondu. Ne la grondez pas de m'avoir ouvert. Je suis heureux de vous revoir. »

» Il répéta stupidement : « Monsieur de La Pérouse

est mort. » Puis replongea dans le mutisme. J'eus un mouvement d'humeur et me levai, prêt à partir, remettant à un autre jour le soin de chercher la raison de cette triste comédie. Mais à ce moment la bonne rentra ; elle apportait une tasse de chocolat fumant :

« Que Monsieur fasse un petit effort. Il n'a encore rien pris d'aujourd'hui. »

» La Pérouse eut un sursaut d'impatience, comme un acteur à qui quelque comparse maladroit couperait un effet :

« Plus tard. Quand ce Monsieur sera parti. »

» Mais la bonne n'eut pas plus tôt refermé la porte :

« Mon ami, soyez bon ; apportez-moi un verre d'eau, je vous prie. Un simple verre d'eau. Je meurs de soif. »

» Je trouvai dans la salle à manger une carafe et un verre. Il emplit le verre, le vida d'un trait et s'essuya les lèvres à la manche de son vieux veston d'alpaga.

« Vous avez de la fièvre ? » lui demandai-je.

» Ma phrase le rappela aussitôt au sentiment de son personnage :

« Monsieur de La Pérouse n'a pas de fièvre. Il n'a plus rien. Depuis mercredi soir, Monsieur de La Pérouse a cessé de vivre. »

» J'hésitais si le mieux n'était pas d'entrer dans son jeu :

« N'est-ce pas précisément mercredi que le petit Boris est venu vous voir ? »

» Il tourna la tête vers moi ; un sourire, comme l'ombre de celui d'autrefois, au nom de Boris, éclaira ses traits, et, consentant enfin à quitter son rôle :

« Mon ami, je puis bien vous le dire, à vous : ce mercredi, c'était le dernier jour qui me restait. Puis il reprit, à voix plus basse : — Le dernier jour précisément que je m'étais accordé avant... d'en finir. »

» Il m'était extrêmement douloureux de voir La Pérouse revenir à ce sinistre propos. Je comprenais que je n'avais jamais pris bien au sérieux ce qu'il m'en avait dit précédemment, car j'avais laissé ma mémoire s'en dessaisir ; et je me le reprochais à présent. A présent je me souvenais de tout, mais m'étonnai, car il m'avait parlé d'abord d'une échéance plus lointaine, et, comme je le lui faisais observer, il m'avoua, d'un ton de voix

redevenu naturel et même avec un peu d'ironie, qu'il m'avait trompé sur la date, qu'il l'avait un peu reculée dans la crainte que je ne tente de le retenir ou que je ne précipite pour cela mon retour, mais qu'il s'était agenouillé plusieurs soirs de suite, suppliant Dieu qu'il lui accordât de voir Boris avant de mourir.

« Et même j'avais convenu avec Lui, ajouta-t-il, qu'au besoin je remettrais de quelques jours mon départ... à cause de cette assurance que vous m'aviez donnée de me le ramener, vous vous souvenez ? »

» J'avais pris sa main; elle était glacée et je la réchauffai dans les miennes. Il continua d'une voix monotone :

« Alors, quand j'ai vu que vous n'attendiez pas la fin des vacances pour revenir et que je pourrais revoir le petit sans pour cela différer mon départ, j'ai cru que... il m'a semblé que Dieu tenait compte de ma prière. J'ai cru qu'il m'approuvait. Oui, j'ai cru cela. Je n'ai pas compris tout de suite qu'il se moquait de moi, comme toujours. »

» Il enleva sa main d'entre les miennes, et sur un ton plus animé:

« C'est donc mercredi soir que je m'étais promis d'en finir; et c'est dans la journée de mercredi que vous m'avez amené Boris. Je n'ai pas éprouvé, je dois le dire, en le voyant, toute la joie que je m'étais promise. J'ai réfléchi à cela, ensuite. Évidemment, je n'étais pas en droit d'espérer que ce petit pût être heureux de me voir. Sa mère ne lui parlait jamais de moi. »

» Il s'arrêta; ses lèvres tremblèrent et je crus qu'il allait pleurer.

« Boris ne demande qu'à vous aimer, mais laissez-lui le temps de vous connaître, hasardai-je.

» — Après que le petit m'eut quitté, reprit La Pérouse, sans m'entendre, quand, le soir, je me suis retrouvé seul (car vous savez que madame de La Pérouse n'est plus ici), je me suis dit : « Allons! voici le moment. » Il faut que vous sachiez que mon frère, celui que j'ai perdu, m'a légué une paire de pistolets que je garde toujours près de moi, dans un étui, au chevet de mon lit. J'ai donc été chercher cet étui. Je me suis assis dans un fauteuil; là, comme je suis en ce moment. J'ai chargé l'un des pistolets... »

» Il se tourna vers moi et, brusquement, brutalement,

répéta, comme si je doutais de sa parole : « Oui, je l'ai chargé. Vous pouvez voir : Il l'est encore. Que s'est-il passé ? Je ne parviens pas à comprendre. J'ai porté le pistolet à mon front. Je l'ai gardé longtemps contre ma tempe. Et je n'ai pas tiré. Je n'ai pas pu... Au dernier moment, c'est honteux à dire... Je n'ai pas eu le courage de tirer. »

» Il s'était animé en parlant. Son regard était devenu plus vif et le sang colorait faiblement ses joues. Il me regardait en hochant la tête.

« Comment expliquez-vous cela ? Une chose que j'avais résolue; à laquelle, depuis des mois, je n'arrêtais pas de penser... Peut-être même est-ce pour cela. Peut-être que, par avance, j'avais épuisé en pensée tout mon courage...

» — Comme, avant le retour de Boris, vous aviez épuisé la joie du revoir », lui dis-je; mais il continuait :

« Je suis resté longtemps, avec le pistolet contre ma tempe. J'avais le doigt sur la gâchette. Je pressais un peu; mais pas assez fort. Je me disais : « Dans un instant, je vais presser plus fort, et le coup partira. » Je sentais le froid du métal, et me disais : « Dans un instant, je ne sentirai plus rien. Mais d'abord je vais entendre un bruit terrible... » Songez donc! si près de l'oreille!... C'est cela surtout qui m'a retenu : la peur du bruit... C'est absurde; car, du moment que l'on meurt... Oui; mais la mort, je l'espère comme un sommeil; et une détonation, cela n'endort pas : cela réveille... Oui; c'est certainement cela dont j'avais peur. J'avais peur, au lieu de m'endormir, de me réveiller brusquement. »

» Il sembla se ressaisir, ou plutôt se rassembler, et durant quelques instants, de nouveau ses lèvres remuèrent à vide.

« Tout cela, reprit-il, je ne me le suis dit qu'ensuite. La vérité, si je ne me suis pas tué, c'est que je n'étais pas libre. Je dis à présent : j'ai eu peur; mais non : ce n'était pas cela. Quelque chose de complètement étranger à ma volonté, de plus fort que ma volonté, me retenait... Comme si Dieu ne voulait pas me laisser partir. Imaginez une marionnette qui voudrait quitter la scène avant la fin de la pièce... Halte-là! On a encore besoin de vous pour le finale. Ah! vous croyiez que

vous pouviez partir quand vous vouliez !... J'ai compris que ce que nous appelons notre volonté, ce sont les fils qui font marcher la marionnette, et que Dieu tire. Vous ne saisissez pas ? Je vais vous expliquer. Tenez : je me dis à présent : « Je vais lever mon bras droit »; et je le lève. (Effectivement il le leva.) Mais c'est que la ficelle était déjà tirée pour me faire penser et dire : « Je veux lever mon bras droit »... Et la preuve que je ne suis pas libre, c'est que, si j'avais dû lever l'autre bras, je vous aurais dit : « Je m'en vais lever mon bras gauche »... Non; je vois que vous ne me comprenez pas. Vous n'êtes pas libre de me comprendre... Oh! je me rends bien compte, à présent, que Dieu s'amuse. Ce qu'il nous fait faire, il s'amuse à nous laisser croire que nous voulions le faire. C'est son vilain jeu... Vous croyez que je deviens fou ? A propos : figurez-vous que madame de La Pérouse... Vous savez qu'elle est entrée dans une maison de retraite... Eh bien! figurez-vous qu'elle se persuade que c'est un asile d'aliénés, et que je l'y ai fait interner pour me débarrasser d'elle, avec l'intention de la faire passer pour folle... Accordez-moi que c'est curieux : n'importe quel passant qu'on croise dans la rue, vous comprendrait mieux que celle à qui l'on a donné sa vie... Dans les premiers temps, j'allais la voir chaque jour. Mais, sitôt qu'elle m'apercevait : « Ah! vous voilà. Vous venez encore m'espionner... » J'ai dû renoncer à ces visites qui ne faisaient que l'irriter. Comment voulez-vous qu'on s'attache encore à la vie, lorsqu'on ne peut plus faire de bien à personne ? »

» Des sanglots étranglèrent sa voix. Il baissa la tête et je crus qu'il allait retomber dans son accablement. Mais, avec un brusque élan :

« Savez-vous ce qu'elle a fait, avant de partir ? Elle a forcé mon tiroir et brûlé toutes les lettres de feu mon frère. Elle a toujours été jalouse de mon frère; surtout depuis qu'il est mort. Elle me faisait des scènes quand elle me surprenait, la nuit, en train de relire ses lettres. Elle s'écriait : « Ah! vous attendiez que je sois » couchée. Vous vous cachez de moi. » Et encore : « Vous feriez beaucoup mieux d'aller dormir. Vous » vous fatiguez les yeux. » On l'aurait dite pleine d'attentions; mais je la connais : c'était de la jalousie. Elle n'a pas voulu me laisser seul avec lui.

» — C'est qu'elle vous aimait. Il n'y a pas de jalousie sans amour.

» — Eh bien! accordez-moi que c'est une triste chose, lorsque l'amour, au lieu de faire la félicité de la vie, en devient la calamité... C'est sans doute ainsi que Dieu nous aime. »

» Il s'était beaucoup animé tout en parlant, et tout à coup :

« J'ai faim, dit-il. Quand je veux manger, cette servante m'apporte toujours du chocolat. Madame de La Pérouse a dû lui dire que je ne prenais rien d'autre. Vous seriez bien aimable d'aller à la cuisine... la seconde porte à droite, dans le couloir... et de voir s'il n'y a pas des œufs. Je crois qu'elle m'a dit qu'il y en avait.

» — Vous voudriez qu'elle vous prépare un œuf sur le plat ?

» — Je crois que j'en mangerais bien deux. Seriez-vous assez bon ? Moi, je ne parviens pas à me faire entendre.

» — Cher ami, lui dis-je en revenant, vos œufs seront prêts dans un instant. Si vous me le permettez, je resterai pour vous les voir prendre ; oui, cela me fera plaisir. Il m'a été très pénible de vous entendre dire, tout à l'heure, que vous ne pouviez plus faire de bien à personne. Vous semblez oublier votre petit-fils. Votre ami, monsieur Azaïs, vous propose de venir vivre près de lui, à la pension. Il m'a chargé de vous le dire. Il pense qu'à présent que madame de La Pérouse n'est plus ici, rien ne vous retient. »

» Je m'attendais à quelque résistance, mais c'est à peine s'il s'informa des conditions de la nouvelle existence qui s'offrait à lui.

« Si je ne me suis pas tué, je n'en suis pas moins mort. Ici ou là, peu m'importe, disait-il. Vous pouvez m'emmener. »

» Je convins que je viendrais le prendre le surlendemain ; que, d'ici là, je mettrais à sa disposition deux malles, pour qu'il y puisse ranger les vêtements dont il aurait besoin et ce qu'il tiendrait à cœur d'emporter.

« Du reste, ajoutai-je, comme vous conserverez la disposition de cet appartement jusqu'à expiration du bail, il sera toujours temps d'y venir chercher ce qui vous manque. »

» La servante apporta les œufs, qu'il dévora. Je commandai pour lui un dîner, tout soulagé de voir enfin le naturel reprendre le pas.

« Je vous donne beaucoup de mal, répétait-il; vous êtes bon. »

» J'aurais voulu qu'il me confiât ses pistolets dont, lui dis-je, il n'avait plus que faire; mais il ne consentit pas à me les laisser.

« Vous n'avez plus de crainte à avoir. Ce que je n'ai pas fait ce jour-là, je sais que je ne pourrai jamais le faire. Mais ils sont le seul souvenir qui me reste à présent de mon frère, et j'ai besoin qu'ils me rappellent également que je ne suis qu'un jouet entre les mains de Dieu. »

IV

Il faisait très chaud, ce jour-là. Par les fenêtres ouvertes de la pension Vedel, on voyait les cimes des arbres du jardin sur lequel flottait encore une immense quantité d'été disponible.

Ce jour de rentrée était pour le vieil Azaïs l'occasion d'un discours. Il se tenait au pied de la chaire, debout, face aux élèves, comme il sied. Dans la chaire, le vieux La Pérouse siégeait. Il s'était levé à l'entrée des élèves; mais un geste amical d'Azaïs l'avait invité à se rasseoir. Son regard inquiet s'était d'abord posé sur Boris, et ce regard gênait Boris d'autant plus qu'Azaïs, dans son discours, présentant aux enfants leur nouveau maître, avait cru devoir faire une allusion à la parenté de celui-ci avec l'un d'eux. La Pérouse cependant s'affectait de ne rencontrer point le regard de Boris; indifférence, froideur, pensait-il.

« Oh! pensait Boris, qu'il me laisse tranquille! qu'il ne me fasse pas « remarquer »! Ses camarades le terrifiaient. Au sortir du lycée, il avait dû se joindre à eux, et, durant le trajet du lycée à la « boîte », avait entendu leurs propos; il aurait voulu se mettre au pas, par grand besoin de sympathie, mais sa nature trop délicate y répugnait; les mots s'arrêtaient sur ses lèvres; il s'en voulait de sa gêne, s'efforçait de ne la laisser point paraître, s'efforçait même de rire afin de prévenir les

moqueries ; mais il avait beau faire ; parmi les autres, il avait l'air d'une fille, le sentait et s'en désolait.

Des groupements, presque aussitôt, s'étaient formés. Un certain Léon Ghéridanisol faisait centre et déjà s'imposait. Un peu plus âgé que les autres, et du reste plus avancé dans ses études, brun de peau, aux cheveux noirs, aux yeux noirs, il n'était ni très grand ni particulièrement fort, mais il avait ce qu'on appelle « du culot ». Un sacré culot vraiment. Même le petit Georges Molinier convenait que Ghéridanisol lui en avait « bouché un coin » ; « et, tu sais, pour m'en boucher un, il faut quelque chose ! » Ne l'avait-il pas vu, de ses yeux vu, ce matin, s'approcher d'une jeune femme ; celle-ci tenait un enfant dans ses bras :

« C'est à vous, cet enfant, Madame ? (ceci dit avec un grand salut). Il est rien laid, vot' gosse. Mais rassurez-vous : il ne vivra pas. »

Georges s'en esclaffait encore.

« Non ! sans blague ? » disait Philippe Adamanti, son ami, à qui Georges rapportait l'histoire.

Ce propos insolent faisait leur joie ; on n'imaginait rien de plus spirituel. Bateau fort usagé déjà, Léon le tenait de son cousin Strouvilhou, mais Georges n'avait pas à le savoir.

A la pension, Molinier et Adamanti obtinrent de s'asseoir sur le même banc que Ghéridanisol : le cinquième, pour ne pas être trop en vue du pion. Molinier avait Adamanti à sa gauche ; à sa droite, Ghéridanisol, dit Ghéri ; à l'extrémité du banc s'assit Boris. Derrière celui-ci se trouvait Passavant.

Gontran de Passavant a mené triste vie depuis la mort de son père ; et celle qu'il menait auparavant n'était déjà pas bien gaie. Il a compris depuis longtemps qu'il n'avait à attendre de son frère nulle sympathie, nul appui. Il a été passer les vacances en Bretagne, emmené par sa vieille bonne, la fidèle Séraphine, dans la famille de celle-ci. Toutes ses qualités se sont repliées ; il travaille. Un secret désir l'éperonne, de prouver à son frère qu'il vaut mieux que lui. C'est de lui-même et par libre choix qu'il est entré en pension ; par désir aussi de ne pas loger chez son frère, dans cet hôtel de la rue de Babylone qui ne lui rappelle que de tristes souvenirs. Séraphine, qui ne veut pas l'abandonner, a pris un loge-

ment à Paris; la petite rente que lui servent les deux enfants de feu le comte, par clause expresse du testament, le lui permet. Gontran y a sa chambre, qu'il occupe les jours de sortie; il l'a ornée selon son goût. Il prend deux repas par semaine avec Séraphine; celle-ci le soigne et veille à ce qu'il ne manque de rien. Auprès d'elle, Gontran bavarde volontiers, encore qu'il ne puisse parler avec elle de presque rien de ce qui lui tient à cœur. A la pension, il ne se laisse pas entamer par les autres; il écoute plaisanter ses camarades d'une oreille distraite et se refuse souvent à leurs jeux. C'est aussi qu'il préfère la lecture aux jeux qui ne sont pas de plein air. Il aime le sport; tous les sports; mais de préférence les solitaires; c'est aussi qu'il est fier et qu'il ne fraie pas avec tous. Les dimanches, suivant la saison, il patine, nage, canote, ou part pour d'immenses courses dans la campagne. Il a des répugnances, et qu'il ne cherche pas à vaincre; non plus qu'il ne cherche à élargir son esprit, mais bien plutôt à l'affermir. Il n'est peut-être pas si simple qu'il se croit, qu'il cherche à se faire; nous l'avons vu au chevet du lit de mort de son père; mais il n'aime pas les mystères et, dès qu'il n'est plus pareil à lui, se déplaît. S'il arrive à se maintenir à la tête de sa classe, c'est par application, et non par facilité. Boris trouverait protection près de lui, s'il savait seulement la chercher; mais c'est son voisin Georges qui l'attire. Quant à Georges, il n'a d'attention que pour Ghéri, qui n'a d'attention pour personne.

Georges avait d'importantes nouvelles à communiquer à Philippe Adamanti, mais qu'il jugeait plus prudent de ne pas lui écrire.

Arrivé devant la porte du lycée, ce matin de rentrée, un quart d'heure avant l'ouverture des classes, il l'avait vainement attendu. C'est en faisant les cent pas devant la porte qu'il avait entendu Léon Ghéridanisol apostropher si spirituellement une jeune femme; à la suite de quoi les deux galopins étaient entrés en conversation, pour découvrir, à la grande joie de Georges, qu'ils allaient être camarades de pension.

A la sortie du lycée, Georges et Phiphi avaient enfin pu se rejoindre. S'acheminant vers la pension Azaïs avec les autres pensionnaires, mais un peu à l'écart de ceux-ci, de manière à pouvoir parler librement :

« Tu ferais aussi bien de cacher ça, avait commencé Georges, en pointant du doigt la rosette jaune que Phiphi continuait d'arborer à sa boutonnière.

— Pourquoi ? avait demandé Philippe, qui s'apercevait que Georges ne portait plus la sienne.

— Tu risques de te faire choper. Mon petit, je voulais te dire ça avant la classe; tu n'avais qu'à arriver plus tôt. Je t'ai attendu devant la porte pour t'avertir.

— Mais je ne savais pas, avait dit Phiphi.

— « Je ne savais pas. Je ne savais pas », avait repris Georges en l'imitant. Tu devais penser que j'avais peut-être des choses à te dire, du moment que je n'avais pas pu te revoir à Houlgate. »

Le perpétuel souci de ces deux enfants est de prendre barre l'un sur l'autre. Phiphi doit à la situation et à la fortune de son père certains avantages; mais Georges l'emporte de beaucoup par son audace et son cynisme. Phiphi doit se forcer un peu pour ne pas rester en arrière. Ce n'est pas un méchant garçon; mais il est mou.

« Eh bien ! sors-les, tes choses, » avait-il dit.

Léon Ghéridanisol, qui s'était rapproché d'eux, les écoutait. Il ne déplaisait pas à Georges d'être entendu par lui; si l'autre l'avait épaté tantôt, Georges gardait en réserve de quoi l'épater à son tour; il avait donc dit à Phiphi, sur un ton tout simple :

« La petite Praline s'est fait coffrer.

— Praline ! » s'était écrié Phiphi, que le sang-froid de Georges épouvantait. Et comme Léon faisait mine de s'intéresser, Phiphi demandait à Georges :

« On peut lui dire ?

— Parbleu ! » faisait Georges en haussant le épaules. Alors Phiphi à Ghéri, en montrant Georges :

« C'est sa poule. Puis, à Georges :

— Comment le sais-tu ?

— C'est Germaine, que j'ai rencontrée, qui me l'a dit. »

Et il racontait à Phiphi comment, à son passage à Paris, il y a douze jours, ayant voulu revoir certain appartement que le procureur Molinier désignait précédemment comme « le théâtre de ces orgies », il avait trouvé porte close; qu'errant dans le quartier, il avait, peu de temps après, rencontré Germaine, la poule à Phiphi, qui l'avait renseigné : une descente de police

avait été opérée au commencement des vacances. Ce que ces femmes et ces enfants ignoraient, c'est que Profitendieu avait eu grand soin d'attendre, pour cette opération, une date où les délinquants mineurs seraient dispersés, désireux de ne les englober point dans la rafle et d'épargner ce scandale à leurs parents.

« Eh bien! mon vieux... répétait Phiphi sans commentaires. Eh bien! mon vieux!... » estimant que Georges et lui l'avaient échappé belle.

« Ça te fait froid dans la colonne, hein? » disait Georges en ricanant. Qu'il ait été terrifié lui-même, c'est ce qu'il jugeait parfaitement inutile d'avouer, surtout devant Ghéridanisol.

On pourrait croire, à ce dialogue, ces enfants encore plus dépravés qu'ils ne sont. C'est surtout pour se donner des airs qu'ils parlent ainsi, j'en suis sûr. Il entre de la forfanterie dans leur cas. N'importe : Ghéridanisol les écoute; les écoute et les fait parler. Ces propos divertiront beaucoup son cousin Strouvilhou, quand il les lui rapportera ce soir.

Ce même soir, Bernard retrouvait Édouard.

« Ça s'est bien passé, la rentrée?

— Pas mal. Et, comme ensuite il se taisait :

— Monsieur Bernard, si vous n'êtes pas d'humeur à parler de vous-même, ne comptez pas sur moi pour vous presser. J'ai horreur des interrogatoires. Mais permettez-moi de vous rappeler que vous m'avez offert vos services et que je suis en droit d'espérer de vous quelques récits...

— Que voulez-vous savoir? reprit Bernard d'assez mauvaise grâce. Que le père Azaïs a prononcé un discours solennel, où il proposait aux enfants de « s'élancer d'un commun élan, et avec une juvénile ardeur... » ? J'ai retenu ces mots, car ils sont revenus trois fois. Armand prétend que le vieux les place dans chacun de ses laïus. Nous étions assis lui et moi, sur le dernier banc, tout au fond de la classe, contemplant la rentrée des gosses, comme Noé celle des animaux dans l'arche. Il y en avait de tous les genres; des ruminants, des pachidermes, des mollusques et d'autres invertébrés. Quand, après le laïus, ils se sont mis à parler entre eux, nous avons remarqué, Armand et moi,

que quatre de leurs phrases sur dix commençaient par :
« Je parie que tu ne... »

— Et les six autres ?

— Par : « Moi, je... »

— Voici qui n'est pas mal observé, je le crains. Quoi d'autre encore ?

— Certains me paraissent avoir une personnalité fabriquée.

— Qu'entendez-vous par là ? demanda Édouard.

— Je songe particulièrement à l'un d'eux, assis à côté du petit Passavant qui, lui, me paraît simplement un enfant sage. Son voisin, que j'ai longuement observé, semble avoir pris pour règle de vie le *Ne quid nimis* des Anciens. Ne pensez-vous pas qu'à son âge, c'est là une devise absurde ? Ses vêtements sont étriqués, sa cravate est stricte; il n'est pas jusqu'à ses lacets de souliers, qui s'achèvent juste avec le nœud. Si peu que j'aie causé avec lui, il a trouvé le temps de me dire qu'il voyait partout un gaspillage de force, et de répéter, comme un refrain : « Pas d'effort inutile. »

— La peste soit des économies, dit Édouard. Cela fait, en art, les prolixes.

— Pourquoi ?

— Parce qu'ils ont peur de rien perdre. Quoi d'autre encore ? Vous ne me dites rien d'Armand.

— Un curieux numéro, celui-là. A vrai dire, il ne me plaît guère. Je n'aime pas les contrefaits. Il n'est pas bête, assurément; mais son esprit n'est appliqué qu'à détruire; du reste, c'est contre lui-même qu'il se montre le plus acharné; tout ce qu'il a de bon en lui, de généreux, de noble ou de tendre, il en prend honte. Il devrait faire du sport; s'aérer. Il s'aigrit à rester enfermé tout le jour. Il semble rechercher ma présence; je ne le fuis pas, mais ne puis me faire à son esprit.

— Ne pensez-vous pas que ses sarcasmes et son ironie abritent une excessive sensibilité, et peut-être une grande souffrance ? Olivier le croit.

— Il se peut; je me le suis dit. Je ne le connais pas bien encore. Le reste de mes réflexions n'est pas mûr. J'ai besoin d'y réfléchir; je vous en ferai part; mais plus tard. Ce soir, excusez-moi si je vous quitte. J'ai mon examen dans deux jours; et puis, autant vous l'avouer... je me sens triste. »

V

> Il ne faut prendre, si je ne me trompe, que la fleur de chaque objet...
>
> Fénelon.

Olivier, de retour à Paris depuis la veille, s'était levé tout reposé. L'air était chaud, le ciel pur. Quand il sortit, rasé de frais, douché, élégamment vêtu, conscient de sa force, de sa jeunesse, de sa beauté, Passavant sommeillait encore.

Olivier se hâte vers la Sorbonne. C'est ce matin que Bernard doit passer l'écrit. Comment Olivier le sait-il? Mais peut-être ne le sait-il pas. Il va se renseigner. Il se hâte. Il n'a pas revu son ami depuis cette nuit que Bernard est venu chercher refuge dans sa chambre. Quels changements, depuis! Qui dira s'il n'est pas encore plus pressé de se montrer à lui que de le revoir? Fâcheux que Bernard soit si peu sensible à l'élégance! Mais c'est un goût qui parfois vient avec l'aisance. Olivier en a fait l'épreuve, grâce au comte de Passavant.

C'est l'écrit que Bernard passe ce matin. Il ne sortira qu'à midi. Olivier l'attend dans la cour. Il reconnaît quelques camarades, serre des mains, puis s'écarte. Il est un peu gêné par sa mise. Il le devient plus encore lorsque Bernard, enfin délivré, s'avance dans la cour et s'écrie, en lui tendant la main:

« Qu'il est beau! »

Olivier, qui croyait ne plus jamais rougir, rougit. Comment ne pas voir, dans ces mots, malgré leur ton très cordial, de l'ironie? Bernard, lui, porte le même costume encore, qu'il avait le soir de sa fuite. Il ne s'attendait pas à trouver Olivier. Tout en le questionnant, il l'entraîne. La joie qu'il a de le revoir est subite. S'il a d'abord un peu souri devant le raffinement de sa mise, c'est sans malice aucune; il a bon cœur; il est sans fiel.

« Tu déjeunes avec moi, hein? Oui, je dois rappliquer à une heure et demie pour le latin. Ce matin, c'était le français.

— Content ?
— Moi, oui. Mais je ne sais pas si ce que j'ai pondu sera du goût des examinateurs. Il s'agissait de donner son avis sur quatre vers de La Fontaine :

> Papillon du Parnasse, et semblable aux abeilles
> A qui le bon Platon compare nos merveilles,
> Je suis chose légère et vole à tout sujet,
> Je vais de fleur en fleur et d'objet en objet.

» Dis un peu, qu'est-ce que tu aurais fait avec ça ? »
Olivier ne peut résister au désir de briller :
« J'aurais dit qu'en se peignant lui-même, La Fontaine avait fait le portrait de l'artiste, de celui qui consent à ne prendre du monde que l'extérieur, que la surface, que la fleur. Puis j'aurais posé en regard un portrait du savant, du chercheur, de celui qui creuse, et montré enfin que, pendant que le savant cherche, l'artiste trouve; que celui qui creuse s'enfonce, et que qui s'enfonce s'aveugle; que la vérité, c'est l'apparence, que le mystère c'est la forme, et que ce que l'homme a de plus profond, c'est sa peau. »

Cette dernière phrase, Olivier la tenait de Passavant, qui lui-même l'avait cueillie sur les lèvres de Paul-Ambroise, un jour que celui-ci discourait dans un salon. Tout ce qui n'était pas imprimé, était pour Passavant de bonne prise; ce qu'il appelait « les idées dans l'air », c'est-à-dire : celles d'autrui.

Un je ne sais quoi dans le ton d'Olivier, avertit Bernard que cette phrase n'était pas de lui. La voix d'Olivier s'y trouvait gênée. Bernard fut sur le point de demander : « C'est de qui ? » mais, outre qu'il ne voulait pas désobliger son ami, il redoutait d'avoir à entendre le nom de Passavant, que l'autre jusqu'à présent n'avait eu garde de prononcer. Bernard se contenta de regarder son ami avec une curieuse insistance; et Olivier, pour la seconde fois, rougit.

La surprise qu'avait Bernard d'entendre le sentimental Olivier exprimer des idées parfaitement différentes de celles qu'il lui connaissait, fit place presque aussitôt à une indignation violente; quelque chose de subit et de surprenant, d'irrésistible comme un cyclone. Et ce n'était pas précisément contre ces idées qu'il s'indignait, encore qu'elles lui parussent absurdes. Et même elles

n'étaient peut-être pas, après tout, si absurdes que cela. Sur son cahier des opinions contradictoires, il les pourrait coucher en regard des siennes propres. Eussent-elles été authentiquement les idées d'Olivier, il ne se serait indigné ni contre lui, ni contre elles; mais il sentait quelqu'un de caché derrière; c'est contre Passavant qu'il s'indignait.

« Avec de pareilles idées, on empoisonne la France », s'écria-t-il d'une voix sourde, mais véhémente. Il le prenait de très haut, désireux de survoler Passavant. Et ce qu'il dit le surprit lui-même, comme si sa phrase avait précédé sa pensée; et pourtant c'était cette pensée même qu'il avait développée ce matin dans son devoir; mais, par une sorte de pudeur, il lui répugnait, dans son langage, et particulièrement en causant avec Olivier, de faire montre de ce qu'il appelait « les grands sentiments ». Aussitôt exprimés, ceux-ci lui paraissaient moins sincères. Olivier n'avait donc jamais entendu son ami parler des intérêts de « la France »; ce fut son tour d'être surpris. Il ouvrait de grands yeux et ne songeait même plus à sourire. Il ne reconnaissait plus son Bernard. Il répéta stupidement :

« La France ?... » Puis, dégageant sa responsabilité, car Bernard décidément ne plaisantait pas : « Mais, mon vieux, ce n'est pas moi qui pense ainsi; c'est La Fontaine. »

Bernard devint presque agressif :

« Parbleu! s'écria-t-il, je sais parbleu bien que ce n'est pas toi qui penses ainsi. Mais, mon vieux, ce n'est pas non plus La Fontaine. S'il n'avait eu pour lui que cette légèreté, dont du reste, à la fin de sa vie, il se repent et s'excuse, il n'aurait jamais été l'artiste que nous admirons. C'est précisément ce que j'ai dit dans ma dissertation de ce matin, et fait valoir à grand renfort de citations, car tu sais que j'ai une mémoire assez bonne. Mais, quittant bientôt La Fontaine, et retenant l'autorisation que certains esprits superficiels pourraient penser trouver dans ses vers, je me suis payé une tirade contre l'esprit d'insouciance, de blague, d'ironie; ce qu'on appelle enfin « l'esprit français », qui nous vaut parfois à l'étranger une réputation si déplorable. J'ai dit qu'il fallait y voir, non pas même le sourire, mais la grimace de la France; que le véritable esprit de la

France, était un esprit d'examen, de logique, d'amour et de pénétration patiente; et que, si cet esprit-là n'avait pas animé La Fontaine, il aurait peut-être bien écrit ses contes, mais jamais ses fables, ni cette admirable épître (j'ai montré que je la connaissais) dont sont extraits les quelques vers qu'on nous donnait à commenter. Oui, mon vieux, une charge à fond, qui va peut-être me faire recaler. Mais je m'en fous; j'avais besoin de dire ça. »

Olivier ne tenait pas particulièrement à ce qu'il venait d'exprimer tout à l'heure. Il avait cédé au besoin de briller, et de citer, comme négligemment, une phrase qu'il estimait de nature à épater son ami. Si maintenant celui-ci le prenait sur ce ton, il ne lui restait plus qu'à battre en retraite. Sa grande faiblesse venait de ceci qu'il avait beaucoup plus besoin de l'affection de Bernard, que celui-ci n'avait besoin de la sienne. La déclaration de Bernard l'humiliait, le mortifiait. Il s'en voulait d'avoir parlé trop vite. A présent, il était trop tard pour se reprendre, emboîter le pas, comme il eût fait certainement s'il avait laissé Bernard parler le premier. Mais comment eût-il pu prévoir que Bernard, qu'il avait laissé si frondeur, allait se poser en défenseur de sentiments et d'idées que Passavant lui apprenait à ne considérer point sans sourire ? Sourire, il n'en avait vraiment plus envie; il avait honte. Et ne pouvant ni se rétracter, ni s'élever contre Bernard dont l'authentique émotion lui imposait, il ne cherchait plus qu'à se protéger, qu'à se soustraire :

« Enfin, si c'est cela que tu as mis dans ta compote, ça n'est pas contre moi que tu le disais... J'aime mieux ça. »

Il s'exprimait comme quelqu'un de vexé, et pas du tout sur le ton qu'il eût voulu.

« Mais c'est à toi que je le dis maintenant », reprit Bernard.

Cette phrase cingla Olivier droit au cœur. Bernard ne l'avait sans doute pas dite dans une intention hostile; mais comment la prendre autrement ? Olivier se tut. Un gouffre, entre Bernard et lui se creusait. Il chercha quelles questions, d'un bord à l'autre de ce gouffre, il allait pouvoir jeter, qui rétabliraient le contact. Il cherchait sans espoir. « Ne comprend-il donc pas ma détresse ? » se disait-il; et sa détresse s'aggravait. Il n'eut peut-être pas à refouler de larmes, mais il se disait

qu'il y avait de quoi pleurer. C'est sa faute aussi : ce revoir lui paraîtrait moins triste, s'il s'en était promis moins de joie. Lorsque, deux mois auparavant, il s'était empressé à la rencontre d'Édouard, il en avait été de même. Il en serait toujours ainsi, se disait-il. Il eût voulu plaquer Bernard, s'en aller n'importe où, oublier Passavant, Édouard... Une rencontre inopinée, soudain, rompit le triste cours de sa pensée.

A quelques pas devant eux, sur le boulevard Saint-Michel, qu'ils remontaient, Olivier venait d'apercevoir Georges, son jeune frère. Il saisit Bernard par le bras, et tournant les talons aussitôt, l'entraîna précipitamment.

« Crois-tu qu'il nous ait vus ?... Ma famille ne sait pas que je suis de retour. »

Le petit Georges n'était point seul. Léon Ghéridanisol et Philippe Adamanti l'accompagnaient. La conversation de ces trois enfants était très animée; mais l'intérêt que Georges y prenait ne l'empêchait pas d' « avoir l'œil » comme il disait. Pour les écouter, quittons un instant Olivier et Bernard; aussi bien, entrés dans un restaurant, nos deux amis sont-ils, pour un temps, plus occupés à manger qu'à parler, au grand soulagement d'Olivier.

« Eh bien, alors, vas-y, toi, dit Phiphi à Georges.

— Oh! il a la frousse! il a la frousse! riposte celui-ci, en mettant dans sa voix tout ce qu'il peut d'ironique mépris, propre à éperonner Philippe. Et Ghéridanisol, supérieur :

— Mes agneaux, si vous ne voulez pas, autant le dire tout de suite. Je ne suis pas embarrassé pour trouver d'autres types qui auront plus de culot que vous. Allons, rends-moi ça. »

Il se tourne vers Georges, qui tient une petite pièce dans sa main fermée.

« Chiche, que j'y vais! s'écrie Georges, dans un brusque élan. Venez avec moi. (Ils sont devant un bureau de tabac.)

— Non, dit Léon; on t'attend au coin de la rue. Viens, Phiphi. »

Georges ressort un instant après de la boutique; il tient à la main un paquet de cigarettes dites « de luxe »; en offre à ses amis.

« Eh bien ? demande anxieusement Phiphi.

— Eh bien, quoi ? riposte Georges, d'un air d'indifférence affectée, comme si ce qu'il venait de faire était devenu soudain si naturel qu'il ne valût pas la peine d'en parler. Mais Philippe insiste :

— Tu l'as passée ?

— Parbleu !

— On ne t'a rien dit ? »

Georges hausse les épaules :

« Qu'est-ce que tu voulais qu'on me dise ?

— Et on t'a rendu la monnaie ? »

Cette fois Georges ne daigne même plus répondre. Mais comme l'autre, encore un peu sceptique et craintif, insiste : « Fais voir », Georges sort l'argent de sa poche. Philippe compte : les sept francs y sont. Il a envie de demander : « Tu es sûr au moins qu'ils sont bons, ceux-là ? » mais se retient.

Georges avait payé un franc la fausse pièce. Il avait été convenu qu'on partagerait la monnaie. Il tend trois francs à Ghéridanisol. Quant à Phiphi, il n'aura pas un sou ; tout au plus une cigarette ; ça lui servira de leçon.

Encouragé par cette première réussite, Phiphi, maintenant, voudrait bien. Il demande à Léon de lui vendre une seconde pièce. Mais Léon trouve Phiphi flanchard et, pour le remonter à bloc, il affecte un certain mépris pour sa préalable couardise et feint de le bouder. « Il n'avait qu'à se décider plus vite ; on jouerait sans lui. » Du reste Léon juge imprudent de risquer une nouvelle expérience trop voisine de la première. Et puis, à présent, il est trop tard. Son cousin Strouvilhou l'attend pour déjeuner.

Ghéridanisol n'est pas si gourde qu'il ne sache écouler lui-même ses pièces ; mais, suivant les instructions de son grand cousin, il cherche à s'assurer des complices. Il rendra compte de sa mission bien remplie.

« Les gosses de bonne famille, tu comprends, c'est ceux-là qu'il nous faut, parce qu'ensuite, si l'affaire s'évente, les parents travaillent à l'étouffer. » (C'est le cousin Strouvilhou, son correspondant intérimaire, qui lui parle ainsi, tandis qu'ils déjeunent.) « Seulement, avec ce système de vendre les pièces une à une, ça les écoule trop lentement. J'ai cinquante-deux boîtes de

vingt pièces chacune à placer. Il faut les vendre vingt francs chacune; mais pas à n'importe qui, tu comprends. Le mieux, ce serait de former une association, dont on ne pourra pas faire partie sans avoir apporté des gages. Il faut que les gosses se compromettent et qu'ils livrent de quoi tenir les parents. Avant de lâcher les pièces, tu tâcheras de leur faire comprendre ça; oh! sans les effrayer. Il ne faut jamais effrayer les enfants. Tu m'as dit que le père Molinier était magistrat? C'est bon. Et le père Adamanti?

— Sénateur.

— C'est encore mieux. Tu es déjà assez mûr pour comprendre qu'il n'y a pas de famille sans quelque secret; que les intéressés tremblent de laisser connaître. Il faut mettre les gosses en chasse; ça les occupera. D'ordinaire on s'embête tant, dans sa famille! Et puis, ça peut leur apprendre à observer, à chercher. C'est bien simple : qui n'apportera rien, n'aura rien. Quand ils comprendront qu'on les a, certains parents paieront cher pour le silence. Parbleu, nous n'avons pas l'intention de les faire chanter; on est des honnêtes gens. On prétend simplement les tenir. Leur silence contre le nôtre. Qu'ils se taisent, et qu'ils fassent taire; alors nous nous tairons, nous aussi. Buvons à leur santé. »

Strouvilhou remplit deux verres. Ils trinquèrent.

« Il est bon, reprit-il, il est même indispensable de créer des rapports de réciprocité entre les citoyens; c'est ainsi que se forment les sociétés solides. On se tient, quoi! Nous tenons les petits, qui tiennent leurs parents, qui nous tiennent. C'est parfait. Tu piges ? »

Léon pigeait à merveille. Il ricanait.

« Le petit Georges... commença-t-il.

— Eh bien, quoi ? le petit Georges...

— Molinier; je crois qu'il est mûr. Il a chipé des lettres à son père, d'une demoiselle de l'Olympia.

— Tu les a vues ?

— Il me les a montrées. Je l'écoutais, qui causait avec Adamanti. Je crois qu'ils étaient contents que je les entende; en tout cas, ils ne se cachaient pas de moi; j'avais pris pour cela mes mesures et leur avais déjà servi un plat de ta façon, pour les mettre en confiance. Georges disait à Phiphi (affaire de l'épater) : « Mon père, lui, il a une maîtresse. » A quoi Phiphi, pour ne

pas rester en retard, ripostait : « Mon père, à moi, il en a deux. » C'était idiot, et il n'y avait pas de quoi se frapper ; mais je me suis rapproché et j'ai dit à Georges : « Qu'est-ce que tu en sais ? » — « J'ai vu des lettres », m'a-t-il dit. J'ai fait semblant de douter ; j'ai dit : « Quelle blague... » Enfin, je l'ai poussé à bout ; il a fini par me dire que ces lettres, il les avait sur lui ; il les a sorties d'un gros portefeuille, et me les a montrées.

— Tu les a lues ?

— Pas eu le temps. J'ai seulement vu qu'elles étaient de la même écriture ; l'une d'elles adressée à : « Mon gros minon chéri. »

— Et signées ?

— « Ta souris blanche. » J'ai demandé à Georges : « Comment les as-tu prises ? » Alors, en rigolant, il a tiré de la poche de son pantalon un énorme trousseau de clefs, et m'a dit : « Il y en a pour tous les tiroirs. »

— Et que disait monsieur Phiphi ?

— Rien. Je crois qu'il était jaloux.

— Georges te donnerait ces lettres ?

— S'il faut, je saurai l'y pousser. Je ne voudrais pas les lui prendre. Il les donnera si Phiphi marche aussi. Tous les deux se poussent l'un l'autre.

— C'est ce qu'on appelle de l'émulation. Et tu n'en vois pas d'autres à la pension ?

— Je chercherai.

— Je voulais te dire encore... Il doit y avoir, parmi les pensionnaires, un petit Boris. Laisse-le tranquille, celui-là. Il prit un temps, puis ajouta plus bas : — pour le moment. »

Olivier et Bernard sont attablés à présent dans un restaurant du boulevard. La détresse d'Olivier, devant le chaud sourire de son ami, fond comme le givre au soleil. Bernard évite de prononcer le nom de Passavant ; Olivier le sent ; un secret instinct l'avertit ; mais il a ce nom sur les lèvres ; il faut qu'il parle, advienne que pourra.

« Oui, nous sommes rentrés plus tôt que je n'ai dit à ma famille. Ce soir *les Argonautes* donnent un banquet. Passavant tient à y assister. Il veut que notre nouvelle revue vive en bons termes avec son aînée et qu'elle ne se pose pas en rivale... Tu devrais venir ; et, sais-tu...

tu devrais y amener Édouard... Peut-être pas au banquet même, parce qu'il faut y être invité, mais sitôt après. On se tiendra dans une salle du premier, à la Taverne du Panthéon. Les principaux rédacteurs des *Argonautes* y seront, et plusieurs de ceux qui doivent collaborer à l'*Avant-Garde*. Notre premier numéro est presque prêt; mais, dis... pourquoi ne m'as-tu rien envoyé ?

— Parce que je n'avais rien de prêt », répond Bernard un peu sèchement.

La voix d'Olivier devient presque implorante :

« J'ai inscrit ton nom à côté du mien, au sommaire... On attendrait un peu, s'il fallait... N'importe quoi; mais quelque chose... Tu nous avais presque promis... »

Il en coûte à Bernard de peiner Olivier; mais il se raidit :

« Écoute, mon vieux, il vaut mieux que je te le dise tout de suite : j'ai peur de ne pas bien m'entendre avec Passavant.

— Mais puisque c'est moi qui dirige! Il me laisse absolument libre.

— Et puis, c'est justement de t'envoyer n'importe quoi, qui me déplaît. Je ne veux pas écrire « n'importe quoi ».

— Je disais « n'importe quoi », parce que je savais précisément que n'importe quoi de toi, ce serait toujours bien... que précisément ce ne serait jamais « n'importe quoi ».

Il ne sait que dire. Il bafouille. S'il n'y sent plus son ami près de lui, cette revue cesse de l'intéresser. C'était si beau, ce rêve de débuter ensemble.

« Et puis, mon vieux, si je commence à très bien savoir ce que je ne veux pas faire, je ne sais pas encore bien ce que je ferai. Je ne sais même pas si j'écrirai. »

Cette déclaration consterne Olivier. Mais Bernard reprend :

« Rien de ce que j'écrirais facilement ne me tente. C'est parce que je fais bien mes phrases que j'ai horreur des phrases bien faites. Ce n'est pas que j'aime la difficulté pour elle-même; mais je trouve que vraiment, les littérateurs d'aujourd'hui ne se foulent guère. Pour écrire un roman, je ne connais pas encore assez la vie des autres; et moi-même je n'ai pas encore vécu. Les vers m'ennuient, l'alexandrin est usé jusqu'à la corde;

le vers libre est informe. Le seul poète qui me satisfasse aujourd'hui, c'est Rimbaud.

— C'est justement ce que je dis dans le manifeste.

— Alors, ce n'est pas la peine que je le répète. Non, mon vieux; non; je ne sais pas si j'écrirai. Il me semble parfois qu'écrire empêche de vivre, et qu'on peut s'exprimer mieux par des actes que par des mots.

— Les œuvres d'art sont des actes qui durent, hasarda craintivement Olivier; mais Bernard ne l'écoutait pas.

— C'est là ce que j'admire le plus dans Rimbaud : c'est d'avoir préféré la vie.

— Il a gâché la sienne.

— Qu'en sais-tu ?

— Oh! ça, mon vieux...

— On ne peut pas juger de la vie des autres par l'extérieur. Mais enfin, mettons qu'il ait raté; il a eu la guigne, la misère et la maladie... Telle qu'elle est, sa vie, je l'envie; oui, je l'envie plus même avec sa fin sordide, que celle de... »

Bernard n'acheva pas sa phrase; sur le point de nommer un contemporain illustre, il hésitait entre trop de noms. Il haussa les épaules et reprit :

« Je sens en moi, confusément, des aspirations extraordinaires, des sortes de lames de fond, des mouvements, des agitations incompréhensibles, et que je ne veux pas chercher à comprendre, que je ne veux même pas observer, par crainte de les empêcher de se produire. Il n'y a pas bien longtemps encore, je m'analysais sans cesse. J'avais cette habitude de me parler constamment à moi-même. A présent, quand bien je le voudrais, je ne peux plus. Cette manie a pris fin brusquement, sans même que je m'en sois rendu compte. Je pense que ce monologue, ce « dialogue intérieur », comme disait notre professeur, comportait une sorte de dédoublement dont j'ai cessé d'être capable, du jour où j'ai commencé d'aimer quelqu'un d'autre que moi, plus que moi.

— Tu veux parler de Laura, dit Olivier. Tu l'aimes toujours autant ?

— Non, dit Bernard; mais toujours plus. Je crois que c'est le propre de l'amour, de ne pouvoir demeurer le même; d'être forcé de croître, sous peine de diminuer; et que c'est là ce qui le distingue de l'amitié.

— Elle aussi, pourtant, peut s'affaiblir, dit Olivier tristement.

— Je crois que l'amitié n'a pas de si grandes marges.

— Dis... tu ne vas pas te fâcher, si je te demande quelque chose ?

— Tu verras bien.

— C'est que je voudrais ne pas te fâcher.

— Si tu gardes tes questions par-devers toi, je me fâcherai bien davantage.

— Je voudrais savoir si tu éprouves pour Laura... du désir ? »

Bernard devint brusquement très grave.

« C'est bien parce que c'est toi... commença-t-il. Eh bien ! mon vieux, il se passe en moi ceci de bizarre, c'est que, depuis que je la connais, je n'ai plus de désirs du tout. Moi qui, dans le temps, tu t'en souviens, m'enflammais à la fois pour vingt femmes que je rencontrais dans la rue (et c'est même ce qui me retenait d'en choisir aucune), à présent je crois que je ne puis plus être sensible, jamais plus, à une autre forme de beauté que la sienne; que je ne pourrai jamais aimer d'autre front que le sien, que ses lèvres, que son regard. Mais c'est de la vénération que j'ai pour elle, et, près d'elle, toute pensée charnelle me semble impie. Je crois que je me méprenais sur moi-même et que ma nature est très chaste. Grâce à Laura, mes instincts se sont sublimés. Je sens en moi de grandes forces inemployées. Je voudrais les mettre en service. J'envie le chartreux qui plie son orgueil sous la règle; celui à qui l'on dit : « Je compte sur toi. » J'envie le soldat... Ou plutôt, non, je n'envie personne; mais ma turbulence intérieure m'oppresse et j'aspire à la discipliner. C'est comme de la vapeur en moi; elle peut s'échapper en sifflant (ça c'est la poésie), actionner des pistons, des roues; ou même faire éclater la machine. Sais-tu l'acte par lequel il me semble parfois que je m'exprimerais le mieux ? C'est... Oh! je sais bien que je ne me tuerai pas; mais je comprends admirablement Dmitri Karamazov, lorsqu'il demande à son frère s'il comprend qu'on puisse se tuer par enthousiasme, par simple excès de vie... par éclatement. »

Un extraordinaire rayonnement émanait de tout son

être. Comme il s'exprimait bien! Olivier le contemplait dans une sorte d'extase.

« Moi aussi, murmura-t-il craintivement, je comprends qu'on se tue; mais ce serait après avoir goûté une joie si forte que toute la vie qui la suive en pâlisse; une joie telle qu'on puisse penser : Cela suffit, je suis content, jamais plus je ne... »

Mais Bernard ne l'écoutait pas. Il se tut. A quoi bon parler dans le vide? Tout son ciel de nouveau s'assombrit. Bernard tira sa montre :

« Il est temps que j'y aille. Alors, tu dis, ce soir... à quelle heure?

— Oh! je pense que dix heures c'est assez tôt. Tu viendras?

— Oui; je tâcherai d'entraîner Édouard. Mais, tu sais : il n'aime pas beaucoup Passavant; et les réunions de littérateurs l'assomment. Ce serait seulement pour te revoir. Dis : je ne peux pas te retrouver, après mon latin? »

Olivier ne répondit pas aussitôt. Il songeait avec désespoir qu'il avait promis à Passavant d'aller le retrouver chez le futur imprimeur d'*Avant-Garde,* à quatre heures. Que n'aurait-il donné pour être libre!

« Je voudrais bien; mais je suis pris. »

Rien ne parut au-dehors, de sa détresse; et Bernard répondit :

« Tant pis. »

Sur quoi les deux amis se quittèrent.

Olivier n'avait rien dit à Bernard de tout ce qu'il s'était promis de lui dire. Il craignait de lui avoir déplu. Il se déplaisait à lui-même. Si fringant encore ce matin, il marchait à présent la tête basse. L'amitié de Passavant, dont d'abord il était fier, le gênait; car il sentait peser sur elle la réprobation de Bernard. Ce soir, à ce banquet, s'il y retrouvait son ami, sous les regards de tous, il ne pourrait pas lui parler. Ce ne pouvait être amusant, ce banquet, que s'ils s'étaient préalablement ressaisis l'un l'autre. Et, dictée par la vanité, quelle fâcheuse idée il avait eue, d'y attirer également l'oncle Édouard! Auprès de Passavant, entouré d'aînés, de confrères, de futurs collaborateurs d'*Avant-Garde,* il lui faudrait parader; Édouard allait le méjuger davantage; le

méjuger sans doute à jamais... Si du moins il pouvait le revoir avant ce banquet! le revoir aussitôt; il se jetterait à son cou; il pleurerait peut-être; il se raconterait à lui... D'ici quatre heures, il a le temps. Vite, une auto.

Il donne l'adresse au chauffeur. Il arrive devant la porte, le cœur battant : il sonne... Édouard est sorti.

Pauvre Olivier! Au lieu de se cacher de ses parents, que ne retournait-il chez eux simplement ? Il eût trouvé son oncle Édouard près de sa mère.

VI

JOURNAL D'ÉDOUARD

« Les romanciers nous abusent lorsqu'ils développent l'individu sans tenir compte des compressions d'alentour. La forêt façonne l'arbre. A chacun, si peu de place est laissée! Que de bourgeons atrophiés! Chacun lance où il peut sa ramure. La branche mystique, le plus souvent, c'est à de l'étouffement qu'on la doit. On ne peut échapper qu'en hauteur. Je ne comprends pas comment Pauline fait pour ne pas pousser de branche mystique, ni quelles compressions de plus elle attend. Elle m'a parlé plus intimement qu'elle n'avait fait jusqu'alors. Je ne soupçonnais pas, je l'avoue, tout ce que, sous les apparences du bonheur, elle cache de déboires et de résignation. Mais je reconnais qu'il lui faudrait une âme bien vulgaire pour n'avoir pas été déçue par Molinier. Dans ma conversation avec lui, avant-hier, j'avais pu mesurer ses limites. Comment Pauline a-t-elle bien pu l'épouser ?... Hélas! la plus lamentable carence, celle du caractère, est cachée, et ne se révèle qu'à l'usage.

» Pauline apporte tous ses soins à pallier les insuffisances et les défaillances d'Oscar, à les cacher aux yeux de tous; et surtout aux yeux des enfants. Elle s'ingénie à permettre à ceux-ci d'estimer leur père; et, vraiment, elle a fort à faire; mais elle s'y prend de telle sorte que moi-même j'étais blousé. Elle parle de son mari sans mépris, mais avec une sorte d'indulgence qui en dit

long. Elle déplore qu'il n'ait pas plus d'autorité sur les enfants; et, comme j'exprimais mes regrets de voir Olivier avec Passavant, j'ai compris que, s'il n'eût tenu qu'à elle, le voyage en Corse n'aurait pas eu lieu.

« Je n'approuvais pas ce départ, m'a-t-elle dit, et ce monsieur Passavant, à dire vrai, ne me plaît guère. Mais, que voulez-vous ? Ce que je vois que je ne puis pas empêcher, je préfère l'accorder de bonne grâce. Oscar, lui, cède toujours; il me cède, à moi aussi. Mais lorsque je crois devoir m'opposer à quelque projet des enfants, leur résister, leur tenir tête, je ne trouve près de lui nul appui. Vincent lui-même s'en est mêlé. Dès lors, quelle résistance pouvais-je opposer à Olivier, sans risquer de m'aliéner sa confiance ? C'est à elle surtout que je tiens.

» Elle reprisait de vieilles chaussettes; de celles, me disais-je, dont Olivier ne se contentait plus. Elle s'arrêta pour enfiler une aiguille, puis reprit sur un ton plus bas, comme plus confiant et plus triste :

« Sa confiance... Si du moins j'étais sûre encore de l'avoir ! Mais non ; je l'ai perdue... »

» La protestation que, sans conviction, je risquai la fit sourire. Elle laissa tomber son ouvrage et reprit :

« Tenez : je sais qu'il est à Paris. Georges l'a rencontré ce matin ; il l'a dit incidemment, et j'ai feint de ne pas l'entendre, car il ne me plaît pas de le voir dénoncer son frère. Mais enfin je le sais. Olivier se cache de moi. Quand je le reverrai il se croira forcé de me mentir, et je ferai semblant de le croire, comme je fais semblant de croire son père chaque fois qu'il se cache de moi.

» — C'est par crainte de vous peiner.

» — Il me peine ainsi bien davantage. Je ne suis pas intolérante. Il y a nombre de petits manquements que je tolère, sur lesquels je ferme les yeux.

» — De qui parlez-vous maintenant ?

» — Oh ! du père aussi bien que des fils.

» — En feignant de ne pas les voir, vous leur mentez aussi.

» — Mais comment voulez-vous que je fasse ? C'est beaucoup, de ne pas me plaindre ; je ne puis pourtant pas approuver ! Non, voyez-vous, je me dis que, tôt ou tard, on perd prise, et que le plus tendre amour n'y

peut rien. Que dis-je. Il gêne; il importune. J'en arrive à cacher même cet amour.

» — A présent vous parlez de vos fils.

» — Pourquoi dites-vous cela ? Prétendez-vous que je ne sache plus aimer Oscar ? Parfois je me le dis; mais je me dis aussi que c'est par crainte de trop souffrir que je ne l'aime pas davantage. Et... oui, vous devez avoir raison : s'il s'agit d'Olivier, je préfère souffrir.

» — Et Vincent ?

» — Il y a quelques années, tout ce que je vous dis d'Olivier, je l'eusse dit de lui.

» — Ma pauvre amie... Bientôt, vous le direz de Georges.

» — Mais lentement on se résigne. On ne demandait pourtant pas beaucoup de la vie. On apprend à en demander moins encore... toujours moins. Puis elle ajouta doucement : — Et de soi, toujours plus.

» — Avec ces idées-là, on est déjà presque chrétienne, repris-je, en souriant à mon tour.

» — C'est ce que je me dis parfois. Mais il ne suffit pas de les avoir pour être chrétien.

» — Non plus qu'il ne suffit d'être chrétien pour les avoir.

» — J'ai souvent pensé, laissez-moi vous le dire, qu'à défaut de leur père, vous pourriez parler aux enfants.

» — Vincent est loin.

» — Il est trop tard pour lui. C'est à Olivier que je songe. C'est avec vous que j'aurais souhaité qu'il partît. »

» A ces mots, qui me laissaient imaginer brusquement ce qui aurait pu être si je n'avais pas inconsidérément accueilli l'aventure, une affreuse émotion m'étreignit, et d'abord je ne pus trouver rien à dire; puis, comme les larmes me montaient aux yeux, désireux de donner à mon trouble une apparence de motif :

« Pour lui aussi, je crains bien qu'il ne soit trop tard », soupirai-je.

» Pauline alors saisit ma main :

« Que vous êtes bon », s'écria-t-elle.

» Gêné de la voir ainsi se méprendre, et ne pouvant la détromper, je voulus du moins détourner l'entretien d'un sujet qui me mettait trop mal à l'aise.

« Et Georges ? demandai-je.

» — Il me donne plus de soucis que ne m'en ont

donné les deux autres, reprit-elle. Je ne puis dire avec lui que je perde prise, car il n'a jamais été confiant ni soumis. »

» Elle hésita quelques instants. Certainement, ce qui suit lui coûtait à dire.

« Il s'est passé cet été un fait grave, reprit-elle enfin; un fait qu'il m'est assez pénible de vous raconter, et au sujet duquel j'ai, du reste, gardé quelques doutes... Un billet de cent francs a disparu de l'armoire où j'avais l'habitude de serrer mon argent. La crainte de soupçonner à tort m'a retenue d'accuser personne; la bonne qui nous servait à l'hôtel est une très jeune fille qui me paraissait honnête. J'ai dit devant Georges que j'avais perdu cet argent; autant vous avouer que mes soupçons se portaient sur lui. Il ne s'est pas troublé, n'a pas rougi... J'ai pris honte de mes soupçons; j'ai voulu me persuader que je m'étais trompée; j'ai refait mes comptes. Hélas! il n'y avait pas moyen d'en douter : cent francs manquaient. J'ai hésité à l'interroger et finalement je ne l'ai point fait. La crainte de le voir ajouter à un vol un mensonge, m'a retenue. Ai-je eu tort ?... Oui, je me reproche à présent de ne pas avoir été plus pressante; peut-être aussi ai-je eu peur de devoir être trop sévère; ou de ne pas savoir l'être assez. Une fois de plus, j'ai fait celle qui ignore, mais le cœur bien tourmenté je vous assure. J'avais laissé le temps passer et me disais qu'il serait déjà trop tard et que la punition suivrait de trop loin la faute. Et comment le punir ? Je n'ai rien fait; je me le reproche... mais qu'eussé-je pu faire ?

» J'avais pensé à l'envoyer en Angleterre; je voulais même vous demander conseil à ce sujet, mais je ne savais pas où vous étiez... Du moins ne lui ai-je pas caché ma peine et mon inquiétude, et je crois qu'il y aura été sensible, car il a bon cœur, vous le savez. Je compte plus sur les reproches qu'il aura pu se faire à lui-même, si tant est que vraiment ce soit lui, qu'à ceux que j'aurais pu lui faire. Il ne recommencera pas, j'en suis sûre. Il était là-bas avec un camarade très riche qui l'entraînait, sans doute, à dépenser. Sans doute aurai-je laissé l'armoire ouverte... Et, encore une fois, je ne suis pas bien sûre que ce soit lui. Beaucoup de gens de passage circulaient dans l'hôtel... »

» J'admirais avec quelle ingéniosité elle mettait en **avant** ce qui pouvait disculper son enfant.

« J'aurais souhaité qu'il eût remis l'argent où il l'avait pris, dis-je.

» — Je me le suis bien dit. Et comme il ne le faisait pas, j'ai voulu voir là une preuve de son innocence. Je me suis dit aussi qu'il n'osait pas.

» — En avez-vous parlé à son père ?

» Elle hésita quelques instants :

» — Non, dit-elle enfin. Je préfère qu'il n'en sache rien. »

» Sans doute, crut-elle entendre du bruit dans la pièce voisine; elle alla s'assurer qu'il n'y avait personne, puis, se rasseyant près de moi :

« Oscar m'a dit que vous aviez déjeuné ensemble l'autre jour. Il m'a fait de vous un tel éloge, que j'ai pensé que vous aviez dû surtout l'écouter. (Elle souriait tristement en disant ces mots.) S'il vous a fait des confidences, je veux les respecter... encore que j'en sache sur sa vie privée bien plus long qu'il ne croit... Mais, depuis mon retour, je ne comprends pas ce qu'il a. Il se montre si doux, j'allais dire : si humble... J'en suis presque gênée. On dirait qu'il a peur de moi. Il a bien tort. Depuis longtemps je suis au courant des relations qu'il entretient... je sais même avec qui. Il croit que je les ignore et prend d'énormes précautions pour me les cacher; mais ces précautions sont si apparentes que plus il se cache, plus il se livre. Chaque fois que, sur le point de sortir, il affecte un air affairé, contrarié, soucieux, je sais qu'il court à son plaisir. J'ai envie de lui dire : « Mais, mon ami, je ne te retiens pas; as-tu peur » que je sois jalouse ? » J'en rirais, si j'y avais le cœur. Ma seule crainte, c'est que les enfants ne s'aperçoivent de quelque chose; il est si distrait, si maladroit! Parfois, sans qu'il s'en doute, je me vois forcée de l'aider, comme si je me prêtais à son jeu. Je finis par m'en amuser presque, je vous assure; j'invente pour lui des excuses; je remets dans la poche de son pardessus des lettres qu'il laisse traîner.

« Précisément, lui dis-je; il craint que vous n'ayez surpris des lettres.

« — Il vous l'a dit ?

» — Et c'est là ce qui le rend si craintif.

» — Pensez-vous que je cherche à les lire ? »

» Une sorte de fierté blessée la fit se redresser. Je dus ajouter :

« Il ne s'agit pas de celles qu'il a pu égarer par inadvertance; mais de lettres qu'il avait mises dans un tiroir et qu'il dit n'avoir plus retrouvées. Il croit que vous les avez prises.

» A ces mots, je vis Pauline pâlir, et l'affreux soupçon qui l'effleura s'empara soudain de mon esprit. Je regrettai d'avoir parlé, mais il était trop tard. Elle détourna de moi son regard et murmura :

« Plût au ciel que ce fût moi! »

» Elle paraissait accablée.

« Que faire ? répétait-elle; que faire ? Puis levant de nouveau les yeux vers moi : — Est-ce que vous, vous ne pourriez pas lui parler ? »

» Bien qu'elle évitât comme moi de prononcer le nom de Georges, il était évident que c'était à lui qu'elle pensait.

« J'essaierai. J'y réfléchirai », lui dis-je en me levant. Et tandis qu'elle m'accompagnait dans l'antichambre :

« N'en dites rien à Oscar, je vous en prie. Qu'il continue à me soupçonner; à croire ce qu'il croit... Cela vaut mieux. Revenez me voir. »

VII

OLIVIER, cependant, désolé de n'avoir pas rencontré l'oncle Édouard, et ne pouvant supporter sa solitude, pensa retourner vers Armand son cœur en quête d'amitié. Il s'achemina vers la pension Vedel.

Armand le reçut dans sa chambre. Un escalier de service y menait. C'était une petite pièce étroite, dont la fenêtre ouvrait sur une cour intérieure où donnaient également les cabinets et les cuisines de l'immeuble voisin. Un réflecteur en zinc gondolé cueillait le jour d'en haut et le rabattait tout blafard. La pièce était mal aérée; il y régnait une pénible odeur.

« Mais on s'y fait, disait Armand. Tu comprends que mes parents réservent les meilleures chambres pour les pensionnaires payants. C'est naturel. J'ai cédé celle que j'occupais l'an passé à un vicomte : le frère de ton illustre ami Passavant. Elle est princière; mais sous la surveillance de celle de Rachel. Il y a un tas de chambres,

ici ; mais toutes ne sont pas indépendantes. Ainsi la pauvre Sarah, qui est rentrée d'Angleterre ce matin, pour gagner sa nouvelle turne, elle est forcée de passer par la chambre des parents (ce qui ne fait pas son affaire), ou par la mienne, qui n'était d'abord, à vrai dire, qu'un cabinet de toilette ou qu'un débarras. Ici, j'ai du moins l'avantage de pouvoir entrer et sortir quand je veux, sans être espionné par personne. J'ai préféré ça aux mansardes, où l'on loge les domestiques. A vrai dire, j'aime assez être mal installé ; mon père appellerait cela : le goût de la macération, et t'expliquerait que ce qui est préjudiciable au corps prépare le salut de l'âme. Du reste, il n'est jamais entré ici. Tu comprends qu'il a d'autres soucis que de s'inquiéter des habitacles de son fils. Il est très épatant, mon papa. Il sait par cœur un tas de phrases consolatrices pour les principaux événements de la vie. C'est beau à entendre. Dommage qu'il n'ait jamais le temps de causer... Tu regardes ma galerie de tableaux ; le matin on en jouit mieux. Ça, c'est une estampe en couleurs, d'un élève de Paolo Uccello ; à l'usage des vétérinaires. Dans un admirable effort de synthèse, l'artiste a concentré sur un seul cheval tous les maux à l'aide desquels la Providence épure l'âme équine ; tu remarqueras la spiritualité du regard... Ça, c'est un tableau symbolique des âges de la vie, depuis le berceau jusqu'à la tombe. Comme dessin, ça n'est pas très fort ; ça vaut surtout par l'intention. Et, plus loin, tu admireras la photographie d'une courtisane du Titien, que j'ai mise au-dessus de mon lit pour me donner des idées lubriques. Cette porte, c'est celle de la chambre de Sarah. »

L'aspect quasi sordide du lieu impressionnait douloureusement Olivier ; le lit n'était pas fait et, sur la table de toilette, la cuvette n'était pas vidée.

« Oui, je fais ma chambre moi-même, dit Armand, en réponse à son regard inquiet. Ici, tu vois ma table de travail. Tu n'as pas idée de ce que l'atmosphère de cette chambre m'inspire :

« L'atmosphère d'un cher réduit... »

» C'est même à elle que je dois l'idée de mon dernier poème : *Le Vase nocturne.* »

Olivier était venu trouver Armand avec l'intention

de lui parler de sa revue et d'obtenir sa collaboration ;
il n'osait plus. Mais Armand y venait de lui-même.

« *Le Vase nocturne* ; hein ! quel beau titre !... Avec
cet épigraphe de Baudelaire :

> « Es-tu vase funèbre attendant quelques pleurs ? »

» J'y reprends l'antique comparaison (toujours jeune)
du potier créateur, qui façonne chaque être humain
comme un vase appelé à contenir on ne sait quoi.
Et je me compare moi-même, dans un élan lyrique, au
vase susdit ; idée qui, comme je te le disais, m'est venue
naturellement en respirant l'odeur de cette chambre.
Je suis particulièrement content du début de la pièce :

> « Quiconque à quarante ans n'a pas d'hémorroïdes... »

» J'avais d'abord mis, pour rassurer le lecteur : « Quiconque à cinquante ans... » mais ça me faisait rater
l'allitération. Quant à « hémorroïdes », c'est assurément
le plus beau mot de la langue française... même indépendamment de sa signification », ajouta-t-il avec un
ricanement.

Olivier se taisait, le cœur serré. Armand reprit :

« Inutile de te dire que le vase de nuit est particulièrement flatté lorsqu'il reçoit la visite d'un pot tout
empli comme toi d'aromates.

— Et tu n'as rien écrit d'autre que ça ? finit par
demander Olivier, désespérément.

— J'allais proposer mon *Vase nocturne* à ta glorieuse
revue, mais, au ton dont tu viens de dire : « Ça », je
vois bien qu'il n'a pas grand-chance de te plaire. Dans
ces cas-là, le poète a toujours la ressource d'arguer :
« Je n'écris pas pour plaire », et de se persuader qu'il a
pondu un chef-d'œuvre. Mais je n'ai pas à te cacher
que je trouve mon poème exécrable. Du reste, je n'en ai
écrit que le premier vers. Et quand je dis « écrit »,
c'est encore une façon de parler, car je viens de le
fabriquer en ton honneur, à l'instant même... Non, mais,
vraiment, tu songeais à publier quelque chose de moi ?
Tu souhaitais ma collaboration ? Tu ne me jugeais
donc pas incapable d'écrire quoi que ce soit de propre ?
Aurais-tu discerné sur mon front pâle les stigmates
révélateurs du génie ? Je sais qu'on n'y voit pas très
bien ici pour se regarder dans la glace ; mais quand je

m'y contemple, tel Narcisse, je n'y vois qu'une tête de raté. Après tout, c'est peut-être un effet du faux jour... Non, mon cher Olivier, non, je n'ai rien écrit cet été, et si tu comptais sur moi pour ta revue, tu peux te brosser. Mais assez parler de moi... Alors, en Corse, tout s'est bien passé? Tu as bien joui de ton voyage? bien profité? Tu t'es bien reposé de tes labeurs? Tu t'es bien... »

Olivier n'y tint plus :

« Tais-toi donc, mon vieux; cesse de blaguer. Si tu crois que je trouve ça drôle....

— Eh bien, et moi! s'écria Armand. Ah! non, mon cher; tout de même pas! Je ne suis tout de même pas si bête. J'ai encore assez d'intelligence pour comprendre que tout ce que je te dis est idiot.

— Tu ne peux donc pas parler sérieusement?

— Nous allons parler sérieusement, puisque c'est le genre sérieux qui t'agrée. Rachel, ma sœur aînée, devient aveugle. Sa vue a beaucoup baissé ces derniers temps. Depuis deux ans elle ne peut plus lire sans lunettes. J'ai cru d'abord qu'elle n'avait qu'à changer de verres. Ça ne suffisait pas. Sur ma prière, elle a été consulter un spécialiste. Il paraît que c'est la sensibilité rétinienne qui faiblit. Tu comprends qu'il y a là deux choses très différentes : d'une part une défectueuse accommodation du cristallin, à quoi les verres remédient. Mais, même après qu'ils ont écarté ou rapproché l'image visuelle, celle-ci peut impressionner insuffisamment la rétine et cette image n'être plus transmise que confusément au cerveau. Suis-je clair? Tu ne connais presque pas Rachel; par conséquent, ne va pas croire que je cherche à t'apitoyer sur son sort. Alors, pourquoi est-ce que je te raconte tout cela?... Parce que, réfléchissant à son cas, je me suis avisé que les idées, tout comme les images, peuvent se présenter au cerveau plus ou moins nettes. Un esprit obtus ne reçoit que des aperceptions confuses; mais, à cause de cela même, il ne se rend pas nettement compte qu'il est obtus. Il ne commencerait à souffrir de sa bêtise que s'il prenait conscience de cette bêtise; et pour qu'il en prenne conscience, il faudrait qu'il devienne intelligent. Or, imagine un instant ce monstre : un imbécile assez intelligent pour comprendre nettement qu'il est bête.

— Parbleu ! ce ne serait plus un imbécile.
— Si, mon cher, crois-moi. Je le sais de reste, puisque cet imbécile, c'est moi. »

Olivier haussa les épaules. Armand reprit :

« Un véritable imbécile n'a pas conscience d'une idée par delà la sienne. Moi, j'ai conscience du « par delà ». Mais je suis tout de même un imbécile, puisque, ce « par delà », je sais que je ne pourrai jamais y atteindre...

— Mais, mon pauvre vieux, dit Olivier dans un élan de sympathie, nous sommes tous ainsi faits que nous pourrions être meilleurs, et je crois que la plus grande intelligence est précisément celle qui souffre le plus de ses limites. »

Armand repoussa la main qu'Olivier posait affectueusement sur son bras.

« D'autres ont le sentiment de ce qu'ils ont, dit-il ; je n'ai le sentiment que de mes manques. Manque d'argent, manque de forces, manque d'esprit, manque d'amour. Toujours du déficit ; je resterai toujours en deçà. »

Il s'approcha de la table de toilette, trempa une brosse à cheveux dans l'eau sale de la cuvette et plaqua hideusement ses cheveux sur son front.

« Je t'ai dit que je n'ai rien écrit ; pourtant ces derniers jours j'avais l'idée d'un traité, que j'aurais appelé : le traité de l'insuffisance. Mais naturellement, je suis insuffisant pour l'écrire. J'y aurais dit... Mais je t'embête.

— Va donc ; tu m'embêtes quand tu plaisantes ; à présent, tu m'intéresses beaucoup.

— J'y aurais cherché, à travers toute la nature, le point limite, en deçà duquel rien n'est. Un exemple va te faire comprendre. Les journaux ont rapporté l'histoire d'un ouvrier, qui vient de se faire électrocuter. Il maniait insoucieusement des fils de transmission ; le voltage n'était pas très fort ; mais son corps était, paraît-il, en sueur. On attribue sa mort à cette couche humide qui permit au courant d'envelopper son corps. Le corps eût-il été plus sec, l'accident n'aurait pas eu lieu. Mais ajoutons la sueur goutte après goutte... Une goutte encore : ça y est.

— Je ne vois pas, dit Olivier...

— C'est que l'exemple est mal choisi. Je choisis

toujours mal mes exemples. Un autre : Six naufragés sont recueillis dans une barque. Depuis dix jours la tempête les égare. Trois sont morts; on en a sauvé deux. Un sixième était défaillant. On espérait encore le ramener à la vie. Son organisme avait atteint le point limite.

— Oui, je comprends, dit Olivier; une heure plus tôt, on aurait pu le sauver.

— Une heure, comme tu y vas! Je suppute l'instant extrême : On peut encore... On peut encore. On ne peut plus! C'est une arête étroite, sur laquelle mon esprit se promène. Cette ligne de démarcation entre l'être et le non-être, je m'applique à la tracer partout. La limite de résistance... tiens, par exemple, à ce que mon père appellerait : la tentation. L'on tient encore; la corde est tendue jusqu'à se rompre, sur laquelle le démon tire... Un tout petit peu plus, la corde claque : on est damné. Comprends-tu maintenant ? Un tout petit peu moins : le non-être. Dieu n'aurait pas créé le monde. Rien n'eût été... « La face du monde eût changé », dit Pascal. Mais il ne me suffit pas de penser : « Si le nez de Cléopâtre eût été plus court. » J'insiste. Je demande : plus court... de combien ? Car enfin, il aurait pu raccourcir un tout petit peu, n'est-ce pas ?... Gradation; gradation; puis, saut brusque... *Natura non fecit saltus,* la bonne blague! Pour moi, je suis comme l'Arabe à travers le désert, qui va mourir de soif. J'atteins ce point précis, comprends-tu, où une goutte d'eau pourrait encore le sauver... ou une larme... »

Sa voix s'étranglait, avait pris un accent pathétique qui surprenait et troublait Olivier. Il reprit plus doucement, tendrement presque :

« Tu te souviens : « J'ai versé telle larme pour toi... »

Certes Olivier se souvenait de la phrase de Pascal; même il était gêné que son ami ne la citât pas exactement. Il ne put se retenir de rectifier : « J'ai versé telle goutte de sang... »

L'exaltation d'Armand retomba tout aussitôt. Il haussa les épaules :

« Qu'y pouvons-nous ? Il en est qui seront reçus haut la main... Comprends-tu ce que c'est maintenant de se sentir toujours « sur la limite » ? Il me manquera toujours un point. »

Il s'était remis à rire. Olivier pensa que c'était par peur de pleurer. Il aurait voulu parler à son tour, dire à Armand combien le remuaient ses paroles, et tout ce qu'il sentait d'angoisse sous cette exaspérante ironie. Mais l'heure du rendez-vous avec Passavant le pressait. Il tira sa montre :

« Je vais devoir te quitter, dit-il. Serais-tu libre ce soir ?

— Pourquoi ?

— Pour venir me retrouver à la Taverne du Panthéon. *Les Argonautes* donnent un banquet. Tu t'y amènerais à la fin. Il y aura là des tas de types plus ou moins célèbres et un peu soûls. Bernard Profitendieu m'a promis d'y venir. Ça pourra être drôle.

— Je ne suis pas rasé, dit Armand sur un ton maussade. Et puis qu'est-ce que tu veux que j'aille faire au milieu des célébrités ? Mais sais-tu quoi ? Demande donc à Sarah, qui est rentrée d'Angleterre ce matin même. Ça l'amuserait beaucoup, j'en suis sûr. Veux-tu que je l'invite de ta part ? Bernard l'emmènerait.

— Mon vieux, ça va », dit Olivier.

VIII

Il avait donc été convenu que Bernard et Édouard, après avoir dîné ensemble, passeraient prendre Sarah un peu avant dix heures. Avertie par Armand elle avait accepté joyeusement la proposition. Vers neuf heures et demie, elle s'était retirée dans sa chambre, où l'avait accompagnée sa mère. On traversait, pour s'y rendre, la chambre des parents ; mais une autre porte, censément condamnée, menait de la chambre de Sarah à celle d'Armand, qui d'autre part ouvrait, nous l'avons dit, sur un escalier de service.

Sarah, devant sa mère, avait fait mine de se coucher et demandé qu'on la laissât dormir ; mais, sitôt seule, elle s'était approchée de sa toilette pour raviver l'éclat de ses lèvres et de ses joues. La table de toilette masquait la porte condamnée, table qui n'était pas si lourde que Sarah ne pût la déplacer sans bruit. Elle ouvrit la porte secrète.

Sarah craignait de rencontrer son frère, dont elle redoutait les moqueries. Armand favorisait, il est vrai, ses entreprises les plus hardies; on eût dit qu'il y prenait plaisir, mais seulement par une sorte d'indulgence provisoire, car c'était pour les juger ensuite et d'autant plus sévèrement; de sorte que Sarah n'aurait pas su dire si ses complaisances mêmes ne faisaient pas enfin le jeu du censeur.

La chambre d'Armand était vide. Sarah s'assit sur une petite chaise basse, et, dans l'attente, médita. Par une sorte de protestation préventive, elle cultivait en elle un facile mépris pour toutes les vertus domestiques. La contrainte familiale avait tendu son énergie, exaspéré ses instincts de révolte. Durant son séjour en Angleterre, elle avait su chauffer à blanc son courage. De même que Miss Aberdeen, la jeune pensionnaire anglaise, elle était résolue à conquérir sa liberté, à s'accorder toute licence, à tout oser. Elle se sentait prête à affronter tous les mépris et tous les blâmes, capable de tous les défis. Dans ses avances auprès d'Olivier, elle avait triomphé déjà de sa modestie naturelle et de bien des pudeurs innées. L'exemple de ses deux sœurs l'avait instruite; elle considérait la pieuse résignation de Rachel comme une duperie; ne consentait à voir dans le mariage de Laura qu'un lugubre marché, aboutissant à l'esclavage. L'instruction qu'elle avait reçue, celle qu'elle s'était donnée, qu'elle avait prise, la disposait fort mal, estimait-elle, à ce qu'elle appelait : la dévotion conjugale. Elle ne voyait point en quoi celui qu'elle pourrait épouser lui serait supérieur. N'avait-elle point passé des examens, tout comme un homme ? N'avait-elle point, et sur n'importe quel sujet, ses opinions à elle, ses idées ? Sur l'égalité des sexes, en particulier; et même, il lui semblait que, dans la conduite de la vie et, partant, des affaires, de la politique même au besoin, la femme fait souvent preuve de plus de bon sens que bien des hommes...

Des pas dans l'escalier. Elle prêta l'oreille, puis ouvrit doucement la porte.

Bernard et Sarah ne se connaissaient pas encore. Le couloir était sans lumière. Dans l'ombre, ils ne se distinguaient qu'à peine.

« Mademoiselle Sarah Vedel ? » murmura Bernard.

Elle prit son bras sans façon.

« Édouard nous attend au coin de la rue dans une auto. Il a préféré ne pas descendre, par crainte de rencontrer vos parents. Pour moi, cela n'aurait pas eu d'importance : vous savez que je loge ici. »

Bernard avait eu soin de laisser la porte cochère entrouverte, pour ne pas attirer l'attention du portier. Quelques instants plus tard, l'auto les déposait tous trois devant la Taverne du Panthéon. Tandis qu'Édouard payait le chauffeur, ils entendirent sonner dix heures.

Le banquet était achevé. On avait desservi; mais la table restait encombrée de tasses de café, de bouteilles et de verres. Chacun fumait; l'atmosphère devenait irrespirable. Madame des Brousses, la femme du directeur des *Argonautes*, réclama de l'air. Sa voix stridente perçait au travers des conversations particulières. On ouvrit la fenêtre. Mais Justinien, qui voulait placer un discours, la fit presque aussitôt refermer « pour l'acoustique ». S'étant levé, il frappait sur son verre avec une cuillère, sans parvenir à attirer l'attention. Le directeur des *Argonautes*, qu'on appelait le Président des Brousses, intervint, finit par obtenir un peu de silence, et la voix de Justinien s'épandit en copieuses nappes d'ennui. La banalité de sa pensée se cachait sous un flot d'images. Il s'exprimait avec une emphase qui tenait lieu d'esprit, et trouvait le moyen de servir à chacun un compliment amphigourique. A la première pause, et tandis qu'Édouard, Bernard et Sarah faisaient leur entrée, des applaudissements complaisants éclatèrent; certains les prolongèrent, un peu ironiquement sans doute et comme dans l'espoir de mettre fin au discours; mais vainement : Justinien reprit; rien ne décourageait son éloquence. A présent, c'était le comte de Passavant qu'il couvrait des fleurs de sa rhétorique. Il parla de *La Barre fixe* comme d'une Iliade nouvelle. On but à la santé de Passavant. Édouard n'avait pas de verre, non plus que Bernard et Sarah, ce qui les dispensa de trinquer.

Le discours de Justinien s'acheva sur des vœux à l'adresse de la revue nouvelle et sur quelques compliments à son futur directeur, « le jeune et talentueux Molinier, chéri des Muses, dont le noble front pur n'attendra pas longtemps le laurier ».

Olivier s'était tenu près de la porte d'entrée, de manière à pouvoir accueillir aussitôt ses amis. Les compliments outrés de Justinien manifestement le gênèrent; mais il ne put se dérober à la petite ovation qui suivit.

Les trois nouveaux arrivants avaient trop sobrement dîné pour se sentir au diapason de l'assemblée. Dans ces sortes de réunions, les retardataires s'expliquent mal ou trop bien l'excitation des autres. Ils jugent, alors qu'il ne sied pas de juger, et exercent, fût-ce involontairement, une critique sans indulgence; du moins c'était le cas d'Édouard et de Bernard. Quant à Sarah, pour qui, dans ce milieu, tout était neuf, elle ne songeait qu'à s'instruire, n'avait souci que de se mettre au pas.

Bernard ne connaissait personne. Olivier, qui l'avait pris par le bras, voulut le présenter à Passavant et à des Brousses. Il refusa. Passavant cependant força la situation, et, s'avançant, lui tendit une main qu'il ne put décemment refuser :

« J'entends parler de vous depuis si longtemps qu'il me semble déjà vous connaître.

— Et réciproquement », dit Bernard, d'un tel ton que l'aménité de Passavant se glaça. Tout aussitôt, il s'approcha d'Édouard.

Bien que souvent en voyage et vivant, même à Paris, fort à l'écart, Édouard n'était pas sans connaître plusieurs des convives, et ne se sentait nullement gêné. A la fois peu aimé, mais estimé par ses confrères, alors qu'il n'était que distant, il acceptait de passer pour fier. Il écoutait plus volontiers qu'il ne parlait.

« Votre neveu m'avait fait espérer que vous viendriez, commença Passavant d'une voix douce et presque basse. Je m'en réjouissais, car précisément... »

Le regard ironique d'Édouard coupa le reste de sa phrase. Habile à séduire et habitué à plaire, Passavant avait besoin de sentir en face de lui un miroir complaisant, pour briller. Il se ressaisit pourtant, n'étant pas de ceux qui perdent pour longtemps leur assurance et acceptent de se laisser démonter. Il redressa le front et chargea ses yeux d'insolence. Si Édouard ne se prêtait pas à son jeu de bonne grâce, il aurait de quoi le mater.

— Je voulais vous demander... reprit-il, comme continuant sa pensée : Avez-vous des nouvelles de votre

autre neveu, mon ami Vincent ? C'est avec lui surtout que j'étais lié.

— Non », dit Édouard sèchement.

Ce « non » désarçonna de nouveau Passavant, qui ne savait trop s'il devait le prendre comme un démenti provocant, ou comme une simple réponse à sa question. Son trouble ne dura qu'un instant; Édouard, innocemment, le remit en selle en ajoutant presque aussitôt :

« J'ai seulement appris par son père qu'il voyageait avec le prince de Monaco.

— J'avais demandé à une de mes amies de le présenter au prince, en effet. J'étais heureux d'inventer cette diversion, pour le distraire un peu de sa malheureuse aventure avec cette madame Douviers... que vous connaissez, m'a dit Olivier. Il risquait d'y gâcher sa vie. »

Passavant maniait à merveille le dédain, le mépris, la condescendance; mais il lui suffisait d'avoir gagné cette manche et de tenir Édouard en respect. Celui-ci cherchait quoi que ce fût de cinglant. Il manquait étrangement de présence d'esprit. C'était sans doute pour cela qu'il aimait si peu le monde : il n'avait rien de ce qu'il fallait pour y briller. Ses sourcils, cependant, se fronçaient. Passavant avait du flair; dès qu'on avait du désagréable à lui dire, il sentait venir et pirouettait. Sans même reprendre haleine, et changeant de ton brusquement :

« Mais quelle est cette délicieuse enfant qui vous accompagne ? demanda-t-il en souriant.

— C'est, dit Édouard, mademoiselle Sarah Vedel; la sœur précisément de madame Douviers, mon amie. »

Faute de mieux, il aiguisa ce « mon amie » comme une flèche; mais qui n'atteignit pas son but, et Passavant, la laissant retomber :

« Vous seriez bien aimable de me présenter. »

Il avait dit ces derniers mots et la phrase précédente assez haut pour que Sarah pût les entendre; et comme elle se tournait vers eux, Édouard ne put se dérober :

« Sarah, le comte de Passavant aspire à l'honneur de faire votre connaissance », dit-il avec un sourire contraint.

Passavant avait fait apporter trois nouveaux verres, qu'il remplit de kummel. Tous quatre burent à la santé d'Olivier. La bouteille était presque vide, et, comme Sarah s'étonnait des cristaux qui restaient au fond,

Passavant s'efforça d'en détacher avec des pailles. Une sorte de jocrisse étrange, à la face enfarinée, à l'œil de jais, aux cheveux plaqués comme une calotte de moleskine, s'approcha, et, mastiquant avec un effort apparent chaque syllabe :

« Vous n'y parviendrez pas. Passez-moi la bouteille, que je la crève. »

Il s'en saisit, la brisa d'un coup sur le rebord de la fenêtre, et présentant le fond à Sarah :

« Avec ces petits polyèdres tranchants, la gentille demoiselle obtiendra sans effort une perforation de sa gidouille.

— Quel est ce pierrot ? demanda-t-elle à Passavant, qui l'avait fait asseoir et s'était assis auprès d'elle.

— C'est Alfred Jarry, l'auteur d'*Ubu Roi*. Les *Argonautes* lui confèrent du génie, parce que le public vient de siffler sa pièce. C'est tout de même ce qu'on a donné de plus curieux au théâtre depuis longtemps.

— J'aime beaucoup *Ubu Roi,* dit Sarah, et je suis très contente de rencontrer Jarry. On m'avait dit qu'il était toujours ivre.

— Il devrait l'être ce soir. Je l'ai vu boire à ce dîner deux grands pleins verres d'absinthe pure. Il n'a pas l'air d'en être gêné. Voulez-vous une cigarette ? Il faut fumer soi-même pour ne pas être asphyxié par la fumée des autres. »

Il se pencha vers elle en lui offrant du feu. Elle croqua quelques cristaux :

« Mais ce n'est que du sucre candi, dit-elle, un peu déçue. J'espérais que ce serait très fort. »

Tout en causant avec Passavant, elle souriait à Bernard qui était demeuré près d'elle. Ses yeux amusés brillaient d'un éclat extraordinaire. Bernard, qui dans l'obscurité n'avait pu la voir, était frappé de sa ressemblance avec Laura. C'était le même front, les mêmes lèvres... Ses traits, il est vrai, respiraient une grâce moins angélique, et ses regards remuaient il ne savait quoi de trouble en son cœur. Un peu gêné, il se tourna vers Olivier.

« Présente-moi donc à ton ami Bercail. »

Il avait déjà rencontré Bercail au Luxembourg, mais n'avait jamais causé avec lui. Bercail, un peu dépaysé dans ce milieu où venait de l'introduire Olivier, et où sa

timidité ne se plaisait guère, rougissait chaque fois que son ami le présentait comme un des principaux rédacteurs d'*Avant-Garde*. Le fait est que ce poème allégorique, dont il parlait à Olivier au début de notre histoire, devait paraître en tête de la nouvelle revue, sitôt après le manifeste.

« A la place que je t'avais réservée, disait Olivier à Bernard. Je suis tellement sûr que ça te plaira! C'est de beaucoup ce qu'il y a de mieux dans le numéro. Et tellement original! »

Olivier prenait plus de plaisir à louer ses amis qu'à s'entendre louer lui-même. A l'approche de Bernard, Lucien Bercail s'était levé; il tenait sa tasse de café à la main, si gauchement que, dans son émotion, il en répandit la moitié sur son gilet. A ce moment, on entendit tout près de lui la voix mécanique de Jarry :

« Le petit Bercail va s'empoisonner, parce que j'ai mis du poison dans sa tasse. »

Jarry s'amusait de la timidité de Bercail et prenait plaisir à le décontenancer. Mais Bercail n'avait pas peur de Jarry. Il haussa les épaules et acheva tranquillement sa tasse.

« Qui donc est-ce ? demanda Bernard.

— Comment! tu ne connais pas l'auteur d'*Ubu Roi* ?

— Pas possible ? c'est Jarry! Je le prenais pour un domestique.

— Oh! tout de même pas, dit Olivier un peu vexé, car il se faisait une fierté de ses grands hommes. Regarde-le mieux. Tu ne trouves pas qu'il est extraordinaire ?

— Il fait tout ce qu'il peut pour le paraître », dit Bernard, qui ne prisait que le naturel, mais pourtant était plein de considération pour *Ubu*.

Vêtu en traditionnel Gugusse d'hippodrome, tout, en Jarry, sentait l'apprêt; sa façon de parler surtout, qu'imitaient à l'envi plusieurs Argonautes, martelant les syllabes, inventant de bizarres mots, en estropiant bizarrement certains autres; mais il n'y avait vraiment que Jarry lui-même pour obtenir cette voix sans timbre, sans chaleur, sans intonation, sans relief.

« Quand on le connaît, je t'assure qu'il est charmant, reprit Olivier.

— Je préfère ne pas le connaître. Il a l'air féroce.

— C'est un genre qu'il se donne. Passavant le croit,

au fond, très doux. Mais il a terriblement bu ce soir; et pas une goutte d'eau, je te prie de le croire; ni même de vin : rien que de l'absinthe et des liqueurs fortes. Passavant craint qu'il ne commette quelque excentricité. »

En dépit de lui, le nom de Passavant revenait sur ses lèvres et d'autant plus obstinément qu'il eût voulu plus l'éviter.

Exaspéré de se voir si peu maître de lui, et comme traqué par lui-même, il changea de terrain :

« Tu devrais aller causer un peu avec Dhurmer. Je crains qu'il ne m'en veuille à mort de lui avoir soufflé la direction d'*Avant-Garde ;* mais ce n'est pas ma faute; je n'ai pu faire autrement que d'accepter. Tu devrais tâcher de lui faire comprendre, de le calmer. Pass... On m'a dit qu'il était très monté contre moi. »

Il avait trébuché, mais cette fois n'était pas tombé.

« J'espère qu'il a repris sa copie. Je n'aime pas ce qu'il écrit, dit Bercail; puis, se tournant vers Profitendieu : — Mais, vous, Monsieur, je pensais que...

— Oh! ne m'appelez donc pas Monsieur... Je sais bien que je porte un nom encombrant et ridicule... Je compte prendre un pseudonyme, si j'écris.

— Pourquoi ne nous avez-vous rien donné ?

— Parce que je n'avais rien de prêt. »

Olivier, laissant causer ses deux amis, se rapprocha d'Édouard.

« Que vous êtes gentil d'être venu! Il me tardait tant de vous revoir. Mais j'aurais souhaité de vous revoir n'importe où ailleurs qu'ici... Cet après-midi, j'ai été sonner à votre porte. Vous l'a-t-on dit ? J'étais désolé de ne pas vous rencontrer, et si j'avais su où vous trouver... »

Il était tout heureux de s'exprimer aussi facilement, se souvenant d'un temps où son trouble en présence d'Édouard le rendait muet. Il devait cette aisance, hélas! à la banalité de ses propos, et aux libations. Édouard s'en rendait compte tristement.

« J'étais chez votre mère.

— C'est ce que j'ai appris en rentrant, dit Olivier, que le voussoiement d'Édouard consternait. Il hésita s'il n'allait pas le lui dire.

— Est-ce dans ce milieu que désormais vous allez vivre ? lui demanda Édouard en le regardant fixement.

« — Oh! je ne me laisse pas entamer.
— En êtes-vous bien sûr ? »

Cela était dit sur un ton si grave, si tendre, si fraternel... Olivier sentit chanceler son assurance.

« Vous trouvez que j'ai tort de fréquenter ces gens-là ?

— Non pas tous, peut-être; mais certains d'entre eux, assurément. »

Olivier prit pour un singulier ce pluriel. Il crut qu'Édouard visait particulièrement Passavant et ce fut, dans son ciel intérieur, comme un éblouissant et douloureux éclair traversant la nuée qui depuis le matin s'épaississait affreusement dans son cœur. Il aimait Bernard, il aimait Édouard beaucoup trop pour supporter leur mésestime. Auprès d'Édouard, ce qu'il avait de meilleur en lui s'exaltait. Auprès de Passavant, c'était le pire; il se l'avouait à présent; et même ne l'avait-il pas toujours reconnu ? Son aveuglement, près de Passavant, n'avait-il pas été volontaire ? Sa gratitude pour tout ce que le comte avait fait pour lui, tournait à la rancœur. Il le reniait éperdument. Ce qu'il vit acheva de le lui faire prendre en haine :

Passavant, penché vers Sarah, avait passé son bras autour de sa taille et se montrait de plus en plus pressant. Averti des bruits désobligeants qui couraient sur ses rapports avec Olivier, il cherchait à donner le change. Et pour s'afficher plus encore, il s'était promis d'amener Sarah à s'asseoir sur ses genoux. Sarah, jusqu'à présent, ne s'était que peu défendue, mais ses regards cherchaient ceux de Bernard et lorsqu'ils les rencontraient, elle souriait, comme pour lui dire :

« Regardez ce que l'on peut oser avec moi. »

Cependant Passavant craignait d'aller trop vite. Il manquait de pratique.

« Si seulement je parviens à la faire boire encore un peu, je me risquerai », se disait-il, en avançant la main qui lui restait libre vers un flacon de curaçao.

Olivier qui l'observait devança son geste. Il s'empara du flacon, simplement pour l'enlever à Passavant; mais aussitôt il lui sembla qu'il retrouverait dans la liqueur un peu de courage; de ce courage qu'il sentait défaillir et dont il avait besoin pour pousser jusqu'à Édouard la plainte qui montait à ses lèvres :

« Il n'eût tenu qu'à vous... »

Olivier remplit son verre et le vida d'un trait. A ce moment, il entendit Jarry, qui circulait de groupe en groupe, dire à demi-voix, en passant derrière Bercail :

« Et maintenant, nous allons tuder le petit Bercail. »

Celui-ci se retourna brusquement :

« Répétez donc ça à voix haute. »

Jarry s'était éloigné déjà. Il attendit d'avoir tourné la table et répéta d'une voix de fausset :

« Et maintenant, nous allons tuder le petit Bercail »; puis, sortit de sa poche un gros pistolet avec lequel les Argonautes l'avaient vu jouer souvent; et mit en joue.

Jarry s'était fait une réputation de tireur. Des protestations s'élevèrent. On ne savait trop si, dans l'état d'ivresse où il était, il saurait s'en tenir au simulacre. Mais le petit Bercail voulut montrer qu'il n'avait pas peur et, montant sur une chaise, les bras croisés derrière le dos, prit une pose napoléonienne. Il était un peu ridicule et quelques rires s'élevèrent, couverts aussitôt par des applaudissements.

Passavant dit à Sarah, très vite :

« Ça pourrait mal finir. Il est complètement soûl. Cachez-vous sous la table. »

Des Brousses essaya de retenir Jarry, mais celui-ci, se dégageant, monta sur une chaise à son tour (et Bernard remarqua qu'il était chaussé de petits escarpins de bal). Bien en face de Bercail, il étendit le bras pour viser.

« Éteignez donc! Éteignez! » cria des Brousses.

Édouard, resté près de la porte, tourna le commutateur.

Sarah s'était levée, suivant l'injonction de Passavant; et sitôt que l'on fut dans l'obscurité, elle se pressa contre Bernard pour l'entraîner sous la table avec elle.

Le coup partit. Le pistolet n'était chargé qu'à blanc. Pourtant on entendit un cri de douleur : c'était Justinien qui venait de recevoir la bourre dans l'œil.

Et, quand on redonna de la lumière, on admira Bercail, toujours debout sur sa chaise, qui gardait la pose, immobile, à peine un peu plus pâle.

Cependant la présidente se payait une crise de nerfs. On s'empressa.

« C'est idiot de donner des émotions pareilles! »

Comme il n'y avait pas d'eau sur la table, Jarry, descendu de son piédestal, trempa dans l'alcool un mouchoir pour lui en frictionner les tempes, en manière d'excuses.

Bernard n'était resté sous la table qu'un instant; juste le temps de sentir les deux lèvres brûlantes de Sarah s'écraser voluptueusement sur les siennes. Olivier les avait suivis; par amitié, par jalousie... L'ivresse exaspérait en lui ce sentiment affreux, qu'il connaissait si bien, de demeurer en marge. Quand il sortit à son tour de dessous la table, la tête lui tournait un peu. Il entendit alors Dhurmer s'écrier :

« Regardez donc Molinier! Il est poltron comme une femme. »

C'en était trop. Olivier, sans trop savoir ce qu'il faisait, s'élança, la main levée, contre Dhurmer. Il lui semblait s'agiter dans un rêve. Dhurmer esquiva le coup. Comme dans un rêve, la main d'Olivier ne rencontra que le vide.

La confusion devint générale, et, tandis que certains s'affairaient auprès de la présidente, qui continuait à gesticuler en poussant des glapissements aigus, d'autres entouraient Dhurmer qui criait : « Il ne m'a pas touché! Il ne m'a pas touché!... » et d'autres, Olivier, qui le visage en feu, s'apprêtait à s'élancer encore et qu'on avait grand-peine à calmer.

Touché ou non, Dhurmer devait se considérer comme giflé; c'est ce que Justinien, tout en bouchonnant son œil, s'efforçait de lui faire comprendre. C'était une question de dignité. Mais Dhurmer se souciait fort peu des leçons de dignité de Justinien. On l'entendait répéter obstinément :

« Pas touché... Pas touché...

— Laissez-le donc tranquille, dit des Brousses. On ne peut pas forcer les gens à se battre malgré eux. »

Olivier, pourtant, déclarait à voix haute que, si Dhurmer ne se trouvait pas satisfait, il était prêt à le gifler encore; et, résolu à mener l'autre sur le terrain, demandait à Bernard et à Bercail de bien vouloir lui servir de témoins. Aucun d'eux ne connaissait rien aux affaires dites « d'honneur »; mais Olivier n'osait s'adresser à Édouard. Sa cravate s'était dénouée; ses cheveux

retombaient sur son front en sueur; un tremblement convulsif agitait ses mains.

Édouard le prit par le bras :

« Viens te passer un peu d'eau sur le visage. Tu as l'air d'un fou. »

Il l'emmena vers un lavabo.

Sitôt hors de la salle, Olivier comprit combien il était ivre. Quand il avait senti la main d'Édouard se poser sur son bras, il avait cru défaillir et s'était laissé emmener sans résistance. De ce que lui avait dit Édouard, il n'avait rien compris que le tutoiement. Comme un nuage gros d'orage crève en pluie, il lui semblait que son cœur soudain fondait en larmes. Une serviette mouillée qu'Édouard appliqua sur son front acheva de le dégriser. Que s'était-il passé ? Il gardait une vague conscience d'avoir agi comme un enfant, comme une brute. Il se sentait ridicule, abject... Alors, tout frémissant de détresse et de tendresse, il se jeta vers Édouard et, pressé contre lui, sanglota :

« Emmène-moi. »

Édouard était extrêmement ému lui-même.

« Tes parents ? demanda-t-il.

— Ils ne me savent pas de retour. »

Comme ils traversaient le café pour sortir, Olivier dit à son compagnon qu'il avait un mot à écrire.

« En le mettant à la poste ce soir, il arrivera demain à la première heure. »

Assis à une table du café, il écrivit :

« Mon cher Georges.

» Oui, c'est moi qui t'écris, et pour te demander de me rendre un petit service. Je ne t'apprendrai sans doute rien en te disant que je suis de retour à Paris, car je crois bien que tu m'as aperçu ce matin près de la Sorbonne. J'étais descendu chez le comte de Passavant (il donna l'adresse); mes affaires sont encore chez lui. Pour des raisons qu'il serait trop long de te donner et qui ne t'intéresseraient guère, je préfère ne pas retourner chez lui. Il n'y a qu'à toi que je puisse demander de me rapporter lesdites affaires. Tu voudras bien, n'est-ce pas, me rendre ce service; à charge de revanche. Il y a une malle fermée. Quant aux affaires qui sont dans la chambre, tu les mettras toi-même dans ma valise et

m'apporteras le tout chez l'oncle Édouard. Je paierai
l'auto. C'est demain dimanche, heureusement ; tu pourras
faire ça dès que tu auras reçu ce mot. Je compte sur
toi, hein ?

» Ton grand frère,

» Olivier.

» *P.-S.* — Je te sais débrouillard et ne doute pas que
tu ne fasses tout cela très bien. Mais fais bien attention,
si tu as affaire directement avec Passavant, de rester très
froid avec lui. A demain matin. »

Ceux qui n'avaient pas entendu les propos injurieux
de Dhurmer, ne s'expliquaient pas bien la brusque
agression d'Olivier. Il paraissait avoir perdu la tête.
S'il avait su garder son sang-froid, Bernard l'aurait
approuvé ; il n'aimait pas Dhurmer ; mais il reconnaissait
qu'Olivier avait agi comme un fou et semblait s'être
donné tous les torts. Bernard souffrait de l'entendre
juger sévèrement. Il s'approcha de Bercail et prit rendez-
vous avec lui. Pour absurde que fût cette affaire, il leur
importait à tous deux d'être corrects. Ils convinrent
d'aller relancer leur client, le lendemain matin, dès neuf
heures.

Ses deux amis partis, Bernard n'avait plus aucune
raison ni aucune envie de rester. Il chercha des yeux
Sarah, et son cœur se gonfla d'une sorte de rage, en
la voyant assise sur les genoux de Passavant. Tous
deux paraissaient ivres ; mais Sarah se leva pourtant en
voyant approcher Bernard.

« Partons, » dit-elle en prenant son bras.

Elle voulut rentrer à pied. Le trajet n'était pas long ;
ils le firent sans mot dire. A la pension, toutes les
lumières étaient éteintes. Craignant d'attirer l'attention,
ils gagnèrent à tâtons l'escalier de service, puis grattèrent
des allumettes. Armand veillait. Quand il les entendit
monter, il sortit sur le palier, une lampe à la main.

« Prends la lampe, dit-il à Bernard (ils se tutoyaient
depuis la veille). Éclaire Sarah ; il n'y a pas de bougie
dans sa chambre... Et passe-moi tes allumettes, que
j'allume la mienne. »

Bernard accompagna Sarah dans la seconde chambre.
Ils n'y furent pas plus tôt entrés qu'Armand, penché

derrière eux, d'un grand souffle éteignit la lampe, puis, goguenard :

« Bonne nuit ! fit-il. Mais ne faites pas de chahut. A côté, les parents dorment. »

Puis, soudain reculé, il referma sur eux la porte et tira le verrou.

IX

Armand s'est étendu tout habillé. Il sait qu'il ne pourra dormir. Il attend la fin de la nuit. Il médite. Il écoute. La maison repose, la ville, la nature entière; pas un bruit.

Dès qu'une faible clarté, que le réflecteur rabat du haut du ciel étroit dans sa chambre, lui permet d'en distinguer à nouveau la hideur, il se lève. Il va vers la porte qu'il a verrouillée la veille au soir; doucement l'entrouvre...

Les rideaux de la chambre de Sarah ne sont pas fermés. L'aube naissante blanchit la vitre. Armand s'avance vers le lit où sa sœur et Bernard reposent. Un drap couvre à demi leurs membres enlacés. Qu'ils sont beaux ! Armand longuement les contemple. Il voudrait être leur sommeil, leur baiser. Il sourit d'abord, puis, au pied du lit, parmi les couvertures rejetées, soudain s'agenouille. Quel dieu peut-il prier ainsi, les mains jointes ? Une indicible émotion l'étreint. Ses lèvres tremblent... Il aperçoit sous l'oreiller un mouchoir taché de sang; il se lève, s'en empare, l'emporte et, sur la petite tache ambrée, pose ses lèvres en sanglotant.

Mais sur le pas de la porte il se retourne. Il voudrait éveiller Bernard. Celui-ci doit regagner sa chambre avant que personne dans la pension ne soit levé. Au léger bruit que fait Armand, Bernard ouvre les yeux. Armand s'enfuit, laissant la porte ouverte. Il quitte la chambre, descend l'escalier; il se cachera n'importe où; sa présence gênerait Bernard; il ne veut pas le rencontrer.

D'une fenêtre de la salle d'études, quelques instants plus tard, il le verra passer, rasant les murs comme un voleur...

Bernard n'a pas beaucoup dormi. Mais il a goûté, cette nuit, d'un oubli plus reposant que le sommeil;

exaltation et anéantissement à la fois, de son être. Il glisse dans une nouvelle journée, étrange à lui-même, épars, léger, nouveau, calme et frémissant comme un dieu. Il a laissé Sarah dormant encore ; s'est dégagé furtivement d'entre ses bras. Eh quoi ? sans un nouveau baiser, sans un dernier regard, sans une suprême étreinte amoureuse ? Est-ce par insensibilité qu'il la quitte ainsi ? Je ne sais. Il ne sait lui-même. Il s'efforce de ne point penser, gêné de devoir incorporer cette nuit sans précédents, aux précédents de son histoire. Non ; c'est un appendice, une annexe, qui ne peut trouver place dans le corps du livre — livre où le récit de sa vie, comme si de rien n'était, va continuer, n'est-ce pas, va reprendre.

Il est remonté dans la chambre qu'il partage avec le petit Boris. Celui-ci dort profondément. Quel enfant ! Bernard défait son lit, froisse ses draps pour donner le change. Il se lave à grande eau. Mais la vue de Boris le ramène à Saas-Fée. Il se remémore ce que Laura lui disait alors : « Je ne puis accepter de vous que cette dévotion que vous m'offrez. Le reste aura ses exigences, qui devront bien se satisfaire ailleurs. » Cette phrase le révoltait. Il lui semble l'entendre encore. Il ne pensait plus à cela, mais, ce matin, sa mémoire est extraordinairement nette et active. Son cerveau fonctionne malgré lui avec une alacrité merveilleuse. Bernard repousse l'image de Laura, veut étouffer ses souvenirs ; et pour s'empêcher de penser, il se saisit d'un livre de classe, s'astreint à préparer son examen. Mais on étouffe dans cette chambre. Il descend travailler au jardin. Il voudrait sortir dans la rue, marcher, courir, gagner le large, s'aérer. Il surveille la porte cochère ; dès que le portier l'ouvre, il s'évade.

Il gagne le Luxembourg avec son livre, et s'assied sur un banc. Sa pensée soyeusement se dévide ; mais fragile ; s'il tire dessus, le fil rompt. Dès qu'il veut travailler, entre son livre et lui, d'indiscrets souvenirs se promènent ; et non les souvenirs des instants aigus de sa joie, mais de petits détails saugrenus, mesquins, où son amour-propre s'accroche, et s'écorche et se mortifie. Désormais il ne se montrera plus si novice.

Vers neuf heures, il se lève et va retrouver Lucien Bercail. Tous deux se rendent chez Édouard.

Édouard habitait à Passy, au dernier étage d'un immeuble. Sa chambre ouvrait sur un vaste atelier. Quand, au petit matin, Olivier s'était levé, Édouard ne s'était pas d'abord inquiété.

« Je vais me reposer un peu sur le divan », avait dit Olivier. Et comme Édouard craignait qu'il ne prît froid, il avait dit à Olivier d'emporter des couvertures. Un peu plus tard, Édouard s'était levé à son tour. Assurément il venait de dormir sans s'en rendre compte, car à présent il s'étonnait qu'il fît grand jour. Il voulait savoir comment Olivier s'était installé; il voulait le revoir; et peut-être qu'un indistinct pressentiment le guidait...

L'atelier était vide. Les couvertures restaient au pied du divan, non dépliées. Une affreuse odeur de gaz l'avertit. Donnant sur l'atelier, une petite pièce servait de salle de bains. L'odeur assurément venait de là. Il y courut; mais d'abord ne put pousser la porte; quelque chose faisait obstacle : c'était le corps d'Olivier effondré contre la baignoire, dévêtu, glacé, livide et affreusement souillé de vomissures.

Édouard aussitôt ferma le robinet du chauffe-bain, qui laissait échapper le gaz. Que s'était-il passé ? Accident ? Congestion ?... Il ne pouvait y croire. La baignoire était vide. Il prit le moribond dans ses bras, le porta dans l'atelier, l'étendit sur le tapis, devant la fenêtre grande ouverte. A genoux, tendrement incliné, il l'ausculta. Olivier respirait encore, mais faiblement. Alors Édouard, éperdument, s'ingénia à ranimer ce peu de vie près de s'éteindre; il souleva rythmiquement les bras mous, pressa les flancs, frictionna le thorax, essaya tout ce qu'il se souvenait qu'en cas d'asphyxie l'on doit faire, se désolant de ne pouvoir faire tout à la fois. Olivier gardait les yeux fermés. Édouard souleva du doigt les paupières qui retombèrent sur un regard sans vie. Pourtant le cœur battait. Il chercha vainement du cognac, des sels. Il avait fait chauffer de l'eau, lavé le haut du corps et le visage. Puis il coucha le corps inerte sur le divan et rabattit sur lui les couvertures. Il aurait voulu appeler un médecin, mais n'osait s'éloigner. Une servante venait chaque matin faire le ménage; mais elle n'arrivait qu'à neuf heures. Dès qu'il

l'entendit, il l'envoya à la recherche d'un médicastre de quartier ; puis aussitôt la rappela, craignant de s'exposer à une enquête.

Olivier, cependant, revenait lentement à la vie. Édouard s'était assis à son chevet, près du divan. Il contemplait ce visage clos et s'achoppait à son énigme. Pourquoi ? Pourquoi ? On peut agir inconsidérément le soir, dans l'ivresse ; mais les résolutions du petit matin portent leur plein chargement de vertu. Il renonçait à rien comprendre, en attendant le moment où Olivier pourrait enfin lui parler. Il ne le quitterait plus d'ici-là. Il avait pris une de ses mains et concentrait son interrogation, sa pensée, sa vie entière, dans ce contact. Enfin il lui sembla sentir la main d'Olivier répondre faiblement à l'étreinte... Alors il se courba, posa ses lèvres sur ce front que plissait une immense et mystérieuse douleur.

On sonna. Édouard se leva pour aller ouvrir. C'était Bernard et Lucien Bercail. Édouard les retint dans le vestibule et les avertit ; puis, prenant Bernard à part, lui demanda s'il savait qu'Olivier fût sujet à des étourdissements, à des crises ?... Bernard tout à coup se souvint de leur conversation de la veille, et en particulier de certains mots d'Olivier, qu'il avait à peine écoutés, mais qu'il réentendait à présent d'une manière distincte.

« C'est moi qui lui parlais de suicide, dit-il à Édouard. Je lui demandais s'il comprenait qu'on puisse se tuer par simple excès de vie, « par enthousiasme », comme disait Dmitri Karamazov. J'étais tout absorbé dans ma pensée et je n'ai fait attention alors qu'à mes propres paroles ; mais je me rappelle à présent ce qu'il m'a répondu.

— Qu'a-t-il donc répondu ? insista Édouard, car Bernard s'arrêtait et semblait ne pas vouloir en dire davantage.

— Qu'il comprenait qu'on se tuât, mais seulement après avoir atteint un tel sommet de joie, que l'on ne puisse, après, que redescendre. »

Tous deux, sans plus ajouter rien, se regardèrent. Le jour se faisait dans leur esprit. Édouard enfin détourna les yeux ; et Bernard s'en voulut d'avoir parlé. Ils se rapprochèrent de Bercail.

« L'ennuyeux, dit alors celui-ci, c'est qu'on pourra croire qu'il a voulu se tuer pour éviter d'avoir à se battre. »

Édouard ne songeait plus à ce duel.

« Faites comme si de rien n'était, dit-il. Allez trouver Dhurmer et demandez-lui de vous mettre en rapport avec ses témoins. C'est avec ceux-ci que vous vous expliquerez, si tant est que cette affaire idiote ne s'arrange pas d'elle-même. Dhurmer ne se montrait guère désireux de marcher.

— Nous ne lui raconterons rien, dit Lucien, pour lui laisser toute la honte de reculer. Car il va se dérober, j'en suis sûr. »

Bernard demanda s'il ne pouvait pas voir Olivier. Mais Édouard voulait qu'on le laissât tranquillement reposer.

Bernard et Lucien allaient sortir, quand arriva le petit Georges. Il venait de chez Passavant, mais n'avait pu se ressaisir des affaires de son frère.

« Monsieur le comte est sorti, lui avait-il été répondu. Il ne nous a pas laissé d'ordres. »

Et le domestique lui avait fermé la porte au nez.

Certaine gravité dans le ton d'Édouard et dans le maintien des deux autres inquiéta Georges. Il flaira l'insolite, s'informa. Édouard dut tout lui raconter.

« Mais n'en dis rien à tes parents. »

Georges était ravi d'entrer dans du secret.

« On sait se taire », dit-il. Et, désœuvré ce matin-là, il proposa d'accompagner Bernard et Lucien chez Dhurmer.

Après que les trois visiteurs l'eurent quitté, Édouard appela la femme de ménage. A côté de sa chambre était une chambre d'ami, qu'il lui demanda de préparer, afin d'y pouvoir installer Olivier. Puis il rentra sans bruit dans l'atelier. Olivier reposait. Édouard se rassit près de lui. Il avait pris un livre, mais le rejeta bientôt sans l'avoir ouvert et regarda dormir son ami.

X

> Rien n'est simple, de ce qui s'offre
> à l'âme; et l'âme ne s'offre jamais
> simple à aucun sujet.
>
> PASCAL.

« Je crois qu'il sera heureux de vous revoir, dit Édouard à Bernard le lendemain. Il m'a demandé, ce matin, si vous n'étiez pas venu hier. Il a dû entendre votre voix, alors que je le croyais sans connaissance... Il garde les yeux fermés, mais ne dort pas. Il ne dit rien. Souvent il porte la main à son front en signe de souffrance. Dès que je m'adresse à lui, son front se plisse; mais si je m'écarte, il me rappelle et me fait rasseoir près de lui... Non, il n'est plus dans l'atelier. Je l'ai installé dans la chambre à côté de la mienne, de sorte que je puisse recevoir des visites sans le déranger. »

Ils y entrèrent.

« Je venais prendre de tes nouvelles », dit Bernard très doucement.

Les traits d'Olivier s'animèrent en entendant la voix de son ami. C'était déjà presqu'un sourire.

« Je t'attendais.
— Je partirai si je te fatigue.
— Reste. »

Mais en disant ce mot, Olivier posait un doigt sur ses lèvres. Il demandait qu'on ne lui parlât pas. Bernard, qui devait se présenter aux épreuves orales dans trois jours, ne circulait plus sans un de ces manuels où se concentre en élixir toute l'amertume des matières de son examen. Il s'installa au chevet de son ami et se plongea dans la lecture. Olivier, le visage tourné du côté du mur, paraissait dormir. Édouard s'était retiré dans sa chambre; on le voyait paraître par instants à la porte de communication qui restait ouverte. De deux en deux heures, il faisait prendre à Olivier un bol de lait, mais depuis ce matin seulement. Durant toute la journée de la veille, l'estomac du malade n'avait rien pu supporter.

Un long temps passa. Bernard se leva pour partir.

Olivier se retourna, lui tendit la main et, tâchant de sourire :

« Tu reviendras demain ? »

Au dernier moment, il le rappela, lui fit signe de se pencher, comme s'il craignait que sa voix ne manquât à se faire entendre, et tout bas :

« Non, mais, crois-tu que j'ai été bête! »

Puis, comme pour devancer une protestation de Bernard, il porta de nouveau un doigt à ses lèvres :

« Non; non... Plus tard je vous expliquerai. »

Le lendemain, Édouard reçut une lettre de Laura; quand Bernard revint, il la lui donna à lire :

« Mon cher ami,

» Je vous écris en grand-hâte pour tâcher de prévenir un malheur absurde. Vous m'y aiderez, j'en suis sûre, si seulement cette lettre vous parvient assez tôt.

» Félix vient de partir pour Paris, dans l'intention d'aller vous voir. Il prétend obtenir de vous les éclaircissements que je me refuse à lui donner; apprendre par vous le nom de celui qu'il voudrait provoquer en duel. J'ai fait ce que j'ai pu pour le retenir, mais sa décision reste inébranlable et tout ce que je lui en dis ne sert qu'à l'ancrer davantage. Vous seul parviendrez peut-être à le dissuader. Il a confiance en vous et vous écoutera, je l'espère. Songez qu'il n'a jamais tenu entre ses mains ni pistolet, ni fleuret. L'idée qu'il puisse risquer sa vie pour moi m'est intolérable; mais je crains surtout, j'ose à peine l'avouer, qu'il ne se couvre de ridicule.

» Depuis mon retour, Félix est avec moi plein d'empressement, de tendresse, de gentillesse; mais je ne puis feindre pour lui plus d'amour que je n'en ai. Il en souffre; et je crois que c'est le désir de forcer mon estime, mon admiration, qui le pousse à cette démarche que vous jugerez inconsidérée, mais à laquelle il pense chaque jour et dont il a, depuis mon retour, l'idée fixe. Certainement il m'a pardonné; mais il en veut mortellement à l'autre.

» Je vous supplie de l'accueillir aussi affectueusement que vous m'accueilleriez moi-même; vous ne sauriez me donner une preuve d'amitié à laquelle je sois plus

sensible. Pardonnez-moi de ne pas vous avoir écrit plus tôt pour vous redire toute la reconnaissance que je garde de votre dévouement et des soins que vous m'avez prodigués durant notre séjour en Suisse. Le souvenir de ce temps me réchauffe et m'aide à supporter la vie.

» Votre amie toujours inquiète et toujours confiante,

» Laura. »

« Que comptez-vous faire ? demanda Bernard en rendant la lettre.

— Qu'est-ce que vous voulez que j'y fasse ? répondit Édouard un peu agacé, non point tant par la question de Bernard, que parce qu'il se l'était déjà posée. — S'il vient, je l'accueillerai de mon mieux. Je le conseillerai de mon mieux s'il me consulte ; et tâcherai de le persuader qu'il n'a rien de mieux à faire que de se tenir tranquille. Des gens comme ce pauvre Douviers ont toujours tort de chercher à se mettre en avant. Vous penseriez de même si vous le connaissiez, croyez-moi. Laura, elle, était née pour les premiers rôles. Chacun de nous assume un drame à sa taille, et reçoit son contingent de tragique. Qu'y pouvons-nous ? Le drame de Laura, c'est d'avoir épousé un comparse. Il n'y a rien à faire à cela.

— Et le drame de Douviers, c'est d'avoir épousé quelqu'un qui restera supérieur à lui, quoi qu'il fasse, reprit Bernard.

— Quoi qu'il fasse... reprit Édouard en écho, — et quoi que puisse faire Laura. L'admirable, c'est que, par regrets de sa faute, par repentir, Laura voulait s'humilier devant lui ; mais lui se prosternait aussitôt plus bas qu'elle ; tout ce que l'un et l'autre en faisaient ne parvenait qu'à le rapetisser, qu'à la grandir.

— Je le plains beaucoup, dit Bernard. Mais pourquoi n'admettez-vous pas que lui aussi, dans ce prosternement, se grandisse ?

— Parce qu'il manque de lyrisme, dit Édouard irréfutablement.

— Que voulez-vous dire ?

— Qu'il ne s'oublie jamais dans ce qu'il éprouve, de sorte qu'il n'éprouve jamais rien de grand. Ne me

poussez pas trop là-dessus. J'ai mes idées ; mais qui répugnent à la toise et que je ne cherche pas trop à mesurer. Paul-Ambroise a coutume de dire qu'il ne consent à tenir compte de rien qui ne se puisse chiffrer ; ce en quoi j'estime qu'il joue sur le mot « tenir compte » ; car, « à ce compte-là » comme on dit, on est forcé d'omettre Dieu. C'est bien là où il tend et ce qu'il désire... Tenez : je crois que j'appelle lyrisme l'état de l'homme qui consent à se laisser vaincre par Dieu.

— N'est-ce pas là précisément ce que signifie le mot : enthousiasme ?

— Et peut-être le mot : inspiration. Oui, c'est bien là ce que je veux dire. Douviers est un être incapable d'inspiration. Je consens que Paul-Ambroise ait raison lorsqu'il considère l'inspiration comme des plus préjudiciables à l'art ; et je crois volontiers qu'on n'est artiste qu'à condition de dominer l'état lyrique ; mais il importe, pour le dominer, de l'avoir éprouvé d'abord.

— Ne pensez-vous pas que cet état de visitation divine est explicable physiologiquement par...

— La belle avance ! interrompit Édouard. De telles considérations, pour être exactes, ne sont propres qu'à gêner les sots. Il n'est certes pas un mouvement mystique qui n'ait son répondant matériel. Et après ? L'esprit, pour témoigner, ne peut point se passer de la matière. De là le mystère de l'incarnation.

— Par contre, la matière se passe admirablement de l'esprit.

— Ça, nous n'en savons rien », dit Édouard en riant.

Bernard était fort amusé de l'entendre parler ainsi. D'ordinaire Édouard se livrait peu. L'exaltation qu'il laissait paraître aujourd'hui lui venait de la présence d'Olivier. Bernard le comprit.

« Il me parle comme il voudrait déjà lui parler, pensa-t-il. C'est d'Olivier qu'il devrait faire son secrétaire. Dès qu'Olivier sera guéri, je me retirerai ; ma place est ailleurs. »

Il pensait cela sans amertume, tout occupé désormais par Sarah, qu'il avait revue la nuit dernière et s'apprêtait à retrouver cette nuit.

« Nous voici bien loin de Douviers, reprit-il en riant à son tour. Lui parlerez-vous de Vincent ?

— Parbleu non. A quoi bon ?

— Ne pensez-vous pas que c'est empoisonnant pour Douviers de ne savoir sur qui porter ses soupçons ?

— Vous avez peut-être raison. Mais cela c'est à Laura qu'il faut le dire. Je ne pourrais parler sans la trahir... Du reste, je ne sais même pas où il est.

— Vincent ?... Passavant doit bien le savoir. »

Un coup de sonnette les interrompit. Madame Molinier venait prendre des nouvelles de son fils. Édouard la rejoignit dans l'atelier.

JOURNAL D'ÉDOUARD

« Visite de Pauline. J'étais embarrassé de savoir comment la prévenir; et pourtant je ne pouvais lui laisser ignorer que son fils était malade. Ai jugé inutile de lui raconter l'incompréhensible tentative de suicide; ai simplement parlé d'une violente crise de foie, qui effectivement reste le plus clair résultat de cette entreprise.

« Je suis déjà rassurée de savoir Olivier chez vous, m'a dit Pauline. Je ne le soignerais pas mieux que vous, car je sens bien que vous l'aimez autant que moi. »

» En disant ces derniers mots, elle m'a regardé avec une bizarre insistance. Ai-je imaginé l'intention qu'elle m'a paru mettre dans ce regard ? Je me sentais devant Pauline ce que l'on a coutume d'appeler « mauvaise conscience » et n'ai pu que balbutier je ne sais quoi d'indistinct. Il faut dire que, sursaturé d'émotion depuis deux jours, j'avais perdu tout empire sur moi-même; mon trouble dut être très apparent, car elle ajouta :

« Votre rougeur est éloquente... Mon pauvre ami, n'attendez pas de moi des reproches. Je vous en ferais si vous ne l'aimiez pas... Puis-je le voir ? »

» Je la menai près d'Olivier. Bernard, en nous entendant venir, s'était retiré.

« Comme il est beau ! » murmura-t-elle en se penchant au-dessus du lit. Puis, se retournant vers moi :

« Vous l'embrasserez de ma part. Je crains de l'éveiller. »

» Pauline est décidément une femme extraordinaire. Ce n'est pas d'aujourd'hui que je le pense. Mais je ne pouvais espérer qu'elle pousserait si loin sa compréhension. Toutefois il me semblait, à travers la cordialité de ses paroles et cette sorte d'enjouement qu'elle mettait

dans le ton de sa voix, distinguer un peu de contrainte (peut-être en raison de l'effort que je faisais pour cacher ma gêne); et je me souvenais d'une phrase de notre conversation précédente, phrase qui déjà m'avait paru des plus sages alors que je n'étais pas intéressé à la trouver telle : « Je préfère accorder de bonne grâce ce que je sais que je ne pourrais pas empêcher. » Évidemment, Pauline s'efforçait vers la bonne grâce; et, comme en réponse à ma secrète pensée, elle reprit, lorsque nous fûmes de nouveau dans l'atelier :

« En ne me scandalisant pas tout à l'heure, je crains de vous avoir scandalisé. Il est certaines libertés de pensée dont les hommes voudraient garder le monopole. Je ne puis pourtant pas feindre avec vous plus de réprobation que je n'en éprouve. La vie m'a instruite. J'ai compris combien la pureté des garçons restait précaire, alors même qu'elle paraissait le mieux préservée. De plus, je ne crois pas que les plus chastes adolescents fassent plus tard les maris les meilleurs; ni même, hélas, les plus fidèles, ajouta-t-elle en souriant tristement. Enfin, l'exemple de leur père m'a fait souhaiter d'autres vertus pour mes fils. Mais j'ai peur pour eux de la débauche, ou des liaisons dégradantes. Olivier se laisse facilement entraîner. Vous aurez à cœur de le retenir. Je crois que vous pourrez lui faire du bien. Il ne tient qu'à vous... »

» De telles paroles m'emplissaient de confusion.

« Vous me faites meilleur que je ne suis. »

» C'est tout ce que je pus trouver à dire, de la manière la plus banale et la plus empruntée. Elle reprit avec une délicatesse exquise :

« C'est Olivier qui vous fera meilleur. Que n'obtient-on pas de soi, par amour ?

» — Oscar le sait-il près de moi ? demandai-je pour mettre un peu d'air entre nous.

» — Il ne le sait même pas à Paris. Je vous ai dit qu'il ne s'occupe pas beaucoup de ses fils. C'est pourquoi je comptais sur vous pour parler à Georges. L'avez-vous fait ?

» — Non; pas encore. »

» Le front de Pauline s'était assombri brusquement.

« Je m'inquiète de plus en plus. Il a pris un air d'assurance, où je ne vois qu'insouciance, que cynisme

et que présomption. Il travaille bien; ses professeurs sont contents de lui; mon inquiétude ne sait à quoi se prendre... »

« Et tout à coup, se départant de son calme, avec un emportement où je la reconnaissais à peine :

« Vous rendez-vous compte de ce que devient ma vie ? J'ai restreint mon bonheur; d'année en année, j'ai dû en rabattre; une à une, j'ai raccourci mes espérances. J'ai cédé; j'ai toléré; j'ai feint de ne pas comprendre, de ne pas voir... Mais enfin, on se raccroche à quelque chose; et quand encore ce peu vous échappe!... Le soir, il vient travailler près de moi, sous la lampe; quand parfois il lève la tête de dessus son livre, ce n'est pas de l'affection que je rencontre dans son regard; c'est du défi. J'ai si peu mérité cela... Il me semble parfois brusquement que tout mon amour pour lui tourne en haine; et je voudrais n'avoir jamais eu d'enfants. »

» Sa voix tremblait. Je pris sa main.

« Olivier vous récompensera; je m'y engage. »

» Elle fit effort pour se ressaisir.

« Oui, je suis folle de parler ainsi; comme si je n'avais pas trois fils. Quand je pense à l'un, je ne vois plus que celui-là... Vous allez me trouver bien peu raisonnable... Mais par moments, vraiment, la raison ne suffit plus.

» — La raison est pourtant ce que j'admire le plus en vous », dis-je platement, dans l'espoir de la calmer. Et comme elle restait silencieuse, j'ajoutai :

« L'autre jour vous me parliez d'Oscar avec tant de sagesse... »

» Pauline brusquement se redressa. Elle me regarda et haussa les épaules.

« C'est toujours quand une femme se montre le plus résignée qu'elle paraît le plus raisonnable », s'écriat-elle comme hargneusement.

» Cette réflexion m'irrita en raison de sa justesse même. Pour n'en rien laisser voir, je repris aussitôt :

« Rien de nouveau, au sujet des lettres ? »

» — De nouveau ? De nouveau !... Qu'est-ce que vous voulez qu'il arrive de nouveau entre Oscar et moi ?

» — Il attendait une explication.

» — Moi aussi j'attendais une explication. Tout le long de la vie on attend des explications.

» — Enfin, repris-je, un peu agacé, Oscar se sentait dans une situation fausse.

» — Mais, mon ami, vous savez bien qu'il n'y a rien de tel pour s'éterniser, que les situations fausses. C'est affaire à vous, romanciers, de chercher à les résoudre. Dans la vie, rien ne se résout; tout continue. On demeure dans l'incertitude; et on restera jusqu'à la fin sans savoir à quoi s'en tenir; en attendant, la vie continue, tout comme si de rien n'était. Et de cela aussi on prend son parti; comme de tout le reste... comme de tout. Allons, adieu. »

» Je m'affectais péniblement au retentissement de certaines sonorités nouvelles que je distinguais dans sa voix; une sorte d'agressivité, qui me força de penser (peut-être pas à l'instant même, mais en me remémorant notre entretien) que Pauline prenait son parti beaucoup moins facilement qu'elle ne le disait de mes rapports avec Olivier; moins facilement que de tout le reste. Je veux croire qu'elle ne les réprouve pas précisément; qu'elle s'en félicite même à certains égards, ainsi qu'elle me le laisse entendre; mais, sans se l'avouer peut-être, elle ne laisse pas d'en ressentir de la jalousie.

» C'est la seule explication que je trouve à ce brusque sursaut de révolte, sitôt ensuite, et sur un sujet qui lui tenait somme toute bien moins à cœur. On eût dit qu'en m'accordant d'abord ce qui lui coûtait davantage, elle venait d'épuiser sa réserve de mansuétude et s'en trouvait soudain dépourvue. De là, ses propos intempérés, extravagants presque, dont elle dut s'étonner elle-même en y repensant, et où sa jalousie se trahissait.

» Au fond, je me demande quel pourrait être l'état d'une femme qui ne serait pas résignée ? J'entends : d'une « honnête femme »... Comme si ce que l'on appelle « honnêteté », chez les femmes, n'impliquait pas toujours de la résignation!

» Vers le soir, Olivier a commencé d'aller sensiblement mieux. Mais la vie qui revient ramène l'inquiétude avec elle. Je m'ingénie à le rassurer.

» Son duel ? — Dhurmer avait fui à la campagne. On ne pouvait pourtant pas courir après lui.

» La revue ? — Bercail s'en occupe.

» Les affaires qu'il a laissées chez Passavant ? —

C'est le point le plus délicat. J'ai dû avouer que Georges n'avait pu s'en ressaisir ; mais me suis engagé à les aller rechercher moi-même dès demain. Il craignait, à ce qu'il m'a semblé, que Passavant ne les retînt comme un otage ; ce que je ne puis admettre un seul instant.

» Hier, je m'attardais dans l'atelier après avoir écrit ces pages, lorsque j'ai entendu Olivier m'appeler. J'ai bondi jusqu'à lui.

« C'est moi qui serais venu, si je n'étais trop faible, m'a-t-il dit. J'ai voulu me lever ; mais, quand je suis debout, la tête me tourne et j'ai craint de tomber. Non, non, je ne me sens pas plus mal ; au contraire... Mais j'avais besoin de te parler. Il faut que tu me promettes quelque chose... De ne jamais chercher à savoir pourquoi j'ai voulu me tuer avant-hier. Je crois que je ne le sais plus moi-même. Je voudrais le dire, vrai ! je ne le pourrais pas... Mais il ne faut pas que tu penses que c'est à cause de quelque chose de mystérieux dans ma vie, quelque chose que tu ne connaîtrais pas. » Puis, d'une voix plus basse : « Non plus, ne va pas t'imaginer que c'est par honte... »

» Bien que nous fussions dans l'obscurité, il cachait son front dans mon épaule.

« Ou si j'ai honte, c'est de ce banquet de l'autre soir ; de mon ivresse, de mon emportement, de mes larmes ; et de ces mois d'été ; ... et de t'avoir si mal attendu. »

» Puis il protesta qu'en rien de tout cela il ne consentait plus à se reconnaître ; que c'était tout cela qu'il avait voulu tuer, qu'il avait tué, qu'il avait effacé de sa vie.

» Je sentais, dans son agitation même, sa faiblesse, et le berçais, sans rien dire, comme un enfant. Il aurait eu besoin de repos ; son silence me faisait espérer son sommeil ; mais je l'entendis enfin murmurer :

« Près de toi, je suis trop heureux pour dormir. »

» Il ne me laissa le quitter qu'au matin. »

XI

Bernard, ce matin-là, vint de bonne heure. Olivier dormait encore. Bernard, ainsi qu'il avait fait les jours précédents, s'installa au chevet de son ami avec un livre, ce qui permit à Édouard d'interrompre sa garde et de se rendre chez le comte de Passavant, ainsi qu'il avait promis de le faire. A cette heure matinale, on était sûr de le trouver.

Le soleil brillait; un air vif nettoyait les arbres de leurs dernières feuilles; tout paraissait limpide, azuré. Édouard n'était pas sorti de trois jours. Une immense joie dilatait son cœur; et même il lui semblait que tout son être, enveloppe ouverte et vidée, flottait sur une mer indivise, un divin océan de bonté. L'amour et le beau temps illimitent ainsi nos contours.

Édouard savait qu'il lui faudrait une auto pour rapporter les affaires d'Olivier; mais il ne se pressait pas de la prendre; il trouvait plaisir à marcher. L'état de bienveillance où il se sentait vis-à-vis de la nature entière, le disposait mal à affronter Passavant. Il se disait qu'il devait l'exécrer; il repassait en son esprit tous ses griefs, mais il n'en sentait plus la piqûre. Ce rival, qu'il détestait hier encore, il venait de le supplanter, et trop complètement pour pouvoir plus longtemps le haïr. Du moins il ne le pouvait plus ce matin-là. Et, comme d'autre part il estimait que rien ne devait paraître de ce revirement, qui risquât de trahir son bonheur, plutôt que de se montrer désarmé, il eût voulu se dérober à l'entrevue. Au fait, pourquoi diantre y allait-il, lui, précisément lui, Édouard ? Il se présenterait rue de Babylone et réclamerait les affaires d'Olivier, à quel titre ? Mission acceptée bien inconsidérément, se disait-il en cheminant, et qui laisserait entendre qu'Olivier avait élu chez lui domicile; précisément ce qu'il aurait voulu cacher... Trop tard pour reculer : Olivier avait sa promesse. Du moins, il importait de se montrer à Passavant très froid, très ferme. Un taxi passa, qu'il héla.

Édouard connaissait mal Passavant. Il ignorait un

des traits de son caractère. Passavant, qu'on ne prenait jamais sans vert, ne supportait pas d'être joué. Pour n'avoir pas à reconnaître ses défaites, il affectait toujours d'avoir souhaité son sort, et, quoi qu'il lui advînt, il prétendait l'avoir voulu. Dès qu'il comprit qu'Olivier lui échappait, il n'eut souci que de dissimuler sa rage. Loin de chercher à courir après lui, et de risquer le ridicule, il se raidit, se força de hausser les épaules. Ses émotions n'étaient jamais si violentes qu'il ne pût les tenir en main. C'est ce dont certains se félicitent, sans consentir à reconnaître que souvent ils doivent cette maîtrise d'eux-mêmes moins à la force de leur caractère qu'à une certaine indigence de tempérament. Je me défends de généraliser; mettons que ce que j'en ai dit ne s'applique qu'à Passavant. Celui-ci n'eut donc pas trop de mal à se persuader que précisément il en avait assez d'Olivier; qu'en ces deux mois d'été, il avait épuisé tout l'attrait d'une aventure qui risquait d'encombrer sa vie; qu'au demeurant il s'était surfait la beauté de cet enfant, sa grâce et les ressources de son esprit; que même il était temps que ses yeux s'ouvrissent sur les inconvénients de confier la direction d'une revue à quelqu'un d'aussi jeune et d'aussi inexpérimenté. Tout bien considéré, Strouvilhou ferait beaucoup mieux son affaire; en tant que directeur de revue, s'entend. Il venait de lui écrire et l'avait convoqué pour ce matin.

Ajoutons que Passavant se méprenait sur la cause de la désertion d'Olivier. Il pensait avoir excité sa jalousie en se montrant trop empressé à l'égard de Sarah; se complaisait dans cette idée qui flattait sa fatuité naturelle; son dépit s'en trouvait calmé.

Il attendait donc Strouvilhou; et comme il avait donné ordre qu'on fît entrer aussitôt, Édouard bénéficia de la consigne et se trouva devant Passavant sans avoir été annoncé.

Passavant ne laissa point paraître sa surprise. Heureusement pour lui, le rôle qu'il avait à jouer convenait à son naturel et ne déroutait pas ses pensées. Dès qu'Édouard eut exposé le motif de sa visite :

« Combien je suis heureux de ce que vous me dites. Alors, vrai ? vous voulez bien vous occuper de lui ? Cela ne vous dérange pas trop ?... Olivier est un charmant garçon, mais sa présence ici commençait à me

gêner terriblement. Je n'osais pas le lui laisser sentir; il est si gentil... Et je savais qu'il préférait ne pas retourner chez ses parents... Les parents, n'est-ce pas, une fois qu'on les a quittés... Mais, j'y pense, sa mère n'est-elle pas votre demi-sœur?... ou quelque chose dans ce genre? Olivier a dû m'expliquer cela, dans le temps. Alors, rien de plus naturel qu'il habite chez vous. Personne ne peut y trouver à sourire (ce dont lui, du reste, ne se faisait pas faute en disant ces mots). Chez moi, vous comprenez, sa présence était plus scabreuse. C'est du reste une des raisons qui me faisaient désirer qu'il partît... Encore que je n'aie guère l'habitude de me soucier de l'opinion publique. Non; c'était dans son intérêt, plutôt... »

L'entretien n'avait pas mal commencé; mais Passavant ne résistait pas au plaisir de verser sur le bonheur d'Édouard quelques gouttes du poison de sa perfidie. Il en gardait toujours en réserve : on ne sait pas ce qui peut arriver....

Édouard sentit que la patience lui échappait. Mais brusquement il se souvint de Vincent, dont Passavant devait avoir eu des nouvelles. Certes, il s'était bien promis de ne point parler de Vincent à Douviers, si celui-ci venait l'interroger; mais, pour mieux se dérober à son enquête, il lui paraissait bon d'être lui-même renseigné; cela fortifierait sa résistance. Il saisit ce prétexte de diversion.

« Vincent ne m'a pas écrit, dit Passavant; mais j'ai reçu une lettre de lady Griffith — vous savez bien : la remplaçante — où elle me parle de lui longuement. Tenez : voici la lettre... Après tout, je ne vois pas pourquoi vous n'en prendriez pas connaissance. »

Il lui tendit la lettre. Édouard lut :

« My dear,

» Le yacht du prince repartira sans nous de Dakar. Qui sait où nous serons quand cette lettre qu'il emporte vous atteindra? Peut-être sur les bords de la Casamance, où nous voudrions, Vincent herboriser, moi chasser. Je ne sais plus trop si je l'emmène ou s'il m'emmène; ou si, plutôt, ce n'est pas le démon de l'aventure qui nous harcèle ainsi tous les deux. Nous avons été présentés à lui par le démon de l'ennui, avec qui nous

avions fait connaissance à bord... Ah! dear, il faut vivre sur un yacht pour apprendre à connaître l'ennui. Par temps de bourrasque, la vie y est encore supportable; on participe à l'agitation du bateau. Mais à partir de Ténériffe, plus un souffle; plus une ride sur la mer

> ... grand miroir
> De mon désespoir.

Et savez-vous à quoi je me suis occupée depuis lors? A haïr Vincent. Oui, mon cher, l'amour nous paraissant trop fade, nous avons pris le parti de nous haïr. A vrai dire, ça a commencé bien avant; oui, dès notre embarquement; d'abord, ce n'était que de l'irritation, une sourde animosité qui n'empêchait pas les corps à corps. Avec le beau temps, c'est devenu féroce. Ah! je sais à présent ce que c'est que d'éprouver de la passion pour quelqu'un... »

La lettre était encore longue.

« Je n'ai pas besoin d'en lire plus, dit Édouard en la rendant à Passavant. Quand revient-il?

— Lady Griffith ne parle pas de retour. »

Passavant était mortifié qu'Édouard ne montrât pas plus d'appétit pour cette lettre. Du moment qu'il lui permettait de la lire, il devait prendre cette incuriosité comme un affront. Il repoussait volontiers les offres, mais supportait mal que les siennes fussent dédaignées. Cette lettre l'avait empli d'aise. Il nourrissait certaine affection pour Lilian et pour Vincent; même il s'était prouvé qu'il pouvait être obligeant pour eux, secourable; mais son affection faiblissait aussitôt qu'on se passait d'elle. Qu'en le quittant, ses deux amis n'eussent pas cinglé vers le bonheur, voici qui l'invitait à penser : c'est bien fait.

Quant à Édouard, sa félicité matinale était trop sincère pour qu'il pût, devant la peinture des sentiments forcenés, ne pas éprouver de la gêne. C'est sans affectation aucune qu'il avait rendu la lettre.

Il importait à Passavant de reprendre aussitôt la main :

« Ah! je voulais vous dire encore : vous savez que j'avais pensé à Olivier pour la direction d'une revue? Naturellement, il n'en est plus question.

— Cela va sans dire, riposta Édouard, que Passavant, sans s'en rendre compte, débarrassait d'un gros souci. Celui-ci comprit au ton d'Édouard qu'il venait de faire son jeu, et, sans prendre le temps de se mordre les lèvres :

— Les affaires laissées par Olivier sont dans la chambre qu'il occupait. Vous avez un taxi, sans doute? On va les y porter. A propos, comment va-t-il?

— Très bien. »

Passavant s'était levé. Édouard fit de même. Tous deux se quittèrent sur un salut des plus froids.

La visite d'Édouard venait de terriblement embêter le comte de Passavant :

« Ouf! » fit-il, en voyant entrer Strouvilhou.

Bien que Strouvilhou lui tînt tête, Passavant se sentait à l'aise avec lui, ou plus exactement : prenait ses aises. Certes, il avait affaire à forte partie, le savait, mais se croyait de force et se piquait de le prouver.

« Mon cher Strouvilhou, prenez place, dit-il en poussant vers lui un fauteuil. Je suis vraiment heureux de vous revoir.

— Monsieur le comte m'a fait demander. Me voici tout à son service. »

Strouvilhou affectait volontiers avec lui une insolence de laquais; mais Passavant était fait à ses manières.

« Droit au fait; il est temps, comme disait l'autre, de sortir de dessous les meubles. Vous avez déjà fait bien des métiers... Je voulais vous proposer aujourd'hui un vrai poste de dictateur. Hâtons-nous d'ajouter qu'il ne s'agit que de littérature.

— Tant pis. Puis, comme Passavant lui tendait son étui à cigarettes : — Si vous permettez, je préfère...

— Je ne permets pas du tout. Avec vos affreux cigares de contrebande, vous allez m'empester la pièce. Je n'ai jamais compris le plaisir qu'on pouvait trouver à fumer ça.

— Oh! je ne peux pas dire que j'en raffole. Mais ça incommode les voisins.

— Toujours frondeur?

— Il ne faudrait pourtant pas me prendre pour un imbécile. »

Et sans répondre directement à la proposition de Passavant, Strouvilhou crut séant de s'expliquer et de

bien établi ses positions; l'on verrait ensuite. Il continua :

« La philanthropie n'a jamais été mon fort.

— Je sais, je sais, dit Passavant.

— L'égoïsme non plus. Et c'est ça que vous ne savez pas bien... On voudrait nous faire croire qu'il n'est pour l'homme d'autre échappement à l'égoïsme qu'un altruisme plus hideux encore! Quant à moi, je prétends que s'il y a quelque chose de plus méprisable que l'homme, et de plus abject, c'est beaucoup d'hommes. Aucun raisonnement ne saurait me convaincre que l'addition d'unités sordides puisse donner un total exquis. Il ne m'arrive pas de monter dans un tram ou dans un train sans souhaiter un bel accident qui réduise en bouillie toute cette ordure vivante; oh! moi compris, parbleu; d'entrer dans une salle de spectacle sans désirer l'écroulement du lustre ou l'éclatement d'une bombe; et, quand je devrais sauter avec, je l'apporterais volontiers sous ma veste, si je ne me réservais pas pour mieux. Vous disiez ?...

— Non, rien; continuez, je vous écoute. Vous n'êtes pas de ces orateurs qui attendent le fouet de la contradiction pour partir.

— C'est qu'il m'avait semblé vous entendre m'offrir un verre de votre inestimable porto. »

Passavant sourit.

« Et gardez près de vous la bouteille, dit-il en la lui tendant. Videz-la s'il vous plaît, mais parlez. »

Strouvilhou remplit son verre, se cala dans un profond fauteuil et commença :

« Je ne sais pas si j'ai ce que l'on appelle un cœur sec; j'ai trop d'indignation, de dégoût, pour le croire, et peu m'importe. Il est vrai que j'ai depuis longtemps réprimé, dans cet organe, tout ce qui risquait de l'attendrir. Mais je ne suis pas incapable d'admiration, et d'une sorte de dévouement absurde; car, en tant qu'homme, je me méprise et me hais à l'égal d'autrui. J'entends répéter toujours et partout que la littérature, les arts, les sciences, en dernier ressort, travaillent au bien-être de l'humanité; et cela suffirait à me les faire vomir. Mais rien ne me retient de retourner la proposition, et dès lors je respire. Oui, ce qu'il me plaît d'imaginer, c'est tout au contraire l'humanité servile travaillant

à quelque monument cruel; un Bernard Palissy (nous a-t-on assez rasé avec celui-là!) brûlant femme et enfants, et lui-même, pour obtenir le vernis d'un beau plat. J'aime à retourner les problèmes; que voulez-vous, j'ai l'esprit ainsi fait qu'ils y tiennent en meilleur équilibre, la tête en bas. Et si je ne puis supporter la pensée d'un Christ se sacrifiant pour le salut ingrat de tous ces gens affreux que je coudoie, je trouve quelque satisfaction, et même une sorte de sérénité, à imaginer cette tourbe pourrissant pour produire un Christ... encore que je préférerais autre chose, car tout l'enseignement de Celui-ci n'a servi qu'à enfoncer l'humanité un peu plus avant dans le gâchis. Le malheur vient de l'égoïsme des féroces. Une férocité dévouée, voilà qui produirait de grandes choses. En protégeant les malheureux, les faibles, les rachitiques, les blessés, nous faisons fausse route; et c'est pourquoi je hais la religion qui nous l'enseigne. La grande paix que les philanthropes eux-mêmes prétendent puiser dans la contemplation de la nature, faune et flore, vient de ce qu'à l'état sauvage, seuls les êtres robustes prospèrent; tout le reste, déchet, sert d'engrais. Mais on ne sait pas voir cela; on ne veut pas le reconnaître.

— Si fait; si fait; je le reconnais volontiers. Continuez.

— Et dites si ce n'est pas honteux, misérable... que l'homme ait tant fait pour obtenir des races superbes de chevaux, de bétail, de volailles, de céréales, de fleurs, et que lui-même, pour lui-même, en soit encore à chercher dans la médecine un soulagement à ses misères, dans la charité un palliatif, dans la religion une consolation, et dans les ivresses l'oubli. C'est l'amélioration de la race, à laquelle il faut travailler. Mais toute sélection implique la suppression des malvenus, et c'est à quoi notre chrétienne de société ne saurait se résoudre. Elle ne sait même pas prendre sur elle de châtrer les dégénérés; et ce sont les plus prolifiques. Ce qu'il faudrait, ce ne sont pas des hôpitaux, c'est des haras.

— Parbleu, vous me plaisez ainsi, Strouvilhou.

— Je crains que vous ne vous soyez mépris sur moi jusqu'à présent, Monsieur le comte. Vous m'avez pris pour un sceptique et je suis un idéaliste, un mystique. Le scepticisme n'a jamais donné rien de bon. On sait de reste où il mène... à la tolérance! Je tiens les scep-

tiques pour des gens sans idéal, sans imagination; pour des sots... Et je n'ignore pas tout ce que supprimerait de délicatesses et de subtilités sentimentales, la production de cette humanité robuste; mais personne ne serait plus là pour les regretter, ces délicatesses, puisque avec elles on aurait supprimé les délicats. Ne vous y trompez pas, j'ai ce qu'on appelle : de la culture, et sais bien que mon idéal, certains Grecs l'avaient entrevu; du moins j'ai plaisir à me l'imaginer, et à me souvenir que Coré, fille de Cérès, descendit aux Enfers pleine de pitié pour les ombres; mais que, devenue reine, épouse de Pluton, elle n'est plus nommée par Homère que « l'implacable Proserpine ». Voir *Odyssée,* chant sixième. « Implacable »; c'est ce que se doit d'être un homme qui se prétend vertueux.

— Heureux de vous voir revenir à la littérature... si tant est que nous l'ayons jamais quittée. Je vous demande donc, vertueux Strouvilhou, si vous accepteriez de devenir un implacable directeur de revue ?

— A vrai dire, mon cher comte, je dois vous avouer que, de toutes les nauséabondes émanations humaines, la littérature est une de celles qui me dégoûtent le plus. Je n'y vois que complaisances et flatteries. Et j'en viens à douter qu'elle puisse devenir autre chose, du moins tant qu'elle n'aura pas balayé le passé. Nous vivons sur des sentiments admis et que le lecteur s'imagine éprouver, parce qu'il croit tout ce qu'on imprime; l'auteur spécule là-dessus comme sur des conventions qu'il croit les bases de son art. Ces sentiments sonnent faux comme des jetons, mais ils ont cours. Et, comme l'on sait que « la mauvaise monnaie chasse la bonne », celui qui offrirait au public de vraies pièces semblerait nous payer de mots. Dans un monde où chacun triche, c'est l'homme vrai qui fait figure de charlatan. Je vous en avertis : si je dirige une revue, ce sera pour y crever des outres, pour y démonétiser tous les beaux sentiments, et ces billets à ordre : les mots.

— Parbleu, j'aimerais savoir comment vous vous y prendrez.

— Laissez faire et vous verrez bien. J'ai souvent réfléchi à cela.

— Vous ne serez compris par personne, et personne ne vous suivra.

— Allez donc! Les jeunes gens les plus dégourdis sont prévenus de reste aujourd'hui contre l'inflation poétique. Ils savent ce qui se cache de vent derrière les rythmes savants et les sonores rengaines lyriques. Qu'on propose de démolir, et l'on trouvera toujours des bras. Voulez-vous que nous fondions une école qui n'aura d'autre but que de tout jeter bas?... Ça vous fait peur?

— Non... si l'on ne piétine pas mon jardin.

— On a de quoi s'occuper ailleurs... en attendant. L'heure est propice. J'en connais qui n'attendent qu'un signe de ralliement; des tout jeunes... Oui, cela vous plaît, je sais; mais je vous avertis qu'ils ne s'en laisseront pas conter... Je me suis souvent demandé par quel prodige la peinture était en avance, et comment il se faisait que la littérature se soit ainsi laissé distancer? Dans quel discrédit, aujourd'hui, tombe ce que l'on avait coutume de considérer, en peinture, comme « le motif »! Un beau sujet! cela fait rire. Les peintres n'osent même plus risquer un portrait, qu'à condition d'éluder toute ressemblance. Si nous menons à bien notre affaire, et vous pouvez compter sur moi pour cela, je ne demande pas deux ans pour qu'un poète de demain se croie déshonoré si l'on comprend ce qu'il veut dire. Oui, Monsieur le comte; voulez-vous parier? Seront considérés comme antipoétiques, tout sens, toute signification. Je propose d'œuvrer à la faveur de l'illogisme. Quel beau titre, pour une revue : *Les Nettoyeurs !* »

Passavant avait écouté sans broncher.

« Parmi vos acolytes, reprit-il après un silence, est-ce que vous comptez votre jeune neveu?

— Le petit Léon, c'est un pur; et qui la connaît dans les coins. Vraiment il y a plaisir à l'instruire. Avant l'été, il avait trouvé rigolo de passer par-dessus les forts en thème de sa classe et de décrocher tous les prix. Depuis la rentrée, il ne fout plus rien; je ne sais pas ce qu'il mijote; mais je lui fais confiance et ne veux surtout pas l'embêter.

— Vous me l'amèneriez?

— Monsieur le comte plaisante, je crois... Alors, cette revue?

— Nous en reparlerons. J'ai besoin de laisser mûrir en moi vos projets. En attendant, vous devriez bien me

procurer un secrétaire; celui que j'avais, a cessé de me satisfaire.

— Je vous enverrai dès demain le petit Cob-Lafleur, que je dois voir tantôt, et qui fera sans doute votre affaire.

— Du genre « nettoyeur » ?

— Un peu.

— *Ex uno...*

— Non; ne les jugez pas tous d'après lui. Celui-là c'est un modéré. Très choisi pour vous.

Strouvilhou se leva.

— A propos, reprit Passavant, je ne vous avais pas, je crois, donné mon livre. Je regrette de n'en avoir plus d'exemplaire de la première édition...

— Comme je n'ai pas l'intention de le revendre, cela n'a aucune importance.

— Simplement, le tirage est meilleur.

— Oh! comme je n'ai pas non plus l'intention de le lire... Au revoir. Et si le cœur vous en dit : à votre service. J'ai l'honneur de vous saluer. »

XII

JOURNAL D'ÉDOUARD

« RAPPORTÉ à Olivier ses affaires. Sitôt de retour de chez Passavant, travail. Exaltation calme et lucide. Joie inconnue jusqu'à ce jour. Écrit trente pages des *Faux-Monnayeurs,* sans hésitation, sans ratures. Comme un paysage nocturne à la lueur soudaine d'un éclair, tout le drame surgit de l'ombre, très différent de ce que je m'efforçais en vain d'inventer. Les livres que j'ai écrits jusqu'à présent me paraissent comparables à ces bassins des jardins publics, d'un contour précis, parfait peut-être, mais où l'eau captive est sans vie. A présent, je la veux laisser couler selon sa pente, tantôt rapide et tantôt lente, en des lacis que je me refuse à prévoir.

» X... soutient que le bon romancier doit, avant de commencer son livre, savoir comment ce livre finira. Pour moi, qui laisse aller le mien à l'aventure, je considère que la vie ne nous propose jamais rien qui, tout

autant qu'un aboutissement, ne puisse être considéré comme un nouveau point de départ. « Pourrait être continué... » c'est sur ces mots que je voudrais terminer mes *Faux-Monnayeurs*.

» Visite de Douviers. C'est décidément un très brave garçon.

» Comme j'exagérais ma sympathie j'ai dû essuyer des effusions assez gênantes. Tout en lui parlant, je me redisais ces mots de La Rochefoucauld : « Je suis peu sensible à la pitié; et voudrais ne l'y être point du tout... Je tiens qu'il faut se contenter d'en témoigner et se garder soigneusement d'en avoir. » Pourtant ma sympathie était réelle, indéniable, et j'étais ému jusqu'aux larmes. A vrai dire, mes larmes m'ont paru le consoler encore mieux que mes paroles. Je crois même qu'il a renoncé à sa tristesse aussitôt qu'il m'a vu pleurer.

» J'étais fermement résolu à ne point lui livrer le nom du séducteur; mais, à ma surprise, il ne me l'a pas demandé. Je crois que sa jalousie retombe dès qu'il ne se sent plus contemplé par Laura. En tout cas, sa démarche près de moi venait d'en fatiguer un peu l'énergie.

» Quelque illogisme dans son cas; il s'indigne que l'autre ait abandonné Laura. J'ai fait valoir que, sans cet abandon, Laura ne lui serait pas revenue. Il se promet d'aimer l'enfant comme il aimerait le sien propre. Les joies de la paternité, qui sait si, sans le séducteur, il aurait pu jamais les connaître? C'est ce que je me suis gardé de lui faire observer, car, au souvenir de ses insuffisances, sa jalousie s'exaspère. Mais dès lors elle ressortit à l'amour-propre et cesse de m'intéresser.

» Qu'un Othello soit jaloux, cela se comprend; l'image du plaisir pris par sa femme avec autrui l'obsède. Mais un Douviers, pour devenir jaloux doit se figurer qu'il doit l'être.

» Et sans doute entretient-il en lui cette passion par un secret besoin de corser son personnage un peu mince. Le bonheur lui serait naturel; mais il a besoin de s'admirer et c'est l'obtenu, non le naturel, qu'il estime. Je me suis donc évertué à lui peindre le simple bonheur plus méritoire que le tourment, et très difficile à atteindre. Ne l'ai laissé partir que rasséréné.

» Inconséquence des caractères. Les personnages qui,

d'un bout à l'autre du roman ou du drame, agissent exactement comme on aurait pu le prévoir... On propose à notre admiration cette constance, à quoi je reconnais au contraire qu'ils sont artificiels et construits.

» Et je ne prétends pas que l'inconséquence soit l'indice certain du naturel, car l'on rencontre, et particulièrement parmi les femmes, bien des inconséquences affectées; d'autre part, je peux admirer, chez quelques rares, ce que l'on appelle « l'esprit de suite »; mais, le plus souvent, cette conséquence de l'être n'est obtenue que par un cramponnement vaniteux et qu'aux dépens du naturel. L'individu, plus il est de fonds généreux et plus ses possibilités foisonnent, plus il reste dispos à changer, moins volontiers il laisse son passé décider de son avenir. Le *justum et tenacem propositi virum* que l'on nous propose en modèle, n'offre le plus souvent qu'un sol rocheux et réfractaire à la culture.

» J'en ai connu, d'une autre sorte encore, qui se forgent assidûment une consciente originalité, et dont le principal souci consiste, après avoir fait choix de quelques us, à ne s'en jamais départir; qui demeurent sur le qui-vive et ne se permettent pas d'abandon. (Je songe à X..., qui refusait son verre au montrachet 1904 que je lui offrais : « Je n'aime que le bordeaux », disait-il. Dès que je l'eus fait passer pour du bordeaux, le montrachet lui parut délectable.)

» Lorsque j'étais plus jeune, je prenais des résolutions, que je m'imaginais vertueuses. Je m'inquiétais moins d'être qui j'étais, que de devenir qui je prétendais être. A présent, peu s'en faut que je ne voie dans l'irrésolution le secret de ne pas vieillir.

» Olivier m'a demandé à quoi je travaillais. Je me suis laissé entraîner à lui parler de mon livre, et même à lui lire, tant il semblait intéressé, les pages que je venais d'écrire. Je redoutais son jugement, connaissant l'intransigeance de la jeunesse et la difficulté qu'elle éprouve à admettre un autre point de vue que le sien. Mais les quelques remarques qu'il a craintivement hasardées m'ont paru des plus judicieuses, au point que j'en ai tout aussitôt profité.

» C'est par lui, c'est à travers lui que je sens et que je respire.

» Il garde de l'inquiétude au sujet de cette revue qu'il devait diriger, et particulièrement de ce conte qu'il désavoue, écrit sur la demande de Passavant. Les nouvelles dispositions prises par celui-ci entraîneront, lui ai-je dit, un remaniement du sommaire; il pourra se ressaisir de son manuscrit.

» Reçu la visite, bien inattendue, de Monsieur le juge d'instruction Profitendieu. Il s'épongeait le front et respirait fortement, non tant essoufflé d'avoir monté mes six étages, que gêné, m'a-t-il paru. Il gardait son chapeau à la main et ne s'est assis que sur mon invite. C'est un homme de bel aspect, bien découplé et d'une indéniable prestance.

« Vous êtes, je crois, le beau-frère du président Molinier, m'a-t-il dit. C'est au sujet de son fils Georges que je me suis permis de venir vous trouver. Vous voudrez bien, sans doute, excuser une démarche qui peut d'abord vous paraître indiscrète, mais que l'affection et l'estime que je porte à mon collègue vont suffire à vous expliquer, je l'espère. »

» Il prit un temps. Je me levai et fis retomber une portière, par crainte que ma femme de ménage, qui est très indiscrète et que je savais dans la pièce voisine, pût entendre. Profitendieu m'approuva d'un sourire.

« En tant que juge d'instruction, reprit-il, j'ai à m'occuper d'une affaire qui m'embarrasse extrêmement. Votre jeune neveu s'était déjà commis précédemment dans une aventure... — que ceci reste entre nous, n'est-ce pas — une aventure assez scandaleuse, où je veux croire, étant donné son très jeune âge, que sa bonne foi, son innocence, aient été surprises; mais qu'il m'a fallu déjà, je l'avoue, quelque habileté pour... circonscrire, sans nuire aux intérêts de la justice. Devant une récidive... d'une toute autre nature, je m'empresse de l'ajouter... je ne puis répondre que le jeune Georges s'en tire à aussi bon compte. Je doute même s'il est dans l'intérêt de l'enfant de chercher à l'en tirer, malgré tout le désir amical que j'aurais d'épargner ce scandale à votre beau-frère. J'essaierai pourtant; mais j'ai des agents, vous comprenez, qui font du zèle, et que je ne peux pas toujours retenir. Ou, si vous préférez, je le peux encore; mais demain je ne le pourrai plus. Voici pourquoi j'ai

pensé que vous devriez parler à votre neveu, lui dire à quoi il s'expose...

» La visite de Profitendieu, pourquoi ne pas l'avouer, m'avait d'abord terriblement inquiété ; mais depuis que j'avais compris qu'il ne venait ni en ennemi, ni en juge, je me sentais plutôt amusé. Je le devins bien davantage lorsqu'il reprit :

« Depuis quelque temps, des pièces de fausse monnaie circulent. J'en suis averti. Je n'ai pas encore réussi à découvrir leur provenance. Mais je sais que le jeune Georges — tout naïvement, je veux le croire — est un de ceux qui s'en servent et les mettent en circulation. Ils sont quelques-uns, de l'âge de votre neveu, qui se prêtent à ce honteux trafic. Je ne mets pas en doute qu'on n'abuse de leur innocence et que ces enfants sans discernement ne jouent le rôle de dupes entre les mains de quelques coupables aînés. Nous aurions déjà pu nous saisir des délinquants mineurs et, sans peine, leur faire avouer la provenance de ces pièces ; mais je sais trop que, passé un certain point, une affaire nous échappe, pour ainsi dire... c'est-à-dire qu'une instruction ne peut pas revenir en arrière et que nous nous trouvons forcés de savoir ce que nous préférerions parfois ignorer. En l'espèce, je prétends parvenir à découvrir les vrais coupables sans recourir aux témoignages de ces mineurs. J'ai donc donné ordre qu'on ne les inquiétât point. Mais cet ordre n'est que provisoire. Je voudrais que votre neveu ne me forçât pas à le lever. Il serait bon qu'il sût qu'on a l'œil ouvert. Vous ne feriez même pas mal de l'effrayer un peu ; il est sur une mauvaise pente... »

» Je protestai que je ferais de mon mieux pour l'avertir, mais Profitendieu semblait ne pas m'entendre. Son regard se perdit. Il répéta deux fois : « Sur ce que » l'on appelle une mauvaise pente », puis se tut.

» Je ne sais combien de temps dura son silence. Sans qu'il formulât sa pensée, il me semblait la voir se dérouler en lui, et déjà j'entendais, avant qu'il ne les dît, ses paroles :

« Je suis père moi-même, Monsieur... »

» Et tout ce qu'il avait dit d'abord disparut ; il n'y eut plus entre nous que Bernard. Le reste n'était que prétexte ; c'était pour me parler de lui qu'il venait.

» Si l'effusion me gêne, si l'exagération des senti-

ments m'importune, rien par contre n'était plus propre à me toucher que cette émotion contenue. Il la refoulait de son mieux, mais avec un si grand effort que ses lèvres et ses mains tremblèrent. Il ne put continuer. Soudain il cacha dans ses mains son visage, et le haut de son corps fut tout secoué de sanglots.

« Vous voyez, balbutiait-il, vous voyez, Monsieur, qu'un enfant peut nous rendre bien misérables. »

» Qu'était-il besoin de biaiser ? Extrêmement ému moi-même :

« Si Bernard vous voyait, m'écriai-je, son cœur fondrait; je m'en porte garant. »

» Je ne laissais pourtant pas que d'être fort embarrassé. Bernard ne m'avait presque jamais parlé de son père. J'avais accepté qu'il eût quitté sa famille, prompt que je suis à tenir semblable désertion pour naturelle, et dispos à n'y voir que le plus grand profit pour l'enfant. Il s'y joignit, dans le cas de Bernard, l'appoint de sa bâtardise... Mais voici que se révélaient chez son faux père, des sentiments d'autant plus forts sans doute, qu'ils échappaient à la commande et d'autant plus sincères qu'ils n'étaient en rien obligés. Et, devant cet amour, ce chagrin, force était de me demander si Bernard avait eu raison de partir. Je ne me sentais plus le cœur de l'approuver.

« Usez de moi si vous pensez que je puisse vous être utile, lui dis-je, si vous pensez que je doive lui parler. Il a bon cœur.

» — Je sais. Je sais... Oui, vous pouvez beaucoup. Je sais qu'il était avec vous cet été. Ma police est assez bien faite... Je sais également qu'il se présente aujourd'hui même à son oral. J'ai choisi le moment où je savais qu'il devait être à la Sorbonne pour venir vous voir. Je craignais de le rencontrer. »

» Depuis quelques instants, mon émotion fléchissait, car je venais de m'apercevoir que le verbe « savoir » figurait dans presque toutes ses phrases. Je devins aussitôt moins soucieux de ce qu'il me disait que d'observer ce pli qui pouvait être professionnel.

» Il me dit « savoir » également que Bernard avait très brillamment passé son écrit. La complaisance d'un examinateur, qui se trouve être de ses amis, l'avait mis à même de prendre connaissance de la composition

française de son fils, qui, paraît-il, était des plus remarquables. Il parlait de Bernard avec une sorte d'admiration contenue qui me faisait douter si peut-être, après tout, il ne se croyait pas son vrai père.

« Seigneur! ajoutait-il, n'allez surtout pas lui raconter cela! Il est de naturel si fier, si ombrageux!... S'il se doutait que, depuis son départ, je n'ai pas cessé de penser à lui, de le suivre... Mais tout de même, ce que vous pouvez lui dire, c'est que vous m'avez vu. (Il respirait péniblement entre chaque phrase.) — Ce que vous seul pouvez lui dire, c'est que je ne lui en veux pas, (puis d'une voix qui faiblissait :) que je n'ai jamais cessé de l'aimer... comme un fils. Oui, je sais bien que vous savez... Ce que vous pouvez lui dire aussi... (et, sans me regarder, avec difficulté, dans un état de confusion extrême :) c'est que sa mère m'a quitté... oui, définitivement, cet été; et que, si lui, voulait revenir, je... »

» Il ne put achever.

» Un gros homme robuste, positif, établi dans la vie, solidement assis dans sa carrière, qui soudain, renonçant à tout décorum, s'ouvre et répand devant un étranger, donne à celui-ci que j'étais un spectacle bien extraordinaire. J'ai pu constater une fois de plus à cette occasion que je suis plus aisément ému par les effusions d'un inconnu que par celles d'un familier. Chercherai à m'expliquer là-dessus un autre jour.

» Profitendieu ne me cacha pas les préventions qu'il nourrissait d'abord à mon égard, s'étant mal expliqué, s'expliquant mal encore, que Bernard ait déserté son foyer pour me rejoindre. C'était ce qui l'avait retenu d'abord de chercher à me voir. Je n'osai point lui raconter l'histoire de ma valise et ne parlai que de l'amitié de son fils pour Olivier, à la faveur de laquelle, lui dis-je, nous nous étions vite liés.

« Ces jeunes gens, reprenait Profitendieu, s'élancent dans la vie sans savoir à quoi ils s'exposent. L'ignorance des dangers fait leur force, sans doute. Mais nous qui savons, nous les pères, nous tremblons pour eux. Notre sollicitude les irrite, et le mieux est de ne pas trop la leur laisser voir. Je sais qu'elle s'exerce bien importunément et maladroitement quelquefois. Plutôt que répéter sans cesse à l'enfant que le feu brûle, consentons à le laisser un peu se brûler. L'expérience instruit plus sûre-

ment que le conseil. J'ai toujours accordé le plus de liberté possible à Bernard. Jusqu'à l'amener à croire, hélas! que je ne me souciais pas beaucoup de lui. Je crains qu'il ne s'y soit mépris; de là sa fuite. Même alors, j'ai cru bon de le laisser faire; tout en veillant sur lui de loin, sans qu'il s'en doute. Dieu merci, je disposais de moyens pour cela. (Évidemment Profitendieu reportait là-dessus son orgueil, et se montrait particulièrement fier de l'organisation de sa police; c'est la troisième fois qu'il m'en parlait.) J'ai cru qu'il fallait me garder de diminuer aux yeux de cet enfant les risques de son initiative. Vous avouerai-je que cet acte d'insoumission, malgré la peine qu'il m'a causée, n'a fait que m'attacher à lui davantage? J'ai su y voir une preuve de courage, de valeur... »

» A présent, qu'il se sentait en confiance, l'excellent homme ne tarissait plus. Je tâchai de ramener la conversation vers ce qui m'intéressait davantage et, coupant court, lui demandai s'il avait vu ces fausses pièces dont il m'avait parlé d'abord. J'étais curieux de savoir si elles étaient semblables à la piécette de cristal que Bernard nous avait montrée. Je ne lui eus pas plus tôt parlé de celle-ci que Profitendieu changea de visage; ses paupières se fermèrent à demi, tandis qu'au fond de ses yeux s'allumait une flamme bizarre; sur ses tempes, la patte d'oie se marqua; ses lèvres se pincèrent; l'attention tira vers en haut tous ses traits. De tout ce qu'il m'avait dit d'abord, il ne fut plus question. Le juge envahissait le père, et rien plus n'existait pour lui que le métier. Il me pressa de questions, prit des notes et parla d'envoyer un agent à Saas-Fée, pour relever les noms des voyageurs sur les registres des hôtels.

« Encore que, vraisemblablement, ajouta-t-il, cette fausse pièce ait été remise à votre épicier par un aventurier de passage et dans un lieu qu'il n'aura fait que traverser. »

» A quoi je répliquai que Saas-Fée se trouvait au fond d'une impasse et qu'on ne pouvait facilement y aller et en revenir dans une même journée. Il se montra particulièrement satisfait de ce dernier renseignement et me quitta là-dessus, après m'avoir chaudement remercié, l'air absorbé, ravi, et sans plus du tout reparler ni de Georges ni de Bernard. »

XIII

Bernard devait éprouver ce matin-là que, pour une nature généreuse autant que la sienne, il n'y a pas de plus grande joie que de réjouir un autre être. Cette joie lui était refusée. Il venait d'être reçu à son examen avec mention, et, ne trouvant personne près de lui à qui annoncer cette heureuse nouvelle, celle-ci lui pesait. Bernard savait bien que celui qui s'en serait montré le plus satisfait, c'était son père. Même il hésita un instant s'il n'irait pas aussitôt le lui apprendre; mais l'orgueil le retint. Édouard? Olivier? C'était vraiment donner trop d'importance à un diplôme. Il était bachelier. La belle avance! C'est à présent que la difficulté commençait.

Dans la cour de la Sorbonne, il vit un de ses camarades, reçu comme lui, qui s'écartait des autres et pleurait. Ce camarade était en deuil. Bernard savait qu'il venait de perdre sa mère. Un grand élan de sympathie le poussait vers l'orphelin; il s'approcha; puis, par absurde pudeur, passa outre. L'autre, qui le vit approcher, puis passer, eut honte de ses larmes; il estimait Bernard et souffrit de ce qu'il prit pour du mépris.

Bernard entra dans le jardin du Luxembourg. Il s'assit sur un banc, dans cette même partie du jardin où il était venu retrouver Olivier le soir où il cherchait asile. L'air était presque tiède et l'azur lui riait à travers les rameaux déjà dépouillés des grands arbres. On doutait si vraiment on s'acheminait vers l'hiver; des oiseaux roucoulants s'y trompaient. Mais Bernard ne regardait pas le jardin; il voyait devant lui l'océan de la vie s'étendre. On dit qu'il est des routes sur la mer; mais elles ne sont pas tracées, et Bernard ne savait quelle était la sienne.

Il méditait depuis quelques instants, lorsqu'il vit s'approcher de lui, glissant et d'un pied si léger qu'on sentait qu'il eût pu poser sur les flots, un ange. Bernard n'avait jamais vu d'anges, mais il n'hésita pas un instant, et lorsque l'ange lui dit : « Viens », il se leva docilement et le suivit. Il n'était pas plus étonné qu'il ne l'eût été dans un rêve. Il chercha plus tard à se souvenir si l'ange

l'avait pris par la main; mais en réalité ils ne se touchèrent point et même gardaient entre eux un peu de distance. Ils retournèrent tous deux dans cette cour où Bernard avait laissé l'orphelin, bien résolus à lui parler; mais la cour à présent était vide.

Bernard s'achemina, l'ange l'accompagnant, vers l'église de la Sorbonne, où l'ange entra d'abord, où Bernard n'était jamais entré. D'autres anges circulaient dans ce lieu; mais Bernard n'avait pas les yeux qu'il fallait pour les voir. Une paix inconnue l'enveloppait. L'ange approcha du maître-autel et Bernard, lorsqu'il le vit s'agenouiller, s'agenouilla de même auprès de lui. Il ne croyait à aucun dieu, de sorte qu'il ne pouvait prier; mais son cœur était envahi d'un amoureux besoin de don, de sacrifice; il s'offrait. Son émotion demeurait si confuse qu'aucun mot ne l'eût exprimée; mais soudain le chant de l'orgue s'éleva.

« Tu t'offrais de même à Laura », dit l'ange; et Bernard sentit sur ses joues ruisseler des larmes. « Viens, suis-moi. »

Bernard, tandis que l'ange l'entraînait, se heurta presque à un de ses anciens camarades qui venait de passer lui aussi son oral. Bernard le tenait pour un cancre et s'étonnait qu'on l'eût reçu. Le cancre n'avait pas remarqué Bernard, qui le vit glisser dans la main du bedeau de l'argent pour payer un cierge. Bernard haussa les épaules et sortit.

Quand il se retrouva dans la rue, il s'aperçut que l'ange l'avait quitté. Il entra dans un bureau de tabac, celui précisément où Georges, huit jours plus tôt, avait risqué sa fausse pièce. Il en avait fait passer bien d'autres depuis. Bernard acheta un paquet de cigarettes et fuma. Pourquoi l'ange était-il parti ? Bernard et lui n'avaient-ils donc rien à se dire ?... Midi sonna. Bernard avait faim. Rentrerait-il à la pension ? Irait-il rejoindre Olivier, partager avec lui le déjeuner d'Édouard ?... Il s'assura d'avoir assez d'argent en poche et entra dans un restaurant. Comme il achevait de manger, une voix douce murmura :

« Le temps est venu de faire tes comptes. »

Bernard tourna la tête. L'ange était de nouveau près de lui.

« Il va falloir se décider, disait-il. Tu n'as vécu qu'à

l'aventure. Laisseras-tu disposer de toi le hasard ? Tu veux servir à quelque chose. Il importe de savoir à quoi.

« Enseigne-moi ; guide-moi », dit Bernard.

L'ange mena Bernard dans une salle emplie de monde. Au fond de la salle était une estrade, et sur cette estrade une table recouverte d'un tapis grenat. Assis derrière la table, un homme encore jeune parlait.

« C'est une bien grande folie, disait-il, que de prétendre rien découvrir. Nous n'avons rien que nous n'ayons reçu. Chacun de nous se doit de comprendre, encore jeune, que nous dépendons d'un passé et que ce passé nous oblige. Par lui, tout notre avenir est tracé. »

Quand il eut achevé de développer ce thème, un autre orateur prit sa place et commença par l'approuver, puis s'éleva contre le présomptueux qui prétend vivre sans doctrine, ou se guider lui-même et d'après ses propres clartés.

« Une doctrine nous est léguée, disait-il. Elle a déjà traversé bien des siècles. C'est la meilleure assurément et c'est la seule ; chacun de nous se doit de le prouver. C'est celle que nous ont transmise nos maîtres. C'est celle de notre pays, qui, chaque fois qu'il la renie doit payer chèrement son erreur. L'on ne peut être bon Français sans la connaître, ni réussir rien de bon sans s'y ranger. »

A ce second orateur, un troisième succéda, qui remercia les deux autres d'avoir si bien tracé ce qu'il appela la théorie de leur programme ; puis établit que ce programme ne comportait rien de moins que la régénération de la France, grâce à l'effort de chacun des membres de leur parti. Lui se disait homme d'action ; il affirmait que toute théorie trouve dans la pratique sa fin et sa preuve, et que tout bon Français se devait d'être combattant.

« Mais hélas, ajoutait-il, que de forces isolées, perdues ! Quelle ne serait pas la grandeur de notre pays, le rayonnement des œuvres, la mise en valeur de chacun, si ces forces étaient ordonnées, si ces œuvres célébraient la règle, si chacun s'enrégimentait ! »

Et tandis qu'il continuait, des jeunes gens commencèrent à circuler dans l'assistance, distribuant des bulletins d'adhésion sur lesquels il ne restait qu'à apposer sa signature.

« Tu voulais t'offrir, dit alors l'ange. Qu'attends-tu ? »

Bernard prit une de ces feuilles qu'on lui tendait, dont le texte commençait par ces mots : « Je m'engage solennellement à... » Il lut, puis regarda l'ange et vit que celui-ci souriait; puis il regarda l'assemblée, et reconnut parmi les jeunes gens le nouveau bachelier de tantôt qui, dans l'église de la Sorbonne, brûlait un cierge en reconnaissance de son succès; et soudain, un peu plus loin, il aperçut son frère aîné, qu'il n'avait pas revu depuis qu'il avait quitté la maison paternelle. Bernard ne l'aimait pas et jalousait un peu la considération que semblait lui accorder leur père. Il froissa nerveusement le bulletin.

« Tu trouves que je devrais signer ?

— Oui, certes, si tu doutes de toi, dit l'ange.

— Je ne doute plus », dit Bernard, qui jeta loin de lui le papier.

L'orateur cependant continuait. Quand Bernard recommença de l'écouter, l'autre enseignait un moyen certain de ne jamais se tromper, qui était de renoncer à jamais juger par soi-même, mais bien de s'en remettre toujours aux jugements de ses supérieurs.

« Ces supérieurs, qui sont-ils ? demanda Bernard; et soudain une grande indignation s'empara de lui.

— Si tu montais sur l'estrade, dit-il à l'ange, et si tu t'empoignais avec lui, tu le terrasserais sans doute... »

Mais l'ange, en souriant :

« C'est contre toi que je lutterai. Ce soir, veux-tu ?...

— Oui », dit Bernard.

Ils sortirent. Ils gagnèrent les grands boulevards. La foule qui s'y pressait paraissait uniquement composée de gens riches; chacun paraissait sûr de soi, indifférent aux autres, mais soucieux.

« Est-ce l'image du bonheur ? » demanda Bernard, qui sentit son cœur plein de larmes.

Puis l'ange mena Bernard dans de pauvres quartiers dont Bernard ne soupçonnait pas auparavant la misère. Le soir tombait. Ils errèrent longtemps entre de hautes maisons sordides qu'habitaient la maladie, la prostitution, la honte, le crime et la faim. C'est alors seulement que Bernard prit la main de l'ange, et l'ange se détournait de lui pour pleurer.

Bernard ne dîna pas ce soir-là ; et quand il rentra à la pension, il ne chercha pas à rejoindre Sarah ainsi qu'il avait fait les autres soirs, mais monta tout droit à cette chambre qu'il occupait avec Boris.

Boris était déjà couché, mais ne dormait pas encore. Il relisait, à la clarté d'une bougie, la lettre qu'il avait reçue de Bronja le matin même de ce jour.

« Je crains, lui disait son amie, de ne jamais plus te revoir. J'ai pris froid à mon retour en Pologne. Je tousse ; et bien que le médecin me le cache, je sens que je ne peux plus vivre longtemps. »

En entendant approcher Bernard, Boris cacha la lettre sous son oreiller et souffla précipitamment sa bougie.

Bernard s'avança dans le noir. L'ange était entré dans la chambre avec lui mais, bien que la nuit ne fût pas très obscure, Boris ne voyait que Bernard.

« Dors-tu ? » demanda Bernard à voix basse. Et comme Boris ne répondait pas, Bernard en conclut qu'il dormait.

« Alors, maintenant, à nous deux », dit Bernard à l'ange.

Et toute cette nuit, jusqu'au petit matin, ils luttèrent.

Boris voyait confusément Bernard s'agiter. Il crut que c'était sa façon de prier et prit garde de ne point l'interrompre. Pourtant il aurait voulu lui parler, car il sentait une grande détresse. S'étant levé, il s'agenouilla au pied de son lit. Il aurait voulu prier, mais ne pouvait que sangloter :

« O Bronja, toi qui vois les anges, toi qui devais m'ouvrir les yeux, tu me quittes ! Sans toi, Bronja, que deviendrai-je ? Qu'est-ce que je vais devenir ? »

Bernard et l'ange étaient trop occupés pour l'entendre. Tous deux luttèrent jusqu'à l'aube. L'ange se retira sans qu'aucun des deux fût vainqueur.

Lorsque, plus tard, Bernard sortit à son tour de la chambre, il croisa Rachel dans le couloir.

« J'ai à vous parler », lui dit-elle. Sa voix était si triste que Bernard comprit aussitôt tout ce qu'elle avait à lui dire. Il ne répondit rien, courba la tête et, par grande pitié pour Rachel, soudain prit Sarah en haine et le plaisir qu'il goûtait avec elle en horreur.

XIV

Vers six heures, Bernard s'amena chez Édouard, avec un sac à main qui suffisait à contenir le peu de vêtements, de linge et de livres qu'il possédait. Il avait pris congé d'Azaïs et de madame Vedel, mais n'avait pas cherché à revoir Sarah.

Bernard était grave. Sa lutte avec l'ange l'avait mûri. Il ne ressemblait déjà plus à l'insouciant voleur de valise qui croyait qu'en ce monde il suffit d'oser. Il commençait à comprendre que le bonheur d'autrui fait souvent les frais de l'audace.

« Je viens chercher asile près de vous, dit-il à Édouard. De nouveau me voici sans gîte.

— Pourquoi quittez-vous les Vedel ?

— De secrètes raisons... permettez-moi de ne pas vous les dire. »

Édouard avait observé Bernard et Sarah, le soir du banquet, assez pour comprendre à peu près ce silence.

« Suffit, dit-il en souriant. Le divan de mon atelier est à votre disposition pour la nuit. Mais il me faut vous dire d'abord que votre père est venu hier me parler. » Et il lui rapporta cette partie de leur conversation qu'il jugeait propre à le toucher. « Ce n'est pas chez moi que vous devriez coucher ce soir, mais chez lui. Il vous attend. »

Bernard cependant se taisait.

« Je vais y réfléchir, dit-il enfin. Permettez, en attendant, que je laisse ici mes affaires. Puis-je voir Olivier ?

— Le temps est si beau que je l'ai engagé à prendre l'air. Je voulais l'accompagner, car il est encore très faible; mais il a préféré sortir seul. Du reste, il est parti depuis une heure et ne tardera pas à rentrer. Attendez-le... Mais, j'y pense... et votre examen ?

— Je suis reçu; cela n'a pas d'importance. Ce qui m'importe, c'est ce que je vais faire à présent. Savez-vous ce qui me retient surtout de retourner chez mon père ? C'est que je ne veux pas de son argent. Vous me trouvez sans doute absurde de faire fi de cette chance; mais

c'est une promesse que je me suis faite à moi-même, de m'en passer. Il m'importe de me prouver que je suis un homme de parole, quelqu'un sur qui je peux compter.

— Je vois surtout là de l'orgueil.

— Appelez cela du nom qu'il vous plaira : orgueil, présomption, suffisance... Le sentiment qui m'anime, vous ne le discréditerez pas à mes yeux. Mais, à présent, voici ce que je voudrais savoir : pour se diriger dans la vie, est-il nécessaire de fixer les yeux sur un but ?

— Expliquez-vous.

— J'ai débattu cela toute la nuit. A quoi faire servir cette force que je sens en moi ? Comment tirer le meilleur parti de moi-même ? Est-ce en me dirigeant vers un but ? Mais ce but, comment le choisir ? Comment le connaître, aussi longtemps qu'il n'est pas atteint ?

— Vivre sans but, c'est laisser disposer de soi l'aventure.

— Je crains que vous ne me compreniez pas bien. Quand Colomb découvrit l'Amérique, savait-il vers quoi il voguait ? Son but était d'aller devant, tout droit. Son but, c'était lui, et qui le projetait devant lui-même...

— J'ai souvent pensé, interrompit Édouard, qu'en art, et en littérature en particulier, ceux-là seuls comptent qui se lancent vers l'inconnu. On ne découvre pas de terre nouvelle sans consentir à perdre de vue, d'abord et longtemps, tout rivage. Mais nos écrivains craignent le large; ce ne sont que des côtoyeurs.

— Hier, en sortant de mon examen, continua Bernard sans l'entendre, je suis entré, je ne sais quel démon me poussant, dans une salle où se tenait une réunion publique. Il y était question d'honneur national, de dévouement à la patrie, d'un tas de choses qui me faisaient battre le cœur. Il s'en est fallu de bien peu que je ne signe certain papier, où je m'engageais, sur l'honneur, à consacrer mon activité au service d'une cause qui certainement m'apparaissait belle et noble.

— Je suis heureux que vous n'ayez pas signé. Mais, ce qui vous a retenu ?

— Sans doute quelque secret instinct... Bernard réfléchit quelques instants, puis ajouta en riant : — Je crois que c'est surtout la tête des adhérents; à commencer par celle de mon frère aîné, que j'ai reconnu dans l'assemblée. Il m'a paru que tous ces jeunes gens étaient

animés par les meilleurs sentiments du monde et qu'ils faisaient fort bien d'abdiquer leur initiative car elle ne les eût pas menés loin, leur jugeotte car elle était insuffisante, et leur indépendance d'esprit car elle eût été vite aux abois. Je me suis dit également qu'il était bon pour le pays qu'on pût compter parmi les citoyens un grand nombre de ces bonnes volontés ancillaires; mais que ma volonté à moi ne serait jamais de celles-là. C'est alors que je me suis demandé comment établir une règle, puisque je n'acceptais pas de vivre sans règle, et que cette règle je ne l'acceptais pas d'autrui.

— La réponse me paraît simple : c'est de trouver cette règle en soi-même; d'avoir pour but le développement de soi.

— Oui... c'est bien là ce que je me suis dit. Mais je n'en ai pas été plus avancé pour cela. Si encore j'étais certain de préférer en moi le meilleur, je lui donnerais le pas sur le reste. Mais je ne parviens pas même à connaître ce que j'ai de meilleur en moi... J'ai débattu toute la nuit, vous dis-je. Vers le matin, j'étais si fatigué que je songeais à devancer l'appel de ma classe; à m'engager.

— Échapper à la question n'est pas la résoudre.

— C'est ce que je me suis dit, et que cette question, pour être ajournée, ne se poserait à moi que plus gravement après mon service. Alors je suis venu vous trouver pour écouter votre conseil.

— Je n'ai pas à vous en donner. Vous ne pouvez trouver ce conseil qu'en vous-même, ni apprendre comment vous devez vivre, qu'en vivant.

— Et si je vis mal, en attendant d'avoir décidé comment vivre ?

— Ceci même vous instruira. Il est bon de suivre sa pente, pourvu que ce soit en montant.

— Plaisantez-vous ?... Non; je crois que je vous comprends, et j'accepte cette formule. Mais tout en me développant, comme vous dites, il va me falloir gagner ma vie. Que penseriez-vous d'une reluisante annonce dans les journaux : « *Jeune homme de grand avenir, employable à n'importe quoi.* »

Édouard se mit à rire.

« Rien de plus difficile à obtenir que *n'importe quoi*. Mieux vaudrait préciser.

— Je pensais à quelqu'un de ces nombreux petits rouages dans l'organisation d'un grand journal. Oh! j'accepterais un poste subalterne : correcteur d'épreuves, prote... que sais-je ? J'ai besoin de si peu! »

Il parlait avec hésitation. En vérité, c'est une place de secrétaire qu'il souhaitait ; mais il craignait de le dire à Édouard, à cause de leur déconvenue réciproque. Après tout, ce n'était pas sa faute à lui, Bernard, si cette tentative de secrétariat avait si piteusement échoué.

« Je pourrai peut-être, dit Édouard, vous faire entrer au *Grand Journal*, dont je connais le directeur. »

Tandis que Bernard et Édouard conversaient ainsi, Sarah avait avec Rachel une explication des plus pénibles. Que les remontrances de Rachel aient été cause du brusque départ de Bernard, c'est ce que Sarah comprenait soudain ; et elle s'indignait contre sa sœur qui, disait-elle, empêchait autour d'elle toute joie. Elle n'avait pas le droit d'imposer aux autres une vertu que son exemple suffisait à rendre odieuse.

Rachel, que ces accusations bouleversaient, car elle s'était toujours sacrifiée, protestait, très pâle et les lèvres tremblantes :

« Je ne puis pas te laisser te perdre. »

Mais Sarah sanglotait et criait :

« Je ne peux pas croire à ton ciel. Je ne veux pas être sauvée. »

Elle décida tout aussitôt de repartir pour l'Angleterre, où la recevrait son amie. Car, « après tout, elle était libre et prétendait vivre comme bon lui semblait ». Cette triste querelle laissa Rachel brisée.

XV

ÉDOUARD a eu soin d'arriver à la pension avant le retour des élèves. Il n'a pas revu La Pérouse depuis la rentrée et c'est à lui qu'il veut parler d'abord. Le vieux professeur de piano s'acquitte de ses nouvelles fonctions de surveillant comme il peut, c'est-à-dire fort mal. Il s'est d'abord efforcé de se faire aimer, mais il manque d'autorité ; les enfants en profitent ; ils prennent

pour de la faiblesse son indulgence et s'émancipent étrangement. La Pérouse tâchera de sévir, mais trop tard; ses admonestations, ses menaces, ses réprimandes, achèvent d'indisposer contre lui les élèves. S'il grossit la voix, ils ricanent; s'il tape du poing sur le pupitre sonore, ils poussent des cris de feinte terreur; on l'imite; on l'appelle « le père Lapère »; de banc en banc, des caricatures de lui circulent, qui le représentent, lui si débonnaire, féroce, armé d'un pistolet énorme (ce pistolet que Ghéridanisol, Georges et Phiphi ont su découvrir au cours d'une indiscrète perquisition dans sa chambre), faisant un grand massacre d'élèves; ou, prosterné devant ceux-ci, les mains jointes, implorant, comme il faisait les premiers jours, « un peu de silence, par pitié ». On dirait, au milieu d'une meute sauvage, un pauvre vieux cerf aux abois. Édouard ignore tout cela.

JOURNAL D'ÉDOUARD

« La Pérouse m'a reçu dans une petite salle du rez-de-chaussée, que je connaissais pour la plus inconfortable de la pension. Pour tous meubles, quatre bancs attenant à quatre pupitres, face à un tableau noir, et une chaise de paille sur laquelle La Pérouse m'a forcé de m'asseoir. Il s'est replié sur un des bancs, tout de biais, après de vains efforts pour introduire sous le pupitre ses jambes trop longues.

« Non, non. Je suis très bien, je vous assure. »

» Et le ton de sa voix, l'expression de son visage, disaient :

« Je suis affreusement mal, et j'espère que cela saute aux yeux; mais il me plaît d'être ainsi; et plus je serai mal, moins vous entendrez ma plainte. »

» J'ai tâché de plaisanter, mais n'ai pu l'amener à sourire. Il affectait une manière cérémonieuse et comme gourmée, propre à maintenir entre nous de la distance et à me faire entendre : « C'est à vous que je dois d'être ici. »

» Cependant il se disait très satisfait de tout; au surplus éludait mes questions et s'irritait de mon insistance. Pourtant, comme je lui demandais où était sa chambre :

« Un peu trop loin de la cuisine, a-t-il proféré soudain; et comme je m'étonnais : — Quelquefois, la

nuit, il me prend besoin de manger... quand je ne peux pas dormir. »

» J'étais près de lui; je m'approchai plus encore et posai doucement ma main sur son bras. Il reprit, sur un ton de voix plus naturel :

« Il faut vous dire que je dors très mal. Quand il m'arrive de m'endormir, je ne perds pas le sentiment de mon sommeil. Ce n'est pas vraiment dormir, n'est-ce pas ? Celui qui dort vraiment ne sent pas qu'il dort; simplement, à son réveil, il s'aperçoit qu'il a dormi. »

» Puis, avec une insistance tâtillonne, penché vers moi :

« Parfois je suis tenté de croire que je me fais illusion et que, tout de même, je dors vraiment, alors que je ne crois pas dormir. Mais la preuve que je ne dors pas vraiment, c'est que, si je veux rouvrir les yeux, je les ouvre. D'ordinaire je ne le veux pas. Vous comprenez, n'est-ce pas, que je n'ai aucun intérêt à le faire. A quoi bon me prouver à moi-même que je ne dors pas ? Je garde toujours l'espoir de m'endormir en me persuadant que je dors déjà... »

» Il se pencha plus encore, et à voix plus basse :

« Et puis, il y a quelque chose qui me dérange. Ne le dites pas... Je ne m'en suis pas plaint, parce qu'il n'y a rien à y faire; et que, n'est-ce pas, ce qu'on ne peut pas changer, cela ne sert à rien de s'en plaindre... Figurez-vous que, contre mon lit, dans la muraille, à la hauteur de ma tête précisément, il y a quelque chose qui fait du bruit. »

» Il s'était animé en parlant. Je lui proposai de me mener à sa chambre.

« Oui ! Oui ! dit-il en se levant soudain. Vous pourrez peut-être me dire ce que c'est... Moi, je ne parviens pas à comprendre. Venez avec moi. »

» Nous montâmes deux étages, puis enfilâmes un assez long couloir. Je n'étais jamais venu dans cette partie de la maison.

» La chambre de La Pérouse donnait sur la rue. Elle était petite, mais décente. Je remarquai sur sa table de nuit, à côté d'un paroissien, la boîte de pistolets qu'il s'était obstiné à emporter. Il m'avait saisi par le bras; et, repoussant un peu le lit :

« Là. Tenez... Mettez-vous contre la muraille... Entendez-vous ? »

« Je prêtai l'oreille et, longuement, tendis mon attention. Mais, malgré la meilleure volonté du monde, ne parvins à distinguer rien. La Pérouse se dépitait. Un camion vint à passer, ébranlant la maison et faisant claquer les vitres.

« A cette heure du jour, dis-je, dans l'espoir de le rasséréner, le petit bruit qui vous irrite est couvert par le vacarme de la rue...

» — Couvert pour vous qui ne savez pas le distinguer des autres bruits, s'écria-t-il avec véhémence. Moi, n'est-ce pas, je l'entends quand même. Je continue malgré tout à l'entendre. J'en suis parfois si excédé, que je me promets d'en parler à Azaïs, ou au propriétaire... Oh! je n'ai pas la prétention de le faire cesser... Mais je voudrais au moins savoir ce que c'est. »

» Il sembla réfléchir quelque temps, puis reprit :

« On dirait un grignotement. J'ai tout essayé pour ne plus l'entendre. J'ai écarté mon lit de la muraille. J'ai mis du coton dans mes oreilles. J'ai suspendu ma montre (vous voyez, j'ai planté là un petit clou) précisément à l'endroit où passe le tuyau, je suppose, afin que le tic-tac de la montre domine l'autre bruit... Mais alors cela me fatigue encore plus, parce que je suis obligé de faire effort pour le reconnaître. C'est absurde, n'est-ce pas ? Mais je préfère encore l'entendre franchement, puisque je sais tout de même qu'il est là... Oh! je ne devrais pas vous raconter ces choses. Vous voyez, je ne suis plus qu'un vieillard. »

» Il s'assit sur le bord du lit et demeura comme hébété. La sinistre dégradation de l'âge ne s'en prend point, chez La Pérouse, tant à l'intelligence qu'au plus profond du caractère. Le ver s'installe au cœur du fruit, pensais-je, en le voyant, lui si ferme et si fier naguère, s'abandonner à un désespoir enfantin. Je tentai de l'en sortir en lui parlant de Boris.

« Oui, sa chambre est près de la mienne, dit-il en relevant le front. Je vais vous la montrer. Suivez-moi. »

» Il me précéda dans le couloir et ouvrit une porte voisine.

« Cet autre lit que vous voyez est celui du jeune Bernard Profitendieu. (Je jugeai inutile de lui apprendre que Bernard, à partir de ce jour précisément, cesserait d'y coucher. Il continuait :) Boris est content de l'avoir

comme camarade et je crois qu'il s'entend bien avec lui. Mais, vous savez, il ne me parle pas beaucoup. Il est très renfermé... Je crains que cet enfant n'ait le cœur un peu sec. »

» Il disait cela si tristement que je pris sur moi de protester et de me porter garant des sentiments de son petit-fils.

« Dans ce cas, il pourrait témoigner un peu davantage, reprit La Pérouse. Ainsi, tenez : le matin, quand il s'en va au lycée avec les autres, je me penche à ma fenêtre pour le regarder passer. Il le sait... Eh bien ! il ne se retourne pas ! »

» Je voulus le persuader que sans doute Boris craignait de se donner en spectacle à ses camarades et redoutait leurs moqueries ; mais, à ce moment, des clameurs montèrent de la cour.

» La Pérouse me saisit le bras et, d'une voix altérée :
« Écoutez ! Écoutez ! Les voici qui rentrent. »

» Je le regardai. Il s'était mis à trembler de tout son corps.

« Ces galopins vous feraient-ils peur ? demandai-je.
» — Mais non, mais non, dit-il confusément ; comment supposez-vous... Puis, très vite : — Il faut que je descende. La récréation ne dure que quelques minutes, et vous savez que je surveille l'étude. Adieu. Adieu. »

» Il s'élança dans le couloir sans même me serrer la main. Un instant après je l'entendis qui trébuchait dans l'escalier. Je demeurai quelques instants aux écoutes, ne voulant point passer devant les élèves. On les entendait crier, rire et chanter. Puis un coup de cloche et soudain le silence se rétablit.

» J'allai voir Azaïs et obtins un mot de lui qui autorisât Georges à quitter l'étude pour venir me parler. Il me rejoignit dans cette même petite salle où La Pérouse m'avait reçu d'abord.

» Sitôt en ma présence, Georges crut devoir prendre un air goguenard. C'était sa façon de dissimuler sa gêne. Mais je ne jurerais pas qu'il fût le plus gêné de nous deux. Il se tenait sur la défensive ; car sans doute s'attendait-il à être morigéné. Il me sembla qu'il cherchait à rassembler au plus tôt les armes qu'il pouvait avoir contre moi, car, avant même que je n'eusse ouvert la

bouche, il me demandait des nouvelles d'Olivier sur un ton si gouailleur que je l'aurais volontiers giflé. Il avait barre sur moi. « Et puis, vous savez, je n'ai pas peur de vous », semblaient dire ses regards ironiques, le pli moqueur de ses lèvres et le ton de sa voix. Je perdis aussitôt toute assurance et n'eus souci que de ne le laisser point paraître. Le discours que j'avais préparé ne me parut soudain plus de mise. Je n'avais pas le prestige qu'il faut pour jouer au censeur. Au fond, Georges m'amusait beaucoup trop.

« Je ne viens pas te gronder, lui dis-je enfin; je voudrais seulement t'avertir. (Et, malgré moi, mon visage entier souriait.)

» — Dites d'abord si c'est maman qui vous envoie ?

» — Oui et non. J'ai parlé de toi avec ta mère; mais il y a quelques jours de cela. Hier j'ai eu, à ton sujet, une conversation très importante avec quelqu'un de très important, que tu ne connais pas; qui était venu me trouver pour me parler de toi. Un juge d'instruction. C'est de sa part que je viens... Sais-tu ce que c'est qu'un juge d'instruction ? »

» Georges avait pâli brusquement, et sans doute son cœur avait un instant cessé de battre. Il haussa les épaules, il est vrai, mais sa voix tremblait un peu :

« Alors, sortez ce qu'il vous a dit, le père Profitendieu. »

» L'aplomb de ce petit me démontait. Sans doute il eût été bien simple d'aller droit au fait; mais précisément mon esprit répugne au plus simple et prend irrésistiblement le biais. Pour expliquer une conduite, qui sitôt ensuite me parut absurde, mais qui fut spontanée, je puis dire que mon dernier entretien avec Pauline m'avait extraordinairement travaillé. Les réflexions qui en étaient résultées, je les avais aussitôt versées dans mon roman sous forme d'un dialogue qui convenait exactement à certains de mes personnages. Il m'arrive rarement de tirer un parti direct de ce que m'apporte la vie, mais, pour une fois, l'aventure de Georges m'avait servi; il semblait que mon livre l'attendît, tant elle y trouvait bien sa place; à peine avais-je dû modifier certains détails. Mais cette aventure (j'entends celle de ses larcins), je ne la présentais pas directement. On ne faisait que l'entrevoir, et ses suites, à travers des conver-

sations. J'avais noté celles-ci sur un carnet que précisément je portais dans ma poche. Au contraire, l'histoire de la fausse monnaie, telle que me l'avait rapportée Profitendieu, ne pouvait m'être, me semblait-il, d'aucun usage. Et c'est pourquoi sans doute, au lieu d'aborder aussitôt avec Georges ce point précis, objet premier de ma visite, je louvoyai.

« Je voudrais d'abord que tu lises ces quelques lignes, dis-je. Tu comprendras pourquoi. » Et je lui tendis mon carnet tout ouvert à la page qui pouvait l'intéresser.

» Je le répète : ce geste, maintenant, me paraît absurde. Mais précisément, dans mon roman, c'est par une lecture semblable que je pensais devoir avertir le plus jeune de mes héros. Il m'importait de connaître la réaction de Georges; j'espérais qu'elle pourrait m'instruire... et même sur la qualité de ce que j'avais écrit.

» Je transcris le passage en question :

« *Il y avait dans cet enfant toute une région ténébreuse, sur laquelle l'affectueuse curiosité d'Audibert se penchait. Que le jeune Eudolfe eût volé, il ne lui suffisait pas de le savoir ; il eût voulu qu'Eudolfe lui racontât comment il en était venu là et ce qu'il avait éprouvé en volant pour la première fois. L'enfant, du reste, même confiant, n'aurait sans doute pas su le lui dire. Et Audibert n'osait l'interroger, dans la crainte d'amener des protestations mensongères.*

» *Certain soir qu'Audibert dînait avec Hildebrant, il parla à celui-ci du cas d'Eudolfe ; sans le nommer, du reste, et arrangeant les faits de manière que l'autre ne pût le reconnaître ;*

« *N'avez-vous pas remarqué, dit alors Hildebrant, que les actions les plus décisives de notre vie, je veux dire : celles qui risquent le plus de décider de tout notre avenir, sont le plus souvent des actions inconsidérées ?*

— *Je le crois volontiers, répondit Audibert. C'est un train dans lequel on monte sans guère y songer, et sans s'être demandé où il mène. Et même, le plus souvent, on ne comprend que le train vous emporte qu'après qu'il est déjà trop tard pour en descendre.*

» — *Mais peut-être l'enfant en question ne souhaite-t-il nullement d'en descendre ?*

» — *Il ne tient pas encore à en descendre, sans doute. Pour*

le moment, il se laisse emporter. Le paysage l'amuse, et peu lui importe où il va.

» — Lui ferez-vous de la morale ?

» — Certes non ! Cela ne servirait à rien. Il a été sursaturé de morale, et jusqu'à la nausée.

» — Pourquoi volait-il ?

» — Je ne le sais pas au juste. Sûrement pas par réel besoin. Mais pour se procurer certains avantages ; pour ne pas rester en arrière de camarades plus fortunés... que sais-je ? Par propension native et simple plaisir de voler.

» — C'est là la pire.

» — Parbleu ! car alors il recommencera.

» — Est-il intelligent ?

» — J'ai longtemps cru qu'il l'était moins que ses frères. Mais je doute à présent si je ne faisais pas erreur et si ma fâcheuse impression ne venait pas de ce qu'il n'a pas encore compris ce qu'il peut obtenir de lui-même. Sa curiosité s'est jusqu'à présent dévoyée ; ou plutôt, elle est demeurée à l'état embryonnaire, au stade de l'indiscrétion.

» — Lui parlerez-vous ?

» — Je me propose de lui faire mettre en balance le peu de profit de ses vols et ce que, par contre, sa malhonnêteté lui fait perdre : la confiance de ses proches, leur estime, la mienne entre autres..., toutes choses qui ne se chiffrent pas et dont on ne peut apprécier la valeur que par l'énormité de l'effort, ensuite, pour les regagner. Certains y ont usé toute leur vie. Je lui dirai, ce dont il est trop jeune encore pour se rendre compte : que c'est toujours sur lui désormais que se porteront les soupçons, s'il advient près de lui quoi que ce soit de douteux, de louche. Il se verra peut-être accusé de faits graves, à tort, et ne pourra pas se défendre. Ce qu'il a déjà fait le désigne. Il est ce que l'on appelle : « Brûlé ». Enfin, ce que je voudrais lui dire... Mais je crains ses protestations.

» — Ce que vous voudriez lui dire ?...

» — C'est que ce qu'il a fait crée un précédent, et que s'il faut quelque résolution pour un premier vol, il n'y a plus, pour les suivants, qu'à céder à l'entraînement. Tout ce qui vient ensuite n'est plus que du laisser-aller... Ce que je voudrais lui dire, c'est que, souvent, un premier geste, que l'on fait sans presque y songer, dessine irrémédiablement notre figure et commence à tracer un trait, que, par la suite, tous nos efforts ne pourront jamais effacer. Je voudrais... mais je ne saurai pas lui parler.

» — *Que n'écrivez-vous nos propos de ce soir ? Vous les lui donneriez à lire.*

» — *C'est une idée, dit Audibert. Et pourquoi pas ?* »

» Je n'avais pas quitté Georges des yeux durant tout le temps de sa lecture ; mais son visage ne laissait rien paraître de ce qu'il pouvait penser.

« Dois-je continuer ? demanda-t-il, s'apprêtant à tourner la page.

» — Inutile ; la conversation finit là.

» — C'est dommage. »

» Il me rendit le carnet, et sur un ton presque enjoué :

« J'aurais voulu savoir ce que répond Eudolfe après qu'il a lu le carnet.

» — Précisément, j'attends de le savoir moi-même.

» — Eudolfe est un nom ridicule. Vous n'auriez pas pu le baptiser autrement ?

» — Cela n'a pas d'importance.

» — Ce qu'il peut répondre non plus. Et qu'est-ce qu'il devient ensuite ?

» — Je ne sais pas encore. Cela dépend de toi. Nous verrons.

» — Alors, si je vous comprends bien, c'est moi qui dois vous aider à continuer votre livre. Non mais, avouez que... »

» Il s'arrêta, comme s'il avait quelque mal à exprimer sa pensée.

« Que quoi ? fis-je, pour l'encourager.

» — Avouez que vous seriez bien attrapé, reprit-il enfin, si Eudolfe... »

» Il s'arrêta de nouveau. Je crus entendre ce qu'il voulait dire et achevai pour lui :

« S'il devenait un honnête garçon ?... Non, mon petit. Et soudain les larmes me montèrent aux yeux. Je posai ma main sur son épaule. Mais lui, se dégageant :

» — Car enfin, s'il n'avait pas volé, vous n'auriez pas écrit tout cela. »

» Je compris alors seulement mon erreur. Au fond, Georges se trouvait flatté d'avoir occupé si longtemps ma pensée. Il se sentait intéressant. J'avais oublié Profitendieu ; c'est Georges qui m'en fit souvenir.

« Et qu'est-ce qu'il vous a raconté, votre juge d'instruction ?

» — Il m'a chargé de t'avertir qu'il savait que tu faisais circuler des fausses pièces... »

« Georges de nouveau changea de couleur. Il comprit qu'il ne servirait à rien de nier, mais protesta confusément :

« Je ne suis pas le seul.

» — ... et que, si vous ne cessiez pas aussitôt ce trafic, continuai-je, toi et tes copains, il se verrait forcé de vous coffrer. »

» Georges était devenu très pâle d'abord. Il avait à présent le feu aux joues. Il regardait fixement devant lui et ses sourcils froncés creusaient au bas de son front deux rides.

« Adieu, lui dis-je en lui tendant la main. Je te conseille d'avertir également tes camarades. Quant à toi, tiens-le-toi pour dit. »

» Il me serra la main silencieusement et regagna son étude sans se retourner.

» En relisant les pages des *Faux-Monnayeurs* que je montrais à Georges, je les ai trouvées assez mauvaises. Je les transcris ici telles que Georges les a lues ; mais tout ce chapitre est à récrire. Mieux vaudrait parler à l'enfant, décidément. Je dois trouver par où le toucher. Certainement, au point où il en est, Eudolfe (je changerai ce nom ; Georges a raison) est difficilement ramenable à l'honnêteté. Mais je prétends l'y ramener ; et quoi qu'en pense Georges, c'est là le plus intéressant, puisque c'est le plus difficile. (Voici que je me mets à penser comme Douviers!) Laissons aux romanciers réalistes l'histoire des laisser-aller. »

Sitôt de retour dans la salle d'étude, Georges avait fait part à ses deux amis des avertissements d'Édouard. Tout ce que celui-ci lui disait au sujet de ses chaparderies avait glissé sur cet enfant sans l'émouvoir ; mais quant aux fausses pièces, qui risquaient de leur jouer de mauvais tours, il importait de s'en débarrasser au plus vite. Chacun d'eux en gardait sur lui quelques-unes qu'il se proposait d'écouler à une prochaine sortie. Ghéridanisol les rassembla et courut les jeter dans les fosses. Le soir même il avertissait Strouvilhou, qui prit aussitôt des mesures.

XVI

Ce même soir, tandis qu'Édouard causait avec son neveu Georges, Olivier, après que Bernard l'eut quitté, reçut la visite d'Armand.

Armand Vedel était méconnaissable ; rasé de frais, souriant et le front redressé ; dans un complet neuf trop cintré, un peu ridicule peut-être, le sentant et laissant paraître qu'il le sentait.

« Je serais venu te voir plus tôt, mais j'ai eu tellement à faire !... Sais-tu bien que me voici secrétaire de Passavant ? ou, si tu préfères : rédacteur en chef de la revue qu'il dirige. Je ne te demanderai pas d'y collaborer, parce que Passavant me paraît assez monté contre toi. D'ailleurs cette revue incline résolument vers la gauche. C'est pourquoi elle a commencé par débarquer Bercail et ses bergeries...

— Tant pis pour elle, dit Olivier.

— C'est pourquoi elle a, par contre, accueilli mon *Vase nocturne,* qui, soit dit entre parenthèses, te sera dédié, si tu le permets.

— Tant pis pour moi.

— Passavant voulait même que mon génial poème parût en tête du premier numéro ; ce à quoi s'opposait ma modestie naturelle, que ses éloges ont mise à une rude épreuve. Si j'étais sûr de ne point fatiguer tes oreilles convalescentes, je te ferais le récit de ma première entrevue avec l'illustre auteur de *La Barre fixe,* que je ne connaissais jusqu'à ce jour qu'à travers toi.

— Je n'ai rien de mieux à faire que de t'écouter.

— La fumée ne te gêne pas ?

— Je fumerai moi-même pour te rassurer.

— Il faut te dire, commença Armand en allumant une cigarette, que ta défection avait laissé notre cher comte dans l'embarras. Soit dit sans te flatter, on ne remplace pas aisément ce faisceau de dons, de vertus, de qualités, qui font de toi l'un des...

— Bref... interrompit Olivier, que la pesante ironie de l'autre exaspérait.

— Bref, Passavant avait besoin d'un secrétaire. Il se

trouvait connaître un certain Strouvilhou, que je me trouve connaître moi-même, parce qu'il est l'oncle et le correspondant d'un certain type de la pension, lequel se trouvait connaître Jean Cob-Lafleur, que tu connais.

— Que je ne connais pas, dit Olivier.

— Eh bien! mon vieux, tu devrais le connaître. C'est un type extraordinaire, merveilleux; une espèce de bébé fané, ridé, maquillé, qui vit d'apéritifs et qui, quand il est soûl, fait des vers charmants. Tu en liras dans notre premier numéro. Strouvilhou invente donc de l'envoyer chez Passavant pour occuper ta place. Tu peux imaginer son entrée dans l'hôtel de la rue de Babylone. Il faut te dire que Cob-Lafleur porte des vêtements couverts de taches, qu'il laisse flotter une gerbe de cheveux filasse sur ses épaules et qu'il a l'air de ne pas s'être lavé de huit jours. Passavant, qui prétend toujours dominer la situation, affirme que Cob-Lafleur lui plaisait beaucoup. Cob-Lafleur avait su se montrer doux, souriant, timide. Quand il veut, il peut ressembler au Gringoire de Banville. Bref, Passavant se montrait séduit et était sur le point de l'engager. Il faut te dire que Lafleur est sans le sou... Le voici qui se lève pour prendre congé : « — Avant de vous quitter, je crois bon de vous avertir, Monsieur le comte, que j'ai quelques défauts. — Qui de nous n'en a pas ? — Et quelques vices. Je fume l'opium. — Qu'à cela ne tienne, dit Passavant qui ne se trouble pas pour si peu; j'en ai d'excellent à vous offrir. — Oui, mais quand j'ai fumé, reprend Lafleur, je perds complètement la notion de l'orthographe. » Passavant croit à une plaisanterie, s'efforce de rire et lui tend la main. Lafleur continue : « — Et puis je prends du haschisch. — J'en ai pris moi-même quelquefois, dit Passavant. — Oui, mais sous l'empire du haschisch, je ne peux pas me retenir de voler. » Passavant commence à voir que l'autre se fiche de lui; et Lafleur, lancé, continue impétueusement : — Et puis je bois de l'éther; et alors je déchire tout, je casse tout; et il s'empare d'un vase de cristal qu'il fait mine de jeter dans la cheminée. Passavant le lui arrache des mains : — Je vous remercie de m'avertir.

— Et il l'a fichu à la porte ?

— Puis a surveillé par la fenêtre si Lafleur ne fourrait pas une bombe dans sa cave, en s'en allant.

— Mais pourquoi est-ce que ton Lafleur a fait cela ? demanda Olivier après un silence. D'après ce que tu me dis, il avait grand besoin de cette place.

— Il faut tout de même admettre, mon vieux, qu'il y a des gens qui éprouvent le besoin d'agir contre leur propre intérêt. Et puis, veux-tu que je te dise : Lafleur... le luxe de Passavant l'a dégoûté ; son élégance, ses manières aimables, sa condescendance, l'affectation de sa supériorité. Oui, ça lui a levé le cœur. Et j'ajoute que je comprends ça... Au fond, il est à faire vomir, ton Passavant.

— Pourquoi dis-tu : « Ton Passavant ? » Tu sais bien que je ne le vois plus. Et puis, pourquoi acceptes-tu de lui cette place, si tu le trouves si dégoûtant ?

— Parce que précisément j'aime ce qui me dégoûte... à commencer par mon propre, ou mon sale, individu. Et puis, au fond, Cob-Lafleur est un timide ; il n'aurait rien dit de tout cela s'il ne s'était pas senti gêné.

— Oh ! ça, par exemple...

— Certainement. Il était gêné, et avait horreur de se sentir gêné par quelqu'un qu'au fond il méprise. C'est pour cacher sa gêne qu'il a crâné.

— Je trouve ça stupide.

— Mon vieux, tout le monde n'est pas aussi intelligent que toi.

— Tu m'as déjà dit ça la dernière fois.

— Quelle mémoire ! »

Olivier se montrait bien décidé à tenir tête.

« Je tâche, dit-il, d'oublier tes plaisanteries. Mais, la dernière fois, tu m'as enfin parlé sérieusement. Tu m'as dit des choses que je ne peux pas oublier. »

Le regard d'Armand se troubla ; il partit d'un rire forcé :

« Oh ! mon vieux, la dernière fois, je t'ai parlé comme tu désirais que je te parle. Tu réclamais un morceau en mineur ; alors, pour te faire plaisir, j'ai joué ma complainte avec une âme en tire-bouchon, et des tourments à la Pascal... Qu'est-ce que tu veux ? Je ne suis sincère que quand je blague.

— Tu ne me feras jamais croire que tu n'étais pas sincère en me parlant comme tu as fait. C'est maintenant que tu joues.

— O être plein de naïveté, de quelle âme angélique

tu fais preuve! Comme si chacun de nous ne jouait pas, plus ou moins sincèrement et consciemment. La vie, mon vieux, n'est qu'une comédie. Mais la différence entre toi et moi, c'est que moi je sais que je joue; tandis que...

— Tandis que... répéta Olivier agressivement.

— Tandis que mon père, par exemple, et pour ne pas parler de toi, coupe dedans quand il joue au pasteur. Quoi que je dise ou fasse, toujours une partie de moi reste en arrière, qui regarde l'autre se compromettre, qui l'observe, qui se fiche d'elle et la siffle, ou qui l'applaudit. Quand on est ainsi divisé, comment veux-tu qu'on soit sincère? J'en viens à ne même plus comprendre ce que peut vouloir dire ce mot. Rien à faire à cela : si je suis triste, je me trouve grotesque et ça me fait rire; quand je suis gai, je fais des plaisanteries tellement stupides que ça me donne envie de pleurer.

— A moi aussi, tu donnes envie de pleurer, mon pauvre vieux. Je ne te croyais pas si malade. »

Armand haussa les épaules, et sur un ton tout différent :

« Pour te consoler, veux-tu savoir la composition de notre premier numéro? Il y aura donc mon *Vase nocturne;* quatre chansons de Cob-Lafleur; un dialogue de Jarry; des poèmes en prose du petit Ghéridanisol, notre pensionnaire; et puis le *Fer à repasser,* un vaste essai de critique générale, où se préciseront les tendances de la revue. Nous nous sommes mis à plusieurs pour pondre ce chef-d'œuvre. »

Olivier, qui ne savait que dire, argua gauchement :

« Aucun chef-d'œuvre n'est le résultat d'une collaboration. »

Armand éclata de rire :

« Mais, mon cher, je disais chef-d'œuvre pour plaisanter. Il n'est même pas question d'une œuvre, à proprement parler. Et d'abord, il s'agirait de savoir ce qu'on entend par « chef-d'œuvre ». Précisément le *Fer à repasser* s'occupe de tirer ça au clair. Il y a des tas d'œuvres qu'on admire de confiance parce que tout le monde les admire et que personne jusqu'à présent ne s'est avisé de dire, ou n'a osé dire, qu'elles sont stupides. Par exemple, en tête du numéro, nous allons donner une reproduction de *La Joconde,* à laquelle on a collé

une paire de moustaches. Tu verras, mon vieux : c'est d'un effet foudroyant.

— Cela veut-il dire que tu considères *La Joconde* comme une stupidité ?

— Mais pas du tout, mon cher. (Encore que je ne la trouve pas si épatante que ça.) Tu ne me comprends pas. Ce qui est stupide, c'est l'admiration qu'on lui voue. C'est l'habitude qu'on a de ne parler de ce qu'on appelle « les chefs-d'œuvre », que chapeau bas. Le *Fer à repasser* (ce sera d'ailleurs le titre général de la revue) a pour but de rendre bouffon cette révérence, de discréditer... Un bon moyen encore, c'est de proposer à l'admiration du lecteur quelque œuvre stupide (mon *Vase nocturne*, par exemple) d'un auteur complètement dénué de bon sens.

— Passavant approuve tout ça ?

— Ça l'amuse beaucoup.

— Je vois que j'ai bien fait de me retirer.

— Se retirer... Tôt ou tard, mon vieux, et qu'on le veuille ou non, il faut toujours en arriver là. Cette sage réflexion m'amène tout naturellement à prendre congé de toi.

— Reste encore un instant, espèce de pitre... Qu'est-ce qui te faisait dire que ton père jouait au pasteur ? Tu ne le crois donc pas convaincu ?

— Monsieur mon père a arrangé sa vie de telle façon qu'il n'ait plus le droit ni le moyen de ne pas l'être. Oui, c'est un convaincu professionnel. Un professeur de conviction. Il inculque la foi ; c'est là sa raison d'être ; c'est le rôle qu'il assume, et qu'il doit mener jusqu'au bout. Mais quant à savoir ce qui se passe dans ce qu'il appelle « son for intérieur » ?... Ce serait indiscret, tu comprends, d'aller le lui demander. Et je crois qu'il ne se le demande jamais lui-même. Il s'y prend de manière à n'avoir jamais le temps de se le demander. Il a bourré sa vie d'un tas d'obligations qui perdraient toute signification si sa conviction faiblissait ; de sorte que cette conviction se trouve exigée et entretenue par elles. Il s'imagine qu'il croit, parce qu'il continue à agir comme s'il croyait. Il n'est plus libre de ne pas croire. Si sa foi flanchait, mon vieux, mais ce serait la catastrophe ! Un effondrement ! Et songe que, du coup, ma famille n'aurait plus de quoi vivre. C'est un fait à considérer,

mon vieux : la foi de papa, c'est notre gagne-pain. Nous vivons tous sur la foi de papa. Alors venir me demander si papa a vraiment la foi, tu m'avoueras que ça n'est pas très délicat de ta part.

— Je croyais que vous viviez surtout du revenu de la pension.

— C'est un peu vrai. Mais ça n'est pas non plus très délicat de me couper mon effet lyrique.

— Alors toi, tu ne crois plus à rien ? demanda Olivier tristement, car il aimait Armand et souffrait de sa vilenie.

— *Jubes renovare dolorem...* Tu sembles oublier, mon cher, que mes parents prétendaient faire de moi un pasteur. On m'a chauffé pour ça, gavé de préceptes pieux en vue d'obtenir une dilatation de la foi, si j'ose dire... Il a bien fallu reconnaître que je n'avais pas la vocation. C'est dommage. J'aurais peut-être fait un prédicateur épatant. Ma vocation à moi, c'était d'écrire le *Vase nocturne*.

— Mon pauvre vieux, si tu savais combien je te plains !

— Tu as toujours eu ce que mon père appelle « un cœur d'or »... dont je ne veux pas abuser plus longtemps. »

Il prit son chapeau. Il était déjà presque parti, quand, se retournant brusquement :

« Tu ne me demandes pas des nouvelles de Sarah ?

— Parce que tu ne m'apprendrais rien que je ne sache déjà par Bernard.

— Il t'a dit qu'il avait quitté la pension ?

— Il m'a dit que ta sœur Rachel l'avait invité à partir. »

Armand avait une main sur la poignée de la porte; de l'autre, avec sa canne, il maintenait la portière soulevée. La canne entra dans un trou de la portière et l'agrandit.

« Explique ça comme tu pourras, dit-il, et son visage prit une expression très grave. — Rachel est, je crois bien, la seule personne de ce monde que j'aime et que je respecte. Je la respecte parce qu'elle est vertueuse. Et j'agis toujours de manière à offenser sa vertu. Pour ce qui est de Bernard et de Sarah, elle ne se doutait de rien. C'est moi qui lui ai tout raconté... Et l'oculiste qui lui recommande de ne pas pleurer ! C'est bouffon.

— Dois-je te croire sincère, à présent ?

— Oui, je crois que c'est ce que j'ai de plus sincère

en moi : l'horreur, la haine de tout ce qu'on appelle Vertu. Ne cherche pas à comprendre. Tu ne sais pas ce que peut faire de nous une première éducation puritaine. Elle vous laisse au cœur un ressentiment dont on ne peut plus jamais se guérir... si j'en juge par moi, acheva-t-il en ricanant. A propos, tu devrais bien me dire ce que j'ai là. »

Il posa son chapeau et s'approcha de la fenêtre.

« Tiens, regarde : sur le bord de la lèvre ; à l'intérieur. »

Il se pencha vers Olivier et d'un doigt souleva sa lèvre.

« Je ne vois rien.

— Mais si ; là ; dans le coin. »

Olivier distingua, près de la commissure, une tache blanchâtre. Un peu inquiet :

« C'est une aphte », dit-il pour rassurer Armand.

Celui-ci haussa les épaules.

« Ne dis donc pas de bêtises, toi, un homme sérieux. D'abord « aphte » est du masculin ; et puis, un aphte, c'est mou et ça passe. Ça, c'est dur et de semaine en semaine ça grossit. Et ça me donne une espèce de mauvais goût dans la bouche.

— Il y a longtemps que tu as ça ?

— Il y a plus d'un mois que je m'en suis aperçu. Mais, comme on dit dans les « chefs-d'œuvre » : *Mon mal vient de plus loin...*

— Eh bien ! mon vieux, si tu es inquiet, il te faut consulter.

— Si tu crois que j'ai attendu ton conseil !

— Qu'a dit le médecin ?

— Je n'ai pas attendu ton conseil pour me dire que je devrais consulter. Mais je n'ai tout de même pas consulté, parce que, si ça doit être ce que je crois, je préfère ne pas le savoir.

— C'est idiot.

— N'est-ce pas que c'est bête ! et si humain, mon cher, si humain...

— Ce qui est idiot, c'est de ne pas se soigner.

— Et de pouvoir se dire, quand on commence à se soigner : « Il est trop tard ! » C'est ce que Cob-Lafleur exprime si bien, dans un des poèmes que tu liras :

> Il faut se rendre à l'évidence ;
> Car, dans ce bas monde, la danse
> Précède souvent la chanson.

— On peut faire de la littérature avec tout.

— Tu l'as dit : avec tout. Mais, mon vieux, ça n'est déjà pas si facile. Allons, adieu... Ah! je voulais te dire encore : j'ai reçu des nouvelles d'Alexandre... Mais oui, tu sais bien : mon frère aîné, qui a fichu le camp en Afrique, où il a commencé par faire de mauvaises affaires et bouffer tout l'argent que lui envoyait Rachel. Il est établi maintenant sur les bords de la Casamance. Il m'écrit que son commerce prospère et qu'il va bientôt être à même de tout rembourser.

— Un commerce de quoi?

— Est-ce qu'on sait? De caoutchouc, d'ivoire, de nègres peut-être... d'un tas de bricoles. Il me demande de le rejoindre là-bas.

— Tu partirais?

— Et dès demain, si je n'avais pas bientôt mon service. Alexandre est une espèce d'idiot dans mon genre. Je crois que je m'entendrais très bien avec lui... Tiens, veux-tu voir? J'ai sa lettre sur moi. »

Il sortit de sa poche une enveloppe, et de l'enveloppe plusieurs feuillets; en choisit un, qu'il tendit à Olivier.

« Pas la peine que tu lises tout. Commence ici. »

Olivier lut :

« Je vis depuis une quinzaine de jours en compagnie d'un singulier individu que j'ai recueilli dans ma case. Le soleil de ce pays a dû lui taper sur le crâne. J'ai d'abord pris pour du délire ce qui est bel et bien de la folie. Cet étrange garçon — un type de trente ans environ, grand et fort, assez beau et certainement « de bonne famille », comme on dit, à en juger d'après ses manières, son langage et ses mains trop fines pour avoir jamais fait de gros ouvrages — se croit possédé par le diable; ou plutôt il se croit le diable lui-même, si j'ai bien compris ce qu'il disait. Il a dû lui arriver quelque aventure, car, en rêve ou dans l'état de demi-sommeil où il lui arrive souvent de tomber (et alors il converse avec lui-même comme si je n'étais pas là), il parle sans cesse de mains coupées. Et comme alors il s'agite beaucoup et roule des yeux terribles, j'ai pris soin d'écarter de lui toute arme. Le reste du temps c'est un brave garçon, d'une compagnie agréable — ce que j'apprécie, tu peux le croire, après des mois de

solitude — et qui me seconde dans les soins de mon exploitation. Il ne parle jamais de sa vie passée, de sorte que je ne parviens pas à découvrir qui ce peut être. Il s'intéresse particulièrement aux insectes et aux plantes, et certains de ses propos laissent entrevoir qu'il est remarquablement instruit. Il semble se plaire avec moi et ne parle pas de partir; je suis décidé à le laisser rester ici tant qu'il voudra. Je souhaitais précisément un aide; somme toute, il est venu à point nommé.

» Un hideux nègre qui l'accompagnait, remontant avec lui la Casamance, et avec qui j'ai un peu causé, parle d'une femme qui l'accompagnait et qui, si j'ai bien compris, a dû se noyer dans le fleuve, certain jour que leur embarcation a chaviré. Je ne serais pas étonné que mon compagnon ait favorisé la noyade. Dans ce pays, quand on veut se débarrasser de quelqu'un, on a grand choix de moyens, et personne jamais n'en a cure. Si quelque jour j'en apprends plus long, je te l'écrirai — ou te le dirai de vive voix lorsque tu seras venu me rejoindre. Oui, je sais... la question de ton service... Tant pis! j'attendrai. Car persuade-toi que, si tu veux me revoir, il faudra que tu te décides à venir. Quant à moi j'ai de moins en moins le désir de retour. Je mène ici une vie qui me plaît et me va comme un complet sur mesure. Mon commerce prospère, et le faux col de la civilisation me paraît un carcan que je ne pourrai jamais plus supporter.

» Ci-joint un nouveau mandat, dont tu feras l'usage qu'il te plaira. Le précédent était pour Rachel. Garde celui-ci pour toi... »

« Le reste n'est plus intéressant », dit Armand.

Olivier rendit la lettre sans rien dire. Il ne lui vint pas à l'esprit que l'assassin dont il était ici parlé fût son frère. Vincent n'avait plus donné de ses nouvelles depuis longtemps; ses parents le croyaient en Amérique. A vrai dire, Olivier ne s'inquiétait pas beaucoup de lui.

XVII

Boris n'apprit la mort de Bronja que par une visite que fit madame Sophroniska à la pension, un mois plus tard. Depuis la triste lettre de son amie, Boris était resté sans nouvelles. Il vit madame Sophroniska entrer dans le salon de madame Vedel, où il se tenait selon sa coutume à l'heure de la récréation, et, comme elle était en grand deuil, avant même qu'elle n'eût parlé il comprit tout. Ils étaient seuls dans la pièce. Sophroniska prit Boris dans ses bras et tous deux mêlèrent leurs larmes. Elle ne pouvait que répéter : — « Mon pauvre petit... Mon pauvre petit... », comme si Boris surtout était à plaindre et comme oubliant son chagrin maternel devant l'immense chagrin de cet enfant.

Madame Vedel, qu'on avait été prévenir, arriva, et Boris, encore tout secoué de sanglots, s'écarta pour laisser causer les deux dames. Il aurait voulu qu'on ne parlât pas de Bronja. Madame Vedel, qui ne l'avait pas connue, parlait d'elle comme elle eût fait d'un enfant ordinaire. Les questions mêmes qu'elle posait paraissaient à Boris indélicates dans leur banalité. Il eût voulu que Sophroniska n'y répondît pas et souffrait de la voir étaler sa tristesse. Il repliait la sienne et la cachait comme un trésor.

Certainement c'était à lui que Bronja pensait lorsqu'elle demandait, peu de jours avant de mourir :

« Maman, je voudrais tant savoir... Dis : qu'est-ce qu'on appelle au juste une idylle ? »

Ces paroles qui perçaient le cœur, Boris eût voulu être seul à les connaître.

Madame Vedel offrit le thé. Il y en avait une tasse pour Boris, qu'il avala précipitamment tandis que la récréation finissait; puis il prit congé de Sophroniska qui repartait le lendemain pour la Pologne où des affaires la rappelaient.

Le monde entier lui paraissait désert. Sa mère était trop loin de lui, toujours absente; son grand-père, trop vieux; même Bernard n'était plus là, près duquel il prenait confiance. Une âme tendre comme la sienne

a besoin de quelqu'un vers qui porter en offrande sa noblesse et sa pureté. Il n'avait pas assez d'orgueil pour s'y complaire. Il avait aimé Bronja beaucoup trop pour pouvoir espérer retrouver jamais cette raison d'aimer qu'il perdait avec elle. Les anges qu'il souhaitait de voir, désormais, sans elle, comment y croire? Même son ciel à présent se vidait.

Boris rentra dans l'étude comme on plongerait en enfer. Sans doute aurait-il pu se faire un ami de Gontran de Passavant; c'est un brave garçon et tous deux sont précisément du même âge; mais rien ne distrait Gontran de son travail. Philippe Adamanti non plus n'est pas méchant; il ne demanderait pas mieux que de s'attacher à Boris; mais il se laisse mener par Ghéridanisol jusqu'à n'oser plus éprouver un seul sentiment personnel; il emboîte le pas, qu'aussitôt Ghéridanisol accélère; et Ghéridanisol ne peut souffrir Boris. Sa voix musicale, sa grâce, son air de fille, tout en lui l'irrite, l'exaspère. On dirait qu'il éprouve à sa vue l'instinctive aversion qui, dans un troupeau, précipite le fort sur le faible. Peut-être a-t-il écouté l'enseignement de son cousin et sa haine est-elle un peu théorique, car elle prend à ses yeux l'aspect de la réprobation. Il trouve des raisons pour se féliciter de haïr. Il a fort bien compris combien Boris est sensible à ce mépris qu'il lui témoigne; il s'en amuse et feint de comploter avec Georges et Phiphi, à seule fin de voir les regards de Boris se charger d'une sorte d'interrogation anxieuse.

« Oh! ce qu'il est curieux, tout de même, dit alors Georges. Faut-il lui dire?

— Pas la peine. Il ne comprendrait pas. »

« Il ne comprendrait pas. » « Il n'oserait pas. » « Il ne saurait pas. » Sans cesse on lui jette au front ces formules. Il souffre abominablement d'être exclu. Il ne comprend pas bien, en effet, l'humiliant sobriquet qu'on lui donne : « N'en a pas »; ou s'indigne de le comprendre. Que ne donnerait-il pas pour pouvoir prouver qu'il n'est pas le pleutre qu'on croit!

« Je ne puis supporter Boris, dit Ghéridanisol à Strouvilhou. Pourquoi me demandais-tu de le laisser tranquille? Il n'y tient pas tant que ça, à ce qu'on le laisse tranquille. Il est toujours à regarder de mon côté. L'autre jour il nous faisait rigoler parce qu'il

croyait qu' « une femme à poil », ça voulait dire « une femme à barbe ». Georges s'est fichu de lui. Et quand Boris a compris qu'il se trompait, j'ai cru qu'il allait se mettre à larmer. »

Puis Ghéridanisol pressa de questions son cousin; celui-ci finit par lui remettre le *talisman* de Boris, et la manière de s'en servir.

Peu de jours après, Boris, en entrant à l'étude, trouva sur son pupitre ce papier dont il ne se souvenait plus qu'à peine. Il l'avait écarté de sa mémoire avec tout ce qui ressortissait à cette « magie » de sa première enfance, dont il avait honte aujourd'hui. Il ne le reconnut pas tout d'abord, car Ghéridanisol avait eu soin d'encadrer la formule incantatoire :

« GAZ... TÉLÉPHONE... CENT MILLE ROUBLES. »

d'une large bordure rouge et noire, laquelle était ornée de petits diablotins obscènes, assez bien dessinés ma foi. Tout cela donnait au papier un aspect fantastique, « infernal » pensait Ghéridanisol, aspect qu'il jugeait susceptible de bouleverser Boris.

Peut-être n'y avait-il là qu'un jeu; mais le jeu réussit au delà de toute espérance. Boris rougit beaucoup, ne dit rien, regarda de droite et de gauche, et ne vit pas Ghéridanisol qui, caché derrière la porte, l'observait. Boris ne put le soupçonner, ni comprendre comment le talisman se trouvait là; il paraissait tombé du ciel, ou plutôt surgi de l'enfer. Boris était d'âge, sans doute, à hausser les épaules devant ces diableries d'écolier; mais elles remuaient un passé trouble. Boris prit le *talisman* et le glissa dans sa vareuse. Tout le reste du jour, le souvenir des pratiques de sa « magie » l'obséda. Il lutta jusqu'au soir contre une sollicitation ténébreuse, puis, comme plus rien ne le soutenait dans sa lutte, sitôt retiré dans sa chambre, il sombra.

Il lui semblait qu'il se perdait, qu'il s'enfonçait très loin du ciel; mais il prenait plaisir à se perdre et faisait, de cette perdition même, sa volupté.

Et pourtant il gardait en lui, en dépit de sa détresse, au fond de sa déréliction, de telles réserves de tendresse, une souffrance si vive du dédain qu'affectaient à son égard ses camarades, qu'il eût risqué n'importe quoi de dangereux, d'absurde, pour un peu de considération.

L'occasion s'en offrit bientôt.

Après qu'ils eurent dû renoncer à leur trafic de fausses pièces, Ghéridanisol, Georges et Phiphi ne restèrent pas longtemps désœuvrés. Les menus jeux saugrenus auxquels ils se livrèrent les premiers jours n'étaient que des intermèdes. L'imagination de Ghéridanisol fournit bientôt quelque chose de plus corsé.

La *Confrérie des Hommes forts* n'eut pour raison d'être d'abord que le plaisir de n'y point admettre Boris. Mais il apparut à Ghéridanisol bientôt qu'il serait au contraire bien plus pervers de l'y admettre; ce serait le moyen de l'amener à prendre tels engagements par lesquels on pourrait l'entraîner ensuite jusqu'à quelque acte monstrueux. Dès lors cette idée l'habita; et comme il advient souvent dans une entreprise, Ghéridanisol songea beaucoup moins à la chose même qu'aux moyens de la faire réussir; ceci n'a l'air de rien, mais peut expliquer bien des crimes. Au demeurant Ghéridanisol était féroce; mais il sentait le besoin, aux yeux de Phiphi tout au moins, de cacher cette férocité. Phiphi n'avait rien de cruel; il resta convaincu jusqu'au dernier moment qu'il ne s'agissait là que d'un jeu.

A toute confrérie il faut une devise. Ghéridanisol, qui avait son idée, proposa : « L'homme fort ne tient pas à la vie. » La devise fut adoptée, et attribuée à Cicéron. Comme signe distinctif, Georges proposa un tatouage au bras droit; mais Phiphi qui craignait la douleur affirma qu'on ne trouvait de bon tatoueur que dans les ports. De plus Ghéridanisol objecta que le tatouage laissait une trace indélébile qui, par la suite, pourrait les gêner. Après tout, le signe distinctif n'était pas des plus nécessaires; les affiliés se contenteraient de prononcer un engagement solennel.

Quand il s'était agi du trafic de fausse monnaie, il avait été question de gages et c'est à ce propos que Georges avait exhibé les lettres de son père. Mais on avait cessé d'y penser. Ces enfants, fort heureusement, n'ont pas beaucoup de constance. Somme toute, ils n'arrêtèrent presque rien, non plus au sujet des « conditions d'admission » que des « qualités requises ». A quoi bon, puisqu'il restait acquis que tous trois « en étaient », et que Boris « n'en était pas ». Par contre, ils décrétèrent que « celui qui canerait serait considéré comme un

traître, à tout jamais rejeté de la confrérie ». Ghéridanisol, qui s'était mis en tête d'y faire entrer Boris, insista beaucoup sur ce point.

Il fallait reconnaître que, sans Boris, le jeu restait morne et la vertu de la confrérie sans emploi. Pour circonvenir l'enfant, Georges était mieux qualifié que Ghéridanisol; celui-ci risquait d'éveiller sa méfiance; quant à Phiphi, il n'était pas assez retors et préférait ne point se commettre.

Et c'est peut-être là, dans cette abominable histoire, ce qui me paraît le plus monstrueux : cette comédie d'amitié que Georges consentit à jouer. Il affecta de s'éprendre pour Boris d'une affection subite; jusqu'alors on eût dit qu'il ne l'avait pas regardé. Et j'en viens à douter s'il ne fut pas pris lui-même à son jeu, si les sentiments qu'il feignit n'étaient pas près de devenir sincères, si même ils ne l'étaient pas devenus dès l'instant que Boris y avait répondu. Il se penchait vers lui avec l'apparence de la tendresse; instruit par Ghéridanisol, il lui parlait... Et dès les premiers mots, Boris, qui bramait après un peu d'estime et d'amour, fut conquis.

Alors Ghéridanisol élabora son plan, qu'il découvrit à Phiphi et à Georges. Il s'agissait d'inventer une « épreuve » à laquelle serait tenu de se soumettre celui des affiliés qui serait désigné par le sort; et, pour bien rassurer Phiphi, il fit entendre qu'on s'arrangerait de manière que le sort ne pût désigner que Boris. L'épreuve aurait pour but de s'assurer de son courage.

Ce que serait au juste cette épreuve, Ghéridanisol ne le laissait pas encore entrevoir. Il se doutait que Phiphi opposerait quelque résistance.

« Ah! ça, non; je ne marche pas, déclara-t-il en effet, lorsque un peu plus tard Ghéridanisol commença d'insinuer que le pistolet du Père Lapère pourrait bien trouver ici son emploi.

— Mais que t'es bête! Puisque c'est de la blague, ripostait Georges déjà conquis.

— Et puis, tu sais, ajoutait Ghéri, si ça t'amuse de faire l'idiot, tu n'as qu'à le dire. On n'a pas besoin de toi. »

Ghéridanisol savait qu'un tel argument prenait toujours sur Phiphi; et comme il avait préparé la feuille

d'engagement sur laquelle chacun des membres de la confrérie devait inscrire son nom :

« Seulement il faut le dire tout de suite ; parce que, après que tu auras signé, ce sera trop tard.

— Allons ! Ne te fâche pas, dit Phiphi. Passe-moi la feuille. » — Et il signa.

« Moi, mon petit, je voudrais bien, disait Georges, le bras tendrement passé autour du cou de Boris ; c'est Ghéridanisol qui ne veut pas de toi.
— Pourquoi ?
— Parce qu'il n'a pas confiance. Il dit que tu flancheras.
— Qu'est-ce qu'il en sait ?
— Que tu te défileras dès la première épreuve.
— On verra bien.
— C'est vrai que tu oserais tirer au sort ?
— Parbleu !
— Mais tu sais à quoi ça engage ? »

Boris ne savait pas, mais il voulait savoir. Alors l'autre lui expliqua. « L'homme fort ne tenait pas à la vie. » C'était à voir.

Boris sentit un grand chavirement dans sa tête ; mais il se raidit et, cachant son trouble :

« C'est vrai que vous avez signé ?
— Tiens, regarde. Et Georges lui tendit la feuille sur laquelle Boris put lire les trois noms.
— Est-ce que... commença-t-il craintivement.
— Est-ce que quoi ?... interrompit Georges, si brutalement que Boris n'osa continuer. Ce qu'il aurait voulu demander, Georges le comprenait bien : c'était si les autres s'étaient engagés tous de même, et si l'on pouvait être sûr qu'eux non plus ne flancheraient pas.
— Non, rien, dit-il ; mais dès cet instant, il commença de douter des autres ; il commença de se douter que les autres se réservaient et n'y allaient pas de franc jeu. — Tant pis, pensa-t-il aussitôt ; qu'importe s'ils flanchent ; je leur montrerai que j'ai plus de cœur qu'eux. Puis, regardant Georges droit dans les yeux :
— Dis à Ghéri qu'on peut compter sur moi.
— Alors, tu signes ? »

Oh ! ce n'était plus nécessaire : on avait sa parole. Il dit simplement :

« Si tu veux. » Et au-dessous de la signature des

trois *Hommes forts,* sur la feuille maudite, il inscrivit son nom, d'une grande écriture appliquée.

Georges triomphant rapporta la feuille aux deux autres. Ils accordèrent que Boris avait agi très crânement. Tous trois délibérèrent.

« Bien sûr! on ne chargerait pas le pistolet. Du reste on n'avait pas de cartouches. La crainte que gardait Phiphi venait de ce qu'il avait entendu dire que parfois une émotion trop vive suffisait à occasionner la mort. Son père, affirmait-il, citait le cas d'un simulacre d'exécution qui... Mais Georges l'envoyait paître :

— Ton père est du Midi. »

Non, Ghéridanisol ne chargerait pas le pistolet. Il n'était plus besoin. La cartouche que La Pérouse y avait mise un jour, La Pérouse ne l'avait pas enlevée. C'est ce que Ghéridanisol avait constaté, mais qu'il s'était gardé de dire aux autres.

On mit les noms dans un chapeau; quatre petits billets semblables et uniformément repliés. Ghéridanisol, qui devait « tirer », avait eu soin d'inscrire le nom de Boris en double sur un cinquième qu'il garda dans sa main; et, comme par hasard, ce fut celui-là qui sortit. Boris eut le soupçon que l'on trichait; mais se tut. A quoi bon protester ? Il savait qu'il était perdu. Pour se défendre, il n'eût pas fait le moindre geste; et même, si le sort avait désigné l'un des autres, il se serait offert pour le remplacer, tant son désespoir était grand.

« Mon pauvre vieux, tu n'as pas de veine, crut devoir dire Georges. Le ton de sa voix sonnait si faux que Boris le regarda tristement.

— C'était couru », dit-il.

Après quoi l'on décida de procéder à une répétition. Mais comme on courait le risque d'être surpris, il fut convenu qu'on ne se servirait pas tout de suite du pistolet. Ce n'est qu'au dernier moment, et quand on jouerait « pour de vrai », qu'on le sortirait de sa boîte. Rien ne devait donner l'éveil.

On se contenta donc, ce jour-là, de convenir de l'heure et du lieu, lequel fut marqué d'un rond de craie sur le plancher. C'était, dans la salle d'étude, cette encoignure que formait, à droite de la chaire, une porte condamnée qui ouvrait autrefois sous la voûte d'entrée.

Quant à l'heure, ce serait celle de l'étude. Cela devait se passer sous les yeux de tous les élèves; ça leur en boucherait un coin.

On répéta, tandis que la salle était vide, les trois conjurés seuls témoins. Mais, somme toute, cette répétition ne rimait pas à grand-chose. Simplement, on put constater que, de la place qu'occupait Boris à celle désignée par la craie, il y avait juste douze pas.

« Si tu n'as pas le trac, tu n'en feras pas un de plus, dit Georges.

— Je n'aurai pas le trac, dit Boris, que ce doute persistant insultait. La fermeté de ce petit commençait à impressionner les trois autres. Phiphi estimait qu'on aurait dû s'en tenir là. Mais Ghéridanisol se montrait résolu à pousser la plaisanterie jusqu'au bout.

— Eh bien! à demain, dit-il, avec un bizarre sourire d'un coin de la lèvre seulement.

— Si on l'embrassait! » s'écria Phiphi dans l'enthousiasme. Il songeait à l'accolade des preux chevaliers; et soudain il serra Boris dans ses bras. Boris eut bien du mal à retenir ses larmes quand Phiphi, sur ses joues, fit sonner deux gros baisers d'enfant. Ni Georges ni Ghéri n'imitèrent Phiphi; l'attitude de celui-ci ne paraissait à Georges pas très digne. Quant à Ghéri, ce qu'il s'en fichait!...

XVIII

Le lendemain soir, la cloche avait rassemblé les élèves de la pension.

Sur le même banc étaient assis Boris, Ghéridanisol, Georges et Philippe. Ghéridanisol tira sa montre, qu'il posa entre Boris et lui. Elle marquait cinq heures trente-cinq. L'étude avait commencé à cinq heures et devait durer jusqu'à six. C'est à six heures moins cinq, avait-il été convenu, que Boris devait en finir, juste avant la dispersion des élèves; mieux valait ainsi; on pourrait, aussitôt après, s'échapper plus vite. Et bientôt Ghéridanisol dit à Boris, à voix mi-haute et sans le regarder, ce qui donnait à ses paroles, estimait-il, un caractère plus fatal :

« Mon vieux, tu n'as plus qu'un quart d'heure. »

Boris se souvint d'un roman qu'il avait lu naguère, où des bandits, sur le point de tuer une femme, l'invitaient à faire ses prières, afin de la convaincre qu'elle devait s'apprêter à mourir. Comme un étranger, à la frontière d'un pays dont il va sortir, prépare ses papiers, Boris chercha des prières dans son cœur et dans sa tête, et n'en trouva point; mais il était si fatigué et tout à la fois si tendu, qu'il ne s'en inquiéta pas outre mesure. Il faisait effort pour penser et ne pouvait penser à rien. Le pistolet pesait dans sa poche; il n'avait pas besoin d'y porter la main pour le sentir.

« Plus que dix minutes. »

Georges, à la gauche de Ghéridanisol, suivait la scène du coin de l'œil, mais faisait mine de ne pas voir. Il travaillait fébrilement. Jamais l'étude n'avait été si calme. La Pérouse ne reconnaissait plus ses moutards et pour la première fois respirait. Phiphi cependant n'était pas tranquille; Ghéridanisol lui faisait peur; il n'était pas bien assuré que ce jeu ne pût mal finir; son cœur gonflé lui faisait mal et par instants il s'entendait pousser un gros soupir. A la fin, n'y tenant plus, il déchira une demi-feuille de son cahier d'histoire qu'il avait devant lui — car il avait à préparer un examen; mais les lignes se brouillaient devant ses yeux, les faits et les dates dans sa tête — le bas d'une feuille, et, très vite, écrivit dessus : « Tu es bien sûr au moins que le pistolet n'est pas chargé ? » puis tendit le billet à Georges qui le passa à Ghéri. Mais celui-ci, après l'avoir lu, haussa les épaules sans même regarder Phiphi, puis du billet fit une boulette qu'une pichenette envoya rouler juste à l'endroit marqué par la craie. Après quoi, satisfait d'avoir si bien visé, il sourit. Ce sourire, d'abord volontaire, persista jusqu'à la fin de la scène; on l'eût dit imprimé sur ses traits.

« Encore cinq minutes. »

C'était dit à voix presque haute. Même Philippe entendit. Une angoisse intolérable s'empara de lui et, bien que l'étude fût sur le point de finir, feignant un urgent besoin de sortir, ou peut-être très authentiquement pris de coliques, il leva la main et claqua des doigts comme les élèves ont coutume de faire pour solliciter du maître une autorisation; puis, sans attendre la réponse de La Pérouse, il s'élança hors du banc.

Pour gagner la porte, il devait passer devant la chaire du maître; il courait presque, mais chancelait.

Presque aussitôt après que Philippe fut sorti, Boris à son tour se dressa. Le petit Passavant, qui travaillait assidûment derrière lui, leva les yeux. Il raconta plus tard à Séraphine que Boris était « affreusement pâle »; mais c'est ce qu'on dit toujours dans ces cas-là. Du reste, il cessa presque aussitôt de regarder et se replongea dans son travail. Il se le reprocha beaucoup par la suite. S'il avait pu comprendre ce qui se passait, il l'aurait sûrement empêché, disait-il plus tard en pleurant. Mais il ne se doutait de rien.

Boris s'avança donc jusqu'à la place marquée. Il marchait à pas lents, comme un automate, le regard fixe; comme un somnambule plutôt. Sa main droite avait saisi le pistolet, mais le maintenait caché dans la poche de sa vareuse; il ne le sortit qu'au dernier moment. La place fatale était, je l'ai dit, contre la porte condamnée qui formait, à droite de la chaire, un retrait, de sorte que le maître, de sa chaire, ne pouvait le voir qu'en se penchant.

La Pérouse se pencha. Et d'abord il ne comprit pas ce que faisait son petit-fils, encore que l'étrange solennité de ses gestes fût de nature à l'inquiéter. De sa voix la plus forte, et qu'il tâchait de faire autoritaire, il commença :

« Monsieur Boris, je vous prie de retourner immédiatement à votre... »

Mais soudain il reconnut le pistolet; Boris venait de le porter à sa tempe. La Pérouse comprit et sentit aussitôt un grand froid, comme si le sang figeait dans ses veines. Il voulut se lever, courir à Boris, le retenir, crier... Une sorte de râle rauque sortit de ses lèvres; il resta figé, paralytique, secoué d'un grand tremblement.

Le coup partit. Boris ne s'affaissa pas aussitôt. Un instant le corps se maintint, comme accroché dans l'encoignure; puis la tête, retombée sur l'épaule, l'emporta; tout s'effondra.

Lors de l'enquête que la police fit un peu plus tard, on s'étonna de ne point retrouver le pistolet près de Boris — je veux dire : près de l'endroit où il était tombé, car on avait presque aussitôt transporté sur un

lit le petit cadavre. Dans le désarroi qui suivit immédiatement, et tandis que Ghéridanisol restait à sa place, Georges, bondissant par-dessus son banc, avait réussi à escamoter l'arme sans être remarqué de personne; il l'avait d'abord repoussée en arrière, d'un coup de pied, tandis que les autres se penchaient vers Boris, s'en était prestement emparé et l'avait dissimulée sous sa veste, puis subrepticement passée à Ghéridanisol. L'attention de tous était toute portée sur un point, et personne ne remarqua non plus Ghéridanisol, qui put courir inaperçu jusqu'à la chambre de La Pérouse, remettre l'arme à l'endroit où il l'avait prise. Lorsque plus tard, au cours d'une perquisition, la police retrouva le pistolet dans son étui, on aurait pu douter qu'il en fût sorti et que Boris s'en fût servi, si seulement Ghéridanisol avait songé à enlever la douille de la cartouche. Certainement il avait un peu perdu la tête. Passagère défaillance, qu'il se reprocha par la suite, bien plus hélas! qu'il ne se repentit de son crime. Et pourtant ce fut cette défaillance qui le sauva. Car, lorsqu'il redescendit se mêler aux autres, à la vue du cadavre de Boris qu'on emportait, il fut pris d'un tremblement très apparent, d'une sorte de crise de nerfs, où madame Vedel et Rachel, toutes deux accourues, voulurent voir la marque d'une excessive émotion. On préfère tout supposer, plutôt que l'inhumanité d'un être si jeune; et lorsque Ghéridanisol protesta de son innocence, on le crut. Le petit billet de Phiphi que lui avait passé Georges, qu'il avait envoyé promener d'une pichenette, et qu'on retrouva plus tard sous un banc, ce petit billet froissé le servit. Certes, il demeurait coupable, ainsi que Georges et Phiphi, de s'être prêté à un jeu cruel; mais il ne s'y serait pas prêté, affirmait-il, s'il avait cru que l'arme était chargée. Georges fut le seul à demeurer convaincu de sa responsabilité complète.

Georges n'était pas si corrompu que son admiration pour Ghéridanisol ne cédât enfin à l'horreur. Lorsqu'il revint ce soir chez ses parents, il se jeta dans les bras de sa mère; et Pauline eut un élan de reconnaissance vers Dieu, qui, par ce drame affreux, ramenait à elle son fils.

JOURNAL D'ÉDOUARD

« Sans prétendre précisément rien expliquer, je voudrais n'offrir aucun fait sans une motivation suffisante. C'est pourquoi je ne me servirai pas pour mes *Faux-Monnayeurs* du suicide du petit Boris; j'ai déjà trop de mal à le comprendre. Et puis je n'aime pas les « faits divers ». Ils ont quelque chose de péremptoire, d'indéniable, de brutal, d'outrageusement réel... Je consens que la réalité vienne à l'appui de ma pensée, comme une preuve; mais non point qu'elle la précède. Il me déplaît d'être surpris. Le suicide de Boris m'apparaît comme une *indécence,* car je ne m'y attendais pas.

» Il entre un peu de lâcheté dans tout suicide, malgré ce qu'en pense La Pérouse, qui sans doute considère que son petit-fils a été plus courageux que lui. Si cet enfant avait pu prévoir le désastre que son geste affreux amenait sur la famille Vedel, il resterait inexcusable. Azaïs a dû licencier la pension — momentanément, dit-il; mais Rachel craint la ruine. Quatre familles ont déjà retiré leurs enfants. Je n'ai pu dissuader Pauline de reprendre Georges auprès d'elle; d'autant que ce petit, profondément bouleversé par la mort de son camarade, semble dispos à s'amender. Quels contrecoups ce deuil amène! Même Olivier s'en montre touché. Armand, soucieux malgré ses airs cyniques, de la déconfiture où risquent de sombrer les siens, offre de donner à la pension le temps que veut bien lui laisser Passavant; car le vieux La Pérouse est devenu manifestement impropre à ce qu'on attendait de lui.

» J'appréhendais de le revoir. C'est dans sa petite chambre, au deuxième étage de la pension, qu'il m'a reçu. Il m'a pris le bras aussitôt et, avec un air mystérieux, presque souriant, qui m'a beaucoup surpris, car je ne m'attendais qu'à des larmes :

« Le bruit, vous savez... Ce bruit dont je vous parlais l'autre jour...

» — Eh bien ?

» — Il a cessé. C'est fini. Je ne l'entends plus. J'ai beau faire attention... »

» Comme on se prête à un jeu d'enfant :

« Je parie qu'à présent, lui dis-je, vous regrettez de ne plus l'entendre.

» — Oh! non; non... C'est un tel repos! J'ai tellement besoin de silence... Savez-vous ce que j'ai pensé ? C'est que nous ne pouvons pas savoir, durant cette vie, ce que c'est vraiment que le silence. Notre sang même fait en nous une sorte de bruit continu; nous ne distinguons plus ce bruit, parce que nous y sommes habitués depuis notre enfance... Mais je pense qu'il y a des choses que, pendant la vie, nous ne parvenons pas à entendre, des harmonies... parce que ce bruit les couvre. Oui, je pense que ce n'est qu'après la mort que nous pourrons entendre vraiment.

» — Vous me disiez que vous ne croyiez pas...

» — A l'immortalité de l'âme ? Vous ai-je dit cela ?... Oui; vous devez avoir raison. Mais je ne crois pas non plus, comprenez-moi, le contraire. »

» Et comme je me taisais, il continua, hochant la tête et sur un ton sentencieux :

« Avez-vous remarqué que, dans ce monde, Dieu se tait toujours ? Il n'y a que le diable qui parle. Ou du moins, ou du moins..., reprit-il, quelle que soit notre attention, ce n'est jamais que le diable que nous parvenons à entendre. Nous n'avons pas d'oreilles pour écouter la voix de Dieu. La parole de Dieu! Vous êtes-vous demandé quelquefois ce que cela peut être ?... Oh! je ne vous parle pas de celle qu'on a coulé dans le langage humain... Vous vous souvenez du début de l'Évangile : « Au commencement était la Parole. » J'ai souvent pensé que la parole de Dieu, c'était la création tout entière. Mais le diable s'en est emparé. Son bruit couvre à présent la voix de Dieu. Oh! dites-moi : est-ce que vous ne croyez pas que, tout de même, c'est à Dieu que restera le dernier mot ?... Et si le temps, après la mort, n'existe plus, si nous entrons aussitôt dans l'Éternel, pensez-vous qu'alors nous pourrons entendre Dieu... directement ? »

» Une sorte de transport commença de le secouer, comme s'il allait tomber de haut-mal, et tout à coup il fut pris d'une crise de sanglots :

« Non! Non! s'écriait-il confusément; le diable et le Bon Dieu ne font qu'un; ils s'entendent. Nous nous efforçons de croire que tout ce qu'il y a de mauvais sur la terre vient du diable; mais c'est parce qu'autrement nous ne trouverions pas en nous la force de

pardonner à Dieu. Il s'amuse avec nous, comme un chat avec la souris qu'il tourmente... Et il nous demande encore après cela de lui être reconnaissants. Reconnaissants de quoi ? de quoi ?... »

» Puis, se penchant vers moi :

« Et savez-vous ce qu'il a fait de plus horrible ?... C'est de sacrifier son propre fils pour nous sauver. Son fils ! son fils !... La cruauté, voilà le premier des attributs de Dieu. »

» Il se jeta sur son lit, se tourna du côté du mur. Quelques instants encore, de spasmodiques frémissements l'agitèrent, puis, comme il semblait s'endormir je le laissai.

» Il ne m'avait pas dit un mot de Boris ; mais je pensai qu'il fallait voir dans ce désespoir mystique une indirecte expression de sa douleur, trop étonnante pour pouvoir être contemplée fixement.

» J'apprends par Olivier que Bernard est retourné chez son père ; et, ma foi, c'est ce qu'il avait de mieux à faire. En apprenant par le petit Caloub, fortuitement rencontré, que le vieux juge n'allait pas bien, Bernard n'a plus écouté que son cœur. Nous devons nous revoir demain soir, car Profitendieu m'a invité à dîner avec Molinier, Pauline et les deux enfants. Je suis bien curieux de connaître Caloub. »

L'ÉCOLE DES FEMMES

A EDMOND JALOUX

*en amical souvenir
de nos conversations de 1896.*

1ᵉʳ août 1928.

Monsieur,

Après bien des hésitations, je me décide à vous envoyer ces cahiers, copie dactylographiée du *Journal* que m'a laissé ma mère. Elle mourut le *12 octobre 1916* à l'hôpital X..., où depuis cinq mois elle donnait ses soins aux contagieux.

Je ne me suis permis d'y changer que les noms propres. Je vous laisse libre de publier ces pages si vous pensez que leur lecture puisse n'être pas sans profit pour quelques jeunes femmes. Dans ce cas, L'École des femmes *serait un titre qui me plairait assez, si vous n'estimez pas indécent de s'en servir après Molière. Il va sans dire que les mots* « première partie, seconde partie, épilogue » *sont rajoutés par moi.*

Ne cherchez pas à me connaître et permettez-moi de ne pas signer cette lettre de mon vrai nom.

<div align="right">Geneviève D...</div>

PREMIÈRE PARTIE

7 octobre 1894.

Mon ami,

Il me semble que c'est à toi que j'écris. Je n'ai jamais tenu de journal. Je n'ai même jamais rien su écrire que quelques lettres. Et je t'en écrirais sans doute si je ne te voyais pas tous les jours. Mais si je dois mourir la première (ce que je souhaite, car la vie sans toi ne me paraît plus qu'un désert), tu liras ces lignes; il me semblera, te les laissant, te quitter un peu moins. Mais comment songer à la mort quand nous avons devant nous toute la vie? Depuis que je te connais, c'est-à-dire depuis que je t'aime, la vie me paraît si belle, si utile, si précieuse que je n'en veux rien laisser perdre; je sauverai dans ce cahier toutes les miettes de mon bonheur. Et que ferais-je chaque jour, après que tu m'as quittée, sinon revivre des instants écoulés trop vite, évoquer ta présence? Avant de t'avoir rencontré je souffrais, je te l'ai dit, de sentir ma vie sans emploi. Rien ne me semblait plus vain que ces occupations mondaines où m'entraînaient mes parents et où je vois mes amies prendre tout leur plaisir. Une vie sans dévouement, sans but, ne pouvait pas me satisfaire. Tu sais que j'ai sérieusement songé à me faire garde-malade ou petite-sœur des pauvres. Mes parents haussaient les épaules lorsque je leur parlais de cela. Ils avaient raison de penser que toutes ces velléités céderaient lorsque j'aurais rencontré celui dont mon âme pourrait s'éprendre. Pourquoi papa ne veut-il pas admettre aujourd'hui que celui-là, ce soit toi? Tu vois comme j'écris mal. Cette phrase que j'écris en pleurant me semble affreuse. Aussi pourquoi l'ai-je relue? Je ne sais si j'apprendrai jamais à bien écrire. En tout cas ce ne sera pas en m'appliquant.

Je disais donc qu'avant de t'avoir rencontré je cherchais un but à ma vie et maintenant tu es mon but, mon occupation, ma vie même et je ne cherche plus que toi.

Je sais que c'est à travers toi, par toi, que je puis obtenir de moi le meilleur; que tu dois me guider, me porter vers le beau, vers le bien, vers Dieu. Et je demande à Dieu de m'aider à vaincre la résistance de mon père; et, comme pour la rendre plus efficace, j'écris ici ma fervente prière : Mon Dieu, ne me forcez pas à désobéir à papa. Vous savez que c'est Robert que j'aime, et que je ne pourrai jamais être qu'à lui.

A vrai dire, ce n'est que depuis hier que je comprends quel peut être le but de ma vie. Oui, ce n'est que depuis cette conversation, dans le jardin des Tuileries, où il m'a ouvert les yeux sur le rôle de la femme dans la vie des grands hommes. Je suis si ignorante que j'ai malheureusement oublié les exemples qu'il m'a donnés; mais j'ai du moins retenu ceci : c'est que ma vie entière doit être désormais consacrée à lui permettre d'accomplir sa glorieuse destinée. Naturellement ce n'est pas là ce qu'il m'a dit, car il est modeste; mais c'est ce que j'ai pensé, car je suis orgueilleuse pour lui. Je crois du reste que, malgré sa modestie, il a une conscience très nette de sa valeur. Il ne m'a pas caché qu'il était très ambitieux.

« Ce n'est pas que je tienne à parvenir — m'a-t-il dit avec un sourire charmant —; mais je tiens à faire réussir les idées que je représente. »

J'aurais voulu que mon père pût l'entendre. Mais papa est si buté à l'égard de Robert qu'il aurait pu voir là ce qu'il appelle de... Non! je ne veux pas même l'écrire. Comment ne comprend-il pas que par de telles paroles ce n'est pas à Robert qu'il fait du tort mais à lui ? Ce que j'aime en Robert précisément, c'est qu'il n'ait pas de complaisance envers lui-même, qu'il ne perde jamais de vue ce qu'il se doit. Près de lui il me semble que tous les autres ignorent ce que l'on peut vraiment appeler : dignité. Il ne tiendrait qu'à lui de m'en écraser mais, lorsque nous sommes seuls, il a souci de ne me la faire jamais sentir. Même je trouve que parfois il exagère un peu lorsque, par crainte que je ne me sente trop petite fille auprès de lui, il s'amuse à faire lui-même l'enfant. Comme je le lui reprochais hier, il a pris soudain un air très grave et a murmuré avec une sorte de nostalgie ravissante :

« L'homme n'est qu'un enfant vieilli » — en reposant

sa tête sur mes genoux car il s'était assis à mes pieds.

Il serait vraiment lamentable que tant de mots charmants, si profonds parfois, si chargés de sens, soient perdus. Je me promets d'en noter ici le plus grand nombre possible. Il aura plaisir à les retrouver plus tard, j'en suis sûre.

C'est tout de suite après que nous avons eu l'idée du journal. Et je ne sais pourquoi je dis : nous. Cette idée, comme toutes les bonnes, c'est lui qui l'a eue. Bref, nous nous sommes promis d'écrire tous deux, c'est-à-dire chacun de notre côté, ce qu'il a appelé : *notre* histoire. Pour moi c'est facile, car je n'existe que par lui. Mais quant à lui, je doute qu'il y parvienne, lors même que le temps ne lui manquerait pas. Et même je trouverais mauvais d'occuper par trop sa pensée. Je lui ai longuement dit que je comprenais qu'il avait sa carrière, sa pensée, sa vie publique, que ne devait pas se permettre d'encombrer mon amour; et que, s'il devait être toute ma vie, je ne pouvais pas, je ne devais pas être toute la sienne. Je serais curieuse de savoir ce qu'il a noté de tout cela dans son journal; mais nous avons fait un grand serment de ne pas nous le montrer l'un à l'autre.

« C'est à ce prix seulement qu'il peut être sincère », — m'a-t-il dit en m'embrassant, non pas sur le front mais exactement entre les yeux, comme il fait volontiers.

Par contre, nous sommes convenus que celui de nous deux qui mourrait le premier léguerait son journal à l'autre.

« C'est assez naturel — ai-je dit un peu sottement.
— Non, non — a-t-il repris sur un ton très grave. — Ce qu'il faut se promettre c'est de ne pas le détruire. »

Tu souriais quand je disais que je ne saurais pas quoi y mettre, dans ce journal. Et en effet voici que j'en ai déjà rempli quatre pages. J'ai bien du mal à me retenir de les relire; mais, si je les relisais, j'aurais plus de mal encore à me retenir de les déchirer. Ce qui m'étonne, c'est le plaisir que déjà je commence à y prendre.

12 octobre 1894.

Robert a été brusquement appelé à Perpignan auprès de sa mère dont il a reçu d'assez mauvaises nouvelles.

« J'espère que cela ne sera rien — lui ai-je dit.
— On dit toujours cela », a-t-il répliqué avec un grave sourire qui laissait voir combien au fond il était préoccupé. Et je m'en suis voulu tout aussitôt de ma phrase absurde.

S'il fallait enlever de ma vie tous les gestes de ma conversation, toutes les phrases, que je dis et que je fais par banalité, que resterait-il ? Et dire qu'il a fallu le contact d'un homme supérieur pour me faire m'en apercevoir! Ce que j'admire en Robert, c'est précisément qu'il ne dit rien et ne fait rien comme n'importe qui; et, avec cela, rien en lui de prétentieux, de recherché. J'ai longtemps cherché le mot qui convenait pour caractériser son aspect, ses vêtements, ses propos, ses gestes; « original » est trop marqué; « particulier »... « spécial »... Non; c'est au mot « distingué » que je reviens; et je voudrais qu'on n'eût employé ce mot pour nul autre. Cette extraordinaire distinction de tout son être et de ses manières, je pense qu'il ne la doit qu'à lui-même, car il m'a laissé entendre que sa famille était assez vulgaire. Il dit qu'il ne rougit pas de ses parents : mais ceci même laisse entendre qu'une nature moins droite et moins noble pourrait en rougir. Son père était, je crois, dans le commerce. Robert était très jeune encore quand il l'a perdu. Il n'en parle pas volontiers et je n'ose l'interroger. Je crois qu'il aime beaucoup sa mère.

« C'est d'elle seule que vous auriez raison d'être jalouse », m'a-t-il dit lorsque nous ne nous tutoyions pas encore. Il avait une sœur plus jeune que lui, qui est morte.

Je veux profiter de son absence et du temps qu'elle me laisse, pour conter ici comment nous nous sommes connus. Maman voulait m'entraîner chez les Darblez qui donnent un thé où l'on doit entendre un violoncelliste hongrois extrêmement remarquable, paraît-il; mais j'ai prétexté une violente migraine pour qu'on me laisse tranquille et seule... avec Robert. Je ne comprends plus comment j'ai pu me laisser prendre si longtemps aux « plaisirs du monde », ou plutôt je ne comprends que trop que ce que j'en aimais c'était ce qui flattait ma vanité. A présent que je ne cherche plus que l'approbation de Robert, peu m'importe de plaire aux autres, ou c'est à cause de lui et pour le plaisir que je vois bien qu'il en éprouve. Mais, en ce temps si proche et qui me

paraît déjà si lointain, quel prix n'attachais-je pas aux sourires, aux approbations, aux éloges, à l'envie même et à la jalousie de quelques compagnes après que, sur un second piano, j'eus (et assez brillamment, j'en conviens) tenu la partie de l'orchestre dans le cinquième concerto de Beethoven tandis que Rosita exécutait le solo! Je faisais la modeste, mais combien j'étais flattée de recevoir plus de félicitations qu'elle! « Rosita, ça n'a rien d'étonnant; c'est une professionnelle; mais Éveline... » Ceux qui applaudissaient le plus étaient des gens qui n'entendaient rien à la musique. Je le savais, mais acceptais leurs louanges dont j'aurais dû sourire... Je pensais même : « Après tout, ils ont plus de goût que je ne croyais. » C'est ainsi que je me prêtais à cette parade absurde... Si; je vois bien l'amusement qu'on y peut prendre : c'est celui de la moquerie. Mais, dans une société, c'est toujours moi qui me parais le plus ridicule. Je sais que je ne suis ni très jolie ni très spirituelle, et ne comprends pas bien ce que Robert a pu trouver en moi qui méritât qu'il s'en éprenne. Je n'avais pour briller dans le monde d'autre ressource que mon passable talent de pianiste, et, depuis quelques jours, j'ai abandonné le piano, définitivement sans doute. A quoi bon? Robert n'aime pas la musique. C'est le seul défaut que je lui connaisse. Mais, par contre, il s'intéresse si intelligemment à la peinture que je m'étonne qu'il n'en fasse pas lui-même. Comme je le lui disais, il a souri et m'a expliqué que lorsqu'on était « affligé » (c'est le terme dont il s'est servi) de dons trop divers, la grande difficulté était de ne pas accorder trop d'importance à ceux de ses dons qui méritaient le moins d'en avoir. Pour s'occuper vraiment de la peinture, il aurait dû sacrifier trop d'autres choses, et ce n'est pas en peignant, m'a-t-il dit, qu'il estimait pouvoir rendre le plus de services. Je crois qu'il veut faire de la politique, mais il ne me l'a pas dit expressément. Du reste, quoi que ce soit qu'il entreprenne, je suis certaine qu'il réussira. Et même ce qui pourrait m'attrister un peu, c'est de sentir qu'il a si peu besoin de mon aide pour réussir n'importe quoi. Mais il est si bon qu'il feint de ne pouvoir se passer de moi, et ce jeu m'est si doux que je m'y prête sans y croire.

Je me laisse entraîner à parler de moi, ce que je m'étais pourtant promis de ne pas faire. Combien

l'abbé Bredel avait raison de nous mettre en garde contre les pièges de l'égoïsme qui sait prendre parfois, nous disait-il, le masque du dévouement et de l'amour. On aime à se dévouer, pour le plaisir de penser que l'on est utile, et l'on aime à l'entendre dire. Le parfait dévouement est celui qui ne serait connu que de Dieu et qui n'attendrait que de Lui le regard et la récompense. Mais je crois que rien n'enseigne mieux la modestie, que d'aimer quelqu'un de valeur. C'est auprès de Robert que je comprends le mieux ce qui me manque, et, le peu que je suis, je voudrais l'ajouter à lui... Mais j'étais partie pour raconter le début de *notre* histoire; et d'abord, comment nous nous sommes rencontrés.

C'était il y a six mois et trois jours, le 9 avril 1894. Mes parents m'avaient promis un voyage en Italie pour fêter mon prix au Conservatoire; la mort de mon oncle et les difficultés de sa succession, à cause des enfants mineurs, avaient retardé ce projet; et déjà j'y avais renoncé, lorsque mon père, tout à coup, laissant à Paris maman avec ses petites-nièces, m'emmena passer les vacances de Pâques à Florence. Nous étions descendus à la pension Girard, que madame de T... avait eu raison de nous recommander. Les pensionnaires étaient tous « de bonne société », de sorte qu'il n'était pas désagréable de se trouver réunis à eux à la table commune. Trois Suédois, quatre Américains, deux Anglais, cinq Russes et un Suisse. Nous étions seuls Français avec Robert. On parlait toutes les langues; mais surtout le français, à cause des Russes, du Suisse, de nous trois, et d'un Belge que j'oubliais. Aucun des convives n'était désagréable; mais la distinction de Robert les éclipsait tous. Il était en face de mon père, qui se tient un peu sur la réserve et souvent n'est pas très aimable avec les gens qui ne sont pas de son milieu. Comme nous étions les derniers arrivés, il était assez naturel que nous ne nous mêlions pas aussitôt à la conversation. Pour moi, j'aurais bien voulu parler, mais il n'était pas décent que je me montre plus aimable que papa; j'imitais donc sa réserve, et, comme j'étais assise à côté de lui, notre silence, dans l'animation générale, formait un petit îlot de froideur. L'amusant c'est que nous ne pouvions aller nulle part sans rencontrer quelques hôtes de la pension. Papa se voyait bien forcé de répondre à leurs saluts et

à leurs sourires, et, quand nous nous mettions à table, tout le monde savait que nous revenions de Santa Croce ou du palais Pitti. — « C'est insupportable », disait papa ; mais tout de même sa glace fondait. Quant à Robert, nous le retrouvions partout. En entrant dans une église ou dans un musée, la première chose que l'on voyait c'était Robert. — « Allons bon ! Encore... », s'écriait papa. Et d'abord, pour ne pas nous gêner, Robert faisait semblant de ne pas nous voir, car il était bien trop fin pour ne pas comprendre que ces rencontres continuelles irritaient papa. Il attendait donc que papa consentît à le reconnaître et ne saluait jamais le premier, par discrétion, feignant d'être absorbé dans la contemplation d'un chef-d'œuvre. Et parfois le salut de papa se faisait attendre, car c'est vis-à-vis de Robert que papa affectait le plus de réserve. J'en étais même un peu gênée, car cette réserve était telle qu'elle frisait l'insolence, je puis bien le dire ; et il fallait tout le bon naturel de Robert pour ne point s'en formaliser. Mais, comme je ne pouvais m'empêcher de sourire, il comprenait qu'il n'y avait pas là de mauvais vouloir, de ma part du moins. J'avais même beaucoup de mal à ne pas sourire, d'autant plus que papa se montrait plus froid ; mais heureusement papa ne s'en rendait pas compte, car ceci se passait un peu derrière son dos. Robert avait le bon goût de ne pas montrer qu'il le voyait et de ne jamais m'adresser directement la parole, ce que papa aurait très mal pris. Je me reprochais un peu cette petite comédie qui déjà créait entre Robert et moi, à l'insu de papa, une muette correspondance. Mais quel moyen de l'éviter ?

Ce qui augmentait les réticences de papa, c'est que Robert « n'était pas dans ses idées ». Je n'ai jamais très bien compris quelles pouvaient être les idées de papa, car je n'entends rien à la politique, mais je sais que maman lui reproche ce qu'elle appelle son « matérialisme » et que papa n'aime pas beaucoup « les curés ». Quand j'étais plus jeune, je m'étonnais qu'il fût si bon, car il ne va jamais à la messe, et je ne crois pas très juste ce qu'il dit : que « la religion ne rend pas les gens meilleurs ». Maman trouve qu'il est « buté » ; mais je crois qu'il a meilleur cœur qu'elle, et quand ils discutent ensemble, ce qui n'arrive que trop souvent, maman lui

parle d'un tel ton que c'est vers lui que va ma sympathie, même quand je ne puis lui donner raison. Il dit qu'il ne croit pas au Paradis ; mais l'abbé Bredel riposte qu'il sera bien forcé d'y croire quand il y sera, car il y ira tout droit et sera sauvé malgré lui. C'est ce que je crois de tout mon cœur.

Que c'est triste, ces divisions, dans des ménages aussi profondément unis que celui de mes parents ! et sur des points où, avec un peu de bonne volonté, il serait si facile de s'entendre ! En tout cas rien de pareil à craindre avec Robert, car je ne l'ai jamais vu entrer dans une église sans y prier et il n'a que des idées généreuses et nobles. Je ne puis croire que *La Libre Parole* soit un « mauvais journal », comme le dit papa, qui, lui, ne lit que *Le Temps ;* et j'ai cru que cela allait se gâter, le second jour, à la pension Girard, quand Robert et papa se sont trouvés seuls en face l'un de l'autre dans le fumoir. La porte du salon était grande ouverte et je pouvais les voir, chacun dans un fauteuil avec son journal devant lui. Robert, après avoir parcouru le sien, a eu l'imprudence de le tendre à papa en lui disant quelques mots que je n'ai pu entendre ; mais papa est devenu si furieux qu'il a renversé sur son pantalon clair la tasse de café qu'il avait posée sur le bras de son fauteuil. Robert s'est beaucoup excusé, mais il n'y avait vraiment pas de sa faute. Et, tandis que papa s'épongeait avec son mouchoir, Robert, qui m'avait aperçue dans le salon, a dirigé vers moi une petite mimique très discrète mais très expressive où il exprimait ses regrets, si comiquement que je n'ai pu me retenir de rire et me suis vite détournée, car j'avais l'air de me moquer de papa.

Et voilà que, le sixième jour, papa a eu une crise de goutte... Oh ! c'est affreux de se réjouir de cela !... Et naturellement j'avais proposé de rester à la pension pour lui tenir compagnie et lui faire la lecture, mais il faisait très beau temps et c'est lui qui m'a forcée de sortir. Alors j'ai profité de son absence pour aller voir la chapelle des Espagnols, parce que lui n'aime pas beaucoup les primitifs. Et naturellement, j'ai retrouvé Robert là-bas et je n'ai pas su faire autrement que de lui parler. Mais, après qu'il s'est étonné de me voir seule et enquis très poliment de la santé de papa, nous n'avons

causé que de peinture. J'étais presque heureuse de mon ignorance car c'était une occasion pour lui de tout m'expliquer. Il avait avec lui un gros livre, mais n'a pas eu besoin de l'ouvrir car il sait par cœur le nom de tous ces vieux peintres. Je ne parvenais pas à partager aussitôt sa prédilection pour des fresques qui me paraissaient encore bien informes, mais je sentais que tout ce qu'il m'en disait était juste, et mes yeux s'ouvraient à beaucoup de qualités que je n'aurais pas su apprécier toute seule. Et ensuite je me suis laissé entraîner par lui au couvent de Saint-Marc, où il m'a semblé que je comprenais la peinture pour la première fois. C'était si merveilleux de se perdre et de s'oublier dans une admiration commune que, devant la grande fresque de l'Angelico, sans y songer je lui ai pris le bras, ce dont je ne me suis aperçue que lorsque du monde est entré dans la petite chapelle, où jusqu'à ce moment nous étions demeurés seuls. D'ailleurs Robert ne disait rien que papa n'aurait pu entendre; mais pourtant, à mon retour à la pension, je n'ai pas osé parler à papa de cette rencontre. Sans doute était-ce mal de lui cacher ce qui me laissait un tel souvenir que je ne pouvais plus penser à rien d'autre. Mais quand, un peu plus tard, je me suis accusée devant l'abbé de ce « mensonge par omission » il m'a plutôt rassurée; il est vrai que je lui apprenais en même temps mes fiançailles. L'abbé sait que papa ne les approuve pas, mais il sait aussi que ce qui l'empêche de les approuver ce sont les opinions de Robert, et ce sont ces opinions précisément qui font que maman et que l'abbé les approuvent. Papa, du reste, est si bon qu'il n'a pas su résister longtemps, et, comme il dit, ce qui lui importe avant tout, c'est que je sois heureuse; et il ne peut douter de mon bonheur.

Avant de parler de fiançailles j'aurais dû raconter les derniers jours en Italie; mais j'ai laissé courir ma plume, vite, jusqu'à ce mot merveilleux devant lequel tous mes autres souvenirs pâlissent. Avant de quitter Florence, Robert avait demandé à papa la permission de revenir nous voir à Paris. J'avais tellement peur que papa ne refuse! Mais il se trouve que Robert connaît très bien nos cousins de Berre, qui nous ont invités à dîner avec lui, ce qui a beaucoup facilité les choses. Le lendemain, Robert venait présenter ses hommages

à maman, et, quelques jours après, il revenait pour lui demander ma main. (Comme cette locution me paraît stupide!) Maman a été d'abord un peu surprise, et je l'ai été bien plus encore lorsqu'elle m'en a parlé, car Robert ne m'avait pas encore vraiment fait de déclaration. Il a beaucoup ri quand je lui ai avoué cela et m'a « déclaré » qu'il n'y avait pas pensé, mais qu'il était tout prêt à me faire cette « déclaration » si je n'avais pas encore compris qu'il m'aimait. Puis il m'a prise dans ses bras et j'ai senti que moi non plus je n'avais pas besoin de parler pour qu'il comprît que je me donnais à lui tout entière.

On vient d'apporter une dépêche. J'ai laissé maman l'ouvrir, bien qu'elle me fût adressée.
« La mère de Robert est morte », m'a-t-elle dit, et elle m'a tendu la dépêche où je n'ai vu qu'une chose, c'est qu'il me revient mercredi.

13 octobre.

Une lettre de Robert! Mais c'est à maman qu'il écrit! et je crois qu'elle a été sensible à cette marque de déférence. Je comprends que maman désire la conserver, cette lettre, car elle est très belle; et comme je veux pouvoir la relire, je la copie :

Madame,

Éveline me pardonnera si c'est à vous aujourd'hui que j'écris plutôt qu'à elle. Je voudrais épargner à sa joie le spectacle de ma tristesse, et c'est vers vous que je me tourne pour pleurer. Ce beau nom de *mère,* depuis hier, je ne peux plus le donner qu'à vous seule. Vous permettrez donc sans doute que désormais je reporte sur vous les sentiments respectueux et tendres que j'avais pour celle que je viens de perdre.

Oui, celle qui m'avait donné le jour est morte hier, et je puis dire : entre mes bras. Elle n'a perdu sa connaissance que quelques heures avant sa fin. Elle l'avait encore le matin, lorsqu'elle a reçu les derniers sacrements de la main du prêtre que j'avais fait appeler. Elle envisageait la mort avec calme et ne semblait souffrir que de mon propre chagrin. Sa dernière joie, me

disait-elle, a été d'apprendre mes fiançailles et de songer qu'elle ne me laissait pas seul sur la terre. Veuillez le redire à Éveline, et que mon éternel regret sera que maman n'ait pas pu la connaître.

Agréez, mère, je vous prie, l'assurance de mon déjà filial et toujours respectueux dévouement.

<div style="text-align: right;">Robert D...</div>

Mon pauvre ami, je voudrais m'associer à ta tristesse. J'ai tâché d'avoir du chagrin; mais en vain. Mon cœur est tout noyé de joie, et tout ce que je ressens avec toi, même la peine, m'est un bonheur.

<div style="text-align: right;">15 octobre.</div>

Je l'ai revu. Comme sa douleur est digne et belle! Je commence à le comprendre mieux. Je crois qu'il a horreur des phrases toutes faites, car il a pour me parler de son deuil la même réserve qu'il avait pour me déclarer son amour. Et même, par crainte de laisser paraître son émotion, il évite tout ce qui pourrait l'attendrir. Il n'a même été question entre nous que de questions matérielles, et avec maman que de règlement de succession et de la vente que Robert veut faire de la propriété qui lui revient. Il m'est très difficile d'attacher mon esprit à ces choses et je laisse maman s'en occuper avec Robert. J'ai compris que nous serions riches, et je le regrette presque : je voudrais laisser la fortune à ceux qui ont besoin d'argent pour être heureux. Mais il ne s'agit pas ici de bonheur. Robert me dit qu'il aurait toujours assez pour lui-même et qu'il ne considère l'argent que comme une arme pour faire triompher ses idées. Il a eu un long entretien avec l'abbé Bredel, qui dit aussi qu'on n'a pas le droit de repousser la fortune, mais qu'avec elle nous incombe le devoir de l'employer pour le bien.

Pauvre papa! Tout ceci se passe en dehors de lui. Chaque fois qu'il voit entrer l'abbé Bredel :

« Désolé!... Absolument forcé de partir... », dit-il très vite en esquissant un rapide salut.

J'ai toujours peur que l'abbé ne se froisse; mais il est si bon, si conciliant, qu'il feint de prendre au sérieux cette piètre excuse.

« Monsieur Delaborde est toujours aussi occupé » — dit-il à maman, qui répare de son mieux l'impertinence en redoublant d'amabilité. Et il me semble qu'avec un peu de bonne volonté papa pourrait si bien s'entendre avec l'abbé! Car il est très bon lui aussi.

« Ma petite enfant, les curés et moi nous n'adorons pas le même Dieu — me répond-il lorsque je tâche de le convaincre. — N'insiste pas, tu me fâcherais. Ce sont des choses que peut-être tu comprendras plus tard, si tu ne ressembles pas trop à ta maman. »

Alors je suis bien forcée de lui dire que « ces choses », je souhaite de ne jamais les comprendre, mais que je ne puis approuver les opinions qui divisent des parents que j'aime également. Ce sont bien aussi ces malheureuses *opinions* qui retiennent papa d'approuver mes fiançailles.

« Mon enfant — me dit-il — je ne me reconnais pas le droit de m'opposer à ce mariage et il ne me plaît pas de faire acte d'autorité. Mais ne me demande pas d'approuver une décision que je regrette. Tout ce que je peux faire, c'est de souhaiter que tu n'aies pas bientôt à t'en repentir. »

19 octobre.

Ce matin, j'ai demandé à papa ce qu'il reprochait à Robert. Il m'a longuement regardée et a d'abord serré les lèvres sans rien dire, puis :

« Mon enfant, je ne lui reproche rien. Simplement, il ne me plaît pas. Si je te disais pourquoi, tu protesterais, parce que tu l'aimes; et quand on aime quelqu'un, on ne le voit plus comme il est.

— Mais c'est parce que Robert est comme il est, que je l'aime! — me suis-je écriée.

— Robert donne le change à l'abbé, à ta mère, à toi, et, je le crains bien, à lui-même aussi, ce qui est encore plus grave!

— Tu veux dire qu'il ne croit pas ce qu'il dit?

— Mais si, mais si; je crois qu'il y croit. C'est moi qui n'y crois pas.

— D'abord, toi, papa, tu ne crois à rien.

— Que veux-tu? Je suis ce que ta mère appelle un sceptique. »

Et nous en restons là, car de telles conversations ne

servent qu'à nous attrister tous les deux. Pauvre papa ! Je compte sur Robert pour le convaincre... avec le temps. Il se montre avec papa si patient, si souple, si adroit... Il a soin d'éviter tous les sujets de conteste (papa aussi du reste). Il appelle une conversation avec papa : la danse des œufs, parce qu'il faut pirouetter habilement parmi les sujets délicats en tâchant de ne pas les frôler. Mais comme je voudrais parfois que papa puisse l'entendre lorsqu'il me parle, lorsqu'il parle quand papa n'est pas là ! Devant papa, je sens qu'il s'observe ; mais, dès qu'il se laisse aller, toute sa personne s'anime et il lui arrive de dire des choses si belles que je voudrais les écrire aussitôt. Et il peut être avec cela si spirituel, si drôle... Comme disait Yvonne de Berre l'autre jour : « On ne peut se lasser de l'entendre. » C'était jeudi dernier ; nous avions déjeuné avec Robert chez nos cousins. Maurice de Berre et papa sont sortis aussitôt après le repas ; alors Robert nous a longuement parlé de Perpignan, des petites rivalités de la vie de province qu'il a si bien pu voir, de tout ce milieu dans lequel il a vécu et où il dit qu'il ne voudrait revivre pour un empire. A l'entendre parler de tous ces gens bizarres qui formaient la société de ses parents, il me donne le regret de ne les avoir pas connus ; mais je comprends que, pour un esprit supérieur comme celui de Robert, une telle compagnie soit étouffante. Par désir d'échapper à cette atmosphère il voulait d'abord entrer dans les ordres, car il est de nature très pieuse ; puis il a compris qu'il pourrait faire plus de bien en se mêlant à la vie active. L'abbé Bredel l'approuve et je pense avec lui qu'une telle lumière ne doit pas être « mise sous le boisseau », comme il dit en citant l'Évangile. Lorsqu'on écoute parler Robert on souhaite irrésistiblement que beaucoup puissent l'entendre. Sur ce point je ne puis être jalouse et le désir d'être seule à jouir de ce trésor me semblerait impie. Le but de ma vie doit être de l'aider de toutes mes forces à se produire.

La semaine prochaine nous devons faire ensemble quelques visites. Je me réjouis de le présenter à nos amis.

26 octobre.

Je mène depuis quelques jours une vie si agitée... J'espérais trouver chaque jour un peu de temps pour écrire dans ce carnet. Mais ce n'est pas seulement le temps qui me manque. Même aux instants où je me retrouve seule, je ne parviens plus à ce recueillement qui permette à mes pensées de se poser. Un tourbillon m'emporte : visites, courses, dîners, spectacles, où heureusement Robert ne craint pas de m'accompagner malgré son deuil car, comme il dit, les sentiments sincères n'ont que faire des convenances, et je crois du reste que le bonheur de se sentir aimé l'emporte sur sa tristesse. Il m'accompagne chez les fournisseurs et commande pour moi quantité d'objets dont il cherche à me persuader que nous aurons le plus grand besoin. Cela l'amuse tant et sa joie de me gâter est si manifeste que je ne cherche pas trop à l'arrêter. Nous avons choisi ensemble un amour de bague qui, je dois l'avouer, m'a fait le plus vif plaisir et que je ne me lasse pas d'admirer. Mais quand il a voulu me donner aussi un bracelet, j'ai nettement refusé, malgré ce qu'il a pu me dire pour me pousser à l'accepter : que l'achat des bijoux ne devait pas être considéré tant comme une dépense que comme « un placement » : c'est le mot dont il s'est servi, puis il m'a expliqué que les pierres et les métaux précieux étaient « appelés à augmenter de valeur ». J'ai protesté que cela m'était parfaitement égal, et là-dessus nous nous sommes un peu disputés. Sans doute n'était-il pas très gentil de ma part de lui dire que ma bague me ferait autant de plaisir, même si je ne savais pas qu'elle avait coûté très cher; alors il s'est écrié :

« Autant avouer qu'on préfère la camelote. »

Puis, comme toujours, et c'est ce qu'il y a de si intéressant avec lui, il a élargi la question et l'a envisagée au « point de vue général », qui seul lui importe :

« On imite aujourd'hui les perles si bien que tout le monde peut s'y tromper — m'a-t-il expliqué —, mais les vraies perles représentent une fortune et les autres n'ont que l'apparence de la valeur. »

Il tient à assister à l'essayage de mes robes parce qu'il

a un goût merveilleux et que cela l'amuse de discuter avec les couturiers. Mes chapeaux également, nous avons été les choisir ensemble. J'ai beaucoup de mal à me faire aux formes nouvelles. Robert trouve qu'elles me coiffent très bien; mais quand je me regarde dans la glace je me trouve méconnaissable. Mais je crois que c'est une affaire d'habitude et que bientôt, comme il dit, c'est mon visage de jeune fille que je ne reconnaîtrai plus. En général je trouve ce qu'il choisit beaucoup trop beau; mais je comprends qu'il tienne à ce que je lui fasse honneur et que déjà je n'ai plus le droit d'être modeste. L'abbé sait que mon cœur le reste et me dit que cela seul importe. Chaque jour à nouveau je m'étonne et je ne cesse pas de me croire indigne de mon bonheur. Je crains parfois que Robert ne découvre combien il surfait mes mérites. Mais peut-être, à force d'amour, parviendrai-je à m'élever jusqu'à lui. De tout mon cœur je le souhaite et je m'y efforce sans cesse. Il m'y aide si patiemment!

<p style="text-align:right">30 octobre.</p>

Robert est stupéfiant, il est en relations avec un tas de gens célèbres et connaît du monde dans tous les milieux. Cela lui permet de rendre service à ceux qui s'adressent à lui; et, comme on le sait très obligeant, on ne s'en fait pas faute. Il dit qu'une grande sagesse dans la vie c'est de ne jamais demander rien qu'on ne soit pas certain d'obtenir. Mais, comme ceux qu'il a obligés ne lui refusent rien et qu'il ne demande que des choses justes, il obtient aisément tout ce qu'il veut. Il a ses entrées partout et je ne vais avec lui nulle part sans voir aussitôt des mains se tendre vers lui. Je lui ai demandé de ne me présenter que ses amis véritables; mais il est difficile, dès qu'on le connaît un peu, de ne pas devenir son ami et, comme il est au courant de tout, il est capable de parler à n'importe qui de n'importe quoi comme si c'était spécialement sa partie. A vrai dire, je ne crois pas qu'il ait d'amis intimes. Je le lui ai demandé l'autre jour. Il ne m'a pas répondu directement mais m'a dit, en me pressant tendrement contre lui : « L'amitié, c'est l'antichambre de l'amour. »

Et, en effet, il me paraît aujourd'hui que cette grande amitié que j'avais hier encore pour Rosita et pour

Yvonne n'était que provisoire et que mon premier véritable ami, c'est Robert.

Il veut faire à papa la surprise de le faire décorer. Comme il connaît très bien le chef de cabinet du ministre de l'Instruction publique, il affirme que cela lui sera très facile. Papa ne refusera certainement pas, et je crois qu'au fond cela lui fera grand plaisir. Je trouve très joli que Robert songe à papa et ne demande pas la croix pour lui-même, mais il n'y attache pas d'importance et sait qu'il l'aura quand il voudra. En l'écoutant causer avec les gens remarquables auxquels il me présente je prends conscience de mon ignorance ; j'ose à peine me mêler à la conversation tant j'ai peur de lui faire honte. Je lui ai demandé de m'écrire une liste des livres que je devrais connaître et, sitôt que j'aurai un peu de temps... Mais quand sera-ce ? Nous avons décidé de nous marier à la fin de janvier. Cela me semble terriblement loin, et pourtant les jours fuient avec une rapidité confondante. Sitôt après le mariage nous devons partir pour la Tunisie. Ce ne sera pas seulement un voyage d'agrément. Robert a là-bas des intérêts dans une entreprise agricole, qu'il veut surveiller. Il dit qu'il n'y a pas de plus grand plaisir que celui dont on peut tirer parti. Son esprit ne reste jamais inactif. Il s'instruit sans cesse et sait tourner tout à profit.

La grande question qui nous préoccupe, c'est celle du logement. Nous avons visité un grand nombre d'appartements, mais à chacun d'eux, maman, Robert ou moi, nous trouvons quelque chose à redire. Je crois que nous allons nous entendre avec un architecte que Robert connaît très bien. Il achève de faire construire un immeuble très bien situé, dans le quartier de la Muette, avec vue sur de grands jardins. Nous serions propriétaires du dernier étage, ce qui nous permettrait de l'aménager à notre guise. Nous passons ensemble des heures à discuter les plans et rien n'est plus amusant. Robert qui, tant que sa mère vivait, n'était pas bien riche, se contentait depuis trois ans d'un petit rez-de-chaussée avenue d'Antin où il se trouvait de plus en plus à l'étroit. Il devait prendre ses repas au restaurant, ce qui lui faisait perdre beaucoup de temps et fatiguait son estomac. J'ai demandé à voir son installation, qu'il était, je crois, un peu confus de me montrer. Pourtant

je me suis étonnée de ne pas y trouver plus de désordre. Tous ses papiers se trouvent classés dans des chemises ou des dossiers et il a inventé un extraordinaire système de fiches qui lui permet d'avoir tout de suite, sur n'importe qui, tous les renseignements dont il a besoin. C'est comme cela qu'il peut si facilement rendre service. Il trouve que les gens, en général, manquent de méthode et que les rouages de la société sont, comme il dit, mal ajustés. Il aime à citer le vers de La Fontaine : « C'est le fonds qui manque le moins », et soutient que l'important c'est de mettre en valeur ce que l'on a. Je crois que cela est vrai surtout pour ceux qui sont aussi bien doués que lui; mais, quand je lui dis que mon fonds à moi ne vaut pas grand-chose, il proteste et m'affirme gentiment que bien des femmes qui tiennent salon et brillent dans le monde sont moins intelligentes que moi. Il a l'air sincère lorsqu'il dit cela et je crains décidément qu'il ne se fasse de grandes illusions sur sa future épouse. Puisse-t-il du moins les conserver longtemps! Quoi qu'il en soit, je veux travailler à me cultiver le plus possible, aussitôt que j'aurai un peu de temps, et m'efforcer de devenir chaque jour un peu moins indigne de lui.

Je m'inquiétais de savoir s'il avait pu se réserver du temps pour tenir de son côté son journal comme nous nous l'étions promis, et lui ai demandé de me le montrer; oh! pas de me le donner à lire; mais j'aurais voulu le voir, simplement. A vrai dire je craignais qu'il ne le laissât traîner. Mais il m'a rassurée. Le tiroir où il l'enferme est toujours soigneusement fermé à clef. Il m'a montré le tiroir mais a refusé d'en sortir le journal, même après que je lui eus promis de ne pas l'ouvrir.

3 novembre.

Hier nous avons eu à dîner le peintre Bourgweilsdorf. En dépit de ce nom affreux que je ne sais si j'écris correctement, ce n'est ni un Allemand ni un Juif mais un pauvre brave garçon très estimable que Robert a beaucoup secouru et qui encombre le petit rez-de-chaussée de l'avenue d'Antin d'un tas de toiles invendables que Robert lui achète par charité pour l'aider sans froisser son orgueil. J'ai dit à Robert que je le

trouvais bien imprudent d'encourager ainsi un raté qu'il vaudrait mieux pousser à faire n'importe quoi plutôt que de la peinture; mais il paraît que le pauvre garçon est incapable de rien d'autre et que, de plus, il se croit très bien doué. Robert, du reste, s'obstine à lui reconnaître « un certain talent » et nous nous sommes un peu disputés à ce sujet, car enfin il suffit de voir n'importe laquelle de ces croûtes pour comprendre que Bourgweilsdorf ne sait pas son métier et qu'il n'a même aucune idée de ce que doit être la peinture. Mais Robert cite alors quantité d'artistes qui sont devenus célèbres et qu'on traitait d'abord de barbouilleurs. Et, comme il se fâchait un peu parce que je ne parvenais sincèrement pas à trouver bien ce qu'il me montrait :

« D'ailleurs persuade-toi que, s'il n'avait pas de valeur, je ne m'attacherais pas à lui », a-t-il ajouté péremptoirement.

(N'empêche que Robert n'ose pas accrocher aux murs ces horreurs. Il les entasse dans une grande armoire, où je les ai découvertes, car il m'avait autorisée à fureter partout chez lui.) Le ton de Robert était si cassant (c'est la première fois qu'il me parlait ainsi) que les larmes me sont venues aux yeux. Il l'a vu, est redevenu aussitôt très tendre, m'a embrassée et m'a dit :

« Écoute. Veux-tu que je te le fasse connaître ? Tu jugeras s'il est aussi bête que tu crois. »

J'ai accepté; et c'est comme cela que nous l'avons invité.

Eh bien! je fais ici mes excuses à Robert : Bourgweilsdorf m'a paru presque charmant. Je dis « presque » parce que, malgré tout, quelque chose me choque en lui : c'est son peu de reconnaissance, pour ne pas dire : son ingratitude, envers Robert. Bourgweilsdorf semble oublier par trop ce qu'il lui doit, et même manquer un peu de déférence. Je sais bien que, dans sa bouche, cela ne tire pas à conséquence et que la cordialité de son ton réparait la brutalité des propos; mais plus d'une fois je l'ai entendu s'écrier, coupant la parole à Robert : « Mon vieux, ça ne tient pas debout ce que tu dis là », devant une remarque des plus sensées, qu'il n'avait pas même écoutée. Par contre, il approuvait tout ce que disait papa, avec une insécurité si courtoise et si sou-

riante qu'elle donnait presque le change et que papa, somme toute, était ravi. Je m'attendais à un bohème; mais c'est un monsieur fort bien mis, assez élégant même, de bonnes manières et soigneux de sa personne. Certainement il est intelligent. Il raconte à ravir un tas d'histoires très amusantes, et sa conversation serait des plus agréables si seulement il n'aimait pas un peu trop les paradoxes. L'on n'est jamais sûr qu'il ne se moque pas un peu de vous, comme, par exemple, quand il dit que Raphaël et Poussin sont ses deux peintres préférés, ce que sa propre peinture ne laisse vraiment guère entendre. Somme toute, ça a été une excellente soirée et je crois que je reverrai ce brave Bourg avec plaisir. Mais de là à lui commander mon portrait comme a fait brusquement Robert... Ni lui, ni moi, nous ne nous y attendions, de sorte que nous ne savions que dire et que ça a été extrêmement gauche. Je trouve que Robert aurait bien pu me consulter d'abord. Je lui aurais dit que, d'ici à notre mariage, je ne trouverais que difficilement le temps de poser et qu'il faudrait remettre « ce plaisir » au retour de notre voyage de noces. C'est ce que j'ai répondu à Bourgweilsdorf lorsque, poussé par Robert, il voulait déjà prendre rendez-vous pour la première séance. Il affirme qu'il lui suffirait de trois ou quatre; qu'il prendrait des notes et établirait le portrait de mémoire pendant notre absence, de manière qu'il n'ait plus que quelques retouches à y faire, à notre retour, pour l'achever. A vrai dire, quand je me souviens des horreurs qu'il peut faire, je me soucie fort peu d'être portraicturée par lui. Nous avons pourtant pris jour pour visiter son atelier.

<p style="text-align:right">7 novembre.</p>

Des courses, des réceptions, des visites. Je n'ai plus le temps d'écrire mon journal; plus le temps de lire, de me recueillir; plus le temps de me sentir heureuse. Et ce qui m'attriste le plus, c'est que tout cela travaille à me rendre affreusement égoïste. Il n'est question chaque jour que de *mon* plaisir, de *ma* toilette, de *ma* convenance et de *mes* goûts. Comme si je pouvais avoir désormais d'autre convenance et d'autres goûts que ceux de Robert! Même pour les meubles de mon

petit salon, ce qui me plaît c'est que ce soit lui qui les choisisse. Il m'a fait cadeau d'un petit secrétaire exquis où je pourrai serrer ses lettres et mon journal. Le marchand doit le garder jusqu'à ce que nous soyons installés. Il me tarde déjà de me sentir chez nous et de pouvoir un peu me reprendre. Ces journées de dissipation me semblent si vides... et même il me semble que, Robert aussi, je le perds de vue, comme moi-même, car, si je ne le quitte guère, je ne suis presque jamais seule avec lui; il faut sourire à chacun, répondre à des questions stupides, exposer sa joie, jouer une espèce de comédie de bonheur, et cette préoccupation constante de paraître heureuse m'empêcherait presque de l'être, si je prenais un instant cette parade au sérieux. Je m'étonne de cet air convaincu, pénétré, que les plus indifférents peuvent affecter pour protester de leur sympathie; il me faut me prêter à ce jeu, paraître « charmée d'avoir fait la connaissance » de gens parfaitement insignifiants ou désagréables.

<p style="text-align:right">12 novembre.</p>

J'ai beaucoup vu Yvonne ces derniers temps. Je sens, en causant avec elle, combien facilement devient égoïste le bonheur. Ce qui m'abuse, c'est que je songe à Robert plus qu'à moi-même. Mais en pensant à lui je cède au penchant de mon cœur. Il ne s'agit pas sans doute de l'aimer moins, mais de ne pas limiter à lui mon amour. Je n'avais de regards que pour lui et ne me suis aperçue que jeudi dernier de la mauvaise mine d'Yvonne. Mes yeux se sont ouverts tout à coup, ou plutôt le nuage éblouissant dans lequel je vivais s'est déchiré; elle m'a paru si changée que j'ai pris peur, l'ai pressée de questions et ai fini par la faire avouer la cause de son affreuse tristesse. Le jeune homme que je savais qu'elle aimait, et avec qui elle était déjà presque fiancée, la trompe, elle vient de le découvrir,... et vit avec une autre femme...

« Pourquoi ne m'as-tu pas parlé plus tôt ? — lui ai-je demandé.

— Je craignais de troubler ta joie. »

Et j'ai pris honte aussitôt de cette joie, qui m'est apparue comme une propriété privée avec un « *défense d'entrer* » cruel. Non, non, je ne veux pas d'un *impitoyable*

bonheur. Yvonne, qui souffrait de ne plus sentir mon amitié, a besoin d'être secourue. Elle craint de ne pouvoir cesser d'aimer celui qui ne mérite plus son amour, et cherche une occupation qui lui permette d'oublier un peu sa tristesse. Elle voudrait prendre un emploi dans un hôpital, ce qui me paraît une excellente idée, au moins provisoirement. Tout en gardant le secret, comme je le lui ai promis, sur les causes de cette détermination, je vais tâcher d'y intéresser Robert, qui se montre très attentionné pour Yvonne, et qui connaît très bien le médecin chef de Laënnec. Il peut lui recommander Yvonne en toute confiance car je ne doute pas que, dévouée comme elle est, et intelligente, et habile, elle ne puisse rendre de grands services.

14 novembre.

Que Robert est gentil! Je ne lui ai pas plus tôt fait part du désir d'Yvonne qu'il a téléphoné au docteur Marchant et pris rendez-vous pour dîner avec lui demain soir. Il l'invite à *La Tour d'Argent* dont la cuisine est réputée.

« On ne saura jamais tout ce qu'obtient un bon repas », m'a-t-il dit en riant.

Il affirme que ma présence à ce dîner ne sera pas inutile et a décidé papa à me permettre de l'accompagner. Je m'en réjouis beaucoup car tout ce que je fais avec Robert m'amuse et cela me prouve que papa commence à envisager ce mariage d'un moins mauvais œil; puis, il ne m'est encore presque jamais arrivé de manger au restaurant; et si, de plus, cela peut être profitable à Yvonne... Robert dit que le docteur Marchant est assez revêche mais extrêmement sensible à la bonne chère; aussi se propose-t-il de soigner le menu.

Je crains souvent de mécontenter Robert en employant dans la conversation certaines expressions ou tournures de phrases qu'il me dit ne pas être correctes et dont j'ai pris l'habitude en les entendant sans cesse autour de moi. Quand nous sommes seuls, Robert me reprend et me corrige. Mais, dans le monde, il m'arrive souvent de me taire par peur de voir soudain sur son visage une petite marque d'agacement, que du reste je suis seule à pouvoir distinguer, mais qui me fait comprendre

aussitôt que je ne me suis pas exprimée comme il fallait. Il faudra pourtant que, avec le docteur Marchant, je me décide à parler; et je tremble un peu d'avance. Je me connais : à me trop observer, je risque de perdre toute aisance, tout naturel. J'ai supplié Robert de ne pas trop me regarder pendant le dîner. Je lis dans son regard tout ce qu'il pense, et la moindre ombre de réprobation que j'y verrais me démonterait. Ainsi rien ne l'irrite autant que l'emploi de « très » devant des mots qui, comme il dit très justement, ne comportent pas le comparatif (ou le superlatif, je ne sais plus bien). Avant qu'il ne me l'ait fait remarquer je disais couramment : « J'ai très faim », ou « J'ai très sommeil », ou « J'ai très peur ».

« Pourquoi pas tout de suite : « J'ai très courage », ou : « J'ai très migraine » ? — m'a-t-il dit.

Je crois comprendre la nuance, à laquelle j'avoue que je n'avais jamais songé; mais maintenant, par crainte de me tromper, je n'ose presque plus employer le mot « très ». On n'a pas toujours le temps de réfléchir si le mot qui va suivre est un substantif, un adjectif ou un adverbe... Et, du reste, je trouve que Robert va un peu loin. Par exemple il ne veut pas que je dise non plus que je l'ai « très fâché »; et pourtant « fâché » n'est pas un substantif. Il a voulu m'expliquer que ce n'était pas un adjectif non plus; mais je crois qu'il s'est un peu embrouillé car, après m'avoir dit : « Tu vas tout de suite comprendre... », il a remis brusquement à plus tard cette petite leçon. Je veux pourtant arriver à tout à fait bien comprendre ces règles et à prendre l'habitude de les appliquer, puisque Robert estime que ce devrait être surtout le rôle des femmes de maintenir la pureté de la langue, parce qu'elles sont en général plus conservatrices que les hommes, et qu'en négligeant leur parler elles manquent à un de leurs devoirs.

16 novembre.

« Mazette! » s'est écrié papa, qui se sert volontiers de ce mot en guise de petit juron familier; « vous ne vous refusez rien! » quand il a su que c'était à *La Tour d'Argent* que nous avions dîné. Il m'a dit n'y avoir jamais été lui-même mais savoir que c'est le vrai restaurant des gourmets. Et il a fallu que je lui « raconte le

menu » par le détail. Le repas était excellent; les vins merveilleux, pour autant que j'en ai pu juger par les sourires que faisaient Robert et notre hôte en les dégustant, car moi je n'y connais pas grand-chose. Mais quel homme odieux que ce docteur Marchant!

« La peste soit des demoiselles désœuvrées! » s'est-il écrié aux premiers mots que Robert lui a dits d'Yvonne.

C'était presque à la fin du repas et quand Robert a jugé que notre convive était « mûr ». Puis, avec un air bougon qui accentuait encore la grossièreté de ses propos :

« Ce n'est du reste pas la première qui se propose ainsi. J'ai toujours refusé froidement ces offres de service. Les sœurs de charité, ça je ne dis pas : ce ne sont plus des femmes, paraît-il. Mais les jeunes filles du monde... Esculape nous en préserve! Dites-lui donc de ma part, à votre amie, de se marier, tout simplement. C'est ce qu'une femme peut faire de mieux, je vous assure. Et j'ai plaisir à dire cela devant vous, Mademoiselle — a-t-il ajouté en se tournant vers moi et en grimaçant un sourire — puisque je vois que vous le pensez aussi.

— Mon amie a de bonnes raisons pour ne pas m'imiter, — ai-je hasardé, en m'armant de tout mon courage et sentant que l'avenir d'Yvonne était en jeu. Mais mon courage a battu en retraite devant son air gouailleur et son :

— Ah! vraiment... ? » — dit en levant très haut les sourcils d'une manière interrogative.

J'étais sur le point de protester que chaque femme ne pouvait pas espérer le bonheur de rencontrer un Robert; mais j'ai dit platement que tous les mariages n'étaient pas heureux. A quoi Marchant a riposté tout aussitôt que si le mariage n'était pas toujours bon, le célibat, par contre, était toujours mauvais... « pour les femmes du moins », a-t-il ajouté en ricanant, vite, avant que je n'aie eu le temps de lui demander pourquoi, dans ce cas, il était demeuré garçon. Puis, voyant sans doute qu'il avait été trop loin, il a repris sur un ton plus conciliant :

« Voyons, Mademoiselle, entre nous... c'est vrai qu'elle souhaite tellement entrer à mon service, votre amie ?

— Je sais qu'elle en a *très* envie — ai-je dit imprudemment; et tout aussitôt j'ai senti se fixer sur moi le regard de Robert et me suis aperçu de ma faute de français, de sorte que je n'ai plus osé rien ajouter, ce qui a permis au docteur Marchant de continuer :

— Et les arts d'agrément ? A quoi servent-ils, les arts d'agrément ? Pourquoi les a-t-on inventés, sinon pour occuper les oisives ? Conseillez donc à votre amie la tapisserie, ou l'aquarelle, puisqu'elle se refuse à nous faire des enfants comme ce serait son devoir, mais comme nous ne pouvons pas décemment l'y forcer. »

Sans doute ai-je laissé voir combien ces propos me révoltaient, car il a bientôt détourné la conversation, après avoir déclaré péremptoirement :

« Du reste, quand bien même je voudrais l'occuper, votre amie, je ne trouverais rien à lui donner à faire. Nous n'avons déjà que trop d'employés de service, et je ne puis supporter auprès de moi les gens qui restent à me regarder, les bras croisés. »

Robert en a donc été pour ses frais. C'est ce qu'il appelle : « Être refait ». On pouvait juger à sa mine combien cela lui était désagréable et j'en étais très touchée, car ce n'est que par amour pour moi qu'il s'intéressait à Yvonne et avait fait ces avances. Je ne lui ai pas caché mon opinion sur le docteur Marchant. C'est peut-être un grand savant, comme Robert l'affirme, mais c'est un rustre et je préfère ne plus le rencontrer, malgré le « je ne le tiens pas pour quitte » que Robert répétait en me reconduisant après dîner.

Si encore Yvonne attendait une rémunération de ses services ! Mais elle a de quoi vivre et son offre est toute désintéressée. Comment aurai-je le cœur de lui apprendre que cette offre est repoussée, que l'on n'a que faire de son dévouement...

Être inutile; se savoir, se sentir inutile... Sentir en soi tout ce qu'il faut pour aider, pour secourir, pour répandre autour de soi de la joie, et n'en trouver pas le moyen !

« On n'a pas besoin de vous, Mademoiselle. »

C'est atroce, et je plains Yvonne de tout mon cœur. Je remercie Dieu plus encore de m'avoir épargné ces déboires, et Robert de m'avoir choisie. Mais de songer

que tant de femmes, qui n'ont pas mon bonheur, se voient refuser le droit de prendre part à la vie, que leur raison d'être sur terre et de mettre en valeur les vertus et les dons qu'elles ont en elles, que tout cela soit subordonné au plus ou moins bon vouloir d'un Monsieur, cela m'indigne. Et je prends ici l'engagement, si j'ai une fille, de ne lui apprendre aucun de ces petits arts d'agrément dont parlait avec tant d'ironique mépris le docteur Marchant, mais de lui faire donner une instruction sérieuse qui lui permette de se passer des acquiescements arbitraires, des complaisances et des faveurs.

Je sais bien que tout ce que j'écris ici est absurde; mais le sentiment qui me dicte ces phrases ne l'est pas. Je trouve tout naturel, en épousant Robert, de renoncer à mon indépendance (j'ai fait acte d'indépendance en l'épousant malgré papa), mais chaque femme devrait pour le moins rester libre de choisir la servitude qui lui convient.

<div style="text-align: right;">17 novembre.</div>

Robert s'occupe à réunir des capitaux pour fonder un journal littéraire dont il prendrait la direction politique. Le journal ne commencerait à paraître qu'à notre retour de Tunisie, c'est-à-dire qu'au printemps prochain; mais il est bon de tout préparer avant notre départ, qui aura lieu sitôt après notre mariage, c'est-à-dire... bientôt. Les soins qu'il me prodigue ne nuisent pas à son activité, Dieu merci. Je l'aimerais moins si je devais être le but unique de sa vie. Je suis là pour l'aider et non pour le détourner de sa carrière. C'est au delà de moi qu'il doit diriger ses regards.

<div style="text-align: right;">19 novembre.</div>

Chaque jour m'apporte une nouvelle joie. Quelle ne fut pas ma surprise, ce matin, lorsque Robert me montra la lettre du docteur Marchant qu'il venait de recevoir. Oublieux de tout ce qu'il nous avait dit l'autre soir, ou peut-être en ayant pris honte, il demande qu'Yvonne vienne le voir à l'hôpital, désireux d'examiner avec elle, dit-il, ce qu'il pourra faire d'elle, ou pour elle...

Je n'avais pas encore revu Yvonne et n'aurai donc pas à lui parler de la fâcheuse impression que j'avais eue d'abord, mais seulement de l'heureux résultat final.

22 novembre.

J'ai eu ce matin une grande faiblesse. Mais comment refuser rien à Robert? J'étais dans le petit salon, et, comme je n'attendais pas si tôt sa visite, j'avais sorti mon journal et m'apprêtais à y raconter notre soirée d'hier aux ballets russes, lorsqu'il est entré tout à coup et m'a demandé à voir ce que j'écrivais. J'ai répondu en riant qu'il ne le verrait qu'après ma mort, selon la promesse que nous nous étions faite. Il m'a dit, en riant aussi, que, dans ce cas, il risquait de ne le voir jamais, car il était naturel que je lui survive; qu'au surplus il n'avait jamais pris cet engagement au sérieux et m'en tenait quitte; que d'autre part nous nous étions promis de ne rien nous cacher; que, de toute façon, son désir de lire mon journal était si vif qu'il risquait, si je ne le satisfaisais pas aussitôt, de gâter son bonheur... Bref, il s'est montré si pressant, si obstiné, si tendre, que j'ai cédé, tout en demandant alors la réciproque, qu'il m'a volontiers accordée. Et j'ai quitté la pièce pour le laisser lire à son aise.

Mais, à présent, le charme est rompu; et c'est bien ce que je craignais. Si j'écris encore ces lignes, c'est seulement pour expliquer pourquoi ce sont les dernières. Évidemment c'est pour lui que je l'écrivais, ce journal; mais je ne pourrais plus y parler de lui comme je faisais, ne serait-ce que par pudeur. Il n'a plus, à présent, qu'à lire également ces lignes, que je ne cherche plus à lui cacher.

Non, je ne l'aime pas moins; mais il ne le saura plus que tout de suite. (Cette phrase ne veut peut-être rien dire, mais elle est venue naturellement sous ma plume.)

23 novembre.

Hélas! il me faut encore ajouter ce post-scriptum.

Robert vient de me faire beaucoup de peine. C'est le premier chagrin que je lui dois, et il m'est pénible de l'écrire ici, car j'espérais que ce cahier n'aurait à contenir que l'expression de ma joie. Mais il faut que je l'écrive ici tout de même; et ceci que j'écris, je souhaite qu'il le lise, car, lorsque je le lui disais tantôt, il refusait de prendre au sérieux mes paroles.

J'étais allée chez lui, pensant qu'il me montrerait à son tour son journal, comme hier il me l'avait promis avant que je ne lui donne à lire le mien. Et voici qu'il m'avoue que ce journal n'existe pas, qu'il n'en a jamais écrit une ligne, qu'il ne m'a laissé croire si longtemps qu'il l'écrivait que pour m'encourager à continuer le mien. Il m'avoue tout cela en riant et s'étonne, puis s'irrite, parce que je n'en ris pas à mon tour et ne m'amuse pas avec lui de sa ruse. Et comme au contraire je m'en attriste et lui reproche, non de ne pas avoir écrit ce journal, car je comprends qu'il n'ait pas eu le temps ni le désir de le faire, mais bien de m'avoir laissée croire qu'il l'écrivait, de m'avoir dupée, le voici qui me reproche d'avoir mauvais caractère, de grossir ce qui n'a en soi aucune importance, sans vouloir comprendre que ce qui m'attriste précisément, c'est que ce qui a tant d'importance pour moi en ait pour lui si peu, et qu'il traite si légèrement ce qu'il voit qui me tient à cœur. Bientôt ce n'est plus lui qui a tort de n'avoir pas tenu sa parole, mais moi qui ai tort de m'en plaindre. Et pourtant je n'ai aucun plaisir à avoir raison contre lui; j'aimerais pouvoir lui donner raison; mais j'aurais voulu que du moins il marquât un peu de regret de m'avoir causé tant de peine.

En me plaignant ainsi, je me parais ingrate et je lui en demande pardon. Mais décidément j'arrête ici ce journal qui n'a vraiment plus raison d'être.

DEUXIÈME PARTIE

VINGT ANS APRÈS

Arcachon, 2 juillet 1914.

J'AI pris avec moi ce cahier comme on emporte un ouvrage de broderie, pour occuper le désœuvrement d'une cure. Mais, si je recommence à y écrire, ce n'est hélas plus pour Robert. Il croit désormais connaître tout ce que je peux sentir ou penser. J'écrirai afin de m'aider à mettre un peu d'ordre dans ma pensée; afin de tâcher d'y voir clair en moi-même, considérant, comme l'Émilie de Corneille,

> Et ce que je hasarde et ce que je poursuis.

Quand j'étais jeune, je ne savais voir dans ces vers que de la redondance; ils me paraissaient ridicules, comme souvent ce que l'on ne comprend pas bien; comme ils paraissent ridicules et redondants aujourd'hui à mon fils et à ma fille, à qui je les ai fait apprendre. Sans doute faut-il avoir un peu vécu pour comprendre que tout ce que l'on *poursuit* dans la vie, l'on ne peut espérer l'atteindre qu'en *hasardant* précisément ce qui parfois vous tient à cœur. Ce que je poursuis aujourd'hui, c'est ma délivrance; ce que je hasarde, c'est l'estime du monde, et celle de mes deux enfants. L'estime du monde, je m'efforce de me persuader que je n'y tiens guère. L'estime de mes enfants me tient à cœur plus que tout; en écrivant ceci, je le sens mieux que jamais. Au point que j'en viens à me demander si ce n'est pas surtout pour eux que j'écris ces lignes. Je voudrais que, plus tard, s'il leur arrive de les lire, ils y trouvent une justification, ou du moins une explication, de ma conduite, que sans doute on leur apprendra à juger d'un œil sévère, à condamner.

Oui, je sais, et je me répète sans cesse, qu'en quittant Robert je vais me donner en apparence tous les torts.

Sans connaître rien aux lois, je puis craindre que mon refus de continuer à vivre sous le même toit que lui n'entraîne la déchéance de mes droits maternels. L'avocat que je veux consulter dès mon retour à Paris m'indiquera les moyens d'éviter cela, qui me serait intolérable. Je ne puis consentir à ne plus avoir mes enfants. Mais je ne puis davantage consentir à vivre plus longtemps avec Robert. Le seul moyen pour moi de ne pas en venir à le haïr c'est de ne plus le voir. Oh! de ne plus l'entendre surtout... En écrivant ceci je sens bien que je le déteste déjà; et, si odieuses que me paraissent à moi-même ces paroles, il me semble que c'est par besoin de les écrire que j'ai rouvert ce cahier. Car ceci je ne puis le dire à personne. Je me souviens du temps où Yvonne n'osait point me parler, par crainte d'assombrir mon bonheur. A présent c'est à moi de me taire. Au reste, me comprendrait-elle ?... Son mari plutôt, lui qui d'abord m'avait paru si égoïste, si vulgaire, et que je sais à présent plein de cœur. J'ai parfois surpris, chez cet homme vraiment supérieur, un indéfinissable ton de mépris en face de Robert; comme, par exemple, lorsque Robert, rapportant un dialogue où naturellement il se donnait le beau rôle, après avoir cité complaisamment ses propres paroles, a ajouté :

« C'est ce que j'ai cru devoir lui dire.

— Et lui, qu'a-t-il cru devoir te répondre ? », a demandé le docteur Marchant.

Robert, un instant, a paru quelque peu désarçonné. Il sent que Marchant le juge, et cela lui est très désagréable. Je crois que c'est par égard pour moi que Marchant retient sa moquerie, car je l'ai vu parfois prodigieusement mordant à l'égard de certaines suffisances qu'il ne pouvait se retenir de dégonfler. Il n'est certainement pas dupe des phrases sonores de Robert. Il m'est même arrivé de penser que, sans son affection pour moi, il aurait depuis longtemps cessé de le fréquenter. Et ce soir-là j'ai été comme soulagée de comprendre que je n'étais pas seule à être exaspérée par cette habitude qu'a prise Robert de toujours dire qu'il a « cru devoir faire » tout ce que, simplement, il a fait parce qu'il en avait envie, ou bien, plus souvent encore, parce qu'il lui paraissait opportun d'agir ainsi. Ces derniers temps, il perfectionne; il dit : « J'ai cru de

mon devoir de... » comme s'il n'agissait plus que mû par de hautes considérations morales. Il a une façon de parler du devoir, qui me ferait prendre tout « devoir » en horreur; de se servir de la religion, qui rendrait toute religion suspecte, et de jouer des beaux sentiments, à vous en dégoûter à jamais.

<div style="text-align:right">3 juillet.</div>

J'ai dû m'interrompre pour mener Gustave chez le docteur. Dieu soit loué! Je suis sortie de la consultation très rassurée. Marchant nous avait alarmés, de sorte qu'heureusement nous avons pris le mal à temps. Le docteur d'ici, qui suit Gustave de très près, affirme même que, bientôt, nous n'aurons à craindre aucune rechute. Il estime que, sitôt après les vacances, Gustave pourra rentrer au lycée, de sorte que cette alerte ne causera pas de retard dans ses études.

Je reste peu satisfaite de ce que j'écrivais hier. J'ai laissé courir ma plume, il me semble, par un besoin de récrimination qui peut paraître bien vain tant que je ne me serai pas mieux expliquée. Chacun de nous a des défauts, et je sais que l'harmonie ne peut être maintenue dans un ménage sans indulgence et sans menues concessions mutuelles. D'où vient que les défauts de Robert me sont devenus à ce point insupportables? Est-ce donc parce que cela même qui m'exaspère aujourd'hui était ce à quoi précisément je me laissais prendre? qui me charmait, me paraissait le plus louable?... Oh! je suis bien forcée de le reconnaître : ce n'est pas lui qui a changé; c'est moi. C'est le jugement que je porte. De sorte que même mes souvenirs les plus heureux s'y abîment. Ah! de quel ciel je suis tombée! Pour m'expliquer ce changement, j'ai relu ce que j'écrivais dans ce même cahier, il y a vingt ans. Que j'ai de mal à me reconnaître dans la candide, confiante et un peu niaise enfant que j'étais! Les phrases de Robert que je citais, qui m'emplissaient de joie et d'amoureux orgueil, je les entends encore, mais les interprète différemment. Cette défiance dont je souffre aujourd'hui, je cherche à m'en retracer l'histoire. Je crois bien qu'elle a commencé de naître certain jour, peu après notre mariage, où j'entendis Robert, lorsque mon père s'extasiait sur le système de classement de ses fiches, et lui demandait :

« Alors c'est vous qui avez trouvé cela ? — répondre, et de quel ton indéfinissable, à la fois supérieur et modeste, profond et dégagé :

— Oui... en cherchant, j'ai trouvé. »

Oh! ce n'était là presque rien, et à ce moment je n'y ai pas attaché d'importance. Mais, comme je venais d'apprendre, en allant régler une facture chez un papetier de la rue du Bac, que ce classeur perfectionné sortait de son magasin, j'ai trouvé peut-être inutile cet air inspiré, presque douloureux, cet air d'inventeur, que Robert prenait, qu'il « croyait devoir prendre », pour proférer ces mots : « J'ai trouvé. » — Oui, oui; c'est entendu, mon ami : tu as trouvé ce classeur rue du Bac; pourquoi dire : « En cherchant ? » Ou alors, il faudrait ajouter : « En cherchant les enveloppes que j'avais commandées... » Il me parut, dans un éclair, qu'un savant, après une vraie découverte, ne s'aviserait jamais de dire : « En cherchant, j'ai trouvé », car alors il irait de soi; et que ces mots dans la bouche de Robert, ne servaient qu'à dissimuler qu'il n'avait rien inventé lui-même. Mon cher papa n'y a vu que du feu, et moi-même, tout ce que j'en écris aujourd'hui ne m'est apparu nettement que plus tard. J'ai simplement senti, instinctivement, qu'il y avait là quelque chose d'indéfinissable, qui sonnait faux. Du reste, Robert ne disait pas ces mots dans l'intention de tromper papa. Cette petite phrase lui avait échappé, tout inconsciemment; mais c'est bien pour cela qu'elle était si révélatrice. Ce n'était point papa qu'il dupait, c'était lui-même.

Car Robert n'est pas un hypocrite. Les sentiments qu'il exprime, il s'imagine réellement les avoir. Et même je crois qu'en fin de compte il les éprouve, et qu'ils répondent à son appel, les plus beaux, les plus généreux, les plus nobles, toujours exactement ceux qu'il convient d'avoir, ceux qu'il est avantageux d'avoir.

Je doute que beaucoup de gens s'y puissent laisser prendre; mais ils font tout comme. Une sorte de convention s'établit, et l'on n'est peut-être pas tant dupe que l'on ne fait semblant de l'être, pour plus de commodité. Papa qui d'abord semblait y voir clair alors que j'étais le plus éblouie, et dont l'opinion sur Robert m'attristait tant durant mes fiançailles, papa semble complètement retourné. Dans chacune de mes

discussions avec Robert, c'est toujours à moi qu'il donne tort. Il est si bon et si faible! Robert si habile!... Quant à maman... Certains jours je me sens affreusement seule; je ne puis dire ce que je pense qu'à ce carnet, et me prends à l'aimer comme un ami discret, docile, à qui pouvoir enfin confier ma plus secrète et plus douloureuse pensée.

Robert croit me connaître à fond; il ne soupçonne pas que je puisse avoir, en dehors de lui, de vie propre. Il ne me considère plus que comme une dépendance de lui. Je fais partie de son confort. Je suis sa femme.

5 juillet.

Devant tout nouveau venu, je sens, je sais que son premier souci est de chercher par où le tenir, par où le prendre. Même dans ses actes les plus généreux en apparence et par où il se montre le plus obligeant envers autrui, je sens l'arrière-pensée de faire d'autrui son obligé. Et avec quelle naïveté il agit, quel naturel!... Les premiers temps, alors qu'il n'avait pas appris à se défier de moi, il lui échappait de ces phrases révélatrices: « Je suis bien mal récompensé de ma sympathie »; comme si la sympathie devait attendre d'autrui sa récompense! et je frémissais lorsque je l'entendais dire: « ... Un tel... après ce que j'ai fait pour lui, il n'a rien à me refuser. »

C'est toute la raison d'être de cette revue, que Robert a dirigée durant quatre ans et dont il n'a cessé de s'occuper que l'an dernier, après que son ruban rouge se fut changé en rosette. Sous des dehors d'impartialité, ce n'était qu'une sorte d'agence d'entraide, de complaisances réciproques. Chaque article de louange était considéré par Robert comme une lettre de crédit. Le plus fort c'est son art, en se servant des gens, de paraître leur rendre service. Qu'eussent été les quelques articles qu'il a donnés à cette revue, sans ce jeune secrétaire qui les a mis sur pied, qui les a récrits, repensés?... Mais quand il parle de ce charmant garçon, si remarquablement doué, si discret et de manières si exquises, il lui arrive de s'écrier: « Ah! qu'est-ce qu'il serait sans moi, celui-là! »

A entendre Robert, cette revue n'avait pour but que

d'aider les artistes méconnus, que de se dévouer à les faire connaître, à « les imposer au public », comme il disait; mais, du même coup, elle l'aidait à se pousser lui-même. Oui, sans doute, Robert a beaucoup fait pour mettre en valeur l'extraordinaire talent de Bourgweilsdorf, à la fois si fier et d'une si exquise modestie, ou du moins si sincèrement dédaigneux de la faveur du grand public; mais l'extraordinaire plus-value que ses tableaux ont due à la campagne savamment organisée par la revue après la mort de Bourgweilsdorf a permis à Robert de vendre deux toiles de ce qu'il appelle sa « galerie » beaucoup plus cher qu'il n'avait payé toutes les autres. Sorties des armoires où elles étaient restées enfermées si longtemps, elles paradent aujourd'hui sur les panneaux et permettent à Robert de dire sentencieusement à son fils : « Il est bien rare que Dieu ne nous récompense pas, en fin de compte. »

Ah! que j'aimerais le voir, ne fût-ce qu'une fois, défendre une cause où vraiment il aurait à se compromettre, éprouver des sentiments dont il ne pourrait tirer avantage, avoir des convictions qui ne lui rapporteraient rien...

Quand il a invité papa et nos cousins de Berre, et même ce brave Bourgweilsdorf encore si peu fortuné, à mettre de l'argent dans cette affaire d'imprimerie, qui du reste a échoué si piteusement, il semblait que ce fût une grande faveur : les actions étaient très demandées; il ne pouvait disposer que d'un certain nombre dont, par une faveur particulière, il consentait à faire profiter des amis... Tout cela était si habilement présenté que j'en venais moi-même à penser : « Comme Robert est gentil! ...» Car je ne comprenais pas alors que tous ces titres qu'il faisait prendre lui assuraient la majorité et gonflaient démesurément son importance.

Et, après la déconfiture, quelles belles phrases il trouvait, pour s'excuser à ses propres yeux des grosses pertes que leur avait fait subir son imprudence :

« Ces pauvres chers amis... Ils sont bien mal récompensés de la confiance qu'ils ont mise en moi. Ah! je suis bien puni d'avoir voulu aider les autres. C'est à vous dégoûter de chercher à rendre service », etc.

Quand il eût été si simple de rembourser tout bêtement, à Bourgweilsdorf tout au moins, l'argent qu'il

n'avait risqué dans cette affaire que sur l'insistance et sur les garanties de Robert, qui, lui, a trouvé moyen de s'en tirer à très bon compte, ayant « liquidé la situation » au bon moment, comme il me l'a avoué plus tard; et quand il m'a vue prête à m'indigner qu'il n'eût pas d'abord songé à protéger l'argent de ses amis, il m'a confusément expliqué qu'il ne pouvait vendre leurs actions sans une procuration qu'il n'avait pas eu le temps de leur demander, et qu'au surplus la vente brusque d'un trop grand nombre de titres risquait de donner l'alarme et de faire aussitôt baisser les prix. Je crois que je ne l'ai jamais si bien méprisé que ce jour-là; mais je me suis bien gardée de le lui laisser voir, et il ne pouvait s'en rendre compte, tant ce qu'il me racontait lui paraissait naturel, de sorte qu'il ne doutait point que, dans les mêmes circonstances, je n'eusse agi tout comme lui.

<p style="text-align: right">6 juillet.</p>

Que Gustave ressemble à son père, je crois que c'est Marchant qui me l'a fait comprendre d'abord. Toutes les illusions que j'ai si longtemps nourries pour Robert, j'ai continué de les avoir pour Gustave jusqu'à ces mois derniers, tant il est difficile de juger vraiment un être qu'on aime. Et tandis que je me déprenais de Robert et me croyais devenue très perspicace, reportant mes regards et mes espérances vers Gustave, je pensais d'abord : lui, du moins... C'est aussi que les défauts de Robert ne reparaissent chez Gustave que comme remaniés, pour ainsi dire, et se manifestent différemment. Mais je les reconnais à présent. Sous des aspects nouveaux ce sont les mêmes, je ne puis plus m'y tromper... Et même, certains traits du caractère de Robert, c'est son fils, à présent, qui me les explique. Je n'aime pas le voir négliger, dans son programme, toutes les matières sur lesquelles il ne craint pas qu'on l'interroge. Il n'apprend rien par simple désir de s'instruire, et savoir lui importe moins que de donner à croire qu'il sait. J'ai eu beaucoup de mal à lui faire perdre cette habitude, qu'il avait déjà tout petit, de demander à propos de tout : « A quoi ça sert? » — où, d'abord, je ne savais voir qu'une curiosité charmante. A présent il ne le dit plus; mais je préférerais encore qu'il le dise,

car il le pense tout de même par-devers lui et fait fi de tout ce qui ne *sert* pas.

Et dire que d'abord je le félicitais sur le choix de ses camarades! Quelle naïveté de ma part! « Gustave ne consent à se lier qu'avec les meilleurs », disais-je à Yvonne; et cela faisait sourire Marchant. L'an dernier, dans cette petite fête enfantine que j'ai donnée à la demande de Gustave et sur les conseils de Robert, nous avions un fils de ministre, un neveu de sénateur, un jeune comte, enfin pas un enfant qui n'eût des parents extraordinairement fortunés, puissants ou célèbres. Robert lui-même n'aurait pas mieux choisi. Gustave a bien encore un autre ami. C'est un boursier. Ses parents sont dans l'enseignement; ils sont pauvres. Gustave m'a fait comprendre qu'il n'était pas séant de l'inviter avec les autres. J'ai d'abord voulu voir là de la délicatesse de sa part. Je crois aujourd'hui que Gustave craignait tout simplement que cet ami ne lui fît honte. Il le voit volontiers; mais c'est pour l'éblouir, le dominer. Quant à moi, je le préfère à tous les autres; c'est le seul qui me paraisse avoir une vraie valeur personnelle. Ce garçon plein de cœur adore Gustave et, quand je le vois tomber en admiration devant ce que dit ou fait son ami, il me prend des envies de l'avertir, de lui dire :

« Mon pauvre petit, ne t'y trompe pas; c'est ta dévotion qu'aime mon fils; ce n'est pas toi.

— Mais, maman, ça lui fait tant de plaisir de me rendre service! — riposte Gustave, lorsque je lui reproche de recourir au dévouement de son ami pour quelque besogne qu'il aurait fort bien pu faire lui-même. — Ça l'amuse et moi ça m'ennuie. »

De sorte que c'est l'autre qui lui dit : Merci.

<div style="text-align:right">9 juillet.</div>

L'amusement que je trouve à couvrir les pages blanches de ce cahier me paraît bien vain, mais il est indéniable. Pourtant je laisse moins qu'autrefois courir ma plume; je n'ai pas précisément le souci de bien écrire; mais, réfléchissant davantage, il me semble que j'écris mieux. Rien ne m'a plus instruite que de chercher à instruire Gustave et Geneviève. Pour leur faire mieux comprendre les auteurs de leur programme, j'ai d'abord cherché à les mieux comprendre moi-même, ce qui est

cause que mes goûts ont beaucoup changé et que bien des livres modernes, où naguère je prenais intérêt, aujourd'hui me paraissent insipides et vides, tandis que d'autres s'animent et s'éclairent que je ne lisais d'abord que par devoir et où je ne trouvais que de l'ennui. Je sais à présent découvrir dans les grands auteurs du passé, à travers ce qui en me paraissait que pompe froide et beau langage, beaucoup de confidence, au point que de certains d'entre eux j'ai fait des conseillers secrets, des amis, et souvent c'est près d'eux que j'ai cherché refuge, que j'ai trouvé le réconfort et la consolation dont j'ai parfois si grand besoin, car je me sens terriblement seule.

<p style="text-align:right">11 juillet.</p>

Le vieil abbé Bredel, qu'un deuil de famille appelait à Bordeaux, est venu passer avec moi la fin du jour d'hier. Il me connaît si bien! naguère je m'entendais si bien avec lui!... Je me suis confiée à lui, ce que je n'avais plus fait depuis longtemps, car depuis longtemps j'ai beaucoup négligé mes devoirs religieux. Les pratiques que Robert étale ont comme désaffecté mon cœur; les manifestations de sa piété m'ont fait douter de l'authenticité de la mienne. Ses génuflexions ostentatoires arrêtent la prière en mon cœur... Mais hier, par faiblesse, par angoisse de solitude et besoin de sympathie, je n'ai pu me tenir de parler à l'abbé, qui veut que je le considère plus encore comme un ami que comme un prêtre. Hélas! Je suis sortie de cet entretien diminuée, désorientée, découragée, sans plus de confiance en moi qu'en Robert.

L'abbé a commencé par me dire que ce n'est pas toujours « de l'abondance du cœur que sortent les paroles », et de même que souvent, dans la prière, le geste précédait l'élan sincère, je devais accepter que, chez Robert, l'expression d'un sentiment ne fût pas aussitôt accompagnée du sentiment réel, mais espérer que le sentiment, un peu plus tard, finirait par la rejoindre. L'important, selon l'abbé, n'est pas tant de dire ce que l'on pense (car l'on pense souvent fort mal) que ce que l'on devrait penser; car tout naturellement, et presque malgré soi, on en vient à penser ce que l'on a dit. Bref, il a pris violemment la défense de Robert, m'a

dénié tout droit de mettre en doute sa sincérité, et n'a consenti à voir dans ma plainte et dans ce qu'il appelait mes « revendications », qu'une manifestation de l'orgueil le plus déplorable, orgueil que ma négligence à accomplir mes devoirs religieux avait laissé croître et se développer en moi. Et bientôt, tant est grand l'empire que l'abbé a su prendre sur moi, j'ai cessé de voir nettement ce dont je me plaignais, de comprendre ce que je reprochais à Robert; je n'étais plus qu'une enfant qui regimbe et qui récrimine. Et comme, en sanglotant, je protestais que, là où il voulait voir de la révolte, il n'y avait qu'un grand besoin de servir et de me dévouer, mais de me dévouer à quelque chose de réel, et que, chez Robert, à l'abri de spécieux dehors, ne se cachait rien qu'un grand vide :

« Eh bien — m'a-t-il dit gravement, et d'une voix brusquement attendrie — dans ce cas, mon enfant, votre devoir est de l'aider à cacher ce vide... aux regards de tous — a-t-il ajouté plus gravement encore — et particulièrement de vos enfants. Il importe qu'ils puissent continuer à respecter, à honorer leur père. C'est à vous d'y aider en couvrant, cachant et palliant ses insuffisances. Oui, c'est là votre devoir d'épouse chrétienne et de mère; un devoir auquel vous ne pouvez chercher à vous dérober sans impiété. »

A demi prosternée devant lui, je cachais dans mes mains mes sanglots, ma confusion, ma rougeur. Quand j'ai relevé le front, j'ai vu des larmes dans ses yeux et senti dans son cœur une pitié sincère et profonde qui m'a soudain plus émue que n'avaient fait d'abord ses paroles. Je n'ai rien dit, rien pu trouver à dire; mais il a bien compris que je me soumettais.

Peu s'en faut que je ne déchire aujourd'hui tout ce que j'écrivais ces jours derniers; mais non, je veux pouvoir le relire, quand ce ne serait que pour en prendre honte...

<p style="text-align:right">12 juillet.</p>

Ainsi donc, tout ce qui me reste à faire, c'est de me mettre au service d'un être pour qui je n'ai plus d'amour, plus d'estime; d'un être qui ne me saura aucun gré d'un sacrifice qu'il est incapable de comprendre et dont il ne s'apercevra même pas; d un être dont j'ai connu trop

tard la médiocrité; d'un pantin dont je suis la femme. C'est là mon lot, ma raison d'être, mon but; et je n'ai plus d'autre horizon sur terre.

En vain l'abbé fait-il valoir la beauté du renoncement. « Aux yeux de Dieu », dit-il. Et tout aussitôt, dans ma détresse, j'ai pris conscience de ceci : c'est que j'ai cessé de croire en Dieu en même temps que j'ai cessé de croire en Robert. La seule idée de le retrouver par delà le tombeau, en triste récompense à ma fidélité, me fait horreur... au point que mon âme se refuse à la vie éternelle. Et si je ne suis pas plus effrayée de la mort, c'est que je ne crois pas à la survie, que je n'y crois plus, je le sens. J'écrivais hier le mot « soumission »; mais ce n'est pas vrai; je ne sens en moi que désespoir, que révolte, qu'indignation. « Orgueil », dit l'abbé... Eh bien, oui; je crois que je vaux mieux que Robert et c'est précisément quand je me serai le plus humiliée devant Robert que je prendrai le mieux conscience de ce que je vaux et me sentirai la plus orgueilleuse. L'abbé, qui me met en garde contre le péché d'orgueil, ne comprend-il pas qu'il m'y précipite au contraire et que l'unique ressort auquel il puisse faire appel pour obtenir de moi l'humilité, c'est l'orgueil ?

Orgueil. Humilité... Je me répète ces mots sans les comprendre et comme si cette conversation avec l'abbé venait de les vider de tout sens. Et la pensée, que je repousse en vain, qui depuis hier me torture, qui discrédite en mon esprit aussi bien l'abbé que tout ce dont il tâchait de me convaincre : c'est que, au fond, l'Église et lui ne se soucient que des dehors. L'abbé s'accommode bien plus volontiers d'un simulacre qui le sert que de ma sincérité qui le gêne et le désoblige. Robert a su se l'acquérir, comme il sait empaumer (ah! le mot affreux!) tout le monde. A lui la louange, à moi la réprobation. Peu importe qu'il y ait quelque chose ou non sous le geste. Le geste suffit à l'abbé. Le geste leur suffit à tous; et c'est moi qui suis vaine de ne point consentir à m'en contenter. Ce que je cherche par delà n'a aucune importance, aucune existence, aucune réalité.

Allons! Puisqu'il paraît qu'il faut se satisfaire de l'apparence, je prendrai donc celle de l'humilité, sans aucun sentiment d'humilité réelle en mon cœur.

Mais ce soir, dans ma détresse, je voudrais croire à Dieu pour lui demander si c'est bien là vraiment ce qu'il désire ?

13 juillet.

Une consternante dépêche de mon père me rappelle brusquement à Paris. Robert vient d'être victime d'un accident d'auto ; « *sans gravité* », dit la dépêche, qui pourtant me demande de revenir. Si l'état de Robert était très grave, mon père rappellerait également Gustave. C'est ce que je me dis pour me rassurer.

J'ai des remords affreux de ce que j'écrivais ici ces jours derniers. Heureusement Gustave va assez bien pour que je puisse sans crainte le laisser seul quelques jours. Le patron de la pension me promet de veiller sur lui, et le docteur, qui précisément était là lorsque j'ai reçu la dépêche, s'engage à m'envoyer un bulletin de santé quotidien. Je rentre donc par le premier train.

Paris, le 14 juillet.

Dieu merci, Robert est vivant. Le docteur Marchant et le chirurgien m'affirment qu'il n'y a pas lieu de s'inquiéter. Mais comment ne pas voir dans cet accident un avertissement du Ciel, ainsi que me l'a dit aussitôt l'abbé Bredel que j'ai retrouvé au chevet du lit de Robert ? La roue de l'auto qui l'a culbuté, et qui aurait pu l'écraser, n'a, par miracle, passé que sur le bras gauche, en travers, occasionnant une double fracture de l'humérus, très facile à réduire, affirme Marchant.

Ce qui m'a le plus effrayée lorsque j'ai revu Robert, c'est un bandeau qui lui cachait une partie du visage. Mais il n'a là que des ecchymoses insignifiantes, dit Marchant. Robert pourtant ressent d'assez violentes douleurs de tête, qu'il supporte avec un courage et une résignation vraiment admirables. Après tout ce que j'ai écrit ici, je dois ajouter que je me tourmentais de ce qu'il allait me dire ; ou plus exactement de l'agacement que je craignais d'en éprouver. Mais, dès ses premiers mots, j'ai senti que je n'avais pas cessé de l'aimer.

« Je te demande pardon pour tout l'ennui que je vous cause », m'a-t-il dit simplement.

Et comme je me penchais vers lui : « Non, ne

m'embrasse pas, je suis trop laid », a-t-il ajouté en souriant malgré ses souffrances.

Je me suis jetée à genoux au pied de son lit en pleurant et, silencieusement, j'ai remercié Dieu d'être resté sourd à ma plainte impie, de m'avoir conservé Robert, de m'avoir refusé cette liberté criminelle que je prends honte d'avoir souhaitée, ce dont je demande pardon à Dieu de tout mon cœur.

Que Dieu mette ainsi ma constance à l'épreuve, c'est ce que je sentirais mieux encore, si l'abbé ne cherchait pas à m'en convaincre. C'est contre qu'il me dit à présent que je regimbe, au moment même où d'autre part je me soumets; comme si l'esprit de révolte, que j'accueillais imprudemment et que je repousse à présent, se rabattait sur cette maigre prise. Je lui laisse cet os à ronger. Mais je comprends aujourd'hui combien l'abbé était en droit d'accuser mon orgueil dans ma révolte d'hier; combien entre en effet d'orgueil dans cette mesquine irritation qui me prend à l'entendre à présent me prêcher un devoir que j'accepte et que plus n'est besoin qu'il m'enseigne. De cela aussi, mon Dieu, je m'accuse, et je saurai m'humilier jusqu'à prendre exemple de Robert dont je méconnaissais les mérites.

Maman s'offre à me remplacer près de Gustave et part ce soir pour Arcachon.

<div style="text-align: right;">16 juillet.</div>

Robert continue à se plaindre de vives douleurs de tête, mais la radiographie, à laquelle on l'a soumis hier, a pleinement rassuré Marchant, qui d'abord craignait une fracture du crâne. Quant au bras, c'est simplement une affaire de patience, affirme-t-il; dans un mois, Robert en aura recouvré l'usage. Je me rassure aussi; mais, hélas, l'inquiétude était-elle nécessaire pour m'incliner et me rapprocher de Robert, ou pour obtenir de lui des accents qui trouvent écho dans mon cœur ? Je crois qu'il a eu peur de mourir, et sans doute est-ce cette crainte qui, pour la première fois de sa vie, lui fit rendre un son véritable. Mais cette appréhension de la mort, c'est depuis qu'il ne l'a plus vraiment, qu'il la joue et qu'il invente des *novissima verba* sublimes. Et c'est depuis que je ne suis plus inquiète pour lui que j'observe froidement tout cela.

Il s'émeut au son de sa propre voix jusqu'aux larmes et nous en ferait verser à tous si nous ne le savions parfaitement hors de danger. Cependant il est bien trop fin pour ne pas comprendre qu'avec certains il en serait pour ses frais, aussi proportionne-t-il ses effets au crédit dont il sent qu'il dispose. Avec Marchant, il ne se risque guère, mais fait l'esprit fort et plaisante ; il réserve le pathétique pour l'abbé qui le trouve « édifiant », pour papa qui le trouve « antique » et sort de la chambre en étouffant de gros sanglots. Je crois qu'en face de moi il ne se sent pas bien à son aise et craint de donner prise, car il s'efforce d'être simple, ce qui, pour lui, est on ne peut moins naturel. Mais je suis toute surprise de voir qu'il y a une personne devant laquelle il s'observe encore davantage : c'est Geneviève. Hier, à certaines paroles de son père, pas trop pompeuses pourtant, j'ai vu se dessiner sur ses lèvres une sorte de sourire, un pli narquois, et son regard a cherché le mien, qu'aussitôt j'ai chargé du plus de sévérité que j'ai pu. Nous ne pouvons empêcher nos enfants de nous juger, mais il m'est intolérable que Geneviève puisse espérer trouver en moi un assentiment à sa malice.

<div style="text-align:right">17 juillet.</div>

Marchant ne s'explique pas bien l'état de Robert qui continue à se plaindre de douleurs de tête ; ou du moins, car j'ai tort de dire qu'il se plaint, en silence il crispe par instants ses traits, serre les dents, comme quelqu'un qui maîtrise une violente douleur, et, si alors on lui demande s'il souffre, fait signe que oui, non pas même par un hochement de tête, mais, ce qu'il estime sans doute plus éloquent, par un simple clignement de paupières sur un regard agonisant. Marchant soutient qu'il n'a rien et reste assez sceptique, je crois, sur l'authenticité de ces affres, perplexe tout au moins et dans l'expectative. Il a appelé en consultation un confrère, qui n'y voit rien de plus que lui et m'affirme que j'aurais tort de m'effrayer. Mais je sens bien qu'il ne plaît pas à Robert d'être rassuré, ou plutôt qu'il lui déplaît qu'on nous rassure.

« La science des hommes est chose bien précaire, a-t-il formulé sentencieusement, après que les docteurs

sont partis, ajoutant, pour plus de solennité : — et je parle des plus savants. »

Mais, hier, il n'a consenti à prendre aucune nourriture, a condamné sa porte qu'assiégeaient un trop grand nombre d'importuns, et, ce matin, il a demandé qu'on fasse revenir d'Arcachon ma mère et Gustave. Une dépêche les annonce pour ce soir.

L'écueil, pour lui, ce sont les phrases trop connues, les « dernières paroles » célèbres, les « clichés »; il le sent et j'admire avec quel art il les évite. Du reste il parle peu. On n'a pas toujours du sublime inédit à son service. Mais une de ses plus récentes inventions, c'est de se déprécier à plaisir; cela prend à merveille sur l'abbé, qui n'y voit qu'humilité chrétienne et contrition. Quand Robert le sait près de son lit :

« Voici le moment, murmure-t-il en fermant les yeux, de comparer le peu de bien qu'on a fait à tout le bien que l'on aurait pu faire. »

Puis, comme chacun de nous se tait, il reprend :

« Je me suis beaucoup agité pour pas grand-chose; — et, tournant les yeux vers l'abbé : — Espérons que Dieu ne mesure pas l'effort de l'homme au peu de résultat qu'il obtient. »

Une potion calmante que je lui verse fait entracte; après quoi, le voici qui reprend :

« L'eau courante n'est pas un bon miroir, mais quand l'eau se repose, l'homme peut y contempler son visage. »

Alors il reprend souffle, se tourne du côté du mur, comme pour détourner son regard d'une vision trop abjecte, et, plus haut, sur un ton de reproche, de chagrin, de dégoût, de mépris et d'intime désolation :

« Je n'y vois que niaiserie, méchanceté, suffisance... »

L'abbé l'interrompit :

« Allons, allons, mon ami; Dieu qui lit dans le secret des cœurs saura bien y distinguer autre chose encore. »

Hélas, pour moi je ne peux plus y voir que comédie.

18 juillet.

Maman est rentrée hier soir avec Gustave. Avant de recevoir son fils, Robert a voulu faire un peu de toilette;

mais il a tenu à conserver l'inutile bandeau qui lui couvre la moitié du front. Sous prétexte que la lampe lui fatiguait les yeux, il l'a fait poser de manière que son visage restât dans la pénombre. Papa était allé rejoindre ma mère et Gustave dans le salon et leur donnait les très rassurantes nouvelles; Geneviève restait avec moi dans la chambre, ainsi que Charlotte qui achevait de ranger les affaires de toilette. Nous avions l'air de préparer un tableau vivant. Quand tout fut prêt, Geneviève fit entrer.

Il eût été bien naturel que Gustave accourût embrasser son père; mais celui-ci ne l'entendait pas ainsi. Il tenait à ce moment les yeux fermés et son visage avait pris une expression si majestueuse, que Gustave s'arrêta tout interdit. Papa et maman restaient un peu en arrière. On entendit Robert :

« Et maintenant, approchez-vous... car je me sens très faible. »

Il rouvrit un œil, pour voir Charlotte qui faisait mine de se retirer discrètement.

« Restez, restez, ma bonne Charlotte ; vous n'êtes pas de trop. »

Après toutes les phrases finales de ces jours derniers, j'étais assez curieuse de ce qu'il allait encore inventer; mais le sentiment paternel pouvait fournir de nouveaux thèmes. S'adressant donc particulièrement à Geneviève et à Gustave qui s'étaient rapprochés du lit, comme des acteurs bien stylés :

« Mes enfants, c'est à vous à présent de prendre le flambeau que... »

Mais il ne put achever sa phrase. Comme n'y tenant plus, Geneviève lui coupa tout à coup la parole et, d'une voix claire et presque enjouée :

« Mais, papa, tu nous parles comme si tu te disposais à nous quitter. Nous savons tous que tu es presque guéri et que tu pourras te lever dans quelques jours. Tu vois que tu ne fais pleurer que Charlotte. Quelqu'un qui entrerait croirait qu'elle est seule à avoir du cœur.

— Monsieur Gustave voit bien que son papa pleure aussi — s'écria Charlotte (et en effet, Robert, en parlant, versait de grosses larmes), puis, s'étant rapprochée un peu du lit et encouragée par notre silence : — Si Monsieur se sent faible, c'est peut-être seulement qu'il a besoin de prendre. Je m'en vais lui chercher du bouillon. »

Après quoi il ne resta plus à Robert qu'à demander si maman avait fait bon voyage et si Gustave s'était plu à Arcachon.

<p style="text-align:right">19 juillet.</p>

Geneviève n'aime pas son père. Comment ai-je mis si longtemps à m'en apercevoir ? C'est aussi que je me suis depuis longtemps fort peu souciée d'elle. Toute mon attention se portait sur Gustave dont la santé délicate exigeait mes soins ; je reconnais aussi que je m'intéressais à lui davantage ; tout comme son père, il sait plaire, et je retrouve en lui tout ce qui, chez Robert, m'avait naguère tant charmée avant de me tant décevoir. Quant à Geneviève, je la croyais absorbée par ses études, indifférente à tout le reste. A présent j'en viens à douter si j'eus raison de l'encourager à s'instruire. Je viens d'avoir avec elle une conversation terrible, où tout à la fois j'ai compris que c'était avec elle que je pourrais le mieux m'entendre, compris également pourquoi je ne veux pas m'entendre avec elle : c'est que je crains de retrouver en elle ma propre pensée, plus hardie, si hardie qu'elle m'épouvante. Toutes les inquiétudes, tous les doutes, qui purent m'effleurer parfois, sont devenus chez elle autant de négations effrontées. Non, non, je ne veux pas consentir à les reconnaître. Je ne puis accepter qu'elle parle de son père avec tant d'irrespect ; mais, comme je tentais de lui faire honte : « Avec ça que toi tu le prends au sérieux », m'a-t-elle jeté à la face, si brutalement que je me suis sentie rougir et n'ai su rien lui répondre, ni lui cacher ma confusion. Elle m'a déclaré sitôt ensuite qu'elle ne pouvait admettre le mariage s'il devait conférer au mari des prérogatives ; que, pour sa part, elle n'accepterait jamais de s'y soumettre, qu'elle était bien résolue à faire, de celui dont elle s'éprendrait, son associé, son camarade, et que le plus prudent était encore de ne l'épouser point. Mon exemple l'avertissait, la mettait en garde et, d'autre part, elle ne saurait trop me remercier de l'avoir, par l'instruction que je lui avais donnée, mise à même de nous juger, de vivre d'une vie personnelle et de ne point lier son sort à quelqu'un qui peut-être ne la vaudrait point.

Tandis qu'elle marchait à grands pas dans la pièce,

je restais assise, accablée par le cynisme de ses propos. Je l'ai priée de baisser la voix, craignant que son père pût l'entendre, mais elle alors :

« Eh bien ! quand il nous entendrait... Tout ce que je te dis, je suis prête à le lui redire ; tu peux même le lui redire toi-même. Redis-le-lui. Oui ; c'est ça, redis-le-lui. »

Il me parut qu'elle ne se possédait plus ; je la quittai. Tout ceci se passait il y a quelques heures à peine...

20 juillet.

Oui, ceci se passait hier, avant le dîner. Et sans doute Geneviève a-t-elle été sensible à la tristesse que, durant le repas, je ne parvenais pas à cacher. Elle est venue me retrouver dans la soirée. Elle s'est jetée dans mes bras comme une enfant ; elle me caressait le visage et m'embrassait comme elle faisait jadis, et si tendrement que je n'ai pu retenir mes larmes.

« Ma petite maman, je t'ai fait du chagrin — m'a-t-elle dit. — Il ne faut pas trop m'en vouloir ; mais, vois-tu, avec toi, je ne puis pas, je ne veux pas mentir. Je sais que tu peux me comprendre, et moi je te comprends beaucoup mieux que tu ne voudrais. Il faut que je te parle davantage. Il y a des choses, vois-tu, que tu m'as appris à penser et que tu n'oses pas penser toi-même ; des choses auxquelles tu crois que tu crois encore et auxquelles, moi, je sais que je ne crois plus du tout. »

Je me taisais, n'osant lui demander quelles étaient ces choses ; et, brusquement, elle m'a demandé si c'était à cause d'elle et de Gustave que j'étais restée fidèle à leur père ? « car je n'ai jamais douté que tu ne lui sois restée fidèle », a-t-elle ajouté en me considérant fixement, comme on regarde un enfant qu'on chapitre. Si monstrueux que me parût ce retournement de nos rôles, j'ai protesté que l'idée de tromper mon mari n'avait jamais effleuré ma pensée ; elle me dit alors qu'elle savait très bien que j'avais aimé Bourgweilsdorf.

« Il se peut, mais je n'en ai moi-même rien su », ai-je riposté sèchement.

Mais elle :

« Tu ne pouvais ne pas te l'avouer, mais lui s'en doutait bien, j'en suis sûre. »

Je m'étais levée pour m'écarter d'elle, prête à quitter la pièce si elle continuait de me parler ainsi, en tout cas décidée à ne plus lui répondre. Il y eut un assez long silence et je me suis assise, ou plutôt laissée tomber dans un autre fauteuil, car je me sentais à bout de forces. Aussitôt elle s'est précipitée de nouveau dans mes bras, s'est assise sur mes genoux, et, plus caressante que jamais :

« Mais, maman, comprends bien que je ne te blâme pas. »

Et comme je sursautais à ces mots, elle m'a pris les deux bras pour m'immobiliser, en riant, comme pour atténuer par un ton de gaminerie l'intolérable inconvenance de ses paroles.

« Je voudrais seulement savoir s'il y a eu de ta part un sacrifice ? »

Elle était redevenue très sérieuse; quant à moi je faisais effort pour garder un visage impassible; elle a compris que je ne lui répondrais point et a repris :

« Quel beau roman je pourrais écrire sous ta dictée! Ça s'appellerait : *Les Devoirs d'une mère ou Le Sacrifice inutile.* »

Et comme je ne disais toujours rien, elle a commencé à remuer la tête de droite et de gauche en manière de lente dénégation :

« Ce n'est pas parce que tu t'es faite l'esclave de ton devoir... — puis elle s'est reprise : — d'un devoir imaginaire... Non, non, tu sens bien que je ne puis pas t'en être reconnaissante. Non, ne proteste pas. Je crois que je ne pourrais plus t'aimer si je me sentais ton obligée, si je sentais que tu me crois ton obligée. Ta vertu est à toi; je ne supporte pas de me sentir engagée par elle. — Puis changeant de ton brusquement :

— Maintenant dis-moi vite n'importe quoi pour que tout à l'heure, quand je serai seule dans ma chambre, je ne sois pas furieuse de t'avoir dit tout cela. »

Je me sentais mortellement triste et n'ai pu que l'embrasser sur le front.

Je n'ai pas dormi cette nuit. Les phrases de Geneviève retentissent dans le vide affreux de mon cœur. Ah! je n'aurais pas dû la laisser parler. Car à présent je ne sais plus si c'est elle qui parle, ou moi-même. Cette voix que j'ai laissée s'élever, voudra-t-elle jamais plus se taire ? Si je ne suis pas plus effrayée, c'est que ma lâcheté me

rassure. Ma pensée se révolte en vain; malgré moi je reste soumise. Je cherche en vain ce que j'aurais pu faire de plus, ce que j'aurais pu faire d'autre dans la vie; malgré moi je reste attachée à Robert, à mes enfants qui sont les enfants de Robert. Je cherche où fuir, mais je sais bien que cette liberté que je souhaite, si je l'avais je ne saurais qu'en faire. Et j'entends comme un glas ces mots que Geneviève me disait un jour en riant :

« Tu auras beau faire, ma pauvre maman, tu ne seras jamais qu'une honnête femme. »

22 juillet.

J'écrirai mes pensées sans suite...

Le respect de mes enfants me retenait, et j'aimais à m'appuyer contre; ce soutien, Geneviève me l'enlève. Je n'ai même plus cela pour m'aider. C'est contre moi seule à présent que je me débats; ce n'est que de ma propre vertu que je me sens irrémédiablement prisonnière.

Et si encore Robert me fournissait quelques griefs! mais non; ces défauts dont je souffre et que j'ai pris en haine, ce n'est pas contre moi qu'il les tourne et je ne puis lui reprocher que son être; du reste aucun autre amour ne m'entraîne, et je ne songe pas à le trahir, du moins pas autrement qu'en m'en allant. Ah! je voudrais seulement le quitter...

Si encore il était infirme! S'il ne pouvait se passer de moi!

Ce n'est pas avant quarante ans que je puis renoncer à vivre. Dieu ne m'accordera-t-il point d'autres devoirs que ce mortel effacement et une résignation misérable?

Quel conseil espérer? et de qui? Mes parents sont dans l'admiration de Robert et me croient parfaitement heureuse. Pourquoi les détromper? Qu'espérer d'eux, sinon de la pitié peut-être, dont je n'ai que faire?

L'abbé Bredel est trop âgé pour me comprendre. Et que me dirait-il de plus que ce qu'il me disait à Arcachon, qui ne fit qu'augmenter ma détresse : m'ingénier à cacher aux enfants la médiocrité de leur père. Comme si... Mais je ne veux point lui parler de la conversation que je viens d'avoir avec Geneviève; ceci ne ferait que l'enfoncer dans l'opinion qu'il a d'elle, qui n'est pas bonne; et je sais bien qu'aux premiers mots

qu'il m'en dirait, je prendrais le parti de Geneviève.
Quant à elle, jamais elle n'a pu supporter l'abbé, et tout
ce que je puis obtenir c'est qu'elle ne lui dise pas
d'insolences.

Marchant ?... Avec lui, certes oui, je pourrais m'entendre. Je ne m'entendrais que trop bien. C'est pour
cela que je me tais. Et puis je ne me pardonnerais pas
de troubler le bonheur d'Yvonne. Je suis trop son amie
amie pour ne pas tout lui cacher.

Mais tandis que j'écris ceci, une idée surgit soudain
en moi. Elle est peut-être absurde, mais je la sens
impérieuse : la personne à qui je dois parler de Robert,
c'est Robert lui-même. Ma résolution est prise : je lui
parlerai dès ce soir.

23 juillet.

Hier soir je m'apprêtais à passer dans la chambre
de Robert pour cette explication que je m'étais promise
d'avoir avec lui, lorsque papa s'est fait annoncer. Il lui
est si peu habituel de venir à cette heure tardive que je
me suis d'abord écriée :

« Maman n'est pas souffrante ?

— Ta maman va parfaitement. »

Et, tandis qu'il me pressait dans ses bras :

« C'est toi, mon petit, qui ne vas pas. Ta, ta, ta, ne
proteste pas. Voilà déjà longtemps que je sens qu'il
y a quelque chose qui cloche... Ma petite Éveline, je ne
peux pas supporter de te sentir malheureuse. »

J'ai commencé par dire :

« Mais, papa, tout va très bien. Qu'est-ce qui te
fait croire ?... »

J'ai dû m'interrompre, car il m'avait posé ses deux
mains sur les épaules et me regardait si fixement que
j'ai senti que je me décontenançais.

« Ces pauvres yeux battus en disent long. Voyons,
ma petite fille... ma petite Éveline, pourquoi te caches-tu
de moi ? Robert te trompe ? »

Cette question était si inattendue que je m'écriai
bêtement, comme malgré moi :

« Ah ! plût au ciel !...

— Mais... alors c'est sérieux. Voyons, parle : qu'est-ce
qu'il y a ? »

Il était si pressant que je n'ai plus pu me retenir.

« Non, Robert ne me trompe pas — lui ai-je dit.
— Je n'ai rien à lui reprocher; et c'est précisément ce qui me désespère. »

Et comme je voyais qu'il ne comprenait pas.

« Tu te souviens, quand, dans les premiers temps, tu t'opposais à mon mariage, je te demandais alors ce que tu reprochais à Robert, et je m'indignais quand tu ne trouvais rien à me dire. Pourquoi ne me répondais-tu pas ?
— Mais, ma petite enfant, je ne sais plus. Il y a si longtemps... Oui, j'ai d'abord méjugé Robert. Ses façons ne me plaisaient pas. Heureusement j'ai assez vite compris que je me trompais...
— Hélas! papa, c'est alors que tu le jugeais bien. Ensuite tu as cru que tu te trompais parce que j'étais heureuse avec lui. Mais cela n'a pas duré. J'ai compris à mon tour... Non, tu ne te trompais pas. J'aurais dû t'écouter alors, comme je faisais quand j'étais une petite fille bien sage. »

Il est resté longtemps, hochant la tête, comme accablé. Il murmurait :

« Mon pauvre petit... Mon pauvre petit — si tendrement que je me désolais de lui causer tant de peine. Mais il fallait aller jusqu'au bout. J'ai fait appel à tout mon courage et j'ai dit :
— Je veux le quitter. »

Il a eu un sursaut de tout le corps et a fait : « Hé là! Hé là! » sur un ton tellement bizarre que j'aurais ri si j'en avais eu le cœur. Puis il m'a prise près de lui sur le canapé où il était assis et, tout en me caressant les cheveux :

« C'est ton abbé qui en ferait une drôle de tête, si tu faisais cette bêtise-là. Tu lui as parlé de tout ça ? »

Je fis signe que oui, puis dus lui avouer que je ne m'entendais plus avec l'abbé aussi bien que par le passé, ce qui le fit sourire et me regarder d'un petit air gouailleur. L'idée de cette victoire indirecte sur quelqu'un qu'il avait toujours eu en grippe semblait l'amuser beaucoup.

« Tiens! tiens... Mais changeant de ton : — Ma chère enfant, parlons sérieusement, c'est-à-dire pratiquement. »

Alors il m'expliqua que si je quittais le foyer conjugal, je mettrais de mon côté tous les torts.

« On ne comprend d'ordinaire le prix d'une bonne réputation qu'après qu'on l'a perdue. Ma petite Éveline a toujours été un peu chimérique. Où irais-tu ? Que ferais-tu ? Non, non ; c'est avec Robert que tu dois continuer à vivre. Somme toute ce n'est pas un méchant garçon. Si tu tâchais de t'expliquer avec lui, il comprendrait peut-être...

— Il ne comprendra pas ; mais je lui parlerai tout de même, et cela ne fera que resserrer le nœud coulant. »

Alors il a repris disant qu'il ne fallait pas chercher à s'en échapper mais « à établir un *modus vivendi* » et à « chercher un tempérament ». Il use volontiers des mots qui lui en imposent un peu, comme pour se prouver à lui-même qu'ils ne lui font pas peur. Puis, sans doute dans l'espoir de me consoler, il s'est mis à me parler de ma mère et à me raconter comment lui non plus n'avait pas trouvé dans le mariage tout ce qu'il en avait attendu. Il ne s'en était encore jamais ouvert à personne, m'a-t-il dit, aussi paraissait-il extraordinairement soulagé de pouvoir enfin y aller et s'en donnait-il à cœur joie. Je ne me sentais point le courage de l'interrompre, mais j'étais indiciblement gênée par ses confidences, aussi gênée que dans mon atroce conversation avec Geneviève. Je pense que, d'une génération à l'autre, il n'est pas trop bon que ces communications s'établissent, qui violentent chez l'un des deux une pudeur qu'il vaut sans doute mieux respecter.

Il y avait encore une autre raison à ma gêne, dont il m'est désagréable de parler car j'aime trop papa pour ne pas souffrir d'avoir à le juger et je voudrais ne jamais le trouver en faute, une raison sur laquelle je me tairais si je ne me devais ici d'être sincère. Lorsque papa en vint à me raconter ses ambitions de jeunesse et tout ce qu'il estimait qu'il eût pu faire s'il se fût senti mieux compris et plus secondé par maman, je ne pouvais me retenir de penser qu'il n'eût tenu qu'à lui d'obtenir de lui davantage et que, s'il n'avait pas su tirer meilleur parti de son intelligence et de ses dons, il ne lui déplaisait pas d'en croire maman responsable. Je ne doute pas qu'il n'ait souffert de l'esprit uniquement pratique et borné de maman, mais je crois qu'il aime assez pouvoir dire : « Ta mère ne veut pas... Ta mère n'est pas d'avis que... » et à se reposer là-dessus.

Il m'a dit ensuite qu'il ne connaissait pas de ménage dont l'union fût si parfaite que l'un des deux époux n'ait pu souhaiter parfois ne s'être jamais engagé. Je n'ai pas protesté car papa n'aime pas beaucoup qu'on le contredise, mais je ne puis admettre cela qui me fait l'effet d'un blasphème.

Notre conversation s'est prolongée fort avant dans la nuit. Papa en a été, je crois, très réconforté et n'a pas compris qu'il me laissait plus désespérée que jamais.

<p style="text-align: right;">24 juillet.</p>

Un nœud coulant... Et tout effort pour m'en dégager le resserre... La grande explication avec Robert a eu lieu. J'ai joué ma dernière carte et perdu la partie. Ah! j'aurais dû fuir sans rien dire, ni à papa, ni à personne. Je ne peux plus. Je suis vaincue.

J'ai trouvé Robert étendu sur sa chaise longue, car il commence à quitter son lit depuis quelques jours.

« Je venais voir si tu n'avais besoin de rien », lui ai-je dit, cherchant quelque entrée en matière.

De sa voix la plus angélique :

« Non merci, chère amie. Ce soir je me sens vraiment mieux et commence à croire que la mort ne veut pas encore de moi. »

Puis, comme il ne manque pas une occasion de marquer sa générosité, sa délicatesse et sa grandeur d'âme :

« Je t'ai donné bien du souci. Je voudrais être sûr que je mérite tous les soins qu'on m'a prodigués. »

Je m'efforçais de le regarder avec indifférence :

« Robert, je voudrais avoir avec toi une conversation sérieuse.

— Tu sais, mon amie, que je ne me refuse jamais à parler sérieusement. Quand on a vu la mort d'aussi près que je l'ai vue ces jours derniers, on est tout naturellement porté aux pensées graves. »

Mais brusquement je cessai de comprendre de quoi je me plaignais et ce que j'étais venue dire. Ou plus exactement : ce dont j'avais à me plaindre me parut tout à coup parfaitement informulable. Surtout je ne savais comment, par quelle phrase, par quelle question commencer; pourtant j'étais fermement résolue à engager

la lutte et me redisais, jusqu'à l'affolement : « Tu ne le feras jamais si tu ne le fais pas maintenant. » De sorte qu'il me parut qu'il n'importait peut-être pas beaucoup par quelle phrase ouvrir l'attaque et que le mieux était de se fier à une sorte d'inspiration qui ne manquerait pas de me secourir sitôt ensuite. Alors, comme un plongeur qui se lance les yeux fermés dans le gouffre :

« Je voudrais, Robert, que tu me dises, si tu t'en souviens encore, pour quelles raisons tu m'as épousée. »

Certainement il s'attendait si peu à une question de ce genre qu'il en parut un instant tout étonné. Un instant seulement, car Robert, en quelque situation que les événements le mettent, est toujours extraordinairement prompt et habile à se ressaisir. Il me rappelle ces marionnettes à tête légère qui d'elles-mêmes se redressent toujours sur leurs pieds. Tout en me regardant pour tâcher de comprendre quelle intention cachaient mes propos et pour doser sans doute sa défense :

« Comment peux-tu parler ici de raisons, quand il s'agit de sentiments ? »

Robert sait s'y prendre de manière à dominer toujours un adversaire. Quoi qu'on fasse, le point de vue où il se place semble aussitôt le plus élevé. Je sentis que j'allais, comme aux échecs, perdre l'avantage de l'attaque. Mieux valait l'amener de nouveau à se défendre :

« Je t'en prie, tâche de me parler simplement. »

Il protesta tout aussitôt :

« On ne peut pas parler plus simplement que je fais. »

C'était vrai, et je sentis aussitôt l'imprudence de ma phrase. Elle contenait un vieux reproche qui certes avait eu le temps de grossir dans mon cœur; mais, pour une fois, ce reproche était immotivé.

« Oui, ceci, tu me le dis simplement. Mais le plus souvent ta grandiloquence m'accable, et tu te réfugies dans des régions sublimes où tu sais que je ne pourrai pas te suivre.

— Il me semble, chère amie — dit-il en souriant affablement et de son ton le plus suave — que, pour l'instant, c'est toi qui ne parles pas simplement. Voyons, dis-moi tout net : tu as quelque chose à me reprocher. Je t'écoute. »

Mais le mode de Robert, cette façon de s'exprimer qui m'était devenue à ce point insupportable, c'est moi

qui la prenais à présent, tout comme il m'arrivait quand j'étais plus jeune, par sympathie, de prendre l'accent anglais quand je parlais avec un Anglais, au grand amusement de papa. Est-ce pour la même raison que Robert en s'adressant à moi se trouvait comme forcé de parler simplement, tandis qu'irrésistiblement, en lui parlant, j'adoptais son ton et ses manières ? Je m'enferrais de plus en plus.

« Comme je me sentirais soulagée si je pouvais te reprocher quelque chose de précis — hasardai-je. — Mais non; je ne sais que trop que tu ne te mets jamais dans ton tort, comme je viens déjà de m'y mettre moi-même sitôt que j'ai cherché à m'expliquer avec toi. Et pourtant je t'assure que je ne cède à aucun mouvement irréfléchi. Cette conversation que je me promets depuis longtemps d'avoir avec toi et que je remets de jour en jour... »

Je ne pus achever; ma phrase était déjà trop longue. Je repris d'une voix si basse que je m'étonnai qu'il pût m'entendre :

« Écoute, Robert. Simplement, je ne puis plus vivre avec toi. »

Pour trouver la force de parler ainsi, fût-ce à voix basse, j'avais dû cesser de le regarder. Mais, comme il se taisait, je relevai les yeux sur lui. Il me parut qu'il avait pâli.

« Si je te demande à mon tour quelles raisons tu aurais de me quitter, dit-il — enfin —, tu serais à présent en droit de me répondre toi aussi que c'est une affaire non de raisons, mais de sentiments.

— Tu vois bien que je ne te le dis pas — repris-je. Mais lui :

— Éveline, dois-je comprendre que tu ne m'aimes plus ? »

Sa voix tremblait, juste assez pour me laisser douter si son émotion était feinte ou sincère. J'ai fait un grand effort et, péniblement :

« Celui que j'ai passionnément aimé était très différent de celui que j'ai lentement découvert que tu étais. »

Il haussa les sourcils et les épaules.

« Si tu parles par énigmes, je ne... »

Je repris :

« J'ai peu à peu découvert que tu étais très différent

de celui que je croyais d'abord, de celui que j'avais aimé. »

Alors il se passa quelque chose d'extraordinaire : je le vis brusquement prendre sa tête dans ses mains et éclater en sanglots. Il ne pouvait plus être question de feinte ; c'étaient de vrais sanglots qui lui secouaient tout le corps, de vraies larmes que je voyais mouiller ses doigts et couler sur ses joues, tandis qu'il répétait vingt fois d'une voix démente :

« Ma femme ne m'aime plus ! Ma femme ne m'aime plus !... »

J'étais loin de m'attendre à cette explosion. Je restais atterrée, sans plus savoir quoi dire, non point beaucoup émue moi-même, car évidemment je n'aime plus Robert ; indignée plutôt de le voir recourir à des armes qui ne me paraissaient pas loyales, en tout cas fort gênée de me sentir la cause d'un chagrin véritable et devant lequel mes griefs n'avaient plus qu'à battre en retraite. Pour consoler Robert il m'eût fallu recourir à des protestations mensongères. Je m'approchai de lui et posai ma main sur son front qu'il releva tout aussitôt.

« Mais pourquoi donc alors est-ce que je t'aurais épousée ? Est-ce à cause de ton nom ? de ta fortune ? de la situation de tes parents ? Dis ! Dis ! Mais parle un peu que je comprenne. Tu sais bien que... que je... »

Il semblait à présent si naturel, si parfaitement sincère que je m'attendais à entendre : « Que j'aurais pu trouver beaucoup mieux. » Mais ce fut : « Que c'est parce que je t'aimais » qui sortit ; puis, d'une voix de nouveau coupée de sanglots :

« ... Et parce que je croyais... que... tu m'aimais. »

J'étais presque scandalisée de mon indifférence. Si sincère que l'émotion de Robert pût être à présent, le déploiement de cette émotion me glaçait.

« Je pensais que cette explication ne serait pénible que pour moi », commençai-je ; mais il m'interrompit :

« Tu dis que je ne suis pas celui que tu avais cru. Mais alors toi non plus tu n'es pas celle que je croyais. Comment veux-tu que l'on sache jamais si l'on est bien celui que l'on doit être ? »

Puis, selon son habitude de s'emparer de la pensée d'autrui pour la plier à son usage (ce qu'il fait, je crois bien, le plus inconsciemment du monde) :

« Mais aucun de nous, ma pauvre amie, aucun de nous ne se maintient constamment à la hauteur de ce qu'il voudrait être. Tout le drame de notre vie morale est là, précisément... Je ne sais si tu saisis ?... (Cette phrase-tic vient immanquablement lorsqu'il commence à changer de sujet et qu'il sent que l'interlocuteur s'en rend compte.) Il n'y a que les êtres sans idéal qui...

— Mon ami, mon ami, — fis-je doucement avec un geste de la main pour l'interrompre, sachant bien que sur ce terrain doctrinal une fois lancé, il ne s'arrêterait pas de lui-même. Mon interruption le fit un peu dévier.

— Comme si, dans la vie, on n'était pas forcé d'en rabattre... C'est-à-dire qu'on se voit forcé de ramener son idéal à portée de prise. Mais toi, tu as toujours été une chimérique. »

Allons ! cela doit être vrai, puisque papa, hier, le disait aussi. Je ne pus que sourire tristement. Alors Robert, par un bondissement naturel, regagnant ces régions supérieures d'où ma plainte égoïste avait eu l'impertinence de l'arracher :

« Tu touches d'ailleurs là, chère amie, à un problème du plus haut intérêt, qui est celui même de l'expression. Oui, vois-tu, il s'agit de savoir si, dans l'expression, l'émotion s'épuise, ou, tout au contraire, si elle y prend conscience d'elle-même, et pour ainsi dire s'y crée. On en vient à douter, en effet, si rien existe vraiment en dehors de son apparence et si... Je vais t'expliquer ; tu vas tout de suite comprendre. »

Cette dernière phrase vient à la rescousse chaque fois qu'il commence à s'embrouiller. Elle m'exaspère entre toutes.

« J'ai fort bien compris — interrompis-je. — Tu veux dire que, ces beaux sentiments que tu exprimes, je serais folle de m'inquiéter si tu les éprouves véritablement. »

Son regard se chargea soudain d'une sorte de haine.

« Ah ! par exemple, il y a plaisir à être compris par toi — s'écria-t-il d'une voix presque stridente. — Alors, c'est tout ce que tu retiens de notre conversation ? Je me laisse aller à te parler avec plus de confiance et d'abandon que je n'ai fait à personne ; je m'humilie devant toi ; je sanglote devant toi. Mes larmes ne t'émeuvent pas le moins du monde ; tu interprètes mes

paroles et, sur un ton glacé, tu m'invites à conclure que tout le sentiment est de ton côté, et que tout mon amour pour toi n'est que... »

Les sanglots de nouveau l'arrêtèrent un instant. Je me levai, n'ayant plus qu'une idée : celle de mettre fin à un entretien que j'avais su diriger si mal, qui tournait à ma déconvenue et où je ne parvenais qu'à me donner l'apparence de tous les torts. Comme je posais ma main sur son bras pour lui dire adieu, il se retourna brusquement et, dans un élan subit :

« Eh bien, non! non! Ce n'est pas vrai. Tu t'es trompée. Si tu m'aimais encore un peu, tu comprendrais que je ne suis qu'un pauvre être, qui se débat, comme tous les êtres, et qui cherche, comme il peut, à devenir un peu meilleur qu'il n'est. »

Il trouvait enfin les paroles les mieux faites pour me toucher. Je me penchai vers lui pour l'embrasser, mais il me repoussa presque brutalement :

« Non, non. Laisse-moi. Je ne puis plus voir, plus sentir qu'une chose : c'est que tu as cessé de m'aimer. »

Sur ces paroles je le quittai, le cœur alourdi d'une autre tristesse, d'une tristesse qui faisait face à la sienne et que la sienne venait de me révéler : il m'aime encore, hélas! Je ne puis donc pas le quitter...

ÉPILOGUE

... 1916.

Je m'étais promis de ne plus rien écrire dans ce cahier...
Bien peu de temps après l'explication avec Robert
que j'y raconte, les graves événements qui boule-
versèrent l'Europe sont venus balayer nos préoccupa-
tions personnelles. Je voudrais retrouver les convictions
de mon enfance pour pouvoir prier de tout mon cœur :
Mon Dieu! protégez la France! Mais je pense que les
chrétiens d'Allemagne prient de même le même Dieu
pour leur pays, malgré tout ce que l'on nous rapporte
d'eux qui tende à nous les faire considérer comme des
barbares. C'est dans la valeur de chacun de nous, de
nous tous tant que nous sommes, que la France doit
trouver sa protection, sa défense; et j'ai pu croire
d'abord que Robert l'avait profondément compris. Je
l'ai vu se désoler d'être arrêté par sa convalescence;
puis, quelques mois après, consulter Marchant sur la
manière d'obtenir le certificat médical qui lui permît
de s'engager. Pourquoi m'a-t-il fallu apprendre ensuite
que sa classe allait être appelée, qu'il courait le risque
d'être versé de l'armée auxiliaire dans l'armée active,
et qu'en devançant l'appel, il restait libre de choisir
son affectation; ce qu'il fit avec la précaution la plus
grande, et en usant de toutes les protections. Pourquoi
redire ici tout cela? Je voudrais ne parler que de la
scène atroce que je viens d'avoir avec lui et qui va décider
de ma conduite. Mais comment l'expliquer si je ne
parle d'abord du nouveau conseil de revision qu'il dut
passer et où il trouva le moyen de se faire réformer
comme atteint de « céphalée chronique à la suite de
traumatisme »; c'est alors que j'ai voulu partir pour
un des hôpitaux du front, où j'étais assurée que l'on
accepterait mes services; mais il fallait l'autorisation de
Robert. Il me l'a refusée brutalement, avec des paroles
très dures, disant que je ne faisais cela que pour le

mortifier, lui faire la leçon, lui faire honte... J'ai dû céder, attendre, et me contenter de Lariboisière, où souvent je passais la nuit, de sorte que je ne le voyais plus que très peu. Je fus stupéfaite, un matin, de le retrouver en costume militaire. Il venait, grâce à sa connaissance de l'anglais, de se faire accepter par un comité de secours américain, ce qui lui permettait de revêtir un uniforme, bien que ne faisant plus partie de l'armée, et de prendre un air martial. Mais le pauvre n'eut guère de chance : ses déclarations patriotiques lui valurent bientôt d'être désigné pour Verdun. Comme il ne pouvait décemment se dérober, il « crut devoir » prendre la chose crânement, si bien qu'il reçut au bout de peu de temps la croix de guerre, à la grande admiration de Gustave, de mes parents et de quantité d'amis qui s'extasièrent. A Verdun même, où il m'appela à l'aller voir, il trouvait moyen de faire figure de héros. Je crois qu'il n'attendait que cette décoration pour se faire renvoyer dans ses foyers, ce qui, avec les protections dont il dispose, ne lui fut pas trop difficile. Comme je m'étonnais de ce retour subit, qui ne concordait guère avec les belles déclarations de constance que je lui entendais faire, il y a peu de temps, à Verdun même, il m'expliqua qu'il savait de source certaine que la guerre était tout près de finir, et qu'il sentait qu'il pourrait à présent être plus utile à Paris même où le moral lui paraissait moins bon que sur le front.

Il y a deux jours de cela... Je ne lui ai pourtant fait aucun reproche. Depuis notre pénible explication j'accepte tout de lui sans rien dire. Ce ne sont point tant ses actes que je méprise, ce sont les raisons qu'il en donne. Peut-être a-t-il lu ce mépris dans mes yeux. Il s'est tout à coup rebiffé. Sa décoration ne lui permet plus de douter de l'authenticité de ses vertus et tout à la fois l'en fait quitte. Moi qui n'ai pas la croix de guerre, j'ai besoin de la vertu même, pour elle-même et non pour l'approbation qu'elle nous vaut. La « chimérique » que je suis a besoin de réalité... Après s'être naïvement félicité de s'être tiré de la guerre à bon compte, et comme je ne pouvais réprimer un sourire :

« Avec ça que tu n'aurais pas fait comme moi! » s'est-il écrié tout à coup.

Non, Robert, ceci je ne te permets pas de le dire :

je ne te permets surtout pas de le penser. Je n'ai rien répondu, mais tout aussitôt ma résolution a été prise. J'ai pu revoir Marchant le soir même et convenir de tout avec lui. Il a bien voulu faire pour moi les démarches nécessaires. Demain je pars sans bruit pour Châtellerault. Dans cet hôpital de l'arrière, aux yeux de tous je paraîtrai parfaitement à l'abri. C'est ce que je souhaite. Geneviève seule sait à quoi s'en tenir. Comment a-t-elle pu se rendre compte du genre de malades que l'on soigne là-bas ? Je ne sais... Elle m'a suppliée de la laisser m'accompagner et prendre du service à mes côtés. Mais je ne puis supporter qu'à son âge elle s'expose ainsi; elle a toute sa vie devant elle. « Non, Geneviève, là où je vais tu ne peux pas, tu ne dois pas me suivre », lui ai-je dit en l'embrassant très tendrement comme pour un adieu. Ma chère Geneviève non plus ne peut se satisfaire de l'apparence. Je l'aime bien. C'est pour elle que j'écris ici. C'est à elle que je lègue ce cahier si je dois ne pas revenir...

ROBERT

A ERNEST ROBERT CURTIUS

Cuverville, 5 septembre 1929

Mon cher ami,

U<small>NE</small> *lettre de vous, après lecture de mon* École des femmes, *m'exprimait vos regrets de ne connaître le mari de mon « héroïne » qu'à travers le journal de celle-ci.*

« — Combien l'on souhaiterait, m'écriviez-vous, de pouvoir lire, en regard de ce journal d'Éveline, quelques déclarations de Robert. »

Ce petit livre répond peut-être à votre appel. Il est tout naturel qu'il vous soit dédié.

PREMIÈRE PARTIE

Monsieur,

ENCORE que mon premier sentiment, à la lecture de votre *École des femmes,* ait été l'indignation, je ne me permettrai pas de vous en vouloir à vous personnellement. Vous avez jugé bon de livrer au public le journal intime d'une femme, journal que celle-ci n'aurait jamais consenti d'écrire si elle eût pu se douter du sort qui lui serait fait un jour. La mode est aux confessions, aux révélations indiscrètes, sans souci du préjudice matériel ou moral que ces indiscrétions peuvent causer aux survivants; sans souci non plus de leur déplorable exemple. Je laisse à votre conscience (nous en avons tous une) le soin d'examiner s'il vous appartenait vraiment d'aider à une publication si nettement désobligeante pour un tiers, et, la couvrant de votre nom, d'en tirer à vous gloire... et profit. Ma fille vous y invitait, me répondrez-vous ? J'exprimerai plus loin ce que je pense de sa conduite. Je sais d'autre part, et par vos propres aveux, que vous attachez volontiers plus de poids à l'opinion des jeunes gens qu'à celle de leurs parents. Libre à vous; mais, en l'occurrence, nous voyons où cela mène; et où cela mènerait si plus de gens vous ressemblaient, ce qu'à Dieu ne plaise! Suffit.

Vous étonnerai-je beaucoup si je vous dis que je ne suis pas le seul à ne consentir point à me reconnaître dans l'être inconséquent, vain, sans importance, que ma femme a portraituré. « Protester, c'est s'avouer atteint par l'injure », a dit un Ancien. Quand bien même l'injure m'aurait atteint, je serais seul à le savoir, puisque mon nom n'a jamais été prononcé. Si je dis tout cela, c'est pour que vos lecteurs comprennent que ce n'est nullement le besoin de réhabilitation qui me fait aujourd'hui prendre la plume, mais bien uniquement un souci de vérité, de justice et de remise au point.

L'opinion se forme plus facilement, mais plus injuste-

ment aussi, après l'audition d'un seul témoin qu'après qu'on a prêté l'oreille aux témoignages contradictoires. Après avoir couvert de votre nom *L'École des femmes*, c'est *L'École des maris* que je vous propose; je fais appel à votre dignité professionnelle pour publier, en pendant à cet autre livre et dans les mêmes conditions de présentation et de lançage, la réfutation que voici.

Mais, avant d'entrer en matières, j'en appelle aux honnêtes gens. Que pensent-ils, je le leur demande, d'une jeune fille qui, sitôt après la mort de sa mère, s'empare des papiers intimes de celle-ci, avant même que le mari n'en ait pu prendre connaissance ? Vous avez écrit quelque part, il m'en souvient : « J'ai les honnêtes gens en horreur », et sans doute applaudissez-vous aux gestes hardis où vous pourriez reconnaître l'influence de vos doctrines. Dans l'audace éhontée dont ma fille fit preuve, je vois le triste résultat de l'éducation « libérale » qu'il plaisait à ma femme de donner à nos deux enfants. Mon grand tort fut de lui céder, selon mon habitude, par crainte du despotisme et par horreur des discussions. Celles que nous eûmes à ce sujet furent des plus graves, et je m'étonne de n'en trouver point de traces dans son journal. J'y reviendrai.

Que l'on ne s'attende pourtant pas à me voir revenir sur tous les points où le témoignage de ma femme me paraît inexact! Et en particulier sur certaines insinuations auxquelles je croirais au-dessous de ma dignité de répondre : celles qui ont trait à mon courage patriotique et à ma conduite pendant la guerre. Éveline ne semble du reste pas se rendre compte que, douter que j'aie vraiment mérité ma citation, c'est jeter nécessairement un discrédit sur l'honorabilité ou la compétence des chefs qui me l'ont accordée. Les phrases de moi qu'elle cite, à ce sujet, les ai-je vraiment dites ? Sincèrement, je ne le crois pas. Ou, si je les ai dites, ce n'est pas avec le ton et les intentions que sa malignité leur prête. En tout cas, je n'en ai pas gardé souvenir. Et je ne l'accuse pas à mon tour d'avoir volontairement et sciemment falsifié mon personnage. (Je ne l'accuse de rien.) Mais je crois qu'à un certain degré de prévention (que les Anglais appellent si bien : *prejudice*) nous entendons sincèrement autrui dire ce que nous nous attendons à l'entendre dire, et que nous obtenons, en

quelque sorte, des paroles de lui que le souvenir n'aura même pas à déformer.

Ce dont, par contre, je me souviens fort bien, c'est que je sentais qu'Éveline en était arrivée à ce point que, quoi que ce soit que je dise, le son que mes paroles feraient dans son âme serait le même. Elle ne pouvait plus m'entendre que mentir.

Mais mon intention, je l'ai dit, n'est point de me défendre. Je préfère raconter simplement à mon tour mes souvenirs de notre vie commune. Je parlerai en particulier de ces vingt années que son journal passe sous silence. Ma tâche est ardue, car il me semble sentir, tandis que j'écris, se pencher sur mon épaule le lecteur à l'affût du moindre mot où se révèlent ma « fourberie », ma « duplicité », etc. (ce sont les mots dont se sont servis les critiques). Pourtant, si je surveille trop mon écriture, je risque de fausser ma ligne et de donner dans le piège de l'apprêt au moment même et d'autant plus que je m'applique à l'éviter... La difficulté n'est pas mince. Je n'en triompherai, ce me semble, qu'en n'y pensant point; qu'en écrivant au courant de la plume; qu'en repartant à pied d'œuvre; qu'en ne tenant pas compte de ce qu'a pu dire de moi Éveline, ni penser de moi le public. Ne suis-je pas un peu en droit d'espérer que le public voudra bien faire de même; je veux dire : n'apporter point, en me lisant, un jugement trop préconçu ?

Une autre chose me gêne, il faut bien que je l'avoue. Les critiques ont loué à l'envi le style de ma femme. Et j'étais loin de me douter qu'Éveline pût si bien écrire. Je n'en pouvais guère juger, car, comme nous vivions toujours ensemble, je n'avais point à recevoir de lettres d'elle. Suprême éloge : on a même été supposer que ce journal avait été écrit par vous, M. Gide, qui*... Certes, les pages que voici ne peuvent point aspirer à donner le change. Si j'ai pu nourrir, dans ma jeunesse, quelques prétentions littéraires, je les ai vite résignées (pour parler comme vous). Et tenez, à ce sujet, pourriez-vous m'expliquer pourquoi tous les critiques (du moins ceux que j'ai lus) me présentent comme un poète raté ? alors que non seulement je n'ai jamais écrit de

* Trois lignes supprimées.

vers (du moins depuis mon temps de rhétorique, où, péniblement, j'avais extrait de moi quelques sonnets), mais encore jamais souhaité d'en écrire. Est-ce ma faute à moi, si Éveline m'a d'abord cru plus de dons que je n'en avais, et peut-on faire grief à quelqu'un de ne point être Racine ou Pindare, simplement parce qu'une amoureuse le prenait pour tel ?... Je voudrais insister là-dessus, parce que je crois que c'est là la raison de cruels mécomptes, tant en amitié qu'en amour : ne pas voir l'autre aussitôt tel qu'il est, mais bien se faire de lui d'abord, une sorte d'idole que, par la suite, on lui en veut de ne pas être, comme si l'autre en pouvait mais. Du reste, moi non plus, d'abord, je ne voyais point Éveline telle qu'elle était. Mais qu'était-elle donc ? Elle ne le savait pas elle-même. Elle était celle que j'aimais. Et, aussi longtemps qu'elle m'aima, elle s'efforça de ressembler à mon idole et s'orna des vertus que je lui croyais, qu'elle savait devoir me plaire. Aussi longtemps qu'elle m'aima, elle ne s'inquiéta pas de se connaître; elle ne souhaitait que de se confondre avec moi... Mais nous touchons ici, je crois, à un problème d'intérêt très général et très grave. C'est pour tenter de l'élucider que j'écrirai ce qui va suivre. Je voudrais d'abord dire un peu qui j'étais avant de la connaître. Ceci aidera sans doute à comprendre ce qu'Éveline devint pour moi.

Mon enfance n'a pas été très heureuse. Mon père tenait un magasin de quincaillerie, dans une des rues les plus animées de Perpignan. Je n'avais que douze ans lorsqu'il mourut, laissant tout le poids de son négoce à ma mère qui n'entendait pas grand-chose aux affaires et que je crois que son premier commis grugeait. Ma sœur, de deux ans plus jeune que moi, était de santé délicate et nous la perdîmes quelques années plus tard. Je vivais entre ces deux femmes, fréquentant peu les garçons de mon âge, que je trouvais brutaux et vulgaires, et ne connaissant guère d'autres distractions que d'aller tous les dimanches, en compagnie de ma mère et de ma sœur, déjeuner chez une vieille tante célibataire qui vivait dans une sorte de grand mas, à trois kilomètres de Perpignan. Ma sœur et moi nous caressions ses

chiens et ses chats ; nous allions pêcher des poissons rouges dans un bassin oblong, au fond d'un petit jardin, surveillés de loin par ma mère et ma tante. Nous amorcions nos lignes avec de la mie de pain parce que les vers nous dégoûtaient et que nous craignions de nous salir. C'est peut-être pourquoi nous rentrions toujours bredouilles. Nous recommencions néanmoins chaque dimanche et ne quittions nos lignes que lorsque la tante nous appelait pour le goûter. Ensuite une partie de loto-dauphin nous menait jusqu'à l'heure du départ. La vieille calèche, qui le matin était venue nous prendre, nous ramenait à Perpignan pour dîner.

Cette tante, qui mourut la même année que ma sœur, nous laissa sa fortune qui était inespérément belle ; ce qui permit à ma mère de se reposer enfin après avoir liquidé son fonds de commerce, et à moi de pousser plus avant mes études.

J'étais un assez bon élève. Pourquoi n'osé-je pas dire : un très bon ? C'est que l'application, aujourd'hui, n'est plus de mode ; les dons plutôt sont en faveur. J'étais extraordinairement appliqué et, aussi loin qu'il me souvienne, je me revois tout dominé par la prépondérante idée du devoir. C'est aussi que j'aimais ma mère et voulais lui épargner tout souci. Avant l'héritage de ma tante, mon instruction nous aurait coûté trop cher, sans la bourse que je pus obtenir. Notre vie était inexprimablement monotone et morne, et je ne reviendrais pas volontiers sur ce passé, si ce n'est pour évoquer les douces figures de ma mère et de ma sœur qui fermaient l'horizon de mon cœur. Toutes deux étaient très pieuses. Mes sentiments religieux faisaient partie, me semble-t-il, de mon amour pour elles. Je les accompagnais à la messe chaque dimanche, avant que la calèche ne vînt nous emmener chez ma tante. J'écoutais fort docilement les recommandations et les conseils de l'abbé X..., qui s'intéressait à nous trois, et je veillais à n'avoir pas une pensée que je ne fusse prêt à lui dire et qu'il ne pût approuver.

Ma sœur avait seize ans quand elle mourut ; j'en avais alors dix-huit. Je venais d'achever mes premières études, et l'héritage de ma tante m'eût permis d'aller suivre des cours à Paris ; mais l'idée de l'isolement où j'aurais laissé ma mère me fit préférer Toulouse dont la proxi-

mité me permettait de fréquents retours à Perpignan. La préparation des premiers examens de droit me laissait beaucoup de liberté, que je ne songeais à employer qu'en allant retrouver ma mère. Je lisais beaucoup, mais pouvais aussi bien lire près d'elle. Depuis la mort de ma tante, elle ne voyait plus que moi. L'image de ma sœur restait entre nous ; cette image m'accompagnait sans cesse et je crois que je lui dois, autant qu'aux conseils de l'abbé X..., cette horreur des plaisirs faciles où je voyais mes camarades se laisser entraîner. Toulouse est une ville assez grande pour offrir aux jeunes gens dissipés maintes occasions de chute. Je proteste aujourd'hui, comme je protestais hier, contre ces théories modernes qui tendent à diminuer notre vertu en prétendant que les seuls désirs auxquels on résiste sont ceux qui ne sont pas bien forts... Je veux croire pourtant que les secours de la religion sont indispensables à l'humaine faiblesse. Je les recherchai. Et c'est aussi pourquoi je ne pris pas orgueil de ma résistance. Au surplus je fuyais les entraînements, les mauvaises fréquentations et les lectures licencieuses. Et même je n'aurais pas abordé ce sujet s'il n'était besoin de faire comprendre ce que devint pour moi Mlle X... aussitôt que je la rencontrai. Je l'attendais.

Certainement je me rends compte aujourd'hui du danger d'une pareille attente. Un jeune homme aussi pur que je l'étais avec l'aide de Dieu, centralisant soudain sur une femme unique toutes ses aspirations latentes, risque d'auréoler à l'excès celle dont il s'éprend. Mais n'est-ce point là le propre de l'amour ? Du reste Éveline méritait le culte que je lui vouai tout aussitôt et je me félicitai de n'avoir pas jusqu'alors mésusé de mon cœur, que je pus lui offrir intact.

Mes examens passés assez brillamment, j'avais quitté Toulouse qui n'offrait plus d'aliment suffisant à mes curiosités intellectuelles. J'ai dit que la notion du devoir, depuis ma tendre enfance, dominait ma vie. Mais il m'avait bien fallu comprendre que, si j'avais des devoirs envers ma mère, j'en avais également d'aussi sacrés envers mon pays, ce qui revient à dire : envers moi-même, qui ne songeais qu'à le bien servir. A l'abri désormais des soucis d'argent, j'étais libre de disposer de mon temps à ma guise. La peinture et la littérature

m'attiraient, mais je ne me reconnaissais pas des dons assez marquants, ou du moins assez exclusifs, pour mener une carrière d'artiste ou de romancier. Il m'apparut que mon rôle sur cette terre devait être plutôt de faire valoir les autres et d'aider au triomphe de certaines idées après que j'en aurais reconnu la valeur. De ce rôle modeste, libre à certains orgueilleux d'aujourd'hui de sourire. Sitôt libéré du service militaire, que je fis dans l'artillerie, ce que je commençai donc à chercher, ce fut ma propre utilité. J'examinai ce dont avait le plus besoin la France et commençai de fréquenter à Paris ceux qui pouvaient me renseigner ou qu'animait un semblable zèle, outrés autant que moi par l'état d'insouciance, d'inconscience et de désordre où s'étiolait notre pays.

Mon beau-père s'étonna, par la suite, que je ne me sois pas « lancé » (comme il disait) dans la politique, où il affirmait que j'aurais dû réussir. Ses regrets à ce sujet sont d'autant plus méritoires que je ne partageais nullement ses idées. Il considérait en effet le présent état de choses, non certes comme parfait, mais comme parfaitement acceptable, et prenait son parti de tout, à la Philinte. Pour moi j'estimais, j'estime encore, que le premier pas vers le mieux consiste à considérer notre situation politique, d'où dépendent toutes les autres, comme devant être changée. Et n'était-il pas naturel que j'eusse souci d'appliquer à notre pays les maximes qui dirigeaient ma propre conduite et dont j'avais éprouvé le profit ?

La politique offrait, à mon avis, trop d'aléa. Elle m'eût obligé à des compromissions qui eussent incliné ma ligne de conduite. Mais ce n'est pas ma justification que j'écris ici : c'est mon histoire.

Je fréquentais un grand nombre d'hommes de lettres et d'artistes. J'exerçai la fermeté de mon caractère à ne me laisser entraîner par eux ni à écrire, ni à peindre, comme m'y eussent porté mes goûts naturels. Cette abstention me laissa d'autant plus libre de goûter la production d'autrui et d'y aider, non point seulement par des conseils (qui ne sont pas volontiers accueillis par ceux qui en auraient le plus grand besoin), mais par certains appuis que mes relations dans le monde politique me permettaient d'obtenir (sans compter une

aide plus directe, souvent, et lorsque j'étais sûr que l'artiste n'y pourrait trouver un encouragement à la paresse).

Tous ceux qui ont consenti à se livrer à une étude approfondie de notre pays ont pu constater que les éléments premiers en sont bons, que surtout manque la mise en valeur où excellent nos voisins d'outre-Rhin. L'homme a besoin d'être dirigé, encadré, dominé. Et qu'eussé-je valu moi-même si je ne m'étais laissé guider par quelques idées supérieures et par des principes dont trop nombreux sont aujourd'hui ceux qui cherchent à secouer le joug.

Pour permettre de comprendre à quel genre d'activité je me livrai, rien ne vaut un exemple; j'en choisis un dont les résultats furent les plus manifestes et les mieux appréciés.

Il m'était apparu que souvent les meilleurs livres, par suite du peu d'esprit pratique de leurs auteurs, ont du mal à atteindre le public de choix qu'ils méritent. Que, par contre, un grand nombre de lecteurs, bien intentionnés mais mal renseignés, passent à côté des plus saines nourritures pour se repaître d'ouvrages souvent fort peu recommandables, qu'une habile réclame a su mettre en temps opportun sous leurs yeux. Je crus pouvoir rendre un réel service à la fois à ce public, à ces auteurs et à leurs éditeurs. Je fis valoir à ces derniers les avantages d'un projet auquel ils s'intéressèrent aussitôt. M'adressant aux meilleurs esprits de ce temps, je constituai un jury chargé de désigner périodiquement les livres qui méritaient d'être servis en pâture à ceux qui voudraient bien comprendre les garanties qu'offrait le choix d'un jury si bien composé. Les Français sont si routiniers, si confiants dans leurs goûts propres, si accessibles aux séductions de la mode, que j'eus beaucoup de mal à les persuader de s'en remettre au jugement d'autorités compétentes. Pourtant, à force de démarches, je parvins à recruter un nombre respectable d'abonnés qui permirent d'assurer le succès de certains ouvrages et de mon entreprise tout à la fois. J'écartais de ces lecteurs d'élite, par ce moyen, les livres médiocres ou pervertisseurs, que mon jury se gardait, il va sans dire, de mentionner; car il est à remarquer qu'un cerveau rassasié de bons livres ne

garde pas beaucoup d'appétit pour la mauvaise littérature. Le service que je rendais ainsi ne fut, hélas! point sensible aux yeux de ma femme. A chaque nouvelle assemblée du jury, Éveline s'informait ironiquement, non point des titres des ouvrages élus, mais du menu du repas qui précédait la délibération, repas excellent il est vrai, offert par les éditeurs et auquel les membres du jury voulaient bien me convier.

Quant aux livres choisis, Éveline affectait de ne point désirer les lire ou de les connaître déjà; c'est à l'indépendance de son jugement que je pouvais le mieux mesurer la décroissance de son amour. Mais ici nous entrons dans le vif même de la question.

Ce n'est point un journal que j'écris. Les événements que je groupe ici s'échelonnent sur un grand nombre d'années. Je ne puis dire exactement à quand remontent les premières manifestations de cet esprit d'insoumission que je commençai de remarquer chez Éveline et que, malgré tout mon amour pour elle, force m'était de blâmer. L'insoumission est toujours blâmable, mais je la tiens pour particulièrement blâmable chez la femme. Durant les premières années de notre mariage, et plus encore au temps de nos fiançailles, Éveline épousait sans contrôle mes opinions et mes idées, avec tant de chaleur et une si parfaite aisance que nul n'aurait pu croire que ces opinions et ces idées ne lui fussent pas naturelles. Quant à ses goûts en littérature et en peinture, on eût dit qu'ils m'attendaient pour se former, car ses parents n'y entendaient pas grand-chose. Notre entente était donc parfaite. Je ne m'expliquai ce qui la put troubler que beaucoup plus tard; que trop tard, alors que l'irréparable était fait.

Malgré leurs opinions avancées, qu'ils ne se gênaient pas pour professer en public, je continuais d'accueillir à notre foyer conjugal deux amis, le docteur Marchant et le peintre Bourgweilsdorf, l'un en raison de son grand talent, que j'étais en ce temps à peu près seul à reconnaître, l'autre à cause de son savoir et de certains services qu'il nous avait rendus. Je ne crois pas à la génération spontanée, surtout pas dans le cerveau des femmes; les idées qui s'y développent vous pouvez être sûr que quelqu'un d'autre les a semées. Je suis prêt à reconnaître ici mes torts : je n'aurais pas dû recevoir

chez moi ces libertaires, malgré toute leur science et tout leur talent, pas les laisser parler, du moins en présence d'Éveline. Elle ne cache pas dans son journal, l'attention qu'elle leur accordait, et, comme ils étaient mes amis, j'eus d'abord la naïveté de m'en réjouir. Il est au-dessous de mon caractère d'être jaloux ; et, à vrai dire, Éveline ne me donnait pas, Dieu merci, sujet de l'être ; mais n'était-ce pas trop déjà qu'elle prêtât complaisamment l'oreille à leurs propos ? Par contre elle cessa d'écouter ceux de l'abbé Bredel qui eussent fait du moins un heureux contrepoids. Des discussions s'élevèrent entre nous. Comme, d'autre part, elle lisait beaucoup, et, dédaigneuse de mes conseils, choisissait de préférence les livres susceptibles de l'enhardir, elle ne craignait plus de me tenir tête.

Nos discussions portaient surtout au sujet de l'éducation de nos enfants.

J'ai eu maintes occasions d'observer les ravages de la libre pensée dans les ménages et les discussions qu'elle fomente entre époux. Le plus souvent c'est le mari qui renie la foi de ses pères, et dès lors il ne connaît plus de frein au dérèglement de ses mœurs. Mais je crois que, pour les enfants du moins, le mal est encore plus grand lorsque c'est la pensée de la femme qui s'émancipe, car le rôle de la femme est éminemment conservateur. En vain tâchai-je de le faire comprendre à Éveline, l'invitant à peser la responsabilité qu'elle assumait ainsi vis-à-vis de sa fille en particulier, car cette joie me fut accordée de voir mon fils écouter de préférence mes conseils. Quant à Geneviève, plus avide d'instruction que Gustave, et plus curieuse qu'il ne convient à une femme, son esprit n'était que trop naturellement enclin à suivre celui de sa mère sur les sentiers glissants de l'incroyance. Sous prétexte de la préparer pour ses examens, Éveline l'encourageait dans des lectures qui désolaient l'abbé Bredel et qui me faisaient protester contre l'instruction que l'on donne aux femmes aujourd'hui, dont le plus souvent elles n'ont que faire. Je crois que leur cerveau n'est point fait pour de pareilles nourritures et ne sait point fournir un antidote naturel pour neutraliser ces poisons. Je protestais en vain, finissais par céder, de guerre lasse, désireux de maintenir de mon mieux la paix de notre foyer déjà gravement

compromise. Les résultats de cette éducation, hélas! ont justifié toutes mes craintes. Mais, comme les plus désastreux écarts de la conduite de Geneviève ont suivi la mort de ma femme, je n'ai que faire d'en parler ici, et c'est un sujet sur lequel il me serait particulièrement pénible de m'appesantir.

Oui, je l'ai dit, mais je le répète, j'estime que le rôle de la femme, dans la famille et dans la civilisation tout entière, est et doit être conservateur. Et c'est seulement lorsque la femme prend pleine conscience de ce rôle que la pensée de l'homme, libérée, peut se permettre d'aller de l'avant. Que de fois j'ai senti que la position prise par Éveline retenait le vrai progrès de ma pensée en me forçant d'assumer dans notre ménage une fonction qui aurait dû être la sienne. D'autre part, je lui suis reconnaissant devant Dieu de m'avoir ainsi d'autant plus encouragé dans la pratique de mes devoirs, tant religieux que sociaux, et fortifié dans ma foi. Et c'est pourquoi devant Dieu je lui pardonne.

Je touche ici à un point particulièrement délicat, mais que je crois d'une telle importance que l'on m'excusera si j'y insiste quelque peu. Cette fraîcheur, cette virginité, de l'âme autant que du corps, que tout honnête homme souhaite trouver dans la jeune fille dont il se propose de faire sa compagne, Éveline me les offrait exquisement. Pouvais-je soupçonner, et connaissait-elle elle-même sa vraie nature, et tout ce que celle-ci pourrait présenter de rétif lorsqu'elle cesserait d'être dominée par l'amour ? Le propre de l'amour humain est de nous aveugler aussi bien sur nous-même que sur les défauts de l'être qu'on aime; cette soumission que j'admirais en Éveline, j'ai pu d'abord (et nous pûmes tous deux) la croire naturelle, alors qu'elle n'était due qu'à l'amour. Du reste je ne souhaitais pas d'Éveline une autre soumission que celle que j'imposais moi-même à ma propre pensée. Mais cette « obéissance de l'esprit », que Mgr de La Serre déclarait tout dernièrement « plus difficile peut-être que la réforme des mœurs », ajoutant très justement : « On n'est pas chrétien sans cela* », cette soumission intellectuelle qui doit être celle de tout bon catholique, Éveline cessa bientôt d'y prétendre; que dis-je ? Elle

* *Études,* du 20 juillet 1929.

prétendit, au contraire, avoir suffisamment de jugement personnel pour pouvoir se guider elle-même et se passer de directeur, et cela précisément alors que son esprit protestataire, qui jusqu'à ce moment sommeillait en elle, commença d'examiner critiquement, c'est-à-dire de mettre en doute, les directives de ma vie. Elle m'expliqua certain jour que notre idée de la Vérité n'était sans doute pas la même et que, tandis que je continuais à croire à une vérité divine, extérieure à l'homme, révélée et transmise sous le regard et avec l'inspiration de Dieu, elle ne consentait plus à tenir pour véritable rien qu'elle ne reconnût vrai par elle-même, malgré ce que je pus lui dire : que cette croyance en une vérité particulière mène droit à l'individualisme et ouvre la porte à l'anarchie.

« C'est bien de vous, d'avoir épousé une anarchiste, mon pauvre ami ! » me répondit-elle alors en souriant. Comme s'il y avait là de quoi sourire !

Et si encore elle avait gardé ses idées pour elle-même ! Mais non, il lui fallait en semer le germe chez nos enfants ; chez ma fille en particulier qui n'était que trop disposée à les accueillir et qui semblait ne chercher dans l'instruction qu'un encouragement à la libre pensée.

Ces idées dissolvantes qui, dans un cerveau tendre et mal prévenu contre elles, ainsi que l'était le cerveau de ma femme, font lentement leur chemin, je les compare aux termites qui, dans les pays tropicaux, minent et désagrègent avec une surprenante rapidité la charpente des édifices. L'apparence de la poutre reste la même ; l'intérieur est déjà tout vermoulu que rien n'annonce encore la ruine. Avant que l'on n'y ait pris garde, tout s'effondre soudain.

Sur quelle fragilité reposait mon amour ! Si j'eusse pu m'en rendre compte à temps, j'aurais su prendre des mesures pour enrayer le mal, exigé plus de soumission, prohibé certains livres dont le perfide danger me serait mieux apparu si j'avais commencé par les lire moi-même. Mais j'ai toujours pensé que le meilleur moyen d'échapper au mal est d'en détourner les regards. Il n'en était pas de même, hélas ! pour Éveline, qui prétendit bientôt juger de tout par elle-même. Je me reproche vivement ici certaine faiblesse de mon caractère ; mais, précisément peut-être parce que j'étais respectueux

de l'autorité, de celle en particulier de l'Église, et par habitude de soumission, je ne sus pas exiger de moi cet acte d'autorité maritale, que pourtant me conseillait l'abbé Bredel, que tout mari bien affermi dans sa croyance doit oser, et qui sans doute eût retenu l'esprit d'Éveline sur la pente des égarements. Je ne compris que cet acte d'autorité eût été nécessaire qu'alors qu'il n'était déjà plus opportun et eût risqué de se heurter à une résistance impie. C'était un soir que je lui faisais la lecture; car, en ce temps, je ne désespérais pas encore de tout au moins contrebalancer l'effet mauvais des livres que j'avais la faiblesse de ne pas oser lui interdire. Je lui lisais, dans un tome d'œuvres posthumes du comte Joseph de Maistre, la belle notice biographique écrite par son fils. Éveline, qui venait d'être un peu souffrante, avait dû rester quelques jours couchée; elle recommençait à se lever, mais était encore étendue sur un sofa. Une même lampe éclairait mon livre et une pièce de la layette qu'elle préparait pour la naissance de notre second enfant, et qu'elle ornait de broderies. C'était en 1899. Geneviève avait alors deux ans. Sa venue au monde avait été facile. Celle de Gustave s'annonçait moins bien. Éveline se sentait anormalement fatiguée; un peu d'albuminurie était cause sans doute d'une très déplaisante bouffissure des traits de son visage.

« Comment pouvez-vous aimer encore quelqu'un de si laid ? » me disait-elle; et je protestais aussitôt que je reconnaissais dans ses yeux son âme, qui, elle, ne pouvait changer. Mais je devais bien m'avouer que son regard n'était déjà plus le même, que cette âme je ne la reconnaissais déjà plus. J'y cherchais de l'amour encore; mais j'y sentais surtout de la résistance et parfois presque une sorte d'opposition. Cette opposition, que je me refusais encore à admettre, se manifesta brusquement ce soir-là d'une manière particulièrement déplaisante. A un passage émouvant de ma lecture, Éveline lâcha brusquement sa broderie, saisit son mouchoir qu'elle porta à ses lèvres, cachant à demi son visage. Elle riait. Je posai mon livre et la regardai fixement.

« Pardonne-moi, dit-elle, j'ai tâché de me retenir, mais c'est plus fort que moi. » Et tout le haut de son corps était secoué d'un fou rire qu'il apparaissait bien qu'elle ne pouvait pas maîtriser.

« — Je ne vois pas ce qu'on peut trouver de comique dans... » commençai-je, de mon plus calme, et même avec une nuance d'étonnement et de sévérité.

Elle ne me laissa pas achever.

« Oh! rien de comique dans ce que tu lis, dit-elle; bien au contraire. Mais c'est le ton pénétré que tu prends... »

Il me faut copier ici la phrase qui déchaînait chez ma femme cet accès d'intempestive hilarité :

« Pendant tout le temps que le jeune Joseph de Maistre passa à Turin pour suivre les cours de droit de l'Université, il ne se permit jamais la lecture d'un livre sans avoir écrit à son père ou à sa mère à Chambéry, pour en obtenir l'autorisation. »

« On sent, reprit-elle, que tu voudrais tellement me faire trouver cela admirable.

— Et je vois que je n'y parviens guère, dis-je avec plus de tristesse que de dépit. Alors, toi, tu trouves cela ridicule ?

— Immensément. »

Elle ne riait plus, mais me regardait à son tour gravement, presque tristement; et c'est moi qui détournai mes yeux, par crainte de découvrir dans ce regard des sentiments que je ne pusse pas approuver. Je voulus me montrer conciliant, sachant qu'avec les femmes il faut toujours user de souplesse et qu'on risque de tout perdre en demandant trop.

« Le comte de Maistre nous offre, lui dis-je, ce que l'on pourrait appeler un cas-limite. C'est du reste ce qui fait son importance et sa grandeur. J'admire l'intransigeance de cette figure; elle tranche sur le reste des hommes prêts à toutes les concessions; trop nombreux sont ceux qui prennent leur parti et s'accommodent du relâchement des mœurs, ce qui est une façon d'y aider. Mais je reconnais qu'on ne peut exiger d'autrui les vertus auxquelles soi-même on aspire.

— En tout cas c'est fort joliment dit », accorda-t-elle, en riant de nouveau, mais cette fois d'un rire ouvert et cordial, un rire que je ne devais plus longtemps entendre, du moins plus de cette qualité pure et charmante, un rire qui plus tard devait se charger d'ironie et de ce que longtemps encore je me refusai à reconnaître pour du mépris, où longtemps je ne voulus voir

qu'un sentiment de supériorité, toujours un peu choquant chez une femme. Quoi qu'il en fût, la cordialité de ce rire me rassura. Je voulus me montrer conciliant.

« Ces derniers temps tu t'es accordé, pour tes lectures, des libertés, lui dis-je, que j'espère bien ne pas te voir accorder à nos enfants.

— J'espère bien, me répondit-elle abruptement, qu'ils sauront les prendre d'eux-mêmes. »

Il y avait du défi dans sa voix et je sentais que cette phrase excédait sa pensée. Je ne voulus y voir qu'une boutade, mais que je me devais de ne pas laisser sans riposte :

« Heureusement que je suis là, dis-je un peu sévèrement. Le rôle des parents est de protéger leurs enfants. Ils pourraient s'empoisonner sans le savoir, céder à de malsaines curiosités. »

Elle m'interrompit :

« Toi, tu as toujours fait de l'incuriosité une vertu.

— Les dangers de la curiosité m'apparaissent suffisamment en toi, repris-je. L'homme doit être curieux de ce qui peut, non ébranler sa foi, mais l'affermir. »

La protestation qui manifestement montait à ses lèvres, Éveline ne la formula point. Je vis ses lèvres se fermer, se serrer comme pour s'opposer à une pression intérieure, comme pour refouler en elle-même des pensées qu'elle me cacherait désormais et se refuserait à me laisser combattre. Je me tus aussi, car, en face de ce silence, que me restait-il à faire, sinon de prier Dieu et la Sainte Vierge, remettant entre leurs mains une protection qui m'échappait. C'est ce que je fis abondamment ce même soir.

Notre conversation avait du reste été plus longue, car je me souviens de lui avoir encore dit ce soir-là, au sujet de Joseph de Maistre et de sa soumission aux jugements de ses parents :

« L'homme obéit toujours à quelqu'un ou à quelque chose. Mieux vaut obéir à Dieu qu'à ses passions ou ses instincts ! » propos qui m'avaient été suggérés par quelques réflexions de l'abbé Bredel ; et sans doute, précisément parce qu'elles ne sont pas proprement miennes, m'est-il permis de donner ces réflexions en parfait exemple de la profondeur à laquelle peut prétendre d'atteindre une pensée respectueuse et soumise.

Et j'ajoute encore ceci qui m'apparaît ce soir dans une sorte d'illumination, due certainement à l'état d'oraison où je me suis maintenu ces temps derniers avec le secours de Dieu : toute vraie pensée n'est qu'une réflexion, qu'un reflet. Réfléchir, comme le mot l'indique, c'est refléter Dieu. D'où il suit que toute pensée véritable est soumise à Dieu. L'homme qui croit penser par lui-même et qui détourne de Dieu son cerveau-miroir cesse à proprement parler de *réfléchir*. La pensée la plus belle est celle où Dieu, comme dans un miroir, peut proprement se reconnaître.

Ces dernières vérités ne m'apparaissent malheureusement qu'aujourd'hui ; si j'en avais pu faire part à Éveline ce soir susdit, il me semble qu'elles eussent été d'assez de vertu pour la convaincre. Hélas ! combien souvent les paroles que nous aurions dû dire ne nous viennent-elles à l'esprit que trop tard !

Les douleurs de l'accouchement commencèrent trois jours après cette soirée qui pour moi fut mémorable, car j'y pris pour la première fois conscience très nette de cette fissure qui sans doute avait depuis longtemps déjà commencé de se produire entre Éveline et moi, que déjà je percevais vaguement, mais à laquelle jusqu'à présent je me refusais de prêter attention, sachant trop que, souvent, pour les sentiments, c'est l'attention que nous leur accordons qui fortifie leur existence et que cessent d'être ceux que nous nous refusons à considérer. C'est par l'examen de l'inavouable que nombre de romanciers d'aujourd'hui exercent une si préjudiciable influence. Mais cette fissure, qui devait devenir un gouffre bientôt, je ne pouvais plus ne pas la voir, ne pas en tenir compte... J'étais en ce temps fort occupé et ne me trouvais pas à la maison au moment des premières douleurs. Je m'occupais alors d'une nouvelle affaire dont je venais d'avoir l'idée et que mon activité fit si pleinement réussir que je crois bon d'en dire ici quelques mots. Cette idée se greffait sur cette autre, dont j'ai déjà parlé, d'un choix de livres recommandables désignés par un jury compétent. Il me parut que les lecteurs de ces livres accepteraient volontiers d'être guidés également dans le choix de leurs fournisseurs, et que je

rendrais ainsi réel service à eux ainsi qu'aux fournisseurs. J'allai trouver ceux-ci, leur fis valoir les avantages qu'ils trouveraient à s'adresser, moyennant des conditions que je fixerai, à une clientèle d'élite, déjà constituée; j'allai trouver les éditeurs des livres désignés par le jury, qui s'engagèrent à encarter dans les volumes les prospectus de ces maisons dignes d'être recommandées. Cette affaire qui, dis-je, réussit au delà de toute espérance et prit bientôt une ampleur que je n'avais osé prévoir, me demanda quantités de démarches.

Quand je rentrai à la maison ce soir-là, les douleurs avaient commencé...

DEUXIÈME PARTIE

J'AI écrit au courant de la plume; mais voici que je m'aperçois d'une très curieuse erreur de ma mémoire, ou du moins d'un déplacement dans le temps de cette conversation que je viens de rapporter, avec une grande exactitude sans doute, mais qui se situe, non point au moment de la naissance de Gustave, mais bien sept ans plus tard, lors d'une troisième grossesse d'Éveline, qui n'eut qu'une conclusion très malheureuse. Cette curieuse erreur est sans doute due à l'affaiblissement de ma mémoire, conséquence de l'accident d'auto dont je fus victime en juillet 1914; mais également à des causes beaucoup plus profondes. A la lueur du présent, le passé s'éclaire et cette fissure entre nous, dont je parlais, mon esprit aujourd'hui, comme malgré moi, la prolonge en arrière; elle existait déjà sans doute, mais je ne savais pas encore la voir. Il m'est du reste difficile de m'attacher au développement historique d'une âme, laquelle m'apparaît toujours une et conséquente avec elle-même; mon souvenir voudrait la garder telle qu'elle vivra dans l'éternité. Et de même que la repentance efface la faute et blanchit un passé pervers, l'erreur projette de l'ombre jusque sur un passé limpide, en attendant la rédemption du Seigneur; car je crois, je sais, qu'Éveline, dans ses derniers instants, a reconnu ses fautes, s'est réconciliée avec Dieu à temps pour communier encore, de sorte que je puis espérer, par la miséricorde de Dieu, la retrouver par delà le tombeau telle que je l'aimais aux premiers jours de notre union, telle que je l'aime encore, car depuis longtemps j'ai pardonné tout ce qu'elle me fit souffrir.

Une autre réflexion à laquelle m'amène la constatation de cette erreur de dates est celle-ci : j'avais écrit qu'Éveline s'était plu à semer dans l'esprit de sa fille les germes de la libre pensée. A y bien réfléchir il me semble aujourd'hui que c'est l'esprit libertin de Geneviève, si enfant qu'elle fût encore, qui contamina l'âme de sa mère.

Geneviève avait neuf ans alors, mais, si loin que je remonte en arrière, je ne la vois que révoltée. C'est elle qui, sans cesse et à propos de tout demandant des explications, accoutuma sa mère à en chercher, à en fournir, au lieu de répondre à ses « pourquoi ? » ainsi qu'il sied, ainsi que je faisais moi-même : « Parce que je te le dis. » J'ajoute aussitôt que Gustave, par contre, manifesta dès son plus jeune âge la soumission la plus respectueuse, acceptant tout ce que je lui disais, sans jamais mettre en doute mes paroles. Il était même plaisant d'entendre cet enfant, lorsque sa mère cherchait à éveiller ses doutes, à provoquer ses questions, lui répondre ingénument et avec assurance : « Papa l'a dit », tout comme j'opposais aux inquiètes investigations d'Éveline les instructions irréfutables des ministres du Très-Haut.

Si l'on s'étonne qu'un si jeune enfant (je parle à présent de Geneviève) puisse être de quelque influence sur sa mère — et vraiment l'on n'aurait trop su dire si Éveline, qui se reconnaissait en sa fille, ne se servait point de la personnalité insoumise de celle-ci pour s'encourager dans cette dangereuse voie, et si elle l'y poussait ou s'y laissait entraîner par elle, tant l'entente entre elles deux était étroite et comme préétablie — du moins l'influence de mes deux amis le docteur Marchant et le peintre Bourgweilsdorf était-elle indéniable. J'en ai déjà parlé, mais je crois bon d'y revenir. Car si j'ai mis en avant jusqu'à présent surtout la libre pensée d'Éveline, ce n'est pas cette forme que son insoumission prit d'abord, mais bien, au reflet de Bourgweilsdorf, une forme beaucoup plus perfide, car elle se dissimulait alors sous l'apparence d'une vertu : la sincérité. Bourgweilsdorf n'avait que ce mot à la bouche ; il s'en servait comme d'une arme, défensive contre toute accusation d'inutile hardiesse et d'étrangeté, et offensive aussi bien contre la tradition et l'école. Du reste il n'était pas sans vénérer quelques grands maîtres ni sans se soumettre à leur enseignement, ainsi que je le faisais observer à Éveline et à lui-même. Mais il confondait volontiers avec l'hypocrisie, avec l'insincérité du moins, tout effort de perfectionnement et toute subordination de la sensation et de l'émotion à un idéal. Et je concède qu'il devait, en tant qu'artiste, à cette recherche assidue de

la plus sincère expression, l'accent particulier et neuf de sa peinture; je l'accorde d'autant plus volontiers que, cette peinture, je fus un des premiers à en reconnaître la valeur. Mais par un glissement qui ne tarda pas à se produire, Éveline commença d'introduire cette notion de sincérité dans la morale, où je ne dis pas qu'elle n'ait que faire, mais où elle peut devenir extrêmement dangereuse sitôt qu'elle n'est plus balancée et combattue par une notion supérieure du devoir. L'on eût dit bientôt qu'il suffisait qu'un sentiment fût sincère, pour mériter d'être approuvé; comme si l'être naturel, que Notre-Seigneur appelle si bien « le vieil homme », n'était pas précisément celui même que nous devons combattre et supplanter. C'est là ce que cessa d'admettre Éveline, qui se refusait à comprendre que je pusse préférer en moi celui que je voulais être et que je tâchais de devenir, à celui que naturellement j'étais. Sans me taxer précisément d'hypocrisie, tout geste ou toute parole par lesquels je m'efforçais d'entraîner vers le bien mon être intérieur lui devint suspect. Et comme la vertu lui était, plus qu'à moi, naturelle, et qu'il n'y avait pas en elle de mauvais instincts à refréner (sinon, peut-être, je l'ai dit, celui de la curiosité d'esprit), je ne parvenais pas à la persuader du danger qu'il peut y avoir à s'abandonner à soi-même, à s'accepter simplement pour ce que l'on est, c'est-à-dire, somme toute, pour pas grand-chose. J'eusse volontiers redit à Éveline cette exhortation que je sais gré à l'abbé Bredel de m'avoir fait lire dans une des *Lettres spirituelles* de Fénelon : « Vous avez besoin qu'on retienne les saillies continuelles de votre imagination trop vive : tout vous amuse, tout vous dissipe, tout vous replonge dans le naturel! » Et pourtant, non de moi, mais de celui que je voulais être, c'est de celui-là qu'Éveline s'était éprise. Il semblait à présent qu'elle me reprochât tout à la fois de vouloir le devenir et de n'y pas être encore parfaitement parvenu.

J'ajoute que le culte de la sincérité entraîne notre être vers une sorte de pluralité fallacieuse, car dès que nous nous abandonnons aux instincts, c'est pour apprendre que l'âme qui ne se veut soumettre à aucune règle est forcément inconséquente et divisée. Le sentiment du devoir exige et obtient de nous l'unité sans

laquelle notre âme ne peut prendre conscience d'elle-même et ne peut donc être sauvée. Dès lors peu importe que l'âme ne se sente pas chaque jour et à tout instant égale et pareille; elle flotte peut-être, mais autour d'un axe certain; l'idée du devoir la rassemble. C'est ce que je tâchais de faire comprendre à Éveline; en vain, hélas!

L'influence du docteur Marchant, quoique d'un ordre différent, rejoignait celle de Bourgweilsdorf d'une manière subtile que j'espère pouvoir éclairer. Je l'entendis citer un jour cette parole de je ne sais quel médecin célèbre : « Il y a des malades; il n'y a pas de maladies. » Et l'on comprend de reste ce que ce médecin et Marchant entendaient par là : que tout à la fois les maladies n'existent point à l'état abstrait, en dehors de l'homme, et que chaque homme en qui et par qui la maladie se fait connaître, modifie cette maladie et la réfracte, pour ainsi dire, selon son humeur et ses dispositions particulières. Mais, et c'est bien là que je vois le danger de l'instruction chez les femmes, Éveline poussant à l'absurde cette constatation, si simple sous son apparence paradoxale, assimilant les idées aux maladies, n'admit bientôt plus de Vérité en dehors de l'homme et considéra nos âmes non plus comme des vases pour la recevoir, mais bien comme de petites divinités susceptibles de la créer. En vain l'avertissais-je de ce qu'il y a d'impie dans cette intronisation de sa propre personne, lui rappelais-je le mot du démon : *Et eritis sicut Dii*. Hélas l'athéisme de Marchant l'encourageait; Éveline s'autorisait de lui, qui, je l'ai dit, est dans sa partie un homme de grande valeur, pour considérer toute vérité en fonction de l'homme, et non l'homme en fonction de Dieu.

Certain soir, pourtant, je crus que j'allais ressaisir Éveline. La formation du jury que j'avais institué, comme je l'ai précédemment rapporté, pour désigner les meilleurs livres, m'avait permis d'entrer en relations avec un éminent mathématicien-philosophe, que, par discrétion, je ne nommerai point car il vit encore et je ne voudrais pas blesser sa modestie. Je l'avais invité à dîner en compagnie de quelques personnalités notoires, dont le docteur Marchant. La conversation, après le repas, porta sur des questions de relativisme, de subjectivisme, et je ne fus pas peu intéressé d'entendre le mathé-

maticien énoncer ceci : que le monde des chiffres et des formes géométriques n'existe pas, il est vrai, en dehors du cerveau qui le crée; mais que ce monde, une fois créé par le savant, lui échappe, obéit à des lois qu'il n'est pas au pouvoir du savant de modifier, de sorte que cet univers né de l'homme rejoint un absolu dont l'homme lui-même dépend. Et ceci prouve abondamment, ajoutai-je, lorsque, après que nos convives nous eurent quittés, je me retrouvai seul avec Éveline, que le cerveau de l'homme est créé par Dieu pour le connaître, comme le cœur de l'homme est créé par Dieu pour l'aimer.

Mais le cerveau d'Éveline est ainsi fait qu'elle sut tirer argument de cette vérité même pour persévérer dans l'erreur. Elle avait écouté X... avec l'attention la plus vive et je pouvais lire sur son visage la profonde impression qu'elle en ressentait. Mais, le lendemain même, elle me dit :

« Si ma raison m'est donnée par Dieu, elle n'a que faire d'écouter d'autres lois que celles que Dieu lui impose. »

Un rationaliste n'eût pas raisonné autrement.

« Et dans ce cas, il n'est même plus besoin de parler de Dieu, lui dis-je.

— Peut-être bien peut-on s'en passer », répondit-elle; et, en effet, à partir de ce jour elle affecta de ne plus se servir de ce mot, qui, pour elle, semblait avoir perdu tout sens.

Pauve Éveline! Je ne cessai pourtant pas de l'aimer. C'est à elle que je devais, que j'avais dû, tout ce dont j'étais capable et d'amour et de poésie. Mais elle changeait, au point que j'en venais à me demander ce que j'aimais encore en elle. Son visage avait perdu son éclat; cette chaleur du regard qui, dans les premiers temps, faisait fondre mon cœur, je la cherchais en vain; sa voix avait cessé d'être craintive; son maintien même était plus assuré. Pourtant, c'était ma femme et je me redisais que ce que j'aimais, ni le temps, ni elle-même ne le pourraient changer. Et ceci me faisait comprendre que ces changements, qui peuvent être parfois de véritables dégradations, restent, après tout, étrangers à

l'âme. C'est l'âme même d'Éveline dont mon âme s'était éprise, à laquelle elle s'était liée par les liens les plus indissolubles. Mais quelle torture affreuse de voir s'enfoncer dans la nuit de l'erreur, et de jour en jour davantage, celle dont on a fait sa compagne, sa femme pour l'éternité.

« Que veux-tu, mon ami, me disait-elle alors, avec ce qui lui restait encore de tendresse, nous ne nous dirigeons pas vers le même ciel. »

Et je protestais qu'il ne pouvait pas plus y avoir deux ciels qu'il n'y avait deux Dieux, et que ce mirage vers lequel elle s'acheminait, qu'elle appelait *son ciel,* ne pouvait être que *mon enfer,* que l'enfer.

Tout ceci, est-il besoin de l'écrire, me rapprochait de Dieu d'autant plus, et m'aidait à comprendre l'incomparable qualité de cet amour de Dieu pour Dieu, qui, Lui du moins, ne peut changer. Me souvenant de la parole de l'Apocalypse : « Heureux ceux qui meurent dans le Seigneur », je disais à mon tour : « Heureux ceux qui s'aiment en le Seigneur », et me répétais ces mots devenus pour moi si nostalgiques, car ce bonheur, Éveline ne devait, hélas ! plus le connaître.

J'ai dit par quelle singulière confusion je rattachais à la seconde grossesse d'Éveline certaine conversation qu'il me faut reporter sept ans plus tard, alors qu'il ne restait déjà plus à Éveline beaucoup de chemin à faire vers la révolte et l'impiété. Cette troisième grossesse mit ses jours en danger, et je pus espérer, durant quelques jours, que l'idée de la mort la ramènerait à des sentiments meilleurs. Notre vieil ami l'abbé Bredel, qui l'espérait également, s'empressait auprès d'elle. Éveline en était à son huitième mois d'attente lorsqu'une mauvaise grippe s'empara d'elle et bientôt ruina nos espoirs. Éveline mit au monde, avant terme, un pauvre corps sans vie. Dès le lendemain la fièvre puerpérale se déclara qui la maintint plus de huit jours entre la vie et la mort. Malgré 40 degrés de fièvre, elle gardait toute sa connaissance, et malgré la ferme confiance que gardait le docteur Marchant de la sauver, elle se savait en danger.

« La première condition de la guérison, c'est d'y croire, avait dit Marchant, qui, partant de là, s'ingéniait

à lui cacher l'extrême gravité de son cas et l'entretenait dans une illusion qu'il estimait salutaire.

— Dans des cas de ce genre, combien de femmes s'en tirent ? lui avais-je demandé.

— Une sur dix, avait-il dit, ajoutant aussitôt : mais cette dixième-là, c'est Éveline, avec tant d'autorité et d'assurance que j'en pus être réconforté. Pourtant, j'avais tenu à ce que l'abbé Bredel fût averti. Éveline, en dépit de sa grandissante incroyance, avait gardé pour l'abbé Bredel des sentiments presque tendres et ne se débattait pas contre lui. Elle ne lui cachait pas le triste progrès de sa pensée, mais comme cette libre pensée n'entraînait chez elle, jusqu'alors du moins, aucun acte répréhensible, l'abbé Bredel ne mettait pas en doute qu'elle ne fût en état de s'amender et de reconnaître bientôt son erreur. L'instant était propice et, certain soir qu'Éveline se sentait particulièrement faible et que tout laissait supposer sa fin très prochaine, je fis venir l'abbé, j'eus avec lui quelques instants dans le salon, et m'apprêtais à l'introduire dans la chambre de la malade avec les saintes huiles et le viatique dont il avait eu soin de se munir, quand Marchant, sortant de la chambre, referma derrière lui la porte, et, de ce ton autoritaire qu'il sait prendre, lui en refusa l'entrée.

— Je viens de m'employer à relever sa confiance et son courage, dit-il presque durement, n'allez pas défaire mon travail. Si Éveline comprend que vous la croyez perdue, je crains que ce n'en soit fait d'elle. »

L'abbé Bredel était tout tremblant.

« Vous n'avez pas le droit de m'empêcher de sauver cette âme, murmura-t-il.

— Pour la sauver, voulez-vous la tuer ? demanda Marchant.

— L'abbé Bredel a l'habitude de ces conversations *in extremis,* dis-je en manière de conciliation. Il saura ne pas effrayer Éveline; il pourra lui proposer la communion non pas comme à une mourante, mais... »

Marchant m'interrompit :

« Voici combien de temps qu'elle n'a plus communié ? »

Et comme l'abbé et moi nous baissions la tête sans oser répondre :

« Vous voyez bien, reprit-il, qu'elle ne peut pas ne pas voir là une précaution dernière. »

Je pris la main de Marchant. Il était tout tremblant lui aussi.

« Mon ami, lui dis-je avec le plus de douceur que je pus, l'approche de la mort peut modifier beaucoup nos pensées. Nous n'avons pas le droit de laisser ignorer à Éveline la gravité de son état. L'idée qu'Éveline pourrait mourir sans les secours de la religion m'est intolérable. Sans trop le savoir elle-même, elle les attend peut-être, les espère. Elle n'attend peut-être qu'un mot et que cette frayeur dernière que vous voulez lui épargner, pour se rapprocher de Dieu. Combien n'en avons-nous pas vus que la peur de la mort... »

Marchant chargea de tout le dédain possible le regard qu'il me jeta; il ouvrit lui-même la porte de la chambre.

« C'est bien. Allez lui faire peur », dit-il en s'effaçant devant l'abbé.

Éveline avait les yeux grands ouverts. En voyant entrer l'abbé elle eut un fugitif sourire que je ne puis qualifier que d'angélique.

« Ah! vous voilà, dit-elle à demi-voix. Je pensais bien que vous viendriez ce soir. Ses traits prirent soudain une expression de gravité insolite lorsqu'elle ajouta :

— Et je vois que vous ne venez pas seul. »

Puis elle demanda à la petite sœur qui la veillait de nous laisser.

L'abbé s'approcha du lit, au pied duquel je m'étais agenouillé, et demeura quelques instants sans rien dire, puis, d'une voix solennelle et tendre à la fois :

« Mon enfant, Celui qui m'accompagne se tient depuis longtemps près de vous. Il attend que vous Lui fassiez accueil.

— Marchant cherche à me rassurer, dit Éveline; mais je ne suis pas effrayée. Depuis deux jours déjà je me sens prête. Robert, viens plus près de moi, mon ami. »

Sans me relever, je m'approchai d'elle. Alors, posant sa main frêle sur mon front qu'elle caressa doucement :

« Mon ami, j'ai parfois eu des sentiments et des pensées qui purent te peiner; et encore tu ne les connais pas tous. Je voudrais que tu me les pardonnes, et si je dois à présent te quitter, je voudrais que... »

Elle s'interrompit un instant, détourna de moi son front, puis, dans un grand effort, reprit à voix plus haute et très distincte :

« Je voudrais que tu ne te souviennes que de ton Éveline des premiers temps. »

Comme sa main glissait le long de mes joues, elle put les sentir toutes mouillées de larmes. Elle-même ne pleurait pas.

« Mon enfant, dit alors l'abbé, n'éprouvez-vous pas le besoin de vous réconcilier avec Dieu également ? »

Éveline tourna de nouveau vers nous son visage et avec une sorte de vivacité subite s'écria :

« Oh! avec Lui, j'ai fait la paix depuis longtemps.
— Mais Lui, mon enfant, reprit l'abbé, cette paix, Il ne vous l'accorde pas encore. Elle ne Lui suffit pas, et elle ne doit pas vous suffire. Le sacrement doit la conclure. »

Et, se penchant vers elle :

« Voulez-vous que Robert nous laisse causer, vous et moi, seuls un instant ? »

Alors Éveline :

« Pourquoi ? Je n'ai rien de particulier à vous dire. Rien que je veuille lui cacher.
— Je comprends que les fautes que vous avez à vous reprocher ne sont pas des actes; mais de nos pensées également nous pouvons avoir à nous repentir. Reconnaissez-vous avoir péché contre Dieu dans vos pensées ?
— Non, dit-elle fermement. Ne me demandez pas de me repentir des pensées que j'ai pu avoir. Ce repentir ne serait pas sincère. »

L'abbé Bredel attendit un peu :

« Du moins vous inclinez-vous devant Lui ? Vous sentez-vous prête à comparaître devant Lui en parfaite humilité d'esprit et de cœur ? »

Elle ne répondit rien. L'abbé reprit :

« Mon enfant, la communion nous apporte souvent, devrait nous apporter toujours, une paix supra-terrestre; cette paix dont notre âme a besoin, qu'elle ne peut obtenir d'elle-même et sans ce secours. Je vous apporte une paix « qui surpasse toute intelligence ». Voulez-vous l'accepter d'un cœur humble ? »

Et comme Éveline se taisait toujours :

« Mon enfant, il n'est pas certain que Dieu veuille vous retirer déjà de ce monde. Soyez sans crainte. Cette paix qu'apporte la communion est si profonde que même notre corps infirme la ressent, de sorte que l'on a

vu, que j'ai vu moi-même, à la suite de la communion, des guérisons inespérées. Mon enfant, je vous demande de permettre à Dieu d'accomplir en vous, s'Il y consent, ce miracle. Si vous croyez en Lui, Celui qui dit à l'agonisant : « Lève-toi et marche », celui qui ressuscita Lazare, peut vous guérir. »

Les traits d'Éveline se creusèrent; elle ferma les yeux, et je crus que la fin approchait.

« Vous me fatiguez un peu, dit-elle comme plaintivement. Écoutez, cher ami; je voudrais vous satisfaire, et je puis vous assurer qu'il n'y a pas de révolte en mon cœur. Je vais me soumettre. Mais il ne me plaît pas de tricher. Je ne crois pas à la vie éternelle. Ce sacrement que vous m'apportez, si je l'accepte, c'est sans y croire. C'est à vous de juger si, dans ce cas, je suis digne de le recevoir. »

L'abbé Bredel hésita un instant, puis :

« Vous souvenez-vous de ce que vous disiez, encore tout enfant, à votre père ? Ces paroles, je vous les répète à mon tour dans toute la confiance de mon âme : Dieu vous sauvera malgré vous. »

Éveline s'assoupit presque aussitôt après avoir communié. Sa main que je pris pendant son sommeil n'était plus brûlante, et lorsque Marchant revint vers le milieu de la nuit, il put constater une amélioration extraordinaire.

« Vous voyez bien, dit-il, que j'avais raison d'espérer », se refusant à admettre, contre toute évidence, le bienfait miraculeux des sacrements, de sorte que l'événement le mieux fait pour le convaincre ne servit qu'à enfoncer chacun de nous dans son propre sens. Éveline elle-même, dont la convalescence fut très lente, sortit de cette épreuve méconnaissant la grâce de Dieu et plus entêtée qu'auparavant, pareille à ceux que signale l'Écriture, qui ont des yeux pour ne point voir, des oreilles pour ne pas entendre, de sorte que j'en vins à regretter presque que Dieu ne l'eût pas reprise à Lui lorsqu'elle s'était montrée le plus soumise et que, à travers son incrédulité même, elle L'avait pourtant accepté.

Je fis à ce sujet quelques réflexions particulièrement importantes et que je veux consigner ici :

La première, fruit d'une conversation que j'eus avec

l'abbé Bredel le lendemain de ce soir mémorable, était alors mêlée d'une stupeur attristée : Eh quoi! nous disions-nous l'un à l'autre, se peut-il que, devant la mort, l'impie tremble moins que le fidèle, alors qu'il aurait tant de raisons de s'effrayer davantage ? Le chrétien, sur le point de comparaître devant son Juge suprême, prend une conscience plus atroce de son indignité, et cette conscience tout à la fois aide à sa rédemption et le maintient dans une salutaire angoisse; tandis que cette inconscience de l'incroyant, tout en lui permettant de mourir dans un état de trompeuse sérénité, achève de le perdre; il se dérobe au Christ, se refuse à une rédemption qu'on lui offre et dont, hélas! il ne sent pas l'urgent besoin, de sorte que c'est ce calme qu'il croit alors ressentir et cette tranquillité devant la mort qui lui assurent en quelque sorte la damnation, et qu'il n'en est jamais plus près que lorsqu'il s'en aperçoit le moins.

J'ajoute aussitôt qu'en employant ce mot terrible de damnation, je ne saurais songer à Éveline, qui, comme je l'ai dit, s'est, je le crois, réconciliée avec Dieu dans ses derniers instants et a pu mourir, je le veux espérer, en chrétienne; et qui, somme toute, avait accepté Dieu, même au moment de cette fausse alerte. Il n'en restait pas moins que l'abbé Bredel et moi nous nous demandâmes si nous n'aurions pas dû l'effrayer un peu davantage à ce moment, au lieu de la rassurer comme faisait Marchant, plus soucieux ici des intérêts du corps que de ceux de l'âme et ne comprenant pas que la perte de celle-ci pouvait être entraînée par le salut même du corps.

La seconde réflexion que je fis, concurremment avec l'abbé Bredel, concerne l'effet funeste de la communion non suffisamment souhaitée, non méritée pour ainsi dire (car qui de nous, pécheurs, mérite jamais ce don ineffable ?) par une âme qui, alors même que Dieu l'approche, ne fait, pour s'approcher de Dieu aucun effort. Il semble alors que cette lumière, absorbée sans amour, l'obscurcisse. Certainement Éveline me parut, ensuite, précipitée plus avant dans les ténèbres. Lorsque je la revis à son retour d'Arcachon, où elle acheva de se rétablir, où je n'avais pu l'accompagner, car mes travaux me retenaient alors à Paris, je la sentis plus résistante,

plus fermée que jamais à toute bonne influence, à tout conseil que j'essayais de lui donner. Je lisais au pli de son front, à cette double barre verticale qui commençait de se dessiner entre ses sourcils, une obstination grandissante, un refus qu'elle n'opposait plus seulement aux vérités saintes, mais à tout ce que je pouvais lui dire, à tout ce qui venait de moi. L'ironique scrutation de son regard communiquait aux plus vertueuses manifestations de ma part, je ne sais quoi de contraint, de délibéré, d'affecté. Ou plutôt ce regard opérait sur moi à la manière d'un scalpel, détachant de moi cette action, cette parole ou ce geste, de sorte qu'ils parussent non plus tant nés vraiment de moi qu'adoptés. Loin de pouvoir prier avec elle et d'élever vers Dieu nos deux cœurs à la fois comme il eût été bon, j'en étais vite venu à ne plus oser prier devant elle, ou, si je persistais, dans l'espoir d'entraîner son âme à ma suite, ma prière, même informulée, perdait aussitôt tout élan et, pareille à la fumée d'un sacrifice non agréé, retombait misérablement sur moi-même. De même son regard, son sourire, lorsque je tendais la main pour une aumône, asséchait incontinent mon cœur, et ce geste, auquel mon cœur cessait de prendre part, devenait à cause d'elle comparable à celui du pharisien de l'Évangile, de sorte que mon cœur n'en éprouvait plus cette joie profonde où il trouve sa première récompense.

J'ai dit que la grandissante incrédulité d'Éveline m'ancrait d'autant plus avant dans mes convictions religieuses, dans ma foi. Mais ce que je me refuse à admettre c'est que, si imparfaite qu'ait pu être ma vertu, celle-ci ait pu détourner Éveline de la foi, ainsi que le laisse entendre son journal. Cette accusation affreuse, qui tend à rejeter sur moi la responsabilité de ses écarts de pensée, je la repousse. Un croyant maladroit est tout de même un croyant, et, lorsqu'il chanterait les louanges de Dieu d'une voix fausse, Dieu ne saurait lui en vouloir, et Son image dans l'esprit d'autrui ne mérite pas d'en être faussée.

Je ne voudrais pourtant point trop accuser Éveline; je crois en vérité que sa nature était foncièrement meilleure que la mienne; mais était-ce une raison pour considérer comme insincère tout mouvement de mon âme qui n'était peut-être pas spontané? Éveline était

naturellement vertueuse ; je m'efforçais vers la vertu. N'est-ce donc pas ce que chacun de nous doit faire ? Avais-je tort de ne point m'accepter tel que j'étais, de me vouloir meilleur ? Sans cette constante exigence, que vaut un homme ? Chacun de nous, lorsqu'il s'abandonne à lui-même, n'est-il pas profondément misérable ? Ce qu'Éveline méprisait en moi, c'était cet effort vers le mieux qui seul n'était pas méprisable. Sans doute elle s'était méprise d'abord, mais qu'y pouvais-je ? Aux premiers temps, son amour pour moi l'aveuglait sur mes défauts, sur mes manques ; mais devait-elle ensuite m'en vouloir, si j'étais moins intelligent, moins bon, moins vertueux, moins valeureux que d'abord elle me voyait ? Plus infirme je me sentais, et plus j'avais besoin de son amour. Il m'a toujours paru que les « grands hommes », eux, n'avaient pas tant besoin que nous d'être aimés. Et le besoin de ressembler à cet être meilleur que moi, que d'abord elle avait cru que j'étais, cette application, ce zèle ne méritaient-ils pas surtout son amour ?

La nouvelle expérience que, depuis la mort d'Éveline, j'en ai pu faire avec le conseil et l'aide de Dieu m'a prouvé surabondamment de quel secours peut être ici l'amour conjugal. Que n'eussé-je point fait de ma vie, un peu mieux compris, soutenu, encouragé par ma première femme ! Mais tout son soin semblait au contraire de me ramener et rabaisser jusqu'à cet être naturel que je prétendais surpasser. Je l'ai dit : elle ne considérait en moi que ce que Notre-Seigneur appelle en chacun de nous « le vieil homme », et dont Il vient nous délivrer.

Pauvre Éveline, qui n'aspirait à aucun ciel ! comment eût-elle aidé à atteindre celui que la religion nous permet dès ici-bas d'entrevoir ? Comment pouvais-je espérer de l'y retrouver un jour ? C'est cette considération qui, avec l'aide de la Providence, m'amena à me remarier, un temps décent après mon veuvage, Dieu voulant bien avoir égard au grand besoin que j'éprouvais de m'assurer d'une compagne pour le peu de temps qu'il me reste à vivre sur terre, et aussi pour l'éternité, si pourtant Dieu, qui doit alors emplir nos cœurs, n'absorbe pas en Lui tout amour.

GENEVIÈVE

OU

LA CONFIDENCE INACHEVÉE

Peu de temps après la publication de L'École des femmes, puis de Robert, j'ai reçu, en manuscrit, le début d'un récit en quelque sorte complémentaire, c'est-à-dire pouvant être considéré, s'ajoutant aux deux autres, comme le troisième volet d'un triptyque.

Après avoir longtemps attendu la suite, je me décide à donner ce début tel quel, avec, en manière d'introduction, la lettre qui l'accompagnait.

<div style="text-align: right;">André GIDE.</div>

Août 1931.

Monsieur,

Puis-je espérer que vous consentirez à couvrir de votre nom, comme déjà vous avez fait pour le journal de ma mère, puis pour la défense de mon père, le livre que je vous envoie ?

Je crains que ce livre ne soit pas du tout de nature à vous plaire. N'étant guère friande de littérature, je ne vous ai pas beaucoup lu, je l'avoue ; assez toutefois pour me convaincre que les questions qui m'intéressent vous laissent indifférent ; du moins je n'en trouve pas trace dans vos livres. Les sujets que vous y abordez échappent autant qu'il se peut à ce que vous semblez considérer comme des « contingences » indignes de votre attention, tandis que vous ne trouverez ici, exposés sans art, que des problèmes d'ordre pratique. Votre esprit plane dans l'absolu ; je me débats dans le relatif. La question n'est point pour moi, comme pour les héros que vous peignez et pour vous-même, d'une façon vague et générale, *que peut l'homme ?* mais bien, d'une manière toute matérielle et précise : *Qu'est-ce que, de nos jours, une femme est en mesure et en droit d'espérer ?*

N'est-il pas naturel que ce « problème » paraisse, pour la femme encore jeune que je suis, de première importance ? Si important soit-il, ce n'est que de nos jours qu'il commence vraiment à se dresser. Oui, ce n'est que depuis la guerre, où tant de femmes ont fait preuve d'une valeur et d'une énergie dont les hommes ne les eussent point crues capables, que l'on commence à leur reconnaître, et qu'elles-mêmes commencent à revendiquer, leurs droits à des vertus qui ne soient pas simplement privatives, de dévouement, de soumission et de fidélité ; de dévouement à l'homme, de soumission à l'homme, de fidélité à l'homme ; car il semblait jusqu'à présent que toutes les vertus affirmatives dussent demeurer l'apanage de l'homme et que l'homme se les fût toutes réservées. Je crois que nul ne peut contester aujourd'hui que la situation de la femme a changé considérablement depuis la guerre. Et peut-être ne fallait-il pas moins que cette catastrophe effroyable pour permettre aux femmes de rendre manifestes des qualités qui

semblaient jusqu'à ce jour exceptionnelles ; *pour permettre à la valeur des femmes d'être prise en considération.*

Le livre de ma mère s'adresse à une génération passée. Du temps de la jeunesse de ma mère, une femme pouvait souhaiter sa liberté ; à présent il ne s'agit plus de la souhaiter, mais de la prendre. Comment et à quelles fins ! c'est ce qui importe et que je vais tâcher de dire, du moins pour ce qui est de moi.

Je ne me pose pas en exemple ; mais il me semble que le simple récit que je veux faire de ma vie peut avertir ; je le donne comme une suite au journal de ma mère, comme une Nouvelle École des femmes. Et pour bien indiquer que ce n'est là qu'un exemple entre maints autres, qu'un exemple particulier, je l'intitulerai Geneviève, nom d'emprunt sous lequel je figure déjà dans le journal de ma mère.

PREMIÈRE PARTIE

En 1913, comme je venais d'avoir quinze ans, ma mère me fit entrer au lycée, malgré la vive désapprobation de mon père; mais, de volonté faible en dépit de ses airs assurés, mon père cédait toujours, quitte à se payer de sa défaite en une menue monnaie de critiques continuelles. Cette éducation de lycée fut responsable, selon lui, de ce qu'il appela mes « écarts de pensée », puis, plus tard, de mes « écarts de conduite ».

Je tiens de ma mère un certain goût pour le travail, et une assiduité naturelle qu'elle encourageait en feignant de s'instruire à travers moi. Lorsque je rentrais du lycée, elle m'aidait à mes devoirs, apprenait avec moi mes leçons, et je lui rapportais tout ce que j'avais appris en classe, comme d'autres raconteraient ce qu'ils ont vu ou entendu dans une sortie en ville. C'est ce qui lui donna, je crois, l'illusion que je pusse avoir eu sur elle plus d'influence qu'elle n'en avait eu sur moi. Cette illusion — si c'en est une — elle cherchait à me la donner à moi-même, et rien ne servit plus à me mûrir, à entretenir mon zèle et une certaine confiance en soi, qui lui manquait.

Je dois également à ma mère un ardent désir, un besoin de me rendre utile, et si déjà ce désir existait naturellement en moi, sommeillant, elle sut l'éveiller, l'aviver sans cesse. Il était alimenté chez ma mère par un extraordinaire amour pour les pauvres, les souffrants et tous ceux que mon père appelait (que ma mère se refusait d'appeler) « nos inférieurs ». J'ai d'autant plus à cœur de le dire que ni le journal de ma mère, ni le plaidoyer de mon père, n'en laisse rien connaître. Ma mère se dépensait et se dévouait non seulement sans ostentation, mais même en se cachant, comme de tout ce qui eût pu lui attirer quelques louanges. Cette pudeur extrême et cette modestie (que je n'ai pas héritées d'elle, il faut bien que je l'avoue) étaient telles que l'on pouvait

vivre près d'elle longtemps sans se douter de ses vertus. Mon père avait, tout au contraire, un aussi constant souci de se faire valoir que ma mère de s'effacer. Il semblait qu'il attachât plus de prix à l'apparence de la vertu qu'à la vertu même. Je ne pense pas qu'il fût précisément un hypocrite et qu'il ne cherchât pas à devenir tel qu'il se montrait; mais chez lui le geste ou la parole précédait toujours l'émotion ou la pensée, de sorte qu'il restait toujours en retard et comme endetté envers lui-même. Ma mère souffrait beaucoup de cela; et je l'aimais trop pour ne pas détester mon père.

En classe, ma voisine de droite était, de toutes mes camarades, celle qui attirait et retenait le plus mon regard. De peau brune, ses cheveux noirs bouclés, presque crépus, cachaient ses tempes et une partie de son front. On n'eût pu dire qu'elle était précisément belle, mais son charme étrange était pour moi beaucoup plus séduisant que la beauté. Elle s'appelait Sara et insistait pour qu'on ne mît pas d'h à son nom. Lorsque, un peu plus tard, je lus *Les Orientales,* c'est elle que j'imaginais, « belle d'indolence », se balancer dans le hamac. Elle était bizarrement vêtue, et l'échancrure de son corsage laissait voir une gorge formée. Ses mains rarement propres, aux ongles rongés, étaient extraordinairement fluettes.

« Qu'est-ce que vous avez à me reluquer comme ça ? » me dit-elle brusquement le premier jour.

Je détournai les yeux en rougissant beaucoup et n'osai lui dire que je la trouvais ravissante. Les autres élèves ne semblaient pas de mon avis et, dans les conversations que je surpris, on s'accordait à critiquer son teint de « bohémienne ». Son air grave et le presque constant froncement de ses sourcils, qui plissait légèrement son beau front, semblaient indiquer une tension de volonté singulière, une attention... j'aurais voulu savoir à quoi, car ce n'était certes pas au cours. Lorsqu'il arrivait qu'on l'interrogeât, on se rendait aussitôt compte qu'elle n'avait rien écouté; et si, dans ses moments de tension, elle paraissait plus âgée qu'aucune de nous, encore qu'elle me dît être exactement de mon âge, de brusques élans de joie, des sortes de transes de gaieté, la replongeaient aussitôt après dans l'enfance.

Dès les premiers jours, je m'épris pour elle d'un

sentiment confus que je n'avais jamais encore éprouvé
pour personne et qui me paraissait si neuf, si étrange,
que je doutais si c'était bien moi, Geneviève, qui
l'éprouvais, et si ne m'envahissait pas une personnalité
étrangère qui me dépossédait de ma volonté et de mon
corps. Cependant Sara semblait me remarquer à peine,
et je ne sais de quelle extravagance je me sentais capable
pour attirer son attention. Je cherchais ce qui pouvait
lui plaire; elle semblait malheureusement insensible
à tous les succès scolaires et je me dépitais qu'elle parût
si peu remarquer les miens. Lorsque je lui parlais, elle
me répondait à peine; ce que je lui disais ne semblait
jamais l'intéresser. Elle était certes loin d'être sotte et
son prestige, à mes yeux, était tel que je ne pouvais
croire qu'elle ne fût pas supérieure dans quelque
domaine; mais je ne pouvais découvrir en quoi. Certain
jour de concours de récitation, j'eus une brusque révélation.
Après que plusieurs élèves et moi-même nous
eûmes plus ou moins péniblement ressassé les stances
du *Cid,* le songe d'*Athalie* ou le récit de Théramène,
sans autre souci que de ne point trébucher et comme si
ces vers n'eussent été écrits qu'en vue d'exercer notre
mémoire, notre maîtresse de français appela Sara :

« Quittez votre place, venez devant la chaire et
montrez-nous comment on doit dire les vers. »

Sara, sans gêne aucune, s'avança puis, face aux
élèves, commença de réciter la première scène de
Britannicus. Sa voix, plus pleine et plus grave que
d'ordinaire, prenait une sonorité que je ne lui connaissais
pas encore. Ainsi que les autres élèves j'avais appris ces
vers par cœur; notre maîtresse nous les avait commentés,
en avait fait valoir les mérites, mais je ne m'étais pas
encore avisée de leur beauté. Celle-ci m'apparut soudain
à travers la récitation de Sara; et un frisson quasi
religieux coula le long de mon dos, me secoua tout
entière tandis que les larmes emplissaient mes yeux. La
maîtresse elle-même semblait émue.

« Mademoiselle Keller — dit-elle enfin, après que
la récitation fut finie — nous vous remercions toutes.
Avec les dons que vous avez, vous êtes inexcusable de
ne pas travailler davantage. »

Sara fit une courte révérence ironique, une sorte de
pirouette, et rejoignit sa place auprès de moi.

J'étais toute tremblante d'une admiration, d'un enthousiasme que j'eusse voulu pouvoir lui exprimer, mais il ne me venait à l'esprit que des phrases que je craignais qu'elle ne trouvât ridicules. La classe était près de finir. Vite, je déchirai le bas d'une feuille de mon cahier ; j'écrivis en tremblant sur ce bout de papier : « Je voudrais être votre amie » et glissai vers elle gauchement ce billet.

Je la vis froisser le papier ; le rouler entre ses doigts. J'espérais un regard d'elle, un sourire, mais son visage restait impassible et plus impénétrable que jamais. Je sentis que je ne pourrais supporter son dédain et m'apprêtais à la haïr.

« Déchirez donc ça », lui dis-je d'une voix contractée. Mais, soudain, elle redéplia le papier, passa sa main dessus pour l'aplanir, et comme ayant pris une résolution... À ce moment, j'entendis mon nom : la maîtresse m'interrogeait. Je dus me lever, je récitai de manière machinale un court poème de Victor Hugo, qu'heureusement je savais fort bien. Dès que je fus rassise, Sara glissa dans ma main le billet au verso duquel elle avait écrit : « Venez chez nous dimanche prochain, à trois heures. » Mon cœur se gonfla de joie et, enhardie :

« Mais je ne sais pas où vous habitez ! »

Alors elle :

« Passez-moi le papier. »

Et tandis que, la classe finie, les élèves rassemblaient leurs affaires et se levaient pour partir, elle écrivit au bas du billet : « Sara Keller, 16, rue Campagne-Première. »

J'ajoutai prudemment :

« Je ne sais pas encore si je pourrai ; il faut que je demande à maman. »

Elle ne sourit pas précisément, mais les coins de ses lèvres se relevèrent. Ça pouvait être de la moquerie ; aussi ajoutai-je bien vite :

« Je crains que nous ne soyons déjà invitées. »

Habitant dans un tout autre quartier et assez loin du lycée, je devais me séparer de Sara dès la sortie ; d'ordinaire je m'en allais seule et très vite. Ma mère, qui voulait me marquer sa confiance, ne venait pas me chercher, mais elle m'avait fait promettre de rentrer toujours directement et de ne m'attarder point à causer avec les autres élèves. Ce jour-là, je courus durant la

moitié du trajet, tant j'étais pressée de lui faire part de la proposition de Sara. Je n'étais pas du tout sûre que ma mère acceptât, car, en dehors du lycée, elle ne me laissait que rarement sortir seule. D'ordinaire je n'avais rien de caché pour ma mère; pourtant je ne sais quelle pudeur m'avait jusqu'alors retenue de lui parler de Sara. Je dus tout dire en une fois : et la récitation de *Britannicus* et mon enthousiasme que je ne cherchai pas à cacher, et même cette attirance singulière que j'aurais été bien incapable de taire et qui se marquait malgré moi dans mon récit. Comme j'avais enfin demandé : « Est-ce que tu me permettras d'y aller ? » maman ne répondit pas aussitôt. Je savais qu'elle avait toujours peine à me refuser quelque chose :

« Je voudrais d'abord en savoir un peu plus sur ta nouvelle amie et sur ses parents. Lui as-tu demandé ce que faisait son père ? »

J'avouai que je n'y avais pas songé, et promis de m'en informer. Deux jours nous séparaient encore du dimanche.

« Demain, je viendrai te chercher à la sortie — ajouta ma mère — tu tâcheras de me présenter cette enfant; je voudrais la connaître. »

Ce samedi, j'observai Sara en me demandant anxieusement l'impression que maman pourrait avoir d'elle. Il me parut que sa mise était plus négligée qu'à l'ordinaire; en particulier sa coiffure était dans un grand désordre.

« Arrangez un peu vos cheveux — lui dis-je enfin craintivement.

— Pourquoi ?

— Parce que maman va venir me chercher. Elle voudrait vous connaître.

— Oui; avant de savoir si elle doit vous laisser venir dimanche, n'est-ce pas ? »

Je ne pus protester; pourtant je n'aurais pas voulu paraître trop sous la tutelle de ma mère.

« Peut-être — dis-je. Oh! je voudrais tant que vous lui plaisiez! » Je me retins d'ajouter : « Et qu'elle vous plaise aussi... » mais aussitôt je m'inquiétai de la robe et du chapeau qu'aurait mis ma mère.

« Ça ne m'amuse pas beaucoup, cet examen », dit Sara.

Pourtant, à la sortie, elle ne s'échappa point, comme je le craignais. Maman était devant la porte. Je pense qu'elle-même était soucieuse de plaire à mon amie; jamais elle ne m'avait paru plus charmante.

« Geneviève m'a beaucoup parlé de vous — dit-elle à Sara, avec une affabilité exquise. — J'aurais voulu vous entendre réciter ces vers de Racine. Ils sont si beaux... Mais je pense que vous ne les auriez pas si bien dits si vous ne les aimiez pas. »

Manifestement elle cherchait ce qui pût inviter l'autre à parler. Sara était certainement beaucoup moins troublée que moi.

« Oh! oui — dit-elle aussitôt — mais j'aurais préféré réciter du Baudelaire. »

Je n'avais encore rien lu de Baudelaire et craignais que maman ne le connût pas davantage; allait-elle le laisser paraître?

« Quoi, par exemple?
— Oh! de préférence *La Mort des amants*. »

Je sentis que je rougissais. Sûrement ce titre allait scandaliser ma mère. Je la regardai. Elle souriait :

« Mais ce n'est pas sans doute de la poésie pour lycée — dit-elle. — Vous avez des frères et des sœurs?

— Un frère plus âgé qui fait son service militaire en Algérie; puis, comme allant au-devant d'une question de ma mère : — Mon père est peintre.

— Quoi — s'écria maman — vous seriez la fille d'Alfred Keller dont tout le monde admirait les toiles au Salon dernier? Cela m'explique vos goûts d'artiste. »

J'étais ravie d'apprendre que le père de Sara était célèbre; mais soudain le front de maman se rembrunit et, à ma consternation, elle ajouta :

« Je sais que vous avez invité Geneviève pour dimanche; malheureusement elle ne sera pas libre. »

Et, comme Sara ripostait un peu sèchement :

« Je regrette.

— Ce sera pour une autre fois », dit ma mère en lui tendant la main.

Et, sitôt que Sara nous eut quittées :

« Mais, tu ne m'avais pas dit... C'est une juive! »

Ce mot ne signifiait presque rien pour moi. Je connaissais l'histoire sainte, je savais ce que les juifs avaient été autrefois mais point du tout ce qu'ils

pouvaient être aujourd'hui. Une imperceptible nuance dans le ton de sa voix m'avait heurté douloureusement le cœur.

« Une juive ? — m'écriai-je. — A quoi reconnaît-on cela ?

— Il m'a suffi de la voir. Elle est du reste très jolie. — Et, comme suivant à la fois deux idées : — Du reste il y a beaucoup de juives au lycée. »

Alors je hasardai :

« Est-ce parce qu'elle est juive que tu ne me laisses pas aller chez elle ? Pourquoi lui as-tu dit que je n'étais pas libre ? Tu sais bien que ça n'est pas vrai.

— Mon enfant, je ne pouvais pas lui dire brutalement que nous refusions son invitation. Ce n'est pas sa faute si elle est juive et si son père est un artiste. Je ne voulais pas la peiner. D'ailleurs — ajouta-t-elle en voyant mes yeux pleins de larmes — les juifs ont beaucoup de qualités et certains d'entre eux sont très remarquables. Mais je préfère ne pas te laisser aller dans un milieu si différent du nôtre, avant d'avoir pris quelques renseignements.

— Oh ! maman, j'aurais tant voulu...

— Mon enfant, pas cette fois. N'insiste pas. Du reste, il est trop tard... — Puis, plus tendrement : — Voyons, Geneviève, tu sais bien que cela me fait de la peine de te peiner. »

Oui, je le savais bien ; mais ma mère, en me refusant, me paraissait céder à des raisons de convenances, et qui venaient moins d'elle-même que de notre entourage, de notre situation, de notre rang social ; je sentais cela vaguement ; et d'ordinaire elle m'enseignait à ne pas tenir compte de ces raisons-là. Pourtant il était tout naturel qu'elle ne me laissât pas fréquenter, si jeune et si malléable encore, des inconnus peut-être peu recommandables. Cela aussi je le sentais vaguement ; et, au fond de moi, sans doute j'approuvais sa décision. Mais il me semblait qu'un amoncellement de conventions me séparait de ma nouvelle amie, et j'en éprouvais une tristesse affreuse.

« Du reste — reprit ma mère après un long silence — je ne t'empêche pas de voir ta camarade ; peut-être même pourras-tu l'inviter à venir chez nous. Je te dirai cela plus tard. »

Certainement elle se désolait d'avoir dû me causer ce chagrin; on eût dit qu'elle cherchait à s'en excuser presque et qu'elle eût voulu l'adoucir. Mais il devait s'y ajouter bientôt une peine encore plus vive. Lorsque je revis Sara, le lundi suivant :

« C'est dommage que votre mère ne vous ait pas laissée venir », me dit-elle aussitôt. Puis, avec une sorte de cruauté, et comme s'amusant à mêler aux regrets que je pouvais avoir l'amer poison de la jalousie : « Gisèle était là. Papa nous a menées au Palais de Glace. Gisèle s'est foulé le pied. C'est pour ça qu'elle n'a pas pu venir en classe ce matin. Mais nous nous sommes royalement amusées. »

Gisèle Parmentier était la meilleure élève de notre classe. Son père, mort depuis longtemps, avait été un remarquable professeur au Collège de France, avais-je entendu dire. Sa mère était anglaise. Gisèle, son unique enfant, parlait l'anglais aussi bien que le français. Son intelligence était plutôt profonde que vive. Il ne semblait pas qu'elle eût à faire aucun effort pour se maintenir à la tête des autres élèves du lycée. Mais c'était plutôt encore son intimité avec Sara qui me l'avait fait remarquer. Toutes deux avaient ensemble de longs entretiens, et Sara ne causait guère qu'avec elle. Gisèle, par contre, aux récréations était souvent fort entourée et ne semblait faire nulle attention à moi, « la nouvelle ». Elle occupait une place à l'autre extrémité de la classe et je ne pouvais l'approcher que pendant les minutes de récréation où les élèves s'égaillaient dans une vaste cour plantée d'arbres. Certain jour, comme je m'approchais d'un groupe fort animé dont Gisèle occupait le centre, une élève brusquement, se tournant vers moi, me demanda mon avis sur je ne sais plus quel sujet épineux sur lequel il semblait qu'on ne pût se mettre d'accord, et, comme je ne répondais pas aussitôt, une autre élève s'était écriée :

« Vous voyez bien que Mademoiselle est beaucoup trop bien élevée pour oser se prononcer. Elle craindrait de se compromettre. »

Cette apostrophe m'apparut la plus injuste du monde. Je me sentis aussitôt capable de tout pour prouver à Gisèle que je méritais une estime qu'on semblait ne point vouloir m'accorder; pour lui prouver, et me prouver à moi-même, que la peur de me compromettre

ne m'arrêterait point, en dépit de ma réserve et de mon air « trop bien élevé ». Capable de... mais précisément : je ne savais de quoi. Je haussai les épaules et murmurai :
« Celles qui parlent le plus ne sont pas celles...
— Qu'est-ce qu'elle dit, qu'est-ce qu'elle dit ? — s'écrièrent confusément plusieurs.
— Ne sont pas toujours celles qui agissent. »
Aussitôt dite, ma phrase me parut absurde. Heureusement elle ne fut pas relevée.

Quand Sara m'annonça que Gisèle s'était foulé le pied, je sentis une mauvaise joie. Quelques jours de répit, pensai-je. Gisèle et Sara étaient les deux seules élèves avec qui je souhaitais me lier. Dédaignée par l'une et contrainte par ma mère de refuser les avances de l'autre, je sentais péniblement ma solitude et m'enfonçais dans la mélancolie, lorsque ma mère, qui certainement remarquait ma tristesse, m'annonça qu'elle avait décidé mon père à écrire au père de Sara pour le convier avec elle à une de nos réunions du jeudi soir.

Ma mère n'avait pas de « jour » et même professait, pour toutes les obligations mondaines, une aversion que mon père ne cessait de lui reprocher. Il la tenait pour responsable de ses échecs; car, comme ceux qui n'ont pas grande valeur personnelle, il se plaisait à croire que tout s'obtient par intrigue ou par entregent. Je crois que le plus clair de ce qu'il appelait pompeusement son « travail » consistait en courbettes à faire ou à recevoir, dont il tenait compte très exact. Je comprends de reste que ma mère ne se pliât pas à ces pratiques où, disait-elle, s'émousse la conscience et certain sentiment de probité morale et intellectuelle qu'elle souhaitait préserver en moi. Aucune raison ne peut me retenir de juger mon père encore plus sévèrement qu'elle ne fait elle-même dans son journal. J'estime que rien ne peut fausser davantage le caractère d'un enfant que de lui imposer un respect de commande pour des parents, dès que ceux-ci ne sont pas respectables. Ma mère, par contre, méritait ma vénération, et mon amour pour elle était presque de la dévotion. Quant à mon père, je cessai vite de le prendre au sérieux. Sans doute les réflexions que voici n'étaient point encore celles de l'enfant que j'étais alors. Mais déjà je m'impatientais de l'entendre se contredire, soutenir comme siennes des opinions que

je savais empruntées, mettre en avant des sentiments sublimes qu'il était incapable d'alimenter ou faire étalage de convictions intransigeantes qui cachaient mal le caractère le plus pliable et le plus complaisant qui soit. Il appelait volontiers ses menus essoufflements moraux : du « savoir-vivre », et excellait à mettre ses déconvenues sur le compte de sa délicatesse, de sa probité « excessive », de ses scrupules, avec une ingéniosité et une ingénuité qui exaspéraient ma pauvre mère. Elle en parle d'ailleurs beaucoup mieux que je ne saurais le faire et ce que j'en dis n'y ajoute rien.

Combien de lecteurs vont s'indigner de m'entendre m'exprimer aussi librement sur mon père! Ce n'est pas pour ces lecteurs que j'écris, et je suis bien décidée à passer outre à toutes les considérations de prétendue convenance, de décence ou de pudeur. Mon récit n'a raison d'être que parfaitement franc; si cette franchise prend parfois couleur de cynisme, je crois que cela vient surtout de l'habitude invétérée qu'on a de regarder de travers et de n'aborder point, ou qu'avec un tas de circonlocutions rassurantes, certains sujets que je me propose de regarder en face, comme ils méritent de l'être.

Je crois (mais ce sont mes réflexions d'aujourd'hui dont je fais part), je crois de plus en plus fermement qu'il est bien peu de nos maux qui ne soient dus à l'ignorance et dont le remède puisse être cherché sans un préalable éclairement net et cru des questions. Les considérations de pudeur et de morale n'ont que faire ici; elles ne tendent qu'à fausser tous les problèmes. Et certains de ceux-ci nous ne les abordons encore qu'avec une paralysante réserve, comparable à cette retenue qui empêcha le progrès de la médecine et toute connaissance anatomique exacte, aussi longtemps que l'examen du corps humain put être considéré comme indécent et attentatoire. L'examen attentif de ce qui est doit précéder tout acheminement vers ce qui pourrait être, vers toutes réformes et améliorations tant sociales qu'individuelles. Ce n'est pas un roman que j'écris ici et je me laisserai volontiers entraîner à des considérations qui couperont mon récit, mais qui m'importent, je l'avoue, beaucoup plus que ce récit lui-même. L'expérience que je fis de la vie, je ne la raconte que dans

l'espoir qu'elle puisse être de quelque enseignement ou de quelque secours. Je ne retiendrai donc point les commentaires, dût la « qualité artistique » de ces pages en souffrir. J'ai déjà dit que je n'avais pas grand goût pour la littérature. Il me semble même que certaine perfection, que je me défends de souhaiter, ne saurait être obtenue qu'aux dépens de la vérité. Celle-ci, dès qu'il ne s'agit plus d'abstraction mais de vie, demeure complexe, trouble, incertaine, et ne prête pas à l'épure... pour laquelle je n'ai du reste aucun don. Peu m'importe si ce que j'écris n'a ici qu'un intérêt passager. Je n'ai nullement l'intention, l'illusion, de fixer rien d'éternel, et si ce qui m'angoissait hier, ce qui m'occupe aujourd'hui, cesse bientôt d'être de quelque intérêt que ce soit, j'en suis aise.

Nous voici bien loin, M. Gide, des considérations qui dictent vos livres. Vous disiez, il m'en souvient : « J'écris pour être relu »; quant à moi, tout au contraire, j'écris ceci pour aider celui ou celle qui me lit à passer outre. Tout ce qui peut aider au progrès, tout ce qui peut aider l'homme à s'élever un peu au-dessus de son état actuel, doit être bientôt repoussé du pied comme un échelon sur lequel on a d'abord pris appui.

Une fois par semaine mon père conviait à dîner certains personnages dont il souhaitait conquérir le bon vouloir. Ces soirs-là, j'allais dîner chez nos cousins Froberville. Le lendemain, notre déjeuner bénéficiait des reliefs du festin de la veille et des échos des conversations. Mon père semblait alors plus pénétré que jamais de son importance.

En plus de ces réceptions, nous avions coutume d'ouvrir nos portes, chaque jeudi soir, à quelques fidèles amis dont le docteur Marchant et sa femme qui, je m'en rendais compte, étaient beaucoup plutôt les amis de ma mère que de mon père. La question s'était posée (m'avait redit ma mère) : Inviterait-on le père de Sara à l'un des dîners cérémonieux ou à l'une de nos soirées intimes ? Le dîner lui en imposerait davantage; mais on ne savait trop à qui réunir ce nouveau venu... Car papa avait une terrible peur que Keller ne « marquât mal ». Papa professait volontiers une grande liberté d'esprit;

par pure affectation du reste, car il était d'autre part fort ancré dans des idées de commande. Il disait, à qui voulait l'entendre, que le talent excusait tout; mais sans talent lui-même, il n'excusait rien; et rien ne le gênait plus que ce qu'il appelait le « manque de savoir-vivre », car il n'avait guère d'autre savoir. De plus, sans être antisémite déclaré, il avait en suspicion tous les juifs. Admettre Keller à une de nos petites soirées intimes n'engageait à rien; et, somme toute, cette invitation n'avait d'autre but que de nous réunir, Sara et moi, malgré l'ennui non dissimulé de mon père de voir sa fille se lier avec quelqu'un qui ne fût pas « de notre monde ».

Mon père se félicita plus encore de sa décision, lorsqu'une réponse de Keller nous avertit qu'il « ne sortait jamais sans sa femme ». Madame Keller accompagnerait donc Sara.

Cette soirée dont je m'étais promis tant de joie fut pour moi l'occasion d'une souffrance indicible. Il apparut même à mes yeux d'enfant, et dès l'entrée de nos nouveaux hôtes, que leur présence dans notre salon bourgeois était parfaitement déplacée. Je n'appris (et mes parents n'apprirent) que longtemps ensuite, que Keller n'était pas authentiquement marié et que la mère de Sara, de très basse origine (ainsi que lui-même d'ailleurs), avait été son modèle avant de devenir sa compagne. A entendre parler mon père, « épouser son modèle » semblait un comble d'abjection; son mépris pourtant augmenta lorsqu'il apprit que Keller « ne l'avait même pas épousée ». De cela nous ne savions rien encore et sinon, déclarait mon père plus tard, « on ne les aurait naturellement pas invités ». J'appris aussi, par la suite, que le couple formait un ménage profondément uni; mais, disait mon père plus tard, « cela ne change rien à l'affaire »; Madame Keller avait dû être très belle; elle l'était encore, bien que fâcheusement empâtée. Sa mise trop voyante pour notre milieu terne, trop somptueuse, « extravagante », disait mon père le lendemain matin, fit valoir aussitôt la discrétion modeste de madame Marchant et de ma mère. Mais, par contraste, les robes sombres et montantes de celles-ci me parurent aussitôt désuètes, étriquées, et ennuyeusement « comme il faut ». Quant à moi-même, qui avais revêtu ce soir-là

une toilette claire des plus modestes, je me sentis toute guindée auprès de Sara qu'enveloppait harmonieusement et comme négligemment une souple soie rouge sombre, dont le ton chaud faisait valoir l'éclat ambré de sa peau. Ce n'est pas que j'attachasse grande importance au costume, mais au contact de la grâce et de l'aisance de Sara, et par l'effet d'une extrême sympathie qui me fit voir avec ses yeux à elle notre intérieur, ce milieu dans lequel j'avais vécu jusqu'alors laissa paraître son insignifiance et sa conventionnelle banalité. Le lustre, les tentures, les fauteuils, le mobilier, tout se désenchanta soudain, s'embourgeoisa, se ternit. Ce n'était pas pourtant que notre intérieur fût particulièrement déplaisant; ni mon père même, ni ma mère n'avait ce qu'on nomme communément « mauvais goût », mais l'un et l'autre sacrifiaient à l'usage; la décence même du style bourgeois qui les contentait, combien les toilettes de madame Keller et de Sara faisaient paraître cela médiocre et bêtement timoré.

« Ce que c'est cossu, chez vous! » me dit Sara; et ce furent les premières paroles qu'elle m'adressa, d'un ton indéfinissable où entrait un mélange d'étonnement admiratif et de je ne sais quelle ironie, un peu méprisante, me sembla-t-il, qui me fit aussitôt rougir.

Mon père, qui s'était renseigné, nous avait dit que Keller vendait fort bien ses tableaux et fort cher. Mais, lorsque je pénétrai peu de temps ensuite dans l'atelier du père de mon amie, je n'y vis rien qui marquât précisément la fortune. Chez nous, au contraire, tout semblait raconter indiscrètement le chiffre de nos revenus.

Que les Keller fissent mauvaise impression à mes parents, c'est ce dont je ne pouvais douter; cela me sautait aux yeux, si enfant que je fusse encore; mais aussi le grand effort que faisaient mes parents pour n'en rien laisser paraître. Chacun avait souci, ce soir-là, de paraître parfaitement à son aise et vraiment je crois que j'étais seule à souffrir de la disparate; c'était aussi sans doute à cause de la sincérité de mes sentiments pour Sara. Je l'avais aussitôt prise à part, tandis que la conversation de nos parents prenait prétexte de quelques tableaux accrochés aux murs. C'étaient, pour la plupart, des toiles de notre ami Bourgweilsdorf que mon

père avait ressorties de ses armoires après la mort récente de celui-ci, car les marchands et le public s'étaient alors brusquement avisés de leur valeur. Papa, du reste, qui s'occupait alors d'une revue d'art, avait beaucoup fait — disait-il — pour le « lancer », et lui obtenir posthumément la gloire qui lui fut refusée de son vivant.

« Vous savez — me dit Sara — papa fait semblant de trouver cela bien; mais, au fond, il a horreur de cette peinture.

— Et vous ? — demandai-je craintivement.

— Oh! moi, la peinture ne m'intéresse pas. J'en vois trop. Je n'aime que la musique et la poésie. »

J'étais extrêmement désireuse de trouver « bien » les parents de mon amie; mais combien, auprès de ma mère et de madame Marchant, madame Keller me paraissait vulgaire! Elle riait trop haut, et à propos de tout, rejetant la tête en arrière et pouffant derrière un grand éventail déployé. Je fus amenée plus tard à la connaître pour une excellente femme, mais assez sotte et d'une insondable ignorance. Quant à Keller, je ne sais comment il pouvait à la fois ressembler à sa fille et être aussi laid. Je ne me souviens d'aucun des propos qu'il lançait avec une grande assurance, mais bien de l'agacement très apparent qu'en ressentait le docteur Marchant.

Lorsqu'on nous apporta des rafraîchissements, Marchant profita de la diversion pour demander à Sara si elle ne nous réciterait pas quelque chose.

« Geneviève nous a parlé de votre extraordinaire talent — dit-il. — Je crois que nous sommes ici quelques-uns qui goûterions les vers dits par vous, beaucoup mieux que n'ont pu faire vos camarades de classe. »

Sara ne se fit nullement prier. Mais, comme elle hésitait et demandait ce que nous souhaiterions entendre :

« Eh bien — dit gentiment ma mère — pourquoi ne pas réciter cette *Mort des amants,* que vous m'avez dit l'autre jour que vous aimiez particulièrement ?

— Un des sommets de la poésie française — déclara sentencieusement papa. — Voulez-vous le livre, mademoiselle ?... »

Puis il ajouta que Baudelaire était son poète préféré et qu'il avait toujours *Les Fleurs du mal* auprès de lui.

Il tira aussitôt d'une petite bibliothèque tournante, sur le piano, un volume dont sans doute il avait souci de faire admirer la reliure, car il devait bien penser que Sara réciterait par cœur. Elle s'appuya de dos contre le piano à queue, prit une expression comme douloureuse et souriante à la fois qui la rendit plus belle encore, et récita d'une voix égale, riche mais extraordinairement douce et voilée, ce poème admirable, que je ne connaissais pas. Je ne suis pas très sensible à la poésie, je l'avoue, et sans doute serais-je restée indifférente devant ses vers, si je les avais lus moi-même. Ainsi récités par Sara, ils pénétrèrent jusqu'à mon cœur. Les mots perdaient leur sens précis, que je ne cherchais qu'à peine à comprendre; chacun d'eux se faisait musique, subtilement évocateur d'un paradis dormant; et j'eus la soudaine révélation d'un autre monde dont le monde extérieur ne serait que le pâle et morne reflet.

« Sara — lui disais-je plus tard — ce n'est pas dans ce monde poétique, si beau qu'il soit, que nous habitons et pouvons agir. Pourquoi nous en donner la nostalgie ?

— Mais il ne tient qu'à nous d'y vivre », me répondait-elle.

J'appris, ce même soir, que Sara se destinait au théâtre. Je raconterai comment je la vis, par la suite, lentement se laisser habiter, posséder, par des personnalités d'emprunt, jusqu'à perdre tout caractère individuel. Je pense aujourd'hui qu'il n'est pas bon (j'allais dire : honnête) de déshabiter ainsi les misères de notre terre, comme certains mystiques font dans un rêve de vie future, et cet échappement au réel m'apparaît une sorte de désertion. Mais ce soir je ne cherchai pas à réagir; je m'abandonnais au charme de la voix de Sara, comme à une incantation.

Sara, sur la demande de mon père, récita encore *L'Invitation au voyage* et *Le Jet d'eau*. Je fus tout heureusement surprise d'entendre mon père formuler quelques appréciations sur Baudelaire qui m'émerveillèrent; opinions d'autrui qu'il faisait siennes, comme toujours.

« C'est déjà une actrice, cette petite. Les comédiens, c'est bon sur la scène. Je n'aime pas te voir fréquenter ce monde-là », déclara mon père le lendemain.

Il n'osa pourtant me défendre d'accepter l'invitation des Keller, qui tinrent à nous rendre notre politesse.

« Voilà ce que c'est de les avoir introduits chez nous — dit-il. — Maintenant nous ne pouvons pas refuser. »

Mon père, toujours soucieux de correction, estimait indécent de se soustraire à ce qu'il considérait comme des obligations mondaines. Mais, celles qui l'ennuyaient trop, il s'en déchargeait sur ma mère; de sorte qu'il ajouta :

« Vous irez seules toutes les deux. J'aurai un empêchement. »

C'était tout ce que je pouvais souhaiter.

La réunion chez les Keller était nombreuse. Artistes et gens de lettres pour la plupart, il y eut, quand nous entrâmes dans l'atelier, une douzaine de présentations. L'atmosphère de la vaste pièce, bizarrement décorée, était pour moi on ne peut plus dépaysante; pour maman aussi, sans doute, car elle me dit le lendemain qu'elle s'y était sentie un peu « perdue » et qu'elle ne souhaitait décidément pas entrer en relations suivies avec les parents de mon amie. Leur « genre » ne lui plaisait pas. Il faut dire que, malgré sa grande liberté de pensée, ma mère restait extrêmement réservée.

« Pourtant — ajouta-t-elle — ton amie me paraît charmante et je ne voudrais pas t'empêcher de la voir. Elle est certainement intelligente et remarquablement douée. Mais ses dons me paraissent si différents des tiens que je m'étonnerais bien que vous puissiez longtemps vous entendre. Tu ne pourras la suivre où elle va et, si tu t'attaches à elle, cela sera pour toi, plus tard, une cause de tristesse. L'autre (comment l'appelles-tu ?)... me paraît beaucoup plus proche de tes goûts. »

Cette autre c'était Gisèle Parmentier, que je m'étais si longtemps désolée de ne pouvoir approcher. J'ai dit qu'elle n'avait pas d'autre amie que Sara. Et je n'aurais su dire de laquelle des deux j'étais jalouse, également éprise de l'une et de l'autre, quoique d'une façon très différente. Il n'était point question avec Gisèle d'un attrait physique comme celui de Sara; mais de quelque chose de profond, d'indéfinissable. Non, ce que je jalousais, c'était leur amitié. Ce soir, pour la première fois près d'elles, j'étais gênée comme une intruse et ne

trouvais rien à leur dire, encore que le cœur débordant. J'espérais entendre Sara réciter des vers; mais une jeune fille, à peine un peu plus âgée que nous, s'approcha du piano et commença de chanter en s'accompagnant elle-même. Sara nous entraîna, Gisèle et moi, dans une autre pièce, vide et éclairée, qu'une portière retombée séparait de l'atelier.

« Mes parents lui demandent de chanter — nous dit-elle — pour tâcher de lui décrocher des élèves. Elle gagne sa vie en donnant des leçons de piano et de chant. Mais je ne peux supporter ni sa voix ni sa façon de jouer. Papa non plus du reste; mais il est si bon... Et vous — ajouta-t-elle en se tournant vers moi — est-ce que vous êtes bonne ? »

Il me parut imprudent de répondre : oui. Au surplus, je ne savais pas du tout si j'étais « bonne ». Heureusement qu'elle n'attendit pas ma réponse; mais, continuant :

« Gisèle, elle, s'efforce d'aimer tout le monde. Je dis que ça n'est plus de l'amour; c'est ce que Vedel (un de nos professeurs) appelle de la *philanthropie*.

— Non, je ne m'efforce pas — protesta Gisèle. — Mais maman dit toujours...

— Oh! madame Parmentier — interrompit Sara — c'est la bonté même. Chaque fois qu'on bêche quelqu'un devant elle, elle proteste et ne consent à voir que ce qui peut excuser ses défauts. Alors, qu'est-ce qu'elle dit, ta mère ?

— Qu'il y a beaucoup plus de gens aimables qu'on ne croit, et qu'il suffit souvent, pour mieux aimer, de mieux comprendre et pour mieux comprendre, de mieux regarder. »

Gisèle avait énoncé cet axiome sans pédanterie aucune, mais avec une gravité charmante. Il me sembla que si je ne parlais pas aussitôt, je serais condamnée au silence pour le reste de la soirée. Le son de ma voix, par avance, me faisait peur; je la sentais toute contractée et c'est avec un grand effort que je lançai :

« Je crois que je ne suis pas naturellement bonne, mais que je suis capable d'aimer beaucoup. »

Je voulais ajouter qu'il me semblait que l'amour devait être d'autant plus fort qu'il se faisait plus exclusif et ne se répandait pas sur tous. J'aurais voulu surtout

qu'en parlant de n'aimer que quelques-uns, Gisèle et Sara pussent se sentir désignées. Mais comment formuler ma pensée d'une façon qui ne parût pas prétentieuse ? Cette déclaration, que je souhaitais faire et qui restait à m'étrangler, me fit rougir comme si je l'avais prononcée. Gisèle et Sara me regardèrent; mais, comme plus un mot ne consentait à sortir de ma bouche, Sara reprit :

« Il y a beaucoup de façons d'aimer. Je crois que je n'ai aucune vocation pour l'amour conjugal, par exemple.

— Qu'est-ce que tu peux en savoir ? — dit Gisèle. — Le jour où tu rencontreras... »

Sara l'interrompit de nouveau :

« Oh! je ne veux pas dire que je ne m'éprendrai jamais de quelqu'un. Mais sacrifier pour lui mes goûts, ma vie propre; ne plus m'occuper qu'à lui être agréable, qu'à le servir...

— Quelle drôle d'idée tu te fais du mariage!

— Mais non; je t'assure que c'est presque toujours comme ça. Une fois mariée, on n'a plus de temps pour rien de ce qui vous intéressait d'abord. Il n'y en a plus que pour le ménage; et pour les enfants, si l'on en a. Regarde Émilie N... (c'était la sœur aînée d'une « ancienne » de notre lycée) : elle ne vivait que pour la musique. Elle a obtenu le premier prix au Conservatoire. Depuis qu'elle est mariée, elle n'a plus rouvert son piano.

— Elle ne pouvait pourtant pas l'emporter dans son voyage de noces.

— Non, non; elle me l'a dit; elle l'a dit à maman : abandonné pour toujours... et qu'elle avait maintenant bien trop à faire; et qu'elle ne tenait pas à se perfectionner dans un art qui la séparait de son mari. Ce sont là ses propres paroles.

— Elle n'avait qu'à épouser un musicien — hasardai-je. Et cette fois c'est la niaiserie de ma réflexion qui me fit de nouveau rougir.

— C'est encore plus prudent de n'épouser personne » — répliqua Sara.

Et comme je reprenais que ça ne devait pas être bien gai de vivre seule, elle ajouta :

« On n'est pas forcément seule pour cela. »

Je n'aurais sans doute pas remarqué ce propos, si

Gisèle ne s'était aussitôt récriée, de sorte que Sara riposta :

« Avec ça que tu ne penses pas comme moi ! C'est seulement à cause de Geneviève que tu protestes. »

Alors, sans trop comprendre ni savoir à quoi ce que j'allais dire m'engageait, et par immense désir de ne pas être tenue à l'écart, de témoigner ma sympathie, je m'écriai :

« Mais moi aussi, je pense comme Sara. Il ne faut pas avoir peur de moi ; je sais mal m'exprimer parce que jusqu'à présent je n'ai pu causer avec personne ; mais, si vous me connaissiez, vous comprendriez que je peux être votre amie. »

J'avais sorti cela tout d'un trait, dans un immense effort. Tout étonnée et confuse de ce que je venais d'oser dire, le cœur battant, je saisis à la fois une main de Gisèle et l'épaule de Sara contre laquelle je pressai mon front comme pour cacher ma honte. Je sentis l'autre main de Gisèle caresser doucement mes cheveux. Quand je relevai le front, j'étais en larmes, mais parvins pourtant à sourire.

« Écoutez — dit Sara — nous pourrions dans ce cas former à nous trois une ligue ; une ligue secrète ; la ligue pour l'indépendance des femmes. Il faudrait commencer par se promettre de ne parler de ça à personne. Gisèle, jure tout de suite de ne rien raconter à ta mère.

— Mais qu'est-ce que tu voudrais que je lui dise ? Il n'y a rien à raconter du tout.

— Comment, « rien » ! Tu appelles ça « rien » de nous associer toutes les trois et de nous promettre solennellement de rester fidèles à notre programme ?

— Mais, quel programme ?

— Nous nous occuperons plus tard de le rédiger. Mais il faut d'abord jurer de ne parler de cela à personne. »

Jusqu'à présent, je n'avais jamais eu de secrets pour ma mère, mais je consentis que celui-ci fût le premier.

« Seulement — dis-je — avant de prêter serment, je voudrais savoir à quoi l'on s'engage. »

A présent je riais et commençais à me sentir parfaitement à mon aise. Sara reprit :

« Notre ligue s'appellera : l'IF ; des initiales de l'Indépendance féminine. Notre emblème sera un

rameau d'if. Comme nous sommes les fondatrices, personne ne pourra faire partie de l'IF sans être accepté par nous trois. Les nouvelles paieront une cotisation.

— Pourquoi faire ? — demanda Gisèle.

— Pour faire face... On ne peut pas savoir d'avance à quoi. Dans les ligues, il y a toujours une trésorerie. Par exemple, pour secourir les filles mères. »

Gisèle partit d'un grand éclat de rire; et rien ne me parut plus charmant que de voir s'ensoleiller soudain la gravité de son visage.

« J'attendais ça! — s'écria-t-elle. — Chez Sara, c'est une idée fixe. Eh bien! non, ma chère! Je ne veux pas m'engager à ne jamais me marier. Je prétends que, même dans le mariage, une femme peut garder sa liberté; et que d'ailleurs elle ne la garde pas forcément dans les unions libres, où les enfants ne sont pas moins une charge que dans les ménages légalisés. »

Cette protestation m'éclaira un peu. Je n'aurais pas compris, sinon, quelle pouvait être l'idée fixe de Sara; mais je n'osais demander des explications, par crainte de paraître trop ignorante ou trop niaise. J'entendais pour la première fois l'expression : « Fille mère »; elle n'avait aucun sens précis pour moi; et si elle me choquait un peu, je n'aurais su dire pourquoi. J'avais longtemps cru, candidement, que, pour avoir des enfants, le mariage était une condition *sine qua non*. Pourtant je n'ignorais point qu'ils sont le fruit naturel d'un rapport étroit des deux sexes. Ma mère avait jugé bon de m'en instruire et de me dire qu'en cela l'homme ne différait point des animaux. Mais, ces rapports intimes, je les associais si bien à l'état conjugal, que je ne pensais pas qu'ils fussent admissibles en dehors du mariage. Et pourtant je savais bien qu'il arrivait à des hommes et à des femmes de vivre ensemble sans être mariés. La simple réflexion eût pu m'avertir; mais précisément je n'y avais jamais réfléchi. Les quelques connaissances théoriques que je pouvais avoir restaient sans relations directes avec la vie.

La présence de Gisèle et de Sara paralysait ma pensée, je remettais l'examen de la question à plus tard. Ceci seulement m'apparaissait nettement : Sara ne voulait pas se marier, mais ne prétendait pas pour cela rester seule. Je m'abritai derrière la résistance de Gisèle.

« Pour m'engager, j'attendrai que tu te sois décidée » — dis-je.

Malgré moi, je l'avais tutoyée. J'espérais, en réponse, un « tu » de sa part, mais, se tournant vers son amie :

« Vois-tu, Sara : nous pouvons très bien faire une ligue; mais on s'y engagerait seulement à ne rien faire contre sa conscience et par imitation.

— Ou pour se conformer aux usages — reprit Sara.

— Ou...i — dit Gisèle avec un peu d'hésitation. Puis, se tournant vers moi : — Je crois que nous pouvons promettre cela. Maintenant nous allons unir nos mains droites, comme pour le serment du Grütli et dire : je jure de rester fidèle à l'IF. »

Ainsi fut fait dans un grand sérieux.

Puis il y eut un assez long silence, comme après la Communion. Et, brusquement, Sara à Gisèle :

« A quoi penses-tu ?

— Je pense — dit celle-ci — que, en anglais, *If* veut dire : *si...*, et que notre engagement reste un peu conditionnel...

— Oh! si tu commences déjà à te défiler... »

A ce moment la mère de Sara souleva la portière qui séparait de l'atelier la pièce où nous étions :

« Mes enfants, je viens vous chercher. On a besoin de jeunes filles pour servir les rafraîchissements. »

Je crois avoir rapporté fidèlement nos propos. Ils me paraissent aujourd'hui bien enfantins. Mais ils étaient alors pour moi de la plus haute importance, et, les jours qui suivirent, je ne pus cesser d'y penser.

Lorsqu'il fut temps de prendre congé de nos hôtes, maman s'approcha de Gisèle, et, à ma surprise :

« J'ai appris que vous habitiez près d'ici, mais c'est sur notre route. Voulez-vous que nous vous reconduisions ? » lui dit-elle.

J'avais déjà parlé de Gisèle à maman et elle savait combien cette proposition me ferait plaisir. Elle-même souhaitait de causer avec Gisèle, tout comme elle avait voulu connaître Sara.

« Votre mère vous laisse sortir seule — dit maman quand nous fûmes dehors. — Elle a en vous une confiance que vous méritez, j'en suis sûre.

— J'ai si grand désir de la mériter que je n'ose jamais rien faire — dit Gisèle en souriant. — Je crois que je

la mériterais beaucoup moins si j'étais tenue plus sévèrement. »

Gisèle s'exprimait d'une façon charmante, avec un parfait naturel et une grâce enjouée qui certainement devaient plaire à ma mère. Je le sentais et j'en étais ravie. Elle reprit :

« Mais vous non plus, Madame, vous n'êtes pas sévère pour Geneviève. Vous ne l'accompagnez pas toujours. Elle vient seule au lycée. (Se pouvait-il qu'elle l'eût remarqué!)

— Je l'accompagne le plus possible... dit ma mère, — non par absence de confiance mais parce que j'aime être avec elle. Elle me manquera beaucoup le jour où elle ne sera plus près de moi.

— C'est ce que je me dis aussi pour maman. »

Le ton de Gisèle était redevenu très sérieux. Je compris que Gisèle aimait tendrement sa mère et soudain me reprochai de n'aimer pas assez la mienne. Nous marchâmes quelque temps sans rien dire. Je ne savais pas où habitait ma nouvelle amie et m'attristai en entendant maman dire soudain :

« Je crois que nous voici déjà devant votre porte. Mademoiselle Gisèle, serez-vous assez gentille pour dire à votre mère que j'aimerais bien la connaître ? »

Dès que Gisèle nous eut laissées, je pressai maman contre moi.

« Qu'est-ce qui te prend, ma petite Geneviève? Mais tu vas me faire tomber! — dit-elle en m'embrassant aussi.

— Je crois que c'est seulement ce soir que je comprends combien tu es gentille. »

Elle fit semblant de rire pour cacher son émotion. Puis, comme si de rien n'était :

« Après la fumée de cet atelier, ouf! ça fait du bien de marcher un peu. »

Je n'ai pas encore parlé de mon frère. Bien qu'il ne fût que d'un an plus jeune que moi, il ne tenait pas une grande place dans ma vie. Comme il était de santé délicate, on l'avait choyé plus que moi. Je ne crois pas que ce fût là ce qui m'indisposait contre lui; mais plutôt certaine façon qu'il avait de flatter mon père

pour obtenir de lui ce qu'il voulait. Il y réussissait toujours. Jamais mon père n'avait levé la main sur lui; tandis que je n'oubliais pas qu'il m'avait une fois giflée. Il venait, comme Salomon, de nous conseiller à mon frère et à moi de prendre exemple sur la fourmi; je n'avais que neuf ans alors et j'avais osé lui répondre : « Mais, papa, tu nous dis souvent de ne pas ressembler aux animaux. »

Oh! je n'en ai pas à la gifle (j'ai souvent usé de châtiments corporels avec mon fils) mais je sentais trop que papa me giflait parce qu'il ne trouvait rien d'autre à répondre, et pour me punir d'avoir remarqué son inconséquence. Quant à Gustave, l'inconséquence ne le gênait guère; comme mon père et à son exemple, il prenait peu à peu l'habitude de modifier ses propos, ses goûts, ses pensées, selon l'opportunité du moment. J'ai dit qu'il flattait mon père; c'était en ayant l'air d'admirer tout ce qui sortait de sa bouche; mais je crois que ce qu'il admirait surtout c'était cette aisance avec laquelle mon père changeait d'opinion comme on change de vêtement.

Cela permettait à Gustave de le citer à tout propos, et de s'abriter sans cesse derrière un « comme dit papa », dont il se servait d'autant plus qu'il savait que cela m'exaspérait. Il cessa vite d'appliquer sa pensée à rien qui ne lui parût utile et dont il ne pût tirer profit — j'entends le profit le plus pratique et le plus immédiat. Bien que vivant ensemble, nous ne nous parlions guère; il ne partageait aucun de mes goûts. Je croyais de sa part à de l'indifférence. Je ne soupçonnais pas la sourde hostilité qui grandissait lentement contre moi. Elle éclata brusquement peu de temps après le moment où j'en suis venue de mon histoire. Une exposition particulière des plus récentes œuvres de Keller venait de s'ouvrir. Les journaux en parlaient et louaient particulièrement la toile la plus importante : *L'Indolente,* dont *L'Illustration* donnait la reproduction : étendue sur un divan, une jeune femme nue se regardait dans un miroir à main qui cachait sa face.

J'avais entendu Keller déclarer que le sujet d'un tableau n'avait pour lui nulle importance; seule importait la qualité de la peinture. On s'accordait à trouver celle-ci « magnifique » et j'en étais heureuse à cause de

Sara. J'ai dit que mon père ne voyait pas mon amitié pour elle d'un bon œil. Gustave trouva le moyen de flatter mon père en desservant lâchement mon amie. Il savait que je la voyais fréquemment, en dehors des heures de lycée, que je m'attachais à elle de plus en plus ; enfin j'avais eu l'imprudence de la louer devant lui, et de là son désir de la rabaisser.

La scène eut lieu sitôt après le déjeuner. Celui-ci s'était passé dans un silence gros de menaces. Mon père avait cette habitude de lire le journal pendant le repas. Il coupait d'ordinaire sa lecture de réflexions sur la politique, comme pour atténuer ainsi ou excuser ce que cette lecture avait de désobligeant pour ma mère. Chaque jour il trouvait le journal à côté de son assiette ; mais, ce matin, il l'avait laissé sans l'ouvrir. Les sourcils froncés, le regard dur, on sentait qu'il se taisait non parce qu'il n'avait rien à dire mais parce qu'il ne voulait rien dire, qu'il remettait à plus tard. Un orage chauffait, et c'était moi qu'il menaçait ; je n'en pouvais douter, car Gustave, qui savait sans doute à quoi s'en tenir, me regardait d'un air gouailleur. Nous prenions le café dans le bureau de mon père. Je dis « nous » parce que le café de papa était une cérémonie collective ; mais il était seul à en prendre. En quittant la salle à manger :

« Laisse-nous » dit-il à Gustave, qui, je l'ai su ensuite, se tint dans la pièce voisine, l'oreille collée à la porte, pour ne rien perdre de la scène qu'il avait sournoisement préparée.

Mon père savait fort bien qu'il n'avait aucune prise sur moi ; prévoyant ma résistance il en appelait à ma mère pour en triompher et c'est à elle qu'il s'adressa ; éclatant soudain et frappant, non du poing ce qui eût été vulgaire, mais du plat de la main, sur la table devant laquelle il s'était assis :

« Je ne tolérerai pas plus longtemps que Geneviève fréquente la petite Keller. »

C'était dit sur un ton qui n'admettait pas de réplique ; mais maman, de sa voix la plus calme :

« Tu ne prétends pourtant pas la retirer du lycée ? »

Papa ne se sentait pas de force à lutter contre nous deux à la fois ; je sentais maman de mon côté et cela me donnait un grand courage ; mais lui, comme pour se l'associer :

« Nous la retirerons du lycée s'il le faut. En attendant, je m'oppose formellement (c'était un de ses mots préférés) à ce qu'elle voie cette petite en dehors des heures de classe. » Et de nouveau, frappant du plat de la main, mais d'une façon si malheureuse que sa cuillère à café lui bondit au nez :

« C'est entendu, n'est-ce pas ? »

Comme une fée maligne, la petite cuillère lui faisait rater son effet. J'eus du mal à réprimer un fou rire. Papa savait du reste que je ne le prenais plus au sérieux. Mais ceci mit le comble à sa fureur.

« Ah ! ce n'est guère le moment de plaisanter » — dit-il. — Je me précipitai pour ramasser la cuillère, puis, me relevant et sans le regarder pour ne pas avoir l'air de le braver et désireuse plutôt d'atténuer mon insolence :

« Je n'ai pas l'intention de t'obéir. »

Il y eut un pénible silence. Je pus voir que maman était très pâle et que les mains de papa tremblaient.

« Geneviève — dit-il enfin — prends garde. Tu vas nous forcer à recourir à... » — Mais ne sachant sans doute à quoi recourir, il se reprit : « Nous forcer à sévir. »

Puis, se tournant vers ma mère, qu'il voussoyait dans les grandes occasions afin de faire plus solennel : « Lisez ceci. »

Et papa sortit de la poche intérieure de son veston une feuille de journal, ou plus exactement de revue, qu'il déplia et lui tendit.

« Lisez à haute voix, je vous prie.

— C'est Gustave qui t'a remis ça ? — dit maman sans prendre la feuille. Et elle ajouta plus bas : — Le misérable !

— C'est ça — s'écria papa avec emportement — c'est lui que tu vas accuser maintenant. »

Alors maman, toujours très calme en apparence, mais si pâle que je m'attendais à la voir se trouver mal :

« D'ailleurs j'ai déjà lu ce sale article.

— Alors pourquoi ne nous en as-tu pas fait part ?

— Parce que je n'ai pas trouvé qu'il y eût à en tenir compte.

— Mais enfin de quoi s'agit-il ? » demandai-je en m'emparant de la feuille qui était tombée à terre.

Voici ce que j'y lus, sous la rubrique : *On raconte que* :

« Mademoiselle Sara Keller, la propre fille du peintre illustre, aurait posé pour ce « nu glorieux » que tout le monde admire au Salon. Toutes nos félicitations au peintre et au modèle. C'est un morceau des plus savoureux, et nous remercions l'artiste de nous initier ainsi à l'intimité de sa famille. Si la morale bourgeoise s'en effarouche, nous redirons à Alfred Keller, avec Baudelaire :

> Laisse du vieux Platon se froncer l'œil austère,
> Pour peindre le secret de cette vierge en fleur.

» L'art n'a jamais fait bon ménage avec la pudeur. »

Je haussai les épaules :
« Et c'est pour cela que tu veux m'empêcher de voir Sara ? »
Papa se tourna de nouveau vers ma mère :
« Est-il admissible, je vous le demande, que Geneviève continue à fréquenter une fille sans vergogne, qui ne craint pas de s'exposer toute nue aux regards du public ?
— Si ce sale journaliste s'était tu, personne n'aurait pu se douter que c'est elle — dis je; réflexion imprudente qui me mit en mauvaise posture et permit à mon père de riposter :
— Quand personne n'en aurait rien su, le fait n'en aurait pas moins été là. Ce n'est pas l'opinion des autres, c'est la chose elle même qui m'importe, tu le sais bien. »

Je savais exactement le contraire : mon père se souciait beaucoup de l'opinion; il ne se souciait guère que d'elle; mais je l'avais laissé prendre barre sur moi. Il continua :
« Mais, permets... alors, toi, tu le savais ?
— Non, je ne le savais pas. Mais, si je l'avais su, ça n'aurait rien changé à mes sentiments pour Sara. Et, si je l'avais su, j'aurais eu soin de ne rien t'en dire.
— Geneviève! » dit sévèrement ma mère.
Papa feignit l'étonnement :
« Comment, tu ne prends pas son parti ?
— Je n'ai jamais approuvé son insolence.
— C'est pourtant chez toi toujours qu'elle prend

appui contre moi. Mais la question n'est pas là... Alors, Geneviève, tu es bien décidée à ne pas m'obéir ?

— Parfaitement décidée. »

Il sembla hésiter quelque temps, puis, comme il s'était ressaisi, et d'un ton vraiment supérieur :

« C'est bien. Je sais ce qui me reste à faire. »

Il ne le savait pas du tout ; et, somme toute, il ne fit rien.

En disant à mon père que mes sentiments pour Sara n'auraient pas changé si j'avais su qu'elle avait posé nue devant son père, j'avais menti. C'est ce que je compris aussitôt que je me retrouvai seule. Le cœur gonflé d'une angoisse que je ne m'expliquais pas encore, je courus au salon pour y rechercher le numéro de *L'Illustration* qui venait de donner une reproduction du tableau de Keller. Ce tableau, je ne l'avais pas vu. Je ne le connaissais que par cette photographie. A présent que je savais que cette femme nue c'était Sara, je voulais la revoir ; je ne l'avais pas assez regardée. Le numéro de *L'Illustration* était sur la table mais, lorsque je l'ouvris, je constatai avec stupeur que la reproduction avait été enlevée, soigneusement découpée... par Gustave, pensai-je aussitôt. Je bondis à sa chambre. Sans doute il venait de s'installer devant sa table, mais il feignit d'être plongé dans le travail.

« Tu pouvais bien frapper avant d'entrer », dit-il sans lever le nez de dessus un atlas.

Je m'efforçais au calme, mais l'indignation faisait trembler ma voix.

« C'est toi qui as pris la photo de *L'Illustration* ?

— Quelle photo ? — dit-il avec une naïveté jouée, et un demi-sourire des plus provocants.

— Ne fais pas l'innocent. Tu sais très bien ce que je veux dire. Qui est-ce qui t'a permis de découper cette photo ? »

Il me regarda d'un air de défi gouailleur.

« Je devais peut-être te demander la permission ?

— Gustave, tu vas me rendre cette photo tout de suite.

— Cette photo ! cette photo !... D'abord elle n'est pas à toi, cette photo. »

Je me précipitai sur lui, hors de moi. Avant qu'il ait eu le temps de se garer, j'avais soulevé l'atlas; l'image était dessous; je m'en emparai. Mais Gustave qui s'était dressé brusquement me l'arracha des mains et, la déchirant en petits morceaux :

« Voilà ce qu'elle mérite, mademoiselle Sara Keller, ta belle amie... »

Nous restâmes un instant, les yeux dans les yeux, prêts à bondir l'un sur l'autre et pantelants. Gustave n'était pas plus fort que moi. Je crois que, dans une lutte, j'aurais eu le dessus. Mais ensuite ?... Du reste il ne me laissa pas le temps de réfléchir; comme pris de peur, il courut à la porte et commença de crier : au secours !

J'entendis la porte du bureau de mon père s'ouvrir. Je n'eus que le temps de courir à ma chambre, m'y enfermai et me jetai sur mon lit en sanglotant. J'avais un violent mal de tête et m'efforçai de ne penser à rien. Ce qui me faisait le plus souffrir c'était de ne pouvoir m'insurger sincèrement contre le jugement de mon père, de me sentir, en dépit de moi, scandalisée à l'idée que Sara avait pu s'exposer ainsi, se laisser voir sans vêtements, et devant son père. Le titre même que le peintre donnait au tableau, *L'Indolente,* ne désignait-il pas déjà, évoquant la baigneuse des *Orientales,* cette Sara
« belle d'indolence »
à laquelle j'ai dit que mon amie me faisait penser ?

J'étais à présent dans le noir; j'avais fermé mes rideaux, fermé les yeux; mais des images du beau corps ambré tourbillonnaient autour de moi.

J'entendis frapper discrètement à ma porte, puis la voix douce de maman :

« Ma petite Geneviève, mon enfant... Ouvre-moi. »

Elle me prit dans ses bras, posa sa main sur mon front, me calma comme un enfant. Elle était venue, dit-elle, craignant que je ne fusse souffrante. Elle ne me dit pas un mot de la scène de tout à l'heure, mais eut soin de m'apprendre que mon père était sorti avec Gustave. Ceci se passait un jeudi; il n'y avait pas de lycée.

« Il fait très beau; nous devrions sortir aussi. Sais-tu... si nous allions voir l'exposition de Keller ? Nous pourrions y aller à pied; cela te ferait du bien de marcher. »

Je l'embrassai de tout mon cœur, lavai mes yeux rougis, m'apprêtai, puis chuchotai à son oreille :

« Sara disait qu'il n'y a pas meilleure que madame Parmentier; mais c'est parce qu'elle ne te connaît pas. »

Quand nous fûmes près d'entrer chez le marchand de tableaux où les toiles de Keller se trouvaient exposées :

« Tout de même — dit maman, en s'arrêtant brusquement — j'aimerais être sûre que nous n'allons pas rencontrer là les Keller... ni ton père. »

Elle avait de ces petites craintes subites; il semblait alors qu'une partie de son être cessât de donner assentiment à sa témérité naturelle; mais celle-ci reprenait vite le dessus. Comme prenant une résolution et avec une sorte de gaminerie enjouée :

« Et puis tant pis !... Nous verrons bien. Lançons-nous. »

Il n'y avait heureusement personne de connaissance dans la galerie. Et heureusement aussi, un certain nombre de paysages, de natures mortes et de portraits dispersait l'attention des visiteurs et permettait de ne point rester en arrêt devant le « nu magnifique ». Exposé en place d'honneur, il attirait d'abord le regard. Maman le contempla sans témoigner d'aucune gêne, et cela me rassurait. Je l'entendis murmurer :

« C'est bien beau. »

J'étais habituée aux nudités des musées et admirais sans arrière-pensées l'*Odalisque, La Source,* l'*Olympia,* ou *Le Déjeuner sur l'herbe.* Mais je ne pouvais cesser de penser que cette jeune femme que je voyais là toute dévêtue, c'était Sara, ma Sara, et, pour cela sans doute, cette toile me paraissait d'une indécence extrême.

J'aurais voulu être seule dans la salle; les regards des autres visiteurs me gênaient; il me semblait, dès que je contemplais la grande toile, qu'ils m'observaient. Pourtant j'étais attirée malgré ma souffrance et ma gêne par l'extraordinaire beauté de cette « indolente » qui m'emplissait d'un trouble étrange et tel que jusqu'alors je n'en avais jamais ressenti.

Quelqu'un s'était approché sans bruit derrière moi, et tout à coup je sentis se poser sur mes yeux deux mains fraîches. Je me retournai. C'était Gisèle.

« Comme c'est gai de se retrouver ici! » s'écria-t-elle. Elle aperçut ma mère.

« J'ai fait votre commission à maman qui m'a dit qu'elle aussi serait heureuse de vous connaître. Justement elle m'accompagne. Seulement je ne sais pas du tout présenter. » Puis, prenant sa mère par le bras et l'amenant près de nous, avec gaucherie :

« Maman... Madame X..., la mère de ma nouvelle amie ; c'est vrai, tu ne connais pas encore Geneviève... Eh bien, c'est elle. »

La mère de Gisèle était charmante et je sentis aussitôt qu'elle plaisait à ma mère. Elle parlait fort bien le français, mais avec un accent très prononcé, qui du reste n'était pas sans charme et semblait ajouter à sa distinction naturelle. Nous étions devant le grand tableau.

« Il faut reconnaître que monsieur Keller a bien du talent — dit maman après échange de quelques banales politesses.

— Et lui du moins ne craint pas de choisir de beaux modèles. Les peintres, de nos jours, semblent si souvent avoir peur de la beauté. »

Je me demandais avec beaucoup d'inquiétude si madame Parmentier était au courant du scandale. Mais le ton de sa voix me rassura. Il ne permettait de soupçonner dans ses propos ni ironie ni sous-entendus. Quant à reconnaître Sara, non, cela n'était pas possible. Maman me paraissait aussi rassurée, car elle avait certainement partagé mon inquiétude.

« Et peur aussi de faire un tableau qui représente vraiment quelque chose, — dit-elle. — Il semble que les peintres d'aujourd'hui cherchent surtout à nous égarer. »

Je n'écoutais plus nos parents ; tandis qu'ils continuaient une conversation si heureusement commencée, j'entraînai Gisèle un peu à l'écart.

Que savait-elle ? D'une voix tremblante, et si troublée que je la voussoyai de nouveau, je demandai confusément :

« Vous saviez que Sara... — Mais elle ne me laissa pas achever :

— J'ai même été la voir poser » dit-elle, comme si c'eût été la chose du monde la plus naturelle.

Cette petite phrase entra comme un coup de couteau dans mon cœur. Il y avait donc entre mes deux meilleures, mes deux seules amies, une intimité que je ne soupçonnais pas. Pourquoi Sara me tenait-elle à l'écart ? Oh ! sans

doute j'aurais été gênée de la voir nue. Mais elle n'avait pas à tenir compte d'une pudeur que j'étais prête à renier moi-même. Et, gênée, je l'étais bien davantage encore à l'idée qu'elle s'était montrée nue à Gisèle. Mais ce n'était plus ici de la pudeur; non, c'était de la jalousie.

« Pas un mot à maman. Elle ne se doute de rien — ajouta Gisèle. Et comme je lui disais qu'un méchant article avait mis ma mère au courant :

— J'espère au moins qu'elle ne va pas en parler! »
Je la rassurai vite.

Au sortir de l'exposition, madame Parmentier eut la bonne idée de nous inviter à prendre le thé dans une pâtisserie voisine. Ma mère et elle semblaient fort bien s'entendre et n'arrêtaient pas de parler; mais Gisèle et moi demeurions silencieuses. Au moment de nous quitter je voulus rendre à madame Parmentier le catalogue de l'exposition qu'elle m'avait prêté; mais elle refusa de le reprendre :

« Non, Geneviève, conservez-le en souvenir de cette agréable journée. »

J'étais heureuse de le garder, à cause de la très bonne reproduction du tableau qui s'y trouvait, et, sitôt de retour à la maison, je m'enfermai dans ma chambre pour la contempler à loisir. Mon imagination faisait effort pour revêtir ce beau corps souple de la robe que Sara portait d'ordinaire en classe; cette robe de tous les jours dans laquelle je la revis le lendemain et dont il me fut beaucoup plus facile de l'imaginer dépouillée. Oui, mon regard, malgré moi, la dévêtait et je l'imaginais en « Indolente ». Une angoisse inconnue me décomposait, que je ne savais pas être du désir parce que je ne pensais pas que l'on pût éprouver du désir sinon pour un être de l'autre sexe; et, par instants, sur le pupitre devant nous où je voyais la main de Sara posée, ma main s'approchait de la sienne, involontairement car j'avais perdu tout empire sur moi, puis se retirait brusquement si Sara remarquait mon avance; et toute cette matinée du vendredi, je restai sans lui dire un seul mot, sans rien dire non plus à Gisèle que je vis, au sortir du lycée, s'éloigner en compagnie de Sara, avec un déchirement de cœur et en proie à une abominable tristesse : maman ne m'avait-elle pas dit, la veille au soir, que je

devais cesser de fréquenter Sara en dehors de nos heures de classe ?

Oui, ce jeudi soir, peu de temps après notre retour de l'exposition, maman était venue me retrouver dans ma chambre.

« Ma petite Geneviève, mon enfant chérie — commençait-elle de sa voix la plus tendre, qui me faisait fondre le cœur et me laissait sans résistance — j'ai beaucoup réfléchi à ce que je vais te dire; il m'en coûte beaucoup de devoir te peiner... »

Elle hésita quelques instants, mais déjà je savais ce qui allait suivre et je commençai de murmurer : « Je ne peux pas. Je ne peux pas. » Elle reprit :

« Je ne voudrais pas que tu te méprennes. C'est pour ton bien que je dois te demander cela. Ton amitié pour Sara m'inquiète. Je crains qu'elle ne te réserve pour plus tard beaucoup de souffrances et qu'elle ne t'entraîne plus loin que tu ne voudrais aller. »

Elle s'était assise et m'avait prise sur ses genoux, comme autrefois. La tête sur son épaule, à présent, je sanglotais :

« Oh ! maman, tu ne comprends pas. Tu ne peux pas comprendre. »

Mais elle ne se méprenait assurément pas sur la violence de ma passion; et c'est là même ce qui l'inquiétait :

« Ma petite Geneviève, je crois que je ne te comprends que trop bien, et peut-être mieux que tu ne te comprends toi-même. C'est bien pour cela qu'il me faut t'avertir. Je crains que tu ne t'engages sur un chemin dangereux, que plus tard il te serait beaucoup plus difficile que maintenant d'abandonner. »

Certainement elle n'osait s'exprimer complètement et je devais comprendre sa pensée entre ses paroles. Alors, ne trouvant pas d'autre argument, je lui sortis une phrase absurde et que tout aussitôt je regrettai :

« Mais maman, si je cesse de la voir, j'aurai l'air d'obéir à papa.

— Oh ! Geneviève — dit-elle — cette vilaine pensée n'est pas digne de toi. Je suis sûre que déjà tu en as honte.

— Et puis... Et puis — repris-je en sanglotant — comment veux-tu que je fasse ? Tu sais que je la vois

chaque jour au lycée, elle est assise auprès de moi... Qu'est-ce que tu veux que je lui dise ?...

— Je puis demander à la directrice de te faire changer de place.

— Oh! non, maman, je t'en supplie, ne fais pas cela; que je puisse au moins la voir.

— Mais c'est cela qui te fait du mal, ma pauvre petite. Ah! je voudrais tellement t'aider, contre toi-même... »

Ce que fut cette matinée du lendemain, je l'ai dit. Je ne pus prêter au cours aucune attention. Lorsque je rentrai pour déjeuner, j'étais dans un tel état d'agitation que je vis bien que maman s'en alarmait. Quant à mon père il avait trouvé le moyen de me punir : c'était de ne plus avoir l'air de s'apercevoir de ma présence; mais que pouvais-je souhaiter de mieux ? Après le repas maman vint me retrouver dans ma chambre où je m'étais retirée.

« Es-tu malade, ma pauvre Geneviève ? Tu es toute tremblante et tu n'as rien pu manger... »

Malade, mon cœur l'était certainement. Pourtant je rassurai ma mère mais la suppliai de ne plus me faire retourner au lycée. Continuer à voir Sara et lui battre froid, alors que tout mon être s'élançait vers elle, c'était vraiment au-dessus de mes forces. Le péril devait paraître bien grand à ma mère, car elle accepta de me garder près d'elle. Mon père eut un triomphe facile. Il avait toujours désapprouvé le lycée. A l'entendre, les femmes n'avaient pas tant besoin d'instruction que de bonnes manières; et il ajouta que, du reste, c'était ce que pensaient, avec Molière, tous les gens sensés. Ce n'était point là mon avis, ni celui de ma mère, fort heureusement. J'avais grand appétit de savoir. Tout ce qu'on m'enseignait au lycée m'intéressait beaucoup; et ne serait-ce pas mon instruction, pensais-je confusément, qui, plus tard, permettrait mon indépendance ? Le baccalauréat n'était que pour l'an prochain; je comptais bien m'y présenter et ne pas m'arrêter là. Il fut convenu que je quitterais le lycée pour des raisons de santé. Devrais-je cesser de voir Gisèle ? Madame Parmentier avait beaucoup plu à ma mère; Gisèle aussi du reste. Ma mère estima qu'on leur devait une explication de mon absence. Le gênant, c'est que Gisèle était l'amie

de Sara. Je vécus quelques jours dans un grand désarroi. J'acceptai de me soumettre aux décisions de ma mère. Je la sentais en opposition constante avec mon père et ma résistance à l'autorité paternelle se fortifiait de ma soumission filiale envers elle. Mais l'amitié n'avait-elle pas aussi ses devoirs, même sans le serment solennel prononcé lors de la constitution de l'IF ? Et qu'allaient penser de moi Gisèle et Sara ? Quelle estime garderais-je de moi-même, si je les laissais croire que je les rayais soudain de mon cœur ? Je suppliai maman de me laisser parler à Gisèle. Elle-même irait voir madame Parmentier qui me ménagerait un entretien secret avec sa fille. Ce que maman put dire à madame Parmentier, je ne sais ; mais, quand elle revint de sa visite, un air joyeux et malicieux mettait une fossette à chacune de ses joues.

« Sais-tu ce que m'a proposé madame Parmentier ? — me dit-elle aussitôt. — De te donner chaque jour une leçon d'anglais. Tu irais chez elle aux heures de lycée ; car elle pense comme moi qu'il vaut mieux que Gisèle et toi, à cause de Sara, ne vous rencontriez pas trop souvent.

— Alors, tu lui as parlé de Sara ? Tu lui as dit ?...

— Ma petite Geneviève, je n'ai rien eu à lui apprendre. Gisèle avait tout raconté à sa mère, le lendemain de notre visite à l'exposition.

— Elle m'avait pourtant bien recommandé de ne rien lui en dire.

— Eh bien, tu vois que la confiance en sa mère a été la plus forte — dit maman. Puis, elle ajouta un peu naïvement : — Il est vrai que madame Parmentier venait de prendre connaissance du vilain article.

— Mais madame Parmentier, elle, n'a pas défendu à Gisèle de voir Sara.

— En effet. Cela montre que nous n'avons pas tout à fait les mêmes idées sur ce point. Et puis elle sait que Gisèle est plus raisonnable que toi.

— Ou qu'elle aime Sara moins que moi.

— Moins passionnément que toi ; oui, sans doute. »

Si je me suis attardée à cette première passion de ma jeunesse, c'est en raison du confus éveil de mes sens. Sitôt après ce que j'en ai dit, je tombai malade. La

scarlatine où, comme dirait Freud, se réfugiait le désarroi de tout mon être, secourut à la fois ma mère et moi-même. Ma mère me dit plus tard que, durant mon délire des premiers jours (car j'avais une très forte fièvre), l'image de Sara me hantait. Mais, quand je commençai de me remettre, mes idées avaient pris un autre cours.

DEUXIÈME PARTIE

Madame Parmentier était beaucoup plus instruite que ma mère, qui n'avait commencé à lire avec méthode et soin qu'assez tard. Les leçons qu'elle me donna différaient beaucoup de celles du lycée et étaient surtout occupées par la conversation et la lecture. Dans la grande bibliothèque où elle me recevait, les auteurs anglais voisinaient avec les français et les italiens, car elle parlait également bien ces trois langues. Maman m'accompagna d'abord; mais dès la troisième leçon nous laissa, madame Parmentier lui ayant avoué que, seule avec moi, elle se sentirait mieux à l'aise. Le plus souvent elle me faisait lire et s'occupait alors à corriger mon mauvais accent. Je préférais l'entendre lire, encore que souvent je ne la comprisse pas très bien; mais elle reprenait alors avec une patience infinie. Le son de sa voix me ravissait presque à l'égal de celle de Sara. Les poètes avaient sa préférence et elle les prétendait particulièrement susceptibles de m'apprendre à scander convenablement mes phrases. Mais je ne lui cachai pas longtemps mon peu de goût pour le rêve et la poésie. Alors nous commençâmes à discuter.

« Les fleurs, il est vrai, ne nourrissent point l'homme — disait-elle — mais elles font la joie de la vie. Quand vous aurez fait un jardin potager des plus beaux et des plus odorants parterres, vous m'aurez sans doute donné à manger, mais enlevé du même coup le goût de vivre. »

Et, comme je ripostais que, non plus que de fleurs mon corps, mon esprit ne se pouvait nourrir de comparaisons :

« Oh! si maintenant vous n'aimez même plus les images! » reprenait-elle en souriant plaintivement.

Ainsi se plaisait-elle dans un monde imaginaire qui, soutenait-elle, existait dès l'instant qu'elle commençait d'y croire. De même croyait-elle à la vie éternelle et les compensations qu'elle en espérait l'aidaient-elles à

prendre son parti des misères et des imperfections de cette terre.

A cette époque déjà, je m'attachais moins volontiers aux fictions qu'aux réalités et les romans ne m'intéressaient point tant par la beauté de leurs peintures que par les renseignements qu'ils peuvent nous donner sur la vie. C'est ce qui explique qu'en écrivant ce récit, je ne tienne guère compte que de ce qui pourra peut-être, et si peu que ce soit, éclairer ou instruire. Je n'aime pas assez les divertissements pour chercher moi-même à divertir. C'est plutôt *avertir,* que je voudrais. Je crois, monsieur Gide, que vous aussi vous serviez, comme je fais ici, de ce mot. Permettez que je vous l'emprunte. Oui, je me tiendrai pour satisfaite si quelque jeune femme qui me lira trouve dans ce que j'écris ici un *avertissement* et si ce livre la met en garde contre certaines illusions dont j'eus à souffrir et qui risquèrent de gâcher ma vie.

« Étranger aux raffinements de l'esprit, et insoucieux de toute métaphysique. » Je lisais hier ces mots dans la belle étude de Marthe de Fels sur Vauban. Ils me peignent excellemment. Je lis encore avec ravissement, dans cette même étude, une autre phrase, où je me trouve : « N'était-ce pas la condition même du réalisme de son esprit concret, où les fumées du songe n'avaient point droit d'asyle dès lors qu'il s'agissait d'œuvrer... » Car je n'admettais pas, si jeune encore que je fusse en ce temps, que je ne pusse et dusse être utile. La poésie, la littérature même, me paraissaient les fleurs d'une vie désœuvrée ; et j'avais l'oisiveté en horreur.

Me voici amenée à préciser déjà certains traits de mon caractère qui ne s'accentuèrent et dont je ne pris conscience que par la suite. Mon opposition avec madame Parmentier, malgré la grande affection que je pouvais avoir pour elle, m'aida beaucoup. Nous nous développons dans la sympathie, mais c'est en nous opposant que nous apprenons à nous connaître. Cette opposition n'avait du reste rien de commun avec celle qui m'animait contre mon père et qui s'aggravait alors de mépris. Je n'avais pour madame Parmentier que de l'estime. En dépit de cette opposition, je m'entendais avec elle à merveille, et elle ne laissait pas d'être sensible au zèle que j'apportais au travail. Cependant j'avais

également besoin d'autres leçons que les siennes, et maman recourut à un professeur pour l'histoire et la géographie. Le docteur Marchant, si surmené qu'il fût, consentit à me donner une heure tous les deux jours, pour les sciences. Ces leçons avaient lieu chez lui, le soir, et se prolongeaient souvent en causeries où je trouvais plus grand profit encore que dans les leçons elles-mêmes.

Le docteur Marchant possédait tout ce qui manquait à mon père : et d'abord une valeur réelle, des connaissances solides et le parfait mépris des feintes et du faux-semblant. Son aspect bourru cachait une nature très tendre. L'admiration que j'avais pour lui n'empêchait pas que je ne m'opposasse également à lui, mais pour d'autres raisons encore. Comme les entretiens que j'avais avec lui ne prirent point fin avec mes examens mais reprirent par-delà de plus belle, il est possible que ce que je vais en dire se reporte plutôt à 1914, ou même un peu plus tard, et que ne devinssent sensibles qu'à mon esprit un peu mûri certains traits de son caractère avec lesquels je ne pouvais m'accorder. Son dévouement, son désintéressement absolus, cette sorte d'ardente charité qui le penchait vers les souffrances, tout cela reposait sur un nihilisme désespéré. Quant à moi, chez qui les sentiments religieux n'avaient jamais été bien vifs (et ceux qu'affectait mon père suffisaient à m'en dégoûter), je cessai très vite de croire à quoi que ce fût d'irréel. Mais, tandis que le docteur Marchant acceptait la profonde misère des hommes, « que nous pouvons tout au plus adoucir un peu », disait-il, je ne pouvais admettre que là se bornât notre espoir. Il me traitait de chimérique lorsque je parlais d'une amélioration possible de l'état social, et cela me faisait enrager; j'en parlais alors comme une enfant et ce que j'en disais, évidemment, prêtait à sourire. Je le sentais; mais j'en tenais pour ma « chimère ». Je tenais ferme. Cet espoir qui m'habite a dirigé ma vie. Il était, en ce temps, bien vague encore et j'aurais peut-être mieux fait d'attendre pour en parler; je l'ai fait par impatience.

Je relis ce que je viens d'en dire et qui me satisfait bien peu. Dès que l'on ne fait plus partie d'une Église, combien hasardeuse, incertaine et osée paraît toute profession de foi! Je viens de lire dans une revue

américaine les réponses à une enquête : *What do you believe?* Cette question était adressée aux plus illustres écrivains, savants, hommes d'États, financiers, industriels, etc., de tous les pays. Seuls ont paru répondre avec assurance ceux qui se rattachent à l'orthodoxie catholique. Mais la vraie réponse des autres, c'est leur œuvre entière, c'est leur vie. On peut rester tâtonnant lorsqu'il s'agit de parler et résolu dès qu'il s'agit d'agir. Je n'ai que faire des théories, et crois savoir très bien ce que je veux, encore que je sache très mal le dire. Du reste, s'il m'était possible de l'exprimer en quelques phrases, je n'aurais pas entrepris ce long récit.

Madame Marchant avait été l'amie d'enfance de ma mère. Modeste jusqu'à l'effacement, presque insignifiante, du moins la voyais-je telle à cette époque de ma vie, car j'avais en ce temps peu de goût pour découvrir ce qui se cache sous l'apparence des êtres et méprisais la modestie; si mon père représentait pour moi le type d'homme que je ne voulais pour rien au monde épouser, madame Marchant représentait le type de femme que je ne voulais point être. Rien ne justifiait à mes yeux l'amour que lui témoignait le docteur; elle me paraissait négligeable. Elle vivait dans l'ombre et la dévotion de son mari. Le ménage était assurément des plus unis, en dépit des cyniques propos du docteur qui tenait le mariage pour « une institution ridicule ». Il ne craignait pas de prononcer ces mots devant moi, si jeune que je fusse alors, et malgré les regards courroucés de mon père qui professait le plus grand respect pour « cette institution sacrée ».

Instruite de bonne heure par ma mère qui ne pensait pas que l'ignorance pût être jamais de quelque profit que ce soit, je savais que les enfants ne sont pas les fruits spontanés du sacrement du mariage; j'avais compris aussi que les rapports charnels qui permettent la procréation se passent souvent de l'approbation de l'Église et de la loi. Mais, dès l'instant que les gens étaient mariés, pourquoi certains couples demeuraient-ils stériles ? C'est ce qui me préoccupait beaucoup, et particulièrement lorsque je pensais au ménage de nos amis Marchant.

« C'est une question affreusement indiscrète — me dit ma mère, lorsque je la lui posai. — Tu sais bien

que je ne refuse presque jamais de te répondre... Mais d'abord il y a beaucoup de ménages qui préfèrent ne pas avoir d'enfants.

— Pourquoi ?

— Mais, mon petit, pour une quantité de raisons morales ou matérielles plus ou moins valables.

— Comment font-ils pour ne pas en avoir ?

— Cela, tu n'as vraiment pas à le savoir maintenant » — dit maman en rougissant un peu, non tant sans doute de ma question que de son refus d'y répondre.

J'avais pourtant posé cette question le plus ingénument du monde et sans du tout en soupçonner l'indécence. N'ayant encore, du désir sexuel et de la volupté, que l'idée la plus confuse, la question des rapports conjuguaux m'inquiétait beaucoup moins que celle de la progéniture.

« Tu crois que les Marchant préfèrent ne pas avoir d'enfants ? — demandai-je.

— Non ; je ne le crois pas — dit maman ; et bien vite elle ajouta : — Mais on n'obtient pas toujours ce que l'on souhaite.

— Alors tu crois qu'ils voudraient bien avoir des enfants, mais qu'ils ne peuvent pas ?

— Mon petit, tu vois comme c'est dangereux de commencer à te répondre — dit maman, la main sur la poignée de la porte et battant en retraite. — Tu veux toujours en savoir davantage. »

Le fait est que ces quelques phrases de maman me laissaient bien insatisfaite. Et, comme la question restait pendante en mon esprit, je résolus, avec l'intrépidité cynique et ingénue de mon jeune âge, de m'en ouvrir directement au docteur ; mais il fallait pour cela me trouver seule avec lui, et madame Marchant assistait presque toujours aux leçons. Cette conversation se trouva donc remise à par-delà les vacances.

Celles-ci, que je passai en Bretagne, auprès de mes cousins X..., furent presque toutes occupées par la lecture.

Les questions d'ordre sexuel, sur lesquelles certains peuvent s'étonner ou se scandaliser de me voir m'attarder dans ce récit, étaient bien aussi celles qui m'intéressaient particulièrement dans les livres que je lisais. A ma curiosité ne se mêlait du reste aucune sensualité. Il avait

fallu tout le prestige de la voix de Sara pour me faire prendre goût à la poésie de Baudelaire. Une sorte de crainte instinctive m'écartait des images licencieuses, de tout ce qui respire le désir ou le plaisir. Je n'étais pas sentimentale non plus... Non, ce qui occupait mon esprit, c'est tout ce qui touchait à ce qu'on appelle pompeusement : les prérogatives de la femme. J'ai dit que je ne m'intéressais guère aux romans. Les peines de cœur ne me paraissaient pas valoir la peine qu'on prend à les peindre. Mais, pour qu'un livre trouvât grâce à mes yeux, il suffisait parfois d'une simple phrase, comme cette déclaration que je trouvai dans l'absurde *Jane Eyre* et copiai tout aussitôt dans un cahier que je réservais à cet usage et sur lequel, en guise de titre, j'avais inscrit les deux lettres : I.F., en souvenir de la *Ligue pour l'indépendance féminine* et de mes deux premières amies.

« Il est vain de dire que les créatures humaines doivent trouver leur contentement dans le repos ; ce qu'il leur faut, c'est l'action, et elles la créeront si la vie ne la leur fournit pas. Il y a des millions de gens condamnés à une vie plus tranquille que la mienne, et des millions sont en état de silencieuse révolte contre leur sort. Personne ne sait combien de rébellions (indépendamment des rébellions politiques) fermentent dans la masse vivante qui peuple la terre. Les femmes, on les suppose calmes généralement ; mais les femmes sentent, tout comme les hommes ; elles ont besoin d'exercer leurs facultés et, comme à leurs frères, il leur faut un champ d'action pour leurs efforts. Autant que les hommes, elles souffrent d'une contrainte trop stricte, d'une stagnation trop absolue. C'est par étroitesse d'esprit que leurs compagnons plus favorisés prétendent qu'elles doivent borner leurs soins à la cuisine et à la couture, aux arts d'agrément et à la broderie. Il n'y a aucune raison de les condamner ou de se moquer d'elles lorsqu'elles aspirent à plus d'action ou à plus de savoir que l'usage n'a décrété qu'il convenait à leur sexe*. » (*Jane Eyre*, chap. XII).

* *It is vain to say human beings ought to be satisfied with tranquillity : they must have action ; and they will make it if they cannot find it. Millions are condemned to a stiller doom than mine, and millions are in silent*

De tous les livres que je lus alors, aucun n'occupa plus longtemps ma pensée que *Clarissa Harlowe*. Malgré mon peu de goût pour les fictions, c'est sans en sauter une ligne que je lus les cinq volumes de ce roman jadis célèbre et qui ne trouve aujourd'hui, je crois, plus beaucoup de lecteurs. Sans doute eut-il sur moi une influence considérable (pas tout à fait, je pense, celle que pouvait souhaiter Richardson); c'est pourquoi je dois en parler. J'y remarquai d'abord que tous les malheurs de Clarissa viennent de sa dévotion, de sa soumission à ses parents, de son respect pour son odieux père. Il fallait bien tout l'art de Richardson, pensai-je, pour que cette humilité excessive ne suffît pas à la rendre ridicule à nos yeux. En la douant de toutes les vertus, en la faisant infiniment supérieure à son père, le romancier rendait d'autant plus révoltante la soumission de cet ange à l'autorité monstrueuse de cet être borné.

Mais bien plus encore m'indignait l'insigne importance accordée, dans ce livre, à la chasteté. Encore que Clarissa ne se montrât jamais de vertu plus triomphante qu'après qu'elle eut été lâchement déflorée, cette assimilation de l'honneur à la pureté me paraissait proprement inadmissible. En ce temps je ne pouvais savoir combien souvent, dans l'abandon charnel, l'âme même se démantèle. Il entrait du reste beaucoup de résolution et de parti pris dans mes indignations d'alors, et mes réactions les plus sincères devaient bientôt m'apprendre combien je demeurais différente de ce que j'avais la prétention d'être. Quoi qu'il en fût, je protestais qu'une femme peut être vertueuse autrement que par sa réserve et que le plus ou moins d'honnêteté réside ailleurs que sur le

revolt against their lot. No Body knows how many rebellions besides political rebellions ferment in the masses of life which people earth. Women are supposed to be very calm generally : but women feel just as men feel ; they need exercise for their faculties, and a field for their efforts as much as their brothers do ; they suffer from too rigid a restraint, too absolute a stagnation, precisely as men would suffer ; and it is narrow-minded in their more privileged fellow-creatures to say that they ought to confine themselves to making puddings and knitting stockings, to playing on the piano and embroidering bags. It is thoughtless to condemn them, or laugh at them, if they seek to do more or learn more than custom has pronounced necessary for their sex.

plan des rapports charnels. Tout ceci se ressentait beaucoup encore des conversations avec mes deux amies, où nous poussions jusqu'au défi notre mépris du convenu et de l'opinion du grand nombre. Nos propos étaient d'autant plus hardis qu'ils n'entraînaient point la participation de nos sens. Toutes trois nous admettions que l'accouplement pût se passer d'autorisation légale; toutes trois nous nous déclarions volontiers résolues à la maternité en dehors du mariage; mais si, moi du moins, je parlais aussi aisément et légèrement de l'amour, c'est que je ne songeais qu'à ses suites; c'est que j'ignorais la volupté et n'avais même aucune appréhension du plaisir, de sorte que je pensais pouvoir disposer toujours librement de moi-même. Certainement, mon trouble auprès de Sara eût pu m'avertir; mais s'il étourdissait tout mon être, c'était de façon trop vague pour que j'y pusse alors reconnaître précisément du désir. Si quelque initiation précoce ne vient pas le localiser, le désir peut rester épars et ne se manifester d'abord que par un insolite désarroi. Après tout, ce que j'en dis n'était peut-être vrai que pour moi. Sara, je crois, était beaucoup moins innocente et sans doute à l'attrait de sa beauté s'ajoutait-il celui d'une lasciveté secrète; et c'était là, je crois, ce qui me troublait.

Je connaissais le docteur Marchant depuis ma plus tendre enfance et suis restée longtemps sans comprendre pourquoi ma mère ne l'avait pas épousé de préférence à mon père. Mais une conversation avec maman, et plus tard son journal m'apprirent que le docteur Marchant lui fut présenté par mon père, et que tout d'abord le docteur lui avait beaucoup déplu. Évidemment, il peut paraître très froid à première vue; mais c'est, je crois, qu'il a beaucoup à se défendre contre les entraînements de son cœur. Dès qu'il se laisse aller, son regard se charge de tendresse. Je l'entendais traiter de « matérialiste » par mon père, et de « pessimiste » par ma mère, longtemps avant de savoir ce que ces mots voulaient dire. Quand, plus tard, je commençai de discuter avec lui, c'est contre son pessimisme seulement que je protestais.

« Mais, mon petit (il m'appelait « mon petit », comme faisait ma mère), je ne te blâme pas d'avoir ces idées-là — me disait-il lorsque je déclarais que mieux

vaudrait tâcher d'empêcher la misère que de chercher seulement à la soulager. — C'est de ton âge. On rêve à des réformes de la société, à des répartitions plus équitables. Mais les systèmes les meilleurs ne rendront pas les hommes moins mauvais. » — Et il se plaisait à citer le mot de Chamfort : « Quiconque, à quarante ans, n'est pas misanthrope, n'a jamais aimé les hommes », ajoutant qu'il avait décidément passé la quarantaine.

A ce moment, nous étions seuls, par grand hasard, le docteur et moi ; il dit encore :

« A combien de gens ne nous intéressons-nous pas, simplement parce que nous les voyons souffrants et misérables ; lesquels, guéris et fortunés, nous paraîtraient aussitôt répugnants. Allons ! la voici qui pleure... »

En ce temps-là, je pleurais encore pour un rien, en dépit de ma volonté, si tendue qu'elle pût être, et cela me fâchait beaucoup contre moi-même. Cette fois encore, je n'avais pu retenir mes larmes ; mais c'était d'indignation que je pleurais et de dépit de ne trouver rien à répondre, ou, du moins, de ne pouvoir exprimer les pensées qui se pressaient en moi et naissaient non point tant dans ma tête, me semblait-il, que dans mon cœur. Je n'étais pas si jeune que je ne pusse me douter déjà que nombre des maux dont souffrent les hommes sont dus non point tant à des causes réelles, qui en elles-mêmes n'auraient rien de bien douloureux, qu'aux jugements que l'on porte sur elles. Je venais de lire *Adam Bede* avec madame Parmentier et songeais en particulier à la détresse d'Hetty Sorrel. Je ne consentais point à la considérer comme coupable pour s'être laissé séduire, puis pour avoir abandonné désespérément son enfant, accablée qu'elle était par la condamnation que d'avance elle sentait peser sur elle. Ce qui me paraissait condamnable, c'était d'abord l'amant qui l'avait abandonnée, puis la société qui faisait peser sur elle seule une réprobation que méritait surtout son séducteur. J'eusse voulu la citer en exemple ; mais je doutais que le docteur Marchant eût lu ce livre, et c'est avec madame Parmentier que je repris et poursuivis la discussion.

« Vous auriez condamné Hetty Sorrel ?

— Je ne me sens le droit de condamner personne.

— Ce n'est pas une réponse. On propose un cas particulier et vous vous réfugiez dans des généralités.

— Je crois que j'aurais eu pitié d'elle, comme eut pitié d'elle Dinah Morris, tout en la reconnaissant coupable.

— Coupable de quoi ?

— A quoi sert de le demander ? Coupable d'abord de s'être laissé séduire, puis d'avoir abandonné son enfant.

— Ce n'est qu'à contre-cœur qu'elle l'abandonne et parce qu'elle ne pouvait faire autrement. C'est le jugement de la société qui la force à commettre ce crime. Elle sait qu'il n'y a plus de place, dans la société, ni pour elle, ni pour son enfant. C'est cela que je trouve monstrueux.

— J'ai pitié d'elle parce qu'elle se repent.

— Et elle se repent parce que Dinah Morris lui fait espérer que le pardon de Dieu suivra sa repentance. Mais la vraie criminelle, ce n'est pas Hetty, c'est la société ; et quand on pense que c'est au nom de Dieu que la société la condamne !...

— Voyons, Geneviève, vous ne pouvez pas l'approuver.

— Je la plains de tout mon cœur ; mais c'est la société que je désapprouve... Madame Parmentier, je voudrais savoir... Vous trouvez que c'est très mal d'avoir un enfant sans être mariée ?

— C'est très mal de mettre au monde un enfant destiné à être malheureux.

— Pourquoi forcément malheureux ?

— Comment ne serait pas malheureux un enfant sans père ?

— Oh ! madame Parmentier, ce n'est pas à moi qu'il faut dire cela ; vous ne me parleriez pas ainsi si vous connaissiez bien mon père. Et, du reste, faut-il vraiment que le père soit un mari, pour aimer son enfant ? »

Madame Parmentier reprenait sans me répondre :

« Un pauvre enfant qui risque de n'être accueilli nulle part, de recevoir partout des rebuffades et des affronts.

— Eh ! c'est cela précisément qui m'indigne. Ne trouvez-vous pas monstrueux que... »

Mais elle continuait sans m'entendre :

« De sentir mépriser sa mère et, ce qui est encore pis : de devoir la mépriser lui-même.

— Oh! madame Parmentier, comment pouvez-vous dire cela ? Alors, selon vous, pour avoir le droit d'avoir des enfants, une femme doit consentir à lier toute son existence à un homme que peut-être elle ne pourra pas continuer d'aimer ?

— Elle n'a qu'à le bien choisir.

— Et si encore c'était elle qui choisissait! Mais vous savez bien que le plus souvent elle ne peut que se laisser choisir.

— Elle reste libre de refuser, si celui qui la demande en mariage ne lui plaît pas.

— Elle peut s'illusionner d'abord, comme je crois qu'a fait ma mère.

— Geneviève, vous ne devez pas juger vos parents. Je ne connais que peu votre père; mais il m'a paru charmant.

— Lorsqu'elle l'a épousé, il paraissait charmant à ma mère.

— Je considère votre mère comme une épouse irréprochable.

— C'est-à-dire qu'elle s'est toujours sacrifiée. Approuvez-vous quelqu'un de grand mérite, comme ma mère, de se sacrifier toujours à quelqu'un qui ne le vaut pas ?

— Un ménage uni ne va jamais sans de petits sacrifices réciproques, qui grandissent et embellissent celui qui les fait.

— Madame Parmentier... Pourquoi appelle-t-on : tromper son mari, le seul fait de ne pas lui être fidèle ? Cela peut pourtant bien aller sans tromperie. Et ne le trompe-t-on pas davantage, et soi-même avec, en lui restant fidèle sans plus l'aimer ?

— Certainement pas. Quelles questions vous me posez là! On peut ne plus s'aimer autant qu'aux premiers jours; mais aimer un autre homme, c'est là que tromper commence. Quant à moi je n'ai jamais eu de mérite à demeurer fidèle, car je n'ai jamais cessé d'aimer mon mari. Mais, même en aimant un peu moins, le mariage contient une promesse de rester fidèle à la foi jurée.

— Aussi je préfère ne jurer point. »

Sans doute ai-je beaucoup simplifié cette conversation, qui fut longue. Elle eut lieu au printemps en 1914. Je me souviens d'un énorme bouquet de lilas, sur la

grande table de la bibliothèque où nous nous tenions; il répandait un parfum si fort que madame Parmentier me demanda d'ouvrir la fenêtre, bien que l'air du dehors fût encore froid. J'aurais peut-être dû dépeindre les lieux, et madame Parmentier, et moi-même; mais ce n'est pas un roman que j'écris, et les descriptions ne m'importent guère, dans les livres d'autrui non plus.

J'avais passé en novembre la seconde partie de mon baccalauréat; car je m'étais fait stupidement recaler en juillet. La joie de mon père, en apprenant mon échec, avait été comme un coup de fouet à mon amour-propre et je redoublai de zèle. Gisèle, qui préparait le même examen, avait été reçue aussitôt. Je la revoyais de temps à autre; mais madame Parmentier ne favorisait pas nos rencontres. La liberté de mes propos pouvait l'amuser, mais l'effrayait un peu pour sa fille. Pourtant Gisèle ne se laissait guère influencer, et non plus par moi que par sa mère, encore qu'elle l'adorât; mais elle savait au besoin lui tenir tête, sans élever jamais la voix, avec obstination et avec une douceur désarmante, de sorte que c'était toujours madame Parmentier qui cédait.

Nous avions, Gisèle et moi, beaucoup d'idées communes, et c'étaient précisément des plus hardies, ce qui me donnait beaucoup d'assurance, car j'avais grande confiance en sa sagesse que je reconnaissais bien supérieure à la mienne et incapable de ces excès où mon humeur souvent m'entraînait. Gisèle apportait à tout ce qu'elle entreprenait une pondération singulière; son intelligence dominait de très haut et modérait les entraînements de son cœur. Je ne la vis jamais céder rien à la vanité; et, précisément parce que sa beauté et son esprit lui eussent assuré tous les succès dans le monde, elle se refusait d'y aller et déclarait vouloir pousser plus loin ses études. La philologie l'attirait, « ne serait-ce qu'en souvenir de mon père, à qui je crois que je ressemble beaucoup », me disait-elle. J'étais également décidée à continuer de m'instruire, n'admettant pas, non plus que Gisèle, de demeurer désœuvrée. Et, de plus en plus, nous prétendions assurer notre indépendance et n'avoir à compter sur l'aide ni de parents, ni d'un mari; « ni d'un amant », ajoutions-nous. Car le déshonneur, selon nous, n'était pas d'avoir un amant, mais de « se faire entretenir ».

« Présentement s'ouvrent aux femmes un certain nombre de carrières dans lesquelles je pourrais espérer réussir — disais-je à Gisèle. — Mais ce sont des professions où le mieux que la femme puisse, c'est de faire oublier qu'elle n'est pas un homme. Ce que je voudrais c'est... Enfin je cherche une situation qui ne puisse être occupée que par une femme. Je suis convaincue que les femmes sont capables de beaucoup plus et de bien autres choses qu'on ne le pense généralement et qu'elles ne le savent elles-mêmes. Jusqu'à présent on ne leur a jamais laissé la possibilité de manifester leur valeur. Je voudrais, vois-tu, inventer une carrière qui me permît d'aider les femmes en leur apprenant à se connaître, à prendre conscience de leur valeur.

— Mais comment ? Mais par quel moyen ?

— Je ne sais pas encore. Du moins tu ne ris pas de moi. Ce que je te dis ne te paraît pas trop absurde ?

— Pas absurde du tout. Mais je crois que le plus grand nombre des femmes se trouvent parfaitement satisfaites de la dépendance où les maintient la flatteuse galanterie des hommes. Ce qu'il faudrait d'abord obtenir, c'est qu'elles-mêmes souhaitassent changer.

— Tu ne trouves pas que ces hommages mêmes que les hommes rendent au « beau sexe » ont quelque chose d'avilissant ?

— Oui, d'avilissant pour les hommes.

— Et qu'une femme peut aspirer à mieux qu'à éveiller des désirs, à se faire adorer, à s'assujettir un homme ou des hommes ?

— Sans compter que cela doit être terriblement encombrant, cette adoration. Si je ne pensais pas comme toi, je ne chercherais pas à m'instruire.

— Écoute, Gisèle : je crois fermement qu'il y a beaucoup de femmes capables; qu'il y a beaucoup plus de valeur qu'on ne croit parmi les femmes; et que toute cette valeur reste inemployée, parce qu'on ne la connaît pas, parce qu'elle-même ne se connaît pas, parce que jusqu'à présent on ne l'a jamais appelée à se manifester, à se produire.

— Oui, mais je crois aussi qu'il peut entrer beaucoup de valeur et de vertu dans la soumission.

— C'est précisément contre cette soumission que je proteste. Dans la soumission cette valeur reste sous le

boisseau. Les qualités féminines peuvent être différentes de celles des hommes sans être pour cela inférieures. Pourquoi soumettre celles-ci à celles-là ?

— Si les femmes n'étaient point belles et ne se sentaient pas désirées, elles prétendraient à mieux qu'à plaire.

— Combien je t'aime, Gisèle, de ne pas t'en tenir à ta beauté !

— Je ne sais pas si je suis belle ; je ne veux m'inquiéter que des qualités et des défauts de mon esprit. Pourtant j'avoue que je souffrirais beaucoup d'être laide et que j'aurais moins de cœur au travail s'il devait n'être pour moi qu'une compensation.

— Ce n'est pas seulement plus d'instruction que je voudrais pour la femme, mais plus d'initiative, plus de courage, plus de décision.

— Les lois nous en permettent bien peu.

— A propos... Je voudrais faire mon droit. Quelle belle expression, tu ne trouves pas ? « Faire *son* droit ! » Si seulement cela voulait dire un peu plus que simplement suivre des cours ! Les droits de la femme, je voudrais apprendre à parfaitement bien les connaître ; et pas seulement tels qu'ils sont en France ; pour pouvoir mieux donner ensuite, à un tas de femmes, la conscience de leurs pouvoirs.

— Et de leurs devoirs, je suppose.

— Évidemment. Qui peut plus, doit plus ; oui, je sais. Quelle belle chose pourtant ce serait d'assumer de nouveaux devoirs ! Et d'éveiller chez d'autres femmes le désir de les assumer. Je crois qu'il y a en nous beaucoup de possibilités et de besoins qui s'ignorent, qui sommeillent dans l'attente, et que souvent il suffirait d'un appel pour les éveiller. Je voudrais dire à chaque femme ce que, depuis quelque temps, chaque matin je me dis à moi-même : IL NE TIENT QU'A TOI.

— De faire quoi ?

— Oh ! n'importe. Je pense à ce récit de l'Évangile, lorsque le Christ dit à la femme paralytique : « Lève-toi, prends ton lit et marche. » Et la femme aussitôt se lève et commence à marcher.

— Hélas, Geneviève, tu n'es pas le Christ, pour faire des miracles ; tu ne feras pas marcher les impotents.

— Je ne peux ni ne veux croire aux miracles. Si la femme se lève, c'est qu'elle pouvait se lever. Elle

pouvait, mais elle ne savait pas qu'elle pouvait. Il fallait cette injonction, et il suffisait d'elle, pour lui donner conscience de son pouvoir. Jusqu'où s'étend ce pouvoir de la femme, c'est ce que je voudrais d'abord apprendre à bien connaître, pour me garder de l'inviter à rien, d'exiger rien, que je ne sois certaine qu'elle puisse obtenir. Et naturellement c'est sur moi-même d'abord que je veux éprouver la force et la vertu de cette exigence. »

Gisèle alors m'attira contre elle et m'embrassa sur le front :

« Je ne peux que te redire les paroles du Christ que tu citais : Lève-toi et marche. Il ne tient qu'à toi. »

Ce n'est que quelques mois plus tard que je pus avoir avec le docteur Marchant l'importante conversation que, depuis longtemps, je me promettais. Leçons et entretiens réguliers avaient repris par-delà mes examens. Madame Marchant y assistait toujours; mais elle venait d'être appelée à Bayonne auprès d'une parente âgée, et le docteur attendait le moment de ses courtes vacances pour l'y rejoindre. Ceci se passait donc en juillet.

Je crains que l'on ne trouve bien hardis pour une jeune fille de dix-sept ans les propos que je vais rapporter; mais je répète que tout ce que je pouvais alors penser et dire restait parfaitement théorique. Ma pensée seule allait de l'avant, et d'autant plus audacieusement qu'elle ne s'inquiétait nullement du non-assentiment de mes sens. Le cynisme que j'affectais ne m'était pas naturel; je m'y forçais et devais, pour parler comme je faisais, prendre beaucoup sur moi. Je me félicitais alors de la victoire que je remportais sur moi-même en triomphant ainsi de ma réserve, de ma timidité, de ma pudeur. Tout cela m'apparaît aujourd'hui comme une sorte de comédie pour laquelle je fournissais à la fois la mise en scène, le débat et l'applaudissant spectateur. Donc, certain soir que je me trouvais seule avec le docteur Marchant, dans son cabinet de consultations où il me recevait comme à l'ordinaire et où j'étais venue le retrouver à huit heures et demie avec la ferme intention de lui parler, j'attendais le moment propice. Le temps passait. Je fis comme

Julien Sorel : je me donnai jusqu'à neuf heures cinq, me répétant :

« Si je laisse l'aiguille des minutes dépasser ce point sans avoir abordé le sujet qui me tient à cœur, je saurai que je suis lâche et que, à l'avenir, je ne pourrai compter sur moi. »

Le docteur, il m'en souvient, parlait alors précisément d'hérédité, m'exposait les lois de Mendel, disait les caractères qui sont ou non transmissibles. J'attendais qu'il reprît souffle, ce qu'il fit à neuf heures quatre. Alors, bien vite, avant qu'il n'ait eu temps de repartir, fermant les yeux, serrant les poings, comme lorsque je plongeais du haut du tremplin avant de très bien savoir nager, je m'élançai, le cœur battant au point que je doutais de pouvoir aller au bout de ma phrase :

« Oncle Marchant (c'est ainsi que je l'appelais), je voudrais savoir si vous n'avez pas voulu avoir d'enfants, ou si c'est que vous n'avez pas pu en avoir ? »

Il eut un rire, un peu forcé, me sembla-t-il.

« Eh bien ! pour une « mutation brusque... » » — dit-il, par allusion à ce qu'il venait de m'enseigner. Et, comme rien ne suivait :

« Vous préférez, je vois, ne pas me répondre ; ou bien n'osez-vous pas ? »

Il prit soudain un ton très grave :

« Mon petit, je peux bien t'avouer que la tristesse de n'avoir pas d'enfants a été, pour ta tante et pour moi, la seule ombre de notre ménage. La seule — reprit-il un peu solennellement ; — mais elle est de taille. Les années passent ; nous voyons tous deux naître et grandir les enfants des autres et nous ne pouvons, elle ni moi, nous consoler de n'en point avoir. Tu vois que je ne crains pas de te parler franchement. Quant aux causes de cette... — Il hésita un peu, comme s'il cherchait un mot ; il trouva : « Stérilité », qu'il employa comme à contre-cœur et les traits du visage un peu contractés, — tu me permettras, je suppose, de ne pas te les dire. Et, du reste, tu n'as que faire de les savoir.

— Ce qui m'importe — repris-je — c'est d'apprendre qu'il ne suffit donc pas ici de vouloir, pour pouvoir. »

Le plus difficile restait à dire ; je crus un instant que le cœur me manquait ; puis, ressaisissant tout mon courage :

« Oncle Marchant, il faut que je vous dise... Je voudrais avoir un enfant.

— Tu es encore un peu jeune pour le mariage — dit-il en souriant de nouveau. — Mais, bientôt, jolie comme tu l'es et avec les relations de ton père (ceci avec un peu d'ironie, comme toujours lorsqu'il parlait de papa) les maris se proposeront d'eux-mêmes, et tu n'auras que l'embarras du choix.

— Peut-être... Mais je ne veux pas me marier.

— Oh! oh! — fit-il presque sarcastiquement en allumant une cigarette pour paraître plus à son aise, car manifestement le tour que prenait la conversation le gênait — c'est de l'anarchie. — Il tira quelques bouffées, puis : — Après tout, cela ne m'étonne pas de toi. »

Comme il n'ajoutait rien, je demandai :

« Vous trouvez cela très mal ? »

Il prit un temps.

« À vrai dire : non. Je trouve cela très imprudent, ce qui n'est pas la même chose. Tu n'as sans doute pas encore envisagé les énormes difficultés qui rendent cela presque... »

Je ne le laissai pas achever et, du plus calme que je pus :

« Il n'y a pas difficulté qui tienne, lorsqu'on est résolu comme je le suis. »

Alors, sur un ton tout différent et comme pour couper court :

« Écoute, mon petit : tu n'es encore qu'une enfant. Nous reparlerons de cela dans quelques années, si ta résolution n'a pas changé. »

Il se leva, estimant je pense, que la conversation avait assez duré et qu'à présent je devais partir. Mais je restais assise. Alors il commença d'arpenter la pièce, puis, brusquement, s'arrêtant en face de moi :

« Mais peut-on savoir pourquoi tu refuses de te marier ? c'est tout de même tellement plus simple. »

C'était plus simple aussi de ne pas répondre. Je ne pouvais donner toutes mes raisons; il eût ensuite fallu discuter... Je me tus. Il fit de nouveau quelques pas vers le fond de la pièce, puis, revenant vers moi :

« Mais d'abord, pour faire un enfant, il faut s'y mettre à deux, tu le sais.

— Je le sais.

— Tu aimes quelqu'un ?

— Je sais aussi que, pour cela, il n'est pas précisément besoin d'amour.

— Enfin tu as quelqu'un en vue ? »

Il était de nouveau en face de moi. Il me regardait. Je levai les yeux vers lui, et, dans un grand effort, murmurai :

« Oui : vous. »

Il partit d'un grand éclat de rire, très factice me sembla-t-il, et s'écria :

« Ah! ça, par exemple! — Puis s'étant levé et arpentant la pièce à grands pas, répéta par deux fois : — ça, par exemple! — en haussant les épaules. Il ajouta, tourné vers moi : — Et depuis quand t'es-tu mis cette absurdité dans la tête ? »

Je demeurais très calme et demandai simplement :

« Absurdité... pourquoi ? »

Il répéta, très haut :

« Pourquoi ? Pourquoi ?... — Puis, plus bas mais nettement, sèchement : — Parce que j'aime ma femme. A présent, suffit n'est-ce pas ? » — et sortit sans me dire adieu.

Mon cœur battait. J'avais le feu au visage et me sentis soudain un violent mal de tête. Je ne partis pourtant pas aussitôt, et bien m'en prit car mon oncle Marchant revint quelques instants après. Il s'approcha de moi et posa tendrement sa main sur mon épaule. Quand je le regardai, je vis qu'il s'était passé de l'eau sur le visage.

« Voyons, mon petit — dit-il d'une voix presque tendre — tu devrais pourtant comprendre que je ne veux pas faire de peine à ta tante. Non! mais vois-tu cela ? Que j'aie un enfant qui ne serait pas d'elle, après qu'elle regrette déjà tant de n'avoir pas pu m'en donner ? Mais ça lui crèverait le cœur. »

Sa main me caressait l'épaule; mais à présent j'avais baissé la tête. Je me levai.

« Allons! — dit-il — quittons-nous bons amis tout de même. Mais... non; ce soir tu mérites que je ne t'embrasse pas. »

Je serrai la main qu'il me tendait; et, brusquement, irrésistiblement, posai sur cette main mes lèvres; puis m'enfuis.

A vrai dire, c'est à partir de cet instant seulement que je commençai d'aimer le docteur Marchant, ou, plus exactement : de me figurer que je l'aimais. Je crois que je l'aurais soudain détesté tout au contraire s'il avait abondé dans mon sens. En tout cas, mon embarras eût été extrême et j'aurais dû furieusement « prendre sur moi »; car mon être physique n'approuvait nullement cette embardée de mon esprit. Et, de même, mon esprit s'irritait de cette retenue, prétendait passer outre; et j'enrageais de me sentir malgré moi si pudique et si réservée. Quelle enfant je pouvais être encore! naïvement convaincue que l'on pouvait disposer à son gré de son corps et de son cœur, je tenais en grand mépris les amoureux involontaires et prétendais n'aimer personne que je n'eusse résolu d'aimer. Aussi vainement, aussi absurdement aurais-je résolu de ne point laisser mes seins se gonfler. La vie avait encore tout à m'apprendre, et principalement ceci : c'est qu'il faut n'aimer point pour disposer de soi librement.

Je revis le docteur Marchant peu de temps après. Madame Marchant était de retour de Bayonne, mais, au bout de peu d'instants, elle se retira, contrairement à son habitude, ce qui me laissa croire que le docteur lui avait demandé de nous laisser seuls.

« Écoute, mon petit — me dit-il aussitôt — je ne voudrais pas que notre conversation de l'autre soir laissât la moindre gêne entre nous. Mais cela ne se peut que si tu acceptes que je ne prenne pas au sérieux ce que tu m'as dit. »

Il était assis devant sa table et parlait sans me regarder. La lampe éclairait en plein son beau front; je regardais son visage, ses mains, tout son être, et me demandais : ai-je désir de l'embrasser ? de le serrer dans mes bras ? d'être enlacée par lui ?... J'étais bien forcée, en dépit de moi, de me répondre : non. Il prit un coupe-papier d'ivoire sur la table, en passa le tranchant sur ses lèvres; et je ne souhaitai décidément pas être à la place du coupe-papier. N'importe! Je décidai pourtant que j'aimais le docteur. Il reprit :

« Non, pas tout ce que tu m'as dit, peut-être; mais la dernière chose... inutile que je précise. Quant au reste... Écoute un peu, mon petit : il m'est arrivé souvent, très souvent, dans ma carrière, d'avoir à m'occuper de

pauvres filles qui s'étaient laissé engrosser, par faiblesse, par maladresse ou par amour ; quelques-unes volontairement, et le plus souvent alors, avec l'espoir bien vain de s'attacher un amant. Presque toutes beaucoup plus à plaindre que tu ne sembles le croire. Mais jamais jusqu'à présent, je n'ai rencontré de femme, de jeune femme, qui songeât à avoir un enfant sans songer d'abord à l'amour. Un enfant, c'est la conséquence, souhaitée ou non et pas inévitable, de quelque chose qui doit compter d'abord beaucoup plus que l'enfant ; de quelque chose dont tu as l'air, toi, de ne pas vouloir tenir compte. Pour ne pas trouver cela monstrueux (et, comme je risquais un geste, il répéta : oui, monstrueux!) j'ai besoin de me dire que tu es encore beaucoup trop jeune pour... »

Je l'interrompis.

« Pas trop jeune pour avoir un enfant, tout de même ?

— Non, parbleu ! (J'aurais dû dire : hélas !) Mais pour parler d'en avoir. »

Le docteur s'était levé et avait fait quelques pas dans la pièce. Il y eut un silence prolongé, que je me gardai d'interrompre.

« Je voudrais pourtant comprendre ce qui t'attire — reprit-il enfin sur un ton d'agressive ironie en s'arrêtant devant moi. — Est-ce la grossesse ? Est-ce l'accouchement ?... Je puis t'affirmer que cela n'a rien de particulièrement délicieux. »

Je me taisais toujours mais, à chacune de ses questions, remuais la tête en signe de dénégation. Il continuait :

« Est-ce l'enfant lui-même ? Son allaitement ? Le plaisir de changer les langes ? De jouer à la poupée ? »

Les questions du docteur me paraissaient absurdes. Si raisonnable d'ordinaire on eût dit qu'il perdait la tête. A vrai dire je n'avais jamais analysé les composantes de ma résolution mais, dans mon cas particulier, je crois qu'il entrait encore et surtout de la protestation ; oui : de la protestation contre un ordre établi que je me refusais à reconnaître, contre ce que mon père appelait « les bonnes mœurs » et, plus spécialement encore, contre lui, qui les symbolisait à mes yeux, ces « bonnes mœurs » ; un besoin de l'humilier, de le mortifier, de l'amener à rougir de moi, à me désavouer ; un besoin

d'affirmer mon indépendance, mon insoumission, par un acte que seule une femme pouvait commettre, dont je prétendais assumer la pleine responsabilité, sans trop envisager ses conséquences. Je tâchai, bien confusément, d'expliquer un peu tout cela à Marchant. Mais les beaux arguments, que je tenais pour péremptoires tant que je les gardais par-devers moi, me paraissaient, à mesure que je les exposais, de plus en plus déplorablement enfantins. Sans doute ne méritaient-ils qu'un haussement d'épaules. Je fus presque surprise par le ton conciliant que Marchant prit pour me dire :

« Écoute, mon petit, pour une femme qui souhaite la liberté, te rends-tu compte de ce que c'est que d'avoir la charge d'un enfant ? Quelle dépendance ! Quel esclavage ! »

Et, comme je ne répondais rien :

« Têtue comme une mule, décidément — fit-il en haussant les épaules.

— J'espérais de vous, je l'avoue, autre chose qu'une réprimande — dis-je après un assez long silence.

— Tu espérais quoi ?... Un conseil... Je m'en vais t'en donner un très net : c'est de penser à autre chose. »

A ce moment, on entendit ma tante approcher. Sans doute voulait-elle nous avertir, car elle faisait beaucoup plus de bruit qu'il n'était nécessaire, et même, à très haute voix, demanda qu'on lui ouvrît la porte, car elle avait les bras chargés. Craignait-elle donc de nous surprendre ? Du coup, j'interprétai différemment sa continuelle présence durant la leçon du docteur.

Elle apportait sur un plateau des verres et de l'orangeade, que nous bûmes tous trois presque en silence, ou ne disant plus que de ces banales fadaises où je la croyais cantonnée, parce que je m'y cantonnais devant elle.

Je ne voyais plus Gisèle que de loin en loin, je l'ai dit, mais restais extrêmement soucieuse de son opinion ; je lui reparlai de ma résolution.

« Non, je ne la désapprouve pas précisément — me dit-elle — mais décidément nous différons beaucoup. A cause de toi sans doute, je me suis longuement interrogée. Je crois, vois-tu, que je suis de ces femmes

qui ne sont capables que d'un seul amour. Et je me dis : Alors pourquoi ne pas épouser celui que j'aimerai ? »

Je repris :

« Quant à moi, je ne puis accepter de me donner toute à quelqu'un. Je me révolte à l'idée de devoir soumettre ma vie à celui qui me rendra mère, et je veux que lui, de son côté, reste libre. N'admets-tu pas qu'au lieu de se donner l'un à l'autre, on se prête ?

— Celui qui se prêterait à ce jeu, pour la femme si plein de conséquence, comment aurais-tu pour lui quelque estime ? — Et, comme je ne répondais rien, elle reprit : — Vois-tu, Geneviève, toutes tes belles théories, la vie se chargera de les bousculer, je le crois... Et ce sera tant mieux » ajouta-t-elle, en souriant, puis fredonnant à demi-voix :

> Nous tromper dans nos entreprises
> C'est à quoi nous sommes sujets.
> Le matin, je fais des projets
> Et le long du jour des sottises.

« C'est de toi, ces jolis vers ?

— Penses-tu ! — dit-elle gaminement. — C'est un petit quatrain de Voltaire que je me répète volontiers et qui pourrait bien te convenir. Ma pauvre Geneviève, un jour tu te laisseras séduire, tout comme une autre, en dépit de tes belles résolutions; ou, qui pis est, tu croiras découvrir dans ton séducteur une intelligence extraordinaire et des tas de vertus qui n'existeront que dans ton imagination. Tu sais pourtant bien déjà ce que c'est que de s'éprendre et qu'alors l'on n'est plus du tout maître de soi.

— Que veux-tu dire ?

— A présent je crois que, pour toi ni moi, il n'y a plus de danger d'en parler. Tu ne t'es pas rendu compte, n'est-ce pas, que, moi aussi, j'ai été folle de Sara ? Oui, malgré ma belle réputation de sagesse, complètement affolée; ma seule sagesse était de le laisser moins paraître que toi; mais je n'en dormais plus. Oh! ne t'alarme pas; il n'y a jamais rien eu entre nous; mais, dans ses bras, j'aurais fondu comme du sucre. Heureusement, Sara ne s'en est pas doutée. Si je t'en parle à présent, et avec calme tu le vois, c'est seulement pour te demander : admettant que Sara fût un homme, l'aurais-tu laissée te faire un enfant ? »

La confidence de Gisèle m'avait fort émue. Je pris un peu de temps avant de pouvoir répondre, mais avec assurance :

« Non.

— Pourquoi ? demanda Gisèle, qui ajouta tout aussitôt : Il est bien entendu que nous mettons ici de côté tout « respect humain », toute pudeur, et toute morale apprise; mais plus on se dégage de celle-ci, plus il importe je crois d'être exigeant envers soi-même. Tu le penses aussi, n'est-ce pas ?

— Certainement, et, si je me force au cynisme, ce n'est pas du tout, tu le sais, pour m'octroyer plus de plaisir.

— Alors, réponds : pas d'enfant à l'image de Sara... pourquoi ?

— Parce que l'attrait physique est pour moi de moindre importance que certaines qualités de l'intelligence et du cœur, celles précisément que n'a pas Sara; celles que je reconnais en toi.

— Dommage que je n'aie pas un frère » s'écria-t-elle aussitôt, en riant.

Puis, pour ne rien laisser de douteux entre nous, je lui racontai mes deux conversations avec Marchant. Elle était redevenue très sérieuse.

« Écoute — me dit-elle — tu devrais parler de tout cela avec ta mère. Telle que je la connais, elle te comprendra très bien.

— Oui, j'y pense depuis longtemps, et je me promets de lui parler un jour; un peu plus tard. Mais pas de ce que je viens de te dire du docteur Marchant...

— Pourquoi ?

— Je crois qu'il vaut mieux pas. »

Une sorte d'instinct m'avertissait.

C'est à Châtellerault, en octobre 1916, où j'allais revoir ma mère peu de temps avant sa mort, que je pus avoir avec elle cette conversation que je me promettais depuis longtemps. Ainsi que je le dis en quelques mots dans le court avant-propos qui précède le journal de ma mère, paru sous le titre de *L'École des femmes,* ma mère était allée donner ses soins aux contagieux dans un hôpital de l'arrière aussi dangereux dans son genre

que le plus exposé des fronts. J'avais voulu d'abord l'accompagner; elle s'y était refusée. Mais elle accepta que j'aille passer quelques jours auprès d'elle, entre deux services d'ambulance que je m'étais donnés pour tâche. Elle était donc, lorsque je la revis, en costume d'infirmière qu'elle ne quittait plus. L'hôpital était plein de malades; par crainte des contagions, ma mère ne voulut pas m'y laisser entrer. Et comme je protestais qu'elle y entrait bien :

« Oui, mais nous autres infirmières, nous sommes immunisées — me dit-elle en riant. — Songe donc! après cinq mois... » C'était, je l'ai dit, très peu de jours avant sa mort. Elle me parut très fatiguée par le surmenage et les veilles; mais, lorsque je lui dis qu'elle devrait prendre un peu de repos, elle protesta qu'elle ne s'était jamais mieux portée que depuis qu'elle n'avait plus le temps de songer à elle, et qu'il en était de même pour les soldats. « Et pour toi aussi, j'en suis sûre », ajouta-t-elle.

Il est certain que j'allais beaucoup mieux, depuis que j'étais uniquement occupée par le service des transports de blessés. Mes troubles, mes inquiétudes de naguère, m'apparaissaient lointains déjà. Je n'y pensais plus, ou seulement pour en sourire, et c'est avec une parfaite tranquillité que je commençai de parler à ma mère du docteur Marchant.

« Je voudrais savoir ce que tu penses de lui — dis-je.
— Mais je pense que c'est un médecin des plus remarquables et, de plus, un homme excellent.
— Oui, cela c'est ce que tout le monde dit de lui. Ce que je voudrais, c'est un jugement plus personnel. »

Elle resta longtemps sans rien dire, regardant à ses pieds en souriant. Nous étions dans le jardin public de la ville. Il faisait très beau ce jour-là, et, malgré la saison avancée, l'air était presque tiède. Près de nous, des pigeons qui picoraient le pain qu'un promeneur leur avait jeté prirent leur vol. Elle me regarda en souriant davantage avec une légère contraction des traits qu'elle ne pouvait maîtriser.

« T'es-tu jamais doutée que j'aimais le docteur Marchant ? — commença-t-elle enfin d'une voix un peu tremblante. — Une telle confession de la part d'une mère, à sa fille, est sans doute bien... » Elle ne trouva

pas de mot pour achever sa phrase et continua : « C'est un petit secret que je n'avais dit à personne ; et que je ne t'aurais jamais dit si j'avais à en rougir... Un secret qui ne tire guère à conséquence, puisque je n'ai jamais cherché son amour, à lui... Mais quand j'ai cessé de tenir à l'estime de ton père, c'est-à-dire quand j'ai cessé de l'estimer (je pense qu'ici je ne t'apprends rien)... eh bien, j'ai eu besoin de l'estime du docteur Marchant, et c'est elle qui m'a soutenue dans certaines heures tristes et difficiles.

— Alors, tu ne lui as jamais parlé ? Pourquoi ?... (Elle avait fait non de la tête, mais ne répondit pas au « pourquoi ».) — Et tu es bien sûre qu'il ne s'est douté de rien ? »

Elle resta quelques instants silencieuse de nouveau, puis :

« Il y a quelqu'un qui, pourtant, s'est bien douté de quelque chose... C'est sa femme.

— Madame Marchant ?

— Oui : mon amie. Et c'est à cause d'elle que je n'ai jamais rien dit. Je ne voulais pas la faire souffrir.

— Sait-elle au moins ton sacrifice ?

— Mais, Geneviève, il n'y a pas eu de sacrifice. Tout était mieux ainsi. »

Avec un peu d'impatience, je demandai de nouveau :

« Es-tu bien sûre que, lui, ne se soit douté de rien ? »

Elle cessa de sourire :

« De presque rien. » — Elle m'embrassa sur le front, et, souriant de nouveau, avec un geste de la main comme pour chasser ces souvenirs : « Mon cher petit, pourquoi est-ce que je te raconte tout cela aujourd'hui ?... Je te surprends beaucoup ? Tu te souviens que tu t'étais mis dans la tête (je ne sais vraiment pas pourquoi) que j'étais amoureuse de ce pauvre brave Bourgweilsdorf ?

— Oui ; c'était ridicule, mais j'avais besoin d'imaginer que tu aimais quelqu'un d'autre que papa.

— Chut ! — fit-elle, comme en me grondant doucement. — Tu m'as dit des choses terribles ce jour-là.

— Je me souviens seulement que j'étais furieuse, parce que je croyais que tu te sacrifiais pour moi.

— Et quand cela eût été, Geneviève ?... — dit-elle avec une extraordinaire gravité.

— C'est que j'ai horreur des sacrifices.

— Tu parles comme quelqu'un qui n'a pas encore

aimé. J'ai un peu froid, marchons. Et puis il va être temps que je retourne à l'hôpital. »

Un léger vent commençait de souffler et des feuilles mortes tombèrent.

Nous nous levâmes.

« J'ai quelque chose encore à te raconter — lui dis-je, poussée par une soudaine résolution. Et, tout d'une haleine : — Sais-tu ce qu'un jour j'ai dit au docteur Marchant ?... Que je voulais avoir un enfant de lui. »

Comme repoussée par un choc, je la vis reculer de deux pas.

« Mais, Geneviève !... » et cela était dit sur un ton indéfinissable, comme à la fois scandalisée, mais d'une manière un tout petit peu feinte, inquiète, et un tout petit peu amusée. Elle ajouta, les lèvres tremblantes :

« Je ne le comprends pas.

— Oui — continuai-je brutalement — que je voulais qu'il me rendît mère.

— Qu'est-ce qui t'avait pris, mon pauvre petit ? — et cette fois sur un ton où le reproche dominait.

— Je ne sais pas. Une idée, comme ça, que j'avais eue.

— Et... qu'est-ce qu'il t'a répondu ? — Cette fois, c'était l'inquiétude.

— Il m'a dit que je parlais comme une enfant, une enfant indécente et folle; qu'il refusait de me prendre au sérieux, que...

— Que quoi encore ?

— Et qu'enfin il ne voulait pas, parce que...

— Parce que quoi ? Voyons, ne crains pas de parler.

— Parce qu'il aimait sa femme. Mais je comprends aujourd'hui — ajoutai-je en la regardant fixement — que ce n'était pas seulement pour cela.

— Peut-être », dit-elle tout bas.

Il me parut que ses lèvres tremblaient. Ah! combien plus respectables, plus authentiques surtout, que mes résolutions égoïstes, m'apparaissaient en ce moment les délicats sentiments inexprimés de ma mère, du docteur Marchant, de ma tante même, tous ces fils mystérieux et fragiles tissés secrètement de cœur à cœur, que j'accrochais à mon passage en poussant inconsidérément ma pointe... C'est cela que j'aurais voulu lui dire avant de la quitter. Mais elle mit un doigt non sur ses lèvres mais sur les miennes, en souriant

tendrement et avec un regard qui me fit comprendre qu'il n'était pas besoin entre nous de plus de paroles. Alors je la saisis dans mes bras, l'embrassai de toutes mes forces. Elle me dit adieu.

Je ne devais plus la revoir.

THÉSÉE

Je dédie ce dernier écrit à

ANNE HEURGON

tout naturellement

car c'est grâce à son hospitalité charmante, à ses prévenances constantes, à ses soins, que j'ai pu le mener à bien.

J'apporte également ici ma reconnaissance à

JACQUES HEURGON

et à tous ceux qui, durant un long temps d'exil, me permirent de comprendre tout le prix de l'amitié ; et particulièrement à

JEAN AMROUCHE

qui m'encouragea grandement dans un travail que, sans lui, je n'aurais peut-être pas trouvé le cœur d'entreprendre, encore que j'y songeasse depuis longtemps.

I

C'est pour mon fils Hippolyte que je souhaitais raconter ma vie, afin de l'en instruire; mais il n'est plus, et je raconterai quand même. A cause de lui je n'aurais osé relater, ainsi que je vais faire ici, quelques aventures galantes : il se montrait extraordinairement pudibond, et je n'osais parler devant lui de mes amours. Celles-ci n'ont du reste eu d'importance que dans la première partie de ma vie; mais m'ont appris du moins à me connaître, concurremment avec les divers monstres que j'ai domptés. Car « il s'agit d'abord de bien comprendre qui l'on est, disais-je à Hippolyte; ensuite il conviendra de prendre en conscience et en main l'héritage. Que tu le veuilles ou non, tu es, comme j'étais moi-même, fils de roi. Rien à faire à cela : c'est un fait; il oblige. » Mais Hippolyte s'en souciait peu; moins encore que je ne faisais à son âge et, comme moi dans ce temps, se passait fort commodément de le savoir. O premiers ans vécus dans l'innocence! Insoucieuse formation! J'étais le vent, la vague. J'étais plante; j'étais oiseau. Je ne m'arrêtais pas à moi-même, et tout contact avec un monde extérieur ne m'enseignait point tant mes limites qu'il n'éveillait en moi de volupté. J'ai caressé des fruits, la peau des jeunes arbres, les cailloux lisses des rivages, le pelage des chiens, des chevaux, avant de caresser les femmes. Vers tout ce que Pan, Zeus ou Thétis me présentait de charmant, je bandais.

Un jour mon père m'a dit que ça ne pouvait pas continuer comme ça. — Pourquoi ? — Parce que, parbleu, j'étais son fils et que je devais me montrer digne du trône où lui succéder... Alors que je me sentais si bien, assis à cru sur l'herbe fraîche ou sur une arène embrasée. Pourtant je ne puis donner tort à mon père. Certes il faisait bien d'élever ma propre raison contre moi. C'est à cela que je dois tout ce que j'ai valu par la suite; d'avoir cessé de vivre à l'abandon, si plaisant que cet état de licence pût être. Il m'enseigna que l'on

n'obtient rien de grand ni de valable, ni de durable, sans effort.

L'effort premier je le donnai sur son invite. Ce fut en soulevant des roches, pour chercher les armes que, sous l'une d'elles, me disait-il, Poséidon avait cachées. Il riait de voir, par cet entraînement, mes forces s'accroître assez vite. Et cet entraînement musculaire doublait celui de mon vouloir. Après que, dans cette recherche vaine, j'eus déplacé les lourdes roches d'alentour, comme je commençais de m'attaquer aux dalles du seuil du palais, il m'arrêta :

« — Les armes, me dit-il, importent moins que le bras qui les tient; le bras importe moins que l'intelligente volonté qui le guide. Voici les armes. Pour te les remettre, j'attendais que tu les mérites. Je sens en toi désormais l'ambition de t'en servir et ce désir de gloire qui ne te laissera t'en servir que pour de nobles causes et pour l'heur de l'humanité. Le temps de ton enfance est passé. Sois homme. Sache montrer aux hommes ce que peut être et se propose de devenir l'un d'entre eux. Il y a de grandes choses à faire. Obtiens-toi. »

II

C'ÉTAIT quelqu'un de très bien, Égée, mon père; de tout à fait comme il fallait. En vérité, je soupçonne que je ne suis que son fils putatif. On me l'a dit, et que le grand Poséidon m'engendra. Dans ce cas c'est de ce dieu que je tiens mon humeur volage. En fait de femmes, je n'ai jamais su me fixer. Égée parfois m'empêchait un peu. Mais je lui sais gré de sa tutelle et d'avoir, dans l'Attique, remis le culte d'Aphrodite en honneur. J'ai regret d'avoir causé sa mort par un fatal oubli : celui de remplacer par des voiles blanches les voiles noires du bateau qui me ramenait de Crète, ainsi qu'il était convenu si je revenais victorieux de mon entreprise hasardeuse. On ne saurait penser à tout. Mais à vrai dire et si je m'interroge, ce que je ne fais jamais volontiers, je ne puis jurer que ce fût vraiment un oubli. Égée m'empêchait, vous dis-je, et surtout lorsque, par les philtres de la magicienne, de Médée, qui le trouvait, ainsi qu'il

se trouvait lui-même, un peu vieux en tant que mari, il s'avisa, fâcheuse idée, de repiquer une seconde jeunesse, obstruant ainsi ma carrière, alors que c'est à chacun son tour. Toujours est-il qu'à la vue des voiles noires... j'appris, en rentrant dans Athènes, qu'il s'était jeté dans la mer.

C'est un fait : je crois avoir rendu quelques notoires services; j'ai définitivement purgé la terre de maints tyrans, bandits et monstres; balayé certaines pistes aventureuses où l'esprit le plus téméraire ne s'engageait encore qu'en tremblant; clarifié le ciel de manière que l'homme, au front moins courbé, appréhendât moins la surprise.

Force est de reconnaître qu'en ce temps l'aspect de la campagne n'était nullement rassurant. Entre les bourgades dispersées s'étendaient de grands espaces incultes, traversés de routes peu sûres. Il y avait les forêts épaisses, les défilés des monts. Aux endroits les plus hasardeux, des brigands s'étaient établis, qui tuaient et pillaient le voyageur ou pour le moins le rançonnaient; et sur eux ne s'exerçait le contrôle d'aucune police. Les brigandages se mêlaient aux rapines et aux férocités des bêtes de proie, aux forces mauvaises des éléments sournois, de sorte que l'on ne savait trop, lorsqu'un imprudent était mis à mal, de quelle malignité divine ou simplement humaine il était victime, et si tel monstre, comme le sphinx ou la gorgone dont triomphait Œdipe ou Bellérophon, tenait ou de l'homme ou du dieu. Tout paraissait divin, qui demeurait inexplicable, et la terreur s'épandait sur la religion, au point que l'héroïsme souvent semblait impie. Les premières et les plus importantes victoires que devait remporter l'homme, c'est sur les dieux.

Homme ou dieu, ce n'est qu'en s'emparant de son arme, et pour la rétorquer contre lui, comme je fis de la massue de Périphétès, le sombre géant d'Épidaure, que l'on peut estimer l'avoir vraiment vaincu.

Et la foudre de Zeus, je vous le dis, un temps viendra que l'homme saura s'en emparer de même, ainsi que Prométhée fit du feu. Oui, ce sont là des victoires définitives. Mais quant aux femmes, à la fois mon fort et mon faible, c'était toujours à recommencer. Je n'échappais à l'une que pour tomber dans les lacs de quelque

autre et n'en conquérais aucune, que d'abord je ne fusse conquis. Pirithoüs avait raison lorsqu'il disait (ah! que je m'entendais bien avec lui!) que l'important c'était de ne point se laisser appoltronner par aucune, ainsi qu'Hercule entre les bras d'Omphale. Et puisque, de femmes, je n'ai jamais pu ni voulu me priver, il me répétait à chaque pourchas amoureux : « Vas-y, mais passe outre. » Celle qui, sous prétexte de sauvegarde, prétendit un jour m'attacher, me relier à elle par un fil, il est vrai ténu, mais inextensible, c'est aussi bien celle que... Mais le moment n'est pas encore venu d'en parler.

De toutes, Antiope fut le plus près de m'avoir. Reine des amazones, elle était, pareillement à ses sujettes, borgne d'un téton; mais cela ne la déparait point. Entraînée à la course, à la lutte, ses muscles étaient fermes et drus autant que ceux de nos athlètes. J'ai lutté contre elle. Dans mes bras elle se débattait comme une once. Désarmée, elle jouait des griffes et des dents; furieuse de mon rire (car j'étais sans armes également) et de ne pouvoir se défendre de m'aimer. Je n'ai jamais possédé rien de plus vierge. Et peu m'importa, par la suite, qu'elle n'allaitât mon Hippolyte, son fils, que d'un sein. C'est de ce chaste, de ce sauvage, que je voulais faire mon héritier. Je raconterai, par la suite, ce qui fut le deuil de ma vie. Car il ne suffit pas d'être, puis d'avoir été : il faut léguer et faire en sorte que l'on ne s'achève pas à soi-même, me répétait déjà mon grand-père. Pitthée, Égée, étaient beaucoup plus intelligents que moi; comme l'est également Pirithoüs. Mais l'on me reconnaît du bon sens; le reste vient ensuite, avec la volonté, qui ne m'a jamais quitté, de bien faire. M'habite aussi certain courage qui me pousse aux entreprises hardies. J'étais, de plus, ambitieux : les hauts faits, que l'on me rapportait, de mon cousin Hercule, impatientaient ma jeunesse, et lorsque, de Trézène où j'avais vécu jusqu'alors, je dus rejoindre mon père putatif en Athènes, je ne voulus point écouter les conseils, pour sages qu'ils fussent, de m'embarquer, la route de la mer étant de beaucoup la plus sûre. Je le savais; mais, à cause de ses dangers mêmes, c'est la route de terre, avec son immense détour, qui me tentait; l'occasion d'y prouver ma valeur. Des brigands de tout poil recom-

mençaient d'infester le pays et s'en donnaient à joie depuis qu'Hercule s'efféminait aux pieds d'Omphale. J'avais seize ans. J'avais beau jeu. C'était mon tour. A grands bonds mon cœur s'élançait vers l'extrémité de ma joie. Qu'ai-je affaire de sécurité! m'écriais-je, et d'un chemin tout nettoyé! Je tenais en mépris le repos sans gloire, et le confort, et la paresse. C'est donc sur le chemin d'Athènes, par l'isthme du Péloponèse, que je me mis d'abord à l'épreuve, que je pris connaissance à la fois de la force de mon bras et de mon cœur, en réduisant quelques noirs bandits avérés : Sinnis, Périphétès, Procruste, Géryon (non, celui-là, ce fut Hercule; je voulais dire : Cercyon). J'ai même, en ce temps, commis une légère erreur en la personne de Scyron, un très digne homme, semble-t-il, de bon vouloir et très serviable aux passants; mais, on ne m'en avisa que trop tard et comme je venais d'abord de l'occire, on décida que ce devait être un chenapan.

C'est vers Athènes également, dans un buisson d'asperges, que me sourit ma première conquête amoureuse. Périgone était grande et souple. Je venais de tuer son père et lui fis en récompense un fort bel enfant : Ménalippe. J'ai perdu l'un et l'autre de vue, passant outre; soucieux de ne point m'attarder. Ainsi fus-je toujours moins occupé ni retenu par ce que j'avais fait, que requis par ce qui me restait à faire; et le plus important me paraissait sans cesse à venir.

Aussi bien ne m'attarderai-je pas davantage aux bagatelles préparatoires où je ne me compromettais, somme toute, que trop peu. Mais me voici devant une aventure admirable, et telle qu'Hercule lui-même n'en connut point. Je la dois relater longuement.

III

C'EST très compliqué, cette histoire. Il faut dire d'abord que l'île de Crète était puissante. Minos y régnait. Il tenait l'Attique pour responsable de la mort de son fils Androgée et, en manière de représailles, avait exigé de nous un tribut annuel : sept jeunes gens et sept jeunes filles devaient être livrés pour satisfaire, disait-on,

aux appétits du Minotaure, le monstrueux enfant que Pasiphaë, l'épouse de Minos, avait eu de son commerce avec un taureau. Le sort désignait ces victimes.

Or, cette année-là, je venais de rentrer en Grèce. Encore que le sort m'eût épargné (il épargne volontiers les princes), j'exigeai de faire partie du lot, nonobstant la résistance du roi, mon père... Je n'ai que faire des privilèges et prétends ne me distinguer du commun que par ma valeur. Aussi bien mon dessein était-il de triompher du Minotaure et du coup libérer la Grèce de cet abominable impôt. Au surplus j'étais fort curieux de la Crète, d'où nous parvenaient en Attique, sans cesse, de beaux, riches et bizarres objets. Je partis donc, m'étant joint aux treize autres, dont mon ami Pirithoüs.

Nous abordâmes, un matin de mars, à Amnisos, petite bourgade qui sert de port à la proche Cnossos, ville capitale de l'île où Minos réside et a fait édifier son palais. Nous aurions dû arriver la veille au soir, mais une tempête violente nous avait retardés. Au débarqué, des gardes armés nous entourèrent, s'emparèrent de mon glaive et de celui de Pirithoüs, s'assurèrent que nous ne portions point sur nous d'autres armes, puis nous emmenèrent pour comparaître devant le roi, lequel était venu de Cnossos avec sa cour, à notre rencontre. Des gens du peuple, en grande affluence, se pressaient alentour pour nous voir. Tous les hommes avaient le torse nu. Minos seul, assis sous un dais, portait une longue robe faite d'une seule pièce d'étoffe rouge sombre qui lui tombait des épaules en plis majestueux, jusqu'aux chevilles. Sur sa poitrine, vaste autant que celle même de Zeus, s'étageaient trois rangs de colliers. Nombre de Crétois en portent, mais de vulgaires ; tandis que ceux de Minos étaient composés de gemmes et de plaques d'or ciselé représentant des fleurs de lys. Il siégeait sur un trône que dominait la double hache et tenait de la main droite, écarté du corps en avant, un sceptre d'or aussi haut que lui ; de l'autre, une fleur trilobée, semblable à celles de ses colliers et semblablement en or, mais plus grande. Au-dessus de sa couronne d'or s'élevait un énorme panache en plumes de paon, d'autruche et d'alcyon. Il nous observa longuement, après nous avoir souhaité la bienvenue sur son île, avec un sourire qui pouvait bien être ironique, étant donné que nous venions

en condamnés. A ses côtés, debout, se tenaient la reine et les deux princesses, ses filles. Il me parut aussitôt que l'aînée m'avait remarqué. Comme les gardes s'apprêtaient à nous emmener, je la vis se pencher vers son père et l'entendis lui dire en grec (à voix basse, mais j'ai l'oreille fine) : — « Je t'en conjure, pas celui-ci », cependant qu'elle me désignait du doigt. Minos sourit derechef et donna des ordres, en sorte que les gardes n'emmenassent que mes compagnons. Je ne fus pas plus tôt seul devant lui, qu'il commença de m'interroger.

Encore que je me fusse promis d'agir avec une extrême prudence et de rien laisser connaître de ma noble origine, non plus que de mes téméraires projets, il me parut soudain que mieux valait jouer franc jeu, du moment que j'avais attiré l'attention de la princesse, et que rien ne la pouvait attacher à moi davantage, ni me valoir la faveur du roi, que de déclarer ouvertement que j'étais petit-fils de Pitthée. Je laissai même entendre que, d'après ce que l'on disait en Attique, le grand Poséidon m'aurait engendré. A quoi Minos allégua gravement que, pour tirer la chose au clair, il me soumettrait à l'épreuve du flot tout à l'heure. Sur ce, je déclarai suffisamment que, de toutes les épreuves, je gardais certitude de ressortir victorieux. Ces dames de la cour, sinon Minos lui-même, se montrèrent favorablement émues par mon assurance.

« A présent, dit Minos, allez de suite vous restaurer. Vos camarades attablés déjà vous attendent. Après une nuit tourmentée, vous devez avoir, comme l'on dit ici, besoin de prendre. Reposez-vous. Je compte que vous assisterez, vers la fin du jour, à des jeux solennels en l'honneur de votre venue. Puis nous vous emmènerons, prince Thésée, à Cnossos. Vous dormirez dans une chambre du palais, et demain prendrez part à notre repas du soir; un petit dîner tout simple, en famille, où vous vous sentirez à l'aise et où ces dames seront heureuses de vous entendre raconter vos premiers exploits. A présent, elles vont s'apprêter pour la fête. Nous vous y retrouverons, et vous serez placés, vous et vos compagnons, immédiatement au-dessous de la loge royale, eu égard à votre rang de prince qui, par contagion, glorifiera vos compagnons dont je ne veux pourtant pas ouvertement vous distinguer.

Cette festivité avait lieu dans un vaste hémicycle ouvert sur la mer. Elle provoquait grande affluence, tant d'hommes que de femmes, venus de Cnossos, de Lyttos, et même de Gortyne, distante pourtant, me dit-on, de deux cents stades, d'autres villes enfin et villages voisins, ainsi que de la campagne qui, paraît-il, est extrêmement peuplée. J'étais surpris par tous les sens et ne puis dire combien les Crétois me paraissaient étrangers. Ne pouvant tous trouver places sur les gradins de l'amphithéâtre, ils se pressaient et bousculaient dans les couloirs et le long des marches des escaliers. Les femmes, aussi nombreuses que les hommes, avaient pour la plupart le torse nu; quelques rares portaient corsage; encore celui-ci, largement échancré, selon une coutume qui me parut, je dois l'avouer, impudique, laissait-il les seins à l'air. Tous et toutes, serrés jusqu'à l'absurde par des corselets bas et des ceintures, avaient des tailles de sablier. Les hommes, presque uniformément bruns de peau, portaient aux mains, aux poignets, au cou, presque autant de bagues, de bracelets et de colliers que les femmes; elles toutes blanches. Tous les visages étaient glabres, à la seule exception de ceux du roi, de Rhadamante, son frère, et de son ami Dédale. Les dames de la cour, sur une estrade au-dessous de laquelle on nous avait fait asseoir, dominant d'assez haut l'arène, déployaient un prodigieux luxe de vêtements et de parures. Chacune portait une jupe à volants, qui se gonflait bizarrement au-dessous des hanches et tombait en falbalas brodés jusqu'aux pieds embottinés de cuir blanc; entre toutes, la reine, au centre de l'estrade, se faisait encore remarquer par son faste. Ses bras et le devant de sa poitrine étaient nus. Sur ses seins opulents s'étalaient perles, émaux et pierreries. Son visage était encadré de longues boucles noires, et des bouclettes striaient son front. Elle avait les lèvres gourmandes, le nez retroussé, de grands yeux vides, au regard, eût-on dit, bovin. Une sorte de diadème d'or la couronnait, posé non point à même sa chevelure, mais sur un ridicule chapeau d'étoffe sombre qui, traversant le diadème, finissait en très haute pointe inclinée comme une corne en avant du front. Son corsage, qui la découvrait par-devant jusqu'à la ceinture, montait au-dessus du dos et s'achevait en énorme col évasé. La jupe, étalée

autour d'elle, laissait admirer, sur fond crème, en trois rangs de broderies étagés, des iris pourpres, des safrans et, tout en bas, des violettes avec leurs feuilles. Comme j'étais en contre-bas, j'avais pour ainsi dire, quand je me retournais, le nez dessus, et m'émerveillais, autant que du choix des couleurs et de la beauté du dessin, de la finesse et de la perfection du travail.

Ariane, la fille aînée, assise à droite de sa mère, présidait à la corrida, moins somptueusement parée que la reine et vêtue de couleurs différentes. Sa jupe, ainsi que celle de sa sœur, ne portait que deux rangs de broderies : celui d'en haut, chiens et biches; celui d'en bas : chiens et perdrix. Pour Phèdre, sensiblement plus jeune, à gauche de Pasiphaë, c'étaient des enfants courant après des cerceaux, et, en bas, des enfants plus petits, accroupis, jouant aux billes. Elle prenait un enfantin plaisir au spectacle. Quant à moi je le suivais à peine, déconcerté par trop de nouveauté; mais ne laissai pas d'être surpris par la souplesse, la prestesse et l'agilité des acrobates qui se risquèrent dans l'arène après que les choreutes, les danseuses, puis les lutteurs eurent cédé la place. Devant bientôt moi-même affronter le Minotaure, je m'instruisis beaucoup à observer leurs feintes et leurs passades propres à fatiguer et éberluer le taureau.

IV

Après qu'Ariane eut remis au dernier triomphateur le dernier prix, Minos, ayant levé la séance, escorté des gens de la cour, me fit venir auprès de lui séparément.

« Je vous veux conduire à présent, prince Thésée, me dit-il, en un endroit au bord de la mer afin de vous soumettre à l'épreuve qui nous révélera si vous êtes authentiquement fils du dieu Poséidon, ainsi que vous le prétendiez d'abord. »

Il m'emmena donc sur une roche en promontoire dont la vague venait battre le pied.

« Je vais, dit le roi, jeter dans le flot ma couronne, pour vous prouver ma confiance que vous me la rapporterez du fond. »

La reine et les deux princesses étaient là, désireuses

d'assister à l'épreuve; de sorte que, enhardi par leur présence, je protestai :

« Suis-je un chien, pour rapporter à son maître un objet, fût-ce une couronne ? Laissez-moi plonger sans appât. Je vous rapporterai de ma plongée quoi que ce soit qui l'atteste et la prouve. »

Je poussai l'audace plus loin. Comme une brise assez forte s'élevait, il advint qu'une longue écharpe fut enlevée des épaules d'Ariane. Le souffle la dirigea vers moi. Je m'en saisis en souriant comme si la princesse ou quelque dieu me l'eût offerte. Aussitôt, me dépouillant du justaucorps qui m'engonçait, je ceignis autour de mes reins cette écharpe, la passai entre mes cuisses et, la ramenant par devant, l'assujettis. Il semblait que ce fût par pudeur et pour ne point exposer ma virilité devant ces dames; mais ce faisant je pus dissimuler la ceinture de cuir que je conservais, à quoi pendait une escarcelle. Dans celle-ci, je n'avais pas de pièces de métal, mais bien quelques pierres de prix, emportées de Grèce, car je savais que ces pierreries gardent leur pleine valeur n'importe où.

Donc, ayant pris souffle, je plongeai.

Je plongeai, dûment entraîné, profondément, et ne reparus à la surface qu'après avoir sorti de l'escarcelle une agate onyx et deux chrysoprases. Remonté sur le bord, je tendis, de mon plus galant, l'onyx à la reine, et à chacune des princesses les chrysoprases, feignant de les ramener du fond, ou plutôt encore (car il n'était guère vraisemblable que des pierres, si rares sur notre sol, se trouvassent communément dans les profondeurs ni que j'eusse eu le temps de les choisir), affectant que Poséidon lui-même me les eût tendues afin que je les pusse offrir à ces dames; ce qui prouvait, mieux que l'épreuve, ma divine origine et que j'étais favorisé par le dieu.

A la suite de quoi Minos me restitua mon glaive.

Des chars nous emmenèrent peu après pour nous transporter à Cnossos.

V

J'ÉTAIS accablé de fatigue, au point de ne pouvoir plus m'étonner de la grande cour du palais, d'un escalier monumental à balustrade et des corridors tortueux par où des serviteurs diligents, porteurs de torches, me guidèrent, au second étage, jusqu'à la chambre qui m'avait été réservée, éclairée de nombreuses lampes qu'ils éteignirent alors à l'exception d'une seule. Sur une couche moelleuse et parfumée, lorsqu'ils m'eurent laissé, je sombrai dans un épais sommeil jusqu'au soir du second jour, encore que j'eusse déjà dormi durant le long trajet; car nous n'étions arrivés à Cnossos qu'au petit matin, après avoir roulé toute la nuit.

Je ne suis pas du tout cosmopolite. A la cour de Minos, pour la première fois, je compris que j'étais hellène, et me sentis dépaysé. Je m'étonnais de toutes choses étranges, costumes, coutumes, façon de se comporter, meubles (et chez mon père, nous étions court d'ameublement), instruments et manières de s'en servir. Parmi tant de raffinement, je me faisais l'effet d'un sauvage et ma maladresse s'augmentait de ce qu'elle prêtait à sourire. J'avais accoutumé de mordre à même les victuailles, les portant à ma bouche avec mes doigts, et ces légères fourchettes de métal ou d'os ciselé, ces couteaux dont ils usaient pour hacher les viandes, m'étaient à manier plus lourds que les plus pesantes armes de combat. Les regards se fixaient sur moi; et, devant converser, je paraissais encore plus gauche. Dieu! que je me sentais donc emprunté! Moi qui n'ai jamais rien valu que seul, pour la première fois j'étais en société. Il ne s'agissait plus de lutter et de l'emporter par la force, mais de plaire, et je manquais d'usage étrangement.

Au dîner, j'étais entre les deux princesses. Un petit repas de famille, sans cérémonie, me disait-on. Et de fait, en plus de Minos et de la reine, de Rhadamante, le frère du roi, des deux princesses, et de leur jeune frère Glaucos, aucun autre convive n'y prit part que le précepteur grec du petit prince, qui venait de Corinthe et qu'on ne me présenta même pas.

On me pria de raconter en ma langue (que tous ceux de la cour comprenaient fort bien et parlaient couramment, encore qu'avec un léger accent) ce qu'ils appelaient mes exploits, et j'eus la joie de voir la jeune Phèdre et Glaucos pris de fou rire au récit du traitement que Procruste faisait subir aux passants et que je lui fis subir à son tour, retranchant de lui tout ce qui dépassait sa toise. Mais avec tact on évita toute allusion à ce qui m'amenait en Crète, affectant de ne voir en moi qu'un voyageur.

Durant tout le repas, Ariane me pressa du genou sous la nappe; mais c'est surtout la chaleur que dégageait la jeune Phèdre qui me troublait. Cependant que Pasiphaë, la reine, en face de moi, me dévorait tout cru du regard, Minos, à côté d'elle, souriait inaltérablement. Seul Rhadamante, à longue barbe blonde, paraissait un peu renfrogné. L'un et l'autre quittèrent la salle après le quatrième service, pour aller, disaient-ils, siéger. Je ne compris que par la suite ce qu'ils voulaient ainsi dire.

J'étais mal ressuyé du mal de mer; mangeai beaucoup, bus plus encore de divers vins et de liqueurs qu'on me servit en abondance; de sorte que bientôt je ne sus plus où j'en étais, car je n'ai pas accoutumé de boire, que de l'eau ou du vin coupé. Près de perdre contenance et tandis que je pouvais encore me dresser, je demandai la permission de sortir. La reine aussitôt me mena dans un petit cabinet de toilette attenant à son appartement particulier. Après que j'eus abondamment vomi, je la rejoignis sur un divan de sa chambre, et c'est là quelle commença de m'entreprendre.

« Mon jeune ami... vous permettez que je vous appelle ainsi, dit-elle, profitons vite de ce que nous voici tous deux seuls. Je ne suis pas ce que vous croyez et n'en veux nullement à votre personne, si charmante soit-elle pourtant. Et, tout en protestant qu'elle ne s'adressait qu'à mon âme ou à je ne sais quoi d'intérieur, elle ne laissait pas de porter ses mains à mon front, puis, les insinuant sous mon justaucorps de cuir, elle palpait mes pectoraux comme afin de se persuader de la réalité de ma présence.

— Je n'ignore pas ce qui vous amène ici et tiens à prévenir une erreur. Vos intentions sont meurtrières.

Vous venez combattre mon fils. Je ne sais ce qu'on a pu vous raconter de lui et ne tiens pas à le savoir. Ah! ne restez pas sourd aux réclamations de mon cœur! Que celui qu'on appelle le Minotaure soit ou non le monstre qu'on vous a peint sans doute, c'est mon fils. »

Là-dessus je crus séant d'alléguer que je ne manquais pas de goût pour les monstres; mais elle continuait sans m'entendre :

« Comprenez-moi, je vous en prie : je suis de tempérament mystique. J'ai l'amour exclusif du divin. Le gênant, voyez-vous, c'est de ne point savoir où commence et où finit le dieu. J'ai beaucoup fréquenté Léda, ma cousine. Pour elle, dieu s'était caché dans un cygne. Or, Minos avait compris mon désir de lui donner comme héritier un dioscure. Mais comment distinguer ce qui peut rester d'animal dans la semence même des dieux? Si, par la suite, j'ai pu déplorer mon erreur, — et je sens bien que de vous en parler ainsi enlève toute grandeur à l'affaire, — mais je vous assure, ô Thésée, qu'au moment même, c'était divin. Car sachez bien que mon taureau n'était pas une bête ordinaire. Poséidon l'avait fourni. On devait le lui offrir en holocauste; mais il était si beau, que Minos ne put se résoudre à le sacrifier. C'est ce qui m'a permis, par la suite, de faire passer mon désir pour une vengeance du dieu. Et vous n'ignorez pas que ma belle-mère, Europe, c'est un taureau qui l'avait enlevée. Zeus se cachait en lui. De leur hymen naquit Minos lui-même. C'est ce qui fait que les taureaux ont toujours été tenus en grand honneur dans sa famille. Et quand, après la naissance du Minotaure, je voyais les sourcils du roi se froncer, je n'avais qu'à lui dire : Et ta mère! Il devait bien admettre que j'avais pu m'y tromper. C'est un sage. Il croit que Zeus l'a nommé juge avec Rhadamante, son frère. Il soutient qu'il faut d'abord avoir compris pour bien juger et pense qu'il ne sera bon juge qu'après qu'il aura tout éprouvé, par lui-même ou dans sa famille. C'est un grand encouragement pour les siens. Ses enfants, moi-même, chacun dans sa diversité, nous travaillons, par nos écarts particuliers, à l'avancement de sa carrière. Le Minotaure aussi, sans le savoir. Aussi viens-je vous demander, Thésée, vous prier instamment de chercher non point à lui faire du mal, mais plutôt à vous accointer avec lui, de manière

à lever un malentendu qui oppose la Crète à la Grèce, au grand dam de nos deux pays. »

Ainsi parlant elle se faisait toujours plus pressante, au point que j'en étais grandement incommodé, les vapeurs du vin aidant et se mêlant à la très forte odeur qui s'échappait avec ses seins de son corsage.

« Revenons au divin, continuait-elle. Il faut toujours y revenir. Vous-même, vous-même, ô Thésée, comment ne pas vous sentir habité par un dieu ?... »

Ce qui mettait le comble à ma gêne, c'est qu'Ariane, la fille aînée, belle extraordinairement, qui toutefois me troublait moins que la cadette, c'est qu'Ariane, dis-je, m'avait, avant que je ne me sentisse indisposé, fait comprendre, tant par gestes qu'à demi-voix, qu'elle m'attendait, sitôt remis, sur la terrasse.

VI

Quelle terrasse ! et de quel palais ! O jardins en extase, suspendus dans l'attente d'on ne savait quoi, sous la lune ! C'était au mois de mars ; avec une tiédeur délicieuse palpitait déjà le printemps. Mon malaise se dissipa dès que je fus à nouveau dans l'air libre. Je ne suis pas un homme d'intérieur et j'ai besoin de respirer à pleins poumons. Ariane courut à moi, et tout de go colla ses chaudes lèvres aux miennes, si véhémentement que nous chancelâmes tous deux.

« Viens, dit-elle. Il m'importe peu qu'on nous voie ; mais, pour causer, nous serons mieux sous les térébinthes. » Et, descendant quelques marches, elle m'entraîna vers un endroit plus touffu du jardin, où de grands arbres cachaient la lune mais non son reflet sur la mer. Elle avait changé de vêtements, remplacé sa jupe à cerceaux et son corsage à busc par une sorte de robe flottante sous laquelle on la sentait nue.

« J'imagine ce que ma mère a pu te dire, commença-t-elle. Elle est folle ; mais folle à lier ; et tu n'as pas à tenir compte de ses paroles. Ceci d'abord : ici, tu cours un grand danger. Tu viens combattre, je le sais, mon demi-frère le Minotaure. C'est dans ton intérêt que je parle ; suis-moi bien. Tu triompheras de lui, j'en suis

sûre; il suffit de te voir pour n'en pouvoir douter. (— Tu ne trouves pas que ça fait un beau vers ? Tu es sensible ?) Mais, du labyrinthe que le monstre habite, nul jusqu'à présent n'a pu sortir; et toi non plus, tu ne le pourras, si ton amante que je suis, que je vais être, ne te vient en aide. Tu ne peux te faire idée de ce que c'est compliqué, le labyrinthe. Demain, je te présenterai à Dédale, qui te dira. C'est lui qui l'a construit; mais même lui ne sait déjà plus s'y reconnaître. Il te racontera comment son fils Icare, qui s'y était aventuré, n'a pu s'en tirer que par les airs, avec des ailes. Mais ça, je n'ose te le conseiller : c'est trop risqué. Ce qu'il faut tout de suite que tu comprennes, c'est que ta chance unique, c'est de ne jamais me quitter. Entre toi et moi, désormais, c'est, ce doit être : à la vie, à la mort. Ce n'est que grâce à moi, que par moi, qu'en moi, que tu pourras te retrouver toi-même. C'est à prendre ou à laisser. Si tu me laisses, malheur à toi. Donc commence d'abord par me prendre. » Sur ce, m'abandonnant son quant-à-soi, elle s'offrit à mon étreinte et me retint entre ses bras jusqu'au matin.

Le temps, il me faut l'avouer, me parut long. Je n'ai jamais aimé la demeure, fût-ce au sein des délices, et ne songe qu'à passer outre dès que ternit la nouveauté. Ensuite elle disait : « Tu m'as promis. » Je n'avais rien promis du tout et tiens surtout à rester libre. C'est à moi-même que je me dois.

Encore que mes facultés d'observation restassent obnubilées par l'ivresse, son quant-à-soi me parut d'accès si facile que je ne puis croire que j'en fusse le pionnier. Cette remarque me communiqua large autorisation, par la suite, pour me libérer d'Ariane. Au surplus, sa sensiblerie me devint vite insupportable. Insupportables ses protestations d'amour éternel, et les petits noms tendres dont elle m'affublait. J'étais tour à tour son bien unique, son canari, son bichon, son tiercelet, son dorelot... J'ai l'horreur des diminutifs. Et puis elle était trop férue de littérature. « Mon petit cœur, les iris seront bientôt fanés, me disait-elle, alors qu'ils commençaient à peine d'éclore. Je sais bien que tout passe; mais ne m'occupe que du présent. » Elle disait aussi : « Je ne puis me passer de toi. » Ce qui fit que je ne songeai plus qu'à me passer d'elle.

« Que dira de cela le roi ton père ? » lui avais-je demandé. Elle, de me répondre : « Minos, mon chou, supporte tout. Il tient que le plus sage est d'admettre ce que l'on ne peut pas empêcher. Il n'a pas protesté lors de l'aventure de ma mère avec le taureau, mais simplement argué : Ici, j'ai quelque peine à vous suivre, m'a répété maman après qu'elle s'en fut expliquée avec lui. Ce qui est fait est fait, et rien plus ne le peut défaire, a-t-il ajouté. A notre endroit il en ira de même. Tout au plus te chassera-t-il de sa cour; mais qu'importe! où que tu ailles, je te suivrai. »

C'est ce que nous verrons, pensai-je.

Après que nous eûmes pris un léger en-cas, je la priai de me mener près de Dédale; avec qui je lui dis que je voulais causer seul à seul. Elle ne me laissa que je ne lui eusse juré, par Poséidon, de la retrouver au palais si tôt ensuite.

VII

Dédale s'était levé pour m'accueillir dans la salle peu éclairée où je le surpris incliné sur des tablettes, des plans étalés, entouré de quantité d'instruments bizarres. Il est de très haute stature, non courbé malgré son grand âge; porte une barbe plus longue encore que celle de Minos, laquelle est restée noire, blonde celle de Rhadamante, tandis que celle de Dédale est argentée. Son front vaste est coupé de profondes rides horizontales. Ses sourcils broussailleux couvrent à demi son regard lorsqu'il tient la tête baissée. Il a le parler lent, la voix profonde. L'on comprend que lorsqu'il se tait, c'est pour penser.

Il commença par me féliciter de mes prouesses, dont l'écho, me dit-il, était parvenu jusqu'à lui, si retiré qu'il se tînt à l'abri des bruits du monde. Il ajouta que je lui paraissais un peu niais; qu'il ne tenait pas les faits d'armes en grande estime, ni que la valeur de l'homme fût dans ses bras.

« J'ai, dans le temps, passablement fréquenté ton prédécesseur Hercule. Il était bête et l'on ne pouvait rien tirer de lui que d'héroïque. Mais ce que je goûtais

en lui, comme je goûte en toi, c'est une sorte de dévouement à la tâche, de hardiesse sans recul, et même de témérité qui vous précipite en avant et triomphe de l'adversaire après avoir triomphé de ce que nous avons en chacun de nous de couard. Hercule était plus appliqué que toi; plus soucieux aussi de bien faire; triste un peu, surtout après l'exploit accompli. Or ce que j'aime en toi, c'est la joie; par quoi tu diffères d'Hercule. Je te louerai de ne point te laisser embarrasser par la pensée. C'est affaire à d'autres, qui eux n'agissent pas, mais fournissent belles et bonnes raisons d'agir.

» Sais-tu bien que nous sommes cousins ? que moi aussi (mais ne le répète pas à Minos, qui n'en sait rien), je suis hellène. J'eus regret de devoir quitter l'Attique à la suite de certains différends survenus avec mon neveu Talos, sculpteur comme moi, mon rival. Il avait acquis la faveur populaire en prétendant maintenir les dieux dont il formait l'image engaînée par la base dans une posture hiératique, donc incapables de mouvement; tandis que, libérant leurs membres, je rapprochais de nous les dieux. L'Olympe, grâce à moi, voisinait de nouveau la terre. D'autre part, je prétendais, par la science, rendre l'homme semblable aux dieux.

» A ton âge, j'étais surtout désireux de m'instruire. Je me persuadai vite que la force de l'homme ne peut rien ou pas grand-chose sans instruments et que le dicton : « Engin mieux vaut que vigueur », dit vrai. Tu n'aurais pu soumettre assurément les brigands du Péloponèse ou de l'Attique, sans les armes que t'avait remises ton père. Ainsi pensai-je que je ne saurais m'employer mieux qu'à mener à plus de perfection celles-ci, et que je ne le pourrais faire que je ne connusse d'abord mathématique, mécanique et géométrie aussi bien pour le moins qu'on ne les connaissait alors en Égypte, où l'on en tire grand parti; puis aussi, pour passer de leur enseignement à la pratique, que je ne m'instruisisse sur toutes propriétés et qualités des diverses matières, même de celles qui ne paraissaient pas d'un immédiat emploi, en lesquelles on découvre parfois d'extraordinaires vertus que l'on ne soupçonnait pas d'abord, comme il advient de même en les hommes. Ainsi s'étendait et se fortifiait mon savoir.

» Puis, pour connaître d'autres métiers et industries,

d'autres climats, d'autres plantes, je m'en fus visiter des pays lointains, me mettre à l'école de savants étrangers, et ne les quittai point qu'ils eussent encore à m'apprendre. Mais où que j'allasse ou demeurasse, je restais Grec. Aussi bien, c'est parce que je te sais et te sens fils de la Grèce, que je m'intéresse à toi, mon cousin.

» A mon retour en Crète, je m'entretins avec Minos de mes études et de mes voyages; puis lui fis part d'un projet que j'avais nourri, de construire et aménager, près de son palais, s'il le voulait bien et qu'il m'en fournît les moyens, un labyrinthe à l'instar de celui que j'avais admiré, en Égypte, sur la rive du lac Moeris, encore que sur un plan différent. Et comme précisément alors, Minos se trouvait gêné, la reine ayant mis bas un monstre, par la charge du Minotaure duquel il ne savait quoi faire et qu'il jugeait séant d'isoler et de soustraire à la vue publique, il me demanda d'élaborer un édifice et une suite de jardins non enclos qui, sans emprisonner le monstre exactement, du moins le retinssent et dont il ne lui fût pas possible de s'échapper. J'y prodiguai mes soins, mes connaissances.

» Or, estimant qu'il n'est pas de geôle qui vaille devant un propos de fuite obstiné, pas de barrière ou de fossé que hardiesse et résolution ne franchissent, je pensai que, pour retenir dans le labyrinthe, le mieux était de faire en sorte, non point tant qu'on ne pût (tâche de me bien comprendre), mais qu'on n'en voulût pas sortir. Je réunis donc dans ce lieu de quoi répondre aux appétits de toutes sortes. Ceux du Minotaure ne sont ni nombreux ni divers; mais il s'agissait aussi bien de tous et de quiconque entrerait dans le labyrinthe. Il importait encore et surtout de diminuer jusqu'à l'annihilation leur vouloir. Pour y pourvoir je composai des électuaires que l'on mêlait aux vins qu'on leur servait. Mais cela ne suffisait pas; je trouvai mieux. J'avais remarqué que certaines plantes, lorsqu'on les jette au feu, dégagent en se consumant des fumées semi-narcotiques, qui me parurent ici d'excellent emploi. Elles répondirent exactement à ce que j'attendais d'elles. J'en fis donc alimenter des réchauds, qu'on maintint allumés jour et nuit. Les lourdes vapeurs qui s'en dégagent n'agissent pas seulement sur la volonté, qu'elles

endorment ; elles procurent une ivresse pleine de charme et prodigue de flatteuses erreurs, invitent à certaine activité vaine le cerveau qui se laisse voluptueusement emplir de mirages ; activité que je dis vaine, parce qu'elle n'aboutit à rien que d'imaginaire, à des visions ou des spéculations sans consistance, sans logique et sans fermeté. L'opération de ces vapeurs n'est pas la même pour chacun de ceux qui les respirent, et chacun, d'après l'imbroglio que prépare alors sa cervelle, se perd, si je puis dire, dans son labyrinthe particulier. Pour mon fils Icare, l'imbroglio fut métaphysique. Pour moi, ce sont des constructions immenses, des amoncellements de palais avec enchevêtrement de couloirs, d'escaliers... où, comme pour les ratiocinations de mon fils, tout aboutit à une impasse, à un « pas plus avant » mystérieux. Mais le plus étonnant, c'est que, ces parfums, dès qu'on les a humés quelque temps, l'on ne peut déjà plus s'en passer ; que le corps et l'esprit ont pris goût à cette ébriété malicieuse, hors de laquelle la réalité paraît sans attrait, de sorte que l'on ne souhaite plus d'y revenir, et que cela aussi, cela surtout, vous retient dans le labyrinthe. Connaissant ton désir d'y entrer pour y combattre le Minotaure, je t'avertis ; et si je t'ai parlé si longuement de ce danger, c'est afin de te mettre en garde. Tu ne t'en tireras pas tout seul ; il faut qu'Ariane t'accompagne. Mais elle doit demeurer sur le seuil et ne respirer point les parfums. Il importe qu'elle reste de sang-froid, tandis que tu succomberas à l'ivresse. Mais, même ivre, sache rester maître de toi : tout est là. Ta volonté n'y suffisant peut-être pas (car, je te l'ai dit : ces émanations l'affaiblissent), j'ai donc imaginé ceci : relier Ariane et toi par un fil, figuration tangible du devoir. Ce fil te permettra, te forcera de revenir à elle après que tu te seras écarté. Conserve toutefois le ferme propos de ne pas le rompre, quel que puisse être le charme du labyrinthe, l'attrait de l'inconnu, l'entraînement de ton courage. Reviens à elle, ou c'en est fait de tout le reste, du meilleur. Ce fil sera ton attachement au passé. Reviens à lui. Reviens à toi. Car rien ne part de rien, et c'est sur ton passé, sur ce que tu es à présent, que tout ce que tu seras prend appui.

» Je t'aurais parlé moins longuement si je m'intéressais moins à toi. Mais, avant que tu ne t'en ailles vers ton

destin, je veux te faire entendre mon fils. Tu te rendras mieux compte, en l'écoutant, du danger que tu vas courir. Encore qu'il ait pu s'échapper, grâce à moi, des sortilèges du labyrinthe, son esprit est resté fâcheusement soumis à l'empire de leur maléfice. »

Il se dirigea vers une porte basse, et, soulevant la tenture qui la couvrait, dit à très haute voix :

« Icare, mon enfant bien-aimé, viens nous exposer ton angoisse; ou, plutôt, continue, comme dans ta solitude, ton monologue, sans t'occuper de moi ni de mon hôte. Fais comme si nous n'étions pas là. »

VIII

Je vis entrer un jeune homme, à peu près de mon âge, qui, dans la pénombre, me parut d'une grande beauté. Ses cheveux blonds qu'il portait très longs tombaient en boucles sur ses épaules. Son regard fixe semblait ne point s'arrêter aux objets. Nu jusqu'à la ceinture, il avait la taille étroitement sanglée dans un corselet de métal. Un pagne d'étoffe sombre et de cuir, ainsi qu'il me parut, lui gaînait le haut des cuisses, retenu par un bizarre nœud ample et bouffant. Mes yeux furent attirés par des bottines de cuir blanc qui semblaient indiquer qu'il se préparait à sortir; mais son esprit seul était en marche. Lui ne paraissait pas nous voir. Poursuivant sans doute son cheminement spirituel, il disait :

« Qui donc a commencé : l'homme ou la femme ? L'Éternel est-il féminin ? Du ventre de quelle grande Mère êtes-vous sorties, formes multiples ? Et ventre fécondé par quel engendreur ? Dualité inadmissible. Dans ce cas, le dieu, c'est l'enfant. Mon esprit se refuse à diviser Dieu. Dès que j'admets la division, c'est pour la lutte. Qui dieux a, guerre a. Il n'y a pas des dieux, mais un Dieu. Le règne de Dieu, c'est la paix. Tout se résorbe et se réconcilie dans l'Unique. »

Il se tut un instant, puis reprit :

« Pour informer le divin, l'homme doit localiser et réduire. Dieu n'est qu'épars. Les dieux sont divisés. Il est immense; eux sont locaux. »

Il se tut encore, puis reprit, d'une voix haletante, angoissée :

« Mais la raison de tout cela, Dieu limpide ? de tant de peines, de tant d'efforts. Et vers quoi ? La raison d'être ? et de chercher à tout des raisons ? Vers quoi tendre, sinon vers Dieu ? Comment se diriger ? Où s'arrêter ? Quand pouvoir dire : ainsi soit-il; rien ne va plus ? Comment atteindre Dieu, partant de l'homme ? Si je pars de Dieu, comment parvenir jusqu'à moi ? Cependant, tout autant que Dieu m'a formé, Dieu n'est-il pas créé par l'homme ? C'est à l'exacte croisée des chemins, au cœur même de cette croix, que mon esprit veut se tenir. »

Ainsi parlant, les veines de son front se gonflaient, la sueur ruisselait de ses tempes. Du moins me parut-il, car je ne pouvais le voir distinctement dans la pénombre; mais je l'entendais haleter, comme qui fait un immense effort.

Il se tut un instant, puis reprit :

« Je ne sais point où Dieu commence, et moins encore où il finit. Même j'exprimerai mieux ma pensée si je dis qu'il n'en finit jamais de commencer. Ah! que je suis donc soûl du *donc,* du *parce que,* du *puisque!...* du ratiociner, du déduire. Je n'extrais du plus beau syllogisme que ce que j'y avais mis d'abord. Si j'y mets Dieu, je l'y retrouve. Je ne l'y trouve que si je l'y mets. J'ai parcouru toutes les routes de la logique. Sur le plan horizontal, je suis las d'errer. Je rampe et je voudrais prendre l'essor; quitter mon ombre, mon ordure, rejeter le poids du passé! L'azur m'attire, ô poésie! Je me sens aspiré par en haut. Esprit de l'homme, où que tu t'élèves, j'y monte. Mon père, expert en la mécanique, saura m'en fournir le moyen. J'irai seul. J'ai l'audace. Je fais les frais. Pas moyen d'en sortir, sinon. Bel esprit, trop longtemps empêtré dans l'enchevêtrement des problèmes, sur un chemin non tracé tu vas t'élancer. Je ne sais quel est cet attrait qui m'engage; mais je sais qu'il n'est qu'un terminus unique : c'est Dieu. »

Alors il s'écarta de nous à reculons, jusqu'à la tenture, qu'il souleva, puis laissa retomber sur lui.

« Pauvre cher enfant, dit Dédale. Comme il pensait ne pouvoir plus s'échapper du labyrinthe et ne compre-

nait pas que le labyrinthe était en lui, sur sa demande, je fabriquai pour lui des ailes qui lui permissent de s'envoler. Il estimait ne trouver d'autre issue que par le ciel, toutes routes terrestres étant barrées. Je lui connaissais une prédisposition mystique et ne m'étonnai pas de son désir. Désir non assouvi, ainsi que tu as pu t'en rendre compte en l'écoutant. En dépit de mes monitions, il a voulu monter trop haut et a présumé trop de ses forces. Il a chu dans la mer. Il est mort.

— Comment se pourrait-il ? m'écriai-je alors. Je viens de le voir vivant tout à l'heure.

— Oui, reprit-il, tu viens de le voir, qui t'a paru vivant. Mais il est mort. Ici, Thésée, je crains que ton esprit, pourtant grec, c'est-à-dire subtil et ouvert à toutes les vérités, ne puisse me suivre ; car moi-même, je te l'avoue, j'ai mis longtemps à comprendre et admettre ceci : chacun de nous, dont l'âme, lors de la suprême pesée, ne sera pas jugée trop légère, ne vit pas simplement sa vie. Dans le temps, sur un plan humain, il se développe, accomplit son destin, puis meurt. Mais le temps même n'existe pas sur un autre plan, le vrai, l'éternel, où chaque geste représentatif, selon sa signification particulière s'inscrit. Icare était, dès avant de naître et reste après sa mort, l'image de l'inquiétude humaine, de la recherche, de l'essor de la poésie, que durant sa courte vie il incarne. Il a joué son jeu, comme il se devait ; mais il ne s'arrête pas à lui-même. Ainsi en advient-il des héros. Leur geste dure et, repris par la poésie, par les arts, devient un continu symbole. Et c'est là ce qui fait qu'Orion, le chasseur, poursuit encore, dans les champs élyséens d'asphodèles, les bêtes qu'il a pourtant tuées durant sa vie ; cependant qu'au ciel s'éternise avec son baudrier sa représentation constellée. C'est là ce qui fait que Tantale reste éternellement assoiffé ; que Sisyphe roule sans cesse, vers un inatteignable sommet, la lourde pierre sans cesse retombante des soucis qui le tourmentaient, du temps qu'il était roi de Corinthe. Car sache que, dans les Enfers, il n'est pas d'autre châtiment que de recommencer toujours le geste inachevé de sa vie.

» Tout comme, dans la faune entière, chaque animal peut bien mourir, sans que l'espèce qui retient sa forme et son comportement habituel s'en trouve aucunement

THÉSÉE

appauvrie; car il n'y a pas d'individus parmi les bêtes. Tandis que seul compte, parmi les hommes, l'individu. C'est ainsi que Minos, dès à présent mène à Cnossos une existence qui le prépare à sa carrière de juge aux Enfers. C'est ainsi que Pasiphaë, qu'Ariane, se laissent exemplairement emporter par leur destinée. Et toi-même, ô Thésée, si insoucieux que tu paraisses et que tu te croies, tu n'échapperas pas, non plus qu'échappait Hercule, ou Jason, ou Persée, à la fatalité qui vous modèle.

» Mais sache (puisque mon regard apprit l'art de discerner, à travers le présent, le futur), sache qu'il te reste à faire de grandes choses, et dans un tout autre domaine que tes prouesses du passé; des choses près desquelles ces prouesses, dans l'avenir, ne paraîtront que jeux d'enfant. Il te reste à fonder Athènes, où asseoir la domination de l'esprit.

» Donc ne t'attarde pas au labyrinthe, ni dans les bras d'Ariane, après l'affreux combat dont tu sortiras vainqueur. Passe outre. Considère comme trahison la paresse. Sache ne chercher de repos que, ton destin parfait, dans la mort. C'est seulement ainsi que, par delà la mort apparente, tu vivras inépuisablement recréé par la reconnaissance des hommes. Passe outre, va de l'avant, poursuis ta route, vaillant rassembleur de cités.

» Maintenant, écoute, ô Thésée, et retiens mes instructions. Sans doute triompheras-tu sans peine du Minotaure, car, à le bien prendre, il n'est pas si redoutable que l'on croit. On a dit qu'il se nourrissait de carnage; mais depuis quand les taureaux n'ont-ils dévoré que des prés? Entrer dans le labyrinthe est facile. Rien de plus malaisé que d'en sortir. Nul ne s'y retrouve qu'il ne s'y soit perdu d'abord. Et pour revenir en arrière, car les pas n'y laissent pas de trace, il te faut t'attacher à Ariane par un fil, dont je t'ai préparé quelques pelotons que tu emporteras avec toi, que tu dérouleras à mesure de ton progrès, nouant l'extrémité de l'un épuisé au commencement du fil de l'autre, de manière qu'il n'y ait point de cesse; et tu rembobineras le fil, à ton retour, jusqu'au bout tenu par Ariane. Je ne sais pourquoi j'insiste tant, car tout cela est simple comme bonjour. Ce qui est ardu, c'est de conserver jusqu'au bout du fil une résolution inébranlable de retour; résolution que

les parfums et l'oubli qu'ils versent, que ta propre curiosité, que tout, va conspirer à affaiblir. Je te l'ai déjà dit et n'ai plus rien à ajouter. Voici les pelotons. Adieu. »

Je quittai Dédale et m'en fus rejoindre Ariane.

IX

Ce fut à propos de ces pelotons qu'entre Ariane et moi s'éleva notre première dispute. Elle voulut que je lui remette, et prétendit garder en son giron lesdits pelotons que m'avait confiés Dédale, arguant que c'était affaire aux femmes de les rouler et dérouler, en quoi elle se disait particulièrement experte, et ne voulant pas m'en laisser le soin; mais, en vérité, désirant ainsi demeurer maîtresse de ma destinée, ce que je ne consentais à aucun prix. Je me doutais aussi que, ne les déroulant qu'à contre gré pour me permettre de m'éloigner d'elle et retenant le fil ou le tirant à elle, je serais empêché d'aller de l'avant tout mon soûl. Je tins bon, en dépit de ses larmes, suprême argument des femmes, sachant bien que lorsqu'on commence à leur céder du petit doigt, tout le bras puis le reste y passe.

Ce fil n'était ni de lin, ni de laine, mais par Dédale, d'une matière inconnue, contre laquelle mon glaive même, que j'essayai sur un petit bout, ne pouvait rien. Je laissai ce glaive entre les mains d'Ariane, résolu que j'étais (après ce que m'avait dit Dédale sur la supériorité que confèrent à l'homme les instruments sans lesquels je n'aurais pu triompher des monstres), résolu, dis-je, à combattre le Minotaure avec la seule vigueur de mon bras. Arrivés donc devant l'entrée du labyrinthe, porche orné de la double hache qui, en Crète, figurait partout, j'adjurai Ariane de ne point s'en écarter. Elle tint à attacher elle-même à mon poignet l'extrémité du fil, par un nœud qu'elle prétendit conjugal; puis tint ses lèvres collées aux miennes durant un temps qui me parut interminable. Il me tardait d'avancer.

Mes treize compagnons et compagnes m'avaient précédé, dont Pirithoüs; et je les retrouvai, dès la première salle, déjà tout hébétés par les parfums. J'avais

omis de raconter qu'avec le fil, Dédale m'avait remis un morceau d'étoffe imprégné d'un puissant antidote contre ceux-ci, me recommandant instamment de l'assujettir en bâillon. Et à cela aussi, sous le porche du labyrinthe, Ariane avait mis la main. Grâce à quoi, mais ne respirant qu'à peine, je pus, parmi ces vapeurs enivrantes rester de sens lucide et de vouloir non détendu. Pourtant je suffoquais un peu, habitué que j'étais, je l'ai dit, à ne me sentir bien qu'en air libre, oppressé par l'atmosphère factice de ce lieu.

Déroulant le fil, je pénétrai dans une seconde salle, plus obscure que la première; puis dans une autre plus obscure encore; puis dans une autre, où je n'avançai plus qu'à tâtons. Ma main, frôlant le mur, rencontra la poignée d'une porte, que j'ouvris à un flot de lumière. J'étais entré dans un jardin. En face de moi, sur un parterre fleuri de renoncules, d'adonides, de tulipes, de jonquilles et d'œillets, en une pose nonchalante, je vis le Minotaure couché. Par chance, il dormait. J'aurais dû me hâter et profiter de son sommeil, mais ceci m'arrêtait et retenait mon bras : le monstre était beau. Comme il advient pour les centaures, une harmonie certaine conjuguait en lui l'homme et la bête. De plus, il était jeune, et sa jeunesse ajoutait je ne sais quelle charmante grâce à sa beauté; armes, contre moi, plus fortes que la force et devant lesquelles je devais faire appel à tout ce dont je pouvais disposer d'énergie. Car on ne lutte jamais mieux qu'avec le renfort de la haine; et je ne pouvais le haïr. Je restai même à le contempler quelque temps. Mais il ouvrit un œil. Je vis alors qu'il était stupide et compris que je devais y aller...

Ce que je fis alors, ce qui se passa, je ne puis le rappeler exactement. Si étroitement que m'embâillonnât le tampon, je ne laissais pas d'avoir l'esprit engourdi par les vapeurs de la première salle; elles affectaient ma mémoire, et, si pourtant je triomphai du Minotaure, je ne gardai de ma victoire sur lui qu'un souvenir confus mais, somme toute, plutôt voluptueux. Suffit, puisque je me défends d'inventer. Je me souviens aussi, comme d'un rêve, du charme de ce jardin, si capiteux que je pensais ne pouvoir m'en distraire; et ce n'est qu'à regret, quitte du Minotaure, que je regagnai, rembobinant le fil, la première salle, où rejoindre mes compagnons.

Ils étaient attablés devant un festin de victuailles, apportées je ne sais comment ni par qui, bâfrant, buvant à longs traits, s'entrepelotant, et s'esclaffant comme des fous ou des idiots. Lorsque je fis mine de les emmener, ils protestèrent qu'ils étaient fort bien là et ne songeaient nullement à partir. J'insistai, dis que je leur apportais la délivrance. « La délivrance de quoi ? » s'écrièrent-ils ; et, ligués soudain contre moi, m'injurièrent. Je m'attristais grandement, à cause de Pirithoüs. Il me reconnaissait à peine, reniait la vertu, se rigolait de sa propre valeur et proclamait sans vergogne qu'il ne consentirait à quitter le bien-être présent pour toute la gloire du monde. Je ne pouvais cependant lui en vouloir, sachant trop que, sans la précaution de Dédale, j'aurais sombré de même, fait chorus avec lui, avec eux. Ce n'est qu'en les battant, ce n'est qu'à coups de poing, de pied au cul, que je les contraignis à me suivre ; aussi bien étaient-ils à ce point alourdis par l'ivresse qu'incapables de résister.

Sortis du labyrinthe, quelle peine et quel temps il leur fallut pour révoquer leurs sens et se rasseoir dans leur assiette ! ce qu'ils ne firent qu'avec tristesse. Il leur semblait, me dirent-ils ensuite, redescendre d'un sommet de béatitude, vers une étroite et sombre vallée, réintégrant cette geôle qu'on est à soi-même, d'où ne pouvoir plus s'échapper. Pourtant Pirithoüs se montra bientôt fort confus de cette dépravation passagère et promit de se racheter à ses propres yeux et aux miens par un excès de zèle. Une occasion s'offrit à lui, peu ensuite, de me prouver son dévouement.

X

Je ne lui cachais rien ; il connaissait mon sentiment pour Ariane et mon ressentiment. Je ne lui cachai même pas que j'étais fort épris de Phèdre, si enfant qu'elle fût encore. Elle usait fréquemment, en ce temps, d'une escarpolette suspendue aux fûts de deux palmiers ; et de la voir s'y balancer, le vent relevant ses courtes jupes, je chavirais. Mais, dès qu'Ariane paraissait, je détournais les yeux et dissimulais de mon mieux, redoutant sa jalousie de sœur aînée. Or, laisser insatisfait

un désir, c'est malsain. Mais, pour mener à bien l'audacieux projet d'enlèvement qui commençait à s'ébaucher en mon cœur, il fallait user de ruse. C'est alors que Pirithoüs sut inventer, pour me servir, un subterfuge où s'avéra sa fertile ingéniosité. Cependant notre séjour dans l'île se prolongeait, encore qu'Ariane et moi ne songeassions plus qu'au départ; mais ce qu'Ariane ne savait pas, c'est que j'étais bien résolu à ne m'en aller qu'avec Phèdre. Pirithoüs, lui, le savait. Et voici comme il m'y aida.

Plus libre que moi (j'étais claquemuré par Ariane), Pirithoüs avait loisir de s'enquérir des coutumes de la Crète et d'observer. « Je crois, me dit-il un matin, que je tiens l'affaire. Sache que Minos et Rhadamante, ces deux très sages législateurs, ont réglementé les mœurs de l'île, et particulièrement la pédérastie, à laquelle tu n'ignores pas que les Crétois sont fort enclins, comme il appert de leur culture. C'est au point que tout adolescent qui atteint la virilité avant d'avoir été choisi par un aîné prend honte et tient à déshonneur ce mépris; car l'on pense communément, s'il est beau, qu'alors quelque vice d'esprit ou de cœur en est cause. Le jeune Glaucos, dernier fils de Minos, qui ressemble à Phèdre comme un double, m'a fait part de ses soucis à cet égard. Il souffre de son délaissement. J'ai beau lui dire que sans doute son titre de prince a découragé les amants; il me répond qu'il se peut, mais que cela n'en est pas moins désobligeant pour lui et qu'on devrait savoir que Minos s'en attriste aussi; que Minos ne tient à l'ordinaire aucun compte des rangs sociaux, grades ou hiérarchies; toutefois se sentirait, certes, flatté lorsqu'un prince éminent comme toi voudrait bien s'intéresser à son fils. J'ai pensé qu'Ariane, qui se montre si importunément jalouse de sa sœur, ne le serait sans doute pas de son frère, car il n'est guère d'exemple qu'une femme prenne en considération l'amour d'un homme pour un garçon; en tout cas, il lui paraîtrait malséant d'en marquer ombrage. Tu pourrais procéder sans crainte.

— Eh! penses-tu, m'écriai-je, que ce soit la crainte qui jamais m'arrête? Mais, bien que Grec, je ne me sens aucunement porté vers ceux de mon sexe, si jeunes et charmants qu'ils puissent être, et diffère en cela d'Hercule, à qui je quitterais volontiers son Hylas.

Ton Glaucos a beau ressembler à ma Phèdre, c'est elle que je désire et non lui.

— Tu ne m'as pas compris, reprit-il. Je ne te propose pas d'emmener Glaucos à sa place, mais bien de feindre de l'emmener, d'abuser Ariane et de lui laisser croire, et à tous, que Phèdre que tu emmèneras, c'est Glaucos. Écoute et suis-moi bien : une des coutumes de l'île, instituée par Minos lui-même, veut que l'amant s'empare de l'enfant qu'il convoite, qu'il l'emmène vivre avec lui, chez lui, durant deux mois; à la suite desquels l'enfant déclare publiquement si son amant lui plaît et se comporte avec lui décemment. Emmener le faux Glaucos chez toi, c'est l'amener sur ce navire qui, de Grèce, nous transportait ici. Sitôt que nous y serons rassemblés, avec Phèdre cachée, on lève l'ancre; avec Ariane aussi, puisqu'elle entend t'accompagner; puis on gagne le large en vitesse. Les vaisseaux crétois sont nombreux, mais moins rapides que les nôtres et, s'ils nous poursuivent, nous pourrons aisément les distancer. Parle de ce projet à Minos. Sois certain qu'il y sourira, pourvu que tu lui laisses croire qu'il concerne Glaucos et non Phèdre; car pour Glaucos, il ne saurait rêver meilleur maître et amant que toi. Mais dis-moi : Phèdre est-elle consentante ?

— Je n'en sais rien encore. Ariane a grand soin de ne me laisser jamais seul avec elle, de sorte que je n'ai pu la pressentir... Mais je ne doute pas qu'elle soit prête à me suivre, dès qu'elle comprendra que je la préfère à sa sœur. »

C'est celle-ci d'abord qu'il s'agissait de préparer. Je m'ouvris donc à elle, mais fallacieusement, selon la machination convenue.

« Quel merveilleux projet ! s'écria-t-elle. Et combien je me réjouis de voyager avec mon petit frère ! Tu ne te doutes pas de ce qu'il peut être gentil. Je m'entends fort bien avec lui et, malgré notre différence d'âge, reste son compagnon de jeu préféré. Rien de tel, pour lui ouvrir l'esprit, qu'un séjour en terre étrangère. A Athènes, il se perfectionnera dans son grec, qu'il parle déjà passablement, mais avec un mauvais accent, dont il se corrigera très vite. Tu lui seras d'excellent exemple. Puisse-t-il tendre à te ressembler. »

Je la laissai dire. La malheureuse ne se doutait guère du sort qui l'attendait.

Il nous fallait également avertir Glaucos, afin de prévenir tout accroc. Ce fut Pirithoüs qui s'en chargea. L'enfant, me dit-il ensuite, se montra d'abord fort déçu. Il avait fallu faire appel à ses sentiments les meilleurs pour le décider à entrer dans le jeu; je devrais dire : à en sortir, pour céder la place à sa sœur. Il fallait avertir Phèdre également. Elle aurait pu se mettre à pousser des cris si l'on avait tenté de l'enlever par force ou surprise. Mais Pirithoüs spécula fort habilement sur l'amusement que l'un et l'autre ne laisseraient pas de prendre à berner, Glaucos, ses parents; Phèdre, **son** aînée.

Phèdre s'affubla donc des vêtements habituels de Glaucos. Tous deux étaient exactement de même taille, et, lorsqu'elle eut ses cheveux enveloppés et le bas de son visage couvert, il ne se pouvait qu'Ariane ne s'y méprît.

Certes, il m'en coûtait de devoir tromper Minos, qui m'avait prodigué les marques de sa confiance. Il m'avait dit le bienfait qu'il attendait de mon influence d'aîné sur son fils. Et puis j'étais son hôte. J'abusais évidemment. Mais il n'était pas, il n'est jamais en moi de me laisser arrêter par des scrupules. Sur toutes les voix de la reconnaissance et de la décence, celle de mon désir l'emportait. Tout coup vaille. Il faut ce qu'il faut.

Ariane nous avait précédés sur le bateau, soucieuse de s'y aménager une installation confortable. Nous n'attendions plus que Phèdre pour escamper. Son enlèvement eut lieu, non point dès que la nuit fut close, ainsi qu'il était d'abord convenu, mais après le repas de famille où elle tint à figurer encore. Elle allégua cette habitude qu'elle avait prise de se retirer sitôt ensuite; de sorte qu'on ne pourrait, disait-elle, remarquer son absence avant le lendemain matin. Ainsi tout se passa sans impair. Ainsi pus-je débarquer avec Phèdre, quelques jours plus tard, en Attique, ayant entre-temps déposé la belle, la lassante Ariane, sa sœur, à Naxos.

J'appris, à mon arrivée sur nos terres, qu'Égée, mon père, de si loin qu'il avait aperçu les voiles noires, ces voiles que j'avais omis de changer, s'était précipité dans la mer. J'ai déjà touché quelques mots de cela; je n'aime pas y revenir. J'ajouterai pourtant que j'avais fait un songe, cette dernière nuit, où je me voyais déjà roi

d'Attique... Quoi qu'il en soit, qu'il pût en être, ce fut, pour tout le peuple et pour moi, jour de fête à cause de notre heureux retour et de mon avènement, jour de deuil à cause de la mort de mon père. En raison de quoi j'instituai tout aussitôt des chorégies où les lamentations alternaient avec les chants de joie; où nous tînmes à prendre part dansante, mes compagnons inespérément délivrés et moi-même. Allégresse et désolation : il était séant d'entretenir le peuple à la fois dans ces deux sentiments contraires.

XI

Certains m'ont reproché, par la suite, ma conduite envers Ariane. Ils ont dit que j'avais agi lâchement; que je n'aurais pas dû l'abandonner, ou tout au moins pas sur une île. Voire; mais je tenais à mettre la mer entre nous. Elle me poursuivait, me pourchassait, me traquait. Quand elle eut éventé ma ruse, découvert sa sœur sous le revêtement de Glaucos, elle mena grand raffut, poussa force cris rythmés, me traita de perfide, et lorsque, excédé, je lui déclarai mon intention de ne pas l'emmener plus loin que le premier îlot où le vent, qui s'était soudain élevé, nous permettrait ou forcerait de faire escale, elle me menaça d'un long poème qu'elle se proposait d'écrire au sujet de cet infâme abandon. Je lui dis aussitôt qu'elle ne pourrait certainement rien faire de mieux; que ce poème promettait d'être très beau, si j'en pouvais juger déjà par sa fureur et par ses accents lyriques; qu'il serait, au surplus, consolatoire, et qu'elle ne laisserait pas d'y trouver la récompense de son chagrin. Mais tout ce que je disais n'aidait qu'à l'irriter davantage. Ainsi sont les femmes dès qu'on cherche à leur faire entendre raison. Quant à moi, je me laisse toujours guider par un instinct que, pour plus de simplicité, je crois sûr.

Cet îlot fut Naxos. L'on dit que, quelque temps après que nous l'y eûmes laissée, Dionysos vint l'y rejoindre et qu'il l'épousa; ce qui peut être une façon de dire qu'elle se consola dans le vin. L'on raconte que, le jour de ses noces, le dieu lui fit cadeau d'une couronne, œuvre

d'Héphaïstos, laquelle figure parmi les constellations ; que Zeus l'accueillit sur l'Olympe, lui conférant l'immortalité. On la prit même, raconte-t-on, pour Aphrodite. Je laissai dire et moi-même, pour couper court aux rumeurs accusatrices, la divinisai de mon mieux, instituant à son égard un culte où d'abord je pris la peine de danser. Et l'on me permettra de remarquer que, sans mon abandon, ne fût advenu rien de tout cela, si avantageux pour elle.

Certains faits controuvés ont défrayé la légende : enlèvement d'Hélène, descente aux Enfers avec Pirithoüs, viol de Proserpine. Je me gardais de démentir ces bruits d'où je tirais un surcroît de prestige ; et même renchérissais sur les racontars afin d'ancrer le peuple en des croyances dont il n'a que trop tendance, celui d'Attique, à se gausser. Car il est bon que le vulgaire s'émancipe, mais non point par irrévérence.

Le vrai c'est que, depuis mon retour à Athènes, je restais fidèle à Phèdre. J'épousai la femme et la cité tout ensemble. J'étais époux, fils du roi défunt ; j'étais roi. Le temps de l'aventure est révolu, me redisais-je ; il ne s'agissait plus de conquérir, mais de régner.

Ce n'était pas une mince affaire ; car Athènes, en ce temps, à vrai dire, n'existait pas. En Attique, un tas de menus bourgs se disputaient l'hégémonie ; d'où des assauts, des querelles, des luttes sans fin. Il importait d'unifier et de centraliser le pouvoir ; ce que je n'obtins pas sans peine. J'y employai force et astuce.

Égée, mon père, pensait assurer son autorité en maintenant les divisions. Considérant que le bien-être des citoyens est compromis par les discordes, je reconnus dans l'inégalité des fortunes et dans le désir d'accroître la sienne la source de la plupart des maux. Peu soucieux moi-même de m'enrichir, et préoccupé du bien public autant ou plus que du mien propre, je donnai l'exemple d'une vie simple. Par un partage égal des terres, je supprimai d'un coup les suprématies et les rivalités qu'elles entraînent. Ce fut une mesure sévère qui satisfit certes les indigents, c'est-à-dire le grand nombre, mais révolta les riches que par là je dépossédais. Ils étaient peu nombreux, mais habiles. Je réunis les plus importants d'entre eux et leur dis :

« Je ne fais cas de rien que du mérite personnel et ne

reconnais pas d'autre valeur. Vous avez su vous enrichir par habileté, science et persévérance : mais, plus souvent encore par injustice et par abus. Les rivalités entre vous compromettent la sûreté d'un État que je veux puissant, mis à l'abri de vos intrigues. C'est seulement ainsi qu'il pourra s'opposer aux invasions étrangères, et prospérer. Le maudit appétit d'argent qui vous tourmente ne vous apporte pas le bonheur, car à vrai dire il est insatiable. Plus on acquiert, plus on souhaite d'acquérir. Je réduirai donc vos fortunes; et par la force (je la possède), si vous n'acceptez pas cette réduction de bon gré. Je ne tiens à réserver pour moi que la garde des lois et la direction de l'armée. Peu me chaut le reste. Je prétends vivre en roi tout aussi simplement que j'ai vécu jusqu'à ce jour, et sur le même pied que les humbles. Je saurai faire respecter les lois; me faire respecter, sinon craindre, et prétends que l'on puisse dire alentour : l'Attique est régie, non par un tyran, mais par un gouvernement populaire; car chaque citoyen de cet État aura droit égal au Conseil et nul compte ne sera tenu de sa naissance. Si vous ne vous rangez pas à cela de plein gré, je saurai, vous dis-je vous y contraindre.

» Je ferai démolir et réduirai à néant vos petites cours de justice locale, vos salles de conseil régional, et rassemblerai, sous l'acropole, ce qui déjà prend le nom d'Athènes. Et c'est ce nom d'Athènes que les races futures, je le promets aux dieux qui me favorisent, révéreront. Je dévoue ma ville à Pallas. Maintenant, allez et tenez-vous-le pour dit. »

Puis, joignant l'exemple aux paroles, je me démis aussitôt de toute autorité royale, rentrai dans le rang, ne craignis pas de me montrer sans escorte aux yeux de tous et comme un simple citoyen; mais m'occupai sans relâche de la chose publique, assurant la concorde, veillant à l'ordre de l'État.

Pirithoüs, après qu'il eut entendu mon discours aux grands, me dit qu'il le trouvait beau, mais absurde. Car, arguait-il : l'égalité n'est pas naturelle parmi les hommes; disons plus : elle n'est pas souhaitable. Il est bon que les meilleurs dominent la masse vulgaire de toute la hauteur de leur vertu. Sans émulation, rivalité, jalousie, cette masse demeure amorphe, stagnante, et vautrée. Il y faut un levain qui la soulève; tâche que ce

ne soit point contre toi. Que tu le veuilles ou non, malgré cette égalisation première que tu souhaites, qui fasse chacun partir, avec chances égales, d'un même plan, il se reformera bientôt, selon la différence des aptitudes, des différences de situation ; c'est-à-dire : une plèbe souffrante, une aristocratie.

« Parbleu ! repartis-je, j'y compte bien, et en fort peu de temps, je l'espère. Mais d'abord je ne vois pas pourquoi cette plèbe serait souffrante, si cette aristocratie nouvelle, que je favoriserai de mon mieux, est, comme je la désire, celle non de l'argent, mais de l'esprit. »

Puis, afin d'augmenter l'importance et la puissance d'Athènes, je fis savoir que seraient indistinctement accueillis tous ceux, venus de n'importe où, qui souhaiteraient de venir s'y fixer ; et des crieurs se répandirent dans les contrées d'alentour répétant : « Vous, peuples, tous, accourez ici ! »

Le bruit s'en répandit au loin. Et n'est-ce pas là ce qui fit Œdipe, roi déchu, grande et triste épave, venir de Thèbes en Attique, chercher aide et protection, puis mourir ? Ce qui me permit de diriger ensuite sur Athènes la bénédiction divinement commise à ses cendres. De ceci, je reparlerai.

Je promis aux nouveaux venus, quels qu'ils soient, les mêmes droits que les aborigènes et que les citoyens précédemment établis dans la ville, reportant toute discrimination à plus tard et selon les preuves. Car ce n'est qu'à l'usage qu'on reconnaît les bons instruments. Je ne voulais juger personne que d'après services rendus.

De sorte que si, plus tard, il me fallut pourtant admettre, entre les Athéniens, des différences et, partant, une hiérarchie, je ne laissai s'établir celle-ci que pour assurer mieux le fonctionnement général de la machine. C'est ainsi que les Athéniens, entre tous autres Grecs, grâce à moi, méritèrent le beau nom de *Peuple,* qui leur fut communément donné, et qui ne fut donné qu'à eux. Dépassant de loin celle de mes exploits d'antan, c'est là ma gloire ; gloire à laquelle ne parvint Hercule, Jason, Bellérophon, ni Persée.

Pirithoüs, hélas ! compagnon de mes premiers jeux, ne m'y suivit pas. Tous ces héros que j'ai nommés, d'autres encore comme Méléagre ou Pélée, ne surent prolonger leur carrière par delà leurs premiers exploits,

ou parfois leur unique exploit. Pour moi, je ne voulais pas m'en tenir là. Il est un temps de vaincre, disais-je à Pirithoüs, de purger la terre de ses monstres, puis un temps de cultiver et de porter à fruit la terre heureusement amendée; un temps de libérer les hommes de la crainte, puis un temps d'occuper leur liberté, de mener à profit et à fleur leur aisance. Et cela ne se pouvait sans discipline; je n'admis pas que l'homme s'en tînt à lui-même, à la manière des Béotiens, ni qu'il cherchât sa fin dans un médiocre bonheur. Je pensais que l'homme n'était pas libre, qu'il ne le serait jamais et qu'il n'était pas bon qu'il le fût. Mais je ne le pouvais pousser en avant sans son assentiment, non plus qu'obtenir celui-ci sans lui laisser, du moins au peuple, l'illusion de la liberté. Je voulus l'élever, n'admettant point qu'il se contentât de son sort et consentît à maintenir son front courbé. L'humanité, pensais-je sans cesse, peut plus et vaut mieux. Je me souvenais de l'enseignement de Dédale, qui prétendait avantager l'homme de toutes les dépouilles des dieux. Ma grand force était de croire au progrès.

Pirithoüs cessa donc dès lors de me suivre. Il m'avait, au temps de ma jeunesse, accompagné partout, beaucoup aidé. Mais je compris que la constance d'une amitié nous retient ou nous tire arrière. Il est un point passé lequel on ne peut avancer que seul. Comme Pirithoüs était de bon sens, je l'écoutais encore, mais sans plus. Vieilli lui-même, c'est dans la tempérance qu'il laissait s'assoupir sa sagesse, lui naguère si entreprenant. Il n'apportait plus que restreinte et que limitation dans son conseil.

« L'homme ne mérite pas, me disait-il, que l'on s'occupe tant de lui.

— Eh! de quoi s'occuper, que de l'homme ? ripostais-je. Il n'a pas dit son dernier mot.

— Calme-toi, me disait-il encore. N'as-tu pas fait suffisamment ? La prospérité d'Athènes assurée, repose-toi dans la gloire acquise et dans le bonheur conjugal. »

Il m'engageait à me soucier de Phèdre davantage et, sur ce point du moins, n'avait pas tort. Car je dois raconter ici comment la paix de mon foyer fut troublée et par quel deuil affreux, en guise de rançon, je dus payer aux dieux mes succès et ma suffisance.

XII

J'avais en Phèdre une confiance illimitée. Je l'avais vue, de mois en mois, croître en grâce. Elle ne respirait que vertu. L'ayant soustraite si jeune à l'influence pernicieuse de sa famille, je ne me doutais pas qu'elle en emportât avec elle tous les ferments. Évidemment elle tenait de sa mère, et, lorsque ensuite elle tenta de s'excuser en se disant irresponsable, prédestinée, force était de reconnaître qu'il y avait là du fondement. Mais ce n'était pas tout : je crois aussi qu'elle dédaignait trop Aphrodite. Les dieux se vengent et ce fut vainement, par la suite, qu'elle tenta d'apaiser la déesse par un surcroît d'offrandes et d'implorations. Car Phèdre était pieuse, pourtant. Dans ma belle-famille, tout le monde était pieux. Mais il était sans doute fâcheux que tout le monde n'adressât pas ses dévotions au même dieu. Pasiphaë c'était à Zeus; Ariane à Dionysos. Quant à moi, je vénérais surtout Pallas Athéné, puis Poséidon, à qui, par engagement secret, j'étais lié et qui, pour mon malheur, s'engageait réciproquement à me répondre tellement que je ne l'implorerais pas en vain. Mon fils, celui que j'eus de l'Amazone et que je chérissais entre tous, c'est Artémis la chasseresse qu'il adorait. Il était chaste comme elle, autant qu'à son âge j'étais dissolu. Il courait les halliers, les forêts, nu sous la lune; fuyait la cour, les assemblées, surtout la société des femmes, et ne se plaisait que parmi ses limiers, poursuivant jusqu'au sommet des monts ou dans les retraits des vallées la fuite des animaux sauvages. Souvent encore il dressait les chevaux rétifs, les entraînait sur le sable des plages, pour bondir avec eux dans la mer. Que je l'aimais ainsi! beau, fier, insoumis; non à moi, certes, qu'il vénérait, ni aux lois; mais aux conventions qui restreignent les affirmations et fatiguent la valeur de l'homme. C'est lui que je voulais pour héritier. Je pourrais m'endormir tranquille, après avoir remis les rênes de l'État entre ses mains pures; car je le savais inaccessible autant aux menaces qu'aux flatteries.

Que Phèdre pût s'éprendre de lui, je ne m'en avisai

que trop tard. J'aurais dû m'en douter, car il était semblable à moi ; je veux dire semblable à ce que j'étais à son âge. Or déjà je me faisais vieux, et Phèdre restait extraordinairement jeune. Elle m'aimait peut-être encore, mais comme on aime un père. Il n'est pas bon, et je l'appris à mes dépens, qu'il y ait une telle différence d'âge entre époux. Aussi bien, ce que je ne puis pardonner à Phèdre, ce n'est point cette passion, après tout assez naturelle encore qu'incestueuse à demi, mais c'est d'avoir, comprenant qu'elle ne la pourrait assouvir, accusé calomnieusement mon Hippolyte, lui imputant cette impure flamme qui la consumait. Père aveugle, mari trop confiant, je la crus. Pour une fois que je m'en remettais à la protestation d'une femme ! C'est sur mon fils innocent que j'appelai la vengeance du dieu. Et ma prière fut écoutée. Les hommes, lorsqu'ils s'adressent aux dieux, ne savent pas que c'est pour leur malheur, le plus souvent, que les dieux les exaucent. Par volonté subite, irraisonnable, passionnée, je me trouvais avoir tué mon fils. Et j'en demeure inconsolable. Que Phèdre, sitôt ensuite, consciente de son forfait, se soit fait justice, c'est bien. Mais à présent, privé de la même amitié de Pirithoüs, je me sens seul ; et je suis vieux.

Œdipe, lorsque je l'accueillis à Colone, chassé de Thèbes sa patrie, sans yeux, disgracié, pour misérable qu'il pût être, du moins avait auprès de lui ses deux filles, dont la tendresse constante apportait un soulagement à ses maux. De toutes parts, il avait échoué dans son entreprise. J'ai réussi. Même la durable bénédiction que doit apporter sa dépouille à la contrée où elle repose ce n'est pas sur sa Thèbes ingrate qu'elle agira, mais sur Athènes.

Cette rencontre à Colone de nos destins, cette suprême confrontation au carrefour de nos deux carrières, je m'étonne qu'on en ait si peu parlé. Je la tiens pour le sommet, le couronnement de ma gloire. Jusqu'alors j'avais tout incliné, vu tous s'incliner devant moi (si j'omets Dédale ; mais il était mon aîné de beaucoup. Au surplus, même Dédale me fut soumis). En Œdipe seul, je reconnaissais une noblesse égale à la mienne ; ses malheurs ne pouvaient que grandir encore à mes yeux ce vaincu. Sans doute j'avais triomphé par-

tout et toujours ; mais c'était sur un plan qui, près d'Œdipe, m'apparaissait tout humain et comme inférieur. Il avait tenu tête au Sphinx ; dressé l'Homme en face de l'énigme et osé l'opposer aux dieux. Comment alors, pourquoi, avait-il accepté sa défaite ? En se crevant les yeux, même n'y avait-il pas contribué ? Il y avait, dans cet affreux attentat contre lui-même, quelque chose que je ne parvenais pas à comprendre. Je lui fis part de mon étonnement. Mais son explication, il me faut bien l'avouer, ne me satisfit guère ; ou c'est que je ne la compris pas bien.

« J'ai cédé, me dit-il, à un mouvement de fureur, il est vrai ; laquelle je ne pouvais tourner que contre moi ; à qui d'autre eussé-je pu m'en prendre ? Devant l'immensité de l'horreur accusatrice qui venait de se découvrir à moi, j'éprouvais l'impérieux besoin de protester. Et d'ailleurs, ce que je voulais crever, ce n'était point tant mes yeux que la toile ; que ce décor où je me démenais, ce mensonge à quoi j'avais cessé de croire ; pour atteindre la réalité.

» Mais non ! je ne pensais précisément à rien ; c'est par instinct que j'ai agi. J'ai crevé mes yeux pour les punir de n'avoir pas su voir une évidence qui, comme l'on dit, aurait dû me crever les yeux. Mais, à vrai dire... ah ! je ne sais comment t'expliquer cela... Personne ne comprit le cri que je poussais alors : « O obscurité, ma lumière ! » et toi, tu ne le comprends, je le sens bien, pas davantage. On y entendit une plainte ; c'était une constatation. Ce cri signifiait que l'obscurité s'éclairait soudainement pour moi d'une lumière surnaturelle, illuminant le monde des âmes. Il voulait dire, ce cri : Obscurité, tu seras dorénavant, pour moi, la lumière. Et tandis que le firmament azuré se couvrait devant moi de ténèbres, mon ciel intérieur au moment même s'étoilait. »

Il se tut et, durant quelques instants, resta plongé dans une méditation profonde ; puis reprit :

« Du temps de ma jeunesse, j'ai pu passer pour clairvoyant. Je l'étais à mes propres yeux. N'avais-je pas su, le premier, le seul, répondre à l'énigme du Sphinx ? Mais c'est depuis que mes yeux charnels, par ma propre main, se sont soustraits aux apparences que j'ai, me semble-t-il, commencé à y voir vraiment. Oui ;

tandis que le monde extérieur, à jamais, se voilait aux yeux de la chair, une sorte de regard nouveau s'ouvrait en moi sur les perspectives infinies d'un monde intérieur, que le monde apparent, qui seul existait pour moi jusqu'alors, m'avait fait jusqu'alors mépriser. Et ce monde insensible (je veux dire : impréhensible par nos sens) est, je le sais à présent, le seul vrai. Tout le reste n'est qu'une illusion qui nous abuse et offusque notre contemplation du Divin. « Il faut cesser de voir le monde, pour voir Dieu », me disait un jour le sage aveugle Tirésias; et je ne le comprenais pas alors; comme toi-même, ô Thésée, je sens bien que tu ne me comprends pas.

— Je ne chercherai pas à nier, lui dis-je, l'importance de ce monde intemporel que, grâce à ta cécité, tu découvres; mais ce que je me refuse à comprendre, c'est pourquoi tu l'opposes au monde extérieur dans lequel nous vivons et agissons.

— C'est que, pour la première fois, me répondit-il, cet œil intérieur percevant ce qui jamais encore ne m'était apparu, je pris soudain conscience de ceci : que j'avais assis mon humaine souveraineté sur un crime, de sorte que tout ce qui s'ensuivait en fût conséquemment souillé; non seulement toutes mes décisions personnelles, mais même celles des deux fils à qui j'abandonnai la couronne; car je me démis aussitôt de la glissante royauté que m'avait octroyé mon crime. Et déjà tu pus apprendre à quels nouveaux forfaits se sont laissés entraîner mes fils, et quelle fatalité d'ignominie pèse sur tout ce que l'humanité pécheresse peut engendrer, dont ils ne sont, mes tristes enfants, qu'un illustre exemple. Car en tant que fruits d'un inceste, sans doute mes fils sont-ils particulièrement désignés; mais je pense que quelque tare originelle atteint ensemble toute l'humanité, de sorte que même les meilleurs sont tarés, voués au mal, à la perdition, et que l'homme ne saurait s'en tirer sans je ne sais quel divin secours qui le lave de cette souillure première et l'amnistie. »

Il se tut encore quelques instants, comme désireux de plonger plus avant, puis reprit :

« Tu t'étonnes que je me sois crevé les yeux; et je m'en étonne moi-même. Mais, dans ce geste, inconsidéré, cruel, peut-être y eut-il encore autre chose : je ne

sais quel secret besoin de pousser à bout ma fortune, de rengréger sur ma douleur et d'accomplir une héroïque destinée. Peut-être ai-je pressenti vaguement ce qu'avait d'auguste et de rédempteur la souffrance; aussi bien répugne à s'y refuser le héros. Je crois que c'est là que s'affirme surtout sa grandeur et qu'il n'est nulle part plus valeureux que lorsqu'il tombe en victime, forçant ainsi la reconnaissance céleste et désarmant la vengeance des dieux. Quoi qu'il en soit, et si déplorables que puissent avoir été mes erreurs, l'état de félicité suprasensible où j'ai pu parvenir, récompense amplement aujourd'hui tous les maux que j'ai dû souffrir, et sans lesquels je n'y serais sans doute point parvenu.

— Cher Œdipe, lui dis-je quand j'eus compris qu'il avait cessé de parler, je ne puis que te louer de cette sorte de sagesse surhumaine que tu professes. Mais ma pensée, sur cette route, ne saurait accompagner la tienne. Je reste enfant de cette terre et crois que l'homme, quel qu'il soit et si taré que tu le juges, doit faire jeu des cartes qu'il a. Sans doute as-tu su faire bon usage de ton infortune même et tirer parti d'elle pour en obtenir un contact plus intime avec ce que tu nommes le divin. Au surplus, je me persuade volontiers qu'une sorte de bénédiction est attachée à ta personne et qu'elle se reportera, selon ce qu'ont dit les oracles, sur la terre où pour toujours tu reposeras. »

Je n'ajoutai point que ce qui m'importait c'est que ce sol fût celui de l'Attique, et me félicitai que les dieux aient su faire aboutir Thèbes à moi.

Si je compare à celui d'Œdipe mon destin, je suis content : je l'ai rempli. Derrière moi, je laisse la cité d'Athènes. Plus encore que ma femme et mon fils, je l'ai chérie. J'ai fait ma ville. Après moi, saura l'habiter immortellement ma pensée. C'est consentant que j'approche la mort solitaire. J'ai goûté des biens de la terre. Il m'est doux de penser qu'après moi, grâce à moi, les hommes se reconnaîtront plus heureux, meilleurs et plus libres. Pour le bien de l'humanité future, j'ai fait mon œuvre. J'ai vécu.

NOTICES

NOTICES

P. 1. LE TRAITÉ DU NARCISSE

Le Traité du Narcisse (Théorie du Symbole) est la première œuvre que signa André Gide. Si les formules symbolistes, qu'avec son obédience mallarméenne définit ce traité, sont quelque peu périmées aujourd'hui, l'œuvre d'art subsiste et n'a rien perdu ni de sa fraîcheur ni de sa limpidité. Sans formuler à son égard les réserves que lui inspirèrent, plus tard, les *Cahiers d'André Walter,* Gide avertit : « *Je n'ai pas à désavouer mes œuvres de jeunesse ; mais je ne voudrais pas qu'elles fussent considérées du même œil que les œuvres d'un âge plus mûr.* » (*Journal,* août 1910.) Symboliste, le *Narcisse* l'est-il autant que son sous-titre le laisserait à penser ? Louis Martin-Chauffier y souscrit, et donne cet écrit comme une ébauche de la doctrine de l'école, alors en formation. Les divergences ouvertes opposant à la pensée de Gide celle de Pierre Louys, ne pouvaient qu'incliner ce dernier à écrire, en réaction contre les théories énoncées dans le traité, sa *Léda ou la louange des Bienheureuses Ténèbres.*

C'est à Montpellier, où Gide était allé rejoindre son oncle Charles, que la légende de Narcisse leur inspira, à Paul Valéry qu'il y avait rencontré, et à lui-même, deux de leurs plus purs chefs-d'œuvre. Le Jardin botanique de la cité servit de cadre à des entretiens qu'une entière communauté de vues disposait en faveur du mythe. Gide a fait allusion, dans ses *Nourritures terrestres,* à ce dialogue : « *A Montpellier, le Jardin botanique.* (...) *Je me souviens qu'avec Ambroise* (Paul Valéry), *un soir, comme aux jardins d'Academus, nous nous assîmes sur une tombe ancienne, qui est tout entourée de cyprès ; et nous causions lentement en mâchant des pétales de roses...* » La « tombe ancienne » dont il s'agit est celle qu'une légende locale attribue à Narcissa, la fille du poète anglais Young, l'auteur des *Nuits,* morte de tuberculose, en France, en 1736. L'inscription figurant sur la plaque de marbre du cénotaphe : *Placandis Narcissae manibus* (« pour apaiser les mânes de Narcissa »), et reproduite en exergue au poème *Narcisse parle* (publié d'abord dans *la Conque,* puis versé dans l'*Album de Vers Anciens*), en précisant l'objet de la méditation des deux artistes justifie la croyance commune selon laquelle la fille du poète aurait été inhumée là par un soir de clair de lune, à défaut d'une sépulture au cimetière que son

appartenance à la religion réformée ne lui aurait pas permis de recevoir. En fait, l'enfant de Young ne s'appelait pas Narcissa, mais Eliza. On perdit trace de sa tombe, mais on retrouva un monument élevé à sa mémoire par son père, qui lui donnait dans ses œuvres le nom de Narcissa. *En 1890*, précise Robert Mallet dans la *Correspondance Gide-Valéry, pendant les vacances de Noël, André Gide et Paul Valéry ont eu, au bord de la tombe vide, une longue conversation que leurs lettres rappellent souvent.* Valéry a d'ailleurs concrétisé ce souvenir dans quatre vers que nous extrayons du poème qu'il écrivit à Gide, pour le remercier de l'envoi de la réédition des *Nourritures terrestres* à tirage restreint :

> *Sur cette tombe inoffensive*
> *(Il n'y avait personne dedans)*
> *Nous rîmes ! — La rose gencive*
> *Éclatait encore de dents !*

Il n'est pas indifférent de noter que Saint-Georges de Bouhélier, touché lui aussi par la psychose du mythe, rédigea dans le même temps un *Discours sur la mort de Narcisse*.

La première trace que nous trouvons du traité remonte au 8 mai 1890 ; Gide dit, dans son *Journal*, qu' « *il* (lui) *faut faire* (notamment) *le Traité du Narcisse* ». D'autre part, la *Correspondance Gide-Valéry* révèle de précieux indices sur l'écriture du *Narcisse*, et sur l'influence indirecte exercée par Valéry : « ... *J'élabore doucement le Traité du Narcisse, dont je vous ai vaguement parlé et que sans vos paroles des soirs, je n'eusse peut-être pas écrit — ou pas vu tel tout au moins.* » (Lettre d'André Gide, du 23 juin 1891.) Il est permis de penser que Gide tint à reconnaître cette participation, en offrant à son ami la dédicace du *Narcisse* ainsi conçue : « *A Mon Ami Paul Ambroise Valéry avec qui j'ai fait un tel rêve.* » Une autre lettre, datée du 21 mars 1892, confie à Valéry le projet d'un *Narcisse secret*, dont Gide annonce l'envoi du manuscrit. Cet écrit, qui ne paraîtra pas, devait être donné à *la Conque* (dans son numéro 13), avec une dédicace mystificatrice à André Walter et cette épigraphe empruntée à Virgile : *Narcissum et florem jungit.* (*Bucoliques*, II, 48.)

Quoique d'un cours lisse et tranquille, le style du traité ne donnait pas à Gide pleine satisfaction. A deux reprises, il en informa Valéry : « *Mon Narcisse est fini. Je ne sais qu'en penser. Il est pourléché et je n'y saurais rien changer que tout — mais je crois que c'est étriqué.* » (Lettre du 3 novembre 1891.) Et : « *Je corrige encore, mais pour la fois dernière, des épreuves du Narcisse, où ne me paraissent plus que deux mauvaises phrases que je suis lâche de laisser.* » (Lettre de décembre 1891.) Les doutes qu'il avait sur l'authenticité et les qualités d'écriture de son œuvre, n'étaient heureusement pas partagés par ses amis d'alors. Les échanges André Gide-Francis Jammes nous renseignent sur l'accueil fait au *Narcisse* par le poète d'Orthez. L'on peut porter au crédit de ce dernier le mérite de ce distique,

écrit en hommage à la générosité de Gide qui avait assumé les frais d'impression d'*Un Jour* :

> *Tu mettras, en souvenir de Gide, des narcisses,*
> *Car c'est lui qui paya l'édition d'*Un jour.
> (*Élégie onzième.*)

De son côté, Pierre Louÿs fut conquis par le *Narcisse,* considéré en tant qu'œuvre d'art; toujours à Paul Valéry, Gide en écrivit le 15 novembre 1891 : « *J'ai donc terminé mon* Narcisse. *Louys en est si content que j'ose te le dédier. Il dit que c'est là son* Credo. *J'ai peur que tu ne trouves ça un peu brutal.* » Enfin, Paul Claudel devait apporter au traité — en particulier — son tribut d'admiration : ... *Et j'ai trouvé un grand plaisir aussi à étudier votre style, où les mots et les phrases s'assemblent, non par un concert logique ou par la nécessité de l'harmonie qu'ils recèlent, mais par une sorte d'attraction humide, de circulation secrète qui anime tout l'ouvrage et qui semble faire de lui tout entier la métamorphose d'un même mot.* (Lettre à André Gide, du 28 août 1899.)

Telle qu'elle se présente, cette version du *Narcisse* — *ce jeune homme parfaitement beau, ou qui se trouvait tel dans son image* — certes différente de celle donnée par Ovide, mais où la valeur du symbole s'accroît de l'acuité intellectuelle, demeure, dans la production d'André Gide, l'une des plus belles illustrations du génie de la forme amené à sa complète acception.

<div style="text-align:right">J.-J. T.</div>

BIBLIOGRAPHIE

Le Traité du Narcisse inaugure l'essai de recensement bibliographique que nous avons fait des œuvres d'André Gide figurant dans ce volume. Les renseignements qu'on trouvera ci-après, nous ont été fournis tant par la Librairie Gallimard que par l'importante *Bibliographie des écrits d'André Gide* (H. Matarasso, Paris, 1949), établie par Arnold Naville, et arrêtée au 30 juin 1949. En ce qui concerne les éditions étrangères de ces œuvres, nous nous sommes bornés à indiquer les traductions *connues.* Nous n'avons pu tenir compte, encore que nous ne les connaissions que sommairement, des traductions *pirates* ayant échappé à la vigilance des éditeurs, ou de celles, peu nombreuses il est vrai, autorisées autrefois par André Gide lui-même.

Le Traité du Narcisse (Théorie du Symbole) fut d'abord publié dans la livraison du 1er janvier 1891 des *Entretiens politiques et littéraires;* il parut ensuite à la Librairie de l'*Art Indépendant,* en 1892.

Dans la bibliographie qu'il a consacrée en 1923 aux premiers

livres d'André Gide, M. Raoul Simonson a souligné l'intransigeance de celui-ci quant à la présentation de ses ouvrages. Sans en avoir toujours surveillé la fabrication, il l'a toutefois inspirée, dans sa sobriété et dans son élégance. C'est autant aux soins diligents de l'éditeur Bailly qu'au goût parfait de Gide, qu'en revient le mérite. L'édition favorite de Gide, celle qu'il entoura de sa sollicitude, est la petite collection à tirage restreint, imprimée sur papier pur fil et sous couverture bleue. Il avait donné comme modèle un volume de la seconde édition du *Faust* de Gérard de Nerval, dont on a reproduit les fers. C'est un peu plus tard que la collaboration de Maurice Denis à *Paludes* et au *Voyage d'Urien*, devait rehausser encore le prestige de cette collection.

Avant de paraître à la Librairie de l'*Art Indépendant*, le *Traité du Narcisse* fut tiré, en 1891, à douze exemplaires, sous une couverture blanche ornée d'un narcisse. (Ces douze exemplaires, ainsi que la seconde édition de l'*Art Indépendant*, sont un tiré à part « provisoire » du texte paru dans les *Entretiens politiques et littéraires*.) A propos de ce tirage confidentiel, Gide écrivit à Paul Valéry : « Narcisse *paraît à douze exemplaires — d'abord (et peut-être à jamais) — dont cinq sur Chine pour toi, moi, Lui* (Pierre Louÿs), *Mallarmé et H. de R.* (Henri de Régnier). » (Lettre du 15 novembre 1891.) Il avait commencé par demander à Valéry de lui faire « *vite une couverture (...) de la teinte que tu voudras, avec cette seule rubrique : Le Traité du Narcisse* », mais en fait ce fut Louÿs qui réalisa la maquette, sur laquelle on voit le titre : *Traité du* et, au-dessous, un narcisse.

Dans l'édition originale, un feuillet supplémentaire reproduit cette déclaration : « *Il n'est pas besoin de préface, je n'écris ça que pour ceux qui ont déjà compris.* »

Ont été données, en langue française, les éditions suivantes :
1891 Librairie de l'*Art Indépendant*.
1892 Librairie de l'*Art Indépendant*.
1899 Le *Mercure de France* (avec *Philoctète*).
1912 Éditions de la *Nouvelle Revue française* (avec *le Retour de l'Enfant prodigue*).
1922 *Au Sans Pareil* (avec *le Retour de l'Enfant prodigue*).
1946 *Mermod* (avec *la Tentative amoureuse*).

Le Traité du Narcisse (Théorie du Symbole).
Paris. Librairie de l'*Art Indépendant*. 1891.
30 p. Couverture blanche.
Édition originale. Un exemplaire d'épreuves indique seulement : « *Du Narcisse.* »

Tirage : 5 ex. sur Chine.
7 ex. sur Hollande.
Quelques ex. sur papier ordinaire.

ced# LE TRAITÉ DU NARCISSE

Paris. Librairie de l'*Art Indépendant*. 1892.
30 p. Couverture de couleurs différentes, selon les papiers. Le dos est muet.
Première édition dans le commerce.

> Tirage : 1 ex. sur Chine.
> 10 ex. sur Japon.
> 70 ex. sur Vélin teinté.

Le Traité du Narcisse (avec *Philoctète, la Tentative amoureuse* et *El Hadj*).
Paris. Le *Mercure de France*. 1899.
179 p. Le dos indique seulement : *Philoctète*.
Édition originale pour Philoctète *et* El Hadj.

> Tirage : 300 ex. sur Vergé d'Arches.

Le Traité du Narcisse (*précédé de cinq autres traités*).
Paris. Éditions de la *Nouvelle Revue française*. Marcel Rivière & Cie. 1912.
240 p. pour les ex. sur Arches; 247 p. pour les ex. sur papier ordinaire.
Format différent, selon les papiers. Couverture blanche.
Dans le titre, *le Retour de l'Enfant prodigue* figure d'abord.
Première édition collective.

> Tirage : 40 ex. sur Vergé d'Arches.
> Papier ordinaire. (Quelques exemplaires ont été cartonnés par l'éditeur.)

Le Traité du Narcisse (*précédé de cinq autres traités*).
Paris. *Au Sans Pareil*. 1922.
203 p. Couverture brun clair.
Édition à tirage limité.

> Tirage : 10 ex. sur Japon impérial.
> 25 ex. sur Hollande.
> 25 ex. sur Vergé d'Arches.
> 1 115 ex. sur Vélin Lafuma-Voiron.

Le Traité du Narcisse (avec *la Tentative amoureuse*).
(S.L.) Lausanne. *Mermod*. (S.D.) 1946.
81 p. Couverture blanche.
Portrait d'André Gide et fac-similé d'écriture.
Édition à tirage limité.

> Tirage : 3 000 ex. sur papier blanc.

Le Traité du Narcisse a été également publié dans l'édition illustrée en deux volumes des *Récits, Romans, Soties* d'André Gide.
Tome I. Paris. *Librairie Gallimard*. 1948.
603 et 605 p. Reliure blanche décorée en or, bleu et vert.

60 aquarelles par Derain, Dufy, Beaurepaire, Legrand, Hugo, Roy, Touchagues, Brayer, Fontanarosa, Van Dongen, D'Espagnat, Thévenet, Ch. Bérard, Clavé, Grau Sala, Dignimont, Prassinos; portrait d'André Gide par A. Dunoyer de Segonzac; ornements typographiques par E. Centore.
Édition collective illustrée.
 Tirage : 10 000 ex. sur Alfa Navarre.

Le Traité du Narcisse figure, en outre, dans les *Œuvres Complètes* d'André Gide (tome I, 8 décembre 1932, XXIII-548 p.).
(S.L.) Paris. Éditions de la *Nouvelle Revue française.* (S.D.).
XV volumes. Couverture blanche, ornée d'une eau-forte.
Dans chaque tome : photographie d'André Gide et notice bibliographique par Louis Martin-Chauffier, qui a établi l'édition de ces *Œuvres Complètes.*
Édition augmentée de textes inédits.
 Tirage : 155 ex. sur Hollande Pannekoek (I à CL et A à E).
 3 077 ex. sur Chiffon de Bruges (1 à 3 060 et A à Q).

ÉDITIONS ÉTRANGÈRES

On peut consulter les éditions étrangères des *Œuvres Complètes* d'André Gide, dans lesquelles *le Traité du Narcisse* a paru. Parmi celles-ci :
Œuvres Complètes. Traduction japonaise.
Éditions *Shinshosha,* Tokio (sans date).

J.-J. T.

P. 13. LE VOYAGE D'URIEN

Le Voyage d'Urien fut mis sur le chantier en 1892; André Gide en parle, dans une lettre du 25 juillet, adressée à Paul Valéry : « *Je m'exaspère sur une besogne très ardue et que je crains absurde d'avance.* » L'œuvre s'intitulait alors : *le Voyage au Spitzberg.* « *Nous en avions assez de penser. Nous passâmes à l'action* »; cette réflexion d'Urien suggère assez bien le climat d'exaltation littéraire qui entoura la préparation du *Voyage,* et les efforts déployés par son auteur pour se créer un public. A cette époque, les tourments de Gide n'étaient pas seulement d'ordre artistique; un passage de *Si le grain ne meurt* témoigne douloureusement de son désordre intime : « *A La Roque, l'avant-dernier été, j'avais pensé devenir fou ; presque tout le temps que j'y passai, ce fut cloîtré dans la chambre où n'eût dû me retenir que le travail, vers le travail m'efforçant en vain (j'écrivais* le Voyage d'Urien*)* », etc...
Annoncé *en préparation* dans la première édition des *Poésies*

d'*André Walter,* sous le titre : *Relation d'un Voyage au Spitzberg* (qui devint ensuite la troisième partie du *Voyage d'Urien*), l'ouvrage inspira à Gide cette note : « *Je n'ai écrit aucun livre sans avoir eu un besoin profond de l'écrire. Le Voyage d'Urien seul excepté ; et encore il me semble que j'y ai mis beaucoup de moi, et que, pour qui sait lire, il est, lui aussi, révélateur.* » (*Journal,* août 1910.)

Dans ce *Voyage,* qui *n'est que le mirage mélancolique d'une réalité* (F. Jammes à A. Gide, juin 1893), et où se manifeste *un certain sens du saugrenu,* Gide a mis, en effet, beaucoup de lui-même, puisque nous y retrouvons, pur ornement d'un *paysage de plus en plus paludéen,* l'image désincarnée de l'Emmanuèle des *Cahiers d'André Walter.* Répondant ici au nom d'Ellis, elle s'appellera Angèle, dans *Paludes,* avant de devenir, immortelle et parfaite, l'Alissa de *la Porte étroite.*

Le *Voyage* portait en exergue une citation de Virgile : *Dic quibus in terris — ... inscripti nomina regum nascantur flores* — (*Églogue III*) ; Gide s'est plaint que nombre d'éditions l'aient malencontreusement laissé tomber, ainsi que l'épigraphe de *Paludes : Dic cur hic,* placée en pendant.

Non tant roman que récit d'analyse, *le Voyage d'Urien* exprime, par le relief d'imaginaires paysages, la mobilité quotidienne de l'âme devant les sentiments qui l'émeuvent ou les événements qui la façonnent. Après lecture, Paul Valéry a donné à son intelligence de la pensée gidienne une significative occasion de s'affirmer, dans une lettre que l'abandon oral et l'intimité spirituelle rendent plus persuasive qu'une sèche étude critique. Il y a dit notamment : *100 pages. 72 chaudes et 28 froides. Une page, un paragraphe ; une phrase, un mot même pris au hasard y donnent une impression de symétrie* voulue *dans leur détail à chacun.* (...) *Tu y as usé de notations qui te sont dès longtemps familières, par exemple : glace, pureté, — ardeur, chaleur. Mais il ne faut pas trop y stagner... pas plus que dans les jeux assez tristes du* « *paysage d'âme* ». Valéry flaire, dans le *Voyage, des odeurs diverses : Flaubert,* passim. *Barrès, Maeterlinck. Par endroits presque...* « *Vathek* »!!! (*Vathek* : conte arabe, écrit en français vers la fin du XVIIIe siècle par un Anglais, W. Beckford ; Stéphane Mallarmé l'a préfacé.) (Lettre de janvier 1893.)

Angaire est l'un des personnages du livre ; à dire vrai, il ne fait qu'y paraître ; on le voit aussi, encore plus discret, dans *les Nourritures terrestres* (livre IV). Dans le *Voyage,* on le sait ennemi de tous rapports sexuels ; la déclaration de ce matelot inquiétait Francis Jammes, qui souhaitait que Gide la supprimât. En octobre 1896, entretenant Valéry des *Nourritures,* Gide dit : « *Tu t'y appelles Angaire, à moins que tu ne préfères autrement.* »

On nous approuvera certainement d'avoir estimé plus instructive qu'aucune glose — que nous aurions pu construire aisément, — la *Préface pour une seconde édition du* « *Voyage d'Urien* », écrite par André Gide, et publiée deux fois seulement : en 1894, dans la livraison de décembre du *Mercure de France,* et dans la réédition

du *Voyage,* chez le même éditeur, en 1896. (Voir la notice bibliographique.) Nous la reproduisons ci-contre *in extenso.*

<div style="text-align:right">J.-J. T.</div>

... Je n'aime pas expliquer un livre; un livre étant déjà lui-même l'explication d'une pensée ou d'une émotion. Vous n'avez vu dans le mien ni l'une ni l'autre, mais seulement un jeu de style; — tant pis pour vous, — émotions, idées, elles y étaient; elles y sont; je le sais, — puisque je les y ai mises. — Mon émotion ne joue jamais avec le style, par trop grand'peur qu'après le style ne se joue d'elle; elle a besoin des mots et cherche à se mettre intimement bien avec eux; il y a même désormais entre eux des affinités réciproques; l'émotion fluide ne saurait être sans eux contenue, et dans chacun des mots où je la verse, elle reste et je l'y retrouve. — J'aime les mots enfin comme des confidents dociles : ils ne perdent rien de ce que je leur ai confié. S'ils ne vous ont rien dit de moi-même, c'est que vous n'étiez pas attentifs; il faut les interroger pour qu'ils parlent; eux, ils ne demandent qu'à dire.

Cette émotion, donc, parce que je ne l'ai point décrite en elle-même, trop abstraite qu'elle était, ou parce que je ne l'ai point soumise à tels faits qui l'eussent motivée, ainsi que d'autres ont coutume de le faire dans leurs romans, — parce que pour la montrer, je l'ai mise en des paysages, vous n'avez vu là que des descriptions vaniteuses. — Pourtant, il me semble encore juste qu'une émotion que donne un paysage puisse se resservir de lui — *comme d'un mot* — et s'y reverser tout entière, puisqu'elle en fut à l'origine enveloppée.

Émotion, paysage ne seront plus dès lors liés par rapport de cause à effet, mais bien par cette connexion indéfinissable, où plus de créancier et plus de débiteur, — par cette association du mot et de l'idée; du corps et de l'âme; de Dieu et de toute apparence.

... Une émotion naît. Comment ? — peu importe; il suffit qu'elle soit. L'*être* chez elle comme chez tous est le besoin de se manifester. Me comprendrez-vous si je dis que *le manifesté vaut l'émotion, intégralement ?* Il y a là une sorte d'algèbre esthétique; émotion et manifesté forment équation; l'un est l'équivalent de l'autre. Qui dit *émotion* dira donc *paysage ;* et qui dit *paysage* devra donc connaître *émotion.* (Ou tant pis.)

Une émotion naît... non, elle *est.* Elle est depuis aussi longtemps que toutes choses qui la manifestent. Sa vie mystique à elle se passe à être *consentie* par les hommes (au moins par les hommes), — sa vie, dis-je, est le besoin même de se manifester. Elle traversera pour parvenir à nous bien des mondes — et puisque nous la

jouons aussi, elle ne s'arrête pas à nous. Issue de Dieu, où irait-elle ?
— Sa mort est impossible — donc elle continue. Nous la voyons
à travers tous les mondes; à travers chacun d'eux elle prend une
apparence nouvelle, — ici paysage, là geste, plus loin onde, plus
loin harmonie, enfin œuvre d'art et poème; — et partout ailleurs,
je suppose, même où nous ne la savourons plus, dans les lois qui
régissent les corps, et jusqu'en leur chimisme intime. Mêmes
choses — mêmes choses; et chaque apparence, chaque geste,
chaque *manifeste* équivaut chaque fois l'émotion *intégralement*. —
Lequel choisirons-nous donc pour la dire ? n'importe, — d'ailleurs,
c'est l'émotion qui choisit. Cette fois elle choisit le paysage —
pourquoi ? parce que pourquoi ne l'avait-on déjà choisi ?

Il n'y a pas d'émotion, si particulière et neuve qu'elle puisse
paraître, qui n'ait en la nature *tous ses équivalents* — la collection
complète — un par monde. Mais l'émotion centrale de ce livre
n'est point une émotion particulière; c'est celle même que nous
donna le rêve de la vie, depuis la naissance étonnée jusqu'à la
mort non convaincue; et mes marins sans caractères tour à tour
deviennent ou l'humanité tout entière, ou se réduisent à moi-
même.

Ils ignorent leur destinée et ne gouvernent pas leur navire, mais
un désir de volonté les leurre et leur fait prendre pour résolue
la route que suivra leur nef hasardeuse. — Devant toutes les
voluptés ils se privent, non en vue de récompenses futures qui
ne les satisferaient pas, mais en vue d'actions glorieuses où leur
force soit éprouvée, de sorte qu'ils la gardent entière. Il se peut
qu'ils soient fous — aussi ne dis-je point qu'ils sont sages. — Ce
dont ils souffriraient le plus, ce serait de n'avoir pas de lutte où se
prendre, de conquêtes à conquérir. Même alors ils ne diraient
pas que leur abstinence était vaine, car la force est en eux : ils
pourraient conquérir. Peut-être que c'est tenter Dieu, — mais cela
repaît leur orgueil...

Tout ce que je pourrais dire encore, Urien le dit ou le raconte.
Si nous parlons bien de ces choses, c'est que nous en avons bien
souffert — pauvre génération qui voudrait l'héroïsme en un temps
qui ne la rassasie pas de beautés; — en sorte que l'on pourra dire :

Ils demandèrent au roman de remplacer les grands mouvements
qu'ils n'avaient point faits; ils lui demandèrent de satisfaire tant
bien que mal le désir vague d'héroïsme que leur imagination gardait
et que leur corps ne réalisait point.

Et peut-être qu'on nous donnera tort d'avoir quand même cru
la vie de la pensée plus réelle, et de l'avoir à toutes les autres pré-
férée.

ANDRÉ GIDE.

BIBLIOGRAPHIE

Le Voyage d'Urien a d'abord été publié partiellement (*Voyage sur l'Océan pathétique* et *Voyage vers une Mer glaciale*) dans *la Wallonie*, mai-juin 1892. D'autre part, André Gide a fait paraître dans le *Mercure de France*, en décembre 1894, une *Préface pour une seconde édition du « Voyage d'Urien »*.

Ont été données, en langue française, les éditions suivantes :
1893 Librairie de l'*Art Indépendant*.
1896 Le *Mercure de France* (avec *Paludes*).
1919 *Émile-Paul Frères & Cie.*
1928 *A.A.M. Stols.*
1929 Éditions de la *Nouvelle Revue française*.

Le Voyage d'Urien.
Paris. Librairie de l'*Art Indépendant*. 1893.
109 p. Couverture de couleurs différentes, selon les papiers.
Illustrations en couleurs et dessin de Maurice Denis.
Le dos est muet, et la couverture, anonyme.
Le titre intérieur indique comme nom d'auteur : *André Gide et Maurice Denis.*
Édition originale.
 Tirage : Quelques exemplaires sur Chine.
 Quelques exemplaires sur Japon.
 300 ex. sur Hollande.

Le Voyage d'Urien, suivi de *Paludes.*
Paris. Le *Mercure de France*. 1896.
291 p. Format différent, selon les papiers.
Couverture jaune. Le millésime *1897* figure à l'intérieur.
Première édition collective, augmentée d'une préface et d'une postface inédites.
 Tirage : 3 ex. sur Japon impérial.
 12 ex. sur Hollande.
 Papier ordinaire.

Paris. *Sous le masque de la Folie et chez Émile-Paul Frères & Cie.* 1919.
109 p. Couverture brune. Le dos est muet.
Édition à tirage limité.
 Tirage : 9 ex. sur Chine (aux noms des souscripteurs).
 27 ex. sur Vergé du Japon.
 81 ex. sur papier américain goudron.
 1 500 ex. sur papier Sainte-Marie-Cray.

Maestricht. *Halcyon Press, A.A.M. Stols.* 1928.
97 p. Couverture blanche.
Bois gravés d'Alfred Latour; lettrines d'Alphonse Stols.
Édition de luxe illustrée.
 Tirage : 30 ex. sur Japon impérial (contenant une double suite des bois sur Japon).
 300 ex. sur Hollande Pannekoek.

Paris. Éditions de la *Nouvelle Revue française.* 1929.
169 p. Couverture de couleurs différentes, selon les papiers.
La couverture des ex. Hollande porte au dos le millésime : *1930 ;* celle des ex. Alfa est ornée par Galanis.
Édition courante.
 Tirage : 330 ex. sur Hollande.
 1 012 ex. sur Alfa.
 Papier ordinaire.

Le Voyage d'Urien a été publié également dans l'édition illustrée en deux volumes des *Récits, Romans, Soties* d'André Gide. Paris. *Librairie Gallimard.* 1948. Tome I. Les caractéristiques des volumes de cette série ont été données dans la notice bibliographique du *Traité du Narcisse.*

Le Voyage d'Urien figure, en outre, dans les *Œuvres Complètes* d'André Gide (tome I, décembre 1932, 548 p.). Les caractéristiques des volumes de cette série ont été données dans la notice bibliographique du *Traité du Narcisse.*

ÉDITIONS ÉTRANGÈRES

Le Voyage d'Urien a fait l'objet, notamment, de traductions dans les langues suivantes :
Allemand
Espagnol (Pour la République Argentine).
Italien (Traduction de A. Onofri).

On peut également consulter les éditions étrangères des *Œuvres Complètes* d'André Gide, dans lesquelles *le Voyage d'Urien* a paru. Parmi celles-ci :
 Œuvres Complètes. Traduction japonaise.
 Éditions *Shinshosha,* Tokio (sans date).

Dans *le Voyage d'Urien, Voyage sur l'Océan pathétique* était primitivement dédié à Henri de Régnier, et *Voyage vers une Mer glaciale,* à Georges Pouchet.

J.-J. T.

P. 69. LA TENTATIVE AMOUREUSE

La Tentative amoureuse, qui ne reçut qu'en 1899, pour sa réédition, le sous-titre de : *Traité du Vain Désir,* appartenait à une série de traités ; le *Traité des Dioscures* ou *Castors et Pollux,* dont Gide n'a donné que de courts fragments, devait y être inclus. Quand, en 1914, il en fit pour la première fois mention dans son *Journal,* Gide pensait depuis des années à ces *Considérations sur la mythologie grecque.*

Une note du *Journal* (1893) expose succinctement à quel mobile Gide obéit en racontant les bucoliques amours de Rachel et de Luc : « *J'ai voulu indiquer, dans cette* Tentative amoureuse, *l'influence du livre sur celui qui l'écrit, et pendant cette écriture même.* » Le procédé auquel il eut parfois recours, et qui consiste à faire l'œuvre se réfléchir en elle-même, trouve ici sa justification.

Toujours dans le *Journal* (fin avril 1893), nous relevons deux légères variantes, qu'il est intéressant de citer :

1. — *Souvent ils attendaient le soir, assis dans l'herbe et sans rien faire ; ils regardaient le soleil s'abaisser ; puis lorsque l'heure enfin s'était faite plus douce, ils regagnaient lentement la demeure.* (Version imprimée ; et voici celle du *Journal*) : *Ils attendaient le soir, assis dans l'herbe et sans rien faire ; puis, lorsque l'heure enfin se fut faite plus douce, ils continuèrent lentement leur route...*

2. — *Luc.* « *Il regardait parfois son corps vierge, pourtant lisse et propre à l'amour ; alors il souhaitait les caresses de femme, avant que tout l'éclat de sa chair ne se fane.* » (Ajout du *Journal* ; le texte imprimé enchaîne sur : *Il souhaitait d'être plus jeune et d'une bien plus grande beauté,* etc...)

Ainsi, Luc et Rachel marchent l'amble dans la *mystérieuse avenue d'un jardin étrangement enchanté* (F. Jammes à A. Gide, mai 1895) ; la saison étant propice aux étreintes, ils font alterner l'amour et les promenades. Amour en transit et flâneries laborieuses, qui les éloignent des sujétions sentimentales sans les réjouir d'avoir accès au domaine. La ferveur des amants s'improvise discipline, mais ne dissipe point le perpétuel malentendu, dressé entre nos rêves et nous-mêmes, et qui toujours en diffère la satisfaction. La mélodique douceur du concert champêtre propage l'écho de leur mélancolie, où s'attardent les beautés d'un langage que l'on n'avait encore jamais entendu.

Séduit par la *rétroaction du sujet sur lui-même,* Gide écrit (*Journal,* 1893) : « *Donc j'étais triste parce qu'un rêve d'irréalisable joie me tourmente. Je le raconte, et cette joie, l'enlevant au rêve, je la fais mienne ; mon rêve en est désenchanté ; j'en suis joyeux.*

« *Luc et Rachel aussi veulent réaliser leur désir, mais, tandis que,*

écrivant le mien, je le réalisai d'une manière idéale, eux, rêvant à ce parc, dont ils ne voyaient que les grilles, veulent y pénétrer matériellement ; ils n'en éprouvent aucune joie. J'aime assez qu'en une œuvre d'art, on retrouve ainsi transposé, à l'échelle des personnages, le sujet même de cette œuvre. Rien ne l'éclaire mieux et n'établit plus sûrement toutes les proportions de l'ensemble. »

Pourtant, si quelqu'un parut n'être que médiocrement sensible à la facture de *la Tentative amoureuse,* ce fut le jeune Athman : « *Il préfère* La Joie de Maguelonne *de Hérold à* la Tentative amoureuse ; *il trouve ma* Tentative mal écrite. — *Vous employez trop souvent le mot* « *herbe* », *me dit-il.* » *(Feuilles de Route.)*

Lorsqu'il prit connaissance de *la Tentative amoureuse,* Francis Jammes fut choqué par le faste moral qui, sous le savant dépouillement du style, intellectualise de part en part l'œuvre de Gide. Il communiqua son opinion à celui-ci, dans une lettre relative à la publication de *Ménalque* (fragment des *Nourritures terrestres*), dans le premier cahier de l'*Ermitage,* en 1896. Nous en épinglons ce passage : *Cette exposition de luxe moral et d'égoïsme est une insulte à ceux qui, pareils à moi, vivent dans l'ombre amère.* (7 février 1896.)

Parallèlement, cette recommandation de Gide à Paul Valéry, — dont le jugement lui importait au moins autant que l'aveu de ses amis les meilleurs, — aurait blessé le sourcilleux Francis Jammes, s'il en avait décelé l'ironie : « *N'attache pas trop d'importance à ma petite plaquette* (la Tentative amoureuse), *je t'en prie, tu vois bien que je ne te l'ai pas dédiée.* » (Décembre 1893.)

Enfin, indiquons que *Paysages,* dédié à Albert Mockel, directeur de *la Wallonie,* est classé par Arnold Naville comme *Notes de* « *la Tentative amoureuse* ». Ce texte est donné dans les *Œuvres Complètes* d'André Gide (tome I).

<div style="text-align: right">J.-J. T.</div>

BIBLIOGRAPHIE

Ont été données, en langue française, les éditions suivantes :
1893 Librairie de l'*Art Indépendant.*
1899 Le *Mercure de France* (avec *Philoctète*).
1912 Éditions de la *Nouvelle Revue française* (avec *le Retour de l'Enfant prodigue*).
1921 Éditions de la *Nouvelle Revue française.*
1922 *Au Sans Pareil* (avec *le Retour de l'Enfant prodigue*).
1922 *P.V. Stock.*
1946 *Mermod* (avec *le Traité du Narcisse*).

La Tentative amoureuse.
Paris. Librairie de l'*Art Indépendant.* 1893.
44 p. Couverture : blanche pour les exemplaires Whatman ; bleutée pour les exemplaires Vélin. Le dos est muet.

Édition originale.
 Tirage : 12 ex. sur Whatman.
 150 ex. sur Vélin teinté.

La Tentative amoureuse (avec *Philoctète, le Traité du Narcisse* et *El Hadj*).
Paris. Le *Mercure de France.* 1899.
179 p. Couverture blanc jaune; verte pour quelques exemplaires.
Le dos mentionne seulement : *Philoctète.*
Édition originale pour Philoctète *et* El Hadj.
 Tirage : 300 ex. sur Vergé d'Arches.

La Tentative amoureuse (avec cinq autres traités).
Paris. Éditions de la *Nouvelle Revue française.* Marcel Rivière & Cie. 1912.
240 p. pour les exemplaires Arches; 247 p. pour les exemplaires ordinaires.
Format différent, selon les papiers. Couverture blanche.
Le titre principal du volume est : *Le Retour de l'Enfant prodigue.*
Première édition collective.
 Tirage : 40 ex. sur Vergé d'Arches.
 Papier ordinaire. (Quelques exemplaires ont été cartonnés par l'éditeur.)

La Tentative amoureuse ou le Traité du Vain Désir.
Paris. Éditions de la *Nouvelle Revue française.* 1921.
37 p. non chiffrées. Couverture rose, illustrations en noir.
Aquarelles de Marie Laurencin, gravées sur bois par Jules Germain et L. Petit-Barat.
Édition de luxe, illustrée.
 Tirage : 413 ex. sur Lafuma-Navarre (dont
 1 ex. contenant les aquarelles originales).

La Tentative amoureuse (avec cinq autres traités).
Paris. *Au Sans Pareil.* 1922.
203 p. Couverture brun clair.
Le titre principal du volume est : *Le Retour de l'Enfant prodigue.*
Édition à tirage limité.
 Tirage : 10 ex. sur Japon impérial.
 25 ex. sur Hollande.
 25 ex. sur Vergé d'Arches.
 1 115 ex. sur Vélin Lafuma-Voiron.

La Tentative amoureuse ou le Traité du Vain Désir.
Paris. *Librairie Stock.* 1922.
64 p. Couverture jaune.
En frontispice, portrait d'André Gide, par Halicka.
Préface de François Mauriac.

Édition « *Les Contemporains* ».
 Tirage : 20 ex. sur Vélin Lafuma-Voiron.
 Papier ordinaire.

La Tentative amoureuse (avec *le Traité du Narcisse*).
Sans lieu. (Lausanne.) *Mermod.* (S.D.) 1946.
81 p. Couverture blanche.
Portrait d'André Gide et fac-similé d'écriture.
Édition à tirage limité.
 Tirage : 3 000 ex. sur papier blanc.

La Tentative amoureuse a été publiée également dans l'édition illustrée en deux volumes des *Récits, Romans, Soties* d'André Gide. Paris. *Librairie Gallimard.* 1948. Tome I. Les caractéristiques des volumes de cette série ont été données dans la notice bibliographique du *Traité du Narcisse.*
 La Tentative amoureuse figure, en outre, dans les *Œuvres Complètes* d'André Gide (tome I, s.d., décembre 1932, 548 p.). Les caractéristiques des volumes de cette série ont été données dans la notice bibliographique du *Traité du Narcisse.*

ÉDITIONS ÉTRANGÈRES

La Tentative amoureuse a été traduite en allemand. On peut également consulter les éditions étrangères des *Œuvres Complètes* d'André Gide, dans lesquelles cet écrit a paru. Parmi celles-ci :
 Œuvres Complètes. Traduction japonaise.
 Éditions *Shinshosha*, Tokio (sans date).

J.-J. T.

P. 87. PALUDES

En 1894, André Gide séjourne à La Brévine, petit village du haut Jura où l'a envoyé son médecin, le docteur Andréae. Il a dit ailleurs son antipathie pour ce pays de montagnes et pour ses habitants. C'est de La Brévine que, le 11 novembre 1894, il écrit à Paul Valéry : « *Un insupportable bouquin m'empêche encore les transcendances, mais je suis prêt de l'avoir achevé. Tu sais qu'il s'appelle* Paludes, *et que je m'y suis satisfait.* »
 Comme la plupart des œuvres de Gide, *Paludes* est le fruit d'une longue gestation. Une note du *Journal* le confirme : « *C'est pendant que je vivais* l'Immoraliste *(à Biskra avec P.A.L.) que j'écrivais* Paludes. » (3 juillet 1911.)
 En effet, de son voyage en Afrique, Gide est revenu transfiguré : « *Je rapportais à mon retour en France, un secret de ressuscité, et connus tout d'abord cette sorte d'angoisse abominable que dut goûter Lazare*

échappé du tombeau. Plus rien de ce qui m'occupait d'abord ne me paraissait encore important. Comment avais-je pu respirer jusqu'alors dans cette atmosphère étouffée des salons et des cénacles, où l'agitation de chacun remuait un parfum de mort ? » (Si le grain ne meurt.) Le contraste est si violent, entre le jeune homme maladif et contraint de naguère et le convalescent d'aujourd'hui, qu'il ne peut supporter la rigueur du climat familial retrouvé. C'est dans le travail — *Paludes*, et les *Nourritures* qui déjà sont sur le chantier —, qu'il trouvera un exutoire, un instrument de libération provisoire, le moyen enfin d'échapper, en le décrivant, à cette pesée de la contingence et de la morale convenue sur ses plus légitimes aspirations, dont il a senti l'oppression dès son retour et qu'il ne cessera tout à fait de connaître qu'en Afrique, où il se rendra à nouveau, seul cette fois, et sitôt *Paludes* achevé. « *Au nom de quel Dieu, de quel idéal, me défendez-vous de vivre selon ma nature ?* s'écrie-t-il dans *Si le grain ne meurt. Et cette nature, où m'entraînerait-elle, si simplement je la suivais ?* » C'est parce qu'il a pris une bonne fois son parti d'une exigence physiologique qu'il ne peut, sans renoncer à vivre, contrarier plus longtemps, que Gide verse dans *Paludes* un abrégé des contradictions qui retiennent l'homme sur la route qui lui est assignée : « *Un tel état d'estrangement (dont je souffrais surtout auprès des miens) m'eût fort bien conduit au suicide, n'était l'échappement que je trouvai à le décrire ironiquement dans* Paludes. *Il me paraît curieux, aujourd'hui, que ce livre ne soit pourtant point né du besoin de projeter hors de moi cette angoisse, dont toutefois il s'alimenta par la suite ; mais il est de fait que je le portais en moi dès avant mon retour. Un certain sens du saugrenu, qui déjà s'était fait jour dans la seconde partie de mon* Voyage d'Urien, *me dicta les premières phrases, et le livre, comme malgré moi, se forma tout entier autour de celles-ci, que j'écrivis au cours d'une promenade dans un jardin public de Milan, où je m'arrêtai avant mon séjour à Champel :*

« *Chemin bordé d'aristoloches* », et :

« *Pourquoi par un temps toujours incertain n'avoir emporté qu'une ombrelle ?*

« *C'est un en-tout-cas, me dit-elle...* »

A l'époque où il commence d'écrire *Paludes*, c'est-à-dire dès son retour de Tunisie, où il était parti, en octobre 1893, avec Paul Laurens, Gide n'est pas entièrement guéri ; il aura une rechute lors de son voyage de noces en Afrique. C'est pourquoi l'on distingue, dans sa fièvre même, l'avidité douloureuse de celui qui craint encore pour sa santé. Dans son *Journal*, Gide fait la part de l'influence exercée sur la démarche de *Paludes* par cette particulière qualité de ferveur qui irriguera bientôt *les Nourritures*, dont *Paludes* constitue en quelque sorte l'avant-propos : « *Il me semble que* Paludes *était une œuvre de malade, à sentir à présent la peine que j'ai de m'y remettre. C'est une preuve, retournée, que je vais bien à présent ; l'enthousiasme lyrique ne m'abandonne pas un instant et ce que j'ai le plus de peine à écrire, c'est cette œuvre si volontairement rétrécie. Enfin*

PALUDES

je ne souffre plus de ce qui me poussait à l'écrire ; c'est une sorte d'exhumation. » (Neuchâtel, fin septembre 1894.)

Et ceci encore :

« *Voilà des années que je n'ai plus eu chaud à la tête. Je songe à cette heureuse fièvre qui, tout le temps que j'écrivais* Paludes, *maintenait mon livre en éveil.* » (28 novembre 1905.)

Dans l'entourage de Mallarmé, chez qui Gide fréquentait alors, on savait que *Paludes* était une « œuvre comique », mais sur le sujet même du livre on ne possédait aucune lumière. Poussé par la curiosité, Pierre Louÿs écrivit à Gide, pour lui demander :

Pourquoi diable Paludes *est-il fini ? Comme ça tout de suite ? C'est donc tout petit ? Et puis ça n'aurait jamais dû être fini.*

P.S. J'explique Paludes *ainsi aux populations : ai-je tort ? L'hiver dernier j'écrivais à Gide : que fais-tu ? Or il ne faisait rien, mais il répondit quand même : « j'écris* Paludes ». *Et Régnier lui demanda : que faites-vous, cher Ami ? Or il ne faisait toujours rien, mais il répondit à Régnier : « j'écris* Paludes! » — *Et les disciples lui écrivirent : que faites-vous ? Maître, que faites-vous ?* — *Or il faisait de petits coïts avec ma future compagne. Mais il répondit gravement, avec la voix que vous lui connaissez et le geste de la main levée : « J'écris* Paludes! » *Et c'est ainsi que l'idée lui vint* (Paludes *étant primitivement un volume de vers) de raconter la situation du monsieur qui* « *écrit* Paludes ». *Envoie-le moi.* (11 novembre 1894.)

L'eût-il voulu, Gide ne pouvait communiquer à son ami le manuscrit définitif de *Paludes,* qui ne fut achevé que le 5 décembre 1894. (Cf. *Journal* : « Jeudi 6 décembre 1894 — Paludes s'est fini hier. ») L'achèvement de l'œuvre fut d'ailleurs laborieux, si l'on s'en rapporte à cette autre note du *Journal* : « Paludes *n'en finit pas de se finir ; le commencement m'aide à finir la fin.* » (2 décembre 1894.) Sur le contenu de *Paludes,* une lettre de Paul Claudel à André Gide fournit d'éloquentes précisions :

*Je ne parlerai point des vues que vos deux livres (*Paludes *et les Nourritures terrestres) me donnent sur la nature de votre esprit. C'est là un sujet trop délicat et plutôt que de dire des bêtises j'aime mieux relire les récitatifs de* Paludes, *qui ressemblent à ces petites fioles qu'on dirait que les Chinois ont dégagées de l'agate translucide pour y enfermer des échantillons de toutes les variétés de brouillards ; celui des fleuves, celui de la mer, celui du matin à demi pénétré de soleil.*

Paludes *est le document le plus complet que nous ayons sur cette atmosphère spéciale d'étouffement et de stagnation que nous avons respirée de 1885 à 1890. Question : la stagnation vient-elle du défaut de l'issue, ou de la source ? Est-ce la pente qui manque ou la circulation ?* (12 mai 1900.)

Nous citerons encore ce fragment du *Journal* de Gide, qui confirme ce que nous avons dit du propos de *Paludes* :

« ... *Mais l'immense majorité des hommes s'accommodent fort bien de leur misère, n'en souffrent et ne s'en aperçoivent même pas. Celui qui tenterait de les secouer et dégoûter de leur apathie sordide risquerait de jouer le vain jeu de l'agitateur agité de* Paludes. *En transférant l'inquié-*

tude de ce livre du plan moral dans le plan social, je crois que je n'aurais fait que le rétrécir. Mais il est aisé d'opérer en imagination ce transfert. Au fond l'inquiétude resterait la même. Belle fonction à assumer : celle d'inquiéteur. » (28 mars 1935.)

Cependant, Gide ne répondit pas à la lettre de Pierre Louÿs. Il se contenta d'envoyer son manuscrit à Paul Valéry, en lui demandant de ne le communiquer à personne. Quelle dut être sa surprise quand il reçut de Pierre Louÿs deux lettres, l'une et l'autre datées du 16 décembre 1894! Qu'on en juge :

<p style="text-align:center">Paludes</p>

est extraordinairement bien. Mon vieux, je suis dans une joie folle. C'est mille fois mieux que je n'espérais.

Seulement tu es un petit saligaud de l'avoir donné à Valéry d'abord et de lui avoir interdit de me le montrer ensuite.

La seule chose qui me console, c'est qu'il ne l'a pas lu, il vient de me l'avouer.

<p style="text-align:center"><i>Je suis donc le seul à le connaître.

Il fallait que je fusse le seul.

Et il faut que je reste le seul.</i></p>

J'ai bien réfléchi : si je l'enferme dans un tiroir, un jour ou l'autre je te le rendrai (mauvais moyen). Si je le fais copier et que je détruise l'original... même résultat.

Alors je vais faire un crime. Notre amitié, Gide, devait aboutir là. C'est une situation dramatique que M. Polti n'a pas prévue : « l'œuvre du héros détruite par son ami ». Et par pure amitié, note bien. Je ne détruirais pas les légumes de M. Gabriel Trarieux, ni les biftecks de M. Barrès. Je ne veux pas que personne autre que moi lise Paludes. *Je vais le relire une seconde fois et le brûler feuille à feuille, très avant dans la nuit. Voilà qui sera une page intéressante de notre biographie. Mais tu ne mérites pas d'être mon ami si tu ne l'admires pas.*

P.S.

<p style="text-align:center"><i>Le grand ami Hubert

N'a pas brûlé</i> Paludes

<i>C'est en ceci au moins

<u>Que je diffère de lui.</u></i></p>

Quelques notes posthumes qui seront intéressantes pour plus tard : Le manuscrit de Paludes *était de 122 pages 21 × 32 écrites au verso à l'encre noire. Les pages 40, 41, 43, sur papier teinté quadrillé au filigrane, les autres sur vergé blanc non ébarbé.*

L'œuvre se composait de six chapitres, plus un envoi, une alternative et une « table des phrases les plus remarquables de Paludes *».*

Et voici un extrait de l'autre lettre :

...Maintenant, bien que la fin soit fort bien (t'ai-je dit que Paludes *était épatant ?) il me semble que tu aurais mieux fait de terminer sur une bouffée d'air frais. Souviens-toi que les* Poésies *d'André Walter*

PALUDES

finissent sur une porte fermée, le Narcisse *sur un fleuve immuable,* Urien *sur une page blanche, la* Tentative *sur un échec —* Paludes *sur un écho de voûte. Je sais bien que si* Paludes *finissait autrement, ce ne serait plus* Paludes, *mais était-il nécessaire que ce fût là « justement le sujet de* Paludes ».

... *La fin paraît voulue et inexacte. Il me semble que si tu devais avouer à Angèle que votre voyage était piteux, tu aurais dû au moins faire croire à ton ami Hubert qu'il avait été prodigieux et indicible. N'est-ce pas dans ton caractère ?*

Paul Valéry croyait avoir été portraituré dans *Paludes* ; il en écrivit à Gide : *Peut-être y suis-je tellement bien que je ne me suis pas vu.* (11 décembre 1894.) Mais il se trompait, comme le donne à entendre cette lettre de Gide à lui adressée : « *Les types de* Paludes *sont ficelés comme des polichinelles ; aucun d'eux n'est en formation. Et prends-les tous autour de nous (...) Aussi bien votre place* (à Marcel Drouin et à Paul Valéry) *n'était pas dans* Paludes. » (24 janvier 1896.)

Quand il commença *Paludes*, André Gide se cherchait un public. C'est dire qu'il n'avait encore qu'un nombre très restreint de lecteurs. Se penchant sur ses débuts, il écrira ensuite : « *Je n'ai guère connu, tout le long de ma* « *carrière* », *que des fours ; et même je peux dire que la noirceur du four a été en proportion de l'importance de l'œuvre et de son originalité, de sorte que c'est à* Paludes, *aux* Nourritures *et aux* Caves *que je dus les pires.* » (15 juillet 1922.) Mais sans doute cet insuccès est-il sans rapport avec le subjectivisme que d'abord les critiques reprochèrent à *Paludes*.

« *Les Montagnes d'Idumée* » dont il est question dans *Paludes* ont trait, sans doute, au poème de Gide *la Nuit d'Idumée,* qui lui avait été inspiré, croit-on, par un texte poétique de Mallarmé : *Don du Poème*. Dans *Et nunc manet in te*, Gide donne encore cette précision sur les sources de *Paludes* : « *Il n'est pas jusqu'à l'évanescente Angèle de* Paludes, *où je ne me sois quelque peu inspiré d'elle* » (de Mme Madeleine André Gide).

Pour conclure, nous dirons que *Paludes* est une des formes littéraires que se plaît parfois à revêtir l'évasion. Sa désinvolture même et sa légèreté ne sont qu'apparentes; mieux qu'un divertissement, c'est une leçon discrètement énoncée, mais le cadre volontairement monotone qu'elle choisit, loin d'effacer ses données, les précise. Nous en donnerons pour preuve ce passage d'une lettre de Gide à Francis Jammes : « *Que ne comprends-tu donc que je déteste ma pensée ? Je m'use à me battre contre elle ; mais je ne peux la nier que par elle, comme on chasse un démon par Belzébuth le prince des démons. Que tentai-je de montrer d'autre en* Paludes ? » (Mai 1902.)

<div style="text-align:right">J.-J. T.</div>

Nota : Nous reproduisons, ci-contre, le texte intégral de la postface écrite par André Gide pour l'édition de *Paludes* de 1897. Cette postface n'a jamais été reprise par la suite.

*POSTFACE
POUR LA DEUXIÈME ÉDITION DE
PALUDES
ET POUR ANNONCER
LES NOURRITURES TERRESTRES*

> *A mon ami Maurice Beaubourg,*
>
> *Sit Tityrus Orpheus.*
> VIRGILE.

« Un jeune homme plein de passions » — *comme disait René, brûlant et chaste* — *après un an de voyage, durant lequel, de parti pris, mais non sans luttes difficiles, il a pu, tant l'adoration émerveillée de la nature lui semblait préférable, tant l'occupait sa joie volontaire de vivre et son souci de voir telle quelle chaque chose* — *bannir pour un long temps les livres, soulever les rideaux, ouvrir, briser les vitres dépolies, tout ce qui s'épaissit entre nous et l'Autre, tout ce qui ternit la nature,* — *harmonisait enfin sa vie et ses pensées, selon l'optimisme éperdu où l'avaient conduit son tempérament d'abord, puis son admiration pour Gœthe et la lente méditation de Leibniz. Durant près d'un an, malade, aimant désolément, désespérément la lumière, il goûta ce faisant plus de joies, pense-t-il, qu'il n'en goûta jamais avant, fût-ce dans l'étude, à tout simplement adorer.*

Près d'un peuple qui s'invétère, d'une religion différente, d'une morale parfois contraire et pourtant belle, il a pu trouver très étrange et maladif soudain, y repensant, l'état de critique et le soin de prosélytisme qui l'avait lui-même et souvent tourmenté jusqu'alors — *l'agitation de ces hommes du Nord croyant toujours qu'au-dessus du bien se pourrait obtenir quelque mieux préférable. Il a pu soudain n'y presque plus rien comprendre, considérant la pensée comme une perplexité non imposée, et l'admiration comme une prière suffisante. Volontiers il eût dit, comme Luther au jeune théologien soucieux :* « *Va boire !* » *Il fallait, resongeant de là-bas à Paris, à cette agitation sur place, à cette localisation du bonheur, à cette myopie des fenêtres, à ces contrôles du plaisir, à cette interception du soleil, à cet étouffement des gens qui s'obstinent à ne respirer l'air plus qu'à travers des cigarettes* — *il fallait certes que lui-même en fût loin et depuis longtemps, pour songer même à en sourire, car il n'a pas l'esprit frondeur et ne rit que de ce qu'il a connu.*

N'importe ; il écrit un livre, et puisqu'il avait envie de rire, il trouva du même coup ridicule également le contrôlé, le contrôleur, celui qui veut lever les contrôles et celui qui ne sait pas y échapper. Il estimait, soit dit en passant, que ces deux solutions sont simples : ou négliger les contrôles (éviter, supprimer), ou ne pas s'en apercevoir. Il écrit ce livre, l'auteur, et pour plus de rires encore, pour montrer qu'il ne rit pas rien que des autres, il l'écrit à la première personne. — « *C'est une confession* », *pense-t-on aussitôt, et ses premiers livres l'annoncent.* — *Les vices d'esprit qu'il rappelait ici pour en rire...* « *ce sont les siens !* » *Et sans souci*

qu'alors ce livre, si confession c'était, niait ses précédents, l'un dit : « *Que vous êtes triste !* » — Mais non ; je suis gai ! — L'autre : « *Ah ! que vous êtes psychologue !* » — J'ai l'horreur des psychologies. — « *Mais alors, que voulez-vous dire ?* » — Précisément, que l'on ne peut rien dire. — « *Vous devez bien vous ennuyer !* » — Jamais moi-même. — « *Votre livre est trop plein de symboles.* » — C'est pour se moquer des symboles. — « *L'air n'est pas toujours gris ! il est d'autres belles journées.* » — Pourquoi d'autres ! toutes les miennes sont belles. Veuillez croire : je ne suis pas celui qui dit Je dans Paludes, et qui ne porte pas d'autre nom. Je ne me plains pas de rien, — pas même de moi-même, et je m'estime satisfait. Heureusement je suis heureux. Ce dont je ris, c'est de Paludes — c'est pour ce rire que je l'écris... O protestations infinies ! — N'eussé-je pas dû, comme je le désirais d'abord, écrire à la fin de mon livre, pour qui ne l'eût pas bien compris, pour qui se fût mépris sur moi-même, et pour moi-même, et pour chacun : A un livre factice convenait une aussi factice conclusion ; — mais que le lecteur patient veuille bien ne regarder tout ce livre que comme une préface à celui qu'il sera bientôt heureux de lire sous ce titre : Les N.T.

— Un vilain titre, dit Angèle. — Tant pis, repartis-je.

Certes, c'est une terrible chose que de faire un livre ; vous le savez, Monsieur, vous qui en faites. — Et c'est une des plus irritantes manies de l'esprit que, lecteur, il ne puisse accepter simplement, pour ce qu'on la lui donne, chaque phrase ; qu'il prenne au sérieux la page où l'on plaisante, et, lorsqu'on parle gravement, qu'il sourie finement et dise : « Je vois bien que vous plaisantez ! » *— Grâce à ces jugements, le passé compromet l'avenir ; ils n'admettent pas que l'on soit, comme le temps d'azur et de* nuées, *un composé mal défini de rire et de mélancolie. Pour avoir une fois pleuré, on ne croit plus à notre rire ; on ne croit plus qu'à lui pour avoir une fois plaisanté. A chaque livre, il faut s'en redéfendre ; il doit s'envelopper, ce livre naissant, de protections, d'objections, de réfutations, comme Hercule enfant de langes et de serpents étouffés. — Bien peu comprennent que ce que l'on veut faire, après une chose, ce soit précisément une autre. Cette première* vous *oblige ; on attendait la même, un peu autrement habillée. Spécialisations et récidives ! la suite du temps les propose, l'habitude les impose et le public y applaudit. — O monde infiniment renouvelé ! qui donc sous vos aspects divers reconnaîtra votre immortelle ressemblance ? — O Nature perpétuellement semblable à tout et à toi-même, qui donc, qui donc en ta monotonie épuiserait le goût de tes formes nouvelles, l'intarissable élan de tes rires et de* tes harmonies *— source d'amour que j'aime, inépuisable* provision ! *tout comique naissant du sentiment d'une inadéquation, chaque harmonie nouvelle perçue permet, promet un nouveau rire.* **Le comique évolue toujours en rapport avec le sentiment de l'harmonie.** Le Voyage *d'Urien permet mon rire de Paludes; Paludes me permet mon sérieux d'aujourd'hui.*

— *Pour avoir fait (avec quelque sourire) une* « *table des phrases les plus remarquables de Paludes* », *on a cru que je me moquais du lecteur.*

Qui l'a cru ? — Un lecteur. — Tant pis pour qui l'a cru ; je voulais simplement rire avec lui et de moi-même : il ne faut rire que de soi ; — et c'est déjà bien assez drôle ; mais on ne le remarque pas... La moquerie est à cause du moqueur, non de la chose persiflée. La moquerie est toujours une profanation. — Qui croit voir en ce monde du médiocre, se trompe ; il n'y en a pas un seul brin ; ce que l'on croyait médiocre d'abord n'est que comprimé par le reste, et souvent gagne en profondeur. Si vous voyez médiocre, c'est que vous regardez de trop près ; reculez ! Élargissez votre vision ; n'isolez pas artificiellement quelque chose pour que médiocre il apparaisse. — Le médiocre n'existe que dans les œuvres de l'homme, et seules sont sans excuse de l'être les œuvres d'art, parce que leur beauté seule les motive et les justifie — et parce qu'elles sont isolées.

Monsieur, je ne suis pas Tityre. Rien ne m'a paru médiocre en la vie. J'eusse sauvé mon apparence si j'eusse dit d'abord pour vous : « Paludes ! c'est l'histoire d'un esprit mal fait. » — Ses défauts ? — Un seul lui suffit : il préfère le mieux au bien. C'est pour cela qu'il veut réformer tous les autres. Défauts d'esprit, — vertus chrétiennes... n'insistons pas, car ce serait pour quoi dire ? — Je ne me moque plus de rien. Toujours est-il qu'en lui, Tityre a tout ce qu'il faut pour ne rien faire. Pour agir, il faut moins que pour ne plus pouvoir agir.

En cette table je voulais, pour qui ne l'eût pas bien compris, par le choix brutal de deux phrases, montrer ce qui m'importait le plus en ce livre. Hubert lui dit : « Tiens ! tu travailles ! » Il dit cela avec stupéfaction. Il le répétera surtout. Je répondis : « J'écris Paludes. » — Et voilà une idée soulevée. — « Il faut porter jusqu'à la fin toutes les idées qu'on soulève. » — Et voilà le sujet de mon livre. C'est l'histoire d'une idée plus que l'histoire de quoi que ce soit d'autre ; c'est l'histoire de la maladie qu'elle cause dans tel esprit. Élément de vie, une idée ? non, de fièvre — d'apparence de vie ; elle est dévoratrice et se nourrit de nous ; nous ne sommes ici que pour lui permettre de vivre. De n'importe quelle autre j'aurais pu faire le sujet d'un tel livre. — On considère trop les idées comme des mortes, où la logique peut opérer ; tandis que ce sont elles qui vivent, et qui vivent à nos dépens ; dans le cerveau ; toutes chaudes encore, elles ne paraissent plus les mêmes, comme ces algues fluctueuses, lorsqu'on les sort de l'eau, ternissent — et pourtant elles ne nous intéressent que là, palpitantes, vivaces, angoissantes. A quoi comparerai-je l'idée ? — au germe cancéreux que voici qu'en un cerveau d'enfant je vais mettre ; il ne grandira pas, je suppose, ou s'il grandit, ce sera puisant à même au cerveau de l'enfant ; c'est là qu'il étendra ses racines ; il l'emplira de maladie, suçant la santé de l'enfant pour sa vie autre et parasite. Nous sommes voués à l'idée.

A quoi comparerai-je encore l'idée ? L'idée est pareille au petit grain dont nous parlait l'Évangile. C'était la plus petite des semences — mais quand elle a grandi (et il faut bien qu'elle grandisse) — elle dépasse les grands arbres de la terre, et les oiseaux du ciel viennent habiter dans ses branches. L'idée est semblable au royaume de Dieu, dont aussi bien Jean eût pu dire : Il faut qu'il croisse et se diminue. Nous ne nous sauverons pas de cela : on ne s'échappe pas de Dieu, Dieu nous possède infiniment. Dévouons-nous donc à l'idée.

J'aime aussi que chaque livre porte en lui, mais cachée, sa propre réfutation et ne s'assoie pas sur l'idée, de peur qu'on n'en voie l'autre face. J'aime qu'il porte en lui de quoi se nier, se supprimer lui-même ; qu'il soit un tout si clos qu'on ne puisse le supprimer que tout entier, qu'il ne laisse après lui pas de déchets, de résidus, pas de cendres, soit comme ces compositions chimiques, agglomérats, juxtapositions d'équipotences si parfaites qu'elles se maintiennent en équilibre et tranquilles, mais qu'une plus fervente étincelle va pouvoir à l'instant réduire, supprimer, au moins pour nos yeux, en une disparition volatile, en gaz subtil. — Hilarant. Le monde, j'en jurerais, n'est rien d'autre, et n'en est pas moins cela ; — que dis-je ? — ou mieux : que ne dirais-je pas : et n'est un tout que par cela.

Dans Paludes, *Monsieur, je vous disais toutes ces choses et bien d'autres ; mais vous n'y avez rien compris — comme je l'expliquais dans* Paludes, *car il faut aujourd'hui, et c'est une fâcheuse alternative, crier comme à des sourds ou risquer de n'être pas entendu. L'œuvre d'art répugne à ces cris. N'être pas entendu c'est comme parler au désert ; dût-elle éclore dans le désert, moi je préfère l'œuvre d'art.*

Ajouterai-je encore pour vous : Paludes, *c'est l'histoire de qui ne comprit pas la vie ; de qui s'inquiète et s'agite pour avoir cru plus d'une chose nécessaire.*

Été 1895. André Gide.

BIBLIOGRAPHIE

Le premier chapitre de *Paludes* fut d'abord publié, en 1895, dans le numéro de janvier de la *Revue Blanche* (chez Bailly).

Ont été données, en langue française, les éditions suivantes :
1895 Librairie de l'*Art Indépendant.*
1897 Le *Mercure de France.*
1920 Éditions de la *Nouvelle Revue française.*
1921 Éditions de la *Nouvelle Revue française.*
1926 Éditions de la *Nouvelle Revue française.*
1930 Éditions de la *Nouvelle Revue française.*
1944 *Librairie Gallimard.*
1946 Éditions *Mermod.*
1948 *Librairie Gallimard.*

Paris. Librairie de l'*Art Indépendant.* 1895.
103 p. Dédicace à Eugène Rouart.
Couverture grise repliée, blanche ou verte. Imprimerie P. Schmidt, Paris.
Le faux-titre indique, en sous-titre : *Traité de la contingence.*
Édition originale.

Tirage : 388 ex. sur Hollande antique (1 à 388).
 3 ex. sur papier spécial (A à C).
 6 ex. sur Chine (A à F).
 12 ex. sur Vélin d'Arches (389 à 400).

Le Voyage d'Urien, suivi de *Paludes.*
Paris. Le *Mercure de France. 1897.*
Couverture jaune, portant le millésime 1897.
Achevé d'imprimer le 16 novembre 1896, par L. Marpon, Paris.
Première édition collective, comportant une préface et une postface inédites.
 Tirage : 3 ex. sur Japon impérial (1 à 3).
 12 ex. sur Hollande (4 à 15).
 Papier ordinaire.

Paris. Éditions de la *Nouvelle Revue française* (S.D.)
In-16 de 131 p., comportant une notice bibliographique sur les précédentes éditions.
Couverture bleue ou blanche. Imprimerie Coulouma, Argenteuil.
Édition de luxe.
 Tirage : 528 ex. numérotés à la presse, dont 28 hors commerce
 (I à XXVIII), dans le même format, sur papier
 pur fil et sous couverture bleue à encadrements
 typographiques.
 Papier ordinaire.

Paris. Éditions de la *Nouvelle Revue française.* 1921.
In-4 de 109 p., comportant une note relative à la signification du livre, six illustrations en faux hors-texte, et une note particulière à cette édition, avec petite correction.
Couverture gris marbré, repliée sur des gardes du papier de l'ouvrage. Achevé d'imprimer le 6 janvier 1921, par Coulouma, Argenteuil, pour le texte, et par Marchiset pour les lithographies.
Édition illustrée de six lithographies originales par R. de La Fresnaye.
 Tirage : 312 ex. sur Vélin Lafuma-Navarre (1 à 300 et I à XII).

Paris. Éditions de la *Nouvelle Revue française.* 1926.
203 p. Couverture blanche.
L'indication du tirage qui figure dans le volume ne se rapporte pas à cette édition, mais à celle de 1920.
Nouvelle édition courante.
 Tirage : Papier ordinaire.

(S.L.) Paris. Éditions de la *Nouvelle Revue française.* (S.D.) 1930.
138 p. Couverture blanche ornée d'une vignette en couleurs.
Le dos ne porte pas de nom d'auteur. Eaux-fortes de A. Grinevsky.
Édition de luxe illustrée.

Tirage : 25 ex. sur Japon impérial (I à XX et A à E, comprenant une suite en noir sur Japon).
 335 ex. sur Hollande (1 à 335), dont le papier est filigrané *André Gide.*

(S.L.) Paris. *Librairie Gallimard.* 1944.
203 p. Cartonnage de l'éditeur, blanc décoré.
Le volume fut mis en vente en 1944 bien que l'Achevé d'imprimer soit du 2 septembre 1943. L'indication d'un tirage sur pur fil Lafuma-Navarre qui figure dans le volume ne se rapporte pas à cette édition, mais à celle de 1920.
Édition à tirage restreint.
 Tirage : 1 100 ex. sur Héliona Navarre (1 à 1 100).

(S.L.) Lausanne. Éditions *Mermod.* (S.D.) 1946.
161 p. Couverture blanche.
Portrait d'André Gide.
Édition à tirage restreint.
 Tirage : 1 000 ex. sur papier blanc (1 à 1 000).

Paludes a été publié, également, dans l'édition illustrée en deux volumes des *Récits, Romans, Soties* d'André Gide. Paris. *Librairie Gallimard.* 1948. Tome I. Les caractéristiques des volumes de cette série ont été données dans la notice bibliographique du *Traité du Narcisse.*

Paludes figure, en outre, dans les *Œuvres Complètes* d'André Gide (tome I, 8 décembre 1932, XXIII-548 p.). Les caractéristiques des volumes de cette série ont été données dans la notice bibliographique du *Traité du Narcisse.*

ÉDITIONS ÉTRANGÈRES

Paludes a fait l'objet, notamment, de traductions dans les langues suivantes :
Allemand Éditions *Kurt Desch,* Munich, 1947.
Anglais Éditions *Horizon,* Londres, 1947.
 Éditions *Martin Secker & Warburg,* Londres, S.D.
 Éditions *New Directions,* New York, 1953.
Espagnol *Editorial Sudamericana,* Buenos Aires, 1950.
Serbo-Croate Éditions *Prosveta,* Beograd, 1955.

On peut également consulter les éditions étrangères des *Œuvres Complètes* d'André Gide, dans lesquelles *Paludes* a paru.
 Paludes est annoncé dans *le Traité du Narcisse* sous cette forme : « Je ferai : Le petit traité de la contingence ». A partir de 1914, *Paludes* se classe comme *sotie (les Caves du Vatican).* La postface à *Paludes* est dédiée à Maurice Beaubourg.

J.-J. T.

P. 151. LES NOURRITURES TERRESTRES*

C'est au cours de l'hiver 1893-1894 que Gide conçut l'idée des *Nourritures,* auxquelles il travailla sérieusement entre la fin de 1894 et le début de 1895. Elles étaient alors très avancées. Laissant son livre se construire et s'ordonner lentement en lui, Gide n'existait plus que pour les *Nourritures,* pour lesquelles il engrangea dans son *Journal* d'utiles matériaux. Sa correspondance d'alors révèle l'unique direction de son esprit : à Paul Valéry et à Marcel Drouin, il confie par exemple telles impressions de voyage où l'on peut voir se dessiner le thème des villes, développé dans les *Nourritures,* — impressions saisies dans toute leur fraîcheur et dont il trouvera plus tard l'emploi. C'est probablement entre mai et décembre 1896, qu'a été composé le livre des *Nourritures* où il est question des fermes. En ce temps-là, Gide vivait soit à Cuverville, soit à La Roque, dont il avait été, à son corps défendant, nommé maire à son retour d'Algérie. Fin 1895, le *Récit de Ménalque* était entièrement achevé, et devait paraître, en 1896, dans *l'Ermitage.* Ce fragment, s'il résume la doctrine des *Nourritures,* nuit un peu à leur unité. Quand il parut, en 1896, dans *l'Ermitage,* Francis Jammes fut le seul à en parler dans la presse. Nous ne pouvons passer sous silence l'amical procès que le poète d'Orthez instruisit contre *Ménalque,* auquel il reprocha de négliger les âmes réfractaires au bonheur, et par là même insensibles à la chuchotante ferveur de Gide, — s'efforçant ainsi de démontrer la fragilité du thème de la joie partout épars dans le livre.

Donc, en réponse au *Récit de Ménalque,* Jammes fit paraître à son tour, en 1897, dans *le Spectateur catholique,* une *Lettre à Ménalque,* sur « les Nourritures terrestres », *en faveur de la simplicité chrétienne.* Nous en avons extrait ceci :

Que nous importe l'écho de tes fêtes, puisqu'au moment que tu les célébrais quelques-uns de tes frères malheureux n'entendaient que le bourdonnement de leurs veines ? Ne l'entendis-tu pas aussi ? Et comment ne couvrit-il pas les cris d'amour de tes femmes ? Que chantais-tu le jaillissement des sources devant ceux qui avaient soif ? Et ne savais-tu pas, dans ton exode, que tu passais devant des pauvresses immobiles ?

. .

Ah ! si de tes mains, ô Ménalque ! tu avais pris et pétri ces misères ; si, de la Beauté et de la Bonté qui furent déposées en ton âme tu les avais

* *Les précieux renseignements contenus dans :* Autour des Nourritures terrestres (Histoire d'un livre), *par Yvonne Davet — Paris. Gallimard. 1948 ,— sont pour beaucoup dans le mérite de notre travail.*

revêtues ; si tu t'étais levé pour servir ; si tu avais posé sous les morceaux de pain le voile sacré que nous portons au nom de Dieu...

Alors, chantant de pauvres choses, Ménalque, peut-être nous eusses-tu enchantés.

Sur la demande d'André Gide, Jammes s'empressa de transmettre au *Spectateur catholique* la réponse de celui-ci. Ce texte n'a pas été recueilli dans les *Œuvres Complètes*. En voici un passage :

. .

« *Dois-je affecter, dis, triste Faune, de n'avoir jamais voyagé ? — Dois-je chanter uniquement, pour simuler que je n'ai jamais rien vu d'autre, les louanges de mon jardin normand, de ma maison, ici, où la seule eau qu'on boive est une eau de citerne parcimonieusement recueillie... ?*

« *Craindrai-je même de chanter trop haut l'éclat, la beauté de mes fleurs, en songeant que peut-être des aveugles pourraient entendre, et vagabond, tairai-je, tairas-tu, à cause de tes pauvresses immobiles, ce que la marche a de délicieux ?*

. .

« *O douleurs : crois-tu donc, bon Faune, qu'en le jardin secret de Ménalque, un réservoir caché, plein de larmes, ne soit pas ? Et, s'il est déchiré, le manteau qui couvre sa nudité frileuse, qu'importe, diras-tu, que ce soit de la pourpre ? — Laisse-le s'écrier : si c'est de la pourpre, que m'importe la déchirure ?* »

Le *Récit de Ménalque*, dont Gide avait dit qu'il *ne serait jamais réimprimé (dans son ensemble au moins)* a été versé intégralement dans toutes les éditions des *Nourritures terrestres*. Yvonne Davet fournit de ce revirement une valable raison : *Ne serait-ce pas qu'en l'y insérant, André Gide trouvait la possibilité de soumettre ce livre-là aussi à la composition* en abyme *qui, à bon droit, l'intéresse tant ?* Mais qu'il ne se soit pas exagéré l'importance de ce fragment, c'est ce que Gide nous apprend; tout au plus reprit-il le personnage de Ménalque, que nous retrouvons, remanié, dans les chroniques publiées, de 1898 à 1900, dans *l'Ermitage (Lettre à Angèle)*, ainsi que dans *l'Immoraliste*. Nous reproduisons ci-dessous un passage du *Journal* et deux lettres qui jettent une lumière significative sur la composition du *Récit de Ménalque* :

« *Jef Last estime que le récit de Ménalque fait tache et trou dans mes* Nourritures. *Il a raison. C'est un morceau surajouté ; je l'écrivis, il m'en souvient, à Saint-Moritz, tout d'une haleine, pour répondre à la demande de Ducoté qui souhaitait me voir ouvrir la nouvelle série de* l'Ermitage *dont il venait de prendre la direction. C'est là que parut ce récit, d'une éthique assez différente de celle des pages des* Nourritures *déjà écrites, mais qui me paraissaient de caractère trop fragmentaire pour que je*

consentisse à les livrer aussitôt. (De même la Ronde de la Grenade parut dans le second numéro du Centaure; *tout le reste restait inédit.)*

« *Jef Last blâme l'éthique de Ménalque. Il a raison. Moi-même je la désapprouve et en ce temps déjà ne la donnant que sous réserves, j'avais soin de la faire endosser par autrui. Il est vrai ; mais ma désapprobation partielle reste presque imperceptible et le peu d'ironie que je crus mettre dans certaines phrases (« les tableaux que ma connaissance de la peinture me permit d'acquérir à très bas prix ») n'est pas assez marquée. La figure de Ménalque est mieux dessinée dans* l'Immoraliste. *Ici, dans les Nourritures, se confondant sur certains points avec la mienne, elle risque de fausser ma ligne et contrevient à ce qui reste de plus précieux dans l'ouvrage : l'apologie du dénuement. Je le sentis si bien que je tentai de rejoindre cette ligne dans diverses affirmations de Ménalque en cours de route :* « *mon cœur est resté pauvre* », *etc..., mais qui me paraissent aujourd'hui comparables à ces sophismes par lesquels certains riches, qui se veulent tout de même chrétiens, tentent d'élargir un peu le chas de l'aiguille par où, sans s'appauvrir, entrer tout de même dans* « *le royaume de Dieu* »... » (Journal, *24 mars 1935.*)

Puis, cette lettre à Paul Valéry :

..........

« ... *Vraiment as-tu pu aimer* Ménalque ?! *— je voudrais être sûr de tes louanges et j'ai l'esprit si mal fait que je crois plus volontiers tes critiques.* Ménalque *ne me plaît pas ; je l'ai bâclé pour Ducoté qui m'avait demandé de la copie d'une façon particulièrement pressante. C'est d'avance une relavure de mon prochain bouquin sur lequel je compte pour motiver mon prochain exil. J'ai dû assoupir et lénifier tout pour qu'il ne paraisse pas trop que chaque petit paragraphe tirait à lui tout le reste et que le reste n'était pas du tout fait pour suivre. — Mais mon livre sera meilleur et* « Ménalque » *ne s'y reconnaîtra pas. J'y découpe mes pâtures en petites tranches et j'admire que ça en fasse tant de morceaux ! J'espère après pouvoir me permettre un livre un peu sérieusement triste, car la Mélancolia, dans celui-ci, ne trouvera guère son compte.* » (*24 janvier 1896.*)

Et enfin cette autre, à Marcel Drouin :

..........

« ... *Ce que tu me dis de* Ménalque *m'intéresse... je voudrais te dire seulement que ça n'a pas du tout la prétention d'être la préface aux* Nourritures *et que même le morceau (dans son ensemble au moins) ne sera jamais réimprimé. C'est un affistolage de phrases retrouvées sur des bouts de papier et destinées d'abord aux* Nourritures. *Écrites dans un même esprit, il ne m'a pas été trop malaisé, après une savante sélection, de les joindre bout à bout avec un peu de rhétorique. Mais le résultat, après les trois jours de fièvre passés à ce travail de commande, m'en a paru si peu digne de mon livre — de moi — que j'en étais absolument dégoûté. A peine*

oserai-je repêcher à présent, dans ce mauvais ouvrage, quelques phrases et même quelques paragraphes qui me plaisent (et beaucoup) et travailler à leur donner plus tard la forme bien plus abrupte qu'ils doivent avoir dans les Nourritures. J'aurai l'air à présent de me démarquer moi-même. De plus la plupart de ces phrases étaient écrites comme des notes personnelles et c'est une pudeur, naturelle je sais, mais somme toute regrettable, qui me les a fait mettre sur le dos de Ménalque. Ménalque n'a jamais existé ; c'est une création parasite qui prend sa vie à même la mienne et m'aura affaibli d'autant. Ne juge donc point, je t'en prie, de mon livre futur d'après cette annonce — ou du moins ne préjuge que de son esprit. » (24 janvier 1896.)

Dès l'aube de sa carrière, André Gide avait voulu se composer une figure, pas absolument mythique, mais soumise à de strictes exigences esthétiques. L'envoi qui termine les *Nourritures* est éloquent : « *Crée de toi, impatiemment ou patiemment, ah ! le plus irremplaçable des êtres.* » Gide pressentit la grandeur de ce dessein et ce qu'une légende méritée lui vaudrait de survie, ou plutôt, le symbole de sa vie à venir et *l'élégance de sa nature* l'invitèrent à conduire son personnage dans les voies surveillées de l'idéal. C'est avec la publication du fragment des *Nourritures* intitulé *le Récit de Ménalque,* que commença à se buriner le portrait à facettes qu'André Gide a laissé à la postérité.

Geste de réaction contre la tristesse, et comme Gide l'a précisé, « *non point cette tristesse active et résolue qui précipite l'homme aux actions les plus glorieuses ; mais cette sorte d'état flasque de l'âme, que l'on appelle mélancolie,* (…) *qu'avait louangé et propagé la littérature romantique* », *les Nourritures terrestres,* publiées en 1897, ne connurent, pendant près de vingt années, qu'une insignifiante audience. Pourtant, *les Cahiers d'André Walter* — le premier ouvrage de Gide, — s'étaient favorablement signalés à l'attention de la critique.

A la demande pressante de Jean de Tinan, Gide avait donné à la revue *le Centaure,* pour son numéro d'ouverture, *la Ronde de la Grenade,* par quoi commence le chapitre III du livre IV des *Nourritures,* dont elle constitue le premier fragment écrit. Il n'avait pas tardé de le regretter, n'ayant vu, dans la littérature de la plupart des collaborateurs de cette première livraison, qu' « *une assez plate invitation à la débauche et une succursale à la quatrième page de certains journaux du samedi* ». Et il ajoute : « *Le reste y semble là pour dorure et l'Art n'y est plus qu'un vague prétexte à s'autoriser.* » (Lettre à Paul Valéry, du 18 mai 1896.)

Les Nourritures terrestres, à commencer par *la Ronde de la Grenade,* ne laissèrent pas d'indisposer les plus anciens amis de Gide, ceux mêmes qui formaient l'équipe du *Centaure,* exception faite de Paul Valéry. A ce propos, l'auteur explique : « *C'est à Champel que je donnai lecture à mes deux parnassiens (Pierre Louys et Ferdinand Hérold) de la Ronde de la Grenade que j'avais écrite entre-temps, je ne sais plus trop où. J'écrivais cela sans aucune idée préconçue, sans autre prétention*

qu'une plus souple obéissance au rythme intérieur. Déjà j'avais l'idée des Nourritures ; mais c'était un livre qu'il fallait laisser s'écrire tout seul ; et tout ce que je pus leur en dire ne me valut pas grand encouragement de leur part. L'idéal du Parnasse n'était pas le mien... » Relevant le reproche qu'on lui faisait, au *Centaure*, de n'avoir pas fait œuvre d'art avec *les Nourritures*, ou de l'avoir fait aux dépens de la vie, Gide écrit encore : « *Quand ont paru mes* Nourritures, *on était en plein Symbolisme ; j'ai cru que l'art courait de grands risques à se séparer ainsi résolument du naturel et de la vie. Mais mon livre était beaucoup trop naturel pour ne point paraître factice à ceux qui n'avaient plus de goût que pour l'artificiel ; et précisément parce qu'il s'échappait de la littérature, on n'y vit d'abord que de la quintessence de littérature.* » En fait, la diversité des propositions énoncées au cours des huit livres qui forment *les Nourritures,* fit le jeu de ceux qui cherchaient un aliment aux controverses que cet ouvrage *inactuel* n'a cessé de soulever, depuis sa publication. En mettant en garde le lecteur qui aurait été tenté de ne voir, dans *les Nourritures,* qu'une *glorification des instincts,* l'avertissement joint par Gide à l'édition de 1927 a écarté l'objection. Les autres griefs qui ont été formulés à leur encontre, sont de nature plus bénigne : Arnold Naville n'a-t-il pas, plus tard, suspecté Gide de s'être inspiré de Rousseau dans le choix de ses images poétiques ? Quant à Emmanuel Signoret, dès la publication du livre il s'était borné à avancer cet acide conseil : *Ne mordez plus seulement aux fruits, mangez-les. Ce n'est point ce qu'on ingère qui nourrit, mais ce qu'on digère.*

C'était tenter une belle gageure, à l'époque où Gide entreprit d'écrire *les Nourritures,* à cette époque même où il fallait, selon leur auteur, « *précipiter la littérature dans un abîme de sensualisme d'où elle ne puisse sortir que complètement régénérée* », que d'instrumenter son style en une polyphonie du désir et de la sensation, en une *exagération* de ses sens quémandeurs, san négliger aucun des problèmes que l'œuvre d'art tend à résoudre. Tout entier engagé à la poursuite de *cet adorable bonheur qui rayonne,* André Gide voulut, avec ses *Nourritures,* reprendre pied dans le réel. Que ce livre soit surtout la bouleversante action de grâce d'un jeune homme réchappé de *l'horreur de la mort,* il nous l'enseigne de reste ; l'auteur y a laissé se dégager une émanation de la santé que son corps menacé réclamait, puis, exultant de sa guérison, il prophétisa, pour le *petit nombre* d'êtres que l'optimisme frémissant de ce *manuel d'évasion* caressa d'abord, la satisfaction des revendications ainsi formulées. Défaire l'effrayante démoralisation de la culture, transférer dans le regard la question d'importance, jusqu'alors amoindrie par la valeur surfaite de la *chose regardée,* c'est à quoi se voua André Gide pour *être,* pour simplement exister, sans que les lois sociales et les convenances viennent sans cesse *donner à tout plaisir l'amertume du péché,* — pour donner à Nathanaël *une joie que ne lui aurait donnée encore aucun autre.* Pourtant, *les Nourritures terrestres, ce grain de grenade où se resserre le génie,* n'auraient pas été,

pour nous, *le commencement d'une éducation,* si elles n'avaient, par un fiévreux retour à la simplicité, intellectualisé cette *ferveur qui est une brûlure de l'âme.* Étape ensoleillée dans la vie vagabonde de Gide, *les Nourritures* sont un long et joyeux cheminement sur les routes où croissent les fruits de la terre. « *Jusqu'où mon désir peut s'étendre, là j'irai.* » C'est qu'en ce temps-là, s'étant avisé tout d'un coup que jusqu'à ses dix-huit ans il n'avait *ouvert à Dieu que son âme,* Gide comprit *qu'à travers ses sens, il pouvait aussi lui parler;* et qu'il ne pouvait s'abandonner au présent qu'au prix de tout ce passé. Pour chaque fruit cueilli, pour chaque action commise, ne plus s'inquiéter si c'est le bien ou le mal : tel est le conseil que, dans son livre empli d'expectative, il donne à Nathanaël, — ce disciple si pareil au Nathanaël biblique, ce *don de Dieu,* de qui saint Jean nous apprend que Jésus le considérait comme *un véritable israélite en qui il n'y a nul artifice,* et dont Gide créa une figure pastorale ébauchée en ces lignes : « *Je mettrai dans tes mains, petit pâtre, une houlette sans métal, et nous guiderons doucement, en tous lieux, des brebis qui n'ont encore suivi aucun maître. Pâtre, je guiderai tes désirs vers tout ce qu'il y a de beau sur la terre.* »

Dans une lettre à Francis Jammes, Gide fait allusion à l'élaboration des *Nourritures* : « Mes Nourritures *avancent ; j'ai absolument besoin que ça paraisse très vite pour empêcher les fausses idées de s'enraciner sur mon compte (tu remarqueras la métaphore).* » S'il mêle, à cette hâte, la crainte de se laisser distancer, la cause véritable en est probablement l'embrigadement d'office de Gide dans les rangs de l'école Naturiste, fondée par l'écrivain Saint-Georges de Bouhélier. Yvonne Davet s'est longuement étendue sur la polémique qui s'ensuivit, ainsi que sur le différend qui opposa Marcel Schwob à André Gide. Nous insisterons de préférence sur ce dernier.

Marcel Schwob avait publié, en 1894, *le Livre de Monelle,* ouvrage non sans parenté (quoique fortuite) avec *les Nourritures.* Quand parut le livre de Gide, Marcel Schwob crut que ce dernier avait voulu « couler » *le Livre de Monelle,* et il ne cessa, dès lors, de lui témoigner une tenace rancune. Il est intéressant de connaître le sentiment de Gide à ce propos : « Le Livre de Monelle *avait paru peu de temps avant mes* Nourritures. *Marcel Schwob, avec qui mes relations étaient demeurées des plus cordiales et même vraiment affectueuses, s'affecta, s'offensa même de mon livre, qu'il estima que je n'aurais songé à écrire, ou pu écrire, si je n'avais eu connaissance du sien, dont je me servais comme d'un escabeau, pour grimper ou m'asseoir dessus. Si amoureux qu'il fût lui-même de la vie, il restait malgré tout trop livresque pour comprendre peut-être ce que mon livre avait d'irrépressible et de spontané. Quand, un peu plus tard, et pour chercher à comprendre ses griefs, je pris connaissance du* Livre de Monelle, *je compris mieux son amertume, mais rien ne put le convaincre que je ne connaissais pas son livre lorsque j'avais écrit le mien, et je crois bien qu'il mourut sans m'avoir pardonné mes* Nourritures. » (Lettre à X... *O. C.,* tome III, p. 557.)

A vrai dire, il est douteux que Marcel Schwob ait pu sérieuse-

ment prendre ombrage des *Nourritures. Le Livre de Monelle,* où se fait jour un froid didactisme, recèle une ferveur coagulée; l'on n'y sent point cet effort d'arrachement, cette volonté de salut individuel que *les Nourritures* atteignent et dépassent, parce qu'elles sont le fruit d'une *négation du mal, protestée jusqu'à la suffocation. Les Nourritures terrestres* exercent donc un envoûtement d'autant plus actif, que leur incantation prépare ou stimule, en des corps et en des âmes malades, la convalescence que ceux-ci appellent. Mais peut-être Marcel Schwob, en pur intellectuel, ne savait-il *pas assez mordre la nature nue,* dirons-nous après Jacques Rivière; peut-être n'était-il pas appelé, comme Gide, à éprouver *l'impérieuse obligation d'être heureux,* à ressentir cette *merveilleuse ivresse d'exister* qui permit à l'auteur de *l'Immoraliste* d'édifier sa propre morale. La leçon donnée par Gide à Nathanaël concerne trop singulièrement l'inquiétude qui gît en chaque être, et qu'elle creuse du même coup, pour que doutent de sa vertu ceux auxquels elle ne s'adresse pas.

Parmi les diverses influences qui ont, plus ou moins généreusement, fécondé *les Nourritures terrestres,* citons celle de Virgile, auquel Gide doit sa pureté d'écriture et d'avoir pu sensualiser le caractère sérieux de son éthique. Gœthe, Nietzsche et, en surface, Oscar Wilde, lui ont aussi apporté leur tribut. En ce qui concerne Nietzsche, il est à noter qu'à la fin de 1895, Gide ne l'avait pas encore lu, comme en fait foi une lettre de ce dernier à Marcel Drouin, en date du 9 novembre de cette même année. Mais, de toutes les impressions reçues, celle produite par la lecture des *Bucoliques* opéra sur l'esprit d'André Gide un charme décisif. A cette époque, explique M. Justin O'Brien, *Gide cherchait en autrui, dans une œuvre encore inconnue de lui, à la fois l'aveu d'un tourment pareil au sien et un encouragement à céder aux tentations qui l'assaillaient. C'est alors qu'il s'éprit de Virgile, de qui il découvrait précisément les* Bucoliques. Le propos d'Emerson est significatif de son état d'esprit d'alors : *Il est des livres qui sont pour nous des révélations et qui jouent dans notre vie le rôle de parents révérés, d'êtres passionnément aimés ou d'aventures exceptionnelles.* Ce que Gide dut goûter surtout, après l'éblouissement de cette découverte, c'est la bouffée d'air pur que, pour le rétablissement de sa santé morale et physique, il alla respirer à Biskra, loin de *l'atmosphère de mensonge* où sa conscience étouffait depuis si longtemps. Au délabrement de tout son être, ce premier séjour en Afrique du Nord, et le deuxième qu'il y fit en voyage de noces, substituèrent une véritable palingénésie, dont *les Nourritures terrestres* allaient tirer le plus grand profit. Œuvre d'art longuement mûrie, cette œuvre réalise, par le lyrisme, l'expression impeccable de la sensation.

Achevé au début de 1897, le manuscrit des *Nourritures terrestres* se présente sous la forme de cahiers, de provenance étrangère; le papier en est riche, et la couverture, de toile bleue. Le cahier qui

contient *la Ronde de la Grenade* a été recopié de la main même de Mme André Gide. Ce manuscrit, Gide l'avait promis à son amie Mme V. R., mais lorsque vint le moment d'offrir les précieux cahiers, il ne put les retrouver. C'est un peu plus tard, qu'interrogeant Eugène R. sur le sort de ce manuscrit et lui demandant de l'éclairer, Gide connut la surprise d'apprendre qu'il avait déjà fait présent du manuscrit des *Nourritures*... et précisément à Eugène R. Gide l'avait oublié! Galant homme, Eugène R. tint la promesse de son ami en adressant à Mme V. R. le manuscrit autographe des *Nourritures,* à l'exception de *la Ronde de la Grenade* et du livre septième, qu'au dernier moment il ne s'était pas senti le cœur de laisser partir.

<div align="right">J.-J. T.</div>

BIBLIOGRAPHIE

Le Récit de Ménalque fut d'abord publié, en 1896, dans la première livraison du nouvel *Ermitage,* dont Édouard Ducoté était devenu le directeur. Primitivement, *la Ronde de la Grenade* parut dans la première livraison du *Centaure,* en 1896 également.

Avant de figurer dans le volume des *Nourritures,* la *Ronde de la Grenade* fut tirée, en *édition originale,* à deux exemplaires, en 1896. Cette édition constitue une reprise du texte donné dans *le Centaure.*

Ont été données, en langue française, les éditions suivantes :

1897 Le *Mercure de France.*
1917 Éditions de la *Nouvelle Revue française.*
1918 Éditions de la *Nouvelle Revue française.*
1927 Éditions *Claude Aveline.*
1928 Éditions de la *Nouvelle Revue française.*
1929 Éditions de la *Nouvelle Revue française.*
1930 Librairie *Gallimard.*
1942 Librairie *Gallimard.*
1944 Éditions de la *Nouvelle Revue française.*
1946 Éditions de l'*Abbaye du Livre.*
1948 Éditions du *Grenier à Sel.*

Les Nourritures terrestres.
Paris. Le *Mercure de France.* 1897.
In-16 de 213 p. Dédicace à Maurice Quillet.
Couverture jaune. Imprimerie C. Renaudie, Paris.
Édition originale.
 Tirage : 3 ex. sur Japon (1 à 3) plus 1 ou 2 ex. non numérotés.
 12 ex. sur Hollande van Gelder (4 à 15).
 Papier ordinaire.

Paris. Éditions de la *Nouvelle Revue française*. (S.D.) 1917.
In-16 de 237 p. Couverture blanche.
Achevé d'imprimer le 1ᵉʳ septembre 1917, par R. Crémieu, Paris.
Nouvelle édition.
> *Tirage :* 300 ex. numérotés sur papier de Rives et sous couverture *bleue*. Tirage effectué *avant* celui de l'édition courante.

Paris. Éditions de la *Nouvelle Revue française*. 1918.
189 p. Couverture blanche.
Édition courante.
> *Tirage :* Papier ordinaire.

Paris. Éditions *Claude Aveline*. 1927.
xv-223 p. Couverture papier parcheminé.
Préface de l'auteur pour cette édition. Appendice contenant une lettre d'Albert Samain et les comptes de vente de l'édition originale. Compositions originales gravées sur bois par Louis Jou. En frontispice, un portrait d'André Gide par Louis Jou.
Édition de luxe, revue et corrigée par l'auteur.
> *Tirage :* 32 ex. sur Japon ancien (dont 22 ex. numérotés de 1 à 22 et contenant une suite des bois).
> 38 ex. sur Hollande (dont 28 numérotés de 23 à 50).
> 620 (ou 630) ex. sur Vélin d'Arches (dont 600 numérotés de 51 à 650).

Paris. Éditions de la *Nouvelle Revue française*. 1928.
162 p. Couverture bistre décorée.
Le volume a été mis en vente en 1929, mais l'Achevé d'imprimer est du 20 octobre 1928, et le millésime *1928* figure sur le titre intérieur, sur le plat et au dos de la couverture.
Frontispice à l'eau-forte de Raoul Dufy, tiré seulement à 125 épreuves.
Édition « A la Gerbe » revue et corrigée.
> *Tirage :* 325 ex. sur Hollande Pannekoek (numérotés de 1 à 300 et de A à Z).
> Chiffon de Bruges (numérotés à partir de 301).

Paris. Éditions de la *Nouvelle Revue française*. 1929.
192 p. Couverture blanche.
Nouvelle édition courante, comportant la préface de l'édition Aveline de 1927.
> *Tirage :* Papier ordinaire.

Paris. (S.L.) *Librairie Gallimard*. 1930.
xiv-345 p. Couverture blanche ornée d'un dessin. Le premier plat ne porte pas de nom d'auteur.
Édition monumentale, enrichie de gravures de Galanis.

LES NOURRITURES TERRESTRES 1491

> *Tirage :* 14 ex. sur Vieux Japon (I à VI, série A, contenant 3 suites (Vieux Japon, Montval et Hollande), les états signés sur Vieux Japon, 9 des gravures sur parchemin et 3 dessins originaux; VII à XIV, série B, contenant 3 suites (Vieux Japon, Montval et Hollande) et un dessin original.
> 12 ex. sur Japon impérial (XV à XXIV et A et B, contenant 2 suites sur Hollande et Montval).
> 31 ex. sur Montval (XXV à XL et C à Q, contenant une suite sur Hollande).
> 282 ex. sur Hollande (41 à 300 et A à V), dont le papier est filigrané *André Gide*.

Les Nourritures terrestres et *les Nouvelles Nourritures*.
(S.L.) Paris. *Librairie Gallimard*. (S.D.) 1942.
307 p. Cartonnage de l'éditeur, blanc décoré, pour les ex. sur papier blanc; couverture grise pour les ex. sur papier ordinaire.
Première édition collective.
> *Tirage :* Papier blanc.
> Papier ordinaire.

Paris. Éditions de la *Nouvelle Revue française*. (S.D.) 1944.
216 p. Couverture blanche.
Édition de Montréal.
> *Tirage :* Papier ordinaire.

Les Nourritures terrestres et *les Nouvelles Nourritures*.
Lausanne. Éditions de l'*Abbaye du Livre*. 1946.
311 p. Couverture blanche à bordure grise.
L'Achevé d'imprimer est du 28 février 1947.
Édition à tirage limité.
> *Tirage :* 3 500 ex. sur papier blanc (dont 1 000 marqués de 1 à 1 000).

Paris. Éditions du *Grenier à Sel*. 1948.
233 p. Couverture verte et blanche, sans nom d'auteur. Le dos illustré est muet.
Lithographies d'André Marchand. Le volume est en feuilles.
Édition de luxe illustrée.
> *Tirage :* 2 ex. sur Japon impérial (1 et 2, contenant une suite sur Chine et une étude originale).
> 17 ex. sur Vergé d'Angoumois (3 à 14, contenant une suite sur Malacca teinté, et 5 ex. numérotés en chiffres romains).
> 46 ex. sur Vélin d'Arches (15 à 47, et 13 ex. numérotés en chiffres romains).
> 182 ex. sur Vélin de Lana (48 à 195, et 34 ex. numérotés en chiffres romains).

Les Nourritures terrestres figurent, en outre, dans les *Œuvres Complètes* d'André Gide (tome II, 5 janvier 1933, XIII-496 p.), avec la préface de l'édition de 1927. Les caractéristiques des volumes de cette série ont été données dans la notice bibliographique du *Traité du Narcisse*.

ÉDITIONS ÉTRANGÈRES

Les Nourritures terrestres ont fait l'objet, notamment, de traductions dans les langues suivantes :

Allemand	*Deutsche Verlags-Anstalt,* Stuttgart, 1930.
Anglais	Éditions *Knopf,* New York, 1949.
	Éditions *Martin Secker & Warburg,* Londres, 1948.
Danois	Éditions *Aschehoug Dansk F.,* Copenhague, 1950.
Espagnol	*Editorial Losada,* Buenos Aires, 1949.
Serbo-Croate	Éditions *Svjetlost,* Sarajevo (sans date).
Suédois	Éditions *W & Widstrand,* Stockholm, 1947.

On peut également consulter les éditions étrangères des *Œuvres Complètes* et des *Œuvres Choisies* d'André Gide, dans lesquelles *les Nourritures terrestres* ont paru. Parmi celles-ci :

Œuvres Choisies. Traduction espagnole.
Aguilar de Ediciones, Madrid, 1957.
Œuvres Complètes. Traduction japonaise.
Éditions *Shinshosha,* Tokio (sans date).

Les Nourritures terrestres sont annoncées dans *le Voyage d'Urien* suivi de *Paludes,* sans qualification. Elles sont classées comme *Divers* jusqu'en 1928; après quoi cet ouvrage figure sous la rubrique *Poésie*.

<div style="text-align:right">J.-J. T.</div>

P. 251. LES NOUVELLES NOURRITURES
(1935)

Le livre des *Nouvelles Nourritures,* composé de fragments écrits à diverses époques au cours de dix-neuf années, n'est pas, à proprement parler, un ouvrage lentement élaboré, mais plus exactement un projet ayant reçu à diverses reprises un début de réalisation et demeuré longtemps inachevé, et qui, lorsqu'il fut finalement mené à bien, le fut sous l'empire de préoccupations tout autres que celles qui avaient inspiré les premiers fragments écrits.

Gide fait pour la première fois mention de ce projet dans son *Journal* le 1er février 1916 : « *J'aspire ardemment à écrire ce livre de*

méditations, ou d'élévations, qui fasse pendant aux Nourritures, *et qui se confond par endroits avec les* Conseils à un Jeune Écrivain *que je prépare. Puissé-je...* » On peut présumer le caractère de ces « *méditations* » par les lignes du *Journal* qui précèdent : « *Je tâche à réserver, chaque soir et chaque matin, une demi-heure de méditation, de dépouillement, d'apaisement et d'attente...* « *Demeurer simplement attentif à cette* » *présence de Dieu, exposé à ses divins regards* », (...). » Gide, déjà fatigué et assombri par la réalité côtoyée au Foyer Franco-Belge où il a prodigué son dévouement depuis octobre 1914, vient d'être bouleversé, en janvier 1916, par la conversion d'Henri Ghéon, non seulement ami de sa vie littéraire, mais le compagnon constant, durant vingt années, de ses voyages et de ses débauches; et bouleversé aussi par la coïncidence d'une lecture, notée le 18 janvier : « *Tout en écrivant à Ghéon, je relis le début du XV*e *chapitre de l'Évangile de Jean et ces paroles s'éclairent soudain pour moi d'une lumière affreuse :* « *Si quelqu'un ne demeure pas en moi, il est jeté dehors comme* » *le sarment, et il sèche ; puis on ramasse les sarments, on les jette au feu,* » *et ils brûlent.* » *Vraiment n'étais-je pas* « *jeté au feu* », *et déjà en proie à la flamme des plus abominables désirs ?...* »

Ainsi avait commencé pour Gide une période de crise morale et religieuse, accrue au mois de mai, lorsqu'une malencontreuse lettre-confession, écrite du front par Ghéon, ouverte par Mme Gide, révélera à celle-ci la vie qu'a menée son mari. Du 9 février 1916 jusqu'en novembre, André Gide note dans un carnet à part (le « carnet vert ») ses méditations. Mais, contrairement à son premier dessein, elles ne prendront pas place dans *les Nouvelles Nourritures* ; il en formera *Numquid et tu ?...* Toutefois, de cette période doit dater le fragment des *Nouvelles Nourritures* qui débute par : « *Je reviens à vous, Seigneur Christ...* »

Les fragments écrits ensuite pour *les Nouvelles Nourritures* expriment, au contraire, un état d'esprit totalement différent. Ce sont les fragments suivants : 1º « *Une éparse joie baigne la terre.* » 2º « *Je ne sais trop qui peut m'avoir mis sur la terre...* » 3º « *De l'amour et de la pensée...* » 4º « *J'écris pour qu'un adolescent...* » 5º « *Rencontres : Nous nous amusions le long du jour...* » 6º « *C'est la reconnaissance de mon cœur...* » 7º « *Je ne trouve pas précisément de défenses et de prohibitions dans la lettre de l'Évangile...* » Ces sept fragments, Gide les proposa à Philippe Soupault lorsque celui-ci lui demanda un texte pour le premier numéro de la revue *Littérature,* numéro de mars 1919*. Ils y parurent sous le titre « Les Nouvelles Nourritures », avec pour sous-titre : « Fragments du 1er et du 5e livres », et furent reproduits, tels quels, en 1921, dans le volume de *Morceaux Choisis* d'André Gide édité par Gallimard. Mais en 1935, dans le volume des *Nouvelles Nourritures* qui ne comportera que quatre livres, tous ces fragments prendront place dans le livre premier.

* Cf. « Entretien avec Philippe Soupault » (1927) dans Léon Pierre-Quint : *André Gide* (Stock, 1952), pp. 467-468.

C'est un hymne à la joie, où nulle préoccupation sociale n'apparaît encore, et dont le lyrisme éperdu frise la naïveté (voir, en particulier, le premier fragment, où certaines interprétations simplistes de la nature font irrésistiblement songer au Bernardin de Saint-Pierre des *Harmonies*). C'est qu'ils sont, ces fragments, le reflet de l'état de joie où Gide a vécu du 5 mai 1917 au 21 novembre 1918 : seconde jeunesse, d'autant plus forcenée qu'elle succède à une période de grand désarroi et de désespérance : la crise morale et religieuse de 1916 a pris fin à partir du moment où Gide s'est épris du jeune Marc Allégret. Oubliant toute prudence, il ne peut s'empêcher de le nommer dans le cinquième de ces fragments. Dans son *Journal*, où il le surnomme « Michel », les allusions à ce sentiment montrent qu'il s'agit, probablement pour la première et l'unique fois dans la vie de Gide, d'un amour total : « *Je me retiens de parler de l'unique préoccupation de mon esprit et de ma chair...* » (19 mai 1917.) « *La secrète occupation de mon cœur...* » (20 septembre 1917.) Le 5 mai 1917, ayant rejoint Marc à Paris, il note : « *Merveilleuse plénitude de joie.* » Le 22 octobre 1917 : « *J'ai vécu tous ces temps derniers (et somme toute, depuis le 5 mai) dans un étourdissement de bonheur.* » Le 30 novembre : « *Immense étourdissement de bonheur.* » Deux passages du *Journal* permettent de mieux comprendre le ton des sept fragments en question. Celui-ci, du 30 novembre 1917 : « *Ma joie a quelque chose d'indompté, de farouche, en rupture avec toute décence, toute convenance, toute loi. Par elle je retourne au balbutiement de l'enfance, car elle ne présente à mon esprit que nouveauté. J'ai besoin de tout inventer, mots et gestes ; rien du passé ne satisfait plus mon amour. Tout en moi s'épanouit, s'étonne ; mon cœur bat ; une surabondance de vie monte à ma gorge comme un sanglot. Je ne sais plus rien ; c'est une véhémence sans souvenirs et sans rides...* » Et celui-ci, du 15 décembre 1917 : « *La pensée de M. me maintient dans un état constant de lyrisme que je ne connaissais plus depuis mes* Nourritures. » Et il ajoute, sans avoir conscience que le déplacé de ce qu'il écrit là, à pareille époque de la guerre, frise l'odieux : « *Je ne sens plus mon âge, ni l'horreur des temps, ni la saison, où c'est pour y puiser une exaltation nouvelle ; soldat, avec un pareil cœur, je me ferais tuer joyeusement.* » De même n'y a-t-il pas trace d'aucune préoccupation altruiste dans les sept fragments en question.

Le 18 juin 1918, André Gide part avec Marc Allégret en Angleterre ; il en revient en octobre, et alors éclate, le 21 novembre 1918, le plus cruel drame de sa vie conjugale, lorsque sa femme lui apprend qu'elle a brûlé toutes ses lettres. A partir de ce moment, sa joie, ayant pour contre-partie le regret de cette perte et la conscience que son bonheur n'existe qu'aux dépens du bonheur de sa femme, n'aura plus le même caractère.

Pour dater les fragments des *Nouvelles Nourritures* écrits ultérieurement, on n'a guère d'indications, et peu sûres, car Gide n'avait pas la mémoire des dates. Le fait que les fragments suivants : 1º « *Toi qui viendras lorsque je n'entendrai plus...* » 2º « *Ne plus*

attendre ! ne plus attendre ! » 3° « *Eh quoi ! pensais-je alors...* » 4° « *La peur de trébucher...* » 5° « *Me voici tout contraint par mon passé...* » 6° « *C'est dans l'abnégation que chaque affirmation...* » 7° « *Dialogue avec le bon Dieu.* » 8° « *Rencontres : C'était à Florence...* » 9° « *Je reviens à vous, Seigneur Christ...* » ont été placés dans le tome X des *Œuvres Complètes* d'André Gide, donnerait à croire qu'ils sont de la période 1920-21. Mais le dernier de ces fragments, nous l'avons vu, doit dater de 1916. Et, par contre, les fragments 4, 7 et 8 pourraient bien avoir été écrits plus tard que 1920-21, car ils font aussi partie de *Caractères*, petite plaquette de 47 pages publiée en 1925 à l'Enseigne de la Porte Étroite, et dont le texte sera repris comme première partie du volume *Divers* paru en 1931 chez Gallimard. Or, la « Rencontre de Florence » est relatée de façon plus brève et plus sobre, comme un fait divers, dans *Caractères ;* vraisemblablement c'est à partir du texte de 1925 qu'a été faite ensuite la version amplifiée et plus littéraire destinée aux *Nouvelles Nourritures.*

De même, à se fier au tome XI des *Œuvres Complètes,* on pourrait croire que datent de la période 1922-23, les trois *Rencontres* suivantes : « *Ce jour-là, nous promenant au hasard dans la ville...* » — « *Et c'est ce même jour...* » — « *Il faut partir de ce point...* » Ces trois *Rencontres,* que le livre premier des *Nouvelles Nourritures* accueillera, sont dédiées à Jean-Paul Allégret, frère aîné de Marc. Or, l'on peut peut-être trouver la raison de cette dédicace dans ces lignes du *Journal,* en date du 29 septembre 1929 et relatives à *la Séquestrée de Poitiers* : « *Martin-Chauffier a dû préparer les documents fournis par Chanvin et Jean-Paul Allégret.* » Par contre, c'est avec certitude qu'on peut dater de 1930 la *Rencontre,* au livre troisième des *Nouvelles Nourritures,* qui commence ainsi : « *J'allai le voir, dans ce village du Valais...* », car c'est, à peine transposé, le récit de la visite que Gide fit à Jean-Paul Allégret très malade, à Arcachon, en août 1930 et qu'il relate, un peu plus sobrement, dans son *Journal**.

On ne trouve pas d'indications concernant *les Nouvelles Nourritures* dans les lettres de Gide à Valéry, à Claudel, à Jammes; Charles Du Bos, à la suite d'un article consacré à Gide, lui écrit, le 1er juin 1925 : *... de ces pages, de beaucoup aujourd'hui le plus grand mérite à mes yeux est de vous avoir ranimé en vous le désir de reprendre les* Nouvelles Nourritures...**

Le *Journal* offre quelques rares indications. Le 12 juillet 1922 : « *Ce que je voudrais écrire, à présent, c'est les* Nouvelles Nourritures. *Et je ne puis bien les écrire que malgré moi. Rien ne doit être moins concerté.* » Entre les années 1928 et 1929 sont intercalés des *Feuillets*

* Cf. pp. 1006-07 du *Journal 1889-1939* (Gallimard, « La Pléiade », 1939).
** *Lettres de Charles Du Bos et Réponses d'André Gide* (Corrêa, 1950), p. 85.

précédés de cette notice : « *Les feuillets suivants ont été écrits entre 1922 et 28 (?). Je pensais alors, je ne sais trop pourquoi, n'en avoir plus pour longtemps à vivre et considérais volontiers* les Nouvelles Nourritures, *dont ces feuillets devaient faire partie, comme une sorte de testament qui, dans mon projet, devait faire un pendant tardif à mes* Nourritures terrestres. *Ces feuillets que j'écrivais au jour le jour, je me réservais de les distribuer dans le volume en tel lieu que, par avance, je leur assignais ; nombre d'autres feuillets devaient, intercalés, les soutenir et motiver, que je n'écrirai sans doute jamais. Et je crains que ce livre ne demeure à l'état d'ébauche. Ce n'est point que mes pensées aient changé de direction, mais les événements leur ont permis de prendre une orientation plus précise.* »

Mais, contrairement à l'intention ci-dessus exprimée, Gide n'a pas inclus ces *Feuillets* dans ses *Nouvelles Nourritures*. Il en a éliminé également quelques autres *Feuillets* qui parurent plus tard, dans le numéro de décembre 1938 de la petite revue *Arts et Idées*, sous le titre : « Feuillets tombés des *Nouvelles Nourritures* ».

Après la publication en 1920-21 de *Si le grain ne meurt...*, c'est la rédaction des *Faux-Monnayeurs* qui a occupé Gide jusqu'au 8 juillet 1925, et la plupart de ses réflexions s'y rapportant, il les a versées dans son *Journal* des « *Faux-Monnayeurs* ». Le 14 juillet 1925 il part pour le Congo avec Marc Allégret ; il est de retour en mai 1926, rédige en juillet son rapport sur l'Afrique Équatoriale. Tout ce temps-là, vraisemblablement le projet des *Nouvelles Nourritures* reste en suspens, mais quand Gide le reprendra, ce sera dans un tout autre état d'esprit qu'auparavant. Au cours du voyage il s'est ému et indigné au spectacle de souffrances et d'abus. De plus en plus la question sociale va le préoccuper. Il y relie désormais la question religieuse, et s'il va faire large place à celle-ci dans *les Nouvelles Nourritures*, c'est en vertu d'une attitude à son égard très différente de celle de 1916.

En 1927, à la suite d'un article d'Albert Thibaudet, André Gide qualifie de « bouffonne » la phrase de Palante qu'il a mise en épigraphe des *Caves*, et proteste : « *Mais vous en parlez, de cette phrase, comme si c'était moi qui la revendiquais, qui la donnais pour enseigne à ma marchandise. Votre article, brusquement, m'a fait penser que ces mots :* « athéisme social », *pouvaient bien, après tout, avoir un sens. Mais décidément, il est temps que j'écrive* mes Nouvelles Nourritures *et que j'y expose ma philosophie...* »*. En décembre 1928, parlant de ce projet à Léon Pierre-Quint**, Gide lui déclara : « *Je défendrai ma position morale actuelle par rapport à la famille et à la religion. Un livre tout entier devra être, selon moi, consacré à la question religieuse, pour qu'elle soit traitée comme il sied.* » Le 9 juin 1928 il avait écrit dans son *Journal* : « *Dire, dans les* Nouvelles Nourritures :

« — *Nathanaël, mon ami, tu ne t'étonnes pas assez qu'il y ait...*

* Lettre inédite à Albert Thibaudet, du 28 août 1927.
** **Cf.** « Entretiens avec André Gide », p. 402, de Léon Pierre-Quint : *André Gide* (Stock, 1952).

quelque chose. Et du moment qu'il y a quelque chose, ce ne peut donc être que Dieu.

« *L'esprit a besoin du point d'appui de la matière ; mais la matière n'atteint à l'existence sinon pénétrée par l'esprit.* »

Ces affirmations gratuites sont l'expression encore nébuleuse de la conception que Gide exposera plus nettement dans la dernière partie de sa vie : « *Dieu, fils de l'homme* », « *l'homme, responsable de Dieu* »*; autrement dit, sa croyance à la possibilité d'un progrès spirituel de l'humanité, en dehors de toute foi en un Dieu révélé et en une vie future ; ce que résume déjà la dernière phrase du livre deuxième des *Nouvelles Nourritures* : « *Je n'admets point que ce sevrage dût mener l'homme au désespoir.* » Et dans ce livre, Gide, de lui-même, relève l'emploi abusif qu'il y a fait du mot *Dieu*.

« *Au fond,* avait aussi déclaré Gide à Léon Pierre-Quint, en 1928, *ce que j'ai à dire, je l'affirmais déjà à dix-huit ans : la plupart de mes idées d'aujourd'hui, je les retrouve dans de notes prises à cet âge. Je les réaffirmerai, mais plus nettement, dans un livre qui s'appellera :* les Nouvelles Nourritures. » Et, en effet, le « *Ose devenir qui tu es. Ne te tiens pas quitte à bon compte.* (...) *Sache te redire sans cesse* : « *Il ne tient qu'à moi* », ou le « *Ne sacrifie pas aux idoles* » des *Nouvelles Nourritures* reprend, sur un ton plus énergique, le « *Ne crois pas que ta vérité puisse être trouvée par quelque autre* » des *Nourritures terrestres*; mais, signe d'une évolution, le « *crée de toi, impatiemment ou patiemment, ah ! le plus irremplaçable des êtres* » des *Nourritures terrestres* cède la place, dans *les Nouvelles Nourritures,* au « *Fais ton bonheur d'augmenter celui de tous. Travaille et lutte et n'accepte rien de mal de ce que tu pourrais changer...* »

Le 14 août 1929, Gide note dans son *Journal* : « *Les choses pour lesquelles on mourrait bien. Page des* Nouvelles Nourritures. *Besoin d'accroître la joie.* »

En 1931, Gide donne à *Vol de Nuit* de Saint-Exupéry une *Préface,* où cette phrase capitale : « *Je lui sais gré particulièrement d'éclairer cette vérité paradoxale, pour moi d'une importance psychologique considérable : que le bonheur de l'homme n'est pas dans la liberté, mais dans l'acceptation d'un devoir.* » Et, à partir de cette époque, Gide ne cache pas sa sympathie pour l'idéal communiste (tel qu'il l'imagine) et son désir d'aider à l'avènement d'une société plus juste. Aussi, ses *Nouvelles Nourritures,* d'hymne à la joie tout personnel qu'elles étaient en 1917-18, vont devenir une invitation pour chacun à augmenter la joie de tous en créant un monde meilleur, et d'abord en le créant chacun en soi-même par la vaillance alliée à la lucidité. D'où le ton plus viril et plus grave des fragments écrits entre 1931 et 1935. (Ce n'est, au plus tôt, qu'en 1931 que Gide s'est véritablement remis à écrire ses *Nouvelles Nourritures,* car le 22 janvier 1931 il note dans son *Journal* : « *Trop*

* Cf. « Deux interviews imaginaires » (1943) dans *Feuillets d'Automne* (Mercure de France, 1949).

de projets. Ne sachant auquel donner le pas, je tergiverse et le temps fuit. Œdipe achevé, j'ai devant moi (...), enfin et surtout des Nouvelles Nourritures. »)

Ajoutons qu'en composant son volume, Gide a intercalé dans le livre premier quatre poèmes écrits autrefois et nullement en vue de cet ouvrage : 1° *La brise vagabonde...* 2° *Le ramier qui exulte parmi les branches.* 3° *Printemps plein d'indolence.* 4° *Seuil de la vraie jeunesse...* En 1928, Jean Royère, dans son article : « Formule d'André Gide » pour l'*Hommage à André Gide* des Éditions du Capitole, avait reproduit ces poèmes, les faisant précéder de cette précision : *En 1910, je lui demandai des vers et j'insistai tant et tant que je finis par le persuader. Il me donna pour la* Phalange, *où elles ont paru dans le numéro du 20 mai 1911, ces* Quatre Chansons...

Avant de paraître en 1935 dans *les Nouvelles Nourritures*, ces *Quatre Chansons* furent publiées en 1934 dans le tome VI des *Œuvres Complètes* d'André Gide, d'où trois versions présentant des variantes, que voici :

Deuxième Chanson : version 1911-1928 et version 1934 : « *Sur la mer qui luit* »; version 1935 : « *Sur la mer luisant* ».

Troisième Chanson : version 1911-1928 : « *Un engourdissement tendre* »; version 1934 : « *Un frémissement tendre* »; version 1935 : « *Un ruissellement tendre* ».

Quatrième Chanson : version 1911-1928 et version 1935 : « *Sur des flots cadencés* »; version 1934 : « *Sur le flot cadencé* ».

Quant à la *Première Chanson*, elle fut en outre reprise, en 1934, dans *Perséphone*. Version 1911-1928 : « *Rayons naissants, pétales — Tout poissés de liqueur* »; version 1934-t. VI : « *Ruisselant* » au lieu de « *Tout poissés* »; version 1934-*Perséphone* : « *Rayon naissant, pétales — Ruisselants de liqueur* »; version 1935 : texte semblable à la version 1911.

Version 1911-1928 et version 1934 : « *Cède sans plus attendre* »; version 1935 : « *Cède sans trop attendre* ».

De cette *Première Chanson*, le Fonds Littéraire Jacques Doucet possède le manuscrit autographe d'un premier jet; on y trouve une première strophe qu'aucune publication n'a maintenue et que voici :

> « *L'âme que mon âme vagabonde*
> *Réclame*
> *C'est l'âme calme de ma sœur.* »

Quand, de tant de fragments divers, André Gide composa le volume des *Nouvelles Nourritures*, l'état d'esprit qui présida à la recherche d'une unité pour ce livre fut sans nul doute celui qu'exprime cette note du *Journal*, en date du 1ᵉʳ août 1934 :

« POUR UNE PRÉFACE. — *Compagnon de ta solitude, jeune homme qui plus tard me liras, c'est à toi que je m'adresse. Je voudrais que tu puises dans mes écrits force, courage et conscience ; et mépris pour les fausses vertus. Ne sacrifie pas aux idoles.* »

LES NOUVELLES NOURRITURES 1499

Quant à son architecture, *on pourrait sans trop d'inexactitude*, écrivit René Lalou*, *attribuer aux quatre livres dont il se compose ces sous-titres : louange de la joie, critique des certitudes métaphysiques, regards sur le passé, justification d'une foi dans le progrès humain. Mais dans ce recueil de confidences la pensée de Gide ne s'astreint pas à suivre un ordre rigoureux. L'auteur des* Nouvelles Nourritures *construit plutôt à la façon du musicien ; l'art avec lequel il expose, enrichit et assemble ses différents thèmes est d'un maître de la prose française.* Toutefois, le disparate entre le lyrisme éperdu des fragments de 1917-18 et ce qui fut écrit beaucoup plus tard confère au livre un caractère hybride, d'où l'impression de quelque chose d'artificiel et de forcé. Gide lui-même, relisant son livre après la dernière guerre, en a ressenti le malaise : alors que le 31 mars 1930 il avait parlé de la « profonde exigence » qui lui dictait ses *Nouvelles Nourritures*, le 31 mars 1943, à Tunis, il notait : « ... je parcours à nouveau (...) ces Nouvelles Nourritures *que la plus récente édition joint aux premières et m'y reconnais mal. C'est, de tous mes livres, le plus inégal, le moins bon. J'y sens la résolution et l'apprêt. Autant les premières,* les Nourritures terrestres, *restent près de moi, de sorte que je puisse frémir à neuf en les relisant et raviver mon émotion de phrase en phrase, autant ces pages dernières, bien que beaucoup plus récentes, se sont écartées de moi, au point que, si je ne les avais signées, je douterais qu'elles soient vraiment de moi* (mises à part quelques « rencontres » et certaines chansons que j'ai reprises dans Perséphone). *Je n'y sens plus cet accent de sincérité qui sans doute fait la valeur la plus sûre de mes meilleurs écrits.* »

Déjà le 26 août 1938, il avait donné de cela quelque explication : « *Je me persuaderai qu'il entre de la complaisance dans ma plainte : le besoin d'une certaine unité de ton dans ce carnet et comme une convenance artistique, analogue à celle qui me faisait exagérer* (dans le sens de : exposer uniquement) *ma piété, dans le* Cahier vert, *ou ma joie (trop résolue et, partant, factice) dans mes* Nouvelles Nourritures. » Il faut bien dire que le « *J'assumai mon bonheur comme une vocation* », phrase qui, selon René Lalou, « pourrait servir d'épigraphe aux *Nouvelles Nourritures* », comporte une contradiction intrinsèque.

Les Nouvelles Nourritures parurent, aux Éditions de la N.R.F., fin 1935 ; à partir de 1942 elles furent réunies, en un seul volume, aux *Nourritures terrestres*.

Avant la parution en volume, des fragments avaient été donnés dans le numéro 26 de la revue *Commune* (octobre 1935) et avaient été reproduits dans l'hebdomadaire *Lu* du 25 octobre 1935. Puis d'autres fragments constituèrent, avec l'article de Maritain : « Humanisme et Héroïsme », une sorte de manifeste pour le premier numéro (du 8 novembre 1935) de l'hebdomadaire *Vendredi* fondé par André Chamson, Jean Guéhenno et Andrée Viollis. Gide,

* Dans sa chronique « Le livre de la semaine », *Nouvelles Littéraires* du 9 novembre 1935.

alors, n'avait pas encore fait son voyage en U.R.S.S., aussi ne peut-on s'étonner qu'il ait écrit le 22 octobre 1935 une « *Adresse aux jeunes gens de l'U.R.S.S. en leur envoyant mes* Nouvelles Nourritures », qui parut dans le *Journal de Moscou* du 15 novembre 1935 et fut reproduite dans le numéro de *Commune* de décembre 1935. Adresse à laquelle il fit allusion dans le discours qu'il prononça, peu après son arrivée en U.R.S.S., le 27 juin 1936, à Moscou, devant les étudiants de la Faculté de Chimie. Une traduction russe des *Nouvelles Nourritures*, suivie d'une étude de A. Lejnev sur le livre, avait été aussitôt publiée dans le numéro 1 de 1936 de la revue soviétique *Znamia (l'Étendard)*.

Antérieur à la désillusion de son voyage en U.R.S.S., le livre des *Nouvelles Nourritures* porte témoignage de la tentative humaniste de Gide pour concilier le communisme avec l'esprit critique de l'individualisme et certaines valeurs chrétiennes, à quoi il ne pouvait ni ne voulait renoncer. Ce qui fit dire à Gabriel Marcel : *Mais quelle pathétique sincérité ! Comme il* (le texte) *permet de voir la dialectique peut-être sans issue à laquelle Gide est en proie** ! Et à l'hebdomadaire chrétien *Sept* : *C'est précisément ce refus, ce grincement et ce drame mal dissimulé qui rendent les* Nouvelles Nourritures *attachantes. Non pas pour le lecteur qui aborderait par là l'œuvre et l'homme, mais pour ceux-ci qui, ayant depuis longtemps suivi l'une et l'autre, aiment à le voir se débattre parce que ses débats ont de la grandeur***.

<div align="right">Y. D.</div>

BIBLIOGRAPHIE

Ont été données, en langue française, les éditions suivantes :

1935 *Librairie Gallimard.*
1942 *Librairie Gallimard* (avec *les Nourritures terrestres*).
1946 *L'Abbaye du Livre* (avec *les Nourritures terrestres*).

Les Nouvelles Nourritures.
Paris. *Librairie Gallimard.* (S.D.) 1935.
165 p. Format différent selon les papiers. Couverture de même, pour les couleurs.
Édition originale, sauf pour quelques pages parues dans les *Morceaux choisis.*

Tirage : 11 ex. sur Vieux Japon (I à X et A).
21 ex. sur Chine (XI à XXX et B).
330 ex. sur Hollande (H-I à H-CCCXXX).
1 020 ex. sur Vélin Lafuma-Navarre (1 à 1 020).

* Dans *l'Europe Nouvelle* du 18 janvier 1936.
** Sous la signature : LES SEPT, numéro du 29 novembre 1935.

LES NOUVELLES NOURRITURES 1501

Paris. *Librairie Gallimard*. (S.D.) 1935.
165 p. Couverture blanche, ornée d'un dessin.
Première édition courante.

Tirage : Papier ordinaire (tirage de l'édition originale).

Les Nourritures terrestres et *les Nouvelles Nourritures*.
(S.L.) Paris. *Librairie Gallimard*. (S.D.) 1942.
307 p. Format différent, selon les papiers. Cartonnage de l'éditeur, blanc décoré, pour les ex. papier blanc; couverture grise pour les ex. papier ordinaire.
Première édition collective.

Tirage : Papier blanc.
 Papier ordinaire.

Les Nourritures terrestres et *les Nouvelles Nourritures*.
Lausanne. L'*Abbaye du Livre*. 1946.
311 p. Couverture blanche, bordée de gris.
L'Achevé d'imprimer est du 28 février 1947.
Édition à tirage limité.

Tirage : 3 500 ex. sur papier blanc (dont 1 000 numérotés de 1 à 1 000).

Des fragments des *Nouvelles Nourritures* figurent, en outre, dans les *Œuvres Complètes* d'André Gide (tome IX, 19 novembre 1935, XII-470 p., et tome X, 18 mars 1936, X-558 p.). Les caractéristiques des volumes de cette série ont été données dans la notice bibliographique du *Traité du Narcisse*.

ÉDITIONS ÉTRANGÈRES

Les Nouvelles Nourritures ont fait l'objet, notamment, de traductions dans les langues suivantes :

Anglais (U.S.A.) Éditions *Knopf*, New York, 1949.
 Éditions *Martin, Secker & Warburg*, Londres, 1948.
Danois Éditions *Aschehoug Dansk*, Copenhague, 1950.
Espagnol *Editorial Losada*, Buenos Aires, 1949.
Hollandais *Wereldbibliotheek*, Amsterdam, 1936.
Italien Éditions *Mondadori*, Milan.
Serbo-Croate Éditions *Svjetlost*, Sarajevo (sans date).

On peut également consulter les éditions étrangères des *Œuvres Complètes* et des *Œuvres Choisies* d'André Gide, dans lesquelles les *Nouvelles Nourritures* ont paru. Parmi celles-ci :

Œuvres Choisies. Traduction espagnole.
Aguilar de Ediciones, Madrid, 1957.

Œuvres Complètes. Traduction japonaise.
Éditions *Shinshosha,* Tokio (sans date).

Les Nouvelles Nourritures figurent sous la rubrique *Poésie.*

J.-J. T.

P. 301. LE PROMÉTHÉE MAL ENCHAÎNÉ

Le Prométhée mal enchaîné a été publié dans *l'Ermitage,* en 1899; André Gide pensait le confier à la *Revue Blanche,* mais ce projet n'eut pas de suite.

Lorsque parurent, en 1897, *les Déracinés* de Maurice Barrès, Gide consacra à cet ouvrage un article, — le premier qu'il écrivit sur Barrès, dont la séduction lui paraissait dangereuse et les doctrines condamnables. Dans une lettre à E... R... (novembre 1897), il dit : « *Je continue à lire* les Déracinés. *Ces gens-là me suppriment ; je n'ai de raison d'être qu'en leur étant hostile. Je cherche sous quelle formule religieuse ou morale je peux abriter mon opposition ; et comment la légitimer. Je trouve celle de Prométhée* : « *Se dévouer à son aigle ; et... suffit !* » *L'autre dit* : « *C'est tout ce que vous avez trouvé ?* » *On répond* : « *Oui ; ce que j'ai trouvé de mieux.* » L'article débute par cette phrase célèbre « *Né à Paris, d'un père Uzétien et d'une mère normande, où voulez-vous, Monsieur Barrès, que je m'enracine ?* »

Dès 1896, Gide propose à Paul Valéry : « *Veux-tu jouer Prométhée dans mon prochain roman ?* » Toujours au même, il écrit : « *Un prochain* Saint-Graal (revue poétique, fondée et dirigée par Emmanuel Signoret; en janvier et en mars 1898, il y donna deux études sur *le Voyage d'Urien* et sur *les Nourritures terrestres*) *est à l'impression, où se dresse paraît-il ma statue. C'est très gentil à d'autres de me la faire, moi qui y travaille depuis longtemps, je me fais bien peu ressemblant encore* ; Saül *et* Prométhée *vont ajouter, j'espère, quelques traits.* — » (Lettre du 12 janvier 1898.)

La théorie de l'acte gratuit, esquissée dans *Paludes,* ici se fortifie du symbole, avant de trouver en Lafcadio un intelligent ouvrier. Précurseur des *Caves du Vatican, le Prométhée mal enchaîné,* œuvre des plus accomplies malgré sa démarche et ses plans disparates, doit beaucoup au mythe; à l'opinion de Thibaudet, qui tenait Gide pour un « faiseur de mythes », nous opposerons ce mot des Goncourt, cité en épigraphe au dernier chapitre de *Prométhée* : « *On n'écrit pas les livres qu'on veut.* » Seul en scène dans cet ouvrage, Gide s'y raille lui-même et dénonce la vanité des systèmes, à commencer par les siens propres : haute leçon de critique morale, où l'humour n'exclut pas l'angoisse.

C'est pour restituer à la réalité le mythe de l'homme, et, en

réduisant son importance enflée par une illusion d'optique, inviter la créature à se considérer non comme une fin mais comme un moyen, que Gide fait dire à son Prométhée : « *Je n'aime pas l'homme ; j'aime ce qui le dévore* » ; *tout de même qu'il croit plus sage de savoir préférer à l'homme l'aigle qui se nourrit de lui.*

<div style="text-align: right;">J.-J. T.</div>

BIBLIOGRAPHIE

Le Prométhée mal enchaîné a d'abord été publié dans *l'Ermitage* livraisons de janvier, février, mars 1899.

Ont été données, en langue française, les éditions suivantes :
1899 Le *Mercure de France.*
1920 Éditions de la *Nouvelle Revue française.*
1926 Éditions de la *Nouvelle Revue française.*

Le Prométhée mal enchaîné.
Paris. Le *Mercure de France.* 1899.
201 p. Format différent, selon les papiers. Couverture jaune.
Édition originale, sauf pour les *Réflexions* in fine.
 Tirage : 12 ex. sur Hollande.
 Papier ordinaire.

Paris. Éditions de la *Nouvelle Revue française.* 1920.
97 p. non chiffrées. Couverture blanche avec illustration verte.
Trente dessins de Pierre Bonnard.
Édition de luxe, illustrée.
 Tirage : 765 ex. sur Vélin Lafuma-Navarre.

Paris. Éditions de la *Nouvelle Revue française.* 1926.
159 p. Couverture de couleurs différentes, selon les papiers.
L'Achevé d'imprimer est de 1925, mais le volume ne fut mis en vente qu'en 1926.
Nouvelle édition.
 Tirage : 550 ex. sur Hollande.
 Papier ordinaire.

Le Prométhée mal enchaîné a été publié également dans l'édition illustrée en deux volumes des *Romans, Récits, Soties* d'André Gide. Paris. *Librairie Gallimard.* 1948. Tome I. Les caractéristiques des volumes de cette série ont été données dans la notice bibliographique du *Traité du Narcisse.*
Le Prométhée mal enchaîné figure, en outre, dans les *Œuvres Complètes* d'André Gide (tome III, s.d. — avril 1933 — 564 p.).

Les caractéristiques des volumes de cette série ont été données dans la notice bibliographique du *Traité du Narcisse*.

ÉDITIONS ÉTRANGÈRES

Le Prométhée mal enchaîné a fait l'objet, notamment, de traductions dans les langues suivantes :

Anglais	(Traduction de Lilian Rothermere.)
Allemand	(Traduction de Franz Blei.)
Espagnol	
Italien	(Traduction de G. Papini.)
Japonais	(Traduction de Yokaï Okubo.)
Polonais	(Traduction de Zénon Przesmicki.)
Serbo-Croate	
Tchèque	(Traduction de Prochàzka.)

On peut également consulter les éditions étrangères des *Œuvres Complètes* d'André Gide, dans lesquelles *le Prométhée mal enchaîné* a paru. Parmi celles-ci :

Œuvres Complètes. Traduction japonaise.
Éditions *Shinshosha,* Tokio (sans date).

MISE EN SCÈNE

Le Prométhée mal enchaîné, sotie en un prologue et trois actes, a été porté à la scène par Renée et Arnold Naville, en 1928.

Annoncé comme *roman* dans *l'Ermitage* (1899), puis dans *Philoctète*, primitivement non classé, *le Prométhée mal enchaîné* devient *roman*, en 1903, dans *Saül*, et *Sotie*, en 1914, dans *les Caves du Vatican*.

<div style="text-align: right">J.-J. T.</div>

P. 343. EL HADJ
OU LE TRAITÉ DU FAUX PROPHÈTE
(1899)

André Gide écrivit *El Hadj* en juillet-août 1896, dans sa propriété de La Roque-Baignard, en Calvados, tout en poursuivant la rédaction de ses *Nourritures terrestres,* achevée seulement à l'automne, et tout en remplissant ses fonctions récentes de maire de la commune. On n'a guère d'indications sur la genèse de ce traité ; Gide n'y fait aucune allusion dans son *Journal,* mais en parle un peu dans ses lettres : En juillet 1896, à Paul Valéry :

EL HADJ

« *Excuse mon silence, signe de convalescence mentale ; pourtant j'ai travaillé et j'ai à peu près achevé un conte (« où se manifestent mes tendances ») sur cet** *épigraphe : « Dans l'Orient désert quel devint mon ennui ! » Parce qu'il n'y a pas qu'à Paris ou qu'à Montpellier qu'on peut s'embêter, seulement je crois que c'est toujours à cause des souvenirs* »**. Le 2 août, à Francis Jammes : « *J'écris un conte où il est question de rien que du désert. Tu juges si ce sera embêtant à lire. Eh bien ! c'est encore plus embêtant à écrire ; j'en ai le cerveau courbattu* »***. Le 14 août, c'est Mme André Gide qui écrit à Jammes : *Ici, on travaille ferme à quelque chose d'un morne infini — aussi morne (quoique intense) que le grand désert où il se déroule...*****. Le 18 août, nouvelle lettre de Gide à Jammes et qui donnerait à croire qu'il a alors terminé *El Hadj* : « *J'ai écrit une espèce de conte si embêtant qu'il n'y est question que du désert.* » Mais il dut y travailler encore jusqu'à la fin du mois, car il écrit à Valéry le 29 août : « *J'écris un conte qui me rase un peu parce qu'il est rétrospectif.* »

El Hadj parut dans le second numéro du *Centaure*, en septembre 1896, et seulement en 1899 en édition originale, au « Mercure de France », dans le volume *Philoctète*, qui comprenait en outre *le Traité du Narcisse* et *la Tentative amoureuse*. A partir de 1912, *El Hadj* prit place, aux Éditions de la N.R.F., dans le volume : *le Retour de l'Enfant prodigue, précédé de cinq autres Traités*. En 1932 parut, toujours aux Éditions de la N.R.F., une édition de luxe d'*El Hadj* qu'on appela « l'édition d'Ispahan », parce qu'elle était illustrée de compositions en couleurs de Mirza Ali Ispahani.

El Hadj... A son héros, Gide a donné pour nom ce qui, chez les musulmans, est un titre honorifique : *Hadj* signifie *pèlerinage*, et c'est par excellence le pèlerinage à la Mecque ; tout individu qui l'a fait prend le titre de *hadji*.

Selon Louis Martin-Chauffier***** : El Hadj (...) *a trouvé, non sa source, mais son point de départ dans une aventure authentique, qui éveilla quelques échos dans la presse de l'époque*. Mais nous n'avons, à ce sujet, aucune précision.

Quant à la source, c'est, conjointement avec le problème religieux qui naguère hantait Gide mais a pris alors pour lui le caractère du « rétrospectif », la même inspiration que celle de *Feuilles de Route* (mars et avril 1896)****** et d'une partie des *Nourritures*

* *Sic.*
** André Gide-Paul Valéry : *Correspondance 1890-1942*. Préface et notes par Robert Mallet (Gallimard, 1955).
*** Francis Jammes et André Gide : *Correspondance 1893-1938*. Préface et notes par Robert Mallet (Gallimard, 1948).
**** Lettre inédite.
***** *Notice* du tome III des *Œuvres Complètes* d'André Gide (N.R.F., 1933).
****** Qui s'insèrent dans le *Journal* et formeront la seconde partie d'*Amyntas* (1906).

terrestres : c'est-à-dire, le troisième voyage que Gide venait de faire en Afrique du Nord et l'attrait exercé sur lui par le désert. « *Âpre terre ; terre sans bonté, sans douceur ; terre de passion, de ferveur ; terre aimée des prophètes — ah ! douloureux désert, désert de gloire, je t'ai passionnément aimé* », chante-t-il au livre septième des *Nourritures*, où le lieu qui sert de cadre à l'épisode dramatique d'*El Hadj* se trouve également décrit : « *J'ai vu, sur les chotts pleins de mirages, la croûte de sel blanc...* » (etc.).

On peut retrouver dans la description du paysage de mer intérieure où s'aventure *El Hadj*, dit Martin-Chauffier dans sa *Notice*, la profonde impression produite sur André Gide par le chott *El Djerid*. Mais non, il ne doit pas s'agir du chott El Djerid dans le sud tunisien, mais bien, dans le sud algérien, du chott El Melrir, situé à mi-distance environ entre Biskra et Touggourt, et au bord duquel se dresse M'Reyer. Car c'est de « M'Reyer, 11 avril (1896) » qu'est datée la *Feuille de Route* dont visiblement s'inspire *El Hadj* : « *Chotts prestigieux liserés de mirages ; — du haut d'une colline sablonneuse, après l'immense étendue du désert, on pense : « Tiens ! la mer ! » Une vaste mer bleue avec des esquifs et des îles, une mer qu'on espère profonde, et notre âme en est rafraîchie ! — On approche, on touche le bord, et ce bleu brusquement disparaît, — qui n'était qu'un reflet du ciel sur une surface salée, brûlante aux pieds, douloureuse aux regards, qui cède sous les pas, fragile, mince croûte d'une mer de mouvante boue où s'engloutissent des caravanes* »*. Autre confirmation, l'itinéraire même de ce troisième voyage en Afrique du Nord qui fut aussi le voyage de noces d'André Gide. Après avoir été en Suisse et en Italie, Gide et sa femme débarquent à Tunis fin février 1896, et y séjournent quelque temps, puis, en compagnie d'Eugène Rouart et d'Athman, se rendent à Alger pour accueillir Francis Jammes. D'Alger, ils gagnent le sud algérien ; le 25 mars, ils sont à Biskra ; de là ils descendent en diligence vers Touggourt où l'on sait qu'ils sont le 7 avril et encore le 9, et où Francis Jammes les quitte ; dans leur remontée vers le nord, ils passent le 11 avril à M'Reyer. A l'aller aussi, ils y étaient passés, car parmi les carnets manuscrits du *Journal*, il en est un (inédit), celui du printemps 1896, qui ne contient guère que quelques pages, « feuilles de route » elles aussi, écrites par Mme André Gide précisément durant le trajet Biskra-Touggourt, et elle a noté le « 3 avril, à 3 heures de l'après-midi » : *c'est la région des grands chotts et de féeriques mirages*. Autre confirmation encore, ce passage relatif à *El Hadj* des souvenirs de Jean Schlumberger** : *Je me rappelle, entre autres, un des premiers repas que Gide vint prendre au Val-Richer avec sa femme. (...) El Hadj venait de paraître. Ma mère lui posa toutes sortes de questions sur la signification de ce petit ouvrage. Le malheureux se débattait, se dérobait. Mais ma mère ne le lâchait pas. <u>Qui</u> était ce mystérieux prince ? <u>Qui</u>*,

* Version revisée d'*Amyntas*, p. 56.
** *Éveils*, p. 147 (Gallimard, 1950).

EL HADJ

l'ami qui s'attachait à ses pas ?... Mais Gide n'en était plus, toutefois, à la timidité de son adolescence ; il commençait à être maître dans l'art des esquives et sut faire dévier l'entretien vers cette Algérie qui servait de cadre au récit. Il parla des mirages, des chotts, de la boue recouverte d'une brillante couche de sel ; et tout le monde fut assez intéressé pour le tenir quitte.

A propos d'*El Hadj*, Renée Lang parle de « revirement », ajoutant : ... *à peine les* Nourritures terrestres *achevées, glorification exultante du dionysisme, il retombe dans « l'idéalisme magique » à la* Novalis *dans son nouveau traité,* El Hadj. *Le dédain des réalités jusqu'à la négation de la mort, le paysage envisagé comme une émanation de l'âme ; l'intrigue du conte où un prophète conduit son peuple vers un mirage évanescent, tout relie ce nouvel ouvrage à la production poétique engendrée par la métaphysique allemande. Mais* El Hadj *représente bien la dernière borne dans l'exploration symboliste de Gide**. Opinion discutable ; car si *El Hadj* est l'un des écrits (et non le dernier, loin de là) où Gide enrichit le récit d'une signification symbolique, il n'est nullement « symboliste » à la manière du *Voyage d'Urien*. On vient de le voir, les paysages ont été observés par Gide dans la réalité, et loin d'avoir été traités comme une émanation de l'âme, on pourrait plutôt dire, au contraire, que c'est le désert dont Gide a poursuivi la ressemblance jusque dans le style ; du reste, l'on a remarqué avec quelle insistance, dans toutes les lettres citées, il évoque le désert, pour tout commentaire d'*El Hadj*. Il y a plus : le trait caractéristique de son héros, cette improvisation de chants lyriques, lui a été fourni également par la réalité. Durant le trajet Biskra-Touggourt, Mme André Gide a noté : *Athman chantonne, André veut en vain savoir le nom de la mélopée.* « *Mais je vous assure,* dit Athman, *ce n'est pas des paroles — c'est de la poésie... tout simplement.* » Gide relate cela, à peu près dans les mêmes termes, dans *Feuilles de Route*, où il consigne ses observations sur les instruments de musique dont « *s'accompagnent les chanteurs des places, les poètes, les prophètes et les conteurs* », et il ajoute : « *Ces chanteurs, ces poètes m'intriguent. Que chantent-ils ? Et les gardeurs de chèvres en dialoguant avec la flûte ? Et Sadeck avec sa guzla ? Et Athman lui-même, seul, ou avec Ahmed, chacun sur son cheval, à Touggourt ?* (...) *A force d'insister, je parviens, ces derniers jours, à lui faire transcrire et traduire quelques-uns de ces chants. Ce sont eux que chantent les chanteurs des places, assis à terre, ou sur le seuil d'un café, et qu'un groupe d'Arabes silencieux qui les entoure écoute, ou qu'ils se chantent à eux-mêmes, dans la solitude des longues marches.* »

Plutôt qu'un retour à Novalis, c'est l'influence de la poésie orientale qui marque *El Hadj*. Gide, à cette époque, est particulièrement requis par la poésie persane ; c'est une citation de Hafiz qu'il met en épigraphe de ses *Nourritures terrestres*, où il parle (livres III et VI) de **Hafiz** et d'**Omar Kh**eyam ; pendant le voyage de 1896,

* *André Gide et la pensée allemande*, p. 73 (L.U.F., 1949).

de Biskra à Touggourt, il a donné à lire à Athman *les Mille et Une Nuits* ; quand paraîtra leur traduction par Mardrus, il y consacrera deux chroniques*; et il consacrera une *Lettre à Angèle*** à la poésie orientale : Hafiz, Omar Kheyam, Sadi, Firdouzy, *les Mille et Une Nuits* ; il professera pour elle admiration et amour, et révélera que *les Mille et Une Nuits* furent, avec la Bible, les premiers livres que son père lui mit entre les mains, dans son enfance; il ira même jusqu'à dire : « ... mais, s'il vous plaît, je partagerai la foule des pensants en deux classes, à cause de deux formes inconciliables d'esprit : *ceux qui devant ces deux livres s'émeuvent* ; *ceux devant qui ces livres restent et resteront fermés* (...) *avec eux je ne saurais bien m'entendre.* » Remarquons aussi qu'*El Hadj*, qui devait d'abord être dédié à Paul-Albert Laurens, compagnon du premier voyage en Afrique du Nord, le fut, en définitive, à Fédor Rosenberg, et sans doute parce que les Gide l'avaient retrouvé au cours du voyage de 1896, à Tunis d'abord, puis à Biskra où ils firent ensemble de longues promenades dans les environs; mais peut-être bien aussi et surtout parce que Rosenberg était un philologue orientaliste. Enfin, les deux épigraphes choisies par Gide pour *El Hadj* sont empruntées, l'une au Koran, l'autre à la Bible, à un verset de Matthieu, lui aussi de caractère très oriental, et dont le style d'*El Hadj* épouse par moments la cadence.

Et l'on peut penser qu'à la faveur du caractère oriental de ce traité, Gide a trouvé, sciemment ou inconsciemment, permission d'employer, sans se compromettre, un style amoureux équivoque entre le Prince et El Hadj, exutoire de sa nostalgie au sein de sa vie conjugale dans l'été normand. Dans *Corydon*, parlant des périodes uraniennes, il citera « *la persane au temps d'Hafiz* » comme une de celles « *où la pédérastie, le plus ostensiblement s'affirmait* ». Et au sixième livre des *Nourritures*, évoquant à propos des cafés algériens le petit café de Shiraz, célébré par Hafiz, il ajoute ceci, qui a bien pu concourir à l'inspiration d'*El Hadj* : « *Hafiz, ivre du vin de l'échanson et d'amour, silencieux, sur la terrasse où l'atteignent des roses, Hafiz qui, près de l'échanson endormi, attend, en composant des vers, attend le jour toute la nuit.* »

Quant à la signification symbolique d'*El Hadj*, c'est Dieu qu'il faut substituer au mystérieux prince, comme il ressort d'une lettre de Gide en 1899*** : « *C'était un sujet admirable, mais très difficile; les quatre quarts moins quelques rares, dont vous êtes, n'y ont exactement rien compris;* (...) *Dieu n'intéresse plus personne aujourd'hui; c'est un tort. Il y a encore de belles choses à en dire.* » Thème de la cristallisation de la foi : « *Ce que je chantais devenait ; après l'avoir chanté j'y croyais* » ; déjà thème gidien de « l'homme responsable de Dieu » : « *Je ne comprenais pas alors, mais, après chaque jour de doute, au soir je le trouvais*

* Dans la *Revue Blanche* du 15 mars et de novembre 1900.

** Dans *l'Ermitage*, 2ᵉ semestre de 1899, p. 155.

*** *Lettres à Christian Beck* (Bruxelles, Éd. de l'Altitude, 1946).

un peu plus affaibli » ; drame de la foi perdue et de sa nostalgie : « *... je faisais semblant de chanter pour lui ; alors je me souvenais de nos nuits et m'attristais d'avoir vu son visage* » (n'oublions pas que Gide écrit *El Hadj* durant la première année de sa vie commune avec celle qui est pour lui le vivant rappel des ferveurs mystiques de son adolescence, et devant lui qu'il ne lui est plus possible d'être tout à fait sincère); il y a tout cela dans *El Hadj*, et aussi déjà le thème (qui sera repris, avec les personnages du Père et du Fils Aîné, dans *le Retour de l'Enfant prodigue*, puis nettement exposé plus tard dans *Un Esprit non prévenu*) de l'enseignement du Christ faussé par l'Église après sa mort et du fait même de sa mort; dès 1895 Gide a été occupé par cette idée, et longtemps il eut le projet d'écrire un *Christianisme contre le Christ*. Mais, concurremment, *El Hadj* évoque aussi à la fois le dépassement que représente les *Nourritures* (« *je l'ai guidé vers les rassasiements, en rémunération des faims...* » (etc.); — « *car je ne savais pas, auparavant, qu'une nuit pût être si belle ; et je sentais en moi...* » (etc.); — « *...repoussant le passé mort, laisser chanter mon espérance (...) ma foi de la veille très lentement se déplacer...* ») — et le dépassement de ces mêmes *Nourritures*, amorcé en lui dès avant qu'il eût achevé de les écrire et dont il parlera dans une lettre à Marcel Drouin* : « *A présent que mes Nourritures sont écrites et que tout cela, servi brûlant, a achevé d'être vécu, que la joie ne m'est plus imposée comme un port d'armes — je peux m'abandonner à la tristesse qui monte en moi depuis longtemps* « *comme* « *une mer* »... » Ce que l'on peut rapprocher du désarroi exprimé au début et à la fin d'*El Hadj*.

Dans sa *Notice*, Louis Martin-Chauffier attirait l'attention sur l'exotisme « renversé » d'*El Hadj* : *Dans l'esprit de l'auteur, à la sensation d'exotisme qu'éveillent les pays du Sud dans les hommes du Nord, doit correspondre un exotisme inverse, sensible aux hommes du Sud voyageant dans les pays septentrionaux*, Jean Hytier** note aussi « la relativité de l'exotisme » indiquée par *El Hadj*, mais, à propos de la poésie chez Gide, *cette familiarité ardente avec l'univers, qu'elle nous restitue plus savoureux que nous l'avions laissé*, il fait une remarque qui va plus loin : *C'est là, à mon avis, ce qui donne à l'exotisme de Gide son aspect si peu provocant, si peu pittoresque même, ou plutôt ce qui nous interdit de parler d'exotisme à propos d'un écrivain qui a cherché à communier avec toutes les différences de la nature.* Dans le carnet manuscrit du *Journal* de Gide correspondant au voyage de 1896 dans le sud algérien, on lit cette réflexion (inédite) notée à Biskra : « *La terre parle ici une langue différente, mais que je comprends maintenant.* »

Le style très particulier d'*El Hadj* a suscité maint commentaire : enthousiaste, de la part de Francis Jammes : *Ce sublime début*

* Passage inédit d'une lettre de 1899.
** *André Gide* (Alger, Charlot, 1938).

d'El Hadj! *Il semble que des tambours en deuil battent dans le désert**. Taquin, de la part de Paul Valéry : *Style, tout de même un peu étranger à ce qu'il dit. Tu chloroformises les mots avant de les mettre en place***. Admiratif de la part de Paul Claudel : *Et j'ai trouvé un grand plaisir aussi à étudier votre style, où les mots et les phrases s'assemblent, non par un concert logique ou par la nécessité de l'harmonie qu'ils recèlent, mais par une sorte d'attraction humide, de circulation secrète qui anime tout l'ouvrage et qui semble faire de lui tout entier la métamorphose d'un même mot****. Une exacte analyse de ce style est donnée par Martin-Chauffier : *André Gide y a essayé un allongement de la phrase assez paradoxal, qui ne soit obtenu ni par la majestueuse succession bossuétique, ni par l'imbrication et le fourmillement des incidentes, mais plutôt par une sorte de reprise, de perpétuel rebond au moment que la phrase semblait finir. Les incidentes, plutôt que de s'engendrer, se joignent, se succèdent, se continuent comme des ondes, et prolongent une même courbe.*

El Hadj est peut-être l'œuvre la plus curieuse de celles qui sont écrites dans une tonalité sérieuse, écrit Jean Hytier. *Imaginez un conte de Voltaire, en vous souvenant que des récits comme* Candide *et* Zadig *sont animés par l'idée secrète et toujours présente de la déception continuelle ; et supposez qu'au lieu d'être improvisé sur le ton rapide de la gaieté pessimiste, il ait été déclamé sur le ton ralenti de l'amertume exaltée. Il n'est pas jusqu'à la longueur bizarre des phrases, prolongées linéairement d'incidentes en incidentes en évitant les trop lourdes subordinations, qui ne concoure à l'effet d'éloquence intérieure, et comme remâchée, des discours pleins de rancœur que s'adresse à lui-même dans le secret de son âme tourmentée le faux prophète, obligé de feindre la foi quand il parle en public, et qui n'a plus de refuge pour la sincérité que dans ses monologues intimement désespérés.*

<div align="right">Y. D.</div>

BIBLIOGRAPHIE

Ont été données, en langue française, les éditions suivantes :

1899 Le *Mercure de France* (dans *Philoctète*).
1912 Éditions de la *Nouvelle Revue française* (dans *le Retour de l'Enfant prodigue*).
1922 *Au Sans Pareil* (dans *le Retour de l'Enfant prodigue*).
1932 Éditions de la *Nouvelle Revue française*.

* Lettre de juillet 1897, p. 118 de la *Correspondance* déjà citée.

** Lettre du 1er janvier 1897, p. 284 de la *Correspondance* déjà citée.

*** Lettre du 28 août 1899, p. 45 de : Paul Claudel et André Gide : *Correspondance* 1899-1926. Préface et notes par Robert Mallet (Gallimard, 1949).

ÉDITIONS ÉTRANGÈRES

El Hadj a fait l'objet, notamment, de traductions dans les langues suivantes :

Allemand *Amandus Edition,* Vienne, 1947.
Hollandais *Uitgeverij de Driehoek,* 1949.

On peut également consulter les éditions étrangères des *Œuvres Complètes* d'André Gide, dans lesquelles *El Hadj* a paru. Parmi celles-ci.

Œuvres Complètes. Traduction japonaise.
Éditions *Shinshosha,* Tokio (sans date).

Dédié d'abord à Paul-A. Laurens, puis à F. Rosenberg, *El Hadj* ou *le Traité du faux prophète* est classé comme divers.

<div style="text-align:right">J.-J. T.</div>

P. 365. L'IMMORALISTE

Achevé le 25 octobre 1901, *l'Immoraliste* habitait l'esprit d'André Gide depuis « *à peine un peu moins* » de quinze ans. (*Journal,* 12 juillet 1914.) Premier de ses récits ou romans, cet ouvrage a lentement mûri au brûlant soleil africain, et à la chaleur, plus clémente, de la campagne normande. Nous avons déjà cité ce propos de Gide : « *C'est pendant que je vivais* l'Immoraliste *(à Biskra avec P.A.L.) que j'écrivais* Paludes. » L'insuccès qu'avaient connu *les Nourritures* et *Paludes,* Gide se l'impute en partie : « *Ce silence autour de moi, c'est moi qui l'ai fait.* » (*Journal,* 9 janvier 1907.) Il avait noté auparavant, avec un peu d'amertume : « *Il est pourtant assez naturel qu'aucun critique ne parle d'un livre que, systématiquement, je n'envoie à aucun critique. Mais je m'en aperçois un peu trop.* » (Lettre à Francis Jammes, du 26 avril 1906.) Prévoyant que *l'Immoraliste* ne recueillerait guère de suffrages, Gide dit enfin : « *Pourquoi je tire* l'Immoraliste *à trois cents exemplaires ? Pour me dissimuler un tout petit peu ma mévente. Tirant à douze cents, elle me paraîtrait quatre fois pire ; j'en souffrirais quatre fois plus.* » (*Journal,* 8 janvier 1902.) *L'Immoraliste* n'ayant obtenu, comme son auteur l'avait prévu, que l'estime de quelques-uns, Gide, par lassitude, s'abstiendra de travailler sérieusement pendant une longue période. Il ne sortira de sa retraite que pour s'atteler, assez soudainement, au *Retour de l'Enfant prodigue,* en 1907.

A l'époque où il entreprit d'écrire *l'Immoraliste,* Gide n'était pas absolument dégagé de l'influence de l'école symboliste, laquelle

EL HADJ

Philoctète (avec *El Hadj*, le *Traité du Narcisse* et *la Tentative amoureuse*).
Paris. Le *Mercure de France*. 1899.
179 p. Couverture blanc jaune; verte pour quelques exemplaires. Au dos : *Philoctète*.
Édition originale pour Philoctète *et* El Hadj.
 Tirage : 300 ex. sur Vergé d'Arches (1 à 300).

Le Retour de l'Enfant prodigue, précédé de *cinq autres Traités*.
Paris. Éditions de la *Nouvelle Revue française*, Marcel Rivière & Cie. 1912.
240 p. pour les exemplaires sur Arches; 247 p. pour les exemplaires ordinaires.
Couverture blanche. Format différent selon les papiers.
La couverture porte le détail des cinq autres Traités.
Première édition collective.
 Tirage : 40 ex. sur Vergé d'Arches (1 à 40).
 Papier ordinaire. (Il existe quelques exemplaires cartonnés par l'éditeur.)

Le Retour de l'Enfant prodigue, précédé de *cinq autres Traités*.
Paris. *Au Sans-Pareil*. 1922.
203 p. Couverture brun clair.
Édition à tirage restreint.
 Tirage : 10 ex. sur Japon impérial (1 à 10).
 25 ex. sur Hollande (11 à 35).
 25 ex. sur Vergé d'Arches (36 à 60).
 1 115 ex. sur Vélin Lafuma-Voiron (61 à 1 135 et 1 à XL).

(S.L.) Paris. Éditions de la *Nouvelle Revue française*. (S.D.) 1932.
73 p. Couverture blanche, ornée d'un dessin. Le dos est sans nom d'auteur. Compositions en couleurs de Mirza Ali Ispahani. Format différent, selon les papiers.
Édition d'Ispahan.
 Tirage : 24 ex. sur Whatman, contenant un dessin original (I à XX et A à D).
 44 ex. sur Japon impérial (XXI à LX et E à H).
 1 060 ex. sur Vélin d'Arches (1 à 1 060).

El Hadj a été publié également dans l'édition illustrée en deux volumes des *Récits, Romans, Soties* d'André Gide. Paris. *Librairie Gallimard*. 1948. Tome I. Les caractéristiques des volumes de cette série ont été données dans la notice bibliographique du *Traité du Narcisse*.
El Hadj figure, en outre, dans les *Œuvres Complètes* d'André Gide (tome III, 20 mars 1933, XIV-564 p.). Les caractéristiques des volumes de cette série ont été données dans la notice bibliographique du *Traité du Narcisse*.

tenait le roman en piètre estime. *En peignant des personnages réels (c'est-à-dire qui aient une réalité), l'auteur rompait à demi avec « le milieu de Mallarmé ».* (Notice. Cf. *Œuvres Complètes*, Louis Martin-Chauffier.) Selon Gide lui-même, *l'Immoraliste* est l'aboutissement indirect d'une *Vie de Ménalque* qu'il n'écrivit pas, mais qu'il pensait dédier à Francis Jammes. A ce dernier, il écrivait, en novembre 1901 : « *Puisse le livre que j'achève te plaire ! Que vaut-il ? Est-ce que j'en sais rien ! J'y ai sué, pleuré, etc. Mais est-ce que cela fait quelque chose ? Enfin, s'il n'est pas épatant, ce ne sera vraiment pas ma faute. J'en ai pour quinze jours encore de travail, je pense.* » L'on verra, par la suite, combien *l'Immoraliste* scandalisa le poète d'Orthez, qui, d'ailleurs, lorsqu'il dut résigner tout espoir de convertir jamais son ami, fit un autodafé de tous les livres à lui dédicacés par ce dernier. D'autre part, Francis Jammes publia, en 1932, au *Mercure de France,* un roman dans lequel figure André Gide, et qui prend pour thème le problème moral et religieux. Ce roman, *Élie de Nacre,* Gide consentit, pour éviter toute discussion inutile, à ce qu'il portât le sous-titre de : *Antigyde.* On y voit un homme qui, après avoir mené une vie dissolue, est subitement touché par la grâce et meurt chrétiennement.

La *Correspondance Gide-Valéry* fait allusion également à la composition de *l'Immoraliste* : « *Voilà deux ans au moins que j'eusse dû l'écrire ; à présent, le goût n'y est plus ; je n'aime plus que le « genre sec » ; mais on écrit toujours en retard ; l'embêtant, c'est que ça arrête le développement ; il y a toujours en soi ou à côté quelque chose qui n'est pas au faire et qui tire...* » (5 juillet 1901.) Et encore ce passage : « *Je travaille de mon mieux (ce qui n'est pas beaucoup dire), m'acharnant après un livre que je me suis promis de finir mais que j'eusse dû finir il y a deux ans ; je le traîne après moi comme une peau morte ; il s'accroche au passé, me retient, m'empêche de penser neuf et de grandir.* » (23 septembre 1901.)

Sur la situation de *l'Immoraliste,* Gide nous dit, dans *Si le grain ne meurt* : « *A Biskra. L'appartement enveloppé de terrasses, que j'ai peint dans l'Immoraliste, et que l'hôtel de l'Oasis mit à notre disposition, était celui-là même qu'on avait préparé pour le cardinal Lavigerie, et où il s'apprêtait à descendre lorsque la mort vint l'enlever à la mission des Pères Blancs.* » L'épisode qui a pour cadre le domaine de La Morinière, est emprunté aux souvenirs familiaux de Gide. En effet, c'est au château de La Roque-Baignard, dans le Calvados (canton de Cambremer, arrondissement de Pont-l'Évêque) que le jeune André Gide se retira, une partie de l'année, avec sa jeune femme, à leur retour en France; et c'est ce même château, qui prend le nom de La Morinière, que Michel choisit pour y vivre avec Marceline. Ce patrimoine familial, où Gide passa le meilleur de son enfance et de son adolescence, surtout pendant les vacances, est souvent évoqué dans ses souvenirs *(Si le grain ne meurt,* etc.). Il y a composé *les Poésies d'André Walter, le Voyage d'Urien,* ainsi qu'une partie des *Nourritures terrestres.* Formentin, le château

d'*Isabelle,* est tout proche, et le Val-Richer aussi, où Gide souvent venait goûter chez son ami Jean Schlumberger. Ces paysages mouillés, plantureux, ces bocages, ces landes et ces vallons à la fois venteux et tempérés, sont devenus, avec Cuverville-en-Caux, un des sites de l'histoire littéraire. La Morinière, c'est aussi le nom authentique d'une ferme, déchue de son rang de manoir, qu'on peut voir encore non loin de La Roque, dont elle dépend. Soucieux de se libérer des tracas que lui causaient ses propriétés foncières, Gide se défit de La Roque en 1900. Mais il n'oubliera pas ce paradis enchanté de sa jeunesse, où Francis Jammes composa certaines de ses plus belles élégies, et il l'évoquera mélancoliquement dans *Si le grain ne meurt* : « *C'est cette vallée que j'ai peinte et c'est notre maison, dans* l'Immoraliste. *Le pays ne m'a pas seulement prêté son décor ; à travers tout le livre j'ai poursuivi profondément sa ressemblance.* » Il n'est pas jusqu'à Bocage lui-même, le régisseur de La Morinière, dont on ne retrouve aisément la trace : il est le Robidet de *Jeunesse* et du *Journal.* Quant à Ménalque, si l'on est convenu de lui trouver quelques traits d'Oscar Wilde, il reste en marge de ce brillant sybarite. Comme l'a écrit Louis Martin-Chauffier : *Son but est tout autre. Il y conserve* (dans l'Immoraliste) *un caractère à demi symbolique et représente plutôt qu'il n'existe, ou plus exactement n'existe qu'en fonction de ce qu'il a mission de représenter.*

S'il n'est pas du tout certain qu'André Gide soit Michel, et il s'en est vivement défendu, il est possible qu'il ait donné à ce personnage nombre de ses caractéristiques les plus secrètes. Une lettre en porte témoignage :

« *Mon cher Scheffer,*

« *Vous avez écrit sur mon* Immoraliste *une étude excellente et dont je vous remercie beaucoup. Vous racontez parfaitement le livre ; vous tracez à souhait l'évolution de mon héros, marquez fort bien les étapes, le moment* « *où la vie physique et la vie intellectuelle s'équilibrent en lui* », *le plateau, puis* « *la vie physique* », *par l'élan acquis, l'emportent. On me reproche d'avoir fait mon héros malade. Je crois, et vous l'avez senti, qu'il importait qu'il devînt bien portant ; qu'il ne l'eût pas toujours été* — *que* « *la chair* » (*pour parler protestant*) *prît son élan de loin pour ainsi dépasser* « *la mesure* ». *Et je crois que vous pensez de Michel ce que je crois qu'il est bon d'en penser, ce que je crois que j'en pense moi-même. Mais, dites-vous, la littérature le consolant, etc. : non, je ne pense pas que Michel puisse jamais écrire. Sa chaleur, vous le sentez bien, n'est qu'ardeur ; elle brûle sans réchauffer ; les mots se friperaient sous sa plume. Croyez bien, cher Scheffer, que ce n'est que parce que je ne suis pas Michel que j'ai pu raconter son histoire aussi* « *remarquablement bien* » *que vous dites. Mais cela vous le savez bien, et le je, que je me suis trouvé contraint d'employer, ne trompera que les imbéciles qui ont besoin qu'un* Chactas *vienne leur montrer que, si René est dans Chateaubriand, Chateaubriand n'est pas tout dans René, non plus que Benjamin Constant tout dans*

Adolphe, non plus que Gœthe tout dans Werther. Qu'un bourgeon de Michel soit en moi, il va sans dire ; mais il en est ici comme de ces passions opposées dont parle habilement Pascal, qui se maintiennent en équilibre, parce que l'on ne peut céder à l'une qu'au détriment de l'autre. Que de bourgeons nous portons en nous, cher Scheffer, qui n'écloront jamais que dans nos livres... »

Ce que Gide regarde *à travers les fentes de la culture*, comme le lui écrivait un jeune admirateur allemand (cf. *Journal*, 25 novembre 1905), il l'a pu faire voir à Michel ; par exemple ce pays d'Auge, tellement familier, et cette fervente vision de la vie, avec son expérience personnelle et ce penchant à manifester *les plus funestes choses,* qui fait Michel braconner sur ses propres terres et délaisser sa femme malade. A ce propos, l'on pourrait épiloguer sur le rôle trouble du jeune Charles qui, par sa seule présence, entretient en Michel une sorte d'inquiétude, d'insatisfaction informulée, dont ce dernier n'est pas éloigné de faire Marceline responsable. En fait, le principal personnage de *l'Immoraliste* ne pouvait recouvrer la santé qu'au prix de celle de sa femme ; ou plus exactement, pour guérir et vivre, il lui fallait tirer parti de ses moindres forces, disposer en sa seule faveur de cette part de lui-même que, par le mariage, il avait abandonnée à Marceline. Le mot de P. Laurens sur *l'Immoraliste*, est à cet égard d'une cruelle éloquence : *Je suis malade, tant pis pour moi. Je suis guéri, tant pis pour elle !* (*Journal*, 27 mars 1902.) A quel point l'état d'esprit de Gide-Michel pouvait blesser ou susciter l'incompréhension totale d'autrui, c'est ce que nous apprend une lettre de Francis Jammes, adressée à André Gide, et datée de juin 1902 :

... J'ai voulu lire l'Immoraliste *avidement, comme on regarde un paysage de haut, pour, ensuite, le pouvoir relire à loisir.*

Que toi et la plupart des autres vous êtes tristes ! Autour de toi, de tous ceux que j'ai vus, à La Roque ou à Paris, tous excepté Madame Gide et Rondeaux, et ta tante Démarest que j'aimais comme un pétunia, tous vous étiez à fendre l'âme. Denis, Ghéon, Rysselberghe, et tous ceux qui passaient dans ton salon. Ah ! comme se fût écrié ton Philoctète : « Je sens qu'autour de vous la nature est malade. » La charmille amoureuse y est un hôpital, le marié un aliéné lamentable qui n'a même pas la force du vice, sadique et pédéraste en vain. Et comme il est bien situé dans cet abominable pays Biskri où le soleil semble un lange d'enfant mort-né, un cartilage de veau qui a séjourné dans un marécage !

Tu viens d'écrire le Triomphe de la Mort, *mais d'une mort sans charme, simplement médicale, où la volupté n'est pour rien. Ah ! songe donc comme est touchante, dans* l'Amateur d'âmes *de Barrès, l'agonie de la petite femme qu'aime Del Rio, comme ses jolies jambes se roidissent encore et combien justement — le sang diffère ici, il n'est plus de tuberculose — son ami lui dit : « Mon œillet... »*

Ce livre est beau parce que tu ne peux faire que de belles choses. Il est l'expression d'une douleur épouvantable à laquelle tu n'as pu échapper,

un soulèvement d'âme et d'estomac correspondant sans doute à des événements que le choc a transposés. C'est un cri que l'on redoute d'entendre, le gémissement larvé d'un vieillard dans une cave, le sanglot d'un Rousseau lugubre. Ce sont de terribles limbes, ce n'est qu'un vagissement. Jamais ni la vie ni la mort n'existèrent moins qu'ici. Un parfum de phénol et d'iodoforme entoure ce Michel qui s'agite dans un monde inconnu et sans désirs qui n'est certes pas la sombre contrée de roses où s'effare un Pierrot de Beardsley, ni le sombre salon Louis XV où l'écœurante et passionnée odeur du patchouli encadre une paire de ciseaux autrement inquiétante que celle de Moktir. Ton héros n'a qu'un défaut qui me le rend antipathique, c'est l'absence complète d'immoralité (sic). Il la recherche sans la jamais trouver. Il commet des actions qui n'aboutissent pas. Il poignarderait comme un somnambule qui ne se souviendrait pas. C'est un cadavre de morgue animé par les ressorts du sommier où aurait couché longtemps une séquestrée. Ruyters le croira vicieux.

Mais ceci n'est que l'impression que me donne ton héros. L'idée que j'ai du livre est autrement vaste, car il m'est difficile depuis quelques années de séparer tes œuvres de ton œuvre.

Tu n'es sûrement pas un arbre de souche française, ni un ormeau, ni un hêtre, ni un chêne, ni un frêne de la prairie qui dévale jusqu'au torrent. Chaque année, tu pousses de singulières feuilles chinées, de sombres fleurs qui déroutent ma mince science, des cornets d'apparence vénéneuse, malsains mais superbes.

Mon idée, c'est que ce livre n'est qu'une graine de tes greniers magnifiques et, par cela même, jamais insignifiante, mais ne valant que par ce qu'il indique de possibilité ténébreuse dans les drames futurs. Je crois que tu ne pourras jamais qu'animer des cadavres, que ressusciter des morts. Tu es né thaumaturge. Mais tu donneras l'empreinte de la dissolution à toute actualité.

C'est pour cela que, lorsque je songe à ton génie si certain, c'est de préférence encore ton Candaule *ou ton* Saül *qui se présentent. Là tout vit. (...) Tandis qu'ici... Je ne vois qu'une admirable monographie médicale qu'il était juste que tu dédiasses à notre ami Ghéon.*

Francis Jammes se trompe, lorsqu'il confond Michel avec André Gide. L'un et l'autre sont *différents*, comme l'affirme Louis Martin-Chauffier. Tous deux ont été malades et ont ressenti et dans leur esprit et dans leur chair le besoin de rompre les amarres avec un passé dont ils n'avaient plus que faire, avec tout ce qui les avait retenus de vivre une vie abondante et naturelle. Ni l'un ni l'autre ne croient plus à la morale, ou, plutôt, Michel y croit encore, *quand ce ne serait que pour l'enfreindre*, comme le suggère Robert Mallet dans son *Introduction* à la *Correspondance Gide-Valéry*. Mais Gide y contredit, et l'on peut citer ce paragraphe de la lettre qu'il adressa le 15 mars 1928 au Pasteur Ferrari, auteur d'une brochure : *André Gide — Le Sensualisme littéraire et les exigences de la religion*. Lausanne.

« ... Et je m'étonne un peu que vous n'ayez su voir dans mon Immoraliste, *que vous montrez que vous avez fort bien lu, le procès même de*

cet abandon à soi, qui est précisément à l'opposé de cet abandon de soi que nous enseigne l'Évangile. »

Les problèmes posés à Michel par l'obligation de goûter enfin à cette vie qu'il avait bien failli perdre, ce sont les problèmes mêmes que Gide eut à résoudre du jour que la particularité de sa nature se confronta avec l'amour mystique qu'il éprouvait pour Madeleine, sa femme. Parce qu'il admettait, et avec une absolue bonne foi, l'inadmissible, Gide écrivit auparavant, dans son *Journal*, sans doute en prévision de l'étonnement sceptique que pourraient faire naître ces deux tendances contradictoires : « ... *Qui donc persuaderai-je que ce livre* (la Porte étroite) *est jumeau de l'*Immoraliste *et que les deux sujets ont grandi concurremment dans mon esprit, l'excès de l'un trouvant dans l'excès de l'autre une permission secrète et tous deux se maintenant en équilibre.* » (7 février 1912.) Lignes que l'on pourrait rapprocher de la lettre adressée le 19 mai 1911 à M. Deherme, et d'où nous extrayons ceci : « *Ces livres (l'*Immoraliste *et la* Porte étroite*), si j'ai mis temps et patience à les écrire, je les ai portés simultanément ; et je ne mets pas en doute, si vous relisez un jour l'*Immoraliste*, que, éclairé par mes livres suivants, bien loin d'y voir une attitude dont j'eusse été dupe d'abord, vous saurez y découvrir la critique latente de l'anarchie...* » À quoi Robert Mallet ajoute, dans sa *Préface* à la *Correspondance Gide-Claudel* : *Mais l'idée de* la Porte étroite*, conçue en même temps que celle de l'*Immoraliste*, représente le second volet d'un diptyque ambigu où, sur les versants opposés d'une même montagne, on voit Michel s'abandonner à la pente et Alissa la remonter.* Pourtant, Gide ne s'est pas fait faute de fournir à son héros, et, partant, à lui-même, toutes les justifications dont ils avaient besoin l'un et l'autre. Il n'est pas jusqu'à *Corydon*, qui ne trahisse son souci de brouiller les pistes : « *L'*Immoraliste*, lui, ne transpose rien. Il ne dit pas, il laisse entendre, mais, roman ou confession lyrique, l'ouvrage tout moderne s'adresse directement à nous, d'une voix chuchotante. L'*Immoraliste *peut troubler.* » Dans *Et nunc manet in te*, Gide fait la part de l'incompatibilité existant entre le mode de vie auquel il ne pouvait plus se dérober et les exigences d'un sentiment grave, en flagrante contradiction avec l'amour nomade qui le sollicitait : « *L'émancipation où je la voulais entraîner* (Mme André Gide)*, avait fait ses tristes preuves et ne pouvait lui paraître que téméraire, qu'inhumaine ; en tout cas non faite pour elle et ne réussissant qu'à la meurtrir. Je tentai d'exposer cela dans mon* Immoraliste*, livre qui me paraît aujourd'hui bien imparfait ; bien incomplet du moins, car il ne tenait point compte ou laissait à peine entrevoir le tranchant le plus blessant du glaive.* » Combien Michel, trop longtemps distrait de la vie, de cette vie même qui, plus que Nietzsche, informe *l'Immoraliste*, était ignorant de la psychologie féminine, c'est ce que Gide reconnaît, toujours dans *Et nunc manet in te*, au cours d'une analyse morale où il a mis toute la sincérité que son cœur pouvait assumer : « *Comme je lui lisais* (à Mme André Gide) *quelques pages de mon* Immoraliste *que je venais d'écrire, elle m'interrompit à*

cette phrase : « *Marceline m'avoua qu'elle était enceinte* », *et*, *souriant tendrement, avec un rien de moquerie* : « *mais, mon ami, ce n'est pas un aveu* », *me dit-elle*, « *tout au plus une confidence ; on avoue le répréhensible ; c'est* : me confia, *qui convient.* »

Si l'on fait sienne l'opinion de Paul Claudel, pour qui : *après* Saül *et* l'Immoraliste, *il* (Gide) *n'avait plus une imprudence à commettre* (lettre à Jacques Rivière, du 2 mars 1914), allusion fort claire aux penchants de Gide, dont Claudel avait douté jusqu'alors et que Jammes s'était vu contraint d'admettre, — à quel mobile Gide obéit-il en écrivant *l'Immoraliste* ? D'abord, il voulut se libérer. « *L'Art, purge de l'âme* » : cette idée, émise par Paul Claudel, lui tient au cœur ; au point qu'il confiera à Francis Jammes : « *Ne sens-tu pas que, si je n'avais pas écrit* Paludes, *je n'aurais pu écrire* Saül ? *Que sans mon* Prométhée, *mon Candaule en fût resté tout encombré, et sans mon* Immoraliste, *je risquais de le devenir. Je me purge.* » (*Journal*, 6 août 1902.) Il entendait également prendre position contre les insuffisances notoires des doctrines admises : « *Cette déficience de la philosophie, je la dénonçais dans* l'Immoraliste, *et certains chapitres du livre de Nizan* (Les Chiens de garde) *pourraient porter en épigraphe les phrases que je prêtais à Ménalque* : « *Savez-vous ce qui fait de la poésie aujourd'hui, et de la philosophie surtout, lettres mortes ? C'est qu'elles se sont séparées de la vie... Aujourd'hui... la sagesse opère à part.* » (*Journal*, 19 juillet 1932.) Si l'on considère que « *l'*Immoraliste *est (avec la* Porte étroite *et* Isabelle) *un livre avertisseur* », et que « *tous trois dénoncent tour à tour les dangers de l'individualisme outrancier* », il faut révoquer en doute les assertions avancées par ceux qui n'ont vu, ou ne voient, en *l'Immoraliste*, qu'une forme suggestive et particulièrement séduisante de l'amoralisme qui toujours fut reproché à son auteur. Commentant les mobiles profonds de cette œuvre, et revenant à la fois sur les préoccupations religieuses de sa jeunesse et sur la part capitale prise par sa femme, sur le seul plan de l'influence, dans la plupart de ses compositions, Gide insiste : « *Sans cette formation chrétienne, sans ces liens, sans Em. qui orientait mes pieuses dispositions, je n'eusse écrit ni* André Walter, *ni* l'Immoraliste, *ni la* Porte étroite, *ni la* Symphonie, *etc. ni même, peut-être, les* Caves *et les* Faux-Monnayeurs *par regimbement et protestation... Mais ce que j'eusse écrit d'autre, à la place, c'est ce qu'il m'est parfaitement impossible d'imaginer. L'absence de drame eût-elle été nécessairement un appauvrissement ? Il est bien vain de me le demander, et la question demeure forcément sans réponse.* » (*Journal*, 16 juin 1931.)

C'est pendant qu'il élaborait *l'Immoraliste* que Gide découvrit Nietzsche. La surprise qu'il en éprouva fut telle que, tout décontenancé, il faillit lâcher prise : « *Mon* Immoraliste *était à moitié écrit déjà et tout composé dans ma tête lorsque j'ai rencontré Nietzsche. Je puis dire que d'abord il m'a beaucoup gêné ; mais grâce à lui j'ai pu expurger mon livre de toutes sortes d'idées adventices qui me tourmentaient confusément, qui n'avaient plus besoin d'être dites, puisque je les trouvais exprimées par lui bien mieux que je n'aurais su faire* ». Passant outre, il finit

par trouver expédiente cette parenté intellectuelle, *puisque,* souligne Louis Martin-Chauffier dans les « *Œuvres Complètes* », *l'œuvre de Nietzsche exist(ant), il pouvait expurger la sienne de toute une partie* théorique, qui l'eût alourdie. Ainsi *dépouillée, la peinture de la vie gagnait en intensité sans rien perdre de sa substance.*

Postérieur aux *Nourritures terrestres, l'Immoraliste* est nourri de la même substance. Le culte du moi y alterne avec l'amour d'autrui. Mieux que Ménalque, Gide s'inscrit en faveur de l'homme et des adjuvants de son épanouissement. Renonçant à la culture parce qu'elle empiète sur le naturel, il lui préfère l'existence végétative qui sera pour Michel, comme elle l'a été pour lui-même, une véritable résurrection, et, par une vertu prémonitoire que son expérience lui permet, énonce une leçon de morale dont l'écho n'est pas encore éteint.

<div style="text-align:right">J.-J. T.</div>

Nous reproduisons ci-dessous les plus notables variantes du manuscrit autographe de *l'Immoraliste*. Pour la commodité du lecteur, nous avons cru bon de les faire correspondre avec l'édition courante du *Mercure de France*.

La pagination indiquée dans le corps de ces variantes se rapporte donc à cette édition. Le texte donné en romain est reproduit tel qu'il est imprimé; nous indiquons en italique les variantes du manuscrit.

Pages 13 et 14 (369).
Oui, tu le pensais bien : Michel nous a parlé, mon cher frère. Le récit qu'il nous fit, le voici. Tu l'avais demandé; je te l'avais promis; mais à l'instant de l'envoyer, j'hésite encore et plus je le relis et plus il me paraît affreux. Ah! que vas-tu penser de notre ami ? D'ailleurs qu'en pensé-je moi-même ? Le réprouverons-nous simplement, niant qu'on puisse tourner à bien des facultés qui se manifestent cruelles ? — Mais il en est plus d'un aujourd'hui, je le crains, qui oserait en ce récit se reconnaître. Saura-t-on inventer l'emploi de tant d'intelligence et de force — ou refuser à tout cela droit de cité ?
En quoi Michel peut-il servir l'État ? J'avoue que je l'ignore... Il lui faut une occupation. La haute position que t'ont value tes grands mérites, le pouvoir que tu tiens, permettront-ils de la trouver ? — Hâte-toi. Michel est dévoué : il l'est encore; il ne le sera bientôt plus qu'à lui-même.
Ce que je t'adresse ici, mon cher frère, c'est l'intime récit que Michel A. vient de nous faire de sa vie. Il lui faut une occupation. La haute position que t'ont value tes grands mérites, le pouvoir que tu tiens, te permettront de la trouver. Il m'est dur de voir sans emploi tant d'intelligence et de force. Sous notre triste république, notre France appauvrie, lassée, pleurerait moins ses pertes d'énergie, si de chaque homme de valeur elle faisait directement son redevable.

En quoi Michel peut-il servir l'État ? J'avoue que je l'ignore, et c'est à toi de le trouver. J'estime que tes fonctions t'y obligent. Que si de telles énergies n'ont pas de raison d'être en l'État, c'est que l'État n'a pas raison d'être pour elles. Ce qui tuera la République, disais-tu, c'est ce dont elle n'aura pas su tirer parti. Je te rappelle ta parole. Michel n'est pas le seul, je crois, dont cette confession soit l'histoire. Hâte-toi, Michel est dévoué ; il l'est encore ; il ne le sera bientôt plus qu'à lui-même.

Page 15 (369-370).
Entre nous *quatre* (ajouté).

je prévins aussitôt Daniel et Denis...
prévenant

auprès de notre père malade...
mourant

n'avaient pu que nous étonner.
ne purent

Page 16 (370).
Je t'adresse donc ce récit, tel que Denis, Daniel et moi l'entendîmes.
tel que tous trois nous l'avons dû récrire, hélas ! le déformant parfois par oubli, tâchant surtout de lui garder son accent même. Ce furent les récits de trois mois, Michel les fit sur sa terrasse (ici le pluriel a été ajouté).

Page 17 (370).
comme certains bourgs de l'Ombrie...
Hongrie

deux mulets avaient pris nos valises.
prirent nos valises et nous montâmes à pied ; nous ne vîmes avant d'arriver, personne d'autre que notre guide ; le pays paraissait désert.

Page 22 (373).
Le grave enseignement *huguenot* (ajouté).

Page 23 (374).
Ainsi j'atteignis vingt-cinq ans.
quatre
Je chérissais en moi chaque beau sentiment.
tous les beaux sentiments.

Page 25 (374).
nous couchions dans mon appartement de Paris *où l'on nous avait préparé deux chambres* (ajouté).

Page 28 (376).
à la *faveur* de mon baiser... *(douceur)* une sorte de pitié nouvelle; *j'eus comme un confus sentiment de tout ce que la vie pouvait être, de son*

amour à elle (d'un tel océan de beauté) — *que les larmes jaillirent de mes yeux.*

Page 29 (376).
Au matin du dernier jour d'octobre... (ajouté).

Page 40 (381).
une grande porte vitrée ouvrait sur la terrasse.
Comment Marceline avait-elle pu découvrir une si riante et commode demeure ? Elle avait dû la payer cher ! n'allions-nous pas dépenser trop ? je m'inquiétai... non ; nous n'excédions pas nos revenus, répondit-elle ; j'ai calculé ; aie confiance ! — Je fis comme elle me disait, me reposant sur elle, et je m'abandonnai doucement.
(Enchaîner sur : *là (alors) coulèrent des jours sans heures...*)

Page 43 (382).
Elle me laisse *un instant* (ajouté).

Page 45 (383).
et *brusquement* (rayé) tout à coup c'était venu.

gros (ajouté) caillot...

jusqu'alors j'avais pensé que, pas à pas, la guérison allait venir...
avant je pensais naïvement

c'est que je commençais, *hélas !* (ajouté) d'aimer la vie.

dans cet effort vers l'existence...
jusqu'à présent je n'avais pas fait ce qu'il faut.

Page 47 (384).
Pour un temps, seule ma guérison...
Désormais

Page 48 (384).
pour la respiration, l'exercice, la nourriture (ajouté).

Page 49 (385).
ce petit retard au régime que j'avais résolu d'adopter devenait de la plus grave importance;
le différer faisait tout perdre ;

suppléerait les médiocres plats de l'hôtel...
subviendrait

Page 50 (385).
Le lendemain, c'était dimanche. *Marceline se rendit à la messe.*

Page 55 (387).
et qui m'avait beaucoup gêné depuis trois jours, était tombé.
ces derniers

leur manteau blanc prend la couleur de l'ombre.
Je fus pris d'un singulier frisson en entrant dans cette ombre étrange, saisis mon châle et m'en enveloppai.

Page 57 (388).
répondit à Bachir en arabe.
— C'est ma sœur, me dit-il ;
elle est bête ; elle ne parle pas le français

Page 58 (388).
pareille aux canéphores.
choéphores

d'une large étoffe bleu sombre.
plissée

qui se relève à la ceinture.
ramène

et retombe d'un coup jusqu'aux pieds.
Cette étoffe était bleu foncé, presque noire. Aux oreilles elle avait d'énormes anneaux de métal. (Enchaîner : *Dès qu'elle vit Bachir...*)

Page 59 (389).
Ce fut un grand garçon de quatorze ans, noir comme un Soudanais, pas timide du tout, qui s'offrit de lui-même. *Il se nommait Ashour* (ajouté).

Il m'aurait paru beau s'il n'avait été borgne.
(« *Hélas ! je dus en voir plus d'un dans ce pays — sans compter presque autant d'aveugles. Le sable, les réverbérations de midi, la froideur trop subtile des nuits en sont cause, — mais les mouches surtout, qu'on ne tue guère, parce qu'elles sont trop nombreuses, et parce que la religion le défend — qui portent l'ophtalmie d'un œil sur l'autre ; j'ai vu plus tard ces mouches, sur le visage des tout petits posées, le petit ne les chassant pas, s'approcher des yeux et, sur les rives des paupières, nombreuses, rangées, comme des vaches à l'abreuvoir, y venir boire.* ») *Mon nègre se nommait Ashour.* (*Il portait au coin de l'œil mort la cicatrice encore de l'incision qu'on fit pour détourner le mal (de l'œil)* (rayé). *Il me raconta cela et d'autres choses ;*)

elle fuyait dans l'oasis et la traversait en entier.
versant à toutes les cultures par un système de petits canaux analogues à ceux des jardins. Il parlait remarquablement et me dit que depuis deux ans pleins il ne retournait plus à l'école, mais qu'il y avait bien travaillé.
(Enchaîner sur : *Je l'écoutais, oubliant...*)

L'IMMORALISTE

Je la trouvai dans la salle à manger *occupée* (ajouté).

si malingre et *d'aspect* (ajouté) (rayé) si chétif...

Page 63 (391).
puis, trouvant un aliment suffisant (dans leur rythme) et m'en délectant à loisir.
dont je me délectais encore

Page 64 (391).
Le goût que je reprenais à marcher et à regarder m'y portait. « *Laisse-moi t'y accompagner, me dit-elle ; je te guiderai... je porterai ton châle... tu verras...* » *Son insistance fut charmante. Elle fit tant, parla si gentiment, se promettait un tel plaisir de revoir avec moi des lieux que seule elle ne voyait plus sans tristesse... je ne me sentis pas le cœur de la peiner, cédai, et lui promis en souriant que le lendemain matin nous nous promènerions ensemble.*
L'oasis de Biskra s'étend d'un tout autre côté que le jardin public. J'ai dit que celui-ci commençait devant notre porte ; pour y gagner celle-là nous devions traverser un grand morceau de ville. Cette ville moderne n'est ni laide ni belle ; elle est sans caractère aucun ; de petites places, de petits squares coupent la monotonie des maisons ; quelques arcades, des galeries... j'oubliais la place du marché, place assez vaste, encombrée de vendeurs arabes ; souvent un conteur groupe autour de sa voix tout un peuple d'enfants et d'oisifs ; parfois un montreur de serpents, un bateleur. Les vêtements blancs au soleil sont bleus et gris tendre dans l'ombre. Le mouvement est neuf, rythmé (délicieux) (rayé). *Tout autour du marché, des cafés maures. Puis la rue des Ouled-Naïls, décente le matin, presque déserte, fatiguée ; puis une place encore et puis un grand espace vide, un terrain neutre, vague et laide. Le ruisseau du jardin public, amené jusque-là sans tertre, le traverse, va rejoindre les palmiers qu'on voit.* — « *Est-ce loin ? dis-je à Marceline.* — *Non ; tout près ; je t'en prie, viens encore...* »)
(Enchaîner sur : *Et dès le lendemain nous sortîmes ensemble*.)

Page 65 (391).
Marceline me regardait. *L'air était d'une charmante douceur.*

Page 66.
Une brèche au mur ; nous entrâmes.
C'était un lieu plein d'ombre et de lumière ; tranquille, *je ne peux décrire cela...*

et qui semblait comme à l'abri du temps ;
ah ! plus que je ne peux le dire. (Remplacé par : *et qui semblait comme*, etc.)

appel discret des tourterelles...
lointain

Page 67 (392).
il ne descendait pas jusqu'à nous, n'agitait que les palmes hautes...
— A présent, viens, dit Marceline, il est bientôt midi. — Restons encore ! mais la chaleur s'accrut. Nous partîmes.

Page 69 (393).
Ainsi que Marceline l'avait dit, ces jardins étaient tous pareils, et pourtant chacun différait.
Dans certains on laissait les palmiers rejetés ; c'était alors au pied de chaque fût, une frondaison merveilleuse. Dans presque chaque jardin, des enfants ; quand ils étaient plusieurs, on entendait de loin leurs rires, ou, quand c'était un berger solitaire, la flûte dont il charmait son ennui.

Parfois Marceline m'accompagnait encore ;
Nous allions tous deux nous asseoir auprès d'un moulin primitif qu'activait l'eau d'une séghia. Un petit âne gris y apportait le blé et en remportait la farine. Non loin des moulins était une tente de nomade. Nous n'étions pas plus tôt assis qu'on voyait sortir de la tente une fillette plus drapée que vêtue, d'un grand lambeau d'étoffe rouge ; je ne peux vous redire la grâce et la beauté de cette enfant. Elle se nommait Jamina ; elle nous apportait des œufs frais que lui achetait Marceline et que souvent je pipais aussitôt, puis restait assise près de nous, tout près de Marceline, complètement blottie contre elle, sans rien dire. Elle ne savait pas le français.
C'est avec Marceline aussi que, pour la première fois, j'entrai dans un des vieux villages ; perdus au fond de l'oasis, ils sont cinq, distant chacun d'un kilomètre à peine, un d'eux enfoui, presque disparu sous les palmes. Les murs des maisons sont pareils aux murs des jardins, comme eux d'argile rose et grise. Par endroits, un couloir voûté garantit en été de l'ardeur du soleil.

(Enchaîner sur : *Mais plus souvent, dès l'entrée des vergers...*)

Page 70 (393).
Je me souviens de chacun d'eux; je les revois...
Agib était élégant comme un faune ; sa face un peu camuse y faisait penser ; c'était le plus habituel compagnon de mes courses ; Moktir était celui de Marceline ; chacun des deux enfants avait choisi son maître plutôt que nous n'avions choisi nos valets. Agib ne demandait jamais rien, peut-être parce qu'il pensait ainsi mieux s'y prendre. (Passage primitivement rayé : *Moktir avait un grand frère qui vendait des pains au marché. Moktir passait pour très sage ; on lui demandait des conseils ; il savait où s'achetaient les marchandises les meilleures et le prix qu'il les fallait payer ; mais il semblait trop fier et, je crois, méprisait les chrétiens.*)
De l'école il y avait Zeli, Mordani, que Marceline appelait Majali et Nō ouï, qui prenaient au piège des oiseaux. Le tout petit Hammali était fils d'un caïd, de celui du village nègre, nègre lui-même autant que possible ; il avait de noir, surtout, les alentours du nez et de la bouche, et des yeux lorsqu'il avait pleuré. Il avait une petite sœur charmante, dont je n'ai jamais su le nom ; (un jour nous vîmes en allant) un autre Hammali

plus âgé avait parmi tous les enfants la réputation de voleur ; il avait toujours l'air de rôder ; on le trouvait aux tournants des murs, sournois, défiant, rieur ; il m'attirait assez, j'aurais voulu le mieux connaître, mais, à cause des autres petits, je n'osais trop le fréquenter. Il m'accompagna un jour avec Ali, dans une courte promenade que je fis dans le lit de l'oued. Je m'assis sur un tronc d'olivier que les eaux avaient apporté là ; les deux enfants jouaient aux osselets devant moi et marquaient les gains sur leurs jambes d'un coup d'ongle ; sur la peau brune de Hammali et sur la peau dorée d'Ali, cela faisait des marques blanches. Ali avait une petite figure plus fine que les autres, un front bombé, un nez pincé, une bouche cruelle ; il était toujours ou joueur ou colère ; les émotions se succédaient en lui trop vite ; il ne dormait pas, avait mal à la tête ; il était forcené dans les jeux ; il ne devait aimer personne ; mais lorsqu'il voulait obtenir de moi quelque chose, et il voulait tout obtenir, alors il devenait caressant, charmant, câlin comme une fille.
Il y avait Ouardi, dont le nom voulait dire qu'il était né dans la saison des roses, car ouarda dit rose en arabe ; Brahim, Sadek, d'autres encore... j'avais plaisir à parler d'eux : pardonnez-moi si je m'attarde.
(Enchaîner sur : *Vers la fin de janvier*, etc.)

Page 72 (394).
le moindre sentiment de révolte
de réprobation (rayé).

Page 74 (395).
longtemps encore.
sitôt après (rayé) les pluies de février...

Page 77 (396).
Un jour viendra, pensai-je, un jour viendra où, même pour porter à mes lèvres, même l'eau dont j'aurai le plus soif, je n'aurai plus assez de forces...
(ajouté).

Page 83 (399).
Ce passage avait été rayé tout d'abord :
(*Et je me comparais aux palimpsestes ; je goûtais la joie du savant, qui, sous les écritures plus récentes, découvre sur un même papier un texte très ancien infiniment plus précieux. Quel était-il, ce texte occulte ? Pour le lire, ne fallait-il pas tout d'abord effacer les textes récents ?*)
Lui faisait suite :
Et j'admirais qu'une des premières manifestations de cet être instinctif et frustre que j'appelais, eût été, après la simple joie de vivre, un incorrigible plaisir en voyant Moktir me voler. J'ajoutais, aussitôt : qu'importe ? Vais-je m'accuser à présent de n'accuser pas le voleur ? Si d'avance je précise l'endroit où je dois éprouver le plaisir, si je m'impose, ce sera de nouveau la contrainte ; je ne peux juger à présent que d'après l'instruction reçue, et c'est elle précisément que je repousse ; ne jugeons pas. Laissons

que l'instinct seul me guide. Le moindre effort de volonté, même dans la recherche, risque aussitôt de tout fausser. Je ne veux pas me composer ou comparer (illisible); *je veux me découvrir.*
Cette joie ressentie à la vue du vol de Moktir, cette première découverte, est très surprenante il est vrai ; mais le propre des découvertes, c'est de surprendre ; s'il n'y avait pas eu surprise, c'est qu'il n'y eût pas eu découverte non plus... (Aussi bien n'étais-je plus l'être malingre... Tout ce passage jusqu'à : Il fallait laisser le temps, aux caractères effacés, de reparaître, ne pas chercher à les former avait été rayé aussi puis fut gardé.)

Page 85 (399-400).
Je refusai de voir Agrigente.
Segerte et Selinante (correction).

Près de Salerne, *quittant la côte* (ajouté).

En marge, et sans indication :
Marceline lui demande : vous sentez-vous mieux ? — Je ne sais pas si je suis mieux ; je sais que je suis autre.

Page 88 (401).
quelques paysans débraillés...
travailleurs

Page 89 (401).
J'offris tout mon corps à sa flamme.
Je m'assis, me couchai, me tournai ; bien qu'à l'abri du vent, je frémissais et palpitais à chaque souffle ; (mais l'air sec, le soleil empêchaient la sueur (illisible), *je ne prenais pas froid, je le savais). Je sentis bientôt de partout une cuisson délicieuse ; mon sang me paraissait affleurer vers ma peau. (Je n'avais plus de tristesse à me voir ; j'étais heureux ; j'étais sans honte ; un engourdissement voluptueux me faisait m'attarder encore.) (Je sentais sous moi le sol dur et contre moi l'agitation des herbes folles me frôler.) Ce dernier passage fut reporté après :* « *me couchai, me tournai* ».

Page 90 (401-402).
se protéger par.
s'envelopper de

milieu.
début

Ce quatrième jour, j'avançai, résolu d'avance, jusqu'à l'eau plus claire que jamais, et, *sans la regarder* et, sans plus réfléchir, *ni attendre* m'y plongeai d'un coup tout entier.
(*Des châtaigniers au feuillage naissant, des coudres, des bouleaux se recourbaient autour de moi formant bocage ; au-dessus de moi leurs rameaux*

se croisaient, entouraient ce lieu d'un mystère que le soleil seul traversait.)
(Vite) (ajouté) *transi,* etc.

Page 91 (402).
Je me trouvais non pas robuste encore, mais pouvant l'être, harmonieux, sensuel, presque beau. *Cependant un désir, non pas nouveau, mais inconnu quant à sa force gonflait et raidissait ma chair. C'était comme un* surflux* *de vie, de joie, tout prêt de déborder, de jaillir, d'emplir de ma fécondation un autre être. Un grand élan d'amour précipita mon sang vers Marceline ; je me levai, m'habillai vite, j'allai la trouver en courant. Mais le besoin violent que ma chair avait d'elle tomba (sans que je puisse bien m'expliquer pourquoi : de sorte que je fus presque) (heureux que) dès que je fus près d'elle ; ou plutôt un sentiment retors, que je vous peindrai tout à l'heure, mais que, si je ne peux assez bien m'exprimer, vous ne saurez parfaitement comprendre, me fit encore différer tout un jour.*
Le lendemain, nous quittions Ravallo pour Sorrente.

Page 94 (403).
Forcé de vivre en attendant, je conservais, comme Descartes *mais seulement en apparence, une sorte de façon provisoire de penser, de juger et d'agir...* (mot illisible). *Marceline ainsi put...*

je devais donc dissimuler.
J'en connais un qui épousa une femme très pieuse ; lui ne l'était pas, mais à son contact le devint ; durant longtemps il n'osa pas s'agenouiller près d'elle dans une église ; « Elle l'eût trop remarqué, me disait-il ; je n'aurais, moi, songé qu'à son plaisir ; et du coup ma foi naissante eût avorté. » Je le comprends.
(Enchaîner sur : *Aussi bien, celui que Marceline aimait,* etc.)

Page 95 (403).
Ainsi ne livrais-je de moi qu'une image qui, pour être constante et fidèle au passé, devenait de jour en jour plus fausse.
Me comparant à cette image, je m'y reconnaissais chaque jour moins ; en souffrais, en jaunissais tour à tour, et gardais le désir précis de pouvoir un jour rejeter le masque, m'en dépouiller comme j'avais fait de ma barbe.
(Enchaîner sur : *Mes rapports avec Marceline...*)

Je veux dire que ce jeu m'occupait de Marceline sans cesse.
puis je croyais encore, alors, qu'un intense amour de la vérité me brûlait ; de combien, pensai-je, celui pour Marceline est-il plus grand, puisque je lui sacrifie cet amour. Et peut-être cette contrainte au mensonge, etc.
(En marge : « *peut-être à garder pour plus tard* ».)

* Ou *surplus*. Mais *surflux* est lisiblement écrit.

Page 96 (404).
Je finis par trouver plaisir à cette dissimulation même, à m'y attarder comme au jeu de mes facultés inconnues.
Et quand plus tard enfin je parlai, lorsque je crus devoir me découvrir à Marceline, ce fut, je le sens à présent, non tant par besoin de franchise que par besoin très instinctif d'une macération que je reportais ou faisais déborder sur elle, par besoin protestant d'une certaine cruauté.
(Enchaîner sur : « *Et j'avançais chaque jour, dans une vie plus...* »)

Page 97 (404).
Je ne souhaitais ce matin rien voir...
alors

Page 98 (404-405).
qui borde *en cet endroit* (en marge) la falaise.
la sinueuse falaise

Il passa devant moi qui n'eus que le temps de me ranger, n'arrêta pas à mon appel *et malgré ce que put tenter ma femme ; je l'entrevis* (Marceline) (ajouté) *très pâle, me faire un geste que je ne pus comprendre et dont elle me dit plus tard que son unique but était de me rassurer...*
(Enchaîner sur : *Je m'élançai, mais la voiture*, etc.)

Le cocher, sitôt qu'il me voit, m'accueille avec d'horribles jurons.
qui me reconnaît
Peut-être aurais-je laissé là la voiture si nos valises n'y eussent été attachées ; — d'ailleurs je ne raisonnais pas.
(Enchaîner sur : « *J'étais furieux contre cet homme...* »)

Page 99 (405).
et je crois bien que seule l'idée de la police m'arrêta.
Pourtant je ne pouvais rester ainsi et ma position sur cet homme, dès qu'elle n'était plus tragique devenait vraiment ridicule. L'habile Marceline m'en tira : avisant tout à coup les cordes qui retenaient nos valises, elle parvint à en dégager un long bout, y fit un nœud coulant, me le jeta ; je parvins, non sans peine, à ligoter solidement (notre homme) *l'enragé. Comme un sac je le jetai dans la voiture.*

Page 100 (405).
et la donner toute avec joie.
bonheur. Et je lui étais comme reconnaissant de (rayé).
Ce fut un *rire* d'un moment où nos âmes se confondirent.
En marge : « *élargir, en natte* ».

Page 107 (408).
Il me semblait qu'il ferait bon y demeurer.
quand j'en parlai à Marceline, cette idée ne parut pas lui déplaire ; de Paris nous irions voir si nous installer là serait possible.

L'IMMORALISTE

Page 108 (408).
Marceline s'ingéniait à le favoriser par mille soins charmants et mille prévenances.
Elle était près de moi, discrète ou conseillère.

Page 112 (410).
l'esprit calme, dispos.
joyeux (rayé).

Page 113 (410).
Je rêvais sous quelle riche charge...
songeais

De cette abondance ordonnée.
réglée (rayé), *de cet asservissement joyeux* (ajouté).

Page 114 (411).
Il semblait, tant j'étais calme, qu'elles n'eussent jamais existé.
En marge : *(Marceline en riant me demandait ce qu'était devenue ma crise.)*
(Pourtant, je sais bien à présent que rien en nous ne se supprime, et que le plus retrait peut, le temps y aidant, reparaître de ce qui une fois s'est montré.)

Cela même ne lui suffit point; je dus l'accompagner sur les terres.
On commençait de faucher les luzernes. Sa sentencieuse prud'homie...

Le flot de mon amour les avait recouvertes toutes *(ajouté)*.
Par le grand flot de mon amour elles étaient alors submergées, comme le sont par la marée les basses (?) roches, que le flot peut (?) bien quelque temps recouvrir mais qu'il ne supprimera pas.

Page 115 (411-412).
Où donc était-il donc à présent ? demandai-je.
 « *Chez un oncle, un frère de ma femme, près d'Alençon, dans une ferme modèle, (pour bien apprendre le métier)* » répondit Bocage. *(Près d'Alençon a été reporté avant : répondit Bocage.)*

Ah! c'est un grand gars maintenant; bientôt il en saura plus que son père.
A son âge, Monsieur... (ajouté, puis rayé).

Page 116 (412).
C'était un beau gaillard...
grand

Page 119 (413).
mais, à la fin du jour...
n'empêche qu'à... (correction).

Page 120 (414).
Et cette intelligence toute pratique, qui m'exaspérait en Bocage en cet enfant sut m'amuser.
J'y pris goût.

Page 122 (415).
Ils sont tous paresseux, dans ce pays, ajoutait-il.
J'avais accepté bénévolement jusqu'alors les plus invraisemblables nouvelles que Bocage, de temps à autre, me donnait de mon étable et de mon (?).
Des six fermes que je me trouvais, etc...

Page 127 (417).
Encore quelques jours de dressage.
d'apprentissage (correction).
Et Marceline même l'eût monté si son état lui eût permis cet exercice. *Je ne sais pas trop qui lui donna* (inachevé).

Page 128 (417).
nous gagnions la limite des bois.
lisière (correction).

Page 130 (418).
d'exalter l'inculture, *la barbarie* (correction) et d'en dresser l'apologie...

la (*une* ou *cette*) feuille dite « promesse de bail »
(*où soient inscrites par avance toutes clauses nouvelles et (toutes) modifications des anciennes*). Fort des assurances de Charles...

Page 131 (418).
Je plaisantais (ajouté). Qu'avais-je à faire de ces terres ?

Page 133 (419).
L'odeur *qui montait des pommes et des sacs* était âcre et douceâtre...

Page 137 (421).
Aux premiers jours de novembre.
dans les derniers jours de septembre (d'octobre), nous rentrions à Paris.

Page 140 (422).
Quel recours contre moi-même pouvais-je trouver en Hubert, Didier, Maurice.
Tityre.

Page 142 (423).
— Mais, mon ami, vous ne pouvez demander à chacun de différer de tous les autres.
C'est précisément sur les points de ressemblance que notre sympathie peut naître et la société se former.

Page 143 (423).
— Plus ils se ressemblent.
— *Peut-être, mais plus ils* se ressemblent entre eux et plus ils diffèrent de moi.
— Vous le croyez surtout ; vous revenez à peine et vous avez vécu très longtemps seul.
— Ils me le font sentir, je vous assure.
— *Vous ne pouviez demander à leur société de vous attendre pour se former.*
— Ah ! ni même pour se fermer.
— Ingrat ! On vous accueille à bras ouverts.
— A condition que je vive à leur manière et paraisse leur ressembler.
— *Vraiment, se ressemblent-ils tant ?* passage pri-
— *Non, peut-être ; mais tous leurs efforts les portent* mitivement
à se modeler selon un même type... rayé.
— Et si ce type est bon, que leur reprochez-vous ?
— Oh ! rien... *(mais)* (rayé) *(et je me taisais un instant puis reprenais plus tristement :)* (en marge). *Aucun n'a su être malade. Ils vivent, ont l'air de vivre...*

Page 145 (424).
Je gonflai ma première leçon de toute ma passion nouvelle.
Le plus clair résultat fut qu'on n'y comprit rien du tout.

puis aussitôt...
peu à peu se concrétise, se fige, durcit...

Page 146 (425).
Et ceux qui me complimentèrent *me prouvèrent, par leurs louanges mêmes, qu'ils n'y avaient rien compris* (ajouté).

Ce fut à la sortie de mon cours que je revis pour la première fois Ménalque. *Je fus fort étonné de le voir à Paris ; plus encore de le voir à mon cours. Je ne l'avais jamais beaucoup fréquenté...*

Page 158 (430).
Marceline... était à demi étendue sur des coussins ; elle était affreusement pâle.
Il me parut qu'elle avait sous les yeux des grands cernes comme des taches (ajouté, puis rayé).
(Elle) (rayé) *me parut si (affr.)* (rayé) *(profondément)* (rayé) *fatiguée que j'en fus effrayé,* etc...

Page 159 (430 et 431).
Il me pria de le présenter à ma femme ;
et de cela je me serais volontiers passé, car je craignais l'effet (je ne l'eusse certes pas fait de moi-même).

Ménalque était élégant, *bien fait.*

Page 161 (431).
même il ne choisit pas le patron qu'il imite ; il accepte un patron tout choisi. *C'est par amour de sa propre faiblesse, que l'homme imite.*

Page 163 (432).
ou sinon ils regardent ce qu'ils font comme mal fait. *Ils ne peuvent rien apprendre au monde et restent vis-à-vis de.* Au seul soupçon...

Page 165 (433).
— C'est entendu, *Ménalque* (rayé), je passerai cette nuit de veille avec vous.

Un vieux médecin assez sot... nous avait *tout d'abord* (ajouté) rassurés à l'excès
dès notre arrivée à Paris.

Page 171 (436).
Pourquoi, dis-je, vous qui vivez votre sagesse, *ou le prétendez faire* (rayé), n'écrivez-vous pas vos mémoires ?

Page 172 (436).
Ah ! Michel, *Bernard,* toute joie nous attend...

Page 177 (438).
elle semble aller un peu mieux, mais *elle doit garder encore* (rayé) la plus grande immobilité...

Page 181 (440).
Elle me persuada que je m'en étais fait responsable, *m'affirma qu'il ne tenait qu'à moi que (de) je ne m'entendisse à leur exploitation aussi bien qu'un autre si je voulais m'y bien appliquer* et que je me devais d'y réussir.

et rien ne me reposait plus que de sentir moins triste son sourire. *Berthe, la pauvre fille de Bocage, (qui me semble)* (rayé) *plus contrefaite encore que l'an passé, tout heureuse de la revoir lui tenait de nouveau compagnie.* Je pouvais la laisser sans crainte.

Page 182 (440).
tant pénétrait mielleusement en moi
cette balsamique et vivifiante atmosphère.

L'IMMORALISTE

Page 183 (441).
Dès que Marceline fut assez bien pour recevoir, quelques amis vinrent habiter avec nous.
Ce furent Albert, avec sa jeune femme, qui jouait assez bien du piano, S... le frère de Marceline (un peu trop dévoué pour mon goût), Alexis et la vieille demoiselle de la M (?) qui disait : mon frère a déjà calculé (que) si l'on partageait également entre tous les fortunes, chacun n'aurait (guère plus de) (rayé) *que douze sous ; alors (vous comprenez que ce n'est pas la peine)* (rayé), remplacé par : *comment voudriez-vous que chacun vive ?* (Enchaîner sur : *Leur société affectueuse...*)

Page 184 (441).
Il me semblait, ainsi, que ma vue ne fût plus seule à m'enseigner le paysage, mais que je le sentisse encore par une sorte d'attouchement qu'illimitait cette bizarre sympathie.
Je connus l'engourdissement des mains des laveuses ; sur l'épaule du pêcheur demi-nu, le claquement glacé de l'épervier liquide et, suivant les bûcherons dans les bois, la qualité et jusqu'à la qualitité de leur effort.

Page 188 (443).
C'est que mes occupations et mes goûts n'étaient plus ceux de l'an passé. *Je sentais bien que mes deux fermes...*

Page 194 (445).
Ce passage est en marge du manuscrit :
Avidement je me penchai sur son mystère. Tout à la fois il dépassait mon espérance, et ne me satisfaisait pas. Était-ce là ce qui grondait sous l'apparence ? ou peut-être n'était-ce encore qu'une nouvelle hypocrisie ? N'importe ! Et j'interrogeais Bute, comme j'avais fait les informes chroniques des Goths. De ses récits sortait une trouble vapeur d'abîme qui déjà me montait à la tête et qu'inquiètement je humais.

Page 196 (446),
La servante, y ayant pris goût, avait tenté de débaucher le petit prêtre. *(Et comme je demandais à Bute s'il était sûr que.)* Et l'essai n'a pas réussi ? *demandai-je (ajouté).*
— Il tient encore, mais plus bien dru, répondit Bute.
— Et le petit ?
— Oh ! pour celui-là, il y a déjà beau temps que c'est fait !
Tout cela me portait un peu à la tête. (Enchaîner sur : « *N'as-tu pas dit qu'il y avait une autre fille ?* »)

Depuis ce temps-là, c'est dans le bois du château qu'on s'amuse.
Depuis ce temps-là, c'est dans le bois Landry qu'on s'installe. (Elle a sa chambre sous les feuilles. Sur la mousse, ça n'est pas dur) (rayé).

Page 201 (449).
J'admirais l'herbe plus mouvante et plus haute, les arbres épaissis, *et plus majestueux.*

Page 202 (449 et 450).
Il gardait dans ses vêtements une chaude odeur de poulaille.
Il se glissait sous les (rayé) *voyant tout...* (illisible).

Le gibier abondait cette année. Lapins, lièvres, chevreuils se succédaient, voyant... (illisible) *comme un renard.*

Page 209 (452).
Charles, tu sais parfaitement que je ne me suis moqué de personne, et *que ce que j'ai fait, moi seul en...* (illisible). (Enchaîner sur : « *si je fais ce qui me plaît...* »)
Et Charles dit cela d'une voix de plus... (rayé).

Page 211 (453).
Tout cela est absurde !
Je voudrais effacer ce jour de ma mémoire... mais il n'est pas fini ; que va-t-il apporter encore ? allons ! qu'est-ce ? (Enchaîner sur : « Marceline *ce soir* (ajouté) *ne peut descendre...* »)

Page 212 (453).
Ailleurs je t'aimerai comme je t'aimais à Sorrente.
Allons en Suisse, dis ? Et tout de suite tu guériras. Là-bas, plus de fermes, plus rien pour m'enlever à toi. Tu m'as cru changé, n'est-ce pas ? Mais ailleurs (ajouté) *tu sentiras bien que rien n'a changé notre amour. Partons ! Rien ne nous retient plus ici, rien ne nous appelle à Paris. Vois comme je fis bien de ne plus accepter ces cours !*

Page 214 (454).
une chambre ayant vue sur le lac; *et malgré que je souhaitais d'y ramer...*

Page 216 (455).
Tiefenkasten, le Julier, Samaden... *je me souviens de tout* (ce passage commence la phrase).

Page 217 (455 et 456).
toutes les contagions *de maladie* (rayé) s'y cachent...

Mais j'ai trop montré mon angoisse; Marceline *à qui je rends le mouchoir* tristement s'efforce de sourire...

Page 226 (459).
Je cessais de compter sur l'argent de La Morinière; elle ne rapportait plus rien et Bocage écrivait qu'il ne trouvait pas d'acquéreur.
Primitivement : *Ma folle impatience avait laissé vendre La Morinière à vil prix.*

Page 231 (461).
je la surveillais s'endormir, *puis sortais. Il m'est même arrivé de me coucher.*

je me relevais (rayé) sans bruit.

Page 233 (462).
Ma non tutti *gli italiani* (ajouté dans l'édition définitive).

Page 234 (463).
nous força d'attendre huit, *cinq* jours.

Et j'avais beau me dire que *pour eux* (rayé) leur vie misérable *hasardeuse* ne pouvait avoir pour eux le goût...

Ah! j'eusse voulu *mordre à même, boire à leur coupe triviale,* rouler avec eux sous la table...

Page 235 (463).
J'imaginais plus loin leur existence, *leurs labeurs, leurs repas, leurs crimes, leurs amours.* J'eusse voulu *plus loin* (ajouté) les suivre, *partager avec eux joie ou peine* (rayé).

Je rentrais à l'hôtel, *certes confortable bien peu, mais où d'abord,* où semblait écrit sur la porte...

Page 237 (464).
J'eusse voulu qu'elle n'eût pas raison, mais devais bien m'avouer, *sentais bien en effet qu'en...*

Ah! je voudrais qu'en chaque phrase, ici, toute une moisson *cueillaison*

Page 238 (464).
Je ne sens rien que de noble en moi. *(En marge au crayon. Chapitre?)*

Page 239 (465).
La chaleur moite de la côte affaiblissant, *fatiguant* (rayé).

Et du talus où nous étions assis, *couchés.*

Page 240 (465).
Que j'étais faible, alors!... (ajouté).

Page 241 (466).
Qui l'eût cru: Sadeck *(en marge nom illisible)* s'est rangé; il aide un frère aîné à vendre des pains au marché *sur la place.*

Il ne veut plus parler à ses compagnons déclassés... *Mon Dieu,* (rayé) que les carrières honorables...

Page 242 (466).
En me reconnaissant, il sourit (ajouté).

Page 245 (467).
la diligence nous emmène, *nous partîmes* (rayé).

BIBLIOGRAPHIE

Ont été données, en langue française, les éditions suivantes :

- 1902 Le *Mercure de France.*
- 1917 *G. Crès & Cie.*
- 1925 *H. Jonquières.*
- 1927 *E. Flammarion.*
- 1928 Le *Mercure de France.*
- 1935 Éditions *Flammarion.*
- 1945 Le *Mercure de France.*
- 1947 *Pierre Fanlac.*
- 1948 *Les C I, Société de Femmes Bibliophiles.*
- 1949 *Union Bibliophile de France.*

L'Immoraliste.
Paris. Le *Mercure de France.* 1902.
259 p. Couverture bleue.
Édition originale.
 Tirage : 300 ex. sur Vergé d'Arches.

Paris. Le *Mercure de France.* 1902.
260 p. Couverture jaune.
Première édition courante, contenant une préface de 4 p. qui ne figure pas dans l'édition originale, mais qui a été reprise dans les éditions suivantes.
 Tirage : Papier ordinaire.

Paris. *Georges Crès & Cie.* 1917.
XII-251 p. Couverture jaune; bleue pour les ex. Rives bleu pervenche.
Ornements typographiques de P.-E. Vibert.
En frontispice, portrait d'André Gide par Théo Van Rysselberghe. (Double tirage du portrait dans les ex. Rives bleu.)
Édition « Les Maîtres du Livre ».
 Tirage : 5 ex. sur Vieux Japon impérial (1 à 5).
 10 ex. sur Chine (6 à 15).
 47 ex. sur Japon impérial (16 à 62).
 110 ex. sur Rives bleu pervenche (63 à 172).
 1 050 ex. sur Vélin de Rives (173 à 1 222).

Paris. *Henri Jonquières & Cie.* 1925.
IV-265 p. Format différent, selon les papiers. Couverture jaune citron.
Illustrations de René Ben-Sussan.
Édition de luxe, illustrée.
 Tirage : 25 ex. sur Madagascar (A à Z).
 41 ex. sur Vélin du Marais (1, contenant les dessins originaux, et 2 à 41).
 60 ex. sur Hollande (42 à 101).
 1 100 ex. sur Vélin Navarre (102 à 1 201).

Paris. *E. Flammarion.* (S.D.) 1927.
64 p. Couverture rose illustrée.
Édition populaire « Select Collection ».
 Tirage : Papier ordinaire.

Paris. *Le Mercure de France.* 1928.
257 p. Couverture blanche. Format différent, selon les papiers.
Le dos indique : Œuvres de André Gide, II.
Édition « Œuvres de André Gide ».
 Tirage : 89 ex. sur Vergé d'Arches (1 à 89).
 550 ex. sur Vergé Lafuma (90 à 639).
 Papier ordinaire.

Paris. *Librairie Flammarion.* (S.D.) 1935.
64 p. Couverture verte illustrée.
Nouvelle Édition populaire « Select Collection ».
 Tirage : Papier ordinaire.

Paris. *Le Mercure de France.* (S.D.) 1945.
260 p. Couverture jaune.
Édition de Montréal.
L'Achevé d'imprimer indique : « *Pour B.D. Simpson et Feuche, Montréal, Canada* ».
 Tirage : Papier ordinaire.

Paris. *Pierre Fanlac.* 1947.
210 p. Couverture blanche.
En frontispice, portrait d'André Gide par André Bourdie.
Édition à tirage limité.
 Tirage : 1 000 ex. sur Vélin de Guyenne (dont 900 numérotés de 1 à 900, plus quelques ex. hors commerce).

(S.L.) *Les C I, Société de Femmes Bibliophiles.* 1948.
161 p. Couverture sur papier d'Auvergne chiné. Le dos est muet.
Lithographies de Jacques Thévenet. Le volume est en feuilles.
Édition de luxe illustrée.
 Tirage : 145 ex. sur Vélin d'Arches (44 numérotés en chiffres romains et 101 numérotés en chiffres arabes).

(S.L.) Paris. *Union Bibliophile de France.* 1949.
200 p. Cartonnage de l'éditeur, en toile verte.
Le texte est suivi d'une *notice bibliographique,* anonyme, de 8 p.
En frontispice, portrait d'André Gide par Henri Bataille, gravé
sur bois par Blaise Monod.
Édition à tirage limité.
 Tirage : 5 000 ex. sur Alfama du Marais (1 à 5 000).

 L'Immoraliste a été publié également dans l'édition illustrée en
deux volumes des *Récits, Romans, Soties* d'André Gide. Paris.
Librairie Gallimard. 1948. Tome I. Les caractéristiques des volumes
de cette série ont été données dans la notice bibliographique du
Traité du Narcisse.
 L'Immoraliste figure, en outre, dans les *Œuvres Complètes* d'André
Gide (tome IV, 28 juin 1933, XIII-620 p.). Les caractéristiques des
volumes de cette série ont été données dans la notice bibliographique du *Traité du Narcisse.*

ÉDITIONS ÉTRANGÈRES

 L'Immoraliste a fait l'objet, notamment, de traductions dans les
langues suivantes :

Allemand *Deutsche Verlags-Anstalt,* Stuttgart, 1929.
Hongrois Éditions *Franklin,* Budapest, 1926.
Serbo-Croate 1925.

 On peut également consulter les éditions étrangères des *Œuvres
Complètes* d'André Gide, dans lesquelles *l'Immoraliste* a paru. Parmi
celles-ci :

 Œuvres Complètes. Traduction japonaise.
 Éditions *Shinshosha,* Tokio (sans date).

MISES EN SCÈNE

 Adapté de l'œuvre d'André Gide, par Ruth et Auguste Goetz,
l'Immoraliste a été représenté aux États-Unis.
 Créé au Forrest Théâtre de Philadelphie, le 11 janvier 1954,
l'Immoraliste a été joué ensuite au Royal Théâtre de New York,
le 1er février de la même année.
 Géraldine Page tenait le rôle de Marceline, et Louis Jourdan,
celui de Michel.

 Dédié à Henri Ghéon, *l'Immoraliste* est classé comme *roman*
jusqu'en 1911, date à laquelle il devient *récit. (Nouveaux Prétextes.)*

J.-J. T.

LE RETOUR
P. 473. DE L'ENFANT PRODIGUE

André Gide écrivit *le Retour de l'Enfant prodigue* après une longue période de silence, à quoi l'insuccès de *l'Immoraliste*, après l'échec des *Nourritures terrestres*, n'était pas étranger. Venu d'un seul jet, ce traité interrompit la composition de *la Porte étroite*, sur laquelle Gide peinait beaucoup. Le *Journal* (16 mars 1907) dit : « *Achevé il y a quelques jours l'Enfant prodigue. (Il en était fort satisfait.) La composition du poème, brusquement entrevue à Berlin (de retour en France le 30 janvier, et il commença le 1^{er} février l'Enfant prodigue), je me suis mis aussitôt à l'œuvre ; pour la première fois l'exécution a suivi immédiatement la conception. J'avais peur, si je le couvais plus longtemps, de voir le sujet foisonner, se déformer ; enfin, j'étais las de ne plus écrire et tous les autres sujets que je porte présentaient trop de difficultés pour être traités aussitôt. De sorte que cet Enfant prodigue, je n'ai guère mis qu'une quinzaine de jours à l'élaborer et à l'écrire.* »

Publiée dans *Vers et Prose*, cette peu orthodoxe version de la parabole évangélique provoqua de vives réactions, tant de Francis Jammes que de Charles-Louis Philippe, et peut-être aussi de Paul Claudel, bien qu'enveloppées, de ce côté-ci, dans d'indulgentes et précautionneuses formules. Ce qui surtout choqua Jammes, c'est cette phrase : « *Allons, embrasse-moi, mon jeune frère. Tu emportes tous mes espoirs. Sois fort ; oublie-nous ; oublie-moi. Puisses-tu ne pas revenir...* » que Gide met dans la bouche du Prodigue. Francis Jammes s'est longuement étendu, dans une lettre datée de juin 1907, sur les réflexions que lui suggéra le sens de ces paroles :

> *Mon cher ami,*
>
> *Il m'importe peu de savoir quelles dernières convulsions t'agitent avant que tu poses plus nettement le pied sur les plages éternelles. J'ai réfléchi sur ta dernière œuvre, tissue d'un si torturé génie que je ne veux point la tenir pour un sophisme, un de ces jeux à quoi les* « *philosophes* » *excellent, une de ces souricières ou traquenards aux compliqués ressorts, indignes du chat et du rat. Et cependant Fontaine, qui parlait de ton poème avant que je le connusse, pensait que c'est le frère puîné qui se dirige vers la vérité et que, donc, c'est une défection du Prodigue. Il était alors inutile que ce dernier revînt à la maison du père pour donner lecture de* Paludes *à chacun des siens successivement.*
>
> *Après la phrase qui souhaite que le plus jeune ne revienne pas, les lecteurs, c'est évident, auront le droit de se méfier et de faire un retour à l'Évangile. Il était autre, celui-là dont N.-S. nous parle. Ce n'était point un être sans volonté.* « *Il faisait sa force de la conscience de sa faiblesse.* »

C'est un mot de Carrière — et s'il eût laissé le puîné s'enfuir, ç'aurait été que, sous des haillons de converti, se cachait un cœur puissant comme l'indulgence et qu'il n'ignorait plus que ce cœur seul est capable parfois de forger et de réduire en les brisant ceux qui n'ont pas foi dans les conseils des aînés. J'aurais voulu qu'assis à cette table, dans cette maison que tu emplis d'un tel bonheur d'expressions qu'elles font ma joie, l'Enfant prodigue fût aussi beau qu'il venait d'être prodigue. Mais Dieu lui-même et ceux qui viennent tour à tour discourir comme dans le Livre de Job, l'émeuvent-ils? Il n'a pas, ce semble, ce Prodigue, assez de ce grand Amour qui fait l'Union des fidèles et il ne sait pas goûter dans le frère aîné, ni lui pardonner, cette grandeur un peu amère de ceux qui suivent autant qu'ils peuvent, la dure Loi.

On peut certes — je mets toujours à part ici l'œuvre qui est admirable, comme le disait Régnier jugeant de l'Immoraliste — on ne peut nier que parfois, dans la préface et les dialogues, un grand cri ne s'élève, tout de ferveur. Mais sitôt que voilà ce rapatrié repris de sa manie de philosophe, qu'il discute froidement comme un courtier sur les livres de comptes, entame une discussion sur les bases de l'Église, il ne m'intéresse plus, il manque de grâce spirituelle. Je me suis aperçu de cet effet en lisant, avec le cœur et l'admiration que tu devines, ta pièce à des amis. Soudain, au milieu de ton splendide Été, il fait froid. C'est un malaise, du givre sur les épis mûrs de Booz.

Ce jeune homme manque d'audace car, comme l'on me disait, « il sent le besoin de s'excuser », et j'ajoute : de s'excuser de reconnaître son Père. Que l'on éprouve quelque amertume, cette amertume que le plus grand croyant peut ressentir, en quittant le jardin des Hespérides, je l'admets. Et il est vrai que la grenade sauvage dont, habile poète, tu extrais cette amertume, est à l'extrême limite du verger. Mais là un Ange défend l'entrée avec une épée flamboyante et plus d'yeux qu'Argus. C'est qu'il n'y défend plus de grenades, mais le blé de Dieu. Sans que je puisse, l'heure est trop grave, te louer en public pleinement sans craindre de la part du Prodigue quelque nouveau dédain vis-à-vis de son Père, j'incline à penser que la Faim de l'Éternelle Moisson t'a saisi. Chaque fois, ô cher maraudeur, que tu passeras sur la route, tu pourras voir, écartant de tes yeux la couronne d'épines, le soleil doucement mourir sur ce champ.

Tandis que Jammes considérait *l'Enfant prodigue* comme une œuvre imprégnée de jansénisme, Charles-Louis Philippe élevait un reproche où la voix du cœur dominait celle de l'esprit : *Si j'avais fait ce livre, que n'eussé-je pas dit au frère puîné! Je lui aurais montré tout ce qui peut exister de tendresse dans la maison, d'intelligence dans l'ordre et que tout ce que l'homme imagina de la grenade sauvage n'est rien auprès de ce que l'on voit dans les fruits du verger.* (Lettre à André Gide, du 2 juillet 1907.)

On sait qu'après avoir ramené Francis Jammes à la foi catholique, Paul Claudel s'était autorisé de cette victoire pour « entreprendre » Gide et le déterminer à abjurer. Jammes se prêta plus qu'il n'eût fallu à ce pieux apostolat, et poussa le zèle jusqu'à

faire entendre à Gide son intention de lui consacrer une *dithyrambique* « *étude* », dont l'objet évident serait de célébrer sa conversion escomptée. Entre Claudel et Gide, les choses étaient déjà très avancées, et des lettres échangées en pouvaient témoigner ; tellement même, que, se sentant cerné, acculé à la fois par les efforts conjugués de ses deux amis et par le sens erroné qu'ils avaient attribué à ses propos, Gide envoya sur-le-champ à Jammes une mise au point qui refroidit considérablement ce dernier. Une lettre adressée à Christian Beck, définit l'inébranlable position de Gide, et la portée de cet *Enfant prodigue* où il a mis en dialogues « *les réticences et les élans de* (son) *esprit... Tout de même, comprenant jusqu'au fond des moelles de l'intérêt du geste que Claudel et lui* (Jammes) *souhaitaient me voir faire et pourquoi je ne le faisais pas — et comment, si je l'avais fait, ce n'eût pu être qu'à la manière dont mon* Enfant prodigue *rentra à la* Maison *et pour aider à en sortir le petit frère — j'écrivis cette petite œuvre « de circonstance » où je mis tout mon cœur, mais aussi toute ma raison. Je la dédiai à Arthur Fontaine, ami de Jammes et de moi, vivement intéressé par la « question religieuse », à qui Jammes venait de dédier* Pensée des Jardins *avant son retour au catholicisme — et par manière de pendant.* » (2 juillet 1907.)

L'éthique de *l'Enfant prodigue,* en scandalisant le monde catholique par la réduction de l'Écriture Sainte à l'état d'argumen personnel, a largement contribué à placer l'œuvre d'André Gide au ban de la communauté chrétienne.

Il est admis que ce n'est point par tardive repentance et tendresse filiale que le Prodigue renonce à sa vie vagabonde, et que s'il est sensible aux pleurs de sa mère et au fondant accueil de son père, il ne cède qu'à la faim, au dénûment, au désespoir. Rassasié, serait-il revenu ? c'est douteux, pense-t-on. Une note de travail, extraite de *Feuillets,* donne créance à cette hypothèse que le Prodigue regagne la maison paternelle, sincèrement soucieux de mériter, par son pardon, cette intimité familiale que son inconséquente et aventureuse adolescence a si longtemps dédaignée, et que sa nostalgie de l'amer infini de la route résulte de l'exagération des bienfaits que son imagination espérait de ce retour. Voici le texte de *Feuillets* :

« *Enfant prodigue.*
« *Quand il rentre dans la maison qu'il se reproche d'avoir quittée, et quand il revoit ce petit jardin dont il se promettait tant de joie, il s'étonne de ne pas trouver les fleurs plus grandes, les fruits plus savoureux et l'affection des siens plus riante.* »

Devenu raisonnable, le Prodigue découvre dans l'entretien de ses parents une réminiscence de la contrainte qui l'avait engagé à fuir, et c'est alors qu'un regret s'impose à son intelligence, — regret qu'il ne se sent plus en posture de s'épargner par un nouveau départ, mais auquel il entend soustraire son jeune frère, si pareil à ce qu'il était lui-même autrefois.

Sans être plus explicite, Gide note dans le *Journal* (19 avril 1916) : « *Je vois ce que pourrait être une sorte de traité mystique, en pendant à mon* Enfant prodigue, *que j'intitulerais* : « *L'Entretien avec Nicodème* ».

En réponse à ce qui a été écrit sur les licences que Gide aurait prises avec la langue, c'est encore son *Journal* qui plaide : « ... *Mais il est certaines hardiesses, certains tours que je maintiens, en dépit des puristes ou des cuistres ; certaines « fautes » qui ne sont pas fautes à mes yeux, ou qui sont fautes conscientes et volontaires* (...) — « *distingue s'approcher sa mère* », *dans l'*Enfant prodigue *— souvenir de l'admirable vers de Chénier* :

 Sur l'arène immobile il l'admire couler

— et, après plusieurs noms, sujets d'un verbe, l'accord du verbe seulement avec le dernier de ceux-ci — dont maints exemples chez les classiques. Etc. »

<div style="text-align:right">J.-J. T.</div>

BIBLIOGRAPHIE

Le Retour de l'Enfant prodigue a d'abord été publié dans *Vers et Prose,* tome IX, mars-avril-mai 1907.

Ont été données, en langue française, les éditions suivantes :

1907 Éditions *Vers et Prose.*
1909 *Bibliothèque de l'Occident.*
1912 Éditions de la *Nouvelle Revue française (avec cinq autres Traités).*
1919 Éditions de la *Nouvelle Revue française.*
1922 *Au Sans-Pareil (avec cinq autres Traités).*
1947 Éditions *Ides et Calendes* (comme *pièce*, dans le *Théâtre Complet*).

Le Retour de l'Enfant prodigue.
Paris. Éditions *Vers et Prose.* 1907.
24 p. Couverture Vergé crème.
Le dos est muet, et la couverture, anonyme.
Cette édition est constituée par le tirage à part du texte paru dans *Vers et Prose.* (Voir plus haut.)
Édition originale.
 Tirage : Sur papier Vergé, à très peu d'exemplaires.

Paris. *Bibliothèque de l'Occident.* 1909.
42 p. Couverture blanche. Le dos est muet.
Édition de luxe.
 Tirage : 100 ex. sur Vergé d'Arches.

LE RETOUR DE L'ENFANT PRODIGUE 1543

Le Retour de l'Enfant prodigue (précédé de cinq autres Traités).
Paris. Éditions de la *Nouvelle Revue française, Marcel Rivière & Cie.*
1912.
240 p. pour les ex. Arches; 247 p. pour les ex. papier ordinaire.
Format différent, selon les papiers. Couverture blanche.
Première édition collective.

Tirage : 40 ex. sur Vergé d'Arches.
 Papier ordinaire. (Quelques exemplaires ont été cartonnés par l'éditeur.)

(S. L.) Paris. Éditions de la *Nouvelle Revue française.* (S.D.) 1919.
53 p. Couverture papier crème, décorée en noir et rouge.
Le dos est muet. Illustrations de Louis Jou.
Édition de luxe, illustrée.

Tirage : 1 ex. sur Chine (contenant les bois de Jou barrés, sur Whatman).
 5 ex. sur Japon ancien.
 510 ex. sur Vergé d'Arches.

Le Retour de l'Enfant prodigue (précédé de cinq autres Traités).
Paris. *Au Sans Pareil.* 1922.
203 p. Couverture brun clair.
Édition à tirage restreint.

Tirage : 10 ex. sur Japon impérial.
 25 ex. sur Hollande.
 25 ex. sur Vergé d'Arches.
 1 115 ex. sur Vélin Lafuma-Voiron.

Le Retour de l'Enfant prodigue (dans *Théâtre Complet, III,* avec la traduction de *Antoine et Cléopâtre*).
Neuchâtel et Paris. Éditions *Ides et Calendes.* (S.D.) 1947.
229 p. Couverture blanche.
Lithographies de Maurice Brianchon.
Le texte est suivi d'une notice de Richard Heyd.
Édition collective illustrée.

Tirage : 21 ex. sur Guarro Molivell.
 53 ex. sur Marais.
 3 550 ex. sur Vergé Ivoire.

Le Retour de l'Enfant prodigue a été publié également dans l'édition illustrée en deux volumes des *Récits, Romans, Soties* d'André Gide. Paris. *Librairie Gallimard.* 1948. Tome I. Les caractéristiques des volumes de cette série ont été données dans la notice bibliographique du *Traité du Narcisse.*

Le Retour de l'Enfant prodigue figure, en outre, dans les *Œuvres Complètes* d'André Gide (tome V, octobre 1933, 424 p.). Les caractéristiques des volumes de cette série ont été données dans la notice bibliographique du *Traité du Narcisse.*

ÉDITIONS ÉTRANGÈRES

Le Retour de l'Enfant prodigue a fait l'objet, notamment, de traductions dans les langues suivantes :

Allemand (Suisse).
(Traduction de Rainer Maria Rilke).
Hollandais
Anglais
Espagnol

On peut également consulter les éditions étrangères des *Œuvres Complètes* d'André Gide, dans lesquelles *le Retour de l'Enfant prodigue* a paru. Parmi celles-ci :

Œuvres Complètes. Traduction japonaise.
Éditions *Shinshosha*, Tokio (sans date).

MISES EN SCÈNE

Le Retour de l'Enfant prodigue a été adapté à la scène, et représenté dans les théâtres suivants :

4 tableaux, montés par *le Rideau de Paris* sur la scène du Théâtre de l'Avenue (3 représentations).
(A été joué en décembre 1928, à Monte-Carlo.)
Première représentation le 23 février 1933.
Musique de scène de Henri Sauguet.
Mise en scène de Marcel Herrand.
Marcel Herrand tenait le rôle de l'Enfant prodigue.

Le Retour de l'Enfant prodigue a été joué, ensuite, au Théâtre de l'Atelier.
Répétition générale le 18 juin 1934.
Musique de scène de Henri Sauguet.

Et au Théâtre des Mathurins, sous la direction de Jean Marchat.
Première représentation de gala le 15 juin 1949.
Musique de Henri Sauguet.
Décors de Michel Juncar.
Costumes de Grès.
Mise en scène de Jean Marchat.

Enfin, *le Retour de l'Enfant prodigue* a été représenté, en lever de rideau, sur la scène du Théâtre Hébertot.
Première représentation le 22 mai 1953.
Mise en scène de Jean Vernier.
Décors de Michel Juncar.
Reprise, toujours en lever de rideau, le 27 octobre 1954.

J.-J. T.

P. 493. LA PORTE ÉTROITE

Lorsqu'il entreprend la composition de *la Porte étroite,* André Gide traverse une période de découragement due pour une grande part à l'incompréhension où ses livres — depuis *André Walter* jusqu'à *l'Immoraliste* — sont tenus, tant par le public que par ses amis. Au seuil de cette nouvelle œuvre, nourrie de tant d'amour et de larmes et qu'il porte dans sa tête depuis plus de quinze ans, l'auteur s'interroge sur l'opportunité de ses écrits et sur l'authenticité de sa pensée. Une phrase piquée au hasard dans une interview d'Octave Mirbeau, qui considère *l'Immoraliste* comme un *livre admirable, dont on n'a pas assez parlé,* suffit à rendre à Gide pleine conscience de sa personnalité.

Inspiré par la mort d'Anna Shackleton, cette amie de sa mère dont il est beaucoup parlé dans *Si le grain ne meurt,* le récit porta successivement les titres suivants : *l'Essai de bien mourir* (1891), *la Mort de Mademoiselle Claire* (1894), *la Route étroite.* En 1905 alors que *la Porte étroite* commençait à prendre forme, son titre définitif n'était pas encore arrêté.

Sans doute *la Porte étroite* est-elle des plus significatives, des plus importantes dans l'œuvre de Gide, par les profondes résonances qu'elle trouve dans sa vie, mais l'on ne saurait dire qu'elle est un raccourci de tout l'œuvre de Gide, son sommet ou sa plus parfaite expression. Gide lui-même n'a-t-il pas écrit : « *Je viendrais à mourir aujourd'hui, toute mon œuvre disparaîtrait derrière* la Porte étroite; *on ne tiendrait plus compte que de celle-ci.* » (*Journal,* 23 mai 1910.) Ce qui, peut-être, porte témoignage du caractère exceptionnel de cette œuvre, c'est son sujet même et les balancements de Gide, qui d'année en année en différa l'écriture. A ce propos, il dit encore : « *Si je disparaissais à présent, personne ne se pourrait douter, d'après ce que j'ai écrit, du meilleur qui me reste à dire. Par quelle témérité, par quelle présomption de longue vie, ai-je gardé toujours le plus important pour la fin ? Ou par quelle timidité, tout au contraire, par quel respect de mon sujet et crainte de n'en pas encore être digne !...* » (*Journal,* 7 février 1912.)

L'on s'est beaucoup avancé en disant que Gide manquait complètement d'imagination et, partant, que son génie avait dû être fécondé avant que de se manifester. Dans la notice qu'il écrivit pour *la Porte étroite,* dans les *Œuvres Complètes* de Gide, Louis Martin-Chauffier met en garde les lecteurs qui, sur la foi d'une prétendue indigence créatrice, ne verraient dans ce récit qu'un habile emploi des préoccupations affectives qui toujours tinrent Gide en haleine. Sans doute tout n'est-il pas inventé, dans *la Porte étroite, mais la réalité ne fournit que le point de départ à un récit où tout est invention, et où la figure d'Alissa est si bien une création roma-*

nesque que l'auteur, pour à la fois l'expliquer et rendre sensible une vie intérieure, sans l'expression profonde et directe de laquelle son héroïne eût paru presque invraisemblable, s'appliqua à composer de toutes pièces ses lettres et son journal. Et d'ailleurs, Gide dit, dans son *Journal*, et dès l'aube de sa carrière littéraire, que dès avant sa trentième année son œuvre était toute construite et qu'il la sentait « *se démener dans sa tête* ». Ce qui explique le soin qu'il eut, à plusieurs reprises, de souligner la gestation simultanée en lui de la plupart de ses livres. Parlant de *l'Immoraliste*, de *la Porte étroite* et des *Caves du Vatican*, il écrit : « ... *Tous ces sujets se sont développés parallèlement, concurremment — et si j'ai écrit tel livre avant tel autre c'est que le sujet m'en paraissait plus* at hand *comme dit l'Anglais. Si j'avais pu, c'est ensemble que je les aurais écrits. Je n'aurais pu écrire l'Immoraliste, si je n'avais su que j'écrirais aussi* la Porte étroite, *et j'avais besoin d'avoir écrit l'un et l'autre pour pouvoir me permettre les Caves.* » (Lettre à André Beaunier, 12 juillet 1914.) Plus loin, Gide fournit cette explication complémentaire : « *Critique de* la Porte étroite. — *Il leur reste malaisé d'admettre que ces différents livres ont cohabité, cohabitent encore, dans mon esprit. Ils ne se suivent que sur le papier et par grande impossibilité de se laisser écrire ensemble. Quel que soit le livre que j'écris, je ne m'y donne jamais tout entier, et le sujet qui me réclame le plus instamment, sitôt après, se développe cependant à l'autre extrémité de moi-même.* » (*Journal*, Cuverville, 1909.)

Nous avons dit plus haut que *la Porte étroite* s'était appelée, un moment, *la Mort de Mademoiselle Claire*. Ce titre avait été inspiré à Gide par la mort, en 1884, d'Anna Shackleton. Dans *Si le grain ne meurt*, l'auteur évoque la fin solitaire d'Anna, dans une froide chambre de clinique : « *J'imaginais, j'entendais l'appel désespéré, puis le retombement, de cette âme aimante que tout, sauf Dieu, désertait ; et c'est l'écho de cet appel qui retentit dans les dernières pages de ma* Porte étroite. » Quant à l'héroïne du livre, qui a été trop volontiers confondue avec Mme André Gide, s'il est vrai qu'elle emprunte à cette dernière bien des traits, il n'en demeure pas moins que son créateur ne lui a donné le nom d'Alissa que pour la distinguer de la douce Madeleine, à laquelle il se serait senti gêné d'intéresser le public. Il s'en est expliqué lui-même en termes émouvants : « *Je n'aimais pas beaucoup ce nom d'Emmanuèle que je lui donnai dans mes écrits, par respect pour sa modestie. Son vrai nom ne me plaisait peut-être que parce que, depuis mon enfance, il évoquait tout ce qu'elle représentait pour moi de grâce, de douceur, d'intelligence et de bonté. Il me paraissait usurpé lorsqu'il était porté par quelque autre ; elle seule, me semblait-il, y avait droit. Quand j'inventai, pour ma* Porte étroite, *le nom d'Alissa, ce ne fut point par préciosité mais par réserve. Il ne devait y avoir qu'une Alissa.* » (Et nunc manet in te.) Et il ajoute, dans ce même ouvrage : « *Mais quelle erreur commettrait celui qui croirait que j'ai tracé son portrait dans ma* Porte étroite ! *Il n'y eut jamais rien de forcé ni d'excessif dans sa vertu. Sans doute tout en elle ne demandait qu'à s'épanouir doucement, tendrement...* »

Gide ne put composer *la Porte étroite,* notamment, qu'aidé par son éducation religieuse et par la gravité de son amour pour Madeleine. Pourtant, au moment qu'il commençait de l'écrire, déjà son cœur s'était séparé de sa chair, et ce conflit qu'il peint, c'est-à-dire le déchirement d'Alissa partagée entre les exigences de la vertu et celles de la vie, l'opposait et à lui-même et à son amour. Issu de cette situation particulière, le malentendu dont souffraient à la fois Gide et sa femme introduisit dans leurs rapports ce que Roger Martin du Gard appelle une « zone de froid dans les profondeurs », en même temps qu'il dicta ces phrases, extraites de *Et nunc manet in te* : « *J'y ai raconté de mon mieux* (dans *la Porte étroite*) *cet effort pour* « *se replier sur ses minima* », *comme eût dit Barrès. Cet ébranlement dont je parlai plus haut ne commença que plus tard, et ce travail pour me détacher d'elle après s'être détachée de moi. Je m'y suis attardé dans ma* Porte étroite, *anticipant, par une sorte de prévision, ce que la réalité vint confirmer plus tard.* » Déjà, dans son *Journal,* Gide s'était étendu sur la notion de sacrifice, qui sera développée dans *la Porte étroite,* non moins d'ailleurs que l'héroïsme, et sans doute aussi inutile : « *Qu'eussent été mes* Nourritures, *si j'avais su promener ma faim jusqu'aux tropiques ? Mais la force des liens à briser fait la beauté de la délivrance, et mon premier soin fut de tisser d'abord des liens. Je voudrais ne rien regretter et me persuader que, plus extérieurement vagabonde, ma vie eût été moins significative ; et que je n'aurais pas écrit* la Porte étroite. » (30 décembre 1929.) Au contraire du caractère de Madeleine Gide, où chaque vertu s'harmonisait calmement, où de l'épanouissement de l'une l'autre s'enrichissait, n'y a-t-il pas quelque chose d'excessif dans la rigueur d'Alissa ? Étudiant le comportement de son héroïne, Gide ne laisse pas de s'inquiéter d'une intransigeance à laquelle il ne trouve d'autre mobile qu'une piété sans concession pour les faiblesses du cœur. Une note, dans le *Journal sans dates,* nous renseigne de reste à cet égard : « *A propos d'un article sur* la Porte étroite. *Héroïsme gratuit, oui sans doute. Alissa, je me souviens, si sensible et qui ne retenait pas ses larmes au départ d'un ami que pourtant elle devait bientôt revoir, Alissa restait les yeux secs à l'instant de quitter Jérôme ; non par grand raidissement intérieur ; mais parce que tout ce qui se rattachait à Jérôme restait pour elle entaché de vertu. La pensée de son amant appelait chez elle, immédiatement, une sorte de sursaut d'héroïsme, non volontaire, inconscient presque, irrésistible et spontané.* » S'il faut voir, dans *la Porte étroite,* un exposé, à rebours, du problème conjugal que Gide ne put jamais résoudre, c'est-à-dire la motivation, sous couvert de sainteté, du refus de tout son être de mêler à l'amour idéal qui le possédait quoi que ce fût de charnel et d'impur, l'on peut savoir gré à l'auteur d'une grandeur, d'une noblesse grâce à quoi le débat s'humanise. Et c'est pourquoi, sans doute, Gide écrivit, dans *Ainsi soit-il* : « *J'admire toutes les formes de la sainteté (encore que certaines me soulèvent le cœur), mais Claudel a bien fait de m'instruire, par l'étonnante lettre qu'il m'écrivit au sujet de ma* Porte

étroite, *dénonçant l'hérésie protestante dans ce fait d'aimer le bien indépendamment de la récompense promise. Il précisa par la suite, dans une conversation, que le catholique doit humblement aimer et pratiquer la vertu parce que... et c'était mon orgueil de huguenot qui répugnait au marché, à la partie liée avec Dieu : au donnant-donnant.* » En quoi Claudel se montrait plus réaliste que Gide, dont l'Alissa incarne l'aspiration à l'angélisme — reconnaissable dans le désir, ici, d'un amour, là, d'une dévotion, et dans les deux cas sans récompense. « *L'idée d'un marchandage n'est jamais entrée dans la religion que j'ai connue ; non, même pas l'idée d'une simple récompense.* » (Œuvres Complètes, *Feuillets*, février 1918.) Et si l'on admet que Claudel était pour Gide, à cette époque, le porte-parole et le représentant du catholicisme, telle fut la réaction de ce côté-ci. Du côté de Gide, il n'y eut pas non plus d'enthousiasme : celui-ci dut constater que le protestant, tout de même que le catholique, *ne peut guère admettre une piété d'ordre uniquement mystique et sans résultat social*. Il n'est, pour s'en bien persuader, que d'étudier la signification du *Projet de préface pour « la Porte étroite »* que Gide rédigea en 1912, par haine de Montfort et crainte de voir travestir sa pensée, et que nous reproduisons tout au long : « *Ainsi que je devais m'y attendre, ce petit livre ne rencontra dans le monde protestant aucune faveur, aucun accueil. Non seulement aucune revue, aucun journal protestant ne le signala, mais encore ne trouva même pas à le citer. Je reconnais à cette significative omission plusieurs causes, dont la première fut que le lecteur protestant refusa de reconnaître pour protestante mon héroïne. Et qu'elle soit plutôt janséniste, peu m'importe ; c'est un caractère, non un type que j'ai voulu portraiturer.*

C'est à la gratuité de l'œuvre d'art que le protestant demeure le plus réfractaire ; il veut à l'œuvre une signification, un enseignement, une utilité ; de même il ne peut guère admettre une piété d'ordre uniquement mystique et sans résultat social.

L'auteur craint bien de donner plus d'une fois encore le spectacle d'une aussi déconcertante inconséquence, et ne sait trop comment se défendre contre cette accusation de versatilité, d'incertitude, qu'on lui a déjà souvent fait entendre, et qu'il mérite assurément, car, quel que soit le héros qu'il peigne, il ne peut prendre parti contre lui, non plus qu'il ne le propose en exemple ; il prétend qu'un artiste doit pouvoir à son gré portraiturer tour à tour un « immoraliste », une sainte, un honnête homme ou un bandit, sans se déclarer pour ou contre.

Mais, du temps de Flaubert, ou de Molière comme aujourd'hui et comme de tout temps, le sujet seul importe au public de la première heure ; et point la qualité de la peinture, qui permet seule à l'œuvre de durer.

L'auteur ne peut que répéter ici ce qu'il écrivait au sujet de l'Immoraliste : « J'ai seulement cherché de bien peindre et d'éclairer bien ma peinture. » Cela peut n'aller point sans quelque passion.

La critique, qui va cherchant à travers ce livre mon opinion personnelle, erre. Et si tant est que j'en aie une, ce n'est pas ici le lieu de la dire. Mon rôle ici se borne à faire réfléchir le lecteur et je pense lui rendre ainsi plus

grand service qu'en lui servant des convictions, des opinions toutes faites, des nourritures toutes mâchées.

Les problèmes que je soulève ne comportent que des solutions particulières.

Ceux qui s'étaient épris de mon Immoraliste *ne me peuvent pardonner* la Porte étroite. *Je ne puis pourtant séparer dans mon esprit ces deux livres ; c'est ensemble que je les ai portés ; ils se font pendant, se maintiennent ; c'est dans l'excès de l'un que j'ai trouvé pour l'excès de l'autre une sorte de permission. Si l'auteur avait pu les produire simultanément, comme ils avaient été conçus, sans doute eût-il échappé à un malentendu assez grave : tandis que lui ne s'occupait que de son art (et j'allais dire : de son métier), certain public, s'achoppant au choix des sujets, y vit l'indice d'une évolution, d'un retour à des préoccupations anciennes, d'une palinodie. »* (Œuvres Complètes, Feuillets.)

Nulle âme religieuse, inévitablement soucieuse d'apostolat, ne pouvait applaudir à une image de la religion si inhumaine qu'elle en détournait à coup sûr les brebis égarées ; l'exemple même de Gide en est une suffisante preuve. C'était la conception d'une adolescence exaltée, avant la découverte de l'Afrique et pour tout dire de la vie, que l'auteur illustrait, à l'approche de ses quarante ans. Lui-même le reconnaissait dans « *cet anachronisme avec ce que nous pensons, sentons, voulons aujourd'hui* » (nous, c'est-à-dire Henri Ghéon, Jean Schlumberger et lui-même) (*Journal*, 19 novembre 1907), — en raison de la peine qu'il éprouva à mener à bien son livre. A ces difficultés, le *Journal* fait de constantes allusions : « *J'ai repris le travail avec assez de régularité, mais j'avance avec une lenteur incroyable. Je passe des heures sur un groupe de phrases que je rebouleverserai le lendemain. La scène, dans la chambre de Geneviève* (sic), *en particulier, lorsqu'il la trouve agenouillée, m'a donné un mal extrême. Mais j'admire à présent tout ce que je suis arrivé à* n'y *pas dire, à réserver.* » Et quelle délivrance, cause d'un nouveau départ, dans cette brève remarque : « *J'achève* la Porte étroite *le 15 — et le 16 rase mes moustaches.* » (*Journal*, 18 octobre 1909.)

Pourtant, ce livre, il le reprit aussi souvent qu'il fallut, désespérant peut-être de ses moyens, mais sans jamais douter de la nécessité de l'œuvre à faire. Aussi fréquemment que les assauts du découragement, revient l'assurance que Gide gardera même par la suite. De Cuverville, au printemps de 1909, il écrit : « *Le plus clair profit de mon voyage a été de mettre plus de distance encore entre moi et ce livre et de me débarrasser, je l'espère, de certaines habitudes de style et de pensée que ce livre m'avait fait prendre. Je le crois tel qu'il devait être ; et, je crois, qu'il fallait qu'il fût. Mais il ne diffère de rien plus que de ce qu'à présent je veux écrire et il m'exaspère deux pages sur trois. Précisons : Je suis très content du journal d'Alissa et de presque toutes ses lettres ; assez content d'un ou deux dialogues où s'affirme le caractère d'Alissa ; mais, pour le style du récit, je tiens que c'est du pignochage, très digne assurément du morne caractère du héros. Et certes tout se tient ; sans un tel héros la tragédie n'eût pas été possible, ou du moins serait-il intervenu,*

lui, dans l'évolution du caractère de la femme — évolution que je voulais très pure; je crois donc que j'étais contraint, parlant à la première personne indispensablement, de parler ainsi et que, par ses défauts même, le livre est réussi; mais combien cette réussite dans la veulerie m'est déplaisante ! et qu'il me tarde de morigéner tout cela ! Que j'en ai donc assez de ces tons rompus et de ces nuances fuyantes ! Je rêve de personnages sans effusions, d'yeux sans larmes, de cœurs sans délicatesse. Tout le vocabulaire de l'amour m'est désaffecté pour cinq ans... (Œuvres Complètes.) Revenant sur l'inhibition qu'il éprouve pour la narration des subtilités du cœur, Gide insiste : « *Le livre à présent m'apparaît comme un nougat dont les amandes sont bonnes* (id est : *Lettres et Journal d'Alissa*) *mais dont le mastic est pâteux, médiocrement écrit; mais il ne pouvait en être autrement avec la première personne, le flasque caractère de mon Jérôme impliquant la flasque prose. De sorte que, tout compte fait, je crois le livre réussi. Mais qu'il me tarde d'écrire autre chose ! J'en ai pour dix ans avant d'oser employer de nouveau les mots : amour, cœur, âme, etc...* » (*Journal,* 7 novembre 1909.)

Jamais plus qu'à propos de la triade : *Immoraliste-Porte étroite-Caves du Vatican,* Gide n'eut le sentiment, l'intime persuasion de sa diversité. C'étaient trois aspects inséparables de sa physionomie intérieure, et il s'inquiétait de l'image qui en survivrait tant que resterait à peindre un des trois volets du triptyque. D'un caractère complexe, et dont il n'avait rien fait pour réduire la complexité, *la Porte étroite* avait mission, dans l'architecture générale de l'œuvre, d'exprimer une inquiétude, limitée mais essentielle, prépondérante au temps de sa jeunesse, et que depuis maintenait à vif le drame quotidien de son mariage. De combien d'élan, d'amour et de douleur ce livre n'était-il pas le monument ! Mais le drame était actuel, et nul doute que de là ne vinssent surtout les difficultés. Ni Gide n'avait atteint avec sa femme la sérénité qu'ils retrouvèrent à la fin, ni lui-même n'en avait fini avec ces aspirations mystiques dont vivent Alissa et Jérôme. Encore présentes, tant dans *Numquid et tu* que dans *la Symphonie pastorale,* peut-être ne cessèrent-elles jamais, ou bien tard, d'être pour Gide une préoccupation brûlante : un sens du divin, ou du mystique, épanoui un temps, puis contrecarré, heurté par d'autres tendances que *l'Immoraliste* avait mis dans l'ombre, comme un fleuve dont le cours est souterrain. Mais il fallait que l'œuvre gidienne fût achevée pour que nous puissions suivre dans leur entrelacement chacun des fils de la tresse, fils dont le mysticisme n'est pas le plus ténu. Au temps de la publication successive de ses livres, Gide seul savait quels liens il gardait avec chacun. De là d'inévitables malentendus, auxquels plus que tout autre donna lieu *la Porte étroite,* et auparavant *l'Immoraliste* et *les Nourritures terrestres.* Chacun pensa, pour l'en louer ou l'en blâmer, que Gide résignait dans ce livre son « paganisme ». Jammes le premier, quoique familier de l'auteur, se félicita tout aussitôt de la palinodie qu'il distinguait dans *la Porte étroite.* A plus forte raison, des critiques moins informés. Cependant, aux félici-

tations de l'auteur des *Élégies*, Gide répondit : « *Je suis heureux que tu goûtes ma* Porte étroite *où je crois que j'ai mis le meilleur de moi. A vrai dire pourtant, je m'étonne un peu de cette extraordinaire faveur que rencontre la première partie de mon livre* (il s'agit des fragments publiés dans la N.R.F.) *car je n'écrivis ces premiers chapitres que pour soutenir et permettre la suite, qui seule importe à mes yeux. C'est ce qui me fit hésiter d'abord à débiter ce livre en tranches. N'importe : les bons lecteurs comme toi sauront rapprocher les trois morceaux dans leur esprit.* » (*Correspondance Gide-Jammes*, lettre du 19 février 1909.)

Soulignons, par ailleurs, que la lecture de *la Porte étroite* a probablement aidé Jammes à caresser *l'espoir de voir André Gide aboutir à une conception de la vie plus conforme à celle qu'il prônait lui-même*. Et la satisfaction du poète de se traduire par un article dithyrambique, qui parut dans *l'Occident* en juillet 1909.

Gide cependant, dès cette époque, demandait, en vain, que ses livres fussent jugés *du seul point de vue esthétique*. Non tant pour éviter qu'ils pâtissent des contradictions morales accumulées, que parce qu'il trouvait lui-même, dans l'œuvre d'art, leur seule solution. Personnellement tiraillé, déchiré, il se persuadait qu'il y allait de l'enrichissement de son œuvre, et ainsi tout était justifié. De sorte que, plus le sujet lui tenait au cœur, plus il le touchait de près, et plus il s'efforçait de le détacher, à force d'art, de sa vie propre. Il avait dit, au seuil de *l'Immoraliste* : « *J'ai seulement cherché de bien peindre et d'éclairer bien ma peinture.* » Le même avertissement convenait, étant leur seul point commun, à *la Porte étroite*. Il fut tout aussi peu respecté. Dans quelle mesure, nul ne le savait, mais personne ne pouvait douter qu'une expérience personnelle n'animât le récit, lui communiquant ce frémissement sans lequel il n'eût pas été aussi attachant. A quel point ce livre allait à l'encontre du goût du jour, et quel courage il avait fallu pour l'entreprendre, Gide s'y arrête un instant : « *La question de courage ne s'est, pour moi, jamais posée ; mais sans doute en fallait-il autant pour écrire et publier la* Porte étroite, *alors que tous les littérateurs qui m'accompagnaient en ce temps se désintéressaient profondément des questions religieuses et morales, essentiellement anti-artistiques estimaient-ils, et qu'en m'en occupant, en en faisant la matière même de mon récit, je pouvais bien prévoir que je me disqualifierais à leurs yeux. Ajoutez qu'en ce temps nous n'écrivions que les uns pour les autres, sans aucun souci du* public, *qui vraiment n'existait pas pour nous.* » (Œuvres Complètes, *Feuillets*.) Ce qui n'empêcha nullement *la Porte étroite* de connaître le succès auquel elle pouvait prétendre, au grand étonnement de Gide : « *La* Porte étroite *se vend !* succès auquel ton éloge de l'*Occident n'est pas étranger, mais dont ne revient pas le Mercure ; on a dû, il y a trois semaines, recomposer précipitamment le volume, car, non seulement on n'avait cru bon de tirer qu'à mille, mais encore on avait négligé de prendre les empreintes, parce que Gourmont avait écrit ce printemps :*

« *— Ah ! que les religions sont laides !*

— Et sottes !

— *Et qu'elles nous inspirent mal !* » (*Correspondance Gide-Jammes,* 26 octobre 1909.)

Pourtant, à s'attacher si profondément, si anxieusement aux problèmes religieux, il parut à Gide qu'il avait épuisé le goût de l'esprit de sacrifice, de ce que Montherlant appelle : « la contrenature ». Il y avait de l'excès dans cette attention, si longuement concentrée sur les détours et les nuances d'un sentiment qu'il ressentait, certes, mais parmi d'autres, comme il y en avait eu, portant sur l'attitude contraire, au temps de *l'Immoraliste*. Pour atteindre un plus haut équilibre, c'est-à-dire l'harmonie de l'œuvre entière, il lui avait fallu, momentanément, sacrifier celui de sa propre vie. Mais à la fin, quand, le livre achevé, il se trouva libéré, l'auteur ne put supporter plus longtemps l'atmosphère morale que, pour écrire, il avait faite sienne. Les mêmes raisons qui l'avaient contraint à écrire *la Porte étroite,* maintenant l'en détournaient. Ses moustaches rasées, il partit tout aussitôt. La lettre que nous avons citée plus haut, écrite de Cuverville en 1909, et plusieurs passages du *Journal,* nous révèlent quel jugement, avec un certain recul, Gide portait sur son œuvre, après qu'il y eut mis la dernière main. Cette lettre nous fournit à la fois l'occasion de mesurer l'importance, pour Gide, de la raison d'art, et combien avait pris vie, en lui, son personnage : ce mastic pâteux était appelé, pour l'unité du récit, par la nature de Jérôme, assez inconsistante et telle que l'avait voulue l'auteur. Peut-être y aurait-il, en méditant l'exemple de *la Porte étroite,* d'utiles réflexions à faire sur le rôle respectif de l'imagination et de l'autobiographie dans l'œuvre de Gide. Partant d'une identification comme celle-ci, qui lui fait prendre, pour faire parler son héros, un style conforme au caractère de ce dernier, et manifestement différent du sien propre, n'y aurait-il pas lieu de beaucoup porter au crédit de l'imagination de l'auteur ?

On ne saurait passer sous silence le commentaire, au delà du plaisir qu'il en eut sur le moment, qu'inspira à Gide le surprenant succès de *la Porte étroite* : « *Je crois que ceux de mes livres qui ont le plus vite atteint le public (un public assez peu nombreux) sont ceux qui apportaient le moins de nouveauté. Je songe particulièrement à la Symphonie pastorale et à la Porte étroite. J'ai exposé dans mes Prétextes la théorie de Caray, que je crois également juste métaphoriquement : Les terres les plus riches sont celles que l'on n'atteint qu'en dernier lieu, et qu'avec le plus grand effort.* » (*Œuvres Complètes, Feuillets.*) Constatation à laquelle peut se joindre, pour un dialogue très gidien autour de cette œuvre, une note du *Journal,* prise en 1913, c'est-à-dire quatre ans après l'achèvement du livre : « *Relu hier soir cinquante pages de* la Porte étroite; *chaque fois que je reprends ce livre, c'est avec une émotion indicible ; mais, si les dialogues, les lettres et le journal d'Alissa m'en paraissent excellents — aussi réussis que possible — par contre les morceaux de rejointoiement ne sont pas exempts de préciosité. Dirait-on que le sujet le voulait : alors il fallait prendre un autre sujet. Je ne veux plus accueillir de sujet qui ne*

LA PORTE ÉTROITE 1553

permette, qui n'exige, la langue la plus franche, la plus aisée et la plus belle. »

<div style="text-align:right">J.-J. T.</div>

BIBLIOGRAPHIE

Le roman *la Porte étroite* a d'abord été publié dans la *Nouvelle Revue française,* livraisons des 1er février, 1er mars et 1er avril 1909.

Ont été données, en langue française, les éditions suivantes :

- 1909 Le *Mercure de France.*
- 1920 *G. Crès & Cie.*
- 1925 *H. Cyral.*
- 1927 Le *Mercure de France.*
- 1930 Le *Mercure de France.*
- 1934 *Arthème Fayard & Cie.*
- 1937 *Éditions du Nord.*
- 1938 *La Guilde du Livre.*
- 1943 *La Nouvelle Revue de Belgique.*
- 1944 *Americ-Edit.*
- 1945 *F. Hazan.*
- 1946 *D. Wapler.*
- 1946 *La Guilde du Livre.*
- 1948 *Paul Hartmann.*
- 1948 *Club Français du Livre.*

La Porte étroite.
Paris. Le *Mercure de France.* 1909.
275 p. Couverture bleue.
Édition originale.
Tirage : 300 ex. sur Vergé d'Arches.

Paris. *Georges Crès & Cie.* 1920.
278 p. Couverture de couleurs différentes, selon les papiers.
Frontispice gravé sur bois par Paul Baudier. Ornements typographiques de Pierre Vibert et André Deslignères. *Ce texte a été légèrement corrigé.*
Édition « Les Maîtres du Livre ».
Tirage : 25 ex. sur Vieux Japon (1 à 25).
 22 ex. sur Japon impérial (26 à 47).
 105 ex. sur Rives bleu lavande (48 à 152).
 1 800 ex. sur Vélin de Rives (153 à 1 952).

Paris. *Henri Cyral.* 1925.
217 p. Couverture blanche illustrée en couleurs.

Format différent, selon les papiers.
Illustrations de Daniel Girard.
Édition de luxe, illustrée.
> Tirage : 1 ex. sur Hollande (1, contenant les dessins originaux).
> 20 ex. sur Vélin d'Arches (2 à 21).
> 1 000 ex. sur Vélin de Rives (22 à 1 021).

Paris. Le *Mercure de France*. 1927.
249 p. Couverture blanche.
Format différent, selon les papiers.
Le dos indique seulement : *Œuvres de André Gide I.*
Les exemplaires sur Vergé Lafuma portent le millésime : *1928.*
Édition « Œuvres de André Gide ».
> Tirage : 89 ex. sur Vergé d'Arches (1 à 89).
> 550 ex. sur Vergé Lafuma (90 à 639).
> Papier ordinaire.

Paris. Le *Mercure de France*. 1930.
237 p. Couverture de couleurs différentes, selon les papiers. Format de même.
Nouvelle édition.
> Tirage : 550 ex. sur Vergé Montgolfier (1 à 550).
> Papier ordinaire.

Paris. Éditions *Arthème Fayard & Cie*. (S.D.) 1934.
126 p. Couverture jaune ornée d'une vignette.
Vingt-quatre bois de Morin-Jean.
Édition illustrée.
> Tirage : papier ordinaire.

Bruxelles. *Éditions du Nord* 1937.
251 p. Couverture blanche illustrée.
Illustrations de Berthold Mahn.
Édition illustrée.
> Tirage : 1 ex. sur Japon blanc (1, contenant les dessins originaux, une suite en couleurs sur Hollande et une suite en noir sur Chine).
> 25 ex. sur Japon impérial (2 à 26, contenant une suite en couleurs sur Hollande et une suite en noir sur Chine), plus 4 ex.
> 50 ex. sur Hollande (27 à 76, contenant une suite en noir sur Chine), plus 5 ex.
> 1 000 ex. sur Vélin (77 à 1 076), plus 40 ex.

Lausanne. *La Guilde du Livre*. (S.D.) 1938.
213 p. Cartonnage de l'éditeur, en toile vert clair.
Huit lithographies d'Étienne Cournault. Photographie d'André Gide et fac-similé de lettre à *La Guilde du Livre*.

LA PORTE ÉTROITE 1555

Édition à tirage limité.
 Tirage : 4 230 ex. sur papier Alfa (1 à 4 200 et I à XXX).

Bruxelles. *Nouvelle Revue de Belgique.* (S.D.) 1943.
219 p. Couverture blanche.
Bandeaux, lettrines et culs-de-lampe gravés par Ben Genaux.
Édition à tirage restreint.
 Tirage : 1 000 ex. sur Vélin blanc (1 à 1 000), plus quelques exemplaires marqués H.C.

(S.L.) Rio de Janeiro. *Americ-Edit.* (S.D.) 1944 (?).
Édition brésilienne.
 Tirage : probablement sur Pur Lin Regente Ledger, et sur papier de la Cia Petropolis.

Paris. Éditions *Fernand Hazan.* 1945.
202 p. Cartonnage de l'éditeur, orné en noir et or.
Édition à tirage restreint.
 Tirage : papier bible.

Paris. Éditions *Dominique Wapler.* (S.D.) 1946.
197 p. Couverture blanche. Le dos est muet.
Vingt-cinq eaux-fortes de Paulette Humbert. Le volume est en feuilles.
Édition de luxe, illustrée.
 Tirage : 365 ex. sur Rives (1 à 25, comprenant une suite premier état, une suite état définitif et un dessin original; 26 à 75, comprenant une suite premier état et une suite état définitif; 76 à 350 et I à XV).

Lausanne. *La Guilde du Livre.* (S.D.) 1946.
211 p. Cartonnage de l'éditeur, en toile vert clair.
Nouvelle Édition.
 Tirage : papier blanc.

Paris. Éditions *Paul Hartmann.* 1948.
182 p. Couverture blanche.
Édition à tirage limité.
 Tirage : 20 ex. sur Vélin de Rives (1 à 20).
 1 000 ex. sur Vélin de Lana (21 à 1 020).

(S.L.) Paris. *Le Club Français du Livre.* 1948.
211 p. Cartonnage de l'éditeur, gris.
Le titre intérieur indique : *suivi du* Journal de la Porte étroite, *établi d'après le* Journal, *la correspondance et l'œuvre critique d'André Gide, par Maurice Saillet.*
Édition privée.

Tirage : 3 126 ex. sur Vergé de Vizille (A à Z, I à C et 1 à 3 000).
300 ex. sur Johannot d'Annonay (CI à CD).

Le roman *la Porte étroite* a été réimprimé, en mars 1949. Il a été tiré de cette édition : 1 000 ex. sur Alfama du Marais.

Le roman *la Porte étroite* a été publié également dans l'édition illustrée en deux volumes des *Récits, Romans, Soties* d'André Gide. Paris. *Librairie Gallimard.* Tome II. Les caractéristiques des volumes de cette série ont été données dans la notice bibliographique du *Traité du Narcisse.*

La Porte étroite figure, en outre, dans les *Œuvres Complètes* d'André Gide (tome V, 18 octobre 1933, XI-424 p.). Les caractéristiques des volumes de cette série ont été données dans la notice bibliographique du *Traité du Narcisse.*

ÉDITIONS ÉTRANGÈRES

La Porte étroite a fait l'objet, notamment, de traductions dans les langues suivantes :

Allemand	Deutsche Verlags-Anstalt, Stuttgart, 1930.
Anglais	(Traduction de Mrs Dorothy Bussy.) *A.A. Knopf,* New York.
Norvégien	Éditions *Ascheoug,* Oslo, 1921.
Serbo-Croate	*Zabavna Biblioteka,* Zagreb, 1929.
Suédois	Éditions *Gebers,* Stockholm, 1920.

On peut également consulter les éditions étrangères des *Œuvres Complètes* d'André Gide, dans lesquelles *la Porte étroite* a paru. Parmi celles-ci :

Œuvres Complètes. Traduction japonaise.
Éditions *Shinshosha,* Tokio (sans date).

<div style="text-align:right">J.-J. T.</div>

P. 599. ISABELLE
(1911)

Une fois *la Porte étroite* parue, André Gide s'était écrié : « *Mais qu'il me tarde d'écrire autre chose ! J'en ai pour dix ans avant d'oser employer de nouveau les mots : amour, cœur, âme, etc.* »*. Or, l'année suivante, André Gide se mit à écrire un récit auquel il pensa d'abord donner pour titre le nom de la propriété de ses grands-parents maternels, *La Mivoie,* mais qu'il intitula finalement *Isabelle ;* et voici en quels termes il en parle dans son *Journal,* à la date du

* *Journal,* 7 novembre 1909.

ISABELLE

24 avril 1910 : « *Je m'enfonce dans mon travail* (La Mivoie) *mais non point de tout mon cœur et non parfaitement assuré que j'écrive là ce que je devrais d'abord écrire. Le ton n'en diffère pas assez, selon mon goût, de celui de* la Porte étroite; *me voilà devoir nuancer encore, écrire doucement.* » Et de nouveau le 20 octobre 1910 : « *Cela est trop* nuancé; *de tons trop rompus.* »

Comment donc André Gide a-t-il été amené en 1910 à écrire cette œuvre qu'il qualifiera lui-même d' « *intermède semi-badin entre deux œuvres trop sérieuses* » ?

Il a alors déjà écrit les deux premiers dialogues de *Corydon* et cet ouvrage est certainement le travail dans lequel il pourrait « s'enfoncer de tout son cœur » et qui réclame d'être écrit. « *Sentiment de l'indispensable* », note-t-il le 12 juillet 1910. « *Je ne l'ai jamais eu plus fort, depuis que j'écrivais* André Walter, *qu'à présent pour* Corydon. *L'appréhension qu'un autre me devance...* » Et cependant André Gide n'acheva pas alors *Corydon* ; c'est que les amis à qui, en 1910, il lut ce qu'il en avait écrit, se montrèrent si alarmés — son beau-frère Marcel Drouin, en particulier, le conjura si instamment de renoncer à cette publication — qu'André Gide prit le parti d'y surseoir, son élan coupé par la crainte de trop contrister des êtres chers. Et c'est alors que, désœuvré, mais encore trop pré-occupé par ce livre pour pouvoir aussitôt se consacrer à une œuvre qui le requérerait tout entier, il se met à écrire *Isabelle,* où il n'engage de lui-même que l'artiste.

« *Fini mon roman avant-hier soir — avec trop de facilité, ce qui me fait craindre de n'avoir pas mis dans les dernières pages tout ce que j'étais* chargé *d'y mettre* », note Gide dans son *Journal,* le 14 novembre 1910; mais, par ailleurs, le *Catalogue* des livres de sa bibliothèque vendus en 1925 porte, sous le n° 87, cette indication : « *la dactylographie complète d*'Isabelle *avec les corrections et les deux versions de la fin* ». Faut-il entendre par là que deux dénouements différents furent envisagés par Gide ? ou simplement qu'il y eut deux rédactions différentes du même dénouement ? — ce qui laisserait supposer qu'il avait travaillé à cette fin après le 14 novembre. A s'en tenir aux indications du *Journal,* Gide paraît avoir commencé d'écrire son récit en avril 1910; le 20 octobre, il en était au premier départ de La Quartfourche, et c'est le 12 novembre de la même année qu'il l'aurait achevé.

Isabelle parut d'abord dans les numéros de janvier, février et mars 1911 de la *Nouvelle Revue française,* puis sortit en volume aux Éditions de la *N.R.F.* en juin 1911.

C'est dans ses souvenirs qu'André Gide puisa les données premières de son récit, ainsi qu'il le dira plus tard[*] : « *Presque tout ce*

[*] *Francis Jammes,* dans la *Nouvelle Revue française* du 1er décembre 1938; article recueilli dans *Feuillets d'Automne* (Éd. du *Mercure de France,* 1949).

que je raconte dans ce livre est exact, et, lorsque j'étais plus jeune, j'avais pu connaître les singuliers habitants de ce château que j'appelai « La Quartfourche », qui, en réalité, s'appelle Formentin. » Il ne faut cependant pas prendre trop à la lettre cette affirmation. La réalité (c'est-à-dire ce qu'il avait pu voir lui-même ou entendre raconter) lui a fourni le cadre et certains de ses personnages, mais d'eux, seulement les silhouettes que peuvent camper des souvenirs d'enfance; elle lui a fourni aussi, ne disons pas le sujet, mais un thème : la ruine et dispersion d'une famille.

Le domaine de Formentin, en Calvados, était en effet voisin du château de La Roque-Baignard, propriété familiale où Gide enfant passait ses vacances d'été, dont il hérita à la mort de sa mère en 1895, où il fut maire de la localité en 1896, et qu'il fut amené à vendre en 1900. Formentin avait été bâti par le même architecte que La Roque, dans le même style Louis XIII, présentant « *une agréable alternance de briques et de chaînes de pierre* ». Dans sa *Notice* sur *Isabelle* pour l'édition des *Œuvres Complètes,* L. Martin-Chauffier, renseigné par Gide, rapporte que le châtelain de Formentin, l'érudit Floquet, dont les travaux sont bien connus des bossuétisants, lui a servi de modèle pour son « Monsieur Floche », et que Floquet possédait réellement cette Bible annotée par Bossuet dont il est question dans *Isabelle.* Mais Gide, par discrétion envers un survivant, avait tu les véritables noms du ménage « Saint-Auréol », d' « Isabelle » et de « Casimir ». Ils ont été révélés par R.-G. Nobécourt qui a retracé l'histoire authentique de cette famille au chapitre « A la recherche d'Isabelle dans un château du pays d'Auge » de son ouvrage : *Les Nourritures normandes d'André Gide* ;* cela grâce surtout à une correspondance avec un ami de la famille dont il est évident que Gide n'avait pu avoir connaissance. De ces révélations, il ne sera fait état ici que dans la mesure où elles éclairent la genèse du récit. En considérant les dates de décès des membres de cette famille, on s'aperçoit que Gide n'a pu connaître le « baron de Saint-Auréol », n'étant pas encore né quand celui-ci mourut; qu'il avait onze ans à la mort de Floquet (« Casimir » en avait alors sept, et « Isabelle », sa mère, trente-cinq); qu'il avait dix-neuf ans lorsque mourut Mme Floquet. Quand, en janvier 1894, Mme de « Saint-Auréol » mourut, Gide se trouvait à Biskra, d'où il écrivit une lettre de condoléances à « Casimir », que celui-ci a conservée. Dans la réalité comme dans le récit de Gide, après la mort de 1889 de Mme Floquet, « Casimir » et sa grand'mère ont été recueillis chez d'anciens serviteurs, où Gide, en septembre 1892, leur rendit visite; et c'est bien « Isabelle » qui, légataire universelle de Mme Floquet, greva Formentin d'hypothèques, dévasta le parc, vendit les livres de M. Floquet — jusqu'à la ruine totale, jusqu'à la mise aux enchères, en 1892, de ce qui restait; après quoi elle partit « avec un ami d'enfance,

* Éditions Médicis, 1949.

comme dame de compagnie » et son fils, qui a alors dix-huit ans, ne la reverra plus. Mais à cela se borne la ressemblance entre l'Isabelle de Gide et l' « Isabelle » authentique; celle-ci, victime de la conduite dissolue et de l'égoïsme insouciant de son père, semble avoir été peut-être plus malheureuse encore que fautive; elle a été deux fois mariée (son fils est un enfant légitime) et elle n'a nullement provoqué la mort d'un amant. Jean Schlumberger (dont la propriété de Val-Richer est voisine de La Roque et de Formentin) se souvient qu'il a vu « l'authentique « Isabelle » de Gide, n'osant plus sonner pour se faire recevoir, tant elle avait lassé tout le monde, attendre ainsi *(dans la file des mendiants)* devant la porte l'occasion d'approcher encore *(sa)* grand'mère et de l'apitoyer »*. André Gide, lui, affirmait qu'il ne se rappelait pas avoir jamais vu l' « Isabelle » réelle. Et il écrivit à R.-G. Nobécourt** : « ... *Je me persuade que, en dehors des faits précis consignés par vous avec certitude, tous ceux que j'ai relatés dans* Isabelle *sont, de part en part, inventés et ne prennent appui sur aucune réalité historique, en dépit de cette réputation que l'on m'a faite de manquer complètement d'imagination. De même pour les personnages comparses de l'abbé précepteur et de Mlle Verdure. De même Blaise de Gonfreville et la lettre du pavillon*... »

On peut donc faire à peu près le départ, dans le récit de Gide, entre ce que lui a fourni la réalité et ce qui est le fruit de son invention; il use aussi de la transposition : au chapitre III d'*Isabelle*, l'évocation de « Monsieur Floche » pleurant au coin du feu semble directement inspirée par les lignes suivantes du *Journal* de Gide, à la date du 2 mai 1906, où il est question de son oncle Guillaume Démarest : « ... *le père d'Albert, qui, dans les derniers temps de sa vie, le soir, pleurait sans bruit, tournant le dos à la lampe, tandis que sa femme, auprès de lui, lisait le journal ou brodait et qu'Albert, par respect pour son père, faisait semblant de ne rien voir.* »

Charles Du Bos rapporte ce propos que lui aurait tenu Gide le 29 mars 1914*** : « *Il n'y a qu'un de mes livres qui ait été fait pour ainsi dire de l'extérieur. C'est* Isabelle. *J'avais vu l'histoire du livre et je l'ai écrit un peu comme un exercice pour me faire la main. Cela se sent.* » On vient de voir qu'il n'est exact que jusqu'à un certain point qu'il ait « vu l'histoire du livre »; quant à : « *fait pour ainsi dire de l'extérieur* », cela aussi appelle des réserves. *Isabelle* est bien son œuvre la moins « personnelle », en ce sens qu'elle ne s'est pas formée en lui à partir d'une exigence intérieure, du besoin d'éclairer en l'exposant un de ses problèmes propres. Mais si Gide prend appui sur la réalité d'une histoire qui lui est « extérieure », il fait plutôt jouer à cette histoire le rôle d'une atmosphère qu'il ne la retrace pour elle-même; il n'en fait pas son véritable sujet — et

* *Éveils* (Gallimard, 1950), p. 57-58.
** Lettre écrite de Neuchâtel le 4 janvier 1948, publiée dans les *Nourritures normandes d'André Gide*, p. 170.
*** *Le Dialogue avec André Gide* (Au Sans Pareil, 1929), p. 163.

cela, de propos délibéré, comme en témoigne sa lettre du 21 septembre 1911 à Jean-Marc Bernard* : « *Il m'est arrivé, ces derniers temps, de considérer quel admirable livre un romancier aurait pu écrire en présentant longuement et directement Isabelle, de face et non plus de profil fuyant, en racontant sa formation, en accusant plus nettement la responsabilité de l'éducation, du milieu... en peignant la rapide désagrégation morale d'une vieille maison. Mais ce n'est point là ce que je me suis proposé d'écrire.* »

C'est qu'à ses souvenirs datant de l'enfance, étaient venues se superposer deux aventures affectives, deux visions émues, qui leur avaient donné comme une troisième dimension, une densité poétique, tout en déplaçant le centre d'intérêt. Il s'agit de deux promenades au domaine de Formentin. L'une, qu'André Gide fit seul et dont il parla à Paul Valéry dans une lettre écrite de La Roque et non datée, mais très vraisemblablement de l'été 1892** : « *Hier j'ai fait ma première promenade ; j'ai vécu tout un livre d'Henri de Régnier. C'était dans un immense parc complètement abandonné, un grand château dont nous connaissions les hôtes, maintenant fermé à la suite d'aventures tragiques — couvert d'hypothèques ; tout fut vendu, toutes les salles vidées, les volets clos et les portes cadenassées. J'ai fait après de longs efforts, m'étant clandestinement introduit dans le parc, j'ai fait sauter une serrure — et j'ai passé toute ma journée à errer dans les grandes salles désertes où ne restaient plus, aux murs, que les vieux lambris et des glaces.* » De cette promenade on retrouve un premier écho transposé au livre quatrième des *Nourritures terrestres*, dans le récit par Ménalque du saccage d'un parc de Vendée : « *Lorsque l'automne vint, je fis abattre les plus grands arbres, et me plus à dévaster ma demeure. (...) L'automne s'éployant sur les arbres couchés fut splendide.* »

L'autre promenade fut celle qu'André Gide fit en septembre 1898, en compagnie de ses amis Henri Ghéon et Francis Jammes, alors hôtes de La Roque, et qui inspira à Jammes son *Élégie quatrième**** dont Gide a reproduit à la fin d'*Isabelle* les deux premiers vers.

Sans ces deux promenades, André Gide n'eût peut-être pas songé à écrire ce récit, qui leur doit sa tonalité et sa composition. Car le véritable héros du récit de Gide, c'est le narrateur, Gérard Lacase, et il ne narre pas les faits dans l'ordre où ils se sont produits, mais dans l'ordre où lui les a découverts ; au hasard de ses recherches, de ses intuitions ou des erreurs d'interprétation où son imagination l'entraîne, il reconstitue, sans ordre, l'histoire de cette famille, comme un puzzle dont certaines parties manqueraient. Gide, rangeant *Isabelle* parmi ses ouvrages « ironiques »,

* *Œuvres Complètes* d'A. G., VI, p. 470-471.
** Cette lettre (dont le texte me fut communiqué directement par André Gide) paraît avoir été oubliée dans le volume de la *Correspondance André Gide-Paul Valéry*.
*** *Le Deuil des Primevères* (Mercure de France, 1901), p. 32-36.

considérait ce récit comme « *la critique d'une certaine forme de l'imagination romantique* »*.

Lors de la parution d'*Isabelle,* la plupart des critiques, et, entre autres, Jean-Marc Bernard, Paul Souday, Alfred de Tarde, s'y sont trompés, reprochant à Gide d'avoir traité ce sujet (ce qu'ils prenaient pour son sujet) trop brièvement, après une trop longue entrée en matière. Ce qui nous a valu de la part de Gide d'intéressantes précisions dans sa lettre à Jean-Marc Bernard : « *Votre article me fait presque regretter d'avoir renoncé au premier titre d'*Isabelle, *ou du moins de ne l'avoir pas conservé en sous-titre. Ces mots* : « *l'illusion pathétique* », *eussent éclairé le lecteur et l'eussent à demi-retenu de chercher le sujet du livre ailleurs que dans la déception même de Gérard aussitôt que la plate réalité reprend la place de l'illusion. Ils vous eussent retenu de même, sans doute, de considérer les six premiers chapitres comme une préparation du septième qui n'entrait même pas dans le premier plan de l'ouvrage et que j'ai bien failli ne pas écrire.* » De plus, Gide a fait de son Gérard Lacase un apprenti-romancier. Montrer un romancier en train de se colleter avec la réalité, c'est là un problème de technique littéraire qui sollicite si fort Gide, qu'après l'avoir seulement esquissé ici, il va le mettre en œuvre dans *les Caves du Vatican,* et de nouveau, de façon plus puissante et plus complexe encore, dans *les Faux Monnayeurs.* Il est à remarquer aussi que Gérard Lacase ne laisse pas de présenter des traits gidiens : voir, en particulier, au chapitre v, le passage sur l'ennui ; au chapitre i, la phrase relative aux hésitations d'Hercule. Très significatif aussi le fait que le thème gidien de l'évasion étant, ici, dévolu à une femme, ne soit présenté que sous une forme dérisoire et dégradante.

Dans un *Projet de Préface pour Isabelle* écrit en 1910**, Gide précisait : « *Pourquoi j'eus soin d'intituler* « *récit* » *ce petit livre ? Simplement parce qu'il ne répond pas à l'idée que je me fais du roman ; non plus que* la Porte étroite *ou que* l'Immoraliste ; *et que je ne voudrais pas qu'on s'y trompât. Le roman, tel que je le reconnais ou l'imagine, comporte une diversité de points de vue, soumise à la diversité des personnages qu'il met en scène ; c'est par essence une œuvre déconcertée.* » Il semble, cependant, que Jacques Rivière n'avait pas tort d'y voir une œuvre de transition : Isabelle *est une expérience ou plutôt une sorte de preuve que Gide se donne à lui-même : il l'écrit pour se convaincre qu'il est capable de tracer le décor d'un roman et de dessiner l'apparence des héros****.

Est-ce parce qu'*Isabelle,* par la marche de son intrigue, a des allures de roman policier, mais Gide songea à en tirer un film ; il commença d'en écrire le scénario à Genève, fin 1946 ; puis y travailla de nouveau, en collaboration avec Pierre Herbart, durant son séjour à Torri del Benaco, près de Vérone, en juillet et août 1948.

* *Feuillets* (Œuvres Complètes d'A. G., XIII, 439-440).
** *Œuvres Complètes* d'A. G., VI, 361-362.
*** *Études* (Éd. de la N.R.F., 1911).

Isabelle a aussi un côté « sotie » et Jean Hytier parle de l' « *irréalité burlesque où tout semble grimacer* ». *Ici, les personnages font décor, tellement ils sont étranges.* (...) ... *et que Gide a décrit avec un humour bref et pittoresque qui rappelle le Chateaubriand des* Mémoires d'Outre-tombe. ... *l'ironie d'*Isabelle *est dans le mouvement qui effrite notre mystérieux envoûtement ; elle accompagne le* decrescendo *de l'illusion romanesque, le dépouillement navré d'un charme imaginaire**.

Y. D.

BIBLIOGRAPHIE

Isabelle a d'abord été publié dans la *Nouvelle Revue française*, livraisons des 1er janvier, 1er février et 1er mars 1911.

Ont été données, en langue française, les éditions suivantes :

1911 Éditions de la *Nouvelle Revue française*, Marcel Rivière & Cie.
1924 H. Jonquières.
1929 Éditions de la *Nouvelle Revue française*.
1932 Librairie Gallimard (avec *la Symphonie pastorale*).
1944 Americ-Edit (avec *la Symphonie pastorale*).
1945 Librairie Gallimard (avec *la Symphonie pastorale*).
1946 Éditions de la *Nouvelle Revue française*.

Isabelle. Récit.
Paris. Éditions de la *Nouvelle Revue française*, Marcel Rivière & Cie. 1911.
193 p. Couverture bleue.
Achevé d'imprimer du 29 mai 1911. Édition détruite presque entièrement, trois pages n'ayant pas le nombre régulier de lignes. *Édition originale.*
Tirage : Quelques exemplaires sur Vergé d'Arches.

Paris. Éditions de la *Nouvelle Revue française*, Marcel Rivière & Cie. 1911.
193 p. Couverture bleue.
Achevé d'imprimer du 20 juin 1911.
« *Nouvelle* » *édition originale.*
Tirage : 500 ex. sur Vergé d'Arches.

Paris. Éditions de la *Nouvelle Revue française*, Marcel Rivière & Cie. 1911.
183 p. Format différent selon les papiers. Couverture blanche.

* *André Gide* (Alger, Charlot, 1938).

Les ex. sur Vélin d'Arches sont en feuilles, sous seconde couverture rose (tirage spécial pour *les XX*).
Première édition courante.
> Tirage : Quelques ex. sur Vergé d'Arches.
> 21 ex. sur Vélin d'Arches (1 à 21).
> Papier ordinaire (il existe probablement quelques ex. cartonnés par l'éditeur).

Paris. *H. Jonquières & Cie.* 1924.
201 p. Format différent, selon les papiers. Couverture jaune citron. Gravures au burin par Daragnès.
Édition de luxe, illustrée.
> Tirage : 1 ex. sur Vieux Japon (contenant tous les états des gravures).
> 25 ex. sur Madagascar Lafuma (A à Z).
> 40 ex. sur Vélin du Marais (contenant une suite des gravures), I à X et 1 à 30, ces derniers non illustrés.
> 60 ex. sur Hollande (31 à 90).
> 1 100 ex. sur Vergé d'Arches (91 à 1 190).

Paris. Éditions de la *Nouvelle Revue française.* 1929.
157 p. Couverture blanche.
Nouvelle édition courante.
> Tirage : papier ordinaire.

La Symphonie pastorale avec *Isabelle.*
Paris. *Librairie Gallimard.* (S.D.) 1932.
255 p. Couverture illustrée, brune au dos et sur le premier plat, blanche au revers. Le dos indique : *La Symphonie pastorale.*
Édition populaire. Collection *Succès.*
> Tirage : papier ordinaire.

La Symphonie pastorale avec *Isabelle.*
(S.L.) Rio de Janeiro, *Americ-Edit.* (S.D.) 1944 (?).
224 p. Couverture blanche.
Édition brésilienne.
> Tirage : 75 ex. sur Pur Lin Regente Ledger (16 à 75 et 15 marqués H.C.).
> Papier de la Cia Petropolis.

La Symphonie pastorale avec *Isabelle.* Romans.
Paris. *Librairie Gallimard.* (S.D.) 1945.
220 p. Couverture blanche.
Achevé d'imprimer pour les Éditions *Variétés,* au Canada.
Édition de Montréal.
> Tirage : papier ordinaire.

Paris. Éditions de la *Nouvelle Revue française*. 1946.
153 p. Couverture rose. Le nom de l'auteur ne figure pas au dos.
17 lithographies de Élie Lascaux.
Édition de luxe, illustrée.

Tirage : 30 ex. sur Japon impérial (1 à 22 et I à VIII, contenant une suite en carmin sur Chine et une suite en noir sur Annam).
380 ex. sur Vélin de Rives (23 à 392 et IX à XVIII).

Isabelle a été publié également dans l'édition illustrée en deux volumes des *Récits, Romans, Soties* d'André Gide. Paris. *Librairie Gallimard*. 1948. Tome I. Les caractéristiques des volumes de cette série ont été données dans la notice bibliographique du *Traité du Narcisse*.

Isabelle figure, en outre, dans les *Œuvres Complètes* d'André Gide (tome VI, 19 avril 1934, XIII-476 p.). Les caractéristiques des volumes de cette série ont été données dans la notice bibliographique du *Traité du Narcisse*.

Il existe une dactylographie complète d'*Isabelle*, avec les deux versions de la fin et des corrections manuscrites de l'auteur. (S.L.) Non daté. In-4 de 99 feuilles. Relié.

André Gide a écrit en collaboration avec Pierre Herbart, un scénario, tiré d'*Isabelle*.

ÉDITIONS ÉTRANGÈRES

Isabelle a fait l'objet, notamment, de traductions dans les langues suivantes :

Allemand *Deutsche Verlags-Anstalt,* Stuttgart, 1949.
Hébreu Éditions *Aphiqim,* Tel Aviv, 1946.
Hongrois Éditions *Panthéon Irodalmi,* Budapest, 1928.
Italien Éditions *Mondadori,* Milan. (S.D.)
Portugais *Editorial Estudios Cor Lda,* Lisbonne, 1957.
Serbo-Croate Éditions *Nolit,* Beograd, 1955.

On peut également consulter les éditions étrangères des *Œuvres Complètes* d'André Gide, dans lesquelles *Isabelle* a paru. Parmi celles-ci :

Œuvres Complètes. Traduction japonaise.
Éditions *Shinshosha*, Tokio (sans date).

J.-J. T.

P. 677. LES CAVES DU VATICAN
(1914)

Alors qu'il a commencé la rédaction de *la Porte étroite*, André Gide note dans son *Journal*, le 3 septembre 1905 : « *Je repense aux* Caves. » Et en 1910, tandis qu'il travaille à *Isabelle*, par deux fois, le 24 avril et le 20 octobre, il exprime son impatience de réaliser ce vieux projet. De quand date-t-il ? « *Vous souvient-il de cette promenade où je vous le racontai (date) ; c'était à Cuverville ; il faisait grand vent et nous allions à Étretat voir la mer pleine* », écrira-t-il, le 29 août 1913, à Jacques Copeau*. Il ajoute : « *Le premier projet de ce livre est plus ancien encore. Vous m'avez rappelé que je vous en parlais déjà le premier jour que vous êtes venu me voir au retour de votre voyage en Danemark. Il y a combien d'années de cela ?...* » Cette première rencontre avait eu lieu en 1903**. Et à Maurice Denis, Gide écrit le 7 juillet 1912 : « *... je me cramponne au roman que je voudrais bien avoir achevé avant l'automne — auquel je travaille activement depuis huit mois, mais que, suivant votre saine méthode, je porte depuis dix ans !* » Mais André Gide n'avait pas la mémoire des dates. En fait, le projet des *Caves* était bien plus ancien encore. Après une visite de Paul-Albert Laurens, le 25 septembre 1913, Gide note : « *Je lui lis* les Caves. *Il se souvient que déjà je lui en parlais à Biskra ; c'est plus loin qu'il ne m'en souvenait.* » En effet, puisqu'il s'agit là de 1893. Aussi, parlant le 29 mars 1914 de son roman à Charles Du Bos, cette fois Gide dira : « *La première idée de celui-ci remonte à* Paludes, *c'est-à-dire vers 1893* »***.

On trouve, dans le *Journal*, des indications concernant les personnages des *Caves* dès 1905. Mais la première mention de travail véritable n'apparaît que le 15 octobre 1911 : « *Travaillé aux* Caves. *Sans doute Lafcadio avait-il rencontré Protos avant son aventure du wagon.* » Lorsqu'il parlera, en 1944, de la « ferveur joyeuse » avec laquelle il travaille à *Thésée*, Gide dira : « *Il me semblait être revenu au temps des* Caves. » Déjà à l'époque du pénible travail des *Faux-Monnayeurs*, il avait évoqué par contraste celui des *Caves*****, ajoutant cependant : « *... ou la peine que j'ai prise à les écrire s'est-elle effacée de mon souvenir, comme s'effacent les douleurs de l'accouchement après la naissance de l'enfant ?* » C'est bien ce qui semble s'être passé, pour ce qui est des *Caves* : ce fut non seulement un travail difficile (le brouillon des *Caves*, extrêmement raturé, en porte témoignage),

* Lettre dédicatoire des *Caves* (O. C. d'A. G., VII, 407-408).
** Cf. Jacques COPEAU : *Remarques intimes*, dans « Hommage à André Gide » (Éd. du Capitole, 1929).
*** Ch. DU BOS : *Le Dialogue avec André Gide*, p. 163 (Au Sans Pareil, 1929).
**** Cf. *Journal des Faux-Monnayeurs*, à la date du 29 mars 1925.

mais tout au long de la rédaction, et particulièrement en 1912, dès le mois de janvier, André Gide traversa de longues périodes de lassitude, d'atonie. « *Par désir et besoin de me raccrocher à quelque chose de solide,* écrit-il au début de février 1912, *je m'attelle à la traduction des lettres de Hebbel.* » Le surlendemain il y renonce. Il écrit alors quelques lignes du *Traité des Dioscures,* « *mais ceci non plus ne va pas* ». Quelques jours plus tard, il note : « *Je vis dans l'attente de moi.* » Le 6 février, enfin : « *Je me sens un peu moins nié par moi-même. Et même il m'est arrivé de repenser aux* Caves *sans dégoût ni horripilation.* » Le 8 février : « *... tâché de réamorcer la visite de Julius à Lafcadio* » ; mais les quelques lignes écrites dans le *Journal* ce jour-là se terminent par : « *Rien ne peut exprimer la lassitude de ma pensée.* » Et le lendemain : « *Je me sens désespérément loin de moi-même.* » Recourant alors à son remède habituel, le voyage, il part le 2 mars pour Marseille, avec l'intention de s'y embarquer pour la Tunisie ; mais, finalement, file sur Florence, où il s'installe 20 Lungarno Acciaioli. A son retour, il notera : « *Je n'ai pu me reprendre un peu au travail et à moi-même qu'après huit jours d'efforts constants. N'importe, le travail peu à peu m'a reconquis et j'ai pu mener mon livre jusqu'au point que j'espérais atteindre en Italie. (...) Larbaud vient me rejoindre et dérange passablement mon travail ; mais si gentil ! Et sa conversation, de quel intérêt !* » Valery Larbaud enverra à Gide, le 2 août 1931, une carte postale portant ces lignes : *De Marina di Pisa et des bords de l'Arno où M. de Putouarey et Lafcadio Wluiki ont été baptisés il y a près de vingt ans, je vous envoie mon fidèle et affectueux souvenir**. Justin O'Brien souligne ** la part qu'a dû prendre Valery Larbaud à la trouvaille du nom Wluiki et aux précisions sur sa prononciation roumaine, ainsi qu'à la transformation de Barailloul en Baraglioul.

A partir du 16 avril 1912, André Gide avait mené avec Henri Ghéon, « dix jours durant, une prodigieuse vie irracontable, d'inappréciable profit ». Il était rentré en France fin avril. « *Dès le lendemain de mon retour,* note-t-il le 7 mai, *je me suis remis au travail ; c'est-à-dire que j'ai commencé de remettre au net les pages des* Caves *qui me restaient à revoir. Impatient de les soumettre à Copeau. Il est venu vendredi dernier. (...) Excellente lecture, mais qui laisse entrevoir combien je suis loin encore de ce que je me dois. Mes personnages, que je ne voyais d'abord que fantoches, s'emplissent peu à peu de sang réel et je ne m'acquitte plus envers eux aussi facilement que j'espérais. Ils exigent de plus en plus, me forcent de les prendre de plus en plus au sérieux et ma fable première se montre de moins en moins suffisante. Nécessité d'un énorme travail.* » Mais il va de nouveau être interrompu : du 13 au 25 mai, Gide est juré aux Assises de Rouen (ses *Souvenirs de la Cour d'Assises*

* *Lettres à André Gide* (Stols, 1948).
** *Lafcadio and Barnabooth. A supposition* (« Symposium », Syracuse, U.S.A., n° d'été 1954).

paraîtront la même année que *les Caves*). Dans les mois qui suivent il fait plusieurs séjours à Cuverville où son élan retombe, puis assiste à une décade de Pontigny, fait un nouveau voyage en Italie; il lit plus qu'il ne travaille, et donne beaucoup de temps à l'étude de l'anglais (la même année que *les Caves* paraîtra aussi sa traduction du *Gitanjali* de Tagore). Le 18 novembre 1912, il note : « *Ce soir grand effort pour me remettre aux Caves, mais trop d'occupations ont désordonné ma pensée. N'importe ; je m'obstine, connaissant bien que le profit de l'effort ne se récolte pas au moment même.* » Et, quelques lignes plus loin : « *Entre temps j'ai cependant avancé quelque peu mon travail ; mais pour mener à bien les Caves, l'étude de l'anglais doit momentanément relâcher.* » Le 23 novembre : « *J'écris le plus gros de la conversation entre Julius et Lafcadio après le crime ; sans trop d'énervement, mais incapable de me rendre compte aussitôt de la qualité de ce que j'écris. Peut-être le relire le lendemain vais-je trouver cela exécrable ; n'importe, je crois du moins que le dessin général de la scène est bon.* » Sur son travail du premier semestre de 1913, on ne sait rien. Le 21 mai 1913, il note : « *D'abord achever mon livre. Repousser tout ce qui m'en distrait.* » Et le 24 juin 1913, à Cuverville : « *Achevé hier les Caves. Sans doute, il me restera beaucoup à reprendre encore après que je l'aurai donné à lire à Copeau et sur les épreuves. Curieux livre ; mais je commence à en avoir plein le dos et par-dessus la tête. Je ne me persuade pas encore qu'il est fini, et j'ai du mal à m'arrêter d'y songer. Plus d'un passage du premier et du second livre me paraissent veules ou forcés... Mais je crois que les parties les plus difficiles sont aussi les mieux réussies.* » A l'été, il y travaille encore ; le 10 juillet : « *Mes heures les meilleures je les emploie à mettre au point les passages des Caves dont Copeau ne s'est pas montré satisfait ; j'y ai beaucoup de mal et n'y parviens qu'avec un énervement sans nom.* »

L'ouvrage parut à l'été de 1914, aux Éditions de la *Nouvelle Revue Française,* après avoir été d'abord donné en quatre livraisons dans la revue (numéros de janvier, février, mars et avril 1914).

La question des « sources » des *Caves du Vatican* a été plus d'une fois soulevée. En 1931, dans *la République* du 15 avril, M. Frédéric Lefèvre publia un article intitulé : *Israël, J. de Pauly, le faux pape et André Gide,* où il renouvelait les attaques naguère formulées par M. Paul Vuillaud dans *la Liberté* du 6 juillet 1914 et déjà reproduites à l'époque par M. Viator dans *le Télégramme de Nantes* du 7 juillet 1914 ; à savoir, qu'André Gide avait dû se servir, pour écrire *les Caves du Vatican,* de l'histoire d'escroquerie racontée par Jean de Pauly, savant hébraïsant, dans *le Faux Pape,* publié en 1895. (Ouvrage, du reste, devenu presque aussitôt introuvable, et pour cause ! S'y trouvaient révélés les noms de tous les escrocs et de leurs dupes.) Mais André Gide, à les en croire, ne se serait pas montré à la hauteur de son sujet.

L'histoire était la suivante : à Lyon, des escrocs, pour soutirer de l'argent à des dévots crédules, leur avaient fait croire que

Léon XIII avait été enfermé dans les caves du Vatican par des cardinaux affiliés à la franc-maçonnerie et qu'un sosie occupait le trône de saint Pierre. *Il fallait,* écrivait M. Vuillaud pour la gouverne d'André Gide, *décrire tout ce monde où collaborent un notaire véreux, une nonne défroquée et un prêtre fripon affairé à la vente de fausses reliques en un prétendu couvent du Sacré-Cœur de Jésus pénitent. (...) Quelle scène à reproduire, qu'elle ait eu lieu ou non, que celle de Léon XIII instruit par J. de Pauly de l'odieuse machination dont il est le prétexte mensonger et se contentant de sourire un peu plus qu'à l'ordinaire.* Et M. Frédéric Lefèvre, après avoir avancé, en feignant de l'écarter, l'accusation de plagiat, ajoutait : *Ce qui serait amusant, c'est que Gide nous dise <u>POURQUOI</u>, s'il était au courant, <u>IL N'A FAIT QU'UN CHOIX SI TIMORÉ DANS LES ÉLÉMENTS TRUCULENTS ET MULTIPLES QUE LUI FOURNISSAIT UNE RÉALITÉ VRAIMENT UNIQUE</u> ?...*

André Gide répondit[*] : « *Non, je ne connaissais même pas de nom le livre de J. de Pauly dont vous parlez. Les nombreux détails que vous nous dites qu'il y donne, n'eussent sans doute pu qu'encombrer mes* Caves du Vatican, *où cette romanesque aventure, dont j'avais été avisé je ne sais plus comment*[**] *ne m'a servi que de prétexte. Je l'ai mêlée à une autre histoire dont il me serait sans doute malaisé de retrouver le fondement réel et qui m'avait été racontée par le regretté Haguenin, professeur de littérature française à Berlin, celle de la conversion d'un franc-maçon, cousin d'Émile Zola, qui fit quelque bruit dans le temps. Je n'ai, pour ce qui est de lui, à peu près rien inventé.*

« *Par contre, tout ce qui a trait au personnage de Lafcadio est purement imaginaire.*

« *J'ai déjà mentionné quelque part certaine brochure dont je connaissais l'existence, mais que je n'avais pu me procurer. Par extraordinaire coïncidence, un ami vint me l'apporter avant-hier, le jour même où paraissait votre article. Voici son titre exact :* COMPTE RENDU de la DÉLIVRANCE de Sa Sainteté Léon XIII, Emprisonné dans les cachots du Vatican de Pâques 1892 à Pâques 1893. *(Saint-Malo, Imprimerie Y. Billois, rue de l'Orne, 4.) Elle est signée :* Abba Joseph Waé, *curé de Nonhigny ; datée de Rome 12 juin 1893.*

« *Les quarante pages de cet opuscule ne contiennent pas tous les détails du livre de J. de Pauly que votre article laisse entrevoir, mais la relation, faite avec le plus grand sérieux et, semble-t-il, la plus parfaite conviction,*

[*] Lettre à F. L., écrite de Paris le 19 avril 1931 ; en partie inédite, en partie publiée dans : Yvonne Davet : *L'acte gratuit,* « *étiquette provisoire* », numéro spécial d'été 1953 de « Club », p. 11-12.

[**] Par la presse, semble-t-il : Interviewé par J.-B. Jeener, André Gide aurait dit : « ... l'histoire d'un faux pape substitué au vrai a fait l'objet d'une escroquerie vers 1892. J'ai encore des coupures de journaux et des affiches, ainsi suis-je parti d'un fait authentique. » (*Le Figaro,* 11 décembre 1950.)

de cette invraisemblable aventure, concorde assez exactement avec le fantaisiste récit que j'en ai fait. Ce que cette brochure ne dit point, que j'appris d'autre part et dont je me suis servi dans ma sotie, c'est le parti que d'habiles escrocs tirèrent de cette fable ou de cette réalité, pour s'emparer d'énormes sommes d'argent en exploitant la commisération d'âmes dévotes trop crédules et confiantes. Par crainte d'un excessif scandale, on étouffa les protestations qui tentèrent de s'élever lorsque le pot aux roses fut découvert ; et la « Croisade pour la délivrance du Pape » fit, somme toute, si peu de bruit que les lecteurs de mes Caves du Vatican purent me croire beaucoup plus d'imagination que je n'en montrai dans ce livre... »

Au sujet du franc-maçon, une autre précision est fournie par une lettre* où Gide, répondant à des critiques d'Albert Thibaudet, disait incidemment : « ... Tout ceci pour vous dire que je n'accepte pas volontiers ce reproche : Gide ne connaît pas (ne comprend pas) le catholicisme, — et que je ne le crois ni très exact, ni bien fondé. Il se trouve que, par hasard, parlant de « l'abjuration solennelle » de mon franc-maçon « en pleine église de Gesu », vous faites précisément allusion à un petit fait parfaitement historique (si j'ose dire), dont je me suis servi pour mes Caves. Mettons que ce mot « abjuration » ne soit pas exact ; il se peut ; mais ce franc-maçon (en l'espèce un cousin d'Émile Zola) dut faire... je ne sais comment vous appelez cela, ce que j'appelle une abjuration, qui donna prétexte à une manifestation cléricale, avec grand déploiement de pompe religieuse, en l'église susdite. »

Pour ce qui est de Lafcadio, que faut-il penser de l'affirmation de Gide relative au caractère « purement imaginaire » du personnage ? Jean Cocteau l'a infirmée : Lorsqu'Arthur Cravan lui inspira Lafcadio, il raconta minutieusement cette visite où il est obligé coûte que coûte de se faire jouer le rôle de Julius**. Mais Cocteau dit plus loin, à propos de la représentation des Caves : Je constatai que le personnage de Lafcadio devenait celui d'un brave garçon, sans le moindre mystère. (...) Je crois que Gide, très intéressé par Arthur Cravan, avait imaginé des mécanismes beaucoup plus simples que ceux de son modèle, ceci à sa décharge puisqu'il lui était difficile, ayant de la noblesse, d'imaginer l'ignoble de certains actes. L'on est tenté d'adopter ce point de vue quand on a lu l'article, ignoble de grossièreté et plein de suffisance qu'Arthur Cravan écrivit sur André Gide*** et qu'on songe, par contraste, à ces passages du Journal de Gide relatifs à Lafcadio : « Par trois fois, aujourd'hui, causant avec Leclerc, le bouquiniste, j'ai cédé à des impulsions de vanité, à ces mouvements de parade — pour le moindre desquels Lafcadio se serait enfoncé la lame de son canif dans la cuisse. » (3 avril 1906). « Encore une crise d'orgueillite chez les Charles Gide, tantôt (...) pour laquelle Lafcadio se flanquerait, le soir, un coup de poinçon dans la cuisse. » (21 février 1907.) — « Lu ce soir la Partie de tric-trac. (...) Le sujet n'est pas posé : Un homme

* Lettre du 21 mars 1930, inédite.
** Gide vivant, p. 52 (Amiot-Dumont, 1952).
*** André Gide (« Maintenant » de juillet 1918, p. 1-7).

d'honneur triche. Voilà qui suffisait. (...) *Mais qu'eût-il fait si le Hollandais ne s'était pas tué ? qu'eût-il fait s'il n'eût gagné qu'un peu ?* — *Voilà ce qui m'intéresse. Et le reste est du fait divers. Ce qu'il eût fait ?... Il eût recommencé de tricher. Et cela eût été très pathétique. Car il n'y a pas de différence essentielle entre l'honnête homme et le gredin. Et que l'honnête homme puisse devenir un gredin, voilà le terrible et le vrai. Dans la voie du « péché », il n'y a que le premier pas qui coûte.* (...) *C'est l'histoire de Lafcadio.* » (3 décembre 1909.)

Justin O'Brien décèle « quelque chose de gidien dans Barnabooth et quelque chose de larbaldien dans *les Caves* » : le cosmopolitisme et l'élégance vestimentaire de Lafcadio.

Valery Larbaud, lui, écrivait à Gide (15 janvier 1914) : *Pour la scène du sauvetage, je me demande si d'autres que moi auront pensé à « Maldoror » ; vous y avez sûrement pensé ?*

Il est intéressant de voir quelles influences ont pu jouer; il serait absurde d'exagérer leur importance, ainsi que celle de l'histoire d'escroquerie. Prétexte, en effet, que ce fait divers; pivot de l'intrigue à partir duquel sont imbriqués les divers épisodes, en une savante composition que Marcel Proust comparait à celle d'une « rose d'église ». Mais ces épisodes sont chargés d'une signification propre à Gide, hantés par les mêmes questions que tous ses livres antérieurs. Seulement, ici, elles sont, par parti pris d'ordre esthétique, abordées sous l'angle de la satire et de la parodie. L'édition originale des *Caves,* anonyme, portait à la suite du titre : « *Sotie*, par l'auteur de *Paludes* ». Et Gide a toujours maintenu cette désignation : *sotie* ; plus tard il adoptera celle de *farce* pour la pièce de théâtre tirée de ce livre. Certains malentendus vivaces au sujet des *Caves* tiennent à ce que l'on n'a pas suffisamment pris garde à cela. Les soties, fort en honneur aux XIVe et XVe siècles, étaient des « pièces burlesques, jouées par les *sots* ou *enfants sans souci*, habillés de jaune et de vert et coiffés du chapeau orné d'oreilles d'âne et de grelots ». Selon M. Lanson, *il se peut qu'ils représentent les célébrants de la* fête des fous, *quand cette joyeuse et insolente parodie des cérémonies religieuses fut bannie de l'Église. De la* fête des fous, *laïcisée par force, il ne subsista que le principe, l'idée d'un monde renversé qui exprimerait en la grossissant la folie du monde réel...* Or, *les Caves*, c'est bien cela : le grossissement du côté risible des questions dont, ailleurs, Gide rend manifestes l'importance et la gravité : Problèmes de l'artiste vécus par le vaniteux et cabotin Julius de Baraglioul; dérisoire libre-pensée et dérisoire conversion d'Anthime Armand-Dubois; le vœu de chasteté et le drame du mariage blanc dévolus au cocasse et piteux Fleurissoire; la libération, la disponibilité et l'acte gratuit en la personne de Protos, avatar de Ménalque, et de Lafcadio, avatar de Nathanaël et de l'Enfant prodigue! Car Lafcadio, en dépit des séductions dont il est complaisamment paré, n'en est pas moins, lui aussi, un personnage de parodie, particulièrement dans l'accomplissement de son « acte gratuit ».

Plus d'une fois, et en particulier dans sa Préface à *l'Affaire Redureau*, Gide s'est élevé contre l'interprétation erronée de cette expression : « acte gratuit », pour lui simple « étiquette provisoire »; en 1929 encore, répondant à une correspondante, il précisait : « *Mais non, je ne crois pas, pas du tout, à un acte gratuit. Même je tiens celui-ci pour parfaitement impossible à concevoir, à imaginer. Il y a toujours une motivation à toute chose ; mais j'entends par « acte gratuit » un acte dont la motivation n'est pas apparente, et qui présente les caractères du désintéressement. Un acte qui n'est pas accompli en vue de tel profit ou récompense, mais qui répond à une impulsion secrète, dans lequel ce que l'individu a de plus particulier se révèle, se trahit.* » Il saute aux yeux que ce n'est pas cette sorte d'acte hautement significatif qu'accomplit Lafcadio en précipitant Fleurissoire par la portière, mais bien sa caricature, sa parodie. En avertissement aux soi-disant disciples en mal d'acte gratuit, Gide offre la pauvre absurdité criminelle de cet ilote.

Autre parodie que souligne une remarque de Ramon Fernandez[*] : *Il y a dans* les Caves *une reprise, mais sous forme burlesque, des expériences sensibles des* Nourritures : *le bouton de Fleurissoire, la cuisson diverse des puces, des punaises, des moustiques, les mauvaises odeurs, les températures qui incommodent, les frottements, les « coincements » : enfer des sensations qui répond au ciel des* Nourritures.

Parmi les brouillons des *Caves*, se trouve un cahier où Gide a écrit dans la marge : « *Premier début des* Caves », et en haut, en travers : « *à reprendre. L'ironie n'est pas assez apparente. J'ai l'air de parler sérieusement, malgré la pompe et la grandiloquence. C'est ainsi qu'écrivent tant de niais, des plus lus, des plus applaudis.* »

N'empêche que dans *les Caves,* deux questions angoissantes se trouvent posées; l'une : dans quelle mesure un acte commis peut, à son tour, être déterminant non pas simplement de l'existence, mais de la personnalité même de celui qui l'a commis; l'autre, évoquée par Gide lui-même, répondant en 1935 à une correspondante : « *Je ne veux point surfaire l'importance des* Caves du Vatican; *je crois pourtant, sous une forme funambulesque, y avoir abordé un très grave problème. Il suffit, pour s'en rendre compte, de substituer à l'idée du vrai pape, celle du vrai Dieu, le passage de l'une à l'autre est facile et déjà le dialogue y glisse parfois.* »

Les Caves sont un livre résolument satirique et parodique, mais l'on aurait tort de voir là le signe et le terme d'une évolution morale, de s'imaginer qu'à cette date de 1914, à l'égard des questions évoquées, André Gide en était arrivé à une attitude de pessimisme amer, de dérision. C'est ce que les critiques, en 1914, ont en général cru, et de l'aveu même de Gide, *les Caves* ont été un de ses « fours » les plus noirs. Il n'y eut guère en sa faveur que quelques maigres éloges de Paul Souday et l'article en anglais de Valery Larbaud dans le *New Weekly* de Londres, juillet 1914. *Ce n'est point* « *sotie* »

[*] *André Gide,* p. 135 (Corrêa, 1931).

que M. André Gide aurait dû intituler cette œuvre, écrivait G. Le Cardonnel (*les Marges* du 15 juillet 1914), *mais « sottises »*..., et le reste de l'article est de la même encre; citons encore : *J'avoue que je n'aimerais pas beaucoup m'endormir seul, dans un wagon, pendant la nuit, dans la compagnie de M. André Gide.* Pour Jean-Jacques Brousson, *les Caves c'était ...en somme une nouvelle version de Zigomar, mais huguenote, avec un peu moins de fantaisie et un peu plus de dogmatisme.* Henri Massis, lui, comme dit Gide : « *croit devoir sonner le tocsin* » ! Même Lucien Maury le traite de « froid jongleur » et dans *les Caves*, dit Gide, « *croit voir une affirmation de nihilisme* ». Aussi, apprenant que l'article d'André Beaunier pour la *Revue des Deux-Mondes* ne paraîtra qu'avec quelques mois de retard, André Gide lui écrit une lettre dont il prend copie dans son *Journal,* le 12 juillet 1914; il y résume la préface qu'il avait écrite pour *les Caves* et qu'il avait supprimée sur épreuves, « *estimant que le lecteur n'avait que faire de ces confidences* » : « *Tous ces sujets* (la Porte étroite, l'Immoraliste, les Caves) *se sont développés parallèlement, concurremment — et si j'ai écrit tel livre avant tel autre c'est que le sujet m'en paraissait plus* « at hand » *comme dit l'Anglais. Si j'avais pu, c'est ensemble que je les aurais écrits. Je n'aurais pu écrire l'Immoraliste, si je n'avais su que j'écrirais aussi la Porte étroite, et j'avais besoin d'avoir écrit l'un et l'autre pour pouvoir me permettre les Caves. Comme aussi j'avais besoin d'avoir écrit les Caves pour écrire... le reste.* (...) *Soties, récits, je n'ai jusqu'à présent écrit que des livres* ironiques *— ou :* critiques, *si vous préférez — dont sans doute voici le dernier.*

Le 29 mars 1914, il avait affirmé à Charles Du Bos : « *Dans tous les cas je tiens à ce que vous sachiez que je n'ai nullement écrit ce livre pour illustrer quelque conception théorique du roman, pour marquer une date dans mon développement ou pour renouveler ma manière.* »

Dans sa lettre dédicatoire à Jacques Copeau, après avoir insisté sur l'ancienneté du projet des *Caves,* Gide ajoutait : « *Ce que j'en dis ici est simplement pour mettre en garde ceux qui prétendraient découvrir dans les Caves un retour, une palinodie, tracer la courbe de ma carrière, en dénoncer l'évolution.*

« *La seule question de métier m'importe et je n'aspire qu'à être bon artisan.* »

C'est, en effet, surtout par le style que cet ouvrage représente pour Gide un renouvellement, auquel il aspirait alors qu'il écrivait *Isabelle* : « *Je rêve aux Caves, que j'imagine écrites d'un style tout gaillard, très différent.* » (24 avril 1910.) — « *Cela est trop nuancé, de tons trop rompus. Quand j'écrirai les Caves, à côté d'un ton plat, je poserai tout net un autre ton plat.* » (20 octobre 1910.)

Il est un autre point sur lequel Gide insiste, tant dans sa Préface que dans sa lettre à Copeau : « *Pourquoi j'appelle ce livre sotie ? Pourquoi récits les trois précédents ? Pour bien marquer que ce ne sont point là des romans.* » Mais, à vrai dire, après *Isabelle,* et plus encore qu'*Isabelle,* les *Caves,* à ce point de vue, sont une œuvre de transition, et par la composition, et par le caractère et le nombre des

personnages. L'intrigue est beaucoup plus complexe que celle d'un *récit*, et l'utilisation plus poussée de la composition « en abyme » (par le moyen du roman qu'écrit Julius) est très proche de celle qui sera mise en œuvre dans *les Faux-Monnayeurs* ; quant aux personnages des *Caves*, Gide les écarte de lui bien davantage que dans ses œuvres antérieures. Il note dans son *Journal*, le 21 décembre 1911 : « Les Caves. *Nécessité de dessiner le nu sous le vêtement à la manière de David, et de connaître de mes personnages même ce dont je ne dois pas me servir — du moins ce qui ne doit pas paraître au dehors.* » Des indications de ce genre, on en trouve dans le *Journal* dès le printemps de 1905 : « *Je vois Anthime Armand-Dubois avec une énorme loupe sur le sourcil droit. Baraillou porte une perruque noire.* » En août 1910 : « *ANTHIME ARMAND-DUBOIS. Il a toujours trop chaud. Pantalon de coutil blanc ; veston d'alpaga ; petit col droit, échancré par la loupe ; cravate nœud droit de satin noir ; chapeau de paille. Œil gris. Ongles extraordinairement plats et carrés ; cheveux gris-jaune toujours plaqués.* » En 1913 : « *CAVES. Enterrement de Fleurissoire. Il faut mettre : Dans la première voiture : Blaphafas et la veuve (conversation). Dans la seconde voiture : Mme Armand-Dubois et la comtesse de Baraglioul. Dans la troisième : Anthime Armand-Dubois, Baraglioul.* »

Mais son application à dessiner « le nu sous le vêtement » se montre mieux encore dans des notes manuscrites, restées inédites*, et que voici :

« *LAFCADIO.*

« *Il avait gardé sur les bras, les cuisses et descendant de la nuque le long du dos jusqu'à cet endroit (l'axis) où la statuaire grecque pose le bouquet de poils des satyres, un soyeux duvet blondissant que sa mère appelait en riant des poils de lait, comme l'on dit des dents de lait des premières. Elle aimait le voir nu, et loin de s'en scandaliser, s'amusait de son impudeur. L'on peut même dire qu'il n'apprit les convenances que plus tard avec l'hypocrisie ; dont les premiers éléments lui furent inculqués je crois par Baraglioul. Sa mère pourtant s'y entendait à merveille et dans la moindre conversation rendait des points au diplomate, mais résignait toute prétention dans le département de la pudeur. Baraglioul se désolait parfois de n'être pas seul à contempler les secrets de ce corps magnifique, s'il était seul admis dans son intimité.*

« *JULIUS DE BARAGLIOUL (on prononce Barailloul comme de Broglie).*

« *Souffre du foie ; l'ictère colore souvent la cornée opaque — porte son alliance complètement dissimulée sous une énorme bague à chaton de cornaline ; les ongles très soignés. Cheveux très noirs, boucles rejetées en arrière. Sa femme et lui semblent enduits du même cosmétique. Écrit dans* le Correspondant. *Grosse chaîne de montre en or, gilet de velours noir.*

* Collection Jacques Doucet.

« *JULIE DE BARAGLIOUL.*

« *Porte les repentirs ; ou une petite coiffe de dentelle noire, à l'endroit même où, dans la génération de sa mère, on posait le marabout. Elle n'a rien de la bonhomie de sa sœur.* Une secrète maladie la ronge et depuis qu'elle le sèvre elle est devenue fort jalouse de son mari. *Elle s'arrange toujours de manière à ce qu'on lui manque. Chaussures en ratine ou étoffe ? Vêtements de soie carmélite ou prune, ou puce. Ne prend jamais part aux conversations générales et fait la supprimée dès que Julius ouvre la bouche ; se terre dans son quant à soi comme une souris dans son trou. Prend un air poétique et réprobateur. Élève sa fille strictement ; toute son éducation consiste à la mettre en garde. Ils se voussoient. Elle s'était imaginée vers vingt ans qu'elle aimait Lamartine parce qu'elle se trouvait quelque ressemblance avec Elvire. Et peut-être Elvire n'entendait-elle pas davantage les vers. Pour elle, la poésie était toute dans l'attitude qu'elle prenait lorsque dans le salon de son mari elle entendait lire des vers. MM. de Pomairols et de Ponmartin avaient beaucoup fréquenté son salon. Comme la musique était toute dans... elle jouait de la harpe. Musique de Weber, leçons de Stamati.*

« *Sa sœur Françoise épouse Anthime Armand-Dubois — bréhaigne, use ses robes à la poitrine et aux genoux.*

« *Julius avait mis sa plume au service de son imagination, et son imagination au service de l'Église.* »

Deux des épigraphes des *Caves* ont une histoire. Georges Palante se montra fort vexé de celle du livre I : *Il se trouve que ma phrase sert à illustrer l'intellectualité (si j'ose dire) d'une vieille bête d'athée. (...) Si j'interprète bien l'épigraphe en question, ma phrase a paru à M. Gide pouvoir servir d'étiquette à un bel échantillon d'encroûtement moral**. Le piquant de la chose, c'est que ladite épigraphe revint à Gide, treize ans plus tard, tel un boomerang, et sa protestation à ce sujet est significative : « *Cette phrase bouffonne de Palante, qu'il m'amusait de coller sur le dos de mon franc-maçon Anthime Armand-Dubois, et qu'il vous amuse de me faire endosser à mon tour (...) évidemment, c'est très ingénieux, tout comme de constater tout ce qu'il y a de Pécuchet, de Bouvard, et même de Homais, dans Flaubert. Mais vous en parlez, de cette phrase, comme si c'était moi qui la revendiquais, qui la donnais pour enseigne à ma marchandise. Votre article, brusquement, m'a fait penser que ces mots : « athéisme social », pouvaient bien, après tout, avoir un sens...* »**.

Au livre III, Gide avait mis pour épigraphe la réplique de Violaine à Pierre de Craon dans *l'Annonce faite à Marie* : « *Mais de quel Roi parlez-vous et de quel Pape ? Car il y en a deux et l'on ne sait qui est le bon.* » Claudel, en 1912, l'y avait autorisé ; mais en 1913,

* *Mercure de France* du 16 mars 1914.
** Lettre inédite d'A. G. à Albert Thibaudet, du 28 août 1927, à la suite de l'article sur Gide d'A. T. dans la *Revue de Paris* du 15 août.

inquiété par les bruits qui courent au sujet du livre de Gide, il devient réticent; Gide, cependant, estimant qu'il n'offense nullement le Pape par son livre, maintient l'épigraphe pour la parution des *Caves* en revue. En mars 1914, Claudel prend connaissance sur épreuves de la dernière livraison et s'achoppe, page 478 de la *Nouvelle Revue Française* d'avril, à un passage pédérastique dans le monologue intérieur de Lafcadio en wagon, et, scandalisé, écrit à Gide une « lettre comminatoire » où il le somme de supprimer ledit passage; et il ajoute : *Peu à peu on oubliera**. Gide est blessé par le ton de Claudel et ce qu'il y a de meilleur en lui répugne absolument à l'attitude d'hypocrisie prudente que voudrait lui voir adopter Claudel. Il refuse de rien changer à son texte, mais donne à Claudel la satisfaction de supprimer l'épigraphe du livre III lors de la parution des *Caves* en volume. Dans une lettre du 20 avril 1914 à Jacques Rivière, Claudel parle en ces termes du livre de Gide : ... *cette ignominie* (...) *Ce livre est vraiment sinistre, tous les sentiments y sont comme flétris* (...) *C'est lugubre et comme étranger à l'humanité.*

Face à Claudel, il sied de donner la parole à François Mauriac, préfacier de *Lafcadio*** : ... *Dénonçant le goût de Gide pour les « natures félines », pour les êtres primitifs et sauvages, on obtient un facile effet de cour d'assises. Pourquoi omettre de rappeler que ce goût est commun à tous les artistes ? Il explique en partie l'œuvre de Stendhal et celle de Mérimée. L'un en Italie, l'autre en Espagne et en Corse n'ont rien fait que chercher des Lafcadios, des êtres se donnant à eux-mêmes leur loi. Il ne m'a jamais paru, si l'on n'est catholique, qu'on puisse aimer quelqu'un du peuple pour une autre qualité que cette force neuve, ce flux que rien encore n'endigue.* (...) *Multiple, Gide se délivre dans ses ouvrages. Ce sont, non des disciples vivants, mais des fils de son génie qu'il charge d'accomplir les gestes dangereux ou défendus. Lafcadio peut sans doute faire du mal, il peut faire du bien aussi, car tout poison guérit ou tue selon la dose, et selon le tempérament qui le reçoit. Quel écrivain se vanterait de ne troubler personne ? Qui sait si certains « jugements » ne dégoûteront pas à jamais certains esprits du catholicisme ?* (...) *Il nous a fait connaître les plus beaux cœurs et les pires.* (...) *La mission de Gide est de jeter des torches dans nos abîmes, de collaborer à notre examen de conscience.* (...) *Gide démoniaque ? Ah ! moins sans doute que tel ou tel écrivain bien pensant qui exploite l'immense troupeau de lecteurs et surtout de lectrices « dirigées » ; et pas plus que Socrate, accusé de corrompre la jeunesse, parce qu'elle apprenait de lui à se connaître.*

* Cf. Paul Claudel-André Gide : *Correspondance* 1889-1926. Préface et notes de Robert Mallet (Gallimard, 1949).

** « Épisodes des *Caves du Vatican* choisis par l'auteur » (Stock, 1924.) Cette préface était l'article *A propos d'André Gide* (*Réponse à M. Massis*) paru dans l'*Université de Paris* du 25 décembre 1921, et que F. Mauriac a inclus, sous le titre : *Bref plaidoyer pour André Gide*, dans son ouvrage : *Mes grands hommes* (Monaco, Éd. du Rocher, 1949).

Les Caves du Vatican ont par deux fois intéressé le Barreau. En décembre 1933, au Palais de Justice de Paris, a eu lieu le procès imaginaire de Lafcadio, organisé par le jeune Barreau, présidé par le bâtonnier de Saint-Auban, et en présence d'avocats belges invités. Pierre Baldensperger, de la Conférence Demolombe, était Lafcadio; Joë Nordmann, de la Conférence Berryer, l'avocat général; et Albaut, de la Conférence Tronchet, le défenseur.

En 1955, Mᵉ Maurice Garçon a fait paraître chez Fayard un ouvrage intitulé : *Plaidoyers chimériques ;* l'un des huit plaidoyers qui le composent est consacré à Lafcadio.

Quand parurent *les Caves du Vatican,* François Mauriac écrivit* : *Il s'est fait à lui-même la gageure d'écrire un roman policier qui vaudrait surtout par l'invention et l'intrigue. Il s'est dit qu'en prêtant aux personnages de son imbroglio de la vie, de la truculence, il ferait entrer dans la littérature le genre un peu décrié du feuilleton.* Il est amusant de se rappeler que *les Caves* ont précisément été publiées en feuilleton, du 12 au 30 juillet 1933, dans... *l'Humanité !* Et cette publication y avait été annoncée le 5 juin par la photographie d'un hôtel médiocre, accompagnée de cette légende : « Quelle sorte de parasites l'infortuné pantouflard trouvera-t-il dans cet asile précaire, au cours de ses tribulations ? »

Jean Cocteau, lui, avait écrit à Gide, en 1914 : *Le cinéma des Caves m'enchante.* Or, il y eut plusieurs projets d'adaptation cinématographique des *Caves.* Un en 1933, deux trusts de cinéma soviétique s'y intéressaient; André Gide comptait écrire le scénario lui-même, mais Aragon lui écrivit de Moscou, le 14 mars : *Il faudrait (...) que vous m'écriviez un peu plus sur cette question, en soulignant la liberté politique d'interprétation que vous consentez. (...) Évidemment, il faudrait que le scénario soit fait ici...* La réaction d'André Gide fut des plus significatives (et rappelons que c'est précisément le moment de sa plus forte sympathie pour le communisme, avant son voyage en U.R.S.S.) : « *Trop surpris d'abord et amusé par la proposition que vous me transmettiez, au sujet des* Caves *(de faire de mes escrocs bandits d'authentiques ensoutanés), pour y réfléchir aussitôt sérieusement.*

« *Plus j'y pense (et ici à tête reposée), plus la proposition me paraît inadmissible.*

« *Je comprends de reste sa raison d'être et que le comique des* Caves*, le coup de fronde, porte sur des hypocrisies dont n'ont plus à souffrir les camarades de l'U.R.S.S. De là le désir de grossir et de transposer. Mais le propos ci-dessus dénature par trop le livre. Ça devient du Léo Taxil. Mieux vaut reconnaître aussitôt que le livre ne convient pas. (...) »***

* *Les Cahiers,* 15 mai 1914.

** Lettre écrite de Cuverville le 19 mai 1933, publiée dans : André Gide : *Littérature engagée* (textes réunis et présentés par Yvonne Davet) (Gallimard, 1950), p. 31.

Plus tard, André Gide fut de nouveau sollicité par le désir de tirer un film des *Caves,* et il commença même d'en écrire le scénario, en collaboration avec Pierre Herbart, à l'été de 1949, alors qu'il séjournait à Juan-les-Pins, à la Villa Joyeuse.

Mais, jusqu'ici, seuls les projets d'adaptation théâtrale ont abouti. Une première adaptation, « en neuf jeux », fut faite par Mme Yvonne Lartigaud, et fut représentée à Paris, au Studio des Champs-Élysées par le groupe des « Comédiens d'Art et Travail »; la première eut lieu le 23 octobre 1933.

Peu après, André Gide fit lui-même une adaptation, « en dix-sept tableaux », à la demande de la « Société des Belles-Lettres », en Suisse, qui voulait représenter *les Caves* à sa soirée théâtrale annuelle; cette soirée eut lieu le 25 décembre 1933 au Grand-Théâtre de Lausanne; précédée d'une « générale » à Montreux le 9 décembre, et suivie d'une représentation à la Comédie de Genève le 18 décembre.

En 1948, cette adaptation de Gide parut, sous la désignation de « Farce en 3 actes », en édition originale et comme tome V du *Théâtre Complet* de Gide, aux Éditions *Idés et Calendes* de Richard Heyd. Jean Meyer découvrit la pièce, la lut aux sociétaires de la Comédie-Française, elle fut acceptée à l'unanimité; une lettre de Touchard, administrateur du Théâtre-Français, l'apprit à Gide à Juan-les-Pins, au printemps de 1950. « *J'acceptai joyeusement,* raconte Gide dans *Ainsi soit-il. Pourtant certains passages restaient à revoir. Je promis de m'en occuper aussitôt. Et quelques mois plus tard, Jean Meyer (qui se proposait d'assumer le rôle de Protos) vint à Taormina où nous achevâmes ensemble de tout mettre au point. Il se montra satisfait des quelques scènes que j'avais composées entre temps, lesquelles devaient donner plus d'importance au rôle de l'héroïne.* »

La « première » à la salle Richelieu de cette « Farce en deux actes et 19 tableaux » eut lieu le 13 décembre 1950, en présence du Président de la République Vincent Auriol et de très nombreuses personnalités du monde de la politique, des Lettres, des Sciences et des Arts. A partir de la représentation du 15 décembre, la pièce fut réduite à 17 tableaux, mais le texte imprimé (Gallimard, 1950) comporte les 19 tableaux.

Le programme de cette représentation à la Comédie-Française comporte un texte de présentation par François Mauriac, et sous la photographie de Gide, on a reproduit en photocopie ces lignes manuscrites de Gide, datées de novembre 1950 : « *La pièce est tout naturellement sortie du livre. Quant à comprendre comment le livre est sorti de moi...* »

<div style="text-align:right">Y. D.</div>

BIBLIOGRAPHIE

Les Caves du Vatican ont d'abord été publiées dans la *Nouvelle Revue française,* livraisons des 1er janvier, 1er février, 1er mars, 1er avril 1914.

Ont été données, en langue française, les éditions suivantes :
1914 Éditions de la *Nouvelle Revue française.*
1924 *P.-V. Stock* (fragments).
1929-1930 *Librairie Gallimard.*
1941 *Librairie Gallimard.*
1944 *Librairie Gallimard.*

Les Caves du Vatican. Sotie par l'auteur de *Paludes.* (Anonyme.) Paris. Éditions de la *Nouvelle Revue française.* 1914.
2 volumes de 285 et 304 p. Couvertures orange.
En frontispice, portrait d'André Gide, au vernis mou, par P.-A. Laurens.
Édition originale.
Tirage : 550 ex. sur papier à Chandelle d'Arche (1 à 500 et I à L).

Lafcadio. Épisodes des *Caves du Vatican,* choisis par l'auteur Paris. *Librairie Stock.* 1924.
125 p. Couverture blanche pour les ex. sur Hollande; jaune pour es papiers ordinaires.
Le faux-titre indique seulement : *André Gide.*
En frontispice, portrait d'André Gide, gravé par Gorvel.
Préface de François Mauriac (la même que pour *la Tentative amoureuse,* édition de 1922).
Édition « Les Contemporains ».
Tirage : 50 ex. sur Hollande (1 à 50).
 Papier ordinaire.

Paris. *Librairie Gallimard.* (S.D.) 1929-1930.
5 volumes de 67, 93, 69, 111 et 121 pages.
Couvertures blanches. Le dos indique seulement la tomaison. Les couvertures ne font pas mention du nom de l'auteur. Chaque volume porte un sous-titre :
 1. — *Anthime Armand-Dubois.* 2. — *Julius de Baraglioul.*
 3. — *Amédée Fleurissoire.* 4. — *Le Mille-pattes.*
 5. — *Lafcadio.*
Eaux-fortes de Laboureur.
Édition de grand luxe, illustrée.
Tirage : 5 ex. sur Vieux Japon (1 signé par l'auteur et contenant le dessin original du frontispice de chaque tome et deux quadruples suites des gravures sur

LES CAVES DU VATICAN 1579

> Parchemin, Chine, Japon et Hollande, en noir et en sanguine ; et A à D).
> - 7 ex. sur Chine (II à VIII, contenant un croquis original de chaque tome et une double suite des gravures sur Chine et Hollande).
> - 15 ex. sur Japon impérial (IX à XXIII, contenant une double suite des gravures sur Chine et Hollande).
> - 25 ex. sur Vieux Hollande (XXIV à XLVIII, contenant une suite des gravures sur Arches).
> - 325 ex. sur Hollande (1 à 300 et A à Z).

Paris. *Librairie Gallimard*. (S.D.) 1941.
303 p. Cartonnage de l'éditeur, rouge, le dos décoré ; le premier plat porte seulement le monogramme *nrf*.
L'indication d'un tirage sur Vergé d'Arches ne se rapporte pas à cette édition, mais à la première édition courante de 1914.
Édition reliée.

Tirage : papier Vergé.

(S.L.) Paris. *Librairie Gallimard*. 1944.
304 p. Cartonnage de l'éditeur, blanc décoré.
L'indication d'un tirage sur Vergé d'Arches ne se rapporte pas à cette édition, mais à la première édition courante de 1914. Arnold Naville souligne d'ailleurs qu'elle ne concerne pas 54 ex. comme il est dit par erreur, mais 64 ex.
Édition à tirage restreint.

Tirage : 1 025 ex. sur Héliona Navarre (1 à 975 et I à L).

Les Caves du Vatican ont été publiées également dans l'édition illustrée en deux volumes des *Récits, Romans, Soties* d'André Gide. Paris. *Librairie Gallimard*. 1948. Tome I. Les caractéristiques des volumes de cette série ont été données dans la notice bibliographique du *Traité du Narcisse*.

Les Caves du Vatican figurent, en outre, dans les *Œuvres Complètes* d'André Gide (tome VII, 1er août 1934, XIII-586 p.). Les caractéristiques des volumes de cette série ont été données dans la notice bibliographique du *Traité du Narcisse*.

ÉDITIONS ÉTRANGÈRES

Les Caves du Vatican ont fait l'objet, notamment, de traductions dans les langues suivantes :

Allemand	Deutsche Verlags-Anstalt, Stuttgart, 1949.
	Insel Verlags, Leipzig, 1920.
Anglais	Éditions *Knopf*, New York, 1925.
Danois	Éditions *Gyldendal Bokhandel*, Copenhague, 1954.

Espagnol	*Ediciones Dedalo,* Madrid, 1931.
	Editorial Tirso, Buenos Aires, 1955.
Hongrois	Éditions *Franklin Tarsulat,* Budapest, 1934.
	Éditions *Europa Konyvkiado,* Budapest, 1957.
Italien	Éditions *Mondadori,* Milan, 1932.
Polonais	Éditions *Roj,* Varsovie, 1935.
	Éditions *Czytelnik,* Varsovie, 1957.
Portugais	Éditions *Vecchi,* Rio de Janeiro, 1937.
Serbo-Croate	Éditions *Mladost,* Zagreb, 1955.
Suédois	*Holger Schildts Forlag,* Helsinki, 1943.
Tchèque	Éditions *Topic,* Prague, 1928.

On peut également consulter les éditions étrangères des *Œuvres Complètes* d'André Gide, dans lesquelles *les Caves du Vatican* ont paru. Parmi celles-ci :

Œuvres Complètes. Traduction japonaise.
Éditions *Shinshosha,* Tokio (sans date).

MISES EN SCÈNE

Les Caves du Vatican. Sotie en 9 jeux.
Adaptation du roman par Yvonne Lartigaud.
Représenté par le Théâtre *Art et Travail* sur la scène du Studio des Champs-Élysées.
Première représentation, le 24 octobre 1933.
Mise en scène de Firmin Gémier. Maquettes des costumes d'Akadia Viala.
Rôles principaux :
 Lafcadio : M. Darnault.
 Julius de Baraglioul : Ad. Lartigaud.
 Protos : H. Krimer.
 Carola : Yvonne Vonny.
 La comtesse de Saint-Prix : H. Lerouville.

Les Caves du Vatican. 17 scènes tirées du roman par André Gide.
Représenté par la Société *Belles-Lettres* à :
Montreux (Suisse), le 9 décembre 1933.
Lausanne, le 25 décembre 1933.
Genève *(Théâtre de la Comédie),* le 18 décembre 1933.

Les Caves du Vatican ont été, également, représentées sur la scène de la Comédie-Française (salle Richelieu).
Première représentation, le 13 décembre 1950.
Mise en scène de Jean Meyer. Décors et costumes de Jean-Denis Malclès.
Rôles principaux :
 Lafcadio : Roland Alexandre.

Juste-Agénor de Baraglioul : Jean Yonnel.
Protos : Jean Meyer.
Amédée Fleurissoire : Georges Chamarat.
Anthime Armand-Dubois : Georges Vitray.
Julius de Baraglioul : Henri Rollan.
Baptistin : J.-P. Roussillon.
Marguerite : Berthe Bovy.
La comtesse de Saint-Prix : Béatrice Bretty.
Véronique : Germaine Rouer.
Geneviève : Renée Faure.
Arnica : Andrée de Chauveron.
Carola : Jeanne Moreau.

 Dédiées à Jacques Copeau, *les Caves du Vatican* sont la première œuvre de Gide qui indique une classification des écrits « du même auteur » par rubriques.

<div style="text-align:right">J.-J. T.</div>

P. 875. LA SYMPHONIE PASTORALE

 C'est à La Brévine, en Suisse, où, pour la première fois, sa santé l'avait conduit durant l'hiver de 1894, au retour de ce décisif voyage en Afrique du Nord, qu'André Gide se retira pour écrire la *Symphonie pastorale*. C'est à La Brévine, également, que *Paludes* avait été composé. Si Gide a situé dans cet âpre pays de montagne l'action de son livre, c'est *sans doute parce qu'il y fut à même, par la durée de son séjour, d'en sentir avec acuité le caractère de triste grandeur et qu'il y put, malgré son isolement, recueillir des impressions profondes et vraies.* (Pierre Lafille, *André Gide romancier*.)
 En 1918, l'on avait lieu de penser que Gide continuerait d'abonder dans le genre que *les Caves du Vatican* avaient inauguré quatre ans auparavant ; lui-même reconnaît qu'il a donné à ce récit de *l'Aveugle* (titre primitif de l'œuvre) une forme bien contraire à son nouvel état d'esprit, si résolument opposé à toute littérature du passé, et que n'était la nécessité de lever la dernière hypothèque grevant son avenir littéraire, *la Symphonie pastorale* n'eût pas été le récit nourri d'*helvétisme* et de didactisme qu'on voit qu'elle est, mais l'œuvre d'un tout jeune homme, sans parenté aucune avec le quinquagénaire que Gide était alors. Persuadé qu'avec *la Symphonie pastorale* il avait *donné le change à plus d'un,* l'auteur jugea bon de s'expliquer ouvertement : « *Il est vrai. Et c'est ce qui, ma morosité aidant, m'a retenu de remercier aucun critique, si élogieux fût-il, si sensible que je fusse, si excellent que me parût l'article. Plus encore que ceux-ci, je crois, m'a touché certaine lettre d'un jeune auteur, qui me prenait à partie, sentant subtilement que je n'avais pu me plaire à ce livre, s'étonnant que je l'eusse écrit, après les* Caves, *m'en demandant raison... A quoi je*

ne savais répondre, de la manière la plus gauche, que par la phrase des Goncourt : « On n'écrit pas les livres qu'on veut », et qu'il ne me paraissait point tant que je voulusse écrire ce livre, mais bien que ce livre voulût être écrit par moi ; que je ne faisais, en l'écrivant, que m'acquitter d'une ancienne dette contractée jadis envers moi-même ; que jusqu'à présent je n'avais pas écrit un seul livre qui n'eût été conçu dès avant ma trentième année, de sorte que chacun d'eux me tirait en arrière et ne répondait nullement au plus récent état de mon esprit ; mais qu'à présent, enfin, j'étais quitte ; que ce livre était ma dernière dette envers le passé ; que je l'avais écrit pour m'exonérer ; que pour l'écrire et le mener à bien j'avais dû terriblement me contrefaire, ou du moins rentrer dans des plis effacés ; que durant tout le temps que je l'écrivais, je pestais contre ce travail au petit point qu'exigeait la donnée du problème, contre ces demi-tons, ces nuances — tandis que ce que je souhaitais maintenant, c'était… mais je vous dirai cela une autre fois. » (Billets à Angèle, V, Cuverville, Avril 1921.)

Ainsi, André Gide qui, dès 1893, avait confié le sujet de la Symphonie pastorale à son ami P.-A. Laurens, attendit vingt-cinq ans avant de la réaliser ; c'est à ce long recul qu'il nous faut imputer l'impatiente désaffection de l'écrivain. Ce nonobstant, Gide était tout préparé à traiter magistralement les problèmes imposés au pasteur de son récit par l'éveil d'un sentiment plus terrestre qu'idéal, mais non point dépourvu de cette ferveur religieuse qui entoura l'enfance de l'auteur. Dans son *Journal*, Gide admet qu'il n'aurait jamais écrit *la Symphonie pastorale*, en particulier, « *sans cette formation chrétienne, sans ces liens, sans Em.* (Mme André Gide) *qui orientait (ses) pieuses dispositions* ». (16 juin 1931.) Certes, mais que son grand-père ait été ministre protestant, qu'il ait lui-même été saturé de l'atmosphère recueillie traditionnelle dans sa famille, que sa jeunesse ait été surveillée et guidée par des maîtres non moins étroitement liés à l'Église que ses compagnons de jeux, corrobore la familiarité des rapports qui unissaient Gide à ce milieu étouffant. *La Symphonie pastorale* n'en devait pas moins susciter, lors de sa publication et, plus récemment, à l'occasion de l'adaptation cinématographique de cette œuvre, les commentaires indignés de nombreux huguenots, tant suisses que français. Une note du *Journal*, ayant trait à l'interprétation par autrui de *la Symphonie pastorale*, s'emploie à dissiper les doutes pouvant subsister dans les esprits ; Gide y dit sans autre préparation : « *Je serai sans doute appelé à écrire une préface à mon* Aveugle — *qui, sans quoi, continuerait à prêter au change.*

« *J'y dirais : Si c'est être protestant que d'être chrétien sans être catholique, je suis protestant. Mais je ne puis reconnaître d'autre orthodoxie que l'orthodoxie romaine, et, si le protestantisme calviniste ou luthérien veut m'imposer la sienne, c'est aussitôt vers la romaine que j'irais, comme à la seule.* » (30 mai 1910.) Ailleurs, il donne cette précision capitale : « *A la seule exception de mes* Nourritures, *tous mes livres sont des livres* ironiques ; *ce sont des livres de critique.* (…) La Symphonie

pastorale (est la critique) *d'une forme de mensonge à soi-même.* »
(Feuillets.)

Malgré la réprobation des coreligionnaires d'André Gide, il se trouva, au sein du clergé catholique, un prêtre assez objectif et impartial pour reconnaître à *la Symphonie pastorale,* où l'on retrouve l'inquiétude de *Numquid et tu,* cette courageuse sincérité que les esprits prévenus lui refusaient. En réponse au R. P. Victor Poucel, rédacteur aux *Études,* « revue catholique d'intérêt général », auteur d'un article consacré à Gide (numéros du 5 et du 20 octobre 1927), et d'une brochure *(l'Esprit d'André Gide)* publiée en 1929 par la Librairie de l'Art catholique, — étude « *où il me perce à jour, dénonce mes ruses, évente mes maléfices et disperse d'un souffle inspiré cette « pincée de cendres » à quoi se réduisent mes écrits lorsque Nietzsche, Rousseau, Dostoïevsky, etc... s'en retirent* », Gide écrivit en ces termes : « *Évidemment, le plus simple est de me repousser tout en bloc, et de laisser* Corydon, les Faux-Monnayeurs *et* Si le grain ne meurt *entraîner dans votre enfer toute mon œuvre, voire cette* Symphonie pastorale, *que vous louangez peut-être à l'excès.* » L'écrivain dit encore : « *l'*Immoraliste, la Porte étroite *et* Isabelle *sont trois livres « avertisseurs », qui, avec la* Symphonie pastorale, *travaillent dans votre sens et versent de l'eau à votre moulin. Ils dénoncent tour à tour les dangers de l'individualisme outrancier, d'une certaine forme de mysticisme très précisément protestant (...), du romantisme, et, dans la* Symphonie pastorale, *de la libre interprétation des Écritures. Il ne tient qu'à vous de tirer de chacun de ces quatre livres un enseignement parfaitement orthodoxe. Persuadez-vous qu'il y est.* »

Désireux d'en finir avec *ce récit de l'Aveugle, qui* (l')*habite depuis tant d'années et* (qu'il) *désespérai*(t) *d'écrire,* Gide résolut de le rédiger directement, sans brouillon, et de *ne le relire et ne le polir que sur la dactylographie.* Bientôt, il put lire à sa femme les quarante-cinq premières pages de l'œuvre, dans laquelle il se reprocha plus tard de n'avoir pas assez fait valoir ce privilège des aveugles, qui, « *à l'abri du spectacle de tant de laideurs et de misères, (...) s'évadent plus facilement dans une harmonie imaginaire, plus facilement obtenue* ». Relisant et retouchant son travail, toujours l'auteur revient à sa hâte de sortir du labeur en cours, et d'entreprendre le nouveau roman (probablement *les Faux-Monnayeurs*), vers quoi se tourne son esprit sans cesse en activité. Diverses préoccupations empêchent le livre de beaucoup avancer; Gide en tombe d'accord dans son *Journal*: « *Aujourd'hui, j'ai le plus grand mal à m'intéresser de nouveau à l'état d'esprit de mon pasteur, et je crains que la fin de ce livre n'ait à souffrir. Pour tâcher de ranimer ses pensées (du pasteur) j'ai repris l'*Évangile *et* Pascal. *Mais tout à la fois je souhaite de retrouver un état de ferveur, et je ne veux point m'y laisser prendre ; je tire sur les rênes et je fouette à la fois ; ce qui ne donne rien qui vaille.* » (16 octobre 1918.) Enfin, il met la dernière main à *la Symphonie pastorale,* ravi d'en être quitte, en dépit de l'inquiétude que lui cause cette fin brusquée : « *Je veux dire que je vais avoir épuisé mon sujet, tandis que les proportions et l'équi-*

libre du livre comporteraient un développement plus étendu... Mais peut-être que je m'abuse ; et, du reste, la péripétie est susceptible encore de quelque foisonnement. » (*Journal,* 19 octobre 1918.) « *A présent,* comme il l'écrit à Raymond Bonheur, (il va) *pouvoir pousser de l'avant.* »

<div align="right">J.-J. T.</div>

BIBLIOGRAPHIE

La Symphonie pastorale a d'abord été publiée dans la *Nouvelle Revue française,* livraisons des 1er octobre et 1er novembre 1919.

Ont été données, en langue française, les éditions suivantes :

1919 Éditions de la *Nouvelle Revue française.*
1929 Éditions de la *Nouvelle Revue française.*
1930 *A..A.M. Stols.*
1932 *Librairie Gallimard* (avec *Isabelle*).
1944 *Americ-Edit* (avec *Isabelle*).
1945 *Librairie Gallimard* (avec *Isabelle*).
1945 *Librairie Gallimard.*
1946 *L'Abbaye du Livre.*

La Symphonie pastorale.
Paris. Éditions de la *Nouvelle Revue française.* 1919.
151 p. Couverture de couleurs différentes, selon les papiers.
Édition originale.
 Tirage : 143 ex. sur Vergé d'Arches.
 1 040 ex. sur Vélin Lafuma.
 Quelques ex. sur Vélin Lafuma, format 13 × 19.
 Quelques ex. sur papier ordinaire, format de même.

Paris. Éditions de la *Nouvelle Revue française.* 1919.
151 p. Couverture blanche. Le millésime indiqué dans l'ouvrage, porte soit *1919,* soit *1920.* De même pour les exemplaires de l'édition précédente.
Première édition courante.
 Tirage : papier ordinaire.

Paris. Éditions de la *Nouvelle Revue française.* 1929.
151 p. Couverture blanche.
Le dos de la couverture porte *1928,* mais l'Achevé d'imprimer est du 21 mai 1929.
Nouvelle édition courante.
 Tirage : papier ordinaire.

Maestricht-Bruxelles. *A.A.M. Stols.* 1930.
115 p. Couverture blanche. Le premier plat sans nom d'auteur,

LA SYMPHONIE PASTORALE 1585

Édition de luxe.

Tirage : 15 ex. sur Japon supernacré.
20 ex. sur Japon impérial.
165 ex. sur Hollande.

La Symphonie pastorale (avec *Isabelle*).
Paris. *Librairie Gallimard.* (S.D.) 1932.
255 p. Couverture illustrée, brune au dos et sur le premier plat, blanche au revers. Le dos porte seulement : *La Symphonie pastorale.*
Édition populaire. Collection « Succès ».

Tirage : papier ordinaire.

La Symphonie pastorale (avec *Isabelle*).
(S.L.) Rio de Janeiro. *Americ-Edit.* (S.D.) 1944 (?).
224 p. Couverture blanche. A l'Achevé d'imprimer : *Le tirage de cette édition, réservée au continent américain, a été effectué au Brésil par la Imprensa Nacional.*
Édition brésilienne.

Tirage : 75 ex. sur Pur Lin Regente Ledger.
Papier de la Cia Petropolis.

La Symphonie pastorale (avec *Isabelle*). Romans.
Paris. *Librairie Gallimard.* (S.D.) 1945.
220 p. Couverture blanche.
A l'Achevé d'imprimer : *Pour les Éditions Variétés, au Canada.*
Édition de Montréal.

Tirage : papier ordinaire.

(S.L.) Paris. *Librairie Gallimard.* 1945.
143 p. Cartonnage de l'éditeur, blanc décoré.
L'indication d'un tirage sur Vergé d'Arches et sur Vélin Lafuma ne se rapporte pas à cette édition, mais à l'édition originale.
Édition à tirage restreint.

Tirage : 1 000 ex. sur Héliona Navarre.

Lausanne. *L'Abbaye du Livre.* 1946.
113 p. Couverture blanche à bordure grise.
Édition à tirage limité.

Tirage : 4 000 ex. sur papier blanc.

La Symphonie pastorale a été publiée également dans l'édition illustrée en deux volumes des *Récits, Romans, Soties* d'André Gide. Paris. *Librairie Gallimard.* 1948. Tome I. Les caractéristiques des volumes de cette série ont été données dans la notice bibliographique du *Traité du Narcisse.*

La Symphonie pastorale figure, en outre, dans les *Œuvres Complètes* d'André Gide (tome IX, 19 novembre 1935, 470 p.). Les caractéristiques des volumes de cette série ont été données dans la notice bibliographique du *Traité du Narcisse.*

ÉDITIONS ÉTRANGÈRES

Au 30 juin 1949, on comptait 17 traductions de *la Symphonie pastorale,* notamment dans les langues suivantes :

Allemand	(Traduction de Bernard Guillemin).
Anglais	(Traduction de Mrs Dorothy Bussy).
Bulgare	(Traduction de Vassil Poundeff).
Danois	
Espagnol	
Finnois	
Hébreu	
Hollandais	(Traduction de P.C. Nazel).
Hongrois	
Hongrois	*La Symphonie pastorale* a paru, également, dans la revue hongroise *Nyngat,* traduction d'Albert Gyergyai.
Japonais	(Traduction de Isamu Inoué).
Norvégien	(Traduction de Lorentz Eckhoff).
Portugais	(La traduction portugaise destinée au Brésil, comporte également *les Faux-Monnayeurs* et *les Caves du Vatican.*)
Serbo-Croate	(Traduction de Lj. Wiesner).
Suédois	
Tchèque	

On peut également consulter les éditions étrangères des *Œuvres Complètes* d'André Gide, dans lesquelles *la Symphonie pastorale* a paru. Parmi celles-ci :

Œuvres Complètes. Traduction japonaise.
Éditions *Shinshosha,* Tokio (sans date).

MISE EN SCÈNE

La Symphonie pastorale, tirée du récit d'André Gide, par Pierre Bost et Jean Aurenche. Portée à l'écran, à partir de 1946, dans une distribution comprenant Michèle Morgan, Line Noro, Pierre Blanchar, etc...

Le texte du film a été publié, avec une préface de Jean Delannoy et des extraits de presse, par *la Nouvelle Édition, les Classiques du Cinéma Français.* Paris. 1948.

<div style="text-align:right">J.-J. T.</div>

P. 931. LES FAUX-MONNAYEURS

L'année 1925 est significative dans la carrière littéraire d'André Gide; c'est une étape importante entre le lyrisme et la lucidité. Deux notes laconiques du *Journal* nous en instruisent : le 8 juin, Gide achevait *les Faux-Monnayeurs,* et le 14 juillet, il partait pour l'Afrique. De la fin d'un grand ouvrage à la naissance d'un autre, il n'y a de place que pour le voyage.

Gide s'est longuement expliqué sur la présence de Madeleine (Mme André Gide) dans la genèse du meilleur de son œuvre; mais il n'a pas caché que si *les Faux-Monnayeurs* s'écartent de la douce inspiration commune aux écrits antérieurs, ils n'en ont pas moins été composés pour *conquérir (l')attention, (l')estime* d'un être cher. Or, 1925, c'est aussi l'époque de la sérénité, fruit laborieux du difficile débat, de la déchirante option imposés à un homme déjà vieillissant par la violence d'un sentiment débridé. Que cet élan de tout son être ait aidé Gide à donner à son roman les proportions de l'immortalité, cela ne fait point de doute, et l'on peut citer à l'appui cette confidence d'Édouard : « *Mes goûts, mes sentiments, mes expériences personnelles alimentaient tous mes récits ; dans mes phrases les mieux construites, encore sentais-je battre mon cœur...* »

Mais, moins que le *contenant*, le *contenu* des *Faux-Monnayeurs* préoccupait Gide. « *Ce que je voudrais que soit ce roman ? un carrefour — un rendez-vous de problèmes* », écrit-il dans son *Journal*. Pressentant l'importance de l'œuvre en cours, il dit encore, dans le *Journal des Faux-Monnayeurs* : « *Il me faut, pour bien écrire ce livre, me persuader que c'est le seul roman et dernier livre que j'écrirai. J'y veux tout verser sans réserve.* » Cette déclaration, rapprochée du fait qu'après la publication des *Faux-monnayeurs*, en 1925, l'apport de l'imagination est singulièrement restreint dans les ouvrages suivants, et que ce roman ne sera à peu près suivi d'aucun autre, justifie les craintes de Gide de ne pouvoir « *inventer, là où le souvenir (le) retient* ».

Quand il commença d'écrire *les Faux-Monnayeurs*, en 1919, André Gide en portait l'idée depuis longtemps. La trame lui en avait été fournie, notamment, par un trafic de fausse monnaie, relaté par le *Journal de Rouen* en septembre 1906 — affaire qu'il rattacha à celle des faux-monnayeurs anarchistes de 1907 —, et par le scandale des suicides de collégiens de Clermont-Ferrand, dont cette même gazette fit mention le 5 juin 1909. Les coupures de presse justificatives ont été annexées au *Journal des Faux-Monnayeurs*, et l'on peut savoir gré à Gide d'avoir ainsi facilité la tâche de ses exégètes. Dès 1914, le roman était annoncé *(les Caves du Vatican)* sous ce titre : *Le Faux-Monnayeur,* et Gide entreprenait d'en classer

les matériaux. Bientôt le sujet se révéla si touffu, qu'il note dans son *Journal* (18 décembre 1921) : « *Je supprimerai plus aisément les éléments parasites (de mon livre) si j'ai la confiance que je les pourrai placer autre part. Dans la matière que je contemple entassée devant moi, il y a de quoi nourrir une demi-douzaine de romans.* » Les problèmes posés, non tant sur le plan de l'information du livre que sur celui de son agencement, déterminèrent certainement la rédaction du *Journal des Faux-Monnayeurs,* que Gide entreprit par acquit de conscience, et dans lequel il inscrivit, « *inch by inch, tous les progrès de (son) roman* ». (*Journal,* 7 août 1919.) De toutes leurs propriétés littéraires, celle que ces *cahiers d'exercices et d'études* mettent le mieux en évidence, c'est de montrer, non pas une intrigue en train de se nouer, mais un roman en train de s'écrire. Certes, à partir de 1920, nombre d'allusions à l'élaboration des *Faux-Monnayeurs* se rencontrent dans le *Journal,* mais c'est au dossier de son roman que Gide verse ce qui lui semble propre à perfectionner la psychologie des personnages en scène, à mesurer le relief de leur contour, et à confronter ses idées sur le renouvellement de l'art du roman.

Le mécanisme du travail créateur s'accorde avec le tempérament particulier à chaque être; ainsi, Gide prisait peu l'ingérence de la méthode dans les poussées de l'inspiration. Le *Journal des Faux-Monnayeurs* (p. 31) le dit clairement : « *Je ne suis pas assuré que ce système de notes et de fiches qu'il (Roger Martin du Gard) préconise eût pu m'être d'un grand secours* »; opinion que Gide dut réviser, car il ajoute (p. 35) : « *J'inscris sur les fiches ce qui peut servir.* » Quoi qu'il en soit, il préféra la sécurité d'un plan rigoureux aux sentiers hasardeux où l'entraînait sa curiosité, fût-ce dans une impasse, ainsi qu'en témoigne cet aveu : « *J'ai écrit le premier dialogue entre Olivier et Bernard et les scènes entre Passavant et Vincent, sans du tout savoir ce que je ferais de ces personnages, ni qui ils étaient. Ils se sont imposés à moi, quoi que j'en aie.* » La participation de Roger Martin du Gard à la construction des *Faux-Monnayeurs,* son rôle occulte de consulteur avisé, Gide en convient dans son *Journal* (17 avril 1928) : « *Je ne notai que ceux (ses conseils) contre lesquels je regimbai, mais c'est que je suivis les autres — à commencer par celui de réunir en un seul faisceau les diverses intrigues des* Faux-Monnayeurs *qui, sans lui, eussent peut-être formé autant de* « récits » *séparés. Et c'est pourquoi je lui dédiai le volume.* » Ceci nous ramène aux problèmes dont le *Journal des Faux-Monnayeurs* éclaire les données : situation du roman dans le temps, plantation du décor, équilibre des personnages, dosage et progression de l'action. Afin d'éviter ce qu'a d'artificiel une intrigue, Gide veut bien que son livre ne soit assimilable à rien d'autre ; il se résigne à son *étrangeté*, et, partant, envisage d'y introduire « *des personnages inutiles, des propos inopérants, et (une) action (qui) ne s'engagerait pas* ». L'intention de Gide, c'était de faire des *Faux-Monnayeurs* « *un récit d'événements qu'il (Lafcadio) découvrirait peu à peu et auxquels il prendrait part en curieux, en oisif et en pervertisseur* ». (Initialement, Lafcadio devait être le principal

héros du roman; soulignons, à ce propos, un certain décalage dans la chronologie du *Journal des Faux-Monnayeurs,* qui s'ouvre, nous l'avons dit, en 1919, c'est-à-dire cinq ans après la publication des *Caves du Vatican ;* encore ce détail est-il de peu de prix en regard de la perplexité où se trouvait Gide, au seuil des *Faux-Monnayeurs.*) Redoutant une « *disproportion entre la première et la deuxième partie — et que celle-ci, tout compte fait, ne se découvre sensiblement plus courte* », il tâchait de réaliser la transition indispensable à l'unité du livre. Gide eût-il moins balancé entre sa curiosité de l'avenir, sa prédilection pour le présent, et la nécessité de transporter avant la guerre l'action du roman *(puisque, à présent, les pièces d'or sont exilées),* si *les Faux-Monnayeurs* se fussent situés hors du temps ? Son ignorance de la plus élémentaire réalité n'y contredit point. En effet, Gide reconnaît volontiers, dans le *Journal :* que « *ce que les autres appellent réalité, que leur monde extérieur, n'a pas beaucoup plus d'existence que le monde* des Faux-Monnayeurs *ou des Thibault. Au moindre faux pas* (il) *va passer de l'autre côté du décor* ».

Dans son ouvrage : *André Gide,* M. Albert J. Guerard, sur la foi d'une note du *Journal des Faux-Monnayeurs* (17 juin 1919), soutient que la trame de *l'École des Femmes* avait dû, primitivement, constituer le noyau central des *Faux-Monnayeurs ;* nous n'avons pas à en connaître, et d'ailleurs, cette hypothèse est des plus discutables, selon M. Justin O'Brien, qui conteste, d'autre part, que *les Faux-Monnayeurs* « rappellent » *Contrepoint,* le roman de Gide ayant paru deux ans avant celui de Huxley. C'est au *Journal des Faux-Monnayeurs* que nous devons d'avoir pu recomposer l'architecture du roman. Répandant, par un rare effort d'investigation, une clarté instructive sur la physionomie de l'œuvre, dont il précise et estompe tour à tour le profil, il annonce les intentions que Gide y a inscrites en filigrane. « *J'ai soigneusement écarté de mes* Faux-Monnayeurs *tout ce qu'un autre aurait aussi bien que moi pu écrire, me contentant d'indications qui permissent d'imaginer tout ce que je n'étalais pas.* » (*Journal,* 1er août 1931.) La parcimonie du génie d'invention de Gide n'est pas telle, qu'elle permette d'attribuer aux *Faux-Monnayeurs* une origine même partiellement étrangère à l'esprit de leur auteur; il s'en faut de beaucoup. Après lecture à Roger Martin du Gard (août 1923, Pontigny), Gide écrit : « *Les meilleures parties de mon livre sont celles d'invention pure. Si j'ai raté le portrait du vieux Lapérouse, ce fut pour l'avoir trop rapproché de la réalité.* » Au demeurant, si les personnages des *Faux-Monnayeurs* évoluent avec l'aisance que l'on sait, ce n'est pas faute de les y avoir invités, et Gide fait dire à Édouard : « *Dès qu'il faut les vêtir (mes personnages), fixer leur rang dans l'échelle sociale, leur carrière, le chiffre de leurs revenus ; dès surtout qu'il faut les avoisiner, leur inventer des parents, une famille, des amis, je plie boutique. Je vois chacun de mes héros, vous l'avouerais-je, orphelin, fils unique, célibataire et sans enfant.* » S'il en était besoin, le mal que Gide s'est

donné pour alléger *les Faux-Monnayeurs* des traditionnels attributs du roman français, qui lui eussent valu plus tôt l'attention du grand public, ainsi que son impuissance à peindre d'une manière *un peu conventionnelle et banale*, révoqueraient en doute l'opinion de M. Guerard, pour qui Gide *n'est pas un romancier, mais un homme de lettres qui a écrit des romans*.

Les personnages des *Faux-Monnayeurs* ont une vie et une réalité autonomes; ils ne sont pas soudés les uns aux autres, non plus qu'engagés par l'action. Certains sont épisodiques, et pourvus de ce caractère *d'inutilité* à quoi justement tenait leur créateur. D'aucuns avancent que *les Faux-Monnayeurs* sont un roman à clé, que la fiction d'Olivier, de Passavant, de Vincent et d'autres, recouvre diverses personnalités plus ou moins reconnues; quant à Édouard, l'on s'est plu à le confondre avec Gide, malgré les dénégations opposées par ce dernier. « *Il est certain que si Je, romancier, porte en moi le personnage d'Édouard, je dois porter également le roman qu'il écrit.* » Sans doute, mais pour dissiper toute équivoque, il ajoute : « *Je n'ai jamais rien pu inventer.* » C'est par une telle phrase du Journal d'Édouard *que je pensais le mieux me séparer d'Édouard, le distinguer... Et c'est de cette phrase au contraire que l'on se sert pour prouver que*, « *incapable d'invention* » *c'est moi que j'ai peint dans Édouard et que je ne suis pas romancier.* » (*Journal*, 20 octobre 1929.) Si vif qu'ait été son désir de laisser le lecteur *prendre barre sur lui*, Gide ne put se retenir de n'être plus *quelqu'un, mais plusieurs*; ce qui autorise cette raisonnable conjecture : que Gide s'est peint *aussi* dans Édouard. Enfin, il est vraisemblable que l'éventualité d'une confusion l'a incité, pour brouiller les pistes, à « *respecter soigneusement en Édouard tout ce qui fait qu'il ne peut écrire son roman* », et qu'il n'a pu trouver meilleur retranchement que dans ce jugement péremptoire : « *C'est un amateur, un raté.* (...) *Au surplus, ce pur roman, il ne parviendra jamais à l'écrire.* »

Convaincu qu'il lui « *est plus aisé de faire parler un personnage, que de (s')exprimer en son nom propre* », Gide ne prête de lui-même à ses créatures que juste ce qu'il faut pour les animer; c'est ensuite que leur caractère se dessine, et que les oppositions issues de la complexité individuelle forcent le lecteur d'ajuster à son optique ce que la vision de l'auteur avait volontairement déformé.

Gide a tiré de ses souvenirs d'enfance la figure de M. de La Pérouse que, dans le *Journal*, il nomme toujours : « *le pauvre vieux père La Pérouse* » ou « *le pauvre vieux La Pérouse* », sans doute par compassion pour les déboires conjugaux du vieillard. M. Vedel, c'est l'un des tout premiers professeurs de Gide, à l'École Alsacienne *(Si le grain ne meurt)*. C'est chez ce M. Vedel que le jeune André devint pensionnaire, suivant l'usage de l'École qui voulait que les professeurs prissent en pension chez eux un petit nombre d'élèves. Christian Beck a également inspiré l'un des personnages comparses des *Faux-Monnayeurs*. Mais, à ces acteurs, Gide souhaitait en ajouter un autre, « *le diable, qui circulerait incognito à travers tout*

le livre et dont la réalité s'affirmerait d'autant plus qu'on croirait moins en lui ». Plus loin, toujours dans le *Journal des Faux-Monnayeurs,* il étudie la possibilité de construire son roman autour d'une réplique, extraite d'un dialogue sur le *traité de la non-existence du diable :* « *Pourquoi me craindrais-tu ? Tu sais bien que je n'existe pas.* » Le diable ne laisse pas, d'ailleurs, de souvent tenir sa partie, en surface ou en profondeur, dans le jeu des *Faux-Monnayeurs ;* on le voit ainsi intervenir au plus pathétique des émois fraternels de Vincent, lorsque celui-ci veut prévenir Olivier contre Passavant. Si l'aîné échoue, ce n'est pas que sa conscience ait sombré, mais bien parce qu'*il a* (ou croit avoir) *partie liée avec Satan.*

Le Journal de Rouen (septembre 1906) fait état de la déclaration de Fréchaut, l'un des hommes impliqués dans le trafic de fausse monnaie, d'après laquelle il s'agissait moins d'une « bande » que d'un « cénacle », *où l'on s'est peut-être occupé de fausse monnaie, (...) mais où l'on traitait surtout les questions de politique et de littérature.* Gide fut tellement frappé par cette explication qu'il en voulut faire une épigraphe pour son roman, et qu'en tout cas il l'exploita dans sa description du milieu de jeunes gens où circulaient les fausses pièces. Les séances du cénacle se seraient tenues de préférence dans un café, cadre d'une séduisante banalité, mais, en définitive, moins expédient que le jardin du Luxembourg, « *et précisément ce lieu du jardin où se fait le trafic des fausses pièces d'or* », et où pour la première fois apparaît Olivier.

Gide consent que « *la concision extrême de (ses) notations ne laisse pas au lecteur superficiel le temps d'entrer dans le jeu* ». Son désir de ne pas laisser ses personnages, et, singulièrement, celui qui lui tient le plus au cœur, capter et retenir trop longtemps l'entière attention du lecteur, empêche ce dernier de contenter sa sympathie et de reporter sa curiosité sur d'autres, non moins dignes d'intérêt, mais qui sont moins attachants ou laissés dans l'ombre.

Roger Martin du Gard avait suggéré à Gide *d'allonger indéfiniment* les Faux-Monnayeurs, *pour profiter plus des personnages,* mais ce conseil ne fut pas suivi. Le roman s'achèvera « *brusquement, non point par épuisement du sujet, (...) mais par son élargissement et par une sorte d'évasion de son contour. Il ne doit pas se boucler, mais s'éparpiller, se défaire...* » *(Journal des Faux-Monnayeurs.)*

André Gide se trouvait au Congo quand *les Faux-Monnayeurs* sortirent des presses ; son *Journal* en donne acte : « *Quelques éreintements des* Faux-Monnayeurs *m'apprennent que le livre enfin a paru.* »

<div align="right">J.-J. T.</div>

BIBLIOGRAPHIE

Les Faux-Monnayeurs ont d'abord été publiés, partiellement, dans la *Nouvelle Revue française,* numéros de mars, mai, juin, juillet, août *(deuxième partie)* 1925.

Ont été données, en langue française, les éditions suivantes :

1925-1926 Éditions de la *Nouvelle Revue française.*
1944 *Librairie Gallimard.*
1944 Éditions de la *Nouvelle Revue française.*
1944 *Americ-Edit.*

Les Faux-Monnayeurs. Roman.
Paris. Éditions de la *Nouvelle Revue française.* 1925.
Mis en vente en février 1926.
505 p. Format différent, selon les papiers. Couverture blanche.
Les Achevés d'imprimer sont du 28 novembre 1925, et le millésime *1925* est indiqué dans tous les ex.
Édition originale.
 Tirage : 121 ex. sur Vergé Lafuma-Navarre.
 1 244 ex. sur Vélin Lafuma-Navarre.

Paris. Éditions de la *Nouvelle Revue française.* 1925.
Mis en vente en février 1926.
505 p. Couverture blanche.
Millésime : même remarque que ci-dessus.
Première édition courante.
 Tirage : papier ordinaire.

(S.L.) Paris. *Librairie Gallimard.* 1944.
503 p. Cartonnage de l'éditeur, blanc décoré.
Bien que l'Achevé d'imprimer soit du 10 septembre 1943, le volume ne fut mis en vente qu'en 1944. L'indication d'un tirage sur Vergé et Vélin ne se rapporte pas à cette édition, mais à l'originale.
Édition à tirage restreint.
 Tirage : 1 050 ex. sur Héliona Navarre.

(S.D.) 1944. Éditions de la *Nouvelle Revue française.*
415 p. Couverture blanche.
L'Achevé d'imprimer indique : *Pour les Éditions Variétés, à Montréal, Canada.*
Édition de Montréal.
 Tirage : papier ordinaire.

(S.L.) Rio de Janeiro. *Americ-Edit.* (S.D.) 1944 (?).
2 volumes de 272 et 216 p. Couverture blanche.

L'Achevé d'imprimer indique : *Le tirage de cette édition a été effectué au Brésil, par la Imprensa Nacional.*
Édition brésilienne.
 Tirage : 85 ex. sur Pur Lin Regente Ledger.
 Papier de la Cia Petropolis.

Les *Faux-Monnayeurs* ont été publiés également dans l'édition illustrée en deux volumes des *Récits, Romans, Soties* d'André Gide. Paris. *Librairie Gallimard.* 1948. Tome II. Les caractéristiques des volumes de cette série ont été données dans la notice bibliographique du *Traité du Narcisse.*

Les *Faux-Monnayeurs* figurent, en outre, dans les *Œuvres Complètes* d'André Gide (tome XII, 22 janvier 1937, 568 p.). Les caractéristiques des volumes de cette série ont été données dans la notice bibliographique du *Traité du Narcisse.*

<center>ÉDITIONS ÉTRANGÈRES</center>

Au 30 juin 1949, on comptait dix-neuf traductions des *Faux-Monnayeurs*. Notamment :

Allemand	(Traduction de Ferdinand Hardekopf).
	(Pour ce pays, le *Deutsche Verlags-Anstalt* a repris, en 1930, l'édition générale des œuvres d'André Gide.)
Anglais	(Traduction de Mrs Dorothy Bussy).
Danois	
Espagnol	(Espagne et Argentine).
Finnois	
Hollandais	
Hongrois	
Italien	
Polonais	(Traduction de Jaroslaw et Hélène Iwaszkiewicz).
Portugais	(Pour le Brésil, avec *la Symphonie pastorale* et *les Caves du Vatican*).
Serbo-Croate	
Suédois	
Tchèque	(Traduction de Heyduk).

On peut consulter également les éditions étrangères des *Œuvres Complètes* d'André Gide, dans lesquelles *les Faux-Monnayeurs* ont paru. Parmi celles-ci :

Œuvres Complètes. Traduction japonaise.
Éditions *Shinshosha*, Tokio (sans date).

MISE EN SCÈNE

Jardin Public, ballet, a été tiré des *Faux-Monnayeurs.*
Monté par les *Ballets Russes de Monte-Carlo,* sur la scène du Théâtre des Champs-Élysées, en mai-juin 1934.
Musique de Wladimir Du Kelsky.
Chorégraphie de L. Massine et D. Lichine.
Décors et costumes de Jean Lurçat.
Orchestre des Concerts Colonne.

Dédiés à Roger Martin du Gard, *les Faux-Monnayeurs* sont ainsi annoncés, dans *les Caves du Vatican* : « *Le Faux-Monnayeur.* Roman. »

J.-J. T.

P. 1249. L'ÉCOLE DES FEMMES

L'École des Femmes fut mise en chantier en 1927, nous apprend le *Journal* : « *J'avais quitté Paris avec l'espoir de pousser assez loin ce nouveau roman dont, à Cuverville, j'écrivais si joyeusement et aisément les premières pages, sans brouillon, presque sans ratures.* » (Sainte-Maxime, 6 février 1927.) Mais cet élan fut brisé, et Gide dut ronger son frein. C'est en 1928 seulement, qu'il remit la main à cette œuvre. 1928, année des plus mauvaises pour l'écrivain, qui ne travaille plus qu'à grand'peine. Avant le court séjour qu'il fit à Saint-Clair, et son passage au Tertre, chez Roger Martin du Gard, il déploya d'énormes efforts pour donner un nouveau départ à *l'École des Femmes,* en panne depuis au moins six mois; vainement. En mars et avril, les encouragements affectueusement prodigués par l'auteur des *Thibault,* semblèrent porter quelques fruits, qui tout aussitôt se desséchèrent. Dans un mouvement de lassitude, Gide, que (son) « *roman cesse (d')intéresser lorsqu'(il) cesse d'y travailler* », déclare : « *A dire vrai, ce livre ne m'intéresse guère et ma pensée ne s'y rapporte pas spontanément. Il ne se relie pas étroitement à mes préoccupations actuelles...* » (*Journal,* Saint-Clair, 14 septembre 1928.) Il y pense néanmoins, mais, paralysé par un nouvel arrêt, demande un délai à la revue américaine *Le Forum,* qui doit publier *l'École des Femmes* dans une traduction de Mrs Dorothy Bussy. Survenue en octobre, la réponse est négative, et Gide, amusé et aiguillonné à neuf par ce refus, part pour Roquebrune, le 20 du même mois. Le 3 novembre, le livre est achevé. A ce propos, l'auteur consigne dans son *Journal* : « *Peut-être l'exigence de l'Amérique était-elle nécessaire pour me faire achever ce livre qui depuis longtemps a cessé de m'intéresser.* » (Paris, 20 octobre 1928.)

Chef-d'œuvre du roman psychologique, *l'École des Femmes*

demeure le plus éloquent témoignage de cette littérature de confession dont André Gide a exploré les méandres. Pourtant, il serait présomptueux de vouloir dégager de ce récit autre chose que l'événement subjectif qu'il décrit; de généraliser ce que le cas d'Éveline a de si particulier et de si tragique. Gide n'a-t-il pas dit : « *Mes écrits sont comparables à la lance d'Achille, dont un second contact guérissait ceux qu'elle avait d'abord navrés. Si quelque livre de moi vous déconcerte, relisez-le. Sous le venin apparent, j'eus soin de cacher l'antidote; chacun d'eux ne trouble point tant qu'il n'avertit.* » (*Journal.*)

Que le propos de *l'École des Femmes* n'ait pas été compris, la réaction des frères L. (probablement Marius et Ary Leblond) le prouve de reste. Voici ce que Gide avait eu l'intention de répondre, aux critiques par eux formulées :

« *Grand article des frères L. sur* l'École des Femmes. *Ces* « *deux imbéciles* », *comme les appelait C.-L. Philippe, protestent, avec grandiloquence, que je calomnie les gens de lettres, et qu'en France tous ne sont pas aussi vils que j'ai peint mon héros. Je leur écris :*

« *Mes chers frères,*

Non, non, rassurez-vous; ce n'est pas vous que j'ai portraiturés dans le héros de mon École des Femmes. *Et, du reste, où diable avez-vous pris que mon Robert fût littérateur? A part la petite lettre du début où il annonce la mort de sa mère, quand le voyez-vous jamais écrire? Je spécifie qu'il veut faire de la politique, à ce que croit du moins son amante, et qu'il prend la direction politique d'une revue littéraire... Ajoutons aussitôt, pour achever de vous rassurer, que je ne prétends point que tous les politiciens de France soient pareils à lui...*

J'ai dit quelque part : « *C'est avec les beaux sentiments qu'on fait de la mauvaise littérature* » ; *de la mauvaise critique aussi. Mais ces sentiments vous honorent et je reste bien cordialement vôtre,*

<div style="text-align:right">A. G.</div>

Je n'envoie pas la lettre. Ce serait trop honorer ces deux sots. »

Étranger à cette passe d'armes, le problème conjugal exposé dans *l'École des Femmes*, d'une manière qui rappelle le mécanisme des *Faux-Monnayeurs*, prend ici une vivacité d'autant plus saisissante que sa complexion se détache sur la stricte nudité du cadre descriptif, sur l'absence de tout décor, pourrions-nous dire, et que l'habileté progressive du désenchantement de l'héroïne laisse malgré tout à celle-ci l'entière responsabilité d'un débat moral, dont il ne tint pas à l'auteur qu'elle sortît victorieuse.

<div style="text-align:right">J.-J. T.</div>

BIBLIOGRAPHIE

L'École des Femmes a d'abord été publiée dans la *Revue de Paris,* en 1929 (tome II, pp. 241 à 268 et 543 à 574).

Ont été données, en langue française, les éditions suivantes :

1929 Éditions de la *Nouvelle Revue française.*
1930 Éditions de la *Nouvelle Revue française* (avec *Robert*).
1934 *Librairie Gallimard* (avec *Robert*).
1941 Éditions de la *Nouvelle Revue française.*
1944 *Librairie Gallimard* (avec *Geneviève*).

L'École des Femmes.
Paris. Éditions de la *Nouvelle Revue française.* 1929.
175 p. Format différent, selon les papiers. Couverture de même, pour les couleurs.
Édition originale.
 Tirage : 119 ex. sur Vergé Lafuma.
 574 ex. sur Hollande.
 1 235 ex. sur Vélin pur fil.

Paris. Éditions de la *Nouvelle Revue française.* 1929.
175 p. Couverture blanche.
Première édition courante.
 Tirage : papier ordinaire.

L'École des Femmes (avec *Robert*).
Paris. Éditions de la *Nouvelle Revue française.* (S.D.) 1930.
239 p. Couverture blanche.
Première édition collective.
 Tirage : papier ordinaire.

L'École des Femmes (avec *Robert*).
Paris. *Librairie Gallimard.* (S.D.) 1934.
254 p. Couverture blanche illustrée.
Édition populaire. Collection « Succès ».
 Tirage : papier ordinaire.

L'École des Femmes (avec *Robert*).
Paris. Éditions de la *Nouvelle Revue française.* (S.D.) 1941.
239 p. Cartonnage de l'éditeur, rose, dos décoré. Le premier plat porte seulement le monogramme *NRF.* Tirage de l'édition de 1930.
Édition reliée.
 Tirage : papier blanc.

L'École des Femmes (avec *Robert*).
Buenos Aires. *Librairie Hachette*. (S.D.) 1943.

L'École des Femmes (avec *Robert* et *Geneviève*).
(S.L.) Paris. *Librairie Gallimard*. (S.D.) 1944.
256 p. Cartonnage de l'éditeur, blanc décoré, pour les ex. Héliona ; couverture blanche pour les ex. papier ordinaire.
Première édition collective.
 Tirage : 1 500 ex. sur Héliona Navarre.
 Papier ordinaire.

L'École des Femmes a été publiée également dans l'édition illustrée en deux volumes des *Récits, Romans, Soties* d'André Gide. Paris. *Librairie Gallimard*. 1948. Tome II. Les caractéristiques des volumes de cette série ont été données dans la notice bibliographique du *Traité du Narcisse*.

ÉDITIONS ÉTRANGÈRES

L'École des Femmes a fait l'objet, notamment, de traductions dans les langues suivantes :

Allemand	(Avec *Robert*. Traduction de Kathe Rosenberg).
Anglais	(Traduction de Mrs Dorothy Bussy).
Danois	(Traduction de Axel Broe).
Espagnol	(Avec *les Caves du Vatican*).
Hollandais	
Hongrois	(Traduction de Albert Gyergyai).
Italien	(Traduction de C.V. Ludovici).
Norvégien	
Serbo-Croate	
Suédois	
Tchèque	(Traduction de J. Mala et O. Radl).

J.-J. T.

P. 1311. ROBERT

Terminé en septembre 1929, *Robert* constitue le deuxième volet du triptyque ouvert par *l'École des Femmes*. André Gide en fut assez content, et nota : « *J'ai écrit ce petit livre en moins de huit jours, au courant de la plume ; c'est comme cela qu'il devait être écrit.* »

A cette époque, Gide connaît une grande activité littéraire ; mais, s'il enrichit son *Journal*, il ne semble plus habité par le génie créateur. Fors ce tarissement, *Robert* est d'un bonheur d'expression et d'une justesse psychologique tout à fait dignes des espoirs que

la réussite de *l'École des Femmes* autorisait. Si l'écrivain apparaît peu dans ce dernier récit, s'il ne s'y manifeste que par touches discrètes, du moins démontre-t-il son aisance à épouser la personnalité de ses créatures, à s'y fondre. Dans *Robert*, Gide s'est encore abstenu de toute intervention directe; même il serait étranger à la papelarde tentative de justification du mari d'Éveline, n'étaient la dédicace offerte à Ernest-Robert Curtius, et la lettre apocryphe par quoi l'œuvre débute. Bel exemple d'habileté, que cette courte épître, dont les exigences de probité morale et d'équité clamées bien haut par Robert, n'ont d'autre effet que de rendre plus sonore le vide de son âme, plus vertigineux l'abîme où Éveline avait failli tomber.

Il n'est pas exclus que l'*Adolphe* de Benjamin Constant, qui avait fortement impressionné Gide, soit le créancier de *Robert*, et que cette phrase : *Nous sommes des créatures tellement mobiles, que les sentiments que nous feignons, nous finissons par les éprouver*, — (*Adolphe*), — ait cheminé jusque dans le *Journal des Faux-Monnayeurs*, où l'auteur introduit un certain Lucien, parent semble-t-il du Robert qui nous occupe : *M. dit de Lucien qu'il est « tout pénétré par sa façade »*.

Robert est-il aussi vain que les plaintes d'Éveline cherchent de le prouver ? Le parfait fiancé était-il tellement différent de l'homme de bien dont elle tourne en dérision et impute à tort les moindres traits de caractère ? Sans doute, Éveline trouve des accents éloquents pour exprimer son malheur, — malheur d'autant plus grave qu'il ne repose que sur des impressions personnelles, et ne s'explique que par la recherche d'une impossible perfection conjugale; de cette infortune, il serait, hélas! cruel de douter; mais la faute ne lui en incombe-t-elle pas un peu ? et l'épouse ne peut-elle prendre à son seul compte les méprises de la fiancée?

Telle est la thèse soutenue par Robert, c'est-à-dire par Gide, sous une forme alerte et drue, à propos de laquelle il est dit : « *Un article de magazine américain (fort mauvais du reste et des plus malveillants, non tant contre moi que contre la France) m'amène à réfléchir à l'amusement qu'il y aurait eu à ne pas éclairer trop vite les côtés douteux ou fâcheux du caractère de Robert, à laisser le lecteur partager quelque temps les sentiments d'Éveline. Mais cela m'eût forcé à allonger beaucoup, à nuancer, à subtiliser, etc... J'ai pensé à tout cela avant de commencer à écrire ce livre (et à bien d'autres possibilités encore), puis m'en suis tenu à ce qui m'a paru le meilleur.* » (*Journal*, 10 octobre 1929.)

<div style="text-align: right;">J.-J. T.</div>

BIBLIOGRAPHIE

Ont été données, en langue française, les éditions suivantes :

1930 Éditions de la *Nouvelle Revue française*.

1930 Éditions de la *Nouvelle Revue française* (avec *l'École des Femmes*).

Robert (Supplément à *l'École des Femmes*).
Paris. Éditions de la *Nouvelle Revue française*. (S.D.) 1930.
91 p. Format différent selon les papiers. Couverture de même, pour les couleurs.
L'Achevé d'imprimer est du 27 décembre 1929.
Une feuille volante d'errata accompagne chaque exemplaire.
Édition originale.
 Tirage : 123 ex. sur Lafuma-Navarre.
 547 ex. sur Hollande.
 1 035 ex. sur Vélin Lafuma-Navarre.
 4 000 ex. sur Alfa, numérotés.

Robert (avec *l'École des Femmes*).
Paris. Éditions de la *Nouvelle Revue française*. (S.D.) 1930.
239 p. Couverture blanche.
Première édition collective.
 Tirage : papier ordinaire.

Robert a été publié également dans l'édition illustrée en deux volumes des *Récits, Romans, Soties* d'André Gide. Paris. *Librairie Gallimard.* 1948. Tome II. Les caractéristiques des volumes de cette série ont été données dans la notice bibliographique du *Traité du Narcisse*.

ÉDITIONS ÉTRANGÈRES

Robert a fait l'objet, notamment, de traductions dans les langues suivantes :

Allemand (Traduction de Kathe Rosenberg).
Anglais
Danois
Espagnol
Hollandais
Italien
Norvégien
Suédois
Tchèque

<div style="text-align:right">J.-J. T.</div>

P. 1345. GENEVIÈVE

OU LA CONFIDENCE INACHEVÉE

Publié en 1936, le récit *Geneviève ou la Confidence inachevée*, qui devait connaître une fortune si contraire, fut commencé six ans auparavant; c'est, précisément, le 9 mars 1930, que Gide consigne dans son *Journal* : « *Cessé, pour un temps, de penser à mon Œdipe* (...) — *en faveur d'un livre que j'entrevois et qui déjà prend forme* : Geneviève, *ou la Nouvelle École des Femmes — où j'aborderais de front toute la question du féminisme. Il me tarde d'être à Cuverville pour y travailler.* » Plus tard, il constatera avec amertume : « *J'ai mis autant de temps à rater l'Intérêt général*, *puis* Geneviève *(dont j'ai presque tout déchiré) qu'à réussir* les Faux-Monnayeurs. »

André Gide s'est longuement étendu sur les difficultés qu'il rencontra dans l'élaboration de *Geneviève* ; longuement, si l'on considère l'importance réduite de cet ouvrage, et son relatif mutisme à l'égard d'autres écrits, qu'il avait pu mener à bien dans des conditions plus favorables. A vrai dire, tout semblait se liguer contre lui : sa santé précaire, où il croyait voir les premières atteintes de la décrépitude; une saturation de littérature, qu'augmentaient les plus profitables lectures; des inquiétudes sociales, probablement ramenées d'Afrique; d'absorbantes aventures sentimentales; un peu de paresse, aussi; et une grandissante instabilité, un éperdu besoin d'évasion. A bout de courage, il s'écriera : « *J'ai perdu toute confiance en moi-même et mets ma valeur au passé.* »

Pourtant, *Geneviève* avait pris un départ encourageant, et bien que par une sorte de prémonition il doutât de pouvoir jamais l'achever, en dix jours il en écrivit une douzaine de pages, d'un trait de plume, *et sans trop désirer les mener à perfection aussitôt*. Peu après, inquiet et mécontent de la facilité avec laquelle il avait traduit les sentiments de Geneviève, l'auteur fit le point : « *Écrit une trentaine de pages de cette* Geneviève, *que je ne sais si je pourrai mener à bien. Je me répète que ce livre doit être écrit sans aucun souci de style et que tout effort de perfection formelle que j'y apporterais sentirait trop ma marque ; mon héroïne ne les peut avoir et ce serait trahir son personnage que de les lui prêter. Je m'échappe facilement à moi-même et, me laissant supplanter par une personnalité différente de la mienne, ce n'est qu'avec un parfait abandon de moi et sans contention aucune que je puis la laisser ainsi s'exprimer à travers moi comme il convient. Mais je n'éprouve aucune satisfaction à écrire, fémininement, au courant de la plume, et tout ce que j'écris ainsi me déplaît. Je doute que ce style sans densité puisse avoir quelque valeur et crains parfois de m'aventurer dans une entreprise désespérante indigne de tous les autres propos, que je me reproche dès lors de délaisser pour elle. Ce projet, il faut que je me l'avoue, ne me tient pas directement à cœur et ne répond à aucune profonde exigence,*

comme celle qui me dictait mes Nouvelles Nourritures *et mon* Œdipe. *Pourtant je ne l'abandonnerais pas sans lâcheté, et la sympathie qui me pousse à écrire ce livre est assez vive pour l'alimenter. A chacun de mes livres n'ai-je pas su, dans des jours de retombement, me donner de bonnes raisons de ne pas l'écrire ; et tout ce que je pense aujourd'hui de celui-ci, n'est-ce pas la paresse qui me le souffle ?* » (*Journal*, 31 mars 1930.)

Une fois encore, le fil d'Ariane s'est rompu ; Gide ne se sent plus solidaire de l'œuvre en cours que par une dérisoire sympathie où s'inscrit la faillite de sa ferveur passée. Il n'a plus, avec *Geneviève*, que des rapports d'artiste, empreints de froideur ennuyée, et quand d'aventure, talonné par quelque fugitive sollicitation intellectuelle, une velléité le pousse à écrire, son génie, contraint et fatigué, regimbe contre la discipline et réclame des incitations moins austères... « *Quelque chose d'étrange, de bizarre, et qui vous saisisse. C'est cela que je souhaiterais, sachant bien que seul l'inattendu peut ravir et plonger en état de transe. Mais mon sujet* (Geneviève) *ne le comporte pas. Je dois à mon héroïne de demeurer raisonnable, puisqu'aussi bien, ce n'est qu'à travers elle que je m'exprime.* » (*Journal*, 8 février 1934.)

Passant outre, l'écrivain « *fai*(*t*) *effort pour pousser plus avant ce roman* (...) *sans goût, sans conviction que pour les idées* (qu'il) *y voudrai*(*t*) *mettre en valeur* » (*Journal*, 25 mai 1931) ; mais, retenu à Paris par une cure, et privé de son stylo qu'il doit être enchanté d'avoir dû donner à réparer, fait une nouvelle halte. Comme en écho à ses préoccupations sociales, dont il tâche à se départir dans *Geneviève*, où ne doivent subsister à la rigueur que les déclarations féministes de l'héroïne, Gide précise : « *Hier matin, brusque illumination de ce qui pourrait et devrait être un prochain livre sur le communisme. Réfutation des arguments habituels. Erreur de vouloir prêter à Geneviève, à un héros imaginaire, des opinions qui sont aujourd'hui miennes. Ma* Nouvelle École des Femmes *doit en être allégée et rester d'intérêt sentimental* (*si j'ose ainsi dire*). » (*Journal*, 2 janvier 1932.)

Où l'auteur en était-il de son livre, durant l'été de 1931 ? C'est ce que nous apprend le *Journal* : « *A Saint-Clair depuis quelques jours. Hier soir lecture à voix haute du début de* Geneviève, *devant Groet, Alix Guillain, Élisabeth et Pierre Herbart. Aurait besoin d'un énorme travail de mise au point. Déplorable insuffisance de précision, de particularité, dans le dessin des figures.* » (22 août 1931.) Il lui eût fallu tout reprendre, recommencer, et sur des bases plus sûres. Cette œuvre qui n'en finit pas de s'écrire, accable Gide, l'obsède, l'empêche de mettre debout aucune idée. Ainsi différée, contrariée, toujours remise en question, cette entreprise perd à ses yeux le peu de charme qu'il lui trouvait encore. Il se plaint : « *Je fais de grands efforts pour me remettre à mon titre et tirer de léthargie ma* Geneviève... *N'ai-je plus en moi aucune puissance créatrice ? Ou plutôt ne puis-je plus m'éprendre de ma fiction ? Elle ne m'intéresse plus ; mon esprit la quitte sans cesse. Les romans des autres ne me retiennent pas davantage...* » (*Journal*, 6 juin 1932.)

Comme le dit clairement son sous-titre, *Geneviève* est une œuvre

inachevée, ou mieux, interrompue. Le livre n'a pas obéi aux impulsions que son auteur s'était évertué à lui donner ; il s'est échappé, et, somme toute, s'est rempli de lui-même, mettant à profit les traverses placées sur sa route pour s'installer, de son propre chef, dans un cadre différent de celui qui lui était destiné. Placé devant le fait accompli et n'en pouvant mais, Gide s'inclina. Il lui en coûtera moins, plus tard, d'avoir à détruire le troisième chapitre, guère amélioré par un mois de labeur acharné à Syracuse. Présentement, réfléchissant à la tournure que les circonstances plutôt que sa volonté ont donnée à Geneviève, circonstances qui feront le livre se boucler abruptement, il se justifie : « *Si j'avais pu mener aussitôt à bien cette* Geneviève *qui devait faire suite à mon* École des Femmes, *et où je me proposais de prêter la parole à la génération nouvelle, j'y aurais sans doute épuisé (je me serais expurgé) de quantité de ratiocinations qui m'ont élu pour domicile et que je me suis trouvé comme contraint d'assumer. Je n'ai pu les faire endosser par un « héros », ainsi que précédemment j'avais fait des nietzschéennes avec mon* Immoraliste, *des chrétiennes avec ma* Porte étroite, *et suis resté pris au jeu (ou au je). Les assumant, je ne pouvais plus les pousser à bout, à l'absurde, ainsi que j'aurais su faire dans un roman qui, tout à la fois les eût exposées, en eût fait le tour et la critique, et qui m'en eût enfin délivré. Le piège, mal tendu (que je n'avais plus eu la force de bien tendre) s'est soudain refermé sur moi.* » (*Journal*, 8 février 1933.)

Au début de février 1934, Gide est à Syracuse, où il espère vaguement stimuler son inspiration sommeillante, et tirer parti du regain d'intérêt que lui inspire *Geneviève*. Pour mieux s'en convaincre il note : « *Si seulement le souci du peu de temps qu'il me reste à vivre ne venait point sans cesse arrêter, couper tout élan, je me sentirais encore assez jeune, et somme toute mieux portant qu'au temps des « longs projets et des vastes pensées.* »

« *Hier je me suis remis à* Geneviève. *A la lecture que j'ai faite à R. M. du Gard du second chapitre, il y a dix jours à Marseille, cela ne m'a point paru (comme je le craignais) si mauvais que je ne puisse et doive continuer.* » (*Journal*, 6 février 1934.) Quelques jours plus tard, le 14 exactement, le troisième chapitre du roman est terminé, mais Gide tâtonne, n'en distingue pas nettement la suite. Comment se présentait ce chapitre, Roger Martin du Gard nous l'apprend dans ses *Notes sur André Gide* (p. 106). — *Nice, avril* 1934 : *Gide vient de repartir après être venu passer quelques jours pour me lire un assez long morceau de sa* Geneviève, *écrit à Syracuse, en février.*

Il était vaguement enrhumé, un peu maussade... Ce qu'il m'a lu est franchement mal venu. C'est un interminable chapitre qui décrit assez pesamment ce qu'était ce « Foyer Franco-Belge » auquel, pendant la guerre, assisté de Mme Van Rysselberghe et de Charlie Du Bos, Gide a consacré, avec une persévérance et un dévouement fort méritoires, trois années de son activité. Excellente occasion pour lui de faire un portrait de Charlie en pied ; portrait trop appuyé, à la fois véridique et caricatural, un peu féroce, un peu grinçant, assez amusant par endroits, mais qui n'a

vraiment pas sa place dans ce livre. En lisant ces pages à haute voix, il en a lui-même senti la lourdeur et l'inopportunité. Poussé par moi, il lui a bien fallu avouer qu'il s'était attelé à ce roman « faute de mieux » parce que, en ce moment, aucun travail ne le sollicitait vraiment. Mais il ne sait pas très bien ce qu'il veut mettre dans ce roman. Il a plusieurs esquisses de plans, dont aucun n'est bon ; il ne parvient ni à circonscrire le sujet, ni à inventer une affabulation, ni même à établir les caractères des personnages : il nage dans le flou.

Les dés étaient joués ; Gide dut renoncer. En présence d'une œuvre amputée, où certes ne se devine point l'effort, mais que l'on reconnaît inachevée, l'auteur s'interrogea : « *Cette* Geneviève *suite de* l'École des Femmes, *des circonstances adverses, un médiocre état de santé, etc..., m'ont forcé de la laisser en panne. Dois-je penser* « *tant pis* »... *ou* « *tant mieux* » *?*

S'il est manifeste que *Geneviève* a tourné court, il est difficile d'attribuer à André Gide l'oubli des indices consacrant cette interruption. Dans son ouvrage : *André Gide romancier* (Hachette), M. Pierre Lafille écrit fort pertinemment (ce qu'une lecture attentive révèle de reste) : *Il semble que* Geneviève *écrive n'étant pas mariée, et sans avoir pratiquement résolu les problèmes dont elle annonçait avec audace les solutions théoriques. Or, et bien qu'il ne soit aucunement question ni d'un mariage, ni d'un mari, ni d'une liaison, ni d'un amant, Gide a laissé subsister un enfant à* Geneviève. *D'où vient cet enfant ? De qui ? Dans quelles conditions ? On ne le sait. Son apparition — et son oubli — dans l'œuvre publiée eût été sans doute éclaircie dans la suite qui n'est pas venue.* Geneviève *dit en effet, en protestation contre une gifle qu'elle reçut autrefois :* « *Oh ! je n'en ai pas là la gifle (j'ai souvent usé de châtiments corporels avec mon fils).* » *De même attend-on en vain qu'elle raconte la carrière théâtrale de* Sara, *qu'elle a annoncée... Mais est-ce inadvertance, et non pas plutôt probité dans l'aveu d'interruption ?...* (Note 230, p. 294.)

Cette résignation devant « ce qui est raisonnable », résignation que Roger Martin du Gard avait laissé pressentir à la suite de la visite de Gide, en 1934, prit un caractère définitif deux ans plus tard, quand il fut avéré que *Geneviève* devrait en rester là. Avant tout soucieux d'être quitte, sinon envers son livre, du moins vis-à-vis de ses lecteurs et de lui-même, l'auteur trancha résolument la question : « *J'ai donc déchiré tout le travail de Saint-Louis, comme j'avais déjà déchiré le résultat de mon travail à Syracuse. Force était de me rendre à l'évidence : ce troisième chapitre de* Geneviève *ne valait rien. Il était pire que mauvais : médiocre. Inutile de chercher à le reprendre ; y passerais-je encore des mois, je ne le rendrais pas meilleur. Mieux vaut couper, laisser le livre inachevé et ne plus y user ce qu'il me reste de ferveur. Le second chapitre, au surplus, se termine de manière à présenter une sorte de conclusion supportable — esthétiquement du moins — encore qu'exactement à l'encontre de ce que je m'étais proposé. J'aurais voulu faire* Geneviève *se ressaisir, après la mort de sa mère ; se dire :* « *Par où je passe n'importe guère, mais seulement vers où je*

vais. » Ce devait être le début du IIIe chapitre, et j'ai cherché en vain à glisser tout à la fin du IIe cette phrase ; elle eût tout abîmé. J'ai préféré lâcher prise. » (*Journal*, 17 mai 1936.)

<div align="right">J.-J. T.</div>

BIBLIOGRAPHIE

Geneviève ou la Confidence inachevée a d'abord été publié dans la *Revue de Paris,* tome III, livraison du 15 juin 1936.

Ont été données, en langue française, les éditions suivantes :
1936 Éditions de la *Nouvelle Revue française. Librairie Gallimard.*
1944 *Librairie Gallimard* (avec *l'École des Femmes* et *Robert*).

Geneviève ou la Confidence inachevée.
Exemplaires Vergé : Paris. Éditions de la *Nouvelle Revue française.* 1936.
Exemplaires Hollande et Vélin : Paris. *Librairie Gallimard.* (S.D.) 1936.
167 p. Format différent, selon les papiers. Couverture de même, pour les couleurs.
Édition originale.
 Tirage : 60 ex. sur Vergé Lafuma-Navarre.
 330 ex. sur Hollande.
 730 ex. sur Vélin Lafuma-Navarre.

Paris. *Librairie Gallimard.* (S.D.) 1936.
167 p. Couverture blanche.
Première édition courante.
 Tirage : papier ordinaire (tirage de l'édition originale).

Geneviève (avec *l'École des Femmes* et *Robert*).
(S.L.) Paris. *Librairie Gallimard.* (S.D.) 1944.
256 p. Cartonnage de l'éditeur, blanc décoré, pour les ex. Héliona ; couverture blanche pour les ex. papier ordinaire.
Première édition collective.
 Tirage : 1 500 ex. sur Héliona-Navarre.
 Papier ordinaire.

Geneviève ou la Confidence inachevée a été publié également dans l'édition illustrée en deux volumes des *Récits, Romans, Soties* d'André Gide. Paris. *Librairie Gallimard.* 1948. Tome II. Les caractéristiques des volumes de cette série ont été données dans la notice bibliographique du *Traité du Narcisse.*

ÉDITIONS ÉTRANGÈRES

Geneviève ou la Confidence inachevée a fait l'objet, notamment, de traductions dans les langues suivantes :

Anglais,
Danois,
Espagnol,
Hollandais,
Italien,
Japonais,
Norvégien,
Suédois,
Tchèque.

J.-J. T.

P. 1413. THÉSÉE

André Gide a beaucoup emprunté à la mythologie grecque. Sa pensée a puisé à cette source fabuleuse, s'y est abreuvée, sans pourtant repousser les fréquentes interventions d'un mysticisme particulièrement actif; entre le polythéisme et le christianisme, la dualité de Gide a su se ménager un équilibre. Explicite dans l'œuvre ou éparse dans son contexte, cette influence a porté de beaux fruits, en permettant que la sagesse des Anciens le dispute à la gravité de l'Évangile. Toutefois, le penchant de Gide pour les mythes grecs s'explique moins par *leur propre valeur mythique que par la matière admirablement « préparée » qu'ils fournissaient à des commentaires ou à des interprétations toutes personnelles et que l'on pourrait dire hétérodoxes. Nous ne pensons pas qu'il en aille très différemment des rapports de Gide avec le christianisme, ou, plus précisément, avec l'Évangile, dont sa pensée est tout imprégnée et dont ses œuvres rappellent ou avoisinent constamment les leçons.* (Louis Martin-Chauffier, *Notice,* tome XIII des *Œuvres Complètes.*)

Parvenu à la fois au terme de sa vie et à la parfaite maîtrise de son art, le traducteur du *Prométhée* de Gœthe se trouva naturellement porté à résumer en un portrait de Thésée les affinités qu'il se découvrait, l'âge aidant, avec ce dernier. Qu'il sentît en lui l'alacrité indispensable à la fidélité de sa peinture, ne pouvait au surplus qu'accentuer sa ressemblance avec un modèle dont il reconnaissait si bien et les travers et les vertus. Ce souriant abandon de l'homme face à face avec sa destinée, de l'artiste tête à tête avec son œuvre, ce légitime contentement de soi qu'inspire le sentiment de la route parcourue à satiété et sans embardée grave, ne contredit pas l'inquiétude formulée dans *les Nourritures terrestres,*

par exemple, mais simplement la défaite. C'est à l'image de Thésée vieillissant, à son expression décantée de toute angoisse, que l'on reconnaît au personnage d'André Gide la sérénité d'un gisant.

Thésée fut achevé le 21 mai 1944. A ce propos, Gide consigne dans son *Journal* : « *Il me reste de grands morceaux à récrire ; et, en particulier, le début, pour lequel je n'avais pu d'abord trouver le ton. Mais à présent, toute la toile est couverte. Depuis un mois, j'y ai quotidiennement, et presque constamment, travaillé, dans un état de ferveur joyeuse que je ne connaissais plus depuis longtemps et pensais ne plus jamais connaître. Il me semblait être revenu au temps des Caves, ou de mon* Prométhée. »

Depuis sa jeunesse, Gide en caressait le projet, mais sans doute fallait-il que le temps amenât à maturité cette œuvre d'expérience... Cependant, le *Journal* est jalonné d'ébauches, de notes et d'allusions qui attestent la lente germination de *Thésée*. C'est le 18 janvier 1931 que, pour la première fois, il fait part de son intention d'écrire un dialogue entre Œdipe et Thésée : « *Je songe à une* Vie de Thésée, *(oh ! j'y songe depuis longtemps) où se placerait (ce que j'invente seulement aujourd'hui, dans le train qui m'emmène à Cuverville) une rencontre décisive des deux héros, se mesurant l'un à l'autre et éclairant, l'une à la faveur de l'autre, leurs deux vies.* » (*Journal*). Plus loin, il étudie la possibilité de rédiger sous forme de journal cette *Vie de Thésée*, dans laquelle un *Dédale et Icare* occuperait un chapitre ; et aussitôt d'imaginer le parti qu'il pourrait tirer de cette solution... mais cette *Vie de Thésée*, « *voici vingt ans que j'aurais dû l'écrire* ». (*Journal*, 24 juillet 1931.)

Non erat in exitu (saint Augustin, cité par Merejkowski dans son *Calvin,* note 51, p. 28) ; bien qu'inutilisée, cette citation devait orner le dialogue avec Dédale, et nous avons cru bon de la relever pour le surcroît de relief qu'elle donne à la physionomie de *Thésée*. Non moins importantes sont les deux réflexions suivantes, représentatives des méthodes de travail de Gide, et qui montrent combien il était pénétré de son sujet :

« *C'est aussi Ariane qui fait, après qu'il a tué le Minotaure, Thésée revenir au point d'où il était parti.*

Il n'y a pas de plus grand cri de passion que celui-ci :

> Et Phèdre au Labyrinthe avec vous descendue
> Se serait avec vous retrouvée ou perdue.

Mais la passion l'aveugle ; au bout de quelques pas, en vérité, elle se serait assise, ou bien aurait voulu revenir en arrière — ou enfin se serait fait porter.

Dans le Thésée, *il faudra marquer cela — le fil à la patte, soit dit vulgairement. Il voudrait, après avoir dompté le Minotaure, continuer. — Il est tenu — contraint de revenir.* » (*Journal*, 1889-1939, — *Feuillets*, p. 347.)

Dans ma Vie de Thésée, *Minos et Rhadamante, ces deux frères, les futurs juges des enfers, ne seraient jamais du même avis sur personne.*

Éaque et Rhadamante, lorsqu'il se serait agi de faire passer en jugement Pasiphaé, par délicatesse, s'entendraient pour profiter d'une « absence » de Minos, et pour la gracier. » (*Journal*, 9 septembre 1940.)

Nous reproduisons, en appendice à cette notice, le *Monologue de Thésée*, fragment de drame ou de roman, dont Gide ne s'est pas servi lors de la composition de son récit. D'une écriture très différente, ce morceau a été versé dans les *Œuvres Complètes* (tome XIII, p. 405), du temps que l'auteur ne pensait plus venir jamais à bout de *Thésée*.

<div style="text-align: right;">J.-J. T.</div>

MONOLOGUE DE THÉSÉE

J'ai laissé s'accréditer le bruit que les armes que je porte aujourd'hui aient été trouvées par moi sous une roche. L'on vient plus aisément à bout des hommes avec des armes que ceux-ci ne reconnaissent pas d'abord naturelles. On consentit de croire que les miennes m'étaient données par quelque dieu. La vérité c'est que je les ai forgées moi-même, de sorte que j'en connais bien le métal. Mais l'important n'est pas dans l'arme ; elle est dans le bras qui la tient. Et c'est par là que vaut tout de même l'histoire :

Le très sage Pitthée mon aïeul, qui régnait déjà sur Trézène, m'élevait. Il nourrissait mon âme du récit de ce qui s'était fait jusqu'à moi d'héroïque et de grand sur la terre. L'ennui me vint bientôt de mon désœuvrement à sa cour. J'avais l'âge où déjà les rêves prennent la fixité des désirs. Pitthée soigneusement veillait à ce que rien ne vînt m'en distraire. Je sentais mon cœur se gonfler. En ce temps-là, le monstre commençait à se faire rare en Grèce. Hercule avait désenchanté sur son passage toute l'horreur de ma patrie. J'étais si jeune alors qu'il me semblait que je n'y trouverais rien à faire. Je voulus voyager. Je le dis à Pitthée qui comprit à cela que j'étais mûr. C'était l'instant qu'il attendait. « Enfant, me dit-il, penses-tu t'aventurer à l'étranger sans armes ? » Et comme, interloqué, je me taisais : « Écoute, reprit-il ; sous un pesant rocher t'attend l'épée qu'y ont cachée pour toi les dieux et par laquelle ta force se fera victorieuse. Tu ne partiras point sans elle. Cherche-la. » De ce jour je cherchai. Je cherchais tout le jour, tous les jours. Je rentrais à la nuit, les bras tendus encore, suant, saignant, ivre d'une sorte de rage. « Eh bien ! As-tu trouvé ? » disait en souriant Pitthée. Je répondais dévorant ma fureur : « Pas encore. — Sans doute tu ne soulèves pas assez lourd. » Puis m'attirant auprès de lui, il touchait et palpait mes bras où je sentais aussi chaque jour ma force grandir.

Pas assez lourd ? J'aurais soulevé l'impossible. J'errais dans la forêt déserte jusqu'au soir. Je vins à bout des rocs les plus enfoncés sous la mousse. D'autres, autour de qui des racines s'étaient fermées ; d'autres si lourds enfin que pour les soulever il me fallait penser : « Voilà ce qu'aurait fait Hercule ! »

A la fin, l'avouerai-je, je prenais tel plaisir à mon labeur que presque j'oubliais l'épée et que, sentir ma force, me suffisait. Oui, vraiment, le

rocher arraché, quand je voyais comme un ricanement le bâillement béant de la terre, « qu'importe, me disais-je : sous ce caillou n'était point l'arme ; mais ma force » — et je courais au rocher suivant. Du temps passa. En vain j'avais fouillé forêts et landes. Brusquement, un matin, au sortir du sommeil, j'eus l'idée que je cherchais trop loin peut-être. Ce matin-là j'arrachai le seuil du palais. Pitthée vint, me regarda faire un instant puis sourit. — « Allons, fougueux Thésée ; voilà qui suffit ; calme-toi. Je t'attendais ici. Te voilà digne de tes armes. Reçois-les de ma main ; celles mêmes que Pélops mon père me donna. Viens les prendre. » Ce disant il m'entraînait dans le palais. Au chevet de son lit pendait le bouclier, l'épée...

Je sens bien aujourd'hui qu'à m'éprouver comme il fit il fut sage, mais j'étais jeune et me cabrai. Quoi donc ! c'est de ma crédulité qu'on abuse. L'histoire du rocher receleur n'est qu'un jeu ! « Garde à présent tes armes, répondis-je, je n'en veux plus. Pour un bras moins vaillant elles seront encore trop légères. Celles que je souhaite à présent, pesantes à mon gré, c'est moi qui me les forgerai. »

BIBLIOGRAPHIE

Ont été données, en langue française, les éditions suivantes :

1946 *Jacques Schiffrin.*
1946 *Librairie Gallimard.*
1947 Éditions de la *Nouvelle Revue française.*
1947 Éditions *Ides et Calendes.*
1948 *L'Abbaye du Livre.*

Thésée.
(S.L.) New York. *Jacques Schiffrin,* Pantheon Books (S.D.) 1946. 123 p. Cartonnage de l'éditeur, en toile rouge brun; chemise illustrée et imprimée.
Édition originale.
Tirage : papier ordinaire.

(S.L.) Paris. *Librairie Gallimard.* (S.D.) 1946.
115 p. Format différent selon les papiers. Couverture bleue pour les exemplaires Hollande, blanche pour les exemplaires sur papier ordinaire. Cartonnage de l'éditeur, blanc décoré, pour les exemplaires Vergé.
Première édition courante, modifiée par l'auteur. *Le chapitre IX de l'édition américaine est ici supprimé, et Gide a quelque peu remanié le texte.*
Tirage : 330 ex. sur Hollande.
1 040 ex. sur Vergé Navarre.
Papier ordinaire.

THÉSÉE

Paris. Éditions de la *Nouvelle Revue française*. 1947.
129 p. Couverture blanche.
Lithographies de Mariano Andreu. Le volume est en feuilles.
Édition de luxe, illustrée.

> Tirage : 36 ex. sur Vélin Pur fil Rives (contenant une suite en noir sur Malacca teinté et une suite en sanguine sur Lana).
> 316 ex. sur Vélin Pur fil Lana.

Neuchâtel et Paris. Éditions *Ides et Calendes*. (S.D.) 1947.
157 p. Couverture blanche.
Les exemplaires Chiffon d'Auvergne contiennent, en frontispice, un portrait d'André Gide, en eau-forte, par Dunoyer de Segonzac ; les exemplaires Vergé chiffon contiennent une reproduction de l'eau-forte, en fac-similé.
Édition à tirage restreint.

> Tirage : 80 ex. sur Chiffon d'Auvergne.
> 830 ex. sur Vergé chiffon.

Lausanne. *L'Abbaye du Livre*. 1948.
113 p. Couverture blanche à bordure grise.
Édition à tirage limité.

> Tirage : 3 000 ex. sur papier blanc.

Thésée figure, en outre, dans l'édition illustrée en deux volumes des *Récits, Romans, Soties* d'André Gide. Paris. *Librairie Gallimard*. 1948. Tome II. Les caractéristiques des volumes de cette série ont été données dans la notice bibliographique du *Traité du Narcisse*.

ÉDITIONS ÉTRANGÈRES

La *Librairie Gallimard* a échangé, avec les éditeurs ci-dessous désignés, des contrats relatifs à la publication de *Thésée* dans les langues suivantes :

Allemand	*Deutsche Verlags-Anstalt,* Stuttgart.
Anglais	(Pour une édition de luxe). *New Directions,* Norfolk. Conn. U.S.A.
	Éditions *Knopf,* New York.
	Éditions *Martin, Secker & Warburg,* Londres, et *Horizon,* Londres.
Espagnol	*Editorial Sudamericana,* Buenos Aires.
Hollandais	Éditions *De Driehoek.*
Norvégien	Éditions *J. W. Cappelen,* Oslo.
Serbo-Croate	Éditions *Nolit.*
Suédois	Éditions *Wahlström & Widstrand,* Stockholm.
Tchèque	Éditions *Symposion,* Prague.

On peut également consulter les éditions étrangères des *Œuvres Complètes* d'André Gide, dans lesquelles *Thésée* a paru. Parmi celles-ci :

Œuvres Complètes. Traduction japonaise.
Éditions *Shinshosha,* Tokio (sans date).

Dédié à Anne Heurgon, Jacques Heurgon et Jean Amrouche, *Thésée* est classé comme *récit* dans *le Procès*. (1947.)

<div style="text-align:right">J.-J. T.</div>

TABLE DES MATIÈRES

TABLE DES MATIÈRES

TABLE DES MATIÈRES

INTRODUCTION, par Maurice Nadeau	IX
LE TRAITÉ DU NARCISSE	1
LE VOYAGE D'URIEN	13
Prélude	15
La mer des Sargasses	41
Voyage sur une mer glaciale	52
Envoi	66
LA TENTATIVE AMOUREUSE	69
PALUDES	87
LES NOURRITURES TERRESTRES	151
Premier livre	154
Second livre	166
Troisième livre	174
Quatrième livre	183
Cinquième livre	204
Sixième livre	215
Septième livre	228
Huitième livre	241
Hymne en guise de conclusion	247
Envoi	248
Préface de l'édition de 1927	249
LES NOUVELLES NOURRITURES	251
Livre premier	253
Livre deuxième	271
Livre troisième	280
Livre quatrième	291
LE PROMÉTHÉE MAL ENCHAÎNÉ	301
EL HADJ OU LE TRAITÉ DU FAUX PROPHÈTE	343
L'IMMORALISTE	365
Préface	367
Première partie	372
Deuxième partie	409
Troisième partie	454

TABLE DES MATIÈRES

LE RETOUR DE L'ENFANT PRODIGUE	473
LA PORTE ÉTROITE	493
ISABELLE	599
LES CAVES DU VATICAN	677
Livre premier : Anthime Armand-Dubois	680
Livre deuxième : Julius de Baraglioul	707
Livre troisième : Amédée Fleurissoire	746
Livre quatrième : Le Mille-pattes	774
Livre cinquième : Lafcadio	821
LA SYMPHONIE PASTORALE	875
Premier cahier	877
Deuxième cahier	912
LES FAUX-MONNAYEURS	931
Première partie : Paris	933
Seconde partie : Saas-Fée	1066
Troisième Partie : Paris	1112
L'ÉCOLE DES FEMMES	1249
Première partie	1252
Deuxième partie	1279
Épilogue	1308
ROBERT	1311
Première partie	1314
Deuxième partie	1331
GENEVIÈVE ou la confidence inachevée	1345
Première partie	1351
Deuxième partie	1386
THÉSÉE	1413
NOTICES ET BIBLIOGRAPHIE par Yvonne Davet et J.-J. Thierry	1455

Ce volume,
portant le numéro cent trente-cinq
de la « Bibliothèque de la Pléiade »
publiée aux Éditions Gallimard,
a été achevé d'imprimer
sur Bible des Papeteries Bolloré Technologies
le 5 janvier 2001
par Aubin Imprimeur
à Ligugé
et relié en pleine peau,
dorée à l'or fin 23 carats,
par Babouot à Lagny.

ISBN : 2-07-010225-4.
N° d'édition : 98072 - N° d'impression : L 61014.
Dépôt légal : janvier 2001.
Premier dépôt légal : 1958.
Imprimé en France.